中｜华｜国｜学｜文｜库

李商隐诗歌集解 下

刘学锴　余恕诚 著

中 华 书 局

未编年诗

无题

近知名阿侯〔一〕，住处小江流。腰细不胜舞①，眉长唯是愁〔二〕。黄金堪作屋〔三〕，何不作重楼〔四〕？

校记

①“胜”，冯引一本作“成”。

集注

〔一〕【朱注】乐府：“河中之水水东流，洛阳女儿名莫愁。十五嫁为卢家妇，十六生儿字阿侯。”【纪曰】此句误用。【张曰】生儿之儿，男女通用，安知河中歌不指女乎？诗并未误用，纪评非也。

〔二〕见无题“照梁初有情”首注。

〔三〕见茂陵注。

〔四〕【程注】庾肩吾诗：“云积似重楼。”【冯注】似言何不容更作一楼贮之耶？

笺　评

【吴乔曰】以莫愁比楚，以阿侯比绹。曰“近知名”，则知是湖州被召时作。（腹联）比绹之才宠。（末联）望其有韦平之拜。

【徐德泓曰】首二句言人，三四句言貌，所当金屋贮之者也。金可作屋，更可作楼，甚言人好色之心无有穷尽，是又以谩语为讽者。

【姚曰】金屋深藏，岂如作重楼以望远耶？○义山古诗，多齐梁体，即所谓格诗也；间有小律、绝句，亦属齐梁体耳。

【屈曰】既有佳名，又居佳地，艺复绝妙，乃但蒙金屋之宠，不得高楼之贵，何也？

【程曰】“近知名阿侯”者，知其已嫁生子而名阿侯耳。合两句之义观之，则仍指莫愁本身也。此小律体，元和以后白香山、杜牧之辈多有之。

【冯曰】此章与效长吉，戊签编五言小律。唐人五律颇有三韵五韵者。

【纪曰】小调艳词，无关大旨。末二句，屋则深藏，楼则或可于登时偶见矣，以痴生幻，用笔自有情致。（诗说）此三韵律诗，韩集，白集俱有之。（辑评）

【张曰】此非艳情，惟命意未详。（会笺）

【按】此篇似可与无题二首“闻道阊门萼绿华”七绝参观。“近知”即“近闻”之意，二字贯前四句。首联谓闻其名而知其居处，“阿侯”不过借古诗中现成人名指诗中女主人公，程笺迂曲。次联言其美艳，“眉长”句兼写其幽怨。“腰细”“眉长”均承“近知”，想像得之。末联谓其人金屋深藏，未能一睹其芳姿，故云“何不作重楼”以居之，令我得仰望之也。其人盖亦“吴王苑内花”之流,全篇亦意似申言“闻道阊门萼绿华,昔年相望抵天涯”之情。

无题

照梁初有情,出水旧知名〔一〕。裙衩芙蓉小〔二〕,钗茸翡翠轻〔三〕。锦长书郑重〔四〕,眉细恨分明〔五〕。莫近弹棋局,中心最不平〔六〕!

集 注

〔一〕【程注】神女赋:“其始来也,耀乎如白日初出照屋梁。”洛神赋:“灼若芙蕖出渌波。”【姚注】何逊集看伏郎新婚诗:“雾夕莲出水,霞朝日照梁。何如花烛夜,轻扇掩红妆?”【冯班曰】腰起。(辑评)

〔二〕【朱注】衩,楚懈切。释名:“裙,下裳也。妇人蔽膝曰香衩。”楚辞:“集芙蓉以为裳。”【按】参看无题(八岁偷照镜)注。

〔三〕【朱注】宋玉讽赋:“以翡翠之钗挂臣冠缨。”【按】茸本形容兽毛柔密之状,钗茸连文,当指翡翠钗之上端如茸茸花饰形状。

〔四〕【程注】汉书注:“郑重,犹频烦也。”白居易诗:“千里故人心郑重。”【冯注】旧注引苏若兰织锦事。晋书:“窦滔妻苏氏名蕙,字若兰,善属文。滔苻坚时为秦州刺史,被徙流沙。苏氏思之,织锦为回文旋图诗以赠滔,宛转循环,词甚凄惋,凡八百四十字。”侍儿小名录:“滔宠姬赵阳台,苏苦加挞辱,滔深恨之,与阳台之镇襄阳,绝苏音问。因织锦回文，题诗二百馀首，名璇玑图寄之。滔览锦字，感其妙绝，具车从迎苏氏。”又王勃七夕赋：“上元锦书传宝字。”用上元夫人出紫锦之囊，开绿金之笈，以三元流珠经等四部授茅固、茅盈事，见太平广记所引汉武内传。此则谓闺人书札耳。【按】锦书用苏蕙事。郑重，反复切至之意。三国志魏书高堂隆传：“殷勤郑重，欲必觉寤陛下。”此句“书郑重”与下“恨分明”对文，犹言书中之情甚殷切也。

〔五〕【冯注】用愁眉细而曲折之义。后汉书五行志：“桓帝元嘉中，京都妇女作愁眉，细而曲折。”梁冀传：“妻孙寿善为愁眉。”【锺惺曰】（二句）幽细婉娈。（唐诗归）

〔六〕【朱注】后汉书梁冀传注：“艺经曰：弹棋，两人对局，白黑棋各六。后先列棋相当，更相弹也。其局以石为之。”魏丁廙弹棋赋：“文石为局，金碧齐精。隆中夷外，致理肌平。”【程注】梦溪笔谈：“弹棋今人罕为之，有谱一卷，盖唐人所为。棋局方二尺，中心高如覆盂，其巅为小壶，四角隆起。今大名府开元寺佛殿上有一石局，亦唐时物也。李商隐诗曰：‘中心最不平’，谓其中高也。白乐天诗曰：‘弹棋局上事，最妙是长斜。’长斜谓抹角斜弹，一发过半局。今谱中具有此法。柳子厚叙棋用二十四棋者即此戏也。”老学庵笔记：“吕进伯作考古图云：‘古弹棋局状如香炉盖，谓其中隆起也。李义山诗云：‘中心最不平’，今人多不能解；以进伯之说观之，则粗可见。然恨其艺之不传也。魏文帝善弹棋，不复用指，第以手巾角拂之。有客自谓绝艺，及召见，但低首以葛巾角拂之，文帝不能及也。此说今尤不可解矣。大名龙兴寺佛殿前有魏宫玉石弹棋局，上有黄初中刻字，政和中取入禁中。”【冯注】御览引艺经：“先列棋相当，下呼上击之。”魏文帝弹棋赋：“局则丰腹高隆，庳根四颓。”又：“文石为局，隆中夷外。”按：西京杂记谓弹棋刘向所造，而弹棋经序：“武帝时东方朔进此艺，宫禁习之，传落人间，后又中绝。建安中，宫人以金钗玉梳戏于妆奁之上；及魏文受禅，宫人更习弹棋焉。”世说曰“弹棋始魏宫内，用装（妆）奁戏。”诗意正用此也。【谭元春曰】末语子夜、读曲妙想。【按】李颀、韦应物均有弹棋歌。

笺　评

【王夫之曰】一气不忤。艳诗不炼，则入填词。西昆之异于花间，其际甚大。（唐诗评选）

【吴乔曰】结意显然。（西昆发微卷上）

【杨守智曰】此亦正意，怨而不怒，略露一斑。

【何曰】落句似借用王丞相以腹熨弹棋局事。（读书记）

【黄周星曰】“锦长”二句，妖媚之极。古时有弹棋局，故心中不平。今弹棋之局久废矣，而不平者常在人心，何也？（唐诗快）

【陆次云曰】艳情古思。（晚唐诗善鸣集）

【范大士曰】玉溪艳体诗独得骊珠，而此尤疏秀有致。（历代诗发）

【徐德泓曰】前四句，并作一联。“照梁”属翡翠，“出水”属芙蓉。上二句未分明，故下二句承醒之，状其饰也。“锦长”二句，言有情致也。结语，承“恨”字来，欲止其愁之意。棋局中心不平，恐其相感，故莫近之也。此似赠妓之词，而亦无狎语。

【姚曰】照梁出水，容色之妙丽也。翡翠芙蓉，妆饰之华艳也。

锦书多不尽之意，黛眉含不展之怀，情窦既开，恐不免睹物生忌，如何？

【屈曰】以分明抱恨之人而近中心不平之局，则恨愈深矣，故云“莫近”也。

【程曰】此不平之鸣也。当是寄书长安故人之作。前四句须合看。起句言己之初志原有意于高栖，如翡翠之有情于玳瑁梁也。次句言己之才华未尝不见重于当世，如芙蓉之知名秋水也。三四言拂志抑情，大材小用。世之爱芙蓉者，仅绣之于裙衩，何其小也！世之爱翡翠者，仅施之于钗茸，无乃轻乎？五六言欲裁书而长锦蝉联，何以达郑重之意；欲敛恨而细眉颦蹙，尤足见分明之情。七八即杜子美“闻道长安似奕棋”之意，言时局不平，有如棋局，触物兴情，不可近矣。

【冯曰】此寄内诗。盖初婚后，应鸿（当作宏）博不中选，闺中人为之不平，有书寄慰也。绝非他篇之比。

【王鸣盛曰】巧于言愁。昔人谓读孟东野令人不欢，予谓读义山真不欢也。

【姜炳璋曰】此亦自况也。如朝霞照梁而有情，如芙蓉出水而知名，喻己之才华倾动当时也。裙衩之间，绣花而小；钗茸之地，点翠而轻。女为悦己者容，喻士将为知己者用也。锦书，喻屡献书于人；眉恨，喻诗中亦尝含恨，无如党人蟠固如棋局之争，而予心徒抱不平而已。诸说俱非。

【张曰】冯说从首句悟出，可从。（会笺）又曰：此初婚后客中寄内之作。“照梁”句谓新婚，“出水”句谓从前即闻名相慕。“裙衩”二句状室人装饰。“锦长”二句代写盼归之意。“莫近”二句，谓客途失意，室人亦代为不平也。与他无题诗绝不相同。本集凡寄内之作，皆晦其题，此是全集通例。

冯氏谓系鸿博不中时作,似为近之。(辨正)

【按】冯说从首联“照梁”“出水”悟出,然二语本出神女、洛神二赋,不过借此形容女子姿容之艳丽,与新婚本无关涉。即兼用何逊诗语,亦不必专指新婚女子。张袭冯说,谓李集寄内之作,皆晦其题,然以“无题”为寄内诗者,尚无其例。此篇实非赋体(冯氏即以赋体视之),乃比兴寓言体。诗中女主人公,即作者之化身。试与无题(八岁偷照镜)参读,其比兴性质自见,其寄意亦自明。前四写女子姿容之艳丽、妆饰之华美,与“八岁偷照镜”篇前四句意略似,用语亦有相同者,均系以容饰喻才华。“旧知名”,托喻才名早著;“初有情”,则以女子之待嫁喻才士之求仕。腹联谓锦书抒殷切之情,愁眉传分明之恨,明写爱情失意之幽怨,实抒政治失意之怅惘,较之“八岁偷照镜”篇“十五泣春风,背面秋千下”之忧虑前途,茫然难料者又进一层矣。盖前诗犹是忧未来之命运,此则伤已然之失意遭遇。末联乃点醒全篇比兴寄托之意。弹棋局中心高如覆盂,故用以关合爱情失意(实即政治失意)之“中心不平”。冯氏谓此为寄内诗虽属错会,然谓此诗之背景为宏博不中选,则大体可信,观其与陶进士书,即可见其时义山因宏博落选中心不平之状。

无题①

白道萦回入暮霞〔一〕,班骓嘶断七香车〔二〕。春风自共何人笑〔三〕?枉破阳城十万家②〔四〕。

校　记

①原本题下小注：一云阳城。蒋本、姜本、悟抄、席本、影宋抄、钱本均同。戊签、万绝题下无此四字。

②“阳城”原一作“洛阳”，影宋抄作“洛阳”。

集　注

〔一〕【朱注】李白诗：“日日采蘼芜，上山成白道。”【按】白道字常见，如偶成转韵“白道青松了然在”。王琦注李白诗“白道向姑熟”云：“人行迹多，草不能生。遥望白色，故曰白道，唐诗多用之。”

〔二〕班骓见对雪二首注。七香车见壬申七夕注。嘶断，嘶煞也。

〔三〕【补】春风，犹“春风面”。或径解为“在春风中”，亦通。自，却也。

〔四〕见镜鉴注。

笺　评

【吴乔曰】春风比绹，十万家自比，何人，则绹所引进之党也。嘶断，有不可攀跻之意。

【杨守智曰】妙在可解不可解之间。

【何曰】（白道）二字先透“枉”字。（辑评）

【姚曰】毕竟十万家中无只眼，宜春风之旁若无人。

【屈曰】白道萦回，日见往来，盖彼已有人，枉自相思耳。

【程曰】此亦感怀之作。比之美女空驾七香之车，人纵冶游，皆入暮霞而去。春风倚笑，却共何人？迷惑阳城，枉生颜色。盖温飞卿“枉抛心力作词人”之义也。

【冯曰】别情也。

【纪曰】怨极而以唱叹出之，不露怒张之态。无题作小诗极有神韵，衍为七律，便往往太纤太靡，盖小诗可以风味取妍，律篇须骨格老重，方不失大方。（诗说）

【姜炳璋曰】香车空驾，作合无人，春风笑语，与谁相共？天生丽质，徒惑阳城、迷下蔡，博庸流之赞慕而已。“破”者，破颜，破愁，皆称羡之意。此伤其不遇而枉负绝世之才也。

【张曰】未详。必非别情。（会笺）

【按】一二言女子乘七香车循萦回之白道入暮霞而去。斑骓嘶断，状车之驰过。三四谓瞥见车上女子姿容绝美，嫣然含笑，然寂寞无主，不见赏识，则彼姝亦空有倾城之色而见弃于时耳。“自共何人笑”，谓不知笑向何人也，正写“枉”字。此似暮游偶有所遇，忽然触着身世之感，寄寓微妙。程笺、纪评、姜笺均有见。

无题

紫府仙人号宝灯〔一〕，云浆未饮结成冰〔二〕。如何雪月交光夜，更在瑶台十二层〔三〕？

集　注

〔一〕【朱注】抱朴子：“项曼都言：到天上，先过紫府，金床玉几，晃晃昱昱。”【道源注】佛有宝灯之名，神仙无此号，然佛亦称金仙，故可通用。【冯注】抱朴子：“黄帝东到青邱，过风山，见紫府先生，受三皇内文，以劾召万神。”按：佛经屡称仙人，则古仙、佛同称也。【按】冯注引抱朴子以为紫府仙人即紫府先生，然三四言“雪月交光”，言“瑶台”，明为女仙。"紫府"泛言仙人居所。庾信道士步虚词:"五香芬紫府,千灯照赤城。"又,神异经:"青丘山上有紫宫,天真仙女,多游于此。"疑"紫府"或即"紫宫"。十洲记:青丘有紫府宫,天真仙女游于此地。

〔二〕【朱注】庾信温汤碑序:"其色变者流为五云之浆,其味美者结为三危之露。"【冯注】汉武故事:"西王母曰:'太上之药有玉津金浆,其次药有五云之浆。'"【按】云浆,犹云液、流霞,喻仙酒。

〔三〕【朱注】离骚:"望瑶台之偃蹇兮。"拾遗记:"昆仑山傍有瑶台十二,各广千步,皆五色玉为台基。"

笺　评

【吴乔曰】极其叹羡,未有怨意。疑是与阿侯、玉山、昨夜星辰同时作。

【朱彝尊曰】古今游仙诗多是寓意,故不曰"游仙"而曰"无题",然其意不可晓。(复图本)

【何曰】(三四句)状白者无以逾此。(辑评)

【姚曰】此言所思之无路自通也。

【屈曰】在昔仙人相见,方欲一饮,云浆忽已成冰,然犹相近也。乃今雪月之夜,更隔十二层之瑶台,远而更远矣。

【程曰】此当为娶王茂元女时作,盖却扇之流也。起句比之如仙。次句待之合卺。三句叙其时景。四句欲引而近之矣。

【冯曰】新书传:"绹为承旨,夜对禁中,烛尽,帝以乘舆金莲华炬送还。院吏望见,以为天子来,及绹至,皆惊。"可为此首句类证也。时盖元夕在绹家,候其归而饮宴,故言候之久而酒已成冰,当此寒宵,何尚不即归乎?即下章(指昨日)之昨日也。“紫府”字屡见古书，今所引以见内职之意。

【纪曰】此即洛神赋所云“叹匏娲之无匹，嗟牵牛之独处，”求之不得，亦寓言也。故四家曰：“总是不得见之意。”午桥以为王氏却扇之作未免武断矣。

【张曰】此篇寓意亦未详。冯氏谓指令狐，其说太晦。细玩诗意，并无感慨，与令狐诸篇迥不相类，未敢附会也。（辨正）又曰：通首写元夕之景。“云浆未饮结成冰”，即“一杯春露冷如冰”也。与上首（指谒山）一时情事，前昼此夜。（会笺）

【按】诗写想望中之紫府仙姝。方欲就彼宴饮，而云浆忽已成冰；正欲觅其踪迹，而彼姝杳然不见，值此雪月交光之夜，对方竟又高处十二层瑶台之上矣。全诗着力渲染某种可望而不可即之情景，以及追求、向往而又时感变化迅即，难以追攀之感。意境颇似阮籍咏怀第十九：“西方有佳人，皎若白日光。……飘飖恍惚中，流盼顾我傍。悦怿未交接，晤言用感伤。”龚自珍之秋思：“我所思兮在何方？……起看历历楼台外，窈窕秋星或是君。”惟义山更偏重于涂写内心之感受与印象，诗旨稍晦耳。此类意境空灵虚幻、迷离惝恍之作，可能由某一具体情事触发，然当其融合其他情事，形成有典型性之艺术境界时，意义自不限于某一具体事件。若必欲探求义山何以有此类作品，则其一生政治与爱情方面之追求与失望，皆为其生活基础，其给予读者之实际感受，亦即前述如怨如慕、执着追求而又不胜怅惘之情绪。认定此诗系寓意令狐之显贵难以追攀（如冯、张所解），或寓言己所想望之女冠如瑶台仙姝，杳然难求，固近乎凿，然视为此诗生活基础之一部分，亦自不妨。义山多数意境极虚之作，皆宜作如是观。商隐为崔从事福寄尚书彭城公启:"始者尚书晞发丹山,腾身紫府。"紫府指彭城公刘瑑任职中书舍人及充翰林学士。虽未可以文例诗,然亦说明诗中"紫府仙人"可能有所托寓。

捕捉瞬息间即逝之感受乃至幻觉入诗,构成色彩绚丽、富于象征性之艺术形象,为义山此类诗之重要特色。

无题二首

凤尾香罗薄几重〔一〕?碧文圆顶夜深缝〔二〕。扇裁月魄羞难掩〔三〕,车走雷声语未通〔四〕。曾是寂寥金烬暗〔五〕,断无消息石榴红〔六〕。班骓只系垂杨岸〔七〕,何处西南待好风①〔八〕?

其二

重帏深下莫愁堂〔九〕,卧后清宵细细长〔一〇〕。神女生涯元是梦〔一一〕,小姑居处本无郎〔一二〕。风波不信菱枝弱,月露谁教桂叶香〔一三〕?直道相思了无益,未妨惆怅是清狂〔一四〕。

校　记

①"待",朱本、季抄作"任"。

集　注

〔一〕【陈帆曰】凤尾罗,即凤文罗也。【吴乔注】黄庭经(序):"盟以金简凤文之罗四十尺。"白帖:"凤文、蝉翼,并罗名。"庾信谢赉皂罗袍启:"凤不去而恒飞,花虽寒而不落。"(西昆发微)

〔二〕【姚注】程泰之演繁露:“唐人婚礼多用百子帐,特贵其名,而其制度,则非有子孙众多之义,特穹庐之具体而微者。卷柳为圈,以相连锁,百张百阖,为其圈之多也,故以百子总之,亦非真有百圈也。其弛张既成,大抵如今尖顶圆亭子,而用青毡通冒四方上下,便于移置耳。”按义山所谓碧文圆顶者,殆指此。盖其始本以毡为之,后或易之以罗欤?【冯注】姚说近是,古所谓青庐也。但此顶上句,谓罗帐。万花谷引酉阳杂俎:“北方婚礼,用青布幔为屋,谓之青庐,于此交拜行礼。”【吴乔曰】言裁扇也。【屈曰】详“车走”句,则一二乃车帷也。【按】吴、屈说非。“扇裁”“车走”二句系“夜深缝”时追忆昔日相遇情景。夜缝罗帐,见亟盼好合之情。

〔三〕【朱注】班婕妤诗:“裁为合欢扇,团团似明月。”乐府团扇郎歌:“憔悴无复理,羞与郎相见。”【按】月魄见碧城注。“扇裁月魄”即团扇如月之意。团扇郎事详河内诗注。

〔四〕【朱注】长门赋:“雷殷殷而响起兮,声象君之车音。”【按】二句追忆往昔与意中人邂逅相遇情景:对方驱车匆匆而过,己则含羞以团扇遮面,露眼暗窥,虽相见未通言语。或谓下句亦指女方,古乐府苏小小歌:“妾乘油壁车,郎乘青骢马。何处结同心?西陵松柏下。”亦是女子乘车,男子乘马。(陈永正说)。然无题四首之二“芙蓉塘外有轻雷”,亦隐以雷车指男方,此处用长门赋,自以指男方为宜。

〔五〕【朱注】徐彦伯诗:“玉盘红泪滴,金烬彩光圆。”

〔六〕【道源注】梁元帝乌栖曲:“芙蓉为带石榴裙。”【吴乔注】则天诗云:“不信比来长下泪,开箱验取石榴裙。”“红”字疑用此意。【冯注】石榴酒可喻合欢,见恼韩同年;孔绍安事可喻京宦，见回中牡丹。句意莫定，似寓不得为京官之慨。【按】此“石榴红”与上“金烬暗”对文，“石榴”自指榴花。“金烬暗”，兼寓相思无望；“石榴红”，暗示流光易逝，一别经年（榴花开时，青春已逝）。冯注凿。

〔七〕班骓见对雪二首注。

〔八〕【补】曹植七哀诗：“君若清路尘，妾若浊水泥。浮沉各异势，会合何时谐？愿为西南风，长逝入君怀。”二句谓所思者系马垂杨之岸，与之咫尺天涯，不能会合，焉得西南好风吹送与之相会乎？

〔九〕莫愁事屡见。

〔一〇〕【陈永正曰】“细细”二字下得极佳，把慢慢地推移的时间和蚕食着心灵的痛苦都表现出来了。

〔一一〕巫山神女事屡见。

〔一二〕【原注】古诗有“小姑无郎”之句。【朱注】古乐府青溪小姑曲：“开门白水，侧近桥梁。小姑所居，独处无郎。”吴均续齐谐记：“会稽赵文韶，宋元嘉为东宫扶侍，廨在青溪中桥。秋夜步月，忽有青衣诣门相问，须臾女郎至，年可十八九许，容色绝妙，顾青衣取箜篌鼓之，留连宴寝。将旦，别去，以金簪遗文韶。明日，于青溪庙中得之，乃知昨所见青溪神女也。”刘敬叔异苑：“青溪小姑，蒋子文第三妹也。”杨炯少姨庙碑：“虞帝二妃，湘水之波澜未歇；蒋侯三妹，青溪之轨迹可寻。”【按】二句谓回忆往昔，遇合如梦；至今幽居独处，终身无托。

〔一三〕【补】二句谓己如柔弱之菱枝，偏遭风波摧折；又似芬芳内蕴之桂叶，却无月露滋润使之飘香。“不信”，是明知而故意如此，见“风波”之横暴；“谁教”，是本可如此而竟不如此,见"月露"之无情。措辞婉而意极沉痛。深宫云:"狂飙不惜萝阴薄,清露偏知桂叶浓。"上句与"风波"句意略同,而语较直遂;下句与"月露"句意相反,而取譬则同,均可互参。

〔一四〕【程注】汉书昌邑王传:"清狂不惠。"注:"凡狂者,阴阳脉尽浊,今此人不狂似狂者,故言清狂也。或曰:色理清徐而心不慧曰清狂,如今白痴也。"杜甫诗:"放荡齐赵间,裘马颇清狂。"【张相曰】直,与就使、即使之就字、即字相当,假定之辞。凡文笔作开合之势者,往往用直字以垫起,与饶字相似,特饶字缓而直字劲耳。……清狂为不慧或白痴之义。言即使相思无益,亦不妨终抱痴情耳。【按】张解是。杜诗"清狂"系放逸不羁之义,非所用。

笺　评

【许学夷曰】商隐七言律语虽秾丽而中多诡僻,如"狂飙不惜萝阴薄,清露偏知桂叶浓","落日渚宫供观阁,开年云梦送烟花","曾是寂寥金烬暗,断无消息石榴红"等句,最为诡僻。……论诗者有理障、事障,予窃谓此为意障耳。(诗源辩体)

【王夫之曰】(重帏首)艳诗别调。(唐诗评选)

【朱曰】(首章)此咏所思之人可思而不可见也。(李义山诗集补注)

【吴乔曰】(首章)"碧文"句:言裁扇也。"扇裁"二句:言裁扇枉自干忙。"何处"句:河清难俟之意。(次章)"神女"二句:此时大悟。"风波"句:通显不管流落之苦。"月露"句:翻恨天之与己美才,诗人大无赖也,传云:"恃才诡激。"此语见之。“直道”句:道破。“未妨”句,聊自解嘲,(西昆发微卷上)又曰:“凤尾香罗”、“重帏深下”,绝望矣,而犹未怒。(西昆发微序)

【金介曰】之一(凤尾香罗薄几重):一结活画出才人浪子。此之谓“好色而不淫”。

【何曰】(首章)腹连以香消花尽作对。(次章)义山无题数诗,不过自伤不逢,无聊怨题,此篇乃直露本意。(辑评)

【黄周星曰】(首章)义山最工为情语。所谓情之所钟,正在我辈,非义山其谁归!(唐诗快)

【胡以梅曰】(首章)此诗是遇合不谐,……首句赞罗有织凤,其质甚薄。……夜深缝是言辛苦。第三方说明团扇,妙在用一“魄”字,则明是碧罗裁就,所以如月之魄,若白纨裁者方言明月耳。……羞难掩,止言夜作制成,弃置不用,白白辛苦,其羞难掩。……第四……空闻车声,不获宠临也。五言寂寞之境,六言消息已无,……。结用陆郎乌骓,徒系树外不归,那得西南风吹入君怀乎?详前三句,必有文章干谒,世事周旋,而当涂莫应。四与六七竟弃之如遗。八虽此心未歇而亦怨之意,意者谓令狐耶?诗中大抵采集乐府,用其篇中之意居多,须读乐府原文,则大意尽贯通矣。(次章)此以莫愁比所思之人也。言莫愁重帏深处,予卧清宵甚长,妙在不言“细细”,而言“细细长”,则“细细”之中已有思,若说出“思”字,则“细细”二字化为俗物耳,所以妙。第三必先有一番妄想,今成为神女之梦。第四本非匹偶,所以不能为之郎也。五六……言风波不任菱枝之弱,而加之以飘荡,以致菱不能采,而月露明有桂可折,谁教天香可爱,令人不能舍乎?风波必当时时事。结言已绝望,付之惆怅清狂已尔。

【陆曰】按本传:"令狐绹作相,商隐屡启陈情,绹不之省。"二诗疑为绹发。因不便明言,而托为男女之词,此风骚遗意也。○首篇言文人之以笔墨干谒,犹女子之以纫补事人。"凤尾香罗"二句,是比体,即传所云屡启陈情也。曰"羞难掩",是欲强颜见之也。曰"语未通",是不得与之言也。五曰自朝至暮,惟有寂寥。六言自春徂夏,略无消息。结言所以若是者,岂真道之云远哉?亦莫我肯顾耳。集中有留赠畏之一绝云,"潇湘浪上有烟景,安得好风吹汝来?"与此结同意。石榴红,诸家引乐府石榴裙作解,然玩其语意,言时序再更,指榴花,觉更直截。○(次章)此篇言相思无益,不若且置,而自适其啸志歌怀之得也。重帏深下,长夜无眠,因思古来所传,若巫山神女,青溪小姑,固举世艳羡之人也。然神女本梦中之事,小姑有无郎之谣,自昔已如斯矣。强以求合,庸有济乎?夫风波不为菱枝之弱而息,月露岂因桂叶之香而施,此殆有不期然而然者,吾乃今而知相思之了无益也。既知无益,又何必自甘束缚,而失我清狂之故态耶?

【徐德泓曰】二首皆慨不遇而托喻于闺情也。首言制成帷幔之属以待偶。且扇裁合欢,羞不自掩,而人卒罔闻之,似雷声塞耳也。五六句乃音问杳然之意。灯花暗,则无喜信可知。石榴红,言徒有此美酒之供耳。结联言彼合者常合,而此无得朋之庆也。易曰:"西南得朋。"似"西南"二字亦非漫下者。(次章)此承上意而言。前四句,言闭帏独宿,而深悟相思无用矣,然岂终飘泊无依者乎,而孰使之得遂也?故又以"风波"、"月露"二句转接。末联总括,谓明知无益,而到底不能忘情耳。

【姚曰】(首章)此咏所思之人,可思而不可见也。上半首,言守礼谨严。凤尾香罗,重重深护,月扇遮羞,雷车隔语,深闺丽质,自应如是。下半首,言殷勤难寄。外不通内,伴金烬之寂寞;内不通外,断石榴之消息。班骓隔岸,漫待好风,真所谓人远天涯近矣。(次章)此义山自言其作诗之旨也。重帏自锁,清宵自长,所谓神女小姑,即楚词"望美人兮南浦"之意,非果有其人也。顾风波浩渺,难断菱枝之萦系;月露苍茫,宁禁桂叶之飘香?明知其无益而不能自已,世无有心人,吾将谁与诉此也耶。

【屈曰】(首章)详"车走"句,则一二乃车帷也。三言仅能睹面,四言未能交语也。五六夜深灯烬,消息难通。七八言安得好风吹汝来也。(次章)"原是梦",不能真合也;"本无郎",明知独处也。"菱枝弱",自喻相思之苦;"桂叶香",喻所思之遗世独立也,犹言谁令汝遗世独立,我安得不相思乎?"梦"字承秋宵,"居处"承莫愁堂,"风波"承白水,"月露"承神女梦。"相思"总结上六句,"惆怅""清狂"申说七句也。

【程曰】李青莲"君平既弃世,世亦弃君平"二语,可作此二诗注脚。前诗言不求人知也。士为知己者死,女为悦己者容,故假借女子以为词。起二句言己之文藻,譬如女子妆饰之工。三四言幽人之贞,犹其户外不窥,外言不入也。五六言不为俗染,犹其深藏鬓影,未露衣香也。七八言冶游荡子,未尝无人,然任其系马春风,与我何与也。次首言人无知己也。起二句言己之无闻,譬如女子之独卧深闺。三四言浮慕虚声,犹其娉婷不嫁,未成伉俪也。五六言且加排挤,犹其弱质无依,香魂不返也。七八则正言以总结之:举世莫容，相思何益，不须惆怅，惟任清狂耳。此即庄子“猖狂妄行，乃蹈乎大方”之义。“未妨”字、“是”字口吻，即晋人犹不费我啸歌语意。

【冯曰】将赴东川，往别令狐，留宿而有悲歌之作也。首作起二句衾帐之具。三句自惭。四句令狐乍归，尚未相见。五六喻心迹不明而欢会绝望。七八言将远行，“垂杨岸”寓柳姓，“西南”指蜀地。次章上半言不寐凝思，惟有寂寥之况，往事难寻，空斋无侣。五谓菱枝本弱，那禁风波屡吹，慨今也。六谓桂枝之香，谁从月露折赠，溯旧也。惟其怀此深恩，故虽相思无益，终抱痴情耳。此种真沉沦悲愤，一字一泪之篇，乃不解者引入歧途，粗解者未披重雾，可慨久矣。

【姜炳璋曰】首章自况其遇而不遇也。盖碧文圆顶，罗帐也；夜深缝纫，女红勤也；扇遮难掩，与相见也。相见则已遇也，而相见无言，驱车竟去，则遇而不遇也。故金烬虽云未暗，而消息总属难通，安得佳期音信与榴花并红乎？然则与见者，不过游冶郎系马垂杨耳。何处西南得朋，好风自至也？义山成进士，举拔萃科，名动一时，每为诸侯所辟，而不能一举朝班，犹女子求之者多，而终无伉俪之好者也。〇次章叹其终不遇，而不复思其遇也。堂掩重帏，清宵不寐，此终不遇也。然无足怪也，神女原只有梦，小姑本未有郎，予安得以好逑作合期之斯世乎？况风波飘梗，离间者多；月露无情，汲引者少，于是知此生总无遇合之日。相思无益，不妨以惆怅之意，寓于清狂，发为歌咏，以自适而已。“直道”二字妙甚，盖前此犹未忍直言无益，至此则竟可说出矣。凄绝！

【曾国藩曰】二诗言世莫已知，己亦誓不复求知于世。托词于贞女以自明其波澜不起之意。（十八家诗钞）

【张曰】首章起联写留宿时景物。三句自惭形秽，四句未暇深谈。“曾是”二句，相思已灰，好音绝望。七八言将远行。……次章……“神女”句，言从前颠倒，都若空烟；“小姑”句，言此后因依，更无门馆。五谓菱枝本弱，何堪屡受风波，慨党局也。六谓桂叶已香，谁遣重添月露，叹文采也。……（会笺）又曰：“神女”句言当日婚于王氏，遂致令狐之怒，今已悼亡，思之浑如一梦耳。“小姑”句言己虽暂依李党，不过聊谋禄仕，并非为所深知，如小姑居处，久已无郎，奈何子直借此为口实哉！（辨正）

【黄侃曰】义山诸无题，以此二首为最得风人之旨。察其词，纯托之于守礼而不佻之处子，与杜陵所谓空谷佳人，殆均不愧幽贞。而解者多以为有思而不得之词，失之甚矣！首二句，正写寂寥时所以自遣：“碧文园顶”，谓帐也；“车走雷声”，言狂且之言无由入耳也；五句言幽居情况，日日如斯；六句言亲爱离居，永无消息；七八言纵有游人窥覗，闺中深邃，固非所得而知也。谓之词婉意严，畴云不可？次首，首二句极写其岑寂；三四言纵复怀人，只劳梦想；四句言独居幽地，不厌单栖；五句言狂暴相凌，徒困荏弱；六句言容华姣好，易召侵欺；七八言终不弃礼而相从，虽见怀思，适成痴佁也。

【汪辟疆曰】此大中五年义山应柳仲郢辟，将赴东川，绝意令狐之诗也。……首章起二句，虽点房栊中景物，然曰薄、曰缝，则寄慨人地寒微，宛言愉色，操心苦矣。三四则言自伤沦落，愧对故人，尽有高轩，难通情愫，所谓羞难掩语未通也。以此二故，自知命途乖舛，寂寥是甘，佳音旷绝，遇合无期。曰曾是、曰断无，则肯定之辞也。结则谓事已至此，不能不有西南之行。……次章上半，状不寐凝思，即承首一首寂寥而极言之。首句莫愁二字取字面，非赋莫愁也。重帏深下，愁并宵长，此时自念前尘如梦，似神女之生涯；门馆无依，类小姑之独处。此梦即庄生晓梦迷蝴蝶之梦也。五六言菱枝虽弱，而惯经风波，亦自有其劲节，喻己之素操，所谓不信也。桂叶本香，而独标月露，固自有其使然。言令狐之提携，所谓谁教也。结二句，则言我虽有感激之忱，而彼终不谅，则思亦无益，不得已只有清狂自处，子不我思，岂无他人，则惆怅之深也。如此说诗，则神理交融，了无凝滞。

【按】二首均写幽闺女子相思寂寥之情，又均采取深夜追思抒慨之心理独白方式，颇似一时之作。然前章近赋，后章近比。前者不特写深夜缝罗帐之女子、系马垂杨岸之男子，且以赋法具体描写邂逅相遇、未通言语之戏剧性场景，似实写生活中情事，后者虽亦云“相思无益”，然实以抒写身世遭逢之感为主，且笔意空灵概括，多用比兴，托寓痕迹较为显明。颔、腹二联，叙身世遭遇，意寓言外。颔联与重过圣女祠“一春梦雨常飘瓦，尽日灵风不满旗”一联相仿佛，而寓意更显，联系作者身世，则辗转相依，迄无所托，遇合如梦，身世羁孤之情固不难意会。腹联如实写女子遭际，则意蕴虚涵，不易捉摸，“风波”“月露”所指，亦费猜详。而从比兴寄托着眼，则易于理解。义山沦贱艰虞，“内无强近，外乏因依”（祭徐氏姊文），仕途坎坷，屡遭朋党势力摧抑，而未遇有力援助，故借菱枝遭风波摧折，桂叶无月露飘香寓慨。深宫诗托宫怨以致慨，“狂飙”一联，“一彼一此，腴枯顿别”；此则托闺怨以致慨，“月露”句与深宫之“清露”句取义虽异，其为托寓身世遭逢之感则同。何焯谓此首“直露本意”,可称知言。要之,作直赋其事解则意晦,作比兴托寓解意反显,最足以说明此诗之寄托性质。

前章虽颇似单纯言情之作,然通篇抒写寂寥中之相思与期待,与作者之悲剧性身世及情怀,固不无相通之处。试比较春日寄怀:“世间荣落重逡巡,我独丘园坐四春。纵使有花兼有月,可堪无酒又无人。青袍似草年年定,白发如丝日日新。欲逐风波千万里,未知何路到龙津?”其间声息相通之处,不难感知。即令作者非有意托寓,亦不妨其于吟咏闺情时融入身世落寞之感,企盼好风之情。冯笺解“垂杨岸”“西南风”为“柳姓”“蜀地”,穿凿附会,支离割裂,几同拆字,最不可从。

无题

相见时难别亦难〔一〕,东风无力百花残〔二〕。春蚕到死丝方尽〔三〕,蜡炬成灰泪始干①〔四〕。晓镜但愁云鬓改〔五〕,夜吟应觉月光寒②。蓬山此去无多路,青鸟殷勤为探看〔六〕。

校　记

①“炬”,姜本、律髓作“烛”。

②“应觉”,【何曰】“觉”作“共”。【按】诸本均作“觉”。

集　注

〔一〕【补】乐府诗集卷三十六曹植当来日大难:“今日同堂,出门异乡。别易会难,各尽杯觞。”又,曹丕燕歌行:“别日何易会日难。”此句翻进一层,谓相见固不易,离别亦难堪。

惟“相见时难”，故别亦倍觉难堪。

〔二〕【补】此句点别时。

〔三〕【朱彝尊曰】古乐府思作丝，犹怀作淮也，往往有此。【钱曰】此是以丝喻情绪，非借作思也。对句不用借字可证。（唐音审体）【何注】古子夜歌：“春蚕易感化，丝子已复生。”（辑评）【补】乐府诗集西曲歌作蚕丝：“春蚕不应老，昼夜常怀丝。何惜微躯尽，缠绵自有时。”

〔四〕【朱注】庾信对烛赋：“铜荷承泪蜡，铁铗染浮烟。”【按】蜡泪常用以象征别恨。杜牧赠别：“蜡烛有心还惜别，替人垂泪到天明。”作者独居有怀：“蜡花长递泪，筝柱镇移心。”二句分喻思念之悠长与别恨之无穷。

〔五〕【补】晓镜，晨起揽镜，“镜”与“吟”对文，均用作动词。云鬓，年青女子浓密之鬓发；云鬓改，借指青春年华之消逝。“但愁”“应觉”，均悬想对方心理之词。出句与春雨“远路应悲春晼晚”意近，对句与月夕“兔寒蟾冷桂花白，此夜姮娥应断肠”相似。

〔六〕【张相曰】看，尝试之辞，如云试试看。白居易松下赠琴客诗：“偶因群动息，试拨一声看。”又眼病诗：“人间方药应无益，争得金篦试刮看！”李商隐无题诗：“蓬山此去无多路，青鸟殷勤为探看。”皆其例也。【按】蓬山、青鸟屡见。二句故为宽解之词，谓对方所居距离不远，望借青鸟传书，试为殷勤探候致意。

笺　评

【葛立方曰】仲长统云：“垂露成帏，张霄成幄，沆瀣当餐，九阳代烛。”盖取无情之物作有情用也。自后窃取其意者甚多。……李义山无题云："春蚕到死丝方尽，蜡烛成灰泪始干。"此又是一格。今效此体为俚语小词，传于世者甚多，不足道也。（韵语阳秋）

【谢榛曰】李义山曰："春蚕到死丝方尽，蜡炬成灰泪始干。"措辞流丽，酷似六朝。（四溟诗话）

【陆时雍曰】三四痛快，不得以雅道律之。（唐诗镜）

【朱曰】此言情人之不同薄幸也。（李义山诗集补注）

【冯舒曰】第二句毕世接不出。次联犹之"彩凤""灵犀"之句，入妙未入神。（瀛奎律髓临二冯阅本）

【冯班曰】妙在首连，三四亦杨刘语耳。（同上）

【吴乔曰】（首句）见时难于自述，别后通书又不亲切，所以叹之。毕竟致书犹易，故有此诗。（次句）东风比绹，百花自比，上不引下也。（三四句）致尧云："一名所系无穷事，怎肯当年便息机。"肥遁之士，莫容易笑人。（七八句）无多路，为探看，侯门如海，事不可知。亦屡启陈情事也。又曰：相见时难，……怨矣，而未绝望。

【叶矫然曰】李义山慧业高人，敖陶孙谓其诗"绮密瓌妍，要非适用"，此皮相耳。义山无题云："春蚕到死丝方尽，蜡炬成灰泪始干。"又"神女生涯原是梦，小姑居处本无郎"。其指点情痴处，拈花棒喝，殆兼有之。又"直道相思了无益，未妨惆怅是清狂"，"平明钟后更何事？笑倚墙边梅树花"，"若是晓珠明又定，一生长对水晶盘"，觉欲界缠人，过后嚼蜡，即色即空之义也。至"浪迹江湖白发新，浮云一片是吾身"，"东西南北皆垂泪，却是杨朱真本师"，分明禅悟语气，岂可漫以浪子诃之？（龙性堂诗话）

【何曰】（第二句）言光阴难驻，我生行休也。（读书记）又曰：

东风无力，上无明主也；百花残，己且老至也。落句其屈子远游之思乎？末路不作绝望语，愈悲。（辑评）

【胡以梅曰】此首玩通章亦圭角太露，则词藻反为皮肤，而神髓另在内意矣。若竟作艳情解，近于露张，非法之善也。细测其旨，盖有求于当路，而不得耶？首言难得见，易得别，别后不得再见，所以别亦难耳。次句措辞媚极，百花残，花事已过也。丝，思也，三四谓心不能已。五恐失时，六见寂寥。结则欲托信再探之。青鸟王母之使，殆当路之用人欤？蓬山无多路，故知其非九重，而为当路。

【唐诗鼓吹评注】此言别之难因相见之难。而风软花残，则有如天若有情天亦瘦也。自别之后，思未尽而泪未干，唯有镜容易改，吟兴难穷耳。犹幸与君所居相去不远，青鸟殷勤，试一探看，或有望于别而再见也。

【赵臣瑗曰】泛读首句，疑是未别时语；及玩通首，皆是别后追思语。乃知此句是倒文，言往常别时每每不易分手者，只缘相见之实难也。接句尤奇，若曰当斯时也，风亦为我兴尽不敢复颠，花亦为我神伤不敢复艳，情之所钟至于如此。三四承之，言我其如春蚕耶，一日未死，一日之丝不能断也；我其如蜡烛耶，一刻未灰，一刻之泪不能制也。呜呼！言情至此，真可以惊天地而泣鬼神，玉台香奁其犹粪土哉！下半不过是补写其起之早，眠之迟，念兹释兹，不遑假寐。然人既不可得而近，信岂不可得而通耶？青鸟一结，自不可少。又曰：（“春蚕”二句）镂心刻骨之言。

【张谦宜曰】凡情语出自变风，本不可以格绳，勿宁少作。情太浓，便不能自摄，入于淫纵，只看李义山“春蚕到死丝方尽，蜡炬成灰泪始干”之句便知。（绚斋诗谈）

【查慎行曰】三四摹写“别亦难”，是何等风韵。（瀛奎律髓汇评引）

【陆次云曰】诗中比意从汉魏乐府中得来，遂为无题诸篇之冠。（晚唐诗善鸣集）

【陆曰】起处有光阴难驻，我生行休之叹。然蚕未到死，则丝尚牵；烛未成灰，则泪常落。有一息尚存，此志不容少懈者。“晓镜”句言老，“夜吟”句言病，正见来日苦少。而有路可通，能不为之殷勤探看乎？此作者以诗代竿牍也。八句中真是千回万转。〇“晓镜”“镜”字，作活字看，方对“吟”字有情。

【陆鸣皋曰】宋仁宗见东坡水调歌头词云：“我欲乘风归去，又恐琼楼玉宇，高处不胜寒。”叹曰：“苏轼终是爱君。”解此，可以得是诗之妙矣。

【徐德泓曰】此诗应是释褐后，外调弘农尉而作，纯乎比体。首句，喻登进之难而去亦难。“东风”句，承“别”字来，风为花之主，犹君为臣之主，今曰“无力”，已失所倚庇，而不得不离矣。然此情不死，故接以“春蚕”两句。五六，又愁去后君老而寥寂也。末言使人探问，见情总难忘也。弘农离京不远，故曰“无多路”。惓惓到底，风人绪音。

【姚曰】人情易合者必易离，惟相见难，则别亦难，情人之不同薄幸也。“东风”句，极摹消魂之意。然不但此际之消魂，春蚕蜡炬，到死成灰，此情终不可断。中联，镜中愁鬓，月下怜寒，又言但须善保容颜，不患相逢无日。虽蓬山万里，呼吸可通，但不知谁为青鸟，能为我一达殷勤耳。〇此等诗，似寄情男女，而世间君臣朋友之间，若无此意，便泛泛与陌路相似，此非粗心人所知。

【屈曰】三四进一步法。结用转笔有力。〇离恨正当春暮，安能漠然？三四比，即死后成灰犹不能忘，何况春暮！但恐岁月如流，渐衰老耳。然幸而相近，可令青鸟探消息何如也。

【程曰】此诗似邂逅有力者，望其援引入朝，故不便明言而属之无题也。起句言缱绻多情。次句言流光易去。三四言心情难已于仕进。五六言颜状亦觉其可怜。七八望其为王母青禽，庶得入蓬山之路也。

【冯曰】首言相晤为难，光阴易过。次言己之愁思，毕生以之，终不忍绝。五言惟愁岁不我与，六谓长此孤冷之态。末句则谓未审其意旨究何如也。此段（指大中三年）诸诗，寓意率相类。

【纪曰】感遇之作易为激语，此云"蓬山此去无多路，青鸟殷勤为探看"，不为绝望之词，固诗人忠厚之旨也，但三四太纤近鄙，不足存耳。（诗说）

【王鸣盛曰】（春蚕二句）沈郁之句，与老杜异曲同工。（冯注初刊本王氏手批）

【姜炳璋曰】此亦寄绹之作。"东风"指绹，言绹不为主持，而王、郑之交好皆雕落殆尽也。然予则非他人之比也，一息尚存，功名之志不能少懈。所虑年华易老，不堪蹉跎，世态炎凉，甚难消受。蓬山在望，青鸟为予探之，其果有援手之时乎？通体大意如此。

【孙洙曰】"春蚕到死丝方尽，蜡炬成灰泪始干。"一息尚存，志不少懈，可以言情，可以喻道。"晓镜但愁云鬓改"，见；"夜吟应觉月光寒"，闻。（唐诗三百首）

【梅成栋曰】镂心刻骨之词，千秋情语，无出其右。（精选七律耐吟集）

【张曰】此徐府初罢，寓意子直之作。“春蚕”二句，即谚所谓“不到黄河心不死”之意。结言此去京师，暂探其意旨之所向也。确系是时作，观起结自悟。（会笺）又曰：三四两句如此典雅而谓之鄙，……纪氏之诗学可知矣。（辨正）

【黄侃曰】次句言无计相怜，任其蕉萃；三四句自叙，五六句斥所怀者；七八则“无由见颜色，还自托微波”之意。

【汪辟疆曰】此当为大中五年徐府初罢寓意子直之诗也。欲绝而不忍遽绝，中怀悲苦，故以掩抑之词出之。然诗意固自显然也。起句言相见既难，即决绝亦不易，此“别”字，非离别之别，乃决别之别。次句言绹既无意嘘植，而己则必就沦落。东风指绹，百花指己。……三四极言己心不死……。五句即诗人“维忧用老”之意。六句即极言孤独无偶。然犹对绹有几希之望，不能不借青鸟之探看也。……史所称屡启陈情，此当其时所作。词苦而意婉，百诵不厌。

【按】吴、冯、张、汪诸家，皆以为屡启陈情时寓意令狐之作。然以诗中所抒写之感情与义山、令狐绹间之关系作对照，此说实不可通。义山与令狐之交恶，或谓始于入王茂元幕娶王氏之时，或谓始于从郑亚于桂管之日，然至入桂幕时，二人关系已有严重裂痕，洵为事实。视“天怒识雷霆”（酬令狐郎中见寄）之语，其时绹之怒恨可想。及亚贬循，义山北归，势蹙途穷，不得已又有望于绹之援手，而绹则不予理睬，故九日诗有“不学汉臣栽苜蓿，空教楚客咏江蓠”之怨望语。要之，大中二、三年间，双方关系正处于最低点。义山于此时仍望绹之援手，固有可议之处，然其中心不以绹为知己挚交，则可必也。而此诗所抒写者，洵为对所思者刻骨铭心、生死不渝之深情，施之令狐，弗类也。此或犹可以剖白己之忠贞不贰解之,至“晓镜”一联,则其说穷矣。“但愁”“应觉”均揣想对方情形,若所思者为令狐,则彼方贵显飞腾,声势煊赫,“晓饮岂知金掌迥,夜吟应讶玉绳低”(寄令狐学士),岂有“但愁云鬓改”“应觉月光寒”之情态?且“屡启陈情”而托之以男女之情,当为离骚式之单相思(所谓“闺中既邃远兮,哲王又不寤”),而此诗所写,明系双方同情同病,彼此深情体贴之爱情。总之,以义山与令狐当时之关系而论,借男女之情作单方面之陈情告哀,冀其援手,容或近理;以同心离居、卿我相怜相比拟,则必不可能。义山大中年间寄酬令狐之诗,戏言望荐者、怨望交并者、陈情乞谅者、欣羡怨慕者均有之,独无谬托知己之篇章,可为此诗非寓意令狐之显证。

义山无题,此章最为传诵。写情曲折深至,回环缠绵,而又出之自然,如肺腑中流出,固为重要原因;抑亦因其纯粹抒情,不杂叙事;高度概括,而形象鲜明;比兴象征,而不流于晦涩,较之他篇更为精纯也。此类恋诗,虽亦可能有所谓“本事”(亦未必即作者之恋爱经历),然必已舍弃生活原型中之大量杂质,提炼、纯化、升华为结晶,以表达爱情间阻情况下愈益深挚忠贞之感情。后世之据此类无题以考证义山恋爱事迹者,犹执精以求粗,不知其早已舍粗以取精矣。

惟其精纯而具典型性,此类诗于创作过程中亦有可能融合、渗透作者之人生感受。如本篇抒写离别之难堪与别后悠长执着之思念,其中或亦揉合作者政治追求失意之精神苦闷,与虽失意仍不能自已、有所希冀之心理。“东风"句亦隐隐传出作者对衰颓时世之感受。姚氏谓"此等诗,似寄情男女,而世间君臣朋友之间,若无此意,便泛泛然与陌路相似,此非粗心人所知"。不谓其必有寄托,而言其情之可以相通,可谓得读此类诗一法。

无题四首

来是空言去绝踪,月斜楼上五更钟。梦为远别啼难唤[①]〔一〕,书被催成墨未浓。蜡照半笼金翡翠[②]〔二〕,麝熏微度绣芙蓉[③]〔三〕。刘郎已恨蓬山远,更隔蓬山一万重〔四〕!

其二

飒飒东南细雨来[④]〔五〕,芙蓉塘外有轻雷〔六〕。金蟾啮锁烧香入〔七〕,玉虎牵丝汲井回〔八〕。贾氏窥帘韩掾少〔九〕,宓妃留枕魏王才〔一〇〕。春心莫共花争发,一寸相思一寸灰〔一一〕!

其三

含情春晼晚[⑤]〔一二〕,暂见夜阑干〔一三〕。楼响将登怯,帘烘欲过难〔一四〕。多羞钗上燕〔一五〕,真愧镜中鸾〔一六〕。归去横塘晓[⑥],华星送宝鞍〔一七〕。

其四

何处哀筝随急管〔一八〕,樱花永巷垂杨岸〔一九〕。东家老女嫁不售〔二〇〕,白日当天三月半〔二一〕。溧阳公主年十四〔二二〕,清明暖后同墙看。归来展转到五更,梁间燕子闻长叹。

校　记

①“唤”原作“换”，非（一作唤）。据蒋本、姜本、戊签、悟抄、席本、影宋抄、钱本、朱本改。

②“照”，悟抄作“烛”。

③“熏”，悟抄作“香”。

④“南”，姜本、朱本作“风”。

⑤“畹”，姜本作“院”。

⑥“晓”，席本、朱本作“晚”。

集　注

〔一〕【辑评墨批】已别而复梦，远别故梦。

〔二〕【朱注】江淹翡翠赋：“糅紫金而为色。”刘遵诗：“金屏障翡翠。”【冯注】楚词招魂：“翡翠珠被，烂齐光些。”【按】金翡翠，以金线绣成翡翠鸟图样之帷帐。帷帐上部为烛照所不及，故曰“半笼”。韦庄菩萨蛮：“香灯半卷流苏帐。”意类此。或曰金翡翠指有翡翠鸟图样之罗罩，眠时用以罩在烛台上掩暗烛光。温庭筠菩萨蛮：“画罗金翡翠，香烛销成泪。”

〔三〕【朱注】崔颢卢姬篇：“水晶帘箔绣芙蓉。”【冯注】鲍照诗：“七采芙蓉之羽帐。”此谓褥也，如杜诗“褥隐绣芙蓉”。【按】帘额、羽帐、被褥均可绣芙蓉图案，此言“麝熏微度”，自以指被褥为宜。翡翠、芙蓉均为男女欢爱之象征。

〔四〕【朱注】李贺金铜仙人辞汉歌：“茂陵刘郎秋风客。”【冯注】用汉武求仙事，屡见。后汉书窦章传：“学者称东观为老氏藏室，道家蓬莱山。”【按】刘郎、蓬山虽用汉武求仙事，然仅取其字面，实兼用刘晨阮肇事。传东汉永平中，剡县人刘晨阮肇入天台山采药迷路，遇二仙女，被邀至仙洞。半载后返故里，子孙已七世。后重入天台访女，踪迹渺然。事见刘义庆幽明录。晚唐诗人曹唐有刘阮洞中遇仙人诗等五首，即据此事敷演。诗中有"免令仙犬吠刘郎"、"此生无处访刘郎"之句，是刘晨亦可称刘郎。此以刘郎自指，蓬山指对方所居之处。二句谓刘郎已恨仙凡路隔，蓬山渺不可即，更那堪远隔万重蓬山乎？

〔五〕【程注】楚词九歌："风飒飒兮木萧萧。"【补】九歌山鬼："杳冥冥兮羌昼晦，东风飘兮神灵雨。"杨师道中书寓直诗："飒飒雨声来。"

〔六〕【辑评墨批】西洲曲："采莲南塘秋。"【冯注】长门赋："雷隐隐而响起，声象君之车音。"或引鲁灵光殿(赋)，谓檐溜之响者，非也。【纪注】从诗殷其雷化来。

〔七〕【道源注】蟾善闭气，古人用以饰锁。【陆注】海录云："金蟾，锁饰也。"【冯注】陈帆曰："高似孙纬略引此句，云是香器。其言锁者，盖有鼻钮施之于帷帱之中也。"【按】金蟾，指蟾形香炉；锁，指香炉鼻钮，可启闭而填入香料。

〔八〕【朱注】按玉虎是井栏之饰，或以施汲器者。老杜铜瓶诗："蛟龙半缺落，犹得折黄金。"旧注云："蛟龙刻铸瓶上。"玉虎亦此类耳。丝，井索也。庾丹诗："银床素丝绠。"【屈注】海录："玉虎，辘轳也。"【冯注】广韵："绠，井索。"乐府淮南王篇："金瓶素绠汲寒浆。"【朱彝尊曰】(二句)锁虽固，香能透之；井虽深，丝能及之。(以上二句又作钱评，"及"作"汲"。)"入""回"二字相应，言来去之难也。

〔九〕【朱注】世说："韩寿美姿容，贾充辟以为掾。贾女于青琐中见寿，悦之，与之通。充见女盛自拂拭，又闻寿有异香之气(是外国所贡,一著人衣,历月不歇)。充疑寿与女通,取左右婢拷问之,婢以状言,充秘之,以女妻寿。”

〔一〇〕【朱注】洛神赋序:“黄初三年,予朝京师,还济洛川。古人有言:斯水之神,名曰宓妃。”善曰:“宓妃,宓牺氏之女,溺洛水为神。”又曰:“魏东阿王求甄逸女,不遂,太祖回,与五官中郎将。植殊不平。黄初中入朝,帝示甄后玉镂金带枕,植见之,不觉泣。时已为郭后谗死。帝意寻悟,因令太子留宴,仍以枕赉植。植还度轘辕,将息洛水上,忽见女子来,自言:‘我本托心君王,其心不遂。此枕是我嫁时物,前与五官中郎将,今与君王。’遂用荐枕席,欢情交集。又云:‘岂不欲常见,但为郭后以糠塞口,今被发掩面,羞将此形貌重睹君王耳。’言讫不复见所在。王悲喜不自胜,遂作感甄赋。后明帝见之,改为洛神赋。”元稹诗:“班女恩移赵,思王赋感甄。”【朱彝尊曰】(二句)幸而合。不幸而终不合。(又作钱评。)

〔一一〕【冯注】庄子:“心固可使如死灰乎?”【朱彝尊曰】其同归于尽则一也。(又作钱评。)【纪曰】贾氏窥帘,以韩掾之少;宓妃留枕,以魏王之才,自揣生平,谅非所顾,故曰“春心莫共花争发,一寸相思一寸灰”,言思之无益也。【按】腹、尾二联意谓:贾氏窥帘,宓妃留枕,或爱少俊,或慕才华,或生而遂愿,或死而有情,其追求爱情之愿望均如春花之萌发而不可抑止,今我则相思之情虽亦与春花竞发,然终如香销成灰,陷于绝望。

〔一二〕【朱注】楚词:“白日晼晚其将入兮。”

〔一三〕【朱注】古乐府:“月没参横,北斗阑干。”阑干,横斜貌。【按】夜阑干,夜色弥漫。阑干,纵横散乱貌。

〔一四〕【朱彝尊曰】“烘”字难解。意香烟透出，疑帘中有人，故过之难。【吴乔曰】义山石城诗又有“帘烘不隐钩”，“烘”不可解。或者如画家以空白云气处为烘断之意乎？（西昆发微）【何曰】“烘”字下得好，他人不能。【冯注】诗：“卬烘于煁。”烘，燎也。而实取照物之义，故用之。【按】烘，映照。帘烘，形容帘内灯光明亮，透出融怡热烈气息。

〔一五〕【朱注】洞冥记：“元鼎元年起招灵阁，有神女留一玉钗，帝以赐赵婕好。元凤中，宫人谋欲碎之。视钗匣，惟见白燕升天。宫人因作玉燕钗。”【吴乔曰】愧不如钗得近其人之身。

〔一六〕镜中鸾用范泰鸾鸟诗序孤鸾睹影悲鸣事，参陈后宫诗注。此言愧不如镜中之鸾得伴其人。

〔一七〕【朱注】魏文帝诗：“华星出云间。”【冯注】此华星，启明也。【按】华星，犹明星。二句谓凌晨独自沿横塘路而归，唯明亮之晨星空照归鞍而已。七句末字朱本作“晚”，他本均作“晓”，冯氏补注谓：“首句既曰畹晚，则七句必当为晓字。”然此诗所述情景，男女双方似并未会面，颇疑作“晚”者是。首句“晚”指晚暮，此“晚”则指夜深。

〔一八〕【程注】魏文帝与吴质书：“高谭娱心，哀筝顺耳。”鲍照白纻歌：“古称渌水今白纻，催弦急管为君舞。”【冯注】礼记：“丝声哀。”说文：“筝，五丝筑身乐也。”【按】哀指声音之清亮动人。

〔一九〕【程注】史记：“范雎得见于离宫，佯为不知永巷而入其中。”【朱彝尊曰】永，长也，非宫中之永巷。【按】朱注是。永巷，犹深巷。（冯引作钱注。）

〔二〇〕【朱注】乐府捉搦歌：“老女不嫁只生口。”【冯注】登徒子好色赋:"臣里之美者,莫若臣东家之子。"战国策:"处女无媒,老且不嫁。舍媒而自衒,敝而不售。"列女传:"钟离春,齐无盐邑之女,极丑无双,年四十,衒嫁不售。"梁乐府:"老女不嫁,蹋地唤天。"

〔二一〕【何曰】怀春而后时也。(辑评)【冯注】言迟暮也。神来奇句。

〔二二〕【朱注】梁书:"溧阳公主,简文帝女也。年十四,有美色,侯景纳而嬖之。大宝元年三月,请简文禊饮于乐游苑。上还宫,景与公主共据御床南面坐。"【冯注】南史梁简文帝纪:"侯景纳帝女溧阳公主。公主有美色,景惑之。"按:"年十四",史文未见。溧阳公主年虽未考,而秦主苻坚灭燕,冲姊清河公主年十四,有殊色,坚纳而宠之,似可借用,犹富平少侯之"十三身袭"欤?

笺　评

【朱曰】(次章)窥帘留枕,春心之摇荡极矣。迨乎香销梦断,丝尽泪干,情焰炽然,终归灰灭。不至此,不知有情之皆幻也。乐天和微之梦游诗序谓曲尽其妄,周知其非,然后返乎真,归乎实,义山诗即此义,不得但以艳语目之。又,补注曰:(首章)此章言情愫之未易通也。(次章)此章言相忆之苦也。(三章)此写咫尺天涯之感。

【朱彝尊曰】"来是空言去绝踪"一首:已别而复梦远别,故啼。首二句正是梦境,故第三句直接梦字。

【贺裳曰】元微之"频频闻动中门锁,犹带春酲懒相送。"李义山"书被催成墨未浓","车走雷声语未通",始真是浪子宰相,清狂从事。(黄白山评:"李为幕客,而其诗多牵情寄恨

之语,虽不明所指,大要是主人姬妾之类。……)(载酒园诗话卷一)

【吴乔曰】(首章)(首句)言绹有软语而无实情。(次句)言作诗时。(五六)两句从第二句来。〇此诗与相见时难皆是致书于绹时作,即旧传所言屡启陈情也。(次章)(六句)言己才藻足为国华,绹不拔擢也。(三章)(三四)末句有"归"字,则知此联言在绹处之次日也。(五句)愧不如钗得近其人之身。(六句)愧不如鸾之决然自绝,而犹恋恋一官。(七八)楚词言君恩之薄,而曰"波滔滔以来迎,鱼鳞鳞以媵予",言无人也。结语祖之。(四章)东家老女自比。溧阳公主比绹。又曰:老女,自伤也。

【杨守智曰】美人香草,作者意自有在,何必后人代为忏悔,谈禅说幻,纷纭蛇足,俱属梦语。末章微露本旨。(复图本)

【何曰】此等只是艳诗,杨孟载说迂缪穿凿,风雅之贼也。(读书记)又曰:(首章)梦别、书成、为远、被催、啼难、墨未,皆用双声叠韵对。(七八句)小冯云:"应首连。"(次章)雷雨之动满盈,则君子经纶之时也。曰"细"曰"轻",盖冀望而终未能必之词。五六言杂进者多,不殊"病树前头万木春"也。〇三句言外之不能入,四句言内之不能出,防闲亦可谓密矣。而窥帘留枕,春心荡漾如此,此以见情之一字决非防闲之所能反也。〇(五句)年不如。(六句)势不逮。(七八句)小冯云:所谓止于礼义哉!(四章)此篇明白。溧阳公主,又早嫁而失所者,然则我生不辰,宁为老女乎?鸟兽犹不失伉俪,殆不如梁间之燕子也。(以上辑评。)

【胡以梅曰】(首章)此诗内意:起言君臣无际会之时,或指当路止有空言之约,二三四是日夕想念之情。五六言其寂寥。

七八言隔绝无路可寻。若以外象言之，乃是所欢一去，芳踪便绝，再来却付之空言矣。五更有梦，惊远别而犹啼；讯问欲通，徒情浓而墨淡。为想蜡照金屏，香薰绣箔，仙娥静处，比刘郎之恨蓬山更远也。（次章）内意：一二言阴蒙而天日为蔽。三四言隔绝不通。五六羡古人之及年少而用才。七八不能与众芳齐艳使人灰心耳。外象则起言东南不日出而有细雨，是不能照见所欢之楼矣。莲塘可游而有雷声，则所欢不能出而采莲矣。想其静处遥深，惟有烧香汲井，欲得贾氏宓妃之怜才爱少既不可得，此心莫与春花争发，已令人思之灰心。○按此诗五六说明贾氏魏王，大露圭角，翻是假托之词，而非真有私昵事可知，决不犯对题直赋也。

【赵臣瑗曰】（首章）只首句七字便写尽幽期虽在、良会难成种种情事，真有不觉其望之切而怨之深者。次句一落，不是见月而惊，乃是闻钟而叹，盖钟动则天明，而此宵竟已虚度矣。三四放开一步，略举平日事，三写神魂之恍惚，四写报问之仓皇，情真理至，不可以其媟而忽之。五六乃缩笔重写。月斜楼上，烧烛以俟之，烛犹未灭也；焚香以候之，香犹未歇也。而昔也欲去，留之未能；今也不来，致之无路，将奈之何哉！以为远诚不知其远之若何，以为恨诚不知其恨之何若也。

【唐诗鼓吹评注】（首章）此有幽期不至，故言来是空言而去已绝迹。待久不至，又当此月斜钟尽之时矣。惟其空言，所以梦为远别，啼难唤醒，而裁书作答，催成墨淡也。想君此时，蜡烛犹笼，麝香微度，而我不得相亲，比之刘郎之恨，不更甚哉！刘郎宜指刘晨。（次章）此言细雨轻雷之候，思其人之所在：烧香入而金蟾啮锁，汲井回而玉虎牵丝，亦甚寂寞矣。

然而窥帘留枕，则未尝无意于韩掾魏王也。末则如怨如诉，相思之至，反言之而情愈深矣。

【陆曰】（首章）通篇一意反覆，只发挥得"来是空言去绝踪"七字耳。言我一夜之间，辗转反侧，而因见夫月之斜，因闻夫钟之动，思之亦云至矣。乃通之梦寐，而梦为远别，何踪迹之可寻乎？味其音书，而书被催成，宁空言之足据乎？蜡照半笼，言灯光已淡；麝熏微度，言香气渐消，夜将尽而天欲明之时也。言我之凄清寂寞至此，较之蓬山迢隔，不啻倍蓰，则信乎"来是空言去绝踪"也。（次章）承上言不特道之云远已也，彼飒然者风雨耶？殷然者雷声耶？是皆阻我良会者也。于计无复之之处，忽生出下文转步来。金蟾啮锁，喻情之牢固也，曰"烧香入"，则扃钥尽开矣。玉虎牵丝，喻思之萦绕也，曰"汲井回"，则辘轳不转矣。下半言情欲之感，终归灰灭，岂独今日为然？彼韩掾之香既销，窥帘者安在？陈思之梦已断，留枕者何人？甚矣相思无益，而春心之摇荡，不可不以礼义自裁也。

【徐德泓曰】传载令狐绹作相，义山屡启陈情，绹不之省，数首疑为此作也。俱是喻体。（首章）此篇首二句，言信杳而时将尽矣。然痴情不醒，梦寐系之，急切裁书，亦不及修饰也。五六二句，想象华显之地。随言此地，前已恨其远，今不更远乎？时李不得补官，故云。（次章）首句蒙晦之象。次句"雷"字从"风雨"字生出。雷车奔逐，而曰"塘外"，曰"轻"，喻趋捷径者。是以私谒侯门者，如啮镴而入；暗相援引者，似牵丝而汲也。五六句，言一爱少，一怜才。今非少年，而又无怜才者，徒为热中何益乎？故结语云云。（三章）此应以绹难见而云也。直待末后，而始得一见，故曰"晚"，曰"暂"。次联,乃足将进而趑趄意。然又不能与之决绝,殊愧钗燕镜鸾之能脱离而去也。结到归来景象,与首联暮夜相应。(四章)此又以老女伤春为比。首二句,亦倒装法,言声在某地也。三月半,则春垂尽。"溧阳"二句,喻年少逢时者,而与之相形,尤不得不归而叹矣。结得黯然凄绝,古乐府之遗也。

【陆鸣皋曰】(首章)起得飘空,来无踪影,有春从天上之意,与昨夜星辰等篇同法。(次章)义山用事,大半借意,如"贾氏"二语,只为一"少"字"才"字,是属确解。而人舍此不求,徒以窥帘留枕事实之,则失作者之意,而前后上下自成格塞。知此始可与读李也。

【姚曰】(首章)极言两人情愫之未易通,开口便将世间所谓幽期密约之丑尽情扫去。其来也固空言,其去也已绝踪,当此之时,真是水穷山断,然每到月斜钟动之际,黯然魂销。梦中之别,催成之书,幽忆怨乱,有非胶漆之所能喻者。乃知世间咫尺天涯之苦,正在此时。遥想翡翠灯笼,芙蓉帏幕,所谓"其室则迩,其人甚远",纵复沥血刳肠,谁知我耶?(次章)极言相忆之苦。首句暗用巫云事,思之专而恍若有见也。次句暗用古诗"雷隐隐,动妾心"语,思之专而恍若有闻也。计此时,金蟾啮锁,非侍女烧香莫入;玉虎牵丝,或侍儿汲井时回,惆怅终无益耳。于是春心一发,妄想横生:念贾氏之窥帘,或者怜我之少;如宓妃之留枕,或者怜我之才。要之念念相续,念念成灰,毕竟何益!至此则心尽气绝时矣。(三章)此写咫尺天涯之感。楼前帘外,邈若山河。钗上之燕,夜来已卸;镜中之鸾,夜来已掩,羞愧在此,横塘归路,惟有华星相送而已。其奈之何哉!(四章)前四句,寓迟暮不遇之叹。"溧阳"二句,以逢时得志者相形。"归来"二句,恐知己之终无其人也。读之此首,前三章之寄托可知。〇按义山自述云:"夙闻妙喻,常在道场。至于南国妖姬,丛台妙妓,虽有涉于篇什,实不接于风流。……可使国人尽保展禽,酒肆无疑阮籍。"观此四章,托兴幽深,寄词微婉,方知斯言之非欺我。

【屈曰】(首章)一相期久别。二此时难堪。三梦犹难别。四幸通音信。五六孤灯微香,咫尺千里。七八远而又远,无可如何矣。(次章)此诗寓意在友朋遇合,言凶终隙末也。〇一二时景。三四当此时而汲井方回,烧香始入。五六即从三四托下。于是帘窥韩掾,枕留宓妃,须臾之间,不可复得。故七八以春心莫发自解自叹,而情更深矣。(四章)贫家之女,老犹不售;贵家之女,少小已嫁。故展转长叹,无人知者,惟燕子独闻也。

【程曰】此四首则已入茂元幕府时感叹之作。第一首起句言来居幕府,曾是何官;已去秘书,竟绝踪迹。次句言幕中供职之勤,夜则月斜,晓则钟动,比昌黎所谓辰而入尽酉而归者为更甚焉。三句言自别兰台,梦中岂无涕泣,无如其无可诉语。四句言自掌书记,未免受人促迫,往往不待其墨浓。五六又追忆秘书省之情事:宿直紫禁,亲见翡翠金屏;身近御炉,香度芙蓉绣带,何其乐也!七八谓今则君门万里,比之汉武求仙,虽未得至蓬山,犹邀王母之降;若已甫授秘书省,竟未得入,是则较蓬山之远更为过矣。第二首专言幕中,盖作此寂寂之叹。起二句言雷雨飘萧,秋花冷落,以兴起无聊之景。三四言晨入暮归情况:晓则伺门启焚香而入,晚则见辘轳汲井而归,盖终日如是也。五六似指当时官奴而言，谓窥帘贾女，留枕宓妃，邂逅之间，亦尝相遇。七八“春心”字“相思”字紧接上联，然发乎情止乎礼义，不得不自戒饬如香山所谓“少日为名多检束”者，故曰“莫发”、曰“心灰”也。第三首从前首后四句生出，专咏官奴。开口“含情”“暂见”四字，分明揭出春光已晚，春夜已阑，此时此际，未免有情。三四言少年薄幸之事有不可为亦有不易为者，登楼岂无履声，过帘亦见人影，惟有以礼自持而已。五六言既以礼自持，故爱其钗燕而转自羞，欲为镜鸾而翻自愧。七八则叙其出院情景。每日归时，华灯已上，横塘侧畔，劳送归鞍已耳。第四章乃归后索居之怨。起二句言娇丝脆竹，花明柳暗，春光烂漫，何处无之，三四言己如不售之女，空老流光矣。五六是回思得意立朝者，有若年少女郎，尽堪迟嫁，岂知易售，一一乘时，不啻溧阳公主，十四已婚。七八归叹一身羁栖远地，感叹之情不但无可语者，亦并无人闻之，其闻者唯梁间燕子耳。按义山从事茂元，茂元方将以女妻之，则其时情致所不能无。而原始要终，究归大雅，不失风人之旨矣。朱长孺于第二首论之，谓不得但以艳诗目之，良是，殊不知四首皆然也。

【冯曰】此四章与“昨夜星辰”二首判然不同，盖恨令狐绹之不省陈情也。首章首二句谓绹来相见，仅有空言，去则更绝踪矣。令狐为内职，故次句点入朝时也。“梦为远别”，紧接次句，犹下云“隔万重”也。“书被催成”，盖令狐促义山代书而携入朝，文集有上绹启，可推类也。五六言留宿。蓬山，唐人每以比翰林仙署，怨恨之至，故言更隔万重也。若误认艳体，则翡翠被中，芙蓉褥上，既已惠然肯来，岂尚徒托空言而有梦别催书之情事哉？次首首二句纪来时也；三句取瓣香之义；四句申汲引之情；五句重在“掾”字，谓己之常为幕官；六句重在“才”字，谓幸以才华，尚未相绝；结则叹终无实惠也。三首上四句言彻夜候见，而终不得深浃。夜阑干，近五更入朝时矣。楼响帘烘，声光之盛，我往就见，颇自惭尔。五六自叹自愧。结则言惟遣骑送归，蒙其虚礼而已。彼既入朝，我则归矣。（“夜阑干”六句，“彼既”二句，自句下笺移入）以上三章，未必皆一夕间事，盖类列之耳。四章又长言叹息之。首言何处告哀，固惟有此地耳。无盐自喻，“溧阳公主”比令狐。末二句重结“归”字，闻长叹者只有梁燕，令狐之不省，言外托出矣。载酒园诗话摘“书被催成墨未浓”及“车走雷声语未通”，以为真浪子宰相，清狂从事，何其妄作解人哉！

【薛雪曰】（四章）意云：永巷樱花，哀弦急管，白日当天，青春将半；老女不售，少女同墙。对此情景，其何以堪！展转不寐，直至五更，梁燕闻之，亦为长叹。此是一副不遇血泪，双手掬出，何尝是艳作？（一瓢诗话）

【纪曰】（次章）起二句妙有远神，不可理解而可以意喻。“魏王”字合是“陈王”，为平仄所牵耳。贾氏窥帘，以韩掾之少；宓妃留枕，以魏王之才。自顾生平，岂复有分及此，故曰“春心莫共花争发，一寸相思一寸灰”，此四句是一提一落也。四首皆寓言也，此作较有蕴味，气体亦不堕卑琐。无题诸作，大抵感怀托讽，祖述乎美人香草之遗，以曲传其郁结，故情深调苦，往往感人。特其格不高，时有太纤太靡之病，且数见不鲜，转成窠臼耳。归愚以为剪彩为花，绝少生韵，固不足以服其心，而效者又摹拟剽贼，积为尘劫，无病而呻，有更甚于汉人之拟骚也。他体已然，七律尤甚，流弊所至，殆不胜言。存此一章，聊以备义山一种耳。此四首纯是寓言矣，第一首三四句太纤小，七八句太直而尽。第三首稍有情致，三四亦纤小，五六亦直而尽。第四首尤浅薄径露。大抵无题是义山偶然一种，本非一生精神所注，颇不欲多存，以后凡无题皆不入钞也。（诗说）

【孙洙曰】（首章腹尾两联）灯犹可见，香犹可闻，而其人则已远矣。（唐诗三百首）

【姜炳璋曰】（其一）（来是句）写梦。（月斜句）梦之时。（梦为二句），梦中之景，点出梦，统贯上下，以清意旨，针线极细。（蜡照）二语写梦觉之景。（刘郎二句）落句极沉痛，“蓬山”指朝中显秩。（其二）（飒飒句）“细雨”比群阴蔽日。（芙蓉句）“轻雷”喻聚蚊成雷。（金蟾句）言金蟾啮锁，则香气秘而不散，喻己与绹之交情宜固结而不解也。（玉虎句）言我虽暂出于外，尔必汲引之，使复归朝列。（贾氏句）盖我已与尔少小相依，气谊甚笃。（宓妃句）岂知昔日相交，竟若梦中幻境乎？（春心二句）二语则极言其望重之切也。（其三）（含情二句）一二言时已暮。（楼响二句）三四言思之切。（多羞二句）五六言愧蒙赠遗，虚受赏识。（归去二句）犹云如白驹过隙耳，言蹉跎将老也。（其四）（何处二句）春意恼人，入耳触目皆闷。（东家二句）二句喻己之不遇也。（溧阳二句）二句喻后进皆贵显也。（归来二句）望用之情迫矣，而绹何终不省也。○观末章云“东家老女嫁不售”，则知义山自况，而非艳辞矣。然予决以为寄令狐绹之作。一章，犹云“梦令狐学士”也。或云恐无所据，愚谓考集中赠绹诗可知矣。其为左拾遗也，则有令狐拾（遗）见招诗；其为左补阙也，则有酬别令狐补阙诗；其为考功郎中也，则有赠子直花下、子直晋昌李花诗;其为翰林学士也,则有寄令狐学士、梦令狐学士二诗;其为中书舍人也,则有戏赠一诗。至大中四年,绹同平章事,为宰相者十年,而义山从无赠绹、梦绹之作。然则史云"以文章干绹",吾不知义山之干绹者为何等诗文也。及阅至"万里风波一叶舟"亦曰无题,"郎君官贵施行马"而题曰九日,夫乃知无题、碧城、鸳鸯、玉山诸什,大半皆绹执政时干绹之作也。据本传,令狐楚镇河阳,以所业文干之,年才及弱冠,楚以其少俊,深礼之,令与诸子游。开成二年,高锴知贡举,令狐绹雅善锴,奖誉甚力,故擢进士第。是义山与绹少同学,长同游,朋友之间投契之甚者,故以夫妇男女为喻。想当时必有"梦令狐相公"、"寄令狐相公"诸题,一再不省,终于疏斥,故尽削其题,而冠以"无题"及"玉山"等字耳。细味自知。

【潘德舆曰】自来咏雷电诗,皆壮伟有馀,轻婉不足,未免狰狞可畏。惟陶公"仲春遘时雨,始发雷东隅",杜审言"日气含残雨,云阴送晚雷",李义山"飒飒东风细雨来,芙蓉塘外有轻雷",最耐讽玩。(养一斋诗话)

【张曰】文集有上兵部相公启云:"令书元和中太清宫寄张相公旧诗上石者,昨一日书讫。"令狐绹大中四年十月以兵部尚书同平章事,五年四月换礼部尚书。义山是年(指大中五年)春初还京,诗有"书被催成"语,正指其事。以四章"白日当天"证之,诗作于三月子直未改礼部时也。首章纪令狐来谒,匆匆竟去之事。"蜡照"二句,去后寂寞景况。结言从前内相位望,已恨悬隔;今则礼绝百寮,真不啻云泥万里矣。次章盼其重来。"金蟾"句瓣香甚切;"玉虎"句汲引无由。后四句言贾氏窥帘,以韩掾之少;宓妃留枕,以魏王之才，我岂有此哉！相思寸灰，深叹思之无益也。三章纪往见令狐，亦匆匆一面，不容陈情之慨。首句含情已久。次句暂见而未能交欢。“楼响”句，足将进而趑趄；“帘烘”句，人可望而难即。五六含羞抱愧之态。结言失意而归，只有华星相送耳。四章纪归来展转思忆之情。“何处”二句，谓惟令狐一门可以告哀，“樱花永巷”，比子直得时贵显也。“老女不售”，自喻；溧阳公主，比令狐。同墙看，亦可望而不可亲之意。末二句则极写独自无聊耳。四首各有线索，如此解之，诗味倍长矣。冯氏句释未能分析，今为拈出。纪晓岚好掎摭古人，而此诗次章所说独无误，可从也。（会笺）又曰：（首章）“梦为”二句，即碧瓦诗“梦到飞魂急，书成即席遥”之意。无题诗格，创自玉溪。且此体只能施之七律，方可宛转动情。统观全集，无所谓纤俗、浮靡者。若后人仿效玉溪，诚有如纪氏所讥“摹拟剽贼，积为尘劫”者，然岂能真得玉溪万一耶？纪氏欲因后人仿效之不善，归罪于创始之人，听断未免太不公矣。（辨正）

【黄侃曰】（首章）“啼难唤”者，言悲思之深；“墨未浓”者，言草书之促；五六句指所忆之地言。（次章）古诗“雷隐隐，感妾心。侧耳倾听非车音”。第二句略用其意，以兴三四句，言所忆者之自外独归也。五六句以下，则禁约闲情之词。言情事与韩寿曹植既殊，则徒思无益者也。“东风细雨”，所以兴起“轻雷”；而“轻雷”又非真雷，乃以拟车声也。三四句亦所以足第二句之意，言其自外独归而已，非必真有“烧香”“汲井”之事也。诗乃有所求于人而人不见谅之词也。（李义山诗偶评）

【汪辟疆曰】原编共四首，……盖编者取其用意从同，故统括以无题耳，当非一时所作也。……首章前四句写梦中，后四句写梦觉。来去既不常，故言曰空言，踪曰绝踪，已非醒眼时境界，从古诗“既来不须臾，又不处重帏”脱化出也。次句点时地，入梦之时地也。三四梦中之情事，极恍惚迷离之境，决非果有其事。而张冯二家必泥上绹书令代书太清宫寄张相公旧诗，抑何可笑。五六则为梦醒时之景况，故曰“半笼”，云“微度”，即为梦醒时在枕上重理梦境之感觉。七八则叹蓬山本远而加以梦中障隔，较之醒时之蓬山更远也。此诗变化不拘常格，宜冯张辈不能知之也。又曰：“来是空言”一首前人所笺或以艳情，或以为令狐绹来见，其说之不可信，可于本诗证之。如为艳遇之作，则既于深夜翩然肯来，而又翡翠被中、芙蓉褥上既极燕昵之欢，何又忽云蓬山远隔，则前后之不合也。如为子直来见，无论子直贵官，不常下顾，即感念故人亲来存问，又何为待至五更深夜月斜楼上之时乎？冯氏自知不可通，则谓令狐为内职，此句点入朝之时，牵强附会而不知为瞽说也。惟解为梦中梦觉两层，则通体圆融，诗味深远。次章言事已如此，然终似有几希之望而终断之无益也。起二句曰细雨，曰轻雷，喻膏泽之不能大霈。然香炉虽闭，而金蟾可以啮通之；井水虽深，而玉虎可以汲引之。况己与令狐，乖隔虽深，旧情犹在，则援手亦不难也。但所疑虑者，窥帘以韩掾之少，留枕以魏王之才，而我何有哉！转念至此，则寸心灰尽，其无益也可断言之。此二首或为一时之作。（玉溪诗笺举例）

【按】无题四首，其中七律二首，五律一首，七古一首，体裁既杂，内容亦无内在联系，其非一时之作可知。七古“何处哀筝”一篇，以贫家老女无媒不售、自伤迟暮与贵室女子得意行时、游春赏景相形，以喻寒士之落拓不遇与贵显子弟之仕宦得意，显用感士不遇之传统托喻手法。“东家老女”与“溧阳公主”，均为虚拟假托之寓言式人物，“嫁不售”之语，亦此类诗常语。试比较戏题枢言草阁末段：“榆荚乱不整，杨花飞相随。上有白日照，下有东风吹。青楼有美人，颜色如玫瑰。歌声入青云，所痛无良媒。少年苦不久，顾慕良难哉。徒令真珠肶，裛入珊瑚腮。”二者均脱胎于曹植美女篇，第“何处哀筝”篇易之以“东家老女”，又以“溧阳公主”对衬而已。又七律少年以骄纵荒淫之贵胄少年与寒郊蓬转之下层文士作对照，内容亦与本篇以“东家老女”与“溧阳公主”相形类似，所不同者，一则直赋其事，一则出之比兴，且主宾易位而已。薛雪谓“此是一副不遇血泪，双手掬出，何尝是艳作”，所论极是。无题诸篇中，本篇洵为托寓痕迹最为明显者。然以此例彼，推论前三章亦必有托寓，则又不免武断。盖前三章内容、写法均与第四章有别，且如“蜡照”、“贾氏”、“楼响”等联，均似实赋其事，寄寓痕迹殊不明显，故宜分别论之。

首章写所思远隔，会合无期。首句点出“远别”。“来是空言”者，远别之际曾有重来之期约而虚幻难凭；“去绝踪”，一去不复返也。次句则思念对方，梦魂萦绕，醒后斜月空照，晨钟遥闻，倍感寂寥怅惘之情景。次联出句追溯梦中情景，谓因远别而积思成梦，梦中亦因伤别而悲啼不已；对句谓梦醒后为强烈思念之情所驱使，墨犹未浓即匆匆草成致对方之书信。腹联写室内华美陈设与寂寥气氛，蜡照半笼，麝熏微度，依稀昔日欢会情景，然所谓伊人已在天之一方矣。末联谓本已恨蓬山阻隔，岂堪更隔万重蓬山乎？味诗意，似是本已咫尺天涯，会合良难，对方又复远去也。“梦为远别”四字，一篇眼目。诗用逆挽法，先从梦醒时情景写起，再将梦中与梦后（次联）、实境与幻觉（腹联）揉合交融，最后点明蓬山远隔，归结到远别之恨。

次章写幽闺女子风雨怀人之情思与相思无望之痛苦。全诗系追求与幻灭两种心象之交相映现。东南细雨，莲塘轻雷，凄迷杳冥之景与低徊怅惘之情浑然一片，而女主人公独居有怀、宛有所待之情状亦彷佛可见，纪氏所谓“妙有远神”者殆指此。颔联含意隐晦，盖赋而寓比兴者。“烧香”“牵丝”二语，既逗起腹联之贾氏窥帘，韩寿偷香，宓妃留枕，情思绵绵，又谐“相思”以引起末句。此联意或谓蟾炉虽锁，烧香时仍可开启添入香料；井水虽深，借辘轳牵引亦可汲上清泉，既以之反衬幽居女子寂寥孤独、内外隔绝之处境，亦以之暗示情之终不可久闭深藏，见此蟾炉添香、玉虎牵丝不免牵动情思也。腹尾二联，紧相承接。贾氏窥帘，宓妃留枕，或爱少俊，或慕才华，皆情之发乎中而不可抑止者，诚所谓“春心自共花争发”者也。我之“春心”虽亦随春花而萌发，然屡次想望，屡次失望，直似香销而寸寸成灰，翻不如泯此春心为愈耳。诗虽千回百转，而终归相思之无望；然于绝望之悲哀中，又复透出“春心”之不可抑止与泯灭，鼓吹评谓末句“反言之而情愈深”，甚是。第三章极写有所思慕而可望不可即之情，首联谓春晚时思慕对方之情难以自抑，故至对方住处，然仅于夜色朦胧中偶一瞥见楼上之伊人。颔联谓对方楼上人声喧闹，灯光映帘，气氛热烈融怡，已则踌躇迟疑，怯于登楼入室。腹联即写欲见而不得见之苦闷，谓己尚不如钗上之燕、镜中之鸾，得伴其人之身影也。末联则伫立中宵，失意怅归情景。

综观前三章，主角或男或女，时时变换，情事又各不相关，谓其有意借艳情作连章之寄托，实属穿凿附会。然爱情之失意与仕途之失意，形态本有相似处，于吟咏失意爱情时融入政治上失意之感，亦属可能。蓬山重隔之恨，相思无望之叹，可望不可即之感，或亦略有所寓焉。惟此种寓托，只可于形象之总体自然联想，不可斤斤于字句间比附索隐。作者虽未必然，读者未必不然，正缘创作中有非自觉性一面也。

有感[①]

非关宋玉有微辞〔一〕，却是襄王梦觉迟〔二〕。一自高唐赋成后，楚天云雨尽堪疑〔三〕。

校　记

①原脱题，据蒋本、姜本、戊签、席本、钱本、朱本补。

集　注

〔一〕【冯注】登徒子好色赋："登徒子短宋玉曰：'玉为人体貌闲丽，口多微辞，又性好色，愿王勿与出入后宫。'玉曰：'体貌闲丽，所受于天也；口多微辞，所学于师也；至于好色，臣无有也。'章华大夫曰：'盖徒以微辞相感动。'"【按】微辞，以委婉不露之言辞托讽。公羊传定公元年："定、哀多微辞。”

〔二〕“襄王梦”屡见。却是，正是。

〔三〕【补】楚天云雨，指描写男女情爱之内容。二句谓自宋玉写成以微辞托讽之高唐赋后，凡赋男女情爱之内容亦均堪疑为别有寓托者矣。

笺评

【朱彝尊曰】此非咏楚事也。题曰“有感”，可想而知。

【杨曰】此亦无题注脚。（复图本）

【徐德泓曰】落句固佳，但此为不幸而受恶名者发，当体会“襄王”句也，不然，又以词害志矣。

【姚曰】非为宋玉解嘲，为色荒者讽也。

【屈曰】玉溪无题诸作，即微词也。当时必有议者，故此诗寄慨。

【程曰】此致憾于李宗闵辈信谗而不察也。通篇全用宋玉事，以登徒子尝短宋玉，谓其体貌闲丽，口多微词，然岂知其事之子虚耶？揆其谗之所以得行者，皆由听者如襄王之梦寐不觉也。既不能觉，即以为真有是事，凡遇楚天云雨，皆谓有神女在焉，恍惚遇之矣。

【冯曰】屡启不省，故曰“梦觉迟”，犹云唤他不醒也。不得已而托为无题，人必疑其好色，岂知皆苦衷血泪乎？千载而下，纷纷笺释，犹半在梦境中，玉溪有知，尤当悲咤矣。此与“中路因循”之章，一前一后，皆为生平大端，自后乃真绝望，无题之篇少矣。北梦琐言有“宰相怙权”一条，专诋令狐绹，言其尤忌胜己者，以商隐、温岐、罗隐三才子之怨望，即知绹之遗贤也。是则绹不第怒义山之背恩耳。又曰：余尝谓韩致光香奁诗当以贾生忧国、阮籍途穷之意读之。其他诗云:“谋身拙为安蛇足,报国危曾捋虎须。”乃一腔热血也。既以所丁不辰,转喉触忌,壮志文心,皆难发露,于是托为艳体,以消无聊之况。其思录旧诗凄然有感云:“缉缀小诗钞卷里,寻思闲事到心头。自吟自泣无人会,肠断蓬山第一流。”固已道破苦心。后人信口薄之,或且以为和凝之作,可怪矣。义山所遭之时,大胜于致光,而人品则大不如致光。至于托事言哀,缠绵凄楚,一而已矣。义山诗法,冬郎幼必师承,香奁寄恨,彷佛无题,皆楚骚之苗裔也。余编义山诗,而后之读者果取史书、文集,事会其通,语抉其隐,当知确不可易耳。又曰:全从杜诗宋玉一章化出。

【纪曰】平正无佳处。详诗语是以文词招怨之作,故题曰有感,乃为似有寓托而实不然者作解,非解无题也。(诗说)义山深于讽刺,必有以诗贾怨者,故有此辨。○前二句言虽有讽刺,亦因人之愦愦而然。后二句乃言由此召疑。(辑评)

【张曰】杨氏谓为无题作解,是也。但不能定指何年。(会笺)又曰:若如纪说,因贾怨而作辨,则“襄王”句为闲言语矣。其失诗旨为何如耶?(辨正)

【按】托言宋玉,以自道其诗歌创作,殆无可疑。义山每以宋玉自况,且曾言“众中赏我赋高唐”矣。然此诗究属“为无题作解”,抑或“为似有寓托而实不然者作解”,论者往往各执一端。实则诗中此二意兼而有之。首二谓宋玉之微辞托讽,盖缘襄王之沉迷艳梦,以示“高唐”之寓讽,乃事出有因,不得不然。三四引出正意,言岂知高唐赋成之后,举凡“楚天云雨”之描写尽堪疑为别有寓托者矣。“尽堪疑”三字极活泛,既可理解为“楚天云雨”之描写中确有“堪疑”为别有寓托者，亦可理解为其中原有不必疑而尽疑之者，未免为高唐所迷耳。二意之中，后者自为诗人表达之侧重点。综此二端以观义山言情诸作，寄托之有无固当作具体分析，不得一概而论。似义山当日即已遇此情况，故作诗以释疑焉。

然此诗尚有疑点。详味一二句，“微辞”托讽之对象，显指沉迷美色之襄王式人物。而义山无题之有寄托者，多为自伤不遇，初无寓讽君主之意。冯氏指襄王为令狐绹，然无题诸作亦无讽绹之内容（何处哀筝篇中“溧阳公主”或有绹之影子，然亦止于叹羡而无讽意），且沉迷艳梦与夫陈情不省实了无干涉。颇疑“微辞”所指，系托男女之情以讽时君者，集中咏史诸作，颇有近于此者。咏史诗之讽色荒者，有托古讽今与以古鉴今两类，后者重在昭示历史教训，并不针对现实中某一君主。所谓“楚天云雨尽堪疑”者，殆因时人对此类咏史诗之猜疑而发耶？

谢先辈防记念拙诗甚多异日偶有此寄①〔一〕

晓用云添句，寒将雪命篇。良辰多自感，作者岂皆然②〔二〕！熟寝初同鹤〔三〕，含嘶欲并蝉〔四〕。题时长不展，得处定应偏〔五〕。南浦无穷树〔六〕，西楼不住烟〔七〕。改成人寂寂，寄与路绵绵〔八〕。星势寒垂地，河声晓上天〔九〕。夫君自有恨，聊借此中传〔一〇〕。

校　记

①“防”，冯引一本作“昉”。（钱氏写校本原作昉，后据别本

校改为防。)

②“皆”原一作“徒”,季抄、朱本同。

集　注

〔一〕【朱注】国史补:“互相推敬,谓之先辈。”【徐曰】疑即与陶进士书中所谓“得谢生于云台观”者。(冯注引)【按】科举考试中同时登进士第者固可互称先辈,亦有虽非同时登第,但彼此均先后参试登第者亦可互称,甚至未参试登第者亦可称已登第者为“先辈”。详参方胜唐诗中的先辈称呼考辨。记念,犹记诵。清徐松登科记考卷二十二引永乐大典:宜春志:“会昌元年,谢防登进士第。”则本篇当作于会昌元年之后。

〔二〕【冯曰】自谦亦自负。【按】四句谓己之诗作虽多以自然景物入句命篇,却非流连风景之作,而缘面对良辰佳景,触物兴感,故每借景以抒情。然世之作者岂皆然乎?言外有世无知音之慨。

〔三〕【冯注】按:相鹤经:“昼夜十二鸣,隆鼻短喙则少眠。”淮南子:“鹤知夜半。”诗义疏:“常夜半高鸣,闻八九里。”此乃云“熟寝”,未知所本。然李白诗“松高白鹤眠”,项斯诗“鹤睡松枝定”,皮日休诗“鹤静共眠觉”,诗家多以睡言鹤矣。

〔四〕【朱注】梁褚云蝉诗:“天寒响屡嘶。”【按】二句谓有时冥思,宛如熟睡之鹤;有时苦吟,几同悲嘶之蝉。

〔五〕【冯注】偏,为“专”字、“独”字之义,如主恩偏、雨露偏之类。【按】题,即题诗之意。二句谓作诗时常常不能尽情倾泄,而忽有所得,往往偏精独诣。此即所谓“新诗改罢自长吟”“语不惊人死不休”之意，而特以谦辞出之。

〔六〕【朱注】楚词：“送美人兮南浦。”【冯注】江淹别赋：“送君南浦，伤如之何！”

〔七〕【朱注】鲍照诗：“始出西南楼。”【程注】庾肩吾诗：“天禽下北阁，织女下西楼。”【补】南朝乐府西洲曲：“鸿飞满西洲，望郎上青楼。楼高望不见，尽日栏杆头。”西楼或与此有关。许浑谢亭送别有“满天风雨下西楼”之句，似“西楼”亦如“南浦”泛指送别望远之所。

〔八〕【冯注】古辞：“绵绵思远道。”

〔九〕【朱注】柳子厚集序：“粲然如繁星丽天，而芒寒色正。”【按】刘叉塞上逢卢仝：“斗柄寒垂地，河流冻彻天。”写景与此二句相似。此承上“改成”二句，写诗成后即景所见：天阔野旷，寒星势如垂地；长河遥入天际，似闻河声响彻穹苍。似有借喻。樊南甲集序：“时得好对切事，声势物景，哀上浮壮。”此二句似即描绘“声势物景，哀上浮壮”之状。徐氏谓“状诗情之幽郁而激越”，亦似之。

〔一〇〕【朱注】楚词：“望夫君兮未来。”【何曰】夫君谓谢也，而己即在言下。（辑评）

笺　评

【胡震亨曰】兴寄视他篇自超，惜重“寒”“晓”二字，为全璧之玷。（唐音戊签）

【何曰】“寒”“晓”乃呼应，非重复。“晓用”句，含“恨”字。“南浦”句，送别。“西楼”句，怀人。（辑评）

【朱彝尊曰】仙品。

【杨曰】无题本旨，全在此诗传出，相读自见，结语更分明。

（辑评朱批）复图本作"此首是无题自注。'夫君'二句：此即玉溪诗序也，夫君自有恨，聊借此中传，读玉溪诗者知之否？"

【金介曰】（题下批）一题写尽知己之感。

【钱曰】首二句自言作诗之勤。三四言非无为而作。五六自言其吟之苦。八忽得好句，不知其所自来，曰"偏"者，谦辞也。九十与谢相去甚远，二句即下所谓"路绵绵"也。十三自上瞰下以比谢。十四自下彻上以自比。末二句言谢心有感，我诗适触其所感，故记念以传其心耳。（唐音审体）

【徐德泓曰】此自述作诗之意，言本于愁恨也。首四句，谓触景感怀而不同于人。"熟寝"四句，言愁肠并于警鹤寒蝉，故情不得伸，而所得自非中正之音矣。"南浦"四句，又写别景离情，而裁诗寄远之事。"星势"二句，总状诗情之幽郁而激越，正所谓音之偏者，意盖曰：此未可言诗，而因有恨，聊借此以传耳。与题寄意始合。

【姚曰】言诗中命意，非知心人莫可相诉。"星势""河声"二语奇险，犹云天知地知也。此意岂堪为俗人告哉！

【屈曰】一段，风云雪月皆非无为而作。二段，承"多感"两句：同鹤，不成寝也；并蝉，长吟也。方吟时长若不展，及吟成自觉得意也。三段，寄谢先辈。四段，日夜自有所恨，聊借诗以传耳。

【冯曰】"南浦"二联，言多送别怀人之作，不指与谢相去。"星势"二句，言声光在此而感发在彼，方吸起谢自有恨，借我诗传之，故记念甚多也。杨氏谓结语辨无题本旨者，误。

【纪曰】小有情致，云佳则未也，六七八三句亦累。（诗说）

【张曰】"南浦"句谓多伤别之篇，即所谓"感念离群"也；"西

楼”句谓多陈情之什，即所谓“流连薄宦”也。（辨正）

【按】此义山自道诗歌创作甘苦之作。首四谓己诗多触景兴感，有为而发。次四句谓冥思苦吟，方得佳句。“南浦”四句谓多伤别怀人之作，亦即杜司勋诗“刻意伤春复伤别”之意。“星势”二句，描绘诗成后即景，即长吉诗“吟诗一夜东方白”意。写景中或暗寓“声势物景，哀上浮壮，能感动人”（樊南甲集序）之意蕴，故引出末二句，谓谢自有幽愁暗恨，之所以“记念拙诗甚多”，姑借此以传恨耳，言外己亦借诗以传恨可知。杨氏谓“无题本旨，全在此诗传出”，虽不免过于指实，然谓其自道诗歌创作之严肃认真，托物寓感，寄愁传恨，则大体近是。姚谓“言诗中命意，非知心人莫可相诉”，亦近之。

九成宫〔一〕

十二层城阆苑西①〔二〕。平时避暑拂虹霓〔三〕。云随夏后双龙尾〔四〕，风逐周王八马蹄②〔五〕。吴岳晓光连翠巘〔六〕，甘泉晚景上丹梯〔七〕。荔枝卢橘沾恩幸〔八〕，鸾鹊天书湿紫泥〔九〕。

校　记

①“层城”，冯曰：“城一作楼。”

②“马”，季抄、朱本作“骏”。唐诗品汇同。

集　注

〔一〕【朱注】唐书：“九成宫在凤翔麟游县西五里，本隋仁寿宫，贞观间修之以避暑，因更名焉。”【冯注】集古录：唐九成宫醴泉铭:“太宗避暑于宫中,以杖琢地,得水而甘,因名醴泉。”【按】以山有九重,故改名九成。永徽二年改万年宫,乾封二年复旧名。杜甫有九成宫诗。今遗址无考。

〔二〕【朱注】按十洲记、水经注俱言昆仑天墉城有金台五所,玉楼十二;汉书郊祀志亦言五城十二楼。义山诗每用十二城,未详所本。西王母传:“王母所居,在昆仑之圃、阆风之苑。”十洲记:“昆仑山有三角,其一角正北,名曰阆风巅。”【程注】淮南子:“昆仑山有层城九重”,不云十二;刘禹锡又有“十二碧城何处所”之句,想别有据。【徐曰】宋本与戊签皆作“楼”,集亦有“十二楼前再拜辞”之句,疑“城”字误。【冯注】按集仙录:“西王母所居宫阙在阆风之苑,有城千里,玉楼十二。”则“城”字“十二”字可通融取用。十二城、十二楼集中皆屡见,未可云误。阆苑比京城,见玉山诗,凤翔在京西也。

〔三〕【朱注】西都赋:“虹霓回带于棼楣。”【冯注】虹霓,兼切暑天。【按】平时,承平时世。

〔四〕【朱注】山海经:“大乐之野,夏后启于此儛九代,乘两龙(传曰:九代,马名。)”博物志:“夏德之盛,二龙降之,禹使范成光御之行域外,既周而还。”

〔五〕【冯注】见华岳下王母庙。两龙、八骏习用之语,此便觉与清暑独切。【朱彝尊曰】云、风跟避暑来。(亦见钱良择唐音审体。)

〔六〕【朱注】周礼:“雍州镇曰岳山。”注:“吴岳也。”汉志:“吴山在汧县西,秦都咸阳,以为西岳。”【姚注】旧唐书:“肃宗至德二年春,在凤翔,改汧阳县吴山为西岳。”【冯注】史记封禅书:“华以西名山吴岳。”汉书地理志:“周官职方氏:'正西曰雍州,其山曰岳。'"师古曰:"即吴岳也。"元和郡县志:"陇州吴山,秦为西岳,今为国之西镇。国语谓之西吴。"按:寰宇记凤翔府天兴县亦载之。

〔七〕【冯注】汉甘泉宫去京三百里,与九成之离京相符,而九成有醴泉,故以言之。史记孝文本纪:"帝初幸甘泉。"索隐曰:"应劭云:'甘泉宫在云阳,一名林光。'臣瓒云:'甘泉,山名。林光,秦离宫名。'又顾氏云:'甘泉,水名。'"则山水皆通也。

〔八〕【朱注】上林赋:"卢橘夏熟。"善曰:"卢,黑也。"张勃吴录:"朱光为建安太守,有橘冬月树上覆裹之;至明年春夏,色变青黑,味绝美。"上林赋所云,殆近是乎?海录:花木志:"给客橙出蜀土,若柚而香,冬夏花实相继,或如弹圆,或如拳,通岁食之,名卢橘。"郝天挺注:"荔枝卢橘,皆当夏而熟,故贡于九成宫。"【冯注】蜀都赋:"侧生荔枝。"史记索隐曰:"伊尹书曰:'果之美者,箕山之东,青马之所,有卢橘,夏熟。'广州记云:'卢橘皮厚,大小如柑,酢多,九月结实,正赤,明年二月更青黑,夏熟。'"【按】卢橘,即金橘。

〔九〕【朱注】杜甫诗:"紫诰鸾回纸。"汉旧仪:"天子信玺六,皆以武都紫泥封之,青囊白素裹,两端无缝。"西京杂记:"(汉)中书以武都紫泥为玺室,加绿绨其上。"【程注】刘孝威诗:"驿报紫泥书。"【冯注】庾肩吾书品序:"波洄堕镜之鸾,楷顾雕陵之鹊。"【按】结联深寓不克躬逢盛世之慨。

笺　评

【陆时雍曰】三四刺语,思路极工,末二语更显。(唐诗镜)

【王夫之曰】一结收纵有权,刘长卿以还不能问津也。

【杨守智曰】“十二层城”句:地。“平时”句:事。“云随”句:法驾。“吴岳”句:景色。“荔枝”:须赐。三四一联全用庾开府赋中语。据事直书,其义自见,春秋之法,风、雅之遗。

【何曰】“云随夏后双龙尾”一连:对仗之工,杨、刘所能也。其平平写去,不恤民依之意自见。言之无罪,闻之足戒,则杨、刘无此作用。按九成宫去京师三百馀里,次连用事可谓精切。此连顶“避暑”。“吴岳晓光连翠巘”一连,写九成。“荔枝卢橘沾恩幸”二句:紫泥天书,只为荔枝卢橘,讽刺极刻,然又不觉。(读书记)又曰:王元长曲水序:“两龙八骏”固不足与万民共也。(辑评)

【胡以梅曰】十二层城即指九成宫。……阆苑指长安宫阙上林苑之类。……避暑明皇实事,拂虹霓言山宫之高而历之也。三四言扈从之盛,而山中风云皆为之效顺。“随”、“逐”二字有神,云以蔽阴,风以吹暑,语妙。吴岳在西,故见晓光,甘泉在东,故见晚景。“连翠巘”“上丹梯”,言两山之景光来映九成山,因落照之色红,故云“丹”,而九层如“梯”耳,字字有心思,不可漫读,失作者之苦心。结言此时进献方物,皆得沾恩而赐玺书。此只一转,结出明皇耽于游乐,惑于色荒,比“一骑红尘妃子笑,无人知是荔枝来”之语,更深几层。只说进荔枝者蒙恩,蕴蓄精妙,卢橘盖陪衬。

【唐诗鼓吹评注】此讥玄宗游乐而不恤国事也。首言九成宫如层城阆苑,明皇避暑于此,高拂虹霓,可谓乐矣。乃其时驱驾双龙,控驰八骏,而风云亦从此而翕集焉。以宫中之景言之,吴岳晓光,遥连翠巘;甘泉晚景,欲上丹梯。且以荔枝卢橘之微,亦烦紫泥之诏,似乎沾濡恩泽者,其为逸乐何如耶？

【陆曰】宫在凤翔，去京师三百里，每岁避暑于此，往来驿骚可知。妙在含而不露，使读者自会于字句之外。首言宫高而至上拂云霓，则绝远人间炎热，拟之层城阆苑，不是过矣。接言三百里远道，不难云随风逐而去，岂真有夏之二龙、周之八骏耶。供马赋车，势所不免，及至彼地，无非远眺吴岳，近俯甘泉，以自适其朝夕而已。至于天子信玺，何等郑重，而紫泥之湿，只为荔枝、卢橘一物之细也。能无"民亦劳止"之叹乎？

【徐德泓曰】此专赋避暑也。首句言其地，次句言其事。第二联，写法驾之来。三联，写景色之胜。后则言时果正熟，而颁赐也。体类盛唐应制。

【姚曰】此过九成宫而忆承平盛事也。……诗极言承平时巡幸气象。云逐双龙之尾，风生八骏之蹄，言从臣之皆英俊也。晓光，则吴岳为之巇翠；晚景，则甘泉差可相望，言形势之极弘敞也。以至荔枝、卢橘皆得自进于上；鸾鹊天书，时沛恩膏于下，生其时者抑何幸哉！独言荔枝卢橘者，夏熟故也。

【屈曰】一比九成，二太宗避暑。三四夏后、周王指太宗。五六九成宫山水。七八言当此时荔橘恩泽，天书紫泥，何等气象，以见今日之不然也。

【程曰】九成宫乃太宗避暑之离宫，历朝避暑多在于此。此诗平平写去，不恤民依之意自见。荔枝卢橘，乃有天书，可想"一骑红尘妃子笑"之情景矣。

【冯曰】姚解得之。首二志其以清暑幸离宫。三四百官扈从之仪。五六晓暮登临之景。七八则远方珍果时献邀恩，皆承平之盛事也。唐自中叶后，巡幸之事久废，诗亦于言外寓慨耳。或以为刺者，非也。

【纪曰】此感当世之衰，而追思贞观太平之盛也，谓有所讽刺者非。起手"平时"二字特清眉目。七八言一草一木皆在德泽沾溉之中，望古遥集，声在弦外，诗人之言盖如是矣。问既非讽刺何以用穆王八骏为比？曰按王融曲水诗序曰："夏后两龙载驱璇台之上，穆王八骏如舞瑶池之阴。"庾信三月三日马射赋序曰："夏后瑶台之上，或御二龙；周王悬圃之前，犹骖八骏。"自六代相沿，率作佳事用之，非以为刺也。大抵唐人比拟人物多取一节，不甚拘拘。赠杜牧诗以江总比之，亦今人所不敢用也。（诗说）

【姚鼐曰】荔枝、卢橘皆夏熟，切"避暑"，末句但谓诏求此果耳，而语乃迂晦，此义山之病。

【方东树曰】叙述华妙，用事精深。五六写景。收即物取象，妙极。先君云："荔橘夏熟，故贡于九成宫。'紫泥'、'天书'，只为二物，讽刺极刻，然不觉，故妙。"树按：此方是义山本色正宗，如建章宫殿，规制应绳。

【曾国藩曰】送荔枝者而被天书恩幸，亦"一骑红尘妃子笑"意。（十八家诗钞）

【俞陛云曰】"云随夏后双龙尾，风逐周王八骏蹄"（九成宫），凡用古事入诗，两事务须匀称。勿以近代事搀之。此诗夏后周王，双龙八骏，皆上古事，且句极工丽，运用古事者，最宜取法。诗为咏九成宫而作，宫在山水胜地。玉溪不言其风物，而意在怀古，殆有故君之思也。（诗境浅说）

【按】九成宫与唐太宗关系最为密切，此诗如有所刺，当刺太宗。然刺奢之题材多矣。何独取素称英主之太宗乎？旧顿云："东人望幸久咨嗟，四海于今是一家。犹锁平时旧行殿，尽无宫户有宫花。"以今日之寥落遥想承平之热闹。此诗则以遥想当日承平之气象以衬今日之衰颓，均意在言外。义山追念承平诗甚多，如"灞水桥边倚华表，平时二月有东巡"（灞岸），"虏马崩腾忽一狂，翠华无日到东方"（天津西望）等皆亟望巡幸，可见九成宫之渲染太宗驾幸九成宫非刺也。姚、屈、冯、纪笺是。

旧顿〔一〕

东人望幸久咨嗟〔二〕，四海于今是一家〔三〕。犹锁平时旧行殿〔四〕，尽无宫户有宫花①〔五〕。

校　记

①"宫花"原一作"飞鸦"。蒋本、姜本、戊签、席本、影宋抄、钱本、万绝作"宫鸦"。

集　注

〔一〕【朱注】增韵："顿，宿食处也。天子行幸住宿处亦曰顿。"唐书："禄山反，帝西出，令御史大夫魏方进为置顿使。"【冯注】旧书裴度传："敬宗欲幸洛阳，宰相及两省谏官论列，不听，令度支员外郎卢贞检计行宫及洛阳大内。会度自兴元来，帝语及巡幸，度曰：'国家营创两都，盖备巡幸；然自艰难以来，此事遂绝，宫阙营垒廨署，悉多荒废，亦须稍稍修葺，一年半岁后方可议行。'"又"朱克融、史宪诚各请以丁匠五千助修东都，帝遂停东幸。"按：唐时行幸，以大臣充置顿使。此为幸东都之顿。

〔二〕【补】东人,山东之人,此指洛阳东都之人。

〔三〕【程注】礼记:"圣人能以天下为一家。"【冯注】宪宗平诸藩镇,自后数朝,叛者少矣,故曰"于今是一家"。【按】此微辞也,详笺。

〔四〕【冯注】通鉴注:"自长安历华、陕至洛,沿道皆有行宫。"【按】行殿,指行宫之殿宇。

〔五〕【何注】宫户,守宫人也。(辑评)

笺 评

【姚曰】宫户、宫花,掩映得妙。或作宫鸦,或作飞鸦,非是。

【程曰】起曰"东人",则旧顿乃行幸东都之宿处也。按史:"敬宗宝历二年,欲幸东都,令度支员外郎卢贞按视,……"此诗当作于其时。不敢曰"宫车欲幸",反其词曰"东人望幸",不敢曰"河北跋扈",反其词曰"四海一家"。下二语叙今日之荒凉,非忆昔日之繁盛,盖欲以开元天宝以来为前车之鉴也。

【冯曰】程氏谓为敬宗作,固有据;若泛作慨想承平盛事,亦可。

【纪曰】末二句与连昌宫词"犹有墙头千叶桃,风动落花红蔌蔌"同意,有岁久无人,草木丛生之感,然不免习径。起二句亦拙。(宫鸦)殊不及"宫花"之有神理。(诗说)

【姜炳璋曰】或谓诗作于宝历二年,敬宗欲幸东都之时。按是时河北跋扈,而云"四海一家",且裴晋公谏止,而云"东都望幸",皆非也。或云反言之,益非诗人忠厚之意。愚以为当作于三州来降、三镇帖服之后,盖武宗会昌时事也。言东人望幸,四海小康,而终不能举行盛事者,以荒凉行殿,徒集宫鸦,而城郭人民,非复昔时之旧,虽欲行幸,亦觉兴致索然，然则往辙不诚可鉴耶？

【张曰】此唐人绝句，故犹有拙致。结语缀以感慨，就题发抒，含蓄有馀味。与后人习径，迥分霄壤。（辨正）

【按】此诗主旨，在借行殿空锁，望幸不遂，以伤承平之不再，非讽巡幸之劳费，视“望幸”、“犹锁”、“尽无”等语可见。如针对敬宗欲幸东都事而发，则当属讽谕，与诗意显然不合。“四海”句不可泥解。名为四海一家，实则东巡不再，满目荒凉，殊非盛时气象矣，诗之微意正寓于此。盖因旧顿之荒废而伤承平之不复也。末句“有宫花”，即“宫花寂寞红”之谓。

天津西望〔一〕

虏马崩腾忽一狂，翠华无日到东方①。天津西望肠真断，满眼秋波出苑墙〔二〕。

校　记

①“日”原作“不”，误，据姜本、戊签、季抄及万绝改。【何曰】“不”字误，然“日”字亦疑后人以意改。（辑评）

集　注

〔一〕【朱注】元和郡县志：“天津桥在河南县北四里，隋大业元年造，用大船连以铁锁，南北夹起四楼。唐贞观中更令石工垒方石为脚。”【冯注】旧书志：“水部之职，凡石柱之梁四：洛则天津、永济、中桥，灞则灞桥。”按：在宫苑之东，故曰“西望”。

〔二〕【冯注】元和郡县志：“洛水在洛阳县西南三里，西自苑内上阳之南弥漫东流。”旧书志：“宫城在都城之西北隅，上阳宫在宫城之西南隅，南临洛水，西距谷水，东即宫城，北连禁苑。上阳之西隔谷水有西上阳宫，虹梁跨谷。禁苑在都城之西，东抵宫城。”【程注】王筠诗：“泪满横波目。”【按】程注非。详笺。

笺 评

【辑评墨批】（末句）此言望幸之宫人也。

【姚曰】痛定思痛者几人？

【屈曰】乱后荒凉之景。

【程曰】胡三省通鉴注：“天津桥乃长安出幸东都必经之路。”唐历代多幸东都，但盛时则为宸游，中叶以后，皆避乱耳。故此诗上二句实纪其事，下二句揣度在东都时之望长安，有不堪其荒凉生感者，恐未必如李晟请上还京表所云“园陵无恙，钟簴依然”者也。然则过此者可不深蒙尘之警鉴耶？

【冯曰】与灞岸、旧顿同看。首句指安禄山之乱，自此遂废东幸；末句萧飒，所叹深矣。

【纪曰】首二句太拙，末句神来。（诗说）

【张曰】首句虽拙而有笔趣，非后世雕琢家数所及。次句当从冯本作“无日”则稳矣。（辨正）

【按】此慨安史乱后久废巡幸，无复承平气象也。“西望”者即诗人自身，非宫人，程氏以“横波目”解“秋波”，误甚。秋波指谷水。“满眼秋波出苑墙”，盖谓行宫荒凉，满眼所见，惟一脉清波悄然出苑墙而已，上阳宫在天津桥之西，故云。

过华清内厩门[①]

华清别馆闭黄昏，碧草悠悠内厩门。自是明时不巡幸，至今青海有龙孙〔一〕。

校　记

①悟抄题作"过华清宫内厩门"。

集　注

〔一〕【朱注】青海马，龙种也。【按】详见咏史（历览前贤）注。

笺　评

【朱彝尊曰】言非无马也。

【何焯曰】抚今追思，无限感慨。○婉而多风，胜龙池多矣。（辑评。冯引上句作田评。）

【姚曰】凄凉境界，翻作太平气象，越见凄凉。

【屈曰】虽旧物不失，而衰微在目也。

【程曰】唐之马政，一盛于贞观、麟德，凡七十万匹，至永隆、景云而衰。再盛于开元、天宝，凡四十三万匹，加之以突厥互市又三十二万匹，至至德、乾元而又衰。逮至太和、开成以后，银川监使刘源所奏只七千匹，遂不振矣。当时掌马之官，有群牧使，如张万岁之领群牧是也。有闲厩使，如王毛仲之领内外闲厩是也。外厩乃陇西监牧之制，分为八坊四十八监；内厩则掌天子之御，左右六御，总十有二闲，为二厩。华清之内厩，唐书兵志及唐六典皆无可考，大抵分左右六闲而备游幸者也。义山生当大和、开成之世，则马政之衰可知，而华清之备游幸者，自无复升平故事矣。又其时吐蕃屡寇，自肃宗以来，陇右尝为其所陷。凡苑牧畜马皆然，则求如开元时突厥互市，中国得其善马者，势不可得，而青海龙种者，唯在其国中矣。故义山因过华清内厩作诗以慨叹之也。曰"明时"，曰"不巡幸"，乃春秋讳鲁之义，不敢斥言其衰也。曰"青海有龙孙"，微词也，不敢斥言其远莫能致也。乃风人之旨也。

【姜炳璋曰】程云：此咏马政之衰也。不巡幸不须内厩之马，故龙孙唯在外夷海中，无术致，而马政不修可见。

【按】此与旧顿、天津西望、灞岸等，皆寓今昔盛衰之慨，惟前二首借旧顿、旧苑之荒凉发之，此则借华清内厩之荒废发之，皆举隅以见全体，令人思而得之。三四故作婉辞，而讽慨自深。曰"青海有龙孙"，则内厩之无马，河陇之失陷，国势之衰弱可知。程氏回溯唐代马政之盛衰，有助理解诗意，唯其意本不专主马政，特借端以寄慨耳。

隋宫守岁〔一〕

消息东郊木帝回〔二〕，宫中行乐有新梅〔三〕。沉香夹煎为庭燎①〔四〕，玉液琼苏作寿杯②〔五〕。遥望露盘疑是月③〔六〕，远闻鼍鼓欲惊雷〔七〕。昭阳第一倾城客〔八〕，不踏金莲不肯来〔九〕。

校　记

①"夹"，姜本、戊签、季抄、朱本作"甲"。

②"苏"，瀛奎律髓作"酥"。

③"是"，悟抄作"有"，非。

集　注

〔一〕【程注】通鉴："中宗景龙二年十二月晦，敕中书门下与学士诸王驸马入阁守岁，设庭燎，置酒作乐。"胡三省注："守岁之宴，古无之。梁庾肩吾除夕诗：'聊倾百叶酒，试奠五辛盘。'盖江左已有此矣，然未至君臣相与酣适也。隋炀帝淫侈，每除夜殿前诸院设火山数十，尽沉香木根，每一山烧沉香木数车。火光暗，则以甲煎沃之，焰起数丈，香闻数十里。一夜之间，用沉香二百馀乘，甲煎二百馀石。"据此，则唐时除夕之宴乐，盖一本于隋。

〔二〕【朱注】月令："立春之日，亲率公卿诸侯大夫，以迎春于东郊。"又曰："孟春之月，其帝太皞。"注："太皞以木德王。"【何曰】杜句。○"守"字妙。破"岁"字。（辑评）

〔三〕【陆注】隋炀帝赐吴绛仙诗云："旧日歌桃叶，新妆艳落梅。"新梅，疑用其句。【程注】梁简文帝诗："春柳发新梅。"【何曰】消息才回，而新梅已有，非宫中安得有此行乐也？（辑评）

〔四〕【朱注】煎，去声。法苑珠林：广志："甲香出南方，范晔和香方曰：'甲煎，煎栈香是也。'"【姚注】香谱："甲香，唐本草：'蠡类，生云南，如掌，南人亦煮其肉啖。今合香多用，能成香烟。'"【冯注】宋书：范晔和香方序："枣膏昏钝，甲煎浅俗。"南州异物志："沉水香出日南。先斫坏树着地，外皮朽烂，其心至坚者置水则沉，名沉香。其次在心白之间，置水中不沉不浮，与水面平者，名栈香。其最小粗白者，名椠香。"又："甲香，螺属也。大者如瓯面，围壳有刺。可合众香烧之，皆使益芳，独烧则臭。一名流螺。"按本草陈藏器曰："甲煎以诸药及美果花烧灰，和蜡治成，可作口脂。"

盖黏则为脂，散则为粉，故又曰甲煎粉也。通作夹笺，义同。【程注】诗国风："庭燎之光。"【按】甲煎、夹煎同。已见上注。庭燎，庭中用以照明之火炬。

〔五〕【朱注】山海经："峚山，丹水出焉，其中多白玉，是有玉膏，黄帝是食是飨。"汉武内传："上药有风实、云子、玉液、金浆。"陶潜诗："白玉炼素液。"南岳夫人传："设琼酥绿酒，金觞四奏。"【冯注】初学记引拾遗记："王母荐穆王琬液清觞。"按：拾遗记"荐清澄琬琰之膏以为酒"，即此。十洲记："瀛洲有玉膏如酒味，名曰玉酒，饮之令人长生。"【程注】徐陵表："三元兆庆，六吕司春，得奉万寿之杯。"【何曰】中二联方是宫中。（辑评）

〔六〕【按】露盘，指承露盘，屡见。

〔七〕【朱注】李斯书："树灵鼍之鼓。"注："以鼍皮为鼓也。"【冯注】诗："鼍鼓逢逢，矇瞍奏公。"【何曰】二句"守"字。（辑评）

〔八〕【冯注】详后华清宫（朝元阁迥）。神女赋："高唐之客。"

〔九〕【冯注】南史："齐废帝东昏侯凿金为莲花以帖地，令潘妃行其上，曰：'此步步生莲花也。'"【何曰】穷极奢靡，以悦妇人，岂知他年流落，止以悦向他人耶？结包含萧后末路事，却不露。"蹈金莲"犹言"踏覆辙"。（辑评）又曰：落句既脱"守岁"，又非隋事。定翁云："隋宫用金莲事，可戒也。"（读书记）

笺 评

【方回曰】第三句足见其侈，末句用潘妃事亦讥炀帝耳。以"为"对"作"，即是"为"也，亦诗家一泛例，可戒。

【朱彝尊曰】昆体。

【胡以梅曰】此赋隋炀帝之奢淫，而守岁亦其一节也。……盖荒亡之主，胸中只有寻乐之事，所以春将回而又增一乐事，宫中行乐且有新梅可赏。第三实事，第四以珍重仙品配之。露盘既圆又高，因庭燎光耀之，遥望者故疑是月，而诸宫鼓乐喧如雷也。昭阳殿汉赵飞燕所居，此则言其恃宠之妃娇痴习成，皆学潘妃，须踏金莲方来耳。如是则焉有不亡之理。大约此诗因火山一事敷衍成章。

【陆曰】"紫泉宫殿"一篇，言隋乱亡，由于一念之欲，是大概说。此则写其穷泰极侈处也。当日炀帝荒于声色，日夕游宴，非岁节大辰，未尝临御前殿，题曰"守岁"，乃受朝前一夕也。人主于此，惟垂衣端冕，问夜何其耳。顾犹不忘行乐，而庭燎之光，至于沉香甲煎；寿杯之饮，不惜玉液琼苏，其靡费极矣。于是有当晦而明者，露盘之高疑月也；有先春而惊者，鼍鼓之震如雷也。一夕之内，一宫之间，所见所闻如是，况巡幸之地，燕赏之辰乎？"不踏金莲不肯来"，言萧妃恃宠而娇，无异齐之潘妃也。

【姚曰】此应为当时内宠之过甚者发，故托"隋宫守岁"为题。消息春回，春犹未至，乃宫中行乐，早遇新梅，喻妍华之独擅也。于是庭燎则有沉香甲煎，寿杯则皆玉液琼苏，极守岁之淫侈矣。斯时露盘疑月，鼍鼓惊雷，回天转日，总为一人之宠幸而然，而所谓第一人者，方自矜娇贵，不踏金莲，不肯轻来也。倾国之移人如是乎！

【屈曰】刺炀帝之荒淫亡国，不下论断，具文见意。

【程曰】唐时除夜之宴乐，盖一本于隋，义山得无借隋以纪唐事耶？诗中"甲煎"正与隋合，而琼苏又与中宗置酒事合，但结句不知所谓。又按通鉴："是夜，上（中宗）酒酣，谓御史大夫窦从一曰：'闻卿久无伉俪，今夕为卿成礼。'俄而内侍引烛笼步障、金缕罗扇自西廊而上，扇后有人礼衣花钗，令与从一对坐，命诵却扇诗数首，扇却，去花易服而出，乃韦后老乳母王氏也。上与侍臣大笑，诏封莒国夫人，嫁为从一妻。"岂此诗追刺此事，所谓"第一倾城"，有意反其词耶？然过近俳偕，不敢以为是也。

【冯曰】有寓意，故用事不专隋也。中书学士皆得与守岁之宴，此妒令狐之承渥宠也。"新梅"借寓新参盐梅之任。三句正点隋宫。四句上寿天子，守岁事也。五六言露盘鼓漏皆在殿廷，以深侍宫中，故曰"遥望"、"远闻"也。"昭阳第一"，喻礼绝百僚；步踏金莲，借金莲华炬为言。此时子直初相，盖大中四年除夕也，义山已在徐幕，遥闻而赋之。首曰"消息"，乃双关字法。

【纪曰】一味铺排，了无取义，而语亦多笨。（诗说）此是咏古，不宜入怀古类（按瀛奎律髓列入怀古类）。义山感事托讽，运意深曲，佳处往往逼杜，非飞卿所可比肩。细阅全集自见。若专以此种推义山，宜以组织见讥矣。○倾城色，本集作倾城客，"客"不如"色"。（瀛奎律髓刊误）

【张曰】腹联活变，惟结语稍滞耳。然尚不碍格。冯氏谓寓意令狐，余疑是咏武宗王才人事也。○此会昌间丁母忧居洛时借咏武宗求仙、女宠事也。首句"消息东郊"点明在洛，结似暗比赞皇得君，可以援引及己，不立致通显，誓不至京也。此其命意已。（辨正）又曰：此亦艳羡内省之诗，非寓意令狐也。前半想像，结言不得置身其中，誓不重来京师也。……首曰"消息东郊"，其作于永乐乎？蒲在西京东北三百里,亦可谓之东郊。若洛中则会昌五年十月已服阕入京,无此情事矣。惟守岁之事,江左已然,见胡三省注通鉴所引庾肩吾除夕应令诗。此题曰"隋宫",未详。(会笺)

【按】此借炀帝宫廷之靡费以托讽也。胡、陆二家所笺甚是。姚氏以为专为内宠而发,则与诗意稍左。题目"守岁",前六皆极陈宫中行乐之豪侈,末联方出"昭阳倾城",然其意亦在示其侈而非斥其淫,故云"不踏金莲不肯来"。此诗所讽对象是否有具体所指,则未易定。张氏辨正谓"借咏武宗求仙、女宠事",虽有近似处,亦未可必。虚指似更为近真。至冯氏牵合令狐承渥、程氏谓指窦从一娶韦后乳母、张氏会笺谓艳羡内省,皆荒唐无稽之说。

华清宫〔一〕

华清恩幸古无伦〔二〕,犹恐蛾眉不胜人。未免被他褒女笑[①]〔三〕,只教天子暂蒙尘〔四〕。

校　记

①"女",季抄、朱本一作"氏"。

集　注

〔一〕【冯注】新书志注:"温泉宫在骊山下,天宝六载,更曰华清宫,治汤井为池,环山列宫室。"

〔二〕【朱注】唐书:"太真得幸,进册贵妃,三姊皆美,帝呼为姨。帝幸华清,贵妃与三夫人皆从,遗簪堕舄,瑟瑟玑琲,狼藉于道,香闻数十里。"【冯注】旧书杨贵妃传:"每年十月幸华清宫，国忠姊妹五家扈从，每家为一队，着一色衣，五家合队，照映如百花焕发，遗钿堕舄，瑟瑟珠翠，璨瓓芳馥于路。"

〔三〕【冯注】史记："幽王嬖爱褒姒，褒姒不好笑，幽王欲其笑万方，故不笑。幽王举烽火，诸侯悉至，至而无寇，褒姒乃大笑。申侯与缯、西夷犬戎攻幽王，幽王举烽火，兵莫至，遂杀幽王骊山下，虏褒姒。"【程注】李康运命论："幽王之惑褒女也，妖始于夏庭。"元稹诗："花凝褒女笑。"

〔四〕【朱注】言褒姒能灭周，而玄宗不久便归国，是贵妃之倾城犹在褒姒下也。【冯注】左传："王使来告难，臧文仲对曰："天子蒙尘于外，敢不奔问官守？"

笺　评

【胡仔苕溪渔隐丛话】义山诗，杨大年诸公皆深喜之，然浅近者亦多。如华清宫诗……用事失体，在当时非所宜言也。

【朱曰】言褒姒能灭周，而玄宗不久便归国，是贵妃之倾城犹在褒姒下也。二语深著色荒之戒，意最警策。（李义山诗集补注）复图本杨评曰：绵里裹针，一刺入骨。末批：朱注言褒姒能灭周，而玄宗不久便归国，是贵妃之倾城犹在褒姒下也。二语深著色荒之戒，盖反言之也。

【何曰】言明皇幸免骊山之祸耳。反言之所以为绞而婉也。（读书记）又曰：与马嵬诗同失为尊者讳之意，结又太轻薄。（辑评）

【贺裳曰】渔隐论诗，余多不以为善，独论义山华清宫诗"未免被他褒女笑，只教天子暂蒙尘"，"用事失体，在当时非所宜言"。此论甚正。（黄白山评："此因明皇不久回銮，特抑贵妃之美不及褒姒，而故作此语，不过翻‘倾城’二字之案耳。李意反言以咏本朝事为无害，岂知害不在意而在辞乎！”）凡遇宗社之祸，臣子当有“嫠不恤纬”之义，乃以“暂蒙尘”为笑耶？义山咏史，多好讥刺，如“梁台歌管三更罢，犹自风摇九子铃”，“晋阳已陷休回顾，更请君王猎一围”，“如何一梦高唐雨，从此无心入武关”。然论前代之事，则足以备讽戒，昭代则不可，不曰“定、哀之间多微辞”乎！少陵北征诗曰：“不闻夏、殷衰，中自诛褒、妲。”举六军将士之事，而归之于明皇，内安玄礼等畏祸之心，外不致启强悍者效尤之志，又见上皇能自悔过，不难忍情割爱，可以起远近臣民忠义之志，一言而三善备焉。义山虽法少陵，惜犹昧其大段所在。（载酒园诗话）

【陆鸣皋曰】此言色荒未有不亡，杨妃尚有愧处。翻意发前人所未发。“褒女”句，即从“古无伦”、“不胜人”字内引出，非忽然云者。

【姚曰】尖在一“暂”字，不知痛定时能思痛否？

【屈曰】轻薄甚，玉溪往往有之。本朝国母，如此揶揄可乎？

【程曰】此诗谓明皇之宠杨妃，与幽王之嬖褒姒，今古色荒，事同一辙。马嵬驿六军不前之时，陈希烈（按：当为陈玄礼）祸本犹在之对，当时归咎，咸指杨妃。然开元之前，政事可观；天宝以后，怠荒始见。则明皇不至于幽王，而杨妃乃同于褒姒。论其蛊惑，几于丧邦，社稷有灵，始克收复。然幸蜀而不至灭亡，盖亦幸而免耳。诗意如此，诗语则反言之，较之杜牧之骊山诗“舞破中原始下来”之句，彼浅直此婉曲矣。

【冯曰】通鉴载张权舆言：“幽王幸骊山，为犬戎所杀；始皇葬骊山，国亡；明皇宫骊山，而禄山乱。"唐人每连类言之。然诗语殊尖薄矣。杜公北征援引褒、妲，出于忠愤，正得小雅之遗。若此与骊山、龙池之作，皆大伤名教，读者断不可赏其轻脆也。渔隐丛话曰："用事失体，在当时非所宜言。"是也。

【纪曰】刻薄尖酸，全无诗品，学义山当知此病，朱长孺以为警策，非也。（诗说）

【陈广專曰】此刺权佞小人受殊渥，不作奇祸不休，不是骂太真。（唐人七言绝句批钞）

【张曰】杨贵妃马嵬之变，千古伤心之事也。唐人章之诗篇，或嘲或刺，或怜或悯，美矣！备矣！惟温飞卿华清宫不下论断，词意尤为杰出也。○此诗意虽深刻，而语则朴实，依然晚唐本色；佻薄一派，不得藉口，但后人颇难学步耳。长孺固过誉，纪评亦太苛也。（辨正）

【按】以传统诗教绳之者诚为迂腐之见，可无论。唯此诗语虽尖刻，识见则未高。盖诗之所刺对象，主于杨妃；而于玄宗，则仅首句稍有微辞。似"倾国"之罪责，天子"蒙尘"之根由，不在玄宗而在杨妃。此种女祸亡国论，不特远逊"吴王事事须亡国，未必西施胜六宫"（陆龟蒙），"泉下阿蛮应有语，这回休更怨杨妃"（罗隐），亦不如"如何四纪为天子，不及卢家有莫愁"之直刺玄宗矣。要之，诗胆与诗识，固有别也。

华清宫

朝元阁迥羽衣新[①][一]，首按昭阳第一人[二]。当日不来高处舞，可能天下有胡尘〔三〕？

校　记

①“元”原作“阳”，误，据蒋本、戊签、悟抄、席本、影宋抄改。英华、万绝亦作“元”。“迴”，英华作“转”。万绝作“回”，误。

集　注

〔一〕【道源注】雍录：“朝元阁在骊山。天宝七载，玄元皇帝见于朝元阁，改名降圣阁。”太真外传：“天宝四载七月，于凤凰园册太真宫女道士杨氏为贵妃，半后服用。进见之日，奏霓裳羽衣曲。”【冯注】郑嵎津阳门诗：“朝元阁成老君见。”南部新书：“朝元阁在山岭之上，最为崭绝。”羽衣新，谓于阁上舞霓裳羽衣也。旧注引太真外传……者，非也。

〔二〕【朱注】汉书：“飞燕立为皇后，宠少衰，女弟绝幸，为昭仪，居昭阳舍。”李白诗：“宫中谁第一？飞燕在昭阳。”【冯注】诸书亦多言女弟在昭阳，惟三辅黄图则云：“成帝赵皇后居昭阳殿，有女弟俱为婕妤。”而西京杂记：“赵后、昭仪二人，并色如红玉，为当时第一，皆擅宠后宫。”李白诗：“宫中谁第一？飞燕在昭阳。”盖合用之也。太真外传：“上乘照夜白，妃步辇至兴庆池沉香亭前，牡丹方繁开，宣学士李白立进清平乐词，遂促李龟年歌之。太真酌酒笑领。”歌词中有“可怜飞燕倚新妆”句。句用此事。【按】首按，首先按音乐节拍起舞。

〔三〕【张相曰】可能，推论之辞。李商隐华清宫诗：“当日不来高处舞，可能天下有胡尘！”此犹云何至。【按】可能，何能，岂能。

笺　评

【何曰】寓意颇浅。(辑评)

【姚曰】此题偏赋得磊落。

【屈曰】唐人华清诗佳者甚多,玉溪每于此类题皆浅露,如马嵬诸作是也。尺有所短,不足讳。

【冯曰】一题两首,用韵又同,此较意庄而语直,疑友人同作,未必皆出义山。

【纪曰】既失讳尊之体,亦少蕴藉之味,于温柔敦厚之旨失之违矣。(诗说)太径直。(辑评)

【张曰】此诗用笔亦颇婉转老健,不当以径直目之。至于不避忌讳,则唐时习尚也。或疑此非义山手笔。(辨正)

【按】冯笺近是,与"华清恩幸"一首参较,此首殊径直无馀蕴,不似前首之婉曲多讽,见义山本色。三四议论尤平庸。

骊山有感

骊岫飞泉泛暖香①〔一〕,九龙呵护玉莲房〔二〕。平明每幸长生殿〔三〕,不从金舆唯寿王〔四〕。

校　记

①"泛"原一作"有"。

集　注

〔一〕【朱注】寰宇记:"骊山在昭应县东南二里,即蓝田山也,温汤在山下。"【按】玄宗开元十一年,建温泉宫于骊山。天宝六载改名华清宫,温泉池亦改名华清池。

〔二〕【朱注】唐实录："玄宗生日，源乾曜、张说上表曰：'陛下二气含神，九龙浴圣。'"按：骊山温汤东有龙湫。杜甫诗"初闻龙用壮，劈石摧林邱。中夜窟宅改，移因风雨秋"是也。（郑嵎）津阳门诗注曰："骊山华清宫内除供奉两汤外，更有汤十六所。长汤每赐诸嫔御，其修广与诸汤不侔，甃以文瑶宝石，中央有玉莲花捧汤泉，喷以成池。又缝缀绮绣为凫雁置于水中，上时泛钑镂小舟以嬉游焉。"明皇杂录："上于华清宫新广一汤，制度宏丽。安禄山以白玉石为鱼龙凫雁，仍为石梁及石莲花以献，雕镌巧妙，殆非人工。上大悦，命陈于汤中，仍以石梁横亘汤上，而莲花才出水际。"【冯曰】取意不仅在此。

〔三〕【朱注】长安志："天宝六载，改温泉为华清宫，殿曰九龙，以待上浴；曰飞霜，以奉御寝；曰长生，以备斋祀。其他楼观殿阁，不可胜纪。"长恨歌："七月七日长生殿，夜半无人私语时。"【程注】通鉴考异："唐寝殿皆谓之长生殿。武后寝疾之长生殿，洛阳宫之寝殿也。肃宗末，越王系授甲长生殿，长安大明宫之寝殿也。白香山长恨歌'七月七日长生殿，夜半无人私语时'，华清宫之长生殿也。"据此，则义山所谓"平明每幸长生殿"者，但知为离宫别馆，而与晨夕寝处之典故未曾分明，竟不知其专为寝殿也。香山以"夜半无人"为言则合矣。若长安志云"以备斋祀"，则不当平明每幸之矣。【冯曰】程说非也。旧书纪："天宝元年十月，温泉宫新成长生殿，名曰集灵台，以祀天神。"津阳门诗注云："长生殿，斋殿也。有事于朝元阁，即御长生殿以沐浴。"又云："飞霜殿即寝殿，而白傅长恨歌以长生为寝殿，殊误矣。"今玩白傅诗，初未言是寝殿，七月七日焚香乞巧，亦祀天神之类也。郑嵎所讥自欠明析，通鉴注亦小疏，故程氏更误会耳。【按】陈寅恪元白诗笺证稿云："唐代宫中长生殿虽为寝殿，独华清宫之长生殿为祀神之斋宫。神道清严，不可阑入儿女猥琐。乐天未入翰林，犹不谙国家典故，习于世俗，未及详察，遂致失言。"义山是否亦习于世俗传闻而有此，诗中似难看出。

〔四〕【朱注】恨赋："丧金舆及玉乘。"唐书："寿王瑁母武惠妃，频娠不育。及瑁生，宁王请养邸中，名为己子，故封比诸王最后。"又曰："惠妃薨，后宫无当意者。或言寿王妃杨氏之美，上见而悦之，乃令妃自以己意乞为女官，号太真。更为寿王娶郎将韦昭训女。潜纳太真于宫中，不期岁，宠遇如惠妃。"【冯注】旧书传："寿王瑁，明皇第十八子，母武惠妃。开元十三年三月封。"新书传："大历十年薨。"又传曰："贵妃杨氏，始为寿王妃。……天宝初进册贵妃。"按：旧纪："天宝四载八月，册太真妃杨氏为贵妃。"其始为寿王妃之事，旧书皆无之。旧传止云："或言杨玄琰女姿色冠代，召见时，衣道士服，号曰太真。"新书乃云"始为寿王妃"，而遂于开元二十八年十月纪文大书以寿王妃杨氏为道士号太真矣。夫为道士者，即传所云"丐籍女官"也。必妃自父母家先遣人谕意，借此入宫。由父母家来，必非从寿邸来。新传所云"始为寿王妃"者，初聘而未娶，故下书更为寿王聘韦氏女。白香山诗："杨家有女初长成，养在深闺人未识。"固非矫词也。明皇纳其子已聘之人，尚不免新台之刺；若既在寿邸，断不若是之无礼矣。陈鸿长恨歌传"诏高力士潜搜外宫，得于寿邸"者，妄也。惟旧书李林甫传：帝"衽席无别，不以为耻"，颇似成为寿王妃者。然纳其已聘，固即无别，且岂独此语为实录哉！曝书亭集书太真外传后，力辨妃以处子入宫，说至明核矣。长恨歌传云："帝初得妃，别疏汤泉，诏赐澡莹，既出水，体弱力微，若不胜罗绮。"是则妃之进见，实始于温泉。故香山首叙"春寒赐浴""新承恩泽"，此即丐籍女官之初，而遇斋祀焚香，从驾行礼，正其职也。【按】陈寅恪元白诗笺证稿长恨歌力驳朱彝尊之说，以为杨氏之受册为寿王妃在开元二十三年十二月，度为女道士则在开元二十八年十月，其时杨氏当久已亲迎同牢而为寿王妃。说可信。唐大诏令集卷四〇有册寿王妃文，篇首署开元二十三年十二月二十四日。

笺　评

【朱曰】末句与"薛王沉醉寿王醒"同意。

【朱彝尊曰】浅直，不及龙池作远矣。

【何曰】末句太露。（读书记）

【姚曰】刺得严冷。

【屈曰】此诗可以不作，即作亦宜浑涵不露。看少陵每于天宝时是何等语意，则义山之陋不辨自明矣。

【程曰】唐人咏太真事多无讳忌，然不过著明皇色荒已耳。义山独数举寿王，刺其无道之至，浮于新台，岂复可以君人！义山词极绮丽，而持义却极正大，往往如此，今人都不觉也。

【冯曰】此诗上二句指"春寒赐浴"之事，"九龙"喻明皇，"玉莲房"喻妃尚以处女为道士，故曰"呵护"，此即"新承恩泽时"也。下二句言每遇平明幸长生殿焚香之时，妃以女冠必从焉，故寿王不得从金舆矣。意甚细致，实以长生殿为斋殿，岂昧寝处之典故哉！

【纪曰】既少含蓄，亦乖风雅，如此诗不作何妨，所宜悬之戒律者此也。（诗说）

【潘德舆曰】前谓刺讥诗贵含蓄，论异代事犹当如此。臣子于其本朝，直可绝口不作诗耳。张祜虢国夫人诗："却嫌脂粉污颜色，淡扫蛾眉朝至尊。"李商隐骊山诗："平明每幸长生殿，不从金舆唯寿王。"唐人多犯此恶习。商隐爱学杜诗，杜诗中岂有此等猖獗处？或以祜此诗编入杜集中，亦不识黑白者。（养一斋诗话）

【张曰】杨妃事唐人彰之诗篇，明讥毒刺，不一而足，何有于义山！当时原不以为忌讳也。纪氏苛论无谓。（辨正）

【按】首句写骊山温泉。次句实写温汤建造之华丽，兼喻玄宗之溺于贵妃艳色，然不必泥于"新承恩泽时"。三四句谓平明帝妃每幸长生殿，他王皆从，独寿王不从金舆。姚谓"刺得严冷"，极是。此正义山本色。味诗意，似作者未必以长生殿为寝殿，否则不当云"平明每幸"，且诸王亦不得"从金舆"矣。冯氏为证成其以处子入宫之说，不特强解"玉莲房"为"妃尚以处女为道士"，且谓三四为"幸长生殿焚香之时，妃以女冠必从"，甚属无谓。

龙池〔一〕

龙池赐酒敞云屏，羯鼓声高众乐停〔二〕。夜半宴归宫漏永，薛王沉醉寿王醒〔三〕。

集　注

〔一〕【冯注】唐会要："开元二年，以兴庆里旧邸为兴庆宫。初，藩邸有龙池涌出，日以浸广，望气者云有天子气，至是为宫。”【朱注】雍录：“明皇为诸王时，故宅在京城东南角隆庆坊。宅有井，井溢成池，中宗时数有云龙之祥。后引龙首堰水注池，池面益广，即龙池也。开元二年七月，以宅为宫，是为兴庆宫。”【按】今西安市兴庆公园内有其旧址。

〔二〕【朱注】南卓羯鼓录：“羯鼓出外夷，以戎羯之鼓，故曰羯鼓。其声促急，破空透远，特异众乐。明皇极爱之，尝听琴未终，遽止之曰：‘速令花奴（按：汝阳王琎小名）持羯鼓来，为我解秽！’”【冯注】旧书音乐志：“羯鼓正如漆桶，两手具击，以其出羯中，故号羯鼓，亦谓之两杖鼓。”

〔三〕【洪迈曰】唐明皇兄弟五王；兄申王㧑以开元十二年，宁王宪、邠王守礼以二十九年，弟岐王范以十四年，薛王业以二十二年薨。至天宝时，已无存者。杨太真以三载方入宫，而元稹连昌宫词云：‘百官队仗避岐薛，杨氏诸姨车斗风。’李商隐诗云：‘夜半宴归宫漏永，薛王沉醉寿王醒。’皆失之也。”（容斋续笔）【朱注】按史云：“睿宗六子，王德妃生业，始王赵，降封中山王，进王薛，开元二十二年薨，子瑁嗣。”此诗与微之词岂俱指嗣王欤？要之，作者微文刺讥，不必一一核实。【冯注】按旧书纪：“天宝三载二月，册瑱为嗣薛王。”偶举作陪，固不必详核也。寿王之名，旧传瑁，旧纪瑁，新表、传亦互异。通鉴胡三省注：“音冒。”当据以定旧传作“瑁”之是。嗣薛王瑁旧纪作瑱，误。

笺 评

【赵令畤曰】唐明皇时，孙逖集中有寿王瑁妃杨氏废为道士制，此可见太真妃真寿王妃也。李商隐诗云：“骊岫飞泉泛暖香，九龙呵护玉莲房。平明每幸长生殿，不从金舆惟寿王。”又云：“龙墀赐酒敞云屏，羯鼓声高众乐停。夜半宴归宫漏永，薛王沉醉寿王醒。”书此事也。（候鲭录）

【洪迈曰】唐人歌诗，其于先世及当时事，直辞咏寄，略无避隐，至宫禁嬖昵，非外间所应知者，皆反复极言，而上之人亦不以为罪。如白乐天长恨歌讽谏诸章，元微之连昌宫辞，始末皆为明皇而发。杜子美尤多，……此下如张祜赋连昌宫、元日仗……等三十篇，大抵咏开元、天宝间事。李义山华清宫、马嵬驿、骊山、龙池诸诗亦然。今之诗人，不敢尔也。（容斋续笔）

【罗大经曰】词微而显，得风人之旨。（鹤林玉露）

【杨万里曰】太史公曰：“国风好色而不淫，小雅怨悱而不乱。”左氏传曰：“春秋之称，微而显，志而晦，婉而成章，尽而不污。”此诗与春秋纪事之妙也。……近世陈克咏李伯时画宁王进史图云：“汗简不知天上事，至尊新纳寿王妃。”是得为微、为晦、为婉、为不污秽乎？惟李义山云：“侍宴归来宫漏永，薛王沉醉寿王醒。”可谓微婉显晦，尽而不污矣。（诚斋诗话）

【陈模曰】此诗若止咏宫中燕乐而已，而讥诃明皇父子伤败人伦者，意已溢于言外矣。盖贵妃即寿王之妃，明皇夺之。当其内宴，见其父与妃子作乐之时，其饮酒必不能醉，归而独醒，闻宫漏之永，寿王无聊之意当如何也？（怀古录）

【郎瑛曰】贞元间，诗人裴交泰长门怨绝句云：“自闭长门几经秋，罗衣湿透泪还流。一种峨嵋明月夜，南宫歌吹北宫愁。”后章孝标对月诗云：“长安一夜千家月，几处笙歌几处愁。”至于李商隐龙池云：“夜半宴归宫漏永，薛王沉醉寿王醒。”

题意不同，而俱一格也。（七修类稿）

【王鏊曰】余读诗至绿衣、硕人、黍离，有言外无穷之感。后世唯唐人尚有此意，如“薛王沉醉寿王醒”，不涉讥刺而讥刺之意溢于言表，得风人之旨矣。（震泽长语）

【胡应麟曰】“夜半宴归宫漏永，薛王沉醉寿王醒。”句意愈精，筋骨愈露。然此但假借立言耳。泥者谓二王迥不同时，则痴人说梦，难以口舌争矣。（诗薮）

【吴乔曰】诗贵有含蓄不尽之意，尤以不着意见、声色、故事、议论者最为上，义山刺杨妃事之“夜半宴归宫漏永，薛王沉醉寿王醒”是也。……宋杨诚斋题武惠妃传之“寿王不忍金宫冷”，“独献君王一玉环”，词虽工，意未婉；惟义山之“薛王沉醉寿王醒”，其词微而意显，得风人之体。又曰：龙池，玄宗潜邸南池，沉而为池。即位后以为瑞应，赐名龙池，制龙池乐，杜审言之龙池篇，即乐歌也。开元天宝共四十二年，赐酒于此者多矣，薛王侍宴自在前，寿王侍宴自在后，义山诗意，非指一席之事而言之也。十四字中叙四十馀年事，扛鼎之笔也。玄宗厚于兄弟而薄于其子，诗中隐然，入三百篇可也。（围炉诗话。按吴氏后条所解甚谬。）又曰：禅者有云：“意能划句，句能划意，意句交驰，是为可畏。”夫意划句，宜也。而句亦能划意，与意交驰，不须禀意而行，故曰“可畏”。诗之措词，亦有然者，莫以字面求唐人也。临济再参黄公案，禅之句划意也。“薛王沉醉寿王醒”，诗之句划意也。（同上）

【冯班曰】亦似太露。（二冯评点才调集）

【杨守智曰】“夜半”二句：作者不愚，论者自愚耳。

【沈德潜曰】诗有当时盛称而品不贵者。……张祜之“淡扫蛾

眉朝至尊”，李商隐之“薛王沉醉寿王醒”，此轻薄派也。（说诗晬语）

【张谦宜曰】讽而不露，所谓蕴藉也。（絸斋诗谈卷五）

【何曰】第二刺其有戎羯之风，以为末二句起本。此诗次鹑奔于定中之前，微趣也。（辑评）

【徐德泓曰】只一“醒”字，蕴涵无际，深得风人微旨。诗家咏天宝事者甚多，惟此与上章一新警，一微婉，直空前后作者矣。李又有骊山（按：指骊山有感）句云：“平明每幸长生殿，不从金舆惟寿王。”亦不若此首为最也。

【姚曰】与骊山有感一首意同，此较含蓄。

【屈曰】可以不作。

【程曰】此与骊山有感同意，结句婉曲过之。

【冯曰】余谓正大伤诗教者。

【纪曰】病同骊山有感一首。（诗说）宋人称为佳作，误矣。（辑评）

【吴骞曰】昔人论诗，有用巧不如用拙之语。然诗有用巧而见工，亦有用拙而愈胜者。同一咏杨妃事，玉溪云：“夜半宴归宫漏永，薛王沉醉寿王醒。”此用巧而见工也。马君辉曰：“养子早知能背国，宫中不赐洗儿钱。”此用拙而愈胜也。然皆得言外不传之妙。（拜经楼诗话）

【梁邦俊曰】诗人之旨要于温厚和平。然新台墙茨列三百篇，终不嫌其猥亵，义兼美刺，无害也。玉溪咏杨妃……论者或讥其轻薄。（小崖说诗）

【按】白氏长恨，意在歌咏李杨生死不渝之深情，故于玄宗纳寿王妃事有意改作；义山此诗，意在揭露玄宗中篝之丑，荒淫之行，故据实直书，略无讳饰。主旨有别，对生活素材之处理亦异。唐代诗人思想较为解放,创作亦较自由,故每有直陈君恶之作。宋以后文网渐密,忠君卫道观念日深,故洪迈已叹“今之诗人不敢尔也”,然罗氏尚称此诗“得风人之旨”。至清代注家,则几于众口一词攻其轻薄伤诗教矣。时代消息显然。

此诗揭露大胆,讽刺冷峻,而表现手法则委婉含蓄,藏锋不露,既不落论宗,亦避免展览秽恶。末句醉醒对照,不特言外有事,亦言外寓情。所谓倾向从场面情节中自然流露者,此殆为一显例。又,义山咏史诗每集中笔墨写某一具有典型性之场景与细节,此亦一例。

贾生〔一〕

宣室求贤访逐臣〔二〕,贾生才调更无伦。可怜夜半虚前席,不问苍生问鬼神〔三〕。

集　注

〔一〕【徐曰】碛砂唐诗作杜牧诗。(冯注引)

〔二〕【冯注】三辅黄图:“宣室,未央前殿正室也。”【补】访,征询。逐臣,指贾谊。谊曾出为长沙王太傅。

〔三〕【冯注】史记贾生传:“贾生征见,孝文帝方受釐,坐宣室,上因感鬼神事而问鬼神之本,贾生因具道所以然之状。至夜半,文帝前席。既罢,曰:‘吾久不见贾生,自以为过之,今不及也。’”

笺　评

【杨亿曰】唐末,浙右多得其本(按:指诗之稿本),故钱邓帅若水,尝留意摭拾,才得四百馀首。钱君举贾谊两句云:"可怜夜半虚前席,不问苍生问鬼神。"钱云:"其措意如此,后人何以企及?"(江少虞宋朝事实类苑玉溪生条)

【胡仔曰】古今诗人以诗名世者,或只一句,或只一联,或只一篇。虽其馀别有好诗,不专在此,然播传于后世,脍炙于人口者,终不出此矣,岂在多哉!……"宣室求贤访逐臣,贾生才调更无伦。可怜夜半虚前席,不问苍生问鬼神。"此李商隐也……凡此皆以一篇名世者。(苕溪渔隐丛话后集)

【严有翼曰】文人用故事有直用其事者,有反其意而用之者。(王)元之谪守黄冈谢表云:"宣室鬼神之问,岂望生还?茂陵封禅之书,惟期死后。"此一联每为人所称道。然皆直用贾谊、相如之事耳。李义山诗:"可怜夜半虚前席,不问苍生问鬼神。"虽说贾谊,然反其意而用之矣。林和靖诗:"茂陵他日求遗稿,犹喜曾无封禅书。"虽说相如,亦反其意而用之矣。直用其事,人皆能之;反其意而用之者,非识学素高,超越寻常拘挛之见,不规规然蹈袭前人陈迹者,何以臻此?(艺苑雌黄)

【范晞文曰】李商隐贾谊诗云:"可怜夜半虚前席,不问苍生问鬼神。"韩偓云:"如今冷笑东方朔,唯用诙谐侍汉皇。"又:"长卿祗为长门赋,未识君臣际会难。"皆反其事而用之。是时韩在翰林,故出此语,视李为切。(对床夜语)

【谢枋得曰】汉文帝夜半前席贾生,世以为美谈。"不问苍生问鬼神",此一句道破,文帝亦有愧矣。前人无此见。(胡刻谢注唐诗绝句)

【周珽曰】以贾生而遇文帝,可谓获主矣。然所问不如其所策,信乎才难,而用才尤难。此后二句诗而史断也。(唐诗

选脉笺释会通评林)

【胡应麟曰】晚唐绝,“东风不与周郎便,铜雀春深锁二乔”,“可怜夜半虚前席,不问苍生问鬼神”,皆宋人议论之祖。间有极工者,亦气韵衰飒,天壤开、宝。然书情则怆恻而易动人,用事则巧切而工悦俗,世希大雅,或以为过盛唐,具眼观之,不待其辞毕矣。(诗薮)

【许学夷曰】晚唐绝句,二子乃深得之。但二诗虽为议论之祖,然“东风”二句,犹有晚唐音调,“可怜”二句,则全入议论矣。(诗源辩体)

【何曰】末二句即诗人“召彼故老,讯之占梦”意。(读书记。辑评引此条下尚有“非所以语文帝托以感愤如下方所忆耳”十六字。)又曰:徒问鬼神,贾生所以吊屈也。彤庭私至,才调莫知,伤如之何,又后死之吊贾矣。(辑评)

【徐德泓曰】此却直致,亦正体也。

【杨逢春曰】首二叙事,三四议论,前案后断,虚实相生。看其轻轻下“不问苍生”四字,已有驳倒汉文,压倒鬼神一问,词锋便觉光芒四射,乃知议论警策,不在辞费也。(唐诗绎)

【沈德潜曰】钱牧斋“绛灌但知谗贾谊,可思流汗愧陈平”,全学此种。(唐诗别裁集)

【姚曰】老杜“前席竟为荣”,一“竟”字已含此一首意。

【屈曰】前席之虚,今古盛典。文帝之贤,所问如此,亦有贾生遇而不遇之意欤?

【程曰】此谓李德裕谏武宗好仙也。德裕自为牛僧孺、李逢吉党人所阻,出入十年,三在浙西,武宗即位,始得为相,此首句之意也。史称德裕当国,方用兵时决策制胜,他相无与,此次句之意也。及德裕谏帝信赵归真,学养生术,帝乃不听,此下二句之意也。

【冯曰】义山退居数年,起而应辟,故每以逐客逐臣自喻,唐人习气也。上章(指异俗二首)亦云贾生事鬼,盖因岭南瘴疠之乡,故以借慨,不解者乃以为议论。(冯系大中二年。)

【纪曰】纯用议论矣,却以唱叹出之,不见议论之迹。(诗说)不善学之,便成伧语。第二句率笔。(辑评)

【姜炳璋曰】绝大议论,得未曾有。言外为求神仙者讽。

【宋宗元曰】(不问苍生问鬼神)词严义正。(网师园唐诗笺)

【俞陛云曰】玉溪绝句,属辞蕴藉。咏史诸作,则持正论。如咏宫妓,及涉洛川、龙池、北齐与此诗皆是也。汉文、贾生,可谓明良遇合,乃召对青蒲,不求谠论,而涉想虚无,则孱主庸臣,又何责也?(诗境浅说续编)

【张曰】此刺牛党也。武宗崩,宣宗立,凡从前党人见逐于卫公者,无不一一召还。乃不能佐君治安,专以倾陷赞皇为事,假吴汝讷事大兴诏狱。且吴湘冤狱,枯骨已寒,旧谳重翻,又岂宣室求贤之本意哉?不征于人,而征于鬼,真所谓但问鬼神,不问苍生矣。此虽牛党逢君之恶,然宣宗亦不能无责焉,诗之所由假古寄讽欤?又案唐语林:令狐绹自吴兴除司勋郎中,入禁林。一夕寓直,中使宣召,行百步,至便殿。上遣内人秉烛候之,引于御榻前,赐坐,问:"卿从江外来,彼中甿庶安否?廉察郡守字人求瘼之道如何?"以玉杯酌酒赐绹。有小案置御床,有书两卷。谓绹曰:"朕听政之暇,未尝不观书。此读者先朝所述金镜,一卷则尚书禹谟。"复问曰:"卿曾读金镜否?"对曰:"文皇帝所著之书,有理国理身之要,披阅诵讽,不离于口。"上曰:"曩者知卿材器,今日见卿词学。"顾中使曰:"持烛送学士归院。"今采此条,与

诗相应，足知余解之不谬。（会笺）又曰：第二句正以率笔见姿趣，纪氏不知也。（辨正）

【按】此托古讽时，借端寓慨之作。借贾生贬长沙抒不遇之感，久成熟套。作者乃别出蹊径，取“前席之虚，今古盛典”，翻出新警透辟之议论。晚唐诸帝，多崇佛媚道，服药求仙，荒废政事，不恤民生，不任贤才。诗明讽汉文之访才以鬼，实暗刺时主之不能识贤、任贤，不恤苍生而谄事鬼神。贾生才调，超轶无伦，而前席问鬼，无异巫祝视之，怀才不遇，莫此为甚。己亦空怀“欲回天地”之志，“痛哭流涕”之忧，而沉沦下僚，徒以文墨事人，故于贾生之虚承前席，乃别有会心。要之，讽汉文实刺时主，慨贾生实亦自伤。而不以个人荣辱得失衡量遇合，则为全篇思想出发点，其立意之超卓，胸襟之透脱于此可见。刺君主之昏愦弃贤，伤贤士之怀才不遇，诗文中屡见不鲜；然借访才以鬼兼该二者，其思想之深刻、构思之新颖，乃为前此诗文中所未见。至此诗之以议论驱驾书卷而神韵不乏，极富唱叹之致，前人多已论及。

程、冯、张三家笺解，多泥于一时一事，既伤穿凿，亦失诗意。德裕当国之宰执，自雄藩入相，拟之“逐臣”，毋乃不伦；且武宗在位之日，专任德裕，颇多建树，更不得以“问鬼神”讽之。冯笺谓义山因岭南瘴疠之乡，故借以自慨。此误据异俗二首“贾生兼事鬼，不信有洪炉”而致。实则“贾生事鬼”二语系纪南中巫俗，非自喻；且文帝访才以鬼与贾生事鬼二者本不相侔，岂能连类以及？张谓刺牛党逢君之恶，更与诗意相左。诗伤贾生之怀才不遇，非刺贾生之谈鬼也。引令狐绹对宣宗之事，殊不解所谓。此诗不能定编，冯、张系年皆无据。

复京〔一〕

虏骑胡兵一战摧，万灵回首贺轩台〔二〕。天教李令心如日〔三〕，可要昭陵石马来①〔四〕？

校　记

①“要”，朱本作“待”，戊签一作“待”。

集　注

〔一〕【朱注】唐书：“德宗建中四年十月，泾原卒拥朱泚叛，上如奉天。兴元元年二月，如梁州。五月戊戌，李晟收复京城。七月壬子，上至自兴元。”【按】李晟收复长安事，已详送千牛李将军赴阙五十韵及诗注。

〔二〕【朱注】艺文类聚：“山海经曰：西王母之山有轩辕台，射者不敢西向。”梁元帝临终诗：“寂寥千载后，谁畏轩辕台？”轩辕台谓之轩台，犹阊阖门谓之阊门也。此句盖举黄帝涿鹿之战以拟德宗也。【程注】鹖冠子：“圣人能正其声，调其音，故其德上及太清，中及太宁，下及万灵。”史记封禅书：“黄帝接万灵明庭。”按：轩台即明庭义，不必拘轩辕台也。【冯曰】轩台喻皇居，万灵犹万物。【按】句谓万民齐贺平叛战争之胜利。万灵，犹亿万生灵。轩台指皇宫。

〔三〕【朱注】唐书：“兴元元年六月，加李晟司徒，兼中书令，实封一千户。”

〔四〕【朱注】唐书：“京兆府醴泉县有九嵕山，太宗昭陵在西北六十里。”唐会要：“上欲阐扬先帝徽烈，乃刻石为常所乘破敌马六匹于昭陵阙下。”安禄山事迹：“潼关之战，我军既败，贼将崔乾祐领白旗引左右驰突。又见黄旗军数百队，官军潜谓是贼，不敢逼之。须臾，见与乾祐斗，黄旗军不胜，退而又战者不一，俄不知所在。后昭陵（官）奏：是日灵宫前石人马汗流。”【按】二句谓李令赤胆忠心，心如天日，自能一战而摧叛军，岂须昭陵石马助战耶？

笺　评

【蔡宽夫曰】安禄山之乱，哥舒翰与贼将权（崔）乾祐战潼关，见黄旗军数百队……子美诗所谓“玉衣晨自举，铁马汗常趋。”盖记此事也。李晟平朱泚，李义山作诗复引用之云：“天教李令心如日，可待昭陵石马来。”此虽一等用事，然义山但知推美西平，不知于昭陵似不当耳。乃知诗家使事难。若子美，所谓不为事使者也。（苕溪渔隐丛话前集卷七引）

【朱曰】按“李令心如日”，则复京是咏德宗事；但朱泚乃逆臣，非虏骑胡兵也。代宗广德初，吐蕃率羌、浑陷长安，帝幸陕州，赖郭子仪收复。若改“李令”作“郭令”于首句甚合，姑笔此存疑。

【贺裳曰】蔡宽夫曰：“此与少陵‘玉衣晨自举，铁马汗常趋’同一等用事，但知推奉西平，不知于昭陵似不当。”不知“可待”二字，语甚圆活，何尝有伤？即谓其贬刺哥舒，作者亦无此意，何况昭陵？（载酒园诗话）

【何曰】统签：蔡宽夫云：“但知推美西平，不知于昭陵似不当耳。诗家使事要识轻重。”此亦“钟簴不移，庙貌如故”之意，非不识轻重也。（末句）言其不烦尔，作“不待”更明。（辑评）

【姚曰】颂李令，所以讽诸镇之拥兵养寇。

【屈曰】禄山之反，昭陵石马犹不能胜，今李令之功，其大何如？

【程曰】李晟平朱泚之乱，收复京城，事在德宗兴元元年，去义山之时已远，不必追论其功。此诗盖抚今思昔，有慨于将帅之不尽力者。按：宣宗大中四年，发诸道兵讨党项，连年无功。则其时诸将中怀畏懦可知。义山盖深讥之，以为安史时九节度之师，犹相传以为昭陵石马之助；李晟之平朱泚，但抱赤心，便自克复，并不借于昭陵石马。然则讨党项之诸将，退畏不前，何所待助？师久无功，皆由竭诚尽心不如李令耳。诗语是借肃宗时事以比德宗时事，诗旨则借德宗名将以讽宣宗诸将也。朱长孺……欲改"李令"为"郭令"，则与"可要"二字无谓，且昭陵石马乃安史时事，与代宗时复京亦不合也。

【冯曰】朱氏补注……余初亦然其说，既而悟命题遣辞之隐，而一字不可易也。朱泚僭乱，李晟收复，在兴元元年，明年即改贞元矣。贞元二年八月，吐蕃寇泾、陇、邠、宁，诸道节度军镇咸闭壁自守，京师戒严，民间传言复欲出幸。宰臣齐映奏言："人情汹惧，臣闻大福不再，奈何不熟计之？"因俯伏流涕，帝为之感动。九月，吐蕃游骑及好畤，时李晟节度凤翔，令王佖率三千人夜袭贼营，击败之。又寇凤翔，晟出兵御之，一夕而退。事皆详唐书、通鉴。使当时无西平，京城必复陷于虏矣，故题曰"复京"，诗曰"虏骑胡兵"，以见京师从此无虞，收复之功于是乃全也。"一战摧"正谓一夕而退。"万灵"句正与民之讹言相应。"昭陵石马"则借喻诸道之主军者，言固不藉若辈为也。且是时吐蕃用尚结赞之计，抵凤翔不虏掠以间晟，宰相张延赏屡言晟不可久典兵，德宗乃罢晟兵柄,皆详传中。则晟已处疑忌之际,而终尽力王事,真丹心如日者也。又曰:此"虏"字固指外夷,然古来敌国、叛臣皆可曰虏,史文极多,他处不可拘泥。

【纪曰】太直。(诗说)粗犷。起四字复。(辑评)

【姜炳璋曰】义山目击宣宗所使讨党项诸将,邀赏胁君,无功縻饷,每借李晟、浑瑊诸名将为题以示讽。

【张曰】"虏骑"指朱泚,"胡兵"指吐蕃,事皆见李晟传。起句总括西平一生战功。逆臣称虏,史传极多,不必泥也。(会笺不编年。)又曰:切响坚光,音节高亮。(辨正)

【按】此诗首句,朱氏泥于"虏骑"之字面,以为朱泚是逆臣,非虏骑,因疑"李令"是"郭令"之误,首句指代宗广德初吐蕃陷长安,赖郭子仪收复事,显属臆测之词,缺乏实际依据,且复京与浑河中为姐妹篇,后者既咏浑瑊事,复京自咏李晟事。冯氏则又于平朱泚乱之外,纳入贞元二年八月吐蕃寇掠泾陇邠宁诸道,李晟令王佖率军夜袭,击退吐蕃事,而以"收复之功于是乃全"为说,此不特不符"复京"题意,且朱泚之乱与贞元二年吐蕃入寇,其间相隔三年,如"复京"指李晟平朱泚之乱收复京都,则"虏骑胡兵"不得指吐蕃;如"虏骑"句指击退吐蕃,则题不得称"复京",因贞元二年京师仅戒严,并未沦陷。张氏虽已明确"虏骑指朱泚",然仍以"胡兵"指吐蕃,则"一战摧"三字仍不能解释。按史:朱泚叛之明年,自朔方入援奉天之李怀光又反,与朱泚联合,德宗奔兴元。李晟率孤军驻守东渭桥,为朱李二叛军所夹逼,内无资粮,外无救援。晟以忠义激励全军,保持锐气,终于扭转极端艰危之局面,"于是骆元光以华州之众守潼关,尚可孤以神策兵保七盘，皆受晟节度，戴休颜举奉天，韩游瓌悉邠宁军从晟，怀光始惧……畏为晟袭，乃奔河中”（新书晟传）。后又连败朱泚叛军，收复长安。首句“虏骑”指朱泚叛军，“胡兵”则指李怀光叛军（李怀光本渤海靺鞨人，故称所部为胡兵，与称安史叛军为胡兵同例），句意乃概括李晟受命后屡败朱泚，迫退李怀光之战绩，如此，“一战摧”方得其确解。送千牛李将军赴阙五十韵“如无一战霸”之“一战”亦同此。诗旨详浑河中笺。

浑河中〔一〕

九庙无尘八马回〔二〕，奉天城垒长春苔〔三〕。咸阳原上英雄骨，半向君家养马来〔四〕。

集　注

〔一〕【冯注】旧书传：“浑瑊，皋兰州人，本铁勒九姓部落之浑部也。德宗幸奉天，瑊率家人子弟自京城至，为行在都知兵马使。兴元元年三月，加同中书平章事，奉天行营副元帅；六月加侍中；七月，德宗还宫，以瑊守本官兼河中节度使，封咸宁郡王。”瑊之治蒲共十六年，卒于镇，故称浑河中。奉天之难，李晟勤王以复京，浑瑊卫帝以免难，一攻一守，功足相匹。

〔二〕【朱注】八马，八骏也。【冯班曰】德宗以八马幸蜀，七马道毙，惟望云骓来往不顿，贞元中老死天厩，元稹作歌以记之。八马即指此。【冯注】七马既毙，何以云“回”？此自用穆王八骏。旧书纪：“开元十年，增置太庙为九室。”

【程注】国史补:"李晟平朱泚之乱,德宗览复京城露布曰:'臣已肃清宫禁,祇谒寝园,钟簴不移,庙貌如故。'上感泣失声。"所谓"九庙无尘"也。【按】古代帝王立七庙(太祖及三昭三穆)以祀祖先,至王莽时增建黄帝太初祖庙与帝虞始祖昭庙,共九庙。后遂沿用九庙之制,建祖庙五,亲庙四。九庙无尘,指叛乱已平,九庙不再蒙尘。八马,指皇帝车驾。句谓长安光复,德宗回京。

〔三〕【朱注】唐书:"奉天县属京兆府。文明元年,分醴泉置。"【程注】通鉴:"德宗建中元年六月,术士桑道茂上言:'臣望奉天有天子气,宜高大其城,以备非常。'帝命筑奉天城。四年,泾原兵乱,上思桑道茂之言,自咸阳幸奉天。"【按】谓往日曾进行激烈保卫战之奉天城垒,已长满碧藓。令人于眼前和平静寂景色中回忆当年之激烈战斗。

〔四〕【朱注】汉书:"金日磾以父不降见杀,与母阏氏、弟伦俱没入宫,输黄门养马。后以讨莽何罗功,封秺侯。"按旧唐书:"瑊忠勤谨慎,功高不伐,时论方之金日磾。"故末语云然。【程注】长孺氏以为旧书称浑瑊功高不伐,时论方之金日磾,而日磾初输黄门养马,故末语云然。据此,则所谓英雄即指浑瑊,君家乃指君上。愚意君上不应称君家,且"半向"二字无着。盖首二语乃叙浑河中之勋绩,下二语乃谓浑河中之将校。言浑公功名之盛,河中事业,当时无比。即其隶卒皆能成功,试看咸阳原上累累将冢,当时皆有英雄之名,然而强半从浑公给厮养来也。又按:德宗避难奉天,浑瑊有童奴曰黄芩者,力战有功,即封渤海郡王。可见当日浑公部下,不知几许立功者,此明证也。【冯注】汉书:"金日磾,本匈奴休屠王太子也。日磾父为昆邪所杀,与母阏氏、弟伦俱没入官，输黄门养马。武帝异之，拜为马监，迁侍中，日见亲近。”此句乃翻用，言其斯养皆英雄也。【按】二句既暗用“养马”事以金日磾方浑瑊，赞颂其忠诚谦慎之品德，又借瑊之仆役均为英雄以衬托瑊之英勇气概、不朽业绩及统帅身份。黄芩后改名高固，旧唐书有传，“芩”作“芩”。

笺　评

【杨曰】“奉天”句：言车驾回京，无人居此。

【胡仔曰】李义山诗，杨大年诸公皆深喜之。然浅近者亦多……浑河中云：“咸阳原上英雄骨，半是君家养马来。”如此等诗，庸非浅近乎？（苕溪渔隐丛话）

【姚曰】瑊以忠勤谨慎，功高不伐，时人方之金日磾，末句翻其意，言其养马儿，且可方日磾也。

【程曰】此诗追述浑瑊，与复京诗追述李晟，皆借住日之名将，以叹今日之无人。此大中四年讨党项时作也。

【冯曰】程说义可旁通耳。余意连上章美李卫公专主用兵，不摇旁议，又能任用刘沔、石雄二名将，以奏肤功，意当主此。黄芩即高固，事详史传。（补注云：毕沅关中金石记：刻李义山浑忠武王祠堂诗，元祐四年重阳日刻，游师雄跋并正书。祠为奉天令钱景逢建，既图公之像，并刻李商隐诗以附焉。）

【纪曰】较复京诗少有意致，然亦不为高作。（诗说）此诗亦浅。○后二句言当时一斯役皆是英雄，则瑊之为人可知矣。朱长孺引金日磾事非是。（辑评）

【张曰】此咏事诗常格，纪氏病其浅，吾不知何等作法方为深也。（辨正）

【按】复京与浑河中分咏德宗时李晟、浑瑊二名将，不特突出其复京、卫城之殊功，且赞颂其心如赤日、忠勤谦慎之品德。虽系咏史之作，然抚今追昔，其中亦不无"运去不逢青海马"之现实感慨。程氏谓必为大中四年讨党项无功而作，固无确据，然谓"借往日之名将，叹今日之无人"则大体近是。会昌朝击回鹘、平泽潞，尚不乏良将如石雄、刘沔者，至大中时则并此亦无矣。二诗或作于大中朝亦未可知。

王昭君

毛延寿画欲通神〔一〕，忍为黄金不为人①。马上琵琶行万里〔二〕，汉宫长有隔生春〔三〕。

校　记

①"为"，朱本、季抄作"顾"。

集　注

〔一〕【冯注】汉书匈奴传："竟宁元年，呼韩邪单于复入朝，自言愿婿汉氏以自亲。元帝以后宫良家子王墙字昭君赐单于而归，号宁胡阏氏。"西京杂记："元帝后宫既多，乃使画工图形，案图召幸。诸宫人皆赂画工，独王墙不肯，遂不得见。匈奴求美人为阏氏，于是案图，以昭君行。及去，召见，貌为后宫第一，而名籍已定，帝重信于外国，故不复更人。乃穷案其事，画工皆弃市，籍其家，资皆巨万。画工有杜陵毛延寿，为人形丑好老少，必得其真。安陵陈敞，新丰刘白、龚宽，下杜阳望、樊育同日弃市。"按：匈奴传作

"墙",元帝纪又作"樯",而后汉书南匈奴传"昭君字嫱"。

〔二〕【朱注】石崇明君辞序:"昔公主嫁乌孙,令琵琶马上作乐,以慰其道路之思,其送明君亦必尔也。"

〔三〕【徐曰】似用青冢事。(冯注引)【冯曰】谓怨魂终古矣。

笺评

【葛立方曰】古今人咏王昭君多矣。王介甫云:"意态由来画不成,当时枉杀毛延寿。"欧阳永叔云:"耳目所及尚如此,万里安能制夷狄。"白乐天云:"愁苦辛勤憔悴尽,如今却似画图中。"后有诗云:"自是君恩薄于纸,不须一向恨丹青。"李义山云:"毛延寿画欲通神,忍为黄金不为人。"意各不同,而皆有议论,非若石季伦骆宾王辈徒序事而已也。邢惇夫十四岁作明君引,谓"天上仙人骨法别,人间画工画不得。"亦稍有思致。(韵语阳秋)

【何曰】忽而梓潼,忽焉昭潭,义山亦万里明妃也。(辑评)

【姚曰】此从老杜"画图省识春风面,环珮空归月夜魂"一联翻出。

【屈曰】即斩画工,何救于万里之行!蔽贤者犹是也。"长有"二字可玩。

【程曰】此亦致慨于排挤之人也。

【冯曰】借慨为人所摈,语意显然。

【纪曰】四家以为鄙也。(诗说)

【姜炳璋曰】此义山暮年省悟之候,使昭君得幸汉宫,不过一生春耳,今则世世想见其颜色也。画工福昭君者大矣。此诗不怨绹,不怨谮己于绹者。

【张曰】但分朋党,不奖孤寒,从此万里羁游,汉宫有长隔之痛矣。岂独为昭君致慨哉！（会笺）又曰：以昭君寓意，不觉其鄙浅也。○赴职梓潼，托昭君以自寓也。令狐不省陈情，使之沉沦使府，从此汉宫有长隔之痛矣。巫山有昭君村，故云。（辨正）

【按】托昭君以致慨，疾乎如毛延寿之颠倒妍媸，蔽贤欺君者，诸家笺皆是。张谓赴职梓潼时作，似之。"隔生春"三字意晦。周振甫云："（昭君）死后坟称为青冢，隔生春即隔世才在坟上显出春色来。这是借明妃来自比。他的才华被压抑，到处漂流，也像明妃的行万里。明妃死后坟上有春色，暗示自己的才华，只有隔世以后才会被称赞"（李商隐绝句初探）。可备一解。然诗言"汉宫长有"，似非指青冢春色。颇疑"隔生春"之"春"即"画图省识春风面"中之"春风面"，三四盖谓：明妃已胡沙万里，远赴绝域，埋骨青冢，长留于汉宫者，唯其生前画图上之春风面而已。春风面必待隔生方受珍视，斯诚明妃之不幸，亦一切志士才人之悲剧。"声名佳句在，身世玉琴张"，意可与此互参。

明神〔一〕

明神司过岂能冤①，暗室由来有祸门〔二〕。莫为无人欺一物，他时须虑石能言②〔三〕。

校　记

①"能"，蒋本、姜本、戊签、悟抄、席本、钱本、影宋抄，万绝均作"令"。【按】此处宜平，"能"字未必误。

②"须",席本作"犹"。

集　注

〔一〕【程注】诗大雅:"敬恭明神。"【补】左传僖二十八年:"癸亥,王子虎盟诸侯于王庭,要言曰:'皆奖王室,无相害也,有渝此神,明神殛之!'"明神,神之尊称。

〔二〕【程注】南史阮长之传:"不侮暗室。"左传:"祸福无门,惟人自召。"【冯注】史记赵世家:"同类相推,俱入祸门。"【补】暗室,幽暗无人之处。古称暗中不作坏事为暗室不欺。

〔三〕【程注】左传:"石言于晋魏榆,师旷曰:'石不能言,或冯焉。'"

笺　评

【钱龙惕曰】此诗亦为甘露之变,王涯、贾餗、舒元舆之无辜而作也。当时仓卒变起,涯等实不与闻,仇士良执而讯之,五毒俱备,涯等诬伏,遂族诛之,一时不以为冤。实以涯等执政时,招权僭侈,结怨于民,故曰明神司过,决无冤滥,暗室祸门,自招之也。然涯等国之大臣,一旦以无辜之事,骈首就戮,专杀者自谓举世无人,一物可欺,抑知其取精多而用物弘,凭石而言,得无虑乎?训、注之咆虓于中国也,士大夫咸怨忿之。及其败也,又以畏中官之势,未有言其冤者。岂惟不冤之,又从而歌咏快畅之。即杜牧之诗,尚曰"元礼去从缑氏学,江充来上犬台宫",又曰"其冬二凶败,涣汗开汤罟",其他可知矣。独义山于此事,抑扬反覆,致其不平之意,以示刑赏诛戮,不出于文宗,其人虽恶,犹然冤也。况履霜坚冰,渐有无将之心,人臣大义,岂可诬哉!然犹不敢显言，微寓其意于歌咏，可见当时奄宦暴横，士林胁息如此，哀哉！

【朱彝尊曰】旧注为甘露之变而作。

【姚曰】此为甘露之变王涯、贾餗辈不知其罪，骈首就戮而发。起句反将涯等受杀之冤放宽一步，而士良欺天专杀之恶愈见。此老吏断狱乎。

【屈曰】一二即暗室亏心，神目如电意。况日久必有言者乎？

【冯曰】昭义平后，李训兄仲京，郭行馀子台，王涯侄孙羽，韩约男茂章、茂实、王璠子渥，贾餗子庠，凡亡归从谏为其抚养者，皆斩。详旧书纪与通鉴。其馀多所诛戮，当时诸臣大有议其冤滥者。此故特伤之，言已逃居暗室，岂知祸复有门，尽举而歼之也。覆巢遗种，无人护持，原同一物之可欺，然安知其冤横所结，不凭物而为厉哉？用事皆切晋地，旧解谓甘露之变，非也。

【纪曰】毫无思致。太不成语，全无诗味。问夕公笺此诗如何？曰此笺离合参半，此为王涯、贾餗等言，不为训注言之也。前二句言天道好还，报复不远，乃深恶士良之词，亦非言涯等之自取祸败，夕公于中间添一转折，以就己说，不免首尾衡决，无此诗法也。（诗说）

【张曰】此诗病在朴率，未可谓其毫无思致也。○此与上篇（按指赋得鸡）寓意皆不可解。冯氏谓……王涯、韩约等子孙潜昭义者，刘稹平，伏诛而发。其谓石言切晋地，比附支离，恐未然也。此种皆大事，而二诗皆以小物致慨，岂名手而出此哉！不如阙疑为愈耳。（辨正）又曰：此篇寓意不详。冯氏谓昭义平后，……凡亡归从谏者，皆斩，诗伤之，为是而作，真向壁虚造之解也。（会笺）

【按】张氏斥冯笺牵合昭义既平，王涯等亲属亡归从谏者均被斩事为向壁虚造，是矣。义山于李训、王涯辈本无好感，甘露之变时因宦官专横，株连杀戮，故于其死非其罪有所同情，冯氏遂进而谓义山于李、王之亲属亦备极同情，甚至为之诉冤，则不免强加于古人。且此诗四句本为一意，纯用议论，首二谓明神司过，决无冤滥，暗室欺心，自谓无人得知，然天理昭彰，终将因此而自召其祸。三四乃进而警告暗室欺心者：莫因此事无人知晓而谓一物可欺，须知他时石亦能言，欺心之举终将败露。冯氏乃将"暗室"属之从谏，解次句为"已逃居暗室，岂知祸复有门"，遂使二、三两句了不相涉，支离割裂，莫此为甚。钱笺虽较冯说合理，然亦有所未安。甘露之变，杀戮大臣甚多，宦官凶焰正炽，义山激于义愤，谓宦官莫谓当前众人箝口，他日终有恶报，原有可能。然此次事变，并非先由宦官策画暗室，阴谋发动，而系李、郑谋事不周，仓皇举事，宦官反扑，因而酿成流血惨剧。以暗室欺心喻宦官公开杀戮大臣，其情事弗类也。然此诗必针对当时政治现实中密谋策画、恣行暗室欺心之事而发。颇疑隐指大中初年牛党白敏中等借所谓吴湘冤案打击李德裕政治集团事。新唐书李绅传："湘为江都尉，部人讼湘受赃狼藉，身娶民颜悦女。绅使观察判官魏铏鞫湘，罪明白，论报杀之。时，议者谓吴氏世与宰相有嫌，疑绅内顾望，织成其罪。谏官屡论列，诏遣御史崔元藻覆按。元藻言湘盗用程粮钱有状，娶部人女不实。……德裕恶元藻持两端，奏贬崖州司户参军。宣宗立，德裕去位，绅已卒。崔铉等久不得志，导汝讷（吴湘兄）使为湘讼。……崔元藻衔德裕斥已，即翻其辞。是时德裕已失权，而宗闵故党令狐绹、崔铉、白敏中皆当路，因是逞憾，以利诱动元藻等，使三司结绅杖钺作藩，虐杀良平。”通鉴大中元年：“前永宁尉吴汝纳，讼其弟湘罪不至死，‘李绅与李德裕相表里，欺罔武宗，枉杀臣弟，乞召江州司户崔元藻等对辨。’……冬，十二月，庚戌，御史台奏：据崔元藻所列吴湘冤状，如吴汝纳之言。戊午，贬太子少保、分司李德裕为潮州司马。”二年：“初，李德裕执政，有荐丁柔立清直可任谏官者，德裕不能用。上即位，柔立为右补阙；德裕贬潮州，柔立上疏讼其冤。丙寅，坐阿附贬南阳尉。西川节度使李回、桂管观察使郑亚坐前不能直吴湘冤，乙酉，回左迁湖南观察使，亚贬循州刺史，李绅追夺三任告身。”以一区区小吏论罪未能尽如其实，而兴如此大案，其为制造细故一网打尽李德裕等会昌有功旧臣甚为明显。义山深疾当权者因党派倾轧而为此暗室欺心之举，故借此诗以发之。盖谓欺于暗室者今日自以为得计，岂知神明昭察，异日终当真相大白，自召其祸。且不待他时，今日即有如丁柔立者仗义执言矣，是众口之不能箝制亦明矣。较之甘露之变宦官后发制人，公然杀戮，此事密谋陷害、借细故起狱之性质较为明显，似与诗意更合。如所解近是，则诗或作于郑亚贬循之后。

人欲

人欲天从竟不疑〔一〕，莫言圆盖便无私〔二〕。秦中已久乌头白[①]，却是君王未备知〔三〕。

校　记

①“已久”，朱本作“久已”。

集　注

〔一〕【冯注】左传襄三十一年：“太誓云：民之所欲，天必从之。”注曰：“逸书。”人欲天从，固本泰誓，而王仲宣杂诗：“回身入空房，托梦通精诚。人欲天不违，何惧不合并”，实所取义也。

〔二〕【朱注】刘氏正历问：“黄帝为盖天，以天象盖。”宋玉大言赋：“方地为车，圆天为盖。”【程注】晋书天文志：“天员如张盖。”刘勰新论：“入井望天，不过圆盖。”

〔三〕【程注】史记荆轲传赞注：索隐曰：“燕丹求归，秦王曰：‘乌头白，马生角，乃许耳。’丹乃仰天叹，乌头尽白，马亦生角。”论衡：“燕太子丹朝于秦，求归。秦王执留之，与之誓曰：‘使日再中，天雨粟，乌头白，马生角，厨门木象生肉足，乃得归。’当此之时，天地祐之，果日再中，天雨粟，乌白头，马生角，厨门木象生肉足。秦王以为圣，乃归之。”【冯注】燕丹子：“燕太子丹质于秦，欲归，秦王谬言曰：‘乌头白，马生角，乃可。’丹仰天叹，乌即白头，马为生角。秦王不得已而遣之。”【补】却，岂也。

笺　评

【吕南公曰】反李义山人欲篇：“药囊易中荆轲背，匕首难伤赵政胸。燕国无辜竟鱼肉，可能人欲有天从？”（灌园集）

【朱彝尊曰】哀怨深矣。

【杨曰】上昊虽高，有诚可感，九阍既隔，欲诉何从。

【何曰】此必行役既久而切求归之思,故云。(读书记)

【姚曰】此言人心之难回也。大抵人能胜天时,善恶两途皆有。

【屈曰】乌头久白,怨非一日,而君王未知,故致叹于视天梦梦也。

【程曰】燕太子丹为质于秦,唐时绝无相类之事。义山作此,或不得志于幕官,求归不得之寄慨也。"君王"二字,不必过拘,仅借指其事以发羁怀耳。玩楚泽诗:"刘桢元抱病,虞寄数辞官",求归之证也。

【冯曰】"人欲天从",无私而竟有私矣。世间必无之事,乃竟有之意外。惟巧为自掩,故无由觉也,可叹深矣。与下二首(按指吴宫、可叹二诗)同。

【纪曰】词意浅拙。"不疑"当作"可疑"。(辑评)又曰:前二句不成语,后二句亦浅直。(诗说)

【张曰】寓意难解,与吴宫、可叹不同,冯说似误。又案近见徐龙友李义山集批本。龙友名夔,何义门弟子,所解大同义门,间出新意,非僻即缪。惟此章解云:"诗似为赞皇崖州时作。赞皇之贬,当时有深快之者,如飞卿题卫公诗二首,痛诋之至,所谓'人欲天从'也。"说似可从。末二句盖言天意皆知其冤,而无如吾君为群小所蒙,至死不悟也。此解颇较冯说深警。虽然,此类诸诗,所含比兴之义太广,终不如阙疑为愈耳。(会笺)又曰:玉溪诗往往有此种不加修饰语,其原亦出于少陵,赖骨格苍竦,故不觉讨厌耳。纪氏谓词意浅拙,过已。○作"不疑"方与下句"无私"意合,改此一字,即可知纪氏阅诗之卤莽矣。○此诗必有所刺,然非艳情,亦非讥人帷簿之事。冯氏泥"人欲"二字,谓与可叹篇同旨,大误。可叹一首盖自叹遇合之作,余已细为笺解矣,与此诗

命意相去天壤,安得比而同之哉!(辨正)

【按】人欲、明神、咸阳诸七绝,以朴拙晦涩之语抒写愤怨,必有所为而发。此篇盖怨人欲之天不从,愤惋于圆盖之有私,君王之不公也。起二语谓人欲天从,久成习语,人竟从未有疑之者,然苍苍圆盖,实未尝尽遂人欲,而不免有所爱憎偏私也。张恶子庙:"如何铁如意,独自与姚苌?"即寓"莫言圆盖便无私"之慨。三四乃进而以实例发明上意,谓彼质于秦中之燕丹,淹留已久,乌头早已变白,然仍迟迟未归,岂是君王未详知此情乎?盖虽"备知"而不欲遂其愿也。是则君王亦"有私"矣。由怨"天"而及于怨"君",正可见作者意之所向。从来怨君之词,多以奸邪壅蔽为言,此则直斥其虽备知实情而有私,透过一层,思致遂较深刻。此诗虽有寓慨,然未必针对某一具体事件而发。

咸阳

咸阳宫阙郁嵯峨,六国楼台艳绮罗〔一〕。自是当时天帝醉①〔二〕,不关秦地有山河②〔三〕。

校　记

①"天"原作"秦"(一作天),非,据姜本、戊签、悟抄、席本、钱本、朱本改。

②"秦"原作"天"(一作秦),非,据姜本、戊签、悟抄、席本、钱本、朱本改。【按】周密浩然斋雅谈引南昌裘闻诗之说,亦以为"秦""天"二字当互换。

集　注

〔一〕【朱注】史记:"始皇每破诸侯,写放其宫室,作之咸阳北阪上,殿屋复道周阁相通,所得美人钟鼓以充入之。"

〔二〕【朱注】文选西京赋:"昔者大帝悦秦缪公而觐之,飨以钧天广乐,帝有醉焉,乃为金策,锡用此土,而翦诸鹑首。"薛综曰:"大帝,天也。"虞喜志林曰:"谚曰:'天帝醉秦暴,金误陨石坠。'谓秦缪公梦天帝奏钧天乐时有此谚。事详史记。

〔三〕【冯注】史记六国表:"秦始小国,僻远诸夏,卒并天下,非必险固便形势利也,盖若天所助焉。"

笺　评

【唐觐曰】李义山咸阳诗曰:"自是当时天帝醉,不关秦地有山河。"张文亮注云:"秦都咸阳。"而于"天帝醉",则置不解矣。夫秦都咸阳,谁不知之?所当解者,正在"天帝醉"之句耳。按文选张平子西京赋曰:"昔者天帝悦秦穆公而觐之,享以钧天广乐,帝有醉焉。乃为金策,锡用此土,而翦诸鹑首。"又广文选庾信哀江南赋曰:"以鹑首而赐秦,天何为而此醉?"秦穆公梦至帝所,事见史记扁鹊传。故二赋皆引之。义山诗所谓"天帝醉"者,盖本二赋及史记也。(延州笔记)

【朱曰】言暴秦之兼并六国,实天帝畀之,非以其地有山河之固也。

【何曰】("六国"句)有多少意思。○"醉"字妙,明是天之未定。(辑评)

【徐德泓曰】坊笺解作秦之兼并,实天帝畀之,非以其地有山河之固，是就“醉”字而正解之也。如此，则“醉”字只代得悦乐字样，此诗有何情味！非作者意矣。按其词气，“醉”字乃一着力吃紧字，是取“醉”意而翻用之，言天帝醉不知事，故秦得以兼并也。词旨始合，诗境亦深。

【姚曰】用意全在一“醉”字，即“如何铁如意，独自与姚苌”之意。

【屈曰】讽谏时王，言险不足恃也。唐犹秦之故都，可想而知。

【程曰】贾谊过秦论云：“秦孝公据殽函之固，拥雍州之地”，论秦之所以得天下者，未尝不由于山河之得势也。此诗乃以适逢天醉嗤之，岂无意哉！盖当时河北三镇强梁跋扈，害直与唐终始，故借古以为鉴戒。言强秦偶因天醉而幸得之，至二世亦以旋失；则凡负固之不若秦者，安能侥倖成事哉！集中井络诗云：“将来为报奸雄辈，莫向金牛问旧踪”，措辞隐显不同，而风旨则一也。

【纪曰】起二句写平六国蕴藉，后二句有议论而无神韵，其词太激也。（诗说）

【姜炳璋曰】咸阳宫阙之高，六国绮罗之丽，互文也，犹云力敌德齐也。秦得天下，由于天帝之醉，然醉则易醒，故六国既没，秦亦遂亡。炯戒之意出于谑辞，却非杜撰。妙绝！

【刘永济曰】此与咏史诗（北湖南埭）同意。首二句极写秦之强盛，三四句故为抑扬之词以见作诗本意在不可恃山河之险。谓为戒诸镇可，谓为警凡有国者亦可。秦灭六国，二世而亡，可为前车之鉴，故诗人特举以为证。咏史事诗必如此作，方不至如胡曾辈之索然寡味也。

【按】此诗语意尚属明了，盖谓秦之削平六国，混一天下，非因山河之险固，而缘适遇天帝之醉也。“自是”句意殊愤愤，颇不似通常咏史论史，而有天道愦愦之慨。暴者自得天祐，愤世之情深矣。姚谓“用意全在一‘醉’字，即‘如何铁如意，独自与姚苌’之意”，可谓深得其旨。然其具体针对之现实人事，则颇难妄测，屈、程二笺，似均嫌不切。此与明神、人欲皆同类性质之作，风格亦近。

公子

外戚封侯自有恩〔一〕，平明通籍九华门〔二〕。金唐公主年应小①〔三〕，二十君王未许婚〔四〕。

校　记

①“应”，戊签作“华”。

集　注

〔一〕【冯注】自缘先世之恩，非因得尚主也。

〔二〕【朱注】西京杂记：“汉掖庭有云光殿、九华殿。”洛阳宫殿簿：“魏有九华殿。”【冯注】洛阳宫名：“洛阳诸门中有九华门。”然皆可通用。【补】籍，竹片，长二尺，上书姓名、年龄、身份等，悬宫门外，以备出入时查对。“通籍”谓记名于门籍，可进出宫门。此指任职朝中。

〔三〕【程注】金唐公主，唐疑作堂。旧唐书：“金堂公主，穆宗女，下嫁郭仲恭。”【冯注】堂、唐古或通用，如后汉书蔡邕传中求定六经文字之堂溪典，或作“唐溪典”，然此固无取好异。

〔四〕【冯注】主年少耶，不则何未成礼？

笺　评

【姚曰】见恩宠之渥也。

【屈曰】公子年已二十，而君王尚未许婚，盖将以尚主也。○意言生来富贵，不用读书，如我辈之十载寒窗，至今穷困也。金唐疑作“堂”，传写之误。

【徐曰】仲恭为汾阳王裔，升平长公主之孙，宪宗郭皇后之侄，故首句云然。（冯注引）

【冯曰】旧书传：“郭暧年十馀岁，尚升平公主，主年与暧相类；暧子钏尚德阳公主，钏与公主年未及冠。则此诗所云似少迟矣，故咏之。二十指仲恭，非指公主，而意互通也。仲恭为郭钊之子，其尚主当在大和开成间。册府元龟亦作“金堂”，则此作“唐”定误也。

【纪曰】不解所云。

【张曰】仲恭为汾阳王裔，升平长公主之孙，宪宗郭皇后之侄，故戏咏之。或当时有所指斥，殊难定解。（会笺）

【按】四句分写其仕宦婚姻。前二谓其出身贵戚，年少封侯，仕宦得意，早获通籍。后二谓君王早已视为东床之选，以其尚主，唯因金唐公主年尚小，故公子虽年已二十，君王仍未许婚也。“未许婚”，正所以见其必尚主，亦所以见恩宠之盛。

公子

一盏新罗酒〔一〕，凌晨恐易销[①]。归应冲鼓半〔二〕，去不待笙调。歌好唯愁和[②]，香秾岂惜飘[③]〔三〕。春场铺艾帐，下马雉媒娇〔四〕。

校　记

①"晨",英华作"霜"。

②"唯",英华作"难"。

③"秾",姜本、朱本、季抄作"浓",英华作"多"。"岂",英华作"不"。

集　注

〔一〕【朱注】通典:"新罗国,其先本辰韩种,在百济国东南五百馀里。"按:五代、唐时新罗国并于高丽。通考云"高丽土无秫,以粳为酒",新罗酒当即此也。【冯注】新罗,谓新漉。袁山松酒赋:"纤罗轻布,浮蚁竞升。"旧引东夷新罗国,谬矣。

〔二〕【冯注】冲鼓半,谓夜深始归。下句谓乍归又去。无夜无明,狂游而已。

〔三〕【何曰】妙甚。只欲家妓擅场,惟恐更有和者,非公子无此心情也。(读书记)【屈曰】歌愁和,不学无才也。香不惜飘,骄奢也。

〔四〕【朱注】鲍照雉朝飞:"专场挟雌恃强力。"【道源注】艾帐,雉翳也。李贺艾如张:"艾叶绿花谁剪刻,中藏祸机不可测。"射雉赋注:"媒者,少养雉子,长而狎人,能招引野雉。"【冯注】潘岳射雉赋:"擎场拄翳。"又:"睨骁媒之变态。"注曰:"射者闻有雉声,便除地为场,拄翳于草。"按古乐府:"艾而张罗。"解者引穀梁传:"艾兰以为防。"盖"艾"与"刈"同,艾草以为蒐狩之大防也。若陈苏子卿诗"张机蓬艾侧",则直以为艾叶矣。李贺诗亦然。此云"艾帐",亦同苏子卿之解。馀详枢言草阁。

笺　评

【冯班曰】宛然贵介。（何焯引，见辑评。）

【陆鸣皋曰】首联，言酒薄不足以供。次联，言情之纵乐而矜率。腹联，言性之俚俗而侈靡。末联，言游猎之好也。通体总写其豪，而俱带粗意。

【姚曰】写尽轻隽之状。去来倏忽，全非怜香惜玉之人。五六言不能细心领略。春场射雉，多应忘却夜来矣。

【屈曰】凌晨饮酒，归必半夜，忽然而去，不待笙调，性情无常也。歌愁和，不学无才也；香不惜飘，骄奢也。七八禽荒也。通篇写其醉生梦死，一无所知也。

【纪曰】此是讥刺之作，但觉刻薄，绝无佳处，愈刻画神肖，愈用不堪，以雅道论之，岂宜有此。（诗说）极刻画纨袴性情，愈工愈佻，未协雅音。○娇字应是骄字之误。（辑评）

【按】首联写公子夜饮新罗之酒，凌晨酒力已销。三句追述昨夜饮罢归晚，四句谓今晨不待笙调又复离去。五六写游冶之地歌好香浓情景。七八则外出畋猎射雉。当与少年参观。

少年

外戚平羌第一功，生年二十有重封〔一〕。直登宣室螭头上〔二〕，横过甘泉豹尾中〔三〕。别馆觉来云雨梦，后门归去蕙兰丛〔四〕。灞陵夜猎随田窦〔五〕，不识寒郊自转蓬〔六〕。

集　注

〔一〕【朱注】东观汉记："马防，援之子也，兄弟三人各六千户。

防为颍阳侯，特以前参医药勤劳，绥定西羌，以襄城、羹亭一千二百户增防。防身带三绶，宠贵至盛。”【程注】汉书樊哙传：“赐重封。”注：张晏曰：“重封，益禄也。”如淳曰：“正爵名也。”臣瓒曰：“增封也。”师古曰：“诸家之说皆非也。重封，加二号耳。”【冯注】后汉书：“马防，明德马皇后兄也。肃宗建初四年封颍阳侯，以平定西羌增邑千三百五十户。”此类事颇多。诗所指者，当为郭汾阳之裔。宪宗后，郭暧之女；敬宗贵妃，郭义之女，皆见旧书传。【何曰】（次句）破年少。（辑评）“封”字出韵。（读书记）

〔二〕【朱注】汉书注：“宣室，未央前殿正室。”又曰：“丹墀上之阶曰螭头。”唐会要：“唐左右二史分立殿下，直第二螭首坳处，号曰螭头。”【何曰】宫中御道两旁，皆有螭头，第三殆谓此也。（辑评）【冯注】汉书：“东方朔曰：‘夫宣室，先帝之正处也，非法度之政，不得入焉。”旧书纪：“文宗太和九年，敕左右省起居赍笔砚及纸于螭头下记言记事。”螭头上，曰“上”，谓其侍近御座。【按】螭头，古代彝器、碑额、殿柱、殿阶上所刻之螭形花饰。此指殿阶上螭饰。旧唐书郑朗传：“朗执笔螭头下。”

〔三〕【朱注】关辅记：“甘泉宫一曰云阳宫，一曰林光宫，在今池阳县西甘泉山。本秦造，汉武建元中增广之，周十九里，去长安三百里，望见长安城。”扬雄传：“（赵昭仪方大幸），每上甘泉，常法从，在属车间豹尾中。”服虔曰：“大驾八十一乘，最后一乘悬豹尾。”【冯注】后汉书舆服志：“乘舆大驾，备千乘万骑。西都行祠天郊，甘泉备之。官有其注，名曰甘泉卤簿。最后一车悬豹尾，豹尾以前比省中。”旧书职官志：“左右千牛卫中郎将升殿供奉，凡侍奉，禁横过座前者。”按：“直”“横”二字，状其纵恣。【朱彝尊曰】“直”“横”二字写出豪态。【按】冯解切。

〔四〕【冯注】汉书：“成帝始为微行出。”张晏曰：“于后门出，从期门郎及私奴，若微贱之所为。”【补】蕙兰丛，谓其后房姬妾之众，与上句“云雨梦”皆状其荒淫纵欲。

〔五〕【朱注】汉书：“文帝葬灞陵。”注：“在长安东南。”武安侯田蚡、魏其侯窦婴皆外戚。【姚注】史记：“武安侯田蚡，孝景后同母弟。”又，“魏其侯窦婴，孝文后从兄子。”【冯注】尔雅：“宵田为獠。”释文：“夜猎也。”灞陵夜猎见旧将军。

〔六〕【姚注】曹植诗：“转蓬离本根，飘飖随长风。”

笺　评

【朱曰】此讽得志者之薄于故交也。（李义山诗集补注）

【吴乔曰】命题亦小儿诗之类，似乎有为之作。“重封”似谓楚、绹韦平之拜。直登螭头、横过豹尾，言恣横也。与宣宗“宰相可谓有权”之语冥合。（五六句）时绹广引生、李私人。（七八句）似比刺绹惟趋势焰，不引孤寒。

【何曰】螭头不可直登，况天子斋居乎？豹尾不可横过，况妃嫔从幸乎？三四言其骄横枉法。五六言其奢侈折福。身在灭亡之中，而折枝舐痔于田窦，则又奴隶之才，方可怒可悯之不暇，乃敢傲天下士乎？结句不以御波春水及门流上及君父，尤忠厚。○李白少年行：“兰蕙相随喧伎女。”（五六）二句重言之者，见其重色傲士，徒知牡牝之欲而已。（辑评）

【沈德潜曰】骄恣色荒，兼而有之。此诗应有所指。

【胡以梅曰】一二借用马防外戚事赋之。三四言其卫侍殿廷，与君亲近，是职在羽林将军仙杖之类，四言随从巡幸，即于嫔妃属车队里穿过，亦所不禁，见贵戚亲切也。五言另置姬妾于别馆，有梦字即用云雨，亦典而不俚，觉来然后归去，两句相贯。高唐之梦，原是昼寝，亦指白日，今所以仍可归去。六用“后门归去”四字，是嘲谑之辞，饶有风致。蕙兰丛则虽后门亦复精雅。七八言惟顾游畋，不知接引士人。寒郊多飘蓬之客必有所指。

【陆曰】武宗践阼之后，喜畋游，角武艺，一时五坊小儿，皆得出入禁中，肆无忌惮，此诗似阴刺其事也。首二句，借古来第一等宠贵人作个引子，以开出下二联来，非当日曾有外戚冒功，滥膺封爵之事也。直登宣室，横过甘泉，言其在朝之骄慢；云雨梦中，蕙兰丛里，言其归第之荒淫。且夜猎而与田窦为伍，则所谓虎威狐假，声势愈赫，灞陵县尉亦且奈之何哉！寒郊转蓬，隐以自况。曰“不识”者，言不为所识，其中自有身份在。

【徐德泓曰】次联言骄。三联言乐。四联言佚游。与富平少侯作异者，彼偏在豪也；与公子作异者，彼偏在粗也。

【姚曰】此讽得志者之薄于故交也。二十重封，由戚里军功之荫，其痴憨之态，一似风云在其掌握。于是螭头殿上，可以直登；豹尾班中，何难横过。在彼意中，方自以为入则有粉白黛绿之欢，出则有驱骋田猎之乐，此外更有何事，无怪乎其讶寒郊蓬转之不可解也。彼以名家旧德，再世登庸，而不一援手于故素之沉沦者何居，盖亦以讽绹也。

【屈曰】一祖父功高。二少小袭封侯。三四骄傲无知。五六渔色。七惟事田猎逐贵游。八刺其不识儒士也。

【程曰】此盖刺当时勋戚之子弟也。言其承勋爵之后，生而贵盛。宣室直登，甘泉横过，则在朝之骄肆也。云雨梦中，蕙兰丛里，则归第之荒淫也。而且游猎无度，何以善终？反不若寒郊转蓬之人犹得优游自适也。曰“不识”，非憾其不识，正谓其不能识耳，是有身分语。

【纪曰】七句平叙，一句转合，仿佛太白“越王勾践破吴归”一首章法，作意可观，但格意浅薄，不脱晚唐习径耳。（诗说）

【姜炳璋曰】此为当时勋戚弟子而发。曰“直登”、“横过”，曰“别馆”、“后门”，曰“夜猎”，皆刺之之辞。结句言初不知寒郊自致青云之难，有惧其骄溢，不能长守（富）贵意，非望其荐拔也。长孺以为予令狐绹，与诗语气不合。

【曾国藩曰】此刺当时勋戚子弟。（十八家诗钞）

【方东树曰】但刺其奢淫耳。起结佳。

【张曰】此与富平少侯一首颇可参观，益知前首非咏敬宗也。（会笺）又曰：义山七律往往以末句为主意，掉转全篇。集中此法极多，他人罕见，皆玉溪创格也。若太白“越王”篇，乃七绝，不得与此并论矣。此诗措语皆倍沈厚，味之无尽，以为浅薄，殊非定评。（辨正）

【按】此泛咏勋戚子弟以祖荫袭封，骄肆荒淫，漠视贫士，以为讽令狐绹、刺武宗宠五坊小儿者均非。程笺近是，然谓末句系“反不若寒郊转蓬之士犹得自适”之意则非。“不识寒郊自转蓬”者，谓其贵盛骄淫，曾不知寒郊贫士身如转蓬之境遇也，即王右丞洛阳女儿行“谁怜越女颜如玉，贫贱江头自浣纱”之意。冯氏谓少年指郭汾阳之裔，亦无据。文、武、宣三朝，外戚骄横见于史籍记载者，有宣宗时之郑光（郑太后之弟），通鉴大中十年曾载光庄吏恣横事。然砭锢弊常取类型，何必指实？又，此诗与富平少侯之题与诗不切者有别，张氏以此例彼，否定富平少侯托讽敬宗,亦非。二者用笔及主人公身份均异,宜分别观之。

少将

族亚齐安陆〔一〕,风高汉武威〔二〕。烟波别墅醉,花月后门归。青海闻传箭〔三〕,天山报合围〔四〕。一朝携剑起,上马即如飞①。

校记

①"上马即如飞",戊签一作"马上疾如飞"。

集注

〔一〕【朱注】萧子显齐书:"安陆昭王缅,字景乘,宣皇帝之孙也。太祖受禅,封安陆侯,累迁雍州刺史,加都督。永明九年薨,赠司徒。"【冯注】南齐书宗室传:"太祖次兄子安陆昭王缅封安陆侯,迁宁蛮校尉,雍州刺史,加都督,卒,赠安陆王。"文选(有)沈约齐故安陆昭王碑文。此"族"字只比其宗室之贵。緬子以谋反诛,不必拘看。

〔二〕【朱注】汉书:"武威郡,故匈奴休屠王地,武帝太初四年开。"【道源注】神仙感应录:"汉武威太守刘子南,从道士尹公,授务成子萤火丸,佩之隐形,辟疫鬼及五兵白刃盗贼凶害。永平间与虏战,矢下如雨,未至子南马数尺,辄堕地,终不能伤。"刘禹锡诗:"不逐张公子,应随刘武威。"【冯注】后汉书武威将军刘尚,见光武帝纪、来歙诸传,而公孙述传:"尚宗室子孙。"此句取宗室也。武威与建威、扬威皆将军名号,不关武威地名。【何曰】破题是宗子。

（辑评）

〔三〕【朱注】十三州记："允吾县西有卑禾羌海，代谓之青海。"杜甫诗："青海休传箭。"【朱彝尊曰】"传箭"之说有二：一云外寇起兵，则传箭为号，云箭及更筹，守城之法。更夜传箭以守其陲。【冯注】隋书地理志："西海郡置在古伏俟城，即吐谷浑国都，有青海。"【姚注】新唐书吐蕃传："其举兵，以七寸金箭为契。一百一驿，有急兵，驿人臆前加银鹘；甚急，银鹘益多。"

〔四〕【朱注】史记索隐："祁连山一曰天山，亦曰白山，在张掖、酒泉二郡界。"唐书："西州交河郡有天山。"【程注】李陵报苏武书："单于临阵，亲自合围。"【冯注】后汉书注："西河旧事曰：白山之中有好木，匈奴谓之天山。"广志曰："白山通岁有雪，亦名雪山。"礼记："天子不合围。"通鉴："贞观十六年，西突厥遣处月、处密二部围天山。"此类事频见，以围天山引之。【查慎行曰】青海、天山，属对与老杜偶合。

笺　评

【冯舒曰】此诗佳在后半。"烟波"一联，似吴叔庠。（何焯读书记引。）又曰：乐君之乐，忧君之忧，斯人有焉。（辑评）

【何曰】人见其烟波花月，不知其缓急可仗如此，或以自喻也。

【姚曰】此叹幸功者之多也。首联，言其门地如此。三四，言其骄纵如此。传箭合围，筹国者方为蒿目，而彼方眉动色飞，其好乱幸功如此。

【田曰】何等飘忽，心事如雪。（冯笺引）

【屈曰】上半平日事，下半边警时事。

【冯曰】首联言宗室而为将军也。姑臧、武威每为李氏封号,此必为李氏世胄咏者,但未能考定何人。此章深美其少年华贵,非庸材也。

【纪曰】画出侠少,诗极俊爽,但乏深味耳。且意思全抄"为君遮虏骑"一章也。(诗说)此侠少之词,亦无刺意。结颇骏爽,但少剽耳。(辑评)。(瀛奎律髓刊误作:"出手微快,然自俊爽。通首写侠少之意,注家以为有刺者非。")

【张曰】长吉派既谓之涩,此种又讥其剽,古人真无从解免矣。(辨正)

【按】此与少年之刺贵戚少年骄奢淫佚不同,通篇系赞美之词。颔联非刺其淫佚,乃美其风流,与少年"别馆"一联貌似而实异。冯、纪评是。

牡丹

锦帏初卷卫夫人①〔一〕,绣被犹堆越鄂君〔二〕。垂手乱翻雕玉佩〔三〕,折腰争舞郁金裙②〔四〕。石家蜡烛何曾剪〔五〕,荀令香炉可待熏〔六〕?我是梦中传彩笔〔七〕,欲书花叶寄朝云③〔八〕。

校　记

①"帏",英华作"帷"。

②"折"原作"招",据戊签改。英华作"细"。"争",英华作"频"。"争舞",季抄一作"频换",均非。

③"叶",英华作"片"。

集　注

〔一〕【原注】典略云:"夫子见南子在锦帏之中。"【冯注】典略:

"孔子反卫,夫人南子使人谓之曰:'四方君子之来者,必见寡小君。'不得已见之。夫人在锦帷中,孔子北面稽首,夫人自帷中再拜,环珮之声璆然。"按:史记孔子世家作"絺帷"。【何曰】花。(读书记)

〔二〕【冯注】说苑:"鄂君子皙泛舟于新波之中也,乘青翰之舟,张翠盖而检犀尾。会钟鼓之音毕,榜枻越人拥楫而歌曰:'今夕何夕兮?搴洲中流;今日何日兮?得与王子同舟。蒙羞被好兮,不訾诟耻。心几烦而不绝兮,得知王子。山有木兮木有枝,心悦君兮君不知!'于是鄂君乃揄修袂,行而拥之,举绣被而覆之。"陈祚明曰:"详此,越人疑是女子。"按:得毋以鄂君、越人误合为一耶?【何曰】叶。(读书记)【按】清人马位亦指出"越"字误用,曰:"越人爱鄂君而歌……非越之鄂君也。"(见秋窗随笔)

〔三〕【朱注】乐府解题:"大垂手、小垂手,皆言舞而垂其手也。"书顾命:"雕玉仍几。"注:"雕,刻镂也。"【何曰】叶。(读书记)

〔四〕【朱注】西京杂记:"戚夫人能作翘袖折腰之舞,歌出塞、入塞、望归之曲。"宋之问诗:"缕金罗袖郁金裙。"张泌妆楼记:"郁金,芳草也,染妇人衣最鲜明,染成则微有郁金之气。"【冯注】后汉书:"梁冀妻孙寿善为妖态,作折腰步。"崔骃七依:"表飞縠以长袖,舞细腰以抑扬。"【何曰】花。(读书记)

〔五〕【朱注】世说:"王恺以粭糒澳釜,石崇以蜡烛代薪。"

〔六〕【冯注】习凿齿襄阳记:"刘季和曰:'荀令君至人家,坐处三日香。'"按:后汉书、魏志:"荀彧字文若,为汉侍中,守尚书令。曹公征伐在外,军国之事皆与彧筹,称荀令君。"

典略曰："曹公、荀令君皆足盖世。"彧别传曰："司马宣王曰：'吾所闻见，未有及荀令君者也。'"梁昭明博山香炉赋曰："粤文若之留香"，正此事也。朱氏以为晋之荀勖，误矣。【朱注】刘向有熏炉铭。

〔七〕【朱注】南史："江淹尝梦一丈夫，自称郭璞，谓淹曰：'吾有笔在卿处多年，可见还。'淹乃探怀中得五色笔一以授之。尔后为诗绝无妙句。"

〔八〕【朱注】朝云用神女事。【冯注】乐府江南弄有朝云曲。

笺　评

【朱彝尊曰】堆而无味，拙而无法，咏物之最下者。

【何曰】飞卿作乃咏花，此篇亦无题之流也。起联生气涌出，无复用事之迹。（读书记）非牡丹不足以当之。（辑评）

【胡以梅曰】详诗意，是各色大丛牡丹，非单株独本也。通身脱尽皮毛，全用比体，登峰造极之作。起一联用排偶，气便浑厚，原是平写花如锦绣丽人。初卷，乍见也；犹堆，未离绣被也。然亦可析而言之：帏是花幄，初卷起而见艳色如卫夫人。夫人之外，犹有越鄂君拥绣被焉。是一堆繁艳，高下皆赋矣。语浑而活，可以双解。句奇突，妙处全在"卷"字"堆"字，有花之溪径。三四言其临风翻舞。玉珮谓其白，郁金谓其黄。五谓其深红欲滴，六谓其香气夺人。玉而曰雕，有花瓣之状；且曰佩，有飘垂之态，方与"翻"字相通，正是意匠经营善处。"招"字或欲作"细"，则死而不活；或欲作"折"字，则失却风流，……妙处正在"垂"字、"招"字，有风之动静意。按章孝标柘枝舞诗曰："柘枝初出鼓声招，花钿罗衫耸细腰。"又张祜诗云："一时飙腕招残拍，斜敛轻身拜玉郎。”是舞中有招之态。则“招腰”二字或檃括章诗之谓。……蜡烛不剪，势必流红。石崇代炊之烛，非一枝两枝可尽。花下焚香为杀风景事，荀令有爱香之癖，宜无处不熏香矣。对此异香之花可更熏乎？……结言对此锦色繁香，须用彩笔书之花叶，寄与朝云，则成为云叶，竟是一朵彩云矣。朝云亦言神女之轻盈，可与花为伍。梦中之笔，书寄入梦之朝云，其言缥缈，皆以乌有先生为二丽人作陪客耳。锦心灵气，读者细味自知。

【唐诗鼓吹评注】首言牡丹之容如锦帏初卷而出卫夫人之艳，绣被夜拥而见越鄂君之姿。而且玲珑疑玉珮之乱翻，摇荡比金裙之争舞。其殷红欲滴，无假照于绛烛之高烧；国色多香，曾何待于奇香之暗惹。当此名花相赏之时，不有彩笔，何申图咏？唯我亦擅江令之才，思裁好句，以贻神女，则唯朝云亦有如斯之雅艳耳。

【陆曰】牡丹名作，唐人不下数十百篇，而无出义山右者，惟气盛故也。昌黎论文云：“水大而物之浮者大小毕浮。”余谓诗亦有之。此篇生气涌出，自首至尾，毫无用事之迹，而又能细腻熨贴。诗至此，纤悉无遗憾矣。起二句，形花之初放，而睡态未足也。三四以花之摇动言。五六以花之色香言。其必用雕玉佩、郁金裙、石家蜡烛、荀令香炉等字为之衬贴者，以不如是则不能尽牡丹之大观，且不能极牡丹之身份耳。结处谓此花富丽，非彩笔弗称。必如我作，方可为之传神，盖踌躇满志之语也。

【姚曰】此借牡丹以结心赏也。首联写其艳，次联写其态。“石家”句写其光，“荀令”句写其香。如此绝代容华，岂尘世中人所能赏识，我今对此，不啻神女之在高唐，幸有梦中彩笔,颇解生花,借花瓣作飞笺,或不至嫌我唐突云尔。

【屈曰】六皆比:一花二叶三盛四态五色六香。结言花叶之妙丽可并神女也。然掩题不知是咏何花,终是猜谜,乃诗法所忌。或云通首皆比。此咏物诗,无通首皆比之体,即如沈古意赠乔知之通首皆比,然是赋古意以比乔也,可以类推。

【程曰】此艳诗也。以其人为国色,故以牡丹喻之。结二语情致宛转,分明漏泄。若以为实赋牡丹,不惟第八句花叶二字非咏物浑融之体,且通首堆砌全不生动,可谓"燕昭无灵气,汉武非仙才"矣。

【冯曰】徐曰:"令狐楚宅牡丹最盛,此诗作于楚宅。"○长安志曰:"酉阳杂俎载开化坊令狐楚宅牡丹最盛。"近刊酉阳杂俎脱此语,而长安志所引明甚也。楚赴东京别牡丹诗:"十年不见小庭花,紫萼临开又别家。上马出门回首望,何时更得到京华?"以史传考之,当为太和三年楚赴东都留守时作。是年即镇天平,而义山受其知遇。此章义山在京所作。上四句状花之秾艳;五六言花之光与香;楚犹在镇,故兼祝其还朝。七句谓授以章句之学,结句远怀也。晚唐人赋物多用艳体,非可尽以风怀测之。徐说甚是,约在太和五六年。

【纪曰】八句八事,却一气鼓荡,不见用事之迹,绝大神力。所恶乎碧瓦诸作,为其雕琢支凑,无复神味,非以用事也,如此诗,神力完足,岂复以纤靡繁碎为病哉!"折腰争舞"句形容出富贵风流之致。英华作"细腰频换郁金裙",索然无味矣。末句却合依英华本,花片有情,花叶无理也。(诗说)

【张曰】长安志引酉阳杂俎:"开化坊令狐楚宅牡丹最盛。"此假以喻意。前半极写其华丽。石家、荀令一富一贵,时楚还朝为左仆射,故又祝其拜相也。观结语,诗当自崔幕寄赋者，非太和三年义山在京作也。冯说小疏，故为正之。（会笺。编太和八年。）

【黄侃曰】义山咏物诗，什九皆属闲情，此诗非直咏牡丹，盖借牡丹以喻人也。首句斥所喻者；次句自喻；三四写其状；五句喻其光彩；六句喻其芳馨；末二句显斥所喻矣。八句八事，不著堆砌之迹。与牡丹在即离之间，即专以咏物而论，亦难能可贵已。

【钱锺书曰】黄庭坚观王主簿家酴醾："露湿何郎试汤饼，日烘荀令炷炉香。"青神注："诗人咏花，多比美女，山谷赋酴醾，独比美丈夫：见冷斋夜话。李义山诗：'谢郎衣袖初翻雪，荀令薰炉更换香。'"按引语见冷斋夜话卷四，义山一联出酬崔八早梅有赠兼示，野客丛书卷二十亦谓此联为山谷所祖。冷斋夜话又引乃叔渊材海棠诗："雨过温泉浴妃子，露浓汤饼试何郎"，称其意尤佳于山谷之赋酴醾；当是谓兼取美妇人美男子为比也。实则义山牡丹云："锦帏初卷卫夫人，绣被犹堆越鄂君"，早已兼比。（谈艺录补订）

【按】牡丹富贵华艳之花，故前六句咏其色态芳香，均借富贵家艳色比拟，或以富贵家故事作衬。首联谓牡丹如锦帏初卷之卫夫人，明艳照人；如绣被拥裹之越人，绿叶簇拥红花，丰姿娇艳。曰"初卷""犹堆"，似是牡丹初放时情态。颔联以贵家舞者翩跹起舞时佩饰翻动、长裙飘扬之轻盈姿态，形容春风吹拂下牡丹枝叶摇曳之动人情态。胡以梅谓所咏为各色大丛牡丹，非单株独本，视"乱翻""争舞"语，似可从。腹联以"石家蜡烛""荀令香炉"反托牡丹之光艳与浓香。末联总收，谓我今面对如此美艳之牡丹，不禁联想及巫山神女，颇思借我彩笔，书此花叶，遥寄情思也。此诗既借艳以写花，又似借咏花以寓人。观其屡用贵家姬妾舞伎为比，颇似意中即有如此花之女子，末联更微透有所思念、欲寄相思之消息。此与日高一首似可参看。

陈贻焮李商隐的咏物诗和咏史诗对此篇有笺解。本篇笺语亦间采其说。

牡丹

压径复缘沟，当窗又映楼〔一〕。终销一国破〔二〕，不啻万金求〔三〕。鸾凤戏三岛〔四〕，神仙居十洲〔五〕。应怜萱草淡，却得号忘忧〔六〕。

集　注

〔一〕【何曰】陇右牡丹成树，长与檐齐，少所见者罕不以第二为砌合也。（辑评）【冯曰】要非佳句。

〔二〕【朱曰】比其艳于佳人之倾国。【何曰】此句藏"忧"字。（辑评）【按】销，抵也，值也。

〔三〕【朱注】唐国史补："长安贵游尚牡丹，每春暮，车马若狂。人种以求利，一本有直数万者。"

〔四〕屡见。

〔五〕【朱注】十洲记："四方巨海之中，有祖洲、瀛洲、玄洲、炎洲、长洲、元洲、凤麟洲、聚窟洲、流洲、生洲。"【冯曰】言此仙家贵种也。【何曰】二句起"忘忧"。（辑评）

〔六〕【程注】天宝遗事："明皇与贵妃幸华清宫，因宿酒初醒，凭妃肩同看木芍药。帝折一枝与妃，递嗅其香，帝曰：'不惟萱草忘忧,此花香艳,尤能醒酒。'"【冯曰】虽非所用,意亦相通。然开元记则谓是千叶桃花。

笺 评

【朱彝尊曰】竟不似题,何义山独拙赋牡丹耶?

【何曰】("压径"二句)方是牡丹大观。("终销"二句)方极牡丹身份。此富贵之花,穷饿人一字来不得。("鸾凤"二句)牡丹非豪家不极其致,穷巷寒饿之士所见不过一两丛。腹连亦悬想不出。(读书记)自谓忘忧,其实可以倾国。第三伏脉,结句反映,借牡丹以为刺也。(辑评)

【姚曰】此言士当自爱也。压径缘沟,无非争艳取怜之辈,索价虽高,终成妖物。若鸾凤神仙,定不恋此,曾不如萱草之淡然忘忧耳。

【屈曰】以三岛十洲之仙品,而不及萱草之忘忧,可叹。

【程曰】此又是艳词,语意更显豁于前七律。但此当属女冠,观"鸾凤戏三岛,神仙居十洲"二语可见。

【冯曰】直是咏物,与令狐家无关,徐氏未细分也。又曰:疑在泾州咏,如前所云"回中牡丹"者。

【纪曰】无句成语。(诗说)

【袁枚曰】首二句牡丹之盛。三四言牡丹之贵。五六比牡丹之艳,末言世重牡丹,亦知萱草能忘忧乎?(诗学全书)

【张曰】此首虽非义山得意之笔,然何至全不成语?……〇此有寓意,故全不切牡丹。(辨正)冯氏云:"直是咏物,与令狐家无关。"(会笺)

【按】前四写眼前牡丹繁衍茂盛,压径缘沟,当窗映楼,其价值可比倾国之佳人,而不止于万金也。后四则想像三岛、十洲之境，鸾凤翔集，神仙所居，当爱淡雅之萱草，为其可以忘忧，而不复重此徒有艳色之牡丹也。盖借牡丹与萱草之对比，致慨于徒重俗艳之世风，且以“淡”而“忘忧”之萱草自况，言己之美质惟神仙境界方能赏爱耳。

僧院牡丹

叶薄风才倚，枝轻雾不胜①。开先如避客，色浅为依僧。粉壁正荡水〔一〕，缃帏初卷灯〔二〕。倾城惟待笑，要裂几多缯〔三〕！

校 记

①“雾”，冯曰：“似当作露。”【按】作“雾”亦可通。

集 注

〔一〕【冯注】庾肩吾春夜诗：“水光悬荡壁。”

〔二〕【道源注】荡水，言花影；卷灯，言花光。【朱注】韵会：“缃，浅黄色。”

〔三〕【朱注】帝王世纪：“妺喜好闻裂缯之声，桀为发缯裂之，以顺适其意。”【冯注】按：史记夏本纪无妺喜裂缯事。周本纪：“褒姒不好笑，幽王欲其笑万方，故不笑。幽王为熢燧大鼓，诸侯至而无寇，褒姒乃大笑。”亦非裂缯。白帖则引史记：“周幽王后褒姒好裂缯声。”

笺 评

【何曰】僧院于中间一点，起结止赋牡丹，不可以大历后常体论之。（读书记）又曰：腹连是赋花光。○落句南朝诗体亦

有然者，但变律之后，要须谨严耳。○“倾城”句不称僧院。（辑评）

【陆鸣皋曰】首句叶，次句枝。第三句虚开，四句言色也。五句言影，六句言光。结则状其情态耳。

【姚曰】僧院，非逞艳之地。避俗客，依佛香，于本色处愈觉风流。又调之曰：毕竟倾城处尤在一笑，不识可容我一见否耶？

【冯曰】颇难猝解，盖刺僧之隐事也。首言其人娇小；次以避客反托依僧，“色浅”，谓不便浓妆；五六写其时地；裂缯似只取“妹喜”二字，谓伪托眷属，或言其惟不敢狂笑也。此种尖薄，大伤诗教。又曰：如圣女祠之方朔，镜槛之“射莎”，与此“裂缯”之类，不善悟者不可与言斯集。然廋辞隐语，非风雅正声，学者慎勿效之，后人必以此消余穿凿入魔也。

【纪曰】首二句不似牡丹，三四极力刻画僧院，然沾滞不佳，五六句亦点缀无理，七八不唯措语欠工，亦于僧院不大相称也。（诗说）又曰：起二句似咏柳。（辑评）

【按】以人拟花，复借花喻人。牡丹艳质，而植于佛门清净之地，题目已含微意。首联谓其叶薄枝轻，倚风怯雾，点出“轻”“薄”二字，似写风姿，实见品格。次联言其开早而色浅，恐缘避客依僧之故，盖言其为僧人所私，故既须避客，又宜淡妆。腹联明写花影、花光，实暗寓情好。末联则调谑之词，谓此僧院牡丹不苟言笑，未见倾城，不知须裂几多缯方能博得一笑也。冯笺近是。

柳

动春何限叶，撼晓几多枝？解有相思否[①]？应无不舞时〔一〕。絮飞藏皓蝶，带弱露黄鹂。倾国宜通体〔二〕，谁来独赏眉②〔三〕？

校记

①“否”，朱本作“苦”。

②“来”，英华作“家”。

集注

〔一〕【道源注】梁刘邈折杨柳诗：“春来谁不思？相思君自知。”【冯注】问其犹能思我否？尔固无时不舞也。语含妒情。【补】应无，曾无也。

〔二〕【冯注】隋书柳昂传：“昂偏风不能视事。昂卒，子调为侍御史。杨素尝于朝堂见调，因独言曰：‘柳条通体弱，独摇不须风。’调敛板正色以对。”叶枝絮带，所谓“通体”。

〔三〕【朱注】梁元帝诗：“柳叶生眉上。”唐太宗柳诗：“半翠几眉开。”

笺评

【王直方曰】作诗贵雕琢，又畏有斧凿痕，贵破的，又畏粘皮骨。此所以为难。李商隐柳诗云：“动春何限叶，撼晓几多枝”，恨其有斧凿痕。（郭绍虞校辑宋诗话辑佚王直方诗话）

【钱谦益曰】不袭尘语，可谓极其洗发。

【何曰】“动春”二字非老杜下不得。○“否”字最佳，方是活句，作“苦”便不通也。英华作“否”，下无他注。○“通体”二字，收上枝叶絮带。○“通体”二字有舞。○（“絮飞”）句中有舞。（辑评）

【姚曰】此言软媚者之无所不宜也。千枝万叶，纵然不解相思，谁不爱其善舞。五六皓蝶黄鹂，无非助发姿态。落句正言其无一枝一叶之不软媚也。

【屈曰】喻世无知己也。一二枝叶。三四情思。五六能容物。七结上，八无赏者。

【程曰】义山柳诗凡十馀首，各有寄托，其旨不同。有托之以喻人荣枯者，如“已带斜阳又带蝉”七绝是也。有托之以自感蹉跎者，如“不信年华有断肠”七绝是也。有托之以悲思文宗者，如“先皇玉座空”是也。有托之以感叹跋涉者，如关门柳七绝“不为清阴减路尘”是也。有托以自叹斥外者，如巴江柳“好向金銮殿，移影入绮窗”五绝是也。有托之以自写其平康北里之所遇者，如五律柳一首、赠柳一首、谑柳一首、七绝柳一首、柳下暗记一首、离亭赋得折杨柳二首是也。诸说各系于逐首之后。此首语语是柳，却语语是人。“动春何限叶”，言其会合之情也。“撼晓几多枝”，言其离别之时也。“解有相思否？应无不舞时”，言黯然销魂，彼此无奈，望远惆怅，当有同心也。“絮飞藏皓蝶，带弱露黄鹂”，言弱质飘荡，难保迷藏，蝶去鹂来，恐所不免也。结句“倾国宜通体，谁来独赏眉”，则举其艳丽殊绝，以著其相思难已也。唐人言女子，好以柳比之，如乐天之杨柳、小蛮；昌黎之倩桃、风柳以及章台柳词皆然。韵语阳秋可为此诗佐证也。

【冯曰】程说是矣，余更信其为柳枝作。结二句言已属他人，彼得赏其通体，我惟睹其面貌耳，妒情尤露矣。韵语阳秋讥此起二句有斧凿痕，不味通篇用意，真谬说也。

【纪曰】格卑，末二句尤琐屑鄙俚。（诗说）又曰：末二句尤佻薄。（辑评）

【张曰】此亦艳体应尔，纪氏以一己臆创之意格绳之，宜其以为佻薄也。（辨正）又曰：此亦为柳枝作。“解有相思否”二句问之之词。“絮飞”二句，状婉娈依人之态。结联言已属他人，彼赏其通体，我惟睹其半面耳，妒情尤露矣。与寓意嗣复诸篇迥不同也。（会笺）

【按】冯、张均以为为柳枝作，且标举末联“通体”与“赏眉”以实之。然末联口吻确如纪氏所云尤为佻薄，恐义山不至以此种调侃语气写柳枝也。三四句谓其无时不舞而不解相思，嘲谑语气尤为明显，更可证其决非写柳枝。细绎全诗，当是借柳寓妓女。起二语谓其春来叶动枝摇，风流无限。次联嘲其虽无时不舞而不解相思，正为妓女之缺少真情写照。腹联谓其飞絮飘舞，可隐皓蝶；柳带柔弱，时露黄鹂，似是隐喻其神女生涯。末联谓倾国者应通体皆美，谁来独赏柳眉乎？似是其人以眉目传情，而作者因此谑之也。

柳

江南江北雪初消，漠漠轻黄惹嫩条。灞岸已攀行客手，楚宫先骋舞姬腰。清明带雨临官道，晚日含风拂野桥。如线如丝正牵恨[①]〔一〕，王孙归路一何遥〔二〕！

校　记

①“恨”，季抄一作“曳”。

集　注

〔一〕【朱注】南史：“刘悛之献蜀柳数株，枝条甚长，状如丝缕。”

【程注】范云诗:“春风柳练长。”李贺诗:“草细堪梳,柳长如线。”沈约诗:“杨柳乱如丝。”

〔二〕【冯注】刘安招隐士:“王孙游兮不归,春草生兮萋萋。”

笺 评

【王夫之曰】柳枝词演作律诗,倍为高唱。(唐诗评选)

【朱彝尊曰】平易轻稳,不似义山手笔。(冯笺引作钱良择评)

【何曰】胜飞卿作。(读书记) 又曰:陡接第三,下句复打转,变化生动。第四所谓“阿婆三五少年时”,当摧残而转忆盛年,含结句“恨”字。“清明”二句:只领受许多风雨耳。(辑评)

【胡以梅曰】起是题前,然有情致、有气色,次亦落得活,“惹”字正是“轻黄”注脚,犹未深色,妙极。漠漠,淡静之意。三四将题面承明,一实一虚,便觉灵快,若全实则少风致矣,故妙。五六风流神俊,“带”字“含”字虚粘题面,结即承之。因线与丝,遂致牵恨,骨节相通,引到客中见柳思归之感。

【赵臣瑗曰】一二写柳色初生。三四写柳条渐长。五六写柳荫正浓。七紧接上联,八王孙久客,见物伤心,所谓“长安陌上无穷树,惟有垂杨管别离”也。

【陆曰】此诗托寄在结二语,即“王孙游兮不归,芳草生兮萋萋”之意。上六句只是咏柳。起曰“雪初消”、曰“漠漠轻黄”,形容早春光景。“灞岸”句,言先时曾经攀折;“楚宫”句,言今日不减风流。清明、晚日,言其时;官道、野桥,言其地;带雨、含风,言其情态。温庭筠柳枝词云:“系得王孙归意切,不关春草绿萋萋”,与此结同是一意,亦同是一格。

【陆鸣皋曰】清润无一率字,晚唐中之最醇者。落句不脱离别意,亦好在雅驯。

【姚曰】此喻遇合之不可期也。柳自寓,王孙喻得君而事。首联喻怀才思试。颔联喻拂拭有人。中联喻年运蹉跎。末联结出"恨"字,而以王孙归晚,喻己之不得见用于朝,而委身于使府也。

【屈曰】一二新柳,次联处处皆然。三联清明晚日,此时风雨更觉可怜。然王孙未归,正足牵恨耳。

【程曰】此则咏柳,与前诸柳诗之有寄托者不同。至于结句,有类于自感远客,而其实不然。折柳送行,柳之本事,故咏柳定以人结也。

【冯曰】直作咏柳固得,或三四比其人自京来楚,结怅归路尚远,其楚中艳情之作欤?然语浅格弱,殊异玉溪,似他人和赠而误入者。

【纪曰】未能免俗,崔鸳鸯、郑鹧鸪,归愚所谓咏物尘劫也。(诗说)音调流美,然格之卑靡亦在此。此一派最误人。(辑评)

【张曰】此诗固音调流美,然气味沉顿处,后世卑靡家数,万万不能望其项背。若有意再求不卑不靡,则江西派屈诘生硬耳。(辨正)又曰:此与人日诗皆不似义山手笔,不必曲解。(会笺)

【按】咏柳之作,略寄羁愁。前六皆形况柳之轻黄嫩绿、柔美多情,末联则云对此如线如丝(谐思)之嫩柳,正牵动我之归思羁恨,奈归路迢递何!王孙自喻。作年不详。姚、冯笺皆凿。

赠柳

章台从掩映〔一〕,郢路更参差〔二〕。见说风流极〔三〕,来当婀娜时〔四〕。桥回行欲断，堤远意相随①〔五〕。忍放花如雪〔六〕，青楼扑酒旗〔七〕？

校　记

①“意”，姜本作“更”。

集　注

〔一〕章台柳，已见回中牡丹注。

〔二〕【朱注】史记注：“楚都于郢，今江陵县北纪南城是。至平王更城郢，在江陵东北，故郢城是。”世说：“桓温自江陵北征，经金城，见少为琅琊时所种柳皆已十围，慨然叹曰：‘木犹如此，人何以堪！’”【程注】屈原九章：“惟郢路之辽远兮。”

〔三〕见垂柳（娉婷小苑中）“肠断灵和殿”句注。

〔四〕【朱注】魏文帝柳赋：“柔条婀娜而蛇伸。”【冯注】（三四）甚美而在芳年。

〔五〕【朱注】行，音杭。

〔六〕【朱注】晋伍缉之柳花赋：“飏零花而雪飞。”【钱锺书曰】此语（按：指“堤远意相随”句）乃自诗经“杨柳依依”四字化出。添一“意”字，便觉着力。（谈艺录）

〔七〕【朱注】齐书：“武帝兴光楼上施青漆，谓之青楼。”白居易杨柳枝词：“红板江桥青酒旗。”【冯注】晋书：“金城曲氏与游氏，世为豪族，西州为之语曰：‘曲与游，牛羊不数头。南开朱门，北望青楼。’”青楼，后人每用为歌舞饮宴之地。旧注引齐武帝兴光楼上施青漆谓之青楼，非其义矣。【按】青楼泛指豪华精美之楼房，如曹植美女篇：“青楼临大路，高门结重关。”冯注引曲允传中“青楼”亦然。此诗中之"青楼"自指豪华之酒楼,非豪贵人家之高楼。

笺　评

【朱彝尊曰】"桥回"二句,写神。(复图本)

【陆鸣皋曰】首联以地而言,次联以态而言,腰联以势而言,后联以情而言。

【姚曰】章台郢路,得地得时;风流婀娜,真堪叹羡。虽复桥回堤远,彼此相怜,却不奈其飞花如雪时耳。

【屈曰】此首有惜之之意。以如此风流,而花扑酒旗,何也?寓意深矣。

【冯曰】全是借咏所思。上言其由京至楚,下言己之怜惜。(五六)迹已断而心不舍。

【纪曰】五六句空外传神,极为得髓,结亦情致不穷。但通首有深情而乏高格,惧开靡靡之音,故去之耳。(诗说)题最小样。(辑评)

【袁枚曰】李义山咏柳云:"堤远意相随。"真写柳之魂魄。与唐人"山远始为容,江奔地欲随",皆是呕心镂骨而成。粗才每轻轻读过。(随园诗话卷一)

【吴仰贤曰】余初学诗,从玉溪生入手,每一握管,不离词藻,童而习之至老,未能摆脱也。然义山实有白描胜境,如咏蝉云:"五更疏欲断,一树碧无情。"咏柳云:"桥回行欲断,堤远意相随。"李花云:"自明无月夜,强笑欲风天。"落花云:"高阁客竟去,小园花乱飞。"乐游原云:"夕阳无限好,只是近黄昏。"……数联皆不着一字,尽得风流。(小匏庵诗话)

【张曰】代赠、代答题为庸俗人套滥,故觉可厌,未可便横议创始之人。纪氏苛责最无谓。(辨正)又曰:"章台",溯从前之知遇;“郢路”,记今日之追随。“桥回”二句,迹虽断而心不舍。“忍放”二句,誓不忍再傍他人门馆也。此数诗(按:指代越公房妓嘲徐公主、代贵公主、石城、莫愁等)大抵相类。柳点其(指杨嗣复)姓,寓意甚明。(会笺)

【钱锺书曰】“昔我往矣,杨柳依依”。按李嘉祐自苏台至望亭驿怅然有作:“远树依依如送客”,于此二语如齐一变至于鲁,尚着迹留痕也。李商隐赠柳:“隄远意相随”,随园诗话卷一叹为“真写柳之魂魄”者,于此二语遗貌存神,庶几鲁一变至于道矣。“相随”即“依依如送”耳。拟议变化,可与皎然诗式卷一“偷语”、“偷意”、“偷势”之说相参。(谈艺录补订)

【按】借柳喻人,咏歌伎之风流婀娜者。首联“章台”、“郢路”用典,不必泥长安、江陵。“章台”暗点身份,“掩映”、“参差”,均形况柳之风姿,与下联“风流”、“婀娜”相应。次联谓早闻其风流名世,今来相见,正当其芳华之时。腹联对句写出堤柳依依,如同送客情状。末则谓如此风流婀娜之柳,岂忍飞花似雪,扑青楼之酒旗乎?言外有惜之之意,盖寓言其以青春芳华而事人于酒馆歌楼也。

谑柳

已带黄金缕〔一〕,仍飞白玉花。长时须拂马,密处少藏鸦〔二〕。
眉细从他敛〔三〕,腰轻莫自斜〔四〕。玳梁谁道好[①]?偏拟映卢家〔五〕。

校 记

①“玳”,英华作“玳”,字通。

集　注

〔一〕【朱注】刘禹锡杨柳枝词:“千条金缕万条丝。”

〔二〕【冯注】晋乐府:“愿看杨柳树,已复藏班鸦。”玉台集近代杂歌:“暂出白门前,杨柳可藏鸦。”【何注】简文企乐歌:“密处正藏鸦。”

〔三〕【朱注】梁元帝诗:“柳叶生眉上。”唐太宗柳诗:“半翠几眉开?”【程注】庾信诗:“看花定敛眉。”

〔四〕【姚注】庾信诗:“上林柳腰细。”【朱注】杜甫诗:“隔户杨柳弱袅袅,恰似十五女儿腰。”

〔五〕【朱注】沈佺期古意:“卢家少妇郁金堂,海燕双栖玳瑁梁。”

笺　评

【朱彝尊曰】“谑”字意在数虚字中(一作数字上)见之。

【杨守智曰】此借柳以自谑也。结句明言入赘茂元之室矣。(复图本)

【何曰】上四句写柳,下四句写谑,字字淋漓。(读书记)

【陆鸣皋曰】此喻轻佻者,若但言柳,亦无意味。“谑”字只在几个虚字内。

【姚曰】一赠一谑,前首言其得时,此首讥其自献。拂马藏鸦,无处不资掩映,乃眉细腰轻,百般卖弄,其意总爱卢家玳梁耳。

【屈曰】句句皆有谑意,参差出之,故不至复。结句似刺小人之媚权贵者。

【程曰】赠柳、谑柳二首,其为柔情旖旎甚明。赠柳结句“忍放花如雪,青楼扑酒旗”,即温飞卿“与君便是鸳鸯侣,休向人间觅往还”之义。谑柳结句“玳梁谁道好？偏拟映卢家”，即飞卿“合欢桃核终堪恨，里许原来别有人”之义。

【冯曰】拂马藏鸦，喻其冶态；结则妒他人有之也。

【纪曰】此题更恶，若从此一路入手，即终身落狐鬼窟中。

【张曰】此为柳枝作（会笺）。又曰：赠柳、谑柳各有本事，非小家数所能托。且美恶在诗，岂系题目邪？纪氏防后人流弊，未为不可，但不当集矢玉溪也。（辨正）

【按】赠柳、谑柳二首，旧本相连，或一时之作。赠、谑之对象虽同为冶叶倡条，然不必同为一人。前首爱其风流婀娜而惜其芳年沦落酒肆歌楼，此首则谑其妖冶作态而媚向贵家也。曰“从他敛”、“莫自斜”，曰“偏拟”，作者之感情与前首之“桥回行欲断，堤远意相随”者固迥异矣。张谓为柳枝作，大谬，柳枝固非“偏拟映卢家”之流。“密处”句似为带谑之隐喻。

离亭赋得折杨柳二首〔一〕①

暂凭尊酒送无憀〔二〕，莫损愁眉与细腰〔三〕。人世死前唯有别②，春风争拟惜长条〔四〕？

其二

含烟惹雾每依依③，万绪千条拂落晖。为报行人休尽折，半留相送半迎归。

校　记

①万绝作“折杨柳二首”，乐府作“杨柳枝二首”。

②“前”，悟抄作“生”，非。

③“每”，悟抄、钱本、影宋抄、才调、万绝作“悔”，非。

集　注

〔一〕【冯注】后汉书班超传注：“古今乐录曰：横吹，胡乐也。张骞入西域，传其法，惟得摩诃兜勒一曲，李延年因之更造新声二十八解，乘舆以为武乐。”其后在俗用者十曲，折杨柳其一也。汉曲后不传。晋太康末，京洛为折杨柳之词，则古名而新词矣。自后至唐，多非古义。此二首直赋赠行，故乐府诗集列入近代曲词。

〔二〕【冯注】通鉴注：“无憀，无聊赖也。”

〔三〕【补】“愁眉”、“细腰”双关柳与伤离之女主人公。柳叶如眉，柳条袅袅，如女子之细腰，故云。

〔四〕【补】争，怎也；拟，必定也。

笺　评

【范晞文曰】立意颇新。（对床夜语）

【金介曰】苦心苦调，江淹云：“黯然销魂者，惟别而已。”读此诗可领会之。

【何曰】（“人世”句）惊心动魄，一字千金。（读书记。辑评此首又有朱笔评语云：第三句是惊人语，然已说尽，如古诗“与君生别离”包蕴无穷之味。○第二句先一反顿，“莫损”与“惜”字□□。次章朱笔评语云：后首“休尽折”与前首不可呼应。○“折”字前正此反，阿那曲折。）

【钱曰】（首章）戒以莫折，答以不得不折。诗中自为应对。（次章）又以“休折尽”缴足前首意。

【徐德泓曰】写得透心刺骨，而风致仍自嫣然。杨柳词中，当为绝唱。

【姚曰】(首章)本不忍折,然柳固不辞折也。(次章)不辞折尽,然迎归自不可少也。

【屈曰】(首章)人生之苦惟有离别,故春风不惜攀折。(次章)送迎俱是有情,故休尽折。

【程曰】此二首留别女校书也。

【冯曰】就诗论诗,已妙入神矣。深窥之,必为艳体伤别之作。

【纪曰】前一首亦有风调,但病于径直。(首章)此首竭情。(次章)情致自深,翻题殊妙。此诗亦二首相生,然可以删取。廉衣曰:首二格卑。(诗说)

【吴仰贤曰】诗贵含蓄,亦有不嫌说尽者。文通别赋惟曰"销魂",而义山诗云:"人世死前惟有别",又云:"远别长于死"。言别者无以加矣。(小匏庵诗话)

【张曰】(首章)惊心动魄,真千古之名篇,何谓"竭情"?甚矣纪氏立言之悍也!(次章)纪氏好以体格绳义山,吾不知所谓体格者,体为何等体?格为何等格?岂义山犹不足于体格耶?(辨正)

【沈祖棻曰】第一首先是用暗喻的方式教人莫折,然后转到明明白白地说出非折不可,把话说得斩钉截铁,充满悲观情调。但第二首又再来一个大翻腾,认为要折也只能折一半,把话说得宛转缠绵,富有乐观气息。于文为针锋相对,于情为绝处逢生。情之曲折深刻,文之腾挪变化,真使人惊叹。而这种两首诗用意一正一反,一悲一乐互相针对的写法,实从赠答体演化而来。(唐人七绝诗浅释)

【按】冯谓艳体伤别,似之。即景寄情,柳既取其伤别之意,又以象喻所别之人,二者融合无间。首章自行者角度言之。一二劝其莫因伤别而损愁眉细腰,写出柳之依依惜别之情。三四从“折杨柳”三字上生意,谓黯然伤魂者,惟别而已,则柳又何惜摇曳于春风中之长条不为行人所折乎？写出柳之多情。一二与三四意似相反,实则相成。言“莫损”者,劝其勿因伤离而憔悴也;曰“争拟惜长条”者,言其多情伤别不惜以身殉之也,二者本不矛盾。惜别与重别,其为多情一也。解为行者与送者对答之词,虽亦可通,未免隔断意脉。次章自送者角度言之。一二正赋杨柳含烟笼雾,飘拂于斜日暮霭中情景,情、景、人俱在其中,“依依”二字伏下三四。三四设为杨柳口吻,谓柳既依依惜别,异日亦当依依迎归,望行人勿尽折以留待他日迎归也。仍从“折”字生意。二诗情景交融,音情摇曳,洵为上乘之作。

关门柳〔一〕

永定河边一行柳,依依长发故年春。东来西去人情薄,不为清阴减路尘。

集　注

〔一〕【冯注】新书地理志:“华阴县有潼关,有渭津,有漕渠。”按:旧书食货志及韦坚传云:“韦坚治汉、隋运渠,自关门西抵长安,通山东租赋。”题曰“关门”,疑近此也。永定河,志、传中未见。诗云“东来西去”,似近东都伊、洛间也。薛居正旧五代史周书翟光邺传有永定驿固守逾年之事。玩史文似近汴,疑永定河在斯地乎？【按】永定河无考。题内

"关门",视"东来西去"及"路尘"语,似东西交通要道如潼关者,然附近无永定河,存疑待考。

笺　评

【徐德泓曰】非情薄也,乃痴耳。怜惜不应,又怨斥之,愈翻愈颖。

【姚曰】叹雅俗之不相投也。

【屈曰】行人攀折,不为柳色之清阴而稍减路尘。人情之薄如此,正见别离之多也。

【程曰】此托柳以感叹跋涉者也。

【纪曰】无佳处。(诗说)类白乐天不着意诗。(辑评)

【按】诗言关门河边之柳,枝条轻柔,依依飘拂,年年长发旧日春色,似于东来西去之行人有情;而行人则仆仆道涂,东西奔波,似于依依有情之关门柳视若无睹,翻将弥漫之路尘蒙盖杨柳之清阴。是无情之物有情,而有情之人翻似无情矣。然柳尚蒙尘,则仆仆道涂之人复何以堪?曰"人情薄",正透过一层写人间跋涉之无可休止也。人情之薄,正所以见人生驱驰之苦焉。

李花

李径独来数〔一〕,愁情相与悬。自明无月夜,强笑欲风天〔二〕。减粉与园箨,分香沾渚莲①〔三〕。徐妃久已嫁,犹自玉为钿〔四〕。

校　记

①"沾",影宋抄作"活",非。

集注

〔一〕【补】数,频。二句谓频自独来李径,愁情悬悬,与李花正复相似。

〔二〕【冯注】赵岐孟子注:"谄笑,强笑也。"【按】上句既写其暗夜独明,又伤其寂寞无赏;下句既伤其开不逢时,又慨其强笑混俗。【朱彝尊曰】上句更胜。【何曰】第三好句。(辑评)【李因培曰】的是李花,移不到梅上。

〔三〕【道源曰】李开不与莲同时,此只仿佛其色耳。【补】箨:笋皮,此指新竹。新竹表面有白粉状物,故云"减粉与园箨"。二句谓李花减其粉白与园中新竹,分其幽香与渚内白莲。【何曰】第六凑泊。(读书记)

〔四〕【冯注】南史:"梁元帝徐妃与帝左右暨季江通,季江每叹曰:'徐娘虽老,犹尚多情。'初妃嫁夕,车至西州,雪霰交下,帷帘皆白,帝以为不祥,后果不终妇道。"("犹自"句)借取犹尚多情之意,用事隐曲每如此。【按】钿系金片作成之花朵状装饰品,玉为钿,玉作花钿。二句以徐妃拟李花,谓李花正如久嫁之徐妃,依然盛自修饰,以玉作钿(暗指李花如白色之玉钿),其情韵犹在也。徐妃出嫁之夕,雪霰交下,帷帘皆白,似其特爱白色,故云"犹自玉为钿",谓其所好亦如旧。

笺评

【吴可曰】"春阴妨柳絮,月黑见梨花","登临独无语,风柳自摇春"。郑谷诗。此二联无人拈出。评:"月黑见梨花",此语少含蓄,不如义山"自明无月夜"之为佳也。(藏海诗话)

【金介曰】下句是虚说,诗难在虚。

【祝诚曰】唐李义山李花诗云:“自明无月夜,强笑欲风天。”又嘲桃诗云:“无赖夭桃面,平明露井东。春风为开了,却拟笑春风。”非有为而然邪?(莲堂诗话)

【张谦宜曰】(“自明”二句)映衬入微。(絸斋诗谈卷五)

【贺裳曰】义山又有李花诗,“自明无月夜,强笑欲风天”,咏物只须如此,何必诡僻如前作(按:指槿花二首)?(载酒园诗话)

【姚曰】用意在“独来”二字,见相赏者之寡也。白而有光,故月暗犹明;花繁而细,故迎风强笑。色香如此,园箨渚莲,犹堪沾润,毕竟不能与红紫争宠,此所以见之而生愁也。

【屈曰】独来既数,情与花相似。三寂寞独开之状,四临风吹落之态。五六才能济物。结伤之也:嫁人已久,夫复何望!通首自比。

【程曰】此义山未登第以前作也。义山年馀四十,尚困举场(按此沿朱氏之误,故有此说),故因见李花以自写其情。首二句提明本旨。三四喻世莫知予,倔强犹昔。五六喻己虽未遇而篇什流传,后生辈多有资其残膏剩馥以幸成名者。结喻其人已贵,居之不疑也。

【冯曰】此章全以自伤。第二句一篇之主也。“无月夜”、“欲风天”,境象可慨矣,独明以标秀,强笑以混俗也。五六言才华沾丐他人。徐妃已嫁者,借比己之久薄于令狐而屡至他人幕府也。犹自玉为钿,谓犹妆饰容貌以悦之也。愁情悬悬,终何依托欤?又曰:或以徐妃久嫁比己之登第已久也;犹自玉为钿,犹为人制应试之文,当与柳下暗记同看。然上说于味较长。

【纪曰】格意卑下,三四纤小而似有意致,尤易误人,不可不

辨。(诗说)三句自好,对句则不称李花。五六猥琐,末亦轻佻。(辑评)

【马位曰】郑谷"月黑见梨花",佳句也,不及退之"白花倒烛天夜明"为雄浑,读之气象自别。义山李花诗"自明无月夜",与退之未易轩轾。(秋窗随笔)

【张燮承曰】李义山李花云:"自明无月夜,强笑欲风天。"……离形得似,象外传神,赋物之作若此,方可免俗。(小沧浪诗话)

【张曰】冯说极通。"徐妃久嫁",兼喻从徐府来京也,不但取犹尚多情之意。义山隶典幽邃,真未易寻其线索。(会笺)又曰:纪氏一遇艳体,不曰猥琐,则曰轻佻;不然则曰格意卑靡。吾不知纪氏自为之艳诗,能高过玉溪否?(辨正)

【按】此诗托寓,精神贯注于末联,而末联又最不易解。冯浩以为用徐妃典系取"犹尚多情"之意,因解为比己之久薄于令狐而屡至他人幕府,然犹妆饰容貌以悦之。此说可疑之点甚多。"犹自玉为钿",其意为依然好其夙好,与"犹尚多情"有别,不得因季江之叹而泥之。且盛其妆饰与悦令狐亦是二事,不可混为一谈。前六句中均无一语涉及与令狐关系,末联突以此结,亦太突兀。全篇托寓,似不能以"全以自伤"一语概之。颔联固自伤才而不见赏,自慨生而不逢时,然"自明"、"强笑"中亦含有自负意。腹联谓己之才华足以沾丐他人,自负之意更为明显。末联以徐妃久嫁比己之久事他人,寓迹幕府,固含潦倒不遇之慨,然"犹自"一语,转折之意甚为明显。细味之,末句一则以比己之夙好依然(昔好洁白,今犹以玉为钿),一则以比己之仍盛修容饰,亦即离骚所谓"余独好修以为常"。要之,诗以自伤起始,以自负结穴,非徒发消极之慨叹也。

义山使事而不为事所使，常对故实加以发挥、改造。此篇末联完全舍弃徐妃淫佚之行，而将其作为美好之象征。否则，以淫荡之宫妃自况，无异自渎，显非作者之本旨。诸家泥原典，所会不免有误。

杏花

上国昔相值，亭亭如欲言〔一〕；异乡今暂赏，脉脉岂无恩〔二〕？援少风多力①，墙高月有痕〔三〕。为含无限意②，遂到不胜繁③〔四〕。仙子玉京路〔五〕，佳人金谷园④〔六〕。几时辞碧落⑤〔七〕？谁伴过黄昏〔八〕？镜拂铅华腻〔九〕，炉藏桂烬温〔一〇〕。终应催竹叶〔一一〕，先拟咏桃根〔一二〕。莫学啼成血，从教梦寄魂〔一三〕。吴王采香径，失路入烟村〔一四〕。

校　记

①“援”，才调作“暖”。

②“意”，英华、才调作“思”。

③“到”，蒋本、姜本、悟抄、席本、钱本、影宋抄、朱本均作“对”，才调亦同。按此句承上“为含无限意”，自杏花言之，当作“到”。

④“佳”，英华注：“集作佳。”按：今所见集本均作“主”。然此处自以作佳为是，兹据改。

⑤“辞”，英华作“醉”。

集　注

〔一〕【朱注】秦中记：“唐人举进士，会杏园，谓之探花宴。”【程

注】江淹四时赋:"忆上国之绮树。"【冯注】文选长门赋:"澹偃蹇而待曙兮,荒亭亭而复明。"注曰:"亭亭,远貌。"【补】上国,指京都。

〔二〕【冯注】古诗:"盈盈一水间,脉脉不得语。"注曰:"相视貌。"四句扇对起。【何曰】"恩"字未解,或即承"相值"意。(辑评)【李因培曰】人耶?花耶?【张谦宜曰】(四句)隔对法,流动之极。【按】脉脉,字本作眽眽。岂无恩,即岂无情。暂,偶,适。

〔三〕【朱注】援,去声。谢灵运集有田南树园激流植援诗,注:"援,卫也。"【冯曰】(谢)诗云:"插槿当列墉。"即今之槿篱也。【何曰】二句失路之由。(辑评)

〔四〕【朱彝尊曰】二句工极,然未必确是杏花。【冯曰】二句一篇之主。【按】二句谓因杏花蕴含无限情思,故繁花竞发如此。

〔五〕【朱注】灵枢金景内经:"下离尘境,上界玉京元君。"注:"玉京者,无为之天也。玉京之下,乃昆仑北都。"大霄隐书:"无上大道君治无极大罗天中,玉京之上,七宝玄台,金床玉几。"【冯注】魏书释老志:"道家言上处玉京为神王之宗,下在紫薇为飞仙之主。"度人经:"元始天尊在大罗天上,玉京山中,为诸天仙说此生天得道真经。"按:唐人每以玉京喻科第事。【补】玉京,道教称天帝所居之处。葛洪枕中书引真记:"玄都玉京,七宝山周围九万里,在大罗天之上。"亦以指京都。卢储催妆诗:"昔年将去玉京游,第一仙人许状头。"此处兼用上二义。

〔六〕【朱注】水经注:"金谷水出河南太白原,东南流历金谷,谓之金谷水,经石崇故居。"【冯注】晋书:"石崇有别馆在河阳之金谷，一名梓泽。”水经注：“石季伦金谷诗集叙云：“别庐在河南界金谷涧中，有清泉茂树，众果竹柏，药草蔽翳。”【按】二句谓杏花如玉京路上之仙子，似金谷园中之佳人。佳人指石崇爱妾绿珠。晋书石崇传：“崇有妓曰绿珠，美而艳，善吹笛。”

〔七〕【补】碧落：碧空，碧霄。此句承“仙子”句。【李因培曰】含情无限。

〔八〕【补】此承“佳人”句，谓杏花如独处金谷园中之佳人，谁伴之过黄昏之岑寂耶？二句状杏花之孤寂。

〔九〕【朱注】洛神赋：“铅华不御。”善曰：“铅华，粉也。”博物志：“烧铅成胡粉。”

〔一〇〕【朱注】拾遗记：“王母取绿桂之膏，然以照夜。”张协记：“尺烬重寻桂。”【冯注】北堂书钞引傅休奕七谟：“瑶席玉馔，蕙藉桂薪。”【按】二句分咏杏花之色、香，谓其如拂镜而见铅华之浓腻，如炉藏桂烬而散发温香。

〔一一〕【朱注】张衡七辨：“玄酒白醴，蒲萄竹叶。”张华轻薄篇：“苍梧竹叶清，宜城九酝酒。”【冯注】张景阳七命：“豫北竹叶。”

〔一二〕【冯注】古今乐录：“桃叶歌，王子敬所作也。桃叶，子敬妾，缘于笃爱，所以歌之。”乐府桃叶歌云：“桃叶复桃叶，桃树连桃根。相怜两乐事，独使我殷勤。”乐府集：“桃叶妹曰桃根，今秦淮口有桃叶渡。”【按】“竹叶”指酒；“桃根”指歌诗。二句谓已置酒吟诗以伴之。

〔一三〕【朱注】禽经：“子规夜啼达旦，血渍草木。”【冯注】临海异物志：“杜鹃鸣昼夜不止，取母血涂其口，两边皆赤。上天自言乞恩。”【补】从：任，听凭。二句谓莫学杜鹃啼血（其色皆赤），且任凭魂梦寄情。此从杏花淡红色生出想像。

〔一四〕【冯注】吴地志：“香山：吴王遣美人采香于山，因以为名，故有采香径。”【朱注】方舆胜览：“姑苏灵岩山有西施采香径。”【何曰】收转“上国”、“异乡”浑成。（辑评）【按】末二句谓杏花零落。落英委于香径，飘荡而入于暮霭笼罩之村庄也。

笺　评

【陈帆曰】此诗疑为令狐绹排笮而作。援少风多，墙高月浅，喻己之援引无人。而彼之门墙甚峻也。下遂言含意欲申，因对此以发之。“仙子”八句，言所思之人如在玉京、金谷，今乃辞碧落而过黄昏，拂镜拥炉，挥杯命咏，谁为伴此者乎？末四句言不必悲啼，或梦魂犹可相感。夫此花芬香可采，奈何使之埋没于烟村耶？词旨凄婉，当与集中独居有怀等作参看。（西昆发微引）

【朱曰】此诗因杏花而寓失路之感，玩首末语可见。

【杨守智曰】题下批：补注中引陈帆语谓为令狐绹而作，恐未必然。

【何曰】（杏花）自谓。及第后之作。○为令狐发也。（辑评）

【姚曰】首四句，扇对起法。以下俱承异乡言。结言花若有知，魂梦间倍应相怜耳。

【屈曰】一段今昔之感。二段孤栖相对。三段以玉京、金谷比上国，“几时”句收上，“谁伴”句起下。四段即伴黄昏者。五段归梦思深，其如失路何？

【程曰】此乃追忆及第以来之情事，而叹末路之不得所也。起四句一篇纲领，“今”“昔”二字甚明。“援少”四语言已本仙秩，已入玉京；旋依主人，徒为幕职。碧落之离别久矣，黄昏之孤客无聊。"镜拂"四语，言文才之风美，不啻宋艳班香；晚节之寂寥，竟似饮醇近妇。末四语姑为自宽之辞，以致望恩之意。言悲啼无益，聊且寄情，或者上国之香径可通，失路之孤踪得返矣。起四语乃隔句对，杜子美长律凡一再见，白香山长律则多有之。

【冯曰】（陈、程）二说近似而非。余谓必寓座主府中之慨也。进士曲江游赏，杏园宴，慈恩寺塔下题名，见唐摭言诸书，故因杏花感触也。"亭亭如欲言"，指绹向夏口公三道李商隐者，而不为荐托之辞也。"脉脉岂无恩"，何今日异乡暂遇，恩不我施哉？"援少"四句，谓其受谮而疏我有迹，故含情寄慨也。令狐与高雅善，必以背恩言之矣。"仙子"四句，谓是仙官恩地，出就外任，而我未依之也。"镜拂"四句，喻己之美才热肠，终望与之合欢，而且暂游江乡也。或以"咏桃根"比先寄诗高苗二从事。结则谓啼虽深切，梦竟低迷，何素叨采取之处，乃至失路无聊乎？如此看去，通篇融洽，情味深长，否则有可通不可通者。凡集中托意之作，不得真解，则触处迷闷，一为悟出，何尝不明显哉！

【纪曰】通首以杏花寄感，然无一字切杏，即改题作桃李亦得。"援少"二句亦是秋意非春意，皆是病痛。"镜拂"以下气格不甚大方，亦不免强弩之末，独前半笔力浑脱，小可观耳。问无一字切题是一病矣，然则咏物必故实点缀及刻画形似乎？曰不然。故实不废也。必以故实为工，则"盘中磊落笛中哀"，罗隐之咏梅矣。刻画亦不废也，必以刻画为工，则"认桃有绿叶，辨杏有青枝"，石延年之咏梅矣。此诗在不合作长律耳，小诗以空笔取神者如"无情有恨何人见，月晓风清欲堕时”，在绝句可也。“幸不折来伤岁暮，若为看去乱乡愁”，在八句之律亦可也。长篇能通身如是乎？不为故实刻画则必落空矣，咏物者不可不知。“仙子”二句若是赞杏花则俗，与下二句相连，写沦落之感则不俗，言各有当，未可以一例概之，看诗亦须通篇合看耳。（诗说）又曰：诗家借物写怀，题目在即离间者往往有之，然非此之谓也。（辑评）

【殷元勋曰】首句用杏园探花事。义山开成二年进士，为令狐所摈，流落终身，官不挂朝籍，故借杏花以寄慨。（才调集补注）

【张曰】风月四时皆有，安见“援少”二句，似秋非春耶？“镜拂”二句，借作点染，原自无碍，长律不必句句切题也。纪氏评语，有意苛索，皆非确论。○此正借物写怀诗正格，句句皆不即不离也。纪氏何足以知之！○此亦暗喻李回也。义山开成三年应鸿博试，周、李二学士举之。周为周墀，李即回也。故补编称回为座主。题借杏花以寓师生之感，唐人多以杏花比登第也。起四句总叙，言当日曾蒙以大德加我，今异乡相见，奈何不哀怜耶？“援少”二句，言其以党局嫌猜而疏我也。“为含”二句，叙留滞不答之恨。“仙子”四句，追述在京踪迹。“镜拂”二句，暗喻己之文采。“终应”二句借以自解，言好合终有日也。“莫学”二句又借以自宽。结言穷途失意，真始愿所不料矣。篇中大意如此。冯氏妄谓为高锴而发，且杜撰锴迁镇西川以实之，甚谬。考旧新书，高锴并无迁西川事，而冯氏横造此言以自圆其说，何其武断如是哉！（辨正）又曰：义山桂州府罢，适值李回左迁湖南，颇有希冀入幕之意，此诗为此而作。“上国”二句，述昔年知遇。“异乡”二句，言今穷途失意，彼人定必哀怜于我。“援少”“墙高”，谓从前相位尊严，不敢仰攀。“为含”二句，言迟回矜慎，遂至今朝。“仙子”二句，状其高贵，回本旧相，又宗室也。“几时”二句，谓今日左迁，更无一人相伴，言外见惟己不背旧恩也。“镜拂”二句，写羞涩自荐之态。“终应”二句，言终当彼此好合也。“莫学”二句，自矢之词，谓从此更不依违党局，再致迷途失返矣，意在悬指江乡旧游。郑亚之贬在二月，故以杏花寄意。冯氏属之高锴，非其伦也。（会笺）

【按】朱、程二家笺解，本已明此诗大旨，冯氏转谓“寓座主府中之慨”，遂致穿凿。同一杏花，忽指座主高锴，忽以喻己之失路无聊，显然难以自圆。张氏以李回代高锴，其为穿凿附会、矛盾支离则一。且杏花春日开放，诗言“异乡今暂赏”者，岂义山于春日遇李回于异乡乎？

读此诗须明其托寓特点，起言“上国昔相值”、“异乡今暂赏”者，似作者与杏花一主一客，而杏花另有所喻，实则此义山托物寓感诗之常调，亦即回中牡丹为雨所败（其一）首联“下苑他年未可追，西州今日忽相期”之谓也。“亭亭欲言”，状其绰约之风姿；“脉脉无恩”，状其幽怨之情思，四句正以明今昔之迥异，杏花与作者实亦彼亦此，难以截然区分也。以下八句，明写杏花而暗带作者之影子。“援少”二句，谓杏花援少而不胜风力，不免零落；墙高而致月浅，不显艳色，以喻己之零落不为世赏。“为含”二句，谓杏花因含情无限，故花繁不胜，以喻己幽怨之情无限。“仙子”四句，谓杏花如玉京仙子、金谷佳人，堪称仙品绝艳，然今辞碧落而谪降人间，孤居独处而无人相伴于黄昏矣。应首“上国”、“异乡”，而寓今昔之慨，落寞之情。“镜拂”四句，承“谁伴过黄昏”，写其腻色温香，寂处黄昏情景，并拟饮酒赋诗以伴此寂寞之杏花。“莫学”二句，因杏花淡红色晕而生联想，谓莫学杜鹃啼血，而使花色尽赤；且凭魂梦寄情，而聊自慰藉。盖喻己之悲嗟自伤亦无怜之者，不如借幻梦以自慰也。末联则以杏花飘零香径烟村点明沉沦失路之感。全篇写景咏物，时间背景似均在黄昏，故有“月痕”“黄昏”“烟村”等语，而“从教梦寄魂”之想像亦与此特定环境气氛有关。诗作于“异乡”自无可疑，然具体时地已难确考。视末联“吴王采香径”句，或作于晚年游江东时。

嘲桃[①]

无赖夭桃面[②]〔一〕，平明露井东。春风为开了，却拟笑春风。

校　记

①“嘲”原作“朝”，非，据蒋本、戊签、席本、悟抄、钱本、影宋抄及万绝改。席本“桃”作“花”。

②“夭”原作“妖”，据朱本改。

集　注

〔一〕【何曰】（首句）含“笑”字。（辑评）【钱锺书曰】说文：“莈，巧也，一曰女子笑貌，诗曰：‘桃之莈莈。’”……李商隐即目：“夭桃唯是笑，舞蝶不空飞”，“夭”即是“笑”，正如“舞”即是“飞”；又嘲桃：“无赖夭桃面，平明露井东，春风为开了，却拟笑春风”，具得圣解。【补】无赖，可喜，可爱。

笺　评

【沈德潜曰】似为负恩人写照。（唐诗别裁）

【陆鸣皋曰】浅而有致。

【姚曰】轻薄可怜。

【屈曰】宋欧阳文忠好荐扬后进，既显达，有入室操戈者。“春风”二句，刺此辈也。

【程曰】此比兴之体也，为负己者而发。

【冯曰】艳情尖薄之词。○原与高花接编，似因其薄我不窥，而溯旧以嘲之也。

【纪曰】此刺得意负心者，词亦佻薄。

【姜炳璋曰】唐季皆反复小人，如李文饶引荐白敏中，后敏中尽力倾陷文饶，此类多矣！即诗所云“无赖夭桃”也。

【张曰】此亦狎邪戏谑之词，不嫌佻薄，晚唐多有此结习也。（辨正）

【按】与高花寓意有别，不必强合之。春风催开桃花，桃花开时，若含笑于春风，此本常情。曰“却拟笑春风”，则变嫣然含笑为得意轻佻矣。语含调谑，而不碍赏爱之意，与庄重托讽世道人心者固有别。张谓狎邪戏谑之词，似之。义山集中，凡题嘲××者，大抵谐谑之作，不必深求。

百果嘲樱桃〔一〕

珠实虽先熟①〔二〕，琼莩纵早开〔三〕。流莺犹故在②，争得讳含来〔四〕？

樱桃答

众果莫相诮[五]，天生名品高。何因古乐府，唯有郑樱桃[六]？

校记

①"珠"，戊签作"朱"。

②"在"，季抄一作"向"，非。

集注

〔一〕【冯注】易："百果草木皆甲坼。"

〔二〕【程注】梁宣帝樱桃赋："惟樱桃之为树，先百果而含荣。"庾信诗："风林采珠实。"张莒樱桃树赋："夏实珠骈。"

〔三〕【朱注】汉书"葭莩"注："葭，芦也；莩，其筒中白皮至薄者。"【冯注】后汉书章帝纪："方春生养，万物莩甲。"释名："莩，孚也，孚甲在上称也。"正义曰："月令无荐果之文，仲夏独荐含桃。以此果先成，异于馀物，故特记之。"【按】朱引非。"葭莩"系芦苇中薄膜，与樱桃无涉。"莩"通"孚"，指种子外皮。礼记月令："其日甲乙。"郑玄注："时万物皆解孚甲，自抽轧而出，因以为日名焉。"琼莩早开，似指樱桃早已灌浆，胀破外层薄膜。

〔四〕【朱注】吕氏春秋："仲夏之月，羞含桃。"注："含桃，樱桃也。莺鸟所含食，故曰含桃。"

〔五〕【程注】张莒樱桃树赋："玩芳诚百花之首，充荐乃众果之先。"【钱曰】率直至此。（冯注引）

〔六〕【朱注】乐府诗集："晋书载记曰：'石季龙宠惑优僮郑樱桃

而杀妻郭氏，更纳清河崔氏，樱桃又谮而杀之。樱桃美丽，擅宠宫掖，乐府由是有郑樱桃歌。'"十六国春秋："石虎郑后名樱桃，晋冗从仆射郑世达家妓也。"【冯注】汉书注："僮者，奴婢之通称。"晋书载记"张豺谓郑后为倡贱"也，后人疑为男宠者误。

笺评

【金介曰】率。（黄藏本误为朱彝尊批）

【陆鸣皋曰】（首章）嘲中当又有嘲，写得冲雅。

【姚曰】（前章）以讽得志相骄者。（后章）所谓"侯之门仁义存"也。

【屈曰】意似当时有优僮得志而骄者，故作此讥之。其用"讳含来"、"郑樱桃"，可想而知。此就文义说耳，其寄托难妄解。

【程曰】樱桃，妾之总称。唐乐府李颀郑樱桃歌云："美人姓郑名樱桃。"盖谓女优也。

【冯曰】与越公房、卢家人诸篇意相类而微异，此则似侍婢之流也。

【纪曰】此弊始于六朝鲍表甘蕉弹文之属，降而已甚，卢仝集中至于代虾蟆作诗请客矣，义山此作亦此类也。毛颖一传岂非千载奇文，降而为叶嘉罗文等传，连篇累牍，岂复有味乎？衡诸雅道必无取焉，不论工拙也。（诗说）此嘲刺之作。嘲诗攻其旧恶，答诗写悍然不顾、恬然不耻之意。〇汉诗橘柚生华实一首，古人偶一为之，王无功衍为赠答，已俗不可医；卢仝有虾蟆请客诗，亦琐陋极矣。（辑评）

【张曰】此二首皆狭邪戏谑之作，当有本事，不过借百果、樱桃寄意耳。与无功、卢仝诗不同,不可不辨。(辨正)又曰:此二首似讥宣宗母孝明郑太后者,然语意殊尖薄矣。冯疑侍婢之流,微误。(会笺)

【按】此为贵家姬妾中得宠而骄者赋。首章百果喻众姬。谓樱桃纵先熟早实,擅宠后房,然原其出身,本非高贵,流莺犹在,尔岂能讳曾为莺含之事乎?意者所谓樱桃,原系狭邪女子,入贵家后早得生子("珠实""琼莩"),遂擅宠后房,众姬不平,故有此嘲。次章樱桃答,则极讳"流莺含"之事,而以"天生名品高"自诩,且以乐府中唯有郑樱桃歌证之,得意无赖口吻毕现。辨正解为狭邪戏谑之作,虽似可通,然于"珠实""琼莩"似无所取义,"讳含"亦不甚可解。解为贵家姬妾因得子而擅宠者,则通体融洽矣。会笺谓讥郑后,亦可备一说(郑后曾为李锜妾,诗云"郑樱桃",又云"争得讳含",与其身世颇切)。

嘲樱桃

朱实鸟含尽,青楼人未归①。南园无限树,独自叶如帏〔一〕。

校记

①"青"原作"清",非,据蒋本、姜本、戊签、悟抄、席本、钱本、朱本改。

集注

〔一〕【朱注】陆机诗:"密叶成翠幄。"

笺评

【何曰】阿婆三五年少时,也曾东涂西抹来。(辑评)

【姚曰】此为不能自守者发。

【屈曰】叶如帏，待人归也。园树甚多，汝何独如此乎？殆自嘲也。

【程曰】题曰"嘲樱桃"，则分明寄托，不关题咏也。前已有深树见一颗樱桃尚在诗，结以越中风味不得齐名，此又有"南园"二语，大抵桂幕有不快于同僚也。"朱实鸟含尽"，言文章皆为人用也。"青楼人未归"，言羁孤不得自由也。"南园无限树"，谓从事诸人也。"独自叶如帏"，自叹其渐老也。

【冯曰】前有嘲、答二首，此则专诉离情矣。南园疑即李家南园。前诗用郑樱桃，本优僮也，其为侍婢之流欤？又曰：集中嘲樱桃与赠荷花，似于河阳、燕台、柳枝而外，别有风怀，无庸更细推矣。

【纪曰】小品戏笔。（诗说）此是寓讽，然未喻其意。（辑评）

【姜炳璋曰】以樱桃自况。言长才小用，相赏无人，人皆得志，而已困幕僚，独形迟暮。自嘲实自伤也。

【张曰】前已有题，疑皆为孝明而作。前二首宣宗初立，尊册太后之时；此则似懿安崩后作矣。孝明本懿安侍儿，宣宗既以商臣之酷，加罪穆宗，又以郑后故，迫懿安以暴崩，人理尽矣。诗人讽刺，固不嫌刻薄也。（会笺）

【按】此艳情而杂以嘲戏。起二句谓其风光已老而所思者未归。三四则嘲其年衰而空房独守也。樱桃早实，故亦先自绿叶成荫。"叶如帏"，正暗透其寂处空帏之状。南园泛指，与李家南园无涉。首句与"流莺犹故在，争得讳含来"（百果嘲樱桃）不必同意。

荷花

都无色可并，不奈此香何。瑶席乘凉设〔一〕，金羁落晚过①〔二〕。回衾灯照绮②〔三〕，渡袜水沾罗〔四〕。预想前秋别③，离居梦棹歌〔五〕。

校　记

①"晚"，英华作"晓"，非。

②"回"，英华作"覆"。

③"前秋"，英华、钱本作"秋前"。

集　注

〔一〕【朱注】楚辞："瑶席兮玉瑱。"

〔二〕【朱注】曹植乐府："白马饰金羁。"【屈注】金羁晚过而设席乘凉，倒叙法。

〔三〕【朱注】谢惠连雪赋："援绮衾兮坐芳缛。"

〔四〕屡见。

〔五〕【朱注】汉武帝秋风辞："箫鼓鸣兮发棹歌。"【姚注】乐录："草木二十四曲，内有采莲曲。"【冯注】南史："羊侃善音律，自造采莲、棹歌两曲，甚有新致。"

笺　评

【金介曰】何尝是荷花，何尝不是荷花，咏物灵境。

【陆鸣皋曰】首二句空冒，妙在不说荷而是荷。次联，言游赏者。第五句，写花之色；第六句，写花之境。因思秋风起而当别也。

【姚曰】比也。香艳虽殊，如彩云之易散；若别后相思，则有无时而暂忘者。回灯照绮,渡袜沾罗,正离居梦想中境。此必即席相赠之诗。

【程曰】此亦追忆冶游之作。

【冯曰】此艳情之作,后又有同题者。

【纪曰】起二句似牡丹。不是荷花矣,通篇亦不出色。(诗说)前秋犹曰先秋。(辑评)

【张曰】起二句咏荷虽泛,然谓似牡丹则误矣。香、色二字,何花不可当之哉!(辨正)

【按】首联谓荷花色香俱绝。次联谓金羁晚过,设席乘凉,而对此荷风香气。腹联以灯照绮衾、水沾罗袜状荷花、荷叶之艳丽,亦以借赋夜对名花,不啻逢洛浦之神女。末联谓今虽相聚,终当别离,预想秋前别后,索居者当时梦棹歌而忆及荷花也。此借花写艳,冶游之作。姚谓即席相赠,似之。前秋别,似关合荷花至秋而零。

赠荷花

世间花叶不相伦〔一〕,花入金盆叶作尘〔二〕。唯有绿荷红菡萏,卷舒开合任天真〔三〕。此花此叶长相映①,翠减红衰愁杀人②。

校　记

①"花",朱本、季抄作"荷"。

②"减",钱本作"被"。

集　注

〔一〕【补】不相伦,不相比类。谓世间重花而轻叶,即下句所云。

〔二〕【程注】诗:“隰有荷华”传:“荷叶,扶渠也;其华,菡萏。”疏:“未开曰菡萏,已发曰芙蕖。”尔雅:“芙蕖,其茎茄,其叶蕸,其本蔤,其华菡萏,其实莲,其根藕,其中的,的中意。”刘桢诗:“芙蓉散其华,菡萏溢金塘。”

〔三〕【补】任天真,任其自然。【何曰】三字不佳。(辑评)

笺评

【陆鸣皋曰】此言花叶本相辅,而乃不相伦者,自入于金盆而叶弃矣。惟此花不改其天,当始终相映,而愁其衰落也。其托喻在侪友间乎?

【姚曰】此讽世之荣悴相弃者。

【屈曰】人不如花之长久也。

【冯曰】艳情耳。前已有题。(指五律荷花。)

【纪曰】全不成语。

【张曰】此等语正以不雕琢为工,故饶有古趣。纪氏谓之不成语,岂以作诗必尖巧为成语耶?

【按】诗言世人唯重荷花而不重荷叶,取花栽入金盆而任叶委为尘泥。实则唯有绿叶与红花相映,方得其天真自然之趣。末二句正极写赏爱红花绿叶之情。似谓事物之美,不能离相互映衬,亦不能违反自然本来面目。“唯有”二句,一篇之主。

樱桃花下

流莺舞蝶两相欺,不取花芳正结时。他日未开今日谢,嘉辰长短是参差〔一〕。

集　注

〔一〕【程注】梁元帝纂要："春曰青阳，辰曰嘉辰。"【补】长短，犹云总之或反正也。（张相诗词曲语辞汇释）【钱锺书曰】参差，相左也……李诗亦叹"嘉辰"与"花芳正结"之美景不得并身。

笺　评

【何曰】李诗结想每透过数层。○好时难开。（辑评。冯笺引田评曰："意每透过一层。"）

【姚曰】恨嘉时之难遇也。总之古今无不缺陷之世界，亦无不缺陷之时光。

【屈曰】来不及时，宜莺蝶之相欺也。

【程曰】此自伤与时龃龉也，偶于樱桃发之。良辰美景，原贵及时，无奈参差，竟难自必，惟有捷足者先得之耳。试看流莺舞蝶，雅善欺人，占断春光，不先不后，何其巧也！若我之寻春，蚤或未开，迟或又落，是则左右长短计之，总不能适值嘉辰矣。按古人看花诗后时之叹往往而有，义山兼举其先时之参差，更为刻至。

【冯曰】亦与五绝（嘲樱桃）同意。"花芳正结"，未破瓜也；"他日未开"，未婚也；"今日谢"，绿叶成阴之意也。

【纪曰】感叹有情，但乏格韵耳。（诗说）即郭震"春风满目还惆怅，半欲离披半未开"意。○集中屡咏樱桃，必有所为，亦可以意会之。（辑评）

【姜炳璋曰】此见逢世之难也。莺欺蝶，蝶欺莺，小人倾轧之喻。然俱及时相赏，不先不后，两相得意也。花结则无花，故俱不取此时。而我于樱桃花，他日来既未开，今日又谢，皆非佳辰。则佳辰之或长而数日,或短而数时,甚是参差无定,我安能适逢其会耶!

【张曰】此亦遇合迟暮之感。首句喻党局。"他日未开",未得荐拔之力;"今日谢",反受排笮也。意尤显了,不得概以艳情解之。(会笺)又曰:托意遇合之作,所谓恨遭逢之迟暮也。必非艳情,与嘲樱桃诗不同,其座主李回贬湖(南)时之深慨乎?(辨正)

【按】用意在末句,谓嘉辰之难值也。流莺舞蝶,或于未开时,或于已谢时来此,而"花芳正结"时则无闻,故曰"两相欺"。与流莺"良辰未必有佳期",一片"人间桑海朝朝变,莫遣佳期更后期"合参,遭逢不偶之慨显然。

高花

花将人共笑〔一〕,篱外露繁枝。宋玉临江宅,墙低不拟窥①〔二〕。

校　记

①"拟",蒋本、姜本、戊签、悟抄、席本、朱本均作"碍",原一作"碍"。万绝作"拟"。

集　注

〔一〕【补】将,与也。

〔二〕【朱注】登徒子好色赋:"此女登墙窥臣三年,至今未许。"【按】临江宅已见前宋玉诗注。

笺　评

【何曰】下二句刻画"高"字,死事活用。(辑评)

【姚曰】身份自高。

【程曰】此偶有所见而作，非咏花也。

【冯曰】宋玉以自比。墙低固不碍窥，然作"不拟"，谓笑颜常露，偏于易窥者，而意不我属也，较有味。

【纪曰】与嘲樱桃皆偶然小调。

【按】"高花"喻身份既高，眼界亦高之女子。"宋玉"自喻。樊南穷冻人，墙垣既低，固"高花"之"不拟窥"也。言外有刺。作"不碍窥"，则寻常调谑之词矣。"不拟窥"，方是传神写照之笔。

残花

残花啼露莫留春，尖发谁非怨别人①〔一〕。若但掩关劳独梦，宝钗何日不生尘②〔二〕？

校　记

①"发"，悟抄、戊签、万绝作"髻"。

②"宝"，冯引一本作"瑶"。

集　注

〔一〕【冯注】"尖发"、"尖髻"，皆未解。徐氏引新书五行志唐末抛家髻，不符也。

〔二〕【程注】秦嘉与妇徐淑书，"今致宝钗一双，价值千金，可以耀首。"【冯注】淑答曰："未奉光仪，则宝钗不设。"

笺　评

【朱彝尊曰】诲淫若此，史称其无行，信然矣。（冯笺引作钱良择评。）

【杨守智曰】尖发字新。

【姚曰】此深一层意。言若掩关独处，纵使未残，不啻已残也。

【屈曰】举世谁非怨别，岂徒残花不能留春。若但掩关独梦，空劳怨恨，亦何为哉！

【程曰】此惜别之词也。言春不可留，花啼何益！人间怨别，谁非此情？从此空闺独梦，自当钗钏生尘。诗所谓“自伯之东，首如飞蓬。岂无膏沐，谁适为容？”即此。

【冯曰】余初亦以为寓言，然“残花”命题，断非借以自慨矣。与上章（指嫦娥）意更不同，故木庵咎其晦淫。

【纪曰】此深一层意，用笔甚曲，然病即在深处曲处，既落论宗，亦失自然。（诗说）意不甚醒。○“尖发”二字不省所出。（辑评）

【张曰】即“苦节不可贞”之意，史所谓“无特操”也。咎以诲淫，尤属皮相。（会笺）又曰：此盖假残花以自寓也。首二句聊以他人之怨别，为自己解嘲；结则叹不能自甘隐遁也。通体凄痛殆绝，与香奁、本事迥然不同。讥其晦淫，谬矣。（辨正）

【按】首二谓残花徒然泣露亦无计留春，试看举世间尖发高髻者孰非伤别之人乎？意谓春之消逝、情人之别乃普遍而必然之现象，系宽解之词。三四进而言别后若终日掩关独梦，劳神思念，则从此无心妆饰，宝钗无日不为尘埃所封矣。言外自有勿因伤别而空闺独锁，悲啼心摧之意。屈笺是。

和张秀才落花有感

晴暖感馀芳，红苞杂绛房。落时犹自舞，扫后更闻香。梦罢收罗荐〔一〕,仙归敕玉箱〔二〕。回肠九回后①〔三〕,犹自剩回肠②。

校 记

①"九"原作"久",据蒋本、姜本、戊签、席本、朱本改。

②"自",蒋本、戊签、悟抄、影宋抄、朱本作"有"。

集 注

〔一〕罗荐已见回中牡丹为雨所败注。

〔二〕【朱注】汉武内传:"武帝葬茂陵,冢中先有一玉箱,一玉杖,是西胡康渠王所献。"真诰:"侍女皆青绫衣,捧赤玉箱二枚,青带束络之。"【冯注】晋书左贵嫔传:"元杨皇后诔曰:星陈夙驾,灵舆结驷。其舆伊何? 金根玉箱。"苏彦咏织女诗:"时来嘉庆集,整驾巾玉箱。"【按】冯注是,箱指车箱。

〔三〕【补】文选司马迁报任少卿书:"是以肠一日而九回。"

笺 评

【朱翌曰】宋景文落花云:"将飞更作回风舞。"李义山云:"落时犹自舞。"宋用此。(猗觉寮杂记)

【刘克庄曰】"将飞更作回风舞,已落犹成半面妆",宋景文落花诗也,为世所称,然义山固已云"落时犹自舞,扫后更闻香",下句更妙。(后村诗话)

【何曰】("晴暖"句)落花。("梦罢"句)有感。("回肠"句)收足"感馀"。〇腹联从"晴暖"二字生出,归之于天也。虽不敢怨,然适乃后睹,不能无感,故复有落句。(辑评)

【徐德泓曰】腰联,乃香散魂归之意,末则极言伤心也。落花之感,失志者皆有同情,曰"犹自",曰"更闻",曰剩肠,非其情有独深，总诗家不贵直词说尽耳。起联微凑。

【姚曰】此作落后追想之词。花已落矣，回思欲落之时，乍落之后，已如梦断仙归，犹自回肠不已。人生业想，真是无可奈何。

【屈曰】三四花落馀芳，五六犹令人贵重，结有感。

【冯曰】以艳体比花，常调也。此似叹秀才下第而归，情终不能忘耳。若义山自有托意，则未定。

【纪曰】三四微有作意，然亦是小家数，馀无可采，五六尤涩。（诗说）

【张曰】细意妥帖，虽无奇思，自见笔力。与鄙涩一派，相去翩反，不识纪氏何以云也？（辨正）

【按】首联谓晴暖天气，馀芳竞发，红苞绛房，纷然杂陈，若有感于晴暖者然。此落前之盛，为次联正写落花铺垫。三四分写落花之情态与芳香。五六想像落花如好梦罢而收罗荐，如仙女归而命玉舆，承"扫后"言；末联则因落花而久久回肠，均写落后之感。

石榴

榴枝婀娜榴实繁，榴膜轻明榴子鲜。可羡瑶池碧桃树，碧

桃红颊一千年①〔一〕？

校　记

①"桃"，朱本、季抄一作"眉"。

集　注

〔一〕【道源注】关令尹喜内传："喜从老子西游，省太真王母，共

食碧桃紫梨。”【冯注】汉武内传：“王母命侍女索桃，须臾，以玉盘盛仙桃七颗。帝食辄收其核，欲种之，母曰：‘此桃三千年一实，中夏地薄，种之不生。’”【按】碧桃三千年一实，故与多子之石榴作对比。

笺　评

【冯班曰】叹榴花之不久也。（辑评朱批引）

【何曰】自伤亦自负。（辑评）

【姚曰】言开花不如结子也。

【屈曰】石榴种种俱佳，但不如碧桃之千年长在耳。睹石榴而感怀，似悼亡之作。

【程曰】杜牧之诗：“绿叶成荫子满枝”，盖红颜今昔之叹也。义山此诗亦然。

【冯曰】石榴多子，与“玉轮”“铁网”一联（按指碧城第三首颔联）同看。此岂羡真仙而学道者欤？

【纪曰】全不成语。即有托寓亦不佳。

【张曰】结句言惟有瑶池碧桃，千年不改耳。深慨妇人生子，红颜渐衰也。其牧之“青子绿荫”之戏言耶？石榴多子，故假以命焉。（辨正）

【按】此诗前二句谓石榴结实时，榴枝婀娜，榴实累累，榴膜透明，榴子莹鲜。曰“婀娜”，曰“轻明”，曰“鲜”，均赞美之辞，而非嗟叹之辞。味其意致，似为妇女产子后容光焕发情态写照。三句“可羡”作“岂羡”解，后二句盖谓石榴结实，既美艳若此，岂羡彼瑶池碧桃树之长保“碧桃红颊”乎？瑶池碧桃树，显喻女冠。诗意盖言世间妇女自有其“将雏”之乐，丰实之美，远胜长保“碧桃红颊”而无人生乐趣之女冠。此诗当与嫦娥、银河吹笙等参读。诸家释“可羡”为“堪羡”，既使全诗意脉不贯（一二方谓石榴美艳，三四又谓碧桃堪羡，遂成不相涉之两截），亦与诗之原意相左。

槿花二首〔一〕

燕体伤风力〔二〕，鸡香积露文〔三〕。殷鲜一相杂〔四〕，啼笑两难分〔五〕。月里宁无姊〔六〕？云中亦有君〔七〕。三清与仙岛〔八〕，何事亦离群〔九〕！

其二

珠馆熏燃久〔一〇〕，玉房梳扫馀[①]〔一一〕。烧兰才作烛〔一二〕，襞锦不成书〔一三〕。本以亭亭远〔一四〕，翻嫌脉脉疏〔一五〕。回头问残照，残照更空虚。

校　记

①“扫”，悟抄作“洗”。

集　注

〔一〕【朱注】说文：“舜，木槿也，朝华暮落。”广志：“日及，木槿也。”【冯注】礼记：“仲夏之月木堇荣。”【按】槿花，已见前朱槿花题注。

〔二〕【冯注】用飞燕事。三辅黄图：“成帝与赵飞燕戏于太液池，以金锁缆云舟于波上。每轻风时至，飞燕殆欲随风入水，帝欲以翠缕结飞燕之裾。”

〔三〕【朱注】鸡香，鸡舌香也。梦溪笔谈："按齐民要术云：'鸡舌香，世以其似丁子，故一名丁子香，即今丁香是也。'"燕体，比其条之轻；鸡香，比其色之艳。【朱彝尊注】江淹别赋："露下地而腾文。"【程注】本草："鸡舌香与丁香同种，花实丛生，其中心最大者为鸡舌，击破，有顺理而解为两向如鸡舌，故名。"【冯注】御览引南方草木状："交趾蜜香树，其花不香，成实乃香，为鸡舌香。"俞益期笺曰："外国老胡说，众香共是一大木，木花为鸡舌香。"

〔四〕【朱注】殷，乌闲切。广韵："殷，赤黑色。"罗浮山记："木槿一名赤槿，花甚丹，四时敷荣。"

〔五〕【朱注】江总南越木槿赋："啼妆梁冀妇，红妆荡子家。若持花并笑，宜笑不胜花。"【冯注】槿花甚艳，风露损之，致色态有殊矣。用意颇曲。【何曰】三四的是槿花，发端非胜处。（辑评）

〔六〕【朱注】春秋感精符："人君父天母地兄日姊月。"宋均注："兄日于东郊，姊月于西郊。"

〔七〕【朱注】九歌有云中君。【程注】九歌云中君："灵皇皇兮既降，猋远举兮云中。"【何曰】腹连与晋昌李花同。（读书记）

〔八〕【朱注】灵宝本元经："四人天外曰三清境：玉清、太清、上清，亦名三天。"仙岛，蓬莱三山也。【程注】李峤诗："仙岛远难依。"

〔九〕【朱注】言云月之质，宜在三清仙岛之间，何为亦离群在此耶？

〔一〇〕【朱注】楚词："紫贝阙兮珠宫。"或曰：江赋："鲛人构馆于悬流。"鲛人能泣珠，故曰珠馆。【程注】陆陲诗："当衢启珠馆。”【冯注】道书每有“朱馆”之字，“朱”“珠”通用。【按】朱注所引非所用。冯注是。珠馆，指道院，犹圣女祠中“每朝珠馆几时归”之珠馆。

〔一一〕【朱注】汉郊祀歌：“神之出，排玉房。”晋庾阐游仙诗：“玉房石櫋磊砢。”白居易诗：“蝉鬓加意梳，蛾眉用心扫。”又三梦记：“唐末宫中髻为闹扫妆，犹盘鸦、堕马之类。”唐人诗：“还梳闹扫学宫妆。”【程注】祥异记：“吴猛与弟子度石梁，见金阙玉房，地皆五色文石。”【冯注】梳扫，妇人梳妆之谓也。

〔一二〕【朱注】招魂：“兰膏明烛。”王逸曰：“以兰香练膏也。”【程注】庾信灯赋：“香添燃蜜，气杂烧兰。”子夜冬歌：“弦管秉兰烛。”李贺诗：“金蟾呀呀兰烛香。”

〔一三〕【朱注】晋书：“窦滔妻苏若兰织锦为回文璇玑图诗以赠滔，辞甚凄惋。”【程注】王勃赋：“上元锦书传宝字。”【何曰】（三四）写易谢脱化。（辑评）

〔一四〕【程注】长门赋：“澹偃蹇而待曙兮，荒亭亭而复明。”注：“亭亭，远貌。”储光羲诗：“琪树远亭亭。”

〔一五〕【朱注】尔雅：“脉，相视也。”古诗：“脉脉不得语。”

笺　评

【陆时雍曰】（首章）中晚诗以借影班衬，去难就易，方便法门。（唐诗镜）

【朱彝尊曰】上四句实赋槿花，下句（四）句以仙女比之。次首绝无题意，疑其亦是托兴，非咏物也。

【杨守智曰】二诗与槿花无涉，想别有所谓，不能强为之解。

【贺裳曰】作诗贵于用意，又必有味，斯佳。义山槿花诗（首章)殊不可解。余尝句揣之:“燕体”句言花枝娟弱,摇曳风中,犹燕之受风也。“鸡香”者,鸡舌香,入直者含之,言花含露而香似之,盖以对上“燕”字耳。第三句言其色,第四句言其态。第五第六又因“啼笑”句来,以美人喻花,又非凡间美人可拟,故引“月姊”、“云君”,以“仙岛”、“离群”结之,见是天所谪降者。不徒奥僻,实亦牵强支离,有心劳日拙之憾。按“月姊”二句,又用之李花诗,当是其得意语,实不然。义山又有李花诗“自明无月夜,强笑欲风天”,咏物只须如此,何必诡僻如前作?(载酒园诗话)

【徐德泓曰】首句状体之轻,次句状质之润,三句言色,四句言情。后则因而感怀也,谓己身无主,故尔飘蓬。似此如月如云者,乃天姿仙质,宁无主之者?何亦忽焉萎谢乎?全从朝荣暮落生情,移不到别花上。有谓其令狐宅李花之作,复用“月里”“云中”两句,只将“宁”字换作“谁”字,固已自为移矣。不知此则专指花言,彼则借以写不甘自悴之情,非单咏花也。语同而意各异,正以一“谁”字变换。作者极其灵活,而解者何胶柱以鼓瑟耶?

【姚曰】(第一首)此借槿花起兴,发红颜薄命之叹,非咏槿花也。盖槿花朝华暮落,体轻香浅,殷鲜代谢,啼笑相循,曾几何时!不见月中有姊,云中有君耶?三清仙岛,所以离群而不辞者,正为此石火电光,不足恃耳。(第二首)首二句,言盛自修饰。三四,言极其矜持。岂知品高易疏,盛年易度,求回残照之光而不可得矣。太白云:“以色事他人,能得几时好?”此槿花之所以赋也。然怨而不怒,身分极高。

【屈曰】(首章)一比其条之轻,二比其朝开。三赋其色,四赋其情。五六比其仙品合在上界,而今乃离群人世,“宁”字

"亦"字有人已离群之感。(次章)一花色,二花情,三花态,四花光,皆比也。五枝高,六花稀,七八暮落,皆赋也。结言暮落,笔意高妙。

【程曰】此为女冠惜别而发,大都鱼玄机之流也,非贵主之为女道士者。

【冯曰】(首章)此题只作槿花,疑其兼咏白色者,故用"月""云"也。月中云中,皆不忌人之得入,何"三清""仙岛"必以屏弃他人为快耶?此其寓意矣。然究无定解,结句"亦"字又复。(次章)上四句正赋朝荣,五六虚状情态,七八则暮落也。较上首明显。又曰:木庵谓当有托兴,是也。首章起联以风露比摧斥之者。三四谓一入嫌疑,便苦周旋不易。"三清""仙岛",似比内职。次章似即留宿代书之情事。五六言尔之远我,非可反咎我疏。结则"一寸相思一寸灰"之意。前朱槿花在岭南作。味此用意,是还京后作矣。

【纪曰】前一首直不成语,次一首后四句有别味,前四句语滥而格卑。(诗说)(首章)句句捏凑。(次章)五六亦未是槿花。(辑评)

【张曰】自伤一生交谊之乖而作。"燕体"二句,言已受党局之伤,纵有文采,不能显达也。"殷鲜"二句,言党局杂沓,遂至及我而受其累,谚所谓"哭不得,笑不得"也。后四句言我本令狐门下之人,"月里"、"云中",原自有主,奈何遭此沦落,望长安如三清仙岛,若今日之自叹离群耶?"珠馆"二句,以妇人之修容,比己陈情姿态。"烧兰"二句,写通书问候时羞愧怊怅之况。"本以"二句,言我当日自欲远彼,而岂知今日翻怨其疏我。"回头"二句,无聊之极,言只有问诸残照耳,虽残照亦不能流连把玩矣。以"槿花"命题者，朝荣暮落，借以自喻，且新从桂海归来也。（会笺）又曰：玉溪用典无不以清气运之，沈思出之，此首（指首章）虽非杰构，格意亦不相远，捏凑之评，真欲加之罪耳。玉溪有知，尤当悲咤矣。（次章）五六二句空际传神，前四句烘染鲜丽，盖有托寓，意不在槿花也。纪氏评语太泥。○槿花朝荣暮落，借以自比从前（绹）助之登第，今乃陈情不省之慨。且新从桂管归，转韵诗已云"朱槿花娇"矣，故寄意于此，深处真不易测也。（辨正）

【按】首章起联状槿花枝条之轻，花色之艳，次句犹"一枝秾艳露凝香"，"露"点朝开。颔联谓其新开者与已萎者相杂，似笑似啼，难以区分，此正写槿花开落之速。腹联谓此槿花实乃仙品，月里云中，岂无眷属，合当与之相聚，何事离群索居耶？次章首联写其朝开时之香艳。"珠馆熏燃久"与牡丹诗之"荀令香炉可待熏"，子直晋昌李花之"秦台几夜熏"相类；"玉房梳扫馀"，则谓其如美人晨起梳妆既毕，容光焕发。次联写开落之速。出句谓其方如兰烛之燃，香浓而色艳；对句则谓其旋即憔悴萎缩，如襞积之锦，不复成"书"矣。槿花开时如织锦而成之璇玑，故云。腹联写其枝高花稀。末联落寞情态。全章即"可怜荣落在朝昏"之意。

二诗寓意，程氏以为借咏女冠，冯、张则以为托意令狐。程说为近。盖诗中三清、仙岛、珠馆、玉房等词语，均为咏女冠诗所习用，义山诗中亦数见。然谓"女冠惜别"，则似未洽。味其意致，盖借槿花以泛咏女冠之处境、命运者。首章起联写其姿容之轻艳。次联惜其开落之速，且写其啼笑相杂之态，暗逗下"离群"。腹、尾两联暗点其身份，谓其本三清、仙岛之仙姝（切女冠），月里云中，神仙洞府，岂无眷属，何事独离群而索居哉？次章前四写其寂处道观索寞无聊意绪，谓其夜则薰香烧烛独坐，晨则梳妆修饰，孑然独处，虽欲寄锦书而竟无可告语者。腹联似谓本以为处此仙宫洞府可远离尘世，高洁玉立，谁知反嫌此仙境寂寥，脉脉含情无诉也，意致颇似“嫦娥应悔偷灵药，碧海青天夜夜心”。末联则极形其芳华将逝，不胜空虚寂寥之情态。然二首中似亦织入某种身世遭逢之感，“殷鲜”一联，“本以”一联尤为明显。义山咏女冠诗，每有自寓成分（嫦娥、重过圣女祠），此篇亦相类。

槿花〔一〕

风露凄凄秋景繁〔二〕，可怜荣落在朝昏①〔三〕。未央宫里三千女〔四〕，但保红颜莫保恩。

校　记

①“在”，席本作“任”，非。

集　注

〔一〕【程注】毛诗：“有女同车，颜如蕣华。”注：“蕣华，槿花也。”【按】即木槿花。

〔二〕【补】木槿夏、秋开花，故云“秋景繁”。

〔三〕【补】本草纲目木部三“木槿”李时珍曰：“此花朝开暮落，故名日及；曰槿曰蕣，犹仅荣一瞬之义也。”郭璞游仙诗：“蕣荣不及朝。”

〔四〕【冯注】汉书高帝纪：“七年，萧何治未央宫。”汉武故事：

"上起明光宫,发燕、赵美女三千人充之,率取十五以上二十以下,年满四十者出嫁。建章、未央、长乐三宫皆辇道相属,不由径路。"

笺 评

【谢榛曰】凡诗用"恩"字,不粗则俗,难于造句。陈思王"恩纪旷不接"……李义山"但保红颜莫保恩",此皆句法新奇,变俗为雅,名家自能吻合。(四溟诗话)

【朱彝尊曰】(末句)言胜槿花不远。

【陆时雍曰】有刺。(唐诗镜)

【贺裳曰】魏、晋以降,多工赋体,义山犹存比兴。如槿花诗……因槿花之易落,而感女色之易衰,此兴而兼比者也。至末句说尽古今色衰爱弛之事,慧心者当不待见前鱼而泣下矣。(载酒园诗话又编)

【何曰】不关易谢,自值时衰,发端已道破我生不辰也。又曰:此句(按指第三句)并见品格。(辑评)

【陆鸣皋曰】亦在荣落上生情,而有藕断丝连之妙。

【姚曰】言自立之难也。

【屈曰】红颜未老,君恩已歇,岂惟槿花为然!

【程曰】古人用槿花以比红颜,本取其朝荣夕落之义,故此诗祖之。末二句不独感红颜之易衰,亦致慨旧恩之难恃也。

【宋宗元曰】敖东谷曰:"末二句题外生意,凡咏物者当参此机,则能因物而寓人事,风刺悠远。如袁景文咏白燕:'赵家姊妹多相妒,莫向昭阳殿里飞。'陈公甫咏桃花:'刘郎莫记旧时路,只许刘郎一度来。'皆此诀也。"(网师园唐诗笺)

【冯曰】叹郑亚在桂一年遽贬。

【纪曰】有粘皮带骨之病,蒙泉抹之是也。

【张曰】正说更痛于婉言,可为争宠附党者深警,意最透切,不嫌粘皮带骨也。此首与上诗(按指故驿迎吊故桂府常侍有感)同编,疑亦为郑亚寄慨。亚坐赞皇党贬死,故有第二句。其归葬当在秋间,前首"秋原"字可证,故有首句点景。结则深慨党局反覆,恩遇不能常保也。转韵述桂州事,有"朱槿"字,与此同。(辨正)

【按】朝荣昏落,红颜易衰,君恩难保,此不但封建社会宫闱生活习见之现象,亦政治生活习见之现象。而于君主传位,党局反覆之际,此种现象尤为突出。冯氏谓指郑亚遽贬,殆因义山居桂幕时有朱槿花之作及偶成转韵诗有"朱槿花娇晚相伴"之句连类而及。然大中初年党局反覆之际,所谓"荣落在朝昏"者,固不独郑亚为然,李德裕、李回等亦同此遭遇,故不如虚解为泛指会昌旧臣为得。当与宫辞并读。宫辞谓得宠者亦不必久(所谓"凉风只在殿西头"),此则谓失宠者之荣落朝昏,忽遭斥弃也。视"秋景"字,似为大中二年秋作。盖元年秋,德裕尚未贬潮,李回、郑亚亦仍居方面(李回元年八月罢为剑南西川节度使);而二年秋,德裕已贬潮,回责授湖南观察使,亚亦已贬循矣,故有荣落在朝昏之概。

蝶

飞来绣户阴,穿过画楼深。重傅秦台粉〔一〕,轻涂汉殿金〔二〕。相兼唯柳絮,所得是花心〔三〕。可要凌孤客[1],邀为子夜吟[四]？

校　记

①"凌"，英华作"陵"。

集　注

〔一〕【朱注】古今注："（三代以铅为粉）。萧史与秦穆公炼飞雪丹第一转，与弄玉涂之，今水银腻粉是也。"道书："蝶交则粉退。"

〔二〕【朱注】汉书："赵昭仪居昭阳舍，殿上髹漆，切皆铜沓冒黄金涂。"注："切，门限也；沓冒，其头也；涂，以金涂铜上也。"【徐曰】翅粉多，故曰重傅；黄色浅，故曰轻涂。

〔三〕【程注】唐太宗诗："蝶戏脆花心。"【何曰】五六佳。

〔四〕【程注】梁武帝子夜歌："花坞蝶双飞，柳堤鸟百舌。不见佳人来，徒劳心断绝。"

笺　评

【朱彝尊曰】轻妙至此。

【姚曰】绣户画楼之间，傅粉涂金，沾沾自喜。虽轻如柳絮，来往无常；而意属花心，寄托不苟。彼非于孤客之前卖弄也，想欲一闻子夜吟耳。

【屈曰】凌孤客，反词也。孤客邀吟咏，而言欺凌，可乎？

【程曰】此亦为冶游而作，语意甚明。（按：冯笺引此。）

【纪曰】前四句俗甚，五六句亦纤。（诗说）末二句不甚可解。（辑评）

【张曰】纤俗二字诋后人则可，诋玉溪则不可。纪氏于玉溪诗本不甚解，不恨自己学力未至，反归咎古人，何其武断不通若是耶？（辨正）

【按】蝶喻冶游者。首二“飞来”、“穿过”，指冶游；“绣户”、“画楼”，即章台门户。次联写蝶之傅粉涂金，喻彼风流自赏之情状。腹联“花”、“柳”喻妓，“兼柳絮”、“得花心”，即寻花问柳。末联“孤客”自指，谓彼岂愿近此寂寞之孤客，邀其作子夜之吟乎？颇似同幕有好冶游者，故作此以调侃。

蝶

叶叶复翻翻〔一〕，斜桥对侧门①。芦花唯有白，柳絮可能温②？西子寻遗殿，昭君觅故村〔二〕。年年芳物尽，来别败兰荪③〔三〕。

校记

①“桥”，冯引一本作“枝”。

②“絮”原一作“叶”，朱本、季抄同。

③“败兰荪”，冯引一本作“故园孙”。

集注

〔一〕【程注】本草注：“蛱蝶轻薄，夹翅而飞，叶叶然也。”

〔二〕【朱注】方舆胜览：“归州东北四十里有昭君村。”【冯注】汉书纪注：“昭君本南郡秭归人也。”寰宇记：“归州兴山县王昭君宅，古云昭君之县，村连巫峡，是此地。香溪在邑界，即昭君所游处。”二句以香魂比之。

〔三〕【冯注】荪，香草。兰荪，屡见楚辞。沈约酬谢宣城朓诗：“昔贤侔时雨，今守馥兰荪。”

笺 评

【朱彝尊曰】无一句咏蝶，却无一句不是蝶，可以意会，不可以言传，此真奇也。（冯笺引作钱评，“传”作“诠”。）

【杨曰】“西子”句，即下二句意。

【何曰】情味长。（颔联）交互句。（辑评）

【陆鸣皋曰】首联写其象，次联写其色。腰联摹尽飞飞神态，用西子、昭君者，为下“殿”“村”两字耳。唐人咏物，半属大意，李作亦止录其贴切者。

【姚曰】此赋蝶而叹其不忘故也。首二句，言其情态。三四，言其形质。下半首，言其时已去而依依不舍，尤足伤心。

【屈曰】一二蝶游之所。芦花唯白，非百花红紫之可恋；柳絮不温，无芳香之可采。而乃如西子之寻遗殿，昭君之觅故村者何也？盖风物已尽，运际摇落，故来别败兰荪耳。

【程曰】此亦艳诗，嗟其晚也。视“门前冷落车马稀，老大嫁作商人妇”，更自不堪回首。

【冯曰】次联谓人以冷澹遇之。三联谓我终不忍忘旧。末寓每逢出游徒来取别也。此亦为令狐作。结比郎君旧交，“败”者乖违之意也。颇可编年。

【纪曰】此寓人事今昔之感，以蝶自比，极有情致。但第一句巧而纤，三四格意虽佳，第四句“絮”字与“秋”不合，作“叶”又与“温”字不对，五六亦是俗体，七八稍有情致耳，不为完美。（诗说）起句调劣。（辑评）

【张曰】总属失意语，难以迹象求之，谓寓令狐者误。（会笺）又曰：起以朴率见笔趣，非劣也。“柳絮”字是虚说，何谓与通首不合？五六用典亦雅切，卑俗之格安得比而同之哉？（辨正）

【按】借咏秋蝶，而寓芳华历遭劫难、运际摇落之叹。首联写秋蝶翻飞于斜桥侧门之间。颔联状秋日凄清景象，言惟见一片白色之芦花，不复睹三春之晴絮（温者重温之意）。腹联以西子、昭君喻蝶，以“寻遗殿”、“觅故村”点醒重寻往昔繁华而不可得之意。末联全篇主意，谓秋蝶年年总于芳物凋尽之时，方来寻觅，宜其只能与衰败之兰荪告别也。言外颇有所遇非时之慨。

蝶

孤蝶小徘徊，翩翾粉翅开①〔一〕。并应伤皎洁，频近雪中来。

校　记

①“翾”，悟抄作“翩”。

集　注

〔一〕【补】翩翾，小飞貌。

笺　评

【姚曰】感皎洁之无侣也。

【冯曰】艳情也。（乾隆庚子重刻本笺曰：“自比”。）

【纪曰】有作意而浅薄。（诗说）

【按】姚笺近是。“伤皎洁”，为己之皎洁而孤独自伤，故频近皎洁之雪而飞，以觅同道也。

鸾凤

旧镜鸾何处，衰桐凤不栖〔一〕。金钱饶孔雀〔二〕，锦段落山鸡〔三〕。王子调清管〔四〕，天人降紫泥〔五〕。岂无云路分[①]〔六〕？相望不应迷。

校　记

①"路"，蒋本、悟抄、钱本、影宋抄作"露"，非。

集　注

〔一〕【补】鸾鸟睹影悲鸣，事见范泰鸾鸟诗序，参看陈后宫及破镜注。凤凰栖止于梧桐，事习见。此谓镜旧故不能照见鸾影，桐衰故凤不栖。上句喻旧侣分离，下句谓托身无所。

〔二〕【冯注】南州异物志："孔雀背及尾皆圆文五色，相绕如带千钱。"【补】饶：让。

〔三〕【冯注】仓颉解诂："鵕鸃似凤凰。"【姚注】南越志："增城县多鵕鸃。鵕鸃，山鸡也。光色鲜明，五彩炫燿。"【补】落，犹"下"，言落于山鸡之后也。

〔四〕【姚注】列仙传："王子乔，周灵王太子晋也。好吹笙，作凤鸣，游伊洛之间。"

〔五〕【冯注】西京杂记："武都紫泥为玺室，加绿绨其上。"陇右记："武都紫水有泥，其色紫而粘，贡之用封玺书。"二句以凤笙、鸾书分顶。【补】天人，此指"天使"。紫泥，此指以紫泥封口之紫诏。古代诏书以紫泥封袋，上盖印玺。

〔六〕【补】云路：喻仕途贵显。刘禹锡和苏郎中寻丰安里旧居："同学同年又同舍，许君云路并华辀。"分：定分。

笺　评

【杨守智曰】此亦自比之词，玩落句可见。"王"旁批：凤。

【何曰】此亦悼亡之作。（读书记）

【姚曰】此亦悼亡之词。上半首即"曾经沧海难为水，除却巫山不是云"之意。下半首言仙踪既去,庶几天上遇之。

【程曰】上卷有蝇蝶鸡麝鸾凤等成篇,盖为官妓作。此篇鸾凤不同,乃宫女也。玩五六"王子"、"天人"二语所指,似杜秋娘,当与杜牧之五言古诗参看。牧之序云:"杜秋,金陵女也,年十五为李锜妾。锜叛灭,籍之入宫,有宠于宪宗。及穆宗即位,命秋为皇子傅姆。皇子壮,封漳王。郑注用事,诬丞相欲去异己者,指王为根。王被罪,秋因赐归故乡。"牧之之言如此。按史,文宗太和间,郑注党中官王守澄,恶丞相宋申锡为文宗谋去宦官,因诬之谋立漳王凑,遂流申锡于开州,而漳王凑降封巢县公,是为太和五年事。杜秋之归,当在是时。牧之序秋娘事,叙宪宗宠幸时有云:"椒壁悬锦幕,镜奁蟠蛟螭","红粉羽林仗,独赐辟邪旗。"叙傅姆漳王时有云:"画堂授傅姆,天人亲捧持。虎睛珠络褓,金盘犀镇帷。"则秋娘之在两朝恩遇甚隆也。及其归金陵,则云:"却唤吴江渡,舟人那得知","寒衣一匹素,夜借邻人机。"其沦落可见矣。此诗起二句,上言宪宗既往,鸾镜已空;下言漳王降封,凤栖不定也。三四二句,上言旧时如孔雀自矜其容,下言新来如山鸡自断其尾也。五六二句,上言漳王年长,已如子晋之善吹笙;下言文宗赐归,犹推宪宗而降恩旨也。七八二句,总言其先后荣枯之本末,以为云霄在望,无端路迷,即牧之诗所谓"清血洒不尽,仰天知问谁"之意也。按杜秋娘,一女子耳,宪宗朝原无名号,穆宗朝不过傅姆,文人学士何至哀之?其所以形诸咏叹者,总以秋娘之归,根于宋申锡,而申锡之流贬,根于谋去宦官之不成也。事有微细而关于重大者,能无叹哉!

【冯曰】上半喻己之不得所依,让不如我者之得意也。下半喻得为清资之官，可望高跻云路。王子，义山自谓；天人，注拟之天官也。玩其情味，必从江乡还京，拔萃重入秘省时作无疑矣。

【纪曰】感遇之作，意露而体亦不高。连用四鸟，亦一病也。（诗说）

【姜炳璋曰】此以鸾凤自况也。鸾对镜而舞，镜去则鸾不舞；凤非桐不栖，桐衰则不栖，言失所也。自矜金钱之文优于孔雀，而乃锦羽自断，有类山鸡，鸾凤可谓厄甚矣。虽然，仙侣天人，皆亟相需，何难云路相引，岂至终迷世网耶？或以为悼亡，或以为送杜秋娘，并非。

【张曰】此选尉时寓言也。"旧镜"句谓秘省清资，不能复入。"衰桐"句谓两次为尉，非心所甘。"王子"一联，谓京尹留假参军，管章奏。义山本宗室，故曰"王子"。天人以喻京尹。"金钱"句让人才华自炫，"锦段"句叹己文采渐衰。义山以笺奏驰名，乃不能掌诰内廷，翻使屈身记室，故反言之。结则望从此或致显达耳。纪晓岚以连用四鸟为病，然连用而不平头，于格无害，唐律固多有之也。（会笺）

【按】此感遇之作无疑。首联上句谓旧侣已离，即风雨诗所谓"旧好隔良缘"也。下句谓托身无所，即蜀桐诗所谓"枉教紫凤无栖处"也。亦即崔珏哭李商隐"竹死桐枯凤不来"之意。凤凰自喻。以凤失所栖喻才士不遇，习见。何、姚二氏谓悼亡，弗类也。颔联谓凤虽五彩，然自世之不识者视之，则不如孔雀、山鸡，此即李白诗所谓"楚人不识凤，重价求山鸡"是也。饶、落，皆不如之意，冯谓"让不如我者之得意"，甚是。颈联谓王子或吹笙而召凤，天使亦降紫泥之鸾诏，似喻朝廷有求贤之意，故结联转谓己既如彩凤，则翱翔云路，当自有期，不应相望而意转迷也。此失意后自叹自慰之词，作年不可考。张笺以王子为义山自喻，则犹袭冯氏之误。

风

撩钗盘孔雀〔一〕，恼带拂鸳鸯〔二〕。罗荐谁教近〔三〕？斋时锁洞房〔四〕。

集　注

〔一〕【冯注】陈思王美女篇："头上金爵钗。"【程注】炙毂子："汉武帝时，诸仙女从王母下降，皆贯凤首钗、孔雀搔头。"

〔二〕【程注】徐彦伯诗："赠君鸳鸯带，因以鹔鹴裘。"【冯注】江总杂曲："合欢锦带鸳鸯鸟。"

〔三〕【朱注】汉武内传："帝以紫罗荐地，燔百和之香以待王母。"

〔四〕【程注】楚词："姱容修态，絙洞房些。"长门赋："徂清夜于洞房。"【冯注】宋玉风赋："跻于罗帷，经于洞房。"

笺　评

【冯班曰】撩钗拂带，咏风之丽语也。洞房无人，风吹罗荐，寂寞光景，宛然在目。义山诗取径幽远，大略如此。（朱笺引。）

【姚曰】撩钗恼带，犹之可也。若洞房深锁时，不得辄近罗荐耳。

【屈曰】孔雀钗、鸳鸯带，风能撩之、拂之，惟有斋时洞房深锁，故不得近罗荐耳。恼带者，恼其拂鸳鸯之带也。谁教近者，谁肯教近也。

【程曰】此亦刺女冠之流也。

【冯曰】斋时应锁洞房，风乃偏近罗荐，上二句正狎而玩之之象，程说得之。

【纪曰】格意俱卑，愈巧愈下，不足观也，学西昆切忌此等。（诗说）

【按】程、冯说近是。“风”系撩拨、戏狎者之象征。三四谓虽斋时深锁洞房，风亦狎而近罗荐也。如解为斋时风不得近罗荐，则与风之“跻于罗帷，经于洞房”情状不合。然纯作赋体看，解为女冠因春风之撩戏而情思荡漾，寂寞苦闷，亦自有味。未必有讽刺意。

齐梁晴云①〔一〕

缓逐烟波起，如妒柳绵飘〔二〕。故临飞阁度，欲入迴陂销〔三〕。萦歌怜画扇〔四〕，敞景弄柔条〔五〕。更耐天南位②，牛渚宿残宵〔六〕。

校　记

①戊签题首有“效”字。

②“天南位”，原阙文（一作天南位），据蒋本、姜本、戊签、悟抄、席本、影宋抄、朱本增补。

集　注

〔一〕【道源注】效齐梁体赋晴云也。【冯注】沈约宋书谢灵运传论：“欲使宫羽相变，低昂互节，若前有浮声，则后须切响。一简之内，音韵尽殊；两句之中，轻重悉异。妙达此旨，始可言文。自骚人以来，此秘未睹。至于高言妙句，音韵天成，皆暗与理合，匪由思至。张、蔡、曹、王，曾无先觉；潘、陆、谢、颜，去之弥远。世之知音者，有以得之。"南史沈约传："约撰四声谱，自谓入神之作。"陆厥传："吴兴沈约、陈郡谢朓、琅琊王融以气类相推毂，汝南周颙善识声韵。约等文皆用宫商。将平、上、去、入为四声，以此制韵，有平头、上尾、蜂腰、鹤膝。五字之中，音韵悉异，两句之内，角徵不同，不可增减。世呼为'永明体'。"刘勰文心雕龙声律篇曰："言语者，律吕唇吻而已。商徵响高，宫羽声下，抗喉矫舌之差，攒唇激齿之异，廉肉相准，皎然可分，可以数求，难以辞逐。凡声有飞沈，响有双叠：双声隔字而每舛，叠韵杂句而必睽；沈则响发而断，飞则声扬不还，并辘轳交往，逆鳞相比；迂其际会，则往蹇来连，文家之吃也。将欲解纷，务在刚断。左碍而寻右，末滞而讨前，则声转于吻，玲玲如振玉；辞靡于耳，累累如贯珠矣。"本朝冯钝吟杂录曰："齐梁体略避双声叠韵，然文不粘缀，取韵不论双只，首句不破题，平仄亦不相俪。沈、宋因之变为律诗，视齐梁体为优矣。唐自沈、宋以前有齐梁诗，无古诗也；气格亦有差古者，然皆有声病。沈、宋既裁新体，陈子昂崛起，直追阮公，创辟古诗，唐诗遂有古、律两体，而永明文格微矣。"又曰："八病者：平头、上尾、蜂腰、鹤膝、大韵、小韵、旁纽、正纽。阮逸注文中子已云未详。宋时有一恶书，名曰金针诗格，托之梅尧臣，言八病，绝可笑。古书多亡，然时有可征。郭忠恕佩觿云：'雕弓之为敦弓，则又依乎旁纽。敦属元韵，雕属萧韵，皆徵音端母，则旁纽者双声字也。'九经字样云：'纽以四声，是正纽也，东、董、冻、笃是也。'刘知幾史通言梁武帝云'得既自我，失亦自我'，为犯上尾，两我字相犯也。平头未详。蜂腰、鹤膝见宋人诗话，偶忘其名，乃双声之变也。上下二字清，中一字浊，为鹤膝；上下二字浊，中一字清，为蜂腰。大韵、小韵，似论取韵之病，大小之义未详也。若能如沈侯所云，则八病俱去，亦不在曲折分其名目也。今本玉篇有纽弄之图，序引声谱，恐是隐侯四声谱，今人于此处全不详，何以称律？"赵秋谷声调谱曰："声病兴而诗有町畦。然古今体之分，成于沈、宋，开元、天宝间或未之遵也。广德、永泰以还，其途判然不复相入。胜国士大夫浸多不知者，今则悍然不信，见齐梁体与古今体相乱，而不知其别为一体也。齐梁体无粘联，有平仄，在本句本联中论平仄。"浩曰：齐梁体为变古入律之渐，今就其粗迹论之，排偶多而散行少也，采色浓而澹语鲜也。分句言之，有律句焉，有古句焉；合一章言之，上下不相黏缀也。然此皆皮相耳，其精微全在声病。玉篇后附沙门神珙所撰四声五音九弄反纽图，明言沈约创立纽字之图，唐又有阳宁公、释处忠撰元和韵谱，今此列图为于切韵之机枢，亦是诗人之钤键。斯言也，正绍隐侯之馀绪矣。必洞悉乎音韵之微，乃可寻声而按节。夫字义一定不易，而音则今古有异，南北有殊。唐以前能诗者，未有不知音；宋以后不知音者，未为不工诗也。声病之学，专家实鲜，四声中各有五音，况仅以平仄分之，更何从得其趣哉？李淑诗苑详论八病，未可信也。钝吟之论旁纽、正纽、蜂腰、鹤膝，与史通注云"得既在我，失亦在予，变我称予，由避平头上尾"，皆当存其说，俟博考也。音韵一途，浩未究心，不敢强为之辞。史言约之诸赋，亦往往乖声韵，而陆厥致书辨难，盖当时已多不信从者，工拙固非专在是也。困学纪闻曰："惟上尾、鹤膝最忌，馀病亦通。”严沧浪曰：“作诗正不必拘此，敝法不足据也。”要之篇终吟唱，果无一字格于喉舌间，自暗与之符矣。刘彦和所论数十句，已得其精，会而通之，古律皆宜，何独齐梁哉？秋谷声调谱之作，固学诗者不可废，而古今诗家格调固非谱之所能囿也。余不惮详引而疏之，非曰知诗，统论其理云尔。【纪曰】齐即所谓永明体，梁即所谓宫体，后人总谓之齐梁体，玉溪诗有齐梁晴云是也。其体于对偶之中时有拗字，乃五言律之变而未成，喜俪新字而乏性情，喜作艳词而乏风旨，运思甚浅，用事甚拙，乃诗道之极弊，无用知之。（删正二冯评阅才调集）

〔二〕【何曰】破“晴”字妙。（辑评）

〔三〕【冯注】左思吴都赋：“江湖崄陂。”注：“指江湖之阻，洞庭之险。”迴陂，犹崄陂也。诸本皆作“迴”，声调谱作“回”，而注曰“三平”，误也。

〔四〕【补】画扇，此指歌扇，旧时歌者歌舞时所用。此句暗用列子汤问秦青悲歌“响遏行云”事。

〔五〕【补】敞景：开日。

〔六〕【朱注】牛渚，牵牛渚也。【冯注】宣州图经：“牛渚山突出江中，谓之牛渚圻，古津渡处也。”谓旅宿于此，亦兼用牵牛星事。与“南陵寓使”互证，是江东春游也。【按】与牛渚山无涉，冯注非。

笺　评

【冯班曰】齐梁诸公，尚觉古秀。

【姚曰】上半首，行处之妙；下半首，驻处之妙。牛渚，指牵牛，牵牛在天河旁，故曰牛渚。七月之昏，牵牛正在天南之位。

此用渡河情语作结。

【冯曰】中二联分之皆律，合之不粘，首尾则本联皆不粘也，与徐、庾辈诗音节皆符，可见斯体之大略，其声病则未深晓。

【纪曰】此及效徐陵体赠更衣、又效江南曲皆刻摹六朝之作，艳处似之，拙处尤似之，然雕琢字句而无意味，亦复似之，不足取也。（诗说）

【张曰】（齐梁晴云、效徐陵体赠更衣、又效江南曲）三首皆拟古之作，无寄托，深解便误。（会笺）

【按】此效"齐梁体"赋晴云。一、二晴云随烟波而起，如柳絮飞飘；三、四度阁入陂；五、六承三、四，谓度阁而稍停，似怜楼上之歌，入湖陂而开日，似弄堤岸之柳；七、八谓夜归宿于银河之畔。"晴云"似暗喻女性，可与咏云互参。

咏云

捧月三更断，藏星七夕明。才闻飘迥路，旋见隔重城。潭暮随龙起〔一〕，河秋压雁声〔二〕。只应唯宋玉，知是楚神名〔三〕。

集　注

〔一〕【冯注】取行云之意。

〔二〕【冯注】取银河之意。【何曰】句更新。（读书记）下句（按指"河秋"句）更奇。（辑评）【李因培曰】杰句。

〔三〕楚神，指巫山神女，事屡见。

笺　评

【朱彝尊曰】此作殆借咏北司之横。

【杨守智曰】“藏星七夕明”句可为辛未七夕第六句注脚，余谓彼言鹊桥之妄，读此更明。

【姚曰】此以飘泊自寓也。捧月藏星，似属有情；而隔城飘路，总归无意。独其随龙起蛰，压雁惊秋，耿耿之气，有不可磨灭者，相知者其谁耶？

【程曰】此非咏云，盖寓言所纳宫女既入而复出者也。按开成元年闰四月，取李孝本二女入宫；七月，以左拾遗魏謩谏出之。三年十月，又取郭旼二女入宫；十一月，以翰林学士柳公权谏出之。此诗前六语正叙其入而复出之事。末二语以神女结，用楚王暮雨朝云，此题之所以托为咏云也。

【冯曰】与碧城相类，托意甚明。钱氏以为托咏北司之横，非也。

【纪曰】犹是齐梁及初唐体格，然不必效为之，真意不存，但工刻画，其流亦何所不至哉！“河秋压雁声”句却有致，而此句之巧又与通篇不配。（诗说）

【张曰】玉溪好假艳体咏物，集中此例极多。后人见是艳体，往往穿凿附会，不谓刺女冠淫佚，即谓寓意子直，而不知皆误也。如此首确系咏物，别无深意，不必纷纷曲说也。（辨正）又曰：与风诗（按指撩钗盘孔雀首）皆讽刺之隐约者，不必定指其人其事以实之。（会笺）

【按】此诗词意隐约闪烁，必非单纯咏物者，尾联“只应唯宋玉，知是楚神名”，固已道破“云”之为“神女”矣。顾此神女，又非通常妓女，故曰“唯宋玉知”，以示己与此神女之密切关系。首联谓行云捧月，三更而月隐；行云藏星，七夕而星明，似是暗寓神女之幽会与夜离（“七夕”寓牛女相会）。次联写云之飘然离去，才临迴路，又隔重城。

上四语颇似明日前幅;“天上参旗过,人间烛焰销。谁言整双履,便是隔三桥?”腹联谓行云薄暮随龙而起于深潭,深夜则浮游于秋河而压雁之声,此似写云之行踪变幻不定。末联即“武皇内传分明在,莫道人间总不知”之反。

微雨

初随林霭动,稍共夜凉分。窗迥侵灯冷[①],庭虚近水闻。

校　记

①“迥”,影宋抄、钱本、席本作“过”,万绝作“逼”。

笺　评

【何曰】虽无远指,写“微”字自得神。(辑评)(冯笺引田评曰:“写微字入神。”)

【姚曰】窗迥而侵灯觉冷,庭虚故近水遥闻,写“微”字静细。

【纪曰】四家以为虽无远指,写“微”字自得神也。然既无远指,则刻画亦小家数耳。问小诗亦有不必定有远指者,如辋川唱和非即景自佳哉?曰王裴所咏虽无远指而有远韵远神,天然凑泊,不可思议,非以刻画形似为工也,自不得比而同之。问陶杜诗中亦有平排四句者。曰说者谓陶乃摘顾凯之神情诗,又云是顾取陶语成篇,虽不可考,然只是偶然之作,可一不可再,拟五噫而续四愁不亦愚哉!杜公于绝句本不当行,更不得援以藉口。(诗说)

【按】一二谓微雨初随林霭之游动而悄然飘洒,浑然一体,几乎莫辨;入夜之后,但觉凉气侵肤,初亦疑为夜凉,已而方觉其有别。上句从视觉之浑然莫辨,下句从触觉之不辨到辨刻画微雨。三四承二，言所以分之故。室空窗迥，庭旷院虚，斜风飘送微雨，孤灯黯淡明灭似带冷意，故曰“侵灯冷”；微雨落地无声，本不易闻，然夜静庭空，忽闻近处水声潺潺，方悟微雨之降已久，上句自感觉言，下句自听觉言。写微雨不易，写夜间微雨尤难，盖寻常视听皆不可辨，触觉又与夜凉难分。此诗纯从侧面着笔，最见体物之细。

细雨

潇洒傍回汀〔一〕，依微过短亭。气凉先动竹〔二〕，点细未开萍。稍促高高燕，微疏的的萤〔三〕。故园烟草色，仍近五门青〔四〕。

集　注

〔一〕【补】潇洒，凄清状。依微，隐约依稀貌。

〔二〕【李因培曰】细。

〔三〕【程注】梁简文帝诗：“胧胧月色上，的的夜萤飞。”【补】的的，明亮貌。

〔四〕【朱注】郑玄礼记注：“天子五门：皋、雉、库、应、路也。”【冯注】句则泛言京城耳。诗为客居作，草色相连，人偏远隔。

笺　评

【朱彝尊曰】刻意描题，不松一句，虽无奇思，自见笔力。（冯笺引作钱评，无“不松一句”四字。）

【何曰】写“细”字得神。（辑评）

【田曰】“气凉”句最佳。（冯笺引。）

【徐德泓曰】此赋体而结寓西望长安之意。写得清远，无一毫烟火气，故佳。

【姚曰】此客中之作。悲哉秋气，细雨随之。竹间萍际，消息甚微，然燕促萤疏，已有日就萧瑟之势。意惟故园草色，不改其常耳。

【屈曰】八句俱写雨景，俱写“细”字，而层次井然。虽无杜之沈郁顿挫，雄浑悲壮，其雅静亦自可诵。结言不能事朝廷也。

【纪曰】前六句犹刻画家数，一结若近若远，不粘不脱，确是细雨中思乡，作寻常思乡不得，作大雨亦不得。（诗说）细腻熨贴。（辑评）

【宋宗元曰】（“气凉”句）体会入微。（网师园唐诗笺）

【按】首联写细雨凄清迷濛之状，系远望之景。次联近处静景。“气凉”句写细雨微凉，最富神韵，非寻常刻画。腹联近处动景，“稍促”“微疏”，刻画“细”字。末联因见雨中碧草如烟，遂生故园草色青连京国之想像，微露乡思羁绪。“仍”字见意。

细雨

帷飘白玉堂，簟卷碧牙床。楚女当时意〔一〕，萧萧发彩凉①〔二〕。

校 记

①“彩”原一作“影”，朱本、季抄同。【胡震亨曰】赵氏万首绝句误改为“发影”。着“彩”字方是瑶姬，着“影”字公然

一婆矣。

集　注

〔一〕【冯注】楚女字见春秋公羊传西宫灾注："僖公以齐媵为适，楚女废在西宫，而不见恤。"后汉书宦者吕强传："楚女悲愁，则西宫致灾。"然非此所用。【按】楚女，指巫山神女。

〔二〕【冯注】此盖化"密雨如散丝"之意。左传："有仍氏女鬒黑而甚美，光可以鉴。"陈书："张贵妃发长七尺，其光可鉴。"吴融诗："如描发彩匀。"

笺　评

【朱彝尊曰】以发状雨之细。（复图本）

【杨守智曰】发彩亦新。

【姚曰】发彩如云，定有一茎白起头的时节，请从细雨细参。

【屈曰】细雨如发，因帐飘簟卷而怀当时之楚女，意自有托也。

【程曰】此似悼亡后作。

【纪曰】对照下笔，小诗之极有致者。（诗说）佳在浑成。（辑评）

【姜炳璋曰】此悲秋之意也。"簟卷"者，雨夜生寒，簟不可用也。当时楚女感动秋意，谓发彩生凉，秋风凄切，对景而悲矣。而今日复遇细雨，能无忆当时之境况乎？诗意甚曲。

【按】此与微雨之重在表达对客观景物之细微体察与感受者不同，题目"细雨"，即含某种象征意味，近乎所谓"梦雨"，诗亦不主描摹刻画，而侧重于抒写因细雨触发之美好联想与记忆。首句亦比亦赋，既形况飘洒之细雨如帘帷之飘拂于白玉堂前，亦写出细雨灵风中堂前帷飘之景象。次句由堂而室，谓碧牙床上之冰簟已经卷起。此句似不涉题，实取题之神。盖此细雨系秋日之雨，雨洒天凉，故“簟卷碧牙床”矣(作者秋月诗“簟卷已凉天”句可参证)。此盖从秋日细雨所引起之气候变化及人之感觉方面传细雨之神，与首句单纯写照之笔相比，又进一层。或解次句为碧牙床似的天空中雨丝飘荡如簟之飘卷，亦通。三四又因细雨之飘忽迷濛与“白玉堂”、“碧牙床”等富于象征暗示色彩之意象，引发对“朝为行云，暮为行雨”神女之联想。细雨如丝，忽又幻化为神女新沐后纷披之发丝，明艳、润泽而散发凉意。作者之意，固不在以神女之发彩形况细雨，而在借此抒写对往昔生活中美好片断之记忆，重现“楚女当时”难以描绘之意态。详味诗意，似是抒情主人公往昔于细雨飘帷、秋凉簟卷之时，曾与美丽之“楚女”有此一段情缘，并对伊人“萧萧发彩凉”之美好意态留下深刻印象，今日重睹细雨，而楚女不在，旧梦难寻，故借此抒感。

雨

摵摵度瓜园〔一〕，依依傍竹轩①。秋池不自冷，风叶共成喧。
窗迥有时见②，檐高相续翻。侵宵送书雁，应为稻粱恩〔二〕。

校　记

①“竹”，冯曰“一作水”。【按】苕溪渔隐丛话、诗话总龟、诗人玉屑引吕氏童蒙训评此诗作“水”。

②“迥”原作“回”，非，据钱本、朱本改。

集　注

〔一〕【朱注】卢谌诗："摵摵芳叶零。"【姚注】文选注："摵，雕柯貌也。"【按】摵摵，象声词。文选卢谌时兴诗吕延济注："摵摵，叶落声也。"此状雨声。

〔二〕【朱注】广绝交论："分雁鹜之稻粱。"【冯曰】此借慨身在幕府。

笺　评

【吕本中曰】义山雨诗"摵摵度瓜园，依依傍竹轩"，此不待说雨，自然知是雨也。后来鲁直、无己诸人，多用此体作咏物诗不须分明说尽，只仿佛形容，便见妙处，如鲁直酴醾诗云："露湿何郎试汤饼，日烘荀令炷炉香。"（苕溪渔隐丛话前集四十七引吕氏童蒙训）

【钟惺、谭元春曰】"秋池"句下评：（不自冷）三字立起来，非老杜无此笔力。（钟）"窗迥"二字评：像。（谭）"侵宵"二句评：晚唐如此结法，何尝不极深厚。（钟）（唐诗归）

【陆鸣皋曰】刻画居工，开宋人多少门径。

【姚曰】秋雨一来，池为添冷，叶共成喧，而雁来适当此时。窗迥檐高，时时搔首，不因稻粱之恩，其肯传书至此耶？

【屈曰】瓜园竹轩，雨易闻也。三，因雨而冷也；四，因雨而成喧也。五六，雨不止也。当此夜雨时，雁犹送书者，感稻粱恩也。"秋池"句佳甚。结句出人意外。○程婴之死易存难，武侯之鞠躬尽瘁，昌黎之晨入暮出，皆为稻粱恩也。读之堕泪。

【程曰】此诗极写凄其之状，而当此际之情况，已可不言而喻。结始以雁自比，虽在萧条寂寞中，仍复勤于其职，盖君子之不肯素餐如此。此疑义山从事南方时作。

【冯曰】(“秋池”二句)写秋雨入微,大胜起联。

【纪曰】诗极细腻熨贴,第四句及结意亦佳,但五六句支撑不起,仍就上四句敷衍之,嫌格力不大耳。此必在幕府之作,忽有感于雁之冒雨而飞为稻粱之故,如己勤劳以酬人之知也,于“雨”字不黏不脱,有神无迹,绝好结法。(诗说)

【张曰】“秋池”句在可解不可解之间,最佳。此巧句,非拙也。(辨正)

【按】以物候论,似非桂管作,雁不过衡阳也。或汴幕、梓幕作。秋雨凄其,似平增秋池寒意,故曰“秋池不自冷”。腹联写秋雨由小至大。末联因侵宵雨中闻雁而触发身世之感,以情语结,便不流于一味刻画。与五律细雨同一写法。

秋月①

楼上与池边②,难忘复可怜。帘开最明夜,簟卷已凉天〔一〕。流处水花急,吐时云叶鲜〔二〕。姮娥无粉黛,只是逞婵娟③〔三〕。

校　记

①旧本均题作“月”,据文苑英华改。

②旧本首句均作“池上与桥边”,据文苑英华改。

③“逞婵娟”,【冯曰】“逞”,一作“斗”。

集　注

〔一〕【何曰】“簟卷”句谓方作竟夜之玩,不须睡也。(辑评)

【按】此点秋令,谓竹簟已卷,时届秋凉。

〔二〕【姚注】陆机云赋："金柯分，玉叶散。"

〔三〕【程注】阮籍诗："秋月复婵娟。"【钱曰】结句开后来俗调。（冯注引。）

笺评

【何良俊曰】"齐梁体"自盛唐一变之后，不复有为之者。至温、李出，始复追之。今观温飞卿西洲曲"单衫杏子红，双鬓鸦雏色"之句，及李义山无题云（八岁偷照镜。诗略，下同。）咏月云。咏荷花云。效江南曲云。又效徐陵体赠更衣云。此作杂之玉台新咏中，夫孰有能辨之者。（四友斋丛说）

【吴乔曰】月诗（按：即秋月）次联虚灵，李花亦然。（围炉诗话）

【金介曰】咏月绝唱。

【陆鸣皋曰】天然清丽，老杜咏月虽多，殊未及此。

【姚曰】此叹有情者之不如忘情也，以第二句作骨。帘开簟卷，月本无情；水花云叶，月非有意；乃人自觉其难忘，人自觉其可怜，而姮娥不知也。奈何欲以人世之粉黛，臆度姮娥之婵娟也耶？

【冯曰】艳情秀句，可与霜月同参。

【纪曰】格卑。（诗说）意格俱卑。（辑评）

【张曰】此亦戏作艳语，不必深解。（会笺）

【按】首联总提。次联承"楼上"，谓三五最明之夜，已凉未寒之天，月最难忘而可爱，句法与"客散初晴后，僧来不语时"（高松）相类。颈联承"池边"，谓月光流泻池上，波光粼粼；须臾云开月出，朵朵云彩更加鲜丽。末联则极赞月虽素洁不施粉黛，然自有其婵娟之妍姿。

霜月

初闻征雁已无蝉〔一〕，百尺楼南水接天①〔二〕。青女素娥俱耐冷〔三〕，月中霜里斗婵娟。

校　记

①“南”，朱本、季抄作“高”，英华作“台”。

集　注

〔一〕【程注】刘潜诗：“气秋征雁肥。”【补】礼记月令：“孟秋之月寒蝉鸣，仲秋之月鸿雁来，季秋之月霜始降。”陶潜己酉岁九月九日：“哀蝉无留响，征雁鸣云霄。”

〔二〕【程注】晋书乐志：“百尺高楼与天连。”【朱彝尊曰】言白而皎洁也。【何曰】第二句先虚写霜月之光，最接得妙。下二句常语也。（辑评）【按】秋空明净，霜华、月光似水一色，故曰“水接天”。“水”非实写，系暗写霜、月。

〔三〕【朱注】淮南子：“秋三月，青女乃出，以降霜雪。”高诱注：“青女，青腰玉女，主霜雪也。”谢庄月赋：“集素娥于后庭。”注：“嫦娥窃药奔月。月色白，故曰素娥。”【朱彝尊曰】霜、月双含。末句奇想。【补】耐，宜也，称也。（见张相诗词曲语辞汇释）

笺　评

【周必大曰】唐李义山霜月绝句：“青女素娥俱耐冷，月中霜里斗婵娟。”本朝石曼卿云：“素娥青女元无疋，霜月亭亭各自愁。”意相反而句皆工。（二老堂诗话）

【杨曰】"水接天":须知不是水。

【陆鸣皋曰】妙语偶然拈到。

【姚曰】从无伴中说出有伴来,如此伴侣,煞是难得。

【屈曰】一,岁已云暮;二,履高视远;三四,霜月中犹斗婵娟,何其耐冷如此。吾每见世乱国危,而小人犹争权不已,意在斯乎?

【冯曰】艳情也。(王鸣盛曰:"如题描写,非有艳情。")

【纪曰】首二句极写摇落高寒之意,则人不耐冷可知。却不说破,只以青女、素娥对照之,笔意深曲。(诗说)

【严廷中曰】诗用替代字最为可厌,如竹曰"绿筱",荷曰"朱华",以及"苍官"、"黄奶"之类,令人闷闷。必如李义山"青女素娥俱耐冷,月中霜里斗婵娟",始可谓之新巧。(药栏诗话)

【张曰】冯氏云:"艳情也。"案:未定。(会笺)

【按】此诗特点,在于不对秋夜霜华月色作静止刻画描绘,而着重抒写由景物所引起之感受与想像,善从虚处传神。次句虚写霜月交辉之景,已传出对空明澄洁境界之诗意感受。三四在此背景上幻化出青女素娥竞妍斗美之场景,遂使无生命之霜月成为超凡脱俗、于幽冷环境中愈富魅力之精神美之象征。高松云:"无雪试幽姿。"此诗正写其对面。

月

过水穿楼触处明〔一〕,藏人带树远含清〔二〕。初生欲缺虚惆怅，未必圆时即有情。

集　注

〔一〕【补】触处，犹到处。

〔二〕【补】藏人，似谓月中隐若有人。树指月中桂。

笺　评

【朱曰】此叹有情者之不如忘情也。（李义山诗集补注）

【陆鸣皋曰】又一翻新，愈翻愈隽。

【姚曰】此事从来尔尔。

【屈曰】月缺而人愁，月圆而人未必不愁也。

【冯曰】总是失意之语，不必定有所指。

【纪曰】前二句不甚成语，后二句亦浅直。（诗说）

【张曰】此诗语虽径直而有意味，去搔首弄姿者远矣。第二句亦不至不成语。纪评真瞽说。（辨正）

【按】一二写圆月之清明。"触处明"，言清光无处不在；"远含清"，谓其远离人间，意态清冷，伏下"未必有情"。三四承此抒慨，言月初生欲缺之时，人每望其圆惜其亏，为之惆怅不已，殊不知其圆时亦未必于人有情也。失意人每苦于人生已历之缺憾，而寄希望于美好之将来，义山则透过一层，指出"未必圆时即有情"，是希望实现之日，仍不免归于失望与幻灭也。希望之虚幻、人生之不能免于缺憾，寓于言外。

城外

露寒风定不无情，临水当山又隔城[①]。未必明时胜蚌蛤，一生长共月亏盈〔一〕。

校　记

①"又"原一作"有",蒋本、悟抄作"有"。

集　注

〔一〕【朱注】吕氏春秋:"月望则蜯蛤实群阴盈,月晦则蜯蛤虚群阴缺。"【冯注】蜯、蚌同。吴都赋:"蚌蛤珠胎,与月亏全。"馀见锦瑟与题僧壁。

笺　评

【姚曰】伤有心之不见谅也。月既隔城,城外似照不及,故以"城外"命题。

【屈曰】露未寒风未定时,或料其来而有情,或料其不来而无情。今露寒矣,风定矣,来否又不无情矣,甚曲折。山水之阻已不可见,况隔城乎?其不来必矣。蜯蛤犹能共月亏盈,而人则不然也。

【冯曰】寓意未晓。

【纪曰】前二句不甚成语,后二句浅而晦。问何以题曰"城外"也?曰不解其义,通首是咏月也。末二句言己诸事缺陷,不能于月明之时如蜯蛤之随月而亏者复随之而盈也,然殊费解,费解者必非好诗也。(诗说)

【刘盼遂曰】(席上作)慨叹自己之不像宋玉终生事一主,而是到处迁徙,……这和他的城外诗……的意思相同。(李义山诗说)(郝世峰曰:"城外……谓自己的命运总是依他人的盛衰而变化,像与月盈亏的蜯蛤一样不能自主。"解略同。)

【按】题曰"城外",一二即暗写城外望月情景。露寒风定,夜深月明,月似于人不无感情;然月光临水映山,隔城而照，又似与己远离，二句即道是有情却无情之意。三四乃就此抒慨，谓蚌蛤一生与月亏盈，己则虽月明之时亦与月远隔，并蚌蛤亦不如矣。蚌蛤毕竟尚有可依托之对象，而有盈满之时，己则终无所托，永无盈期。以“与月亏盈”之蚌蛤作衬，愈见身世沉沦之悲。

破镜〔一〕

玉匣清光不复持，菱花散乱月轮亏〔二〕。秦台一照山鸡后〔三〕，便是孤鸾罢舞时〔四〕。

集　注

〔一〕【冯注】白帖引古绝句“破镜飞上天”，谓残月。

〔二〕【朱注】飞燕外传：“飞燕始加大号，婕妤奏上三十六物以贺，有七尺菱花镜一奁。”庾信镜赋：“临水则池中月出，照日则壁上菱生。”骆宾王诗：“妆镜菱花暗，愁眉柳叶颦。”【冯注】白帖：“魏武帝有菱花镜。”【补】菱花：古代以铜为镜，映日则发光影如菱花，因名菱花镜，埤雅释草：“旧说，镜谓之菱华，以其面平，光影所成如此。”善斋吉金录有唐菱花镜拓本，形圆，花纹作兽形，旁有五言诗一首，首句云“照日菱花出”。亦有镜背刻菱花者。月轮，指明镜状如圆月。二句正写破镜。

〔三〕【朱注】西京杂记：“高祖初入咸阳宫，有方镜广四尺，高五尺九寸，表里洞明。人直来照之，影则倒见；以手扪心而来，即见肠胃五脏。”异苑：“山鸡爱其毛羽，映水则舞。魏武时南方献之，公子苍舒令置大镜其前，鸡鉴形而舞，不知止，遂乏死。”【程注】庾信诗：“照镜舞山鸡。”【按】秦台，犹秦镜，台指镜台。

〔四〕孤鸾罢舞，事见陈后宫（茂苑城如画）注。

笺　评

【胡震亨曰】似悼亡诗。（戊签）

【姚曰】追想到乍破之时，伤心欲绝。

【屈曰】亦是悼亡之作。写“破”字无痕，玉溪之最灵妙者。

【程曰】此当是失偶之时所作。

【冯曰】以衡鉴言选才，古今通例也。诗谓镜光散乱，照山鸡而顿弃孤鸾，必为间之于座主者寄慨。……余初疑为令狐，细玩必非。或以为悼亡，更误。

【纪曰】悼亡之作，了无佳处。（诗说）

【张曰】此初登进士第，应宏博不中选之寓言也。结言岂料一登上第，便从此报罢乎？破镜喻衡鉴不中之意。通体凄惋欲绝矣。（辨正）又曰：冯氏谓以衡鉴言选才，是也。此慨一登第后，秘阁不能久居，从此沉沦放废也。“菱花散乱月轮亏”，喻党局之累，语尤显然，岂仅致慨座主哉！（会笺）

【按】“孤鸾罢舞”固可喻失偶，“破镜”亦常以喻夫妻分离，然此诗似非为悼亡作。盖诗之托寓，贯注于三四二句，谓自从此镜一照山鸡之后，孤鸾便委弃而罢舞。是孤鸾之罢舞，非缘失偶，而因“照山鸡”之故。盖以喻衡鉴不公，取庸才而弃英俊也。题曰“破镜”，正取其清光不持，不辨妍媸之意。鸾凤云：“旧镜鸾何处？衰桐凤不栖。金钱饶孔雀，锦段落山鸡。王子调清管，天人降紫泥。岂无云路分？相望不应迷。”亦以鸾凤与山鸡、孔雀对映，而寄托才俊沦弃之愤，意可互参。张谓“应宏博不中选之寓言”，似之。然诗非必作于宏博方落选之时，或为事后追忆有感而作，味“一照”、“便是”等语可悟。如作悼亡解，则“秦台”句直不知所云。

屏风

六曲连环接翠帷〔一〕，高楼半夜酒醒时。掩灯遮雾密如此〔二〕，雨落月明俱不知。

集注

〔一〕【朱注】唐书：“宪宗著书十四篇，号前代君臣事迹，书写于六曲屏风。”李贺屏风曲：“团回六曲抱膏兰。”【按】六曲，十二扇。以十二扇叠作六曲。

〔二〕【朱注】李尤屏风铭：“壅阏风邪，雾露是抗。”

笺评

【朱彝尊曰】“掩灯”二句：似有所寓。末批：有感有慨，如临川乐府云“锦屏人忒看得韶光贱”之意。

【陆鸣皋曰】讽意在言外。

【姚曰】此为蔽明塞聪者发。

【屈曰】昔有传语屏风者云：“方今明目达聪，汝是何物，乃壅贤者路！”遂推倒之。玉溪亦此意。

【程曰】此亦近艳词而非者也。乃为有情不遂，深憾壅闭之作。

【冯曰】与可叹诸作互参。或谓刺蔽贤之人，非也。

【纪曰】四家以为寓浮云蔽日之感，是也。然措语有痕，反成平浅。

【姜炳璋曰】此真艳词，铁老擅场，多本此。或以为谗谄蔽明，谬甚。

【张曰】此诗是咏屏风，借物寓慨，故措语不嫌太显。此正深得比喻之妙。看似直致，实则寄托不露，神味更深。玉溪独成家数，全在乎此。纪氏乃讥其平钝有痕，岂只知工诃古人而不顾细看题目耶？（辨正）

【按】诸家纷纷以蔽明塞聪、深憾壅闭为解，实则不过就屏风"掩灯遮雾"而比附之。冯氏谓可与可叹诸作互参，盖谓此亦刺贵家姬妾外遇之作，恐非。此诗殆写一时感触印象，本无明确旨意，更无所寓托，深解者失之。高楼酣饮，浓睡翠帷，半夜酒醒，但见六曲屏风，掩灯遮雾，不知身处何所，亦不知室外之雨落或月明。此正一刹那间朦胧感受，信手写出，遂含丰富诗情。以寄托求之，反了无诗意。

泪

永巷长年怨绮罗〔一〕，离情终日思风波。湘江竹上痕无限〔二〕，岘首碑前洒几多[①]〔三〕。人去紫台秋入塞〔四〕，兵残楚帐夜闻歌〔五〕。朝来灞水桥边问，未抵青袍送玉珂〔六〕。

校　记

①"洒"，蒋本作"泪"，非。通篇不应出"泪"字。

集　注

〔一〕【冯注】尔雅："宫中衖谓之壶。"注曰："巷阁间道。"三辅黄图："永巷，宫中长巷，幽闭宫女之有罪者。武帝时改为掖庭，置狱焉。”按：后人只以闲冷言之。【补】史记吕后本纪：“乃令永巷囚戚夫人。”句意谓被幽闭于深宫永巷之宫女长年愁怨，泪湿绮罗。

〔二〕屡见。

〔三〕【朱注】晋书：“羊祜卒，百姓于岘山建碑。望其碑者莫不流涕。”

〔四〕【朱注】恨赋：“（若夫明妃去时，仰天太息。）紫台稍远，关山无极。”注：“紫台，犹紫宫也。”杜甫咏明妃诗（按指咏怀古迹五首之三）：“一去紫台连朔漠。”【冯注】此谓一离宫阙，便远至异域。

〔五〕【冯注】史记：“项王军壁垓下，兵少食尽，夜闻汉军四面皆楚歌，乃大惊曰：‘是何楚人之多也？’项王夜起饮帐中，悲歌慷慨，自为诗，歌数阕，泣数行下。”

〔六〕【朱注】古诗：“青袍似春草。”【冯注】服虔通俗文：“饰勒曰珂。”西京杂记：“长安盛饰鞍马，皆白蜃为珂。”玉篇：“珂，石次玉也，亦玛瑙洁白如雪者，一云螺属。”馀见镜槛。

笺　评

【金圣叹曰】入宫则哭绮罗，去家则哭风波，此写流泪之因。湘江则点于竹上，岘首则零在碑前，此写眼泪之痕也。前解犹泛写天下人泪，此（按指后解）专写独一人泪也。虽蒙天生，而不蒙人用，于是而慷慨辞众，深走入胡。我欲自用，而天又亡之，于是而半夜悲歌，引刀自绝。如今灞桥折柳，青袍送人之中，岂少如是之人、之事也，故曰桥下水未抵桥上泪也。（贯华堂选批唐才子诗）

【朱曰】此叹有情人之不易得也。（李义山诗集补注）

【冯舒曰】句句是泪，不是哭。（二冯评阅才调集）

【冯班曰】平叙八句，律诗变体。诗有起承转合，训蒙之法也。如此诗八句七事，三体诗、瀛奎律髓全用不着矣。

【陈帆曰】首言深宫望幸。次言羁客离家。湘江岘首，则生死之伤也。出塞楚歌，又绝域之悲，天亡之痛也。凡此皆伤心之事。然自我言之，岂灞水桥边以青袍寒士而送玉珂贵客，穷途饮恨，尤极可悲而可涕乎？前皆假事为词，落句方结出本旨。（程笺引）

【朱彝尊曰】句句是泪不是哭。"八句七事，律之变也"，予谓不然。若七事平列，则通首皆成死句，落韵"未抵"二字亦转不下矣。此是以上六句兴下二句也。陆务观效之作闻猿诗亦然。（以上眉批）"永巷"句，失宠。"离情"句，忆远。"湘江"句，感逝。"岘首"句，怀德。"人去"句，悲秋。"兵残"句，伤败。"朝来"句，今日征人。（以上行间批。按钱良择唐音审体与朱彝尊评多同。"以上六句兴下二句"下，钱评有"言六种堕泪，尚不及今日送别之悲也"一句。行间批"人去"句，钱作"怨弃"；"兵残"句，钱作"忧危"；"朝来"二句，钱作"今日征人"。又钱氏另有眉批云：青袍，失意人也；玉珂，贵者也。以失意人送贵者，故尤悲也。但言送别尚泛。）

【何曰】似是赋一物。送别的泪。（辑评）（按：辑评朱批眉批及行间批与陈帆评略同，今不录。）

【胡以梅曰】起二句总说世间堕泪不休之人。下四句，道古来滴泪之事，是由虚而实之法。结归到作者见在实事，谓终于青袍流落长安矣。则此诗有所伤感而发也明矣。"怨绮罗"三字精。宫人终身幽闭，不识君王之面，不如荆布之有琴瑟之乐，则何取乎绮罗？惟其著此，才致凄凉受苦，无人生之乐，所以怨之。语有曲折，灵气溢纸。既有离情，又虑风波之险，更非寻常离情矣，深入一层。三四已将“痕”“洒”二字点清。五六则意在言外，连上读去，自然有泪在内，止觉骨肉停匀，其法最老。作者手眼，全在此类。第五更妙，“秋入塞”三字，真有仙气，且一“去”一“入”，呼吸灵活。盖是言昭君出塞时，正逢秋风起，秋可入塞，我独北征，真堪肠断之际。……长安，送别之所；青袍，士未遇之服；玉珂，达者出京之骑，得失之境悬绝也。

【赵臣瑗曰】一二先虚写，一是宫娥，二是思妇。此二种人也，最善于泪，故用以发端。中二联皆泪之典故，然各有不同。三四是为人而泪者，五六是为己而泪者。送终、感恩、悲穷、叹遇尽于此矣。七八再虚写天下之泪无有多于送别，而送别之泪无有多于灞桥，故用以收煞。“未抵”云者，言水之浅深犹有可量，泪则终无尽期也。

【沈德潜曰】以古人之泪形送别之泪，主意转在一结。

【陆鸣皋曰】此寒士之悲也。前六句，各极哀惨，而总未抵寒士之送高轩，贵贱相形，自伤穷困，为尤戚焉。结非别离语也，玩“青袍”“玉珂”四字可见。但“灞桥”句，意圆而语微滞耳。

【陆曰】此诗是欲发己意，而假事为辞以成篇者也。其本旨全在结句。按本传：义山于会昌中因王茂元卒，来游京师，久之不调。又于大中三年随郑亚入朝（按此说误）。明年，令狐绹为相，屡启陈情，绹不之省。诗或作于其时。然岁月之前后，不可考矣。读者须看其浅深虚实处。首言永巷长年，离情终日，泪之因也。次言湘江竹上，岘首碑前，泪之迹也。

次又言明妃去国，项羽闻歌，泪之事也。以诗论，则由虚而实；以情论，则由浅而深。结言凡此皆可悲可涕之处，然终不若灞水桥边，以青袍寒士而送玉珂贵客，抱穷途之恨为尤甚也。

【马位曰】最喜王摩诘"看花满眼泪，不共楚王言"，李太白"但见泪痕湿，不知心恨谁"，……诸人用"泪"字，莫及也。义山"湘江竹上痕无限，岘首碑前洒几多"，反无深意。（秋窗随笔）

【姚曰】此叹有情人之不易得也。有情故有泪。然人生真泪，原无几滴。果是真泪，不但儿女有之，英雄亦有之。首联永巷、离人，犹是世俗所共晓。必如湘江竹上，岘首碑前，又如紫台出塞，楚帐闻歌，如是乃为真泪耳。何意灞水桥边，青袍送客，朝来俄顷，便不啻悬河决溜之多，我不知其何来此副急泪也。

【屈曰】平列六句，以二句结，七律原有此格，非玉溪创调。○深宫之怨，离别之思，湘江岘首，生死之伤，明妃出塞之恨，项王天亡之痛，以上数者，皆不及朝来灞桥青袍寒士送玉珂贵人穷途饮恨之甚也。

【程曰】此篇全用兴体，至结处一点正义便住。不知者以为咏物，则通章赋体，失作者之苦心矣。八句凡七种泪，只结句一泪为切肤之痛。首句长门宫怨之泪。次句黯然送别之泪。三句自伤孀独之泪。四句有怀旧德之泪。五句身陷异域之泪。六句国破强兵之泪。泪至于此，可谓至矣，极矣，无以加矣。然而坎坷失职之伤心，较之更有甚焉。故欲问之灞水桥边，凡落拓青袍者饯送显达，其刺心刺骨之泪，竟非以上六等之泪所可抵敌也。此咏之本旨也。按此结从晋时罗友托之揶揄鬼语“但见汝送人作郡，不见人送汝作郡”脱化得来，盖其为痛深矣。愚解此篇，不记朱本有陈氏之说，久之缮写，因检阅补注事实，乃见其论先得我心，若合符节，遂欲举鄙论弃之，而观其分疏中四句略有不同，或存之以备参观互论可耶？

【冯曰】香山中秋月已有作法，此则尤变化矣。初疑义山抑塞终身穷途抱痛之作，然绳之以理，末句之可伤，何反胜于上六事欤？况以自慨，复何用问诸水滨？此必李卫国叠贬时作也。唐摭言有“八百孤寒齐下泪，一时南望李崖州”之句，与此同情。上六句兴而比也。首句失宠，次句离恨。三四以湘泪指武宗之崩，岘碑指节使之职，卫公固以出镇荆南而叠贬也。五谓一去禁廷终无归路，六谓一时朝列尽属仇家。用事中自有线索。结句总纳上六事在内，故倍觉悲痛。不悟其旨，则大失轻重之伦矣。灞桥只取离别，不泥京师。此义山独创之绝作也。又曰：唐摭言：“李太尉德裕颇为寒进（当作畯）开路。及谪官南去，或有诗曰：‘八百孤寒齐下泪，一时南望李崖州。’”云溪友议：“赞皇削祸乱之阶，辟孤寒之路，结怨侯门，取尤群彦。后之文场困辱者思之，故有‘八百孤寒’之句。”按：详引之，尤见所解之确。

【王鸣盛曰】抑塞终身，穷途抱痛，故上六句泛写泪，末二句结到自家身上。青袍似草，流落依人也。其为湖湘与？桂管与？东川与？皆不可知。总是初发京师，远行之始所作。○言吾每念古人，下泪处不一而足，世上原觉有泪处多，今朝来灞水桥边，又到伤心地矣。赴东川不知可要过灞桥，再考。

【纪曰】卑俗之至，命题尤俗。问此诗亦有风致，那得云俗？曰此所谓倚门之妆，风致处正其俗处也。（诗说）六句六事，

皆非正意，只于结句一点，运格绝奇，但体太卑耳。（辑评）

【姜炳璋曰】以前六句作陪，以末二抉转，局法与茂陵一例。

【曾国藩曰】前六句凡六种泪，末二句以青袍寒士而送玉珂贵客，其泪尤可悲也。（十八家诗钞）

【俞陛云曰】诗题只一"泪"字，而实为送别而作。其本意于末句见之。前六句列举古人挥泪之由，句各一事，不相连续。而结句以"未抵"二字，结束全篇，七律中创格也。首二句以韵语而作对语，一言宫怨之泪，一言离人之泪。三句言抚湘江之斑竹，思故君之泪也。四句言读岘首之残碑，怀遗爱之泪也。五、六句言白草黄云，送明妃之远嫁；名姬骏马，悲项羽之夭亡。家国苍凉，同声一恸，儿女英雄之泪也。末句言灞桥送别，挥手沾巾，纵聚千古伤心人之泪，未抵青袍之湿透。玉溪所送者何人，乃悲深若是耶？（诗境浅说）

【张曰】卫公为相，不喜进士，而颇为寒畯开路。义山虽科第起家，而坎壈终身，反不如杂途之得意，故弥感于卫公。漫成诗："不妨常日饶轻薄，且喜临戎用草莱。"亦此意，非仅党局关系也。结语用重笔，言上六事虽可悲，然岂若灞水南望，以青袍寒士而别玉珂贵人尤为可悲乎？通篇命意在此。（会笺）又曰：奇则不卑，岂有格奇而体卑之诗哉？体与格有何分别？纪评不通之至。○首句失宠。次句分离。"湘江"句暗喻不能入李回湖南幕府。"岘首"句暗喻巴游失意，留滞荆门之恨。"人去"句以明妃嫁远，比己之沈沦使府。"兵残"句以项羽天亡比己之坎壈终身。结则言岂若灞水桥边，以青袍寒士，送玉珂贵人为愈可悲乎？似指赞皇叠贬，八百孤寒而言。而己之不能依恃，亦在言外。卫公由分司贬潮，灞水专指在京孤寒也，不必泥看。此解发自冯

氏,余为演之。(辨正)

【黄侃曰】首六句皆陪意,末二句乃结出正意。以"青袍"寒士而送"玉珂"上客,其悲苦之情,非复"永巷""离情"所能为喻也。如以为咏物之词,则无此堆砌之篇法矣。程以为末二句从晋时罗友托之歘歘鬼语"但见汝送人作郡,不见人送汝作郡"脱化得来,可云善悟。(李义山诗偶评。见中华文史论丛八一年第三辑。)

【钱锺书曰】李商隐泪、冯浩玉溪生诗详注卷三引钱龙惕(按:应为钱良择)曰:"陆游效之,作闻猿诗。"盖李诗至结句:"朝来灞水桥边问,未抵青袍送玉珂";陆诗至结句:"故应未抵闻猿恨,况是巫山庙里时",均始点题,特李仍含蓄,陆则豁露矣。李他作若牡丹,亦至末句"欲书花叶寄朝云",方道出咏花,第一至六句莫非俪属人事典故,有如袁宏道自跋风林纤月落五律四首所谓:"若李锦瑟辈,直谜而已!"纪昀点论李义山诗集卷上少年批:"末句'不识寒郊自转蓬'是一篇诗眼,通首以此句转关,格本太白'越王句践破吴归'诗。"行布亦类,盖篇末指名赋咏之事物或申明赋咏之旨趣,同为点题也。(管锥编八九四页)

【陈永正曰】末两句点出全诗主题,作者把身世之感融进诗中,表现地位低微的读书人的精神痛苦。义山是个卑官,经常要送迎贵客,如在柳幕时就被差往渝州界首迎送过境的节度使杜悰。此外对令狐绹低声下气,恳切陈情,还是被冷遇、被排斥。这种强烈的屈辱感,好比牙齿被打折了,还得和血吞在肚里,不能作声。那是一个还有点骨气的读书人所无法忍受的。前六句是正面咏泪,用了六个有关泪的伤心典故,以衬托出末句。而末句所写的却是流不出的泪。

那是滴在心灵的创口上的苦涩的泪啊。(李商隐诗选。三联书店香港分店出版。)

【按】冯氏首创卫国叠贬之说,张氏从之。然此说实从唐摭言"八百孤寒齐下泪,一时南望李崖州"二语附会而来,揆之事实文理,均不可通。卫国之贬潮,系自东洛分司任上,事在大中元年十二月。二年九月,复自潮贬崖。无论自洛贬潮抑自潮贬崖,均与所谓"灞水桥边"无涉。此其一。德裕之贬潮、贬崖,朝廷制书均已言其罪不容诛,远贬南荒,实同累囚,焉得仍称其为"玉珂"贵客?此其二。唐摭言止言德裕贬崖后,寒士思之而作诗,未言南贬时作诗以送行。以当日情势视之,青袍寒士即或有同情德裕之意,亦不必有送行之事也。此其三。冯氏复以前六句牵合卫公遭际,更不可通。"失宠"、"离恨"、"一去禁廷终无归路"、"一时朝列尽属仇家"云云,与所谓南贬者,实属一事,乌得谓前六种泪未抵后一种泪乎?诗之意旨不过谓深宫怨旷、闺中念远、伤悼故君、怀念旧德、远赴异域、穷途末路之泪,均未抵青袍寒士送玉珂贵宦之泪更为伤痛。盖后者贵贱相形、云泥悬隔,令人尤为不堪。杜甫奉赠韦左丞丈二十二韵:"朝扣富儿门,暮随肥马尘,残杯与冷炙,到处潜悲辛。"痛苦之人生体验,或与此诗末联相仿。前六种泪兴起后一种泪,别无寓意。诗用恨、别二赋写法,已有堆砌故实之弊。西昆效之,变本加厉,遂成无灵魂之躯壳矣。

河阳诗〔一〕

黄河摇溶天上来①〔二〕,玉楼影近中天台〔三〕。龙头泻酒客寿杯〔四〕，主人浅笑红玫瑰〔五〕。梓泽东来七十里〔六〕，长沟复堑埋云子〔七〕。可惜秋眸一脔光，汉陵走马黄尘起〔八〕。南浦老鱼腥古涎，真珠密字芙蓉篇〔九〕。湘中寄到梦不到，衰容自去抛凉天〔一〇〕。忆得蛟丝裁小棹②〔一一〕，蛱蝶飞回木棉薄。绿绣笙囊不见人，一口红霞夜深嚼〔一二〕。幽兰泣露新香死，画图浅缥松溪水〔一三〕。楚丝微觉竹枝高，半曲新词写绵纸〔一四〕。巴陵夜市红守宫③，后房点臂斑斑红〔一五〕。堤南渴雁自飞久，芦花一夜吹西风〔一六〕。晓帘串断蜻蜓翼，罗屏但有空青色〔一七〕。玉湾不钓三千年，莲房暗被蛟龙惜〔一八〕。湿银注镜井口平〔一九〕，鸾钗映月寒铮铮〔二〇〕。不知桂树在何处〔二一〕，仙人不下双金茎〔二二〕。百尺相风插重屋〔二三〕，侧近嫣红伴柔绿〔二四〕。百劳不识对月郎〔二五〕，湘竹千条为一束〔二六〕。

校　记

①“河”，蒋本、悟抄、席本、钱本作“龙”。“溶”原一作“落”。

②“蛟”，旧本均同。季抄校语：当作鲛，朱本同。按“鲛”“蛟”字通。“棹”，蒋本、姜本、戊签、悟抄作“卓”。按“卓”、“棹”、“桌”字通。

③“陵”，蒋本、悟抄、席本作“西”。“红”，原阙，下注一作“红”。此从他本。

集　注

〔一〕【冯注】明分体刊本独缺此篇（按：明嘉靖刊本此篇置于五言长律之后，冯氏未细检）。旧书志：“河阳三城节度使领孟怀二州。”又：“孟州城临大河，长桥架水，古称天险。”

按：河桥，晋杜元凯所立；三城，魏时所筑。河阳本佳丽地，江淹别赋："妾住河阳"，梁简文帝诗："悬胜河阳妓"。

〔二〕【补】摇溶：摇动貌。【程注】李白将进酒："黄河之水天上来，奔流到海不复回。"

〔三〕【姚注】列子："西极化人见周穆王，王为改筑宫室，其高千仞，名曰中天之台。"【朱注】十洲记、水经注俱言昆仑天墉城有金台五所，玉楼十二。【冯注】集仙录："西王母所居宫阙在阆风之苑，有城千里，玉楼十二。"（二句）从河阳地势赋起。

〔四〕【道源注】酒器刻作龙形。广州有龙铛。李贺诗："龙头泻酒邀酒星。"【冯注】乐府三洲歌："湘东酃醁酒，广州龙头铛。玉樽金镂碗，与郎双杯行。"礼记明堂位："夏后氏以龙勺。"注曰："勺，龙头也。"疏曰："勺为龙头。"考工记玉人注："勺谓酒尊中勺也，鼻谓勺龙头鼻也。"又云："鼻勺，流也，凡流皆为龙口也。"

〔五〕【朱注】子虚赋："其石则赤玉玫瑰。"晋灼曰："玫瑰，火齐珠也。"【冯注】主人即所怀之美人。红玫瑰，喻其笑口。

〔六〕【朱注】戴延之西征记："梓泽去洛阳六十里。梓泽，金谷也，中朝贤达所集，赋诗犹存，是石崇居处。"【冯注】晋书："石崇有别馆在河阳之金谷，一名梓泽。"通典："金谷、梓泽并在河南县东北。"元和郡县志："河阳西南至河南府八十里。"寰宇记："七十里。"

〔七〕【庄季裕曰】杜子美诗云："饭抄云子白，瓜嚼水晶寒。"李义山河阳诗亦云："梓泽东来七十里，长沟复堑埋云子。"世莫识"云子"为何物。白彦惇云，其姑婿高士新为吉州兵官，任满还都，暑月，见其榻上数囊，更为枕抱。视之，皆碎石，匀大如鸟头，洁白若玉。云出吉州，土人呼“云子石”。而周焘子演云：“云子，雹也。”见唐小说，而不记其书名。义山谓埋于沟堑，则非雹明矣。疑少陵比饭者，是此石也。（鸡肋编卷上）【朱注】此云子似谓如云之女子，与杜诗所用不同。【冯注】虽止七十里，不啻长沟复堑深埋之矣。解作“遭乱”者误。【纪曰】云母亦称云子，古有以云母葬者。

〔八〕【冯注】后汉诸帝皆葬洛阳近地，故曰汉陵。此谓其人有远行矣。南史：“梁末童谣云：‘不见马上郎，但见黄尘起。’”

〔九〕【朱注】二句暗用双鱼寄书事。【姚注】古诗：“客从远方来，遗我双鲤鱼。呼儿烹鲤鱼，中有尺素书。”二句暗用此事。【冯注】唐时有鱼子笺，且兼取鲤鱼传书。（真珠密字芙蓉篇）似美人所寄。

〔一〇〕【冯注】此又燕台诗“双珰尺素”之事。抛凉天，似言渐近南中炎热之地。“衰容”不知何指，疑消瘦容光之意。

〔一一〕【冯注】正字通：“俗呼几案曰桌。”广韵：“卓，古文作桌。”

〔一二〕【姚注】云笈七签：“金仙内法云：‘常以月五日夜半子时存日从口入，使光照一心，霞晖映暖，良久有验。’”【程注】云笈七签：“咀风吸露，呼嚼岚霞。”【冯注】旧注引真诰：“华阴山中尹受子受苏门周寿陵服丹霞之道。”受子一作虔子。余谓此四句想见其深居刺绣也。“蛱蝶”句或实指绣囊，或偶作衬笔。“一口红霞”不必用典，如养生经谓口为军营，唾为甘泉之类，盖夜深解烦之意。【按】“忆得”四句乃追忆昔时相处情景。前二桌上刺绣，后二夜间情事。“一口红霞夜深嚼”疑即李煜词一斛珠“绣床斜凭娇无那，烂嚼红茸，笑向檀郎唾”中之“烂嚼红茸”。茸，即绒,刺绣用之丝缕。高启效香奁二首:“绣茸留得齿痕香”。嚼“红霞”亦同。

〔一三〕【朱注】浅缥,画图之色。【冯注】谓画兰也。浅缥松溪,画兰之色,当取湘兰之义。【补】缥,淡青色。

〔一四〕【朱注】楚丝犹云楚弄。刘禹锡竹枝词序:“建平里中儿联歌竹枝,吹短笛击鼓以赴节,歌者扬袂杂舞,含思宛转,有淇澳之艳音。”【冯注】新书刘禹锡传:“禹锡为朗州司马,诸夷风俗喜巫鬼,每祠歌竹枝。禹锡谓屈原作九歌,使楚人以迎送神,乃倚其声作竹枝十馀篇,于是武陵夷俚悉歌之。”乐府诗集:“竹枝本出于巴渝,刘禹锡作新辞九章,教里中儿歌之,由是盛于贞元、元和之间。禹锡曰:‘其音如吴声,含思宛转。’”

〔一五〕【朱注】李贺诗:“花房夜捣红守宫”。汉书:“守宫,蛊名。术家云:以器养之,食以丹砂,满七斤,捣治万杵,以点女人体,终身不灭。若有房室之事,即脱。言可防闲淫逸,故谓之守宫。”道源注:“石龙子,即守宫也。图经云:‘长者一尺。今出山南襄州、安州、申州,以三月、四月、八月采,去腹中物,火干之。’”按:诗云“巴陵”,巴陵正属山南道也。【冯注】尔雅:“蝾螈、蜥蜴、蝘蜓,守宫也。”按:旧本皆作“巴西”(按冯氏所见本如此,见校记),道源引本草:“石龙子即守宫,出襄州、申州、安州。”朱氏乃谓与巴陵正接近也。然市物何拘出处?且本草言“生平阳川谷及荆山山石间,今处处有之”,则尤不可执定……惟以潭湘言之,则巴陵相近耳。

〔一六〕【冯注】“渴雁”自谓。飞久始到,不意其人又被西风吹去,即所谓“西楼一夜风筝急”也。

〔一七〕【冯注】其人去后，旧居空冷之象。

〔一八〕【朱曰】玉湾犹云玉川、玉溪。【程注】戴叔伦诗："水绕渔矶绿玉湾。"【冯曰】垂钓无人，莲房清冷，皆寓言也。

〔一九〕【朱注】镜如井口之平。【冯注】湿银，镜光。井口，镜形。

〔二〇〕【道源注】杜阳杂编："唐同昌公主有九鸾之钗。"【冯注】拾遗记："魏文帝纳薛灵芸，外国献火珠龙鸾之钗，帝曰：'明珠翡翠尚不能胜，况乎龙鸾之重！'"

〔二一〕【朱注】谓月中桂树。【冯注】何处可攀。

〔二二〕【姚注】汉武故事："帝作金茎，擎玉杯，承云表露，和玉屑服之以求仙。"班固西都赋："擢双立之金茎。"

〔二三〕【程注】张衡七辨："重屋百层，连阁周漫。"【冯曰】此又与"孤星直上相风竿"相类。

〔二四〕【冯曰】（"侧近"句）以上皆言故居空存。

〔二五〕【朱注】尔雅："鵙，伯劳也。"通卦验："伯劳性好单栖。"【冯注】乐府："东飞伯劳西飞燕。""对月郎"自谓。

〔二六〕【朱注】言泪痕之多。【冯注】伯劳东飞与吹西风，应是其人已去，不识我犹在湘中悲思堕泪也。

笺　评

【朱曰】悼其妻王氏也。茂元尝为河阳节度使，故以名篇。○河阳，古河内地，黄河流经其间。玉楼、中天台，况就婚茂元时所居也。龙头寿客，浅笑玫瑰，序主人情礼之隆也。梓泽本石崇河阳故居，当日如云之女，已久埋沟堑，即禁脔秋眸，亦化为马头尘矣，能无惜耶？此言茂元之女之亡也。"南浦"四句，托言浦中老鱼寄书，徒有衰凉之感。"忆得"四句，言追想其生平存时，鲛丝木棉，被服甚丽，今笙囊尚存，其人安在？红霞夜嚼，无聊之况亦可想见矣。“幽兰”四句，言兰香萎，而惟见浅缥之画图，楚弄新词，音徽未沫，深可痛也。“巴陵”四句，言感念亡者，遂绝后房之嬖，渴雁芦花，皆增凄怆矣。“晓帘”四句，言帘屏相对，虚室堪怜，玉湾莲房，蛟龙尚尔知惜，况有情耶？玉湾，犹言玉溪也。“湿银”以下，徘徊旧阁，明镜鸾钗，俨然在目，而幽明异路，仿佛难求，惟有对相风，伴花鸟，挥泪无穷而已。按义山自茂元女亡后，终身不娶。观其与河东公辞张懿仙启，可知其笃于伉俪。读此诗真不减安仁悼亡之作。（补注。据程笺，此当是陈帆之论，而朱氏引之。）

【吴雯曰】义山河阳诗乃悼亡之作也。王茂元为河阳节度使，爱其才，以子妻之，故诗曰“河阳”，隐词也。其诗云：“黄河摇溶天上来，玉楼影近中天台。”正言甥馆之美，百辆之盛也。“龙头泻酒客寿杯，主人浅笑红玫瑰。”盖谓琴瑟之调而容色之丽也。“梓泽东来七十里”四语，则且殁而葬矣。“南浦老鱼腥古涎”四语，则欲梦见亦无由矣。“忆得蛟丝裁小卓”四语，则又思其平生之事也。“幽兰泣露新香死，画图浅缥松溪水”即“画图省识春风面”之意也。“楚丝微觉竹枝高，半曲新词写绵纸”则又思其生平所作歌曲也。“巴陵夜市红守宫，后房点臂斑斑红”则又思其闺房之戏也。“堤南渴雁自飞久，芦花一夜吹西风”则又伤其没也。“晓帘穿断蜻蜓翼”以下所云，“玉湾不钓”“莲房破”，惜伤爱绝也；“银镜”“鸾钗”，托遗物也；“桂树”“金茎”，亦思少君之术也；“相风插屋”，候其至也。至“百劳不识”、“湘竹千条”则亦终不可见，徒泪积斑斑耳。其意婉转，其词深沉。虽效长吉，而情种自见也。（莲洋诗钞卷十书义山河阳诗

后）

【姚曰】此悼亡之作。王茂元尝为河阳节度，故以名篇。首四句叙茂元节度河阳时。“梓泽”四句，叙招赘后杨弁之乱。“南浦”四句，叙从事桂州别家时事。“忆得”四句，叙客中忆家事。“红霞”句，道家服气诀，是客中鳏居之况。“幽兰”四句，叙客中时以笔墨写怨。“巴陵”四句，言客中绝意花柳，孤飞如渴雁然，“芦花”暗叙丧偶事。“晓帘”四句，言旧欢难再。“湿银”四句，言故人隔世。“百尺”四句，应转起手四句，言河阳旧游处，虽风景不殊，而已之肠断已久也。

【屈曰】一段河阳昔日同醉。二段重来美人已死，梦亦难寻。三段因今日之寂寞，想昔日之绵缠，自恨重来之晚。四段今日之凄凉情景，有垂泪而已。河阳，黄河所经之地。玉楼天台，就婿时所居，比也。况茂元之宅无限美人，皆埋沟堑而化马头尘矣。鱼书密字犹在，而梦亦难寻，衰容凉天，凄惨如此。鲛丝木棉，服色忆得，而人已不见；红霞夜嚼，孤独堪伤。乃兰死图存，新词未沫，故后房不御，而渴雁芦花，益凄怆。“晓帘”以下，今日之情。黄泉月殿，两处茫茫，惟对相风花鸟挥泪而已。

【程曰】此篇格调亦学长吉者。河阳为王茂元节度治所，诗则从柳仲郢东川时作也。诗中语气前半悼亡，后半盖却营妓。文集上河东公启云：“伏睹手笔，兼评事传指意，于乐籍中赐一人以备纫补。某悼伤以来，光阴未几。梧桐半死，方有述哀；灵光独存，且兼多病。检庾信荀娘之启，常有酸辛；咏陶潜通子之诗，每嗟漂泊。至于南国妖姬，藂台妙妓，虽有涉于篇什，实不接于风流。”盖不受东川营妓张懿仙也。朱长孺补注引陈帆之论，所见略同，但悼亡、却妓两端，未尝分章断意耳。愚谓“黄河”二语,谓河阳治所,就婚时居也。“龙头”二语,谓己与茂元相得之情也。“梓泽”二语,谓其妻殁后归葬故里。义山河内人,居于郑州,梓泽固河南地也。以下六句追叙己在湘南之事。“可惜”二语,谓辞家而赴郑亚之辟也。“南浦”二语,谓湘南所寄之书也。“湘中”二语,谓在郑幕之孤独也。“忆得”二语,追言其未殁之时若蛱蝶之双飞也。“绿绣”二语,追言其初殁之时有红泪之饮泣也。“幽兰”二语,追言其空房之景物也。“楚丝”二语,追言其伤逝之诗句也。以上盖悼亡也。“巴陵”二语,谓张懿仙方为营妓也。“堤南”二语,谓己居幕中方为孤客也。“晓帘”二语,谓幕中孤处之景也。“玉湾”二语,谓主人体恤之情也。“湿银”二语,谓懿仙之新妆也。“不知”二语,谓懿仙之无偶也。“百尺”二语,谓幕府时时见之,未尝不觉其可喜也。“伯劳”二语,谓悼亡之情无已,久之犹不能已于涕泪也。以上乃却妓也。陈笺知引张懿仙事而不云巴陵以下专指懿仙,依稀仿佛,未为豁然,故不录其词。

【冯曰】诗本难解,说者又皆以王茂元曾节度河阳而断为悼亡,尤添蔀障矣。义山之婚不在镇河阳时,已详年谱;且举父之官迹以称其女,可乎?史志怀州河内郡属县有河内、河阳,会昌四年以前河阳固统于怀也。一举其郡,一举其县,意本同也。又与燕台诗词意多相类,而春雨七律、夜思五律“尺素双珰”,胥此事也。燕台诗云“湘川相识处”,此云“湘中寄到”,而所用地理皆湖湘一带。燕台次首大有幽欢之迹,夜思五律则曰“会前犹月在,去后始宵长”,非暗中欢会而何?又曰“古有阳台梦,今多下蔡倡”,斯言也,岂以礼成婚之夫妇哉!今就此章疏之:首二点地。三四追叙初会之欢。"梓泽"二句言被人取来。"可惜"二句言其遂有远行也。其行当赴湖湘,故"南浦"四句紧叙湘中寄书之事,其寄当在义山赴湘之先矣。"忆得"八句想见其在湘中之情事。"巴西"二句言其徒充后房,未尝专宠。"堤南"二句言我方来此,不料其人又将他往也。"晓帘"以下十二句则其人已去,帘屏犹在,遥忆银镜鸾钗,光寒色冷,徒令我见彼美之旧居,对月光而零泪矣。义山尚滞湘中,故以湘竹为结,与楚宫、梦泽等诗皆可互证也。余为细通其旨若此,以俟后之读者。又曰:统观前后诸诗,似其艳情有二:一为柳枝而发;一为学仙玉阳时所欢而发。谑柳、赠柳、石城、莫愁,皆咏柳枝之入郢中也。燕台、河阳、河内诸篇,多言湘江,又多引仙事,似昔学仙时所恋者今在湘潭之地,而后又不知何往也。前有判春,后有宫井双桐,大可参观互证。但郢州亦楚境,或二美堕于一地,不可细索矣。又曰:诸诗中用字多似岭南者,合之代越公房妓之作,颇疑杨嗣复自潭贬潮时之情事,但无可妄测也。

【纪曰】问作悼亡解是否?曰亦无确据,是泛作感旧怀人观之耳。(诗说)不甚可解。或以题曰河阳定为悼亡,亦似近之。(辑评)

【王闿运曰】未能纯粹。(手批唐诗选)

【张曰】燕台诗为嗣复发,此则更兼李执方言之。以河阳命题,执方节度河阳,而义山本河阳人也。首二句点地。"龙头"二句,执方相待之雅,补编上李尚书状所谓"分越加笾,事殊设醴"也。"梓泽"二句,记移家关中事。"可惜"二句,记赴嗣复幕事。"南浦"四句,即燕台诗"双珰丁丁联尺素"意,谓嗣复书来,约赴湖湘也。"忆得"四句,则嗣复贬潮,义山至湘不见之恨。“幽兰”四句，谓作燕台诸诗。“后房”喻使幕；“守宫点臂”喻嗣复厚爱。其下则重叠致哀，大意与燕台第四章相同，皆极状惆怅无聊之态耳。朱氏等以王茂元曾帅河阳，断为悼亡，固非；冯氏又疑作艳情，亦未得其肯綮。一经参透，端绪犁然。今后读玉溪诗者，当更饶兴味矣。（会笺。系开成五年。）又曰：此篇与燕台四首多相印合，乃艳情，非悼亡也。义山悼亡之年，茂元久卒，安得以父之官阀称其女哉？○义山之遇燕台，必于人家饮席见之，其人必先为达官后房也。时在故乡，故以河阳名篇。首句记初见之地。“龙头”二句，记初见之时，主人寿客，叙燕席也。“梓泽”二句，言闭置后房，无异埋之长沟复堑，可望而不可亲。“可惜”二句，言才得一面，而其人又远赴他处矣，故曰“汉陵走马黄尘起”。“南浦”四句，记私约湘川相见之事。真珠密字，写其手书湘中寄到，即“内记湘川相识处”也。“忆得”以下，提起追述其后房含愁冷落之态。新词绵纸，想像其私书写信景况，所谓“歌唇衔雨”也。此段叙述稍晦，意为使事所隐，阅者通其大意可也。“堤南”二句，写义山至湘，其人又复远去之恨，即“天东日出天西下”之意。“晓帘”二句写室迩人遐之恨，即“青溪白石不相望，堂中远甚苍梧野”意。“玉湾”以下，皆对景怀人，“莲房暗被蛟龙惜”，言取去者直据为己有也。“湿银”二句，述冷落无聊之景。“不知”二句，言其人不知飘流何处，好合无期也。“百尺”四句，总结在湘中所作，相风依然，只有嫣红柔绿相伴耳。对月垂泪，谁知我心之悲哉！此为开成五年留滞江乡时赋矣。解作悼亡固谬，若兼柳枝言之，亦不合也。○柳枝相遇在洛，后为东诸侯取去；燕台则相遇在河阳，其人已先为后房矣。后随其主至金陵，至湘中，与柳枝踪迹全不相符。据赠柳等诗，似柳枝后又至郢；据河内诗，似燕台后又流转吴郡。两人始末，亦复判然。冯氏合而为一（按冯只云“两美堕于一地”），未免读诗不细矣。（辨正）

【按】此诗确系悼“亡”者，然并非悼亡妻王氏，乃伤悼昔日相识于河阳，后曾流落湘中为人后房、怨思而亡故者。起四句，追忆昔日河阳相识。“黄河”点河阳，“玉楼”喻指道观，“影近中天台”言其高。“龙头”二句忆玉楼相会时对方于龙头酒器中泻酒奉觞为寿，浅笑之态如红玫瑰（美玉）也。“主人”即指所思之女子。其人原来身份或为女冠。“梓泽”四句，言已自洛阳东来，沿途长沟复堑所埋者皆古来如云女子之香骨。彼秋眸似水之绝世美人，今走马汉陵已不可寻，惟见黄尘扬起而已。盖以暗示往昔“浅笑红玫瑰”之玉楼中人，今已埋香地下，亦可见开首四句，系重来旧地之追忆。“南浦”四句，追忆当年伤别后，已密寄鱼书；然书虽到湘中，而魂梦则不能到，故其人憔悴之容颜远去而长抛此北方萧瑟之凉天也。“南浦”点醒别离，“湘中”点明其人所往。“忆得”四句回想昔日欢聚情景：鲛丝裁衣，木棉绣蝶，房中除一双情侣外，所见唯常共同把玩之绿绣笙囊，时则烂嚼红绒而唾。“幽兰”四句，谓其人流落湘中后，竟如幽兰泣露，新香乍发而旋即夭亡，今日念及，惟画图、调丝、作诗以寄已之哀思耳。“巴陵”四句，又回叙彼置后房之寂寞，已欲再见之而不得之情。“渴雁”自喻，“芦花一夜吹西风”，喻阻隔重重不得前往。“晓帘”以下，均此次东来梓泽重访其人故居所见所感。“晓帘”二句，谓室内空寂。“玉湾”二句,室外荒冷。“湿银”四句,镜在钗存,而人已杳然。“不知桂树在何处”,犹“不知嫦娥在何处”,谓其已仙去,故下云“仙人不下双金茎”。“百尺”四句,谓其故居相风之竿高插,依旧树绿花红,然伊人已殁,伯劳对我而啼,能不令我有泪如湘竹千条乎?此诗之难解,不仅在文字之晦涩,更在叙次之交错跳跃。其结构不依事件之自然进程,而依作者之联想,故读之每有若断若续之感。

河内诗二首〔一〕

鼍鼓沉沉虬水咽〔二〕,秦丝不上蛮弦绝①〔三〕。嫦娥衣薄不禁寒,蟾蜍夜艳秋河月〔四〕。碧城冷落空蒙烟②〔五〕,帘轻幕重金钩阑〔六〕。灵香不下两皇子〔七〕,孤星直上相风竿〔八〕。八桂林边九芝草,短襟小鬟相逢道〔九〕。入门暗数一千春,愿去闰年留月小〔一〇〕。栀子交加香蓼繁,停辛伫苦留待君〔一一〕。

右一曲楼上

阊门日下吴歌远〔一二〕,陂路绿菱香满满〔一三〕。后溪暗起鲤鱼风③〔一四〕,船旗闪断芙蓉干。倾身奉君畏身轻④〔一五〕,双桡两桨尊酒清⑤。莫因风雨罢团扇,此曲断肠唯此声⑥〔一六〕。低楼小径城南道,犹自金鞍对芳草〔一七〕。

右一曲湖中

校　记

①“弦”原一作“烟”。

②“蒙”原一作“濛”，蒋本、姜本、戊签、悟抄、乐府亦作“濛”，非。

③“暗”，戊签作“晴”，非。

④“倾”原作“轻”（一作倾），非。据蒋本、姜本、戊签、悟抄改。

⑤“两”，戊签作“双”。

⑥“此（声）”原作“北”（一作此），据蒋本、姜本、戊签、悟抄、乐府诗集改。

集　注

〔一〕【程注】河内为义山里居，以之命题，当道故乡事。【冯曰】与燕台同意。“学仙玉阳东”，正怀州河内之境。

〔二〕【朱注】孙绰刻漏铭：“灵虬吐注，阴虫承泻。”【姚注】李斯书：“树灵鼍之鼓。”注：“以鼍皮为鼓也。”浑天制：“以玉虬吐漏水入两壶。”

〔三〕【朱注】秦丝，秦筝也。曹植诗：“秦筝发西气，齐瑟扬东讴。”【冯注】通典：“筝，秦声也，或以为蒙恬所造。”

〔四〕【朱注】杜甫诗：“斟酌常娥寡，天寒奈九秋。”【何曰】三四亦有人乐我苦在内。（辑评）

〔五〕【姚注】太平御览：“元始天尊，居紫云之阁，碧霞为城。”

〔六〕【朱注】古今注：“汉顾成庙槐树悉设扶老钩栏。”李贺诗：“啼鸪吊月钩栏下。”【程注】王建宫词：“风帘水阁压芙蓉，四面钩栏在水中。”【冯曰】钩栏，见古今注汉顾成庙，犹栏杆也。此言帘钩耳。

〔七〕【道源注】真诰：“周灵王有子三十八人；子晋，太子也，是为王子乔。灵王第三女名观灵，字众爱，于子乔为别生妹，受子乔飞解脱网之道。又有妹观香，成道受书，为紫清宫内侍妃，领东宫中候真夫人。子乔兄弟得道者七人。其眉寿是观香之同生兄，亦得道。”【冯注】灵香，焚香礼神也。两皇子，与河阳诗“双金茎”同意，而事则未详。真诰、云笈七签皆云：“周灵王太子晋，是为王子乔。子乔兄弟七人得道，五男二女。其灵王第三女名观香，字众爱，于子乔为别生妹……”又一妹，其名不载。玩诗意，似所指用。乃道源引真诰：“灵王女观灵，字众爱。又有妹观香成道，领东宫中候真夫人。”是误会灵、香二字，而析一人为二人以实之，何其谬妄哉！又冯补注曰：万花谷前集引真诰：“观香道成，受书为紫清宫内传妃，领东宫中候真夫人，即中候王夫人也。观香是宋姬子，其眉寿是观香之同生兄，亦得道。二人皆王子乔妹，周灵王女，皆学仙得道上升。”按：两皇子必用此，特补全之。道源旧注多脱误耳。

〔八〕【朱注】晋令：“车驾出入，相风前引。”先贤传：“太仆寺丞高岱立一竹竿于前庭，其上有枢机，标以鸡尾，相风色以验吉凶。”傅玄相风赋：“栖神乌于竿首。”孙楚赋：“建殊才于辰极。”【程注】隋唐嘉话：“车驾出，刻乌于竿上，曰相风竿。今樯乌乃其遗意。”庾信诗：“桂树悬知远，风竿讵肯低？”隋王胄诗：“吹动相风竿。”【冯注】古今注：“司风乌，夏禹所作。”似以孤星自喻。

〔九〕【姚注】山海经：“桂林八树，在贲隅东。”注：“八桂成林，言其大也。”汉书：“甘泉宫内产芝，九茎连叶。”【朱注】汉旧仪：“元封六年，甘泉宫产芝九茎，金色绿叶朱实，夜有光，乃作芝房之歌。”【冯注】八桂、九芝，借言仙境。盖玉阳、王屋，本玉真公主修道之处，必有故院及女冠在焉，玩前后措辞晓然矣。“短襟小鬓”乃晚妆,或当夏令,与燕台次章互看。怀庆府志曰:“九芝岭在阳台宫前,八柱岭在阳台宫南。”余更疑古已有其名,而义山用之,故曰相逢道。府志或讹“桂”为“柱”耳。必非用粤中桂林。【按】冯说近是。

〔一〇〕【朱注】仙家相逢,以千岁为期。惟留待之切,故欲去闰年而留月小也。【冯注】相逢时私誓也。永不忍舍拚,以千岁为期。去其闰年,留其月小,庶几少速,真痴情也。【陆时雍曰】巧思快绝。

〔一一〕【朱注】蓼,音了。本草:“栀子味辛,蓼味苦。”【冯注】上林赋注:“鲜支,支子,香草也。”本草:“栀子花六出,甚芬香,俗说即西域薝蔔花。”梁徐悱妻刘氏摘同心栀子赠谢娘诗:“同心何处恨? 栀子最关人。”本草:“蓼类甚多,惟香蓼宿根重生,可为生菜。”栀子、香蓼味皆辛苦,且皆夏时开花,与上文相映。【按】此处取“辛”、“苦”之义,兼取“同心”之意。

〔一二〕【朱注】通典:“吴歌、杂曲,并出江东,晋、宋以来稍有增广。”梁内人王金珠善歌吴声、西曲。

〔一三〕【冯注】蜀都赋:“绿菱红莲。”

〔一四〕【朱注】提要录:“鲤鱼风,九月风也。”梁简文帝诗:“灯生阳燧火,尘散鲤鱼风。”李贺诗:“鲤鱼风起芙蓉老。”【冯注】梁简文帝有女篇“灯生”二句下云:“雾暗窗前柳,寒疏井上桐。”似秋令也。李贺江楼曲“鲤鱼风”句下云:“鼍吟浦口飞梅雨,竿头酒旗换青苎。”注昌谷集者引岁时记:“九月风曰鲤鱼风。”又引石溪漫志:“鲤鱼风,春夏之交。”而以漫志为是。玩此则是秋令。

〔一五〕【道源注】拾遗记:“飞燕每轻风至,殆欲随风入水。”暗用此事。【冯注】汉书:“周阳侯为诸卿,尝系长安,张汤倾身事之。”

〔一六〕【按】团扇,见和友人戏赠二首。又相传汉成帝时班婕妤曾作团扇诗。【冯曰】此专取(团扇郎歌)末句“羞与郎相见”,故令其歌终也。【按】冯注疑非。“倾身”二句乃拟女子口吻,“莫因”二句即紧承“畏身轻”而申之,意谓莫因秋风秋雨而有秋扇捐弃之举,致使妾身歌此断肠之声也。【朱注】吕氏春秋:“有娀氏二佚女,帝令燕遗二卵,北飞不返,二女作歌,始为北音。”文心雕龙:“涂山歌于候人,始为南音:有娀谣乎飞燕,始为北声。”(按:朱注本作“北声”,故引二书。)

〔一七〕【何曰】结句从“王孙游兮不归芳草生”化出。(读书记)【按】疑非。详笺。

笺　评

【朱彝尊曰】此诗(指湖中)入手是湖中,前首毫无楼上意。(“低楼”二句)转似楼上。

【姚曰】二诗,前首忆别之词;后首则及时为欢之意。○(楼上首)前八句但写岑寂之况:四句夜景,四句言所思之隔绝。“八桂”二句,是追忆相逢之始。下言尘缘隔断以来,冥数当千年复合,惟有停辛伫苦以相待耳。○(湖中首)前六句叙后溪游宴之乐。后四句言城南乐事方多,不当遽以摇落为悲也。

【屈曰】(楼上首)一段所思长夜独居。二段所思不来此。三段昔日相逢之地,情好之笃。四段今昔总结。(湖中首)一段昔日湖中风景。二段湖中情事。三段今日不再过,结湖中。

【程曰】河内为义山里居，以之命题，当道故乡事。二诗一言八桂，一言阊门，则举粤西、吴中以为词，殊不可晓。且其言皆女子送远之情，岂离家远游时托为闺房之词耶？古人尝好为夫妇相赠答之词，如陆机为顾彦先赠妇，又为陆思远妇作、为周夫人赠车骑，如此之类，往往有之，则义山之属托言可知也。

【冯曰】（楼上首）一二言夜静无声。三四喻其人之轻艳。五六形容楼居。七八言彼不能轻下，我欲升高就之。九十言相会之事。十一二盟誓之言。结言旧约不可负，坚待后期也。此章尚易解。○（湖中首）首四实赋吴中水游，"倾身"四句致其爱护，而使歌终一曲。末句则其人已去，故居犹在，策马过之，情不能忘也。用吴中事，似与诸篇不同，岂其本吴人耶？要难妄测。

【纪曰】此二首似是艳词，或写河内所遇也。○"此声"一作"北声"，误。（辑评）

【张曰】此嗣复自潮贬湖州司马（按嗣复未尝贬湖州司马）后作也。首章"楼上"，以喻相位尊严。"鼍鼓"二句，言文宗之崩。"常娥"四句，言杨贤妃等失势，欲援立以自固。"灵香"二句，言安王溶、陈王成美不得其死。"八桂"二句言嗣复贬潮，嗣复自湘窜潮，必过桂林，故云然也。"入门"以下，则写己相望之殷，盖其时嗣复尚有起复之望故耳。次章湖中，实指贬湖之事。"阊门日下"谓长安，"吴歌"点湖州。"后溪"二句，则言无端事起宫帷，嗣复遂遭此无妄之祸也。"倾身"四句，谓己不敢忘旧恩。结以永无相见之期作收。低楼小径，旧时往来，今则惟有金鞍与芳草相对，亦复何以为情耶？义山与牛党关系最深，去而就李，本冀从此显达，无如茂元不能为之援手，故不觉弥感于嗣复也。以河内命题，与河阳诗同。（会笺。系会昌元年。）

【按】题曰“河内”，所咏当与玉阳旧事有关。首章通首皆追忆昔日楼上之欢会。“鼍鼓”二句，更深人静，乐止弦歇。“常娥”二句，状其人之轻艳，与天平公座中呈令狐令公之以“衣薄临醒玉艳寒”，圣女祠之以“不寒长着五铢衣”写女道士极相仿佛，可决其人为女冠无疑。“蟾蜍夜艳”与月夕之“兔寒蟾冷”亦同为借景写人，不过一则艳妆有所待，一则寂寥无所欢而已。“碧城”二句写其人所居之寂寥冷落，“碧城”指道观，点“楼上”。“灵香”二句，冯谓“言彼不能轻下，我欲升高就之”，可从。“两皇子”盖兼对方及其某相与之女伴而言。“八桂”二句叙彼此于“仙境”相会，“短襟小鬟”，状其人之妆束。“入门”二句，谓预订后期，但盼光阴之速。结则拟其人口吻，谓虽辛苦期待，情亦不渝也。次章所咏之地及人物身份，均不同于首章。曰“低楼小径城南道”，则非“碧城十二曲栏杆”之宫观气象；荡舟水中、唱团扇断肠之声，亦非“常娥衣薄不胜寒”之女冠形象。意原楼上之人，此时已流为贵家姬妾或歌伎矣。“阊门”四句，写景颇似江南景象，当为其人流落之地。首四写湖中景色。“日下”，记时；“吴歌”，唱者即其人，点明其身份。日近傍晚，歌声渐远，人影渐稀，陂路幽静，绿菱香满；船入后溪，鲤鱼风起，船旗闪动，正幽期密会之良时佳处。“倾身”二句，拟女子口吻，谓倾身以奉君之欢，恐畏身份轻贱，为人始乱终弃，愿长记今日之双桡两桨，共对尊酒之时也。故下接言他日莫有团扇捐弃之举，致使妾身憔悴，羞与郎相见。此处盖兼用班婕妤团扇歌及芳姿团扇郎歌二事。末则重访其人所居，已杳然不见，惟坐金鞍而默对芳草而已。

碧城三首

碧城十二曲阑干〔一〕，犀辟尘埃玉辟寒①〔二〕。阆苑有书多附鹤②〔三〕，女床无树不栖鸾③〔四〕。星沉海底当窗见，雨过河源隔座看〔五〕。若是晓珠明又定④〔六〕，一生长对水精盘⑤〔七〕。

其二

对影闻声已可怜，玉池荷叶正田田〔八〕。不逢萧史休回首〔九〕，莫见洪崖又拍肩〔一〇〕。紫凤放娇衔楚珮〔一一〕，赤鳞狂舞拨湘弦〔一二〕。鄂君怅望舟中夜〔一三〕，绣被焚香独自眠。

其三

七夕来时先有期〔一四〕，洞房帘箔至今垂。玉轮顾兔初生魄〔一五〕，铁网珊瑚未有枝〔一六〕。检与神方教驻景〔一七〕，收将凤纸写相思〔一八〕。武皇内传分明在〔一九〕，莫道人间总不知〔二〇〕。

校　记

①"辟"，又玄集作"避"。

②“多”,又玄集作“空”。

③“床”原作“墙”(一作床),据席本、钱本、影宋抄、朱本改。详注。

④“珠”,品汇作“星”,原一作“星”,非。

⑤“精”,又玄集、才调集、品汇、朱本作“晶”。

集 注

〔一〕【道源注】太平御览:“元始天尊居紫云之阁,碧霞为城。”【徐注】江淹诗(按当作西洲曲):“阑干十二曲,垂手明如玉。”“十二”字不必定指城也。【屈曰】此诗因首句“碧城”二字遂以为题,……与无题同。【按】碧城喻指道观。详笺。

〔二〕【道源注】南越志:“高州巨海有大犀,出入有光,其角开水辟尘。”岭表录异:“辟尘犀为妇人簪梳,尘不着发。”天宝遗事:“宁王有暖玉杯。”“会昌年间,扶馀国贡火玉三斗,色赤,光照十步,置之室中,不复挟纩。”【冯注】述异记:“却尘犀,海兽也。然其角辟尘,致之于座,尘埃不入。”按:西王母有夜山火玉之语,上元夫人带六出火玉之佩,见武帝内传。又梁四公记:“扶桑国贡观日火玉,映日以观,日中宫殿皎然分明。”然玉德温润,故艳体每云暖玉,不必拘何事。【按】道源注引天宝遗事不当有会昌时事,“会昌”云云二十六字疑出杜阳杂编。

〔三〕【道源注】锦带:“仙家以鹤传书,白云传信。”褚载诗:“惟教鹤探丹邱信,不遣人窥太乙炉。”【程注】许敬宗诗:“风衢通阆苑。”卢纶诗:“渡海传书怪鹤迟。”【冯注】鲍照舞鹤赋:“望昆阆而扬音。”鹤传书,未检所本,卢纶诗可相证耳。【按】阆苑,神仙居处,常用指宫苑,此指道观。

〔四〕【朱注】山海经:"女床之山有鸟焉,其状如翟,五采文,名曰鸾鸟,见则天下安宁。"东京赋:"鸣女床之鸾鸟。"【何注】晋书:"女床三星,在纪星北,后宫御也。主女事。"【冯曰】(四语)皆已寓意。

〔五〕【何曰】只是言其所处之高。列女传云:"桀为琼台瑶室,以临云雨",亦其类也。又曰:腹联亦江文通登香炉峰诗"中坐瞰蜿虹,俛伏视流星"之意,但出处未详。(辑评)【按】似更有所寓。"星沉海底",指天将破晓;"雨过河源",指欢会既毕。详笺。

〔六〕【朱注】飞燕外传:"真腊夷献万年蛤、不夜珠,光彩皆若月,照人无妍丑皆美艳,帝以蛤赐后,以珠赐婕妤。后以蛤装成五色,金霞帐中常若满月。久之,帝谓婕妤曰:'吾昼视后,不若夜视之美,每旦令人忽忽如失。'婕妤闻之,即以珠号枕前不夜珠为后寿。"【冯注】淮南子:"若木末有十日。"高诱注曰:"若木端有十日,状如连珠。"参同契:"汞日为流珠,青龙与之俱。"注曰:"日为阳,阳精为流珠。青龙,东方少阳也。"唐诗鼓吹注:"晓珠,谓日也。"按:旧注引飞燕外传枕前不夜珠,非也。【按】陈贻焮谓晓珠即"清晓的露珠"。

〔七〕【朱注】太真外传:"成帝获飞燕,身轻欲不胜风,恐其飘翥,帝为造水晶盘,令宫人掌之而歌舞。"【冯注】旧注引飞燕事,盖取与不夜珠相合,然非也。三辅黄图:"董偃以玉晶为盘,贮冰于膝前,玉晶与冰相洁,侍者谓冰无盘,必融湿席。乃拂玉盘坠,冰玉俱碎。玉晶千涂国所贡,武帝以赐偃。"按:何氏谓晓珠、晶盘,皆用董偃事,愚以若用卖珠(按"卖珠"事见井泥),则"晓"字无谓也。今定晓珠谓日,晶盘不必拘看,详下总笺。【姚曰】(水晶盘)月也。【按】珠、盘非指日、月,详笺。

〔八〕【朱注】沈约东武吟:"暂辞金门宠,去饮玉池流。"古诗:"江南可采莲,莲叶何田田。"【何注】王金珠欢闻歌:"艳艳金楼女,心如玉池莲。持底报郎恩?俱期游梵天。"首句暗藏"望"字。第二足上"怜"字,我怜渠,渠应怜我也。(辑评)【冯注】文选南都赋:"钳卢玉池。"注曰:"陂泽名。"

〔九〕【冯注】见送从翁。

〔一〇〕【朱注】神仙传:"卫叔卿与数人博,其子问:'向与博者为谁?'叔卿曰:'是洪崖先生。'"郭璞游仙诗:"右拍洪崖肩。"【何注】陆机前缓声歌:"洪崖发清歌。"注引薛综西京赋注:"三皇时伎人也。"次联谓不别怜他人也。

〔一一〕【朱注】禽经:"鸾鹫,凤之属也,五色而多紫。"楚辞:"扈江蓠与辟芷兮,纫秋兰以为佩。"【冯注】古禽经:"紫凤谓之鹫。"三辅决录注曰:"色多紫者为鹭鹫。"亦用江妃二女解佩事,详拟意。【程注】王昌龄诗:"紫凤衔花出禁中。"

〔一二〕【道源曰】此句暗用"瓠巴鼓瑟,游鱼出听"语。【朱注】江淹别赋:"耸渊鱼之赤鳞。"【冯注】淮南子作"淫鱼",注曰:"淫鱼长丈馀,出江中,喜音。"【程注】韩愈诗:"杳如奏湘弦。"【补】楚辞远游:"使湘灵鼓瑟兮。"

〔一三〕见牡丹。【何曰】盖自恨不得为洪崖也。(读书记)

〔一四〕【朱注】汉武内传:"帝闲居承华殿,忽见一女子,美丽非常,曰:'我墉宫玉女王子登也。七月七日王母暂来。'帝下席跪诺。于是登延灵之台,盛斋存道以候之。至七月七日二更后，王母果至。”【冯注】用牛女会合，不可因七句谓用汉武内传王母来事。【按】冯注是。

〔一五〕【朱注】楚辞天问：“夜光何德，死而又育？厥利维何，而顾兔在腹？”王逸注：“言月中有兔，何所贪利，居月之腹而顾望乎？”书：“惟三月，哉生魄。”传：“始生魄，月十六日明消而魄生。”汉志：“死魄，朔也；生魄，望也。”【冯注】尚书：“旁死魄。”传曰：“旁，近也。月二日近死魄。”疏曰：“月始生魄然貌。”【按】月初生或圆而始缺时有体无光之部分称月魄。初生魄，指圆月始缺时初出现阴影。

〔一六〕【朱注】本草：“珊瑚似玉，红润，生海底盘石上。一岁黄，三岁赤，海人先作铁网沉水底，贯中而生，绞网出之，失时不取则腐。”【冯注】外国杂传：“大秦西南涨海中珊瑚洲，洲底大盘石，珊瑚生其上，人以铁网取之。”

〔一七〕【朱注】景，音影。汉武内传：“上元夫人命侍女纪离容径到扶广山，敕青真小童出六甲左右灵飞致神之方十二事以授刘彻，乃告帝曰：‘夫五帝者，方面之天精，六甲六位之通灵，佩而尊之，可致长生。’王母因授以五岳真形图。帝拜受俱毕，王母与夫人同乘而去。”集仙录：“舜以驻景灵丸授王妙想。”【冯注】说文：“景，光也。”驻景，犹驻颜之意，谓得神方使容颜光泽不易老也。旧注皆非。【按】冯注是。

〔一八〕【程注】王建宫词：“每日进来金凤纸，殿头无事不教书。”【冯注】徐曰：“凤纸，唐宫宸翰所用。”按：天中记：唐时将相官诰用金凤纸写之，而道家青词亦用之也。

〔一九〕【冯注】按：今刊本汉武帝内传题班固注，而宋史艺文志班固汉武帝故事五卷，在故事类，汉武内传二卷，不知作者，在传记类。汉武故事，唐张柬之曰：王俭造。

〔二〇〕【冯曰】莫谓我不知之也。

笺　评

【胡震亨曰】此似咏其时贵主事。唐时公主多自请出家，与二教人媟近。商隐同时如文安、浔阳、平恩、邵阳、永嘉、永安、义昌、安康诸主，皆先后丐为道士，筑观在外。史即不言他丑，于防闲复行召入，颇著微辞。味诗中"萧史"一联及引用董偃水精盘故事，大指已明，非止为寻恒闺阁写艳也。首章"碧城"四句：此四语甚贵，舍主第，即孙寿、贾夫人家未易副。"晓珠"二句：晓珠，日也。晓珠不定，是以有星沉雨过之惆怅。合冥过藩来，向晓开门去，天上人亦何必与读曲小家女大异！次章"对影"四句：如金仙、玉真之师事道士史崇玄，皆不逢萧史而拍洪崖肩者也。"鄂君"二句：心说君兮君不知，自叹不得不为洪崖也。三章三四为初瓜写嫩，馋涎欲垂。胡夏客曰：家君定此诗，人多未领，后读刘中山题九仙公主旧院诗："武皇曾驻跸，亲问主人翁。"前此诗人亦未尝讳言，何疑玉溪生也？（唐音戊签）

【冯班曰】读（末章）落句方知其事之隐。（辑评。何焯引。）

【朱鹤龄曰】义山诗，往往借仙境作艳语。首章，言阆苑女床，而以飞燕晶盘结之。次章，言萧史洪崖，而以鄂君绣被结之，同一风旨。〇七夕有期，至生魄之后，久而不来，是犹之网珊瑚□枝尚未生也。然神方凤纸，内传所载，人间共知，今独不肯我顾，何哉？潘眣曰：首章曰"一生长对"，定其情也。次章曰"怅望""独眠"，致其思也。末章不免于怨矣。然曰"帘箔至今垂"，是盼望之情，终未有已也。义山诗，用意多如此。又补注曰：长材沉屈，志不得申。

【朱彝尊曰】（杨）妃入道之期，当在开元二十五年正月二日也。妃既入道，衣道士服入见，号曰太真。史称不期岁，礼遇如惠妃。然则妃由道院入宫，不由寿邸。陈鸿长恨传谓高力士潜搜外宫，得妃于寿邸，与外传同其谬。张俞骊山记谓妃以处子入宫，似得其实。而李商隐碧城三首一咏（杨贵）妃入道，一咏妃未归寿邸，一咏帝与妃定情系七月十六日。证以"武皇内传分明在，莫道人间总不知"，是足当诗史矣。（曝书亭集卷五十五）又曰：三诗莫得其解，余细按之，似皆为明皇、贵妃而作，玩第三首结句可知也。盖以明皇为武帝，唐人之常也，则其为明皇无疑。"碧城"四句，似仙家之繁丽也。星，小星也。雨，云雨也，星沉雨过，武惠妃已薨也。当窗、隔座，太真复入宫也。结以飞燕比惠妃，合德比太真，言惠妃不死，则其专宠犹或不至乱亡也。"对影"句写太真之美也，"玉池"句指赐浴华清池也。萧史谓寿王，洪崖谓禄山。放娇狂舞，写其得宠之态。鄂君，谓明皇也。独自眠，蜀道雨淋铃时也。"七夕"二句点长生殿私语时也。月初生魄，则无复圆矣。珊瑚未有枝，则不可期矣，犹言他生未卜此生休。"神方"二句，言洪都道士之渺茫。"武皇"二句，总结三首，和盘托出，所谓微而显也。长孺补注因潘耕语，俱影响之谈。

【杨守智曰】三诗俱咏贵妃事，贵妃先度为女道士，故托碧城为讽。其三：诗在可解可不解之间，故结句自为注出。

【何曰】（次章）此篇为观伎作。（三章）此篇盖谓私其侍婢而作。唐人率以明皇为武帝。（辑评）

【唐诗鼓吹评注】此怀人而不可即，故以比之神人。言碧城之中，尘埃不染，时物皆春，已极清夷华美之象。而且阆苑有书，惟多附鹤；女床有树，无不栖鸾，亦迥异于常境已。于是思其人如星之沉于海底不可见，而当窗则犹可见；如雨之过于河源，虽可见而隔座则不可亲，所以比之碧城之难至也。末二句未详，或亦觊望之意，谓若得相亲，当百年相守耳。（按：鼓吹止选第一首。）

【胡以梅曰】所怀之人不离乎私昵也。（首章）起处故以清虚高远比之王母所居层城十二楼，然亦兼用青楼阑干十二曲（有青楼望郎之义早已微露）。次则誉其温和明净，已落到软腻地面。三四初读似若平平述仙家之事，然有书言音问之相通，附鹤则传书之有使，而亦非凡禽也。女床有双关之用，无树不栖鸾，非谓树树皆鸾，盖言女床之树实为栖鸾之所，鸾怜孤影，乃恋匹之鸟，此已明白扣至诗旨矣。以下……总言远离而心照，虽堕重渊而适异域，仍在窗前座上，咫尺之间。“星”字仿乐府借用“心”以惑人；“雨”阳台之雨，又兼用雨散，且河能兴云雨，义相通也。结盖惟愿昼夜永不相离。（次章）为所欢出游而防猜思慕之作也。首乃遥忆之词。次乃出游之候。三四言止可与郎依恋，切勿更与他人相亲。防猜而丁宁，痴情之毕露也。五六摹想妆态妖娇，擅长雅技，然曰“放娇”，曰“狂舞”，则无贞静之气，所以有三四之猜防耳。结言己之无聊，怅望独眠，其情可胜言哉！一二谓其影其声皆属可怜，声影今在采莲之处也。由虚而实，两句串下。……（三章）因势不可为而致其情也。言初时原有佳期，至今垂帘相待，孰知月圆而有亏缺，珊瑚竟无举网之机矣。聊将驻景神方以缓待岁华，止托凤笺达意，明我相思已尔，此必有偾败之者。故结句有畏人言而谢绝之意，即前“风波”“菱弱”之谓耶？

【钱良择曰】三诗向莫得其解，予细按之，似为明皇、太真而作。何以知之？玩第三首结句而悟之，盖以明皇为武皇，唐人之常也。则其为明皇事无疑也。以首二字为题，少陵多有此格，本三百篇章法也。（首章）（“碧城”四句）以仙家况宫中，比而兴也。（“星沉”句）一星已沉海底，当窗又见一星。（“雨过”句）雨已远过河源，隔座复看雨至。星取“小星”之意。云取“云雨”之义。星沉雨过，武惠妃已薨也。隔座当窗，太真入宫也。（“若是”二句）不夜珠、水晶盘用赵飞燕事，意以飞燕比惠妃，以合德比太真，言惠妃不死而专宠，或不致召乱也。（次章）（“对影”句）实是写太真之美，声影皆能动人。（“玉池”句）点华清赐浴事。（“不逢”句）指寿王也，不复相逢，莫更回首。（“莫见”句）指禄山也，但借“拍肩”二字，故引不伦之人为喻，欲其词之隐也。诗中胪列三人，文人毒笔。（“紫凤”）二句写其骄纵。（“鄂君”二句）鄂君指明皇也，蜀道雨淋铃时，明皇亦不免独眠矣。（三章）（“七夕”二句）点长生殿事。（“玉轮”句）已无复圆之望。（“铁网”句）后期杳不可知，犹言“他生未卜此生休”也。（“检与”）二句言洪都道士之荒唐。（“武皇”二句）总结三首，分明说出，所谓微而显也。（据唐音审体。辑评以此为朱彝尊批语，唯小有差异。黄氏藏过录本此三首无竹垞批。）

【许昂霄曰】○首章云：前半咏妃为女道士，住内太真宫也；后半则又包举始末言之，君恩难恃，一朝失宠便如星沉海底矣；佳人难得，一时遣还，无异雨过河源矣；今则当窗复见，隔座可看，即外传中所云：既夜，开安兴坊从太华宅以入，及晓，玄宗见之内殿，大悦。太白清平调云“长得君王带笑看”，香山长恨歌云“尽日君王看不足”是也。若使皇纲无缺，天下久安，则百年相守，乐孰甚焉；无如日中则昃，月盈而食，渔阳鼙鼓惊破霓裳，奈何！○次章云：对影闻声，暗指衣道士衣，奏霓裳曲也；玉池荷叶，则明指别疏汤泉，诏赐澡莹矣，化实事于情景之中，最为超诣；三句溯其从前，四句要其后日，本无佳偶，安用回思，既已定情，誓当偕老。箫史、洪崖皆当活看，不必定指何人。盖既喜其芳年稚齿，又嘱其白头一心，即传言定情之夕，授钿合金钗以固之之意也。较元微之古决绝词所云“幸他人之既不我先，又安能使他人之终不我夺”者，更进一层；五六极言贵妃之恃宠，结又微刺明皇之失德，然则虽欲一生长对，其可得乎？○末章云：旧评曰工部诗“宫中行乐秘，不使外人知”，结语翻案。此首用意全本乐天长恨歌及陈鸿长恨传，起言避暑骊山，凭肩密誓，彼一时也，其乐如何；今则物在人亡，感慨系之矣，虽天上人间，后缘可结，而月中海外，良会何时？只十四字，而比翼连枝之愿，天长地久之悲，俱隐括于其中。神方驻景，即传所谓太上皇亦不久人间，幸唯自安，无自苦也；凤纸相思，即传所谓使者还奏太上皇，皇心震悼，日日不豫也。已上四句，皆言马嵬之后，非言定情之初，故次句以至今二字领起，语意显然；结联又自为注出武皇内传，盖即隐指长恨歌、传而言，因传末言世所不闻者，又言予非开元遗民，不得知，故点化其语，收拾三章，非徒翻少陵之案也。（王士禛带经堂诗话张宗楠附识引）

【黄周星曰】（首章）非仙境安得有此？（唐诗快）

【陆曰】疑此三诗为太真没后，明皇命方士求致其神而作也。

方士托言太真尸解，今为某洞仙矣。故每篇多引神仙荒唐之说讥之。首以飞燕作结，次以鄂君作结，终以汉武作结，正欲读者知其所指耳。（首章）按陈鸿长恨歌传："方士跨蓬壶，见最高仙山，上多楼阁，其间有署玉妃太真院者。"此篇起处，即指其境也。既曰仙境，自然无尘埃、无寒暑，而鸾鹤往来，非人间世之所得同矣。然太真其果在此山乎？星沉海底，雨过河源，即白居易所谓"升天入地求之遍"也。不知人死音容遂渺，犹之不夜之珠，到晓时光彩便散，若殁后尚能复来，则是珠光无间昼夜，而盘中歌舞，又何时已乎？此理所必无，而叹明皇之不悟也，故引飞燕事结之。（次章）是篇又极言神仙渺茫，而讥方士之不经、明皇之不悟也。彼方士用少君术而致其神，呵笔画像，事属影响，乃见之帐中者，已曲尽绸缪。况生前同幸华清，出沐于莲花汤中，何等宠爱。今神人道殊，未明促别，岂复能回首拍肩，时时相遇乎？忆天宝中霓裳之舞，紫云凌波之奏，不难使凤凰来仪，游鱼出听，曾几何时，而回天转地之人不可复作。谁与为欢？有独眠而已。再引鄂君之事结之。（三章）陈鸿传称："太真……以七夕感牛女事相告。且曰：'由此一念，又不复居此，当于下界，且结后缘。'"此篇借汉武事为刺也。按汉武内传："元封元年四月戊辰，帝于承华殿，忽见一女子曰：'我墉宫玉女王子登也。七月七日，王母暂来。'"故曰："七夕来时先有期"也。帝张锦帏以候云驾，故曰"洞房帘箔至今垂"也。三四借上作翻，言七夕一年一度，转瞬即届，而世世为夫妇之事，渺然无期也。五六仍接内传言之。传称王母授帝益精易形之术，故曰"检与神方教驻景"也；又与上元夫人书云："但不相见四千馀年"。夫人复以"阿环再拜,上问起居”云云,故曰“收将凤纸写相思”也。方士传太真有决再相见,好合如旧之语,当时甚秘,惟恐人知,故终引汉武帝事结之。

【徐德泓曰】三章应是幕府中失意而作也。(首章)此章首二句,言境地之佳。第三句,喻任使者。第四句,喻得地者。第五句,喻己身不远,故曰“当窗见”。第六句,喻不能沾润,故曰“隔座看”。结仍冀望之情。言若有明鉴而不惑者,则长仰其清光也。即所谓得一知己,一生不恨意。(次章)此应为同事者发。首句有鄙薄意,而其时正在幕中,故接句暗用莲花幕事也。三四句,喻非吾侣勿再滥与也。五六句,只在“狂”“放”二字,状其扰乱歌筵雅会也。末以鄂君自况,而曰“绣被焚香”,曰“独自”,其矜贵不群之象可见。(三章)此似为有所许而未践者发。首二句,言先有约而迄今不至也。中四句,曰“生魄”,则圆期已过;曰“未有枝”,则尚无所获也。其惟驻景以待,而相思愈难释矣。结语,盖谓前言可据,岂能掩饰乎?仍是望之之意。

【陆鸣皋曰】右三首,泛作游仙,意无归着,若参别解,尤觉模糊,应须作如是观也。

【姚曰】三首总是君门难近之词,借仙家忆念之词以寓意耳。(首章)首句言地位之崇高;次句,言阴翳所不到。书附鹤、树栖鸾,鸾鹤皆仙家传信之使,言非无媒妁之可通也。处此境界,隐情可以无所不达,虽海底星沉,当窗可见;河源雨过,隔座能看。星沉雨过,皆捉摸不定事,犹且瞭如指掌。所虑者,日光之映射不均,以致月体之圆缺有异,斯实眄望者所无可如何。否则一生常对团圞之月,岂不快耶!(次章)此首则忧或间之之词。对影闻声,亲近无由。玉池荷叶,隐密难见。若使逢萧史而回首,遇洪崖而又拍肩,则专一之志荒矣。且世间有情之愿进左右者何限,衔佩则紫凤放娇,拨弦则赤鳞狂舞,彼孰非争妍而妒宠者?独眠惆怅,岂无绣被焚香之鄂君乎?青眼谅当有属矣。(三章)此首则言有感之无不通也。未来必先有期,故深垂帘幕以待之。此时一点诚心,如顾兔初生之魄,不圆满不已;如珊瑚未茁之枝,不透出不休。于是神方驻景,暗授灵文;凤纸相思,不愁间阔。如武皇内传所志,人间天上,直呼吸可通耳,曾何壅闭之足忧哉!此诗向来解者多涉支离。胡孝辕谓其为当时贵主为女道士者发,亦因萧史一联耳。然诗旨渊微,必坐定事实,语妙反觉易穷,不如以诗还诗之为得也。

【屈曰】诗有小序者可解,无者不可强解。玉溪无题诸作,人皆知为男女怨慕之词,独碧城三首,或指明皇,或解嫁虏公主,何也?凡此类读者但知其必有寄托而已。当就诗论义,若必求其事以实之,则凿矣。(首章)("星沉"二句)当碧城之窗,隔碧云之座也,咫尺千里之意。○一二仙境清贵。三四灵妙,五六深远。然虽可见可看,而沉、过无定,不如一生日月常对之为愈也。晓珠,日也;水晶盘,月也。结二句交互法,言如日月之明而又定,得一生长对也。(次章)一二忆昔日相见时地。三四遥嘱之词,犹言除我一人莫更求新知也。五六忆当时之欢情。七八今之凄凉,与五六对照。(三章)一当时不负所约,二会处至今无恙。三新月如故。四比美人不见也。五愿长得少年。六相思无已。乃今日之有期不来者,将毋畏他人知耶?然内传分明,莫道人之不知,何用避忌而不一会也!诗之文义如此,若必欲求所指何人何事,谁能起玉溪于九原而问之哉?

【程曰】唐时贵主之为女道士者不一而足，事关风教，诗可劝惩，故义山累致意焉。（首章）首二句明以道家碧城言之，谓其蕊宫深邃，天地肃清，犀玉之琛，庄严清供，自是风尘外物，岂有薄寒中人。孰知处其中者意在定情，传书附鹤，居然畅遂，是树栖鸾，是则名为仙家，未离尘垢。岂以牵牛织女，天上有之；神女阳台，人言可信耶？于是当窗所见，每致念于双星；隔座所看，惯兴思于云雨。当此幽期，唯求长夜；若是赵后之珠，照嫦为妍，能至晓而不变，则不至色衰爱弛，汉主当一生眷之，长对其于水晶盘上矣。此第一首，泛言其梗概也。第二首言之加详。首二句借用梁武帝欢闻歌词，不但对玉郎之影，惝恍目成，即或闻玉郎之声，亦复神往，此所以为可怜也。三四言萧史乃嘉偶也，既以未遇其人不为回首矣，若洪崖则道侣耳，岂可嫌疑不别，轻与拍肩乎？五六言其尘心未断，情欲日滋，乃致放娇之紫凤，窃衔楚佩；狂舞之赤鳞，敢拨湘弦。紫凤以喻纨袴膏粱之属，赤鳞则喻卖珠射鴍之流矣。七八言其人绸缪缱绻，有如鄂君之于越人，可揄袂而拥之，举绣被以覆之，庶为我心写兮，若独宿焚香之夜，得无黯然销魂，易生怅望耶？此首较前，已极写其放荡矣。第三首则直纪其迹之彰著而致警于人言之可畏也。起谓如女牛之会合多时，帘箔之深垂甚秘。顾兔生魄，早已有娠，珊瑚无枝，但犹未产耳。然而颜色将衰，或有徐娘老矣之叹，何不检与神方，留驻光景。抑或柔情不断，当有萧郎路人之怨，自必收将凤纸，再写相思。言至此，尽其情矣。虽然，古昔有之，不独此也。汉武帝临幸大长公主，呼卖珠儿董偃为主人翁，载在史册，何可不思所以惩乎？按刘中山过九仙公主旧苑亦云："武皇曾驻跸，亲问主人翁"，用意与此正同。尝见笺此三首，因唐人率以明皇为武帝，遂以此为玉环而作，未见其允。胡氏统签亦谓为贵主之为女道士者，似与三首通畅。愚尝谓义山作此等诗，鄙亵至矣。使不善学者读之，即以为冶容诲淫可也。山谷忏悔绮语，义山作俑可乎？然考其源本，实从国风、离骚及三都、两京、长杨、羽猎诸赋得来，盖侈言其情事，而归之于正道，所谓备鉴戒也。

【冯曰】三诗向莫定其解。曝书亭集曰：一咏杨贵妃入道，一言妃未归寿邸，一言明皇与妃定情系七月十六日，固未然也。钱木庵亦有杨妃之解，然首章总不可通，馀亦未融洽，要惟胡孝辕戊签谓刺入道宫主者近之。第其句下所释尚有误会者，余更为演之曰：首章泛言仙境，以赋入道。首句高居，次句清丽温柔，入道为辟尘，寻欢为辟寒也。三四书凭鹤附，树许鸾栖，密约幽期，情状已揭。下半尤隐晦难解。窃意海底河源，暗用三神山反居水下与乘槎上天河见织女事，谓天上之星已沉海底而乃当窗自见，暮行之雨待过河源而后隔座相看，以寓遁入此中，恣其夜合明离之迹也。"晓珠"似当谓日，水晶盘专取清洁之意，不必拘典故。本集中"慢妆娇树水晶盘"状女冠之素艳矣。惟晓珠不定，故得纵情幽会；若既明且定，则终无昏黑之时，一生只宜清冷耳。盖以反托结之也。次章先美其色。对影闻声已极可怜，况得游戏其间邪？不逢萧史，谓本不下嫁，何有顾忌！莫见洪崖，谓得一浮邱，情当知足。紫凤、赤鳞，狂且放纵之态。然而尚有欲亲而未得者，故独眠而怅望耳。三章程笺颇妙，谓纪其迹之彰著，而致警于人言之可畏也。首句溯欢会也。次句以深藏引起下联。兔曾在腹，网未收枝，比喻隐而实显，当与药转参看，戊签谓为初瓜写嫩，误矣。五六惟愿美色不衰,欢情永结,若云鸿都道士,绝不可符。结二句总括三章,汉武内传多纪女仙,故借用之,不可泥看。孝辕之子夏客云……(按:见前引胡笺)以此解之,通体交融矣。若以武皇为定指明皇,则杨妃之事,先后诗人彰之篇什,即本集中明讥毒刺,不一而足,何独于此而必隐约出之哉?

【李有斐曰】晓珠,启明也,极切"晓"字,而于戊签所谓"晓珠不定,是以有星沉雨过之惆怅",意尤顺。明又定,则既无阴雨以阻其来,又不向晨以阻其去,可永遂其绸缪之乐矣,故云"一生长对水晶盘"也。(才调集补注引)

【姜炳璋曰】此义山数干令狐而不之省,故含怨而作。首章,言大中新政,党人无不得志也。"碧城",帝阙之喻也。"附鹤"、"栖鸾",言鹤书皆得上达,鸾鸟皆得栖止,无不弹冠以庆,如增州县官三百八十三员之类是也。星沉海底,当窗可见;雨过河源,隔座能看:幽隐无不毕达,如会昌时贬逐五相同日北迁,德裕所斥去者无不起用是也。"水精盘",月也,月无光,近日则光渐阙,远日渐圆;"晓珠",谓日,指君也,日光不至,远近不定,则月长圆矣。喻君心一改,则朝局忽更,今君心既向汝矣,又能安定,不可长保富贵乎?如又不定,则大中即会昌之续,盖危之也;着一"又"字,意婉而深。○次章,言己见恶于绹之故也。玉池潋潋,荷叶田田,月影风声,疑美人之来,而竟不来,则何故也?盖不遇太牢之党人,便难回首,莫见赞皇之亲厚,又去拍肩;我不能然,故见绝于人耳。于是满朝侧目,佥曰"诡薄无行",无不放情狂舞,以相指摘。故美人日远,使多情之鄂君徒怅望于舟中,而独自眠矣。美人喻绹,鄂君自谓。○三章,刺绹之听信其子,而疏故人也。南部新书:绹在相位,一取决于子滈。唐书：绹执政，时人号滈为白衣宰相。故起居郎张云直谓滈纳贿，陷父于恶也。王母来往，先有玉女相约，喻绹举动必使其子先通。洞房帘箔，待王母，实先待玉女也。夫滈少年无学，正如玉兔之初生魄，珊瑚之未有枝，有何才华使与政事？而夤缘者争修礼待命，乃教之驻景，则检与神方，如徙故人为近州刺史，使便道之官也。凤纸相思，则力为收用，如蒋伸所谓近日官颇易得，人思侥幸是也。夫神仙闷密，玉女通约，汉武内传犹传之，况滈以宰相子暗执朝权，踪迹诡秘，而天下有不知之者乎？吾恐晓珠又将不定，而晶盘殊难久对也。〇胡氏统签云：碧城三首盖咏其时贵主事。唐公主多自请出家，与二教人媟近。商隐同时，如文安、浔阳、平恩、邵阳、永嘉、永安、义昌、安康诸主，皆丐为道士，筑观于外。史即不言他丑，颇著微辞。诗中萧史、洪崖一联，大旨已明。居易录因以"梁家宅里秦宫入"、"贾氏窥帘韩掾少"、"一片非烟隔九枝"为戚里中语也。程氏注此诗，谓"星沉"、"雨过"为牛女阳台，"紫凤"、"赤鳞"为道侣淫媟，"玉魄"、"珊瑚"为怀孕私产。匪曰香奁，实同秽史。虽唐人中冓之言，视若等闲，然亦不至于此也。

【纪曰】三首确是寓言，亦无题之类，摘首二字为题耳。然所寓之意则不甚可知。胡孝辕以"不逢萧史"一联谓刺当时贵主，朱竹垞又以"七夕来时"一句定为追刺明皇，援据支离，于诗无当。义山一集，佳作多矣，不食马肝，未为不知味也。（辑评）又曰：诗有众说纠纷者，既无本事，难以确主，第各就所见领略之，亦各有得力耳。碧城三首，可如是观也。〇锦瑟体涩而味薄，观末二句，意亦止是耳。碧城则寄托深远，耐人咀味矣。此真所谓不必知名而自美也。（诗

说）

【薛雪曰】宋邕游仙诗，制题极恶，诗则颇有佳句，破绽处亦不少。“天上人间两渺茫，不知谁识杜兰香”，与李玉溪“武皇内传分明在，莫道人间总不知”，一个“分明在”，一个“两渺茫”，一样灵心，两般妙笔。

【翁方纲曰】义山碧城三首，或谓咏其时贵主事，盖以诗中用萧史及董偃水精盘事。阮亭先生亦取其说。然竹垞跋杨太真外传……（其）说当为定解，而注家罕有引之者。（石洲诗话）

【施补华曰】碧城诸诗，似说杨妃事，而语特含浑，至“鄂君怅望”二句，明指寿王，犹较马嵬蕴藉。

【杨钟羲曰】西斋（按：西斋姓博尔济吉特氏，官洗马，著有偶得三卷）偶得论义山诗云：“碧城三首，不惟朱竹垞之辨甚确，末首直出武皇内传，即作者亦恐人误仞而明言之，必曲为公主入道之说，则所谓‘人间不知’者何事，诗人何为而郑重言之乎？今为逐句笺之，然后义山之意可见。贵妃以女道士入宫，故三首皆作仙家语。第一首，首联以仙山比宫禁。三句言选入，四句言进宫。三联‘星沉雨过’，盖指武惠妃殂后，而阿环乃专承恩倖。末联以赵家姊妹馈遗之物，寄言武惠若未殂，犹得交相妒宠，或不致佚乐而受祸，诗人忠厚之旨也。二首乃指入宫时事，‘对影闻声’，人言妃之美也。‘玉池莲叶’，竹垞谓妃以处子入宫。萧史者寿王，洪崖指帝。皆以仙人喻之也。或曰洪崖谓禄山者，非。盖唐人咏妃事，多言其入宫怙宠，未有斥及阿荦者。‘紫凤’一联，骄纵已极。‘鄂君怅望’，亦谓寿王。焚香独自眠，即‘薛王沉醉寿王醒’之意。有谓此言妃殁后帝思妃，非是。

盖三首始言妃之死也。'七夕相逢'溯入宫之日。'帘幕至今垂',人不见矣。'桂轮生魄'喻月缺。'珊瑚无枝'喻花残。'神方驻景'隐鸿都客事。'风纸相思'即长恨歌意。唐人无不以秋风客拟南内人,作者已显言之,更何必出己意以为曲说哉!"其说可谓融洽分明。(雪桥诗话)

【王闿运曰】(首章"犀辟"句)至宝丹。("星沉"二句)海底未知何意,"星沉""雨过"亦不可解。(手批唐诗选)

【张曰】此诗向无定解,惟胡孝辕戊签云……其说大通,已详冯笺矣。若谓指明皇、贵妃,必非也。大抵义山好道,好以仙情艳语入诗,有实有本事者,亦有别有寄托者,细审实不易分别。苟所解于通体不甚融洽,固不如仍旧说之为愈矣。(会笺)

【黄侃曰】程以三诗皆刺贵主之为女冠者,以备劝惩,是也。七八句皆用飞燕外传事,知以赵氏比贵主;五六句即第三首末二句意,言其踪迹虽秘,而物议已滋,所以戒骄淫、止佚荡,此与陈郑变风何异?其二,二句即承"可怜"之意。"怜""莲"音同,吴声歌曲,皆以"莲"为"怜"也。紫凤、赤鳞,皆喻狂佼。"鄂君"以喻未见洪崖以前所遇之人。其三,三四句当如程说。七八句讽刺之意至显。韩退之华山女诗篇末云:"豪家少年岂知道,来绕百匝脚不停。云窗雾阁事慌忽,重重翠幔深金屏。仙梯难攀俗缘重,浪凭青鸟通丁宁。"与义山此诗意同,而退之蕴藉矣。

【按】胡震亨、程梦星、冯浩等谓咏女冠恋情,且笺解已大致融洽,他说可勿论矣。题称"碧城",以为摘首二字为题固可,解作女道观或更直接。首章起联状道观之华美、洁净、温煦。道观每以幽寂为言,此曰"玉辟寒",自是暗示其为欢爱温暖之所。然如冯氏谓"入道为辟尘，寻欢为辟寒"，则似过于拘泥，诗乃描绘其境界、气氛，而非直接设喻也。次联谓此仙宫阆苑，幽期密约，多传鹤书；女床山上，男欢女爱，无不双栖。"女床"双关，"鸾"指男性。曰"多"、曰"无不"，可见所指非一，"碧城"中皆如是也。后幅颇不易解，五六似承"女床栖鸾"，写幽欢既毕，天将破晓，分手前彼此当窗隔座相对情状。碧城天上宫阙，故晓星沉海，当窗可见；雨过河源，隔座可望。"雨"取"云雨"之意，欢会既罢，又将别离，故当窗隔座，嘿然相对，见星沉海底，良时已逝，不免怅然有触。明日诗前幅"天上参旗过，人间烛焰销。谁言整双履，便是隔三桥？"意可互参。冯谓"夜合明离"，极是。七八即因夜合晓离，不能朝夕相伴而生幻想，谓彼姝若能化为"明"而"又定"之宝珠，则可将其贮之水精盘中一生永对矣。陈贻焮谓："露珠易干，虽明而不(固)定，所以希望它既明又定。"释"晓珠"亦切当。次章前六句追忆昔日欢会。首联云睹其身影、闻其声音已觉可爱，何况亲与欢会相接乎？"玉池荷叶正田田"，隐"鱼戏莲叶间"之意，暗寓男女欢爱。次联系叮嘱之词，谓今后不逢萧史(男主人公自指)休回顾生情，莫见道侣(洪崖)又生他念也。腹联描绘欢爱恣情之状。紫凤喻女，赤鳞喻男。七八二句收归目前之独宿，"怅望舟中夜"，即遥忆当日欢会之意。"绣被焚香独自眠"者，系鄂君，即诗中男主人公。三章首联谓双方如牛女相会，本有期约，然彼洞房之帘箔，至今深垂，何其寂寂而深秘也！次联明所以然之故，谓对方已有身孕，然犹未产，故帘箔深垂，隔绝不通。腹联谓检与神方，令其驻容光而不老;收起凤纸,且暂停抒写刻骨之相思。末联承第六句,谓武皇内传借仙写艳,其事历历分明,此碧城内幕,人间又岂能无知之者,值此"顾兔初生魄"之时,自当有所避隐也。

此三首究系自叙艳情,抑从旁观角度写女冠艳情,不易确定。

当句有对〔一〕

密迩平阳接上兰〔二〕,秦楼鸳瓦汉宫盘〔三〕。池光不定花光乱,日气初涵露气干。但觉游蜂饶舞蝶,岂知孤凤忆离鸾①〔四〕。三星自转三山远〔五〕,紫府程遥碧落宽〔六〕。

校　记

①"忆",戊签作"更"。【冯曰】止有冶情,并无离恨。对"饶"字似当作"更"。

集　注

〔一〕【朱彝尊曰】此格仅见。(钱良择唐音审体云:"此格仅见,录以备体。未详所本,俟更考之。")【何曰】每句中有对,所谓当句对格也。此游戏之笔。(读书记)【程曰】题只以诗格为言,盖即无题之义也。【冯曰】八句皆自为对,创格也。标以为题,犹无题耳。

〔二〕【道源注】三辅黄图有平阳封宫。又汉书:"平阳侯曹寿尚帝姊,号平阳主。"李适诗:"歌舞平阳第,园亭沁水林。"西京赋:"正垒壁乎上兰。"师古曰:"上兰,观名,在上林中。"徐陵诗:"欲知迷下蔡,先将过上兰。"【冯注】三辅黄图:

"上林苑中有上兰观。"

〔三〕【朱注】邺中记:"邺都铜雀台皆鸳鸯瓦。"梁昭明太子诗:"日丽鸳鸯瓦。"【冯注】吴均诗:"屋曜鸳鸯瓦。"白帖:"鸳鸯甑瓦。"秦楼顶平阳,汉宫顶上兰。

〔四〕【何注】梁元帝琴曲纂要云:"西汉时有庆安世者,为成帝侍郎,善为双凤离鸾之曲。"(辑评)【补】饶,怜也。

〔五〕【朱注】诗:"三星在天。"注:"心星也,昏见东方。"三神山,在海上。【冯注】诗传曰:"三星,参也;在天,始见东方也。三星在天,可以嫁娶矣。"

〔六〕【冯注】十洲记:"青邱紫府宫,天真仙女游于此地。"

笺评

【蔡启曰】文章变态固亡穷尽,然高下工拙亦各系其人才。子美以"盘涡鹭浴底心性,独树花发自分明"为吴体,以"家家养乌鬼,顿顿食黄鱼"为俳偕体,以"江上谁家桃树枝,春寒细雨出疏篱"为新句,虽若为戏,然不害其格力。李义山"但觉游蜂饶舞蝶,岂知孤凤忆离鸾",谓之当句有对,固已少贬矣。而唐末有章碣者,乃以八句诗平侧各有一韵……自号变体,此尤可怪者也。(郭绍虞宋诗话辑佚蔡宽夫诗话)

【洪迈曰】唐人诗文,或于一句中自成对偶,谓之当句对,盖起于楚辞"蕙烝兰藉""桂酒椒浆""桂棹兰枻""斫冰积雪"。……李义山一诗,其题曰当句有对……。其他诗句中如"青女素娥"对"月中霜里","黄叶风雨"对"青楼管弦","骨肉书题"对"蕙兰蹊径","花须柳眼"对"紫蝶黄蜂","重吟细把"对"已落犹开","急鼓疏钟"对"休灯灭烛",

"江鱼朔雁"对"秦树嵩云","万户千门"对"风朝露夜",如是者甚多。(容斋诗话)

【朱彝尊曰】(七八句)自慰语可怜,当与香山"隔墙如隔山"参看。

【杨守智曰】此亦义山独创之体。

【何曰】诗不必佳,在三十六体中自齐梁格诗变出。三四覆装,便不觉累重。○(首句)反呼"遥""远"。○三四透出伤春。(辑评)

【陆曰】此亦刺贵主之事,因每句各自为对,诗中别有此体,故即以之命篇耳。按汉书:"平阳侯曹寿,尚帝姊,号平阳主。"起句用之,盖有所指也。夫主第而密迩上兰,则鸳瓦露盘,近在咫尺,岂外人所得窥伺乎?三四是写景,五六是写情,言当此花露纷披之下,但觉游蜂舞蝶,共乐春光,而不知孤凤离鸾,长怀别恨。一诗注意,全在此处。三星在天,会合之时也。三神山在海外,可望不可即之地也。"紫府程遥"句,见其人甚远,而无可踪迹也。于第六句陡转本意,即承此意作结,又是一法。

【徐德泓曰】此亦失意之诗。首二句,写禁地景象。第三句,喻用人无定鉴而途杂也。第四句,言恩泽之衰,用湛露晞阳语意。第五句,喻求进之人。六句,则自况耳。结意谓三星乃会合之诗,今自转而无与于人矣。清禁之地,岂能至乎?

【姚曰】此讥恩幸之争进也。咫尺禁近,呼吸可通。"池光"句,见献媚者之多途;"日气"句,见邀宠者之无已。中联承上起下。三星在天,不妨待时;三山隔海,何妨路远!一切纷纷,真所谓"匪我思存"者也。此七律中游戏格。

【屈曰】秦楼汉殿,已成故迹。三比其皆空,四比其易败。今者惟饶蜂蝶，徒忆凤鸾，昼夜如流，神山甚远，安能入紫府而腾碧落乎？

【程曰】此寄怀贵游女冠之作。

【冯曰】此亦刺入道公主无疑。（三句）任其取适，（四句）夜合晓离。（五六）止有冶情，并无离恨。（七八）三星寓好合，三山指学仙。曰遥、曰宽，见遁入此中更无拘束。

【王鸣盛曰】义山无题诗极著名，岂知其有题者亦皆无题也。如当句有对之类，则无题之尤者矣。廋词谑语，可解不可解，随人作解耳。此诗若解作蜂蝶得意，鸾凤独居，借慨己之不遇，以写其怨，亦得也。

【纪曰】西昆下派。

【姜炳璋曰】此刺公主为女冠者。一二，言宫观之侈。三四，言园池之美。五六，言蜂蝶相依，鸾凤相忆，男女之情亦犹是也。七八，乃求必不可得之仙胡为乎？唤醒之也。“凤忆离鸾”，是对面言之，正可知离鸾之必忆凤矣。

【张曰】此初除博士之寓言也。首二句言复官辇下，密迩禁近。“池光”句，言从前随党局流转，无有定止。“日气”句，言今日新得沾溉，然已力尽心瘁矣。“但觉”二句，言人但见我迁官，如游蜂舞蝶之得意，而岂知貌虽合而神则离，我仍望其重谐鸾凤耶？结言虽得迁除，而显达尚未可期也。（会笺）又曰：此有寓意，岂西昆涂泽所能及！（辨正）

【钱锺书曰】此体创于少陵，而名定于义山。少陵闻官军收两河云：“即从巴峡穿巫峡，便下襄阳向洛阳。”曲江对酒云：“桃花细逐杨花落，黄鸟时兼白鸟飞。”白帝云：“戎马不如归马逸，千家今有百家存。”义山杜工部蜀中离席云：“座中醉客延醒客，江上晴云杂雨云。”春日寄怀云：“纵使有花兼

有月,可堪无酒又无人。”又七律一首题曰当句有对,中一联云:“池光不定花光乱,日气初涵露气干。”(谈艺录)

【按】此写女冠无疑。首句谓其居处(道观)与平阳第、上兰观相邻接,暗示其贵主身份。次句状道观之壮丽,暗示其明为求仙(汉宫盘),实效鸳鸯双栖(秦楼鸳瓦)。次联写道观景色:池光闪烁,花影缭乱,晓日晖映,露气初干,透出春色纷然撩人意绪。腹联出句承上,谓但感游蜂怜爱舞蝶,春意正浓;对句启下,谓岂知此孤凤(指贵主之为女冠者)之思念离鸾(其意中人)乎?末联由“忆”字生出,谓时光流转,而所思遥隔,会合无期。“三山”、“紫府”指对方所居道观。天阔地遥,宜所思者之可望而不可即。“三星自转”,着一“自”字,好合无期之意可见,冯笺非。

药转〔一〕

郁金堂北画楼东〔二〕,换骨神方上药通〔三〕。露气暗连青桂苑〔四〕,风声偏猎紫兰丛〔五〕。长筹未必输孙皓〔六〕,香枣何劳问石崇〔七〕。忆事怀人兼得句,翠衾归卧绣帘中。

集　注

〔一〕【朱注】神仙传:“药之上者有九转还丹,太乙金液。”僧中瘖诗:“炉烧九转药新成。”【冯注】真诰:“仙道有九转神丹。”【按】陈乃乾谓高丽翻宋版李义山诗题作药轩。撰者未见。录以备考。

〔二〕【朱注】说文:“郁金,香草也。”魏略:“大秦国出郁金。”乐府："卢家兰室桂为梁，中有郁金苏合香。"沈佺期诗："卢家少妇郁金堂。"文昌杂录："唐宫中每行幸，即以郁金布地。"郁金堂，或以郁金然于堂中也。庾信诗云："然香郁金屋。"【冯注】周礼春官："郁人。"注："郁金，香草。郑司农云：郁为草若兰。"说文："郁，芳艹也。十叶为贯，百廿贯筑以煮之为鬱。一曰：鬱鬯，百草之华，远方鬱人所贡芳艹。鬱，今鬱林郡也。"戴延之西征记："洛阳城有郁金屋。"

〔三〕【朱注】汉武内传："王母谓帝曰：'子但爱精握固，闭气吞液，一年易气，二年易脉，四年易肉，五年易髓，六年易筋，七年易骨，八年易发，九年易形。"杜甫诗："相哀骨可换。"文选注："养生经：上药养命，五石练形，六芝延年，中药养性，合欢蠲忿，萱草忘忧。"【补】商隐上河东公启："换骨惟望于一丸。"

〔四〕【朱注】嵇含南方草木状："桂出合浦，生必以高山之巅，冬夏长青，林无杂树。"【冯注】御览引洞冥记："武帝使董谒乘琅霞之辇以升坛，至三更，西王母至。坛之四面列种软条青桂，风至，桂枝自拂阶上游尘。"按：洞冥记刊本作"列种软枣，条如青桂。"坛则武帝所起寿灵坛也。

〔五〕【程注】宋玉风赋："猎蕙草。"【朱注】楚词："秋兰兮青青，绿叶兮紫茎。"刘次庄乐府集："今沅澧所生花，在春则黄，在秋则紫，然春黄不如秋紫之芬馥。"【冯注】班固汉武内传："西王母紫兰宫玉女王子登常为王母传使命。"按：则"紫兰"亦可指女冠。

〔六〕【道源注】长筹，厕筹也。法苑珠林："吴时于建业后园平地获金像一躯，孙皓素未有信，置于厕处，令执屏筹。至四月八日浴佛时，遂尿头上，寻即通肿，阴处尤剧，痛楚号叫，忍不可禁。太史占曰：'犯大神圣所致。'宫内伎女有信佛者曰：'佛为大神，陛下前秽之，今急，可请耶？'皓信之，伏枕皈依，忏谢尤恳，以香汤洗像，惭悔殷重，隐痛渐愈。"

〔七〕【道源注】白帖："石崇厕中尝令婢数十人曳罗縠，置漆箱，中盛干枣，奉以塞鼻。大将军王敦至，取箱枣食，群婢笑之。"【朱注】按世说："石崇厕常有十馀婢侍列，皆丽服藻饰，置甲煎粉、沉香汁之属，又与新衣着令出，客多羞不能如厕。王敦往，脱故衣，着新衣，神色傲然。群婢相谓曰：'此客必能作贼。'"又曰："王敦初尚舞阳公主，如厕，见漆箱盛干枣，本以塞鼻，王谓厕上亦下果，食遂至尽。群婢莫不掩口。"白帖合之为一，义山诗亦如此用，岂别有所据耶？【冯注】按语林又有刘寔诣石崇家如厕之事，亦见晋书传。

笺评

【王夫之曰】义山诗寓意俱远，以丽句影出，实自楚辞来。宋初诸人得其衣被，遂使西昆与香奁并目，当于此篇什了不解其意谓。（唐诗评选）

【朱彝尊曰】题与诗俱不可解。

【杨守智曰】"药转"字出内经，非九转还丹之解。连用厕上事不可解。

【何曰】此自是登厕诗。（辑评）

【陆曰】在义山集中，亦是无题一类，观"忆事怀人"句可见。通篇说得其人身份极高。所居者，金堂画楼，非寒素之胄；所饵者，神方上药，自非凡俗之躯。且青桂紫兰，纷罗交错，披拂之下，风露皆香，夫岂人间世之所得同耶？以故孙皓长筹，石崇香枣，有见为龌龊而不屑道者，此其人固我所往来于中，以期旦暮遇之者也。乃翠衾独卧，望见无由，其能已于咏歌嗟叹乎？

【徐德泓曰】此诗大意为被谗而发，有脱然无累意，故因"换骨"句，而以"药转"名题也。首二句，自高其地位身分。颈联，喻小人谗构君子也。腰联，喻秽恶不能污己，故两用登厕事。结有从容自在，悠然不较之意。

【徐夔曰】此言冰山之不可托也。"换骨神仙"谓可生可死、可富可贵、可贫可贱，其权势直能换人之骨。"露气"句谓内通宫闱。"风声"句谓戕害善类。五六极说豪华，却深刺之，言此人必有亡国败家之祸如孙皓、石崇其人者。一结谓我亦曾过其家，识其人，从此不敢登其堂矣。用"翠衾"、"绣帘"，与上始称。"长筹"、"香枣"，言此人秽浊之至。大约其时中官横行，如仇士良辈，义山有鉴于此而作此诗也。（李义山诗集笺注。转引自王欣夫唐集书录十四种，载中国古典文学丛考第一辑，复旦大学出版社一九八五年版。）

【姚曰】玩诗意，必有以女侠如红线之类隐青衣中为厕婢者，故于其去后思之。处金堂画楼之地，而独得移形换骨之方。桂苑兰丛，往来风露，定从沦谪中来也。长筹香枣间，愈隐晦愈不可测。因忆向者乍见其人，便觉有异，每于翠衾归卧时赋诗忆念，然红粉中别具青眼者，世有几人？

【屈曰】堂北楼东便有换骨神药。露连青桂，风猎兰丛，声可闻，气可通，而人不可见也。五六往事。七紧承五六，翠衾归卧，无聊之思也。未必输，言忏悔之也；何劳问，往来已久也。第七句已说明。

【程曰】此篇为媟嫚之辞无疑。命题"药转"，向来皆无明注。尝闻于朱竹垞先生，以为字出道书，如厕之义也。今竹垞往矣,无从质问,而道藏浩衍,未易检阅。惟以诗意考之,诚为夜起如厕,有所怅望而作。起二句谓其人之所居深邃,非有飞仙之术不易通也。三四谓夜暮之时,接连之地,亦未尝不可以往。无如风声猎猎,未免恐人。五六则用如厕事,或其人如厕上紫姑之身世,而义山托意于古之祝词,以为其夫已出,其姑不在,可以出矣。使执长筹,未必输孙皓之役金像;使司香枣,不复问石崇之置侍儿矣。七八言其事已往,其人无闻,徒忆之怀之,付诸吟咏,而彼绣帘深垂,翠衾归卧,曾知此情否也?

【冯曰】此篇旧人未解,而妄谈者托之竹垞先生,以为药转乃如厕之义,本道书,午桥采以入笺。余曾叩之竹垞文孙稼翁,力辨其诬也。颇似咏闺人之私产者,次句特用换骨,谓饮药堕之。三四谓弃之后苑。五六借以对衬。结则指其人归卧养疴也。秽渎笔墨,乃至此哉!

【纪曰】题与诗俱不可解,即以词格论之亦不佳。(诗说)

【姜炳璋曰】"药转"者,犹云换骨金丹也。凡文之拙者,使之工;士之贱者,使之贵,皆取义于此。义山本传:令狐楚帅河阳,授以章奏之学,其擢进士,由令狐绹荐之。后以善李卫公党,绹不悦。盖是诗作于此时,赠绹以自解也。一二,言居于幕府,而授以文诀也。暗通桂苑,谓荐于高锴;偏猎兰丛,谓登第得官,猎取微名也,则受恩深矣。况我之长才,岂肯等于厕筹;我之芳名,岂竟同于干枣?言绹所素知也。内含怨愤之意,故取喻极微,犹云子毋弃我如敝屣耳。结出忆事怀人,归束全篇,惟有归卧绣衾以待命而已。此绹居政府,义山颓落已甚,不得已而为此自解之辞。长孺以为媟姬,固非。而或以为当时有女侠为厕婢,或以为夜起如厕有感，皆以五六误之也。泥此二语，全诗皆不可通。

【梁绍壬曰】玉溪生药转诗，向无明解。江都程午桥太史笺注，谓阐之朱竹垞，云是如厕之义，本道书。然亦只五六一联用如厕故事耳。又有以为男色者，亦苦无据。近之注义山诗者云：此系咏闺人弃私产者，次句"换骨"者谓饮药堕之；三四谓弃之后苑；五六借以对衬；结则指归卧养疴也。此说奇辟，然不知何本。（两般秋雨庵随笔卷一）

【张曰】此盖咏人之以药堕胎者耳。当时或有此事，为朋辈所述，义山偶而弄笔，以博笑谑，观结语"忆事怀人兼得句"可以见矣。此等诗本无意于流传，后人掇存之，为累不小，此则义山所不及料已。（会笺）又曰：余谓若云专赋妇人月事似亦可通。……观结语可见其词务极轻薄，必非暗赋所欢之人也。○碧城诗……"顾兔生魄"，谓有孕也；"珊瑚未有枝"，谓未产也；"检与神方"，谓用药堕胎也。彼是暗咏贵主为女冠者，则此诗其赋贵主事耶？前有石榴诗寓多子色衰之叹，似亦可互证。噫！未免太伤轻薄矣。（辨正）

【按】冯谓咏闺人私产，以药堕胎，似之。其人身份似是贵家侍婢，首句"郁金堂""画楼"，显为贵家府第而非道观。中二联不甚可解。颔联"青桂苑""紫兰丛"，即堂北楼东堕胎之地，"露气暗连""风声偏猎"，谓其事于风露之夜秘密进行，惟恐泄之。腹联用孙皓长筹、石崇香枣典，均与厕有关，盖暗咏堕胎。曰"未必输""何劳问"，示主家豪贵与其人身份。末联则事毕归卧困怠之情状。"忆事怀人"，所怀者当非贵家主人。曰"翠衾归卧"，则中二联为堕胎之地可知。

王达津谓此诗讽刺唐代官僚腐朽生活。首联写秘服丹药，次联写仙坛地点，三联写达官贵人享受，末联写其于服药同时附庸风雅，吟咏诗篇。详见其李商隐诗杂考。陈永正则谓是服丹药，见李商隐研究论集六五八至六六〇页。

圣女祠〔一〕

杳蔼逢仙迹〔二〕，苍茫滞客途〔三〕。何年归碧落〔四〕？此路向皇都。消息期青雀〔五〕，逢迎异紫姑〔六〕。肠回楚国梦〔七〕，心断汉宫巫〔八〕。从骑裁寒竹〔九〕，行车荫白榆〔一〇〕。星娥一去后〔一一〕，月姊更来无〔一二〕？寡鹄迷苍壑[①]〔一三〕，羁凰怨翠梧[②]〔一四〕。惟应碧桃下[③]，方朔是狂夫〔一五〕。

校　记

①"寡鹄"，英华作"辽鹤"。

②"凰"，英华作"鸾"。

③"惟"，英华作"祇"。

集　注

〔一〕详重过圣女祠注〔一〕。

〔二〕【冯注】梁元帝陶弘景碑："嶕峣高栋，窅霭修梳。"按：窅与窈同，杳亦相类。【补】杳蔼，幽暗深远、云气笼罩貌。仙迹，指圣女祠。

〔三〕【补】谓于暮色苍茫中留滞客途于此祠。

〔四〕【冯注】度人经："始青天中碧落空歌大浮黎土。"按：碧落犹青霄也。记事珠云："老子授沈义官为碧落侍郎。"伪书不可据。

〔五〕【冯注】山海经大荒西经曰："西有王母之山，有三青鸟，赤首黑目，一名曰大鵹，一名少鵹，一名青鸟。"注曰："皆西王母所使也。"馀详汉宫词。

〔六〕【朱注】荆楚岁时记："正月望日，其夕迎紫姑神以卜。"【冯注】异苑："紫姑是人妾，为大妇所嫉，每以秽事相次役。正月十五日感概而死。故世人作形，夜于厕间或猪栏边迎之。祝曰：'子胥不在，曹姑亦归去，小姑可出。'子胥，婿名也；曹姑，大妇也。戏捉者觉重，便是神来。奠设菜果，亦觉貌辉辉有色，即跳躞不住。占众事，卜行年蚕桑，又善射钩。好则大儛，恶便仰眠。"按岁时记亦引异苑作注而字有小误者。又引洞览曰："帝喾女将死，云生平好乐，至正月可以见迎。"又曰："杂五行书：'厕神名后帝。'将后帝之灵凭此姑而言乎？他书则云：'寿阳李景之妾。'"【按】显异录谓其名何媚，武后时人。

〔七〕【朱注】用神女事。【冯注】宋玉高唐赋："回肠伤气。"

〔八〕【朱注】汉书郊祀志："上郡有巫，病，而鬼神下之。上召置，祠之甘泉。"【冯注】汉书郊祀志："高祖于长安置祠祀官。女巫有梁巫、晋巫、秦巫、荆巫、九天巫，各有所祠，皆以岁时祠宫中。"【按】心断，念念不忘。

〔九〕【朱注】后汉书方术传："壶公以竹杖与长房曰：'乘此任所之。'长房乘杖，须臾归来。投杖葛陂中，视之则龙也。"王绩诗："鸭桃闻已种，龙竹未轻骑。"【冯注】礼记丧服小记："苴，杖竹也。"问丧："为父苴杖。"

〔一〇〕【朱注】古诗："天上何所有？历历种白榆。"【冯注】檀弓："诸侯輴而设帱，为榆沈故设拨。"注曰："輴，殡车也。拨，可拨引輴车。所谓绋，以水浇榆白皮之汁，有急，以播地，于引辎车滑。”按:用意之曲若此,何可骤解。【按】冯氏穿凿,所解误,详笺。

〔一一〕【朱曰】星娥谓织女。

〔一二〕【朱曰】春秋感应符:“人君父天,母地,兄日,姊月。”宋均注:“兄日于东郊,姊月于西郊。”【冯曰】嫦娥。

〔一三〕【朱注】列女传:“陶婴夫死守义,作歌曰:‘悲夫!黄鹄早孤兮,七年不双;(夜半悲鸣兮,想其故雄。)”【程注】白居易诗:“哀弦留寡鹄。”

〔一四〕【朱注】瑞应图:“雄曰凤,雌曰凰。”羁凰即羁雌也。【冯注】尔雅:“鶠凤其雌皇。”

〔一五〕【冯注】博物志:“王母降于九华殿,王母索七桃,以五枚与帝,母食二枚。唯母与帝对坐,从者皆不得进。时东方朔窃从殿南厢朱鸟牖中窥母;母顾之,谓帝曰:‘此窥牖小儿常三来盗吾此桃。’”史记东方朔传:“取少妇于长安中好女,率一岁即弃去。更取妇,所赐钱财尽索之于女子。人主左右诸郎半呼之狂人。”按:古妇人称夫谦言狂夫。如列女传“楚野辩女,昭氏之妻也,其对郑大夫曰‘既有狂夫昭氏在内矣’”之类。【程注】诗国风:“折柳樊圃,狂夫瞿瞿。”

笺 评

【朱彝尊曰】集中圣女祠三首。第一首尚咏神庙,次首已似寄托,此首竟似言情矣。人虽好色,未有渎及鬼神者。疑其有所悼而托以此题;或止因“圣女”二字,故借以比所思之人耳。

【杨守智曰】此诗亦属伤悼思慕之作,借题发之耳。

【何曰】通篇皆寓留滞周南之感。集中有重过圣女祠诗,则落句已三过也。(辑评)

【吴乔曰】兼兴比者,如义山圣女祠云(略)。首句出题也,次句自述也。三句言圣女也,四句又自述也。"消息"二句,赞圣女也。"肠回"句,异于襄王之媟侮;"心断"句,言不同巫蛊之狂邪,尊圣女也。"从骑"二句,又自述行踪,兴也。星娥、月姊,比圣女之不可得见也。寡鹄,言想念之切也。结用方朔,以王母比圣女也。此本虚题,不可全用赋义,故杂出比兴以成篇,其间架亦不得如前二诗(按指杜审言和李嗣真奉使存抚河东及杜甫上韦左丞)之截然也。

【李重华曰】义山如圣女祠等作,显然是寄寓言情。若致尧香奁,别无解说,知香奁决非致尧所作。(贞一斋诗说)

【徐曰】此益知为令狐作无疑。楚卒于山南镇,义山往赴之,此北归途中作。(冯笺引)

【姚曰】首四句,言客路经祠下。"消息"四句,言其冷落。"从骑"四句,言其无伴侣。结联含自寓意。

【屈曰】一段祠在皇都路旁,故往来逢之。二段圣女之神灵。三段圣女之威仪、仙侣。四段圣女之孤独,当念我之颠狂也。

【程曰】此亦为女道士之显著者作,但与前二首不同。前犹想象其院中,此则彰著于院外。首二句明见有女怀春,秉蕑洧上矣。次联谓其上清所不受,都邑所易知也。"消息"一联,正叙其自通消息,有同王母之遣青禽以致逢迎,却非紫姑之徒问卜,"肠回"四句,谓其纵情云雨,盘回神女之巫峰;秽乱清规,雅负甘泉之祠宇。归期速驾,得杖长房;时利宵行,戴星天汉。"星娥"一联,非谓其去而不来,正勘其归将复往。星娥、月姊，能独处于天边；寡鹄羁凤，难孤栖于人世，故下接云："寡鹄迷苍壑，羁凰怨翠梧。"结语分明嘲其华如桃李，贵重王姬，一出瑶池，任人窥窃矣。

【纪曰】合圣女祠三诗观之，确是刺女道士之淫佚。但结句太露，有伤大雅。（辑评）此题凡三首，"白石岩扉"一首最佳，"松篁台殿"一首最下，此首差可，然亦非高作也。（诗说）

【姜炳璋曰】旧说圣女祠三诗，刺当时公主为女冠，大类寄猳，甚污玉牒。愚谓当时公主原有此事，乃过圣女之祠即谓圣女淫媟，以比公主，义山病应不至此。或又谓喻仕途托足之难，亦似是而非。○诸说之误，以此诗末二句致之。不知义山赘于王氏未一年而茂元卒，府罢，越四年而后，应郑亚之辟，则郑亚未辟之前，必有辟义山而非其知己，义山却之者，故再过圣女祠而作诗也。言圣女当居碧落，我逢圣女滞于客途，何年归去？而此路则向皇都，非碧落也。既非碧落，则信期青鸟，迎异紫姑；楚梦既消，汉巫亦绝，景况殊凄凉矣。若偕从骑行车，同归上界，则星娥一去，岂与月姊更来乎？计不出此，而若寡鹄羁凰，孤栖滞迹，何为也？语语自况。而末则云，应归碧桃之下，与王母同游，彼方朔者，虽谬称知己，然终是世上肉眼人，不过诡谲之狂夫耳，乌足视为仙侣哉！唐诗人多以朔喻反复邪人，不知何意。

【冯曰】余既悟出，证之徐而益信。今细笺之曰：起四句点归途经过也。以下多比令狐。"消息"四句，谓我望其入秉国钧，而今不可再遇，梦醒高唐，心断汉宫矣。"从骑"二句，谓奉其丧而归。"星娥"二句，谓令狐既化，更得知己否？"寡鹄"二句，谓己之哀情。结谓惟有其子可以相守，借用"小儿"字也。一字不可移易，而义山初心不背，于此可见。

其后重过一章，真有隔生之痛矣。

【张曰】冯说精湛极矣……，此类诗，解者当沉思眇虑以领之。（会笺）

【按】本篇怀想一位昔曾居此现已离去之女冠。起二句谓于杳霭苍茫之客途中经过此圣女祠而有所停留。三四谓对方何年回归天上（与下句皇都对文同义），眼前此路正通向皇都，暗示对方目前正在长安。“消息”二句，谓对方虽已离此，仍望有青鸟使者时通消息，可惜不能似迎候紫姑神得以定期迎到对方。“肠回”二句谓回想当年与对方之欢会，宛如不可追寻之旧梦，不禁为之肠回，虽想像想望汉宫神巫（女巫）那样见到对方，却不可得见，故曰“心断”。“从骑”二句，想像“圣女”归皇都时从骑车马仪仗之盛，谓其随从骑着龙马，行车于榆荫之下的道路上（白榆本指天上列星，此用其本义）。此“圣女”当系贵主。“星娥”即织女星，传为天孙，此指圣女，亦即入道之公主。月姊，即嫦娥，当为陪侍入道公主之宫女，亦即诗人所思念之女冠。“星娥”二句谓天孙圣女回归天上（皇都）后，月中嫦娥般之对方尚能回到此圣女祠否？“寡鹄”二句，似是想像将来对方回到此处后，当意凄神迷于此青苍山谷之间，怨恨翠梧之无凤与自己结为伴侣。结联谓对方恐只能在碧桃树下觅东方朔（喻男道士）为狂夫，以慰自己之寂寞。诗虽写得较为隐晦，但其大意尚可揣知。“星娥”一联实为全篇点眼。本篇与重过圣女祠所写情事颇多相似处，然寄托诗人身世遭遇之迹则不如重过明显。作年不详，故与圣女祠七律均列未编年诗。

圣女祠

松篁台殿蕙香帏①,龙护瑶窗凤掩扉〔一〕。无质易迷三里雾〔二〕,不寒长着五铢衣②〔三〕。人间定有崔罗什〔四〕,天上应无刘武威〔五〕。寄问钗头双白燕,每朝珠馆几时归〔六〕?

校　记

①"香帏",英华作"花围",季抄一作"花闱"。

②"五",英华作"六"。

集　注

〔一〕【补】二句写圣女祠之壮丽,谓台殿四周,有青松翠竹,殿内则以蕙香帷帐置放神像,华美之窗扉均刻镂为龙凤之形。

〔二〕见镜槛。

〔三〕【冯注】博异志:"贞观中,岑文本于山亭避暑,有叩门云:'上清童子元宝参。'衣浅青衣。文本问冠帔之异,曰:'仆外服圆而心方正,此是上清五铢衣。'又曰:'天衣六铢,尤细者五铢也。'出门数步,墙下不见。文本掘之,一古墓,惟得古钱一枚。自是钱帛日盛,至中书令。"阿含经:"忉利天衣重六铢。"载酒园诗话:"可望不可亲,有'是耶非耶'之致。"【补】汉书历律志上:"二十四铢为两,十六两为斤。"铢衣,衣之至轻者,多指舞衫。二句形容圣女神像服饰之轻华。意谓圣女应不畏寒冷,故终年常服极轻之五铢衣,望之如轻纱雾縠,宛若无质。

〔四〕【道源注】酉阳杂俎:"长白山有夫人墓。魏孝昭之世,清河崔罗什被征夜过此。忽见朱门粉壁,一青衣出,遇什曰:

'女郎须见崔郎。'什怳然下马,入两重门,青衣引前曰:'女郎乃平陵刘府君之妻,侍中吴质之女。府君先行,故欲相见。'什遂前入就床坐,其女在户东立,与什叙温凉。女曰:'比见崔郎息驾庭树,嘉君吟啸,故欲一叙玉颜。'什与论汉魏时事,悉与魏史符合。什曰:'贵夫刘氏,愿告其名。'女曰:'狂夫刘孔才之第二子,名瑶,字仲璋。比有罪,被摄,乃去不返。'什下床辞出,女曰:'从此十年,当更相逢。'什留玳瑁簪,女以指上玉环赠什。什上马行数十步,回顾乃一大冢。后十年,什在园中食杏,忽云:'报女郎信',俄即去。食一杏未尽而卒。"

〔五〕【道源注】神仙感应录:"汉武威太守刘子南从道士尹公,授务成子萤火丸。佩之隐形,辟疫鬼及五兵、白刃、盗贼、凶害。永平间,与虏战,矢下如雨。未至子南马数尺,辄堕地,终不能伤。"刘禹锡诗:"不逐张公子,应随刘武威。"【冯曰】按:后汉书:"武威将军刘尚。"屡见纪传。后没于讨武陵蛮,固非此所用。当有别事,未及详也。【按】崔、刘泛指风流才俊之士,"人间定有"、"天上应无",言外有仙界不如人间之意,调其宜向人间觅佳偶也。

〔六〕【冯注】洞冥记:"元鼎元年,起招灵阁,有神女留玉钗与帝,帝以赐赵婕好。至元凤中,宫人犹见此钗,共谋欲碎之。明旦发匣,唯见白燕飞天上。后宫人学作此钗,因名玉燕钗,言吉祥也。"【补】末联谓试问神像钗头上之白燕,圣女每日何时自天上珠馆归返于此耶?系想望之辞。

笺评

【金圣叹曰】知他圣女定是何物,我亦借题自言我所欲言即已耳。松篁、蕙花，言身所居处，既高且清而又芳香也；龙护、凤掩，言深自藏匿，不令他人容易得窥也。无质易恐迷雾，言时切戒惧，不敢自失也；不寒常着铢衣，言致其恭敬，永以自持也。夫士诚如此，则亦可称天姿既良，人功又深者也。（一二喻其天姿之良，三四喻其人功之深）。前解写诣，必以纯；此解写遇，必以正也。罗什，言自有婚媾之旧期；武威，言不得隐形以相就也。而又不免寄问双燕者，犹离骚所云"托蹇修以为理"也。（贯华堂选批唐才子诗）

【朱彝尊曰】此首全似寄托，不然何慢神乃尔？（冯注引此作钱评。）

【杨守智曰】题下批：终不可解。

【何曰】前二联分明如画。（读书记）

【唐诗鼓吹评注】此美圣女之有灵术也。首以祠言，谓松竹锁其台殿，蕙香绕其帘幕，窗扉则画龙凤于其上，盖言祠之肃穆也。至无形而兴三里之雾，不寒而着五铢之衣，则宜其神灵炫奇矣。乃罗什难逢，谁拜玉环之赠；武威无继，孰矜萤火之奇？然则人间天上，亦止有圣女之昭昭耳。不知钗头白燕，往来贝阙珠宫……其几时一归也？吾将就圣女而问之。

【胡以梅曰】必祠在山岩间，故其台殿皆松篁，而兰蕙为帏幔，龙凤虽由雕镂，亦山野间物，曰护曰掩，总之夹写幽怪意。雾与寒，因形在露天而言；"无质"犹言无像，有雾则三里望而失之矣。耐寒故所服薄，五铢只重二钱一分半，其为薄也，在依稀有无间耳。人间想有崔罗什，是以住世，天上必竟无刘武威，所以不升天。二句是歇后语，"定"字"应"字，猜疑之辞，最灵而意最直。结因头上原无首饰，故借飞去之燕钗问几时归来,……意更深一层。

【陆曰】此诗宜上下篇分看。上半是写祠,写圣女,下半是写己意。起处着松篁、蕙香、龙凤等字,见得祠宇庄严,令人入庙思敬。三四言圣女之飘然轻举,无迹可寻,直有是耶非耶、翩何姗姗之妙。视老杜“冕旒秀发,旌旆飞扬”句更为灵空。五六句,神仙感应,自昔而然。逢吴质之女者,崔罗什也;授务成子之术者,刘子南也。天上人间,尝有此等遇合。我身虽无仙骨,独不在一物之数耶?夫神女玉钗,不碎凡人之手,特化燕归来,未卜何日,此我所亟欲搴帏而问之者也。

【姚曰】此喻仕途托足之难也。夫女辞家而事人,臣出身而事主,一而已矣。首联喻自处之清严。次联喻贞姿之不染。然既曰圣女,则必有所托身。若在人间,定应有崔罗什;若论天上,未必有刘武威。且钗头白燕,尚必成双,岂珠馆往来,而此身竟全无附丽耶?此亦义山自喻托足之难,非漫然之作。

【屈曰】一二祠。三四圣女。五六开。七八总结。一二台殿窗扉如此。三圣女之神云雾迷离。四圣女之像常着铢衣。五六圣女应在天上,今在人间者,人间定有罗什,而天上应无刘郎耶?自喻也。故寄问钗头双燕,每朝珠馆何时可归而一会也?后五言长律(按指“杳蔼逢仙迹”首)与此意同。刘梦得和白乐天失婢:“不逐张公子,定随刘武威”,义山盖用此。

【程曰】此亦为女道士作。道院清华,居然仙窟,故云“松篁台殿蕙香帏,龙护瑶窗凤掩扉”也。有此深宫,如隐烟雾,道家妆束,偏称轻盈,故云“无质易迷三里雾,不寒长着五铢衣”

也。然而去来无定，有类幽期，戢影藏形，终无仙术，故云"人间定有崔罗什，天上应无刘武威"也。结句问其钗头双燕堕落之由，珠馆九天难归之故，盖曲终奏雅，正言以诘之也。

【冯曰】此与前所编二首迥不相似，必非途次经过作也。程氏谓为女冠作，似之，但无可细详。

【纪曰】"松篁"二句有其人在焉，呼之欲出之，妙。五六太骨露，有失雅道，七八亦佻薄。

【姜炳璋曰】此义山第一次过圣女祠而作也。首二，言祠之赫奕。然圣女触雾轻衣，往来周历，岂以天上无能物色，而人间尚有知音乎？然亦太劳苦矣。试问其朝上帝于珠馆也，几时复归此祠以自安逸耶？义山欲应茂元之聘，故借圣女以自喻。"香帏"、"龙护"，喻己之才华绚烂；"无质"、"不寒"，喻依傍无人，弘农作尉。"人间"喻外藩，"天上"喻朝廷；外藩可觅知己，不比朝廷竟无人过问。既而思之，我之屡至京师，沉抑卑秩，不知何时得尽我才华耶？盖就王茂元之聘，原出不得已也。

【史历亭曰】七八，言圣女应朝珠馆，何以久居于此？若未便唐突圣女者。第问其钗头双燕，每朝珠馆，却几时归来乎？故作猜疑之辞，正惜其不留珠馆耳。用笔灵妙，神外无穷。（姜炳璋选玉溪生诗补说附录）

【方东树曰】起二句祠。三四圣女。五六及收轻薄，不为佳。

【曾国藩曰】此亦刺女道士之诗。（十八家诗钞）

【王闿运曰】义山诗专取音调字面，自成一家。（"不寒"句）盖塑像单衣也。（手批唐诗选）

【张曰】实咏圣女，是驰赴兴元时作。时义山未娶，故触绪致感。谓有寄托者,失之,与后一首(按指“杳蔼逢仙迹”首)不同也。

【黄侃曰】此首合重过一篇观之,讽刺愈显。五句言上真所恋,乃在凡夫;六句言神宝无灵,令女仙得以自恣。每朝珠馆,谓常入禁中也。

【按】圣女祠诗三首,情况各不相同。重过一首当有寄托,五言排律则咏对某一女冠之怀想。此首又不同于前二首。诗之前二联,一写圣女祠之壮丽,一写圣女像之服饰,实写色彩殊为显著,后二联谓天上不如人间,寄问钗头双燕,盼其珠馆归来,似亦从瞩望神像生出,谓之“渎神”虽系贬词,然极合义山所流露之感情。故诸说中,张说最近情理。此诗之作,颇似神话剧宝莲灯中刘彦昌之题诗于华山圣母庙。盖义山风流才士,入圣女祠,见神帏中圣女像轻纱雾縠,宛若人间佳丽,遂生神人恋爱一类非非之想,而有人间胜于天上,珠馆何时归来之调谑。如将此诗作圣女祠题壁诗读,则豁然可通。

嫦娥

云母屏风烛影深,长河渐落晓星沉①。嫦娥应悔偷灵药〔一〕,碧海青天夜夜心〔二〕。

校　记

①“落晓”原一作“觉落”,非。

集　注

〔一〕【补】淮南子览冥训:“羿请不死之药于西王母,姮娥窃以奔月。"高诱注："姮娥，羿妻。羿请不死之药于西王母，未及服之，姮娥盗食之，得仙，奔入月中，为月精。"

〔二〕【冯注】十洲记："东有碧海，与东海等，水不咸苦，正作碧色。"【按】明月历青天而入碧海，夜夜皆然，故云。【章燮曰】先写烛影，次写长河，再写晓星，然后引出嫦娥。层次。

笺　评

【吕本中曰】杨道孚深爱义山"嫦娥应悔偷灵药，碧海青天夜夜心"，以为作诗当如此学。（东莱吕紫薇诗话）

【谢枋得曰】嫦娥贪长生之福，无夫妻之乐，岂不自悔？前人未道破。

【敖英曰】此诗翻空断意，从杜诗"斟酌嫦娥寡，天寒奈九秋"变化出来。

【锺惺曰】（"夜夜心"下评）语、想俱刻，此三字却下得深浑。（唐诗归）

【胡次焱曰】羿妻窃药奔月中，自视梦出尘世之表，而入海升天，夜夜奔驰，曾无片暇时，然而何取乎身居月宫哉？此所以悔也。按商隐擢进士第，久中拔萃科，亦既得灵药入宫矣。既而以忤旨罢，以牛李党斥，令狐绹以忘恩谢不通，偃蹇蹭蹬，河落星沉，夜夜此心，宁无悔耶？此诗盖自道也。上二句纪发思之时，下二句志凝想之意。（唐诗选脉笺释会通评林）

【唐汝询曰】此疑有桑中之思，借嫦娥以指其人，与锦瑟同意。盖义山此类作甚多，如月夕、西亭、有感、昨夜等什，俱与嫦娥篇情思相左右，但不若此沉含更妙耳。

【陆时雍曰】其诗多以意胜。（唐诗镜）

【周容曰】李义山云："嫦娥应悔偷灵药，碧海青天夜夜心。"伤风雅极矣，何以人尽诵之？至又云："兔寒蟾冷桂花白，此夜嫦娥应断肠。"差觉蕴藉，似亦悔其初作而为此。（春酒堂诗话）

【何曰】自比有才调，翻致流落不遇也。（辑评）

【黄生曰】义山诗中多属意妇人，观月夕一首云："草下阴虫叶上霜，朱栏迢递压湖光。兔寒蟾冷桂花白，此夜嫦娥应断肠。"玩次句语景，嫦娥字似暗有所指。此作亦然。朱栏迢递，烛影屏风，皆所思之地之景耳。（唐诗摘钞）

【贺裳曰】义山"云母屏风烛影深，长河渐落晓星沉。嫦娥应悔偷灵药，碧海青天夜夜心。"已为灵妙。陆（鲁望）更云："古往天高事渺茫，争知灵媛不凄凉。月娥如有相思泪，衹待方诸寄两行。"此可谓吹波助澜。（载酒园诗话又编）

【陆鸣皋曰】觉少陵"斟酌嫦娥寡，天寒奈九秋"尚径露无味。

【沈德潜曰】孤寂之况，以"夜夜心"三字尽之。士有争先得路而自悔者，亦作如是观。（唐诗别裁）

【姚曰】此非咏嫦娥也。从来美人名士，最难持者末路，末二语警醒不少。

【屈曰】嫦娥指所思之人也。作真指嫦娥，痴人说梦。

【程曰】此亦刺女道士。首句言其洞房曲室之景。次句言其夜会晓离之情。下二句言其不为女冠，尽堪求偶，无端入道，何日上升也。盖孤处既所不能，而放诞又恐获谤，然则心如悬旌，未免悔恨于天长海阔矣。

【冯曰】或为入道而不耐孤孑者致消也。

【纪曰】意思藏在上二句，却从嫦娥对面写来，十分蕴藉。非咏嫦娥也。（诗说）此悼亡之诗。（辑评）

【姜炳璋曰】此伤己之不遇也。一二,喻韶光易逝;三四,喻不如无此才华,免费夜夜心耳。

【俞陛云曰】嫦娥偷药,本属寓言,更悬揣其有悔心,且万古悠悠,此心不变,更属幽玄之思,词人之戏笔耳。

【张曰】义山依违党局,放利偷合,此自忏之词,作他解者非。(会笺)又曰:写永夜不眠,怅望无聊之景况,亦托意遇合之作。嫦娥偷药比一婚王氏,结怨于人,空使我一生悬望,好合无期耳,所谓"悔"也。盖亦为子直陈情不省而发。若解作悼亡诗,味反浅矣。冯氏谓刺诗,似误。(辨正)

【按】自伤、怀人、悼亡、咏女冠诸说中,悼亡说最不可通。盖嫦娥窃药飞升,反致孑处月宫,清冷索寞,故曰"应悔";而亡妻之弃人间,诚非所愿,若作悼亡,则"应悔"二字全无着落。而自伤、怀人与咏女冠三说,虽似不相涉,实可相通。按义山和韩录事送宫人入道诗曾以"月娥孀独"喻女冠之孤孑,月夜重寄宋华阳姊妹诗又以"窃药"喻修道之女冠,故谓此诗系借咏女冠之孤孑,或谓嫦娥系作者所怀之女冠,均非无根之谈。然此诗与月夕之单纯怀想"嫦娥"、同情其清冷境遇者固有别,盖"嫦娥应悔偷灵药,碧海青天夜夜心"二句,设身处地,推想嫦娥心理,实已暗透作者自身处境与心境。嫦娥窃药奔月,远离尘嚣,高居琼楼玉宇,虽极高洁清净,然夜夜碧海青天,清冷寂寥之情固难排遣;此与女冠之学道慕仙、追求清真而又不耐孤孑,与诗人之蔑弃庸俗、向往高洁而陷于身心孤寂之境均极相似,连类而及,原颇自然。故嫦娥、女冠、诗人,实三位而一体,境类而心通。咏嫦娥即所以咏女冠,亦即所以寄寓诗人因追求高洁而陷于孤孑之复杂矛盾心理。义山优秀抒情诗特点之一，即在歌咏某一题材时，融入身世遭遇与人生感受，故感情内容往往浑沦虚括，似此似彼，亦此亦彼，解者亦往往各取一端，歧见杂出，实则原可相通，不必执着一端。如本篇，女冠之生活、心情，可视为其生活基础之一方面，亦不妨视为作品内容之一方面，然不必局限于此，因诗人已在此基础上融入更丰富之生活内容，诗意亦获得进一步升华。解诗者当知人论世，发掘体会艺术形象所概括之丰富内容，而不应将高度概括之艺术形象还原为局部之生活依据。

月夕

草下阴虫叶上霜[①]，朱阑迢递压湖光〔一〕。兔寒蟾冷桂花白，此夜姮娥应断肠。

校　记

①"上"，英华作"下"，非。

集　注

〔一〕【补】谓所居临湖。或谓以"湖光"指似水之月光，恐非。迢递，高貌。

笺　评

【杨守智曰】触绪生感。

【金介曰】笺出一"寒"字一"冷"字一"白"字，使千古玩月凛然。

【何曰】姮娥犹应断肠，则悲秋之士可知也。（辑评）

【黄生曰】义山诗中多属意妇人，……玩次句语景，嫦娥字似暗有所指。……朱栏迢递，……所思之地之景耳。

【姚曰】何况人间。

【屈曰】嫦娥指所思者。

【程曰】此亦相思之词。不言己之怅望，转忆人之寂寥，最得用笔之妙。不可与杜诗“斟酌姮娥寡，天寒耐九秋”同日而语也。

【纪曰】对面写法。○廉衣曰：“三句拙凑。”

【张曰】三句写景何等浑阔。“压”字亦练得新颖，真佳句也。而以为拙凑，岂谓天下读诗者皆无目耶？蟾、兔、桂花，月中本有此三种，非叠床架屋之比。（辨正）

【按】此诗当与嫦娥参读。首句秋夜之景，次句遥望其人所居，朱栏高峻，下临湖面。三四以姮娥喻其人，谓值此秋夜凄寒，其人孤寂无伴，当为之断肠也。姮娥自指所思者，如系自况，则次句不可通。“朱栏迢递压湖光”，需自远处观之，方能有此感觉。此诗内容与嫦娥有相似处，但不似嫦娥之歧解纷纷。因其意境较实，故不易产生多种联想。

袜

尝闻宓妃袜[①]，渡水欲生尘[一]。好借嫦娥着，清秋踏月轮。

校　记

①“尝”，旧本均同，独冯注本作“常”，且未出异文，恐是字误。

集　注

〔一〕见病中早访招国李十将军"全家罗袜起秋尘"句注。

笺　评

【诗事曰】李义山袜诗云:(略)。荆公作月夕诗云:"蹋月看流水,水明摇荡月。草木已华滋,山川复清发。褰裳伏槛处,绿净数毛发。谁能挽姮娥,俯濯凌波袜?"因旧而语意俱新矣。(何汶竹庄诗话引)

【姚曰】凭他渡水生尘,不如圆满一夜。

【程曰】此与秦韬玉"为他人作嫁衣裳"同意,盖叹有才而为人役也。

【冯曰】唐人每以桂枝喻得第,此亦泛洛应举之作。嫦娥自喻。

【纪曰】偶然弄笔,不以正论。(说诗)

【按】诗谓闻道宓妃之袜,凌波渡水,如履平地(欲生尘),何不借与嫦娥一着,使彼得以于清秋之夜踏月轮而渡水前来相会乎?此必艳情。所思暌隔,故因宓妃袜而发此奇想。嫦娥,或指女冠,参嫦娥诗笺。此笺参陈贻焮先生说(详见李商隐恋爱事迹考辨注〔四〕)。

曼倩辞〔一〕

十八年来堕世间〔二〕,瑶池归梦碧桃閒。如何汉殿穿针夜〔三〕,又向窗中觑阿环①〔四〕?

校　记

①"中"原一作"前",朱本、季抄同。

集　注

〔一〕【朱注】汉书："东方朔，字曼倩，平原厌次人。"

〔二〕【朱注】东方朔别传："朔谓同舍郎曰：'天下人无能知朔，知朔者惟太王公耳。'朔卒后，武帝召太王公问之曰：'尔知东方朔乎？'公曰：'不知。''公何所能？'曰：'颇善星历。'帝问诸星具在否，曰：'具在，独不见岁星十八年，今复见耳。'帝叹曰：'东方朔在朕旁十八年，而不知是岁星哉！'惨然不乐。"

〔三〕【冯注】西京杂记："汉彩女常以七月七日穿七孔针于开襟楼。"【按】七夕穿针事已见辛未七夕注。

〔四〕【朱注】博物志："七月七日夜七刻，王母降于九华殿。王母索七桃，以五枚与帝，母食二枚。惟母与帝对坐，其从者皆不得进。时东方朔窃从殿南厢朱鸟牖中窥母，母顾之，谓帝曰：'此窥牖小儿，尝三来盗我桃。'"【冯注】汉武内传："七月七日，西王母降于宫中，遣侍女郭密香与上元夫人相问，上元夫人又遣一侍女答问，曰：'阿环再拜上问起居。'俄而夫人至，年可二十馀，天姿精耀，灵眸绝朗，向王母拜，王母呼同坐北向。母敕帝曰：'此真元之母，尊贵之神，女当起拜。'帝拜问寒温。"觑阿环未知所本，方朔既窥王母，则亦觑阿环矣。【姚曰】阿环，上元夫人小字。

笺　评

【朱彝尊曰】此诗直是咏史。

【姚曰】神仙亦有习气耶？

【屈曰】碧桃之梦，久已断绝，不意七夕复得一见也。

【程曰】此似为当时党人营谋内援者而发。考文宗时女学士宋若宪司秘书，善属词。文宗尚学，因深礼之。大和末，李训、郑注恶宰相李宗闵，因言其借驸马沈䍧，厚赂若宪以求执政。此或为宗闵发耶？题借曼倩为辞者，当以汉武本传称其为人多端，故后之讥刺诡谲者多借曼倩。韩昌黎有书东方朔事五古一首，亦明指朝士之儇薄者，此诗可例推也。

【冯曰】以仙境比清资，而叹久遭沦谪。上元为尊贵之神，窗外偶窥，不得深款，当借指朝贵，其亦寓言子直欤？然或直是艳情。

【纪曰】自感之作，寓慨不尽。

【按】曼倩自指，阿环当指往昔学道时相识之女冠。首二谓己离仙境而堕世间，为时已久，梦想瑶池仙境，碧桃依旧，意态闲闲。如何七夕之夜，又复窥此阿环乎？盖与往昔道观中所恋者久别后，意外邂逅，不免旧情复起，中心怅然也。此女冠与宋华阳姊妹之一或是同一人。陈贻焮谓此诗记载义山"对玉阳灵都观某女冠一见倾心的情事"，见其所著唐诗论丛第二八五至二八七页。

银河吹笙〔一〕

怅望银河吹玉笙〔二〕，楼寒院冷接平明。重衾幽梦他年断，

别树羁雌昨夜惊〔三〕。月榭故香因雨发，风帘残烛隔霜清。
不须浪作缑山意〔四〕，湘瑟秦箫自有情〔五〕。

集　注

〔一〕【朱彝尊曰】疑此诗是咏吹笙，"银河"二字，乃因诗而误入耳。【冯曰】取首四字为题，非有误。

〔二〕【程注】毕曜玉清歌："珠为裙，玉为缨，临春风，吹玉笙。"

〔三〕【冯注】枚乘七发："暮则羁雌迷鸟宿焉。"

〔四〕【朱注】列仙传："王子晋善吹笙，七月七日乘白鹤于缑氏山头，举手谢时人而去。"

〔五〕【姚注】楚辞远游："使湘灵鼓瑟兮。"【按】秦箫用箫史弄玉事，屡见前。湘灵，湘夫人，传为舜妃。湘瑟，指女冠；秦箫，指男道士。

笺评

【吴乔曰】此必悼亡王氏之作。

【朱彝尊曰】（首句）吹笙人之态。（次句）地、时。（三句）方梦他年事，因笙惊断而叹易晓。（腹联）此联从第二句来。（末联）吹笙者为王子，箫瑟，则皆仙姬，意自可想。（按：钱良择唐音审体本篇题下注及句下笺与此略同。"别树"句下笺云：宿鸟亦惊而起。）

【冯班曰】未详。（读书记评同。）

【辑评朱批】自叹有仙才而其遇不如人也，犹言王好竽而君致瑟耳。○"接平明"，言徒然彻夜不寐也。○悼亡。○颔联承"怅望"，腹联承"寒""冷"。○第四言不唯难于感动，并已预远也。第五未解。

【杨守智曰】题下批：茂元女想亡于七月，故每以七夕悼亡耳。追悼之作，取诗中字为题，亦无题之类，不必事实也。

【胡以梅曰】银河是两星隔河难相接之谓。徒闻其吹笙而怅望，以致楼寒院冷，直至天明。重衾之梦，昔年久断；别树之雌，昨夜闻惊。雨发故香，动旧日之思，霜前残烛，叹今宵之寂。尔吹笙者，不须猛浪作意登仙，远离怜爱，如湘灵之瑟，弄玉之箫，皆成匹耦，另有一种情思，笙岂独无心乎？此诗全似艳情，谓所欢之辞，然曰重衾，曰羁雌，曰湘瑟秦箫，其意太泄，反是托言谓当路者不接引，空羡其声闻耳。幽梦他年，言从前原有交契。羁雌，自比谦辞。发故香，欲仍全旧好；隔清霜，言冷淡相阻。缑山，言莫为仙凡之远；湘瑟秦箫，求其好合也。

【陆曰】此义山言情之作也。闻声相思，彻夜不寐，遂使生平久断之梦，复为唤起，而怅望无穷焉。五六言月榭故香，犹未尽熄；风帘残烛，尚有馀光。人孰无情，其能堪此孤独耶？此承上意而淫泆咏叹之也。结言湘瑟秦箫，各有其匹，何须作子晋吹笙，独自仙去，与起句遥相照应。

【徐德泓曰】此假吹笙以写悼亡之意。第二句，言时将晓，故接以断梦、惊禽两句，"他年"字开，"昨夜"字合也。第五六句，写萧瑟之景，而出句虚写，亦是开；对句实写，亦是合。结联收转首句，言游仙虚寂，岂若舜妃之瑟、秦楼之箫，自有夫妇之情乎！此与促漏篇意可相混。"报章"句，亦可影附"七襄"，但玩其"香换夕熏"及"南塘蒲结"语气，则非矣。又与当句有对篇可混，但彼起承句意，则又不合矣。惟此当作悼亡解，而词气浑雅，非俗调所能为也。

【姚曰】此悼亡之词，故以银河吹笙托意。楼高院冷，怅望银河，断幽梦于他年，惊羁雌于昨夜，吹笙亦聊以寄愁耳。乃幽梦虽断，而月榭之故香如在；羁雌已散，而风帘之残烛犹明。吾知湘瑟秦箫，自当应和，岂必以缑山跨鹤为乐哉！

【屈曰】一二怅望至晓，三四相思，五六楼寒院冷景况，七八决绝之词，即"子不思我，岂无他人"意。

【程曰】此亦为女冠而作。银河为织女聚会之期，吹笙为子晋得仙之事，故以银河吹笙命题。起句揣其情也，次句思其地也。三四承起句叙其怅望之事也。五六承次句叙其寒冷之景也。七八谓其入道，不如适人，浪作缑山驾鹤之想，何似湘灵之为虞妃，秦楼之嫁萧史耶？

【冯曰】上四句言重衾幽梦，徒隔他年，羁绪离情，难禁昨夜，是以未及平明而起，望银河吹笙遣闷也。总因不肯直叙，易令人迷。缑山专言仙境，湘瑟秦箫则兼有夫妻之缘者，与银河应。此必咏女冠，非悼亡矣。

【纪曰】题小家气。若仿制此题以为韵致，则下劣诗魔矣。中二联平头。（说诗）

【姜炳璋曰】首句言女冠初入道之时也，次言其所居之地。三四，交互句法，"重衾幽梦"，夫妇之乐，而他年亦断，不止今日也；"别树羁雌"，怨女之事，而昨夜已惊，不比他年也。春心未已，则故香仍发；风帘悄然，则残烛霜清，其忧郁凄冷之况，有难以告人者。然则以予观之，闺房琴瑟，自有深情，何须浪作求仙之意乎？末二句是亟唤醒他。

【杭世骏曰】吴兴章进士有大，尝注玉溪生诗，每能钻味于愚庵之外。在棘院中，曾以草槁示余，余亦献疑一二，尝致札云："……银河吹笙篇，首句明言'怅望银河吹玉笙'，盖秋夜闻笙作也。冯定远谓题不可解，则吾又不解定远之不解者矣。昔贤制题，未妨错举，深意苛求，失之愈远。"（榕城诗话）

【张曰】此在京闻女冠吹笙而枨触黄门之感也。首句破题。次句点在京中。二联正意，兼写彻夜无眠之景。结言伉俪情深，不须浪作仙情艳想也。取首句标题，亦无题之类。纪氏讥其纤俗，太苛。（会笺）又曰：此种诗语浅意深，全在神

味。……中联平头，是唐人旧法。（辨正）

【黄侃曰】取首句中四字为题，实无题之体也。程以为亦刺女冠，未谛。细审其意，盖干求不遂而自慰之词。首二句言自处岑寂，虽遥闻笙响，惟有怅望而已；三句言往好不可复寻，四句言旅况益为无俚；五句言旧游依稀可记，六句言它夜凄独堪悲；七八句言攀援不得，则亦别求所以自慰之道。湘瑟秦箫，动心娱耳，不必嵩高仙乐，始可乐魂也。

【按】"嫦娥应悔偷灵药，碧海青天夜夜心"，二句可移作此诗注脚。前四倒叙。谓重衾幽梦之欢，早断绝于昔年而无可追寻，昨夜别树羁雌，悲鸣惊梦，梦醒之后，益感此身之孤孑凄清，故怅望银河，吹玉笙以寄情也。牛女犹有年年一度，己则永世羁雌，故曰"怅望银河"。接平明，谓吹笙直至平明。腹联谓梦醒后，惟闻月榭中之残花，因经雨而发故香；惟见风帘中之残烛，隔清霜而馀光凄寒。"故香""残烛"，寓身世之感，分承"幽梦"与"羁雌"。末联揭出正意，谓与其浪作缑山仙去之想，不如湘瑟秦箫，遂匹耦之欢为得也。诗中用语及意境，颇似悼亡，故自吴乔以下，颇多主此说者。然四句明言"羁雌"，诗中主人公显系单栖之女性，复参末联"缑山意"等语，诗咏女冠无疑矣。解作悼亡，第四句与末联均难以自圆。李璟山花子"细雨梦回鸡塞远，小楼吹彻玉笙寒"之句，颇似从本篇前幅化出。

中元作〔一〕

绛节飘飖宫国来①〔二〕，中元朝拜上清回〔三〕。羊权虽得金条脱[②]〔四〕，温峤终虚玉镜台〔五〕。曾省惊眠闻雨过，不知迷路为花开〔六〕。有娀未抵瀛洲远〔七〕，青雀如何鸩鸟媒〔八〕？

校　记

①“宫”，戊签、席本作“空”，原一作“空”。

②“虽”，朱本、季抄作“须”，字通。

集　注

〔一〕【冯注】岁时记：“盂兰盆经云：‘目莲即钵盛饭，饷其亡母，食未入口，化成火炭，遂不得食。佛言汝母罪重，当须十方众僧威神之力，七月十五日，当具百味五果着盆中，供养十方大德佛。’是时，目莲母得脱一切饿鬼之苦。故后人因此广为华饰，乃至刻木、割竹、饴蜡、剪彩、模花叶之形，极工妙之巧。”唐六典：“中尚署七月十五日进盂兰盆。”按：唐时中元日大设道场，并有京城张灯之事。旧书言王缙好佛，屡启奏代宗，代宗设内道场，七月望日，造盂兰盆，饰以金翠，所费百万。又设高祖以下七圣神座，幡节、龙伞、衣裳之制，排仪仗，百寮序立迎呼，出陈于寺观，岁以为常。盖自是而故事相沿矣，倾城出游，冶容盈路。频见唐诗中。万花谷：“梵云盂兰，此云救倒悬盆，则此方器也。华梵双举，自目莲救母始也。出要览。”

〔二〕【朱注】梁邵陵王祀鲁山神文：“绛节陈竽，满堂繁会。”杜甫诗：“上帝高居绛节朝。”

〔三〕【朱注】道经：“七月十五，中元之日，地官校勾，搜选人间，分别善恶，诸天圣众，普诣宫中。”

〔四〕【朱注】真诰：“萼绿华以晋升平二年十一月十日夜降羊权家。权字道学，简文帝黄门郎羊欣祖也。绿华赠以诗一篇，并致火浣布手巾一条，金玉跳脱各一枚。”【姚注】条，同跳。跳脱，臂饰也。【冯注】卢氏新记：“唐文宗谓宰臣曰：古诗‘轻衫衬条脱’，真诰言安妃有金条脱，即今之腕钏也。”一作“跳脱”，亦作“挑脱”。【按】吴景旭历代诗话庚集七玉条脱条云：“周处风土记作条达：‘仲夏造百索系臂，又有条达等组织杂物相赠遗。’繁钦定情篇又作跳脱，云：‘何以致契阔？绕腕双跳脱。’盖一物而三名，传写之误也。”

〔五〕【冯注】世说：“温公丧妇，从姑刘氏家值乱离散，唯一女甚有姿慧，属公觅婚。公密有自婚意，答曰：‘佳婿难得，但如峤比云何？’姑云：‘丧败之馀，乞粗存活，何敢希汝比？’却后少日，公报姑云：‘已觅得婿处。’因下玉镜台一枚，姑大喜。既婚，交礼，女以手披纱扇，抚掌大笑，曰：‘我固疑是老奴，果如所卜。’玉镜台，公为刘越石长史北征刘聪所得。”刘孝标注曰：“峤初取李晅女，中取王诩女，后取何邃女，都不闻取刘氏，便为虚谬。”按：今考前妻王氏，后妻何氏，见峤传，而此事无可互证。

〔六〕【徐曰】暗用高唐、天台二事。【按】传东汉永平中，剡县刘晨阮肇入天台山采药迷路，遇二仙女，被邀至家。半年后回乡，子孙已过七代。后重入天台山访女，踪迹渺然。事见刘义庆幽明录及神仙传。

〔七〕【朱注】离骚：“望瑶台之偃蹇兮，见有娀之佚女。”吕氏春秋：“有娀氏有二佚女，为九成台，饮食必以鼓。”

〔八〕【朱注】青雀注见汉宫词。离骚：“吾令鸩（鸟）为媒兮，鸩告余以不好。”注：“鸩，恶鸟也，有毒杀人，以喻谗贼。”

笺 评

【胡震亨曰】言瀛洲之远，必有青雀为媒，何可如有娀之媒鸩，鸩告余不好也。通篇皆不得亲近之意。（唐音戊签）

【朱曰】此为女道士作，言仙质之不可以凡侣求也。（李义山诗集补注）

【杨守智曰】"鸩鸟"，指宗闵嗣复之徒为之媒孽也。

【何曰】五六承上"金条脱"句，结句承上"玉镜台"句。（读书记）○有娀非远，虽青雀可飞而至。如何二字一顿，乃商略之词，鸩鸟为媒，则真出意外也。（辑评）

【胡以梅曰】此托言也。详绎诗境，或者当日郑亚柳仲郢辈请为判官而作。一二言其受节使，陛辞而行，遂有辟请之事。但幕佐偏员，非华要之职，止如羊权之得金条脱而遇仙相识，不似温峤之下玉镜台而有室有家，念世事艰难，曾省惊眠之雨业已过去，不谓迷失之路，今日为花而开，兹亦可喜也。从此以进，觉有娀不远，但恐鸩鸟为媒，终亦不能助我耳。当知以前惊眠之雨，迷失之路，皆鸩鸟为之也。中元为上天校勾分别善恶之期，今有此征辟，似喻朝中之有定论，故用以为题，或事适在中元时也。有娀，依离骚指君，青雀谓己，鸩鸟或指令狐绹辈耶？……按此诗若作私昵，三四太露，结亦无此怒张。

【陆曰】义山尝有五言一篇，中云："新知遭薄俗，旧好隔良缘。"知其生平厄塞当涂，必有从而谗间之者。此诗不便斥言，而托于鸩鸟为媒，以见遇人之不淑也。诗作于中元日，因引诸天圣众朝礼上清之事，以喻同朝共主，亦复如之之意。乃羊权条脱，虽得定情；而温峤镜台，终虚谐好，此谁为为之乎？由是雨过惊眠，屡断阳台之梦；花开迷路，不逢南指之车，而良缘永隔矣。结言有娀佚女本在人间，未抵蓬瀛之远也，亦惟是鸩鸟为媒，致使事不谐耳。

【姚曰】此必为女道士作，言仙质之不可以凡侣求也。绛节飘飖，空国艳仰，正当上清朝拜而回。容艳如此，条脱之赠，苟非仙骨如羊权，镜台之聘，岂易成婚如温峤？盖既非尘俗之人，定不作尘俗之想。或者雨过之时，曾省惊眠；若非花开之时，岂知迷路？吾知佚女之身，纵未托瀛洲之远，乃既无青雀，而漫欲使鸩鸟为媒，亦太不自量矣。诗盖为非分妄求者发欤？

【屈曰】中元绛节，空国朝回。三姻事可成，四何以为聘。五六恐难必也。然有娀不远，青雀方便，如何得有鸩鸟之谗媒乎？言必可成也。此盖王茂元许妻以女，适当中元，喜而成诗，故题曰"中元作"。

【程曰】此中元悼亡之作。自道经有七月十五日地官校勾善恶之说，世俗之忏悔生前，求利冥福者往往而然。即如代宗七月望日于内道场造盂兰盘，设高祖以下七圣神座，各书尊号于幡上以识之，此当时荐亡之证也。义山此时因而伤逝。起二句言举国皆作中元，己亦朝拜上清而回。三句言茂元之女已亡，空如萼绿华之别羊权，惟馀金跳脱矣。四句言丧偶之伤无已，不似温峤之聘刘氏，岂纳玉镜台耶？五句言其致感于孤栖，六句言其无心于窈窕。七八用离骚语意，以见嘉耦难逢，不复望青鸟之为蹇修矣。

【冯曰】此亦为入道公主作。起二句点题。三句暗有所欢，四句终无下嫁。下半言雨过而曾令眠惊，花开而偏嗟迷路，虽非远不可即，乃青雀不逢，而鸩鸟为媒，岂佳偶之相合欤？此种殊伤诗品。

【纪曰】通首笔意浑劲，自是佳作，然求其语意，类乎有所见而求之不得之作，题曰中元作，知确有本事，非寓言之比也，措语虽工，衡以风雅之正，固无取焉。（诗说）此借中元所见，而借以托遇合之感。措语特沉着。（辑评）

【龚自珍曰】唐之道家，最近刘向所录房中家。唐世武曌、杨玉环皆为女道士。……一代妃主，凡为女道士，可考于传记者四十馀人。其无考者，杂见于诗人风刺之作，……韩愈所谓"云窗雾阁事窈窕"，李商隐又有"绛节飘飖空国来"一首，尤为妖冶，皆有唐一代道家支流之不可问者也。（龚自珍全集上清真人碑书后）

【张曰】刺女道士之淫泆也。唐时风俗如此，不必穿凿他解。（会笺）

【黄侃曰】程以为中元悼亡之作，盖误。此诗所刺，与碧城、圣女诸首同，特因中元而造耑耳。三四讥诮至显。五句言惜其雨夜之无眠，六句谑其如狂香之引路。七八言有娀虽远，却在人间，青鸟为媒，适同毒鸩。疾之之词，可谓峭厉矣。（李义山诗偶评）

【按】此咏与女冠之艳情。此女冠或系入道宫人，故中元节回宫参加法会。首联叙其参加法会后自宫内返回道观。"绛节"为使者所持之绛色符节，"宫国"即宫中，"宫"字不误。次联谓昔日虽得与女冠定情并得其所赠之信物，然终不能如人间夫妇之明媒正娶，结为佳偶。腹联追忆昔日情事。"曾省"，曾记也，二字贯两句，言昔曾于云收雨过之时见其惊眠之情态，又曾如刘阮之入天台，因被"花"迷而入彼所居之洞府仙宫。曰"不知迷路"，正写其不自觉而迷情状。末联以有娀氏居瑶台之佚女借指女冠，谓彼之所居，未若瀛洲之遥远，青鸟传书，情愫可通，奈何令鸩鸟为媒哉！言外似有所托非人，致使好合难再之叹。此盖因中元节适见往昔所恋之女冠“朝拜上清回”，触动旧情，有感而作。

李郢中元夜：“江南水寺中元夜，金粟栏边见月娥。红烛影回仙态近，翠鬟先动看人多。香飘彩殿凝兰麝，露绕轻衣杂绮罗。湘水夜空巫峡远，不知归路欲如何？”所写亦与女冠（月娥）之恋情，可与商隐此诗互参。

寓怀〔一〕

彩鸾餐颢气〔二〕，威凤食卿云①〔三〕。长养三清境〔四〕，追随五帝君〔五〕。烟波遗汲汲〔六〕，矰缴任云云〔七〕。下界围黄道〔八〕，前程合紫氛〔九〕。金书唯是见〔一〇〕，玉管不胜闻〔一一〕。草为回生种〔一二〕，香缘却死熏〔一三〕。海明三岛见〔一四〕，天迥九江分〔一五〕。骞树无劳援②〔一六〕，神禾岂用耘〔一七〕？斗龙风结阵，恼鹤露成文〔一八〕。汉殿霜何早③〔一九〕，秦宫日易曛。星机抛密绪〔二〇〕，月杵散灵氲④〔二一〕。阳乌西南下〔二二〕，相思不及群。

校　记

①“食”，季抄、朱本作“入”。

②“骞”，诸本均作“搴”。【朱曰】当作“骞”。兹据改。季抄一作“骞”。

③“殿”，戊签、季抄、朱本作“岭”。冯曰：“似谓秦岭。”【按】未可定。冯氏附会令狐楚之卒，故云。

④“氲”，席本、钱本、影宋抄作“氛”。蒋本、姜本、悟抄作“芬”。

集　注

〔一〕【冯注】原编集外诗。

〔二〕【朱注】西都赋：“鲜颢气之清英。”【冯注】楚词：“餐六气而饮沆瀣兮。”【按】颢，白也。颢气，天边气。

〔三〕【冯注】汉书宣帝纪：“威凤为宝。”注曰：“凤之有威仪者。与尚书‘凤凰来仪’同意。”史记天官书：“若烟非烟，若云非云，郁郁纷纷，萧索轮囷，是谓卿云。”【程注】关尹子：“威凤以难见为神。”谢朓诗：“威凤来参差。”广绝交论：“渊海卿云，黼黻河汉。”【按】卿云，犹景云。“卿”通“庆”。卿云，彩云，古以为祥瑞之气。

〔四〕【朱注】灵宝本元经：“四人天外曰三清境：玉清、太清、上清。亦名三天。”太真经：“三清之间各有正位，圣登玉清，真登上清，仙登太清。”【冯注】三洞宗玄：“三清：玉清、上清、太清也。亦名三天：清微天、禹馀天、大赤天也。太清境有九仙，上清境有九真，玉清境有九圣。”

〔五〕【朱注】汉郊祀志：“秦襄公作西畤，祠白帝。宣公作密畤，祠青帝。灵公作上畤，祠黄帝，下畤祠炎帝。高祖问：‘天有五帝，而四，何也？’莫知其说。高祖曰：‘是待我而具五也。’乃立黑帝祠，名曰北畤。”【程注】史记：“天帝贵者泰一，泰一佐曰五帝。”注：“五帝，五天帝也。”【补】周礼春官小宗伯：“兆五帝于四郊。”注：“以太昊、炎帝、黄帝、少昊、颛顼为五天帝。”纬书春秋文耀钩以东方苍帝、南方赤帝、中央黄帝、西方白帝、北方黑帝为天上五方之帝。

〔六〕【冯注】家语："蘧伯玉汲汲于仁。"公羊传："及犹汲汲也。"【程注】礼记："汲汲然如有追而弗及也。"

〔七〕【朱注】增韵："云云，众语也。"汲黯传："我欲云云。"注："犹言如此如此也。"【冯注】战国策："射者方将修其碆卢，治其矰缴。"史记留侯世家："羽翮已就，横绝四海，虽有矰缴，尚安所施？"【补】矰，以丝绳系矢以射鸟雀之具。缴，系矢之丝绳。

〔八〕【冯注】汉书天文志："日有中道。中道者，黄道，一曰光道。"晋书志："黄道，日之所行也，半在赤道外，半在赤道内。"(句)即环拱之意。

〔九〕见海客。

〔一〇〕【朱注】集仙传："大茅君南至句曲山，天帝赐以黄金刻书九锡之文。"【冯注】武帝内传："尊母欲得金书秘字授刘彻。"黄庭内景经序："黄庭内景经一名太上琴心文，一名太帝金书，一名东华玉篇。"登真隐诀："谨读金书玉经。"

〔一一〕见题郑大有隐居。

〔一二〕【道源注】博物志："禹戮房风，房风二臣恐，以刃自贯其心而死。禹哀之，乃拔其刃，疗以不死之草。"述异记："汉武时日支国献活人草三茎，有人死者，将草覆面，即活之矣。"【程注】十洲记："祖洲有不死之草，人死三日者，以草覆之，皆活。秦始皇时有鸟衔此来，遣使赍问北郭鬼谷先生，云是东海祖洲上不死之草，生琼田中，丛生一株，可活一人。始皇乃使徐福发童男童女入海求之。"

〔一三〕【朱注】述异记："聚窟洲有返魂树，伐其根心，于玉釜中煮取汁，又熬之令可丸，名曰惊精香，又名震灵丸，或名返生香，或名却死香。尸在地，闻气即活。"

〔一四〕【冯注】即三神山,见海上谣。

〔一五〕【冯注】禹贡:"荆州九江孔殷。"馀见哭刘司户。

〔一六〕【道源注】云笈七签:"月中树名骞树,一名药王,凡有八树,在月中也。"空洞灵章经:"紫薇焕七台,骞树秀玉霞。"【冯注】三洞宗玄:"最上一天名曰大罗,在玄都玉京之上,紫微金阙,七宝骞树,麒麟师子化生其中,三世天尊治在其内。"

〔一七〕【朱注】真诰:"酆都山稻名重思,米如石榴子,粒异大,色味如菱,亦以上献,仙官杜琼作重思赋曰:'神禾郁乎浩京,巨穗横我玄台。'"【冯注】嘉禾之为瑞者,亦曰神禾。如玉海引述异记:"尧时十瑞,有神禾生。"与宫中刍化为禾,是二事也。"尚书中候:"尧时嘉禾滋连。"诗含神雾:"尧时嘉禾茎三十五穗。"梁简文帝谢长生米启:"尧禾五尺,未足称珍。"皆此神禾也。别本述异记作"神木生莲"者,误。柳子厚请复尊号表"神禾嘉瓜",亦用此也。朱氏引真诰……非所用也。

〔一八〕【冯注】江淹别赋:"露下地而腾文。"馀见酬别令狐。

〔一九〕【冯注】(汉岭)似谓秦岭。【按】汉殿秦宫泛指宫观。

〔二〇〕【道源注】张衡周天大象赋:"畴遂睇于汉阳,乃攸窥于织女。引宝毓囿,摇机弄杼。"【程注】杨衡诗:"荆台别路长,密绪分离状。"【按】星机,指织女机。

〔二一〕【朱注】傅玄拟天问:"月中何有?白兔捣药。"月杵,捣药杵也。

〔二二〕【朱注】阳鸟,随阳之鸟,鸿雁属。【程注】张载诗:"阳鸟收和响,寒蝉无馀音。"

笺　评

【朱曰】此自伤不遇之作，通首是比体。（李义山诗集补注）

【朱彝尊曰】与戊辰静中作同意。

【何曰】义山有极似庾子山处，不可以白公之清流绳之。（读书记）义山长律，隶事太多，往往不能自展笔力，远不逮杜白之整暇有馀力也。○义山太为词所使，要亦不可学也。○小冯云：整丽稳切，读此则不能保其展禽。（辑评）

【姚曰】此自伤不遇之作。通首是比体。"彩鸾"以下十二句，极言神仙之乐。"海明"以下八句，乃从天上下视人间。"星机"四句，言织女嫦娥亦不免离群之苦。故因阳鸟而发孤飞之叹也。

【屈曰】鸾凤既餐颢气，入卿云，言已仙去也，自然长养仙境，追随神明。已遗烟波，矰缴何施？我之下界，空围黄道；彼之前程，合在紫氛。赐天帝之金书，闻仙人之玉管，无意人间矣。即种回生之草，薰返魂之香，三岛可见，九江易分，其如树无劳援，禾不用耘，何哉？目前龙云结阵，鹤露成文，故寒霜下早，白日易曛，言时已秋晚也。遥知此时，空抛星机，歇月杵以待我，而阳鸟西下，我不及群，可伤也。○斗龙风结阵，"风"当作"云"。左传："郑大水，龙斗于时门。"易："云从龙。"恼鹤即警鹤，言天阴夜长也。○一段仙去。二段无术可留。三段有术亦无用。四段点时。五段合结。的是悼亡之作。

【程曰】寓怀者，寓言以寄怀也。义山生于贵族，夙以文章自负，故借鸾凤为起，喻己不同于流俗也。通篇即以鸾凤为主。"长养"二句，喻系本天潢，志承先圣也。"烟波"二句，喻不为世网所罗也。"下界"二句，喻所行皆正路，所企悉善图也。“金书”二句,喻己学问迥异也。“草为”二句,喻己远害全身也。“海明”二句,喻己数为幕职,阅历山川也。“骞树”二句,喻己独处孤高,不烦攀引也。“斗龙”二句,喻节使骄横,目无君上也。“汉岭”二句,喻朋党难除,将有党锢之殃,焚坑之祸也。“星机”二句,喻朝政废弛,贤士罢斥也。结句仍与首句相应,喻己实鸾凤之俦,岂凡鸟之可匹哉!其时舍世交令狐绹之外,当国者岂无一二好文之人,以义山之才,肯一见之,未必不为刮目,乃甘为幕佐,沉滞下僚,殆亦非无见也。

【冯曰】此明为子直作也。首二两联,美其羽仪,以名家子而早为朝贵也。三四五联由吴兴内擢,遂居禁近。烟波指湖州,赠缴比忌之者,谓速离水乡,人不能阻也。六联指己之冀修旧好。七联言蓬山望而难亲,交情恐分而难合也。“骞树”句逆溯助之得第,“神禾”句比为其所弃,言昔者岂无藉尔之援,今日反同非种之锄乎?“斗龙”比党局,“恼鹤”比见怒也,言惟朋党相争,迁怒及我也。“汉岭”句似叹令狐楚之卒,“秦宫”句伤己宦于京之不久。“星机”二句承上,喻己之外游也。结曰阳鸟西南,而叹相思之阻。其为自桂管归来无疑。所以不属之东川时者,以中多翰苑之语,尚未及秉钧也。

【纪曰】近乎铺排,特格调不失耳。(诗说)又曰:句法尚健。(辑评)

【张曰】篇中皆假学仙致慨,与会静一首疑同时所作,盖暗指令狐也。句法老健,乃玉溪本色,虽涉铺排,而皆以气机运之,不同涂附,无庸强为分辨也。(辨正)又曰:诗多用道书语,寓意未详。冯氏谓为子直作,解多穿凿。大约此类诗愈

解愈使人迷,只宜阙疑,所谓"不食马肝,未为不知味"也。(会笺)

【按】冯氏以鸾凤指子直,张氏已谓其穿凿。屈氏以为悼亡,所据者亦仅"回生"、"却死"二语,然既"已仙去",即无所谓"回生"、"却死"。且"星机"二句,显见其人尚在,仅深情无路可通而已。姚、程二氏自寓之说似较上二说合理,然前段极状"长养三清境"之乐,已与义山身世不符,末句"相思不及群",又明言己有所思念,可见所寓者非身世之感。

此诗所"寓"之"怀",盖风怀也。对象为女冠。"彩鸾"四句,即以"长养三清境"点明对方所居者为道观。"烟波"四句,谓其远离人间,已脱世网,合当永驻紫霄。"金书"四句,描绘三清仙境情景:惟见金书,但闻玉管,有回生之草,却死之香。以上十二句为一大段,均想像鸾凤居三清仙境情景。以下十二句即转入己之怀想。"三岛"即指对方所居之仙境,二句谓可望而不可即。"骞树"二句,谓月中骞树,无劳援植之力;神禾自长,亦不用耕耘,盖状仙家之清闲。"斗龙"四句,以风、露、霜、日想像对方长居仙观之寂寥日月,"霜何早"、"日易曛",更显示年华之易逝。"星机"四句,以彼此相思作结。"星机"、"月杵"之语,亦即所谓"嫦娥应悔偷灵药,碧海青天夜夜心"也。

碧瓦

碧瓦衔珠树〔一〕,红纶结绮寮①〔二〕。无双汉殿鬓〔三〕,第一楚宫腰〔四〕。雾唾香难尽〔五〕,珠啼冷易销。歌从雍门学〔六〕,酒是蜀城烧〔七〕。柳暗将翻巷,荷欹正抱桥。钿辕开道入〔八〕,金管隔邻调〔九〕。梦到飞魂急〔一〇〕。书成即席遥[②]。河流冲柱转[③]〔一一〕,海沫近槎飘〔一二〕。吴市蠙蛦甲[④]〔一三〕,巴賨翡翠翘〔一四〕。他时未知意,重叠赠娇饶[⑤]〔一五〕。

校　记

①"纶"原一作"轮",蒋本、姜本、戊签、悟抄、席本、影宋抄、朱本并作"轮"。按:"纶"、"轮"通,详注。

②"遥"原一作"招",朱本、季抄同。

③"柱"原作"树",一作"柱",据蒋本、姜本、戊签、悟抄、席本、影宋抄改。

④"蠙蛦"原作"□(一作螾)蛦",据蒋本、姜本、戊签、钱本、影宋抄补正。冯注本作"蛸蠨"。朱注本作"蠵蛦"。

⑤"饶",蒋本作"娆"。

集　注

〔一〕【朱注】刘驹骖诗:"缥碧以为瓦。"山海经:"三珠树在厌火国北,生赤水上,树如柏,叶皆为珠。"【按】碧瓦,指青碧色琉璃瓦。

〔二〕【朱注】按沈约诗:"红轮映早寒,画扇迎初暑。"庾肩吾诗:"粉白映轮红。"庾信诗:"红轮帔角斜。"红轮不知是何物。杨用修云:"想是妇女所执如暖扇之类。"又唐太宗白日半西山诗:"红轮不暂驻。"此则谓红日也。左思魏都赋:"皎日笼光于绮寮。"注:"寮,窗也。"【程注】扇、日皆非也。观下"结"字,当是丝纶之纶。徐君蒨诗:"树斜牵锦帔,风横入红纶。"红纶二字原有本。【冯注】按:徐君蒨诗、庾信诗,皆非此所用。此当是窗网红帘之类。沈约(诗)……似相同也。纶、轮通用,频见晚唐诗。徐君蒨诗红纶当谓巾饰。此句红纶绮寮,谓窗格红色,又以彩绮结之。【按】红纶(轮同),即红纶巾,妇女所用之披巾。句意谓绮窗之上结以红纶巾。

〔三〕【朱注】太平御览:史记曰:"卫皇后字子夫,武帝侍衣,得幸,头解,上见其发鬒,悦之,因立为后。"按:今本史记无此语。【程注】西京赋:"卫后兴于鬒发。"李善注:汉武故事:"子夫得幸,头解,上见其美发,悦之。"【冯注】东观汉记:"孝明马皇后美发,为四起大髻,尚有馀,绕髻三匝,复出诸发。"

〔四〕见梦泽诗注。

〔五〕【冯注】庄子秋水篇:"子不见夫唾者乎?喷则大者如珠,小者如雾。"

〔六〕【冯注】列子:"韩娥东之齐,过雍门,鬻歌假食。既去,而馀音绕梁欐,三日不绝。"又:"韩娥曼声哀哭,一里老幼悲愁,垂涕相对,三日不食。娥复为曼声长歌,一里老幼喜跃抃舞,忘向之悲也。故雍门之人至今善歌哭,效娥之遗声。"

〔七〕【朱注】萧子显诗:"朝酤成都酒,暮数河间钱。"唐国史补:"酒则剑南之烧春。"【何曰】"烧"字押得奇。(读书记)

〔八〕【朱注】搜神记:"杜兰香数诣张硕,有婢子二人,大者萱支,小者松支,钿车青牛上,饮食皆备。"白居易诗:"曲江碾草钿车行。"【补】钿车,古时贵族妇女所乘以金宝装饰之车。

〔九〕【朱注】沈约诗:"金管玉柱响洞房。"李白诗:"玉箫金管坐两头。"

〔一〇〕【朱彝尊曰】险语。

〔一一〕【朱注】书传:"河水分流,包山而过,山见水中如柱然,故曰砥柱。"

〔一二〕【冯注】后汉书杜笃传:"海波沫血。"注曰:"水沫如血。"馀详海客。

〔一三〕【道源注】岭表录异:"蟕蠵俗谓之兹夷,乃山龟之巨者。潮、循人采之,取壳以货。要全其壳,须以木楔出肉,龟吼如牛,声响山谷。广州有巧匠,取其甲黄明无日脚者煮而拍之,陷黑玳瑁花,以为梳篦杯器之属,状甚明媚。"注:"甲上有散黑晕为日脚。"埤雅:"蠀蛦谓之蟦。自关而东谓之蝤蛴。"旧曰蛴螬化而复育,转而为蝉类。吴女以蝉蜕和凤仙捣之,染指甲,极红媚可爱。鱼玄机诗:"偏怜爱数螆蛦掌,每忆光抽玳瑁簪。"【朱曰】蟕蠵,大龟,其甲即玳瑁之类,故吴市有之,作蠀蛦非是。【冯注】山海经东山经:"深泽其中多蠵龟。"注曰:"觜蠵,大龟也。甲有文彩。"尔雅:"十龟,二曰灵龟。"注曰:"文似玳瑁,即今觜蠵龟,一名灵蠵,能鸣。"后汉书杜笃传:"甲玳瑁,戕觜觿。"汉书扬雄传:羽猎赋:"抾灵蠵。"注曰:"雄曰毒冒,雌曰觜蠵。"【按】冯注本作"觜蠵",朱注本作"蟕蛦",然不言所据何本。旧本多作"蠀蛦"、"蠀跠",无有作"觜蠵"者。疑诗中"蠀蛦"即"蟕(觜)蠵"之俗写。"兹夷"、"蠀蛦"同音,即指一物,非埤雅所谓蝤蛴也。故校字仍从旧本,释义则从道源及朱、冯二氏。

〔一四〕【朱注】说文:"賨,南蛮赋。"晋书食货志:"巴人输賨布,户一匹。"晋中兴书:"巴人谓赋为賨,因名巴賨。"招魂:"砥室翠翘，绁曲琼些。”注：“翠，鸟名；翘，羽也。”炙毂子：“高髻名凤髻，上有珠翠翘。”【冯注】扬雄蜀都赋：“东有巴賨，绵亘百濮。”应劭风俗通：“巴有賨人。高祖募取賨人定三秦。”后汉书南蛮板楯蛮夷传：“高祖定巴中夷人租赋，户岁入賨钱口四十。”【按】賨音从，此处与上句“市”对文，用如贡赋之意。

〔一五〕【程注】玉台新咏有汉宋子侯董娇饶诗。【按】娇饶指美女。

笺评

【朱彝尊曰】艳语本是义山本色，而错互其词，似亦讳之之意。（“无双”二句眉批）末二句，作未知彼意赠而试之，可；作恐其未知我意而赠以试之，亦可。赠者，赠甲、賨二物也。（复图本）

【徐德泓曰】此赋歌妓也。纯是虚拟之词。首二句，写画阁晓妆景象，殿鬓、宫腰，言其美也。“雾唾”二句，状其能歌，故下接歌筵以足意。“柳暗”四句，正写其年芳情丽，如柳之将舞，荷之正欹，乘绣车而入席调声也。下即从“隔邻”二字转落，言已不得与会，徒魂梦赴之，虽欲寄书而仍远。然此心急不自持，不啻河海之冲柱飘槎矣。其庶几致好物以将爱慕，纵未知其意若何，而我不可不多为赠耳。就诗而言，犹未失秣马秣驹之意。

【姚曰】此应是赋即席中所见，如天平座中诗之类。首四句，写居处深邃。“雾唾”四句，写色艺绝人。“柳暗”四句，无由得出。“梦到”四句，无由得近。末四句，恐此意之竟无由自通也。

【屈曰】一段宫殿之宏丽，佳人之秀色。二段佳人之才情。三段荷叶时往寻不能一见。四段叹其咫尺千里。五段欲以甲、翘相赠，永以为好之意。

【程曰】此诗情旨有类于杜牧之秋娘诗，似为宫女流落而作。"碧瓦"一联，言其久处华屋也。"无双"一联，谓其斗妍禁中也。"雾唾"一联，谓其沦落失所也。"歌从"一联，谓相逢之情事也。"柳暗"一联，谓栖托之幽寂也。"钿辕"一联，谓其征逐从人也。"梦到"一联，谓其追忆往事也。"河流"一联，谓其飘流无定也。"吴市"一联，谓杂佩南珍也。结联则叹其异日东西，不知何极，唯惜其娇娆而重叠其词以赠之也。

【冯曰】此在令狐子直家赋也。首韵言内相之府。次联言其贵重。三四两联似从彼之姿态，合到我之陈情，大有悲歌修好之迹，但夹写难分，统会其意可也。或次联即义山自负美才，三四联亦自写陈情姿态也。五六两联谓令狐归第，"隔邻"句盖属其代笔送入小斋。七联即"梦为远别"、"书被催成"之情事。八联以柱石仙槎比令狐，以河流海沫自比，冲而转，近而飘，接近而仍不合也。九十则谓自桂海巴蜀而回，屡有投赠之物，初不知其中心之永睽矣。若徒作艳体读，能无使诗魂饮恨哉！又曰："歌从"句喻己之陈情，可歌可泣。○"歌从"二句谓词哀心热。又似从巴蜀来，有为之致书修好者。○"钿辕"句（令狐）辟人开道而归。

【纪曰】此是尔时风气所染，雕琢繁碎，格意俱卑，于集中为下下。（诗说）杨、刘专学此种，遂使人集矢于义山。（辑评）

【张曰】碧瓦诸诗虽为"西昆"所祖，然玉溪诗体，全系托寓，"西昆"不过猎其辞藻耳。后人不能详义山之本事，因"西昆”而集矢义山，此阅诗者之过，非作诗者之过也。“雕琢繁碎，意格俱下”，只可施之“西昆”，与义山何与哉！（辨正）又曰：起联状其居之高华，次联写其人之尊贵。“雾唾”二句，一嚬一笑，皆耐人思。“歌从”二句，一乐一哀，令人难测。“柳暗”句彼之疏我，“荷欹”句我之恋彼。“钿辕”句忽似有意，“金管”句翻又无情。“梦到”、“书成”，望之欲穿；“河流”、“海沫”，引之将近。“吴市”四句，言从前屡有投赠，初不知其中心究何属也。义山是年（按指大中三年）选尉，京兆尹留假参军，此京兆尹不详何人，观其称牛僧孺曰“吾太尉”，必牛氏宗党无疑。参军一辟，或亦子直情不可恝，聊以此推荐，酬其陈情也欤？时必偶假以辞色，义山喜惧过望，故有此等诗也。（会笺）

【按】冯、张附会令狐，解多支离穿凿。谓作于大中三年，亦想当然。此与锦槛同属艳诗。诗中所咏对象，当为贵家姬妾。首联碧瓦绮寮，状所居之华丽，亦点明其贵家女子身份。次联赞其绝色，且示其为贵家宠姬者流。“雾唾”二句，谓其吹气若兰，香风馥郁，珠泪阑干，玉容寂寞，盖既赞其外形之美艳，又写其内心之苦闷，此正贵家姬妾之特点。“歌从”二句，写其行歌侑酒，技艺超绝。以上八句均就对方角度着笔。以下转写己之相思。“柳暗”二句，写其所居深巷院落，柳暗荷欹，环境幽静。“钿辕”二句，谓但见对方乘钿车开道而入，但闻调奏金管之声隔邻而传，而咫尺天涯，竟无由一见。“梦到”二句，谓梦魂虽有时而飞到对方之前，然书成竟无人可传，虽即席亦如遥隔。“河流”二句，似暗喻己虽如“冲柱转”之河水，“近槎飘”之海沫，徘徊流连于前后左右，然终未能好合。苏雪林谓"河流"句乃暗用尾生抱柱故事,则此句解作追求之执着,亦可通。末四句谓己虽欲赠以玳瑁甲、翡翠翘,然彼则未知我之痴情,惟重叠为诗以寄意而已。

拟意〔一〕

怅望逢张女〔二〕,迟回送阿侯〔三〕。空看小垂手〔四〕,忍问大刀头〔五〕？妙选茱萸帐〔六〕,平居翡翠楼〔七〕。云衣不取暖[①]〔八〕,月扇未障羞[②]〔九〕。上掌真何有〔一〇〕？倾城岂自由！楚妃交荐枕〔一一〕,汉后共藏阄[③]〔一二〕。夫向羊车觅〔一三〕,男从凤穴求〔一四〕。书成祓禊帖〔一五〕,唱杀畔牢愁〔一六〕。

夜杵鸣江练〔一七〕,春刀解石榴[④]〔一八〕。象床穿幰网〔一九〕,犀帖钉窗油〔二〇〕。仁寿遗明镜〔二一〕,陈仓拂彩球〔二二〕。真防舞如意〔二三〕,佯盖卧箜篌〔二四〕。濯锦桃花水〔二五〕,溅裙杜若洲〔二六〕。鱼儿悬宝剑〔二七〕,燕子合金瓯〔二八〕。银箭催摇落[⑤],华筵惨去留。几时销薄怒〔二九〕？从此抱离忧。

帆落啼猿峡,尊开画鹢舟。急弦肠对断〔三〇〕,剪蜡泪争流。璧马谁能带〔三一〕？金虫不复收〔三二〕。银河扑醉眼,珠串咽歌喉〔三三〕。去梦随川后〔三四〕,来风贮石邮〔三五〕。兰丛衔露重,榆荚点星稠〔三六〕。解佩无遗迹〔三七〕,凌波有旧游〔三八〕。曾来十九首,私谶咏牵牛〔三九〕。

校　记

①"衣",蒋本、姜本、戊签、钱本、影宋抄、悟抄、席本、朱本均作"屏"。

②"障",朱本、季抄作"遮"。

③"阄",朱本、季抄一作"钩"。

④"石",影宋抄、钱本、席本、朱本作"若"。

⑤"催"原作"摧",非,据悟抄,席本、朱本改。

集 注

〔一〕【冯注】原编集外诗。

〔二〕【朱注】潘岳笙赋:"辍张女之哀弹。"吴均诗:"掩抑摧藏张女弹。"【冯注】文选潘岳笙赋注:"闵洪琴赋曰:'汝南鹿鸣,张女群弹。'"江总杂曲:"曲中惟闻张女调,定有同姓可怜人。"【补】文选张铣注:"张女,弹曲名也,其声哀。"此用作歌舞女子代称。

〔三〕已见前无题(近知名阿侯)注。

〔四〕【朱注】吴均诗:"且复小垂手。"【姚注】乐府解题:"大垂手、小垂手,皆言舞而垂其手也。"【程注】梁简文帝诗:"摇曳小垂手。"

〔五〕【朱注】乐府:"何当大刀头?"【冯注】吴兢乐府古题要解:"古词'槁砧今何在',槁砧,𫓧也,问夫何处也。'山上复有山',重山为'出'字,言夫不在也。'何当大刀头',刀头有环,问夫何时当还也。'破镜飞上天',言月半当还也。"按:汉书李陵传:"陵故人任立政等至匈奴,见陵,未得私语,即目视陵,而数数自循其刀环,握其足,阴谕之,言可还归汉也。"环之喻还始此矣。四句领起别意。又补注曰:荀子:"绝人以玦,反绝以环。"

〔六〕【朱注】梁简文帝烛赋:"茱萸幔里铺锦筵。"张正见艳歌:"并卷茱萸帐,争移翡翠床。"

〔七〕【朱注】崔湜诗："草绿鸳鸯殿，花明翡翠楼。"

〔八〕【朱注】语林："满奋体羸畏风，侍坐武帝，屡顾云母幌，帝笑之，奋曰：'北窗琉璃屏风，似密实疏。'"【按】作"云衣"亦通。云衣，犹雾縠。

〔九〕【冯注】古杂诗："举袖欲障羞。"【按】月扇注见无题（凤尾香罗）。

〔一〇〕【冯注】御览引汉书："赵飞燕能掌上舞。"南史："羊侃儛人张净琬，腰围一尺六寸，时人咸推能掌上儛。"

〔一一〕【朱注】乐府杂录："张永元嘉技录有吟叹四曲，一曰楚妃叹。"高唐赋："闻君游高唐，愿荐枕席。"【程注】笙赋："荆王喟其长吟，楚妃叹而增悲。"

〔一二〕【程注】采兰杂志："九为阳数，古人以二十九日为上九，初九日为中九，十九日为下九。每月下九，置酒为妇女之欢。女子以是夜为藏钩之戏以待月明，至有忘寝而达曙者。"【按】馀详无题（昨夜星辰）注。

〔一三〕【冯注】晋书："潘岳总角，乘羊车入市，见者皆以为玉人，观之者倾都。"【按】朱注引晋书武帝掖庭并宠者众，常乘羊车恣其所适事（见宫中曲注）。视下"男从凤穴求"句，似冯注为是。详笺。

〔一四〕【朱注】杜甫诗："二毛生凤穴。"【程注】杜甫诗："凤穴雏皆好，龙门客又新。"【冯注】山海经："丹穴之山，有鸟状如鸡，五彩而文，名曰凤凰。"【补】北史文苑传序："潘陆张左，擅侈丽之才，饰羽仪于凤穴。"凤穴，喻文才荟萃之地。

〔一五〕【朱注】即右军兰亭帖。【姚注】法书要录："王右军与亲友修禊于兰亭，挥毫制序，兴乐而书，谓有神助，醒后再书，终不能及。右军自珍爱之,秘藏于家。七传而至智永,子徽之派也,舍俗为僧,居越之永欣寺。后授弟子辨才。唐太宗遣御史萧翼以计赚取。太宗不豫,命太子以此本从葬昭陵。”【按】馀参见送裴十四。

〔一六〕【朱注】汉书:“扬雄作广骚。又旁惜诵至怀沙一卷,名曰畔牢愁。”注:“畔,离也;牢,聊也。与君相离,愁而无聊也。”

以上为第一段。总叙与对方一夜相会离别,并追叙其人身份处境。

〔一七〕【朱注】夜杵,捣衣杵也。

〔一八〕【朱注】广雅:“若榴,石榴也。”【冯注】梁元帝乌栖曲:“芙蓉为带石榴裙。”谓制衣也。

〔一九〕【朱注】幰网,言床幔为网户纹。【冯注】周书:“纣为象床。”战国策:“孟尝君至楚,献象床,象床之直千金,孟尝君勿受。”说文:“幰,车幔也。”此则言床幔为网户纹。

〔二〇〕【道源注】集韵:“帖,床前帷也。”以薄犀为帖,钉于窗栊。【冯注】释名:“床前帷曰帖,言帖之而垂也。”此则言帖于窗栊。

〔二一〕【道源注】陆机与弟云书:“洛阳仁寿殿前有大方镜。高五尺馀,广三尺二寸,暗着庭中,向之,便写人形体。”

〔二二〕【朱注】武平一诗:“令节重遨游,分镳戏彩球。”按:打球即蹴鞠,本寒食事。又唐时清明有斗鸡之戏。陈仓乃暗用宝鸡事也。【程注】陈仓彩球,疑用鸡球事。唐书礼乐志:“天宝二年,始以九月朔荐衣于诸陵。又尝以寒食荐饧粥、鸡球。”王建宫词:“走马犊车当御路,汉阳公主进鸡球。”【冯注】刘向别录:“寒食蹴鞠,黄帝所造,本兵势也。或云起于战国。”鞠与球同，古人蹋蹴以为戏。玉烛宝典：“此节城市尤多斗鸡之戏。”左传：“季、郈斗鸡。”其来远矣。荆楚岁时记：“寒食斗鸡打球。”

〔二三〕【冯注】拾遗记：“孙和悦邓夫人，尝着膝上。和月下舞水精如意，误伤夫人颊，血流污袴，娇姹弥苦。”

〔二四〕【道源注】洛阳伽蓝记：“魏高阳王雍美人徐月华，能弹卧箜篌，为明妃出塞之曲。后为将军原士康侧室，徐鼓箜篌而歌，其声入云，行者俄而成市。”【冯注】箜篌有竖有卧。旧书志曰：“箜篌形似瑟而小，七弦，用拨弹之如琵琶。”此盖谓卧箜篌也。又曰：“竖箜篌，胡乐也，汉灵帝好之。体曲而长，二十三弦，竖抱于怀，用两手齐奏，俗谓之擘。”三才图会曰：“箜篌首尾翘上，虚其中，以两架承之为卧箜篌。”此联用意殊亵，盖隐语也。

〔二五〕【冯注】后汉书：“三月上巳，官民皆禊于东流水上，曰洗濯祓除，去宿垢疢为大禊。”注曰：“谓之禊也。”周礼：“女巫掌岁时以祓除疾病。”韩诗曰：“郑国之俗，三月上巳之溱、洧两水之上，招魂续魄，秉兰草，祓除不祥。”一说云：“后汉有郭虞者，三月上巳产二女，二日中并不育。俗以为忌，至此月日，讳止家，皆于东流水上为祈禳，自洁濯，谓之禊祠。”汉书沟洫志：“来春桃花水盛。”注曰：“韩诗传云：三月桃花水。”【朱注】张正见诗：“影间莲花出，光涵濯锦流。漾色随桃水，飘香入桂舟。”

〔二六〕【朱注】北史：“窦泰母梦风雷，有娠，期而不产，甚惧，有巫者曰：‘度河湔裙，产子必易。’便向水所，忽见一人曰：‘当生贵子，可徙而南。’母从之，俄而生泰。及长，为御史中尉。”楚辞：“采芳洲兮杜若，将以遗兮下女。”【冯注】玉烛宝典:"元日至月晦,人并度水,士女悉溅裳,酹酒水湄,以为度厄。今惟晦日临河解除,妇人或溅裙。"此句则指上巳事。

〔二七〕【朱注】唐书车服志:"一品至六品以玉金饰剑,给随身鱼。"【姚注】水经注:"范文,本日南西卷县奴也。牧羊涧中,得两䱌(按水经注作"鲤")鱼,欲私食之。郎知,诘文,文云:'将砺石还,非鱼也。'郎至鱼所,果见两石。文异之。石有铁,文因入山中,就石冶铁,作两刀,举刀向鄣,咒曰:'䱌(鲤)鱼变化,冶石成刀。斫石鄣破者,是有灵神,文当治此。'因斫石鄣,如龙渊、干将之斩芦刍,遂君其地。"【按】此似谓剑端以鱼坠为饰。

〔二八〕【朱注】西京杂记:"汉元后在家,尝有白燕衔石,大如指,堕后绩筐中。后取之,石自剖为二,其中有文曰:'母天后地。'后乃合之,遂复还合。及为后,尝置玺笥中。"【冯注】按:简狄有玄鸟坠卵,覆以玉筐,吞之生契之事。见吕氏春秋、宋书符瑞志诸书。而金瓯如南史朱异传:"梁武言:'国家犹金瓯,无一伤缺。'"合之燕子,固不符也。朱氏引车服志佩鱼佩剑,姚氏又引水经注日南范文得两䱌(鲤)鱼,冶作两刀,以解"鱼儿"句,亦误。且当阙疑。

〔二九〕【朱注】神女赋:"頩薄怒以自持兮。"

以上为第二段。叙欢会之情景,并过渡到饯别。

〔三〇〕【道源注】李季兰诗:"弹得相思曲,弦肠一时断。"

〔三一〕【朱注】甘泉赋:"璧马犀之瞵瑞。"注:"作马及犀牛为璧饰也。"【冯注】文选作"璧",汉书作"壁"。【徐注】渚宫故事:"宋沈攸之厩中群马每夜腾掷惊嘶。令人伺之,见一白驹,以绳缚腹,超轶如飞,掩之不及。视厩犹阖,纵入阁内。

问内人，惟爱妾冯月华臂上玉马以绿绳穿之，卧辄置枕下，夜或失所在，旦则如故，视其蹄果有泥迹。攸之亡，不知所在。”句用此事。

〔三二〕【朱注】吴均古意：“莲花衔青雀，宝粟钿金虫。”李贺诗：“坡陀簪碧凤，腰褭带金虫。”或曰：金虫，簪饰也。【徐注】宋祁益部方物志：“金虫出利州山中，蜂体绿色，光若金星，里妇取佐钗镮之饰。”

〔三三〕【冯班注】礼记：“累累乎端如贯珠。”毛诗：“串夷载路。”串、贯通，古今字也。【冯注】按：尔雅：“闲、狎、串、贯，习也。”义本相同，故互用。周伯琦六书正讹以为“贯”俗作“串”者，非也；亦非古今字之异。【朱注】白居易诗：“何郎小妓歌喉好，严老呼为一串珠。”自注：“严尚书与于驸马诗云：莫损歌喉一串珠。”

〔三四〕【朱注】洛神赋：“于是屏翳收风，川后静波。”注：“川后，河伯也。”

〔三五〕【朱注】乐府丁都护歌：“愿作石尤风，四面断行旅。”【程注】江湖纪闻：“石尤风者，传为石氏女嫁为尤郎妇，情好甚笃。尤出不归，妻临亡叹曰：‘吾恨不能阻其行以至此，今凡有商贾远行，吾当作大风，为天下妇人阻之。’自后商旅发船，值打头风，则曰：‘此石尤风也。’妇人以夫姓为名，故曰石尤。”【冯注】容斋五笔：“石尤风，不知其义，意其为打头逆风也。唐人诗好用之。陈子昂、戴叔伦、司空文明云云。计南朝篇咏必多用之，未暇忆也。”困学纪闻：“石尤，李义山作石邮，杨文公亦作石邮。”按：邮与尤同，见汉书注。江湖纪闻“传闻石氏女嫁为尤郎妇”云云，此后人妄谈，不可信也。

〔三六〕见圣女祠五排。

〔三七〕【朱注】列仙传："江妃二女,出游汉江湄,逢郑交甫,挑之,不知其神人也。女遂解佩与之,交甫悦,受佩而去。数十步,空怀无佩,女亦不见。"

〔三八〕【朱注】洛神赋:"凌波微步。"

〔三九〕【道源注】古诗十九首其九首云:"迢迢牵牛星,皎皎河汉女。"洛神赋:"咏牵牛之独处。"

以上为第三段。叙离别情景,并总束全篇。

笺 评

【姚曰】首四句,从别意总挈全篇。此下二十四句,皆欢会之乐。"银箭"下十二句,乃所拟别意也。○"几时"二语妙。上句,合时不轻合也;下句,别时难为别也。是全首关键处。

【屈曰】一段总起别情。二段往日相亲。三段往日嬉游。四段别时情况。五段今日不能忘也。

【程曰】此诗不知其所指,以事推之,乃宫掖之放还者。考新书:宣宗大中元年二月癸未,以旱避正殿,减膳,罢太常教坊习乐,出宫女五百人。义山殆于此时有所感遇而发欤?

【冯曰】艳体不待言矣。首二联点明相别。"妙选"四联追叙幼时,富丽中已含尖毒。"夫向"四联谓于归之事。"真防"三联已详句下(见下引)。"银箭"二联正谓将别。"落帆"二联交写别情。"璧马"以下则统言从此离情难诉,追昔抚今,而私愿不可遂也。此种笔墨,重伤忠厚矣。○又句下笺曰:("妙选"八句)追叙未婚时居处之事。("夫向")以下五联谓择对成婚。("夜杵"二句)谓制衣也。("陈仓"句)此句似谓采饰耳。以上三联(指"夜杵"三联),谓衣服房闼器饰。(“濯锦”二句)此联隐谓浣濯与生子。(“鱼儿”二句)其意则谓生男女也。(“几时”四句)一篇转捩处。“摇落”指伤逝。(“急弦”二句)两情伤别之景。(“璧马”二句)固言不事妆饰,亦寓两人不得再合也。(按:以上句下笺,原附注中,因颇多谬误,故酌移此。)

【纪曰】此是艳词,更无寓意。(诗说)起四句总提。“银箭”四句上下转关。后四句总收。局亦清整。(辑评)

【张曰】此益知为柳枝作。“怅望”四句总起,张女指柳枝,阿侯自喻。“妙选”二句,从其居处叙起。“云屏”二句,言其婉媚。“上掌”四句,言其沦落乐籍,供人欢谑。“夫向”四句,言其求人而事,良时久稽,即序所谓“闻十年尚相与,疑其醉眠梦物断不娉”之意。“夜杵”十二句,叙与其欢会之迹,“濯锦”一联,亦序中“邻当去溅裙水上,以博山香待与郎俱过”也。“银箭”四句,实叙离别,为一篇之转捩。“急弦”二句,不忍分手之态。“璧马”二句,为人取去之恨。“银河”二句,预想其相思。“去梦”二句,分写彼此离情。“兰丛”二句,借点时景。“解佩”四句,总结在洛欢踪。诗中全用洛神故实作点染,以柳枝洛中里娘也。又案柳枝序述柳枝相约俱过,即云:“余诺之,会所友有偕当诣京师者,戏盗余卧装以先,不果留。”是柳枝与义山两情相慕,实未交欢也。然据此诗中段所叙,则实有欢会之迹,盖序文不无回护耳。(会笺)又曰:岂有一面之缘,即缱绻恋恋如是耶?当以此诗为凭。○此篇多假洛神寄慨,确为柳枝而发,中数联写得最旖旎动人。(辨正)

【按】此诗体之游仙窟也。全篇叙与女子欢会别离始末。“怅望”四句,总起全篇。张女、阿侯,同指其人,并借点其身份（贵家姬妾、歌伎）。幽期密约，延颈而望其来，故曰“怅望逢张女”；欢毕而别，迟回不忍其离去，故曰“迟回送阿侯”。“逢”“送”二字，概括一夜情事。三四则谓今日虽得睹其舞姿，未知何时得再逢也。“妙选”四句，谓其人为贵家选取，居于翡翠楼中，茱萸帐里，云裳月扇，娇羞婉媚。“上掌”四句，谓其人虽色艺殊绝，然充贵家后房，实乏真实情爱与自由，盖贵家姬妾成群，供贵显取乐调谑者固不乏人。“夫向”四句，谓其人苦闷寂寥，不得不求外遇，觅“夫”于羊车，求“男”于凤穴，欲得貌美才高之文士，而其愿难遂，终日惟临帖学书，百无聊赖而已。以上十二句，总言其人之色艺绝佳而处境苦闷。“夜杵”十二句，正面描写二人欢会情事，其中颇多猥亵之隐语，不独“真防”一联为然也。设喻之辞意，均与游仙窟相近。春刀，似是喻女子纤手；石榴指裙；明镜指床上之镜。“银箭”四句，叙欢毕设宴饯别。“帆落”四句，写舟中饯别情景，味“帆落”“鹢舟”语，似对方系乘舟离去，故下有“川后”“石邮”语。“肠对断”“泪争流”，谓双方各肠断而泪流也。“璧马”四句，谓因伤别，故对方不事妆饰，歌喉凝咽，惟抬醉眼以望牛女相隔之银河而已。“去梦”四句，谓一别之后，重逢无期，惟梦随川后，追踪伊人；而重来之望，殊属渺茫，犹舟行之遇石尤风也。“兰丛露重”、“榆荚星稠”，是欲晓未晓景象，正点别时。末四句总结全篇。追溯前事，犹郑交甫之遇江滨神女，遗迹杳然，惟记忆中有此一段情缘而已。今日惟如牛女之相望，故作此诗以寄意也。此诗除中段多隐语外，辞意尚称显豁。冯氏句下笺多误。张氏附会柳枝事，亦非。盖诗中女主角是已为贵家姬妾而有外遇，与柳枝先与义山有情复被东诸侯取去迥异。题为“拟意”，或为代言之作。

日高

镀镮故锦縻轻拖[①]〔一〕，玉笢不动便门锁〔二〕。水精眠梦是何人〔三〕？阑药日高红髲鬈[②]〔四〕。飞香上云春诉哀[③]〔五〕，云梯十二门九开[④]〔六〕。轻身灭影何可望？粉蛾帖死屏风上〔七〕。

校　记

①“拖”原一作“袘”。

②“阑”，他本多作“栏”，字通。

③“哀”，蒋本、姜本、戊签、悟抄、席本、钱本、影宋抄、朱本作“天”。

④“开”，蒋本、姜本、戊签、席本、朱本作“关”。

集　注

〔一〕【朱注】广韵：“镮，指镮也。”以金镀之曰镀镮。真诰：“欲闻起居，金为盟书。”注：“谓受此宜用金镮二双。”黄庭经：“黄庭为不死之道，受者盟以玄云之锦九十尺。”韵会：“縻，系也。”“袘，衣裾也。”【冯注】史记上林赋：“宛虹拖于楯轩。”又曰：“拖蜺旌。”一音徒我反，一音徒可反。袉与拖通。说文引论语“朝服袉绅”，唐左切。此句用韵皆合。若袘字，虽玉篇曰：“袉，俗作袘。”然其本音非此韵也。徐曰：“镀镮谓门镮。以故锦系镮，便于引曳，宫禁之制如是。”【按】下云便门锁，镮自指门镮。徐解是。

〔二〕【道源注】黄庭内景经：“玉笢金钥长完坚。”注：“道经云：

'善闭者无关揵不可开。"按筦字字书不载,或谓即匙也。【程注】按字汇补即"匙"字。【按】句意谓便门上锁钥坚固,玉匙未动,暗示人尚高卧未起。

〔三〕【朱注】水精眠梦,谓眠梦于水精宫也。【朱彝尊曰】此即帘间未起之人。【按】水精,即水精帘,朱彝尊解是。

〔四〕【朱注】栏药即药栏。说文:"㚟,鬌也。"按"䰕"字字书亦不载。甘泉赋:"崇丘陵之駊騀兮。"注:"駊騀,高大貌。"㚟䰕当亦此意。【冯注】药,芍药也。诗:"不屑髢也。"笺曰:"髢,㚟也。"说文:"㚟,益发也。平义切。"按:"䰕"字旧字书皆无,今见字汇补,即据此诗耳。㚟䰕如曰矮堕也。朱长孺谓当作駊騀解。余考广韵"駊䰕,马摇头貌",而韩偓香奁集"酒荡襟怀微駊騀,春牵情绪更融怡",又世说"嵇叔夜醉,傀俄若玉山将颓",或作嵬峨,皆假借通用。此则以红药㚟䰕状内人睡态也。若朱氏引甘泉赋"崇邱駊騀",则是高大貌,义不同矣。【按】駊䰕、駊騀,均叠韵联绵字,不可分解。说文解駊騀为马摇头,韩偓诗"酒荡襟怀微駊騀"之駊騀亦摇荡之意。义山此句"㚟䰕"正形容红艳之芍药在春风中微微摇荡之情状。此句虽似写实,然象征暗示色彩极浓,盖以栏中娇艳婀娜之芍药暗示"水精眠梦"之人情态。冯释㚟䰕为矮堕,无据。

〔五〕【补】此承"栏药"句,谓芍药之香气,飞上云天,而己之不可遏止之哀情亦欲随之而上诉于天。

〔六〕【朱注】招魂:"君无上天些,虎豹九关,啄害下人些。"【冯注】云梯十二,用十二楼,详九成宫。离骚:"吾令帝阍开关兮,倚阊阖而望予。"【钱良择曰】二句极言其不可即。【按】句谓天梯高不可援,天门九开而使人迷。

〔七〕【朱曰】言云天之高，门关之邃，非轻身灭影者不能到，徒如粉蛾之帖死于屏风耳。【朱彝尊曰】（"粉蛾"句）此状门外窃窥之人。【冯注】仪礼觐礼："天子设斧依于户牖之间。"注曰："依，如今绨素屏风也，有绣斧文。"史记："孟尝君待客坐语，而屏风后常有侍史主记所语。"【按】朱注是。冯氏为证成其讽敬宗之说（见笺）而引仪礼。然屏风何必天子？

笺　评

【朱彝尊曰】语僻而意自可解。（"栏药"句）句佳。

【姚曰】此叹两情之不易通也。上半首是赋，下半首是比。水精眠梦人，岂俗子所能亲近？徒如粉蛾之帖死于屏风耳。

【屈曰】美人日高尚眠于水晶之宫，而天高门邃，我既不能轻身灭影，将如粉蛾之帖死屏风，终身不得相见也。

【程曰】李德裕献敬宗丹扆六箴，其一曰"宵衣"，以讽视朝希晚。按史："上视朝每晏，日绝高，尚未坐。百官班于紫宸门外，老病者几至僵踣。谏议大夫李渤白宰相，请出阁待罪。左拾遗刘栖楚至叩额进言，见血不已。"此当时大事也。义山故有此诗。起二句言宫殿晏开。次二句言荒于内宠。次二句言朝士难于候扇。末二句言敬宗以此丧身。其所谓粉蛾者，以蛾眉喻郭才人也。后妃传言"帝宠异之，即位逾年，即为贵妃"，故云。

【冯曰】人君励精图治，首重临朝，故李德裕献丹扆六箴，其一曰宵衣，以讽视朝稀晚。裴度亦以为言。其时谏议大夫李渤出次白宰相，请出阁待罪。既坐，班退。左拾遗刘栖楚极谏，叩头流血，帝为之动容。事皆见旧书纪传。"飞香"句谓此也。“粉蛾帖死”，所谓老病者几僵仆也。此本程氏徐氏之说而参定之。

【纪曰】亦长吉体。“栏药日高红髲鬌”自是佳句，长吉一派大抵有句无篇耳。（诗说）

【姜炳璋曰】此讽求仙也。敬宗晏起，耽于酒色，原不专是惑赵归真。而义山作诗之时，已非敬宗之世。盖目击武宗建道场、筑望仙台，宣宗受法箓，皆蹈前人故辙，因举求仙而享国二年之敬宗以为炯鉴。首言镀金为镮，旧锦为衣，轻裾是系，是老宫人守便门者。其所以日高未起，以水晶宫中夜与道士作箓事故也。飞香上升，诉之于天，云“春诉”者，春主发生，言诉天以祈长生也。岂知九关高悬，飞香不入，然则方士所言轻身灭影以成神仙，正如粉蛾帖死屏风，可冀望乎？末二极言神仙不可求，非以粉蛾必敬宗也。其后武宗以服长生药而死，宣宗以服李玄伯、虞紫芝药，疽发背死。义山谆谆为言，岂非先见之明欤？

【张曰】此假艳情寓可近而不可亲之意。篇中皆从想望着笔。结即“宓妃愁坐芝田馆，用尽陈王八斗才”意，或亦暗指令狐陈情不省欤？冯氏谓刺敬宗，说太迂晦。（会笺）

【按】程、徐、冯氏附会敬宗视朝稀晚事，迂凿而不可通。此诗内容，不过写一娇艳贵家女子，日高尚酣卧未起，而水精帘外窃观之人，则徒怀想望而不能亲近。此艳体诗常有之内容。概言之，则正所谓“偷看吴王苑内花”也。“水精眠梦”者，或为贵家姬妾一流。“栏药”句对“水精眠梦是何人”之设问，不作正面回答，宕开写景，推出栏中芍药于丽日春风中融怡摇荡之特写镜头，象征手法运用绝妙。陈贻焮先生谓“飞香”“粉蛾”象征“无法抑制的春情”和“绝望的相思”，亦善于妙悟。借李白诗句言之，则前幅即所谓“一枝红艳露凝香”，后幅则“云雨巫山枉断肠”是也。

可叹

幸会东城宴未回，年华忧共水相催。梁家宅里秦宫入〔一〕，赵后楼中赤凤来①〔二〕。冰簟且眠金镂枕〔三〕，琼筵不醉玉交杯〔四〕。宓妃愁坐芝田馆〔五〕，用尽陈王八斗才〔六〕。

校　记

①“后”，才调作“氏”。“楼”，悟抄作“宫”。

集　注

〔一〕【朱注】后汉书梁冀传：“冀爱监奴秦宫，官至太仓令，得出入妻孙寿所。寿见宫，辄屏御者，托以言事，因与私焉。”

〔二〕【冯注】飞燕外传：“后所通宫奴燕赤凤，雄捷能超观阁，兼通昭仪。时十月十五日，宫中故事，上灵女庙，吹埙击鼓，连臂踏地，歌赤凤来曲。后谓昭仪曰：‘赤凤为谁来？’昭仪曰：‘赤凤自为姊来，宁为他人乎？’”按：十月十五日共入灵女庙，歌上灵之曲，既而踏地为节，歌“赤凤来兮赤凤凰来兮”，详见西京杂记。因曲名与燕赤凤同，故以相诘怒。

〔三〕【朱注】杜甫诗：“恩分夏簟冰。”洛神赋注：“东阿王入朝，帝示甄后玉镂金带枕。”【按】金镂枕事，详见无题四首（其二）“宓妃留枕”注。

〔四〕【朱注】李白序：“开琼筵以坐花。”【冯舒曰】（“梁家”四句）可叹。【冯曰】何暇醉乎？【按】冯注非，详笺。

〔五〕【朱注】拾遗记:“昆仑山第九层,山形渐狭小,下有芝田蕙圃,皆数百顷,群仙种耨焉。”【程注】东京赋:“宓妃攸馆。”崔融贺芝草表:“灵草成田,聊比宓妃之馆。”【冯注】洛神赋:“余从京师,言归东藩,背伊阙,越轘辕,经通谷,陵景山。日既西倾,车殆马烦,尔乃税驾乎蘅皋,秣驷乎芝田,容与乎阳林,流眄乎洛川。”

〔六〕【冯注】宋人释常谈:“文章多,谓之八斗之才。”谢灵运尝曰:“天下才有一石,曹子建独占八斗,我得一斗,天下共分一斗。”按:所本未详,或标南史云云,检寻亦未见。万花谷才德类:“谢灵运云:天下才共一石,曹子建独得八斗,我得一斗,自古及今共用一斗。奇才博说,安足继之!”出魏志。按:今检魏志陈思王传无此语,而万花谷可据。虽已引释常谈,采以互证。

笺　评

【朱曰】秦宫、赤凤,以刺当时之事也。陈思之于宓妃,情通而不及乱,作者殆以自况欤?

【冯舒曰】(三四)可叹。

【朱彝尊曰】所刺不可得而知,玩第三句,岂当时有贵人年迈,而少姬恣行放诞者乎?(按冯引作钱曰。)

【杨守智曰】此等诗不必强解。

【贺裳曰】义山好作艳词,多入亵昵之态。如可叹一诗,……通篇皆鹑奔鹊强之旨,此则刺淫,非导欲也。(载酒园诗话又编)

【吴乔曰】此诗似与绹宴归而作。(“幸会”二句)得会为幸,未别而忧,情意可知。(“梁家”二句)此与贾氏、宓妃二语同意，皆非艳诗也。（“冰簟”句）述别后独处情事。（“琼筵”句）在席已不能醉。（“宓妃”二句）宓妃似比绹，陈王似自比。“愁”字，倒句也。顺之则在“宓”字上，乃自谓耳。绹之恨义山亦浅。夫常事既恨而不绝交，宴接殷勤以侮弄之，有送钩射覆等事，则城府深阻为可畏矣。是以君子恶之也。（西昆发微）

【胡以梅曰】虽刺当时贵家之乱而动其幽情忆意中人也。起是代为之语，言主人幸已宴会东城未返。人生忧年华如流水之相催，遂为秦宫、赤凤之事，冰簟可眠，琼筵可醉，其为荒淫秽乱真可叹也。岂比宓妃之愁坐仙馆，另有一种幽情静致，可动陈王之思而费才作赋者哉！宓妃必意中另有其人，朱笺谓作者自况诚有之，不然何必为古人之远想耶？按诗法宜远峰断岫，欲接不接方是佳境。义山艳情诸什，尤为玄之又玄，必三覆体认，拨草寻蛇，方有悟机，然通章神情原自朗然，未曾走失，盖中四句尽是重浊魔境，七八忽然清虚，岂有曲终奏雅，伦类驳杂，故知是转语，但其中必令人衬讲方得。是在读者识力到与不到耳。不醉言其沉湎不已。 可叹

【何曰】未详所指何人。○（“宓妃”）二句，言宓妃之事犹较此为未甚，所以深叹之也。○诗固工妙，但一首五人名，未免獭祭之病。（读书记）○秦宫、赤凤，奴隶下才，得近天子；陈王、宓妃，止于赠枕。年华似水，可堪不遇，所以叹也。○（“冰簟”句）得枕为幸，交接岂可期乎？（辑评）

【陆曰】此刺淫之诗。曰“幸会东城”，即“邂逅相遇”意。曰“宴未回”，即“不见复关”意。“年华忧共水相催”，即感甄所云“怨盛年之莫当”也。“秦宫”“赤凤”一联，言彼皆人奴，得通贵主，引之以自叹不如也。冰簟且眠，琼筵不醉，言

相望之殷，至于寝食俱废也。以上皆鹑奔鹊强之辞。末用陈王事点醒，所谓发乎情，止乎礼义者也。不然几为导淫之作矣。

【姚曰】此叹躁进之徒自失也。宴席易过，年华如水，苟非贞质，其不能自持者多矣。古人云"国风好色而不淫"，知及于淫者之非能真好色也。若如中联所云，岂不笑其迂，岂不疑其矫，不知遇合之难，虽智勇亦有所不可强。以陈王八斗之才幽通冥感，只传洛神一赋，岂屑效秦宫、赤凤之秽迹者哉！仕进者亦可以深省矣。

【屈曰】此首亦寓言。若作刺当时之事，何事乎？以秦宫为刺贵人，则赤凤又刺天子乎？似叹其所交非人，遇佳人而不识也。止言刺时事，浅近之甚，恐玉溪不如此浅近也。〇一二言佳会难再。中四邪淫之会偏易。结言正人之会难而又难，方应起句。〇诗家死典活用，岂如近人死用哉？坡仙云："解诗定此诗，必非知诗人"，可想。

【程曰】此谓彼姝非耦而叹也。当时女冠，如鱼玄机辈者，有为势力下材所持。起句自谓其尝有会合也。次句则慨其日月易逝也，三四言其所耦皆监奴、宫奴之辈。五句叹其失身，六句意其不乐。七句"愁"字顶上四语来。比之宓妃者，言妃意在陈王而不在五官中郎将，犹此女意在义山而不在若辈；比之芝田馆，明用仙家事，以言其为女冠。八句则自谓作诗之旨也。

【冯曰】题已显然，结句乃别有所指，非承三四也。义山诗轶者多矣，而此种大伤忠厚之篇，其不幸而传者乎？

【纪曰】三四太骂，殊无诗品。（诗说）

【姜炳璋曰】此刺公主为女道士而有淫媟之行也。会宴东城，相与往来宴会也。年华益壮，则忧思弥长，不克自持。正如孙寿之失身于秦宫，飞燕之失身于赤凤，纵有枕席之欢，终非夫妇之乐。斯时公主，亦尝自悔，然已坐芝田之馆，则如宓妃之费尽陈王心力，亦无益矣，二句一气说下。末句就对面说，陈王用尽才力，则宓妃不待言，重宓妃不重陈王也。盖请入女冠，筑观京邑，自难再请归宗、下令择婿，惟有愁怨而已，亦何苦为此哉！可叹也。或云义山以陈思自比，痴矣。

【曾国藩曰】此诗亦刺戚里之为女道士者。（十八家诗钞）

【张曰】此亦假艳情寓慨之作。首句机会可乘。次句光阴虚度。三四借古人幽期密约之事，以况今之不然。“冰簟”句偏教独处。“琼筵”句未能交欢。结慨费尽才华，而两情依然睽阻也。故以可叹命篇。通体皆是自伤遇合之无成，岂刺他人淫佚哉？颇似为子直作。冯氏谓大伤忠厚，非也。（会笺。又，辨正谓是艳情。）

【按】此诗写两种不同性质、不同遭遇之男女私情，胡氏曰“刺当时贵家之乱而动其幽情忆意中人也”，已揭示出其前后意脉上之联系。诗之前四句盖谓贵家妇女之私通监奴一流者，皆得如愿（赵后不必泥，统指贵家）。下四言如陈王、甄后之有真挚爱情者，反不能遂愿。“冰簟”句谓独处清冷；“琼筵”句谓意绪不佳，皆形容宓妃。曰“且眠”，曰“不醉”，均暗示遇合无缘、相思寂寥。“宓妃”二句谓宓妃因遇合无由而终日愁坐芝田之馆，陈王亦因此而用尽文思，徒赋洛神也。“愁”字正顶上五、六两句。前后对照，盖言无真情而苟合者遂愿甚易，有真情者反而分隔相思，不得遂愿，故曰“可叹”也。

至于此诗是否有寓托,则不易定论。无题四首(其二“飒飒东南”)后幅内容与此首有相类处,两相对照,似不能排斥此首亦有所托寓。

曲池〔一〕

日下繁香不自持〔二〕,月中流艳与谁期?迎忧急鼓疏钟断,分隔休灯灭烛时〔三〕。张盖欲判江滟滟〔四〕,回头更望柳丝丝。从来此地黄昏散,未信河梁是别离〔五〕。

集　注

〔一〕【冯注】按:即曲江也。汉书宣帝纪注:“立庙于曲池之北。”后人谓在曲江之北也。又名曲水。唐书及诗文中曲池、曲水习见,如本集曲水闲话是也。长安志:“街东第四街之最南名曲池坊,坊南街抵京城之南面,以近曲江园,故名。”

〔二〕【冯注】按尔雅:“觚竹、北户、西王母、日下,谓之四荒。”“日下”字本此。而日为君象,后人以之称京师。【按】日下指京师见世说新语排调“日下荀鸣鹤”。而此联“日下”“月中”对文,当兼指日光下。二句盖以丽日照耀下之繁花与月中流艳之嫦娥暗喻曲池宴席上之某一美丽女性。“不自持”,指己;“与谁期”,想像对方。

〔三〕【冯注】史记滑稽淳于髡传:“日暮酒阑,合尊促坐,男女同席,履舄交错,杯盘狼藉,堂上烛灭,主人留髡而送客,罗襦襟解,微闻芗泽,当此之时,髡心最欢,能饮一石。”

〔四〕【冯注】判,同拚,言登舟张盖而归。朱氏乃引搜神记“赵昞临水求渡，船人不许，乃张帷盖坐其中，长啸呼风，乱流而济”之事，非所用也。眪，后汉书方术传作“炳”。【按】判，通拚，系“舍弃”、“不顾惜”之意，虽亦可通，然此处以直接解作“分别”为宜（判袂之判）。滟滟，水波动荡闪光貌。

〔五〕【冯注】李陵别苏武诗：“携手上河梁，游子暮何之？”

笺　评

【金圣叹曰】此是先生观无常诗，而特指曲池以寄意也。言日下繁香，我或不得自持；若月中流艳，则复与谁为期乎？甚欲言别，即可竟别，初无尚须不别之故者也。然而终亦不忍其遽别者，诚预忧急鼓疏钟，此时一至，即以后休灯灭烛，与汝永违。为是而临期回惑，不知所措，是则诚有之也。○某尝忆七岁时，眼窥深井，手持片瓦，竟欲掷下，则念其永无出理，欲且已之，则又笑便无此事。既而循环摩挲，久而久之，瞥地投入，归而大哭，此岂宿生亦尝读此诗之故耶？至今思之，尚为惘然。因附识于此。○张盖欲判，眼前便真有此一辈粗率可笑人。回头更望，某尝告诸同学，学道人须是世间第一情种始得，今只看先生此语，便大信也。盖千古人流浪生死，止为生生世世，张盖便判，一切诸佛大师得成正觉，亦止为时时刻刻回头更望故也。末又言河梁未抵此别者，从来此事下愚之夫以为聊尔，上智之士无不大惊极痛也。（下愚之夫亦能大惊极痛，只是为期稍迟耳，言百年既尽，临死之日也。）

【吴乔曰】此诗似与绹游观时作。首二句谓白日犹不可知，黑夜更何能料。次二句在未别时预忧分隔。张盖，别时也。判者，舍之而去也。回头，别后也。望者，去而不忘也。即此大是不堪，何必苏、李胡汉之别乃足悲乎？

【朱彝尊曰】此必当时宴集之地。

【何曰】一往深情。（辑评）

【陆曰】此必狭邪之家，居傍曲池，义山偶至其地，而遂托之命篇耳。曰“不自持”，未免有情也。曰“与谁期”，又未尝定情也。未免有情，则当急鼓疏钟之断，能无忧乎？未尝定情，即至灯休烛灭之时，亦终隔耳。暨乎张盖欲行，回头更望，而我之系恋深矣。岂知此中人视聚散为故常，而绝不知有河梁携手之事乎？结语写出同床各梦，直可唤醒痴呆。

【徐德泓曰】此借题伤别而寓去国之思也。前半，言花于日下不克自持，尚为谁而夜开乎？以比不能自固于君，则无属矣。是以将晚而愁，既夜而别，犹云恩衰则忧，恩绝则去也。后半，言既不得不去，而尚不能忘情，昔谓河梁惜别，岂能抵此地之惨乎？读此，可想见款段出都之情况矣。（曲池）当是宴集之所。

【姚曰】曲池，乃所怀之地，故以命题，日下繁香，本来易落；月中流艳，却与谁期？此间有顷刻不忍别之意。而无如急鼓疏钟断处，辄复迎忧，休灯灭烛之时，便成间隔也。此即第七句所谓“从来此地黄昏散”者，岂知尚是短别，未是长别。忽而张盖中流，回头旧地，不觉视此虽近，邈若河山矣。然则昨夜黄昏，草草作别时，曲池已便是河梁也。分手即天涯，岂不信然！

【屈曰】起二句思无日夜。三正当好会时，四又不能会。五欲去，六又不忍遽去。故结言此地之别更惨于河梁也。

【程曰】诗似于长安有所不足于同年故人者。按唐人有责同年不与曲江游宴者云：“紫陌寻春，便隔同年之面；青云得路，悬知异日之心。”此诗即此义也。起二句言风光香艳，昼夜可游，我乃不能自持，人则谁与期集？三句言即使可期，不过片时，急鼓疏钟，忧愁引去矣。四句言终难契合，岂有长期灭烛休灯，隔离情分矣，五句言独坐无聊，己亦将去，江波滟滟，欲张盖而渡之。六句言当此好景，未免有情，柳线丝丝，更回头而骋望。七八句从“更望”二字生出感慨，言来游此地，率多轻薄之徒，饮酒言欢，情如胶漆，而黄昏散去，辄已相忘。彼固谓从来交情不过如此，直不信古有苏、李河梁之事矣，岂不深可叹哉！

【叶矫然曰】金圣叹谓义山指曲池以见意，似亦得解。第细注多以己意附会，未见明确。此诗看末二语，知曲池为古迎送饯别之地，如灞上、劳劳亭之类。早日花香，夜月光影，皆日夜中自然景况。“急鼓断钟”，夜已尽也；“休灯灭烛”，天将曙也。曙而复旦，所见张盖映江，回头折柳，景色不殊，往来如故。即子美所云“歌泣如昨日，闻见同一声”之妙。盖此地日暮人散，夜去朝来，纷纷攘攘，总无已时。然天地蘧庐，人生逆旅，愚者不知，智者不免，能信为别离者乎？结语无限感慨。（龙性堂诗话）

【冯曰】此宴饮既罢，有所不能忘情之作，与上章（指镜槛）略同，非义山将行役也。

【纪曰】此与“一岁林花”一首同一意调，但彼气脉较深厚，一结亦不似此之尽言尽意，故舍此取彼。凡诗无情致则粗浮不文，然但有姿媚而乏筋节，其弊亦有不可胜言者，迁流所至，不得不预为防也。（诗说）“迎忧”字太造，“休灯灭烛”四字复，结亦太尽。（辑评）

【张曰】首句情不自禁。次句竟不见答。三四侵晨而往，涉暮始归。"张盖"二句,留连不忍去之意。结言从前何尝有此,今则距人千里,无异生离死别矣。必非艳情,盖亦寓意令狐之作。晋昌里面曲池,颇可与上篇(指即日"小鼎煎茶")同参。(会笺)又曰:晚唐诗派,多有此种看似姿媚无骨,实则潜气内转,迥非后世滑调所能假托。纪氏一概诋之,此未能致力于唐贤诗律,所以语不中肯也。○曲池,即曲江也。余疑义山在京曾携家居此,此其别闺人作乎?后有曲水闲话、暮秋独游曲江二诗,似可互证。○思归诗:"旧居连上苑。"更可互证。余谓义山在京居曲池,固非臆说也。(辨正)

【黄侃曰】此诗为宴集惜别之作。首句言骤遇繁香,难于自禁;次句想其夜来更当何往?三句虑其将行,"迎忧"犹言豫愁尔;四句言其果去,与次句相应;七八句言惜别之情,过于河梁也。"分"字亦当时方语,犹今言"料定"尔。

【按】曲池系游宴之地。席中有诗人属意之女性。起二句"日下繁香""月中流艳"均指自己所属意之女子。"不自持",谓己情之难以自禁;"与谁期",进而写出己之想望。颔联写宴席行将结束时情景:急鼓疏钟之声一断,酒阑宴罢,主人送客,彼此分隔,将不胜其忧思矣。腹联续写与对方分别时怅然若失、依依不舍之情,"张盖欲判"似指己张车盖欲别,非指登船而去。尾联谓从来曲江黄昏之别,即远悲于苏李河梁也。视"分隔休灯灭烛时"之句,所属意之对象似为官僚家妓。作者暮秋独游曲江"荷叶生时春恨生"之"春恨",或与本篇所谓"黄昏散"有关。诗叙艳情无疑。程、张谓"不足于同年故人"、"寓意令狐",均不可从。按唐制:日暮,鼓八百声而门闭。急鼓响则将禁夜行，故酒席须随即散去，因而闻鼓声而忧。

向晚

当风横去幰〔一〕，临水卷空帷。北土秋千罢①〔二〕。南朝祓禊归〔三〕。花情羞脉脉，柳意怅微微。莫叹佳期晚，佳期自古稀。

校　记

①"土"，悟抄一作"里"，席本作"上"，蒋本、姜本、影宋抄、钱本作"去"，均非。

集　注

〔一〕【补】幰，车幔。此指有帷幔之车。潘岳藉田赋："微风生于轻幰。"

〔二〕【朱注】古今艺术图："秋千，绳戏，北方山戎以习轻趫。"

〔三〕【程注】博雅："禊腊，祓禊祭也。"庾信马射赋："虽行祓禊之饮，即同春蒐之仪。"【补】祓禊，古代消除灾邪不祥之仪式，常在春秋二季于水滨举行。三月初三日上巳修禊，尤为流行。王羲之兰亭诗序："暮春之初，会于会稽山阴之兰亭，修禊事也。"

笺　评

【杨守智曰】结出正意。

【姚曰】秋千祓禊，水散风销，正佳期向晚之景况也。纵花情柳意，含蕴无穷，然天下岂有不散之佳期耶？

【冯曰】五六俗甚。

【纪曰】格意卑靡。(诗说)

【张曰】此是义山少作,故骨格尚未大成,然诋为卑靡,则不切也。(辨正)

【按】此似春日郊游有所遇,向晚分别而怅然若失也。起写去幰当风而横,临水而卷,正向晚时其人将归未归情景。次联以"罢""归"二字点醒春游之结束。"秋千"、"祓禊",均指春游情事,"北土"、"南朝",就南北习俗言。颈联借花、柳写双方怅别情景。结言莫叹佳期已晚,当知佳期自古即稀,有此佳期已自不易。此聊自慰藉语。所遇者或贵家姬妾歌伎。

拟沈下贤〔一〕

千二百轻鸾〔二〕,春衫瘦着宽。倚风行稍急〔三〕,含雪语应寒〔四〕。带火遗金斗〔五〕,兼珠碎玉盘〔六〕。河阳看花过,曾不问潘安〔七〕?

集 注

〔一〕【冯注】旧书柏耆传:"李同捷叛,穷蹙求降。耆既宣谕讫,与节度使李祐谋,耆乃帅数百骑入沧州,取同捷赴京。沧、德平,诸将害耆邀功,上表论列,文宗不获已,贬循州司户,判官沈亚之贬虔州南康尉。"晁氏读书志:"沈亚之集八卷。字下贤,元和十年进士,累进殿中丞、御史、内供奉。太和三年,柏耆宣慰德州,取为判官。耆罢,亚之贬南康尉。后终郢州掾。亚之以文词得名,常游韩愈门。李贺、杜牧、李商隐俱有拟沈下贤诗,亦当时名辈所称许云。"按:

下贤吴兴人，昌谷所云“吴兴才人怨春风”也。晁氏作长安人，似误。昌谷、樊川之诗非拟也。亚之诗，宋志云十二卷，今存者不及三十首。太平广记引异闻集：“大和初，亚之出长安，客橐泉邸舍。春时昼梦入秦，公主弄玉婿萧史先死，拜亚之左庶长，尚公主，侍女分列左右者数百人。亚之居翠微宫，宫人呼为沈郎苑。复一年，公主卒，公使亚之作墓志铭云云。”

〔二〕【何注】千金方房中补益论：“彭祖曰：昔黄帝御女一千二百而登仙，俗人以一女伐命，知与不知，相去远矣。”事出鬻子，亦见抱朴子。（辑评）【冯注】汉书王莽传：“黄帝以百二十女致神仙。”按：飞卿答柯古诗“一千二百逃飞鸟”，即此句事。若更有典，俟考。

〔三〕【朱注】稍，上声。【何曰】舞。（辑评）【按】行，音杭，指舞行。

〔四〕【何曰】歌。三四即下“不问潘安”也。（辑评）【按】“含雪”即“红绽樱桃含白雪”，指齿之洁白，兼用歌郢雪典。

〔五〕【道源注】金斗，熨斗也。隋书：“李穆奉熨斗于高祖曰：‘愿以此熨安天下。’”梁简文帝诗：“熨斗金涂色。”【冯注】淮南子：“炮烙始于熨斗。”帝王世纪：“纣欲重刑，乃先为大熨斗，以火爇之，使人举不能胜，辄烂手。”晋东宫旧事：“皇太子纳妃，有金涂熨斗。”

〔六〕【程注】三辅黄图：“董偃尝卧延清之室，以紫玉为盘，又以水晶为盘，贮冰于膝前。侍者谓冰无盘必融湿席，乃拂玉盘落，冰玉俱碎。”张衡诗：“美人赠我青琅玕，何以报之双玉盘。”【朱注】白居易诗：“大珠小珠落玉盘。”【冯曰】极写娇憨。【按】此句疑承四句写歌声，如珠与玉盘皆碎，极形其清脆。

〔七〕【程注】白帖:"晋潘岳为河阳令,遍树桃李,号河阳一县花。"庾信春赋:"若非金谷满园树,即是河阳一县花。"杜甫诗:"恐是潘安县,堪留卫玠军。"

笺　评

【姚曰】此于众中惊艳之词。千二百轻鸾,皆花材妙选也。顾于其中尤为秀绝,倚风含雪,真天上人矣。五六极写其娇贵,金斗玉盘,视同粪土。神仙游戏,虽潘安尚不在眼,何况其他!

【屈曰】此首亦无题诗。前四皆想像近时情况。五六思往事。金斗带火,热也;碎珠而兼碎玉盘,娇嗔也。往日之情如此。花为潘安所栽,乃今日看花已过而不问潘安,往日之情何在?

【程曰】拟沈下贤,即惋惜沈之贬也。前四句惜其孤立单寒,为众所挤,如受风雪侵凌,势难自遂。五六言众嫉柏耆并中伤之。七八言今人咸称诛同捷功而不复念奏绩何人,为可深惜也。

【冯曰】艳体也。云拟沈则未详。异闻集云:……亚之尚弄玉公主,居翠微宫,侍女数百人,疑此亦暗咏主家事与?

【纪曰】一字不解,然不解处即是不佳处,未有大家名篇而僻涩其字句者也。(诗说)

【张曰】刻镂处略似沈,寓感则未详也。(会笺)又曰:不解所指,何以知其不佳?观"不解处即是不佳处"语,可知纪氏动以不佳诋古人者,实由于己不能解耳。古人诗句,何尝僻涩哉!(辨正)

【汪辟疆曰】冯浩玉溪生诗详注引异闻集此文（按：指沈亚之秦梦记），疑义山亦暗咏主家事，殊无左证，姑备一说可耳。（唐人小说秦梦记）

【按】此拟沈下贤戏作艳体也。首二总写众艳，谓纷然在目，如千二百轻鸾，体态轻盈，故春衫虽瘦而着之犹宽也。三四用飞燕、郢雪，分写众艳之轻歌曼舞。五六谓其遗带火之金斗，碎盛珠之玉盘，状其娇憨得宠，与"钿头银篦击节碎，血色罗裙翻酒污"意致相近。末谓其人竟莫肯我顾。"看花"者与潘安实即一人，指作者自己，不必拘泥于原典。"花"即首句所谓"千二百轻鸾"也。此诗或为戏咏营妓歌舞之作。

俳谐〔一〕

短顾何由遂？迟光且莫惊。莺能歌子夜，蝶解舞宫城〔二〕。
柳讶眉伤浅①，桃猜粉太轻。年华有情状，吾敢惜生平②〔三〕！

校　记

①"伤"，朱本作"双"。

②"敢惜"，朱本、季抄作"岂怯"。"生平"，原作"平生"，据蒋本、悟抄、朱本改。

集　注

〔一〕【朱注】杜诗有俳谐体。【程注】隋书经籍志："俳谐文十卷，袁淑撰。梁有续俳谐文集十卷。"【冯注】史游急就篇："倡优俳笑。"挚虞文章流别论："五言于俳谐倡乐多用之。"按：后汉书："蔡邕曰：'作者鼎沸，下则连偶俗语，有类俳优。'"而古散乐有俳乐辞,是其始也。【按】俳谐,戏谑取笑之言辞。北史李文博传:"好为俳谐杂说,人多爱狎之。"杜甫戏作俳谐体遣闷二首,其一云:"异俗吁可怪,斯人难并居。家家养乌鬼,顿顿食黄鱼。旧识能为态,新知已暗疏。治生且耕凿,只有不关渠。"此自指语言通俗、带有谐谑情趣之诗体。

〔二〕【道源注】唐六典:"都城三重:外一重名京城;内一重名重城;又内一重名宫城。"【冯注】唐六典:"宫城在皇城之北。"句是泛言城阙。

〔三〕【冯注】广韵:"吝,良刃切。悔吝,又惜也,恨也。俗作𠫤。鄙恡,本亦作吝。"【按】悋,惜。

笺评

【朱彝尊曰】以俳谐命题,自表其语纤而意浅也。后人自以此语意为能事者,岂不可嗤!

【何曰】中四句年华情状。(辑评)

【陆鸣皋曰】此言遇合有时,盖谓急则难遂,而迟亦无妨。彼莺蝶之类,时至亦能歌舞,而况人乎?或谓不能如桃柳之颜以工媚,故难以悦人,而不知期候早晚,自有定数,安可不自坚其志意也!

【姚曰】俳谐,通俗语也。此亦随俗应酬之语,不经研炼而成。篇中莺蝶柳桃等,句法犯叠。既欲通俗,便不必细检也。

【程曰】杜子美戏为俳谐七律一首,所言亦就景物寓意,大抵轻薄之词,而近于俳优之诙谐也。此诗分明邂逅调笑之情,故亦以俳谐名篇。

【冯曰】寓言我虽有才,人未心许。

【纪曰】太纤。（诗说）俳体亦有分寸，此嫌太纤。（辑评）

【张曰】俳体不嫌太纤，然笔力老健，是玉溪本色，则非后来所及。（辨正）

【按】诗写女子希冀顾盼赏识之急切心情。首句一篇之主。次句谓时光虽晚，然且莫惊心，系自慰语。中二联谓己能歌解舞，眉浅粉轻，即所谓"年华情状"。末联则谓年华易逝，情状易变，岂能惜此平生而不急求遇合乎？颇似有托而言。

效徐陵体赠更衣〔一〕

密帐真珠络①〔二〕，温帏翡翠装〔三〕。楚腰知便宠，宫眉正斗强〔四〕。结带悬栀子〔五〕，绣领刺鸳鸯〔六〕。轻寒衣省夜，金斗熨沉香〔七〕。

校　记

①"真"，朱本一作"珍"，同。

集　注

〔一〕【冯注】史记："卫子夫为平阳主讴者。武帝过平阳主，既饮，讴者进，上独说子夫。是日武帝起更衣，子夫侍尚衣轩中，得幸。"乐府诗集有更衣曲。【按】更衣，换衣。此指侍更衣者。

〔二〕【道源注】杜阳杂编："同昌公主堂中设连珠之帐。"外国传："斯条国王作白珠交结帐。"【程注】古诗："醉后佳人脱锦袍，美人扶入真珠帐。"【冯注】魏略："大秦国明月夜光珠帐。"此谓帐中络以真珠也。

〔三〕【朱注】招魂:“翡帷翠帱,饰高堂些。”【按】此谓床帏以翡翠羽作饰。

〔四〕【姚注】古今注:“魏宫人好画长眉,今多作翠眉惊鹤髻。”

〔五〕【朱注】本草:“栀子花六出,甚芬香,俗说即西域薝蔔花也。”梁徐悱妻刘氏诗:“同心何处恨?栀子最关人。”【姚注】庾信诗:“不如山栀子,犹解结同心。”

〔六〕【朱注】汉书:“广川王去姬为去刺方领绣。”晋灼曰:“今之妇人直领也。绣为方领,上刺作黼黻文。”费昶捣衣诗:“方绣领间斜。”【冯注】沈约集有领边绣诗。【按】栀子、鸳鸯,象征“同心”。

〔七〕【姚注】梁简文帝诗:“熨斗金涂色。”

笺评

【姚曰】此为希宠未遇者发。

【屈曰】一二闺房帏帐。三四美人佳丽。五六美人妆束。七春宵,八比也。

【冯曰】上六句皆为更衣作势,结乃点明。首尾两联律句也,中四句皆不粘,与上章(指齐梁晴云)同,即齐梁体也。

【按】赠“更衣”者,赠歌伎也。视“楚腰”“宫眉”“绣领刺鸳鸯”等语可知。末联谓其当轻寒衣减之夜,正以金斗熨衣而待“更衣”也。屈笺是。此效齐梁体之艳诗。

又效江南曲①〔一〕

郎船安两桨〔二〕,侬舸动双桡〔三〕。扫黛开宫额②〔四〕,裁裙约楚腰。乖期方积思,临醉欲拌娇③〔五〕。莫以采菱唱④,欲羡秦台箫〔六〕。

校　记

①戊签题无“又效”二字，非。

②“开”，悟抄作“斗”。

③“醉”，朱本作“酒”。“拌”，姜本作“判”，朱本一作“拚”，并同。

④“唱”，朱本一作“曲”。

集　注

〔一〕【朱注】古今乐录：“梁武帝改西曲，制江南上云乐十四曲，江南弄七曲。”【冯注】又曰：“江南弄有江南曲。”按：“又效”者，承上章也。戊签无“又效”字，编冠五律，误矣，末联仍不粘也。

〔二〕【朱注】乐府莫愁乐：“艇子打两桨。”

〔三〕【朱注】方言：“南楚江湘，船大谓之舸，楫谓之桡。”

〔四〕【朱注】飞燕外传：“为薄眉，号远山黛。”烟花记：“炀帝日给宫人螺子黛五斛。”

〔五〕【陈帆曰】拚娇如谚云放娇也。（冯注引）【姚注】方言：“楚人凡挥弃物谓之拚。”

〔六〕【朱注】江南弄七曲，五曰采菱。

笺　评

【姚曰】此即碧玉歌“感郎千金意，回身就郎抱”之意，而又惟恐其不得当也。大指亦与上篇同。

【屈曰】结言莫厌贫贱而慕富贵也。

【程曰】齐梁晴云一首、效徐陵体赠更衣一首、又效江南曲一首，皆艳诗也，其间情事却有不同。齐梁晴云结句云："更奈天南位，牛渚宿残宵"，目成之景也；效徐陵体起联云："密帐珍珠络，温帏翡翠衾"，定情之景也；效江南曲中联云："乖期方积思，临酒欲拚娇"，怅别之景也。

【冯曰】此章可与河内诗湖中曲相证。

【纪曰】以上三首皆酷拟齐梁，非惟貌似，神亦似之。然齐梁此种原非高唱。（辑评）

【张佩纶曰】余评义山诗，增出刺郑颢之说，颇自觉其精当，已详考，墨诸书眉矣。更有未尽者，如又效江南曲云："莫以采菱唱，欲羡秦台箫。"意尤分明显浅。无题云："东家老女嫁不售，白日当天三月半。溧阳公主年十四，清明暖后同墙看。"老女自喻，公主以刺戚畹。蝶诗云："重傅秦台粉，轻涂汉殿金。"银河吹笙云："不须浪作缑山意，湘瑟秦箫自有情。"喻己以宗室流落，令狐、郑以戚党翩翔。无题二首一七律云："身无彩凤双飞翼，心有灵犀一点通。"一七绝云："岂知一夜秦楼客，偷看吴王苑内花。"亦言己虽疏远，而一心事主；彼虽贵近，而籍势干权。秦楼双凤，互相发明。冯孟亭乃谓次首乃窃窥王茂元姬人，太伤轻薄，何其目光如豆乎？不独此也，韩碑一首，亦是自喻。碑因唐安公主而仆，亦况令狐与郑颢以公主之势排陷异己，扶植私人，而己在摈斥之列耳。要之，宣宗一朝，专任元和子孙，固有成见。而倚任令狐，实因与郑氏姻娅之故；宠爱郑颢，实因公主下降之故。新旧书虽言之不详，其迹实不能掩，而读史者略之，甚至注义山之诗者亦略之。于是无题各篇，沉郁顿挫之怀，千古莫喻。强作解人，则以为刺入道公主而作。求之史，既于情事不合；且公主入道，即间有放恣，亦于国事何涉，而烦义山为之扬垢播污，谈及中冓乎？惟其目击权奸戚党，蔽日滔天，为国为身，情难自已，故不免反覆长言，托于香草美人之旨。而注家转以盗赃，诬及古人，执此吹求，势一以离骚为屈子之有遗行矣。不亦哀哉！（涧于日记）

【张曰】齐梁此种诗不为高唱，何等诗方为高唱？以此论诗，噫，难矣！（辨正）

【按】起叙相约会合。次写其人姿容、体态。三联谓因愆期而相思之情方殷，故相会将醉之时故欲放娇，与"怅别"无涉。末则谓莫以此菱歌互唱之合，遂望夫妇唱随也。屈笺亦非。

石城〔一〕

石城夸窈窕〔二〕，花县更风流〔三〕。簟水将飘枕①〔四〕，帘烘不隐钩〔五〕。玉童收夜钥〔六〕，金狄守更筹〔七〕。共笑鸳鸯绮〔八〕，鸳鸯两白头。

校记

①"水"原一作"冰"，注去声。蒋本、姜本、戊签、悟抄、席本、钱本、影宋抄、朱本均作"冰"，去声。非。详注。

集注

〔一〕【冯注】元和郡县志："郢州郭下长寿县，即古之石城。"按：通典："晋分南郡、江夏郡地置竟陵郡。后周以其地置郢、复二州。郢即先置之石城郡也，唐亦为郢州、复州。晋又分江夏置安陆郡，唐为安州，云梦之泽在焉。"义山所云南游郢泽，合之此时诸篇，必无疑矣。【按】石城用莫愁典，与作诗地点无涉。诗取首二字为题。

〔二〕【朱注】乐府莫愁乐："莫愁在何处？莫愁石城西。"唐书乐志："石城在竟陵，有女子名莫愁，善歌谣。"【冯注】旧书乐志："石城乐，宋臧质所作也。石城在竟陵。莫愁乐者，出于石城乐。"乐府诗集："此为清商西曲歌也。"容斋随笔："莫愁，石城人。卢家莫愁，洛阳人。近世误以金陵石头城为石城。"

〔三〕见县中恼饮席注。

〔四〕【朱注】冰，卑病切。唐韦思谦传："涕泗冰须。"冰谓涕着须而凝也，读去声。包佶诗："晓漱琼浆冰齿寒。"【朱彝尊曰】言泪之多。【程注】冰，集韵读去声。【冯注】乐府华山畿："啼着曙，泪落枕将浮，身沉被流去。"此意相类。【按】朱、冯注非。"冰"如为"凝涕"，则与"飘枕"不合；如指流泪，则不得谓之冰。作"冰"者显误。"簟水"指簟上之水纹。灯光明亮，簟纹似水，如将飘枕，故云。灯："影随帘押转，光信簟文流。"失题："潇湘浪上有烟景。"均可参。此因下句"烘"字而妄改（水、冰形近）。屈复云："簟纹如水，正与飘字相应。"是也。

〔五〕【朱注】萧诠诗："珠帘半上珊瑚钩。"【程注】尔雅释言："烘，燎也。"诗："卬烘于煁。"【冯注】隐约间如见之。【按】烘，照映。帘烘，系形容帘内灯烛明亮照映，故"不隐钩"。

〔六〕【朱注】李白诗："双鬟白玉童。"【冯注】小童主启闭者。

〔七〕【朱注】陆倕新漏刻铭："铜史司刻，金徒抱箭。"西京赋："列坐金狄。"善曰："金狄，金人也。"【道源注】筹即漏箭也。王褒洛都赋："挈壶司刻，漏樽泻流，指日命分，应则唱筹。”【冯注】初学记:“殷夔漏刻法:盖上铸金为司辰,具衣冠,以两手执箭。”张衡漏水转浑天仪制:“两壶,右为夜,左为昼。盖上铸金铜仙人居左壶,为金胥徒居右壶,皆以左手把箭,右手指刻,以别天时蚤晚。”按:尚书顾命传曰:“狄,下士。”金狄谓金胥徒司夜者。

〔八〕见奉使江陵注。

笺评

【姚曰】此为两美不得合之词,亦寓言也。“石城”句,属女;“花县”句,属男。“簟冰”句,夏之日也;“帘烘”句,冬之夜也。五六,言通宵寂寞之况。如此鸳鸯两地,反不如绮被上之鸳鸯常得成双也。

【屈曰】前二言两美相合。中四永夜之欢。结言今已俱老矣。

【程曰】题以地名,诗实艳体。首句明点楚人,次句当是潘姓。三四言可望之景。五六言不可即之情。结则莫能匹耦之叹也。

【冯曰】此下多篇(除本篇外,尚有代赠、莫愁、赠柳、谑柳、代赠二首、楚吟、柳(动春)、韩翃舍人即事、代越公房妓嘲徐公主、代贵公主、代应二首、楚宫、送崔珏往西川、梦泽、即日、失猿、鸳鸯、人日即事、柳(江南)、无题(白道)、春雨、丹邱、到秋、夜思……等多篇,不一一罗列)皆开成会昌之际楚游所作,其时又似曾转至吴地。因其艳情为多,而细迹尚难详指,故不入编年。又曰:(“玉童”)二句防闲隔绝。

【纪曰】此是艳词,格调亦靡靡之甚。(诗说)

【张曰】此义山赴湘过郢时作。首句点地。次句“花县”比调尉。“窈窕”、“风流”,皆状己之文采。“簟冰”谓已绝望,

"帘烘"谓生党尚肯援手。"玉童"、"金狄",牢锁深藏,佳期永矢。结言白头相守,人羡鸳鸯耶?直鸳鸯笑人耳。寓意与代越公房妓二首或可互参。(会笺)

【按】姚、程、冯、张诸笺均误,惟屈笺为近,然末联笺语仍误。首联谓女窈窕而男风流,正所谓"两美相合"。次联写室内情景:帘内灯光明亮,帘钩不隐;席上水纹如波,光逐影流,正春意融怡境界。腹联借室外漏移更深、门户深闭景象衬出室内"永夜之欢"。末联则写男女"共笑"绮被上之鸳鸯,何两皆白头耶?言外见鸳鸯之白头相守,不如我等之青春妙龄,逢时好合也。是自诩得意口吻。

莫愁

雪中梅下与谁期?梅雪相兼一万枝。若是石城无艇子,莫愁还自有愁时〔一〕。

集　注

〔一〕【朱注】乐府:"莫愁在何处?莫愁石城西。艇子打两桨,催送莫愁来。"

笺　评

【陆鸣皋曰】轻翻小致。

【姚曰】此怀所思而不得见也。只就"莫愁"二字翻得妙。

【屈曰】梅雪万枝,谁与相期?石城无艇,莫愁亦愁,己安能不愁乎?

【程曰】此亦闲情赋意也。

【田曰】其意明浅,好处正在其中。(冯浩引)

【纪曰】戏笔弄姿，颇有风韵，但浅弱耳。（诗说）此首本事偶借莫愁为比，非咏莫愁也。词殊佻薄。（辑评）

【张曰】并不觉其佻薄，纪氏殊谬。（辨正）又曰：义山自娶王氏，去牛就李，无如茂元庸才，不能借力，不得已，又转冀牛党。结言若无嗣复辈为之援手，何能长此无愁哉！而岂知嗣复之又遽贬也。此河阳、河内诸诗以幽忆怨断之音，而寄其不忍明言之痛欤？消息极微，粗心人殆难领之。（会笺）

【按】此写女子伫候与意中人相会之情景。首二句以梅雪相兼渲染环境气氛，且以梅雪之芬芳晶莹衬托其美好情愫。三四写期待之焦急、忧虑，从"莫愁"字面翻出"有愁"。"艇子"本为"催送莫愁"者，此处则似催送意中人之小舟。全篇均从旁观角度写，作者自己不在内。

昨日

昨日紫姑神去也①〔一〕，今朝青鸟使来赊〔二〕。未容言语还分散，少得团圆足怨嗟〔三〕。二八月轮蟾影破〔四〕，十三弦柱雁行斜〔五〕。平明钟后更何事？笑倚墙匡梅树花②。

校记

①"也"，悟抄作"了"。

②"匡"，蒋本、姜本、戊签、席本、朱本、影宋抄作"边"，悟抄作"崖"。【按】墙匡，围墙、墙垣、墙边也。匡系框之古字。韦庄长安旧里："满目墙匡春草深，伤时伤事更伤心。"郑谷再经南阳："寥落墙匡春欲暮，烧残宫树有花开。"可证墙匡系晚唐诗人习用语。作"边"者系避宋太

祖、宋太宗讳改。作“崖”者系“匡”之误字，然亦可证字本作“匡”。

集　注

〔一〕紫姑神，见正月十五夜闻京有灯恨不得观注。

〔二〕青鸟，见汉宫词注。赊，迟也。一说“赊”系语辞，与上句“也”字相对，“来赊”，犹来思或来兮。二句即紫姑昨去，青鸟今来之意（参张相诗词曲语辞汇释卷五）。然细按全诗，似青鸟使并未来，故仍以解作“迟”为佳。首联即对起，“也”、“赊（迟义）”亦属对文。

〔三〕【冯注】梁简文帝当垆曲：“十五正团圆，流光满上兰。”

〔四〕【朱注】鲍照玩月诗：“三五二八时，千里与君同。”【冯注】谢灵运怨晓月赋：“照三五兮既满，今二八兮将缺。”春秋演孔图：“蟾蜍，月精也。”

〔五〕【朱注】急就篇注：“筝，瑟类也。本十二弦，今则十三。”【冯注】通典：“弦柱拟十二月，清乐筝并十二，他乐皆十三。”梁王台卿筝诗：“促调移轻柱。”【辑评墨笔批注】雁行斜，言筝柱斜列如雁飞也。古诗：“刻成筝柱雁相参。”鲍溶风筝诗：“雁柱虚连势，鸾歌且坠空。”【何曰】（二句）团圆少，分散长。（辑评）

笺　评

【朱曰】此感人心之判合不可必也。（李义山诗集补注）

【杨守智曰】雁行斜，言筝柱斜列如雁飞也。古诗：刻成筝柱雁相参。

【何曰】落句亦用赵师雄事，非始于龙城录也。（辑评）

【徐德泓曰】此去职之诗，亦比体也。首联，喻己失而不得也。

三四句,言其不久。第五句,即从上“团圆”字内钩出,月至十六则缺矣。第六句,乃离弦别意。结谓景阑人散而无聊也。

【陆鸣皋曰】人知睽隔之足怨嗟,而不知少得团圆之怨嗟更深也。结有哭不得而笑意。

【陆曰】篇中无限颠倒思量,结处一齐扫却,有如天空云灭,此最得立言之体者。上半言紫姑神去,问卜无从,青鸟不来,音书断绝,何分散易而团圆之难得乎?下半曰“蟾影破”,忧容辉之渐减也;曰“雁行斜”,悲踪迹之不齐也。一夜之间,百端交集,及至平明,自觉无谓。笑倚墙边梅树花,淡语意味却自深长,与老杜“鸡虫得失无了时,注目寒江倚山阁”同一杼轴。

【姚曰】此感人心判合不可必也。昨日轻离,今朝无信,去不知其何以去,来不知其何时来。大抵蟾影一破,必无重圆之理;雁柱本单,那有复双之时?平明钟后,惟有梅树无心,笑倚墙边而已。浪蕊浮花,其足恋耶?此即卫诗终风之意。

【屈曰】古诗:“刻成筝柱雁相参”,言筝柱斜列如雁飞也。二八十六,夜月缺时也;十三弦,不成双也。笑倚梅花,望其来也,与“去”字相映。

【程曰】此亦惜别之词,别无寄托。

【冯曰】“更”字惨极,味乃不穷。诗为元夕次日作。三句忆匆匆往还,四句叹欢聚甚少。五取破镜之义,六指哀筝之调,皆互见为令狐所赋诸诗中。结则极状无聊也。考其元宵在京之迹,则大中四年。

【纪曰】亦无题之类,起二句拙,三四句鄙,结亦鄙。(诗说)

【曾国藩曰】此冶游惜别之词。(十八家诗钞)

【张曰】昨日者，由明日而追溯昨日也。首句形神虽接，次句好音不来。“未容”句，水去云回之恨；“少得”句，言能见一面，足慰相思，然已不可多得矣。后半极状痴情怅望景况。“二八月轮”，团圆时少；“十三弦柱”，分散时多。与上二篇（按指无题“紫府仙人”首、明日）同参，真字字血泪矣。紫姑，正月十五故事，诗盖作于大中三年元夕后一日也。冯编四年，误。（会笺）又曰：此篇寄意令狐屡启陈情不省，故托艳体以寓慨。宛转情深，字字血泪，真玉溪生平极用意之作。措辞凄痛入神，绝无一点尘俗气。纪氏必目以语多近鄙，甚非通人论议也。（辨正）

【钱锺书曰】杜少陵题郑县亭子首句：“郑县亭子涧之滨”，白帝城最高楼颔句：“独立缥缈之飞楼”，……皆以健笔拗调，自拔于惰茶。李义山昨日首句：“昨日紫姑神去也”，摇曳之笔，尤为绝唱。（谈艺录）又曰：西方情诗每恨以相思而失眠，却不恨以失眠而失去梦中相会，此异于吾国篇什者也；顾又每叹梦中相见之促转增醒后相思之剧，则与吾国篇什应和矣……梦见不真而又匆促，故怏怏有虚愿未酬之恨；真相见矣，而匆促板障，未得遂心所欲，则复怏怏起脱空如梦之嗟……是以怨暂见与怨梦见之什，几若笙磬同音焉……李商隐昨日：“未容言语还分散，少得团圆足怨嗟。”（管锥编）

【按】此离别相思之作。题为“昨日”，系取篇首二字，内容则记昨日小会遽别，兼写今日相思。“紫姑神”即喻所爱之女子，兼点“昨日”之为元宵佳节。首二谓昨日对方离去，今日音书迟迟不来。方别而嫌音书之迟，正见相思之殷。三四追叙昨日小会遽别情景。“未容言语”，谓未容细诉衷肠,与下“少得团圆”相应,不可泥解。五六以月轮之破、弦柱之单喻分离,皆即景兴感。七八当是遥想对方明日清晨笑倚梅树情景。一结悠然神往,益见相思之深,亦衬出伊人清丽风神,淡语有致,极富韵味。

明日

天上参旗过〔一〕,人间烛焰销。谁言整双履〔二〕,便是隔三桥〔三〕?知处黄金镤〔四〕,曾来碧绮寮〔五〕。凭阑明日意,池阔雨萧萧。

集　注

〔一〕【朱注】史记天官书:“参为白虎。其西有句曲九星,一曰天旗。”正义曰:“参旗九星,在参西,天旗也。”过,即所谓“参横”。【按】曹植善哉行:“月没参横,北斗阑干。”参星已落,形容夜尽,故下云“人间烛焰销”。

〔二〕【冯注】述异记:“公主山在华山中。汉末,王莽秉政,南阳公主避乱入此峰学道,后升仙。至今岭上有一双朱履。”【按】“整双履”,暗示欢会既毕,起身分手。冯注引非所用。

〔三〕【朱注】三桥,三渭桥也。三辅黄图:“渭水贯都以象天汉,横桥南渡以法牵牛。”史记索隐:“今渭桥有三所;一在城西北咸阳路,曰西渭桥;一在东北高陵邑,曰东渭桥;其中渭桥在故城之北。”唐书:“德宗至自兴元,李晟戎服谒见于三桥。”【冯注】两京杂记:“西京外郭城朱雀街东有第三桥。”“三桥”取银河之义。

〔四〕【朱注】镤,门镤也。

〔五〕【朱注】左思魏都赋:"皎日笼光于绮寮。"注:"寮,窗也。"【冯曰】上句是今去,下句是昨来。【按】黄金鏁,碧绮寮,同指一地,即女子居所。二句追叙昨夕对方曾从碧窗锁阁之居处前来欢会。

笺　评

【杨守智曰】起二句言良宵易尽,三、四句言一别不可再见,五六追忆其地。结句言当境之萧飒不堪,恐是借喻与令狐父子合离始末也。(复图本)

【徐德泓曰】此亦失职而作。起联,谓天将晓也。次联,一开一合,乃不得趋朝意。五六句,言清禁之地,知之亦曾至之,而今不能,所对惟凄然之景而已。结得幽远,耐人思味。

【姚曰】参横烛灺,夜尽明来时也。一经分手,便隔天涯。所恨金鏁绮寮,其室甚迩;而雨深池阔,其人甚遥。凭栏瞠目,岂非无可奈何时耶?

【屈曰】一二夜已深。三四方整双履,便成远别。孰知金鏁之住处,曾来独居之绮寮,明日之意必当如此,其如今夜凭栏,风雨萧萧,难乎为情矣。

【程曰】此亦无题之类怊怅词也。然诗中景物,非西陵松柏之地,岂亦富贵女冠耶?

【田曰】细看其诗,多不肯作一直语,所以成家。(冯笺引)

【冯曰】言外是追忆昨宵,故题曰"明日"也。姚云"参横烛灺,夜尽明来时矣。一经分手,便隔天涯"。此解得之。程氏疑指富贵女冠,余亦疑咏贵主事也。

【纪曰】此艳诗也,格卑词靡,后四句可云千回百折,细意体

贴,然愈工愈下,不足取也。温李齐名,正坐此等耳。(诗说)

【张曰】诗而不作艳体则已,诗而作艳体,未有能舍此别趋者。纪氏谓其词靡格卑,吾不知艳诗之词格何等方为不靡不卑也。若谓艳诗为下品,则离骚之香草美人亦皆下品矣。有是理邪?○此篇冯氏谓是艳情,余疑亦寓意令狐之作,当与谒山一首参观。"谁言"二句,缘才一面,便隔三生。"知处"句,想其今日之居;"曾来"句,记其昨日之来。首二句,即安得系日长绳之恨。结言回忆昨宵,惟有凭栏听雨,独自无聊而已。假怨女私会,以寓身世交际之感,集中此例极多。末语用健笔出之,沉著之至,若实系艳情,措词必不如此庄重也。(辨正)

【按】此艳情无疑。题曰"明日",指昨夜之明日,实即今日,冯谓"追忆昨宵,故题曰'明日'也。"极是。前四追忆昨夜幽会叙别,"隔三桥",犹言相隔银汉。五六追叙昨夜对方从碧窗锁阁前来相会。末联谓己今日凭栏对雨,池阔而雨声萧萧,不胜怅惘寂寥。

如有〔一〕

如有瑶台客〔二〕,相难复索归〔三〕。芭蕉开绿扇,菡萏荐红衣。浦外传光远〔四〕,烟中结响微〔五〕。良宵一寸焰[①],回首是重帏。

校　记

①"焰",蒋本、席本作"艳"。【冯曰】"艳",光彩也,不必

定作“焰”。【按】灯诗云:“固应留半焰,回照下帏羞。”此处自当作“焰”。

集　注

〔一〕【冯曰】原编集外诗。

〔二〕【姚注】离骚:“望瑶台之偃蹇兮,见有娀之佚女。”

〔三〕【冯注】旧本皆作“相难”。梁费泉阳春发和气诗:“拂袖当留客,相逢莫相难。”难,去声,而平声亦可通也。初疑当作欢,非也。【按】难,诘责。索,求。句谓瑶台客责难我且求归也。

〔四〕【姚注】曹植洛神赋:“神光离合,乍阴乍阳。”

〔五〕【姚注】汉书:“上思李夫人不已,方士齐人少翁,言能致其神,乃夜张灯烛,设帷帐,陈酒肉,而令上居他帐,遥望见好女如李夫人之貌,还幄坐而步。又不得就视,上愈益相思悲戚。”【程注】文心雕龙:“林籁结响,调如竽瑟。”

笺　评

【朱曰】此忆梦中所遇也。(李义山诗集补注)

【何曰】第三记却扇。(辑评)

【姚曰】此忆梦中所遇也。上四句,从楚词“若有人兮山之阿,被薜荔兮带女萝”翻出。浦外,用洛妃事;烟中,用李夫人事。良夜重帏,觉来惟有浩叹而已。

【屈曰】本无其人,意中如有红衣绿扇之人索归难我。浦外光远,烟中响微,实无其人,惟良宵烛下,独坐重帏而已。

【程曰】此亦艳诗也。

【冯曰】三四夏景,五六言来而相语也。用事不必泥,盖又借艳情寓慨。

【纪曰】不甚可解，格亦卑下。（诗说）

【张曰】"瑶台"指子直。"相难复索归"，与谒山一首同感（按张笺谒山云："我方欲就彼陈情，而不料其匆匆竟去……"）。三四点景。"浦外"句所求更远，"烟中"句所许太微。结即"归来展转到五更，梁间燕子闻长叹"之意，极写怊怅失偶之状也。（会笺）

【按】朱氏谓忆梦中所遇，是也。起联谓梦中恍惚，似有瑶台仙姝责难于己且求归去。次联描绘其人妆束仪态，谓其持芭蕉之绿扇，着菡萏之红衣，美艳非凡。腹联写其渐去渐远，神光隐微，声息已杳。末联则觉来惟有空帏残烛，其人已逝。"浦外"一联，写梦境恍惚，生动真切。此篇与无题"紫府仙人号宝灯"颇相似，可参读。

即目[①]

地宽楼已迥，人更迥于楼〔一〕。细意经春物[②]〔二〕，伤酲属暮愁〔三〕。望赊殊易断，恨久欲难收。大執真无利，多情岂自由[③]〔四〕！空园兼树废[④]，败港拥花流。书去青枫驿〔五〕，鸿归杜若洲[⑤]〔六〕。单栖应分定〔七〕，辞疾索谁忧[⑥]〔八〕？更替林鸦恨，惊频去不休。

校　记

①"目"，蒋本、姜本、席本、钱本、影宋抄作"日"。按诗意是即目所见所感，作"目"是。

②"经"，姜本、戊签作"轻"。原"细意经"一作"抽思轻"，季抄、朱本一作"抽意轻"，冯引一作"细意轻"。

③“多”，影宋抄作“名”，非。

④“园”，才调作“垣”。

⑤“归”，悟抄作“来”。

⑥“谁”，悟抄作“难”，非。

集　注

〔一〕【补】楼当是即目所见之楼，非己所登眺之楼。所思之人原居此楼，人去楼空，故云“人更迥于楼”。

〔二〕【冯注】即夜思所谓“往事经春物”也，指双珰尺素。【按】细意，疑即微情、隐情之意，指己之相思。春物，指三春芳时之景物。句意谓抱相思之情而度景物韶丽之春时。冯注非。

〔三〕【冯注】毛诗传：“病酒曰酲。”

〔四〕【朱注】埶，势同。【冯曰】四联言势难图利，情不能忘。【按】似谓此段情缘论其总趋势确系思之无益（即下之“单栖应分定”之意），然情之所钟，不能割舍何！无利，犹无益。

〔五〕【朱注】方舆胜览：“青枫浦在潭州浏阳县。”杜甫有青枫驿诗。【冯注】杜工部双枫浦诗，注家引方舆胜览：“青枫浦在潭州浏阳县。”乃朱氏引以证此句，改云“杜有青枫驿诗”，真令人一字不可信矣。此固不必指地以实之也。【按】冯注是。青枫驿与下杜若洲均泛指。前者暗用招魂：“湛湛江水兮上有枫，目极千里兮伤春心。”

〔六〕【朱注】楚词：“采芳洲兮杜若。”【程注】徐坚棹歌行：“香飘杜若洲。”【按】“鸿归”指来书。

〔七〕【程注】禽经：“鹂必匹飞，鵙必单栖。”【冯注】易通卦验：

“夏至小暑伯劳鸣。博劳性好单栖，其飞翪，其声嗅嗅。”按：此据渊鉴类函所引。

〔八〕【程注】魏志管宁传：“征命屡下，每辄辞疾。”【冯注】后汉书周燮传：“遂辞疾而归。”此类事甚多也。言以疾为辞，而意中之人已远，谁复忧之？【补】索，须，应也。

笺　评

【冯班曰】怀人意微露“单栖”二字。“书去”、“鸿归”，则非悼亡矣。“空园”、“败港”，只言寂寞耳。

【朱彝尊曰】（“单栖”句）哀怨语。下句（“辞疾”句）更深。

【姚曰】此望远怀人之作。前八句，自叙索寞；后八句，想所怀之人、所怀之地而不得到，孤身病客，正如林鸦之惊飞，而未有休止也。

【屈曰】一段当暮愁时登楼。二段即目之情。三段即目之景。四段自伤。

【程曰】此怊怅词也。观诗中“青枫驿”句，当是奉使江陵时作。结句“更替林鸦恨，惊频去不休”，则指李德裕贬潮州司马、崖州司户耳。

【冯曰】此在湘中叹所思之人又远去也。四联言势难图利，情不能忘；五联写景而兼寓事；六联谓书札往还；结以林鸦比其人屡惊而屡去也。

【纪曰】此诗只“地宽”二句起得斗峭，“更替”二句对面写照，结得有致，馀俱平衍，且多率笔。（诗说）起句峭拔，结亦妙不犯实。馀亦平平。“细意”句、“大势”句尤拙鄙。（辑评）

【张曰】此亦湖湘所赋（会笺，系会昌元年春）。又曰：此诗与燕台第三、四篇情事正同。盖尺素双珰，本约湘川相见。及义山来游江乡，而所思之人又远去矣。此为义山留滞潭州寄怀之作。语浅意深，沉痛入骨。然不得其本事，何从领其妙哉！“细意”、“大势”句正以拙致见巧思，大方家数，胜于后人处在此。纪氏徒泥后世雕琢字句之法而诋諆玉溪，过矣。（辨正）

【按】首四谓登高瞩目，所思远去，惟馀空楼。怀相思而度春日，方病酒而值暮愁。“望赊”四句言望断恨长，势虽无益，而情不能舍，其中“望赊”句含义双关（“望”既指望远，又关合“希望”）。“空园”四句谓眼前所见，惟空园枯树，败港流花，虽书去鸿归，而不得一面。末四谓单栖已定，谁复忧念己之辞疾病身乎？林鸦惊飞不休，亦正如己之漂泊不定，曰“更替林鸦恨”者，自伤之婉辞也，冯笺殊误。本事不可考，与春雨一篇似可参读。

春雨〔一〕

怅卧新春白袷衣①〔二〕，白门寥落意多违〔三〕。红楼隔雨相望冷〔四〕，珠箔飘灯独自归〔五〕。远路应悲春晼晚〔六〕，残宵犹得梦依稀〔七〕。玉珰缄札何由达〔八〕，万里云罗一雁飞〔九〕。

校　记

①“怅”，蒋本、姜本、戊签、影宋抄、才调均作“帐”。

集　注

〔一〕【纪曰】此因春雨而感怀，非咏春雨也。

〔二〕【补】白袷衣，白夹衣。唐人未仕时着白衣，故白袷亦用作闲居便服。

〔三〕【冯注】按:淮南子:"八极之西南方曰编驹之山,曰白门。"必非所用。魏志吕布传:"彭城有白门楼。"南史:"建康宣阳门谓之白门。"水经注:"郯城有七门,西曰白门。"亦非所用。此似取"白门杨柳"之意。【按】南朝民歌杨叛儿:"暂出白门前,杨柳可藏乌。欢作沉水香,侬作博山炉。"歌中"白门"指男女郊游欢会之所。义山诗或兼用此意。"白门寥落",谓重寻旧地,其人已去,不堪寂寥冷落。

〔四〕【补】红楼,系所思者之旧居。人去楼空,隔雨相望,倍感凄清,故曰"冷"。【孙洙曰】(红楼)二句十层。

〔五〕【补】珠箔,珠帘。此处亦可喻指雨帘。义山常以飘荡之帘帷形容飘洒之细雨,如"帷飘白玉堂,簟卷碧牙床"(细雨),"前阁雨帘愁不卷"(燕台夏)。句意谓独归途中,细雨飘洒于提灯之前,宛如珠帘飘荡。

〔六〕【冯注】其人远去。【补】宋玉九辩:"白日晼晚其将入兮。"此句设想远去之伊人值此春晚日暮之时亦当触动伤春伤别之情。

〔七〕【冯注】惟梦中可寻。【按】谓长夜难眠,惟凌晨之短梦中得以与对方相见。陈永正曰:"两句回应'怅卧'句,结构严谨。"

〔八〕【朱注】风俗通:"耳珠曰珰。"张正见诗:"谁论白玉珰?"玉珰缄札,犹今所云侑缄。【按】古代常以玉珰为男女间定情信物,寄书时每以之作为礼物附寄,称侑缄。义山夜思云:"寄恨一尺素,含情双玉珰。"燕台秋:"双珰丁丁联尺素。"

〔九〕【程注】鲍照舞鹤赋:"掩云罗而见羁。"【按】云罗,阴云弥漫如张网罗。雁飞即景,兼寓雁书。二句谓万里云罗,彼此远隔，音书难达。

笺　评

【杨守智曰】求通令狐而不得，故有是诗。

【何曰】腹连奥妙。（辑评）

【陆曰】此怀人之作也。上半言怅卧新春，不如意事，什常八九。况伊人既去，红楼珠箔之间，阒其无人，不且倍增寥落耶？"远路"句，言在途者之感别而伤春也。"残宵"句，言独居者之相思而托梦也。结言爱而不见，庶几音问时通，乃一雁孤飞，云罗万里，虽有明珰之赠，尺素之投，又何由得达也哉！

【徐德泓曰】此即景而感怀也。首联，先叙当春寥落之况。第三句始点入"雨"字，后俱有雨意在内，最得远神。玉珰缄札，谓以珰伴缄也。雁被云罗，不得达矣。

【姚曰】此借春雨怀人，而寓君门万里之感也。白袷，则非青紫之客；白门，则非争逐之场。红楼隔雨，拥蔽已深也；珠箔飘灯，丹心自照也。春畹晚，则虑年岁之不我与；梦依稀，则忧疏远之不易通。玉珰缄札，喻言始犹冀一达君聪，今既无由，则云路苍茫，网罗密佈，一雁孤飞，不但寥落堪悲，抑亦损伤可虑矣，哀哉！此等诗，字字有意，概以闺帏之语读之，负义山极矣。

【屈曰】中四是白门怅卧时忆往多违事。末二句是怅卧时所思后事。

【程曰】此亦应辟无聊，望人汲引之作，盖将入藩幕未出长安之时也。前四句言在长安之景，后四句言就辟聘之情。起句言章服无分，次句言朝籍不通。三句望先达如在天半，四句叹一身如入迷途。五句正言其将有远役,六句犹冀其恋恋故人。七句伤其陈情不省,八句感其惟入网罗已耳。

【冯曰】末联记私札传情之事。

【纪曰】宛转有味。平山笺以为此有寓意,亦属有见,然如此诗,即无寓意,亦自佳。景州李露园尝曰:“诗令人解得寓意见其佳,即不解所寓意亦见其佳,乃为好诗。盖必如是乃蕴藉浑厚耳。”(诗说)亦宛转有致,但格未高耳。(辑评)又曰:(“白门”句)下六句从此句生出。(“红楼”句)四句所谓寥落。(“玉珰”句)此所谓意多违。(删正二冯评阅才调集)

【张文荪曰】以丽句写惨怀,一字一泪。(唐贤清雅集)

【张曰】此与燕台二章相合。首二句想其流转金陵寥落之态。三四句经过旧居,室迩人远,惟笼灯独归耳。五句道远难亲,六句梦中相见。结即“欲织相思花寄远”之意,非义山在江乡所作者也。(辨正)

【黄侃曰】此为滞居长安忆家之作。“白门”即街西池馆诗所谓“白阁他年别”者也。岑参有归白阁草堂诗,杜甫渼陂西南台诗“错磨终南翠,颠倒白阁影”,皆谓终南支峰,近瞰长安,故因以号帝里,非建康之白门也。“红楼”二句,正写寥落之状。(李义山诗偶评)

【按】此重寻所爱女子不遇,惆怅感怀之作。诗中借助飘洒迷濛之春雨烘托别离之寥落与怅惘,渲染伤春怀远、音书难寄之苦闷,创造出情景浑融之艺术境界。“红楼”一联,纯用白描,于色彩与感觉之对照(红与冷),雨帘与珠箔之联想中暗寓今昔之鲜明对比。“相望冷”“独自归”之现境愈益触动对往日红楼高阁、珠帘灯影间旖旎风光之追忆，而现境之凄冷寥落亦愈加不堪。末句以万里云天一雁孤飞作结，暗透希望之渺茫，亦富馀味。

夜思〔一〕

银箭耿寒漏〔二〕，金缸凝夜光①。彩鸾空自舞，别燕不相将②〔三〕。寄恨一尺素，含情双玉珰〔四〕。会前犹月在〔五〕，去后始宵长。往事经春物〔六〕，前期托报章〔七〕。永令虚粲枕〔八〕，长不掩兰房〔九〕。觉动迎猜影，疑来浪认香〔一〇〕。鹤应闻露警〔一一〕，蜂亦为花忙。古有阳台梦，今多下蔡倡。何为薄冰雪，消瘦滞非乡③〔一二〕？

校　记

①缸，他本作“釭”。按：缸用同釭。

②“燕”，朱本作“雁”。

③“非乡”，【何曰】“非”当作“他”。（读书记）【按】何说无据，“非乡”可通，详注。

集　注

〔一〕【冯注】原编集外诗。按：或入正集。

〔二〕【姚注】续汉书：“孔壶为漏，浮箭为刻，下漏数刻，以考中星昏明星焉。”【补】耿，明也。

〔三〕【冯注】诸篇每曰西风，当作燕。燕以秋去，雁以秋来。【补】相将，相与，相随。

〔四〕见春雨注。

〔五〕【补】此句意晦。犹，独也。似谓旧日相会时所见之明月至今独在，言外见人之踪迹杳然。温庭筠诗："唯向旧山留月色。"姜夔词："旧时月色，算几番照我，梅边吹笛。"

〔六〕【冯注】此溯旧情。【补】经春物，已历春天之物华。句意似谓往日情事如经春之物，空馀美好记忆。

〔七〕【冯注】诗："虽则七襄，不成报章。"传曰："不能反报成章也。"此则借言书札，谓更订后期。

〔八〕【朱注】诗："角枕粲兮。"【补】粲，鲜艳貌。

〔九〕【冯注】宋玉讽赋："主人之女，乃更于兰房芝室止臣其中。"何承天芳树篇："兰房掩绮幌。"【朱注】阮籍诗："萱草树兰房。"

〔一〇〕【冯注】(永令)四句承上"前期"，言痴心摹揣。【按】"觉动"二句描写己之痴心等待、恍惚其来之状，即所谓"隔帘花影动，疑是玉人来"者是也。

〔一一〕见酬别令狐补阙注。

〔一二〕【冯注】(古有四句)谓梦境无凭，美人不乏，何为久恋于此？聊为自解之词也。【按】"阳台梦"、"下蔡倡"屡见。非乡，即异乡(非故乡)。薄，迫近。

笺　评

【朱彝尊曰】凡集外诗，确是义山手笔而稍觉平常，岂曾为有识者所选订与？

【何曰】不得志于时之作。(辑评)

【徐德泓曰】首二句，破"夜"意。"彩鸾"以下十四句，写别离寄缄，孤寂相思之况。"经春物"，时光倏过也；"托报章"，遥订会期也。"虚枕"二语，言长守而相待也。猜影认香，思之至而成疑境也。鹤警蜂忙，关心而时怦动也。"阳台"

以下，言乐地甚多，何为损此冰雪之躯于异地乎？此亦自伤羁滞而托喻之词，非真闺意也，味结语自见。

【姚曰】此客中悼往之作。首四句，“夜”字起。“寄恨”四句，接“思”字。“往事”四句，伤往日而思将来。“觉动”四句，则思之切如见之也。末四句，又自悼自解之词。

【屈曰】一二夜，三四别离。“寄恨”二句思，“会前”二句夜。“往事”二句久不相见，惟有空书。“永令”四句，凄凉之况。“鹤应”二句比。“古有”二句非无美丽。结自怨。○一段夜思，二段别后之情，三段夜思景况，四段非无美丽，何自苦乃尔！

【程曰】此托词闺怨，寄恨交疏，分明道出流滞之感。

【纪曰】西昆下派。（诗说）此乃艳辞。虽雕琢而不工。（辑评）

【张曰】义山已就李党，而又从嗣复，是为背党，故以私书幽约为言。“古有阳台梦，今多下蔡倡。何为薄冰雪，消瘦滞他乡？”微露悔意，盖倦游亦将归矣。（会笺）又曰：此诗虽用典，极自然。中多艳词，则香奁体宜然也，无所谓雕琢而不工处，岂西昆所能及耶？纪评未公。（辨正）

【按】此伤别怀远之辞。“夜思”，男思女。“觉动迎猜影，疑来浪认香”，“古有阳台梦，今多下蔡倡”，均明为男子口吻，故所谓“托辞闺怨，寄恨交疏”之说显非。张氏附会依违党局之迹，更觉穿凿。诗显咏艳情。首四长夜伤别。“寄恨”四句，别后尺素双珰之寄与永夜孤寂不寐之情。“往事”二句，谓往事如经春之物，空留美好记忆，唯借书信预订后期。“永令”四句，谓已痴心等待，恍忽其来情状。“鹤应”四句，因等待落空而心生疑虑，谓已应有所警惕，防他人之亦求取彼姝，古虽有多情之神女，今则唯多轻佻之倡女而已。末二句则自怨自艾之词。

鸳鸯

雌去雄飞万里天，云罗满眼泪潸然〔一〕。不须长结风波愿，锁向金笼始两全〔二〕。

集　注

〔一〕【冯注】嵇康诗："云网塞四区，高罗正参差。"梁元帝赋："秋云似罗。"鲍明远舞鹤赋："掩云罗而见羁。"

〔二〕【冯注】水鸟在水，风波自不能免，必得锁向金笼，庶相保也。

笺　评

【杨守智曰】"雌去雄飞"，茂元女已殁也，"万里天"，应仲郢之辟入蜀也。"云罗满眼"，见嫉于太牢之党也，"锁向金笼"，不复生也。怨愤悲悼极矣。（复图本）

【姚曰】意谓除非锁向金笼，否则人间处处有风波耳。

【屈曰】锁向金笼本所不愿，然与其结愿于风波之中，不如两全金笼耳。无可奈何之词。

【程曰】此失偶后复出之作。追悔其平生之不恒处也。

【冯曰】此亦湖湘伤别之作，非寄内诗。

【纪曰】浅直。（诗说）亦鄙俗。（辑评）

【姜炳璋曰】此亦寄令狐绹之作。言尔去我来，相隔万里，故小人得以谗间其间，如网罗之密布也。若相聚一处，时时相见，则彼此两全，岂有风波之虑哉！亦诗王风采葛之意。

【张曰】此诗措语虽浅，尚不至鄙俗，若邵康节击壤集，方可谓之鄙俗也。○此即"更替林鸦恨，惊频去不休"意，与燕台四章"雌凤孤飞女龙寡"相合，盖开成五年在江乡叹所思之人又远去也。结言安得锁之金笼，可以稍慰风波之志愿哉？"云罗满眼"即"楚管蛮弦愁一概"之旨，言无地可以再相聚合也。若杨嗣复则九月出镇湖南，会昌元年三月贬潮，倘使燕台之人真为嗣复取去，则义山九月赴湘，嗣复亦初到任所，安有雌去雄飞之情事耶？冯氏臆测可笑也。（辨正）又曰：诗意显明，寓感与上（指楚宫"复壁交青琐"首）同。（会笺）

【按】此情人伤别之词。雌去雄飞，天各一方，别情本已不堪。况云罗满眼，世路风波，一别之后，能否重逢，殊难逆料，故临别之际中心惨怛，潸然泪下也。三四谓与其长结渺茫之重逢之愿于世路风波之中，翻不如双双被锁向金笼为两全也。此盖以锁向金笼，失却自由，反衬雌雄分离之苦与世路风波之险，谓此更甚于囚笼之锁也。

寄远

常娥捣药无时已①〔一〕，玉女投壶未肯休〔二〕。何日桑田俱变了〔三〕，不教伊水更东流②〔四〕？

校　记

①"常"，蒋本、姜本、钱本、朱本作"姮"。

②"更"，朱本作"向"。

集　注

〔一〕常娥窃药、白兔捣药见前重有戏及镜槛注。

〔二〕【冯注】御览引神异经:“东王公与玉女投壶,脱误不接,天为之笑。开口流光,今电是也。”按:本文云:“每投千二百矫,矫出而脱误不接者,天为之笑。”矫一作梟。“开口”二句是注中语。

〔三〕桑田见海上注。

〔四〕【冯注】水经:“伊水出南阳县西蔓渠山,皆东北流,过伊阙中至洛阳县南,北入于洛。”

笺　评

【姚曰】只恐情根不断耳。

【屈曰】桑田俱变,水不东流,此时尚能捣药投壶否?偷闲一晤,能无情乎?

【田曰】结颇澹曲。(冯注引)

【冯曰】上二句皆女仙,下二句谓何日得免别离也。浅言之则为艳情,如古体子夜、读曲之类,多以隐语寄情,伊水借言伊人也。深言之则为令狐而作,首句喻我之诚求,次句喻彼之冷笑,三四则“欲就麻姑买沧海”之意也。二说中以寓令狐较警。

【纪曰】言安得天地消沉,使情根一净也,情思殊深,而吐属间直而乏韵。(诗说)

【张曰】语意沉痛,何至不工?此亦暗指令狐之作。(辨正)

【按】题曰“寄远”,似是寄相思之情于远方之意,犹燕台诗“欲织相思花寄远”,夜思“寄恨一尺素”之谓。常娥、玉女指所思者,其人或系女冠,故以“捣药无时已”、“投壶未肯休”喻仙家生活之寂寥单调。二句亦即“莫羡仙家有上真,仙家暂谪亦千春”之意。三四则亟盼桑田俱变，伊水不再东流，庶几悠悠之情思可断，常娥捣药、玉女投壶之事亦可以已。盼"变"之情正由"无时已""未肯休"生出。

与同年李定言曲水闲话戏作〔一〕

海燕参差沟水流〔二〕，同君身世属离忧〔三〕。相携花下非秦赘〔四〕，对泣春天类楚囚①〔五〕。碧草暗侵穿苑路〔六〕，珠帘不卷枕江楼〔七〕。莫惊五胜埋香骨②〔八〕，地下伤春亦白头〔九〕。

校　记

①"春天"原作"风天"，一作"春天"。姜本作"春风"。季抄、朱本一作"风前"。据蒋本、戊签、席本、钱本、影宋抄及朱本改。

②"胜"，姜本作"塍"。戊签"五胜"作"玉塍"，均误。【冯曰】旧本作"五胜"，戊签作"玉塍"，或云南宋本作"五塍"，又闻他本有作"玉媵"，岂戊签讹"媵"为"塍"耶？玩曲水之意当作"五胜"。【按】冯校是。详笺。"塍"，田畦，田间小路，"五塍"、"玉塍"均无义，显系误字，"媵"亦"胜"或"塍"之误。

集　注

〔一〕【朱曰】许浑集有李定言殿院衔命归阙拜员外郎迁右史诗，当即其人。（冯注引。朱本本篇无此注。）【冯曰】鼓吹选本作送李宣殿院归阙，而许集先有送定言南游诗，似定言名宣，抑误刊欤？

〔二〕【冯注】卓文君白头吟："今日斗酒会，明旦沟水头。躞蹀御沟上，沟水东西流。”【何曰】比。（辑评）【按】此以燕之分飞，水之分流兴男女之别离（视下“埋香骨”，当是死别）。

〔三〕【何曰】承上生出。（辑评）【按】谓与李身世既似，离忧复同也。

〔四〕【朱注】贾谊传：“秦人家贫子壮则出赘。”师古曰：“言其不出妻家，如人身之有赘疣也。”【冯曰】赘婿古所贱。始皇发赘婿、贾人遣戍。汉文帝时贾人、赘婿及吏坐赃者，禁锢不得为吏。【何曰】承“离忧”。（辑评）

〔五〕【冯注】左传：“晋侯见钟仪，问曰：‘南冠而絷者，谁也？’有司对曰：‘郑人所献楚囚也。’”晋书王导传：“过江人士，每至暇日，相要出新亭饮宴。周顗中坐而叹曰：‘风景不殊，举目有江山之异。’皆相视流涕。惟导愀然变色曰：‘当共戮力王室，克复神州，何至作楚囚相对泣耶？’”【朱彝尊曰】此必二人同有悼亡之事，故云。

〔六〕【何曰】始看曲水。（辑评）

〔七〕【冯注】西京杂记：“昭阳殿织珠为帘，风至则鸣，如珩珮之声。”【何曰】碧草暗侵，则路断矣；珠帘不卷，则楼空矣。（辑评）

〔八〕【冯注】史记秦始皇本纪：“推终始五德之传，周得火德。秦代周，从所不胜，以为水德之始。”汉书律历志：“秦兼天下，亦颇推五胜。自以为获水德。”【何曰】五胜未详。旧注（按指朱注）以为五行相胜，或未必然也。南宋本作五塍，塍音绳，疑误。（辑评）【按】冯注是。五胜指水。

〔九〕【冯曰】初解只以五胜代水字，犹老子云：“上善若水”，而唐人赋水，直以上善称之也。言莫惊香骨竟弃水中，即得葬地下,悲苦均耳,又何择焉。似与曲江一首同意。然水中不可言埋,“白头”字亦无着。且必不可云“闲”与“戏”也。若云作玉媵,追悼亡妾,戏其地下伤春亦有白头之叹,然意义大减,故究难定其孰是也。白头似即用白头吟:“闻君有两意,故来相决绝。”又曰:“五胜”本取相胜代兴之义,此句不仅寓“水”字,兼寓新故之感,似与曲江一首必同意。

笺 评

【唐诗鼓吹评注】此疑同有游冶之事,因追忆而赋此也。首言海燕参差而飞,沟水东西而流,则睽离已久,我与君身世相同,则忧思亦大略相等已。忆昔与君共携手于花下,本非秦赘,今与君相对泣于风前,有类楚囚。因思旧游之地,径荒草绿,楼静帘垂,而其人已为五行所制,香骨长埋,亦应伤春于九原之下而发早添丝也。岂止余与君同抱离忧哉!

【陆曰】此必义山与李同有冶游之事,因其人早逝,而感赋是诗也。言当此春天,得来曲水,彼下上其羽者海燕耶?东西流者沟水耶?尔我身世,不同抱此离忧耶?当日相携花下,本非秦赘之不出妻家,今日对泣风前,竟类楚囚之被拘异地。回忆旧游,径荒草绿,楼冷帘垂,而其人之埋骨久矣。死而有知,亦应伤春地下,而头且为之白也,岂独我与君抱离忧而已哉!〇按秦本纪:“二世葬始皇骊山,后宫无子者,皆令从死。”此曲水疑即曲江,因去骊山不远,故结处借用埋香事。

【徐德泓曰】通首以“离忧”二字作骨。首联,借物象点出。次联,正写尔我离忧,“相携”“对泣”,即承“同君身世”句来。

腰联，叙曲水光景，而曰“暗侵”“不卷”，仍寓黯然之色。末则推其穷尽，而总言情之不死也。按结语亦非漫及，题云“闲话戏作”，似因感事而发者。“五胜”只代一“秦”字，亦因“埋香骨”而及，其意不在此，故第七句只算得一个“死”字耳。义山用事，都如是观。

【陆鸣皋曰】结句呕血追魂，此种尽头语，惟此君独擅。

【姚曰】李必尝有悼亡之戚，故言同病相怜之意。燕出巢，必分背而飞。白头吟：“沟水东西流。”观上半首，定言与义山同有悼亡之戚无疑也。穿苑之路，碧草暗侵；枕江之楼，珠帘不卷，即“曾经沧海难为水，除却巫山不是云”之意。然五胜埋香，徒增憔悴；地下有知，未必不成白发也。不得已而故为排遣之词，故曰“戏作”。

【屈曰】一时地。二情。三四承二。五六承一。七八言香骨伤春地下，亦当白头，何况我辈尚在人间乎？

【程曰】前有及第东归次灞上却寄同年一首，皆由校书郎出补弘农尉时所作，深感其不得立朝也。上六语意自明。结二句不甚可解。如长孺说，则似借宫人之埋没，以况己之沉滞也。存之再考。第四句“春”字与结句相犯，不若风前对花下尤工。

【冯曰】诸家疑李定言亦王茂元婿，似也；更以为同悼亡则非。盖别有所感耳。三四谓原非秦赘，何至不得居官而相对泣耶？盖以婚于茂元致累，故云然也。五六正咏曲水境地，恰紧接出埋香。玩起联，是两人皆将出游也。

【姜炳璋曰】此与同年李定言闲话曲江，因过妓家有感而戏作也。首句，指曲江之景。二，言与定言同不得志也，此句是纲。三，同过妓家也。四，有感而悲也。盖从前苑路，徒有碧草之侵；昔日江楼，已无珠帘之卷，迭经丧乱，歌管美人尽归黄土矣，然不足惊也。五行相胜，有盛有衰，长埋香骨亦自然之理。特恐我辈才人伤春而须发渐斑，彼地下香魂得毋伤春而亦白其头乎？所谓戏之也。盖因现见美人而想起地下香骨，因伤春对泣而想到地下白头，总是怀才不遇，触处悲生，功名益热，年华益衰，而不知涕之何以流落也。

【纪曰】入手得势得法。（辑评）四家曰：首句比也。后二句正闲话所及，“亦”字暗抱前半，“戏”字即含句内。亦沉郁顿挫，亦清楚分明，题中无一字不到也。（诗说）

【张曰】此篇甚难索解，细玩结语，似为悼亡而发，疑李亦抱黄门之痛者。“海燕参差沟水流”，暗喻失偶。次句同病相怜。“相携”而非“秦赘”，则无妻明矣；“对泣”而类“楚囚”，则两人俱有羁客之感矣。“碧草”两联言从前寓此，今则楼苑依然，其人已埋香五胜，地下伤春，能不白头也耶？盖义山在京携家，曾居曲江，后有秋暮（按指暮秋独游曲江）一首可证。诗意倍极沉痛，必非徒感闲情。因赠友人，故制题托之戏作耳。又案桂林思归诗有“旧居连上苑，时节正迁莺”句，又有诗云：“新春定有将雏乐，阿阁华池两处栖”，合之他诗“家近红蕖曲水滨”（【按】此指李十将军家，非义山自指），则义山在京，携家居曲江无疑，可为此诗一证也。（会笺）

【按】首联以“海燕参差沟水流”兴起“同君身世属离忧”，末联云“伤春”，已明言己与李定言同有“伤春”之痛。而此“伤春”之情，与曲江中伤时感乱之“伤春”显然不同，自属男女之情而无关乎政治。惟诸家多以为“同悼亡”，恐系误解“非秦赘”一语所致。“非秦赘”，非谓已赋悼亡,乃谓彼此虽曾入其门然非赘婿(秦赘对楚囚,不必泥"秦"字),暗示系狭邪艳情。"相携"句追溯从前,"花下"喻指狭邪之家。"对泣"句方写目前追思而不胜凄凉。"碧草"二句即写人亡楼空,草侵荒苑之慨。末联谓所怀者已埋骨曲水之湄,旧地重游,固不免触目而心惊,然埋骨地下者,恐亦因伤春而白头也。昔日同游花下,今日同吊香骨,不胜地老天荒之恨,题曰"戏",以其事属艳情也。作者暮秋独游曲江或亦与此有关。

暮秋独游曲江

荷叶生时春恨起[①],荷叶枯时秋恨成。深知身在情常在,怅望江头江水声。

校　记

①"起",蒋本、姜本、戊签、钱本、影宋抄、席本、万绝作"生"。

笺　评

【陆时雍曰】三四的是情语。(唐诗镜)

【辑评墨批】已似花间。

【徐德泓曰】此亦身世之感,而气格雄浑,非元和以后之音也。

【姚曰】有情不若无情也。

【屈曰】江郎云:"仆本恨人。"青莲云:"古之伤心人。"与此同意。

【程曰】"身在情长在"一语最为凄惋,盖谓此身一日不死,则此情一日不断也。曲江之地,释褐旧游,转徙幕僚,君门万里,今虽复重游其地,宁有援引朝列者耶? 此题之书"独游”，而诗之所以叹“怅望”也。

【冯曰】调古情深。又曰：前有荷花、赠荷花二诗，盖意中人也，此则伤其已逝矣。

【纪曰】不深不浅，恰到好处。（诗说）廉衣曰：“渐近泼调。”亦是。（辑评）

【张曰】此亦追悼之作，与赠荷花等篇不同，作艳情者误。（会笺）又曰：措语生峭可喜，亦复宛转有味，巧思拙致，异于甜熟一流，所谓恰到好处者也。“泼调”二字，杜撰可笑。○亦是感逝而作，集中曲江、曲池题颇多，疑义山在京曾携家寓此也。然诗意多不细符。若此篇则悼亡之意显然，谓艳情者恐误也。（辨正）

【按】“春恨”、“秋恨”，作者虽不明言所指，然细绎上下文意，似非指国运衰颓、身世沉沦之恨。盖家国身世之恨，似不得谓何时而起，何时而成，且“春恨”、“秋恨”分言，亦无所取义。然则所谓“情”当指男女之情。“春恨”谓相思之恨，“秋恨”谓伤逝之恨。此当是诗人于曲江“荷叶生时”遇意中人而种下相思之恨，于曲江“荷叶枯时”而伊人云逝，铸成伤逝之恨。重游旧地，怅望江头江水，遂觉此恨绵绵，永无绝期。曰“独游”，正所以明往昔之同游也。此诗情深语挚，第三句固惊心动魄之至情语，然若无末句画出茫然怅然情态，全篇韵味将大为减色。“江头江水声”不曰“听”而曰“望”，似无理，而特具神味。

和郑愚赠汝阳王孙家筝妓二十韵〔一〕

冰雾怨何穷①〔二〕，秦丝娇未已〔三〕。寒空烟霞高，白日一万里〔四〕。碧嶂愁不行，浓翠遥相倚〔五〕。茜袖捧琼姿，皎日丹霞起〔六〕，孤猿耿幽寂，西风吹白芷〔七〕。回首苍梧深，女萝闭山鬼〔八〕。荒郊白鳞断，别浦晴霞委〔九〕。长彴压河心〔一〇〕，白道连地尾〔一一〕。

秦人昔富家②，绿窗闻妙旨③〔一二〕。鸿惊雁背飞④〔一三〕，象床殊故里〔一四〕。因令五十丝〔一五〕，中道分宫徵。斗粟配新声〔一六〕，娣侄徒纤指〔一七〕。风流大堤上〔一八〕，怅望白门里〔一九〕，蠹粉实雌弦〔二〇〕，灯光冷如水。羌管促蛮柱⑤〔二一〕，从醉吴宫耳。满内不扫眉，君王对西子⑥〔二二〕。

初花惨朝露，冷臂凄愁髓〔二三〕。一曲送连钱〔二四〕，远别长于死〔二五〕。玉砌衔红兰，妆窗结碧绮。九门十二关〔二六〕，清晨禁桃李〔二七〕。

校记

①"冰"原作"水"，非，据戊签、席本、朱本、季抄改。

②"家"，戊签作"贵"。

③"旨"原一作"比"，非。影宋抄、钱本、席本作"此"，亦非。

④"背"，影宋抄、钱本、席本作"皆"。

⑤"促"原作"足"，非，据蒋本、戊签、姜本、悟抄、席本、影宋抄、钱本改。

⑥"君"原作"吴"，据蒋本、戊签、悟抄、朱本及季抄改。

集注

〔一〕【钱龙惕注】北梦琐言：唐郑愚尚书，广州人。雄才博学，擢进士第，扬历清显，声称赫然。而性本好华，以锦为半臂。崔魏公铉镇荆南，荥阳除广南节制，经过，魏公以常礼延遇。荥阳举进士时，未尝以文章及魏公门，此日于客次换麻衣，先贽所业，魏公览其卷首，寻已，赏叹至三四，不觉曰："真销得锦半臂也。"○新书：让皇帝子琎，眉宇秀整，谨絜善射。帝爱之，封汝阳王。【程注】通鉴："咸通三年八月，岭南西道节度使蔡京贬崖州司户，赐自尽，以桂管观察使郑愚为岭南西道节度使。"【冯注】新书艺文志："栖贤法隽一卷，僧惠明与西川节度判官郑愚、汉州刺史赵璘论佛书。"是先曾在西蜀使下矣。摭言"设奇沽誉"一条，亦有郑愚事。王孙无考。旧书纪："咸通三年，以邕管经略使郑愚充岭南东道节度观察使。"【按】旧书与通鉴所记郑愚咸通三年任官不同，通鉴是。愚任岭南东道节度使在咸通九至十二年。

〔二〕【徐注】吴均行路难"冰罗雾縠象牙席"，即此冰雾之义。（冯注引）【冯曰】似之而未可定。【按】"冰雾"疑即蜀桐"上含霏雾下含冰"之意，指筝声之凄清，故曰"怨何穷"，与下"秦丝"（筝之代称）相对，亦可证其指筝，不指弹筝者之衣饰。

〔三〕秦丝见河内诗楼上注。

〔四〕【胡震亨曰】突兀得筝理。【程注】杜甫诗："萧瑟浸寒空。"【冯曰】已逗下远别意。

〔五〕【何曰】用"遏云"意。（读书记）【冯曰】犹"遏云"之意，而造语诡异。或取眉如远山，与下二句皆状其貌美。

〔六〕【程注】陆机诗："淑貌耀皎日，惠心清且闲。"【冯曰】白日、皎日固不妨复，或疑"皎若"之讹。【按】"皎若丹霞"不词。皎日丹霞起，谓筝妓之容颜如朝日起于丹霞也。

〔七〕【朱注】九歌："辛夷楣兮药房。"注："药，白芷也。"【程

注】楚词:“绿苹齐叶兮白芷生。”钱起诗:“怨慕白芷动,芳馨流水传。”【冯注】九歌:“沅有芷兮澧有兰。”广韵:“白芷叶谓之药。”

〔八〕【朱注】九歌山鬼:“被薜荔兮带女萝。”杜甫诗:“山鬼闭门中。”【程注】李颀诗:“落日吊山鬼,临风吹女萝。”

〔九〕【朱曰】鱼书难寄。

〔一〇〕【朱注】彴,职略切。说文:“彴,水上横木,所以渡者。”【冯注】广韵:“彴,横木渡水。之若切。”

〔一一〕【朱注】地尾,地尽处。

以上为第一段,写筝妓之色艺与音乐之意境。

〔一二〕【程注】杂录:“隋文帝为蔡容华作潇湘绿绮窗。”韩愈诗:“绿窗磨遍青铜镜。”梁书:“沈约撰四声谱,以为在昔词人,累千载而不寤,独得胸襟,穷其妙旨,自谓入神之作。”

〔一三〕【冯注】刘孝绰诗:“持此连枝树,暂作背飞鸿。”【按】鸿雁背飞,喻兄弟背离,奉和太原公送前杨秀才戴兼招杨正字戎“万里高飞雁与鸿”句可参证。

〔一四〕【冯曰】谓兄弟分背。孟子万章:“象往入舜宫,舜在床琴。”“象日以杀舜为事。……象至不仁,封之有庳。”

〔一五〕【朱注】集韵:“秦人薄义,有父子争瑟者,各入其半,故当时名为筝。古以竹为之。”【冯注】五十丝,瑟也。谓夫妇分离。

〔一六〕【朱注】汉书:“淮南王长死,民作歌曰:一尺布,尚可缝;一斗粟,尚可舂,兄弟二人不相容。”

〔一七〕【朱注】说文:“娣,女弟也。”又:“娣姒,妯娌也。”“侄,兄之女也。”〇按筝本父子争瑟而起,此诗上云“鸿惊雁背飞”,下云“斗粟配新声”,似作兄弟事用,岂所传有不同耶?

【程注】后汉书刘瑜传:“古者天子一娶九女,娣侄有序。”【冯注】玉篇:“长妇曰姒,幼妇曰娣。”公羊传:“诸侯一娶九女,二国往媵之以侄娣。”此只取弟妇用。朱氏误解“五十丝”句也。自秦人以下,盖谓富盛之时,常理妙音于绿窗;自兄弟二人分散,其一流离异地,弟之妻徒有纤指而无能自活矣。尚未说到借弹筝以糊口。此必有弟缘罪远徙,而兄不恤弟妇者。【按】冯说是。

〔一八〕【朱注】清商曲襄阳乐:“朝发襄阳城,暮至大堤宿。大堤诸女儿,花艳惊郎目。”【冯曰】又有大堤曲。

〔一九〕【姚注】建康宣阳门,谓之白门。文帝以白门为不祥,讳之。”【冯注】二句谓漂荡之迹,盖不得已而为妓矣。【按】“白门”用乐府杨叛儿曲:“暂出白门前,杨柳可藏乌;欢作沉水香,侬作博山炉。”盖指男女欢会之所。

〔二〇〕【朱注】说文:“蠹,木中虫也。”又,衣书中虫,俗呼蠹鱼,其粉鳞手触则落,碎之如银。汉书:“黄帝制十二筩,其雄鸣为六,雌鸣亦六。”〇此句之义未详。【姚注】言众弦绝响,致粉蠹也。【冯曰】雌弦取独居之义,律固有雌雄。

〔二一〕【朱注】羌管,笛也。马融长笛赋:“近世双笛从羌起。”按:晋书:“桓伊令奴吹笛,伊抚筝而歌怨诗。”促蛮柱,竹与丝合也。【冯注】蛮柱为筝,谓以笛佐筝。

〔二二〕【道源注】西子擅宠,故宫内不复扫眉。言筝妓同之。【冯注】内人皆若不扫眉者,惟西子一人擅美。此四句方谓入王孙家,擅名一时。

以上为第二段,叙筝妓之出身遭遇始末。

〔二三〕【冯注】颜之惨,臂之冷,为弹筝时愁态。【程注】陈后主独酌谣:“初花发春朝。”

〔二四〕【冯注】尔雅:“青骊驎,驒。”注曰:“色有深浅,斑驳隐粼,今之连钱骢。”梁元帝紫骝马:“长安美少年,金络锦连钱。”

〔二五〕【朱注】言弹入送远别离之曲,益增惨凄。【冯注】郑愚或于将远游时在王孙家闻筝,故有诗赠之。此四句归到郑闻筝时。

〔二六〕【程注】礼记:“命国傩九门磔攘以毕春气。”沈佺期诗:“九门开洛邑,双阙对河桥。”【冯注】周礼疏:“王城四面,各三门,是十二门。王畿千里界,面置三关,亦十二关。”【按】九门指皇宫。十二关即十二门,旧长安城一面三门,四面共十二门。

〔二七〕【道源注】言筝妓所处华邃,桃李之容不可得窥。

以上为第三段,抒写弹筝送别之情。

笺　评

【朱彝尊曰】入手奇绝,可以意会不可以言传。“碧嶂”四句:言筝妓之丽。“孤猿”八句:言筝声之衰。“秦人”以下叙筝之始。“蠹粉”以下叙谈筝旧事。“初花”:复叙到筝妓。“九门”二句:此言筝妓之不可复见。

【钱曰】(“孤猿”)八句,俱言筝声之哀。(冯注引)(“秦人”句)以下叙事之始。(“蠹粉”句)此下叙弹筝旧事。(“玉砌”句)此下复收到筝妓。(后三条系辑评墨批,然非朱彝尊评,故暂附于此。)

【何曰】注说语多难解。然妓与筝或分或合,或多或少,或述往或念今,错落详略,妙意仿佛可领。(辑评)

【姚曰】首八句,从秦筝起笔,而言寒空白日之中,有此皎皎盈盈之筝妓也。“孤猿”下八句，言听筝之客，无非望乡愁别之人。“秦人”下八句，叙秦筝缘起。“风流”下八句，言大堤白门有秦筝之声，而音乐俱寂。且弹筝之人，不啻如西子之专宠。“初花”下八句，言别筵之上，闻弹筝一曲，而心为之死。奈但闻其声，不得亲近其人也。

【屈曰】题是和郑赠诗，未见妓也。一段八句，筝、妓合起。二段，四句筝声；四句有路难通。三段，筝之妙，他人不能奏，笙、羌笛皆不及，故筝妓能如西子擅宠。四段，筝曲之妙。五段，已不得窥也。“寒空”二句，言不见妓也。○“徒纤指”，言徒有纤指，不能按筝也。故大堤、白门，皆美女之薮，皆不能奏此器，故弦实蠹粉，久不御也。

【程曰】汝阳王孙，盖琎之后，第不知为何人。考宗室世系表序云：“世远亲尽，遂与异姓杂而仕宦，至或流落于民间，甚可叹也。”诗中有“一曲送连钱，远别长于死”之句，岂时遭远谪耶？此诗之旨大抵是哀王孙，非为筝妓，然其词则以筝妓为始末。诗之段落自“冰雾怨何穷”至“白道连地尾”是一段，言筝之怨声能穷幽以极远。自“秦人昔富家”至“君王对西子”是一段，言妓之出处，自沦落而承恩。自“初花惨朝露”至末是一段，言筝妓与王孙之情有不堪远别而独处长安也。首段“冰雾”二句写筝妓哀怨，为一篇纲领。“寒空”四句，写弹筝时光景。“茜袖”句写妓之美艳。“皎日”句与“寒空”二句相应，言筝音中景色一变，即“抚节悲歌，响遏行云”之意。“孤猿”二句，喻独处无人。“回首”二句，喻不忘旧君。“荒郊”二句，喻音书断绝，后会无期。“长彴”二句，喻道路难通，即天长地久，此恨无穷之意。次段“秦人”二句，借始造筝者而言，妓本良家而善于音律也。

“鸿惊”六句,言其去家流落之故。举鸿雁、斗粟而言,疑妓为兄弟所卖,而遂以筝名过于流辈也。“风流”四句,言其飘零靡定,门庭冷落也。“羌管”四句,言其受王孙之恩遇也。三段“初花”四句,言王孙不得已与之远别。“玉砌”句至末则言其独处长安而能自守也。哀王孙之意即在语外。

【冯曰】篇中所叙地理情景,究有未能明晓者。(“孤猿”)八句,钱曰:“言筝声之哀。”似也,盖皆望远驰思之景。

【纪曰】刻意为之,墨痕不化,涩处、廓处,不一而足。(辑评)

【张曰】此王孙家筝妓,必有本事,今无可考,故诗亦难解,姑从盖阙可也。(会笺)又曰:此乃长吉体极派,正以生峭见姿趣,胜人处全在此,何谓墨痕不化耶?且篇中造语涩丽处则有之,亦未见有廓落处也。纪氏不晓长吉派,乃故作此梦语耳。(辨正)

【按】程笺甚详(冯笺大体本之),惜谓“此诗大旨是哀王孙”及疑王孙“时遭远谪”,不免失之揣测;冯笺纠正,已大体得之。此篇盖以长吉笔法赋筝妓传奇,以抒情之笔写叙事性题材。起二句总点筝声之凄怨娇柔。“寒空”二句,弹奏时正值秋空云高,白日万里之时。“碧嶂”二句,谓乐声遏云,忽而有碧嶂不行,浓翠相倚之感。以上六句,即李贺李凭箜篌引“吴丝蜀桐张高秋,空山凝云颓不流”之意境。“茜袖”二句,谓筝妓茜袖琼姿,若皎日升起于丹霞。“孤猿”四句,状筝声所传出之幽寂凄深意境。“荒郊”四句,状筝声所传出之荒远难达境界与离情别恨,逗下“远别”。次段“秦人”八句,叙筝妓之出身,谓其本在富家,妙解音律,因夫家兄弟不和,其夫远离故里,故令其夫妇恩爱中道而绝,虽纤指善弹,而生计无着。

“风流”四句，暗写其流落为妓，处境凄凉，不复重理筝弦，唯独对幽冷之灯光。“羌管”四句，叙其转入王孙家为乐妓，专宠后房。“吴宫”指王孙家。此段约略相当于白居易琵琶行中“沉吟放拨插弦中”以下一大段，而一则叙事明白晓畅，一则多用比喻暗示，跳跃断续，显然涩滑二境。末段“初花”二句，形容筝妓弹奏时花容惨淡，臂冷心愁之情状。“一曲”二句，暗写所弹奏者系送别之曲，点出郑愚将有远行。“玉砌”四句，谓筝妓处此玉砌绮窗、重门华屋之中，今日一别，将无从再睹此桃李之芳颜矣。此盖郑将远行，王孙饯别，命筝妓弹奏，故郑作诗以赠，义山从而和之。筝妓与郑愚，即相当于琵琶女与白傅也。

判春〔一〕

一桃复一李，井上占年芳①〔二〕。笑处如临镜〔三〕，窥时不隐墙〔四〕。敢言西子短，谁觉宓妃长〔五〕？珠玉终相类，同名作夜光〔六〕。

校　记

①“井”原作“并”（一作井），非，据蒋本、姜本、戊签、悟抄、席本、钱本、影宋抄、朱本改。

集　注

〔一〕【徐曰】羯鼓录：“明皇游别殿，柳、杏将吐，叹曰：‘对此好景，不可不与判断之。’”此“判”字义同。

〔二〕【朱注】古乐府：“桃生露井上，李树生桃旁。”江总李花诗：

“当知露井上，复与夭桃邻。”

〔三〕【补】笑处，笑时。如临镜，如美人对镜自笑。

〔四〕【朱注】登徒子好色赋：“此女子登墙窥臣三年。”【冯注】亦兼取钻穴相窥之意。【按】窥不隐墙，言其无羞赧之态。

〔五〕【朱注】神女赋：“秾不短，纤不长。”【姚注】宓妃，宓牺氏之女，溺死洛水为神。

〔六〕【朱注】搜神记：“隋珠盈径寸，夜有光明，可以烛室。”十洲记：“周穆王时，西胡献玉杯，是百玉之精，明夜照夕。”【程注】文选西都赋李善注：“夜光为珠玉之通称，不专系之于珠，系之于璧，故邹阳有曰：‘夜光之璧。’刘琨又曰：‘夜光之珠。’”【冯注】此极形两美如一。

笺评

【胡震亨曰】为二美判同价也。晦其旨，故题云。（唐音戊签）

【朱彝尊曰】言二人之美同也。

【姚曰】表双艳也。题曰判春，判，分也，言各不相让也。邢尹殊看，终是未逢对敌耳。

【屈曰】李桃之无高下，犹珠玉之同光。

【程曰】此烟花月旦也。隋帝所谓“春兰秋菊，各一时之秀。”即此义。详题与诗易知也。

【冯曰】读此知桃叶、桃根，实指二美。“井上”者，以屈在使府后房也。诗不佳。

【纪曰】偶尔弄笔，不以诗论，亦是所谓下劣诗魔也。（诗说）题目太纤，诗自不能有格。（辑评）

【张曰】余疑或假艳情评骘牛李二党作欤？（会笺）

【钱锺书曰】隋唐而还，“花笑”久成词头……而李商隐尤反复于此，如判春："一桃复一李，井上占年芳。笑处如临镜，窥时不隐墙。"早起："莺花啼又笑，毕竟是谁春?"李花："自明无月夜，强笑欲风天。"槿花："殷鲜一相杂，啼笑两难分。"数见不鲜。桃花源再过，便成聚落。(管锥编)

【按】冯、张笺无据。双美何必即义山之情人？解"井上"为使府后房亦极牵强。亲受党争之害者，岂能以双美视牛李二党？此逢场作戏之烟花月旦评，程笺甚是。

赠歌妓二首〔一〕

水精如意玉连环〔二〕，下蔡城危莫破颜〔三〕。红绽樱桃含白雪〔四〕，断肠声里唱阳关〔五〕。

其二

白日相思可奈何①，严城清夜断经过〔六〕。只知解道春来瘦，不道春来独自多〔七〕。

校　记

①"可"原一作"不"，蒋本、姜本、戊签、悟抄、席本、钱本、影宋抄及万绝均作"不"。【按】可奈何，即不可奈何之意，"不"字疑后改，义虽同而情味稍逊。

集　注

〔一〕【冯注】旧书职官志："凡三品以上，得备女乐。五品女乐不得过三人。"

〔二〕【冯注】战国策齐策："秦始皇使使者遗君王后玉连环，曰：

‘齐多智,而解此环不?’君王后以示群臣,群臣不知解。君王后引椎椎破之,谢秦使曰:‘谨以解矣。’”水精如意见拟意。

〔三〕【朱注】登徒子好色赋:“嫣然一笑,惑阳城,迷下蔡。”注:“阳城、下蔡,二县名。”水经注:“蔡成公自新蔡迁于州来,谓之下蔡。”【冯注】破颜,笑也。【朱彝尊曰】二句妓。【何曰】(下蔡句)隽妙。(读书记)

〔四〕【冯注】樱桃,喻口。【程注】白居易诗:“樱桃樊素口。”宋玉对楚王问:“其为阳春白雪,国中属而和者数十人。”陈琳答东阿王笺:“听白雪之音,观绿水之节。”【按】“白雪”兼喻洁白之齿牙。

〔五〕【朱彝尊曰】二句歌。【按】阳关见饮席戏赠同舍注。

〔六〕【程注】古辞华山畿曲:“愿君如行云,时时见经过。”王维诗:“日夜经过赵李家。”【按】此言静夜绝断行人之际,相思之情愈不能已。

〔七〕【冯注】谓尔只解道我春来消瘦,何不解道我春来独自欤?如此解方妙。【朱彝尊曰】此首见赠意。【补】不道,不知。

笺　评

【吴曾曰】豫章题阳关图绝句:“断肠声里无声画,画出阳关更断肠。”按:李义山赠歌妓诗云:“红绽樱桃含白雪,断肠声里唱阳关。”豫章所用也。(能改斋漫录)

【杨守智曰】(首章)二句妓,二句歌。锦心绣口,九窍俱香。

【陆鸣皋曰】(首章)上二句言人,下二句言歌。(次章)承上“阳关”“肠断”意来,谓别后日夜相思而不得会,必然彼此俱瘦。殊不知彼之春意偏饶,故曰“独自”,言外有唤醒情痴之意。

【姚曰】(首章)首句比其绝无瑕玷。以如此绝世之色,而更发绝世之音,能使听者消魂也。(次章)一二是无可奈何情事,即末句所谓“独自”也,犹云“坐中泣下谁最多?江州司马青衫湿”耳。

【屈曰】(首章)一歌舞之具,二妓之美。三四歌舞,三眼中,四耳中也。(次章)白日相思犹可经过,清夜相思严城隔断,故春瘦独多。

【纪曰】率然寄兴之作,毫无佳处。(诗说)

【张曰】(次章)结言只知道我春来消瘦,不知道我春来独自一人之时常多乎?盖代妓自解也。(辨正)

【按】首章赞其色艺。首句兴而比,不特比其绝无瑕玷,亦以拟其歌声圆润婉转。“白雪”似兼喻皓齿。味末句“唱阳关”语,似是离席赠妓。次章戏写相隔相思之情。一二谓白日相思,情已难堪;严城清夜,断绝经过,更徒唤奈何。三四乃言尔只知我春来如此瘦损,殊不知我春来独自之日苦多也。语含戏谑,非代妓自解。

失题二首①

长眉画了绣帘开,碧玉行收白玉台〔一〕。为问翠钗钗上凤〔二〕,不知香颈为谁回!

寿阳公主嫁时妆〔三〕,八字宫眉捧额黄〔四〕。见我佯羞频照影〔五〕,不知身属冶游郎〔六〕。

校　记

①题原作蝶三首其二、其三，戊签此二首作"无题"。【纪曰】此二首乃游冶之词，误入于此。【按】此二首原当另有题，因与五律蝶(初来小苑中)相连，后原题脱去，遂与五律蝶合为三首，后人更于五律蝶之题下加"三首"二字。今改题"失题二首"。

集　注

〔一〕【冯注】乐府诗集："碧玉歌，宋汝南王所作也。碧玉，汝南王妾。"梅禹金曰："古今乐录：孙绰在晋，已有情人碧玉歌；谓汝南王妾，亦未有确据。"按：此以"碧玉小家女"谓侍婢也。【朱注】梁简文帝对烛赋："碧玉舞罢罗衣单。"【按】白玉台，即玉镜台。二句谓女子晨起对镜梳妆，画眉已毕，侍婢开绣帘而收镜台。

〔二〕【朱注】拾遗记："石崇爱婢翾风萦金为凤冠之钗。"【程注】幽怪录："竟陵掾刘讽夜投空馆，有三女郎，至明旦拾得翠钗数只。"

〔三〕即梅花妆，见对雪二首注。

〔四〕【朱注】海录："唐明皇令画工画十眉图，一曰鸳鸯眉，又名八字眉。"张萧远诗："玉指休匀八字眉。"梁简文帝诗："同安鬟里拨，异作额间黄。"庾信诗："额角轻黄细安。"杨慎曰："温飞卿诗：'豹尾车前赵飞燕，柳风吹散蛾间黄。'王荆公诗亦云：'汉宫娇额半涂黄。'其制已起于汉，特未见所出耳。"【按】额黄，六朝时妇女额上之涂饰，唐时仍有。

〔五〕【冯注】古词捉搦歌："可怜女子能照影，不见其馀但斜领。"

〔六〕【程注】晋子夜春歌:“冶游步春露,艳觅同心郎。”【冯注】丹阳孟珠歌:“道逢游冶郎,恨不早相识。”

笺评

【杨守智曰】(其二)后二首全不咏蝶,恐是失题。(其三)此首一作无题。

【陆鸣皋曰】三首皆刺狎客之诗,赋中比也。(次章)此承上章飞燕之入而言。燕入栊而蝶寻香,俱近妆台之物,故又以闺阁言之。上二句,谓画眉收镜,晓妆已罢。下则言佳人顾盼之情尚不知在彼在此,意盖云主人之爱,亦未必专属于尔也。(三章)上二句,写蝶之色,喻其修饰媚容也。下言见我而假作羞惭检饬之状,而不知此身已不能自主,徒供轻薄少年之玩弄而已。是蝶是人,总双关写法也。照影,犹顾影。

【徐德泓曰】(次章)帘开,则物飞入而皆见矣,故下意可接。不问人而问钗上之凤,笔尤玄妙。(三章)嫁时妆,八字眉,俱非随手下者,盖此乃合欢字样,喻其只在迎合人耳,即伏末句身不自主意。

【姚曰】(“长眉”首)为情人乎?抑为蝶乎?不问之人,而问之钗上凤,妙绝。(“寿阳”首)就无情中翻出有情,实则非真有情也。义山诗往往作此想。(按姚笺仍题蝶。)

【屈曰】(“长眉”首)一二写美人妆毕。三四写顾影自怜之意。(“寿阳”首)写女郎初嫁时情态。然玩“见我”字,“不知”字,“冶游”字,有所嫁非偶之叹。

【程曰】(“长眉”首)叹不知适从也。以令狐之旧客,而入茂元之幕,何嫌何疑?遂成雠怨,人生去就,审择难之。起句言既已释褐，得授秘书，不啻美人之妆成者，绣帘方开也。次句言无端而出，竟若情人之失意者，旋收奁具也。三句自问之词，言妆饰未尝不工。四句自疑之词，言有情莫知所向，即风人"岂无膏沐，谁适为容"之义也。("寿阳"首)谓从事幕府也。起言士之释褐，如女之初嫁。次言秘书内秩，如宫禁艳妆。三句言时无知己，惟有顾影自怜。四句言朝士不收，然后为人辟聘矣。又曰：(蝶)三首皆是比体。

【冯曰】此必当别作无题也。语易解而尖薄已甚，宜其名位不达矣。

【纪曰】此二首乃游冶之词。误入于此。(辑评)

【姜炳璋曰】三章俱以蝶自况也。次章，人视蝶也。绣帘已开，镜台收去。佳人此时忽见帘外粉蝶双双，长眉回顾，而蝶佯若不知也，问钗上之凤，毕竟汝之香颈为谁而回乎？篇中一字不黏蝶，而蝶之精神栩栩欲动，斯为绝唱。○三章，蝶视人也。"嫁时妆"，新妆也，又加宫眉捧额，则香艳甚矣，而蝶飞飞不去。"我"，蝶自我也。佳人见我，佯若羞然，又频频然顾形影，以为妆饰。工艳兰泽，芬芳之甚，足以致我之相随也。岂知我身本是冶游之郎，随地飞翔，原无心随汝乎？第二章，喻顾我之人，非即有情之人也。第三章，喻相遇之人，非即吾意中依托之人也。

【张曰】冶游之作，无别寄托。(会笺)

【按】二首明为赋体。曰"见我佯羞"，作者已为诗中另一人物，岂得复以"佯羞频照影"之女子自况？所咏对象，似为妓女，视"不知身属冶游郎"句及口吻之轻薄可知。"长眉"首写其人晨妆既毕，顾影自怜，茫然无属之情态。"为问""不知"，正写出身不由己者之心理。次首屈氏泥于"嫁时妆"而谓写女郎初嫁时情态,非是。一二不过状其妆束艳丽入时。三四写其佯羞弄姿,正与其"身属冶游郎"之身份相称,亦戏语也。二首疑即赠妓之词。

妓席

乐府闻桃叶〔一〕,人前道得无?劝君书小字,慎莫唤官奴[①]〔二〕。

校　记

①"慎",万绝作"切",避孝宗讳改。

集　注

〔一〕【朱注】古今乐录:"桃叶歌,晋王子敬所作也。桃叶,子敬妾,缘于笃爱,所以歌之。"

〔二〕【朱注】海录:"右军书乐毅论与子敬,论后题云:'书赐官奴。'官奴,子敬小字也。"按右军有官奴帖。

笺　评

【姚曰】此为狎昵之词。桃叶是子敬妾名,官奴是子敬小字,言惟两心相照也。

【屈曰】古有桃叶,定是能歌此曲;若书小字,慎莫唤作官奴,遂令人流传无已。见妓之能歌且书也。

【冯曰】徐氏谓借官奴字以戏官妓,似矣。诗若言流落之迹,不愿直呼,不必从子敬小字泥看也。然此种诗固无定诠。

【纪曰】游戏之作,不为轻重。(诗说)

【按】此妓席逢场作戏,随意调侃之作。比同游者为子敬,比其所爱之官妓为桃叶,"君"指同游者。一二谓乐府桃叶歌中曾闻桃叶之名,今日席上亲见其芳姿,却缘其为君之爱宠而不得道其芳名。三四谓君若书题己之小字,慎莫唤作“官奴”,以触所爱者之忌也,此纯从“官奴”生意。

偶题二首

小亭闲眠微醉消,山榴海柏枝相交①〔一〕。水文簟上琥珀枕②〔二〕,傍有堕钗双翠翘〔三〕。

其二

清月依微香露轻③,曲房小院多逢迎〔四〕。春丛定是饶栖夜④,饮罢莫持红烛行〔五〕。

校　记

①“山”,蒋本、悟抄、席本、钱本、影宋抄作“小”,非。冯引一本作“石”,亦非。

②“文”,万绝作“纹”,通。“琥珀”,万绝作“珊瑚”。

③“清”,悟抄作“初”。

④“是”,季抄作“见”。“饶栖夜”,朱本、季抄作“饶栖鸟”。【何曰】统签作“双栖夜”。【冯曰】“夜”字是赘说,然“双栖鸟”直致乏味。【按】“饶栖夜”,多夜宿双栖之意,可通。

集　注

〔一〕【冯注】山榴即石榴,唐人诗题每曰山石榴。【程注】本草:“山踯躅,一名山石榴。”【按】冯注是。

〔二〕【朱注】东宫旧事有乌韬赤花双文簟。琥珀枕注见咏史（历览前贤）。【冯注】西京杂记："会稽岁时献竹簟供御，世号为流黄簟。"又："以竹为帘，帘皆水文。"杨妃外传："妃进见初，帝授以玉竹水纹簟。"此即所云"潇湘浪上"之意。万首绝句作"珊瑚枕"，似误刊耳。

〔三〕【朱注】七启："扬翠羽之双翘。"【按】翠翘，妇女头饰，形状如翠鸟尾上之长羽。韦应物长安道诗："丽人绮阁情飘飖，头上鸳钗双翠翘。"

〔四〕【程注】七发："往来游宴，纵恣于曲房隐闲之中。"王僧孺诗："曲房褰锦帐，回廊步珠屣。"

〔五〕【何曰】落句讽刺隐秀。（读书记）【按】谓恐惊春丛中双栖夜宿者也。

笺　评

【吴聿曰】李义山"小亭闲眠微醉消，山榴海柏枝相交"……微词也。（观林诗话）

【王楙曰】欧公词曰："柳外轻雷池上雨，雨声滴碎荷声。"云云。末曰："水晶双枕，旁有堕钗横。"此词甚脍炙人口。旧说谓欧公为郡幕日，因郡宴，与一官妓荏苒。郡守得知，令妓求欧词以免过，公遂赋此词。仆观此词，正祖李商隐偶题诗云："小亭闲眠微醉消，石榴海柏枝相交。水纹簟上琥珀枕，旁有堕钗双翠翘。"又"柳外轻雷"亦用商隐"芙蓉塘外有轻雷"之语。……（野客丛书）

【何曰】幽景闲情，写出便成物色。（辑评）

【姚曰】（首章）好事易过。（次章）好事正多。

【屈曰】（首章）此时忆往时同宿情景。（次章）此时忆往时饮后情景。总见今日之不然也。

【冯曰】上章昼景，下章夜景。语含尖刺，当与可叹同参。此较婉约。

【纪曰】（首章）艳而能逸。第二句有意无意，绝佳。（次章）对面写来，极有情致。雍陶“自起开笼放白鹇”亦是如此用意，而其语不工。（诗说）

【许昂霄曰】欧阳修临江仙“凉波不动簟纹平。水精双枕，傍有堕钗横。”不假雕饰，自成绝唱。按义山偶题云：“水文簟上琥珀枕，傍有堕钗双翠翘。”结语本此。（词综偶评）

【张曰】此是艳情。（会笺）

【钱锺书曰】蔡邕协和婚赋“钗脱”景象，尤成后世绮艳诗词常套，兼以形容睡美人，如……李商隐偶题：“水纹簟上琥珀枕，旁有堕钗双翠翘。”（管锥编）

【按】此必艳情，视次章，似为狭邪冶游之作。首章写昼眠醉消，枕欹钗横情景，次句系借景写艳，笔意在有意无意之间。次章写夜饮既罢，月微露轻，曲房小院之间多双栖双宿者，的是狭邪情景。

蝇蝶鸡麝鸾凤等成篇〔一〕

韩蝶翻罗幕〔二〕，曹蝇拂绮窗〔三〕。斗鸡回玉勒〔四〕，融麝暖金釭〔五〕。玳瑁明书阁〔六〕，琉璃冰酒缸〔七〕。画楼多有主，鸾凤各双双〔八〕。

集　注

〔一〕【朱彝尊曰】题怪，不可解。（冯注引作钱评，非。）

〔二〕见青陵台注。

〔三〕【冯注】吴志赵达传注引吴录："孙权使曹不兴画屏风，误落笔点素，因就以作蝇，权以为生蝇，举手弹之。"

〔四〕【朱注】说文："勒，马头络衔也。有衔曰勒，无衔曰羁。"【程注】庾信马射赋："控玉勒而摇星。"

〔五〕【徐注】融麝，以香练膏也。（冯注引）【朱注】汉书："赵昭仪居昭阳舍，壁带往往为黄金釭。"注："壁带，壁之横木，露出如带者，以金为釭，若车釭之形。"博雅："釭，车轴中铁。"西都赋："金釭衔璧，是为列钱。"又，说文："俗谓灯为釭。"江淹赋："冬釭凝兮夜何长。"李白夜坐吟："金釭清凝照悲啼。"【冯注】说文："釭，车毂中铁也，古双切。"按：句意以言灯火之光。

〔六〕【姚注】汉书注："玳瑁如龟，其甲相覆而生若甲然，甲上有斑文。"

〔七〕【朱注】冰，去声。【冯注】晋书崔洪传："汝南王宴公卿，以琉璃钟行酒，洪不执。"列异传："济北神女来游，车上有壶榼青白琉璃五具。"

〔八〕【冯注】公羊传："为其双双而俱至者与？"

笺　评

【范晞文曰】商隐诗："斗鸡回玉勒，融麝暖金釭。玳瑁明珠阁，琉璃冰酒缸。"七言云："不收金弹抛林外，却惜银床在井头。彩树转灯珠错落，绣檀回枕玉雕锼。"金玉彩绣，排比成句，乃知号至宝丹者，不独王禹玉也。（对床夜语）

【金介曰】每一待到手，但须看题后知其诗之雅俗，似此题，暗中摸索亦知是义山。

【姚曰】聊备一体。不但蝇蝶等字,即罗幕绮窗等皆用一色字样成篇。此义山游戏之笔。

【屈曰】一二闺中。三四春游。五六闺中之乐。七八总结,言外见飘泊之孤单也。

【程曰】此平康北里之志也。一物当属一妓,故末以双双有主结之。但玩命题,足知其意。

【冯曰】似亦以艳体寓令狐,故诡其题也。韩蝶比己贞魂不变,曹蝇比被人弹击。次联谓来而留宿。三联谓只为索书,聊尔命盏。结则羡他人之各有所主,而我情无着也。或隐有所刺,如偶题、可叹之类,无从定解矣。按:白香山诗后集闲园独赏自注:"因梦得所寄蜂鹤之咏,因成此篇以和之。"篇中杂排仙禽芳树蚁蜗蝶蜂等物,以鹏鷃相去为结。义山此篇格相似。又曰:直是刺淫之作。首二句谓变贞被污,中四句欢会之景地,结则慨此类之多也。

【纪曰】此是偶然游戏,不得以诗格绳之,然效而为之,则堕诸恶道矣。(诗说)蘅斋谓山谷雅从此滥觞,未是。山谷乃彷佛蔚宗和香方也。(辑评)

【张曰】题诡诗纤,此偶而戏笔耳,未必有所寄托也。(会笺)又曰:当时自有此一体,白香山集中可证。虽非正格,亦不至便堕恶趣。古人偶而弄笔,原无伤雅,特不宜专效此种也。(辨正)

【按】虽属戏笔,亦自"成篇",非仅堆砌辞藻者。此盖写狭邪之游。首联妓楼景物:蝶翻罗幕,蝇拂绮窗。次联贵游公子斗鸡方罢,遂回玉勒而至娼家,添灯融麝,为长夜之欢。腹联室内陈设之华丽。末联谓此妓楼中处处双飞双宿,各有其主,偶题"春丛定是饶栖夜",即此意。程氏已揣知诗意,然谓一物当一妓则非。盖此诗前六皆赋,末二方是比体。若一物一妓,则前六全不成文,且末句“鸾凤”亦明指男女好合,非指二妓也。

代赠

杨柳路尽处,芙蓉湖上头。虽同锦步障〔一〕,独映钿箜篌①〔二〕。鸳鸯可羡头俱白,飞去飞来烟雨秋。

校　记

①“映”,朱本、季抄一作“应”。

集　注

〔一〕锦步障,见朱槿花二首注。

〔二〕【朱注】风俗通:“箜篌,一名坎侯。汉武帝令乐人侯调作坎侯。言其坎坎应节。侯,以姓冠章也。或曰:箜篌,取其空中。”以钿饰之,曰钿箜篌。【姚注】说文:“钿,金华也。”【冯注】汉书:“孝武皇帝塞南越,祷祠太一、后土,始用乐人侯调,依琴作坎坎之乐,言其坎坎应节奏也。”旧书志:“或云侯辉所作,谓之坎侯,声讹为箜篌。或谓师延靡靡乐,非也。”【按】箜篌有竖、卧两种,传为侯调所造者系卧箜篌。此处曰“独映”,似为竖箜篌。旧唐书音乐志:“竖箜篌,……体曲而长,二十有二弦,竖抱于怀,用两手齐奏,俗谓之擘箜篌。”【何曰】嫠也。(辑评)

笺　评

【徐德泓曰】此艳情也。首二句,状佳丽地。三四句,言相聚而不乱，故曰“虽”、曰“独”也。末二句，即“缟衣綦巾”之意。不羡芳华，而羡白头烟雨，是谓悦乎情，止乎礼义者。

【姚曰】此为同处而不同心者讽也。

【屈曰】起四句言咫尺万里，故下致羡鸳鸯之白头双飞也。

【冯曰】是在湘中相见而不相亲也，安得如鸳鸯之长相守乎?

【纪曰】小诗之最有情致者，结亦可味，但格意俱靡，不免诗馀之诮耳。（诗说）格意未高。末二句喜其波峭。○微近小词，以善于用少，故尚存古意；若衍为长篇，则靡矣。（辑评）

【张曰】此亦河内诗意。“虽同锦步障”，写昔之烜赫；“独映钿箜篌”，状今之寂寥。结叹不如鸳鸯尚可来去自由也。起用“杨柳”、“湖上”是双关法。（按：谓寓杨嗣复姓及湖州贬所。）（会笺）

【钱锺书曰】（元遗山）鸳鸯扇头：“双宿双飞百自由，人间无物比风流。若教解语终须问，有底愁来也白头。”……义山则另出心裁，代赠……以白头为偕老之象而非多愁所致矣。（谈艺录补订）

【按】首二女主人公所居之所。三四写其处境，言虽处富贵之家而形单影只，独映箜篌，寂寥自守。五六写其欣羡鸳鸯白头相伴，来去自由。此当为贵家姬妾空房独守者赋。石城末联曰“共笑”，此则曰“可羡”，处境不同，故笑、羡有别。“虽同锦步障”，谓其所居虽等同于施锦步障之豪奢富贵之家，姚笺“为同处而不同心者讽”，似误解“同”为“同处”。

代赠二首

楼上黄昏欲望休①〔一〕，玉梯横绝月如钩②〔二〕。芭蕉不展丁香结，同向春风各自愁〔三〕。

其二

东南日出照高楼〔四〕，楼上离人唱石州〔五〕。总把春山扫眉黛〔六〕，不知供得几多愁〔七〕？

校　记

①“欲望”，才调作“望欲”。

②“月如钩”，它本均作“月中钩”，万绝、才调亦同。【按】“月中钩”无征，且连上文谓玉梯横绝月中之钩，亦属不词。

集　注

〔一〕【补】欲望休，欲远望而还休。

〔二〕【朱注】毕耀诗：“玉梯不得踏。”枚乘月赋：“隐圆岩而似钩。”【冯注】梁简文帝乌栖曲：“浮云似帐月如钩。”【按】横绝，横度。玉梯横绝，写楼梯连接层楼之情状。月如钩，系登楼所见。

〔三〕【程注】本草：“丁香一名丁子香，生东海及昆仑国。杜甫诗：“丁香体柔弱，乱结枝犹垫。”【补】丁香结，本指丁香之花蕾，盖其丛生如结，故云。唐宋人诗多用之，以喻固结不解之意，此处则以之象征固结不解之愁绪。【冯曰】彼此含愁，不言自喻。

〔四〕【程注】古诗：“日出东南隅，照我秦氏楼。”

〔五〕【朱注】乐府：“石州词，角调曲也。”又有舞石州。唐书：“石州昌化郡，本离石郡，天宝元年更名。”【冯注】乐苑：“石州，商调曲也。”有曰：“终日罗帏独自眠。”【纪曰】乐府载其词,乃成妇思夫之作。【按】胡震亨唐音癸签卷十三云:"中宗景龙初,知太史事迦叶志忠表称:'受命之初,天下先歌英王石州。'石州,商调曲也。"

〔六〕【朱注】西京杂记:"文君姣好,眉色如望远山,脸际常若芙蓉。"【程注】事文类聚:"汉明帝宫人扫青黛眉。"(引自炙毂子)【冯注】东观记:"明德马皇后眉不施黛。"【补】总把,纵把。

〔七〕【冯曰】兼用愁眉(参无题"照梁初有情")。

笺 评

【杨万里曰】五七字绝句,最少而最难工,虽作者亦难得四句全好者。晚唐人与介甫最工于此。如李义山……"芭蕉不展丁香结,同向春风各自愁。"……(诚斋诗话)

【陈模曰】(首章)芭蕉丁香本无〔所〕谓愁,盖是以物为人,此皆以无为有而好者也。(怀古录)

【许学夷曰】商隐七言绝如代赠云:"芭蕉不展丁香结,同向春风各自愁。"鸳鸯云:"不须长结风波愿,锁向金笼始两全。"春日云:"蝶衔花蕊蜂衔粉,共助青楼一日忙。"全篇较古律艳情尤丽。(诗源辩体)

【金介曰】之一:"同向春风各自愁"句,妙在"同",又妙在"各",他人千言不能尽者,以七字尽之。

【陆鸣皋曰】(首章)妙在"同",又妙在"各自",他人累言不能尽者,此以一语蔽之。(次章)结语偶然拈到,遂为词家作俑。

【姚曰】(第一首)此即古诗人"入门各自媚,谁肯相为言"之意。(第二首)不知心大小,容得许多愁。一寸眉尖,乃载得尔许愁起，遏云绕梁，不足言矣。

【屈曰】（第一首）望而不见，不如且休。两地含愁，安用望为！

【纪曰】艳诗之有情致者，第二首更胜。（诗说）

【俞陛云曰】（首章）前二句楼上玉梯之意，与李白之"暝色入高楼，有人楼上愁。玉梯空伫立，望断归飞翼（按：原词此句作'宿鸟归飞急'）"词意相似，乃述望远之愁怀。后二句，即借物写愁，丁香之结未舒，蕉叶之心不展，春风纵好，难破愁痕。物犹如此，人何以堪，可谓善怨矣。（诗境浅说续编）

【张曰】二诗疑会昌元年江乡所作。义山开成五年冬作江乡之游，赴燕台湘中之约。至则其人远去，故集中多以此事寄慨。明年会昌元年正月，始北归，有春雪黄陵，送别刘司户之迹。此诗盖同时所作。其人已去，而义山亦作归计矣。前首代其人写彼此含愁之况，后首写己将行之怅，故曰"离人唱石州"也。与柳枝情事必不合矣。（辨正）又曰：诗意无可显征，味"东南日出"语，盖亦为嗣复贬湖致慨耳。（会笺）

【按】二首均写离愁。前首写离别前夕，不惟无心远望赏景，且眼前之未展芭蕉与含苞丁香亦皆似含愁不解，益增离人愁绪。后首写翌晨分别情景：日照高楼，而人唱离歌，春山眉黛，含愁正不知几许也。前首写双方各自含愁，后首则专从女子着笔。诗题为"代赠"，所代者为离别中之男子，代赠之对象，则为离别中之女子。味其意致，此女子当是平康北里中人。

前首三四句移情入景，比兴而兼象征。"各自愁"之上加"同向春风"四字，愈觉音情摇曳，且将彼此脉脉含愁而相对无言情景和盘托出。

代应二首

沟水分流西复东〔一〕，九秋霜月五更风〔二〕。离鸾别凤今何在〔三〕？十二玉楼空更空[①]。

其二

昨夜双钩败〔四〕，今朝百草输〔五〕。关西狂小吏[②]〔六〕，唯喝绕床卢〔七〕。

校　记

①“更”，席本、万绝作“复”。

②“吏”，冯引一本作“史”。

集　注

〔一〕【朱注】卓文君白头吟：“今日斗酒会，明旦沟水头。蹀躞御沟上，沟水东西流。”【程注】王褒诗：“东西御沟水。”

〔二〕【冯注】远行之候。

〔三〕【朱注】西京杂记：“庆安世年十五，为成帝侍中，善鼓琴，能为双凤离鸾曲。”陶潜诗：“上弦惊别鹤，下弦操孤鸾。”【程注】李贺诗：“离鸾别凤烟梧中。”

〔四〕【朱注】周处风土记：“义阳腊日饮祭之后，叟妪儿童为藏钩之戏，分为二曹以校胜负。”庾阐赋：“叹近夜之藏钩，赏一时之戏望。”【冯注】双钩即藏钩，详无题二首（昨夜星辰首）。

〔五〕【朱注】初学记：“荆楚岁时记：‘五月五日，四民并蹋百草。

今人又有斗百草之戏。'"【程注】岁华纪丽:"端午结庐斗百草。"刘禹锡诗:"若共吴王斗百草,不如应是欠西施。"

〔六〕【冯注】史记李斯传:"年少时为郡小史。"按:小史,官府之役。晋书潘岳传:"孙秀尝为小史。"此句用事未详,皆与下句不符。

〔七〕【朱注】晋书:"刘毅于东堂聚樗蒲大掷,馀人并黑犊以还,惟刘裕及毅在后。毅次掷得雉,大喜,绕床叫曰:'非不能卢,不事此耳。'裕因挼五木久之,曰:'老兄试为卿答。'既而四木俱黑,一子转跃未定,裕厉声喝之,即成卢。"【冯注】南史郑鲜之传亦载此事,曰:"武帝得卢,毅舅鲜之大喜,徒跣绕床大叫,声声相续。毅甚不平,谓之曰:'此郑君何为者?'"按:似取卢姓,而意不可晓。【按】与"卢姓"无涉。

笺　评

【姚曰】(首章)此言情人一去不来之憾。十二楼中,始犹望其不空,今则更无望矣,所谓"空更空"也。(次章)此首承前意来,言其无复念己也。

【屈曰】有诗寄人而不能答,自作代之,故曰"代应"。应即答也。(首章)从昔别起。二别后时、景。离别之后,今在何处? 故末言空复空也。(次章)藏钩既败,斗草又输,已是难堪。但闻他人呼卢,何以为情! 此答之意也。

【程曰】此诗前首似罢秘书为尉时作。沟水三语喻己去职眷念之情,末句喻朝无人也。次首则忤观察将罢时作。"双钩败",喻罢秘书也;"百草输",喻尉又将罢也。后二语有终必求伸意。

【冯曰】旧本不分体者,皆以此(指昨夜双钩败一首)连上首作代应二首也。戊签则分体而互易之。今思此与上章,意虽不相同,而于代卢家人嘲堂内亦绝不相应(按:戊签以昨夜双钩败一首次于代卢家人嘲堂内之后),无可妄解,则何如仍旧本之为得欤?又曰:代应二首,旧本与代赠二首相隔各编,初不连接,即明刊分体本亦然,乃戊签则紧接代赠之下。今详玩诗意,殊不相对,故仍离之为是。

【纪曰】艳词也。第一首太浅,第二首又不可解。(诗说)

【张曰】此亦与上诗(楚宫"复壁交青琐"首)同意。"关西狂小吏"二句,不可解,意殆谓当时幸灾乐祸者,岂指李党中人欤?(会笺)又曰:前首宛转关生,岂浅近一派耶?次首则纪氏自不能解耳。(辨正)

【按】代赠、代答(应)之作,为赠答诗之变体。此二首题曰代应,而集内无与之相应之代赠,二首本身亦似了不相关,遂使意绪埋没不可索解。首章似是伤离之作。一二由眼前景追忆昔日之别,三四谓离鸾别凤,天各一方,即今十二玉楼(似指道观)之中,惟一片空虚而已。此盖写与昔日相恋之女冠星离雨散后,楼空人去之慨。次章一二谓"双钩""斗草"之戏皆输,见未得好兆,心情烦闷。三四更以关西小吏,无事喝卢之声反托孑处闺中之无憀意绪。此"关西小吏"即女子之狂夫也。终日赌场厮混,故闺人心情烦闷无憀耳。

追代卢家人嘲堂内

道却横波字,人前莫谩羞〔一〕。只应同楚水,长短入淮流〔二〕。

集　注

〔一〕【朱注】傅毅舞赋："目流睇而横波。"【按】二句托卢家人之口吻谓其既已眉目传情，自不必人前谩作羞涩之态。

〔二〕【胡震亨注】淮，怀也。【道源注】横波同楚水，欲其情之长也。以"淮"代"怀"，乃隐语，如古乐府"石阙衔碑"之类。【冯曰】"楚"字或寓凄楚之意。

笺　评

【姚曰】"淮"字隐"怀"字。长短入淮流，岂但"渡江不用楫"哉！

【纪曰】与魏宫私赠二首同一小家数而更无意旨。（诗说）

【管世铭曰】诗中谐隐，始于古稿砧诗，唐贤绝句，间师此意。刘梦得"东边日出西边雨，道是无晴却有晴"，温飞卿"玲珑骰子安红豆，入骨相思知不知"，古趣盎然，勿病其俚与纤也。李商隐"只应同楚水，长短入淮流"，亦是一家风味。（读雪山房唐诗序例）

【张曰】此徐幕自嘲之作。卢家，切府主姓也。……楚水，只取绹父之名。入淮流，暗点徐方。……意谓何不回希望令狐之心，终身依恃府主乎？所谓嘲也。

【按】贵家于宴会间常出姬妾娱客，此诗似是代人（卢家人，盖贵显）嘲其姬妾（即堂内）之作。诗意谓既已眉目传情，便莫在人前矜持而谩羞，只应如楚水之入淮（怀），无须顾忌也。此戏作。

代应[1]

本来银汉是红墙，隔得卢家白玉堂。谁与王昌报消息〔一〕，尽知三十六鸳鸯〔二〕？

校　记

①戊签与“沟水分流西复东”首合题为“代应二首”。

集　注

〔一〕【朱注】襄阳耆旧传：“王昌，字公伯，为东平相、散骑常侍，早卒，妇任城王曹子文女也。”【冯注】梁武帝河中之水歌：“人生富贵何所望？恨不早嫁东家王。”洪容斋随笔：“所云‘不早嫁东家王’，莫详其义。”钱希言桐薪：“意其人身为贵戚，出相东平，则姿仪俊美，为世所共赏可知。”按：王昌，唐人习用，崔颢云“十五嫁王昌”，上官仪云：“东家复是忆王昌”，必有事实，今无可考耳。再检襄阳耆旧传云：“昌弟式，字公仪，妇是尚书令桓阶女。昌母有典教，二妇入门，皆令变服下车，不得逾侈。后阶子嘉尚魏主，欲金缕衣见式妇，嘉止之，曰：‘其妪严，不须持往犯人家法。’”则诗之王昌必非用此，旧注引之，谬也。又互详水天闲话。又按：隋书诚节刘子翊传：“昔长沙人王毖，汉末，为上计诣京师。既而吴、魏隔绝，毖于内国更娶，生子昌。毖死后，为东平相，始知吴之母亡，便情系居重，不摄职事。”当即东平相之王昌也，与所云昌母有典教，二妇入门之事又不相合，而总必非唐人艳体所用之王昌矣。【按】此当是别一王昌，冯说是。疑为传说人物，不必泥。

〔二〕【道源注】古乐府相逢行：“入门时左顾，但见双鸳鸯。鸳鸯七十二，罗列自成行。”此云“三十六”，纯举雌言之。【冯注】鸡鸣古辞：“舍后有方池，池中双鸳鸯。鸳鸯七十二，罗列自成行。”徐曰：“酉阳广支：‘霍光园中凿大池，植五色睡莲,养鸳鸯三十六对,望之烂若披锦。'”按:徐氏所引恐未足信。李郢戏赠诗“闻道彩鸾三十六,一双双对碧池莲”,正与此句同。朱氏谓纯举雌言之,似非也。【按】三十六、七十二,习用语,固不必深求。然此处“三十六鸳鸯”自指雌者言,连上文以意求之可也。

笺 评

【王灼曰】古书亡逸固多,存于世者,亦恨不尽见。李义山绝句云:“本来银汉是红墙,隔得卢家白玉堂。谁与王昌报消息,尽知三十六鸳鸯。”而唐人使王昌事尤数,世多不晓,古乐府中可互见,然亦不详也。一曰:“相逢狭路间,道隘不容车。如何两少年,挟毂问君家。君家诚易知,易知复难忘。黄金为君门,白玉为君堂。堂上置樽酒,使作邯郸倡。中庭生桂树,华灯何煌煌。兄弟两三人,中子为侍郎。五日一来归,道上自生光。黄金络马头,观者满路傍。入门时左顾,但见双鸳鸯。鸳鸯七十二,罗列自成行。”一曰:“河中之水向东流,洛阳女儿名莫愁。莫愁十三能织绮,十四采桑南陌头。十五嫁为卢家妇,十六生儿字阿侯。卢家兰室桂为梁,中有郁金苏合香。头上金钗十二行,足下丝履五文章。珊瑚桂镜烂生光。平头奴子提履箱。人生富贵何所望,恨不嫁与东家王。”以三章互考之,即知乐府前篇所谓白玉堂与鸳鸳七十二,乃卢家。然义山称三十六者,三十六双,即七十二也。又知乐府后篇所谓东家王,即王昌也。余少年时戏作清平乐曲,赠妓卢姓者云:“卢家白玉为堂。于飞多少鸳鸯。纵使东墙隔断,莫愁应念王昌。”黄载万亦有更漏子曲云:“怜宋玉,许王昌,东西邻短墙。”予每戏谓人曰:“载万似曾经界两家来。”盖宋玉好色赋，称东邻之子，即宋玉为西邻也。东家王即东邻也。载万用事如此之工。世徒知石城有莫愁，不知洛阳亦有之，前辈言乐府两莫愁，正谓此也。又韩致光诗：“何必苦劳魂与梦，王昌祇在此墙东。”业唱歌者，沈亚之目为声家，又曰声党，又曰贡声中禁。案：业唱歌者至此二十一字与上下文无涉，似当析出别为一条。李义山云：“王昌且在墙东住，未必金堂得免嫌。”又云：“欲入卢家白玉堂，新春催破舞衣裳。”对雪云：“又入卢家妒玉堂。”（碧鸡漫志卷二）

【杨守智曰】真不可解。

【姚曰】有情人不得遂心，纵尽知，亦何益。

【屈曰】红墙便是银汉，所以隔断玉堂，如何尽知堂内鸳鸯事哉？定当有报消息者。

【程曰】释道源真妙解文章之味，如注前首“入淮流”、及此首“三十六鸳鸯”，皆开人颖思。此诗用意与前月夕同，特此题代应，明作女郎之词，较月夕为稍浅耳。

【冯曰】旧本不分体者，皆以此首编上首之下。戊签则因五言、七言分体，乃与代应二首中“昨夜双钩败”互易。余初从之，今思集中一题数首，颇有异体者，况互易而意义仍不联对，则必非也，何如仍旧之为愈乎？此与上题“家人堂内”四字颇有针锋对答，细味自见。

【张曰】王昌消息，指子直，屡启陈情，故盼望好音也。“本来银汉”，喻己夙在门馆也。……此章则以己本令狐旧人答之，言不能不盼其消息耳。子强见拔于卫公，本非牛党，故所言如是。（会笺）

【按】此代贵家姬妾作答。谓我在卢家白玉堂中，彼王昌则居墙东，一墙之隔，便如银汉，谁与彼王昌者报此堂内消息，以致彼“尽知三十六鸳鸯”乎？盖前来赴宴之客，对此女子情况殊为熟悉，且颇致殷勤之意，故而女子问其“谁与王昌报消息”也。

又，李郢赠李商隐赠佳人（见童养年辑全唐诗续补遗）云：“金珠约臂近笄年，秋月嫦娥汉浦仙。云发腻垂香拨妥，黛眉愁入翠连娟。花庭避客鸣环珮，凤阁持杯泥管弦。闻道彩鸾三十六，一双双映碧池莲。”题内所云义山赠佳人诗，似与代应有关。录以备考。

代魏宫私赠黄初三年，已隔存殁，追代其意，何必同时，亦广子夜吴歌之流变。①〔一〕

来时西馆阻佳期〔二〕，去后漳河隔梦思〔三〕。知有宓妃无限意〔四〕，春松秋菊可同时②〔五〕？

校　记

①题下自注：“黄初三年，已隔存殁，追代其意，何必同时。亦广子夜吴歌之流变。”悟抄无题注。“吴歌”，蒋本、姜本、戊签、席本、影宋抄作“鬼歌”。“流变”，原缺“变”字，据姜本、戊签补。

②“春松”，才调集注云：“松一作兰。”戊签校曰：“用赋语‘荣曜秋菊，华茂春松’，引迷楼记作‘春兰’者非。”季抄一作“兰”。【冯班曰】改“兰”字便不通矣。

集　注

〔一〕【姚宽曰】按此诗当是四年作。甄后，黄初二年，郭后有宠，后失意,帝大怒,六月,遣使赐死,葬于邺。洛神赋云:“黄初三年,朝京师,还济洛川。”李善云:“三年,立植为鄄城王。四年,徙封雍邱。其年朝京师。”又文绍云:“三年,行幸许。”又曰:“四年三月,还雒阳。”并云四年朝,此云三年,误矣。(西溪丛语)【冯注】按:洛神赋之为甄后事,详文选注也。魏志:“后于黄初二年赐死。”洛神赋序:“黄初三年,余朝京师,还济洛川。古人有言,斯水之神名曰宓妃。感宋玉对楚王神女之事,遂作斯赋。”自注“已隔存殁”云云,盖以有托而言,原非实录,不足拘存殁之迹也。乐府有子夜变歌,故云流变。【按】曹植赠白马王彪诗序云:“黄初四年五月,白马王、任城王与余俱朝京师。”亦云四年朝京师,然李善注又曰:“一云魏志三年不言植朝,盖魏志略也。”故亦有以为三年不误者。代魏宫私赠者,代甄后宫人私赠鄄城王曹植,以明甄后之心迹也。

〔二〕【朱注】魏志陈思王传:“黄初二年,植贬爵安乡侯,改封鄄城侯。四年来朝,帝责之,置西馆,未许朝,上责躬诗。”

〔三〕【朱注】水经注:“魏武引漳流自城西东入,径铜雀台下。”

〔四〕【冯注】史记索隐:“如淳曰:宓妃,伏羲女,溺死洛水,遂为洛水之神。宓音伏。”

〔五〕【朱注】洛神赋:“荣曜秋菊,华茂春松。”

笺　评

【贺裳曰】末二语意已见于序中,不必复见于篇中。且赠诗只四句,又以两句说作诗之意,诗意不尽,且注解又蛇足可厌。虽名家,吾不能缄口。(载酒园诗话又编)

【姚曰】果系有情人,何必同时!生生世世当相值耳。

【屈曰】来阻佳期，去隔梦思，今已无时矣。然如果有意，春松秋菊犹可同时，尚未晚也。

【冯曰】义山自有艳情诬恨，而重叠托意之作。代赠代答，如代卢家人之类。宓妃取洛中之地。曰“来时”，曰“去后”，明有往来之迹，而两情不得合也。曰“已隔存殁”、“何必同时”，谓一死一生，情不灭而境永隔也。

【邓廷桢曰】况洛神赋作于黄初三年，时丕即位已久，安得如诗所云耶？史称李商隐博闻强记，岂不知此？盖诗人缘情绮靡，有托而言，政不必实事求是也。（双砚斋笔记）

【潘德舆曰】子桓日夜欲杀其弟，而子建乃敢为感甄赋乎？甄死，子桓乃又以枕赐其弟乎？揆之情事，断无此理。义山则云：“宓妃留枕魏王才。”又曰：“来时西馆阻佳期，去后漳河隔梦思。”又曰：“宓妃漫结无穷恨，不为君王杀灌均。”又曰：“宓妃愁坐芝田馆，用尽陈王八斗才。”又曰：“君王不得为天子，半为当时赋洛神。”文人轻薄，不顾事之有无，作此谰语，而又喋喋不已，真可痛恨；作诗者所当力戒也。（养一斋诗话）

【张曰】此二首（连下代元城吴令暗为答）皆为柳枝而作。“来时”句叙洛中之别，即柳枝序所谓“不果留”，故曰“阻佳期”也。“去后”句叙为东诸侯取去之恨。漳河在洛东，所谓东诸侯者，其指河北乎？题曰“魏宫”，盖亦有寓意也。“春松”比其人之贵，“秋菊”比己之贱，一炎一凉，安可同时而语？此二句问之之词。（辨正）

【按】诗代魏宫人私赠曹植，以明甄后之情意，亦慰曹植之伤感。前二句谓君王来朝京师，因受责处于西馆，致阻佳期；君王去后，漳河阻隔，梦魂亦复难越。皆极言阻隔之恨。后二句谓君王果知宓妃(甄后)无限情意,则虽一为春松,一为秋菊,不并时而生(暗切题注"已隔存殁"),亦何碍情愫之相通乎?可同时,即"何必同时"之意。盖言双方果有真挚爱情,自可越时空、超生死,不必同时。洛神赋中有"恨人神之道殊"之语,故以春松秋菊何必同时慰之。馀详下首笺。

代元城吴令暗为答〔一〕

背阙归藩路欲分〔二〕,水边风日半西曛①〔三〕。荆王枕上元无梦,莫枉阳台一片云〔四〕。

校　记

①"日",才调作"物"。"曛"原作"醺",据蒋本、朱本、万绝改。

集　注

〔一〕【朱注】魏志:"吴质,字季重,济阴人,以文才为文帝所善。出为朝歌长,迁元城令,封列侯。"

〔二〕【朱注】洛神赋:"余从京城,言归东藩。背伊阙,越轘辕。"

〔三〕【朱注】洛神赋:"日既西倾,车殆马烦。"

〔四〕【朱注】寰宇记:"巫山县西有阳台古城,即襄王所游之地,亦曰阳云台,高一百二十丈,南枕长江。"西溪丛语:"楚襄王与宋玉游高唐之上,见云气之异,问宋玉,玉曰:'昔先王梦游高唐,与神女遇,玉为高唐赋。'先王谓怀王也。玉是夜梦见神女,寤而白王,王使为神女赋。后人遂言襄王梦神女,非也。"愚按:宋玉作赋,本假梦为词,即怀王亦岂真有梦乎？西溪此辨尚是呓语。【程注】沈佺期巫山高曲："徘徊作行雨，婉娈逐荆王。"王维诗："愿作阳台一段云。"【冯注】宋玉高唐赋序："楚襄王与宋玉游云梦之台，望高唐之观，其上云气变化无穷。王问玉，玉曰：'所谓朝云者也。先王尝游高唐，怠而昼寝，梦见一妇人，曰：妾巫山之女也，为高唐之客，闻君游高唐，愿荐枕席。王因幸之，去而辞曰：妾在巫山之阳，高邱之岨，旦为朝云，莫为行雨，朝朝莫莫，阳台之下。旦朝视之，如言，故为立庙，号曰朝云。'"神女赋序："襄王使玉赋高唐之事。其夜王寝，果梦与神女遇，其状甚丽。明日，以白玉，玉曰：'其梦若何？'王曰：'见一妇人，状甚奇异，寐而梦之，寤不自识，于是抚心定气，复见所梦。'玉曰：'状何如也？'王曰'茂矣，美矣'，云云。王曰：'若此盛矣，诚为寡人赋之。'玉曰：'唯唯。'"按：高唐赋先追赋怀王事，末云"王将欲见之，必先斋戒"，是谓襄王欲见之也。神女赋"王果与神女遇"，"将"字"果"字，上下钩通。玉先问"其梦若何"者，问王所梦为何事也。王告以见一妇人，而恍若复见所梦，玉乃重问"状何如"也，而王重答之，既毕，王又曰："若此盛矣，试为赋之。"其又加"王曰"二字者，正以见色之盛，而命其极意形容也。经书中颇多此例，乃沈存中笔谈、姚宽西溪丛语谓是宋玉梦神女，"玉"与"王"字当互易。至张凤翼刊文选，遂刻为玉梦，妄删去"果"字。今汲古阁初刊本尚有"果"字，而评者又坚守沈、姚之谬说，总以又加"王曰"为疑，恐后来刊本皆仍其误矣。因朱氏采之以疏"元无梦"句，故详引而辨正之。惟朱曰："宋玉假梦为辞，即怀王亦岂真有梦乎？"斯言则圆通矣。程氏又疑梦皆是怀王，而自古误作襄王，亦疏也。

笺　评

【胡震亨曰】宋姚宽云："详诗意，甄之赠有情，吴代答无情。岂以质史称其善处渠家兄弟间，故托之为子桓解嘲欤？"愚谓甄赠恨阻隔不得同，宓妃意似妒之，故是情语；吴代答实其非梦宓妃，有不必妒也者，尤深于情之辞，可第云无情哉？必须为子桓解嘲，子桓当日亦自无赠枕事矣，说得无稍迂乎？高唐赋古本元是玉梦神女，非襄王梦，故用之。

【钱龙惕曰】洛神赋注：记曰：魏东阿王，汉末求甄逸女，既不遂，太祖回，与五官中郎将，植殊不平，昼思夜想，寝食俱废。黄初中入朝，帝示植甄后玉镂金带枕，植见之，不觉泣，时已为郭后谗死，帝意亦寻悟，因令太子留宴饮，仍以枕赍植。植还度轘辕，少许，时将息洛水上，思甄后，忽见女来，自云："我本托心君王，其心不遂，此枕是我在家时从嫁，前与五官中郎将，今与君王。"遂用荐枕席，欢情交集。（又云：）"岂常辞能具，为郭后以糠塞口，今被发，羞将此形貌重睹君王尔。"言讫，遂不复见所在。遣人献珠于王，王答以玉珮，悲喜不能自胜，遂作感甄赋。○王铚默记：裴铏传奇曰：陈思王洛神赋，乃思甄后作也，然无可疑。李商隐诗曰"君王不得为天子，半为当时赋洛神"是也。赋曰："怨盛年之莫当，抗罗袂以掩涕兮，泪流襟之浪浪。"李善注曰："盛年，谓少壮之时不能当君王之意。此言感甄后之情善已。"言感甄后之情，则此事益明，然谓少壮之时不能当君王之意则误。按甄后自为袁熙妻，而魏文帝为五官中郎将，平袁氏，纳甄后，至即位之二年黄初二年，而甄后被杀，时年二十馀。而甄后死之年,文帝已三十六矣。文帝在位七年,年四十,于黄初七年乃崩,即黄初二年年三十六可验。故赋谓"恨人神之道殊,怨盛年之莫当"者,意非文帝匹敌,及年龄之相远绝故也。此有深旨。仆考之旧事,知其明甚。世说云:甄慧而有色,先为袁熙妻,甚获宠。曹公之屠邺也,疾召甄,左右白五官中郎将已将去,公曰:"今年破贼,正为此奴。"云云。故孔融闻五官将纳熙妻也,以书与曹公曰:"武王伐纣,以妲己赐周公。"太祖以融博学,谓书传所记。后见问,对曰:"以今度古,想其然也。"繇是观之,不独兄弟之嫌,而父子之争,亦可丑也。又按洛神赋序云:黄初三年,予朝京师,还济洛川。古人有言,斯水之神,名曰宓妃。感宋玉对楚王神女之事,遂作斯赋。而魏志曰:黄初二年,甄夫人卒。乃甄后死后一年作赋也。故此赋托之鬼神,有曰"洛灵感焉",又曰"悼良会之永绝,哀一逝而异乡",又曰"忽不悟其所舍,怅神霄而蔽光",又曰"冀灵体之复形,御轻舟而上溯",皆鬼神死生之语也。魏志曰:植几为太子数矣,而任性而行,不自雕励。又黄初二年,监国谒者灌均希旨奏植醉酒悖慢,劫胁使者,有司请治罪。帝以太后故,贬爵安乡侯。诏曰:"朕于天下,无所不容,况植乎?"按此皆甄后死之年也。惟李商隐诗再三言之,有涉洛川诗:"通谷阳林不见人,我来遗恨古时春。宓妃漫结无穷恨,不为君王杀灌均。"注曰:灌均,陈王之典签,谮王于文帝者。又有代魏宫私赠诗云云。李义山最号知书,必有据耳。○魏略曰:吴质,字季重,以才学通博,为五官将及诸侯所礼爱,质亦善处其兄弟之间,若前世楼君卿之游五侯矣。及河北大定,以大将军为世子,质与刘桢等并在坐席,桢坐谴之际,质出为朝歌长,后迁元城令。

【朱曰】此诗为洛神辨诬，明思王感甄之说未足深信。

【杨守智曰】然则无题诸诗，诗家不必强下注脚矣。

【陆鸣皋曰】此假吴质答词，以明陈思宓妃之事为虚，并高唐之赋亦诞，而且为己诗作注脚也。

【姚曰】赠意言不必同时，答意言未尝入梦。词愈淡，情愈深矣。

【屈曰】此玉溪自答所知，借古事发今意。旧解为陈思辨诬，亦梦中说梦。

【纪曰】此诗（按包括上首及本篇）辨感甄之诬，立意最为正大，然何不自为绝句一章，乃代为赠答，落小家窠臼也。曹唐游仙之作正滥觞于此种耳。问代为问答为小家数矣，若渊明之形影神三首非设为问答乎？曰彼是悬空寄意，其源出于楚词之设为问答，故不失大方，此则黏着实事，代古人措词矣。罗隐谒文宣王庙诗至于代文宣王答一首，千奇万状，流弊亦何所不有乎？故论诗宜防其渐，不得动以古人藉口也。（诗说）“背阙”二字割裂。（辑评）

【姜炳璋曰】魏宫者，魏宫人也。托为甄后既死，宫人知其事者以诗赠植，言能知宓妃之意，不必相见，亦甚相亲。次章托为吴令知其事，暗为子建答宫人云：我本无梦，莫枉作阳台云雨，以乱人意。盖拒之之词。自古诗人论甄后者，此得其正。○甄氏，甄逸女，有殊色，初适袁绍子熙，为操所虏，丕纳之，生子睿，是谓魏明帝。夫丕既纳甄生子，植何为思之？甄既谮死，丕知植意，以枕赐之，甄复见梦，怀八斗才者遂为感甄之赋，明帝更名为洛神。呜呼！兄弟夫妇间可谓不知廉耻事矣。从古诗人，津津艳称之，殆以菉竇为香草乎？予尝有一绝云：“小苑残花度远津，玉昆相对醉芳春。

萧郎绝代风流客，底事寻香及感甄？"

【张曰】柳枝诗序："为东诸侯取去。"唐时洛阳以东，魏镇诸地也。此二诗（连上首）为柳枝作。"背阙归藩"，义山自喻。时赴桂管，先至洛下，追感旧欢，假以写怨。偶成转韵所谓"东郊恸哭辞兄弟"，正此时矣。自注云云，盖有托而言，不足拘存殁之迹也。（会笺）又曰：代赠、代答，唐人集中极多，未必便为小家。且此二首玉溪借古以寓慨，非实为"感甄"辨诬也，更不得以代赠、代答、戏作体例之。"背阙"只取违背阙廷意，不必附会伊阙，病其割裂也。纪氏貌作解人，实则无一语中肯綮，读者不可不辨。〇"背阙归藩"即洛神赋"余从京城，言归东藩"二句意，注家兼引"背伊阙"句，纪氏亦误诋之，可发一笑。〇"背阙归藩"指柳枝为东诸侯取去，自洛京赴任所亦可。"路欲分"谓彼此分阻也。"水边"句想其冷落道途之态，非自谓也。若解作自谓，则与前首犯复矣。〇"背阙归藩"，谓己由洛京入朝。"水边风日"，正日暮相思之词。"荆王"二句，言其人本不知重色，劝其莫枉用情也，妒情可想。以洛神寄意，切柳枝洛中里娘耳。〇义山大中元年随郑亚赴桂，曾先至洛中，诗中"背阙归藩"正指其事。仍系义山自谓，与前首不复也。（辨正）

【沈祖棻曰】细看李商隐这两首诗，就可以发现无论在立意、用典、措词各方面，都有许多与事实和传说矛盾的地方。关于甄后与曹植之间有暧昧关系的传说本来就纯属臆造，但诗人却又把这个传说加以改动，将男女双方互爱，变为女方单恋，这就与洛神赋的主题全然无关了，虽然诗中还是沿用了赋中一些语言和形象。同样，他也把高唐、神女赋中楚怀王与巫山神女故事说成是女方一厢情愿。其次，魏代汉后，魏都已由邺迁洛阳，甄后当然也住在洛阳，而诗却说“漳河隔梦思”，既与事实不符，也与上句“西馆阻佳期”对不上号。再如赋以春松秋菊形容洛神，意在说明她无时不美艳动人，而诗则侧重于两者之“可同时”。赋中伊阙，本是山名，而诗则同时用作宫阙、城阙之意。背阙，即曹植赠白马王彪中“顾瞻恋城阙”。这都只用其字面，而没有用其本意。凡此种种，都说明了这两首诗，并非如某些注家所说，是为了批驳那个荒诞的传说，而是借题发挥，来记录自己生活中一段不适宜于十分公开的经历。因此，诗人对于史实、传说、地理以及原作中的形象和语言都任意加以灵活运用，不甚顾到它们的真实性和准确性了。（唐人七绝诗浅释）

【按】此首代拟元城令吴质对魏宫人赠诗之回答，诗意与赠诗针锋相对。一二句用洛神赋语叙述曹植离京归国途中情景，系承赠诗“去后”而言。三四针对赠诗中“隔梦思”、“无限意”，谓君王（曹植）枕上原无云雨巫山式之欢梦，宓妃且莫枉作阳台一片云也。要言之，赠诗极表宓妃阻隔相思之情意，答诗则明言君王之无意。沈氏自立意、用典、措词诸方面证明此二首系借题发挥之作，颇可信。赠诗题注明言“黄初三年，已隔存殁（甄后已殁，曹植犹存）”，然追代其意，虽男女双方不同时并世，亦属无妨，已将借端寄寓之微意透出。然所托之具体情事，则无从考证。吴质与曹丕之关系远较与植亲密，答诗系代吴质，亦不可解。二诗所反映之生活，似为贵家姬妾与风流文士间之某种情缘，是否作者亲身经历，亦颇难臆测。

东阿王〔一〕

国事分明属灌均〔二〕，西陵魂断夜来人①〔三〕。君王不得为天子〔四〕，半为当时赋洛神〔五〕。

校　记

①“夜”原作“断”，据姜本、席本、朱本改。

集　注

〔一〕【朱注】魏志：“明帝太和二年，植复还雍邱。三年，徙封东阿。”【冯注】又：“（太和）六年，以陈四县封为陈王，遂发疾薨。”

〔二〕【朱注】魏志：“（文帝即王位）植与诸侯并就国。黄初二年，监国谒者灌均希旨，奏植醉酒悖慢，劫胁使者。有司请治罪。帝以太后故，贬爵安乡侯。”

〔三〕【朱注】邺都故事：“魏武帝遗命诸子曰：‘吾死之后，葬于邺之西岗。婕妤美人，皆着铜雀台上，施六尺床，下穗帐。朝晡上酒脯粻糒之属。每月朔、十五，辄向帐前作伎乐。汝等时登台，望吾西陵墓田。”【冯注】江淹恨赋：“一旦魂断，宫车晚出。”【补】三国志魏志陈思王传：“善属文，……时邺铜雀台新成，太祖悉将诸子登台，使各为赋。植援笔立成，可观，太祖甚异之。……每进见难问，应声而对，特见宠爱。”句意谓植受谗被废，使魏武魂断心伤也。“夜来人”即指魏武，犹李贺金铜仙人辞汉歌“茂陵刘郎秋风客，夜闻马嘶晓无迹”也。

〔四〕【朱注】魏志：“植既以才见异，丁仪、丁廙、杨修等为之羽翼,太祖狐疑,几为太子者数矣。而植任性而行,不自雕励。文帝御之以术,矫情自饰,宫人左右并为之说,遂定为嗣。"

〔五〕【补】洛神赋序:"黄初三年,余朝京师,归济洛川。古人有言,斯水之神,名曰宓妃。感宋玉对楚王说神女之事,遂作斯赋。"

笺　评

【陈模曰】此诗若言子建不合为丽美之咏,其实有以诛子建之心也。盖赋洛神者,乃托意咏其嫂甄氏也,即袁尚之妻,曹操索之,而已为五官中郎将持去者,魏文帝甄后也。以嫂氏而子建属意之,则其为人可知。曹操初焉不以天下与之,虽未必如此。然以此观之,则不得为天子者,亦未为过也。故但言"半为赋洛神",半之为言托辞也。此皆冷语打隔诨而好者也。(怀古录)

【吴乔曰】后二语似有悔婚王氏之意。夫妇不及十年,甥舅不满一年(按此说误,详年表),而竟致一生颠踬,此种情事,出于口则薄德,而意中不无辗转,故以不伦之语志之乎?若论故实,丕为世子,在建安一十二年,子建赋洛神,在黄初三年,相去十五年也。唐人作诗,意自有在,或论故实,或不论故实。宋人不解诗,便以薛王、寿王同用讥刺义山,何异农夫以菽麦眼辨朱草紫芝乎?(西昆发微)

【姚曰】王之被废,固以谗人媒孽,然如感甄一赋,笔墨不检,亦有以致之。此首当与涉洛川一首参看。

【屈曰】东阿被灌均之谗,魏武泉下应悔不立子建也。后二句言多才之累遂至此耳。○魂断夜来人乃用卞后骂曹丕"狗飡不食其馀”事。

【程曰】此诗必非无为而作。稽之时事，又与当世之诸王无关。以意逆之，仍自喻耳。己善属词，陈思亦善属词；己好为无题之诗，陈思王亦曾为洛神之赋，故借端以写本怀。唐人如元微之、白香山尝为艳冶之语，杜牧之尚且病其淫哇，以为恨在下位，不能治之以法。然则义山之近于淫哇者殆有甚焉，当世岂无谤之者耶？考唐末李涪著刊误一书中有释怪一篇，专讥义山，以为无一言经国，无纤意奖善。即此观之，必多诟詈，官之不进，当由于此。故以陈思之受谗于灌均，犹己之被讥于时流；陈思之不能为嗣，或由于洛神一赋，犹己之不得服官，或根于无题诸诗，乃此篇之微旨也，与前诗（指涉洛川）“不为君王杀灌均”同也。或曰：以洛神为比者，自喻其娶王茂元之女，以见恶于党人。其说亦有思致。

【徐曰】东阿王作，谓文宗疑安王与贤妃有私而不得立也。……若论故实，则丕为世子在建安一十二年，植赋洛神相去十五年矣，岁月悬殊，谓之咏史可乎？

【冯曰】东阿王一首，或以西陵指文宗，夜来人指杨贤妃，谓文宗崩后，贤妃寻被害，故云魂断也。东阿王似指安王，谓其亲于贤妃，致斯谗害也。此视徐氏之解较近理，然只解一章，馀难全通，总未可定。

【纪曰】自寓之作，小有意致耳，亦无大佳处。（诗说）

【丁晏曰】义山此诗，殆以感甄为真有其事耶？然当时媒孽之辞、谗诬之语，洛神自仿楚骚，于甄何与？辨见本赋篇下。义山又有诗云：“宓妃留枕魏王才。”亦用甄后赉枕事，何义门已辨之矣。（曹集铨评）

【张佩纶曰】玉溪生东阿王诗："国事分明属灌均，西陵魂断夜来人。君王不得为天子，半为当时赋洛神。"又，涉洛川诗意亦同此，以宓妃比杨妃，以东阿比陈王，以灌均比中人，意甚明白。徐注诬贤妃有私，已伤忠厚。冯浩谓别有艳情，尤属支离。似此穿凿，诗之魔障更多，可谓玉溪罪人矣。（涧于日记）

【张曰】此二篇（连下涉洛川）冯氏均断为艳情，然宓妃、洛神以比所思可也，安有显以君王天子自喻者？且柳枝为东诸侯取去，不闻有谗之者，则灌均何所指？近阅张穆阎百诗年谱载百诗毛朱诗说曰："近日吴乔先生共余读李商隐东阿王诗，说曰……此解可谓妙绝千古，发端一语，已道令狐之当国矣。"……此条解诗，似较冯说警策；然以君王天子自比，愚意终觉未安，且以灌均比令狐，亦不妥。惟徐湛园云："东阿王作，谓文宗疑安王与贤妃有私，而不得立也。涉洛川作，谓杨贤妃不劝文宗杀仇士良，而反受其害也。"似为近之。但安王之不立，发自李珏，史传于安王母事贤妃外，固未尝有他语也，安可千载后加古人以莫须有之事哉！窃谓不如阙疑，或直作咏古看，无庸深解也。（会笺）

【按】首句言曹植受曹丕之猜忌，藩国之事分明操纵于监国谒者灌均之手，处境极为狼狈，形同累囚。次句想像魏武亡灵，夜来亦为之"魂断"，二字中兼包伤感、怜惜、追悔等复杂情绪。三四乃就曹植之遭遇抒发感慨，谓其政治上之失败，半缘其赋洛神之故。洛神一赋，最见植之多才与浪漫，而封建社会中，此类人物例多招忌见谗，被认为轻薄不堪重任。作者对曹植失败原因之解释，虽不符史实，然并不悖事理。

义山非不谙故实者。以时间先后显然错讹之事发抒议论，必非泛泛咏古，而当另有寓慨。诸家歧见杂出，或牵合安王溶、杨贤妃事以实之，固与“赋洛神”之语全然无涉；即谓义山有悔婚王氏之意，亦与“赋洛神”未能切合。盖洛神一赋，实借人神相遇慕悦而不能交接，寄寓作者政治上有所追求而不能遂愿之感慨，其性质最近于义山托艳语以寄寓身世之感之无题诗。程氏据李涪讥义山“无一言经国，无纤意奖善”之语，谓此诗系借慨“己之不得服官，或根于无题诸诗”。参以义山“南国妖姬，藂台妙伎，虽有涉于篇什，实不接于风流”（上河东公启）之声明，与应宏博试时中书长者“此人不堪”之讥诃，程说不为无见。义山坎壈失职，沉沦废弃，自有更深刻之社会政治原因，然其托艳情寄慨之作，或遭误解，或成为毁谤者攻击其人品之口实，或因其怨嗟不遇而益遭当权者之忌，均属可能。才命相妨之慨，遂借“君王不得为天子，半为当时赋洛神”此种恍若不经之议论发之。诸家多以义山不至以君王天子自喻而疑其非自寓之作，然借端寄慨，本无取于形迹之比附，义山非以陈思自喻，乃借陈思抒慨，以意逆志，得意忘言，何必泥于“君王”“天子”之言辞乎？

涉洛川

通谷阳林不见人〔一〕，我来遗恨古时春。宓妃漫结无穷恨〔二〕，不为君王杀灌均〔三〕。

集　注

〔一〕【朱注】洛阳记：“城南五十里有大谷，旧名通谷。”洛神赋：

"经通谷,陵景山。"又曰:"容与乎杨林,流眄乎洛川。"善曰:"杨林,地名,多生杨,因名。"五臣本作阳。

〔二〕【朱注】洛神赋:"恨人神之道殊,怨盛年之莫当。"

〔三〕【原注】灌均,陈王之典签,谮诸王于文帝者。【按】灌均谮曹植事已见上首注。

笺 评

【辑评墨批】甄后何能杀灌均,而以此望之,其意必有所指。

【姚曰】甄以谗死,植以谗废,故云。

【屈曰】自写被谗之恨也。

【程曰】此亦为自己身世而发。当时见憾于绹,必有萋菲之徒使之,故以灌均为喻。玩"我来遗恨"四字可见。

【徐曰】涉洛川作,为杨贤妃不劝文宗杀仇士良,而反受其害也。(冯笺引)

【冯曰】以上四章(指代魏宫私赠、代元城吴令暗为答、东阿王、涉洛川),命意未晓。余初因徐氏之说而征之旧新书纪、传,通鉴,曰文宗多疾无嗣,杨贤妃尝请以安王为嗣。及仇士良立武宗,欲归功于己,乃发安王旧事,故二王与贤妃俱死。馀详曲江诗笺。新书安王传云亡其母之氏位,旧传云母杨贤妃,盖妃欲以为太子,故安王以母事妃,传文疏略耳。陈王成美,敬宗第六子,开成四年十月以为皇太子。五年正月,宰相李珏、知枢密刘弘逸欲奉太子监国;中尉仇士良、鱼弘志矫诏迎颍王为皇太弟,言太子幼冲,复为陈王。文宗崩,仇士良说太弟赐贤妃与二王死。徐氏之意,谓发安王旧事者,不仅欲为太子之事,而更有被诬也。夫安王为文宗弟,而妃请以为嗣,固易招谤议矣。观武宗曰:"杨嗣复劝妃:姑姑何不效则天临朝?”崔珙等曰:“此事暧昧,真虚难辨。”帝又曰:“向使安王得志,我岂有今日?”则其时谗口波腾,可以想见。故以诗之代魏宫、代元城吴令,谓以文帝寓文宗,而诸篇句皆为之辨冤诉恨,不能为厉鬼杀中官也。所解颇似深切,及今反覆玩味,而决其必不然矣。夫安王之不立,由谋于李珏,非文宗有疑于贤妃也。当甘露变后,宦官势益盛,猜忌益深,妃安能劝文宗杀士良也?阉寺擅权,肆口诬蔑,宁复有所隐忍?而史文于安王母事贤妃之外,一无他语也。文宗恭俭之主,虽宠贤妃,仍谋宰辅,其内政克修,毫不闻有幸恣,何可于数千载下妄加揣诬,大伤忠厚哉!况当现有陈王成美之时,而反引古之陈王以比今之安王,亦太淆混,皆必非也。盖义山自有艳情诬恨,而重叠托意之作,代赠代答,如代卢家人之类。宓妃取洛中之地,曰“来时”,曰“去后”,明有往来之迹,而两情不得合也。曰“已隔存殁”,“何必同时”,谓一死一生,情不灭而境永隔也。曰“我来遗恨古时春”,是重经洛中,追恨旧事也。“灌均”必指府中用事之人而被其指摘者。陈思王则以才华自比,可叹篇云“宓妃愁坐芝田馆,用尽陈王八斗才”,可以取证也。此解方得其情,与曲江、景阳井绝不可同。前说似是而实谬,特赘列而明辨之,后人无再滋疑焉。又曰:四章必非一时作,但本无可编,汇列于此。

【纪曰】伤谗之作,第二句露骨,遂并后二句亦微病于直。(诗说)“恨”字复。(辑评)

【按】此诗用赋体,与前三首托为代赠、代答、咏古者不同,盖涉洛川而忆陈思、宓妃之事,有感而作也。“我来遗恨古时春”一句,已将作者吊古伤今,托古寓慨之意点出。

而"遗恨"之具体内容,即所谓"宓妃漫结无穷恨,不为君王杀灌均"是也。东阿王犹将谗人之陷害与"赋洛神"并提,此则专就被谗一端抒发感慨。姚、屈、程、纪四家,所见略同,可从。此类但托古事而深致疾谗之意,不必即以曹植自喻,更不必己亦有曹植、甄后之事也。灌均亦谗人之泛指,不必求其人以实之。作者身世沉沦,遭谗被毁之事不止一端,故深疾谗谮之徒焉。

代董秀才却扇〔一〕

莫将画扇出帷来,遮掩春山滞上才〔二〕。若道团圆是明月①〔三〕,此中须放桂花开〔四〕。

校　记

①"是",朱本作"似"。

集　注

〔一〕【朱注】通鉴:"中宗戏窦从一,以老乳母王氏嫁之,令从一诵却扇诗数首。"注:"唐人成婚之夕,有催妆诗、却扇诗。"【冯注】唐封演闻见录:"近代婚嫁,有障车、下婿、却扇及观花烛之事。"【按】古代婚礼,新妇行礼时以扇障面,交拜后去扇,称"却扇"。庾信为梁上黄侯世子与妇书:"分杯帐里,却扇床前。"

〔二〕【朱注】何逊看伏郎新婚诗:"何如花烛夜,轻扇掩红妆?"【冯注】春山谓眉,屡见。沈约咏月:"西园游上才。"【按】滞上才,谓使上才(指董秀才)诗思滞涩,不得为却扇诗。此二句极称新妇之美。

〔三〕【冯注】班婕妤怨歌行:"裁为合欢扇,团圆似明月。"

〔四〕【补】传说月中有桂,故云。

笺　评

【姚曰】说意话脱。

【屈曰】就明月生意,趁水和泥,敏妙。

【纪曰】太巧便是小品。(诗说)

【张曰】此种诗唐人颇多,集中偶一为之,亦自可喜。(辨正)

【按】本属戏作,小巧弄笔,亦自不妨。"明月"指扇,"桂花"从"明月"生出,"放桂花开",谓却扇而使新妇露面,而新妇之香洁美艳自见。似亦兼寓桂花高第之祝愿。

促漏

促漏遥钟动静闻,报章重叠杳难分①〔一〕。舞鸾镜匣收残黛〔二〕,睡鸭香炉换夕熏〔三〕。归去定知还向月②,梦来何处更为云〔四〕?南塘渐暖蒲堪结〔五〕,两两鸳鸯护水纹。

校　记

①"杳",季抄、朱本一作"字"。

②"定",蒋本作"岂"。

集　注

〔一〕【朱注】唐书:"内宫有掌书三人,掌符契经籍,宣传启奏。"杜甫诗"宫女开函近御筵"是也。【陆曰】不必定指章奏。【纪曰】报章自用毛诗语。【按】陆纪说是。诗小雅大东:"虽则七襄,不成报章。"报,往来;章,织锦成文。韦迢早发湘潭寄杜员外院长诗：“相忆无南雁，何时有报章?”此报章即指酬答之书信或诗文。朱注所引非此诗“报章”之意。

〔二〕【冯注】黛，说文作“黱”，画眉也。楚词大招：“粉白黛黑。”又“青色直眉。”馀屡见。

〔三〕【朱注】李贺诗：“深帏金鸭冷。”【冯注】香谱：“涂金为狻猊麒麟凫鸭之状，空其中以然香。”【何曰】二句自朝至夕。（辑评）

〔四〕【朱注】淮南子：“羿请不死之药于西王母，姮娥窃之奔月。”【何曰】王金枝子夜歌：“怀情入夜月，含笑出朝云。”（朱）注非是。（辑评）【按】“梦来”句用巫山神女事，屡见。“归去”句非用嫦娥奔月事，还向月，指对月怀想。

〔五〕【朱注】乐府西洲曲：“采莲南塘秋。”李贺乐词：“官街柳带不堪折，早晚菖蒲胜绾结。”【冯注】说文：“蒲，水草，可以作席。”续述征记：“乌常沉湖中，有九十台，皆生结蒲，云秦始皇游此台，结蒲系马。自此蒲生则结。”

笺　评

【郝天挺曰】此篇拟深宫怨女，恨不如禽鸟犹有匹也。（唐诗鼓吹注）

【高棅曰】此诗拟深宫怨女而作。（唐诗品汇）

【顾璘曰】此篇中联，转不堆积。盖初联夕景，次联言人事，不晓何故作一结如此。（唐诗选脉笺释会通评林引）

【陆时雍曰】浓郁，结语佳。（唐诗镜）

【道源曰】（后四句）言纵如姮娥入月，终是独居；神女为云，徒成幻梦。岂若南塘之鸳鸯长匹不离哉?

【贺裳曰】末句郝所言得之。第三联解亦未是，“向月”、“为

云”，言不可踪迹。合前后观之，总一伤离惜别之词。非义山集中之胜。（载酒园诗话卷一）

【朱彝尊曰】作闺思解何其明了，何必曰宫怨？

【杨守智曰】“归去”二句：对极工巧，又极自然。

【金介曰】兼动静说，写尽无可奈何。

【钱良择曰】高棅谓此诗拟宫怨而作，其说甚迂。（末句）言姮娥、神女皆不如水鸟之长匹不离也。

【程湘衡曰】此与深宫诗同意，故用向月、为云事，谓只宜向月，更不得为云也。落句似暗用甄后“蒲生我池中”诗语。（殷元勋才调集补注引）

【胡以梅曰】代宫人吟怨旷也。促漏，言漏之易过，漏刻投签，宫中之事，遥钟外来，已见宫殿深沉，上四字便有宫中神情，难移别处。“动静闻”者，言其相续不断。而报章重叠，至尊一时难即裁决，所以久侍御筵，夜深方退。收残黛而改妆，换炉香以薰夕。鸾镜伤孤也，睡鸭欲眠也。归去，是从侍御初罢时动念；梦来，从将睡时作想。如嫦娥之独处，无襄王之入梦。“岂知”、“何处”皆怨之辞，深宫之苦有如是，以视人间南塘游玩、各有匹耦之乐为何如哉？

【唐诗鼓吹评注】此言宫女之怨。当漏促钟遥之际，动静皆闻。君起视朝，奏章重叠，不暇来幸矣。前此收残黛而加新饰，换夕熏而炷新香，皆望君王之幸也。至此则归去不如羿妻之奔月，梦来难同巫女之行云。而且南塘渐暖，两两鸳鸯，行当戏水，我曾不如此鸟之得偶也，其能免深宫之怨耶？又曰：此诗之为深宫怨女，本于郝注。郝之此论，则以首句百官志之条耳。不知促漏遥钟，何处不闻，而必深宫？亦何人不闻，而必宫女？且报章重叠，尽可比之私书欲报之列。

而“舞鸾”“睡鸭”，亦犹之“云髻罢梳还对镜，罗衣欲换更添香”，深致其寂寞之思也。至“向月”、“为云”，郝谓不能如羿妻巫娥者，亦正以深宫之中不能远去，君王之梦不能相接，所见无非宫怨，故拘拘此解。不知此亦可以泛说也。“归去岂知”，集作“归去定知”。反郝之意，纵如姮娥窜月，终是独居，神女为云，亦成梦幻，不如南塘之鸳鸟，长匹不离耳。二说并列，以俟知者择焉。

【陆鸣皋曰】此宫怨也。“报章”句，言无心分理笺奏也。五六句，用姮娥、神女事，轻点入化，可为使事者之法。结是羡物双栖意。

【陆曰】此亦义山悼亡诗也。有疑为深宫怨女作者，以“报章重叠”句耳。不知一往一来，相报成章，原属通用之辞，不必定指章奏，而引老杜“宫女开函”句为解也。夫钟漏而曰动静闻，是独居有怀，而卧不安席也。报章而曰杳难分，是手迹虽存，而岁月之后先莫辨也。由是追念生平，感深存殁，而见夫残黛早收，夕熏已换，有不禁予美亡此之叹矣。下半言死者不知所归，生者无复梦见，岂能若南塘鸳鸯鸟长匹不离也哉！一往情深，读之使人增伉俪之重。

【姚曰】此亦是悼亡之作。首句展转不睡也。次句检生前往来酬唱之词也。报章虽在，镜匣徒收残黛，香炉已换夕熏，死者有知，竟不知何处托寄。因又自解曰：死则死矣，何所托寄哉！归去而漫云向月，梦来而犹托为云，徒虚语耳，竟不知南浦鸳鸯，暖波同宿之犹可据也。真是情痴肠断语。

【屈曰】此题与碧城玉山同。促漏遥钟，夜深也；动静闻，寂寥也。所欢之报章意欲分之，而重叠难分，心烦意乱也。三四加倍写无聊之甚也。五六终是独居，究非实境。

【程曰】高棅谓此诗拟深宫怨女而作，长孺取之，非也。通篇情景何与宫禁？不过为促漏报章数字误耳。愚见乃托于闺情以寄幽怨，盖屡启陈情、绹不见省之时也。起句忆其高居禁苑。次句谓己屡次上书。三句喻幕府初罢之时。四句喻待命望恩之久。五句自悲又将入幕。六句自叹无可结欢。七句言得地可以自遂。八句言终身愿共相依也。露书知论高棅所见之非，是矣；然以为人间情事，则视为艳诗，又非。

【冯曰】徐氏以寄意令狐，则次句指屡启陈情，或屡为属草也。三四夜宿，五谓归惟独处，六谓更何他求。结则望其终能欢好也。或作摹绘艳情看，亦得。高棅以为宫怨，似而非矣。

【王鸣盛曰】羡他人之得意，伤己之孤独。

【纪曰】对面作结，妙有兴象，前六句体不高耳。高廷礼说长孺取之，然定为宫词亦只据第二句，其实所注牵合也。午桥从姚旅露书定为悼亡，然第二句究竟说不去，盖此诗摘首二字为题，亦是无题之类耳。（诗说）只作有怀不遂诗解之，词意为顺。五六跌宕。（删正二冯评才调集）

【张曰】徐氏谓寄意令狐，是也。首句音信常闻。次句书函屡启。三言我之摧残如故。四言彼之名位又升，暗用荀令事也。五即"华星相送"之意。六即"何处哀筝"之意。结盼好合当或不远也。盖屡启陈情，渐有转圜之望，其后博士之除，当于此中消息之。（会笺）

【按】盖写深闺之离情。"报章"指书信，非指章奏，通篇情景亦终不似宫禁之深邃。"舞鸾"一联，系写女子长日永夜、孤居无聊之情景，非自男方言之，且亦无伤悼之情；末联羡鸳鸯之双宿，更无悼亡气氛。此诗意致颇似无题（来是空言），然彼为男思女，此则女思男也。起联谓深夜不寐，促漏遥钟，动静皆闻，寂寥相思之中，翻检对方来书，然书信重叠，杳然难分。次联则极写孤寂无聊之情景，“舞鸾镜匣收残黛”，点明女子身份。腹联谓对方归去之后，想必仍向月怀想不已（“情人怨遥夜，竟夕起相思”），而已不明对方所在，虽愿梦中化为巫山神女之行云，亦不知应去何处也。末联则以鸳鸯之双栖，反衬己独居之孤寂作结。如解作男思女，则次联系想像女方情景。此艳诗，程、冯、张三家附会令狐，不足信。

日射

日射纱窗风撼扉，香罗拭手春事违①〔一〕。回廊四合掩寂寞，碧鹦鹉对红蔷薇〔二〕。

校　记

①“拭”原作“掩”，非，据戊签、季抄改。

集　注

〔一〕【冯注】礼记内则：“盥卒授巾。”注曰：“巾以帨手。”释文曰：“帨，拭手也。”本又作“挩”，同。

〔二〕【朱曰】碧鹦鹉即青鹦鹉也。

笺　评

【杨守智曰】二诗亦伤悼之意。（二诗指本篇及“一片飞烟”七律。）

【何曰】古体。（辑评）

【陆鸣皋曰】此闺词也。花鸟相对间，有伤情人在内。

【姚曰】末句妙,不能强无情作有情也。

【屈曰】一二寂寞景况。三四愈觉寂寞。"春事违"三字有意。次句袖手空过一春也。下"掩"字有误。

【程曰】此为思妇咏也。独居寂寞,怨而不怒,颇有贞静自守之意,与他艳语不同,盖亦以之自喻也。意其在移家永乐时乎?

【纪曰】佳在竟住,情景可思。(诗说)复"掩"字。(辑评)

【张曰】"掩手"当从冯本作"拭手",不但不复,文义亦顺矣。(辨正)

【钱锺书曰】(乐雷发秋日行村路三四句)"一路稻花谁是主?红蜻蛉伴绿螳螂。"古人诗里常有这种句法和颜色的对照,例如白居易寄答周协律:"最忆后庭杯酒散,红屏风掩绿窗眠";李商隐日射:"回廊四合掩寂寞,碧鹦鹉对红蔷薇";韩偓深院:"深院下帘人昼寝,红蔷薇映碧芭蕉";陆游水亭:"一片风光谁画得?红蜻蜓点绿荷心。"(宋诗选注)

【按】此寻常闺怨诗,可与刘禹锡和乐天春词同参。二诗均借风和日丽之时,朱门深院,闭锁春光之情景,曲传春光虚度之幽怨。所不同者,一则以"行到中庭数花朵,蜻蜓飞上玉搔头"之典型细节暗透幽寂无聊之况,一则以"碧鹦鹉对红蔷薇"之鲜艳景物反衬朱门深院之寂寥,皆于言外见意。陆、纪评殊妙。

为有

为有云屏无限娇〔一〕,凤城寒尽怕春宵〔二〕。无端嫁得金龟婿〔三〕,辜负香衾事早朝。

集　注

〔一〕【朱注】西京杂记:“赵飞燕为皇后,女弟昭仪遗云母屏风、琉璃屏风。”【冯注】后汉书郑弘传:“遂置云母屏风。”张协七命:“云屏烂汗。”

〔二〕【朱注】梁戴皓诗:“丹凤俯临城。”赵次公杜注:“秦缪公女吹箫,凤降其城,因号丹凤城。其后言京都之盛曰凤城。”

〔三〕【朱注】唐书:“天授二年,改佩鱼皆为龟。三品以上龟袋饰以金。”【补】无端,不料。

笺　评

【朱彝尊曰】末二句:喜而兼恨。

【何曰】此与“悔教夫婿觅封侯”同意,而用意较尖刻。(辑评)

【陆鸣皋曰】“无端”二字,带喜带恨,描写入神。

【姚曰】此作细意体贴之词。“无端”二字下得妙,其不言之意应如此。

【屈曰】玉溪以绝世香艳之才,终老幕职,晨入昏出,簿书无暇,与嫁贵婿、负香衾者何异?其怨宜也。

【冯曰】言外有刺。

【纪曰】弄笔戏作,不足为佳。

【俞陛云曰】“寒尽怕春宵”句,殆有“春色恼人眠不得”之意。夫婿方金龟贵显,辨色趋朝,古乐府所谓“东方千馀骑,夫婿居上头”,正闺人满志之时,乃转怨金阙之晓钟,破锦帏之同梦,人生欲望,安有满足之期。以诗而论,绮思妙笔,固香屑集中佳选也。(诗境浅说续编)

【钱锺书曰】(诗鸡鸣)以“朝既盈”、“朝既昌”促起,正李商隐

为有所云:“无端嫁得金龟婿,辜负香衾事早朝。”(管锥编)

【按】何、冯评均是。王诗于闺中少妇之“悔教夫婿觅封侯”,笔端幽默中透露同情;李作则对嫁金龟婿者不无讽意。“无端”二字,揭示贵家少妇事出意料、自怨自艾心理,最宜玩味。盖嫁贵婿,本彼竭力追求之人生目标;乃既嫁之后,反畏春宵之孤而日有“辜负香衾”之憾。“无端”云者,正讽其事与愿违,托青春于富贵反为富贵所误也。

闺情

红露花房白蜜脾①〔一〕,黄蜂紫蝶两参差。春窗一觉风流梦〔二〕,却是同袍不得知②〔三〕。

校 记

①“露”原一作“雾”,非。

②“袍”,戊签作“衾”。【按】古诗:“锦衾遗洛浦,同袍与我违。”此用其语、意。戊签改“衾”,非。同袍,即同衾之意。文选吕延济注:“同袍,谓夫妇也。”

集 注

〔一〕【朱注】郑谷蝶诗:“微雨宿花房。”王元之蜂记:“蜂酿蜜如脾,谓之蜜脾。”本草:“蜡是蜜脾底也。”

〔二〕【朱注】觉,古效切。(按:今读叫。)

〔三〕【冯注】阮籍咏怀诗:“夙昔同衾裳。”【何注】十九首:“同袍与我违。”【按】冯注本作“衾”,故引阮诗。

笺 评

【陈模曰】盖蜂则在蜜脾，蝶则在花房，故春窗风流之时，意各有属。虽同袍迹若情而月〔疑有脱误〕，则安有所谓惆怅者！（怀古录）

【陆鸣皋曰】幽艳自喜。

【姚曰】所谓同床不同梦者，人心岂易知耶？

【屈曰】蝶宿花房，蜂酿蜜脾，故云“两参差”，比所欢之离别。不意春窗一梦，得其风流，虽亲如同袍，亦不得知也。心中自喜，无可告语，即“梦中无限风流事”意。

【程曰】此紫陌寻春，同年隔面之言也。

【冯曰】尖薄而率。

【纪曰】亦纤小。（诗说）

【张曰】此诗以词求之，尚可了了；以意求之，终难强解。谓为纤语，真皮相耳。（辨正）

【钱锺书曰】易林屯：“殊类异路，心不相慕；牝牛牡猳，独无室家。”……李商隐柳枝词：“花房与密脾，蜂雄蛱蝶雌，同时不同类，那复更相思？”又闺情：“红露花房白蜜脾，黄蜂紫蝶两参差”；……于“风马牛”、“鱼入鸟飞”等古喻，皆可谓脱胎换骨者。（管锥编）

【按】柳枝五首其一云：“花房与蜜脾，蜂雄蛱蝶雌，同时不同类，那复更相思？”内容、语意与此相近，可作此篇注脚。诗意盖谓花房（蕊）之与蜜脾，黄蜂之与紫蝶，虽为同时出现之物，实非同类，以喻男女之非同类同心。故虽夫妇同衾而作风流梦，犹彼此相隔而不相知，所谓同床异梦也。一二两句分喻，“两参差”总“花房”与“蜜脾”、“黄蜂”与“紫蝶”而言之，即“不同类”之意。三四即“那复更相思”。屈氏合首二句而解之，遂扞格难通。诗言男女匪类，故同床而异梦。是否另有寄托（如喻朋友贵贱殊异，迹密心异），未可定。

效长吉〔一〕

长长汉殿眉〔二〕，窄窄楚宫衣〔三〕。镜好鸾空舞〔四〕，帘疏燕误飞。君王不可问，昨夜约黄归〔五〕。

集 注

〔一〕【冯注】新书传："李贺字长吉，辞尚奇诡，所得皆惊迈，绝去翰墨畦径，当时无能效者。"馀详文集李贺小传。

〔二〕【朱注】后汉书马廖传："长安语曰：'城中好广眉，四方且半额。'"

〔三〕【朱注】庾肩吾诗："细腰宜窄衣。"

〔四〕鸾镜，已见陈后宫（茂苑城如画）注。

〔五〕【朱注】黄，额黄也。梁简文帝诗："约黄能效月，裁金巧作星。"【按】约黄，即在鬓角涂饰微黄，为六朝时妇女额上之涂饰，唐时仍有。

笺 评

【贺裳曰】义山绮才艳骨，作古诗乃学少陵，如井泥、骄儿、行次西郊、戏题枢言草阁、李肱所遗画松，颇能质朴。然已有"镜好鸾空舞，帘疏误燕飞"，"十五泣春风，背面秋千下"诸篇，正如木兰虽兜牟裲裆，驰逐金戈铁马间，神魂固犹在铅黛也，一离沙场，即视尚书郎不顾，重复理鬓贴花矣。（载酒园诗话又编）

【冯曰】伤罢归也。

【纪曰】只“帘疏燕误飞”句巧甚，然巧处正是大病痛也。（诗说）他作往往似长吉，独此云效长吉，乃竟不似，未喻其说。○四句小巧。（辑评）

【张曰】此系唐人小律，长吉集中五律极多，与此峭艳正相同。纪氏乃以为不似，岂昌谷歌诗亦未寓目耶？此虽云效长吉，实是宫词，无庸深解。大抵玉溪一集有确有寄托者，有实系风怀者，亦有戏作艳体咏物或代作宫怨者，读者均宜分别观。若首首穿凿，则反失诗中妙趣矣。余于篇中确有寄托者，无不悉按行年，潜探心曲，发明极多。至风怀诸什，如柳枝、燕台，亦无不考求画一，不敢侻侗。惟咏物、宫怨等，则一切不加附会。诗中细味，任人自领可耳。注家纷纷曲说，余皆未敢悉从也，学者辨之。（辨正）

【按】此戏效长吉宫体小诗，如追赋画江潭苑四首、冯小怜之类，本无深义。首联写其妆饰，次联伤其怨旷。帘疏燕误飞，正写其孤寂无人。末联谓君王之恩宠已不可问，昨夜又空自约黄而归也。

宫中曲

云母滤宫月①，夜夜白于水〔一〕。赚得羊车来〔二〕，低扇遮黄子〔三〕。水精不觉冷〔四〕，自刻鸳鸯翅。蚕缕茜香浓〔五〕，正朝缠左臂②。巴笺两三幅，满写承恩字〔六〕。欲得识青天〔七〕，昨夜苍龙是〔八〕。

校　记

①“云母”，悟抄作“海云”，非。

②“左”，悟抄作“在”，非。

集　注

〔一〕【朱曰】宫月逗出云母窗，如滤漉然。【补】云母，指饰以云母之窗棂。【何曰】二句中藏“欲得”二字。（辑评）

〔二〕【冯注】晋书后妃传：“武帝掖庭殆将万人，而并宠者甚多，莫知所适。常乘羊车，恣其所之，至便宴寝。宫人取竹叶插户，以盐汁洒地引帝车。”南史潘妃事同。【补】羊车有两种，一为制作精美之辇车。宋史舆服志一：“羊车，古辇车也。亦为画轮车。驾以牛，隋驾以果下马；今亦驾以二小马，……络带门帘，皆绣瑞羊。”一为羊拉之小车，本篇指后者。

〔三〕【朱注】南都赋：“中黄珏玉。”善引博物志：“石中黄子，黄石脂也。”额黄想用之，故曰“遮黄子”。【何曰】顿挫。○第四有品。（辑评）【按】此“黄子”当指额黄。

〔四〕【何曰】水精，梳也；鸳鸯翅，鬓也。（辑评）

〔五〕【朱注】说文：“茜，茅蒐也，可染绛色。”【道源注】茜草染绛丝，如长命缕以系臂也。【冯注】尔雅：“茹藘茅蒐。”注曰：“今之蒨也，可以染绛。”蒨即茜。晋书后妃传：“武帝多简良家子女以充内职，自择其美者，以绛纱系臂。”【何曰】四句中言一身无所不修饰也。○茜香浓，丹砂守宫也。守礼如此，斯足以承恩矣。（辑评）

〔六〕【何曰】“巴笺”二句追述望幸之诚，足上“赚得”二字。（辑评）

〔七〕【冯注】东观汉记：“和熹邓皇后梦扪天，体荡荡，正青，滑如磄磃，有若钟乳状。乃仰嗽之。以讯占梦，言尧梦攀天而上，汤及天舐之。皆圣王之梦。”

〔八〕【姚注】史记：“薄姬曰：‘昨暮夜，妾梦苍龙据我腹。’高帝曰：‘此贵征也。吾为女遂成之。’一幸生男，是为代王。”

【何曰】“昨夜”与“夜夜”呼应。〇两事合用，此三十六体使事之法，且有三事合用者。（辑评）

笺　评

【辑评墨批】诸诗（按指本篇及射鱼曲、日高、海上谣、李夫人三首、景阳宫井双桐等）多类长吉作。

【姚曰】首四句言望恩既久，幸得遂愿。“水精”四句言恩宠之深。末四句言一识君颜，更无妒宠专恩之念也。

【屈曰】此借宫中之荣宠者以刺小人也。当云窗月白时，寂寥之甚，乃千方百计以赚羊车。既来则又低扇佯羞若贞静者。究之不以水晶为冷而自刻鸳鸯，茜缕香浓而缠左臂，百端逢迎。及昨夜蒙幸，即数幅巴笺满写承恩。小人之谄媚以求富贵，犹是也。结四句倒叙法。

【程曰】此谓武宗宠王才人也。按：后妃传称：“武宗贤妃王氏，邯郸人，善歌舞。进号才人，遂有宠。帝欲立为后，以李德裕言而止。起二句言掖庭之情深。次二句言宫闱之邀宠。次二句言溺情温柔之乡。次二句言荒废视朝之事。次二句言早进才人，且几立后。末二句言终于无子，徒欲梦龙也。

【冯曰】首二长夜清冷之态。三四定情羞涩之容。“水精”四句，绸缪缱绻，正写承恩也。结句“昨夜”二字，转应羊车之来。宫中如曰宫廷。此乍为秘省，得趋朝瞻天之寓言也。

【纪曰】此于长吉体中为极则。然终是外道，愈工愈远，虞山

所谓西域婆罗门也。（诗说）“水晶”二句，“巴笺”二句，写儿女痴情入微。（辑评）

【张佩纶曰】义山诗须深于唐事始得其用意之所在。冯注惟以牛李党横据胸中，连篇累牍，无非为令狐而发，何其浅陋也！宫中曲：“欲得识青天，昨夜苍龙是。”此以汉薄后事喻大中郑太后本李锜妾也。视杜秋诗尤隽雅不露。与“英灵殊未已，丁傅渐华轩”参观，寄慨无穷矣。（涧于日记）

【张曰】玉溪古体虽多学长吉，然长吉语意峭艳，至于命篇，尚不脱乐府本色；义山宗其体而变其意，托寓隐约，恍惚迷幻，尤驾昌谷而上之，真骚之苗裔也。视锦囊中语，青出于蓝，后人不得相提并论也。○此亦戏作宫怨，别无深意。冯氏谓初官秘书寓言，解太迂晦，吾无取焉。义山一集，寄托虽多，然岂必篇篇皆如是也。岂不许诗人偶而戏笔耶？此类均宜分别观之。（辨正）

【按】张氏此笺甚通达。自寓初官秘省及刺小人之说均穿凿不可从，程谓指武宗宠王才人亦非。以男女寓君臣虽常见，然如此篇之具体描写宫妃望幸、邀宠、“承恩”情事，极儿女缱绻之态，恐难有所托寓，宜从张氏入不编年类。

烧香曲〔一〕

钿云蟠蟠牙比鱼[①]〔二〕，孔雀翅尾蛟龙须。漳宫旧样博山炉〔三〕，楚娇捧笑开芙蕖[②]。八蚕茧绵小分炷[③]〔四〕，兽焰微红隔云母[④]〔五〕。白天月泽寒未冰〔六〕，金虎含秋向东吐〔七〕。

玉珮呵光铜照昏〔八〕，帘波日暮冲斜门[⑤]〔九〕。西来欲上茂陵树[⑥]，柏梁已失栽桃魂[⑦]〔一〇〕。露庭月井大红气〔一一〕，轻衫薄细当君意[⑧]〔一二〕。蜀殿琼人伴夜深〔一三〕，金銮不问残灯事[⑨]〔一四〕。何当巧吹君怀度〔一五〕，襟灰为土填清露〔一六〕。

校记

①"牙"，戊签作"互"。【朱曰】㸦，古"互"字。【冯曰】周礼："牛人共其牛牲之互。"徐音牙。广韵曰："互，俗作'㸦'。今详考之，盖昔人以㸦为"互"，后人又混作"牙"，其实"互"当作"㸦"，不当作"牙"。此句是用鱼牙，与下句同为炉上形状，不可改。【按】牙可通互。旧唐书食货志："市牙各给印纸，人有买卖，随自署记，翌日合算之，有自贸易不用市牙者，给其私簿。"（"互"指买卖介绍人。）

②"楚娇"，冯曰："娇一作姬。"

③"绵"，冯曰："作丝作锦皆误。""小分"，朱本作"分小"。

④"焰"，冯曰："一作炭，非。"

⑤"冲"原一作"依"。

⑥"欲"原阙（一作欲），据蒋本、姜本、戊签、悟抄、席本、钱本、影宋抄、朱本补。

⑦"栽"，钱本、蒋本、姜本作"裁"，非。蒋本一作"哉"，非。

⑧"细"，悟抄作"袖"。

⑨"銮"，季抄、朱本一作"鸾"。

集注

〔一〕【冯注】原编集外诗。

〔二〕【朱注】（初学记引）王琰冥祥记："费崇先尝以雀尾香炉置

膝前。”齐刘绘咏博山炉诗:“下刻蟠龙势,矫首半衔莲。”【补】钿云,以金、银镶嵌绘成云状图案。蟠蟠,盘曲回绕貌。牙比鱼,疑是指炉盖上绘成鱼牙形状。

〔三〕【道源注】西京杂记:“丁谖作九层博山香炉,镂以奇禽怪兽,自然运动。”【朱注】邺中记:“石季龙冬月为复帐,四角安纯金银凿镂香炉。”【姚注】考古图:“博山炉,象海中博山,下盘贮汤,润气蒸香,象海之四环。”【程注】晋东宫旧事:“皇太子初拜,有铜博山香炉一枚。”【冯注】西京杂记:“赵昭仪上皇后襚,中有五层金博山香炉。”漳宫谓魏宫,暗用魏武遗令分香事也。乐府诗集作章宫,用章台宫,与“楚娇”合,亦通。【按】当作“漳宫”,详笺。

〔四〕【姚宽曰】左太冲吴都赋云:“乡贡八蚕之绵。”注云:“有蚕一岁八育。”云南志云:“风土多暖,至有八蚕。”言蚕(一岁)养至第八次,不中为丝,只可作绵,故云八蚕之绵。(西溪丛语)【道源注】以八蚕绵绳分炷炉火,取其易燃也。【冯注】文选吴都赋:“乡贡八蚕之绵。”善曰:“刘欣期交州记曰:‘一岁八蚕茧出日南。’”按:八蚕茧绵,包裹香者也,就中小分而将烧之。

〔五〕【冯注】语林:“洛下少林木,炭止如栗状。羊琇骄豪,乃捣小炭为屑,以物和之,作兽形,用以温酒。火热既猛,兽皆开口,向人赫然。”按洞天香录云:“银钱云母片、玉片、砂片俱可为隔火。”隔火者,用以承香,使隔而烧之也。句即此意,盖如今所云煎香。【贺裳曰】论诗虽不可以理拘执,然太背理,则亦不堪……若如义山所云“兽焰微红隔云母”,安有是事?

〔六〕【程注】淮南子:“弱土之气,御乎白天。”

〔七〕【朱注】陆机诗:“望舒离金虎。”善曰:“汉书:西方,金也。”尚书考灵曜:“西方秋虎。”孔传:“昴,白虎中星,然西方七宿毕、昴之属俱白虎也。”○言炉烟之暖,金虎亦回其秋令。【冯注】汉书曰:“参为白虎,三星。”又曰:“觜觿为虎首。”按:先赋夜景也。秋夜已凉而未寒,月星之光昏见西方,则所向为东;或谓金虎指太白,即诗“西有长庚”之义。旧解谓炉烟之暖,回其秋令;或谓金虎是炉盖,皆非也。【按】金虎指参、昴诸星。

〔八〕【朱曰】铜照,谓镜也。

〔九〕【道源注】西京杂记:“汉陵寝皆以竹为帘,帘皆水纹及龙凤之像。”帘波,水文也。或曰:香烟拂帘如波。斜门,宫中角门也。【冯注】参之燕台诗中句,不必定竹帘也。二句谓美人捧炉而出。

〔一〇〕【朱注】王母传;“帝食桃,辄收其核。母问帝,帝曰:‘欲种之。’母曰:‘中夏地薄,种之不生。’帝乃止。”【冯注】取天子与女仙事,盖以宫人奉命入道,且寓故君之感。【姚曰】武帝起柏梁台。

〔一一〕【道源注】殿前广庭曰露庭。四周有屋,中空曰月井。

〔一二〕【冯注】上句谓炉火通红,香气盛也;此句烧香时之服。

〔一三〕【冯注】拾遗记:“蜀先主甘后玉质柔肌,先主召入绡帐中,于户外望者如月下聚雪。河南献玉人高三尺,置后侧,夕则拥后而玩玉人,后与玉人洁白齐润,殆将乱惑,嬖宠者非惟嫉后,亦妒玉人。”

〔一四〕【冯注】用唐太宗问萧后事。纪闻:“贞观时除夜,太宗延萧后同观灯,问曰:‘隋主何如?’答曰:‘隋主每除夜,殿前诸院设火山数十,尽沉香木根,每一山焚沉香数车,火光暗,则以甲煎沃之,焰起数丈,香闻数十里。一夜之间,用沉香二百馀车,甲煎过二百馀石。'”作伴者惟有琼人,而宫中旧事不得再问矣。

〔一五〕【程注】古诗:“顺风入君怀。”

〔一六〕【冯注】何得有人吹入君怀,以衣襟盛灰为土而填清露乎?似从“畏行多露”化出。【按】冯注非,详笺。

笺　评

【何曰】长吉诗虽奇,然旨趣故自分明,义山则循诵而莫谕其赋何事耳。(读书记)

【徐德泓曰】此咏香而寓失宠之思,乃宫中曲也。前四句,先言炉,螺文、鱼牙、雀尾、龙须,皆炉之镂文,而美人笑而捧之,开芙蕖,形容笑意也。“八蚕”四句,正焚香事。茧绵,所以燃火者,薄则易燃也。由是炭红烟暖,而秋气回春矣。“玉佩”四句,言香气之盛,直使佩暗镜昏。柏梁本香台,又武帝构造以为焚香之地,是帝实主夫香者。今冲门上树,人已不见,则香失所主矣,内已含此身无着意。“露庭”以下,言香气本重而红,而君偏爱轻而白,故自有伴夜之人,而岂复问及香事乎?安得巧度君怀,即至襟成灰土,亦当相依以入地,意谓若得承恩,愿从死耳。“红”字对针“玉”“琼”字。庭井,谓远于君身,又对针“殿”字也。“襟”字,根“怀”字来,“露”字,根“土”字来。

【姚曰】起四句,写香炉之形制。“八蚕”四句写烧香之时候。“玉珮”四句,写香气随风飘散。“露井”下四句,言入夏非烧香时。结言一点心香,定不随风飘散也。

【屈曰】“牙比鱼”言鱼龙孔雀如牙之排比,形镂错成文炉样,故下句云“旧样”。“楚娇”二句，烧也。“白天”二句言烟之暖。“玉珮”二句言烟之大。“西来”二句，言烟之久。“露庭”四句，烧香后事。结二句即生生世世愿为夫妇意。“西来”二句，言香烟西来欲上茂陵之树，可以返栽桃之魂。无如武帝亡久，其魂已失，遂不能返也。“大红气”，日已出也。美人既当君意，则昼夜相伴，故不问残灯事，犹云无昼无夜也。

【程曰】朱长孺注漳宫旧样句下引邺中记云：“石虎金银镂凿香炉。”其意盖谓漳水在邺耳。然与前后文无所关涉。此诗似亦为杜秋娘作。漳宫者，漳王之宫也。楚娇者，杜秋娘也。起二句钿云牙鱼雀尾龙须，皆写博山香炉雕镂形状，故下紧接云“漳宫旧样”也。次二句写秋娘阿保漳王情事。博山烧香，举服御最近者以为言也。次二句写宫中烧香之事。初烧小炷，兽焰徐红，烧香之景象也。次二句言漳王被谗之事。白天月泽，光明之心；金虎含秋，摧残之口也。次二句言秋娘出宫，明镜尘昏，斜门帘闭也。次二句言宪宗久崩，秋娘无主，有如汉武之入陵寝，空馀王母之种桃花也。次二句言秋娘初入掖庭之时，宫中露井，淑气澄鲜，约束轻盈，能动君上也。次二句言承宠宪宗之日，比之蜀后，同是玉人，供奉深宫，灯残漏尽也。末二句言飘零之情，恨不早以身殉，春秋霜露，不堪肠断。陵园红粉成灰，惟望因风吹度也。诗语全学长吉。

【冯曰】此咏宫人之入道者。漳宫、蜀殿、金銮，皆言宫也。“茂陵”似指文宗。盖开成中出宫女寺观安置，诗作于开成之后。末二句则俗情未消，犹冀有怜之者。语皆易解，不必他求也。又曰：程笺泥“漳宫”二字，以为叹杜秋娘之流落，说似可通，而解之未细。余聊为演证曰：杜秋娘为漳王傅姆，王被罪，废，秋归故乡，时为大和五年。以郑注之诬告，贬漳王为巢县公，宰相宋申锡为开州司马也。秋为金陵人，故曰“楚娇”。秋宠于宪宗，而穆宗即位，乃命傅皇子。果如程笺，则“茂陵”当谓穆宗。“栽桃”取结子之义，比抚养皇子也。“蜀殿”二句，当指旧宠于宪宗也。且旧书漳王传：郑注诬构时，言十六宅宫市典晏敬则将出漳王吴绫汗衫一领，熟线绫一匹，以答宋申锡。“轻衫”句或指此。“大红气”指赤眚。新书五行志：元和元、二年皆有赤气之异，其元年八月，见于京师满天。是则上文“金虎”谓秋八月，“向东吐”谓京师在西方也。郑注传中亦归咎于一时之沴气矣。此笺亦可附会，然终未能字字皆符，愚故以前一解较优，或竟阙疑尤得。又曰：通鉴：“大和九年初，李德裕为浙西观察使，漳王傅母杜仲阳坐宋申锡事放归金陵，诏德裕存处之。会德裕已离浙西，牒留后李蟾，使如诏旨。至是王璠、李汉奏德裕厚赂仲阳，阴结漳王，图为不轨。上怒甚，召宰相及璠、汉、郑注等面质之，璠、汉等极口诬之。路隋曰：‘德裕不至有此。果如所言，臣亦应得罪。’言者稍息，以德裕为宾客分司。按：事在甘露之变前。今以“漳宫旧炉”句疑此解为近，故又详补之。然通篇极写烧香之情景，谓咏女冠，更易解耳。

【纪曰】此长吉体之不佳者，句句僻涩。（辑评）

【姜炳璋曰】此宫辞也。浒江以为送杜秋娘。如果杜秋，义山有何避忌，而每掩匿其名乎？此必不然。一二，如云之蟠，如鱼之贯，如孔雀尾、蛟龙须，皆香之形质也。三，香炉也。四，美人捧炉而笑也。五，分香作小炷，如绵之细也。六，烧香也。“白天”、“金虎”，烧香之候也。“玉珮”，美人之饰也。(兽焰)微红,故用气呵之,其烟光腾起,镜为之昏也。"帘波",帘纹如波也;斜烟冲门,香气织也。因思王母西来,不见武帝,良辰易逝也。当此香炷大红,香烟缭绕,凉夜回春,细衫薄袖,足当君意,及时行乐,不亦可乎?"大红"与"微红"相承。何以琼人伴夜,不问残灯?以落寞置之也。吾愿香烟则因风吹入君怀,以动君之情绪;香灰则以襟裹之,为填清露,毋使得侵君之衣裳:忠厚之至也。通体规模长吉,而针线最密,一气蟠旋,魄力直逼少陵。

【张曰】此篇只可阙疑。冯氏谓咏入道宫人,固非。即程氏谓叹杜秋娘之流落,虽有"漳宫"二字可以绾合,而按之通篇,实亦难通。金銮密记,遗佚多矣,我辈生千载后,仅凭一二书册,搜剔丛残,又安能强合也哉!(会笺)又曰:长吉体正以僻艳峭涩见长,其源出于骚、辩。纪氏不喜长吉一派,因以不佳抹杀之,然则屈宋之骚、辩亦当付之一炬耶?甚矣!门户腐见,不足以论定古人也。○此篇语太迷离,寓意未详,亦非艳体诗之比。程午桥谓指杜秋娘事,冯氏申之,说近穿凿,似未然也。杜秋娘事,杜牧之已张之篇章,何必作此谜语哉?(辨正)

【按】诸说之中,徐、姜二说较优。然泛解为咏宫妃失宠或宫辞者,不如解为咏陵园宫女更为恰当。通鉴大中十二年二月甲子条胡注:"宋白曰:'凡诸帝升遐,宫人无子者悉遣诣山陵供奉朝夕,具盥栉,治衾枕,事死如事生。'"又韩愈丰陵行:"设官置卫锁嫔妓,供养朝夕象平居。"白居易陵园妾则专咏其事。此诗亦然,惟专就烧香一事加以描写,以反映守陵宫女之生活耳。首二写香炉之形制。三四谓此香炉是宫中旧物,今则守陵宫女捧而烧香。漳宫旧样，暗点其人之宫女身份，亦暗示其曾侍奉之君主业已升遐。“八蚕”二句正写烧香。谓从八蚕茧绵包裹中分出香炷，以云母承香，隔而烧之，火焰微红。“白天”二句写烧香之时。谓天宇月光一色，秋夜已凉而未寒，参昴之光见于西方。“玉珮”二句，冯谓写宫女捧炉而出，亦可通。然似与四句“楚娇捧笑”重复，疑是写宫女之冷落寂寥处境，言宫女身上之玉珮虽迎月泛光而铜镜已昏，守陵之岁已深矣，陵园幽闭，日暮时唯帘波映于斜门而已。“西来”二句，谓孤寂之中欲上陵园寻故君遗迹，惜乎柏梁台中往昔欲栽仙桃者之魂魄亦久已失之矣。“露庭”四句，转而想像当前皇宫中欢乐情景。言殿前广庭月井之间，喜气充溢，殿内则轻衫薄细者新承恩宠，如花似玉者与君主深夜相伴，彼等岂复念及此独对残灯之陵园妾乎？末二句则谓何时得与故君神灵会合，即化为灰土以填清露亦甘心也。实乃自问何时得以了结此生之婉言耳。诗中“漳宫”、“茂陵”均已明点出女主人公身份系已故君主之宫嫔，亦同时点出女主人公所居之处——君主陵墓。而全篇又毫无道观迹象，故可断定系咏守陵宫女。白氏陵园妾云：“山宫一闭无开日，未死此身不令出。松门到晓月徘徊，柏城尽日风萧瑟。”“遥想六宫奉至尊，宣徽雪夜浴堂春。雨露之恩不及者，犹闻不啻三千人。”颇可与此篇后幅参读。

景阳宫井双桐①〔一〕

秋港菱花干〔二〕，玉盘明月蚀。血渗两枯心，情多去未得。

徒经白门伴〔三〕，不见丹山客〔四〕。未待刻作人〔五〕，愁多有魂魄〔六〕。谁将玉盘与〔七〕，不死翻相误。天更阔于江，孙枝觅郎主〔八〕。昔妒邻宫槐〔九〕，道类双眉敛〔一〇〕。今日繁红樱[②]，抛人占长簟〔一一〕。翠襦不禁绽，留泪啼天眼〔一二〕。寒灰劫尽问方知，石羊不去谁相绊[③]〔一三〕？

校　记

①“宫”，钱本作“古”。

②“繁”原作“系”（一作繁），非，据蒋本、戊签、钱本、影宋抄、席本、朱本改。“樱”原一作“桃”，朱本、季抄同。

③“绊”原一作“伴”，朱本、季抄同。

集　注

〔一〕【朱注】南史：“隋军克台城，张贵妃与后主俱入井，隋军出之。晋王广命斩之于青溪。”金陵志：“景阳井在台城内，陈后主与张丽华、孔贵嫔投其中以避隋兵。旧传栏有石脉，以帛拭之，作胭脂痕，名胭脂井，一名辱井，在法华寺。”魏文帝诗：“双桐生空井，枝叶自相加。”【冯注】王僧虔技录曰：“荀录所载明帝双桐一篇，今不传。”又：梁简文帝有双桐生空井诗。【程注】李白诗亦有“井上二梧桐”句，古人言井往往及桐。

〔二〕【朱注】（菱花），菱花镜。李白诗：“小时不识月，呼作白玉盘。”【冯注】比井之已堙。

〔三〕【冯注】谓建康之白门。【按】白门伴用乐府杨叛儿“暂出白门前，杨柳可藏乌”，指乌鸦。

〔四〕【朱注】丹山客，凤也。言桐枯而凤亦不来。

〔五〕【朱注】汉书：“武帝以江充治巫蛊，遂掘蛊于太子宫，得桐木人。”【何曰】妙切“双”字。○点化桐偶人奇绝。（辑评）【冯注】此则兼取刻石像李夫人事。【按】刻作人，刻作桐木偶（系殉葬品）。

〔六〕【冯注】不必雕刻，固已魂魄如人，直以双桐作张、孔二美人看。

〔七〕【冯注】南史纪：“隋兵入，仆射袁宪劝后主端坐殿上，正色以待之。后主曰：‘锋刃之下，未可交当，吾自有计。’乃逃于井。”是则入井非他人所劝，故曰“谁将玉盘与”。

〔八〕【道源注】风俗通：“梧桐生峄阳山岩石上，采东南孙枝为琴，声甚雅。”祖台之志怪：“骞保至坛邱坞上北楼宿，暮鼓二中，有人着黄练单衣白袷，将人持炬火上楼。保惧，止壁中。须臾，有二婢迎一女子上，与白袷人入帐中宿。未明，白袷人辄先去。如是四五宿后，向晨，白袷人才去，保因入帐中，持女子，问向去者谁，答曰：‘桐郎。即道东庙树是。’至暮鼓二中，桐郎来，保乃斫取之，缚着楼柱。明日视之，形如人，长三尺馀。槛送诣丞相。渡江未半，风浪起，桐郎得投入水，风浪乃息。”【冯注】通鉴注：“门生家奴呼其主为郎，今俗犹谓之郎主。”徐曰：“唐人尚称天子为郎，如明皇称三郎也。”按：谓后主不死，而入长安，远在一方，岂止一江之限南北？桐枝永抱无主之悲，反不如后主亦死于此，魂魄相依也。源师乃引祖台之志怪白袷桐郎之事，误矣。故田氏驳之，曰：“注引桐郎，泥一‘郎’字也，诗实不如是用。依注思之，迷不可通，须知集之难解，诗与注分为之也。”旨哉言乎！

〔九〕【朱注】尔雅：“守宫槐，叶昼聂宵炕。”注：“槐叶昼日聂合而夜炕布者，名曰守宫槐。”王筠寓直诗：“霜被守宫槐，风惊护门草。”【冯注】西京杂记：“守宫槐十株。”

〔一〇〕【冯注】（“昔妒”二句）言槐叶之合如眉之敛，故妒之。即陈书所谓诸姬并不得进，惟贵妃侍焉也。陈后主长相思：“帷中看只影，对镜敛双眉。”

〔一一〕【冯注】（“今日”二句）今则让樱桃独占长簟矣。

〔一二〕【徐曰】翠襦喻桐叶，言雨中桐叶破，如向天啼泪。（冯注引）【程注】蔡琰歌：“为天有眼兮，何不见我独漂流！”

〔一三〕【朱注】列仙传：“修羊公化石羊，汉景帝置之灵台上，后去不知所在。”【冯注】隋书五行志与南史陈纪：“羊，国姓也。隋氏姓杨。杨，羊也。”此言时逢浩劫，后主为杨氏所绊，不得复归南土矣。石羊必有事在，未及检也。旧注引列仙传修羊公化石羊事，与诗意绝无干。

笺　评

【朱曰】言此桐生于宫井，故邻宫之槐犹以类颦眉也而妒之，今惟见红樱之繁，任人携簟其下焉。当日深宫之绽衣啼泪者竟安往哉！灰劫之馀，石羊谁绊？亦可以极今古兴亡之痛也已。

【姚曰】起四句，言张、孔二美人死此。“白门”四句，言但可藏鸦，不堪集凤，然魂魄犹应恋此，不待刻作人形也。下更承魂言之。玉盘，月也。言桐身不死，化作人形，犹桐郎之犹能误人也。想此树昔日应为宫槐所妒，今日空伴红樱之繁。“翠襦”二句，雨中叶绽也。茫茫尘劫，岂石羊犹能相伴耶？此诗解者多误。

【屈曰】一段言井水已乾，血痕犹在。二段言我经白门，止见双桐，其人惟有魂魄耳。三段言谁能与此玉盘，假使不死，终亦何益，桐当另觅主人，犹云“天之所废，谁能兴之？”四段昔日敛眉而妒邻槐，今日露桃繁红，游人赏玩，而此桐翠叶零落，露如啼眼而已。五段言江山已去，石羊谁绊哉！同归于尽也。

【程曰】景阳宫井为陈后主事，地在金陵，又为张丽华、孔贵嫔避难处，此诗亦为杜秋娘归金陵作也。题又云“双桐”者，桐为栖凤之树，杜秋娘经事宪宗，又傅姆子凑，故云。前诗所谓“桐衰凤不栖”，与此义同。“秋港菱花干”，谓宪宗往而鸾镜已空。“玉盘明月蚀”，谓凑有罪而珠襦亦缺。“血渗两枯心”，承上两事。“情多去未得”，起下南归。“徒经白门伴”，正谓归金陵。“不见丹山客”，乃专谓子凑。“未待刻作人，愁多有魂魄”，即杜牧之“一尺桐偶人，江充知自欺”之义。“谁将玉盘与，不死翻相误”，即牧之“归来四邻改，茂苑草菲菲”之义。“天更阔于江，孙枝觅郎主”，即牧之“觚稜拂斗极，回首尚迟迟”之义。“昔妒邻宫槐，道类双眉敛”，即牧之“低鬟认新宠，窈窕复融怡”之义。“今日繁红樱，抛人占长簟”，即牧之“雷音后车远，事往落花时”之义。“翠襦不禁绽，留泪啼天眼”，即牧之“清血洒不尽，仰天知向谁”之义。至于结语“寒灰劫尽问方知，石羊不去谁相绊”，乃谓其历尽劫灰，何心人世，行将化石，不可绊留矣。

【冯曰】此直咏张、孔二美人，词意显豁，然别有所寄也。燕台诗云“桃叶桃根双姊妹”，又曰“玉树未怜亡国人”，与此引双桐意合。春雨诗云：“白门寥落意多违。”其他又有嘲樱桃、越公房妓嘲公主诸篇，与此白门、红樱、石羊等字一一相通，艳情所寄，确有二美矣。题曰“宫井”，与判春之“井上占年芳”合。末二句言劫尽方知天数，设当时无杨氏之行，则谁能绊之哉？天实为之也。是为二美皆逝后作明矣。又曰：风怀诗最难征实，必为细笺，固愚且妄也。中有歧出之见，不耐更求画一矣。

【纪曰】（射鱼曲至景阳宫井双桐）五首皆长吉派，了无可取。（辑评）

【张曰】因孝明而追感杜秋事也。新书后妃传："宪宗孝明皇后郑氏，丹阳人。元和初，李锜反，有相者言，后当生天子；锜闻，纳为侍人。锜诛，没入掖庭，侍懿安后。宪宗幸之，生宣宗。及即位，尊为皇太后。太后不肯别处，故帝奉养大明宫，朝夕躬省候焉。"杜樊川杜秋娘诗序："杜秋，金陵女也，年十五，为李锜妾。后锜叛灭，籍之入宫，有宠于景陵。穆宗即位，命秋为皇子傅姆。皇子壮，封漳王。郑注用事，诬丞相欲去己者，指王为根，王被罪废削，秋因赐归故乡。"郑与杜初皆李锜侍儿，其始同有宠于宪宗，而其后乃大异，故题曰"双桐"。起四句一篇总冒。"菱花干"喻色衰。"明月蚀"比帝崩。"情多去未得"者，谓二人同为宪宗所宠，竟不能随之以殉也。"徒经白门伴"，谓秋放归金陵。"不见丹山客"，则以凤雏比漳王。郑后能生贵子，而漳王乃以罪废，故曰"未待刻作人，愁多有魂魄"也。"谁将"四句，谓穆宗命傅皇子，不料反为皇子所误，欲求似宣宗之忽承大统，真天远之不可期矣。敬、文、武三帝，皆宪宗孙，而宣宗则以子继之，所谓"孙枝觅郎主"者，唐人称天子为郎，而漳王又宪宗之孙也，借喻精切不磨。"昔妒"四句，则言当日与郑入宫见妒，岂知今日独让他人母仪天下乎？"红樱"，以郑樱桃喻孝明也。"翠襦"二句，"抱衾与裯，实命不同"之恨。"寒灰"二句，又推开一层，谓世人升沉，末后乃见，秋倘不死，安知无奇遇如孝明者？富贵逼人，又谁能牵绊也耶？石羊，墓上物，出典虽未详，然宋姜尧章有"他日石羊芳草路"句可证，疑是时杜秋已前卒矣。通篇虽为仲阳不平，而言外则大有讽刺郑后出身微贱之意。必懿安薨后，郑后专贵时作也。午桥笺已见及此，惟句下所释，皮附寡当，余为通之。（会笺）又曰：此篇无一语切题，必非客游江东时咏古之作，知其别有寄托矣。然使事太晦，不易索解。冯氏谓伤二美逝后作，固是。余考燕台篇屡言石城景物，石城当指金陵，故又用玉树亡国事。后河内篇复言阊门，岂其人自金陵赴湘，又流转吴地而殁耶？后有送李郢苏州诗"紫兰招魂"，似可参悟。若柳枝则多言郢路，其后踪迹不能详矣。此"双桐"或即指燕台诗所谓"桃叶桃根双姊妹"者乎？至冯氏谓"石羊"暗喻杨嗣复，则臆测矣。要之此等诗，苦无确解，但知其为风怀足已，必一一诠释，未免愚妄。当日已难显言，何烦臆揣哉！○长吉派亦天地间一种不可少之文，源出灵均，何谓了无可取？此言太不公允矣。纪氏不取长吉派，由于不知长吉诗佳处耳。○义山长吉体古诗数首，皆哀感沈绵，迷离惝恍，读之使人哀乐循环无端而不忍释手。文字感人如是，真可奴仆命骚也。纪氏乃以为了无可取，岂非妄谈！（辨正）

【按】此诗与景阳井之泛泛咏史者不同，语晦意僻，又不甚切题，必有所托。程氏因景阳宫井在金陵，事又与嫔妃有关，故疑为杜秋作，然显与题称"双桐"者不合，其以杜秋"经事宪宗，又傅姆子凑"解"双桐"，固曲说也。张氏会笺复益以郑后以成"双桐"之数，而句下笺实仍就杜秋遭遇解之；且题曰"双桐"，诗中并无任何暗示此双桐遭遇不同之迹，则张氏所谓“其始同有宠于宪宗，而其后乃大异”者，实于诗无徵。又谓“红樱”喻郑后，亦与“双桐”之一喻郑后之说自相矛盾。冯笺断为艳情，亦无显证，将此与嘲樱桃、代越公房妓嘲徐公主及判春诸篇皆牵合为一事，则又泛而失当。详味诗意，“双桐”确喻双美（诗有“两枯心”语，明指两人），而题曰“景阳宫井双桐”，则暗示此双美与宫闱有关，或即宫嫔之属。起二句，以“菱花”、“明月”喻井面，谓井已干枯。“血渗”二句，谓桐虽枯而情则长在。“两枯心”，正点双桐已枯；“血渗”，极言其情之殷而至于血渗于心也。“情多去未得”，即“身在情长在”之意。“徒经”二句，谓此双桐，惟过栖乌，不见栖凤，言外有伤其沦落意。“未待”二句，谓双桐虽未待刻作桐人，然视其脉脉含愁之状，固似有魂魄者矣。“谁将”二句，谓谁持玉盘明镜之井水以救此双桐乎？当日未死，今日心枯血渗，是翻相误也。盖双桐既因宫井而植，又因井废而枯，故云。“天更”二句，谓双桐之孙枝蜿蜒伸展，似欲寻觅往昔之君主，然天宇空阔，已茫茫无觅处矣。“昔妒”四句，谓双桐昔曾妒宫槐之敛眉邀宠，今则任凭繁花竞发之红樱独占春光。“翠襦”二句，言其翠叶凋残，露水沾其上有似向天啼泪。“不禁绽”，谓叶之凋残若衣之不禁绽裂。此六句总言其枯老凋残之状。末二句即“天长地久有时尽，此恨绵绵无绝期”之意。石羊，墓前之物。“石羊不去谁相绊”，疑即何不从故君于地下，复有谁绊之之意。

题曰“景阳宫井双桐”，似是借咏宫嫔年衰出居于民间者。诗中“丹山客”、“郎主”，皆喻故君。全篇似写其枯老凋衰之状与怀念故君之情。“昔妒”四句，含无限今昔之感。此与烧香曲为同类之作。

闻歌

敛笑凝眸意欲歌，高云不动碧嵯峨〔一〕。铜台罢望归何处〔二〕，玉辇忘还事几多〔三〕？青冢路边南雁尽〔四〕，细腰宫里北人过〔五〕。此声肠断非今日，香灺灯光奈尔何①〔六〕！

校记

①“光”，冯引一本作“残”。

集注

〔一〕【姚注】列子：“秦青抚节悲歌，声振林木，响遏行云。”

〔二〕魏武西陵事见东阿王注。

〔三〕【朱注】拾遗记：“穆王御黄金碧玉之车，迹毂遍于四海；西王母乘翠凤之辇，而来与穆王欢歌。”【冯注】穆天子传备叙巡游，而终以盛姬之丧，故云。

〔四〕【朱注】归州图经：“胡地多白草，昭君冢独青，乡人思之，为立庙香溪。”一统志：“昭君墓在古丰州西六十里。”

〔五〕【朱注】细腰注见梦泽。杜牧诗：“细腰宫里露桃新。”【冯注】巫山楚宫，古谓之细腰宫。然可泛称。陆游入蜀记：“巫山县楚故离宫，俗谓之细腰宫。”

〔六〕【朱注】灺，斜上声。说文：“灺，烛烬也。”【冯注】集韵又有待可切，音舵，烛馀也。世说：“桓子野闻清歌，辄唤奈何，谢公闻之，曰：‘子野可谓一往有深情。’”【黄生曰】（香灺灯光）四字硬装。

笺　评

【朱彝尊曰】此诗与咏泪作相类。

【杨守智曰】缠绵悱恻，一往情深。

【何曰】第二言甫欲歌而云已遏也。（辑评）

【钱曰】此诗作法与后咏泪诗相类。（题下总评）“铜台”句：西陵已无所闻。“玉辇”句：瑶池更不可知。“青冢”句：故国寂无消息。“细腰”句：台榭已易其主。皆写断肠声也。

【黄生曰】首句写歌态如见。次句用遏云事活甚。中四句言昔时歌舞之地，声销影灭，不堪回首想。七八承明之，云此际香销烛尽之后，亦堪肠断，其如此娇眸笑靥何哉！（唐诗摘抄）

【胡以梅曰】通篇是闻歌而悲伤。起四字歌者含悲意。二言歌之遏云。碧嵯峨，注其不动之貌有致。三言歌中可悲之事，如铜台歌后，曹瞒已没，则歌伎安归？四言王母与穆王宴歌之后，毕竟穆王仍是别离，其忘还之事能有几多。言无有也。句法活泼。此歌于生死别离之苦者。五六因乐府有昭君怨、楚妃怨等曲，言昭君已为泉下之人，当日南望思乡，今南雁并不至其冢，千古沉冤，而楚宫亦鞠为茂草，北人于此经过矣，又安论楚妃乎？此所闻歌声堪以肠断已非今日，对此香灺灯光，欲唤奈尔何！

【陆曰】此疑开元法曲流落人间，义山闻之而怆然感赋也。“敛笑凝眸”二句，言歌者郑重出之，有响遏行云之妙。以下借古形今，总不脱一“歌”字。“铜台”句，以西陵喻泰陵。“玉辇”句，以巡行喻幸蜀。“青冢路边南雁尽”，悲贵妃之埋玉马嵬。“细腰宫里北人过”，讥禄山之出入宫禁。后遂总上作结云：此声之令人肠断，已非一日，而我得闻于香灺灯光之下，能不辄唤奈何也哉！

【陆鸣皋曰】次句，用响遏行云意。中四句，状歌之哀惨，传出死别、生离、绝域、永巷之悲，皆断肠声也。自古闻者皆然，故曰"非今日"，清宵残焰时闻此，情不能堪矣。

【徐德泓曰】李有湖中曲，句曰："此曲肠断惟北声。"言北音悲凉也。今深宫本怨，而闻北人之音，焉有不肠断者？故曰"北人过"。诗意如是。若但云楚宫在南，而北人过此，便成钝汉语矣。

【姚曰】题是"闻歌"，却说此歌更闻不得，此即"每闻清歌辄唤奈何"之意。敛笑凝眸，未歌也。只此歌意，碧云为之遏住矣。铜台玉辇、青冢细腰，皆所谓肠断声也。香灺灯光之下，我今已无魂可消，奈何！

【屈曰】一将歌时美人情态，二即遏云。三四歌之妙绝，五六歌之悲感，故肠断而唤奈何也。

【程曰】秦青之歌，令人泣下，故凡闻歌声而赋诗写悲者，常情也。此诗言悲则又不同，当是有唐中叶以后屡遭吐蕃、回纥、藩镇之乱，而宫伎多流落在人间者。三句用铜台，则魏武身后之事也。四句用玉辇，则周穆王在外之事也。五句用青冢路，则言其远入沙漠也。六句用细腰宫，则言其近流楚荆也。结句言所以一闻此声，抚今思昔，不堪肠断，欲唤奈何矣。考唐德宗尝命陆贽草诏，使浑瑊访求奉天所失里头内人，其事可证。当时宫人流落，为诗人所感叹者，如杜牧之杜秋娘诗，盖不知凡几也。其堪悲痛，岂特子美之遇乐工李龟年而已哉！

【冯曰】此闻怨女之歌而作也。中四句皆引宫闱事。程氏谓指宫人之流落者，如杜秋娘之类。余谓宫人出居寺观者甚多，不必流转他乡也。或以孟才人为言，尤误矣。

【纪曰】首二句点明，中四句掷笔宕开，而以七句承明，八句拍合，极有画龙点睛之妙，但情韵深而意格靡，第一句鄙，第二句是长吉歌行一派，入七律亦涩，终非佳篇，存看笔法耳。（诗说）

【曾国藩曰】观“细腰”句，似在江陵时作。（十八家诗钞）

【张曰】此诗在晚唐少有媲，无所谓格调靡靡也。首句不鄙。“碧云”句比喻极佳。（辨正）

【黄侃曰】此诗制格最奇。闻歌正面，首二句已写出，以下皆衬托之笔，七八句乃收到本意。程泥中四句为实事，而傅会于宫人之流落者，则窒碍孔多矣。“高云不动”，朱长孺以为用秦青响遏行云事，是也。孟德西陵之恨，周王黄竹之谣，与夫汉女入胡、息妫归楚，此皆自古可悲之事，而今之歌声，令人断肠，亦与往昔同科，此于烛明香暗之时，欲唤奈何也。

【按】起联谓响未发而已遏行云，极言歌者技艺之高妙。此“闻歌”前之情景。颔腹二联即所闻之歌之艺术意境，亦听者由歌所引发之联想。四句皆与宫闱事有关，暗示歌者之身份为往昔之宫人。君王逝世而身无所归，君王佚游而身无所遇；或远赴绝域，埋骨青冢；或禁锢楚宫，以泪洗面，此皆古来宫嫔之悲剧命运。故末联总承，谓宫嫔长恨，自古而然，今日香残灯光之际闻此肠断之声，能不辄唤奈何哉！

宫妓〔一〕

珠箔轻明拂玉墀〔二〕，披香新殿斗腰支〔三〕。不须看尽鱼龙戏〔四〕,终遣君王怒偃师〔五〕。

集　注

〔一〕【朱注】宫妓,内妓也。教坊记:"西京右教坊在光宅坊,左教坊在延政坊,右多善歌,左多工舞。妓女入宜春院,谓之内人,亦曰前头人,尝在上前也。"【冯注】新书志:"武德后,置内教坊于禁中。武后如意元年改曰云韶府,以中官为使。开元二年,又置内教坊于蓬莱宫侧,有音声博士;京都置左右教坊,掌俳优杂技。自是不隶太常,以中官为教坊使。"按:旧书顺宗纪"出掖庭教坊女乐六百人",即宫妓也,频见唐书。

〔二〕【朱注】三秦记:"明光殿皆金玉珠玑为帘箔,昼夜光明。"【程注】刘孝威诗:"虬檐挂珠箔。"【唐汝询注】沈约诗:"大妇扫玉墀。"

〔三〕【朱注】三辅黄图:"武帝时,后宫八区,中有披香殿。"雍录:"唐庆善宫有披香殿。"王諲诗:"披香殿里荐蛾眉。"【唐汝询注】梁邵陵王纶诗:"软媚着腰肢。"【冯注】旧书苏世长传:"高祖尝引之于披香殿。"

〔四〕鱼龙戏见谢往桂林至彤庭窃咏诗注。

〔五〕【朱注】列子:"周穆王西巡狩,道有献工人名偃师。偃师所造能倡者,趣步俯仰,頷其颐则歌合律,捧其手则舞应节,千变万化,惟意所适。王以为实人也,与盛姬内御并观之。技将终,倡者瞬其目而招王之左右侍妾。王大怒,欲诛偃师。偃师立剖散倡者以示王,皆傅会革木胶漆白黑丹青之所为,内外肝胆支节等,皆假物也。合会复如初。王叹曰:'人之巧乃可与造化同功乎?'"

笺　评

【杨亿曰】余知制诰日，与陈恕同考试。……因出义山诗共读，酷爱一绝云："珠箔轻明拂玉墀，披香新殿斗腰支。不须看尽鱼龙戏，终遣君王怒偃师。"击节称叹曰："古人措辞，寓意如此之深妙，令人感慨不已。"（谈苑。据诗话总龟引。）

【葛立方曰】傀儡之戏旧矣。自周穆王与盛姬造倡于昆仑之道，其艺已能夺造化，通神明矣。……李义山作宫妓一绝，……是以观倡不如观舞也。（韵语阳秋）

【唐汝询曰】此以女宠之难长，为仕宦者戒也。居绮丽之宫，竞纤腰之态，自谓得意矣。然欢不敝席，尝起君王偃师之怒。噫！驽马恋栈豆，止足者几人！鲜有能舍鱼龙之戏而去者，此黄犬之所以兴悲，唳鹤所以发叹也。（唐诗解。按：吴昌祺评定删订唐诗解评此首云：此言其美丽足动偃师倡者之招。唐解过求而反失之。"终遣"二字未佳。）

【胡震亨曰】杨文公谈苑以此为寓意深妙，酷爱之。宋人崇尚西昆，无别白概如此。（唐音戊签）

【孙绪曰】李义山宫词曰："不须看尽鱼龙戏，终遣君王怒偃师。"夫偃师以木人瞬目招美人而楚王犹怒，妒痴一至此哉！蜀甘后宠幸专房，先主尝得一玉人，长数寸，朝夕把玩，或置之衽席中，后甚忿恚，伺先主出，碎之以自快。然则楚王之怒未足深讶也。（沙溪集）

【何曰】不可谓之无别白。杨、刘所自为诗，号西昆酬唱集，取玉山策府之意。胡氏即以温、李为西昆，亦沿流之误。（见辑评）

【冯班曰】此诗是刺也。唐时宫禁不严，托意偃师之假人，刺

其相招，不忍斥言，真微词也。（朱笺引）

【贺裳曰】此诗只形容女子慧心，男子一妒字耳。（载酒园诗话卷一）

【徐德泓曰】人有佚情，虽假物亦来引诱。曰“不须看尽”，曰“终遣”，词旨微妙。

【姚曰】字字有意，愈味愈佳，于此可悟立言之体。小犬隔花空吠影，终未免媒祸也。

【屈曰】小人之伎俩，终至于败，不过暂时戏弄耳。

【程曰】冯定远之论极是。但有“不须看尽”字，有“终遣怒”字，则著其非假，词亦微而显矣。

【冯曰】此讽宫禁近者不须日逞机变，致九重悟而罪之也，托意微婉。杨文公谈苑云……盖以同朝有不相得者，故托以为言也。后人乃谓刺宫禁不严，浅哉！

【纪曰】托讽甚深，妙于蕴藉。

【张曰】宫辞与宫妓诗意同。唐自中叶，渐开朋党倾轧之风，而义山实身受其害。此等诗或者为若辈效忠告欤？千载读之，有馀喟焉。（会笺）

【按】诗中用典，当据具体词语以求作者意之所注。偃师之典，或取“倡者瞬其目而招王之左右侍妾”以讽宫禁不严，或取偃师之竞奇斗巧反招穆王之怒，自均无不可。然就此诗观之，作者用偃师典时并未突出“倡者瞬其目而招王之左右侍妾”之情节，而着重强调偃师虽巧夺造化终不免遭君王之怒，故所讽者系偃师一流人物，而非宫妓甚明。况按列子所叙情事，“倡者”显系男性，而此诗中斗腰支之宫妓则为女性。若谓“君王”之所以“怒偃师”，系宫妓“招王之左右侍妾”，则近乎笑谈；若谓宫妓相当于典故中之“左右侍妾”，则显与典故原意不合（“歌合律”“舞应节”之倡者与“斗腰支”之宫妓明为同类）。然则托讽宫禁不严之说，既乏诗歌本身之依据，亦与典故未能合拍，而难以成立。此诗一二句写宫妓翩翩起舞，竞斗腰支。三四盖谓君王不待看尽新奇变幻之鱼龙百戏，即将怒及竞奇弄巧之偃师矣。诗之深意，在借宫廷生活以讽刺逞机变于君前，弄权术于幕后之巧佞者，预言其好景不常，终将因玩弄机巧自召其祸也，“不须看尽”“终遣”云云，意固微而显矣。措语遣辞，与“未知歌舞能多少，虚减宫厨为细腰”，“莫向尊前奏花落，凉风只在殿西头”极为神似。相互参较，托寓愈显。

宫辞

君恩如水向东流，得宠忧移失宠愁。莫向尊前奏花落〔一〕，凉风只在殿西头〔二〕。

集　注

〔一〕【朱注】乐府有梅花落。【冯注】乐府诗集：“横吹曲梅花落本笛中曲也。唐有大梅花、小梅花曲。”

〔二〕【程注】三体诗法注：“江淹拟班婕妤咏扇云：‘窃愁凉风至，吹我玉阶树。君子恩未毕，零落在中路。’盖以凉风喻宠衰而冷落。此诗用之“殿西头”者，是近而易至也。”【按】秋天多西风，故云“凉风只在殿西头”。

笺　评

【周敬曰】“得宠忧移失宠愁”，事出无奈；“凉风只在殿西头”，说得怕人。（唐诗选脉笺释会通评林。下三条同。）

【吴山氏曰】恳恳嘱嘱，以见宠不可留，实境苦情，道无馀蕴。

【至天隐曰】以凉风喻宠衰而冷落。殿西头者，言近而易至也。

【敖子发曰】末二句，托喻君恩不可恃者，由君侧有谗人也。人臣以宠利居成功者，观此亦可省哉！然则女宠仕路，均多不测荣辱，此曰"莫向樽前奏花落"，分明示人慎守供职，以听自然，毋徒戚戚，以得失撄心也。

【吴乔曰】有警绚意。（西昆发微）

【朱彝尊曰】更奏花落，则凉风之至愈远（近？）矣。

【何曰】用意最深，人人可解，故妙。（辑评）

【徐增曰】君恩如水，一去不留，谁保得终始？未得宠时忧不得宠，既得宠矣，又恐失宠。患得患失，盖无日不忧愁者也。樽前相向，曲意承欢，莫道春日迟迟，不去点检，恃恩娇妒，以为凉风未必即到。凉风，喻失宠也。奏花落，是笑得宠之人，劝其且顾自己。夫女子以色事君，能得几时？君稍不得意，便入长门。春风在君处，凉风亦在君处，只于顷刻间转换。得宠甚难，失宠甚易，宠岂可恃者哉？（而庵说唐诗）

【陆鸣皋曰】荣华难保，岂独宫女然乎？情致极其蕴藉。

【姚曰】慨荣宠之无常也。"昨日芙蓉花，今朝断肠草"，不足叹矣。

【屈曰】恩情中道绝如此之速，被宠者自当猛省。

【程曰】诗语水易东流，风偏西殿，花开花落，莫保红颜，宠盛宠衰，等闲得失，此女子之忧愁也。虽然，女子辞家而适人，人臣出身而事主，宁二致哉！盖亦自寓之辞也。

【冯曰】次句谓得宠者以其昔忧移付失宠人矣。下二句却唤醒得宠人，莫恃新宠，工为排斥，凉风近而易至，尔亦未可长保也。与上章(指宫妓)寓意同。

【纪曰】怨之至矣,而不失优柔之意,一唱三叹,馀音未寂,后二句仿佛"黄河远上"一章也。廉衣曰:"末二句妙矣,缘'西'字与首句'东'字相应,转成纤仄。"此论入微。又曰:"次句欠雅。"亦是。(诗说)

【俞陛云曰】唐人赋宫词者,鸦过昭阳,阶生春草,防琼轩之鹦语,盼月夜之羊车,各写其怨悱之怀。此诗独深进一层写法,谓不待花枝零落,预料凉风将起,堕粉飘红,弹指间事,犹妾貌未衰,而君恩已断,其语殊悲。推其第二句移宠之意,士大夫之患得患失,因之丧志辱身者多矣,岂独宫人之回皇却顾耶?(诗境浅说续编)

【张曰】与宫妓诗意同。唐自中叶,渐开朋党倾轧之风,而义山实身受其害。此等诗或为若辈效忠告欤?千载读之,有馀喟焉。(会笺)又曰:"东""西"二字偶不检点,非有意相应也。且亦不碍格,何得责以纤仄?次句极为自然,但未加修饰耳。集中此种颇多,转觉有致,岂欠浑雅哉!(辨正)

【按】此有托而言,当与宫妓、梦泽、槿花等同参。首言君恩如水不常,笼起全篇。次谓得宠者忧宠移爱衰,失宠者则君恩永远销歇,惟有满腹愁怨矣,冯解非。三四乃从失宠者眼中看得宠者之志满意盛,而以君恩转瞬即逝婉讽之。"莫向"、"只在",讽意显然,今日之得宠者,焉知明日不为失宠者乎?"尊前奏花落",含意双关,既状得宠者于君前妙舞清歌,曲意逢迎,又暗示其志满意得,幸灾乐祸(奏花落),故末句以凉风不远,暗讽其今日所奏,正明日自身遭遇之预兆。"花落"、"凉风",关合自然巧妙。张氏联系晚唐朋党倾轧之政治环境以发明其托寓,较泛言"慨荣宠之无常"、"唤醒得宠人",有见多矣。

歌舞

遏云歌响清〔一〕,回雪舞腰轻〔二〕。只要君流盼①,君倾国自倾〔三〕。

校记

①"流",悟抄作"王"。"盼",姜本作"眄"。

集注

〔一〕【朱注】列子:"薛谭学讴于秦青。一日辞归,青饯于郊衢,抚节悲歌,声振林木,响遏行云。"

〔二〕【补】曹植洛神赋:"仿佛兮若轻云之蔽月,飘飖兮若流风之回雪。"

〔三〕【补】流盼,犹流眄。陶潜闲情赋:"瞬美目以流眄,含言笑而不分。""倾国"见马嵬注。

笺评

【杨守智曰】"君倾"二句:用笔深刻。

【徐德泓曰】又从"倾"字翻新,似浅而实深也。

【姚曰】此亦是轻薄语。

【屈曰】好歌舞而倾国者多矣,贤贤者何少也!

【冯曰】其如不流盼何?所慨多矣。

【纪曰】浅直。(诗说)殊乏蕴藉。(辑评)

【张曰】正面说来,深戒色荒,意最警策。蕴藉在神骨,不在外面词句也。(辨正)

【按】戒色荒之作，末句意显然。冯笺非。

访隐

路到层峰断，门依老树开。月从平楚转〔一〕，泉自上方来〔二〕。薤白罗朝馔〔三〕，松黄暖夜杯〔四〕。相留笑孙绰，空解赋天台〔五〕。

集　注

〔一〕【朱注】谢朓诗："平楚正苍然。"注："平楚，丛木广远也。"

〔二〕【朱注】维摩经："汝往上方界，分度四十二恒河沙佛土。"【冯注】佛舍僧居每称上方。【程注】郎士元诗："月在上方诸品静，心持半偈万缘空。"

〔三〕【朱注】潘岳闲居赋："绿葵含露，白薤负霜。"唐本草："薤是韭类，有赤白二种，白者补而美。"【冯注】本草图经："薤似韭而叶阔，多白，无实，有赤白二种，白者冷补。"【程注】杜甫诗："甚闻霜薤白，重惠意如何？"

〔四〕【朱注】本草："松花曰松黄。"裴硎传奇："酒有松醪春。"【冯注】本草图经："松花上黄粉曰松黄，山人及时拂取，作汤点之甚佳。"

〔五〕【朱注】文选注："孙绰闻天台山神秀，可以长往，因使图其状，遥为之赋。"【冯注】文选孙绰天台山赋序："天台山者，山岳之神秀者也。事绝于常编，名标于奇纪，然图像之兴，岂虚也哉！若夫远寄冥搜，笃信通神者，何肯遥想而存之？余驰情运思，不任吟想之至，聊奋藻以散怀。"此言亲至其地，笑古之对图画而遥赋。

笺　评

【杨守智曰】(前)四句一法,又是一格。

【何曰】(前)四语浑壮清切,难以时代局之。○落句反醒“访”字。兴公盖卧游而不至者也。(辑评。冯笺引杨曰:“前半浑壮清切,绝似少陵。”)

【陆鸣皋曰】前半写所居之幽胜。三联,写饮馔之清洁。末则笑彼之不得亲见而遥赋也。

【姚曰】上四句,见托境之斗绝。三句,眼界之阔,四句,地位之高。隐居处此,疑不与人世相接,乃薤白松黄,宾主不妨款洽。总之,非住山人,虽善赋如孙绰,不知山中实受用也。

【屈曰】前四访隐。五六隐者享客。结言孙绰但能作赋,而不能如隐者之受用,以自嘲也。“相留”字承五六。

【冯曰】山境未测何地。

【纪曰】首四句句法不变,用在起处,如四峰矗起,不分低昂,弥见朴老,然不免捧心之病。末二句反衬出“访”字,亦小家数。(诗说)捧心虽病,亦谓之佳可也。若中四句平头切脚,初唐多有之,不可以训。(辑评)

【按】前四隐者所居之高峻幽静,由路断门前而门前即景,而遥望平楚,而仰观上方,次第井然。五六隐者待客之殷。七八谓蒙隐者留宿而共笑孙绰之空解作赋未睹神秀也。义山访隐、幽人等篇,内容意致略似,疑是同一时期所作,或大中三年为京兆掾曹时赋。

北青萝〔一〕

残阳西入崦〔二〕,茅屋访孤僧。落叶人何在,寒云路几层?

独敲初夜磬〔三〕，闲倚一枝藤。世界微尘里〔四〕，吾宁爱与憎？

集　注

〔一〕北青萝，在济源县王屋山中，义山早年曾在王屋山分支玉阳山学道。岑参有南池夜宿思王屋青萝旧斋诗云："早年家王屋，五别青萝春。"

〔二〕【朱注】崦，于检切。山海经："崦嵫山下有虞泉，日所入。"【冯注】山海经西山经："崦嵫之山。"传曰："日没所入山也。"此泛言夕阳在山。

〔三〕【程注】常建诗："松阴澄初夜，曙色分远目。"

〔四〕【程注】楞严经："由是引起尘劳烦恼起为世界。"法华经："譬如有经卷，书写三千大千世界事，全在微尘中，时有智人破彼微尘，出此经卷。"【冯注】金刚经："若以三千大千世界碎为微尘。"此种语极多。

笺　评

【何曰】"独敲初夜磬"，写"孤"字。"初夜"顶"残阳"来，而"路几层"亦透落句，不惟回顾"孤"字，兼使初夜深山迷离如睹。（读书记）又曰：三四澹妙。（辑评）

【徐德泓曰】第二句即题也，下皆从此生情，清腴无比。

【姚曰】结茅西崦，在落叶寒云之外，可谓孤绝矣。清磬深宵，老藤方丈，静中是何等境界。而一微尘中，吾犹以爱憎自扰耶？

【纪曰】三四格高。末句"吾"字乃"君"字之讹。（辑评）。（【按】作"吾"不误，此访孤僧而有感。）芥舟曰：五六嫌弱，结句尤凑。（诗说）

【姜炳璋曰】“北青萝”，庵名也。访僧而挹其清趣，觉爱憎之意至此而平。

【孙洙曰】“茅屋访孤僧”，初不见故访。“落叶人何在？寒云路几重”，路远。“独敲初夜磬，闲倚一枝藤”，初闻磬，后见杖。（唐诗三百首）

【王文濡曰】“落叶”二句：闻落叶之声，而不闻人行；见寒云之路，而不见僧归，是方入其境也。“独敲”句：未见其寺，先闻其磬。初夜，黄昏也。独敲，应“孤僧”二字。○僧既不在，何以言敲磬？盖设想之词耳。“闲倚”句：藤，杖也。既见其寺，吾且倚杖以闲观。“世界”二句：世界不殊微尘，一切皆空，何憎何爱？此悟道之言也。写访孤僧不遇。以落叶、寒云、敲磬、倚藤等字衬出之，便觉清净之极，万虑皆空。所以能悟澈佛旨。借此作结，毫不费力。（唐诗评注读本）

【章燮曰】（首句）叙其时。（二句）叙事。（三句）闻。（四句）见。叙一路之景。意谓只闻落叶之声，不闻行人；只见寒云几层，不见孤僧。方入其境也。（五句）未见其寺，先闻其磬，刚近初夜之时。“独敲”，应“孤僧”二字。（六句）既见其寺，门外藤萝苍古，吾且闲倚其间，以赏幽隽，何其清净如斯，令人万虑俱空也。（七、八）因想大千世界，俱在微尘之中，物我一切皆空，有何憎爱？此悟道之言也。（唐诗三百首注疏）

【张曰】此非赠人诗，“君”字何指？……五六极健，结亦自然。（辨正）

【按】北青萝当是老僧结庐之地。首联日暮访僧。颔联访而不遇，但见落叶遍地，寒云路远，意境颇似韦应物“落叶满空山，何处寻行迹？”腹联不遇夜宿，“独敲”“闲倚”，均指己，故末联因“独敲”“闲倚”之清净境界生出世界微尘之慨。

幽人

丹灶三年火〔一〕，苍崖万岁藤。樵归说逢虎，棋罢正留僧。星斗同秦分〔二〕，人烟接汉陵〔三〕。东流清渭苦，不尽照衰兴〔四〕。

集　注

〔一〕【朱注】别赋：“守丹灶而不顾。”

〔二〕【朱注】晋书天文志：“自(东)井十六度至柳八度，为鹑首之次，秦分野。”【程注】汉书：“五星聚东井。东井者，秦分也。”【姚注】秦地，天文井、鬼分野。【冯注】史记天官书：“二十八舍主十二州，斗秉兼之。”汉书志：“东井舆鬼雍州。”

〔三〕【朱注】汉帝十一陵在长安。【程注】李华含元殿赋：“靡迤秦山，陂陀汉陵。”白居易诗：“渭水细不见，汉陵小于拳。”【冯注】按：汉书：“徙郡国民以奉园陵。”又如车千秋为丞相徙长陵，黄霸为丞相徙平陵之类。西都赋所云三选七迁，充奉陵邑也。此言所居之远京城。

〔四〕【程注】鲍照代白头吟：“人情贱恩旧，世议逐衰兴。”

笺　评

【何曰】“樵归”句：正见尘迹隔绝。“星斗”二句：秦分汉陵，含下衰兴。“东流”二句：言恒人屡阅兴亡，幽人不知代谢。秦分汉陵，不以密迩而妨其独善，斯真高尚其事者也。(读书记。辑评“恒人”作“清渭”，冯笺引“代谢”作“时代”。)

【姚曰】苍崖丹灶，处人虎杂居之地，几疑世外矣，然不必与人世隔绝也。秦关汉畤，近接顾盼之间，衰兴之苦，有谁冷眼相看者耶？

【屈曰】一二人。三四幽。五六地。七八清渭照兴衰于无尽，幽人亦然，结上"万岁"意。

【冯曰】用意似甘露变后作。

【纪曰】后四句言世界忙忙，反衬"幽"字，绝可味。尤妙不更找一字，低徊唱叹，使人言外得之。廉衣评曰："项联滞相，遂使通首两橛。"（诗说）然极写"幽"字，似乎无碍。（辑评）

【张曰】诗意不知何指，冯氏谓似甘露变后作，亦不类。（会笺）

【按】极写幽人之离群索居，不问世事。五六谓地虽邻接秦中汉陵，心则远隔尘世。末联以东流清渭照不尽历代兴衰，反衬幽人之不关世事，曰"清渭苦"，正透幽人之乐。然作者意中，自有无限兴衰之慨。

访隐者不遇成二绝[①]

秋水悠悠浸野扉[②]，梦中来数觉来稀。玄蝉去尽叶黄落[③]〔一〕，一树冬青人未归〔二〕。

其二

城郭休过识者稀〔三〕，哀猿啼处有柴扉。沧江白石樵渔路[④]〔四〕，日暮归来雨满衣[⑤]。

校　记

①戊签无"成"字。

②"野"原一作"墅"。席本、影宋抄、季抄、朱本、万绝作"墅"。

③"去"原一作"脱",万绝、钱本作"声"。影宋抄作"落"。"叶黄",蒋本作"黄叶",非。

④"石",朱本作"日"。"樵渔",席本作"渔樵"。鹤林玉露引此作"渔家"。

⑤"满",鹤林玉露引此作"湿"。

集　注

〔一〕【朱注】杜甫诗:"玄蝉无停号。"【冯注】月令:"季秋之月,草木黄落。"

〔二〕【程注】本草:"女贞,一名冬青,其树以冬生,可爱,仙方亦服食之。"【冯注】本草图经:"女贞凌冬不凋,即今冬青木也,江东人呼为冻生。"群芳谱:"冬青一名万年枝,女贞别种。"

〔三〕【冯注】暗用后汉书庞德公未尝入城府事。

〔四〕【程注】范云诗:"沧江路穷此。"

笺　评

【罗大经曰】农圃家风,渔樵乐事,唐人绝句模写精矣。余摘十馀首题壁间,每菜羹豆饭后,啜苦茗一杯,偃卧松窗竹榻间,令儿童吟诵数过,自谓胜如吹竹弹丝,今记于此。……李商隐云:"城郭休过识者稀,哀猿啼处有柴扉。沧江白石渔樵路,薄暮归来雨湿衣。"(鹤林玉露)

【何曰】(次章)末三字信有流连不忍去之意。(辑评)

【陆鸣皋曰】(首章)幽韵宜人。

【姚曰】(首章)秋水浸扉,梦中数来境也。蝉尽叶黄,一树冬青，此番来时境也。（次章）此去自应不到城中，恨渔樵归处，暮雨柴扉，不能共此清味耳。

【屈曰】一首隐者未归，二首自己冒雨暮归，写不遇最有远神。

【冯曰】（首章）此章正赋未归。（次章）此章想其归途也。既不入城郭，则当从樵渔之路而归矣，非义山自归也。沧江白石，时听猿啼，当是游江乡时作。或在后之东川时作也。

【纪曰】（首章）落句有神。廉衣评曰："梦中"句累。（次章）蒙泉评曰：此想象其所往也，写不遇亦别。蘅斋评曰：二绝风格又别。（诗说）"休"字作"不"字解，不作"莫"字解。（辑评）

【张曰】此类诗总难定编。（会笺）

【按】首章隐者未归。一二谓隐者所居，秋水悠悠而浸扉，此境梦中曾屡过而醒后则稀见，今日到此，宛似重历往日梦境。以实境为梦境，最有神味。次句正点想念之殷，访隐之切。三四写秋景，清疏中有生意，衬出未归主人风神。次章冯笺颇新巧，大体可从。然次句明写隐者居处（"柴扉"即首章之"野扉"），似不得以"想其归途"解之。一二盖谓隐者生平不入城郭，远离尘嚣，识者自稀，长年惟处此"哀猿啼处有柴扉"之幽寂境界。三四方是想像隐者归途情景，"樵渔路"对上"城郭"；"日暮归来"应前章"人未归"。无论写眼前实景或想像中情景，均富远神。"沧江白石"、"猿啼"，自非北地景物，然究属何地，则颇难确指。

访人不遇留别馆[①]

卿卿不惜琐窗春〔一〕，去作长楸走马身〔二〕。闲倚绣帘吹柳絮〔三〕，日高深院断无人。

校 记

①才调集题作"留题别馆"。

集 注

〔一〕【冯注】世说："王安丰妇常卿安丰，安丰曰：'于礼为不敬，后勿复尔。'妇曰：'亲卿爱卿，是以卿卿；我不卿卿，谁复卿卿？'遂恒听之。"晋书庾敳传："王衍不与敳交，敳卿之不置，衍曰：'君不得为耳。'敳曰：'卿自君我，我自卿卿；我自用我家法，卿自用卿家法。'衍甚奇之。"此兼用之，微以艳体托意。【程注】鲍照诗："玉钩隔琐窗。"

〔二〕【朱注】曹植诗："走马长楸间。"

〔三〕【何曰】思作柳絮因风起也。（辑评）

笺 评

【姚曰】明解大绅"隔帘闲杀一团花"从此出。

【屈曰】闲吹柳絮，深院无人，画出可惜情景。

【程曰】别馆，疑其人蓄妓处也，故义山留此戏之。

【冯曰】此必至令狐家未得见而留待也。"卿卿"惟可施于令狐，他人不得有此情款。解者谓友人贮娇之处，非矣。下二句以怨女自比，极写久候无聊，盖左右使令之人亦冷落之耳。

【纪曰】太纤。首句尤鄙，盖题妓馆也。（诗说）前二句鄙，后二句卑。（辑评）

【张曰】情深意苦，颇难指其事以实之。冯氏谓至令狐家未得见留待而作，似之。……寓感与九日诗同。（会笺）又曰：沉痛即在平易中见，纪氏未能虚心领略耳。以为卑鄙，古人

抱恨不浅矣。(辨正)

【按】题与诗均极显豁,无求深解。别馆,即少年诗中“别馆觉来云雨梦”之别馆,当是友人蓄妓或贮娇之处。访友不遇,其人外出走马长楸,留其所私昵者于别馆深院之中,永日无聊,惟倚绣帘而吹柳絮以自遣耳。诗作女子口吻,戏之也。程笺良是。冯、张附会令狐,谓以怨女自比,不知何以与题相合。“閒倚绣帘”二句,意境颇似“行到中庭数花朵,蜻蜓飞上玉搔头。”

十字水期韦潘侍御同年不至时韦寓居水次故郭邠宁宅①〔一〕

伊水溅溅相背流,朱阑画阁几人游②〔二〕?漆灯夜照真无数〔三〕,蜡炬晨炊竟未休〔四〕。顾我有怀同大梦〔五〕,期君不至更沉忧。西园碧树今谁主?与近高窗卧听秋〔六〕。

校 记

①“邠”,各本均作“汾”;“宁”,朱注本、季抄一作“阳”,均非。今据徐校改,详注。

②“画”原作“书”,非,据钱本、席本、戊签、朱本改。

集 注

〔一〕【道源注】王庭珪诗:“十字水中分岛屿,数重花外见楼台。”【朱彝尊曰】(十字水)在东都。【冯注】白香山分司东都,有二月二日诗云:“十字津头一字行”;又刘梦得诗云:“三花秀色通春幌,十字清波绕宅墙。”,即此十字水也。徐曰:“旧作‘郭汾宁’,又一作‘汾阳’,皆误。张籍法雄寺东楼诗:'汾阳旧宅今为寺,犹有当时歌舞楼。四十年来车马散,古槐深巷暮蝉愁。'是久为禅客居矣。此当作'邠宁'。盖郭行馀为邠宁节度,而与甘露之难,故有第三句。行馀当有故宅在东都,而韦寓居其中也。"按:徐氏以为当作"邠宁",似也,余更核之:郭汾阳,华州郑县人,别墅在京城南,见本传;居宅在亲仁里,见卢群、李石传,固未闻有宅在河南也。封氏闻见记与谭宾录:"郭令宅居亲仁地四分之一,诸院往来乘车马,僮客于大门出入,各不相识。"何可以法雄一处该之哉!李训在东都,与行馀亲善,或有宅在东都,然族诛何可复道!且诗之三句仅言其死,无他惨祸也。岂"无数"二字中暗伤被难多人欤?题中旧作"汾宁"者,似讳言之故讹其字欤?余初据旧书纪:"开成三年十月,以郭旼为邠宁节度使,四年五月卒",而疑或为郭旼,旼为尚父从子,亦必非也。本集夜泊池州称"韦潘前辈",此云"同年",又不可合,不如皆阙疑之为愈乎?【按】徐氏疑指郭行馀,似可从。三句"漆灯夜照真无数",意境与曲江"空闻子夜鬼悲歌"相近,未见其不可指罹甘露之祸者。"族诛何可复道",尤不足为据。

〔二〕【朱注】水经:"伊水出南阳县蔓渠山,东北至洛阳县南入洛。"【冯注】水经:"洛水东过洛阳县南,伊水从西来注之。"【朱彝尊曰】(首句)十字水。(次句)期待御。【何曰】("相背流")十字。(辑评)

〔三〕【姚注】述异记:"阖闾夫人墓,周回八里,漆灯照烂如日月焉。"【冯注】史记正义:"帝王用漆灯冢中,则火不灭。"【朱注】李贺诗:"鬼灯如漆点松花。"【何曰】死者。(辑评)【钱锺书曰】李贺诗非言漆烛之灿明,乃言鬼火之昏昧，……其事与“烂如日月”大异。【补】炀帝开河记：“漆灯晶煌，照耀如昼。”句中“漆灯”则指鬼火。

〔四〕【朱注】晋书：“石崇以蜡代薪。”【冯注】世说：“石季伦用蜡烛作炊。”【何曰】生者迷于富贵。（辑评）

〔五〕【姚注】庄子：“且有大觉，而后知此其大梦也。”

〔六〕【朱注】曹植诗：“清夜游西园。”鲍照芜城赋：“璇渊碧树。”注：“玉树也。”【冯注】按淮南子地形训：“珠树、玉树、璇树、绛树、碧树皆在昆仑增城之旁。”魏文帝芙蓉池作：“乘辇夜行游，逍遥步西园。”末二句郭之故宅。【朱彝尊曰】（“西园”句）汾宁宅。

笺　评

【朱曰】此感世间梦幻之不可长也。（李义山诗集补注）

【陆曰】首句写伊水，次句写故宅，叙韦所寓之地也。水曰“相背流”，有逝者如斯之叹；宅曰“几人游”，有门前冷落之悲。此作者心灵手敏，于叙次中即插入此数字也。有此数字，下便接汾宁言之：漆灯夜照，悲其死后之寂寞；蜡烛晨炊，溯其生前之豪华。五六言荣盛几何，岁月不与，天壤间安往非梦境耶？夫死生，梦也；聚散，亦梦也。明知为梦，而不能无离索之忧者，念君寓此故宅，卧听秋声，而无与为主也。通篇蝉联而下，无限深情。

【姚曰】此感世间梦幻之不可长也。伊水苍茫，朱栏映射，诚游人胜览之地，然累累之冢相继，而炎炎之家又兴，荣枯真如一梦耳。且不但彼人之在梦中也，即我与君亦俱在大梦中，有怀欲诉，而期君不至，转眄又属前尘，亦梦也。况西园故宅，正凭吊伤心之地，我不知两君（按韦潘为一人）此际，竟与谁人同梦也。

【屈曰】前四句因旧宅而言富贵无常，有如大梦。五收上文，六同年不至。七八言主人已往，与君共听秋声，宜悟此理。侍御必深恋宦途，诗有讽意。

【冯曰】在洛中作，而未定何年也。故宅之称虽不拘久近，然感叹当在丧之未久耳。所慨未可细测，徐说近之。

【纪曰】支离牵引，毫无道理，亦毫无意趣。（诗说）

【张曰】此诗虽端绪纷繁，叙来皆有次第，何谓牵合无理？彼纪氏宋头巾之理，岂所论于唐贤诗法哉！○徐氏谓郭汾宁当作邠宁，指郭行馀也。行馀除邠宁节度使，即预甘露之变。当有宅在洛，为韦所栖托，诗中"漆灯"句疑暗比甘露变事，"无数"言死者多也。不然措辞何得乃尔？此不过借写题"故郭汾宁宅"字，非专为甘露事发，故隐约其辞，与有感二首明赋者不同，盖赋诗体例宜然耳。冯氏疑之而不敢断定，误矣。（辨正）

【按】"十字水"当为洛郊游赏之地，距韦所寓居之旧宅不远，"水次"盖指伊水也。首句点十字水，"相背流"，即"十字水"，谓伊水由此而分流也。次句点故郭邠宁宅，"朱栏画阁"，昔日之繁盛华美；"几人游"，今日之冷落荒凉。次联承"朱栏"句，谓死者已化为异物，生者犹贪享富贵，竞逐豪奢，"真"字、"竟"字，是痛下针砭语。五句谓念及富贵荣华不常，则己之壮怀抱负亦同大梦，六句谓期韦不至，无可晤言以抒此人生感慨，故中心更觉深忧。七八谓韦寓居旧宅，对西园之碧树，想当日此地之繁华，听今日之萧瑟秋声，当不胜感慨也。此诗三四两句为一篇眼目，盖深感世人之竞逐豪奢，而不知皆过眼烟云。屈谓有讽韦意，虽未必然，但以富贵无常相警之意确见于言外。郭如指行馀，则作者或因甘露之变而生消极之人生感慨。然诗之作必在距事变稍远之时，据题称“韦潘侍御同年”亦可约略推见。

裴明府居止〔一〕

爱君茅屋下，向晚水溶溶。试墨书新竹，张琴和古松。坐来闻好鸟，归去度疏钟〔二〕。明日还相见，桥南贳酒酿〔三〕。

集　注

〔一〕【冯注】宾退录：“明府，汉人以称太守，唐人以称县令。”按：许浑有晨至南亭呈裴明府诗，时代既同，南亭在京郊，似即此裴明府。【补】居止，居处。

〔二〕【补】度，送，动词。句意谓归去时附近庙宇传来钟声。

〔三〕【冯注】史记：“高祖常从王媪武负贳酒。”注：“贳，赊也，音世，又时夜反。”

笺　评

【姚曰】裴盖去官家居者。“向晚”句，叹其无心。“试墨”句，艺之精。“张琴”句，调之逸。五句，言清晨已至；六句，言深夜方归。贳酒桥南，更期明日，义山之倾倒于裴至矣。

【纪曰】首尾一气相生，清楚如话，但清而薄耳。（诗说）

【姜炳璋曰】此表微之意。称“明府”，则必曾为刺史或县令者。休官家居，一椽茅屋，贳酒桥头，盖廉吏也。

【按】诗写裴明府居处之清雅，主人意态之闲逸。“坐来”句泛言坐闻啼鸟好音，非谓清晨已至；“归去”句谓傍晚疏钟动时方归，与上“向晚”相应，非谓深夜方归。曰“明日相见”，则义山居处当离此不远，殆居樊南时所作，第未详何年耳。

复至裴明府所居

伊人卜筑自幽深〔一〕，桂巷杉篱不可寻。柱上雕虫对书字〔二〕，槽中瘦马仰听琴[①]〔三〕。求之流辈岂易得？行矣关山方独吟。赊取松醪一斗酒[②]，与君相伴洒烦襟。

校　记

①“瘦”，朱本作“秣”。

②“醪”，悟抄、钱本作“胶”。

集　注

〔一〕【程注】李白诗：“东溪卜筑岁将淹。”

〔二〕【朱注】扬子：“雕虫篆刻，壮夫不为。”说文序：“六曰鸟虫书，所以书旛信也。”白帖：“虫书，即蝌蚪书。”【按】谓柱上书字以虫书为对也。虫书，篆书变体。雕虫，雕琢虫书。

〔三〕【朱注】荀子：“伯牙鼓琴，而六马仰秣。”【冯注】淮南子（“六马”）作“驷马”。注曰：“仰秣，仰头吹吐，谓马笑也。”御览引琴书：“师涓，纣乐官，善鼓琴，感四马嘘天仰秣。”或曰师旷，传虽二，疑即是一。

笺　评

【朱彝尊曰】工部之靡，宋人之俑。（冯笺引作钱评，“靡”作“魔”。）

【何曰】(“求之”二句)此等要非佳处。(读书记) 又曰:前四句都与一“烦”字反对。〇腹连两路夹出“复至”缘由。(辑评)

【陆曰】以明府而卜筑幽深,便非流辈所及,宜义山切伊人之慕,而每过所居,辄生恋恋也。桂巷杉篱,是野人之居,曰“不可寻”,正见幽深处。三四言明府居此,何所事事,亦惟乐琴书以销忧耳。山谷云:“如虫蚀叶,偶尔成文”,言书法之若不经意也,“雕虫”句即此意。荀子云:“伯牙鼓瑟,六马仰秣。”见琴声之能感异类也。“秣马”句用其事。下半言明府其人,求之流辈,岂易多得,惜我有事行役,不获常与君作伴耳。今独幸未去,能不思赊取斗酒以洒我烦襟也哉!

【徐德泓曰】首二句,写地之幽深。三四句,状居之清雅。雕虫,言对联。客至,故有马也。五句谓裴,六句自谓。因“独吟”,故又引出结意。此种格调,已踞宋元首座,然不从绚烂中来,亦不能到此境。

【姚曰】此见俗士之无可与语也。幽深至不可寻处,人迹绝矣。雕虫如对书字,秣马犹解听琴,甚言人世之无可与语也。我今茫茫流辈,阅历已多;落落关山,独吟无侣。松醪一斗,不携至此处谈心,而更欲何往耶?

【屈曰】一二明府所居之幽,“不可寻”者,复至叹赏之词。三居之幽,四物之幽。五赞明府,六自叹飘流。七八宾主合结。〇“不可寻”是“幽深”注脚,三四宜发挥此意,而“柱上”二句泛写非法,盛唐必不如此。

【冯曰】是将行役叙别之作。

【纪曰】问“求之流辈岂易得,行矣关山方独吟”,香泉以为要非佳处如何?曰江西诗派矫拔处亦自可喜,然生硬粗俚亦有一种伧父面目绝可厌处,此曲防流弊之言,最为有旨,学

者不可不知也，予亦以为只可偶一为之耳。（诗说）

【按】首联居处之幽深。次联兴趣之高雅。柱上虫书，见不同流俗；槽马听琴，见主人雅致。故五句承上总之曰"求之流辈岂易得"。六句转写已将有行役，揭出"复至"之由。七八斗酒除烦，君我双收。义山开成五年移家关中后，同年十月、大中元年、三年、五年，皆有行役，未审此作于何年。揆之情理，大中三年赴徐幕前作可能性较大，裴明府或即京兆府畿县同僚。此篇已开宋调。

子初郊墅〔一〕

看山对酒君思我①，听鼓离城我访君。腊雪已添墙下水②，斋钟不散槛前云。阴移竹柏浓还淡，歌杂渔樵断更闻。亦拟村南买烟舍③〔二〕，子孙相约事耕耘。

校　记

①"对"，冯曰："范梈诗学禁脔作酌。"

②"墙"，冯曰："禁脔作桥，非。"

③"村"，冯引一本作"城"。【何曰】作"城南"方是郊外。【按】旧本均作"村南"。此就子初郊墅言，"村南"方切。"烟"，悟抄作"田"。

集　注

〔一〕【冯注】子初墓志云："侨居云阳，时以闲情比兴疏导心术，志之所之，辄诣绝境。间以羁旅游京师，卿大夫聆其风者，以声韵属和不暇。"按：似即此人，而年时不可符。【按】子初系令狐绪字，详下首笺。

〔二〕【冯曰】城南韦曲之类，诗家每云村舍也。又补注曰：史记魏其武安侯列传："丞相尝使籍福请魏其城南田。"通鉴："开元时，太子太师萧嵩尝赂内谒者监以城南良田数顷。"则城南固美田。然此切指郊墅之村南，乃结邻同井之意，非泛言耳。

笺　评

【范梈曰】一句造意格（以子初郊墅为例）初联上句以兴下句，而下句乃第一句之主意。第二联、第三联皆言郊野之景。末联结句羡郊墅之美，亦欲卜邻于其间，有悠然源泉之意，此乃诗家最妙之机也。（诗学禁脔）

【金圣叹曰】写自访子初，却先写子初见忆，乃见两人相欢之深，本如磁铁相吸，何况又有好郊墅耶！看他"看山对酒"，妙，"听鼓离城"，又妙！写一个思之深，一个去之早，总是意思都在寻常往还之外，固不可以宾主二字浅律之也。三，腊雪，是纪此日相访是初春。四，斋钟，是表此日到墅是晌午。二句只承"我访君"之三字也。（下四句）此方写郊墅之佳。看他访人郊墅，却欲自买郊墅，乃至欲合两家子孙世世同有郊墅，真乃心醉子初郊墅不浅也。（贯华堂选批唐才子诗）

【朱曰】此言村居之乐也。（李义山诗集补注）

【何曰】起联中便笼罩得子孙世世相好在，买舍耕耘，恰从腹连生下，更无起承转合之迹。第五所以息机，第六所以发兴，曲尽郊居之乐。中四句一片烟波，孟德所谓以泥水自蔽也。（读书记）又曰：腹连的是郊墅，读之觉耳目间都无尘杂，却又不至流（疏？）净寂寞。曾流连淮海先生碧山庄三日，时维初夏，颇有此意。（“腊雪”句）至墅。（“斋钟”句）同饮。当午。（“阴移”句）渐晡。（“歌杂”句）将归。（“亦拟”二句）反结。暗“归”字。收缴对起。（辑评）

【赵臣瑗曰】此诗格极平淡，情极浓至。看他一出手欲写我访君，却先写君思我，便见得两人投分非泛然也。三四只承二，腊雪消其序已春，斋钟动其时已午，此不过纪其相访之日，而墙边水满，槛外云凝，其地之佳胜亦略可见矣。五六再细写。五写墅中，六写墅外，但举竹柏而花木之罗列可知，但举渔樵而山水之环绕可知。一结更有别致，因子初之郊墅，我亦欲置郊墅，因我与子初相好，而欲订两家子孙世世相好，此其投分为何如乎？

【唐诗鼓吹评注】首言君方思我，而我适来访君至此别墅。见腊雪已消，新添墙下之水；钟声未散，犹停槛前之云。且竹柏之影，或淡或浓；渔樵之歌，时断时续，此皆别墅之景物也。子初于此诚为嘉遁，我亦拟买烟舍同居，使子孙相约以耕耘为事，将焉取富贵为哉？

【陆鸣皋曰】中四句，承“访”字而写郊墅之景也，一下一上，一近一远。

【陆曰】惟子初思我，故出郊访之。起二句，乃对举中之互文也。“腊雪”句，言岁将暮，记一年之节序也。“斋钟”句，言时近午，记一日之晷刻也。五句是郊墅所见，六句是郊墅所闻。

【姚曰】看山对酒，郊外也；听鼓离城，出郊也。中二联，极写郊外之景物。身羁城内，不知郊墅间如许受用，焉得不思卜居邻并，舍尘鞅而乐耕耘耶？

【屈曰】因君思我而访君，遂至郊墅。中四皆郊墅之景。如此佳胜，欲结邻终老也。

【冯曰】笔趣殊异义山，结联情态亦不类，但未敢直斥其非本集耳。馀详子初全溪作。又曰：禁脔以此篇为一句造意格，谓起联一意领下也；以写意篇为两句立意格，谓起联分领次联三联也；又以月姊曾逢篇为想像高唐格。其说拘滞支离，皆不可从。诗本坦途，何强寻障碍耶？

【纪曰】直写朴老，风格殊高。芥舟曰："君思我""我访君"二句调用在起联，故只觉脱洒，不嫌油俗，亦以其衬贴字面雅净。若吴梅村偷用于颔联，云"青山憔悴卿怜我，红粉飘零我忆卿"，则俗不可耐矣。（诗说）

【姜炳璋曰】首句，先补一笔。次句，主笔。三四，承"访"字来，上句序已春，下句时已午也。五，墅中景；六，墅外景。以陪意作结。

【方东树曰】此诗佳。开放翁、东坡。起句子初，以下郊墅。收佳，似白。（昭昧詹言）

【吴仰贤曰】李义山云："看山对酒君思我，听鼓离城我访君。"李群玉云："正穿屈曲崎岖路，又听钩辀格磔声。"金地藏云："爱向竹栏骑竹马，懒于金地聚金沙。"陆放翁云："唤船野渡逢迎雪，携酒溪头领略梅。"杨诚斋云："鸥边野水水边屋，城外平林林外山。"……此种句法，皆由独造。（小匏庵诗话）

【张曰】冯说甚是。此必他人和作而误入者。与全溪一首皆可疑也。（会笺）

【按】首句因"我思君"而想像得之，若作事后追想纪实，便无意味。"腊雪"句春来冰化雪消之景，陆解为岁暮，殆非。"斋钟"句见地之静，云之深。五六竹柏阴移，时浓时淡，渔樵歌杂，或断或闻，于闲静萧散中见时间之推移，末联将归时所想所言，赞美之意见于言外。冯、张均以为非义山手笔，然义山七律中自有此自然流易一类。从首、尾二联，可见义山与令狐绪交谊之笃。

子初全溪作

全溪不可到〔一〕，况复尽馀醅。汉苑生春水，昆池换劫灰〔二〕。战蒲知雁唼〔三〕，皱月觉鱼来〔四〕。清兴恭闻命，言诗未敢回〔五〕。

集　注

〔一〕【朱彝尊曰】子初二字亦不解，必全溪主人字也。【冯注】全溪，山中小地名，当在京郊。子初未知何人。【张曰】子初，不详何人。后又有子初郊墅诗。此则似子初和义山者，故其题如是。因义山原诗佚去，独存此首，遂误为义山作耳。古人诗集，和诗往往居前，且提行书，与自作一例，杜工部集可考。（会笺）【王达津曰】子直是令狐绹的字……令狐绪是令狐绹之兄。古人名字相因，绹训绳，直如绳，所以字子直。而“绪”字呢？说文：“绪，端绪也。”引申就是“初”的意思……可以推知令狐绪字子初。（李商隐诗杂考，载古典文学论丛第一辑，陕西人民出版社一九八〇年出版。）【按】王说甚是。

〔二〕劫灰注已见寄恼韩同年。

〔三〕【冯注】玉篇：“唼，子合切。”楚辞：“凫雁皆唼夫梁藻兮。”

〔四〕【何曰】（“皱月”句）佳。（辑评）【钱锺书曰】月印水面，

鱼唼水而月亦随皱也。(管锥编八〇八页)【田曰】“战”“皱”太纤。(冯引)

〔五〕【冯注】主人留饮索诗而作。

笺 评

【贺裳曰】义山之诗,妙于纤细。如全溪作“战蒲知雁唼,皱月觉鱼来。”晚晴:“并添高阁迥,微注小窗明。”细雨:“气凉先动竹,点细未开萍。”

【徐德泓曰】首联未醒,其病在第二句也。次联写溪。三联写溪中景,刻露尽致,宋人所不逮者。末嫌衰竭。

【姚曰】此岂作于甘露之祸后耶?春生劫换,惊魂乍定之馀,雁唼鱼来,荒凉之状可想。衔杯有作,聊副主人清兴云耳。

【屈曰】不可到,言胜地不可轻易得到,故紧接“况复”字,以见今日宴饮之乐也。中四全溪之佳景。故见招而来,不敢遽归也。

【程曰】文宗太和九年,因郑注言秦地有灾,宜兴役以禳之,发左右神策军千五百浚曲江及昆明池。诗有“汉苑生春水,昆池换劫灰”二语,或作于其时,故及时事。末二语无味。

【徐曰】全唐诗有张众甫,字子初,清河人,河南府寿安县尉,侨居云阳,后拜监察御史,为淮南军从事。义山同时人,疑即其人也。(冯笺引)

【冯曰】程说据旧书纪,然不可拘也。若张众甫者,其诗高仲武登之中兴间气集,文苑英华有权德舆撰子初墓志,云建中三年三月终于家,是安得与义山同时哉?徐说误矣。若以诗格论,赠宗鲁筇竹杖,确是义山意趣。若此章五六之刻镂,与本集相近而大不同,结联意调亦不类。其后子初郊墅篇，轻婉之态，亦异本集也。余初斥在卷末，然与其过疑，毋宁过慎，故仍收之。又曰：子初墓志云；"侨居云阳，时以閒情比兴疏导心术，志之所之，辄诣绝境。间以羁旅游京师，卿大夫聆其风者，以声韵属和不暇。"按：似即此人，而年时不可符。岂他人之作而夹入者乎？

【纪曰】起二句跳脱有笔力，三四亦承得起，五六取巧致纤，有乖雅道，七八更不成语。（诗说）前四句不失风格。五六太纤，七八太鄙。（辑评）

【按】首联点全溪游宴。次联泛言春来节换，以衬全溪水盈绿涨，"汉苑""昆池"或略寓时事。五六正写全溪景物，句琢而纤俗。七八点和诗，拙鄙不文。冯、张谓非义山手笔，虽无据，然此诗确非佳构。

题李上謩壁

旧著思玄赋〔一〕，新编杂拟诗〔二〕。江庭犹近别，山舍得幽期。嫩割周颙韭〔三〕，肥烹鲍照葵〔四〕。饱闻南烛酒[①]〔五〕，仍及拨醅时〔六〕。

校　记

①"闻"，悟抄作"开"。

集　注

〔一〕【朱注】文选注："张衡为侍中，诸常侍皆恶直丑正，危衡，故作思玄赋以非时俗。"【姚注】后汉书张衡传："衡常思图身之事，以为吉凶倚伏，幽微难明，乃作思玄赋以宣寄情思。"

〔二〕【朱注】文选有杂拟诗。【冯注】江淹有三十首。【按】如义山集中韩翃舍人即事、杜工部蜀中离席之类即杂拟诗。然此联自指李上謩之旧著、新编。

〔三〕【朱注】南史:"文惠太子问周颙:'菜食何味最胜?'颙曰:'春初早韭,秋末晚菘。'"

〔四〕【道源注】鲍照园葵赋:"乃羹乃瀹,堆鼎盈筐。甘旨蒨脆,柔滑芬芳。"

〔五〕【朱注】本草:"南烛草木叶煮汁浸米,蒸作饭,谓之青饥。"或云:亦可酿酒,饮之延年。【冯注】神仙服食经:"采南烛草,煮其汁为酒,碧映五色,服之通神。"

〔六〕【朱注】韵会:"醅,酒未熟者。"庾信春赋:"石榴聊泛,蒲桃酦醅。"【冯注】广韵:"酦醅,酘酒。"又:"醅,酒未漉也。"按:酦读若拨,或遂作"拨",或作"泼",以酒之新酿者言之。【程注】韵会:"酘,谓之酦,酒再酿也。"白居易醉吟先生传云:"吟罢自哂,揭瓮酦醅。"酦醅二字必另有出。

笺评

【姚曰】李本词客,山舍幽期,必论文佳会也。此时剪韭烹葵,一尊相对,人生乐事,何以加兹?

【冯曰】此留饮题壁之作。

【纪曰】平正之篇,无甚出色,但格韵不失耳。"江庭"当是"江亭"之误。(诗说)"周颙韭"犹可,因园葵赋而称"鲍照葵",未见。凑泊。(辑评)

【按】李工赋能诗,不久前方与其在江庭作别,今又得在其山居相约期会。腹联正山舍宴饮风味,末联则尽醉新酿之意。

戏题友人壁

花径逶迤柳巷深，小阑亭午啭春禽〔一〕。相如解作长门赋，却用文君取酒金〔二〕。

集　注

〔一〕【程注】孙绰天台山赋："羲和亭午。"注："亭，至也；午，日中也。"

〔二〕【朱注】长门赋序："武帝陈皇后得幸，颇妒。别居长门宫，愁闷悲思。闻司马相如工为文，奉黄金百斤，为相如、文君取酒。相如为文以悟主上，皇后复得幸。"

笺　评

【黄彻曰】举人过失难于当，其尤者，臧孙之犯门斩关，惟孟椒能数之，臧纥谓国有人焉，必椒也，其难如此。司马相如窃妻涤器开巴蜀，以困苦乡邦，其过已多；至为封禅书，则谄谀盖天性，不复自新矣。子美犹云："竟无宣室召，徒有茂陵求。"李白亦云："果得相如草，仍馀封禅文。"和靖独不然，曰："茂陵他日求遗槁，犹喜曾无封禅书。"言虽不迫，责之深矣。李商隐云："相如解草长门赋，却用文君取酒金。"亦舍其大，论其细也。举其大者，自西湖始，其后有讥其谄谀之态，死而未已。正如捕逐寇盗，先为有力者所获，扼其吭而骑其项矣，馀人从旁助捶缚耳。（砻溪诗话）

【朱彝尊曰】岂主人不在而主妇留客，故以此戏之耶？

【姚曰】戏其不能无藉于妻赀也。

【屈曰】言有相如之才而不遇知音也。

【纪曰】戏笔不以正论。平山以为戏其借妻之赀，理或然也。（诗说）

【按】元微之遣悲怀云："泥他沽酒拔金钗。"友人想亦有类似之举，故义山作诗戏之，其中亦微寓才而不遇之慨。

寄罗劭舆①〔一〕

棠棣黄花发〔二〕，忘忧碧叶齐〔三〕。人闲微病酒，燕重远嗛泥②〔四〕。混沌何由凿〔五〕？青冥未有梯〔六〕。高阳旧徒侣〔七〕，时复一相携。

校　记

①"舆"，蒋本、戊签、悟抄、席本、影宋抄、朱本均作"兴"，非。

②"嗛"原作"兼"，非，据姜本、戊签改。

集　注

〔一〕【冯注】旧书孝友罗让传："让子劭京，让再从弟子劭权，并历清贯。"北梦琐言："劭权，咸通时使相也。"此劭兴（按冯本作"兴"）当与为昆季。按尔雅："权舆，始也。"疑作"舆"，然不足校。【张曰】劭兴当作劭舆。唐语林载"封侍郎知举，首访能赋人，卢骈诣罗劭舆"云云可证。又云："劭舆居宣平。"其后历官无考。【按】与劭权为昆季，则自当作"劭舆"。权、舆常连用。

〔二〕【朱注】棠棣疑即唐棣，本草不言花黄，俟考。【屈注】逸诗："棠棣之华，偏其反而；岂不尔思？室是远而。"【程注】尔雅唐棣、移郭注："似白杨，江东呼为夫移。"又棠棣、棣注:“今关西有棣树,子如樱桃,可食。”沈括辨夫移即白杨,陆玑本草疏以棣为郁李。严氏诗缉云:“召南唐棣之华与维常之华,尔雅所谓棣也。今人常棣多混作唐,先儒于此亦无定说。戴侗则以尔雅为误分。”愚谓唐棣、常棣当如尔雅分别,郭注亦甚明。因唐、常音近,后讹。移自是白杨,棣自是郁李。然今人家园圃中有名棣棠者,花繁,黄色。常棣花白,棣棠花黄,义山所指其即此耶?【冯注】按尔雅分列唐棣、移、常棣、棣,而疏以召南唐棣之华、小雅常棣之华分属之。本草合引于郁李下。今且未细剖,而其花或白或赤,皆不言黄。故程氏谓今人园圃中有名棣棠者,花繁黄色,义山其指此耶?所揣颇似之矣。说文:“移,棠棣也;棣,白棣也。”宋景文笔记:“常棣,棣也;唐棣,移也,移开而反合者也。此两物不相亲。”【按】诗小雅常棣:“常棣之华,鄂不韡韡。凡今之人,莫如兄弟。”诗序称召公燕兄弟所作,后因以棣华喻兄弟。汉书杜邺传引作“棠棣”。即郁李。棣棠亦木名,春暮开花,金黄色。宋孟元老东京梦华录卷七:“是月季春,万花烂漫。牡丹、芍药、棣棠、木香种种上市。”或义山误以棣棠即棠棣,故谓“黄花发”。

〔三〕【冯注】诗:“焉得谖草,言树之背。”传曰:“谖草令人忘忧。”说文:“萱,诗曰:‘安得萱草?’或从暖,萱;或从宣,萱。”博物志:“神农经曰:‘中药养性,合欢蠲忿,萱草忘忧。’”【按】忘忧即萱草。旧以萱堂指母之居室,亦指母。二句“棠棣”“忘忧”对举,似有隐喻兄弟友于,老母健在之意。

〔四〕【冯注】“嗛”有与“衔”同之音义,然“兼”字是。【按】兼有加倍之义，如兼程、兼味，谓燕加倍衔泥故"重"虽亦可通，然终不若解作"衔"直捷妥帖。史记大宛传："鸟嗛肉，蜚其上。"正此句"嗛泥"之嗛。

〔五〕【冯注】庄子："南海帝倏、北海帝忽谋报中央帝混沌之德，曰：'人皆有七窍，此独无有，尝试凿之。'日凿一窍，七日而混沌死。"

〔六〕【朱注】楚词："据青冥而摅虹兮。"注："青冥，云也。"【冯注】谢灵运诗："共登青云梯。"

〔七〕【朱注】史记："郦生叱使者曰：'入言沛公，吾高阳酒徒也。'"

笺评

【姚曰】一二，草木皆有畅遂之时；三四，无事可做，反不如燕之能营巢也；五句，言钻穴无能；六句，言引进无路，只得从高阳徒侣，以一醉消之耳。

【屈曰】一，思劭也；二，不能忘也；三，总承一二；四，所见惟此而已；五六，不遇于时；七八，寄劭也。○五，世界何时清明；六，一时致身无路。

【冯曰】语意似未第时。

【纪曰】三四小有致，五六太激。（诗说）三四对法活变，五六微嫌径直。（辑评）

【张曰】五六暗寓未第之感，不径直也。（辨正）

【按】首联描绘园圃中花草繁茂景象，"棠棣""忘忧"，或暗寓兄弟友于，高堂健在之意。次联谓人闲无所事事，借酒消遣，故微病于酒，而燕则忙于远飞衔泥筑巢。人閒与燕忙适成鲜明对照，透出闲居索寞无聊意绪。腹联谓己钻营无术，攀附无梯，正点明所以“人闲”之故，自慨中亦含牢骚。末联揭出“寄罗”正意，希与罗时复携手同游也。

寄华岳孙逸人[①]

灵岳几千仞，老松逾百寻。攀崖仍蹑壁，啖叶复眠阴〔一〕。海上呼三鸟[②]〔二〕，斋中戏五禽〔三〕。唯应逢阮籍，长啸作鸾音〔四〕。

校　记

①“逸”，朱本、季抄一作“山”。

②“鸟”原作“岛”，一作“鸟”。【冯曰】然必三青鸟，故曰“呼”。【按】冯说是。兹据姜本及冯校改。

集　注

〔一〕【冯注】异苑：“毛女食松柏叶。”御览引博物志：“荒乱不得食，可细切松柏叶，水送令下，以不饥为度。柏叶五合，松叶三合，不可过。”旧书隐逸王希夷传：“尝饵松柏叶及杂花散，年七十馀，气力益壮。”薛居正五代史晋郑云叟传：“西岳有五粒松，沦脂千年，能去三尸，因居于华阴。”

〔二〕【冯注】刘向九叹：“三鸟飞飞以自南兮，览其志而欲北。愿寄言于三鸟兮，去飘疾而不可得。”刘峻山居营室诗：“将驭六龙舆，行从三鸟食。”此句取招仙人之意。

〔三〕【朱注】魏志方伎传：“华陀晓养性术，名五禽之戏，谓虎、鹿、熊、猿、鸟也。体中不快，起作一禽之戏。”薛道衡诗：“盘蹦五禽戏。”【冯注】后汉书方术传：“华陀谓吴普曰：‘人体欲得劳动，但不当使极耳。动摇则谷气得销，血脉流通，病不得生，譬如户枢，终不朽也。吾有一术，名五禽之戏：虎、鹿、熊、猿、鸟。亦以除疾，兼利蹄足。体有不快，起作一禽之戏，怡而汗出。”

〔四〕【朱注】晋书：“阮籍尝于苏门山遇孙登，与商略终古及栖神导气之术，登皆不应，籍因长啸而退。至半岭，闻有声若鸾凤之音，响动岩谷，乃登之啸也。”【何曰】切孙，应转起句。（辑评）

笺　评

【何曰】清旷。（辑评）

【姚曰】灵岳一往，名可得而闻而身不可得而见。远呼三岛之仙，暇作五禽之戏，恨我不能如阮籍相访，一发君之长啸耳。

【屈曰】一二华岳。三登岳，四餐松。五得道。前六句皆逸人。七以阮自比，八结逸人，典切极。

【程曰】结有阮籍语，乃用穷途意，当是去弘农尉时所作。

【冯曰】贾岛有送孙逸人诗：“衣屦原同俗，妻儿亦宛然。”时代不甚远，疑同此人。

【纪曰】三四不成语，馀亦浅率。

【张曰】此诗佳在后幅，前四句微伤平易，然气韵自别。（辨正）

【按】程笺非，末联以孙登比逸人，以阮籍自比，致想望意。诗意态闲逸，殊不类罢尉时之愤惋。孙逸人不可考，冯谓即贾岛诗之孙逸人，殊难必。

寄裴衡〔一〕

别地萧条极，如何更独来①？秋应为黄叶②，雨不厌青苔。

沈约只能瘦〔二〕，潘仁岂是才〔三〕。离情堪底寄，惟有冷于灰。

校　记

①"更"，席本作"笑"。

②"黄"，蒋本、戊签、钱本、席本作"红"。

集　注

〔一〕【冯注】宰相世系表："裴衡字无私，系出东眷房。"文集有代裴（懿）无私祭文，疑即此人。祭文云"绶黄须白"，疑后之与裴明府诗亦即此人。若与陶进士书中之裴生，似非也。【按】裴衡即商隐之懿亲字无私者。诗有悼亡意，疑是大中五年秋赴东川幕前所寄。

〔二〕【姚注】南史："沈约有志台司，梁武帝不用，以书陈于徐勉，言己老病，革带常应移孔。"【按】徐见奉使江陵"沈约瘦愔愔"句注。

〔三〕【朱注】晋书："潘岳少以才颖见称。"【冯曰】沈、潘自比，又自谦也。徐武源曰："潘仁句用悼亡，裴或其亲亚欤？"按：亲亚之猜似之，徐解未是。

笺　评

【杨守智曰】末二句言幽怨之不能告人也。深于言情。

【徐德泓曰】此亦悼伤意。故次句有"独来"字。三四句，写萧条之景，却一顺一倒，言秋只为凋叶，而惟苔不厌雨也。"潘仁"句，仍用悼亡语而未亮。末才点题。裴或其亲亚耳。

【姚曰】前时惜别之地，岂堪此日独来。三四，极言萧条之景。五六是独来情况。结出寄裴意。

【屈曰】一二悔自己不当重来昔日别离之地。三四摇落之景，五六飘零之人，所以致有此冷灰也。

【冯曰】前之相别，已觉萧条，况今独经此耶？秋风秋雨，萧条更何如也！结言有何可寄，惟有冷于灰耳。盖情之萧条，较地尤甚矣。逐层剥进，不堪多读。

【袁枚曰】此因裴之来访而寄之以诗。首二叙裴过访，三四秋景，五六言情，末寄诗而望其始终不落寞也。

【纪曰】不成语。起二句太突，后四句太率。（诗说）三四自好。（辑评）

【许印芳曰】义山五律佳句，如"秋应为红叶，雨不厌苍苔"，"晚晴风过竹，深夜月当花"，"黄叶仍风雨，青楼自管弦"，"石梁高泻月，樵路细侵云"，此等虽不及杜，亦晚唐之高唱。（瀛奎律髓汇评引）

【张曰】起句倒装最得势，杜集中往往有此法，不嫌鹘突。结句回应，章法极完密，非率笔可拟也。纪评太苛。（辨正）

【按】别地萧条而更独来，思念之情不能自已耳。颔联补足"萧条"，亦传出重来别地时凄冷心境。秋风秋雨之中，黄叶遍地，青苔缘径。曰"应为"，曰"不厌"，暗示自然界之风雨无情，人则情不能堪。末联谓已别无所寄，惟有情冷如灰耳。"潘仁岂是才"，犹言"潘仁只是哀"，似作于王氏新亡后。裴衡与商隐为亲娅。商隐仲姊适裴氏，衡或系裴氏姊夫族中人亦未可知。

寄蜀客

君到临邛问酒垆，近来还有长卿无[一]？金徽却是无情物〔二〕，不许文君忆故夫〔三〕。

集　注

〔一〕【程注】史记司马相如传："卓王孙有女文君新寡，好音，故相如缪与令相重，而以琴心挑之。相如至临邛，从车骑，雍容闲雅，甚都。及饮卓氏，弄琴，文君窃从户窥之，心悦而好之，恐不得当也。"【冯注】史记："司马相如，蜀郡成都人，字长卿。相如与文君俱之临邛，尽卖车骑，买酒舍，酤酒，而令文君当垆，相如自着犊鼻裈，涤器于市中。"

〔二〕【程注】国史补："蜀中雷氏斫琴，常自品第，第一者以玉徽，次者以琴瑟徽，又次者以金徽。"梁元帝诗："金徽调玉轸，兹夜抚离鸿。"【补】徽，系弦之绳。汉书扬雄传下："高张急徽。"后以为琴面识点之称。此即指琴面定宫商高下之识点。却是，正是。

〔三〕【程注】古诗："上山采蘼芜，下山逢故夫。"

笺　评

【锺惺曰】极刻之语，极正之意。

【谭元春曰】读此使人不敢言才子佳人四字。

【唐汝询曰】在咏史中亦是一种议论。

【周珽曰】奇藻异想，令人可思。

【杨守智曰】"金徽"二句：此指白敏中辈而言。

【何曰】第二联翻案。以无情诮金徽，殊妙。若说文君无情，便同嚼蜡。（读书记）○必有托而云。（辑评）

【黄生曰】长卿死于好色，故以此讽之。本意言女子无情，游其地者，勿为所惑耳。唐时蜀中极盛，盖佳丽之薮也。（三四）反言见意。（唐诗摘钞）

【陆鸣皋曰】慧心巧舌。

【姚曰】不言文君之越礼，而转归咎金徽，此立言微妙处。

【屈曰】此讥蜀客之不念故人也。

【程曰】此当作于岭表归朝之后，因寄蜀客而致慨也。郑亚已迁，绹怒未解，陈情不省，金徽太恝矣。

【朱荆之曰】长卿死于好色，故以此讽之，本意言女子无情，游其地者勿为所惑耳。唐时蜀中极盛，盖佳丽之薮也。如张乔诗曰："行歌风月好，莫老锦城间。"又云："相如曾醉地，莫滞少年游。"意盖可见。（增订唐诗摘抄）

【纪曰】隐其名曰蜀客，风之以不忆故夫，此必新旧之间友朋相怨之诗也，亦殊婉而多风。香泉评曰：以无情诮金徽，殊妙，若说文君无情，便同嚼蜡矣。（诗说）

【俞陛云曰】此诗意有所讽。相如、文君，仍假托之词，否则远道寄诗怀友，而泛论千载上临邛事，于义无取。诗人咏文君者，每有微辞，此则归咎金徽，意谓文君若无丝桐吟咏之才，则相如无缘接近，盖深惜为多才所误。犹之西第颂成，致损马融之望；美新论就，终嗟投阁之才。文人失足，岂独才媛。题标蜀客者，本属无是公，藉以寓讽耳。（诗境浅说续编）

【张曰】此亦为座主李回致慨也。李回大中二年由西川贬湖南时，义山正桂州府罢，远赴巴蜀，希冀遇合。及回畏谗，不能携以入幕，而义山于是复向令狐陈情，去李党而入牛党，岂其初心哉！此篇当是李回又贬抚州后作。末言我非不欲专报故主，而无如时势反覆何？借金徽言之，便不直致。语虽似嘲似讽，实则倍极沉痛，与"玉垒高桐"一首皆一时所赋，亦可以见义山之心始终李党矣。朱氏所谓"择木之智，涣邱之公"，诚玉溪一生定论也。（辨正）又曰：与妓席暗记

送独孤云之武昌同意,似一时作。金徽无情,故夫不忆,义山之屡启陈情,岂得已哉!此所以大鸣积恨也。首句当亦指独孤。(会笺)

【沈祖棻曰】此因蜀客而及临邛之地,因临邛而及相如文君之事也。不言文君无情,不忆故夫,但言琴上金徽,乃相如挑文君之媒介,其物无情,不许文君更忆故夫,此诗人之忠厚也。

【按】旧时注家囿于封建礼教,难得确解。作者以咏叹笔调写相如以琴挑文君之事,于长卿、文君及其爱情似均持肯定态度。曰"金徽无情",盖谓琴音之魅力不可抗拒,足以动文君之心,而令其难以寡居也。托言金徽无情,致文君不得不有当日之举,实谓故夫(确已亡故)非新夫之比,人间之真情难以抗拒也。

作者显有所托寓。盖以文君自比,且借以自解也。集中海客诗似可与此篇参读。诗似作于"去牛就李"之初,或其后与友人议及此事,慨然而借文君之事发为此作欤?

赠孙绮新及第

长乐遥听上苑钟〔一〕,彩衣称庆桂香浓〔二〕。陆机始拟夸文赋〔三〕,不觉云间有士龙〔四〕。

集　注

〔一〕【朱注】汉书:"高祖五年后九月,徙诸侯于关中,治长乐宫。"汉旧仪:"上林苑离宫七十所,皆容千乘万骑。"两京赋:"上林禁苑,跨谷弥皋,东至鼎湖,斜界细柳。"【冯注】元和郡县志:"长乐坡在万年县东北一十五里。"长安志:

"长乐驿在长乐坡下。"【按】冯注非。三辅黄图:"长乐宫本秦之兴乐宫也。高皇帝始居栎阳,七年长乐宫成,徙居长安城。"徐陵玉台新咏序:"厌长乐之疏钟。"钱起赠阙下裴舍人:"二月黄鹂飞上林,春城紫禁晓阴阴。长乐钟声花外尽,龙池柳色雨中深。"钟振振谓此句"非谓在长乐坡、长乐驿听钟","实是'遥听上苑长乐钟'之倒文,盖七言绝句格律甚严,本诗首句仄起,……故不得不变动辞序尔。"所解甚是。(钟文载文学遗产八二年四期。)

〔二〕【冯注】韵语阳秋:"唐人与亲别而复归,谓之拜家庆。"按:本颜延年秋胡诗"上堂拜嘉庆"也。【程注】仪礼:"将冠者采衣紒在房中南面。"注:"采衣,未冠者之服。"杜甫诗:"远传冬笋味,更觉采衣香。"

〔三〕【朱注】臧荣绪晋书:"陆机妙解情理,心识文体,故作文赋。"杜甫诗:"陆机二十作文赋。"【冯注】按:晋书谓机少为牙门将,年二十而吴灭,退临旧里,与弟云勤学,积十一年,俱入洛。故前辈谓文赋当为入洛之前所作。杜诗"二十作文赋",未知何据。此亦同杜意。

〔四〕【朱注】世说:"陆云与荀隐会于张华坐。云抗手曰:'云间陆士龙。'"【张相曰】始拟,袛拟。不觉,不意。

笺　评

【杨守智曰】孙绮必兄弟于时应试,故有"机""云"之目。

【何曰】想绮之兄先已及第。(辑评)

【姚曰】必兄弟俱有文名者。

【屈曰】一新第,二得禄养。三自己,四孙绮。我方欲自夸能文,不知有君,而君已及第,则能文可知,我何敢复自夸哉?

【程曰】诗后二语，当是孙绮之兄有先及第者。第二句乃绮归拜庆也。

【冯曰】此必兄弟能文而绮方少年。诗则酬应率笔。

【纪曰】浅俗。（辑评）

【按】一二美其新及第。遥听长乐钟，言其从此得近宫禁。次句“彩衣”似兼用“娱亲”意，“桂香”谓登第。时绮归省，故有此句。“陆机”自指绮兄能文者，屈笺非。士龙方指孙绮。

赠从兄阆之

怅望人间万事违，私书幽梦约忘机。荻花村里鱼标在〔一〕，石藓庭中鹿迹微。幽境定携僧共入，寒塘好与月相依。城中猘犬憎兰佩，莫损幽芳久不归〔二〕。

集　注

〔一〕【道源注】鱼标，以白木板为之，插于水际，投饵其下，鱼争聚焉，渔人以笼罩罩之。【冯注】或钓鱼，或卖鱼，用以标识者。（道源所云）不可云“标”也。

〔二〕【朱注】左传：“国狗之瘈，无不噬也。”杜预注：“瘈，狂狗也，今名猘犬。”猘，吉器切。李贺诗：“嗾犬唁唁相索索，舐掌偏宜佩兰客。”【冯注】左传：“国人逐瘈狗。”说文：“狾，狂犬也。征例切。”楚辞怀沙：“邑犬群吠兮，吠所怪也。”离骚：“谓幽兰其不可佩。”【按】猘，亦作“狾”、“瘈”。

笺　评

【金圣叹曰】怅望人间者，言望久之，而怅怅久之，而仍望，然而终不免于万事迟违，则是今日之人间，真已不堪其又往也。私书者，不敢明说，则托之于书；幽梦者，不敢明来，则托之于梦；约忘机者，言此间满地皆机，才脱一机，却又入一机，则不如共去无机之处为乐也。三四鱼标、鹿迹，即写忘机之处可知。只携僧人者，僧受律，不似在俗多欲；好与月依者，月清凉，不似人间烦热也。城中云云者，昔言国狗之瘈，无不遭噬，而近今又闻独噬兰佩，然则力疾早归，勉图瓦全，毋再迟回，致遭玉碎，足更不可不加之意也。（贯华堂选批唐才子诗）

【朱曰】此言事难遂意，不如归隐也。（李义山诗集补注）

【朱彝尊曰】下六句俱是"约"字。

【何曰】招隐诗也。○私书幽梦，都约忘机，始是真隐。所携者僧，则俗人不复往还；与月相依，则并人事顿绝矣。○中四句画出绝人逃世。○（"城中"句）人间事违。○落句未详所指。（"中四句"一条见读书记，它皆见辑评）又曰：落句一"归"字收尽，归者，归于荻花村里、石藓庭中及幽径寒塘内也。（读书记）

【赵臣瑗曰】此是愤世嫉俗之词。万事违，无一事之合于情理也。……于是庶几约一二忘机之人，放浪于山间水间，以自保其天良。……只二句已写尽世情恶薄。三四重在上半句忘机之处也。五六重在下半句忘机之伴也。八不过是望兄早归，而七仍不觉冲口无忌。夫猘犬无所不噬，而兹则独憎兰珮，此所以为城中之猘犬乎？虽然，先生之骂人亦太甚矣。

【陆曰】屈子曰："户服艾以盈腰兮，谓幽兰其不可佩。"又云："邑犬群吠，吠所怪也。"举世服艾，而忽有佩兰者出其间，能免于怪且憎乎？此义山所以劝阆之赋归去来也。首句即“世与我而相违，复驾言兮焉求”之意。“私书幽梦约忘机”，犹云念兹在兹也。三四钓船无恙，麋鹿与游，言忘机之事；五六幽径携僧，寒塘依月，忘机之人与忘机之境。见归时自有乐地，不必与狺狺者久处，而徒自损其幽芳也。

【陆鸣皋曰】中二联，从“约忘机”写出，皆幽人景色也。第七句应转首句意。此乃招隐之词，观结语自见。

【袁枚曰】首二言与世违，欲归于从兄偕隐。中四写从兄隐居之景与物。末二戒其勿出也。（诗学全书）

【姚曰】人间既无称意事，只有归隐一途。私书幽梦，未可为机心人道也。不见荻花村里，亦插鱼标，石藓庭中，杳无鹿迹，机心所伏，到处皆然。从今以往，幽径则携僧共入，庶几麋鹿同游；寒塘则与月相依，庶几鱼虾杂处。若使城中久处，必致猘犬狺狺，岂不自爱其兰佩而久不归也。

【屈曰】人事多违，相约忘机。中四忘机之乐。狂犬不可与处，惟当归隐耳。

【冯曰】中四句皆约言也。三“幽”字当有讹。

【纪曰】七句太露骨，便乏诗味。（辑评）又曰：招隐之作，前六句平平，末二句太激，少诗致。（诗说）

【曾国藩曰】鱼标鹿迹，言处处有机事机心也。（十八家诗钞）

【张曰】尝见纪氏评苏诗，凡伤时、愤世、不平之语，必以露骨抹之。充是说也，则小弁怨父，离骚怨君，皆将在纪氏削汰之列矣。况义山诗品与东坡又自不同，集中只有忧生之叹，绝无愤俗之谈，此等语不过偶然流露，何碍于诗味也哉！（辨正）

【按】“约忘机”一篇之主。中四句均想像中乡间忘机境界,“定”、“好”二字尤为明显。末联招其归隐。非己已在乡间而招其归,乃己同在“城中”招其偕隐也。姚笺中四句甚迂谬。曰“怅望人间万事违”,曰“城中猘犬憎兰珮”,似历经挫折后愤世语,“城中”显指长安,颇似大中三年自桂归后任职京兆掾曹时作。偶成转韵诗云:“归来寂寞灵台下,着破蓝衫出无马。天官补吏府中趋,玉骨瘦来无一把。……旧山万仞青霞外,望见扶桑出东海。爱国忧君去未能,白道青松了然在。此时闻有燕昭台,挺身东望心眼开。且吟王粲从军乐,不赋渊明归去来。”可见入卢幕前,义山确曾有归隐旧山之想,其时处境亦正可谓“万事违”,相互参证,情事显然。“幽芳”,即“玉骨”,喻高洁品格。

赠宗鲁筇竹杖①〔一〕

大夏资轻策〔二〕,全溪赠所思②〔三〕。静怜穿树远③,滑想过苔迟。鹤怨朝还望〔四〕,僧闲暮有期〔五〕。风流真底事,常欲傍清羸〔六〕。

校　记

①“筇”,蒋本、戊签作“邛”。

②“赠”,朱本作“问”。

③“树”,悟抄作“径”。

集　注

〔一〕【冯注】宗鲁未知何人。诗亦云全溪,疑其人名宗鲁,字子初,或是两人,未可定也。其年当长于义山。【程注】晋戴凯之竹谱："竹之堪杖，莫尚于筇。磻砢不凡，状若人功。"【按】宗鲁，不详。冯氏疑子初，非。子初系令狐绪字，见子初全溪作注〔一〕。蜀都赋："筇杖传节于大夏之邑。"顾凯之竹谱："筇竹，高节实中，状若人，剖为杖，出南广邛都县。"陆游老学庵笔记："筇竹杖蜀中无之，乃出徼外蛮洞，蛮人持至泸溆间卖之。"此篇不详何年。或东川归后作。

〔二〕【朱注】汉书："张骞至大夏，见筇竹杖，问之，云：'贾人市之身毒国。'"【朱彝尊曰】筇竹杖。【冯注】经、史中"资"字有货也、取也、蓄也之义，又"资"与"赍"同。此"资"字未定何解。【按】当为"货"义。

〔三〕【朱彝尊曰】赠宗鲁。【冯注】曲礼："凡以弓剑苞苴箪笥问人者。"注："问，犹遗也。"国语："楚王使工尹襄问郤至以弓。"（按冯注本作"问所思"。）

〔四〕【朱注】孔稚珪北山移文："蕙帐空兮夜鹤怨。"【朱彝尊曰】望其策杖而来也。【何曰】第五言思作故山之游耳。点化前人语，何其新活。（辑评）【按】何解是。

〔五〕【冯注】（五六句）皆言必借于杖。

〔六〕【补】底，何。清羸，指宗鲁。

笺　评

【朱彝尊曰】问：一作赠。五六句：望其策杖而来。末句：结赠。

【姚曰】宝剑赠烈士，此杖岂肯傍俗人，必形神相副者，始足堪之耳。中四句不说人不可无杖，乃说杖不可无此人也。

【屈曰】（中四）倒叙法，言与僧暮期拄杖而去，树远苔滑，至朝不返，故鹤怨而望还也。

【纪曰】此纯是唐末小家数矣，三四句极力刻画，愈见卑琐。

末二句亦不甚成语。(诗说)

【张曰】三四虽刻画而笔力老健异常,结亦朴率有姿趣。此玉溪本色,非纤小家数也。何至"尤不成语"哉?(辨正)

【按】起点题。次联想像其拄杖穿树、过苔情景。颈联谓其拄杖可作故山之游,可与老僧期约闲话,末联谓杖得其主,常欲与宗鲁相伴也。筇竹杖售于蜀,或东川归后以此赠人欤?

送王十三校书分司〔一〕

多少分曹掌秘文,洛阳花雪梦随君〔二〕。定知何逊缘联句,每到城东忆范云〔三〕。

集　注

〔一〕【冯注】集有王十二兄,此王十三似亦茂元子。【按】文集补编上许昌李尚书状:"王十二郎、十三郎扶引灵筵……至东洛讫。"王十三系茂元季子。

〔二〕【何曰】(二句)校书分司。(辑评)【冯曰】尔独分司东都。

〔三〕何范联句,洛阳花雪事见漫成三首。

笺　评

【姚曰】梦随君,君忆我,相赏非世俗所知。

【屈曰】校书知音,若范云之赏何逊,所以忆也。

【纪曰】纯从对面用笔,此躲闪法也。然自后来言之,又为躲闪之通套矣。神奇臭腐,转易何常,故变而出之一言,为善学古人之金针也。(诗说)

【按】何逊喻王，范云自喻，屈笺因范云之赏何逊而以为范指王，非是。一二谓君以校书分司东都，得赏洛阳花雪之美景，我今送君，自不免梦随君往也。三四谓我亦定知君到洛阳，每睹城东佳胜，必因往日赋诗联句而忆我也。

雨中长乐水馆送赵十五滂不及〔一〕

碧云东去雨云西，苑路高高驿路低。秋水绿芜终尽分，夫君太骋锦障泥〔二〕。

集　注

〔一〕【冯注】长安志："外郭城东面三门，北曰通化门，门东七里长乐坡，上有长乐驿，下临浐水。"宰相世系表："赵滂字思齐。"疑即其人。【张曰】（滂字）一作思济，见新书世系表。据崔嘏授蔡京赵滂等御史制，滂尝为忠武军节度副使，必与义山旧稔者。

〔二〕【补】夫君，称友人。"障泥"已见隋宫七绝注。

笺　评

【何曰】上二句自解不及之故。（辑评）

【姚曰】言秋水绿芜，马上景色易尽，何苦如此行得快也。

【屈曰】何必冲雨而去，终有晴时。首句有比意，次长乐馆送。

【纪曰】无味。（诗说）赵十五当是得意疾行，故此诗刺之。碧云苑路以比赵，雨云驿路以自比。末言荣华终有尽日，不须如此得意也。（辑评）

【张曰】赵滂盖朋友中最相厚者，故以此戏之，非刺其得意急行也。（辨正。会笺改从纪笺。）

【按】一二雨中长乐水馆即景。碧云东去，雨云西驻，暗示赵去已留；"苑路"当指来路，"驿路"即友人东去之路。言外有故人不见之空寂感。三四谓长乐水馆秋水绿芜之美景，本当共同尽情欣赏，殷勤话别，友人何急于驰马东去乎？长乐馆临浐水，故有"秋水绿芜"之句。诗不过写送行不及之遗憾，纪笺求深，反失诗意。

送丰都李尉〔一〕

万古商於地，凭君泣路岐。固难寻绮季，可得信张仪〔二〕？雨气燕先觉〔三〕，叶阴蝉遽知〔四〕。望乡尤忌晚，山晚更参差。

集　注

〔一〕【朱注】唐书："丰都县属忠州，义宁二年析临江置。"【冯注】旧书志："山南东道忠州丰都县，后汉平都县。"水经："江水径东望峡，东历平都。"注曰："峡对丰民洲。旧巴子虽都江州，又治平都，即此处也。平都县有天师治，兼建佛寺，甚清灵。"

〔二〕绮季见四皓庙，张仪见商於。

〔三〕【冯注】暗用石燕事，见武侯庙。

〔四〕【冯注】暗用蝉得美荫事，见北禽。【按】未必用典，冯注可疑。

笺　评

【杨守智曰】全诗商於景物，只第二句点"送"者，亦变体。

【何曰】"固难寻绮季"一连，顶"路岐"。二句用笔之妙，百读乃知。“山晚更参差”，“参差”二字收“歧”字足。（读书记）又曰：次连言商山之深远阻长。千岩万壑，风雨晦冥，仆痛马喑，进退维谷，去乡失路之感何由不剧！细读真使人欲泣。（辑评）

【姚曰】从来世情险阻，到处商於，绮季难寻，张仪莫信，宜乎下路歧之泣也。五六正写望乡情绪。盖雨来则燕不出，叶阴则蝉噪停，写客愁感动处极微。当此之时，岂宜于乱山斜照间更寓望乡之目乎？

【屈曰】“泣路歧”，言飘泊无定。三四承一二，言欲隐不得，欲仕不能。五六别景。七八欲归不得也。（玉溪生诗意）一别地，二飘流不定……（唐诗成法）

【冯曰】商於相遇相送，李必出尉丰都者。疑为巴蜀归后借以发慨也。（三四句）借古发慨，正堪泣之情事也。上句用留侯令太子请四皓来则一助也，谓求助无门也。下句谓人之虚言殊不足恃。（六句）暗用蝉得美荫事，见北禽。（五六）二句借写景以叹人之我先。（七八句）喻年渐老，则遭逢尤难。

【纪曰】三四即商於发世途之感，偶然粘著，点缀有神，自不黏皮带骨。若搜求故事，务求贴合比附以为工，大雅君子殆不尚焉。（诗说）上卷商於诗亦用此二事，工拙悬矣，此有寓意，彼砌故实也。（辑评）

【张曰】丰都县属山南东道，李出尉必经商於，故假以寄慨。冯氏疑巴蜀归后作，似之，非在商於相遇相送也。（会笺）

【按】此商於路遇李某出尉丰都而有送别之作。起联点晤别之地及双方心境。李出尉僻远，盖亦不得志于时，故云“泣路歧”。次联承“泣路歧”，言善于谋身之绮季固已难寻，而长于欺诈之张仪式人物又岂能信任？盖言既不能隐逸避世而全身，又不能应付现实生活中之种种虚伪欺诈，进退失据，所以不免泣歧也。腹联送行时景，兼寓望乡之情，姚谓“写客愁感动处极微”，甚是。盖阴雨则燕觉蝉知，而失意泣歧者仍不免仆仆道涂间。末则谓当此薄暮时分，乱山丛中，更觉歧路茫茫，不堪望乡之愁也。就诗中所表现之感情而言，颇似大中元年及二年赴桂返京途中作。然赴桂经商於在三月末，返京经商於在九月，与此诗所写时令（有蝉）均未合。疑是另一次行程。故置未编年诗中。

送阿龟归华[①]〔一〕

草堂归意背烟萝[②]，黄绶垂腰不奈何〔二〕。因汝华阳求药物，碧松根下茯苓多〔三〕。

校　记

①万绝“华”下有“阳”字。钱校本原有“阳”字，后圈去。

②萝，万绝作“霞”。

集　注

〔一〕【冯注】香山弟行简，行简子龟郎，史传中亦呼阿龟，而白公诗集尤详之。此必白公送侄归家之作。【按】未可定，详编著者按。

〔二〕【道源注】初学记：“四百、三百、二百石，皆黄绶一采纯黄圭，长丈五尺六十首。汉官仪云：黄绶缘八十首，长丈七尺。”【冯注】汉书百官公卿表：“比二百石以上皆铜印黄绶。”后汉书舆服志：“四百石、三百石、二百石黄绶淳黄。”

〔三〕【朱注】别录：茯苓生大松下，二月八月采，阴干。唐本草：茯苓第一出华山，形极粗大。雍州南山亦有，不如华山。【冯注】见题僧壁。新书志：“华州土贡茯苓、茯神。”

笺评

【何曰】茯苓自比老于黄绶。（辑评）

【纪曰】语浅而有神韵，然次句甚鄙。（玉溪生诗说补录）又曰：风格自老。（辑评）

【冯曰】意境不似玉溪，蓄疑者久矣，今而知为香山诗也。香山，下邽人，华州之属县也。香山弟行简，行简子龟郎，史传中亦呼阿龟，而白公诗集尤详之。此必白公送侄归家之作，乃香山集漏收，而反入斯集，可怪已。

【按】义山集旧本正编中均有此诗，冯氏仅因白居易弟行简子名龟郎，史传中亦呼阿龟，而遽定为白作，似嫌证据不足。陶敏全唐诗人名考证云：“（冯）说殊武断，诗云‘草堂归意背烟萝，黄绶垂腰不奈何’，言已‘黄绶垂腰’，不得归田。白居易弄龟罗：‘有侄始六岁，字之为阿龟。’诗元和十三年作，待阿龟能自行归华，白居易何至仍‘黄绶垂腰’，为簿尉之属，诗断非白居易作。”所考甚是。今仍编本集，俟进一步考定。

寄永道士

共上云山独下迟，阳台白道细如丝〔一〕。君今并倚三珠树〔二〕，不记人间落叶时①。

校　记

①“落叶”,戊签作“叶落”。

集　注

〔一〕【朱注】真诰:“王屋山,仙之别天,所谓阳台是也。始得道者,皆诣阳台,是清虚之宫也。”【冯注】按:登真隐诀:“立冬日,阳台真人会集列仙,定新得道人,始入名仙录。”故用为科第之喻。旧书隐逸道士司马承祯传:“明皇以承祯王屋所居为阳台观,上自题额,遣使送之。”阳台观最为学仙者所尚,屡见唐碑文。【按】阳台白道与阳台真人无涉,此句亦无喻科第意。

〔二〕【冯注】昔我分倚,今尔并倚。【按】三珠树见碧瓦注。本神话中树名。此曰“并倚”,则以“三”为数目。唐初王勔王勃王勮兄弟三人有才名,杜易简称其为三珠树,亦借为数目(事见新唐书王勃传)。

笺　评

【何曰】藏过人皆先下半面。(次句眉批。)○第二言当年独往已可望不可即。(均辑评)

【姚曰】神仙岂免有情,但恐记存亦无益耳。

【冯曰】落叶,喻下第。

【纪曰】淡语而寄慨殊深。(辑评)

【按】永道士当为义山学仙玉阳之道友。首句谓昔日共上云山学道而君独迟迟未下。次句想像王屋山情景。“阳台白道”即王屋山上之细径,亦即偶成转韵所谓“旧山万仞青霞外,……白道青松了然在”。三句“三珠树”当有所指。月夜重寄宋华阳姊妹云:“偷桃窃药事难兼,十二城中锁彩蟾。应共三英同夜赏，玉楼仍是水精帘。”三英即三珠树，亦即宋华阳姊妹与另一女冠。此云“并倚三珠树”，暗示永道士与“三英”之亲密关系。“人间落叶时”虚解为宜，盖言己之冷落孤寂，沉沦不遇。此离玉阳道观后，回寄道友，谑戏其并倚三英之作。末句略有寄慨。

赠华阳宋真人兼寄清都刘先生①〔一〕

沦谪千年别帝宸〔二〕，至今犹谢蕊珠人②〔三〕。但惊茅许同仙籍③〔四〕，不道刘卢是世亲④〔五〕。玉检赐书迷凤篆⑤〔六〕，金华归驾冷龙鳞〔七〕。不因杖屦逢周史⑥〔八〕，徐甲何曾有此身〔九〕。

校　记

①悟抄无“宋”字。

②“谢”，戊签、英华作“识”。

③“同仙籍”，戊签、英华作“多玄分”。

④“道”，英华作“记”。“刘卢”，英华作“卢刘”。

⑤“篆”，英华作“箓”。

⑥“屦”，戊签作“履”。

集　注

〔一〕【朱注】列子：“清都紫微，钧天广乐，上帝之所居。”又补注云：后有月夜重寄宋华阳姊妹诗，此真人乃女道士。【冯注】按：白香山集春题华阳观注云：“观即华阳公主故宅，有旧内人存焉。”所谓“头白宫人扫影堂”者也。后又有重到华阳旧居诗，盖白公应举时曾居华阳也。真人是女冠，故下题有姊妹。刘宾客诗“东岳真人张炼师”，与此同称也。文粹有欧阳詹玩月于永崇里华阳观之诗序，可为月夜重寄作切证也。又南部新书云：“新进士翌日排建福门候谒宰相，时有诗曰‘华阳观里钟声起，建福门前鼓动时’”，则应试者多居观中可见矣。清都见李肱所遗画松诗。旧书敬宗纪：“道士刘从政号升玄先生。”文粹冯宿撰刘先生碑铭云：“先生栖于王屋不啻一纪，其后迁居都下，又至京师，竟遂东还。”此卒于太和四年，一作七年者，未知是此人否？而题曰“清都”，必指居王屋者，刘宾客有送家兄归王屋山隐居诗，似可取证。若旧纪会昌元年衡山道士刘玄靖，则非也。【按】清都刘先生殆一般道流，冯引旧纪刘从政号升玄先生者，恐非。谓指刘宾客家兄隐于王屋者，亦无据。

〔二〕【冯注】义山自谓堕落也。【按】此指宋，冯注非。详笺。

〔三〕【道源注】黄庭内景经：“太上大道玉宸君，闲居蕊珠作七言。”秘要经：“仙宫中有寥阳之殿，蕊珠之阙。”李白诗：“传诗蕊珠宫。”【冯注】黄庭内景经注：“蕊珠，上清境宫阙名。”按：蕊珠人统指刘、宋。【按】此指上清宫阙中仙人，冯注非。谢，辞也。

〔四〕见郑州献从叔。

〔五〕【朱注】刘卢，刘琨卢谌也。文选琨答谌诗：“郁穆旧恩，嬿婉新婚。”善曰：“臧荣绪晋书：琨妻即谌之从母。”谌赠琨诗：“申以婚姻，著以累世。”向曰：“婚姻谓谌妹嫁琨弟。”【冯曰】宋与刘必本亲串。【补】不道，不知。

〔六〕【朱注】汉书注：“封禅有金泥玉检。谓以玉为检束也。”御览:"三元玉检经:"三玄台,玉检紫文九天真书在其内。"真诰:"二侍女持锦囊,囊盛书十馀卷,以白玉检检囊口。"古今篆隶文体:"凤篆,白帝朱宣氏有凤鸟之瑞,文字取以为象。"三洞经:"道家字曰云篆,曰天书,曰龙章,曰凤文。"又补注曰:太平御览引三元玉检经云:"庚寅九月九日,元始天尊于上清宫告明授三元玉检,使付学有玄名应为上清真人者,度为女道士。"【冯注】道经中书体有八显一条:其二曰神书,云篆是也;其三曰地书,龙凤之象也。谓由于仓颉傍龙凤之势,采为古文。

〔七〕【朱注】神仙传:"皇初平,丹溪人,年十五,家使牧羊。有道士见其良谨,将至金华山石室中四十馀年。兄初起寻索不得,后见一道士,求得之,问羊何在,曰:'近在山东。'初起往视,但见白石。初平叱曰:'羊起!'于是白石皆变为羊。初起便弃妻子就初平学,修功德二十七年。忽见虎驾龙车,二人执节下庭中,顾谓友曰:'此迎我也。'道士即邓紫阳。"又补注曰:云笈七签:"六玄宫主会元真帝君于灵台观,龙车鹤骑,仙仗森列,金华玉女浮游至于帝前,为帝陈金丹之道。语讫,金华复位,众真冉冉而隐。"金华归驾疑用此。【冯注】旧注引皇初平金华石室事。然玉检、金华、凤篆、龙鳞皆道家习见语。如茅盈内传:"曾祖蒙于华山之中乘云驾龙,白日升天。"神仙传:"王方平乘羽车驾五龙。"蓬莱四真人中石庆安诗"乘飙驾白龙",葛仙公诗亦曰"龙驾翳空迎"。庾子山入道士馆诗"金华开八馆,玉洞上三危"之类,未可悉数。上句指宋之入道,赐书年久,故曰迷;下句指刘已归,故曰冷,正分醒赠、寄二字。【按】朱氏补注是。此联均赠宋,承首句"沦谪千年"来,详笺。

〔八〕【朱注】神仙传："老子姓李名耳，字伯阳，楚国苦县赖乡人，周文王时为守藏史，至武王时为柱下史。"

〔九〕【冯注】神仙传："老子有客徐甲，少赁于老子，约日雇百钱，计欠甲七百二十万钱。甲见老子出关，乃倩人作辞，诣关令尹喜，以言老子。而为作辞者亦不知甲已随老子二百馀年矣，惟计甲所应得直之多，许以女嫁甲。甲见女美，尤喜，遂通辞于尹喜，乃见老子。老子问甲曰：'汝久应死，吾昔赁汝，为官卑家贫，无有使役，故以太玄清生符与汝。吾语汝，到安息国固当以黄金计直还汝，汝何以不能忍？'乃使甲张口向地，太玄真符立出于地，甲成一具枯骨矣。喜知老子神人，能复使甲生，乃为甲叩头请命，乞为老子出钱还之；老子复以符投之，甲立更生，喜即以钱二百万与甲，遣之而去。"周史谓刘，徐甲自喻。

笺评

【胡以梅曰】详结处，原从自己说起，自伤天上沦谪已久，至今还谢远天宫中人，盖指宋刘二君，是夙生仙侣，而不能相从也。……三以茅许比二人，切于茅山华阳洞也。四必已有亲道。五言二君有天书，我尘眼已迷，不能识认。六言欲学皇初起之复证仙班，终不可得。"泠"字言此事已作冷局，不可问矣。结言幸遇两君，如徐甲之逢老子，不然此身何能有乎？文人才士，夙根自有来历，入世不能飞腾，冷落蹭蹬，自省伤感，亦可怜也。然宋刘二君，必非常人，所以此诗结句甚尊之。

【陆曰】诗言宋、刘直是蕊珠宫人，其别帝宸而来尘世也，不过偶遭沦谪耳。所难得者，两公名登仙籍，谊属世亲，华阳、清都之间，同道有人，可云不孤矣。迷凤篆者，言凤文之书，人间莫识也；冷龙鳞者，言龙车之驾，天上久待也。结言我本薄植，得奉两公杖屦，或可冀其长年，又何敢效徐甲之求去也哉！

【姚曰】此乞宋、刘二君指示之意。言二君偶然沦谪，久别帝宸，论夙根则同茅许之仙籍，论世缘则又刘卢之世亲。我得追随杖屦，真所谓三生之大幸矣。无如根器下下，玉检赐书，徒怀凤篆；金华归驾，空睆龙鳞。借非邀周史之一盼，度凡骨以知归，不几觌面失之也耶？

【屈曰】一宋，二刘。三四宋、刘合，但知二公同是仙品，不谓二公又早相识。五刘在清都，六宋归华阳。结言我不逢周史，已久为徐甲之白骨矣，深感真人之相济也。

【程曰】朱长孺补注云："后有月夜重寄宋华阳姊妹诗，此真人乃女道士。"愚见未然。题有"兼寄清都刘先生"，岂亦女道士乎？况诗结句以周史比刘先生，以徐甲自比，至谓因刘而有此身，则义山好道，或从事于熊伸鸟经却病延年之术，故于刘先生有此语，而宋真人自其伦也。考之义山文集，有云："志在玄门。"是为明证。若以为女道士，而诗又兼寄于刘，则朋比狎邪，不顾行检，名教中自有乐地，何至乃尔耶？后寄宋华阳姊妹者，当是另一情事，不可拘牵。玩两诗语气，彼则情致，此则道心也。

【纪曰】太应酬气，全无诗味。"谢"字当从英华作"识"。（诗说）

【按】宋真人当即宋华阳姊妹之一。华阳指华阳观，在长安；清都则指玉阳山道观，即义山昔日学道之所。宋、刘必昔日与义山同在玉阳学道者，刘则或与义山有师弟之分，故末联以周史比刘，以徐甲自喻，且尊称为“先生”。起联谓宋本天上蕊珠宫中仙女，沦谪尘世千年，至今未返帝居。“犹谢蕊珠人”，谓与蕊珠旧侣仍然别离也，紧承“沦谪千年”，亦即重过圣女祠“上清沦谪得归迟”意。别本改“谢”为“识”，不特误解首句“沦谪千年”者为义山，且将次句主语亦属之义山。然作者与宋旧日道侣，关系密切，固无所谓“至今犹识”也。次联谓宋、刘同登仙籍、原为道友，乃更不知二人谊属世亲也。味此二句，当是义山昔日学仙时虽分别与宋、刘结识，然并不知其原为道友、亲串，至赠诗之日方知，故曰“但惊”“不道”，皆始料未及之词。腹联承“沦谪千年”谓宋沦谪归迟，故昔日天上所授之三元玉检，今或迷而不识其凤篆矣，迎金华玉女归驾之龙车亦已久待而鳞车皆冷。末联正出“兼寄”之意。

同学彭道士参寥〔一〕

莫羡仙家有上真〔二〕，仙家暂谪亦千春〔三〕。月中桂树高多少？试问西河斫树人〔四〕。

集　注

〔一〕【冯注】“参寥”字见庄子，故道流多以为名。

〔二〕【朱注】真诰：“列羽服之上真。”【冯注】仙有太上、上真、中真、下真之别，屡见道经。【按】道教称修炼得道者为真人。上真即上仙。云笈七签有上仙、高仙、大仙、玄仙、天仙、真仙、神仙、灵仙、至仙等九仙。

〔三〕【冯注】江淹别赋："驾鹤上汉，骖鸾腾天，暂游万里，少别千年。"此托意恨未第也。【按】未可定，详笺。

〔四〕【严有翼艺苑雌黄曰】按酉阳杂俎云："旧传月中有桂，有蟾蜍，故异书言月桂高五百丈，下有一人，常斫之，树创随合。人姓吴，名刚，西河人，学道有过，谪令伐树。"（魏庆之诗人玉屑引）

笺 评

【何曰】亦寓自伤之意。（读书记）

【姚曰】此即昌黎"我能屈曲自世间，安能从汝巢神山"之意。

【屈曰】学仙有过，谪令伐树，树高无限，劳苦不已，仙家有何好处，而君羡而学也？玉溪不喜仙道，集中皆是讥刺。

【程曰】此非嘲神仙，乃自喻也。道士之学仙，犹文士之释褐，释褐之后，乃似升真。无如沦落失所者，竟有如仙家谴谪，且而一斥不复，似仙家之暂谪亦千春也。吴刚斫桂，谪满何时？抚躬自思，正恐劳劳于书记者无已时也。

【冯曰】亦未第之感。

【纪曰】调笑小品，不以正论。

【按】题曰"同学彭道士参寥"，诗必与求仙学道有关。起二句明言仙家之上真亦不必羡，盖仙家暂谪亦达千年，甚矣其岁月之寂寞难度也。"仙家暂谪"指宫观学道，赠华阳宋真人兼寄清都刘先生"沦谪千年别帝宸，至今犹谢蕊珠人"之句可证。三四即就"暂谪亦千春"而言之，月桂既高，树创随合，斫树永无已时，如此仙家，又何乐趣可言？诗盖抒写学道求仙生活之寂寞无聊，与"嫦娥应悔偷灵药，碧海青天夜夜心"之意趋相类，特一直一曲，一借嫦娥喻女道士，一借吴刚喻男道士而已。

月夜重寄宋华阳姊妹

偷桃窃药事难兼〔一〕，十二城中锁彩蟾〔二〕。应共三英同夜赏〔三〕，玉楼仍是水晶帘①〔四〕。

校　记

①"晶"，蒋本、姜本、戊签、钱本、朱本作"精"。

集　注

〔一〕【朱注】偷桃，方朔事；窃药，嫦娥事。【按】已见茂陵及嫦娥注。

〔二〕【补】彩蟾，传月中有蟾蜍，此指宋华阳姊妹。十二城已见碧城、九成宫注，借指道观。

〔三〕【朱注】王勃启："叶契三英，尚隔黄衣之梦。"（按：冯注引朱注作："唐人多用三英，如王勃启'叶契三英，尚隔黄衣之梦'，未详何出；或曰即三珠树也，珠树曰三英，犹芝草曰三秀。经籍志有三教珠英。"与今见朱本不同，疑是朱氏补注。）【冯注】按：郑风"三英粲兮"，后人每假用之，以三珠树为三英，固通，本集"君今并倚三珠树"，便可互证。诗意以比三人。唐人每以三英称三人，如李氏三坟记用三英比兄弟三人，元微之长庆集追封宋若华制："若华等伯姊季妹，三英粲兮。"则女人也。此以指宋华阳姊妹。后汉书冯衍显志赋："采三秀之华英。"注曰："楚词'采三秀于山间'，王逸曰：'谓芝草也。'衍集'秀'字作'奇'，'英'字作'灵'，下云：'食五芝之茂英。'此不宜重说，但不知三奇何草也。范改'奇'为'秀',恐失之矣。"按:章怀虽驳正之,然若后人据之而以三秀为三英,亦何妨乎? 【按】三英,三珠树,均取华美之义。此指三女子。

〔四〕【朱注】宋之问明河篇:"水精帘外转逶迤。"

笺评

【何曰】发端自拟东方生也。(辑评)

【姚曰】谓情愫之难达也。暗用方朔朱鸟窗窥王母事。

【屈曰】偷桃喻求仙,窃药谓夫妇也。月夜同赏有姊妹,而玉楼帘隔无异孤眠也。

【程曰】前有寄华阳宋真人兼清都刘先生诗,朱长孺以华阳宋真人为女道士,即以此诗为证。愚已辨前篇非是,此则诚女道士也。前有华师诗,窃意即为其人,故此诗为重寄云。(按:华师非女冠,见该诗笺。)

【冯曰】"偷桃"是男,"窃药"是女。昔同赏月,今则相离。

【纪曰】观诗意,宋华阳乃女冠也,殊无风旨可采,诗亦不佳。(诗说)宋华阳应是女冠,故皆用道家语。首句言宋等能如姮娥窃药,而已不能如方朔偷桃也,然是底语!(辑评)

【张曰】偷桃窃药,道家常语。此必有借讽,不须如纪氏所解也。(辨正)

【按】"偷桃",犹偷玉桃之东方朔,系男道士之代称。"窃药",犹窃仙药之嫦娥,系女道士之代称。

首句盖谓求仙学道之事,男女不得同观也。或谓"偷桃"指"窃玉偷香",恐非。"事难兼",故有不得同赏之憾。次句谓宋华阳姊妹深锁道观。三四谓值此月夜良宵,本当与宋氏姊妹同赏,奈玉楼深锁,水晶帘隔,徒劳思念而不得相见也。华阳观在长安朱雀门街东第三街永崇坊，大历十二年，为华阳公主追福，立为观。白居易有春题华阳观诗，题下注云："观即华阳公主故宅，有旧内人存焉。"又有华阳观八月十五日夜招友玩月诗，可见此观为玩月之所。

玄微先生〔一〕

仙翁无定数，时入一壶藏〔二〕。夜夜桂露湿，村村桃水香〔三〕。醉中抛浩劫〔四〕，宿处起神光①〔五〕。药裹丹山凤〔六〕，棋函白石郎〔七〕。弄河移砥柱〔八〕，吞日倚扶桑〔九〕。龙竹裁轻策〔一〇〕，鲛丝熨下裳②〔一一〕。树栽嗤汉帝〔一二〕，桥板笑秦皇③〔一三〕。径欲随关令，龙沙万里强〔一四〕。

校　记

①"起"，悟抄作"有"。万花谷引同。

②"丝"，朱本、季抄作"绡"。

③"皇"，朱本、季抄作"王"。

集　注

〔一〕【冯注】文、武、宣三朝，道流颇多，未详何人。

〔二〕见题道靖院。

〔三〕【徐曰】暗用桃源事。【程注】张正见诗："漾色随桃水。"【冯注】庾信诗："流水桃花香。"

〔四〕【朱注】度人经："惟有元始浩劫之家，部制我界。"广异记："儒谓之世，释谓之劫，道谓之尘。"

〔五〕【朱注】汉书礼乐志："用事甘泉圜丘，昏祠至明，夜常有神光集于祠坛。”【冯注】后汉书安帝纪:“帝自在邸第,数有神光照室。”

〔六〕【朱注】汉武内传:“仙药有蒙山白凤之脯。”杜甫诗:“药裹关心诗总废。”

〔七〕【道源注】棋函,棋筒也。乐府白石郎曲:“积石如玉,列松如翠,郎艳独绝,世无其二。”李贺诗:“沙浦走鱼白石郎。”【朱注】列仙传:“白石先生常煮白石为粮,因就白石山居,故名。”又述异记:“晋王质入山,见二童子石室中围棋,坐观之,及起,斧柯已烂矣。”此句似合用二事。【冯注】万花谷别集引搜神记:“昔人入南谷山中,见一小池,横石桥,遂骤马过桥,见二少年临池奕棋,置白玉棋局,见骑马者,拍手负局而走。”亦皆未符。【按】白石郎即指白石。

〔八〕【朱注】西京杂记:“鞠道龙说淮南王:‘方士能画地为江河。’”

〔九〕【朱注】真诰:“欲得延年,日出二丈,正面向之,口吐死气,鼻噏日精。”又曰:“太虚真人以月五日夜半时,存日象在心中。日从口入,使照一心之内。”十洲记:“扶桑在碧海中,树长数千里,一千馀围,两两同根,更相依倚,故曰扶桑。”【程注】楚词:“暾将出兮东方,照吾槛兮扶桑。”【冯注】真诰:“霍山邓伯元受服青精石饭吞日丹景之法。”太平经:“青童君采飞根,吞日景。”

〔一〇〕【朱注】后汉书方术传:“壶公以竹杖与长房曰:‘乘此任所之。’长房乘杖,须臾来归,投杖葛陂中,视之,则龙也。”王绩诗:“鸭桃闻已种,龙竹未经骑。”

〔一一〕【朱注】韵会:“熨,火展布。”南史:“何敬容衣裳不整,伏床熨之。”【按】鲛绡屡见。

〔一二〕【朱注】汉武故事："王母以桃食帝，帝留核欲种之，王母笑曰：'此桃三千年一着子，非下土所植也。'"

〔一三〕见海上注。

〔一四〕【冯注】史记老子传："见周之衰，迺遂去。至关，关令（原无"令"字，据史记老子韩非列传补）尹喜曰：'子将隐矣，强为我著书。'老子乃著上下篇，言道德之旨五千馀言而去，莫知其所终。"注引列仙传曰："老子西游，关令尹喜先见其气，候物色而接之，果得老子，与俱之流沙之西，服具胜实，莫知其所终。"列异传："尹喜望见有紫气浮关，老子果乘青牛而过也。"正义曰："抱朴子云：'老子西游，遇关令尹喜于散关。'或以为函谷关。"【朱注】汉书班超传赞："咫尺龙沙。"注："龙沙，沙漠也。"

笺　评

【冯班曰】说道家事俱鲜健。（何焯引，见辑评。）

【姚曰】壶中天地，本即在尘界中。下十句，皆壶中境界也。秦皇汉武，乃欲于世外遇之。龙沙万里，关令其可径随耶？

【屈曰】一段有妙术。二段所居仙境。三段仙家情事。四段必能随关令仙去，不似秦皇汉武之求而无成也。

【程曰】义山上河东公启云："兼之早岁，志在玄门；及到此都，更敦夙契。"盖好讲导引之术也。故其赠道士诗如此。

【纪曰】应酬之作，毫无佳处。"弄河"及"树栽"二句尤拙。（诗说）又曰：句多拙俚。（辑评）

【张曰】此篇细读之，只觉其用典雅切，无所谓拙俚者，不知纪氏何所见而云然。（辨正）

【按】此赠道流，无深义，亦不详作诗年代，程笺无据。首二以壶公比玄微。三四即壶中之天地。次段谓其居于仙境,故一醉而累劫,宿处有神光,药囊裹丹山之凤,棋筒藏白石之子,实则不过言其采药奕棋饮食起居耳。三段谓其道行法术,可移河中砥柱,可倚扶桑而噏日精,可以龙竹为策而飞行,可取鲛鮹作下裳。末段谓其学仙必成而西出流沙,彼秦皇汉武则徒为嗤笑之对象耳。

赠白道者①〔一〕

十二楼前再拜辞〔二〕,灵风正满碧桃枝〔三〕。壶中若是有天地〔四〕,又向壶中伤别离。

校记

①原题作咏史二首之二(列于咏史二首,题“又”),一作“赠白道者”;戊签作“送白道者”;蒋本、朱本、万绝作“赠白道者”,是,兹据改。

集注

〔一〕【冯注】即白道士也,当为京师中道流。

〔二〕【程注】汉书郊祀志:“方士有言:黄帝时为五城十二楼以候神人。”庄子:“广成子在于崆峒之山,黄帝往见之。广成南首而卧,黄帝从下膝行而进,再拜稽首。”

〔三〕【程注】集仙录:“金母降,谢自然将桃一枝悬背上,有三十颗,碧色,大如碗。”【按】碧桃犹言仙家之桃树。石榴诗有“瑶池碧桃树”之语。

〔四〕【程注】云笈七签:“施存,鲁人,学大丹之道。遇张申为云台治官,常悬一壶,如五升器大,化为天地,中有日月,夜宿其中,自号壶天，谓曰壶公，因之得道。”【按】参见题道靖院注。

笺　评

【陆鸣皋曰】地老天荒，此情不死，难写得如此幽奇灵隽。

【朱彝尊曰】“壶中”二句：奇想。陆鹤亭云，地老天荒，此情不及，写得幽奇灵隽。

【姚曰】人天俱在欲界中，故应尔尔。

【屈曰】神仙亦不能无别离之情，而况我辈情之所锺乎？

【冯曰】叙别工于造语。

【纪曰】进一步写，自有情致，然格调毕竟浅薄。（诗说）

【姜炳璋曰】义山善用进一步语。长吉诗“天若有情天应老”，是此诗蓝本。

【按】此留赠白道者之作，非送别之辞，作“送”者非。十二楼指白道者所居之道观，别此而去，故云“再拜辞”。次句点时、景，渲染“仙家洞府”景象，为下仙家伤别伏根。三四句因白道者而联想及壶公及壶天传说，又因壶天而生壶中伤别之奇想，意谓壶中若别有天地，则不免又在壶中伤别，盖极言彼此离情之无可排遣，亦见别情无处不在也。

华师

孤鹤不睡云无心，衲衣筇杖来西林〔一〕。院门昼锁回廊静，秋日当阶柿叶阴。

集　注

〔一〕【朱注】高僧传：“沙门慧永居在西林，与慧远同门游好，遂邀同止。刺史桓伊以学徒日众，更为远建东林寺。”【冯注】莲社高贤传：“西林法师慧永，太元初至寻阳，乃筑庐山舍宅为西林。”

笺　评

【姚曰】竟似无此人也者，方是真善知识。

【屈曰】有心事者孤眠不睡，常人之情。乃院锁廊静，柿阴当阶，策杖西林，无寐无心，其有道可知。

【程曰】后有月夜重寄宋华阳姊妹，则此华师当即其人，此诗即初寄之诗，盖女道士，而访之不遇也。若前赠华阳宋真人诗，则华阳或观或地，不可以为华师也。

【纪曰】落落穆穆，静气在字句之外。（诗说）殊有静意，然尚是着力写出，非自然流露。（辑评）

【张曰】王、韦诗派，远宗彭泽，专标自然为宗；与玉溪家数，异曲同工，不得以彼病此也。（辨正）

【按】闲静无心，正华师之环境与心境。“孤鹤不睡”，“云无心”，景物亦带禅院入定悠闲意味，引出下句华师衲衣筇杖容与往来寺内情景。三四着力刻画一“静”字。此华师乃有道高僧，程氏谓指女冠宋华阳，误。

房君珊瑚散〔一〕

不见常娥影①，清秋守月轮。月中闲杵臼，桂子捣成尘〔二〕。

校　记

①“常”，蒋本、钱本、朱本作“姮”。

集　注

〔一〕【道源注】本草：陈藏器云："珊瑚生石岩下，刺刻之，汁流如血。以金投之为丸，名金浆；以玉投之为玉髓，久服长生。"箧中方："治七八岁小儿眼有麸翳未坚，不可妄傅药，宜点珊瑚散，细研如粉，每日少少点之，三日立愈。"

〔二〕【朱注】南部新书："杭州灵隐山多桂，寺僧云是月中种也，至今中秋夜往往有子坠。"【程注】韩愈月蚀诗："依前使兔操杵臼，玉阶桂树闲婆娑。"【补】傅咸拟天问："月中何有？玉兔捣药。"

笺　评

【姚曰】言有名无实也。

【屈曰】杵臼闲捣，桂子成尘，可以已矣，刺房君之散无益，徒劳苦美人耳。

【徐曰】段成式哭房处士诗："独上黄坛几度盟？印开龙渥喜丹成。岂同叔夜终无分，空向人间著养生？"李群玉亦有送房处士闲游诗："注药陶贞白，寻山许远游。刀圭藏妙用，岩洞契冥搜。"皆即此人，盖方技之流耳。（冯笺引）

【冯曰】徐笺是矣。但信义山于东川读天眼偈之事，而谓其时所作，则必非也。又曰：四句皆比体。

【纪曰】毫无意味。（诗说）

【张曰】读天眼偈事，据赞宁高僧传。义山时居西京永崇里，考其踪迹，乃东川归后，当在是年（指大中十年）。诗虽泛咏方药，然房君得名大中末，徐说亦殊巧合也。今编于此，不必致疑。（会笺）

【按】据宋赞宁高僧传，义山自梓幕归后居长安永崇里期间“苦眼疾,虑婴昏瞽”。此诗盖美房君所制之眼药。首二谓因眼疾而不见月中嫦娥。三四谓房君之珊瑚散系用月中桂子捣碾而成,无异仙药也。此诗或大中十年秋所赋。

忆匡一师[①]

无事经年别远公〔一〕,帝城钟晓忆西峰。炉烟消尽寒灯晦[②],童了开门雪满松[③]〔二〕。

校　记

①“匡”,蒋本、姜本、戊签、席本、钱本、影宋抄、万绝均作“住”。【程曰】题中“住”一作“匡”,从“匡”为是;“一”字且当作“大”。考安国寺悟达国师知玄有匡宗大德之号,于义山为方外交,已有诗见前矣。但此诗云“帝城钟晓见西峰”,当是不住安国而入九龙山之后也。【冯曰】北梦琐言一云“王屋匡一上人”,一云“王屋山僧匡一”,疑此即其人,当作“匡一”欤?【按】冯校是。字本作“匡”,宋本避太祖讳,缺末笔作“匡”,又讹为“住”。

②“炉烟”,蒋本、悟抄、席本作“烟炉”。【按】烟炉不可能“消尽”。“消”,万绝作“销”,非。

③“雪”原一作“云”。

集　注

〔一〕【姚注】(无事)犹无端也。【朱注】高僧传:“慧远本姓贾氏,雁门楼烦人。因秦乱来游于晋,居庐阜三十馀年,化兼道俗。”

〔二〕【冯曰】下二句忆西峰也。

笺评

【黄彻曰】杜寻范十隐居云:“侍立小童清。”义山忆匡一云:“炉烟销尽寒灯晦,童子开门雪满松。”子厚:“日午独觉无馀声,山童隔竹敲茶臼。”秀老云:“夜深童子唤不起,猛虎一声山月高。”闲弃山间累年,颇得此数诗气味。(碧溪诗话)

【徐祯卿曰】词、意俱足。(唐诗选脉笺释会通评林引)

【周珽曰】人情趋炎,鲜不以山僧对炉灯松雪不胜寒冷,不若京都钟漏之地切近繁华,故有别经年而不知时日之长也。此后二句,正形容西峰岑寂之景。义山之忆住一师,垂想及此,感念耶?羡慕耶?(同上)

【姚曰】经年帝城,软尘十丈,岂知西峰别一境界哉?

【屈曰】三四西峰之景如此。无事而别,能不相忆?

【田曰】不近不远,得意未可言尽。(冯注引)

【纪曰】格韵俱高。○香泉曰:只写住师所处之境清绝如此,而其人益可思矣。所忆之情,言外缥缈。(诗说)

【俞陛云曰】第三、四句之写景、皆从二句之“忆”字而来。香尽灯昏,松林雪满,在城居夜坐时,悬想山寺清寒之境,与韦应物寄璨师诗“冻雪封松竹,悬灯烛自宿”等句,意境极相似,皆遥写山僧静趣也。(诗境浅说续编)

【按】一二句由别及忆,平平道出。然“无事”、“帝城”,已暗中将己羁旅长安之生活、境遇托出,亦为三四相忆伏根。三四承上“帝城钟晓”,画出一与紫陌红尘截然相反之境界,不仅“所忆之情,言外缥缈”,且亦向往之情,溢于言表。全诗除首句“别远公”外,无一语及于匡一。然“炉烟”、“寒松”、“童子”、“松雪”中无处不有其人在。

别智玄法师〔一〕

云鬓无端怨别离,十年移易住山期[①]。东西南北皆垂泪,却是杨朱真本师〔二〕。

校　记

①“易”,悟抄作“锡”。

集　注

〔一〕【道源注】智玄当作知玄。佛祖通纪:“太和元年,诏沙门知玄入殿问道,赐号悟达国师。玄五岁能吟诗,出家为沙弥,十四讲经。李商隐赠以诗云:‘十四沙弥解讲经,似师年纪止携瓶。沙弥说法沙门听,不在年高在性灵。’”佛祖通载:“文宗癸丑十月,帝召法师知玄与道士于麟德殿论道。”稽古略:“匡宗大德讳知玄,姓陈氏,咸通四年制署,号悟达国师,总教门事。帝幸安国寺,赐师沉香宝座。僖宗中和二年幸蜀,召师赴行在。后辞还九龙山。师三学洞真,名盖一时,世称陈菩萨。”【冯注】异哉源师之为此注也,其所两引已有舛异。余检佛祖统纪,既于武宗、宣宗下至僖宗叙知玄事,而源师所引太和元年云云,本文作宪宗元和元年,其芜舛尤不足论也。咸通十二年僧重谦、僧澈事,已详五月六日夜忆澈师题下。北梦琐言云:“韦太尉昭度辈结沙弥僧澈,得大拜。诸相在西川行在谒僧澈之师悟达国师,皆申跪礼。”其事在义山殁后久矣。“十四沙弥”

之词，浅俚已极，即曰戏占，亦安得更有本师之致敬耶？唐六典云："道士有三事号，其一法师，其二威仪师，其三律师。其德高思精者谓之炼师。"故女冠之称法师炼师，唐人诗文中习见。首曰"云鬟"，自古有"鬟发如云"之衲子否乎？……集古录唐孟法师碑："少而好道，誓志不嫁，居京师至德宫。"即此可征女冠之称法师，而衲子亦称法师，此二氏之通称也。又按：晋书单道开传："一日行七百里，其一沙弥年十四，行亦及之。"可为"十四沙弥"之据。【按】智玄当即悟达国师知玄，详按语。

〔二〕【程注】后汉书桓荣传："豫章何汤以尚书授太子。世祖问汤：'本师为谁?'对曰：'沛国桓荣。'"【冯注】史记乐毅传："乐臣公本师号曰河上丈人。"【按】杨朱泣歧事屡见。佛教称释迦如来为本师，白居易画西方帧记："我本师释迦如来言，从是西方遇十万亿佛土，有世界号极乐。"亦称剃度授戒之师为本师，释齐己勉道林谦光鸿蕴诗："旧林诸侄在，还住本师房。"

笺　评

【钱谦益曰】此禅语也。东西南北，言歧路之多。杨朱泣歧，意以自比。然所谓真本师，非指知玄也。浅言之，谓所适皆穷，庶可以入道；深言之，谓思维路绝，庶可以悟真，禅家所谓绝后再苏也。若误以知玄为本师，则"却是"二字如何接下？（唐诗合选笺注）（按：钱良择评与此略同。）

【朱彝尊曰】此禅语也，读者参之。中有二义，浅深俱可通。东西南北，虽从"别"字生出，然所谓本师，非指智玄也。误会则绝无意义，并"却是"二字亦接不下。

【杨守智曰】"云鬟"句:不得住山之故。

【何曰】言不能随智玄住山,反致所向泣歧,学杨朱之道也。(读书记)

【姚曰】义山深于禅,此是禅家本色语。问:东西南北皆垂泪,如何却是本师?答:不到大死时,不得大活。

【屈曰】人生未有不恋室家者,今云鬟别离之怨,不得已也。僧教以传法者为本师,十年住山,原欲智公传法,乃移易而去,歧路之悲,反以杨朱为真本师矣,其不得已之情为何如哉?

【程曰】慧业文人,喜谈禅悦,加之四顾途穷,尤觉一切有为法皆是空花幻影,故于别僧发之。起句"云鬟"字即青鬟意,与状女子者不同。言年少求名,无端四出,有山不住,忽忽十年,岂知无非路歧,徒然下泪。然而即此迷途,转成悟境,故曰"却是杨朱真本师"也。按文集中有云:"愿打钟扫地,为清凉山行者。"与此正同,盖有激乎其言之也。"本师"二字属杨朱,乃内典"即心是佛"之解,不属智玄法师。钱序以为本师即指智玄,殊与本文"却是"字"真"字未得理会,误矣。

【冯曰】其人(指智玄)必无清范,故不得已移居而垂泪也。杨朱,义山自比,不可为本师而却是本师,慨叹中亦含狎昵。若禅家以移居垂泪,无理亦无味矣,自来为其所误,而下二句晦涩难通,强以为当作禅语参之,亦可笑哉!附录:曹学佺蜀中高僧知玄传:"时李商隐方从事河东梓潼幕,以弟子礼事玄。偶苦眼疾,虑婴昏瞽,玄寄天眼偈三章,读终疾愈。迨后卧病,语僧录僧彻曰:'某志愿削染,为玄弟子。'临终又寄书偈与之诀别。后凤翔府写玄真像,作义山执拂侍立焉。”按:为朱氏序者据此也。释道者流每托文人以增声望,故有此种流传之事,绝不足信。温飞卿有访知玄上人诗云:“惠能未肯传心法,张湛徒劳作眼方。”则其人能治眼疾,或因此附会耳。

【纪曰】起句不似别诗。

【张曰】石林以为当作知玄,不知“智”与“知”,“元”与“玄”,字固别也(按字本作“玄”,冯注本避清圣祖讳改“元”,张氏殊误)。首云“云鬟”,岂有鬟发如云衲子乎?冯说殊妙。此智元盖女冠之流,故诗语亦略含狎昵。(会笺)又曰:唐时女冠例称法师。……首句语兼戏谑,不言己之将别,反谓彼之怨别,文人弄笔狡狯处也。杨朱亦系用道家典。(辨正)

【按】据宋高僧传唐彭州丹景山知玄传,玄大中初自桂林归长安,住宝应寺,署为三教首座,又移居法乾寺玉虚亭。大中八年,上章请归故山,旋归蜀住彭州丹景山。李商隐时从事梓州柳仲郢幕,久慕玄之道学,后以弟子礼事玄。居长安永崇里时,因苦眼疾,玄曾寄天眼偈三章,读终疾愈。可证义山在梓幕后期及归长安后均与知玄有交往。二人年亦相仿(知玄年长义山三岁)。此诗之智玄当即知玄。冯、张以为女冠,系误解首句“云鬟”所指而致。

首句“云鬟”非指智玄而系指商隐自己之妻王氏。一二句谓己长期寄幕,到处漂泊,致使云鬟佳人无端怨别,己则十馀年来屡次移易住山皈依佛门之期。此“住山期”即“归去嵩阳寻旧师”、“嵩阳松雪有心期”之谓。三四句言己十年奔走东西南北,遭逢不偶,穷途垂泪,有甚于当年泣歧之杨朱,几疑杨朱之真本师矣。全篇皆自我抒慨,“别”情即寓于其中。

送臻师二首[①]

昔去灵山非拂席[②]〔一〕,今来沧海欲求珠〔二〕。楞伽顶上清凉地〔三〕,善眼仙人忆我无〔四〕?

其二

苦海迷途去未因〔五〕,东方过此几微尘[③]〔六〕?何当百亿莲华上,一一莲华见佛身〔七〕?

校　记

①"送",戊签作"别"。【冯曰】二首皆自言,惟以善眼仙人谓臻师。玩其用意,是叙别,非送彼也。【按】未可定。诸本均作"送"。

②"拂"原作"佛",非。据蒋本、姜本、戊签、影宋抄、钱本、悟抄、席本及万绝改。

③"方",英华作"游"。

集　注

〔一〕【朱注】水经注:"灵鹫山,胡语云耆阇崛山。山是青石,远望似鹫鸟形,故曰灵鹫。法显亲宿其山,诵首楞严,香华供养。"【道源注】法华科注:"灵山,灵鹫山也,又名狼迹山,前佛、今佛皆居此地。既是灵圣所居,故呼为灵山。"法华经:"尔时世尊告舍利佛:'汝今谛听,吾当为汝分别解说。尔时会中有曰比邱比邱尼优婆塞优婆夷五千人等即从座起,礼佛而退。所以者何?此辈罪根深重,及增上慢,未得为得,未证为证,有如此失,是以不住,拂席而起。’”【冯注】佛书云:“世尊在灵山会上拈花示众,众皆默然,惟迦叶尊者破颜微笑。世尊曰:“吾有正法眼藏付嘱摩诃迦叶。”又,“世尊至多子塔前,命迦叶分座,令坐以金缕,僧伽黎衣传付灵山一会,或云一席。”禅家习见,句似用此。道源引法华经方便品比邱等五千人礼佛而退诸句,于“是以不住”下伪增“拂席而起”四字以注此句,大可怪哉!又按战国策:“燕太子丹见田光,跪而拂席。”晋书王弥传:“弥兵败,乃渡河归刘元海。元海大悦,致书曰:‘辄拂席敬待将军。’”旧书文苑王维传“凡诸王驸马豪右贵势之门,无不拂席迎之”之类,则“拂席”乃敬客留居之义。此谓昔日未及留待也。

〔二〕【朱注】譬喻经:“王舍国人欲作寺,钱不足,入海得名宝珠。”杜甫诗:“僧宝人人沧海珠。”【冯注】宋书王微传:“倾海求珠。”维摩经:“不下巨海,不能得无价宝珠。”报恩经:“善友太子入海乞得龙王左耳中如意摩尼宝珠。”此以求珠喻得道升进。【按】今来,犹今日、今时,与上“昔去”均就臻师而言。

〔三〕【朱注】翻译名义集:“西域记云:‘僧伽罗国东南隅有駿迦山,岩谷幽峻,神鬼游舍,昔佛于此说游迦经。’旧曰楞伽。讹也。”【道源注】阁笔记:“梵云楞伽,此云不可往。惟神通者能至其上,峰顶有夜叉城,佛于此说楞伽经。”【冯注】楞伽经:“佛住南海滨楞伽山顶,种种宝华以为庄严。”魏书释老志:“汉明帝令画工图佛像,置清凉台。”真诰:“洛阳南宫清凉台作佛形像。”按:清凉寂静,佛家常语。

〔四〕【朱注】楞伽经:“大慧菩萨白佛言:世尊于大众中唱如是

言，我是过去一切佛，及种种受生，（我）尔时作曼陀转轮圣王、六牙大象及鹦鹉鸟、释提桓因、善眼仙人，如是等百千生经说。”【道源注】善眼仙人，以比臻师也。【冯注】维摩经亦作“善眼菩萨”。

〔五〕【朱注】楞严经：“引诸沈冥，出于苦海。”庄子：“七圣皆迷，无所问途。”去未因，过去未来之因。【冯注】涅槃经：“法眼明了，能度众生于大苦海。”

〔六〕【朱注】法华经：“假使有人磨以为墨，过于东方千国土，乃下一点，大如微尘；又过千国土，复下一点。如是展转，尽地种墨，楚诸佛王若算师，知其数否？”【冯注】涅槃经：“尔时东方去此无量无数阿僧祇恒河沙微尘等世界，彼有佛土名意乐美音，佛号虚空等如来，彼佛告大弟子：‘汝今宜往西方，彼土有佛号释迦牟尼如来，汝可持此世界香饭奉献彼佛世尊。’”按：所引取东方来此之义。

〔七〕【朱注】传灯录：“释迦佛生刹利王家，放大智光明，照十方世界，涌金莲花。”梵网经：“一华百亿国，一国一释迦，各坐菩提树，一时成佛道。”【冯注】大般涅槃经：“世尊放大光明，身上一一毛孔出一莲华，其华微妙，各具千叶。是诸莲华各出种种杂色光明，是一一华各有一佛，圆光一寻，金色晃耀，微妙端严，尔时所有众生多所利益。”法华经：“我等愿欲见此佛身。”翻译名义集：“摭华云：释迦牟尼，此云能仁寂默，能仁是慈悲利物，寂默是智慧冥理。”又引摩诃衍云：“释迦牟尼，属应身也，而此应身周市千华上复现千释迦，一华百亿国，一国一释迦，故名千百亿化身也。”此以喻人人如愿，如摭言所载，称登科记为千佛名经者。【按】冯解非，详笺。

笺　评

【姚曰】(首章)善眼仙人,比臻师。诗望臻师之不我弃也。(次章)言非师不能为我指迷耳。

【屈曰】一首言臻师此去,定当思我。二首言臻师定当成道。

【纪曰】不见佳处。(诗说)

【按】首章一、二叙臻师"昔去"、今离之迹,沧海求珠喻深求佛理。三、四言臻师此去,未知忆我也否?"楞伽顶上"喻臻师所往之佛寺。次章一、二言人世如苦海迷途,种种过去未来之因亟须指点迷津,而佛国遥远,不知此去尚须过几许千国也。三、四祈望臻师此去,得成正果,超度所有陷于苦海者皆成佛也。

闲游

危亭题竹粉,曲沼嗅荷花。数日同携酒,平明不在家。寻幽殊未极,得句总堪夸[①]。强下西楼去,西楼倚暮霞。

校　记

①"总",悟抄作"已"。

笺　评

【金介曰】唐人少年行,俱不及此豪宕。

【何曰】次连倒装,体势变,上下俱紧。(辑评)

【姚曰】竹粉荷花,夏景清绝。联床分榻,累日闲游,故平明而已不在家也。顾寻幽之心,犹未餍足;吟咏之乐,又极堪夸也。至言归之际,强下西楼,而回首暮霞,更复清绝,其忍轻于别去耶?

【冯曰】似少作。

【纪曰】蘅斋曰："荷风送香气，竹露滴清响"，"涧影见藤竹，水香闻芰荷"，每诵孟公佳句，觉题竹嗅荷殊为不韵。

【张曰】王孟诗派，与玉溪异趣，各有姿韵，岂得并论。此语殊误。（辨正）

【按】姚笺是。数日携酒同游之后，更晨出游赏。题竹嗅荷，寻幽得句，自旦至暮，兴犹未极，仍倚西楼而望暮霞，流连忘返。极写"闲"字。

清河〔一〕

舟小回仍数，楼危凭亦频。燕来从及社，蝶舞太侵晨。绛雪除烦后[①]〔二〕，霜梅取味新。年华无一事，只是自伤春！

校　记

①"后"原作"俊"，一作"后"。据一作及蒋本、姜本、戊签、悟抄、席本、朱本、钱本、影宋抄改。

集　注

〔一〕【冯注】清河，洛水也。自商洛以东，从洛水至河南。薛能清河泛舟诗："都人层立似山邱，坐啸将军拥棹游。"

〔二〕【朱注】汉武内传："上药有玄霜绛雪。"【冯注】柳子厚李赤传："岂狂易病惑耶？取绛雪饵之。"可以证此句之意。霜梅亦含酸苦。【按】绛雪，道家丹药。

笺　评

【姚曰】清河，纪地也。燕来蝶舞，风光如昔，独伤春意味，虽绛雪霜梅，有不能蠲其烦渴者。此亦似悼亡之作。

【冯曰】义山入京应举，屡出此途。此章则未第而回也。又曰：唐人喻下第，每云伤春。

【纪曰】浅薄。（诗说）前四句小有致，后四句浅。（辑评）

【张曰】后四句亦极有情趣，小题只能如此着笔，不嫌其浅也。（辨正）

【按】京洛往返，例经函潼大道，不经洛水。冯谓“义山入京应举，屡出此途”，不知何据。且此诗所写亦必非未第而回情景。首联谓舟小而荡舟往返之次数更为频繁，楼虽高而凭栏闲眺之次数亦甚频频，二句画出“无一事”之无聊意绪。次联谓燕虽任其趁春社而来，然蝶侵晨而舞则未免撩动伤春情怀，三句反托四句。腹、尾二联则谓因心情烦躁，故以绛雪除烦，霜梅取味，而年华虚度，伤春意绪固难排遣。此不过荡舟清河，触绪伤春之作，与“未第”未必有涉。姚谓悼亡更谬。

乐游原①〔一〕

春梦乱不记，春原登已重。青门弄烟柳〔二〕，紫阁舞云松〔三〕。拂砚轻冰散，开尊绿酎浓②〔四〕。无悰托诗遣，吟罢更无悰〔五〕。

校　记

①蒋本、姜本、戊签、悟抄、席本、钱本、影宋抄题内均无“原”字。

②“酎”，蒋本、姜本、戊签作“酒”。

集　注

〔一〕【姚注】两京新记："汉宣帝乐游庙，一名乐游苑，亦名乐游原，基地最高，四望宽敞。"【冯注】长安志："乐游原居京城之最高，四望宽敞，京城之内，俯视指掌。每正月晦日、三月三日、九月九日，士女咸就此登赏祓禊。"潘岳关中记："宣帝少依许氏，长于杜县，之后葬于南原，立庙于曲池之北亭，曰乐游原。"

〔二〕青门已见和友人戏赠注。

〔三〕【朱注】张礼游城南记："圭峰、紫阁在终南山四皓庙之西，圭峰下有草堂寺，紫阁之阴即渼陂。"

〔四〕【冯注】月令："孟夏，天子饮酎。"注曰："酎之言谆也，谓重酿之酒也。"正义曰："酎，音近稠。"说文："汉制：酎，三重醇酒也。"

〔五〕【朱注】汉书："广陵王歌曰：出入无悰为乐亟。"韦昭曰："悰，乐也。"

笺　评

【金介曰】"乱不记"，写尽春梦。

【陆鸣皋曰】此自写情，非怀古也。起句先有愁绪棼如之意。青门紫阁，乃眺望之景，承"登原"句来。"拂砚"句，预伏吟诗，不然，结便无根矣。"轻冰散"，不脱"春"字意也。春梦之想，尝存胸臆，而写不能尽，始叹古人缩字之妙。

【姚曰】梦想无聊，只得托行游消遣。青门紫阁，景物如故也。当此之时，非无笔墨杯觞可以寄兴，其奈衷曲之无可相诉何！开口五字，便写无悰之甚。

【屈曰】起甚佳，下皆套话。

【冯曰】与下向晚、俳谐，皆似少作。

【纪曰】起有笔意，馀不佳。

【按】题当作“乐游原”，次句起全篇。“青门”“紫阁”，皆登原望远所想见。“拂砚”一联写登原之际以诗酒遣怀。末联即“举杯销愁愁更愁”之意。姚谓“开口五字，便写无悰之甚”，极是。“春原登已重”，即缘心绪缭乱无悰之故。以无悰始，以无悰终，而谓之“乐游”，可乎？

乐游原

万树鸣蝉隔断虹[①]，乐游原上有西风。羲和自趁虞泉宿[②]〔一〕，不放斜阳更向东。

校　记

①“断”，朱本作“岸”。

②“趁”，季抄作“是”。

集　注

〔一〕【朱注】广雅：“日御曰羲和。”【冯注】淮南子：“日至于悲泉，爰止其女，爰息其马，是谓悬车；至于虞渊，是谓黄昏。”【补】趁，寻也。（见王锳诗词曲语辞例释）

笺　评

【杨守智曰】义山乐游原诗一曰：“夕阳无限好，只是近黄昏。”一曰：“羲和自趁虞泉宿，不放斜阳更向东。”殆为武宗而作，为苍生致鼎湖之痛也。此诗意犹可绎。曰：“自趁。”曰：“不放。”盖武宗饵药致疾，自速身亡，深惜其误，情见乎词。盖唐之末祀，唯武宗知人善任，才可中兴。仙驭既升，唐遂不振。义山于昭肃独为挽歌。其词曰："始巢阿阁凤，旋驾鼎湖龙。"亦此意也。（复图本）

【姚曰】此感恩宠之不可恃也。

【屈曰】时不再来之叹。

【程曰】是诗当为文宗而作。文宗起自外藩，入继大统，故以起自民间之宣帝比之。史称文宗励精图治，去奢从俭，即位时中外相贺，以为太平可冀，盖其时贤君也。义山又为其开成二年进士，不及立朝，遂有鼎湖之痛，故作诗哀之。上二句即山陵之景象而言之，下二句追在位之情事而惜之。日为君象，以比文宗；羲和日御，以比奴仆。文宗尝恨见制于家奴，而宦官自甘露后亦深怨于文宗，故下二句语意以为宦官自利其祚尽，而天意独不能少延其年数耶？其词甚隐，其情盖甚痛矣。

【冯曰】与五绝（乐游原）同慨。

【纪曰】迟暮自感之作，格韵殊不脱晚唐习气。（诗说）又曰：首句太凑。（辑评）

【姜炳璋曰】此当与乐游原五绝一时之作。"夕阳无限好，只是近黄昏"，今并无夕阳矣。末句即初起诗"不为行人照屋梁"意，归咎日驭。"不放"者，罪近君左右之人。

【张曰】首句当从冯本作"隔断虹"，若从今本（作"隔岸虹"），岂但太凑而已，直不通也！（辨正）

【按】屈、纪笺是，三四于时不再来之慨中寓有迟暮之感。"自趁""不放"，无可奈何之情与五绝正同，而无五绝对夕阳之深情赞美。古原西风，断虹斜阳，意境颇近无名氏忆秦娥词"西风残照，汉家陵阙"。然是否必有时世衰颓之概，则未可定。程、姜二笺穿凿比附，不可从。此与五绝内容相近，而不如五绝之浑融概括，触绪多端。不妨将此诗视为五绝之初稿或典型化过程中之一环。

乐游原①〔一〕

向晚意不适，驱车登古原。夕阳无限好，只是近黄昏。

校　记

①蒋本、悟抄、席本、钱本、影宋抄、万绝题内无“原”字；戊签题作“登乐游原”。蒋本题下注云：“品汇作‘登游原’。”【按】据诗意，以作“登乐游原”较合。然戊签似以意添字，未必有版本依据。

集　注

〔一〕【程注】汉书颜师古注：“三辅黄图云：‘在杜陵西北。’又关中记云：‘宣帝立庙于曲池之北，今所呼乐游庙者是也。’”考杜甫诗又作乐游园，不知何时又转为原，大抵园陵原庙之义，皆可通也。【按】参五律乐游原、鄠杜马上念汉书注。

笺　评

【许觊曰】洪觉范……作冷斋夜话，有曰：“诗至李义山，为文章一厄。”仆读至此，蹙额无语。渠再三穷诘，仆不得已曰：“夕阳无限好，只是近黄昏。”觉范曰：“我解子意矣。”即时删去。今印本犹存之，盖已前传出者。（许彦周诗话）

【杨万里曰】五七字绝句最少，而最难工，虽作者亦难得四句全好者。晚唐人与介甫最工于此。如李义山忧唐之衰云：“夕阳无限好，其奈近黄昏。”如：“青女素娥俱耐冷，月中霜

里斗婵娟。”如：“芭蕉不展丁香结，同向春风各自愁。”（诚斋诗话）

【吴乔曰】宋之最著者苏黄，全失唐人一唱三叹之致，况陆放翁辈乎？但有偶然撞着者，如明道云：“未须愁日暮，天际是轻阴。”忠厚和平，不减义山之“夕阳无限好，只是近黄昏”矣。（答万季埜诗问）又曰：问曰：“唐诗六义如何？”答曰：“风雅颂各别，比兴赋杂出乎其中。……‘忽见陌头杨柳色，悔教夫婿觅封侯’），兴也；‘夕阳无限好，只是近黄昏’，比也；‘海日生残夜，江春入旧年’，赋也。……宋人不知比兴，小则为害于唐体，大则为害于三百。”（围炉诗话）

【朱彝尊曰】言值唐家衰晚也。

【吴昌祺曰】（三四）二句似诗馀，然亦宜选。宋人谓喻唐祚，亦不必也。（删订唐诗解）

【杨曰】迟暮之感，沉沦之痛，触绪纷来。（冯笺引。按：辑评朱笔批引此“触绪纷来”下有“悲凉无限”四字。此条下又有朱批云：“叹时无宣帝，可致中兴，唐祚将沦也。”与上一条似非出一手，姑附此。）复图本作“急景难留，桑榆逼暮。英雄末路，千古一泪”。

【陆鸣皋曰】有日不暇足，流连荒亡之悲。但以为怀古，便索然。

【姚曰】销魂之语，不堪多诵。

【屈曰】时事遇合，俱在个中，抑扬尽致。

【程曰】此诗当作于会昌四、五年间，时义山去河阳退居太原，往来京师，过乐游原而作是诗，盖为武宗忧也。武宗英敏特达，略似汉宣，其任德裕为相，克泽潞，取太原，在唐季世，可谓有为，故曰“夕阳无限好”也。而内宠王才人，外筑望仙台，封道士刘玄静为学士，用其术以致身病不复自惜。识者知其不永，故义山忧之，以为“近黄昏”也。

【纪曰】百感茫茫，一时交集，谓之悲身世可，谓之忧时事亦可。下二句向来所赏，然得力处在以“向晚意不适”句倒装而入，下二句已含言下。（诗说）问首二句声调。曰上句五仄，下句第三字必平，此唐人定例也。问或谓“夕阳”二句近于小词何也？曰诚有之，赖上二句苍老有力，振得起耳。然推勘至尽，究竟是病，亦不可不知也。（诗说）第一句倒装而入，此二句（三四）乃字字有根。（辑评）

【管世铭曰】李义山乐游原诗，消息甚大，为绝句中所未有。（读雪山房唐诗序例）

【宋宗元曰】（三四句）爱惜景光，仍收到“不适”。（网师园唐诗笺）

【姜炳璋曰】此忧年华之迟暮也。名利场中，多少征逐，回头一想，黯然销魂，天下事大抵如此。“向晚”二字，领起全神。

【施补华曰】戴叔伦三闾庙：“沅湘流不尽，屈子怨何深！日暮秋风起，萧萧枫树林。”并不用意，而言外自有一种悲凉感慨之气，五绝中此格最高。义山“向晚意不适，驱车登古原。夕阳无限好，只是近黄昏”，叹老之意极矣，然只说夕阳，并不说自己，所以为妙。五绝七绝，均须如此，此亦比兴也。（岘佣说诗）

【吴仰贤曰】李义山诗：“夕阳无限好，只是近黄昏。”宋程伯子诗：“未须愁日暮，天际是轻阴。”两人身世所遭不同，故其咏怀寄托亦异。义山以会昌二年释褐（按：当是开成四年），在甘露之变后，历武宣二主，仅称小康，而大势已去矣。伯子生神宗全盛之日，使无荆舒之蒙蔽，则政教昌明未可量

也。寥寥十字，两朝兴废之迹寓焉。此与范文正、高青邱之赋卓笔峰同。孰谓诗人吟风嘲月，无当于輶轩之采乎？（小匏庵诗话）

【章燮曰】（三句）“夕阳”承“晚”字。（四句）结到“意不适”。此李公伤老之词也。夕阳之时，霞光返照，无限好景也。“近”，不多时也。以晚景虽好，不能久留也。（唐诗三百首注疏）

【俞陛云曰】诗言薄暮无聊，借登眺以舒怀抱，烟树人家，在微明夕照中，如天开图昼，方吟赏不置，而无情暮景，已逐步逼人而来，一入黄昏，万象都灭，玉溪生若有深感者。莺花楼阁，石季伦金谷之园；锦绣江山，陈后主琼枝之曲。弹指兴亡，等斜阳之一瞥。夫阴阳昏晓，乃造物循例催人，无可避免，不若趁夕阳馀暖，少驻吟筇。彼赵孟之视荫，徒自伤怀，且咏“人间重晚晴”句，较有诗兴耳。（诗境浅说续编）

【张曰】杨氏……可谓善状此诗妙处。谓忧唐之衰者，只一义耳。（会笺）

【按】此篇抒写登古原遥望夕阳时所触发之好景不常之感。诗人既激赏极赞晚景之美好，又因其“近黄昏”而无限低徊流连、怅惘惋惜。唯其“无限好”，怅惘惋惜之情便愈浓重，三句之极赞正所以反跌末句之浩叹。义山身处唐之季世，国运衰颓，身世沉沦，蹉跎岁月，志业无成，于好景之不常感受特深。此种感受，平日即郁积于胸（首句所谓“意不适”，即与此有关），登原纵望，忽见夕阳沉西之景象，乃怅然有触，发为“夕阳无限好，只是近黄昏”之感喟。诗人骋望之际，握笔之时，均未必对此种感触有明晰之意识与理智之分析，更未必有意以夕阳比喻象征国运或身世，不过情与境合，浑沦书感而已。以为近黄昏之夕阳必指唐之衰晚、身之沉沦或时之将逝，则近乎凿，失之拘，然不主一意，正缘其包涵丰富。杨、纪二氏之评，似泛实切，最为通达。此诗最近兴体，妙在有意无意之间，若作比体，便全失语妙。

同一夕阳，盛世之诗人则于赞赏其壮美之同时激发"更上一层楼"之展望；衰世之作者则虽赞赏其美好而深慨其消逝沉沦。时代消息，固极明显。故此诗作为衰颓时世带有病态之社会心理之反映，自有其典型意义。而自然界与人类社会中，美好而又行将消逝之事物固不乏其例，对于此类事物之惋惜流连，实亦人类共同之感情。诗中所流露之无可奈何情绪，虽带有衰颓时世之特征，然特殊之中亦自寓有某种普遍性。

和人题真娘墓〔一〕

虎丘山下剑池边〔二〕，长遣游人叹逝川。罥树断丝悲舞席，出云清梵想歌筵〔三〕。柳眉空吐效颦叶〔四〕，榆荚还飞买笑钱〔五〕。一自香魂招不得，只应江上独婵娟。

集　注

〔一〕【原注】真娘，吴中乐妓，墓在虎丘山下寺中。（按：姜本题下无此注。）【程注】吴地记："虎邱山有贞娘墓，吴国之佳丽也，行客才子多题诗墓上。"贞，一作真。白居易真娘墓诗："真娘墓，虎邱道，不识真娘镜中面，唯见真娘墓头草。"【冯注】郑氏通志艺文略："题真娘墓诗一卷，唐刘禹锡等二十三人。"

〔二〕【朱注】吴越春秋:"阖闾死,葬于国西北,名曰虎邱。"方舆胜览:"剑池在虎丘寺,盘郢、鱼肠之剑在焉,故曰剑池。"【冯注】越绝书:"阖闾冢在阊门外,名虎邱。山下池广六十步,水深丈五尺,铜椁三重,坟池六尺,玉凫之流扁诸之剑三千,方圆之口三千,时耗、鱼肠之剑在焉。千万人筑治之,筑三日而白虎居上,故号虎邱。"

〔三〕【补】清梵,佛寺诵经声。高僧传:"每清梵一举,辄道俗倾心。"王僧孺初夜文:"清梵含吐,一唱三叹。"

〔四〕【冯注】庄子:"西子病心而矉其里,其里之丑人见而美之,归亦捧心而矉其里。"注曰:"蹙頞曰矉,矉与颦同。"【程注】李白诗:"蛾眉不可妒,况乃效其颦。"骆宾王诗:"愁眉柳叶颦。"

〔五〕【冯注】崔骃七依:"回眸百万,一笑千金。"【朱注】鲍照诗:"千金顾笑买芳年。"

笺　评

【金圣叹曰】起句七字,即真娘墓。次句七字,即"人题"也。罥树挂丝,出云清梵,即起句七字;悲舞席,想歌筵,即次句七字也。易解。柳眉效颦,榆荚买笑,言人来虎丘,至今徘徊不尽,然而真娘化去,乃更无有踪影也。前解自欲题真娘,则云断丝舞席,清梵歌筵,便谓如或睹之;后解笑人不必题真娘,则又云柳空效颦,榆能买笑,便又谓更没交涉。真乃笔随手转,理逐言成,只许州官放火,不许老百姓点灯矣。(贯华堂选批唐才子诗)

【何曰】(次句)领起"和人"。三胜四,然非四则发端无呼应。

五六俗体。（辑评）

【胡以梅曰】原注云："墓在寺中。"按：剑池在寺内千人石之旁，故云"剑池边"，言墓也。而第二即承之以叹逝川，上下通气妙。丝飘如舞，梵响似歌，故想及于向日歌舞之筵席。柳眉效颦，新叶未舒，有约促之意，然人已不见，不过是草木，故曰"空"。榆荚飞来，似满地金钱，岂真还欲买笑乎？全在虚字生情。只因李文肃少虚字便逊远，然效颦妙在多一层，"效"字尤精，"买"字更切于钱。落想秀极。结言香魂不可招，止有江上月中之婵娟耳。

【赵臣瑗曰】前半写游人无不吊真娘，后半写游人并不必吊真娘。一是坟，二是题。三四承上，上四字承一，下三字承二。惟其叹之，所以悲之、想之也。五六转下，"空吐""还飞"，真娘果安在哉？七总缴，明告之以香魂不可招，以见游人之吊之也殊觉无谓，而八乃又轻带一笔，戏写其香魂之在江上，应与生前无异，只是与游人无与耳，饶有馀波。

【陆曰】此诗中四句皆用夹写，又别是一法。起言山下池边，游人来此，每兴逝川之叹，亦以真娘墓在故耳。舞席歌筵一联，感繁华之不再也。柳眉榆荚一联，见风韵之犹存也。皆以情景夹写，而不犯重复者，一是悲其殁后，一是拟其生前，用意固各别也。结言香魂江上，独自婵娟，千古来孰是招之使出者乎？

【陆鸣皋曰】清韵移人，晚唐中佳构也。

【姚曰】此为好色者作点化语也。虎邱为游人集聚之地，而真娘墓常深感叹，甚矣世人之好色也。于是摇曳断丝，犹悲舞态；悠扬清梵，犹想歌喉，意中不啻若真娘之尚在者。岂知柳眉不解效颦，榆荚非能买笑，即使真娘之魂未散，犹在烟波缥缈之间，何与人事！而感叹若是，夫亦可以悟矣。

【屈曰】一二虚破墓。三四即景想昔日之妙舞清歌，今皆何在？五六想见颜色。结言惟江上明月独存耳。

【冯曰】和诗结归原唱，唐人常例。玩此结句，岂原唱为女冠之流耶？余初疑借真娘以悼从事吴中者，非也。

【纪曰】俗体。（诗说）

【张曰】此等诗何等雅切，虽非义山极品，然晚唐中自不易多得，以为俗格，真所不解。○义山燕台所思之人，自湘川远去后，疑流转吴地而殁。细玩河内诗阊门一篇可悟。故送李郢之苏州有"苏小小坟今在否？紫兰香径与招魂"之句。此篇其假真娘以暗悼所欢耶？晦其意，故曰"和人"耳。否则诗中并不及和意，岂名手赋诗而疏于法律如是哉？至冯氏疑原唱为女冠，则更凭虚臆测矣。（辨正）

【按】此类和诗，不必作者亲至其地，固不妨想像得之。汴上送李郢之苏州颔腹二联，即全出遥想，本篇亦似之。末联"只应"云云，更显系推想之词。故此诗或为追和之作，不得据此谓义山曾至吴地也。末联诸家解歧异，玩"一自""只应"语，所谓"江上独婵娟"者，断非指原唱者。赵、陆、姚氏谓指真娘香魂，似之。盖谓一自真娘殁后，其香魂当长在烟波飘渺之江上独呈其美好容态也。末句即承"招不得"而揣想"香魂"之所在。沈亚之、张祜皆有题咏真娘墓之作，然均五律。

武夷山〔一〕

只得流霞酒一杯〔二〕，空中箫鼓当时回①〔三〕。武夷洞里生毛竹〔四〕，老尽曾孙更不来。

校　记

①"当"，朱本、季抄作"几"。

集　注

〔一〕【冯注】史记封禅书："祠武夷君用干鱼。"索隐曰："顾氏案：地理志云建安有武夷山，溪有仙人葬处，即汉书所谓武夷君。是时既用越巫勇之，疑即此神。"萧子开建安记："武夷山高五百仞，岩石悉红紫二色，望若朝霞。其石间有水碓，砻、簸箕、箩、箸、竹器等物，靡不有之，顾野王谓之地仙之宅。半岩有悬棺数千。传云昔有神人武夷君居此，故名。"【朱注】方舆胜览："武夷山，道书谓第十六洞天，旧有神降此，自称武夷君。"又列仙传云："篯铿炼丹之所也。铿二子，长曰武、次曰夷，因以名山。"朱文公序曰："武夷之名，著于汉世，祀以干鱼，不知果何神也。"一统志："山在建宁府崇安县南三十里。"【程注】(武夷山)唐地理志为江南东道。属建州建阳县。

〔二〕【冯注】论衡："河东蒲坂项曼卿好道学仙，去三年而反，自言欲饮食，仙人辄饮我以流霞，每饮一杯，数日不饥。"

〔三〕【冯注】当，去声。陆羽武夷山记："武夷君于八月十五日置幔亭，化虹桥，通山下村人。是日，太极玉皇太姥、魏真人、武夷君三座空中，告呼村人为曾孙，令男女分坐，会酒肴。须臾乐作，乃命行酒，令彭令昭唱人间可哀之曲。"

〔四〕【冯注】武夷山记："武夷君因少年慢之，一夕山心悉生毛竹如刺，中者成疾，人莫敢犯，遂不与村俗往来，蹊径俱绝。"【朱注】方舆胜览："毛竹洞在西溪上流，去武夷山百馀里，遍生毛竹，每节出一干，其巨细与根等。”

笺　评

【杨守智曰】其地人至今相呼曾孙。

【姚曰】此叹遇合之不可期也。

【屈曰】流霞只一杯，箫鼓复回，如何洞生毛竹，曾孙老尽，一去不来也？安得有仙人乎？

【程曰】尝见武夷山志，题咏之诗以义山为始。考义山生平踪迹，未至建州，不知何为而有是作，盖亦借山咏事也。武夷之山，不著上古，至汉武帝始列祀典，史记封禅书所谓以干鱼祀武夷君是也。汉武盖好仙者，岂诗为武宗建九天道场，筑望仙台观而发耶？空中箫鼓，一去不回，老尽曾孙，无缘重见，仙之不足信也明矣，与“穆王何事不重来”略同。若作题武夷山，则失诗意。

【冯曰】江东春游之时，或者曾自越而衢而建，无可追寻矣。曰讽武宗，则太迂远，必非也。

【纪曰】辨神仙之妄也。吞吐出之，语殊蕴藉。“几时回”是问词，“更不来”是答词。别本嫌二句犯复，改“几”为“当”，其实语意相生，本自不复也。（诗说）改为“当时回”，并末句亦成死句，未谕其本不复也。（辑评）

【张曰】江东之游，或者自越而衢，自衢而建欤？有龙邱道中诗，似可参证。（会笺）又曰：“当时”犹言当年，当字去声，然作“几时”亦通。（辨正）

【按】诗意谓武夷仙山，惟馀天上流霞，不闻空中箫鼓，洞生毛竹，曾孙老尽，而武夷君则杳如黄鹤，永不再来矣。“当时回”，谓空中箫鼓之声当时即返回天上，倏然而逝，与末句“更不来”相应，谓去之何速，来之何迟也。后人因不解“当时回”之“回”为回归天上，误以为指返回人间，故改“当”为“几”，与原意相左矣。诗讽神仙之虚妄，意旨显然，三四用事，尤有谐趣，当与“云孙帖帖卧秋烟，上元细字如蚕眠”（海上谣）相参。程氏联系武宗好仙事，谓借讽时主，不为无见。冯氏斥为迂远，未妥。

张氏系此诗于大中十一年游江东时，可疑。新唐书食货志载刘晏上盐法，置巡院十三，有扬州、甬桥、浙西、岭南，而无今福建地区，义山为盐铁推官，似不可能有建州之游。龙邱道中又见杜牧集，本极可疑，更不得援以为证。然细味此诗，又非想像之词，而似亲至其地所作，不然，何以突然咏及武夷山，又何以有“只得流霞”、“洞生毛竹”之句乎？存疑待考。

谒山〔一〕

从来系日乏长绳〔二〕，水去云回恨不胜〔三〕。欲就麻姑买沧海〔四〕，一杯春露冷如冰〔五〕。

集　注

〔一〕【冯曰】谒山者，谒令狐也。【张曰】山即义山自谓。此暗记令狐来谒事也。【按】冯、张说皆迂曲不可通。此为登山兴感之作。详笺。

〔二〕【冯注】傅休奕九曲歌：“岁暮景迈群光绝，安得长绳系白日？”【按】句意谓白日西驰，流光易逝，虽惜光阴而无法阻止其流逝。作者乐游原云：“羲和自趁虞泉（渊）宿，不放斜阳更向东。”与此意略同。

〔三〕【补】水去，水流逝而去，喻时间之流逝。论语子罕：“子在川上曰：‘逝者如斯夫，不舍昼夜。’”云回，云飘荡而去。回非回合之回，系回归之意。句意谓见此水去云归之景象，益触动时光流逝，不可留系之怅恨。

〔四〕【补】麻姑自言“接待以来，见东海三为桑田”，故作者以沧海属之麻姑，而云“欲就麻姑买沧海”。麻姑事已见海上诗注。

〔五〕【补】紧承上句，谓方欲就麻姑而买沧海，乃忽见浩淼之沧海已变为一杯冰冷之春露，言外见世事沧桑，时间无法留驻。（以上注释略采陈贻焮先生说。陈文谈李商隐的咏史诗和咏物诗，载文学评论一九六二年第六期。）

笺评

【朱彝尊曰】想奇极矣，不知何所谓。

【何曰】“一杯春露”，指武帝承露盘。言千年之乐尚不能得，安能买沧海乎？（辑评）

【姚曰】此即“上林多少树，不借一枝栖”之意。

【屈曰】杯露之微，其冷如冰，不能回春，况沧海之大乎？不能买也。

【冯曰】当与玉山七律同味。谒山者，谒令狐也。次句身世之流转无常，三句陈情，四句相遇冷澹也。唐时翰林学士不接宾客，义山虽旧交，中心已睽，遂以体格疏之耳。

【纪曰】未解其旨。

【张曰】山即义山自谓。此暗记令狐来谒事也。言我方欲就彼陈情，而不料其匆匆竟去，徒令杯酒成冰，所以有“水去云

回”之恨也。首句则言安得长绳系日，使之多留片刻乎？通篇融洽矣。冯氏谓义山往谒令狐，语妙全失。（会笺）

【按】谒山，盖指登山而望景光流驶也。古人登高而望落日，每触发时不我待之慨，且常见之于诗。李白登高丘而望远海云：“扶桑半摧折，白日流光彩。”杜牧九日齐山登高云：“不用登临恨落晖。”义山乐游原云：“夕阳无限好，只是近黄昏。”“羲和自趁虞泉宿，不放斜阳更向东。”均其例。陈贻焮谓此诗“当是登山见日落、水流、云生，因伤流逝、悲迟暮而生出的非非之想。题名‘谒山’，可能指朝谒名山。”所论极是。

此诗一二慨时光流逝如水去云归日落，不能留驻，意本明白，难以索解者为三四句。然不论三四抒写何种情感，其不能完全撇开时光流逝之恨亦属无疑。视“欲就”二字，上下承接之迹显然。自时间流逝之恨而转生欲买沧海之想，则“买沧海”亦必与解决时间流逝之恨有关。细推之，“沧海”实从“水去”生出。水东流入海，逝者如斯，不舍昼夜，不可阻遏，欲遂长绳系日之愿，惟有使流逝不舍之时间无所归宿，故有“买沧海”之奇想。陈贻焮引李贺苦昼短“吾将斩龙足，嚼龙肉，使之朝不得回，夜不得伏，自然老者不死，少者不哭”以证“买沧海”之目的在“永绝时光流逝的悲哀”，洵为确解。又谓第四句系点化李贺梦天“一泓海水杯中泻”句，亦极确切。此诗前二句提出时间不能留驻之矛盾，第三句乃企图以幻想形式（买沧海）解决矛盾，末句则幻想终归破灭，因沧海之变杯露益叹时间之不可留也。与赠勾芒神诗构思同中有异，盖后者只言主观愿望，而此则归结到愿望之无法实现。一片末联“人间桑海朝朝变，莫遣佳期更后期”,似可为此诗下一注脚。

赠勾芒神〔一〕

佳期不定春期赊〔二〕,春物夭阏兴咨嗟〔三〕。愿得勾芒索青女〔四〕,不教容易损年华。

集　注

〔一〕【姚注】月令:“孟春之月,其神勾芒。”注:“少皞氏之子曰重,为木官。”【冯注】月令疏曰:“木初生之时,句屈而有芒角。”【按】古代传说中主木之官与木神均为勾芒。此指春神。

〔二〕【补】赊,短。

〔三〕【程注】庄子:“背负青天而莫之夭阏者,而后乃今将图南。”【冯注】嵇康答难养生论:“五谷易殖,农而可久,所以济百姓而继夭阏也。”【补】夭阏,亦作“夭遏”,受阻折而中断。陆德明经典释文引司马彪云:“夭,折也;阏,止也。”兴,起。句谓因春物受阻折而生慨叹。

〔四〕【冯注】三国志:“袁术欲为子索吕布女。”淮南子:“秋三月,青女乃出,以降霜雪。”注曰:“青霄玉女,主霜雪也。”【补】索,求娶。

笺　评

【姚曰】伤晚达也。

【冯曰】徐曰:“新书五行志:‘大中三年春,陨霜杀桑。’诗当作于是时。”按:更有借喻。

【纪曰】题纤而诗浅,此种题皆有小说气,其去燕剪莺梳、花魂

鸟梦无几也，大雅君子当知所别裁焉。（诗说）

【张曰】寓意令狐，托为赠答，亦无题之类。详味诗意，与“莫遣佳期更后期”正同，情趣则尤酸楚也。（辨正）又曰：此类诗总是牢落之叹，空看尤佳。（会笺）

【张相曰】春期赊，犹云春期短也。句芒主春，青女主霜雪。诗意言春物夭阏，正因春期短促，故愿句芒索青女，使之不降霜雪，不致夭阏，不促春期，不损年华也，意欲将春期放长也。……“索女”字与“佳期”相应。（诗词曲语辞汇释）

【按】张相笺解甚确。一二盖谓春期短促、春物摧折，故兴年华易陨之慨。三四转生奇想，愿春神勾芒娶霜神青女，则青女不再施威，而人间春天永驻，春色常在矣。作慨叹年华易衰，希冀青春长驻解固可，作希望世间美好事物长在解亦佳。张氏会笺谓“空看尤佳”，得之。徐氏因大中三年陨霜杀桑而系于是年，殊不足据。

河清与赵氏昆季讌集得拟杜工部〔一〕

胜概殊江右，佳名逼渭川〔二〕。虹收青嶂雨〔三〕，鸟没夕阳天。客鬓行如此，沧波坐渺然①〔四〕。此中真得地，漂荡钓鱼船〔五〕。

校　记

①“客鬓”二句，戊签：“五六一作‘岁月行如此，江湖坐渺然’。朱弁云：真是老杜语也。”“渺”，蒋本作“眇”。

集　注

〔一〕【朱注】旧唐书：“河清县属河南府。咸亨四年置大基县，先天元年改为河清。"【冯注】通典:"河南府河清县,南临黄河。"左传云晋阴即此。新书志:"会昌三年隶孟州,寻还属河南府。"又曰:宴席当是饯别,故只点行役而言外含之。刘梦得送赵司直转官参山南令狐仆射幕云:"赵氏兄弟皆仆射门客。"当即此赵氏昆季,本集中赵祝、赵皙之辈也。"得拟杜工部"当为席上分拟者耳。【按】赵祝当作赵柷,参南山赵行军题注。

〔二〕【冯曰】取清江、清渭以点河清。【按】胜概,谓风景佳胜。旧唐书裴度传:"立第于崇贤里,筑山穿地,竹木丛萃,有风景水榭梯桥架阁,岛屿回环,极都城之胜概。"首二句分点河、清。

〔三〕【按】雨后初晴,彩虹高悬于青嶂之上,似雨即为彩虹所收,故云"虹收青嶂雨"。【宋宗元曰】晚晴入画。

〔四〕【按】二句谓已久客他乡,鬓发行将华白,而俯视身世,正如沧波浩渺,一叶漂荡,了无着落。【冯曰】眇,微也,亦远也。杳眇,远视貌,于义自通,不必定作渺。

〔五〕【按】此中:指河清。末联以赞河清,即景作结。谓久倦行役,得此胜概,能乘钓船漂荡于此,以终老此生,亦人生乐事也。

笺评

【朱弁曰】李义山拟老杜诗云:"岁月行如此,江湖坐渺然。"真是老杜语也。其他句"苍梧应露下,白阁自云深","天意怜幽草,人间重晚晴"之类,置杜集中亦无愧矣,然未似老杜沈涵汪洋,笔力有馀也。义山亦自觉,故别立门户成一家。后人挹其馀波,号西昆体,句律太严,无自然态度。黄鲁直深

悟此理,乃独用昆体工夫,而造老杜浑成之地,今之诗人少有及者。此禅家所谓更高一著也。(风月堂诗话卷下)

【胡仔曰】古今诗话云:"南方浮屠能诗者多,士大夫鲜有汲引,多汩没不显。福州僧有诗百馀篇,其中佳句如'虹收千嶂雨,潮展半江天',不减古人也。"苕溪渔隐曰:此一联乃体李义山"虹收青嶂雨,鸟没夕阳天"。所谓屋下架屋者,非不经人道语,不足贵也。

【范晞文曰】"虹收青嶂雨,鸟没夕阳天。""月澄新涨水,星见欲销云。""池光不受月,野气欲沉山。""城窄山将压,江宽地共浮。""秋应为红叶,雨不厌苍苔。"皆商隐诗也,何以事为哉?(对床夜语)

【何曰】三四清而丽,五六浑而安。诗中一字不及宴集,必有隐意未喻。统签五六一作"岁月行如此,江湖坐渺然。"朱云:真是老杜语也。此等看法,皆为荆公所误。(辑评)

【杨曰】譬之临摹书画,得其神解。(冯注引。辑评引此作"四家评曰"。)复图本作"神似"。

【陆鸣皋曰】总写境地之佳。第五句,将己身衬入,亦开句也。通体老成,少陵亦不过此。

【沈德潜曰】能以格胜。(唐诗别裁)

【姚曰】上半首,席间胜概。下半首,自叙情怀。第五句转接得力,是杜法。

【屈曰】甚似少陵。

【冯曰】颇疑大中三年从商洛归至东都,而旋就水程由江汉以诣巴蜀,故以杜工部入蜀寄意。虽所揣太凿,然后之杜工部蜀中离席似相应。

【许印芳曰】三、四已佳。五、六尤得神解。风格之高,又不待

言。（瀛奎律髓汇评引）

【王寿昌曰】拟古贵得其神，而后求之气韵……李义山之“胜概殊江右，佳名逼渭川（略）”……神情虽不能全肖，然已得其八九矣。（小清华园诗谈）

【潘德舆曰】李义山“虹收青嶂雨，鸟没夕阳天”“池光不受月，野气欲沉山”，真类老杜。“江海三年客，乾坤百战场”，范晞文以此为杜，不知乃得老杜之皮也。“黄叶仍风雨，青楼自管弦”亦有杜意。然从“古墙犹竹色，虚阁自松声”“江山有巴蜀，栋宇自齐梁”脱换而出，识者谓终是食而不化，若“求之流辈岂易得，行矣关山方独吟”学杜而得其粗率者，又开宋一派矣。

【纪曰】四家（此指杨守智）评曰：譬以摹书画，得其神解。又曰：三四清而丽，五六浑而妥。

【张曰】不详何年，冯氏……谓此即赵氏昆季（赵祝、赵晳）亦未敢定。

【按】此诗颈联颇寓人生劳倦，欲求归宿之慨，篇末意尤显，谓此中即可为归钓之地。味其意致，似是远幕归来后所作。然题内赵氏昆季如指赵椀、赵晳，则义山与其交往盖在大和、开成年间。河清县属河南府，与河阳、济源邻近。李执方（商隐妻王氏之舅）开成二年至会昌三年在河阳节度使任，或赵氏兄弟曾在其幕或曾游其地，适义山亦至此，故有此宴集赋诗之事。

诸家多以学杜得其神为言。此诗三四之清新明丽，五六之骨格老健，固酷似杜律，然刻意摹画，反汩作者个性，与曲江、筹笔驿等篇之学杜而自具机杼者显有高下之分。

凉思

客去波平槛，蝉休露满枝。永怀当此节①，倚立自移时。北斗兼春远，南陵寓使迟〔一〕。天涯占梦数〔二〕，疑误有新知〔三〕。

校　记

①"节"，戊签作"际"。

集　注

〔一〕【朱注】旧唐书："梁置南陵县。武德七年属池州。后属宣州。"

〔二〕【冯注】诗："讯之占梦。"【按】即所谓圆梦，据梦中所见预测人事吉凶。数，频。

〔三〕【冯注】后汉书公孙瓒传："疑误社稷。"蔡邕传："疑误后学。"此言身在天涯，频讯占梦，误意有新相知者竟不得也。【按】天涯占梦者非指诗人自己，详笺。

笺　评

【朱彝尊曰】首二句"凉"，下六句"思"。（末联）妄想遇合之意。

【杨守智曰】"永怀当此节"所谓九日樽前也，玩落句则知为令狐而发无疑。

【何曰】起联写水亭秋夜，读之亦觉凉气侵肌。（读书记）又曰：（"倚立"句）"思"字入神。○落句衬出"思"字意足。（辑评）

【姚曰】人当匏系之时，闹时犹可消遣，静时最难为怀，此客去蝉休，不觉独自销魂也。顾南北相违，音书难达，遥想天涯占梦人，必误疑有所系恋而未归耳。

【冯曰】或宣州别有机缘，故寓使而希遇合也。当与怀求古翁同参。

【纪曰】前四妙在倒转说。若换起二句作三四句，直平钝语耳。五六亦深稳。（诗说）起四句一气涌出，气格殊高。五句在可解不可解之间，然其妙可思。○结句承"寓使迟"来，言家在天涯，不知留滞之故，几疑别有新知也。（辑评）

【孙洙曰】"客去波平槛"，"凉"字分四层。"永怀当此节，倚立自移时"，足"思"字意。（唐诗三百首）

【章燮曰】（三四）对起格，以不对承之，诗法称"偷春蜂腰格"，如梅花偷春色而先开也。（唐诗三百首注疏）

【张曰】义山（大中元年）十月如南郡，而为荥阳公上宣州裴尚书启云："李处士云：于江沔要有淹留。便假以节巡，托之好币，十一月初离此讫。"此李处士必与义山同行，十一月初离此，谓离江沔也。不然，安得代为此启？此诗似别处士作。"南陵寓使迟"者，义山在南郡，或俟处士使毕同归。结恐府主因其淹留，疑有他遇，故不觉作过虑之言耳。此与谱中所说虽微异而较长。惟义山使南郡在十月，处士使宣州在十一月，而诗写景颇不类冬令，岂南疆气候有殊欤？（会笺）

【岑仲勉曰】（张）笺三系（裴休为宣歙观察）会昌六年误，应依方镇年表考证作大中元年。为荥阳公上宣州裴尚书启作于元年之初，所云"李处士十一月离此讫"，系追述六年底事，其时休当在湘任。"托之好币"者，托致湖南，非托致宣州也。如此说法，情事便通。若张氏所据"唐语林载裴相为宣州观察，朝谢后行曲江遇广德令事，下云宣宗在藩邸闻之，常与诸王为笑乐"，则说部不经之谈。盖休从湖南调宣歙，安得有朝谢闲行曲江之事？如谓追赴阙而后外除，亦与启"辜负明时，优游外地"，及"托之好币，十一月初离此讫"，情节不相合也。（平质）

【按】张氏以此诗为大中元年冬江沔别李处士作，岑氏驳之，以为为荥阳公上宣州裴尚书启作于元年初，"李处士十一月初离此讫"系追述会昌六年事。张说固不切诗意（十一月不可能有"蝉休露满枝"之景象，"南陵寓使"者亦非"客去"之"客"，而系作者自己，详下），然岑说亦显有疏误。会昌六年郑亚尚未廉察桂管，安得于桂管任上派遣李处士？上裴尚书启有"留欢湘浦，暂复清狂。思如昨辰，又已改岁"之语，"留欢湘浦"，指大中元年四至五月郑亚赴桂途中经潭州时曾在裴休处逗留（时休尚在湘任），而据"又已改岁"，则此启明作于大中二年初，"李处士十一月初离此讫"系追述元年十一月事。然肯定李处士元年十一月有宣州之行，与肯定张说自是二事。详味此诗，当是作者寓使南陵，寂寥思归之作。首联写夜深客去，波平露盈，蝉休人静之清寥境界。季候当在秋初，与十一月之景物绝不符。颔联正写思念之悠长。腹联出句谓己春天离家，时下已届凉秋，身处南方，遥望北斗，心念家室，因感双方之间存在空间、时间之远隔。对句补足上意，点明自己寓使南陵，犹迟迟未归。故末联接云远在天涯之妻子将频频占梦，误疑己在外之有新知也。意此诗当是义山婚于王氏之后，任幕职时寓使南陵之作。据诗中所写，必所居之幕与妻子所在之地相同或相近，始有此语。然则居泾原幕时寓使南陵之可能性或较大。

早起

风露澹清晨〔一〕,帘间独起人。莺花啼又笑[①]〔二〕,毕竟是谁春[②]?

校　记

①“莺花啼又笑”,戊签作“鸟啼花又笑”,冯注本作“莺啼花又笑”。

②“春”,蒋本、姜本、钱本、影宋抄作“亲”。

集　注

〔一〕【补】澹,恬静安闲。

〔二〕【补】意即“莺啼花又笑”。

笺　评

【何曰】眼前语,乃尔翻新。(辑评)

【徐增曰】人言义山诗是艳体,此作何等平澹,岂绚烂之极耶?“风露澹清晨”,清晨是旭日未升之际,此时但有风露,殊为冷清,故云清晨。日未出时天地光彩尚未焕发,意味甚澹,见不妨去睡。“帘间独起人”承上来,帘外既是风露,帘间之人为何独要早起身?“独”是只一人。“莺花啼又笑”,其早起想欲揽取莺花耶?莺啼花笑,为帘间早起之人而然耶?“毕竟为谁春”,却像春是我的一般。兜底算来,还不知是为那一个也。谓是莺之春,莺只好去啼而已,莺担不去。谓是花之春,花只好去开而已,花拦不住。谓是人之春,人只好早起而已,人揽亦不来。总之,鸟也,花也,人也,同在此天地之中,岂分得个尔我?鸟之啼也,花之笑也,人之早起也。皆乘此春气鼓动而有为耳。花不为鸟而笑，鸟不为花而啼，而人乃为花鸟早起，作此念头，岂不澹煞？只当放下念头，鸟由他去啼，花由他去笑，人亦由人去早起而已。大家团圞头，共说无生话。此题作此诗，在义山为出色，若落右丞手中，毕竟不如是作，另有隽永之意趣在也。（说唐诗）

【陆鸣皋曰】次语已尽幽恨，觉文通一篇小赋，尚刺刺不休。末句非谓不能判也，总由情思模糊故耳。

【王尧衢曰】风露澹清晨：旭日未升之际，凄风冷露，澹然清晨，正是群动未起。帘间独起人：帘外尚多风露，帘间之人，独自早起，岂为领略春光而然耶？莺花啼又笑：起看帘外，则有莺花、而风露徐收矣。啼者是莺，而笑者是花。似为此早晨独起之人而献趣者。毕竟是谁春：然我细思之，莺吾知其能啼，不专为独起人而啼；花吾知其能笑，亦不专为独起人而笑。莺啼花笑，毕竟是谁之春耶？大地春光，当与大地共之，若非帘间独起人，一为拈示大众，只恐终日昏昏者，抹杀春光无限矣。（古唐诗合解）

【姚曰】毕竟是谁春？参学人请下一转语，答曰：大家扯淡。

【屈曰】言如此莺、花非我之春，其困厄可不言而喻。

【冯曰】神味正长。

【纪曰】偶然之作，无大意致。（诗说）刺名场之扰扰也。气体太薄，便近于佻。（辑评）

【许昂霄曰】周密少年游"一样春风，燕梁莺户，那处得春多"，即"梨花雪，桃花雨，毕竟春谁主"之意。然俱从义山"莺啼花又笑，毕竟是谁春"脱出。（词综偶评）

【张曰】小诗自有体裁，佻薄之评，未免拟于不伦。（辨正）

【按】谓"莺花啼又笑"之春不属"帘间独起人"也。妙在早起风轻露淡，心境恬澹之际，闻见莺啼花笑，忽然触着。语澹而神伤，言外凄然。屈笺是。

晓起

拟杯当晓起[①]〔一〕，呵镜可微寒[②]〔二〕。隔箔山樱熟[③]〔三〕，褰帷桂烛残〔四〕。书长为报晚[④]〔五〕，梦好更寻难。影响输双蝶〔六〕，偏过旧畹兰〔七〕。

校记

①"起"，才调作"气"。

②"可"，才调作"有"。

③"熟"，才调作"发"。

④"书"，才调作"昼"。"晚"，才调作"晓"。

集注

〔一〕【冯注】"拟杯"二字可疑。【按】拟有传、度之意，拟杯或即传杯之意。参蒋礼鸿敦煌变文字义通释。

〔二〕【补】可，当也。恰值也。

〔三〕【程注】本草："山樱桃树如朱樱，子小而尖，生青熟黄赤。"沈约诗："野棠开未落，山樱发欲然。"

〔四〕【朱注】庾信对烛赋："刺取灯花持桂烛。"【姚注】拾遗记："王母取绿桂之膏，然以照夜。"

〔五〕【冯班曰】语多书长，所以报晚。故曰"唯报晚"也。【朱彝尊曰】书长则语多，所以报晚。

〔六〕【补】书大禹谟："惠迪吉，从逆凶，惟影响。"影响，如影随形，如响应声，形容关系之密切。

〔七〕【姚注】离骚："余既滋兰之九畹兮。"注："十二亩为畹。"

笺评

【徐德泓曰】腰联，一虚一实法也。结即承"梦好"句来，言不如蝶能寻耳。

【姚曰】黄昏清旦，物在人遐，不如双蝶之过畹兰，亲切不同影响也。"影响"二字，融上六句在内。

【屈曰】前四往事，五六今事，结情。

【程曰】此访旧不遇，无聊缱绻之词，亦绮语也。

【冯曰】似以艳体寓怀，当与蝶诗互参。

【纪曰】纤小一派。（诗说）晚唐纤体。（辑评）

【张曰】玉溪此种诗皆艳体正宗，假闺襜琐屑，男女媟亵之词，以寓贤人君子不得志于世之隐痛，闻者足戒，言者无罪。正得屈、宋骚、辩之遗而变而出之，不独晚唐为然也。纪氏竟敢以晚唐纤体目之，彼晚唐之体格岂不通迂腐如纪氏者所能领其妙处耶？（辨正）

【按】此晓起孤寂无聊而怀旧伤离也。晓起微寒，寂寥无伴。室外隔帘山樱已熟，室内褰帷桂烛方残，均极写寂寞怀思情景。五谓书长语多而报之甚晚，六谓梦虽好而欲重寻已不可得。七八谓翩翩双蝶，如影之随形，响之应声，飞舞而过旧日之兰畹，己与伊人则彼此相隔，不如双蝶多矣。是否别有寓托，颇难臆测。

晓坐[①]

后阁罢朝眠〔一〕，前墀思黯然〔二〕。梅应未假雪，柳自不胜烟。泪续浅深绠[三],肠危高下弦[四]。红颜无定所,得失在当年。

校　记

①原题下注:一云“后阁”。诸本同。

集　注

〔一〕【冯注】阁,音各,观也,楼也。阁,音合,门旁户,又内中小门也。自古或分为二,或音义相通。

〔二〕【何曰】生下六句。(辑评)

〔三〕【朱注】广韵:“绠,井索。”【冯注】庄子:“绠短者不可以汲深。”

〔四〕【道源注】弦急则绝,以比愁肠易断。

笺　评

【朱曰】此悼亡也。(李义山诗集补注)

【吴乔曰】第三联,苦心奇险句也。

【何曰】结语似指令狐交谊不终,微有悔意。(辑评)

【徐德泓曰】次联,承“思黯然”来,出句开,对句合,“不胜烟”,正黯然处。五六写愁。结言荣悴存乎时也。

【姚曰】此悼亡诗也。后阁前墀,梅柳之春意如故。若红颜在世,则旦暮不可保也。一失不可复得,能无肠断!

【屈曰】苦思苦调。壮不如人,老大伤悲,言得失只在此时耳。

【程曰】此叹老嗟卑之感。玩结二语通体明豁。应茂元之辟,致令狐之怨,莫保红颜,有自来矣。

【冯曰】三句似自负,四句似妒他人也。通体凄惋。

【纪曰】情真而格卑。(诗说)有悔从茂元之意。(辑评)

【张曰】诗系自伤,不定何年也。(会笺)又曰:此亦寓意令狐交谊始合终离,非为悔从茂元致慨也。纪氏乃谓意真格弱,既不能知此诗之意,又安能辨其体格哉?此真所谓似是而非者矣。○义山初为令狐所知,及婚于王氏,子直迁怒,遂终于李党。其后郑亚、李回叠贬,莫肯援手,始转向令狐告哀,诗所谓"红颜无定所,得失在当年"也。此篇盖感伤遇合之作,其情亦可悲已!(辨正)

【按】此晓坐寂寥,追忆当年,自伤身世之作。首联晓坐黯然而思。"黯然"二字,直贯下六句。次联谓梅花素艳,当未藉雪之助,而柳条柔弱,本不胜烟之笼。言外似含昔日之名,非由假借;今日之遇,实缘弱质之意。腹联谓己之泪长流而肠欲断。末联则总结一生际遇,言红颜薄命,漂泊不定,在当年之未能斟酌于得失之间也,所指显然。

池边

玉管葭灰细细吹〔一〕,流莺上下燕参差。日西千绕池边树[①],忆把枯条撼雪时。

校 记

①"西",季抄一作"高"。

集 注

〔一〕【程注】后汉书律历志注:"章帝时,零陵奚景于泠道舜祠下得白玉琯。"古以玉作,不但竹也。庾信春赋:"玉管初调。"续仙传:"王母献白玉管,云吹之以和天风。"后汉书律历志:"候气之法,为室三重,户闭,涂衅必周,密布缇缦室中，以木为案，每律各一，内庳外高，从其方位，加律其上。以葭莩灰抑其内端，案历而候之，气至者灰去。其为气所动者灰散，人及风所动者其灰聚。”

笺　评

【钱谦益曰】初无深意，而婉切至此，犹画家所谓写神不写形也。

【朱彝尊曰】无限低徊，只在“千绕”二字中写出。（冯引钱评：“无限低徊，于千绕二字传出。”）

【姚曰】从得意时追想未得意时，莫草草看得容易。

【屈曰】“枯条撼雪时”有无限情事。一二昔日事，三四今日意。

【田曰】感叹流光，出言蕴藉。（冯笺引）

【冯曰】意其亦指令狐家，末句忆追随楚之时也。

【纪曰】感叹时光，多就眼下繁华逆忧零落，或就眼前零落追感繁华，此偏于春光骀宕之时折转，从过去一层见意，运掉甚别，但格韵不高耳。（诗说）此写时光迅速之感。起二句俗，后二句小有意。（辑评）

【张曰】感叹流光之作，未必寓意令狐。（会笺）又曰：起二句未至俗格，纪评非是。（辨正）

【按】历尽“枯条撼雪时”之萧瑟凄冷，方知“流莺上下燕参差”时之弥足流连也，“千绕池边树”者盖为此。姚笺虽求之过深，然其意可取。似非单纯感叹流光之作。

春风

春风虽自好，春物太昌昌〔一〕。若教春有意，唯遣一枝芳①。

我意殊春意[②]〔二〕，先春已断肠。

校　记

①"遣"，英华一作"遗"，非。

②"殊"，蒋本、姜本一作"如"，非。

集　注

〔一〕【补】昌昌，繁盛貌。

〔二〕【补】殊，异也。

笺　评

【杨守智曰】悼亡。

【冯班曰】只恐爱博而情不专也。（何焯引，见辑评。）

【何曰】昌昌，群小也。不言春意殊我意，语妙。

【徐德泓曰】此喻爱博而情不专者，意在宾主间也。末联言我意在专及，而春不然，故不待其发见，而早无冀望矣。

【姚曰】此喻仕途相倾轧也。

【屈曰】春风泛爱，我则肠断唯一枝芳耳。

【冯曰】满目繁华，我独怀恨，不待春来，肠先断矣。寓意未详。

【纪曰】全不成诗。

【张曰】诗意寓盛满之戒，不详指何人也。（会笺）

【按】春风和煦，能发春芳，故曰"自好"；然春风起处，万芳竞发，则春物转瞬即逝，故又翻嫌"春物太昌昌"而望春风"唯遣一枝芳"。是"春意"普及万芳而使春物昌昌，"我意"则望春芳次第开放而使春光常驻。然春意固不以我意为转移，故我不免于春光未到之时即预忧春芳之消逝而为之断肠矣。全篇极写惜春心理，杜诗"繁枝容易纷纷落，嫩蕊商量细细开"，与此诗意蕴近似。

春日

欲入卢家白玉堂〔一〕,新春催破舞衣裳〔二〕。蝶衔花蕊蜂衔粉[①],共助青楼一日忙。

校　记

①"衔"原一作"含"。"花",季抄、朱本作"红"。

集　注

〔一〕【朱注】古乐府:"黄金为君门,白玉为君堂。"【补】梁武帝河中之水歌:"河中之水向东流,洛阳女儿名莫愁。十五嫁作卢家妇,十六生儿字阿侯。卢家兰室桂为梁,中有郁金苏合香。""卢家白玉堂",疑合用古乐府与河中之水歌。

〔二〕【张相曰】破,安排也。言促其从速安排舞衣也。

笺　评

【陆鸣皋曰】意指奔走豪家者,而善谑不露。

【姚曰】主恩所向,膻附随之,自然如此。

【屈曰】欲入玉堂,一会所欢,春日方新,歌舞已无间时,而蜂蝶共助,其忙愈甚,又安得一见乎?身居要路,政事已多,况槐柳齐列,何异蜂蝶青楼之助乎?

【程曰】此近于艳词而非者,大抵将入幕府供职笺奏,苦于奔忙之寓言也。

【冯曰】酷写女郎春游情态,其寓意则与下章(按指柳下暗记寓代柳璧作启事)同。首句借喻玉堂:蝶蜂共助,比代为诗启也。

【纪曰】此诗却不似艳词,莫解所谓,自可置之。(诗说)此似刺急于邀求新宠之人,非艳诗也。(辑评)

【姜炳璋曰】"欲入"者,贵公子欲入也。而春风催舞,蜂蝶衔花,共助青楼如此。世途宦境,何独不然?

【张曰】午桥谓将入幕府供职笺奏,苦于奔忙之寓言,所解近之。盖义山为人凭倩作文,当未入幕之先,必先代作表状,集中颇多,此诗所咏是也。"卢家玉堂",其暗点徐幕欤?惟写景与奏辟之时不符。若冯氏谓指代柳璧诸启而作,则必非也。(会笺)

【按】诗无讽意,姚、纪说恐非。越燕二首云:"卢家文杏好,试近莫愁飞。"对雪二首云:"又入卢家妒玉堂。"似均以"入卢家"喻入幕。此诗"欲入卢家白玉堂"亦似之。程、张说大体近是。诗似写一欲入朱门歌舞之少女,春日赶制舞衣,目睹蜂蝶衔蕊含粉,春光烂熳,似亦均为"青楼"歌舞而忙碌不已,以寓入幕文士"苦于奔忙",为他人作嫁衣裳之心理状态。

春光①

日日春光斗日光〔一〕,山城斜路杏花香。几时心绪浑无事②,得及游丝百尺长〔二〕?

校记

①他本均作"日日",朱本一作"春日"。万绝作"春光"。

②"浑"原作"曾",一作"浑",据一作及蒋本、姜本、戊签、钱本、影宋抄、朱本及席本改。万绝亦作"浑"。按作"浑"

情味较长,与末句“百尺长”亦相应。

集　注

〔一〕【何曰】惊心动魄之句。(读书记)【按】春光烂漫,丽日当空,似彼此争艳斗妍,故云。霜月:“青女素娥俱耐冷,月中霜里斗婵娟。”境界异而写法同。

〔二〕【程注】沈约诗:“游丝映空转。”杜甫诗:“落花游丝白日静。”【钱锺书曰】执着“绪”字,双关出百尺长丝也。(谈艺录)又曰:人之情思,连绵相续,故常语径以类似绦索之物名之,“思绪”、“情丝”,是其例也……李商隐春光:“几时心绪浑无事,得及游丝百尺长。”(管锥编)

笺　评

【陆时雍曰】可知肠已寸断。(唐诗镜)

【姚曰】但得心绪无事,不必日随游丝去也。茫茫身世,痛喝多少?

【屈曰】言虚度春光也。

【田曰】不知佳在何处,却不得以言语易之。(冯笺引)

【冯曰】客子倦游,情味渺然。

【纪曰】浅直。(诗说)

【按】诗写春光作用于心灵之微妙感受。首二写出春光之热烈烂漫,亦暗透意绪之缭乱不宁,陶醉之中复含无名之怅惘。“几时心绪浑无事”之企盼,即由上述复杂微妙之意绪生出。而“游丝百尺长”之悠闲容与意态则正触着此际诗人“几时心绪浑无事”之内心要求,故随手拈来,遂成妙语。

夜半

三更三点万家眠，露欲为霜月堕烟。斗鼠上床蝙蝠出①〔一〕，玉琴时动倚窗弦〔二〕。

校　记

①"床"，朱本作"堂"。

集　注

〔一〕【冯注】春秋后语："赵奢曰：两鼠斗于穴中，将勇者胜。"尔雅："蝙蝠，服翼。"注曰："齐人呼为蟙蠌，或谓之仙鼠。"

〔二〕【朱注】嵇康琴赋："徽以荆山之玉。"杜甫诗："收书动玉琴。"

笺　评

【姚曰】此时愁人之不寐可知。

【屈曰】露凝月坠，时暗也。鼠斗蝠出，小人得志也。玉琴动倚窗之弦，闲居不能安枕也。

【程曰】此亦悼亡之作。通篇歌去，有"未免有情，谁能遣此"之意，而无儇薄气，所以定为悼亡。读此若专以为写景，则负此诗矣。

【田曰】万家眠，已独不能眠，愁先景生，非缘境起。（据冯笺引。辑评此上有朱批云："见此愁景，即是愁人。"）

【纪曰】四家曰："不说人愁而人愁已见，得三百法。"又曰："万家眠见一人不眠也，是愁已先境生，非缘境起，寓愁更深。"此诗之佳，诚如所云。微病其有做作态耳，盖意到而神

不到之作。夫径直非诗也，含蓄而有做作之态，亦非其至也，此辨甚微。（诗说）

【张曰】此诗神意俱到，且用笔亦极自然，无所谓“做作态”也。诗衹写景而愁况自见言外。作者之意，本任读者细领耳。（辨正）

【按】此写愁人不寐之况，屈笺凿甚，程谓悼亡，亦未有据。稼轩清平乐上阕“绕床饥鼠，蝙蝠翻灯舞。屋上松风吹急雨，破纸窗间自语”，从此翻出。然辛词下阕转出“眼前万里江山”，境界大而感慨深、为义山所不及。纪评有识，“微有做作态”，正见其虽微有愁怀而未至深沉哀伤。宋吕南公有夜拟李义山四更四点诗，似义山另有四更四点诗。

滞雨

滞雨长安夜〔一〕，残灯独客愁。故乡云水地〔二〕，归梦不宜秋。

集　注

〔一〕【补】滞雨，为雨所阻，羁留异乡。

〔二〕【补】云水地，云水萦回，风景优美之地。按“故乡”似指郑州。

笺　评

【陆鸣皋曰】有羞见江东之意，非仅悲秋语也。

【姚曰】大抵说愁雨，皆在不寐时，此偏愁到梦里去。

【纪曰】反笔甚曲。（诗说）运思甚曲，而出以自然，故为高调。

（辑评）

【俞陛云曰】首二句不过言独客长安，孤灯听雨耳。诗意在后二句，谓故乡为云水之地，归梦迢遥，易为水重云复所阻。即沈休文诗："梦中不识路，何以慰相思"之意。况多秋雨，则归梦更迟。因听雨而忆故乡，因故乡多雨而恐归梦之不宜，可谓诗心幽渺矣。黄仲则诗："秣陵天远不宜秋"，殆本此意。（诗境浅说续编）

【按】诗写羁旅长安，滞雨思归，当是登第前客长安作。李贺崇义里滞雨云："落漠谁家子，来感长安秋。壮年抱羁恨，梦泣生白头。瘦马秣败草，雨沫飘寒沟。南宫古帘暗，湿景传签筹。家山远千里，云脚天东头。忧眠枕剑匣，客帐梦封侯。"本篇内容与贺诗相近；语则浑融含蓄，不加刻画。不言落漠羁恨，而客中孤寂景况如在目前，客游失意之情自在言外。因滞雨长安而生独对残灯之乡愁，由思归不得而转生梦归故乡之想望；然又转思，值此秋霖霪霪之际，故乡云水萦回，风景优美之地恐亦为凄风苦雨所包围，即归梦亦不宜此时也。"运思甚曲，而出以自然"，洵为的评。

花下醉

寻芳不觉醉流霞〔一〕，倚树沉眠日已斜。客散酒醒深夜后，更持红烛赏残花〔二〕。

集　注

〔一〕【冯注】扬雄甘泉赋："噏青云之流瑕兮。"汉书注曰："瑕，日旁赤气也。”文选注善曰：“相如大人赋‘呼吸沆瀣飧朝霞’。‘霞’与‘瑕’古字通。”此则谓酒，互详武夷山。

〔二〕【冯曰】苏东坡诗：“更烧高烛照红妆”从此脱出。【何曰】别有深情。（辑评）

笺　评

【金介曰】真解事人，真赏鉴家。

【姚曰】方是爱花极致。

【屈曰】人赏我醉，客去独赏，得无座中有拘忌者乎？

【冯曰】最有韵，亦复最无聊。

【纪曰】情致有馀，格律未足。

【马位曰】李义山诗“客散酒醒深夜后，更持红烛赏残花”，有雅人深致。苏子瞻“只恐夜深花睡去，故烧高烛照红妆”，有富贵气象。二子爱花兴复不浅。或谓两诗孰佳？余曰：李胜。苏微有小疵，既“香雾空濛月转廊”矣，何必“更烧红烛”？此就诗之全体言也。（秋窗随笔）

【林昌彝曰】天下多爱才慕色之人，而真能爱才慕色者实无其人。譬之于花，爱花者多，而可称花之知己者则少矣。义山花下醉诗云……此方是爱花极致，能从寂寞中识之也。天下爱才慕色者果能如是耶？（射鹰楼诗话）

【张曰】含思婉转，措语沉着，晚唐七绝，少有媲者，真集中佳唱也。安得以纪氏之格律绳之！（辨正）又曰：此等诗何处不可作，冯氏列之永乐，殊无据。（会笺）

【钱锺书曰】东坡海棠诗曰：“只恐夜深花睡去，高烧银烛照红妆。”冯星实苏诗合注以为本义山之“客散酒醒深夜后，更持红烛赏残花”。不知香山惜牡丹早云：“明朝风起应吹尽，夜惜衰红把火看。”（谈艺录）又曰：义山语意，亦唐人此题中常见者。如王建惜欢：“岁去停灯守，花开把烛看。”司空图落花：“五更惆怅回孤枕，自取残灯照落花。”（谈艺录补订）

【按】冯氏于过故府中武威公交城旧庄笺后附记云：“自和刘评事永乐闲居以下约四十章，皆将居永乐及以后数年作也。旧来集本颠倒错乱，惟中、下两卷中所编永乐时诗颇有连十馀篇尚能汇叙者，余得会其意而通之，不必皆有确据之语也。乃又杂取前后之确有可凭者并列焉。要之皆非武断。”是冯氏已言“不必皆有确据”，此篇之系永乐，亦因集本与其他永乐诗相连而列入，可备一说。诗不过写赏花、爱花情景，别无寓托。一二点题面“花下醉”，十四字中包含自寻至醉之全部过程：因爱花而寻芳，既得而流连称赏，因称赏而对花饮酒，因饮而不觉至醉（“醉流霞”双关，既醉于酒，亦醉于艳若流霞之花）。因微醉而倚树，由倚树而不觉沉眠，由沉眠而不觉日已西斜。叙次分明，而又处处紧扣其爱花心理，何尝有所谓“人赏我醉”、“座有拘忌”之情事哉！醉眠花下，已可称“赏”之极致，三四忽柳暗花明，转出新境。客散，方可细赏；酒醒，则不至醉眼赏花；深夜后，方能见人所未见之情态。而“持红烛赏残花”，更将爱花、惜花之心理推至高潮。情致之曲折，风格之浑成，均义山所独有。

水斋

多病欣依有道邦〔一〕，南塘晏起想秋江〔二〕。卷帘飞燕还拂水,开户暗虫犹打窗〔三〕。更阅前题已披卷[①]〔四〕,仍斟昨夜未开缸[②]。谁人为报故交道,莫惜鲤鱼时一双〔五〕。

校　记

①"题",蒋本、席本作"头"。

②"夜",影宋抄作"来"。

集　注

〔一〕【补】论语卫灵公:"邦有道则仕,邦无道则可卷而怀之。"

〔二〕【冯注】南塘与前诸诗之南塘异。

〔三〕【何曰】帘已卷而飞燕拂水不入,户已开而暗虫打窗不休,是多病晏起即目事。(读书记)

〔四〕【冯注】释名:"书称题,审谛其名号也;亦言第,因其第次也。"北史儒林李兴业传:"爱好坟籍,躬加题帖。"【补】题,写于书籍、碑帖前之文字。段玉裁说文解字注:"题者,标其前;跋者,系其后也。"

〔五〕【冯注】古诗:"客从远方来,遗我双鲤鱼。呼儿烹鲤鱼,中有尺素书。"

笺　评

【金圣叹曰】此只是水斋晏起诗。然必须看其特地晏起,却已是起得甚早。如三四之燕还拂水,虫犹打窗,此俱是侵早景物,而人情又皆已谓为晏起,则真所谓有道之邦者也。沃土之民不材,晏起故也。瘠土之民莫不向义,相戒不许晏起故也。夫多病,斯不得不晏起也;乃今又反以此邦为道而欣依之者,夫居家早起,固实能却一切病也。卷是前头已披,缸是昨夜未开,想见水斋盘桓已久,然则七八之一双鲤鱼,正

是怪其前此之契阔，非是望其后此之殷勤也。（贯华堂选批唐才子诗）

【杨守智曰】彭阳既殁之后，义山与子直书问不绝，未尝显有参商也。（复图本）

【何曰】一病忽忽，疑已入秋。及见飞燕拂水，暗虫打窗，始觉犹是夏令。写病后真入神。更阅已披之书，仍斟昨夜之酒，水斋之中，病夫所以遣日者赖此。如此寂寞，不能出户，惟望故交时时书至，以当披写，亦字字是多病人心情也。○前四句或作多病之后日想秋爽，而恨其犹然夏令，亦复佳。落句或地主病中疏阔相接，故云尔。（读书记）又曰：故交却要他人为言，岂用依初指哉？（辑评）

【陆曰】此诗写病后情景，字字入神。起言病体烦躁，日想秋凉，岂知飞燕暗虫，仍然夏令。帘已卷矣，而燕还拂水，是不知入也；户已开矣，而虫犹打窗，是不知出也。此共见之景，人却写不到。又病后健忘，故书卷每须再阅；病后量减，故酒缸多有未开。此同具之情，人却说不出。结言水斋中独自无聊，惟望故人信来，以当晤语，然谁为报知，而使之时时慰我耶？

【陆鸣皋曰】次联，写水斋光景如画。落句虽寄书意，而引用仍不脱题。

【姚曰】此因水斋之寥寂，而想友朋之乐也。多病依人，空斋独处，常想秋江浩荡，一洗胸怀。无如卷帘则但见飞燕拂水而去，开户则犹见暗虫打窗而出，孤寂极矣。于是已披之卷，重复翻阅；未开之缸，聊复细斟。不知读书饮酒，皆不可无故交作伴也，其如书札尚未能常通何！

【屈曰】前半水斋秋景。五六情事。七八因水斋而念鲤鱼之疏也。○此重到水斋之作。

【田曰】五六已开剑南门庭，唐人虽中、晚，馀馥犹沾溉不少。（冯笺引）

【冯曰】集中言病多矣。此章情味，必废罢还郑州时方合。诗格亦是老境，故以为编年之末。

【纪曰】了无佳处，且有累句。问"卷帘飞燕还拂水，开户暗虫犹打窗"二句声调如何？曰此与"求之流辈岂易得，行矣关山方独吟"。"抚躬道直诚感激，在墅无贤心自惊"声调相同，意以下句第五字平声救之也。忆中州集中如此句法亦有二处，古人必有原本，非落调也，然亦不必效为之。（诗说）

【张曰】首句言"有道邦"当指洛京，此必会昌五年在洛居忧所作。时义山多病，详祭外舅文。冯氏谓是晚年作，非也。（辨正）又曰：冯编病废郑州，与首句不合。郑本义山故乡，不得谓"欣依有道"也。而次句南塘，又与诸诗南塘大异。略似永乐闲居时，而写景亦不细符，无从悬揣矣。（会笺）

【按】诗写卧病水斋晏起情事，闲适中颇露寂寞无聊情怀。"想秋江"，见卧病水斋之烦闷岑寂。下四"还""犹""更""仍"等字，均着意渲染永日无聊意绪。末谓"谁人为报"，则并报故交之人亦难以寻觅，正透出处境之寂寞。曰"欣依有道邦"，则为寓居而非故里，冯编未合。张谓永乐闲居，近之。

归来

旧隐无何别〔一〕，归来始更悲。难寻白道士，不见惠禅师〔二〕。

草径虫鸣急，沙渠水下迟〔三〕。却将波浪眼，清晓对红梨。

集　注

〔一〕【冯注】汉书曹参传："萧何薨，参闻之，趣治行；居无何，使者果召参。"

〔二〕【朱注】按：集内有赠白道者绝句一首，此诗白道士即其人也。又李洞有赠三惠师诗，韩退之有送惠上人诗，亦与义山同时人。有引晋释白远及惠远者非是。【程曰】唐人以时人属对入诗者，白香山往往有之。此诗白道士、惠禅师自是时人，断非晋释白远、惠远。且白远或可称道人，亦不可称道士，况晋时只有讲师、律师，亦无禅师之称。朱云："白道士即集中赠诗之白道者。"此说良是。至惠禅师乃引李洞赠诗之三惠师及退之赠诗之惠上人，以为与义山同时，愚谓退之、李洞，前后时代远不相合。考上卷有酬崔八早梅诗，自注云："时予在惠祥上人讲下。"则此惠禅师的是惠祥上人无疑也。【冯曰】古称禅师，例举下一字，程氏谓即酬崔八早梅诗注之惠祥上人，未知是否？【按】惠禅师未可确指。禅师称惠某者颇多。

〔三〕【冯注】西昆酬唱集刘子仪小园秋夕诗："枳落莎渠急夜虫。"似作"莎"亦可。

笺　评

【姚曰】久客归来，友朋则聚散不常，景物则荒凉触目，不过眼中波浪，换得几树红梨相对耳。

【屈曰】归来之后绝无好处，惟宦海波浪之眼，清晓即对红梨差强人意耳。

【冯曰】"波浪眼"谓水程，其写景则秋也。东、西京往来。详清河诗下(冯云:义山入京应举,屡出此途)。此章踪迹情味,难定何年,未必谓从江湖归而以红梨寓重入秘省之意也。首句云"无何",此别固未久耳。

【纪曰】三四太率不佳,后四句自可观也。(诗说)

【张曰】首云"旧隐无何别",则别固未久,诗意似学仙王屋时作。(会笺)

【按】此诗作年,冯、张均以为离早岁隐居时不久。然细味之,意兴颓唐,决非早期之作。"无何"二字不可泥看,当就全诗情味求之。诗言归来之后,旧隐之地人事全非,满目荒凉,昔日之道友禅师杳然不见("难寻"、"不见",盖物故之婉词),虫声唧唧,渠水迟迟,闻见之间有足悲者。而一树红梨,仍鲜艳夺目,清晓寂寞中对此红梨,抚今思昔,能不慨然!然则,所谓"无何"者,乃相对于人事变化之迅速而言。颇疑是东川归后所作。集中代秘书赠弘文馆诸校书有"崇文馆里丹霜后,无限红梨忆校书"之句,或此诗末句亦寓此意。

一片

一片琼英价动天〔一〕,连城十二昔虚传①〔二〕。良工巧费真为累,楮叶成来不直钱〔三〕。

校　记

①"二",朱曰:"当作五。"

集　注

〔一〕【朱注】诗:"尚之以琼英乎而。"说文:"琼,赤玉。"礼记:

“玉气若白虹天也。”

〔二〕【朱注】史记:“赵得楚和氏璧,秦王请以十五城易之。”【冯注】魏文帝与钟繇谢玉玦书:“不损连城之价。”

〔三〕【朱注】韩非子:“宋人刻玉为楮叶,三年而成,杂之楮叶,不辨。”列子曰:“使天地三年而成一叶,物之有叶者鲜矣。”【冯注】史记灌夫传:“临汝侯方与程不识耳语,夫骂临汝侯曰:‘生平毁程不识不直一钱,今日乃效女儿呫嗫耳语!’”【按】韩非子喻老:“宋人有为其君以象(按:指象牙)为楮叶者,三年而成。丰杀茎柯,毫芒繁泽,乱之楮叶之中而不可别也。”列子说符“象”作玉。朱引小误。楮,木名,即构树,或称穀树,叶似桑,皮可制桑皮纸,因以为纸之代称。

笺评

【朱彝尊曰】言薄物幸售,尺璧失宝,而攻苦揣摩,皆无所用也。

【杨守智曰】极愤懑却极含蓄,故曰:诗可以怨。(复图本)

【何曰】本是连城光价,况又良工雕琢,乃偏不直钱,岂能无慨于中耶?(读书记)

【陆鸣皋曰】借玉以比才高而人不识也。

【姚曰】琼英得价,岂但连城,乃楮叶既成,谁识良工心苦。士之不遇识者,何以异此!

【屈曰】绝世奇文,不能见重于时,言识者之难也。

【程曰】叹其书记翩翩,枉抛心力也。

【冯曰】自叹之词,当在未第时。

【纪曰】粗浅。(诗说)亦激亦鄙。(辑评)

【张曰】凡诗中一涉自负自豪处,纪氏便以激鄙诋之,然则诗

人必须作卑下语方为不激不鄙耶?(辨正)

【王达津曰】这首诗实是反映李商隐的创作观点的,李商隐的诗虽尚对偶、用典,他却主张以自然为基础,他是说一片完整的美玉,胜过连城玉璧,如果枉费心力去雕琢,制成支离破碎的楮叶,就破坏了玉的完美。李商隐论创作是主张发抒性灵的,……一片诗就是要创作保持性灵的完美。(李商隐诗杂考)

【按】此即李白"吟诗作赋北窗里,万言不值一杯水"之慨。曰"价动天"、"昔虚传",则早以文名著称,如甲集序所云"以古文出诸公间"矣。上崔华州书云:"凡为进士者五年,始为故贾相国所憎,明年病不试,又明年,复为今崔宣州所不取。"与陶进士书云:"比有相亲者曰:子之书宜贡于某氏某氏,可以为子之依归矣。即走往贡之。出其书,乃复有置之而不暇读者,又有默而视之不暇朗读者,又有始朗读而中有失字坏句不见本义者。"凡此皆所谓"楮叶成来不直钱"也。诗意盖谓本已为价超连城之美玉,复加良工之雕琢,宜其为世所赏,不料楮叶既成,反被视为不值一钱,是深慨世之不识奇珍也。"良工"句系愤激之反语。义山论诗,固强调"通性灵",然亦不废"绮靡"雕琢。若谓"良工巧费真为累"即其创作观,似与其创作实践不甚相符。

一片

一片非烟隔九枝〔一〕,蓬峦仙仗俨云旗。天泉水暖龙吟细〔二〕，露畹春多凤舞迟〔三〕。榆荚散来星斗转〔四〕，桂华寻去月轮移〔五〕。人间桑海朝朝变[①]，莫遣佳期更后期[②]〔六〕。

校　记

①“桑”原作“沧”，据蒋本、戊签、席本、影宋抄、朱本改。

②原篇末校注：一本无后四句。

集　注

〔一〕【朱注】孙氏瑞应图：“非气非烟，五色细缊，谓之庆云。”西京杂记：“汉高祖入咸阳，有青玉五枝灯。”汉武内传：“七月七日，王母至，帝扫除宫内，燃九光之灯。”王筠灯檠诗：“百花燃九枝。”【补】史记天官书：“若烟非烟，若云非云。郁郁纷纷，萧索轮囷，是谓卿云。卿云见，喜气也。”瑞应图：“景云者，太平之气也。”九枝灯，一干九枝之花灯。艺文类聚三十四沈约伤美人赋：“拂螭云之高帐，陈九枝之华烛。”卢照邻十五夜观灯诗：“别有千金笑，来映九枝前。”

〔二〕【冯注】晋书礼志：“三月三日，会天泉池赋诗。”陆机云：“天泉池南石沟引御沟水，池西积石为禊堂。”邺中记：“华林园中千金堤上作两铜龙，相向吐水，以注天泉池，通御沟中。三月三日，石季龙及皇后百官临水宴赏。”马融长笛赋：“龙鸣水中不见已，截竹吹之声相似。”【徐文靖管城硕记】按宋书符瑞志：“文帝元嘉二十一年，天泉池池莲并干。”南史刘苞传：“受诏咏天泉池荷，下笔即成。”柳子厚为王京兆贺嘉莲表：“香激大王之风，影濯天泉之水。”义山“天泉”当谓此。【补】史记天官书：“以十一月与氐、房、心晨出，曰天泉。”淮南子天文训：“龙吟而景云至。”

〔三〕【补】迟，缓。舞迟，即所谓曼舞，与上“龙吟细”对文。

〔四〕【朱注】春秋运斗枢:"玉衡星散为榆。"元命苞:"三月榆荚落。"【何曰】第五用"历历种白榆。"【按】天上群星罗列,如榆树林立,谓之星榆。句意盖谓斗转星移。【何曰】伏下"后期"。

〔五〕【朱彝尊曰】(桂花)谓月中桂树。

〔六〕【冯注】"桑海"屡见。楚词:"与佳期兮夕张。"

笺评

【胡震亨曰】似为津要之力能荐士者咏,非情词也。(戊签)

【朱曰】此恐遭逢之迟暮也。(李义山诗集补注)

【王夫之曰】怆时托赋,哀寄不言,既富诗情,亦有英雄之泪。(唐诗评选)

【朱彝尊曰】诗中"九枝"、"星"、"月"俱以夜景言,则"一片"亦泛言夜色。三四言歌舞之久。五六言光阴之速。结言宜及时行乐。(按钱良择唐音审体批语与此略同。)

【何曰】此却似无题之属,缘人间桑海之语,此非陈于津要者也。又曰:此望援于人,不一引手,而以时来不再之说引动也。"天泉"句,叹好音之难得。"露畹"句,叹美质之难亲。(辑评)又曰:五六二句,伏下"后期"。(读书记)

【胡以梅曰】九枝,灯也。非烟,庆云。言云蔽而高光不能相照,如圣明之世,独不能亲于君上,徒见蓬莱仙境,俨然云旗,可望而不可即。蓬莱亦以殿名双用。天泉水暖,露畹春多,皆言明时可乐,但云从龙而龙吟细,君道未隆也。故使凤凰鸣舞于园尚迟,谓贤不得进,而自负意。五六叹时不我与,有斗转月沉之虑,更不可迟耳。

【陆曰】此望援于人,不一引手,而以时乎不再之说感动之也。

首言仙仗云旗，俨然在目，而非烟间隔，遂使凡夫之人，可望而不可即焉。曰龙吟细，叹好音之难得也。曰凤舞迟，见妙质之难亲也。接言须臾遇疏若此，岂时不可为，而有待于异日耶？观星转月移，即一夕之间，流光迅速乃尔，况人世沧桑，无动不变，而可令佳期之更后耶？

【陆鸣皋曰】首二句，写夜来华屋气象。三四句，言歌舞也。五六句，只在“星”“月”两字，乃夜阑将晓之意，故接以“朝朝”句。言事境日迁，不可不及早为欢也。此行乐之词，而讽意在言外。

【姚曰】此恐遭逢迟暮也。蓬岛烟云，仙真所托。龙吟凤舞，俯仰优游，以喻君臣际会之乐，诚非幸致。然遇合虽有时，而迟暮亦不可不虑，况斗转星移，榆飘桂谢，世事之沧桑屡改，人生之寿命难期，日复一日，岂不虚度一生也耶？楚词云：“恐鹈鴂之先鸣兮，使夫百草为之不芳”，义山之所感深矣。

【屈曰】一灯烛辉煌。二旗仗之盛。三四歌舞之妙。五六夜已深矣。七光阴迅速，八当及时行乐也。

【程曰】楚词有云：“与佳期兮夕张”，是此诗注脚。起二句言隔绝佳期，其人俨在。三四言其地之深邃。五六言其时之久远。七八密约丁宁之意也。

【冯曰】总望令狐身居内职，日侍龙光，而肯垂念故知，急为援手，皆屡启陈情之时。姚曰：“恐遭逢之迟暮”，得之矣。

【纪曰】此感遇之诗，与锦瑟同格而意又浅焉，亦无自占身份处。（诗说）

【姜炳璋曰】朱云：此恐遭逢迟暮而作。是也。程氏以胡氏统签驳之，谬甚。盖卿云一片，远隔尘寰，蓬山仙仗，俨若云旗，为学士登瀛洲之喻也。乃水暖矣，宜如龙飞跃，而龙吟反细；春多矣，当如凤之翔，而凤舞偏迟。由于无接引者，故蓬峦终隔也。于是星移月落，沧海桑田，人寿几何，安能长俟佳期，而更日日后期乎？诗意此如。

【曾国藩曰】此当致书友人，求为京朝一官。如陈咸致书于陈汤，得入帝城死不恨也。前四句言帝城风景可望而不可即。后四句言春去秋来，日月易逝，时事变迁，无使我更失望也。（十八家诗钞）

【张曰】此为当轴者效忠告也。前半写其得君，后半预忧盛满，而戒其早自为所，非感士不遇也。谓指令狐，恐未确。陈帆云："非烟、仙仗、龙吟、凤舞，皆序行乐之事。榆荚二句，言当星移月落时也。末语似劝而实讽，意味深长。"此解得之。（会笺）

【汪辟疆曰】此义山有感于朝局，托辞寓慨之诗也。……首二句即极写夜色朦胧，犹言朝局昏暗。曰隔九枝者，言不见光明也。曰俨云旗者，仅存空号也。天泉水暖，喻国家基业之可凭。露畹春多，喻在野之人才尚众，离骚"余既滋兰之九畹兮"可证。但一曰龙吟细者，则号令不出朝门也；一曰凤舞迟者，则忠正多沉下僚也。朝局若此，则星移月落指顾间事耳。故五六一联即慨乎言之。七句则直说人间桑海之变，为全篇点睛。末句即早自为计，毋贻后患之意。

【黄侃曰】篇中但以神仙事为喻，则后来以游仙寓意之滥觞。此诗所刺，与碧城三首及后中元作一首同，皆为贵主之为女道士者作也。此首程以为艳情，则首二句不可解。

【按】摘首二字为题，显系无题之属。末联叹人间桑海，恐佳期后期，已将全篇大旨揭出。此"佳期"即"良辰未必有佳期”之“佳期”，专指政治遇合之良机。前四句即描写“佳期”之盛况：一片祥云瑞气，缭绕九枝华灯，蓬莱仙境，云旗仙仗，俨然整肃；天泉水暖，龙吟细细；露畹春浓，风舞缓缓。四句中“非烟”“蓬峦”“仙仗”“天泉”“龙吟”等语，均切天上仙境，以暗寓人间宫廷华贵繁盛之景象。参较贾至等早朝大明宫诗，灼然可见。“龙吟”“凤舞”，既写仙境之管弦歌吹、轻歌曼舞盛况，亦似兼喻朝廷人材之济济。“榆荚”二句，即斗转星移，时光迅速之意，起下“朝朝变”。末联则因佳期之盛、时光之疾而发抓紧良机，莫失佳期之意愿。通观全诗，前四所描绘之天上“佳期”盛况，殆诗人对某一特定时期朝廷清明昌盛景象之理想化，后四则抒写时不我待、急求遇合之企望。“人间桑海朝朝变”，正晚唐时期政局更迭频繁、佳期难遇之反映。推求具体年代，其在会昌国势稍振之时乎？商隐会昌五年所作为河南卢尹贺上尊号表：“顷以临御，旋致治平……银瓮石碑，非烟浪井，神而告瑞，史不绝书。”可证“一片非烟”云云，乃形容太平祥瑞之世。又，为荥阳公奏不叙录将士状“徒以皇帝陛下非烟结彩”冯浩注：“战功皆在会昌时，而宣宗初立，犹以为词，普行庆赏也。”亦以“非烟结彩”为太平祥瑞之象。联系商隐会昌五年作正月十五夜闻京有灯恨不得观“身闲不睹中兴盛”之句，此诗之作时殆即在会昌五年商隐丁母忧尚未复官时。

有感

中路因循我所长〔一〕，古来才命两相妨。劝君莫强安蛇足，一盏芳醪不得尝〔二〕。

集　注

〔一〕【程注】九辩："然中路而迷惑兮，自厌按而学诵。"韩愈诗："多才自劳苦，无用只因循。"【补】因循，悠游闲散之意，为"争名"、"趋竞"之反面，为褒义词（参王锳诗词曲语辞例释）。

〔二〕【朱注】战国策："（楚）有祠者，赐其舍人酒一卮。舍人相谓曰：'数人饮之不足，一人饮之有馀。请画地为蛇，蛇先成者饮酒。'一人蛇先成，乃左手持酒，右手画地，曰：'吾能为之足。'未成，一人蛇成，夺其卮，曰：'蛇故无足，子安能为？'遂饮酒。为蛇足者终亡其酒。"

笺　评

【吴乔曰】"中路"句，自嘲自解之辞。因循，似谓受茂元之辟。既交令狐，画蛇成矣；又婚茂元，乃蛇足也。（西昆发微）

【钱良择曰】此非咏楚事也，题曰"有感"，其事可想。

【姚曰】愤激之词。从来真色人，必为打乖者所笑。

【屈曰】有才无命，遂至终路无归。自咎其强安蛇足，以致如此，无聊之极思也。

【程曰】画蛇安足，原不得画蛇之道。此诗既明明以才自许，何得蛇足以自比？意者自咎其屡启陈情之误耶？起句言因循为我之所长。次句言才与命违，古来皆然，亦不独我一人。三句则悔陈情之非。四句乃叹利禄之不及矣。

【冯曰】此调尉弘农作也。义山虽赴泾原，未叨荐剡，仍俟拔萃释褐，则此行为画蛇足矣。徒以是为令狐辈所怒，鸿（当作宏）博不中选，校书不久居，则终亡其酒矣。秘省乃清资，故曰芳醪。诗言中路少需，何遽非我所长？而乃误落歧途者，才命相妨，有不自知其然者也。低摧吞吐，字与泪俱。吴氏发微，已窥及此。徐氏驳之曰："义山伉俪情深，何得以此横加？"不知琴瑟之情，功名之感，两不相碍。玩祭外舅文，亦微见不能借力之意。文人一端不检，为累终身，良可叹也已！

【纪曰】鄙俚不文。

【张曰】此种诗自有一种拙致可喜，奈何加以鄙俚不文之诮哉！（辨正）又曰：（冯）说甚精，不可易矣。（会笺）

【按】诗言悠游闲散，不趋竞于中路，本我之所长。所以然者，盖缘古来才命相妨，才高者往往命薄运厄之故耳。既如此，则凡事但当顺其自然，勿为"强安蛇足"之事，试看彼画蛇足者，并一盏芳醪亦不得尝矣。"劝君"实即劝己，言但安于才命相妨之理，优游中路，毋事无益之趋竞也。语似恬淡旷达，实包蕴愤激与牢骚。详味诗意，似是作者因不信"才命相妨"之说，力图与命运挣扎，终遭"一盏芳醪不得尝"之结局，故发此慨。冯氏谓"芳醪"指秘省清资，似之。然此类诗，虽或因某一具体事件触发，而所抒之人生感慨则具有普遍意义。

附编诗

失题〔一〕

昔帝回冲眷，维皇恻上仁〔二〕。三灵迷赤气〔三〕，万汇叫苍旻〔四〕。刊木方隆禹〔五〕，升陑始创殷〔六〕。夏台曾圯闭〔七〕，汜水敢逡巡〔八〕！拯溺休规步〔九〕，防虞要徙薪〔一〇〕。蒸黎今得请，宇宙昨还淳。缵祖功宜急，贻孙计甚勤。降灾虽代有，稔恶不无因〔一一〕。

宫掖方为蛊〔一二〕，边隅忽遘屯〔一三〕。献书秦逐客〔一四〕，间谍汉名臣〔一五〕。北伐将谁使？南征决此辰〔一六〕。中原重板荡〔一七〕，玄象失勾陈〔一八〕。诘旦违清道〔一九〕，衔枚别紫宸〔二〇〕。兹行殊厌胜〔二一〕，故老遂分新〔二二〕。

去异封于巩〔二三〕，来宁避处豳〔二四〕。永嘉几失坠〔二五〕，宣政遽酸辛〔二六〕。元子当传启〔二七〕，皇孙合授询〔二八〕。时非三揖让〔二九〕，表请再陶钧〔三〇〕。旧好盟还在，中枢策屡遵〔三一〕。苍黄传国玺〔三二〕，违远属车尘〔三三〕。雏虎如凭怒〔三四〕，漦龙性漫驯〔三五〕。封崇自何等〔三六〕？流落乃斯民〔三七〕。逗挠官军乱〔三八〕，优容败将频。早朝披草莽〔三九〕，夜缒达丝纶〔四〇〕。忘战追无及〔四一〕，长驱气益振〔四二〕。妇言终未易〔四三〕，庙略况非神〔四四〕。

日驭难淹蜀，星旄要定秦〔四五〕。人心诚未去，天道亦无亲〔四六〕。锦水湔云浪〔四七〕，黄山扫地春〔四八〕。斯文虚梦鸟〔四九〕，吾道欲悲麟〔五〇〕。断续殊乡泪，存亡满席珍〔五一〕。魂销季羔窦〔五二〕，衣化子张绅〔五三〕。建议庸何所？通班昔滥臻〔五四〕。浮生见开泰，独得咏汀苹〔五五〕。

【按】以下失题（原作送从翁东川弘农尚书幕）、赤壁、垂柳（垂柳碧鬅茸）、清夜怨、定子、游灵伽寺、龙邱道中二首、题剑阁诗疑皆非商隐作品，经录冯注本注释及笺语，不作增补。

注

〔一〕原编集外诗。胡震亨曰："旧本题作送从翁东川弘农尚书幕，今详诗意似误，改标失题，俟考。"徐曰："疑拟少陵作，或疑少陵诗误收于此。玩末二句，非是矣。诗与题旧不相合，当有脱页而误也。"按：徐氏疑"黄山扫地春"之下有脱页，今详玩诗意，却未尝有遗脱。

〔二〕老子："上仁为之而有以为。"

〔三〕释名："祲，侵也。赤黑之气相侵也。"三辅旧事："汉作灵台观气：黄气为疾病，赤气为兵，黑气为水。"按：赤气为兵乱之征，史文中屡见。旧注只引冢墓记"蚩尤冢在东郡寿张县阚乡城中，民尝十月祀之，有赤气如一匹绛，名为蚩尤旗"者，近是而泥矣。

〔四〕从隋乱唐兴叙起。

〔五〕禹贡:"禹敷土,随山刊木。"

〔六〕书序:"伊尹相汤伐桀,升自陑,遂与桀战于鸣条之野,作汤誓。"

〔七〕史记:"桀囚汤于夏台,已而释之。汤率兵伐桀,桀谓人曰:'吾悔不遂杀汤于夏台,使至此也。'"

〔八〕汉书:"高祖即皇帝位氾水之阳。"注曰:"氾,敷剑反。"旧书纪:"炀帝多猜忌,人怀疑惧。尝征高祖,遇疾未谒。时高祖甥王氏在后宫,帝问曰:'汝舅何迟?'王氏以疾对,帝曰:'可得死未?'高祖闻之益惧,因纵酒沉湎,纳贿以混其迹。"新书:"突厥数犯边,高祖兵出无功,炀帝遣使者执诣江都,高祖大惧,世民曰:'事急矣,可举事。'已而传檄诸郡称义兵。"诗言少迟当被囚执,故不敢逡巡也。

〔九〕抱朴子:"规行矩步,不可以救水拯溺。"文选策秀才文:"拯溺无待于规行。"

〔一〇〕汉书霍光传:"客有过主人者,见其灶直突,傍有积薪,谓主人更为曲突,远徙其薪,不者且有火患,主人嘿然不应。后家果失火,邻里共救之,于是杀牛置酒谢其邻人,而不录言曲突者。人谓主人曰:'乡使听客之言,终亡火患。今论功请宾,曲突徙薪无恩泽,焦头烂额为上客耶?'主人乃寤而请之。"此言不得不遽即尊位。

〔一一〕谓贻谋甚备,缵绪者不励精图治,以至养成乱阶,非可诿之气数也。领起下文。

〔一二〕左传:"女惑男谓之蛊。"指杨贵妃。

〔一三〕谓安禄山将反于渔阳。二句又总挈祸本。

〔一四〕见哭萧侍郎。通鉴:"杨国忠为相,台省官有才行时名不为己用者,皆出之。"唐人出就外职,每即称逐客。而传云:

"人言禄山反者,明皇必大怒,缚送与之。"则其时贬谪者多矣。旧谓指李林甫斥落试士,不知上联已直叙禄山之乱,何暇追溯。

〔一五〕史记:"陈平纵反间于楚军,宣言楚诸将欲与为一以灭项氏,项王疑之。"旧书杨国忠传:"禄山阴图逆节,动未有名,国忠使门客蹇昂、何盈求禄山阴事,围捕其宅,杀李超、安岱等,又贬留后吉温以激怒禄山,幸其摇动,取信于上。禄山惶惧,举兵以诛国忠为名。"此谓明皇误任国忠为相,激成变乱。

〔一六〕诗六月笺曰:'美宣王之北伐也。"国语:"齐桓公曰:'吾欲北伐,何主?'管仲曰:'以燕为主。'"易:"南征吉,志行也。"左传:"昭王南征而不复。"旧书纪:"天宝十五载六月甲午,将谋幸蜀,乃下诏亲征。""将谁使"者,谓无人可使,故决计南幸。

〔一七〕诗序:"厉王无道,天下板荡。"

〔一八〕见谢往桂林。

〔一九〕汉书丙吉传:"出逢清道。"

〔二〇〕周礼:"群司马振铎,车徒皆作,遂鼓行徒,衔枚而进。"又:"衔枚氏掌司嚣,军旅田役令衔枚。"旧书纪:"六月乙未凌晨,自延秋门出,扈从惟杨国忠、韦见素、内侍高力士及太子,亲王、妃主、皇孙已下,多从之不及。"

〔二一〕汉书高祖纪:"始皇曰:'东南有天子气。'于是东游以厌当之。"王莽传:"欲以厌胜众兵。"

〔二二〕"新"字当误,愚意必作"分军"。按:若言分立新天子,于义不安,且失叙次。或谓如左传"不食新矣"之意,谓至望贤驿父老献麨之事,亦不可通。今检旧书纪与宦官传、通鉴:"发马嵬,将行,百姓遮道,请留皇太子,愿戮力破贼收京。明皇曰:'此天启也。'乃留后军厩马从太子,令高力士口宣曰:'百姓属望,慎勿违之。'"时实分麾下兵二千北趋朔方以图兴复,则作分军正合。下联一去一来,意正分顶,必无疑也。军与殷字勤字皆为通叶,不必致疑。汉书陈汤传:"即日引军分行。"晋书宣帝纪:"伐蜀,分军住雍、郿为后劲。"字亦习见。

〔二三〕史记:"周考王封其弟桓公于河南,至孙惠公,封少子于巩,号东周惠公。"索隐曰:"封少子于巩,仍袭父号,曰东周惠公。"此谓肃宗奉命而去。

〔二四〕用太王迁岐事。此谓明皇避乱来蜀,岐为凤翔,入蜀所经,故曰"来"也,非遽指肃宗驻凤翔及还京之事。

〔二五〕晋书:"怀帝永嘉五年,刘曜、王弥入京师,帝蒙尘于平阳。"句意统指西晋怀、愍之亡。

〔二六〕唐会要:"每月朔望御宣政殿,谓之大朝。"五代史李琪传:"宣政,前殿也,谓之衙,衙有仗;紫宸,便殿也,谓之阁。"此谓上皇已不在朝,而禄山僭伪号矣。

〔二七〕夏启。

〔二八〕汉书宣帝纪:"名病已,元康二年,更讳询。"馀见念汉书。二句皆谓肃宗,自明皇视之,则为元子;自列祖视之,则统曰皇孙。旧注以皇孙指代宗,误甚。

〔二九〕尚书大传:"汤以此三让,三千诸侯莫敢即位,然后汤即位。"汉书文帝纪:"群臣固请,代王西乡让者三,南乡让者再。"

〔三〇〕汉书邹阳传:"圣王制世御俗,独化于陶钧之上。"通鉴:"太子至灵武,裴冕、杜鸿渐等上太子笺,请遵马嵬之命,笺五上，乃许之。肃宗即位灵武城南。”言时当危急，非即尊无以固人心，故上表力劝，以重新治道也。

〔三一〕旧书纪：“玄宗谓肃宗曰：‘西戎、北狄，吾尝厚之，今国步艰难，必得其用。’八月，回纥、吐蕃遣使继至，请和亲，愿助国讨贼。”中枢只言兵机耳，旧注谓指李辅国，且云以下似杂言肃、代时事，误甚。

〔三二〕见行次西郊。

〔三三〕司马相如谏猎书：“犯属车之清尘。”馀见少年。旧书纪：“肃宗即位灵武，即白奏于上皇，上皇遣左相韦见素、文部尚书房琯奉册书及传国宝等至灵武。”“属车尘”谓上皇远在蜀也。

〔三四〕“鸮”同。左传：“今君奋焉，震电凭怒。”“如”字与“性”字不对，可疑。或“性”字是“信”字之讹。

〔三五〕史记：“夏后氏之衰，有二神龙止于帝庭而言曰：‘余褒之二君也。’夏帝卜杀与去之与止之，莫吉；卜请其漦而藏之，乃吉。于是龙亡而漦在。自夏至周，莫敢发；至厉王发之，漦流于庭，后宫童妾遭之而孕，生子，弃之。有卖檿弧箕服者，见而收之，奔于褒，是为褒姒。”安禄山事迹：“明皇尝夜宴禄山，禄山醉卧，化为一黑猪而龙首，左右言之，帝曰：‘此猪龙也，无能为者。’”通鉴：“至德二载正月，安庆绪使李猪儿斫禄山腹，肠出数斗，遂死，庆绪即帝位。”旧书传：“庆绪率其馀众保邺，旬日之内，贼将各以众至者六万馀，凶威复振。”漦龙本褒女事，然义取遗种，尽可不拘。此二句皆言庆绪如得所凭藉，未易驯服也。旧注乃谓指张良娣、李辅国，试思上文初叙即位灵武，正当接言破贼复京，而忽及张后、李阉，可乎？

〔三六〕国语："伯禹封崇九山。"

〔三七〕以九山比诸道节度身膺崇爵，不力为剿寇，致斯民久流落也。

〔三八〕汉书韩安国传："单于入塞，未至马邑，还去，王恢等皆罢兵。廷尉当恢逗挠，当斩。"

〔三九〕通鉴："灵武文武官不满三十人，披草莱立朝廷，制度草创。"

〔四〇〕左传："夜缒而出。"通鉴："颜真卿以蜡丸达表于灵武，以真卿为河北招讨采访使，并致赦书，亦以蜡丸达之。真卿颁下河北诸郡及河南江淮诸道，始知上即位灵武。"句是统言，举一可例。

〔四一〕详见行次西郊。

〔四二〕通鉴："至德元载十二月，肃宗问李泌曰：'今敌强如此，何时可定？'二载正月，史思明自博陵，蔡希德自太行，高秀岩自大同，牛廷介自范阳，引兵共十万寇太原。思明以为指掌可取，既得之，当遂长驱取朔方、河陇。"而其馀攻战互为胜负者甚多。故此云贼锋尚盛也。若指郭、李长驱破贼，则上下全不贯。

〔四三〕此句方指张后也。通鉴："张良娣恶李泌、建宁王倓。肃宗即欲正位中宫，泌言宜待上皇之命。良娣与李辅国相表里，谮建宁王而赐死。"盖是时尚未破贼，而肃宗已信妇言，曾不思杨妃之鉴也。旧注谓德宗听郜国公主之言，欲易太子，公主可直用妇言字哉？

〔四四〕"略"一作"算"。孙子："兵未战而庙算胜，得算之多者也。"晋书羊祜传："外扬王化，内经庙略。"以上皆叙丧乱之事；此下必应叙定乱复京，如送李千牛诗之章法，何竟无一语及恢复哉？

〔四五〕甘泉赋:"流星旄以电烛。"史记:"项王立沛公为汉王,王巴蜀。汉王还定三秦。"旧书纪:"至德二载九月,广平王收西京。十月,上自凤翔还京,乃遣使迎上皇。十二月,上皇至自蜀。"此云"难淹",则犹淹也;曰"要定",尚未定也。其为未收京时明矣。旧解指德宗欲迁成都,此谋而不果之事,何云淹留哉!

〔四六〕言人心不忘唐,则天亦必眷顾,岂反佑贼哉?尚是颂祷之词,未遽成功。

〔四七〕见送从翁东川。

〔四八〕见送李千牛。上皇在蜀,云浪更为鲜明,故曰"湔";贼据长安,春光皆为昏浊,故曰"扫"。的是未还京语。

〔四九〕见上礼部魏公。以下自叙白凤事,切寓居蜀中。

〔五〇〕左传:"鲁哀公十四年,西狩获麟,仲尼观之,曰:'麟也。'然后取之。"

〔五一〕礼记:"儒有席上之珍以待聘。"二句谓因乱在蜀,而同袍零落也。

〔五二〕家语:"季羔为卫士师,刖人之足。蒯聩之乱,季羔逃之,走郭门,刖者守门焉,谓曰:'彼有缺。'羔曰:'君子不逾。'又曰:'彼有窦。'羔曰:'君子不隧。'又曰:'于此有室。'季羔乃入焉,追者罢。"文选注:"子羔灭髭须,衣妇人衣逃出。"

〔五三〕谓因乱潜逃,流寓他乡也。

〔五四〕徐陵表:"洪私过误,置以通班。"以上数联,与义山绝不符。

〔五五〕见酬令狐见寄。谓若逢开泰,得优游而咏汀苹,亦所甚幸,不敢复望通班也。曰"独"者,对上存亡言也。此是虚说,非实境。或以东川柳幕证之,谬极。

浩曰:诗格颇类本集,然多叙丧乱,未及平定,自述踪迹,危苦亲尝，直疑肃宗初避乱蜀中者之所吟，尚非杜公佚篇，况义山乎？或义山在巴蜀间搜得旧人遗篇，录存夹入；或自借咏旧事以抒才藻，皆无可妄测也。

【按】附编诗中除访白云山人、征步郎二诗之注系编著者所撰外，其他冯注本已录之诗径录冯注，不再加补注。但间有编著者所撰之按语。

赤壁〔一〕

折戟沉沙铁未销〔二〕，自将磨洗认前朝。东风不与周郎便〔三〕，铜雀春深锁二乔〔四〕。

注

〔一〕荆州记：“蒲圻县沿江之一百里，南岸名赤壁。”一统志：“赤壁在樊口之上，江之南岸。宋苏轼指黄州赤鼻山为赤壁，误也。今江汉间言赤壁者五，惟江夏之说合于史。”此诗见杜牧集。冯定远曰：“赤壁至定子四首，北宋本不载，南宋本始有之。”按：以下皆非本集而附录者，前明分体刊本有垂柳、清夜怨、定子，馀无。席氏仿宋刊本赤壁以下皆无。戊签无赤壁，馀皆有。【按】阮阅诗话总龟十一评论门已云“李义山集中亦载此诗”。

〔二〕吴志：“周瑜逆曹公，遇于赤壁。部将黄盖曰：‘操军方连船舰，首尾相接，可烧而走也。’取斗舰数十艘，实以薪草，膏油灌其中，裹以帷幕，上建牙旗。先书报曹公，欺以欲降。诸船同时发火，时风甚猛，悉延烧岸上营，死者甚众，军遂败走。”

〔三〕吴志:"瑜时年二十四,军中皆呼为周郎。"

〔四〕吴志:"桥公两女皆国色,孙策自纳大桥,瑜纳小桥。"程曰:"爵、雀,桥、乔,并古通。"

程曰:"此诗归之杜牧为是。杜与李各自成家,李沉着,杜豪迈也。"浩曰:本集未尝无此种笔法,游踪亦曾经历,然自来多属之小杜。道山诗话云:"石曼卿曾辨正之。"

【按】义山生平宦历足迹未尝至黄州,而杜牧会昌二至四年任黄州刺史,集中黄州诗颇多,此"赤壁"非蒲圻之赤壁,乃黄州之赤鼻矶。诗为小杜作无疑。然据诗话总龟"李义山集亦载此诗"之记载,其误入义山集为时甚早,并非如冯班所云"南宋本始有之"。

垂柳〔一〕

垂柳碧鬅茸〔二〕,楼昏雨带容〔三〕。思量成昼梦〔四〕,来去发春慵〔五〕。梳洗凭张敞〔六〕,乘骑笑稚恭〔七〕。碧虚从转笠〔八〕,红烛近高舂〔九〕。怨目明秋水,愁眉淡远峰〔一○〕。小阑花尽蝶〔一一〕,静院醉醒蛩〔一二〕。旧作琴台凤〔一三〕,今为药店龙〔一四〕。宝奁抛掷久,一任景阳钟〔一五〕。

注

〔一〕亦见唐彦谦集。

〔二〕"鬅",一作"髯"。广韵:"鬅鬙被发。"

〔三〕"雨带",一作"带雨"。

〔四〕"昼",一作"夜",一作"昨"。

〔五〕"来去",一作"未久"。"来去发",旧作"束久废",非,今皆从唐集。

〔六〕见回中牡丹。又汉书:“张敞为妇画眉,长安中传张京兆眉怃。”

〔七〕晋书:“庾翼字稚恭。”世说:庾小征西尝出未还,妇母阮与女上安陵城楼。俄顷翼归,阮语女:‘闻庾郎能骑,我何由得见?’妇告翼,翼便于道盘马,始两转,坠马堕地,意气自若。”

〔八〕“从”,一作“随”。“转”,一作“辅”,非。虞昺穹天论:“天形穹窿如笠,冒地之表。”

〔九〕淮南子:“日经于泉隅,是谓高舂;顿于连石,是谓下舂。”

〔一〇〕屡见。

〔一一〕“尽”字疑。

〔一二〕朱曰:“醒”字疑作“闻”。按“醉”“醒”皆当有误。

〔一三〕益部耆旧传:“相如宅在少城中笮桥下,又有琴台在焉。”相如琴歌:“凤兮凤兮归故乡,遨游四海求其凰。”

〔一四〕乐府读曲歌:“自从别郎后,卧宿头不举。飞龙落药店,骨出只为汝。”胡震亨曰:“别本误作‘药杏’,今正之。”

〔一五〕屡见。

姚曰:“此借柳咏人也。”浩曰:是客中怀内之作,笔趣略类本集,误字颇难尽校也。旧书传:“彦谦少时师温庭筠,故文格类之。”宋杨文公谈苑曰:“鹿门先生唐彦谦为诗酷慕玉溪,得其清峭感怆之一体。”

【按】赵孟奎歌诗七册草类八作唐彦谦诗。

清夜怨

含泪坐春宵,闻君欲度辽〔一〕。绿池荷叶嫩,红砌杏花娇。

曙月当窗满，征云出塞遥。画楼终日闭，清管为谁调？

注

〔一〕史记褚先生补侯者年表："范明友，使护西羌，事昭帝，拜为度辽将军。"

程曰："拟征妇怨，别无寄托。"浩曰：声调清亮，而用意运笔不似义山。乐府陆州歌皆取旧人五言四句分章，其排遍第四，即此"曙月"以下二十字，惟"征云"作"征人"耳。其歌不知始何时也。王阮亭云："唐乐府往往节取当时诗人之作。"

【陆鸣皋曰】次联，承"春"字而写时景。第五句，根"宵"字；六句，根"度辽"字来。结写相思，清腴不俗。

定子〔一〕

檀槽一抹广陵春〔二〕，定子初开睡脸新〔三〕。却笑邱墟隋炀帝〔四〕，破家亡国为何人〔五〕？

注

〔一〕亦见杜牧外集，题作隋苑，注曰：定子，牛相小青。才调集、万首绝句皆编杜牧作。朱曰："牛僧孺镇淮南，牧之掌书记，故有此作。西溪丛语以属义山，谬也。"

〔二〕"檀槽"，杜集作"红霞"，才调集作"浓檀"。明皇杂录："中官白秀贞自蜀使回，得琵琶以献，其槽以逻杪檀为之，清润如玉，光辉可鉴。"

〔三〕"初开"，杜集作"当筵"。

〔四〕"邱墟"，一作"吃虚"，一作"吃亏"。吕氏春秋："国为邱墟。”程曰:“吃虚,唐方言,犹吃亏也。”按:当从杜集作“邱墟”。文选注:“炀,余亮切。”

〔五〕“何”,杜集作“谁”。

程曰:“格调必牧之。”

【按】西溪丛语卷下有李义山定子诗条自,可证南宋初已有误将此诗归义山名下者,或其时所见李义山集中已收此诗。

游灵伽寺〔一〕

碧烟秋寺泛湖〔二〕来,水打城根古堞摧〔三〕。尽日伤心人不见,石楠花满旧琴台〔四〕。

注

〔一〕见戊签本集,亦见许浑集。“灵”,许集作“楞”。徐曰:“吴地记:灵伽寺在横山北,隋建,今上方寺也。”

〔二〕“碧”,许集作“晚”。“湖”,一作“潮”。

〔三〕“打”,许集作“浸”。徐曰:“吴邑志:吴王鱼城在横山下,今田间多高阜,是其遗迹。又酒城在吴城西南,又越城在石湖北。越伐吴,吴王在姑苏台,筑此城逼之。又隋文帝十一年,命杨素徙郡横山,唐武德四年,复自横山还故城。盖吴郡古城遗迹多在横山石湖左右,唐时尚有可考,今知之者鲜矣。”

〔四〕“楠”,一作“榴”。“满”,一作“发”。“琴”,一作“歌”。吴地记:“砚石山在县西门外,亦名石鼓,又有琴台在上。”徐曰:“吴邑志:今灵岩山寺即其地,有琴台、石室,有砚池,皆故迹。"

程曰:"许集有自楞伽寺晨起泛舟、再游姑苏诸诗可证,义山似无亲历吴郡之迹。"浩曰:义山有无吴、越之游,未可核断。唐诗品汇选此诗,亦属之义山也。然论诗格,固应归之丁卯桥。

【按】许浑所书乌丝栏诗一百七十一首真迹之上卷中收录此诗,题作游楞伽寺,宋蜀刻本、书棚本亦收此作。浑集又有自楞伽寺晨起泛舟道中有怀七律,中有"万点水萤秋草中"之句,与"晚烟秋寺泛潮来"(此据浑集)时令相合,可证此篇确为浑作。佟培基全唐诗重出误收考(四一一页),罗时进丁卯集笺证(三二八页)亦均以此诗为许浑作。义山集旧本均不载此诗。戊签当是误据唐诗品汇录入。

龙邱道中二首〔一〕

汉苑残花别,吴江盛夏来。惟看万树合,不见一枝开。
水色饶湘浦,滩声怯建溪〔二〕。泪流回月上,可得更猿啼?

注

〔一〕一作"途"。程曰:"见戊签,但合作一首入五律类,误也。"旧书志:"衢州信安郡龙邱县,属江南东道。"按:后汉书任延传:"延拜会稽都尉,吴有龙邱苌者,隐居太末,志不降辱。延曰:'龙邱先生躬德履义,都尉埽洒其门,犹惧辱焉。'乃遣功曹奉谒,修书记,致医药。"注曰:"太末,今婺州龙邱县。"则县之得名,当以苌也。

〔二〕寰宇记:建溪在建州建阳县东,源从武夷山下西北来。按:建溪所经亦远。寰宇记:"南剑州剑浦县有三溪:曰东溪,西溪,南溪,合流南归于海,自古谓之险滩。"似此句所指。程曰:"集有武夷山诗,观此二诗,岂义山尝从衢州而至建州耶?本传未载,不可考也。"浩曰:建溪似与武夷近,然此与湘浦意皆是比也,程乃误会矣。诗亦见戊签牧之集,牧之曾刺睦州,固近衢州矣。玩诗意是春末发京师,五六月至龙邱,合之义山游踪,更不可符,恐牧之亦未必是,笔趣皆不类。万首绝句五言牧之二十七首,亦无此。

【按】商隐生平游踪,未至衢州之龙丘一带。其三卷本诗集诸旧本亦从未收入此二首,仅见于戊签,不知其据何书录入。明分体刊本蒋本、姜本亦无此二首。第二首提及"建溪",亦非商隐游踪所历。然此二诗亦非杜牧作,张金海樊川诗真伪补订(载武汉大学学报一九八二年二期)对此有详辨。究系何人之作,待考。

访白云山人〔一〕

瀑近悬崖屋,阴阴草木清。自言山底住,长向月中畊〔二〕。晚雨无多点〔三〕,初蝉第一声。煮茶归未去,刻竹为题名〔四〕。

注

〔一〕此篇本集不载。孙望据永乐大典卷三○○四收入全唐诗补逸卷之十二。白云山人,不详。本集中有白云夫旧居,其"旧居"与本篇筑室瀑布悬崖边者显然不同,徐逢源谓白云夫指令狐楚,与此白云山人殆非一人。

〔二〕畊，古文“耕”字。晏子春秋：“今齐国大夫畊，女子织。”喻汝砺诗：“晚来怀抱尤清旷，时有幽人带月耕。”月中畊，盖即“幽人带月耕”之类。

〔三〕谓晚雨稀疏短暂。

〔四〕二句谓山人煮茶留客，已题名刻于竹上。

【按】诗写山人居处之清幽，颇能从环境气氛渲染中见其人精神面貌。然出语终较浅直，不类义山手笔。义山另有白云夫旧居七绝，“白云夫”指令狐楚，与此诗之“白云山人”未可类证。参白云夫旧居诗按语。

征步郎〔一〕

塞外虏尘飞，频年度碛西。死生随玉剑，辛苦向金微〔二〕。

注

〔一〕此诗永乐大典七三二九“郎”字韵注明引李义山集。童养年全唐诗补遗据以辑出。乐府诗集八〇近代曲辞、全唐诗二七杂曲歌辞均载此诗，然无作者姓名。

〔二〕金微，山名，即今阿尔泰山。后汉书耿夔传：“（永元）三年，（窦宪）复出河西，以夔为大将军左校尉。将精骑八百，出居延塞，直奔北单于廷，于金微山斩阏支、名王以下五千馀级，单于与数骑脱亡。”旧唐书仆固怀恩传：“贞观二十年，铁勒九姓大首领率其部落来降，分置瀚海、燕然、金微、幽陵等九都督府于夏州。”张仲素秋闺思：“梦里分明见关塞，不知何路向金微。”

【按】诗述说边疆士卒冒死生、历艰苦之征战生活，而语气舒缓从容，无哀愁悲苦之辞，颇能反映征人坚韧不拔之精神。惟本集无边塞诗，此诗亦较单纯明朗，与作者乐府诸作如烧香曲、射鱼曲等之仿长吉、离亭赋得折杨柳二首之曲折含蓄均不相类，似非义山手笔。乐府诗集郭震诗塞下曲前四句与此略同，唯"碛西"作"武威"。诗与郭震生平较合，颇疑为郭作。陈尚君全唐诗外编修订说明谓"应从乐府诗集卷八十、全唐诗卷二七作无名氏诗"。

题剑阁诗〔一〕

峭壁横空限一隅，划开元气建洪枢。梯航百货通邦计，键闭诸蛮屏帝都。西蹙犬戎威北狄，南吞荆郢制东吴。千年管钥谁镕范？只自先天造化炉。

注

〔一〕通典：剑州剑门县有剑阁，即张载作铭所。馀见哭萧侍郎。浩曰：此刻剑阁石壁者，诗后一行上题剑阁诗，下李商隐。乾隆壬辰岁，余长子应榴视学四川，次子省槐偕行，剑门登眺，搜录得之，喜以呈余，矜为妙迹。余以辞意平浅，不类义山，弃而弗录。及检薛逢集题剑门先寄上西蜀杜司徒诗，即此篇也，体格于薛极类。但全篇只咏剑门形胜，何尝有一字旁及，则其"先寄"云云，必为误赘。因此转思义山频经剑州，或有此平易之作，本集旧虽不收，然既有石刻，且徐笺本曾据蜀中名胜收之，而薛又有送西川杜公赴镇赴阙诗，亦有送义山往徐幕诗，似其间错杂，亦可藉以互考，故聊为附录。又曰：细阅万花谷续集利州路题咏，有此诗，云出李商隐题剑门,似更可据。

【按】此当是薛逢诗。薛集又有送西川杜司空赴镇七律,系大中十三年杜悰自东都留守迁剑南西川节度使时所作。咸通初,薛逢由尚书郎分司东都出为成都少尹,为杜悰之下属,题剑门先寄上西蜀杜司徒当为咸通元年由东都赴成都途次所作。剑州已近成都,故作此诗先寄上杜悰。陈尚君全唐诗外编修订说明谓杜悰大中间两次出镇西蜀,第二次出镇时始官司徒,而商隐已于其前一年辞世。

鱼龙山在石埭县西三十里,有鱼龙洞,其洞凡二,东西相望,仅里许。

扁鹊得仙处,传是西南峰。年年山下人,长见骑白龙。洞门黑无底,日夕唯雷风。清斋采入时,戴花兼抱松。石径阴且寒,磬响如远钟。又若山林外,双屐声蛩蛩。低碍更俯身,声速昼夜同。时时白蝙蝠,飞入茅衣中。行久路转窄,静闻水淙淙。但愿逢人世,自得朝天宫。

此诗童养年据嘉靖池州府志卷一舆地篇山川辑入全唐诗续补遗。【按】据史记扁鹊传,扁鹊生前主要活动于齐、赵、周、秦地区,足迹似未至南方。池州府志关于鱼龙山介绍及宋陈宗、富智,明汤显祖等人题咏均未及扁鹊、白龙等事。诗之内容既与鱼龙山诸奇胜无可相合,文字亦不类义山手笔。清康熙五十年重修池州府志已将其删汰。此篇全唐诗卷三一〇作于鹄。诗题为秦越人洞中咏,其写景亦与于鹄诗编次相邻之宿西山修下元斋咏为近,当属于鹄诗无疑。

秦越人即扁鹊,姓秦,名越人。与诗之首句正合。陈尚君全唐诗外编修订说明谓此诗为于鹄诗,“文苑英华卷二二五、席刻本于鹄诗集均收入。”

骰子赌酒

骰子逡巡里手拈,无因得见玉纤纤。但知报道金钗落,仿佛还应露指尖。

此诗童养年全唐诗外编题下注曰:古今诗话云:“张祜客淮南幕中,赴宴。时杜紫微为支使,座中有属意处,索骰子赌酒。牧之微吟曰(上二句),祜应声曰(下二句)。南部新书谓此乃义山作。”今按:全唐诗七九二以此载入联句,称妓席同咏。【按】此诗当属李群玉之作。佟培基全唐诗重出误收考李群玉戏赠姬人条云:“此诗较早载摭言一三敏捷条(文与古今诗话所载略同。兹从略)。按杜牧入淮南幕府时,初为节度推官,后转掌书记,未任过支使……摭言所记有误。古今诗话、总龟前集二三亦引此则,而南部新书又谓此诗李义山作。按才调九、绝句三七、书棚本李(群玉)集后集俱作群玉诗,宋蜀刻本张承吉文集及冯集梧注樊川诗集俱未收,则当依才调作群玉诗。”佟氏所考甚是,当入群玉集。群玉字文山,与商隐字義山(义山)极易相混。南部新书谓此诗义山作,当缘于此。

晋元帝庙

青山遗庙与僧邻,断镞残碑锁暗尘。紫盖适符江左运,翠华空忆洛中春。夜台无月照朱户，秋殿有风开玉扆。弓剑神灵定何处？年年春绿上麒麟。

【冯曰】周密浩然斋杂谈："李商隐诗云：'咸阳宫殿郁嵯峨'一条下，又李商隐晋元帝庙云云。"意浅语弱，必非本集轶篇。殿本已于杂谈内加按语订其误矣。

【按】此诗义山诗集诸旧本均不载，惟见于浩然斋雅谈所录，四库馆臣于此条下加按语云："此诗李商隐集不载，未详所据何本，疑姓名有误。"冯氏以"意浅语弱"断其"非本集轶篇"，似非确证。唐人诗中亦无与之重出者。究属何代何人所作，待考。诗之风格颇近许浑怀古诸作。

嘉兴社日

消渴天涯寄病身，临邛知我是何人。今年社日分馀肉，不值陈平又不均。

【冯曰】徐笺本据岁时杂咏收嘉兴社日七绝，而曰亦见刘言史集。考全唐诗小序，刘言史邯郸人，初客镇冀，后客汉南，其集中有润州、处州之作，则当经嘉兴矣。义山虽有江东之游，未知至嘉兴否？且诸集本皆不载也。

【按】万首唐人绝句卷七五收此诗，作刘言史诗。言史集中有夜泊润州江口、登甘露台、看山木瓜花，均润州作。润州距嘉兴不远，言史或曾至嘉兴。至于处州月夜穆中丞席和主人诗题内之"处"字乃"虔"字之误，不得引以为证。义山生平游踪未至嘉兴，此诗应从万首唐人绝句，作刘言史诗。义山诗集诸旧本亦均不载此诗。

缺题

重午云阴日正长，佳辰早至浴兰汤。凉风入座无消扇，彩索灵符映羽觞。（万花谷别集）

【冯曰】不类义山诗趣，以其成首补采之。

咏三学山〔一〕

五色玻璃白昼寒〔二〕，当年佛脚印旃檀〔三〕。万丝织出三衣妙〔四〕，贝叶经传一偈难〔五〕。夜看圣灯红菡萏〔六〕，晓惊飞石碧琅玕〔七〕。更无鸜鹆因缘塔〔八〕，八十山僧试说看。

注

〔一〕【冯注】按：见万花谷续集潼川路怀安军题咏，云出李义山，在金堂县。余昔阅此书，忽而不察，今以大儿应榴录得，因加审定，必本集所遗无疑也。补编年诗后，当附题僧壁下。法苑珠林："简州金水县北三学山，旧属益州。"元和郡县志："简州管县三：阳安、金水、平泉。金水县有金堂山。汉州管县有金堂，以界连金堂山，故名。"元丰九域志："乾德五年，以简州金水县置怀安军，又以汉州金堂县隶军。"明一统志："三学山在金堂县东北一十里，上有法海、普济、广济三寺。"翻译名义集三学法："世尊立教，法有三焉：一者戒律，二者禅定，三者智慧。"六朝诗乘："隋释智炫，成都人，入京大弘佛法，两都归趋。后还蜀，隐于三学山，年百馀岁。有游三学山诗。"而唐昭宗时兵营三学山，蜀主王衍太后、太妃游青城山，遂至三学山，皆见史文。楞严经："摄心为戒，因戒生定，因定发慧，是名三无漏学。"

〔二〕【冯注】按："玉篇、广韵：玻瓈，玉也，西国宝。"翻译名义集："颇黎，此云水玉，或云水精，然有赤有白。"愚检前、后汉书："西域罽宾国、大秦国多奇宝，中有流离。"注引魏略："大秦国出赤白黑黄青绿缥绀红紫十种流离。盖自然之物，逾于众玉，其色不恒。今俗皆销治石汁众药灌而为之，虚脆非真。"魏书："大月氏国人商贩京师，能铸石为五色琉璃，乃美于西方来者。"是皆云流璃，不云玻瓈。玄中记则云大秦国有五色颇黎。艺文类聚引十洲记："方丈山上有琉璃宫。"太平御览引十洲记："昆仑山上有红碧颇黎色七宝堂。"虽佛书七宝中三者并列，疑古时总为一类。此谓殿宇高严明净。

〔三〕【冯注】法苑珠林："汉州三学山寺，唐开皇十二年，寺东壁有佛迹见，长尺八寸，阔七寸。"又旃檀香，竺法真曰："栴檀出外国。"俞益期笺曰："众香共是一木，木根为栴檀。"翻译名义集华严云："摩罗那山出栴檀香，山峰状如牛头，此峰中生栴檀树，故曰牛头栴檀。"明一统志："三学山有佛迹，石理温润，非世间追琢所能。"按：开皇是隋，似"唐"字误。

〔四〕【冯注】大方等陀罗尼经："佛告阿难，衣有三种：一出家衣，作于三世诸佛法式；二俗服，弟子趣道场时当著一服，常随逐身，尺寸不离；第三服者，具于俗服，将至道场，常用坐起。其名如是。修诸净行，具于三衣。"圆觉经："一曰僧伽梨，即大衣也；二曰郁多罗僧，即七条也；三曰安陀会，即五条也。此是三衣。"法苑珠林："天女说偈歌，言若男子女人胜妙衣惠施，施衣因缘，故所生得殊胜。"

〔五〕【冯注】传法正宗记："释迦命迦叶曰：'吾以清净法眼实相无相妙法，今付与汝。'说偈曰：'法本法无法，无法法亦法。今付无法时，法法何曾法。'"又："二祖阿难曰：'昔如来以正法眼藏付大迦叶，迦叶入定而付于我，用传汝等。汝受吾教，当听偈言。'"馀见安平公诗。

〔六〕【冯注】法苑珠林："三学山寺有神灯，自空而现，每夕常尔，斋时则多。初出一灯，流散四空，千有馀现，大风起吹小灯灭，已，大灯还出，小灯流散四空，迄至天明。"又："山有菩萨寺，迦叶佛正法时，初有欢喜王菩萨造之，寺名法灯。自彼至今，常明空表。"一统志："圣灯山在金堂县东三十里，一名普贤山，世传昔有普贤圣灯出现。"

〔七〕【冯注】四川通志："三学山飞石记，邑宰张西撰。"按：志文足据，未得其详，似亦唐时邑宰。

〔八〕【冯注】文苑英华鹦鹉舍利塔记："前岁有献鹦鹉鸟者，有河东裴氏，以此鸟名载梵经，智殊常类，始告以六斋之禁。比及辰后非时之食，或教以持斋名号者，其后即唱言阿弥陀佛，穆如笙竽，念念相续。今年七月，悴而不怿，驯养者乃鸣磬告曰：'将西归乎？为尔击磬。'每一击一称弥陀佛，洎十念成，奄然而绝。命火焚馀，果舍利十馀粒。时高僧慧观常诣三学山巡礼圣迹，请以舍利于灵山建塔。贞元十九年八月韦皋记。"翻译名义集："尼陀那，此云因缘。一切佛语缘起事皆名因缘。"

笺　评

【冯曰】义山为八戒和尚谢复三学山精舍表，此老僧必即八戒，诗当同时作也。前后咏本山灵迹；次联谓习禅者多，悟法者少；末叹不如禽兽之微，能得正觉。虽皆事属释门，而义山沉沦使府，未升朝官，寄慨亦在言外矣。

【按】此诗据陶敏考证，系北宋王雍作，见宋诗纪事卷三四。雍系王旦之侄，元祐中，通判濠州。宋诗纪事于诗后引方舆胜览："在蜀金堂县东北，有佛迹，石理坚润，莹白如玉，非世间追琢所能。又有神灯寺，有碧玉佛龛，藕丝袈裟，锦字多心经，贝叶金字涅槃经。寺前桧柏，皆隋唐故物。又有飞石，乃自云顶山飞来。又有鹦鹉塔，乃鹦鹉能念佛，死遂瘗于塔。王雍有诗。"陈尚君全唐诗外编修订说明谓蜀中名胜记卷八作"宋王雍题云顶山诗。"

冯曰：戊签据事文类聚收金灯花七言二韵，乃又见宋晏殊集者，语意浅甚，必非义山也。徐氏据又绝句博选收齐安郡中一首，此牧之刺黄时作也，故皆不附录。洪容斋三笔曰："唐李义山诗云：'镂月为歌扇，裁云作舞衣。'"此李义府堂堂词，洪氏万首绝句亦载之，必近时刊本讹"府"字为"山"字也。戊签据海录碎事收逸句云："头上金爵钗，腰佩翠琅玕。"此出陈思王美女篇也。又云："遥想故园陌，桃李正酣酣。"此崔融和宋之问寒食题临江驿诗，"想"字乃"思"字之讹也。又云："芦洲客雁报春来。"此李贺梁台古意篇也。无一为义山矣。徐氏据合璧事类补采咏雪"郊野鹅毛满，江湖雁影空"之类，共十句，余偶阅万花谷有咏桃"酥胸酣暖日，玉脸笑春风"，而其他说部、韵类诸书，每有引义山句为本集所无者，既未遑一一订正以分弃取，且原非名句，枝赘何庸？故尽舍之。

【按】冯氏所考甚是。金灯花诗又见高丽刻本李商隐诗集卷十，诗云："兰膏爇处心犹浅，银烛烧残焰不馨。好向书生窗畔种，免教辛苦更囊萤。”冯氏谓“语意浅甚，必非义山也”，虽非实证，然大体可信。既又见晏殊集，则当是晏诗。

补遗（以下所录，系冯注本未搜录之佚篇佚句，其中有显为他人之作误题者，亦有暂难考明者，并录于下。可考明为他人之作者，略缀数语指出。）

萤

水殿风清玉户开，飞光千点去还来。无风无月长门夜，偏到阶前点绿苔。（明杨慎升庵诗话卷五李义山萤诗）

【按】此诗见罗邺集，题为萤二首，此为第一首，另一首为：“裴回无烛冷无烟，秋径莎庭入夜天。休向书窗来照字，近来红蜡满歌筵。”当为罗作。义山诗集旧本均无此诗。

笋

昨夜春霞迸藓根，乱披烟箨出柴门。稚川龙过应回首，认得青青几代孙。（宋刻本全芳备祖后集卷二十三蔬部笋）

赠茅山高拾遗二首

谏猎归来绮里歌，大茅峰影薄秋波。山斋留客扫红叶，野径送僧披绿莎。长覆旧图棋势尽，偏添新品药名多。云中黄鹄日千里，自宿自飞无网罗。（其一）

一笛迎风万叶飞，强携刀笔换征衣。潮寒水国秋砧早，月暗山城晓漏迟。岩响远催行客过，蒲深遥送钓船归。中年未识从军乐，虚近三茅望少微。（其二）（高丽刻本李商隐诗集卷七）

【按】此二首均许浑诗，见影宋写本丁卯集卷上。第一首“谏猎归来绮里歌”题为题茅山高拾遗，第二首“一笛迎风万叶飞”题为祗命许昌自郊居移入公馆寄茅山高拾遗。高拾遗为高蔓，全唐诗卷五〇六章孝标有赠茅山高拾遗蔓。许浑曾在茅山置田，京口赋闲期间出入茅山，有游茅山、茅山题徐校书隐居等诗。

章野人幽居

带郭茅亭诗兴饶，回看一径倚危桥。门开山色能深浅，壁静湖光自动摇。幽花散落填书帙，戏鸟低飞碍柳条。向此隐来机自息，如今已是□□豪。（高丽刻本李商隐诗集卷八）

【按】此诗一作马戴诗，见清编全唐诗卷五五六；一作秦系诗，见清编全唐诗卷二六〇。佟培基全唐诗重出误收考：“亦见宋、明本秦集。统签二六八丁签二五秦系中收入。下注：一作马戴误。”秦系曾居剡山，诗中所写“湖光”，当指镜湖。秦集中文字与高丽刻本所录多有不同，末句作“如今已是汉家朝”。

感兴寄友

十年京国总忘忧，诗酒淋漓共贵游。汉月夜吟鳷鹊观，苑

云春让鹈鹕裘。书来慰我临池上，秋去思君到水头。为忆晋人张处士，于今江海尚淹留。（高丽刻本李商隐诗集卷八）

阙题

慈恩塔上新泥壁，滑腻光华玉不如。何事博陵崔四十，金陵腿上逞欧书。（说郛卷十二引孙棨北里志王团儿条云：王团儿有假女数人，长曰小润，字子美，少时颇籍籍者。崔垂休常题记于小润髀上，为同年李义山所见，赠之诗曰……）

【按】此诗又见清编全唐诗卷八七二谐谑四，题为嘲崔垂休。题注云："胤子垂休，变化年（指登第年），惑妓人王小润，费甚广，尝题记于小润髀上，为为山所见，赠诗云云。为山名就，字衮求，失其姓。"崔胤系乾符二年进士（见徐松登科记考卷二三）。涵芬楼一九二七年版说郛卷十二引北里志王团儿条谓"崔垂休常题记于小润髀上，为同年李义山所见"，"义山"盖"为山"之讹。（古今说海及香艳丛书所收北里志即作"为山"。）义山开成二年进士，与崔胤显非同年。诗非义山作。

缺题

楚王台上一神仙，眼色相看意已传。见了又休还似梦，坐来虽近远如天。陇禽有恨犹能说，江月无情也解圆。更被春风送惆怅，落花飞絮两翩翩。

【按】唐圭璋编全宋词第一册欧阳修存目词内，据草堂诗馀续集卷下录瑞鹧鸪词一首，调名下注云："此词本李商隐诗，公尝笔于扇，云可入此腔歌之。"所录瑞鹧鸪词即"楚王台上一神仙"七律。然唐氏已在附注中指出："（此）唐吴融诗，见才调集卷二。"其非义山诗甚明。才调集题为浙东筵上有寄，按义山幼年后足迹未尝至浙东，亦可证其非义山之作。

佚句

举白弈棋兼把钓，不离至教事颠狂。（宋吴聿观林诗话引义山览汉史诗。见丁福保编历代诗话续编）

王莽弄来曾半破，曹公将去便平沉。（魏庆之诗人玉屑卷十一诗病引高英秀所引义山诗）

【按】此二句系李山甫七言律诗读汉史之第三联。见清编全唐诗卷六四三。全诗风格亦甚类李山甫之"语不忌俚"（胡震亨唐音癸签），而不似义山诗。四库全书总目卷一九七解颐新语按语云："（此书）引证不确，摇笔即舛。如……'王莽弄来曾半破，曹公将去便平沉'，李山甫诗也，而云李商隐。"二句诗之作者，四库馆臣亦曾辨之。

清羸还对月，迟暮更逢秋。（宋潘自牧编记纂渊海卷十引李义山诗）

郊野鹅毛满，江湖雁影空。（宋谢维新编古今合璧事类卷三引李义山诗）

花发多风雨，人生足别离。（宋施元之、顾禧撰施注苏诗颍州初别子由二首其二"人生无离别"句下引李商隐诗）

【按】此二句又见于武陵集，为五绝劝酒之后二句，见清编全唐诗卷五九五。前二句为“劝君金屈卮,满酌不须辞”。似当为于武陵诗。

水纹簟滑铺牙床(施注苏诗南堂五首其五“簟纹如水帐如烟”句下引李商隐惆怅诗)

【按】施注于此句下又引李商隐小亭诗:“水纹簟上琥珀枕。”“水纹”句见李义山集卷下,题为偶题二首(其一)。则惆怅诗“水纹簟滑铺牙床”或为义山诗佚句。

又,永乐大典卷七三二九载:“唐李义山集圣郎曲:左亦不佯佯,右亦不翼翼。仙人在郎傍,玉女在郎侧。酒无沙塘味,为他通颜色。”是否确系李商隐诗,待考。

随宜教李娟。(程大昌演繁露续集卷七引李义山诗)

斜倚绿窗□□□。(李壁王荆文公诗笺注卷三五金陵怀古注引。陈尚君全唐诗续拾卷二九据以录入)

附录

一　传记资料

旧唐书文苑传

〔后晋〕刘　昫等

李商隐，字义山，怀州河内人。曾祖叔恒，年十九登进士第，位终安阳令。祖俌，位终邢州录事参军。父嗣。商隐幼能为文，令狐楚镇河阳，以所业文干之，年才及弱冠。楚以其少俊，深礼之，令与诸子游。楚镇天平、汴州，从为巡官，岁给资装，令随计上都。开成二年，方登进士第，释褐秘书省校书郎，调补弘农尉。会昌二年，又以书判拔萃。王茂元镇河阳，辟为掌书记，得侍御史。茂元爱其才，以子妻之。茂元虽读书为儒，然本将家子，李德裕素厚遇之。时德裕秉政，用为河阳帅。德裕与李宗闵、杨嗣复、令狐楚大相雠怨。商隐既为茂元从事，宗闵党大薄之。时令狐楚已卒，子绹为员外郎，以商隐背恩，尤恶其无行。俄而茂元卒，来游京师，久之不调。会给事中郑亚廉察桂州，请为观察判官、检校水部员外郎。大中初,白敏中执政,令狐绹在内署,共排李德裕,逐之。亚坐德裕党,亦贬循州刺史。商隐随亚在岭表累载。三年入朝,京兆尹卢弘正奏署掾曹,令典笺奏。明年,令狐绹作相,商隐屡启陈情,绹不之省。弘正镇徐州,又从为掌书记。府罢入朝,复以文章干绹,乃补太学博士。会河南尹柳仲郢镇东蜀,辟为节度判官、检校工部郎中。大中末,仲郢坐专杀左迁,商隐废罢,还郑州,未几病卒。

商隐能为古文,不喜偶对,从事令狐楚幕,楚能章奏,遂以其道授商隐,自是始为今体章奏。博学强记,下笔不能自休,尤善为诔奠之辞。与太原温庭筠、南郡段成式齐名,时号“三十六”。文思清丽,庭筠过之,而俱无持操,恃才诡激,为当涂者所薄,名宦不进,坎壈终身。弟羲叟,亦以进士擢第,累为宾佐。商隐有表状集四十卷。(旧唐书卷一百九十下)

新唐书文艺传

〔宋〕欧阳修等

李商隐,字义山,怀州河内人。或言英国公世勣之裔孙。令狐楚帅河阳,奇其文,使与诸子游。楚徙天平、宣武,皆表署巡官,岁具资装使随计。开成二年,高锴知贡举,令狐绹雅善锴,奖誉甚力,故擢进士第。调弘农尉,以活狱忤观察使孙简,将罢去,会姚合代简,谕使还官。又试拔萃,中选。

王茂元镇河阳,爱其才,表掌书记,以子妻之,得侍御史。茂元善李德裕，而牛、李党人蚩谪商隐，以为诡薄无行，共排笮之。茂元死，来游京师，久不调，更依桂管观察使郑亚府为判官。亚谪循州，商隐从之，凡三年乃归。亚亦德裕所善，绹以为忘家恩，放利偷合，谢不通。京兆尹卢弘止表为府参军，典笺奏。绹当国，商隐归穷自解，绹憾不置。弘止镇徐州，表为掌书记。久之，还朝，复干绹，乃补太学博士。柳仲郢节度剑南东川，辟判官，检校工部员外郎。府罢，客荥阳，卒。

商隐初为文瑰迈奇古，及在令狐楚府，楚本工章奏，因授其学。商隐俪偶长短，而繁缛过之。时温庭绹、段成式俱用是相夸，号"三十六体"。（新唐书卷二百三）

唐才子传

〔元〕辛文房

商隐，字义山，怀州人也。令狐楚奇其才，使游门下，授以文法，遇之甚厚。开成二年，高锴知贡举，楚善于锴，奖誉甚力，遂擢进士。又中拔萃，楚又奏为集贤校理。楚出，王茂元镇河阳，素爱其才，表掌书记，以子妻之。除侍御史。茂元为牛李党，士流嗤谪商隐，以为诡薄无行，共排摈之。来京都，久不调。更依桂林总管郑亚府为判官，后随亚谪循州，三年始回。归穷于宰相绹，绹恶其忘家恩，放利偷合，从小人之辟，谢绝殊不展分。重阳日，因诣厅事，留题云："十年泉下无消息，九日樽前有所思。郎君官重施行马，东阁无因许再窥。”绹见之，恻然，乃补太学博士。柳仲郢节度东川，辟为判官。商隐廉介可畏，出为广州都督。人或袖金以赠，商隐曰：“吾自性分不可易，非畏人知也。”未几，入拜检校吏部员外郎，罢，客荥阳卒。商隐工诗，为文瑰迈奇古，辞隐事难。及从楚学，俪偶长短，而繁缛过之。每属缀，多检阅书册，左右鳞次，号“獭祭鱼”。而旨能感人，人谓其横绝前后。时温庭筠、段成式各以秾致相夸，号“三十六体”。后评者谓其诗如百宝流苏，千丝铁网，绮密瓌妍。要非适用之具。斯言信哉。初得大名，薄游长安，尚希识面，因投逆旅，有众客方酣饮，赋木兰花诗就，呼与坐，不知为商隐也。后成一篇云：“洞庭波冷晓侵云，日日征帆送远人。几度木兰船上望，不知元是此花身。”客问姓名，大惊称罪。时白乐天老退，极喜商隐文章，曰：“我死后，得为尔儿足矣。”白死数年，生子，遂以“白老”名之；既长，殊鄙钝。温飞卿戏曰：“以尔为侍郎后身，不亦忝乎？”后更生子，名衮师，聪俊。商隐诗云：“衮师我骄儿，英秀乃无匹。”此或其后身也。商隐文自成一格，后之学重者，谓“西昆体”也。有樊南甲集二十卷，乙集二十卷，玉溪生诗三卷。初，自号“玉溪子”。又赋一卷，文一卷，并传于世。

同时人赠挽诗

喻凫　赠李商隐

羽翼恣抟扶，山河使笔驱。月疏吟夜桂，龙失咏春珠。草

细盘金勒，花繁倒玉壶。徒嗟好章句，无力致前途。（全唐诗卷五百四十三）

薛蓬　重送徐州李从事商隐

晓乘征骑带犀渠，醉别都门惨袂初。莲府望高秦御史，柳营官重汉尚书。斩蛇泽畔人烟晓，戏马台前树影疏。尺组挂身何用处，一作"说"。古来名利尽邱墟。（全唐诗卷五百四十八）

李郢　送李商隐侍御奉使入关

梁园相遇管弦中，君踏仙梯我转蓬。白雪咏歌人似玉，青云头角马生风。相逢几日虚怀待，宾幕连期醉蝶同。如有扁舟棹歌思，题诗时寄五湖东。

李郢　板桥重送

梁苑城西蘸水头，玉鞭公子醉风流。几多红粉低鬟恨，一部清商驻拍留。王事有程须仃仃，客身如梦正悠悠。洛阳津畔逢神女，莫坠金楼醉石榴。

李郢　赠李商隐赠佳人

金珠约臂近笄年，秋月嫦娥汉浦仙。云发腻垂香拨妥，黛眉愁入翠连娟。花庭避客鸣环珮，凤阁持杯泥管弦。闻道彩鸾三十六，一双双映碧池莲。（以上三诗均见童养年辑全唐诗续补遗卷十二）

温庭筠　秋日旅舍寄义山李侍御

一水悠悠隔渭城，渭城风物近柴荆。寒蛩乍响催机杼，旅雁初来忆弟兄。自为林泉牵晓梦，不关砧杵报秋声。子虚何处堪消渴，试向文园问长卿。（全唐诗卷五百八十三）

崔珏　哭李商隐二首

成纪星郎字一作“李”。义山，适归黄一作“高”。壤抱长叹。词林枝叶三春尽，学海波澜一夜乾。风雨已吹灯烛灭，姓名长在齿牙寒。只应一作“应游”。物外攀琪树，便着霓裳上绛坛。一作“蜺衣上玉坛”。

虚负凌云万丈才，一生襟抱未曾一作“尝”。开。鸟啼花落一作“发”。人何在，竹死桐枯凤不来。良马足因无主踠，旧交心为绝弦哀。九泉莫叹三光隔，又送文星入夜台。（全唐诗卷五百九十一）

二　各本序跋凡例

书郑潜庵李商隐诗选

〔元〕袁桷

李商隐诗号为中唐警丽之作，其源出于杜拾遗。晚自以不及，故别为一体。玩其句律，未尝不规规然近之也。拾遗爱君忧国，一寓于诗，而深讥矫正，不敢以谈笑道。若商隐则直为讪侮，非若为鲁讳者，使后数百年，其诗祸之作，当不止流窜岭海而已也。桷往岁尝病其用事僻昧，间阅齐谐外传诸书，签于其侧，冶容褊心，遂复中止。私以为近世诗学顿废，风云月露者，几于晚唐之悲切；言理析旨者，邻于禅林之旷达。诗虽小道，若商隐者，未可以遽废而议也。客京师，潜庵郑公示以新选一编，去其奇邪俚艳，读其诗，若截狐为裘，播精为炊，无一可议。去取之当，良尽于此。昔萧统定文选，至渊明诗存者特少，故议之者不置。至王介甫选唐百家诗，莫敢异议，而或者又谓笔札传录之际多所遗落，嗜好不同，固难以一。今此编对偶之工，一语之切，悉附于左。商隐之诗，如是足矣。览者其何以病？因书其说而归之。（清容居士集卷四十八）

玉溪生诗笺叙

〔清〕钱龙惕

余少好读李义山诗，往往不得其解。积以岁月。吾乡为义山之学者，间不乏人，时以隐事僻义，就而正之，乃知其弘深精妙，上薄风骚，下该沈宋，升少陵之堂，而入其室矣。间尝论之：宋初诸公，如吾祖思公，及杨刘二宋，西昆酬唱之诗，此嗜炙而尝其一脔者也。江西宗派，如黄鲁直、刘辰翁之徒，诋之为文章一厄，此门外汉妄肆讥评者也。国初杨廉夫、高季迪、杨孟载诸公，如子孙肖像祖宗，年代久远，犹得其声音笑貌者也。至如高廷礼、李空同之流，欲为杜诗而黜义山为晚唐卑近，是登山而不繇径，泛海而断之港也。然其用意高远，运词精奥，读者未必易晓。

今年春，侍家叔太保公于吴门，谓余曰："子何不注释之以贻学者？"余以学问浅陋，兼之家无藏书，难以援据，谢不敢当。归而访石林源上人于高林庵。见其取李集一编，随事夹注其下，旁行逼仄，蚓行蚊脚，几不可辨。迫而读之，乃知征引极博，搜罗甚苦，经史诸书，纷然杂陈于左右，而功犹未及半。余扣之曰："师亦知某诗为某人，某诗为某事乎？"源公曰："尚未悉也。"余谓："古人读其书，论其世，即如注陶渊明、杜子美之诗，必先立年谱，然后其游历出处，感时论事，皆可考据。师欲注义山，当先事此。"源公谦退，屡以见问。因取新、旧唐书并诸家文集小说有关李诗者，或人或事，随题笺释于下，疑而无考者阙焉。得上、中、下三卷，以复石林长老。至于全诗之注解，有源公之博识可以任之，非余所敢及也。他日书成，附此于后，可以不朽矣。戊子仲夏望日鲈乡渔父钱龙惕上。

注李义山诗集序

〔清〕钱谦益

石林长老源公禅诵馀晷，博涉外典，苦爱李义山诗。以其使事奥博，属辞瑰谲，捃摭群籍，疏通诠释。吾家夕公又通考新旧书，尚论时事，指见其作为之指意，累年削槁，出以眎余。余问之曰："公之论诗，何独取乎义山也？"公曰："义山之诗，宋初为词馆所宗，优人内燕，至有挦撦商隐之谑。元季作者，惩江西学杜之弊，往往跻义山，祧少陵，流风迨国初未变。然诗人之论少陵，以谓忠君忧国，一饭不忘，兔园村夫子皆能嗟咨吟咀；而义山徒以其绮靡香艳，极玉台香奁之致而已。吾以为论义山之世，有唐之国势视玄、肃时滋削；涓人擅命，人主赘旒，视朝恩、元振滋甚。义山流浪书记，洊受排笮，乙卯之事，忠愤抑塞，至于结怨洪垆，托言晋石，则其非诡薄无行，放利偷合之徒，亦已明矣。少陵当杂种作逆，藩镇不庭，疾声怒号，如人之疾病而呼天呼父母也，其志直，其词危。义山当南北水火，中外箝结，若喑而欲言也，若魇而求寤也，不得不纡曲其指，诞谩其辞，婉娈托寄，谵谜连比，此亦风人之遐思，小雅之寄位也。吾以为义山之诗，推原其志义，可以鼓吹少陵。其为人也，激昂奡兀，刘司户、杜司勋之流亚，而无庸以浪子蚩摘，此吾与夕公疏、笺之意，愿受成于夫子者也。"余曰："是则然矣。义山无题诸什，春女读之而哀，秋士读之而悲。公为真清净僧，何取乎尔也？”公曰：“佛言众生为有情，此世界，情世界也。欲火不烧然则不干，爱流不飘鼓则不息。诗至于义山，慧极而流，思深而荡，流旋荡复，尘影落谢，则情澜障而欲薪烬矣。春蚕到死，蜡炬灰干，香销梦断，霜降水涸，斯亦箧蛇树猴之善喻也。且夫萤火暮鸦，隋宫水调之馀悲也；牵牛驻马，天宝淋铃之流恨也。筹笔储胥，感关、张之无命；昭陵石马，悼郭、李之不作。富贵空花，英雄阳焰，由是可以影视山河，长挹三界，疑神奏苦集之音，何徙证那含之果，宁公称杼山能以诗句牵劝令入佛智，吾又何择于义山乎？”余往尝笺注杜诗，于义山则未遑。今方繙阅首楞，抛弃世间文句，源公来索序，愧未有以应也。为次其言以复之。（有学集卷十五）

李义山诗集序

〔清〕钱谦益

往吾友石林源师好义山诗，穷老厄乞，注解不少休。乙酉岁，朱子长孺订补余杜诗笺辍简，将有事于义山。余取源师遗本以畀长孺，长孺先有成槁，归而错综雠勘，缀集异闻，敷陈隐滞。取源师注，择其善者为之剟其瑕砾，搴其萧稂，更数岁而告成。于是义山一家之书粲然矣。长孺既自为其序，复以属余。余往为源师撰序，推明义山之诗忠愤蟠郁，鼓吹少陵，以为风人之博徒，小雅之寄位，其为人诡激历落，厄塞排笮，不应以浪子嗤点，大略如长孺所云。

又谓其绮靡秾艳,伤春悲秋,至于春蚕到死,蜡炬成灰,深情罕俦,可以涸爱河而干欲火。此盖为源师言之,而其援据则未有尽者。义山赞佛一偈,驰誉禅林,晚从事河东梓潼幕,师事悟达国师知玄,以目疾遥礼禅宫,明旦得天眼偈,读终疾愈。卧病语僧录僧彻,誓愿多生削染为玄弟子。凤翔写玄真,义山执绋侍立。集中别智玄法师诗云:“东西南北皆垂泪,却是杨朱真本师。”智玄即知玄,故云“本师”也。又有寄安国大师诗。知玄与弟子僧彻皆住上都大安国寺,号安国大师。玄归老九陇旧山,义山罢归郑州,故其卧病与僧彻语云云。又寄书偈与玄诀别。唐书载义山终于郑州,其踪迹亦略可考见。源师注安国为玄秘塔端甫法师,此失考也。少陵云:“余亦师粲可。”又云:“身许双峰寺。”谢康乐言:学道必须慧业,未有具慧业而不通于禅者。灵山拂席,沧海求珠,岂可与香奁、金缕裁云镂月之流比类而诃之哉!书此贻长孺,联以补前序之阙。又窃念吾远祖思公与杨大年诸公仿义山诗创西昆体,余为耳孙,老耄多忘。玉台风流,邈然异代,徒假手于长孺,以终源师杀青之托,此则为之口沫手胝,抚卷而三叹者也。(同上)

笺注李义山诗集序

〔清〕朱鹤龄

申酉之岁,予笺杜诗于牧斋先生之红豆庄。既卒业,先生谓予曰:“玉溪生诗,沈博绝丽,王介甫称为善学老杜,惜从前未有为之注者。元遗山云:'诗家总爱西昆好,只恨无人作郑笺。'子何不并成之,以嘉惠来学?"予因缗核新、旧唐书本传,以及笺、启、序、状诸作所载于英华、文粹者,反覆参考,乃喟然叹曰:"嗟乎! 义山盖负才傲兀,抑塞于钩党之祸,而传所云'放利偷合'、'诡薄无行'者,非其实也。"

夫令狐绹之恶义山,以其就王茂元、郑亚之辟也;其恶茂元、郑亚,以其为赞皇所善也。赞皇入相,荐自晋公,功流社稷,史家之论,每曲牛而直李。茂元诸人,皆一时翘楚,绹安得以私恩之故,牢笼义山,使终身不为之用乎?绹特以仇怨赞皇,恶及其党,因并恶其党赞皇之党者,非真有憾于义山也。太牢与正士为雠,绹父楚比太牢而深结李宗闵、杨嗣复。绹之继父,深险尤甚。会昌中,赞皇擢绹台阁,一旦失势,绹与不逞之徒竭力排陷之,此其人可附离为死党乎?义山之就王、郑,未必非择木之智、涣邱之公。此而目为放利偷合、诡薄无行,则必将朋比奸邪,擅朝乱政,如"八关十六子"之所为,而后谓之非偷合、非无行乎?(纪昀批语:诡薄无行,固当时已甚之词。而以为择木之智,涣邱之公,亦后人张大其事而涉于袒护者。义山盖自行其志,而于朝廷党友无所容心于其间。感王茂元一时知己,故从而依之,不幸值绹之溪刻,遂成莫解之怨,固迫于势之不得不然耳。倘以为有意去就,则后之屡启陈情,又何说以处之?)

且吾观其活狱弘农,则忤廉察;题诗九日,则忤政府;于刘蕡之斥,则抱痛巫咸;于乙卯之变,则衔冤晋石;太和东讨,怀"积骸成莽"之悲;党项兴师,有"穷兵祸胎"之戒。以至汉宫、瑶池、华清、马嵬诸作,无非讽方士为不经,警色荒之覆国。此其指事怀忠、郁纡激切，直可与曲江老人相视而笑，断不得以放利偷合、诡薄无行嗤摘之者也。（纪昀批语：诸诗工拙不一，然自是其身份见地高出晚唐诸家处，所以为杜之苗裔而卓然有以自立。）

或曰："义山之诗，半及闺闼，读者与玉台、香奁例称，荆公以为善学老杜，何居？"予曰："男女之情，通于君臣朋友。国风之螓首蛾眉，云发瓠齿，其辞甚亵，圣人顾有取焉。离骚托芳草以怨王孙，借美人以喻君子，遂为汉魏六朝乐府之祖。古人之不得志于君臣朋友者，往往寄遥情于婉娈，结深怨于蹇修，以序其忠愤无聊、缠绵宕往之致。唐至太和以后，阉人暴横，党祸蔓延，义山厄塞当涂，沈沦记室，其身危，则显言不可而曲言之；其思苦，则庄语不可而谩语之。计莫若瑶台璚宇、歌筵舞榭之间，言之者可无罪，而闻之者足以动。其梓州吟云：'楚雨含情俱有托。'早已自下笺解矣。（纪昀批语：此段真抉出本原，然此等皆可以意会之，必求其事以实之，则刻舟之见矣。中亦有实是艳词者，又不得概论。）吾故曰：义山之诗，乃风人之绪音，屈宋之遗响，盖得子美之深而变出之者也。（纪昀批语："变出之"三字，为千古揭出正法眼藏。知李之所以学杜，知所以学李矣。若挦撦字句，株守格律，皆属浅尝。至于拾一二浅薄语以自快，则下劣诗魔，不可药救矣。）岂徒以征事奥博，撷采妍华，与飞卿、柯古争霸一时哉！学者不察本末，类以'才人''浪子'目义山，即爱其诗者，亦不过以为帷房昵媟之词而已，此不能论世知人之故也。"（纪昀批语：凡诗皆当如此看。就诗论诗，盖有不晓为何语者，况定其工拙乎？）予故博考时事，推求至隐，因笺成而发之，以复于先生，且以为世之读义山集者告焉。顺治已亥二月朔，朱鹤龄书于猗兰堂。

笺注李义山诗集凡例

〔清〕朱鹤龄

西清诗话载都人刘克尝注杜子美、李义山诗，又延州笔记载张文亮有义山诗注，今皆不传。近海虞释石林道源锐意创为之，洵称罕觏，惜其用就而终未及。牧斋先生授余是正，余因大加翦薙，遴其当者录之，不敢掠美。钱夕公龙惕笺与鄙意多合，并为采入，以公同好。

所引之事，必求其书；所引之书，必求其祖。事之奥僻者详之，习见者简之，所传互异者则备载之，意义之沈晦者疏明之，不可解者则阙之。此余笺注杜诗之例也。今一以是例为准。义山诗艺文志止三卷，想后人掇拾于散佚之馀，故诗与题或不相应，又作诗之岁月多不可考，今略于谱中诠次先后，以附于论世之义云。

是集夹注中所云自注及"一作"者，皆遍搜宋刻善本，与文苑英华、唐文粹诸本所收，参互而折衷之。原文阙文，姑仍其旧。较之时刻，迥不侔矣。

余合笺义山诗文，始于丁酉孟冬，成于己亥季春。初意为名山之藏。顾子茂伦有孝怂恿先出诗集授梓，非余志也。娄东钱子梅仙嘏、海虞冯子窦伯武及同邑赵子砥之瀚、沈子留侯自南、张子九临拱乾、陈子长发启源皆各疏所闻，助余固陋。校勘点画则茂伦有专功焉。朱鹤龄长孺氏谨识。

西昆发微序

〔清〕朱鹤龄

义山之诗，原本离骚。余向为笺注而序之曰："男女之情，通于君臣朋友。"夫屈原之时，其君则怀王也，其所与同朝者，子椒、子兰也。原之耿介，能无怨乎？怨而不忍直致其怨，则其辞不得不诡谲曼衍。而义山一祖其杼轴以为诗，以故瑰采惊人，学者难以逆志。余之笺注，特鳞次群书，析疑征事而已。若其指趋之隐伏者，固不能条件指晰，将以待世之晓人深求而自得之焉。今春次耕归自玉峰，以吴子修龄西昆发微示余。其说以为义山无题诗皆为令狐绹作也。义山受知令狐楚，后就王、郑之辟，绹与党人排斥之，终其身。义山固功名之士也，能无怨乎？怨则以神仙之境为艳情，巾帨之间作廋语，斯固夫君美人灵修山鬼，屈、宋之家法也，岂徒丽藻云尔乎？往虞山冯子定远尝语余：义山无题诗皆寄思君臣遇合。其说盖出于杨孟载。今得修龄解，益可与定远相证明，足埤益余笺注所未逮。修龄真晓人哉！修龄精律吕之学，妙有神悟，盖今之异材，兹特吉光片羽尔。敬题首简归之，以志余倾倒之意。（愚庵小集卷七）

西昆发微序

〔清〕吴乔

诗之比、兴、赋，三百篇至晚唐未之或失。自欧公改辙,而苏、黄继之,往往直致胸怀,不复寄托。自兹以后,日甚一日。明人自矜复古,不过于声色求唐人,未有及六义者,殊可慨也。盖赋必意在言中,可因言以求意;比兴意在言外,意不可以言求。所以三百篇有序,唐诗有纪事,令后世因之以知意,关系非浅小也。六义既泯,遂至解三百篇者尽黜旧序,自行己意。使三百篇皆赋,意犹可测;既有比兴,而执辞以求意,岂非韩卢之逐兔哉?如高骈诗云:"炼汞烧铅四十年,至今犹在药炉边。不知子晋缘何事,只学吹箫便得仙。"骈意自刺王铎拜都统,故隽永有味;若昧之为赋,谓是学仙之诗,即同嚼蜡。晚唐诗犹不易读,况三百篇乎?

李义山无题诗,陆放翁谓是狭邪之语,后之作无题者,莫不同之。余读而疑焉。夫唐人能自辟宇宙者,惟李、杜、昌黎、义山。义山始虽取法少陵,而晚能规模屈宋,优柔敦厚,为此道之瑶草奇花。凡诸篇什,莫不深远幽折,不易浅窥。何故于艳情诗讳之为无题,而遣辞惟出于赋?梁家秦宫,贾女韩寿,何其凡下?翼德冤魂,阿童高义,何其不伦?又,锦瑟诗苏、黄谓是适、怨、清、和,果尔,成何著作?怀此疑者数年。甲午春,偶忆唐诗纪事云:"锦瑟,令狐丞相青衣也。"恍若有会。取诗绎之,而义山、楚、绹二世恩怨之故,了然在目,并悟无题同此,绝非艳情,七百年来,有如长夜。

盖唐之末造,赞皇与牛、李分党。郑亚、王茂元,赞皇之人;令狐楚,牛、李之人。义山少年受知于楚,而复受王、郑之辟，绹以为恨。及其作相，惟宴接款洽以侮弄之，不加携拔。义山心知见疏，而冀幸万一，故有无题诸作。至流落藩府，终不加恩，乃发愤自绝。九日题诗于绹厅事，绹遂大恨，两世之好决然矣。无题诗十六篇，托为男女怨慕之辞，而无一言直陈本意，不亦风骚之极致哉？其故若此，以放翁之学识，犹不深考，况馀人乎？作者之意，如空谷幽兰，不求赏识，固难与走马看花者道也。

无题诗于六义为比，自有次第。阿侯，望绹之速化也；紫府仙人，羡之也；老女，自伤也；心有灵犀，谓绹必相引也；闻道阊门，幸绹之不念旧隙也；白道萦回，讶绹舍我而擢人也。然犹未怨。相见时难、来是空言，怨矣，而未绝望；风尾香罗、重帏深下，绝望矣，而犹未怒。至九日，而怒焉。无题自此绝矣。

夫诗以言志，而志由于境遇，少陵元化在手，适当玄、肃播迁之世，其忠君爱国之志，一发于流落奔走之篇，遂为千古绝业。义山于唐人中辞意最为飘缈，适遇令狐之扼，得极其比兴风骚之致，吸霞饮露，遗世独立，绹诚为他山之石焉。乔敢表而出，世或好学深思有志于风雅者，能谅也。今于本集中抽取无题诗一十六篇为上卷，与令狐二世及当时往还者为中卷，疑似之诗为下卷。详说其意，聊命名曰西昆发微。而注释事实，则全取朱长孺本云。甲午夏日，吴乔序。

李义山诗解凡例

〔清〕陆昆曾

义山古诗，自魏晋至六朝，无体不有，如井泥、骄儿、行次西郊等篇，意在规橅老杜，但得其质朴，而气格韵致终逊之。即五言律诗亦稍薄弱，惟七律直可与杜齐驱，其变化处乃神似，非形似也。昔人解杜诗，多以七律专行，余于是编，不及别体，正以表义山所长耳。

义山五律，亦法少陵，至断句尤为晚唐独步，似诠解不容偏废矣。然用意率皆清峭刻露，读者自能了然心目之间，又无俟余蛇足也。

不读全唐各家诗，不知义山措辞之妙；不读一题同赋诗，不知义山用意之高。集中如筹笔驿、马嵬、送宫人入道等篇，同时多有作者，今取杜牧、殷潜之、项斯、于鹄诸诗较之，觉其间相去尚隔数尘，余于唐律独推义山，非阿所好也。

诗自六朝以来，多工赋体，义山犹存比兴。读者每就本句索解，不特意味嚼蜡，且与通篇未免艮限列夤。余遇诗中比兴处，特为一一拈出。

余解义山诗，欲使后人知作者用意，并篇法句法所在耳。至于驱使故实，朱长孺先生笺行世久矣，兹不赘采。

诗既引用故实，有故实不明本句之意即不出者，又宜先引故实，后解诗意。集中凡引证处，皆诠解处，与注释不同,非自乱其例也。

义山诗有自下小注者,如对雪二首题下原注“时欲之东”是也。有偶为诸家笺疏者,如杨孟载于无题诸篇谓为寓言君臣遇合是也。他若咏史一诗为文宗而发,玉山四韵因求荐而成,或本之朱氏,或出自戊签,凡此之类,必叙明某某云云,然后附以己意,不敢掠美前人。

是编始于康熙癸巳,成于雍正甲辰,鉴定者大司农王公俨斋,参阅、校雠及雕板行世则明经陈峠岚、分司张容谷暨吾叔南村先生也。将伯之助,殚心力于兹,工既竣,例得备书焉。陆昆曾圃玉氏谨识。

李义山诗疏序

〔清〕徐德泓　陆鸣皋

尝考义山生平,历宪、文、武、宣之朝,时多变故,且党祸倾轧,仕途委顿,宾主僚友间,亦多不偶。抑郁之志,发为诗歌,而又不可庄语,故托之于艳词,闺闼神仙,犹楚骚之香草美人,皆寓言耳。无题诸作,大半不离此意,若通以他解,便不相联属矣。其思深,其词婉,愤而不仇,讥而不露,怨而不流,确是风人遗旨,非玉台、香奁偶也。故以为帷房昵媟者固非,又有强作解事,而以为好色不淫者,乃属梦语。同年友陆子鹤亭,老于诗者也,因李迄今千载尚无定解,志在校雠,偶出所见,与余恰合,乃共为成之。元遗山有曰:“诗家总爱西昆好,只恨无人作郑笺。”今亦未知有当作者之旨否也。清猷徐德泓识。

余少有诗好，自晋、魏以迄元、明，简编略备，其间有不尽注者，亦能通解。惟李义山无题等制，按之茫然。闻昔有刘、张两注，早无传矣。今坊刻所笺，又仅载典故，时家间有别解，然只一二语可通，仍难首尾贯彻。夫李名重一时，流传脍炙，岂专以淫亵见称？王荆公谓唐人得老杜之藩篱者，惟义山一人。欲学少陵，当自此入，又岂指寸联片语言者？千年疑窦，意未释然。尝清夜徘徊，苦思力索，恍有微悟曰：是殆屈、宋之音乎？清猷所见，不谋而合。因欣然出向时选本而增损之，录其词义之尤精者，相与论定疏释。始觉荆公之语，非泛云也。其间眉目较然者，亦无事乎臆凿。而事实，惟删剪坊笺之丛杂者，以归于明简云。雍正甲辰五月鹤亭陆鸣皋识。（李义山诗疏卷上）

李义山诗疏跋

〔清〕徐德泓　陆鸣皋

梓州罢吟寄同舍徐曰：李诗之体制，则规摹子美，俊逸则彷佛太白，幽奥则出入长吉，艳丽则凌轹飞卿，荟萃诸家之胜而有之。而其离合转换处，实又胚胎于楚词，观其咏宋玉句云：“可怜庾信寻荒径，犹得三朝托后车。”又云：“可怜留着临江宅，异代应教庾信居。”长言不足，是隐然以子山自谓，而明所从来也。前寄令狐楚诗（按：指献寄旧府开封公诗。然开封公实指郑亚）有“续骚”之语，转韵篇内复云“高唐”

"屈宋",则又显然言之。介甫谓得老杜藩篱,亦但指其流而未及其源耳。心领神会者自能得之。而世或悦其香泽,或訾其导淫,群驱而纳诸巾帼之中,冤矣。巫云虚诞,既假代答以为词(按:商隐代元城吴令暗为答云:"荆王枕上原无梦,莫枉阳台一片云。")楚雨荒唐,复以是篇明其托。余故以二首(按:指代元城吴令暗为答及梓州罢吟寄同舍)分系上、下卷之末,以明所以注李之意云尔。陆曰:备观全集,其求仙之讽,不止瑶池、海上也;好色之规,不止华清、北齐也;穷兵之戒,不止隋师、汉南也;直道之悲,不止将军、司户也;忧王室而愤奸恶,又别有明神、有感诸什;感恩义而笃伉俪,又别有安平、河阳等编。间有亵狎者,则题带"戏"字。读其诗,可想见其人。传谓其"诡激"而"无特操",似亦未可尽信。即人不可知,而就诗言诗,则固已无遗议矣。

李义山诗集笺注序

〔清〕黄叔琳

古今难事,无过说诗。诗业之昌,自三百篇西河氏而下,无定说也。离骚亦诗之支流馀裔也,王叔师而下,无定说也。以至汉魏六朝三唐之诗,其中有不易解者累累而是,世人率以粗心读之,则以为无不可解耳。盖诗者志之所之也,志深者言深。乍而求之,得其浅矣,或未得其深,故曰"以意逆志,是为得之"。读诗而得其志其难也,昔之君子犹亦病诸?以吾观于唐人李义山之诗,抑何寓意深而托兴远也！往往一篇之中，猝求其指归所在而不得，奥隐幽艳，于诗家别开一洞天。前贤摸索，亦有不到处。元裕之已有"无人作郑笺"之叹矣。自石林禅师创始为注，而朱长孺氏续成之，驰誉艺林，数十年于兹。顾释其词未尽释其意，间有指称仅十之二三，则读者犹不能无遗憾焉。云间姚平山氏，熟观朱注，惜其未备也，乃更为之笺注。援引出处，大半仍朱。至于逐首之后，必加梳栉，脉理分明，精神开发，读之觉作者之用心涌现楮上，洵乎能补石林、长孺之所未备也。

窃以为平山之为此书，其难有倍甚于前人者焉。用彼证此，来处显然，此殚见洽闻之事也。非夫可以神会而不可以迹求者也。若乃可以神会而不可以迹求者，其诗人指归之所在乎？自非虚而委蛇与之，曲折上下，动多窒碍，求其引绳批根，循题销义，如珠就贯而水赴壑，谈何容易！今段解释，每篇俱有着落。乃至前人所存而不论者，亦已疏通证明，毫无剩义。遇结轖处，动刀甚微，謋然已解。又未尝以师心臆说，妄置其间。见所未见者，无不谓适如吾意所欲出，而非平山卒无以发其覆也。斯所谓犁然有当者非耶？

盖平山此书，本以释意为主。发轫于七律，而后乃及其全。然于援引出处，亦多纠正。且如"碧文圆顶"之补其阙，"鱼儿宝剑"之正其讹，与夫碧城诗之用"晓珠"，元引飞燕外传既不确，补注引参同契又错误，则宁从刊落。和韩录事诗末用"韩公子"，非韩非，俞南史之说已然，兹归画一。此类不可枚举，非夫博雅该通，其孰能至于此乎？平山向有离骚、九歌、招魂解，又所著经说，于毛诗小序，集注之两歧者，确能定其从违，盖非直穷年用力于义山诗者也，而于义山诗亦可见其博雅该通之大略焉。乾隆己未秋日北平黄叔琳序。

李义山诗集笺注例言

〔清〕姚培谦

诸体各分，取便检阅。其中先后仍不欲稍为紊乱，一以朱长孺本为次。

朱注援引极博，兹所用无虑太半。过繁者删之，间遇缺者补之，讹者订正一二。窾启小闻，殊不自以为是，犹冀当代宗工教我不逮。

先释其辞，次释其意。欲疏通作者之隐奥，不得不然。至如锦瑟、药转及无题诸什，未知本意云何，前贤亦疑不能明。愚者取而解之，一时兴会所至，不自量尔。

字句异同处，朱本为优，今悉仍之。

往有义山七律会意一刻，友人惜其未备，因成此书，并取会意覆勘，十易二三，期于无遗憾而止，顾未能也。

玉溪生诗意序

〔清〕屈复

玉溪生诗，王荆公谓为善学少陵。西昆师之。或者嫌其香奁轻薄，獭祭之诮，其来甚远。而元遗山云：“只恨无人作郑笺。”近毛西河奇龄乃曰：“李商隐本庸下之才，其诗皆在半明半暗之间。”何好恶悬殊如是也！人知美玉之贵，而莫攻其坚，玉人则削之如泥。卞氏之璞，矇者石之，而玉人玉之。镜中之花，空中之人语，唯影响是求，此五月披裘者之所以致叹于皮相之士也。今其全集有注无解，予兹勉焉，阅两旬而毕。其间宾客之过从，衣食之交迫，暇少而愁多，其详且尽也，愧专功矣。

三闾楚辞至汉武始好之，王逸始注之；史记至身后数百年始重于世。彼瞽者之论日，如钲如盘，无真见也。百丈之绳，不能测十丈之渊，长未用也。吾既不敢以无长诬古人，又岂敢以真见诬来者乎？将毋文章之显晦，亦如人世之升沉遇合，有运会与？

或曰：“诗之典可注，意不可解，解意者凿也。”夫诗之有典，犹食之品类，而意则味也。略其意而列品类，则土饭尘羹蕴以秽恶为君一饱可乎？既无解矣，复何见而好之恶之而轻薄之也？若郑人之什袭，荆山之抵鹊，蓝田之可餐也，岂玉能自言哉？孔子曰：“思无邪。”孟子曰：“以意逆志。”然则孔孟非与？况六经皆大圣人之作，皆有解，抑又何也？贵人有千金市斗牛图者，开筵宴赏，直尾怒目，若真斗于堂上者。宾客少长贵贱墙进无异词，有牧童过而大笑。贵人怒詈将扑焉，牧童跽而泣曰：“虎斗尾竖，牛斗尾垂”云。乾隆四年，岁次己未十有二月，金粟老人屈复题于燕市之蒲城会馆。

李义山诗集笺注序

〔清〕汪增宁

昔先君子好唐贤诗，尤酷喜玉溪生所作一编，冰雪往往自携。常谓先兄超宁及不肖增宁辈曰："有唐诗人，要以子美、退之为极则。然终唐之世无学杜者，独玉溪之诗胚胎于杜；亦无学韩者，而玉溪咏韩碑，即效其体。盖其取法崇深，以成自诣。至于歌行得长吉之幽微而险怪务去，近体匹飞卿之明艳而稳重过之，中晚以来诸家罕有敌者。"增宁辈谨志之勿敢忘。时同里程洴江太史与先子诗场酒社，昕夕往来，尝出所注玉溪生诗稿本相商榷，先子击节称善，即欲参校付梓，不幸下世。今乾隆癸亥秋，太史注适脱稿，增宁乌敢遵遁以辜先子之夙诺，爰命工镂板开鐫。于是年十一月断手，于明年七月书成。太史并属一言弁于端。余齿少识浅，阅古未广，何足以赞一辞，请就所知者言之。

昔陆务观常言学者著书易而注书难，玉溪天才博奥，獭祭功深，前人谓其诗无一字无来历。元裕之曰："诗家总爱西昆好，独恨无人作郑笺。"盖宋时刘克及张文亮两家注俱失传，故遗山为是言。逮明末虞山释道源始创为笺注，国朝王新城诗所谓"千年毛郑功臣在，独有弥天释道安"是已。松陵朱长孺氏取道源草本增删刊布，几于家有其书，是真足为玉溪功臣。惟是长孺只详征其隶事来历，而句释字疏之；至于作者之精神意旨，不过间有一二发明处。

未有若太史之望古遥集，临风结想，以意逆志，或以彼诗证此诗，或以文集参诗集，兼复博稽史传，详考时事，谓某篇为某事而发，某什系某时所抒。千禩而下，觉玉溪之交游出处，襟抱行藏，一一涌现纸上，凡有识者宁得以牵合傅会目之乎？譬诸经传，长孺注则汉儒之笺疏名物也；太史注则宋儒之阐发理蕴也。近日注玉溪诗者，大江南北，迭有新刊，恐无能出太史右矣。独念此书告成而先子先兄俱不及见，为之抚卷凄断，不能自已。江都汪增宁序。

李义山诗集笺注凡例

〔清〕程梦星

义山诗集之有笺注，宋元明以来无之。有之，自吴江朱长孺氏始。长孺虽得释道源开其源，而承流疏瀹之功实为繁多，海内已家有其书矣。顾其间或有择焉未精者。如送李千牛赴阙诗"内竖依凭切"引程元振不引尹元正，"凶门责望轻"引宦官监军不引李怀光怀贰，"中台终恶直"引卢杞忌张镒不引张延赏间李晟，"上将更要盟"引朱滔图要封王之命不引李怀光计并李晟之军。行次西郊一百韵诗"使典作尚书"本颜师古汉书注，唐时领使自有使典之称，乃就别本一作"史典"遂引都护府史典以实之。迎寄韩鲁州诗"圣朝推卫霍"本承上文武功而言，正用卫霍，乃就别本一作"卫索"遂引卫瓘、索靖两善书者以当之。上杜七仆射四十韵诗"寄辞收的博"本切本事，即谓杜悰，乃远引李德裕。昔帝回冲眷诗"斯文虚梦鸟"本切蜀事,自用扬雄,乃泛引罗君章。至于"献书秦逐客",不引最有关系之张九龄,乃引不足重轻之无名士子,"间谍汉名臣"不引腊丸达表之颜真卿,乃引反间激贼之杨国忠。武宗挽歌辞"周王传叔父"不引北周明宗传位之事以比武宗继统,乃无所发明,"汉后重神君"不引汉高白登出围之事以比武宗武功,乃引汉武祀长陵女子事。辟工部蜀中离席诗本为应辟东川之作,乃泥题中误字以为拟杜工部,诗中"雪岭未归天外使,松州犹驻殿前军"二语,又不引刘潼奉使、王贽弘出兵事,乃引广德中鱼朝恩永泰中屯北苑。曲江诗通首皆咏文宗,乃谓前四句咏明皇,后四句咏文宗,以致全诗语脉不通。浑河中诗"英雄养马"本谓浑公部曲,乃引金日磾养马比浑公本身,遂致二语文字不顺。又有语焉未详者。如武宗挽歌只引即位不引初为皇太弟,则于"周王传叔父"一语难解。哭萧侍郎诗只引初贬遂州刺史,不引再贬遂州司马以卒,则于哭萧侍郎一事未详。隋宫诗只引拾遗记"春兰秋菊",不引后主所嘲今日逸游诸言,于诗中"岂宜重问"语气不接。鄠杜马上念汉书只引丁傅家世,不引外戚传赞论列宣帝之言,于诗中"英灵未已"义理不透。哭刘司户诗"不待相孙弘"只引对贤良策擢第一,不引初来罢归,再征乃擢第,于诗中"不待"二字意味未出。又有得其似不得其真者,如寄南山赵行军及自南山北归诗,以为长安之南山,未考三国志蜀中亦有南山。汉祖庙诗以为徐州有此庙制,未考汉书天下郡国多有此庙。此类甚多,难以尽举。愚不揣固陋，一一考辨，系于各诗之下。岂敢违戾前人，盖欲小补不逮耳。

朱长孺氏专心致力于注，其笺则取诸他人，间有自笺系于题下系于句下者，盖什百之下耳。所采之笺，如陈、如潘，如钱，惟钱夕公最为得之。钱笺尚多，朱取止此，可谓择其尤雅矣。然舍钱而外颇有未合。如汉宫诗、促漏诗，皆以为宫怨之类。愚反覆本文，俱为寄托。以意逆志，有见辄笺。敢谓探骊得珠，聊异刻舟求剑。倘有以好新立异绳之者，请以韩诗外传为解。注则多从朱氏，间有改订增补。譬之文选，李善之功居多，加以训诂，五臣之意别在也。注书于诸家之说有必载其自来者，如吕伯恭读诗记是也；有不必载其自来者，如朱文公集注是也。然或载或不载，要当有分别。如未经行世之书，则表彰其人，乃著首功；若家传户诵之本，则省其标名，亦便流览。今此集注多从朱，固不烦载朱矣，即道源注为朱所标出者，亦复省之，以朱本行世久矣。其或于引据僻书以及各抒特见，则不但仍存道源，抑且另标朱氏，不敢混为己有，以招攘善割荣之讥焉。年谱与诗相为表里。义山诗编次失伦，尤以谱为考验。长孺所辑，于时事多有疏漏，如赠刘司户、哭刘司户诸诗，必在刘司户既贬且卒之后，岂可系于大和二年方应制举之初？崇让宅诸诗，当在义山节次往来之时，岂可系于方别河阳之日。过伊仆射旧宅，未考事实，遂误订为楚中所作。上杜七仆射二首，未究诗语，遂皆以为东川之诗，今重加考订，乃有归宿。

题有重书，送从翁赴东川是也。诗有互舛，槿花与晋昌马上是也。前人已知其非，今皆悉为釐正。亦有沿讹袭谬未经前人拈出者，如辟工部蜀中离席之为误字，送李郎中充昭义攻讨之有阙文。愚反覆详绎，爰考端倪，各求证据。古人云："思误书亦是一适。"愚以此自适其适焉。

无题诸诗，人多目为闲情之赋；咏物诸作，又或视若尔雅之词。之二者交失之矣。愚见无题近于怨旷者，皆怨及朋友之寓言；咏物近于幽闲者，乃愿入温柔之绮语。逐篇三复，自然得之。国风离骚是其所本。苟或以为反是，则无题媟昵，大是罪人；咏物无情，未为俊物也。诗须有为而作也。义山于风云月露之外大有事在，故其于本朝之治忽理乱往往三致意焉。其旨易知，其事可考，如赠李千牛、哭萧侍郎及昔帝回冲眷诸长律皆是也。愚一一求得其实以归之，使义山忧时爱国之心与杜子美相后先，庶无负荆公玉溪学杜之言，亦可洗李涪"无一言经国，无纤意奖善"之谤也夫！

杜诗云："转益多师是汝师。"义山师承盖亦不一。集中有学汉魏者，有学齐梁者，有学韩者，有学李长吉者。此格调之诡谲善幻也。愚于笺注之外间论及之。丰干饶舌，未免卮言。要使论义山者不得以三十六体为肩随，不得以西昆一派为祖述焉尔。

长孺注本，前有诗评，虽无关于注疏，亦有益于清言。但寥寥数条，未资博物。愚乙夜消困，丁部纵览，有涉论义山者，随笔采录，以为诗话。积有时日，乃得如干。同邑马半查曰璐复搜罗以增益之。非欲夸多斗靡，盖以存尚论之义云。

注书缮本，各有一式。逐段系注者，十三经注疏以来皆然，是以长孺注本从之。然语句间断，讽诵难之。近世钱虞山注杜，宋商邱注苏，皆先诗后注。故愚变长孺之例，亦概系于每篇之后。凡非朱注而新增者，悉加一“补”字以别之。所引之注，必采唐以前事。间取唐人诗赋入注者，亦必断自开成以前。如朱本旧注通志、埤雅、云笈七签之类，皆宋人所著之书。书虽后出，事则在前，故仍因之。至事有习见而仍采录者，便初学也。注有见前而不更书者，省卷帙也。

年谱横列，史书之表体也，其文往往从简。然表简有纪、传详明，谱简则时事阙略，本以资诗柄之考据，何必拘史笔之警严？朱氏宗虞山钱氏之杜谱，记载寥寥，愚则从五羊王氏之苏谱，采事加广。王氏已变横列，愚亦从之长编。至于朱氏编年，于太和六年以前多有断缺，不思事后有诗，前须存案；事若缺漏，诗于何征？即或无事之年，亦为生长之算。今一一备录，不敢或遗。若夫义山之生，朱氏与昆山徐氏皆未获有定论。愚从骄儿诗按以史事得之。义山之卒未有确据，愚以过崔兖海宅诗证之，均可补是谱之遗憾。虽不敢比颜师古之注汉书，号为诸家功臣；或者如王子年之著拾遗，窃为古人董狐也。

诗论一手易尽，多闻实籍友朋。愚之为此笺注也，泸州先遇甫著、武陵胡复翁期恒、天门唐赤子建中、吴下何屺瞻倬、顾侠君嗣立、顾南原蔼、王梅沜藻、桐城方扶南世举、钱塘厉樊榭鹗、陈竹町章、同邑尤仲玉璋、黄北垞裕、杨莲溪濂、许耦生建华、家偕柳元愈、钧奏章、松乔梦钧、蒿亭式庄、夔州崟，往复考证校雠之功皆不可泯。而笺则扶南商榷之意居多，注则北垞栉比之力不少，其功尤不可泯。

愚笺注义山诗，每苦藏书无多，末由考核，同邑马嶰谷曰琯夙称淹雅，蓄书甚富。邺架取览，不厌烦琐。借书一癡，固不免济翁所诮耳。义山取材极博，当时书籍实繁。降而宋、元，遂已放轶。即如选注所引，今多不复存矣。此注补朱之遗，什仅一二，多有疑者，仍然阙之。古人赍三尺油素以广咨访，愚尚有望于淹雅之君子。

是书采录始于康熙癸巳。迨乙未放归田里，益事探讨，粗得梗概。本意藏诸箧笥，非敢出而问世。同邑汪澹人从晋一见击节，商付梓氏。未几澹人归道山，遂寝其事。乾隆癸亥冬，澹人仲子友于增宁欲继先人之志，即为开雕。友于能读父书，克绍前修，良足多云。

玉溪生诗笺注序

〔清〕钱陈群

余于乾隆初持服里居，同学伯阳冯翁以司寇予告在籍，居第与余近，朝夕过从。时令孙孟亭侍御未弱冠，每侍坐，间出所为诗示余，余喜而叹曰："玉溪生再生矣！"司寇心然余言，乃曰："初学从玉溪入手，庶不染油滑粗厉之习。

今承长者言，当不令改趋也。”又十年，孟亭成进士，为名翰林，擢侍御史。台馆中评骘孟亭诗者，亦与余言券合。壬申夏，余忽遘沉痾，急请假归。丁丑冬，孟亭以母忧还里，去余所居更近，考业论文，修乃祖洎余故事，独念余衰白仅存，情谊益笃。既，孟亭服阕，以旧有心疾，时发时止，未得赴补。因素爱玉溪诗文，惜诸家所注，各有踳驳附会，旧、新唐书本传各有岐误，爰细意钩核，发诗文之含蕴，以详谱其行年。年谱定而诗之前后各得其所矣；诗得其所，文之前后亦莫不按部就班，而本传之同异自见，于是作者之心迹大彰灼于卷帙间。书成，问序于余。余惟昔贤声诗踪迹，其显晦迟早，若默有定数者然。同一玉溪生集也，余亦稍涉焉，其脍炙人口诗篇，未尝不流连而讽咏之，馀有阙疑者，往往弗深考。曩者，尚书高文良公善诗，爱少陵、玉溪两家，多所笺记，颇有得解处。每于来朝退食之馀，余偶诣之，谈论至夜分不倦，曾出以相示，惜未成书。今得孟亭笺本，与二三学子首尾繙阅，浃旬始得终读。挹其声光，若更异于昔日者，余亦不能自解焉。是可为玉溪幸，而又多孟亭之深嗜孤诣为难能也。乾隆乙酉秋九月，香树钱陈群题于荆合斋。

李义山诗文集笺注序

〔清〕王鸣盛

论古今著述得失者甚多，请以一言决之，曰：读书与不读书而已矣。李义山诗文笺注，吾师孟亭先生碎金耳，要而论之，断断非不读书人所能办也。盖义山为人，史氏所称与后儒所辨，均为未得其中。注之者倘非贯穿新、旧唐书，博观唐、宋人纪载，参伍其党局之本末，反覆于当时将相大臣除拜之先后，节镇叛服不常之情形，年经月纬，了然于胸，则恶能得其要领哉？若先生之所注，信乎其能如是矣！是虽不过一家之言，而已有关于史学。尤奇者，钩稽所到，能使义山一生踪迹历历呈露，显显在目。其眷属离合，朋俦聚散，吊丧问疾，舟嬉巷饮，琐屑情事，皆有可指，若亲与之游从，而籍记其笔札者。深心好古如是，细心考古如是，平心论古如是，读之直恨先生不具千手眼，尽举天下书评阅之然后快也。故曰：断断非不读书人所能办也。或谓著述家蹈空者固多，若注释则安能蹈空为？予谓不然。夫躁于求名而懒于考核，俗学之恒态也。彼所甚畏者，史册之繁重，故所引用，每不出于本书，徒袭取人牙后慧，钞誊了事。如此，纵满纸烂然，究与蹈空无异。不但虚谈义理、驰骋笔锋者空而无实，即在注释家亦犹之空而无实矣。若先生此编，则从实学中来，非袭取可得。甚矣，真读书人可贵也！

予曩昔由词馆教习出先生门下，每蒙招集邸舍，杯酒论文，受益多矣。比来跧伏里闬，窃欲以垂老之年，专力经史，以药游谈不根之病。捧诵此编，爰趣举肤见，书之简端，用为劝学之一助。若夫义山诗文家数何如，其出处行事何如，诸家论之详矣，兹不复赘云。乾隆丁亥九秋，受业东吴王鸣盛拜撰。

玉溪生诗笺注序

〔清〕冯浩

余幼学诗,闻之长老言:"初学乍知诗味,每易堕粗浮轻率之习以自喜,而不知其自画也。若从晚唐入,殆免是矣,是诗学中之一径也。"晚唐以李义山为巨擘。余取而诵之,爱其设采繁艳,吐韵铿锵,结体森密,而旨趣之遥深者未窥焉。后虽间为披阅,无暇专攻。侵寻三十馀年,学不加进而病已撄心,夙昔愿以姓名托文字以传于世者,当遂付之泡影也。偶复取义山诗,一为讽咏,动有微悟,试诠数章,机不可遏。于是征之文集,参之史书,不惮悉举而辨释之。诗集既定,文集迎刃以解,鲜格而不通者,乃次其生平,改订年谱,使一无所迷混,余心为之惬焉。

夫笺注义山诗文者既有数家,皆积岁月以寻求,顾作者之用心,明者半,昧者犹半。岂诸家之力有所不逮欤?抑千载而上,千载而下,即雕虫小技,亦有默操其显晦之数者欤?然则又安知后之读斯集者,不更有一往之深情,如睹其面,如接其言论,而嗤余之所得尚有遗憾也哉!余既患心疾,固不能更进于斯也。编纂成,笔之以弁其端。若谓余于诗,惟义山之是尚也,则又余之所不居也。大清乾隆二十八年癸未春日,桐乡冯浩书。乾隆四十五年庚子秋日重校付梓不更序。

玉溪生诗笺注发凡

〔清〕冯浩

一、诸家笺本皆名李义山诗集，今从唐书艺文志玉溪生诗三卷之名，以复其旧。

一、自明以前，笺斯集者逸而无存。朱长孺曰："西清诗话载都人刘克尝注杜子美、李义山诗，又延州笔记载张文亮有义山诗注，今皆不传。"按：延州笔记所载唐音诸人诗句张文亮注云者，非专注本集也，且寡陋不足言注。释石林道源创之，朱长孺鹤龄成之，行世百年矣。近则程午桥梦星、姚平山培谦各有笺本，余合取而存其是，补其阙，正其误焉；疑而未晰者尚间有之。盖义山不幸而生于党人倾轧、宦竖横行之日，且学优奥博，性爱风流，往往有正言之不可，而迷离烦乱、掩抑纡回，寄其恨而晦其迹者，索解良难，所无如何耳。

一、余初脱稿，闻吴江徐湛园逢源有未刊笺本。徐为虹亭太史子，穷老著述。余因外弟盛百二向其后人借观，视朱氏、程氏为优。第或疏或凿，时不能免，而持论多偏。闻其晚岁，改易点窜，反有舍前说之是而遁入岐途者，穷苦之累其神明也。余虚衷研审，择其善者采之，庶苦心孤诣，不至全泯，亦可以无恨矣。原稿仍归徐氏。

一、年谱乃笺释之根干，非是无可提挈也。义山官秩未高，事迹不著，史传岂能无讹舛哉？今据诗文证之时事，一生之历涉稍详，史笔之遗漏或补，读者宜细阅之。

一、旧本皆作三卷，而凌乱错杂，心目交迷，其分体者更不免割裂之病。余定为编年诗二卷，不编年诗一卷。行藏递考，情味弥长，所不敢全编者，慎之也。

一、朱氏已采钱龙惕、陈帆、潘眺之说，余所见有冯已苍舒、定远班、田篔山兰芳、何义门焯、钱木庵良择、杨致轩守智、袁虎文彪诸家评本，又陆圃玉昆曾有专解七律刊本，皆为节采附入，庶深情妙绪，尤能引而伸之已。余既采何义门评本，辛卯春日，取吴下所刊义门读书记中两卷，细为校勘，同异颇多，且有他人评语而误收者，有意义舛戾断不出自义门者。盖屡经传录，渐滋淆乱，而义门于斯小集，固不比经史诸大集之审慎精当。世之服膺前哲者，宜更决择焉。

一、笺者，表也；注者，著也。义本同归。今乃以征典为注，达意为笺，聊从俗见耳。凡旧说之是者，必标明"某曰"，不敢攘善。显然误者，改之而已；若似是而非，或滋后人之疑者，则赘列而辩正之。引据故实，未免繁冗，缘取义隐曲，每易以删摘失其意指，故不可不详也。一事屡用，注皆见前。间有见于后者，亦有前后互证者。

一、说诗最忌穿凿，然独不曰"以意逆志"乎？今以"知人论世"之法求之，言外隐衷，大堪领悟，似凿而非凿也。如无题诸什，余深病前人动指令狐，初稿尽为翻驳；及审定行年，细探心曲，乃知屡启陈情之时，无非借艳情以寄慨。盖义山初心依恃，惟在彭阳；其后郎君久持政柄，舍此旧好，更何求援？所谓"何处哀筝随急管"者，已揭其专壹之苦衷矣。今一一诠解，反浮于前人之所指，固非敢稍为附会也。若云通体一无谬戾，则何敢自信。

一、论义山诗，每云善学老杜，固已。然以杜学杜，必不善学杜也。义山远追汉魏，近仿六朝，而后诣力所成，直于浣花翁可称具体，细玩全集自见，毋专以七律为言。其终不如杜者，十之三学为之，十之七时为之也。

一、集中双声叠韵属对精细，而押韵每宽。律诗东、冬，萧、肴之类通用；古诗如支、微、齐、佳、灰五韵通用，真、文、元、寒、删、先六韵通用，唐人常例，不足异也，且所重不在韵，故略之。

一、友朋赠答，传自当时，评骘抑扬，纷于异代，皆为不可废者，故附诸谱后。架鲜藏书，恨网罗未备耳。

一、海盐陈灵茂许廷有笺本，久不传矣。闻闽中宁化李元仲世熊亦有笺本，未及访其存否也。数十年来，海宁许蒿庐昂霄曾注其半部，亦无可觅。许蒿庐校注义山诗云："时事年月，职官迁转，旧唐书必详著之，新书则疏漏多矣。"张宗楠云："蒿庐笺注玉溪生诗六卷，又年谱、考证及丛说凡数卷。博考新旧两书、传记百家，以及近时评注，疏通证明，驳正瑕璺，期与作者谂词托寄不隔一尘，定稿仅有其半，馀则零丁件系，涂改勾勒，殊难辨识。"近如如皋史笠亭鸣皋与余先后入翰林，每举玉溪诗互为赏析，而凡文士之从事于斯者，应不乏也。夫文有一定之解，诗多博通之趣。兹编也，我自用我法耳。若前辈之精研，同时之濬发，各有会悟，不妨异同。自当并行，以俟后人之审择。

重校发凡

〔清〕冯浩

一、初恐病废，急事开雕。既而检点谬误，渐次改修，积十五六年，多不可计。既欲重镌，通为校改，大半如出两手矣。然究未全惬意也。初行之本无从收回，祈四方学士，见辄为我毁之，或邮寄相易，实叨惠好。

一、所引典故，初梓半仍旧本，以为何烦尽改也。讵意旧本动有疏误，甚且伪造妄增，以成其说。而后起诸书或不之察，转相据引，袭谬承讹，久而转疑古籍之脱落，是诚为害已。今逐条讨核，不目审而心会者，弗以录也，学者庶可见信。桐乡冯浩孟亭氏识。

嘉庆增刻本发凡补

〔清〕冯浩

西泠徐德泓武源、陆鸣皋士湄（又号鹤亭）选李义山诗二百五十六首而疏之，名曰徐陆合解，雍正初年刊。虽非尽善之本，其中有先得我心及可互通者，今特补采，以资印证。

嘉庆增刻本跋

〔清〕冯浩

是集元订本四卷，正集三卷，卷首一卷，兹版因照庚子重校本付印，其注释订误之处更较笺注本为详备，故页数增多。今为便利读者起见，特酌分卷首为二卷，正集为六卷，以便缙阅，幸识者谅之。谨跋。

校刊玉溪生诗说序

〔清〕朱记荣

纪文达公评李义山诗，自广州新刊武林沈厚塽辑本外，他未之见。今年夏，余归自吴门，得钞本玉溪生诗说二册，中多批抹增删之处，朱墨烂然，皆公手迹。闲取沈辑本对校，颇有不能吻合。有沈所有而此已抹，盖沈所见仅是评本，而此则别自为编断，为后定之本无疑也。上卷皆入选之诗，下卷为或问，以明其取裁之义。举全集诸题，或取或不取，皆有说以处之，非若他选家，但论入选者之佳，而不入选者一切置之不论不议者比，洵可谓独辟说诗之门径者矣。然玩公手泽，有既删而复存，亦有已取而终去，于评语亦不惮反覆删改，以衷于至当。润饰既繁，卷页蠹损，纠缪纷错，雠校为难。以商闵君颐生，慨许助成，遂得以付梓。

乌乎！古来论义山者夥矣。自唐书本传有诡薄无行之语，而合之其诗，尤多闺闼之词，世遂以才人浪子目之。虽使义山复生，殆亦无以自解。岂期千载下，得朱氏长孺一序，特白其冤，而又得文达公此编，一屏其尖新涂泽之作，去瑕取瑜，归于正声。风人之旨，悉可探索。是不得谓非义山之知己已。世有歆慕义山者，尚其熟复是编，必知义山之有所讽喻寄托，则虽蒙才人浪子之目，千载下犹得而昭雪之也。光绪十有四年秋八月古吴朱记荣撰。

玉溪生诗说自序

〔清〕纪昀

世之习义山诗者，类取其一二尖新涂泽之作，转相仿效；而毁义山者，因之指摘掊击，以西昆为厉禁。反复聚讼，非一日矣。皆缘不知义山之为义山，而随声附和，哄然佐斗，赞与毁皆无当也。夫深山大泽，有龙虎焉，不见其嘘而成云，啸而生风，而执其败鳞残革以诧人，以为龙虎如是，人见其败鳞残革也，亦以为龙虎不过如是而鄙之，以为不足奇，可谓之知龙虎哉？

独吴江朱氏笺注一序，推见至隐，可谓知言。然其书以笺注为主，例须全收，未暇别择。余幼而学诗，即喜观是集，每欲严为澄汰，钞录一编。牵率人事，因循未果也。秋冬以来，居忧多暇，因整理旧业，编纂成书。于流俗传诵尖新涂泽之作，大半弃置；而当时习气所渐，流于飞卿长吉一派者，亦概为屏却。去瑕取瑜，宁刻毋滥，覆而阅之，真有所谓曲江老人相视而笑者，何至争妍斗巧，如世所云云哉！

诗凡若干，具录于左。间采诸家之评，而附以愚意。其所以去取之义，及愚意之有所未尽者，别为或问一卷附之。意主说诗，不专笺注，故题曰"玉溪生诗说"。又以朱氏一序冠之篇首，俾读者知义山之宗旨，亦有以见此书之宗旨焉。乾隆庚午十一月河间纪昀自题。

玉溪生诗说跋语

〔清〕纪昀

钞玉溪生诗竟，复以去取之意为或问一卷附之。诗家旧无此例，以意妄撰也。意主别裁，故词多吹索，亦复借以说诗，故时时旁及，汗漫不删。末学小子，轻议古人，狂妄之罪，百喙何辞！然一得之愚，不能自已，私忧过计，遂冒天下之不韪而为之。其区区苦心，亦望大雅君子谅于形迹之外也。庚午冬至后一日河间纪昀再题。

其二

撰玉溪生诗说二卷毕，芥舟更与商定一过，香泉亦以所评之本见示，皆匡予之不逮。缘抄录已成，不能添入，因撰补遗一卷附之，而予有一一续得，亦载焉。俟他日更定重写，依次入之耳。辛未正月二十六日昀再题。

其三

凡卷中所载之评，曰"四家"者，乃袁虎文、杨致轩、何义门、田篑山所批，钞时偶忘分署，故题以总名也。曰"平山"者，华亭姚君名培谦也；曰"蒙泉"者，德州宋君名弼也；曰"蘅斋"者，杭州周君名助澜也；芥舟则同里戈君名涛、香泉则休宁汪君名存宽也。卷中未及备详，因附识之。是日灯下又题。

选玉溪生诗补说序

〔清〕姜炳璋

予选义山诗，得二百四十篇有奇。编甫就，或问曰，予之论诗也，不徒以语言文字之工，而必取其性情之正，兹何取于义山欤？余曰：予读义山诗，悠然想见其当日之心，而知夫少陵而后仅一遇焉者也。义山之见恶于令狐绹也，其废斥几与少陵同；然而忠君爱国之意、经世奖善之情，时时见于言表。使义山而当少陵之世，其吞声而哭者，夫亦犹是也。然则岂独诗之规模少陵哉！其性情则亦与之为一矣。或曰：义山之恶于绹也，谓其交于王、郑也；王、郑，文饶之党也，而绹党于奇章，是以恶之欤？予曰：不然也。绹何恶于义山哉！微特无恶于义山，亦无恶于文饶。绹之父楚，比牛而未尝深仇正人。楚卒，文饶当轴，擢绹于台垣，而义山赠答绹诗，殷然以荐剡属之，盖欲其致之于文饶耳。故知绹不恶文饶，而且昵之矣。绹之恶文饶，徇白敏中之意也。绹荐于敏中，敏中荐于文饶。敏中之恶文饶，趋宣宗之意也。恶文饶，因而及王、郑；恶王、郑不已，遂嚣然而集矢于义山。向使昭肃永世，文饶犹复秉钧，彼二人者方恤恤乎怀知己之恩，安所得而恶之、排之，以至于蔓延如此？而卒至于此者，势利实使之然，而非尽由钩党之祸之烈也。或曰：义山文学优，而才不及。辨论官材，宰相事也，绹安得私义山欤？不知义山功名之士也，国家诸弊政蒿目，思一援手，见于诗者可按也。藩镇之强，奄竖之横，至以东汉永平为例，他日之祸，何其数计而烛照欤！非才识之过人者欤？且夫绹与义山，岂泛泛者哉？义山受章奏之学于绹父，绹与之同学，其知之深矣。绹与宰相十年，不用之而谁用之欤？就令不用之，而思其才，非忌之已甚，其能已于用欤？则其不用义山之心可知矣。不然茂元之婿，郑亚之友，未尝无居于朝列，而何独于义山之深也哉？然而义山之诗曰："宓妃漫结无穷恨，不为君王杀灌均。"怨其谮己于绹者而已。又曰："神女生涯原是梦，小姑居处本无郎。"殆委之于命而已。吾谓不得志于君臣朋友之间，而不失其性情之正者，义山之诗有焉。或曰：义山之诗，以脂粉掩其性情，何也？曰：吾闻之史雪汀丈矣，他人脂粉也，义山天然国（色）也。吾尝深韪其言。夫以貌取人，恐失之于然明子羽也；而以貌弃人，不更失之太叔乎？故义山之诗，嫣然如妇人好女子者，其貌也。托之怨女旷夫，以自写其性情，而卒不明暴其事，宁使读吾诗者以为闲情艳体，而无所恨焉，则厚之至也。其与少陵之诗，固异曲而同工者也。夫袭其貌者，不可以相士，而况读古人之书乎？世之读玉溪生诗者，愿以吾言质之。（选玉溪生诗补说卷首）

四库全书总目提要

〔清〕纪昀等

李义山诗集三卷内府藏本

唐李商隐撰。商隐字义山，怀州河内人，开成二年进士，释褐秘书省校书郎，调弘农尉。会昌二年，又以书判拔萃。王茂元镇河阳，辟为掌书记。历佐幕府，终于东川节度判官，检校工部郎中。事迹具唐书文艺传。商隐诗与温庭筠齐名，词皆缛丽。然庭筠多绮罗脂粉之词，而商隐感伤时事，尚颇得风人之旨。故蔡宽夫诗话载王安石之语，以为唐人能学老杜而得其藩篱者，惟商隐一人。自宋杨亿、刘子仪等沿其流波，作西昆酬唱集，诗家遂有西昆体，致伶官有挦撦之讥，刘攽载之中山诗话，以为口实。元祐诸人起而矫之，终宋之世，作诗者不以为宗。胡仔渔隐丛话至摘其马嵬诗、浑河中诗，诋为浅近。后江西一派渐流于生硬粗鄙，诗家又返而讲温李。自释道源以后，注其诗者凡数家。大抵刻意推求，务为深解，以为一字一句皆属寓言，而无题诸篇，穿凿尤甚。今考商隐府罢诗中有"楚雨含情皆有托"句，则借夫妇以喻君臣，固尝自道。然无题之中，有确有寄托者，来是空言去绝踪之类是也；有戏为艳体者，近知名阿侯之类是也；有实属狎邪者，昨夜星辰昨夜风之类是也；有失去本题者，万里风波一叶舟之类是也；有与无题相连误合为一者，幽人不倦赏之类是也；其摘首二字为题，如碧城、锦瑟诸篇，亦同此例。一概以美人香草解之，殊乖本旨。至于流俗传诵，多录其绮艳之作，如集中有感二首之类，选本从无及之者，取所短而遗所长，益失之矣。

李义山诗注三卷附录一卷通行本

国朝朱鹤龄撰。鹤龄有尚书埤传，已著录。李商隐诗旧有刘克、张文亮二家注本，后俱不传。故元好问论诗绝句有“诗家总爱西昆好，只恨无人作郑笺”之语。（按：西昆体乃宋杨亿等摹拟商隐之诗，好问竟以商隐为西昆，殊为谬误，谨附订于此。）明末释道源始为作注，王士祯论诗绝句所谓“獭祭曾惊博奥殚，一篇锦瑟解人难。千秋毛郑功臣在，尚有弥天释道安”者，即为道源是注作也。然其书征引虽繁，实冗杂寡要，多不得古人之意。鹤龄删取其什一，补辑其什九，以成此注。后来注商隐集者，如程梦星、姚培谦、冯浩诸家，大抵以鹤龄为蓝本，而补正其阙误。惟商隐以婚于王茂元之故，为令狐绹所挤，沦落终身，特文士轻于去就，苟且目前之常态。鹤龄必以为茂元党李德裕，绹父子党牛僧孺，商隐之从茂元，为择木之智，涣邱之公。然则令狐楚方盛之时，何以从之受学？令狐绹见雠之后，何以又屡启陈情？新、旧唐书班班具在，鹤龄所论，未免为回护之词。至谓其诗寄托深微，多寓忠愤，不同于温庭筠、段成式绮靡香艳之词，则所见特深，为从来论者所未及。惟所作年谱，于商隐出处及时事颇有疏漏，故多为冯浩注本所纠。又如有感二首，咏文宗甘露之变者，引钱龙惕之笺，以李训、郑注为奉天讨、死国难，则触于明末珰祸，有激而言，与诗中“如何本初辈，自取屈氂诛”，“临危对卢植，始悔用庞萌”诸句，显为背触，殊失商隐之本旨。又重有感一首，所谓“窦融表已来关右，陶侃军宜次石头”者，竟以称兵犯阙望刘从谏，汉十常侍之已事，独未闻乎？鹤龄又引龙惕之语，不加驳正，亦未免牵就其词。然大旨在于通所可知，而阙所不知，绝不牵合新、旧唐书，务为穿凿，其摧陷廓清之功，固超出诸家之上矣。

东涧老人写校本李商隐诗集跋

〔清〕蒋斧

李义山诗集，新唐书艺文志作玉溪生诗三卷。宋以来著录，则或称李义山诗（崇文总目），或称李义山集（遂初堂书目、直斋书录解题、文献通考），或称李商隐诗集（宋史艺文志）。知李集在宋盖有数本，其称名虽与唐志不合，而卷数则同。国朝目录家所著录，绛云、述古并有李商隐诗集三卷（绛云不言何本，述古云影钞北宋本）。爱日精庐著录二本：一李义山集旧钞校本，有护净居士跋；一李商隐诗集毛板校北宋本，有陈鸿跋，并三卷。此为东涧老人手写，以朱、墨笔一再校勘。其标题初作李义山诗，嗣以朱笔改"诗"为"集"，又以墨笔改为李商隐诗集。标题之次行，初有"太学博士李商隐义山"款一行，嗣以朱笔抹去，又加墨勒。其朱笔校语所据诸本，曰"原本"，曰"钞本"，曰"又一旧钞本"，曰"一本"，曰"陈本"，曰"刻本"，曰"新本"。又据才调集、瀛奎律髓、唐绝句选、唐诗品汇诸书所选一一校之，而独未著原本所自出，其墨校亦不言所据何本。

斧按：此本初署题曰李义山集，署名太学博士李商隐义山，与陈氏解题本正合，知据以迻录之本亦宋本也。爱日精庐所载旧钞本护净居士跋云："先用钱副宪春池本写，有篇次无卷目；后得钱牧斋礼部宋板，始有卷目。”又云：“孙方伯功父以一本见示，凡钱本之可疑者，一朝冰释。乃知钱本直坊本耳。钱本亦有佳处，并记卷端。云云。”护净居士所诋钱本为坊本者，殆指东涧手写之原本也。至墨笔校改，殆据北宋本，其署题作李商隐诗集，与宋志及述古所藏影钞北宋本、陈鸿所据以校之北宋本（陈鸿本乃借孙孝若家北宋本校毛板，今考毛刻八唐人集作李义山集，陈校本著李商隐诗集者，必据北宋本改）均合，知所据为北宋本殆无可疑，绛云所著录或即此本也。吾友罗叔言参事，曩得此本于南汇沈氏国光社主人，借付影印，斧为董校雠之役，并为考其源流。知此本从宋本迻录，据宋本校改，又据宋以来选本一一比勘，至为精密，为传世李集第一善本。且出自东涧手写，尤可珍矣。谨识语于卷末，以质世之言目录学者。宣统改元闰月廿七日吴县蒋斧跋于宣南之唐韵簃。

三　史志书目著录

旧唐书文苑传

〔五代〕刘昫

商隐有表状集四十卷。

册府元龟

〔宋〕王钦若　杨亿

李商隐与太原温庭筠、南郡段成式齐名，时号三才。商隐至东川判官，检校工部郎中，有表状集四十卷。

又：东观奏记曰：义山文学宏博，笺表尤著于人间。（幕府部才学类）

崇文总目

〔宋〕张观　王尧臣等

李义山诗三卷。玉溪生赋一卷。樊南四六甲集二十卷乙集二十卷。

新唐书艺文志

〔宋〕欧阳修等

李商隐樊南甲集二十卷，乙集二十卷，玉溪生诗三卷，又赋一卷,文一卷。

遂初堂书目

〔宋〕尤袤

小说类杂纂。

别集类李义山集。

郡斋读书志

〔宋〕晁公武

樊南甲集二十卷,乙集二十卷。又文集八卷。右唐李商隐义山也。陇西人,开成二年进士。令狐楚奏为集贤校理,楚出汴、滑、兴元,皆表幕府。补太学博士。初,为文瑰迈奇古,及从楚学,俪偶长短,而繁缛过之。旨能感人,人谓其横绝前后无俦者。今樊南甲乙集皆四六为序,即所谓繁缛者。又有古赋及文共三卷,辞旨怪诡。宋景文序传中云:"谲怪则李商隐。"盖以此。诗五卷,清新纤艳,故旧史称其与温庭筠、段成式齐名,时号三十六体云。(别集类中)

冯浩按:晁氏似合古赋与文三卷,诗五卷,统称文集八卷也,与宋志异矣。通志作诗一卷,岂合三卷为一卷耶?马氏经籍考集类既全引晁志矣,别标玉溪生集三卷,引陈氏书录解题曰:"李商隐自号,此集即前卷中赋及杂著也。"又于诗集标李义山集三卷,引陈氏曰:"唐太学博士李商隐义山撰。"皆不细符也。陈氏曰:"商隐所作应用之文,当时以为工;以近世四六较之，未见其工也。”盖宋人骈体与六朝旧法异，故反嗤点樊南耳。

通志艺文略

〔宋〕郑樵

李商隐蜀尔雅三卷。古文略（不书卷数）。杂纂一卷。玉溪生诗一卷。玉溪生赋一卷。樊南四六甲集二十卷，乙集二十卷。

直斋书录解题

〔宋〕陈振孙

李义山集八卷、樊南甲乙集四十卷唐太学博士李商隐义山撰。商隐，令狐楚客，开成二年进士，书判入等，从王茂元、郑亚辟。二人皆李德裕所善，坐此为令狐绹所憾，竟坎壈以终。甲乙集者，皆表章启牒四六之文，既不得志于时，历佐藩府，自茂元、亚之外，又依卢弘正、柳仲郢，故其所作应用若此之多。商隐本为古文，令狐楚长于章奏，遂以授商隐。然以近世四六观之，当时以为工，今未见其工也。（直斋书录解题卷十六别集类上）

玉溪生集三卷李商隐自号。此集即前卷中赋及杂著也。（同上）

杂纂一卷唐李商隐义山撰。俚俗常谈鄙事，可资戏笑，以类相从。今世所称“杀风景”，盖出于此。又有别本

稍多，皆后人附益。（同上小说家类）

玉海

〔宋〕王应麟

金钥二卷 太学博士李商隐分门别类。（艺文类）

宋史艺文志

〔元〕脱脱等

李商隐赋一卷，又杂文一卷，别集类文集八卷，又四六甲乙集四十卷，别集二十卷，诗集三卷。亦别集类

蜀尔雅三卷。小学类

杂纂一卷，杂稿一卷。小说类

金钥二卷。类事类

桂管集二十卷。总集类

使范一卷，家范十卷。仪注类

冯浩按：宋志视唐大有增矣，但志文多重复，未可尽据。桂管集岂在桂海诸贤之合集欤？志于杂稿一卷，书李义山，史志书名不书字，余初疑之，核其上下所引诸书，当即商隐也。杂稿似即象江太守等五纪之类，后人亦称杂记。

文献通考

〔元〕马端临

经籍考蜀尔雅下引陈氏曰："不著撰人名氏。馆阁书

目按李邯郸云:‘唐李商隐采蜀语为之。’当必有据。”又杂纂下引陈氏曰:“俚俗常谈鄙事,可资戏笑,以类相从,今世所称‘杀风景’盖出于此。又有别本稍多,皆后人附益。”巽岩李氏曰:“用诸酒杯流行之际,可谓善谑。其言虽不雅驯,然所诃诮,多中俗病,闻者或足以为戒,不但为笑也。”

又金钥下引陈氏曰:“分四部,曰帝室、职官、岁时、州府。大略为笺启应用之备。”

冯浩按:玉海艺文类:“唐金钥二卷,太学博士李商隐分门编类。”是则宋本多称学博。

又经籍考六。李义山集三卷。李商隐樊南甲集二十卷,乙集二十卷。又文集八卷。

明文渊阁书目

〔明〕杨士奇

李义山文集一部,十册,阙。塾本十一册。

李商隐诗集一部,四册。

冯浩按:书目系正统六年大学士杨士奇等编次,文集举字,诗集举名,一也。十册四册,岂较今本为多?惜不能搜校已。昆山叶氏菉竹堂书目,文集十一册,诗集同四册。

菉竹堂书目

〔明〕叶盛

李义山文集十一册。诗集四册。

国史经籍志

〔明〕焦循

玉溪生诗一卷。

李商隐古字略一卷。

冯浩按:宋英国公夏竦辑古文四声韵五卷,标列所引诸书,有李商隐字略。

世善堂藏书目录

〔明〕陈第

樊南集四十八卷。玉溪生集三卷。李义山诗集三卷。

绛云楼书目

〔清〕钱谦益

李商隐诗集三册,诗三卷。

述古堂藏书目

〔清〕钱曾

李义山杂纂三卷抄。

李商隐诗集三卷。三本。北宋影抄。

读书敏求记

〔清〕钱曾

李商隐诗集三卷。

季沧苇藏书目

〔清〕季振宜

李商隐诗三卷。照宋抄。

天禄琳琅书目

〔清〕于敏中等

李义山集，一函四册，唐李商隐著，三卷。陈振孙书录解题载李义山集八卷、樊南甲乙集四十卷，唯玉溪生集为三卷，然云即前卷中赋及杂著。且马端临文献通考亦只称为二卷。此本标李义山集，专录其诗，与振孙所载玉溪生集卷帙虽同，其书各异，则非宋人所刊无疑，特橅刻清朗，亦明椠之善本也。（明版集部）

四库全书总目

〔清〕纪昀等

李义山诗集三卷（提要已见前）

李义山文集笺注十卷 国朝徐树谷笺、徐炯注。树谷字艺初,康熙乙丑进士,官至山东道监察御史;炯字章仲,康熙壬戌进士,官至直隶巡道,皆昆山人。考旧唐书李商隐传称有表状集四十卷。新唐书艺文志称李商隐樊南甲集二十卷、乙集二十卷、玉溪生诗三卷、文、赋一卷。宋史艺文志称李商隐文集八卷、四六甲乙集四十卷、别集二十卷、诗集三卷。今惟诗集三卷传,文集皆佚。国初吴江朱鹤龄始裒集诸书,编为五卷,而阙其状之一体。康熙庚午,炯典试福建,得其本于林佶,采摭文苑英华所载诸状补之,又补入重阳亭铭一篇,是为今本。鹤龄原本虽略为诠释,而多所疏漏,盖犹未竟之稿。树谷因博考史籍,证验时事,以为之笺;炯复征其典故训诂,以为之注。其中上崔华州书一篇,树谷断其非商隐作,近时桐乡冯浩注本,则辨此书为开成二年春初作。崔华州乃崔龟从,非崔戎;故贾相国乃贾餗,非贾耽;崔宣州乃崔郸,非崔群。引据唐书纪传,证树谷之误疑。又重阳亭铭一篇,炯据全蜀艺文志采入,冯浩注本则辨其碑末结衔及乡贯皆可疑,知为旧碑漫漶,杨慎伪补足之。援慎伪补樊敏、柳敏二碑,证炯之误信。又据成都文类采入为河东公上西川相国京兆公书一篇,及逸句九条,皆足补正此本之疏漏。然上京兆公书乃案牍之文,本无可取,逸句尤无关宏旨,故仍以此本著于录焉。

四库全书简明目录

〔清〕纪昀等

李义山诗集三卷。其集唐宋以来只有此本。近刻或分体，或编年，皆非其旧也。

李义山诗注三卷补注一卷。国朝朱鹤龄撰。李商隐诗旧有刘克、张文亮二注，久已散佚。明末释道源始为作注，而冗杂特甚。鹤龄是编，盖因其旧本，重为补正，然所采不及十之一。虽征引故实，援据史传，不及程梦星、冯浩诸本之备；而不以其诗为艳词，亦不字字句句附会时事，则较诸家为善焉。

稽瑞楼书目

〔清〕陈揆

李义山诗笺注三卷。释道源注，钱龙惕笺。道源时住高林庵，在破山麓。钞本。六册。（邑中著述）

李义山诗注四册。钱木庵阅本。（附记各橱）

李义山文集五卷。旧钞一册。（小橱丛书）

文瑞楼藏书目录

〔清〕金檀

徐注义山四六。

李商隐文集十卷。

李商隐义山诗注三卷。

孙氏祠堂书目

〔清〕孙星衍

李义山诗集三卷。李义山文集笺注十卷。徐树谷、徐炯注。唐诗百名家全集（四函，席启寓编，俱仿宋本）李义山诗集三卷。

铁琴铜剑楼藏书目录

〔清〕瞿镛

李义山文集五卷。唐李商隐撰。稽瑞楼精钞本。冯氏藏本。原分三卷，此五卷本朱长孺得之重编者也。

八千卷楼书目

〔清〕丁立中

李义山集三卷。汲古阁本。席氏刊本。

李义山诗三卷补注一卷，国朝朱鹤龄撰。刊本。

李义山诗集注十六卷。国朝姚培谦撰，松桂读书堂刊本。

玉溪生诗笺注三卷、文笺注八卷。国朝冯浩撰。刊本。

李义山文集笺注十卷，国朝徐树谷笺、徐炯注。

樊南文集笺注补编十二卷附录一卷，国朝钱振伦笺、振常注。

郘亭知见传本书目

〔清〕莫友芝

李义山集三卷。明刻。席氏刻。汲古刻佳。嘉庆中扬州汪氏校刻六卷。张目有冯氏护净居士崇祯甲戌钞以北宋本校成之本，冯有二跋。又有以孙孝若家北宋本校毛本。

又李义山诗注三卷补注一卷。国朝朱鹤龄撰。朱氏与杜集合刻本。姚培谦注李义山诗十六卷，乾隆己未刻。

又李义山文集笺注十卷。国朝徐树谷笺、徐炯注。徐氏刻本。宋有玉溪生集三卷，乃赋及杂著。冯浩著李义山诗四卷、注樊南文集八卷，乾隆四十五年刻。归安钱振伦、钱振常笺注樊南文集补编十二卷，取全唐文所收义山文在徐、冯二家注本外者二百馀篇，为之笺注，同治五年盱眙吴棠为刻于清河。

藏园群书经眼录

傅增湘

李商隐诗集六卷。明刊本，九行十九字，版心题"义山"二字，审其字体，当为明嘉靖、隆庆时刊本。前李商隐小传数行，次目录。本书分五言古、七言古、五言律、五言排律、七言律、五言绝句、七言绝句，各为卷。号数通各卷计之。七言律以下，别为号数。（按：义山诗清朝盛行，刻本最多。然求一明刻本，自汲古阁外，殆不可得。前月在苏州，叶郎园同年许见嘉靖刻二卷。乃毗陵蒋孝唐人十二家集本也，虽非单刻，已为罕见。顷来杭州，至述古斋李宝泉处得此书，为之狂喜【略】。）此本五言已标排律，决非宋本所出也。

又李义山集三卷。明毛氏汲古阁刊唐人八家诗本。介庵据陆贻典校宋本校。有跋录后:"庚申立秋又四日,病中以陆敕先较订宋本对阅。介庵识。"

又李义山诗集不分卷。旧写本,分体为次第,前有各家诗评。

又李义山诗集三卷。清朱鹤龄笺注。朱鹤龄笺本,张佩兼载华点校,并删补注文。眉上行间,粘笺殆满。于朱注纠正极夥。手录杨致轩评,又传朱竹垞评点。张跋附后:"陆放翁言注诗诚难,此真善于注诗者也,况奥博如义山诗耶? 阅长孺自序及凡例,乃倜然以郑笺自任,可议者一。注中疏漏纰缪之处不一而足,亟亟付梓,不暇刊正,可议者二。若但以掠美责之,谓如宋齐丘之于谭峭,郭子玄之于向秀,则固不足以服其心矣。静志居诗话于长孺少陵诗注及义山诗注不置褒贬,但云盛行于时而已。敬业堂评语有云:后世笺李诗未必功臣,奈何。两先生皆非党附虞山者也,且与长孺相识有素,其言尚如此。今人尊之如善注文选,毋乃过欤。阳坡山人。"此跋在序例后,下有"张载华印"、"金凤亭长"二印。

又李商隐诗集十卷。朝鲜古刻本,九行十七字,有补遗五叶。

增订四库简明目录标注

〔清〕邵懿辰　邵章

李义山诗集三卷。席氏刊本。明刊本。嘉庆间扬州汪氏校刊本六卷。汲古阁刊本。〔续录〕孙功甫藏北宋本，分上中下三卷，“构”、“桓”诸字不避。钱牧斋藏宋本，实仿宋耳。天禄目有明仿宋本，张目有冯氏护净居士崇祯甲戌钞以北宋本校成之本。冯有二跋。张云：据牧翁宋本校完，见孙本，始知钱本实仿宋。张又有以孙孝若家北宋本校毛本。钱牧斋写校本，宣统己酉长洲蒋氏印行，称为李集善本。蒋斧跋称从宋本写，以北宋本校改，为传世李集第一云云。

又四部丛刊本。镜烟堂十种刊纪昀评本。

又李义山诗注三卷附录一卷。清朱鹤龄撰。有刊本，与杜集合刻。〔续录〕顺治十六年刊本。乾隆八年东柯草堂校刊本。套印本。同治九年广州刊本。有诗评、诗谱各一卷。

又姚培谦笺注十六卷。乾隆己未刊。〔续录〕民国七年中华书局影印松桂读书堂初印本。

又李义山文集笺注十六卷。乾隆己未刊。清徐树谷笺、徐炯注。徐氏刊本。冯浩注文八卷、诗四卷。乾隆四十五年刊。〔续录〕宋有玉溪生集三卷，乃赋及杂著。归安钱振伦、钱振常笺注樊南文集补编十二卷。取全唐文所收义山文在徐、冯二家注本外者二百馀篇为之笺注，同治五年盱眙吴棠望三益斋刊本。嘉庆丁丑仪征汪全泰刻义山文集六卷，盖其父校理全唐文时录存者。刻类编与唐文同，钱振伦竟未之见何也？四部丛刊有李义山文集五卷。

又总集类中唐十二家晚唐十二家诗集明万历壬子金

陵朱子蕃刊本。中唐：储光羲、独孤及、刘长卿、钱起、卢纶、孙逖、崔峒、刘禹锡、张籍、王建、贾岛、李商隐。

北京图书馆善本书目

李商隐诗集三卷。清影宋抄本。三册。

又李商隐诗集三卷。明悟言堂抄。二册。

又李义山集三卷。明末毛氏汲古阁刻唐人八家诗本。毛扆校。四册。

又李义山集三卷。明末毛氏汲古阁刻唐人八家诗本。□介庵校。二册。

又唐李义山诗集六卷。明刻本。四册。陈捐。

又李商隐诗集十卷补遗一卷。朝鲜刻本。二册。邢捐。

又重订李义山诗集笺注三卷集外诗笺注一卷。清朱鹤龄撰、程梦星删补。年谱一卷、诗话一卷。清程梦星辑。清乾隆八年汪增宁今有堂刻本。方世举批校。四册。

又李义山文集五卷。清抄本。一册。

四库提要辨证

余嘉锡

李义山文集笺注十卷。嘉锡案：新唐书艺文志于李商隐樊南甲乙集及玉溪生诗外，又有赋一卷，文一卷，非文赋一卷也。宋史艺文志除提要所举外，亦有李商隐赋一卷，又杂文一卷(在刘邺、陈黯集之上)。总集类有李商隐桂管集二十卷。盖樊南集皆骈俪之文,其杂文一卷,则古文也。崇文总目仅有李义山诗三卷,玉溪生赋一卷,樊南四六甲集二十卷,樊南四六乙集二十卷。其宋志著录之文集八卷,为唐志及崇文总目所无,始见于郡斋读书志(卷十八)。略云:"樊南甲乙集皆四六;又有古赋及文共三卷,辞旨恢诡;诗五卷,清新纤艳。"此盖宋人取其古赋及杂文,分为三卷,(疑为赋一卷,文二卷。)又分诗为五卷,合成此集。故读书志于其文、赋及玉溪生诗,不别著于录。若直斋书录解题卷十六别集类,既有李义山集八卷,又有玉溪生集三卷,(解题云:此集即前卷中赋及杂著也。)此不知何人所析出,而其卷十九诗集类之李义山诗,则仍作三卷,不用五卷之本,骤观之,第觉纷纭重复耳。提要于商隐著作,言之不详,故为更考之如此。

又案冯浩所注,名樊南文集详注,凡八卷。重阳亭铭在卷八,铭末题云:"唐大中八年九月一日,太学博士河内李商隐撰。"冯氏注云:"义山由太学博士出充梓幕,此仍书京职,而宋本诗集亦首标太学博士李商隐义山,不及他衔者,重王朝、尊儒职也。"此正言其自称博士之故,提要乃谓浩辨其碑末结衔为可疑,是未细读冯注也。注又云:"金石录,此碑李商隐撰,正书,无姓名,大中八年也。(案见金石录目录卷十,原作大中八年九月。)全蜀艺文志,碑在隆庆府东山之阳,石刻今存,亭圮后,宋治平中再建,明正德中又建。四川通志,重阳亭,在剑门驿东鸣鹤山上,今圮。"又云:"此文徐氏采之全蜀艺文志,而余取原书覆校者也。金石录无跋语,亭屡建屡圮,碑文必多剥落矣。今所登者缺字尚少,词义略见古趣,使果出义山手,何无矫然表异者乎。义山自称,或曰玉溪,或曰樊南,其郡望则陇西,故他人称之曰成纪,此书河内,虽合史传,而准之文翰,则可疑也。徐刊本作河南,岂别有据,抑传写之讹欤。余颇疑碑文久漫漶,而杨用修为补全之,恐未可笃信也。"又云:"全蜀艺文志,用修所最矜喜者,得汉太守樊敏碑于芦山,汉孝廉柳庄敏碑于黔江也。实则柳碑仅存其名而未能追补矣。孝廉讳敏,何为加庄字哉。巴君太守樊君碑,赵氏金石录云首尾完好,至明弘治中,李一本磨洗出之,不可读者过半。用修何以竟得一字无损之原刻哉?洪氏隶释,柳敏碑有阙字,而文本不多,碑在蜀中。樊敏碑颇全,惟后共阙七字,碑在黎州。(案碑在雅州芦川县,不在黎州,顾氏隶辨卷八已言之,此承隶释之误。碑今虽存,乃重刻本,故只阙四十馀字,与李一本之言不合。)用修据此而补全之,则亦易矣。用修所云,何可尽信哉!"冯氏言杨慎于柳敏碑未能追补,而提要谓慎伪补樊敏、柳敏二碑,是亦读书不细之过也。重阳亭铭既著于金石录,其文为商隐所撰,无可复疑。冯氏疑其原碑剥落,为杨慎所补全,此特意揣之词,毫无实据。文中尚阙十字,如慎果尝补全,何不使之完好无阙乎。铭与序俱古雅,甚似汉、魏人文字,何以见其不出义山之手。两唐书均称商隐怀州河内人,冯氏作年谱,以为义山旧居郑州,迁居怀州。钱振伦年谱订误,据商隐所撰曾祖妣状，知李氏实自怀迁郑，至义山通籍，始奉其曾祖妣返葬于怀（见樊南文集补编附录）。然则怀州实其祖籍，铭中自称河内，有何可疑耶。是徐炯之采此铭，原非误信，冯氏之说，反属误疑也。惟是冯氏之为详注，实能贯串史传，博采群书，旁参互证，用心至为细密，过于徐氏笺注远甚。如卷一为京兆公陕州贺南郊赦表，徐氏以京兆公为杜悰，而旧新传悰无出守陕州之事，遂谓史文失此一迁。冯氏考之通鉴及旧书，知非杜悰而是韦温，韦氏自汉徙京兆杜陵，所谓"城南韦杜"，京兆之称，不专属杜也。徐氏本有为成魏州贺瑞雪庆云日抱戴表，冯氏考之文苑英华，此表题下本缺人名，（案见英华卷五百六十一。）而魏州至文宗时为何进滔父子所据，其地乃节度使治所，不得有他刺史。英华别有崔融为魏州成使君贺白狼表，（案见卷五百六十六。）知此篇亦融所作。（徐本又有为柳州郑郎中谢上表，冯氏亦以为非商隐文，而未能考定为谁作。）其卷三（此冯注卷数）献相国京兆公启，徐氏亦以为杜悰，冯氏谓与述德抒情诗（献杜悰）二篇"早岁乖投刺，今晨幸发蒙"，情事迥别，考之新、旧纪传，知为韦琮，启为韦分司东都，义山途次相遇所献。凡此诸条，皆非炯等所及。提要之意，亦谓冯注胜于徐氏，然仍用笺注本著录，而于冯氏详注并不存其目者，盖以详注成于乾隆三十年，（见卷首钱维城序。）冯浩本人至嘉庆六年始卒，（见三续疑年录卷九。）故用文选不录生存人例，以避标榜之嫌，玉溪生诗详注之不入存目，亦即因此；又不欲没其所长，故于提要中委曲示意，而不欲质言之。（四库全书凡例，无不录生存人之例。）此正如其屡引潜研堂文集，而钱氏所著书却不著录也。其谓冯氏所补上京兆公书乃案牍之文，逸句诸条无关宏旨者，托词焉耳，其书之著录与否，岂关乎此耶。

四　李商隐年表

年代	生活	史事札记
唐宪宗元和七年壬辰(八一二)	一岁。商隐自述为凉武昭王李皓之曾孙李承后裔,与唐皇室同宗,然支派已远。本籍怀州河内(今河南沁阳县),后迁居郑州荥阳(今河南荥阳县),至商隐已三世,高祖涉(字既济),美原县令;曾祖叔恒(一作叔洪),安阳县尉;祖俌(字叔卿),邢州录事参军。叔恒年二十九卒,俌亦以疾早世。父嗣,时任获嘉县令。商隐兄弟姊妹可考者有伯姊、裴氏仲姊、徐氏姊、弟羲叟。此外尚有三弟一妹,或为从弟妹。 是年岁末,裴氏仲姊卒于获嘉,年十九。	韩愈四十五岁。刘禹锡、白居易四十一岁。柳宗元四十岁。元稹三十四岁。李贺二十三岁。杜牧十岁。温庭筠十二岁。 魏博留后田兴上表归附朝廷,诏以其为魏博节度使。
元和八年癸巳(八一三)	二岁。随父在获嘉。	宰相李吉甫进所撰元和郡县图志四十卷,十道州郡图五十四卷。
元和九年甲午(八一四)	三岁。父罢获嘉令,入浙东幕府。此后六年,商隐即随父在浙东及浙西度过。	闰八月,彰义节度使吴少阳死,子吴元济匿丧不报,自领军务。十月,以严绶为申、光、蔡招抚使,督诸道兵讨吴元济。是年九月以给事中孟简为越州刺史、浙东观察使。
元和十年乙未(八一五)	四岁。随父在浙东越州。	成德节度使王承宗、淄青节度使李师道助吴元济。六月,李师道派人刺杀宰相武元衡,伤中丞裴度。旋以裴度同平

续表

年代	生活	史事札记
		章事。九月，以宣武节度使韩弘为淮西诸军行营都统。
元和十一年丙申（八一六）	五岁。随父在浙东越州。开始诵读经书。	十月，以京兆尹李傓为润州刺史、浙西观察使。十二月，以李愬为随唐邓节度使。本年，李贺卒，年二十七。
元和十二年丁酉（八一七）	六岁。本年正月后，随父在浙西润州。	诸军讨淮蔡，四年不克。裴度请自往督战。七月，以度兼彰义节度使、淮西宣慰处置使。十月，李愬雪夜入蔡州，擒吴元济。淮西乱平。 本年正月，浙东观察使孟简追赴阙，入为户部侍郎，薛戎由常州刺史授浙东观察使。
元和十三年戊戌（八一八）	七岁。随父在浙西润州。开始学习撰写诗文。	淮西既平，馀镇恐惧。横海节度使程权自请入朝为官。幽州刘总上表请归顺。 王承宗质子、纳地自赎。七月，令宣武等五镇讨李师道。 宪宗骄奢日甚，户部侍郎判度支皇甫镈进羡馀以供军费，又厚赂宦官吐突承璀，九月镈同平章事。十一月以方士柳泌为台州刺史，合长生

续表

年代	生活	史事札记
		药。十二月,遣宦官率僧众迎凤翔法门寺佛指骨。 本年十一月,以华州刺史令狐楚为怀州刺史充河阳三城怀孟节度使。 本年三月,韩愈进平淮西碑。后被指为不实,诏令磨愈文,命翰林学士段文昌重撰。
元和十四年己亥(八一九)	八岁。随父在浙西润州。	正月,刑部侍郎韩愈谏迎佛骨,贬为潮州刺史。二月,李师道为部下刘悟所杀,淄青等十二州皆平。四月,诏裴度以门下侍郎、同平章事充河东节度使。 七月,令狐楚同平章事。十月,柳宗元卒,年四十七。 本年三月,浙西观察使李翛卒于任,五月,窦易直继任。
元和十五年庚子(八二〇)	九岁。随父在浙西润州。	宪宗服方士金丹,多躁怒。正月,暴卒,时人皆言为宦官陈弘志所杀。右神策中尉梁守谦与宦官王守澄等共立太子李恒,闰正月即位(穆宗)。穆宗好游宴,赏赐无度。七月,令狐楚罢为宣歙

续表

年代	生活	史事札记
		池观察使；八月，再贬衡州刺史。 本年，吐蕃多次侵扰灵武、盐州、泾州一带。
穆宗长庆元年辛丑(八二一)	十岁。商隐随父在浙东西约六年馀。本年父卒，奉丧侍母归郑州。自述当时境况为“四海无可归之地，九族无可倚之亲。既祔故邱，便同逋骇”。	春，右补阙杨汝士与礼部侍郎钱徽掌贡举，李宗闵婿、杨汝士弟皆及第。段文昌、李德裕、元稹、李绅等以为不公。诏王起与白居易复试，黜原及第进士十人。钱徽、李宗闵、杨汝士被远贬。 四月，令狐楚量移郢州刺史；是年，迁太子宾客分司东都。七月，幽州军乱，拥立原都知兵马使朱克融。成德镇都知兵马使王庭凑杀节度使田弘正，自称留后。八月，裴度以河东节度使充幽、镇两道招讨使，讨王庭凑。十二月，以朱克融为幽州卢龙节度使。
长庆二年壬寅(八二二)	十一岁。在郑州居父丧。	正月，魏博牙将史宪诚逼节度使田布自杀。二月，以王庭凑为成德节度使。河北三镇再度恢复割据。九月，李德裕为浙西观察使，代窦易直。十月，令狐楚授陕虢

续表

年代	生活	史事札记
		观察使。十一月，复为太子宾客分司东都。 三月，徐州节度使崔群为其副使王智兴所逐，王自专军务；即以其为徐州刺史、充武宁军节度使。
长庆三年癸卯（八二三）	十二岁。父丧除后，于东甸（郑州）占籍为民，“佣书贩舂”。 商隐从叔李某自淮海归居荥阳，商隐与弟羲叟等于此后数年间由从叔“亲授经典，教为文章”。	李逢吉与枢密使王守澄勾结，左右政局。
长庆四年甲辰（八二四）	十三岁。仍居郑州。	正月，穆宗服方士金石药，卒。太子湛即位（敬宗），荒淫更甚于穆宗。 三月，令狐楚为河南尹。九月，令狐楚为检校礼部尚书、汴州刺史、宣武军节度、宋汴亳观察等使。冬，韩愈卒，年五十七。 李逢吉时在相位，用张又新等人。时人恶逢吉者，目之为“八关十六子”。
敬宗宝历元年乙巳（八二五）	十四岁。仍居郑州。	五月，敬宗至鱼藻宫观竞渡。七月，命王播造竞渡船二十只供进。八月，遣宦官往湖南、江南等道及天台山采药。十一月，游骊山温泉。

续表

年代	生活	史事札记
宝历二年丙午(八二六)	十五岁。约于此年以后,学仙玉阳。同在玉阳学道者有其从叔祖李某。约在文宗大和初结束学道生活,离家求仕。	三月,横海镇节度使李全略卒,子同捷擅领留后事,朝廷经年不问。 敬宗游戏无度,五月至鱼藻宫观竞渡。九月,大合宴于宣和殿,陈百戏,数日方罢。又好营建宫殿,自春至冬,大兴土木。十二月,宦官刘克明等杀敬宗。枢密使王守澄等立江王涵,改名昂(文宗)。即位后屡下诏去奢从俭。
文宗大和元年丁未(八二七)	十六岁。著才论、圣论(二文今佚),以古文为士大夫所知。徐氏姊卒。	五月,以李同捷为兖海节度使,同捷抗拒朝命。八月,命诸道兵进讨。
大和二年戊申(八二八)	十七岁。	三月,刘蕡应贤良方正能直言极谏科,对策中猛烈抨击宦官,考官叹服,因畏惧宦官,不敢取。朝官、士人纷纷为刘蕡抱屈。四月,以邕管经略使王茂元为容管经略使。十月,征令狐楚为户部尚书。 本年,河南北诸军讨李同捷久未成功,江淮为之耗弊。
大和三年己酉(八二九)	十八岁。本年三月后,以所业文拜谒令狐楚于东都,楚奇其才,令与诸子(绪、绹、纶)同游。参与文会,并	四月,唐军攻占沧州,斩李同捷。 西川节度使杜元颖专务

续表

年代	生活	史事札记
	曾谒见时任太子宾客分司之白居易，受其礼遇。从叔处士李某卒。岁末，天平军节度使（驻郓州）令狐楚聘请商隐入幕为巡官。商隐随楚至郓。	蓄积，减削士卒衣粮。十一月，南诏攻西川，十二月陷成都，掳掠而还。本年三月，令狐楚检校兵部尚书、东都留守、东畿汝都防御使。十一月，进检校右仆射、天平军节度、郓曹濮观察使。十二月，以吏部郎中宇文鼎为御史中丞。
大和四年庚戌（八三〇）	十九岁。在郓州令狐楚幕。楚授以骈文章奏之道，始通今体。	七月，宋申锡同平章事。正月，牛僧孺由武昌节度使入朝，由李宗闵推荐，为相。二人相与排摈李德裕之党。九月，裴度为李宗闵所忌，出为山南东道节度使。十月，李德裕为西川节度使，德裕练士卒、修堡鄣、积粮储，蜀地粗安。
大和五年辛亥（八三一）	二十岁。在郓州令狐楚幕。正月，得楚资助，在长安参加进士试，主考官贾𫗧。不第后仍返郓州。	正月，卢龙副兵马使杨志诚逐节度使李载义。文宗召宰相议其事。牛僧孺言："范阳自安史以来非国所有……不必计其顺逆。"四月，以志诚为幽州节度使。文宗与宰相宋申锡谋诛宦官，为王守澄、郑注所知。郑注令人诬告宋申锡谋立漳王，文宗信以为真。

续表

年代	生活	史事札记
		三月,贬申锡为开州司马。九月,吐蕃维州守将悉怛谋请降。西川节度使李德裕派兵入据其城。宰相牛僧孺持反对意见。诏德裕以其城归吐蕃,缚还悉怛谋及其从者。吐蕃将悉怛谋等全部残酷杀害。 本年,元稹卒。年五十三。
大和六年壬子(八三二)	二十一岁。正月在长安第二次参加进士试,主考官贾餗。下第后曾上令狐楚状。其后当入楚太原幕。	二月,令狐楚为太原尹、北都留守、河东节度使。七月,以御史中丞宇文鼎为户部侍郎判度支。 十一月,牛僧孺罢相,出镇淮南。十二月,李德裕由西川节度使入为兵部尚书。将为相,李宗闵百计阻之。
大和七年癸丑(八三三)	二十二岁。本年第三次应举,知举贾餗不取。太原幕罢,商隐曾回郑州,谒见郑州刺史萧浣,受其礼遇。离郑州后又至华州,依其重表叔、华州刺史崔戎。受其厚遇,在幕中代拟表奏。	正月,王茂元为岭南节度使。二月,李德裕同平章事。三月,出杨虞卿为常州刺史、萧浣为郑州刺史。六月,李宗闵出为山南西道节度使。令狐楚检校右仆射、兼吏部尚书。七月,王涯同平章事。闰七月,崔戎出为华州刺史。十二月,文宗患风疾,郑注由王守澄推荐,为文宗治病,得宠信。

续表

年代	生活	史事札记
大和八年甲寅（八三四）	二十三岁。因病未应试。正月在华州幕，曾代崔戎草表状。后戎送其习业南山。四月，随崔戎自华州赴兖州，掌章奏。五月初抵兖。戎卒后，西归郑州。冬赴长安，道经洛阳时与东下宣州赴宣歙王质幕之赵晳晤别。	三月，崔戎为兖海观察使；六月病卒。李训由郑注引荐，八月，任四门助教。十月，李宗闵同平章事。十一月，李德裕出为镇海节度使。成德节度使王庭凑卒，子元逵改父所为，事朝廷颇恭谨。本年，卢弘止由兵部郎中出宰昭应县。皮日休约生于此年。
大和九年乙卯（八三五）	二十四岁。春，商隐应举，知举崔郸不取。本年，往来长安、郑州之间，曾至崔戎旧宅相吊。其首谒昭应县令卢弘止亦当在此年前后。岁末，在郑州，有为郑州天水公言甘露事表。	二月，发左右神策军一千五百人浚曲江及昆明池、重修亭馆。郑注、李训恶京兆尹杨虞卿及李宗闵等，六月贬李宗闵为明州刺史；七月贬杨虞卿为虔州司马，贬萧浣为遂州刺史。时大批朝官被指为“二李（德裕、宗闵）之党”而遭贬逐。李训、郑注为文宗画策：“先除宦官，次复河湟，次清河北。”九月，杖杀宦官陈弘志。以郑注为凤翔节度使；舒元舆、李训并同平章事。十月，鸩杀宦官王守澄。十一月，李训谋诛宦官，不克。中尉仇士良杀宰

续表

年代	生活	史事札记
		相王涯、贾餗、舒元舆及王璠、郭行馀等,李训于逃亡途中被擒斩首。郑注为凤翔监军张仲清所杀。史称"甘露之变"。从此文宗更受挟制,朝廷大权进一步归于宦官。 本年十月,令狐楚守尚书左仆射,进封彭阳郡开国公。以前广州节度使王茂元为泾原节度使。
文宗开成元年丙辰(八三六)	二十五岁。春夏在长安,与令狐绹、李肱等有交往。与洛中里娘柳枝之短暂恋情当在开成二年进士登第之前。	二月,昭义节度使刘从谏表请王涯等罪名。三月,复上表暴扬仇士良等罪恶。士良惧,稍有收敛。三月,以李德裕为滁州刺史。四月,以李宗闵为衡州司马,"二李之党"渐被复用。 四月,令狐楚为兴元尹、山南西道节度使。十二月,崔龟从为华州防御使。本年,令狐绹为左拾遗;萧浣卒于遂州。
开成二年丁巳(八三七)	二十六岁。春,商隐应举,高锴知贡举,令狐绹雅善锴,奖誉甚力,擢进士第。春末,东归济源省母。冬,因令狐楚病,由长安驰赴兴元,楚嘱其代草遗表。十二月,奉楚丧回长安。	六月,成德节度使王元逵尚寿安公主。以左金吾将军李执方为河阳节度使。十一月,兴元尹、山南西道节度使令狐楚卒,年七十二。

续表

年代	生活	史事札记
		本年,令狐绹为左补阙。聂夷中生。
开成三年戊午(八三八)	二十七岁。春应吏部博学宏词科试,先为考官李回所取,并为掌铨选之官吏周墀注拟官职,复审时被某一"中书长者"抹去。落选后赴泾原节度使王茂元幕。茂元爱其才,以女嫁之,商隐因此招致令狐绹之忌,谓其"背家恩"。	正月,仇士良使人暗杀李石未成。石惧,辞相,出为荆南节度使。杨嗣复、李珏并同平章事,二人与郑覃、陈夷行不协,每议政,是非蜂起,文宗不能决。三月,孙简为陕虢观察使。五月,高锴为鄂岳观察使。太子永好游宴,杨贤妃又加谮毁。九月,文宗欲废太子,杀太子宫人左右数十人。十月,太子暴卒。 本年,吐蕃彝泰赞普卒,弟达磨立,荒淫残暴,吐蕃益衰。
开成四年己未(八三九)	二十八岁。春,以书判拔萃释褐为秘书省校书郎。不久,调为弘农尉,以活狱触怒观察使孙简,将罢官,适逢姚合代简,论使还官。	三月,裴度卒,年七十五。五月,郑覃罢为右仆射,陈夷行罢为吏部侍郎。七月,崔郸同平章事。八月,姚合为陕虢观察使。十月,杨贤妃请立皇弟安王溶为嗣,李珏反对,立敬宗少子陈王成美为皇太子。文宗自甘露之变后常郁郁不乐,十一月乙亥,召当值学士周墀谈话,以周赧王、汉献帝自比,且

续表

年代	生活	史事札记
		谓:"赧、献受制于强诸侯,今朕受制于家奴,以此言之,朕殆不如!"泣下沾襟,自此不复视朝。
开成五年庚申(八四〇)	二十九岁。九月初仍在弘农尉任。九月下旬得河阳节度使李执方资助,由济源移家长安樊南。十月十日抵达长安。旋应王茂元之招,赴陈许节度使幕。约十一月初抵达许州。在幕月馀,为茂元草拟表状多篇,约在岁末离许州,至华州周墀幕。	正月,文宗卒。仇士良等立颍王瀍(武宗,后改名炎)。陈王成美、安王溶及杨贤妃皆赐死。八月,杨嗣复贬为湖南观察使,李珏贬为桂管观察使。九月,李德裕自淮南入朝,拜相。 本年春,王茂元自泾原入为朝官,任司农卿、将作监。冬,再调忠武节度使。令狐绹服丧期满,为左补阙、史馆修撰。周墀出为华州刺史镇国军潼关防御等使。韦温为陕虢观察使。 回鹘为其北方黠戛斯部落所破,诸部逃散。可汗兄弟唱没斯等及其相赤心、仆固、特勒那颉啜各帅其众于本年秋冬之际至天德塞下。
武宗会昌元年辛酉(八四一)	三十岁。正月在周墀华州幕,曾为华、陕之周墀、韦温草贺表。本年十一月中旬、十二月末,又曾为周墀草贺表。	三月,陈夷行同平章事。再贬杨嗣复为潮州司马。裴夷直由杭州刺史贬为驩州司户,刘蕡约于同时或稍后被贬为柳

年代	生活	史事札记
		州司户。九月,卢龙军乱。偏将陈行泰杀节度使史元忠自立,次将张绛复杀陈行泰自立。武宗用李德裕策破例不加任命。十月,别任雄武军使张仲方知卢龙留后,逐张绛。仲武事朝廷较恭顺。 回鹘内部分化,嗢没斯一部请求内附。天德军使田牟欲击回鹘以立功,李德裕约束田牟等不许邀功生事。十二月,遣使抚慰回鹘,赈米两万斛。
会昌二年壬戌(八四二)	三十一岁。正月初与四月下旬,曾为周墀草贺表。约在本年春,再以书判拔萃重入秘书省为正字。约在本年冬,因母丧丁忧居家。	回鹘嗢没斯入朝,以为归义军使。乌介可汗率所部侵扰天德、振武两军边塞。八月,驱掠河东牛马数万。唐朝廷筹备兵力,俟来春驱逐回鹘。九月,诏银州刺史何清朝、蔚州刺史契苾通领沙陀、吐浑六千骑赴天德。本年,白敏中为翰林学士。令狐绹为户部员外郎。刘禹锡卒,年七十一。 达磨赞普死,吐蕃内乱。韩偓生。

续表

年代	生活	史事札记
会昌三年癸亥(八四三)	三十二岁。在京守母丧。因岳父王茂元卒及裴氏姊迁葬等事,秋冬之际曾至洛阳、河阳、怀州等地。是年,徐氏姊夫卒于浙东。	二月,河东节度使刘沔遣麟州刺史石雄大破回鹘于黑山,乌介可汗遁去,迎太和公主归。崔珙罢为右仆射。五月,武宗任命崔铉为同平章事,宰相、枢密皆不预知。六月,仇士良致仕。四月,昭义节度使刘从谏卒,其侄刘稹据镇自立。朝臣多主张姑息,李德裕以泽潞地近京师,力劝武宗用兵。以忠武节度使王茂元为河阳节度使,邠宁节度使王宰为忠武节度使。五月十三,下制削刘从谏及侄刘稹官爵,命王茂元、刘沔、陈夷行、王元逵、何弘敬等合力攻讨。贬李宗闵为湖州刺史。七月,遣户部侍郎兼御史中丞李回宣论河朔,令卢龙镇专御回鹘,令成德、魏博两镇攻取昭义所属邢、洺、磁三州,勿助刘稹。三镇节度使何弘敬、王元逵、张仲武皆从命。九月,以石雄为晋绛行营节度使。是月中旬,王茂元卒于河阳军中。十一月,党项侵

续表

年代	生活	史事札记
		邠宁，以兖王岐为灵、夏等六道元帅，兼安抚党项大使，以御史中丞李回为安抚党项副使，史馆修撰郑亚为元帅判官。
会昌四年甲子(八四四)	三十三岁。正月，处士叔、裴氏姊、小侄女寄寄迁葬荥阳坛山，商隐作祭文伤悼。杨弁乱平后，于暮春自樊南移家永乐。自述此时"遁迹邱园，前耕后饷"，"浻然有农夫望岁之志"，似曾偶或参加农作。在永乐期间，曾往来于太原、霍山、稷山、介休等地。	正月，河东将杨弁勾结刘稹作乱，逐节度使李石，监军吕义忠收复太原，擒杨弁。三月，黠戛斯遣使者入贡。朝廷以回鹘衰微、吐蕃内乱，议复河湟四镇十八州，以给事中刘濛为巡边使。李德裕以州县佐官太冗，奏令吏部郎中柳仲郢减裁。七月，邢、洺、磁三州降。八月，遣卢弘止宣慰三州及成德、魏博两镇。昭义大将郭谊杀刘稹降。石雄率兵入潞州，执郭谊等送京师。泽潞等五州平。九月，卢钧节度昭义。此次用兵，以及会昌三年抗击回鹘，李德裕奏请监军不得干军要，将师得以施其谋略，所向有功。 七月，杜悰同平章事，兼度支、盐铁转运使。十二

年代	生活	史事札记
		月,牛僧孺贬循州长史。本年,令狐绹为右司郎中(从冯谱及张氏会笺)。
会昌五年乙丑(八四五)	三十四岁。春,应从叔郑州刺史李褒之招,赴郑州。曾为褒作启及祷雨文。夏秋之际,与家人居洛阳,骨肉之间,病恙相继。十月下旬,母丧服阕,曾入京。后复返洛。	正月,武宗宠信道士赵归真,敕于南郊筑望仙台,李德裕谏之。二月,柳仲郢为京兆尹。三月,崔铉罢为陕虢观察使。五月,杜悰罢为剑南东川节度使。李回同平章事。武宗下令灭佛。本年,毁佛寺四千六百馀区,归俗僧尼二十六万五百人。财货并没官,寺材用以修葺公廨驿舍,铜像、钟磬用以铸钱。九月,李德裕请置备边库。
会昌六年丙寅(八四六)	三十五岁。约仲春间已在长安。重官秘书省正字。 子衮师生。	武宗迷信神仙,服长生药,自会昌五年秋已患病,本年三月卒。诸宦官立光王怡为皇太叔,即位改名忱(宣宗)。宣宗恶李德裕,四月,罢为荆南节度使。贬工部尚书判盐铁转运使薛元赏为忠州刺史、弟京兆少尹权知府事元龟为崖州司户。以韦正贯权知京兆尹。五月,白敏中同平

年代	生活	史事札记
		章事。七月,淮南节度使李绅卒。李让夷罢为淮南节度使。八月,武宗朝所贬诸相牛僧孺、李宗闵、崔珙、杨嗣复同日北迁。九月以李德裕为东都留守。 本年,白居易卒,年七十五。杜荀鹤生。
宣宗大中元年丁卯(八四七)	三十六岁。二月,桂管观察使郑亚辟商隐入幕,为观察支使,当表记。商隐随亚赴桂州,三月七日离京,经江陵,闰三月二十八日抵潭州。因涨水在潭逗留月馀。至六月九日抵达桂林。九月,代郑亚撰拟太尉卫公会昌一品集序。郑亚与荆南节度使郑肃同宗,冬奉郑亚之命往使。十月,于舟行途中编定樊南甲集。 本年正月,商隐弟羲叟进士及第。商隐赴桂时,羲叟送至蓝田县韩公堆。	宣宗与白敏中等务反会昌之政。正月,大赦,制文称:"国家与吐蕃甥舅之好,自今后边上不得受纳降人。"(按此系针对大和五年维州事而发)。二月,白敏中使其党李咸讼德裕罪,德裕由是以太子少保分司。给事中郑亚出为桂州刺史、桂管防御观察使。以马植为刑部侍郎,充盐铁转运使。崔元式、韦琮并同平章事。闰三月,下令恢复佛教,是以僧尼之弊皆复其旧。六月,卢弘止出为义成军节度使。八月,李回罢为剑南西川节度使。九月,白敏中等兴吴湘之狱,十二月贬李德裕为潮州司马。吏部奏:会

续表

年代	生活	史事札记
		昌四年所减州县官员内复增三百八十三员。 两税法施行后,钱重物轻。武宗毁佛像、钟磬铸钱,钱重物轻局面稍有扭转。宣宗即位,新钱以字可辨,复铸为像。又,史称"宣宗即位,茶盐之法益密"。 本年三月,令狐绹由右司郎中出为湖州刺史。 裴夷直自驩州贬所内徙;刘蕡自柳州贬所内徙澧州员外司户。
大中二年戊辰(八四八)	三十七岁。正月,自江陵归桂林。途经湘阴黄陵时,与已内徙之刘蕡晤别,作赠刘司户蕡诗。回桂林后曾客游昭州。二月郑亚贬循州,商隐于三、四月间离桂北归。五月至潭州,在湖南观察使李回幕逗留。曾至澧州药山访融禅师。约六月下旬抵达江陵。曾溯江至夔峡一带。仲秋自江陵续发,冬初返长安,选为盩厔尉。	二月,令狐绹召拜考功郎中,寻知制诰、充翰林学士。李回左迁湖南观察使,郑亚贬循州刺史。七月,续画功臣像于凌烟阁。九月,再贬李德裕为崖州司户,李回为贺州刺史。 十月,牛僧孺卒,赠太尉。本年五月,周墀、马植拜相。 二月,杨嗣复由江州刺史内征为吏部尚书,道岳州卒。裴夷直约于其后接任江州刺史。

续表

年代	生活	史事札记
大中三年己巳(八四九)	三十八岁。商隐选盩厔尉后,谒见京兆尹郑涓,涓留其假参军事,专章奏。十月,武宁节度使卢弘止辟商隐入幕为判官,得侍御衔(当为监察御史)。闰十一月中下旬,启程赴徐州,腊月途经汴州。岁末抵徐。 本年,商隐弟羲叟释褐秘书省校书郎,改授河南府参军。 本年商隐与杜牧同在长安,商隐有诗赠杜牧。	正月,诏司勋员外郎兼史馆修撰杜牧撰故江西观察使韦丹遗爱碑。二月,吐蕃秦、原、安乐三州及石门等七关来降,诏灵武、邠宁节度使出兵接应。四月,崔铉魏扶并同平章事。五月,徐州军乱,逐节度使李廓。以义成节度使卢弘止为武宁军节度使。徐州骄兵屡逐主帅。弘止至镇,都虞侯胡庆方复谋作乱,弘止诛之,抚其馀众,军府由是获安。六月、七月,泾原、灵武、邠宁、凤翔等节度使收复三州七关。八月,河陇老幼千馀人诣阙,朝见宣宗。九月,西川节度使杜悰收复维州。十一月,幽州军乱,逐节度副大使张直方,推其牙将周琳为留后。 本年二月,令狐绹拜中书舍人。五月,迁御史中丞。九月,充翰林学士承旨,寻权知兵部侍郎知制诏。 本年秋,刘蕡客死于楚地(可能在江州)。 十二月,李德裕卒于崖州贬所。

续表

年代	生活	史事札记
大中四年庚午(八五〇)	三十九岁。春夏间在徐州卢弘止幕。约六月随卢弘止至汴州。抵汴幕后奉使入关,时李郢离汴赴苏州,二人相遇于汴,盘桓数日后于板桥相互送别,各有诗。	四月,马植坐与宦官马元贽交通,罢相,贬常州刺史。约五六月间,卢弘止调宣武节度使。 八月,幽州节度使周琳卒,军中立其牙将张允伸为留后。党项为边患,发诸道兵进讨,连年无功,右补阙孔温裕上疏切谏,贬柳州司马。 十一月,令狐绹同平章事。
大中五年辛未(八五一)	四十岁。卢弘止卒于汴州,商隐罢汴幕归京。春夏间抵京,时妻王氏已卒。卒前夫妇未及见面。商隐穷蹙无路,复以文章干令狐绹,补太学博士。七月,柳仲郢任东川节度使,辟为节度书记。商隐因料理家事,迟至九月初始启程赴梓。十月末抵梓,改任节度判官。十二月十八,以幕府判官带宪衔身份差赴西川推狱。曾谒见西川节度使杜悰,献诗文企求提携。并游览武侯祠。	沙州人张义潮乘吐蕃内乱逐其守将,夺得沙州。正月,遣使来降。以义潮为沙州防御使。 二月,以裴休为盐铁转运使。 宣宗以南山、平夏党项久未平,颇厌用兵。三月,以白敏中为司空、同平章事,充招讨党项行营都统、制置等使,南北两路供军使兼邠宁节度使。卢弘止卒于汴州。 七月,柳仲郢任梓州刺史、东川节度使。十月,魏謩同平章事。蓬果百姓依阻鸡山,活动于三川边境。以果州刺史王贽弘充三川行营都知兵马使进行镇压。张义潮

续表

年代	生活	史事札记
		发兵收复瓜、伊、西等十州,由是,河湟之地尽入于唐。十一月,置归义军于沙州,以义潮为节度使。本年,郑亚卒于循州。岁末,韩瞻出守普州。
大中六年壬申(八五二)	四十一岁。在梓州柳仲郢幕。兼代掌书记。春初,由西川返梓。五月,杜悰启程赴淮南,商隐奉柳仲郢命往渝州界首迎送。	二月,王贽弘扑灭鸡山义军。三月,敕赐元舅右卫大将军郑光鄠县及云阳庄并免税役。四月,西川节度使杜悰迁淮南节度使。白敏中任西川节度使。湖南奏,团练副使马少端扑灭衡州邓裴起义。党项复侵扰边地。 河东节度使李业纵吏民侵掠少数民族,妄杀降人,北边扰动。魏謩请加贬黜,宣宗不许,闰六月迁业为义成节度使。以卢钧为太原尹、北都留守、河东节度使。 本年,杜牧卒,终年五十。
大中七年癸酉(八五三)	四十二岁。在梓幕。十一月,编定樊南乙集,自序云:"三年已来,丧失家道,平居忽忽不乐,始克意事佛。"曾自出财俸,于长平山慧义精舍经藏院特创石壁五间,金字勒妙法莲花经七卷,启请柳仲郢为记文。	十二月,度支奏:"自河湟平,每岁天下所纳钱九百二十五万馀缗,内五百五十万馀缗租税,八十二万馀缗榷酤,二百七十八万馀缗盐利。"(时

续表

年代	生活	史事札记
	本年商隐思乡念子情切,屡形于吟咏。约在十一月中下旬,启程返长安。	辖土多于大历、建中之时,而财政收入减少。)同月,左补阙赵璘请罢来年元会,止御宣政,宣宗曰:"近华州有贼光火劫下邽,关中少雪,……虽宣政亦不可御也。"楚州团练使郑祇德"以关辅亢沴,民穷为盗,不可止",由楚州调任同州刺史。
大中八年甲戌(八五四)	四十三岁。约春初返抵长安。在京期间,曾为张潜、薛杰逊分别撰写上同州刺史郑祇德、上山南西道节度使封敖之谢启,并有赠翰林学士庾道蔚之诗(赠庾十二朱版)。约仲春末或暮春初启程返梓。行前往访已由普州还朝任虞部郎中之韩瞻,有留赠畏之七律。返途过金牛驿时,有行至金牛驿寄兴元渤海尚书七律寄呈封敖。约四月抵梓。九月一日作剑州重阳亭铭并序。	宣宗自即位以来,穷治弑宪宗之党,以穆、敬、文、武诸帝为逆,宦官、外戚乃至东宫官属,诛窜甚众,虑人情不安,正月下诏停止追究。十月,以甘露之变唯李训、郑注当死,自馀王涯、贾餗等无罪,诏皆雪其冤。宣宗曾与翰林学士韦澳、宰相令狐绹等谋诛宦官,绹密奏:"但有罪勿舍,有阙勿补,自然渐耗,至于尽矣。"宦官窃见其奏,由是益与朝士相恶。许浑约卒于本年冬。张祜亦于本年卒于丹阳。

续表

年代	生活	史事札记
大中九年乙亥(八五五)	四十四岁。在梓幕。十一月,柳仲郢内征,韦有翼接任东川节度使。有翼到任后,商隐曾为其代撰乞留泸州刺史洗宗礼状。商隐随仲郢返京之时间约在岁末或十年初。	正月,成德节度使王元逵卒,五月以其子绍鼎为成德节度使。七月,浙东军乱,逐观察使李讷。淮南饥,民多流亡,节度使杜悰荒于游宴,不理政事。以崔铉充淮南节度使,以悰为太子太傅、分司。十一月,征柳仲郢为吏部侍郎。韦有翼继任东川节度使。
大中十年丙子(八五六)	四十五岁。约暮春归抵长安,居永崇里。可能至太原交城一带。寻柳仲郢奏充盐铁推官。岁暮出关赴洛。	柳仲郢入朝,未谢,改兵部侍郎,充诸道盐铁转运使。 三月,诏云:"回鹘有功于国,世为婚姻,称臣奉贡,北边无警。会昌中……奸臣当轴,遽加殄灭。近有降者云:已厖历今为可汗,尚寓安西。俟其归复牙帐,当加册命。"外戚郑光庄吏骄横,积年不交租税,京兆尹韦澳执而囚械之,欲置于法,宣宗为郑光故而请免死罪。 十一月,吏部尚书李景让上言:"宜迁四主(穆、敬、文、武)出太庙。"诏令百官议其事,不决而止。

续表

年代	生活	史事札记
大中十一年丁丑（八五七）	四十六岁。任盐铁推官。正月在洛阳。约暮春游江东。曾游扬州、金陵等地，多咏史览古之作。	二月，门下侍郎、同平章事魏謩以刚直为令狐绹所忌，出为西川节度使。 五月，容州军乱，逐经略使王球。 宣宗晚节颇好神仙，十月，遣中使迎道士轩辕集于罗浮山。
大中十二年戊寅（八五八）	四十七岁。罢盐铁推官，还郑州，未几病卒。	二月，甲子朔，罢公卿朝拜光陵（穆宗）及忌日行香，悉移宫人于诸陵。以兵部侍郎柳仲郢为刑部尚书，以夏侯孜为兵部侍郎充诸道盐铁转运使。 四月，岭南都将王令寰作乱，囚节度使杨发。 五月，湖南军乱，都将石载顺等逐观察使韩琮，杀都押牙王桂直。六月，江西军乱，都将毛鹤逐观察使郑宪。七月，宣州都将康全泰作乱，逐观察使郑薰。容管都虞侯来正谋叛。 安南都护李涿贪暴，当地少数民族怨怒。六月，导南诏侵扰边境。 秋河南、北、淮南大水，徐泗水深数丈，漂没数万家。

中华国学文库

李商隐诗歌集解 上

刘学锴　余恕诚 著

中华书局

图书在版编目(CIP)数据

李商隐诗歌集解/刘学锴,余恕诚著. —北京:中华书局,2021.12
(中华国学文库)
ISBN 978-7-101-15424-5

Ⅰ.李… Ⅱ.①刘…②余… Ⅲ.李商隐(812~约858)-唐诗-注释 Ⅳ.I222.742

中国版本图书馆CIP数据核字(2021)第220844号

书　　名　李商隐诗歌集解(全三册)
著　　者　刘学锴　余恕诚
丛 书 名　中华国学文库
责任编辑　刘　明　孟念慈
出版发行　中华书局
(北京市丰台区太平桥西里38号　100073)
http://www.zhbc.com.cn
E-mail:zhbc@zhbc.com.cn
印　　刷　北京瑞古冠中印刷厂
版　　次　2021年12月北京第1版
2021年12月北京第1次印刷
规　　格　开本/880×1230毫米　1/32
印张73¾　插页6　字数1463千字
印　　数　1-5000册
国际书号　ISBN 978-7-101-15424-5
定　　价　268.00元

中华国学文库出版缘起

《中华国学文库》的出版缘起，要从九十年前说起。

1920年，中华书局在创办人陆费伯鸿先生的主持下，开始编纂《四部备要》。这套汇集三百三十六种典籍的大型丛书，精选经史子集的"最要之书"，校订成"通行善本"，以精雅的仿宋体铅字排印。一经推出，即以其选目实用、文字准确、品相精美、价格低廉的鲜明特点，最大限度地满足了国人研治学问、阅读典籍的需要，广受欢迎。丛书中的许多品种，至今仍为常用之书。

新中国成立之后，党和国家倡导系统整理中国传统文献典籍。六十余年来，在新的学术理念和新的整理方法的指导下，数千种古籍得到了系统整理，并涌现出许多精校精注整理本，已成为超越前代的新善本，为学界所必备。

同时，随着中华民族以前所未有的自信快速发展，全社会对中国固有的学术文化——国学，也表现出前所未有的关注和重视。让中华文化的优秀成果得到继承和创新，并在世界范围内进行传播和弘扬，普惠全人类，已经成为中华民族的历史使命。当此之时，符合当代国民阅读需要的权威的国学经典读本的出现，实为当务之急。于是，《中华国学文库》应运而生。

《中华国学文库》是我们追慕前贤、服务当代的产物，因此，它自当具备以下三个基本特点：

一、《文库》所选均为中国学术文化的“最要之书”。举凡哲学、历史、文学、宗教、科学、艺术等各类基本典籍，只要是公认的国学经典，皆在此列。

二、《文库》所选均为代表当代最新学术水平的“最善之本”，即经过精校精注的最有品质的整理本。其中既有传统旧注本的点校整理本，如朱熹《四书章句集注》，也有获得学界定评的新校新注本，如余嘉锡《世说新语笺疏》。总之，不以新旧为别，惟以善本是求。

三、《文库》所选均以新式标点、简体横排刊印。中国古籍向以繁体竖排为标准样式。时至当代，繁体竖排的标准古籍整理方式仍通行于学术界，但绝大多数国人早已习惯于现代通行的简体横排的图书样式。《文库》作为服务当代公众的国学读本，标准简体字横排本自当是恰当的选择。

《中华国学文库》将逐年分辑出版，每辑十种，一次推出；期以十年，以毕其功。在此，我们诚挚希望得到学术界、出版界同仁的襄助和广大读者的支持。

中华书局自1912年成立，至今已近百岁。我们将《中华国学文库》当作向中华书局百年诞辰敬献的一份贺礼，更是向致力于中华民族和平崛起、实现复兴大业的全国人民敬献的一份厚礼。我们自当努力，让《中华国学文库》当得起这份重任，这份荣誉。

中华书局编辑部

2010年12月

凡　例

一、本书以明汲古阁刊唐人八家诗之李义山集（三卷，不分体）为底本，以下列各本为校本：

（一）四部丛刊影印明嘉靖二十九年毗陵蒋氏刻中唐人集十二家之李义山诗集（六卷，分体），简称蒋本。

（二）明姜道生刻唐三家集之李商隐诗集（七卷，分体），简称姜本。

（三）明悟言堂抄本李商隐诗集（三卷，不分体），简称悟抄。

（四）明胡震亨辑，清康熙二十四年刊唐音统签戊签之李商隐诗集（十卷，分体），简称戊签。

（五）清影宋抄本李商隐诗集（三卷，不分体），简称影宋抄。

（六）清康熙四十一年席启寓刊唐诗百名家全集之李商隐诗集（三卷，不分体），简称席本。国家图书馆藏有傅增湘据钱谦益、季沧苇二抄本校勘的本子，凡季抄异文可供参考者间亦采入。

（七）清蒋斧影印钱谦益（东涧老人）写校本李商隐诗集（三卷，不分体），简称钱本。

（八）清朱鹤龄李义山诗集笺注本（三卷，不分体），简称朱本。

二、除以上各专集外，复以唐、宋、元三代之主要总集及选本进行校勘：

（一）古典文学出版社影印日本江户昌平坂学问所官板本

又玄集，简称又玄。

（二）四部丛刊影印述古堂钞本才调集，简称才调。

（三）中华书局影印明刊配宋残本文苑英华，简称英华。

（四）文学古籍刊行社影印宋本乐府诗集，简称乐府。

（五）文学古籍刊行社影印明嘉靖本唐人万首绝句，简称万绝。

（六）国家图书馆藏元刊本瀛奎律髓，简称律髓。

三、凡底本正文有讹、脱、衍、倒者，一律据他本校改后出校。底本与他本异文两通者，亦出校，但不改底本。冯注本所引旧本异文有与上述诸本不同而可备参考者出校。底本不误而他本显误者，不出校。少数别本异文，虽大体上可判定为误文，但为慎重起见，仍出校表示整理者意见，以资参考。底本原有的校语可改正文之误或与正文两通者，酌情出校。各家校改意见确有可采者，亦酌加引录。

四、校记一般不述校改理由。胪列各本异文时以文字相近者并列（如蒋本、姜本与戊签，悟抄与席本，钱本与影宋抄、朱本与季抄等），不尽依时代为序。

五、本书之注释笺评，汇集下列各家专著：

（一）明钱龙惕玉溪生诗笺。

（二）清朱鹤龄李义山诗集笺注。

（三）清吴乔西昆发微。

（四）清陆昆曾李义山诗解。

（五）清徐德泓陆鸣皋李义山诗疏。

（六）清姚培谦李义山诗集笺注。

（七）清屈复玉溪生诗意。

（八）清程梦星重订李义山诗集笺注。

（九）清冯浩玉溪生诗集笺注（据四部备要排印嘉庆增刻本）。

（十）清沈厚塽辑李义山诗集辑评（辑何焯、朱彝尊、纪昀三家评笺）。其中何、朱二氏评间有与冯注本所引田兰芳、杨守智、钱良择评相同或相近者。今以何焯义门读书记与辑评何氏评（朱笔评）对校，凡读书记与辑评相同之条目，文字概依读书记，并于括号内注明见读书记；读书记无，仅见于辑评，而冯注本又未引作田、杨二氏评者，仍作何氏评，于括弧内注明见辑评；读书记无，仅见于辑评，冯注本引作田、杨二氏评者，从冯注本。辑评朱彝尊评（墨笔评）前两版原用黄永年先生藏朱评过录本对校，并与钱良择唐音审体、冯注本所引钱评参校。凡过录本所无、而冯注本引作钱氏评者，从冯注本作钱评，冯注本未引者，标以「辑评墨批」；辑评墨批与钱氏唐音审体、冯注引钱评重见者，则于括弧内注明并酌注其文字异同。后见复旦大学图书馆善本室藏程梦星重订李义山诗集笺注上所过录之朱杨（守智）氏评，周兴陆考较以为更为完整可靠，故此次改版多从复图本所过录。

（十一）清纪昀玉溪生诗说（诗说与辑评纪评小有同异，今以诗说为主，间采辑评纪评与诗说有异者，并分别注明）。

（十二）清姜炳璋选玉溪生诗补说。

（十三）近人张采田玉溪生年谱会笺及李义山诗辨正。

除上述各本外，复旁搜宋以来诗话、笔记、选本、文集中有关评注考证资料；近人及今人研究论著中有关注释、考订方面之资料亦酌加采录。

六、会注部分的排列，一般以注家年代先后为序。间有注家时代在前而所引书时代在后、注家时代在后而所引书时代在前者，视情况调动先后次序。各家注文明显错误者不收，明显重复者，取其时代在前或引书较完整准确者。间有诸家失注或诸说不同需加按断者，则作补注或申述已见，加【按】、【补】标明。冯注本句下笺语每有涉及比兴寄托而又伤穿凿者，酌移于笺评部分。

七、会笺会评部分一般以时代先后为序。间有针对前人评笺加以驳正、发挥者，为便省览，酌加调整。评笺资料除明显重复者酌加删削外，均予采录。今人笺评除确有新见并持之有故者酌加收录外，一般性评论解说不收。

八、会笺会评之后附有整理者按语，内容包括系年考证、疑难问题考辨、诗意解释及主题阐述等。一般不作思想内容与艺术手法分析评论。少数重要篇章或众说纷纭者亦偶及之。

九、本书标点使用专名线。旧注引书，不论撮述、节引、全引，概加引号，以免与注者之解释按断混淆。

十、本书分编年诗与未编年诗两部分。编年诗一般于注〔一〕或笺评部分之整理者按语中略述编年依据。未编年诗大抵按题材分类相从，其间有可大体推知其写作时期者，亦略述己见，以供参考。

十一、本书卷末附录以下资料：

（一）传记资料。

（二）各本序跋凡例及书目著录。

（三）李商隐年表。

目　录

编年诗

过姚孝子庐偶书 …………………………………… 507
灵仙阁晚眺寄郓州韦评事 …………………………… 509
寄和水部马郎中题兴德驿 …………………………… 513
和马郎中移白菊见示 ………………………………… 515
菊 ……………………………………………………… 518
所居 …………………………………………………… 519
秋日晚思 ……………………………………………… 520
幽居冬暮 ……………………………………………… 522
四年冬以退居蒲之永乐渴然有农
　夫望岁之志遂作忆雪又作残雪
　诗各一百言以寄情于游旧 ……………………… 524
喜雪 …………………………………………………… 531
题小柏 ………………………………………………… 536
正月十五夜闻京有灯恨不得观会
　昌五年 ……………………………………………… 538
赋得月照冰池八韵 ………………………………… 540
赋得桃李无言 ………………………………………… 543
永乐县所居一草一木无非自栽今
　春悉已芳茂因书即事一章 ……………………… 546
小园独酌 ……………………………………………… 548
小桃园 ………………………………………………… 550
春日寄怀 ……………………………………………… 551
落花 …………………………………………………… 553
县中恼饮席 …………………………………………… 557
寒食行次冷泉驿 ……………………………………… 558
喜闻太原同院崔侍御台拜兼寄在

未编年诗

附编诗

附录

一　传记资料

二　各本序跋凡例

编年诗

富平少侯

七国三边未到忧〔一〕，十三身袭富平侯〔二〕。不收金弹抛林外〔三〕，却惜银床在井头〔四〕。彩树转灯珠错落〔五〕，绣檀回枕玉雕锼[①]〔六〕。当关不报侵晨客[②]〔七〕，新得佳人字莫愁[③]〔八〕。

校　记

①“雕锼”原作“雕搜”，据蒋本、戊签、影宋抄、钱本、悟抄、席本及才调、律髓改。【冯班曰】檀，宋本作“禫”。

②“不报”，冯引一本作“莫报”。【何曰】按作“莫”字方是少侯之意，作“不”字只是阍人拒客耳。（义门读书记。辑评：“莫”字方是少侯傲长者，“不”字只阍人放肆耳。）【按】何说非。“当关”之所以“不报”，正缘少侯“新得佳人”之故，虽不明言少侯之意，而讽意弥长。作“莫报”则直遂无味，且与全篇由作者从旁叙述之口吻不合。

③“字”，席本作“是”。

集　注

〔一〕【朱注】七国，谓汉景时七国。隋明徐庆诗："三边烽乱惊。"【程注】六代论注："汉景帝时七国反，谓吴、胶西、楚、赵、济南、淄川、胶东。"晋书张轨传："阻三边而高视。"【姚注】小学绀珠："三边，幽、并、凉三州。"后汉书："鲜卑寇三边。"【冯注】汉书："景帝时，吴、胶西、楚、赵、济南、菑川、胶东七国反。"史记匈奴传："冠带战国七，而三国边于匈奴。"索隐曰："三国，燕、赵、秦也。"后汉书鲜卑传："幽、并、凉三州缘边诸郡岁被寇抄杀略。"田云："只言无兵事，偏说得隐曲。"按：七国喻藩镇，三边谓外寇，言年少未遽知忧也。【张相曰】到，犹道也。未到，犹云不道，不道有不知义。未到忧，犹云不知忧也。【按】未到忧，谓忧国之念从未到其心头也，暗斥其当忧而不忧，作"不知忧"解，则仅言其童昏无知而已。三边，借指唐时吐蕃、回鹘、党项等边患。

〔二〕【朱注】汉书："张安世封富平侯，子延寿嗣；延寿卒，子放嗣。放，敬武公主所生，娶皇后弟平恩侯许嘉女。与上卧起，宠爱殊绝。"【冯注】放之嗣爵，汉书不书其年，此云"十三"，何据？家语："周成王年十有三而嗣立。"疑其影用之。【按】不过言其少年袭爵，不必泥。第二字宜平，而数字中唯"三"字属平。放系延寿曾孙，朱引有误。

〔三〕【冯注】西京杂记："韩嫣好弹，常以金为丸，所失者日有十馀，长安为之语曰：'苦饥寒，逐金丸。'儿童每闻嫣出弹，辄随之，望丸之所落，辄拾焉。"

〔四〕【朱注】乐府淮南王篇："后园凿井银作床，金瓶素绠汲寒浆。"吴曾能改斋漫录："山海经：昆仑墟九井，以玉为槛。"

银床者，以银作栏，犹所云玉槛耳。名义考："银床非井栏，乃辘轳架也。"广韵："辘轳，圆转木，用以汲水。"【冯注】梁简文诗："银床系辘轳。"【张相曰】却，犹岂也。却惜，岂惜也。描写豪侈，与上句语意一贯。【黄彻曰】(三四二句)曲尽贵公子憨态。【冯舒曰】三四犹谚云"当著弗著"。第三比无当横赐，第四则膏泽不下也。【按】此二句中"抛""在"乃关键性词语。抛于林外须臾即失者不收，安置井头不致丢失者却深惜而系念之，正贵胄既豪侈且憨愚之表现。"却"当如字解。若作"岂"解，则颔联为不惜金，岂惜银，太直遂无味。

〔五〕【朱注】开元遗事："韩国夫人上元夜然百枝灯树，高八十馀尺，竖之高山，百里皆见。"【程注】朝野佥载："睿宗先天二年作灯轮，高二十丈，衣以锦绣，饰以金银，燃五万盏，望之如花树。"西都赋："裛以藻绣，络以轮连，隋侯明月，错落其间。"【按】彩树转灯，当是周围环绕灯烛之华丽灯柱。珠错落，形容繁灯如明珠交错照耀。朱注"灯树"，程注"灯轮"，皆近之。

〔六〕【朱注】拾遗记："魏明帝检宝库中，得一玉虎头枕，单池国所献，其颔下有篆书云：帝辛之枕。尝与妲己同枕之，是殷时遗物也。"语林："王平子从荆州来，敦欲杀之，平子恒持玉枕以自防。"古诗："玉枕龙须席，郎眠何处床？"魏都赋："木无雕锼。"【冯注】徐陵诗："带衫行障口，觅钏枕檀边。"【按】绣檀回枕，疑指周回刻镂精工之檀木枕，"玉雕锼"，形容檀枕刻镂精细光洁如同玉雕。【何曰】二句皆叙宿处(辑评朱笔批。何氏读书记无)。

〔七〕【冯注】东观汉记："汝郁载病征诣公车，台遣两当关扶入，拜郎中。”嵇康绝交书：“卧喜晚起，而当关呼之不置。”

〔八〕【冯注】莫愁，石城女子。又卢家妇名莫愁。【姚注】乐府：“河中之水向东流，洛阳女儿名莫愁。十五嫁为卢家妇，十六生儿字阿侯。”【何曰】借“莫愁”字与“未到忧”相应，言外则所谓无愁有愁也（辑评朱批）。【钱锺书曰】“大夫夙退，无使君劳”；笺：“无使君劳倦，以君夫人新为配偶。”……盖与白居易长恨歌“春宵苦短日高起，从此君王不早朝”，李商隐富平少侯“当关不报侵晨客，新得佳人字莫愁”，貌异心同。新婚而退朝早，与新婚而视朝晚，如狙公朝暮赋芧，至竟无异也。（管锥编第一册）

笺　评

【王夫之曰】姿态雅入乐府。（唐诗评选）

【吴乔曰】言袭封，疑是为绹。（西昆发微）

【冯班曰】自然，非杨、刘辈可及，知此可以言昆体矣。

【贺裳曰】盖咏西京张氏也。其诗止形容侈汰，而不入实事，如“不收金弹抛林外”，乃韩嫣事，正不妨借用耳。（黄白山评：此本刺时人而寓言富平侯耳，岂咏西京张氏乎?）（载酒园诗话又编）

【何曰】此诗刺敬宗。汉成帝自称富平侯家人。三四言多非望之滥恩，反靳不费之近泽。（读书记）又曰：落句与少年篇意同，而较蕴藉。（辑评）

【胡以梅曰】起句言侯之兴豪，别无所忧，惟事遨游，以不当忧而忧之，有一种少年纨袴憨致在言外。第二虽直写其侯号，而亦兼用张放之国戚耳。三四言既不收金弹，却肯惜银床乎？四是反语。五六举室中珍玩珠灯之富丽，玉枕之精巧，枕下既承新宠，血脉相通，以言少侯之无愁有馀味。妙在双借“莫愁”以结之，收拾通篇。此是高手作法异人处。（唐诗贯珠串释。下同。）

【唐诗鼓吹评注】此言富平侯少年袭封，乐不知节，如韩嫣之弃金弹，淮南之饰银床，以至珠灯之错落，玉枕之雕镂，皆倚其富贵也。末言新得佳人如莫愁之美，而当关不敢报客，是又极形淫乐以讽之耳。

【陆曰】少年一篇，借东京梁、窦家儿，以刺武宗时事。少侯一篇，又借西京张氏以刺至德来藩镇之不臣者，如刘稹之自称留后，李惟岳、王庭凑之拒命自专。天子非特不讨，且听其父故子袭，至有尚公主之事。义山不便显斥，题曰“富平少侯”，若托于咏史者然，庶几言之者无罪耳。……诗言少侯年仅十三，即膺封爵，当日七国之谋，三边之寇，不但未尝宣力，并未尝分忧者也。惟是席丰履厚，视金弹银床，直如粪土而已。且一灯也而必编珠错落，一枕也而必琢玉雕镂，则他物称是可知。加以姻亲外戚，日高晏眠，其骄奢淫佚若此，非所谓宠禄过之者耶？

【陆鸣皋曰】通首总形容豪贵气象。首句是少年游侠之心，次句言已贵也。大抵少年豪贵，其情性轻财宝而爱温柔，故抛弃金弹而却惜井床之寒冷也。五六句极形华侈。结言贪欢晏起，极风流意，却写得雅浑。

【姚曰】此写贵宠之憨痴，为荒耽者讽也。世间无享富贵而一无所忧之人，虽身为天子，而七国三边之虑，不可不存，世之一无所忧，如富平少侯，则有之矣。第三句，应爱惜者不知爱惜也；第四句，不必眷注者偏劳眷注也。五六言其穷奢极侈。结言声色以外，一切户外可以不问也。否则所处愈高，所忧当愈大，七国三边之患，已到而始忧之，岂有及乎？此诗应作于武宗时，色荒禽荒之隐虑，不敢明言，而托咏于富平少侯。开口七字，足当"痛哭"一书。七国，喻藩镇多逆命；三边，喻回纥、吐蕃为西北患，语不虚下。

【屈曰】天下事未到其人之忧者，以其自幼封侯也。三当惜不惜，四不当惜而惜也。五六奢华。七不交贤士，八渔色也。不下论断，具文见意，俨然一无知贵介纵横纸上。

【田曰】全首只形容骄贵宴安，"少"字已出。（冯笺引）

【徐曰】此为敬宗作。帝好奢好猎，宴游无度，赐与不节，尤爱纂组雕镂之物。视朝每晏，即位之年三月戊辰，群臣入阁，日高犹未坐，有不任立而踣者。事皆见纪、传。汉书："成帝始为微行，从私奴出入郊野，每自称富平侯家人。"而敬宗即位年方十六，故以富平少侯为比，不敢显言耳。（冯笺引）

【冯曰】徐说是矣，此异于少将、公子诸篇也。通鉴："帝宣索左藏金银，悉贮内藏，以便赐与。"第四句指此。苏鹗杜阳杂编："宝历二年，浙东贡舞女二人，曰飞鸾、轻凤。帝琢玉芙蓉为歌舞台，每歌舞一曲，如鸾凤之音，百鸟莫不翔集。歌罢，令内人藏之金屋宝帐。宫中语曰：'宝帐香重重，一双红芙蓉。'"结句指此。徐氏引郭妃则误矣。又曰：统观李唐全代，中叶以后，河朔既不可复，诸藩镇屡有擅命，吐蕃、回鹘、党项先后频入寇，盖内外皆不宁矣。而敬宗童昏失德，朝野危疑，故连章讽刺，以志隐忧。此章首七字最宜重看。

【纪曰】太尖无品，格亦卑卑。（玉溪生诗说）又曰：此义山集中之下乘。（瀛奎律髓刊误）

【方东树曰】不及前诗（按：指少年）。此义山十四岁时少作。（昭昧詹言）

【曾国藩曰】此亦讥勋戚子弟。(十八家诗钞)

【张曰】此当与集中少将、公子等篇参看。徐氏谓指敬宗,……然细玩诗意,但咏勋阀,非指帝王家也。徐说太凿。(会笺)又曰:通篇以冷语讽刺,律诗变格,何得目为尖薄哉?(辨正)

【黄侃曰】此诗刺武宗,题曰“富平少侯”,诡辞也。首句隐括汉成帝报许后书意,而注家皆不憭。武宗好游猎,又宠王才人,故以成帝比之。“回枕”,犹绕枕也。(李义山诗偶评)

【按】义山咏古之作,大率可分三类。一为以古鉴今之作,重在昭示历史鉴戒,如隋宫、马嵬之属;一为借古喻今之作,重在借古事以隐指现事,如茂陵、瑶池之属;一为借题托讽之作,题面虽似咏古,而内容则与题面了不相涉,或故意错易史实,示读者以假托古事而寓讽之蛛丝马迹。如本篇题为“富平少侯”,而所咏情事则与张放具体行事无关。抛金弹用韩嫣事,已为张冠李戴,末句用莫愁,更属后世典实。凡此皆可决其非咏汉之富平少侯。何氏、徐氏均举成帝微行时自称富平侯家人一事以证所谓“少侯”,实即少帝,已道破作者制题微意;冯氏谓“首七字最宜重看”,亦深得作者用心。如所讽对象为寻常贵介,则彼等所知者本声色狗马,责以不忧“七国三边”,似属无的放矢,必其人居其位当忧而不忧,方以“未到忧”责之刺之。且泛讽勋阀少年,显言之可也,何必托古以讽?少年诗虽有宣室、甘泉、灞陵、田窦等字面,不过用典,非托古以讽。试比较“七国三边未到忧”与“不识寒郊自转蓬”(少年结句),所讽对象地位固有别。篇末以“莫愁”暗讽其无愁而终将有愁,与陈后宫(茂苑城如画)结句

"天子正无愁"意略同,亦可证所讽者系无愁天子之流。姚氏谓暗讽武宗,与武宗即位时之年岁(廿八岁)、行事皆不符(武宗颇思振作,非"七国三边未到忧"之君)。何、徐谓讽敬宗,近之。敬宗年少袭位,不恤国事,惟以宴游为务,与诗中所咏少侯情事大体相合。至冯氏引浙东贡舞女事以证末句,则近乎凿。

敬宗宝历二年,义山年方十五。或疑此诗不类少作。然义山早慧,"十六能著才论、圣论,以古文出诸公间",则十五作此诗自属可能。或以为诗虽刺敬宗,作年则在其后,然终与"新得佳人"之语未合。

陈后宫①

玄武开新苑〔一〕,龙舟谳幸频〔二〕。渚莲参法驾〔三〕,沙鸟犯钩陈〔四〕。寿献金茎露〔五〕,歌翻玉树尘〔六〕。夜来江令醉,别诏宿临春〔七〕。

校记

①律髓题作"陈后主宫"。

集注

〔一〕【冯注】宋书:"元嘉二十三年,筑北堤,立玄武湖于乐游苑北。"徐爰释问:"本桑泊,晋大兴二年创为北湖。宋元嘉中有黑鱼见,因改玄武湖,以肄舟师。"陈书:"后主至德四年九月,幸玄武湖,肄舻舰阅武,宴群臣赋诗。"

〔二〕【冯注】淮南子:"龙舟鹢首,浮吹以虞。此游于水也。"通鉴注:"自唐以来,治竞渡龙舟。"

〔三〕【朱注】应劭汉官仪:“天子法驾所乘曰金根车。”【冯注】汉书文帝纪:“奉天子法驾迎代邸。”如淳曰:“属车三十六乘。”后汉书舆服志:“乘舆大驾,太仆御,大将军参乘,属车八十一乘;乘舆法驾,奉车郎御,侍中参乘,属车三十六乘。”【补】参法驾,参谒天子之车驾。天子卤簿,有大驾、法驾、小驾三种,以仪卫之繁简别之。

〔四〕【朱注】星经:“勾陈六星为六宫,亦主六军。”晋天文志:“勾陈六星在紫宫中。勾陈,后宫也。王者法勾陈,设环列。”【冯注】史记天官书:“中宫天极星。后句四星,大星正妃,馀三星后宫之属。环之匡卫十二星,藩臣。皆曰紫宫。”索隐曰:“星经以后句四星为四辅,其句陈六星为六宫,亦主六军,与此不同。”【方回曰】钩陈星后宫之象,亦左右宿卫之象。(瀛奎律髓)【冯班曰】次连妙。又曰:如此咏史,不愧盛誉。(以上读书记引)又曰:每读宋初昆体,转叹此君之不可及也。又注曰:甘泉赋:“伏勾陈使当兵。”服虔注:“钩陈,神名,紫薇宫外营陈星也。”诗中用此,非天官书后宫之解。(以上辑评何焯引)【何曰】(冯班注)非也。题曰“陈后宫”,结句显然有所指斥,即所谓沙鸟也。渚莲以比嫔御,借陈事刺当时耳。(辑评)【按】钩(勾同)陈,属紫薇垣,共六星。钩陈一即北极星。此以钩陈为后宫之代称。二句谓渚莲参谒天子车驾,沙鸟触犯后宫佳丽。渚莲、沙鸟即景描写,不必有所喻,而言外有刺。

〔五〕【冯注】三辅黄图:“建章宫有神明台,武帝造,祭仙人处。上有承露台,有铜仙人舒掌捧铜盘玉杯,以承云表之露,和玉屑服之。”班固西都赋:“抗仙掌以承露,擢双立之金茎。"【按】金茎，即承露盘之铜柱。亦可指仙人掌承露盘。

〔六〕【冯注】陈书："后主使诸贵人及女学士与狎客共赋新诗，被以新声，其曲有玉树后庭花、临春乐等。"按：瀛洲玉尘，见搜神记；而歌动梁尘语，习用。此"尘"字固非凑韵。【按】二句谓其惑于神仙，妄求长生；沉湎女色，歌舞享乐。

〔七〕【冯注】陈书江总传："后主授总尚书令。总当权宰，但日游宴后庭，共陈暄、孔范、王瑗等十馀人，当时谓之狎客。"张贵妃传："后主于光昭殿前起临春、结绮、望仙三阁，后主自居临春阁。"

笺　评

【冯舒曰】参法驾者为渚莲，犯勾陈者为沙鸟，宿临春者为江令，君臣淫湎之状，极意形容。（何焯读书记引）【冯班曰】江左繁华，陈宫淫湎，一笔写出，力有千钧。（冯笺引）

【贺裳曰】正如义山"夜来江令醉，别诏宿临春"，致尧则曰"密旨不教江令醉，丽华含笑认皇慈"，盖总以写倖臣狎客之态，惟在得其神情，原不拘于醉不醉，真所谓"淡妆浓抹总相宜"也，无容胶执耳。（载酒园诗话）

【何曰】三四言临幸之非其地也。次连是一篇艮狱记，写得不成模样，却浑然不露。（七八）风刺入骨。（辑评）

【姚曰】不居法宫而幸龙舟。渚莲参法驾，妖冶之煽惑也。沙鸟犯勾陈，警备之疏忽也。君臣沉湎如是，欲不亡，得乎？

【程曰】上卷已有陈后宫五律，愚见不切陈事，而结又用北齐后主云："从臣皆半醉，天子正无愁。"遂定以为寄托敬宗之词。若此首则诚为怀古，无他意矣。

【徐曰】此为敬宗作。旧书纪:"宝历时幸鱼藻宫观竞渡;又发神策六军,穿池于禁中;又诏淮南王播造竞渡船供进。"前四句所云也。五谓惑于道士刘从政等,求访异人,冀获灵药。六谓教坊供奉及诸道所进音声女乐也。熊望传云:"昭愍嬉游之隙,以翰林学士崇重不可亵狎,乃议别置东头学士,以备曲宴赋诗。刘栖楚以望名荐送,事未行而昭愍崩。"则其时定有词臣为狎客者,如末二句所云也。(冯笺引)

【冯曰】徐笺确矣。敬宗宴饮女乐诸事备详纪文也。……二冯止就诗论诗,亦颇善言其妙。

【王鸣盛曰】直咏其事,不置一词。(冯注初刊本王氏手批)

【纪曰】较"茂苑城如画"一首气宇稍宽,骨法稍重,然总之是小调也,病亦是在末二句。又曰:三四蕴藉。飞卿骊山诗:"过客闻韶濩,居人识冕旒",亦是此意。结故为尖刻不了之语,义山习气。(瀛奎律髓刊误)

【张曰】结以反刺作收,通体含蓄不露,味乃愈出,此玉溪惯技也。非尖佻家数可拟,纪评谬。(辨正)又曰:二诗(按指本篇及同题五律"茂苑城如画")以"陈后宫"为题,断非咏史,与隋宫、楚宫别也。徐湛园谓刺敬宗,……比附颇精,惟不类少作,姑编于此(按张氏会笺编二诗于大和元年)。

【按】陈后宫五律二首,旧本分置上、中二卷。然二诗不仅同题同体,且取材、立意亦大体相同,表现手法尤为相似,其为同时之作,可大致推定。程氏以"茂苑"首用事不切陈事,而定为托讽敬宗之作,此首则以为纯属怀古。其意盖谓此首"江令""临春"均切陈事,故为单纯咏史。此固区分有无托讽之一途。然亦并非凡题与事切者必无托讽,如瑶池、汉宫之类皆显例。区分有无托讽之另一重要途径,可视其心注乎历史教训之虚,抑注乎当时现实中相类似之事实。因二者构思时着眼点有别,自不能不见于笔端。以此诗而论,作者行文中显然强调二事:一为龙舟谯游,二为狎客夜宿临春,前者尤为重点。按之史实,陈后主虽亦有游幸玄武湖之事,然其荒淫之典型事例则非此。故作者拈出此事予以突出描绘,其意固不在咏史,而在托讽现实。敬宗"幸鱼藻宫观渡""诏王播造竞渡船"等事,正为其荒嬉失政之典型表现。故徐氏之说确有可取,非生硬比附者比。

陈后宫①〔一〕

茂苑城如画〔二〕,阊门瓦欲流〔三〕。还依水光殿,更起月华楼〔四〕。侵夜鸾开镜〔五〕,迎冬雉献裘〔六〕。从臣皆半醉〔七〕,天子正无愁〔八〕。

校　记

①"宫",悟抄作"主",非。

集　注

〔一〕【冯曰】似当与上首合,而旧分两卷,英华则此首在前。

〔二〕【朱注】吴都赋:"带(当作佩)长洲之茂苑。"虞世南诗:"高台临茂苑。"按:茂苑非必吴地始可称。南史:"宋有乐游苑,齐起新林、芳乐等苑,皆在台城内。"所谓"茂苑城如画"也。若吴地记之茂苑,其名立于贞观中,有引此者非是。【冯注】汉书枚乘传:"说吴王濞曰:'修治上林,杂以离宫;积聚玩好,圈守禽兽,不如长洲之苑。'"孟康曰:"以江水洲为苑也。”按：吴王移都广陵。长洲之苑，在广陵之境，故海陵地也。吴都赋“佩长洲之茂苑”，虽接姑苏言，然明言四远也。自唐万岁通天元年析吴县置长洲。通典曰：“以吴之长洲苑为名，于是皆以茂苑为吴郡矣。”此句指广陵，非指吴郡。【按】茂苑，出穆天子传及左思吴都赋，本不指宫苑。此特借指京都之宫苑耳，以为指吴郡、广陵者均非。苑城，孙吴所筑，晋置台省于此，始称台城。沈德潜唐诗别裁卷十二：“茂苑在台城内，非吴城之茂苑也。阊阖门亦然。二处宋、齐所建。”又，孙吴及晋宋以来之华林园，亦在台城内。此园经宋元嘉时扩建，为名园之一，齐梁诸帝常宴集于此。

〔三〕【朱注】宋书：“元嘉十二年，新作阊阖、广莫二门。”【冯注】按阊门有在吴郡者，吴越春秋子胥立阊门也；有在扬州者，旧书纪宝历二年正月，盐铁使王播奏扬州旧漕河水浅，舟船输不及期，今从阊门外古七里港开河，向东屈曲，取禅智寺桥东通旧官河是也。与陈后宫要皆不符，而诗意借古纪事，当指扬州。【按】阊门，即阊阖，传说中之天门。离骚：“吾令帝阍开关兮，倚阊阖而望予。”亦指皇宫正门。张衡西京赋：“正紫宫于未央，表峣阙于阊阖。”薛综注：“宫门立阙以为表。峣者，言高远也。”此处即泛指宫门。

〔四〕【朱注】陈书：“后主盛修宫室，无时休止，税江税市，征取百端。”【冯注】紧接起联。南史言陈后主盛修宫室，故借言更有构造，不必征实。【沈德潜曰】月华楼乃陈后主所建。

〔五〕【冯注】范泰鸾鸟诗序：“昔罽宾王结罝峻祈之山，获彩鸾鸟，欲其鸣而不能致。夫人曰：‘尝闻鸟见其类而后鸣，可悬镜以映之。'王从其言。鸾睹影感契，慨然悲鸣，哀响中宵，一奋而绝。"与异苑山鸡事相类。谓晓妆之至早也。详南朝"鸡鸣埭"句。

〔六〕【朱注】晋咸宁起居注："太医司马程据上雉头裘一领，诏于殿前焚之。"【冯注】晋书武帝纪："咸宁四年冬，太医司马程据献雉头裘，帝以奇技异服，典礼所禁，焚之于殿前。"【何曰】妙在中四句形容得惟日不足。（读书记）又曰：作"开鸾镜""献雉裘"即笨。（辑评）

〔七〕【何注】张说玄武门侍射诗序："众官半醉，皇情载悦。"（辑评）

〔八〕【朱注】北齐书："后主好弹琵琶，自为无愁之曲，民间谓之无愁天子。"【冯注】隋书乐志："北齐后主自能度曲，尝倚弦而歌，别采新声，为无愁曲，自弹胡琵琶而唱之，音韵窈窕，极于哀思，曲终乐阕，莫不陨涕。乐往哀来，竟以亡国。"

笺 评

【朱彝尊曰】与南朝诗同。

【何曰】此诗极深于作用，自觉味在咸酸之外。（读书记）

【陆鸣皋曰】首联言苑囿之丽。次联言宫室之侈。腰联言服饰之华，鸾鉴形则舞，而采色炫烂也。末言君臣宴乐，有燕雀处堂之意。

【姚曰】茂苑阊门，见一隅之地；依殿起楼，见工役不休。五句，是无朝暮；六句，是无冬夏。君臣都在醉梦中，焉得不亡！

【屈曰】一二城郭之壮丽，三四宫殿之华美。五女色之妍，六衣服之赊。○臣醉而君无愁，荒淫如此，安得不亡！深戒将来也。

【程曰】题为“陈后宫”，结句乃用北齐事，合观全篇，又不切陈，盖借古题以论时事也。按敬宗游幸无常，好治宫室，欲营别殿，制度甚广。其初即位，虽以李程之谏而止；改元宝历以后，辄令度支郎卢贞按视东都，欲修宫阙，以致藩镇之怀二心者如朱克融、王庭凑皆请以兵助工。赖裴度之谋，始挫其奸。然则时事之可愁者莫大于此，而朝庭漠然不以为意，一时廷臣如裴度、李程辈固有谏诤，无如盐铁使王播造竞渡船，运材京师，摇荡君心者不乏其人，所以叹从臣半醉，天子无愁也。若作怀古，则陈、齐踳驳，了无义理。

【徐曰】此亦为敬宗作。纪书命中使往新罗求鹰鹞，则中国珍禽不待言矣。杜阳编载南昌国进浮光裘，以紫海水染色五彩，蹙成龙凤，饰以真珠，“侵夜”二句谓此类也。帝乐从群小饮，其后卒以夜猎还宫，与中官刘克明打球，军将苏佐明等饮酒，帝方酣，入室更衣，忽遇害，时年十八。末联其先事之忧欤？（冯笺引）

【冯曰】此解（按谓刺敬宗）发自午桥，而徐氏衍之也。上四句当与览古之“芜城江左”参看。上半下半分赋远近事，借陈宫为题，无取细切。

【纪曰】四家评以全不说出为妙，似矣。然此种尖俏之笔，作小诗则耐人寻味，作律诗则嫌于剽而不留，非大方气体，虽有馀意，终乏厚味也。言各有当，不可不辩。

【张曰】不说出方有馀味，方得讽刺体，此比兴所以高于赋也。纪氏乌足以知之！（辨正）

【按】程氏以用事不切陈，而符合敬宗“游幸无常，好治宫室”之行事，推断为托讽敬宗之作，大体近是。杜牧上知己文章启云：“宝历大起宫室，广声色，故作阿房宫赋。”此篇所赋，殆与阿房宫赋相类。义山所历诸帝，亦惟敬宗行事最合诗中所赋情事。六句讽其爱纂组之物也。

无愁果有愁曲北齐歌①〔一〕

东有青龙西白虎〔二〕，中含福星包世度②〔三〕。玉壶渭水笑清潭，凿天不到牵牛处〔四〕。麒麟踏云天马狞〔五〕，牛山撼碎珊瑚声〔六〕。秋娥点滴不成泪，十二玉楼无故钉〔七〕。推烟唾月抛千里，十番红桐一行死〔八〕。白杨别屋鬼迷人〔九〕，空留暗记如蚕纸〔一○〕。日暮向风牵短丝③，血凝血散今谁是〔一一〕？

校　记

①乐府诗集卷七十五录此诗，题内无“北齐歌”三字，题下有注曰：“李商隐曰：无愁果有愁曲，北齐歌也。”

②“星”，乐府诗集作“皇”。

③“向”，朱本作“西”。“牵”，姜本作“吹”。

集　注

〔一〕【朱曰】曲名缘起未详。【朱彝尊曰】案：疑此曲本是北齐歌曲，故题云云。【冯曰】当是义山自撰之曲，取义于北齐耳。隋书乐志：“北齐后主自能度曲，尝倚弦而歌，别采新声为无愁曲，自弹胡琵琶而唱之，音韵窈窕，极于哀思。曲终乐阕，莫不陨涕。乐往哀来，竟以亡国。”【张曰】北齐高纬自创无愁曲，时人谓之“无愁天子”，玉溪反其意而拟之,故曰无愁果有愁曲。系以北齐歌者,溯其源,以示托寓之微意也。

〔二〕【朱注】礼记:“行前朱雀而后玄武,左青龙而右白虎。”【冯注】史记天官书:“东宫苍龙,西宫参为白虎。”张衡灵宪:“苍龙连蜷于左,白虎猛据于右。”【按】古代选择黄道、赤道附近二十八宿为“坐标”以观测日月五星运行。东方苍龙七宿:角亢氐房心尾箕;西方白虎七宿:奎娄胃昴毕觜参。(苍龙、白虎,系将东方或西方七宿在想像中联接成龙、虎形象,与北方玄武七宿、南方朱雀七宿合称四象。)

〔三〕【道源注】云笈七签:“包括世度,璇玑照明。”【姚曰】福星,即岁星。天文志:“岁星所在,其国多福。”【冯注】史记天官书:“察日月之行,以揆岁星顺逆。”索隐曰:“物理论云:‘岁行一次,谓之岁星。十二岁一周天。’”正义曰:“天官云:‘岁星所居国,人主有福。’”

〔四〕【朱注】渭水本清,玉壶纳之。开凿天荒,无所不至,特不及河汉耳。【纪注】尸子曰:“天左辟而起牵牛。”“不到牵牛处”用此,长孺注误。【冯注】三辅黄图:“渭水贯都以象天汉,横桥南渡以法牵牛。”按:北史齐周纪:“齐神武以晋阳四塞,乃定居焉。及文宣帝受东魏禅,都邺,而晋阳往来临幸。”邺在东,晋阳在西,故首句云然,兼取汉世苍龙阙、白衣观之名矣。次句统举所有封域。宇文周氏承西魏为帝,都长安,故三四用渭水天河,谓笑其一壶之水不足顾忌,开疆所不到也。【按】义山借题托讽之作,于古事多不切,冯氏句下笺附会北齐事,殊泥且凿。为存旧注,仍加引录,然不可从。

〔五〕【朱彝尊曰】龙虎、骐骥、天马等语,似指陵庙而言。语虽险僻，意自可晓。【冯注】汉书礼乐志："马生渥洼水中，又获宛马。作天马歌。"互详茂陵。

〔六〕【朱注】括地志："牛山在临淄县南十里，即齐景公所游。"僧齐已诗："昔年曾梦涉蓬瀛，惟闻撼动珊瑚声。"【冯注】列子："齐景公游于牛山，临其国城而流涕曰：'美哉国乎！若何滴滴去此国而死乎？'"晋书："石崇以铁如意击碎王恺珊瑚树。"

〔七〕【冯注】十二玉楼，详九成宫。北史齐纪："文宣营三台于邺下，后帝又于晋阳起十二院，壮丽逾于邺下。""踏云"二句指周师之至，后主走青州，故用牛山也。周武帝平邺，诏伪齐东山南园及三台并毁，撤诸物入用者，尽赐百姓。晋阳十二院当亦毁矣，故曰："无故钉。"

〔八〕【道源注】酉阳杂俎："南中桐花有深红色者。"【冯注】诗义疏有青桐、白桐、赤桐。宋陈翥桐谱："赪桐高三四尺即有花，色红如火，无实。"此取桐孙之义，红桐言贵种，指神武子孙也。

〔九〕【朱注】陈藏器本草："白杨北土极多，人种墟墓间，树大皮白。"【冯注】古诗："驱车上东门，遥望郭北墓。白杨何萧萧，松柏夹广路。"【补】番，量词，此犹"株""树"之意。十番，十树。

〔一〇〕【道源注】何延之兰亭记："羲之……书用蚕茧纸……"【冯注】书断："鲁秋胡玩蚕作蚕书。"北齐书："周军奄至，太子恒、淑妃及韩长鸾等皆为所获。时齐之太后、诸王同送长安。至建德七年，数十人无少长皆赐死，神武子孙存者一二而已。至大象末，改葬于长安北原洪渎川。"此故言其人已死，惟有暗记其事者。

〔一一〕【朱注】短丝，鬓丝也。李贺诗：“寒绿幽风生短丝。”“推烟唾月”以下，言人已离，物已死，萧萧白杨，徒记其人于蚕纸耳。血凝血散，生死相乘，是果不能无愁也。【冯注】短丝，接上白杨，谓杨柳丝也。

笺　评

【朱曰】义山集中此等诗全学长吉。

【杨守智曰】起四句言其巡幸东西，自以为岁星在齐，唯知沉湎天荒而无忌，所称“无愁”者如此。一旦宇文兵入，牛山亦为震撼，美人泪枯，玉楼灰烬，烟月红桐，荒凉极目。末四句言国破而人已亡，吊古者为之临风悲惋，无愁果有有愁，不信然乎？（复图本）

【金介曰】此等诗反以太似长吉为恨，可知人各有专诣，不劳效颦也。（复图本，下均同。）

【何曰】此真鬼诗，大似长吉手笔。（读书记）

【陆鸣皋曰】此咏北齐之废宫也。首二句，言□构时形胜规模，亦似宅中图大。三四句，言开濬陂池，水清如玉壶，虽渭之清，犹笑而陋之。不到牵牛，谓惟天上不能到，甚言极其穿凿耳。“骐麟”以下，言周师之入，铁骑飞腾，山形震动，而美人珊瑚之声碎矣，泪亦竭矣，宫亦墟矣。驱去后宫，如推烟唾月，人离而嘉树亦尽，惟有白杨鬼物，而当年行乐暗记之地，已如旧纸之模糊而不可识矣，安得不令凭吊者对荒凉之景而追伤辗转乎。无愁而有愁，其果然也。

【姚曰】起四句，极写无愁。“麒麟”四句，乱离之况。“推唾烟月”以下，国亡家破后，伤心惨目，读之觉一片鬼气。○“凿天”句，言遨游无度，唯天上不曾到耳。

【屈曰】天文志："岁星所在，其国多福。可伐人，人不可伐。"一段无愁。二段有愁。三段又到无愁。四段同归于尽，果有愁。东西，例南北也。中有福星包涵万物。玉壶之明，注渭水，笑清潭不如，言其人心无所不至，但不能至河汉耳。骐驎天马，踏空而来，如齐景公牛山忧生，撼碎珊瑚。一旦秋娥滴泪，而玉楼已无故钉矣。烟月一抛，红桐俱死，白杨萧萧，徒记生平于蚕纸，谓青史也。日暮发短，死生相乘，果不能无愁也。题曰北齐歌，则曲名起齐可知，然则诗亦刺高齐之作。

【程曰】此为敬宗而作也。按史，敬宗即位，年始十六，游幸无度，嬖比群小，故以"无愁天子"比之。又曰"果有愁"者，言不得正其终也。起句"东有青龙西白虎"，比当时宰相裴度与李逢吉。青龙主阳气，为君子，指度；白虎主阴气，为小人，指逢吉。"中含福星包世度"，谓敬宗也。"玉壶渭水笑清潭"，言拂张权舆之谏而幸骊山温汤。"凿天不到牵牛处"，言信赵归真之言而求神仙异人。"骐驎踏云天马狞"，言李佑献马百五十匹，为温造所弹。"牛山撼碎珊瑚声"，言尉迟锐请补塞牛心山为东川疲敝。"秋娥点滴不成泪"，谓帝崩时未尝册后，仅立才人郭氏为贵妃。"十二玉楼无故钉"，谓即位时尝欲幸东都，按修宫阙。"推烟唾月抛千里，十番红桐一行死"，谓崩后景象，譬如烟沉月堕，凤死桐枯。"白杨别屋鬼迷人，空留暗记如蚕纸"，谓平生信仙，卒不永其祚。庄陵已闭，空剩仙方。"日暮西风吹短丝，血凝血散今何是"，谓帝王享祚，如日薄西山之短速，而考其由来，则为宦官与击球将军等所弑。然则前日之荒淫为乐者岂无愁耶？抑果有愁耶？此曲名之所由创也。北齐歌者，托之于北齐也。朱本补注中有冯武笺，以为直赋高齐之事，未敢谓然。

【冯曰】实咏北齐而暗有寓意也。盖追悼刘从谏之作。“东龙西虎”，喻南北司如水火也。“福星”，谓天子也。“玉壶”二句，暗溯从谏欲入清君侧之恶也。“骐𬴂”四句，谓天兵往讨，夷其茅土也。“牛山”暗言亡国。石崇，寓石雄入潞州也。“推烟”以下，谓诛刘稹后，其母阿裴及弟妹从兄辈并俘至京，斩于独柳下也。事皆载旧书纪传。又新书言郭谊斩稹，悉取从谏子在襁褓者二十馀杀之矣。“空留”句，谓徒有暗记从谏之事实者。其以北齐为言者，泽潞为河东道，与北齐晋阳邻接也。盖至刘稹方拒命，其先从谏尚扶王室，又颇得士大夫之心，故犹有默伤之者。

【纪曰】此长吉体也，终是别派，不以正论。（玉溪生诗说）○“天马狞”“无故钉”“血凝血散”，皆不成语。（辑评）

【张曰】详味诗旨，盖感甘露之变，而伤文宗崩后，杨妃、安王等赐死而作。东龙西虎，喻神策两军。“中含”句，谓禁军本为护卫帝室而设，奈何出此无名之举哉！“玉壶”句，暗指训、注、王涯辈诛宦官不成，则所谓“凿天不到牵牛处”矣。“牵牛”喻君侧恶人也。“骐𬴂”句，比仇士良等倒戈，大戮廷臣，气焰益横。“牛山”句即史所谓文宗伪喑不语也。“秋娥”二句，更以文宗崩后不能保一爱姬痛之。“推烟”句，谓杨贤妃赐死。“十番”句，指陈王、安王赐死。国祚未衰，而文宗之绪斩焉，岂非一行死乎？“白杨”二句，言死者常已矣，徒留佚事在简书，使后人向风牵愁而已，千载而后，谁复定其是非哉？真所谓无愁天子而竟有愁矣。此是通篇大意。至冯氏以追悼刘从谏解之，实无据也。（会笺）又曰：其诗体则全宗长吉，专以峭涩哀艳见长。读之光怪陆离，使人钦其宝而莫名其器。纪氏于昌谷一派素未究心，徒以后学步者少，任情丑诋，与长吉何损毫末哉！适以形其谫陋耳。玉溪古诗除韩碑、偶成转韵外，宗长吉体者为多，而寓意深隐，较昌谷尤过之，真深得比兴之妙者也。晚唐昌谷之峭艳，飞卿之哀丽，皆诗家正宗。玉溪则合温李而一之，尤擅胜境。观此诗可见。（辨正）

【按】此借题寓讽，慨时主荒湎无愁、终召祸乱之作。诗中于北齐史事一无所及，正暗示诗特借"无愁果有愁"及"北齐"之字面以讽慨现实中如高纬一流"无愁天子"耳。冯氏谓悼刘从谏，不特与"无愁果有愁"无所关合，且全置义山行次昭应、登霍山驿楼等诗所表现之政治立场于不顾，其谬显然。张氏谓感文宗甘露之变而作，然文宗勤俭求治，虽终无所成，而其非"无愁天子"一流则较然可见（张笺解题及句下笺即避开"无愁果有愁"而勿论）。义山所历诸帝中，堪称"无愁天子"者惟敬宗一人。富平少侯、陈后宫二首，有"七国三边未到忧""新得佳人字莫愁"，"从臣皆半醉，天子正无愁"等句，注家以为托讽敬宗，甚切合。此篇所讽对象，亦自属敬宗无疑。程氏句下笺虽多伤穿凿附会，然不得因此而否定讽敬宗之说。

青龙白虎，喻神策左右二军。福星，喻敬宗。神策二军本为翊卫皇室而设，而敬宗竟死于神策军将之手，故起即点明所藉为"无愁"之资者，正"有愁"之因也。敬宗不得正其终，而曰"福星"，亦微词也。"玉壶"二句，词意晦涩，似谓玉壶中所盛之渭水，较清潭之水更清，凿天几遍，惟未到牵牛之处（河汉）耳。按史：敬宗屡幸鱼藻宫观竞渡;宝历二年正月,以诸军丁夫二万入内穿池修殿;八月,观竞渡于新池。"凿天"所指,殆即发神策军于禁中穿池之类,新池至清,故有"玉壶渭水笑清潭"之句。二句盖讽其耽于宴游,营建无度。"骐骥"二句,上句似写宦官及击球军将等在帝左右者,"狞"字透出其狞恶;下句似暗写敬宗被杀于室内而声闻于外,"牛山"暗示游宴之所及君主身份。"秋娥"二句,以仙居指帝居,谓敬宗年少而夭,未尝册后,后宫哭吊无人;而生前穷极奢靡,宫室侈丽,"无故钉",即杜牧阿房宫赋"钉头磷磷,多于在庾之粟粒"之谓。"推烟"二句,程谓指崩后景象,"譬如烟沉月堕,凤死桐枯",近之。然"十番红桐一行死"似有所指。史载敬宗死后,宦官刘克明等矫称上旨,以绛王悟权勾当军国事。枢密使王守澄等以卫兵迎江王涵入宫,发神策军进讨,斩刘克明等,绛王亦为乱兵所杀。"红桐一行死",或即指敬宗死后宫廷之变乱。"白杨"二句,渲染乱后白杨萧萧、别屋鬼啸之凄凉景象,并谓其事秘而不宣,惟间有暗记于稗史者。末二句谓日暮风吹短丝,景象凄凉,彼神血乍凝旋即销散者果何人哉?前四写"无愁","秋娥"以下写"果有愁","骐骥"二句正全篇之转关,亦一篇之主要事件。

无题[①]

八岁偷照镜,长眉已能画〔一〕。十岁去踏青〔二〕,芙蓉作裙衩〔三〕。十二学弹筝〔四〕,银甲不曾卸[②]〔五〕。十四藏六亲〔六〕,

悬知犹未嫁〔七〕。十五泣春风，背面秋千下[③]〔八〕。

校　记

①本篇旧本与五律“幽人不倦赏”首相连，题作无题二首。冯氏谓“幽人”首“必别有题而失之”，纪氏亦谓“幽人”首系因“与无题诗相连，失去本题，误合为一者”（辑评。四库全书总目提要李义山诗集条略同）。兹从冯、纪说分别标题，删“二首”二字。

②“曾”原一作“能”，非。

③“面”，蒋本、姜本、季抄均一作“立”。

集　注

〔一〕【冯注】古今注：“魏宫人好画长眉。”【程注】汉书张敞传：“敞为妇画眉。”【按】古以长眉为美，至唐天宝年间，“青黛点眉眉细长”，犹为入时妆扮。

〔二〕【冯注】唐辇下岁时记：“唐人巳日在曲江倾都禊饮踏青。”卢公范馈饰仪：“三月三日上踏青鞋履。”【按】踏青，春日郊游。踏青节因时、地而异，有正月八日、二月二日、三月三日等多种节期。

〔三〕【冯注】御览引释名：“裙，下裳也。”离骚：“集芙蓉以为裳。”扬雄反离骚：“被夫容之朱裳。”按：广韵：“画、衩，去声，十五卦部；卸、嫁、下，去声，四十祃部。”此通用也。钱曰：“衩当改袴。”误矣。【补】衩，衣裙下侧开衩处。唐时有衩衣，即两侧开衩之长衣，系露体之便服。唐书：“僖宗衩衣见崔彦昭。”王建宫词：“衩衣骑马绕宫廊。”此处裙衩连文，自专指女子下裳。离骚：“制芰荷以为衣兮，集芙蓉以为裳。不吾知其亦已兮，苟余情其信芳。”“十岁”二句化用其语。除状其妆饰之美外，兼亦象征其情操之高洁。

〔四〕【补】筝，战国时已流行于秦地，故又称秦筝。唐宋时教坊用筝均十三弦，惟清乐用十二弦，以寸馀长鹿骨爪拨奏。风俗通："筝，秦声也，蒙恬所造。"

〔五〕【朱注】杜甫诗："银甲弹筝用。"按：银甲，系爪之类。艺林伐山："妓女以鹿角琢为爪，以弹筝，曰系爪。"【姚注】杜诗注："以银作指甲，取其有声。"【冯注】梁书羊侃传："有弹筝人陆大喜，著鹿角爪，长七寸。"按：通典："弹筝用骨爪，长寸馀，以代指。"唐人每云银甲，其用同也。

〔六〕【冯注】周礼地官大司徒注曰："六亲，父、母、兄、弟、妻、子也。"汉书礼乐志："六亲和睦。"如淳曰："贾谊书以为父也、子也、从父昆弟、从祖昆弟、曾祖昆弟、族昆弟也。"贾谊治安策注同周礼注。史记："管仲曰：上服度则六亲固。"正义曰："外祖父母一，父母二，姊妹三，妻兄弟之子四，从母之子五，女之子六。"解各不同。"父母二"上，当有脱文。【按】"六亲"异说尚多。左传昭二十五年杜预注以为即左传所说父子、兄弟、姑姊、甥舅、昏媾、姻亚。汉书贾谊传"以奉六亲"王先谦补注则又定为诸父、诸舅、兄弟、姑姊、昏媾、姻亚。藏六亲，藏于深闺，回避关系最亲之男性戚属。

〔七〕【补】悬知，揣知，状女子半是希望，半是耽忧之待嫁心理。【何曰】"犹"字对上"已"字妙。（读书记）

〔八〕【朱注】荆楚岁时记："春节悬长绳于高木，女子袨服立其上，推引之，名曰打秋千。汉武帝千秋节日以之戏于后庭。"【冯注】古今艺术图："寒食秋千，北方山戎之戏，以习轻趫者。"天宝遗事："宫中至寒食节，筑秋千嬉笑为乐，帝常呼为半仙之戏。”唐高无际秋千赋序:“汉武帝祈千秋之寿,故后宫多秋千之乐。”【补】背面,背向,背对。古时女子十五岁许嫁,诗中女主人公则前途未卜,忧伤烦闷,故无心为秋千之戏,独向春风而泣。作者别令狐拾遗书云:“生女子,贮之幽房密寝,四邻不得识,兄弟以时见,……即一日可嫁去,是宜择何如男子属之耶?”与本篇末四句可互参。

笺　评

【曾季貍曰】晏叔原小词:“无处说相思,背面秋千下。”吕东莱极喜诵此词,以为有思致,此语本李义山诗云:“十五泣春风,背面秋千下。”(艇斋诗话)

【胡震亨曰】只须如此便好。

【冯班曰】只学得焦仲卿妻一段,然此道已非他人所解。(何焯引)

【吴乔曰】才而不遇之意。(西昆发微卷上)

【朱彝尊曰】“芙蓉作裙衩”句:“衩”字出韵,宜作“袴”。

【张谦宜曰】乐府高手,直作起结,更无枝语,所以为妙。(絸斋诗谈卷五)

【何曰】为少年热中干进者发慨。(读书记)又曰:高题摩空,如古乐府。○每于结题见本意。○亦有不尽之妙。(辑评)

【陆鸣皋曰】此属艳情,妙不说尽。

【屈曰】“十五”二句写聪明女郎省事太早,而幽怨随之;才士之少年不遇,亦可叹也。

【姚曰】义山一生,善作情语。此首乃追忆之词。迤逦写来,意注末两句。背面春风,何等情思,即“思公子兮未敢言”

之意，而词特妍冶。

【程曰】此在幕中闲忆其平生而归于幕府之寂寞也（指“八岁”“幽人”二首）。前首专述生平。“八岁”二句言自幼已能文章。“十岁”二句言出谒河阳，干以所业。“十二”二句言从此佐幕，不曾游闲。“十四”二句言佐幕为宾，原非党附。“十五”二句言为人排挤，迄今沉沦也。

【冯曰】上崔华州书“五年读经书，七年弄笔砚”，甲集序“十六著才论、圣论，以古文出诸公间”。此章寓意相类，初应举时作也。

【纪曰】独成一格，然觉有古意，古故不在形貌音响间。四家评曰：每于结处见本意。又曰：亦有不尽之妙。芥舟评曰：此首诚佳，然不可仿效，彼固由仿效而来，以能截体，故佳耳。无题诸作，有确有寄托者，来是空言去绝纵之类是也；有戏为艳语者，近知名阿侯之类是也；有实有本事者，如昨夜星辰昨夜风之类是也；有失去本题而后人题曰无题者，如万里风波一叶舟一首是也；有失去本题而误附于无题者，如幽人不倦赏一首是也。宜分别观之，不必概为深解。其有摘诗中字面为题者，亦无题之类，亦有此数种，皆当分晰。

【张曰】案樊南甲集叙：“樊南生十六能著才论、圣论，以古文出诸公间。后联为郓相国、华太守所怜，居门下时敕定奏记，始通今体。”此可考义山为文之始。又无题：“八岁偷照镜……”，写少年洪溷依人之态，与上崔华州书……及甲集叙寓意相合，亦当作于此年（按指大和元年）。冯氏谓初应举时，非也。（会笺）

【按】诸家之解少异，然均以为此篇乃托寓少年有才、忧虑遇合之作（姚氏虽未明言，然味其解末二句为“思公子兮未敢言”之意，固亦以为有所托）。诗中描绘之少女，美丽早慧，勤于习艺，向往爱情，而幽闺深藏，青春虚耗，无法掌握自身命运。托喻痕迹显然。姚谓“迤逦写来，意注末两句”，极有见地。冯氏引上崔华州书及樊南甲集序以证之，亦切合。义山少年才俊，渴求仕进，然出身寒微，“内无强近，外乏因依”（祭徐氏姊文），忧虑前途之心情时或流露于笔端。初食笋呈座中于抒写凌云壮志之同时表露剪伐之忧，可与此篇互参。

以少女怀春之幽怨苦闷，喻才士渴求仕进遇合之心情，诗中习见。本篇不特结处显露本意，前八句取年龄序数写法，亦处处具有象喻意味（如“十二学弹筝，银甲不曾卸”，即所谓“悬头曾苦学”之意）。且征之作者生平，求之作者诗文，均若合符节，其为托喻，自无可疑。

本篇作年不易确考。姚、程以为追忆之词，按之内容、风格、神情，殊为不类。“十五”云云，固非实际纪年，张氏据此系于义山十六岁时，自属太泥。然写作本篇时，离“十五泣春风”之少年时代不远，则可大体推定。义山大和三年入令狐天平幕，署巡官，本篇或当作于入幕之前。

失题[①]

幽人不倦赏，秋暑贵招邀〔一〕。竹碧转怅望，池清尤寂寥[②]。露花终裛湿〔二〕，风蝶强娇饶[③]〔三〕。此地如携手，兼君不自聊〔四〕。

校　记

①原连五古无题“八岁偷照镜”篇作“无题二首”。蒋本、悟

抄、席本、钱本、影宋抄均同，戊签此篇分置五古中，亦作“无题”。【何曰】此首当另有题。【冯曰】必别有题而失之。【纪曰】有与无题诗相连，失去本题，误合为一者，如“幽人不倦赏”是也。【按】诸家说是，兹从冯注本作“失题”。

②“尤”，冯注本作“犹”。

③“饶”，蒋本作“娆”。

集　注

〔一〕【屈复注】秋暑，犹秋热也。【程注】储光羲诗：“招邀及浮贱。”【按】“招邀”，邀请，亦作“招要”。赵冬曦陪燕公游㴩湖上亭：“江外多山水，招要步马来。”“贵”，欲也，须也。

〔二〕【姚注】文字集略：“裛，坌衣香也。”然露坌花亦谓之裛也。【按】“裛”，通“浥”，沾湿。陶潜饮酒诗：“裛露掇其英。”

〔三〕【冯注】古今注：“蛱蝶，一名风蝶。”此谓风中之蝶。【补】娇饶，柔美妩媚。“饶”亦作“娆”。

〔四〕【冯注】刘安拟骚：“岁暮兮不自聊。”【程注】左芬离思赋：“心不自聊。”

笺　评

【吴乔曰】此诗乃招友同游不至之作。读结语，意其人亦不得志于绚者乎？（西昆发微）

【姚曰】此写睹物怀人之感。竹碧池清，殊堪消暑，只因意中人去，故怅望中转觉寂寥也。露花风蝶，是眼前寂寥况味。此时便得与君携手，恐不免伶玄通德之悲耳。

【屈曰】以不倦赏之幽人，当秋暑之愁时，最贵招邀而实无人招邀也。中四秋暑景物。七“此地”二字紧接中四，言此时此景，如能携手，兼君无聊时，定当极欢也。○结倒句法，言当我不倦之顷，兼君无聊之时，如能此地携手，其欢何如乎？“兼”字从首句来。

【程曰】专言幕府。起二句言流连光景，须有招邀。三四言闲中怅望，徒自寂寥。五六言身如花蝶，终难强留。七八言傥有携游，人亦永叹无疑也。

【冯曰】结言我无聊，恐兼尔亦无聊也。似同应举失意者。

【张曰】诗中不见应举意，且天下安有应举之幽人哉？殊误。（会笺）

【按】秋暑之时，本欲招友同赏幽胜，奈己别有怀抱，情绪不佳，故虽面对碧竹清池，反增怅惘寂寥；目接露花风蝶，亦觉其强作娇饶。心绪怅然，则即令招君携手同游，亦并使君意兴索然矣。“幽人”指君。此似寄友之作，意在抒写己之“不自聊”情绪，告以虽值秋暑而不招其同游之故。诸家解似均未安。作年不详。附编无题（八岁偷照镜）之后。

初食笋呈座中

嫩箨香苞初出林〔一〕，於陵论价重如金〔二〕。皇都陆海应无数〔三〕，忍剪凌云一寸心〔四〕？

集　注

〔一〕【补】“箨”，竹皮，即笋壳。竹类主秆所生之叶，竹笋时期包于笋外。“香苞”，指笋壳包裹之嫩笋，状若花苞，故称。

〔二〕【朱注】齐乘：“於陵在长山县二十五里，即陈仲子所居。”

【冯注】元和郡县志："淄州长山县，本汉於陵地。"

〔三〕【冯注】汉书志："秦地有鄠杜竹林，南山檀柘，号称陆海，为九州膏腴。"又东方朔传："此所谓天下陆海之地。"【何曰】陆海，言陆地海中所产之物也。（辑评）【按】班固西都赋："陆海珍藏，蓝田美玉。"皇都陆海连文，明指长安附近物产丰饶之地（陆海谓陆上膏腴之地，如海之无所不出）。或云"陆海"犹山珍海味之意，亦通。

〔四〕【补】凌云寸心，语意双关，以径寸之竹笋长成为凌云翠竹关合少年之凌云壮心。

笺评

【何曰】怜才。（辑评）

【姚曰】此以知心望当事也。须知三千座客中，要求一个半个有心人绝少。

【屈曰】皇都之剪食无数，谁惜此凌云一寸心乎？流落长安者可痛哭也。

【徐曰】此疑从崔戎兖海作。戴凯之竹谱："九河鲜育，五岭实繁"，九河在今德州、平原之间。大约北地多不宜竹，时必有以笱为方物献者，故纪之。（冯笺引）

【冯曰】竹谱云："般肠实中，为笋殊味。"注曰："般肠竹生东郡缘海诸山中，有笋最美。"正兖海地也。淄亦与兖邻，何疑焉？

【纪曰】感遇之作，亦苦于浅。（诗说）

【张曰】诗无可征实。於陵，淄州地，徐湛园因疑从崔戎兖海作。冯氏又引竹谱注……证之，似可从。结语微露耻居关外之意，必幕游未第时也。（会笺）又曰：此种题何可深做？

若太求深，则入险怪一派矣。纪氏以诗法自命，岂不知作诗当相题耶？（辨正）

【按】诗托物寓怀，既抒凌云之志，亦寓剪伐之忧。时作者阅世未深，故虽有遭受剪伐之隐忧，而少年豪气仍流注笔端。张氏谓“必幕游未第时作”，诚是。然确切写作时地，则不易考定。徐、冯因“於陵”二字而谓诗作于兖海幕，然义山大和八年四月随崔戎赴兖，五月方抵兖，六月庚子，戎卒，居幕时间不过月馀。且五月抵兖，已非“嫩箨香苞初出林”之时矣。故此诗作于兖海之可能性甚小。然据“皇都陆海应无数”之语，诗亦非作于长安（“应”系推测之词）。或作者青少年时代客游洛下等地时于某显宦席上所赋。於陵之论价如金（因竹笋稀少）、皇都之多而遭剪伐，皆自想像得之。“忍剪”云云，正流露异时应举或遭挫折之忧虑。自比“嫩箨香苞”，亦弱冠少年口吻。

随师东①〔一〕

东征日调万黄金，几竭中原买斗心。军令未闻诛马谡〔二〕，捷书惟是报孙歆〔三〕。但须鸑鷟巢阿阁〔四〕，岂暇鸱鸮在泮林②〔五〕。可惜前朝玄菟郡〔六〕，积骸成莽阵云深〔七〕！

校　记

①“随”，各本均同，唯冯注本改作“隋”。详笺。

②“暇”，朱注本、季抄、冯注本作“假”。按“暇”“假”字通。王粲登楼赋：“聊暇日以销忧。”影宋抄作“暇”，则“暇”之误字。

集　注

〔一〕【潘眿曰】按韵会："隋，古本作随。文帝去辵作隋。二字通用。"此诗盖引隋师东征之事以讽也。（程注引）【朱注】通鉴："大和元年，李同捷盗据沧、景，诏乌重胤、王智兴、康志睦、史宪诚、李载义、李听、张璠各率本道兵讨之。二年九月，命诸军进讨王庭凑。十月，宪诚及同捷战于平原，屡败之；载义又败之于长芦；柳公济败庭凑于新乐，又败之于博野；刘从谏又败之于昭庆。时诸军讨同捷，久未成功，每有小胜，则虚张首虏以邀厚赏。朝廷竭力奉之，馈运不给。沧州丧乱之后，骸骨蔽地，城空野旷，户口什无三四。"详诗中语，正此时事也。【冯注】广韵："隋，本作随，隋文帝去辵。"彭叔夏文苑英华辨证："随、隋二字，通鉴初书杨忠为随公，杨坚为随王，文帝方省文为隋。"按：水经"涢水径隋县西"，汉碑亦有作"隋"者。金石文字记云："隋、随二字通用。"余意或隋文特禁用"随"，非始省作"隋"也。国语："晋臣辛俞曰：'是隋其前言。'"注曰："隋，许规切，坏也。"是亦音随。唐人碑文中每有书随高祖者，其通用审矣。【按】随师东，即隋师东征。此亦托古讽时之作，详笺。

〔二〕【朱注】蜀志："建兴六年，诸葛亮出军向祁山，拔马谡统大众在前。与魏将张郃战于街亭，为郃所破。亮退军还汉中，谡下狱死。"

〔三〕【原注】平吴之役，上言得歆；吴平，孙尚在。【朱注】王隐晋书："杜预伐吴，军入乐乡，至（吴）都督孙歆帐下，生将歆诣预。王濬先列得歆头，而预生送歆，洛中大笑。"【按】三四谓对违反军令、不服调度之将领不敢惩诛，诸将唯知谎报战功，以邀厚赏。

〔四〕【冯注】尚书中候："黄帝时，天气休通，五得期化，凤凰巢阿阁，讙于树。"国语："周之兴也，鸑鷟鸣于岐山。"说文"鸑鷟，凤属，神鸟也。"师旷禽经："凤雄凰雌，亦曰瑞鶠，亦曰鸑鷟，羽族之君长也。"【补】阿阁，四面有栋及檐霤之楼阁。文选注："周书曰：明堂咸有四阿（柱）。"然则阁有四阿省谓之阿阁。凤巢于阿阁，喻贤臣在朝。

〔五〕【冯注】诗："翩彼飞鸮，集于泮林。食我桑黮，怀我好音。"喻淮夷之归化也。此句取义稍异。【按】此借指藩镇割据州郡。五六谓但须贤臣在朝，岂容藩镇割据。岂暇，岂能假借。

〔六〕【朱注】汉书："武帝元封四年，以朝鲜地置乐浪、玄菟、真番、临屯四郡。昭帝罢真番，筑辽东玄菟城。"【冯注】汉书地理志："玄菟郡。"注曰："武帝元封四年，开高句骊。"【朱翌曰】"玄菟郡"多作平声，义山云："可惜前朝玄菟郡，积骸成莽阵云深。"（菟）则作仄音。（猗觉寮杂记）

〔七〕【冯注】后汉书酷吏传："积骸满穽。"左传："逢滑曰：'暴骨如莽。'"【朱注】按隋炀帝大业中频年用兵高丽，末二语盖举往事以讽也。

笺　评

【潘眺曰】此诗盖引隋师东征之事以讽也。军令未闻诛马谡，谓宇文述等九军败于萨水，帝不忍诛。无何，遂加述开府，则军令废矣。捷书惟是报孙歆，谓帝再举东征，高丽囚斛斯政请降。帝既还，罪人竟不得，则捷书虚矣。"鸑鷟"四句，极言人君当任贤图治，不必远事招怀，如无向辽东浪死歌，岂非殷鉴哉！观末二语，其为隋事甚明，盖亦咏史之作也。夫李同捷据沧州，自当进讨，非炀帝生事外夷比。然诸将玩寇邀赏之罪有不可逭者，此故假隋事以讽切之。（程笺引）

【杨守智曰】沉郁顿挫，亦复不减浣衣翁。

【何曰】忧不在东藩之不服，而在中原之力竭，将有隋末群盗之起。师出无名，不当遂非也。（辑评）

【胡以梅曰】此咏隋炀帝征高丽之事，盖读史而作也。言东征日调发黄金万两，竭中原之力，以买战斗之心。军令不严，失机不坐，欺蒙报捷，假捏非真。其黩武失律，真可叹也。要知但须中国有道，则凤凰巢于阿阁矣，岂暇论于鸱鸮之在泮林乎？若无道则自治不暇，又何能及外夷！"暇"字极明。朱笺作"假"误。结则指出其处而哀生灵之惨也。按是题，明言随师东。随即隋，……东，东征。称中原以见征在边远，且结又说出玄菟，无可移易者。乃集以为指李同捷据沧景事，则"中原"二字与结处如何强合耶？（唐诗贯珠串释卷二十三）

【沈德潜曰】此借随东征之役以讽时事。三语言军令不行。四语言虚报邀赏。五六言人主修德则贤士满朝，不必藉远人之服也。（唐诗别裁）又曰：义山近体，襞绩重重，长于讽谕。中多借题摅抱，遭时之变，不得不隐也。咏史数十章，得杜陵一体。至云："但须鸑鷟巢阿阁，岂假鸱鸮在泮林？"不愧读书人持论。（说诗晬语）

【陆曰】此借隋东征之役，以讽切时事也。……王庭凑阴以兵粮助同捷，党恶之罪，在所不原。乃微露请服之意，遂赦之而复其官爵，是威令废矣，故曰"军令未闻诛马谡"也。……下半言人君当为鸾凤，不当为鹰鹯。彼大业中用兵高丽，至有浪死辽东之歌；今沧州丧乱后，骸骨蔽地，户口什不存一，可不恻然动念也哉！

【陆鸣皋曰】文宗时，诏诸道兵讨李同捷、王庭凑等，师老无功，每虚报捷以邀赏，故假隋事以讽也。首言竭赀馈运。次讥诸将之掩败张功。五六句言朝廷但当进贤保治，而无取穷兵致远也。结到生灵涂炭，可抵一篇战场文。

【徐德泓曰】穷兵之戒，既托于隋，而篇中只有"东征""玄菟"字一点，仍不用隋事以实之，而复引古以为喻，所谓玄之又玄也。其灵奥如此，虽杜老亦当逊是一筹。

【屈曰】竭中原有数之黄金，欲买战士之斗心，号令严明，无虚张首虏方可成功。今俱不然。况弃鸑鷟而假鸱鸮，以前朝久置之地，积骸成莽，征战不休，诚可惜也。○鸑鷟比君子，鸱鸮比小人。此首盖不敢明言时事而借隋炀帝东征为题也。

【姚曰】此讽庙算之失也。讨逆敌忾，自是武臣本分事，乃日费斗金以买斗，将愈骄，卒愈惰，邀功悻赏无已，势所必至也。然此皆庙算无人之故。盖内无鸑鷟，故外有鸱鸮。诚使一将成功而致枯万骨，已不忍道，况功未成而先枯万骨乎？可痛极矣。

【冯曰】朱笺本兼讨王庭凑言之，以廷凑助同捷也。然诗专指沧景，……潘眊引隋炀帝征高丽，宇文述等九军败绩于萨水，帝怒，除其名，明年，复述等官爵，又征兵讨高丽，以解"军令"句似合。其解"捷书"句，则所引有舛。诗固借隋为言，何烦切证欤？五句谓须贤臣在朝，然非泛指也。旧书纪及裴度传："敬宗叹宰执非才，致奸臣悖逆。学士韦处厚力请复用裴度，河北、山东必禀庙算。度自兴元入朝，复知政事。及同捷窃弄兵权以求继袭，度请行诛伐，逾年而同捷诛。”度前后在朝，众望所尊，惜屡被谗沮，时则以年高多病，恳辞机务矣。故诗有含意焉。

【纪曰】四家以为终伤蹇直也。五六句归愚所赏，然诗中筋节在此二句，过求筋节而失之板腐亦在此二句。○问长孺解末二句如何？曰：不然。此诗一篇皆就隋事以托讽，未露正文，开首东征即指高丽之役，非前四句序时事，中二句发议论，末二句以前朝指点也。○问“随”字经文帝去辵为隋，何以仍书“随”字？曰：当时虽去辵旁，意后来仍两书之，如殷商之两称。观欧阳询书醴泉铭石刻中云“随氏旧宫营于曩代”亦有辵旁，是可证也。

【姜炳璋曰】随师东者，言诸军随王师而东征也。盖沧、景、德、棣皆在长安之东，如朱长孺所云李同捷盗据沧、景之事，诗正指此时也。愚谓此就时事言之。以七道节度使之兵会剿沧、景、德、棣，何难克期平贼？而日费黄金，迄无成绪者，以军令不严，冒功邀赏故也。故王者之师，只须贤宰相运筹密勿，而不必日上首功，泮林献馘。时李宗闵同平章事，沮李德裕不用，故为此言。末二借隋为喻，犹所谓殷鉴不远也。积骸成莽，万骨皆枯，当日情形，宛然在目，谁谓义山非诗史乎？

【方东树曰】前四句将正义说定，五六空中掉转，收换笔绕补馀意。古人无不用章法。王濬破吴都督孙歆，虏歆而还。沈莹言：“吴名将皆死，幼小当任。”此亦言将帅幼小，不足任也。太和二年，东征李同捷、王庭凑，久未成功。……沧州凋敝，骸骨蔽地。托咏炀帝征高丽，故曰“前朝玄菟郡”。树按：凡此皆不免支晦拙滞。五六句似亦责政府无人，但无

根，又合掌。此义山十六岁时少作也。（昭昧詹言）

【张曰】朱长孺谓此诗咏讨沧景，是矣；惟引隋炀帝大业中用兵高丽，以为举往事以讽，午桥、孟亭皆从其说，则非也。详通首隶典，无一切隋事者，且义山唐人，陈隋事以刺今，又何异"剧秦美新"耶？余细参诗题，盖义山随令狐楚赴天平时书事之作。同捷自宝历末盗沧景，至是年五月始平。丧乱之后，骸骨蔽地，城空野旷，户口十无三四。义山赴郓在十一月，正疮痍未复时也。末用玄菟故实者，沧景旧隶平卢大都督府，例兼新罗、渤海押蕃诸使耳。此解诗意乃切。随、隋虽古通，然旧本则皆作随。五句冯氏谓暗指裴度，极有见。唐自宪宗用晋公讨平淮、郓，河北骎骎禀命。宰相崔植、杜元颖不知兵，刘总归朝，所籍军中难制者，并勒还幽州。克融、廷凑作乱，遂至再失河北。兖、海、沧、景，群起效尤，岂非庙堂用人之咎哉！诗人推原祸始，固不同于目论也。（会笺）又曰：感事伤时，急不择言，故据所见以直书，而草野私忧之情，自见言外，此赋体所以更高于比兴也。何害于朴实哉！然以为板腐、蹇直，则有大缪不然者。且诗借随事以讽，正得诗人谲谏之旨，故篇中不妨明抒己愤也。（辨正）

【按】潘、朱二家谓此诗系借隋师东征以讽讨李同捷之役，诸家多从之。冯氏引朱笺而删除其枝蔓（讨王庭凑一节），更切诗意。张氏会笺乃别创"随令狐楚赴天平时书事之作"一说，变托古讽今为直书现事。然其举以驳正旧说之证据，均难以成立。"通首隶典，无一切隋事"，此正义山托古讽今惯技，富平少侯亦然。冯氏谓："诗固借隋为言，何烦切证欤？"此论最为通达。张氏泥于咏史常例，以为必通首切隋事方为举隋事以托讽，殊不知此诗系借咏史为名，寓慨时事之作，以隋师东征为题，本属假托，自不必详征隋事。“隋师东”者，实即“唐师东”也。且隋炀帝侵高丽，为压迫邻国之不义战争；唐廷讨李同捷，为制止割据分裂之正义战争。义山所抨击者，非讨叛战争本身，而系战争中所暴露之唐廷军事、政治窳败现象，故自不能以隋师东征事与唐廷东征事一一具体类比。且如张氏之解，题目“随师东”为“随令狐楚赴天平（天平在长安之东）”之意，而首句“东征”则又指诸道讨李之事，同一“东”字，岂能歧义如此。况诗中无一语述及“随令狐楚赴天平”途中情况，诗与题又岂能如此了不相涉？末联“玄菟郡”，明指高丽，张氏曲为之解，殊属牵强。“积骸成莽阵云深”，乃遥想中沧景地区残破之情景，如谓赴郓途中目击，则郓州离沧景尚遥，义山又何从得睹之耶？至“旧本皆作随”，并不足以证明此“随”字必作“随从”解而非指“随（隋）”朝。故仍以旧说为当。

此诗主旨，既非反对唐师东征，亦非止于讥刺讨叛诸将之跋扈难制、冒功邀赏。诸将之跋扈邀赏，其源盖为朝廷威令不行，一味推行厚赂政策；而根本原因又在宰辅不得其人。五六两句，实为一篇之枢要。姚氏谓：“此讽庙算之失也。”可谓一语破的。大和元年至三年四月，韦处厚、窦易直、路隋、裴度等先后为相。李宗闵为相在大和三年八月，时沧、景已平。

诗学杜七律，得其严重整饬，而动荡变化稍逊，盖效而未化之作。

春游

桥峻班骓疾〔一〕，川长白鸟高〔二〕。烟轻唯润柳，风滥欲吹桃。徙倚三层阁，摩娑七宝刀①〔三〕。庾郎年最少〔四〕，青草妒春袍〔五〕。

校　记

①"七"原一作"八"，季抄、朱本同。

集　注

〔一〕【姚注】说文："骓，马苍黑杂色。"一曰苍白色。【冯注】尔雅："苍白杂毛，骓。"

〔二〕【补】白鸟，白羽之鸟，如鹤、鹭之类。诗周颂振鹭："振鹭于飞。"毛传："鹭，白鸟也。"

〔三〕【朱注】古瑯琊王歌词："新买五尺刀，悬著中梁柱。一日三摩娑，剧于十五女。"【朱彝尊曰】二句不过即事，无他深意。

〔四〕【姚注】世说："庾小征西尝出未还，妇母阮与女上安陵城楼。俄顷翼归。阮语女：'闻庾郎能骑，我何由得见？'妇告翼，翼便于道盘马，始两转，坠马堕地，意气自若。"【冯注】姚氏谓用庾小征西，是也。晋书："庾翼风仪秀伟，少有经纶大略。苏峻作逆，翼年二十二，兄亮使白衣领数百人备石头。事平，辟太尉陶侃府，迁从事中郎。"

〔五〕【朱注】古诗："青袍似春草。"

笺　评

【姚曰】首联，寓目之远。次联，时物之佳。五六，言别有托意，惜无解人。结句，见虚度之可叹也。

【冯曰】赴桂陆途中作。原编与离席接。第六句谓怀报恩之志，七八指同舍中最年少者。

【纪曰】问"风滥欲吹桃"四家评赏"滥"字之妙，而芥舟直以为不佳，何也？曰此字不是不通，只是纤巧，不通之字句人人得而见之，其为害也小，纤巧之字句似乎有味可玩，误相仿效，不知引出几许诗魔矣，此病有才思人尤易犯，吾宁从芥舟之说免生流弊。（诗说）专取此种，便入瀛奎律髓门径。后半有老骥伏枥之思，非但为香倩语也。廉衣曰：五六客气。芥舟曰：前四上二字平头，亦小病。又曰：腰联真是健笔。（辑评）

【许印芳曰】前四句及末句皆有所指而托之景物，便不着迹。杜诗深于比兴，义山得其奥秘，乃能如是运笔。五六有奋发意而含蓄不露，亦赋体之佳者。（瀛奎律髓汇评引）

【张曰】冯氏定此诗为大中元年赴郑亚桂管幕作，以桂游正春时也。余细玩结语"庾郎年最少"句，恐系弱冠时赴崔戎华州幕，或令狐楚东平幕所赋。若大中元年，义山年已三十六，不得云"最少"；且其时屡经失意，亦无如此豪兴也。考安平公诗述华州事，有"三月东风"语，正系春时。旧纪崔戎移兖海在三月。诗又云："五月至止六月病。"盖三月奉诏，五月到任，其起程当春杪矣。故题曰"春游"也。诗无牢愁，的是少作。冯氏谓七八指同舍中最年少者，细玩实无此意，何其强作解人欤？（会笺）又曰：平头唐律不忘。"滥"字是义山练字诀，未尝不佳。五六健笔，以为"客气"可乎？此诗集中上驷。（辨正）

【按】本篇旧本虽与离席相连，时令亦皆值春杪，然一则川长马疾，烟轻风滥，徙倚层阁，摩娑宝刀，意兴豪纵，一则馀照残花，凄然沾巾，诗境迥别。冯氏同系大中元年赴桂时，显非。后四句一意相承，“徙倚”，“摩挲”二语，正见其初入军幕，意气方豪，所谓“庾郎年少”者，显系自指，着一“妒”字，少年得意之态如见。在东平幕时，初受知于令狐，为巡官，或与此诗结联语意更合。大和八年赴兖海幕时，已应试不第，与此诗意致似少异矣。且赴兖海幕在四月，已非“风滥欲吹桃”之时。题曰“春游”，诗亦不似行旅之作，当是在幕春游也，酌编大和四年春。

谢书〔一〕

微意何曾有一毫，空携笔砚奉龙韬〔二〕。自蒙半夜传衣后〔三〕，不羡王祥得佩刀〔四〕。

集　注

〔一〕【补】此诗为义山谢令狐楚传授章奏之学而作。或解“谢”为“辞谢”者非。

〔二〕【冯注】太公六韬：“文韬、武韬、龙韬、虎韬、豹韬、犬韬。”徐曰：“宋高似孙砚笺：杜季阳端石蟾蜍砚篆‘玉溪生山房’，李商隐砚也。”春渚纪闻：“紫蟾蜍，端溪石也。无眼，正紫色，腹有古篆‘玉溪生山房’五字，藏于吴兴陶定安世家，云是李义山遗砚。其腹疵垢，直数百年物也。后以易向叔坚拱璧，即以进御，世人不复见也。”【补】隋书经籍志有太公六韬五卷，旧题吕望撰。宋晁公武郡斋读书志：“六韬，兵家权谋之书也。元丰中，以六韬、孙子、吴子、司马法、黄石公三略、尉缭子、李卫公对问颁行武学,号曰七书。”此以“龙韬”概指兵书。二句谓楚之恩遇,己虽欲图报,实何尝有丝毫之报答,徒日在幕下携笔砚、捧兵书,侍奉于左右而已。是时商隐署巡官,楚既授以章奏之道,或亦时命其任文字之役,故有“携笔砚”之语。

〔三〕【朱注】李舟能大师传:“五祖弘忍告之曰:‘汝缘在南方,宜往教授,持此袈裟,以为法信。’一夕南逝。公灭度后,诸弟子求衣不获,始相谓曰:‘此非卢行者所得耶?’使人追之,已去。”宝林传:“能大师传法衣处在曹溪宝林寺。”【冯注】旧书方伎僧神秀传:“昔后魏末,有僧达磨者,本天竺王子,以护国出家,入南海,得禅宗妙法,云自释迦相传,有衣钵为记,世相付授。”按:六祖慧能在碓坊,五祖弘忍夜诣之,以杖三击其碓,能即以三鼓入室,五祖乃以达磨法宝及所传袈裟付之。能捧衣而出,是夜南迈,大众莫知。”屡见释氏书中。新书艺文志:“令狐楚漆奁集一百三十卷,梁苑文类三卷,表奏集十卷。”【补】此以“半夜传衣”喻令狐楚秘授章奏之法。据新唐书令狐楚传:“李说、严绶、郑儋继领太原,高其行,引在幕府,由掌书记至判官。德宗喜文,每省太原奏,必能辨楚所为,数称之。……宪宗时,累擢职方员外郎,知制诰。其为文,于笺奏制令尤善,每一篇成,人皆传讽。”楚为当时骈文章奏名家,故以五祖喻之。

〔四〕【冯注】晋中兴书:“初,魏徐州刺史吕虔有佩刀,工相之,以为必三公可服此刀。虔语别驾王祥:‘卿有公辅之量,故以相与。’祥始辞之,虔强与,乃受。”晋书王祥弟览传:“祥临薨,以刀授览,曰:‘汝后必兴,足称此刀。’览后奕世贤才,兴于江左矣。”【按】唐时官私文书,例用骈体,擅长骈体章奏为文士致身通显之重要条件,故有“不羡王祥得佩刀”之语。

笺 评

【朱曰】此诗疑义山为令狐楚巡官时作也。唐书云:“楚能章奏,以其道授商隐,自是始为今体章奏。”故借用五祖传衣事。

【朱彝尊曰】此必军帅招之佐幕,故有第二句。谢者,谢辞之也。

【杨守智曰】半夜传衣,指令狐楚之能章奏,以其道授商隐,自是始能今体章奏,故借用五祖传衣事,语载文艺传。(复图本)

【姚曰】此谢令狐公作也。义山俪体文,得法于令狐,故有此作。

【屈曰】详诗,必楚卒后有军率来招者,其意不诚,故作此诗以谢绝之。

【程曰】半夜传衣之语,则所谓奉龙韬者必非指他幕之节使,其为令狐楚无疑。义山平生长于笺奏之文,传之者实为楚也。末有不得佩刀之语,盖为楚巡官之时,犹未登第,故作自宽之词,正所以感慨系之也。

【纪曰】应酬中之至下者。起句尤不成语。(玉溪生诗说)又曰:此谢令狐楚也。

【张曰】此令狐召赴太原报谢之作。楚以章奏授义山,而是年应举,为崔郸所斥,故有末句。起则追溯天平恩遇,自慨无以报称也。冯编大和二年,时令狐尚未镇天平,情事皆舛矣。(会笺。编大和二年)又曰:未至下劣至极,亦未至不

成语，此等评语皆太过分。……（辨正）

【按】此诗作年，冯系大和二年，张系大和六年，似均未合。旧唐书文苑传："商隐能为古文，不喜偶对。从事令狐楚幕，楚能章奏，遂以其道授商隐，自是始为今体章奏。"楚授章奏之道既在义山从事楚幕时，则谢书之作自不可能在入幕前之大和二年。张氏以末句为暗指应举被斥，实则此句不过极言得楚章奏真传后踌躇满志之心情，非有所指。且味诗意，似非久蒙恩遇后致谢令狐，而系令狐授章奏之道后不久，义山自觉技艺精进、青云可望时作。朱氏谓作于为天平巡官时，大体可信。楚大和三年十一月任天平军节度使，此诗之作，或当稍晚。酌编大和四年。

天平公座中呈令狐相公〔一〕时蔡京在坐京曾为僧徒故有第五句①〔二〕

罢执霓旌上醮坛〔三〕，慢妆娇树水晶盘〔四〕。更深欲诉蛾眉敛，衣薄临醒玉艳寒〔五〕。白足禅僧思败道〔六〕，青袍御史拟休官〔七〕。虽然同是将军客〔八〕，不敢公然子细看②〔九〕。

校　记

①"时蔡京在坐京曾为僧徒故有第五句"，此十五字各本均连"令狐令公"作大字，并入题内，惟悟抄为双行小字。【徐曰】"京幼尝为僧徒"二句，乃方回律髓评语，后人误入题中也。【冯曰】旧题十五字，当即本之纪事者，纵或有，然亦宜附注题下耳。【按】唐诗纪事卷四十九蔡京

下云:"令狐文公在天平后堂宴乐,京时在坐,故义山诗云:'白足禅僧思败道,青袍御史拟休官。'谓京曾为僧也。"纪事之文固与此十五字相近,然据此即断定"旧题十五字,当即本之纪事者",亦属武断。徐说亦类此。惟冯氏"宜附注题下"之说,则较为合理。盖此诗"白足"句非注不能明。作者即席赋诗呈献之时,因蔡京在坐,主客均能会意;迨事过境迁,辑诗编集之日,方感加注之必要。疑此十五字本系作者自注,传写过程中阑入正文,遂若长题。兹据悟抄改"时蔡京在坐"等十五字为小字作题下附注。瀛奎律髓题作"天平公座中呈令狐令公时蔡京在坐",无"京曾为僧徒"等十字。案此诗腹、尾二联均涉及蔡京,则原题或当依律髓,亦未可定。又,题内"天平公座"之"公"字,朱鹤龄曾疑是衍文,后又载潘眿之论,以"天平公座"四字断句,以为"公座"者即纪事所云"后堂宴乐"也,作"天平公"读者失之(见程注引)。吴乔西昆发微此首题注亦云:"题中天平公座之'公'字,疑是衍文。盖天平言地,令公言人,若云'天平座中呈令狐令公',则晓然矣。"又引潘耒曰:"天平公座即纪事所云后堂宴乐也,作'天平公'读者失之。"所载与程注引稍异。按潘说是。"天平"不得称公,犹"泾原"(王茂元曾任泾原节度使)、"兖海"(崔戎曾任兖海观察使)、"桂管"(郑亚曾任桂管观察使)、"武宁"(卢弘正曾任武宁军节度使)、"东川"(柳仲郢曾任东川节度使)之不得称公一例。题内"相公",原作"令公",他本均同,据蔡宽夫诗话及顾学颉说改。详注〔一〕。

②"子",姜本及律髓作"仔",字通。

集　注

〔一〕【钱龙惕笺】旧书:大和三年十一月,令狐楚进位检校兵部尚书、郓州刺史、天平军节度使。【冯注】旧书志:"中书有中书令",唐之宰相曰同中书,固以此也。令狐虽未实进中书令,而香山集中亦称令狐令公矣。新书方镇表:"元和十四年,置郓曹濮节度使,治郓州;十五年赐号天平军。"旧书传:"令狐楚,字壳士。"旧书纪:"大和三年,令狐楚检校右仆射、天平军节度使。"【按】令公为中书令之尊称。令狐楚于宪宗元和十四年七月,为中书侍郎、同平章事,然从未带中书令衔。据顾学颉考证,此"令公"当为"相公"之误。详见其李商隐天平公座中呈令狐令公诗题令公二字旧说辨误。蔡宽夫诗话引此题作"呈令狐相公"。

〔二〕【朱注】唐诗纪事:"邕州蔡大夫京者,故令狐文公楚镇滑台日,于僧中见之,曰:'此童眉目疏秀,进退不慑,惜其单幼,可以劝学乎?'师从之,乃得陪学于相国子弟。后以进士举上第,寻又学究登科,作尉畿服。为御史,核狱淮南,李相绅忧悸而卒,颇传绣衣之称。谪居澧州,稍迁抚州刺史……后假节邕交,没而槁殡其地。"旧唐书:"大中三年二月,贬殿中侍御史蔡京为澧州司马。"通鉴:"咸通三年,京以左庶子为岭南西道节度使。后赐自尽。"【冯注】彭阳公为郓,荐蔡京正在此时,详年谱。水经注云:"滑台城即郑之廪延也。"旧书志河南道滑州,以城有古滑台也。滑、郑、濮三州节度治滑州。贞元元年,号义成军。令狐宦迹并未莅滑台,纪事误也。京以进士登学究科,时谓好及第,恶登科,唐摭言载之。而摭言载反初及第并不及京,岂幼年事在所略欤?公座既非可专指一人,义山年少,何可肆言？纪事所载，殊不可信。但公座不当实有僧流，故且存其说。【按】冯氏玉溪生年谱引朱阅归解书彭阳碑阴云：“公尹洛，礼陈商；为郓，荐蔡京；莅京，辟李商隐。”则蔡京明为楚镇天平时所荐。

〔三〕【朱注】高唐赋：“霓为旌，翠为盖。”西都赋：“虹旓霓旌。”【补】醮坛，道士祈祷所设之坛。“罢”字贯全句，谓罢执霓旌，不复上醮坛也。

〔四〕【朱注】太真外传：“成帝获飞燕，身轻欲不胜风，恐其飘翥，为造水晶盘，令宫人掌之而歌舞。”【冯注】此语见太真外传，言明皇在百花院便殿览成帝内传也。唐以前经籍志无此书，疑不足据。【姚注】慢妆，犹薄妆。【徐曰】“娇树”暗用“琼树朝朝新”之语。【按】陈后主玉树后庭花有“璧月夜夜满，琼树朝朝新”之语，咏张贵妃、孔贵嫔容色。二句诸家解颇纷纭，朱鹤龄于“衣薄”句下注云：“座中必有官妓，故云。”程氏则云：“大都女道士之在镇府醮祭者，故起句如此。而末句又有不敢公然之语，若妓，则醮坛何指？又何不可子细看乎？”冯浩引徐逢源曰：“唐时女冠出入豪门，与士大夫相接者甚多，或令狐家妓曾为之。”姚氏云：“详诗句，必令狐坐中姬有曾为女道士者，故有此作。”诸说中姚氏之说较长。此诗末句暗用刘桢平视甄后事，则“慢妆”者之身份恐非官妓，亦非寻常家妓，而系姬妾者流。二句谓座中美姬昔曾执霓旌上醮坛为女道士，今则薄妆轻施如娇美之玉树，于水晶盘中作掌上舞矣。

〔五〕【补】玉艳，容光。二句谓更深敛眉欲诉，似含幽怨；夜寒衣薄酒醒，益增奇艳。【杨守智曰】艳词必极深远婉转，亦天纵也。（据复图本）

〔六〕【朱注】法苑珠林:“魏太武时,沙门昙始甚有神异,足不蹑履,跣行泥秽中。奋足便净,色白如面,俗号白足阿练也。”【冯注】魏书释老志:“惠始到京都,世祖每加敬礼。五十馀年未尝寝卧,虽履泥尘,初不污足,色愈鲜白,世号之曰白脚师。”【蔡启曰】唐搢绅自浮图易业者颇多。刘禹锡答廖参谋:“初服已惊白发长,高情犹问白云深。”李义山呈令狐相公诗曰:“白足禅僧思败道,青袍御史欲休官”,以指其座中人,皆显言之。盖当时自不以为讳,近世言还俗,虽里民犹且耻之也。(苕溪渔隐丛话引)【计有功曰】谓京曾为僧也。【钱锺书曰】败道者,破戒而未还俗。(管锥编第三册)

〔七〕【冯注】唐六典:“袍制有五,一曰青袍。”按:幕官带御史衔者。全唐诗刘得仁有送蔡京侍御赴大梁幕诗,则京又曾为汴幕宪官,不知其在何时也。上句若果指蔡,此句亦当指蔡,愚固不能信之。【纪曰】册府元龟载唐时风宪不与燕会,故曰“拟休官”也。(诗说)又曰:李栖筠事可证。(辑评)(按:杜牧为御史,分司洛阳,于李愿席上观妓赋诗,可证御史并非绝对不许入宴会。本篇所谓青袍御史,当指幕官带御史衔者。)【朱曰】白足禅僧拟蔡京,青袍御史必义山自谓。【吴乔曰】青袍御史,必指别客。楚卒后,义山方为御史。【屈曰】青袍御史指座客而言,不必义山自谓。【按】吴、屈说是。“拟休官”者,盖渲染此女子之诱惑力,直欲令御史生休官之想,以图与佳人相伴。纪解殊泥。青袍御史当是幕官带监察御史衔者。

〔八〕【朱注】将军谓天平公。【冯注】汉书汲黯传:“大将军青既益尊,黯与亢礼,曰:‘大将军有揖客,反不重耶?’”

【按】“同是将军客”，谓己与蔡京及所谓“青袍御史”者同为令狐幕客。

〔九〕【冯注】水经注：“魏文帝在东宫宴诸文学，酒酣，命甄后拜坐，坐者咸伏，惟刘桢平仰观之。太祖以为不敬，送徒隶簿。今华林隶簿，昔刘桢磨石处也。”暗用此典，雅切公坐。魏志注作“桢独平视”。

笺　评

【吴乔曰】直称蔡京姓名，而诗语带谑，其在京学于相国子弟时无疑。不敢细看，当是家妓耳。青袍御史，必指别客。楚卒后，义山方授御史。愚意此诗作于文宗大和三年己酉楚为天平节度时。……（西昆发微卷中）

【陆曰】诗中白足禅僧与青袍御史皆指京言，同是将军客，乃自谓也。旧解以天平公为绹，以御史为义山自谓，皆未当，今特正之。○前四句，是形官妓；五六是戏座客；结处是呈令狐令公。言此官妓，以道家妆束来此座中，其娇态直可作掌上舞也。蛾眉敛，令人怜；玉艳寒，又令人爱。宜座客见之，为之倾倒，觉向时之道心顿退，而今日之官职可轻也。我虽同是将军之客，而于此有不敢属目者焉。……

【姚曰】详诗句，必令狐坐中姬有曾为女道士者，故有此作。罢执霓旌上醮坛，从女道士还俗也。慢妆，犹薄妆。娇树，必“娇贮”之讹。淡扫蛾眉，而贮以水晶之盘，奇艳愈发矣。更深眉敛，衣薄玉寒，犹带不甘入俗之意。“白足”句指蔡，“青袍”句自谓。奇艳夺人如此，虽后堂密坐，犹恨看不分明，不谓之天上人，不可得也。

【屈曰】首二句写妓呈技，先执霓旌而上醮坛，罢乃改妆而歌舞也。及夜深玉寒，故敛眉欲诉，令人徒生败道休官之想。而体统尊严，未敢肆观也。青袍御史指座客而言，不必义山自谓。“天平公座”一读，与下令狐公无妨，旧注全非。

【程曰】唐诗纪事云：“令狐文公在天平后堂宴乐，蔡京时在坐。”是则令狐令公之为令狐楚明矣。朱长孺误读为天平公，遂疑下文不应又出令狐公，著有论说（按朱笺初以为此令狐令公必指令狐绹）。既而又为不当，又作补笺，引据唐人朱阅归解书彭阳公碑阴……定此诗为令狐楚镇郓之日。但疑“天平公座中”公字恐是衍文。后又载潘畊之论，以“天平公座”四字断句，以为“公座”者即纪事所云“后堂宴乐”也，作“天平公”读者失之。愚按“公座”二字潘说甚是。天平之不得称公，犹之前开府（封）之不可称公一例也。……中联白足禅僧，本题注为蔡京，青袍御史不知所谓。若以为自谓，此时方署巡官，安得遽兼御史？若别有一人同在座中者，则当与京一例，于题注明。若亦属京，则京为御史在大中三年，去太和三年远矣。事不可考，姑且阙疑。又按朱注云：“座中有官妓。”非也。大都女道士之在镇府醮祭者，故起句如此。而末句又有“不敢公然”之语，若妓，则醮坛何指？又何不可子细看乎？

【纪曰】蒙泉以为后四句粗浅也，前四句亦自不佳。

【张曰】此公座中当有官妓为女冠者。“白足”调京，“青袍”别指同舍。诗疑令狐命赋，故云“呈令狐令公”。不然，义山年少，措辞何一无忌惮乃尔！（会笺。按冯注引徐逢源已谓“此诗似文公命赋”，为张说所本）。又曰：艳诗中最深婉者，措辞鲜丽而有神味，绝非西昆涂泽所及。纪氏不好香奁体而以为不成语，过矣。……（辨正）

【按】诗中写一宴会间歌舞侑酒之女子，其人似为府主姬妾者流，并曾为女道士，身份甚卑。然商隐写来奇艳夺人，座间有思败道者，有拟休官者，有虽目睹而看不分明者（不敢公然子细看，既暗点其人身份，亦见其光艳照人，令人不敢注视也）。此种美之征服力，不亚于汉乐府陌上桑观罗敷一段。

由此诗可见义山与令狐关系之亲密，远超一般幕主与僚属。亦可见唐代士子礼法观念甚为淡薄，作风放浪，出言无忌。义山部份无题诗，其产生之背景当与此类诗描写之生活有密切关系。

此篇艳而不流于亵，谑而不堕于恶趣。颔联"鲜丽而有神味"，末联用典雅切而带风趣。自艺术角度观之，固不及后期同类作品深婉圆熟，然写人物与气氛，亦有难以企及之处。纪评未免太苛。

赠宇文中丞〔一〕

欲构中天正急材①〔二〕，自缘烟水恋平台〔三〕。人间只有嵇延祖②，最望山公启事来〔四〕。

校　记

①"构"，蒋本、朱本作"构"。万绝作"造"，系避宋高宗讳改。

②"嵇"，蒋本作"稽"，字通。

集　注

〔一〕【朱注】旧唐书："大和六年八（按当作七）月，以御史中丞宇文鼎为户部侍郎，判度支。”【冯注】旧书纪：“大和三年十二月，以吏部郎中宇文鼎为御史中丞。”新书宰相世系表：“宇文鼎字周重，父邈，亦御史中丞。”【张曰】案李汉传：“八年代宇文鼎为御史中丞，时李程为左仆射，以仪注不同，奏请定制。”考程传：“大和六年，就加检校司空，七月征为左仆射，时中丞李汉以为受四品已下拜太重云云”，则汉于大和六年已代宇文鼎为中丞矣。传作八年，误。又曰：诗当作于天平府罢，宇文鼎未迁户部侍郎时。【按】旧书纪：大和六年七月，“以御史中丞兼刑部侍郎宇文鼎为户部侍郎判度支。”故张正李汉传“八年”之误甚是。编年则似未妥，详笺。

〔二〕【朱注】列子：“西极化人见周穆王，王为改筑宫室，其高千仞，临终南之上，名曰中天之台。”【冯注】贾谊新书：“楚王作中天之台，三休而后至其上。”刘向新序：“魏襄王欲为中天之台，以许绾言而罢。”【按】此言朝廷急需构厦之材。又，古史称尧舜之时为中天之世，犹言盛世。“欲构中天”或兼寓君主求治之意。

〔三〕【冯注】史记：“梁孝王大治宫室，为复道，自宫连属于平台三十馀里。”【徐曰】舒元舆御史台新造中书院记云：“河南宇文公为御史中丞。”盖宇文河南人，故用平台。（冯注引）【张曰】次句“烟水”“平台”自喻，所谓“占数东甸”（谓义山卜居洛阳）也；或以梁园比幕僚，即“甘心与陈阮”之意。【按】平台故址在今商丘县东北，与洛阳相去甚远，张解此句为“占数东甸”显非。冯引徐说以此句属宇文，亦非。而张氏“甘心与陈阮”之解则近是。详笺。

〔四〕【自注】公盛叹亡友张君，故有此句。【朱注】晋书嵇绍传:"绍字延祖,康之子,以父得罪,靖居私门。山涛领选,启武帝,请为秘书郎。帝谓涛曰:'如卿所言,乃堪为丞,何但郎也!'"山涛传:"所奏甄拔人物,各为题目,时称山公启事。"【冯注】魏志注:"嵇康子绍,字延祖,少知名。山涛启以为秘书郎,称绍平简温敏,有文思,又晓音,当成济者。……遂历显位。"【按】作者自注"盛叹",除蒋本外,各本均作"感叹"。冯曰:盛一作感,误。后汉书孔融传:"文举盛叹鸿豫名实相副。"吴志虞翻传:"于禁虽为翻所恶,然犹盛叹翻。"兹依蒋本及冯校改。

笺评

【杨守智曰】三句:自况。末句:况宇文。

【姚曰】当求才正急之时,而故人有子,更迫于弹冠私愿矣。

【冯曰】宇文罢中丞,暂尔家居。因其曾为吏部,故又以铨衡期之也。

【纪曰】直写平浅。

【姜炳璋曰】此盖以引荐张君之子勉宇文。然观第三句,言人间岂只有延祖一人乎?则勉宇文者,不独甄拔张氏也。

【张曰】义山应举不第,望人荐达也。次句"烟水""平台"自喻,所谓"占数东甸"也。或以梁园比幕僚,即"甘心与陈阮"之意。冯氏谓宇文河南人,罢中丞家居,因其曾为吏部,故以铨衡期之,均误。诗当作于天平府罢,宇文鼎未迁户部侍郎时。冯编大和八年,疏矣。(会笺。按张编大和六年。)

【按】冯氏谓"宇文罢中丞,暂尔家居",纯出臆测,非有佐证,第因宇文为河南人而牵合次句"平台"为解。然次句显非指宇文,盖彼早登要路,为廊庙之具,不必再以"欲构中天正急材”望其为构厦之材也。正急材与三四句呼应。史载梁孝王曾与邹阳、枚乘、司马相如等文士极游于平台之上,是则“平台”固可作为幕府之代称。“自缘烟水恋平台”者,谓已所恋者惟幕府之游宴生涯耳。三四则又因宇文盛赞亡友张君,而谓人间惟有如嵇延祖者(指张君之子),最望公之品题荐举。详味诗意,似宇文曾微露荐引义山之意图,义山则因受知幕主而不拟他就,故以“自缘烟水恋平台”婉谢之,且望其施惠于亟须援引之亡友之子。“自缘”与“惟有”“最望”,前后呼应。

张氏谓此篇当作于天平府罢之后,与“恋平台”之语不合。颇疑此诗作于居天平幕时。义山上令狐相公状云:“每水槛花朝,菊亭雪夜,篇什率征于继和,杯觞曲赐其尽欢,委曲款言,绸缪顾遇。”此正所谓“自缘烟水恋平台”也。酌编大和五年。

赠赵协律皙〔一〕

俱识孙公与谢公〔二〕,二年歌哭处皆同①〔三〕。已叨邹马声华末〔四〕,更共刘卢族望通〔五〕。南省恩深宾馆在〔六〕,东山事往妓楼空〔七〕。不堪岁暮相逢地,我欲西征君又东〔八〕。

校　记

①“皆”,席本、朱本、季抄作“还”,于义似稍优。然此诗处处强调己与赵之共同点(俱、共),此处用“皆”字似更切。

集　注

〔一〕【朱注】唐六典:“隋太常协律郎二人,皇朝因之。”旧唐书王质传："质在宣城，辟崔珦、刘蕡、裴夷直、赵晳为从事，皆一代名流。"本集有为安平公兖州奏赵晳充观察判官状。【张注】纪书"以权知河南尹王质为宣歙观察使"于大和八年九月，此诗送晳赴宣州作，时方冬暮，故结句云然也。【补】旧唐书王质传："大和中，王守澄构陷宰相宋申锡。文宗怒，欲加极法。质与常侍崔玄亮雨泣切谏，请付外推，申锡方从轻典。质为中人侧目，执政出为虢州刺史。……八年，为宣州刺史、兼御史中丞、宣歙团练观察使。"樊南文集卷二为安平公兖州奏赵晳充判官状："右件官洛下名生，山东茂族。"知赵为洛阳人。此诗盖崔戎卒后，晳应王质之辟赴宣州，义山赠行之作。味"不堪岁暮相逢地，我欲西征君又东"之句，相逢及离别之地或即在洛阳。大和八年冬，义山赴京应明春之礼部进士试，行前有上郑州萧给事状。此路经洛阳时赠别赵晳之作。

〔二〕【冯注】晋书："孙绰，字兴公，博学善属文，袭爵长乐侯，累迁散骑常侍、廷尉卿。于时文士，绰为其冠。谢安，字安石，少有重名，累迁中书监录尚书事、加侍中都督诸军事，封建昌县公，进封太保，薨赠太傅。"孙、谢尝同居东土，同泛海同修禊，见晋书诸传中。【按】此以孙、谢分指令狐楚、崔戎。

〔三〕【冯注】大和七年六月，楚为吏部尚书，则歌；八年六月，崔安平卒，则哭。【补】歌哭，语出礼记檀弓："晋献文子成室，张老曰：'美哉轮焉！美哉奂焉！歌于斯，哭于斯，聚国族于斯。'"二句谓己与赵晳均为令狐楚、崔戎所知，二年同居幕下，未曾相离，且感情投合，悲喜歌哭与共。冯注以"歌""哭"分属令狐与崔戎，非。首二句仅言己与晳关系之密切，初未道及令狐与崔戎之升沉生卒，五六始出“在”“空”二字。且令狐宪宗时即登台辅，此时入为吏部尚书，亦不足“歌”。

〔四〕【朱注】邹阳、司马相如俱为梁孝王宾客。【冯注】史记司马相如传：“梁孝王来朝，从邹阳、枚乘、庄忌之徒，相如见而说之。因病免，客游梁，梁孝王令与诸生同舍。”【程注】任昉宣德皇后令：“客游梁朝，则声华籍甚。”【补】声华，犹声誉。白居易诗：“昔为京洛声华客，今作江南潦倒翁。”句意谓己已叨居声华籍甚之同幕诸文士之末。“邹马”即包括赵皙。此句不必专指同出令狐门下，义山居兖，与赵同幕，正所谓“已叨邹马声华末”也。

〔五〕【自注】愚与赵俱出今吏部相公门下，又同为故尚书安平公所知，复皆是安平公表侄（“复”，底本作“后”，误，据蒋本、姜本、戊签、影宋抄、钱本改）。【朱注】刘卢，刘琨、卢谌也。文选琨答谌诗：“郁穆旧姻，嬿婉新婚。”善曰：“臧荣绪晋书：琨妻即谌之从母。”谌赠琨诗：“申以婚姻，著以累世。”向曰：“婚姻，谓谌妹嫁琨弟。”【冯注】按邹马统言幕中，非专指令狐镇汴，此句则专指与安平戚谊也。晋书卢谌传曰：“琨妻即谌之从母。”又曰：“清河崔悦，刘琨妻之侄也。”温峤传曰：“刘琨妻，峤之从母也。”刘琨传曰：“温峤表称姨弟刘群，内弟崔悦、卢谌等。”盖琨妻与谌母、峤母为姊妹，故举刘卢以合崔姓。虽作者意不及此，亦堪搜剔。【补】族望，犹名门大族，有声望之宗族。句意谓己与赵皙并为崔戎表侄，犹刘琨之与卢谌，族望相通，戚谊甚密。

〔六〕【朱注】陆游笔记：“唐人本以尚书省在大明宫之南，故谓之南省。"【冯注】通典:"尚书省都堂居中;都堂之东,吏部、户部、礼部;都堂之西,兵部、刑部、工部。"职官分纪:"开元中,谓尚书省为南省。"按:六尚书二十四司,皆统于尚书都省,故尚书与郎官统称南省,或称中台。令狐已久进位仆射,则当谓都省。通志职官略:"唐时谓尚书省为南省,门下、中书为北省。亦谓门下省为左省,中书为右省。或通谓之两省。"【补】宾馆,暗用汉公孙弘为丞相,开东阁以延贤士事,宾馆即东阁之异名。此言令狐尚在。

〔七〕【冯注】晋书:"谢安寓居会稽,栖迟东土,每游赏,必以妓女从其后。虽受朝寄,然东山之志始末不渝,每形于言色。"二句分指。【程注】六朝事迹:"上元县东山,今土山是也。谢安寓居会稽,栖迟东山,此安之旧隐也。后于土山营筑,以拟东山。"【胡以梅曰】盖暗用羊昙之痛。【按】此言崔戎已卒。

〔八〕【冯注】此云"君又东",必赴宣州也。"西征"指赴京师。诗盖八年冬自家赴京途次作。

笺 评

【金圣叹曰】孙言孙绰,谢言谢安,以比吏部相公与安平公也。"歌哭处还同"者,言二年聚于两家,美轮美奂之下,未尝暂有分隔也。三四再写"俱"字"同"字,言不宁此"俱"此"同"而已,唯叨附文墨则又"同",忝系中表则又"俱"也。一解写与赵投分之厚如此。"宾馆在",言旧游如昨也;"妓楼空",言吏部下世也。言从此二人分散,直至今日得逢,而又匆匆西东,更值雨雪载涂也。一解写己与赵踪迹之乖如此也。(贯华堂选批唐才子诗)

【钱龙惕曰】大和七年，令狐楚入为吏部尚书，仍检校右仆射，故称吏部相公也。孙公、谢公，指安平与彭阳也。岁暮相逢，河梁送别，追感宾馆妓楼之事，所以黯然而作也。

【吴乔曰】亦是人事诗。以有交情，自然恳切。（围炉诗话）

【杨守智曰】拳拳不忘令狐如此，何得指为负恩！（复图本）

【胡以梅曰】……盖吏部相公令狐楚已殁，安平公崔戎见在（按此说大误，参注）。孙公、谢公指此二人，是一生一死，所以以下歌哭兼言。三四五六各分一事。五言在，六言空，皆有线直通到底。于此求之，孙公是公孙弘，开丞相之阁者；谢公是谢安，盖暗用羊昙之痛。且李、赵同为安平公表侄，尤亲情相类矣。诗人巧于穿插，只倒一字，将两"公"字为句脉，不可被其瞒过。且诸家诗中，或用孙弘者，或用公孙者，独不可变而用孙公乎？第三言令狐门下作宾客，第四言安平公门下是亲道。第五言吏部南省，宾馆尚在，六言安平公东山已往，又为谢公下注疏耳。结念往事而又别离，其为黯然更何如乎？朱注误以孙公为孙兴公，连谢公亦不注用之所以，皆为兴公印定眼目，一篇精神埋没矣。（唐诗贯珠串释卷十四）

【何曰】和泪写出之诗。（辑评）

【陆曰】……安平公谓崔戎，戎卒于大和八年，故称故尚书。起处以孙绰、谢安比楚与戎，言尔我早为两公所知，歌斯哭斯，同事二年，初未相离也。在相公之门，则为上客；于安平公所，亦属至亲，与泛然相值者更有异矣。南省恩深，感楚也；东山事往，悲戎也，分顶三四说来。结言岁暮相逢，河梁握手，回忆宾馆妓楼之事，能不黯然魂销也哉！……

【徐德泓曰】前四句，言与赵俱在二公宾席，而俱属姻亲，原注所谓表侄也。五六句，追感旧情。末收归送赵意。此却近时调，而惓惓恩谊，固属可传。

【姚曰】此诗首联叙与赵二年中周旋事。颔联承孙公、谢公。中联承“二年歌哭处”。末联乃述赠别之意。岁暮相逢，承“二年”来；我欲西征君又东，承“歌哭处皆同”来。章法一片，无迹可寻，而情事表里本末俱透。此妙惟杜公有之。

【屈曰】受恩深处，白首相逢，况复别离。辞虽浅近，气味悲凉。

【程曰】……妓楼空，叹崔氏殁世，歌舞皆散；宾馆在，慨令狐闲散，门庭徒存。史称令狐楚与裴度、郑覃皆累朝耆俊，久为当路所轧，置之散地，此南省宾馆之所以兴慨也。……

【纪曰】一往情深，但调少滑耳。滑尤在一结也。（诗说）

【姜炳璋曰】五句承“歌”，指令狐楚也；六句承“哭”，指崔戎也。

【方东树曰】孙、谢指安平公崔戎及令狐也。五六是追感，即起下收意，犹云“客散孟尝门”也。义山与赵，皆与安平有戚谊。

【张曰】应酬常语，写来情意真切乃尔，岂滑调哉！（辨正）

【按】令狐与崔戎，为义山早岁受知者。然崔戎镇兖，月馀而殁；令狐内征，太原幕散。昔之同出门下，同处幕府，同受知遇，同有戚谊者，今为生计所迫，劳燕东西，赠行之际，天涯沦落、漂泊无依之慨油然而生，此诗之所以“气味悲凉”也。程氏谓五句“慨令狐闲散”，虽有悖事理（吏部居六部之首，不得谓之闲散），然此句的非泛泛叙事，视“恩深宾馆在”可知；在者，虽在而于己犹空也。纪氏谓此诗“纯乎滑调”，盖指其音节浏亮，语调流走，与伤悼崔戎、叹息身世之内容不协。然义山诗中确有此一类于流走中见沉郁悲凉者。此种笔调与诗人所抒发之悲感，实有相反相成之作用，不得谓之"纯乎滑调"。何焯称此诗"和泪写出"，体会较为深切。

安平公诗〔一〕

丈人博陵王名家〔二〕，怜我总角称才华〔三〕。华州留语晓至暮〔四〕，高声喝吏放两衙〔五〕。明朝骑马出城外，送我习业南山阿①〔六〕。仲子延岳年十六②〔七〕，面如白玉欹乌纱〔八〕。其弟炳章犹两丱〔九〕，瑶林琼树含奇花〔一〇〕。陈留阮家诸姓秀③〔一一〕，逦迤出拜何骈罗〔一二〕。府中从事杜与李〔一三〕，麟角虎翅相过摩〔一四〕。清词孤韵有歌响，击触钟磬鸣环珂〔一五〕。

三月石堤冻销释，东风开花满阳坡。时禽得伴戏新木〔一六〕，其声尖咽如鸣梭〔一七〕。公时载酒领从事，踊跃鞍马来相过〔一八〕。仰看楼殿撮清汉④〔一九〕，坐视世界如恒沙〔二〇〕。面热脚掉互登陟〔二一〕，青云表柱白云崖〔二二〕。一百八句在贝叶〔二三〕，三十三天长雨花〔二四〕。长者子来辄献盖⑤〔二五〕，辟支佛去空留靴〔二六〕。

公时受诏镇东鲁〔二七〕，遣我草奏随车牙⑥〔二八〕。顾我下笔即千字，疑我读书倾五车〔二九〕。呜呼大贤苦不寿，时世方士无灵砂〔三〇〕。五月至止六月病〔三一〕，遽颓泰山惊逝波〔三二〕。

明年徒步吊京国〔三三〕，宅破子毁哀如何〔三四〕。西风冲户卷素帐，隟光斜照旧燕窠〔三五〕。古人常叹知己少〔三六〕，况我沦贱艰虞多〔三七〕。如公之德世一二〔三八〕，岂得无泪如黄河〔三九〕。沥胆咒愿天有眼〔四〇〕，君子之泽方滂沱〔四一〕。

校 记

①钱本自“习”字以下缺。

②“延”原一作“廷”，朱本、季抄同。

③“姓”原作“侄”，据蒋本及冯校改。参注。朱本、季抄此句一作“璠玙并列诸姓秀”。

④“撮”，冯引一本作“插”，非。

⑤“长”原作“美”，一作“长”。【按】长者子献盖事见维摩经，详注。作“美”非。据蒋本、姜本、戊签、悟抄、席本、影宋抄改。

⑥“奏”，各本均作“诏”。季抄一作“奏”。【朱曰】（诏）疑作“奏”。【冯曰】旧作“诏”，必误。【按】朱、冯校是。义山受辟至兖幕掌章奏，“草奏”指此。“草诏”系翰林学士、知制诰之职事。此“诏”字必涉上文“受诏”而误。

集 注

〔一〕【自注】故赠尚书讳氏（讳，蒋本、戊签作韩，误）。【胡震亨曰】安平公疑即五律中崔兖海也。诗中意多合，而此称韩姓，似误。【朱注】崔戎也。旧唐书：“崔戎，字可大。裴度领太原，戎为参谋。迁剑南东西川宣慰使。还，拜给事中。改华州刺史。迁兖海沂密都团练观察使。大和八年五月卒，赠礼部尚书。”新唐书宰相世系表：“戎封安平县公。”【程曰】崔戎之为兖海观察使，本传不详年月，通鉴载之大和八年。其在官之日，本传以为岁馀卒，通鉴书三月命官，六月卒。观此诗“五月至止六月病”一语，则唐书失之，通鉴为得也。【冯注】原编集外诗。旧书纪：“大和八年三月，以华州刺史崔戎为兖海观察使，六月卒。”崔戎传：“赠礼部尚书。”义山为戎所知，在华随至兖。……诗作于九年，故曰“明年徒步吊京国”。新书宰相世系表：“戎为博陵安平崔氏大房，封安平县公。”戊签讹“讳”为“韩”而疑之，何欤？【补】讳氏，犹名讳姓氏。此处誊清时原应注“崔戎”姓名。又，据两唐书戎传，戎佐太原幕，时王廷凑叛于镇州，裴度请戎往谕，廷凑听命。宣慰剑南时，奏罢税外姜芋钱。刺华时，以华州属吏供刺史私用钱万缗享军。至兖，锄灭奸吏十馀辈。

〔二〕【朱注】旧唐书：“戎高伯祖玄暐，神龙初有大功，封博陵郡王。”

〔三〕【程注】诗国风：“婉兮娈兮，总角丱兮。”【冯注】魏志吴质传注：“周陔及二弟韶、茂，皆总角见称，并有器望。”总角称才者颇多，不备引。【补】礼记内则：“拂髦，总角。”郑玄注：“总角，收发结之。”按总角指未成年者将发扎成两角形状之小髻。后因称童年时代为总角。樊南甲集序：“樊南生十六能著才论、圣论，以古文出诸公间。后联为郓相国、华太守所怜。居门下时，敕定奏记，始通今体。”

〔四〕【朱注】戎拜给事中，驳奏为当时所称。大和七年七月，改华州刺史。

〔五〕【冯注】封演闻见记：“近人通谓府廷为公衙，即古之公朝也。字本作‘牙’。诗曰：‘祈父，予王之爪牙。’故军前大旗谓之牙旗，军中号令必至其下。近代尚武，是以通呼公府为公牙，府门为牙门，变转而为衙也。”按：后汉书袁绍传:“拔其牙门。”注曰:“牙门旗竿,即周礼司常职云‘军旅会同,置旌门’是也。”牙门字似始此。两衙,早晚衙也。【程注】白居易诗:“公门日两衙。”【田曰】所谓“知己”。(冯注引)【补】早晚衙者,指官府早晚两次坐衙治事,接受属吏参谒。事毕而散,谓之放衙。此处“放衙”当为免除坐衙和属吏的参见之意,承上“留语晓至暮”而来。

〔六〕【补】习业,谓习举业。读书准备应举。南山,指终南山。终南山东西横亘数百里,此指华州南面之一段。

〔七〕【朱注】延岳,或云崔雍也。按唐书:雍字顺中。【冯注】本集有雍与衮,新书传止雍一人,而宰相世系表雍、福、裕、厚四人,详文集笺矣。衮,则传、表及旧书咸通十年纪皆无之。延岳疑当为雍字,而新传云“雍字顺中”,亦不合,无可再考。

〔八〕【冯注】汉书:“陈平美如冠玉。”【补】欹,倾侧。乌纱,乌纱帽。东晋时宫官着乌纱帢,隋唐贵者多服乌纱帽,其后上下通用,又渐废为折上巾,乌纱成为闲居之常服。此句所谓乌纱,即属常服。欹冠,以见其风流倜傥,不拘小节。

〔九〕【朱注】炳章,崔衮也。【徐曰】炳章,疑是衮也。(冯注引)【张曰】宰相世系表:“崔戎子四人,雍、福、裕、厚。”此明言仲子,则延岳为福字无疑,炳章或裕之字耶?雍字顺中,与延岳不相配,冯注疑之,非也。【按】新书宰相世系表:“福字昌远,裕字宽中。”炳章与裕亦不相配,与衮较合。两丱,参前“总角”注,状未成年男子发髻两角向上分开形状。

〔一〇〕【程注】世说:“王戎云:‘太尉(指王衍)神姿高彻,如瑶林琼树。’”

〔一一〕【朱注】晋书:"阮籍,陈留尉氏人也。父瑀,魏丞相掾,子浑、侄咸、咸子瞻、瞻弟孚、咸从子修、孚族弟放、放弟裕,皆知名。"唐书世系表:"戎侄有庾、序、福、裕、厚、朗诸人。"【冯注】郑氏注礼记:"姓者子姓,谓众孙也。"此曰阮家诸子孙耳。丧大记:"子姓,谓众子孙也。姓之言生也。"

〔一二〕【冯注】扬子法言:"升东岳而知众山之逦迤。"楚词:"群行兮上下,骈罗兮列陈。"【按】逦迤,侧行连延状。骈罗,并排罗列。

〔一三〕【朱注】杜胜,李潘。【按】从事,幕府中佐吏。杜胜、李潘详后彭阳公薨后赠杜胜李潘诗注。

〔一四〕【朱注】北史文苑传:"学者如牛毛,成者如麟角。"虎翅,犹云虎翼。扬子:"或问酷吏,扬子曰:'虎哉虎哉!角而翼者也。'"【冯注】诗:"麟之角。"战国策齐策:"循轶之途,辖击摩车而相过。"【按】摩,擦也。此"相过摩"意近杜甫自京赴奉先咏怀五百字"羽林相摩戛"句中之"相摩戛",谓杜、李并肩,如麟角、虎翅之相摩擦也,与上"骈罗"相对,意亦略似。麟角、虎翅,喻杜、李人材出众。

〔一五〕【补】孤有特出之义。清词孤韵,犹清词高韵。此句赞美杜胜、李潘诗作清新优美,不同凡响。下句"击触钟磬鸣环珂"即具体形容其"清词孤韵"所给予读者之感受。

以上为第一段,叙己在华州受崔戎盛情相待。

〔一六〕【程注】水经注:"时禽异羽,翔集间关。"

〔一七〕【冯曰】叙次皆其设色。

〔一八〕【补】踊跃,兴致勃勃之状。过,访。

〔一九〕【冯注】遥望楼殿高而小也。【按】楼殿指佛寺。

〔二〇〕【朱注】水经注:"康泰扶南传曰:恒水之源,出昆仑山中,有五大源，诸水分流皆由此。枝扈黎江出山西北，流东南，注大海。枝扈黎即恒水也。故西域志有恒曲之目。”楞严经：“恒河从阿耨达池师子口流出，周围四十里，其中沙细如面，亦云金沙河也。”维摩经：“取三千大千世界如陶家轮著右掌中，掷过恒沙世界之外。”【冯注】史记注：“亦名恒伽河。”梁书：“中天竺，国临大江，名新陶。源出昆仑，分为五江，总名曰恒水。其水甘美，下有真盐，色正白如水精。”维摩经：“恒河沙等诸佛世界。”金刚般若经：“恒河沙数三千大千世界。”此句即微尘世界之意，非言其多。【按】冯注是。此言自山上下望，世界直如恒沙微尘耳。“恒”，底本缺末笔作“恒”，可证毛本之所据本刊于宋真宗赵恒在位期间，为诸本中刊刻年代最早者。

〔二一〕【补】掉，摇动。脚掉，犹摆动双脚。

〔二二〕【冯曰】句不协调，疑有误字。【按】青云表柱，高入云霄柱立之山峰。

〔二三〕【道源注】楞伽经有不生句生句等一百八句。佛言大慧是百八句。先佛所说，汝及诸菩萨摩诃萨应当修学。【朱注】酉阳杂俎：“贝多出摩伽陀国，西土用以写经，长六七丈，经冬不凋。”齐民要术：“嵩山记云：嵩高寺中忽有思惟树，即贝多也，一年三花。”翻译名义集：“贝多形如此方棕榈，直而且高，长八九十尺，花如黄米子。”【冯注】大业拾遗记：“洛阳翻经道场，有婆罗门僧及身毒僧十馀人。新翻诸经，其经本从外国来，用贝多树叶书，即今胡书体。叶长一尺五六寸，阔五寸许，形似枇杷而厚大，横作行书，随经多少，缝缀其一边帖帖然。”【按】佛教惯说一百八，如念佛遍数为一百八，贯珠数为一百八。此处一百八句指佛经经文。句意谓佛寺中多藏佛经。

〔二四〕【道源注】三十三天，欲天也。天主曰忉利，居须弥山顶。四方各八，独帝释忉利居中。楞严经："世尊座天雨百宝莲花，青黄赤白，间杂纷糅。"【冯注】菩萨本起经："太子思维累劫之事，上至三十三天，下至十六泥犁。"起世经："须弥山上有三十三天宫殿，帝释所居。"正法念经："若持不杀不盗，得生三十三天。"妙法莲华经："佛前有七宝塔，高至四王天宫，三十三天雨天曼陀罗华，供养宝塔。"【按】句意谓置身佛寺高处，恍见三十三天雨花景象。或当时适有落英缤纷景象，故作此联想，藉以渲染宗教气氛。

〔二五〕【道源注】维摩经："毘耶离城有长者子，名曰宝积，与五百长者子俱持七宝盖来诣佛所。佛之威力，令诸宝盖合成一盖，遍覆三千大千世界，而此世界广长之相悉于中现。"

〔二六〕【道源注】水经注："于阗国城一十五里有利刹寺，中有石靴，石上有足迹，彼俗言是辟支佛迹。"酉阳杂俎："于阗国赞摩寺有辟支佛靴，非皮非彩，岁久不烂。"【冯注】北史："于阗国城南五十里赞摩寺石上有辟支佛趺处，双迹犹存。"旧书传："戎迁兖海，华民恋惜遮道，至有解靴断镫者。戎夜单骑亡去，民追不及。"此借佛之遗迹，以寓州民爱恋。（此原为下句注，酌移此。）【程曰】其所谓"长者子来辄献盖，辟支佛去空留靴"者，非承叙华州佛寺之景，乃借喻当时攀留之事。按戎自给事中出为华州刺史，吏以故事置钱百缗为刺史私用，戎不取。及迁兖海，民拥留不得行，至抱持取其靴。……得华州民心如此，盖实录也。【按】程、冯说可从，然与叙游佛寺并不矛盾。二句似是借佛经故事喻崔戎一行至佛寺后有所施舍供献，及访毕离去情景。诗之妙处正在借游佛寺暗寓戎离华州任时情景，故下段即自然过渡至“受诏镇东鲁”。

以上为第二段。叙崔戎春日率从事前往佛寺看望及游览。

〔二七〕【朱注】旧唐书：“大和八年三月丙子，戎迁兖海沂密都团练观察等使。”

〔二八〕【道源注】建牙旗于车前，故曰车牙。【程注】张衡东京赋：“牙旗缤纷。”注：“牙旗者，将军之旌，竿上以象牙饰之。”【冯注】车牙，轮輮也。见考工记轮人。【按】冯注是。车牙，或谓之辋，或谓之輮，指车轮之外周。随车牙，即随从崔戎车马赴任。草奏，朱、冯均失注。按义山掌章奏之事并非抵兖后方开始，受辟后在道途中即须草奏。文集有为安平公赴兖海在道进贺端午马表，即作于途中。“草奏随车牙”固非泛语。

〔二九〕【朱注】庄子：“惠施多方，其书五车。”

〔三〇〕【朱注】本草有太清服炼灵砂法。【冯注】晋书葛洪传：“从祖葛仙公炼丹秘术，洪得其法。洪年老，欲炼丹以祈遐寿，闻交阯出丹，求为句漏令。”本草：“灵砂，久服通神明，不老。”新书艺文志：“崔元真灵沙受气用药诀一卷。”按本草：灵砂以水银流黄为之，而丹砂金银皆可炼服。【程注】庚辛玉册：“灵砂者，硫汞制而成形，谓之丹基，可以变化五行，炼成九还。以一伏时周天火而成者为金鼎灵砂；以九度抽添用周天火而成者为九转灵砂。”【按】古代道士炼丹，以硫化汞之丹砂为主，掺以别种矿石粉末，以水烧炼，炼成后之所谓长生药称灵砂。服者往往致死。此言世无灵丹妙药可使大贤如崔戎者延寿。

〔三一〕【朱注】旧唐书：“戎理兖一年，大和八年五月卒。”新书：

"年五十五。"按旧纪:"戎以八年六月卒",与此诗合,本传误。【按】止,语助词,无义。崔戎于大和八年五月五日到任,六月十日夜暴染霍乱,十一日加剧不支。旧唐书文宗纪载六月庚子(二十一日)崔戎卒。当据奏到之日。

〔三二〕【冯注】檀弓:"泰山其颓乎!"【按】谓崔戎遽卒,如泰山之遽崩,如逝波之一去不复返。

以上为第三段,叙随崔戎赴兖,而戎遽卒。

〔三三〕【补】明年,指大和九年。吊京国,至长安崔戎旧宅哀吊。

〔三四〕【朱注】子毁是哀毁之毁。有谓戎子雍赐死宣州者非也。雍赐死在咸通九年。【程曰】按通鉴雍赐死在咸通十年十月,与诗所谓戎卒之明年相去甚远。且结有"君子之泽方滂沱"一语,足知非崔雍既败之后也。

〔三五〕【冯注】略与前"三月石堤"诸句相激射,荣悴判然矣。"燕窠"暗用巢幕,以比旧在幕中。【按】隟,同隙。隟光,自墙隙斜射之阳光。

〔三六〕【冯注】虞翻别传:"常叹曰:'使天下一人知己,足以不恨。'"

〔三七〕【补】沦贱,身世沉沦微贱。艰虞,遭际艰难忧患。

〔三八〕【冯注】兼郓相国言之,义山受知,惟二公最深。

〔三九〕【朱注】世说:"顾长康哭桓宣武,声如震雷破山,泪如倾河注海。"【冯注】晋书顾恺之传:"恺之字长康,为桓大司马参军,甚见亲昵。后拜温墓,赋诗云:'山崩溟海竭,鱼鸟将何依!'或问之曰:'卿凭重桓公乃尔,哭状其可见乎?'答曰:'声如震雷破山,泪如倾河注海。'"

〔四〇〕【朱注】楞严经:"时心怀欢喜,谓得天眼。"【冯注】(咒)与祝同。蔡琰歌:"为天有眼兮,何不见我独漂流?"菩萨本起经:“太子得天眼,彻视洞见无极,知人生死,所行趣善恶之道。”按:天眼屡见佛书,皆非此句之义。此自愿上天有眼,福善馀庆也。旧注误。【按】冯注是。沥胆,竭诚也。

〔四一〕【补】孟子:“君子之泽,五世而斩。”此反其意而用之。二句谓竭诚祝愿天有眼,俾君子之德泽能滂沱流布,及于其后人。

以上为第四段,叙次年至崔戎旧宅哭吊。

笺 评

【陆时雍曰】昌黎胎气。(唐诗镜卷四十九)

【钱龙惕曰】安平公者,兖海观察使崔戎也。……此诗……始言总角受知于安平。当其守华之时,与诸子习业南山,其群从友朋之秀丽,歌诗文赋之铿锵,春花鸣鸟之流悦,致足乐也。及公载酒来过,游历登览,视世界如恒沙,仰诸天之胜迹,皆华州事矣。逮乎移官兖海,随车草诏,一时章表,皆出其手。而丹砂难觅,逝波不返,哀哉!曾几何时,而徒步京国,宅破子毁,卷西风于素帐,照隟光于燕窠,以此思哀,哀可知矣。然后抚知己于沦贱之日,如此其难,而安平之德,一二世而遽斩,所以洒泪沥胆,愿其泽之滂沱也。

【俞玚曰】此首笔气崛垒,独似韩昌黎。才人固不可以一律也。韩碑诗亦神似昌黎。韩碑得其神,此篇得其调。(宋本上批,共七条)

【姚曰】首四句,相识之始。“明朝”下十二句,叙习业南山时过从之乐。“三月”下十四句,叙崔公至山中游宴之乐。“受诏”四句,叙随崔到任。“呜呼”下八句,叙崔公下世。“古人”下六句,总叙崔公之德,而愿其有后也。

【屈曰】一段倾盖相识。二段友其子孙。三段跻之上客之列。四段点时。五段载酒相过。六段文章知己。七段安平亡。八段痛哭结。

【钱曰】集外诗，是义山手笔，而稍平常，岂曾为识者所订耶？（冯笺引）

【田曰】诗在韩、苏之间。（冯笺引）

【冯曰】本集此种颇少，意态平易，而情味已不乏。

【王鸣盛曰】毕竟到古诗学杜、韩处，便如木兰从军，虽着兜鍪，非其本色。（冯注初刊本王氏手批。按王氏此说本贺裳载酒园诗话。）

【纪曰】四家评曰：诗在韩、苏之间。清刚朴老，一洗晚唐纤巧之习。"沥胆"句鄙俚。（诗说）真朴无纤态，自是正声，然非佳篇也。（辑评）

【张曰】未见鄙俚。○此诗乃义山少作，赋此时方逾弱冠，故骨格清整，尚未能老健挥斥，然已度越后人矣。可见才人发轫之始，已自不同流俗。（辨正）

【按】本篇详叙与崔戎交往始末，为研究义山早期生活与思想之重要资料。诗中叙己与崔戎之交往，完全略去戚谊而只叙崔之知遇。开篇即标"丈人博陵王名家，怜我总角称才华"，突出戎以名家贵胄而赏识寒素；继又历叙殷勤留语、习业南山、载酒往访、随戎至兖等情节，以明戎之赏爱非常，厚遇情深。诗人心目中之崔戎，固非照拂寒微戚属之显贵，而系怜才之知己。"古人常叹知己少，况我沦贱艰虞多"二语，实乃一篇眼目。

抒写人生感慨，为义山诗之重要内容与显著特色。而"沦贱艰虞多"之身世遭遇，实乃此种特色形成之主因。一般诗人于青少年时期,殊少此类作品,而义山则缘其特殊身世遭遇,少作中即颇多此种,无题(八岁偷照镜)、初食笋呈座中、谢书、赠赵协律晳、赠宇文中丞诸篇,已露端倪,本篇则其显著者。此后则因遭遇之困顿而愈益增多,且渗透于各类题材之诗作中。理解义山无题诸诗是否有寄托,此点实为一大关键。

义山为一重情之诗人,此种性格亦与"沦贱艰虞多"密切相关。本篇叙崔戎之厚遇,悼崔戎之逝世。情真意切,哀感动人。其善为哀诔之文,哭吊之诗,于早年亦已显露。

过故崔兖海宅与崔明秀才话旧因寄旧僚杜赵李三掾〔一〕

绛帐恩如昨①〔二〕,乌衣事莫寻〔三〕。诸生空会葬〔四〕,旧掾已华簪〔五〕。共入留宾驿〔六〕,俱分市骏金〔七〕。莫凭无鬼论〔八〕,终负托孤心〔九〕。

校 记

①"恩",蒋本、悟抄作"思",原一作"思"。按此诗首联对仗,作"思"与下"事"字不对,亦不合律。

集 注

〔一〕【朱注】崔兖海,崔戎也。杜、赵、李三掾,即杜胜、赵晳、李潘也。【朱彝尊曰】疑明即兖海之子,时已式微,故结句云然。【按】据"乌衣"句,崔明或为戎之族子。末句"托孤"似另有所指。诗作于大和九年,与安平公诗同时。

〔二〕【朱注】后汉书:"马融常坐高堂,施绛纱帐,前授生徒,后列女乐。"【按】此谓崔戎往昔传道师育之恩犹如昨日。用"绛帐",见己与崔非直戚谊,亦非直幕主僚属之谊,而兼有师弟之谊也。

〔三〕【朱注】世说:"王公曰:元规欲来,吾角巾径还乌衣。"方舆胜览:"乌衣巷在秦淮南,去朱雀桥不远,王、谢子弟所居。"【何曰】第二叹崔明之无官位也。王家子弟居乌衣者独衰替,见南史。(辑评)【冯注】南史:"谢混风格高峻,少所交纳,惟与族子灵运、瞻、晦、曜,以文义赏会,居在乌衣巷,故谓之乌衣之游。"【按】冯注是。安平公诗云:"陈留阮家诸姓秀,逦迤出拜何骈罗。府中从事杜与李,麟角虎翅相过摩。……三月石堤冻销释,东风开花满阳坡。……公时载酒领从事,踊跃鞍马来相过。"此即"乌衣事"之一例。诗意盖言往日如乌衣之游者已不可复寻,与门庭衰替无涉,何说误。

〔四〕【朱注】后汉书:"郭泰卒,四方之士千馀人,皆来会葬。"【按】此句谓往昔受教于崔戎之诸生空自会集参与崔戎之葬礼。"诸生"与"旧掾"有别,义山盖以"诸生"自居。

〔五〕【冯注】陶潜诗:"聊用忘华簪。"赵赴宣歙,李、杜当亦他往,后又在彭阳幕。

〔六〕【朱注】汉书:"郑当时尝置驿马长安诸郊,请谢宾客,夜以继日。"

〔七〕【冯注】战国策:"郭隗先生曰:'古之君人有以千金求千里马者,三年不能得。涓人请求之,得千里马;马已死,买其骨五百金。于是不能期年,千里马之至者三。'"【按】二句谓己与杜、赵、李往昔同受崔戎厚遇,为戎之千金市骨之诚所感而应辟入幕。

〔八〕【朱注】幽冥录:"阮瞻素秉无鬼论,有一鬼通姓名,作客诣之。客甚有才情,末及鬼神事,反覆甚苦。客作色曰:'鬼神古今圣贤所共传,君何独谓无?'即变为鬼形,须臾便灭。阮年馀病死。"

〔九〕【冯注】后汉书:"朱晖同县张堪于太学见晖,把晖臂曰:'欲以妻子托朱生。'晖以堪先达,举手未敢对。自后不复相见。堪卒,晖闻其妻子贫困,乃自往候视,厚赈赡之。晖少子颉怪而问曰:'大人不与堪为友,平生未曾相闻,子孙窃怪之。'晖曰:'堪尝有知己之言,吾以信于心也。'"后村诗话:"末二句有门生故吏之情,可以矫薄俗。"【袁枚曰】何言之沉痛也!……非唐人不能作。(随园诗话)

笺评

【刘克庄曰】古人感知己之遇,栾布奏事彭越头下,臧洪、卢谌皆不以主公成败而二其心。叔季所谓"宾容方翕翕",热时则趋附恐后,及时异事改,则振臂而去,至有射羿者……李义山过旧府,有寄诸掾诗云:"莫凭无鬼论,终负托孤心。"犹有门生故吏之情,可以矫薄俗。(后村诗话)

【钱龙惕曰】此诗八句,用事精妙,念旧感知,读之凄然。向秀山阳之笛,羊昙西州之恸,不是过矣。诗之感人如此。

【杨守智曰】其不忘旧馆,在在有情,何独于彭阳轻薄,乃知敏中辈不足凭也。

【姚曰】感恩知己,人生岂可多得。岂知生死一分,冷热顿异。既作负心人,犹凭无鬼论以自解,亦思鬼犹可蔑,心可欺耶?此必有所指而言。

【屈曰】浅浮无沉着处。

【程曰】起二句绛帐言师恩，指戎；乌衣言子弟，指雍也。结句“莫凭无鬼论，终负托孤心”，若作泛泛怀旧，不应如此沉痛。况崔戎卒后，子雍方仕于朝，后人冠裳，未尝陵替。义山亦不必于未衰之门庭，作过情之苦语。集中安平公诗结云：“君子之泽方滂沱”，则于其既死之后，正作庆祷之词，岂若此结之悲悼刻至耶？此诗盖崔戎子雍既败作也。……义山诗意，盖伤此事，以己与杜、赵、李三掾皆莫能直其后人之冤，殊有负于故府恩私也。……诗八句皆对，老杜多有此格，义山效之耳。……

【冯曰】此“徒步吊京国”时也。首句自谓，次句崔明。五六兼己与三掾言之。午桥谓伤崔雍作，谬矣。又曰：程氏以……过崔兖海宅诗为咸通十年痛和州刺史崔雍赐死而作，因谓是时义山已七十二岁。夫既为崔雍而作，何乃隐其己之历官，反溯其父之故迹欤？赵、李、杜三人至是居官三十年矣，而乃云“旧掾已华簪”耶？午桥谓此篇悲悼刻至，语皆过情，与崔戎卒时不合。曾不思义山于华太守受知最深，故吐辞凄惋。哀情之深浅，准乎交谊之浓淡，岂徒视彼家门之境遇哉！况安平公诗亦明言“宅破子毁哀如何”矣！……（玉溪生年谱）

【纪曰】立意既正，风骨亦遒，前四句说现在，五六句追叙，七八句相勉三掾，即暗结崔明秀才话旧，亦极清楚有安放，虽非杰构亦合作也，特用笔微病其直，而五六屑屑计较亦浅耳。○问“共入”二句莫合掌否？曰上句用郑当时事，其语尤宽，下句则有知己之感矣，二句相生，自有浅深，非合掌也。○问恐三掾实有负恩忘旧之处，崔秀才话中及之，故寄此诗，其词有激，故不得不直，未必是病。曰想当然耳。然惟其有激，愈不得直。谈龙录载吴修龄之论曰：“意喻之米，文则炊而为饭，诗则酿而为酒。饭不变米形，酒则变尽。啖饭则饱，饮酒则醉，醉则忧者以乐，喜者以悲，有不知其所以然者，如凯风、小弁之意，断不可以文章之道平直出之者也。”由是以观，思过半矣。春秋责备贤者，此诗固不得曲为之词也。（诗说）

【许印芳曰】八句皆对，极沉郁顿挫之致。末二语存心忠厚，尤可激厉薄俗。（瀛奎律髓汇评引）

【张曰】杜胜、赵晳、李潘，皆崔戎判官，见文集状。胜，杜黄裳次子，登进士，大中朝，位给事中；潘，字子及，李汉弟，大中初，为礼部侍郎。皆在后。详旧书传及新书世系表。此与安平公诗同时作，程氏谓伤崔雍赐死，谬甚。冯氏驳之，是也。（会笺）又曰：沉痛语不嫌直致，纪氏不晓也。修龄所论，诚诗家秘诀。然持此以观诗，惟义山学长吉体数篇，足以当之而无愧。纪氏既不喜长吉派，以为无取，则此诗宜所击赏，而又谓非高唱，何欤？直矛盾互持者耳。（辨正）

【钱锺书曰】李商隐过故崔兖海宅：“莫凭无鬼论，终负托孤心”，道出“神道设教”之旨，词人一联足抵论士百数十言。（管锥编第一册）

【按】冯氏纠程之谬，甚是，然于此诗微意，则未曾阐显。姚氏“生死一分，冷热顿异”之语，已初探其幽，惜未尽意。义山此诗，盖深有慨于人情之浇薄也。首句点出“恩”字，即以之笼罩全篇。三四“诸生”“旧掾”分提，“空”“已”对照，意味殊深，已大有“亲戚或馀悲，他人亦已歌”之慨。五六以己与三掾合提，以“共入”“俱分”以示彼此均受旧府厚遇，逼出末联，点明正意。“莫凭无鬼论”，直是诛心之笔。味诗意，似是旧掾中有薄于情义者，故借话旧以慨之。

宿骆氏亭寄怀崔雍崔衮〔一〕

竹坞无尘水槛清〔二〕，相思迢递隔重城〔三〕。秋阴不散霜飞晚，留得枯荷听雨声〔四〕。

集　注

〔一〕【朱注】唐年补录：“长庆元年三月，王庭凑使河阳回，及沇水，酒困，寝于道。有济源骆山人熟视之曰：‘贵当列土，在今年秋。’既归，遇田弘正之难，军士拥为留后。访骆山人，待以函丈之礼。乃别构一亭，去则悬榻，号骆氏亭。”又唐语林：“骆浚者，度支司书手，李吉甫擢用之。后典名郡，有令名。于春明门外筑台榭，食客皆名人。卢申州题诗云：‘地甃如拳石，溪横似叶舟。’即骆氏池馆也。”此诗骆氏亭未知在何地。唐书：“崔雍，字顺中，戎之子。由起居郎出为和州刺史。庞勋劫乌江，雍遣人持牛酒劳之，密表其状。民不知，诉诸朝。宰相路岩傅其罪，赐死。”衮字炳章，雍之弟，见集内安平公诗。【程曰】骆氏亭非当时名胜，无足深考。朱长孺旧引二事，一引诱乱臣之相士，一善事权相之胥徒，不足据也。【屈曰】诗有“隔重城”，则春明门外之骆亭为是。盖二崔方官于朝，义山闲游宿此，故怀之也。【冯注】按白氏长庆集过骆山人野居小池诗自注：“骆生弃官，居此二十馀年。”是为长庆二年出守杭州，初由京城东南次蓝溪而过之也。杜牧骆处士墓志：“骆处士峻，扬州士曹参军。元和初，母丧去职，于灞陵东阪下得水树居之，朝之名士，多造其庐。栖退超脱三十六年，会昌元年卒。”此与白公所咏，或一或二，必有此题合者。朱氏引唐语林骆浚……，似不符也。朱氏又引唐年补录王廷凑为骆山人构亭事，时地尤谬矣。崔雍后由起居郎为和州刺史，见新书传，乃咸通时矣。又考唐漳州陀罗尼石幢，咸通四年造，有朝议郎使持节漳州诸军事守漳州刺史崔衮之名，其后不为雍所累者，似已卒也。此首未定何年。【按】骆氏亭或即骆峻之园亭。诗当作于骆峻卒前，姑附此。许浑有题灞西骆隐居五律，则隐居之园亭当在灞水之西。

〔二〕【补】竹坞，似指植竹之船坞，视下“水槛”可知。骆氏亭临湖而建，故云“无尘”“清”。

〔三〕【补】迢递隔重城，即隔迢递之重城。迢递有高、远二义，此用高义。重城，犹高城。

〔四〕【补】孟浩然诗：“荷枯雨滴闻。”

笺　评

【朱彝尊曰】（首句）骆氏亭。（次句）寄怀。（末句）宿。

【何曰】寓情之意，全在言外。（读书记）“秋阴”旁批：欲雨。“霜飞晚”旁批：留荷。下二句暗藏永夜不寐，相思可以意得也。（辑评）

【陆鸣皋曰】枯荷听雨，正是怀人清致，不专言愁也。

【姚曰】秋霜未降，荷叶先枯，多少身世之感！

【屈曰】一骆氏亭，二寄怀，三见时，四情景，写“宿”字之神。

【纪曰】分明自己无聊，却就枯荷雨声渲出，极有馀味，若说破雨夜不眠，转尽于言下矣。“秋阴不散”起“雨声”，“霜飞晚"起"留得枯荷",此是小处,然亦见得不苟。香泉评曰:寄怀之意全在言外。(诗说)不言雨夜无眠,只言枯荷聒耳,意味乃深。○相思二字,微露端倪,寄怀之意,全在言外。(辑评)

【姜炳璋曰】起是宿骆氏亭。秋霜未零,枯荷犹在。荷叶雨声,天若留以助相思之况味,盖清宵辗转矣。

【按】此诗作年无可确考。诗题径称"崔雍崔衮",固因义山年长于崔氏兄弟,然亦可推知此时二崔尚未入仕。集中寄赠崔氏兄弟者仅此一首,或崔戎卒后义山与二崔关系即渐次疏远。此诗写作年代或与安平公诗相去不远,从冯浩附编于此。

本篇抒写怀友之情,借景寓情,意在言外,何、纪二氏已大体揭出。首句写骆氏亭之清幽绝尘,正所以惹动怀友思绪之触媒,亦衬出思念情感之清纯。次句言相思而曰"隔重城",仿佛魂已飞去而受阻于重城,极其真切。"城"之隔正见"情"之通。三四宕开,写夜宿情景。留、听二字,写情入微。盖诗人夜宿骆氏亭,初喜其环境之清幽而不悦天气之阴霾,及至闻雨滴枯荷之清韵,伴己度此寂寥之长夜,乃反觉秋阴之延迟霜期,方能"留得枯荷听雨声"以慰相思寂寥也。诗人怀友之情,固可意得;其身世萧条寂寞之感,亦自寓于言外。此则义山审美个性与情趣之典型表现,其中包含对衰飒凄清之美意外发现之欣喜。

东还

自有仙才自不知〔一〕,十年长梦采华芝〔二〕。秋风动地黄云暮，归去嵩阳寻旧师〔三〕。

集　注

〔一〕【冯注】汉武内传：“西王母曰：‘刘彻好道，然形秽神慢，非仙才也。’”

〔二〕【朱注】抱朴子：“华芝，赤盖白茎，上有两叶三实，服之可以长生。”【冯注】扬雄甘泉赋：“乃登夫凤凰兮而翳华芝。”御览：“仙人采芝图曰：芝生于名山，食之，令人乘云能上天，观望北极，通见神明。”

〔三〕【朱注】唐书：“河南登封县，神龙元年改曰嵩阳。嵩山有中岳祠，有嵩阳宫。”【程注】水经注：“颍水又东，五渡水注之，导源嵩高县东北太室。东溪县，汉武帝置以奉太室山，俗谓之嵩阳城。”【冯注】嵩阳不徒纪地，唐时实有嵩阳观。如天宝三载嵩阳观纪圣德颂，李林甫撰，徐浩八分书，为明皇命道士孙太冲炼丹至九转而作。后之学仙者必多于此修习，义山固学仙者。

笺　评

【姚曰】嵩阳归路，只怕还是梦中。

【屈曰】此倦游之作。半生流落，一事无成，故欲寻师访道以求长生。亦浮海之叹耳。

【程曰】宣宗大中十一年，征山南西道柳仲郢为吏部侍郎，义山府罢西归，乃自东而还也。

【田曰】此不得志于科举之作，然失之俚。（冯笺引）

【冯曰】借学仙寄慨，似未俚也。义山应举，至是将十年。（按冯编大和九年。）

【纪曰】此诗亦无不佳之处，但无佳处耳。（诗说）

【张曰】下第东归，借学仙寄慨。义山自大和二年应举，至此将十年矣，故云“十年长梦采华芝”也。（会笺系开成元年）又曰：“归去嵩阳寻旧师”，嵩阳泛指嵩山近境，不必以大河南北为疑。玉阳、王屋与济上邻，凡学仙诸诗，皆可寻其脉络矣。（同上）

【岑仲勉曰】华州书“凡为进士者五年”，……犹云自初被乡贡，于今已五年也。……兹将此五年中商隐赴举之经过，表列如次：

大和七年乡贡，知举贾餗，不取。

大和八年病，不试，知举李汉。

大和九年乡贡，知举崔郸，不取。

开成元年无明文，当是府试已不取。知举高锴。

开成二年乡贡，知举高锴，登第。

……此五年中，商隐得贡者凡三，故献相国京兆公启曰：“乡举三年，才沾下第。”华州书之“居五年间，未曾衣袖文章，谒人求知”，即蒙上“凡为进士者五年”言，谓在此五年中未尝行卷以干荐也。前节文义本甚明，张竟不能理会，乃云：“据此，则义山应举始于大和二年，大和二年至六年正得五年。下云居五年间，则统计大和六年至开成元年也。”则不知未登乡贡，弗得称进士，且“始为”之“始”字无着，果大和六年之前既均不售，奚得曰“始为”？……笺一东还诗注云：“义山自大和二年应举，至此将十年矣，故云十年常梦采华芝也。”“十年”举成数，……若必作五年、九年，非复诗人之诗矣。谓李大和二年始应举，纯是影响之说。（平质）

【按】据上崔华州书“凡为进士者五年”之语，商隐为乡贡进士参加礼部进士试前后共五次。上令狐相公状一作于大和六年，已云“自叨从岁贡，求试春官……然犹摧颓不迁，拔刺未化”，说明上此状之前，商隐“求试春官”不第已不止一次。上郑州萧给事状作于大和八年秋，中有“倏忽三载，遭回一名”之语，明谓连续三年应试失利，则大和五、六、七三年均参加过礼部试而未第。此三年均为贾餗典贡举，故上崔华州书云“始为故贾相国所憎”。大和八年，“病不试”；大和九年，四应礼部试，“复为今崔宣州（郸）所不取”。开成元年，未应礼部试。开成二年，五应礼部试，方登第。此商隐五应进士试之大致情形。

田兰芳谓“此不得志于科举之作”，诚是。据次句，当是大和九年春应举落第后“过夏”（南部新书乙：“长安举子，自六月已后，落第者不出京，谓之过夏。多借静坊庙院及闲宅居住，作新文章，谓之夏课。”），于是年秋自长安东还郑州时所作。次句所谓“十年”，当指踏入社会，开始参加社会活动之“十年”。商隐大和三年初谒令狐楚于东都，旋入天平幕，署巡官，实为求仕活动之始。自大和三年至九年，首尾七年，举成数而言，故曰“十年”。其间从令狐楚天平、太原幕，从崔戎华州、兖海幕，又四应礼部进士试，而迄无所成。往日所历之求道学仙生活（所谓“采华芝”，即学仙生活之形象化），惟于梦中时常重温。今日思之，适以误己之“仙才”耳，故云“自有仙才自不知，十年长梦采华芝”也。至“归去嵩阳寻旧师”之语，不过科场屡经失意后之牢骚语，非真谓从此归隐旧山学道也。本年冬商隐在郑州，甘露之变后有为郑州天水公言甘露事表（郑州天水公，指郑州刺史权璩）。

夕阳楼〔一〕

花明柳暗绕天愁，上尽重城更上楼〔二〕。欲问孤鸿向何处，不知身世自悠悠〔三〕。

集　注

〔一〕【自注】在荥阳。是所知今遂宁萧侍郎牧荥阳日作者（“牧”，底本作“收”，误，据席本改。英华作“守”。“者”，原作“矣”，于文气不合，据蒋本、姜本、戊签改）。【朱注】按萧侍郎，萧浣也。【冯注】旧书纪：“大和七年三月，以给事中萧浣为郑州刺史。入为刑部侍郎。九年六月，贬遂州司马。”地理志：“遂州遂宁县，属剑南东道。”【按】萧浣与李宗闵、杨虞卿同党。大和七年三月，萧、杨同以给事中出为郑州、常州刺史。八年十二月，杨入为工部侍郎，萧亦在此前后入为刑部侍郎。李训、郑注恶李宗闵党，九年六月，贬李为明州刺史。七月，贬杨为虔州司马，萧为遂州刺史，再贬李为虔州长史。八月，再贬李为潮州司户，杨为虔州司户，萧为遂州司马（冯据旧纪小误，此从张笺）。义山于萧任郑州刺史时与萧结织，并受其知遇。故题注称萧为“所知”。夕阳楼为萧刺郑时所建。题注称“今遂宁萧侍郎”，则诗当作于萧贬遂以后。萧之贬乃缘李郑之排挤，如作诗时李郑已被诛，萧之平反即指日可待，当不致有诗中所渲染之黯淡气氛，故此诗似应作于甘露事变之前，大和九年秋。

〔二〕【补】重城，高城。楼，指夕阳楼。

〔三〕【冯注】隋书:"卢思道曰:'永言身事,慨然多绪。'乃为孤鸿赋以寄其情,聊以自慰云。"

笺　评

【谢枋得曰】夕阳不好说,此诗形容不着迹。孤鸿独飞,必是夕阳时。若只道身世悠悠,与孤鸿相似,意思便浅。"欲问""不知"四字,无限精神。(叠山诗话)

【徐充曰】身无定居,与鸿何异?此因登夕阳楼感物而兴怀也。(明周敬原编、周珽集注唐诗选脉笺释会通评林引。下二条同。)

【焦竑曰】感慨无穷,此与"最无根蒂是浮名"同例,驰竞者诵之,可以有省。

【胡世焱曰】身世方自悠悠,而问孤鸿所向,不几于悲乎?"自"字宜玩味。我自如此,何问鸿为?感慨深矣。

【钱良择曰】己之飘泊,不异孤鸿。(唐音审体)

【姚曰】毕竟飞鸿犹得自主。

【屈曰】正当春愁,更上高楼,忽睹孤雁堪怜,欲问其今向何处,不知自己之身世正自悠悠。雁将问汝如之何其问雁也。意言萧公不能荐达。

【冯曰】自慨慨萧,皆在言中,凄惋入神。

【纪曰】借孤鸿对写,映出自己,吞吐有致,但不免有做作态,觉不十分深厚耳。(诗说)

【张曰】此诗神味极自然,绝不见有斧斫痕。又曰:诗语颇有离群作客之感,不似久居故里者。(辨正)

【按】所知远贬,朝政日非,故虽览眺花明柳暗之景,亦自百感交集,愁绪绕天。诗虽伤浣远贬,慨己孑孤,然其中正有时代投影,非无病呻吟之语。三四抒写即景触发之人生感慨:谓方将同情孤鸿之远去,忽悟己之身世亦复如彼,是怜人者正须被怜,而竟不自知其可怜,亦无人复怜之也。言情之凄惋入神,正在"欲问""不知"之忽然悟到与自然转换间。

燕台诗四首

风光冉冉东西陌,几日娇魂寻不得〔一〕。蜜房羽客类芳心〔二〕,冶叶倡条遍相识〔三〕。暖蔼辉迟桃树西〔四〕,高鬟立共桃鬟齐①〔五〕。雄龙雌凤杳何许〔六〕?絮乱丝繁天亦迷〔七〕。醉起微阳若初曙〔八〕,映帘梦断闻残语〔九〕。愁将铁网罥珊瑚〔一〇〕,海阔天翻迷处所②〔一一〕。衣带无情有宽窄〔一二〕,春烟自碧秋霜白〔一三〕。研丹擘石天不知〔一四〕,愿得天牢锁冤魄〔一五〕。夹罗委箧单绡起,香肌冷衬琤琤珮③〔一六〕。今日东风自不胜,化作幽光入西海〔一七〕。

右春

前阁雨帘愁不卷〔一八〕,后堂芳树阴阴见。石城景物类黄泉〔一九〕,夜半行郎空柘弹〔二〇〕。绫扇唤风阊阖天〔二一〕,轻帷翠幕波渊旋④〔二二〕。蜀魂寂寞有伴未⑤?几夜瘴花开木棉〔二三〕。桂宫流影光难取〔二四〕,嫣薰兰破轻轻语〔二五〕。直教银汉堕怀中,未遣星妃镇来去〔二六〕。浊水清波何异源〔二七〕?济河水清黄河浑〔二八〕。安得薄雾起缃裙〔二九〕,手接云軿呼太君〔三〇〕?

右夏

月浪衡天天宇湿⑥〔三一〕，凉蟾落尽疏星入〔三二〕。云屏不动掩孤嚬，西楼一夜风筝急〔三三〕。欲织相思花寄远，终日相思却相怨。但闻北斗声回环〔三四〕，不见长河水清浅〔三五〕。金鱼锁断红桂春〔三六〕，古时尘满鸳鸯茵〔三七〕。堪悲小苑作长道，玉树未怜亡国人〔三八〕。瑶瑟愔愔藏楚弄⑦〔三九〕。越罗冷薄金泥重〔四〇〕。帘钩鹦鹉夜惊霜，唤起南云绕云梦〔四一〕。双珰丁丁联尺素〔四二〕，内记湘川相识处。歌唇一世衔雨看〔四三〕，可惜馨香手中故〔四四〕。

右秋

天东日出天西下〔四五〕，雌凤孤飞女龙寡⑧〔四六〕。青溪白石不相望〔四七〕，堂中远甚苍梧野〔四八〕。冻壁霜华交隐起，芳根中断香心死〔四九〕。浪乘画舸忆蟾蜍，月娥未必婵娟子〔五〇〕。楚管蛮弦愁一概，空城舞罢⑨腰支在〔五一〕。当时欢向掌中销，桃叶桃根双姐妹〔五二〕。破鬟倭堕⑩凌朝寒⑪〔五三〕，白玉燕钗黄金蝉〔五四〕。风车雨马不持去，蜡烛啼红怨天曙〔五五〕。

右冬

校记

①“鬟”，蒋本、悟抄作“枝”。

②“翻”，席本作“宽”。

③“肌”，蒋本、悟抄、席本、影宋抄均作“眠”。按下云“冷衬琤琤珮”，作“肌”是。　（以上春）

④“渊”，戊签作“洄”。冯注本作“洄”，曰：“一作渊，误。”【按】说文水部：“渊，回水也。”作“渊旋”不误。

⑤“魂”，戊签作“魄”。　（以上夏）

⑥“衡”原作“冲”，据蒋本、戊签、钱本、影宋抄改。

⑦“瑟”，季抄、朱本作“琴”。　（以上秋）

⑧“孤飞”，钱本作“飞飞”。

⑨“舞罢”，蒋本、悟抄、席本作“罢舞”。

⑩“倭”原作“委”，一作“矮”，据姜本、钱本改。

⑪“寒”原作“云”，据蒋本、戊签、钱本、影宋抄、朱本改。（以上冬）

集　注

〔一〕【朱彝尊曰】（“几日”句）魂去不知所之。（按：钱氏唐音审体批同。）

〔二〕【朱注】蜜房，蜂房也。郭璞蜂赋：“亦托名于羽族。”【程注】班固终南山赋：“碧玉挺其阿，蜜房溜其巅。”【冯注】芳心如蜂，倒句法也。

〔三〕【朱注】（“冶叶”句）花丛无所不入。【钱曰】（“蜜房”二句）蜜蜂类我之心，花丛无所不到。【陈永正注】冶叶倡条，犹言野草闲花。【冯曰】发端四句，言东西飘荡，不可会合，徒想见其春心撩乱也。【按】四句追忆往昔陌上寻春。娇魂，指所思之女子；蜜房羽客，诗人自指。四句盖谓，春光冉冉而至，春色遍布陌头，我之芳心，似蜜房羽客，冶叶倡条，遍皆相识，独伊人之芳踪，遍寻而不可得。羽客虽指蜂，似亦兼寓己为道流。

〔四〕【补】暖蔼，春日和煦之烟霭。诗豳风七月："春日迟迟。"

〔五〕【何曰】桃鬟，以桃胶约鬟髻也。（辑评）【朱彝尊曰】似值其人。（钱评"似"作"偶然"）【按】桃花繁茂如云鬟，故曰"桃鬟"。此追忆初遇其人于桃树下情景，高髻云鬟，与繁花相映，意近"去年今日此门中，人面桃花相映红"。

〔六〕【朱彝尊曰】（"雄龙"句）杳不可即。（钱评作"别去杳不可即"）【按】杳何许，杳然不知何所。

〔七〕【朱曰】春心如絮乱丝繁，天若有情，亦当迷矣。【何曰】奇句。（读书记）【钱曰】愁绪之纷若此。【按】"暖蔼"四句，叙往日初见及今之隔绝不能相会。此下即转入对女方之无穷思念。意谓当日于晴辉暖霭中相见，桃鬟云髻，相齐相映；今则雄龙雌凤，杳不相即，思念之情，如絮乱丝繁，纷扰迷乱，恐天若有情亦为之迷也。

〔八〕【朱注】微阳，夕阳也。【钱曰】早晚几不能辨。【冯注】午睡初起，微阳恰如初晓。【陈永正注】马戴楚江怀古诗："微阳下楚丘。"

〔九〕【钱曰】朦胧似闻其声。【王闿运曰】写景幻妙。（手批唐诗选）

〔一〇〕【按】"铁网罥珊瑚"，见碧城（其三）注。此喻入海升天，殷勤寻觅。

〔一一〕【朱注】高唐赋："云无定所。"【程注】孟浩然诗："江上空徘徊，天边迷处所。"【钱曰】（"愁将"二句）不知从何处求之方可得。【田曰】以上总寻不得光景。（冯注引）【冯曰】"暖蔼"二句，想其伫立凝思；"醉起"二句，想其春梦乍醒，皆芳心之所造也。而好事终迷，杳然何所。分明作二小段。【按】“醉起”四句，承上“杳何许”与“絮乱丝繁”，极写迷离惝恍之情与追求寻觅之态。心情迷乱，觅醉销愁，乍醉乍醒，夕阳映帘，恍若初曙，迷梦方断，耳畔似犹闻伊人残语。梦醒愁怀更觉难堪，直欲以铁网罥珊瑚，觅娇魂于海底，然海阔天翻，终迷处所。冯氏以“醉起”属女方，误甚。释“暖蔼”二句亦非。

〔一二〕【冯注】古诗：“相去日已远，衣带日以缓。”徐陵诗：“愁来瘦转剧，衣带自然宽。”【钱曰】不自知其消瘦。

〔一三〕【朱彝尊曰】景自韶丽，心自悲凉。（钱评同）

〔一四〕【朱注】吕氏春秋：“石可破也，而不可夺坚；丹可磨也，而不可夺赤。”【朱彝尊曰】莫喻其然。（钱评“然”作“诚”）

〔一五〕【道源注】汉书：“戴匡六星，六曰司灾，在魁中，贵人之牢。”孟康曰：“贵人牢曰天理。”即天牢也。情不得伸，故曰冤魄。【程注】晋书天文志：“天牢六星在北斗魁下，贵人之牢也。”【冯注】同上：“贯索九星，贱人之牢也，一曰天牢。”【何曰】恐迷也。（辑评）【朱彝尊曰】诚极而悲。（钱评同）【冯曰】（衣带）四句言其含愁渐瘦，春烟自碧，浑如秋霜之白，犹云看春不当春也。下二句则极写怨恨。【按】四句谓己因刻骨之思念而瘦损，春烟碧而秋霜白，总于我无与也。己虽如研丹擘石，赤诚坚定，然天且不知，惟愿得天牢以锁彼之冤魄，勿使之迷处所也。“冤魄”即前之“娇魂”，指女方，不指己。

〔一六〕【冯注】（“夹罗”二句）暗逗入夏。

〔一七〕【朱曰】“冤魄锁天牢”“幽光入西海”，皆所谓幽忆怨断之音也。【朱彝尊曰】情不可禁，随风而去，直入西海。（钱评同）【冯曰】四句总言春光暗去也。而上二句，衣服姿态；下二句言东风亦若不胜愁恨者，与"天亦迷"同一造意。四章皆点明时景而绝不凝滞，盖以言情为主耳。此首大旨，则先谓其被人取去而怀怨恨也。【按】"夹罗"四句，谓夹罗之衣已委箱箧，而另着单绡之服，时令已由春徂夏，遥想杳不知所之伊人，值此春去夏来之时，独居于远方，香肌冷衬琤琤之珮，寂寞幽冷，情何以堪。伤感之极，觉今日之东风亦若不胜愁怨，化作幽光，遁入西海矣。

（以上春）

〔一八〕【补】雨帘不卷，谓漫天飘雨，有如帘幕，终日不止。

〔一九〕【朱注】宋玉讽赋："君不御兮妾谁怨，死日将至兮下黄泉。"【朱彝尊曰】其地阴寒。（钱评作"其地阴寒之甚"）【按】石城，见石城诗题注。唐书乐志谓莫愁所居之石城在竟陵，今湖北钟祥县。亦有以石城为石头城，代指金陵。

〔二〇〕【朱注】文选注："古史考云：柘树枝长而劲，乌集之将飞，柘起弹乌，乌乃呼号，因名乌号弓。"【道源注】南部烟花记："陈宫人喜于春林放柘弹。"【程注】西京杂记："长安五陵人，以柘木为弹，真珠为丸，以弹鸟雀。"何逊诗："柘弹随珠丸，白马黄金勒。"【冯注】梁简文帝洛阳道："游童初挟弹。"顾野王阳春歌："银鞍侠客至，柘弹宛童归。"此四句皆夜景。"类黄泉"者，雨天昏黑也，非阴寒之义。潘郎挟弹，见河东公乐营置酒，唐诗屡用之。此言夜半何所用之。【朱彝尊曰】（"夜半"句）不眠无聊，戏以自遣。（钱评"无聊"下有"夜半起行"四字）【按】晋书潘岳传："岳美姿仪……少时常挟弹出洛阳道，妇人遇之，皆连手萦绕，投之以果。""夜半"句用此典。"前阁"四句写石城景物：雨帘不卷，芳树阴阴，幽暗昏黑，颇类黄泉，值此凄黯雨夜，操柘弹以行游之美少年亦无人欣赏。

〔二一〕【朱注】汉书注:“阊阖,天门也。”【钱曰】摇扇风生,如自天门而来。【按】阊阖,亦指西风。史记律书:“阊阖风居西方。阊者,倡也;阖者,藏也。言阳气道万物,阖黄泉也。”

〔二二〕【道源注】帷幕风动,如旋波之有文。【冯注】尔雅:“逆流而上曰洄。”注曰:“旋流也。”白香山句:“风幌影如波。”此意同之。【按】渊旋,犹回旋。

〔二三〕【朱注】蜀都赋:“鸟生杜宇之魄。”【冯注】广志:“木绵树赤花,为房甚繁。”馀见李卫公。四句形容其人之翩然而来矣。“蜀魂”指子规,取春时也。言尔春时寂寞,今乐有伴未?木棉花红,借比炎暑。【按】“绫扇”二句,系抒情主人公想像所思女子现时情景,言值此夏夜,对方想亦寂寥独处,绫扇轻摇,西南风至,轻帷翠幕,如漩波荡漾。故下“蜀魂”二句即以关切口吻遥问曰:尔今流滞异乡,如泣血啼红之蜀魂,寂寞中有无女伴相慰?南方荒远之地,近日来木棉花想又夜开数树也。“瘴花木棉”,点明时令与女子现居之地,且以木棉花红反衬女子之寂寥。然则,“石城”当系抒情主人公现居之所。

〔二四〕【朱注】桂宫,谓月宫。【钱曰】月色不可挹取。

〔二五〕【朱注】洛神赋:“含辞未吐,气若幽兰。”【冯注】言月光流转,难见其貌,惟微笑私语,吹气如兰。【补】嫣熏,嫣香散发。

〔二六〕【朱注】星妃,谓织女。说文:“妃,匹也。”【程注】王初诗:“犹残仙媛湔裙水,几见星妃渡袜尘?”【朱彝尊曰】妄想捉而留之。(钱评作“银汉若堕我怀中,便当捉织女而留之。”【冯曰】直欲留之，使长在怀抱，则可至秋矣。故无意中逗出。【按】未遣，犹不教。镇，长。“桂宫”四句，回忆昔日双方欢会情景：月华流转，清光四射，难以揽取，相对轻声私语，如香熏兰绽，馨香馥郁。此时直欲令银汉堕我怀中，以免使织女常苦来去。上言“雨帘”，此言“桂宫”，见此四句非现境。

〔二七〕【程注】傅玄和秋胡行：“清浊必异源。”【朱彝尊曰】浊水清波何必异源乎？（钱评作“何必异源乎”）

〔二八〕【冯注】战国策：“齐有清济浊河。”【朱彝尊曰】济河水清，亦当合流也。【补】李颀诗：“济水自清河自浊。”

〔二九〕【朱注】梁范静妻沈氏竹火笼诗：“氤氲拥翠被，出入随缃裙。”

〔三〇〕【朱注】真诰：“驾风骋云軿。”【徐曰】辎軿，妇人车有障蔽者。太君，指仙女。【朱彝尊曰】冀其从空而下。（钱评“下”作“来”）【冯曰】此章全是夜深密约，故曰“夜半”，曰“几夜”，皆写暗中情景。“济河”二句，怅异者终不能久同也。结谓那得明明而来，可接之呼之，不再若前此之私会乎？正反托深夜幽欢也。【按】末四句以浊水清波之异源喻己与对方如清济浊河之不能相偕。己与所怀之人，南北异域，仙凡隔路，不复重见。安得于薄雾中起身著缃裙之伊人，已则手接云车喜迎仙姝之降临乎？

（以上夏）

〔三一〕【徐曰】“衡”字是月光如水而不流，故曰“衡”。【朱彝尊曰】月浪，月光也。月曰金波，可以浪。【冯注】考工记玉人注：“衡，古文横，假借字也。”按：衡、冲每互用，而诗云：“衡从其亩。”衡通“横”，字义当同此也。

〔三二〕【辑评墨批】月中有蟾蜍。秋月，故曰凉蟾。【钱曰】月既落，则星光入户。

〔三三〕【程注】杜诗注："风筝，谓挂筝于风际，风至则鸣也。"【冯注】吹之牵之，使远去也。【按】云屏，见嫦娥诗注。风筝，悬挂于屋檐下之金属片，风起作声，亦称"铁马"。"月浪"四句写秋夜景色及女子孤寂情怀：月华满天，似天宇亦因其凉波而呈湿意。夜深不寐，凉月既落，疏星入户。云屏不动，颦眉独坐，但闻西楼一夜铁马丁冬之声。此系抒情主人公对所思女子寂寥情景之想像。

〔三四〕【朱注】杜甫诗："七星在北户，河汉声西流。"【钱曰】昏旦易更。

〔三五〕【朱注】古诗："河汉清且浅。"【程注】王损之曙观秋河赋："孤星回泛，状清浅之沈珠；残月斜临，似沧浪之垂钓。"【朱彝尊曰】河清难俟。（钱评同）【冯曰】（"欲织"四句）言将远去，而相思相怨，但晦明转换，而良会难图。已逗出寄远，为双珰伏脉。【按】四句谓欲殷勤寄书以达相思之意，然终日相思，反化作满腔悲怨。但闻北斗酌浆之声回环不绝，而清浅之银河已渐次隐没不见。暗示星移斗换，时光流逝。

〔三六〕【道源注】金鱼，即鱼钥也。一品集："平泉庄有剡溪之红桂。"【冯注】旧书舆服志："佩鱼袋。三品以上用金鱼袋。"此兼取意，言贵人深贮之也。【按】此以"红桂"喻所思女子。

〔三七〕【朱注】茵，褥也。西京杂记："飞燕为皇后，其女弟上遗鸳鸯褥。"

〔三八〕【朱注】南史："文惠太子求东田，起小苑。"玉树，用陈后主事，见陈后宫。【钱曰】（“堪悲”二句）陈宫已为行路，何人更怜丽华？【冯曰】（“金鱼”四句）重门深闭，茵席生尘，其人已去矣。人既去，则小苑人人得至，故曰“作长道”。“玉树”句，谓胜于张孔之美艳。【按】四句描写所怀女子旧居荒凉冷寂景象，深致伤感之情。谓其地鱼钥深锁，红桂春销，茵褥尘封，小苑荒废，当年玉树歌舞之人，谁复怜之？“金鱼”句兼寓金屋贮娇，断送红颜青春之意。“玉树”，点其人身份。

〔三九〕【朱注】嵇康琴赋：“乱曰：‘愔愔琴德，不可测兮。’”艺文类聚：“后汉蔡邕好琴道，每一曲置一弄。”琴历曰：“琴曲有蔡氏五弄，又有九引，九曰楚引。”【程注】唐书礼乐志：“琴工犹传楚汉旧声及清调蔡邕五弄，楚调四弄，谓之九弄。”【何曰】楚弄，商弄。（辑评）【陈永正注】左传昭公十二年：“祈招之愔愔，式昭德音。”杜预注：“愔愔，安和貌。”

〔四〇〕【朱注】锦裙记：“惆怅金泥簇蝶裙。”【按】屑金以为物饰，名之泥金。泥金服饰，为华贵之服。

〔四一〕【朱注】陆机赋：“指南云以寄钦。”高唐赋序：“昔者楚襄王与宋玉游于云梦之台，望高唐之观。”【冯注】陆云诗：“声播东汜，响溢南云。”【朱彝尊曰】（“唤起”句）喻情。【钱曰】（“帘钩”二句）行云之梦，为鹦鹉唤醒，如绕云梦而还。【冯曰】此四句又想其人之夜起弹琴也。“越罗”句，弹琴时之服饰。琴响一传，而禽为之惊而云为之动矣。其人自湘中远去而回忆，故曰“楚弄”，记旧迹也。曰“南云”，曰“绕云梦”，回绕衡湘也。合之下句“湘川相识”，其为潭州事益信。【按】“瑶瑟”四句，想像所思女子深夜弹瑟，梦绕南云。谓瑶瑟愔愔，深藏悲怨之楚声；越罗衣薄，不禁秋夜之清寒，似觉泥金之沉重。帘钩鹦鹉，因惊霜而夜啼，故唤醒伊人萦绕南云之绮梦。所怀之女子此时居于南方，故有"唤起南云绕云梦"之语，到秋诗"万里南云滞所思"可参证。弹瑟者、惊梦者均所思之女子。

〔四二〕【朱注】即春雨"玉珰缄札"。【程注】王粲七释："珥照夜之双珰。"古诗："呼儿烹鲤鱼，中有尺素书。"【冯注】风俗通："耳珠曰珰。"繁钦定情诗："何以致区区？耳中双明珠。"按：不必拘珠珰、玉珰。【钱曰】谓寄来之书。【按】丁丁，音争争，状玉珰声。馀见春雨注。

〔四三〕【程注】孟浩然诗："髻鬟低舞席，衫袖掩歌唇。"【钱曰】此句难解，疑以"衔雨"比含泪也。

〔四四〕【何曰】言时故也。【朱彝尊曰】末句即指尺素。（钱评同）【冯曰】尺素双珰，诗中屡见，盖事实也。钱氏谓女郎寄来，或谓义山寄与，未知孰是。有寄必有答，彼此同之矣。曰"记湘川相识处"，是其人先至湘川，及义山抵湘，得一相识，而其人又他往，故屡以此事追慨。"歌唇"必指其人。言将终身衔泪对之，而可惜馨香渐故矣。【按】"双珰尺素"，当是男方所寄，春雨"玉珰缄札何由达"，夜思"寄恨一尺素，含情双玉珰"均可证。四句意谓，往昔双珰尺素，寄情殷殷，内记湘川相识时之情景（处，时也）。料想对方将终身含泪对此珰札。而今双方永隔，珰札之馨香，亦当消散不存矣。末句正象征此段悲剧情缘已成过去。【杨守智曰】右秋，似长吉。

（以上秋）

〔四五〕【何曰】景已暮矣，终于如此。（辑评）【朱彝尊曰】冬日短甚，才出即下。（钱评“日”作“昼”，“才”上有“日”字）【冯曰】状冬日之短。

〔四六〕【朱注】通义：“凤凰，仁鸟也。雄曰凤，雌曰凰。”左传：“帝赐夏孔甲乘龙，河汉各二，有雌雄。”法苑珠林：“梁释法聪临泉有雌龙、雄龙，各就手取食。”此云女龙，即雌龙也。

〔四七〕【朱注】陈启源曰：按古今乐录云：“神弦歌十一曲，五曰白石郎，六曰清溪小姑。”青溪、白石，正指此也。搜神后记云：“沙门昙遂入青溪，梦一妇人曰：‘我是青溪庙中姑。’”不相望，言杳隔也。【冯曰】此借比男女不相合。

〔四八〕【朱注】谢朓诗：“云去苍梧野。”【姚注】檀弓：“舜葬于苍梧之野，二妃未之从也。”【钱曰】堂中之远，甚于苍梧之野。【冯曰】四句彼此怨旷之情。人既远去，则此堂中便绝远耳。【按】四句写男女双方永隔之恨。首句点冬令，次句以“雌凤”“女龙”喻指所思女子，“孤飞”“寡”似谓其人现已寡居。青溪小姑与白石郎分指对方与己，谓彼此遥隔，对方所居之画堂远于苍梧之野，盖言生离甚于死别。

〔四九〕【冯注】庾信诗：“香心未启兰。”良缘已断，愁心欲死。【程注】李白诗：“幽桂有芳根。”

〔五〇〕【冯注】张衡灵宪：“姮娥托身于月，是为蟾蜍。”此以月娥比其人。谓其人远去，容光消瘦，未必仍如昔日之美矣。【朱彝尊曰】以不必思自解。（钱评“必”作“足”）【按】“冻壁”四句，谓冬日严寒，壁间霜华隐结。遥思其人，恐如芳树根断、香心枯死矣。空乘画舸，追思伊人，想历此磨难，今日之月娥亦憔悴瘦损，无复昔时之美好容态矣。

〔五一〕【冯注】管弦杂弄，触绪生悲，昔日舞腰何能再睹也？曰“空城”者，谓其人久去也。此倒句法。时义山尚在其地，故下二句遂溯旧事。

〔五二〕【朱彝尊曰】又以旧欢难久自解。（钱评“难”作“不”）【冯注】按乐府本诗云：“桃叶复桃叶，桃树连桃根；相怜两乐事，独使我殷勤。”而后人附会作姊妹也。梁吴均诗曰：“倡家少女名桃根。”【按】“楚管”四句，想像其人在南方之生活及姊妹香销之恨。谓当日歌舞堂前，楚管蛮弦，纷然杂奏，而今寂寞空城，罢舞之后，惟剩瘦损之腰支。昔日曾作掌上舞之桃叶桃根姊妹，均已舞歇香销，无复往日青春欢乐矣。

〔五三〕【杜庭珠注】古诗：“头上倭堕髻。”“堕”，宜作“嫷”。嫷，不严饰也。【按】参深树见一颗樱桃尚在。

〔五四〕【朱注】黄金蝉亦首饰。韩偓诗：“醉后金蝉重。”【按】玉燕钗见圣女祠七律。

〔五五〕【冯注】乐府诗集傅休奕吴楚歌（一作燕美人歌）：“云为车兮风为马。”【何曰】愁不可解，则怨亦终不能解。（辑评）【朱彝尊曰】更恨其人尚在。（钱评“更”作“反”）【冯曰】此又想其容饰而怜其愁恨也。“不持去”者，无能持之去以就所欢。冬夜最长，乃彻夜相思，徒悲天晓矣！【按】“破鬟”四句，想像对方孤冷憔悴之态与伤离怨断之情。谓其人如今破鬟蓬鬓，倭堕髻斜，燕钗金蝉，独自瑟缩于清晨寒气之中。夜来风雨，亦未能化为风车雨马持其而去，惟独对啼红之蜡烛，永夜不寐，愁怨达曙而已。

（以上冬）

笺　评

【许学夷曰】商隐七言古，声调婉媚，太半入诗馀矣（与温庭筠上源于李贺七言古，下流至韩偓诸体）。如“柔肠早被秋眸割”“海阔天翻迷处所”“衣带无情有宽窄”“香眠冷衬琤琤佩”“蜡烛啼红怨天曙”“蟾蜍夜艳秋河月”“醉起微阳若初曙，映帘梦断闻残语”“前阁雨帘愁不卷，后堂芳树阴阴见”“低楼小径城南道，犹自金鞍对芳草”“云屏不动掩孤嚬，西楼一夜风筝急。欲织相思花寄远，终日相思却相怨”“瑶瑟愔愔藏楚弄，越罗冷薄金泥重。帘钩鹦鹉夜惊霜，唤起南云绕云梦”等句，皆诗馀之调也。（诗源辩体）

【周珽曰】寄意深远，情意怆然。“金鱼锁断”四句，更饶悲感。

【陆时雍曰】脂粉气浓，风姿态寡。（唐诗镜卷四十九）

【何曰】四首实绝奇之作，何减昌谷？惟夏一首思致太幽，寻味不出。（读书记）又曰：寄托深远，耐人咀味。（辑评）

【朱彝尊曰】语艳意深，人所晓也。以句求之，十得八九，以篇求之，终难了然。定远谓此等语不解亦佳，如见西施，不必识姓名而后知其美，亦不得已之论也。（钱评略同。）

【杜庭珠曰】寄托深远，与离骚之赋美人、恨蹇修者同一寄兴。

【徐德泓曰】诗与“燕台”两字，毫无关涉，即四时亦不尽贴合。李之命题，往往多寓意者，亦如诗之不能一时通解也。按其柳枝诗序，谓能为幽忆怨断之音，爱慕燕台之作，将无此四首，亦分幽忆怨断乎？春之困近于幽，夏之泄近于忆，秋之悲邻于怨，冬之闭邻于断。题意或于此而分也。玩其词义，亦颇近似。虽其间字样，亦有彼此参杂者，而大旨不离乎是矣。至其音纯属悲咽，所谓“北声”也。是则燕台之义，又北声之寓言欤？惟此庶几可合，而奥窅荒忽，的是鬼才。（春）此写幽也。分五段，每段四句。首段，言幽欢之无觅也。风光暗度，无处寻春，反不若游蜂之遍识花丛矣。第二段，言幽情之未遂也。气暖桃夭，正婚姻时候，而人立其间，惟两鬟相对，佳偶杳如，即问天而亦朦胧不明也。高鬟，属人；桃鬟，仍属桃言。第三段，言幽梦之难续也。睡起模糊，夕阳映帘，认为初曙，而梦语亦不能全记，欲再寻之，已如沉珊网于海，茫茫不知处矣。第四段，言幽恨之莫诉也。夫衣带无情之物，尚有宽有窄；烟霜似有情者，而竟自碧自白，不识人意乎？则此坚结不可磨灭之恨，已无可控告矣，只好诉之于天，而天亦不知，其惟收系天牢，天始知也。第五段写到魂消魄灭，则幽之至者。谓天气峭寒，衣单珮冷，风力难禁，情不自克，亦当化作冷光，随风而入海耳。四首中段落，其起止语气各不相蒙，与小雅鹤鸣章、杜甫饮中八仙歌义例相类，然亦有次序。如此篇寻春不得，则情难遂，由是积而为梦，结而为恨，至于形消质化而后已焉。（夏）此写忆也。分四段，每段四句。首段，忆人物之荒残也。前帘不卷，则见后堂；而后堂应多芳丽，因忆南朝佳冶之地，无如景物已荒暗如夜，想此时挟弹游郎，又何所遇乎？次段，忆旅魂之孤寂也。风吹帷幕，尚尔回旋，而因忆不得旋归之客魂，何其寂寞，所伴者不过烟瘴之花耳，能有几夜开乎？上二段，乃怜生惜死之情也。第三四段，则上穷碧落下黄泉之意，忆之极矣。言月光难取，因口吐幽香，暗言私语，计惟取银汉而藏之，当以阻牛、女之会焉。“浊水”二句，比也，言同一水耳，何故清浊各异。安得驾雾起空，呼天而问之耶？上二段，一不甘独悴之情，一荣枯不自晓之情也。由人至鬼，又穷极上天而下泽焉，其序如此。（秋）此写怨也。分五段，每段四句。首段，时景之怨也。言星月沉西，孤噸独掩，而又加以凄风之苦焉。次段，别离怨也，言欲织缣寄远，思而成怨，但觉斗转时移，而不见银河之水，无从渡而相会矣。第三段，故宫怨也。言门锁尘积，昔日芳园，化为行路，人则生悲耳。至所遗玉树，当年以之制曲者，亦又何知，而岂解怜亡国者乎？第四段，怨声也。言凄清楚调，指冷身寒，禽亦闻声惊起，怜其独而欲其欢会焉。第五段，怨词也。言寄来缄札，内记初情，今其人不得见，惟时执其词，而含泪歌之阅之已耳。但使芳香之物，不觉漫灭手中，为可惜也。因时而伤别，又因今而伤古，情无寄而以声写之，声犹虚而以词实之，一世衔雨，则怨无穷尽矣。其序如此。（冬）此写断也。分五段，前三段各四句，后两段各二句。首段，言途路之断也。东日西沉，孤而无偶，所云青溪白石，一郎一姑也，而杳不相见，其远甚于二女之望苍梧矣。次段，言芳情之断也。时气凝寒，众芳枯槁，而此心亦同寂灭。即或夜泛空明，而以月娥之容质，亦疑其未必美耳，盖甚言心灰也。第三段，言旧欢之断也。管弦惟觉其愁，貌态空留其质，回想当日之妙舞清歌，尽消归无有矣。第四段，言晓妆之断也。破鬟擦乱，虽有燕蝉，亦不成饰，况晓寒已经难受，又岂胜此金玉之寒姿也？第五段，言夜梦之断也。雨必有具，今不持去，岂能为暮雨之行，而天又曙，则好梦断难成矣。后二段若合为一，则首句已点明“朝”字，次句与第三句又不属，俱难承接，且非转韵体也，故从韵而以晓、夜分之。路绝而心死，旧情不堪回想，又何有于此日之朝欢暮乐乎？其序如此。

【陆鸣皋曰】（春）治叶倡条，蜂能遍识；絮乱丝繁，天亦能迷。字语皆属奇创，至微阳初曙，梦断残语句，尤耐人十日思。（夏）后堂芳树，似阴用后庭玉树意。石城，应指金陵。蜀魂，南方之鸟；木棉，南土之花。故相属也。（秋）南云云梦，从“楚弄”生出，而中忽以鹦鹉联之，灵心奥折乃尔。末句“故”字，从“一世”生出，持看一世，不得不“故”矣。（冬）二妃犹望苍梧，而此则不相望，故云“远甚”，岂阻绝更甚于死乎？李别有句曰：“远别长于死。”往往好作此尽头语也。“浪乘画舸”，似暗用谢尚牛渚事，只泛月意耳。空城，即“惑阳城”意，掌中谓舞，欢销，兼歌言，即装并下句，此倒法也。玉燕金蝉，顿缴上句，其法亦倒。不曰云车，而曰风车，避“朝”字耳。

【姚曰】（春）首四句，言意中之人不见。“暖蔼”四句，言幸得见之。“醉起”四句，言见后相思。“衣带”四句，言无可告诉。“夹罗”四句，言春光暗去，魂为之消也。（夏）起手八句，言相思之深。前四句，属自己；后四句，属所思。“桂宫”四句，言相逢之际。“浊水”四句，则相别之况也。（秋）首四句，秋宵景色。“欲织”四句，托织女以寄兴。“金鱼”四句，悲往日之风流易散，恐后之视今，亦犹今之视昔也。“瑶琴”四句，恨现前之欢娱有限，用巫山事，所谓“犹恐相逢是梦中”也。“双珰”四句，言别后之相思无极，所谓“置书怀袖中，三岁字不灭”也。“馨香”，指尺素，“衔雨看”，应是泪雨，言尺素为泪雨浸渍耳。（冬）首四句，言冬日苦短，其室则迩，其人甚远也。“冻壁”四句，隐语：霜华映壁，影虽存而心已断；月娥临夜，寒既苦而色应雕。“楚管”四句，言此时虽楚女蛮姬腰支尚在，恐不堪作掌中舞也。末四句，又作无聊想像之词，白玉燕钗、风车雨马，纵彼情思不断，又岂能相持俱去耶？此皆所谓幽忆怨乱（断）者。

【屈曰】“冤魄锁天牢”，“幽光入西海”，皆所谓幽忆怨断之音也。(春)一段无处不寻到。二段可望不可即。三段夕阳在地,酒醒梦断而终迷处所。四段相思之诚无可告语。五段幽魂飘荡,不胜东风,而相随直入西海,无已时也。(夏)一段无聊景况。二段风光迅速。三段想其来而留之。四段冀其忽然从云中降也。水源之清浊既异,流亦不同,比其终不相合也。安得驾云而来,著薄雾之缃裙,得手接而呼,方遂此愿。(秋)一段长夜不寐。二段相思不相见。三段空房寂寞。四段梦寤无聊。五段唯展玩书札而已。南云绕云梦,谓方在高唐梦中,乃鹦鹉惊霜而动帘钩,遂惊醒也。(冬)一段咫尺千里。二段天上所无之色。三段况是双美。四段物是人非。是四首词太盛,意太浅,味太薄。四句一解,格不变化,全无盛唐诸公之起伏顿挫,读者望其云雾,人人为绝不可解,可叹,可叹!

【程曰】四诗乃子夜四时歌之义而变其格调者。诗无深意,但艳曲耳。其格调与河内诗皆取法于长吉。

【冯曰】余初阅其(徐德泓)逐句疏解,穿凿牵强,力斥其非;今细玩四章,若统以幽、忆、怨、断味之,颇饶趣味。其分属四字者,以春、秋、冬三首各有"幽"字、"怨"字、"断"字在句中,夏虽无"忆"字,而忆之情态自呈。然拘且凿矣。柳枝为东诸侯取去,故以燕台之习拟使府者标题,其亦可妄揣欤?锦瑟一篇分适、怨、清、和,已为诗家公案,乌可益以燕台之幽、忆、怨、断哉!(玉溪生诗详注补)又曰:解者各有所见,未能合一,愚则妄定之若是:首篇细状其春情怨思;次篇追叙旧时夜会;三篇彼又远去之叹;四篇我尚羁留之恨。每章各有线索。否则时序虽殊,机杼则一,岂名笔哉!总因不肯吐一平直之语,幽咽迷离,或彼或此,忽断忽续,所谓善于埋没意绪者。唐季有此一派，于诗教中固非正轨，然而神味原本楚骚，文心藉以疏瀹，譬之金石灵品，得诀者炼服以升仙，愚懵者乃中毒而戕命矣。又曰：燕台，唐人惯以言使府，必使府后房人也。参之柳枝序，则此在前，其为“学仙玉阳东”时有所恋于女冠欤？其人先被达官取去京师，又流转湘中矣。以篇中多引仙女事，故知女冠。“铁网珊瑚”，他人取去也。玉阳在东，京师在西，故曰“东风”、“西海”也。玉阳在济源县，京师带以洪河，故曰“浊水清波”也。曰“石城”，曰“瘴花”，曰“南云”，曰“楚弄”，曰“湘川”，曰“苍梧”，皆楚地之境，故知又流转湘中也。与河内、河阳诸篇事属同情，语皆互映。柳枝而外，似别有一种风怀也。内惟“石城”二字，与石城、莫愁之作又相类，何欤？又曰：读此种诗，着一毫粗躁不得。

【纪曰】与下河内诗二首及河阳诗、和郑愚汝阳王孙家筝妓二十韵、烧香曲皆长吉体，就彼法论之皆为佳作，然已附录房中曲及宫中曲以见概，此等雅不欲多存也。（玉溪生诗说）以“燕台”为题，知为幕府托意之作，非艳词也。纯用长吉体，亦自有一种佳处，但究非中声耳。（辑评）

【姜炳璋曰】此托为妇人哀其君子之词，盖哭李赞皇之作也。有辨见后。○春，第一章，言卫公为党人排挤而含冤入地，可伤也。“娇魂寻不得”，点清题旨，言赞皇已卒也。白敏中为德裕所荐，反倾德裕，所谓莽蜂而求螫也，故以蜂为喻。“类芳心”，有似寻芳之心也。“冶叶倡条”，蜂无不识，言小人并进也。“桃树”为公桃李之喻。迟暮春日，桃树在西，阳光普照，凡树树高鬟，无不使之咸立，暗指引用白敏中、令狐绹，原不止王、郑诸人。岂知朝局一翻，赞皇与其相知之人不知归于何许，但见群小密布耳。昏醉而醒，望其见天，而梦觉初起之时忽闻人传之残语，言惟恐珊瑚为铁网所收，而鼓浪翻天，使无处所，喻忧赞皇复用力致之于死地也。衣带前宽后窄，哀瘠之甚也。烟碧霜白，无时不思也。盖思公擘石丹诚，受冤枉死，而天不知，愿得天牢锁公冤魂，不随风飘散，以为后日雪冤之地也。夹罗委箧，则衣单薄矣；冷衬玉珮，则身寒凉矣。安能胜东风之力，与之相敌乎？以喻孤寒失势，不胜排挤也。将来唯有老死蓬蒿，魂随南海耳；云"西海"，隐其辞也。○夏，此一章言其贬谪时虽讼冤无益，而无由以君子小人之党告之君也。此言赞皇逐后，其门寂寞无人也，"石城"盖借言之。轻帷绫扇，至弱之物，持绫扇而唤天风，叫开天门，欲公如波渊之旋而返于帷幕不可得也；大中二年，右补阙丁柔立为德裕讼冤，二句指此事也。盖党援尽逐，无有伴侣，谁为引手者？惟见愁魂寂寞，冤死于瘴花木棉而已。"桂宫"，月也；"光难取"者，无由见也。"嫣"，美也；"熏"则不美。"兰破"则不香；"轻轻语"者，惧党人也。岭南为牛女分野，界于银汉，"堕怀中"者，无日不思也。"星妃"，义山自谓；未敢来去，亦畏党人也。僧孺、宗闵之党，"浊水"也；德裕之党，"清波"也。安得薄雾起我缃裙，叩九阍而诉之天也。○秋，此一章言赞皇死，而已将无进用之望也。此追溯其方贬之时，言波浪骤起，宣宗即位，而赞皇逐也。月落星入，赞皇逐，而其党皆不安也。云屏遮隔，则孤臣忧戚，无由上达，正如一夜风筝，鸣于西楼之角，何其凄切乎！织花寄远，作书讯候也；"相思"，欲其召回；"相怨"，终于不复也。北斗回环，如会昌时所逐五相同日北还是也；银汉不见清浅，岭南逐客无时再召也。"金鱼”二句，言为时最久也。“小苑”，暂别之喻；“长道”，永诀之喻，言吾以公暂归外职也，岂天涯路远，竟永诀不归乎？遂使鸾镜青娥，竟若亡国之玉人，听其沦落，谁则怜之？谓赞皇死而已将终摈也。“藏楚弄”者，欲赋楚辞以招魂也；“金泥重”者，有所滞而不得去也。一夜霜飞，“帘钩鹦鹉”，惊声唤起南云，绕于云梦二泽，惨凄冤结，使人望云一哭也。义山在郑亚幕，亚以书奉赞皇，故义山曾至江陵。盖义山获交王、郑，未有不以才荐之赞皇，而称“相识”，则在使江陵时也。“联尺素”者，赞皇之复书；其中必有赏识义山之语，故云“内记湘川相识处”。是书存于义山之手，故一生含泪以看，而馨香仅为手中之故物，可惜也。○冬，此一章言可危者不独义山，而义山更切也。冬日可爱，而日落，谓赞皇卒也。风孤女寡，已无所适从也。清溪小姑与白石郎，两不相望，以卒于崖州，远隔苍梧之野，无由送葬也。冻壁霜花，寒气酷烈也；根断心死，再无用我之人也。盖义山在湘川一见后，相契殊深，望其再召，而岂意其远斥而卒乎？“忆蟾蜍”，忆从前与令狐氏为世交，倘绹得志，犹可冀其引荐，特恐纳交王、郑，中其所恶，未必容颜较（姣）好以相晋接，此其所以“香心死”也。且含愁悲咽者，不独已一人也，虽得宠如桃叶、桃根者，腰支虽在，欢爱已销，徒愁叹而已。“破鬟”二句，自喻也，言己之才华妍丽贵重，冠绝一时，恨不使风车雨马持去，而使我啼红抱怨也乎？○忆乙亥岁曾与家香岩论此诗于吴兴慎独堂，予曰：“此义山哀死之诗，而所哀之人，春则曰：‘海阔天翻无处所’‘愿得天牢锁冤魄’，夏则曰：‘几夜瘴花开木棉’，秋则曰‘唤起南云绕云梦’‘越罗冷薄金泥重’，冬则曰‘堂中远甚苍梧野’‘楚管蛮弦愁一概’，则分明自下注脚矣。其贬潮、崖二州之李文饶乎?”香岩拍案大快,因云:“燕台乃燕昭王招贤之台,义山诗凡三见,并不用之艳体;且赞皇县正幽燕之地,其为哭赞皇无疑也。”及庚辰,予选李诗,览其全集,至柳枝五首,其自序云;柳枝,洛中里娘也,予从兄让山居为近,咏余燕台诗,柳枝惊问谁人有此?让山谓曰,此吾里中少年叔耳。则前说大谬不然矣。据唐书,德裕卒于大中三年,以太和五年义山上(崔)华州书云:愚生二十五矣。是德裕卒时当为五十一岁,而云“少年叔”乎?而彼自以为艳体,安得辨其不然也?因与儿辈云:“解前人文字,不可造次如此。”遂并此四首置之。选集既成,复取读之,窃疑其赠言于人,何至痛酷之深?且少年之人而私愿未谐,何至龙女长寡、化作幽光乎?殊不可晓,怀疑者屡日。及三复集中李卫公题诗,乃恍然曰:“信矣,其为哭赞皇也。其云‘绛纱弟子音尘绝,鸾镜佳人旧会稀’,即诗中取喻怨女思妇之说也。其云‘今日致身歌舞地’,即小苑玉树、舞罢腰支之喻也。其云‘木棉花暖鹧鸪飞’,即南云瘴花、越罗蛮管之辞也。而义山自谓少年所作艳诗,则自乱其辞也。盖德裕既卒之后,正绹秉政之年,而‘诡薄无行’之谤既腾,义山又乐自炫其才,一诗既出,人必传诵,而前后干绹之作,俱托之男女相思。而此四首,词则哀死,地则崖州,非哭赞皇而何?绹窥见意旨,必益其怒,故以柳枝五诗列于燕台之前,紧相联属,使观者以艳体目之。不然义山集中共五百六十七题,从无作长序一篇者,且柳枝一面相识,一语未通,而义山生平未尝弛心艳冶,胡为而作此长序乎?盖与李卫公题诗同为一岁内之作,皆有所畏忌而不敢昌言其意。此集中嘲徐公主诗谓‘笑啼俱不敢’,有类于己也。”予既笺注诗下，而复辨之如此。

【王闿运曰】（夏）幽艳。（秋）冷倩。

【张曰】（春）首二句总冒，为四篇主意。“蜜房”二句，言我平日寻春，冶叶倡条无不相识，未曾见有此人。“暖蔼”二句，记初见时态。“雄龙”二句，既见依然分阻；“絮乱丝繁”，所谓有情痴也。“醉起”四句，托之梦中欢会，梦醒而云迷处所，能不使人怅恨哉！“衣带”四句，言自春徂秋，惟有相思刻骨。心同石坚，不可磨灭，安得锁之天牢，不令分散也。“夹罗”二句点景，“今日”二句，言相思不胜，直欲随之而去矣。亦暗起后篇意也。通篇皆状苦思痴想，惆怅恍惚，真深于言情者，宜柳枝闻而惊叹与？（夏）此首承前篇，代其人写怨。其人为人取去，必先流转金陵，故以石城点题。首二句闭置后房，人不得窥。“石城”二句，预想金陵景物，生离死别，有类黄泉，空使我弹柘而歌奈何也。“绫扇”四句，皆状其人冷落之态。寂寞中亦有欢伴乎？问之也。“桂宫”二句，为人取去之恨。“直教”二句，言取之者直据为己有矣。“浊水”二句，比其人落溷，昔为清流，今为浊污，何能使人不妒也？结二句言安得亲近其人，手接云軿，呼而询其近状哉！此篇皆是想像之词，冯氏谓实赋欢会，谬矣。○据河阳诗，义山与燕台相见在人家饮席，其人已先为人后房矣。故诗中只叙为人后房情态，言其据为独有，更无出来之日也。无一语涉及为人取去，自与柳枝先遇后取者不同。○冯氏泥“瘴花木棉”字，疑为岭南风景，谓指杨嗣复贬潮事，最为无稽。不知瘴花木棉，泛言南方天暖耳。河阳诗亦有“蛱蝶飞回木棉薄”句，金陵亦南方地，况篇中固明言石城景物耶？（秋）此篇言其人自金陵至湘暗约相见之事。

首二句点秋景。“云屏”二句，言其又将远去。“欲织”二句，言我欲寄书问询，而无如终日思怨，两情不能遥达，惟回望北斗，叹河清之难俟耳。“金鱼”四句，言其人已离金陵，如鲤鱼失钩，但有鸳茵尘满，旧时小苑，任人往来，真有室迩人遐之恨。“玉树”“亡国”，岂天意不怜美人如是乎？玉树亦借用金陵故事。“瑶琴”四句，言其人至湘中正值初秋之时也。“双珰”二句，记其人私书约我湘川相见，“内记”即书中所言也。结言其人又去，手香已故，只有私书缄封，可想像其歌唇衔雨而已。盖封书多用口缄也。此二句暗逗下篇，四首章法相生，学者细阅之，可以悟作诗之法矣。（冬）此篇义山赴约至湘而其人又远去之恨也。“天东”二句，彼此参商。“青溪”二句，室迩人远。“冻壁”句点景。“芳根”句相思无益，芳心已灰。“浪乘”二句，对月怀人，言纵使再遇月娥，亦未必如彼美之婵娟矣。“楚管”二句，言彼此含愁一概，其人当亦为我消瘦，只有腰肢尚在耳。“当时”二句，言回想旧欢，桃叶桃根之乐，安可复得耶？“破鬟”二句，忆其人之容饰。结言风车雨马，匆匆持去，竟不能稍缓须臾，亲近芳泽，空使我对烛流涕而已。“蜡烛”句即杜牧之“替人垂泪到天明”意也。盖其人春天与义山相见，即为人取去；夏间流转金陵；至秋又赴湘川，曾约义山赴湘；及冬间赴约，而其人又不知转至何处矣。诗所以分四时写之。义山开成五年冬作江乡之游，当专为此事，与柳枝不可混合也。

吾不知何等为中声，此诗何以不协于中声。若以李、杜、王、韦为中声，彼四家与长吉、玉溪各有传派，安可相提并衡也！盖纪氏读此种诗，莫名其妙，而又无疵可摘，故谬谓“自有一种佳处,究非中声”,真所谓强词夺理矣。噫,燕台四章,柳枝闻而称善,以纪氏之通人,而反不如当时一女子乎?吾不欲责之已。

余阅才调集卷末载无名氏古诗数篇,皆仿长吉派者也。无长吉之哀感顽艳,徒掇拾其字面,敷衍成章,无论命意肤浅,去长吉万里,即练字练句,犹有间也。读之味同嚼蜡。始知长吉一派,真不易及,非具玉溪生之才,不能强学邯郸之步也。唐人能学长吉者首推玉溪,其次则温飞卿。若才调所选,则下陋诗魔矣。当时之人尚如此,更何论后世哉!宜纪氏辈不识长吉之佳处也。

长吉诗派之佳处,首在哀感顽艳动人,其次练字调句,奇诡波峭,故能独有千古。若无其用意用笔,而强采撮其字面,以欺俗目,则优孟衣冠矣。如长吉诗中喜用“死”字、“泣”字,此等险字,却要用之得当。至于典故,已经长吉运化,亦不宜生剥。玉溪生此种数篇,凡长吉已用之典,一概不用,而独取未经人道者探寻用之。且语语运以沉思,出之奇笔,读之如异书古刻,光怪五色,不可逼视,如此方能与长吉代兴,如此方许其学长吉之诗。彼徒剥取其字面,自矜为牛鬼蛇神者,何曾梦见也哉!(辨正)

又曰:四诗为杨嗣复作也。首章起二句一篇之骨。“风光冉冉”,喻嗣复相业方隆,“几日娇魂”,喻无端贬窜。“蜜房”二句,记己与嗣复相见。当时语曰:“欲趋举场,问苏张三杨。”义山之识嗣复以此。“冶叶倡条”,点其姓也。“暖蔼”二句,初见时态,义山方年少,故曰“高鬟立共桃鬟齐”也。“雄龙”二句,既见未及提携,所以只有絮乱丝繁之况。“醉起”四句,言文宗忽崩,嗣复渐危。“衣带”二句,状危疑之意。“研丹”二句，为嗣复剖冤。“夹罗”句点景。结则以东风不胜比中官倾轧，而嗣复之冤，将从此沉沦海底矣。次章专纪杨贤妃、安王溶事。起言宫帏暧昧，嗣复被谗远窜，与死为邻，真不类人间世矣。“石城”楚地，行郎柘弹，指中伤之者。“绫扇”四句，谓武宗震怒，遣中使往杀，忽而中止，如风动波旋，而潮州之行，一若文宗之灵阴相之也。“蜀魂”望帝，以喻文宗，木棉点潮。“桂宫”二句，树立安王之秘谋。“直教”二句，即史所称“姑姑何不敩则天故事”也。“浊水”四句则言内人口语，虚实难辨，而嗣复人品，则清浊自分。安得起杨贤妃于九原，而一白其无罪哉！三章嗣复之湘约己赴幕之事。起点秋景。“云屏”二句，言其远去。“欲织”二句，言我欲通书问讯，而无如终日相思，两情睽阻，徒使人回望北斗，叹河清之难俟耳。“金鱼”四句，又以嗣复罢相、贤妃赐死之恨发之。鱼锁断春，鸳茵尘满，旧时永巷，任人往来，玉树亡国，何天之不怜美人耶？“瑶琴”四句，喻嗣复自湘贬潮。“双珰”二句，则记约己入幕也。“内记”云云，即指书中所言，结言其人又去，手香已故，惟有私书缄封，可想像其歌唇衔雨而已，盖封书多用口缄也。四章义山赴湘，嗣复已去之事。“天东”二句（按：以下六句所释同辨正，从略）……“楚管”自谓，“蛮弦”谓嗣复，言一概含愁，其人亦当消瘦，只有腰肢尚在耳。“当时”二句，回想旧欢。“破鬟”二句，写孤孑自怜之态。末以“风车雨马”结之，言竟不能稍缓须臾，留使不去，虽蜡烛无情，能勿替人垂泪耶？哀感顽艳，语僻情深，使人不易寻其脉络，真善于埋没意绪者。集中凡关于家国身世，隐词诡寄，无不类此。若判作艳情，则大谬矣。（会笺）

【钱锺书曰】李义山才思绵密，于杜、韩无不升堂嗜胾。所作如燕台、河内、无愁果有愁、射鱼、烧香等篇，亦步昌谷后尘。（谈艺录）

【按】燕台四首，纪氏一反平昔通达持平之论，谓此“为幕府托意之作，非艳词也。”然语焉不详。张氏辨正曾斥冯氏初刊以“瘴花木棉”“指杨嗣复贬潮事”为“无稽”，乃会笺中竟弃其大体不失为正确之解，转而蹈袭冯氏早岁之谬说而大肆扩充张扬之，穿凿附会，不必辨正。前此姜炳璋曾创为“哭李赞皇”之说，其穿凿之弊与张氏会笺正同。此四篇显系艳情，柳枝之激赏、作者之自赏者均在此。如张氏说为杨嗣复发，则柳枝之激赏直不可解，将谓一商贾女子能解此等微言大义乎？然题名“燕台”，则事出有因，冯氏谓指使府后房，似可信。观义山辞张懿仙于柳仲郢，牧之咏张好好身世遭遇，以及集中天平公座中等作，可知唐代如义山一类幕府文士与歌伎舞女者流接触之频繁，亦可见义山与此类女子之有恋情自属常事。诗中涉及其人身份，曰“冶叶倡条”，曰“玉树亡国人”，曰“歌唇”，曰“罢舞”，曰“桃叶桃根”，均可证。

恋爱之本事，已无从考证。自此四章所提供之线索探寻之，约略可知以下数端：一、双方曾在湘川相识（或会晤），其后女子远去，不复会合。二、女子离湘川后所至之地，或为岭南一带，视诗中“几夜瘴花开木棉”等语可知。如女子踪迹确系如此，则其身份为使府后房似更属可能。三、此女子有姐妹二人（或二人关系极好，情同姐妹），男主人公所恋者为其中一人。四、冯氏谓其人曾为女冠，观诗中常有云雾迷离类似道教神话之境界（如“安得薄雾起缃裙，手接云軿呼太君"），以及多用女仙事，其说不为无据。冯氏又云："与河内、河阳诸篇，事属同情，语皆互映。"亦确。至冯氏所谓"其人先被达官取去京师"，张氏所谓"其人为人取去，必先流转金陵"，后又"自金陵至湘，暗约相见"，及"义山赴约至湘，而其人又远去"，均属无征或错会。

柳枝五首约作于开成二年义山登第前数年中，燕台四首，当更在此之前。视诗中辞采之繁艳，情感之炽热，亦固类青年时代之作。

张氏屡以"哀感顽艳"称此诗，洵然。此类题材，中晚唐诗人多敷衍为叙事长歌，而义山则独辟蹊径，将其熔铸成纯粹抒情之篇章。诗之绝大部份均为通过回忆或想像，抒写与对方过去相遇、相识、欢会之情景，或对方在不同季节地点之生活与心情。此种抒写，目的不在交代事件之发生、发展与结局，而系化事为情、借事写情。如春诗中"暖蔼"二句，夏诗中"桂宫"二句，秋诗中"双珰"二句，冬诗中"当时"二句等片断情景之映现，均是为了表现抒情主人公对上述情景难以销磨之鲜明印象与深刻记忆。至于对女子现时处境、心情之想像，更系为了表现刻骨铭心之思念及对所思女子之同情体贴。

由于不以事件之发生、发展与结局结构全篇，而以诗人强烈而时时流动变化之感情为线索，故诗之章法结构呈现出明显跳跃性。随诗人感情流程，忽而回忆，忽而想像；忽而昔境，忽而现境；忽而此地，忽而彼地；忽而闪现某一场景片断，忽而直抒心灵感受。断续无端，来去无迹。像春诗从开篇之寻觅不得，茫然自失，到转忆初见时之融怡明媚，再折回当前双方杳远相隔之意乱神迷，从叙事角度言，极其错综变幻；从感情变化发展流程看，又极为自然。说明此种跳跃多变之章法结构对表现强烈多变之感情有其特殊之适应性。

诗中描绘之情境与女主人公形象均富于悲剧美。“蜡烛啼红怨天曙”一语，不妨视为女主人公形象之传神写照与全诗悲剧意境之象征性表现。诗分春、夏、秋、冬四题，随时间之流逝与四季景物之变化，抒情主人公之感情由开始之反复寻觅、怀想、企盼重会，到悲慨相思无望、情缘已逝，最后到“芳根中断香心死”，终归幻灭。整组诗之悲剧气氛不断加深、强化，至冬诗结尾破鬟蓬鬓、在凄风苦雨与朝寒侵凌下对烛悲泣之女主人公形象出现，而达于顶点。此诗在学习长吉体之想像新奇，造语华艳方面，可谓深得其神髓，但又具独特面目。不像长吉诗之奇而入怪，艳中显冷，而将奇幻之想像用于创造迷离朦胧之境界，用华艳之辞采表达炽热痴迷、执着缠绵之感情。使人读后，既深为诗中所写之悲剧性爱情而感叹，又感到其中荡漾着悲剧性诗情与令人心田滋润之诗意。哀感缠绵中流露出对生活中美好事物之无限流连。故虽极悲惋，而不颓废。

许学夷指出此诗“声调婉媚，太半入诗馀矣”，洵为有识。其实不独声调，其内容、意境、情调、意象、辞采，均已极近于后来之词。“燕台句”之每为词家所称，正缘于此。

柳枝五首有序[①]

柳枝〔一〕，洛中里娘也。父饶好贾〔二〕，风波死湖上。其母不念他儿子，独念柳枝[②]。生十七年，涂妆绾髻，未尝竟，已复起去〔三〕，吹叶嚼蕊〔四〕，调丝擫管〔五〕，作天海风涛之曲，幽忆怨断之音。居其旁，与其家接故往来者[③]，闻十年尚相与，疑其醉眠梦物断不娉[④]〔六〕。余从昆让山，比柳枝居为近。他日春曾阴，让山下马柳枝南柳下，咏余燕台诗，柳枝惊问："谁人有此？谁人为是〔七〕？"让山谓曰："此吾里中少年叔耳。"柳枝手断长带，结让山为赠叔乞诗。明日，余比马出其巷，柳枝丫鬟毕妆〔八〕，抱立扇下，风鄣一袖，指曰："若叔是[⑤]？后三日，邻当去溅裙水上〔九〕，以博山香待〔一〇〕，与郎俱过。"余诺之。会所友有偕当诣京师者，戏盗余卧装以先，不果留。雪中让山至，且曰："为东诸侯取去矣[⑥]〔一一〕。"明年，让山复东，相背于戏上〔一二〕，因寓诗以墨其故处云[⑦]〔一三〕。

花房与蜜脾〔一四〕，蜂雄蛱蝶雌。同时不同类，那复更相思？

其二

本是丁香树[⑧]〔一五〕，春条结始生。玉作弹棋局，中心亦不平〔一六〕。

其三

嘉瓜引蔓长〔一七〕，碧玉冰寒浆〔一八〕。东陵虽五色〔一九〕，不忍值牙香[⑨]。

其四

柳枝井上蟠〔二〇〕，莲叶浦中干〔二一〕。锦鳞与绣羽〔二二〕，水陆有伤残。

其五

画屏绣步障，物物自成双。如何湖上望，只是见鸳鸯？

校　记

①“有”，戊签作“并”。

②“念”，蒋本、戊签、钱本、影宋抄作“命”。

③“接”，蒋本、钱本、席本、影宋抄作“揖”。【冯曰】“接”、“揖”未知孰是。愚意居其旁者，邻里也。“接故”二字似连读，谓与其家交接故旧相往来者，如吴志吴范传“与亲故交接有终始”是也。或谓“揖”取主人揖客之义，与其家素以宾客往来者，恐非也。【按】接故犹交朋，作“揖”非。接，交往；故，旧交。

④季抄、朱本均无“物”字。

⑤“是”字下原有“邪”字，蒋本、钱本、影宋抄“是”字下有“句”字，悟抄“是”字下有“訇”字，戊签“是”字下有“耶”字，钱本引一本“是”字下有“自”字，均非。朱本、席本“是”字下旁注小字“句”，是。盖此处原文本作“若叔

是”，因断句特殊，故于“是”字下旁注小字“句”，以示此处应有句逗，传抄中羼入正文，遂成“若叔是句（又误为甸）”；复有谓“若叔是”似不能断句者，故于其下增“耶”或“邪”以足文气。至作“自”字者，则又以为当连下文而臆改（句、自形近）。

⑥蒋本、姜本、悟抄、席本、钱本均无“为”字。

⑦“云”，席本、钱本、影宋抄作“云云”。蒋本无“云”字。

⑧“本”，万绝作“木”

⑨“牙香”原作“衣裳”，一作“牙香”，据蒋本、戊签、悟抄、席本、钱本、影宋抄、朱本及万绝改。

集　注

〔一〕【程注】唐时女子多以杨柳为名。白香山侍儿名杨枝，所谓“鬻骆马兮放杨枝”是也。韩昌黎侍儿名柳枝，所谓“别来杨柳街头树，摆弄春风只欲飞”是也。

〔二〕【冯注】史记货殖传：“好贾趋利。”【补】饶，增益之辞，有“甚”义。

〔三〕【冯注】妆未竟，复起去弄歌。善写娇憨之态。下文“毕妆”可反证。

〔四〕【冯注】傅休奕笳赋：“吹叶为声。”按：旧书音乐志云：“叶二歌二。”又云：“啸叶，衔叶而啸，其声清震，橘柚尤善。”新书礼乐志：“歌二人，吹叶一人。”盖吹叶即啸叶也。而郭璞游仙诗：“中有冥寂士，静啸抚清弦。放情陵霄外，嚼蕊挹飞泉。”放情二句，似顶静啸抚弦而言之，故此用“嚼蕊”，以足“吹叶”二字。或别有典，则未详。又曰：广韵：“笳，箫。卷芦叶吹之也。”【按】嚼，吟也。文选张衡西京赋："嚼清商而却转。"吹叶嚼蕊，谓吹奏歌唱。

〔五〕【朱注】擫，音叶。说文："擫，一指按也，于协切。"张衡南都赋："弹琴擫籥。"

〔六〕【冯注】玉篇："娉，娶也。"集韵："同聘。"后汉书乐成靖王传："娉取人妻。"南蛮传："初设媒娉。"

〔七〕【冯注】谁人有此情，谁人为此诗也。写得神动。

〔八〕【朱注】陈启源曰："丫鬟，谓头上梳双髻，未适人之妆也。"辛延年咏胡姬"两鬟何窈窕"，正指十五岁时。刘禹锡诗云："花面丫头十三四。"

〔九〕【姚宽注】北史："窦泰母梦风雷有娠，期而不产，甚惧。有巫者曰：'度河湔裙，产子必易。'便向水所。忽见一人曰：'当生贵子，可徙而南。'母从之。俄而生泰。及长，为御史中尉。"【朱注】玉烛宝典："元日至晦日，并为酺食，士女湔裙度厄。"【补】湔，洗也。

〔一〇〕【冯注】徐曰："考古图：'垆象海中博山，下盘贮汤，润气蒸香，象海之四环。'"句谓当焚香以待也。按：古杨叛儿曲："暂出白门前，杨柳可藏乌；欢作沉水香，侬作博山垆。"李谪仙则以"双烟一气"衍之，隐语益显矣。此亦用其意，盖约之私欢也。

〔一一〕【冯注】"东诸侯"，语本左传。唐时称东诸侯者其境甚广。又曰：历据左传注，东诸侯以齐、鲁之境方是，则柳枝不可云亦至湘中也。

〔一二〕【朱注】史记索隐："戏上在新丰县东二十里戏亭北。"孟康曰："水名也。"

〔一三〕【冯曰】序语不无回护之词，未必皆实，而有笔趣。

〔一四〕【朱注】郑谷蝶诗："微雨宿花房。"王元之蜂记："蜂酿蜜如脾，谓之蜜脾。”本草：“蜡是蜜脾底也。”【冯曰】上二句皆分喻。

〔一五〕【朱注】本草：“丁香出交广，木类桂，高丈馀，叶似栎，陵冬不凋。花圆细，黄色，其子出枝蕊上，如丁子。中有粗大如山茱萸者，谓之母丁香。”按：陈藏器云：“丁香击之则顺理而解为两向。”杜诗：“丁香体柔弱，乱结枝犹垫。”盖其合则为结也。【程注】张率诗：“章台迎夏日，梦远感春条。”

〔一六〕见无题（照梁初有情）。

〔一七〕【冯注】后汉书五行志：“安帝元初三年，有瓜异本共生，一瓜同蒂，时以为嘉瓜。”【程注】宋书符瑞志：“汉桓帝建和二年，河东有嘉瓜，两体共蒂。”

〔一八〕【吴旦生曰】所以寒物曰冰。作去声。（历代诗话）【冯注】冰，去声，逋孕切，见集韵。乐府情人碧玉歌：“碧玉破瓜时，郎为情颠倒。”【程注】晋乐府：“金瓶素绠汲寒浆。”

〔一九〕【朱注】阮籍诗：“昔闻东陵瓜，近在青门外。连畛距阡陌，子母相钩带。五色曜朝日，嘉宾四面会。”【冯注】史记萧相国世家：“召平者，故秦东陵侯。秦破，为布衣，贫，种瓜于长安城东，瓜美，故世俗谓之‘东陵瓜’。”

〔二〇〕【朱曰】言种非其所。

〔二一〕【冯曰】以不得水喻不得交欢。

〔二二〕【朱注】鲍照芙蓉赋：“戏锦鳞而夕映，曜绣羽以晨过。”

笺　评

【葛立方曰】洛中里娘亦名柳枝，李义山欲至其家久矣。以其兄逊（让）山在焉，故不及昵。义山有柳枝五首，其间怨句甚多，所谓“画屏绣步障，物物自成双。如何湖上望，只是见鸳鸯”之类是也。呜呼！天伦同气之重，共聚于子女猱杂之所，已为名教之罪人，而一不得其欲，又作为诗章，显形怨讟，且自彰其丑，遗臭无穷。所谓灭天理而穷人欲者无大于此，如李商隐者，又何足道哉！（韵语阳秋）

【范晞文曰】“嘉瓜引蔓长，碧玉冰寒浆。东陵虽五色，不忍值牙香。”非不忍也，不果也。若“玉作弹棋局，中心亦不平。”，又“如何湖上望，只是见鸳鸯”，亦惜其不终遇之意。（对床夜语）

【杨守智曰】题下批：诗序之涩不可句，亦似少陵。燕台诗，即后所载四首，其深晦如是，而少年女子一问而遽析其义，此必无之事。饰说无疑。然亦可见作者之意不自以为深晦也。又评叙曰：唐人好作小说文笔，大率如此。

【何曰】（序）文不从，字不顺，几难寻其句读。（辑评）

【钱曰】五首故为朴拙，殊乏意味，不可解。（冯笺引）

【姚曰】五首俱效乐府体，皆聊以自解之词。〇（首章）此以本无妃偶之事自解。（次章）此以恨无作合之人自解。（三章）此以邻近引嫌自解。（四章）此以两边命薄自解。（五章）此以人不如物自叹也。

【屈曰】（首章）本非同类，何用相思。（次章）既有一遇，亦不能漠然。（三章）蔓长喻思长，言嘉瓜色如碧玉，冰似寒浆，喻相合也。虽有五色之美，今日不忍更言也。（四章）言彼此俱伤也。（五章）言举目堪伤也。

【冯曰】（首章）上二句皆分喻（解引姚笺）。（次章）无从结合，徒抱不平，当皆就柳枝说。（三章）上二句谓初破瓜，东陵故侯喻东诸侯，“五色”喻贵人，末句谓不忍遭其采食也。（四章）上二句谓在后房而不得承宠，下二句谓其又有远行。

(五章)上二句其人已去,房室空存;下二句自叹临流凝望之无益。此二首(指四、五二章)又与前湘中之迹殊相似。何欤?又总评曰:却从生涩见姿态。据序语,是先作燕台诗,后遇柳枝,是两事也。然艳情大致相同,艳词每多错互。合之湖湘尺素双珰之事,终不能辨其是一是二矣。

【纪曰】一序涩甚,诗亦无可采处。(诗说)○"居其旁"上疑有脱字。又曰:五首皆有子夜、读曲之遗。(辑评)

【张曰】据序云:"明年让山复东,相背于戏上,因寓诗以墨其故处。"则诗为是年(按指会昌六年)在京作。(会笺)又曰:柳枝为义山第一知己,此文极力写之,有声有色,是最用意之作。义山丧母后,迁永乐,还郑州,又定居东洛。会昌六年服阕,由洛入京,复官秘阁,具详补编上李舍人状。状云:"今春华已煦,时服初成。"又云:"今兹奉违,实间山河(川)。"则会昌六年入京在春时。此文上云"春曾阴",下云"诣京师",与柳枝相逢,必是年情事也。至燕台四章,则系开成五年前事,江乡之游所由作也,不得与柳枝混为一事矣。冯氏牵附,不敢断定,甚谬。又云:义山会昌六年服阕入京,重官秘阁,大中元年三月,又应桂管之辟,故偶成诗云:"明年赴阙(按:原文作"辟",张氏误引)下昭桂,东郊恸哭辞兄弟。"盖至桂州时,先至洛中与弟羲叟取别。东郊谓洛郊也。此文云:"明年,让山复东。"当在未应桂辟之前,未几而义山亦抵洛矣。(辨正)

【钱锺书曰】李义山柳枝词云:"花房与蜜脾,蜂雄蛱蝶雌。同时不同类,那复更相思?"按斯意义山凡两用,闺情亦云:"红露花房白蜜脾,黄蜂紫蝶两参差。"窃谓盖汉人旧说。左传僖公四年:"风马牛不相及。"服虔注:"牝牡相诱谓之

风。”列女传卷四齐孤逐女传:“夫牛鸣而马不应者,异类故也。”……义山一点换而精彩十倍。(谈艺录)

【按】首章雄蜂与雌蝶,虽“同时”而“不同类”,究属何指,颇不易解。姚曰:“此以本无妃偶之事自解”,似谓义山与柳枝并无妃偶之事。此解殊难通。义山之与柳枝,盖一见倾心而一往情深者,序中描绘柳枝之性格风调,情见乎辞,五首之作,即抒其不能忘情之意,岂得谓“那复更相思”乎?又柳固商贾之女,义山亦寒族衰门,恐不至有如此森严之等级观念,以柳枝为非类而不相思也。此诗当与闺情参读。闺情写夫妇之同床异梦,辞意均与此相仿。然则此首盖亦伤柳枝之所适非类,两情终难合也。东诸侯与商贾女,贵贱悬殊,可谓不同类矣。“花房与蜜脾”即闺情“红露花房白蜜脾”之意,亦指二者之“同时不同类”,与次句同意。次章一二与三四分喻,一二以丁香之“结”苞,喻春愁春恨,所谓“芭焦不展丁香结,同向春风各自愁”者也,二句隐寓一“愁”字。“春条结始生”,谓乍及芳时便脉脉含愁。三四以弹棋局之“中心不平”喻己内心之“不平”,隐寓一“愤”字。三四喻己而非喻柳枝,可于“亦”字味出。三章前两句以“嘉瓜”隐喻年甫及瓜之柳枝,“碧玉”由“碧玉破瓜时”而来,既形况瓜之碧,又暗示柳枝之为小家碧玉。三四则谓东陵侯之瓜虽五色斑烂,闻名于世,然己则不忍食之,此即所谓“曾经沧海难为水,除却巫山不是云”之意。四章一二分写柳枝与己。柳枝蟠于井上,谓其不得其所(井上乃桃李所居之地);莲(谐怜)叶干于浦中,谓己之憔悴沉沦。故三四分别以水中之锦鳞、陆上之绣羽分喻柳枝与己,谓彼此均遭摧残,

"同是天涯沦落人"也。冯谓上二句指柳枝在后房而不得承宠,似义山竟望其承宠者,谓下二句又有远行之役,纯属任意为解。诗明言水中锦鳞与陆上绣羽,岂可专属一人?据此章,则义山明视己与柳枝为"同类"矣。五章意较显豁,即屈笺所谓举目堪伤也。

冯氏未系年,然似谓与开成末"湖湘尺素双珰之事"有关,张氏则系会昌六年,均无实据。以燕台诗所涉及之艳情与柳枝事为一事,显非。柳枝序中明言柳枝听让山咏燕台诗而惊问:"谁人有此?谁人为是?"则燕台诗所写另属一事本极明显。又燕台诗中所怀者为贵家姬妾,而柳枝则为商贾女子,身份亦别。诗之作年,虽无从确考,然必是青年时期所作,观序中称"少年叔"可见。会昌六年,义山已三十五岁,岂得复称"少年叔"乎?张氏谓"必是春(会昌五年春)义山赴郑过洛时所遇者",虽言之凿凿,而实则纯系捏合。义山大和九年不中第东还,至郑州,或曾于返途经洛阳时与柳枝相遇。其时义山年二十四,与序称"少年叔"者正合。然则诗当作于开成元年。

有感二首〔一〕

九服归元化〔二〕,三灵叶睿图〔三〕。如何本初辈〔四〕,自取屈氂诛〔五〕?有甚当车泣〔六〕,因劳下殿趋〔七〕。何成奏云物〔八〕?直是灭萑苻〔九〕。证逮符书密〔一〇〕,辞连性命俱〔一一〕。竟缘尊汉相〔一二〕,不早辨胡雏〔一三〕。鬼箓分朝部〔一四〕,军烽照上都〔一五〕。敢云堪恸哭〔一六〕,未必怨洪垆[①][一七]！

其二

丹陛犹敷奏[一八]，彤庭欻战争[一九]。临危对卢植[二〇]，始悔用庞萌[二一]。御仗收前队[②][二二]，兵徒剧背城[③][二三]。苍黄五色棒[二四]，掩遏一阳生[二五]。古有清君侧[二六]，今非乏老成[二七]。素心虽未易，此举太无名[二八]。谁瞑衔冤目[二九]，宁吞欲绝声[三〇]？近闻开寿讌，不废用咸英[三一]。

校记

①“必”，蒋本、戊签、钱本、影宋抄、朱本作“免”。

②“队”，蒋本、姜本、戊签、钱本、影宋抄、席本、朱本作“殿”。

③“兵”，姜本、戊签、钱本、影宋抄、席本作“凶”。

集注

〔一〕【自注】乙卯年有感，丙辰岁诗成。【冯注】新书艺文志：“李潜用乙卯记一卷，李训、郑注事。”旧、新书李训郑注等传：“文宗以宦者太盛，继为祸胎，思欲芟除，以雪雠耻。因郑注得幸王守澄，俾之援李训，冀黄门之不疑也。上以训言论纵横，必能成事，遂以真诚谋之，擢同平章事。训即谋诛内竖，杖杀陈弘庆（按：新唐书李训传及通鉴文宗纪大和九年“弘庆”作“弘志”），酖王守澄。乃以注节度凤翔，先之镇，又以郭行馀镇邠宁，王璠镇太原，罗立言知大尹，韩约为金吾街使，李孝本权中丞。璠、行馀未赴镇间，广令召募豪侠及金吾台府之从者，俾集其事。大和九年乙卯十一月二十一日，上御紫宸。班定，韩约不报平安，奏曰：'金吾仗院石榴开，夜有甘露，臣已进状讫。'宰相百官称贺，训请亲幸左仗观之。班退，上乘软舆出紫宸门，升含元殿，百官班列。令宰相两省官先往视，既还，曰：'臣等恐非真甘露，不敢轻言。言出四方必称贺也。'帝曰：'韩约妄耶？'乃令左右军中尉仇士良、鱼弘志帅诸内臣往视之。既去，训召璠、行馀曰：'来受敕旨！'璠恐悚不能前，行馀独拜殿下。时两镇官健皆执兵在丹凤门外，训已令召之。惟璠从兵入，邠宁兵竟不至。中尉至左仗，闻幕下有兵声，惊恐走出。内官回奏，韩约气慑汗流，不能举首。中官又奏曰：'事急矣，请陛下入内。'即举软舆迎帝。训呼金吾卫士曰：'来，上殿护乘舆。'内官决殿后罘罳，举舆疾趋。训攀呼曰：'陛下不得入内！'金吾卫士数十人随训而入，立言、孝本率台府从人共四百馀上殿纵击内官，死伤者数十人。训持愈急。迤逦入宣政门，帝瞋目叱训，宦者郄志荣奋拳击其胸，训仆地。帝入东上阁门，门即阖。须臾，内官率禁兵五百人露刃出，遇人即杀，训、璠、行馀、约、立言、孝本及宰相王涯、贾餗、舒元舆等皆族诛。注与训谋事有期，欲中外协势，闻训事发，自凤翔率亲兵五百赴阙，闻败乃还。监军张仲清杀之，传首京师。王涯为禁兵所擒，士良鞫其反状，涯实不知其故，榜笞极酷，乃手书反状以自诬。凡坐训、注而族者十一家。当训攀辇时，士良曰：'李训反。'帝曰：'训不反。'及训已败，士良曰：'王涯与训谋逆，将立郑注。'仆射令狐楚、郑覃等至，帝对悲愤，因付涯讯牒，曰：'果涯书耶？'楚曰：'然。涯诚有谋。'帝逼宦官，于是下诏暴涯、训等罪。"【按】大和九年十一月冬至甘露之变发生时，商隐在郑州，事变后有为郑州天水公言甘露事表，肯定诛灭宦官之举为“改作”；开成元年正月，已回到长安。此二首当作于回长安后。

〔二〕【程注】周礼夏官：“职方氏辨九服之邦国。方千里曰王畿。其外方五百里曰侯服。又其外方五百里曰甸服。又其外方五百里曰男服。又其外方五百里曰采服。又其外方五百里曰卫服。又其外方五百里曰蛮服。又其外方五百里曰夷服。又其外方五百里曰镇服。又其外方五百里曰藩服。”晋书文帝纪：“九服之外，绝域之氓，旷世希至，咸浮海来享，鼓舞王德。”元结补乐歌：“元化油油兮，孰知其然？”【按】九服，此泛指全国疆土。元化，颂称帝王德化。

〔三〕【朱注】典引：“答三灵之繁祉。”注：“天、地、人也。”【程注】王融上北伐图疏：“古今九服清怡，三灵和晏。”隋书音乐志：“圜邱歌：睿图作极。”【冯注】汉书扬雄传：“方将上猎三灵之流。”注曰：“三灵，日、月、星垂象之应也。”【按】冯注是。叶，合。睿图，颂称帝王英明大略。

〔四〕【朱注】后汉书袁绍传：“中常侍段珪等杀何进，劫帝及陈留王走小平津。绍勒兵捕诸阉人，无少长皆杀之，死者二千馀人。急追珪等，珪等悉赴水死。”【冯注】后汉书袁绍传：“绍字本初。”又何进传：“常侍张让、段珪等杀大将军何进。绍引兵屯朱雀阙下，遂勒兵捕宦者，无少长皆杀之。”

〔五〕【冯注】汉书：“刘屈氂，武帝庶兄中山靖王子也。征和二年为左丞相，封澎侯。”又：“时治巫蛊狱急。内者令郭穰告丞相使巫祠社祝诅，及与贰师将军共祷祠，欲令昌邑王为帝。诏载屈氂厨车以狗，要斩东市，妻、子枭首华阳街。”魏志袁绍传注：“绍说进曰：‘前窦武欲诛黄门，言语漏泄，自取破灭。’”按：李训为宰相揆之族孙，世为冠族；其死于宦官又相类，故以屈氂比之。盖此事以李训为谋主也。二联言下临九服，上奉三灵，诛此刑馀，当如鼓洪炉燎毛发，何乃谋之非人，望其为本初，而反致厨车之狗哉！“自取”字正有含痛。【钱良择曰】“自取”二字亦微词。【按】屈氂诛，指因宦官之告发以谋反罪而族诛。

〔六〕【朱注】魏志：“嘉平六年，景王废帝，遣使者授齐王印绶，当出就西宫。帝受命，遂载王车与太后别，垂涕，始从太后殿南出，群臣送者数千人。司马孚悲不自胜，馀多流涕。”【冯注】汉书袁盎传：“上朝东宫，宦者赵谈骖乘。盎伏车前曰：‘天子所与共六尺舆者，皆天下豪英，奈何与刀锯之馀共载？’于是上笑，下赵谈。谈泣下车。”【按】冯注是，详下句注。

〔七〕【朱注】梁武帝本纪：“大通中谚曰：‘荧惑入南斗，天子下殿走。’”【冯注】后汉书虞诩传：“诩案中常侍张防，屡寝不报。诩坐论输左校。防欲害之，宦者孙程、张贤相率奏曰：‘常侍张防臧罪明正，反构忠良。今客星守羽林，其占，宫中有奸臣，宜急收防送狱。’时防立在帝后，程叱曰：‘何不下殿！’防不得已，趋就东厢。”按：以趋就东厢，比士良等至左仗，典切极矣。盎止令谈泣而下车，今训之用意大有甚也。旧注谬甚。【按】张防为另一宦者孙程叱令下殿，与仇士良被诱至左仗验看甘露，情节、性质绝不相类，恐非所用。送千牛李将军赴阙五十韵有“下殿言终验”之句，冯注引梁书武帝纪大通谣谚以解之，是，可与此“下殿趋”互证。而上句则冯注殆是。此联盖谓：李训欲一举诛灭宦官，其用意大有过于袁盎之令赵谈当车而泣，然谋事不周，反使天子下殿趋走，为宦者所劫持。其意盖在明训之志大才疏，成事不足，败事有馀，与次章"素心"一联意近。乃紧承上联提出之问题加以议论，非寻常叙述语。

〔八〕【朱注】左传："分、至、启、闭，必书云物。"此谓金吾街使奏石榴甘露。【补】云物，日旁云气之颜色，古代藉以观测吉凶水旱。此处"奏云物"系指奏报祥瑞（即所谓石榴夜降甘露）。何成，犹言"哪能成为""哪里是"。

〔九〕【朱注】左传："郑国多盗，取人于萑苻之泽，子太叔兴兵攻之。"【冯注】二句指诡称甘露，实欲聚中官于左仗而杀之也。然下联接不融贯，或谓宦官率兵杀训、注等，反似灭此众盗。【钱曰】谓训、注为盗，可乎？亦微词也。【按】冯氏或解是。"直是"与上"何成"相应。

〔一〇〕【冯注】史记五宗世家："请逮勃所与奸诸证。"【补】证，证左，即证人，指与案情有关连者。逮，捕。符书，指逮捕之官文书。符，凭证。

〔一一〕【冯注】汉书杜周传："诏狱益多，章大者连逮证案数百。"按：谓王涯等十馀族及训党千馀人也。"符书""性命"皆叠韵。义山精于声律，叠韵双声，属对工巧，且有句中上下字牵搭而用者，如宋玉之"宫""供""梦""送"，留赠畏之之"惊鹦""弄凤"是也。不暇一一标出，读者当细会之。【补】辞连，供词牵连。旧唐书李邕传："词状连引，敕……就郡杖杀之。"俱，偕，同。

〔一二〕【冯注】汉书："王商身体鸿大，容貌甚过绝人，单于大畏之。夫子曰：'此真汉相矣。'"旧新书传："训容貌魁梧，神情洒落,多大言自标置。天子倾意任之,天下事皆决于训,中尉禁卫诸将见训,皆震慴迎拜叩首。"通鉴注:"甘露记曰:训长大美貌,口辨无前,常以英雄自任。"清江三孔集:"孔文仲经父论:李训义不顾难,忠不避死;而惜其情锐而器狭,志大而谋浅。"

〔一三〕【朱注】晋书:"石勒年十四,倚啸上东门。王衍顾谓左右曰:'向者胡雏,吾观其声视有异志,恐将为天下患。'遣使收之,会勒已去。"【冯注】上句谓但知尊倚李训,此句谓不悟士良之不易诛,然于意不顺。当以比郑注之险恶兆乱。旧书传:"注本姓鱼,冒姓郑氏,故号'鱼郑',时人目之为水族。"此只取见异为患,不必过泥。然此句与"萑苻"句,皆未免意为事晦耳。【按】"胡雏"喻指郑注,取"声视有异志,恐将为天下患"之意。若仇士良,则不必"辨"而知其为患。义山于李、郑之浅谋误国,均持批判态度;而于其为人,则有所区别:视李为志大才疏者,视郑则为奸邪小人。史亦称注"诡谲阴狡""常衣粗裘,外示质素。"

〔一四〕【冯注】魏文帝与吴质书:"观其姓名,已为鬼箓。"【补】鬼箓,登录死者之名册。朝部,朝班。

〔一五〕【朱注】唐书:"至德元载,号西京曰上都。"【冯注】班固西都赋:"实用西迁,作我上都。"军烽,疑作"锋"字是。汉书南粤传:"军锋之冠。"字习见史书。此谓刀兵之光照耀也,内乱不烦举烽。再酌。【按】军烽犹言战火,不必泥内乱外患之别。

〔一六〕【程注】"堪痛哭"用贾谊治安策中语。【补】贾谊治安策:"臣窃惟事势,可为痛哭者一,可为流涕者二,可为长太息者六。”

〔一七〕【冯注】庄子：“今以天地为大炉。”贾谊鹏鸟赋：“天地为炉兮，造化为工；阴阳为炭兮，万物为铜。”【田曰】归祸于天，风人之旨。（冯注引）【按】祸由人事而非天意，故曰“未必怨洪垆。”未必，犹不必，特婉言之。

〔一八〕【程注】王维诗：“珥笔趋丹陛。”书：“敷奏以言。”【按】敷奏，陈奏。

〔一九〕【程注】西都赋：“玄墀扣砌，玉阶彤庭。”【冯注】汉书外戚传：“昭阳舍中庭彤朱。”【补】欻，忽，迅速。

〔二〇〕【自注】是晚独召故相彭阳公入。【朱注】后汉书：“大将军何进谋诛宦官，乃召董卓以惧太后。植知卓凶悍难制，必生后患，固止之。进不从。及卓至，果陵虐朝廷，议欲废立。群臣无敢言，植独抗议不同，卓怒罢会。”旧唐书：“训乱之夜，文宗召右仆射郑覃，与令狐楚宿禁中，商量制敕。”【冯注】后汉书何进传：“进素知中官天下所疾，阴规诛之，而内不能断，谋颇泄。中官惧而思变，张让、段珪等斩进于嘉德殿，因将太后、天子及陈留王从复道走北宫。尚书卢植执戈阁道窗下，仰数段珪，珪等惧，乃释太后。及袁绍勒兵捕杀宦者，让、珪等遂将帝与陈留王奔小平津，公卿无得从者，惟植夜驰河上，斩宦官数人，馀投河死。明日，天子还宫。”【补】通鉴宪宗元和十四年，七月丁酉，以河阳节度使令狐楚为中书侍郎、同平章事。旧唐书令狐楚传：“大和九年十月，守尚书左仆射，进封彭阳郡开国公。”

〔二一〕【朱注】后汉书：“平敌将军庞萌，为人逊顺，帝信爱之，使与盖延共击董宪。诏书独下延而不及萌，萌疑，遂反。帝大怒，自将讨之，与诸将书曰：‘吾尝以萌为社稷臣，将军得无笑其言乎？'"【冯注】按：李训原非正人，然谋诛宦官，实秉帝旨。及已败，帝方在危惧，不得不从士良之诬。曰"临危"，曰"始悔"，正见其实非反也。令狐楚、郑覃同召，覃未见有奏对语，然令狐亦畏祸依违，且乞罢节度使兵仗参辞之制，非可卢植比矣。【朱彝尊曰】谓训为庞萌，亦不得已而用之也。【按】"临危""始悔"，咎文宗不能知人善任，与下"古有清君侧，今非乏老成"相应。冯谓"正见其实非反"，与下"素心未易"之语对照，似暗含此意。

〔二二〕【冯注】谓文宗入内。【按】通鉴："乘舆迤逦入宣政门，训攀舆呼益急，上叱之，宦者郗志荣奋拳殴其胸，偃于地，乘舆既入，门随阖。"此即所谓"御仗收前队"。连下句盖状其时形势之紧急仓黄。

〔二三〕【程注】左传："请收合馀烬，背城借一。"【冯注】谓士良率兵从内出。【按】通鉴："士良命左、右神策副使刘泰伦、魏仲卿等各帅禁兵五百人，露刃出阁门讨贼。王涯等将会食，吏白：'有兵自内出，逢人辄杀。'"

〔二四〕【冯注】魏志："太祖除洛阳北部尉。"注曰："太祖造五色棒，悬门左右各十馀枚。有犯禁者，不避豪强，皆棒杀之。"此谓金吾卫士、台府从人苍黄拒击也。李德裕尝言："天下有常势，北军是也。而反以台府抱关游徼抗中人以搏精兵，其死宜矣。"【补】苍黄，同仓皇，慌张、匆遽。

〔二五〕【朱注】甘露事在十一月，正冬至时。【程注】易："七日来复。"疏："十一月一阳生。"【补】易复："后不省方。"孔颖达疏："冬至一阳生，是阳动而阴复静也。"按冬至后日渐长，古代以为阳气初动，故称冬至为一阳生。掩遏，壅遏、阻遏。二句谓训等仓皇举事，欲诛宦官，反遭失败，并冬至初生之阳气(喻指国家复兴之生机)亦阻遏矣。

〔二六〕【冯注】公羊传:“晋赵鞅兴晋阳之甲,以逐荀寅、士吉射者,逐君侧之恶人也。”后汉书董卓传:“何进私呼卓将兵入朝。卓上书曰:‘昔赵鞅兴晋阳之甲,以逐君侧之恶人;今臣辄鸣钟鼓如洛阳,请收让等,以清奸秽。’”【程注】礼记:“刑人不在君侧。”【补】新唐书仇士良传:刘从谏……上书言:“……如奸臣难制,誓以死清君侧。”

〔二七〕【程注】诗大雅:“虽无老成人,尚有典刑。”【冯注】谓今岂无可为社稷臣者,而乃任李训哉!如裴晋公时犹在也。【锺惺曰】(二句)郑重流走。(唐诗归)

〔二八〕【冯注】训等心虽无他,谋实不善。层层吞吐,愤惋极矣。【补】素心,犹本心。未易,未改变。无名,无名目,犹“不成话”。二句谓训之本心虽犹忠于朝廷,未有异图,然此举仓卒行事,酿成巨祸,效果极坏。按邵氏闻见后录云:“李义山樊南四六集载为郑州天水公言甘露事表云:‘宰臣王涯等或久服显荣,或超蒙委任,徒思改作,未可与权。敷奏之时,已彰虚伪;伏藏之际,又涉震惊’,云云。当北司愤怒不平,至诬杀宰相,势犹未已,文宗但为涯等流涕而不敢辨,义山之表谓‘徒思改作,未可与权’,独明其无反状,亦难矣。”义山此表,颇可与“素心虽未易,此举太无名”二语互证。

〔二九〕【冯注】谓被祸者。通鉴:“开成元年二月,令狐楚从容奏:王涯等身死族灭,遗骸弃捐,请收瘗之。上惨然久之,命京兆收葬。仇士良潜使人发之,弃骨渭水。”

〔三〇〕【冯注】谓朝野之中心愤痛而不敢明言者。

〔三一〕【朱注】乐纬:“黄帝乐曰咸池,帝喾乐曰六英。”道源曰:

"旧书:开成元年上元,赐百寮曲江亭宴。令狐楚以新诛大臣,不宜赏宴,独称疾不赴,时论美之。"此诗结句,盖有讥也。【程注】孔德绍诗:"盛烈光韶濩,易俗迈咸英。"【何曰】末句不特讥开谯用乐,盖深叹文宗明知其冤,而刑赏下移,不能出声也。(读书记)【冯注】旧书纪:"开成二年八月,敕:'庆成节令京兆尹准上巳、重阳例,于曲江会文武百寮,延英奉觞宜权停。"则元年之不停可见矣。旧书王涯传:"文宗以乐府之音郑卫太甚,命涯询于旧工,取开元时雅乐,选乐童按之,名曰云韶乐。乐成,上悦,赐涯等锦彩。"是则咸英由其所定,今能无闻乐而悲哉!

笺　评

【蔡启曰】义山诗集载有感篇而无题,自注云:"乙卯年有感,丙辰年诗成。"其中有"如何本初辈,自取屈氂诛",又"苍黄五色棒,掩遏一阳生"之语。按李训、郑注作乱,实以冬至日,是年岁在乙卯,则是诗盖为训、注作也。唐小说记此事,谓之乙卯记,大抵不敢显斥之云。(胡仔苕溪渔隐丛话前集卷二十二引蔡宽夫诗话)

【锺惺曰】风切时事,诗典重有体,从老杜伤春等作得来。(唐诗归)

【钱龙惕曰】甘露之变,从古未有之事也。阉竖横行,南司涂炭。朝右束手而奉行,明主吞声而免祸,可谓日月晦冥,陵谷震荡矣。当时士大夫深嫉训、注之奸邪,反若假手寺人,歼除大憝,故文致二人之罪,以为千穷奇而百梼杌,一旦肆诸市朝,便朝廷清明、上下无事者。一时若郑覃、李石诸人,以不忤中人而命相矣。李德裕、李宗闵,以训、注所逐而量移矣。令狐楚号为仇士良所不悦，而见王涯讯谍，则曰“然，涯诚有谋，罪应死”矣，节度使兵仗参辞，则乞停罢矣。汲汲然唯恐得罪宦官以取祸。而训、注之恶，亦遂昭布于天下后世。论者不咎文宗之不密失臣，则恨训、注之狂躁误国，而当日情势，未有究论之者，可异也！宦官盗窃国柄，凶横不可制者，莫过于汉之十常侍，故何进等谋诛之不胜，反为所杀。然进之谋，进始之，非命于灵帝也。李训内与文宗谋，而外连藩镇以诛宫奴，谓之奉天讨可也。诈言甘露，衷甲帷幕，谓之权以济勇可也。事已败裂，犹扳呼乘舆，投身虎口，谓之死不忘君可也。迨奄人得志，身分族灭，此时文宗稍欲救之，即有阎乐、望夷之祸，天道至此，不可问矣，何独区区罪训也！使其非平昔倾险，君子犹将予之，不成之责，何乃甚乎？况山有猛兽，藜藿不采，使当时国之重臣，有不畏强御者，倡言训等之无辜，士良诸凶，犹未必刃加其颈也。乃箝口不言，而请王涯三相罪名，仅仅出于刘从谏，亦可耻矣！义山诗云：“古有清君侧，今非乏老成。素心虽未易，此举太无名。谁瞑衔冤目，宁吞欲绝声？”极言训等之冤，未尝甚其罪也。其感愤激烈，恨当事之无人，有不同于众人之言者，故表而出之如此。（玉溪生诗笺卷中）

【吴乔曰】所谓诗如空谷幽兰，不求赏识者，唐人作诗，惟适己意，不索人知其意，亦不索人之说好。如义山有感二长律，为甘露之变而作，则重有感七律，无别意可知。何以远至七百年后，钱夕公始能注释之耶？意尚不知，谁知好恶？盖人心隐曲处不能已于言，又不欲明告于人，故发于吟咏。三百篇中如是者不少。唐人能不失此意。宋人作诗，欲人人知其意，故多直达；明人更欲人人见好，自必流于铿锵绚烂，有词无意之途。瞎盛唐诗泛滥天下，贻祸二百馀年，学者以为当然，唐人诗道自此绝矣。又曰：少陵诗是义山根本得力处，叙甘露之变二韵长律……可验。（围炉诗话）

【朱彝尊曰】用意精严，立论婉挚，少陵诗史又何加焉。（冯笺引作钱评）

【杨守智曰】（次章）学杜至此，直是昭陵茧纸，非褚薛辈钩摹所及。〇二诗沉郁顿挫，虽少陵无以过之。指训、注为盗，亦是微词。论甘露之变，唯义山最得其正。（复图本）

【何曰】上篇深斥训、注，下篇则哀涯、餗、元舆等。〇古有清君侧之义，本为国家；今多老成之人，宜为平反，岂可以涯等本非素心，而听阉人诬罔族诛之，如今日者无名之举乎？（读书记）

又，辑评朱笔评语尚有二则。其一为首章眉批，云："多用反语，然实伤之，末稍致怨意。"又一则为次章尾批，云："结深刺当时不恤群臣之怨，亦伤帝之制于群凶，不得行其本志也。""唐人论甘露事当以此为最，笔力亦全。"是否何氏评，未可定，姑附此。

【沈德潜曰】为甘露之变而作。前一首恨李训、郑注之浅谋。后一首咎文宗之误任非人也。（首章）清平之世，横戮大臣，由训、注浅谋自取也。至使天子下殿，无辜证逮，不亦可哀之甚哉！（次章）变起仓卒，方悔信任之误，君侧非不可清，实不得老成之人共谋也。一时死者衔冤，生者饮恨，而开成元年上元赐百僚谯饮，何乐而为此耶？（唐诗别裁）

【姚曰】此为甘露之变鸣冤也。训、注之奸邪可罪，训、注之本谋不可罪。二诗，前首恨训、注之浅谋，后首咎文宗之误任，盖君臣皆有罪也。（首章）清平之世，横戮大臣，实则训、注浅谋所自取也。至使至尊为下殿之趋，臣子等萑苻之戮，证逮株连，徒受汉相之尊，不辨城狐之势。此时怜训、注者叹其受诬，而恶训、注者方泄其夙怨也，哀哉！（次章）当变起仓猝之时，而方悔信任之误。兵仗亟于背城，一阳为之掩抑。要非君侧之不当清也，不能任老成以谋之耳。虽素心可取，而举事无名，竟使死者衔冤，生者饮恨，岂非任用匪人之故耶？世界至此，而犹不废谳赏，何也？

【屈曰】（首章）一段恨其无才略而举大事。二段恨其果至于败。三段文宗不能识人，遂令枉杀朝臣。结呼天痛哭也。（次章）一段文宗之失臣。二段事与时。三段恨满朝无人。末讥其无感愤之心也。

【程曰】（钱笺）洵为论史卓识，得此诗之旨矣。然诗中用事，不无可议。李训固非君子，然谋诛宦官则是，诗中直指为东汉反叛之庞萌；令狐楚固非小人，然应证王涯则非，诗中乃谀为抗争董卓之卢植，得毋亦有不公乎？知人论世，盖有所不得已者。义山当文宗时，亦定、哀之间多微词也。

【冯曰】夕公之论甚正，其中有过誉处，……谋诛宦官，反被惨祸，诚堪怜愤；然文宗任用非人，亦不能辞其咎。义山措语皆有分寸。二篇皆痛李训而连及王涯辈，通体不重郑注。盖史虽称训、注为二凶，然注之阴恶，更甚于训，细阅史书自见，故训犹可怜，而注惟可恶。行次西郊篇中专斥注一人也。

【王鸣盛曰】乙卯年有感，丙辰年诗成，不但獭祭，亦且研十年炼一纪矣。全集只六百首，皆用几许功夫琢成，非率尔操觚可及。

【纪曰】第一首曰“竟缘尊汉相，不早辨胡雏”，第二首曰“临危对卢植，始悔用庞萌"，惜文宗之误用也。第一首"九服归元化，三灵叶睿图。如何本初辈，自取屈氂诛"，第二首曰"古有清君侧，今非乏老成。素心虽未易，此举太无名"，皆咎训、注之妄举也。反覆观之，无一恕词。夫训、注皆轻躁小人，侥幸富贵，因之以君国尝试，使幸而成功，轻则为徐、石之怙宠，重或有操、卓之专权，其平日所为可以覆按也。乃许之以奉天讨，许之以谋勇，许之以死事，不亦悖乎！至云国有重臣，不畏强御，倡言训等之无辜，士良诸凶犹未必刃加其颈，尤迂而不情，夫刘从谏之敢于请三相之罪，拥兵在外耳，使其在朝，彼能收三相，复何人不能收乎？以是解"古有清君侧"四句，可云南辕而北辙矣。凡说诗当心平气和求其本旨，先存成见而牵引古人以就之，是亦学者之大病也。○起二句言人心天命俱未去唐，非真有社稷存亡之虑，无容急遽图之也。四家评曰：结句归祸于天，风人之旨。(次章)直起不装头，是第二首也。"古有"四句，两开两合，曲折如意，绝大神力。结句感慨入骨，此义山法也。二诗是慨训、注轻举，文宗误用，而令王涯等蒙冤，钱夕公之笺非也。(诗说)(前首)五句至八句叙当日之变。九句十句言蔓累之惨。十一十二句点明误任匪人之过。十三句言杀戮之多，十四句言形势之危，总束上文，而末以运数结之。次首法应竟起，故首二句即事直入。三四句补令狐楚事，即折入本意。五句至八句，极言其酿祸之烈。九句至十二句，两开两合，言晋阳之甲，古虽有之，然乃重臣正士之任，非训、注所能当也。无论心不可问，即使心果为国，亦宜慎重其事，明正天讨，不宜于反形未著之日，出此无名之兵也。十四句至末，言徒累无辜，而仇士良等晏安如故，于事何补乎？

二首反覆阳明，皆是此意。钱夕公因感明季珰祸，遂曲原训、注，并义山诗而穿凿之，失其旨矣。（辑评）

【姚鼐曰】长律唯义山犹欲学杜，然特摹其句格，不得其一气喷薄，顿挫精神，纵横变化处。有感二首，世所共推，然惟“清君侧”以下八句佳，其馀叙事殊乏步骤。（五七言今体诗钞评）

【张曰】甘露之变，发难训、注，而谋则断自文宗。二诗怨愤之中，下语皆有分寸。为帝危，为王涯诸人痛，腐心群竖，切齿二凶，无可奈何，然后归之于天，钱夕公所谓“感愤激烈，不同众论者”，真诗史也。“近闻开寿谶，不废用咸英”，盖深幸帝位之未移耳。新书仇士良传：“始士良、弘志愤文宗与李训谋，屡欲废帝。崔慎由为翰林学士，直夜，有中使召入秘殿，见士良等坐堂上，谓曰：‘上不豫已久，自即位，政令多荒阙，皇太后有制，更立嗣君，学士当作诏。’慎由以死不承命。士良等默然，乃启后户，引至小殿，帝在焉。士良等历阶数帝过失，帝俛首。既而指帝曰：‘不为学士，不得更坐此。’”则当日废立之事，固间不容发也。冯氏乃引王涯传“云韶乐”之事，谓帝闻乐而悲，浅矣。（会笺）又曰：二诗悲愤交集，直以议论出之。笔笔沈郁顿挫，波澜倍极深厚，属对又复精整，虽少陵无以远过，岂晚唐纤琐一派所能望其项背哉！（辨正）

【按】题曰“有感”，诗固以议论为主，而非纪事之作。篇中虽亦涉及当日情事，然均为议论所用。故循其议论之脉络以解之，则全诗了然；以叙事之体求之，则每感其无次第、乏步骤，如姚鼐所云者矣。

诗中所“感”，约有二端：一为疾李训之志大谋浅，贻误国事；一为咎文宗之不能知人善任。而咎李训亦即所以咎文宗，惟二首各有所侧重而已。首章以疾李训之浅谋为主。“九服”二句谓诛灭宦官本有良好条件（九服归附，君主英明），“如何”二句即承此提出问题。以袁绍喻训，既切其有诛灭宦官之意图，又隐责其有投机之心与缺乏谋画。“屈氂诛”谓以谋反之罪受诛，此系叙述客观事实，非谓李训即叛臣也。“有甚”二句，即就其动机与效果之相悬以明其浅谋。“何成”二句更就其手段之拙劣以明之。“灭萑苻”回应“自取”。“证逮”二句则专就变起后株连之广、为祸之烈以明之。至此，训之浅谋误国已揭露无遗，文宗之所任匪人亦已可想见，“竟缘”二句乃就势引出对文宗之批评。徒以言貌取人，已属暗于知人；因尊崇大言无当之李训而信任奸险邪佞之郑注，更难辞误国之责。末四句乃总束全篇，极言酿祸之惨酷与心情之悲愤。“敢云堪痛哭”，实谓时势之殊堪痛哭流涕；“未必怨洪垆”，实谓酿成如此巨祸，系人而不系天也。故作曲笔，而愤激之情愈溢于言表。次章起二句谓变起仓卒。“临危”二句直接点出全篇主意。“临危”而“始悔”，正见其暗于知人。“御仗”四句，就宦官凶焰之炽与李训之仓皇举事，反致误国，批评文宗用人之非，并为下“老成”“无名”之论伏根。“古有”四句，实总此二首之内容而概言之，前二谓文宗举大事而不知任用老成，后二谓李训徒有大言而不堪重任。“谁瞑”二句，极言冤死者不能瞑目，幸存者难以吞声。“近闻”二句，又借开谯奏乐之事以见文宗之受制于宦官，不得不忍悲吞声，与上二句适成对照。事前既暗于知人，事后又形同幽囚，既暗且弱，时事可知矣。

至宦官之凶残横暴，固非此诗正面表现之重点。然于疾李训之浅谋、咎文宗之误任之同时，对宦官之大事株连、杀戮朝臣亦有所揭露。其时宦官气焰正炽，“迫胁天子，下视宰相，陵暴朝士如草芥”（通鉴文宗大和九年），故以如此重大之政治事件，其时诗歌创作中竟寂无反响。义山独能斥宦官之残暴，肯定李训诛灭宦官之“素心”，抒写已亡与幸存者之冤愤，其诗胆之可贵，自不待言。诗于李、郑二人之中，详论李之浅谋误国而略郑，固因甘露之事，李为谋主，亦缘作者之视李、郑自有区别。素心未易之评，仅适用于李；至于郑，则直以乱天下之“胡雏”视之。作者对主谋者之个人政治品质与才能，和谋诛宦官行动本身之正义性采取区别对待之态度，对照同时诗人刘禹锡于事变后所上之贺枭斩郑注表、贺德音表，当更能看出商隐认识之深刻。

诗以议论出之，然诗之论固不同史论。忠愤激烈之气，关注国运之情，盘郁流注于字里行间。而诗之沉郁顿挫风格，亦每于抑扬吞吐，亦讽亦慨中显露。此种抒情性议论，杜甫最为擅长，义山此诗，可谓得其真传。

据诗中自注“是晚独召故相彭阳公入”及“近闻开寿谶，不废用咸英”之句，似此二诗之写作与令狐楚密切相关。不特诗中所叙有关甘露之变情事或出自令狐所述（如“临危”二句所述之内容，他人即不易知），且诗中所表露之观点亦可能代表令狐等“老成”大臣之看法。

重有感

玉帐牙旗得上游〔一〕，安危须共主君忧①。窦融表已来关右〔二〕,陶侃军宜次石头〔三〕。岂有蛟龙愁失水②〔四〕,更无鹰隼与高秋〔五〕。昼号夜哭兼幽显〔六〕,早晚星关雪涕收〔七〕。

校　记

①"君",席本作"分"。

②"愁",悟抄作"曾",朱本、季抄一作"曾",一作"长"。

集　注

〔一〕【朱注】抱朴子外篇:"兵在太乙玉帐之中,不可攻也。"唐书艺文志:"兵家有玉帐经一卷。"张淏云谷杂记:"按袁卓遁甲专征赋:'或倚直使之游宫,或居贵神之玉帐。'盖玉帐乃兵家厌胜之方位,主将于其方置军帐则坚不可犯,犹玉帐然。其法出于黄帝。遁甲以月建前三位取之。"东京赋:"牙旗缤纷。"薛综曰:"牙旗者,将军之旌。古者天子出,建大牙旗,竿上以象牙饰之。"南部新书:"诗:'祈父!予王之爪牙。'祈父,司马,象兽,以爪牙为卫,故军前大旗谓之牙旗。出师则有建牙、祃牙,军中听号令必立牙旗之下,与府朝无异。近俗尚武,通呼公府门为牙门,字讹转为衙。"【冯注】黄帝出军决:"牙旗者,将军之精;金鼓者,将军之气。"精与旌有异。汉书项籍传:"古之王者,必居上游。"【按】玉帐即军帐,征战时主将所居之帐幕。太白阴经卷十推玉帐法曰:"大将军居太乙玉帐,下吉攻之不得,以功曹加月建前五辰是也。"牙旗,朱氏所引南部新书之解本出封氏闻见记,其书又引或说云:"公门外刻门为牙,立于门侧,以象兽牙。军将之行,置牙竿首,悬旗于上。"又,吴斗南两汉刊误补遗谓明堂位言商之崇牙者二,注谓汤以武受命,故常以牙为饰,簨簴则刻版重叠为牙,旂旗则刻绘为牙,后世牙门,此其滥觞。(高步瀛唐宋诗举要注引)上游,犹上流。南史谢晦传:“晦据上流,檀(道济)镇广陵,各有强兵,足制朝廷。”句谓刘从谏为一方雄藩,昭义镇辖泽潞,邻近都城,得上游之便。

〔二〕【冯注】后汉书:“窦融行河西五郡大将军事,闻光武即位,心欲东向,遣长史奉书献马,帝授融凉州牧。融既深知帝意,乃与隗嚣书,责让之,砥厉兵马,上疏请师期,帝深嘉美之。”魏志:“曹公西征张鲁,王粲作诗曰:相公征关右。”按:此谓表已至京师也。宋书:“高祖以义真都督关中诸军事,义真被征,朱龄石代镇长安,敕龄石:若关右必不可守,可与义真俱归。”

〔三〕【冯注】晋书陶侃传:“苏峻作逆,京都不守,温峤要侃同赴朝廷,因推为盟主。侃戎服登舟,与温峤、庾亮俱会石头。诸军与峻战,斩峻于阵。”通鉴:“苏峻为侃将所斩,脔割之,焚其骨。”

〔四〕【冯注】管子:“蛟龙,水虫之神者也。乘水则神立,失水则神废;人主,天下有威者也,得民则威立,失民则威废。”

〔五〕【冯注】礼记月令:“孟秋,鹰乃祭鸟,用始刑戮。”汉书孙宝传:“立秋日敕曰:今日鹰隼始击,当顺天气取奸恶,以成严霜之诛。”春秋感精符:“霜,杀伐之表。季秋霜始降,鹰隼击。”【何曰】第六用“见无礼于(其)君者,如鹰鹯之逐鸟雀也”(按:语见左传文公十八年)。【补】与,通“举”,高举、腾飞。

〔六〕【冯注】言神人皆望之。【何曰】幽,谓王涯等十一族;显,谓士大夫不附宦官者也。【按】何说是。幽显,即所谓阴间与阳间,死者与生者。此即有感二首“谁瞑含冤目,宁吞欲绝声"之意。

〔七〕【道源注】天官书:"两河天阙间为关梁。"索隐曰:"宋均云:两河六星知逆邪。言关梁之限知邪伪也。"正义曰:"阙、邱二星在河南,金火守之,主兵战阙下。"【姚注】天文志:"五车南一星曰天关,日月所行,主边事。"时王茂元在泾原,领边镇,故云。【陆鸣皋曰】星关犹天门,言禁阙也。【程注】晋书刘隗传:"敦克石头,隗攻之不拔,入宫告辞,帝雪涕与之别。"潘眜笺:"时王茂元节度泾原,领边镇,义山深望其清君侧之恶,故曰'早晚星关雪涕收'也。"【冯注】天官星占曰:"北辰一名天关,一名北极,紫宫太乙座也。"晋书天文志:"东方。角二星为天关,其间天门也,其内天庭也。故黄道经其中。房四星,为明堂,天子布政之宫也。中间为天衢,为天关,黄道之所经也。"似皆可言星关,以喻皇居。而张平子周天大象赋:"天关严扃于毕野,诸王列藩于汉浔。"用之亦合。此言文宗悲愤不自胜,冀其来诛内官,而乃得收痛泪也。旧引史记天官书"两河天阙间为关梁……",虽似合本事,却与下三字不可贯,必非。【高步瀛曰】此以星阙借喻天子禁兵所在,"雪涕收"谓收中官禁兵归之天子也。冯注以星关喻皇居,"收"字专就"泪"言,与"雪"字意复,恐非。【按】星关喻禁阙、皇居。时宦官操纵朝政,盘踞宫阙,故切盼能雪涕而收之。

笺　评

【钱龙惕曰】大和九年十月,以前广州节度使王茂元为泾原节度使。逾月,李训事作。茂元在泾原,故曰"得上游"也。昭义节度使刘从谏三上疏问王涯等罪名,内官仇士良闻之惕惧，故曰"窦融表已来关右"也。初，未获郑注，京师戒严，泾原、鄜坊节度使王茂元、萧弘皆勒兵备非常，故曰"陶侃军宜次石头"也。宦竖知训事连天子，相与怨啧，帝惧，伪不语，故宦人得肆志杀戮，则蛟龙而愁失水矣。曰"岂有"者，讳之也。传曰："见无礼于其君者，如鹰鹯之逐鸟雀也。"奄竖恣横，举朝胁息，曰"更无"者，伤之也。至于昼号夜哭，雪涕星关，则欲为包胥救楚之事而无九伯，徒托空言。呜呼，悲夫！

【吴乔曰】有感长韵律二篇，既为甘露之变而作，则重有感可知，而余读之殊不能领。见夕公注，不觉自失，以其命意视无题更奥故也。杨、刘、钱之西昆，直是儿童之见。余注无题诗，名为"发微"，盖以此故。贺黄公说此诗大意同夕公，又有曰："顾华玉讥此诗云：所言何事？次联粗浅不成风调。古人纪事必明褒贬，乃隐约未有如此者。"华玉之论，何以服人！余谓觉范言诗至义山为一厄，浅夫类然。何必东桥（按指顾东桥）。晚唐诗难读如此，况盛唐乎？

【贺裳曰】首二句是言诸藩镇之拥兵者，责以主忧臣辱之义。"窦融表已来关右"，指昭义节度使刘从谏上表请王涯等罪名。"陶侃军宜次石头"，伤他镇无与之同心，兼讽刘逗留不进。"岂有蛟龙愁失水，更无鹰隼与高秋"，正言事皆决于北司，宰相惟行文书，安危系于外镇。"昼号夜哭兼幽显，早晚星关雪涕收"，又举向时被祸之家及目前株蔓犹未绝者，激烈言之。愚意义山位屈幕僚，志存讽谕，亦可嘉矣。（载酒园诗话）

【朱彝尊曰】感甘露之事也。○藩镇勒兵，止以自卫，莫兴勤王问罪之师，故曰"须共"，曰"宜次"，勉之激之，亦春秋责

备之旨,非刺之也。落句总是望之之词,作感慨解便浅。○兼幽显,言神人共见之也。(据复图本)

【杨守智曰】此诗专责藩镇诸臣拥兵而不讨贼,词严义正,凛然春秋之旨。(复图本)

【何曰】重有感一篇并惧文宗将有望夷之祸,而望藩镇协力以救之。(读书记)又,辑评朱批云:此责藩镇诸公也。第三指昭义刘从谏。○此篇感泾原、鄜坊二帅及助宦为声势(者)。工(?)诛不成,搢绅涂地,职由再失事机也。第三责萧弘外属,反不如一刘从谏。○逼真工部合作。(辑评所录诸条,似非出一人之手,姑附于此。)

【胡以梅曰】是举也,剪除国贼本受密旨。使其事举,有造唐室。乃暗主临事蒙懂,始不即临左仗,继又随中官入内,使兵自内出,一败涂地,冤滋流毒,不济之咎,不独训辈也。顾训、注倾邪小人,素心妄谲,王涯贪权固宠,榷茶构冤,不远邪佞,贾餗脂韦其间,舒元舆等,性俱诡激,乘险蹈利,与训相结,不为众与,所以受祸之后,人情反以假手为快意者,实失好恶之正,故义山集中有感二首独哀之。此云"重有感"者,专为当时藩镇不能声罪致讨而责之,亦可谓诗史也已。当时王茂元为泾原节度,萧弘为鄜坊节度,皆处上游之势,则安危须共主君之忧矣。当时昭义节度使刘从谏三上疏问王涯罪,内官仇士良闻之惧惕,……既如窦融有表来关右,则近镇何不学陶侃次军京师乎?若天子得藩镇之兵,如蛟龙之得水,有何愁虑,乃诸镇并无鹰隼之击于高秋之候,所以使含冤之众昼则人号,夜则鬼哭,幽明皆是,望星关知诛邪之无人,方始收泪,岂天意长奸欤?(唐诗贯珠串释)

【陆鸣皋曰】甘露之事,昭义节度刘从谏疏问王涯等罪名,仇士良惧，而诸镇未有举动，诗盖为此作也。言拥节而据要地，当共天子安危。况已有问罪之表，则宜有率师以清恶者。第五句，谓文宗受制中人，而反言以存体；第六句，则慨无人效一击之力也。星关，犹天门，言禁阙也。雪涕，犹破涕，盖谓阉寺横逆，禁门纵弛，人鬼愤泣，安得早晚收闭而为之破涕乎？仍望之也。

【徐德泓曰】此诗不惟抒忠愤之思，且著当时藩镇之失。不激不尤不露，缠绵沉郁，直入杜陵突奥，匪仅得藩篱而已。第六句"与"字读去声，言无有与闻国事者，始见意义。星关，若主边塞之臣说，则雪涕收当解作昭雪而收其涕，三字连合，反觉生粘，而意与韵脚亦俱受"雪"字之病，而不醒不稳矣。或解作破涕而收之，则涕已破，而收字又赘矣。故"收"字应属之门禁，而星关不系乎边臣，上解是也。

【陆曰】文宗愤宦官弑逆，阴与训、注谋除之。训以谋之不臧，致有甘露之变。天下皆疾训、注之奸邪，不知其谋则舛，其理则正。义山五言二诗，已排众论而昭雪之矣。此则深咎内外文武，先既不能讨贼，及刘从谏表上，又无接应之人，为可叹也。按唐兵制，内外相维，沿边尽立节度府，原以防京师一旦有变，勤兵救援耳，故曰"玉帐牙旗得上游，安危须共主君忧"也。涯、餗等见戮后，士良迫胁天子，下视宰相，其气益盛，然刘从谏表上，誓清君侧，若辈即震慴不敢复肆。使诸镇乘此共兴问罪之师，则阉人不难授首，而涯等之冤得白矣，故曰"窦融表已来关右，陶侃军宜次石头"也。史称"数日之间，生杀除拜，皆决于中尉，上不豫知"，是蛟龙而失水矣，曰"岂有"者，讳之之辞也。士良虽以谋逆诬涯、餗，然未敢专杀，文宗顾问覃、楚，设覃、楚当日能持公论，则罪有攸归，乃依阿取容，使肆惨毒，孰是为鹰隼之一击者乎？曰"更无"者，羞之之辞也。藩镇坐视于外，宰辅依违于中，至使昼号夜泣，人鬼皆愁，何时得清君侧之恶，而收此涕泪也哉！此我之所以重有感也。

【杨逢春曰】首指当时藩镇拥重兵者，二是一篇之主。（唐诗绎）

【姚曰】李训事作，时王茂元为泾原节度使，故曰"上游"。昭义节度使刘从谏上疏问王涯等罪名，仇士良闻之惕惧。窦融表，指刘；陶侃军，谓茂元在泾原亦勒兵备非常，故以是望之也。时事如此，要之果是蛟龙，宁愁失水？惜训、注非其人耳。高秋鹰隼，非茂元辈是望而谁望耶？更无者，言岂更无其人也。昼号夜哭，雪涕星关，义山之感愤深矣。

【屈曰】此首即杜之诸将也。亦不能如杜之深厚曲折，而语气颇壮，用意正大，晚唐一人而已。诸选皆不录者，采春花而忘秋实也。○此篇甘露变后之作，犹望其兴复也。既得上将，势足有为，当分主忧。何窦融之表已来关右，而陶侃之军不次石头？故奄宦得志。当时如果兴师问罪，蛟龙必不至于失水。其如时无英雄，谁能为高秋之鹰隼乎？今日之号哭，神人共愤，如有忠臣，星关可雪涕而收，望之至也。（玉溪生诗意）又曰：前半时事，后半致慨。……须共，正承"得上游"。已宜，正承须共。五六比，言必不至丧国，但无忠良耳。七承六，八承五。更无鹰隼，所以昼号夜哭，蛟龙不愁失水，故早晚星关可收。（唐诗成法）

【程曰】王茂元虽与萧弘勒兵，仅可以备非常；若责以清君侧之奸，难矣。即刘从谏屡请王涯罪名亦不过三上奏疏，未敢遽兴晋阳之甲，何乃于茂元望之深耶？历观前史，以清君侧起兵者，东汉之董卓，东晋之苏峻、王敦，挟震主之威，冒不义之名，皆国贼耳，岂社稷臣耶？义山之意，盖深有慨于文宗"受制家奴"之语，而姑为此将在外不受君命之论，以寄其愤忿也。……

【冯曰】此篇专为刘从谏发。钱龙惕兼王茂元言之，徐氏又兼萧弘言之，皆误矣。旧书纪："昭义节度使刘从谏三上疏问王涯罪名，仇士良闻之惕惧。从谏遣焦楚长入奏，于客省进状，请面对。上召楚长，慰谕遣之。"新书从谏传："李训先约从谏诛郑注。及甘露事，宰相皆夷族，从谏不平，三上书请王涯等罪。时宦竖得志，天子弱，郑覃、李石执政，藉其论执以立权纲。"仇士良传："从谏言：'谨修封疆，缮甲兵，为陛下腹心，如奸臣难制，誓以死清君侧。'书闻，人人传观，士良沮恐。帝倚其言，差自强。"故三四言既遣人奉表，宜即来诛杀士良辈也。旧书训注传赞曰："苟无藩后之势，黄屋危哉！"藩后专指从谏也。史称士良辈知事连天子，相与恶愤，帝惧，伪不语，数日之内，生杀除拜皆由两中尉，天子不闻也。故五句痛其受制。六句谓除从谏外更无人矣。若王茂元，史言其以多财为中人掎摭，方惴惴焉出家赀赂两军，得不诛，而反获封。萧弘以太后弟得显位，实庸人耳，安得以陶侃比之哉？且新书云："初未获注，京师戒严。茂元、萧弘皆勒兵备非常。"是二人方为中人所用。乃夕公改"初未获注"为"初获郑注"，以曲成其论，尤是非颠倒矣。"得上游"，似借用汉书匈奴传从上游来厌人之义，以喻慑服中官也。

【纪曰】岂有、更无，开阖相应。上句言无受制之理，下句解受制之故也。揭出大义，压伏一切，此等处是真力量。钱夕公以“岂有”为讳之，非也。（诗说）大抵钱氏论诗，皆先存成见而矫揉古人以从之，牧斋笺注杜诗亦然。“兼幽显”，言神人共愤也。（辑评）又曰：“窦融”二句竟以称兵犯阙望刘从谏，汉十常侍之已事，独未闻乎？（四库提要）

【朱东喦曰】昔杜工部以议论为诗，非具大经济大学问未易臻此境地，故为唐一代诗人之极。义山竭力摹仿杜工部，集中如此等作，皆深得杜工部之神髓。即有唐无数钜公，曾未有闯其篱落者。一“得上游”，言身居要地也；二“共分忧”，言心存报主也；三、四皆写得上游共分忧处。此真用古而化，以议论为律诗者矣。五“蛟龙失水”曰“岂有”者，是为至尊讳也；六“鹰隼高秋”曰“更无”者，为节镇勉也。七、八用申包胥事作结，盖当时兵戈犯阙，京师戒严，深有望于乞师绥寇之人，重见太平景象有不可须臾少缓之势，故曰“早晚星关雪涕收”也。（东喦草堂评唐诗鼓吹）

【方东树曰】前有有感，故此曰“重”，皆咏甘露之事。钱龙惕笺得之半，失之亦半。先君云：“惧文宗有望夷之祸，望诸藩镇同力救之，即杜诸将之意，而诗不及杜。”树按：此解得真。向来皆以首句指王茂元，非也。至三句指刘从谏，是也。或乃斥其以称兵犯阙望之者，亦过论也。要之，此诗昔人皆从上选，然细按之终未洽。虽兴象彪炳，而骨理不清，字句用事，亦似有皮傅不精切之病。如第四句与次句复，又与第六句复，是无章法也。试观杜公有此忙乱沓复错履否？末句从杜公“哀哀寡妇”句脱化来，似沈著，有望治平之意，而“早晚”七字，不免饤饾僻晦。明七子大都皆同此病，然后知有本领与无本领悬绝如此。盖义山与明七子，不过诗人，志在学古人句格以为诗而已；非如陶、杜、韩、苏，有本领从肺腑中流出，故其措注用意，语势浩然，而又出之以文从字顺，与经、骚、古文通源。其馀诗人，不过东牵西补，涂饰揞拄以成室而已。姑举义山此一诗发其义例，而学问之大凡，胥视此矣。首句若非实指一人，则起为无着；若实指王茂元一人，则又偏枯，与全诗章法不称。杜诸将一人则咏一人到底，不似此单漏流移不定也。潘次耕以为此指王茂元。（昭昧詹言）

【施补华曰】义山七律，得于少陵者深。故秾丽之中，时带沈郁。如重有感、筹笔驿等篇，气足神完，直登其堂，入其室矣。飞卿华而不实，牧之俊而不雄，皆非此公敌手。（岘佣说诗）

【张曰】此诗专为刘从谏发，冯说甚精。……案邵氏闻见后录云："李义山樊南四六集载为郑州天水公言甘露事表云：……"此表惜已佚，颇可与诗参观。以韩昌黎之学识，尚罪伾、文，杜牧之辈，更无论焉。义山持论，忠愤郁盘，实有不同于众论者，乃纪晓岚撰四库提要，于此诗犹复肆意讥诃，何欤？（会笺）又曰：起句言昭义据天下之上游，即当安危与共。颔联正意。腹联谓已得上游，岂愁失势，奈何无分忧王室之人，如鹰隼之逐恶人也。结则望其速来诛君侧之恶，雪神人之愤耳。……（辨正）

【高步瀛曰】沈郁悲壮，得老杜之神髓。（唐宋诗举要）

【按】贺裳、陆鸣皋、冯浩谓此篇专为刘从谏发，极是。从谏之屡上疏请王涯罪名，本意在警诫仇士良辈，勿进而为废立之事，使朝廷稍安而已，初无兴兵赴阙、翦除宦官之意（就当时形势言，如无朝廷命令，从谏实亦不可能为此举）。义山忧国情深，于从谏不免望之殷而责之切，故诗中每于祈望之中微露不满、焦急与愤郁。句中虚字，最见用意。起句先明示其有兴兵勤王之便利条件，次即以一“须”字指明此系义不容辞之责任。颔联“已来”“宜次”，前宾后主，敦促中隐含对从谏“宜次”而竟迟迟“未次”之不满。腹联纪笺甚是，其意盖谓君主失权，受制阉竖，即缘无人如鹰隼搏击君侧恶人之故。“更无”者，绝无之意，深有慨于“安危须共主君忧”者竟坐视危局，能为“鹰隼”而不为也，感慨中复含愤郁，于从谏则激之亦所以责之也。末联“早晚”，犹“多早晚”，不定之词，热望中透出忧心如焚之情。杜甫诸将云：“独使至尊忧社稷，诸公何以答升平？”似可为此诗下一注脚。至于藩镇勤王之举在当时是否可能，是否会导致政局之复杂化，则义山本一诗人，固不必以政治家衡量之也。

曲江〔一〕

望断平时翠辇过〔二〕，空闻子夜鬼悲歌〔三〕。金舆不返倾城色〔四〕，玉殿犹分下苑波〔五〕。死忆华亭闻唳鹤〔六〕，老忧王室泣铜驼〔七〕。天荒地变心虽折〔八〕，若比伤春意未多①。

校　记

①“伤”原作“阳”，据戊签改。

集　注

〔一〕【朱注】司马相如哀二世赋：“临曲江隑洲。”注：“曲江，在杜陵西北五里。”康骈剧谈录：“曲江，开元中疏凿为胜境。其南有紫云楼、芙蓉苑，其西有杏园、慈恩寺，花卉环周，烟水明媚。都人游赏,盛于中和上巳之节。"【冯注】史记索隐曰:"隑即碕字,谓曲岸头也。"旧书郑注传:"(注)言秦中有灾,宜兴工役以禳之。文宗尝吟杜甫江头篇,知天宝以前,环曲江四面有楼台行宫廨署,心窃慕之。既得注言,即命左右神策军,差人淘曲江、昆明二池,仍许公卿士大夫之家于江头立亭馆,以时追赏。时两军造紫云楼、彩霞亭,内出楼额以赐之。"雍录:"唐曲江,本秦隑州,至汉为乐游苑。隋营京城,以其地高不便,故阙此地,不为居人坊巷,而凿为池以厌胜之。又会黄渠水自城外南来,故隋世遂从城外包之入城为芙蓉池,且为芙蓉园。"

〔二〕【高步瀛注】张说芙蓉园侍宴诗曰:"芳园翠辇游。"

〔三〕【道源注】晋书:"孝武太元中,瑯琊王轲之家有鬼歌子夜。"【冯注】又:"子夜歌者,女子名子夜,造此声。"旧书乐志:"子夜歌声过哀苦。"【纪曰】子夜指半夜,道源注非。(辑评)【按】纪言固是,然道源但注出典,并未谓子夜非半夜。

〔四〕【冯注】汉书李夫人传:"兄延年,侍上起舞,歌曰:'北方有佳人,绝世而独立。一顾倾人城,再顾倾人国。宁不知倾城与倾国,佳人难再得!'"

〔五〕【补】下苑,即曲江。参见及第东归次灞上却寄同年注。曲江与御沟相通,故云"玉殿犹分下苑波"。

〔六〕【程注】晋书陆机传:"宦人孟玖谮机于成都王颖,言机有异志。颖怒,使牵秀收机,机因与颖笺,词甚凄恻,既而叹曰:'华亭鹤唳,岂可复闻乎?'遂遇害。"李白行路难:"华亭唳鹤讵可闻?上蔡苍鹰何足道!"【按】华亭,陆机故宅旁谷名。

〔七〕【朱注】晋书："索靖知天下将乱，指（洛阳）宫门铜驼曰：'会见汝在荆棘中耳。'"【冯注】华氏洛阳记："两铜驼在宫之南街，东西相对，高九尺，汉时所谓铜驼街。"

〔八〕【高步瀛注】江淹别赋曰："心折骨惊。"

笺　评

【朱曰】旧唐书："大和九年十月……壬午，赐群臣宴于曲江亭。十一月，有甘露之变，流血涂地，京师大骇。十二月甲申，敕罢修曲江亭馆。"此诗前四句追感玄宗与贵妃临幸时事，后四句则言王涯等被祸，忧在王室而不胜天荒地变之悲也。

【何曰】此亦感愤文宗之祸而作，（朱）注所引甚当，特未尽作者之意。盖此篇句句与少陵哀江头相对而言也。（读书记）又曰：发端言修曲江宫室，本升平故事，今则望断矣。第三言当时仅妃子不返，天子犹复归南内。若今之椓人制命，宰相骈首拿戮，王室将倾，岂止天宝之乱，蕃将外叛，平荡犹易乎？故落句反覆嗟惜，有倍于天荒地变也。〇文宗大和七年，从宰臣请，修祖宗故事，以十月十日为庆成节，准上巳、重阳例于曲江锡宴，迄帝崩以为常。倾城不返，托旧事以志鼎湖银海之痛也。（辑评）

【胡以梅曰】首言开元、天宝之际，平时翠辇经过，今望之已断，空闻夜鬼悲歌矣。此句兼新旧之鬼而言，马嵬埋后，倾城之色难返；曲江之水依旧分流于玉殿也。第五专指郑注之死；比于机、云，盖修曲江本于注修土木之事。第六作者之忧王室也。天荒地变言都城流血，曲江已废，惨状心折，还比伤春之意未多，伤之甚也。（唐诗贯珠串释）

【陆曰】……此诗上四句，溯玄宗朝事；下四句，感文宗时事也。夫以曲江宫殿，而鬼得悲歌其中，则翠辇之不来久矣。三句即杜子美“血污游魂归不得”意。四句即王子安“槛外长江空自流”意也。后半言朝廷思复升平故事，方谋兴葺，而涯等被祸，忧在王室，又不胜天荒地变之悲。然则灾异非土工可厌，君天下者，惟当修德以弭之耳。

【徐德泓曰】朱注已明，但“金舆”二句，一缴前，一拖后，下句指文宗游宴事，非玄宗也，当玩一“犹”字，不然，截成两橛，下便接不去矣。沉郁顿挫，小雅遗音。惟落句意，似反说浅耳。

【沈德潜曰】此借玄宗时曲江以讽文宗时事。郑注言秦中有灾，宜兴土工厌之，乃浚昆明池与曲江。十一月，以甘露变而止，故以“曲江”为题。○“死忆”句批：谓郑注、王涯等人。“老忧”句批：望雪冤有人。

【姚曰】前四句感明皇贵妃事，后四句述时事之惊心。陆机、索靖，此人皆有天荒地变之恨，若较我今日伤春之心，则犹未为甚。盖王涯等之含冤，视陆机更甚；曲江亭之遽废，较索靖更悲也。

【屈曰】首二句天宝大和合起。三四天宝，五六大和。七八合结，言曲江一片地，岂堪几番天荒地变哉！

【程曰】朱氏之论，划然分作两截，律诗无此章法。即如所云，前半亦蒙混，未见翠辇、金舆等字便切天宝时事；后半亦鹘突，何以铜驼、鹤唳二言忽入太和诸臣？陆机死于宦官，王涯辈亦死于宦官，鹤唳一语属之涯辈可也。但王涯、贾餗、舒元舆三人皆趋奉李训、郑注，谋诛宦官又不与其事，此岂老忧王室之人？铜驼一语，亦属涯辈，则不可也。且“天荒地变”总结一篇，“若比伤春”之言，则别有事外之感，只以“忧在王室而不胜天荒地变之悲”一语了之，于本句之“心虽折”，下句之“伤春多”一语皆若不可解者。以愚求之，此诗专言文宗。盖文宗时曲江之兴罢，与甘露之事相终始也。曲江之修，因郑注厌灾一言始之；曲江之罢，因李训甘露一事终之。故但题“曲江”，而太和间时事足以概见矣。起句言自从敕罢工役，无复临幸可望。次句言自从涯等被祸，空有冤鬼之声。三四一联上句谓召取李孝本二女入宫，因魏谟谏而出之；下句谓初罢紫云楼、彩云亭，但有水色波声而已。此承首句“望断翠辇”言也。五六一联上句谓王涯、贾𫗧等被祸于宦官，与陆机被收之时事略同；下句谓郑覃、李石等忧国之孤忠，与索靖之心情无异，此承次句“鬼悲歌”言也。七八二语，上句言太和九年正当甘露之变固可伤，下句言开成元年正月赐百官宴于曲江尤可伤也，盖痛定思痛之言。此一篇之结构也。如此解，于时事乃亲切，于文气乃贯通，于法脉乃融会矣。

【冯曰】朱氏谓前半追感明皇、贵妃临幸时事，后半谓王涯等被甘露之祸，非也。凡诗须玩其用意用笔，正陪轻重，乃可引事证之。今次联正面重笔，即所谓伤春，五六乃陪笔耳。此盖伤文宗崩后，杨贤妃赐死而作也。文宗后妃，旧、新书竟无传可考，今据安王溶、杨嗣复传：“安王溶，穆宗第八子也。杨贤妃有宠于文宗，晚稍多疾，阴请以安王为嗣，密为自安地。帝谋于宰相李珏，珏非之，乃立陈王成美。妃与宰相杨嗣复宗家，及仇士良立武宗，遂擿此事，谮而杀之。”诗首句谓文宗，次句谓贤妃，三四承上，五六则以甘露之变作衬，而谓伤春之痛较甚于此。盖文宗受制阉奴，南司涂炭，已不胜天荒地变之恨，孰知宫车晚出，并不保深宫一爱姬哉！语极沉郁顿挫。朱氏误会，故解至末联而其词穷矣。余深味此章与下章（按指景阳井），杨贤妃之死也，必弃骨水中，故以王涯辈弃骨渭水为衬，实可补史之阙文，非臆度也。四句似亦以弃骨水中，故云分波。

【纪曰】五六宕开，七八收转。言当日陆机、索靖虽有天荒地变之悲，亦不过如此而已矣。大提大落，极有笔意，不得将五六看作借比（辑评作"借比时事"），使末二句文理不顺也。（诗说）

【姚鼐曰】前四句言天宝之祸，固所谓"天荒地变"矣。五六则言甘露之事。玄宗事虽可悲，然其后则嬖幸既诛，天下反正，犹可言也。若今受制家奴，大臣冤死，至不敢言，其可伤不更多耶？郑注言秦雍有灾，兴役厌之，文宗因治曲江、昆明。曲江、甘露两事皆因注也，故以起感。

【方东树曰】收句欲深反晦。（昭昧詹言）

【张曰】此诗专咏明皇、贵妃事。首二句总起，言曲江久废巡幸，只有夜鬼悲歌，亟写荒凉满目之景。"金舆"一联，言苑波犹分玉殿，而倾城已不返金舆矣，所谓伤春也。后二联则言由今日回想天宝乱离，华亭唳鹤，王室铜驼，天荒地变之惨，虽足痛心，然岂若伤春之感，愈足使人悲诧耶？旧注皆兼甘露之变言，诗意遂不可解。冯氏又臆造杨贤妃弃骨水中以附会之，益纰缪矣。（会笺）又曰：通篇皆慨明皇贵妃之事，此为曲江感事诗，别无寄托也，深解者失之。（辨正）

【黄侃曰】此诗吊杨妃而作，与杜子美哀江头同意，而笺注家傅会甘露之变，殊属无谓。首句言不复游幸，次句言其凄凉；三句言杨妃已去，四句言宫殿犹存。后四句言临命之

悲、亡国之恨，犹未敌倾城夭枉，遗迹荒残之恸也。试取哀江头诗，与此诗互观，当能领悟。（李义山诗偶评）

【高步瀛曰】此诗盖感于修曲江亭馆，旋有甘露之变，而追痛唐代衰乱之原也。明皇尝与杨妃游幸曲江，及安史乱后，曲江亦日就芜废。起二句言巡幸久旷，夜鬼悲歌，状当时曲江之荒凉也。三句追叙杨妃之死，即末句所谓伤春也。四句叙文宗修曲江亭馆，为前后关键。五六叙甘露之变，结言天子制于家奴，可谓天荒地变，伤心甚矣。然推其原始，唐室祸乱，实由于明皇之溺于女宠，后世之变势有必至，所谓履霜之屩，寒于坚冰；将萎之华，惨于槁木。故曰若比伤春意未多也。朱长孺谓前四句追感玄宗与贵妃临幸，后四句言王涯等被祸，判为两橛，似失本意。姚姬传以天荒地变属天宝之祸，则伤春属文宗，亦觉不合。或谓专咏明皇、贵妃事，则华亭鹤唳二句亦格不相入。冯孟亭以为指武宗立后杨贤妃赐死事，固与曲江无关，又臆造弃骨水中之说，则无征不信已。（唐宋诗举要）

【按】杜甫哀江头藉曲江今昔抒写盛衰之感，深寓国家残破之痛，义山此诗构思明显受其影响。诗中有“平时翠辇”“金舆不返倾城色”“天荒地变”等语，颇似写盛时游幸、杨妃之死、安史之乱，故注家或以为专咏明皇贵妃事，或以为前幅追感明皇贵妃，或以为追痛唐代衰乱之原由于明皇之溺于女宠，实则均非也。此诗乃专咏甘露之变以及因事变引起之感慨，末联为全篇主意所在。“天荒地变”即指流血千门，僵尸万计之甘露事变；“伤春”则指感伤时事、忧念国家前途命运之情。作者之意，盖谓此事变本身固令人心摧，然事变所显示之国家衰颓、王室铜驼之趋势则更令人忧伤，故云“天荒地变心虽折，若比伤春意未多”也。“伤春”固因“天荒地变”而触发，然“伤春”之内涵则远较心折于“天荒地变”更为深远。循此主意以反求前六句，则其意了然可见。首联写事变后曲江荒凉景象：往昔君主车驾临幸曲江之盛况已不可复见，惟闻夜半冤鬼悲歌之声。“鬼悲歌”非泛写荒凉，而系隐寓甘露事变中朝臣惨遭杀戮之事，即有感二首“鬼箓分朝部”“谁瞑衔冤目”及重有感“昼号夜哭兼幽显”之意。若追感天宝时事，则子夜鬼歌之语不免泛而不切。次联即因曲江之荒凉进而抒写今昔之感。文宗修治曲江，本效升平故事，甘露事变后罢修，遂废巡幸。“不返”“犹分”，其中正寓升平不复之感慨，“伤春”之意已暗寓其中。五句借陆机为宦者所谗害喻指事变中宦官杀戮朝臣，上承“鬼悲歌”，下启“天荒地变”。六句借索靖铜驼之悲抒写己之忧虑国家命运之情，上承“望断”，下启“伤春”。末联乃作总收。如此则全篇寓意、结构均极明晰。程笺驳正朱说，论析此诗构思，均极精到，惟句下笺间有过实过凿处，故更为细释之。义山此诗学杜，重在杜诗感慨时事之精神，而非承袭其具体题材。诗以丽句写荒凉，以绮语寓感慨，亦深得杜诗神髓。而化杜诗之阔大沉雄为深沉之感伤，则又显现出义山诗之独特面目。

故番禺侯以赃罪致不辜事觉母者他日过其门[①]〔一〕

饮鸩非君命〔二〕，兹身亦厚亡〔三〕。江陵从种橘〔四〕，交广合投香〔五〕。不见千金子〔六〕，空馀数仞墙〔七〕。杀人须显戮〔八〕，谁举汉三章〔九〕？

校　记

①"母者"，"者"，季抄一作"老"。蒋本、姜本、戊签无"母者"二字，悟抄无"母者他日过其门"七字。【徐曰】"者"一作"老"，当从之。（冯校引）【冯曰】"母者"，似谓"母之者"。制题欲晦之耳，不可改"老"。【纪曰】题有脱字。疑"事觉母者"当作"事毋觉者"。【张曰】"事觉母者"当作"事毋觉者"，方与结语"杀人须显戮，谁举汉三章"意相应。"毋"字误乙，又讹作"母"耳，非谓母之者也。或作"母老"，亦非。【按】纪校似可从，详笺。

集　注

〔一〕【朱注】旧唐书："广州南海县，即汉番禺地，有番山、禺山。"【程注】史记南越传："番禺负山险阻，南海东西数千里，此一州之王也。"汉书地理志："粤地，今之苍梧、郁林、合浦、交趾、九真、南海、日南皆粤分，番禺其一都会也。"南越志："番禺县有番、禺二山，因以为名。"新唐书地理志："广州南海郡，中都督府，有府二，曰绥南、番禺。"【冯注】两汉志止云番禺，不言二山。水经注曰："昔南海郡治与番禺县连接，今有水坈陵，城倚其上，县人名之为番山。"名番禺，傥谓番之禺也，后世皆谓二山矣。赃罪谓多财，不辜谓死非其罪。盖其父以赃而富，致其子今陷不辜也。玩诗意，"母者"二字不可删，过其门乃母者过其门，非义山过之也。后汉书刘盆子传："琅琊海曲有吕母者，子为县吏，犯小罪，宰论杀之。吕母聚客，规以报仇。"字似可借据。

【按】"过其门"者系作者,详笺。

〔二〕【冯注】史记吕后本纪注:"应劭曰:鸩鸟食蝮,以其羽画酒中,饮之立死。"汉书萧望之传:"中书令弘恭、石显急发执金吾车骑驰围其第。望之欲自杀,其夫人止之,以为非天子意;门下生朱云劝自裁,竟饮鸩自杀。"

〔三〕【姚注】老子:"多藏必厚亡。"【冯注】后汉书折像传:"父国为郁林太守,有资财二亿。国卒,像感多藏厚亡之义,乃散金帛资产,曰:'我乃逃祸,非避富也。'"

〔四〕【朱注】襄阳耆旧传:"吴丹阳太守李衡每欲治家事,妻辄不听。后密遣人往武陵龙阳氾洲上作宅,种甘橘千株。衡亡后,甘橘成,岁得绢数千匹。"【冯注】史记货殖传:"江陵千树橘。"吴志孙休传注:"丹阳太守李衡每欲治家事,妻习氏辄不听。后密遣客十人,于武陵龙阳氾洲上作宅,种甘橘千株。临死,敕儿曰:'有千头木奴,不责汝衣食,岁上一匹绢,亦可足用耳。'后儿以白母。母曰:'此当是种甘橘也。人患无德义,不患不富,贵而能贫方好耳。用此何为?'"【何曰】从他理生,不可慕效,此"从"字之意,与下"合"字相应。(辑评)

〔五〕【朱注】晋书:"吴隐之隆安中为广州刺史,归自番禺,其妻赍沉香一觔,隐之见之,遂投于湖亭之水。"寰宇记:"取投石门内水中,后人谓之沈香浦,亦曰自投香浦。"

〔六〕【程注】史记袁盎传:"千金之子,坐不垂堂。"沈约诗:"方骖万乘臣,炫服千金子。"【冯注】司马相如传:"故鄙谚曰:家累千金,坐不垂堂。"按:陆氏释文:"金方寸,重一斤,为一金。"又正义曰:"秦以一镒为一金,镒二十四两。"古言百金千金,皆以此计。

〔七〕【冯注】固本论语，实用潘岳西征赋："今数仞之馀趾。"

〔八〕【程注】书："功多有厚赏，不迪有显戮。"

〔九〕【冯注】史记高祖本纪："吾当王关中，与父老约，法三章耳：杀人者死，伤人及盗抵罪。"后汉书刘盆子传："吕母聚客为子报仇。母曰：'吾子不当死而为宰所杀，杀人当死。'遂斩之。"

笺 评

【何曰】以赃罪为时宰所挟，惧而自裁，故用叔牙事。其人必宗室也。(辑评)

【朱彝尊曰】诗意易晓，不但刺其贪，兼惜其罪之不著也。

【杨守智曰】题难读。诗意不但刺其贪，并惜其罪之不著也。

【姚曰】侯以赃罪身死，虽事出不辜，然亦多藏致厚亡也。夫李衡种橘，人犹有谅之者；若吴隐之投香，人孰得而疑之？乃今则千金之躯已殁，数仞之墙空存，事虽得白，而冤死谁怜？因叹其以莫须有之狱见杀，不足以服人也。

【屈曰】此因番禺侯以赃罪诬枉无辜，人无知者，自恐事觉，饮鸩而死，故曰"杀人须显戮"也。当日徒种江陵之橘，而不投交广之香，欲长享富贵也。今则不见其人，空馀壁立，何益之有？详诗意，题当为"毋觉者"，此本误刻，俟善本证之。

【程曰】此题措语甚古，亦玉溪学杜之一端。"事觉毋者"一语，乃谓获罪之后，其事得以觉察，盖无有也。"毋""无"古皆通用。"他日过其门"一语以下更不置伤吊字，尤有苍凉情致。古人留心于诗题，即此可见。惜未考得番禺侯为何如人耳。

【冯曰】旧书胡证传："大和二年冬，证卒于岭南使府。广州有海之利，货贝狎至。证善蓄积，务华侈，童奴数百，于京城修行里起第，岭表奇货道途不绝，京邑推为富家。证素与贾餗善，及李训事败，禁军利其财，称证子溵匿餗，乃破其家。一日之内，家财并尽。执溵入左军，士良命斩之以徇。"诗为此发也。首用萧望之事，取事由宦官，非天子意，不重饮鸩事。次句伤溵之不能散遗赀。三四言遗子以财，当善为术，奈何以黩货害之！五六伤母之者过其门也。结联从母者意中说，方见冤痛之情。张读宣室志亦载此事，云灛以文学知名。大和七年春，登进士第，盖贾餗为礼部侍郎也。灛、溵字同。

【姜炳璋曰】"事觉母者"，"觉"，知也，白也，谓获罪后，其事共知为无有；"母""无"通。〇制题已下断语，侯之冤无待言，故诗中不及其受冤处，但责其多藏，为群小所艳，因而杀其身也。晋石崇被收，曰：奴辈利吾财耳。侯大抵家富，为番禺令，权贵利其所有，诬以受赃罪，迫令自杀，盖未尝告之朝廷也，故曰"非君命"。三四，申言多藏。五六，写过其门。七八，言杀人者须请之朝廷，明示天下，始无冤抑，今暧昧诛之，岂国法乎？

【纪曰】题殊晦涩，不了了。诗更无一句成语。（诗说）拙鄙之甚。（辑评）

【张曰】（冯）说颇通，惟解题中"事觉母者"太晦，余疑"事觉母者"当作"事毋觉者"，……。（会笺）又曰："事觉"句当作"事毋觉者"，言无人觉其不辜也。〇此诗稍失之拙，然尚未至鄙，纪评谬矣。（辨正）

【按】番禺侯指胡证，冯氏考订甚确。惟解题内"事觉母者"过于迂曲，并后幅句下笺亦觉牵强。此诗题材涉及甘露之变,碍于宦官势力,制题不免隐晦;兼有讹误,遂至不可解。屈、纪、张均以为"事觉母者"当作"事毋觉者",说可从。题意盖谓:故番禺侯因贪财黩货致其子无辜被杀,然竟无人察其为无辜,他日余过其门,有感而作此诗。诗言"不见千金子,空馀数仞墙",明为作者"他日过其门"时所见情景。"杀人"二句则过其门时所感。解为母之者所见所言,反致迂晦。证任岭南节度时厚殖财自奉,京邸华侈,必遭民怨;禁军利其财而掠其家,并杀其子溵,京师民众或因证之贪财黩货而快意于其家破子亡,故无人察其为不辜。新书王涯传:"(涯)始变茶法,益其税以济用度,下益困。……民怨茶禁苛急,涯就诛,皆群诟詈,抵以瓦砾。"溵之破家亡身,或亦类此。义山大和七年曾与溵同应举,或与溵有交往,故因溵之被杀而有感。

此诗题材特殊。证贪黩厚殖,遭此身后之劫,确系咎由自取;然禁军、宦官利其财而诬以匿𫗧之罪而杀溵,则死非其罪。故诗中既非证之敛财不以其道,又伤溵之死非其罪,疾宦官之践踏法纪,肆行杀戮。用语措辞,均有分寸。曰"赃罪",曰"厚亡",曰"合投香",明言其贪黩之非。然全篇点眼则在末联,谓杀人本须明正典刑,然值此宦官专恣,法纪荡尽之时,复有谁标举朝廷法律而明其非罪乎?故意虽兼顾,实以抨击宦官践踏法纪为主。

李肱所遗画松诗书两纸得四十韵[①][〔一〕]

万草已凉露,开图披古松。青山遍沧海[②],此树生何峰[〔二〕]?

孤根邈无倚，直立撑鸿濛〔三〕。端如君子身，挺若壮士胸。樛枝势夭矫〔四〕，忽欲蟠拿空〔五〕。又如惊螭走，默与奔云逢〔六〕。孙枝擢细叶〔七〕，旖旎狐裘茸〔八〕。邹颠蓐发软〔九〕，丽姬眉黛浓〔一○〕。

视久眩目睛，倏忽变辉容。竦削正稠直〔一一〕，婀娜旋敷夆[3]〔一二〕。又如洞房冷，翠被张穹窿[4]。亦若暨罗女[5]〔一三〕，平旦妆颜容。细疑袭气母〔一四〕，猛若争神功〔一五〕。燕雀固寂寂，雾露常冲冲〔一六〕。香兰愧伤暮[6]〔一七〕，碧竹惭空中〔一八〕。可集呈瑞凤〔一九〕，堪藏行雨龙〔二○〕。淮山桂偃蹇〔二一〕，蜀郡桑重童〔二二〕。枝条亮眇脆[7]，灵气何由同〔二三〕？

昔闻咸阳帝，近说嵇山侬。或著仙人号[8]，或以大夫封〔二四〕。终南与清都[9]，烟雨遥相通〔二五〕。安知夜夜意，不起西南风〔二六〕？

美人昔清兴，重之犹月钟[10]〔二七〕。宝笥十八九，香缇千万重〔二八〕。一旦鬼瞰室〔二九〕，稠叠张罴罿〔三○〕。赤羽中要害〔三一〕，是非皆匆匆〔三二〕。生如碧海月，死践霜郊蓬。平生握中玩〔三三〕，散失随奴僮〔三四〕。我闻照妖镜〔三五〕，及与神剑锋〔三六〕，寓身会有地，不为凡物蒙。伊人秉兹图，顾盼择所从[11]〔三七〕。而我何为者，开怀捧灵踪[12]〔三八〕。报以漆鸣琴〔三九〕，悬之真珠栊〔四○〕。是时方暑夏，座内若严冬〔四一〕。忆昔谢四骑[13]〔四二〕，学仙玉阳东[14]〔四三〕。千株尽若此，路入琼瑶宫〔四四〕。口咏玄云歌〔四五〕，手把金芙蓉〔四六〕。浓霭深霓袖，色映琅玕中〔四七〕。悲哉堕世网[15]〔四八〕，去之若遗弓〔四九〕。形魄天坛上，海日高曈曈〔五〇〕。终期紫鸾归[16]，持寄扶桑翁〔五一〕。

校　记

①各本均作“四十韵”。冯注本作“四十一韵”，云：“诸本皆作四十，今从实数。”按此系作者记数偶误，非脱文。

②“遍”原作“偏”，非。据蒋本、姜本、戊签、悟抄、席本改。

③“粤夆”，各本均作“敷峰”。戊签作“敷夆”，注曰：“尔雅：粤夆，掣曳也。”【朱曰】峰当作夆。若作峰，既复韵，且下句对上句文义不通，疑误。【冯曰】今检尔雅，注谓牵挽。疏引周颂“莫予荓蜂”，毛传“摩曳也”，从旁牵挽之言。荓、粤，夆、蜂，掣、摩，音义同。二句合状辉容之善变，必本作“粤夆”，后乃讹“粤”为“敷”耳，故直为改正。姚氏改作“敷丰”，非矣。【按】冯校是，兹据改。

④“窿”原作“笼”。【冯曰】戊签作“窿”，误。“穹笼”似即熏笼之义，兼言松之清香。【按】冯说非。“翠被张穹窿”，谓松盖中央隆起，四周低垂，呈天幕之状，如翠被之张。洞房指张挂画松图之房间。画松之翠盖如张翠被，使洞房有幽冷之感，故云“又如洞房冷，翠被张穹窿”，与下“是时方暑夏，座内若严冬”意相近。据戊签改。

⑤“罗”，冯引一本作“萝”，字通。

⑥“香”，蒋本、姜本、戊签、悟抄、席本、钱本、影宋抄均作“重”。【冯曰】旧本皆作“重”，颇疑“丛兰”以音近而讹。【按】“香兰”可通，与下“碧竹”亦对。

⑦“条”，蒋本、姜本、戊签、钱本、影宋抄、悟抄均作“修”。

⑧“仙”，蒋本、姜本、戊签、悟抄、席本、钱本、影宋抄作

"佳"。【冯曰】旧本皆作"佳",似与"松"不合。惟朱本改"仙"。然故实未详,未定孰是。【按】本篇一再以"婀娜""暨罗女""妆颜容"等词语写松,则谓之"佳人"未为不可。然"嵇山侬"事未详,未可定。

⑨"清"原作"青",据悟抄、席本改。

⑩"犹",蒋本、姜本、影宋抄作"由",字通。

⑪"盼",蒋本、朱本作"眄"。

⑫"怀",朱本、季抄作"颜"。

⑬"四"蒋本、悟抄作"驷",字通。

⑭"玉"原作"王",非,据姜本、悟抄、席本、朱本改。

⑮"网"原作"纲",非,据蒋本、朱本改。

⑯"期",朱本、季抄作"骑",非。

集　注

〔一〕【冯注】云溪友议:"开成元年秋,高锴复司贡籍。上曰:'宗正寺解送人,恐有浮薄,以忝科名。在卿精拣艺能,勿妨贤路。其所试赋则准常规,诗则依齐梁体格。'乃试琴瑟合奏赋、霓裳羽衣曲诗。主司先进五人诗,其最佳者李肱。况肱宗室,德行素明,人才俱美,敢不公心,以辜圣教。乃以榜元及第。诗云云。"困学纪闻:"唐宗室为状头有李肱。"按:李肱霓裳羽衣曲诗见英华省试类,唐文粹古调中。据此则李肱与义山同开成二年及第。又按:集中他无可征,安知此李肱非别一人乎?新书表赵郡南祖之裔有名肱者,但世次太晚,不足参考。今且仍旧说而辨核之。【纪曰】起言"万草已凉露",中言"是时方暑夏",盖中言得画之时,起乃题诗之时也。(诗说)【张曰】此未第时,故不称肱为同年。诗云:"是时方暑夏,座内若严冬。"盖是年(按指开成元年)夏作也。【按】纪说是。李肱即开成二年与义山同登第之李肱,无庸置疑。肱以画松赠义山,义山作诗以答。

〔二〕【冯曰】起势高壮,暗用泰山秦松。【按】二句似谓松涛起伏,绵延于广阔无际之青山,不知此树究生于何峰。盖以沧海比广阔绵延之松海。

〔三〕【朱注】庄子:"云将东游,而适遭鸿濛。"注:"鸿濛,(自然元)气也。"

〔四〕【冯注】淮南子:"夭矫曾桡,芒繁纷挐,以相交持。"司马相如上林赋:"夭蟜枝格。"大人赋:"低卬夭蟜。"蟜与矫同。【程注】谢朓诗:"樛枝耸复低。"【补】樛(音纠)枝,向下弯曲之枝条。夭矫,屈伸自如。

〔五〕【补】挐,牵引。蟠拿空,盘绕牵引于空际。

〔六〕【程注】柳宗元万石亭记:"涣若奔云。"

〔七〕【冯注】文选琴赋:"乃斫孙枝。"注曰:"郑氏周礼注曰:孙竹,枝根之末生者。盖桐孙亦然。"按:此又以言松。【按】孙枝,树之嫩枝。自本而生出者为子干,自子干而生者为孙枝。文选琴赋张铣注曰:"孙枝,侧生枝也。"擢,拔,发。

〔八〕【朱注】楚词:"纷旖旎乎都房。"左传:"狐裘尨茸。"【补】旖旎,繁盛貌。句谓细叶繁茂,如狐裘之细毛杂乱蒙茸。

〔九〕【朱注】说文:"颠,顶也。""荐,陈草复生。又,荐也。"此句难解,疑有讹。【姚注】邹,疑鸰字之讹。言如童儿之发也。【冯注】玉篇:荐,厚也,荐也。按邹姓史记亦作驺。此句用事未详。广韵:"雏,籀文作鸰。"姚氏疑谓如童儿之发,颇似之,盖形近而转讹。【按】荐发,犹厚发。此句殆状嫩枝细叶蒙茸繁茂，如儿童之发既厚而软。

〔一〇〕【原注】丽，如字。【朱注】庄子：“毛嫱、丽姬，人之所美也。”【冯注】庄子注：“毛嫱，古美人，一云越王美姬也。丽姬，晋献公之嬖，以为夫人。崔孝作西施。”按：本无定解，故旧本注曰“如字”，以见非用骊姬也。若吕氏春秋骊姬亦作丽姬。梁简文帝诗“丽姬与妖嫱”，则泛言耳。以上十二句分赋干与枝叶。【田曰】此段酷似昌黎，苏、黄所祖，唐人不用此极力形容。（冯注引）

以上为第一段。从开图披览古松入手，逐层刻画古松之树干、枝叶。

〔一一〕【补】诗都人士：“绸直如发。”毛传：“密直如发也。”郑笺：“其情性密致，操行正直。”白居易叹老诗：“我有一握发，梳理何稠直。”绸、稠通。稠直，既密且直。

〔一二〕【冯曰】此总写四句。【按】粤夆，牵挽。详见校。二句状辉容之忽变：乍视之枝干方密直耸立如削，旋即又婀娜多姿，牵引摇曳。此仍承上文干、枝而言。

〔一三〕【道源注】暨罗女，西子也。【冯注】吴越春秋：“越使相者得苎罗山鬻薪之女曰西施、郑旦，饰以罗縠，教以容步，三年学服而献于吴。”注曰：“苎罗山在诸暨县。”御览引越绝书：“越王得采薪二女西施、郑旦，以献吴王。”拾遗记：“越美女二人，一名夷光，一名修明，以贡于吴，吴处之以椒华之房。二人当轩并坐，理镜靓妆于珠幌之内，窃观者动心惊魄，谓之神人。”“平旦颜容”用此事也。

〔一四〕【朱注】庄子：“伏戏氏得之，以袭气母。”【补】释文：“司马彪云：袭，入也；气母，元气之母也。”

〔一五〕【冯曰】又总摹六句。

〔一六〕【补】冲冲，往来不定。

〔一七〕【冯注】左传："兰有国香。"文子："丛兰欲修，秋风败之。"楚词："恐美人之迟暮。"【按】此谓兰虽幽香袭人，然岁华摇落，对长青不凋之高松，自愧伤迟暮也。

〔一八〕【冯注】史记龟策传："竹，外有节理，中直空虚。"

〔一九〕【朱注】谢朓高松赋："集五凤之光景。"

〔二〇〕【朱注】酉阳杂俎："不空三藏塔前多老松，岁旱时官伐其枝为龙骨以祈雨。盖三藏役龙，以其树必有灵也。"【冯曰】以龙比松，常用之语。旧注引酉阳杂俎……非也。【按】二句谓此松可集呈瑞之凤，堪藏行雨之龙，极言其高大不凡，与上"燕雀"二句相对。

〔二一〕【冯注】文选招隐士："桂树丛生兮山之幽，偃蹇连卷兮枝相缭。"序曰："招隐士者，淮南小山之所作也。"吕向曰："淮南王安好士，八公之徒著述篇章，或称大山、小山，犹诗有大雅、小雅也。"【补】偃蹇，蜷曲貌。

〔二二〕【朱注】蜀志："先主舍东南角篱上有桑树，高五丈馀，遥望童童如小车盖。"【冯注】按艺文类聚引之作"幢幢"，此作"重童"，诸本皆然，似与"偃蹇"皆叠韵也。然"重"字"童"字见之汉碑者，偶或通用。此"重童"岂即"童童"耶？先主幼时贵征。家在涿县，句乃云蜀郡，义可通耳。【补】重童，犹"童童"，覆盖貌。

〔二三〕【冯曰】以上十句，以他物作衬，至此一小束。【补】亮，信，诚然。眇脆，细小脆弱。二句谓桂、桑枝条细弱，不能如松之劲拔而具灵异之气。

以上为第二段。状画松之辉容多变，并与兰、竹、桂、桑对衬，以见其坚实劲挺之品性。

〔二四〕【朱注】咸阳帝，谓秦始皇。稽山侬，未详。道源注："晋法潜隐会稽剡山。或问其胜友为谁，指松曰：'此苍髯叟也。'"仙人号，似指赤松子。【冯注】史记秦始皇本纪："上泰山，立石，封祠祀。下，风雨暴至，休于树下，因封其树为五大夫。"汉官仪："始皇上封泰山，逢疾风暴雨，赖得松树，因复其下，封为五大夫。""复"一作"覆"。汉书表、通典："汉承秦制，爵二十等，以赏功劳，九曰五大夫。"注曰："大夫之尊也。"按"嵇山侬"事未详。然曰"近说"，必非太远也。晋书传："谯国铚县有嵇山，嵇康从上虞徙铚，家于其侧，因而命氏。"世说："山公曰：'嵇叔夜之为人，岩岩若孤松之独立。'"或更有古松事，所未考也。庾信诗"青林隐士松"，注家引晋书曰："高士戴安道修道成功，有真气结成五色云，浮于松上，故号隐士之松耳。"安道谯国人，徙居会稽之剡县，亦可称稽山侬。此似较近，但"嵇""稽"小异，而本传不载，其所引何晋书，俟再考。旧注则皆误。【按】涂宗涛考证"嵇山侬"指嵇康，详见八三年一期天津师大学报。

〔二五〕【冯注】列子："化人之宫出云雨之上，实为清都紫微。"茅君内传："王屋山洞，名曰小有清虚之天。"通鉴汉纪九注："终南山横亘关中南面，西起秦陇，东彻蓝田，凡雍、岐、郿、鄠、长安、万年，相去且八百里，而连绵峙据其南者，皆此一山也。"【按】清都，神话传说中天帝所居之处。

〔二六〕【冯注】以上又引旧事，以见松之非凡物也。按史记："凉风居西南维，阊阖风居西方。"吕氏春秋、淮南子、易纬皆云："阊阖，西方风。"而曹子建诗"愿为西南风，长逝入君怀"，郭璞游仙诗"阊阖西南来，潜波涣鳞起"，似皆以"西南閶闔"寓近君之意。此句亦然。【何曰】此完画始终，因寄感慨。（辑评）【按】四句谓生长松树之终南山与天帝所居之清都，烟雨遥相连接，安知不因松之夜夜向往天上宫阙之意，而起西南风将此意送至清都乎？盖隐以松喻李肱，兼以自寓。

以上为第三段。因松之曾得"大夫"之封，"仙人"之号，进而写松之近君之意。

〔二七〕【朱注】集仙录："女仙鲁妙典居山，有钟一口，形如偃月，神人所送。"【冯注】未详。旧引集仙录……未知是否。【按】二句谓美人昔日雅兴，宝玩此画，重之犹珍奇之月钟。

〔二八〕【朱注】韵会："缇，帛丹黄色。"

〔二九〕【冯注】汉书扬雄解嘲："高明之家，鬼瞰其室。"

〔三〇〕【朱注】罻罿，音鸾童。韵会："罻，㲋网也。罿，捕鸟网也。"【冯注】尔雅："㲋罟谓之罻，繴谓之罿。"诗："雉离于罿。"【按】二句谓一旦遇飞来横祸，则处处网罗密佈。

〔三一〕【冯注】家语："子路曰：'由愿得白羽若月，赤羽若日。'"按：家语下文又有"旍旗缤纷"，则赤羽、白羽，定谓羽箭。或以为羽旗者，误也。羽箭有赤、白，如吴、晋争长，矰有白羽、朱羽。后汉书来歙传："臣夜人定后为何人所贼，中臣要害。"

〔三二〕【冯注】生平善恶皆不暇论。

〔三三〕【冯注】掌握之宝。

〔三四〕【朱注】旧书传："王涯家书数万卷，前代法书名画，人所保惜者，以厚货致之，或官爵致之，厚为垣，窍而藏之复壁。涯死，人破其垣取之，或剔取函奁金宝之饰与其玉轴而弃之。"观此诗云云，岂画松即涯所藏者欤？"美人"二句以下言图画常失之不藏。【冯曰】未可定。以上叙画之来由。【按】朱说可从。

以上为第四段。叙画松昔为贵家所珍藏,贵家受诛后散失流入民间。

〔三五〕【冯注】西京杂记:"宣帝系狱,臂上犹带身毒宝镜一枚,如八铢钱。旧传此镜照见妖魅,佩之者为天神所福。帝崩,镜不知所在。"【钱锺书曰】"照妖镜"之名似始见于李商隐李肱所遗画松诗。……冯浩玉溪生诗笺注卷一引西京杂记,似病拘挛。晋唐俗说,凡镜皆可照妖,李句亦泛言耳。(管锥编第二册)

〔三六〕【冯注】吴越春秋:"湛卢之剑,恶阖闾无道,乃去而出,水行如楚。楚昭王卧而寤,得之于床。风胡子曰:'五金之英,太阳之精,寄气托灵,出之有神,服之有威,可以折冲拒敌。然人君有逆理之谋,其剑即出,故去无道以就有道。'"按:以汉宣崩,镜不知所在;吴王无道,剑遂他去,以引下文意。

〔三七〕【冯注】伊人谓李肱也。为此图择所从,不意乃以赠我。

〔三八〕【朱曰】"美人"至此,言画松初见重于贵室,及身名败后,流落奴童,然此如宝镜神剑,终非凡物,今遂以遗我,能无兴亡之感乎?【补】开怀,犹开颜。灵踪,指画松,因视为灵物,故云。

〔三九〕【朱注】鲍令晖诗:"客从远方来,赠我漆鸣琴。"

〔四〇〕【朱注】说文:"栊,房室之疏。"徐曰:"窗也。"【冯注】珠栊犹珠帘。

〔四一〕【补】二句极形画松之高寒凛然之状。

以上为第五段。叙李肱遗画松。

〔四二〕【朱注】按通典:"唐武德七年,改上大都督为骁骑尉,大都督为飞骑尉,帅都督为云骑尉,都督为武骑尉。"后置节度使,即都督之任。义山尝为节度巡官,此云谢四骑,言辞去使府耳。【程曰】谓辞去使府是也,节度使即都督之任亦是也,但以四骑为节度则未妥。考唐百官志:"司勋郎中、员外郎掌官吏勋级,凡十有二转。四转为骁骑尉,视正六品;三转为飞骑尉,视从六品;二转为云骑尉,视正七品;一转为武骑尉,视从七品。"都督不应若此之卑。杜氏亦云:"按此则都督之名微矣。"四骑二字疑有误。【冯曰】未详。余疑谓谢绝四方车骑而山居学仙也。如家语"子贡结驷连骑",则以"驷"作"四"可也。又史记"聂政遂谢车骑人徒独行",亦可借证。旧注谬。【田曰】又转到初隐时常对此物,寄意幻杳。(冯注引)【按】冯解近是。"四""驷"通。四骑即驷骑,指驾一车之四马。老子:"虽有拱璧,以先驷马,不如坐进此道。"故下句云学仙求道。

〔四三〕【朱注】张籍送胡炼师归王屋山诗:"玉阳峰下学长生。"通志:"东玉阳山在怀庆府济源县西三十里,唐睿宗女玉真公主修道于此。有西玉阳山,亦其栖息之所。"【冯注】通典:"河南府王屋县王屋山,沇水所出。"元和郡县志:"山在县北五十里,周回一百三十里,高三十里。"按:王屋山盘亘怀州、绛州、泽州之境,玉阳山其分支连接者。河南通志:"玉阳山有二,东西对峙。相传唐睿宗女玉真公主修道之所。"通典:"开元二十九年,京师置崇玄馆,诸州置道学,生徒有差,谓之道举。举送课试,与明经同。"旧书职官志:"天宝二载,置崇玄学,习道德等经,同明经例。"按:韩昌黎李素墓志曰:"素拜河南少尹。吕氏子炅弃其妻,著道士衣冠，谢其母曰：‘当学仙王屋山。’去数月，间诣公，公使吏卒脱道士冠，给冠带，送付其母。谁氏子诗曰：‘非痴非狂谁氏子，去入王屋称道士。或云欲学吹凤笙，所慕灵妃媲萧史。又云时俗轻寻常，力行险怪取贵仕。”盖当时风尚如此，义山学仙亦此情事。

〔四四〕【冯注】龟山玄录有琼瑶之室，此仙家常语。天坛山古松多千百年物，见志书。【按】“此”指画松。琼瑶宫本指道教所谓神仙宫殿，此指道观。

〔四五〕【道源注】汉武内传：“西王母命侍女安法婴歌玄云之曲。【冯曰】必用此。第他本有误“云”为“灵”者耳。或引晋书乐志铙歌曲之玄云，谓圣皇用人各尽其才也，亦非。

〔四六〕【朱注】杜阳杂编：“沧州有金莲花，研之如泥，以间彩绘，光辉焕烂，与真金无异。”【冯注】乐府子夜歌：“玉藕金芙蓉。”此则是学仙语，如李白庐山谣“手把芙蓉朝玉京”。

〔四七〕【朱注】尔雅：“昆仑之墟，有璆琳琅玕焉。”【冯注】琅玕，谓竹也，色与青霓之衣相映，与杜诗“翠袖倚修竹”相似。【按】杜诗原文为“天寒翠袖薄，日暮倚修竹”（佳人）。

〔四八〕【程注】北史魏彭城王传：“何容仍屈素业，长婴世网。”

〔四九〕【朱注】吕氏春秋：“楚人亡乌号之弓，左右请求之，王曰：‘楚人亡之，楚人得之，何求也？’”【程注】家语：“楚共王出游，亡其乌号之弓，左右请求之，王曰：‘楚人失弓，楚人得之，又何求焉。’孔子闻之，曰：‘惜乎其不大也。不曰“人遗之，人得之”，何必楚也！’”【按】二句谓己不幸而堕世网，故离此青松若楚人之遗弓，不复寻求。

〔五〇〕【朱注】一统志：“天坛山在济源县西一百二十里王屋山北。其东曰日精，西曰月华，绝顶有石坛，名清虚小有洞天。"【冯注】河南通志:"王屋山绝顶曰天坛。"按:道书十大洞天,王屋山洞为第一也。天坛夜分先见日出,唐人有登天坛山望海日初出赋。旧书司马承祯传:"字子微,开元十五年,令于王屋山自选形胜置坛室以居,因以所居为阳台观。又令玉真公主及光禄卿韦缕至其所居修金箓斋。"白香山有游王屋自灵都抵阳台上方望天坛诗,又有天坛峰下诗"顶上将探小有洞",注:"小有洞在天坛顶上。"【补】形魄,指己之形体精魄。曈曈,日初升微明之状。二句谓我今对此画松,不觉魂驰故山,仿佛己之形体精魄已在天坛之上,望见海日升起。偶成转韵有"旧山万仞青霞外,望见扶桑出东海。爱君忧国去未能,白道青松了然在"等句,意可与此互参。

〔五一〕【冯注】十洲记:"扶桑在碧海中,地方万里,上有太帝宫,太真东王父所治。有椹树长数千丈,大二千馀围,两两同根偶生,更相依倚,是名扶桑。其椹赤色,九千岁一生,仙人食之,一体皆作金光色。"按:道书屡称扶桑大帝君,此以比天子。【朱曰】言此松终当假翼鸾鸟,为仙家之玩。【按】冯以为扶桑翁比天子,非是;朱据误文"骑"字为解,亦非。二句承上,谓终望己能如紫鸾之归去,持此画寄扶桑帝君。盖明己虽欲近君以成就事业,然终期摆脱世网,再归仙府。即功成身退之意。

以上为第六段。因画松而回忆往昔学仙玉阳,遂生终当摆脱世网缨束之想。

笺　评

【俞玚曰】意太刻划,而笔意冗散。晚唐古诗,其弊如此。(宋

本上批）

【何曰】“万草”二句：此等皆学奇于韩。统签：“‘终南与清都’二韵是得意语；‘忆昔谢四骑’五韵亦复波澜，馀正患其多。”固似太多，然波澜亦不得太狭也。（辑评）

【姚曰】首四句从画松起手，将“此树生何峰”一语贯下。下文但言松，而画在其中。“孤根”下三十二句，写松状之奇古。“昔闻”下八句，言此松精灵，应与清都、绛阙相通。“美人”下十二句，言此画贵室虽得之而不能有。“我闻”下十句，言己之贵重仙画。“忆昔”下十句，言往时所亲见之松，久不得见。末四句，想此松形魄在天坛海日间，我愿将此画寄与此翁也。

【屈曰】一段画松。二段正直。三段灵气独绝。四段从真到画。五段暂时沉沦，终非凡物。六段终为我有。七段就松生慨。

【冯曰】极力描摹，波澜叠起。前以松比李肱而美之，后借学仙时所见以自慨。结寓近君之望。此为尚未第时作。

【纪曰】前一段规仿昌黎，斧痕不化，累句亦多。“淮山”以下，居然正声。入后更层层唱叹，兴寄横生，伸缩起伏之妙，直与老杜“国初以来画鞍马”一章意境相似也。韵多重押，古诗不忌，汉魏诸诗可覆按也。若右丞“万国仰宗周”一章，则万无此理矣。“邹颠”二句不成语，“可集”二句尤下劣，皆可删去。香泉曰：“起二句便超脱。”（诗说）又曰：若删去“孙枝”以下十韵，直以“默与”句接“淮山”句，便为完璧。（辑评）

【张曰】“淮山”四句，乃总结前层层铺叙一大段文字。且李肱为宗室，故又以淮王、先主暗美之，气方完足。若删去“孙

枝”十韵，而以“淮山”直接“默与”句，则局势促迫矣。纪氏持论不通多类此，由其不能细心推究诗律也。（辨正）

【按】本篇为作者早期所作五古长篇，纪昀谓其兼学韩、杜，诚然。前半写画松，描摹刻画，反复形容，虽时有寄兴，而语未浑融，生硬庞杂之处亦诚有之。写古松之孤直端挺，夭矫繁茂，竦削婀娜，辉容多变，兼有壮士与佳人、阳刚与阴柔之美，自喻喻肱之意，均寓其中。“终南”四句，点醒希冀近君之意。下段借画寄意。“我闻”四句为全篇点睛，极言神物终当托身有地，不为凡物所蔽，亦兼寓己与李肱。末段则又宕开，由画松而真松，由入世而出世。作者既热心仕进，切望近君；而又因屡试不售，不免悲堕世网，睠顾旧山，二者似有矛盾。实则篇末之向往出世，当属功成身退之想，故曰“终期紫鸾归，持寄扶桑翁”。诗中“终南与清都，烟雨遥相通”之“终南”，似非泛言，当与李肱或诗人寓居之地有关。盖其时二人正准备应举，故因咏画松而寄近君之望，又发他年终当摆脱世网之想。

送从翁从东川弘农尚书幕〔一〕

大镇初更帅〔二〕，嘉宾素见邀〔三〕。使车无远近〔四〕，归路更烟霄[①]〔五〕。稳放骅骝步〔六〕，高安翡翠巢〔七〕。御风知有在〔八〕，去国肯无聊〔九〕。

早忝诸孙末〔一〇〕，俱从小隐招〔一一〕。心悬紫云阁〔一二〕，梦断赤城标〔一三〕。素女悲清瑟〔一四〕，秦娥弄碧箫[②]〔一五〕。山连玄圃近〔一六〕，水接绛河遥〔一七〕。

岂意闻周铎〔一八〕，翻然慕舜韶〔一九〕。皆辞乔木去〔二〇〕，远逐断蓬飘。薄俗谁其激〔二一〕？斯民已甚恌[③]〔二二〕。鸾皇期一举，燕雀不相饶〔二三〕。敢共颓波远〔二四〕？因之内火烧〔二五〕。是非过别梦，时节惨惊飙〔二六〕。末至谁能赋[④]〔二七〕？中干欲病痟[⑤]〔二八〕。屡曾纡锦绣〔二九〕，勉欲报琼瑶〔三〇〕。

我恐霜侵鬓，君先绶挂腰〔三一〕。甘心与陈阮〔三二〕，挥手谢松乔〔三三〕。锦里差邻接〔三四〕，云台闭寂寥〔三五〕。一川虚月魄，万崦自芝苗〔三六〕。

瘴雨泷间急〔三七〕，离魂峡外销〔三八〕。非关无烛夜〔三九〕，其奈落花朝〔四〇〕！几处闻鸣珮〔四一〕，何筵不翠翘〔四二〕？蛮僮骑象舞，江市卖鲛鮹[⑥]〔四三〕。

南诏知非敌〔四四〕，西山亦屡骄〔四五〕。勿贪佳丽地〔四六〕，不为圣明朝〔四七〕。少减东城饮〔四八〕，时看北斗杓〔四九〕。莫因乖别久，遂逐岁寒凋〔五〇〕。

盛幕开高谳，将军问故寮〔五一〕。为言公玉季，早日弃渔樵〔五二〕。

校　记

①"更"原作"便"，一作"更"，据蒋本、悟抄、戊签、朱本改。

②"碧"，朱本、季抄作"玉"。

③"恌"，冯引一本作"佻"。

④"末"原作"未"，据朱本改。"赋"原阙，一作"赋"，据蒋本、悟抄、席本、姜本、戊签、钱本、影宋抄补。

⑤"痟"，蒋本、悟抄作"消"，字通。

⑥“鲛”原作“蛟”，据朱本、季抄改。

集　注

〔一〕【朱注】旧唐书：“开成元年，杨汝士转兵部侍郎。其年十二月，检校礼部尚书、梓州刺史、剑南东川节度使。四年，入为吏部侍郎。”【朱彝尊注】从翁，叔祖也。【冯注】弘农，杨氏也。按：旧书纪、传：“嗣复于大和七年检校礼部尚书、东川节度使，九年移西川。汝士于大和八年由工部侍郎出为同州刺史。九年入为户部侍郎，开成元年十二月检校礼部尚书、东川节度使。时宗人嗣复镇西川，兄弟对居节制，时人荣之。”今详味诗句，当为汝士也。诗多叙游山学仙之事，从翁盖同居玉阳者，惜无可考。长安志：“靖恭坊工部尚书杨汝士宅，与虞卿、汉公、鲁士同居，号靖恭杨家，为冠盖盛族。”按：杨氏多见本集。【按】开成元年，义山在长安经年滞留，准备应明春进士试。此诗当作于岁末。

〔二〕【补】大镇，指东川节度。初更帅，据旧纪：“开成元年十二月辛亥，剑南东川节度使冯宿卒。癸丑，杨汝士充剑南东川节度使。”

〔三〕【程注】诗小雅：“我有嘉宾。”【按】此谓幕僚，指从翁。

〔四〕【程注】孟浩然诗：“山河转使车。”【按】使车，出使者（此指节度使）之车。

〔五〕【冯注】从翁必旧在弘农幕者。旧书志：“同州刺史领防御长春宫使。”汝士刺同，必已辟之，故曰“素见邀”。三四言相随使车，不计远近。四言他日归来，更可致身烟霄矣。若嗣复则初出镇东川，不相合。

〔六〕【程注】孔戣谢借马状:"辍骅骝于内厩,骋逸步于长衢。"【冯注】骅骝,良马。

〔七〕【冯注】说文:"翡,赤羽雀;翠,青羽雀。"【朱注】杜甫诗:"江上小堂巢翡翠。"【何曰】巢字出韵。(读书记)【按】二句赞从翁从弘农尚书幕之得所,谓其如良马可从容骋步,前程无限;似翡翠高安新巢,无复危殆。巢幕习用语。

〔八〕【朱注】庄子:"列子御风而行。"【冯注】御风,借仙家语以比乘风直上。……非用魏志陈琳草檄愈太祖头风事。【补】有在,犹有处。

〔九〕【冯注】汉书张耳传:"天下父子不相聊。"师古曰:"言无聊赖以相保养。"(二句)言自当翱翔朝禁,莫以出游为慨。以上为第一段。叙从翁赴东川幕,颂其托身得所,前程万里。

〔一〇〕【程注】杜甫诗:"中外贵贱殊,余亦忝诸孙。"

〔一一〕【冯注】王康琚反招隐诗:"小隐隐林薮,大隐隐市朝。"【按】二句谓己忝居诸孙之末,与从翁又曾偕隐于山林。

〔一二〕【冯注】上清经:"元始居紫云之阙,碧霞为城。""阙"一作"阁"。按:长安志:"西内有紫云阁。"此则借仙境为言。

〔一三〕【朱注】会稽记:"天台赤城山土色皆赤,岩岫连沓,状若云霞。"天台山赋:"赤城霞起而建标。"【冯曰】以仙境寓登进之望,下二联亦借仙境说。【按】冯说恐非。此段叙早岁偕隐山林,学道求仙事。"紫云阁"借指道观,"赤城标"则指学道之名山。心悬、梦断,皆极形其向往之意。

〔一四〕【冯注】史记封禅书:"太帝使素女鼓五十弦瑟,悲,帝禁不止,故破为二十五弦。"

〔一五〕【朱注】用弄玉事。【冯注】列仙传:"萧史者,秦穆公时人,善吹箫,作鸾凤之响,穆公女弄玉妻焉。日于楼上吹箫,作凤鸣,凤来止其屋,为作凤台。一旦升天,秦为作凤女祠。”方言:“娥,𡣕,好也。秦曰娥。”【陈贻焮曰】两句写女冠借音乐以抒发相思苦闷。【按】素女、秦娥喻女冠无疑。悲清瑟,弄碧箫,似兼寓离合。

〔一六〕【冯注】穆天子传:“天子升于舂山之上,先王所谓县圃。”淮南子:“昆仑之上,是谓阆风;又上,是谓玄圃。”十洲记:“昆仑山正西一角,名曰玄圃堂。”集仙录:“西王母宫阙在昆仑之圃。”

〔一七〕【朱注】白帖:“天河谓之银河,亦曰绛河。”【冯注】汉武内传:“上元夫人遣一侍妾问王母云:‘远隔绛河,遂替颜色。’”诗叙隐居学仙,而所引多女仙,凡集中叙学仙事,皆可参悟。【程注】庾信步虚词:“绛河因远别,黄鹄来相迎。”【按】二句盖谓学仙之所高与天接,山既近连玄圃,水亦遥接银河,言其为神仙境界。偶成转韵七十二句:“旧山万仞青霞外,望见扶桑出东海。”意类此。

以上为第二段。叙往日偕隐山林,求仙学道情事。

〔一八〕【补】铎,木舌之铃。古代施行政教传布命令时用之。周礼天官小宰:“徇以木铎。”注:“古者将有新令,必奋木铎以警众,使明听也。”又地官乡师:“凡四时之征令有常者,以木铎徇于市朝。”此处“周铎”犹言朝廷施政之新令。

〔一九〕【补】史记五帝本纪:“咸戴帝舜之功,于是禹乃兴九招之乐。”索隐:“招,音韶,即舜乐箫韶。九成,故曰九招。”此以“舜韶”喻政治修明。二句谓岂料闻朝廷施行之新政,乃翻然而慕此政治修明之世,而思有所作为。【纪曰】二句转折跳动。(诗说)

〔二〇〕【补】乔木,指故里。孟子梁惠王下:"所谓故国者,非谓有乔木之谓也,有世臣之谓也。"二句谓二人均辞故里而蓬转宦游。据上句,离乡宦游当在文宗即位之初。

〔二一〕【补】激,阻遏水势使奋跃。此处系激厉之意。

〔二二〕【冯注】诗:"视民不恌。"离骚:"余犹恶其佻巧。"按:恌、佻义同,偷也。【按】二句谓世俗浇薄,无人激厉,世人已甚佻巧而苟且。

〔二三〕【冯注】谓遭排忌,当指举场言。【田曰】以下述人情冷暖,发己悲慨。(冯注引)

〔二四〕【朱注】庄子:"因以为弟靡,因以为波流。""弟"即"颓"也。郭注:"变化颓靡,世事波流。"李白诗:"扬马激颓波。"

〔二五〕【冯注】诗:"心焉如灼。"庄子:"我其内热与?"后汉书刘陶传:"心灼内热。"【朱注】白居易诗:"悲火烧心曲。"孟郊诗:"悔至心自烧。"【纪曰】句未雅。【按】二句谓己不愿随波逐流,混同末俗,因之内心如灼,极为苦闷。

〔二六〕【冯注】古诗:"人生寄一世,奄忽若飙尘。"【程注】陆机诗:"惊飙褰反信,归云难寄音。"【按】二句慨叹人世是非变化匆匆,如别梦之倏然而逝;而节移序改,惊飙忽至,华年又殊易逝。

〔二七〕【冯注】谢惠连雪赋:"相如末至,居客之右。"又:"王乃授简于司马大夫曰:'侔色揣称,为寡人赋之。'"

〔二八〕【朱注】左传:"外强中干。"韵会:"痟,渴疾。"相如痟渴,通作消。【按】二句谓己虽有司马相如之出众才能,然却穷愁多病。("病痟"似寓渴求仕进之意。)痟,痟首之疾;消,消渴病,为二疾。后常混淆。义山亦然。详胡鸣玉订讹杂录五。

〔二九〕【朱注】谓赠诗。【冯注】张衡四愁诗:“美人赠我锦绣段。”【程注】世说:“著文章为锦绣,蕴五经为缯帛。”

〔三〇〕【程注】诗国风:“投我以木桃,报之以琼瑶。”【按】二句谓屡蒙从翁赠诗,勉欲作诗回报。

以上为第三段。叙己与从翁出山辞家,宦游蓬转,深感世俗浇薄,人情冷暖,极言心情之郁闷。

〔三一〕【补】从翁赴幕,当带京衔,故曰“绶挂腰”。

〔三二〕【冯注】魏志:“陈琳字孔璋,阮瑀字元瑜,太祖并以为司空军谋祭酒,管记室。”“甘心”字写出无聊。【程注】左传:“请受而甘心焉。”

〔三三〕【朱注】赤松子、王子乔。西京赋:“美往昔之松乔。”【冯注】扬雄太玄赋:“揖松乔于华岳。”列仙传:“赤松子,神农时雨师,服水玉,以教神农。至昆仑山上,常止西王母石室,随风雨上下,仙去。王子乔,周灵王太子晋也,善吹笙。浮邱公接上嵩高山,后于七月七日乘白鹤至缑氏山。”淮南子:“王乔赤松子吐故内新,抱素反真,以游玄眇,上通云天。”按:隶释:“薄城有王子乔碑,曰:仙人王子乔者,盖上世之真人,闻其仙不知兴何代也。”此与列仙传大异。【程注】李白诗:“挥手再三别。”【按】二句皆属从翁,谓其甘心与陈、阮为伍,供职军幕,而与求仙学道生活告别。冯以“甘心”为反语谓“写出无聊”,殆误。与,比也,共也。

〔三四〕【朱注】益州记:“张仪筑益州城,城故锦涧也,号锦里。”【冯注】华阳国志:“成都城南之西曰夷里桥,桥南岸道西,故锦官也。锦江,织锦濯其中则鲜明,他江则不好,故命曰锦里。”后汉书:“王符潜夫论:濯锦以鱼。”此句不特地势,亦寓对居节制之意。【程注】孔丛子:“赵、魏与之邻接,而强弱不敌。”杜甫诗:“舍舟应卜地,邻接意如何?”【按】差,错也,互也。谓西川(治成都)与东川差互而邻接。

〔三五〕【冯注】文集与陶进士书所谓云台观也。华山志:“岳东北云台峰下有穴,昔有人入此穴。”唐人多于华山云台观习业,屡见小说家。上句应“甘心”,此句应“挥手”,下联顶“寂寥”,犹带仙意。旧注(按指朱注)引汉尚书郎入直云台,误。

〔三六〕【程注】刘禹锡诗:“霞香芝朮苗。”【何曰】一联可括北山移文。【纪曰】二句浑劲之至,顾盼有神。(诗说)【补】崦,山。二句想像从翁告别学道生活后,旧山寂寥情景。“芝苗”点学道。

以上为第四段。写从翁告别旧山,入东川幕。

〔三七〕【朱注】俗谓水湍峻者为泷。【冯注】说文:“泷,雨泷泷貌。”广韵:“泷,南人名湍。”集韵:“奔湍也。”

〔三八〕【冯注】东川在峡外。以下预拟从翁抵幕事。【按】上句“瘴雨”,写蜀中景物,系从翁将抵之地;下句“离魂”自指,义山在峡外,故云。冯注非。

〔三九〕【冯注】用秉烛夜游意。

〔四〇〕【补】此承“离魂峡外销”,谓良辰美景虚设。

〔四一〕【冯注】用江妃二女解珮事。蜀都赋:“娉江斐,与神游。”【补】列仙传:“江滨二女,不知何许人。步汉江湄,逢郑交甫,挑之,不知其神人也。女遂解佩与之。交甫悦,受佩而去。数十步,空怀无佩,女亦不见。”

〔四二〕【冯注】招魂:“砥室翠翘,挂曲琼些。”王逸注:“翘,羽也。以砥石为壁,平而滑泽。以翠鸟之羽雕饰玉钩,以悬衣物也。""翠翘"字本此。而此则用七启"扬翠羽之双翘",首上饰也。【补】山堂肆考:"翡翠鸟尾上长毛曰翘,美人首饰如之,因名翠翘。"韦应物长安道诗:"丽人绮阁情飘飖,头上鸳钗双翠翘。"二句悬想从翁幕中宴乐情景及浪漫生活。

〔四三〕【冯注】博物志:"南海有鲛人,水居如鱼,不废织绩。"左思吴都赋注曰:"俗传鲛人从水中出,曾寄寓人家,积日卖绡,绡者,竹孚俞也。"此与前素女二联相映。以下则全归之正论。

以上为第五段。想像东川幕中情景及蜀中风习。

〔四四〕【冯注】新书传:"南诏本哀牢夷后,乌蛮别种。夷语'王'为'诏'。其先渠帅有六,自号'六诏',曰蒙巂诏、越析诏、浪穹诏、邆赕诏、施浪诏、蒙舍诏。不能相君。蜀诸葛亮讨定之。蒙舍在诸部南,故称南诏。居永昌、姚州之间,铁桥之南。开元末,赐皮逻阁名归义。五诏微,乃合六诏为一。"

〔四五〕【朱注】西山即岷山。李宗谔图经:"岷山巉绝崛立,实捍阻羌夷,全蜀倚为巨屏。唐自肃、代后,西山三城屡陷吐蕃。"【冯注】按陆游曰:"自蜀郡之西,大山广谷,西南走蛮箐中,皆岷山也。"考旧书吐蕃传:"剑南西山与吐蕃、氐、羌邻接。建中时,吐蕃约盟,西山大渡河东为汉界,大渡水西南为蕃界。至贞元时,诏韦皋遣将出成都西山,南北九道并进,逼栖鸡、老翁、故维州、保州、松州诸城。"合之旧、新书地理志,松、维、保等州之山,皆为西山,以在蜀郡之西,故曰西山。虽与岷连亘,而名自分著也。范成大峨眉山行记曰:"登山顶光明岩,眺望岩后,岷山万重。稍北,则瓦屋山，在雅州。稍南，则大瓦屋，近南诏。此诸山之后，即西域雪山，绵亘入天竺诸番。”东、西川所重，在御外夷，南蛮犹易，吐蕃最强，故二句云。特详征之，兼备他篇之证。【程注】有唐之边患凡四：突厥、吐蕃、回鹘、云南，而其亡也以南诏。南诏之地，西北接吐蕃，东北际黔巫，其北则抵益州。自高宗以来，世相臣服。天宝初，云南太守张虔陀多所求丐，阁罗凤始忿怨反，取姚州及小夷州凡三十有二。时鲜于仲通为剑南节度，自将讨之，大败引还。阁罗凤遂北臣吐蕃。杨国忠又使李宓讨之，亦败。会安禄山反，阁罗凤因之取巂州。大历中，异牟寻立，悉众二十万入寇，与吐蕃并力。进陷城聚。德宗发禁卫及幽州军，与山南兵合讨，始大破其众。而吐蕃封之为日东王。寻苦吐蕃求责，会韦皋抚诸蛮有恩威，复内附受册命。太和间，杜元颖为西川节度使，治蜀无状，嵯巅乃掩击邛、戎、巂三州，陷。入成都，掠子女数万归。此南诏之始末也。西山捍阻羌夷，全蜀倚为屏翰，其外有羌女、诃陵、南水、白狗、逋阻、弱水、咓霸八国，初诸属地方二千里，胜兵常数万，南倚阁罗凤，西结吐蕃，伺中国强弱为患。韦皋能绥服之，乃建安夷军于资州，以制诸蛮，城龙溪于西山以纳降羌。后又遣将出西山灵关，破俄和、通鹤，定廉城，逾的博岭，围维州、搏栖鸡，攻下牢溪等三城，进收白岸城、盐州，于是八国皆因皋请入朝。维州在岷山之孤峰，东望成都，如在井底。吐蕃尝利其险要设计得之，号曰无忧城。及太和五年，李德裕镇蜀，吐蕃维州副使悉怛谋请降，德裕遣将将兵入据其城。上以牛僧孺之言，诏以其城仍归吐蕃。未几南诏遂复寇巂州，陷三县。此西山之始末也。按南诏、西山皆与吐蕃相为表里,东川、西川皆视其叛服以为安危,故义山言之也。

〔四六〕【冯注】蜀中素为佳丽。华阳国志:"汉家食货以为称首。"

〔四七〕【何曰】勉以乃心王室。【朱彝尊曰】寓规主将意,可见唐时藩镇之横。(冯笺引作钱评。)

〔四八〕【冯注】西川有东城游赏之盛,东川亦有之乎?或疑即谓京师之东城。从翁既往东川,京师之醼饮疏矣。下句意其回念京师并交情也。本集"幸会东城宴"可互证。

〔四九〕【朱注】三辅黄图:"惠帝更筑长安城。城南为南斗形,城北为北斗形。至今人称汉旧京为斗城。"杜甫诗:"秦城近斗杓。"【按】二句嘱其在东川少减宴游而时望长安,以国事为念也。若以"东城"指京师之东城,则不得云"少饮"。二句与"勿贪"一联意一贯。

〔五〇〕【冯曰】"勿贪"二句指王事,此指交情,故不复。

以上为第六段。勉其在幕忧念国事,心存旧谊。

〔五一〕【冯注】旧僚指从翁,与"素见招"应。

〔五二〕【朱注】末二语义山自谓,"公玉季"未详。【冯注】史记孝武本纪、汉书郊祀志:"济南人公玉带,上黄帝时明堂图。"注曰:"公玉,姓;带,名。"吕氏春秋:"齐有公玉丹,盖其族。"馀未详。史记索隐曰:"玉,或音肃。"姚氏引风俗通:"齐湣王臣有公玉冉。"三辅决录:"杜陵有玉氏。"二姓单复有异,单姓者音肃,后汉司徒玉祝是其后也。按:"湣"似"泯"字误刊。后汉书是"玉况"。皮日休献致政裴秘监诗:"玉季牧江西,泣之不忍离。"似以玉季称弟,与后辈应,"早忝诸孙末"亦通。但公玉又不可合。【田曰】望其援手。【张曰】结则未第无聊,望其援引也。【按】公玉季，指杨汝士。商隐上张杂端状："是观玉季，如对金昆。"玉季指弟。杨汝士、杨嗣复弟兄分镇东、西川。公玉季，犹玉季公，因调平仄而倒。四句谓当幕中高宴，幕主问及从翁之时，祈为己援手，以早日弃渔樵而入仕。

以上为末段，望从翁援引。

笺　评

【姚曰】起手八句，叙从翁应东川之聘。"早忝"下八句，言与从翁间阔。"岂意"下八句，言与从翁一同流落。"敢共"下八句，言承从翁慰问。"我恐"下八句，言从翁以郎官赴幕东川。"瘴雨"下八句，自述客中情况。"南诏"下八句，言东川时事，而望其策画。末四句，言主人存问若及，我已无志功名也。

【屈曰】一段从尚书幕。二段己与从翁始同隐居后同出。三段仕不得意，蒙从翁赠诗。四段东川景物时事。五段送，嘱其莫忘也。"使车"二句言征辟无远近，既当即赴，而从此相别，则隔若烟霄矣。

【田曰】笔势跳掷，人己分合。大乱心目，不得不叹为奇观。(冯笺引。辑评"跳掷"作"十分跳跃"；"不得不叹为奇观"作"不容不叹为奇事"。)

【纪曰】沈雄飞动，气骨不凡，此亦得杜之藩篱者。中晚清浅纤秾之作，举不足以当之。○末一段以勉为送，立意正大，词气自深厚雄健，居然老杜合作，较送李千牛诗尤为过之。(诗说)○结四句带出望荐之意，收缴前路两大段。(辑评)

【张曰】弘农，杨氏郡望。……从翁无考，诗多叙学仙玉阳之迹，确系是年作。……集外诗昔帝回冲眷一首，与此同题，乃错简。（会笺）又曰：此诗波澜反覆，人己分合，笔飞墨舞，应接不暇，可谓极行文之乐事，得诸长律，尤为罕睹。少陵不能专美于前矣。纪氏独蒙激赏，堪称具眼。……送李千牛是赴阙，送从翁是入幕，故一以重晤为结，一以规勉作收。义山措辞，各有分寸，不得以爱憎妄分优劣也。（辨正）

【按】从翁与义山始则偕隐山林，求仙学道；继又皆辞故里，蓬转求仕，经历志趣均有相同点，年齿想亦相去不远。故虽有辈分之殊，实同朋友手足之谊，赠行之不作泛泛酬应祝颂语者正以此。诗中写学道求仙生活，写求仕过程中对颓波薄俗之感受，以及对幕府生活之浪漫想像与勉力为国之深情属望，皆贯串诗人对生活之热情。此亦正诗之具有艺术感染力之重要原因。

义山求仙学道之具体时间，张氏谓当在大和末数年内，近人多从其说。然此说实甚可疑。义山东还诗云："自有仙才自不知，十年长梦采华芝。"十年虽系约数，然作诗时离学道求仙生活已历时较长则可肯定。且义山自大和三年入令狐天平幕至开成二年登第前，先后历太原幕、兖海幕，又"为进士者五年（指为乡贡者五年）"，五次应礼部试，其间实无隐居旧山，学仙玉阳之可能。李肱所遗画松诗书两纸得四十韵云："忆昔谢驷骑，学仙玉阳东。"诗作于开成元年，而曰"忆昔……学仙"，则学仙之事不在大和末近数年内可知。本篇更明言"小隐"之事在离家求仕之前，然则学仙玉阳之时间自当在奉母归郑、父丧既除之后，入令狐天平幕之前一段时期内。证之以"兼之早岁，志在玄门"（上河东公启），"载念弱龄，恭闻隐语。蕙纕兰佩，鸿俦鹤侣"（梓州道兴观碑铭）等语，益见其求仙学道当系少年时期之事。而结束学仙小隐生活，离乡求仕，则在文宗即位之初期。“岂意闻周铎，翻然慕舜韶”，明谓值此文宗初政维新，励精求治之时，已与从翁亦翻然慕政治修明之世而思有所作为，故下即叙离家求仕之事。据此，玉阳学仙当在敬宗宝历至文宗大和初一段时间内。

令狐八拾遗绹见招送裴十四归华州①〔一〕

二十中郎未足稀②〔二〕，骊驹先自有光辉〔三〕。兰亭谯罢方回去〔四〕，雪夜诗成道蕴归〔五〕。汉苑风烟催客梦③〔六〕，云台洞穴接郊扉〔七〕。嗟余久抱临邛渴④〔八〕，便欲因君问钓矶〔九〕。

校　记

①“绹”原作大字，今依蒋本、朱本改小字置行侧。

②“稀”，朱本、季抄一作“希”，同。

③“催”，朱本、季抄作“吹”。

④“余”，蒋本、朱本作“予”。

集　注

〔一〕【朱注】唐书令狐绹传：“大和四年登进士第，开成初为左拾遗。”地理志：“华州华阴郡，属关内道。”【冯注】旧书传：“绹，字子直，楚之子。”旧书志：“关内道华州上辅，天宝元年为华阴郡。”【按】令狐绹开成二年五月尚为拾遗，是年秋冬方改补阙。诗有“雪夜”语，似作于开成元年冬商隐未第时。裴十四，名不详，系楚之婿，详“兰亭”二句注。

〔二〕【朱注】晋书：“谢万弱冠辟抚军从事中郎。”世说：“谢中郎万是王蓝田女婿。"【冯注】晋书:"荀羡尚寻阳公主,后除北中郎将、徐州刺史、监诸军事、假节,时年二十八,中兴方伯未有如羡之少者。"按:晋中兴书作"时二十"。宋书:"谢晦初为荆州,甚自矜。从叔澹问晦年,答曰:'三十三。'澹笑曰:"昔荀中郎年二十七,为北府都督,卿比之已为老矣。'晦有愧色。"故后人凡言"年少荀郎""二十中郎",必荀羡,非他人也。此以尚主比其为婿。唐人用事,每逾分不细检耳。朱氏引谢万为简文帝抚军从事中郎,误矣。【按】冯注是。谢万为谢安之弟,谢道韫为谢安侄女,若以谢万喻裴十四,下又以道韫喻裴妻,殆为不伦;且以二谢姓分喻夫妇,亦罕此例。

〔三〕【朱注】古乐府:"何用识夫婿?白马从骊驹。"【冯注】汉书儒林王式传:"歌骊驹。"服虔曰:"逸诗篇名也,见大戴礼。客欲去歌之。其辞云:'骊驹在门,仆夫具存;骊驹在路,仆夫整驾。'"古乐府陌上桑:"何用……。"此兼用之。【按】首联切裴十四归。言裴少年才俊,骊驹光辉,即古之二十中郎亦未足贵。"骊驹"兼点其为婿。

〔四〕【朱注】海录:"山阴县西南二十里有兰渚,渚有亭曰兰亭,羲之旧迹。"何延之兰亭记:"永和九年三月三日,瑯琊王羲之与太原孙统、孙绰,广汉王彬之,陈郡谢安,高平郄昙,太原王蕴,释支遁,并其子凝之、徽之、操之等四十有二人会于会稽山阴之兰亭,修祓禊之礼。"晋书:"郄愔,字方回,鉴之子,官会稽内史,加镇军都督。"【冯注】晋书王羲之传:"永和九年,与同志宴集于会稽山阴之兰亭,修禊事也。"

〔五〕【朱注】晋书:"王凝之妻谢氏,字道韫,安西将军奕之女也。尝内集，俄而雪骤下，叔父安曰：'何所似也？'安兄子朗曰：'散盐空中差可拟。'道韫曰：'未若柳絮因风起。'"○按：郄愔不与兰亭四十二人之数。晋书："王羲之娶郄鉴女。"愔又羲之姊夫，裴十四必令狐氏之婿，时携内归华州，故有此二语耳。【朱彝尊曰】裴殆是楚之婿，绹之妹夫，故借用方回。【冯注】晋书郄愔传："与姊夫王羲之、高士许询，并有迈世之风，修黄老之术。后筑室章安，后为会稽内史，最后乞骸骨居会稽。"而修禊有郄昙，即愔弟也，故偶误忆欤？羲之乃方回姊夫，道韫乃羲之子妇，合为一联，似涉嫌疑，岂用古不必太拘哉？朱氏谓裴十四必令狐氏之婿，时携内归家。第或更有戚谊，则无由细索耳。"散盐"，晋书作"散"，御览引之亦作"散"，他书作"撒"，误。刘宾客和汴州令狐相公诗："选婿得萧咸。"以此度之，令狐有贵婿，朱氏之揣是也。

〔六〕【朱彝尊曰】华州。【冯注】华阴县有汉宫观，故曰汉苑。详后汉宫词。

〔七〕【朱注】华山志："岳东北有云台峰，其山两峰峥嵘，四面悬绝，上冠景云，下通地脉，嶷然独秀，有若云台。下有穴，昔有人入此穴，出东方山行，云：经黄河底，上闻流水声。"【冯班曰】"风烟""洞穴"四字衬起两句。【按】两句写华州景物，谓汉苑风物、云台洞穴，均时时引动思归之情。"接郊扉"，言云台洞穴即在华州郊外。

〔八〕【程注】史记："相如有消渴疾，尝称病闲居，不慕官爵。"【冯注】史记司马相如传："临邛卓王孙有女文君新寡，相如以琴心挑之。及饮卓氏，弄琴，文君窃从户窥之，心悦而好之，恐不得当也。相如使人重赐文君侍者通殷勤，文君夜亡奔相如。”【按】临邛渴，兼喻求仕与求偶之渴，详笺。

〔九〕【袁彪曰】太公钓于渭水，在华州，故云。（冯注引）【冯曰】用相如事何无顾忌也！唐季风尚若此。时义山失偶未娶。【按】“问钓矶”亦含意双关，兼寓求仕与求偶之意。白居易代书诗一百韵寄微之：“繁张获鸟网，坚守钓鱼砥。”自注：“谓自冬至夏，频改试期，竟与微之坚待制试也。”

笺评

【朱曰】此送裴而感己之不得志也。（李义山诗集补注）

【朱彝尊曰】首句：裴。次句：归。三句：裴殆是楚之婿，绹之妹夫，故借用方回。“兰亭”二句：二人姻娅。“汉苑”句：华州。

【胡以梅曰】诗意盖裴十四是令狐氏之婿，前四句皆用夫婿事。先赞其年少功名之早。次言与妻同归。五六言己在长安寂寞，君到华山有奇境清佳。我已有疾，愿从君觅隐耳。……（唐诗贯珠串释）

【陆曰】按谢万为王蓝田婿，而道韫为王凝之妻，篇中先后引用，岂裴系令狐氏之婿耶？晋书：“万弱冠辟抚军从事中郎。”今裴年似之。而骊驹戒涂，光辉载道，古人不得专美于前矣。三句以方回拟裴，四句以道韫拟其内，而见招、送归之意，亦随手带出。汉苑风烟，言客中之留滞无几也；云台洞穴，言故乡之名胜可探也。义山……见裴携眷同归，顿觉临邛抱渴，而慨然动乡关之思，其艳羡乎裴也至矣。

【姚曰】此因送裴而感己之不得志也。裴必绹（当作楚）婿，携内归华州而绹饯之。谢郎中万，是王蓝田女婿。王羲之娶郄鉴女；郄鉴子愔，又是羲之姊夫。观诗中用事自明。“汉苑”句，言裴当不久归京。“云台”句，言华州居然仙境。末言已之倦游，而便欲结庐于华州耳。

【屈曰】一裴十四，二归。三四姻娅。五六华州。结自己。

【程曰】此诗前四句用婚媾故实。朱长孺云：……裴十四必令狐之婿。然考令狐楚、令狐绹传皆未及其子婿，宰相世系表裴氏东西眷亦无有婿于令狐者，则朱氏之言殊未可定。或以为义山有姊于归裴氏，则裴十四未必非其人。用道蕴事虽涉称誉，刘长卿送女诗亦云："柳花如雪若为看。"送女可则送姊妹亦可。考义山祭裴氏姊文："灵有行于元和之年，返葬于会昌之岁"，则时代不合。又云："此际兄弟，尚皆乳抱，空惊啼于不见，未识会于沉冤"，则时事又不合。裴为李婿，亦莫可凭耳。后四句，五六是送归华州本旨，七八是自慨疾病，因送裴而动归思也。

【纪曰】应酬之作，一无可采。

【姜炳璋曰】时义山尚未登第。末二句言因病休养，将结庐华山之下也。无干绹意。

【张曰】朱氏谓裴十四必令狐之婿，时携内归家，故有“方回”“道韫”一联，似之。义山失偶未娶，用相如事作结，唐人风尚如此，不嫌也。（会笺）

【按】裴十四少年才俊，仕宦得意，又为令狐贵婿；义山则累试未第，失偶未娶，仕宦婚姻，均不得意。故于宴饯送别之际，未免触景生情，艳羡之意，溢于言表。尾联“临邛渴”与“问钓矶”，似亦兼仕宦、婚姻二端而言之。就仕宦一端而言，“临邛渴”即所谓“相如渴”，喻渴求仕进；“问钓矶”用太公钓渭川典，暗喻登龙门之术（李白梁甫吟：

"广张三千六百钧,风期暗与文王亲。"可证此"钓"字之寓意)。就婚姻一端而言,"临邛渴"即求偶之渴;"问钓矶",则求偶之道也。二句盖谓己久抱求仕与求偶之渴,而欲问裴仕宦、婚姻得意之方耳。义山为绹之昵友,裴又绹之姻亲,故出言不妨真率而带戏谑。

和友人戏赠二首①〔一〕

东望花楼会不同②,西来双燕信休通〔二〕。仙人掌冷三霄露〔三〕。玉女窗虚五夜风③〔四〕。翠袖自随回雪转〔五〕,烛房寻类外庭空〔六〕。殷勤莫使清香透,牢合金鱼锁桂丛〔七〕。

其二

迢递青门有几关〔八〕?柳梢楼角见南山〔九〕。明珠可贯须为珮〔一〇〕,白璧堪裁且作环〔一一〕。子夜休歌团扇掩④〔一二〕,新正未破剪刀闲〔一三〕。猿啼鹤怨终年事⑤,未抵熏炉一夕间⑥〔一四〕。

校 记

①英华题作"和令狐八绹戏题二首"。

②"花",冯引一本作"高"。"会",英华作"事"。

③"五",英华作"午",一作"子"。

④"休",季抄、朱本一作"欲"。

⑤"怨",英华作"望"。

⑥"熏炉",英华作"炉香",悟抄作"香炉"。"间"原作"閒",非,据悟抄、朱本改。

集　注

〔一〕【补】旧本此二首后有题二首后重有戏赠任秀才，可证此二首亦赠任之作。应是令狐绹先有戏赠任秀才之作，义山从而和之。

〔二〕【道源注】开元遗事："长安郭绍兰嫁任宗，宗为商於湘中数年，音问不达。绍兰语梁间双燕，欲凭寄书于婿。燕子飞鸣，似有所诺，遂飞泊膝上。兰乃吟诗曰：'我婿去重湖，临窗泣血书。殷勤凭燕翼，寄与薄情夫。'任宗得书，感泣而归。张说传其事。"【冯曰】旧引开元遗事……双燕寄诗之事，非也。此二句固不必用典。

〔三〕【道源注】三霄，神霄、玉霄、太霄也。【冯注】汉书郊祀志："武帝作柏梁、铜柱、承露仙人掌。"释名："霄，青天也，无云气而青碧者也。"又曰："近天气也。"按：三霄犹三天。

〔四〕【朱注】汉书郊祀志："鄠县有仙人玉女祠。"鲁灵光殿赋："神仙岳岳于栋间，玉女窥窗而下视。"卫宏汉旧仪："中黄门持五夜。五夜者，甲夜、乙夜、丙夜、丁夜、戊夜。"【冯注】楚词惜誓："载玉女于后车。"司马相如大人赋："载玉女而与之归。"注曰："玉女，青要、乘弋等也。"此写高楼之景，良会不同，言外可见。【冯班曰】不过独处风寒露冷而已，着词何等庄体！（辑评）

〔五〕【朱注】杜甫诗："天寒翠袖薄。"洛神赋："飘飘兮若流风之回雪。"【程注】张衡观舞赋："裾似飞鸾，袖如回雪。"

〔六〕【朱注】谢庄月赋："去烛房，即月殿。"【朱彝尊曰】（二联）次第写出寂寞光景。

〔七〕【朱注】金鱼，鱼钥也。梁简文帝诗："夕门掩鱼钥。"芝田录："门钥必以鱼，取其不瞑目守夜之义。"【何曰】桂丛，指女之所凭。【朱彝尊曰】"透"字应作自内而出解,方与"莫"字相应,言徒乱人意也。【冯曰】桂丛,指月殿。重门深锁,毋使他人得近。

〔八〕【冯注】三辅黄图:"都城东出南头第一门,曰霸城门。民见门色青,名曰青城门,或曰青门,亦曰青绮门。"按:即水经注东出北头第三门也。

〔九〕【冯曰】终南山在长安正南。

〔一〇〕【冯注】拾遗记:"员邱之穴,洞达九天。中有细珠如流沙,可穿而结,因用为佩。此神蛾之矢也。"【何曰】韩诗外传:"曾子曰:'君子有三言,可贯而佩之。'"(读书记)

〔一一〕【冯注】尔雅:"璧肉好若一,谓之环。"说文:"璧,瑞玉环也。"似更有典。【朱彝尊曰】其势可谐。

〔一二〕【朱注】乐府有白团扇歌。【冯注】子夜,夜半,非子夜歌也。休歌,歌罢也。古今乐录:"团扇郎歌者,晋中书令王珉好捉白团扇,与嫂婢谢芳姿有情好。嫂捶挞婢过苦,王东亭闻而止之。芳姿素善歌,嫂令歌一曲,当赦之。芳姿应声而歌:'白团扇,辛苦五流连,是郎眼所见。'珉闻,更问:'汝歌何道?'芳姿即转歌云:'白团扇,憔悴非昔容,羞与郎相见。'"

〔一三〕【朱注】荆楚岁时记:"正月七日,剪彩为人,或镂金箔为人,帖屏风上,亦戴之头鬓,像人入新年形容改新。"○新正未破,言未入正月也。用字本沈佺期诗"别离频破月",又杜诗"二月已破三月来"。【吴乔注】宋之问诗:"今年春色早,应为剪刀催。"【屈曰】妇女正月不事剪刀,故曰"闲"也。【程曰】新正未破者,新正未动剪刀也。今都下尚有此风,正月望后逢破日动裁剪,他处亦多择日始动剪刀。【冯曰】未破犹曰未残。杜诗:“二月已破三月来”。朱氏解作未入正月,误。【按】冯注是。

〔一四〕【道源注】言终岁相思,不如一夕佳会。【冯曰】结言一夕相思,甚于终年,怨望真不可禁。道源乃谓“终岁相思,不如一夕佳会”,衲子论风怀,宜相左矣。【纪曰】末二句写怨旷之深。道源注……失其指矣。【钱锺书曰】张茂先情诗即曰:“居欢惕夜促,在戚怨宵长。”李义山和友人戏赠本此旨,而更进一解,曰:“猿啼鹤怨终年事,未抵熏炉一夕间。”唐李益同崔邠登鹳雀楼诗:“事去千年犹恨速,愁来一日即知长。”宋遗老黄超然秋夜七绝亦云:“前朝旧事过如梦,不抵清秋一夜长。”皆淮南子说山训所谓“拘囹圄者以日为修,当死市者以日为短”之意。【按】钱说是。详笺。

笺　评

【王夫之曰】斯有丽情,不徒锦字。(唐诗评选)

【朱彝尊曰】上首危之,此首解之。○“柳梢”句:相去不远。“明珠”二句:其势可谐。“子夜”句,不必怨。“新正”句,有其时。

【陆曰】二诗相戏,皆于结处见之。其首篇曰:聚会难期,音书莫致。当此露冷风寒之下,其何以为情耶?翠袖自随回雪转,言瞥尔一见也。烛房寻类外庭空,言杳然莫迹也。夫求之不得,寤寐思服,人情大抵皆然,乃作者于此,反丁宁其所思之人曰:彼虽殷勤,子宜郑重,莫使桂香漏泄,令人疑为不自闲也。此以逆耳之言戏之也。(次篇)此言路隔重关,其人甚远,又何由望见颜色而与之相近相亲也耶?“明珠”

"白璧"一联,即泉(渊)明"愿在发而为泽,愿在衣而为领"意。团扇掩,形其羞涩之情;剪刀闲,状其无聊之况。猿啼鹤怨,固相思之极致也。然终岁相思,不如一夕佳会,此又以伤心之言戏之也。

【徐德泓曰】此二首,似赠置姬别室者。(首章)故言此会不易,非比泛常,不可使有家信促还。盖缘此地,露冷风清,未可去耳。"翠袖"句,状此际欢情飞舞之态,而终不能久留,故"烛房"句言内室又旋空也。结谓扃闭宜深,消息不可外露,归到"戏"字意。(次章)首二句,言不知经过多少关隘,而始得见别馆景色,甚言难至也。贯珠为佩,喻室家当联合同栖,而今不能,且权宜以处,如裁璧作环耳。佩有常系义,环有待圆义,如此,则"须"字"且"字亦不虚闲矣。"团扇"句,言未遭挞辱,无憔悴羞见之情,不须歌此;而"新正"句,又状其年正初春,容无改旧也。结谓相思虽经岁之久,只属空虚,岂能抵此一夕之欢乎?

【姚曰】此为有所欢而必欲遂之词。一首言其间隔而不得通。二首言其不得通而必求一合也。(首章)花楼一会,芳信谁传?仙人掌冷,玉女窗虚,全无顾眄留连之意。乃翠袖已去,烛房已空,而情痴者犹然不觉;犹恨金鱼牢锁之处,不能使一缕殷勤透入,所谓"焦明已翔于寥廓,而罗者犹视乎薮泽"也。(次章)承上章,言望之愈杳而思之愈坚也。青门迢递几何,而柳梢楼角,直如南山之间隔,甚言其不得近也。然岂因其不得近而遂已哉?既遇明珠,不得他为珮不止;既逢白璧,不斫他为环不休。中联特作艳语动之。团扇遮羞,剪刀未破,想到熏炉一夕间事,庶几终年苦志为之一酬。否则猿啼鹤怨,怅望何时已也!语语是戏赠,妙绝。

【屈曰】(首章)既不同会,信又不通,山穷水尽矣。三四代愁孤冷,五六我亦同此孤冷。此时欲通殷勤,使清香相透,忽想其金鱼牢合,恐亦无益也。(次章)一二居处甚近。三四有可合之具。五言无容空怨。六言有暇可为。七八承五六,结言经年愁未如今夕之甚也。

【程曰】二诗必义山在长安而友人有幽会于关外者。故前首起句曰东望花楼、西来燕信也。"仙人"四句,言己在长安寂寞之状。插"翠袖"句,言虽有回雪之舞,与我总无与也。结句则嘱彼长相欢会也。次首义亦与前首同,俱说自己。玩"须为""且作"字,义甚妙,言虽有此物,无由持赠也。"子夜"二句与前"翠袖"句同意。结言唯有啼怨而已,不如汝之共对熏炉也。

【赵臣瑗曰】(次章)起句一问,次句一答,明见得伊人宛在,而可望不可即之意隐然言外。三四商所以赠之者珮必明珠,环宜白璧,又以喻其人之芳洁,非如桑中陌上可得而草草者也。妙在五六忽然写出闺中人凄凉情况,一味闲坐,若谓当斯时也彼亦必旦暮思子不置。而末则直接之云经岁相思不如一夕佳会,此乃所谓戏赠也。(山满楼笺注唐诗七言律)

【冯曰】(次章)首二想其所居;中四写其整理服饰,深居少事,皆遥思而得之也;结言一夕相思,甚于终年,怨望真不可禁。又曰:徐武源谓此二首似赠置姬别室者,逐句有解。愚更就其说申之:首章言会既不易,信亦稀通。三四清冷之态;五六似言偶得相随,寻复别去;结谓宜深锁闭之也。次章谓所居僻远。三四珮为常系之物,环有待圆之情,谓终宜合并,且俟徐图耳。或只谓以珠珮玉环与之,亦可。下半宜如愚所解。然愚究以妓馆之说为得,否则重有戏之两结句嘱其深锁，尚恐乌龙来卧，毒谑何可禁当欤！

【纪曰】此都是无题之类，非艳词也，于集中为数见不鲜耳。（诗说）前一首属其防闲，后一首代写闺怨，所谓戏也。○“休歌”犹曰“停歌”，亦不作“莫”字解。（辑评）

【张曰】艳情不待言矣。余疑义山登第，同时子直于戚里中必有议婚之怂恿。前二首答绹，即相如消渴之意，义山情殷求偶，于此可见。（会笺）

【按】诸家笺不同，而徐德泓说似稍优，今试以徐说为主，参合诸家之解略作串释。首章起联谓秀才东望花楼，叹良会不同；西来双燕，又音讯不通。盖言其与所恋者分隔两处，久未会合。任所居在女子之西，故曰“东望花楼”。颔、腹二联均承“会不同”“信休通”写女方独居清冷寂寞之态：仙掌凝三霄之冷露，绮窗起五夜之凉风，见室虚夜冷，永夜不寐之情景；翠袖迎风，虽若舞袖之回雪，奈烛房空寂，有如阒谧之外庭，见所居之清冷与赏爱之无人。上六句均极形女子之寂寥怨旷。末二句乃戏任曰：尔当殷勤防范，牢锁对方所居，切莫使清香外透也。盖对方身份或为歌伎者流（视“翠袖”“休歌”语可揣知），长期独居怨旷，难免不抱衾别向，故以“牢合金鱼锁桂丛”戏之。桂丛，犹芳丛，喻指女子所居。次章首联仍写任秀才遥望女子所居之地。“青门”在城东，与首章“东望”正合。二句谓女子所居之花楼位于高峻（迢递）重关之青门附近，登楼则可透过楼角柳梢而望见南山。女子所居为任秀才所熟悉，故有次句，遥望中自含思念之情。此联若不经意，而风调特佳。颔联为比喻语，盖谓任之所欢者既如明珠白璧之可贯堪裁，何不径取之以为姬妾如近身之环珮乎？

"珮"似谐"配","环"取"合"意。"且作",应作也,与"须为"同意。腹联则遥想花楼中人寂寞无聊意绪,言其夜半歌罢,唯以团扇掩面,不免生怨旷之感;新正未破,剪刀尚闲,更增永日无聊之绪。末联乃谓即使终年相思怨望,亦不抵今夕一夜熏炉独守之况味,盖极言今夕相思之深。此亦所谓"戏"也。

题二首后重有戏赠任秀才①〔一〕

一丈红蔷拥翠筠,罗窗不识绕街尘〔二〕。峡中寻觅长逢雨〔三〕,月里依稀更有人〔四〕。虚为错刀留远客〔五〕,枉缘书札损文鳞〔六〕。遥知小阁还斜照,羡杀乌龙卧锦茵〔七〕。

校　记

①才调无"二首"二字。

集　注

〔一〕【冯曰】上二首当已是赠任。

〔二〕【冯注】往来寻觅,频绕其居,其如罗窗中人竟不识何!【按】首句写女方居处门前景物,兼寓比兴象征,当与三四合看。绕街尘谑指往来寻觅之任秀才。

〔三〕【冯注】用神女暮雨,详后吴令暗答诗。

〔四〕【冯注】淮南子:"羿请不死之药于西王母,姮娥窃以奔月。"注曰:"姮娥,羿妻。羿未及服,姮娥盗食之,得仙,奔入月中。"姮娥独居,何更有人?二句谓任每访,必遇有人,不得入也。

〔五〕【朱注】汉书:"王莽更造错刀,以黄金错其文,曰'一刀直五千'"。四愁诗:"美人赠我金错刀。"

〔六〕【冯注】古诗:"客从远方来,遗我双鲤鱼。呼儿烹鲤鱼,中有尺素书。"二句谓虚相联络,终无实意。【按】上句谓女虚相赠与,下句谓任枉致书札。

〔七〕【胡震亨曰】谑之也。(戊签)【冯注】搜神后记:"会稽张然,滞役在都。有少妇与一奴守舍,奴与妇通。然素养一犬名乌龙,常以自随。后归,妇与奴欲杀然,奴已张弓拔矢,然拍膝大呼曰:'乌龙与手。'狗应声伤奴,奴失刀杖倒地,狗咋其阴。然因杀奴,以妇付县,杀之。"乌龙喻他人,谑任之不得如也。韩偓诗亦云"横卧乌龙作妒媒"。【钱锺书曰】"无使尨也吠"传:"贞女思开春以礼与男会。……非礼相侵则狗吠。"按幽期密约,丁宁毋使人惊觉、致犬唓嗻也。……李商隐戏赠任秀才诗中"卧锦茵"之"乌龙",裴铏传奇中昆仑奴磨勒挝杀之"曹州孟海"猛犬,皆此"尨"之支流与流裔也。初学记卷二九载贾岱宗大狗赋:"昼则无窥窬之客,夜则无奸淫之宾";而十七世纪法国诗人作犬冢铭,称其盗来则吠,故主人爱之;外遇来则不作声,故主妇爱之,祖构重叠。盖儿女私情中,亦以"尨也"参与之矣。(管锥编第一册)又曰:唐人艳体诗中,以"乌龙"为狗之雅号。(同上第二册)

笺　评

【冯舒曰】戏得太毒,得毋有伤厚道。(何焯引)

【冯班曰】的是宿娼。(何焯引)又曰:太刻薄。(见二冯评阅才调集)

【朱彝尊曰】定远谓"峡中"二句戏甚,有伤雅道,予谓结意更

毒，几不可道。（据复图本）

【何曰】每以夜往，故曰“长逢雨”。腹连似谓竟忘其夫之尚存也。落句阁外乌龙或能猝起。虽戏之，实儆之，谓之赠。（辑评）落句言来往既久，乌龙亦不复作妒媒也。（读书记）

【陆曰】此承上二篇说来，言不必金鱼牢合，青门迢递，始成间阻。即此红蔷翠筠，仅一藩篱之限，而内外有不能相通者矣。逢神女于峡中，示以近也；望姮娥于月里，又示以远也。若远若近间，有令人不可奈何者。岂知错刀之赠终虚，尺素之投莫报，而小阁之中，锦茵之上，反不若畜狗无知，得以偎香傍玉，寝处其际也。此结相戏，视前二首为虐。

【徐德泓曰】题亦承上而言。首联，状秘室景象。次联，写暗聚意。第五句，言偶至以答其情，故曰“虚为”，亦如远客之暂来也。第六句，言身不能常至，惟音问潜通，枉害使辈之仆仆耳。结点室中暮景，言可绝外人之至，无感帨惊尨事也，乃藏娇之地。始终是“戏”意。

【姚曰】此为有所妄想而不得遂之词。红蔷拥翠筠之中，何由得见，犹之罗窗深处不识街尘也。峡中逢雨，月里有人，全是妄想自缠自缚。于是虚想美人有错刀之赠，于是常托文鳞传密意之书，捕风捉影，劳心甚矣。曾不如深院乌龙，犹得依栖于斜阳小阁间也。戏得隽甚。

【屈曰】一二所居深密，从未出门。三寻觅甚难。四爱博。五非怜真才。六虚文无益。结惟有遥羡乌龙而已。八与四似复，然此只重在“遥羡”二字，勿呆讲。

【程曰】此乃紧接前二首之情事。首二句言友人所居之幽邃也。三四二句，言其所遇之人如神女姮娥也。五句言己不得预此盛会。六句言空以书札与闻于我也。七八二句始赠任，言任在斜阳小阁之中，亦当有乌龙锦茵之羡也。

【冯曰】此必任秀才有所思于青楼中人也，否则措辞岂得尔！

【纪曰】此又以彼有所欢，此空凝望为谑。此种皆不以诗论。（辑评）

【张曰】……妒任之先我而聘也。此所以转而歆羡王氏欤？非寻常狎邪比。虽属臆测，庶为近之。（会笺）又曰：古人戏谑、代赠往往有之，何为不可以诗论？（辨正）

【按】和友人戏赠二首与本篇虽同属戏谑之作，内容亦均属艳情，然所咏之情事似非一端。前二首虽言良会不同，音讯莫通，而诗中所咏之女子则前此已与任情好甚殷，二首且极写女子寂寞无聊，独居怨旷之情；而本篇中所写之女子则与任"虚相联络，终无实意"，另有所欢，徒使任遥羡凝望而已。前二首良会不同，或因客观之间阻所致；后一首之空自凝望，则缘女方之终无实意。视前二首与本篇之用语、口吻，亦可见女子身份、品性之不同，前者戏而不流于亵，后者则纯乎恶谑，且见作者之儇薄心理，宜纪氏有"不以诗论"之评。

南山赵行军新诗盛称游谳之洽因寄一绝〔一〕

莲幕遥临黑水津〔二〕，櫜鞬无事但寻春〔三〕。梁王司马非孙武〔四〕，且免宫中斩美人〔五〕。

集　注

〔一〕【朱注】南山，终南山也。唐书："节度使有行军司马一人。"【程注】朱长孺题下注云："南山，终南山也。"是则雍州之南山矣，而蜀中亦有南山。诗中注云："黑水南流入汉。"是则梁州之黑水矣，而雍州亦有黑水。若据梁州黑水，则南山不应为雍州南山；若据雍州南山，则黑水不应为梁州黑水；是则题注之山与诗注之水抵牾违背矣。愚见蜀志后主纪："建宁七年春，诸葛亮遣陈式攻武都、阴平，遂克二郡。冬，亮徙府营于南山下。"此题南山正谓此也。诗中黑水，则正谓梁州之黑水，而非雍州之黑水。盖题称赵官行军，乃节度之僚属。蜀中山南东、西二道有节度使，而雍州为唐之长安，王畿之地，固无节度，则南山自为蜀中之南山明矣。朱注题下误。【冯注】徐曰："彭阳遗表中行军司马赵祝，即此人也。"按：此题与后南山北归，徐氏皆以为当作"山南"，然不可改也。朱氏专以终南为南山，程氏又言蜀中亦有南山，皆疏矣。汉书王莽传："子午道当杜陵，直绝南山径汉中。"今详考之，如近人禹贡锥指备引地志诸书，而曰："雍之南界，自太华以西为华州诸县，皆以南山与梁分界；又西为大散岭，又渐极西而至岷州、洮州、西倾山，皆与梁分界处也。"又曰："华山，四州之际。东北冀，东南豫，西南梁，西北雍。雍、梁之间，大山长谷，远者数百里。终南山东连二华，在长安南，至武功而为太白；又西过宝鸡，讫于陇首山。其深处高而长大者曰秦岭，关中指此为南山，汉中指此为北山。斯实雍、梁之大限矣。"然则大散岭、秦岭之地，实为分界之处，关中正称之为南山，何用改书山南哉？【按】冯说是。"南山"可指终南山、秦岭，亦可指秦岭南麓之梁州。或谓之"山南"。诗作于开成二年春。时令狐楚任兴元尹、山南西道节度使，赵柷为其行军司马。见代彭阳公遗表。柷，遗表误"祝"，据陶敏全唐诗人名考证改正。

〔二〕【朱注】水经："汉水又东，黑水注之。"注："水出北山，南流入汉。诸葛亮笺云：'朝发南郑，暮宿黑水'，指是水也。"【冯注】南史："庾杲之为王俭卫将军长史，萧缅与俭书曰：'庾景行泛渌水依芙蓉，何其丽也！'时人以入俭幕为莲花池，故美之。"禹贡："华阳黑水惟梁州。"所引水经注，即此句黑水也。禹贡："梁州南距黑水。"薛士龙谓即古之若水，汉时名泸水，唐以后改名金沙江者，与此远矣。然诗句无烦细核。元和郡县志："黑水在兴元府城固县西北。"

〔三〕【朱注】说文："櫜鞬，所以戢弓矢也。"增韵："櫜，箭器；鞬，弓衣。"【冯注】左传："左执鞭弭，右属櫜鞬，以与君周旋。"

〔四〕【冯注】兴元为梁州，故借用梁王。唐时藩镇非汉藩国之比，而每引古诸侯王，其势积重，习而不察矣。

〔五〕【朱注】史记："孙子武以兵法见吴王，王曰：'可试以妇人乎？'曰：'可。'于是出宫中美人百八十人。孙子分为二队，以王宠姬二人为队长。即三令五申以鼓之右，妇人大笑；复三令五申鼓之左，妇人复大笑。遂斩队长二人，用其次为队长。于是复鼓之，皆中规矩绳墨，无敢出声。"【补】且，自也（张相诗词曲语辞汇释）。

笺评

【朱彝尊曰】意是日游谯，多用美人为戏剧。梁王，即指赵之主帅也。然取义少味，不甚了了。

【姚曰】名士从军，又值无事之日，惟以尊前歌舞为乐耳。

【屈曰】谓席有美人，见游谯之洽也。

【王鸣盛曰】此必山南西道节度之擅作威福，多行杀戮，且有毙其姬侍之事，故因其行军司马盛称游谯而因以讽之。言司马日事寻春，而不谈兵法如孙武，转可以免美人浪死之惨也。又曰：山南西道节度使即令狐楚，义山感知最深，必无所刺，况楚亦并无此事。诗意见令狐待士之厚，乃军风流跌荡，虽不必忧国为心，较他镇之托名讲武而擅作威福，浪杀姬人者大不同矣。（冯注初刊本王氏手批）

【纪曰】语不可晓，如就诗论诗，直是无一毫道理也。（诗说）

【张曰】此寄令狐楚兴元幕者。……诗言"寻春"，是开成二年作。（会笺）又曰：以不晓为不佳，皆纪氏陋见。（辨正）

【按】纪氏以为语不可晓，王氏则以为末句指藩镇托名讲武，浪杀姬人，均失于求之过深。其原因在未能留意题内"赵行军新诗盛称游讌之洽"之语。唐时地方官讌集，幕僚作陪，歌伎侑酒。赵诗"盛称游讌之洽"，当述及"佳人启玉齿，上客颔朱颜"（南潭上宴集）一类情事，义山因赵之身份为节度使行军司马，本掌军旅之事，今则不习戎事而但参与诗酒宴饮，故即其所"盛称"而为"梁王司马非孙武，且免宫中斩美人"之雅谑。"非孙武"云云，不过言其不习军旅而与诗酒讌集，以见其名士风流本色而已。姚解得之。王氏未免过泥所用孙武事。

然此诗是否毫无微意，似亦难必。送从翁从东川弘农尚书幕云："几处逢鸣珮，何筵不翠翘？……南诏知非敌，西山亦屡骄。勿贪佳丽地，不为圣明朝。"此诗或亦于打趣中微寓此意焉。

寄恼韩同年时韩住萧洞二首[①][一]

帘外辛夷定已开[二]，开时莫放艳阳回[②]。年华若到经风雨,便是胡僧话劫灰〔三〕。

其二

龙山晴雪凤楼霞〔四〕,洞里迷人有几家〔五〕?我为伤春心自醉,不劳君劝石榴花〔六〕。

校　记

①朱注本、冯注本题作"寄恼韩同年二首时韩住萧洞"。【冯曰】一以(时韩住萧洞)五字作题下注。【按】"时韩住萧洞"五字当系作者题内自注,今仍依旧本而以五字作小字题内夹注。

②"莫",季抄一作"不"。

集　注

〔一〕【朱曰】瞻字畏之,与义山同年,亦王茂元婿。皆见本集。【张曰】此"萧洞"当指泾原。……时尚未构新居也。

【补】唐诗纪事:"偓父瞻,开成二年李义山同年也。"商隐赴职梓潼留别畏之员外同年云:"佳兆联翩遇凤凰,雕文羽帐紫金床。桂花香处同高第,柿叶翻时独悼亡。"可证韩、李同年登第,且先后就婚王氏。恼,忧愁、苦闷,非恼恨之恼。寄恼,即寄内心之忧愁苦闷,亦即所谓"伤春"。冯谓"戏恼之",殆误。萧洞,用萧史娶秦穆公女弄玉事。水经注渭水:"秦穆公时有萧史者,善吹箫,能致白鹄、孔雀。穆公女弄玉好之。公为作凤台以居之。积数十年,一旦随凤去云。"事亦见列仙传。此以"萧洞"喻指岳家。洞取神仙洞府之意。

〔二〕【朱注】本草注:"辛夷花正二月间开。初发如笔,北人呼为木笔；其花最早，南人呼为迎春。”【冯注】冯衍显志赋：“构木兰与新夷。”

〔三〕【冯注】御览引曹毗志怪：“汉武凿昆明池，深极悉是灰黑，无复土。以问东方朔，朔曰：‘臣愚不足以知之，可试问西域胡也。’以朔不知，难以核问。至后汉明帝时，外国道人来入洛阳，时有忆朔言者，乃试以武帝时灰黑问之。胡人云：‘天地大劫将尽则劫烧，此劫烧之馀。’乃知朔言旨。”【补】高僧传竺法兰亦载此事，且谓此胡僧即法兰。劫为佛教名词，意为“远大时节”。古印度传说世界历若干万年毁灭一次，重新开始，一周期为一劫。二句谓若到艳阳已去，风雨送春之日，则芳华都歇，犹遭厄历劫，惟存劫火馀灰而已。极言青春芳华之可贵。

〔四〕【补】鲍照学刘公幹体：“胡风吹朔雪，千里度龙山。”注：“龙山在云中。”鲍照代陈思王京洛篇：“凤楼十二重，四户八绮窗。”此以“龙山晴雪凤楼霞”点染“萧洞”之环境气氛。

〔五〕【冯注】御览引幽明录：“汉明帝永平五年，剡县刘晨、阮肇共入天台山取谷皮，迷不得返。经十馀日，遥望山上有桃树，大有子实，至上啖数枚。下山见山腹一杯流出，有胡麻饭。度山出一大溪，有二女子姿质妙绝。二女便笑曰：“刘、阮二郎来何晚耶？”遂同还家。有群女来，各持三五桃子，笑而言：‘贺女婿来！’酒酣作乐。暮令各就一帐宿，女往就之。留半年，求归甚苦，女呼前来女子集奏会乐，共送刘、阮，指示还路。既出，无复相识，问得七世孙，传闻上世入山，迷不得归。”【按】此以天台二仙女暗喻王氏姊妹。“迷人有几家”，言外有与韩共入天台之企盼。张相谓“有几家”系几多般或怎样光景之意。

〔六〕【朱注】扶南传:“顿逊国有安石榴,取其汁停杯中,数日成美酒。”梁简文帝诗:“蠡杯石榴酒。”

笺 评

【朱彝尊曰】韩方齐眉,故以春光不久恼之(第一首眉批)又曰:李以失偶,故云。(第二首眉批。)

【杨守智曰】(其一)言外有伤悼亡意。

【徐德泓曰】(首章)与樊川“春半年已除”同意。李别有赠韩句云:“佳兆联翩遇凤凰。”则韩正有帏房之乐,而作此败兴语,故曰“恼”也。(次章)李丧偶,不能如其室家欢乐,故云,仍不脱“恼”字意。石榴花,酒也,以“劝”“醉”两字见之。故前无题诗内“石榴红”,亦当谓酒。

【姚曰】语云:分手即天涯。不知瞬息即千古,横竖看来总一样。(第一首)又曰:能无妒杀?(第二首)

【屈曰】霞、雪比仙,故曰“洞里迷人”云云。三四正写恼意。

【程曰】此当是悼亡以后所寄。前首劝韩及时唱随,后首叹己惟有伤春耳。

【冯曰】此必韩初娶王氏女,未成新居,寓居萧洞,故戏恼之。首作言美色易衰,过时了无佳趣,反衬新婚之美。解者属之悼亡,大误。次章伤春,叹己之未得佳偶,即所谓“禁脔无人近”也。辛夷亦戏言也,未几而称曰吾姨矣。

【纪曰】无出色处。(诗说)

【张曰】此萧洞当指泾原。义山与韩同时议婚,而韩先娶,故艳妒之情,见于言表。时尚未构新居也。(会笺)

【按】解此二首之关键,在正确理解题内“寄恼”二字,朱彝尊、冯浩解“恼”为戏恼，且以韩为戏恼之对象，题与诗遂若不相涉者。实则“寄恼韩同年”，即寄伤春求偶之苦闷于韩瞻，望其为己促成就婚王氏之事也。义山于登第前，久已丧偶（令狐八拾遗见招送裴十四归华州诗已有“嗟余久抱临邛渴”之语）。据韩同年新居饯韩西迎家室戏赠“一名我漫居先甲，千骑君翻在上头”二句，韩、李当“同时议婚，而韩先娶”，故值韩寓居“萧洞”之际，其殷殷求偶、醉心王氏之情遂不可抑止，此“寄恼”之所为作也。首章以辛夷先开，莫放艳阳，戏韩成婚在前，极燕尔之乐；且劝韩珍重青春芳华，以免他日有年华风雨之慨。戏谑之中，即寓己“伤春”之情。次章乃因韩之住“萧洞”而极言洞中之迷人，和盘托出同入仙洞之企盼。石榴“开花不及春”，故云我已为伤春而如痴如醉，更不劳君劝饮石榴酒，而益增伤春之情也。系年当从冯谱（编开成二年），详韩同年新居饯韩西迎家室戏赠笺。约作于开成二年二、三月间。

及第东归次灞上却寄同年〔一〕

芳桂当年各一枝〔二〕，行期未分压春期〔三〕。江鱼朔雁长相忆，秦树嵩云自不知〔四〕。下苑经过劳想像〔五〕，东门送饯又差池[①]〔六〕。灞陵柳色无离恨[②]〔七〕，莫枉长条赠所思[③]〔八〕。

校　记

①“送”，英华作“追”。

②“恨”原作“限”，非，据蒋本、戊签、钱本、朱本及英华改。

③“枉”，朱本、季抄一作“把”，非。

集　注

〔一〕【冯注】汉书注：“霸上在长安东三十里，今谓之霸头。”何曰：“水经注：‘霸水，古曰滋水，秦穆公更名以显霸功。’然则此字不当加水，故汉志霸陵、霸桥皆不加水。”按：潘岳西征赋：“玄灞素浐。”玉篇、广韵：“灞，水名。”则作“灞”亦久矣。唐摭言：“曲江大会在关试后，亦谓之关宴。宴后，同年各有所之，亦谓之为离会。”却寄者，回寄也，唐诗中每见。【张笺】案新书本传：“开成二年高锴知贡举，令狐绹雅善锴，奖誉甚力，故擢进士第。”上令狐相公第五状云：“今月二十四日礼部放榜，某徼倖成名。”……登第之后，夏初省亲济源，上令狐相公第六状云：“前月七日过关试讫。伏以经年滞留，自春宴集，虽怀归苦无其长道，而适远方俟于聚粮。即以今月二十七日东下。”又及第东归次灞上却寄同年诗有“行期未分压春期”句，可以互证。【按】据“压春期”语，东归应在三月二十七日。国史补：“进士为时所尚，……俱捷谓之同年。”是年正月二十四日放榜，商隐登进士第。二月七日过吏部关试。三月二十七日东归济源省母。

〔二〕【朱注】晋书郄诜传：“臣对策为天下第一，犹桂林一枝，昆山片玉。”【朱彝尊曰】及第。【冯曰】各折一枝也，非用郄诜对策第一，犹桂林一枝。徐曰：“当年，犹今年。”【张曰】“当年”犹言正当妙年，不作今年解。【按】朱注“芳桂”，冯注“各一枝”，可并行不悖。以登科为折桂，出郄诜对策自谓桂林一枝，朱注不误。避暑录话：“世以登科为折桂,此谓郄诜对策东堂,自云桂林一枝也。自唐以来用之。”温庭筠诗:“犹喜故人新折桂。”“当年”当依张解,犹少壮之年。

〔三〕【冯曰】在春杪,故曰“压”。【朱彝尊曰】东归。【补】分,料想,读去声。

〔四〕【朱彝尊曰】次灞上。【陆曰】言嗣后纵彼此相忆,正恐消息难知,有天各一方之感耳。【何曰】第四言纵迹自难预定。(辑评)【姚曰】虽江鱼朔雁,两心自知,而秦树嵩云,岂能共谅?两人心事,固不堪为不知者道也。【屈曰】鱼雁可通,亦不知云树相隔之苦。【冯曰】昔日远而相忆,不意今日合而遽别。【按】诸家解说纷纭,多由泥解“江鱼朔雁”及“秦树嵩云”所致。鱼雁传书固熟事,然此处江鱼朔雁不过分指相隔两地之朋友、同年而已,与“秦树嵩云”意略同(秦树嵩云,从杜甫春日忆李白“渭北春天树,江东日暮云”化出)。二句盖谓己东归而同年留长安,彼此阻隔,虽音书可通,而终难知彼此消息而长相忆念也。陆解近是。

〔五〕【朱注】汉书注:“宜春下苑,即今京城东南隅曲江池是也。”寰宇记:“本属下杜,故云下苑。”【朱彝尊曰】却寄。【冯注】劳想像,似谓友人测我将行踪迹。(乾隆庚子重刻本作:“此谓尔至曲江追忆同游之事。”)

〔六〕【朱注】水经注:“长安城东出北头第一门曰宣平门,亦曰东城门,其郭门亦曰东都门。”【冯注】汉书疏广传:“设祖道供张东都门外。”注曰:“长安东郭门也。”张九龄饯宋司马序:“出宿南浦,追饯北梁。”下苑指曲江之会,东门指霸桥送别。【按】二句谓曲江之会,已成追忆,唯供异时之想像回味，今日同年东门设宴饯行，依依话别，正如双燕之差池。诗邶风燕燕："燕燕于飞，差池其羽。之子于归，远送于野。"下句用此。又差池，犹又分离。

〔七〕【朱注】三辅黄图："文帝霸陵，在长安城东七十里。霸桥跨水作桥，汉人送客至此桥，折柳赠别。"

〔八〕【何曰】五六言未曾面别，又未送饯，则树色无离恨可知矣。（辑评）【钱曰】以及第故无离恨。（冯浩引）【姚曰】对此灞桥柳色，彼岂能知人离恨耶？翻觉折条相赠者之为俗况矣。【按】姚解固新巧，然此处"无离恨"，自承"送饯又差池"与己之"及第东归"而言。盖己与同年同登科第，故虽两地差池而无离恨，对此霸桥柳色，益觉春光满目，何必枉折长条以赠所思乎？

笺　评

【杨守智曰】愚意"柳色无离恨"，即"秦树嵩云自不知"之意，竟作无解，似未合。

【陆曰】起言幸与诸公同登一第，正相聚之始也，不意归期迫我先春而行。二语完却"及第东归"四字。下言嗣后纵彼此相忆，正恐消息难知，有天各一方之感耳。五句因独行踽踽，是以下苑经过，谩劳想像。六句因同年济济，是以东门送饯，未免差池。结言及第东归，幸与去家有别。灞陵柳色，觉无离恨，不烦公等之攀折以赠也。○宋人词："一样长亭芳草，只有归时好。"似从此结翻出。

【姚曰】此必同年中有最知爱者，归时不及作别，故却寄此。桂枝同折，方谓聚首方长，孰知行期之即在春期也。虽江鱼朔雁，两心自知；而秦树嵩云，岂能共谅？两人心事，固不堪为不知者道也。且下苑经过，东门送别，皆两不相值，对此灞桥柳色，彼岂能知人离恨耶？翻觉折条相赠者之为俗况矣。

【屈曰】一二方及第时不意即别也。三四鱼雁可通，亦不知云树相隔之苦。五六同游之地，自不能忘；东门之饯，又未可得。结言彼柳色本无离恨，君若折而赠我，是枉此长条也，意言同年有离恨也。

【冯曰】姚氏谓必同年中最知爱者，未及话别，故寄之。末言对此灞桥柳色，彼岂能知人离恨耶？翻觉折赠之为俗况矣。此解为合，正醒出不及话别也。钱曰“以及第故无离恨”，似浅矣。

【王鸣盛曰】不过寻常叙别语，亦必用如许曲致。义山之思深，而解者之悟微(按指冯注)，两得之。

【纪曰】致怨同年，语尤过激，义山盖褊躁人也。

【张曰】结语兼登第得意言之。姚平山云：(略)二义合之，始得东归省母济源也。(会笺)又曰：……此盖同年中相厚者未及话别，先之以诗，故措语皆深透一层，愈觉情意蔼然，无所谓致怨过激之语也。纪氏不怪自己读书草率，反讥义山褊躁，曾谓通人而如是乎？(辨正)

【按】寻常言别，贵有风致。义山七律中特有此种极富情韵，风调流美之作。诸家解颔、腹、尾联多误，尤属错会者，系解六句“又差池”为送饯不及，遂使末联“无离恨”“莫枉长条”亦遭误解。同年送饯在东门，未至灞上(灞上系义山首途次宿之地)，“莫枉长条”云云，显非指同年。馀具详句下笺。

寿安公主出降〔一〕

妫水闻贞媛①〔二〕，常山索锐师〔三〕。昔忧迷帝力〔四〕，今分送王姬〔五〕。事等和强虏，恩殊睦本枝〔六〕。四郊多垒在〔七〕，此礼恐无时〔八〕。

校 记

①"贞"，蒋本、姜本、影宋抄、钱本、席本作"真"。

集 注

〔一〕【朱注】旧唐书："开成二年六月丁酉，以成德军节度使王元逵为驸马都尉，尚寿安公主。"新书："镇冀自李惟岳以来，拒天子命，至王庭凑，恣凶悖，不臣不仁，虽夷狄不若也。庭凑死，其次子元逵袭节度，识礼法，岁时贡献如职。帝悦之，诏尚绛王悟女寿安公主。元逵遣人纳聘阙下，进千盘食、良马、主妆泽奁具、奴婢，议者嘉其恭。"

〔二〕【朱注】书："厘降二女于妫汭。"【程注】书传"舜为匹夫，能以义理下帝女之心，于所居沩水之汭，使行妇道于虞氏。"疏："沩水在河东虞乡县历山西，西流至蒲坂县南入于河，舜居其旁。"【补】贞媛，纯正美好之女子，借尧女喻寿安公主。

〔三〕【朱注】唐书："镇州常山郡，属河北道，本恒州恒山郡。成德节度使治恒州。"【程注】史记："秦攻楚，齐、魏各出锐师以佐之。"【冯注】按：左传："齐人伐莱，莱人赂夙沙卫以索马、牛皆百匹。"注曰："索，简择好者。"又尚书传曰："索，尽也。"此句"索"字，似言其尽礼来聘，非古谓娶妇曰索之义也。【按】索有娶义。陆游老学庵笔记卷十:“今人谓娶妇为索妇,古语也。孙权欲为子索关羽女,袁术欲为子索吕布女,皆见三国志。”又敦煌掇琐卷二:“用钱索新妇。”索亦娶义。然“常山索锐师”之“索”似当如冯注所引左传作“简择好者”解,句谓选择常山锐师之统帅为婿也。

〔四〕【程注】汉书张耳陈馀传:“(耳)子敖嗣立。高祖过赵,赵王礼甚卑,高祖甚慢之。赵相贯高怒曰:“请为王杀之。”敖曰:‘君何言之误!先王亡国,赖皇帝得复国,德流子孙,秋毫皆帝力也。’”【冯注】又:“耳子敖,尚高祖长女鲁元公主。”迷帝力,谓廷凑昔为乱不知恩德,而朝廷不能制之。

〔五〕【程注】诗国风:“曷不肃雝?王姬之车。”【冯注】春秋:“单伯送王姬。”【朱彝尊曰】“分”字深痛,言竟似分宜尔也。(钱氏唐音审体作:“分”字深痛,言竟似本分当然也。)

〔六〕【程注】诗大雅:“本支百世。”【按】本枝,嫡系子孙与旁系子孙。古代宗法制度,天子嫡长子为宗子,袭位为天子,庶子为支子,出封为诸侯。王元逵非以皇族而分封之诸侯,与宗支有别,而对元逵恩遇之隆甚至远超为敦睦宗室而采取之措施,故曰“恩殊睦本枝”。殊,殊异。

〔七〕【程注】礼记:“四郊多垒,此卿大夫之辱也。”注:“数见侵伐则多垒。”

〔八〕【王达津曰】礼记檀弓:“有其礼,无其财,君子弗行也。有其礼,有其财,无其时,君子弗行也。”无其时,即无时,就是指时代情况不适当、不允许。李商隐是说虽有王姬下嫁的礼,但和尧降二女于舜不同,没有相适应的时代环境,在这种藩镇割据时期,只能丧失中央王室威信,是可以不做的。(李商隐诗杂考)

笺 评

【钱龙惕曰】唐之姑息藩臣也，起于夷狄之乱也。而唐之克定祸乱，既失复得，则皆藩臣之力也。藩臣能使朝廷危而复安，夷狄叛而旋灭，而不骄蹇自大，长子老孙，唯忠而贤者，李、郭之徒能之，他人不能也。人人骄蹇自大，长子老孙，举山东、河北膏腴扼要之地，朝廷不得而问其租赋，司其黜陟，欲国家不削弱，不可得也。故当时蒿目时艰者，鳃鳃然以藩镇为忧，谓唐必折而入于藩镇，则唐之亡也，藩镇亡之也。不知唐之不遽亡也，藩臣系之也。封建不知起于何时，大率自有君长而已然也。三代守而勿失，享国长久。秦破灭之，二世而亡。汉魏而后，有其名而无其实，夷狄盗贼之祸，遂接踵于世。封建之不可废也昭昭矣。唐之藩镇，非封建也，而其后则有封建之势也。一方乱起，一方讨之，未尝不以尊王室为名也。禄山盗窃而不成，回纥屡入而却败，即芝巢横决，藩后问鼎，而钟簴丝悬，犹未斩焉遽绝也。自侯国无价人之藩，而宗子撤维城之助，夷狄之入于中国也，不可复支矣。然则公天下而防夷狄之祸者，封建圣王之典也。

【何曰】兵那可与？况王廷凑本贼耶？今以其子贡献少频，遂以宗女降之，辱国莫甚于此，故昌言深责廷臣也。（辑评）

【姚曰】用意全在结句。夫元逵以改行得尚主，此可言也；欲以此风动邻镇，此不可言也。欧阳文忠诗：“肉食何人为国谋？”与此同感。

【屈曰】此题唐人诗多甚佳甚，玉溪浅露如此，可以不作。

【程曰】寿安公主下嫁王元逵始末，旧唐书仅略载其岁月，新书则详叙其事情。虽以为元逵贡献如职，非复如其父之凶悖不臣，然其时之出降，毕竟畏藩镇而以婚姻结之。故义山作诗正论之，盖咎其既往且忧方来也。

【徐曰】元逵虽改父风，然据镇输诚，不能束身归国，文宗降以宗女，终有辱国之耻。义山愤王室不振，而诸道效尤也。（冯笺引）

【冯曰】徐论正大，然河朔事体，相习久矣。

【纪曰】太粗太直，失讳尊之体。（诗说）立言无体。（辑评）

【张曰】河朔故事，相沿已久，元逵据镇输诚，虽降以宗女，事等羁縻，又何足道！诗愤朝廷姑息，语特正大。纪晓岚讥其立言无体，岂诗人必作谀词，始为得体哉！（会笺）

【按】文宗下嫁寿安，明为嘉元逵之恭，实系畏元逵之势，恐其复效乃父所为，以常山之锐师对抗积弱之朝廷也。颔联以"昔忧""今分"对举，画出朝廷喜出望外、竭力趋奉，以"送王姬"而求苟安之卑怯心理，可谓诛心之笔。腹联乃进而揭出此举之实质。而朝廷此举，其私意不特欲羁縻元逵，亦欲诸镇因朝廷之施恩殊异而稍全大体。然如此施恩，正所以示弱，故末联复深刺其非：四郊多垒，诸镇跋扈，恐非行此出降公主之礼之适宜时机也。故作委婉之辞，藏锋不露，而讽慨之意自见言外。

韩同年新居饯韩西迎家室戏赠〔一〕

籍籍征西万户侯〔二〕，新缘贵婿起朱楼〔三〕。一名我漫居先甲〔四〕，千骑君翻在上头〔五〕。云路招邀回彩凤〔六〕，天河迢递笑牵牛〔七〕。南朝禁脔无人近〔八〕，瘦尽琼枝咏四愁[①]〔九〕。

校 记

①"咏"原一作"有",朱本、季抄同。

集 注

〔一〕【冯注】西迎者,泾原在京西。【王鸣盛曰】此迎何必不是行亲迎礼?何以见其必是已成婚后女回泾原而韩往迎乎?【按】王说误。前有寄恼韩同年二首,可证其时韩已成婚。本篇"迎家室""天河迢递笑牵牛"等语亦可证非行亲迎之礼。

〔二〕【冯注】后汉书:"光武建武三年,冯异为征西大将军。"战国策:"有能得齐王头者,封万户侯。"【辑评墨批】指王茂元。【补】籍籍,纷乱貌,此形容声名甚盛。义山诗中常以征东、征南、征西将军等称各方节镇,如称武宁节度使卢弘止为征东将军,称桂管观察使郑亚为征南将军。王茂元为泾原节度使,在长安西,故称征西。

〔三〕【冯曰】新居乃茂元为韩构者,……必在京师。【何曰】切新居,即带戏。(读书记)

〔四〕【朱注】易:"先甲三日。"唐书:"诸进士试时务策五条,帖一大经,经、策全得者为甲第。"【何曰】戏也。(读书记)(按:何意盖谓作者借易"先甲"之甲为甲第之甲系戏语)。

〔五〕【朱注】乐府:"东方千馀骑,夫婿居上头。"【何曰】贵婿。(辑评)【按】二句谓登进士第之等第名次,我空自在君之前,而得配佳偶为贵婿,则君翻居我之前。

〔六〕【何曰】西迎家室。(读书记)【补】招邀,亦作招要,邀请、招请之意。彩凤喻指韩瞻妻王氏。

〔七〕【冯曰】王氏女当于成婚后回至泾原,故畏之往迎。【补】

西迎家室，夫妇团聚，故笑牛、女之迢递相隔。

〔八〕【冯注】晋书谢混传："孝武帝为晋陵公主求婚，王珣以谢混对。未几、帝崩。袁崧欲以女妻之，珣曰：'卿莫近禁脔。'初，元帝始镇建业，公私窘罄，每得一㹠，以为珍膳，项上一脔尤美，辄以荐帝，群下未尝敢食，于时呼为'禁脔'，故珣以为戏。混竟尚主。"宋彭乘墨客挥犀："今人于榜下择婿号'脔婿'。"按：是沿唐时风尚。故此句云然也。唐摭言曰："进士宴曲江日，公卿家倾城纵观，中东床之选者十八九。"【何曰】戏也。（读书记）

〔九〕【朱注】离骚："折琼枝以继佩。"张衡有四愁诗。【姚注】江淹诗："愿一见颜色，不异琼树枝。"【冯注】庄子逸篇："孔子见老子，从弟子五人：子路勇，子贡智，曾子孝，颜回仁，子张武。老子叹曰：'吾闻南方有鸟，其名为凤，所居积石千里，河水出下，天为生食，其树名琼枝，高百二十仞，以璆琳琅玕为实。天又为生离珠，一人三头，递卧递起，以琅玕伺凤凰。'"按：为实以饲凤也。或作为"宝"，误。张衡四愁诗每章皆以"我所思兮"起句。【朱彝尊曰】自比禁脔，真戏言也。【按】琼枝喻己之身体，犹安平公诗以"瑶林琼树"喻崔氏兄弟。末联谓无人择为佳婿，故不免因相思之苦而瘦损琼枝。

笺　评

【金圣叹曰】饯人亲迎诗，看他一二纵笔，却反从他丈人家写起，已是语无伦次；三四乃因与之同年之故，公然忽插自己入来，言前日之试，我为胜；今日之迎，君为胜。下一漫字一翻字，恰是屈之甚妒之甚也者。此所谓"戏赠"诗也（恰似眼热新起朱楼也者）。此五六乃一发戏言也。云路招邀，言彼中待子已久;天河迢递,言此处钝滞何甚也。七八又戏,子今已为一家禁脔,则遂尽虚家家之"琼枝"也(如谢混既为孝武之婿,便瘦尽袁崧之女)。

【朱曰】此诗疑作于悼亡之后,故有末句。"禁脔"况韩同年。瘦尽琼枝,义山自叹也。

【杨守智曰】"征西"谓王茂元,玉溪与畏之盖僚婿也。"云路招":迎家室。

【何曰】义山与畏之俱为茂元之婿。玩前后词意,似乎义山悼亡之后,王氏待之差异往日,故云。○按:畏之有四乐:茂元爱之,一也;仕宦通显,二也;新居,三也;西迎家室,四也。义山皆反是,安得不瘦尽琼枝乎?(读书记)又曰:"禁脔"自比尝婚于王氏,为党人所摈。然义山因名重坎坷,如韩亦僚婿,而未尝妨其荣进,故上言"漫居先甲"也。(辑评)

【胡以梅曰】起指王茂元,贵婿指韩同年。三言同年名次我在韩之前列。甲,甲第也。亦有兼言先为婿意。四言君翻在我之上头。"上头"从乐府"夫婿"作歇前语,而"千骑"亦形迎室荣盛,所以妙。五迎家室,彩凤用弄玉萧史。六牵牛织女隔河相望,焉得如此亲近相聚,反欲笑之,对工意精。七谓我如禁脔,无人敢问,消瘦穷愁,视君天壤。此时义山之妻必已亡,故有禁脔之说耳。

【赵臣瑗曰】题曰"戏赠",诗中妙在字字带戏。看他一起手先写新居,而不写新居之轮奂,偏写新居之所由来,明是戏其倚傍妻家门户也。三忽插写同年我漫居先,是夸词,不是谦词,言若论科名,我实为稍胜一筹也。四又补写僚婿,君翻在上,有妒意无羡意,言若论东床,我实宜先享此乐也。皆戏也。五六方写饯韩西迎家室。彩凤而曰招摇,言夫人之待子亦已久矣,牵牛而曰迢递,言子候夫人何其迟也！皆戏也。七八犹言子如谢混,既为孝武之婿,便应虚却袁崧之女,不惟戏僚婿,并戏丈人,因以戏及当时之求畏之为婿者。噫！先生可为善戏矣。(山满楼笺注唐诗七言律)

【陆曰】义山视畏之,得意失意迥别。此诗虽赠韩,而实则自伤寥落,见不如畏之者有四焉:盖同为王茂元婿,而己以丧偶日疏,畏之特见亲爱,一不如也;己则寄人庑下,而畏之安居,二不如也;同为开成二年进士,己以记室终身,畏之独致通显,三不如也;己则早赋悼亡,而畏之偕老,四不如也。结处以禁脔比畏之,言相形之下,孰敢与近？惟有瘦尽琼枝,咏四愁以寄慨而已。

【姚曰】韩居必茂元所筑。义山与韩同年而为僚婿,故有三四句。五六羡其迎婚之乐。禁脔诚荣,然未婚以前,得毋咏四愁"美人"之句,琼枝为消瘦乎？所谓戏也。

【屈曰】前四句因同年迎家室而起升沉之感。五六言迎之易也。七八伤己之无偶。

【程曰】韩同年即韩畏之,其家室即王茂元之女。茂元自太和九年为泾原节度使,至武宗时乃改镇河阳。起句云"征西",盖在泾原时。题称畏之同年,则为开成二年,是时义山犹未为茂元之婿,故末句有南朝禁脔之戏也。朱本补注中有小笺,疑作于悼亡之后,不知"无人近"三字当作何解？

【冯曰】新居乃茂元为韩构者。疑韩得第即为茂元幕官,详代韩上李执方启,故云"千骑君翻在上头"也。时义山尚未赴泾原,而情态毕露。玩次联当同有议婚之举,而韩先成也,义山于是遂有泾原之役。令狐绹怒其背恩而薄其无行以此矣。新书韩偓传:"京兆万年人。"此新居必在京师。

【纪曰】诗格卑卑，起二句尤俚。（诗说）○末二句似是自嘲。盖悼亡以后，或以茂元之故，无人与婚也。如指韩，则文意不可解。（辑评）

【曾国藩曰】玩诗中语，当是畏之成婚后登第，复赴泾原迎家室入京，义山登第即已聘王氏，而尚未成婚耳。（十八家诗钞）

【张曰】此调畏之新婚而作。"南朝禁脔"借比畏之。时义山未娶，故有"瘦尽琼枝"之句，盖戏之也。若玉溪悼亡之年，茂元已卒，畏之亦早生子冬郎矣。且玉溪伉俪情深，失偶后即不再娶，观上河东公启辞张懿仙可见。纪氏妄说，殊为可笑也。何氏评语亦误。○此诗如果作于义山悼亡以后，畏之至此，已官员外郎，不得专称同年矣。前后诗题，可以参证。起句戏语而以为庸俗，真苛论耳。（辨正）又曰：新居乃茂元为韩所构，在京师。西迎，赴泾原也。义山未娶，故以禁脔戏之。（会笺）

【按】朱、何、陆、纪均误以为王氏亡后作，程、冯纠之，谓其时义山未为茂元婿，甚是。冯氏系寄恼韩同年及本篇于开成二年，张氏改系三年。细酌二诗，冯编较允。寄恼韩同年诗作于韩瞻在泾原成婚时（题云"萧洞"，即暗寓在岳家成婚），诗有"辛夷定已开"、"艳阳"、"伤春"等语，时令约当春暮。韩新婚后，当返长安，迨茂元为其构筑之新居竣工（至少需历时数月）后，乃西迎家室于泾原，其时当已在六七月。如二诗均作于开成三年，则显与安定城楼"王粲春来更远游"之语抵触，三年春义山已在泾幕矣。冯氏引唐摭言进士曲江宴公卿择婿之盛况，韩瞻之议婚当即在此时，至泾原成婚亦在此后不久。开成二年礼部放榜在正月二十四日，韩瞻"住萧洞"在春暮，时间正合。本篇有"天河迢递笑牵牛"句,或即是年初秋作。

病中早访招国李十将军遇挈家游曲江〔一〕

十顷平波溢岸清,病来唯梦此中行。相如未是真消渴〔二〕,犹放沱江过锦城〔三〕。

又一首①

家近红蕖曲水滨②〔四〕,全家罗袜起秋尘〔五〕。莫将越客千丝网,网得西施别赠人〔六〕。

校　记

①"家近红蕖"首,旧本(除戊签外)均题为寄成都高苗二从事,戊签作失题,题下注云:"旧本作寄成都高苗二从事,误也。"【冯曰】余定其必为上篇之次章,故作又一首。【按】旧本卷中另有寄成都高苗二从事(红莲幕下紫梨新)一首,题下有自注:"时二公从事商隐座主所。"诗题、题注与内容合。而"家近红蕖"首则内容与诗题寄成都高苗二从事毫不相涉,题显系误植。冯浩据此首诗意与病中早访招国李十将军遇挈家游曲江题相合,定其必为"十顷平波"首之次章,说可从。今依冯校。

②"蕖"原作"渠",据蒋本、席本、朱本改。"渠"、"蕖"本通,然作"渠"易生歧义。

集　注

〔一〕【朱注】招国里在京师。白居易有招国闲居诗。【冯注】

旧、新书白居易、郑馀庆传，皆有昭国里。“昭”“招”同也。李家无可考定。长安志曰：“昭国坊在朱雀街东第三街内，坊有夏、绥、宥节度使李寰宅。寰坚守博野镇，穆宗赐其子方回宅也。”义山文集中河阳大夫为李执方。执方之名，见于开成二年旧纪而无传，其世系无可考。据为韩同年、白从事启，执方系宗室，未知与昭国之李寰为一家否也？盖王茂元妻为李氏，故为韩启云：“家人延自出之恩。”义山之婚，似藉其力。此章乃未为婿时作。其曰李十将军，初疑执方本金吾卫将军也。然开成二年六月出镇河阳，与“秋尘”之字不合。且执方德望岂宜渎以狂言？当别是一人，而义山之羡慕王氏则已深矣。招国李家，频见晚唐诗中。【张曰】李十将军，冯氏疑别一人，余揣其即为李执方也。执方宗室，或与寰一家，或暂居于此，无可考。……执方由金吾将军节度河阳，在六月，此则未出镇时作也。冯说小误。【岑仲勉曰】按上河阳李大夫状及上忠武李尚书状均称执方二十五翁，是执方非行十。李十既非执方，则羡婚王氏云云，纯出小人之腹矣。【按】李十将军固非执方，然义山羡婚王氏，自有寄恼韩同年、韩同年新居饯韩西迎家室戏赠可证。馀见笺。又，杨柳李商隐评传谓招国李十将军即商隐送千牛李将军赴阙五十韵之千牛李将军，似可从。

〔二〕相如消渴见送裴十四归华州注。

〔三〕【冯注】禹贡：“岷山导江，东别为沱。”汉书地理志：“蜀郡郫县。”注曰：“禹贡江沱在西南，东入大江。”又“汶江县”。注曰：“江沱在西南，东入江。”郫之沱为禹贡之沱，汶江之沱为开明之沱。按：史记河渠书：“蜀守冰穿二江成都之中。”正义引括地志云：“大江一名汶江，亦名外江，西南自温江县界流来。郫江一名成都江，亦曰内江，西北自新繁县界流来。”而他书引括地志又曰：“大江一名流江。”而流江又即检江。华阳国志：“穿郫江、检江，双过郡下。”自汉以来皆以郫江为沱水也。郫、检二江或称内江、外江，或称南江、北江。【按】沱江一称外江，自灌县南分岷江东流，经崇宁、郫县、新繁、成都、新都、金堂、简阳、资阳、资中、内江、富顺各县，至泸州入江。锦城，即成都。

〔四〕【冯注】按：程大昌雍录：“唐时曲江，池周七里，占地三十顷。其地在城东南升道坊龙华寺之南也。”曲江有芙蓉池，而昭国坊近城南面，故云。【补】剧谈录：“曲江池入夏则菰蒲葱翠，柳阴四合，碧波红蕖，湛然可爱。”红蕖，即芙蕖，荷花。曹植洛神赋：“迫而察之，灼若芙蕖出渌波。”此句写“红蕖曲水”，故下句有“罗袜秋尘”之联想。

〔五〕【朱注】南都赋：“罗袜蹑蹀而容与。”洛神赋：“凌波微步，罗袜生尘。”【按】此句切“挈家游曲江”。挈家往游，必多女眷，故有此想像。

〔六〕【朱曰】未详，疑出小说家，今逸之矣。【冯注】按：唐音癸签有考东坡异物志，以西施为鱼名，而引此句证之者，谬极之说也。【按】义山诗中既有言“浊泥葬西施”者，又有谓“西施因网得”者，均不详所自出。然水葬之事既与墨子、吴越春秋逸篇所载相类（参景阳井注），“网西施”事又两用之，必当日文士习闻之故事。

笺　评

【杨守智曰】“相如”二句：奇想。言若真渴，则当饮竭之矣。

【陆鸣皋曰】(次章)俱从“水滨”二字接转,大旨总为他人作嫁衣裳意耳。

【姚曰】(首章)言己之恋恋于曲江,甚于相如之恋于沱江也。似暗用别聘茂陵事。○(次章)此言二公之才,非时下所能赏识也。二公品格如凌波仙子,西施虽绝艳,迥非其比。既为从事,岂免降格作应酬耶?

【屈曰】(首章)李犹未是真渴,己乃真病消渴耳,盖嘲也。○(次章)一成都,二两从事美人众多。下言莫赠别人而不赠我,戏谑之辞。不看第二句则不解下三四矣。网得即求得,比也。休误解。

【程曰】(首章)此诗全不写李将军挈家游曲江之乐,只写自己病中羡曲江之游。上二句言未知将军来游,病中业已想像。下二句言既知将军往游,病中孤负曲江。以相如之渴,比自己之病;以沱江之水,比曲江之江。言病果真渴,当尽沱江,而今则空抱渴疾,徒让李将军游曲江也。上卷有过招国李家南园绝句二首,亦写自己伤逝之意,或是一时之作。○(次章)此亦为人作嫁衣之叹也。与从事言,正是同病相怜语。

【冯曰】上篇仅从曲江与病中生情。此(指次章)乃点明李十挈家往游,题义方备。结句急求作合而恐他人之我先也。移而正之,并非武断。

【王鸣盛曰】冯解妙绝、确绝。

【纪曰】(首章)未免迂曲。(诗说)。○(次章)不解所云。(诗说)

【姜炳璋曰】(首章)此以己之不得同游曲江为憾也。一二,病来惟梦曲江,则欲游曲江之甚也。三四,“放”,至也,如“放于琅琊”之“放”；言相如不是真病，故能身至沱江而过锦城，我今让李将军独游曲江而不能偕往，则为真病也。诸说并误。

【张曰】（首章）诗用相如消渴，寓求偶之意。盖王氏之婚，执方与有力焉；而义山羡慕王氏，不觉溢于言外矣。（次章）旧本作寄成都高苗二从事，误。今从戊签（作失题）。冯氏则以此为病中早访招国李十将军遇挈家游曲江诗之又一首，非也。考义山开成五年移贯长安，大中二年又携家赴选，颇有居近曲江之迹。至甲集序所谓“十年京师穷且饥”，则约略往来行迹而言。此诗首二自谓，后二望其荐达，而恐他人我先，皆希冀入幕之意。若如冯说，则李十将军不过偶挈家往游耳，合之首句“家近红蕖曲水滨”语，实不可通。大要此诗作于大中二年以后，但不详为何年也。（会笺）

【钱锺书曰】就现成典故比喻字面上更生新意，将错而遽认真，坐实以为凿空……要以玉溪最为擅此，著墨无多，神韵特远。如天涯曰：“莺啼如有泪，为湿最高花。”认真“啼”字，双关出“泪湿”也。病中游曲江曰：“相如未是真消渴，犹放沱江过锦城。”坐实“渴”字，双关出沱江水竭也。春光曰：“几时心绪浑无事，得及游丝百尺长？”执着“绪”字，双关出百尺长丝也。他若交城旧庄感事曰：“新蒲似笔思投日，芳草如茵忆吐时。”亦同此法，特明而未融耳。（谈艺录）

【周振甫曰】“相如未是真消渴，犹放沱江过锦城。”从糖尿病古称消渴双关到消除口渴，要喝水，夸大到把沱江水喝干；再从沱江的流到锦城，说明沱江水没有被喝干，反证相如还不是真消渴，这里是双关、曲喻、夸张几种修辞格的合用。（诗词例话）

【按】两首均极言己之病“渴”。首章就题中“病”字与“曲江”字生发诗意。一二谓曲江清波十顷,病中无日不渴想而频作梦游。以“梦”想暗点“渴”字。三四由己之“渴”,进而疑及相如或非真患“消渴”,否则何不饮尽沱江而犹放其过锦城欤?盖谓己之病“渴”甚于相如也。次章就题内“挈家游曲江”生意。一二因曲水红蕖而生罗袜秋尘之想像,味其意致,似义山属意于与李家作凌波之游之某一女眷(据“网得西施”语,此女眷或非李十将军家之直系子女,而系与李家有戚谊、为李十将军有意招致者)。三四又将已所属意者比作西施,望李十将军勿将此“网得”之“西施”赠与别人。语近诙谐戏谑,而渴求之意则和盘托出。李十虽非执方,而“急求作合”之解殆非妄测。详味诗题及二诗,似李十有意于戚属女子中为义山作合,义山此次往访,或即因求偶及与此女子谋面。前诗嘱己莫失良机,后诗嘱李十莫“别赠人”,其意固较然矣。冯系二诗于开成二年登第后,虽无确证,然以诗中病“渴”之强烈观之,或不大谬。李十将军如为千牛李将军,则其妻即茂元女,义山属意其妻妹而求其作合,殊合情理。

哭遂州萧侍郎二十四韵〔一〕

遥作时多难,先令祸有源〔二〕:初惊逐客议〔三〕,旋骇党人冤〔四〕。密侍荣方入〔五〕,司刑望愈尊〔六〕。皆因优诏用,实有谏书存〔七〕。

苦雾三辰没〔八〕,穷阴四塞昏〔九〕。虎威狐更假〔一〇〕,隼击鸟逾喧[①]〔一一〕。徒欲心存阙〔一二〕,终遭耳属垣〔一三〕。遗音和蜀魄〔一四〕,易箦对巴猿〔一五〕。

有女悲初寡,无儿泣过门[②]〔一六〕。朝争屈原草〔一七〕,庙馁若敖魂[③]〔一八〕。迥阁伤神峻,长江极望翻〔一九〕。青云宁寄意〔二〇〕?白骨始沾恩[④]〔二一〕。

早岁思东阁〔二二〕,为邦属故园〔二三〕。登舟惭郭泰〔二四〕,解榻愧陈蕃〔二五〕。分以忘年契〔二六〕,情犹锡类敦〔二七〕。公先真帝子〔二八〕,我系本王孙〔二九〕。啸傲张高盖〔三〇〕,从容接短辕〔三一〕。秋吟小山桂〔三二〕,春醉后堂萱〔三三〕。

自叹离通籍〔三四〕,何尝忘叫阍〔三五〕!不成穿圹入〔三六〕,终拟上书论[⑤]〔三七〕。多士还鱼贯〔三八〕,云谁正骏奔〔三九〕。暂能诛倏忽〔四〇〕,长与问乾坤〔四一〕。蚁漏三泉路〔四二〕,螿啼百草根〔四三〕。始知同泰讲〔四四〕,徼福是虚言〔四五〕。

校　记

①“逾”原作“踰”,据悟抄、席本改。

②“儿”,蒋本、姜本、钱本、悟抄、席本、朱本作“男”。

③“若”原作“莫”,非,据钱本改。

④“骨”原作“首”,据蒋本、钱本、影宋抄,戊签、朱本改。

⑤“终”原作“然”,非,据蒋本、钱本、影宋抄、姜本、戊签、席本、朱本改。

集　注

〔一〕【朱注】唐书:“遂州遂宁郡,属山南东道。”旧书:“大和九年六月,京兆尹杨虞卿坐妖言得罪,人皆以为冤诬。宰相李宗闵于上前极言论列，上怒，数宗闵之罪，叱出之，贬明州刺史，再贬虔州长史。贬吏部侍郎李汉为邠州刺史、刑部侍郎萧浣为遂州刺史。”【冯注】旧书纪：“八月，又贬宗闵潮州司户，虞卿、汉、浣亦再贬。”通鉴：“浣再贬遂州司马。”文集祭文云：“才易炎凉，遂分今昔。”萧不久即卒也。

〔二〕【田曰】遥作即远起之意。（冯注引）【冯注】多难，指甘露之变。言大难将作，而诸人之受诬于奸邪者，乃祸之源也。【程曰】诗云“遥作时多难，先令祸有源”者，乃探源索本之论。以为萧浣之贬，本坐宗闵；宗闵之败，由沮德裕：及乎误引训、注，反为其所中伤，是源远流长，遥有端绪，祸机先伏，何怪其然耶？【按】程氏之解，于萧浣贬逐之源或较符合，然此处所谓祸源明指甘露之变起于李、萧、杨之贬，非谓萧之贬逐有祸源也。

〔三〕【冯注】李斯上秦王书：“臣闻吏议逐客。”【按】据史记李斯列传，李斯拜为秦客卿，适值韩人郑国来秦作间谍事为秦所发觉，秦宗室大臣皆言于秦王曰：“诸侯人来事秦者，大抵为其主游间于秦耳，请一切逐客。”逐客议指此。

〔四〕【冯注】后汉书：“桓帝延熹九年，司隶校尉李膺等二百馀人受诬为党人，并下狱，书名王府。”注曰：“事具刘淑传。”按：后汉书特立党锢传以详其事。田曰：逐客指杨，党人指李、萧。【姚注】后汉书：“张俭乡人朱并上书，告俭与檀彬等二十四人图危社稷，共为部党，而俭为之魁，灵帝诏捕俭等。大长秋曹节因此讽有司捕前党故司空虞放等百馀人皆死狱中。”【程曰】谓浣初贬郑州刺史，犹为出典方州；及诏谓党人之魁，再降遂州司马，则废斥闲散，其势不可复起矣。【按】田说是。诗言“初惊”“旋骇”，时间紧相承接,明指杨虞卿坐妖言得罪被逐,李、萧亦因同党而相继被贬事。萧大和七年由给事中出为郑州刺史,既为"出典方州",自不得谓之"逐客";且七年刺郑,九年贬逐,其间又内迁刑部侍郎,与"初惊""旋骇"之语不合。

〔五〕【补】指其入为给事中。唐时给事中为门下省之要职,掌驳正政令之违失,诏敕不便者,涂窜而奏还。故云"密侍"。

〔六〕【朱注】唐六典:"龙朔三年,改刑部尚书为司刑太常伯。"【程注】周礼秋官乡士:"司寇听之,断其狱弊,其讼于朝。群士、司刑皆在,各丽其法以议狱讼。"(二句)谓其初为给事中以至刑部侍郎之时。【冯注】按:李宗闵杨虞卿传:"李德裕入相,文宗与论朋党,帝曰:'众以杨虞卿、张元夫、萧浣为党魁。'德裕皆请出为刺史。"此七年浣出为郑州也。训、注用事,共短德裕,罢之,召宗闵复入,以工部侍郎召还虞卿,尹京兆,此八年冬十月也。萧由郑州内召,亦必在八年冬九年春。【补】望,位望。"愈尊"对"密侍"而言。

〔七〕【冯注】南史范云传:"谏书存者百有馀纸。"【程曰】(二句)谓优擢刑部侍郎由于为给事中之能建言。【按】程解小疏。"皆因"承上"密侍""司刑",谓任给事中及刑部侍郎皆因君主优擢施恩,非党援倖进者,且谏书现存,足见萧之黾勉尽职,文宗之任用得人。

以上为第一段。总叙萧、杨等被贬为后日祸难之源,并谓萧之被擢非缘党援,点清"冤"字。

〔八〕【冯注】左传:"三辰旂旗,昭其明也。"注曰:"三辰,日、月、星。"

〔九〕【冯注】礼记明堂位:"四塞。"注曰:"谓夷服、镇服、蕃服在四方为蔽塞者。"周礼:"九州之外,谓之蕃国。"战国策:

"秦四塞之国。"高诱注曰:"四面有山关之固。"二句言天地皆为昏暗。【程注】即史称二月壬午朔,日有食之,又称秦地有灾者是也。【按】二句以自然景象喻政治危机。

〔一〇〕【冯注】战国策:"虎得狐,狐曰:'子无敢食我,天帝令我长百兽。吾为子先行,子随我后,百兽见我,敢不走乎?'虎与之行,兽皆走,虎不知兽畏己,以为畏狐也。"

〔一一〕【朱注】月令:"立秋日,鹰隼始击。"【冯注】见重有感。钱夕公曰:"旧书传:'训、注窃弄威权,凡不附己者,目为宗闵、德裕党,贬逐无虚日,中外震骇,连月阴晦,人情不安。'故此四句云。"按:隼击,谓诸臣论列训、注者,非顶上"谏书"。【程注】谓文宗已恶德裕、宗闵之党,而训、注益乘间而逐之。【按】程说非。二句谓训、注擅作威福,朝臣论列弹劾训、注,训、注愈喧闹不已。按通鉴大和九年七月:"时人皆言郑注朝夕且为相,侍御史李甘扬言于朝曰:'白麻出,我必坏之于庭。'癸亥,贬甘封州司马。"此即"隼击鸟逾喧"之一例。

〔一二〕【冯注】文子:"老子云:'身处江海之上,心存魏阙之下。'"庄子:"中山公子牟曰:'身在江湖之上,心居魏阙之下。'"按:语习见。唐人每用子牟。

〔一三〕【冯注】诗:"无易由言,耳属于垣。"【程曰】(二句)谓其恋君之心无已,而当时未有以其冤启沃圣聪者。【补】耳属垣,谓窃听者贴耳于墙壁。属,音烛。此句言终遭窥伺过失者告密而得祸,程注非。

〔一四〕【程注】易:"飞鸟遗之音,不宜上宜下。"疏:"遗音,哀声也。"【冯注】华阳国志:"望帝禅位于开明,帝升西山隐焉。时适二月,子鹃鸟鸣,故蜀人悲子鹃鸟鸣也。"文选蜀都赋:"鸟生杜宇之魄。"注引蜀记曰:"杜宇王蜀,号曰望帝。宇死,俗说云:宇化为子规。蜀人闻子规鸣,皆曰望帝也。"

〔一五〕【程注】礼记:"曾子寝疾,病,乐正子春坐于床下,曾元、曾申坐于足,童子隅坐而执烛。童子曰:'华而睆,大夫之箦欤?"子春曰:'止。'曾子闻之,瞿然曰:'呼!'曰:'华而睆,大夫之箦欤?'曾子曰:'然,斯季孙之赐也,我未之能易也。元,起易箦!'曾元曰:'夫子之病革矣,不可以变。幸而至于旦,请敬易之。'曾子曰:'尔之爱我也,不如彼。君子之爱人也以德,细人之爱人也以姑息。吾何求哉!吾得正而毙焉斯已矣。'举,扶而易之。反席未安而没。"【冯注】水经注:"巫峡渔者歌曰:巴东三峡巫峡长,猿鸣三声泪沾裳。"【程曰】(二句)谓其死于遂州也。以上为第二段。叙训、注专权,政治昏暗,萧终贬死遂州。

〔一六〕【自注】公止裴氏一女,结缡之明年,又丧良人。【徐注】汉书外戚传:"王媪嫁广望王迺始,产子男无故、武,女翁须。翁须寄刘仲卿宅,仲卿教翁须歌舞。邯郸贾长儿求歌舞者,仲卿与之。翁须乘长儿车马过门,呼曰:'我果见行,当之柳宿。'媪与迺始至柳宿,见翁须相对涕泣。"句用此事,言其女闻丧,哭泣而过门但嫁不久而寡,故无儿。(冯注引)【冯曰】"过门"字必用此。【程曰】祭文:"邓攸身后,不见遗孤。"盖浣死无子也。【按】程说是。有、无皆属浣,非谓女无儿也。冯引徐说非。此处仅用"过门"字面。

〔一七〕【朱注】史记:"屈原为楚怀王左徒,王甚任之。上官大夫与同列,争宠而心害其能。王使原造为宪令,原属草槁未定，上官大夫见而欲夺之，原不与，因谗之。”

〔一八〕【朱注】左传：“若敖氏之鬼不其馁而。”【程曰】承前“实有谏书存”与“无男泣过门”二语意而总括其初终之迹。【按】二句谓萧在朝时，奸邪小人害其能而遭谗忌；身死无后，致如若敖之魂馁而不得食也。

〔一九〕【冯注】水经注：“大剑去小剑，连山绝险，飞阁通衢，故谓之剑阁。”【程曰】（二句）承前“遗音和蜀魄，易箦对巴猿”二语意而极形其凄凉之景。【按】二句想像浣卒后蜀中山水似亦为之伤神愤激。

〔二〇〕【冯注】史记范雎传：“须贾曰：‘贾不意君能自致于青云之上。’”

〔二一〕【钱龙惕曰】训、注诛后，文宗始大赦，量移贬谪诸臣，而萧已卒。（朱笺引）【程曰】谓浣三遭贬降，自郑州刺史而遂州刺史，自遂州刺史而遂州司马，其于复用，已断青云之路。及开成改元以后，凡指为德裕、宗闵党人者稍稍收复之，而浣已先死矣。

以上为第三段，叙萧身后凄凉情景。朱彝尊曰：前叙萧事，后叙交情。

〔二二〕【冯注】汉书：“公孙弘起客馆，开东阁，以延贤人。”

〔二三〕【自注】余初谒于郑舍。【朱注】按旧唐书：“太和七年，萧浣为郑州刺史。”义山有居在郑州，故曰“故园”。【杨曰】以下自叙与萧情分，两两夹写。（冯引）

〔二四〕【冯注】后汉书：“郭泰游洛阳，见河南尹李膺，膺大奇之。后归乡里，衣冠诸儒送至河上，车数千辆。林宗惟与李膺同舟而济，众宾望之，以为神仙。”

〔二五〕【冯注】后汉书：“陈蕃为乐安太守，郡人周璆高洁之士，前后太守招命，莫肯至，惟蕃能致焉。字而不名，特为置一榻，去则县之。”又：“徐穉字孺子，豫章南昌人也。陈蕃为太守，以礼请署功曹，穉不免之，既谒而退。蕃在郡，不接宾客，惟穉来特设一榻，去则县之。”【按】二句谓己在郑备受萧浣礼遇。

〔二六〕【冯注】后汉书祢衡传：“始弱冠，孔融年四十，与为忘年友。”【补】分，情。契，合。

〔二七〕【冯注】诗：“孝子不匮，永锡尔类。”笺曰：“长以与女之族类。”此谓待之如族类也。下联正谓族类相匹。

〔二八〕【朱注】萧氏乃萧梁之后。【冯曰】祭文亦云然。为结句伏脉。

〔二九〕【朱注】按崔珏哭义山诗云：“成纪星郎字义山。”可证义山乃陇西成纪李氏。……新书或云英国公世勣之后。考英公孙敬业，则天时起义，事败被诛，复姓徐氏。新史所云不足信也。【冯曰】李翱撰歙州长史陇西李则墓志云：“凉武昭王十三世孙李君，归葬郑州某县冈原。”正与义山家世相合。必即其族而分派已远。（玉溪生年谱）【张曰】考樊南补编有请卢尚书撰叔父故处士志文状，署曰“姑臧李某”。又请撰仲姊志文状曰：“昔我先君姑臧公以让弟受封，故子孙代继德礼，蝉联之盛，著于史谍。”新书宰相世系表：“李氏姑臧大房，出自兴圣皇帝第八子翻，翻子宝，宝子承，号姑臧房。”北史序传：“凉武昭王李皓子翻，晋昌郡太守。翻子宝，魏太武时授沙州牧燉煌公。长子承，太武赐爵姑臧侯，遭父忧，承应传先封，以自有爵，乃以本封让弟茂，时论多之。”义山所谓“让弟受封”者指此。此可证玉溪生家世所从出。（会笺）

〔三〇〕【冯注】汉书循吏传："黄霸为颍川太守，赐车盖，特高一丈。"于定国传："父于公治闾门，谓人曰：'少高大，令容驷马高盖车。'"【程注】东京赋："树翠羽之高盖。"【补】啸傲，言动自在，不受检束。陶潜饮酒："啸傲东轩下，聊复得此生。"此句指萧。

〔三一〕【冯注】晋书王导传："短辕犊车。"【按】短辕自指。

〔三二〕【冯注】文选招隐士："桂树丛生兮山之幽，偃蹇连卷兮枝相缭。"序曰："招隐士者，淮南小山之所作也。"吕向曰："淮南王安好士，八公之徒著述篇章，或称大山、小山，犹诗有大雅、小雅也。"

〔三三〕【冯注】诗："焉得萱草，言树之背。"传曰："背，北堂也。"此兼用戴崇事。详下华州宴集。【按】二句谓己为萧门下士，深受优礼，得奉命吟诗作赋，醉宴后堂。

以上为第四段，叙萧浣刺郑时对己之恩谊。

〔三四〕【朱注】汉纪注："籍者为二尺竹牒，记其年及名字物色，悬之宫门，相应乃得入也。"【冯注】古今注："籍者，尺二竹牒，记人之年名字物色，悬之宫门，案省相应，乃得入焉。"三辅黄图："汉宫门各有禁，非侍卫通籍之臣，不敢妄入。"按：唐时由内出外者，谓之离通籍。如香山"博望移门籍，浔阳佐郡符"之类甚多。此指萧之外贬。钱夕公误以为义山自谓，则其时尚未得第。【张曰】"离通籍"犹言去通籍未久也，乃义山自谓。时萧已前卒矣，玩下"穿圹""上书"句可悟，非指其斥外。（会笺）【按】冯注是。樊南文集卷六代李玄为崔京兆祭萧侍郎文云："暂辞朝籍，往分郡符。"辞朝籍，亦即离通籍。特文指其由给事中出为郑州刺史，诗则指其由刑部侍郎贬为遂州刺史。他文亦有直作离籍者，如为中丞荥阳公赴桂州长乐驿谢敕表："乍离闺籍。"张解"离通籍"为"去通籍未久"，系添字为解。"离通籍"指萧不指己。"自叹"贯二句。

〔三五〕【朱注】甘泉赋："选巫咸兮叫帝阍。"【冯注】新书徐有功传："叫阍弗听，叩鼓弗闻。"【程注】杜甫诗："昭代将垂白，途穷乃叫阍。"

〔三六〕【朱注】史记："田横与二客乘传诣洛阳，未至三十里，自杀，以王礼葬。二客穿冢旁，皆自刎，下从之。"【程注】周礼春官小宗伯："卜葬兆甫窆。"注曰："窆，穿圹也。"【冯注】汉书音义："复土，主穿圹填墓事。"

〔三七〕【程注】后汉书栾巴传："上书极谏，理陈、窦之冤。"【冯曰】上书讼冤，汉书中事多有。【按】二句谓虽未能效田横之客穿圹相从，然终当上书极论。

〔三八〕【程注】书："猷告尔多士。"广绝交论："穷巷之宾，绳枢之士，冀宵烛之末光，邀润屋之微泽，鱼贯凫踊，飒沓鳞萃。"【冯注】易："贯鱼以宫人宠。"

〔三九〕【冯注】诗："济济多士，秉文之德。对越在天，骏奔走在庙。"此言谁能诉之天祖也。【按】此谓朝中虽济济多士，谁正疾奔为萧讼冤乎？

〔四〇〕【冯注】倏，音叔，一作儵，俗作倐。楚辞九歌"儵而来兮忽而逝"，谓司命往来奄忽也。此则用招魂"雄虺九首，往来倏忽，吞人以益其心些"，亦见天问。以比训、注之奸毒。旧引（按指朱注）庄子南海帝、北海帝，误矣。以倏忽代雄虺，古有此例。

〔四一〕【冯注】（二句）言虽诛训、注，而萧之冤终不白也。

〔四二〕【程注】淮南子："千里之隄，以蝼蚁之穴漏。"【朱注】三辅故事："始皇葬骊山，起坟高五十丈，下周三泉，周回七百步。"【冯注】史记秦(始皇)本纪："始皇治骊山，穿三泉，下铜而致椁。"

〔四三〕【朱注】玉篇："螿，寒蝉属。"【何曰】"螿啼"句自谓。(辑评)【按】二句谓今萧之墓穴蚁漏，墓门草蔓螿啼，一片凄凉。

〔四四〕【朱注】梁书："武帝听览馀闲，即于同泰寺讲说涅槃、大品、净名、三慧诸经，名僧硕学，四部听众，常万馀人。"

〔四五〕【程注】左传："君惠徼福于敝邑之社稷。"老子："古之所谓曲则全者，岂虚言哉！"【冯注】酉阳杂俎："萧浣初至遂州，造二旛刹，施于寺。斋庆毕，作乐，忽暴雷震刹，俱成数十片。至来年雷震日，浣死。"【何曰】落句是惜，说善不蒙福，不可骙看。(辑评)【朱彝尊曰】疑萧学佛，故借以为言，若竟指武帝则迂矣。【补】徼，通"邀"，求取。以上为第五段，谓训、注虽戮，而浣之沉冤莫雪，叹善者不得蒙福。

笺　评

【钱龙惕曰】浣坐宗闵、虞卿党牵累，故曰"初惊逐客议，旋骇党人冤"也。时李训、郑注窃弄威权，凡不附己者目为宗闵、德裕之党，贬逐无虚日，中外震骇，连月阴晦，人情不安，故曰"苦雾三辰没，穷阴四塞昏。虎威狐更假，隼击鸟逾喧"也。浣没于遂宁，故曰"遗音和蜀魄，易箦对巴猿"也。训、注诛后，文宗始大赦，量移贬谪诸臣，故曰"白骨始沾恩"也。义山至开成二年始登第，故曰"自叹离通籍，何尝忘叫阍"也。因浣为梁武子孙，故引同泰徼福之事，以为虚语，伤之之词也。义山于杨虞卿、萧浣之亡也，皆哭之极哀。至此云"不成穿圹入,终拟上书论",冤忿极矣,恶训、注之奸邪也。训、注用事,鹰击毛挚,僚寀一空,遂成甘露之变,君子叹息痛恨于文宗之失人也,有由然哉!

【朱彝尊曰】"早岁"前叙萧事,后叙交谊。"通籍"二句:感愤之慨,勃不可遏。"始知"二句:疑萧亦学佛,故借以为言也。若竟指武帝,则迂矣。

【姚曰】首四句,挈大意起。"密侍"四句,叙进用。"苦雾"四句,叙时局。"徒欲"四句,叙贬斥至死。"有女"四句,叙后事。"迥阁"四句,深致不平。"早岁"以下十二句,叙生平投契之乐。"自叹"以下至末,自恨不得少抒报效,仍望当世之士共为洗雪,而不使衔恨于九原也。

【屈曰】一段总提受冤之由。二段被逐时事。三段死后情事。四段交情。五段自叹不能为侍郎白冤,伤其逐死也。

【程曰】萧浣之谪遂州,朱长孺所引唐书只言遂州刺史,未及再贬遂州司马。钱夕公笺亦于诗有未详尽。按通鉴大和六年十二月,文宗以前西川节度使李德裕为兵部尚书,朝夕且为相,李宗闵与之有隙,百计阻之,此宗闵之初攻德裕也。七年二月,上以德裕同平章事,与之论朋党。其时给事中杨虞卿、中书舍人杨汝士、户部郎中杨汉公、中书舍人张元夫、给事中萧浣等善交结附权要,上干执政,下挠有司,上闻而恶之,德裕因得排其所不悦者。三月,以杨虞卿为常州刺史,张元夫为汝州刺史,萧浣为郑州刺史。六月,遂出中书侍郎同平章事李宗闵充山南西道节度使。此德裕报怨之攻宗闵者也。八年,东都留守李逢吉思复入相,荐李训于上,上又征郑注至京师。训、注皆恶德裕,引宗闵以敌之。十月,遂以宗闵为中书侍郎同平章事。而十一月,以德裕为镇海节度使。九年四月，左丞王璠、户部侍郎李汉奏德裕图为不轨，又以为宾客分司，寻又贬袁州长史，此宗闵之党结训、注以攻德裕者也。是年，训、注又共构京兆尹杨虞卿下狱，而宗闵救之。注求为两省官而宗闵不许，注遂毁宗闵，贬明州刺史，虞卿贬虔州司马。注又发宗闵结女学士宋若宪、枢密杨承和始得为相，又贬虔州长史，迄潮州司户，而吏部侍郎李汉贬汾州刺史，刑部侍郎萧浣贬遂州刺史。寻又以杨虞卿、李汉、萧浣为朋党之首，贬虞卿虔州司户，汉汾州司马，浣遂州司马。此又李训、郑注之自为一党以攻宗闵之党也。考义山之见恶于令狐绹，原非宗闵气类，其受知于王茂元、郑亚、柳仲郢，皆德裕援引之人，则于党宗闵之萧浣，不应有叹息之意。然其事出于李训、郑注之反覆，时论颇为不平。而浣初贬郑州之时，义山又曾与投分，亦故者无失其故之义也。……此诗与哭虔州杨侍郎虞卿，皆关于太和间二李党事，固不可以不深考也。

【田曰】一篇极尽哭理。（冯笺引）

【冯曰】史言义山善为哀诔之词，信然。

【王鸣盛曰】有感为训、注称冤，他处又斥其奸，非自相矛盾，乃并行而不悖者。（冯注初刊本王氏手批）

【纪曰】起手说得与世运相关，高占地步。○凡长篇须有次第。此诗起四句提纲，次四句叙其立官本末，次六句叙时事之非，次十句叙放逐而死。次十二句叙从前情好，次四句自写己意，次八句总收。层层清楚，是其次第处也。○长篇易至散缓，须有筋节语支拄其间。七句、八句、十三句、十四句、二十七句、三十八句、三十九句、四十句皆筋节处也。"苦雾"四句极悲壮，"白骨"句沈痛之至而出以蕴藉。先著

"早岁"十二句,"自叹"四句乃有来历。不然,纵极张皇,亦觉少力矣。故此一段独长,是血脉转接处也。(诗说)○收亦满足。○移"公先"二句于"分以"二句前,移"登舟"二句于"分以"二句后,文义更融洽。(辑评)

【张曰】诗有"自叹离通籍,何尝忘叫阍"语,是义山登第后作无疑。"离通籍"犹言去通籍未久也……。文集代李玄为崔京兆祭萧侍郎文,冯氏定为崔珙,则此诗之作,亦当同时。萧与杨皆牛党,义山未婚王氏,在进士团中,受其知遇最深,故言之倍加沈痛也。(会笺)

【按】哭萧诗冯氏系开成元年,张氏系二年。张解"离通籍"虽非,系年则较合理。浣卒于开成元年夏,而诗中已有"蚁漏三泉路,螿啼百草根"之语,显非新安葬情景。哭杨诗与本篇为姊妹篇,立意、构思均相近,二诗为同时之作亦大致可定。笺并见哭杨诗。

哭虔州杨侍郎虞卿〔一〕

汉网疏仍漏〔二〕,齐民困未苏〔三〕。如何大丞相,翻作弛刑徒①〔四〕?中宪方外易〔五〕,尹京终就拘〔六〕。本矜能弭谤〔七〕,先议取非辜〔八〕。巧有凝脂密〔九〕,功无一柱扶〔一〇〕。深知狱吏贵〔一一〕,几迫季冬诛〔一二〕。叫帝青天阔〔一三〕,辞家白日晡〔一四〕。流亡诚不吊〔一五〕,神理若为诬②〔一六〕?

在昔恩知忝,诸生礼秩殊〔一七〕。入韩非剑客〔一八〕,过赵受钳奴〔一九〕。楚水招魂远〔二〇〕,邙山卜宅孤〔二一〕。甘心亲垤蚁〔二二〕,旋踵戮城狐〔二三〕。阴骘今如此〔二四〕,天灾未可无。

莫凭牲玉请〔二五〕，便望救焦枯〔二六〕。

校　记

①"弛"，蒋本、悟抄作"弛"。按"弛"、"弛"字通。

②"理"，钱本作"圣"，非。

集　注

〔一〕【朱注】唐书："杨虞卿，字师皋。大和中，牛僧孺、李宗闵辅政，引为给事中。七年，宗闵罢，李德裕知政事，出为常州刺史。八年，宗闵复入相，召为工部侍郎。九年，拜京兆尹。其年六月，京师讹言郑注为上合金丹，须小儿心肝，民间相告语，扃锁小儿甚密，街肆汹汹。上闻之不悦。注颇不自安，而雅与虞卿有怨，因约李训奏曰：'语出虞卿家。'御史大夫李固言素嫉虞卿朋比，因傅左端倪。上大怒，收虞卿下狱。于是子弟八人皆自系，挝鼓诉冤。诏虞卿还私第。翼日，贬虔州司马，再贬司户，卒于贬所。【冯注】原编集外诗。旧书传："注颇不自安。御史大夫李固言素嫉虞卿朋党，乃奏曰：'臣穷问其由，语出京兆尹从人。'"地理志："虔州南康郡，属江南西道。"【张曰】案虞卿再贬虔州司户，旧书传但云"卒于贬所"，不详何年。哭虔州杨侍郎诗云："甘心亲垤蚁，旋踵戮城狐。"自注："是冬舒、李伏刕（戮）。"则虞卿之卒，当在甘露事变前后（按"后"字疑衍）。诗有"莫凭牲玉请，便望救焦枯"句，旧纪："开成二年七月乙亥，以久旱徙市，闭坊门。"其归葬不妨稍迟。又曰：诗有楚水招魂，邙山卜宅语，是虞卿归葬时作。（会笺）

〔二〕【冯注】史记酷吏传："汉兴，网漏于吞舟之鱼。"老子："天网恢恢，疏而不失。"

〔三〕【程注】汉书食货志："所忠言世家子弟富人，或斗鸡走狗马弋猎传戏乱齐民。"注："齐，等也。无有贵贱谓之齐民。"二语谓李训、郑注未诛之先，朝野皆受其害。

〔四〕【朱注】汉书："西羌反，发三辅、中都官徒弛刑。"注："弛，释也。若今徒解钳赭赭衣，置任输作也。"二语谓宗闵。【冯注】后汉书朱穆传："太学书生数千人上书讼穆，曰：'伏见弛刑徒朱穆……。'"【程曰】二语谓训、注倾李宗闵，遂加贬黜。【按】弛刑徒，解除枷锁之囚徒。李宗闵以宰相而贬潮州司户，迹近弛刑徒，故云。

〔五〕【原注】史记云："商鞅多左建外易。"（姜本无此注）【朱注】索隐："左建，谓以左道建立威权也；外易，在外革易君命。"此语谓固言。【补】中宪，指御史大夫。

〔六〕【朱注】谓虞卿。【程注】汉书序传："广汉尹京，克聪克明。"二语谓李固言为御史大夫，虞卿为京兆尹，平素相嫉，李遂傅会构罪。

〔七〕【程注】国语："国人谤王。召公告王曰：'民不堪命矣。'王怒，得卫巫，使监谤者，以告，则杀之。国人莫敢言，道路以目。王喜，告召公曰：'吾能弭谤矣。'"

〔八〕【程注】书："罔不惧于非辜。"二语谓郑注畏京师之讹言有累于己，遂以为语出虞卿之家。【朱曰】二语谓郑注。【冯曰】此谓固言借虞卿以弭谤。【按】此当指郑注。自矜能弭谤者系受谤者，非固言可知，史称"郑注素恶京兆尹杨虞卿，与李训共构之，云此语出于虞卿家人"（通鉴文宗大和九年），则"先议"取非辜者亦郑注，固言但秉承郑、李意旨耳。

〔九〕【朱注】盐铁论："昔秦法繁于秋荼，而网密于凝脂。"【冯曰】此谓舒元舆锻炼，亦见史文。

〔一〇〕【冯注】世说:"任恺失权势,不复自检括。或谓和峤曰:'卿何以坐视元裒败而不救?'和曰:'如北厦门拉攞自欲坏,非一木所能支。'"文中子:"大厦之颠,非一木所支也。"言无一人能救之,如宗闵且大得罪矣。【程曰】二语谓嫁祸于虞卿者甚巧,而当时遂无有辩雪者。【按】"巧有"句冯解是。二语盖谓舒元舆希郑注旨意,巧于锻炼罗织,法如凝脂之密,而宗闵、虞卿等如大厦倾败,竟无一人救助之。

〔一一〕【朱注】周勃传:"吾常将百万军,安知狱吏之贵也?"

〔一二〕【朱注】司马迁(报任少卿)书:"今少卿抱不测之罪,涉旬月,迫季冬,(恐卒然不可讳)。"注:"迫季冬,言将刑也。"【程曰】二语谓时下诏狱,罪在不测。

〔一三〕【朱注】甘泉赋:"选巫咸兮叫帝阍。"【冯曰】此指讼冤。

〔一四〕【冯注】淮南子:"日至于悲谷,是谓晡时。"此指远贬。【程曰】二语谓虞卿子弟阙下称冤,远谪。【按】上句虽隐括子弟讼冤,但主语似仍为虞卿。二句意谓叫天而天不应,辞家远贬之时,日色惨淡无光。

〔一五〕【朱注】左传:"哀公诔孔子曰:'昊天不吊,不憖遗一老。'"【补】流亡,指身死异乡,魂魄散佚。离骚:"宁溘死以流亡兮。"

〔一六〕【程注】王融曲水诗序:"设神理以景裕,敷文化以柔远。"二语谓不得其正者,于古礼不应有吊,但虞卿谪非其罪,则于神于理所不可诬。【补】若为,犹"怎能"。

以上为第一段。叙杨虞卿受郑注及其党羽陷害,下狱远贬,直至冤死。

〔一七〕【程曰】二语谓己受知于虞卿,见待之礼数最优。

〔一八〕【朱注】史记:"严仲子与韩相侠累有郄,告聂政,政仗剑至韩,直入上阶,刺杀侠累。"

〔一九〕【朱注】史记:"豫让事智伯,甚尊宠之。赵襄子灭智伯,让乃变姓名,为刑人,入宫涂厕中,欲刺襄子。"钳奴,刑人也。汉书:"季布匿濮阳周氏,周氏乃髡钳布置广柳车中。"○言念其恩知,欲报以聂政、豫让之事。【冯注】史记田叔传:"叔为赵王张敖郎中,汉下诏捕赵王,惟孟舒,田叔等十馀人赭衣自髡钳,称赵王家奴,随之长安。"张耳陈馀列传:"于是上贤张王诸客,以钳奴从赵王入关,无不为诸侯相郡守者。"按:"受"字疑。【程曰】二语谓受恩未报,不能如古人之所为。【按】朱引豫让事非所用,冯注是。二句意似谓,己虽感知遇之恩欲有以报,然未能如聂政之入韩报仇,亦未能如赵王诸客之自为钳奴以相随。钳,古刑罚,以铁圈束颈。

〔二〇〕【冯注】虔州古属楚。

〔二一〕【朱注】十道志:"邙山在洛阳北十里。"杨佺期洛城记:"邙山,古今东洛九原之地也。"【冯注】说文:"邙,河南洛阳北亡山上邑。"孝经:"卜其宅兆。"白香山哭师皋诗:"南康丹旐引魂回,洛阳篮舁送葬来。北邙原边尹郎畔,月苦烟愁夜过半。"则杨实葬邙山也。【程曰】二语谓己虽吊之,而虞卿已不可作矣。【按】二句谓虞卿客死楚地,归葬北邙,并致哀悼之情。

〔二二〕【朱注】说文:"垤,蚁封也。"岭南异物志:"蚁封者,蚁子聚土为台也。"【冯注】庄子:"在下为蝼蚁食。"

〔二三〕【原注】是冬舒、李伏诛,("诛"原作"易",非,据戊签改)。【何曰】杨虞卿之贬,发难于李训、锻炼者舒元舆也。(读书记)【朱注】晋谢鲲传:"刘隗诚始祸,然城狐社鼠。"通鉴:“秋七月,李训召舒元舆为右司郎中兼侍御史知杂,鞫杨虞卿狱。九月,元舆、训并同平章事。十月,有甘露之变,元舆、训俱族诛。”【程注】管子:“车不给辙,士不旋踵。”二语谓虞卿之枉甘心至死,然舒、李之诛不过移时。【冯注】战国策:“一心同力,死不旋踵。”按:晏子春秋:“社鼠者,不可熏,不可灌。君之左右,出卖寒热,入则比周,此之谓社鼠也。”他如韩非子、韩诗外传、说苑、汉书中山靖王传,语皆相类,俱无“城狐”二字。惟文选沈约弹王源文:“狐鼠微物。”注引应璩诗:“城狐不可掘,社鼠不可熏。”因注家多杂引,偶详征之。【按】此谓虞卿身死之日不意舒、李之败如是之速也。

〔二四〕【程注】书:“惟天阴骘下民,相协厥居。”二语谓刑政如此,则灾害自至。【按】阴骘,暗自安定。此系反语。

〔二五〕【朱注】诗:“靡神不举,靡爱斯牲;圭璧既卒,宁不我听?”【程注】左传:“晋之边吏让郑曰:‘郑国有灾,晋君大夫不敢宁居,卜筮走望不爱牲玉。郑之有灾,寡君之忧也。”【按】牲玉,指祭祀时所用之牲与玉。

〔二六〕【朱注】唐书:“开成二年旱,自四月至七月不雨。”【冯注】旧书纪:“开成二年七月乙亥,以久旱徙市,闭坊门。”【田曰】言虞卿冤气所致,非祷祀可免。(冯注引)【程曰】二语谓开成二年大旱,冤抑不伸,祈雨无益也。

以上为第二段。叙己受知于杨而恩知未报,今舒、李虽戮而冤愤未伸也。

笺　评

【钱龙惕曰】诗云“如何大丞相,翻作弛刑徒”者,指宗闵也。

"中宪方外易"者,指固言也。"本矜能弭谤,先议取非辜"者,谓注也。念昔之恩知礼秩,至欲为聂政、朱家之事。楚水招魂,邙山卜宅,哀之深矣。是冬即有甘露之变,所谓"旋踵戮城狐"也。史言虞卿性柔佞,能阿附权幸,以为奸利。每岁铨曹贡部,为举选人驰走取科第,占员阙,无不得所欲,升沉取舍,出其唇吻。而李宗闵待之如骨肉,以能朋比唱和,故时号党魁,以及于祸。观义山此诗,其与虞卿情好笃厚,则亦宗闵之党也。他日哭萧浣、哭令狐楚,皆有百身之感,二人亦宗闵之党也。乃自开成登第后,连应王茂元、郑亚、卢弘正之辟,皆李太尉引用之人,岂嫉杨、李朋比之私,而迁于乔木耶?卒为令狐绹所排摈,坎壈以终。当时钩党之祸,根株牵连。吁,可畏矣。

【姚曰】起手十六句,直叙虞卿受训、注诬陷事。盖虞卿之祸,当事者以其党李宗闵,故欲陷虞卿以倾宗闵,而李固言证成之。大丞相,指宗闵。中宪,指固言。尹京,则虞卿也。"在昔"四句,言恩知未报。"楚水"四句,言天与雪冤。末四句,言训、注恶焰,犹未洗尽也。

【屈曰】一段虚提受诬。二段叙受诬事。三段叫冤无路。四段知己之感。五段冤气不消。

【田曰】怨愤语,大有欲叫无从之意。(冯笺引)

【冯曰】徐氏谓观哭萧、杨诗,益知义山为牛党。夫一介之士必有密友,岂定党哉?当时"欲趋举场,问苏、张、三杨",义山之相亲,当以是也。若必遽以为党,则白香山乃杨氏之戚,集中寄诗甚多,何千古无人谓为牛党乎?又曰:夫牛、李之党,实繁有徒,然岂人人必入党中,不此即彼,无可解免者哉?既同时矣,同仕矣,势不能不与之款接,要惟为党魁者,

方足以持局而树帜，下此小臣文士，绝无与于轻重之数者也。（玉溪生年谱）

【王鸣盛曰】此以城狐比舒元舆、李训、郑注，又与有感诗之意相反。（冯注初刊本王氏手批）

【纪曰】不及萧侍郎诗之精神结聚，结亦径直。问"中宪"二句声调，曰：此亦如七言之拗第六字，以下句三字平声救之也。

【张曰】此诗故以朴实见骨气，极尽哭理，笔笔老洁，何等浑成！结则因事寄哀，悲痛之深，不假修饰，岂嫌太尽也哉！（辨正）

【按】哭萧诗与哭杨诗为题材、内容、体裁、手法相似之姊妹篇，系义山精心结撰之作。二诗深悼萧、杨之冤贬致死，深疾郑注等人之专擅奸邪，此固极明显者。所应进而讨论者为以下数事：

一、义山是否牛党

义山入王茂元幕前，所交结之显宦如令狐楚、崔戎、萧浣、杨虞卿等，多为牛党重要成员。自表面观之，似义山此时属牛党无疑。（徐氏即因此而决其为牛党。冯氏力辨徐说之非，谓"小臣文士，绝无与于轻重之数"。然"无与于轻重之数"，只可说明其地位、作用无足轻重，不能证明其主观上无党牛之意，亦不能判断其客观上无党牛之实。）然决其果否牛党，既不能仅以其是否交结牛党成员为主要依据，亦不得以其地位之高下为口实，而应视其是否站在牛党立场，对李党进行攻击（此系派性之主要标志）。考此一时期义山诗文，绝无攻讦李党之迹象。如萧、杨之由给事中出为郑、常刺史，与李德裕之当政有关，而二诗均未涉及此事。诗中所攻击者，乃训、注之党。据此即可知义山非自居牛党者。然当日情势,牛、李两党已势若水火,新进士人如与某一党之若干显要人物在较长时间内发生较密切关系,客观上自予人以属于某党之印象。惟其时义山主观上既不以牛党成员自居,又无党同伐异之言行,自对方党派视之,止不过一寄身之文士耳,不足介意,故义山当时亦未有党局嫌猜可畏之体验,此其与上述诸人相交而不觉其隐伏将来背恩无行之责难也。至萧、杨二人,义山与其关系纯属私谊,视"早岁思东阁,为邦属故园","在昔恩知忝,诸生礼秩殊"之语可见。于二人中,关系又显有深浅之分(萧深而杨浅),故诗中所表现之感情亦因之而有别。纪氏极称哭萧诗之沉痛悲壮而出于蕴藉,于哭杨诗则有所不足,洵为具眼之论。颇疑义山之结识虞卿,即缘萧浣之引荐。冯氏谓义山之亲杨,殆为应举着想,亦颇近情理。

二、诗中对郑、李之态度

王鸣盛于哭杨诗,谓"与有感诗之意相反";于哭萧诗,则谓"非自相矛盾,乃并行而不悖者"。实则王氏于有感二首所表现之对郑、李之态度,理解即有所偏。有感非"为训、注称冤",而系斥其仓皇举事,贻误国事;此二诗则斥其专擅威权,诬陷朝臣。时、事不同,而其斥训、注也则一。此只可谓内容侧重点有别,不可谓"自相矛盾"。而作者对训、注之态度,亦惟有综合有感二首、行次西郊及此二诗方见其全。要言之,义山以为训、注大和末专权纵恣,贬逐大臣,淆乱朝政,系城狐社鼠一流奸邪小人;甘露事变时又投君所好,仓皇发难,事败而国运更衰,为躁进误国之投机政客。斥李、郑为城狐,实婉讽文宗之信任奸邪。诗中"虎威狐更假""旋骇党人冤""白骨始沾恩""暂能诛倏忽,长与问乾坤""阴骘今如此,天灾未可无"等语,讥评之意,痛愤之情固极明显。

三、对萧、杨之同情应如何评价

萧、杨虽党附李宗闵,然据史传所载,与李宗闵尚有所不同。且萧、杨之被贬逐,确系郑、李之党冤诬所致,此事件本身,并非无是非可言,萧、杨自有可同情之处,郑、李亦自难逃舆论之谴责。而诗中所反映之现象,亦有助于认识当时政治之混乱与统治集团内部之矛盾倾轧。然义山同情萧、杨,亦非纯出于公心,其中感个人知遇之成份相当浓重,此固不必为之饰。

自南山北归经分水岭〔一〕

水急愁无地〔二〕,山深故有云。那通极目望,又作断肠分〔三〕。郑驿来虽及①〔四〕,燕台哭不闻〔五〕。犹馀遗意在,许刻镇南勋〔六〕。

校 记

①"驿"原作"邑",一作"驿",据蒋本、姜本、戊签、钱本、影宋抄、席本改。

集 注

〔一〕【朱注】南山,终南山也。水经注:"汉中记曰:嶓冢以东,水皆东流;嶓冢以西,水皆西流。故俗以嶓冢为分水岭。"通志:"分水岭在汉中府略阳县东南八十里,岭下水分东西流。"【程曰】南山在蜀中。以地道论之,终南在北,地近长安；嶓冢在南，地近江汉。若从终南北归，不得复过分水岭矣。此南山是蜀中南山，见三国蜀志，愚于寄南山赵行军七绝有辨。【冯曰】括地志云："嶓冢山在梁州金牛县东二十八里，今在陕西汉中府宁羌州北九十里。"禹贡锥指历引自汉以来诸说，而谓嶓冢有二：此嶓冢在汉中西县，乃嶓冢导漾者；其嘉陵江水所出之嶓冢，则在秦州上邽县，所谓西汉水也。王阮亭蜀道驿程曰："金牛驿西稍南入五丁峡，一名金牛峡，此峡为蜀道第一险。次宁羌州过百牢关，关下有分水岭，岭东水皆北流至五丁峡，北合漾水入沔岭；西水皆南流，径七盘关、龙洞，合嘉陵水为川江。"余以此等地理，古今无异，取以疏此题及后题之嘉陵江甚明悉矣。【按】南山，指山南之兴元府，朱、程注皆误，冯氏已于南山赵行军题注辨正。题中"分水岭"即今陕西宁强县北之嶓冢(另一嶓冢在今甘肃天水市与礼县之间)。

〔二〕【补】此句形容分水岭处，山高势陡，水若迅急不择地而分流。"愁无地"，似寓无所依托之感。

〔三〕【冯注】辛氏三秦记："陇右西关欲上者，七日乃越，上有几水四注流下，俗歌曰：'陇头流水，鸣声幽噎。遥望秦川，肝肠断绝。'"肝肠，一作心肝。【补】那，况也。王锳诗词曲语辞例释："那，况、又、兼之、更加的意思，有关联作用的副词，不是通常作指示代词或疑问代词的用法。"二句谓更何况极目回望，云封雾锁，而岭头流水，又作断肠之分乎？"断肠分"暗寓与令狐永诀。

〔四〕【朱注】汉书："郑当时尝置驿马长安诸郊，请谢宾客，夜以继日。"【按】此言己虽及奉令狐楚之召于楚卒前驰赴兴元。用"郑驿"既切楚之善待宾客，又切己之门客身份。

〔五〕【朱注】寰宇记："燕昭王金台在易州易县东南三十里，又有西金台，俗呼此为东金台。又有小金台，在县东南十五里，即郭隗台也。""哭不闻"，言死者不闻其哭。【姚注】图经："黄金台，易水东南十八里。燕昭王置千金于台上，以延天下之士。"【冯注】述异记："燕昭为郭隗筑台，土人呼为贤士台，亦谓之招贤台。"

〔六〕【冯注】晋书："杜预拜镇南大将军，都督荆州诸军事。孙皓既平，以功进爵当阳县侯。预刻石为二碑，纪其勋绩，一沉万山之下，一立岘山之上，曰：'焉知此后不为陵谷乎？'"按：令狐楚遗命，铭志但志宗门，秉笔者无择高位。义山代草遗表，又为墓志，见令狐传及本集。【何曰】落句谓方撰彭阳碑铭也。镇南似用征南，偶微误耳。【按】"镇南"不误。墓志今佚（晏殊类要卷十六有令狐楚墓诰〔志〕佚句）。新唐书令狐楚传："疾甚，……自力为奏谢天子，召门人李商隐曰：'吾气魄且尽，可助我成之。'……书已，敕诸子曰：'吾生无益于时，无请谥，勿求鼓吹，以布车一乘葬，铭志无择高位。'"

笺评

【朱曰】按史：开成初，令狐楚为山南节度使，卒于镇。山南治汉中。题云"北归分水岭"，而诗有"燕台哭不闻"之句，知必为令狐楚作也。义山尝为楚撰志文，故末曰"许刻镇南勋"。史云："楚没前一日，自草遗表，召从事李商隐助成之"，可证彭阳没时义山正在其幕也。

【陆鸣皋曰】首二句写地，第三句承"山"，四句承"水"。五六句，感其礼聘之意也。李为楚撰志文，故结语及之。

【姚曰】此为令狐楚作。楚为山南节度使，卒于镇。三承二，四承一。山名地势，皆足断肠也。五句，身为幕僚；六句，心伤知己。楚墓志文，义山撰，故有末句。

【纪曰】一气流走，风格甚老。

【按】义山早期律体，刻意仿杜而得其仿佛。此篇感情深挚，笔致苍老，颇得杜意。一二两联即景生情，一气呵成，不暇雕饰而自工。首句尤突兀而生动，令人宛见诗人经分水岭时中心惶惶，不知所适情状。令狐之没，实亦义山生平之一大分水岭也。

行次西郊作一百韵

蛇年建丑月[①]〔一〕，我自梁还秦〔二〕。南下大散岭[②]〔三〕，北济渭之滨〔四〕。草木半舒坼，不类冰霜晨[③]；又若夏苦热，焦卷无芳津〔五〕。高田长槲枥[④]〔六〕，下田长荆榛。农具弃道傍，饥牛死空墩。依依过村落，十室无一存。存者皆面啼[⑤]〔七〕，无衣可迎宾。始若畏人问，及门还具陈〔八〕。

右辅田畴薄〔九〕，斯民尝苦贫[⑥]。伊昔称乐土〔一〇〕，所赖牧伯仁〔一一〕。官清若冰玉〔一二〕，吏善如六亲〔一三〕。生儿不远征，生女事四邻〔一四〕。浊酒盈瓦缶，烂谷堆荆囷〔一五〕。健儿庇旁妇[⑦]〔一六〕，衰翁舐童孙〔一七〕。况自贞观后，命官多儒臣。例以贤牧伯，征入司陶钧〔一八〕。

降及开元中，奸邪挠经纶〔一九〕。晋公忌此事，多录边将勋〔二〇〕。因令猛毅辈，杂牧升平民〔二一〕。中原遂多故〔二二〕，除授非至尊〔二三〕。或出倖臣辈，或由帝戚恩。中原困屠解〔二四〕,奴隶厌肥豚〔二五〕。皇子弃不乳〔二六〕,椒房抱羌浑〔二七〕。重赐竭中国,强兵临北边。控弦二十万〔二八〕,长臂皆如猿〔二九〕。皇都三千里,来往同雕鸢[8]〔三〇〕。五里一换马,十里一开筵〔三一〕。指顾动白日,暖热回苍旻〔三二〕。公卿辱嘲叱,唾弃如粪丸〔三三〕。大朝会万方〔三四〕,天子正临轩〔三五〕。彩旂转初旭,玉座当祥烟。金障既特设,珠帘亦高褰〔三六〕。捋须蹇不顾[9]〔三七〕,坐在御榻前〔三八〕。忤者死跟屦[10],附之升顶巅〔三九〕。华侈矜递炫〔四〇〕,豪俊相并吞〔四一〕。因失生惠养,渐见征求频[11]〔四二〕。

奚寇东北来[12]〔四三〕,挥霍如天翻〔四四〕。是时正忘战,重兵多在边〔四五〕。列城绕长河〔四六〕,平明插旗幡〔四七〕。但闻虏骑入,不见汉兵屯〔四八〕。大妇抱儿哭,小妇攀车轓〔四九〕。生小太平年,不识夜闭门。少壮尽点行,疲老守空村。生分作死誓〔五〇〕,挥泪连秋云。廷臣例麞怯〔五一〕,诸将如羸奔〔五二〕。为贼扫上阳〔五三〕,捉人送潼关〔五四〕。玉辇望南斗〔五五〕,未知何日旋。诚知开辟久〔五六〕,遘此云雷屯〔五七〕。送者问鼎大[13],存者要高官〔五八〕。抢攘互间谍,孰辨枭与鸾〔五九〕?千马无返辔,万车无还辕〔六〇〕。城空雀鼠死,人去豺狼喧〔六一〕。

南资竭吴越,西费失河源〔六二〕。因令右藏库[14],摧毁惟空垣〔六三〕。如人当一身,有左无右边〔六四〕。筋体半痿痹〔六五〕,肘腋生臊膻。列圣蒙此耻〔六六〕,含怀不能宣。谋臣拱手立,相戒无敢先。万国困杼轴〔六七〕,内库无金钱。

健儿立霜雪，腹歉衣裳单。馈饷多过时，高估铜与铅〔六八〕。山东望河北，爨烟犹相联。朝廷不暇给，辛苦无半年〔六九〕。行人榷行资[15]〔七〇〕，居者税屋椽〔七一〕。中间遂作梗〔七二〕，狼藉用戈鋋〔七三〕。临门送节制〔七四〕，以锡通天班〔七五〕。破者以族灭，存者尚迁延〔七六〕。礼数异君父，羁縻如羌零[16]〔七七〕。直求输赤诚〔七八〕，所望大体全〔七九〕。巍巍政事堂〔八〇〕，宰相厌八珍〔八一〕。敢问下执事，今谁掌其权〔八二〕？疮疽几十载，不敢抉其根[17]〔八三〕。国蹙赋更重，人稀役弥繁〔八四〕。近年牛医儿〔八五〕，城社更攀缘[18]〔八六〕。盲目把大旆，处此京西藩〔八七〕。乐祸忘怨敌，树党多狂狷〔八八〕。生为人所惮，死非人所怜〔八九〕。快刀断其头，列若猪牛悬〔九〇〕。凤翔三百里〔九一〕，兵马如黄巾〔九二〕。夜半军牒来〔九三〕，屯兵万五千。乡里骇供亿〔九四〕，老少相扳牵〔九五〕。儿孙生未孩〔九六〕，弃之无惨颜。不复议所适，但欲死山间[19]〔九七〕。

尔来又三岁〔九八〕，甘泽不及春〔九九〕。盗贼亭午起〔一〇〇〕，问谁多穷民〔一〇一〕。节使杀亭吏，捕之恐无因〔一〇二〕。咫尺不相见，旱久多黄尘〔一〇三〕。官健腰佩弓[20]〔一〇四〕，自言为官巡。常恐值荒迴，此辈还射人〔一〇五〕。愧客问本末，愿客无因循〔一〇六〕。郿坞抵陈仓〔一〇七〕，此地忌黄昏〔一〇八〕。

我听此言罢，冤愤如相焚〔一〇九〕。昔闻举一会，群盗为之奔〔一一〇〕。又闻理与乱，系人不系天[21]。我愿为此事，君前剖心肝。叩头出鲜血，滂沱污紫宸〔一一一〕。九重黯已隔〔一一二〕，涕泗空沾唇。使典作尚书〔一一三〕，厮养为将军〔一一四〕。慎勿道此言，此言未忍闻〔一一五〕！

校　记

①“丑”原作“午”，非，据戊签改。【冯曰】十二月自兴元还京，故下云“不类冰雪晨”，作“午月”者谬。

②“散”原作“滨”，非；一作“散”。据蒋本、姜本、戊签、钱本，影宋抄、席本改。“岭”，朱本、季抄作“关”。

③“霜”，朱本、季抄作“雪”。

④“槲”原作“檞”，非，据戊签、席本改。详注。

⑤“皆”，戊签、悟抄作“背”。

⑥“尝”，朱本作“常”。

⑦“庇”原作“疵”，据戊签、朱本、季抄改。

⑧“同”，冯引一本作“如”。“雕”，蒋本、朱本作“雕”。【按】雕、雕、雕古通。

⑨“捋须蹇”，此三字原缺，下注一作“捋须蹇”，据钱本、席本、朱本补。

⑩“跟”原作“蹖”，非，据戊签改。“屦”，戊签作“履”。

⑪“见”，冯引一本作“及”。“频”，冯引一本作“烦”。

⑫“东”，各本均作“西”，显误。朱本及季抄校语：当作“东”。兹据改。

⑬“送”，戊签作“逆”。

⑭“右”，季抄、朱本作“左”。【按】作“左”似是，详注。

⑮“榷”，蒋本、钱本、影宋抄作“擢”，字通。

⑯“零”原作“连”，一作“零”，据蒋本、席本、悟抄、姜本、戊签、影宋抄、钱本改。

⑰“抉”原作“扶”，非，据戊签改。

⑱“攀”，蒋本、姜本、戊签、席本、悟抄、钱本作“扳”，同。

⑲“欲”，朱本作“求”。

⑳“弓”原作“刀”，据蒋本、姜本、戊签、钱本、影宋抄改。

㉑“系”，季抄、朱本作“在”。

集 注

〔一〕【朱注】开成二年丁巳。【补】建丑月，十二月。夏历建寅，推至腊月为丑月。

〔二〕【朱注】梁州汉中郡。【补】秦，指长安。

〔三〕【朱注】地理志：“大散水源在凤县东界大散岭。”【冯注】魏志武帝纪：“公自陈仓以出散关。”新书志：“宝鸡县西南有大散关。”通志：“通褒斜大路。”按：关以岭为名。【姚注】方舆胜览：“大散关在梁泉县，为秦蜀要路。”【按】南下，谓自南来而下大散岭。

〔四〕【朱注】通志：“渭河在宝鸡县治南。”

〔五〕【程注】应璩与岑文瑜书：“顷者炎旱，日更增甚。沙砾销铄，草木焦卷。”杜甫诗：“皇天德润泽，焦卷有生意。”王筠诗：“拭露染芳津。”【冯注】山海经：“十日所落，草木焦卷。”【何曰】旱久寓僭，恒旸豫恒燠。（辑评）【按】四句写冬旱景象。舒坼，指草木因晴暖而萌发，故云“不类冰霜晨”。

〔六〕【冯注】本草：“槲木与栎相类。”文选南都赋注：“枥与栎同。”谓皆长不材之木也。槲为松樠，非所用矣。

〔七〕【程曰】“皆”字误，当作“背”字。下文“无衣可迎宾”，此所以畏人背面也。【徐曰】所以背面啼也。【冯曰】“背”字似是，作“皆”字亦可。谓皆饥寒而啼也。按：汉书项籍传:“马童面之。”师古曰:“面谓背之,不面向也。”面缚亦谓反背而缚之。愚意此句“面”字,或亦谓背之。

〔八〕【程注】古诗:“今日良宴会,欢乐难具陈。”【何曰】此下皆述具陈,至末方自发议论,章法绝佳。(读书记)

以上为第一段。述西郊所见农村荒凉残破景象,引出村民具陈盛衰。

〔九〕【朱注】凤翔府,汉扶风郡地,为右辅。

〔一〇〕【程注】诗国风:“适彼乐土。”

〔一一〕【程注】李密陈情表:“臣之辛苦,非独蜀之人士及二州牧伯所见明知。”【何曰】宰相不选牧伯,是此篇发愤大旨。(辑评)

〔一二〕【冯注】魏志注:“令狐邵为弘农太守,所在清如冰雪。”晋书贺循传:“循冰清玉洁。”

〔一三〕“六亲”见无题(八岁偷照镜)注。

〔一四〕【补】事四邻,谓不远嫁。

〔一五〕【补】囷,圆形谷仓。

〔一六〕【朱注】汉书:“元后父禁,好酒色,多娶傍妻。”【冯注】汉书高五王传:“齐悼惠王母,高祖微时外妇也。”师古曰:“谓与旁通者。”按:左传:“不能庇其伉俪。”又:“不女疵瑕也。”健儿有旁妇,见宽然丰乐之象。“庇”字较是。

〔一七〕【程注】书:“幼子童孙。”【补】后汉书杨彪传:“子修为曹操所杀。操见彪问曰:‘公何瘦之甚?’对曰:‘愧无日磾先见之明,犹怀老牛舐犊之爱。’”

〔一八〕【程注】汉书邹阳传:“圣王制世御俗,独化于陶钧之上。”注:“陶家名(模下圆)转者为钧,盖取周回调钧耳。言圣王制驭天下,亦犹陶者转钧。”【何曰】宰相非人,以天官私非材，则小者草窃，大者叛乱相仍，未有已也。故就前事缕陈之。（冯注引，亦见辑评。）

以上为一节。追述唐前期社会安定繁荣，人民安乐丰裕，其原因在宰相与地方官得人。

〔一九〕【补】奸邪，指李林甫，参下注。周易正义解易屯象传"君子以经纶"曰："经，谓经纬；纶，谓纲纶。"礼记中庸："惟天下至诚为能经纶天下之大经。"此喻政治纲纪。

〔二〇〕【冯注】旧、新书李林甫传："开元二十五年封晋国公。开元中，张嘉宾、王晙、张说、萧嵩、杜暹皆以节度入知政事。林甫欲杜其源以久己权，乃言夷狄未灭，由文吏惮矢石，不身先，请专用蕃将。因以安思顺代己领使，而擢哥舒翰、高仙芝、安禄山等为大将，林甫利其无入相之资。故禄山得专三道劲兵，处十四年不徙，卒称兵荡覆天下，王室遂微。"旧书崔群传："告宪宗曰：'世言安禄山反，为治乱分时；臣谓罢张九龄、相林甫，则治乱已分矣。'"

〔二一〕【冯注】国语："不主宽惠，亦不主猛毅，主德义而已。"大戴礼："猛毅而独断者，使是治军事为边境。"【何曰】分明说好好百姓，被此辈弄坏。（辑评）【按】猛毅辈，指凶猛专断之武将。杂牧，犹言胡乱治理。

〔二二〕【补】多故，犹多事，多变故。

〔二三〕【补】除授，拜官授职。

〔二四〕【朱注】言视民如牛狗，屠之解之。

〔二五〕【何曰】一层（冯注引，亦见辑评）【补】厌，同餍。

〔二六〕【朱注】林甫谗杀太子瑛、鄂王瑶、光王琚。【冯注】汉书宣帝纪："生数月，遭巫蛊事，系郡邸狱。邴吉使女徒赵徵卿、胡组乳养。"按：句意必贵妃专宠时，有害皇子，如汉赵

后之所为者，史未详载也。朱氏引林甫谗杀太子瑛、鄂王瑶、光王琚，则与“弃不乳”不符，非也。【何曰】以下专说禄山。（辑评）

〔二七〕【冯注】安禄山事迹：“禄山生日后三日，明皇召入内。贵妃以锦绣绷缚禄山，令内人以彩舆舁之，欢呼动地，云：‘贵妃与禄儿作三日洗儿。’帝就观大悦，因赐洗儿金银钱物。自是宫中皆呼禄山为禄儿，不禁出入。”旧书传：“安禄山，营州柳城杂种胡人也。”按：旧书郭子仪传，吐蕃、回纥、党项、羌、浑、奴剌等各种，而安禄山是柳城杂种胡人，其幼随母在突厥中。未知与羌浑同异何如耳。【朱曰】羌浑趁韵。禄山实营州杂胡，非羌浑种也。【何曰】羌浑乃借用，若用吐浑，便是趁韵耳。（辑评）【纪曰】“椒房”句是义山病痛，若老杜则曰：“至尊顾之笑，王母不肯收。竟归虚无底，化作长黄虬。”觉十分蕴藉也。（诗说）【按】何说是。羌浑泛指外族。班固西都赋：“后宫则有掖庭椒房后妃之室。”汉代后妃所居宫殿，以椒和泥涂壁，取其温暖有芳香，兼有多子之意。后多以椒房指后妃。此指杨妃。

〔二八〕【程注】汉书娄敬传：“是时冒顿单于兵强，控弦四十万骑。”杜甫诗：“陇外翻投迹，渔阳复控弦。”【冯注】汉书匈奴传：“控弦之士三十馀万。”安禄山事迹：“禄山引蕃奚步骑二十万。”【按】安禄山所辖三镇兵共十八万馀人，又养同罗、降奚、契丹曳落河八千人为假子，兵力近二十万。

〔二九〕【冯注】史记：“李广为人长，猿臂，善射。”【程注】陆玑诗疏：“长臂者为猿。”

〔三〇〕【冯注】旧书志：“范阳在京师东北二千五百二十里。”【补】雕鸢，鸷鸟与鹞鹰，均善飞猛禽。二句疑指安禄山令其将刘骆谷留长安作谍报事。通鉴天宝六载:“禄山常令其将刘骆谷留京师诇(刺探)朝廷指趣,动静皆报之。或应有笺表者,骆谷即为代作通之。岁献俘虏、杂畜、奇禽、异兽、珍玩之物,不绝于路,郡县疲于递运。”

〔三一〕【朱注】唐书:“禄山晚益肥,每驰驿入朝,半道必易马,号大夫换马台,不尔马辄仆。”【冯注】安禄山事迹:“乘驿诣阙,……飞盖荫野,车骑云屯,所止之处,皆赐御膳,水陆毕备。”

〔三二〕【程注】尔雅:“春为苍天,秋为旻天。”孟郊诗:“清流鉴苍旻。”诗意谓禄山所暖热可以变春秋之凉诺也。【补】指顾,手指目顾。

〔三三〕【冯注】尔雅:蛣蜣,蜣螂。”古今注:“蜣螂能以土包粪,转而成丸。庄子所谓蛣蜣之智,在于转丸者也。”

〔三四〕【程注】穆天子传:“己未,天子大朝于黄之山。”通典:“后汉岁首正月为大朝,受贺。”书:“诞告万方。”独孤及传:“执玉会万方。”【按】大朝,隆重之朝会。天子大会诸侯群臣谓大朝,以别于平日常朝。汉制,元旦、冬至用大朝礼。唐书礼乐志:“皇帝元正、冬至受群臣朝贺而会。”万方,指全国各地诸侯,即都督、刺史等。

〔三五〕【程注】汉书史丹传:“天子自临轩槛。”十六国春秋:“石虎大起宫殿,于会正殿南面临轩。”【按】皇帝不坐正殿而在殿前接见臣属,谓“临轩”。

〔三六〕【补】障,屏风。褰,卷。

〔三七〕【冯注】捋须,借举一节以见禄山骄蹇无状也。非用朱桓捋孙权须,谢安捋桓伊须事。左传:“彼皆偃蹇。”注曰:“偃蹇,骄傲。”公羊传:“为其骄蹇。”【道源注】蹇不顾,言禄山于御座前捋须偃蹇,无所顾忌也。

〔三八〕【朱注】唐书:"帝登勤政殿,幄坐之,左张金鸡大障,前置特榻,诏禄山坐,褰其幄以示尊宠。太子谏曰:'陛下宠禄山太过,必骄。'帝曰:'胡有异相,吾欲厌之。'"

〔三九〕【朱注】艰屦未详。或曰:释名:"艰,根也,如物根也。"艰屦,言脚跟下之屦。【徐曰】"跟"字是,犹言死于践踏也。【冯注】自当作"跟"。释名:"足后曰跟,象木根也。""屦""履"义固同。【按】二句谓触忤安禄山者立死于其践踏之下,依附者则升居高位。艰,通"根";囏则艰之古字。故或字误为"艰""囏"。

〔四〇〕【冯注】旧、新书传:"帝为禄山起第京师,穷极壮丽,帟幕率缇绣,金银为簩筐爪篱,大抵服御虽乘舆不能过。"安禄山事迹:"旧宅在道政坊,更于亲仁坊宽爽之地造焉。"【按】谓递为华侈以相炫耀也。

〔四一〕【冯注】新书传:"禄山为范阳大都督兼河北道采访处置使,又拜河东节度使,兼制三道,后又得朔方节度使阿布思之众,兵雄天下。又请为闲厩、陇右群牧等使,择良马内范阳,又夺张文俨马牧。"【按】豪俊相并吞,似兼安禄山与杨国忠之倾轧而言。

〔四二〕【补】二句谓执政之君臣不复有惠爱养民之意,故诛求日益频繁。【何曰】二层。(冯注引,亦见辑评。)

以上为一节。叙开元末年以来,李林甫乱政、安禄山跋扈,中央集权削弱,藩镇势力膨胀,政局腐败,人民困苦。

〔四三〕【朱注】安禄山事迹:"禄山养同罗、奚、契丹八千馀,名曳落河;又畜单于护真大马习战斗者数万匹,天宝十四载十一月九日起兵反。"

〔四四〕【补】挥霍，动作迅疾貌。张衡西京赋："跳丸剑之挥霍。"陆机文赋："纷纭挥霍，形难为状。"

〔四五〕【何曰】两押"边"字，义同。（辑评）【按】"忘战"，即下引旧书传"天下承平日久，人不知战"之意。唐自开元、天宝以来，因常与吐蕃作战，精兵多集中于西北边境，故云。

〔四六〕【冯注】左传："晋侯许赂秦伯以河外列城五。"

〔四七〕【冯注】旧书传："天宝十四载十一月，反于范阳。以诸蕃马步十五万，夜半行，平明食，日六十里。天下承平日久，人不知战，闻其兵起，朝廷震惊。十二月渡河。"【按】二句谓叛军晚间攻打沿河之城邑，天明即已攻陷，插以叛军之旗旛。据史载，安禄山起兵叛变后，十二月渡黄河，连陷灵昌、陈留、荥阳等郡，继又陷东京。

〔四八〕【冯注】安禄山事迹："所至郡县，无兵捍御，甲仗器械朽坏，兵士皆持白棒。"【补】新唐书安禄山传："时兵暴起，州县发官铠仗，皆穿朽钝折不可用，持梃斗，弗能亢，吏皆弃城匿，或自杀，不则就禽，日不绝。"屯，驻防拒守。

〔四九〕【朱注】汉书注："轓，车蔽也。"【冯注】车耳反出，所以为藩，屏翳尘泥。

〔五〇〕【补】谓虽系生离，然因情势艰险，却视同死别，故临别而作死誓。古诗为焦仲卿妻作："生人作死别。"【钱锺书曰】（少壮四句）皆诗击鼓之"死生契阔"也。

〔五一〕【朱注】韵会："麞性善惊，故从章。章者，慞惶也。"【冯注】埤雅："麞如小鹿而美。又麞性善惊，故从章。"吴越春秋："章者，慞惶也。"

〔五二〕【朱注】说文系传："六畜多瘦，惟羊则羸。"【冯注】说文："羸，瘦也。从羊，羸声。"注曰："羊主给膳，以瘦为病。"

〔五三〕【朱注】唐书:“东都上阳宫在禁苑之东,东接皇城之西南隅。上元中置。高宗之季,常居以听政。”【冯注】旧书纪:“天宝十五载正月,禄山僭号于东京。”

〔五四〕【冯注】按:禄山未至长安,新传小误。此指贼兵入长安,搜捕百官宦者宫女乐工等,送出潼关,诣洛阳也。事详通鉴。【按】或谓二句指唐朝降臣为叛贼扫除宫殿,并捉人协助叛军防守潼关。连上“廷臣”二句写朝中文武或胆怯逃走,或助贼为虐。

〔五五〕【朱注】玄宗幸蜀。【按】玉辇望南斗,即皇帝乘舆向西南方向出奔之意。“望”与下句“旋”字均属玉辇。

〔五六〕【程注】扬雄剧秦美新文序:“配五帝,冠三王,开辟以来,未之闻也。”

〔五七〕【冯注】易:“云雷屯,刚柔始交而难生。”【纪曰】“诚知”二句筋节震动。【按】开辟,本指盘古开天辟地,此借指唐朝开国。屯,音谆,艰难、祸乱。古人以为天地开辟前一片浑沌,天地开辟时云雨雷电交会。此以“云雷屯”喻巨大之祸乱(安史之乱)。二句谓诚知开国后承平已久,不免遇此巨大祸乱。

〔五八〕【程注】左传:“定王使王孙满劳楚子,楚子问鼎之大小轻重焉。”【冯注】按:“送”惟戊签作“逆”。或曰“逆”谓叛臣,“存”谓尚为王臣者;或曰“送”为迎送,“存”为存问。逆亦迎也,如春秋祭公逆王后于纪之类。方言:“自关而东曰逆,自关而西曰迎。”此送者、存者,当指使臣往来。然两未可定。【按】既已叛逆,则不惟有“问鼎”之意,而已付诸行动,用“问鼎”似不切。且以未叛者为“存者”似亦未安,“存者”当与“灭者”相对。疑作“送”者是。二句盖谓各地方镇送物劳军者有觊觎王室之意，遣使存问者亦每邀求高官。

〔五九〕【补】抢攘，纷乱。互间谍，互相侦伺，彼此倾轧。枭，喻奸邪与叛乱者；鸾，喻忠于朝廷者。

〔六〇〕【补】谓讨叛军队往往全军覆没。

〔六一〕【补】豺狼，喻占领城邑之叛军。【何曰】三层。（冯注引，亦见辑评）

以上为一节。叙安史叛军长驱直入，人民流离失所，君臣望风而逃，藩镇乘乱谋私，国家陷于空前混乱。

〔六二〕【朱注】唐书："禄山反，胡虏蚕食，凤翔以西、邠州以北皆为左衽。至广德间，吐蕃尽取河西、陇右之地。"【按】安史乱后，中原遭受严重破坏，朝廷财政收入主要倚赖浙西、浙东、宣歙、淮南、鄂岳、福建、湖南、江西八道四十州之南方地区，由于诛求苛重，致使东南财力消耗殆尽，而河西之地又沦于吐蕃，故来自东南之财源渐趋枯竭，来自西北之财源亦丧失不存。资、费均指朝廷财政费用。

〔六三〕【道源注】晋书："有左、右藏。左纳右给。"通鉴："玄宗出延秋门，细民争入宫禁，焚左藏大盈库。"【程注】旧唐书太宗纪："贞观五年正月幸左藏库，赐三品以上帛。"【冯注】按：旧本皆作"右"，惟朱本作"左"。通典："左藏库掌藏钱布帛杂彩，右藏掌铜铁毛角玩弄之物，金玉珠宝香画彩色诸方贡献杂物。"旧书志："左藏掌邦国库藏天下赋调，右藏掌国宝货，凡四方所献金玉珠贝玩好之物。"句意借右藏以言从此藩镇专利自殖，不效贡献，右藏无所用之也。若天下赋调之正数钱物藏，当安史乱平之后，仍有常供，何至惟空垣哉！余初据明皇幸蜀，百姓乱入宫禁，取左藏大盈库物,既而焚之,而定作"左",是泥一时之事,而失诗情矣。又按旧书安禄山传:"朝廷震惊,禁卫皆市井商贩之人,乃开左藏库出锦帛召募。"又旧书崔光远传:"驾发,百姓乱入宫禁取左藏大盈库物,既而焚之。"似作左作右未可执定,但下句"有左无右边",则必作"右"是。【按】上言"南资""西费"竭失,当指朝廷赋调收入,而非金玉玩好之物,似当作"左"。至"摧毁惟空垣",则诗人夸张形容之词,固不必泥。若必征实,则右藏亦未必如空垣也。且右藏如空垣,不过宫廷玩好之物缺乏,并不影响朝廷财政收支。然下言"有左无右",则又另有所指,不必牵合左右藏库。

〔六四〕【朱彝尊曰】"边"字三见。【何曰】三押"边"字,义异。

〔六五〕【冯注】按:杜牧战论:大略谓:"天下视河北犹四支也,国家无河北,则精甲锐卒利刀良弓健马无有也,是一支兵去矣。河东、盟津、滑台、大梁、彭城、东平尽宿厚兵,以塞虏冲,不可他使,是二支兵去矣。六镇之师,厥数三亿,低首仰给,横拱不为,沿淮已北,循河之南,东尽海,西叩洛,赤地尽取,才能应费,是三支财去矣。咸阳西北,戎夷大屯,尽铲吴、越、荆、楚之饶,以啖兵戍,是四支财去矣。"可与此"南资"以下数联相参证也。自禄山之乱,而陇右州县尽陷于吐蕃,河朔三镇强藩擅据,此天下大势之有左无右边也。【按】四句谓安史乱后之唐王朝,强藩割据,政令不行;肘腋之地,又屡遭异族侵占,如人之一身,有左无右,筋体已半痿痹矣。晋书江统传:"寇发心腹,害起肘腋。"

〔六六〕【田曰】递及肃、代、德、宪时事。(冯注引)

〔六七〕【冯注】诗:"小东大东,杼柚其空。"史记天官书:"杼云类杼轴。”柚、轴通用。

〔六八〕【朱注】唐书:“德宗时,江淮多铅锡钱,以铜荡外,不盈斤两。销千钱,为铜六斤。”“冯注”按:销铸者多,钱益耗,帛益贵。详见史志。【按】唐代缺铜,豪富销开元通宝钱取铜铸恶钱、制铜器,流通钱币稀少。两税法实行后,钱重物轻现象更为严重,受害者为广大农民与士兵。此句承上“内库无金钱”等句,言官府馈饷时以实物折钱计算,故意抬高钱币价值,以达到克扣粮饷之目的。

〔六九〕【冯注】西都赋:“日不暇给。”【按】二句谓朝廷无暇顾及山东河北一带人民之生活,故终岁辛苦而无半年之粮。

〔七〇〕【冯注】汉书王莽传:“豪吏猾民,辜而擢之。”擢、榷通。【补】行人,指行商。榷,本指官府专利、专卖,此指征税。行资,行商所带之货物。句意谓向行商征收货物税。详下注。

〔七一〕【朱注】唐书:“德宗建中三年,搜括富商钱,增两税盐榷钱。又于诸道津要置吏税商货,每贯税二十文,竹木茶漆皆什税一。四年,税间架钱。每屋两架为间,上者税钱二千,中税千,下税五百。”【按】税屋椽,指征收间架钱(房产税)。

〔七二〕【程注】东京赋:“度朔作梗,守以郁垒;神荼副焉,对操索苇。”王勃南郊颂:“凭遐作梗,恃险忘恭。”【补】北史魏收传:“群氐作梗,遂为边患。”作梗,干扰,从中阻挠。此谓藩镇抗命,朝廷政令不能下达。

〔七三〕【程注】东都赋:“元戎竟野,戈铤彗云。”【朱注】谓河北诸镇朱滔、田悦、王武俊以及朱泚、李怀光、李纳、李希烈等相继叛乱。”【冯曰】朱泚之乱最大。【补】狼籍,纷乱貌。

铤，铁柄短矛。用戈铤，犹言动干戈。【何曰】此处入建中之乱，段落不清，又嫌太略，且如何忽接入郑注事？又曰：注帅凤翔，正是右辅地，不为突然无据也。（辑评）

〔七四〕【朱注】节，旌节；制，制书也。【冯注】旧书职官志："旌节所以委良能，假赏罚。旌节之制，命大将帅及遣使于四方，则请而佩之。"【程注】杜甫诗："每惜河湟弃，新兼节制通。"

〔七五〕【冯注】旧书郑馀庆传："至德以来，方镇除授，必遣中使领旌节就第宣赐。"又新书藩镇传："先遣使吊祭，次册赠，次近臣宣慰，度军便宜乃与节。"则指擅自承袭者也。胡三省通鉴注亦云："凡藩镇加官，率遣中使奉命，谓之官告使。""以锡通天班"者，杜牧守论所谓"王侯通爵，越录受之"也。【补】通天班，直属皇帝之班列。二句谓藩镇或跋扈抗命，或世袭自立，朝廷不特不加惩处，反遣使送上旌节制书，赐以高官显位以羁縻笼络。中唐后节度使每加同中书门下平章事（宰相）等职衔。

〔七六〕【补】二句谓被朝廷所破灭之藩镇已遭族诛，而尚存之藩镇仍观望拖延，继续割据。破者，如宪宗时被讨灭之西蜀刘辟、淮西吴元济、淄青李师道等；存者，如河北三镇。

〔七七〕【朱注】零，音怜。羌戎，西戎也。先零，西羌名。【程注】说文："羌，西戎也。"广韵："零，先零，西羌也。"【冯注】司马相如难蜀父老："天子之牧夷狄也，羁縻勿绝而已。"汉书赵充国传："先零首为畔逆。"元和时平定诸镇，而河朔讫不能复，幸得羁縻而已。【按】羁，马笼头；縻，牛鞼绳。羁縻，笼络使不生异心。

〔七八〕【冯注】"直"字作"岂"字用。

〔七九〕【补】大体，大概之体统。二句谓岂求其竭诚效忠于朝廷，不过望其维持君臣间之大体，名义上臣服朝廷而已。

〔八〇〕【程注】唐书百官志："初，三省长官议事于门下省之政事堂。其后，裴炎自侍中迁中书令，乃徙政事堂于中书省。张说为相，又改政事堂号中书门下，列五房于其后。"

〔八一〕【程注】周礼冢宰："膳夫，珍用八物。"注："谓淳熬、淳母、炮豚、炮牂、捣珍、渍、熬、肝膋也。"梁武帝诗："雕案出八珍。"【冯注】周礼："食医，掌和王八珍之齐。"【按】宰相议事，例会食，故云。

〔八二〕【程注】左传："寡君闻君亲举玉趾，将辱于敝邑，使下臣犒执事。"蔡邕陈政要疏："讯诸执事。"【冯注】国语吴语"敢私告下执事。"【何曰】掌其权者只在百姓口中一指擿，所谓谲谏。（辑评）【按】其时宰相有郑覃、李石、陈夷行等。下执事，下属听候支使者。敢问下执事，系村民谦词，表示不敢直接动问对方。

〔八三〕【何曰】（"疮疽"句）遥遥传钵。（"疮疽"二句）说出姑息心事。（敢问）四句问宰相也。（辑评）

〔八四〕【冯注】通鉴："每岁赋税倚办，止浙江东西、宣歙、淮南、江西（原无江西二字，据通鉴增）、鄂岳、福建、湖南八道，比天宝税户四分减三，天下兵仰给县官八十三万馀人，比天宝三分增一，大率二户资一兵。其水旱所伤，非时调发，不在此数。"【何曰】四层。（冯注引，亦见辑评。）

以上为一节。叙安史乱后唐王朝财源枯竭，赋税苛重，藩镇跋扈，异族入侵等严重危机，抨击当权者腐败无能，不敢正视国家危机。

〔八五〕【朱注】旧唐书："郑注始以药术游长安。本姓鱼，冒姓郑氏，时号鱼郑。两目不能远视。自言有金丹之术，可去痿弱重膇。元和末，依李愬，为愬煮黄金饵之得效。王守澄总枢密，荐于文宗，深宠异之。”【程注】后汉书：“黄宪世贫贱，父为牛医，同郡戴良才高倨傲，见宪，归，罔然若有所失。其母问曰：‘汝复从牛医儿来耶？’”【徐曰】此是借用。【何曰】上四层，四海所同；此三层，京师重困。（辑评。冯引作“此下一层，京师重困。”）【按】牛医儿借指郑注，含轻视之意。新书注传：“文宗暴眩，守澄复荐注，即日召入，对浴堂门。”

〔八六〕【姚注】尔雅翼：“管仲称社，束木而涂之，鼠因往托焉。熏之则恐烧其木，灌之则恐败其涂。此鼠之不可得而杀者，以社故也。”后汉虞延曰：“城狐社鼠，不畏熏烧，谓其有所凭托也。”【补】晋书谢鲲传：“及（王）敦将为逆，谓鲲曰：‘刘隗奸邪，将危社稷。吾欲除君侧之恶，匡主济时，何如？’对曰：‘隗诚始祸，然城狐社鼠也。’”喻依托君主权势作恶之奸邪。攀缘，攀附。

〔八七〕【冯注】左传：“城濮之役，亡大旆之左旃。”晋书王濬传：“杜预与之书曰：‘足下既摧其西藩。’”【补】新唐书郑注传：“貌寝陋，不能远视。”“盲目”谓此，兼刺其政治识见之“盲目”。把大旆，指注持旌旗出镇一方，任凤翔节度使。大和九年九月，注代李听镇凤翔。凤翔辖京西地区，为京城藩蔽，故称“京西藩”。

〔八八〕【朱注】旧唐书：“注天资狂妄，日聚京师轻薄子弟、方镇将吏以招权利。生平恩雠，丝毫必报。心所恶者，目为李宗闵、李德裕之党，朝士相继斥逐，班列为空。”【程注】陈琳为袁绍檄豫州文：“僄狡锋协，好乱乐祸。”宋书恩倖传序：

"挟朋树党，政以贿成。"【按】二句谓郑注乐于制造祸端（指诛杀宦官）而忘怨敌之势力，其所交结之党羽亦多为狂躁妄为之辈。新书注传："日日议论帝前，（与李训）相倡和，谋钽翦中官，自谓功在晷刻，帝惑之。"旧书注传："轻浮躁进者，盈于注门。"狂、狷本分指躁进者与褊急者，此偏用"狂"义。

〔八九〕【冯注】汉成帝时童谣："桂蠹花不实，黄雀巢其巅。昔为人所爱，今为人所怜。"【按】此反其意而用之。

〔九〇〕【朱注】旧唐书："太和九年，（郑注）与李训谋诛宦官，训出注为凤翔节度使，欲中外合势。事败，注自凤翔率亲兵五百馀人赴阙。监军使张仲清诱而斩之，传首京师。家属屠灭，靡有孑遗。"新书："枭注首光宅坊，三日瘗之。"【补】新书注传："其属魏弘节劝注杀监军张仲清及大将贾克中等十馀人，注惊挠不暇听。仲清与前少尹陆畅用其将李叔和策，访注计事，斩其首。"通鉴："张仲清遣李叔和等以注首入献，枭于兴安门。"

〔九一〕【冯注】旧书志："凤翔在京师西三百十五里。"

〔九二〕【冯注】后汉书灵帝纪："钜鹿人张角，自称黄天，其部师三十六万，皆著黄巾，同日反叛。"

〔九三〕【程注】竟陵王萧子良启："宋运告终，戎车屡驾，寄名军牒，动窃数等。"【补】军牒，调兵文书。通鉴："丁卯，诏削夺注官爵，……以左神策大将军陈君奕为凤翔节度使。"禁军四出剽劫有如盗贼，故云"兵马如黄巾"。

〔九四〕【程注】左传："寡人唯是一二父兄，不能共亿，其敢以许自为功乎？"【按】旧注："供，给；亿，安也。"谓供给军需以求安。"供亿"系唐代公文习用语，意同供给安顿。共，通

"供"。

〔九五〕【补】扳,挽,牵。二句谓当地居民因禁军勒索财物之多而惊骇,纷纷扶老携幼,四出逃亡。

〔九六〕【何曰】十室无一存之故。(辑评)【补】孩,小儿笑。老子:"如婴儿之未孩。"

〔九七〕【冯注】新书郑注传:"初,未获注,泾原、鄜坊节度使王茂元、萧弘皆勒兵备非常。"通鉴:"令邻道按兵观变,以左神策大将军陈君奕节度凤翔。"数句指此事也,言官军浑如盗贼,益可见重有感之专为刘从谏矣。【何曰】五层。(冯注引。亦见辑评。)

以上为一节。叙郑注事败被杀与陈君奕出镇凤翔,反映甘露事变及京西人民所遭之残害。

〔九八〕【补】尔来,指甘露事变以来。

〔九九〕【程注】荆楚岁时记:"六月必有三时雨,田家谓之甘泽。"

〔一〇〇〕【冯注】广雅:"日在午曰亭午。"

〔一〇一〕【何曰】应"苦贫"。又曰:两押"民"字,义同。(辑评)【徐注】问谁为盗贼,乃多穷民也。【纪曰】问谁多穷民,乃上问下答,句法本汉之童谣"谁其获者妇与姑"也。

〔一〇二〕【冯注】后汉书百官志:"亭有亭长,以禁盗贼。"本注曰:"亭长主求捕盗贼。"风俗通:"亭吏旧名负弩,今改为长。"言民穷为盗,节使不务求其源,而徒杀亭吏,则捕之终恐无因也。【何曰】召旱致乱,皆节使为之也,归罪于亭吏而杀之,其能弭乎?(辑评)【田曰】句法出没,十分得意。(冯注引)

〔一〇三〕【朱注】唐书:"开成二年四月乙卯,以旱避正殿。"旧书:"七月乙亥,以久旱徙市闭坊门。"

〔一〇四〕【程注】唐书代宗纪："州兵给衣粮者谓之官健。"【冯注】通鉴："代宗大历十二年，定诸州兵。其召募给家粮春冬衣者，谓之官健。"

〔一〇五〕【冯注】捕盗之官健至荒迴地，即自为盗，节使不治官健，而徒杀亭吏哉！【何曰】灾荒之时，兵即为盗，千古一辙。（读书记）

〔一〇六〕【补】本末，因果，指唐王朝致乱之原与变乱所造成之后果。因循，犹马虎大意。【何曰】忽收住于"还秦"，何生动！"无因循"，对"次"字。（辑评）

〔一〇七〕【朱注】通志："董卓郿坞在郿县东北一十六里。"【冯注】后汉书董卓传："筑坞于郿，号曰万岁坞。"【姚注】唐书："凤翔府宝鸡县，本陈仓，至德二载更名。"

〔一〇八〕【何曰】亭午犹起，况黄昏乎？（辑评）【田曰】极形危恐。（冯注引）【冯注】归到行次。

以上为一节。叙甘露之变以来西郊农村所遭天灾人祸及民迫为"盗"情况。

自"右辅田畴薄"至此为第二段。借村民之口叙述从唐初至开成治乱兴衰，并揭示其根源。

〔一〇九〕【冯注】诗："忧心如焚。"【何曰】"我听此言罢"：终"具陈"。此下寄慨作收，得法。（读书记）

〔一一〇〕【朱注】会，士会也。【冯注】左传："晋侯请于王，以黻冕命士会将中军，且为太傅，于是晋国之盗逃奔于秦。"

〔一一一〕【冯注】班固终南山赋："概青宫，触紫宸。"唐会要："高宗龙朔三年四月，移仗就蓬莱宫新作含元殿，始御紫宸殿听政，百寮奉贺新宫成也。"按：蓬莱宫，本大明宫，咸亨元年仍改名大明。紫宸殿在大明宫，自后为常御之内殿。【补】

滂沱，倾泻流溢貌。

〔一一二〕【冯注】楚辞九辩："君之门兮九重。"【何曰】"黯"字从上"黄昏"生。（辑评）

〔一一三〕【程注】汉书苏武传注："假吏，犹今之差人充使典。"唐书李林甫传："玄宗欲以牛仙客为尚书，张九龄曰：'仙客本河湟一使典耳。'"【冯注】旧书纪："开元二十四年，牛仙客为兵部尚书，知中书门下省事。"按：唐人呼吏胥为使典。【按】使典，官府中办理文书之小吏。

〔一一四〕【程注】史记："武臣为赵王，间出，为燕所得，张耳、陈馀患之。有厮养卒说燕，乃归赵王。"【冯注】战国策："士大夫之所匿，厮养士之所窃。"鲍注曰："厮，折薪养马者。"容斋随笔："今人呼苍头为将军，本彭宠为奴所缚，呼其奴为将军事。"野客丛书："陈胜传已言将军吕臣为苍头军矣。唐岑参歌曰：'紫绂金章左右趋，问著即是苍头奴。'李商隐诗：'厮养为将军。'则知其事甚多。"按：汉书鲍宣传："苍头庐儿。"注家云："汉名奴为苍头。"若陈胜传、项羽本纪之苍头军，谓着青帽之军，战国策已有之，不宜概引。此二句虚说尤合，言尚书奉行故事，乃使典所优为；将军一无筹策，与厮养何以异？皆不必泥实事。【程曰】使典、厮养所指，盖仇士良以内侍监知省事，故曰"作尚书"；又为骠骑大将军，封楚国公，故曰"为将军"也。使典者，如宦官为枢密使、观军容使之类，又定制内侍省有典引之号是也。【按】"使典"句谓朝廷中任高级行政职务之官吏才器不过如胥吏之流；"厮养"句谓宦官掌握军权。唐德宗以来，禁军将领均由宦官担任。宦官本皇帝家奴，故称"厮养"。

〔一一五〕【冯注】将相皆非其人，慎勿再为此言，我真不忍闻也。正见诉之不尽。或谓尚书、将军不忍闻之,误矣。【何曰】不用儒臣,则终无仁政;无仁政则终不为乐土。盗贼纵横,近满右辅,况议河北哉!故终之以"未忍闻"也。(辑评)

【按】"此言",即"我听此言罢"之"此言",指村民所述。作者因朝政腐败,危机深重,虽有"君前剖心肝"之愿望而不能实现,故不忍再闻此言,徒增愤郁。

以上为第三段。述作者感慨。

笺　评

【胡震亨曰】天宝事何可复道,末及开成事,是近事,乃生色耳。(唐音戊签)

【钱龙惕曰】"晋公"十二句笺:新书:宰相李林甫嫌儒臣以战功进,尊宠间己,乃请颛用蕃将。故帝宠安禄山益牢,群议不能轧。杨国忠以宰相领选,资格纷缪,无复纲叙。大选就第,唱补惟女兄弟观之。士之丑野偃蹇者,呼其名,辄笑于堂,声彻于外。士大夫诟耻之。杨贵妃有宠,禄山请为妃养儿,帝许之。其拜必先妃后帝,帝怪之,答曰:"蕃人先母后父。"帝大悦。○"重赐"八句笺:新书:禄山逆谋日炽,筑垒范阳北,号"雄武城"。峙兵积谷,养同罗降曳落河、奚、契丹八千人为假子,教家奴善弓矢者数百,畜单于护真大马三万,牛羊五万。每乘驿入朝,半道必易马,号"大夫换马台",不尔,马辄仆,故马必能负五石者乃胜载。○"大朝"八句笺:新书:帝登勤政楼,幄坐之,左张金鸡大障,前置特榻,诏禄山坐,褰其幄以示尊宠。太子谏曰:"自古幄坐,非人臣当得。陛下宠禄山过甚,必骄。"帝曰:"胡有异相,我欲厌之。"○"廷臣"十二句笺:旧书:安禄山率蕃、汉之兵十馀万，自幽州南向诣阙，以诛杨国忠为名。封常清、高仙芝等战败，斩于潼关。明年，哥舒翰与贼将崔乾祐战于灵宝西原，官军大败，关门失守。京师大骇，帝谋幸蜀。六月乙未凌晨，自延秋门出，微雨沾湿，扈从惟杨国忠、韦见素、内侍高力士及太子，其亲王，妃主、皇孙已下多从之不及。旧书：潼关失守，玄宗幸蜀，百姓乱入宫禁，取左藏大盈库物，既而焚之。京兆尹崔光远号令百姓救火，又募人分守之，杀十数人方止，使其息东见禄山，禄山大悦。旧书：朝廷失守，衣冠流离道路，多为逆党所胁，自陈希烈、张均已下数十人赴洛阳。旧书本纪：玄宗至马嵬驿，六军不进，陈玄礼奏诛国忠，并赐贵妃自尽。次扶风，军士各怀去就，咸出丑言，玄礼不能制。韦见素、崔圆、崔涣、房琯俱拜中书侍郎、同平章事。○"列圣"二十四句笺：新书：安、史乱天下，至肃宗大难略平。君臣皆幸安，故瓜分河北地，付授畔将，护养萌孽，以成祸根。乱人乘之，遂擅署吏，以赋税自私，不朝献于廷。效战国肱髀相依，以土地传子孙，胁百姓，加锯于颈，利钛逆污，遂使其人自视由羌狄然。一寇死，一贼生，讫唐亡，百馀年卒不为王土。杜牧曰：大历、贞元之间，有城数十，千百卒夫，则朝廷贷以法。故于是阔视大言，自树一家，破制削法，角为尊奢。天子不问，有司不呵。王侯通爵，越录受之；觐聘不来，几杖扶之。逆息虏胤，皇子嫔之。地益广，兵益强，僭拟益甚，侈心益昌。土田名器，分划大尽，而贼夫贪心，未及畔岸，淫名越号，走兵四略，以饱其志。赵、魏、燕、齐，同日而起；梁、蔡、吴、蜀，蹑而和之。其馀混澒轩嚣，欲相效者，比比而是。○"近年"十六句笺：旧书：郑注始以药术游长安权豪之门。本姓鱼，冒郑氏，时号"鱼郑"。注用事，人目之为水族。因李愬结王守澄，荐于文宗，深宠异之。注昼伏夜动，交通赂遗。天资狂妄，偷合取容。太和九年十一月，与李训等谋诛宦官，训出注为凤翔节度使，欲中外合势。事败，注自凤翔率亲兵五百馀人赴阙，监军使张仲清诱而斩之，传首京师，家属屠灭，靡有孑遗。注两目不能远视。自言有金丹之术，可去痿弱重膇之疾。

【俞玚曰】“椒房抱羌浑”，“抱”字本之洛中女子谣。（宋本上批）

【朱彝尊曰】真文元寒删先六韵通用。“遥”字三见。“民”两见。

【杨守智曰】此等诗俱极力学杜。

【何曰】“疮疽几十载，不敢抉其根”，近事即天宝事也。〇定哀多微词，故但收转乱本。谁生厉阶，至今为梗？开成事在其中矣。今之执政皆林甫也，又安能抉其根乎？然结句但言僭而不言豫，取不敢斥言，为尊者讳之旨也。（末段“昔闻”下十四句）浑是杜句。（以上辑评）又曰：此等杰作，可称诗史，当与少陵北征并传。（读书记）

【姚曰】起手十六句，直叙行次西郊时目击萧索气象。自“及门还具陈”以下，直至“此地忌黄昏”，皆从居民口中具述开元至开成年间事，总是致此萧索之由。自“我听此言罢”至末，乃自叙作诗之意。盖致乱之大原，在奸邪之得进；奸邪之得进，由君听之不聪。上文居民所述，乃是向来致此萧索之因。此言如此因循过去，忠言日隔，朝政日非，正恐萧索气象日甚一日，非臣子所忍尽言也。

【屈曰】一段叙长安乱后景况。二段遗民述乱亡始末。三段感慨结。

【程曰】诗中叙郑注之事有"尔来又三岁"句,郑注事在太和九年,明年即改元为开成元年,所谓三岁者,乃开成二年丁巳,起句之所以曰"蛇年"也。此诗分六大段。第一段自起句至"斯民常苦贫",言经过所见之荒残。第二段自"伊昔称乐土"至"征入司陶钧",言京师当日之富庶。第三段自"降及开元中"至"肘腋生臊膻",言玄宗幸蜀之事。第四段自"列圣蒙此耻"至"人稀役弥繁",言德宗奉天之事。第五段自"近年牛医儿"至"但求死山间",言文宗时甘露之事。第六段自"尔来又三岁"至末,则言时事之不理,而归于用人之不当也。然逐段之中,皆以用人为主。如贞观之盛时,则言"命官多儒臣"也,"征入司陶钧"也;叙开元之衰,则言"奸邪挠经纶"也,"晋公忌此事"也;叙建中之乱,则言"谋臣拱手立"也,"今谁掌其权"也;叙太和之变,则言"盲目把大旆"也,"树党多狂狷"也。此作诗之旨也。……又按:韵以真、文、元、寒、山、先六部并用,本之杜、韩。又有重韵,亦本杜、韩。然其鼻祖则自汉魏以来有之,如焦仲卿妻、陈思王弃妇篇,皆重韵之最著者也。

【田曰】不事雕饰,是乐府旧法。唐人可比唯老杜石壕诸篇,南山恐不及也。(冯笺引)(又辑评朱笔眉批云:"此等诗只是屋下架屋,虽规橅老杜,然前太冗,后太乱。"不知是否田评,姑附此。)

【冯曰】朴拙盘郁,拟之杜公北征,面貌不同,波澜莫二。自古有叛臣必由于权奸,而牧令失人,民生日蹙,元气日削,尤为致乱之本。前半所叙可为龟鉴,不嫌习闻,胡评未允也。真、文、元、寒、山、先六韵通用,此常例也。"边"字三见,"民"字"奔"字二见,木庵、湛园颇病之。然远则汉魏,近则杜、韩，皆所不避，古诗不忌重韵，顾亭林论之详矣。

【纪曰】亦是长庆体裁，而准拟工部气格以出之，遂衍而不平，质而不俚，骨坚气足，精神郁勃，晚唐岂有此第二手。“我听”以下，淋漓郁勃，如此方收得一大篇诗住。芥舟曰：的是摹杜，骨格苍劲似之，神气冲溢则未也。谓中晚高作则可，以配北征，则开合变化之妙不可同日而语矣。（诗说）

【姜炳璋曰】此开成二年义山登第后，目击时事而作，盖深有感宦官流毒而无翦除之人也。篇中六大段，无一语斥宦官，只末段结尾四句点之，见屡朝皆养痈酿恶，遂至决裂。此日之宦官，有甚于禄山及河北藩镇，而泄泄坐视，祸有不忍言者。赠刘司户诗云：“汉廷急召谁先入”，则以何进召外藩事况昭代，正所谓“此言未忍闻”也，无限悲凉愤懑皆形于结二语中。浒江谓逐段皆以用人为主，如叙贞观之盛，则曰“命官皆儒臣”；叙开元之衰，则曰“晋公忌此事”；叙建中之乱，则曰“谋臣拱手立”；叙甘露之变，则曰“盲目把大旆”，而归结于“使典”、“厮养”。吾谓第三段“奸邪”、“晋公”二语，尤为著眼，故叙事独详，以为一篇关键，即第四段河北藩镇之横，列圣蒙耻，皆林甫多用边将为节度致之也。贞观后无宦官典兵者，自天宝七载林甫以高力士为骠骑大将军，遂为例，即第五段屠郛如羊如豕，亦林甫为之也，又何怪第六段今日盗贼公行也哉！崔群对宪宗曰：人皆以天宝十四年安禄山反为乱之始，臣独以为开元二十四年罢张九龄相，专任李林甫，此理乱之所分也。又，昔人以昼夜喻三代。予谓唐祚二百八十九年，开元以前，虽朝政昏乱，而民间乐业，宇内宴安，犹之虽有风霾，不失为春夏气象；开元以后，虽祸乱削平，而随扑随起，民困已极，闾里萧条，犹之肃杀之行，虽或晴爽，不失为秋冬气象；故林甫者，乱之首，罪之魁也。此诗第三段尽力归重林甫，真信史也。通体述民间之言，处处言弄权在相而受祸在民。故首言村落荒凉，次忆民间富庶。第三段叙天宝之乱：未乱之前便云"中原困屠解"，又云"重赐竭中国"，则民已受困矣；方乱之时，则生离死誓也；既乱之后，则人去城空也。四段，德宗时事，则榷贷税屋也，国蹙赋重也。五段，甘露之变，屠戮者公卿耳，不知京师戒严，鄜坊节度使萧弘、泾原节度使王茂元皆勒兵近郊，以备非常，而云"兵马如黄巾"，又云"但求死山间"，则想其时所过骚扰，馈食民间，而弃子贴妇，苦不胜言矣，此可以补史氏之阙。义山临文不讳，其直道非后人所能及也。六段"捕之恐无因"，又云"此辈还射人"，想见将吏邀功，妄杀无辜，以供献级，无事为兵，有变即为贼，此又足以补正史之未备也。七段归之在人不在天，则全责宰相；相不得人，则阉人得志，民生受毒。叩头泣血而诉九重，盖欲择贤明之相臣，驱横恶之阉竖也。

【管世铭曰】李义山行次西郊百韵，少陵而后，此为嗣音，当与韩碑诗两大。（读雪山房唐诗序例）

【朱庭珍曰】五言长篇……唐代则工部之北征、奉先述怀二篇，玉溪行次西郊一篇，足以抗衡。（筱园诗话）

【张曰】此诗专慨牧伯非人，述天宝事所以追原祸始也，与铺叙乱离者有别，胡说非也。（辨正）

【按】本篇系义山追溯唐王朝百馀年间治乱兴衰历史，集中表述其政治见解之重要作品。篇中"又闻理与乱，系人不系天"一语，为全诗纲领，亦为全诗结穴，诗中所有议论、叙述均围绕此中心观点展开。于"理""乱"二者之中,又以叙述衰乱现象,推求衰乱原因为主,而以前期之繁荣安乐作衬。要之,此诗系借述论史事表现政见之政治诗,非单纯叙述唐王朝衰乱历史之叙事诗。明乎此,方能切实把握全诗旨意、构思、布局及表现手法,而不致产生如胡氏之谬评。

首段描述旅次目击西郊荒凉残破景象,为全诗叙事、议论之契机,提出问题之凭藉。二段借村民之口叙唐初至开成年间理乱,揭示唐王朝各方面危机形成与发展之过程,以及衰乱之根源。"右辅田畴薄"一节,追叙贞观以来安乐富足景象,意在强调中央与地方官吏选任得人。"田畴薄"而"称乐土",即寓理乱"系人不系天"之意。而"吏善""官清""牧伯仁",其原因又在"例以贤牧伯,征入司陶钧"。"降及开元中"一节,揭出盛衰治乱之转关为"奸邪挠经纶"。而李林甫之专权、安禄山之骄横,又均源于玄宗之昏暗。"奚寇东北来"一节,叙安史乱起,国家人民陷于空前灾难。"廷臣例麏怯,诸将如羸奔","玉辇望南斗,未知何日旋",前者直斥,后者婉讽,最见作意。"南资竭吴越"一节,叙安史乱后唐王朝统治危机之深化,而"谋臣拱手立",宰相尸位素餐,正国家疮疽之患长期延续之原因。"近年牛医儿"一节,叙甘露之变,揭出郑注之任用缘于文宗之昏暗。"城社"一语,斥注亦讽文宗。"尔来又三岁"一节,叙甘露之变以来京西地区民不聊生、铤而走险情景,回应篇首。而官健之为盗,节使之凶残,正所以明乱自上作,乱缘人祸。末段抒写感慨,忧愤国事,提出"又闻理与乱,系人不系天"之见解,而深慨于"九重黯已隔",徒然痛哭流涕。通观全篇,作者固以为：朝廷与地方官吏之贤否，系国家治乱之根本；中枢是否得人，尤为治乱之关键；而中枢是否得人，又取决于君主之明暗。故正言之，则曰“伊昔称乐土，所赖牧伯仁”，“例以贤牧伯，征入司陶钧”；反言之，则曰“奸邪挠经纶”，“城社更攀缘”，“疮疽几十载，不敢抉其根”，“九重黯已隔”；合而言之，正所谓理乱“系人不系天”也。于酿乱任奸之君主，则于叙述中暗寓讥评之意：叙安史之乱，深咎玄宗酿乱之责；叙甘露之变，婉讽文宗暗于任人，皆为明证。

诗固不主于叙事，然围绕上述中心观点，于唐王朝衰乱过程中出现之严重危机，亦有多方面揭露。举凡藩镇之割据叛乱，宦官之残暴乱政，统治集团之骄奢倾轧，赋役剥削之日趋苛重，财政危机之日益深化，人民生活之极端穷困，以及边防之空虚、外族之入侵，均在不同程度上有所反映。各种危机又互为因果，交相影响，形成危及唐王朝统治之总危机，出现“盗贼亭午起，问谁多穷民”之严重局面。其中藩镇割据叛乱与人民生活穷困尤为作者注意之中心。“因失生惠养，渐见征求频”，“城空鸟雀死，人去豺狼喧”，“国蹙赋更重，人稀役弥繁”，“不复议所适，但欲死山间”，各段叙衰乱，均归结于人民之苦难，正见作者之用意，亦见作者之卓识。诗中既有唐王朝衰乱历史过程之纵向叙述，亦有各种危机之横向解剖，纵横交错，构成长达百馀年之社会历史画面，显示出唐王朝衰亡崩溃之历史必然性。

此义山刻意学杜之作。以单篇作品概括一代历史，其内容之丰富，规模之宏大，为杜诗所未见；而其思想之深刻，识见之卓越，亦可与杜诗相颉颃。“史诗”之性质，似较杜诗更为突出。唯波澜曲折、沉郁顿挫之致固逊于杜，此则不特才力所限、阅历不足所致，亦与诗之多寓议于叙有关。此诗系义山在有感二首等诗基础上，进一步考察社会历史，思索国计民生问题之产物。作者之视野已由局部之事变（甘露之变）、局部之问题（宦官擅权乱政），进而扩展至对唐代开国以来盛衰历史以及社会政治、经济、军事诸方面问题之系统全面考察与思索，带有总结历史经验之性质，实为义山诗中思想性达最高峰之里程碑性作品。

彭阳公薨后赠杜二十七胜李十七潘二君并与愚同出故尚书安平公门下①〔一〕

梁山兖水约从公②〔二〕，两地差池一旦空③〔三〕。谢墅庾村相吊后④〔四〕，自今歧路更西东⑤〔五〕。

校　记

①“阳”，旧本均作“城”，非，据朱、冯校改。详注。

②“兖”，冯注本作“沇”，曰：“沇，旧刻作兖，而他书引此句则作沇。沇，济也，见禹贡，音兖。”汉书天文志：“角、亢、氐，沇州。”与“兖”通用。

③“差池”，朱本作“参差”，非。

④“村”，冯曰：“似当作楼。”

⑤“更”，朱本、季抄作“各”。

集　注

〔一〕【朱注】旧唐书令狐楚传：“元和十四年，楚拜同平章事。

大和中,历任宣武、天平、河东节度使。七年,入为吏部尚书。九年十月,守尚书左仆射,进封彭阳郡开国公。开成元年四月,出为兴元尹,充山南西道节度使。二年十一月卒于镇。"新书:"杜胜,宰相黄裳之子,宝历初擢进士第。宣宗大中朝,拜给事中,迁户部侍郎、判度支,欲倚为宰相。及萧邺罢,为中人沮毁,更用蒋伸,以胜检校礼部尚书,出为天平节度使,不得意卒。"李潘未详。本集有为安平公兖州奏杜胜李藩等充判官状。【程注】宰相世系表:"李潘,山南东道节度使李承之子也。"文集作"藩",误。【冯注】旧书令狐楚传:"卒于镇,赠司空,谥曰文。"按:以其先世封彭城男,称彭城公亦可。然大和九年,楚已进封彭阳郡公,故当作"阳"。旧书纪:"大中十一年,以中书舍人李藩权知礼部贡院;十二年,李藩为尚书户部侍郎。"而李汉传:"汉弟潘,大中初为礼部侍郎。"即此人也。御览引唐书:"大中十二年中书舍人李潘知举,放博学宏词科三人。"亦作"潘"。盖汉、浐、洸、潘皆于水取义,"藩"则非其义矣,故定作"潘"。

〔二〕【朱注】唐书:"汉中郡,属山南西道,本梁州汉川郡,天宝元年改汉中。""兖州鲁郡,属河南道。"梁山谓彭阳,兖水谓安平也。【补】诗鲁颂泮水:"无小无大,从公于迈。"唐人习以"从公"为办理公务,参与公事。约从公,相邀同往而从事幕府之公事。

〔三〕【冯注】诗:"燕燕于飞,差池其羽。"【补】差池,不齐貌,引申为差错、错失,谓事情乖迕,不如人意。此指在兖、梁两地,均遇幕主亡故之事。遽失依托,故云"一旦空"。

〔四〕【朱注】谢安传:"苻坚寇淮淝,安命驾出,与玄围棋赌别墅。"庾村未详。【冯注】晋书谢安传:"安于土山营墅,楼馆林竹甚盛，每携中外子侄往来游集。”按：谢安有与幼度围棋赌墅事，此则自用谢安之墅。庾亮传：“亮在武昌，诸佐吏殷浩之徒，乘秋夜往共登南楼，俄而不觉亮至，将起避之，亮曰：‘诸君少住，老子于此处兴复不浅。’便据胡床，与浩等谈咏竟坐。”旧皆作“村”，未详。【纪曰】“庾村”乃“庾楼”之误。【按】庾楼固熟事，且切幕主僚属相得，然此处用“村”，或指令狐之第宅，非指兴元节度使府也。谢墅当亦指崔戎之第宅，即安平公诗所谓“明年徒步吊京国，宅破子毁哀如何”者是也。

〔五〕【冯注】谢朓辞随王笺：“歧路西东，或以乌唈。”【何曰】更无可行之路也。（辑评）

笺评

【钱龙惕曰】杜、李二君既同出安平之门，又同为彭阳从事，故二公没而赠之以诗也。诗中并感二公，故有梁山兖水、谢墅庾村之目。而恩地感伤，同舍离别，有无穷之思矣。（玉溪生诗笺卷中）

【杨守智曰】彭阳既殁，宾客星散，何得专责义山负恩？（复图本）

【姚曰】“秋风正萧索，客散孟尝门”，聚首岂容屡得耶？

【纪曰】极有深情，末二句竟住亦佳，但前二句太拙。（诗说）

【张曰】令狐楚薨于开成二年十一月，时义山正赴兴元幕，为草遗表。十二月随其丧还京，有行次西郊诗。此篇疑在兴元将归时作，故云“歧路东西”，盖杜、李亦当时兴元旧僚也。义山是年赴梁是赴幕，补编上楚状云：“况自今岁，累蒙荣示。促曳裾之期，问改辕之日。五交辟而未盛，十从事而非贤。至中秋方遂专往。”状为开成二年得第后上，则兴元之行，非专为楚薨也，与诗首句相合。旧书“从事”之称不误，冯氏诋之非矣。（辨正。按张氏会笺已改为“驰赴兴元，在秋冬之交。上令狐第六状所谓‘至中秋方遂专往’者，成行不妨稍迟也。”）

【按】冯氏系自梁还秦后，张则置兴元将归时。据“谢墅”“庾村”语，诗当作于还京后，庾村自指令狐京邸。此诗内容与赠赵协律皙颇相似，末句“自今歧路更西东”，与赠赵诗末联“不堪岁暮相逢地，我欲西征君又东”意亦相仿，犹言各奔东西也。明为归京后已与杜、李二同僚各谋所就、行将分手时口吻，或即义山将赴泾原辟时所作。杜、李至大中时显贵，属牛党，所谓“歧路西东”，不幸而言中矣！

撰彭阳公志文毕有感〔一〕

延陵留表墓〔二〕，岘首送沉碑〔三〕。敢伐不加点〔四〕，犹当无愧辞〔五〕。百生终莫报，九死谅难追〔六〕。待得生金后〔七〕，川原亦几移〔八〕。

集　注

〔一〕【朱注】旧唐书：“令狐楚临没，谓其子曰：‘吾生无益于人，勿请谥号，葬日勿请鼓吹，志铭但志宗门，秉笔者无择高位。’卒年七十二。”【何曰】彭阳疾甚，敕诸子志铭无择高位，故以属义山也。（辑评）【按】志文已佚。晏殊类要卷一六引令狐楚墓诰（疑当作“志”）云：“为中书舍人兼翰林学士，司神声而为帝言，其深如混茫，其高大如天涯。”

〔二〕【冯注】史记吴太伯世家：“季札封于延陵。”寰宇记：“季子墓，在今晋陵县北七十里申浦西。”集古录：“孔子题季札墓曰：‘呜呼，有吴延陵季子之墓。’”据张从绅记云：“旧石湮灭，唐开元中，命殷仲容模榻其书以传，至大历中，萧定重刊于石。”按：广川书跋、金石录、集古录皆疑其伪。【按】季札，春秋时吴王诸樊之弟，多次推让君位，因封于延陵（今江苏常州），称延陵季子。表墓，此指志文。

〔三〕【冯注】沈炯归魂赋：“映岘首之沉碑。”详南山北归。【姚注】晋书：“羊祜卒，百姓于岘山建碑，望其碑者莫不流涕，杜预名之曰堕泪碑。”【按】此自用杜预刻石纪勋沉碑事，与“堕泪碑”无涉。

〔四〕【冯注】后汉书祢衡传：“黄祖子射，大会宾客，人有献鹦鹉者，射举卮于衡曰：‘愿先生赋之，以娱嘉宾。’衡揽笔而作，文无加点，辞采甚丽。”【补】初学记十七汉张衡文士传：“吴郡张纯少有令名，尝谒镇南将军朱据，据令赋一物然后坐，纯应声便成，文不加点。”伐，夸。点，涂改。

〔五〕【朱注】后汉书：“郭泰卒，刻石立碑，蔡邕为文，谓卢植曰：‘吾为碑铭多矣，皆有惭德，唯郭有道无愧色耳。’”【冯注】左传：“范武子之德，其祝史陈信于鬼神，无愧辞。”此则用碑事。

〔六〕【姚注】离骚：“虽九死其犹未悔。”

〔七〕【道源注】王隐晋书：“（石瑞记曰：）永嘉初，陈国项县贾逵石碑中生金，人凿取卖，卖已复生，此江东之瑞也。”庾信碑文：“刺史贾逵之碑，既生金粟；将军卫青之墓，方留石麟。”

〔八〕【冯注】谓此碑必久而不泯也。其文已逸，惜哉！

笺　评

【何曰】"待得生金后"二句评：恩门非寻常可报，惟此文使托以不朽而已。落句意微旨远，非细读无由知。欲收到碑文，却与彭阳公无关。然梁陈诗体，亦多有之。（读书记）

【姚曰】为感恩知己人作碑，以延陵、岘首发端，已极推崇。次联见非阿私所好。夫以百生莫罄之感，而藉此文以报；以九死难追之人，而藉此文以传，真乃一字一金，而又自叹曰：毕竟千载下，谁知此情者？

【屈曰】玉溪本艳丽手笔，一遇此等题便无意味，理固然也。

【程曰】令狐楚之卒在文宗开成二年。考其生平，前后在中书省者，自宪宗元和十四年七月至穆宗长庆元年七月罢，又文宗大和九年十月，至次年开成改元四月又罢，合计不过两载有奇。此外则转徙节镇，遂至于殁。其时党人方兴，此出彼入，朝局多变。临殁命其子以志墓无择高位。义山既为其文，能知其意，故深有慨于陵谷变迁也。若不得其时事，则末二语殊不可解。

【纪曰】只"待得"二句为有深致，三句不成句，五六太竭情，非完篇也。（诗说）

【姜炳璋曰】一二，以延陵、岘首喻彭阳墓碑，推崇之至。三四，言志文之称誉非诬。五六，言其人之关系甚重。七八，言公志在济世，即此碑石亦当生金利物，然不知何年何代，岂若此身长存，利济天下哉！此百生之所以莫赎，而九死难追也。程、朱之说皆非。（同上）

【按】此篇全就撰志一事抒感。前四谓其功德可比杜预、季子，己之铭志断非谀墓之作，而楚亦必留名于后世。后四言楚之恩遇极深，己之志文实难报其万一。且纵令此碑生金,川原亦已几移,已之生前已无从得见矣。令狐楚葬京兆府万年县凤栖原,开成三年六月末义山有奠相国令狐公文,系楚葬后作。志文之作当在此之前。

安定城楼〔一〕

迢递高城百尺楼〔二〕,绿杨枝外尽汀洲①〔三〕。贾生年少虚垂涕②〔四〕,王粲春来更远游〔五〕。永忆江湖归白发③,欲回天地入扁舟〔六〕。不知腐鼠成滋味,猜意鸳雏竟未休④〔七〕!

校　记

①"外",姜本、戊签作"上"。

②"涕",姜本、戊签、朱本作"泪"。

③"湖",悟抄作"南",非。

④"鸳",冯注本作"鹓",字通。

集　注

〔一〕【朱注】唐书:"泾州保定郡,属关内道,本安定郡,至德元载更名。"○按史:大和九年十月,王茂元为泾原节度使。义山时往来其幕,故有是诗。【冯注】旧书志:"关内道泾州安定郡,泾原节度使治所,管泾、原、渭、武四州,在京师西北四百九十三里。"按:王茂元于大和九年节度泾原,至开成四年犹在泾原。

〔二〕【补】迢递,有远、高二义,此处系"高"义。谢朓随王鼓吹曲:"逶迤带绿水,迢递起朱楼。"或释为远,则形容城墙绵延缭绕之状。

〔三〕【冯注】三秦记:"泾水出开头山,至高陵县入渭。"汉书郊祀志:"湫渊,祠朝那。"注曰:"湫渊在安定朝那县。方四十里,停水不流。"太平广记:"泾川东有美女湫,广袤数里,莫测其深浅。"按:若作"上",谓高楼出绿杨枝上而览尽汀洲,似亦通。【按】谓绿杨枝外,视线尽处,为泾水岸边平地与水中洲渚。

〔四〕【程注】史记:"贾生年少,颇通诸子百家之书。"又:"绛、灌、东阳侯、冯敬之属皆尽害之,乃短贾生曰:'雒阳之人,年少初学,专欲擅权,纷乱诸事。'"【冯注】汉书传:"数上疏陈政事,多所欲匡建,其大略曰:臣窃惟事埶可为痛哭者一,可为流涕者二,可为长太息者六。"【按】谓己如贾生之忧愤国事而不为当权者所用,暗寓应宏博试不第。

〔五〕【朱注】魏志:"王粲,字仲宣,山阳高平人。献帝西迁,徙居长安。后之荆州依刘表。"【冯注】文选登楼赋:"虽信美而非吾土兮,曾何足以少留!"荆州记曰:"当阳县城楼也。"【按】张华博物志:"王粲避地荆州,依刘表。表有女,爱粲才,欲以妻之,嫌其形陋周率,乃谓曰:'君才过人,而体貌躁,非女婿才。'"句似兼用此。既切流寓泾幕依王茂元及登楼,又暗寓曾有议婚之事。

〔六〕【钱良择曰】神句,乍读不易解。【何曰】五六言所以垂泪与远游者,岂为此腐鼠而不能舍然哉?吾诚永忆江湖,欲归而悠游白发,但俟回旋天地功成,却入扁舟耳。(读书记)【王应奎曰】李安溪先生云:"言己长忆江湖以归老,但志欲斡回天地,然后散发扁舟耳。"此为得之。余按少陵寄章十侍御诗云:"指麾能事回天地",此义山"回天地"三字所本。昔人谓义山深于杜,信然。(柳南随笔)【沈德潜曰】言己长忆江湖以终老,但志欲挽回天地,乃入扁舟耳。【冯注】言扁舟江湖,必须待旋乾转坤,功成白发之时。时方年少,正宜为世用,而预期及此者,见志愿之深远也。解固如斯,要在味其神韵。又曰:预计他年功名成就,归老江湖,仍抱不忘魏阙之意,则此时之所进取者,卑之不足道也。【按】李、何、沈、冯诸家解大同小异,大要不出必待功成然后身退之意。李解最为简明。冯氏又解非。入扁舟,暗用范蠡事。史记货殖传:"范蠡既雪会稽之耻,乃乘扁舟浮于江湖,变名易姓,适齐为鸱夷子皮。"商隐为尚书濮阳公贺郑相公状:"范蠡扁舟之志,梦想江湖。"

〔七〕【冯注】庄子:"惠子相梁,庄子往见之。或谓惠子曰:'庄子来,欲代子相。'惠子恐,搜于国中三日三夜。庄子往见之,曰:'南方有鸟名鹓雏,发于南海,而飞于北海,非梧桐不止,非练实不食,非醴泉不饮。于是鸱得腐鼠,鹓雏过之,仰而视之曰:"吓!"今子欲以梁国而吓我耶?'"按:似兼用乐府升天行"凤台无还驾,箫管有遗声。何时与尔曹,啄腐共吞腥"之意,以喻婚于王氏之情事。【何曰】成滋味,在彼自成一滋味也。【补】不知,不料。

笺　评

【蔡启曰】王荆公晚年亦喜称义山诗,以为唐人知学老杜而得其藩篱者,唯义山一人而已。每诵其"雪岭未归天外使,松州犹驻殿前军","永忆江湖归白发,欲回天地入扁舟"与"池光不受月,暮气欲沉山","江海三年客,乾坤百战场"之类,虽老杜无以过也。(蔡宽夫诗话。苕溪渔隐丛话引。)

【金圣叹曰】言今日我适在此安定,彼旁之人不知,则必疑我有何所慕而特远来,至何所得方乃舍去。此殊未明我胸前区区之心者也。夫我上高城，倚危墙，窥绿杨，见汀洲，方欲呼风乱流，乘帆竞去。何则？满怀时事，事事可以垂泪；时正春日，日日可以远游。大丈夫眼观百世，志在四方，胡为而曾以安定为意哉？上解既明其近迹，此解（指后四句）又说其本志也。言若疑我不忆江湖，则我不唯一忆，方且永忆！永忆之为言，时时日日长在怀抱也。特自约得归之日，必直至白发之后者，细看今日之天地，必宜大作其旋转。此事既已重大，为时必非聊且，故知不至白头，不入扁舟，因而濡滞尚似有冀也。此之不察，而谓我有世间恋慕，嗟乎，鸱鸮得腐鼠，吓鹓雏，固从来旧矣。

【冯班曰】杜体。如此诗岂妃红媲绿者所及，今之学温、李者，得不自羞！（瀛奎律髓临二冯评阅本）

【朱彝尊曰】通首皆失意语，而结句尤显然。茂元乃义山知己也，岂其然乎？○第六句尤奇，后人岂但不能作，且不能解。

【何曰】第二言满地江河，欲归即得。○五六……二句亦是荆公一生心事，故酷爱之。（读书记）

【沈德潜曰】为令狐氏所摈而作。○言己长忆江湖以终老，但志欲挽回天地，乃入扁舟耳。时人不知己志，以鸱鸮嗜腐鼠而疑鹓雏，不亦重可叹乎！（唐诗别裁）

【徐德泓陆鸣皋曰】徐曰：此在泾原幕中作也。先写城楼景色，次伤不遇如贾生，而依人如王粲也。五句，言无心恋此，六句，状襟期空阔，皆从远眺中写出。“腐鼠”二句，言若辈不知，疑其有所攘夺，盖为幕友云也。陆曰：“江湖”“天地”一联，绝似少陵。

【陆曰】上半言登高望远之馀，俯仰身世，何异贾生之迁长沙，王粲之依刘表耶？下半言所以垂泪远游者，岂为此腐鼠而不能舍然哉！吾永忆江湖，欲归而优游白发，但必俟回旋天地功成，却入扁舟耳。何猜意鹓雏者之卒未有已也！

【姚曰】此义山在茂元泾原幕中时作。百尺城楼，绿杨洲渚，边地有此，亦佳境也。其奈遇如贾生，游同王粲；且贾生曾陈痛哭之书，吾则泪犹虚泪；王粲曾作登楼之赋，吾更客中作客。悲在一"虚"字，一"更"字。人生至此，百念顿灰。自念江湖之上，纵得归时，已成白发；天地之内，欲成退步，惟有扁舟。乃世犹有不我谅者，欲以腐鼠之味猜意鹓雏，不亦重可怪乎？义山之随茂元，令狐绹等深恶之，故其言如此。

【屈曰】一登楼，二时。中四情。七八时事。一上高楼而睹杨柳汀洲，忽生感慨，故下紧接贾生、王粲远游垂泪，以贾生有治安策，王有登楼赋。五六欲泛扁舟归隐江湖，己之本怀如此，而谗者犹有腐鼠之吓。盖忧谗之作。

【程曰】义山博极群书，负经国之志，特以身处卑贱，自噤不言。兹因人妄相猜忌，全不知己，故发愤一倾吐之。然而立言深隐，略无夸大，真得三百诗人风旨，非他手可摹也。首二句借城楼自喻，有立身千仞，俯视一切之意。三四叹有贾生之才而不得一摅，只如王粲之游而穷于所往。五六言本欲功成名立，归老江湖，旋乾转坤，乃始勇退。七八言己之意量如此，而彼庸妄者方据腐鼠以吓鹓雏也。岂不可哀矣哉！

【冯曰】应鸿博不中选而至泾原时作也，玩三四显然矣。其应鸿博不中，已因往依茂元之故。下半言我志愿深远，岂恋此区区者，而俗情相猜忌哉！

【王鸣盛曰】心之所期，唯在江湖，恐归时已将白发。天地间事事梦幻，只有扁舟夷犹自得为乐耳。安得一旦尽回，舍纷纷者而入之哉！故结以应制科不得比之腐鼠。如诸家解，则热中甚矣，如何可接末二句？（冯注初刊本王氏手批）

【纪曰】刺同侣猜忌之作。（辑评）四家评以为逼真老杜，信然。然使老杜为之，末二句必另有道理也。（诗说）"欲回"句言归老扁舟，舟中自为世界，如缩天地于一舟然。即仙人敛日月于壶中，佛家缩山川于粟颖之意，注家谓欲待挽回世运，然后退休，非是。○又曰：江湖扁舟之兴，俱自汀洲生出，故次句非趁韵凑景。五六千锤百炼而出于自然，杜亦不过如此。世但喜其浮艳雕镌之作，而义山之真面隐矣。结太露。（瀛奎律髓刊误）（许印芳曰：此评解次句甚当，解六句则直率无味。盖五、六句，上四字须作一顿，下三字转出意思，方有味。言已长念江湖不忘，而归必在白发之时，所以然者为欲挽回天地也。天地既回，而后可入扁舟、归江湖耳。句中层折暗转暗递，出语浑沦，不露筋骨，此真少陵嫡派。晓岚不赏其笔意曲折，反斥旧解为非，所解收缩天地云云，又皆浮虚之言，了无意味，此性好翻驳之过也。结句虽露，言外当有馀地，斥为太露，亦是苛刻。）（瀛奎律髓汇评引）

【姜炳璋曰】时王茂元镇泾原，义山来游其地，登城楼而作也。一二，是登城楼。三四，言所以至斯地者，以遇等贾生而游（同）王粲也。五六是连环句法，思归老江湖，而年力富强，未忍遽弃；欲挽回天地，而扁舟飘泊，所志未酬。我岂欲汝腐鼠者，而尔奈何以此吓我耶？盖义山至泾原，茂元倾倒之甚，而泾原幕僚有忌其才，恐夺己之位者，故用惠子恐庄子夺梁相之事以示意也。时令狐楚卒，绹已扶丧归里，而朱以为犯绹之怒，非是。

【袁枚曰】首句写城楼，次句写楼外之景。颔联贾谊、王粲比己不得志。颈联写自浪游之迹。末二自负，以腐鼠比幕职，以鹓雏自比。（诗学全书）

【姚鼐曰】时义山为王茂元所爱，幕中必有忌之者，故结句云尔。（今体诗钞）

【朱庭珍曰】纯用实字，杰句最少，不可多得。古今句可法者，如……李义山“永忆江湖归白发，欲回天地入扁舟”，高唱入云，气魄雄厚，亦名句之堪嗣响工部者……（筱园诗话）

【方东树曰】此诗脉理清，句格似杜。玩末句，似幕中有忌间之者。然用事秽杂，与前不相称。（昭昧詹言）

【施补华曰】（杜甫）“路经滟滪双蓬鬓，天入沧浪一钓舟”，李义山“永忆江湖归白发，欲回天地入扁舟”全学此种，而用意各别。（岘佣说诗）

【俞陛云曰】“永忆江湖归白发，欲回天地入扁舟”（安定城楼），玉溪近体诗，顿挫沉著，少陵后为一大宗。诗谓归隐江湖，乃其夙志，而白发淹留者，将欲整顿乾坤，遂其济时之愿，即扁舟入海，随渔父之烟雾而去耳。以沉雄之笔，写宏远之怀，陈子昂所谓“囊括经世道，遗身在白云”也。（诗境浅说）

【黄侃曰】此诗作于王茂元泾原节度幕中。当时令狐绹辈，必有以义山背党为讥者，故有末二句。五六句一意互言，言欲俟旋乾转坤之后，归老江湖，以扁舟自适也。当时党人讥义山以“放利偷合”“轻薄无行”，岂其然哉！（李义山诗偶评）

【张曰】贾生对策，比鸿博不中选。王粲依刘，比己为茂元幕官。“欲回天地”，“永忆江湖”，言我之所志甚大，岂恋此区区科第,而俗情相猜忌哉!义山一生躁于功名,盖偶经失志,姑作不屑语以自慰也。(会笺)又曰:结句言我志趣远大,岂羡此鸿博一举,而世情相猜忌哉!“腐鼠”指鸿博,出于比喻,便耐人寻味,似不得以浅露目之。冯氏定此诗为鸿博不中,归至泾原所作,良是。(辨正)

【按】诗作于开成三年春暮。时义山应宏博试落选,因应王茂元辟,初入泾原幕。诗以登楼骋望发端,将忧念国事,抒写抱负、感慨身世、抨击腐朽融为一体,展示诗人理想抱负与客观境遇之尖锐矛盾。联系行次西郊诗中所揭示之唐王朝深重危机与“九重黯已隔,涕泗空沾唇”之语,不难理解本篇中“贾生虚垂涕”所蕴含之深沉忧愤,与“欲回天地”所包括之具体内容。有忧国之情、回天之志,功成身退之表白方不为泛泛套语,蔑视鸱鸮腐鼠之愤语方有批判力量。起手高占地步,故有高屋建瓴之势。

阔远美好之境界,每易激起怀抱远大,遭遇不偶者之忧愤。此诗首联登高骋望,次联忽发时世之忧、身世之感,似不相属,实意脉贯通,意致颇近杜诗“花近高楼伤客心,万方多难此登临”。“贾生垂涕”固含“欲回天地”之志,“王粲登楼”亦兼寓“冀王道之一平,假高衢而骋力”之愿,故五六进而抒写远大抱负。七八则又因己之高情远志不为啄腐嗜腥者所理解而发鸱鸮猜意鹓雏之慨。此可见全篇意脉之细密,结构之严谨。

冯、张二谱均以为娶王氏在前,试宏博在后,冯氏且谓此诗末联兼喻婚于王氏之情事。其所据不过漫成三首“雾夕咏芙蕖,何郎得意初”数语,然此实不足为据,已另有辨(详漫成三首编著者按语)。此处再就其它情事献疑。

按唐制，进士及第后，须再经吏部试，应科目而中者，方能释褐授官。义山开成三年应博学宏辞科试，目的既在释褐入仕，则应试前自当闭户研读，以求一战而霸，而不致于试前入幕，担任繁重文字之役。而应试不中选，乃入王茂元幕，则较合乎情理。再就本篇观之：三四寓应试不第与游幕二事，而曰“春来更远游”，明系初抵泾幕情景，非先已在幕，此时因宏词不中选回至泾原也。且用王粲登楼典，则其时作者去国怀乡之情怀可知（登楼赋云：“虽信美而非吾土兮，曾何足以少留！”“情眷眷而怀归兮，孰忧思之可任！”“悲旧乡之壅隔兮，涕横坠而弗禁。”“人情同于怀土兮，岂穷达而异心！”一篇之中，屡屡致意，实为赋之主旨），如前已成婚，此时即有应试不中选之挫折，新婚燕尔，主翁宾婿，恐亦不至发王粲登楼怀归之慨也。祭外舅文云：“往在泾川，始受殊遇。绸缪之迹，岂无他人？忘名器于贵贱，去形迹于尊卑。语皇王致理之文，考圣哲行藏之旨。每有论次，必蒙褒称。”叙入幕成婚及宾主相得情景甚明，是则应宏博试当在前，入幕当在后（本篇写景，约在暮春），成婚则又入幕之后也。

开成二年所作上令狐相公状六云：“今岁累蒙荣示，……促曳裾之期，问改辕之日。……至中秋方遂专往。”是该年令狐楚曾屡促其至山南幕，而义山答以中秋方赴兴元。实则中秋仍未成行，十一月赴兴元，系应楚急召，曾为其撰遗表。旧书令狐楚传：“未终前一日，召从事李商隐……”可证楚殁时义山之身份仍为兴元幕僚。十二月还长安后，即须准备宏博试，更不可能于短期内即入泾幕。故本篇当是初入泾幕所作，而非“回至泾幕”之作。

回中牡丹为雨所败二首〔一〕

下苑他年未可追[①]〔二〕，西州今日忽相期〔三〕。水亭暮雨寒犹在，罗荐春香暖不知〔四〕。舞蝶殷勤收落蕊[②]，有人惆怅卧遥帷[③]〔五〕。章台街里芳菲伴〔六〕，且问宫腰损几枝〔七〕？

其二

浪笑榴花不及春〔八〕，先期零落更愁人[④]。玉盘迸泪伤心数〔九〕，锦瑟惊弦破梦频〔一〇〕。万里重阴非旧圃〔一一〕，一年生意属流尘[⑤]〔一二〕。前溪舞罢君回顾〔一三〕，并觉今朝粉态新〔一四〕。

校 记

①“下”，戊签作“仙”，非。

②“舞”，蒋本、悟抄、戊签作“无”。【纪曰】蝶无收落花之理。（辑评）“舞”字应是“无”字之误。“无蝶”“有人”，唱叹得神。大胜“舞蝶”“佳人”也。（诗说）【按】纪说非。“舞”字与“殷勤”二字相应。蝶飞舞徘徊于落花之上，似有惜而收之之意，故云。作“无”则意致索然。且如纪说，仍有蝶收落花之问题，非改“舞”为“无”即可解决。实则写蝶不舞于花开而舞于花谢之时，感慨更深。樱桃花下云：“流莺舞蝶两相欺，不取花芳正结时。他日未开今日谢，嘉辰长短是参差。”可参。

③“有”，朱本、季抄作“佳”。【朱曰】一作“有”，非。【纪曰】“佳人”字似因讹“无”为“舞”，校者嫌其不对，改为

"佳人"就之也。长孺注非。【按】朱校固非,纪疑因讹"无"为"舞"而改,亦非。此联本作"舞蝶""有人",系谐音借对。后人不明乎此,以为不对,遂改"舞"为"无"以就下句"有"字;或改下句"有"为"佳",以就上句"舞"字。实则两皆失之。

④"人",蒋本、姜本、悟抄作"生"。【按】"生"系语助词,用于句末有"然""样"之义。此处作"生"义亦可通。然与"生意"字重,仍以作"人"为是。杜甫曲江二首:"一片花飞减却春,风飘万点正愁人。"义山似用其语。

⑤"尘",影宋作"星",非。

集　注

〔一〕【冯注】原编集外诗。史记:"秦始皇巡陇西、北地,出鸡头山,过回中。"汉书:"文帝十四年,匈奴入朝那、萧关,遂至彭阳,使骑兵入烧回中宫。武帝元封四年,行幸雍,通回中道,遂北出萧关。"应劭曰:"回中在安定高平,有险阻。萧关在其北。"按:此皆本题之回中也。若后汉书右扶风汧有回城名回中,注曰"来歙开道处",非武帝时所通道之回中也。颜师古明辨之,后人尚有杂引者。【朱注】元和郡县志:"秦回中宫在凤翔府天兴县西。"一统志:"在陇州西北一百十里。"【按】回中有二。一为汧之回中,在今陕西省陇县西北;一为安定之回中,在今甘肃固原县。诗题所称回中,指后者。朱注所引系汧之回中,误。

〔二〕【冯注】下苑即曲江,见前。

〔三〕【冯注】西州谓安定郡。后汉书:"皇甫规,安定朝那人。及党事大起,自以西州豪杰,耻不得与。"

〔四〕【冯注】汉武内传:"帝以紫罗荐地,燔百和之香,以候云驾。"【按】此罗荐当系置于幄幕以防花寒者。

〔五〕【冯注】江淹诗:"泛瑟卧遥帷。"袁曰:"正写'败'字。"【按】此句以花拟人,以美人之怅卧遥帷状牡丹为雨败后花事已阑。

〔六〕【冯注】汉书:"张敞为京兆尹,时罢朝会,过走马章台街。"按:章台本秦时台也,楚怀王入秦,朝章台,见史记。后名章台街。唐人有章台柳诗。【补】史记秦始皇本纪:"诸庙及章台、上林皆在渭南。"

〔七〕【何曰】结言回中如是,他处可知;牡丹如是,他卉可知。【冯曰】牡丹既败,则柳枝亦损,喻在京同袍之亦失意者,正应下苑。

〔八〕【冯注】旧书文苑传:"孔绍安,隋时为监察御史,诏监高祖之军,深见接遇。及高祖受禅,绍安自洛阳间行来奔,拜内史舍人。时夏侯端亦尝为御史监高祖军,先归朝,授秘书监。绍安因侍宴,应诏咏石榴诗曰:'只为时来晚,开花不及春。'"【按】内史舍人正五品上阶,秘书监三品,故绍安不平,以"时来晚"而"开花不及春"之榴花自喻。

〔九〕【冯注】左思吴都赋:"泉室潜织而卷绡,渊客慷慨而泣珠。"注曰:"鲛人临去,从主人索器,泣而出珠满盘,以与主人。"【朱注】数,色角切。【何曰】花含雨。【按】玉盘,指牡丹花冠。似为白牡丹。洛阳花木记谓牡丹有名玉盘妆者。又,芍药有名玉盘盂者,苏轼玉盘盂诗序谓其花"重跗累萼,繁丽丰硕。中有白花,正圆如覆盂。其下十馀稍大,承之如盘。"此诗"玉盘"或但就形状言之。

〔一〇〕【何曰】雨著花。【按】此以急奏锦瑟时促柱繁弦,令人心惊喻急雨打花。

〔一一〕【冯注】穆天子传："是谓重阴。"潘岳怀旧赋："陈荄被于堂除，旧圃化而为薪。"【程注】张衡思玄赋："经重阴乎寂寞兮，愍坟羊之潜深。"曹植诗："爰有樛木，重阴匪息。"【何曰】应回中。【补】重阴，谓彤云密布之阴天。谢惠连咏冬诗："积寒风愈切，繁云起重阴。"旧圃，指往日曲江之花圃。

〔一二〕【程注】晋书殷仲文传："大司马府中有老槐树，顾之良久，叹曰：'此树婆娑，无复生意。'"刘禹锡诗："流尘被霜纨。"【冯注】刘铄拟古诗："堂上流尘生。"【何曰】应雨败。【按】此谓牡丹为雨败后，落红委地，化为尘泥，随水流去。

〔一三〕【冯注】晋书乐志："前溪歌者，车骑将军沈充所制。"按：宋书沈庆之传："高祖充，晋车骑将军。"旧、新书志作沈玩。于兢大唐传："前溪村，南朝习乐之所，今尚有数百家习音乐，江南声伎多自此出，所谓舞出前溪者也。"寰宇记："水自铜岘山曰前溪，在武康县西一百步，古永安县前之溪也。晋沈充家于此溪。"【按】前溪舞罢，以人舞喻花之飘零。和张秀才落花有感："落时犹自舞，扫后更闻香。"

〔一四〕【胡震亨注】古前溪曲："黄葛生蒙笼，生在洛溪边。花落随流去，何时逐流还？还亦不复鲜。"此翻案用之。【冯曰】非翻用也。花为雨败，原非应落之时。迨至落尽之后，回念今朝，并觉雨中粉态尚为新艳矣。此进一层法。【何曰】言且化为泥滓，并不如今朝也。言牡丹自是国色，虽飘零而粉态犹存也。【纪曰】结言他日零落更有甚于此日，与长江"并州故乡"同一运意。【按】郭茂倩乐府诗集清商曲辞存无名氏前溪歌七首，其中一首即胡氏所引，"生蒙笼”作“结蒙笼”。

笺　评

【何曰】回中为安定地，则此诗作于依王茂元于泾原之时。详味二篇领句，似皆有所思而托物起兴者，其或亦为甘露罹祸者而发耶？舒元舆以牡丹赋知名，于诸相中最为早达。下苑莫追，榴花浪笑，虽不敢强为之说，世有知言之君子，必将有以解予之惑也。（庚午夏日）○后细读牡丹赋，无一语与此诗相涉，则非为甘露罹祸者发也。“下苑”句乃自言未得曲江看花耳。（庚午十二月又记）（以上均读书记。注引各条见辑评。）

【胡以梅曰】（首章）详起处，以直取“雨败”，更深一层言之。若曰来年欲于宜春苑追寻，恐未可得，今却于回中作别而订后期也。罗荐春香，指花。三四言雨后惟馀寒意，而花之暖气不知归于何处。惟蝶收其落蕊，而佳人寂寞，卧帷懒起矣。想章台街里之芳菲伴，因此花落而腰肢亦损矣。似言柳，亦言佳人，虽有曲折，然终无精神，学之殊迷闷。（次章）浪笑，言笑之非。盖因榴不及春而笑，孰知先榴花而落者更使人愁乎？牡丹之后，方放榴花耳。三四皆承零落。玉盘、锦瑟，皆比花；迸泪、惊弦，暗比花落。亦言向玉盘迸泪，事足伤心；闻锦瑟惊弦，频堪破梦。惊，惊其断破梦，梦寐难宁也。盘，亦用鲛人素盘泣珠。“数”字妙，言花之一瓣一瓣而落，可见三更胜于四。然“频”字亦有此意。万里惟剩重阴，非花时之旧；一年生意已付流尘，难求艳质矣。故顾前溪之舞者但觉其白，并无丽色耳。此格总之意在凌空，不着边际，可以去实之病。……（唐诗贯珠串释）

【唐诗鼓吹评注】（次章）此从回中移至为雨所败而作也。首言榴开五月为不及春，不意牡丹先开而零落，反不若榴花，所以更使人愁也。其着雨则如玉盘之迸泪，见者伤心；其为雨所败则如锦瑟之分弦，闻者破梦。此花离于回中，远去重阴，非旧日所种之圃，而一岁之生意无穷，今乃寥落于风尘之内，则娇不如前溪舞女之美已，请君回顾，自见舞态之新，而牡丹为不及也。

【陆曰】（首章）下苑即曲江池也。康骈剧谈录："曲江池开元中凿为妙境，花卉环周。"牡丹自必特盛，故曰"下苑他年未可追"。回中在安定，安定谓之西州，故曰"西州今日忽相期"。三四曰"寒犹在"、曰"暖不知"，是写雨。五六"舞蝶殷勤""佳人惆怅"，是写牡丹为雨所败。花时风雨作祟，雨过花事已阑，正韩偓所谓"好花虚谢雨藏春"也。结言回中如是，他处可知；牡丹如是，他卉可知。其损我芳菲者，亦复何限也哉！（次章）隋孔绍安应制咏石榴诗有"只为来朝晚，开花不及春"之句，义山借用作翻。言此牡丹先春零落，较开不及春之榴花更为愁人。玉盘迸泪，花含雨也，故见之者伤心；锦瑟惊弦，雨著花也，故闻之者破梦。非旧圃，照应回中；属流尘，照应雨败。结言牡丹自是国色，虽飘零之候，粉态犹足动人，此文家黄龙摆尾法也。

【姚曰】（首章）此感容华之忽谢也。下苑繁华，已不得与，西州偶值，亦复可怜。岂料水亭之暮雨犹寒，罗荐之春香已谢，红颜薄命，自古已然。顾我所恨者，不在雕谢之早，而在赏识之希。不见落蕊勤收，惟馀舞蝶；从此遥帷深卧，空忆佳人。当此之时，失意者失意，得意者未尝不得意也。因想章台街里，柳枝雨后，方斗宫腰，牡丹之伤损，亦复与彼何预也耶?(次章)大抵世间遇合,不及春者,未必遂可悲;及春者,未必遂可喜。玉盘迸泪,点点伤心,花之遇雨也;锦瑟惊弦,声声破梦,雨之败花也。从此万里重阴,顿非旧圃,一年生意,总属流尘。惟是前溪舞处,花片浮来,犹尚分其光泽耳。才人之不得志于时者,何以异此!

【屈曰】(首章)一往日回中,二今日。三雨,四败。五物,六人,俱惜花也。七八正结"寒犹在"。雨虽欲歇,而寒在也;花乘暖而开,不知其忽有雨也。(次章)一题外起言,莫浪笑其不早开也。早开早落,更觉愁人,不如晚开。三四承其更愁人。五六承零落。七八反结。美人舞罢回看此花,犹觉粉态并新,雨败尚如此也。

【程曰】此二首乃叹长安故妓流落回中者,牡丹特借喻耳。

【冯曰】借牡丹写照也。玩其制题,则知以泾原之故而为人所斥矣。或是艳情之作,未可定。

【王鸣盛曰】悲凉婉转,无限愁酸。

【纪曰】纯乎唱叹,何处著一呆笔!○(首章)第四句对面一衬,对法奇变。结二句忽地推开,深情忽触,有神无迹,非常灵变之笔。芥舟评曰:第六句妙远。二首皆不失气格,兼多神致。(诗说)○"章台"二句,深情忽触,妙绝言诠。(辑评)

【张曰】余谓此亦宏博不中选之恨。令狐家牡丹最盛,义山本在子直门馆,得勿感于党人之排笮耶?得第方资绹力,尚未释褐,而忽有王氏之婚,所谓"下苑他年未可追,西州今日忽相期"也。次言"浪笑榴花不及春,先期零落更愁人",盖谓我亦知泾原之行,必触人怒,而不意其报复若是速也。万里重阴,都非旧圃,一年生意,已属流尘,异日者回视今朝,更不知若何失意,则真始料所不及矣。通首皆惋恨语,凄然不忍卒读,必非艳情。(会笺。辨正解此二首更凿,不录。)

【黄侃曰】次首末二句尤凄婉:言今日飘零,固为可念;然使更迟数稔,颜色愈衰,求如今日,且不可得也。杨柳枝词云:“一叶随风忽报秋,纵使君来岂堪折!”政是此意。(李义山诗偶评)

【汪辟疆曰】此义山在安定借牡丹以寄慨身世之诗。题意已明,非专咏牡丹也。(首章)此诗首言下苑未可追,则秘省之势难再入,令狐门馆之势难再依,以今日泾原之行而可决定之他年也。其试宏词不中,当必有摈逐之者,故三四一联以寒字写外间排笮之人正多;以暖字写暂时之合少慰。此二句已不胜其怅惘凄迷之感。五六则极言失意。“无蝶”句,即落花满地无人管之意。“有人”句,即翠衾归卧绣帘中之意。则歌以当哭矣。结则撇去正面而叹。回中如是,他处可知。牡丹如是,他卉可知。犹言同我之沦落者,恐亦有人。凄惋之中,自然意远,深情妙绪,触手纷披。细玩全篇,无一滞笔。最妙在前六句,皆从对面衬出,属对奇变。而三四一联,尤其显然易见者也。次章首句……言榴花开时本晚,而牡丹先春零落。喻己本遭遇蹭蹬,而谗人复从而排笮之也。浪笑二字,极见用意。三四一联,正面写牡丹为雨所败。“玉盘”句,写花含雨;“锦瑟”句,写雨打花。体物精细,故精紧乃尔,亦所以喻己之横被摧残,故曰伤心、曰破梦也。泪迸弦断,悲苦可知。五六则浓阴万里,障蔽重重,生意一春,流光晼晚,非旧圃,则殊于下苑也。属流尘,则困于轮蹄也。嗟叹之间,出以凄惋,不能卒读矣。结则言今日之零落如此,而他日之零落或更有甚于今日者,必反觉今日雨中粉态，犹为新艳。此进一层写法，与前篇之罗荐春香暖不知，遥遥相发。然无聊之慰情，可于言外得之矣。此二诗假物寓慨，隐而能显，是徐熙惠崇画法。（玉溪诗笺举例）

【按】二章借回中牡丹为雨所败寄寓身世零落摧残之感。首章起联谓牡丹往年植于曲江苑圃之繁华情景已不可复追，今日乃忽于此西州风雨之中相值，喻往岁进士登第、曲江游赏、得意尽欢之盛况已不可再，今日竟沦落寄此泾川也。三承二，四承一，谓今日处此西州水亭暮雨之中，所感者惟有寒意，而当年置身曲江苑圃时罗荐春香之暖，竟已恍如隔世，不可想望矣（“不知”正应上“未可追”）。五六正写“败”字，谓蝶舞翩翾，似有意惜花，殷勤欲收落蕊，然牡丹为雨败后，花事已阑，有似佳人之怅卧遥帷，意兴阑珊，精采全无矣。末联诸家多从何冯之说，谓指在京同袍之失意者。此解固似可通，然细按亦觉可疑。盖此二章专写“回中牡丹为雨所败”，处处以曲江下苑与西州回中相对照，以见沦落天涯之恨。既云“章台街里芳菲伴”，则彼等固身处京华，春风得意者，岂有沦落之恨？然则“且问宫腰损几枝”者，谓其日日舞于春风之中，恐不免瘦损宫腰也。“宫腰损几枝”非言其失意，乃谓其得意也。姚谓“失意者失意，得意者未尝不得意也”，似得其情。次章首联谓榴花开虽不及春，然不如牡丹之先期零落更令人伤心。三四写牡丹为雨所败，言玉盘之上，雨珠飞溅，似频流伤心之泪；急雨打花，如锦瑟惊弦，声声破梦（七月二十八日听雨后梦作有“雨打湘灵五十弦”之句）。“伤心”“破梦”均就牡丹言。而牡丹之伤心破梦亦即作者之情怀遭遇。五六写环境与败后情景，万里长空，阴云密佈，气候恶劣，已非当年曲江旧圃之环境；花落委地，一年生意，已付流尘。上六句喻己未及施展才能即遭打击而沦落，心伤泪迸，希望成空，昔日之环境已不可再，今后之前途更不可问。末联则借异日花瓣落尽之时回视今日雨中情景，犹感粉态之新艳，暗示将来之厄运更甚于今日。联系应宏博试被黜情事，此诗之感遇性质自不待言。义山托物寓怀之作，每有与物相对待之"我"出场。物我之间，时分时合，似分似合，人称每不甚分明。如首章起联作者与牡丹显分为主体与客体，系作者叙述口吻，而以下三联则物、我无形中融为一体，直可视为牡丹之自述。盖作者初因见雨败牡丹而兴感，继则不觉身化为牡丹。明乎此，则首章之"有人"，次章之"愁人""君回顾"均不必泥解为与花相对之"人"，此"人"与"君"亦均可解为牡丹也。

东南

东南一望日中乌〔一〕，欲逐羲和去得无〔二〕？且向秦楼棠树下〔三〕，每朝先觅照罗敷〔四〕。

集　注

〔一〕【冯注】史记龟策传："孔子曰：'日为德而君于天下，辱于三足之乌。'"张衡灵宪："日，阳精之宗，积而成乌，象乌而有三趾。"【补】淮南子精神："日中有踆乌。"高诱注："踆，犹蹲也。谓三足乌。"春秋元命苞："日中有三足乌。"

〔二〕【补】羲和，驾日车之神。屈原离骚："吾令羲和弭节兮，望崦嵫而勿迫。”亦用以代指日。

〔三〕【程曰】“棠树”疑是“桑树”之讹，桑与本事（按指乐府陌上桑本事）合，棠则无谓矣。【冯注】棠树用诗“何彼秾矣，唐棣之华”，与秦楼意自通。程曰：“当作桑。”非也。

〔四〕【朱注】乐府陌上桑：“日出东南隅，照我秦氏楼。秦氏有好女，自名为罗敷。”【冯注】又曰：“罗敷自有夫。”

笺　评

【姚曰】此叹遇合之无期，而深致其期望也，即老杜“邀人看骤骦”之意。

【程曰】乐府陌上桑，一作罗敷艳歌，一作日出东南隅行。崔豹古今注：“陌上桑者，出秦氏女也。秦氏，邯郸人，有女名罗敷，嫁为千乘王仁妻。王仁后为赵王家令，罗敷出采桑于陌上，赵王登台，见而悦之，因饮酒欲夺焉。罗敷巧弹筝，乃作陌上之歌以自明。”此诗盖借其意以自寓也。言我已为王茂元、郑亚、柳仲郢之幕客，自当忠心自矢，安忍背其知己之恩耶？

【冯注】叹不得近君而且乐室家之乐也。在泾州而望京都，故曰“东南”。

【纪曰】寄慨之作，殊无佳处。（诗说）似言进取无能，姑属意于所欢。未甚了了，亦未见佳处。（辑评）

【按】程说极穿凿。姚、冯、纪诸家则多泥于日为君象之旧说，以为望阳乌必寓近君之想，然三四已云“向”“照”，则诗人业已身化为阳光而照临秦楼棠树下之罗敷，同一阳乌，岂得既喻君主又同时为自己之化身？盖其时作者与王氏分居两地，望见东南隅初出之朝阳，遂生“逐羲和”而望见“秦氏楼”之异想；此念既切，不觉身已化为阳光而照临秦楼矣。“逐”“照”之间，暗含想像之推移转换，而令人浑然不觉。“此时相望不相闻，愿随月华流照君”（张若虚春江花月夜），与此同一机杼。冯编开成三年虽无确据，然此诗作于新婚后不久则大体可信。

和韩录事送宫人入道〔一〕

星使追还不自由〔二〕，双童捧上绿琼辀〔三〕。九枝灯下朝金殿〔四〕，三素云中侍玉楼〔五〕。凤女颠狂成久别〔六〕，月娥孀独好同游〔七〕。当时若爱韩公子，埋骨成灰恨未休〔八〕！

集　注

〔一〕【朱曰】张籍、王建、戴叔伦、元稹、于鹄、项斯皆有作。【程曰】中、晚此题诗甚多，不止于朱所枚举。【冯注】文集有为濮阳公奏韩琮充判官状。旧书志：“都督都护府上州录事；从九品上阶。”按：琮为诗人，与义山并称，详代柳璧启。旧纪书开成三年六月，出宫人四百八十，送两街寺观安置。此固特纪其多者。然琮已在泾原幕，而三年义山正在京，则必是时作矣。中、晚唐颇多此题。琮子成封，大中时官至湖南观察使，见艺文志。【张曰】冯氏谓韩录事即为濮阳公奏充判官之韩琮，不知判官与录事，官品自别也。又引旧纪开成三年六月出宫人四百八十，送两街寺观安置，谓诗作于是时。夫唐俗重道，宫人入道者历朝多有，史特纪其最多者耳。即诗人集此题亦数见（按：此说无据，集中送宫人入道者仅此一首），安得定指为开成三年作耶？

【按】奏韩琮等四人充判官，在王茂元镇陈许时，状云“顷居镇守，已列宾僚”（镇泾原时韩已在幕），则陈许奏充判官自不妨泾原幕中为录事也。张以录事、判官官品有别驳之，似未允。且即令韩录事非琮，亦不能否定作于开成三年之可能。宫人入道固历朝多有，然见于史籍者则自是其中较显著特出者，故当时文士有赋诗送之之事。此诗风格情调，亦似前期之作。

〔二〕【朱注】后汉书李郃传：“和帝遣使者二人到益都，郃曰：‘有二星使入蜀分野。’”晋书天文志：“流星，天使也。”【朱彝尊曰】惟追还故不自由。又曰：玩“不自由”三字，似仙女既谪而后追还也。旧注何得以李郃事释之？【冯注】尔雅：“奔星为彴约。”注曰：“流星。”徐曰：李亢独异志：“秦并六国时，太白星窃织女侍儿梁玉清、卫承庄逃入卫城少仙洞，四十六日不出。天帝怒，命五岳搜捕，太白归位，玉清谪于北斗下掌舂。”句用此事。按：谓既谪在人间，又追还上界，真无如何也。唐、宋史志作“亢”，他书或作“元”，非。【按】星使，指道观所遣迎宫人入道者。古代天文家以为天节八星，主使臣持节，宣威四方，故称帝王使者为星使。诗中“星使”与朱注引文中之“使星”义近，然其事非义山所用。

〔三〕【姚注】云笈七签：“凡行玉清之道，出则给玉童玉女，琼轮前导，风歌后从。”【冯注】太上飞行九神玉经：“凡行玉清、上清、太清之道，皆给玉童、玉女，乘琼轮丹舆之属。”太上飞行羽书：“南岳真人、西城王君、龟山王母、方诸青童君，并乘绿景之舆。”道书中碧霞玉舆、绿云之辇、紫霞琼轮，皆屡见。【朱注】诗诂：“车前横木上勾衡者谓之轫，亦曰辕。”【补】輈，小车居中之弯曲车杠。朱骏声说文通训定声孚部：“按大车左右两木直而平者谓之辕，小车居中一木曲而上者谓之輈，故亦曰轩辕，谓之穹隆而高也。”此代指车。双童当指侍者。

〔四〕【道源注】金根经：“黄金紫殿，青要帝君居之。”【朱注】西京杂记：“汉高祖入咸阳，有青玉五枝灯。”汉武内传：“七月七日王母至，帝扫除宫内，然九光之灯。”王筠灯檠诗：“百花曜九枝。”【冯注】汉武帝故事：“西王母欲来，帝然九华之灯。”汉武内传作“九薇”，一作“九光”。

〔五〕【朱注】真诰：“真人行则扶华晨盖，乘三素之云。”艺苑雌黄：“修真八道秘言：‘立春日清朝北望，有紫、绿、白云，为三元君三素飞云也。三元君是日乘八轮之舆，上诣天帝。’唐试进士以立春日望三素云飞出此。【冯注】黄庭经：“紫烟上下三素云。”注曰：“三素者，紫素、白素、黄素也，此三元妙气。”按：四时之立与分、至，共八日，皆有仙真乘三素云，但云色不同，仙真亦异耳。八道者，赤道、黄道之类。

〔六〕【冯曰】用弄玉事。【按】已见送从翁从东川弘农尚书幕。颠狂，放荡不羁。

〔七〕【朱注】月娥谓月中姮娥。

〔八〕【朱注】韩公子未详。或曰：韩非为韩之诸公子，借以况韩录事也。【姚注】“公”疑作“童”。搜神记：“吴王夫差小女名紫玉，悦童子韩重，欲嫁之不得，乃结气而死。重游学归，知之，往吊于墓侧。玉形见，顾重延颈而歌云：‘南山有乌，北山张罗，意欲从君，谗言孔多。悲结成疹，殁命黄垆。’云云。”【纪曰】韩公子当是借用吴王小女紫玉魂，是韩童事，长孺注误。【冯注】史记："韩非者，韩之诸公子也。"按：借古人以点姓，诗家泛例，不必更有事在也。俞南史疑其用紫玉、韩重之事，则以童子为公子，必不可矣。诗言倘有冶情，则从此终身埋恨，戏录事兼点醒原唱。【朱彝尊曰】借比录事。【何曰】落句用韩凭事。（读书记）又曰：末句借处家事收足"和"字。（辑评）【按】冯注是。此"韩公子"犹杜牧"谁人得似张公子，千首诗轻万户侯"之"张公子"。"埋骨"句即"此恨绵绵无绝期"之意。

笺　评

【朱彝尊曰】（首句）惟追还故不自由。玩不自由三字，似言仙女既谪而复追还也，注何得以李郃事释之。

【何曰】观项斯、于鹄之寒窘，乃叹义山才情过人。（读书记）

【胡以梅曰】言宫女乃谪降凡间，今天上星使追还，不能自主，而双童扶之上琼辀以去，朝金殿，侍玉楼，已在天界矣。凤女似谓秦弄玉吹箫乘凤之女，彼想尘凡而成别，惟有月娥避夫入月，所以得同游矣。结则戏之之词，言若学吴王女紫玉爱韩重，直至埋骨尚未休也。（唐诗贯珠串释）

【陆曰】此诗前六句是宫人入道，结二句是因和韩录事作，而即借宫人以戏韩也。起言蒙恩放归之后，复又遣使追还，此身真有不自由者。双童捧上绿琼辀，言从此入道去也。接言昔朝金殿，尝趋至尊之前；今侍玉楼，忽在元君之侧，其境遇之不常如此。五六凤女颠狂，宫中之伴也；月娥孀独，世外之游也，言喧寂之不同又如此。结言此宫人者，身虽入道，而爱根未断，见录事此诗，窃恐紫玉韩童之事复见于今日矣，盖戏之也。

【姚曰】宫人入道，自是失意事，诗却向失意中说出得意。言此宫人必自谪降中来，今奉星使追还，得以上车而去，朝侍于玉楼金殿之间，真幸事也。从今入道之后，笑风女之颠狂，伴月娥之孀独，弃尘浊而托清虚，何似托身宫禁？然使当时若不托身宫禁而恋恋于人世之佳偶，必至埋骨成灰，焉得如今之受享清福耶？夫亦可以自庆矣。○韩公子，应是韩童子之误，盖用吴王女紫玉故事也。埋骨成灰，即用歌中"殁命黄垆"语。旧注谓韩非为韩之诸公子，借以况韩录事，不思此宫人也，何由而爱韩录事耶？

【屈曰】宫人非情愿入道，故一二云然。结和韩也。当时如爱韩而嫁，白首偕老，何至今日为女道士孤眠至死乎？

【程曰】大抵唐之宫人入道，亦如乐府之邯郸才人嫁为厮养卒妇。题有风致，可以寄托，作者固不惜语言也。

【纪曰】晚唐卑卑之音。（诗说）庸俗。（辑评）亦义山之下乘。（律髓刊误）

【按】送宫人入道诗，中晚唐诗人多有之，似为一时风气。义山此诗可贵处，在独表对入道宫女处境命运之同情。起联写离宫入道情景，"不自由"三字揭出一篇主意。次联分写宫、观生活：昔日曾在九枝灯下，朝金殿之君主；今后又将于三素云中，侍玉楼之元君。无论宫、观，皆身处幽闭，不由自主。腹联分承三四，谓今日一去，与宫中之女伴已成久别，此后惟日与道观中孀独之女冠寂寞相伴而已。末联谓当年如爱此韩公子，则今日入道，清规甚严，恐两情相隔，长恨绵绵也。意者韩诗中或有戏入道宫女之语，故义山有此。语虽带谑，实深表同情于入道宫女之"孀独"处境。陆、姚、屈笺此联均误。冯氏谓"倘有冶情，则从此终身埋恨”，虽不以“冶情”为然，释意则不误。又腹联对句“月娥孀独”，亦即嫦娥诗中“碧海青天夜夜心”之嫦娥也。

奉和太原公送前杨秀才戴兼招杨正字戎〔一〕

潼关地接古弘农〔二〕，万里高飞雁与鸿〔三〕。桂树一枝当白日〔四〕，芸香三代继清风〔五〕。仙舟尚惜乖双美〔六〕，彩服何繇得尽同〔七〕？谁惮士龙多笑疾，美髭终类晋司空〔八〕。

集　注

〔一〕【朱注】太原公，王茂元也。唐六典：“正字掌校雠典籍，刊正文字。”【程注】本集中赠送刘五经映三十四韵自注：“余外舅太原公”，则订以为茂元是也。【冯注】王茂元封濮阳郡侯。此犹未封，故称太原公。旧书志：“举试之制，其科有六，一曰秀才，试方略策五条，取人稍峻，贞观后遂绝。”唐摭言：“举人通称谓之秀才。”旧书志：“东宫官属，司经局正字二人，正九品下阶，掌典校四库书籍。”按：宰相世系表：“敬之子戴，江西观察使。”戎，表中缺书。敬之传云：“文宗以宰相郑覃兼国子祭酒，俄以敬之代，未几兼太常少卿。是日二子戎、戴登科，时号杨家三喜。”唐摭言云：“次子戴，进士及第；长子三史登科。”似长子名戎。而诗意以士龙比戎，则戎为戴弟，未可详考。郑覃兼祭酒，表载于开成元年，然则戎、戴登科亦在开成初。戴称前秀才者，如唐摭言得第谓之前进士之例也。选举有二史科。【张曰】考本集通例，文集称濮阳公，诗则称太原公；亦犹郑亚文皆称荥阳公,诗则称开封公也。新书传:“茂元交煽权贵,郑注用事,迁泾原节度使。注败,悉出家赀饷两军,得不诛,封濮阳郡侯。”是封侯在开成初矣。【按】张说是。杨戴,登科记考谓其登进士第在开成二年。

〔二〕【朱注】雍录:“潼关在华州华阴县东北三十九里,关西一里有潼水,因名。”汉书:“弘农郡,武帝元鼎四年置。”【冯注】后汉书志:“弘农郡湖县有阌乡。”华阴县注曰:“桃林县西长城是也。”晋地道记曰:“潼关是也。”水经:“河水又南至华阴潼关。”潘岳西征赋:“发阌乡而警策,愬黄巷以济潼。”广韵:“閺,俗作阌。”国史补:“杨氏自震号关西孔子,葬于潼关亭,至今七百馀年,子孙犹在阌乡故宅,天下一家而已。”【按】汉弘农郡辖地包括今河南黄河以南、宜阳以西洛、伊、淅川等流域及陕西洛水、社川河上游、丹江流域,治弘农县(今河南灵宝北)。此云“地接古弘农”,当指弘农县。

〔三〕【朱曰】二杨必兄弟,故云。

〔四〕【朱曰】此语送戴。【按】桂树一枝,用郄诜事,见及第东归次灞上却寄同年注,喻戴科举登第。白日,犹清时,颂美唐王朝之辞。

〔五〕【朱曰】此语招戎。【冯注】鱼豢典略:“芸香辟纸鱼蠹,故藏书台称芸台。”按:后汉崔骃三世继为著作,即秘书之职,见事文类聚。但史传止云“沈沦典籍,世有美才”而已,俟再考。【补】新唐书杨凭传:“凭字虚受,……虢州弘农人。……长善文辞,与弟凝、凌皆有名。大历中,踵擢进士第,时号‘三杨’。……凌字恭履,最善文,终侍御史。子敬之。敬之字茂孝,元和初擢进士第。”凌、敬之及戴、戎三代以能文登第,戎又为正字,故云“芸香三代继清风”。按:二语承次句“万里高飞雁与鸿”分别称美戴、戎,无送、招意,朱注非。

〔六〕【朱注】后汉书:“李膺与郭泰同舟而济,众宾望之,以为神仙。”【何曰】兼招正字。【程注】江总诗:“仙舟李膺棹。”

〔七〕【冯注】困学纪闻:“陈思王灵芝篇:‘伯瑜年七十,彩衣以娱亲。’今人但知老莱子,不知伯瑜。”按:韩伯瑜之孝,见说苑。老莱子,详崔处士诗。仙舟,唐人每以言仕进。二句言兄弟同登之不易得也。【按】冯解非,详笺。

〔八〕【朱注】晋书:“吴平,二陆入洛。机初诣张华,华问云何在,机曰:‘云有笑疾,未敢自见。’俄而云至。华为人多姿制,又好帛(绳)缠须。云见而大笑,不能自已。”【冯注】张华传:“华封广武侯,进中书监,拜司空。陆机兄弟钦华德范,如师资之礼。”

笺　评

【陆曰】起联言秀才与正字为大邦人物,而万里高飞,有难兄难弟之目也。……桂树一枝当白日,言兄弟联登也。芸香三代继清风,言后先济美也。五句是送秀才,因戎未偕出,戴独自归,故曰仙舟尚惜乖双美也。六句是招正字,计戴归时,戎又将出,故曰彩服何由得尽同也。结言太原公爱才有素,士龙笑疾,定能见容,在正字必有以应其招而可,此义山劝驾之辞也。太原公,谓王茂元。

【陆鸣皋曰】首句言地近,次句总言二杨。三四句,一戴一戎也。五六句,一送一招,言二杨未能偕聚也。结联侧到因送而招,归重主人以见和意。

【姚曰】此表太原公好士之诚也。……(公)既爱戴才，又必欲兼致其弟，故言潼关形胜之地，人物辐辏，而二杨为之白眉。三四言其科名家世之盛。戎本侍其亲，今戴往代之来，……故有"彩服"句。结言太原公之拂拭二杨，亦如晋司空之拂拭二陆，预想戎至之日，一堂谐笑，乐可知也。情趣全在一结。

【纪曰】平浅之作，牵率应酬，殊无可采。(诗说)末二句用事愈切愈增滞相，无所取义故也。(辑评)

【按】题虽称"送戴""招戎"，诗实以招戎之意为主。首联点明杨氏兄弟爵里、才器，谓二杨家居潼关，地接弘农，大邦望族，才高学富，如鸿雁联翩，高飞万里。颔联合之则赞二杨科名家世之盛，分之则上句以赞戴登科为主而兼包戎，下句以赞戎之能继家风为主而兼包戴，此亦互文之法。"芸香"固点正字，然在句中之意不妨泛解为"书香"也。陆谓"兄弟联登"、"后先济美"，得其用意。腹联虽兼说戎、戴，然其意实主于招戎而不主于送戴。上句以李膺比王茂元，以郭泰喻戴，谓太原公尚惜仙舟未能兼致双美，言外既对戴去表示留恋，又对戎来深致想望。下句谓戴此去当可如古人之彩服事亲，曲尽孝道，然戎则可暂离膝下承欢而至泾川，自古以来，兄弟同彩服事亲者岂易得乎？冯谓此联言兄弟同登之不易得，不惟与颔联意重，且与"仙舟""彩服"之典全不相关。"尚惜""何由"，其意皎然主于招戎也。末联谓戎来必得太原公之厚遇，如张华之善视士龙也。

赠送前刘五经映三十四韵〔一〕

建国宜师古〔二〕,兴邦属上庠〔三〕。从来以儒戏〔四〕,安得振朝纲? 叔世何多难,兹基遂已亡〔五〕。泣麟犹委吏〔六〕,歌凤更佯狂①〔七〕。屋壁馀无几〔八〕,焚坑逮可伤〔九〕。挟书秦二世〔一〇〕,坏宅汉诸王〔一一〕。草草临盟誓,区区务富强〔一二〕。微茫金马署〔一三〕,狼籍斗鸡场〔一四〕。尽欲心无窍〔一五〕,皆如面正墙〔一六〕。惊疑豹文鼠〔一七〕,贪窃虎皮羊〔一八〕。

南渡宜终否〔一九〕,西迁冀小康〔二〇〕。策非方正士〔二一〕,贡绝孝廉郎〔二二〕。海鸟悲钟鼓〔二三〕,狙公畏服裳〔二四〕。多歧空扰扰〔二五〕,幽室竟伥伥〔二六〕。凝邈为时范,虚空作士常〔二七〕。何由羞五霸? 直自呰三皇②〔二八〕。别派驱杨墨,他镳并老庄〔二九〕。诗书资破家〔三〇〕,法制困探囊〔三一〕。

周礼仍存鲁〔三二〕,隋师果禅唐。鼎新麾一举,革故法三章〔三三〕。星宿森文雅,风雷起退藏〔三四〕。缧囚为学切〔三五〕,掌故受经忙③〔三六〕。夫子时之彦〔三七〕,先生迹未荒〔三八〕。褐衣终不召〔三九〕,白首兴难忘〔四〇〕。感激诛非圣④〔四一〕,栖迟到异粻〔四二〕。片辞褒有德,一字贬无良〔四三〕。

燕地尊邹衍〔四四〕,西河重卜商〔四五〕。式闾真道在⑤,拥彗信谦光〔四六〕。获预青衿列,叨来绛帐旁〔四七〕。虽从各言志〔四八〕,还要大为防〔四九〕。勿谓孤寒弃⑥,深忧讦直妨〔五〇〕。叔孙谗易得〔五一〕,盗跖暴难当〔五二〕。雁下秦云黑，蝉休陇叶黄〔五三〕，莫渝巾屦念⑦〔五四〕，容许后升堂〔五五〕。

校　记

①“佯”原作“徉”，非，据蒋本、钱本、朱本改。

②“皇”，席本作“王”。

③“故”，蒋本、姜本、戊签、悟抄、席本、钱本、影宋抄均作“固”。

④“诛”原作“殊”，据蒋本、悟抄、席本改。

⑤“闾”，悟抄作“庭”。

⑥“勿”，姜本作“弗”。

⑦“渝”，各本均作“逾”，据原引一作改。“巾屦”，戊签作“巾履”。

集　注

〔一〕【程注】五经为有唐一代科名之制。新书选举志：“科之目，有明经。明经之别，有五经。凡礼记、春秋左氏传为大经；诗、周礼、仪礼为中经；易、尚书、春秋公羊传、穀梁传为小经。通二经者大经、小经各一，若中经二；通三经者大经、中经、小经各一；通五经者大经皆通，馀经各一，孝经、论语皆兼通之。先帖文，然后口试，经问大义十条，答时务策三道，以文理通粗为上上、上中、上下、中上凡四等为及第。此岁举常选之一也。”【张曰】诗中自注：“外舅太原公亦受经于公。”又有“雁下秦云黑，蝉休陇叶黄”语，是赠别在泾原也。【按】诗当作于开成三年秋。

〔二〕【程注】书：“事不师古，以克永世，匪说攸闻。”杜甫诗：“文物多师古，朝廷半老儒。”

〔三〕【程注】礼记：“礼在瞽宗，书在上庠。”刘孝绰诗：“横经在上庠。”【冯注】礼记：“有虞氏养国老于上庠。”【补】庠，古代学校名。汉书儒林传序：“乡里有教，夏曰校，殷曰庠，周曰序。”古之大学曰上庠，亦曰右学；小学曰下庠，亦曰左学。

〔四〕【冯注】礼记：“哀公曰：‘终没吾世，弗敢以儒为戏。’”【何曰】“上庠”谓学校必立之师。“以儒戏”，见既轻儒而不容其直也。（以下注中所引何氏语，均见辑评）。【钱良择曰】以崇儒领起，下叙自周至隋学术兴废。（唐音审体）

〔五〕【冯注】左传：“叔向论铸刑书曰：‘三辟之兴，皆叔世也。’”【程注】刘峻广绝交论：“叔世民讹，狙诈飙起。”诗周颂：“未堪家多难。”【田曰】以下叙次明白，音节跌荡。（冯注引）【补】叔世，犹衰世。左传僖公二十四年：“首周公吊二叔之不咸。”孔颖达疏：“伯、仲、叔、季、长幼之次也。故通谓国衰为叔世，将亡为季世。”兹基，指国之根本，即儒学。

〔六〕【补】春秋哀公十四年：“春，西狩获麟。”杜预注：“麟者仁兽，圣王之嘉瑞也。时无明王出而遇获；仲尼伤周道之不兴，感嘉瑞之无应，故因鲁春秋而修中兴之教，绝笔于‘获麟’之一句。”公羊传亦谓孔子闻西狩获麟而“反袂拭面，涕沾袍”，叹曰：“吾道穷矣！”委吏：孟子万章下：“孔子尝为委吏矣。”赵岐注：“委吏，主委积仓廪之吏（掌管粮仓之下吏）也。”

〔七〕【程注】高士传：“陆通字接舆，楚人也。昭王时，见楚政无常，乃佯狂不仕。孔子过楚，接舆过其门曰：‘凤兮凤兮，何德之衰也！’”【何曰】歌凤佯狂乃自属也。“从政殆而”即指后残暴。【按】此承“叔世多难”，谓孔子大儒而不遇于时，与作者无涉。

〔八〕【冯注】汉书艺文志："书百篇。秦燔书禁学，济南伏生独壁藏之。汉兴，求得二十九篇。"孔安国尚书序："我先人藏家书于屋壁。"

〔九〕【冯注】史记始皇本纪："李斯请史官非秦记皆烧之；非博士官所职，天下敢有藏诗、书、百家语者，悉诣守、尉杂烧之。"又曰："始皇曰：'诸生或为訞言，以乱黔首。'使御史案问，乃自除犯禁者四百六十馀人，皆坑之咸阳。"【程注】书序："及秦始皇灭先代典籍，焚书坑儒。"

〔一〇〕【朱注】汉书："惠帝四年，除挟书律。"张晏曰："秦律，有敢挟书者族。"【何曰】秦之二世皆禁挟书，非不成句。【徐曰】谓秦二代皆有此律，非专指胡亥（冯注引）【补】挟，怀藏。

〔一一〕【冯注】汉书志："古文尚书者，出孔子壁中。武帝末，鲁共王坏孔子宅，欲以广其宫，而得古文尚书及礼记、论语、孝经凡数十篇，皆古字也。共王往入其宅，闻鼓琴瑟钟磬之音，于是惧，乃止不坏。孔安国悉得其书。"【按】汉书艺文志谓孔子纂尚书，"上断于尧，下讫于秦，凡百篇，而为之序。"汉初伏生收得二十九篇（参注〔八〕），以当时通行之隶书写定，称今文尚书。汉武帝时孔壁所发见者系用古文字书写，较今文尚书多十六篇，此十六篇后亡佚。晋人伪造古文尚书二十五篇，复自今文尚书中分出五篇。清阎若璩考定其为伪书。

〔一二〕【程注】左传："子产对曰：'昔我桓公与商人皆出（自）周，庸次比耦以艾杀此地，斩之蓬、蒿、藜、藋，而共处之；世有盟誓以相信也。'"汉书沟洫志："郑国间说秦凿泾水为渠，关中为沃野，无凶年，秦以富强，卒并诸侯。”【补】草草：忧虑，劳心。诗小雅巷伯：“骄人好好，劳人草草。”区区，辛苦。二句谓春秋战国之时，各国君主为结盟设誓之事而忧劳，为富国强兵之事而辛勤，均不行儒术。

〔一三〕【冯注】史记东方朔传：“金马门者，宦署门也，门傍有铜马，故谓之曰金马门。”【朱注】后汉书马援传：“武帝时，善相马者东门京铸作铜马法献之，诏立马于鲁班门外，更名鲁班门曰金马门。”汉书：“东方朔、公孙弘皆待诏金马门。”【补】汉代受征聘者皆待诏公车（官署名），其特异者令待诏金马门。”微茫，隐约模糊貌。

〔一四〕【朱注】汉书：“宣帝少喜游侠，斗鸡走马，上下诸陵，周遍三辅。”【程注】史记滑稽传：“杯盘狼籍。”袁盎传：“盎与闾里浮湛相随行，斗鸡走狗。”苏颋诗：“东连归马第，南指斗鸡场。”【冯注】斗鸡，习见事，此当有切学校者，俟考。如汉书：“陆孟，鲁国蕃人，少好斗鸡走马，长乃变节，受春秋，以明经为议郎。”西京杂记“鲁共王好斗鸡”，尚非所用。【按】二句似谓儒者待诏金门无望，君臣惟耽于斗鸡走狗。

〔一五〕【程注】庄子：“南海之帝为倏，北海之帝为忽，中央之帝为混沌。倏与忽时相遇于混沌之地，混沌待之甚善。倏与忽谋报混沌之德，曰：‘人皆有七窍以视听食息，此独无有，尝试凿之。’日凿一窍，七日而混沌死。”【冯注】史记：“比干强谏，纣怒曰：‘吾闻圣人心有七窍。’”【何曰】先生云：“尽欲心无窍，如所谓燔诗书、愚黔首也。”【辑评墨批】痛骂。

〔一六〕【程注】后汉书左雄传：“郡国孝廉，古之贡士，出则宰民，宣协风教，若其面墙，无所施用。”西征赋：“诵六艺以饰奸，焚诗书而面墙。”【补】书周官：“不学墙面。”孔安国传：“人而不学，其犹正墙面而立。”盖谓不学者如面墙而立，一无所见。

〔一七〕【朱注】尔雅注：“鼮鼠，文采如豹。汉武帝时得此鼠，终军知之，赐帛百匹。”又，挚虞三辅决录载窦攸事亦同。【程注】窦氏家传：“窦攸治尔雅，举孝廉为郎。世祖与百僚大会灵台，得鼠身如豹文，荧有光泽。世祖异之，问群臣，莫知，唯攸对曰：‘名鼮鼠。’诏问何以知之，攸曰：‘见尔雅。’诏案视书，如攸言，赐帛百匹。诏诸侯子弟从攸受尔雅。”唐书卢若虚传：“若虚多才博物，时有获异鼠者，豹身虎臆，大如拳。职方辛怡谏谓之鼮鼠而赋之，若虚曰：‘非也。此许慎所谓鼨鼠，豹文而形小。’一座皆惊。”【何曰】言学陋也。

〔一八〕【朱注】扬子：“羊质而虎皮，见草而悦，见狼而战。”【钱良择曰】古学既废，无人所知。【冯注】阴符经：“羊质虎皮者柔。”【何曰】言无实也。【田曰】皆言以伪乱真。（冯注引）

以上为第一段。言建国兴邦必师古重儒，并历叙周秦两汉之不重儒术。

〔一九〕【朱曰】南渡，谓晋元帝渡江。【程注】晋书：“郭璞行至庐江，见太守胡孟康。时江淮清晏，孟康安之，无心南渡。”孙逖丹阳行：“传闻一马化为龙，南渡衣冠亦愿从。”易：“物不可以终否，故受之以同人。”【冯注】通鉴：“晋元帝江东草创，始立太学。成帝时以江左寝安，兴学校，征集生徒；而士大夫习尚老庄，儒术终不振。穆帝时，以军兴，学校遂废。”【补】否：穷，不通。宜终否，谓应合乎“物不可以终否”之理。句意谓迨晋室南渡，儒学之否运已极。

〔二〇〕【朱曰】西迁，谓陈后主归隋。【程注】西都赋：“缀而勿康，实用西迁。”诗大雅：“汔可小康。”【冯注】北史儒林传：“隋文平一寰宇，厚赏诸儒，京邑达乎四方，皆启黉校，齐、鲁、赵、魏学者尤多，中州儒术之盛，自汉、魏以来，一时而已。及帝暮年，不悦儒术，至仁寿间，遂废天下之学。”

〔二一〕【冯注】汉书文帝纪：“诏举贤良方正能直言极谏者，上亲策之。”【程注】汉书董仲舒传：“陛下举贤良方正之士，论谊考问，将欲兴仁谊之休德，明帝王之法制，建太平之道也。”

〔二二〕【程注】后汉书：“诏光禄勋与中郎将选孝廉郎。”古诗：“大子二千石，中子孝廉郎。”【冯注】汉时，诏令二千石举孝廉，详汉书。此言所策所贡，皆不得人。

〔二三〕【朱注】庄子：“昔者海鸟止于鲁郊，鲁侯御而觞之于庙，奏九韶以为乐，具太牢以为膳，鸟乃眩视忧悲，三日而死。”江淹诗：“咸池飨爰居，钟鼓或愁辛。”【冯注】（海鸟）即国语爰居。【补】国语鲁语上：“海鸟曰爰居，止于鲁东门之外三日。臧文仲使国人祭之。”尔雅释鸟：“爰居，杂县。”邢昺疏：“爰居，海鸟也，大如马驹，一名杂县。”郝懿行尔雅义疏：“樊云似凤凰，刘逵吴都赋注亦云似凤；广雅作延居，云怪鸟属也。”

〔二四〕【朱注】广雅：“猴一名狙。”庄子：“狙公赋芧，曰：‘朝三而暮四。’众狙皆怒。曰：‘然则朝四而暮三。’众狙皆喜。”又曰：“猿狙而衣以周公之服，彼必龁啮挽裂，尽去而后慊。”【何曰】海鸟、狙公，言骇于所不闻见也。又曰：去古愈远，则于经术愈不相习。次第指切，皆不漫然。【冯曰】言放荡成风，深畏礼法拘苦，盖清谈之流毒。下数联皆此意。【按】冯注是。

〔二五〕【冯注】列子：“杨子之邻人亡羊，杨子曰：‘亡一羊，何追者之众？’曰：‘多歧路。’既反，曰：‘亡之矣！歧路之中又有歧焉，吾不知所之也。’大道以多歧亡羊，学者以多方丧生。”【程注】庄子：“臧与穀二人相与牧羊而俱亡其羊。问臧奚事，则挟策读书；问穀奚事，则博塞以游。二人者事业不同，其于亡羊均也。”【按】程注引庄子非所用。

〔二六〕【冯注】礼记：“治国而无礼，譬犹瞽之无相，伥伥乎其何之？终夜有求于幽室之中，非烛何见？”【补】伥伥，迷茫不知所措貌。荀子修身：“人无法则伥伥然。”杨倞注：“伥伥，无所适貌，言不知所措履。”

〔二七〕【朱注】凝邈、虚空，盖指何平叔、王夷甫诸人也。邈，音莫。【程注】梁书元帝纪：“锡珪之功既归有道，当璧之礼允属圣明，而优诏谦冲，窅然凝邈。”法华经：“其佛常处虚空，为众说法。”【补】凝邈，凝思寂听，杳然高远貌。虚空，指老庄之玄言，以虚无为本，程注非。士常，士之常则。

〔二八〕【朱注】说文：“呰，诃也。”曹植书：“田巴毁五帝，罪三王，呰五伯于稷下。”【程注】汉书董仲舒传：“仲尼之门，五尺之童羞称五霸。”【冯注】呰，说文：“苛也。”玉篇：“口毁也。”“訾”同。按：本文“三王”，“王”字韵复，直呰三皇，义固可通。如庄子天运篇：“老子曰：‘余语女：三皇五帝之治天下，名曰治之，而乱莫甚焉。’”【辑评墨批】由羞、自呰叠韵。

〔二九〕【程注】北史：“同源别派。”【补】镳，马具，与衔合用，衔在口内，镳在口旁，俗称马嚼子。他镳犹他道，与上句“别派”意近。二句谓其时老庄杨墨之学大盛，如车马之驰骛也。

〔三〇〕【冯注】庄子：“儒以诗、礼发冢。诗固有之：‘生不布施，死何含珠为？’儒以金椎控其颐，徐别其颊，无伤口中珠。”【程注】晋书束皙传：“太康二年，汲县人发冢，得竹书数十车，皆简编科斗文字，杂写经史。皙为著作，随宜分析，皆有考证。”【按】此显用庄子，谓儒家典籍竟沦为破冢之资，盖极言儒学之衰也。程注非。

〔三一〕【冯注】庄子：“将为胠箧探囊发匮之盗为守备，则必摄缄縢、固扃鐍，然而巨盗至，则负匮揭箧担囊而趋。”谓不能禁其弊。【钱良择曰】极言学术之坏。【何曰】以上言荒经蔑古之弊。转朝。

以上为第二段，谓东晋以来老庄之玄风益炽，儒学衰敝之极。

〔三二〕【冯注】左传：“韩宣子来聘，观书于太史氏，见易象与鲁春秋，曰：‘周礼尽在鲁矣。’”

〔三三〕【朱注】书：“右秉白旄以麾。”【程注】阮籍大人先生传：“左朱阳以举麾兮，右玄阴以建旗。”任昉禅书：“取新之应既昭，革故之征必显。”【冯注】书：“一戎衣，天下大定。”易：“革，去故也；鼎，取新也。”史记高祖本纪：“父老苦秦苛法久矣，吾约法三章耳，馀悉除去秦法。”【辑评墨批】“鼎新”以下，言唐人学术之盛。

〔三四〕【程注】吴志薛莹传：“乾德博好，文雅是贵。”谢朓诗：“平台盛文雅，西园富群英。”易：“圣人以此洗心，退藏于密。”【辑评墨批】入刘五经。【钱曰】下二联言人才之盛。【补】森，盛。“星宿”句即李白古风（其一）“群才属休明，乘运共跃鳞。文质相炳焕,众星罗秋旻”意。“退藏”,指隐沦者。

〔三五〕【朱注】汉书:“夏侯胜、黄霸皆下廷尉,系狱,当死。霸因从胜受尚书狱中,再逾冬,积三岁乃出。”【冯注】后汉书:“崔瑗系东郡发干狱,狱掾善为礼,瑗闲考讯时,辄问以礼说。”

〔三六〕【朱注】史记:“晁错以文学为太常掌故。文帝时,天下无治尚书者,帝遣错受尚书伏生所。还,以尚书称说,诏以为太子舍人。”【冯注】掌故,掌故事也。周礼夏官掌固,与此大异。乃后世此或亦作“固”,盖“故实”“固实”,古字每通用。通鉴:“唐太宗贞观中幸国子监,大征天下名儒为学官,增学生满二千二百六十员。以师说多门,章句繁杂,命孔颖达与诸儒撰定五经疏,谓之正义。”此为唐学业盛事。【何曰】“忙”字亦无味,对不来“切”字。【钱良择曰】言唐兴文教始复盛也。下入刘五经。【补】掌故,汉代官名,掌礼乐制度等故事。司马相如封禅文:“宜命掌故,悉奏其仪而览焉。”李善注引汉书音义:“掌故,太史官属,主故事者也。”

〔三七〕【程注】晋书:“王济与侍中孔恂、杨恂、杨济同列,为一时秀彦。”【何曰】以下方入题正面。【补】夫子,指刘五经。彦,美士。书太甲上:“旁求俊彦。”

〔三八〕【何注】曲礼注:“先生,老人教学者。”朝廷虽云不振,大臣秉旄尚知尊德乐道,或者先生之迹有嗣音焉。【冯曰】此言先生之迹得尔则未荒。【田曰】入题婉而入。(冯注引)【方世举曰】(先生)应作先王。【按】庄子天运有“夫六经,先王之陈迹也”之语。然此处自当作先生。

"迹"则指儒家经典,即所谓"先王之陈迹"。

〔三九〕【冯注】汉书:"娄敬曰:'臣衣帛,衣帛见;衣褐,衣褐见。'"后汉书陈元传:"臣如以褐衣召见,诵孔氏之正道。"【程注】孔融荐祢衡表:"乞令衡以褐衣召见。"

〔四〇〕【冯注】汉书艺文志:"幼童而守一艺,白首而后能言。"按:皓首穷经事习见。【按】谓虽白首穷经,而兴味不减。

〔四一〕【朱注】后汉书:"桓谭极言谶之非经,帝大怒,曰:'桓谭非圣无法。'将下斩之,良久得解。"【冯注】孝经:"五刑之属,非圣人者无法。"汉书扬雄传:"非圣哲之书不好也。"后汉书:"周燮不读非圣之书。"何休公羊传注:"无尊上、非圣人、不孝者,斩首枭之。"【补】感激,有所感而情绪激动。诛非圣,犹对非圣之论加以口诛笔伐。

〔四二〕【朱注】礼记:"五十异粻。"注:"粻,粮也。"【冯注】玩此二联,刘虽登明经,似未得仕。【补】栖迟,游息。诗陈风衡门:"衡门之下,可以栖迟。"汉书叙传上:"栖迟于一丘,则天下不易其乐。"此指家居不仕。到异粻,犹言年至五十。

〔四三〕【程注】柳宗元文:"总而括之,立片辞而不遗。"书:"天命有德。"正义序:"夫子因鲁史之有得失,据周经以正褒贬。一字所嘉,有同华衮之赠;一言所黜,无异萧斧之诛。"诗大雅:"毋纵诡随,以谨无良。"【冯注】范宁穀梁传集解序:"一字之褒,宠逾华衮之赠;片言之贬,辱过市朝之挞。"【补】无良,不善。二句谓刘于文章中正褒贬。以上为第三段,言唐兴重儒术,而刘栖迟不遇。

〔四四〕【朱注】史记:"邹衍如燕,燕昭王拥彗先驱,列弟子之坐受业焉。"【程注】史记正义:"燕地,尾箕之分野。"江淹狱中上建平王书："飞霜击于燕地。"史记孟子传："其次邹衍，后孟子。"

〔四五〕【朱注】（史记仲尼弟子列传）："子夏居西河教授，为魏文侯师。"【程注】魏世家："文侯受子夏经艺，客段干木，过其闾，未尝不轼也。"【按】谓茂元镇泾原，厚礼刘五经。

〔四六〕【自注】外舅太原公亦受经于公也。【朱曰】外舅谓王茂元。【程注】易："谦尊而光。"陆云诗："谦光自抑，厥辉愈扬。"【冯注】新书李栖筠传："拜浙西都团练观察使，增学庐，表宿儒河南褚冲、吴何员等，超拜学官，为之师，身执经问义，远迩趋慕。"此云太原公受经，亦其类耳。【补】易"谦尊而光"孔颖达疏："尊者有谦而更光明盛大。"此指茂元位尊而有谦退之风。又，据自注，最迟在开成三年秋，商隐已与王氏结婚。

〔四七〕【冯注】诗："青青子衿。"【补】毛传："青衿，青领也，学子之所服。"绛帐，已见过故崔兖海宅诗注。二句谓己亦叨获学子之列。

〔四八〕【补】论语先进："子路、曾皙、冉有、公西华侍坐。……子曰：'亦各言其志也已矣！'"

〔四九〕【朱注】礼记："大为之防，民犹逾之。"【按】二句谓虽蒙刘五经视为受业弟子，得以侍坐言志，然仍须遵守儒家大防，不可逾矩也。

〔五〇〕【程注】晋书陶侃传："少长孤寒。"周书乐运传："运性讦直，为人所排抵，遂不被任用。"【补】孤寒，谓家世寒微，无可依恃，指己；讦直，性格梗直，敢于揭露阴私，指刘。

〔五一〕【姚注】叔孙，叔孙武叔。【补】论语子张："叔孙武叔毁仲尼。子贡曰：'……多见其不知量也。'"

〔五二〕【程注】史记伯夷传:“盗跖日杀不辜,肝人之肉,暴戾恣睢,党数千人,横行天下。”正义曰:“跖者,黄帝时大盗之名,以柳下惠弟为天下大盗,故世放古谓之盗跖。”【冯曰】详庄子盗跖篇。【何曰】望刘之裁其讦直,扶而进之也;抑刘以褒贬自任,或亦以讦直之故,微与太原不合而去,乃因送刘而托于自讼,戒其处世亦当危行言孙以为赠乎?盗跖比于时武夫悍卒之据高位者,此并非茂元儒家子少攻文之等伦矣。二句乃前半佯狂歌凤之归宿也。【按】四句谓望刘勿因(谓、为通)我之孤寒而弃绝之,然我之深忧于公者惟讦直之性格不见容于世耳。叔孙之谗易得,盗跖之暴难当,讦直之妨身也明矣。“勿谓”句顶上,“深忧”以下三句送刘赠言。

〔五三〕【何曰】收到“送”字。【朱彝尊曰】结出赠送意。【冯曰】点时、地,见送行意。【按】秦、陇,切泾原。

〔五四〕【冯注】尔雅:“渝,变也。”巾屦,取儒服与侍于君子之义。【程注】杜甫诗:“松下丈人巾屦同。”【按】巾,头巾;屦,麻、葛等制成之单底鞋。巾屦指儒服。

〔五五〕【田曰】去路逌然。【补】论语先进:“由也升堂矣,未入于室也。”句意谓容许己后日为刘之升堂弟子。

以上为第四段,谓幕主与己之敬重刘五经,并点出“赠送”之意。

笺　评

【俞玚曰】历数诸代学圃荒芜,专为刘作地。(宋本上批)

【杨守智曰】张云投赠诸排律,俱极深厚,皆有大气以举之,不负隽语斗之矣。“叔世”:以下言荒经蔑古之弊。中眉批:

详叙前代。“鼎新”句转入本朝，言学术之盛。“夫子”句：此处方入五经。“获预”以下谦光。末批语：长律法度森严，工部后一人而已。

【何曰】洋洋大篇，仍自一气呵成，莫能寻其段落之迹。（读书记）又曰：唐所以兴，能用儒也。今奈何白首不召，子孙转蹈亡国之覆辙乎？○语多不类，开、宝以前必不然。晚唐长律无出义山之右者，此诗虽不及有感二首，然次第铺排，应规中矩，议论醇正，词采芳腴，浅学亦不易到。（辑评）

【姚曰】起手四句，以崇儒意领起一篇之纲。“叔世”以下，至“法制困探囊”二十八句，叙自周至隋学术之坏，应“从来以儒戏”句。“周礼仍存鲁”至“掌故受经忙”八句，叙唐兴文教始复，应“建国宜师古”句。自“夫子时之彦”至“拥彗信谦光”十二句，入刘五经，应“兴邦属上庠”句。自“获预青衿列”至末十二句，自叙为时所弃，虽处流落中，不胜景仰之切也。

【屈曰】一段总起，言古来尊儒重道，故能成治；后以儒戏，遂至乱亡。二段言秦汉之轻儒。三段晋儒非五经。四段唐重儒学。五段出刘五经。六段自己尊刘五经兼送。○题是送刘五经，故前四段皆言历代儒者之重轻，儒学之邪正，盖儒即五经也。五段方出刘，又写太原公，此诗之所以作也。六段结到自己之重刘，只“雁下”二句是送。

【程曰】新书选举志云：“永隆二年，考功员外郎刘思立建言：‘明经多抄义条，进士惟诵旧策，皆亡实才，而有司以人数充第。’乃诏自今明经试帖粗十得六以上，进士试杂文二篇，通文律者然后试策。宝应二年，杨绾又言‘进士皆诵当代之文而不通经史，明经者但记帖括；又投牒自举，非古先哲王侧席待贤之意。’当时之言如此，则明经亦可薄矣。然明经之科或有陵替，而经术之士实系世风，故义山于刘五经发之。起四句以儒术之用舍为古今之兴衰，此一篇之纲领也。"叔世何多难"以下，历叙周末经之不明，其病有二：一坏于富强，再坏于虚空，此叔世之要害也。"隋师果禅唐"以下，言有唐振古，复重经术。"夫子时之彦"以下，致叹于刘五经之不能行其教也。"雁下秦云"四语，乃以即景赠送终之。按樊南乙集序云："范阳公虆，选为博士，在国子监始主事讲经，申诵古道，教太学生。"是则义山经学之见于文字者也，故此诗于经学郑重言之。

【田曰】委蛇断续，文统离合兴衰，无不备载。（冯笺引）

【李光地曰】叙经学兴废，意极剀至，语尤清警。（榕斋语录续集。冯笺引。）

【冯曰】在本集中，此非上乘。（冯注初刊本冯氏原批）【王鸣盛曰】孟亭知言。

【纪曰】清楚而平衍，率笔累句尤多，凡长篇铺叙而乏筋节，势必至此。（诗说）

【张曰】步骤谨严，属对宏整，并无疵累可抉。篇中虽略涉铺叙，而段段转折，纯任自然，晚唐长律，此其独而已。诗中"叔世"数句，"周礼"数句，"燕地"数句，皆一篇筋骨处也。（辨正）

【按】此诗题为"赠送前刘五经映"，而叙儒学兴废竟达三分之二篇幅，初读似感喧宾夺主，细读方知其用意初不在阐述经学之兴废，而系借此致慨于刘之不遇与时之不重儒士也。开首四语，为一篇之纲领，贯穿全诗，非专为儒学兴废而设。三段前半"周礼"八句叙唐兴重儒术，遥应篇首"建国宜师古，兴邦属上庠"；后半"夫子"八句叙刘之栖迟不遇，则暗合“从来以儒戏，安得振朝纲”之语，其意盖谓刘之不遇，实缘值此“以儒戏”之叔世也。赞唐初之重儒，正所以反衬唐季之轻儒。刘映虽明经及第，而五十犹未释褐入仕，故称“前刘五经”，而其时义山亦进士登第尚未释褐，遭遇仿佛，故有同病相怜之感。慨刘之中亦寓自慨。而慨刘自慨，亦正所以慨时也。此一篇之主意，而特借儒学之兴废以发之。

义山上崔华州书与容州经略使元结文集后序均极言学道、为文之不必“求古”“师孔”，而此诗则极言建国、兴邦之必须“师古”、重儒。书谓“百经万书，异品殊流，又岂能意分出其下哉”，诗则直斥杨墨老庄等别派为“多歧扰扰”，甚至以不尊儒术为“心无窍”、“面正墙”，为“叔世多难”之根源。两相对照，似亦如水火之不相容。实则书、序与诗虽间有龃龉，然并无根本冲突。前者之中心在强调学道不必求古、师孔，道者非周孔所独能，意在反对迷信孔氏，“相随于涂中”，初无否定儒学、鄙薄孔氏之意（序谓“孔氏固圣”，则明言孔氏为圣矣）。谓不师孔氏不为非，并非即以孔氏为非，乃反对步趋相随之“师古”，亦即泥古也。而诗中之所谓“师古”，乃师古代之重儒术也。作者之意，盖谓儒术虽建国兴邦之根本，而儒道并非周孔所独能；故重儒一事须“师古”，而行道则须与时推移，不必泥古也。明乎师古与泥古之别，则书、序与诗之并无根本冲突亦明矣。

此篇末段“深忧讦直妨”一语，为义山临别之赠言，亦所以明刘“褐衣终不召”遭遇之主观根源，同情之中含劝诫之意。或刘五经离泾原另有所就，故义山以讦直易遭谗遇暴诫之。

十一月中旬至扶风界见梅花〔一〕

匝路亭亭艳①，非时裛裛香。素娥唯与月〔二〕，青女不饶霜〔三〕。赠远虚盈手〔四〕，伤离适断肠。为谁成早秀？不待作年芳〔五〕。

校　记

①“匝”原一作“雨”，朱本、季抄同。

集　注

〔一〕【朱注】唐书：“凤翔府扶风郡，属关内道，至德二载号西京。”

〔二〕【姚注】谢庄月赋注：“嫦娥窃药奔月。月色白，故曰素娥。”

〔三〕青女见霜月注。

〔四〕【朱注】说苑：“越使诸发执一枝梅遗梁王。”【冯注】荆州记：“陆凯与路晔为友，在江南，寄梅花一枝诣长安与晔，并赠诗曰：‘折花奉秦使，寄与陇头人。江南无所有，聊赠一枝春。’”按：陆凯，吴荆州牧也。兹据太平御览春时所引。路姓一作“范”，首句一作“折花逢驿使”，三句一作“江南无别信”，皆未知孰是。

〔五〕【程注】沈约诗：“丽日属元巳，年芳俱在斯。”

笺　评

【方回曰】义山之诗，入宋流为昆体。此谓梅花最宜月，不畏霜耳。添用"青女""素娥"四字,则谓月若私之而独怜,霜若挫之而莫屈者,亦奇。末句又似有所指云。(瀛奎律髓卷二十)【许印芳曰】"不"字复。

【冯班曰】大手。〇次连奇。(五句)用事巧。〇知添字法便解西昆炼句法矣。(二冯评阅瀛奎律髓)

【何曰】("匝路"句)扶风界。("非时"句)十一月。("素娥"句)中旬。〇其中有一义山在。(读书记)

【查慎行曰】起五字为梅传神。(瀛奎律髓汇评引)

【姚曰】此伤所遇之非其时也。早秀而不遇知己,正复何益。月冷霜清,孤孑无侣,未堪赠远,徒足伤离耳。

【屈曰】香艳非时,赏之者少。四言全无益处,乃不待年芳而早秀,香艳非时,果为谁哉!

【冯曰】自凤翔扶风西南至兴元入蜀,西北至泾州也。初疑开成三(按:当作"二")年驰赴兴元时作。检旧纪,是年十一月辛酉朔,丁丑,令狐楚卒,义山已在其幕,安得中旬犹在扶风界哉?至大中时赴东川途次,意味亦不可符,则似泾原往来所作,但无可定编。

【纪曰】清楚有致,但太薄耳。(诗说)寓慨颇深,异乎以逃虚为妙远。〇梅诗固忌刻画,然烘染传神,至今日又成窠臼。桃源再至,便成村落。和靖诸诗,亦有一种习气可厌矣,此难为外人道也。(辑评)又曰:"匝路"是至扶风,"非时"是十一月中旬。三四爱之者虚而无益,妒之者实而有损。结仍不脱十一月中旬。〇意正如此,非借艳字为色泽也。〇纯是自寓,与张曲江同意,而加以婉约。(瀛奎律髓刊误)

【朱庭珍曰】作梅花诗宜以清远冲淡传其高格逸韵,否则另出新意,以生峭之笔,为活色疏香写照,不宜矫激。后人一味矫激鸣高，借寓身分，不知其俗已甚，于此花转无相涉，徒自堕尘劫恶习而已。庾子山之“树冻悬冰落，枝高出手寒”，唐人钱起之“晚溪寒水照，晴日数蜂来”，李商隐之“素娥惟与月，青女不饶霜，赠远虚盈手，伤离适断肠”，崔道融之“香中别有韵，清极不知寒”，僧齐己之“前村深雪里，昨夜一枝开”，皆相传佳句也。中惟玉溪“素娥”、“青女”一联，谓月爱之而无益，霜忌之而有损，用意稍深，著色稍丽，然下联即放缓一步，以淡语空际写情。其馀各联，均出以雅淡之笔，不肯着力形容，可见梅诗所贵在淡静有神矣。（筱园诗话）

【李因培曰】（“赠远”句下评）韵于偶句。（唐诗观澜集卷二十三）

【张曰】此调尉时乞假赴泾西迎家室之作。首句喻秘省清资。次句喻屈就县尉。“素娥”句所得仅此。“青女”句得不偿失。赠远、伤离，思家之恨。义山得第由令狐，而失意亦由子直，所谓“为谁成早秀，不待作年芳”也。寓意与有感（按：指中路因循七绝）一首正同。（会笺）

【按】纯是自寓。首联谓早梅吐艳非时，领起全篇。颔联承“非时”，谓素娥唯助与清冷之月光，而青女则不少减霜威之肆虐，纪谓喻“爱之者虚而无益，妒之者实而有损”，近之，三句衬托四句，见环境之冷酷，摧残之无已。腹联谓早梅虽盈手在握，然未堪以之赠远，唯适足增伤离肠断之情耳，此联突出早梅之孤孑不逢知己，仍紧承“非时”而言之。末联总收，谓虚成早秀，未作春芳，盖叹己之才名早著而所遇非时也，与回中牡丹为雨所败“浪笑榴花不及春，先期零落更愁人”寄兴寓慨类似。冯谓泾原往来作,可从。周振甫诗词例话一五六至一五七页对此首有疏解,可参。

马嵬二首〔一〕

冀马燕犀动地来〔二〕,自埋红粉自成灰。君王若道能倾国①,玉辇何由过马嵬②〔三〕?

其二

海外徒闻更九州〔四〕,他生未卜此生休③〔五〕。空闻虎旅传宵柝④〔六〕,无复鸡人报晓筹〔七〕。此日六军同驻马〔八〕,当时七夕笑牵牛〔九〕。如何四纪为天子,不及卢家有莫愁〔一〇〕?

校　记

①"能",英华作"堪"。

②"由",英华作"因"。

③"卜",英华作"决"。

④"传",蒋本、姜本、戊签、悟抄、影宋抄及才调、英华、瀛奎律髓作"鸣"。

集　注

〔一〕【朱注】通志:"马嵬坡,在西安府兴平县西二十五里。"【冯注】旧书杨贵妃传:"安禄山叛,潼关失守,从幸至马嵬。禁军大将陈玄礼密启太子诛国忠父子,既而四军不散,曰:'贼本尚在。'指贵妃也。帝不获已,与贵妃诀,遂缢死于佛室,时年三十八。瘗于驿西道侧。上皇自蜀还,密令中使改葬他所。初瘗时,以紫褥裹之,肌肤已坏,而香囊仍在。内官以献,上皇视之凄惋。”通典:“马嵬故城,孙景安征途记云:‘马嵬所筑,不知何代人。姚苌时,扶风丁驸以数千人堡马嵬,即此也。’”按:晋书姚苌传中作扶风王驎,与丁驸异。通鉴注引杜佑曰:“汉平陵,晋改为始平,有马嵬故城。”此章当与韩琮同赋,详文集笺。【按】冯氏樊南文集详注卷三为举人献韩郎中琮启云:“一日三秋,空咏马嵬之清什。”注引柳仲郢子璧传:“文格高雅,尝为马嵬诗,诗人韩琮、李商隐嘉之。”按:义山有马嵬诗二首,或琮亦赋之。意是诸人唱和之作也。韩琮曾为王茂元陈许判官,文集卷二有为濮阳公奏韩琮等四人充判官状,状有云:“臣顷居镇守,琮已列宾僚。”则茂元镇泾原时韩已在幕,义山与韩当在此时结识。

〔二〕【朱注】左传:“冀之北土,马之所生。”燕犀,燕地之犀甲也。郑玄周礼注:“燕近强胡,习于甲胄。”或曰:谓弓也。列子:“燕角之弧,朔蓬之干。”郭璞毛诗拾遗:“今西方有以犀角及鹿角为弓者。”长恨歌:“渔阳鞞鼓动地来。”【冯注】考工记:“燕无函。非无函也,夫人而能为函也。”左传:“犀兕尚多,弃甲则那?”后汉书蔡邕传:“幽冀旧壤,铠马所出。”徐陵与王僧辩书:“跃冀马者千群,披犀甲者万队。”【按】犀自指甲而非指弓,左传可证。

〔三〕【朱注】国史补:“玄宗幸蜀,至马嵬驿,缢贵妃于佛堂梨树之前。”太真外传:“妃死,瘗于西郊之外一里许道北坎下。”

〔四〕【原注】邹衍云:“九州之外,复有九州。”【冯注】史记邹衍传:“中国者,于天下八十一分居其一分,中国名曰赤县神州。中国外如赤县神州者九,所谓九州也。于是有裨海环之,一区中为一州。如此者九,乃有大瀛海环其外。"

〔五〕【朱注】陈鸿长恨歌传:"玄宗命方士致贵妃之神,旁求四虚上下,跨蓬壶,见最高仙山上多楼阙,署曰'玉妃太真院'。玉妃出揖方士,问天宝十四载已还事。言讫,悯然,取金钗钿合,各析其半,授使者还献上皇。将行,乞当时一事不闻于他人者为验。玉妃曰:'昔天宝十年秋七月,牵牛织女相见之夕。时夜殆半,独侍上。上凭肩而立,因仰天感牛女事,密相誓心,愿世世为夫妇,执手各呜咽。此独君王知之耳。'方士还奏,上皇嗟悼久之。"此诗起二语正指其事。言夫妇之愿,他生未卜,而此生先休,徒仿佛其神于海外耳,能无悲乎?【查慎行曰】一起括尽长恨歌。(初白庵诗评)【吴乔曰】势如危峰矗天,当面崛起,唐诗中所少者。(围炉诗话)

〔六〕【朱注】西京赋:"陈虎旅于飞廉。"【按】虎旅,指禁军。宵柝,夜间报警之木梆。

〔七〕【朱注】周礼:"鸡人,夜嘑旦以嘂百官。"汉官仪:"宫中不得畜鸡,卫士候于朱雀门外传鸡唱。"王维诗:"绛帻鸡人报晓筹。"○按仙传拾遗云:"玄宗属念贵妃,往往废寝。"则虎旅鸡人皆增感怆矣。【冯注】后汉书百官志注:"蔡质汉仪曰:'不畜宫中鸡,汝南出鸡鸣。卫士候朱雀门外,专传鸡鸣于宫中。'"晋太康地道记曰:"后汉固始、鲖阳、公安、细阳四县卫士,习此曲于阙下歌之,今鸡鸣是也。"一作"今鸡唱是也"。旧书纪:"乙未夕,次金城。丙申,次马嵬。"是将宿于马嵬也。而兵士围驿,遂赐妃自尽,则长眠不复晓矣。紧赋驻宿惊悲之状,旧解多误会。【按】此联赋驻宿之夕情景,冯注是。

〔八〕【冯注】长恨传："六军徘徊，持戟不进。"谓驻马请诛之也。【朱注】旧书肃宗纪："杨国忠讽玄宗幸蜀，至马嵬顿，六军不进。大将军陈玄礼请诛杨氏。于是诛国忠，赐贵妃自尽。"长恨歌："六军不发可奈何，宛转蛾眉马前死。"

〔九〕【张相曰】此"笑"字为羡慕义。按陈鸿长恨歌传："因仰天感牛女事，密相誓心，愿世世为夫妇。"此为羡慕牛女之意。【冯注】风月堂诗话："此二句与温飞卿苏武庙诗'回日楼台非甲帐，去时冠剑是丁年'，用事属对如此者罕有。【吴乔曰】叙天下大事，而六七、马牛为对，恰似儿戏，扛鼎之笔也。【宋宗元曰】(此日二句)逆挽警健。

〔一〇〕【朱注】玄宗纪："(明皇御蜀都府衙，宣)诏曰：'聿来四纪，人亦小康。"【按】玄宗在位凡四十五年，此言"四纪"(十二年为一纪)，举其成数。卢家莫愁，屡见前。此言四纪为天子而不如民间百姓之夫妇相守也。

笺　评

【范温曰】"海外徒闻更九州，他生未卜此生休"，语既亲切高雅，故不用愁怨堕泪等字，而闻者为之深悲。"空闻虎旅鸣宵柝，无复鸡人报晓筹"，如亲扈明皇，写出当时物色意味也。"此日六军同驻马，他时七夕笑牵牛。"益奇。义山诗后人但称其巧丽，至与温庭筠齐名，盖俗学只见其皮肤，其高情远意皆不识也。○"海外徒闻更九州"其意则用杨妃在蓬莱山，其语则用邹子云："九州之外，更有九州"，如此然后深稳健丽。(诗眼)

【陈模曰】前辈论李商隐咏骊山云："海外徒闻更九州，他生未卜此生休。空闻虎旅鸣宵柝，无复鸡人报晓筹。"以为白乐

天长恨歌费一篇，而不如商隐数句包括得许多意，盖述得事情出，则不必言垂泪断肠，而自不能不垂泪断肠也。（怀古录）

【方回曰】六军、七夕、驻马、牵牛、巧甚。善能斗凑，昆体也。（瀛奎律髓）

【顾璘曰】此篇中联虽无兴意，然颇典实，起结粗浊不成风调。

【唐陈彝曰】起议论体。

【唐孟庄曰】结天子至此，可笑可涕。（以上三条，均唐诗选脉会通评林引）

【周珽曰】此诗讥明皇专事淫乐，不亲国政，不惟不足以保四海，且不能庇一贵妃，用事用意，均深刻不浮。论诗者先有晚唐二字横处胸中，概弃其美多矣。（同上）

【唐汝询曰】海外九州，事属荒诞，帝乃求妃之神于方外乎？他生未必可期，此生已不可作，帝复废寝思之耶？虎旅鸡人，几于虚设矣。吾想六军驻马之祸，始于七夕牵牛之约，以五十年之天子求保一妇人而不可得，反不如卢家之有莫愁，何哉？读此堪为人君色荒之戒。（唐诗解）

【金圣叹曰】玉妃既缢之后，上皇悲不自胜，因而谬托方士家言，言方士排神驭气，至于海外仙山，抽簪轻叩院门，果有太真出见，授以钿盒半扇，仍约生生夫妇，此无非欲聊自解释者也。今先生特又劈手夺去其说，言他生则我不能知，至于今生，则眼见休矣！因急以三四实之，言既是他生尚愿夫妇，何不今生久住宫帏，而乃自致马嵬宵柝，永辞上阳晓漏耶？便令方士之饰说更无以得申也。此六军、七夕、驻马、牵牛，随手所合，不费雕饰，而当时陈玄礼侃侃之请，与长生殿密密之誓，一时匆匆相逼，遂成草草不顾，写来真如小儿木马，鬼伯蒺藜，既复可笑，又复可悯也。末言四十馀年天子，而不能保一妇人，以为痛戒也。

【冯舒曰】玉溪之高妙不在对偶。

【冯班曰】此篇以工巧为能，非玉溪妙处。（瀛奎律髓汇评引）

【吴乔曰】义山马嵬诗一代杰作，惜于结语说破。又曰：叙天下大事而“六”“七”、“马”“牛”为对，恰似儿戏，扛鼎之笔也。（围炉诗话）

【黄周星曰】卢家莫愁却不会兴妖作怪。（唐诗快）

【陆次云曰】使莫愁为玉环，未必有马嵬之事；使玉环为莫愁，未必能保卢家。（晚唐诗善鸣集）

【贺裳曰】中晚人好以虚对实，如……李义山“此日六军同驻马，当时七夕笑牵牛”，皆援他事对目前之景。然持戟徘徊，凭肩私语，皆明皇实事，不为全虚，虽借用牵牛，可谓巧心濬发。（载酒园诗话卷一）

【杨守智曰】（第二首）通首工丽，惜字句不伦，强弩之末矣。（复图本）

【金介曰】之二：次句七字（“他生未卜此生休”）酸感，长恨歌大篇不能抵此。（复图本，下均同）

【方世举曰】有似浅薄而胜刻至者。如马嵬，李义山刻至矣，温飞卿浅浅结构，而从容闲雅过之。比之试帖，温是元，李是魁。用力过猛，毕竟面红耳赤，倘遇赵州和上，必儆醒歇歇去。（兰丛诗话）

【何曰】（首章）末二句言其觉悟之不早也。（次章）纵横宽展，亦复讽叹有味。对仗变化生动。起联才如江海。老杜云：“前辈飞腾入，馀波绮丽为。”义山足窥此秘。五六倒叙奇特。看温飞卿作，便只是长恨歌节要，不见些子手眼。落句专责明皇，识见最高，此推本言之也。（读书记）○定翁（谓）此首（指次章）以工巧为能，非玉溪妙处。吾以为本未尝专示工巧。○（次章）起联变化之至，超忽。○（次章）末责明皇，亦觉失体。后半太伤轻薄，其失正不在虎鸡马牛字样。（辑评。末条似非何氏评。）

【胡以梅曰】起句就方士复命之语发端……“闻”乃闻方士之言也。“他生”即方士所述贵妃七夕之盟誓。“未卜”乃诗人断词，盖言徒闻其说得玄远，他生之说，亦不确也。此推翻长恨歌中之事。因他生引出此生，言他生不可卜，则此生早休矣。三四承明“此生休”。而他生之盟誓在七夕，所以三四专写暮夜，暗中有线。其意有深浅两层：一言当年骊山七夕与今次马嵬之夜，同是夜间，当年必穿针乞巧，多少幽事，即有宵柝，亦非虎贲禁旅，还有鸡人唱筹，皆悠扬情景，今则传柝乃虎旅，鸡人亦苍茫不至矣。更深一层，言贵妃已死，遂成大暮，彼徒心惊于虎旅之柝，永不知鸡人之晓，总有鸡筹，亦不能醒夜台，此申明“休”字之精神，可以飞舞。用“虎旅”亦带贵妃馀畏意，“此日”指有虎旅无鸡人之日。六军驻马所以逼杀妃子，却用歇后语止言六军驻马。“当时”指是时幸蜀之七夕。按贵妃死于天宝十五年六月十四，去七夕甚近。本纪明皇于七月初十次益昌，渡吉柏江，则七夕在汉中保宁之间，当年之七夕大不相同而寥落不堪，正赋雨淋曲之候也。所以令人逢此七夕欲笑“牛郎”，向日生死盟誓，今何不见织女偕行乎。“当时”二字下得紧，正为播迁时，恶刻万分，锦心绣口，解至此，不觉喷饭矣。若以“当时”为盟誓之夕，则“笑”字无谓，使全句无神。此句盖是歇前语，与上句串读，则中间有一死妃子也。“笑”亦引出结句，“如何”二字是笑之口吻，“四纪”二字即用玄宗幸蜀赦诏之辞，笑得尤恶。卢家莫愁是私通王昌之莫愁，将贵妃淫乱身分轻轻和盘托出而不觉怒张……。

【赵臣瑗曰】上皇思慕贵妃，溺于方士蓬壶之说，以为此生虽则休矣，犹可望之他生，愚之至也。故此诗特用以发端，言方士之说妄也。他生若犹可卜，此生何故早休。此等议论不知提醒世人多少。三四紧承今生休，写出道路流离、长夜耿耿之苦。回思美妇煽席，真是宴安鸩毒，能不为之寒心哉？五六再提，言在当年亦何尝计有此日耳。而“六军”“七夕”，“驻马”“牵牛”，信手拈来，颠倒成文，有头头是道之妙。七八感慨作收，以五十年天下共主，不能保一妇人之非命，不可解也。“如何”二字中有无限含蓄，令为人上者自思之。

【毛奇龄曰】是诗五、六对稍通脱，然首句不出题，不知何指。三、四颇庸泛无意。若落句则以本朝列祖皇帝而调笑如此，以视杜诗之忠君恋国，其身份何等？虽轻薄，不至此矣。有心六义者，盖亦于此际商之。（唐七律选）

【唐诗鼓吹评注】此言贵妃殁后，徒闻在海外蓬莱之上，其与玄宗他生之夫妇未卜，而此生则已休矣。所以清宫长夜，无与为娱，徒闻卫士之鸣柝，无复鸡人之唱筹，盖形其萧条寂寞之情也。因思此日，六军衔愤而同驻马，当时七夕信誓而笑牵牛，其为哀乐何如矣。而余所惜者，四十四年之天子不能保一贵妃，反不如卢家夫妇犹能百年相守也，是不重可叹哉！

【沈德潜曰】温李擅长，固在属对精工，然或工而无意，譬之剪彩为花，全无生韵，弗尚也。义山“此日六军同驻马，当时七

夕笑牵牛”，飞卿“回日楼台非甲帐，去时冠剑是丁年”，对句用逆挽法，诗中得此一联，便化板滞为跳脱。（说诗晬语）

【陆曰】（首章）言明皇觉悟不早，致有马嵬之变。（次章）承上首言，不但从前不悟，即贵妃殁后，仍然未悟也。何也？夫妇之愿，他生未卜，而此生先休，已可哀矣。又命方士索之四虚上下，仿佛其神于海外，得不谓之大哀乎！三四言途中追念贵妃，每至废寝，然但闻虎旅戒严，不闻鸡人传唱，无复在朝之安富尊荣矣。六军驻马，应上“此生休”意；七夕牵牛，应上“他生未卜”意。结言身为天子，不能庇一妇人，专责明皇，极有识见。

【徐德泓曰】首联，言茫茫世界，孰辨来生，而作此痴愿，岂知今世已先休也。若首句作致神海外解，尚属后事，下便割裂矣。次联，写在道之情形。腹联，言军变而夫妇之誓愿虚矣。六军驻马，七夕牵牛，属对可称奇想。此诗专咏长恨传事，故笔意轻宕。但结语似觉稍率，而太飘忽。曰“徒闻”，又曰“空闻”，虎鸡牛马字样，并类而见，亦缺检点。

【姚曰】前首是深恨其从前。直到国破身危，然后抑情割爱，若早知尤物之能倾国，何至作马嵬之行？此首（指次章）则深叹其至贵妃既死之后，犹复沉迷不悟，故不觉言之反覆而沉痛也。首联皆用长恨传中事，海外九州，即临邛道士之说；他生夫妇，即长生殿中语。二语已极痛针热喝。下二联，却将“此生休”三字荡漾一番。方其西出都门时，宵柝凄凉，六军不发，遂致陈玄礼等追原祸本，请歼贵妃。追思世世为夫妇之誓，曾几何时；谓宜如酒醒梦觉，悔恨从前，而徒写怨淋铃，伤心钿合，曾不思四纪君王，不及民间夫妇，却以何人致之？甚矣色荒之难悟也！

【屈曰】(首章)此首与"未免被他褒女笑"一样口吻,诗法所忌,玉溪多有之,是以来浮薄之诮也。(次章)谁从海外徒闻乎?徒仿佛其神于海外,如何讲得通?"空闻"、"无复",熟套语。七八轻薄甚。前人论之极详。〇玉溪诸七律惟筹笔驿、马嵬二首诗法背谬,体格舛错,句亦浅近,意更荒疏。诸家偏选此二首,且极口称之。甚矣,真知之难也。五与三四复,六与二意复。

【程曰】明皇以天子之尊而并不能庇一女子,则其故可知。观"如何"二句,唐史赞所谓"方其励精政事,开元之际,几致太平;及侈心一动,穷天下之欲不足为其乐,溺其所爱,忘其所可戒,至于窜身失国而不悔",皆檃括于二句之中,而又不露其意,深得风人之旨。渔隐丛话乃以浅近讥之,不亦陋乎!(按:渔隐丛话评见华清宫笺评。)

【冯曰】(首章)两"自"字凄然,宠之适以害之,语似直而曲。(次章)起句破空而来,最是妙境,况承上首,已点明矣,古人连章之法也。次联写事甚警。三联排宕。结句人多讥其浅近轻薄,不知却极沉痛。唐人习气,不嫌纤艳也。英华以绝句为第二首,当因先律后绝之故,实则律诗当为次章也。西河之评,殊未然。

【纪曰】马嵬诗总不能佳,此二诗前一首后二句直率,次一首亦多病痛也。归愚所言后二病良允,独云起无原委则不然,盖"自埋红粉自成灰"前一首已提明矣,故此首势须直起,乃章法合然,何得云无原委也。(诗说)盖选本限于分体,惟摘此首入七律,归愚偶未考本集耳。五六逆挽之法,如此用笔便生动,温飞卿苏武诗亦此法也,归愚尝论之。

【姜炳璋曰】(首章)此咎明皇不能觉悟于初也。言禄山兵来,贵妃之倾国了然，若早能觉悟，方安居九重，何至踉跄而过马嵬乎？○（次章）此咎明皇虽至丧败而终不悟也。四海之外，岂得更有九州？方士之言诬也。且帝云世世为夫妇，今日者他生未卜，此生已休矣，安能复生于人世耶？古者后夫人侍寝，御史奏鸡鸣于阶下，然后夫人鸣佩玉于房中，告去。“空闻虎旅”、“无复鸡人”，言妃死而明皇终宵不寐也。夫尔日割爱如此，而当时之誓言如彼，则亦天子之尊何以不如民间夫妇之相保耶？尤物之能倾国，亦可见矣，而犹使杨什伍辈穷碧落、黄泉以求之耶？八句一气揽搏，魄力甚雄，而讽刺悠然，使人微会，仍不失立言之体也。毛检讨谓其讥刺不逊，不知皆用长恨歌意也。沈宗伯谓其起二句无头脑，不知此为其二，“马嵬”二字已于第一首点清也。至“徒闻”“空闻”相复，“鸡”“虎”“牛”“马”并出，盖义山学杜，气盛而物之大小毕浮，不必以尺寸求之也。

【王尧衢曰】海外徒闻更九州，他生未卜此生休：帝求妃之神于方外，未必果有是事，又岂卜他生之果得为夫妇乎？空闻虎旅传宵柝，无服鸡人报晓筹：虎旅，卫士也。夜击木柝以卫王宫。今因兵乱，宵柝空闻矣。鸡人掌宫中漏以报更筹，今已无复设矣。此日六军同驻马，当时七夕笑牵牛：感牛女之事而为约，真属可笑。如何四纪为天子，不及卢家有莫愁：如何二字贯下，十二年为一纪，明皇在位四十七（四）年。卢家少妇名莫愁，保有富贵，如海燕双栖。今以天子而不能保一妇人，其不及远矣。色荒致祸，几覆宗社，真可戒也。篇末评：前解写行在凄凉，后解写马嵬之事，感慨系之。（古唐诗合解）

【袁枚曰】首二句，意则用贵妃死后在蓬莱山，道士求得见之，语则用邹子“九州之外更有九州”，此所谓意用事、语用事者。三四言贵妃死，玄宗夜不能寐，空闻宵柝，非因朝中鸡人之警也。同驻马，军士至马嵬驿愤怒，缢贵妃以安军士。笑牵牛，昔玄宗与贵妃七夕感牵牛、织女之事，愿世世为夫妇。当时如此，今安在哉！虽为五十年太平天子，而不能无愁也。此实事虚用，全是“空闻”“无复”“此日”“当时”数虚字。中四句情思而虚。（诗学全书）

【管世铭曰】颔颈两联，如二句一意，无异车前驺仗，有何生气！唐贤之可法者，如……李商隐“此日六军同驻马，当时七夕笑牵牛”，“永忆江湖归白发，欲回天地入扁舟”，……皆神韵天成，变化不测。宋、元以后，此法不讲，故日近凡庸。（读雪山房唐诗序例）

【秦朝釪曰】温柔敦厚，诗教也……义山马嵬等篇，尚有戒意，至云：“未免被他褒女笑，只教天子暂蒙尘。”直不啻倖灾乐祸矣，成何语耶？（消寒诗话）

【周咏棠曰】（次首）起得奇，与“群山万壑赴荆门”同妙。（唐贤小三昧续集）

【朱庭珍曰】玉溪生“此日六军同驻马，当时七夕笑牵牛”，飞卿“回日楼台非甲帐，去时冠剑是丁年”，此二联皆用逆挽句法，倍觉生动，故为名句。所谓逆挽者，倒扑本题，先入正位，叙现在事，写当下景，而后转溯从前，追述已往，以反衬相形，因不用平笔顺拖，而用逆笔倒挽，故名。且施于五六一联，此系律诗筋节关键处。中晚以后之诗，此联多随笔敷衍，平平顺下。二诗能于此一联，提笔振起，逆而不顺，遂倍精采有力，通篇为之添色。是以传诵人口，亦非以“马”、“牛”、“丁”、“甲”见长，故求工对仗也。然使二联出工部手，则必更神化无迹，并不屑以“此日”、“当时”、“回日”、“去时”字面明点，必更出以浑成，使人言外得之。盖工部以我运法，其用法入化；温、李就法用法，其驭法有痕，此大家所由出名家上也。后人学其句，而不得所以然之妙，仅于字句对仗求工。……学者勿为所惑，从而效颦。

【方东树曰】（次章）起句言方士求神不得，乃跌起。三四就驿舍追想言之，即所谓“此日”也。五六及收亦是伤于轻利流便，近巧，不可不辨。

【施补华曰】讽刺语须含蓄。如少陵“落日留王母，微风倚少儿”，太白“汉宫谁第一？飞燕在昭阳”，……皆刺明皇、杨妃事，何等婉曲！……义山“如何四纪为天子，不及卢家有莫愁？”尤为轻薄坏心术。（岘佣说诗）

【张曰】（首章）结句反说冷刺，两“自”字凄然，宠之实以害之。用笔曲折，警动异常，而以为径直可乎？（次章）虎鸡马牛四字用典并未并头，原不碍格。归愚之论未允。至末句借莫愁以寓慨，倍觉沉痛，不嫌拟其非伦也。纪氏只见后人诗法，唐人格律，乌足以知之！（辨正）

【黄侃曰】（次章）首句言神仙茫昧，次句言轮转荒唐，以此思哀，哀可知矣。中二联皆以马嵬与长安对举，六句笔力尤矫健，不仅属对工巧也。由此振出末二句，言当耽溺声色之时，自以宴安可久，岂悟波澜反覆，变起宠胡，仓卒西行又不能保其嬖爱，以视寻常伉俪，偕老山河者，良多愧恧，上校银潢灵妃，尤不可同年而语矣！讽意至深，用笔至细。胡仔以为浅近，纪昀以为多病痛，岂知言者乎？唯“空闻”“徒闻”犯复，则夏后之璜，不能无瑃也。

【俞陛云曰】白乐天长恨歌言玄宗令道士远访杨妃事，玉溪亦云然。首句言杨妃遍求不见，瀛海之外，更有九州，虚传其说耳。次句言七夕之誓，愿世为夫妇，事属虚渺，而此生之恩爱已休。三、四言虽率六军西幸，警卫犹严，而当年绛帻传筹，同梦听鸡之夜，不可复得。五、六非但驻马牵牛，以本事而成巧对，且用逆挽句法。颈联能用此法，最为活泼。温飞卿咏苏武庙诗："回日楼台非甲帐，去时冠剑是丁年"，亦逆挽法也。末句言御宇多年之主，而掩面不能救一爱妃，莫愁虽民间夫妇，而蓬门相守，犹胜天家。为杨妃惜，亦以讥玄宗也。

【按】义山此二诗，虽专责明皇，然亦并无开脱杨妃之意。首章"若道"犹"若知"，"何由过马嵬"，实即"何缘失国出奔"之意。姚解为"若早知尤物之能倾国，何至作马嵬之行乎？"甚符作者原意。故首章乃刺其觉悟之不早。次章进一步讽玄宗之始终沉迷不悟。四纪为君，不能如民间夫妇相守，已自食恶果；乃杨妃死后，仍令方士召其魂魄，真可谓"生亦惑，死亦惑"矣！全篇以七夕盟誓为主线，深刺其沉迷女色，既不能保今生之欢聚，更无论他生为夫妇。"徒闻""未卜""空闻""无复""此日""当时""如何""不及"等语，皆寓辛辣冷隽之嘲讽。诗中每一联均包含鲜明对照：杨妃已死与海外召魂之对照；承平年代鸡人报晓与奔亡途中虎旅鸣柝之对照；长生殿七夕盟誓与马嵬坡六军驻马之对照；四纪为君不能保一妇人与民间夫妇白头相守之对照。此一系列意味深长之对照蕴含深刻历史教训与深长感慨，使全诗亦讽亦慨，情味隽永。尾联之发问，尤启人深思。二首冯、张均未编年。按义山为举人献韩郎中琮启："一日三秋，空咏马嵬之清什。"冯浩曰:"义山有马嵬诗二首,或琮亦赋之。意是诸人唱和之作也。"据义山为濮阳公陈许奏韩琮等四人充判官状,茂元镇泾原时,韩琮已在幕,故琮与义山为泾幕同僚。马嵬又为长安、泾原往来所经,故此二首殆为泾幕时与韩唱和之作。下思贤顿当亦同时之作。

思贤顿〔一〕

内殿张弦管〔二〕,中原绝鼓鼙〔三〕。舞成青海马〔四〕,斗杀汝南鸡〔五〕。不见华胥梦〔六〕,空闻下蔡迷〔七〕。宸襟他日泪〔八〕,薄暮望贤西〔九〕。

集　注

〔一〕【朱注】即望贤宫也。旧唐书:"天宝十五载六月乙未,上至咸阳望贤驿,置顿,官吏骇散,无复储供。上憩于宫门之树下。"津阳门诗注:"望贤宫在咸阳东数里。"【按】止宿曰顿,止宿之所亦曰顿。隋书炀帝纪:"每之一所,辄数道置顿。"此首原编集外诗。

〔二〕【冯注】旧书音乐志:"明皇教乐工子弟三百人为丝竹之戏,音响齐发,有一声误,必觉而正之,号为'皇帝弟子',又云'梨园弟子'。"又:"宫女数百人为破阵乐、太平乐、上元乐,虽太常积习,不如其妙。"【补】明皇杂录:"天宝中,上命宫女数百人为梨园弟子,皆居宜春北院。上素晓音律,时有马仙期、李龟年、贺怀智皆洞晓音度。安禄山从范阳入觐,亦献白玉箫管数百事,皆陈于梨园,自是音响遂不类人间。"雍录:"梨园在光化门北。光化门者,禁苑南面西头第一门……开元二年正月，置教坊于蓬莱宫。上自教法曲，谓之梨园弟子。至天宝中，即东宫置宜春北苑，命宫女数百人为梨园弟子。”

〔三〕【补】谓中原无战事，不闻鼓鼙之声。言外讽玄宗自恃天下太平，肆意享乐。

〔四〕【朱注】唐书乐志：“玄宗尝以马百匹，盛饰分左右，施三重榻，舞倾杯乐数十曲。每千秋节，舞于勤政楼下。”【冯注】郑嵎津阳门诗注：“设连榻，令马舞其上，马衣纨绮而被铃铎，骧首奋鬣，举趾翘尾，变态动容，皆中音律。”旧书音乐志：“内闲厩引蹀马三十匹，为倾杯乐曲，奋首鼓尾，纵横应节，又施三层校床，乘马而上，抃转如飞。”【按】“青海马”见咏史（历览前贤）注。

〔五〕【朱注】汉旧仪：“汝南出长鸣鸡。”古鸡鸣歌：“东方欲明星烂烂，汝南晨鸡登坛唤。”陈鸿祖东城老父传：“玄宗乐民间清明斗鸡戏，立鸡坊于两宫间。索长安雄鸡金毫铁距、高冠昂尾千数，养于鸡坊。选六军小儿五百人，使驯扰教饲之。”

〔六〕【朱注】列子：“黄帝昼寝而梦游华胥。华胥国人入水不濡，入火不热，乘空如履实，寝虚如处林。帝既寤，怡然自得。又二十八年，天下大治，几如华胥国矣。”

〔七〕【姚注】宋玉登徒子好色赋：“嫣然一笑，惑阳城，迷下蔡。”【冯注】指宠杨贵妃。

〔八〕【程注】何逊诗：“宸襟动时豫。”杜甫诗：“丛菊两开他日泪。”【按】此“他日”指过去、前日，相对今日而言。今日过望贤宫追忆旧事，故云。

〔九〕【冯注】幸蜀记：“明皇憩望贤宫树下，怫然若有弃海内之意;高力士觉之,遂抱上足,呜咽开谕,上乃止。”天宝乱离记:“至望贤宫,迨曛黑,百姓稍稍来,乃得麦饭。”

笺　评

【张戒曰】夫鸡至于斗杀,马至于舞成,其穷欢极乐不待言而可知也。“不睹华胥梦,空闻下蔡迷”,志欲神仙而反为所惑乱也。其言近而志远,其称名也小,其取类也大。(岁寒堂诗话)

【何曰】咏明皇天宝之事。次连借舞马、斗鸡二实事暗寓重兵在边、宿卫单薄之意。(读书记)又曰:第二根脉最好。自恃承平,岂知酣荒不戒,渔阳鼙鼓一旦忽至耶?“不见华胥梦”,言不能如黄帝□□有以养身致物也。前侈当日之乐,结言后日之苦,须知美中已含刺,味自得之。落句所谓虽悔可追也。(辑评)

【姚曰】前六句括尽天宝年间事。末用一句点出思贤顿。曰“他日泪”,则是前日都在醉梦中也。曰“薄暮”,则是此日之危急,直到万无解救时也。

【屈曰】前四昔日之太平。五六已成陈迹。结感叹。

【冯曰】此章通首作势,结乃唤醒。

【纪曰】诗极可观,但五六既露骨亦非体,遂为一篇之累。(诗说)

【姜炳璋曰】前六句写天宝荒淫事曲尽,而以后二句擒题抉转,则前六句无非寓后二句也。妙绝。

【张曰】五六借古以喻,并不觉露骨。(辨正)

【按】诗讽玄宗荒淫失政,自召其祸。前六极形其沉迷于声色宴乐,斗鸡舞马,自恃太平,毫无励精求治之意。“舞成”“斗杀”,语特辛辣。“青海马”常用以指贤才,曰“舞成青海马”，似兼寓其以舞马代替求贤。汝南鸡本报晓者，曰“斗杀汝南鸡”，亦暗含“君王不早朝”之意。故五六分承三四，谓其无求治之意，惟迷恋美色而已。末联只将当日仓皇出逃、暮宿望贤情景托出，不下贬辞，然前后对照，讽刺更为冷隽，警诫之意亦倍觉深长。

玉山

玉山高与阆风齐①〔一〕，玉水清流不贮泥〔二〕。何处更求回日驭〔三〕？此中兼有上天梯〔四〕。珠容百斛龙休睡②〔五〕，桐拂千寻凤要栖〔六〕。闻道神仙有才子，赤箫吹罢好相携③〔七〕。

校记

①“与”，英华、又玄作“共”。

②“百”，又玄作“万”。

③“吹”，悟抄作“已”。

集注

〔一〕【朱注】穆天子传：“天子北征东还，至于群玉之山。”【冯注】山海经西山经：“玉山。”注曰：“穆天子传谓之群玉之山，见其阿平无险，四彻中绳，先王之所谓策府。”十州记：“昆仑山上有三角，其一角正北干辰之辉，曰阆风巅。”

〔二〕【朱注】尸子：“凡水方折者有玉，圆折者有珠；清水有黄金，龙渊有玉英。”颜延年诗：“玉水记方流。”【冯注】西山经：“峚山，丹水出焉，其中多白玉，是有玉膏。”史记大宛传：“汉使穷河源，河源出于置，其山多玉石，采来，天子案古图书,名河所出山曰昆仑云。"

〔三〕【程注】钱起:"翠微回日驭,丹巘驻天行。"

〔四〕【程注】王逸九思:"缘天梯兮北上,登太乙兮玉台。"【冯注】崔骃大将西征赋:"升天梯以高翔。"按:史记:"昆仑,日月所相避隐为光明也。"括地志:"天竺国在昆仑山南。佛上天青梯,今变为石入地,惟馀十二蹬。"二句似用之。又,后魏书:"魏李顺曰:'人言姑臧城南天梯山上,冬有积雪。'"【按】回日、上天,泛言其高而已,不必有所用。

〔五〕【朱注】庄子:"千金之珠,必在九重之渊骊龙颔下。能得珠者,必遭其睡也。"

〔六〕【朱注】诗疏:"凤皇非梧桐不栖。"【冯注】枚乘七发:"龙门之桐,高百尺而无枝。"

〔七〕【朱注】三十国春秋:"凉州胡安据盗发晋文王、张骏墓,得赤玉箫、紫玉笛。"【冯注】晋书载记吕纂传:"盗发张骏墓,得赤玉箫、紫玉笛。"此句不重"赤"字,实暗用萧史吹箫,夫妻同凤飞去,故曰"相携"。以比朋友,诗家常例也。

笺　评

【胡震亨曰】似为津要之力能荐士者咏,非情词也。与一片诗意同。"才子"指津要子弟,期与之同登也。

【朱彝尊曰】疑是讽人主游幸之作,但不知指何事,或曰指津要之荐拔寒士者而言。

【吴乔曰】当时权宠未有如绹者,此诗疑为绹作。(首联)极言叹美。(颔联)言其炙手。(颈联)言君相相得。(末联)即"拟荐子虚名"之意。

【何曰】(首联)地位高,鉴别清。("何处"句)力可回天。("此

中)句)警之。(辑评)

【胡以梅曰】此是刺贵家,或宫闱之乱。首言所居高洁,如神仙之境何等崔巍,则玉山下之水,宜乎至清,无可贮泥之理。但日驭既不照临,终年幽闭其中,竟有梯阶可通天上也。夫骊龙一珠尚且被探,何况今容百斛之多。分付老龙岂可睡乎?而凤凰不惧桐高,正欲栖也。岂不闻神仙才子箫史携弄玉之事?神仙才子言诡秘履危之踪迹。调笑之语,非真赞美。按诗中玉山天子所幸,阆风王母所居,日驭上天,龙与箫史俱近宫闱,用之尤切。岂赋东都上阳之事,第三更合。若作世事,内意"兼"字、"休"字难安放。

【徐德泓曰】此亦比也。前半,自喻才华高朗而清丽,不必别求上闻而自可达也。后半,言握珍不失而欲近君,冀当涂之推挽也。点出"才子"二字,为通首关键。

【陆曰】"玉山"句,言地位之崇高。"玉水"句,言鉴别之精当。负知人之明,而又处得为之势,则所谓力可回天,而不难致人霄汉者,舍公其谁属邪?譬之珠容百斛,探骊龙于九重之渊;桐拂千寻,栖威凤于高岗之上,物望所归,有却之不得者。某在今日,其能无弹冠之庆乎?赤箫吹罢好相携,即声应气求之谓也。

【姚曰】此以汲引望同调也。首句,地望之峻;二句,流品之清。三句,言其方得君;四句,言其能荐达。夫百斛之珠,岂私一龙?千寻之桐,岂私一凤?幸逢才子而居神仙之地,此非凡俗之势要者比也,吹箫引接,能无厚望也耶?

【屈曰】此与碧城同是寄托,不必泥讲。一,地之高;二,清明之极。三四,更无别处可以回日登天。五,祝其醒悟;六,自欲至此。七八,才必怜才,定相携也。○玩结句,似求人荐达之意。

【程曰】此诗亦望恩干进之意。

【冯曰】吴氏发微谓为绹作，信然。盖首联比内相之清高。次联言只此可恃，奚用他求？三联言我欲相依，尔休不顾。结更醒出援手之望。绹为楚子，故曰“才子”；为翰林，故曰“神仙”。必点明“才子”者，冀其承父志而爱我也。余初疑集中前人泥指令狐者未可尽信，及订明全集，乃知属望子直，自此而下，篇什极多。盖其始既有深恩，其后子直得君当国，义山必不能舍此他求，故不禁言之繁也。读者勿疑。

【纪曰】此实咏玉山，非摘首二句为题之比。纯乎托意。三四有力量，五六有风旨。○此望荐之诗也。首二句言其地位清高，三四句言其力可援引，五六句一宕一折，“珠容百斛龙休睡”言毋为小人之所窃弄，“桐拂千寻凤要栖”言当知君子之欲进身，末二句乃合到自己明结之。（诗说）

【曾国藩曰】此人盖势要而有才望者。三四句皆就山取譬。山能回日驭，谓其能回天眷也；山有上天梯，谓其接引甚易也。神仙谓其居要地，才子言其负时望也。（十八家诗钞）

【张曰】殊如冯说，此在洛未入都时作也。（会笺）

【汪辟疆曰】此当为义山大中二年由荆巴归洛时，希望于令狐子直之作也。大中二年二月，令狐绹召拜考功郎寻知制诰充翰林学士，……有骎骎向用之势。义山铩羽而归，不能不冀其援手。……此诗借玉山以托意。首句，言其地位高。次句，谓其鉴别审，而玉山策府非翰林学士莫当也。三四一联则言彼力可回天，故设为问答之词，以为由此凭藉，可以青云平步，何必他求。希冀之情，千载如见。五六一联，“珠容”句，微露警戒之意，意谓地位之愈高者，则小人之包围必愈甚，劝其勤于职事，以免奸人乘隙，欲自附君子爱人以德之意，回到第二句，尤见周匝矣。“桐拂”句，则直说求进之意，更无须隐饰。结仍归到急思援手本意。

【按】此以玉山策府喻指秘省清资，谓可借此登进，致身青云也。首联谓“玉山”地位之清高。秘省清要，故云。冯曰：“职官以清要为美，校书郎为文士起家之良选。诸校书皆美职，而秘省为最。如翰林无定员，诸曹尚书下至校书郎，皆得与选矣。”三四谓玉山可“回日”“上天”，即视秘省为登进之天梯也。五六祈时君之清明而致托身于庙堂之意愿。末联则谓闻道有神仙才子者亦有栖桐之宏愿，何不于赤箫吹罢之际携手同登天上乎？“神仙才子”，或指令狐绹。此盖开成四年释褐为秘省校书郎时自觉致身通显有望之寓言也。全篇踌躇满志、兴会淋漓，亦显为少壮得意语，与后日望荐求引之词迥异。自胡氏首创“为津要之力能荐士者咏”之解以来，诸家多从之，且实之以令狐绹。不知玉山册府，本属秘省之现成典故，舍近求远，谓喻津要，反晦诗意矣。末句“相携”系同登意，非援引也。刘禹锡酬令狐相公见寄“群玉山头住四年”，群玉即中秘。商隐为荥阳公桂州谢上表：“再擢词科，一登策府。”策府指秘书省，亦即玉山。

别薛岩宾

曙爽行将拂，晨清坐欲凌〔一〕。别离真不那〔二〕，风物正相仍〔三〕。漫水任谁照[①]？衰花浅自矜。还将两袖泪，同向一窗灯。桂树乖真隐〔四〕，芸香是小惩〔五〕。清规无以况〔六〕，且用玉壶冰〔七〕。

校记

①"任",英华作"清"。

集注

〔一〕【补】庾信对烛赋:"莲帐寒檠窗拂曙。"萧慤奉和元日诗:"天门拂曙看。"拂曙,天将明。坐,正。凌,迫近。

〔二〕【朱注】那,奴卧切。【冯注】那,广韵:"俗云那事,奴可切。"尔雅释诂:"那,于也。"注:'左传:弃甲则那。'那犹今人云那那也。"【按】不那,犹无奈也。

〔三〕【补】屈原九章悲回风:"观炎气之相仍兮。"相仍,依旧。

〔四〕【冯注】文选招隐士:"桂树丛生兮山之幽,偃蹇连卷兮枝相缭。"序曰:"招隐士者,淮南小山之所作也。"南史:"何尚之致仕方山,著退居赋以明所守。后还摄职,袁淑录古隐士有迹无名(原作"实",据今本南史改)者为真隐传以嗤焉。"【程注】杜甫诗:"薄劣惭真隐。"【按】"桂树"似兼用"折桂",指登第入仕,故曰"乖真隐",与下句"芸香"指任职秘省对文。

〔五〕【朱注】二语义山自谓也。义山释褐秘书省校书郎,旋调补弘农尉,故有"芸香"之句。【程注】易:"小惩而大诫,此小人之福也。"元稹诗:"微霜才结露,翔鸠初变鹰。毋乃天地意,使之行小惩?"【冯注】芸香,屡见。唐人每以降谪为小惩。北梦琐言孟弘微躁妄一条云:"贬其官,示小惩也。"

〔六〕【程注】晋书王承传论:"素德清规,足传于汗简。"【补】梁书谢朏传:"清规雅裁,兼擅其美。"清规,指美好之规范。

〔七〕【冯注】鲍照诗:"清如玉壶冰。"玉壶冰,政治习用语。【补】骆宾王上齐州张司马启:"加以清规日举,湛虚照于冰壶。"王昌龄诗:"洛阳亲友如相问,一片冰心在玉壶。"

笺　评

【何曰】下第诗。似为宏词不得也。(辑评)

【姚曰】此别知己而叹前途之不自主也。漫水衰花,灯窗泪袖,自愧隐非隐,吏非吏,玉壶风度,何由常得亲近耶?

【屈曰】一段别时情景。二段不忍即别。三段己之奔走卑官,不如薛之高也。"漫水"二句,点时又自比也。

【程曰】义山文集有为山南薛从事杰逊谢启,岩宾岂即其人耶?启中有云:"从事梓潼,经涂天汉",则此诗之别正在蜀中矣。诗中"桂树""芸香"二语,朱长孺以为义山自谓,愚意兼谓岩矣。玩上文"还将两袖泪,同对一窗灯",词本双行,焉有单接身事之理?且而结专美薛,何以鹘突收转耶?愚意岩宾大都亦如义山之自秘书出者,故同病相怜,乃有中四语。而结则侧卸薛君,以期其致用耳。

【冯曰】朱氏之说似之。第秘省清资,何以云"小惩"?其为出尉时之失意,或薛之宦途曾降改秘省,无可定也。薛亦似为县令等官,故以冰壶美之。

【纪曰】通篇平浅,后三句尤不成语。(诗说)语多拙涩,结更浅率。(辑评)

【张曰】诗朴实中有奇句,后人油滑一派,不能到也,何可诋为拙涩哉!观结语则"芸香小惩"似指薛由清资谪外也,非义山自谓。结亦赠人颂美诗常调耳。谓之浅率,未免苛求。(辨正)

【按】此当是义山开成四年由秘省调补弘农尉时所作。凌晨作别，风物依旧，而人事错迕，故云“别离真不那”。“漫水”“衰花”写风物；“任谁照”“浅自矜”，见人之无心观赏景物。“还将”二句，进一步写人之“不那”。“桂树”二句，谓己登第释褐，已乖真隐；秘省谪外，又遭小惩，仕隐两失。“清规”二句，谓己之清规亮节，唯以玉壶冰比之，即少伯“洛阳亲友如相问，一片冰心在玉壶”意，义山由清职降为俗吏，故有此表白。或谓“桂树”二句指薛由清资谪外，或谓兼指二人，均非。盖此诗是义山他往而别薛，非送薛也。“芸香”句语固涩，然意可会。

蝶①

初来小苑中，稍与琐闱通〔一〕。远恐芳尘断〔二〕，轻忧艳雪融〔三〕。只知防灏露②〔四〕，不觉逆尖风。回首双飞燕，乘时入绮栊〔五〕。

校　记

①原题作“蝶三首”（另两首为七绝“长眉画了绣帘开”、“寿阳公主嫁时妆”），蒋本、悟抄、席本、钱本、影宋抄均同。姜本“初来”首与五律“叶叶复翻翻”首合题“蝶二首”，“长眉”首与“寿阳”首合题“蝶二首”。戊签“初来”首题作“蝶”，“长眉”“寿阳”题作“无题二首”。【按】“长眉”“寿阳”二首内容与蝶无涉，当是脱去原题后与“初来”首误连，遂总冠以“蝶三首”，今改题“失题”。

②“灏”，蒋本、姜本、戊签、钱本、席本作“浩”，音义均同。

悟抄作“颢”,朱本作“皓”。

集　注

〔一〕【补】琐闱,镂刻有连琐图案之宫中侧门,指宫廷。

〔二〕【朱注】拾遗记:“石虎太极殿楼高四十丈,舂杂宝异香为屑,使数百人于楼上吹散之,名曰芳尘台。”庾阐扬都赋:“结芳尘于绮疏。”【补】隔芳尘,谓远隔宫禁。

〔三〕【朱注】韦应物诗:“艳雪凌空散。”【冯注】艳雪,谓蝶粉。

〔四〕【冯注】陆云九愍:“挹浩露于兰林。”王融诗:“浩露零中宵。”鲍照诗:“凭楹观皓露。”此当作“浩”。

〔五〕【程注】张协七命:“雕堂绮栊。”【补】绮栊,犹绮窗。栊,窗棂。

笺　评

【何曰】此必所咏之人小字为蝶,非必赋蝶也。(读书记)又曰:比也。(辑评)

【陆鸣皋曰】刺狎客之诗,赋中比也。此章首二句,喻其始至而渐亲密。三四句喻其心常恐疏远不得近,而更虑其不能久也。皓露尖风,谓但知防正人显然之侵,而不知又有尖刻之徒暗加嫉妒矣。不见伤己者已乘时入室乎?燕食飞虫,取相害之义,盖本古乐府“蛺蝶之游戏东园,子燕接我苜蓿间”句意耳。

【姚曰】此为无媒自通者言,而叹其不如乘时得意之徒也。弱质翩跹,芳心岂能遽达?况浥露逆风,易成间阻,岂能如飞燕乘时入室之易易耶?

【屈曰】初来小苑,已通琐闱。远恐尘断,轻忧雪融,其情深如此。然但知皓露之湿翅难飞,不觉尖风之逆吹而忽退。况回首双燕，咫尺相侵，能不避入绮栊耶？此亦有托意。二三首即无题诗，非咏蝶也。○又曰：古乐府蛱蝶行："蛱蝶之遨游东园，奈何猝逢三月养子燕，接我苜蓿间。"结用此意。（按：末联明言双燕得以乘时而入绮窗，而蝶不得与，屈氏所引与诗意无涉。）

【程曰】言为人排挤也。起二语言初游长安，文名蔚起，未尝不与公卿贵人相通。三句言入幕以来，日见疏远，已恐芳尘断绝；四句言党论之后，妄相轻薄，殊忧艳雪销镕。五句言事当防御，亦所自知，然知者不过暗中相伤，如夜行之沾寒露也。六句言人不可逆，亦所自觉，然觉者岂料明言相排，如退翼之遇尖风耶？七八言其时工逢迎之术者皆为援引，如绮栊在望，燕子乘时而入矣。

【冯曰】自慨之作。起二句喻初为秘省，得与诸曹接近。下言不意被斥，让他人乘时升进也。似出尉时所赋。

【纪曰】格卑而寓意亦浅露。（诗说）后四句纯是寓意，然格卑意浅。（辑评）

【姜炳璋曰】此一二喻已登第，与公卿相通。"远恐""轻忧"，而且虑及"皓露"，可谓知所防矣，岂意又"逆尖风"，为时所摈乎？不如双双燕子，乘时而入绮栊也。此当时受王、郑之辟，为令狐所恶，故云然。

【张曰】冯说是，似可编年也。（会笺）

【按】冯笺已得其旨要。首联"小苑""琐闱"，指宫禁，谓初入秘省，得近宫廷。次联形容"初来小苑"忐忑不安心情，谓既恐远隔芳尘，不得长留，又忧粉销雪融，失轻艳之姿容。腹联谓虽已防浩露之侵，却未料及逆尖风之阻，喻变生意外，横遭排抑。末则言他人得乘时以入宫掖。琐闱、绮栊，一也。此必初官秘省旋斥外为尉时作。“回首”二字，正点出赴尉时。

出关宿盘豆馆对丛芦有感〔一〕

芦叶梢梢夏景深〔二〕，邮亭暂欲洒尘襟〔三〕。昔年曾是江南客〔四〕，此日初为关外心〔五〕。思子台边风自急〔六〕，玉娘湖上月应沉①〔七〕。清声不逐行人去②，一世荒城伴夜砧③〔八〕。

校记

①“娘”，蒋本作“娘”。

②“逐”，各本均作“远”，据悟抄改。详注。

③“世”，冯注引一作“任”，又作“宿”。“伴”，冯注引一作“半”。

集注

〔一〕【朱注】关，潼关也。【道源注】甘棠志：“盘豆馆在湖城县西二十里。昔汉武帝过此，父老以牙豆盘献，因名焉。”【冯注】北周书太祖纪：“帝率将东伐，遣于谨徇地至盘豆，拔之，至弘农。”隋书杨素传：“西至阌乡，上槃豆。”韦庄有题盘豆驿水馆后轩之作可与此章相证。按：盘豆馆至今有其名，潼关外四十里矣。

〔二〕【姚注】谢朓诗：“梢梢枝早劲。”【按】姚注非。谢诗“梢梢”系劲挺貌，义山此诗系状风动草木之声。鲍照野鹅赋：“风梢梢而过树，月苍苍而照台。”崔成甫赠李十二白：“梢梢风叶声。”

〔三〕【程注】汉书赵充国传：“以闲暇时下所伐材缮治邮亭。”

【补】邮亭:古时设于沿途,供传送文书者与旅客歇宿之馆舍。汉书黄霸传:"使邮亭、乡官皆畜鸡豚。"尘襟:世俗之胸襟。张九龄出为豫章郡途次庐山东岩下诗:"迨兹刺江郡,来此涤尘襟。"句意谓宿盘豆馆对此丛芦,尘襟为之一洗。

〔四〕【徐曰】江南,湘江之南,项羽纪"放杀义帝于江南",楚辞章句"迁屈原于江南"也。【冯曰】此可证湖湘之为江南。实则唐时之江南,其道甚广,浙西、浙东、鄂岳、江西、湖南、福建、黔州,凡七观察使所管辖,俱载元和郡县志。【按】江南可包湘南,然不必专指湘南,冯氏欲以证成江乡之游,故云。实则唐时江南指今长江下游以南地区者多,少有以江南专指湘南者。

〔五〕【冯注】见荆山。芦丛江乡(按似应曰"江南")最多,今身宿关外乃又见之,故有感而言。【按】"关外心"用汉书武帝纪注杨仆移关事(参荆山注),此关系函谷关而非潼关。"初为关外心",犹言初有杨仆耻居关外之心,对此丛芦,益增感慨,非"身宿关外"之谓。

〔六〕【朱注】汉书戾太子传:"上怜太子无辜,乃作思子宫,为归来望思之台于湖。"师古曰:"台在今湖城县西,阌乡东。"【补】水经河水注:"河水又东北,玉涧水注之。水南出玉溪,北流径皇天原西。周固记:开山东首上平博,方可里馀,三面壁立,高千许仞,汉世祭天于其上,名之曰皇天原,上有汉武帝思子台。"

〔七〕【朱曰】玉娘湖无考。或曰:嵩山志:"登封县有玉女台,汉武帝见二玉女于此,因名。"玉娘湖或在其侧。【冯曰】玉娘湖未详。旧引嵩山玉女台,误甚。而王阮亭秦蜀驿程后记云:“过阌乡盘豆驿,涉郎水,即义山所云之玉娘湖。”未知其据何书也,俟再考。又检太平御览台类下引水经注:“河水南至华阴,又东,西玉湖水注之。此乃玉涧水,即南出玉溪,北流径皇天原西者,原上有思子台。”御览传本多讹,不足据,然窃疑唐时或作玉湖,或即此玉娘湖。盖二句正写“宿”字,必近地也。斯诚妄测耳。风急月沉,丛芦尤觉萧森也。【按】思子台在阌乡东,离盘豆馆似尚有一段距离,非即宿时目及,玉娘湖亦然,故用“月应沉”以示推度之意。

〔八〕【冯注】何曰:“远当作逐,世当作任。”按:皆不必改。二句收足宿对。【纪曰】午桥谓“远”字是“逐”字之讹,信然;谓“一世”是“一任”之误,则未是。“一世”说芦自妙,言终始常在荒城耳,作“一任”直而乏味。【按】纪说是。上句谓丛芦梢梢,清声常在,行人既去,则唯伴荒城之夜砧而已。如作“不远”,则与题中“对”字相左。

笺评

【杨杰曰】和李义山盘豆馆蘩芦有感:盘豆苍珉刻旧吟,清风自可涤烦襟。庭芦邂逅开青眼,泽国归投是素心。乡梦不知家远近,世涂休问迹升沉。阳春一曲一樽酒,遮莫秋声四面砧。(无为集卷六)

【朱鹤龄曰】此发客中摇落之感也。(李义山诗集补注)

【金介曰】一世二字下得奇,如赠落薄人语。

【唐诗鼓吹评注】首言芦叶萧萧,且当残夏,暂驻于此,可以洗吾之尘襟已。然人生踪迹不定,殊可叹惜。昔客江南,今居关外,更当风急月沉之候,半夜砧声,不逐行人而去,时复与芦声相间于荒城也。征夫闻此,有不起江南塞北之思者哉!○“思子”二句承关外来。

【何曰】次连言昔客江南,黄芦遍地,然年壮气盛,自视立致要津,曾无摇落之感。此日流落而为关外之人,不觉凄兮其悲,因芦叶之梢梢,而百端交集也。腹连皆是所感,末句指从芦。“远”作“逐”,“世”作“任”。(读书记) 又曰:奔走尘埃,独为失路退居之客。芦叶清砧,止增凄绝,中宵辗转,暂安无计。此感愤所由感也。又曰:此永乐闲居时作。言昔江南流放,冀入修门,何意仍作关外人乎?其怨愤与子厚“十年憔悴”之句盖相等也(辑评) 又曰:(首句)藏“声”字。(五句)起“清声”。(六句)起永夜。

【陆曰】诗言奔走风尘之际,而得见此从芦,方欲暂洒尘襟,一憩亭上,乃因之忽有所感,何也?忆昔作客江南,年壮气盛,自视要津不难立致,故虽黄芦遍地,对之初无寥落之感。今去国而为关外之人,遂不禁有凄其以悲者焉。由是思子台边,玉娘湖上,风急月沉,皆足深人感怆,诚所谓百端交集也。况从此远去,荒城夜砧,更不及此清声之可听乎?然惟任之而已。

【陆鸣皋曰】首句点芦,次句点馆,三四句转到出关。五六句皆关外之心也。“荒城”而曰“一世”,绝无冀望矣。

【姚曰】此因从芦而发客中摇落之感也。芦叶虽非佳植,而邮亭见此,最写幽襟。盖因昔年曾客江南,而出关见此,如逢旧侣也。因忆此馆乃汉武曾过之地,而思子台边,玉娘湖上,风月凄凉,久已不堪回首,况此从芦偶对,客去之后,谁复关情?萧萧清响,惟与荒城夜砧相伴而已。生世苍茫,何以异此!

【屈曰】江南多芦。关外心，宿馆对芦丛也。五六言馆之风月。七八寂寥之景，言惟有芦丛之风声，更无一人，是一世之凄凉只此夜矣。

【程曰】"昔年曾是江南客，此日初为关外心"，诗当作于大中三年应卢弘正徐州辟之时也。三年以前，义山从事桂管，尝使南郡。考唐志，南郡地属江南道，故曰江南客也。

【冯曰】何评颇妙，然上半稍廓矣。三句"江南客"者，指江乡之游也。五六纪地，而志慨合之。四句似丧母后将谋出居永乐，故以从关中徙关外对景写情也。岑参集有夜宿盘豆隔河望永乐寄闺中诗可以取证，故编于此。（按冯编会昌二年）然是否尚难定断，舍此更无由寻踪索解耳。

【纪曰】用笔甚轻，而情思殊深，正复以轻得之耳。香泉评曰：次联言昔客江南，黄芦满地，然年壮气盛，曾无寥落之感。此日流落而为关外之人，不觉凄乎其悲，因芦叶之梢梢而百端交集也。（诗说）情致宛转，格在不高不卑之间。（辑评）

【张曰】义山少年随父两浙，"昔年"句当谓此，不得谓指开成五年江乡之游。江乡之游不过数月即返，于"客"字意味疏矣。此不定何年所作。（辨正）又曰：此诗颇难征实，四句似丧母后意境。岑参集有夜宿盘豆隔河望永乐寄闺中诗，必移居永乐时作也。（会笺。编会昌四年。）

【黄侃曰】诗有"思子台"，在弘农湖，于唐为湖城县地。盘豆，驿名，当即在思子台旁也。此首自嗟其迟莫无成。三四言昔在少壮，未始以远游为悲；及此岁华既宴，蓬转天涯，荒野寒砧，年年相伴，驿亭回首，不免有迁斥之情也。（李义山诗偶评）

【按】此诗作年，程氏谓大中三年应卢弘正徐州辟时固误

（赴徐州在是年冬，与本篇“夏景深”不合），冯氏编会昌二年丧母后，张氏编会昌四年移居永乐时亦误，四句“今日初为关外心”，实为考订本篇作年之有力根据。开成四年，义山调补弘农尉，由京职降为俗吏，而弘农又适为函关旧地，故有感于杨仆移关之事而生耻居关外之心。曰“今日初为”者，正可证此诗系乍离秘省，赴弘农尉任途中所作也。义山调尉弘农期间，曾作荆山诗，亦用杨仆耻居关外而移关三百里事，与此诗可以类证。考义山一生，由京职外调、途经函潼、而又时值夏令者，唯开成四年调尉弘农之役为然，他如赴兖海、赴徐州均未合，此亦可反证诗之作于赴弘农尉途中。

颔联“思子台”，冯氏以为似丧母后情景，张氏仍之，亦非。思子台正暗示其时义山之母尚在，如母已丧而用“思子台”字面以寄哀思，可谓适得其反。按义山与陶进士书云：“寻复启与曹主求尉于虢，实以太夫人年高，乐近地有山水者，而又其家穷，弟妹细累，喜得贱薪菜处相养活耳。”此固故为解嘲语以抒愤者，然亦可证调尉弘农于奉母养家稍便。本篇因宿盘豆馆而及思子台，似其时义山母即居于弘农附近。按义山会昌四年杨弁平后移家永乐，然大卤平后移家到永乐县居书怀十韵云：“驱马绕河干，家山照露寒。依然五柳在，况复百花残。昔去惊投笔，今来分挂冠。”冯氏谓：“其云‘依然五柳’，又云‘昔去’‘今来’，则其前必已居之”，解释纯正，张氏力辨其非，近乎强词夺理（见会笺长庆三年、会昌四年）。义山开成四年尉弘农时，或其母寓居永乐亦未可知。（即令其时母仍居济源，弘农之与济源，亦自可称“近地”也。）要之,"思子台"当是寓母子悬念之情,而"玉娘湖"亦必寄夫妻相思之意。此可定诗当作于义山丧母之前,婚于王氏之后。而在此期间,有所谓"关外心"之时,非调补弘农之际莫属也。冯氏因执于江乡之游之臆想,虽知"关外心"用杨仆事,亦必不谓诗作于调尉弘农时,而谓作于江乡之游以后,臆想之蔽,乃使冯氏交臂失之。

据此诗"昔年曾是江南客",亦可知义山于开成四年之前(味"昔年"二字,时间当较早),曾客游江南。张氏辨正谓指少年随父两浙,可从。

诗人因对驿亭前丛芦而生仕途偃蹇、身世孤寂之感。前四句由面对芦叶梢梢而忆及往昔客居之江南水乡,又由江南折回现境,揭出一篇主意"今日初为关外心"。后四句由"关外心"拓展开去,由"思子台""玉娘湖"之近境景物触动对亲人之思念。最后归到荒城夜砧、芦叶梢梢、长夜难眠之凄清境界。全篇对丛芦正面着墨不多,然诗人一系列跨越悠长时间及广远空间之思绪活动,均由丛芦触发。虽写夏景,而似无往不有凄其之秋声。既透露诗人特定条件下之心境,又极富韵味。

次陕州先寄源从事〔一〕

离思羁愁日欲晡〔二〕,东周西雍此分涂〔三〕。回銮佛寺高多少〔四〕,望尽黄河一曲无〔五〕?

集　注

〔一〕【朱注】唐书:"陕州陕郡,本弘农郡,属河南道。"【冯注】

陕虢观察使治所。【补】次：旅途中停留。陕州：今河南陕县。源从事：名不详。从事，汉以后州郡长官皆自辟僚属，多以从事为称。唐州郡佐贰官无称从事者，然唐人诗文中常以此称州郡僚佐，如薛逢重送徐州李从事商隐，时义山为判官。揣诗意，此源从事当为虢州刺史僚属。虢州治弘农，在今河南灵宝县南。义山开成四年由秘书省校书郎调补弘农尉，故与源从事相识。弘农在陕州西。

〔二〕【补】晡，申时，黄昏时。杜甫徐步："荒庭日欲晡。"

〔三〕【冯注】公羊传："自陕而东，周公主之；自陕而西，召公主之。"后汉书郡国志："弘农郡陕县有陕陌。"注曰："博物记：二伯所分。"【补】欧阳修集古录："陕州石柱，相传以为周、召分陕所立，以别地里。"雍，古九州之一，今陕西、甘肃二省大部分地区均古雍州地。雍，读去声，详胡鸣玉订讹杂录六。

〔四〕【冯注】旧书纪："代宗广德元年十月，吐蕃犯京畿，驾幸陕州。十二月还京。"【徐曰】佛寺必还京后建以报功者。

〔五〕【朱注】物理论："河百里一小曲，千里一大曲，一直一曲，九曲以达于海。"【冯注】尔雅："河百里一小曲，千里一直一曲。"水经："河水又西径陕县故城南。"

笺　评

【姚曰】便望尽何益！益增肠断耳。

【屈曰】一时。二次陕州。三四寄问之辞，言君已登高远眺，而我尚在中途也。

【冯曰】佛寺高居，比源；黄河一曲，自喻屈就县尉。毫不着迹，但觉雄浑。

【纪曰】浅浅语。风骨自老,气脉亦厚。(诗说)

【按】题曰"先寄",当是作者赴虢途次暂宿陕州,有怀居虢之源从事,故先寄诗以表己思念之殷。杜牧赴京初入汴口晓景即事先寄兵部李郎中、夜泊桐庐先寄苏台卢郎中,与此同例,可证。屈谓"三四……言君已登高远眺,而我尚在中途",以为作者与源从事同行,而源先至,殆误。且"回銮佛寺"在陕不在虢,登高而望者亦义山而非源从事,冯笺于此亦误。三四乃述己次陕州时登回銮佛寺而西望虢州,然视线所及,未尽黄河一曲,"源"(盖以河源关合源从事)犹未得见耳。极言思念情殷,与首句"离思羁愁"正相应。诗以问语作结,然非问源而系自问。不言佛寺虽高,望不尽黄河一曲者,故婉言其词以增摇曳之情耳。至于"曲"是否暗含二人仕途上之委屈,则不必过凿。此诗当是作者任弘农尉时因事离虢归途中作。

荆山〔一〕

压河连华势孱颜〔二〕,鸟没云归一望间〔三〕。杨仆移关三百里〔四〕,可能全是为荆山〔五〕?

集　注

〔一〕【朱注】唐书:"虢州湖城县有覆釜山,一名荆山。"寰宇记:"荆山在鼎湖县南,出美玉,即黄帝铸鼎之所。"一统志:"在陕州阌乡县南二十五里。"○此诗一统志收入富平荆山,非是。【程注】荆山禹贡凡二:"导汧及岐,至于荆山",北条雍州之荆山也;"导嶓冢,至于荆山",南条荆州之荆山也。此诗乃言雍州之荆山。汉书地理志谓在冯翊怀德县南。孔安国谓在岐山东。朱长孺谓入富平非是,此驳是矣。盖富平属北地郡,去关甚远也。然引唐书虢州湖城县不合。虢属右扶风,亦属辽远。考虢有黄帝祠,当即鼎湖县,与寰宇记略同,均为失之。惟所引一统志在陕州阌乡县。考陕属弘农郡,去左冯翊为近,与汉志所谓怀德县南合,良是。【冯注】元和郡县志:"虢州湖城县,荆山在县南,即黄帝铸鼎之处。"按荆山有三:一在汉左冯翊怀德县南,禹贡北条之荆,大禹铸鼎处也。一在荆豫界,南条之荆,卞和得玉处也。汉书郊祀志:"公孙卿曰:'黄帝采首山铜,铸鼎于荆山下。'"此则唐志湖城县之覆釜也。韩昌黎诗:"荆山已去华山来",即此山也。【按】冯说是。唐湖城县后废,今属阌乡县。

〔二〕【朱注】(司马)相如大人赋:"放散畔岸,骧以孱颜。"注:不齐貌。【补】河,黄河。华,华山。孱颜,即巉岩,山峻貌。

〔三〕【补】即杜甫望狱"荡胸生层云,决眥入归鸟"意。

〔四〕【冯注】汉书武帝纪:"元鼎三年冬,徙函谷关于新安,以故关为弘农县。"应劭曰:"时楼船将军杨仆数有大功,耻为关外民,上书乞徙东关,以家财给其用度。武帝意亦好广阔,于是徙关于新安,去弘农三百里。"水经注:"杨仆以家僮七百人筑塞徙关。"

〔五〕【何曰】言荆山之长,有不止于三百里者。下二句透出压河连华。【按】何解误,详笺。可能,岂能。

笺　评

【何曰】此叹执政蔽贤,使畿赤高资,反为关外之人,沉沦使府也。

虽有移关之力，犹当被其阻塞，况我将如之何哉！（辑评）

【姚曰】移关，为近君耳。

【屈曰】出头孱颜（不齐）一望佳甚，使移关三百里者可能全是为此哉？势利之念重，山水之念轻，古今同然也。

【程曰】杨仆移关之事，汉书武帝纪、杨仆传以及地理志均无明文，惟应劭注武帝纪言之。应劭汉人，当别有考。义山据之为诗。诗之大旨，盖以荆山属左冯翊，固王畿之内地也。收入关中，未尝不可以壮帝都。故前二语极其形胜也。然后二语则谓杨仆徙关之请，不过恃有军功，耻为关外民而已，何尝为相度皇居之壮耶？考仆本传，上责其伐前劳，凡有五过。由此观之，过正不止五也。其刺仆亦深矣哉！仆事已远，何为刺之？大抵武臣有恃功自恣者，故借此以为讽喻耳。

【冯曰】借慨己之由京调外也。不直言耻居关外，而故迂其词，使人寻味。

【纪曰】不解所云。（诗说）

【姜炳璋曰】此借杨仆事作讽。收荆山入关内，未尝非扼形势之策，而仆之移关全为此乎？恐由己不肯为关外民，假公以便己私耳。此必为现在武臣而发。

【张曰】此义山独创之诗格也……杨仆徙关去弘农三百里，诗以借喻。（会笺）

【按】一二言荆山压河连华，山势雄峻，鸟没云归，景色壮丽。三四转谓如此荆山置之关外实为可惜，杨仆移关能否即全是为荆山耶？

诗人实自身有耻居关外之感，却借杨仆移关事传之。于杨仆亦不直言其移关之动机，而迂其词曰岂能全为惜荆山之故，层层掩抑，其味弥深。然诗人亦非有意布此迷阵，盖诗思之触发，即由荆山而起，荆山山势之雄伟峻拔与地理上之居于关外（唐时以潼关以西地为关中），适足以触发诗人身世之慨，其构思颇近柳宗元钴鉧潭西小丘记。商隐与陶进士书云："寻复启与曹主求尉于虢，实以太夫人年高，乐近地有山水者。"此矫语以泄怨愤牢骚者。语若乐之，实则愤之。亦可与荆山互参。

任弘农尉献州刺史乞假归京①〔一〕

黄昏封印点刑徒〔二〕，愧负荆山入座隅〔三〕。却羡卞和双刖足，一生无复没阶趋〔四〕。

校　记

①"归"，朱本、季抄作"还"。

集　注

〔一〕【朱注】唐书："弘农县属虢州，贞观八年徙州治弘农。"本传："调补弘农尉，以活狱忤观察使孙简，将罢去。"此诗当在是时作。【冯注】元和郡县志："弘农县，望，虢州郭下。"旧书文苑孙逖传："逖曾孙简、范，并举进士。会昌后，兄弟继居显秩，历诸道观察使，简兵部尚书。"必此孙简，传未详核耳。○职官以清要为美，校书郎为文士起家之良选。诸校书皆美职，而秘省为最。……至尉、簿则俗吏，义山外斥，大非得意。……观所编诸诗，愤郁可见。谕使还官，亦非其意也。（年谱）【按】据旧纪，姚合开成四年八月任陕虢观察使，此诗当作于此前不久。

〔二〕【补】封印，封存官印。封印与清点刑徒系府县主管治安官吏每日散衙前例行公事。作者偶成转韵七十二句赠四同舍："手封狴牢屯制囚，直厅印锁黄昏愁。"可参证。

〔三〕【补】荆山，见荆山注。诗意谓入座当值，因瞥见雄峻之荆山而益感县尉处境地位之卑屈，故云"愧负荆山"。

〔四〕【朱注】因荆山而用卞和事，其实卞和泣玉乃楚之荆山，古人用事不甚泥。【冯注】韩非子："楚人卞和得玉璞于楚山，献厉王。王使人相之，曰：'石也。'刖和右足。及武王即位，又献之，复相曰：'石也。'刖左足。及文王即位，和乃抱其璞哭于楚山，三日三夜，泣尽继之以血。王使玉人治之，得宝玉焉。名曰和氏之璧。"按：三世楚王，他本不同，此从太平御览所引韩子也。荆山借用。玉受诬，比民受冤。又蔡邕琴操云："荆王剖之，果有玉，乃封和为陵阳侯，卞和辞不就而去，作退怨之歌。"亦可与将罢去为喻。【按】程注引汉书邹阳传注三世楚王为武王、文王、成王。没阶，尽阶，语本论语。没阶趋，形容拜迎长官时奔走于阶前之卑屈情状，县尉职位卑微，低于县令、县丞与主簿。虢州荆山与卞和得玉之荆山同名，除可"借玉受诬，比民受冤"外，作者因活狱而触忤观察使之不平遭遇亦与卞和献玉反遭刖足有类似之处，故有此联想。

笺　评

【黄彻曰】李义山任弘农尉，尝投诗谒告云："却羡卞和双刖足，一生无复没阶趋。"虽为乐春罪人，然用事出人意表，尤有馀味。英俊陆沉，强颜低意，趋跖诺虎，扼腕不平之气有甚于伤足者。非粗知直己不甘心于病畦下舐，不能赏此语

之工也。（碧溪诗话）

【朱彝尊曰】感愤至矣。

【杨守智曰】怨而不怒，用论语入妙。

【姚曰】等是不遇知己，却输他无趋走之苦。

【屈曰】老至居人下，乃有此语。

【纪曰】太激太尽，无复诗致。

【张曰】末句愤语，借卞和刖足发之，便不嫌露骨。（会笺）

【按】义山之愤而去职，不安于“封印点刑徒”之庸碌生活与“没阶趋”之屈辱处境固为重要原因，然激而促成此举者，则系因活狱而忤孙简一事。据义山行次西郊作等诗，可推知“活狱”之举系出于对“穷民”之同情及对酷虐政治之不满，而其本心，则固为维护朝廷之统治也。然自孙简一流酷虐之节使视之，职主“捕盗贼”之县尉竟出而活狱，其叛离职守自不待言，可以想见其必对义山滥施淫威。故义山之愤而去职，呈诗“乞假”，实含有对酷虐政治之不满，对滥施淫威之长官之抗议，更蕴有忠而见罪之满腔怨愤，愤语中包含数意。单以屈居下僚、不堪趋走逢迎之苦闷视之，不免皮相。高适“拜迎官长心欲碎，鞭挞黎庶令人悲”之语，或与此诗蕴含之感情相仿佛。

自况[①]

陶令弃官后，仰眠书屋中。谁将五斗米，拟换北窗风〔一〕？

校　记

①“况”，蒋本、戊签、影宋抄、钱本、席本作“贶”。字通。

况，比也。

集　注

〔一〕【冯注】晋书隐逸传："陶潜为彭泽令。郡遣督邮至县，吏白应束带见之，潜叹曰：'吾不能为五斗米折腰，拳拳事乡里小人邪！'解印去县。尝言夏月虚闲，高卧北窗之下，清风飒至，自谓羲皇上人。"【补】陶潜与子俨等疏："少学琴书，偶爱闲静，开卷有得，便欣然忘食。见树木交荫，时鸟变声，亦复欢然有喜。常言：五六月中，北窗下卧，遇凉风暂至，自谓是羲皇上人。"

笺　评

【姚曰】言腐鼠不足吓也。

【程曰】此乃调弘农尉，以活狱忤观察使孙简，将罢去时作。

【冯曰】似永乐闲居作。或以只有傲情，更无他慨，疑前尉弘农乞假归京时作，亦合。今且编此。（按冯编永乐闲居时）

【纪曰】率笔。

【陆鸣皋曰】"拟换"二字轻倩，避作求人语也。

【张曰】寓感与假日同。只有傲情，更无他慨。与陶进士书所谓"脱衣置笏"者，正此时也。午桥说是。（会笺）

【按】程说是。永乐闲居非"弃官"，乃居母丧去职，思想感情亦与此不类。其时每感闲居寂寞，系心京华，无复"谁将五斗米，拟换北窗风"之傲情矣。诗用陶令弃官事，与任弘农尉忤州刺史愤而离职情事绝相类。题为"自况"，盖以陶令不为五斗米折腰自比。陶潜"吾不能为五斗米折腰"之语，乃指己不愿卑事江州刺史五斗米道王凝之（时潜为江州祭酒），此语原意似与义山不愿屈事孙简更为切合。然视“谁将五斗米，拟换北窗风”之句，义山固已将“五斗米”理解为官俸矣。

假日〔一〕

素琴弦断酒瓶空，倚坐欹眠日已中。谁向刘灵天幕内①〔二〕，更当陶令北窗风〔三〕。

校　记

①“灵”，悟抄、姜本、戊签作“伶”。

集　注

〔一〕【朱注】楚辞：“聊假日以媮乐。”【程注】此乃在官乞假之日耳，朱注引楚辞“聊假日以媮乐”，非是。【冯曰】此谓休假之日。【按】题固休假日之意，然似有特殊含义，详笺。

〔二〕【朱注】刘伶酒德颂：“幕天席地，纵意所如。”【冯注】文苑英华辨证：“皇甫湜醉赋：刘灵作酒德颂。文选五臣注引臧荣绪晋书：‘刘灵字伯伦。’颜延之五君咏、文中子、语林并作灵。而晋书本传作伶，故他书通用。”

〔三〕见自况。

笺　评

【何曰】下二句却只是家无四壁，变得如此绮丽。（辑评）

【姚曰】须知放旷中，虽琴尊亦是一累。

【屈曰】言孤处无聊，而长日如年也。

【冯曰】正以闲适写寂寥，当在东川病假时作。

【纪曰】平直。此当是休沐给假之日，不得以楚词为解。

【张曰】诗有"陶令北窗风"语,是任弘农尉乞假时作。故聊写闲适,而意则傲岸。冯编东川幕,误。(会笺)

【按】张说是。下二承"倚坐欹眠"写自己,闲适中带傲岸之气。冯编此诗于寓兴下,然二诗所表现之精神面貌相去极远,疑非。此诗与自况语意略同,当同时作。而自况明言"陶令弃官",则此诗题目"假日"当即"任弘农尉献州刺史乞假归京"之"假日",非通常在官之休假日也。补编卷五上李尚书状云:"某始在弱龄,志惟绝俗,每北窗风至,东皋暮归,彭泽无弦,不从繁手,汉阴抱瓮,宁取机心?"状作于开成五年辞尉从常调时,而语颇多与假日、自况相近,亦可证二诗当作于罢尉时。

戏赠张书记①〔一〕

别馆君孤枕〔二〕,空庭我闭关。池光不受月,野气欲沉山②〔三〕。星汉秋方会,关河梦几还〔四〕。危弦伤远道,明镜惜红颜〔五〕。古木含风久,平芜尽日闲〔六〕。心知两愁绝,不断若寻环③〔七〕。

校　记

①"书记"原作"记书",非,据蒋本、悟抄、席本、戊签乙。

②"野",冯引一本作"暮"。【按】蔡宽夫诗话引此二句作"暮"。

③"寻",蒋本、悟抄作"循"。唐诗品汇作"连"。

集　注

〔一〕【程注】义山文集有祭张书记文云:"故朔方书记张五审

礼。”张书记疑即此人。祭张书记文乃会昌元年作，内有云：“始自渚宫，来游帝里。论邀悬河，文酬散绮。”据此，则诗当作于元年以前义山在长安时。【冯注】疑即祭文之张五审礼。亦王茂元婿也，互详祭张氏女文。此盖张与其妇相离，故戏赠之。张于开成五年挈妇至京，与篇中“关河”“远道”等字不合，颇似张自岐下至泾原相晤所作，故酌编此（冯编开成三年义山在泾幕时）。【张曰】考为外姑祭张氏女文云：“汝寄京师，食贫终岁。顷吾南返，又往朝那。汝实从夫，适来岐下。道途虽迩，面集犹妨。及登农揆，去赴天朝。汝罢蒲津，聿来胥会。”是张审礼未尝与妇相离。此或张于役弘农，与义山相见，其妇尚居岐下，故以思家戏之也。诗意牢落，必调尉时作。（张编开成四年义山任弘农尉时）【按】据题称“张书记”，诗当作于张已任朔方书记后。张之任朔方书记，当在开成五年罢蒲津之后。而会昌元年四月，审礼已葬（其卒当在此前）。故其任朔方书记必在开成五年春至会昌元年春此段时间内。诗写秋景，故此诗当作于开成五年秋。时义山犹在弘农尉任。

〔二〕【补】别馆，客馆（当是弘农县之客馆）。严武酬别杜二：“并向殊庭谒，俱承别馆追。”

〔三〕【补】王安石曾谓此二句“虽老杜无以过”（苕溪渔隐丛话引蔡宽夫诗话）。月照池水，波光闪烁不定，形成反射，若不受月光者然，故云“池光不受月”。夜色迷茫，苍然下垂，笼盖远山，故云“野气欲沉山”。二句写出初夜景色及纷然黯然心境。【钱曰】少陵何以过之。【朱彝尊曰】眼前语，却道不出。【宋宗元曰】写景，即亦寓兴。（网师园唐诗笺）

〔四〕【补】二句谓张与其妇如牛女遥隔星汉，七夕方能相会，故张为离情所驱,魂梦早已数往返于关河间矣。【宋宗元曰】贴张言。

〔五〕【程注】李骞释情赋:"起白雪于促柱,奉渌水于危弦。"【沈德潜曰】四句言张之室家相念。【宋宗元曰】含戏意。【按】二句写张妇伤离。

〔六〕【冯曰】与摇落诗第五句同。【按】二句状摇落之景,寂寥之况。

〔七〕【程注】寻环当作循环。史记高祖纪赞:"三王之道若循环,终而复始。"谢灵运诗:"四时循环转。寒暑自相承。"又元微之诗:"还招辛庾李,静处杯巡环。"或寻、循、巡三字俱可通也。【冯注】周书:"三王之统若循连环,周则复始。"傅休奕怨歌行:"情思如循环,忧来不可遏。"【何曰】("心知"句)回顾起处。(读书记)【沈德潜曰】足相念意,戏意在言外(唐诗别裁)

笺　评

【吴山氏曰】章法却整,次联写景好。

【周明辅曰】"池光"二语,写景森浑。(上二条唐诗选脉会通评林)

【沈德潜曰】四句言张之室家相念。"心知"二句,足相念意,"戏"意在言外。(唐诗别裁集)

【陆鸣皋曰】"池光"二句,即写别馆空庭之景。"星汉"以下,皆叙其室家相念私情,故云"戏"也。

【姚曰】首四句,客中黯淡之景。中四句,写张室家相念之深。末四句,正形容其无可奈何情绪也。

【屈曰】一段彼此寂寞。二段彼此怀思。三段情景全写。四段无已时。

【纪曰】戏张之忆家也，妙不伤雅。（诗说）问"危弦"四句承上二句而申之，删去岂不是一首简劲律诗？曰是亦一论，但既曰戏赠，故不嫌多耳。（诗说）

【姜炳璋曰】题有"戏"字，盖远出而皆有室家之思也。

【许印芳曰】此张书记与其妇相离，而义山戏赠以诗也。章法老成，句法高雅。"古木"二句淡而有味，"池光"二句锤炼而出以自然。王荆公谓近老杜，洵非溢美。（律髓汇评引）

【按】题曰"戏赠"，而无寻常调侃戏谑之词，直似代张抒写离思。视"空庭我闭关"句，或义山此时亦别偶孤居弘农，故抒情写景，均有同病相怜意趣。义山短篇五排，每有辞采清丽，情韵双绝者。此篇纯用白描，不用藻饰典实，与有感二首判若两途。许氏评甚是。

咏史[①]

历览前贤国与家，成由勤俭破由奢〔一〕。何须琥珀方为枕〔二〕，岂待珍珠始是车[②]〔三〕？运去不逢青海马[③]〔四〕，力穷难拔蜀山蛇〔五〕。几人曾预南薰曲〔六〕，终古苍梧哭翠华〔七〕。

校　记

①原连七绝"十二楼前再拜辞"，题作"咏史二首"。蒋本题作"咏史"，后一首另有题，作"赠白道者"；戊签亦题作"咏史"，后一首作"送白道者"。兹从蒋本、戊签题作"咏史"。

②"待"，蒋本、姜本、戊签、悟抄、席本、影宋抄、朱本作

"得"。"珍",蒋本、姜本、戊签、悟抄、席本、影宋抄、朱本作"真",字通。

③"马",戊签作"鸟",非。

集　注

〔一〕【冯注】韩非子:"秦穆公问由余曰:'古之明王得国失国何以故?'余对曰:'常以俭得之,以奢失之。'"

〔二〕【朱注】西京杂记:"赵飞燕为皇后,其女弟在昭阳殿,上襚二十五条,中有琥珀枕、龟文枕。"宋书:"武帝时宁州尝献琥珀枕,光色甚丽,价盈百金。"【冯注】后汉书王符传注:广雅曰:"琥珀,珠也。生地中,初如桃胶,凝坚乃成,其方人以为枕,出罽宾及大秦国。"南史宋武帝纪:"宁州献虎魄枕,光色甚丽。时将北伐,以虎魄疗金疮,命碎分赐诸将。"【按】句用宋武帝以琥珀碎屑分赐诸将典。

〔三〕【冯注】史记田敬仲完世家:"威王与魏王会田于郊,魏王曰:'若寡人国小也,尚有径寸之珠照车前后各十二乘者十枚。'"【按】冯注引未全。威王谓己所贵者贤臣,"将以照千里,岂特十二乘哉!"如此方与"岂得"云云相合。

〔四〕【朱注】隋书:"吐谷浑青海中有小山,其俗至冬辄放牝马于其上,言得龙种。有波斯草马,放入海,因生骢驹,日行千里,故时称青海骢马。"

〔五〕【朱注】蜀王本纪:"蜀五丁力士,能徙山。秦献美女于蜀王,蜀王遣五丁迎之。还至梓潼,见一大蛇入山穴中,五丁共引蛇,山崩,五丁皆化为石。"【冯注】华阳国志:"蜀有五丁力士,能移山。秦惠王许嫁五女于蜀,蜀遣五丁迎之。还到梓潼,见一大蛇入穴中,一人览其尾掣之,不得,五人相助，大呼曳蛇，山崩，压五人及秦五女，因命曰五妇山。"按：句意本刘向灾异封事："去佞则如拔山。"

〔六〕【冯注】礼记："舜弹五弦之琴，以歌南风。"【程注】家语："昔者舜弹五弦之琴，造南风之诗，其诗曰：'南风之薰兮，可以解吾民之愠兮；（南风之时兮，可以阜吾民之财兮。）'"

〔七〕【朱注】上林赋："建翠华之旗。"注："以翠羽为旗上葆也。"【程注】史记："舜南巡狩，崩于苍梧之野。"

笺　评

【朱曰】史称文宗恭俭性成，衣必三浣，可谓令主矣。迨乎受制家奴，自比周赧、汉献。故言俭成奢败，国家常理，帝之俭德，岂有珀枕珠车之事？今乃与亡国同耻，深可叹也。义山及第于开成，南薰之曲固尝闻之矣，其能已于苍梧之哭耶？○此诗全是故君之悲，玩末二句可见，特不欲显言，故托其词于咏史耳。（以上据冯笺引，参辑评本校补）又曰：青海马谓大中间吐蕃以原、秦等州归国，帝崩后数年，西戎遂有款关之事，故曰"运去不逢"。蜀山蛇谓逆阉仇士良诸人也。自甘露之变，天子寄命虎口，愧愤没身，故云"力穷难拔"也（据辑评本）。

【朱彝尊曰】题下批：青海马，谓大中间吐蕃以原秦等州归国。蜀山蛇，谓逆阉仇士良诸人。感时之切，托之咏史。长孺补注，谓其为文宗而作，近之矣。"力穷"言不可挽回，"马"作"鸟"。

【杨守智曰】结联当与景陵诗参看，此说误。补注以为故君之悲者得之。

【胡以梅曰】览史而知前贤之家国，成则由勤俭，破则由骄奢也。何必以琥珀为枕，珍珠为车，此皆奢之足以破国者。盖始而奢靡无道，一至运去力穷，必归消灭，如青海虽有龙马，边藩叛而不贡；五丁虽有大力，亦致殒身，为秦所吞。是皆去俭从奢荒淫无道之主也。然而圣哲之君难得，曾有几人预闻南薰之曲，以事舜乎？所以终古以来惟哭有虞耳。诗虽咏史，亦隐刺当世，有谓而发。殆敬宗侈肆时作耶？（唐诗贯珠串释）

【何曰】未详何所指。以为(追)思文宗，则"青海马"句终无着落。（读书记）

【辑评朱笔某氏评曰】此篇为文宗而发。○前半惜文宗之恭俭如此，而同归败乱。青海马比时无豪杰可仗。蜀山蛇比中人，犹言城狐社鼠也。力穷难拔，谓不惟无补，而且益祸耳。注家泥青海字，谬引河湟，然则蜀山又何指耶？○落句伤国既无人，身受生成之德，亦不能为主分忧也。

【朱彝尊曰】感时之切，托之咏史。长孺补谓其为文宗而作，近之矣。○(三四)二句言文宗岂有琥珀真珠之侈。

【陆鸣皋曰】史谓文宗俭约，而受制中人，自比周赧、汉献，诗为此而作，托词咏史也。首二句是冒。三四句正言其俭德，奈何等于亡国之慨乎！第五句，言崩后吐蕃有款塞之事而不得见。六句言力不能除阉寺之横也。李于是时登第，故曰"曾预南薰"，今不禁思之而哭。（朱鹤龄）笺注之说当矣。

【姚曰】此为文宗发也。史称帝斥奢崇俭，终身不改，诗中深惜其运值凌夷，特托咏史发之。青海马，惜驾驭者无英雄；蜀山蛇，恨盘结者增气燄。义山以开成二年登第，释褐秘书，所谓"曾预南薰曲"也。

【屈曰】一二总起。三四单承奢。五六单言败。七八以盛世难逢结。

【程曰】此篇朱长孺谓为文宗而发,其说良是,但发明有未尽者。起二语本由余对穆公之词而归重于文宗之恭俭性成。三四因文宗之俭有如史称衣必三浣者,故凡琥珀之枕、照乘之珠诸奢华事皆绝无之,此则有俭无奢,当成无败矣。无如运会不逮,心力有穷。凡生平与李训、郑注所画太平之策:一曰复河湟,终未及复。直至大中之时,吐蕃始以原、秦等州归国,然而及身不逢青海马矣。一曰除宦官,而宦官终不能除。逮至甘露之后,自愤其受制家奴,遂毕世难拔蜀山蛇矣。是则文宗之难成而几于败者,岂不克勤俭之主哉!观其问周墀何如主,墀以尧舜对,而帝叹周赧、汉献尚且不如,然则南薰之升平无闻,苍梧之英灵已远,深为可太息也。义山登第在文宗开成二年,当其时受知之士具在也,故曰"几人曾预"此遭际,而痛翠华之不返者,当不独一己也。

【冯曰】合采朱氏、姚氏之解,已明爽矣。文宗儒雅好诗,夏日与学士联句,帝独讽柳公权"薰风自南来,殿阁生微凉"两句,曰"辞清意足,不可多得。"见旧书传。结联统美其好文,方得大体,不可专指义山得第之年恩赐诗题也。

【纪曰】末二句自佳,前六句不复成语。(诗说)

【王鸣盛曰】一团忠爱,满腔悲愤。(冯注初刊本王氏手批)

【袁枚曰】此著侈夸之戒。(诗学全书)

【姜炳璋曰】长孺以为刺文宗,非也。题云"咏史",篇中法戒昭然,夫岂曰专属文宗?以第二句作主,中四正写"破由奢",七八则言"成由勤俭"也。奢侈之主,欲求千里之马,周行四极;欲致蜀山之蛇,通道八蛮。至运去力穷时,变生肘腋,举步难行矣。南薰之曲，舜之所以解愠阜财者也，几人得如舜之歌南风乎？惟有哭苍梧之翠华，以追慕其勤民之德而已。言外便见后世但见财殚力痛、民不聊生，欲如舜之勤俭，绝不可得，有无穷感讽意。

【张曰】朱说精矣。史称：文宗以乐府之音，郑卫太甚，命王涯询于旧工，取开元时雅乐，选乐童按之，名曰云韶乐。又诏太常卿冯定采开元雅乐，制云韶法曲、霓裳羽衣舞曲。夏日与学士联句，帝独赏柳公权"薰风自南来，殿角生微凉"句，今钟簴依然，而苍梧之驾，已不返矣。义山开成二年登第，恩赐诗题霓裳羽衣曲，故结语假事寓悲，沉痛异常。（会笺，系开成五年。）

【按】史称文宗"自为诸王，深知两朝（按指穆、敬二帝）之弊，及即位，励精求治，去奢从俭"（见通鉴），力图挽回唐王朝江河日下之颓势。然在位十四年，不特无任何可足称道之建树，且使危机日趋深化。两次谋诛宦官之失败（一次为大和五年与宰相宋申锡谋诛宦官，事泄，申锡贬死；另一次即甘露之变），更足见其政治上所作之努力，无不事与愿违。图治无成，终于在"受制于家奴"之处境中去世。本篇于哀惋文宗图治无成之同时，深慨于唐王朝之运去难复。诗言俭成奢败本为历代兴衰之常规，然文宗则虽勤俭而无所成。常规不常，诗人乃不得不将此种反常现象归之于"运去"（腹联"运去"、"力穷"，词则并列，意则专主前者），即所谓"历数终"（武侯庙古柏）也。作者已隐约感到唐王朝崩颓之势已成，即令君主勤俭图治，亦无法解除危机。此正其对现实政治之感受敏锐深刻之处。然于"运去""力穷"之根本原因，则由于时代、阶级之限制，作者自不可能作出正确解释。诗中之所以笼罩悲凉之雾与迷惘情绪者，即源于此。"青海马"，指足以辅佐君主成就大业之贤材。此固须与文宗误任李训、郑注之事参观之。"不逢青海马"者，非无青海马，乃因"运去"而"不逢"也。如此理解，方得作者之本意。"蜀山蛇"，自指宦官势力，不必兼藩镇、朋党言之。末联冯引文宗夏日与诸学士联句事，似非作者本意。南薰曲者，君主爱民图治之曲也。诗意盖谓当今之世，曾亲闻并能理解文宗求治之意者已无多矣，已将永为文宗之赍志以殁而哀恸也。文宗在位时，义山于其暗弱，颇多讥评；而于其身后，则又颇致哀惋之情。讥评与哀惋，皆出于关注国家命运之情。

垂柳

娉婷小苑中，婀娜曲池东〔一〕。朝珮皆垂地[①]〔二〕，仙衣尽带风。七贤宁占竹〔三〕，三品且饶松〔四〕。肠断灵和殿〔五〕，先皇玉座空〔六〕。

校　记

①"珮"，蒋本、朱本作"佩"，字通。

集　注

〔一〕【冯注】魏文帝柳赋："柔条婀娜而蛇伸。"

〔二〕【何曰】第三切"垂"字。（辑评）【朱彝尊曰】比得奇。

【按】珮，指饰玉之珮带，以状垂柳。

〔三〕【程注】晋书嵇康传："康所与神交者，惟陈留阮籍，河内山涛,豫其流者,河内向秀、沛国刘伶、籍兄子咸、瑯琊王戎,遂为竹林之游,世所谓竹林七贤也。”

〔四〕【何曰】小冯云:“三品,五大夫也。”(辑评)【朱注】白居易诗:“九龙潭月落杯酒,三品松风飘管弦。”【冯注】考少林寺有则天皇后封三品松、五品槐,见嵩山志及宋范纯仁游嵩山联句,或更有他事欤? 【补】饶,让也。

〔五〕【冯注】南史:“张绪少有清望,吐纳风流,每朝见,武帝目送之。刘悛之为益州,献蜀柳数株,枝条甚长,状若丝缕,帝植于太昌灵和殿前,常赏玩咨嗟,曰:‘此杨柳风流可爱,似张绪当年时。’其见赏爱如此。”

〔六〕【朱注】谢朓诗:“玉座犹寂寞。”

笺　评

【朱曰】此叹良遇之不能久也。(李义山诗集补注)

【朱彝尊曰】“朝佩”二句:比得奇。

【何曰】落句谓文宗。(辑评)

【姚曰】此叹良遇之不能久也。娉婷婀娜,丰度翩然,顾时来则松竹让其妍华,时去则池苑为之寂寞。此必有为而发。

【屈曰】玩“朝佩”“仙衣”与“先皇玉座”等句,亦非徒作。

【程曰】此自感身世,追思文宗也。义山于君臣遇合绝少,唯文宗开成二年登第,故不能已于成名之感,偶对垂柳发之。起二句言目前所见之柳。小苑曲池,娉婷婀娜,殊可念也。三四因其枝枝倒地,因思朝佩之垂;叶叶临风,不啻仙衣之带,喻己之初授秘书时也。五六因柳而及于竹,柳不让竹,竹乃以七贤得名;又因柳而及松,柳不让松,松且以三品骤贵:喻当时之得志者也。七八乃从今日之小苑曲池忆往时之深宫邃殿。文宗御世，曾获策名，是如宋武帝之植柳灵和比拟张绪，而今则已矣！得不思先皇之玉座，肠断于旧殿也哉！

【冯曰】此借喻朝贵之为新君所斥者，语意显豁，当在文宗后作。或者垂柳即垂杨，暗寓嗣复之姓欤？

【纪曰】结二句自有体，三四太俗，五六更鄙，亦晚唐恶习也。（诗说）又曰：结……亦鹘兀。（辑评）

【姜炳璋曰】此因睹垂柳有怀登第之日，而感念先皇也。一二言垂柳可爱。其垂地也，有如朝佩之拖；其带风也，有如仙衣之举。竹称君子，无暇与七贤争名，松号大夫，岂意与三品竞贵？喻己叨陪秘阁，任以校书，正如张绪少年，濯濯于灵和殿侧也。此皆先皇所赐，而天颜莫睹，玉座徒留，回思知己之恩，能无心摧肠断也哉！

【张曰】颔联、腹联稍近帖体，然以为俗恶，则近诬也。结沉痛如许，谓之鹘兀，何哉？观结语当有本事，然寓意未详，或亦为赞皇贬后，牛党倖进而致慨乎？冯氏谓垂柳暗喻杨嗣复，恐未然。集中未尝为嗣复有诗。（辨正）又曰：冯氏谓喻朝贵为新君所斥者，似之。又谓垂柳喻嗣复，则恐未然。使果寓意嗣复，何诗意无深挚之痛乎？（会笺）

【按】诸家之说，概而言之，一曰自喻，一曰喻他。喻他说与末联“肠断”“先皇”等语意致不符，且杨嗣复、李德裕均宰辅大臣，与“三品且饶松”语显然不合。视末联用张绪事及诗中所描绘之垂柳婀娜娉婷之形象，明为借喻风流文士，而非形况位望崇重之大臣。故“自感身世，追思文宗”之说较为可信。义山历仕文、武、宣三朝，其中唯于文宗有知遇之感。咏史（历览前贤）末联云：“几人曾预南薰曲，终古苍梧哭翠华。”与本篇末联所抒知遇之感、伤悼之情若出一辙。而义山于武宗，则虽有伤悼之情而无知遇之感矣。此诗首联谓垂柳植于小苑曲池，娉婷婀娜，姿态美好轻盈。颔联进而描摹其娉婷婀娜之态，以上四句，略似柳绝句之“曾逐东风拂舞筵，乐游春苑断肠天。”腹联实即“岂占七贤之竹，且饶三品之松”之意，盖谓柳虽婀娜风流，然既不能如竹之占尽幽人高致，又不能如松之显贵受封，暗寓己退不能隐逸，进不能显达之处境。故末联因己当前之处境而益增故君之感，谓昔日曾蒙文宗赏爱，而今先皇玉座已空，安得不肠断于灵和旧殿乎？

酬别令狐补阙[①]〔一〕

惜别夏仍半，回途秋已期。那修直谏草[②]，更赋赠行诗〔二〕。锦段知无报，青萍肯见疑〔三〕？人生有通塞[③]，公等系安危〔四〕。警露鹤辞侣，吸风蝉抱枝〔五〕。弹冠如不问，又到扫门时〔六〕。

校　记

①英华“令狐”下有“八”字。

②“修”，悟抄作“能”。

③“人”，英华注：一作“吾”。戊签、朱本同。

集　注

〔一〕【朱注】令狐绹传：“开成初为左拾遗。二年，丁父丧。服阕，授本官，寻改左补阙、史馆修撰。”【冯曰】绹早为补阙。此服阕起为原官也。详年谱。（按冯氏玉溪生年谱开成二年下云："是年令狐绹为左补阙。"又曰：彭阳遗表已称左补阙绹。旧唐书绹传："服阕后改任左补阙。"小疏也。于开成五年下复云："是年令狐绹服阕，为左补阙、史馆修撰。"注云："起为原官也。其兼史职或稍在后"）。【按】冯、张并系此诗于开成五年，可从，然谓南游江乡前别绹之作，则非。详笺。

〔二〕【冯注】谓夏半告别，预期秋归，不料秋始成行，更劳赋赠也。此解方与五韵合。【按】冯注非。一、二两联谓夏半与令狐告别，回途已届秋末。奈何己又事行役，致令狐于修谏草之同时，更赋赠行之诗也。此即"一岁两行役"之意。"直谏草"点补阙，"赋赠行诗"点酬别。仍与"乃"通，始也。期，周期，秋已期，谓秋末也。"回途秋已期"，明为已成之事实，冯氏曲解为"预期秋归"，不仅误解"期"字，且全然不顾"已"字。

〔三〕【朱注】张衡四愁诗："美人赠我锦绣段，何以报之青玉案。"陈琳答曹植笺："君侯秉青萍、干将之器。"注："青萍，剑名。"【冯注】吕氏春秋："青萍，豫让之友也，为赵襄子骖乘。因遇豫让，退而自杀。"典论曰："三剑三刀，惜乎不遇薛烛、青萍也。"是青萍以人名剑，如干将之类矣。史记："邹阳狱中上书曰：'苏秦相燕，燕人恶之于王，按剑而怒，食以駃騠。'"注曰："敬重苏秦，虽有谗谤，而更膳以珍奇之味。"邹阳书又曰："明月之珠，夜光之璧，以暗投人于道路，人无不按剑相眄者，何则？无因而至前也。"又曰："素无根柢之容，虽竭精思，欲开忠信，辅人主之治，则人主必有按剑相眄之迹。"乃句意所用。【朱曰】（二句）言己虽无报，令狐必无按剑之疑也。【按】青萍兼取朋友之意。

〔四〕【何曰】吾生有命，其通塞固当自安，然公等既居清班要路，进贤沮善，乃安危所由分，如之何止营一身，不我顾也？转出下连有力。○"吾生""公等"，亦是得杜之皮也。○("人生"句)高人以自高。(辑评)【冯曰】此种句入老杜集何以辨！后村诗话："于升沉得丧之际，婉而成章。"

〔五〕【何曰】承上一联，即回映秋期。【冯注】风土记："鹤性警，八月白露降，流于草上，滴滴有声，即高鸣相警，移徙所宿处，虑有变害也。"家语："孔子曰：'蝉饮而不食。'"庄子："姑射神人吸风饮露。"温峤蝉赋："饥噏晨风，渴饮清露。"此借写景言迹虽暂离，心仍永托。【按】冯解近是而未尽其意。此盖谓己置身于党局嫌猜之地而知自处。二句中心为"辞侣""抱枝"，意谓己于离别之后，惟效鹤之警惕，处处检点；虽在势利场中，亦当如蝉之餐风饮露，清正淡泊，永抱故枝。"蝉抱枝"启下联。

〔六〕【冯注】汉书王吉传："王吉，字子阳，与贡禹为友，世称'王阳在位，贡禹弹冠。'言其取舍同也。"又萧望之传："'萧、朱结绶，王、贡弹冠。'言其相荐达也。"史记齐悼惠王世家："魏勃少时欲求见齐相曹参，家贫无以自通，乃常独早夜扫齐相舍人门外。相舍人怪之，以为物而伺之，得勃。于是舍人见勃曹参，因以为舍人。一为参御，言事，参以为贤，言之王，拜为内史。"【吴乔曰】时绹服阕，为补阙，借用弹冠，非自谓也。【杨曰】结句凄惋，其词卑，其志苦矣。【补】弹冠，喻准备出仕。末联谓令狐如无意汲引，则己不得不复效魏勃之扫门以求进也。

笺　评

【钱龙惕曰】旧书：令狐绹，字子直，开成二年改左补阙、史馆修撰。商隐幼能为文，令狐楚深礼之，令与诸子游。后商隐为王茂元从事。时楚已卒，绹以其背家恩，从李德裕之党，恶其无行，数以文章干绹，竟不之省。此诗所谓"弹冠如不问，又到扫门时"也。

【朱曰】此因令狐赠别有诗，而以汲引望之也。（李义山诗集补注）

【吴乔曰】题称酬别，诗有赠行，则知此诗乃答绹之作。绹以文宗开成五年庚申转左补阙，义山以会昌三年癸亥受茂元之辟，意者此诗作于赴河阳时也。其曰"青萍肯见疑"，必非无谓之语。

【杨守智曰】内不自安，故有青萍之句，感慨意在言外，委曲求通，其心良苦。（复图本）

【姚曰】此因令狐赠别有诗，而以汲引望之也。"青萍"句，喻生平寸心，不应见疑。虽通塞有命，然为国惜才，岂容漠视耶？

【程曰】此已与令狐有隙，而犹未显绝之时也。中间"锦段知无报，青萍肯见疑"二语，朱长孺以为己虽无报，令狐绹必无按剑之疑也，得其解矣。结二语"弹冠如不问，又到扫门时"，乃露复启陈情之端绪也。

【冯曰】与陶进士书："九月东去"，景态相合也。缠绵之中，半含剖白，与令狐绹交谊之乖大可见矣。

【纪曰】曲折浑劲，甚有笔力。独末二句太无地步耳。（诗说）末二句太无骨格，遂使全篇削色。凡归宿处最吃紧。（辑评）

【许印芳曰】义山与令狐绹交谊中乖，此诗有剖白之意。后半

温厚缠绵，亦复抑塞凄惋，真少陵嫡嗣。（律髓汇评引）

【张曰】末二句以凄惋作结，骨力深藏不露，非明七子以空架为高格调也，纪氏何足知之！○此开成五年作。“夏别”是赴故乡，移家关中。“回途”句移家至京，已涉秋矣。“更赋赠行诗”，谓将暂诣江乡，蒙子直赠别也。江乡之游，不详何事。诗中艳情极多，当为风怀牵引也。千载以后，更难臆测已。（辨正）与陶进士书：“九月东去。”此诗前半所叙者是。时义山方有湖南之役，嗣复牛党，必子直为之道地，故诗意感激之中半含剖白也。（会笺）

【按】首四谓已夏别秋回，旋又行役，致劳令狐更赋赠行之诗，点明“酬别”之由。五六谓令狐厚谊，己虽无所报答，然实心念旧恩，故人于我，岂有按剑之疑哉！曰“肯见疑”，正见令狐此时已心存隔阂。七八赞美令狐，慨己穷塞，起下“抱枝”“扫门”意。九十以“辞侣”点别，以“抱枝”喻依附旧枝。末联乃明表希求汲引之意。全篇志卑词苦，于令狐之见疑，心存惕惧，而婉言剖白；于令狐之弹冠不问，则情颇急切，直言不讳。纪氏讥末二句无品格，甚是。据此，令狐与义山此时确已有隔阂。其具体原因，似与义山婿于茂元后，与令狐间踪迹之疏不无关系。诗言“锦段知无报”，则隐然见令狐之以报恩相责矣。或言义山与令狐之交恶，始于义山之从亚桂管，观此诗，则其来有自矣。冯、张谓此行系南游江乡，于诗无征。

送千牛李将军赴阙五十韵〔一〕

照席琼枝秀〔二〕，当年紫绶荣〔三〕。班资古直阁〔四〕，勋伐旧西京〔五〕。在昔王纲紊，因谁国步清〔六〕？如无一战霸〔七〕，安有大横庚〔八〕？

内竖依凭切，凶门责望轻〔九〕。中台终恶直〔一〇〕，上将更要盟〔一一〕。丹陛祥烟灭，皇闱杀气横〔一二〕。喧阗众狙怒〔一三〕，容易八鸾惊①〔一四〕。梼杌宽之久〔一五〕，防风戮不行〔一六〕。素来矜异类〔一七〕，此去岂亲征！舍鲁真非策〔一八〕，居邠未有名〔一九〕。曾无力牧御〔二〇〕，宁待雨师迎〔二一〕？

火箭侵乘石，云桥逼禁营〔二二〕。何时绝刁斗〔二三〕？不夜见欃枪〔二四〕。屡亦闻投鼠，谁其敢射鲸〔二五〕？世情休念乱，物议笑轻生〔二六〕。大卤思龙跃〔二七〕，苍梧失象耕〔二八〕。灵衣沾愧汗〔二九〕，仪马困阴兵〔三〇〕。别馆兰薰酷，深宫蜡焰明。黄山遮舞态，黑水断歌声〔三一〕。纵未移周鼎〔三二〕，何辞免赵坑〔三三〕？空拳转斗地②〔三四〕，数板不沉城〔三五〕。且欲凭神算〔三六〕，无因计力争〔三七〕。幽囚苏武节，弃市仲由缨〔三八〕。下殿言终验〔三九〕，增埤事早萌〔四〇〕。蒸鸡殊减膳〔四一〕，屑曲异和羹〔四二〕。

否极时还泰〔四三〕，屯馀运果亨〔四四〕。流离几南度〔四五〕，仓卒得西平〔四六〕。神鬼收昏黑，奸凶首满盈〔四七〕。官非督护贵〔四八〕，师以丈人贞〔四九〕。覆载还高下〔五〇〕，寒暄急改更〔五一〕。马前烹莽卓，坛上揖韩彭〔五二〕。扈跸三才正〔五三〕，回军六合晴〔五四〕。此时唯短剑，仍世尽双旌〔五五〕。顾我由群从〔五六〕，逢君叹老成〔五七〕。庆流归嫡长〔五八〕，贻厥在名卿〔五九〕。隼击须当要〔六〇〕，鹏抟莫问程〔六一〕。趋朝排玉座〔六二〕，出位泣金茎〔六三〕。幸藉梁园赋〔六四〕，叨蒙许氏评〔六五〕。中郎推贵婿〔六六〕，定远重时英〔六七〕。政已摽三尚〔六八〕，人今伫一鸣〔六九〕。长刀悬月魄〔七〇〕，快马骇星精〔七一〕。披豁惭深眷〔七二〕，睽离动素诚〔七三〕。蕙留春畹晚〔七四〕，松待岁峥嵘〔七五〕。异县期回雁〔七六〕，登时已饭鲭〔七七〕。去程风刺刺〔七八〕，别夜漏丁丁。庾信生多感〔七九〕，杨朱死有情〔八〇〕。弦危中妇瑟〔八一〕，甲冷想夫筝〔八二〕。会与秦楼凤，俱听汉苑莺〔八三〕。洛川迷曲沼，烟月两心倾〔八四〕。

校　记

①"鸾"，各本均作"蛮"。冯曰："旧皆作八蛮，殊无谓，必八鸾之误，竟为改正。"据冯校改。详注。

②"拳"，席本作"卷"，字通。详注。

集　注

〔一〕【朱注】通典："千牛，刀名。后魏有千牛备身，掌执御刀，因以名职。显庆五年，置左右千牛府。后改为卫，置大将军一人，将军各一人以副之。"详诗语，李千牛乃李晟之孙。【程注】(晟)诸子之子，表多不载，唯听之子曰琢、璋、瑾、璇、琭、琼，凡六人。琭官千牛卫将军，此云李千牛者，盖琭也。【冯注】旧书职官志："唐置左右千牛卫。有大将军，正三品；将军，从三品；中郎将，正四品下阶；备身左右，正六品下阶。"又曰："备身左右，卫官以上、王公以下高品子孙起家为之。"此李千牛当是已为从三品之将军，故诗有"紫绶"及"趋朝"、"出位"之语，非起家为之者。集有少将诗可证。千牛乃西平王之孙，程氏遂以李听之子琭官千牛将军者实之。琭非嫡长，误矣。表多阙略，无可全考。至招国李家，余揣其为李执方家，茂元妻之族也。徐氏取以证此，尤误。【张曰】千牛西平孙，亦茂元婿也。诗有"庆流归嫡长"语，冯氏谓为愿子……杜牧之分司洛阳，司徒愿罢镇闲居，牧之有李尚书席上作，则有家于东都也……此在洛中赠别之作。【按】千牛李将军，当即"招国李十将军"，商隐连襟，亦即祭张书记文所谓"陇西公"者。据诗中"政已摽三尚"之句，诗当作于武宗新立后不久。

〔二〕【朱注】离骚："折琼枝而继佩。"【冯注】晋书王戎传："尝目王衍神姿高彻，如瑶林琼树，自然风尘物外。"

〔三〕【朱注】汉官仪："公侯皆紫绶傅龟。"旧唐书舆服志："侍中、中书令加貂蝉，佩紫绶。"按兴元元年李晟加中书令，故云"紫绶荣"。【何曰】起首指将军光仪，二句言贵胄也。（辑评）【冯注】吕氏春秋："士有当年而不耕者。"高诱训解："当其丁壮之年。"史记："蔡泽曰：'结紫绶于腰。'"旧书舆服志："二品、三品紫绶。"按："当年"，正当妙年，见垂柳（按指注引南史"似张绪当年时"句），朱氏谓指李令，误。紫绶不可引汉书"相国、丞相、太尉至彻侯皆金印紫绶"也。【按】冯注是。第二句仍指千牛，不涉先世。千牛将军三品，故佩紫绶。若李晟封西平郡王，则不得仅以"紫绶荣"称之矣。"当年"与"照席"对文，"当"明为动词。陶潜庚子岁五月中从都还阻风于规林："当年讵有几，纵心复何疑？""当年"亦壮年之意。

〔四〕【冯注】通典："梁置左右骁骑，领朱衣直阁，并给仪从，出则羽仪清道，入则与二卫通直，临轩则升殿夹侍。至隋，置备身府。"【程注】韩愈进学解："计班资之崇庳。"【补】班资，位次资格。

〔五〕【朱彝尊曰】“勋伐”一句领起下文。【程注】唐书：“至德二载，以凤翔府为西京，西京为中京。”【按】曰“旧西京”，自指长安。此谓李晟光复长安之功。

〔六〕【程注】诗大雅：“国步斯频。”江淹为萧骠让封表：“国步永清，门下永无谬误。”【补】国步，国家之命运。

〔七〕【朱注】左传：“一战而霸。”【按】本指一战而称雄于诸侯，此指李晟战胜李怀光、朱泚叛军，复京云：“虏骑胡兵一战摧。”亦咏李晟功绩。

〔八〕【朱注】史记文帝本纪：“大臣使人迎代王，王卜之，兆得大横，占曰：‘大横庚庚，予为天王。’”注：“龟曰兆，筮曰卦，卜以荆灼龟，文正横也。庚庚，横貌。”【何曰】以下述西平事本次句。（辑评）

以上为第一段，写千牛官品家世，总提李晟平叛之功。

〔九〕【朱注】淮南子：“大将受命已，则设明衣，剪指爪，凿凶门而出。”【补】古代将军出征时，凿一向北之门，由此出发，以示必死决心，称凶门。责望，责怪抱怨。【朱曰】按唐书：代宗时宦官程元振谮杀来瑱，河北叛镇率以藉口，所谓“内竖依凭切”也。诸节使各置监军，兵柄不一，所谓“凶门责望轻”也。【冯曰】以下叙致乱之由，定乱之业，余悉为订正。旧书宦官传：“自鱼朝恩诛，宦官不复典兵。德宗以亲军委白志贞，志贞多纳豪民赂，补为军士，取其佣直，身无在军者。”通鉴：“司农卿段秀实上言：‘禁兵不精，其数全少，卒有患难，将何待之？’”此联正指其弊。【按】冯说是。此诗全叙德宗时朱泚之乱，不及代宗时事。“内竖”句明谓宦官依仗德宗宠信，朱氏解为河北叛镇以宦官谮杀来瑱事为凭藉，误矣。宦官典禁军，禁军窳败无能，故云

"凶门责望轻",与下"容易八鸾惊"正合,朱氏解为兵柄不一,亦误。

〔一〇〕【冯注】汉书东方朔传:"愿陈泰阶六符以观天变。"注曰:"泰阶,三台也。每台二星。"黄帝泰阶六符经曰:"泰阶者,天之三阶也。上阶为天子,中阶为诸侯、公卿、大夫,下阶为士、庶人。"后汉书郎顗传:"三公上应台阶。"左传:"恶直丑正。"【补】汉晋以来,以三台象征三公职位,中台象征司空,此指宰相。详下注。

〔一一〕【程注】公羊传:"要盟可犯,而桓公不欺。"【冯注】左传:"我实不德,而要人以盟,岂礼也哉?"朱泚之为泾原乱兵所奉,由于曾帅泾原也。旧书传及通鉴云:"杨炎独任大政,专复恩雠,奏请城原州,浚丰州陵阳渠以兴屯田。泾原节度段秀实以为未宜兴事召寇,炎以其沮己,征入为司农卿,以李怀光代之。泾原将刘文喜不受诏,上疏复求秀实,不则朱泚,乃以泚代怀光,文喜又不受诏,及文喜授首,加泚兼中书令,而以姚令言为泾原留使。泚自泾州还镇凤翔,朱滔以蜡书遗之,欲与同反。马燧获之,送长安,泚不之知。上驿召泚至京,泚惶恐请罪。上曰:'千里不同谋,非卿之过。'因留长安私第,赐予甚厚,以安其意。"是则泚之镇泾原,由于杨相恶秀实之直言。泚之居京师,由于滔之约与同反。切指二事,以见祸生有原,并非泛论。

〔一二〕【补】丹陛:宫殿前以红色涂饰之台阶。皇闱:皇宫。

〔一三〕【冯注】庄子:"狙公赋芧,朝三而暮四,众狙皆怒;朝四而暮三,众狙皆喜。"【补】喧阗,声大而杂,喧嚷。

〔一四〕【冯注】诗:"八鸾玱玱。"宋书礼志:"汉制:金根车,驾六黑马,施十二鸾。五时副车驾四马,施八鸾。"韵会:"銮,通作鸾。”通鉴:“建中四年,发泾原兵救哥舒曜。十月,姚令言将兵五千至京师。及将发浐水,犒师惟粝食菜啖,众怒,蹴而覆之,鼓噪还趣京师。上出金帛二十车赐之,贼已入城,不可复遏。召禁兵御贼,无一人至者。乃自苑北门出幸奉天。”此谓偏师作乱,遽惊銮御。【补】容易,疏忽,不防备也。

〔一五〕【冯注】左传:“颛顼氏有不才子,谓之梼杌。舜投之四裔,以御魑魅。”【程注】国语:“商之兴也,梼杌次于丕山。”注:“梼杌,鲧也。”神异经:“西方荒中有兽焉,其状如虎而犬毛,长二尺,人面虎足猪口牙,尾长一丈八尺,搅乱荒中,名梼杌。”【按】程引国语之“梼杌”为古代传说中神名,非义山所用。“梼杌”常喻恶人。

〔一六〕【冯注】家语:“禹致群臣于会稽之山,防风后至,禹杀而戮之,其骨专车。”【补】国语鲁语下:“昔禹致群神于会稽之山,防风氏后至,禹杀而戮之,其骨节专车。”

〔一七〕【程注】国语:“异德则异类。”书甘誓序正义:“夏王启之时,诸侯有扈氏叛,王命率众亲征之。”【冯注】梼杌句谓久优容泚而居之京师也。旧书传及通鉴云:“姜公辅叩马谏曰:‘朱泚尝为泾帅,废处京师,陛下既不能推心待之,则不如杀之,毋贻后患。乱兵若奉以为主,则难制矣。请召使同行。’上仓猝不暇用其言,曰:‘无及矣。’遂行。姚令言与乱兵谋,乃迎泚于晋昌里第,入居含元殿,徙白华殿。”“防风”句谓不从公辅之言也,又言于凶徒素事姑息,然此时岂亲征之比,何可尚留此祸种哉!

〔一八〕【冯曰】礼记:“孔子曰:‘我舍鲁,何适矣。’”【朱彝尊曰】(素来)三句言幸奉天之不得已。

〔一九〕【补】居邠:孟子梁惠王下:“滕文公问曰:‘齐人将筑薛,吾甚恐,如之何则可?’孟子对曰:‘昔者大王居邠,狄人侵之,去之岐山之下居焉。非择而取之,不得已也。苟为善,后世子孙必有王者矣……’”【朱注】旧唐书:“建中四年十月……令言率乱兵奉朱泚为主。戊申,上至奉天。”

〔二〇〕【程注】帝王世纪:“黄帝梦人执千钧之弩,驱羊万群,寤而叹曰:‘千钧之弩,异力者也;驱羊万群,能牧民为善者也,天下岂有姓力名牧者也?’于是求之,得力牧于大泽,进以为将。”【朱注】圣贤群辅录:“风后受金法,力墨受准尺。”宋均曰:“力墨或作力牧。黄帝七辅之二。”

〔二一〕【朱注】韩非子:“昔者黄帝合鬼神于泰山之上,风伯进扫,雨师洒道。”【冯注】风俗通:“春秋左氏传说共工之子为玄冥师。玄冥,雨师也。”周礼:“以槱燎祀雨师。雨师者,毕星也。”广雅:“雨师谓之屏翳。”四句言仓卒出幸,无奉御恭迎之仪卫也。

此节写德宗信任奸邪,养痈遗患,招致朱泚之乱。

〔二二〕【程注】魏略:“诸葛亮攻郝昭,起云梯冲车以临城,昭以火箭逆射其云梯。”【朱注】尸子:“昔者武王崩,成王少,周公旦践东宫,履乘石,祀明堂,假为天子七年。”注:“乘石,王所登上车之石也。”云桥,即云梯。【冯注】旧书纪、朱泚、浑瑊传:“泚自领兵侵逼奉天,于城东三里下营,矢石不绝。又分营乾陵,下瞰城内。西明寺僧法坚为造云桥,攻城东北隅,兵仗不能及,城中忧恐。矢石如雨,贼随风推桥薄城下,三千馀人相继而登。浑瑊预为地道,云桥脚陷,不得进。瑊命焚之,云桥与凶党同为灰烬。于是三门皆出兵,贼徒大败。入夜,泚复来攻城,矢及御前三步而坠,上大惊。"【程注】闲居赋:"其西则有元戎禁营。"注:"禁营,谓五营也。"

〔二三〕【程注】史记李广传:"广行无部伍,行阵就水草屯,舍止人人自便,不击刁斗以自卫。"注:"以铜作鐎器,受一斗,昼炊饭食,夜击持行,名曰刁斗。"

〔二四〕【冯注】尔雅:"彗星为欃枪。"注曰:"亦谓之孛,其形孛孛如扫彗。"史记天官书注:"天彗者,一名扫星,本类星,末类彗,小者数寸,长或竟天,体无光,假日之光。天欃者,在西南,长四丈,锐,主兵乱。天枪者,长数丈,两头锐,出西南方,占曰:为兵丧乱。"汉书天文志:"枪、欃、棓、彗异状,其殃一也。"【按】古代迷信,以欃枪为妖星,出现即有兵乱。

〔二五〕【冯注】汉书贾谊传:"欲投鼠而忌器。"射鲸,如史记始皇自以大弩射杀一大鱼之类。说文:"鳄,海大鱼也,或从京。"玉篇:"鱼之王。"此谓诸军击贼者,前后屡有小胜,而未即诛元恶。皆详史文。

〔二六〕【冯注】诗:"莫肯念乱。"谓人心不固,从贼之徒反笑为国拒守之自轻其生也。朱泚传及通鉴云:"源休引符命劝泚僭逆。及围奉天时,遣使环城招诱公卿士庶,笑其不识天命。"

〔二七〕【朱注】说文:"卤,西方咸地也。"左传:"晋荀吴败狄于大卤。"注:"大卤,太原晋阳地。"一行并州起义堂颂:"我高祖龙跃晋水,凤翔太原。"册府元龟:"太宗生时有二龙戏于门外井中,经三日乃冲天而去。"

〔二八〕【冯注】论衡:"舜葬苍梧,象为之耕。"文选吴都赋注:"越绝书曰:'舜葬苍梧,象为之耕;禹葬会稽,鸟为之耘。"按水经注:"会稽山上有禹冢,有鸟来为之耘。春拔草根,秋啄其秽。"而越绝书:"禹葬会稽,教民鸟田;舜死苍梧,象为民田。"相类而有异也。【按】二句谓回想本朝开国,高祖龙跃太原之情景,益慨如今乱军践踏祖宗陵墓之惨痛状况。详下。

〔二九〕【冯注】楚辞九歌:"灵衣兮披披,玉佩兮陆离。"

〔三〇〕【道源注】仪马,庙中木马也。甘泽谣:"许云封因乘仪马入长安。"【朱曰】按高宗葬乾陵,在奉天县。旧唐书:"朱泚据乾陵作乐,下瞰城中,辞多侮慢。"通鉴:"自贼攻城,斩乾陵松柏,以夜继昼。泚移帐于乾陵,下视城中,动静皆见之。""苍梧失象耕",言贼惊陵寝也。灵衣、仪马皆陵庙中物。"困阴兵",似暗用昭陵石马汗流事。【冯注】仪马,具马之仪。汉书郊祀志:"木寓车马。"寓车寓马,谓寄其形于木也。陵庙石马义同。通鉴:"开成元年,遇立仗,别给仪刀。"注曰:"具刀之仪而已。"其义亦同。乃源师引甘泽谣"许云封乘义马入长安",而改"义"为"仪",谬哉!【程曰】原庙之衣,愧为沾污;仪仗之马,难于阴助。

此节写奉天被围,惊及陵寝。

〔三一〕【朱注】旧唐书:"姚令言迎泚于晋昌里第。泚乘马拥从北向,烛炬星罗,观者万计。明日,入居含元殿,徙居白华殿。"【朱彝尊曰】("别馆"二句)言朱泚入宫居僭也。【冯注】汉书地理志:"右扶风槐里县有黄山宫。"西京赋:"绕黄山而款牛首。"书禹贡:"黑水西河惟雍州。"此二联自奉天回思长安,言宫馆皆为贼据,歌舞皆为贼娱,而帝困于奉天也。非朱泚初入宫,烛炬星罗之事。【按】冯说是。酷,(香味)浓烈。

〔三二〕【程注】史记:"秦始皇还过彭城,斋戒祷祠,欲出周鼎泗水,使千人没水求之,弗得。"【冯注】史记周本纪:"秦昭王取九鼎宝器,而迁西周公于𢘊狐。"

〔三三〕【朱注】史记:"武安君白起大破赵于长平,坑降卒四十馀万。"【冯曰】此言纵未能灭我王室,而困守围城,何以免害?是泛论,非有所专指也。长平本杀降事,今借用之者。旧书传:"建中四年十月,泚僭即伪位,称大秦皇帝。十一月,泚解围,入长安。明年,为兴元元年正月一日,更号曰汉。"当围奉天时僭称秦,故用二秦事以切之。

〔三四〕【冯注】汉书李陵传:"转斗千里,矢尽道穷,士张空拳。"注曰:"拳,弓弩拳也,与絭同,去权反,又音眷。"司马迁传:"张空弮,冒白刃。"注曰:"弮,弩弓也。"矢尽,故张弩之空弓,非是手拳也。拳则屈指,不当言张。【补】文选司马迁报任少卿书:"沫血饮泣,更张空拳。"李善注引颜师古曰:"陵时矢尽,故张弩之空弓……李奇曰:'拳,弩弓也。'"

〔三五〕【朱注】史记:"智伯与韩、魏攻赵晋阳,引汾水灌之,城不浸者三板。"通鉴:"贼并兵攻城东北隅,贼已有登城者。上与浑瑊对泣。时士卒冻馁,又无甲胄,瑊激以忠义,力战败之。入夜,泚复来攻城,矢及御前三步而坠。"

〔三六〕【何曰】("且欲"句)先定桑道茂事。(辑评)【冯注】后汉书王涣传:"京师称叹,以为涣有神算。"此取神明之意。

〔三七〕【程注】左传:"师旷曰:'公室惧卑,臣不心竞而力争。'"【冯注】旧书浑瑊传:"以饥弱之众,当剧贼之锋,虽力战应敌,人忧不济,公卿以下,仰首祝天。"

〔三八〕【冯注】汉书:"苏武持节使匈奴,单于欲降之,乃幽武,置大窖中。又徙北海上,使牧羝。武杖汉节牧羊,卧起操持,节旄尽落。”史记：“石乞、壶黡攻子路，击断子路之缨，子路曰：‘君子死而冠不免。’遂结缨而死。”【朱注】通鉴：“大理卿蒋沇诣行在，为贼所得。沇绝食称病，潜窜得免。”又：“司农卿段秀实与刘海宾、何明礼、岐灵岳密谋诛泚。泚召秀实等议称帝事，秀实勃然起，夺源休象笏，唾泚面大骂，因以笏击之，才中其额，溅血满地。贼众争前杀之，海宾等相次死。”【冯注】通鉴：“卢杞言于上曰：‘朱泚必不为逆，愿遣大臣入京宣慰。’金吾将军吴溆请行，遂奉诏诣泚，泚杀之……泚围城时，龙武大将军吕希倩战死，将军高重捷为贼伏兵所斩。”旧书李晟传：“上还京，晟表守臣节不屈于贼者程镇之、刘迺、蒋沇、赵晔、薛岌等。”【何曰】（幽囚）句谓赖段太尉缓师。（辑评）

〔三九〕【冯注】梁书武帝纪：“大通六年，荧惑入南斗，谚曰：‘荧惑入南斗，天子下殿走。’乃跣足下殿以禳之。及闻魏主西奔，乃惭曰：‘彼亦应天象耶？’”

〔四〇〕【原注】先时桑道茂请修奉天城。【朱注】通鉴：“建中元年六月，术士桑道茂言：‘陛下不出数年，暂有离宫之厄。臣望奉天有天子气，宜高大其城，以备非常。’辛丑，命筑奉天城。”【冯注】旧书方伎传：“帝仓卒幸奉天，方思道茂之言，时已卒，命祭之。”“埤”，同“陴”，城上女墙也。左传：“授兵登陴。”汉书刘向疏：“增埤为高。”

〔四一〕【冯注】晋四王故事：“惠帝还洛阳，道中有老人蒸鸡素木盘中，盛以奉帝。”周礼：“膳夫掌王之饮食膳羞。王日一举，鼎十有二，物皆有俎，以乐侑食。王斋，日三举。大丧、大荒、大札、天地有裁、邦有大故，则不举。”汉书宣帝纪：“今岁不登，其令太官损膳省宰。”晋书成帝纪：“诏太官减膳。”

〔四二〕【朱注】晋书愍帝纪:“永嘉(按应为建兴)四年冬十月,京师饥甚,米斗金二两,人相食,死者大半。太仓有曲数十斘,曲允屑为粥以供帝。”唐书:“奉天围久,食且尽,以芦秣帝马,大官粝米止二斛。围解,父老争上壶飧饼饵。”通鉴:“时供御止有粝米二斛,每伺贼休息,夜缒人于城外,采芜菁根而进之。”【程注】书:“若作和羹,尔为盐梅。”【冯曰】以上全叙围奉天事。【补】和羹,为羹汤调味,亦代指美味。诗商颂烈祖:“亦有和羹。”郑玄笺:“和羹者,五味调,腥熟得节,食之,于人性安和。”

此节写德宗力竭于奉天,情势危急万分。

〔四三〕【补】否、泰,周易中二卦名。否谓“天地不交而万物不通”,泰谓“天地交而万物通”。后用否极泰来指时势困厄至于极点而向通顺方向转化。

〔四四〕【补】屯,见行次西郊。亨:通达顺利。易坤:“品物咸亨。”

〔四五〕【冯注】旧书纪:“兴元二年二月,李晟表李怀光反状已明,车驾幸梁州。”按传书:“帝欲幸西川,晟上表请驻跸梁、汉,系亿兆之心。”而通鉴云:“淮南节度使陈少游修堑垒,缮甲兵;浙江东西节度使韩滉筑石头城,缮馆第数十,修坞壁以备车驾渡江,且自固也。”此即旧书韩滉传“滉恐有永嘉南渡之事”者也。此句固非虚设。

〔四六〕【冯注】旧、新书纪:“上南幸梁州。李晟大集兵赋,以收复为己任。(兴元元年)八月,论功,晟以合川郡王改封西平郡王。”【朱彝尊曰】“仓卒”句言不早用也。【何曰】前半极承国难,此处不多铺叙战功,功自明矣。(辑评)

〔四七〕【原注】首,去声。【按】二句谓神鬼祐助,收去昏黑局面,作乱之奸凶开始现出恶贯满盈征兆。首字用作动词，伏罪。

〔四八〕【朱注】通典："汉置西域都护。晋、宋以后有督护之官，亦其任也。"齐书："广州西有二江，川源深远，别置督护专征讨之。"

〔四九〕【程注】易："师贞，丈人，吉。"【冯注】旧书传："晟引军渭北，壁东渭桥以逼泚。朔方节度使李怀光自河北赴难，军咸阳。诏晟与之合军。怀光阴与泚通，晟惧为所并，乃徙屯渭桥。怀光果叛，晟以孤军独当二贼，徒以忠义感人心，故英豪归向。"

〔五〇〕【程注】周礼小宰疏："覆载之德，其功尤盛。"【补】覆载，天覆地载（指天地养育及包容万物），亦用作天地之代称，此指天地，谓天高地下仍旧。

〔五一〕【冯曰】自出幸至还宫，为期不及一年。【按】寒暄当指政治局势。

〔五二〕【朱注】旧唐书："（晟）兴元元年五月，移军光泰门外。贼来薄我军，奋击大破之，追击至白华门，朱泚、姚令言率众遁去。晟收复京城。浑瑊、戴休颜、韩游瓌亦破贼于咸阳。泚走至彭原西城屯，韩旻斩之，传首行在。姚令言投泾州，源休、李子平走凤翔，寻并斩获。"【冯注】莽卓，王莽、董卓。韩彭，韩信、彭越。【按】莽、卓，指朱泚、姚令言等；韩、彭，指平叛诸将帅。

〔五三〕【补】扈跸，谓护从皇帝车驾。

〔五四〕【程注】梁元帝纂要："天地四方曰六合。"【冯注】旧书纪："七月壬午，车驾至自兴元。浑瑊、韩游瓌、戴休颜以其众扈从。李晟、骆元光、尚可孤以其众奉迎，步骑十馀万，旌旗数十里，都民欢呼感泣。李晟见于三桥，自陈收复之迟，上慰劳遣之。"

〔五五〕【朱注】唐书："节度使赐双旌双节，行则建节树六纛。"按晟子愿、愬、听、宪皆为节度使。【程注】陆云诗："仍世载德。"（二句）谓晟在当时只知用兵，虽家室为贼所质，皆有所不恤，尝曰："天子野次，臣下惟知死敌而已"，故能成功，而子孙又能各以功名显。如愿为河中节度，宪为岭南节度，愬为魏博节度，听为河中节度，……迄于琭，犹为千牛将军也。【何曰】（此时句）转。（读书记）入将军，与己夹叙，情事两尽。（辑评）【朱彝尊曰】转下无痕。【补】仍世，累代。晋书武帝纪："泰始元年冬十二月柴燎告类于上帝曰：'粤在魏室，仍世多故。'"

此节叙李晟收复之功。以上为第二段。

〔五六〕【朱注】唐书："元和四年，诏以晟配飨德宗庙廷，其家编附属籍。"义山本宗室，故曰"由群从"。【程注】晋书阮咸传："群从兄弟，莫不以放达为行。"【冯注】由、犹通。群从，从兄弟也。【朱彝尊曰】"顾复"句，转入无痕。

〔五七〕【补】老成，阅历多而练达世事。诗大雅荡："虽无老成人，尚有典刑。"

〔五八〕【程注】汉书玄成诗："德之令显，庆流于裔。"【朱注】旧唐书："晟十五子，长子侗无禄早世。"此云嫡长，岂千牛乃侗之子欤？【冯注】金石录："裴度撰西平王碑，载西平十二子愿、聪、总、憗、凭、恕、宪、愬、懿、听、惎、殷。"唐书宰相世系表同。而新、旧史传皆云有十五子也。旧史云："侗、伷、偕无禄早世。"岂以侗等早世，故碑不载欤？又李石撰李听碑云："西平有子十六人。"疑更有未名而卒者尔。按神道碑乃大和元年奉敕撰，必可据也。侗既早世，未必有后，凡西平子嫡出、庶出皆无可考。此嫡长似为愿子。旧纪："德宗诏西平郡王李晟长子愿赐勋上柱国，与晟门并列戟"也。杜牧之分司洛阳，司徒愿罢镇闲居，牧之有李尚书席上作，则有家于东都也。新书表列听子琢、璋、瑾、璇、琭、琼六人，惎子琎一人，其馀传、表皆缺。

〔五九〕【朱注】诗："诒厥孙谋。"【程注】汉书翟方进传："陈咸、冯野、王逢信官簿皆在方进之右，及御史大夫缺，三人皆名卿，俱在选中，而方进得之。"【补】诒，遗。

〔六〇〕隼击，见重有感。【冯注】汉书孙宝传："时孙宝以奸恶之人问掾侯文，文曰：'霸陵杜穉季。'宝曰：'其次。'文曰：'豺狼横道，不宜复问狐狸。'宝默然。"此云"当要"，暗用其事。

〔六一〕【冯注】庄子："北溟有鱼，其名曰鲲；化而为鸟，其名曰鹏，抟扶摇羊角而上者九万里。"

〔六二〕【冯注】旧书志："凡受朝之日，千牛将军则领备身左右，升殿而侍列于御座之左右。"新书仪卫志："朝会有千牛仗，以千牛备身、备身左右为之，皆执御刀弓箭，升殿列御座左右。"

〔六三〕【冯注】魏略："景初元年，徙长安诸钟虡骆驼铜人承露盘。"汉晋春秋："帝徙盘，盘折，声闻数十里。金狄或泣，因留于霸城。"【补】出位，此谓离职。

〔六四〕【冯注】史记梁孝王世家："孝王筑东苑，方三百馀里。"正义曰："苑园在宋州，俗人言梁孝王竹园也。"西京杂记："梁孝王好营宫室苑囿之乐，作曜华之宫，筑兔园，园中有落猿岩、栖龙岫，又有雁池，池间有鹤洲凫渚，王日与宫人宾客弋钓其中。”又曰：“王游于忘忧之馆，集诸游士，各使为赋。”【纪曰】“幸藉”四句前后如何转折？此处殊不了了。

〔六五〕【程注】后汉书许劭传：“劭与从兄靖俱有高名，好共核论乡党人物，每月辄更其品题，故汝南俗有月旦评焉。”

〔六六〕见送裴十四。

〔六七〕【朱注】后汉书：“班超封定远侯。”

〔六八〕【朱注】“三尚”未详，或曰即“夏尚忠，商尚质，周尚文。”【潘眒曰】按唐职官志：“少府监之属有中尚署、左尚署、右尚署。”李将军盖以门资出身，尝历试三尚署之职。（程注引）【程曰】少府监掌百工技巧之政，总中尚、左尚、右尚。中尚掌供郊祀圭璧及天子器玩、后妃服饰、雕文错彩之制。左尚掌供翟扇盖伞五路五副七辇十二车，及皇太后、皇太子、公主、王妃、内外命妇、王公之车。右尚掌供十二闲马之辔。千牛或曾官此三尚，亦未可知。至忠、质、文兼括三代所尚，于赞千牛不合。【冯注】家语：“孔子曰：‘帝王改号于五行之德，各从其所王。夏后氏以金德王，尚黑；殷人以水德王，尚白；周人以木德王，尚赤。此三代所以不同。’”三尚用此。上言“泣金茎”者，千牛当于文宗晏驾时罢归。今武宗立，朝政一新，不啻三代之各易所尚，而千牛将起用矣。旧注引忠、质、文，相似而犹误，又改引三尚署，则谬矣。【按】冯说是。“摽”，通“标”。

〔六九〕【朱注】史记滑稽淳于髡传：“此鸟不鸣则已，一鸣惊人。”

〔七〇〕【冯注】新书车服志：“千牛将军执金装长刀。”尚书：“旁死魄。”传曰：“旁，近也。月二日近死魄。”疏曰：“月始生魄然貌。”尚书正义曰：“魄者，形也。谓月之轮廓无光之处。”

〔七一〕【朱注】天文志：“房为天府，曰天驷，其阴右骖。”白帖：“马为房星之精。”【冯注】尔雅：“天驷，房也。”注曰：“龙为天马，故房四星谓之天驷。”【按】二句写将军长刀快马之勇武形象。

此节美千牛之材，叙彼此交情。

〔七二〕【程注】杜甫诗：“披豁对吾真。”【补】披豁，犹披露胸怀，谓以真心示人。深眷，深切关心。

〔七三〕【补】暌离，阔别。【程注】李白诗：“斗酒熟黄鸡，一餐感素诚。”

〔七四〕【冯注】楚辞：“白日晼晚其将入兮。”蕙开于夏令，故曰“留春”。玉篇：“晼，于阮切。”【补】晼晚，日将落。

〔七五〕【冯注】鲍照舞鹤赋：“岁峥嵘而愁暮，心惆怅而哀离。”似有自夏涉秋之景。【按】“蕙留”句自指，有迟暮之感。“松待”句指千牛。岁峥嵘，切赴阙，与“人今伫一鸣”呼应。

〔七六〕【朱注】古乐府：“他乡复异县。”回雁谓雁书。【程注】元稹诗：“怅望悲回雁。”【冯注】徐灵期南岳记：“南岳周回八百里，回雁为首，岳麓为足。”舆地志：“衡山一峰极高，雁不能过，遇春北归，故名回雁。或云：“峰势如雁之回。”通典：“衡州湘潭县有南岳衡山。新书志：“元和后湘潭属潭州。”【按】朱注是。冯注引非所用，详笺。

〔七七〕【朱注】字林：“鲭，杂肴也。”【程注】西京杂记：“五侯不相能，宾客不得来往。娄护、主辩，传食五侯间，各得其欢心，竞致奇膳，护乃合以为鲭，世称五侯鲭，以为奇味焉。”【冯注】抱朴子自叙：“人赍酒肴候，洪亦不拒也。后有以答之,亦不登时也。”魏志管辂传注:“水火之难,登时之验。”【补】鲭,同“脏”,为鱼肉合烹成之食物。后称美味佳肴为五侯鲭。登时:犹立时、立刻。任昉奏弹刘整:“苟奴登时欲捉取。”“异县”句谓望其寄书,“登时”句谓已叨其宴饯也。千牛赴阙,义山过别,千牛邀其饯饮,故有“饭鲭”语。

〔七八〕【补】刺刺:状风声。丁丁,状漏声。

〔七九〕【冯注】庾信哀江南赋。【按】哀江南赋序云:“信年始二毛,即逢丧乱,藐是流离,至于暮齿。燕歌远别,悲不自胜;楚老相逢,泣将何及。畏南山之雨,忽践秦庭;让东海之滨,遂餐周粟。下亭漂泊,高桥羁旅。楚歌非取乐之方,鲁酒无忘忧之用。追为此赋,聊以记言。不无危苦之辞,惟以悲哀为主。”又云:“呜呼,山岳崩颓,既履危亡之运;春秋迭代,必有去故之悲。天意人事,可以凄怆伤心者矣!”凡此,均所谓“生多感”者也。

〔八〇〕【冯曰】取路歧之意。【按】杨朱亦自指。“死有情”不详出典。或即上句“生多感”之意,谓己之多愁善感、滞于哀伤而不能自拔之性格。极而言之,故曰“死有情”。

〔八一〕【朱注】古乐府:“大妇织绮罗,中妇织流黄,小妇无所为,挟瑟上高堂。”

〔八二〕【朱注】杜甫诗:“银甲弹筝用。”道源注:“唐乐府有相府莲,后语讹为想夫怜。”乐苑曰:“想夫怜,羽调曲也。”【程注】国史补:“司空于頔以乐曲有想夫怜,其名不雅,将改之。客曰:‘南朝相府曾有瑞莲,故歌相府莲。自是后人语讹,相承不改耳。’”“弦危中妇瑟,甲冷想夫筝”,乃自伤其失偶。【冯曰】此句直取想夫之义,自谓离其家室也。【按】“弦危”二句,姚、程均谓自伤失偶,此似是而实非,盖涉上文“死有情”而误解。其时义山在洛,其妻王氏不在身边,故想像王氏怀念自己之情景。“弦危”,谓弦声凄急;“甲冷”,正形其寂寥无伴。用意与作者戏赠张书记“危弦伤远道,明镜惜红颜”相近。朱彝尊曰:“(弦危二句)以丽语写情语,何其昵也！岂与千牛有姻娅之旧耶?”得之。

〔八三〕【冯注】言归期当在春。【按】“秦楼凤”指千牛家室。此言千牛当与妻在京团聚。与上文己之离居相对。

〔八四〕【冯曰】点明洛中送别。【按】曲沼:曲岸之池沼。此饯别之所。

此节叙己之失意,并归到送千牛赴阙。以上为第三段。

笺　评

【钱龙惕曰】“此去”句下笺:千牛李将军者,西平王晟之孙也。旧书:“建中四年十月,诏泾原节度使姚令言率泾原之师救哥舒曜,泾原军出京城,至浐水,倒戈谋畔,令言不能禁。上令载缯彩二车,遣晋王往慰谕之,乱兵已阵于丹凤阙下,促神策军拒之,无一人至者。上与太子诸王妃主百馀人,出苑北门,其夕至咸阳,饭数匕而过。戊申,至奉天。”“是时朱泚盗据京城,李怀光图为反噬,河朔僭伪者三,李纳虎视于河南,希烈鸱张于汴郑,晟内无货财,外无转输,以孤军抗剧贼而锐气不衰,徒以忠义感于人心,故英豪归向。”“其谁”句下笺:旧书:“德宗才幸奉天,贼军已至,四面攻城,昼夜矢石不绝,城中死伤者甚众。重围救绝,蒭粟俱尽。城中伺贼休息,辄遣人城外樵采以进御,人心危蹙。上与浑瑊对泣。贼泚北据乾陵,下瞰城内,身衣黄衣,蔽以翟扇,前后左右,皆朱紫阉官,宴赐拜舞,纷纭旁午,城中动息,贼俯窥之,慢辞戏侮，以为破在漏刻之顷。贼造云桥成，阔数十丈，以巨轮为脚，推之使前，施湿氊生牛革，多悬水囊以为障，直指城东北隅，两旁构木为庐，冒以牛革，回环相属，负土运薪于其下，以填濠堑，矢石不能伤。城中恐惧，相顾失色。”“屑曲”句下笺：新书：“贼负其众，遂长围，百拳弩射城中，不及幄坐者三步。”旧书：“朱泚盗据宫阙，遣其将韩旻，领马步三千，疾趋奉天。以段秀实失兵权，疑其蓄怨，召与同恶。秀实诈许之，阴与刘海宾、何明礼、歧灵岳等谋，倒用司农印，追韩旻兵还，遂以象笏击泚，中额流血，匍匐而走，唾泚面大骂曰：‘狂贼，吾恨不斩汝万段！’遂遇害，海宾等相次被杀。”新书：‘奉天围久，食且尽，以芦秣帝马，大官粝米止二斛，围解，父老争上壶飧饼饵。”“坛上”句下笺：新书：“帝欲幸咸阳，趣诸将捕贼。怀光出丑言，进狩梁州，次渭阳，太息曰：‘朕是行将有永嘉事乎？’浑瑊曰：‘临大难无畏者，圣人勇也，陛下何言之过！’”旧书：“晟大集诸将，骆元光、尚可孤等，陈兵光泰门外，直抵苑墙。晟先使人开苑墙二百馀步，至是贼已树木栅之。贼倚栅拒战，晟叱军士曰：‘安得纵贼如此？当先斩公等。’史万顷惧，先登拔栅而入，鼓噪雷动，贼即奔溃，乘胜驱促，至于白华，忽有贼骑千馀出于官军之背，晟以麾下百馀骑驰之，左右呼曰：‘相公来！’贼闻之惊溃，官军追斩，不可胜计。朱泚、姚令言、张庭芝相率遁走泾州。田希鉴斩姚令言，幽州军士韩旻于彭原斩朱泚，并传首至行在。晟破贼露布至梁州，上览之，感泣，群臣无不陨涕，因上寿称万岁，奏曰：‘李晟虔奉圣谟，荡涤凶丑，然古之树勋力复都邑者，往往有之。至于不惊宗庙，不易市肆，长安人不识旗鼓，安堵如初，自三代以来，未之有也。’上曰：‘天生李晟，为社稷万人，不为朕也。’”

【朱彝尊曰】通首叙李令事过半，疑千牛是世职，故备述其祖德，亦诗史之意也。

【杨守智曰】“在昔”四句：以下叙西平，功在王室。“此时”句：以下入千牛。

【张谦宜曰】叙西平功，精采横溢，当接少陵之席。（絸斋诗谈卷五）

【何曰】叙前事太多。（辑评）

【姚曰】千牛，乃西平之孙。首四句，从门第起笔。“在昔”以下，至“仍世尽双旌”，承“勋伐旧西京”句，铺叙西平功业。“在昔”四句总挈。“内竖”四句，叙朝廷用舍失宜。“丹陛”四句，叙泾原兵变。“梼杌”四句，叙朱泚、朱滔煽毒。“舍鲁”四句，叙出幸奉天。“火箭”四句，叙奉天被围。“屡亦”四句，叙群情涣散。“大卤”四句，叙惊及陵寝。“纵未”四句，叙奉天力竭。“且欲”四句，叙忠良涂炭。“下殿”四句，叙时穷势极。“否极”四句，接出西平。“神鬼”下十二句，叙收复旧功，落到千牛，而以“短剑”句收上，“双旌”句起下。“顾我”以下八句，叙千牛登朝之荣。“幸藉”以下八句，叙交亲属望之雅。“披豁”以下八句，叙别况。“庾信”下至末，自叙失偶，而致羡于千牛之携家赴阙也。

【屈曰】一段从千牛追论其先人之功。二段朱泚之乱、德宗幸奉天事。三段西平收复之功。四段述彼此交情，兼送千牛。

【程曰】朱笺于事实未详，且有舛误，谨依唐书、通鉴考订李晟世系，惟听之子琭为千牛卫将军，诗为琭作无疑。长孺因“庆流归嫡长”句，疑千牛为侗之子。考旧书侗无禄早世，不闻有子，且“嫡长”句不必定指千牛。愚谓“顾我犹群从，逢君叹老成。庆流归嫡长，贻厥在名卿”四句皆有开阖，宾主固当分看。“庆流”句属嫡长，“贻厥”句始属千牛也。此诗起四句写千牛出于勋旧之家。“在昔王纲紊”以下四句写德宗幸奉天，全为李晟之功。“内竖依凭切”，谓代宗以来，不复使宦官典兵，及德宗即位，又以禁兵委白志贞，既而窦文场、王希迁分典之。及李怀光反，而尹元正擅诣河中，矫制招谕，而晟劾其欲宥元恶者也。“凶门责望轻”，谓李怀光名为赴难，卒不出兵，屯咸阳凡八旬，帝数促战，无如之何也。“中台终恶直”，谓张延赏初已与晟有隙，后虽奉诏和解，终密言晟不可以久持兵柄，更荐刘元佐、李抱真，使立功以间晟也。“上将更要盟”，谓李怀光未反之先，犹与晟联屯，然不欲晟独当一面，请与晟合，冀兼并其军以反也。“喧阗众狙怒”，谓朱泚僭叛，朱滔、田悦、王武俊亦各称王，李怀光、李希烈又欲为帝，而朱滔辈说李希烈劝进之词，皆以为朝廷诛灭功臣失信天下也。“容易八蛮惊”，谓其时内自关中，西暨蜀汉，南尽江淮闽越，北至太原，所在出兵，而回纥拒其北，吐蕃梗其西也。“梼杌宽之久，防风戮不行”，谓朱泚留京师日，朱滔以蜡书约泚同反，马燧获之以闻，帝召泚慰勉之，赐予甚厚，泚怏怏思乱。及泾军以犒薄变，帝自苑北门出，姜公辅以泚怏怏，不如杀之，若乱兵奉以为主，则难制矣。帝不暇用其言，而乱兵果迎泚僭逆也。“舍鲁真非策，居邠未有名”，谓建中四年已幸奉天，兴元元年又进梁州，未几益欲西幸成都，晟请驻梁、汉以系天下之望也。“曾无力牧御，宁待雨师迎”，谓一时事出非意，群臣皆不知乘舆所之，既至奉天，乃诏征近道兵入援也。“火箭侵乘石，云桥逼禁营”，谓朱泚自将逼奉天……矢及御前三步而坠。又使西明寺僧法坚造攻具，云桥广数十丈……“屡亦闻投鼠，谁其敢射鲸”，谓当时赴难之兵，如刘德信于见子陵破泚；泚夜攻奉天东西南三面，浑瑊亦战却之，可谓得利矣。然杜希全、戴休颜、时常春、李建徽入援，议道所出，浑瑊欲自乾陵，而卢杞以恐惊陵寝为言，议由漠谷，四军败溃，泚军遂据乾陵矣。“世情休念乱，物议笑轻生”，谓帝初择大臣入京城以察泚，从臣皆畏惮莫敢行，惟金吾将军吴溆不忍圣情，慊慊独请奉诏。段秀实为贼所得，阴结所厚图泚，……遇害。时人不知服其忠义，犹以为武人一时之奋，不虑死以取名也。“大卤思龙跃，苍梧失象耕。灵衣沾愧汗，仪马困阴兵”，如朱泚入宣政殿自称皇帝，寻自将逼奉天，竟移仗扰乱乾陵，斩伐松柏，遂使原庙之衣，愧为沾污，仪仗之马，难于阴助也。“别馆兰薰酷，深宫猎焰明。黄山遮舞态，黑水断歌声”，谓姚令言初迎泚为主，泚按辔列炬，传呼入宫，居含元殿，徙白华殿，百司供亿，六军宿卫，咸拟乘舆，而帝出仓卒，后宫不及从什七八。后事平，诏求所失里头内人是也。“纵未移周鼎，何辞免赵坑。空拳转斗地，数板不沉城”，谓朱泚虽终灭亡，其时却苦杀戮，郡王、王子、王孙被害者凡七十七人。漠谷之兵为贼所邀，乘高以大弩巨石击之，死伤甚众。而奉天城中，冯河清、姚况未发器械输行在之先，帝与浑瑊对泣，士卒冻馁，又无甲胄，贼并兵攻城，已有登城者矣。“且欲凭神算，无因计力争。幽囚苏武节，弃市仲由缨”，谓其时群臣号天以祷，甲弊兵盬不支，朝士之不从泚者，蒋沇潜窜以免，刘迺绝食而卒，吴溆奉使而被害，段秀实骂贼以殒身也。“下殿言终验，增埤事早萌，蒸鸡殊减膳，屑曲异和羹”，谓术士桑道茂于建中元年早已言有离宫之厄，请筑奉天城以备非常，至四年则竟幸奉天。时供御才有粝米二斛，每伺贼休息，夜缒人于城外采芜菁根而进之也。以上皆序奉天、梁州之事。“否极时还泰”至“回军六合晴”十四句，则叙收复京城之事矣。“流离几南度，仓卒得西平”，谓李怀光与朱泚通谋，上南幸梁州。是年八月，李晟改封西平郡王也。“官非督护贵，师以丈人贞”，谓晟与李怀光联垒之时，怀光为元帅，得专军政，晟将一军，犹听命于怀光，怀光阴通于泚，渐有异志，晟即上言当先变制备，又遗书责之，以孤军处二强寇之间，内无资粮，外无救援，徒以忠义感激将士，故军虽单弱而锐气不衰也。“覆载还高下，寒暄急改更”，谓自建中四年出幸，迄兴元元年七月还宫，为期不及一年，有如陆贽所言“中兴大业，旬月可期”也。“马前烹莽卓，坛上揖韩彭。扈跸三才正，回军六合晴”，谓收复之日，泚为韩旻所斩，传首至行在，姚令言、源休、李子平辈寻并斩获，而李晟与骆元光、尚可孤奉迎，浑瑊、韩游瓌、戴休颜，扈从步骑十馀万，旌旗数十里也。“此时惟短剑，仍世尽双旌”，谓晟在当时只知用兵，虽家室为贼所质，皆有所不恤……而子孙又各能以功名显……迄于琮，犹为千牛将军也。“顾我由群从”者，李晟族出陇西，见宰相世系表；李义山望在成纪，见崔珏哀挽诗。考宗室世系表，汉河东太守李仲翔葬陇西狄道，因家焉。生伯考，官陇西、河东二郡太守，又生尚，官成纪令，因居成纪。成纪、陇西，盖同出也。此一篇之事实也。自此至“出位泣金茎”，叙李琮之门荫官爵也。“幸藉梁园赋，叨蒙许氏评”，叙己之出处也。“中郎推贵婿”至“快马骇星精”，叙李琮之人材出群也。“披豁惭深眷”以后，则总叙己与李琮会合离别之情事也。就中唯“中郎推贵婿”无考。按起句“照席琼枝秀”，李千牛当甚年少，后云“中郎推贵婿”，则又新婚时也。末段“弦危中妇瑟，甲冷想夫筝”，乃自伤其失偶。“会与秦楼凤，俱听汉苑莺”，乃同会于吉席也。此诗中小节，无关大旨。然一言必求其归，一事必得其当，不然“中郎推贵婿”一语，以为泛泛称其戚鄙可也。而“中妇瑟”、“想夫筝”之自伤，胡为乎来哉！况又继之以“会与秦楼凤”等语耶？

【田曰】跳动激发，笔驱风云，人拟义山于少陵，于此信之。（冯笺引）

【冯曰】此章在洛阳作。李千牛亦茂元婿，时将赴阙，而义山将南游也。前半颂美先世。后幅“趋朝”二句，谓其官京师而暂归也。“幸藉”二句，谓叨其赏誉。“中郎”二句，实指千牛为王婿。“异县”二句，谓我将往异乡回雁峰前，今日过别，遽邀饯饮也。庾信以寓江南，杨朱以悲歧路。“中妇瑟”“想夫筝”，则谓己之与其妻别也，情关姻娅，不妨语之昵耳。“会与”二句，订归期也，语意全为明白。朱氏辈以“回雁”为雁书，以“弦危”二句为悼亡，遂至前后皆不可通。又曰：语皆核实，字尽精湛，大气鼓荡，运重若轻。窃意追叙太繁，未免贪使才耳。

【王鸣盛曰】“在昔”以下，追叙其先世功勋，太觉繁多。

【纪曰】“在昔”四句总领前半篇，声光阔大。“否极”四句转轴，亦字字筋节，精神震动。蒙泉评曰：“覆载”八句，声华宏壮。“此时”二句，落到千牛，前路何等繁重，此处寸枢转关，可云神简，正复大有剪裁在也。此等处绝可玩。结乃声情勃发，淋漓尽致。凡大篇最忌收处潦草。铺排不难，难于气格之高壮；层次不难，难于起伏转折之有力。长庆集中尽有序次如话，滔滔百韵之作，然流易有馀，无此身份矣。廉衣评曰："寒暄"句不妥。芥舟评曰："屡亦"二句稍弱，以叠用虚字故。（诗说）"隼击"四句与下文接笋未清；"幸藉"八句，自叙亦近鄙，若去此六韵，竟以"披豁"句接"名卿"句则完美矣。文人每患多才，故班孟坚不满傅武仲也。（辑评）

【张曰】"隼击"四句，当有实事。疑千牛中遭废黜，沈沦幕僚，观"出位"字可悟，故即以"幸藉"二句接之，以下则述千牛婚于茂元，与义山为僚婿。"政已"四句，谓其又复起用也。如是解之，转折分明矣。纪氏误会诗意，乃以接笋未清诋之，真强作解事者耳。○"幸藉"二句用典极雅，不得以鄙致讥。"幸藉"八句，仍是指千牛，至"披豁"以下，始属自叙耳。○若从纪氏说，以"披豁"句竟接"名卿"下，则失去赴阙送行之意，通篇茫无头绪，尚以为完美，岂不可笑。（辨正）

【按】李千牛亦茂元婿，朱彝尊最先发之，冯、张皆从之。细玩末二段，此说近是。"幸藉梁园赋，叨蒙许氏评"，当是义山居茂元幕期间曾得李千牛之品评称许。"中郎推贵婿，定远重时英"，推、重二字极可玩味，盖言茂元于诸婿中最重千牛。"弦危"二句，则自慨与妻室分离，如非姻娅之谊，必不于宴饯之际发此。按义山祭张书记文叙茂元诸婿有陇西公、荥阳郑某、陇西李某、安定张某、昌黎韩某、樊南李某。冯浩谓"陇西公似以爵尊，故称公，未考其何人也。其人与诗集之李千牛，疑是两人"，按千牛将军从三品，品秩颇高，故尊称"陇西公"，非因其年长而称公。此千牛李将军当即祭文中之"陇西公"。

诗作于洛阳，此甚明者。然冯、张均以为开成末"义山将南游"时作，则属臆测。"异县期回雁"一句，冯谓"将往异乡回雁峰前”，然“回雁”与下“饭鲭”相对，明为动宾结构，而非名词，故“回雁”之非“回雁峰”之省固极明显。“期”者，望也、盼也，非“指……以为期”之“期”。因别离而望对方寄与书信，正与上“睽离”语合。反之，如此处突然插入己将南游之事，下文竟又言“洛川迷曲沼，烟月两心倾”，岂非自相矛盾？（“洛川”二句不仅点明洛中送别，且谓别后于洛对烟月而心倾也。）

据“照席琼枝秀，当年紫绶荣”等语，李千牛当在壮年时期。诗之词采，亦确如诸家所谓“声光震耀”，“大气鼓荡”，“跳动激发”，且有以才力自炫现象，而无晚年之衰飒气。盖诗人此时亦尚属盛年。程氏谓已悼亡，与诗之情调不合。冯氏据“政已标三尚”，言当时盖文宗晏驾，武宗初立，似之。诗为送千牛赴阙而作，然绝大部分篇幅用于叙赞李晟平乱之功。就题面而论，确有喧宾夺主、头重脚轻之嫌。然亦不妨认为作者本意正在叙赞李晟之功，借以致慨于国家衰乱也。正如行次西郊作一百韵历叙天宝以来乱离状况，其意盖在追本溯源，探求致乱之源，以为鉴戒。此诗之作，亦类乎此。“王纲紊”之根源，一则曰“内竖依凭切，凶门责望轻。中台终恶直，上将更要盟”；再则曰“梼杌宽之久，防风戮不行”；三则曰“世情休念乱，物议笑轻生”，既深疾德宗之养痈贻患，信任奸邪，又深慨士大夫之毫无节操，可谓“一篇之中，三致志焉”。要之，作寻常送别诗读，不免喧宾夺主，作反映朱泚之乱之政治诗读，则不觉其叙乱事之繁多矣。

淮阳路〔一〕

荒村倚废营〔二〕,投宿旅魂惊。断雁高仍急〔三〕,寒溪晓更清〔四〕。昔年尝聚盗〔五〕,此日颇分兵〔六〕。猜贰谁先致〔七〕?三朝事始平〔八〕。

集　注

〔一〕【朱注】后汉书志:"淮阳国,高帝十一年置。明帝改为陈国。"唐书:"陈州淮阳郡,属河南道。"【冯注】道经淮阳之境,非专指陈州也。

〔二〕【补】废营,当指昔日藩镇吴少诚、吴元济等割据陈蔡时所筑营垒遗迹,故下文有"昔年尝聚盗"之联想。

〔三〕【补】仍,更。

〔四〕【何曰】三四写出彻夜无寐,待旦急发。(辑评)

〔五〕【程曰】"昔年尝聚盗"者,李希烈自讨平梁崇义,遂窃据谋叛。密与朱滔等交通,以至朱滔、王武俊、田悦、李纳当时自号为四王,而颜鲁公斥之为四凶者,各遣使诣希烈,上表称臣劝进。及希烈为其将陈仙奇毒死,而吴少诚又杀仙奇以起,缮兵完城,复拒朝命,再传至吴少阳、吴元济。此所以为"聚盗"也。【补】文集为濮阳公陈许谢上表:"况在昔年,常邻多垒。"

〔六〕【程曰】"此日颇分兵"者,淮西既平,李师道始请纳质割地,既而反覆,上怒,讨之。及师道死,上令杨于陵分李师道地,计其士马多寡,分为三道。又因藩镇所以拒命,由诸州县各置镇将,收刺史县令之权,遂得自作威福;于是诏诸道节度使,支郡兵马并令刺史领之。此所以为“分兵”也。【冯曰】“分兵”谓调遣也。会昌二年讨回鹘,三年讨刘稹,皆以汴、蔡、陈、许之兵矣。【张曰】少诚为节度,治蔡州;陈许本自有节度,治许州;蔡平,始析郾城为溵州,属陈许,其后又省彰义归忠武军,故曰“分兵”也。【按】张说是。分兵,分彰义之兵归他镇统辖。“此日”承“昔年”而言,正缘昔年恃强割据,故此日朝廷有分兵之措施。

〔七〕【程曰】“猜贰谁先致”者,谓德宗猜忌,人情不安,陆贽尝屡谏之。当时之反侧,有归顺而复叛去者,实由德宗致之,此所以为“先致”也。【冯注】通鉴:“贞元元年,陆贽以河中既平,虑乘胜讨淮西李希烈,则四方负罪者孰不自疑,上奏极言之,乃诏:‘希烈若降,当待以不死。’二年,陈仙奇毒杀希烈,举淮西降,以为节度。才数月,诏发其兵于京西防秋,仙奇遣精兵五千人行,吴少诚杀仙奇为留后,密召防秋兵归。上敕陕虢观察李泌击杀其三分之二,又命汴镇刘元佐以诏书缘道诱而杀之,得至蔡者才四十七人。少诚以其少,悉斩之以闻。少诚缮兵完城,欲拒朝命。”

〔八〕【朱注】按地志,陈州与蔡州接壤,吴少诚据蔡,传至元济,历德、顺、宪三朝始讨平之。【冯曰】事详韩碑。【程曰】“三朝事始平”者,李希烈、陈仙奇、吴少诚、少阳、元济,自德宗而顺宗,自顺宗而宪宗,始为裴度、李愬平之。盖叹其为日已久,为力不细,欲使后来知所鉴也。

笺　评

【朱彝尊曰】因投宿而感时,此工部家法。

【姚曰】此过战地而追原祸本也。前四句,荒凉景色。聚盗是乱所从起，分兵则乱犹未平。然推原祸本，孰非上下猜忌以致此耶？

【屈曰】前四今日情景。后四今昔国事。

【程曰】长孺之论，得其事实矣，然未畅其旨也。诗意乃经过平定之后追思变乱之前藩镇跋扈之弊，著德宗猜忌之愆也。前四句写景，后四句序事。

【冯曰】其讨刘稹，群议皆以为不可，故结句借旧事为隐讽，斯诚谬见哉！

【纪曰】气脉既大，意境亦深，沈著流走，居然老杜之遗。（诗说）沉著圆劲，不减少陵。（辑评）

【姜炳璋曰】人君一时猜忌，遂致盗满河南、北，绵延三朝，而况党人倾轧，始于牛僧孺、李宗闵对策，而成于钱徽之贬，至四十年交讧狂噬，日益加甚，不止猜贰也，安得升平之治乎？此作诗之旨也。

【张曰】此赴茂元陈许辟时作。……藩镇拒命，由于猜贰朝廷，结深叹平之之不易。冯编于会昌三年讨刘稹时，误。（会笺。编会昌二年）又曰：余定王茂元会昌二年（会笺改从冯说作"元年"）出师陈许，据祭外舅文也。义山当至其幕。祭文所谓"公在东藩，愚当再调。束帛资费，衔书见召"也。义山是年重入秘省，则赴幕或在未入秘书之前。此诗即会昌二年赴陈许时作。此日"分兵"，指讨回纥也。与上诗（按指即日"小苑试春衣"一首）同编，亦可证上诗实二年作。前诗在春时，故不及命讨事；此诗在秋时，故详及征师事。大可订正史文。义山此等篇，亦何愧于少陵诗史哉！（辨正）

【按】冯氏误解"分兵"为调遣陈许兵讨刘稹，故编会昌三年，且谓"结句借旧事为隐讽"，编年与对诗意之理解均误。义山于讨刘稹事，立场极为鲜明，视行次昭应县道上送户部李郎中充昭义攻讨、登霍山驿楼、为濮阳公与刘稹书等诗文可知，断不可能谓刘稹之叛系朝廷猜忌所激成。且会昌三年四月末，王茂元已奉朝命调离陈许赴河阳，此诗写景明系秋冬景象，则义山何为而至茂元已离去之陈许？张氏会笺谓此诗系“赴茂元陈许辟时作”，甚是，然系于会昌二年春则显误。考义山开成五年九月辞弘农尉，同月中旬至济源移家。十月十日抵达长安。“既获安居，便从常调”（上李尚书状），旋应王茂元之召，赴陈许幕，于十一月初抵达许州。详参拙文李商隐开成五年九月至会昌元年正月行踪考述（文学遗产二〇〇二年二期）。此诗系赴陈许途中行将至许州时所作。

诗之主旨，在结末二句。“猜贰”指德宗。德宗以猜忌著称，怀有个人野心之武臣如李怀光等固因受其猜忌而过早激成叛乱，即忠贞如李晟者，亦终被解除兵权。猜忌之结果，既削弱朝廷力量，亦造成藩镇之疑惧。诗人有感于此而追咎君主猜忌之过，似亦不无道理。冯氏斥为“谬见”，似太过。

华州周大夫宴席〔一〕

郡斋何用酒如泉〔二〕，饮德先时已醉眠[①]〔三〕。若共门人推礼分，戴崇争得及彭宣〔四〕？

校　记

①“德”原一作“得”，非。

集　注

〔一〕【原注】西铨。【朱注】旧唐书："周墀，字德升，长庆二年擢进士第。开成四年正拜中书舍人。武宗即位，出为华州刺史、镇国军潼关防御等使。"【冯注】周大夫为周墀，文集有为汝南公表。职官志："吏部三铨：尚书为尚书铨，侍郎二人，分中铨、东铨。"唐会要："乾元二年，改中铨为西铨。"按杜牧之周墀墓志铭云："武宗即位，以疾辞，出为工部侍郎、华州刺史。"愚意开成时墀似曾以本官权判铨事。旧书传中如郑肃权判吏部西铨，出为陕虢防御观察之类颇多，义山似曾为所注拟，故特标明，但史传即或漏书，墓志何亦不叙？是则未可定也。据唐摭言，会昌三年，王起再主文柄，墀以诗寄贺，其时犹刺华州也。【补】量才授官谓铨。题称周大夫，指朝散大夫。见樊南文集卷二为侍郎汝南公华州谢加阶表。诗作于会昌元年，详按语。

〔二〕【朱注】裴秀诗："有肉如邱，有酒如泉。"

〔三〕【冯注】谢灵运诗："中山不知醉，饮德方觉饱。"（平原侯植）【补】诗大雅既醉："既醉以酒，既饱以德。"朱熹注："德，恩惠也。言享其饮食恩意之厚。"

〔四〕【朱注】汉书张禹传："禹弟子尤著者淮阳彭宣、沛郡戴崇。宣为人恭俭有法度，而崇恺弟多智。禹心亲爱崇，敬宣而疏之。崇每候禹，禹将入后堂饮食，妇女相对，优人管弦，铿锵极乐，昏夜乃罢。而宣之来也，禹见之于便坐，讲论经义，日宴赐食，不过一肉，卮酒相对，未尝得至后堂。及两人皆闻知，各自得也。"【补】礼分、礼数、礼节。争得：怎能。

笺　评

【姚曰】所谓人情若好，饮水也甜。

【屈曰】感其厚待过他客远甚。

【程曰】此诗口吻，谓周大夫虽与他人亲，不过狎而玩之，与己虽疏，或觉有恭敬义。然诗语如此，而诗意则正怨其疏远也。题下自注：西铨，岂正当调官不遂时耶？

【冯曰】此似席间有同出门下而其人已稍尊贵者，故以戴崇自比，以彭宣比其人。言外慨己之蒙厚遇而位不进，非怨周大夫疏之也。

【王鸣盛曰】言己受大夫之知遇，不减戴崇，如某公者，大人虽敬之，不过如彭宣耳，不如待己之亲密也。无如己命不犹，仕途颠顿，反出此公之下，戴崇反不如彭宣矣，岂不辜负大夫盛德哉！

【纪曰】全无诗意，所谓头巾气也。（诗说）愤语殊乏诗致。（辑评）

【姜炳璋曰】言周大夫之疏我者，敬我也。程云：此正恐其疏己。是也。又云：当调官不遂而作。按此时墀刺华州，尚未执政，何先怨之耶？“西铨”，谓由西铨得华州耳，然于义山无当，必有脱误。

【张曰】诗慨己蒙周知遇而名位不进，反不及他人也，非愤语。纪氏误会而绳之，可发一笑。（辨正）

【按】开成五年十二月，商隐离陈许幕，约于年末抵周墀华州幕。开成三年商隐应吏部博学宏辞科考试，初选合格。时周墀以充翰林学士权判西铨，曾注拟商隐官职，后被某“中书长者”驳下。会昌元年正月十日，商隐曾为周墀草拟贺赦表（为汝南公华州贺赦表）。此诗当是商隐暂寓华州幕期间所作。

诗以彭宣自喻，谓已饮周大夫之德，受其礼遇，已深感荣幸，何用“酒如泉”，似张禹待戴崇之亲密乎？曰“饮德”，曰“推礼分”，在感激周墀礼遇之同时似有微感周墀于己感情稍疏之意。曰“何用”，曰“若共”，曰“争得”，于貌似自得中对另一面实有所不足。

无题二首

昨夜星辰昨夜风〔一〕，画楼西畔桂堂东[①]。身无彩凤双飞翼，心有灵犀一点通〔二〕。隔坐送钩春酒暖[②]〔三〕，分曹射覆蜡灯红〔四〕。嗟余听鼓应官去，走马兰台类转蓬[③]〔五〕。

其二

闻道阊门萼绿华〔六〕，昔年相望抵天涯[④]。岂知一夜秦楼客，偷看吴王苑内花[⑤]〔七〕。

校　记

①“楼”，影宋抄、瀛奎律髓作“堂”。

②“钩”，瀛奎律髓作“阄”。

③“转”，钱本、影宋抄、席本、朱本、季抄作“断”。

④“抵”原作“尚”，一作“抵”，据蒋本、姜本、戊签、悟抄、席本、钱本、影宋抄、朱本改。钱本旁注一作“向”。

⑤“看”原作“著”，一作“看”，据蒋本、戊签、悟抄、席本、钱本、影宋抄、朱本改。

集　注

〔一〕【钱谦益注】星有好风。（何焯引）【按】"星有好风"系尚书洪范中语。

〔二〕【朱注】南州异物志："犀有神异，表灵以角。"汉书西域传："通犀翠羽之珍。"如淳曰："通犀，谓中央色白，通两头。"【朱彝尊曰】"身无"二句，奇句。【冯注】抱朴子："通天犀角有白理如綖，置粟中，鸡往啄辄惊，南人呼为骇鸡犀。"【补】左传庄公二十二年："凤皇于飞，和鸣锵锵。"

〔三〕【道源注】汉武故事："钩弋夫人少时手拳，帝披其手，得一玉钩，手得展，故因为藏钩之戏。"后人效之，别有酒钩，当饮者以钩引杯，白居易诗"酒钩送盏推莲子"是也。【冯注】辛氏三秦记："昭帝母钩弋夫人，手拳而有国色，先帝宠之，世人藏钩法此也。"按：汉书："钩弋赵倢伃家河间，天子召之至，两手皆拳，上自披之，即时伸，由是号拳夫人，居钩弋宫。"列仙传云："病卧六年，右手拳。召到，帝披其手，得玉钩，手得展。"周处风土记："腊日饮祭之后，叟妪儿童为藏彄之戏，分为二曹，以校胜负：若人偶，即敌对；人奇，即令奇人为游附，或属上曹，或属下曹，名为飞乌，以齐二曹。"按：古皆作"藏彄"，后多作"藏钩"，字异而事同也。"隔座送钩"者，送之使藏，今人酒令尚有遗意。道源泥下三字，而以为酒钩，非也。说文："彄，弓弩端，弦所居也。"而古人每借用之。【按】冯注是，席上为藏钩戏，非酒钩。

〔四〕【朱注】汉书东方朔传："上尝使诸数家射覆，置守宫盂下射之。"注："于覆器之下置诸物，令暗射之，故云射覆。"【程注】宋玉招魂："菎蔽象棋，有六簙些。分曹并进，遒相迫些。"【补】射，猜度。射覆，为古代一种猜度预为隐藏事物之游戏。后世酒令以字句隐寓事物，令人猜度，亦称射覆。

〔五〕【朱注】唐六典："汉御史中丞掌兰台秘书图籍，故历代建台省，秘书与御史为邻。"杜氏通典："御史大夫所居之署，谓之宪台，后汉以来亦谓之兰台寺。"按：义山释褐秘书省校书郎，王茂元辟为掌书记，得侍御史，故用此兰台事。【冯注】旧书职官志："秘书省，龙朔初改为兰台，光宅时改为麟台，神龙时复为秘书省。御史台，魏、晋、宋名为兰台，梁、陈、北朝咸曰御史台，唐因之。此云"走马兰台"，必为秘书郎时也。汉制，御史中丞在殿中兰台，掌图籍秘书。故后代营置府寺，必以秘书省及御史台为邻，是以互称耳。旧解谓义山此时得侍御史，误甚。白香山诗自注："秘书府即兰台也。"按：是唐人习称。淮南子："见飞蓬转而知为车，以类取之。"魏武帝诗："田中有断蓬，随风远飘扬。"【补】新唐书百官志："日暮，鼓八百声而门闭；……五更二点，鼓自内发，诸街鼓承振，坊市门皆启，鼓三千挝，辨色而止。""听鼓"指此。应官，应付官家差事。义山诗"应官"语三见（另二例为"应官采玉坊""应官说采金"），义均同。兰台指秘书省，冯注是。

〔六〕【冯注】真诰："萼绿华者，自云是南山人，不知是何山也。女子，年可二十上下，青衣，颜色绝整。以升平三年十一月十日夜降于羊权家，自此往来，一月辄六过。来与权尸解药。"按：萼绿华曰："我本姓杨。"又云是九嶷山中得道女罗郁也。而南史："羊欣，泰山南城人，祖权，晋黄门郎。"皆不可言阊门。此只取与下"吴王苑"相应。

〔七〕【朱注】秦楼客用列仙传萧史事。【程注】列仙传："萧史善吹箫作凤鸣，秦穆公以女弄玉妻焉。作凤楼，教弄玉吹箫，威凤来集。”【冯注】（末句）暗用西施。

笺　评

【朱曰】（昨夜首）此言得路与失路者不同也。（李义山诗集补注）

【朱彝尊曰】（次章）意自可晓，不必泥秦楼、吴苑等字。

【冯舒曰】妙在首二句。次连衬贴，流丽圆美，西昆一世所效，义山高处不在此。（读书记。冯注引“义山”二字上有“然”字。）

【冯班曰】起句妙。（读书记引。冯注引作“首七字最妙”）三四不过可望不可即之意，点化工丽如此。次句言确有定处也。义山无题诸作，真有美人香草之遗，正当以不解解之。（何焯引，见辑评。）又曰：义山以畿赤高贤，失意蹉跎，出而从事诸侯幕府，此诗（按：指“昨夜”首）托词讽怀，以序其意。“身无彩凤”一联，言同人之相隔也。下二联，序宴会之欢，而己不得与，方走马从事远方以为慨也。杨孟载云：“义山无题诗，皆寓言君臣遇合”，得其旨矣。（吴乔西昆发微引）

【吴乔曰】（“昨夜”二句）述绹宴接之地。（“身无”二句）言绹与己位地隔绝，不得同升，而己两心相照也。（“隔座”二句）极言情礼之欢洽。（“嗟余”二句）结惟自恨，未怨令狐也。（次章）义山就王茂元之辟，虑绹见疏，故酬别诗有“青萍肯见疑”之句，今因礼遇之隆，喜出望外。（西昆发微）又曰：“昨夜星辰昨夜风，画楼西畔桂堂东”，乃是具文见意之法。起联以引起下文而虚做者，常道也；起联若实，次联反

虚,是为定法。(围炉诗话)

【唐诗鼓吹评注】此追忆昨夜之景而思其地,谓身不能至而心则可通也。送阄射覆,乃昨夜之事。嗟予听鼓而去,迹似转蓬,不惟不能相亲,并与画楼桂堂相远矣。

【何焯曰】(首句)"嘒彼小星,三五在东",自比身处卑位,不得遂其所好也。("心有"句)言止于相望。(辑评)

【杜诏曰】义山无题,杨孟载谓皆寓君臣遇合。长孺亦云"不得但以艳语目之",吴修龄又专指令狐绹,说似为近之。(唐诗叩弹集)

【胡以梅曰】("昨夜"首)义山无题借题诸篇,说者谓其托美人以喻君子,思遇合之所由作也。义山推李贺为天上奇才,风流习尚,诡激奇情,固出入于昌谷之间,运之以典坟之富,使人诚不可方物。然名教自有乐地,如离骚之用有娀、高丘二姚,不过一二见,其它山川草木、鸟兽云物,皆可寄托,何必沾沾缠绵于侧艳而后立言?其中真真假假,假假真真,易眯俗眼,生时为当涂所薄,未必不由此。千古之下,共惜其才,因护其短,欲为贤者讳,舍躯壳而谈脏腑,何能百不失一?况当日癖有嗜痂,今必曲为之解,翻空作者笑人,更亦到处皆成疑团浑沌,血脉梗塞,茫无条贯,诗神面目,竟无洗发之日,又岂爱义山之才之谓欤?抑使后之好作绮语者,皆得遁法于幽怨骚人,纵恣荡逸,亦非训世之道。如此诗下半首,语气显然。且若作遇合论,席间座上已是灵犀通照,何尚烦转蓬之叹乎?此章本集内二首,其二曰(略),则席上本有萼绿华其人,于吴王苑中偷看之而感情耳,已有注脚。若后"来是空言"章,集中四首,其四有"东家老女嫁不售",则已注明前三首为思遇合矣。他如虽无注脚,而揣摹通章神情,考其用事，辨其真假，注宜分晰，若其绮丽之语，柔腻之姿，通身脉络，皆傍艳情而出，故当一归之艳情。……此诗是席上有遇追忆之作。妙在欲言良宵佳会，独从星辰说起。是言星辰晴焕，昨夜如良夜，而风亦和风也。叠言“昨夜”，是追思不置，如“凤兮凤兮”“潮乎潮乎”，腹转车轮耳。画楼西畔而曰桂堂，盖用“卢家兰室桂为梁”之堂，画楼为陪衬，桂堂为宾位。两句凌空步虚，有绘风之妙。只一“桂”字如春草之勾萌，而“东”字作为下落。测其微旨，“西”字亦是陪客。“东”字本于“恨不早嫁东家王”之“东”。为桂堂穿线，则隐然有一人影在内，不须道破，令人猜想自得。然犹在幽暗之中，得三四铺云衬月，顿觉七宝放光，透出上文。身远心通，俨然相对一堂之中。五之胜情，六之胜境，皆为佳人着色。且隔座分曹，申明三之意；送钩春暖，方见四之实。蜡灯红后，恨无主人烛灭留髡之会。闻鼓而起，今朝寂寞，能不重念昨夜之为良时乎？若欲谓之伤遇合而作，则起处何因，首二句旨在何处，便入暗室。五六亦觉肤浅泛语，嚼蜡无味矣。应各出手眼，不能习人唾馀也。……按唐龙朔……改秘书省为兰台，时义山为秘书省校书郎，朱笺引御史，恐非。（唐诗贯珠串释）

【陆鸣皋曰】此因羁宦而思乐境，亦不得志之诗也。首二句，言良辰而在胜地，乃倒装法。次联，言身不得至而心至之。腰联，正想慕欢宴之场，而方从事一官，不能与会，故嗟耳。李初为秘书省校书郎，后又辟幕府而得侍御史，故用兰台事。而曰“断蓬”者，喻去来顿折也。

【徐德泓曰】此诗非咏夜景，然既以夜说入，则酒暖、灯红、听鼓字样，俱属夜间，律法始合。一起超忽，尤争上乘处也。

【陆曰】会昌三年，王茂元镇河阳，辟义山掌书记，得侍御史，诗有“走马兰台”之言，疑作于其时。首句星辰字、风字，非泛然写景，正见得昨夜乃良夜也。当此良夜，阻我佳期，则画楼桂堂之间，虽不能至，心向往之矣。隔座送钩，分曹射覆，言一宵乐事甚多，而听鼓应官之客，曾不得身与其间，伤之也，亦妒之也。〇杨孟载云：“义山无题诗，皆寓言君臣遇合”，诚得其旨矣。然本文皆托于帷房昵媟之词，不得以正意拦入，故余于诸篇第就本文诠解。读书论世，在学者自得之而已。

【钱良择曰】义山无题诗直是艳语耳。杨眉庵谓托于君臣不忘君，亦是故为高论，未敢信其必然。

【姚曰】“（昨夜”首）此言得路与失路者之不同也。星辰得路，重以好风，画楼桂堂，正得意人集聚之地。此时虽不必傅翼而飞，已心许作一路上人矣。于是隔座送钩，分曹射覆，眉眼传情，机关默会，留髡送客之乐，不言可知。而余以听鼓应官之身，虽从走马兰台之后，巧拙冷暖，真有咫尺千里之叹也，如何！本集此章后有绝句云（按即“闻道”首），意其人必少俊而骠蹴清华者欤？

【屈曰】（“昨夜”首）一二昨夜所会时地。三四身虽似远，心已相通。五六承三四言，藏钩送酒，其如隔座；分曹射覆，惟碍烛红。及天明而去，应官走马，无异转蓬。感目成于此夜，恐后会之难期。（“闻道”首）甚自幸，然未得显然明看，终是恨事。

【程曰】义山无题诸作，世多以艳语目之，不知义山转皆有题，凡无题者皆寄托也。杨孟载能知其为寓言，是矣，但皆以为感叹君臣之遇合，未免郛郭。须分别观之，各有所为，乃得耳。此诗第一首有兰台字，当是初成进士，释褐秘书省校书郎，调补弘农尉时作，盖叹不得立朝，将为下吏也。起用“星辰”字，用“风”字，非泛泛写景。自汉有郎官上应列宿之语，后代多以入朝为郎者为上星辰。刘宾客送人出郎署云：“夜见星辰忆旧官。”崔珏伤义山诗亦有“成纪星郎”之言；风则庄子所谓“吹万不同”之物，而失意者有如药山禅师之对李翱所言“黑风吹堕”者也。此诗之起，意谓昨始得为校书郎，方有列宿之荣，无端而出于外，乃如风吹飘落也。次句画楼桂堂，比秘书省之华贵，以足上文之意。三四言身今不得复至，而心未能忘情。五六言时贤之在秘书省者风流情事，当有送钩射覆酒暖灯红之乐。结二语谓已不能与此乐事，以作尉而去，回思校书郎，能无系恋？故明摅其慨叹曰“嗟余”，曰“应官”，曰“兰台断蓬”，词旨皆豁然也。第二首言官职之秘书省，人皆以为清秩，犹天上应真之位，固已所昔闻而仰望者。当其未得，远若天涯，及其既得，似为固有。岂知事有不然，时复多变，竟如秦楼之客，不过偷看吴王苑内之花而已，可胜道哉！朱长孺引冯定远之论，以为“义山畿赤高贤，失意蹉跎，出而从事诸侯幕府，故托词讽怀以序其意”，其说亦粗得其梗概，但未就诗中“兰台”字，“应官”字细加推详，则误认为应辟幕僚得侍御史之时，而不知为初出秘书调尉弘农之时也。

【赵臣瑗曰】（“昨夜”首）一是记其时，二是记其地。三可望而不可即也。四是欲舍之而不能舍也。五六是实记其所见之事：两行粉黛，十二金钗，后庭私谳，促坐追欢，有如此者。七八彼席未终，我踪靡定，徬徨回惑，惟有付之一叹而已。此义山在王茂元家窃睹其闺人而为之，或云在令狐相公家者,非也。盖义山在令狐家尚未第,迨王茂元辟为掌书记始得侍御史,而茂元遂以女妻之。观末句“走马兰台”及次首绝句“岂知一夜秦楼客,偷看吴王苑内花”,则义山固已自写供招矣,又何疑焉?(山满楼唐诗七律笺注)

【冯曰】(“昨夜”首)次联言身不接而心能通;五六正想像得之,与下章“偷看”相应,非义山身在其中也,意味乃佳。又曰:自来解无题诸诗者,或谓其皆属寓言,或谓其尽赋本事,各有偏见,互持莫决。余细读全集,乃知实有寄托者多,直作艳情者少,夹杂不分,令人迷乱耳。此二篇定属艳情,因窥见后房姬妾而作,得毋其中有吴人耶?赵笺大意良是,他人苦将上首穿凿,不知下首明道破矣。鼓吹合诸无题诗而计数编之,全失本来意味,可大噱也。又曰:“秦楼客”,自谓婿于王氏也。但义山两为秘省房中官:一在开成四年,是年即出尉弘农;一在会昌二年。而王茂元于武宗即位初由泾原入朝,会昌元年出镇陈许,则踪迹皆不细合矣。或茂元在镇,更有家在京,或系王氏之亲戚,而义山居停于此。颇可与街西池馆及可叹等篇参悟,亦大伤轻薄矣。

【王鸣盛曰】其所怀者,吴人也,故云“阊门”,又云“吴王苑内花”。冯先生因秦楼二字用萧史弄玉事,故以为王茂元后房,恐太泥。唐时风气,宴客出家妓,常事耳,何必妇翁?(冯注初刊本王氏手批)

【纪曰】二首直是狭邪之作,了无可取。何以定二首为实有本事也?以第一首七八句断之。(诗说)又曰:观此诗(按:指“昨夜”首)末二句,实是妓席之作,不得以寓意曲解。义山风怀诗,注家皆以寓君臣为说,殊多穿凿。虚谷收入此类,却是具眼。○通犀乃犀病所致,此特言病耳。元人始误用

为褒语。（瀛奎律髓刊误）

【姜炳璋曰】（其一）此义山初得御史而受室王氏，因作此诗，寄中朝所亲之人，疑即令狐绹也。是时李赞皇当国，用绹为左补阙；绹与赞皇全未有隙，于义山素属交亲，故义山诗寄之。星辰有风，天气晴好也；画楼桂堂，画省间也。“彩凤”用萧史乘凤事，盖侍御史兼掌图籍，可以从容讽议，而身居幕官，复为赘婿，不得跨凤而来，即下章所云“秦楼客”也。然心似灵犀，与亲厚者无息不相通矣。“春酒”“蜡灯”，正言朝官之乐。而我在河阳屡承使命，每听更鼓，辄起应官职，直是走马御史，如转蓬然，安得与中朝同列隔座分曹，畅我情怀耶？“兰台”，只作御史字用。（其二）“秦楼”是借喻河阳幕府，“阊门”“吴苑”是借喻长安。盖长安秦地，以秦楼喻河阳，不得复见长安，故借喻于阊门吴苑也。绿华女仙，借喻中朝显秩；“苑内花”谓苑内美人，为侍御史之喻也。言当日欲居显位，大展才猷，故自河内不远天涯而至长安，岂知一为河阳之赘婿，但有一侍御史之虚衔而已，何异望女仙而来偷看一美人而止乎？“偷看”者，仅有虚衔，但可为观美，而非其实有也。时赞皇当国，绹为补阙，与义山相知之深，不必明白相告而自能默会于意言之外也。

【孙洙曰】（一）其时。（二）其地。（三）形相隔。（四）心相通。（五、六）此楼西堂东，相遇时之景。

【张曰】此二首疑在王茂元家观其家妓而作，后篇已说明矣。“隔座”二句点明家妓。盖因亲串，故晦其题耳。（辨正）又曰：（“昨夜”首）此初官正字，歆羡内省之寓言也。首句点其时、地。“身无”二句，分隔情通。“隔座”二句，状内省诸公联翩并进得意情态。结则艳妒之意，恐己不能身厕其间，喜极故反言之也。次章意尤显了。萼绿华以比卫公。阊门在扬州，旧纪："宝历二年盐铁使王播奏：'扬州旧漕河水浅，今从阊门外古七里港开河向东，取禅智寺桥东通旧官河'"是也，此指淮南。下言从前我于卫公可望而不可亲，今何幸竟有机遇耶？秦楼客，自谓茂元婿也。观此则秘省一除，必李党汲引无疑。义山本长章奏，中书掌诰，固所预期。当卫公得君之时，藉党人之力，颇有立跻显达之望，而无如文人命薄，忽丁母忧也。此实一生荣枯所由判欤？自赵臣瑗谓此义山在茂元家窃窥其闺人而作，于是解者纷纷。不知是年茂元方镇陈许，即开成四年，义山释褐校书，茂元亦在泾州，踪迹皆不相合。冯氏亦知其不通，则又创为茂元有家在京之说，更引街西池馆等篇实之。义山不但无特操，且从此为名教罪人矣。何其厚诬古人如是哉！（会笺）

【黄侃曰】此诗全为追忆之辞，又有"听鼓应官"之语，其出为县尉，追想京华游宴之作乎？

【汪辟疆曰】此当为开成四年调尉弘农留别秘省同官之诗也。赵臣瑗谓义山窃窥王茂元家姬，大谬。首二语言其时地，星辰喻其高，风喻其清，而画楼桂堂，则秘省也。三四分隔情通欣羡如见。五六则状内省诸公联翩并进，谯游之乐，得意可知。结二语，则谓己不得长在此间，而有转蓬远扬之恨。比类达情，意深而婉，反覆诵之，味弥永矣。又曰：次章盖窃幸因王氏而自进于卫公之诗也。萼绿华比卫公。次句言向于卫公而不可亲，今何幸有此机遇也。秦楼客，谓为茂元婿。二语谓岂意以论婚王氏之故而自得附于李党耶？吴王苑内花，当指李卫公门下英俊之士。细玩此诗，又可知义山再入秘省，其为李党汲引无疑也。又按：李卫公以文宗开成二年五月由浙西观察使调充淮南节度使，至开成五年四月召回，以为吏部尚书同中书门下平章事。此二诗如作于开成四年义山由秘书省校书调补弘农尉之时，则卫公时正在淮南。此云阊门者当在扬州……（玉溪诗笺举例）

【按】此二首显为赋体，而非比兴寓言之作。首章“嗟余听鼓应官”、“走马兰台”，已将己之身份地位和盘托出；次章“秦楼客”亦即自指。故二首所述，殆为作者亲身经历之情事，而非托事寓怀、借美人以喻君子之寓言。托美人以喻君子之比兴寓言体作品，虽亦间有出现“我”字者（如阮籍咏怀“西方有佳人”），然彼意象较虚，托寓痕迹显然，与此二章之实写宴饮场面，具体交代“我”之仕履行迹者迥然有别。张氏会笺谓首章系“歆羡内省之寓言”，然“身无”一联，明言身虽不能相接而情则相通，则彼此固已心心相印，许为知己，若重入秘省，又属“李党汲引无疑”（张氏语），则此时正大可有为之日，何末联反叹走马兰台，身如转蓬乎？“喜极故反言之”之说，纯属臆想，正见其后先矛盾，无以自圆。至谓萼绿华比李德裕，阊门指淮南，更穿凿不足信，下文明言“吴王苑内花”，阊门自指吴地而与淮南无涉。汪氏杂取程、张之说，谓首章为调尉弘农留别秘省同官之作，然末联“听鼓应官”明系京官晨上班应付官事，而非远赴弘农；“走马兰台”亦指走马而赴兰台官署，而非走马而离兰台也。

主赋实说者，或以为“狭邪之作”，然与诗中所述“身无彩凤双飞翼”及“偷看吴王苑内花”之语不甚切合。故诸说之中，实以赵、冯二家较优。唯其过泥“秦楼客”之典，必指实所怀者为王茂元之后房姬妾，则不免拘执。“秦楼客”固暗指己之爱婿身份，然此处特取义于文士之风流潇洒；且贵家宴会多矣，何必定指妇翁之家？然视“吴王苑内花”之语，则所怀者为贵家姬妾，似大体可定。

首章系追忆昨夜所参预之一次贵家后堂宴会。星辰好风，渲染良夜气氛；画楼西畔桂堂东，盛宴良会之所。“身无”一联，谓彼此身虽不能相亲相接，效彩凤之双飞，心则固如灵犀一线，相通相应。腹联送钩射覆、酒暖灯红，正写盛宴热闹情景，而觥筹交错之间，双方目成心会之情可想。冯氏谓此联系“想像得之，与下章‘偷看’相应，非义山身在其中也”，不知既曰“一夜”“偷看”，则双方当于席上相遇，如为伫立遥想，又何从得“偷看”乎？末联则谓晨鼓催人，不得久留其间，走马应官，赴职兰台之际，不禁有身如转蓬之叹也。“听鼓应官”，与下首“一夜”相应，盖昨夜之宴，竟彻夜达晓矣。次章一二句，似透露对方美名早著，作者之想望亦非一日。“相望抵天涯”者，正极形相见之难，所谓“咫尺画堂深似海”也。三四则言昨夜竟有幸得窥此苑内名花以偿宿愿。“偷看”云云，亦“不敢公然子细看”（天平公座中呈令狐相公）之谓也。

二诗作于义山任职秘省期间，则开成四年春、会昌二年春、六年春似均有可能，颇难定编。冯系开成四年初入秘省时，张系会昌二年重官秘省时，均无确据。视首章末联以“走马兰台”为蓬转不定之生活，似带身世沉沦孤孑之感，与偶成转韵七十二句赠四同舍“我时憔悴在书阁，卧枕芸香春夜阑。明年赴辟下昭桂，东郊恸哭辞兄弟”等句情调彷佛，或作于会昌六年春。然终乏确证，姑依张笺暂系会昌二年春。

镜槛[①][一]

镜槛芙蓉入[二],香台翡翠过[三]。拨弦惊火凤[四],交扇拂天鹅[五]。隐忍阳城笑[六],喧传郢市歌[七]。仙眉琼作叶[八],佛髻钿为螺[九]。五里无因雾[一〇],三秋只见河[一一]。月中供药剩[一二],海上得绡多[一三]。玉集胡沙割[一四],犀留圣水磨[一五]。斜门穿戏蝶,小阁锁飞蛾[一六]。骑襜侵鞯卷[一七],车帷约幰鈋[一八]。传书两行雁[一九],取酒一封驼[二〇]。桥迴凉风压,沟横夕照和[②]。待乌燕太子[二一],驻马魏东阿[二二]。想象铺芳褥[二三],依稀解醉罗[二四]。散时帘隔露[二五],卧后幕生波[二六]。梯稳从攀桂[二七],弓调任射莎[二八]。岂能抛断梦,听鼓事朝珂[二九]?

校　记

①"镜",才调作"锦"。首句"镜"字才调亦作"锦"。

②"横"原作"斜",一作"横",据各本改。才调集亦作"横"。

集　注

〔一〕【程注】谢朓咏镜台诗云:"玲珑类丹槛。"题云镜槛,当是镜台耳。又按:才调集作锦槛。【冯注】本集诸本皆作镜,所见才调集二本,一作镜,注曰:"或作锦";一直作锦。……徐曰:锦槛,锦棚也。开元遗事:"长安富家,每至暑伏中,各于林亭内植画柱,结锦为凉棚,设坐具,召名姝间坐,递请为避暑会。"杜子美陪诸贵公子丈八沟携妓纳凉诗,即此会也。玩全篇语义,与此颇合。按谢朓诗,初学记于镜台采之,程说近是,故且从旧本。徐说于全篇亦似,但不必过泥林亭。【按】开元天宝遗事又云:“都人士女,每至正月半后,各乘车跨马,供帐于园圃或郊野中,为探春之宴。”“长安士女,胜春野步,则设席籍草以红裙相插挂,以为宴幄。”是锦棚之属,不但夏令避暑有之,且春游亦为之,不但林亭可设,郊野亦然。镜槛与诗意较难合,似应从才调集作锦槛。然本集均作“镜”,姑仍之。

〔二〕【朱注】镜槛,水槛也。水光如镜,故曰镜槛。或曰北齐后主于宫中起镜殿宝殿。又高宗时武后作镜殿,四壁皆安镜,为白昼秘戏之须。镜槛当是镜殿中栏槛耳。【按】朱注非,见上注。

〔三〕【朱注】拾遗记:“石虎春杂宝异香为屑,使数百人于楼上吹散之,名曰香(芳)尘台。”【冯曰】此句泛用可也。【徐曰】芙蓉、翡翠,皆喻名姝。【按】曰香台,当是锦槛设于高敞处,视之若台,故云。

〔四〕【朱注】春秋元命苞:“火离为凤。”唐会要:“贞观中有裴神符者,妙解琵琶,作胜蛮奴、火凤、倾杯乐三曲,声度清美,太宗深爱之。”【冯注】春秋演孔图:“凤,火精也。”

〔五〕【道源注】通志:“汉阳府产天鹅。”以天鹅羽为扇也。【冯注】世说:“郄嘉宾三伏之月诣谢公,虽复当风交扇,犹沾汗流离。”拾遗记:“周昭王时涂修国献丹鹊,夏至取鹊羽为扇,二美女更摇此扇,侍于王侧。”本草:“鹄,一名天鹅,大鹅也。”此言羽扇,字习见。【按】二句谓锦槛中名姝拨弦则弹奏火凤之曲,挥扇起舞则拂天鹅之羽。“火凤”、“天鹅”或有兼喻在座女子之意。

〔六〕【冯注】登徒子好色赋："嫣然一笑，惑阳城，迷下蔡。"汉书刘辅传："小罪宜隐忍。"【补】隐忍：与下"喧传"对文，有含而不露之意。此句状女子隐笑之态。阳城笑，言其笑之迷人。

〔七〕【冯注】宋玉对楚王问："客有歌于郢中者，（其始曰下里、巴人，国中属而和者数千人。其为阳阿、薤露，国中属而和者数百人。）其为阳春、白雪，（国中）属而和者不过数十人。"【按】曰"喧传"，当指属和者之众。句意谓歌声喧聒。

〔八〕【冯注】眉以叶言，如梁元帝诗："柳叶生眉上。"御览引上原经曰："眉竺仙住南岳"，馀未考。【按】仙眉泛称其美，不必用事，取与下"佛髻"相对。琼作叶：谓其眉如琼叶，美而有光泽。

〔九〕【朱注】楞严经："世尊从肉髻中涌出百宝光。"法苑珠林："如来申发，以尺量，长一丈三尺五寸。放已右旋，还成蠡文。"蠡即螺。王勃释迦像碑："髻衔龙发，顶秀螺纹。"【冯注】南史扶南国传："佛发青绀色，众僧以手伸之，随手长短，放之则旋屈为蠡形。"僧伽经："佛发青而细，如藕茎丝。"法苑珠林敬佛篇："发似光螺，眉方翠柳。"又："迦毕试国有佛发，青色，螺旋右萦，引长丈馀，卷可寸许。"二句状其妆饰。【补】白居易阿弥陀佛赞："金身螺髻，玉毫绀目。"是佛髻确为螺状。钿，以金翠珠宝等制成之花朵形首饰。钿为螺，谓螺髻之上插以花钿。

〔一〇〕【冯注】后汉书："张楷，字公超，居弘农山中，学者随之成市，后华阴山南遂有公超市。性好道术，能作五里雾。时关西人裴优亦能为三里雾。"

〔一一〕【冯注】银河也。无端有雾,凝望惟河,未得谛视也。【按】二句似指倏而分离。如为云雾所遮,如牛女为银河所隔。

〔一二〕【朱注】姮娥窃药奔月事。乐府董逃行:"白兔长跪捣药虾蟆丸,奉上陛下一玉柈。"【补】剩,多也。

〔一三〕【冯注】博物志:"南海有鲛人,水居如鱼,不废织绩。"左思吴都赋注曰:"俗传鲛人从水中出,曾寄寓人家,积日卖绡。绡者,竹孚俞也。"【朱注】北梦琐言:"唐朱建章为幽州司马,往渤海,遇水仙,遗以鲛绡,轴之如箸,夏天展之,一室凛然。"

〔一四〕【朱注】尔雅翼:"鲛,今之沙鱼。大而长喙如锯者名胡沙,小而粗者名白沙。"说文:"鲛鱼皮可饰刀。"孔丛子:"秦王得西戎利刀,割玉如割木。"【姚注】通志:"解玉溪在成都华阳县大慈寺南,用其砂解玉则易为功。"【冯注】寰宇记:"邢州贡解玉沙。"齐东野语:"玉人攻玉,必以邢河之沙。"按寰宇记河南道颍阳县:"八风溪水南流,合三交水。此岸有沙细润,可以澡灌。隋代常进后宫,杂以香药,以当豆屑,号曰玉女沙。"亦可取证。【按】朱注误,冯注近是。

〔一五〕【朱注】抱朴子:"通天犀能杀毒。"水经注:"圣水出上谷郡西南圣水谷。"旧唐书:"宝历二年,亳州言出圣水,饮之者愈疾。"【冯注】三辅黄图:"冰池在长安西。"旧图云:"西有滮池,亦名圣水泉。"盖冰、滮声相近,传说之误也。按:冰池之为圣女泉,宋敏求长安志亦云:"圣水泉出咸阳县西昆明池北平地上也。"其馀圣水事甚多。细玩以上四句,供药剩者,借言饮食已毕;得绡多者,取更衣之义。绡至轻明,正切夏衣。玉谓玉颜,胡沙喻拭面之物。犀谓犀齿。

圣水磨，喻漱齿之态。其遗辞至为诡僻。【按】"月中"二句似是状其如月娥捣药，度日如年，如鲛人潜织，鲛绡满屋，均想像其闲居无聊赖之情景。"玉集"二句不甚可解。

〔一六〕【冯曰】贮之别室。【按】"斜门"句实写景物，以戏蝶飞翻反衬幽居之孤寂苦闷；"小阁"句即所谓"深锁春光一院愁"也，飞蛾喻幽居女子。

〔一七〕【朱注】襜，昌艳切。鞯，将先切。韵会：说文："襜，衣蔽前。"又，襜褕，谓帷襜，以蔽前后。一曰禅襦，郭璞云："今之蔽膝也。"鞯：马鞁具，通作韀。晋张方传："乱军入宫，割流苏武帐以为马韀。"【程注】襜，通作韂，鞍下障泥。白居易诗："花襜宜乘叱拨驹。"【冯注】释名："韠蔽膝也，又曰跪襜。"按襜本衣名，"骑襜"则被于马者，暂休，故卷之。【姚注】跨马则衣前必卷。【补】襜，系于衣前之围裙（即说文之所谓"衣蔽前"）。诗小雅采绿："终朝采蓝，不盈一襜。"鞯：即鞯，衬托马鞍之垫。

〔一八〕【朱注】鈋，吾禾切。【道源注】仓颉篇："帛张车上曰幰。"龙龛手镜："鈋，去角也，刓方为圆也。"【姚注】车中则幰必微开。【冯注】释名："容车，妇人所载小车也。其盖施帷，以隐蔽形容也。"幰，宪也，御热也。旧书舆服志："车有亘幰、通幰。"说文："鈋，吪圜也，五禾切。"广韵："刓也，去角也。"二句谓休其车骑。此十字以故犯声病为戏。【按】二句谓卷起障泥鞍垫，束紧车上帷幔。

〔一九〕【冯注】诗："两骖雁行。"此用雁书。

〔二〇〕【朱注】汉书（西域传）："大月氏国出一封橐驼。"注："脊上有一封高也，如封土然。今俗呼为犎。"【冯注】谓遣使更延他人取酒，以备宴饮。按："一封"谓以一驼取酒亦可，不必定谓驼封。【补】一封驼:单峰骆驼。

〔二一〕【朱注】艺文类聚:燕丹子曰:“秦止燕太子丹为质曰:‘乌头白,马生角,乃可归。’丹仰天叹,乌即白头,马为生角。秦王不得已而遣之。”【何曰】待乌谓乌栖也。(读书记)

〔二二〕【冯注】洛神赋:“余从京师,言归东藩,背伊阙,越轘辕,经通谷,陵景山,日既西倾,车殆马烦。尔乃税驾乎蘅皋,秣驷乎芝田,容与乎阳林,流眄乎洛川。”【徐曰】“待乌”谓乌栖,承上“夕照”,“驻马”亦取日既西倾之义。【冯曰】此义山自写遥望之情,下遂接入想像。【按】曹植于魏明帝太和三年徙封东阿王。

〔二三〕【冯注】文选雪赋:“援绮衾兮坐芳缛。”按西京赋:“采色纤缛。”雪赋本作“缛”,或作“褥”,误也。【按】雪赋中之“缛”义同褥。

〔二四〕【冯注】史记滑稽淳于髡传:“日暮酒阑,合尊促坐,男女同席,履舄交错,杯盘狼藉,堂上烛灭,主人留髡而送客。罗襦襟解,微闻芗泽。当此之时,髡心最欢,能饮一石。”以下想其酒阑夜宿。【补】依稀:仿佛,想像之词。

〔二五〕【冯注】鲍照诗:“珠帘无隔露。”

〔二六〕【冯注】幕动如波纹,犹燕台夏诗“轻帷翠幕波洄旋”也。【何曰】(“散时”)二句太亵。(辑评)

〔二七〕【冯注】淮南子:“月中有桂树。”虞喜安天论:“俗传月中有仙人桂树,今视其初生,见仙人之足,渐以成形,桂树后生焉。”【朱注】酉阳杂俎:“月中有桂,高五百丈。”【程注】杜甫诗:“攀桂仰天高。”【补】崔骃大将西征赋:“升天梯以高翔。”王逸九思:“缘天梯兮北上。”从,任。

〔二八〕【冯注】北史豆卢宁传:“当与梁企定肄射,乃相去百步,县莎草以射之，七发五中，佥定服其能。”御览引述异记：“昔战国时魏国苦秦之难，有民征戍不返，其妻思之而卒，冢上生木，枝叶皆向夫所在而倾，谓之相思木。今秦赵间有相思草，状若石竹，而节节相续，一名断肠草，又名愁妇草，亦名孀草，人呼为寡妇莎，盖相思之流也。”按月娥亦言孀独，二句定指女冠，用意颇幻。否则语不伦矣。今本述异记孀草误作霜草。寡妇莎误作寮莎，几无从考索耳。前云仙眉、佛髻，亦以女冠也。

〔二九〕【冯注】徐曰：唐六典载：“承天门击晓鼓，听击钟后一刻鼓声绝，皇城开。第一鼕鼕鼓声绝，宫城及左右延明、乾化门开。第二鼕鼕鼓声绝，宫殿门开，则百官集矣。”雍洛灵异小录：“马周请置街鼓，时人呼为鼕鼕鼓。”【冯注】详马周传。隋书志：“马珂，三品以上九子，四品七子，五品五子。”【补】珂，马勒上之装饰品，或即以代指马勒。

笺评

【朱彝尊曰】此亦西昆诸公之祖也。以句求之，字字可解。以篇求之，字字不可解。后之人赏其工丽，以为艳词而争效之，亦想当然耳，原未必晓其所以然也。

【冯舒曰】诗多未解，然如是西施，不必能名然后知其美。（二冯评阅才调集。下条同。）

【冯班曰】此首颇直，内用事有未详处。

【何曰】陈无己谓昌黎以文为诗，妄也。吾独谓义山是以文为诗者。观其使事，全得徐孝穆、庾子山门法。（读书记）

【姚曰】首四句，写其居止。“隐忍”四句，写其色艺。“五里”四句，写其隔绝。“玉集”四句，写其房栊。“骑襜”四句，写其出游。“桥迴”四句，于所值之地而一见流连。“想像”四句于既归之后而不胜神往。末四句，以眄望无聊之意结。

【屈曰】一二亲至闺中。“拨弦”句能弹也。“交扇”句，遮面也。“隐忍”句，色喜也。“喧传”句，能歌也。“仙眉”二句，眉发之美也。“五里”二句，久不相见也。“月中”以下六句，美如嫦娥而又巧绝也。“骑襜”二句，出游也。“传书”句，信相通也。“取酒”句，有所赠也。“桥迴”二句点时也。“待乌”二句思情也。“想像”以下皆己之所愿也。结二句不忍舍也。○一段昔曾亲至美人所居而见其如此。二段久不相见而想其如此。想像以下，己之所愿如此。结二句不忍舍也。

【程曰】此艳诗也。结语即“辜负香衾事早朝”之意。中间“待乌燕太子，驻马魏东阿”二语，谓羁留之情，如秦约燕丹，归待乌头之白；甄怜曹植，魂来洛水之滨。盖去留眷恋，死生以之，极言其情也。

【冯曰】细为剖析，姿态全呈。昼则羡其嬉游，晚而想其欢会。身属旁观，馋涎难禁。意纤语僻，易使人迷耳。玩结句当作于为校书时。其后虽频在京，无此欢悰矣。

【纪曰】雕琢下派。香泉曰：“此必有怀歌妓之作”，说亦有理，以末二句证之益信。问上党冯氏评此诗如何？（按即如见西施云云）曰此钝吟偏驳之论，二冯评才调集意在辟江西而崇昆体，于义山尤力为表扬，然所取多屑屑雕镂之作，而欲持之以攻江西，恐与江西之生硬，正亦如齐楚之得失也。夫义山、鲁直本源俱出少陵，才分所至，面貌各别，而俱足千古，学者不求其精神意旨所在，而规规于字句之间，分门别户，此诋粗莽，彼诋涂泽，不问曲直，哄然佐斗，不知粗莽者江西之流派，江西本不以粗莽为长，涂泽者西昆之流派，西昆亦不以涂泽为长也，因论钝吟此语而并及之。（诗说）香泉以为眷怀歌妓之作，似有事实，并非虚拟。○“梯稳”句言不羡登第，“弓调”句言不羡立功。（辑评）

【张曰】此篇用事太晦，或属艳情。冯氏据结语谓作于校书时，然义山两为秘省房中官，会昌六年又重官正字，何时所作，颇难定编。（会笺）玉溪艳情诸诗，虽专以藻绘为工，然设采处无不纬以清气，运以沉思，迥异涂附，由其用意为主故也。西昆学步，仅猎其词华而无其神味。譬如翦彩作花，非不繁艳也，就而观之，去真逾远。此亦悟义山天才为不可及矣。纪氏不能细辨义山、西昆之所以异同，反因西昆措辞琐屑，并义山亦一概诋之，是何异子孙不屑，殃及祖宗耶！可谓不善于立言者已。（辨正）

【按】诸家均以为艳体。然用事僻而语意晦，故笺释各有不同，今试综合诸家笺语以解之。题应从才调作“锦槛”。首二锦槛、香台，名异而实同，芙蓉、翡翠分别状锦槛、香台。“入”“过”之主体，系男主人公，若作正常句式，应为“入—芙蓉锦槛”“过—翡翠香台”。“拨弦”四句谓其所属意之女子能歌善舞，姿态娇媚，色艺双全。“仙眉”二句状其眉发之美，妆饰之艳。“五里”二句，似指锦槛相见后，即成别离，如隔五里雾，如隔河汉。以下遂想像其隔绝孤寂情景。“月中”二句，拟之为嫦娥、鲛人，谓其如嫦娥孤居，捣药成尘；如鲛人潜织，鲛绡满屋，极状其百无聊赖之态。“玉集”二句意晦词涩，不甚可解，或如冯解，系状其长日无事，着意妆饰。“斜门”二句谓其幽居小阁，唯看斜门戏蝶。“骑襜”二句，写出游。“骑襜”

写男子,“车帷”写女子。二人邂逅相遇。“传书”二句,谓传书以邀约,取酒以欢会,非谓锦槛中人传书取酒也。“桥迴”二句,环境描写,点时地。“待乌”二句,以燕丹、东阿自况。“待乌”,谓已渴望已久,“驻马”谓于相见处流连。“想像”四句,追忆欢会之情景,词艳意亵。“梯稳”二句,即得成比目,其它皆可置之度外之义,故纪氏释为“不羡登第”、“不羡立功”。由此,自然转入结尾,不忍听鼓而事早朝也。冯氏谓“身属旁观,馋涎难禁”,恐系误解“想像”一语所致。实则此想像系事后追忆之词,非想望而不得之词。如冯氏说,则末联为虚语矣。又此诗所怀想者,冯氏谓女冠,亦非。视“锦槛”“香台”之语,与诗中有关色艺之描写,其人当为贵家姬妾一流。因末句有“听鼓事朝珂”之语,姑编任职秘省期间。

赠子直花下

池光忽隐墙,花气乱侵房〔一〕。屏缘蝶留粉[①],窗油蜂印黄[②]〔二〕。官书推小吏〔三〕,侍史从清郎〔四〕。并马更吟去,寻思有底忙〔五〕?

校　记

①“缘”,悟抄作“绿”。校语云:北宋本作“缘”。

②“油”原作“由”。蒋本、姜本、戊签、席本、影宋抄、朱本均作“油”。按上句“屏缘”为一词,指屏边,此句“窗油”亦连文,为一词(拟意“犀帖钉窗油”可证)。油,指油幕,盖窗帘之属。后人因误解上句之“缘”为“因”义,故以下句

"油"字为误文而改"由"以就之。缘、油系借对。据蒋、姜各本改。

集 注

〔一〕【补】"池光"句写花影映墙。微风吹拂,花枝摇曳,若波光隐现于墙。"忽"与"乱"相对,谓花影恍忽不定。

〔二〕【补】缘,读去声yuàn院,边缘。二句谓因花气侵房,故屏风边缘常有蝶停留而遗落蝶粉,窗幕常有蜂停留而印上蜂黄。道藏经:"蝶交则粉退,蜂交则黄退"。

〔三〕【朱注】唐书:"诸部郎有令史、书令史。"【冯注】旧书志:"并流外也。令史掌案文簿。"【补】官书:官中之文书。周礼天官宰夫:"六曰史,掌官书以赞治。"推,托付。

〔四〕【朱注】杜佑通典:"汉尚书郎给侍史一人,女侍史二人。"【冯注】后汉书钟离意传:"药崧家贫,为郎,常独直台上,无被,枕杫,食糟糠。帝每夜入台,辄见崧,问其故,甚嘉之。自此诏大官赐尚书以下朝夕餐,给帷被皂袍及侍史二人。"蔡质汉官仪:"尚书郎,伯史二人,女侍史二人,皆选端正者。伯史从至止车门还,女侍史洁被服,执香炉烧熏,从入台中,给使护衣服也。"北史:"袁聿修为尚书郎,十年未受升酒之遗,尚书邢邵戏呼为清郎。"山公启事:"旧选尚书郎极清望也,号称大臣之副。"按称"清郎""望郎"以此。

〔五〕【补】更吟:更叠吟唱,犹唱酬。有底:张相曰:"犹云有如许或有甚也;亦犹云为甚也。"(诗词曲语辞汇释)按:末二句不易确解,盖令狐绹乃庸俗之辈,虽附庸风雅,其心实未尝在篇什上,故虽并马更吟,而神思似仍为他事牵连。故商隐先谓官书已推小吏,且得侍史相从,清闲之极,后乃诘其尚有何忙乎？

笺　评

【吴乔曰】诗中有“侍史从清郎”之句，必是令狐绹官郎中时所作。（西昆发微）

【辑评墨批曰】此必作于入直苑阁中，非泛然花下也。

【杨守智曰】大中元年，令狐绹为考功郎中，时王茂元卒已五年矣。是年二月郑亚廉察桂州，辟义山为判官，而令狐迁郎中在是年六月，何得相□（疑原作“从”或“携”？）于花下，岂应聘而未行耶？（复图本）

【姚曰】花影朦胧，花气稠叠，屏间窗底，总在浓香腻粉中也。且公务多闲，侍史隽丽，并马清哦，得无为春思所困也耶？

【屈曰】北史：“邢邵为兖州刺史时，袁聿修出使，邵送白紬为别，聿修不受。邵报书云：‘弟昔为清郎，今日复作清郎矣。’”按选举以清望为重，故云。前四花下，后四赠子直。省郎曰清郎，又曰望郎。

【程曰】第六句“侍史从清郎”，当是作于大中元年令狐绹为郎之日，其时尚未应郑亚之辟，未构嫌怨，故通篇皆和平之音。自此以后则交疏矣。

【冯曰】是会昌二年子直为户部员外郎时。

【王鸣盛曰】并马唱酬，外貌未尝不款洽，无奈心已离矣，此绹之所以为小人也。

【纪曰】三四蒙泉以为卑俗也，七八更不成语。（诗说）又曰：三四纤俗，结句太率。（辑评）

【张曰】三四切花下，写得艳至。义山长技，巧则有之，纤俗则未也。结亦唐贤旧格，以为太率，非也。（辨正）又曰：诗作

寻常投赠语，言外颇有平视意，与后此西掖玩月之作，情态异矣。是重官秘书得意时也。（会笺）

【按】令狐绹会昌二年任户部员外郎，见旧书绹子滈传。冯、张系本篇于是年，是。张谓“诗作寻常投赠语，言外颇有平视意”亦确。绹虽无意篇什，其偕义山赏花赋诗，甚至仅出于应酬，然既是“并马更吟”，见其时两人关系尚较正常。盖会昌间牛党方失势，而义山重官秘省，仕途似有转机也。杨柳系此诗于大和五年绹初释褐授弘文馆校书郎时，谓“清郎”指校书郎，见李商隐评传一二〇页。按大和五年春商隐在郓州令狐楚幕。

即日〔一〕

小苑试春衣，高楼倚暮晖。夭桃唯是笑〔二〕，舞蝶不空飞。赤岭久无耗〔三〕，鸿门犹合围〔四〕。几家缘锦字，含泪坐鸳机〔五〕。

集　注

〔一〕【补】即日，犹言以当日所接触之题材为诗。与“即事”一类诗题近似。或谓“即日”当作“即目”，然各本均无异文。

〔二〕【钱锺书曰】“桃之夭夭，灼灼其华”；传：“夭夭、其少壮也；灼灼、华之盛也。”按隰有苌楚：“夭之沃沃”；传：“夭、少也。”说文：“娱：巧也，一曰女子笑貌；诗曰：‘桃之娱娱’”……盖“夭夭”乃比喻之词，亦形容花之娇好，非指桃树之“少壮”。李商隐即日：“夭桃惟是笑，舞蝶不空飞。”“夭”，即是“笑”，正如“舞”，即是“飞”；又嘲桃：“无赖夭

桃面，平明露井东。春风为开了，却拟笑春风。”具得圣解。（管锥编卷一）

〔三〕【朱注】唐书：“鄯州鄯城县有天威军，故石堡城，天宝八载更名。又西二十里至赤岭，其西吐蕃，有开元中分界碑。”

〔四〕【冯注】按：汉书地理志：“武帝元朔四年，置西河郡，统三十六县，有鸿门县，又有离石县。”其地与雁门、马邑相接，唐时河东道之边也，乌介入犯正其地。旧注引项羽屯兵之鸿门，谬矣。上指戍吐蕃者久不归，此指逐回纥者犹苦战。又唐人用颜色字，每以假对真，“鸿”字取同“红”音。馀仿此。

〔五〕【冯注】晋书：“窦滔妻苏氏名蕙，字若兰，善属文。滔苻坚时为秦州刺史，被徙流沙，苏氏思之，织锦为回文旋图诗以赠滔，宛转循环，词甚凄惋，凡八百四十字。”按：他书不一其说，锦字、锦书习用，不必定拘此。古诗：“客从远方来，遗我一端绮。文彩双鸳鸯，裁为合欢被。”梁元帝鸳鸯赋：“文连新锦之机。”锦机亦习用。【程注】侍儿小名录：“前秦安南将军窦滔有宠姬赵阳台，置之别所。妻苏求而获焉，苦加挞辱，滔深恨之。滔镇襄阳，与阳台之任，绝苏氏音问。苏悔恨自伤，因织锦回文，题诗二百馀首，计八百馀字，纵横反覆，皆为文章，名璇玑图，遣苍头赍至襄阳。滔览锦字，感其妙绝，因具车以迎苏氏。”杜甫诗：“谁家挑锦衣，烛灭翠眉颦？”【补】鸳机，织锦机。

笺　评

【朱曰】此应寄山南时作。（李义山诗集补注）

【朱彝尊曰】前半自喜，后半忧时。

【何曰】感时事而作。(三四句)对末二句。(辑评)

【姚曰】此应客山南时作。客中极目,夭桃舞蝶,皆欣欣自得,乃身居军府,地隔烟尘,锦字难通,望夫有泪,盖非独一家也。

【屈曰】一事,二时。三四比也。五六时事可忧。七八征人妇之愁恨。○三比小人惟耽逸乐,四比小人惟私是营。

【程曰】"赤岭久无耗,鸿门犹合围",谓回鹘与刘稹两事也。武宗会昌二年,回鹘拥赤心部逼渔阳。会昌三年,昭义节度使刘从谏卒,子刘稹自称留后,诏讨之。时王茂元为河阳节度,奉诏同讨。义山居其幕下,故言及之。回鹘之事远,故曰久无耗;刘稹昭义之事近,故曰犹合围也。是时已妻茂元之女,大都不在河阳,故目击时艰,因思家室。前四语道尽客居之伤神,结二语遥度闺中之情致,诗旨固豁如也。

【冯曰】上半咏女郎春憨欢聚之态,下半以思妇对映。言外见世路干戈,离情不少,人愁我亦愁矣。

【王鸣盛曰】下半首写征戍,真子美同调。

【纪曰】蒙泉曰:感时事而作。三四句对末二句看,兴也。(辑评)

【张曰】通首皆为征人思妇而发,感事之作,别无寓意。或以人愁我愁解之,凿矣。(会笺,系会昌三年)又曰:此篇当是会昌二年春间作,时盖未丧母也。史书回鹘掠灵朔北川于二年八月云:"乃征发许、蔡、汴、济等六镇之师讨之。"盖征师在八月,而回鹘掠灵、朔实在春间耳。史专据征师而言,诗中"赤岭"二句则指回鹘事而不及命讨,可以参悟。余初定为会昌三年作,大误。义山会昌二年丁母忧,详曾祖妣状。若实系三年作,则丁忧未久,安得弄笔墨耶?且诗语亦不类矣。(辨正)

【按】"赤岭"二句,冯注极确。姚、程二笺均误。然冯谓上半咏女郎春憨欢聚之态,下半以思妇对映则非。此诗构思,可借王昌龄闺怨(闺中少妇不曾愁)以明之。"小苑试春衣,高楼倚暮晖",接近"闺中少妇不曾愁,春日凝妆上翠楼",然"倚暮晖"三字见其在楼上伫立已久,情绪已转入黯淡。"夭桃惟是笑,舞蝶不空飞",近于王诗之"忽见陌头杨柳色",然已非乍见,而系于暮晖中凝视此类景物,精神殊为不堪。"惟是""不空",非抱欣赏态度,盖觉彼不与己心境合也。此夭桃之繁盛艳丽、含笑春风,舞蝶之翩翾双飞、自在欢聚乃格外触发己之离情别绪,故五六即明确写出思妇念远之情。赤岭无耗、鸿门合围,战事正未有已时。末联则因己之离愁而思及人之离愁,今日坐鸳机而怀远人,寄锦书而诉相思者,非独己之一身矣。此亦略近王诗末句怀觅封侯者之意。惟此时唐王朝边防之形势与开、天时期迥然不同,思妇已非在封侯与团聚中抉择,而深为被合围与无耗之征人安全耽心矣。全篇均从思妇着笔,非前后幅以不同境遇者对映也。

赠别前蔚州契苾使君〔一〕

何年部落到阴陵〔二〕?奕世勤王国史称①〔三〕。夜卷牙旗千帐雪②〔四〕,朝飞羽骑一河冰〔五〕。蕃儿襁负来青冢③〔六〕,狄女壶浆出白登〔七〕。日晚䴙鹈泉畔猎〔八〕,路人遥识郅都鹰④〔九〕。

校　记

①"奕"原作"三",一作"奕"。影宋抄、席本作"弈",非。据蒋本、姜本、戊签、悟抄、钱本改。

②"卷",旧本均同,唯冯注本作"掩",曰:"一作卷,非。"【按】冯注本不知何据。作"卷"亦通。

③"冢"原一作"域",非。

④"识",朱本、季抄一作"认"。

集　注

〔一〕【自注】使君远祖,国初功臣也(底本"远"字阙文,"祖"讹"相",据蒋本、影宋抄、钱本、朱本补正。)【朱注】唐书:"蔚州兴唐郡,属河东道,隋雁门郡之灵丘、上谷郡之飞狐县地,武德六年置蔚州。"又曰:"契苾何力,其先铁勒别部之酋长。贞观六年,随其母率众千馀家诣沙州,奉表内附。后以军功封凉国公。"【程注】唐书回鹘传:"武宗诏银州刺史何清朝、蔚州刺史契苾通以蕃、浑兵出振武与沔、仲武合。"蔚州契苾使君疑即契苾通。【冯注】旧书志:"河东道蔚州兴唐郡,本隋雁门郡之灵邱县,领县三:灵邱、飞狐、兴唐。"契苾何力传:"何力率众……内附,太宗置其部落于甘、凉二州。何力至京,授将军,后封凉国公。"旧书纪:"会昌二年,诏契苾通、何清朝领沙陀、吐浑六千骑趋天德。"按:时因讨回纥也。会昌一品集云:"通本蕃中王子,谙识虏情,先在蔚州,任使已熟。"通鉴云:"通,何力五世孙。"新书志:"天德军在丰州中受降城西二百里大同川。"合之诗中第七句,必二年赴天德时赠送之作。通后节度振武,见文苑英华制书类。

〔二〕【朱注】按史记："颛顼任地，北至幽陵，南至交趾。"阴陵疑即幽陵。唐书："贞观二十年，铁勒九姓大酋领率众降，分置瀚海、金微、幽陵等九都督府。"【姚注】阴陵即阴山。【冯注】旧书北狄传："贞观时，铁勒、契苾、回纥等十馀部落相继归国，请列为州县，太宗各因其地置瀚海、燕然、幽陵等凡一十三州。"按：何力内附在其前也。汉书匈奴传："北边塞至辽东，外有阴山，东西千馀里。"旧、新书志："关内道丰、胜二州界有阴山，陇右道庭州亦有阴山。"庾信五声调曲："阴陵朝北附。"【程注】汉书鲍宣传："部落鼓鸣，男女遮迣。"晋书："咸宁五年春三月，匈奴都督拔奕虚率部落归化。"

〔三〕【朱注】唐书："何力三子：明、光、贞。明袭封凉国公，光右豹韬卫将军，贞司膳少卿。"【冯注】新书传："明子筸袭爵。"【程注】周礼春官大宗伯："秋见行觐"注："觐之言勤也，欲其勤王之事。"左传："狐偃言于晋侯曰：'求诸侯莫如勤王。'"【补】奕世，累世。

〔四〕【冯注】旧书传："贞观七年，同征吐谷浑。时吐谷浑主在突沦川，何力欲倾其巢穴，乃自选骁兵千馀骑，直入突沦川，袭破牙帐，浑主脱身以免，俘其妻子。"

〔五〕【冯注】旧书传："龙朔元年，为辽东道行军大总管，次于鸭绿水，其地高丽之险阻，莫支男生以精兵数万守之，众莫能济。何力始至，会层冰大合，趋即渡兵，鼓噪而进，贼遂大溃，斩首三万级，馀众尽降。"【朱注】谢灵运征赋序："羽骑盈途，飞旍蔽日。"【按】二句写契苾何力"勤王"事迹：雪盖千帐之寒夜，卷旗突袭敌军；冰封河流之清晨，率骑涉冰飞越。

〔六〕【沈德潜曰】("褓负"句)使君招来者。【冯注】寰宇记:"青冢在振武军金河县西北,汉王昭君葬于此,其上草色常青。"【程注】南史臧盾传:"弟厥为晋安太守,下车宣化,凶党皆襁负而出。"【按】"襁负"出论语子路:"襁负其子。"

〔七〕【朱注】汉书注:"白登在平城东南十馀里。"括地志:"朔州定襄县,本汉平城县,东北三十里有白登山,山上有台。"【冯注】汉书:"高帝自将兵逐匈奴,冒顿纵精骑围高帝于白登七日。"新书传:"子明迁鸡田道大总管,至乌德鞬山,诱附二万帐。"徐曰:"三四何力事,五六子明事,所谓奕世勤王也。"【程注】鲍照诗:"戍军入玉门,士女献壶浆。"【补】孟子梁惠王下:"箪食壶浆,以迎王师。"二句谓契苾明移镇北方后,深得附近少数民族拥护,诸部落纷纷归附。

〔八〕【朱注】唐书:"西受降城北三百里有鹈鹕泉。"寰宇记:"鹈鹕泉在丰州北,胡人饮马于此。"【冯注】新书回纥传:"贞观中,回纥南逾贺兰山境,遣使献款,于是铁勒十一部皆来归命,乃诏碛南鹈鹕之阳置过邮六十八所。"

〔九〕【冯注】史记酷吏传:"郅都行法,不避贵戚,号曰苍鹰。景帝拜为雁门太守,匈奴竟都死,不近雁门。为偶人象郅都,令骑驰射,莫能中,见惮如此。"此取猎鹰相关,点明趋天德备胡寇。【方东树曰】收句用郅都,言其职事也。切使君。

笺评

【许学夷曰】商隐律诗较古诗稍显易,而七言为胜。七言如"何年部落"一篇,乃晚唐俊调。(诗源辩体)

【王夫之曰】平远。(唐诗评选)

【朱彝尊曰】此等诗工丽得体,晚唐入独擅其胜,不独义山为然。

【贺裳曰】取青媲白，大家所笑，然如赠契苾使君……殆可辟疟，虽以“青冢”“白登”组织，但见其工，宁病其纤哉！（载酒园诗话又编）

【唐诗鼓吹评注】首句设问，言何年帅部落之兵到阴陵之山，盖奕世勤王，其功著于国史也。胡人以毡为帐，夜则拱帐为室，其羽骑疾走如飞，故云夜卷牙旗而有帐雪，朝飞羽骑而渡河冰，此联美其壮勇也。至蕃儿之至，狄女之迎，使君又积有成劳已。且不特能制夷虏也，亦且不避权贵，如汉郅都日暮会猎于鸊鹈之泉，有不侧目而视，拟之苍鹰者哉！

【何曰】本自功臣之后，材又足以威远怀外，奈何少恩至此，一路逼出末二句。第四用灞陵夜猎，收“前”字。通鉴：“会昌二年秋，以蔚州刺史契苾通将兵诣振武。”通，何力五世孙。即其人也。注：契苾种帐，大和中附于振武，故有“鸊鹈泉畔”之句。典丽极矣，但少题中一“别”字。（读书记。辑评引作“第七用霸陵夜猎，醒‘前’字。”按：何笺误会诗意，多谬误，详注及笺）又曰：双关借用，齐梁以来多此法，末句不为病。（辑评）

【胡以梅曰】……勤王虽天子蒙尘，诸侯有勤王之师，然总之王家有事，提师赴援耳。下皆勤劳边地之事。起问何年，下手便灵。盖下六句皆典实，起宜疏荡，且本句又有部落阴陵实事，则骨肉停匀，句法摇漾。“称”字喝起下文，犹言国史亦载之如此也。建牙旗谓屯守，飞羽骑谓征探。边地苦寒，寒时戒严之际，所以独举风雪河冰言之，夜则卷旗压帐，日则骑滑冰坚，句中不着半字劳苦，已是满目边愁。此剥尽皮肤，全存神髓者矣。白登在内地，故用“出”字，此言近边爱戴。青冢在塞下,襁负而来,此言功在于抚柔。鸊鹈泉更远在边外,言其宣威之广,如郅都之在雁门。“鹰”字双关,可禽可人,且两句以禽名为血脉,“鹰”字更觉有神,心细如丝。通首有声有色,情旨含蓄,非庸笔可梦见。……(唐诗贯珠串释)

【赵臣瑗曰】一二追溯使君家声,三四写使君英武,五六写使君勋业,七八写使君威名。真是写得神采奕奕,更不待曹将军始开生面也。(山满楼笺注唐诗七言律)

【陆曰】此诗因契苾之入中国久,故云“何年部落到阴陵,奕世勤王国史称”也。三四蹈雪履冰,言其勤王之劳。五六襁负壶浆,言其招徕之众。……结用(郅都)作比,言契苾之能威服远人也。

【陆鸣皋曰】首联美其先世。次联美其军容。三联美其德化。四联美其威名。

【姚曰】使君之先,铁勒别部之酋长,以军功封凉国公,故本其世功以美之。牙旗夜掩,言其谋;羽骑朝飞,言其勇。要不但以其勇略绝人,而实能以恩信服远。蕃儿襁负,狄女壶浆,信乎其为北边之保障矣。且其威名所振,可以不战服人,虽古之名太守,何以加此!

【屈曰】家本降人,而能奕世尽忠。三夜营艰苦,四朝报劳心。五六所立大功,威名至今犹存也。

【纪曰】四家评曰:清壮。纯取声华,而骨力足以副之。诗到无所取义之题,既不能不作,则亦不得不以修词炼调为工,此类是也。若李郎中充昭义攻讨诗极有可说,而语亦泛泛,声华虽壮,殆无取焉。香泉评曰:诗工雅典丽极矣,但少题中“别”字意。(诗说)声调清遒。郅都酷吏,非佳事;且号

曰苍鹰，非鹰为都所蓄也。此三字究不妥贴。（辑评）

【姜炳璋曰】写使君气势，猎猎有声，归到勤王方是奕世忠义。前人谓此诗可以辟疟，良然。

【俞陛云曰】此诗赠漠南归诚之部落，壮健而得体，雅与题称。首句言朔方雄族，久驻阴陵。次句言其祖以外酋向化。为唐初功臣，世笃忠贞之裔，久著勋名。三、四言千帐雪飞，牙旗夜肃；长河冻合，怒马朝腾。见天时之严寒，而不减军容之壮盛。五、六言蕃儿狄女，皆襁负壶浆而至，见使君招来绥辑之功。结句言其骑射之精，行猎兼以习武；郅都鹰健，路人遥识名藩。收笔之馀劲，犹能穿札也。

【张曰】结句已带别意，细阅方能会其深妙也。○“郅都鹰”断章取义，此温李用事诀也。且“苍鹰”语传中著之，本以美都，原非恶事，古人岂似后世讳忌哉！鹰虽非都所蓄，然文中借用，亦所不妨。（辨正）

【按】据通鉴：开成五年，回鹘别将句录莫贺引黠戛斯十万骑攻回鹘，大破之，焚其牙帐荡尽，回鹘诸部逃散。可汗兄弟嗢没斯等，及其相赤心、仆固、特勒那颉啜各帅其众抵天德塞下，就杂虏贸易谷食，且求内附。会昌元年，天德军使田牟欲击回鹘以求功，李德裕谓宜遣使镇抚，运粮食以赐之。诏田牟约勒将士毋得先犯回鹘。会昌二年八月，乌介可汗帅众突入大同川，驱掠河东杂虏牛马数万，转斗至云州城门。诏发陈、许、徐、汝、襄阳等兵屯太原及振武、天德，俟来春驱逐回鹘。会昌三年，破回鹘于黑山。契苾通奉诏赴天德，当先赴阙，故义山有诗送之。称“前蔚州契苾使君”者，或赴天德时另有所授职衔。诗以“奕世勤王”一语为中心，历叙契苾部落内附以来，与唐廷之良好关系，表彰契苾氏历代"勤王"功绩，及其促进北边少数民族和睦相处之作用。作者着力写"奕世勤王"，意在激励契苾通为国再建功勋，亦反映出对民族间友好关系之重视。唐代不甚歧视少数族，故少数族与朝廷关系较前代融洽，太宗时遗风，此时尚存，于此诗可见一斑。

末句"郅都鹰"双关，既以"鹰"关合上句"猎"字，又暗示契苾通如号称苍鹰之郅都，为回鹘所畏惮。实则，"猎"非真猎，"鹰"亦非真鹰，不过谓契苾通率兵至天德，为回鹘所惮耳。"猎"即军事行动之异名，"郅都鹰"即"苍鹰郅都式之人物"也。

灞岸

山东今岁点行频，几处冤魂哭虏尘〔一〕。灞水桥边倚华表〔二〕，平时二月有东巡〔三〕。

集　注

〔一〕【朱注】杜甫诗："行人但云点行频。"【姚注】杜诗注："点行，汉史谓之更行。以丁籍点照上下，更换差役。"

〔二〕【朱注】三辅黄图："霸桥在长安东灞水上。"说文："亭邮表。"徐曰："表，双立为桓，今邮亭立木，交于其端，或谓之华表。"按：桥柱亦曰华表，杜甫桥成诗"天寒白鹤归华表"是也。【冯注】三辅黄图："霸水出蓝田谷，西北入渭，跨水作桥。"古今注："程雅问曰：'尧设诽谤之木，何也？'答曰：'今之华表木也。以横木交柱头，状若花，形似桔槔。

大路交衢悉施焉，表王者纳谏，亦以表识衢路。今西京谓之交午。'"按：桥旁表柱，见檀弓"三家视桓楹"疏。【按】此华表指设于桥前作为标志与装饰之表柱。

〔三〕【程注】书："岁二月，东巡守，至于岱宗。"【朱彝尊曰】言非今岁之谓也。

笺评

【徐德泓曰】此出师之作，结得高浑。不言今日，反说"平时"，行同而情事各异，有怨有哀，有规有讽，可见诗家奥境，总存乎含蓄也。然惟笔妙者能之。

【姚曰】太平离乱，都在老来眼里，亦从铜驼荆棘语翻出。

【屈曰】伤时念乱之作。

【程曰】所谓"东巡"者，乃幸东都故事也。唐之盛时，自太宗、高宗以及玄宗，代代有之。天宝以后，唐室多故，无复属车之清尘矣。迄乎河北诸镇跋扈陆梁，遂必不可举行。此所以武宗欲幸东都而在廷以凋弊止之也。此诗先叙后世之乱，而后思及于盛时之东巡，今昔之感言外见矣。又曰"今岁点行"者，武宗会昌三年大发兵讨泽潞也。灞上发兵，东出潼关，故有忆于东巡故事耳。

【冯曰】此为讨回纥作，非大中时讨党项也。会昌二年八月，回鹘乌介可汗掠云、朔、北川，乃征发许、蔡、汴、滑等六镇之师，会军于太原。六镇皆与东都密迩。唐自天宝乱后，久不复幸东都，故慨之也。古者函关以东皆谓之山东，六国惟秦在山西，故过秦论"山东豪杰并起"，而后汉书陈元传"陛下不当都山东"，谓洛都也。

【纪曰】以倒装见吐属之妙，若顺说则不成语矣，于此悟用笔

之法。首二句再蕴借更佳。（诗说）

【张曰】纪氏凡遇雕琢语，则以为琐屑；不雕琢语，又以为粗浅。此非评文，乃故意与古人寻衅耳，谓之何哉！（辨正）

【按】此诗程氏以为会昌三年发兵讨泽潞时作，非也。泽潞叛镇，恐不宜谓之“虏”。且会昌三年八月诸镇进兵攻讨刘稹时，义山似有在王茂元幕之迹（九月有为濮阳公遗表），是否仍在长安，颇可疑。冯氏既云“点行”指会昌二年八月发诸镇兵会军太原，又系此诗于会昌三年春，则自相矛盾矣。原其所以，则泥于“二月东巡”字面耳。“二月”系用书语，非谓作诗时亦正值二月也。“山东点行”与“冤魂哭虏尘”均倚华表远眺时想像得之，不必眼前有征行之士兵过灞桥也。由“山东今岁点行频”而联想及“平时二月有东巡”，诗之次第亦然。妙在前二句点明衰乱时事后，三四句不着议论，只写诗人“灞水桥边倚华表”之无言情态与“平时二月有东巡”之内心感触。淡淡收住，感慨自深。

行次昭应县道上送户部李郎中充昭义攻讨〔一〕

将军大旆扫狂童①〔二〕，诏选名贤赞武功〔三〕。暂逐虎牙临故绛〔四〕，远含鸡舌过新丰〔五〕。鱼游沸鼎知无日〔六〕，乌覆危巢岂待风〔七〕？早勒勋庸燕石上〔八〕，伫光纶綍汉廷中〔九〕。

校 记

①“狂”原作“征”，非，一作“狂”，据蒋本、姜本、戊签、悟抄、

席本、朱本、钱本、影宋抄改。

集　注

〔一〕【朱注】唐书地理志:“天宝二年,分新丰、万年,置会昌县。七载,省新丰,改会昌为昭应,治温泉宫之西北。”方镇表:“大历元年,相、卫六州节度,赐号昭义军节度。建中元年,昭义节度兼领泽、潞二州,徙治潞州。”刘稹传:“会昌三年,昭义节度使刘从谏卒,子稹拒命,自为留后。诏以成德王元逵、魏博何弘敬为招讨使,与河东刘沔、河阳王茂元合兵讨之。四年七月,郭谊斩稹,传首京师。”【程曰】“李郎中充昭义攻讨”,窃疑下有阙文。盖是时业以王元逵、何弘敬为招讨,不应又有攻讨之设。考唐书百官志,天下兵马元帅、副元帅、都统、副都统以下官属,只有行军长史、行军司马、行军左右司马、判官、掌书记、行军参谋、前军兵马使、中军兵马使、后军兵马使、中军都虞侯各一人。其元帅、都统、招讨使掌征伐,兵罢则省。所载止此,不闻别有攻讨也。况郎中之官,唐制正五品,亦不足与诸节度同充攻讨。以诗考之,第二句云:“诏选名贤赞武功”,乃招讨使之幕官耳。再按百官志:“招讨幕职,长史从三品,司马从四品。”然则李郎中所充当是行军司马,再上亦不过长史。题下当有“行军长史”“行军司马”等字而脱之耳。【冯注】相、卫早为田承嗣盗取,所移领者,潞、泽、邢、洺、磁五州。李郎中,李丕也。藩镇传:“丕善长短术,从谏署大将。稹拒命,军中忌其才,丕惧,遂自归,擢沂州刺史,迁汾、晋二州刺史。大中时,节度振武、鄜坊。”会昌一品集有授丕晋州刺史充冀氏行营攻讨副使制,又有代丕与郭谊书云:“今蒙改授晋州,充石尚书副使。”盖石雄代李彦佐为行营攻讨,而丕副之也。凡用将出使曰招讨使、曰招抚使、曰攻讨使,名小异,义实同也。会昌一品集有授王宰攻讨使制矣,而于丕亦云攻讨副使。程氏乃疑之,误矣。【张曰】昭应本会昌县,京兆府属,惟李丕已加御史中丞,而此云户部郎中,殊不可解。(会笺)又曰:会昌四年三月,汾州刺史李丕授晋州刺史,充冀、代行营攻讨副使。案李丕副石雄,乃由汾改晋,旧纪但书汾州,误。集有行次昭应县道上送户部李郎中充昭义攻讨诗,李郎中,李丕也。考会昌一品集授丕汾州刺史制已云“忻州刺史兼御史中丞李丕”,职官志:“御史中丞,正五品上阶;郎中,从五品上阶。”岂丕出刺晋州,又换郎中耶?新书藩镇传但云:“丕擢忻州刺史,迁汾、晋二州刺史,大中初拜振武节度使,徙鄜坊卒。”馀皆无考。大抵外使兼职,史多不载,俟再核之。(同上)【岑仲勉曰】丕是昭义新降大将,本一武人,今诗云:“将军大旆扫狂童,诏选名贤赞武功……远含鸡舌过新丰……早勒勋庸燕石上,伫光纶綍汉庭中。”所送明是文人,且非检校官,当日赞助军幕带攻讨衔者当不止李丕,不得因同是姓李而遽行傅会也。【按】李郎中非李丕,岑氏疑之是也。一、其时诏发八镇之师,四面进讨。其西南段初设晋绛行营。会昌三年八月以李彦佐为晋绛行营节度泽潞西南面招讨使(彦佐已于五月统晋绛行营,八月方加招讨使),仍屯翼城。其地春秋时为晋翼邑,亦名故绛。据诗句知此李郎中或带攻讨衔前往赞助李彦佐军幕。其后以石雄代彦佐进驻冀氏,授李丕为攻讨副使制已称冀氏行营,与诗“临故绛”之语不合。二、李丕原已兼御史中丞,若此时为户部郎中,则是降职，张采田已云“殊不可解”。按李德裕有代卢钧与昭义大将书云：“李丕中丞……曾未一年，骤历三郡。”可见始终未改其兼职，李郎中应是另一人。三、如岑氏所云，李丕原为昭义大将。会昌三年八月归降朝廷后，仍为任外职之武人；而此诗中之李郎中，显系在朝文官。充者，临时充任，另有本职，其本职即郎中。至程氏以郎中官品较低而疑题下有脱字，则别无版本证据，只可存疑。

〔二〕【朱注】左传：“祁瞒亡大旆之左旃。”唐书：“李德裕曰：‘刘稹骙孺子耳（冯引通鉴同）。’”【按】将军，指晋绛行营主将。

〔三〕【冯注】会昌一品集授丕汾州制云：“昔在尔祖，志康国屯。翼龙而飞，既濡其雨露，刑马而誓，已表于山河。”则丕固名家裔也。【按】李郎中非丕，已见前。此曰“名贤”，正可证其为文人。

〔四〕【朱注】汉书匈奴传：“本始二年，遣云中太守田顺为虎牙将军，出五原。”左传：“晋人谋去故绛。”一统志：“绛州，春秋时属晋，即故绛与新田之地。”【冯注】汉书宣帝纪：“本始二年，云中太守田顺为虎牙将军。”按：虎牙将军始此，而三年田顺有罪自杀，故通典只叙后汉光武以盖延为之。左传：“士苅城绛。”注曰：“绛，晋所都，今平阳绛邑县。又，“晋人谋去故绛，迁于新田。”【按】晋原都于绛，后迁都新田，遂称旧都为故绛。唐于其地置翼城县（属绛州，今翼城县东南），地当潞州西南，为讨伐刘稹时晋绛行营所在地。后唐军推进至冀氏县（属晋州，今安泽县南），又改称冀氏行营。

〔五〕【冯注】汉官仪：“尚书郎奏事于明光殿，省中皆胡粉涂壁，画古贤人烈士，郎趋走丹墀，含鸡舌香，伏其下奏事，黄门侍郎对揖跪受。”西京杂记：“太上皇徙长安，居深宫，不乐。高祖乃作新丰，移诸人实之，太上皇乃悦。”【按】鸡舌香，即丁香。丁香果实有仁如鸡舌，故名。新丰，即题所称昭应。

〔六〕【朱注】丘迟与陈伯之书：“将军鱼游于沸鼎之中。”【冯注】后汉书刘陶传：“譬犹养鱼沸鼎之中，必至焦烂。”【补】后汉书张纲传：“若鱼游釜中，喘息须臾间耳。”

〔七〕【冯注】诗：“予室翘翘，风雨所漂摇。”笺曰：“巢之危，以所托枝条弱也。”周礼：“硩蔟氏掌覆夭鸟之巢。”【按】二句谓稹之覆亡指日可待。

〔八〕【冯注】周礼司勋：“王功曰勋，民功曰庸。”后汉书：“窦宪大破北单于于稽落山，遂登燕然山，刻石勒功，令班固作铭。”【程注】文心雕龙：“才华清英，勋庸有声。”

〔九〕【程注】礼记：“王言如丝，其出如纶。”柳宗元代谢出镇表：“捧对纶綍，不知所图。”【按】纶綍，指君主诏令。

笺　评

【杨守智曰】壮丽浑雅，声出金石。（辑评作朱彝尊批语。）

【何曰】颇似梦得“相门才子称华簪”篇。落句尤有开宝风气，然恨其少言外远致。（读书记。刘禹锡送源中丞充新罗册立使：“相门才子称华簪，持节东行捧德音。身带霜威辞凤阙，口传天语到鸡林。烟开鳌背千寻碧，日浴鲸波万顷金。想见扶桑受恩处，一时西拜尽倾心。”）

【陆曰】首句将军指元逵等，狂童指稹也。名贤谓李郎中，赞武功，以其充昭义攻讨也。方镇表：“昭义节度，兼领泽、潞二州”，故曰“暂逐虎牙临故绛”。汉官仪：“尚书郎怀香握兰”，故曰“远含鸡舌过新丰”也。下半言刘稹孺子，不难灭此朝食，将勒铭归朝，光纶綍于汉庭之上，在指顾矣。盖颂祷之辞也。

【姚曰】李德裕曰：“刘稹骙孺子耳。”盖亦以为不必重发也。故云狂童本不足当大旆，而且选名贤赞之。计此行虽远含鸡舌，不过暂逐虎牙，盖鱼游沸鼎，鸟覆危巢，指顾不足定也。从此勒勋燕石，黼黻明时，功名又岂可以轻料耶？

【屈曰】前半郎中充攻讨。五六狂童必败。祝其早日成大功，以光汉廷也。

【程曰】题曰“行次昭应县”，则去河东而近长安之地。盖茂元卒而复入京师也。五六以鼎沸之鱼、危巢之鸟比泽潞叛贼，乃亲自军中得其将命之情势，故告李郎中以鼓舞之。按史，茂元薨后，武宗从李德裕之言，以石雄代李彦佐，雄明日即引兵逾乌岭，破五寨，杀获千计。雄恤将士，士卒乐为之致死。王宰治军严整，昭义人甚惮之。未几，泽潞果平，义山盖有先见矣。

【纪曰】骨格峥嵘，不失气象，论其音节，尤在初盛之遗，然以为佳则未也。别有说在赠别前蔚州契苾使君条下。（诗说）

【张曰】此必自京移居永乐时道中所赠。（会笺，系会昌四年）又曰：深味即在宏整中，读久方知。草率者不能领取也。（辨正）

【按】通鉴：会昌三年七月，晋绛行营节度使李彦佐自发徐州，行甚缓，李德裕因请以天德防御使石雄为彦佐之副，俟至军中，令代之。乙巳，以雄为晋绛行营节度副使，仍诏彦佐进屯翼城。八月，乙丑，昭义大将李丕来降。庚戌，以石雄代李彦佐为晋绛行营节度使，令自冀氏取潞州，仍分兵屯翼城以备侵轶。据此及李郎中"暂逐虎牙临故绛"，则诗中所称大将必指李彦佐，而此诗之作必在会昌三年八月石雄代彦佐之前。冯、张系会昌四年，显误。又，会昌三年四月，刘稹抗拒朝命，据镇自立，武宗以泽、潞事谋于宰相，宰相多以为："回鹘馀烬未灭，边境犹须警备，复讨泽潞，国力不支，请以刘稹权知军事。"谏官及群臣上言亦然。唯李德裕力排众议，坚主讨伐。八月，甲戌，薛茂卿（刘稹将）破科斗寨，擒河阳大将马继等。时议者鼎沸，以为刘悟（稹祖父）有功，不可绝其嗣。又，从谏养精兵十万，粮支十年，如何可取！义山此诗，正其时所作。诗直斥刘稹为狂童，谓其如鱼游沸鼎、鸟居危巢，覆亡指日可待，祝祷李郎中早勒勋庸，此亦可见义山态度与其时朝廷内部主张姑息纵容者适成鲜明对照。

诗虽表现义山坚主讨伐之态度，然终带有应酬成分，颇似梦得"相门才子"篇者以此，缺少馀味亦以此。张氏之说，护短耳。

赋得鸡[①]

稻粱犹足活诸雏[②]，妒敌专场好自娱〔一〕。可要五更惊稳梦[③]，不辞风雪为阳乌〔二〕？

校　记

①冯引一本无"赋得"二字。

②"足"原作"是"，非，据蒋本、姜本、戊签、悟抄、席本、朱

本改。

③“稳”，朱本、季抄作“晓”，非。

集　注

〔一〕【朱注】韩诗外传：“鸡有五德。敌在前，敢斗者，勇也。”曹植斗鸡诗：“愿蒙狸膏助，常得擅此场。”【程注】刘孝威斗鸡篇：“丹鸡翠翼张，妒敌得专场。”

〔二〕【朱注】张衡灵宪：“日，阳精之宗，积而成乌，（象）乌（而）有三趾。”蜀都赋：“阳乌回翼于高标。”【冯注】史记龟策传：“孔子曰：‘日为德而君于天下，辱于三足之乌。’”【补】可要，岂愿也。

笺　评

【朱彝尊曰】寓意有所指也。

【徐德泓曰】此亦望用之诗，言足以自足自乐，而终不能忘君也。结归君上，便得体裁。“可要”二字活得妙，当为转一语曰：愿不辞风雪而终不要，可奈何！

【姚曰】此叹禀性之不可移也。可要，犹言岂要如此。

【屈曰】一家不甚贫。二才堪自信。三若遇知己。四不辞辛苦，尽忠朝廷也。

【程曰】此亦感慨从事之作也。托之于鸡者，鸡有五德，自可擅场，徒为哺雏，恋人粱稻，犹己之为贫而从事也。然而辛苦五更，不辞风雪者，空为天上之阳乌耳，岂非如己之入幕，徒供在位者之驱策哉！

【冯曰】刺藩镇利传子孙，故妒敌专权而无勤劳王室之志。三句谓其自谋则固也，作“晓”字殊少味矣。鸡取战国策连鸡之义。当为讨泽潞、宣谕河朔三镇时所作。

【纪曰】此纯是寓意之作,然未免比附有痕,嫌于黏皮带骨矣。凡咏物托意须浑融自然,言外得之,比附有痕,所最忌也。(诗说)又曰:此刺怙势而不忠者。(辑评)

【张曰】冯说殊妙。“勿为子孙之谋,欲存辅车之势”,卫公先见,足为此诗确证。结言恐惊梦稳,岂真禀承王命哉!不过冀朝廷不夺我兵权耳。阳乌,日也,喻君。(会笺,系会昌三年)又曰:纪氏知咏物托意,须言外得之,但恐纪氏不能于言外领之耳。玉溪名家,岂有比附粘滞之诗哉!(辨正)

【按】战国策秦策:“诸侯不可一,犹连鸡不能俱止于栖亦明矣。”冯谓题取“连鸡”之义,诚是,然所取者,仅以连鸡喻不可一之诸侯之义。诗意盖谓藩镇割据世袭,广占地盘,稻粱食料已足以活诸雏矣,然仍为各自私利而彼此敌视,相互争斗,以独霸全场为乐。彼等或亦偶秉王命,实则无效忠朝廷之诚意。冯谓诗作于讨泽潞时,虽无确证,然颇可发明诗意。按其时伐叛诸镇,本即割据者或半割据者,相互间矛盾重重,彼此猜忌,于朝廷命令则消极应付,行动迟缓。据通鉴载,晋绛行营节度使李彦佐自发徐州,行甚缓,又请休兵于绛州,逗遛观望,殊无讨贼之意。王元逵前锋入邢州境已逾月,何弘敬犹未出师,元逵屡有密表,称弘敬怀两端。忠武节度使王宰亦迁延顾望,迟迟不进。元逵与弘敬、王宰与石雄皆不相协。凡此之类,皆“妒敌专场”,不愿冒风雪而为阳乌之谓也。

韩偓观斗鸡偶作云:“何曾解报稻粱恩,金距花冠气遏云。白日枭鸣无意问,惟将芥羽害同群。”取譬与此诗相类,亦可证诗中“鸡”之所喻。或谓借斗鸡影射朋党相争,亦可通。

和刘评事永乐闲居见寄〔一〕

白社幽闲君暂居〔二〕,青云器业我全疏〔三〕。看封谏草归鸾掖①〔四〕,尚贲衡门待鹤书〔五〕。莲耸碧峰关路近〔六〕,荷翻翠扇水堂虚②〔七〕。自探典籍忘名利③,欹枕时惊落蠹鱼〔八〕。

校　记

①“看封”,【冯曰】一作“已看”,非。【按】“看”是行看之意,与下句“尚”字正对,如作“已看”,则与刘闲居永乐事实不符。

②“扇”字各本均同,惟冯注本作“盖”,不知何所本。

③“忘”字原阙,一作“忘”,他本均作“忘”,兹据补。

集　注

〔一〕【冯注】旧书志:“河东道河中府永乐县。”【张曰】刘评事即后所谓刘、韦二前辈。刘闲居永乐。诗意望其入京,云“青云器业我全疏”者,时义山丁母忧也,此未居永乐时作。【按】永乐,今山西芮城县。新唐书百官志:“大理寺:评事八人,从八品下。掌出使推按。”

〔二〕【冯注】晋书:“董京字威辇,初与陇西计吏俱至洛阳,被发而行,逍遥吟咏,常宿白社中,孙楚数就社中与语。”【补】白社:洛阳东地名。水经注:“阳渠水经建春门,水南即马市,北则白社故里。”暂,偶也。

〔三〕【朱注】颜延之五君咏:“仲容青云器”。【按】青云喻高官显爵。

〔四〕【朱注】掖,殿旁小门也。杨汝士诗:“文章旧价留鸾掖。”

【程注】杜甫诗："背人焚谏草。"【补】看，行看，不久。句意谓刘评事行将归朝，应首句"暂居"。

〔五〕【朱注】北山移文："鹤书赴陇。"李善注："萧子良古文篆隶文体曰：'鹤头书与偃波书，俱诏版所用，在汉谓之尺一简，彷佛鹤头，故有其称。"【冯注】通典："梁陈时选曹以黄纸录名，入座奏可，出付典名书其名，帖鹤头板，送所授之家。"【程注】诗国风："衡门之下，可以栖迟。"【按】贲，饰也。衡门，横木为门，指简陋之房屋。句意谓刘正修饰衡门而待诏书之至，仍应上"暂居"。

〔六〕【朱曰】谓莲花峰。【冯注】华山记："山头有池，池中生千叶莲花，服之羽化，因名华山。"按：所谓太华峰头玉井莲也。御览云："华山三峰：莲花、毛女、松桧也。"永乐中条山遥对莲花峰，故近潼关。

〔七〕【程注】许浑诗："烟开翠扇清风晚，水泛红衣白露秋。"【冯注】楚词九歌："筑室兮水中，葺之兮荷盖。"又，"水周兮堂下。"【按】"关路近"点归朝有日，"水堂虚"见暂居幽闲。

〔八〕【冯注】尔雅："蟫，白鱼。"注曰："衣书中虫，一名蛃鱼。"穆天子传："蠹书于羽陵。"【程注】常衮诗："香销蠹字鱼。"【按】末联仍写刘评事，非自谓，赞其耽于典籍而无名利之心。

笺　评

【朱曰】此叹宦途之不可期也。（李义山诗集补注）

【杨守智曰】结句幽秀。

【唐诗鼓吹评注】此言评事之隐于永乐，不久复用。若我则青云事业，渺然无期。盖君曾有谏草归于鸾掖，我但静处衡门，以待鹤书耳。君今闲居此地，莲峰之耸，荷盖之翻，皆足以供赏玩，以视余之开书欹枕，蠹鱼惊落，其无所聊赖，相去复何如哉。○"衡门"句宜就评事说，谓以君之才尚闲居以待鹤书之至，使人不能自平耳。

【陆曰】义山退居太原时，曾移家永乐县，适刘评事亦此寄居，以诗见贻，而义山作此和之也。起言君与我同此栖迟，然君乃暂依白社，我则绝意青云矣。三四足首句意，言今虽辞归鸾掖，正恐鹤书不日来召耳。后四句又言评事居此，莲耸碧峰，荷翻翠扇，相赏之下，惟以典籍自探，岂复有名利之念哉！蠹鱼落枕，犹云书癖书淫也。

【陆鸣皋曰】会昌中，李不得调，退居太原，故云"永乐闲居"。首二句，一彼一此。三四句分承，谓刘将进用，而已则尚待除书也。腹联，写所居景象，结归"闲"字。

【姚曰】此叹宦达之不可期也。君本暂时闲居，故虽封谏草而归，尚待鹤书之赍，我则莲峰路近，荷盖堂虚。岂复青云中人物，但自觉名心未断，虽典籍可耽，而眠梦之馀，犹未免惊心落蠹耳，真人前不必说假话也。

【屈曰】评事闲居只是暂时，我之器业则是全疏。今虽即归鸾掖，尚待鹤书。关路甚近，出在目前；水堂之虚，其时不远，皆写暂字。我则欹枕读书而已，结始承二句。

【冯曰】此义山未移居永乐时作。

【纪曰】牵率应酬之作。

【按】诗作于会昌三年夏。时义山丁母忧，犹未移居永乐，适刘评事寄诗述其闲居永乐情景，故义山自京寄诗和之。首联虽君、我对举，然颔、腹、尾联则并非双管齐下，而仅就刘评事一方言之。“幽闲暂居”四字，一篇之骨。颔联言其暂居，腹、尾二联则状其幽闲。而己之闲居有期、青云无望之慨即寓于欣羡刘评事“幽闲暂居”之中。盖义山此时虽因丁母忧而不得不赋闲退居，内心则亟盼致身青云，故和诗中不觉流露其欲归鸾掖而不得之苦闷。次句“疏”字系“远”意，谓己之致身贵显之望辽远不可及，陆解为“绝意”，殊误。末联“自探”之“自”非义山自谓，乃形容刘评事游心典籍，名利两忘，不复他顾之情景，下句“欹枕时惊落蠹鱼”，正借此细节形其精神幽闲，不关注外间之事，而终日惟倘佯于书房中也。姚、屈均以为自指，不唯与腹联脱节，且亦不符义山之思想实际。

和韦潘前辈七月十二日夜泊池州城下先寄上李使君〔一〕

桂含爽气三秋首，蓂吐中旬二叶新①〔二〕。正是澄江如练处，玄晖应喜见诗人〔三〕。

校　记

①“二”原作“三”，据席本、戊签、朱本改。详注。

集　注

〔一〕【朱注】旧唐书：“池州属江南西道，本隋宣城郡之秋浦县，武德四年置池州。”【冯注】徐曰：杜樊川有处州李使君墓志铭：“使君名方玄，字景业，由起居郎出为池州刺史，凡四年。会昌五年四月卒于宣城客舍。”盖时方移处州而遽卒也。按:更有牧之祭李文可证。李之刺池当始于会昌元、二年也。本集有十字水期韦潘侍御同年,而此乃曰前辈,下篇刘、韦二前辈不书其名。旧本列此章于永乐诸诗中,疑即韦前辈,而潘字或有一误,或有两韦潘皆未可定。韦出诗见示而和之,不必义山至池也。今以李之刺池酌编此(按冯编会昌三年)。【张曰】集有十字水(期)韦潘侍御同年,此称前辈,未知是一人否?至移家永乐诗所称刘、韦二前辈,当即此韦潘。……当在未移永乐前也。【岑曰】余按唐人用"前辈""先辈"字甚泛,黄御史集有二月二日宴中贻同年封先辈渭诗,此称同年为先辈之例也。刘禹锡有送李庚先辈赴选诗,是开成末作(参拙著续贞石证史),时禹锡年将七十矣。两韦潘应是同人。

〔二〕【朱注】帝王世纪:"尧时蓂荚(生于阶),每月朔生一荚,月半生十五荚,望后日落一荚,月小尽,则一荚(厌而)不落,观之以知晦朔。"【按】三秋首,切七月,二叶新,切十二日,作"三叶"者误。白虎通符瑞:"蓂荚者,树名也。月一日一荚生,十五日毕;至十六日一荚去。故荚阶而生,以明日月也。"蓂荚系古代传说中瑞草。

〔三〕【朱注】谢朓晚登三山诗:"馀霞散成绮,澄江净如练。"李白诗:"解道澄江净如练,令人长忆谢玄晖。"按玄晖尝为宣城内史,池州本宣城郡,故末二语云然。【冯注】南齐书:"谢朓字玄晖,为中书郎,出为宣城太守。"【朱彝尊曰】如此刻画,却不恶。

笺　评

【陆鸣皋曰】刻画"七月十二"工甚。元晖,比使君也。

【姚曰】澄江如练，妙景无人道得，太白所谓“令人长忆谢玄晖”也。恰值此时，特为下一注脚。

【屈曰】二从“黄花开日未”成句化来。

【冯曰】笔趣与人日即事相似，然不类本集，可疑也。

【纪曰】首句是七月，次句是十二日，三句是夜泊，四句是和韦上李使君，可谓字字清楚矣，然其实纤小琐屑有乖大雅也。

【张曰】题中字字皆到，前二句正以朴率取姿，而后结语愈得神味。此诗人疏密相生之法也。纪氏不知，妄加论断，实以形其浅陋耳。又曰：此诗必义山会昌间丁忧闲居时所作。韦潘前辈，当即刘、韦二前辈（按当曰二前辈中之韦氏），旧本列之永乐诸篇中可证。（辨正）

【按】冯浩引徐逢源说，以为此诗题内之“李使君”即会昌年间刺池州之李方玄，可从。方玄刺池，在会昌元年至四年。四年九月以后继任池州刺史者为杜牧。故此诗当作于会昌四年九月之前。冯、张均编会昌三年丁忧闲居期间，近之。唯韦潘原题当作七月十二日夜泊池州城下先寄上李使君，商隐此诗，系追和韦潘之作。“玄晖”借指李使君，“诗人”指韦潘。诗意盖谓李使君见韦潘之寄诗，当至“澄江如练处”与韦相见。初疑诗中用谢朓典，以为李使君系宣州刺史。然自元和至大中，历任宣州刺史班班可考，无一李姓者。开成四年至会昌四年，宣歙观察使为崔龟从，会昌四年至五年，宣歙观察使为韦温。且宣州刺史例为宣歙观察使兼任，如李为宣州刺史，亦不得仅以“使君”称之。故仍当从徐、冯之说。

大卤平后移家到永乐县居书怀十韵寄刘韦二前辈二公尝于此县寄居〔一〕

驱马绕河干〔二〕,家山照露寒①〔三〕。依然五柳在〔四〕,况值百花残②〔五〕。昔去惊投笔〔六〕,今来分挂冠〔七〕。不忧悬罄乏〔八〕,乍喜覆盂安〔九〕。甑破宁回顾〔一〇〕,舟沉岂暇看〔一一〕?脱身离虎口〔一二〕,移疾就猪肝〔一三〕。鬓入新年白,颜无旧日丹〔一四〕。自悲秋获少〔一五〕,谁惧夏畦难〔一六〕?逸志忘鸿鹄〔一七〕,清香披蕙兰。还持一杯酒,坐想二公欢。

校 记

①"照露寒",【冯曰】旧皆作"照",似当作"晓"。【按】"照"字义长,冯说非。

②"值",冯从戊签作"复"。

集 注

〔一〕【朱注】说文:"卤,西方咸地也。"左传:"晋荀吴败狄于大卤。"注:"大卤,太原晋阳地。"唐书:"会昌四年正月,河东都将杨弁逐节度使李石,据军府应刘稹。三月,李义忠克太原,生擒弁,尽诛乱卒。"【冯注】春秋:"晋荀吴帅师败狄于大卤。"穀梁传:"中国曰太原,夷狄曰大卤。"按:云"二前辈""二公",固以先进待之也。馀详和韦潘前辈。元丰九域志:"熙宁六年,省永乐县入河东为永乐镇。县有中条山、黄河、妫水、汭水。"【按】大卤指太原。克太原旧纪、通鉴均书正月壬子,朱注误。李义忠当作吕义忠。

〔二〕【程注】诗国风:"坎坎伐檀兮,置之河之干兮。"【冯注】永乐滨河。

〔三〕【朱注】上林赋:"过鳷鹊,望露寒。"注:"观名,在云阳甘泉宫。"按:太原,唐北都,故得用之。【冯曰】余意似谓移家而来,晓行抵此,故疑作"晓"。若作"照"而用露寒观,义既不合,句亦不妥也。【程曰】起联"露寒"字,不过泛泛写景,犹言寒露耳。朱注……牵强纡曲不可从也。钱起诗:"柳岸向家山。"【按】露寒不用宫观名,程说是。句意谓露光闪烁,映照家山,倍增寒意。作"晓"义复。

〔四〕【冯注】晋书:"陶潜尝著五柳先生传,曰:'宅边有五柳,因以为号焉。'"

〔五〕【冯注】残,馀也。

〔六〕【冯注】后汉书:"班超常为官佣书以供养,尝投笔叹曰:'大丈夫无他志略,犹当效傅介子、张骞立功异域,以取封侯,安能久事笔砚间乎?'"投笔从戎,遂为入幕常语。

〔七〕【冯注】后汉书逢萌传:"解冠挂东都城门,归,将家属浮海,客辽东。"又胡广传:"六世祖刚,平帝时大司农马宫辟之。值王莽居摄,刚解其衣冠县府门而去。"【朱注】梁书:"陶弘景挂冠神武门。"【补】分,应。

〔八〕【朱翌曰】左氏"室如悬罄",言室中之物垂尽,以"罄"训"尽"也。其下云"野无青草",则罄恐是器物,但非今之僧罄也。若以古之钟罄言之,则罄皆曲折片石,无中虚之理。说文"罄,虚器。"以是知为器物,但不知于今为何器。子厚云:"三亩能留悬罄室,九原犹寄若堂封。"李义山云:"不忧悬罄乏,但喜覆盂安。"【朱注】国语:"室如悬磬。"【冯注】左传:"室如悬罄。"后汉书陈龟传注引左传亦作"磬",

言如磬之悬，下无所有。愚意“罄”“磬”古当通用，非尽字之义。

〔九〕【冯注】汉书东方朔传：“连四海之外以为带，安于覆盂，动犹运之掌。”

〔一〇〕【冯注】后汉书郭泰传：“孟敏客居太原，荷甑堕地，不顾而去。林宗问其意，对曰：‘甑已破矣，视之何益！’林宗以此异之。”世说：“邓遐免官后见桓温，温曰：‘卿何以瘦？’答曰：‘有愧于叔达，不能不恨于破甑。’注：“孟敏字叔达。”宋苏轼诗：“功名一破甑，弃置何用顾？”同此意。

〔一一〕【朱注】豫章记：“聂友夜射白鹿，寻踪不见，乃见箭著一梓树，伐之，取二板为牂牱。后友船行遇风作，皆没，惟友船独全。寻看乃向梓板夹扶其船。”【程注】史记项羽纪：“陈馀复请兵，项羽乃悉引兵渡河，皆沈舟破釜甑，烧庐舍，持三日粮，以示士卒必死，无一还心。”【冯注】通典：“河阳县，古孟津，谓之陶河渚，魏杜畿试船沈没之所。”魏志杜畿传：“文帝征吴，畿受诏作御楼船于陶河，试船，遇风没。帝为之流涕，曰：‘忠之至也。’”按：上句太原，此喻王茂元卒于河阳，不暇哭送，如祭文所云者，何其隐切！【按】朱、程所引皆非所用，冯注引杜畿试船遇风事亦不切，疑别有事。解为茂元卒于河阳，亦非，详笺。

〔一二〕【朱注】庄子：“料虎头，编虎须，几不免虎口哉！”【程注】汉书卜式传：“式脱身出，独取畜羊百馀，田宅尽与弟。”高适诗：“脱身簿尉中，始与箠楚辞。”【补】史记刘敬叔孙通列传：“通曰：‘公不知也，我几不脱于虎口。’乃亡去。”

〔一三〕【朱注】后汉书：“太原闵仲叔，征博士不至。客居安邑，老病家贫，不能(得)肉，日买猪肝一片。安邑令闻之，敕吏常给。仲叔曰:'岂可以口腹累安邑?'遂去。"【程注】北史:"高德正移疾屏居佛寺,为退身之计。"【按】移疾,犹移病,官吏上书称病辞职。汉书公孙弘传:"使匈奴,还报,不合意。上怒,以为不能,弘乃移病免归。"颜师古注:"移病,谓移书言病也。"

〔一四〕【冯注】诗:"颜如渥丹。"

〔一五〕【程注】汉书食货志:"百亩之收,不过百石,春耕夏耘,秋获冬藏,伐薪樵,治官府,给繇役,四时之间,无日休息。"【冯注】取不逢年之意。

〔一六〕【程注】赵岐孟子注:"胁肩谄笑,病于夏畦。言其意若劳极,甚于仲夏之月治畦灌园之勤也。"

〔一七〕【冯注】史记陈涉世家:"燕雀安知鸿鹄之志哉?"

笺　评

【何曰】"依然五柳在"二句:使梦得、子厚为之,便无此风致。"不忧悬罄乏"二句:是大卤平后。(读书记)又曰:清丽哀深,情不言而已至。(辑评)

【姚曰】四句移家永乐。"昔去"四句,移家情事。"甑破"四句,言乱离幸免。"鬓入"四句,言生事艰难。"逸志"四句,思与二公一罄情愫也。

【屈曰】一段到永乐县居。二段大卤平后。三段生感。四段寄二公。

【程曰】大卤谓泽潞叛镇也。"脱身离虎口"句,谓亲从茂元讨泽潞时事也。会昌三年五月,讨泽潞之将为河东节度刘沔、成德节度王元逵、魏博节度何弘敬,河中节度陈夷行、河阳节度王茂元合力攻讨。六月,王茂元遣兵马使马继等将步骑二千，军于天井关。诏茂元等以七月中旬五道齐进。八月，茂元军万善，时已久病，而贼将张巨、刘公直、薛茂卿共攻之，茂元困急。会李德裕奏茂元习吏事而非将才，止令镇河阳。茂元寻薨于军。茂元薨而义山始离戎幕，此所谓"脱身离虎口"也。至于大卤之平，乃会昌四年八月泽潞叛帅为董可武、崔元度斩之以降，此所谓大卤平也。朱长孺题下注只引河东都将杨弁逐节度李石，据军府应刘稹，寻为李（当作吕）义忠所擒，此但一时一事耳，不足尽始末也。……"甑破""舟沉"二句，谓茂元薨后已离幕职，如甑破不须回顾，诸军讨泽潞破釜沉舟，誓必灭此，已亦不暇看也，所以接"脱身离虎口"句。朱注"舟沉"引聂友船行遇风事，殊不相涉。

【冯曰】义山罹母忧，而泽潞贼氛逼近怀孟，故急至故乡，改葬其姊与侄女，详年谱。及太原杨弁平后，始安居永乐。其云"依然五柳"，又云"昔去""今来"，则其前必已居之，辨详年谱。当太和六年，义山必曾至令狐楚太原幕，但实迹无征耳。"破甑"古人每以喻罢官，合之"脱身"句，似此时为李石幕官，而遭乱遽罢也。程氏谓王茂元兵败身死，义山始离其戎幕，徐氏谓太原当有王茂元宅，皆谬甚也。余阅续酉阳杂俎与北梦琐言所载三枝槐曰："相国李石，河中永乐有宅，庭槐一本抽三枝，直过堂前屋脊，一枝不及。相国同堂昆弟三人，曰石、曰程，皆登宰职；惟福历七镇使相而已。"然则李石家居永乐，而义山卜居，未晓因依何人也。又曰：敬宗宝历元年乙巳，商隐年十三。父丧除后，似怀州无可居，始居蒲州之永乐（其在是年，或犹在后，未可定）。按：祭姊文云："四海无可归之地，九族无可倚之亲，既祔故邱（谓葬父于郑州坛山故邱,)便同逋骇。及衣裳外除,旨甘是急,乃占数东甸,佣书贩舂。”占数,占户籍之数也。盖其先由郑居怀,此似怀州亦无可居。而蒲州在西京东北三百里外,贞观中,升为四辅,故曰东甸。其后会昌四年,移家永乐,有“昔去”“今来”之句,旧迹当于此征矣。(玉溪生年谱)

【田曰】有怀皆苦,无句不妍。(冯笺引)

【纪曰】平平无佳处,格力尤薄。(诗说)亦自清妥。○“依然”句藏得刘、韦二人故居在,故末句不妨直出二公。(辑评)

【张曰】诗云“依然五柳在”者,以陶令闲居自比。“昔去惊投笔”,谓从前历佐方镇。“今来分挂冠”,谓此后自甘闲废。实则是时居忧,义山躁进,故有此言。冯氏泥“昔去”“今来”语,谓丧父时已卜居永乐,前已驳之矣(会笺长庆三年下云:“义山父丧除后,卜居洛阳”)。“甑破宁回顾”,指李石太原被逐。“舟沉岂暇看”,指茂元卒于河阳,未及哭送。或当时李石曾招游太原,遇变不果,故有“脱身离虎口”句;或引此二事为例,作幸词以自慰藉,意亦可通。冯氏疑为李石幕官,遭乱遽罢,时正在母丧中,恐未然也。若喜闻太原同院崔侍御台拜诗,此“太原同院”,必系指太和六年令狐楚幕,不得附会李石。冯氏又引续酉阳杂俎、北梦琐言永乐有李石宅事,亦与入幕不细符。要之,幕僚皆由辟置,唐时无居丧服官者,列传中可考,岂义山独放于礼法之外哉?(吾友曹元忠云:“唐六典注:‘遭丧被起在朝者,各依本品,著浅色纯缦;周已下惨者,朝参起居,亦依品色,无金玉之饰。’是居丧服官,唐人不嫌。然考之唐书,夺情起复,藩镇多有,六典所言,亦系专指常参官,幕僚实不多见也。)此谱中歧异之处,故详辨之,终苦无显证豁然耳。(会笺)又曰:

"依然"句似义山自谓故居尚存,玩"昔去"、"今来"可见。况前四句皆叙迁居事,无缘突入二公也。若结语直出,则固无伤也。(按:此针对纪评而发。)○观为茂元遗表,可见此诗"甑破"二句,盖暗指茂元死事。疑义山于茂元死后,始移家永乐也。义山从前未尝于永乐寓居,"昔去"句不过泛言当日入幕耳。"依然五柳在"句,自指二公旧居而言。冯注甚误(按:此条又与上条意见相反,当非一时之作)。至谓"甑破"比李石,云义山与石不必往来,是说也,余亦信之。惟集中殊少显证,只有太原同院及故府中交城旧庄二首可以旁证。然二诗尚在可疑之列,馀则无一相合耳。○又案文集重祭外舅文云:"及移秩农卿,分忧旧许,羁牵少暇,陪奉多违。"又云:"属纩之夕,不得闻启手之言;祖庭之时,不得在执绋之列。"是义山于茂元死时,已不在河阳也。而此篇所述,却似茂元死时,义山亲遭景况。细玩"舟沉"、"甑破"二语,岂义山丁忧后,曾驰赴河阳而茂元已前卒耶?此段细踪,真无从索解矣。(辨正)

【按】诗作于会昌四年太原杨弁乱平后,据"百花残"语,约当暮春时。程笺谓大卤为泽潞叛镇,殊误。然诗中尚有下述问题需进一步探讨:

一为义山移家永乐前曾否寓居此地。冯氏据"依然五柳"及"昔去""今来"等语,推断"其前必已居之",张氏会笺则力辨其非。按张说非。"五柳"显指旧宅,诗云"依然在",重返故居口吻显然。如此前未居永乐,则所谓"依然在"者,直不可解。且上句云"家山照露寒",更可证永乐为义山旧居。冯谱释祭姊文"占数东甸"为占户籍之数于蒲州,固非(已另有辨,详关于李商隐生平若干问题考辨“占数东甸”一节），然永乐非会昌四年初次寓居则甚明。“昔去”、“今来”皆承上“河干”、“家山”，定指永乐。然义山此前究于何时寓居永乐，则缺乏材料，难以考索。

二为“甑破”“舟沉”所指。冯、张均以为甑破指李石太原被逐，舟沉指茂元卒于河阳。按甑破用孟敏客太原典，谓指太原军乱，己仓皇脱身事，固极确切，然谓下句指茂元之卒则非。诗题“大卤平后移家到永乐县居”，大卤平后既指杨弁乱平，则所谓“甑破”“舟沉”亦必与杨弁之乱密切相关而不得旁涉他事，何能于叙述太原军乱之后突然阑入茂元卒于河阳之事？下云“脱身离虎口”，虎口显指杨弁作乱时之太原，然则“甑破宁回顾，舟沉岂暇看”，即匆遽脱身于乱城，不暇遑顾之意，二句实同指一事。盖杨弁作乱时，义山适客居太原，乱中仓皇出奔，故有上数语。至义山是否曾入太原李石幕，则缺乏实证，难以考定。

三为本篇结构层次。“驱马”六句，叙移家永乐，于“昔去”“今来”之对照中寓不遇之感。“不忧”六句，紧扣“大卤平后”追叙当日乱中情事，于交代移家背景中寓时世衰乱之慨。“鬓入”六句正面书怀。乱后重返旧居，投笔之宏愿成虚，鸿鹄之逸志未遂，挂冠闲居，鬓白颜衰，虽得覆盂之安，而不免壮志销磨之苦闷。寄刘、韦及二公曾居永乐，只篇末点出。纪谓“依然”句藏二人故居，非是。

自喜

自喜蜗牛舍〔一〕，兼容燕子巢。绿筠遗粉箨〔二〕，红药绽香苞[①]〔三〕。虎过遥知穽，鱼来且佐庖。慢行成酩酊〔四〕，邻壁有松醪[②]〔五〕。

校　记

①“药”原作“叶”，非，据蒋本、席本、朱本、戊签改。

②“醪”原作“胶”，一作“醪”，据蒋本、姜本、朱本改。

集　注

〔一〕【朱注】古今注：“蜗牛，陵螺也。野人为圆舍如其壳，曰蜗舍。”【冯注】魏志注：“案魏略云：‘焦先及杨沛并作瓜牛庐，止其中。’以为瓜当作蜗。蜗牛，螺虫之有角者，俗或呼为黄犊。先等作圜舍，形如蜗牛蔽，故谓之蜗牛庐。”【补】何逊仰赠从兄兴宁置南诗：“栖息同蜗舍，出入共荆扉。”

〔二〕【程注】礼记：“竹箭之有筠。”晋戴凯之竹谱：“萌笋包箨。”【朱注】韵会：“筠，竹青皮。”白居易诗：“筠粉污新衣。”【纪注】竹渐长则笋皮剥落，故曰“遗粉箨”。

〔三〕【朱注】谢朓诗：“红药当阶翻。”【按】红药，即芍药。苞，指花苞。

〔四〕【程注】晋书山简传：“习氏有佳园池，简每出游嬉，多之池上。置酒，辄醉，名之曰高阳池。时有童儿歌曰：‘山公出何许？往至高阳池。日夕倒醉归，酩酊无所知。’”

〔五〕【朱注】本章：“松叶、松节、松胶，皆可为酒，能已疾。”裴硎传奇：“酒名松醪春。”【冯注】邻壁，暗用毕卓、阮籍事，详后咏怀寄秘阁。

笺　评

【朱彝尊曰】取题首二字为题，别是一体。

【何曰】定远云："己之寄形宇内，以天地为逆旅，犹蜗牛也。妙在第二句又为物所寄，便是庄子逍遥游、齐物论诸篇见解，活泼泼地那得不自喜？""第三言有竹，第四言有花，第五言近山，第六言近水，末二句言又有酒也。"（读书记）又曰：时物变迁，三春暗掷，言自喜，实自悲也。○蜗牛庐内，能容燕子成巢；阿阁三重，不许才士厕近，所以宁窥邻瓮之酒，不扫权门之尘也。（辑评）

【陆鸣皋曰】首联写居。次联写居室之景。下则心无系着之意。

【姚曰】蜗舍燕巢，托身虽穿（窄），所可喜者，绿筠红药，景物备矣。五句，言远害；六句，言不贪。况邻舍相招，过从亦不寂莫耶？

【程曰】此当从郑亚时作。义山从亚，令狐绹恶之，其党或有欲加害者，赖亚藩篱，固未致动摇，故有"虎过遥知穽"语。蜗舍燕巢，喻亚虽调外，尚能庇己。筠、药二句，喻己之不改其常。虎、鱼二句，喻不独远害，而可寄食，此其所以自喜也。结言慢行，言邻壁，又喻有徐徐引去之意，盖不欲终为人府怨也。

【冯曰】次句言家室相聚，三四即上章（指永乐县所居一草一木无非自栽诗）"悉已芳茂"之意。

【纪曰】亦平浅无意味。○问"遗"字，曰：竹渐长笋皮剥落也。

【张曰】只取首二字为题，无他寓意。冯氏定为永乐闲居时所赋，观起句及结，似近之矣。（辨正）

【按】闲居自遣之作，别无寓托。谓自适之中微露寂寥之意则可，谓自喜而实自悲则与全诗情调不符。腹联状村居之荒僻与生活之悠闲，深解者失之。程笺极穿凿，不可从。大中三年所作上尚书范阳公启有"去年远从桂海，来返玉京……隘佣蜗舍，危托燕巢”之语，似与此诗首句“蜗牛舍”合。然京郊之地与“虎过遥知阱”终异，且其时在京兆府典章奏，忙于公务，与此诗所写闲适情景不合。故依冯氏系永乐闲居期间。

春宵自遣

地胜遗尘事〔一〕，身闲念岁华〔二〕。晚晴风过竹，深夜月当花〔三〕。石乱知泉咽〔四〕，苔荒任径斜〔五〕。陶然恃琴酒，忘却在山家〔六〕。

集　注

〔一〕【补】遗，忘。尘事，世俗之事。陶潜辛丑岁七月赴假还江陵夜行涂口：“闲居三十载，遂与尘事冥。”

〔二〕【补】岁华，指一岁中之美好景物。陈子昂感遇诗：“岁华尽摇落，芳意竟何成？”此处兼含有年华之意，微寓春秋代序，美人迟暮之感。

〔三〕【锺惺曰】“当”字有景，尤有情。【补】当，正对，映照。

〔四〕【补】泉流乱石中，声音幽咽。“知”字写泉声隐约若不可闻之状入微。

〔五〕【补】径斜苔荒而任之不加修葺，见环境之幽僻与萧散自得之情趣。

〔六〕【何曰】（二句）是自遣。（读书记）【谭元春曰】“琴酒”字熟，在一“恃”字点化。

笺　评

【王夫之曰】骎骎摩初唐之垒。（唐诗评选）

【陆鸣皋曰】此山居作。“闲”字、“当”字、“恃”字，俱有味。

【姚曰】尘鞅劳人，岁华却无处不到。竹风花月间，非静对者不能心赏也。石泉既无俗韵，苔径岂有俗驾，琴酒而外，更复何营？

【冯曰】念岁华，是不能忘也。陶然忘却，聊自遣耳。

【纪曰】亦浅率无味，大似后人写景凑句之诗，篇篇可以互换者也。（诗说）此所谓马首之络。（辑评）

【王尧衢曰】地胜遗尘事，身闲念岁华：有胜地必有胜景，尘俗之事可遗。身闲则岁月空过。故感春而有念也。晚晴风过竹，深夜月当花：此风月花竹地胜乃得有之，身闲方能领略。晴风远来，竹能先受；夜月高起，花独能当。当字有景尤有情。石乱知泉咽，苔荒任径斜：此正写山家也。石乱泉不能流去，必然咽住；径斜人少，苔生而荒。知字、任字，内有听其自然意。陶然恃琴酒，忘却在山家：山家寂寞，何以自遣？所恃者琴酒耳。陶然自乐，几忘此身之所在矣。恃字用得有意味。篇末评：前解写春宵之胜事，后解写山家之寂寞，而自遣意前后俱见。（古唐诗合解）

【张曰】虽用少陵法而细意妥帖，仍自玉溪本色，非空腔滑调也。“马首之络”，只可诋明七子，岂可横加义山！（辨正）

【王文濡曰】（首句）言地多胜景，而俗事胥遗。（次句）身闲则岁月空过，故感春而有念也。（三四句）风月花竹，胜地乃能有之，言晴风远来，竹能先受，夜月高起，花独能当，“当”字有景有情。（五句）石乱则泉流不畅，必然咽住而作声也。（六句）径斜人少，苔生而荒，“任”字有听其自然之妙。（七句）恃，倚赖也，言陶然全赖琴也。写山家风景，处处不脱春宵，其用字之妙，殆千锤百炼而出，如“当”字、“知”字、

"任"字均耐人寻味。(唐诗评注读本)

【按】作者于自遣中颇有悠然自得之趣。"尘事"因"地胜"而暂遗,因"琴酒"而暂忘。然此终属不安于身闲者自遣之词,非真能超然物外者。冯笺由"念岁华""陶然忘却"发之,可谓善探心曲。

戏题赠稷山驿吏王全〔一〕

绛台驿吏老风尘〔二〕,耽酒成仙几十春。过客不劳询甲子,唯书亥字与时人〔三〕。

集注

〔一〕【自注】全为驿吏五十六年,人称有道术,往来多赠诗章。【朱注】唐书:"稷山县属绛州,县在州城西五十五里。"【冯注】隋图经:"稷山在绛郡,后稷播百谷于此,亦左氏传所谓晋侯治兵于稷。"元和郡县志:"绛州属县稷山,因县南稷山为名。"

〔二〕【姚注】说苑:"晋灵公造九层之台,费用千亿。"通志:"在绛州西北二十里。"【冯注】元和郡县志:"晋灵公台在绛州西北二十一里。左传灵公从台上弹人即此。"后汉书冯衍传:"馌女齐于绛台兮。"注曰:"国语:晋平公作九层之台。"

〔三〕【朱注】左传:"晋悼夫人食舆人之城杞者。绛县人或年长矣,无子而往与于食,使之年,曰:'臣生之岁,正月甲子朔,四百有四十五甲子矣,其季于今三之一也。'吏走问诸朝,师旷曰:'七十三年矣。'史赵曰:'亥有二首六身,下二如身,是其日数也。’士文伯曰：‘然则二万六千六百有六旬也。’赵孟召之而谢过焉。”【程注】亥字二画在上，并三人为身，如算之六下，亥上二画竖置身旁。【按】此系借亥字以著算式，为二六六六也。吴景旭云：“左传：师旷释绛县老人年数云：‘亥有二首六身。’盖离拆亥字点画而上下之，如算筹纵横。然则二首为二万，六身各一纵一横，为六千六百六十，正合其甲子之数，乃是七十三年也。杨巨源送绛州卢使君诗：‘绛老问年须算字，庾公逢月要题诗。’李义山赠绛台老驿吏诗：‘过客不劳询甲子，惟书亥字与时人。’张伯元元日诗：‘问年书亥字，献岁出辛盘。’”此处仅泛指年老。

笺　评

【黄彻曰】史赵释绛县老人年数云：“亥有二首六身。”盖离析“亥”字点画而上下之，如算筹纵横然，则下其二首为二万，六身各一纵一横，为六千六百六十，正合其甲子之日数，传以赵之明历。刘宾客送人赴绛州云：“午桥群吏散，亥字老人迎。”义山赠绛台老驿吏云：“过客不劳询甲子，惟书亥字与时人。”可谓善使事矣。（碧溪诗话）

【何曰】落句仍不脱“风尘”意，所以工。

【姚曰】慨肉眼之寡识也。

【纪曰】偶然率笔。

【张曰】此与霍山驿楼诗，皆似太原往来之作。

【按】张说是。

登霍山驿楼〔一〕

庙列前峰迥〔二〕，楼开四望穷。岭鬟岚色外〔三〕，陂雁夕阳中。弱柳千条露，衰荷一向风〔四〕。壶关有狂孽〔五〕，速继老生功〔六〕。

集注

〔一〕【朱注】唐书："义宁元年，以霍邑、赵城、汾西、灵石置霍山郡，有霍山祠。"【冯注】元和郡县志："晋州平阳郡霍邑县霍山，一名太岳。"禹贡曰："壶口、雷首至于太岳。"郑氏注曰："彘县霍太山是也。"新书志："霍邑有西北镇霍山祠。"按：似皆太原往来之作。

〔二〕【朱注】水经注："河东霍太山有岳庙甚灵，鸟雀不栖其林，猛虎常守其庭。"

〔三〕【朱注】说文："鼷，小鼠也。"【冯注】尔雅："鼷鼠。"注曰："有螫毒者。"疏曰："春秋食郊牛角者也。"博物志："鼠之最小者，或谓之耳鼠。"玉篇："螫毒，食人及鸟兽皆不痛，今之甘口鼠也。"

〔四〕【何曰】弱柳、衰荷，以兴刘稹之易取。（读书记）【冯曰】白香山诗"风荷一向翻"，可相证也。【补】一向，犹言一片或一派也。温庭筠溪上行："风翻荷叶一向白，雨湿蓼花千穗红。"元稹放言诗："竹枝待凤千茎直，柳树迎风一向斜。"

〔五〕【朱注】汉书："上党郡有壶口关，有壶关县。"应劭曰："黎侯国也。"寰宇记："壶关在潞州城东二十五里，因山似壶，故名。"狂孽谓刘稹。【姚注】旧唐书："昭义节度等使刘从谏，会昌三年卒。大将郭谊等用其侄稹权领军务。宰相李德裕奏请稹护丧归洛，稹竟叛。"

〔六〕【朱注】唐书："高祖兵发太原，次灵石县。隋将宋老生屯霍邑以拒义师。太宗与段志玄自南原引兵驰下，冲老生阵，出其背。老生兵败，投堑，刘弘基就斩之，遂取霍邑。”【冯注】旧书纪：“隋武牙郎将宋老生，屯霍邑以拒义师。会霖雨积旬，馈运不给，有白衣老父诣军门曰：‘余为霍山神使谒唐皇帝曰：八月雨止，路出霍邑东南，吾当济师。’八月辛巳，高祖引师趋霍邑，斩宋老生。”按：暗用此事，应转首句“庙”字，谓宜神佑破贼也，非谓诸将当继此功。【按】冯解是。其时因久雨粮尽，李渊决意退兵。李世民力劝不可。此白衣老父请见，或系李世民故弄玄虚，以坚军心。

笺　评

【杨守智曰】落句似指刘稹拒召之事，望茂元成功。

【姚曰】首句霍山，次句驿楼。中四句，四望萧条，民物凋耗之景。时刘稹未平，故结句以扫荡望之。精神在“速继”二字。言时势至此，更不可少缓也。

【程曰】结句所谓“狂孽”者，朱长孺注谓刘稹，得其事实矣。其言“速继老生功”者，谓武宗与李德裕定策讨泽潞，以王元逵为北面招讨使、何弘敬为东面招讨使，与河阳节度王茂元、河东节度使刘沔、河中节度使陈夷行合力讨之，五道齐进，又以武宁节度使李彦佐为晋绛行营诸军节度招讨使，时惟王元逵奏拔宣武栅，击尧山。李彦佐自发徐州，行甚缓，又请休兵于绛州，兼请益兵，何弘敬且为之奏雪。而王茂元有疾，李德裕言彦佐等逗遛顾望，望赐诏切责。未几茂元薨，是时义山为茂元书记，诗当作于其时，有望于彦佐诸人也。

【袁枚曰】首二破题。霍山上有岳庙。中四楼前景物。末二感乱,时刘稹叛。(诗学全书)

【姜炳璋曰】此登楼有感也。中四,登楼四望,而鼠驱雁落,弱柳败荷,一段衰乱之景,不堪寓目。时五路讨刘稹,逗留不进,武宗下诏切责,而王茂元又卒于军。义山云"速继",盖以讨贼速进者鼓诸军之勇也。

【纪曰】诗有气格,但三四太无理,岚色之外,岂能见小鼠乎?问末二句似突出。曰登高望远,忽动于怀,兴寄无端,往往有此似突而究非突,盖其转接之间以神而不以迹也。(诗说)

【张曰】永乐近境游览之作,时泽潞未平,故有结联。(会笺。系会昌四年。)又曰:岭鼷是比喻,与"陂雁"句一虚一实,言远望岚色外,遥山数点,有如小鼠耳。不得以无理病之。结用霍山神告高祖事……方与上"庙"字相应。(朱)注不能举其出典,纪氏因以突如其来致讥,皆未深考史书,细会诗意耳。(辨正)

【按】义山会昌四年暮春移家永乐(据大卤平后移家到永乐县居书怀十韵),此诗有"陂雁"、"衰荷"之语,当系是年秋往返永乐、太原途中作所。时讨伐刘稹之役已近结束(七月,邢、洺、磁三州降),故末句云然。中二联,均四望所见所想。"岭鼷",系想像得之。岭鼷、陂雁、弱柳、衰荷,未必有寓托。姚笺谓"四望萧条,民物凋耗之景",较为切当。若如何氏所云:"弱柳、衰荷,兴刘稹之易取",则岭鼷、陂雁何所指耶?且刘稹既"易取"如此,又何必祈神之祐助耶?尾联回应首联,因前峰之岳庙而祈望霍山神助佑王师再继破敌之功。

题道靖院院在中条山故王颜中丞所置虢州刺史舍官居此今写真存焉①〔一〕

紫府丹成化鹤群〔二〕，青松手植变龙文〔三〕。壶中别有仙家日〔四〕，岭上犹多隐士云②〔五〕。独坐遗芳成故事〔六〕，搴帷旧貌似元君③〔七〕。自怜筑室灵山下〔八〕，徒望朝岚与夕曛〔九〕。

校　记

①“靖”，朱本、季抄作“静”。冯曰：“一作净。”

②“士”，冯引一本作“者”。

③“搴”，席本作“褰”，字通。

集　注

〔一〕【朱注】宣室志：“河中永乐县道净院，居蒲中之胜境。文宗时，道士邓太玄炼丹于此。”括地志：“蒲州河东县雷首山，一名中条山，亦名首阳山。”【冯注】新书志：“永乐县有雷首山。”按：中条即雷首山，兼跨数邑之境。永乐旧隶虢州。徐曰：“英华有权德舆中岳宗元先生吴尊师集序云：‘太原王颜常悦先生之风，自先生化去三岁，颜为御史中丞，类斯遗文上献。’即此人也。颜固好道矣。”按：宣室志：“邓太玄炼药留贮院内，蒲人侯道华在院为供给者，性好子、史，常不释卷，一览必诵之于口，曰：‘天上无愚懵仙人。’一旦不见，惟脱双履衣挂松上，留偈一首。方验窃太玄药仙去，时大中五年五月也。”此诗在前，偶附志之。

〔二〕【朱注】抱朴子：“项曼都言：‘到天上，先过紫府，金床玉几，晃晃昱昱。’”神仙传：“苏仙公耽升云而去，后化白鹤，止郡城东北楼。”又丁令威亦化白鹤集辽东华表柱。【程注】洞仙传:“丁令威者,辽东人,少随师学得仙道分身,任意所欲。尝暂归,化为白鹤,集郡城门华表柱头,言曰:‘我是丁令威,去家千载今来归,城郭如旧人民非,何不学仙冢累累。’”李白诗:“不知曾化鹤,辽海归几度?”

〔三〕【冯注】按:拾遗记:“秦始皇起云明台,穷四方之珍木,有东得之漂槎龙松。”然不必用此也。格物总论曰:“松磥砢多节,皮如龙鳞,盘根樛枝,四时青青。”以龙状松,习见语也。抱朴子:“松三千岁,皮中有蘽芝如龙形,名曰飞节芝。”【朱注】王维诗:“种松皆作老龙鳞。”

〔四〕【冯注】后汉书方术传:“费长房为市吏,有卖药老翁悬一壶于肆头,及市罢,辄跳入壶中。”按:神仙传:“凡召军符,召鬼神治病玉府符,皆出自壶公,总名壶公符。”云笈七签:“鲁人施存遇云台治官张申,常夜宿壶中,中有天地日月,自号壶天。”真诰谓施存孔门弟子。张申即长房之师。

〔五〕【朱注】陶弘景答诏诗:“山中何所有? 岭上多白云。”【姚注】京房易飞候:“视四方常有大云,五色具而不雨,其下有贤人隐。”

〔六〕【冯注】后汉书宣秉传:“拜御史中丞,光武特诏御史中丞与司隶校尉、尚书令会同,并专席而坐,故京师号曰‘三独坐’”。史记自序:“余所谓述故事,整齐其世传。”【何曰】中丞。(辑评)【程注】庄忌哀时命:“廓落寂而无友兮,谁可玩此遗芳?”张华诗:“谁与翫遗芳,伫立独咨嗟。”

〔七〕【朱注】老子内传:“受元君神图宝章变化之方,及还丹伏火水汞液金之术。”真诰:“常月月朝太素三元君。”常建诗:“梦寐升九崖,香靄逢元君。”【冯注】后汉书:“贾琮为冀州刺史。旧典,传车骖驾,垂赤帷裳。琮曰:‘刺史当远视广听,何垂帷裳以自掩塞乎?’乃命御者褰之。”太素三元君,道书屡见。

〔八〕【程注】诗小雅:“筑室百堵,西南其户。”【补】道家以蓬莱山为灵山。左思赋:“巨鳌赑屃,首冠灵山。”吕向注:“灵山,海中蓬莱山。”此犹云仙山,指中条山。

〔九〕【补】岚,山林中雾气。曛,落日馀光。

笺　评

【朱曰】此怅仕隐之两不遂也。(李义山诗集补注)

【冯班曰】八句汲汲叙题中之意。(何焯引)

【胡以梅曰】起言其已成仙化鹤而去,手植之松皆老,用对起,点染华润。“群”字盖丁令威、苏耽辈皆化鹤,今入其群耳。此“群”字用得最灵,化陈为新,已包括前人之化鹤在内,妙。次言其去也必另有壶中日月在于仙境,至今只馀隐士岭上之云矣。用事恰好。遗像在而成为故事,褰帷望之恰似元君矣。更有次序。(唐诗贯珠串释)

【陆曰】起联言中丞化鹤归来,昔时手植之松已变龙文,则历年久矣。“壶中”句,指道静院;“岭上”句,指中条山。仙家结上中丞,隐士即起下刺史。独坐遗芳,舍官居此也(按此解误);褰帷旧貌,写真存焉也。篇末言已筑室其下,不能继前人而高蹈,得毋诒诮山灵也?

【姚曰】此怅仕隐之两不遂也。青松白鹤,缥缈精灵,自尘凡望之,诚仙人之窟宅,而隐士之渊薮矣。顾当日处富贵场中,而萌出世之念,如王中丞、虢州刺史,莫不早卜菟裘,希心道侣,今但留独坐芳名,褰帷旧像。而余也筑室灵山之下，朝岚夕曛，咫尺仙都，而富贵神仙，蹉跎两失，身世苍茫，能无三叹也耶？

【屈曰】中丞已化鹤而去，惟馀松老龙文。三四想尚存也。当日独坐，遗芳已成故事；今日褰帷，写真空在。自怜筑室灵山，徒望岚曛而已。三四得体。

【程曰】此退居永乐时作也。

【纪曰】层层安放清楚，然求一分好处亦不可得。（诗说）

【方东树曰】此即事小诗，清切可取。不及过武威庄高华壮阔，足为式则也。起二句谓王中丞所置院。三四言刺史居此。五六写真。以自家作收。（昭昧詹言）

【按】此不过就长题敷衍成篇，冯班所谓"汲汲叙题中之意"也。首二中丞、刺史双起。丹成化鹤，指中丞早已仙去；松呈龙文，指刺史逝世亦久。"青松手植变龙文"化用王维春日与裴迪过新昌里访吕逸人不遇"种松皆作老龙鳞"句意，而王诗固以老松形容隐逸者所居景象也。颔、腹二联，即两两分承之。"仙家""独坐"，承中丞；"隐士""旧貌"，承刺史。谓至今院中岭上，犹别有洞天日月，飘缈白云，令人悠然生求仙隐逸之想，然中丞独坐已成故事，刺史高风惟存写真。今我筑室中条山下，既不能追迹中丞之仙踪，又不能效刺史之隐沦遗世，徒望朝岚夕曛，不胜仰慕而已。

奉同诸公题河中任中丞新创河亭四韵之作〔一〕

万里谁能访十洲〔二〕？新亭云构压中流。河蛟纵玩难为室[①][三]，海蜃遥惊耻化楼[四]。左右名山穷远目，东西大道锁轻舟[五]。独留巧思传千古[六]，长与蒲津作胜游[七]。

校　记

①"蛟"，朱本作"鲛"，字通。

集　注

〔一〕【朱注】唐书："河中府河东郡，本蒲州，属河东道。"【冯注】会昌一品集有河东（当作中）留后任畹，即此人也。【张曰】畹，蜀人，元和十年进士第，见沈亚之集。【按】唐河中府，今山西永济县。中丞系任畹所带京职。据旧纪，会昌四年二月丁巳，崔元式由河中移镇河东，石雄任河中节度使。但石雄系兼职，其主要任务是对刘稹作战，故任命任畹为河中节度留后。

〔二〕【陆曰】按十洲记："四方巨海之中，有祖、瀛等洲十处。"【冯注】十洲记："祖洲、瀛洲、玄洲、炎洲、长洲、元洲、流洲、生洲、凤麟洲、聚窟洲。"【冯班曰】虚一句。（何焯引）

〔三〕【姚注】郭璞江赋："鲛人构馆于悬流。"【冯注】木华海赋"鲛人之室。""难为室"，如世说陈元方难为兄，季方难为弟之意。【程注】孟浩然诗："宇廨邻鲛室。"【按】木华海赋作"蛟人之室"，文选作"鲛"。

〔四〕【朱注】史记天官书："海旁蜃气象楼台。"【何曰】次连只可施之新创，移掇泛题河亭不得，所以尤佳。（读书记）【冯注】范晞文对床夜语："不过蛟室蜃楼耳，而点化如此。世称王禹玉凤辇鳌山之句，本斯意也。"

〔五〕【徐曰】东岸河东县，西岸河西县。【何曰】唐六典："造舟之梁四，河三洛一。蒲津浮梁，河之一也。"故有第六句。

（读书记）【朱注】唐书："河中府河西县有蒲津关。开元十二年铸八牛，牛有一人策之。牛下有山，皆铁柱夹岸，以维浮梁。"【按】谓东西大道以浮桥连锁。

〔六〕【何曰】新创。（读书记）又曰：巧思用杜当阳事。所谓"非陛下知，微臣亦不能施其微巧"。（辑评）【按】巧思常语，何引杜当阳事，非。

〔七〕【冯注】史记秦本纪："昭襄王五十年，初作河桥。"正义曰："今蒲津桥也。"【何曰】河中。（读书记）

笺评

【胡以梅曰】细详是亭，似于黄河浮梁上结构成之，故起言十洲在大海水中，谁能游访？今新亭压中流而创建，即可拟其胜矣。影落水中，鲛人疑其为室，纵玩难居；蜃蛟虽好幻楼，自耻不逮典丽工切精品也。左右名山，供亭中之远望；东西大道，似若锁一轻舟者。盖浮梁联舟为之而系于岸，今直言大道为锁，故作光怪之语耳。结乃说出地方，收拾上文。总之，任中丞有奇想异构，须得名句方传。

【陆曰】按十洲记："四方巨海之中，有祖、瀛等洲十处。"今任中丞所创新亭，在河中流，故用作翻。言十洲之胜，谁其见之？不若此云构巍然，为有目共赏也。鲛室蜃楼，皆不能及，极赞河亭之妙。以下从亭之四旁说。远山可眺，浮梁可渡，而新亭居其中，将蒲津自此增胜，而中丞巧思可传之千古矣。

【姚曰】此讽兴作之无关急务也。人未有无端而作十洲之想者，乃此亭之兴，仿佛似之。以之诧河鲛，惊海蜃，可谓豪举。顾左右名山，徒供远目，非有控御之势也。东西大道，但锁轻舟,亦非要害之防也。徒以蒲津胜地,费此巧思,为游赏之计耳。通首总讥作亭之无谓。古人于此等题,必不肯全无意见,漫赋一篇也。

【屈曰】一虚破河中。二新亭。三四实写河亭,却用虚笔。五六亭外景。结中丞。○起句突兀。

【程曰】此亦退居永乐时作。

【纪曰】无一句是诗。(诗说)俗不可医。(辑评)

【张曰】此评(指纪评)亦苛。

【按】此寻常酬应奉同之作,无讽意,姚笺非。诗极赞河亭之壮美巧丽,兼美中丞之巧思为河山生色,多虚泛语,唯腹联写景较切题,取境亦阔大。

过姚孝子庐偶书〔一〕

拱木临周道〔二〕,荒庐积古苔。鱼因感姜出〔三〕,鹤为吊陶来〔四〕。两鬓蓬常乱,双眸血不开〔五〕。圣朝敦尔类〔六〕,非独路人哀〔七〕。

集　注

〔一〕【徐曰】邵氏闻见录:"唐永乐县姚孝子庄,孝子名栖筠。贞元中,当戍边,栖筠之父语其兄曰:'兄嗣未立,弟已有子,请代兄行。'遂战没,时栖筠方三岁。其后,母再嫁,鞠于伯母。伯母死,栖筠葬之,又招魂葬其父,庐于墓侧,终身哀慕不衰。县令刻石表之。河东(按:当作"中")尹浑瑊上其事,诏加优赐,旌表其闾。名其乡曰孝悌,社曰节义,里曰钦爱。"姚孝子必即其人。【冯曰】按:邵氏闻见录谓栖筠而下，至宋政和中，义居二十馀世，专以一人守坟墓，世推尊长公平者主家政，三百馀年，无异爨者。渑水燕谈录"筠"作"云"。宋史孝义姚宗明传亦作"云"，云经唐末五代兵戈乱离，而子孙保守坟墓，骨肉不相离散，求之天下，未或有焉。

〔二〕【冯注】左传："尔墓之木拱矣。"【何曰】过字。（读书记）【按】"周道"，大路，见灵仙阁晚眺注。

〔三〕【朱注】华阳国志："姜诗事母至孝，妻庞氏奉顺尤笃。姑嗜鱼鲙，又不能独食，夫妇尝力作供鲙，呼邻母共之。舍侧忽有涌泉，每旦辄出双鲤鱼，常以供母膳。"【冯注】后汉书列女传："广汉姜诗，妻庞。诗事母至孝，妻奉顺尤笃。母好饮江水，去舍六七里，妻尝溯流而汲。其子后因远汲溺死，妻恐姑哀伤，托以行学不在。姑嗜鱼鲙，又不能独食，夫妇尝力作供鲙，呼邻母共之。舍侧忽有涌泉，味如江水，每旦辄出双鲤鱼，常以供二母之膳。永平三年，察孝廉，显宗诏曰：'大孝入朝，凡诸举者一听平之。'由是皆拜郎中。"

〔四〕【朱注】晋书："陶侃丁母艰，在墓下，忽有二客来吊，不哭而退，仪服鲜洁，知非常人。随而看之，但见双鹤飞而冲天。"【徐曰】次联指庐墓事。（冯注引）【何曰】切庐，顶得出。（读书记）

〔五〕【徐曰】三联哀慕不衰。（同上）

〔六〕【程注】诗大雅："孝子不匮，永锡尔类。"【补】敦，勉励。【徐曰】七句旌表里闾也。

〔七〕【何曰】收"周道"。（辑评）

笺　评

【姚曰】拱木荒庐，鱼鸟为之感动，而孝子不自知其孝也。以此膺旌奖，圣朝固不是崇虚声者。

【冯曰】义山丧母未久，故触绪成篇。

【纪曰】多不成语。凡诗咏忠臣易，咏孝子难，咏烈女易，咏节妇难，而孝子尤难于节妇，代述衷曲，或有至情动人，旁赞必不佳，古体乐府犹有措手之处，律篇多无味也。（诗说）

【张曰】结言岂独路人哀之乎？时义山丧母，故云。此盖托兴成诗，非专为孝子表彰也。集中偶一为之，何至鄙陋哉！（辨正）

【按】冯谓因丧母而触绪成篇，甚是。末联微露触绪伤情之意，"路人"语虽泛言，意实自指，兼点题中"过"字。

灵仙阁晚眺寄郓州韦评事〔一〕

愚公方住谷①〔二〕，仁者本依山〔三〕。共誓林泉志〔四〕，胡为尊俎间〔五〕？华莲开菡萏〔六〕，荆玉刻孱颜〔七〕。爽气临周道，岚光出汉关②〔八〕。满壶从蚁泛，高阁已苔斑〔九〕。想就安车召〔一〇〕，宁期负矢还③〔一一〕！潘游全璧散④〔一二〕，郭去半舟闲〔一三〕。定笑幽人迹，鸿轩不可攀〔一四〕。

校　记

①"住"，蒋本、悟抄、钱本、影宋抄作"任"。

②"出"，朱本、季抄作"入"，非。

③"矢"原作"笑"，戊签作"米"，均非，据席本、朱本改。

④"全"原作"金"，非，一作"全"，据蒋本、姜本、戊签、悟抄、

席本、影宋抄、钱本改。

集　注

〔一〕【朱注】灵仙阁无考。按诗有"华莲""荆玉""周道""汉关"等句,阁必在陕州境也。唐书:"郓州东平郡,属河南道。"【冯注】灵仙阁在永乐县,见太平广记木怪类所引传奇,开成中江叟事也。韦评事曾居永乐,而已出赴郓幕,诗意自明。金石录:"镇岳灵仙寺碑,薛收撰,贞观元年。"按:似即此阁欤?【按】会昌四年镇天平者先后有狄兼谟、刘约,韦评事所事之幕主不知是狄抑或是刘。

〔二〕【冯注】说苑:"齐桓公出猎,入山谷之中,问一老公曰:'是为何谷?'对曰:'为愚公之谷。'曰:'何故?'对曰:'以臣名之。臣故畜牸牛,生子而大,卖之而买驹。少年曰:"牛不能生马。"遂持驹去。傍邻闻之,以臣为愚,故名此谷为愚公谷。'"义山自谓。【朱注】水经注:"时水又北,径杜山,北有愚公谷。齐桓公时公隐于溪,邻人有认其驹者,公以与之,故谓愚公。"寰宇记:"愚公谷在临淄县西二十五里。"

〔三〕【冯注】谓韦。【补】论语雍也:"智者乐水,仁者乐山。"

〔四〕【补】北史韦夐传:"所居之宅,枕带林泉。"梁书庾诜传:"性托夷简,特爱林泉。"林泉志,即隐遁之志。

〔五〕【冯注】晏子春秋:"孔子曰:不出樽俎之间,而知千里之外,其晏子之谓也,可谓折冲矣。"【补】文选张协杂诗:"折冲樽俎间,制胜在两楹。"尊俎间,即折冲尊俎间之省。二句谓本共有隐遁之约,何韦竟参戎幕。

〔六〕【补】菡萏,莲花。华莲,指华山莲花峰。参和刘评事永乐闲居见寄。

〔七〕【姚注】寰宇记:“荆山,在鼎湖县南,出美玉。”司马相如大人赋:“放散畔岸,骧以孱颜。”注:“不齐貌。”【按】虢州湖城县之荆山,与卞和得玉之荆山(在今湖北南漳县西)同名,故称荆玉。参任弘农尉献州刺史乞假归京注。孱颜,同巉岩,高峻貌。

〔八〕【冯注】想其所经道途,是远眺,非阁前景也。评事先至京,始赴郓。【按】“华莲”四句写登灵仙阁览眺所见。荆山在永乐之东,华山在永乐之西,冯谓“想其所经道途”,殊不可解。“评事先至京”纯出猜测。周道,大路。诗小雅何草不黄:“有栈之车,行彼周道。”汉关,或指潼关。潼关古为桃林塞,东汉末设置。

〔九〕【朱注】尔雅:“酒有泛齐,浮蚁在上泛泛(原误引作洗洗)然。”【冯注】曹植酒赋:“素蚁浮萍。”【补】文选张衡南都赋:“醪敷径寸,浮蚁若萍。”刘良注:“酒膏径寸,布于酒上,亦有浮蚁如水萍也。”二句谓昔与韦评事常登此阁览眺,今则独自登眺,无心饮酒,惟见高阁苔斑,倍增冷寂。

〔一〇〕【冯注】汉书儒林传:“武帝使使束帛加璧,安车以蒲裹轮,驾驷迎申公。”【补】安车,古代一种可以安坐之小车。礼记曲礼上:“大夫七十而致事,……适四方,乘安车。”郑玄注:“安车,坐乘,若今小车也。”孔颖达疏:“古者乘四马之车,立乘。此臣既老,故乘一马小车,坐乘也。”

〔一一〕【冯注】汉书司马相如传:“拜相如为中郎将,建节往使。至蜀,太守以下郊迎,县令负弩矢先驱,蜀人以为宠。”言韦已赴郓,未必以再到故居为望。

〔一二〕【朱注】晋书:“潘岳与夏侯湛并美姿容,行止同舆接茵,京师谓之连璧。”

〔一三〕【姚注】后汉书:“李膺与郭泰同舟而济,众宾望之,以为神仙。”【按】参哭遂州萧侍郎注。二句谓韦昔与己同游,今则离散。

〔一四〕【朱注】(颜延之)五君咏:“交吕既鸿轩,攀嵇亦凤举。”【姚曰】幽人自谓,鸿轩谓评事也。【补】鸿轩,谓如鸿鹄之飞举远翔。

笺　评

【姚曰】首四句谓己与韦俱不得自遂。“华莲”四句,阁上晚眺之景。“满壶”二句自言。“想就”二句谓评事。末四句叙分散。幽人自谓,鸿轩谓评事也。

【屈曰】一段本拟隐山谷,出仕何为?二段晚眺之景。三段来此已久,不意游宦不达。四段寄韦。

【程曰】此当是罢弘农尉时作。(按程说误)

【袁枚曰】首二引起在阁晚眺之由。次联叙己与韦隐显殊途,笼起所以寄诗之故。三联、四联、五联,正写在阁晚眺。……六联、七联、末联,正写寄韦之意,言韦就安车之诏,异日定县令负弩矢前驱以迎之,而己则如夏侯湛之与潘安连璧,李膺之与郭泰同舟,今皆分散,一为阁中之幽人,一为郓州之鸿轩,而不可攀也。(诗学全书)

【纪曰】只“岚光入汉关”一句可观,馀无一佳处而多累句。○问香泉以为少“晚眺”二字意是否?曰“华莲”四句正是“眺”字,但“晚”字不一见,未免疏漏耳。(诗说)

【张曰】“潘游”二句,亦是晚唐人用法,后世此种为试帖套熟,故觉可厌,实则非劣调也。(辨正)又曰:韦评事当即韦潘

前辈，以曾在永乐寄居，故诗寓招隐之意。（会笺）

【按】姚笺首四句、屈笺三段均非，已见句解。诗有追怀同游、慨己幽闲之意，张谓“寓招隐之意”，亦非。“华莲”二句，似兼寓韦之入幕与才美，谓其如华莲之开，荆玉之奇也。

寄和水部马郎中题兴德驿①〔一〕

仙郎倦去心〔二〕，郑驿暂登临〔三〕。水色潇湘阔〔四〕，沙程朔漠深〔五〕。鷁舟时往复〔六〕，鸥鸟恣浮沉。更想逢归马，悠悠岳树阴〔七〕。

校　记

①原题下有双行小字题注“时昭义已平”五字，朱本同。蒋本、姜本、戊签、悟抄、席本、钱本均作大字连入题内。今仍依原本作题注。

集　注

〔一〕【原注】时昭义已平。【冯注】旧书纪：“会昌四年七月，潞州将郭谊杀刘稹以降，八月，传首京师；九月，谊等皆伏诛。”隋书志：“京兆郡华阴县有兴德宫。”元和郡县志：“同州冯翊县南三十二里，义旗将趣京师，次于忠武园，因置亭子，名兴德宫。”按：忠武园，新书志作志武里。同州与华阴县接近，而隋与唐则异也。末联则指华阴。时马郎中自永乐入朝，诗语显然。【张曰】兴德驿即兴德宫，在同州。马郎中当自京暂来永乐，因有此作，而义山迎而和之，故首句云然，非马自永乐还朝也。【按】张说非。题称“寄和”，而非“迎和”。如马自京暂来永乐途经冯翊而有题兴德驿之作，义山迎和之，则马必先驰传寄诗义山，义山从而和之，复驰传寄诗于马郎中。永乐冯翊相距不远，如此往返寄诗，义山寄和之作未到，马或已先期到永乐矣。且首句“去心”，当指归心，归程倦于跋涉，故有郑驿登临之事，如马自京暂来永乐，自永乐言之，不当言“去心”。末联想像其途经华阴时所见和平景象，更显系归途渐行渐远情景，如系自京来永乐，则既已登临兴德驿，岂得更经华岳？冯说是。新唐书百官志：“尚书省工部：水部郎中、员外郎各一人，掌津济、船舻、渠梁、堤堰、沟洫、渔捕、运漕、碾硙之事。”

〔二〕【冯注】白帖：“郎官曰星郎、仙郎、台郎。”

〔三〕【补】郑驿，此借指兴德驿。暂，且也。

〔四〕【冯注】水经：“湘水北过罗县西，溳水从东来流注之。”注曰：“潇者，水清深也。”湘中记曰：“湘川清照五六丈，下见底，石如樗蒲矣，五色鲜明，白沙如霜雪，赤崖若朝霞。是纳潇湘之名矣。”按：注则谓湘水至此，兼名潇湘，非又有潇水也。图经言湘水至零陵北而营水会之，二水合流，谓之潇湘。

〔五〕【冯注】文选雪赋：“朔漠飞沙。”【徐曰】二句比也。【按】冯翊滨洛河，洛河与渭水相会后入黄河。兴德驿当滨洛河，故以潇湘水阔拟之。自冯翊往北，渐近朔漠，故云“沙程朔漠深。”二句写登临兴德驿所见。

〔六〕【冯注】汉书司马相如传：“浮文鹢。”注曰：“鹢，水鸟，画其象于船首。”【姚注】张衡西京赋：“浮鹢首。”注：“船头象鹢鸟，厌水神。”

〔七〕【冯注】书:"归马于华山之阳。"【补】孔颖达疏:"此是战时牛马,放牧之,示天下不复乘用。"岳,指华山。白行简归马华山:"牧野功成后,周王战马闲。"

笺　评

【姚曰】时昭义已平,故驿路稍得宁静。三四,犹极目荒凉。五六,则渐就平复,故羡归马之得悠悠于岳树阴也。

【纪曰】"水色"二句是可好可恶之句。通体如佳,此等亦足配色。如一篇中无主峰,末无结穴,专倚此调为敷衍,风斯下矣。

【按】首联点题内"马郎中题兴德驿",次句"登临"引起颔腹两联,均想像马郎中登临时所见。"水色""沙程",写此驿北通朔漠、南接渭洛。鹢舟往复,鸥鸟浮沉,则望中悠闲容与之和平景象,紧扣"时昭义已平"。末联则又由"驿"进而想像其归路所见偃武之象。归马悠悠,岳树阴阴,时平景象如画。

和马郎中移白菊见示

陶诗只采黄金实〔一〕,郢曲新传白雪英〔二〕。素色不同篱下发〔三〕,繁花疑自月中生〔四〕。浮杯小摘开云母〔五〕,带露全移缀水精[①]〔六〕。偏称含香五字客〔七〕,从兹得地始芳荣〔八〕。

校　记

①"全",席本作"旋"。按:作"旋"似与"带露"较合,然他本亦均作"全",恐是席本以意改。

集　注

〔一〕【冯注】陶潜诗："采菊东篱下。"又："秋菊有佳色，裛露掇其英。"本草："九月采花，十一月采实。"玉函方："王子乔变白增年方：甘菊，三月采名玉英，六月采名容成，九月采名金精，十二月采名长生。"【程注】潘岳秋菊赋："真人采其实。"

〔二〕【朱注】宋玉对楚王问："客有歌于郢中者，曰下里巴人，属而和者数千人……其为阳春白雪，国中和者不过数十人。"【冯注】楚辞："夕餐秋菊之落英。"【程注】鲍照诗："蜀琴抽白雪，郢曲发阳春。"【何曰】和"见示"字。（读书记）

〔三〕【何曰】移。（读书记）

〔四〕【何注】梁简文帝采菊篇："月精丽草散秋株。"

〔五〕【朱注】谢灵运永嘉记："百卉正发时，聊以小摘供日。"【冯注】春秋运斗枢："枢星散为云母。"淮南子："云母来水。"【按】云母有白色、黑色，此指白云母。

〔六〕【冯注】山海经："堂庭之山多水玉。"司马相如上林赋："水玉磊砢。"郭璞曰："水玉，水精也。"【按】句意谓带露全移之白菊，如缀晶莹之水精。

〔七〕【朱注】郭颁魏晋世语"司马景王命中书郎（令）虞松作表，再呈，不可意，令松更定之，经时竭思，不能改。中书郎锺会取草视，为定五字，松悦服，以呈景王，王曰：'不当尔耶！谁所定也？'松曰：'锺会也。'王曰：'如此可大用。'"沈佺期诗："五字擢英才。"【何曰】切马郎中。（读书记）【按】含香已见前送李郎中注。

〔八〕【程注】锺会菊花赋："俯弄芳荣。"【何曰】"移"字。（读书记）

笺评

【杨守智曰】“陶诗”句：菊。“郢曲”句：白菊见示。“素色”：二句白菊。“带露”句：移白菊。“偏称”二句：和郎中移白菊。字工句稳，可以为和人咏物之式。

【胡以梅曰】以陶诗所咏为宾，马之原唱为主。借白雪之歌引出白英，正从和韵发端，赞其诗，兼及其花。东篱乃黄菊，故今不同，暗承起句。四仍归于白。云母用“浮”字，已可通气，小摘则花未大放，经酒方开。“小摘”与“开”字亦有照应。带露而似水精，已入化境。全移，所以是缀。总之不止以云母水精喻其白，还有无限心思。骨节相通，烹炼成味。结言有含香五字客之佳咏，花亦从此得地，而颂含香之郎官得地亦在其中也。（唐诗贯珠笺释）

【陆曰】起二句用黄菊翻入本题，言此白雪之英，古未闻也。三四谓非篱下所有，疑其来自月中，本写“白”字，而“移”字亦随手带出。五六又分合言之。小摘是分看朵头，全移是合观一本。云母水精，借物之白者相比。“含香”句，谓花与人称，一经郎中移植，便庆得地，而芳荣自此始矣。

【姚曰】黄花古见赏于高隐，而白菊今见咏于新诗。自应传种月中，岂但擅名篱下。于是不但浮杯小摘，而且带露全移。爱菊如此，真不愧郎署含香，而此菊之遇合有时，亦可谓不偶也。

【屈曰】一陪，二白。三承一，四承二。五六白。七郎中菊。

【纪曰】刻意写“白”字。然此花格韵不宜如此刻画了之。（辑评）

【张曰】此种诗语太酬应，究非义山所长。不敢为古人护短，特拈出以视后贤辨正之。（辨正）

【按】前幅咏白菊而以黄花作衬。后幅五六兼写“移”字“白”字，七八以人花相称、彼此得地作结。纪评良是。

菊

暗暗淡淡紫，融融冶冶黄〔一〕。陶令篱边色〔二〕，罗含宅里香〔三〕。几时禁重露〔四〕？实是怯残阳①。愿泛金鹦鹉〔五〕，升君白玉堂〔六〕。

校　记

①“残”，英华作“斜”。

集　注

〔一〕【补】融融冶冶，明丽鲜艳貌，与“暗暗淡淡”相对。

〔二〕【朱注】陶潜诗：“采菊东篱下。”

〔三〕【朱注】晋书罗含传：“含致仕还家，阶庭忽兰菊丛生，以为德行之感。”

〔四〕【冯注】无人润泽，深忧迟暮。【按】禁（读平声），胜也。几时禁重露，言何曾胜重露也。冯注“几时”句非。

〔五〕【道源注】岭表录异：“鹦鹉螺旋尖处屈而朱，如鹦鹉觜，故以此名。壳装为酒杯，奇而可玩，亦有范金为其形者。”梁简文帝书：“车渠屡酌，鹦鹉骤倾。”【冯注】西京杂记：“九月九日饮菊花酒，令人长寿。”御览：“晋咸康起居注：诏送辽东使鹦鹉杯。”

〔六〕【姚注】古乐府：“白玉为君堂。”

笺　评

【朱曰】此寄士为知己者用之意。（李义山诗集补注）

【何曰】“色”字发端，“香”字起泛酒。（辑评）

【姚曰】此寓士为知己用之意。首联，见标格不俗。次联，见声价极高。彼开玉堂、泛鹦鹉者，忍使之零落于重露残阳之下也耶？

【屈曰】以如此之黄紫而冷落于陶篱罗宅，重露残阳，安能禁此不情乎？泛金杯，升玉堂，无可奈何之情也。

【程曰】此亦自寓之诗。起二语言不合时眼。次二语言寄人篱下。次二语言秋气可悲。一结则望人培植也。

【冯曰】三四是罢官家居，结望入朝。

【纪曰】前四句俗艳不堪，后四句寓意亦浅。（诗说）

【陆莹曰】叠字之法最古。然如菊诗："暗暗淡淡紫，融融冶冶黄。"转成笑柄。（问花楼词话）

【张曰】起四句初唐咏物法，与俗格不同……（辨正）

【按】借菊自寓。首二句美菊之颜色。三四借陶令、罗含暗寓罢官闲居，亦衬托其身份品格。五六凋零迟暮之感。七八则希求遇合。此非隐遁出世者之象征，乃闲居草泽、热中仕进、积极用世者之化身。陶令篱边、罗含宅里，特当前之处境，乃心则无时不在升君白玉堂也。

所居

窗下寻书细，溪边坐石平。水风醒酒病，霜日曝衣轻〔一〕。鸡黍随人设，蒲鱼得地生〔二〕。前贤无不谓[①]〔三〕，容易即遗名〔四〕。

校　记

①"无不"，戊签作"不无"，姜本作"无所"。

集　注

〔一〕【何曰】"轻"字岂可代"单"字用?(读书记)【程注】储光羲樵父词:"乔林时曝衣。"【按】霜日,即秋晴之日,曝衣易乾,故曰"轻",与衣单无涉。

〔二〕【冯注】周礼:"青州、兖州,其利蒲鱼。"

〔三〕【何曰】不无谓,言其出有为也。(辑评)【纪曰】"无不谓"一作"不无谓",文意略可通,然总不成句。(辑评)【按】"无不谓"连下句,言前贤均谓如此也。

〔四〕【程注】曹植七启:"君子不遁俗而遗名。"

笺　评

【姚曰】窗下溪边,水风霜日,隔句相承。五六言所求于世有限。但得如此,即如前贤之逃世遗名,亦不难也。

【屈曰】前贤之容易遗名,皆以所居之胜,非无谓也。

【纪曰】平直。(诗说)

【张曰】诗写闲适之景,是永乐退居所作。(会笺)

【按】窗下寻书细,谓窗下细探典籍;溪边坐石平,见退居终日长闲。水风醒酒,霜日曝衣,画出悠闲自适意态。鸡黍蒲鱼,虽非珍羞异味,却是乡居风味;"随人设""得地生",正见乡居生活之淳朴自然。前贤均谓居闲适之境极易遁世遗名,我今已躬践此境矣。"取适琴将酒,忘名牧与樵",亦此意。

秋日晚思

桐槿日零落,雨馀方寂寥〔一〕。枕寒庄蝶去〔二〕,窗冷胤萤销〔三〕。取适琴将酒〔四〕,忘名牧与樵〔五〕。平生有游旧,一一在烟霄①〔六〕。

校　记

①“烟”,席本作“青”。

集　注

〔一〕【何曰】桐槿零落,不唯花尽,兼且叶凋,况又雨馀,形容寂寥酷刻。(辑评)

〔二〕【冯注】庄子:“昔者庄周梦为蝴蝶,栩栩然蝶也。俄而觉,则蘧蘧然周也。此之谓物化。”【何曰】(枕寒)晚;(庄蝶去)秋。(辑评)【按】庄蝶去,谓夜不能寐。兼寓理想抱负成虚之慨。

〔三〕【程注】晋书车胤传:“胤博学多通,家贫不常得油,夏月则练囊盛数十萤火以照书,以夜继日焉。”【何曰】(窗冷)秋;(胤萤)晚。○次联即“多情真命薄”之意。(以上辑评)○蝶去萤销,止剩寒冷,只是顶上“雨馀寂寥”。即此已足兴感,不必又苦穿凿。(读书记)

〔四〕【补】将,与也。

〔五〕【程注】颜氏家训:“上士忘名,中士立名,下士窃名。”

〔六〕【何曰】对“寂寥”(读书记)。【程注】钱起诗:“济济振缨客,烟霄各致身。”【按】在烟霄,犹致身青云。

笺　评

【贺裳曰】佳句每难佳对,义山之才,犹抱此恨。如秋日晚思“枕寒庄蝶去”,虽用庄周梦蝶事,实是寒不成寐耳;对曰“窗冷胤萤消”,此却是真萤,未免借对,不如上句远矣。

（载酒园诗话卷一）

【杨守智曰】结指令狐之流。

【陆鸣皋曰】结从"忘名"生出，仍冀推挽之意。

【姚曰】桐槿之质，望秋先零，蝶去萤销，与土木形骸何异？琴酒自遣，樵牧为群，非无烟霄之游旧，而汲引复谁望耶？

【纪曰】浅率。三四句庄蝶，胤萤字尤俗不可耐。（诗说）

【张曰】诗云"忘名"，实则正未能忘，故有结语。前半皆状闲居景况。初列病废郑州时，然彼时似无此傲岸气象。今仍从冯编。（会笺。按：冯编会昌五年秋，张编四年秋。张氏系年较当。）

【按】取适、忘名，旷达其表；零落、寂寥，凄悲其内。寒冷寂寥，不得不以琴酒自适，忘名自解。末二语于感慨身世寂寥中微露不平之气，所谓"同学少年多不贱，五陵衣马自轻肥"是也。

幽居冬暮

羽翼摧残日〔一〕，郊园寂寞时。晓鸡惊树雪，寒鹜守冰池〔二〕。急景倏云暮①，颓年寖已衰〔三〕。如何匡国分〔四〕，不与夙心期〔五〕？

校　记

①"倏"，席本作"岁"，非。朱本作"忽"。

集　注

〔一〕【冯注】言铩翮不能高飞。

〔二〕【何曰】（"晓鸡"二句）工于比兴。（读书记）【姚曰】"晓鸡"

句,喻不改其常;“寒鹭”句,喻不移其守。【屈曰】三四“冬”。【按】姚解似求之过深,二句盖借冬景寓寂寥寒冷之感。

〔三〕【冯注】鲍照舞鹤赋:“穷阴杀节,急景凋年。”【按】急景,短日。

〔四〕【冯注】陆机应诏:“恨颓年之方侵。”【补】寖,渐。

〔五〕【程注】蔡邕疏:“匡国理政,未有其能。”【补】二句谓匡国无分,报国无门,与平素之志相违。

笺评

【杨守智曰】志与时违,抚景思慨。

【姚曰】急景颓年,致身料已无分,然夙志未尝忘也。

【屈曰】一罢官,二幽居,三四冬,五六暮,结应起句。

【程曰】此乃大中末废罢居郑州时(作)。起句曰“羽翼摧残日”,又曰“颓年寖已衰”,情语显然。

【冯曰】此母丧中作。郊园当是京郊之园,即所云移家关中者,必在四年春移家永乐之前也。下半叹年渐衰而志不遂。

【纪曰】四家评曰:“浑圆有味。”〇无句可摘,而自然深至。此火候纯熟之后,非可以力强也,强为之,非枯则率矣。

【张曰】此诗迟暮颓唐,必晚年绝笔,冯编永乐闲居,误矣。程氏……所解极是。今以殿编年之末,识者审之。(会笺。系大中十二年冬。)

【按】程氏据起句及“颓年”句,定为大中末废罢居郑州时作。孤立视之,似颇可信。然本集卷中秋日晚思、春宵自遣、七夕偶题三首五律与幽居冬暮相连(其间仅隔灵仙阁晚眺寄郓州韦评事五排一首),颇似同一时期连续创作之即景抒情组诗。而春宵自遣、秋日晚思、七夕偶题三首显非晚年病废居郑州时作，冯、张均系永乐闲居时（张系七夕偶题于会昌五年秋，亦居丧期间），极是。然则幽居冬暮当亦同期之作。此就原集编次及各篇诗题之联系观之。再就内容观之：诗言"羽翼摧残日"，不过谓羽翼伤残不能奋飞远举，与杜司勋七绝"短翼差池"意相似，非必指废罢而言。义山重官秘省，旋丁母忧，仕途多舛，故有羽翼摧残之嗟。"郊园"何必郑州？永乐闲居诗如小桃园："竟日小桃园"；春日寄怀"我独丘园坐四春"；以及小园独酌，言及"桃园""小园""丘园"者不一而足。至闲居寂寥之情，永乐诗中更随处可见（秋日晚思："桐槿日零落，雨馀方寂寥。"喜雪："寂寞门扉掩，依稀履迹斜。"小园独酌："空馀双蝶舞，竟绝一人来"）。"颓年寖已衰"，亦闲居失意者常语，春日寄怀固已言"青袍似草年年定，白发如丝日日新"矣。此诗似作于永乐闲居后期。盖闲居之初，心境尚较安恬，故春宵自遣有"陶然恃琴酒，忘却在山家"之句；至秋日晚思，则已有零落寂寥之慨，而羡游旧之在烟霄；迨及此诗，乃叹急景颓年，夙心不遂，情激切而悲凉矣。数首连读，感情发展脉络显然。冯系此诗于移家永乐前，不免先后颠倒。

四年冬以退居蒲之永乐渴然有农夫望岁之志遂作忆雪又作残雪诗各一百言以寄情于游旧①〔一〕

忆雪

爱景人方乐〔二〕，同云候稍愆〔三〕。徒闻周雅什〔四〕，愿赋朔风篇②〔五〕。欲俟千箱庆〔六〕，须资六出妍〔七〕。咏留飞絮后〔八〕，歌唱落梅前③〔九〕。庭树思琼蕊〔一〇〕，妆楼认粉绵。瑞邀盈尺日〔一一〕，丰待两歧年〔一二〕。预约延枚酒〔一三〕，虚乘访戴船〔一四〕。映书孤志业〔一五〕，披氅阻神仙〔一六〕。几向霜阶步，频将月幌褰。玉京应已足〔一七〕，白屋但颙然〔一八〕。

残雪

旭日开晴色，寒空失素尘〔一九〕。绕墙全剥粉，傍井渐销银〔二〇〕。刻兽摧盐虎〔二一〕，为山倒玉人〔二二〕。珠还犹照魏④〔二三〕，璧碎尚留秦〔二四〕。落日惊侵昼，馀光误惜春〔二五〕。檐冰滴鹅管〔二六〕，屋瓦镂鱼鳞〔二七〕。岭霁岚光坼，松暄翠粒新〔二八〕。拥林愁拂尽，著砌恐行频〔二九〕。焦寝忻无患〔三〇〕，梁园去有因〔三一〕。莫能知帝力，空此荷平均〔三二〕。

校 记

①“游旧”原一作“旧游”。

②“赋”，戊签作“诵”。

③“唱”，戊签作“倡”，通。

④“犹”原一作“独”，非。

集 注

〔一〕【冯注】旧书志：“武德初，置蒲州。开元中，改河中府。”

〔二〕【冯注】左传：“赵衰冬日之日也。”注曰：“冬日可爱。”

【补】景，日光。

〔三〕【朱注】诗小雅节南山：“上天同云，雨雪雰雰。”【补】同云，下雪前均匀遍布之阴云，亦作彤云。候稍愆，指气候变冷。愆，错失。与上"爱景人方乐"相对而言。

〔四〕【冯注】(周雅)即上小雅。谢惠连雪赋："咏南山于周雅。"

〔五〕【朱注】诗卫风："北风其凉，雨雪其雱。"雪赋："歌北风于卫诗。"【程注】曹植朔风诗："今我旋止，素雪云飞。"【冯曰】曹植朔风诗……非此所用。【按】周雅什，指历史上已有之咏雪篇什；朔风篇，指己欲制作之咏雪新篇，故曰"愿赋"。

〔六〕【姚注】诗传："丰年之冬，必有积雪。"【冯注】诗："乃求千斯仓，乃求万斯箱。"【程注】唐太宗诗："已获千箱庆，何以继薰风?"【何曰】望岁。(辑评)

〔七〕【朱注】韩诗外传："草木花多五出，雪花独六出。"【程注】梁昭明太子启："玉雪开六出之花。"

〔八〕【程注】庾信杨柳枝："独忆飞絮鹅毛下，非复青丝马尾垂。"【按】用谢道韫咏雪事，屡见。

〔九〕【程注】乐录："汉横吹曲梅花落，本笛中曲也。"苏味道诗："行歌尽落梅。"【朱注】梁简文帝雪朝诗："落梅飞四注。"

〔一〇〕【程注】西京赋："屑琼蕊以朝餐。"杨素诗："山河散琼蕊。"【冯注】西京赋注："楚辞曰：屑琼蕊以为粮。王逸曰：糜，屑也。"按：所引即离骚"精琼靡以为粻"句而小异。

〔一一〕【朱注】雪赋："盈尺则呈瑞于丰年。"【冯注】左传："平地尺为大雪。"【何曰】望岁。(辑评)

〔一二〕【朱注】后汉书："张堪为渔阳太守，百姓歌曰：'桑无附枝，麦秀两岐。'"诗传："丰年之冬，必有积雪。"氾胜之书："雪是五谷精。"【按】麦秀两歧，谓一麦二穗，获丰收。后汉书张堪传云："乃于狐奴开稻田八千馀顷，劝民耕种，以致殷富。百姓歌曰:‘桑无附枝,麦穗两岐,张君为政,乐不可支。’”歧、岐古通。

〔一三〕【朱注】用兔园事,见喜闻太原同院崔侍御台拜注。【冯注】雪赋:“微霰零,密雪下。王乃置旨酒,命宾友,召邹生,延枚叟。”【何曰】寄情游旧。(辑评)

〔一四〕【冯注】语林:“王子猷居山阴,大雪夜,开室命酌,四望皎然,因咏招隐诗。忽忆戴安道在剡,乘兴棹舟访之,经宿方至,既造门而返。或问之,对曰:‘乘兴而来,兴尽而返,何必见戴安道?’”

〔一五〕【冯注】南史范云传:“孙伯翳,太原人。父康,起部郎,贫,常映雪读书。”【朱注】谈薮:“齐太原孙伯翳家贫,常映雪读书,与王亮、范云为莫逆交。”【补】孤,通“辜”。

〔一六〕【朱注】晋书:“王恭乘高舆,披鹤氅裘,涉雪而行。孟昶叹曰:‘真神仙中人也!’”

〔一七〕【补】玉京,指京都。

〔一八〕【程注】汉书萧望之传:“望之说霍光曰:‘天下之士争愿自效,今士见者,皆先露索挟持,恐非周公躬吐握之礼,致白屋之意。’”注:“白屋,贱人所居也。”杜甫诗:“白屋花开里,孤城麦秀边。”淮南子:“圣人呼吸阴阳之气,而群生莫不颙然仰其德以和顺。”刘琨劝进表:“苍生颙颙然莫不欣戴。”【冯注】家语:“孔子曰:‘周公下白屋之士,日见百七十人。’”注曰:“白屋,草舍。”【何曰】退居结。(辑评)【补】汉书吾丘寿王传:“三公有司,或由穷巷,起白屋,裂地而封。”颜师古注:“白屋,以白茅覆屋也。”旧亦称布衣之士之房屋为白屋。刘孝威行还值雨诗:“况余白屋士,自依卑路旁。”颙然,昂头景仰貌。易观:“有孚颙若。”朱熹注引或曰:“谓在下之人信而仰之也。”此写仰望之状。

〔一九〕【朱注】何逊雪诗:“若(原引作“时”,据何逊集改)逐微风起,谁言非玉尘。”(按诗题原作和司马博士咏雪)【何曰】刻划。(辑评)

〔二〇〕【冯曰】拆用粉墙、银床。【何曰】俱贴“退居”着笔。(辑评)

〔二一〕【程注】左传:“王使周公阅来聘,享有昌歜、白、黑、形盐,辞曰:‘国君文足昭也,武可畏也,则有备物之飨以象其德,荐五味、羞嘉谷、盐虎形以献其功,吾何以堪之?’”

〔二二〕【程注】世说:“山公曰:‘嵇叔夜之为人也,岩岩若孤松之独立,其醉也,傀俄若玉山之将崩。’”李白诗:“玉山自倒非人推。”【冯注】晋书裴楷传:“楷字叔则,风神高迈,容仪俊爽,时人谓之玉人。”又称见裴叔则如近玉山,照映人也。【按】二句似谓堆成之雪兽、雪人崩摧。

〔二三〕【朱注】用照乘珠事,见咏史(历览前贤)注。【冯注】后汉书循吏传:“孟尝迁合浦太守,郡不产谷实,而海出珠宝,通商货籴。先时宰守贪秽,珠遂渐徙于交趾郡界。尝到官,去珠复还。”【姚注】史记:“梁惠王曰:‘寡人国小,尚有径寸之珠照车前后各十二乘者十枚。’”

〔二四〕【程注】史记蔺相如传:“赵王遣相如奉璧西入秦,秦王大喜。相如视秦王无意偿赵城,乃前曰:‘璧有瑕,请指示王。”王授璧,相如因持璧却立倚柱,怒发上冲冠,谓秦王曰:‘臣观大王无意偿赵王城邑,故臣复取璧。大王必欲急臣,臣头今与璧俱碎于柱矣!’”

〔二五〕【补】二句写残雪与落日馀光辉映景象。残雪未消,日落时天犹未暝,故惊讶昼之长;残雪与馀照辉映,几误以为春日之景而怜爱之。

〔二六〕【朱注】李贺诗:“王子吹笙鹅管长。”【程注】白居易诗:“溜滴檐冰尽。”临安志:“昌化县西五十里,地名叶源,有马坞小山,巅有石窍,名天井,深不可测,其中若列梯级通人上下,有泉涓涓灌注石面,凝结石脂如冰箸者,名鹅管石。”【冯注】舆地记:“太湖小山洞庭穴中有鹅管钟乳。”图经本草:“石钟乳,溜山液而成,空中相通,如鹅翎管状。”

〔二七〕【朱注】庾信赋:“秦王馀石,仍为雁齿之阶;汉后旧陶,即用鱼鳞之瓦。”【冯注】楚辞:“鱼鳞屋兮龙堂。”

〔二八〕【朱注】顾愔新罗国记:“松树大连抱有五粒子,形如桃仁而稍小,皮硬,浸酒疗风。”酉阳杂俎:“松凡言两粒、五粒。粒当言鬣,五粒松皮不鳞。”李贺有五粒小松歌。【冯注】述异记:“松有两鬣、三鬣、七鬣者。言如马鬣形也,言粒者非矣。”本草图经:“粒,读为鬣。”【程注】刘禹锡四松诗:“翠粒晴悬露,苍鳞雨起苔。”【补】坼,开;暄,暖。二句谓雪晴之后,山岭上雾气已开;松树因晴暄而愈呈青翠之色。

〔二九〕【程注】章孝标诗:“六出花飞处处飘,粘窗著砌上寒条。”

〔三〇〕【朱注】高士传:“焦先,野火烧庐,因露寝,遭大雪,先袒卧不移,人以为死,就视如故。”【补】忻,同“欣”。

〔三一〕【朱曰】雪霁故去。【冯注】(梁园)屡见。此谓辞幕而归。【何曰】游旧。(辑评)【按】此“梁园”似指太原幕。

〔三二〕【何曰】仍收到退居。(辑评)【冯曰】言退居者,惟此荷帝力平均也。【补】康衢谣:“耕田而食,凿井而饮,帝力何有于我哉!”

笺　评

【冯班曰】(忆雪)句句是忆。(残雪)句句是残。(何焯引)

【杨守智曰】题下批：会昌四年也，王茂元卒于三年九月。义山以四年至京师，往来太原。（忆雪）忆字全于虚字上见之。（残雪）便是残字意。“檐冰”二句：写残雪如画。

【何曰】（残雪）胜前作。（读书记）又曰：只是用事之切，运句流逸，别无他长。○病于不高。（以上辑评忆雪眉批）

【姚曰】（忆雪）此退居时望泽之意，非真望岁也。首四句，言无雪。“欲俟”四句，入望岁意。“庭树”四句，言望雪之切。“预约”四句，言期望未遂。末四句，恐雪之未能遍及也。（残雪）此首言爱恋之意。首四句，写始销。“刻兽”四句，写销犹未尽。“落日”四句，写残后景色，而惟恐其销尽。末四句，言退居之人恩泽庶几同被，帝力平均，又与前首玉京、白屋相应。

【屈曰】（忆雪）一段忆。二段雪。三段雪中情事。四段结到忆。然二段有农夫望岁之志，三段有寄情旧游之意。（残雪）一段实赋。二段比。三段赋近景。四段远近合赋。五段总结“残”意。

【程曰】四年冬者，武宗会昌甲子年也。其时王茂元卒，义山方离幕府至京师，退居永乐。盖无聊之时，有望于汲引者，所以题曰“寄情游旧”。前首结句“玉京应已足，白屋但颙然”，后首结句“莫能知帝力，空此荷平均”，意可见矣。

【纪曰】忆雪诗一无可采。残雪诗颇刻画，然只是试帖伎俩耳，其中又多累句，亦非佳篇。（诗说）

【张曰】二诗皆用当时帖体，在集中偶而戏笔，聊备一格，不当过为苛责也。○忆雪、残雪二篇，不过写景，别无寓感，故不能工妙。此可见为诗当相题也。此种皆非义山所长，偶而弄笔，藉以酬应，后人过而存之。过誉固非，过贬亦可不必也。〇玉溪诗境，盘郁沉著，长于哀艳，短于闲适，摹山范水，皆非所擅场。集中永乐诸诗，一无出色处，盖其时母丧未久，闲居自遣，别无感触故耳。其后屡经失意，嘉篇始多，此盖境遇使然，阅者宜分别观之。（辨正）

【按】“忆雪”，思雪、望雪也。思、忆可互训。“问女何所思，问女何所忆”，忆即思也；“一弦一柱思华年”，思即忆也。此篇“忆雪”之忆，非追忆，乃盼望之谓。“渴然有农夫望岁之志”，故盼雪。首四因同云密布而思雨雪雰雰，“愿赋朔风篇”，即正面点明“忆雪”题意。以下“欲俟”“须资”，以未然之辞明“望岁”之切；“留后”“倡前”，则雪尚未降而预作落梅之唱，预计飞絮之咏；“思”“认”“邀”“待”，亦均翘首待望之意。“预约”句，预为置酒邀约之计；“虚乘”句，虚作雪夜访友之想，谓盼雪而雪尚未降也。“孤”“阻”二字，即承望雪而未果言之，谓欲映雪读书、披氅涉雪而未能也。霜阶、月幌，盼雪情切而误将霜华月色认作白雪，故屡步频褰也。末联则谓京华想必雪足而此地独无，但颙然仰望而已，言外有恩泽不均之意。两篇皆于结处微露寓意，而后篇则谓上天恩泽所及者，惟此雪为平均，辞与前篇相反而意则相通。

喜雪

朔雪自龙沙〔一〕，呈祥势可嘉〔二〕。有田皆种玉〔三〕，无树不开花〔四〕。班扇慵裁素①〔五〕，曹衣讵比麻〔六〕？鹅归逸少宅〔七〕，鹤满令威家〔八〕。寂寞门扉掩〔九〕，依稀履迹斜〔一〇〕。

人疑游面市〔一一〕，马似困盐车〔一二〕。洛水妃虚妒〔一三〕，姑山客漫夸〔一四〕。联辞虽许谢[②]〔一五〕，和曲本惭巴〔一六〕。粉署闱全隔〔一七〕，霜台路渐赊[③]〔一八〕。此时倾贺酒〔一九〕，相望在京华。

校　记

①“慵”，冯引一本作“难”。

②“虽”，蒋本、姜本、戊签、席本、悟抄、钱本、影宋抄均作“追”。【按】“虽许谢”与下“本惭巴”对文，作“追”非特与下句不对，且亦不词。

③“渐”，冯引一本作“正”。朱本亦作“正”。【按】渐、正义同。

集　注

〔一〕【冯注】后汉书班超传赞：“坦步葱、雪，咫尺龙沙。”注曰：“葱岭、雪山、白龙堆沙漠也。”据此注龙沙似分言，亦有谓沙形长亘如龙者。【程注】陈后主乐府：“龙沙飞雪轻。”【按】此泛指塞漠之地。李白塞下曲：“将军分虎竹，战士卧龙沙。”

〔二〕【朱注】雪赋：“盈尺则呈瑞于丰年。”【何曰】嫩。（辑评）

〔三〕【冯注】水经注：“无终山有阳翁伯玉田。”搜神记曰：“雍伯，雒阳人。父母没，葬之于无终山。山高八十里，上无水，雍伯置饮焉。有人就饮，与石一斗，令种之，玉生其田。北平徐氏有女，雍伯求之，要以白璧一双。伯至玉田，求得五双，徐氏妻之，遂即家焉。”阳氏谱叙言翁伯是周景王之孙，食采阳樊，因而氏焉。阳公受玉田之赐，今犹谓之玉田阳。按：他书“阳”多作“杨”，或作“羊”。“翁伯”“雍伯”

亦小异。

〔四〕【程注】刘庭琦瑞雪篇："何处田中非种玉？谁家院里不生梅？"

〔五〕【朱注】班婕好怨歌行："新制齐纨素，皎洁如霜雪。"

〔六〕【朱注】诗曹风："麻衣如雪。"

〔七〕【朱注】法书要录："（梁虞龢论书表曰：）王羲之性好鹅。山阴昙𧟌村有一道士，养好者十馀。王往求市易。道士言：'府君若能自屈，书道德经两章，便合群以奉。'王住半日，为写毕，笼鹅以归。"白居易诗："雪似鹅毛飞散乱。"【冯注】晋书王羲之传："字逸少。"

〔八〕【朱注】搜神后记："丁令威，本辽东人，后化白鹤归，集城门华表柱。空中言曰：'有鸟有鸟丁令威，去家千年今始归。'"谢惠连雪赋："皓鹤夺鲜。"白居易雪诗："舞鹤庭前毛稍定。"

〔九〕【朱注】录异传："汉时，大雪积地丈馀。洛阳令身出按行。至袁安门，无有路，谓已死。除雪入户，见安僵卧。问何以不出，曰：'大雪人皆饿，不宜干人。'"【冯注】汝南先贤行状："胡定字元安，颍川人。在丧，雉兔游其庭。雪覆其室，县令遣户曹掾排闼问定，定已绝谷，妻子皆卧在床。令遣以干糗就遗之，定乃受半。"【李因培曰】都在用虚。（唐诗观澜集）

〔一〇〕【冯注】史记滑稽传："东郭先生久待诏公车，贫困饥寒，衣敝履不完。行雪中，履有上无下，足尽践地，道中人笑之。"

〔一一〕【朱注】束皙饼赋："重罗之面，尘飞雪白。"张说对雪诗："积如沙照月，散似面从风。"白居易雪诗："北市风生飘散面，东楼日出照凝酥。"【冯注】御览引姑臧记："群公对雪，尚隆之曰：‘面堆金井，谁调汤饼？’”

〔一二〕【冯注】战国策：“骥之齿至矣，服盐车而上太行，中阪迁延，负辕而不能上。”【贺裳曰】“马似困盐车”，佳句也；上云“人疑游面市”，却丑。（载酒园诗话）

〔一三〕【朱注】洛神赋：“飘飖兮若流风之回雪。”

〔一四〕【朱注】庄子：“藐姑射之山，有神人居焉，肌肤若冰雪。”

〔一五〕【朱注】用谢道韫事。【冯曰】谓远匹道韫也。【按】冯注本作“追许谢”，故云。然远匹道韫，只可谓“追谢”，不得谓“追许谢”，“许”字失注。此“许”字与下句“惭”字对文，系称许之意。联辞虽许谢，谓虽称许道韫咏雪之联句。

〔一六〕【冯注】宋玉对楚王问：“客有歌于郢中者，其始曰下里巴人，属而和者数千人。”馀见移白菊。此谓闺中唱和。【朱注】琴赋：“绍陵阳，度巴人。”注：“皆琴曲。”【按】此谓己之联句若下里巴人，惭对谢女之阳春白雪。

〔一七〕【朱注】汉官仪：“省中皆胡粉涂壁，故曰粉署。”【补】粉署，指尚书省。闱，宫中小门。后泛指宫闱、宫廷。

〔一八〕【朱注】通典：“御史台为风霜之任，故曰‘霜台’。”

〔一九〕【李因培曰】醒“喜”字意。（唐诗观澜集）

笺　评

【黄彻曰】李商隐诗好积故实，如喜雪诗一篇中用事者十七八，以是知凡作诗者，须饱材料。传称任昉用事过多，属辞不得流便。余谓昉诗不能倾沈约者，乃才有限，非事多之过。东坡有全篇用事者，如贺陈述古弟章生子诗及戏张子野买妾诗，句句用事，曷尝不流便哉！（诗林三引碧溪诗话。转引自郭绍虞宋诗话辑佚。）

【何曰】此等便是西昆酬唱集恶道也。（辑评）

【姚曰】此因雪而寓逢年之想，言得意人与失意人，情事不同也。起八句，遇雪之喜。“寂寞”四句，自寓不得志。“洛水”四句，寓有才见妒。末四句，则望京华而顾慕也。

【屈曰】一段雪之可喜。二段比。三段景。四段情。五忆长安。

【程曰】此诗亦似试帖之作，有妥帖而无排奡。自是银袍鹄立者束缚于三条宫烛下所为，非灞桥驴子背上寻来者也。

【冯曰】略有寄意。四、五联闲居之景。七、八联兼闺中人言之。结慨不得在京华也。

【纪曰】鄙俚夹杂，加以琐纤，无复诗体。（诗说）绝不称题。“寂寞”二句稍可。○粉署、霜台，亦关合小样。（辑评）

【张曰】此种诗大抵非义山所擅场，故写来不甚出色。盖义山自有安身立命之地，于此等自不甚经意耳。余尝谓义山诗境，长于哀感，短于闲适。此亦性情境遇使然，非尽关才藻也。令狐虽与义山少恩，然能成就义山千古诗派。倘使当日援引通显，温饱终身，安得有如许好诗流传至今日哉！则绹之玉成义山为不浅矣。（辨正）

【按】诗诚试帖体，一篇中用事十七八，重叠堆垛，殊乏情韵，纤琐之评，不为苛论。姚谓“因雪而寓逢年之想，言得意人与失意人，情事不同”，诗中无征，似失穿凿。冯谓“略有寄意”，较为近实。“寂寞”二句，微露闲居寂寥，生计困窘之况，用事亦不露痕迹。“洛水”四句，当依冯笺。“洛水”“姑山”均因闺人而即景为雅谑，非所谓“寓有才见妒”也。此诗当是与闺人赏雪赋诗，有怀京华而作。“粉署闱全隔，霜台路渐赊”二句，粉署指尚书省，霜台指御史台，上句言秘省远隔，下句谓宪台路遥。程、冯均谓义山初得侍御史在入徐州卢弘止幕时，说颇可信。然则此处“霜台”殆与“粉署”泛指朝廷乎？

题小柏[①]

怜君孤秀植庭中，细叶轻阴满座风。桃李盛时虽寂寞，雪霜多后始青葱〔一〕。一年几变枯荣事[②]〔二〕，百尺方资柱石功〔三〕。为谢西园车马客，定悲摇落尽成空〔四〕。

校　记

①“柏”，悟抄、席本、钱本、影宋抄、戊签作“松”。按：颇难定。

②“变”原一作“度”，蒋本、季抄、朱本同，非。

集　注

〔一〕【冯注】尔雅：“青谓之葱。”扬雄甘泉赋：“翠玉树之青葱。”

〔二〕【补】几变枯荣，指桃李等言。

〔三〕【冯注】汉书：“田延年谓霍光曰：‘将军为国柱石。’”

〔四〕【冯注】魏文帝芙蓉池作：“乘辇夜行游，逍遥步西园。”曹植公宴诗：“清夜游西园，飞盖相追随。”又云：“秋兰被长阪，朱华冒渌池。”芙蓉、秋兰俱不耐久，故云然，以比朝贵。【补】为谢，为告。摇落尽成空，谓桃李兰荷等尽皆凋零衰败。

笺　评

【杨守智曰】此诗似为太牢之党所作。

【何曰】此篇不似义山手笔。（读书记。辑评所录下有“殊觉疏薄”四字。）又曰：落句殆有梦得不得看花之感耶？（读书记。辑评所录无“不得”二字。）

【陆曰】此作者以小松自况也。首句言其特立，次句言其荫庇。三四即岁寒后雕之意。接言枯荣屡变，凡物皆然；柱石堪资，生是使独。彼西园车马之客，荣盛一时，不转眼而已悲摇落，人与物宁有异哉？

【姚曰】此言大材之不愿小成也。上半首咏小松。下半首自寓，言只就一岁之中，荣枯几变，若计此松到百岁之后成柱石之材，不知要耐多少冷暖，而不知其有所不悔也。荣华百态，转首成空，彼西园车马，扰扰争驰，恐亦未之思耳。

【屈曰】一二小松。二联不能随时，惟存高节。五六岁月易得，百尺可期。然眼前贵人待此松长成，已尽摇落奈何！亦自伤不遇也。

【冯曰】颇如何评，而首句与前题“无非自栽”合，故从原编列之。（按冯编会昌五年。）

【王鸣盛曰】小松诗亦多自容，虽疏薄，未必赝作。

【纪曰】浅薄之至。

【张曰】何义门评：“殊觉疏薄，不似义山手笔。”诚然。惟诗境略似永乐闲居时，但苦无显证耳。（会笺）

【按】义山永乐闲居诗颇多清浅之作，不必因其深于托寓遂疑此种为赝作，七古赠荷花风格亦与此相类。诗以桃李暂荣而旋衰与柏树雪后方青葱作对照，盛赞小柏之孤秀挺拔，不畏严寒，寄寓“百尺柱石”之抱负。末联“西园车马客”，似指徒赏浮华而不重其才者。味其意致、口吻及制题，疑是少作。姑从冯编附于永乐诗。

正月十五夜闻京有灯恨不得观〔一〕

月色灯光满帝都，香车宝辇隘通衢[①]。身闲不睹中兴盛，羞逐乡人赛紫姑〔二〕。

校　记

①"隘"，席本作"溢"，万绝作"向"。

集　注

〔一〕【程注】宋敏求春明退朝录云："上元燃灯，或云沿汉祠太一自昏至昼故事。唐明皇先天中，东都设灯；文宗开成中，建灯迎三宫太后。唐以前岁不常设。"据此，则上元有灯，竟称盛事矣。【徐曰】旧书纪于睿宗先天二年、玄宗开元二十八年，皆书上元观灯；后至文宗开成四年，书正月丁卯夜咸泰殿观灯作乐，三宫太后诸公主等毕会。是则自禄山乱后，此举无闻，至文宗始再行，义山所以有中兴之感也。【冯曰】纪文只书其最盛者，每岁习见之事，何烦屡书？非直至开成始再行也。开成时不可言中兴，且其时义山固在京也。初疑会昌中武功平定，故有庆贺之举，史偶不书，时退居永乐，故曰"身逐乡人"。然旧书纪、通鉴："宣宗大中之政有贞观之风，讫于唐亡，人思咏之，谓之小太宗。"三州七关乃得收复，以云中兴，于斯为合。文集上相国汝南公启于大中朝云"庆属中兴"矣。则"身闲"者必东川归后，病还郑州时也。"乡人"亦似郑州较亲切。又曰：通鉴："隋柳彧以近世风俗，每正月十五夜然灯游戏，男女混杂，缁素不分，秽行由此而成，盗贼由斯而起，请颁禁断，从之。”注引梁简文帝有列灯诗，陈后主有光璧殿遥咏山灯诗，柳彧所谓近世风俗也。此岂非唐以前事乎？【张曰】通鉴宪宗纪胡三省注：“唐制：两京及诸州县街巷率置逻卒，晓暝传呼，以禁夜行，惟元夕张灯弛禁，前后各一日。”是两京张灯，久成故事，此特谓其最盛者耳。武宗朝回纥既破，泽潞又平，而义山方丁忧蛰处，不克躬预庆典，故曰“身闲不睹中兴盛”也。冯氏属之病还郑州时，则宣宗末政，不得言中兴。且义山屡经失意，兴致亦别，细玩自悟。“乡人”只泛指乡居之人，不必泥作故乡解也。今编永乐闲居时，较得其实。（会笺）【按】张说是。

〔二〕【朱注】荆楚岁时记：“正月望日，其夕迎紫姑神以卜。”【冯注】异苑：“紫姑是人妾，为大妇所嫉，每以秽事相次役，正月十五日感慨而死。故世人作形，夜于厕间或猪栏边迎之，祝曰：‘子胥不在，曹姑亦归去，小姑可出。’子胥，婿名也；曹姑，大妇也。戏捉者觉重，便是神来，奠设菜果，亦觉貌辉辉有色，即跳躞不住。占众事，卜行年蚕桑，又善射钩，好则大儛，恶便仰眠。”按：岁时记亦引异苑作注，而字有小误者。又引洞览曰：“帝喾女将死，云生平好乐，至正月可以见迎。”又曰：“杂五行书：‘厕神名后帝。’”将后帝之灵凭此姑而言乎？他书则云：寿阳李景之妾。【田曰】不为误灯期，悲身闲也。【冯注引】【补】旧俗以仪仗、鼓乐、杂戏迎神出庙，周游街巷，谓“赛会”。

笺评

【姚曰】赛紫姑，问吉凶也。身既废弃，有何吉凶可问？

【程曰】此诗正月十五日自是开成之时。诗又以为中兴，则自当大和九年训、注既败之后，开成改元，国步奠安之初也。

【纪曰】殊无佳处。

【按】冯编大中十二年正月病废居郑州时，显非。通鉴所谓大中之政有贞观之风，本属失当，胡三省已驳之曰："卫嗣君之聪察，不足以延卫；唐宣宗之聪察，不足以延唐。"新唐书逆臣传赞云："唐亡诸盗皆生于大中之朝，太宗之遗德馀泽去民也久矣，而贤臣斥死，庸懦在位，厚赋深刑，天下愁苦。"斯语洵为大中之政确评。大中十二年，自四月至七月，先后有岭南都将王令寰、湖南都将石载顺、江西都将毛鹤、宣州都将康全泰之乱（此种变乱，自大中九年以来即屡屡发生，史不绝书），以如此纷乱之局面而谓之"中兴盛"，其谬固不待言。且"病废"家居，与有报国之力而"身闲"亦显然有别。而会昌四年，泽潞平，义山正丁忧闲居永乐，与所谓"中兴""身闲"者正合。五年正月，因泽潞平而上尊号，赦天下，则其年元宵"京有灯"自属当然。

赋得月照冰池八韵①

皓月方离海，坚冰正满池。金波双激射〔一〕，璧彩两参差〔二〕。影占徘徊处〔三〕，光含的皪时〔四〕。高低连素色，上下接清规〔五〕。顾兔飞难定②〔六〕，潜鱼跃未期〔七〕。鹊惊俱欲绕〔八〕，狐听始无疑〔九〕。似镜将盈手〔一〇〕，如霜恐透肌〔一一〕。独怜游玩意，达晓不知疲〔一二〕。

校　记

①诗题蒋本、戊签、席本、钱本、影宋抄"八韵"作"诗"。悟

抄、季抄、朱本无“八韵”二字。

②“兔”原一作“影”，非。

集　注

〔一〕【冯注】汉书礼乐志：“月穆穆以金波。”【补】颜师古注：“言月光穆穆，若金之波流也。”【程注】鲍照诗：“奔泉双激射。”

〔二〕【朱注】尚书中候：“甲子冬至，日月如悬璧。”【程注】骆宾王序：“璧彩澄空，漏清光于云叶；珪阴散迥，摇碎影于风梧。”【冯注】用璧月语。

〔三〕【朱注】曹植诗：“明月照高楼，流光正徘徊。”

〔四〕【姚注】司马相如子虚赋：“明月珠子，的皪江靡。”注：“的皪，明珠光也。”

〔五〕【朱注】梁简文帝诗：“青山衔月规”。

〔六〕见碧城。

〔七〕【朱注】易卦通验：“大雪鱼负冰。”郑玄注：“负冰，上近冰也。”【冯注】礼记月令：“孟春之月，鱼上冰。”

〔八〕【朱注】魏武短歌行：“月明星稀，乌鹊南飞。绕树三匝，何枝可依？”

〔九〕【朱注】郭缘生述征记：“河冰始合，（车马不敢过），要须狐行，云此物善听，听冰下无水声，然后过河。”

〔一〇〕【朱注】枚乘月赋：“蔽修堞而如镜。”（按冯注引西京杂记引月赋为公孙乘作，“如镜”作“分镜”。朱注系自初学记引。）陆机诗：“安寝北堂上，明月入我牖。照之有馀辉，揽之不盈手。”【程注】骆宾王玩初月诗：“自能明似镜，何用曲如钩？”

〔一一〕【朱注】李白诗:“床前明月光,疑是地上霜。”【程注】齐书白帝歌:“嘉树离披,榆关命宾鸟;夜月如霜;金风方袅袅。”

〔一二〕【程注】始兴王叔陵传:“夜常不卧,执烛达晓。”梁虞骞观(视)月诗:“清夜未云疲。”

笺　评

【朱彝尊曰】(“皓月”)二句分起。(“金波”)六句合。(“顾兔”)六句又分。(“独怜”)二句合结。

【杨守智曰】此唐人应制格也。

【姚曰】首句月,次句冰。三四双承。“影占”四句合写。“顾兔”四句复分写。“似镜”四句复合写。

【屈曰】一二分写。下六句合写。“顾兔”六句又分写。结二句合。

【程曰】赋得月照冰池,当是唐时试帖之题,玩诗亦是试帖体。若闲中所作,名手应有纵横出入处,不应如此之规规尺幅也。

【冯曰】此亦非试帖作。中间全是寓意,结羡得意者之游赏,反托己之寂寞也。毛西河选入试帖,误矣。英华帖体,是题叶季良作,止六韵。

【纪曰】试帖之绝工致者,然以为高作则未也,盖此种为场屋之式,实难见长,湘灵鼓瑟试帖绝调矣,亦幸是占得题目好耳。(诗说)“狐听”句只有“冰”字,亦不切“池”,亦不切“月”。“鹊惊”句亦无理,乌鹊绕树,非绕月也。○连用四鸟兽,亦一病。(辑评)

【沈德潜曰】省试。“皓月”二句,分写。“金波”二句,双承。“影占”四句,合写。“顾兔”四句,又分写。“似镜”四句,复

合写作收。(唐诗别裁集)

【臧岳曰】疏义:首句笼起"月"字。次句笼起"冰池"。三四笼起"照"字。五六虚写"照"字。七八实写"照"字。以下六句又以故实烘染。"顾兔"贴月,"潜鱼"贴"冰","鹊惊"贴"月","狐听"贴冰,"似镜"贴月,"如霜"贴冰。六句皆用分赋,末二句以人见月照作结。参评:毛初晴曰:金波璧彩,皆指月光,然与璧池水波两合,故佳。鹊欲绕冰,狐不疑月,可谓良工苦心。惜四句俱有禽虫名耳。趣陶园曰:结尾"游"属冰,"玩"属月,字非苟下。(唐诗类释卷一)

【按】"顾兔"四句微有寓意,似言己飞跃之难定无期。如绕树之乌鸦,无枝可依;似听冰之狐狸,心存怵惕也。此前均刻划语。末四句总结,亦无寓托。"独怜"二句乃自谓,冯笺非。此首与下首疑均为闲居期间戏作试帖体。

赋得桃李无言〔一〕

夭桃花正发〔二〕,秾李蕊方繁。应候非争艳〔三〕,成蹊不在言。静中霞暗吐,香处雪潜翻〔四〕。得意摇风态,含情泣露痕〔五〕。芬芳光上苑〔六〕,寂默委中园。赤白徒自许,幽芳谁与论!

集　注

〔一〕【冯注】史记李广传赞:"桃李不言,下自成蹊。"

〔二〕【补】诗周南桃夭:"桃之夭夭,灼灼其华。"秾,花木繁盛貌。

〔三〕【补】应候,应物候也。

〔四〕【补】分咏桃、李。

〔五〕【朱注】李贺诗："芙蓉泣露香兰笑。"

〔六〕【冯注】"芳"字复。"芬、芳、光"三字音相犯。【姚注】上苑，上林苑也。

笺　评

【葛立方曰】省题诗，自成一家，非他诗比也。首韵拘于见题，则易于牵合；中联缚于法律，则易于骈对。非若游戏于烟云月露之形，可以纵横在我者也……李商隐桃李无言诗云："夭桃花正发，秾李蕊方繁。"此等句，与儿童无异。以此知省试诗自成一家也。（韵语阳秋）

【许学夷曰】经书文惟沉思默运，始能中的，诗必幽闲放旷，乃能超越耳。试观今人场屋之文多传，而唐人试作，传者惟祖咏终南望馀雪、钱起湘灵鼓瑟二篇……李商隐桃李无言云："夭桃花正发，秾李蕊方繁"，较平生所作，遂为霄壤。（诗源辩体）

【朱彝尊曰】未见（复图本作"免"）奇丽。岂义山独短于锁院体耶？

【何曰】上六句两层各为一联，末二联两层各为一句。"暗吐""潜翻"，仍虚含"无言"，比发端又有浅深次第。○题下批：此失本义。篇末批：亦是托讽。（均辑评）"得意"句：似柳。（读书记）

【姚曰】首四句点题。中四句是无言意味。末四句见赏识者之难也。

【屈曰】一二分起，三四合承，五六又分。"得意"四句写无言，末合结。

【程曰】此诗与前赋得月照冰池，皆似试帖诗。题固似之，诗体尤似，或即义山试席之作。

【冯曰】此用帖体，却非试席作也。闲居观物，率笔抒怀，后二联显然矣。此章与月照冰池，文苑英华帖体类中初不收入，后人乃入试帖选本，误矣。

【纪曰】试帖中之平平者。

【袁枚曰】首二句分破。二联清"无言"。三联霞指桃，雪指李。暗吐潜销，实写"无言"。四联、五联合写。末二赤白指桃李，有自负不群之意。

【臧岳曰】疏义：首韵破"桃李"。次韵承明"无言"。三韵分赋"桃李"，贴切"无言"。四韵洗发"无言"。五韵作一总束，喝起下文。末韵以幽芳自许作结，反寓干请之意。参评：第四韵赋写"无言"，其妙处亦只可意会，不可言传。（唐诗类释）

【按】此戏作帖体，而非试席诗，冯笺是。义山闲居永乐期间，曾作忆雪、残雪、永乐县所居一草一木无非自栽、喜雪诸诗，均帖体，诗中亦每有寄托。如永乐县所居诗"学植功虽倍，成蹊迹尚赊。芳年谁共玩，终老召平瓜"，喜雪诗"寂寞门扉掩，依稀履迹斜……粉署闱全隔，霜台路渐赊"等句，与本篇意致颇近，疑此诗与月照冰池亦均作于闲居永乐期间。此篇以桃李之成蹊不言，喻己之才名闻世；以桃李之得意摇风与芬芳上苑喻昔曾登第居于秘省。以含情泣露与寂默中园喻今之闲居寂寥；末即承寂默中园之意作结，赤白自许，幽芳谁论，即"芳年谁共玩，终老召平瓜"之意。

永乐县所居一草一木无非自栽今春悉已芳茂因书即事一章①

手种悲陈事〔一〕，心期玩物华。柳飞彭泽雪〔二〕，桃散武陵霞〔三〕。枳嫩栖鸾叶〔四〕，桐香待凤花〔五〕。绥藤萦弱蔓〔六〕，袍草展新芽〔七〕。学植功虽倍〔八〕，成蹊迹尚赊〔九〕。芳年谁共翫？终老召平瓜〔一〇〕。

校　记

①“今春”，悟抄作“今年仲春”。

集　注

〔一〕【程注】杜甫诗：“手种桃李非无主，野老墙低还是家。”左传：“寡君又朝以蒇陈事。”韦应物诗：“徂岁方缅邈，陈事尚纵横。”【何曰】发端寓意“树犹如此”，直注结句“老”字。（辑评）

〔二〕【程注】颜延之陶征士诔：“初辞州府三命，而后为彭泽令。”陶潜传：“尝著五柳先生传以自况，曰：先生不知何许人，不详姓字，宅边有五柳树，因以为号焉。”

〔三〕【冯注】陶潜桃花源记：“晋太元中，武陵人捕鱼，缘溪行，逢桃花林，夹岸数百步，得一山，有小口，舍船从口入。其人云：‘避秦来此，不复出焉。’停数日，辞去。”【张曰】“雪”字贴柳，“霞”字贴桃。【按】五柳、桃源均切隐逸闲居。

〔四〕【朱注】后汉书仇览传：“枳棘非鸾凤所栖。”

〔五〕【冯注】诗：“凤凰鸣矣，于彼高冈；梧桐生矣，于彼朝阳。”礼月令：“季春之月，桐始华。”【朱注】张正见诗：“丹山下威凤，来集帝梧桐。”薛道衡诗：“集凤桐花散。”

〔六〕【朱注】王维诗：“印绶隔垂藤。”【冯注】绶形如藤，诗家常用。

〔七〕【冯注】古诗：“青袍似春草。”【何曰】（“柳飞”六句）悉已芳茂。（读书记）

〔八〕【冯注】左传：“闵子马曰：‘夫学，殖也。不学，将落。’”旧本皆作“植”，谓自栽也。【何曰】（“学植”句）写自栽。（读书记）【按】左传杜预注：“殖，生长也；言学之进德，如农之殖苗。”亦作学植。晋书王舒传：“恒处私门，潜心学植。”此处学植双关学栽树木及学问积累二义。

〔九〕【朱注】史记：“桃李不言，下自成蹊。”【按】喻实至名归。“成蹊”亦双关语，既谓桃李虽已芳茂，然其下尚未成蹊，亦以喻己成名之迹尚迟。

〔一〇〕【冯注】史记萧相国世家：“召平者，故秦东陵侯。秦破，为布衣，贫，种瓜于长安城东，瓜美，故世俗谓之东陵瓜。”

笺　评

【杨守智曰】感慨系之。

【姚曰】此因手植而发身世之感也。首尾呼应。

【屈曰】一二无非自栽。中三联悉已芳茂。结言恐将终老于此县耳。“学植”二句比兴。

【钱曰】实叙六句，又以“瓜”字落韵，律法不免于犯矣。（辑评作朱彝尊批。）

【冯曰】列叙一草一木，结从今春推下，似无碍。

【纪曰】点缀落小家局面。（诗说）句句杂凑。○“彭泽”字添出“雪”，“武陵”字添出“霞”。枳非鸾凤所栖，不得谓之栖

鸾叶。“绶藤”字俗,“袍草”字尤不通。(辑评)

【陈衍曰】杜诗除课伐木、园官送菜、追酬故高蜀州人日见寄、观公孙大娘弟子舞剑器行、同元使君舂陵行、八哀诗诸篇题下并有小序外,有长题多至数十字而非序者,大概古体用序,近体绝不用序。……长题如小序,始于大谢。少陵后尚有柳州、杜牧之、李义山诸家。柳州前已论之。义山如永乐县所居一草一木无非自栽今春悉已芳茂因书即事一章、题道静院院在中条山故王颜中丞所置虢州刺史舍官居此今写真存焉、韩冬郎即席为诗相送一座尽惊他日余方追吟连宵侍坐徘徊久之句有老成之风因成二绝寄酬兼呈畏之员外,……皆长题而无序,非至东坡始仿为之。(石遗室诗话)

【张曰】前六韵实叙,“瓜”字韵虚说。结处只是用典,似无大碍,不相犯也。○“绶藤”、“袍草”皆晚唐用典法,惟“栖鸾”取义稍别,然反衬亦无碍也。谓之杂凑,未免苛毒,吾所不取。(辨正)

【按】姚笺是。首二一篇之主。“悲陈事”,寓蹉跎不遇之感:“玩物华”,寄芳茂见赏之望。“柳飞”二句,谓退居隐逸。“枳嫩”二句,以栖鸾、待凤寓托身有所之想。“绶藤”二句,喻己官卑职微,“袍草”句即“青袍似草年年定”之意。“学植”二句谓己虽学有素养,然成名尚早。结则叹不遇知音,恐终老闾里。味“手种悲陈事”句,义山经营永乐所居,恐不自居丧移家之日始,而永乐之为义山旧居亦可进一步证实。

小园独酌

柳带谁能结?花房未肯开。空馀双蝶舞①,竟绝一人来。

半展龙须席〔一〕，轻斟玛瑙杯〔二〕。年年春不定，虚信岁前梅。

校　记

①“双”原一作“并”。

集　注

〔一〕【朱注】山海经：“贾超之山，其草多龙修。”郭璞曰：“龙须也。生石穴中而倒垂，可以为席。”郑缉之东阳记：“仙姥嵓下不生蔓草，尽出龙须。”唐书：“秦州、丹州，俱土贡龙须席。”【冯注】元和郡县志：“汾州、沁州，贡龙须席。”

〔二〕【朱注】洛阳伽蓝记：“元琛酒器有玛瑙碗。”【冯注】魏文帝马脑勒赋序：“马脑，玉属，出西域。文理交错，有似马脑，故其方人因以名之。”晋书载记吕纂传：“盗发张骏墓，得琉璃榼、白玉樽、马脑钟。”

笺　评

【何曰】句句生动。与小桃园诗皆是宫体。（读书记）

【姚曰】此有所期而不遂之词。柳带花房，将舒未放。对双蝶而长怀，必同心之侣也。五六伫待之殷。此非春来之不定，乃含意之未申耳。

【纪曰】诗极清楚，“空馀”二字衬贴活，对亦有致，但格意薄弱耳。（诗说）

【按】姚谓“有所期而不遂”，诚是；然所期者未必即“同心之侣”，不得因“柳带”“花房”“蝶舞”等字而遽定其为赋艳情也。首联写小园春迟，待春不至。次联园空蝶舞，寂寥无人。腹联正写独酌。末联回应篇首，谓春光不定，空自等待。梅先春而发，报春之来，然竟落空，故曰“虚信岁前梅”。味其意致，似是仕途有所期待不遂，因而抒感。

小桃园

竟日小桃园，休寒亦未暄①〔一〕。坐莺当酒重，送客出墙繁〔二〕。啼久艳粉薄，舞多香雪翻②〔三〕。犹怜未圆月，先出照黄昏。

校记

①“休”，戊签作“林”，非。

②“香”，戊签作“春”，非。

集注

〔一〕【补】亦，尚、且。谓寒意已去然尚未晴暖。

〔二〕【补】坐莺、送客者均桃树。当酒，对酒也。重，指花重，与下“繁”字均状其繁茂。墙外繁枝，若送客然，故曰“送客出墙繁”。二句写一树繁花面对饮宴之人，客散时又似送客于墙外。

〔三〕【补】二句写桃花之落。

笺评

【何曰】第六似柳。（读书记）

【姚曰】竟日之间耳，坐莺送客，热闹曾几何时，而粉薄香翻随之矣。若非黄昏早出之月，不几虚度此日也耶？

【纪曰】极有情致，但格卑，而五句尤纤。问第六句恐不是桃诗。曰香泉以为直似咏柳也。（诗说）起二句好，末二句亦可观。（辑评）

【张曰】此诗是当时宫体。六句云“香雪”，则非可移诸柳诗。“啼久”句亦雅切。（辨正）

【按】似有惜桃花之方荣旋悴之意。末联谓犹爱未圆之月，先出照此黄昏中落英缤纷之桃园，盖明日即残红满地，芳华难觅矣。

春日寄怀

世间荣落重逡巡，我独丘园坐四春〔一〕。纵使有花兼有月，可堪无酒又无人①〔二〕？青袍似草年年定〔三〕，白发如丝日日新。欲逐风波千万里，未知何路到龙津〔四〕？

校　记

①“又”，冯曰：“一作更。”

集　注

〔一〕【何注】汉书叙传：“逡巡致仕。”（辑评）【程注】元稹诗：“荣落盈亏可奈何，生成未遍雪霜过。”庄子：“登高山，履危石，临百仞之渊，背逡巡，足二分垂在外。”过秦论：“逡巡遁逃而不敢进。”【补】张相诗词曲语辞汇释卷五：“逡巡，迅速之义，与普通之作为迟缓解者异。……李商隐春日寄怀诗：‘世间荣落重逡巡，我独丘园坐四春。’重，甚辞。……此言四年之间，世人之忽荣忽落甚迅速，独我之贫困如故也。”按张解甚确，程引“逡巡”非其义。坐，行将也。

〔二〕【袁曰】无酒无人，反不如并花月而去之。二语沉痛。（冯注引）

〔三〕【何注】陈后主诗："岸草发青袍。"（读书记）【朱彝尊曰】"定"字奇。【程注】庾信赋："青袍如草。"

〔四〕【冯注】三秦记："河津一名龙门，水险不通，龟鱼之属莫能上。江海大鱼薄集门下数千，不得上，上则为龙。"【程注】晋书孙绰传："绰尝鄙山涛，谓人曰：'山涛吾所不解，吏非吏，隐非隐，若以元礼门为龙津，则当点额暴鳞矣。"【道源注】任昉知己赋："过龙津而一息，望风条而再翔。"

笺　评

【朱曰】此叹汲引之无人也。（李义山诗集补注）

【杨守智曰】茂元既卒，来游京师，久之不调，故有是诗。（复图本）

【钱良择曰】此诗稍平易，然自是少陵家法，与他手平易者迥别。（唐音审体）

【唐诗鼓吹评注】首言人在世间，如物有荣枯，重在逡巡顷刻之间，落未久而又荣耳。独我久于丘园，处此穷约，纵使有花有月可以游赏，其能堪此无酒无人哉。嗟嗟青袍未换，白发丛生，欲逐风波而上龙门，未期何日可到，此所以重感于世间之荣落耳。

【陆曰】此义山退居太原时叹老嗟卑之作也。言荣落之际，世人所逡巡而不能忘情者，我岂乐此闲居而独坐丘园至四年之久耶？夫丘园中非无花晨月夕，而无酒无人，谁其堪此？青袍似草，言缨簪之绝望也。白发如丝，言血气之渐衰也。结言我非忘世之人，但风波万里，未识何途之从而得致要津也。本传："茂元卒，来游京师，久之不调。"此诗应作于会昌五六年间。

【徐德泓曰】清空如话，已为宋元人启径。

【姚曰】此叹汲引之无人也。荣落之感，世人何日能忘？不谓我之一坐，已是四年。纵使不以声利萦怀，而对花对月，如此无人无酒之恨何！况青袍不改，白发添新，非敢惮风波而甘邱壑也。仕路无媒，惟有抚时而叹耳。

【屈曰】一二寄怀之由。三四怀。五景，六情。结自伤，欲出而无路也。

【纪曰】不免浅率。（诗说）亦是滑调。（辑评）

【张曰】义山会昌元（当作“二”）年丁母忧，至是（按指会昌五年）闲居已四年矣，故曰“我独丘园坐四春”也。冯编于会昌六年，非是。（会笺）又曰：此诗极有情致，岂是油滑一派？大抵纪氏论诗，专以好恶为是非，未免有意吹索，皆非公论。（辨正）

【按】张氏系年是。商隐会昌二年冬居母丧，至五年春，尚遁迹丘园，闲居无所事，故有年不吾与之慨。末联仕进无路、汲引无门之慨。四句“无酒”似用陶潜五柳先生传“性嗜酒，家贫不能常得”之意。

落花

高阁客竟去，小园花乱飞。参差连曲陌，迢递送斜晖〔一〕。肠断未忍扫，眼穿仍欲稀①〔二〕。芳心向春尽，所得是沾衣〔三〕。

校　记

①“稀”，朱本、季抄作“归”。【何曰】“欲归”有味，看花之

心也。【姚曰】“稀”比“归”字胜。【纪曰】“稀”一作“归”，非。【按】“仍欲稀”指花落未已，留于枝头者愈见稀疏，正写“落”字。作“欲归”则专写人之惜花心理。以作“稀”较胜。

集 注

〔一〕【补】参差：形容花先后相接，纷纷降落之状，故下曰“连”。迢递：遥远。二句谓落英缤纷，势连小径曲陌；临空飞舞，宛若遥送夕阳斜晖。【何曰】（“参差”句）不独小园。（“迢递”句）日已晚矣。（辑评）

〔二〕【补】二句谓花之委于地者渐积渐多，然因肠断而未忍扫，花之残留于枝者仍不断凋落，愈见稀疏，不因惜花者之心急眼穿而暂辍也。【何曰】（“肠断”）思乡也。（按何解非。）

〔三〕【朱注】谢朓诗：“乡泪尽沾衣。”【程注】汉铙歌：“临水远望，泣下沾衣。”【何曰】（芳心）看花之心也。（辑评）【按】结联意双关，谓面对春尽日暮，有情之“芳心”（花心）所得者惟零落飘荡沾人衣裳之命运而已，关合己面对春残日暮，虽有惜花之心而无可奈何，唯有泣下沾衣而已。

笺 评

【锺惺、谭元春曰】俗儒谓温、李作落花诗，不知如何纤媚，讵意高雅乃尔。（锺）（“高阁”句）落花如此起，无谓而有至情。（锺）调亦高。（谭）（“肠断”句）深情苦语。（锺）（“所得”句）“所得”二字苦甚。（锺）

【朱曰】此因落花而发身世之感也。（李义山诗集补注）

【吴乔曰】落花起句奇绝，通篇无实语，与蝉同，结亦奇。（围

炉诗话）

【何曰】致光惜花七字意度亦出于此。（读书记）

【陆次云曰】落花诗全无脂粉气，真是艳诗好手。（晚唐诗善鸣集）

【沈德潜曰】题易粘腻，此能扫却臼科。（唐诗别裁）

【徐德泓曰】“眼穿”句，仍望春还，乃刻意苦语也。结亦沉挚，但“沾衣”似未可竟作泪名耳。

【李因培曰】“高阁”二句：忽从此说起，超妙之极。“肠断”句：未谐。“芳心”二句：此落花所以关情处。（唐诗观澜集）

【姚曰】此因落花而发身世之感也。天下无不散之客，又岂有不落之花？至客散时，乃得谛视此落花情状。三四，花落之在客者。五句，花落之在地者。六句，花落之犹在树者。此正波斯匿王所谓沉思谛观刹那，刹那不得留住者也。人生世间，心为形役，流浪生死，何以异此！只落得有情人一点眼泪耳。

【屈曰】一伤情，二落花，三四承二，五六承一，七八人花合结。人但知赏首句，赏结句者甚少。一二乃倒叙法，故警策，若顺之，则平庸矣。首句如彩云从空而坠，令人茫然不知所为，结句如腊月二十三日夜听唱，你若无心我便休，令人心死。（唐诗成法）“芳心”紧承五六，是进一步法。（玉溪生诗意）

【田曰】起超忽，连落花亦看作有情矣。结亦双关。（冯注引）

【杨曰】一结无限深情。（冯注引。）【按】复图本无此条。

【程曰】此亦悼亡之作，观首句可知，曰“客”者托词也。

【纪曰】归愚曰：“起法之妙，粘着者不知。”蒙泉评曰：好起结，非人所及。起句亦非人意中所无，但不免放在中间。后面写寂寞之景耳,得神在倒跌而入。四家评曰:一结无限深情,“得”字意外巧妙。○芥舟曰:“起句真是超绝。‘眼穿’‘肠断’,吾不喜之。”

【孙洙(蘅塘退士)曰】(“高阁”二句)花落则无人相赏,故竟去也。(“眼穿”二句)望春留而春自归。

【顾安曰】客去凭栏,正无聊赖。风飘万点,不觉伤心。三四写乱飞,并写高阁,亦得神理。(唐律消夏录)

【朱庭珍曰】凡五七律诗最争起处……李玉溪之“高阁客竟去,小园花乱飞”……皆高格响调,起句之极有力、极得势者,可为后学法式。(筱园诗话)

【张曰】老杜诗纪氏所奉为金科玉律者,亦常(尝)以“眼穿”对“心死”矣,何独恶乎义山?“肠断”“眼穿”,亦晚唐诗家常用语。且此二句词极悲浑,不得以字面论其工拙也。芥舟臆见可笑。(辨正)

【按】借落花以寓慨身世,此常调耳。本篇妙在处处紧密结合作者身世之感,以惜花伤春者之眼光、心情写落花,使落花与伤落花者浑然一体。首联以高阁客去为小园花飞作衬,画出寂寥冷落景象,“竟”“乱”二字曲传惜花者心绪之怅惘与纷乱。颔联以写落花动态为主,而“连曲陌”见飞红在惜花者心目中飘洒弥漫之广,“送斜晖”传达出诗人目睹斜阳落花倍加伤感。腹联以写惜花者心情为主,而花之委地、依枝情状仿佛可见。末联总收,将落花与具落花身世之作者合而为一。全篇纯用白描,无一典故藻饰,而落花与惜花者之神情全出。义山所谓“刻意伤春”之作,自含此类。

县中恼饮席〔一〕

晚醉题诗赠物华，罢吟还醉忘归家。若无江氏五色笔〔二〕，争奈河阳一县花〔三〕。

集　注

〔一〕【补】县中，当指永乐县。恼，戏也。

〔二〕【冯注】南史：“江淹尝宿于冶亭，梦一丈夫自称郭璞，曰：‘吾有笔在卿处多年，可以见还。’淹乃探怀中，得五色笔一以授之。尔后为诗绝无美句，时人谓之才尽。”

〔三〕【冯注】庾信赋：“若非金谷满园树，即是河阳一县花。”白帖：“潘岳为河阳令，树桃李花，人号曰‘河阳一县花’。”

笺　评

【何曰】此似席中意有所属，无缘荐□，故言若并无一诗题赠，几负此花，如未尝相值也。○（“晚醉”句）饮席。（“河阳”句）县中。

【姚曰】天下无可奈何境界，惟才情可以消受。虽然，须是遇怜才者始得。

【徐曰】饮席似妓席，与牧之“忽发狂言”同一豪致。（冯笺引）

【冯曰】玩“归家”字，则宜永乐县也。

【纪曰】自负其能以凌人，虽曰戏笔，亦无身分。第二句尤不成语。（诗说）露才扬己，殊不足观。（辑评）

【张曰】与杜樊川“忽发狂言惊四座”同一豪致，以为露才扬己，何也？岂诗人例作卑下语耶？（辨正）

【按】徐笺是。恼饮席，饮席戏题也。“物华”“河阳一县花”，均喻指席上歌妓，亦即戏题之对象。“题诗赠物华”之诗即本篇。

寒食行次冷泉驿〔一〕

归途仍近节①，旅宿倍思家②。独夜三更月，空庭一树花。介山当驿秀〔二〕，汾水绕关斜〔三〕。自怯春寒苦，那堪禁火赊〔四〕。

校　记

①“节”，悟抄作“郭”，非。

②“宿”，悟抄作“次”。

集　注

〔一〕【朱注】（冷泉驿）在汾州。【冯注】荆楚岁时记：“去冬节一百五日，即有疾风甚雨，谓之寒食，禁火三日。”前明统志：“冷泉在汾州府孝义县西南二十里，炎夏清冷。”本朝王阮亭秦蜀驿程后记：“抵介休县，过冷泉关，关为太原、平阳要害，又抵灵石县。”按：新书志汾州孝义县有隐泉山，颇疑音近，即后称冷泉者。【张曰】此必自永乐赴郑州途次作。首曰“归途”，郑州为义山故乡也。【按】张说非，详笺。

〔二〕【朱注】水经注：“袁崧郡国志曰：介休县有介山，有绵上聚，有之推庙。”寰宇记：“介山在汾州灵石县东三十里，昔介子推隐于此，因名。”【冯注】史记：“晋文公反国，介子推自隐，至死不复见。于是文公环绵上山中而封之，以为介推田，号曰介山。”新书志：“汾州介休县有雀鼠谷，有介山。”【冯班曰】双关。

〔三〕【朱注】水经:“汾水出太原汾阳县北管涔山,南至汾阴县北,西注于河。”唐书:“汾州灵石县有阴地关。”【冯注】周礼职方氏:“河内曰冀州,其浸汾、潞。”水经注:“(汾水)南过冠爵津。汾津名也,在介休之西南,俗谓之雀鼠谷。数十里间道隘,水左右悉结偏梁阁道,累石就路,俗谓之鲁般桥,盖通古之津隘。”北史:“周武帝大举东讨,大将军宇文盛守汾水关。”【按】关与驿当为一事,地在介休、灵石之间,汾水沿岸,东对介山。冯氏疑冷泉即隐泉山,然隐泉山在汾州北,与此联所云“介山当驿”“汾水绕关”者不符,疑非是。

〔四〕【朱注】琴操:“晋文公出亡,子绥割股以啖之。文公复国,忘其赏。子绥作龙蛇之歌而隐。文公求之不出,乃燔左右木,子绥抱木而死。文公哀之,令人是日不得举火,即寒食节也。”【冯注】新序:“文公求子推不得,以谓焚其山宜出,遂不出而焚死。”邺中记:“并州之俗,冬至后一百五日,为介子推断火,冷食三日,作干粥,今之糗是也。”按:后汉书周举传:“并州旧俗以子推焚骸,有龙忌之禁。”注曰:“龙,星,木位,春见东方。心为大火,忌火之盛,故谓(为)之禁火。俗传云子推以此日被焚而禁火。”然传文云:“每冬中,辄一月寒食,莫敢烟爨。举以盛冬去火,残损民命,非贤者意,作书置子推庙,宣示愚民,风俗颇革。”岂是后乃改于清明前耶?琴操云:“文公令民五月五日不得发火。”尤异辞矣。【补】自,已也,与“那堪”相应。赊,剧甚。禁火赊,禁火甚严。按赊有有馀、不足二义,此由有馀义引申。参张相诗词曲语辞汇释。二句谓本已怯春寒之苦,更那堪值此寒食，禁火甚严乎？

笺　评

【姚曰】归途旅宿，清景绝佳。三四驿中近景。五六驿中远景。末将寒食、冷泉映带作结。

【屈曰】"倍思家"三字殊欠发挥，结稍得之。

【程曰】诗中介山汾水，盖会昌四五年闲居太原之时作也。

【田曰】境地悄然，能使欢人生悲。（冯浩引。又辑评朱笔颔联眉批云："境地悄然。"）

【冯曰】首云归家，归永乐也。时方闲居，故感子推隐死之事。

【纪曰】气格颇高，三四亦佳句，但五六句忽写形势与上二句下二句俱不贯串，虽前四是序宿，后四是序行，然转折不清，嫌于杂乱鹘突也。"赊"字趁韵耳。（诗说）中唐正派。（辑评）

【张曰】夜既有月，则形势远近倍觉分明，岂有名家命篇而端绪不清者哉？"赊"字是赘说，然非趁韵也。（辨正）

【按】张谓归郑州途次作，非。义山自永乐赴郑州，当渡河循京洛大道东去，岂有北行至灵石、介休而复东南行至郑州者乎？此明为太原、永乐往来诗。冯编会昌五年春，似可从。全诗均夜宿冷泉驿所见所感，腹联系次宿时望中所见。清疏明秀，义山五律中又是一格。

喜闻太原同院崔侍御台拜兼寄在台三二同年之什〔一〕

鹏鱼何事遇屯同？云水升沉一会中〔二〕。刘放未归鸡树老〔三〕，邹阳新去兔园空〔四〕。寂寥我对先生柳〔五〕，赫奕君乘御史骢〔六〕。若向南台见莺友〔七〕，为传垂翅度春风〔八〕。

集　注

〔一〕【徐曰】使府侍御为寄禄官，台拜则即真矣，故闻而喜之也。（冯注引）【冯注】旧人以太原为王茂元者，误。此太原称地不称郡望也。太原同院，若谓太和六年令狐公尹太原，义山当至其幕，于事无征，且诗意不符。颇疑此时曾在李石太原幕，故曰"同院"，但与母丧时甚相近，参考不细合。味其意致，必闲居永乐时也。又按：李石先在令狐楚河东幕，必与义山夙契，当有往来之迹，惜无可明考。唐有三院御史：侍御史谓之台院，殿中侍御史谓之殿院，监察御史谓之监院。台拜，台院也。又冯氏补注曰：以太原事编此（冯系会昌四年）。然细玩情味，疑非本集而误入者。当再考。【张曰】此太原同院，必指令狐楚幕。"刘放未归""邹阳新去"，谓楚卒府罢。"先生柳"，用陶令故事，比县尉。崔与义山同为幕僚卑官，故曰"鹏鱼何事遇屯同"。崔台拜，而己屈就县尉，所谓一升一沉也。结联兼寄同年。冯编会昌四年，似未审。惟义山开成二年登第，同年纵早达，未必两年中即擢中台，此则不无可疑耳。诗似梦得，恐非玉溪手笔，姑附此。（按张系开成四年义山任弘农尉时）【岑仲勉曰】按令狐绹固早达，且藉先荫，然举太和四年进士，犹五六年后始官从八品之拾遗，如谓登第两年，即授正八已上之职，在唐制殆不可能，况复两三人乎？冯编会昌，远较张为稳。（张）笺又云："先生柳用陶令故事，比县尉。"此实张之根据（笺一亦云："陶潜五柳，唐人往往用为尉令典故，此诗必义山辞尉求调时作。”），然大卤平后移家到永乐诗亦有“依然五柳在”句，笺三固云“依然五柳在者，以陶令闲居自比。”安见其必指县尉乎？（僧孺子蘩，商隐同年，然据大中三年杜牧所作僧孺志，其见官犹不过正八品上之浙南府协律耳。）【按】岑驳正张说甚是。诗当作于闲居永乐期间。陶令五柳典，当视其如何运用而定其含义。此云“寂寥我对先生柳”，明言己闲居寂寥，如陶潜之对五柳，不得解为沉沦尉职。至题中“太原同院”，究指令狐尹太原时同幕抑李石镇太原时同幕，则苦乏确证。然参大卤平后移家永乐诗，似以同在李石幕为近。详下注及笺。

〔二〕【冯注】似与崔同遭险难，而俄判升沉也。【补】鹏喻崔，鱼自喻。易屯：“象曰：屯，刚柔始交而难生。”遇屯同，同遭危难。云水升沉，谓崔如云之升（台拜），己则如水之沉。

〔三〕【冯注】魏志：“刘放，涿郡人，说渔阳王松附太祖，以放参司空军事，历主簿记室。文帝时为秘书监，加给事中，遂掌机密。明帝尤见宠任。放善为书檄诏命，招喻多放所为。”世语曰：“放与孙资久典机任，夏侯献、曹肇心不平。殿中有鸡栖树，二人相谓：‘此亦久矣，其能复几？’”急就篇注：“皂荚树，一名鸡栖。”按：孙资为中书令，刘放为中书监，皆当宰辅之任，非庶僚也。“刘放”句似谓府主未得还朝。【按】据通鉴，会昌四年正月乙酉，杨弁率其众剽掠城市，李石奔汾州。戊子，诏李石复还太原。壬子，擒杨弁。三月丁巳，以李石为太子少傅、分司，以河中节度使崔元式为河东节度使。此句如指府主未得还朝，按时间则当是崔元式。盖作诗时作者已移家永乐（据下“寂寥我对先生柳”句可知），而移家时已值春暮。然冯解颇可疑，详下笺。

〔四〕【冯注】汉书梁孝王传："招延四方豪桀，自山东游士莫不至，齐人羊胜、公孙诡、邹阳之属。"邹阳传："梁事败，阳求方略解罪于上者。行月馀，还过王先生，发寤于心。辞去，不过梁，径至长安。""邹阳"句乃谓崔以台拜入京。【朱注】雪赋："梁王不悦，游于兔园，乃置旨酒，命宾友，召邹生，延枚叟。"

〔五〕【朱注】陶渊明集有五柳先生传。【程注】王维诗："路旁时卖故侯瓜，门前学种先生柳。"【按】指己闲居。已见大卤平后移家永乐注。

〔六〕【朱注】后汉书："桓典拜侍御史，常乘骢马，京师语曰：'行行且止，避骢马御史。'"【程注】杜甫诗："屡入将军第，仍骑御史骢。"【补】赫奕，显耀盛大貌。

〔七〕【朱注】通典："御史台亦谓之兰台寺。梁及后魏、北齐或谓之南台。魏制：有公事，百官朝会名簿，自尚书令仆以下悉送南台。"莺友：刘宾客嘉话录："今谓登第为迁莺，盖本毛诗'伐木丁丁，鸟鸣嘤嘤，出自幽谷，迁于乔木'，然并无莺字。顷试早莺求友及莺出谷诗，别无证据，岂非误欤？"愚按：唐人阳桢诗："轩树已迁莺。"苏味道诗："迁莺远听闻。"后来遂承袭用之。【冯注】诗："嘤其鸣矣，求其友声。"【按】禽经有"莺鸣嘤嘤"之语，唐人遂牵合"嘤其鸣矣，求其友声"而有莺友之语。此指三二同年。

〔八〕【朱注】冯异传："始虽垂翅回溪，终能奋翼渑池。"【冯注】张衡传："子睹木雕独飞，愍我垂翅故栖。"【程注】杜甫诗："青冥却垂翅。"

笺　评

【黄彻曰】老杜:“卿到朝廷说老翁,漂零已是沧浪客。”又:“朝觐从容问幽仄,勿云江汉有垂纶。”其后梦得送陈郎中云:“若问旧人刘子政,而今头白在商於。”送惠休则云:“休公久别如相问,楚客逢秋心更悲。”小杜:“江湖酒伴如相问,终老烟波不记程。”“交游话我凭君道,除却鲈鱼更不闻。”商隐寄崔侍御云:“若向南台见莺友,为言垂翅度春风。”临川:“故人一见如相问,为道方寻木雁编。”“归见江东诸父老,为言飞鸟会知还。”圣俞:“傥或无忘问姓名,为言懒拙皆如故。”坡:“单于若问君家世,莫道中朝第一人。”皆有所因也。(碧溪诗话)

【朱曰】此以汲引望人也。(李义山诗集补注)

【何曰】极似梦得。(读书记)

【陆曰】玩前四句,疑崔亦偃蹇一官,至此始得台拜。故义山闻命,而以鹍鹏变化之说喻之,盖喜之之辞也。刘放未归,言其久淹下位;邹阳新去,喜其忽拜殊恩。下言己之寂寥如此,崔之赫奕如彼,云水升沉,自此悬绝矣。按义山释褐秘书省校书郎,王茂元辟为掌书记,得侍御史,故有南台莺友之语(按此解误)。结用垂翅回溪之言,应是退居太原时作。

【徐德泓曰】首句,言与同院。次句,言一会间各异矣。鹏鱼,用庄子语。鹏之升云,比崔;鱼之沉水,自比也。中二联,俱分承,而一此一彼也。后则题中“兼寄”之意。

【姚曰】遇屯,同在院也;升沉,崔新拜也。鸡树老,已犹滞也;兔园空,崔已去也。因念此去以后,我甘寂寥,而君方赫奕,不知台中旧友,其能嘘拂及之也耶?

【屈曰】一二贤愚升沉。三升,四沉。五自己,六崔台拜。结寄同年。

【程曰】此亦退居太原时作，玩诗意可知。

【纪曰】比前二诗（春日寄怀、和马郎中移白菊见示）略可，然亦不佳。（诗说）起句笨，馀亦平钝。（辑评）

【王鸣盛曰】一篇中用七物，人必以堆砌讥之。当知此为西昆体，组织工妙，自宋人创空疏鄙俚之格，故反以此为病耳。

【张曰】诗语轻浅，又是一格。然不类义山手笔。纪氏以为平钝，则未然也。（辨正）

【按】“太原同院”究属何指，冯氏于令狐幕与李石幕之间游移不定（意实偏于指李石幕），张氏则谓必指令狐幕。然如张说，首句“遇屯同”或尚可解为二人仕途同遇艰难，偃蹇不进，然解至四句“邹阳新去”则辞穷矣。邹阳新去，显指崔侍御因台拜而新离太原幕，然则诗题之“太原同院”必不指相隔六七年之令狐幕府，而当指当时之李石幕府。若然，则首句“遇屯”亦当指会昌四年春杨弁之乱。参大卤平后移家永乐诗“甑破”“舟沉”及“脱身离虎口”等语，可推知义山杨弁乱时不特在太原，且有寓李石幕迹象。至于入幕为正式辟聘抑暂时居留，则不易确定。据义山当时母服未阕情况，或为暂时居留性质。

冯式解“刘放”句为府主未得还朝，盖因放后任中书监，非庶僚，与崔侍御之身份不符之故。然此诗结构，首联鹏鱼升沉合起，君我并举，颔、腹二联，则我沉君升两两分承，末联因崔之升而兼寄在台同年，以慨己之沉，次序井然。三句突入府主，殊为不伦。且义山长于活用故典，刘放鸡树之典，固不必泥放为秘书监也。此句当如姚氏所解，指己之滞。原典谓放久历机任，鸡树已老，义山则谓鸡树虽老，而己仍垂翅闲居，未归朝廷也，此正活用故典，以反衬己之沉滞。

评事翁寄赐饧粥走笔为答〔一〕

粥香饧白杏花天〔二〕，省对流莺坐绮筵〔三〕。今日寄来春已老，凤楼迢递忆秋千〔四〕。

集　注

〔一〕【冯曰】评事翁似为刘评事，韦则赴郓矣。【张曰】此评事似即永乐闲居之刘评事（按：前有和刘评事永乐闲居见寄），亦即刘、韦二前辈也。但刘公已去永乐，此或又到县居，或从他处寄赐，皆不可知，姑从冯编（会昌五年）。诗境似永乐退居时。【按】味诗意，刘评事似自京寄赐饧粥。

〔二〕【朱注】玉烛宝典："寒食节，今人悉为大麦粥，研杏仁为酪，引饧沃之。"孙楚祭子推文云："黍稷一盘，醴酪二盂。"是其事也。【程注】荆楚岁时记："寒食禁火三日，造饧大麦粥。"白居易诗："鸡球饧粥屡开筵。"【补】宋黄朝英缃素杂记："刘梦得嘉话云：为诗用僻字，须有来处。宋考功诗云：'马上逢寒食，春来不见饧。'饧，徐盈切。尝疑此字，因读毛诗郑笺说吹箫处云：即今卖饧人家物。六经唯此注中有饧字。……宋子京途中清明诗云：'漠漠轻花着早桐，客瓯饧粥对禺中。'寒食清明，多用饧粥事。"吴景旭历代诗话：释文："饧，夕精反；又音唐。"方言："饧谓之糖。凡饴谓之饧，自关而东，陈、楚、宋、卫之通语也。"释名："饧，洋也，煮米消烂，洋洋然也。……"邺中记云："并州之俗，冬至一百五日为冷节，作干粥，是今之糗也。”世俗每至清明，以麦成秫，以杏酪煮为姜粥，俟凝冷，裁作薄叶，沃以饧若蜜而食之，谓之麦糕。

〔三〕【纪曰】省，记也。【张曰】起联忆从前在京款洽也。【按】省对，曾对也。（参张相诗词曲语辞汇释五七三页）

〔四〕【冯注】天宝遗事：“宫中至寒食节，筑秋千嬉笑为乐，帝常呼为半仙之戏。”【按】凤楼，指宫中楼阁。鲍照代陈思王京洛篇：“凤楼十二重，四户八绮窗。”

笺评

【黄朝英曰】刘梦得嘉话云：为诗用僻字，须有来处。宋考功诗云：“马上逢寒食，春来不见饧。”饧，徐盈切。尝疑此字，因读毛诗郑笺说“吹箫”处云：“即今卖饧人家物。”六经唯此注中有饧字。后辈业诗，即须有据，不可学常人率焉而道也。……李义山诗云：“粥香饧白杏花天，省对流莺坐绮筵。”又宋子京途中清明诗云：“漠漠轻花着早桐，客瓯饧粥对禺中。”寒食清明，多用饧粥事。（缃素杂记）

【金介曰】“粥香饧白杏花天”句，七字一篇寒食赋。

【陆鸣皋曰】此即事而有帝京之思也。

【姚曰】极写蹉跎流落之感。

【屈曰】流莺比美人，故下言“忆秋千”。“省”字有意。

【程曰】详味诗意，是初尉弘农，系心京国之语。

【纪曰】只将今昔对照，一点便住，不说出已说出矣。此诗家常用之法。（诗说）

【按】此因评事寄饧粥而兴今昔之慨。昔年在京，于杏花开放之时，粥香饧白，曾共对流莺而坐绮筵，何等风流惬意。而今重睹饧粥,昔日之欢会已不可再,惟遥想宫中楼阁时见秋千之情景。言外不胜昔荣今悴之感。“春已老”三字正寓美人迟暮之慨。

所居永乐县久旱县宰祈祷得雨因赋诗

甘膏滴滴是精诚〔一〕,昼夜如丝一夕盈①〔二〕。只怪闾阎喧鼓吹〔三〕,邑人同报束长生〔四〕。

校　记

①“夕”原作“尺”,一作“夕”,影宋抄、钱本、席本、万绝作“夕”。蒋本、姜本作“勺”。【按】作“勺”显误。作“尺”亦非。盖此雨非倾注而下,昼夜而盈尺者,视“甘膏滴滴”“如丝”语可知。据影宋抄、钱本、席本及万绝改。诗意盖言密雨如丝,昼夜不停,一夕忽盈也。后人不解此意,以为“夕”与“夜”复,遂误改为“尺”。

集　注

〔一〕【冯注】春秋:“僖公三年六月雨。”公羊传注曰:“所以详录,贤君精诚之应也。”后汉书谅辅传:“为民祈福,精诚恳到。”【程注】王命论:“精诚通于神明,流泽加于生民。”李白诗:“苍天感精诚。”【补】诗小雅甫田:“以祈甘雨,以介我稷黍。”孔颖达疏:“云甘雨者,以长物则为甘,害物则为苦。”

〔二〕【朱注】张协诗:“密雨如散丝。”

〔三〕【何曰】“怪”字从“是”字生出。

〔四〕【道源注】晋书:“束皙,太康中,郡大旱。皙为邑人请雨,三日而雨注。众以晳诚感,为作歌曰:'束先生,通神明,请天三日甘雨零。我黍以育,我稷以生。何以酬之?报束长生。'"【冯曰】此用反托法。

笺评

【姚曰】格天感人,赞县令,语不轻下。第三句,见其不自以为功也。

【纪曰】鄙俚。

【按】姚笺第三句不确。"只怪",指作者只讶闾阎鼓吹何以如此喧阗,非指县令而言。四句正所以明闾阎鼓吹之故。或谓"只怪"系"何怪"之义,盖以束拟县宰也。亦通。

崔处士[①]

真人塞其内〔一〕,夫子入于机〔二〕。未肯投竿起〔三〕,唯欢负米归〔四〕。雪中东郭履〔五〕,堂上老莱衣〔六〕。读遍先贤传〔七〕,如君事者稀。

校记

①姜本题作"赠崔处士"。

集注

〔一〕【冯注】真人字见庄子,屡见道书。史记秦始皇本纪曰:"吾慕真人。"诗:"秉心塞渊。"郑氏笺:"塞,充实也。"老子:"塞其兑,闭其门。"庄子:"慎汝内,闭汝外。"皆塞其内之意。【姚注】庄子注:"固塞其精神也。"

〔二〕【冯注】庄子至乐篇:“万物皆出于机,皆入于机。”谓出入于造化机也,非机心机事之谓。

〔三〕【冯注】文选应休琏与从弟君苗君胄书曰:“伊尹辍耕,郅恽投竿。”注曰:“东观记:郅恽字君章,从郑次都隐弋阳山,渔钓甚娱。留十日,喟然告别而去。客江夏郡,举孝廉为郎。”庄子:“钓于濮水,楚王使大夫往焉,曰:‘愿以境内累先生。’庄子持竿不顾。”蜀志秦宓传:“楚聘庄周,执竿不顾。”此当用郅恽事。旧唐书杜审权传:“舍筑入梦,投竿为师。”按:此则用太公事。【程注】宋书江夏王义恭传:“义恭上表荐南阳宗炳曰:‘若以蒲帛之聘,感以大伦之美,庶投竿释褐,翻然来仪。”【屈曰】未肯投渔竿而仕也。

〔四〕【冯注】家语:“昔者由也常食藜藿之实,为亲负米百里之外;亲没之后,南游于楚,积粟万钟,列鼎而食,愿欲食藜藿为亲负米,不可复得也。”

〔五〕见喜雪“依稀履迹斜”句注。

〔六〕【冯注】师觉授孝子传:“老莱子,楚人。行年七十,父母俱存。常着斑烂之衣,为亲取饮,上堂脚跌,恐伤父母之心,僵卧作婴儿啼。孔子曰:若老莱子,可谓不失孺子之心矣。”

〔七〕【冯注】魏文帝有海内先贤传,其他书名甚多。【程注】宋书长沙王道规传:“嗣长沙王义庆,撰徐州先贤传十卷。”杜甫诗:“宅入先贤传,才高处士名。”【按】先贤传泛指,犹云先贤之传,非必以先贤传名书者。

笺评

【冯班曰】上六句先将崔处士似先贤事迹写透,末二句结出,

便通体皆灵。（何焯读书记引）

【何曰】安贫而又能致孝，此真事守身养志者也。（辑评）

【姚曰】塞其内，入于机，善藏其用也。中四句，隔句相承，五承三，六承四，真不求人知事。末以高出寻常许之。

【纪曰】四家以为无味也。

【按】崔处士不详何人。诗盛称其安贫不仕，事亲至孝，意致与居母丧闲居永乐期间所作过姚孝子庐偶书、喜雪、所居诸篇相近，或即此时所作。过姚孝子庐偶书一篇，冯谓"丧母未久，故触绪成篇。"此篇当亦类是。

郑州献从叔舍人褎〔一〕

蓬岛烟霞阆苑钟，三官笺奏附金龙〔二〕。茅君奕世仙曹贵〔三〕，许掾全家道气浓〔四〕。绛简尚参黄纸案〔五〕，丹炉犹用紫泥封〔六〕。不知他日华阳洞，许上经楼第几重〔七〕？

集　注

〔一〕【朱注】会昌中讨刘稹，褎为郑州刺史。本集有为舍人绛郡公上李相公启可证。【冯注】文集有为舍人绛郡公上诸相启，乃由中书舍人于会昌二年出守绛州移郑州者，正当刘稹叛乱时。启皆以多病事烦，乞移他郡，而诗言好道，意其养疾摄生、习导引之术欤？称舍人者，唐人重内轻外，投赠外官，每书其京衔。【补】中书舍人，中书省属官。唐时中书舍人掌管诏令、侍从、宣旨、接纳上奏文表等事。新旧唐书李让夷传有起居舍人李褎，当即其人。会昌四至六年在郑州刺史任。褎，同"褎"。会昌五年春，商隐应郑州刺史李褒之招，赴郑州。事见商隐上李舍人状。诗当作于居郑期间。

〔二〕【朱注】真诰："有上圣之德命终受三官书为地下主者，一千年乃转三官之五帝。"又曰："二天宫立一官，六天凡立为三官。三官如今刑名之职，主诸考谪，常以真仙司命兼总御之。"注：消魔经云："岱宗又有左火官、右水官及女官，亦名三官，并主考罚。"又曰："受用金龙玉鱼，此不可阙。"【道源注】东斋记："道家有金龙玉简，学士院撰文，具一岁中斋醮投于名山洞府。金龙以铜制，玉简以阶石制之。"【冯注】后汉书刘焉传："张鲁祖父陵，顺帝时学道鹤鸣山中，造作符书，以惑百姓。受其道者辄出米五斗，故谓之'米贼'。"注曰："张角为五斗米道，使人为鬼吏，主为病者请祷。请祷之法：书病人姓字，说服罪之意。作三通：其一上之天，著山上；其一埋之地；其一沉之水，谓之'三官手书'。"黄庭经："传得可授告三官。"注曰："天、地、水也。"金龙玉简，道书屡见，如黄箓简文经："投金龙一枚，丹书玉札，以关灵山五帝升度之信。"【补】蓬岛：传说中神山名。汉书郊祀志上："自威、宣、燕昭使人入海求蓬莱、方丈、瀛洲，此三神山者，其传在勃海中。"阆苑：传说中神仙居处。此处与蓬岛均喻宫苑。"三官"，朱注是。首联点李褒舍人身份与好道术。陆曰："在九重则掌丝纶，在六天则主笺奏。"

〔三〕【朱注】洞仙传："茅濛字初成，咸阳南关人，即东卿司命君盈之高祖也，师北郭鬼谷先生，受长生之术，入华山修道，白日升天。"集仙传："大茅君盈南至句曲之山，南岳真人赤君、西城王君及诸青童并从王母降于盈室，天皇大帝命五帝君赐以紫玉之板、黄金刻书九锡之文,拜盈为东岳上卿司命真君太元真人。王母命上元夫人授盈之二弟茅固、茅衷太霄隐书、丹景道经等四部宝经,命侍女张灵子执䇲信之盟以授于盈、固及衷,事讫,升天而去。”【冯注】唐柳识茅山白鹤庙记:“茅山,旧句曲也。汉元帝世,有茅君来受仙任,因为茅山。二弟亦此山得道。三峰是三君驻云之所。”

〔四〕【道源注】神仙传:“许翙,字道翔,小名玉斧,郡举上计掾主簿。父穆,长史,为上清佐卿。掾居方隅山洞石坛上焚香礼拜,因而不起,明旦视之,如生。”真诰曰:“从张镇南受衣解法。”十二真君传:“许逊字敬之,祖琰,父肃,世慕至道,师大洞君吴猛传三清法要。太康二年八月一日于洪州西山拔宅上升。晋尚书郎迈,散骑常侍、护军长史穆皆逊之族子,后俱得道。”晋书:“许迈字叔玄,丹阳句容人,志求仙道,立精舍于馀杭悬霤山,往来茅山洞室。父母既终,乃遣妇孙氏还家,遍游名山。”【冯注】晋书传:“许迈一名映,句容人也。遍游名山。后入临安西山,改名玄,字远游。莫测所终,皆谓羽化矣。”上清源统经目注序:“许迈之第五弟谧,真位为上清佐卿,谧之第三子玉斧,长名翙,字道翔,郡举上计掾不赴,后为上清仙公。”按:穆即谧也。道书玉斧称许掾,玉斧子黄民,黄民子豫之皆得仙。真诰言登升者三人:先生迈、长史谧、掾玉斧也。度世者五人:玉斧兄虎牙、玉斧子黄民、黄民长子荣、黄民二女道育、琼辉也。又玉斧之姑适黄家者曰黄娥,本名娥皇,亦得度世。万花谷引十二真君本传许逊为九州都仙太史,家属四十二口皆乘云去。【何曰】“奕世”“全家”便为“他日许上”伏

脉,从兄弟叙到叔侄,次第极妙。(辑评)

〔五〕【道源注】绛简,即赤章也。凡仙经朱书亦曰绛简。【朱注】沈约与陶弘景书:"方当名书绛简,身游玄阙。"冯鉴续事始:"贞观十年,诏用黄麻纸写诏敕文。高宗上元二年敕曰:'制敕施行,既为永式,比用白纸,各有虫蠹。自今尚书颁下诸州县并用黄麻纸。'"【冯注】黄庭经:"玉书绛简赤丹文。"唐会要:"开元三年,始用黄麻纸写诏。上元三年,诏制敕并用黄麻纸。"通鉴注:"唐故事:中书用黄白二麻,为纶命轻重之别。其后翰林学士专掌内命,中书用黄麻,其白皆在翰林院,拜授将相、德音赦宥则用之。"洪迈曰:"晋恭帝时,王韶之迁黄门侍郎,凡诸诏黄皆其辞也。则东晋时已用黄纸写诏矣。"【补】案,案卷、文案。尚书用黄札,故称黄案。

〔六〕【朱注】真诰:"紫薇夫人诗:庆云缠丹炉。"王续游北山赋:"拭丹炉而调石髓。"唐制:舍人掌丝纶,故用黄纸紫泥事。【冯注】太清中经有九鼎丹法。汉旧仪:"皇帝六玺,皆白玉螭虎纽,皆以武都紫泥封。"

〔七〕【冯注】南史处士传:"陶弘景止句容之句曲山。此山下是第八洞宫,名金坛华阳之天。乃中山立馆,自号华阳隐居。始从东阳孙游岳受符图经法,遍历名山,寻访仙药。永元初更筑三层楼,弘景处其上,弟子居其中,宾客至其下。与物遂绝,惟一家僮得侍其旁。"【道源注】神仙感遇传:"陶贞白就兴世馆孙先生,咨禀经法,行道要,拜表解职入茅山,登嵒告静,自称华阳隐居,书疏亦以此代名。然敕命饷赉常为烦剧,乃造三层楼栖止,身居其上,弟子居中接宾于其下,令一小竖传授而已。"

笺　评

【方回曰】三四善用事，义山体喜如此。（纪昀曰：此全不解义山门径语。）

【朱彝尊曰】此纯用仙家事，不是寄托，岂其人好道耶？是不可解。（辑评）

【何曰】三四是从叔入道，五六是舍人入道。第三从祖父说到今日叔侄分谊，落句根脉在此。（读书记）

【胡以梅曰】李褒必仕途而好道法者。起句指其结坛清洁，钟鼓虔修，故以比仙境称之，于中则有朝真笺奏也。三四必曾受箓封职，已非一世，而全家皆能奉道。五六借道家所用，夹以舍人掌诏制之物，渲染颜色，插和言之。结以陶隐居相比，欲附弟子之列，然亦不敢定而问之，妙。

【唐诗鼓吹评注】此诗一意谓仙，一意谓舍人。首以蓬莱、阆苑之境比中书凤凰池，盖言从叔在中书清贵如蓬莱仙人，闻殿庭之钟如阆苑钟也。次言舍人所掌诏章，注于青史，如三官醮章附注金龙之简。三四句言家多禄位，如茅真君累世为仙，许敬之一家得道也。仙书绛简，舍人则黄纸，天子以紫泥封诏，比仙家以丹封药炉，且朝廷有官爵，华阳则有经楼矣，言不知他日荐我于朝，亦如中书之得近天颜否也？（廖文炳原解）王清臣陆贻典曰：此正不必两两相比。玩颈联，绛简则参黄纸，丹炉则用紫泥，是舍人带官学道，非混而为一也。廖解附会郝注，而拘牵过之，遂生如许葛藤矣。陶贞白传："句容之勾曲山，一名华阳洞天，因自称华阳隐居。尝造三层楼，栖止其上，弟子居中，接宾于其下。"末谓不知我至华阳洞中，许上经楼第几重也。通篇只说以舍人而学道耳。

【陆曰】褒以舍人而通道术。会昌中,出为郑州刺史。义山献诗,当在其时。起言舍人在九重则掌丝纶,在六天则主笺奏,世群目为功名中人,而不知实蓬阆中人也。三四言不独今日为然,奕世皆属仙曹;不独一人为然,全家俱有道气。茅君许掾,舍人足以兼之矣。五六是夹写法,绛简而参以黄纸,丹炉而封以紫泥,方是舍人之学仙,移赠他人不得。又褒为义山从叔,故引陶隐居事作结,不知他日得如华阳弟子,为之接宾楼下否?自首迄尾,真乃字字切合。

【姚曰】褒必素奉道而居舍人之职者,故以汲引望之。蓬阆之间,金龙玉简,向主三官笺奏,班资高矣,良由夙根仙骨,非凡人之所敢望耳。今居舍人之职,黄纸敕书,紫泥封掌,以清贵之官而仍带烟霞之气,人地真不忝矣。但华阳经楼,岂容轻上,如我之辱在泥涂者,正不知许上第几重耳。

【屈曰】一二舍人已得仙道,但茅君得仙能携兄弟,许掾成道惠及全家,五六于今尚沉宦海,未便飞腾,他日华阳不知许我亦上经楼而共仙去乎?玉溪集中每刺仙家,则此首俱是寓意。

【程曰】此诗求之词气,以崇奉道术契合;观其神理,则望恩求荐之意居多。起联专属从叔,从舍人说到好仙。项联兼及自己,从仙家说到世系。腹联又专属从叔,从好仙说到舍人。结联又兼及自己,从成仙说到援引。此作诗之本旨也。若专认为谈仙,便是痴人说梦。

【纪曰】浅俗。(诗说)庸俗殆不可耐。(辑评)义山集中之下乘。(律髓刊误)

【姚鼐曰】五六东餐西宿之语。意褒乃托神仙说以取富贵者,故以是讽之与?(七言今体诗钞)

【方东树曰】大约李褒好道，起即用烟霞与钟鼎，远以称之。金龙虽用道家，仍切舍人主撰文笺奏。是时褒为郑州刺史，而曰舍人，盖寄禄也；五六用黄纸、紫泥与此同，皆双关也。收用陶华阳三层楼，自言来访也。此诗亦无胜可选，但有秀句而已。三官主考谪，岂比刺史耶？用事似精切，而不免东餐西宿，开俗诗涂饰之派。

【张曰】此亦晚唐应酬诗常调，为后人套熟，故觉可厌耳。何至庸俗且不可耐耶？论古人当留馀地，不得如是妄下断语也。（辨正）又曰：从叔舍人褒，即文集所谓绛郡公褒。学仙见补编诸启。唐语林"李尚书褒，晚年修道，居阳羡川石山"可证，故诗以好道言之。舍人外转，大非得意。"绛简""丹炉"两（按：当作一）联，祝其仍官京朝也。（会笺）

【按】此寻常应酬诗，若以思想论，自不免庸俗。"寓刺仙家""望恩求荐""祝官京朝"之说均求之过深。亦官亦道，此当时士大夫习尚。末联亦仅就学仙说，无希求汲引意。以学道求仙自诩者，即以仙家语称美之，如此而已。陆氏句释颇精，谓自首至尾，"字字切合"，诚然。

七夕偶题

宝婺摇珠珮〔一〕，嫦娥照玉轮〔二〕。灵归天上匹〔三〕，巧遗世间人〔四〕。花果香千户，笙竽溢四邻[①]。明朝晒犊鼻，方信阮郎贫[②]〔五〕。

校　记

①"溢"，季抄、朱本作"滥"。　②"郎"，季抄、朱本作

"家",非。

集 注

〔一〕【朱注】宝婺,婺女星也。左传注:"婺女为已嫁之女,织女为处女。"徐陵玉台新咏序:"金星与婺女争华。"【冯注】史记天官书:"牵牛为牺牲,其北河鼓。河鼓大星,上将;左右,左右将。婺女其北织女。织女,天女孙也。"索隐曰:"尔雅云:河鼓谓之牵牛,故或名河鼓为牵牛也。"尔雅云:"须女谓之务女。"或作"婺"字。荆州占云:"织女一名天女,天子女也。"【程注】王勃兜率寺浮图碑:"仙娥去月,旅方镜而忘归;宝婺辞星,攀圆珰而未返。"【按】婺女,即女宿,二十八宿之一,玄武七宿之第三宿,又名须女,有四星。左传昭十年:"有星出于婺女。"礼记月令:"孟夏之月,旦,婺女中。"

〔二〕【冯注】嫦、常通用。文心雕龙引归藏经作"常"。婺女近为之摇珮,常娥远为之照轮。珮、轮皆谓织女,盖催之渡河也。

〔三〕【冯注】崔寔四民月令:"七月七日,河鼓、织女二星神当会。"续齐谐记:"桂阳成武丁有仙道,谓其弟曰:'七日织女当渡河。'弟问曰:'何事渡河?'答曰:'暂诣牵牛。'世人至今云织女嫁牵牛也。"御览引大象列星图曰:"古歌'黄姑织女时相见'。黄姑即河鼓也,为吴音讹而然。"按:尔雅本作何鼓,注曰:"今荆楚人呼牵牛星为檐鼓。檐者,荷也。"则知原不作"河"。晋人七日夜歌:"灵匹怨离处。"【朱注】谢惠连牛女诗:"云汉有灵匹。"

〔四〕【朱注】用乞巧事。【姚注】荆楚岁时记:"七夕,人家妇女

结彩缕,穿七孔针,陈瓜果于庭中以乞巧,有喜子网于瓜上者则以为得巧。”【何曰】次联一句结上,一句生下,章法奇创。(辑评)

〔五〕【冯注】竹林七贤论:“阮咸,籍兄子也。诸阮俱善居室,惟籍一巷尚道业,好酒而贫。七月七日晒衣,诸阮庭中烂然,莫非绨锦。咸时总角,乃竖长竿标大布犊鼻裈于庭中,曰:‘未能免俗,聊复共尔。’”晋书阮咸传:“咸与籍居道南,诸阮居道北,北阮富,南阮贫。七月七日,北阮盛晒衣服,锦绮粲目。咸以竿挂大布犊鼻于庭,人或怪之,答曰:‘未能免俗,聊复尔耳!’”【补】史记司马相如列传:“相如身自著犊鼻裈,与保庸杂作,涤器于市中。”裴骃集解引韦昭曰:“今三尺布作,形如犊鼻矣。”王先谦汉书补注谓如今之围裙,但以蔽前,反系于后。

笺 评

【朱彝尊曰】平实。

【姚曰】天上果有牛、女,岂能以巧遗世人?花果笙竽,世俗之狂癡,大率如此。贫如阮郎,实不屑为此态耳。盖以嘲仕途之妄营者,故曰“偶题”。

【冯曰】极平实,却有寓意,盖借言婚于王氏也。一二谓作合者,即戊辰会静中“西山”“南真”之意。三四谓成婚得佳耦。五六即事。七八则自诉清贫,与王氏之富于财者异也。祭外舅文中有数语可互参。

【纪曰】无味。(诗说)无所取义,此种尘劫题可以不作。(辑评)

【张曰】冯氏谓借慨婚于王氏,是也。次联言人皆沾其馀润,而己所得者，但匹偶耳。茂元家赀甚富，而己长贫，故末句云然。与祭文参观，此当作于洛中也。（会笺。系会昌五年。）又曰：结句寄托显然，语亦鲜丽，迥异尘劫，纪氏何以知其无所取义耶？○因七夕以寄婚于王氏之感，结言非歆其多财也。（辨正）

【按】会昌五年夏，商隐自郑州抵洛阳，居茂元家。"夏秋以来，疾苦相继"（上郑州李舍人状四）。此诗系是年七夕居洛时作。前六句均即事，末二句方有寄慨。重祭外舅司徒公文云："迹疏意通，期奢道密。纻衣缟带，雅况或比于侨吴；荆钗布裙，高义每符于梁孟。"又云："愚方遁迹邱园，游心坟素，前耕后饷，并食易衣。不忮不求，道诚有在；自媒自衒，病或未能。虽吕范以久贫，幸冶长之无罪。"皆可为本篇末联作注脚。然此类诗与通篇刻意寄托者有异。盖作者因咏七夕牛女相会及世间乞巧之事，遂联及己之拙于谋生，夫妇贫贱相守情事，乃借阮咸七夕晒衣之事发之。固不得因末联微有寄慨而胶柱鼓瑟，例及全体。冯氏并前二联亦以婚于王氏之具体情事实之，不免穿凿。

寄令狐郎中〔一〕

嵩云秦树久离居〔二〕，双鲤迢迢一纸书〔三〕。休问梁园旧宾客，茂陵秋雨病相如〔四〕。

集　注

〔一〕【冯注】新书传："绹擢右司郎中。"按：旧书失书"郎中"。

绹子滈传："绹于会昌二年任户部员外郎。"则为郎中，必在三四年。【张曰】案旧书传但书累迁库部、户部员外郎，漏书右司郎中，新传则书擢累左补阙、右司郎中，出为湖州刺史，而漏书员外郎。考集寄令狐郎中诗有"嵩云秦树"语，系会昌五年义山病居东洛时作，而和绹湖州诗题亦云酬令狐郎中见寄，则绹洵由右司郎中出守，惟不详何年耳。刺湖州为会昌五年，故从原谱（指冯谱）载此（指为右司郎中在会昌四年）。又曰："嵩云"自谓，"秦树"谓令狐，时义山还自郑州，卜居洛下，方患瘵恙，子直有书问讯，故诗以报之。未几，令狐即出刺湖州矣。冯编入之永乐，盖未见补编耳。【按】张说是。义山于会昌五年春赴郑州李舍人褒之招，夏秋间居洛阳，详樊南文集补编上李舍人一、二、三、四状及张氏会笺。此诗作于五年秋。令狐绹出刺湖州在大中元年，详后酬令狐郎中见寄题注。

〔二〕【冯注】谓旧在河南、京师之迹。【按】冯注非。"嵩云""秦树"指己与令狐一在洛下，一在长安，两地相隔。及第东归次灞上却寄同年"秦树嵩云自不知"亦此意。

〔三〕【朱注】古诗："客从远方来，遗我双鲤鱼。呼儿烹鲤鱼，中有尺素书。"【按】此谓令狐有书问讯。

〔四〕【朱注】史记："司马相如客游梁，梁孝王令与诸生同舍。后为孝文园令，病免，家居茂陵。"【冯注】史记："司马相如称病闲居，不慕官爵，为孝文园令；既病免，家居茂陵。"【按】朱、冯引史记司马相如传似删削过甚，今补引如下："（相如）事孝景帝为武骑常侍，非其好也。是时梁孝王来朝，从游说之士齐人邹阳、淮阴枚乘、吴庄忌夫子之徒，相如见而悦之，因病免客游梁，梁孝王令与诸生同舍。"梁园宾客本此。梁园系梁孝王所建宫苑，故址在今开封东南。水经睢水注："或言兔园在平台侧，梁王与邹、枚、司马相如之徒极游其上。"梁孝王死，相如归蜀。武帝读子虚赋，颇赞赏，因得召进，任为郎。免官闲居茂陵系晚年事。"梁园旧宾客"，指己曾为令狐楚幕僚，受其知遇。"茂陵"句谓己当前闲居多病。令狐绹来书中问其近况，故借"茂陵秋雨病相如"答之。

笺 评

【敖英曰】落句以相如自况。此是用古事为今事，用死事为活事，如"短衣匹马随李广"、"为报惠连诗不惜"、"但用东山谢安石"、"自保曾参不杀人"、"凭君说与谢玄晖"，皆是此法。（唐诗选脉笺释会通评林）

【唐汝询曰】嵩云秦树，天各一方，所可达者惟书耳。然我秋雨抱疴，无足问也。（唐诗解）

【周珽曰】义山才华倾世，初见重于时相，每以梁园宾客自负，后因被斥，所向不如其志，故此托卧病茂陵以致慨，意谓秦梁修阻，所凭通信，惟有一书，今已抱病退居若相如矣，虽有书可寄，不必重问昔时之行藏也。（唐诗选脉笺释会通评林）

【陆鸣皋曰】李系令狐楚旧客，故云。冀望之情，写得雅致。

【姚曰】相如病卧茂陵，非杨得意无由见知于武帝，此以杨得意望令狐也。

【屈曰】求荐达之意在言外。

【程曰】此亦居郑亚幕中寄绹者。曰"梁园旧客"，皆追论畴昔从楚于汴州之时。末语以茂陵卧病自慨者，亦颓然自放，免党怨之词也。

【杨曰】其词甚悲,意在修好。(冯浩引)复图本作"言外有求援之意"。

【纪曰】一唱三叹,格韵俱高。

【姜炳璋曰】"嵩云",指从令狐楚于汴州时事;"秦树",指在长安时,以梁孝王喻楚,以相如自喻。盖绹为考功郎中之日,正郑亚官桂管之时,赞皇去位,义山在郑幕中,而以诗寄绹也。梁园旧客,感之以先德宜绳也;卧病相如,动之以衰病可念也。

【俞陛云曰】义山与令狐相知久,退闲以后,得来书而却寄以诗,不作乞怜语,亦不涉觖望语,鬓丝病榻,犹回首前尘,得诗人温柔悲悱之旨。(诗境浅说续编)

【按】诗之作意,诸家多以望荐、修好为解。然细味全诗,结合当日情势,颇觉可疑。义山因入王茂元幕及婚于王氏,致遭令狐绹之疑忌。令狐绹官职,会昌年间虽有所升迁(由库部员外郎迁户部员外郎,再迁右司郎中),然均非显职。会昌四、五年间,又正值牛党势力之最低点。故于此牛党失势之日,令狐绹以此类官职,实亦不能成为义山望荐之对象。此固与大中初牛党得势,令狐绹累擢显职之情况绝异者。自义山方面而言,此时茂元已卒,失其所依,又别无所谓"背恩"之行动(如开成三年之入茂元幕,大中元年之入郑亚幕),令狐绹似亦不必时时嫉其往昔之"背恩"而必加诟责也。要之,会昌时期,由于主客观情势之变化,令狐绹与义山之矛盾有所缓和。赠子直花下与本篇均为当日情况之反映。本篇一二言彼此秦洛离居,承令狐寄书存问。三四谓令狐情意殷勤,尚念旧谊,然己则闲居多病,秋雨寂寥,情颇难堪,甚有愧于故人之存问也。诗有感念旧恩故交之意,而无卑屈趋奉之态;有感慨身世落寞之辞,而无乞援望荐之念。实义山寄赠令狐诗中较可读者。纪氏称此诗"一唱三叹,格韵俱高",较得其情。

又,杨得意于武帝前言相如为子虚赋事与本篇"茂陵秋雨病相如"句无涉,姚笺误。

独居有怀

麝重愁风逼〔一〕,罗疏畏月侵。怨魂迷恐断,娇喘细疑沉。数急芙蓉带〔二〕,频抽翡翠簪〔三〕。柔情终不远[①],遥妒已先深。浦冷鸳鸯去,园空蛱蝶寻〔四〕。蜡花长递泪〔五〕,筝柱镇移心〔六〕。觅使嵩云暮〔七〕,回头灞岸阴〔八〕。只闻凉叶院,露井近寒砧〔九〕。

校　记

①"不远",才调集作"未达"。

集　注

〔一〕【冯注】已含秋景,与结处相应。【补】麝重,谓香气馥郁。

〔二〕【朱注】梁元帝乌栖曲:"芙蓉为带石榴裙。"【朱彝尊曰】瘦则带缓,故数急之。(钱氏审体笺同)

〔三〕【朱注】后汉书舆服志:"太皇太后、皇太后入庙,簪以玳瑁为擿,长一尺,端为花胜,上为凤雀,以翡翠为毛羽。"梁费昶诗:"日照茱萸领,风摇翡翠簪。"

〔四〕【冯注】张协杂诗:"蝴蝶飞南园。"【何曰】("浦冷"句写)独。

〔五〕【冯注】庾信对烛赋:"铜花承蜡泪。"

〔六〕【冯注】见昨日。【补】镇,长,久。褚亮咏花烛:"莫言春稍晚,自有镇开花。"

〔七〕【道源注】汉武内传:"武帝夜梦与李少君俱上嵩高山,半道,有锦衣使者乘龙持节从云中下,言太乙君召。觉,即告近臣曰:'如朕梦,少君将舍朕去矣。'"

〔八〕【朱注】王粲诗:"南登灞陵岸,回首望长安。"【冯曰】身在嵩云,回望长安,觅使传书。【按】冯解是。

〔九〕【冯班曰】可闻不可见,怀也。(辑评)【按】己所思者在长安,非特不可见,亦不可闻,冯班注非。

笺　评

【朱曰】此为忆情人而不得近之词。(李义山诗集补注)

【冯班曰】此篇尤为陶令闲情。

【朱彝尊曰】("觅使"句)忆王茂元所。("回头"句)忆令狐绹家。(末联)写出独居风景。

【杨守智曰】此诗为令狐而作也。柔情不远,言己虽为茂元从事,不忍与令狐绝也。遥妒已深,言令狐之党共嫉之也。鸳鸯去,茂元之女已殂,"蛱蝶寻",与"东阁无由得重窥"同意,"嵩云",谓茂元索。"灞岸",谓别令狐。使问不绝,回音依依,其非背恩无行可知。(复图本)

【何曰】亦为令狐而作,观"嵩云""灞岸"句可见。"柔情"句见己之不忘旧好,"遥妒"句谓李宗闵等间之也。(辑评)

【陆鸣皋曰】前四句,写独居幽况。"数急"四句,有朝命不至,而他人我先意。"浦冷"四句,言时光已失,不禁涕泪而回肠也。“嵩云暮”，则无从觅召我之使矣；“灞岸阴”，则不见长安矣。所闻者惟凄然景物，不亦悲乎！

【姚曰】此句忆情人而不得近之词。前八句，写所怀之人。“柔情”二语妙，女子善怀，亦善妒也。“浦冷”以下，乃自诉其不得一达耳。

【屈曰】一段美人妆束情态。二段美人先已思我。三段别恨。四段通信无人而永夜不寐也。○有精妙之句，无变化之方，遂令意不飞动。

【程曰】义山之忧谗畏讥，始于去令狐而就王茂元河阳之辟，此诗正其时也。起四句言谤议侵逼，可畏可愁，魂气迷离，若沉若断。中四句言去此就彼，亦若频烦，岂无旧情，何期遭妒。下四句承上文“柔情终不远”意，言此身虽去，梦寐犹寻，有泪谁知，中心自矢。末四句承“遥妒已先深”意，言嵩云无使，灞岸生阴，凉院独居，有怀寒露。篇中“情”字、“妒”字是眼，“嵩云”字、“灞岸”句是证，确为河阳忆长安作无疑。

【冯曰】通首就所怀之人着笔。一二写其娇态。三四言其魂梦相思。以下数联，皆摹离绪。末二联拍到己之独居而怀之也。大旨是寄内之作，或别有艳情，必非寓意令狐。

【纪曰】词纤格卑，三四尤鄙猥。（诗说）格不甚高，而语意清丽，纯以情韵胜人。○“娇喘”二字未雅。○七八句上下转关。（辑评）

【张曰】语丽情深，似寓意令狐。起句谓身世孤危。“柔情”自指，“遥妒”指子直。“浦冷”、“园空”，牛党未得意时也。“蜡花递泪”“筝柱移心”，比己之去牛就李。玩“觅使”一联，其会昌五年洛中作乎？颇可编年也。冯氏谓寄内、艳情，未确。（会笺）又曰：纪氏动以格律诋义山，不知此种诗，正义山独创之格也，何可以纪氏之格绳之！“娇喘”二字亦未见其不雅，苛论最可厌。〇“浦冷”比李党无依。“园空”指仍向令狐寻好也。〇此诗亦寄意令狐所作，当是大中二年荆门归后在洛赋者。是时子直交谊已乖，而己尚拟陈情而恐其疏我也，故曰“柔情终不远，遥妒已先深。”“嵩云”切洛，“灞岸”指子直京师也。（辨正）

【按】冯谓：“通首就所怀之人着笔”，非是。“独居有怀”者系女子，非男子“独居”而有怀也。起二句，麝熏香浓，犹可重温旧梦，风逼则香散梦断，故曰“愁风逼”；罗疏月侵，则耿耿不寐者尤难乎为情，故曰“畏月侵”。“愁”“畏”皆独居女子特有心理。“怨魂”二句，伤离怨别，梦绕魂迷，杳然不知所之；娇喘细弱，几疑一息将沉。“数急”二句，形容憔悴瘦损。“柔情”二句，谓己之柔情脉脉，终不远离对方，然彼则并不知我之癡情而遥妒已深矣。张氏分解此二句，最得其旨。“浦冷”二句，对方离去之后寂寞清冷情景。“蜡花”二句，伤别难寐，唯伴残烛而递泪；长日无聊，唯藉弹筝以自遣。“镇移心”，谓长因筝声凄凄而益动离情。“觅使”二句，谓己居嵩洛，彼在长安，觅使传书而无由。末二句，以写独居寂寞作结。此诗“柔情”二句、“觅使”二句暗露寓托消息，与寄令狐郎中一诗合参，寄意尤明。“秦树嵩云久离居”一句即可概括“独居有怀”之背景，且与本篇“嵩云”“灞岸”之语正合。“柔情”二句，即谓己虽系心令狐，感恩怀旧，彼则早已心存隔阂而深忌我矣，此正一篇之眼。全篇所抒写之离怀，亦即所谓“休问梁园旧宾客，茂陵秋雨病相如”也。

所不同者,此则云觅使传书而无由,彼则曰“双鲤迢迢一纸书”耳。二诗写作时间当相去不远,张氏会笺谓会昌五年洛中作,可从。此篇与寄令狐郎中同中有异,盖寄诗系直陈令狐者,故感念旧恩、慨己落寞,委婉不露;此篇则借题抒怀之作,故不免言及对方之“遥妒已先深”。合观之,则其时双方关系虽有所缓和,而往日之隔阂与裂痕终未能消弭也。

汉宫词〔一〕

青雀西飞竟未回〔二〕,君王长在集灵台〔三〕。侍臣最有相如渴,不赐金茎露一杯〔四〕。

集 注

〔一〕【徐曰】碛砂唐诗作杜牧诗。【冯曰】的是义山手笔。

〔二〕【道源注】汉武故事:“七月七日,上于承华殿斋,忽青鸟从西来。上问东方朔,朔曰:‘西王母欲来。’有顷,王母至。(及去,许帝以三年后复来,后竟不来。)”洞冥记:“东方朔望见巨灵,目之,化青雀飞去,帝乃起青雀台。”【冯注】山海经西山经:“玉山,西王母所居,其状如人,豹尾虎齿而善啸,蓬发戴胜,是司天之厉及五残。”又曰:“昆仑之邱,有人名西王母。”海内北经:“西王母梯几而戴胜杖。”山海经大荒西经曰:“西有王母之山,有三青鸟,赤首黑目,一名曰大鵹,一名少鵹,一名青鸟。”注曰:“皆西王母所使也。”又见西山经三危之山,又见海内北经,注皆云:“为王母取食。”【唐汝询注】蔡琰琴赋:“青雀西飞,别鹤东翔。”

〔三〕【冯注】三辅黄图:“集灵宫、集仙宫、存仙殿、望仙台,皆武帝宫观名,在华阴县界。”按:唐亦有集灵台,即华清宫长生殿侧,见旧书纪。此则用汉事。

〔四〕【冯注】三辅黄图:“建章宫有神明台,武帝造,祭仙人处。上有承露台,有铜仙人舒掌捧铜盘玉杯,以承云表之露,和玉屑服之。”按:三辅黄图建章宫神明台,甘泉通天台,皆言有承露盘。【补】文选班固西都赋:“抗仙掌以承露,擢双立之金茎。”张诜注:“抗,举也。金茎,铜柱也。作仙人掌以举盘于其上。”骆宾王帝京篇:“铜羽应风回,金茎承露起。”义山此诗金茎实即指仙人掌承露盘。

笺　评

【罗大经曰】讥武帝求仙也。言青雀杳然不回,神仙无可致之理必矣,而君王未悟,犹徘徊台上,庶几见之。且胡不以一物验其真妄乎?金盘盛露,和以玉屑,服之可以长生,此方士之说也。今侍臣相如,正苦消渴,何不以一杯赐之,若服之而愈,则方士之说,犹可信也,不然,则其妄明矣。二十八字之间,委蛇曲折,含不尽之意。(鹤林玉露)

【陈模曰】此诗若止咏武帝求长生,相如病渴而已,而不知其讥刺汉君臣之颠倒者,而意溢于言外矣。盖言长在集灵台,与金茎露杯,则武帝惑于神仙长生之说者可见。言相如渴,则相如有乖于卫生而病者又可见。使金茎露果可饮而不死,则必能疗相如之渴,不然则又安能长生乎?隐然抑扬,寓此意也。(怀古录)

【李攀龙曰】望幸之思怅然。

【唐汝询曰】青雀不返,王母无验矣,帝犹望仙不已,则金茎之

露何不赐消渴之相如，以观其效耶？（唐诗解）

【吴逸一曰】唐宪宗服金丹暴崩，穆宗复循旧辙，义山此作，深有托讽意。天子好仙，宫闱必旷，故以宫词名篇。（唐诗选脉笺释会通评林）

【周珽曰】此刺世主不急礼贤而徒事虚妄无益之事也。彼青雀西飞不返，王母复来之语，既已不验，汉武惑于方士妄言而不悟，犹登台望仙不已，何愚若是也？后二句至天隐注：若食露果可不死，相如最渴，何不以此试之，则验否见矣。（同上）

【吴乔曰】明人不知比兴，而说唐诗，开口便错。义山之"侍臣最有相如渴，不赐金茎露一杯"，言云表露试之治病，可知真伪，讽宪武之求仙也，白雪楼大诗伯以为宫怨。（围炉诗话）

【朱曰】按史：宪宗服金丹暴崩，穆宗、武宗复循其辙。义山此作，深有托讽，与后瑶池诗同旨。

【朱彝尊曰】玩通首，言好渺茫而恩不下逮，非专讽刺学仙也。

【冯班曰】刺好仙事虚无而贤才不得志也。风刺清婉。（二冯评阅才调集）

【何曰】讽求仙之无稽而贤才不得志也。

【杨逢春曰】此刺求仙无益。言求仙而仙已无念也。通首作唤醒语，绝不下一断笔，而一种痴情，自于言外传出。咏史诗中最为体格浑成。（唐诗偶评。转引自霍松林主编万首唐人绝句校注集释）

【沈德潜曰】言求仙无益也。或谓好神仙而疏贤才，或谓天子求仙，宫闱必旷，故以宫词名篇，以相如比宫女，穿凿可笑。（唐诗别裁集）

【徐增曰】此甚言求仙无验，天子不当尚此虚诞之事。……仙人可成，消渴之疾岂医不得？……武帝既取云表之露和玉屑以服之求长生，岂不赐一杯于相如，愈其消渴之疾，而相如竟以消渴死。相如饮露而死，则仙无灵；若不赐相如，坐视其疾而不救，是武帝有仙人之私而无天子之德矣，武帝岂吝此一杯露者哉！疾且不能愈，而敢望仙之必成也？……（而庵说唐诗）

【姚曰】微辞婉讽，胜读一篇封禅书。

【屈曰】君王之望仙，犹臣之望君，奈何不赐金茎之露乎？言不蒙天子特恩也。○金茎露即金丹之类也。若旧注作托讽宪宗服金丹暴崩解，是义山亦欲求死耳。

【程曰】长孺之言，以为与瑶池诗同旨，是也。但谓泛论宪宗、穆宗、武宗之好仙，未归一是。愚见专为武宗也。考武宗会昌五年正月筑望仙台于南郊，则次句比事属词，最为亲切也。

【田曰】深婉不露，方是讽谏体。（冯笺引）

【冯曰】武宗朝，义山闲居时多，借以自慨，非讽谏也。

【纪曰】笔笔折转，警动非常，而出之深婉。后二句言果医得消渴病愈，犹有可以长生之望，何不赐一杯以试之也。折中有折，笔意绝佳。（诗说）用意最曲。若作好神仙而不恤贤臣，其意浅矣。又曰：钝吟此解，上下画为两橛，殊失语妙。（辑评）

【姜炳璋曰】“不赐”是形容“长在”二字，见求长生之专也。

【潘德舆曰】义山讥汉武诗云：“侍臣最有相如渴，不赐金茎露一杯。”意无关系，聪明语耳。许丁卯则云：“闻有三山未知处，茂陵松柏满西风。”隽不伤雅，又足唤醒痴愚。（养一斋

诗话）

【俞陛云曰】前二句言求仙之虚妄，以一“竟”字唤醒之，而君王仍长日登台不悟。三、四句，以相如病渴、金盘承露两事，联缀用之，见汉武之见贤而不能举，此殆借酒以浇块垒，自嗟其身世也。

【张曰】武宗朝，义山丁忧闲居，不得入朝，故假武宗求仙以寄慨。“侍臣”二句，义山自谓，曾官秘书省正字，故曰侍臣也。纪评未详其意，解释晦曲，真穿凿之尤者也。○相如渴，以相如茂陵卧病，比己之闲居也。寄子直诗已言“茂陵秋雨病相如”矣。盖同时作。（辨正）又曰：孙樵露台遗基赋序：“武皇郊天明年，作望仙台于城之南。”诗言“君王长在集灵台”，台成会昌五年，正义山服阕将重官秘省时也，故有“侍臣”句。首句点明洛中作，长安在洛之西，故曰“西飞”。好音尚乖，故曰“未回”。“金茎”喻内职。“相如渴”，即“渴然有农夫望岁”之志。通首皆希冀显达之微言，非有所托讽。冯编永乐闲居时，一往似通，征实则谬矣。（会笺）

【按】此诗旨意，或谓讽求仙，或谓自慨，实则二者兼而有之，而以讽求仙为主。首句谓青雀西飞未回，暗示西王母之迟迟不来，杳无音讯，见求仙之虚妄，与汉宫“王母不来”同意。次句谓神仙虽不来而君王仍长守于集灵台，刺其溺于求仙，沉迷不悟。溺于求仙者必荒于朝政，疏于求贤，故三四即因其求仙而转出另一意：长在集灵台，则金茎之露自应多矣，奈何惜此一杯露水不以赐病渴之侍臣乎？此中含数层意：讽其“长在集灵台”而毫无所得，既不见西王母之来，亦未见金茎之仙露；讽其溺于求仙而无意求贤，亦即“不问苍生问鬼神”之意；慨己之渴求仕进，而不得分君王一杯雨露,“渴”“露”含义双关。

程笺谓专刺武宗,甚是。史载,武宗好神仙,道士赵归真得幸。谏官屡以为言,李德裕亦谏之。会昌五年正月,敕造望仙台于南郊坛。是年秋冬,觉有疾,而道士以为换骨。此诗之作,约在筑望仙台之后,义山重官秘阁前。是时义山閒居已久,亟盼起用,故有“相如渴”之语。

北齐二首

一笑相倾国便亡〔一〕,何劳荆棘始堪伤①〔二〕。小莲玉体横陈夜②〔三〕,已报周师入晋阳〔四〕。

其二

巧笑知堪敌万机〔五〕,倾城最在著戎衣〔六〕。晋阳已陷休回顾③,更请君王猎一围〔七〕。

校　记

①“堪”原作“悲”,一作“堪”,据蒋本、姜本、戊签、悟抄、席本、钱本、影宋抄、朱本改。万绝亦作“堪”。

②“莲”,姜本、戊签、席本、朱本作“怜”。

③“顾”,席本作“首”。

集　注

〔一〕【补】诗大雅瞻卬:“哲夫成城,哲妇倾城。”汉书外戚传:“李延年歌曰:‘北方有佳人,绝世而独立;一顾倾人城,再顾倾人国。宁不知倾城与倾国,佳人难再得。’”此句“一笑相倾”之“倾”为倾倒、倾心之意。又双关国亡之“倾”。

〔二〕【朱注】吴越春秋：“夫差听谗，子胥垂涕曰：‘以曲作直，舍谗攻忠，将灭吴国，城郭丘墟，殿生荆棘。’”【冯注】史记淮南王列传：“召伍被与谋，被怅然曰：‘王安得此亡国之语乎？臣闻子胥谏吴王曰：“臣今见麋鹿游姑苏也。”今臣亦见宫中生荆棘，露沾衣也。’王怒。”

〔三〕【朱注】北齐书：“后主冯淑妃，名小怜，大穆后从婢也。穆后爱衰，以五月五日进之，号曰‘续命’。慧黠能弹琵琶，工歌舞。后主惑之，愿得生死一处。”宋玉讽赋：“主人之女为臣歌曰：内怵惕兮徂玉床，横自陈兮君之旁。”释德洪楞严合论引司马相如好色赋曰：“花容自献，玉体横陈。”今此赋不传，或出假托。【冯注】太平御览果部引三国典略：“冯淑妃名小莲也。”万花谷作“小莲”。白香山梦行简诗“池塘草绿无佳句，虚卧春窗梦阿怜”，又以“怜”作“连”，岂古皆通用耶？楞严经：“我无欲心应汝行事，于横陈时味如嚼蜡。”横陈字六朝人诗屡用之。【吴景旭曰】观梁元帝诗：“王孙及公子，熊席复横陈。”夏英公诗：“横陈皆锦绣，器皿尽金玉。”所谓横陈，乃铺陈之义。海录碎事：“横陈，言同被也。”则李义山所云：“小怜玉体横陈夜，已报周师入晋阳。”其谓此邪？（历代诗话）

〔四〕【朱注】北齐书：“武平七年十二月，周武帝来救晋州，齐师大败。帝弃军先还，留安德王延宗等守晋阳。帝走入邺。辛酉，延宗与周师战于晋阳，大败，为周师所虏。”【按】周师攻破晋阳（今山西太原市。为北齐军事中心），向邺城（齐都）进军。次年，周师抵邺城下，朝官纷纷出降，齐后主出逃被俘，齐亡。此以“周师入晋阳”形容北齐面临危亡局势。

〔五〕【程注】诗:“巧笑倩兮。”书:“兢兢业业,一日二日万几。”【补】尚书孔安国传:“几,微也。言当戒惧万事之微。”汉书百官公卿表:“相国、丞相皆秦官,金印紫绶,掌丞天子,助理万机。”

〔六〕【程注】书:“武成一戎衣,天下大定。”【按】谓冯淑妃之美艳动人尤在着戎装时。

〔七〕【朱注】北齐书:“周师取平阳,帝猎于三堆。晋州告急,帝将还。淑妃请更杀一围,从之。”【冯注】北史传:“周师之取平阳,帝猎于三堆,晋州亟告急,帝将还,淑妃请更杀一围,帝从其言。及帝至晋州,城已欲没矣。”通鉴:“晋州告急,自旦至午三至;至暮更至,曰:‘平阳已陷。’乃奏之。齐主将还,淑妃请更杀一围,从之。”按:隋、唐地志:晋阳在太原,与晋州平阳郡相距数百里。淑妃请更杀一围,乃平阳事,非晋阳也,似小误。或言晋阳寻即陷矣,无可回顾,其犹能更请一围乎?犹上首已入晋阳之意,用笔皆幽折警动。【按】此当是作者误记晋州平阳郡为晋阳,冯或解非。

笺　评

【黄彻曰】晨牝妖鸱,索家生乱,自古而然。故夏姬乱陈,费无极乱楚。李义山咏北齐云:“小莲玉体横陈夜,已报周师入晋阳。”东坡“成都画手开十眉,横云却月争新奇。游人指点小鬟处,中有渔阳胡马嘶。”熟味此诗,则“吴人何苦怨西施”,岂足称咏史哉!等而下之,凡移于此物者,皆可以为戒。(碧溪诗话)

【朱曰】只叙本事耳，言外却有许多感叹。（李义山诗集补注）

【何曰】上言其一为所惑，祸败即来；下言转入转迷，必将祸至不觉，用意可谓反覆深至矣。首章最警切。又按：上篇叹其不知不见是图，下篇笑其至死不悟。（读书记）又曰：（首章三四句）警快。（辑评）

【朱彝尊曰】（首章第三句评）故用极亵昵字，末句接下方有力。（次章三四句评）有案无断，其旨更深。（冯笺引均作钱评）

【杨守智曰】玉溪咏史诗自创一格，深婉刻挚，迥非他家所及。此咏史体也，平述往事，以例令使，言者无罪，闻者知戒，有右尹祈招遗意。（复图本）

【张谦宜曰】不说他甚底，罪案已定，此咏史体。（絸斋诗谈卷五）

【徐德泓曰】（首章）甚言女宠之祸，又进一层。

【姚曰】前者是惑溺开场，后者是惑溺下场，沉痛得正月诗人遗意。

【屈曰】（首章）“一”字“便”字，“何劳”字“始堪”字“已报”字相呼相应。（次章）“知堪”“最在”“已陷”“更请”相呼相应。不用论断，具文见意。

【程曰】此托北齐以慨武宗王才人游猎之荒淫也。

【冯曰】（首章）北齐以晋阳为根本地，晋阳破则齐亡矣。诗言淑妃进御之夕，齐之亡征已定，不待事至始知也。（次章）程氏、徐氏以武宗游猎苑中，王才人必袍骑而从，故假事以讽之。夫武宗岂高纬之比，断非也。寄托未详，当直作咏史看。

【纪曰】四家评曰：警快。廉衣评曰：“芥舟云二诗太快，然病只在前二句欠深浑，后二句必如此快写始妙。”○议论以指点出之，神韵自远。若但议论而乏神韵，则周昙胡曾之流仅有名论矣。诗固有理足意正而不佳者。（次章）此首尤（辑评作较）含蓄有味。风调欲绝，而不佻不纤，所以为诗人之言。问芥舟评北齐前一首太快，如何？曰：是有此病，带得过耳；其谓第二首首句不佳，亦是。（诗说）

【林昌彝曰】唐人诗：“晋阳已陷休回顾，更请君王猎一围。”……诗但述其事，不溢一词，而讽谕蕴藉，格律极高。此唐人擅长处。（射鹰楼诗话）

【俞陛云曰】名都已失，戎马生郊，而犹羽猎戎装，掷金瓯而不顾。后二句，神采飞扬，千载下诵之，如闻香口宛然，词人妙笔也。俛仰黍离遗恨。南内方起桂宫，而北兵近逾瓜步；擒虎已临铁甲，而丽华犹唱琼枝。酣嬉亡国，宁独小怜一笑耶？（诗境浅说续编）

【张曰】近见徐龙友批本，亦有王才人之解，皆一时谬说。故今采冯笺以辟之，后有解者，勿为所惑也。（会笺）又曰：前篇首二句语虽朴质而神味极自然。此篇（指次章）起句亦笔力苍健，警策异常。纪氏谓其“欠浑”“滞相”，盖未统会全篇气息观之耳。（辨正）

【刘永济曰】按武宗会昌二年回鹘入侵，诏发三招讨使将许、蔡、汴、滑等六镇之兵会于太原。十月武宗幸泾阳，校猎白鹿原。谏议大夫高少逸、郑朗等谏其“校猎太频，出城稍远，万几废弛，方用兵师，且宜停止。”又按武宗内宠有王才人，欲立为后。此诗当讽武宗而作，程说定也。（唐人绝句精华）

【按】二首固咏史而寓鉴戒之作，然不妨其有某种现实针对性质。武宗固非高纬之比，然其喜畋猎、好神仙、宠女色，亦非无可讽之处，且义山茂陵、昭肃皇帝挽歌辞及汉宫、瑶池诸作已屡讽之矣。细味首章"一笑"二句，盖极言色荒之足以覆国，预为危言耸听，以冀其勿蹈北齐覆辙也。"一"字"便"字，"何劳"字"始堪"字，皆忧其蹈历史覆辙而预作警诫之词。若作泛论看，则不特有负作者苦心，亦失此数句之情味。次章"著戎衣"及"猎一围"，亦非偶然巧合。谓义山视武宗为高纬一流固非，然谓其借北齐后主荒淫亡国以警戒武宗，藉收防微杜渐之效，似无不可。

义山咏史诗，为表达主题之需要，常在史实基础上加以生发、推想、集中概括。首章三四句即属集中概括之例。冯淑妃进御之夕与"周师入晋阳"之时本不相接，然为极言色荒之祸，不妨剪接连缀，以加强艺术效果。陈贻焮谓此首"将极亵昵和极危急而有因果关系的前后两件事……省略掉时间距离而紧紧地凑在一起，以警快地显示'一笑相倾国便亡'的主旨"，所论极是。此实艺术典型化手法之一。次章重在刻画讽刺对象之性格。三四句所选取之生活细节，即最能表现人物性格之典型性细节，故但举事实，不着议论，而人物神情毕现，神韵自远。"巧笑"二句，反言若正，亦谐趣横生。此二首似可编年，约在会昌后期，武宗未逝世时。

昭肃皇帝挽歌辞三首〔一〕

九县怀雄武〔二〕，三灵仰睿文。周王传叔父〔三〕，汉后重神君〔四〕。玉律朝惊露〔五〕，金茎夜切云〔六〕。笳箫凄欲断[①]，无复咏横汾〔七〕。

其二

玉塞惊宵柝〔八〕，金桥罢举烽〔九〕。始巢阿阁凤〔一〇〕，旋驾鼎湖龙〔一一〕。门咽通神鼓〔一二〕，楼凝警夜钟〔一三〕。小臣观吉从〔一四〕，犹误欲东封〔一五〕。

其三

莫验昭华琯[②]〔一六〕，虚传甲帐神〔一七〕。海迷求药使〔一八〕，雪隔献桃人〔一九〕。桂寝青云断〔二〇〕，松扉白露新〔二一〕。万方同象鸟〔二二〕，舋动满秋尘[③]〔二三〕。

校　记

①“箫”，冯引一本作“笙”，非。

②“琯”，朱本、季抄一作“管”。

③“舋动满”原作“举恸满”，蒋本、戊签、钱本作“举动满”，姜本作“举动净”，据冯校改。详注。

集　注

〔一〕【朱注】唐书：“武宗会昌六年崩，谥至道昭肃孝皇帝，葬端陵。”【程注】唐书：“武宗始封颍王。开成五年，文宗疾大渐，神策军护军中尉仇士良、鱼弘志矫诏废皇太子复为陈王，立颍王为皇太弟，即皇帝位。”【冯注】旧书纪：“会昌六年三月壬寅，帝不豫，疾笃，是月二十三日崩，……庙号武宗。八月葬端陵。”按：左传：“吴与齐战，齐人公孙夏命其徒歌虞殡。”即挽歌之始也。续汉书礼仪志曰:“登遐,羽林孤儿、巴俞擢歌者六十人。”晋书礼志:“汉魏故事,大丧及大臣之葬,执绋者挽歌。”古今注:“薤露、蒿里,丧歌也,出田横门人,至李延年分为二曲:薤露送王公贵人,蒿里送士大夫庶人,使挽柩者歌之。”全唐诗中大行挽歌,亦有奉敕撰者。此疑代人之作。【按】武宗八月葬端陵,其时商隐已丧服期满重官秘阁。诗有“小臣”字,当非代人之作。

〔二〕【朱注】后汉书:“九县飚回。”【姚注】九县,九州也。

〔三〕【朱注】唐书:“武宗讳瀍,始封颍王,开成五年立为皇太弟,废太子成美为陈王。”【程注】周王传叔父,用北周明帝传位于武帝。武宗为文宗太弟,宦官以文宗所立太子成美幼少,废而立之,故诗用北周宇文氏事。按北史周本纪:“明帝大渐,诏曰:‘朕儿幼少,未堪当国,鲁国公邕,朕之介弟,能弘我周,以立天下。’”是则舍其子而立弟,犹之太子以位传叔也。此之谓周王传叔父也。【冯注】史记周本纪:“共王崩,子懿王囏立。懿王崩,共王弟辟方立。”旧书纪:“遗诏立光王为皇太叔,即皇帝位。”【按】冯注是。朱、程皆以武宗弟继兄位为解,然太子成美本未立,自不得称“传叔父”。

〔四〕【朱注】汉书郊祀志:“上求神君,舍之上林中虒氏馆。神君者,长陵女子,以乳死。见神于先后宛若,宛若祠之其室。及上即位,置祠内中,闻其言不见其人云。”按:通鉴:“会昌三年筑望仙观于禁中,五年又筑望仙台于南郊。”故用此事。【程注】汉后重神君,用冒顿阏支称汉王有神事。武宗大破回纥,凡肃、代以来之寇患一朝而伸,故诗用汉高祖事。按汉书匈奴传:“冒顿围高帝于白登七日,阏支谓冒顿曰:‘汉主有神。’”是则人君之能詟服戎敌(狄)者,不啻汉高之神灵也。此之谓汉后重神君也。【姚注】汉书:“置寿宫神君。神君最贵者太一,其佐曰太禁、司命之属,皆从之。”【冯注】史记封禅书:“天子病不愈,游水发根言上郡有巫,病而鬼神下之。上召置祠之甘泉。及病,使人问神君,神君言曰:‘天子无忧病。病少愈,强与我会甘泉。’于是病愈,遂起,幸甘泉。病良已,大赦,置寿宫神君。”诗是用此事,非用长陵女子也。旧书纪:“帝重方士,服食修饰,亲受法箓,至是药燥。”通鉴:“上自秋来已觉有疾,而道士以为换骨。”【按】冯注是。此谓武宗好神仙方术。通鉴会昌四年:“上好神仙,道士赵归真得幸。”又,会昌五年:“上饵方士金丹,性加躁急,喜怒不常。……以衡山道士刘玄静为银青光禄大夫、崇玄馆学士,赐号广成先生,为之治崇玄馆,置吏铸印。”

〔五〕【朱注】后汉书律历志:“候气之法,殿中(候)用玉律十二。惟二至乃候灵台,用竹律六寸。”【冯注】史记商君传:“危若朝露,尚欲延年益寿乎?”古今注:“薤露之章曰:薤上朝露何易晞!”

〔六〕【冯注】三辅故事:“承露盘高二十丈,掌大七围。”馀详汉宫词。【朱注】楚词:“冠切云之崔嵬。”【何曰】五六言求仙之无益。说大行蕴藉轻婉,而托讽已长。(辑评)【纪曰】“切云”乃切近之切。长孺注引楚词误。楚词切云乃冠名也。【按】切云冠之切亦切近之意。二句言纵有切云之金茎,亦不能延其年寿而竟忽如朝露之晞也。

〔七〕【程注】汉武故事:“帝幸河东,与群臣饮宴,作秋风辞曰:

泛楼船兮济汾河，横中流兮扬素波。（箫鼓鸣兮发棹歌，少壮几时兮奈老何！）张说诗："汉武横汾日，周王宴镐年。"

〔八〕【朱注】出塞从玉门关，故曰玉塞。王勃赋："金山之断鹤，玉塞之惊鸿。"唐书："会昌三年正月，河东节度使刘沔大破回鹘于杀胡山，迎太和公主以归。"故曰惊宵柝。【程注】晋书："控弦玉塞，跃马金山。"【冯注】汉书西域传："东则接汉，厄以玉门阳关。"师古曰："厄，塞也。"此谓破回纥也。旧书："刘沔遣石雄至振武，引兵夜出，直攻可汗牙帐。至其帐下，虏乃觉之，可汗大惊，不知所为，遂迎太和公主以归。"故曰惊宵柝。【按】惊宵柝，谓夜袭。

〔九〕【朱注】按此语谓平刘稹之叛。义山李卫公集序："天井雄关，金桥故地，跨摇河北，倚胁山东，适有军书，果闻戎捷。"可证金桥在上党。吴融有金桥感事诗，即此地也。鼓吹注乃云洛阳桥名，大误。【程注】玉海地志云："金桥在上党南二里。"【冯注】史记："公子无忌与魏王方博，举烽，言赵寇，王惧。"汉书音义："昼则燔燧，夜则举烽。"此谓平刘稹。【按】上党唐潞州治，昭义节度使驻潞州，故以金桥代指昭义镇。

〔一〇〕【姚注】帝王世纪："黄帝时，凤凰巢于阿阁。"【冯注】礼斗威仪："其政太平，则凤集于林苑。"尚书中候："黄帝时，天气休通，五得期化，凤凰巢阿阁，讙于树。"谓武功既成，将致太平也。

〔一一〕【冯注】汉书郊祀志："黄帝采首山铜以铸鼎，鼎成，有龙垂胡顮下迎，黄帝上骑，群臣后宫从上龙七十馀人。馀子臣不得上，乃悉持龙顮，龙顮拔，堕黄帝之弓，乃抱其弓与龙顮号。故后世因名其处曰鼎湖，其弓曰乌号。"

〔一二〕【朱注】乐志:“凡天神之类皆以雷鼓,地祇之类皆以灵鼓,人鬼之类皆以路鼓。”【程注】江淹丹砂可学赋:“奏神鼓于玉玦,舞灵衣于金裾。”【冯注】蔡质汉仪:“凡宫中漏夜尽,鼓鸣则起。”又临海记:“郡西有白鹄山,山有石鼓。相传云此山有白鹄,飞入会稽郡雷门鼓中,打鼓声洛阳闻之。”刘瓛定军礼:“或曰:鹭,鼓精也。昔吴王夫差启蛇门以厌越,越为雷门以禳之,击大鼓雷门之下,而蛇门闻焉。其后移鼓建康宫之端门,有双鹭破鼓而飞乎云表。”古今乐录及吴录:“夫差移于建康之宫南门,有双鹤从鼓中而飞上入云中。”按:“通神”用此,非用周礼地官“鼓人以雷鼓鼓神祀”之类。

〔一三〕【朱注】用景阳钟事。【姚注】南史:“齐武帝以内深隐,不闻端门鼓漏,置钟景阳楼上,应五鼓及三鼓,宫人闻声,早起妆饰。”【冯注】张衡西京赋:“警夜巡昼。”此谓响寂声沉,冥冥长夜矣。【按】二句写武宗逝世后悲凉气氛,谓宫中钟鼓声亦为之低沉呜咽。古代宫中以钟鼓报时,鼓又常为祭神乐器,故云“通神鼓”,以与“警夜钟”相对。

〔一四〕【冯注】后汉书礼仪志:“先大驾日,游衣冠于诸宫殿,群臣皆吉服,从会如仪。皇帝近臣丧服如礼。”晋书礼志:“将葬,设吉驾,群臣吉服导从,以象平生之容。”

〔一五〕【冯注】武帝元封元年,东巡登封泰山。【朱注】陈后主诗:“愿上东封书。”【程注】庾信陪驾幸终南山诗:“且欣陪北上,方欲待东封。”【何曰】旋转有力。【按】二句谓见群臣吉服导从吉驾,犹误认为君王欲举行封禅盛典。

〔一六〕【朱注】尚书大传:“尧致舜天下,赠以昭华之玉。”西京杂记:“高祖初入咸阳宫,周行府库,有玉笛长二尺三寸,二十六孔，吹之则见车马山林隐鳞相次。铭曰‘昭华之琯’。”【冯注】大戴礼：“舜时，西王母献白玉琯。”晋书律历志：“舜时，西王母献昭华之琯。”【按】昭华琯系玉管，朱引尚书大传“昭华之玉”系美玉，非是。

〔一七〕【姚注】汉武故事：“上以琉璃珠玉明月夜光杂错天下珍宝为甲帐，其次为乙帐。甲以居神，乙以自居。”

〔一八〕【朱注】史记：“始皇使徐市等入海求诸仙人及不死之药。”汉书：“武帝遣方士入海求蓬莱安期生之属而事，化丹砂诸药齐为黄金。”【冯注】汉书郊祀志：“自威、宣、燕昭使人入海求蓬莱、方丈、瀛洲诸仙人及不死之药，秦始皇使人赍童男女求之，船交海中，皆以风为解。汉武帝东巡海上，益发船，令言海中神山者数千人求蓬莱神人，复遣方士求神人采药以千数。”

〔一九〕【朱注】拾遗记：“西王母进周穆王嵰州甜雪，万岁冰桃。”“嵰州去玉门二千里（按：御览十二作“三十万里”），地多寒雪。”【姚注】西王母传：“王母降武帝宫中，命侍女取桃，四以与帝，三自食之。”【冯注】旧书纪：“会昌元年六月，衡山道士刘玄静充崇玄观学士，赐号广成先生，命与赵归真等于三殿建九天道场，帝亲受法箓。三年，筑望仙观于禁中。四年，以道士赵归真为道门教授先生。五年，筑望仙台于南郊。归真举罗浮道士邓元起有长生之术，帝遣中使迎之。”【何曰】武宗以仙死，故及之。（辑评）【按】曰“迷”曰“隔”，谓求仙之虚妄。

〔二〇〕【朱注】汉书：“上令长安作飞帘、桂馆，使公孙卿持节设具而候神人。”【姚注】尚书中候：“成王观于洛河，沉璧，礼毕，王退俟，至于日昧，荣光并出幕河，青云浮洛。”【冯

注】三辅黄图:“桂宫,汉武帝造。”关辅记云:“桂宫在未央宫北,从宫中西上,至建章神明台、蓬莱山。”西京杂记:“武帝为七宝床、杂宝桉、厕宝屏风、列宝帐,设于桂宫。”按:“桂寝”当用此,而兼用汉书“公孙卿曰:‘仙人可见,好楼居。’于是上令作飞帘、桂馆,使卿候神人。”“青云”用仙人乘云而下之意。

〔二一〕【朱注】符子:“尧曰:‘余坐华殿之上,森然而松生于栋;立棂扉之内,霏然而云生于牖。’”【冯注】陵寝必植松柏。松扉柏城,习用语也。旧引符子……似之而非也。白露亦园陵习用,此更切八月初葬。【按】冯注是。

〔二二〕【朱注】帝王世纪:“舜葬苍梧,下有群象尝为之耕。”水经注:“禹崩于会稽,因葬之,有鸟来为之耘,春拔草根,秋啄其秽。”【姚注】越绝书:“舜葬苍梧,象为之耕;禹葬会稽,鸟为之耘。”(文选吴都赋注引)【冯注】论衡:“舜葬苍梧,象为之耕。”

〔二三〕【冯注】按:乘舆,史记封禅书作“乘轝”。后世丧仪每作“轝”,谓葬时灵舆也。若如朱本谓举恸而尘为之净(按:朱本作“举恸满秋尘”,“满”一作“净”),亦通。然此体只取庄重,故酌定。易大有卦:“大车以载。”李氏易传作“大轝”,说卦为“大舆”,易传为“大轝”。是轝、舆、车三字并通,而古人言丧车每作轝。

笺　评

【吴乔曰】问曰:“诗有惟词而无意者乎?”答曰:“唐时已有之,明人为甚,宋人却少。如义山挽昭肃皇帝诗:‘海迷求药使,雪隔献桃人’是也。宏(弘)嘉人凑丽字以成句,凑丽句以

成篇，便有词无意，宋人不剿说，故无此病。”（围炉诗话）

【朱彝尊曰】典丽严重，立言之体如是。（第一首评）

【杨守智曰】其二：功成禅告，惟可望之武宗，义山微旨。其三：非讥其非，只惜其误。

【贺裳曰】义山之诗，妙于纤细……然亦有极正大者，如肃皇帝挽辞：“小臣观吉从，犹误欲东封。”……恻然有攀髯号泣……之志，非温所及。（载酒园诗话又编）

【姚曰】首章从在位日叙到不豫时。（次章）正写宾天时事。（三章）从宾天后叙到入陵时。

【程曰】第一首项联“周王传叔父，汉后重神君”，朱本周事无注，汉事引武帝求长陵女子神君置祠，以为比武宗之好仙也。愚见未然。观文气上方郑重叙其传位，下何支蔓忽刺好仙乎？且起云“九县怀雄武，三灵仰睿文”，全然归美之词，并无含讽之意，如此承接，恐亦不伦。……“传叔父”承次句“仰睿文”，“重神君”承起句“怀雄武”，如此解方称。挽歌第一首颂扬冠冕之词，若第三首，则专指好仙，此行文之馀波乃可及之耳。

【田曰】宏整哀切，就挽事作叹，不失诔尊之体。（冯笺引）

【冯曰】武宗大有武功，笃信仙术，绝类西汉武帝。三诗用典，大半取之。极华赡中，殊含凄惋。

【纪曰】（首章）四家评曰：五六说大行蕴藉轻婉。（次章）到第六句直是转身不得，必为弩末矣，看结法是何等神力。廉衣曰：“结句调警而意纤。”思之信然。（三章）又就求仙唱叹作收，声情凄婉，是悲非刺。四家评曰：“三首宏整哀切，就挽事作叹，不失诔尊之体。”（诗说）

【张曰】（次章）结句以反托出之，意最沉痛，语尤得体，真有欲

叫无从之感，与少陵“欲往城南忘城北”句同一用意，读之故君之慨凄然，谓之调謦意纤，真不知诗之言也。（辨正）

【按】帝王挽歌，哀挽而外，例皆颂美之词。此三章独于颂美哀挽之同时，托讽寓慨，直似盖棺论定之史赞。唐后期诸帝中，宪宗而外，惟武宗在位期间政治、军事略有起色，其治绩不仅远胜穆、敬，亦超越文、宣。义山于其武功，备极推崇，诗中一则曰“九县怀雄武”，再则曰“玉塞惊宵柝，金桥罢举烽”，极称其讨回鹘、平刘稹之功。本以为太平有望，东封有日，不意其因耽于神仙方术而遽死，故诗中于其求仙再三托讽致慨。讽之正所以深惜之也。要之，颂赞其雄武英达，伐叛平乱，深惜其迷信神仙，年寿不永，为三章大旨。其中首章赞、讽并寓，而笔意较虚；次章侧重于赞其“雄武”，而深慨其年寿之促；三章侧重于讽其“重神君”，耽于神仙方术。似是首章总提，二、三分承。程氏不明作意，力主首章为颂扬冠冕之词，于“周王”一联别生曲解，求深反凿。姚笺谓三章以时间先后为序，亦非。

茂陵〔一〕

汉家天马出蒲梢〔二〕，苜蓿榴花遍近郊〔三〕。内苑只知含凤觜①〔四〕，属车无复插鸡翘〔五〕。玉桃偷得怜方朔〔六〕，金屋修成贮阿娇②〔七〕。谁料苏卿老归国，茂陵松柏雨萧萧〔八〕！

校　记

①“只”，律髓作“足”，非。“含”，朱本、季抄一作“衔”。

②“修”，朱本、季抄一作“妆”。

集　注

〔一〕【朱注】汉书：“武帝葬茂陵。”注：“在长安西北八十里。”

〔二〕【朱注】史记：“武帝伐大宛，得千里马，名曰蒲梢，作天马之歌。”【冯舒曰】首句亦有病。蒲梢，马名。（辑评作：“出”字有病。蒲梢马名，非地。）【何曰】言蒲梢乃天马之子，“出”字无病。（辑评）惟一事占二句，稍费词耳。“郊”字误押。（瀛奎律髓汇评）【按】似谓汉家之天马乃大宛千里马蒲梢之后代。

〔三〕【冯注】戊签：“首二句误出韵。”按：唐人不拘。汉书西域传：“大宛左右以蒲陶为酒，俗耆酒，马耆目宿。汉使采蒲陶、目宿种归。天子以天马多，外国使来众，益种蒲陶、目宿，离宫馆旁极望焉。”博物志：“张骞使西域还，得安石榴、胡桃、蒲桃。”【朱注】尔雅翼：“苜蓿似灰藋，秋后结实，黑房累累如穄米，可为饭，亦可酿酒。”陆机与弟书：“张骞为汉使西域十八年，得涂林安石榴。”【何曰】点化工妙。起二句指用兵。（读书记，下同。）

〔四〕【冯注】十洲记：“仙家煮凤喙及麟角作胶，名为续弦胶，或名连金泥，能续弓弩已断之弦，刀剑断折之金。武帝时，西国王使至，献此胶，武帝以付外库，不知妙用也。帝幸华林围射虎，弩弦断，使者时从驾，又上胶一分，使口濡以续弩弦。帝惊曰：‘异物也。’乃使武士数人共对掣引之，终日不脱，胶色青如碧玉。”【胡震亨曰】含凤觜，谓口濡胶也。（戊签）【何曰】指畋猎。

〔五〕【朱注】后汉书舆服志：“大驾，属车八十一乘；法驾，属车三十六乘。”蔡邕独断:“鸾旗,编羽毛,列系幢旁,民或谓之鸡翘。”【冯注】后汉书舆服志:“前驱有九斿云罕,凤凰闟戟,皮轩鸾旗。鸾旗者,……民或谓之鸡翘,非也。”旧书职官志:“属车一十有二。古者属车八十一乘。皇朝置十二乘也。”此谓已殂落。弩弦可续,而寿命难延。五六又追述。【何曰】指微行。【按】冯解非。帝王出行,侍从之车(即属车)上插鸾旗以为标志。“无复插鸡翘”者,谓其常微行出游也。何解是。此句“无复”与上“只知”对文,均咏武帝生前行事,五六亦然。突入殂落之意,文气亦不贯。

〔六〕【朱注】西王母传:“王母七夕降武帝宫中,命侍女取桃。玉盘盛七枚,四以与帝,三自食之。”汉武故事:“东郡献短人曰巨灵,指东方朔谓上曰:‘王母种桃三千年一著子,此儿不良,三过偷之矣’”。杨慎曰:“本是‘瑶池宴罢留王母’,俗作‘玉桃偷得怜方朔’,直似小儿语耳。”愚按:汉武内传:“王母降承华之宫,严车欲去,帝叩头殷勤,乃留。”若瑶池西宴,自是穆王事,如何可合?遍检宋本,俱无之,不可以语出用修而不核其实。【冯注】神农经:“玉桃,服之长生不死。若不早得服,临死日服之,其尸毕天地不朽。”抱朴子内篇:“五原蔡诞入山而返,欺家云:‘到昆仑山,有玉桃光明洞彻而坚,须玉井水洗之,便软可食。’”博物志:“王母降于九华殿。王母索七桃,以五枚与帝,母食二枚,惟母与帝对坐,从者皆不得进。时东方朔窃从殿南厢朱鸟牖中窥母,母顾之,谓帝曰:‘此窥牖小儿常三来盗吾此桃。’”按:(朱)此辨极是,不可震其名而为所欺也。【何曰】指神仙。

〔七〕【朱注】汉武故事："帝为胶东王时，长公主问曰：'儿欲得妇否？'曰：'欲得。'指女：'阿娇好否？'笑曰：'若得阿娇，当以金屋贮之。'"【冯注】汉书外戚传："武帝即位，陈皇后擅宠骄贵十馀年。"此举一以该后宫。【何曰】指声色。

〔八〕【冯注】汉书苏武传："武字子卿，为栘中厩监。武帝天汉元年，使匈奴。昭帝始元六年春迺还。诏武奉一太牢谒武帝园庙，拜为典属国。武留匈奴凡十九岁，始以强壮出，及还，须发尽白。"冯班曰："只用苏卿一衬，丰神百倍。"

笺评

【张戒曰】此诗非夸王母玉桃，阿娇金屋，乃讥汉武也……其为世鉴戒，岂不至深至切？（岁寒堂诗话）

【范晞文曰】诗用古人名，前辈谓之点鬼簿，盖恶其为事所使也。……李商隐集中半是古人名，不过因事造对，何益于诗！至有一篇而叠用者，如茂陵云："玉桃偷得怜方朔，金屋修成贮阿娇。谁怜苏卿老归国，茂陵松柏雨萧萧。"此犹有微意。（对床夜语）

【方回曰】义山诗纤组有馀，细味之格律亦不为高。此诗讥诮汉武甚矣，谓骄侈如此，终归于尽也。（瀛奎律髓汇评此条下冯舒批：以其无硬字耶？纪昀批：义山诗殊有气骨，非西昆之比，此语未是。）

【朱曰】按史：武宗好游猎及武戏，亲受道士赵归真法箓，又深宠王才人，欲立为后。此诗全是托讽。

【辑评墨批曰】亦昆体也。

【杨守智曰】"内苑"句：此言武帝好猎。"属车"句：此言武帝微行。

【何曰】八句中贯穿极工整而不牵率。落句只借子卿一衬，风刺自见于言外。〇此诗始不甚爱之，后观西昆酬唱集，求如此者绝不可得，乃叹义山笔力之高。（以上读书记。辑评所引“贯穿”上有“包括”二字。）又曰：“武帝穷兵黩武，其师出无名，贼用民命，莫甚于伐宛之役，故独以为刺。外勤远略，而内则不能戒慎，妄冀神仙，而不能摈远声色，又皆即其行事之相反者讥之也。〇广韵五有独用，与三箫四宵不通用。捎、郊皆五爻中字。〇捎字原非韵。（以上辑评。后二条似非出一人。）

【胡以梅曰】通首讥刺汉武之意。一二言其务远劳民，三四五六谓其但知苑圃巡幸，好神仙宫闱燕昵之私也。结独惜苏武尽节，乃武皇不及一见，徒谒于陵寝而不胜其寂寞矣。

【沈德潜曰】（二）勤兵。（三）射猎。（四）微行。（五）求仙。（六）重色。

【陆曰】此诗似为武宗而发。按史：武宗善制奄侍，驾驭藩臣，亦英主也。然好畋猎武戏，受道士赵归真法箓，又宠王才人，欲立为后，至服金丹得疾，而犹信方士妄言，谓为换骨。六年之中，失多于得。茂陵一篇，其托讽乎？首言勤兵大宛，是黩武也。三四言非畋猎，即微行，是好动也。五六言既求神仙，又耽声色，是自戕也。结处借子卿一衬，风刺见于言外。

【陆鸣皋曰】考武宗兼好游猎，又宠幸王才人，故此章并及之。前半俱言游猎。首联，以马引入；次联，言但习调弓之事，而法驾亦不整也。五句，以一“怜”字写求仙；六句，以一“贮”字写内嬖。结有曲终人散之意，感讽良深，不徒咏史之工已也。

【徐德泓曰】苏卿历尽艰辛，似不能老，不意归国；而耽逸乐、冀长生者，反不见矣，故曰“谁料”。落想凌空。

【姚曰】此感武宗旧事，必是升遐后作，故借茂陵名篇。按史：武宗好游猎，……大抵皆少年血气未定事。好猎必好马。凤觜常含，备结断也；鸡翘不插，好武扮也。既慕玉桃之延年，仍闻金屋之专宠，六年未满，竟尔升遐。结句深叹其不能清心寡欲，养寿命之原，垂戒切矣。

【屈曰】……此诗哭武宗而以茂陵比之也。无复插鸡翘，已死也。以方朔比归真，以阿娇比才人，苏卿自喻也。王茂元卒后，义山闲居太原。宣宗元年，郑亚请为观察判官，检校水部员外郎，故曰“谁料苏卿老归国，茂陵松柏雨萧萧。”

【冯曰】武宗武功甚大，故首联重笔写起，不仅游猎武戏也。推之好仙好色，而仍归宿边事，武之所以为武也。亦非专是托讽，谓借发故君之感，则合乎忠厚矣。苏卿未必有所指。徐氏谓宣宗立，武宗朝贬逐五相李宗闵、杨嗣复、牛僧孺、崔珙、李珏同日召还。义山本牛党，苏卿指僧孺等。深文之论，吾无取焉。又曰：此章的是慨武宗矣。然谓直咏汉武以为讽戒，意味固已深长，诗中妙境，其趣甚博，随人自领之耳。

【纪曰】前六句一气，七八折转，集中多此格。此首尤一气鼓荡，神力完足。蘅斋评曰：“此首确是茂陵怀古诗，以为托讽，恐失作者之意。”（诗说）此及楚宫诗皆三萧四宵六殽同押。唐人自程试以外不甚遵陆法言、孙愐。当时自必有例，今不可考，似乎□韵耳。若四皓庙诗用斤字，则唐人真谆臻殷同用，诸家之证甚明。（辑评）

【姜炳璋曰】一气赶下，忽以末二拨转，雄厚足配老杜。

【方东树曰】先君云:“此诗全与武宗对簿。一二言穷兵略远。三言田猎,四言微行。五言求仙,六言近色。末收尤妙。”又曰:藏锋敛锷于宏音壮采之中,七律无此法门。不善学者,便入痴肥一派。(昭昧詹言)

【张曰】慨武宗也。苏卿自谓。徐氏乃谓宣宗立,武宗朝贬逐五相……同日召还,义山本牛党,苏卿指僧孺辈。不知义山自正书秘邱后,其于牛党,所关浅矣。后又从郑亚,望李回,及李党叠败,然后始向子直告哀,无缘此时已倾心牛党也。徐氏臆说,殆不可从。(会笺)又曰:唐人迁宦卑官,多好以贾谊、苏武借喻。此苏卿归国,义山自比也。义山会昌六年服阕入京,武宗已崩(按:会笺改订为会昌五年十月服阕入京)。诗前六句分写武功、好猎、求仙、宠王才人事。结则以苏卿藉发故君之慨,所谓“日西春尽到来迟”也。徐氏谓指牛党,谬矣。(辨正)

【按】此诗内容与昭肃皇帝挽歌辞同中有异。挽歌辞于颂其武功外,仅讽其耽于神仙方术,此则兼及游猎、女宠;挽歌辞仅于哀挽中托讽寓慨,此则讽意较为显露。然其赞扬武功则同。何、陆等以首联为讽刺黩武,失之。冯笺较切诗意。苏卿当系自况。其时义山三十六岁,然春日寄怀已云“白发如丝日日新”,且又久离朝廷,方归京国,自亦不妨言“老归国”矣。末联深寓故君之慨,非讽刺语。细味“谁料”一语,义山于武宗之早逝,盖始料之所未及,语意颇沉痛。又,此联虽用典,然亦可证义山服阕重官秘省之日,武宗已逝。张氏会笺谓五年十月已服阕入京,似可疑。

汉宫

通灵夜醮达清晨〔一〕，承露盘晞甲帐春〔二〕。王母西归方朔去①〔三〕，更须重见李夫人〔四〕。

校 记

①“西归”，朱本、季抄作“不来”。“方朔”，英华注：集作“何处”。

集 注

〔一〕【朱注】王褒云阳记：“钩弋夫人从至甘泉而卒，既殡，尸香闻十里。帝哀悼，乃起通灵台于甘泉宫。有一青鸟集其上往来。”【冯注】通灵，泛指醮事亦可。太平广记引汉武内传：“帝祷醮名山，以求灵应。”【按】醮，设坛祭神。

〔二〕【朱注】汉武故事：“上以琉璃珠玉明月夜光杂错天下珍宝为甲帐，其次为乙帐。甲以居神，乙以自居。”【补】晞，干。承露盘干无露，甲帐空有珠宝充溢，温暖如春。讽求仙之虚妄。

〔三〕【冯注】武帝内传：“其后东方朔一旦乘龙飞去，同时众人见从西北上，冉冉大雾覆之，不知所适。至元狩二年帝崩。”馀皆别详。

〔四〕【朱注】汉书：“李夫人早卒，帝思念不已。方士齐人李少翁言能致其神，乃夜张灯烛，设帷帐，陈酒肉，而令帝居他帐。望见好女如李夫人之貌，还幄坐而步。又不得就视，帝益相思悲感。”【冯注】同上：“（上）为作诗曰：‘是邪非邪？立而望之，偏何姗姗其来迟！’”按：李夫人，封禅书作王夫人。

笺　评

【何曰】刺求仙。○抛却神仙，反求死鬼，讽刺太毒。（辑评）

【陆鸣皋曰】即前篇（按：指瑶池）意，而写出执迷情况，更觉神味浑涵。

【姚曰】英雄末路，打不过这关头，往往如此。

【屈曰】言武帝不能成仙，只能见鬼耳。深妙。

【程曰】此似为武宗讽也。武宗亦英明之主，而外崇刘玄静，内宠王才人，既欲学仙，又复好色，大惑也。与汉武后先一辙，故托言焉。

【冯曰】武宗崩后作无疑。首句指道场法箓。下二句言王母不再来，方朔又去，帝求仙之道绝矣。末句以"重见"托出李夫人之早卒，运笔殊妙。隔帷遥望，岂果能重见之耶？或谓宫车晚出，却与李夫人重见，意亦通也。

【纪曰】不下贬语，而讽刺自切。"春"字趁韵。

【俞陛云曰】此诗与集中王母祠、瑶池二诗相似。西母遐升，东方玩世，即李夫人之帐中神采，亦望而莫接，玉化如烟。而汉武崇尚虚无，迄无觉悟。唐代尊奉老聃，宫廷每尊奉仙灵，相沿成习，玉溪借汉宫以托讽耳。

【张曰】"春"字作暖字解，极稳，非趁韵也。（辨正）

【按】托汉武以讽武宗，兼求仙与女宠二者而言之。首二句谓汉武之通灵夜醮，乃为思念钩弋夫人而设，然情缘未断，又岂能妄求神仙乎？故露盘无露，甲帐空设，所祈求者总成虚也。此即华岳下题西王母庙"神仙有分岂关情？八马虚追落日行"之意。三句冯笺谓"王母不再来，方朔又去,帝求仙之道绝矣”,甚确。既如此,岂能免于一死乎？惟有于地下重见李夫人矣。“更须”,用语殊妙,不仅谓求仙不得,终须一死,且兼讽其方思已殁之新欢,愧对早卒之旧宠。“重见”之日,正其长生与女色两大欲望尽皆落空之时,讽刺可谓辛辣。

华岳下题西王母庙〔一〕

神仙有分岂关情？八马虚追落日行〔二〕。莫恨名姬中夜没〔三〕,君王犹自不长生①〔四〕。

校　记

①“犹”,戊签作“独”,非。

集　注

〔一〕【冯注】汉书哀帝纪:“关东民传行西王母筹至京师,会聚祠西王母。”又五行志:“民聚会里巷阡陌,设祭,歌舞祠西王母。”按:王母祠庙似始此。顾亭林金石文字记:“华岳唐人题名中有李商隐名。”

〔二〕【朱注】谓穆王八骏。【冯注】穆天子传:“天子之骏,赤骥、盗骊、白义、逾轮、山子、渠黄、华骝、绿耳。天子主车,造父为御。”水经注:“湖水出桃林塞之夸父山。山多野马,造父于此得骅骝、绿耳、盗骊之乘,献穆王,使之驭,以见西王母。”【按】此谓穆王乘八骏西行见西王母而不得。列子:“穆王乃观日之所入,一日行万里。”

〔三〕【朱注】穆天子传:“天子游于河济,盛君献女。王为盛姬筑台,砌之以玉。天子西征,至玄池之上,乃奏乐三日,终,是日乐池盛姬亡，天子殡姬于谷邱之庙，葬于乐池之南。”郡县志：“濮州璧玉台，穆天子为盛姬所造也，今旁地犹多珉石。”白居易李夫人诗：“君不见穆王三日哭，重璧台前伤盛姬。”【冯注】穆天子传：“天子西北□，姬姓也，盛柏之子也。天子乃为之台，是曰重璧之台。天子东狃于泽中，逢寒疾，盛姬告病，天子西至重璧之台，盛姬告病，□乃殡盛姬于毂邱之庙。天子永念伤心，乃南葬盛姬于乐池之南。”

〔四〕【冯注】史记周本纪：“穆王即位，春秋已五十矣，立五十五年崩。”

笺 评

【朱曰】按唐书：“武宗王才人善歌舞，状纤颀，颇类帝。每畋苑中，才人必从，袍而骑，佼服光侈，观者莫知孰为帝也。帝惑方士说，欲饵药长生，后寝不豫，才人独忧之。及大渐，才人悉取所常贮，散遗宫中。审帝已崩，即自经幄下。”义山此诗岂有感其事而发欤？

【朱彝尊曰】亦暗寓武宗、王才人事。

【钱良择曰】旧注谓此诗感唐武宗饵方士药得疾崩，王才人从死而作。（唐音审体）

【姚曰】感时事也。盛姬比王才人。但识得神仙有分，正如坡老所云：“彼徒辛苦，我差乐耳。”非为好色人未减也。

【杨曰】康骈剧谈录：“有孟才人宠于武宗，帝不豫，召而问之曰：‘我或不讳，汝将何之？’对曰：‘无复生为。’是日令于御前歌河满子一曲，闻者涕零。后宫车晏驾，哀痛数日而殒。”“名姬”亦可指此。（冯笺引）（复图本无）

【徐曰】张祜诗有孟才人叹,序称才人以笙囊获宠。上曰:“吾不讳,尔何为哉?”指笙囊泣曰:“请以此就缢。”上悯然。复曰:“妾尝艺歌,请对上歌一曲以泄愤。”乃歌一声河满子,气亟立殒。上令医候之,曰:“肌尚温而肠已断。”其事皆大同小异,岂宫闱事秘,传之者不得其真乎?(冯笺引)

【冯曰】以上两章(按:指汉宫及本篇),皆武宗崩后作无疑也。……考旧书后妃传云:“武宗王贤妃事阙。”而纪文:“即位之年三月,诏宫人刘氏、王氏并为妃。及葬端陵,德妃王氏祔焉。”通鉴载王才人事,而考异引李赞皇献替记曰:“王妃有专房之宠,至是娇妒忤旨,一夕而殒。”又引蔡京王贵妃传:“帝升遐,妃自缢,仆于御座下。”又引剧谈录:“孟才人窆于端陵之侧”,而曰此事正恐是王才人,传闻不同也。今合检诸书,窃以德妃、贤妃即一人,孟才人、王才人事,亦即王妃也。唐末纪载庞杂,附会者多,不足尽信。又曰:献替记书于五年十月,张祜诗序“才人先帝而殒”,与崩后从殉不同。合之此二诗,则妃必先帝而卒,史文当有舛耳。

【纪曰】全以警快擅长,又是一格。中著一曲,故快而不直,然病处与海客诗同。(诗说)

【张曰】看似直泻无馀,实则沉痛刺骨。此种诗秘,宋以后无人能领会其趣矣。(辨正)又曰:武宗学仙,好色,又好大喜功,绝类穆满、刘彻。此二诗(按:指汉宫及本篇)朱长孺谓暗咏王才人殉帝事,冯氏从之。又谓王才人即王贤妃,说皆精妙。诗本假古事寓意,读者更当于言外味之。(会笺)

【按】诗讽帝王之既希长生又恋美色。首句“神仙有分岂关情”,谓有仙缘者岂复牵恋美色,言外则如穆王之“关情”而好色者自与神仙无分矣。故次句谓其虽乘八骏而追落日,亦终虚此行,无缘历仙境、遇仙人。三四乃进而谓希长生而恋美色者,“名姬”既中夜而没,己亦不免于一死,情缘仙缘,均归虚无。盖帝王之好神仙,每与其希图长保享乐生活密切相关,诗则兼此二者而讽之。

朱氏以为诗暗寓武宗、王才人事,诸家多从之。按武宗之因饵长生药而罹疾早卒与宠王才人事,确为义山此类诗之生活素材,然王才人事所反映者为宫廷内部之矛盾与宫廷生活之阴暗,与此诗之讽帝王求仙好色自是不同。固不得谓此诗即咏王才人殉帝事也。

华山题王母庙①

莲花峰下锁雕梁②〔一〕,此去瑶池地共长〔二〕。好为麻姑到东海,劝栽黄竹莫栽桑〔三〕。

校　记

①“庙”,蒋本、戊签、席本、朱本作“祠”。

②“花”,蒋本、戊签、钱本、万绝作“华”,字通。

集　注

〔一〕【朱注】华山记:“山巅有池,生千叶莲花,服之羽化,因名华山。”【程注】华山志:“华山顶上有莲华峰。”江总诗:“芙蓉作帐照雕梁。”

〔二〕【朱注】穆天子传:“天子觞王母于瑶池之上。”【补】共,犹极也。参看张相诗词曲语辞汇释。

〔三〕【何曰】按穆天子传,则黄竹是地名,不知作者何所承也。【冯注】按:黄竹非近西王母,详瑶池绝句下。而穆天子传曰："庚戌，天子西征至于玄池，奏广乐三日，是曰乐池。天子乃树之竹，是曰竹林。癸丑西征，癸亥至于西王母之邦。"疑义山因此而用，本荒远不足细校耳。竹贯四时而不改，桑田有时变海，故结句云。【按】麻姑桑海事见海上，黄竹见瑶池。好为，叮嘱之词。黄竹系活用故实，不必泥。

笺　评

【杨守智曰】"好为"句：难解。

【陆鸣皋曰】史载宪宗、武宗俱惑方士长生之说。义山诸作俱托意规讽，若仅作咏古观，便嚼蜡矣。

【姚曰】王母白云谣云："将子毋死，尚能复来。"诗意言黄竹尚望再来，桑田则不复来矣。

【屈曰】栽黄竹，犹知民之疾苦也；莫栽桑，不至变海也。

【程曰】此诗与瑶池、王母庙诸作皆为武宗而发，此则谓其求仙也。起二句谓雕梁空锁，漫说斋宫，蓬岛三山，可望难即。下二句谓沧海无定，风雪何常，不能见海上之桑，犹可憩邱中之竹。劝之正以讽之，此诗人之婉而多讽也。

【冯曰】似指令狐交情，愿修好久要而不更变也。可与"欲就麻姑买沧海"同参。此祝词，彼怨词，但难凿定耳。

【纪曰】不解所云。

【俞陛云曰】唐人咏神仙诗，每含警讽，义山此诗亦然。以王母之神奇，何虑沧桑变易，诗乃言莫栽桑树，瞬成沧海，贻笑麻姑，不若歌成黄竹，万年之为乐未央，殆有讽意也。其"瑶池阿母"一首，意亦相似。（诗境浅说续编）

【张曰】冯氏已悟到，余更定为徐府罢，入京涂次作耳。（会笺）又曰：结言当与彼始终相守，直至沧海桑田而不变也。

"黄竹"取不改柯易叶意。○此诗亦暗寓令狐重修旧好之作。华山王母祠盖涂次经过,借以托寄也。○令狐绹,华原人,故假华山以寄意。与陶进士书亦尝以华山借喻,可参观也。(辨正)

【岑仲勉曰】华岳下题西王母庙,冯编会昌六年,(张)笺从之;又华山题王母祠,冯不编年,(张)笺四编大中五年。余按两诗皆七绝,安见不同时作?若曰旧本已分,且题目小异,则须知集非原面目,多由后人掇拾来也。与陶进士书:"正以往年爱华山之为山一间者得李生于华邮,为我指引岩谷,列视生植,仅得其半;又得谢生于云台观,暮留止宿,旦相与去,愈复记熟;后又得吾子于邑中,至其所不至者,于华之山无恨矣。"则早年华山游踪甚密,竟无一首留题诗,吾斯未能信。诗意拙于参悟,不欲多论,姑一发之。(平质)

【按】前二句谓莲华峰下,雕梁空锁,瑶池仙境,路远难达,神仙之事,殊为渺茫。后二句谓王母若至东海而见麻姑,请劝其栽黄竹而莫栽桑。盖黄竹歌本为穆王哀民冻寒之作,栽黄竹犹可动哀民之念;而栽桑于东海之地,焉知其不复变为沧海乎?总言神仙不可求,长生不可冀,而人民饥寒交迫,殊堪哀悯也。末句实即"不问鬼神问苍生"之意,而辞特婉曲。冯谓"竹贯四时而不改",殊无据,附会令狐,更不可从。

过景陵[一]

武皇精魄久仙升[二],帐殿凄凉烟雾凝[三]。俱是苍生留不得，鼎湖何异魏西陵〔四〕！

集　注

〔一〕【朱注】唐书："宪宗服方士柳泌金丹，毒发，多躁怒。元和十五年正月暴崩，谥曰圣神章武孝皇帝，葬景陵。在蒲城县金帜山。"【冯注】旧书宪宗纪："元和十五年正月甲戌朔，上以饵金丹小不豫，庚子暴崩，葬景陵。"新书志："景陵在同州奉先县金炽山。"【按】新唐书地理志："同州冯翊郡奉先县，故蒲城，开成四年更名。景陵在西北二十里金炽山。"朱作"帜"误。

〔二〕【补】武皇，指宪宗。韩碑："元和天子神武姿。"

〔三〕【朱注】梁庾肩吾诗："回川入帐殿。"唐六典："凡大驾行幸，设三部帐幕，帐皆乌毡为表，朱绫为覆。"【冯注】通典："葬仪备列吉凶二驾：神驾至吉，帷宫帐殿，进辒辌车；灵驾至凶，帷帐殿下。"【按】此状陵寝凄凉景象。

〔四〕【朱注】汉书："黄帝铸鼎荆山之下，有龙垂胡髯下迎，黄帝骑龙上天。后世名其地曰鼎湖。"【冯注】三国魏志："太祖武皇帝葬高陵。"按：陵在邺之西冈，故称西陵。邺都故事："魏武遗命诸子曰：'吾死，葬于邺之西冈。婕妤美人，皆著铜雀台上，施六尺床，穗帐，朝晡上酒脯粻糒之属，月朔十五辄向床前作伎乐。汝等时时登铜雀台，望吾西陵墓田。'"

笺　评

【何曰】似亦刺学仙之无益。（读书记）

【金介曰】求仙竟何益哉！

【朱彝尊曰】讽戒之旨切矣。但以魏武陪黄帝，则殊不伦。岂其地相近，即所见而言之耶？

【陆鸣皋曰】上半实写，下用夹衬法，正个中活泼泼地。

【徐德泓曰】此言求仙即成，亦不能长生于世，较瑶池汉宫意，又进一层。鼎湖与西陵并引者，一则飘然遗世之人，一则尚恋声伎之人，盖谓无论圣愚，同归于尽耳，而宪庙更以此致祸，尤足悲也。

【姚曰】为惑溺者讽。

【屈曰】鼎湖指宪宗也。言求仙本欲如黄帝之不死，而究无异西陵，何益之有！

【冯曰】此篇意最隐曲，假景陵以咏端陵（按指武宗），而又追慨章陵（指文宗）也。“鼎湖”喻新成陵寝，“西陵”喻章陵，而痛杨贤妃赐死事也。有前诸诗可证，言岂独文宗不能庇一姬耶？宪宗与武宗皆求仙饵药致疾，故用黄帝上仙。而篇首“武皇”，微而显矣。

【纪曰】因宪宗求仙，故以黄帝托讽，然拟之曹瞒，究竟非体，义山时时有此病也。（诗说）即少陵“孔丘盗跖俱尘埃”意。（辑评）

【张曰】此诗冯氏……解最得，故诗中全是借发故君之痛，与少陵诗意不同，无所谓立言无体也。纪氏以追慨故君为立言无体，然则于故君必皆作谀词而始为得体耶？以此说诗，固哉高叟矣。〇义山会昌六年春服阕入京，武宗三月崩，此当是途中闻武宗崩耗而作者。或六年中别有近境行役，亦可有此等作，则无从悬测矣。（辨正）

【按】冯氏解诗，每以直为曲，以显为隐，刻意而求，反晦其意。如此篇题为“过景陵”，显系有感于宪宗惑于神仙方术而发。首句“仙升”，即以黄帝鼎湖之事拟之，故末句“鼎湖”自指宪宗无疑，岂得忽指武宗？魏武“性不信天命之事”，不惑于神仙方术，临终遗命，亦表现其对世俗生活之留恋，而不以仙升之说自欺。自惑于神仙者视之，魏武死葬西陵固远不如黄帝仙升鼎湖；然自作者视之，人皆等于一死，鼎湖仙升不过无稽之谈，与魏武死葬西陵毕竟有何异耶？“俱是苍生留不得”二语，全是挖苦，不特讽宪宗妄求仙升而终归黄土，并黄帝鼎湖之事亦彻底否定。冯氏牵扯文宗、武宗，纯属臆说。朱、纪谓比拟不伦，立言无体，则囿于后世贬抑魏武之成见，且此处西陵、鼎湖，不过借指死葬、“仙升”，不涉对轩辕、魏武之评说。此诗编会昌六年无据，以其讽帝王求仙姑附编于此。

瑶池〔一〕

瑶池阿母绮窗开〔二〕，黄竹歌声动地哀〔三〕。八骏日行三万里〔四〕，穆王何事不重来〔五〕？

集　注

〔一〕【冯注】穆天子传卷三：“天子宾于西王母，天子觞西王母于瑶池之上。西王母为天子谣曰：‘白云在天，山陵自出。道里悠远，山川间之。将子无死，尚能复来。’天子答之曰：‘予归东土，和治诸夏。万民平均，吾顾见汝。比及三年，将复而野。’”

〔二〕【冯注】称王母为玄都阿母，见武帝内传。

〔三〕【冯注】穆天子传卷五：“日中大寒，北风雨雪，有冻人，天子作诗三章以哀民，曰：‘我徂黄竹，□员閟寒’云云。”按：

玩传文，黄竹当在嵩高之西，长安之东，与西王母相远，固不必拘耳。

〔四〕【冯注】穆天子传卷四："朝于宗周之庙，乃里西土之数，各行兼数三万有五千里。"列子："穆王乃观日之所入，一日行万里。"杜子美集画马赞原注："穆天子传：飞兔、騕袅，日驰三万里。"按：宋书符瑞志："飞菟，神马之名也，日行三万里。禹治水勤劳，天应其德而至。騕袅者，神马也，与飞菟同。"宋郭若虚图书见闻志："旧称周穆王'八骏日驰三万里'。晋武帝时所得古本，乃穆王时画黄素上为之，腐败昏溃，而骨气宛在，逸状奇形，盖亦龙之类也。"【按】八骏名目记载不一。穆天子传一作赤骥、盗骊、白义、逾轮、山子、渠黄、华骝、绿耳。列子周穆王华骝作蘟骝，白义作白𣹢。拾遗记作绝地、翻羽、奔宵、超影、逾辉、超光、腾雾、挟翼。

〔五〕【冯注】竹书："穆王十七年西征昆仑，见西王母。其年，西王母来朝，宾于昭宫。"

笺　评

【敖英曰】此诗就题断意，与贾生、楚宫二诗同体。

【周明辅曰】实语如此散逸，固自难得。（上二条唐诗选脉笺释会通评林引。）

【唐汝询曰】此讥古史之诬。夫八骏之行疾矣，穆王何以不践三年之约乎？（唐诗解）

【朱彝尊曰】此诗方是专讽学仙。（钱良择评同）

【贺裳曰】诗又有以无理而妙者，如李益"早知潮有信，嫁与弄潮儿"，此可以理求乎？然自是妙语。至如义山"八骏日行

三万里，穆王何事不重来”，则又无理之理，更进一尘。总之诗不可以执一而论。（载酒园诗话卷一）

【何曰】此首及王母祠、王母庙两篇皆刺武宗也。（读书记）又曰：疑讽武宗也。○当与汉宫词参看。○诗云“将子无死，尚能复来”，不来则死矣，讥求仙之无益也。（以上辑评）

【陆鸣皋曰】“何事”二字写得轻婉。

【徐德泓曰】右二首（按：指华山题王母祠及瑶池）同题而各意。前首讥不恤民瘼，黄竹桑田，带引微妙；此首言求仙无益，神味轻圆，皆诗中之史也。

【姚曰】求仙正复何乐！

【屈曰】讽求仙之无益也。

【程曰】此追叹武宗之崩也。武宗好仙，又好游猎，又宠王才人，此诗镕铸其事而出之，只周穆王一事足概武宗三端，用思最深，措辞最巧。

【叶矫然曰】“八骏日行三万里，穆王何事不重来”之句，皆就古事傅会处翻出新意，令人解颐。（龙性堂诗话）

【纪曰】太快太尽。（辑评）尽言尽意矣，而以诘问之词吞吐出之，故尽而不尽。（诗说）

【方南堂曰】李义山“八骏日行三万里，穆王何事不重来”，语圆意足，信手拈来，无非妙趣。（辍锻录）

【按】诗专讽求仙之愚妄，未正面涉及佚游，更无论色荒，不得因穆王行事有此数端遂加傅会。此诗特点，一为不拘于穆天子传之情节，从“将子无死，尚能复来”与“比及三年，将复而野”之期约中翻出“不重来”之情景。二为撇开求仙者，纯从西王母方面着笔。首句写西王母倚窗伫望，候穆王而不至。次句借黄竹哀歌动地，暗示穆王已死。两句一写西王母目之所接，一写西王母耳之所闻。三四则进而写西王母心之所想。斥求仙之愚妄，多从长生不可求，神仙不可遇着眼，此则翻进一层，谓即遇神仙亦无益。穆王固遇仙矣，然神仙西王母亦不能使其免于死，非特不能，并求仙者“何事不重来”亦似茫然无所知。如此神仙，亦可以休矣！如此遇仙，亦复何益！作者海上诗云：“直遣麻姑与搔背，可能留命待桑田？”与此诗意趣相类，而本篇将此意化为西王母之心理独白，乃觉讽意弥长。

海上

石桥东望海连天〔一〕，徐福空来不得仙〔二〕。直遣麻姑与搔背〔三〕，可能留命待桑田〔四〕！

集　注

〔一〕【朱注】三齐略记：“始皇作石桥，欲过海看日出处。有神人驱石下海，石去不速，神辄鞭之，石皆流血。”

〔二〕【冯注】史记秦始皇本纪：“齐人徐市等上书，言海中有三神山，名蓬莱、方丈、瀛洲。于是遣徐市发童男女数千人，入海求仙人。”汉书郊祀志：“三神山者，其传在勃海中。未至，望之如云；及到，三神山反居水下，水临之。患且至，则风辄引船而去，终莫能至云。”按：史记始皇本纪作徐市，淮南王传作徐福，至后汉书东夷传而后，诸书多作“福”。杨升庵有说未敢信。【朱注】仙传拾遗：“徐福字君房，秦始皇时闻东海中祖洲上有不死之草，生琼田中，一名养神芝。始皇乃遣福及童男女各三千人乘楼船入海，寻祖洲，不返。”

〔三〕【朱注】列仙传：“麻姑降蔡经家。经见麻姑手似鸟爪，心言背大痒时，得此爪以爬背，当佳也。王方平知经心言，使人牵经，鞭之曰：‘麻姑，神人也，汝何忽谓其爪可爬背乎？’但见鞭著经背，亦不见有人持鞭者。方平告经曰：‘吾鞭不可妄得也。’”【补】直遣，即使能让。

〔四〕【朱注】神仙传：“麻姑谓王方平曰：‘接待以来，见东海三变为桑田。向到蓬莱，水浅于往时略半也，岂将复还为陆陵乎？’方平笑曰：‘圣人皆言海中行复扬尘也。’”【补】可能，岂能。二句谓即遇仙人如麻姑者为之搔背，又岂能留命于沧海复变桑田之日乎？

笺评

【杨守智曰】刺求仙也。

【姚曰】此又是唤醒痴人透一层意：莫说不遇仙，便遇仙人何益？

【屈曰】海水连天，徐生已死。即遣麻姑搔背，而海变桑田，命不能待，亦见无仙也。

【冯曰】此兖海痛府主之卒而自伤也。用事皆切东海。徐福求仙，义山自喻；麻姑搔背，喻崔厚爱，其如不能留命而遽卒乎！义山身世之感，多托仙情艳语出之。不悟此旨，不可读斯集也。

【纪曰】用笔颇快，而亦病于直。（诗说）此刺求仙之作，似为武宗发也。微伤于快。（辑评）

【张曰】冯氏谓在兖海作，非是。此徐幕痛卢弘正之薨也。考转韵诗已云“望见扶桑出东海”矣，故以徐福暗点徐幕。子强相待不薄，既辟军判，又得台衔，“麻姑搔背”，所以喻其厚爱也。若兖海，府主虽卒，令狐尚在，义山是时亦正年少气盛，安有沧海桑田之慨乎？细玩乃可别之。（会笺）

【按】诗讽帝王求仙，意本明白。首二谓遣人入海求仙而不得，三四翻进一层，谓即遇神仙，亦不能遂长生之妄想。李贺官街鼓：“几回天上葬神仙。”直谓神仙亦有生死；此则谓神仙搔背，亦不能使其延寿。语虽异而意趋则同。冯、张附会崔戎、卢弘止之遽卒，殊不足信。麻姑搔背而不能留其命，希留命者非麻姑甚明，如冯所解，则麻姑喻崔，不能留命者亦崔，是尚复成语乎？

四皓庙①

本为留侯慕赤松〔一〕，汉廷方识紫芝翁。萧何只解追韩信〔二〕，岂得虚当第一功〔三〕？

校　记

①戊签无“庙”字。【按】此诗内容但咏四皓而不涉“庙”字，与“羽翼殊勋”首之为道经四皓庙有感而作不同。颇疑应从戊签作“四皓”，然各本均有“庙”字。据张礼游城南记，“圭峰、紫阁在终南山四皓庙之西”，此“四皓庙”疑指在终南山者。

集　注

〔一〕【程注】史记留侯世家：“（留侯曰：）‘今以三寸舌为帝者师，封万户，位列侯，此布衣之极，于良足矣。愿弃人间事，欲从赤松子游耳。'"列仙传:"赤松,神农时雨师。"【补】汉(高祖)六年,封张良为留侯。汉廷识紫芝翁,指吕后从张良计迎四皓至朝廷辅太子事,参见四皓庙(羽翼殊勋)注。四皓曾作紫芝之歌,故称紫芝翁。按张良从高祖入长安后,即"道引不食谷,闭门不出岁馀",此即所谓"弃人间事,欲从赤松子游"。吕后使人强要良画计,使高祖不废太子,良乃献计迎四皓,故太子得不废。二句赞留侯荐四皓定储之功,谓如不缘留侯以慕赤松之游、不与政事为名,荐四皓为太子之羽翼,则汉廷安得识此四人而不易太子哉!

〔二〕【程注】淮阴侯传:"信数与萧何语,何奇之。何闻信亡,不及以闻,自追之。居一二日,何来谒上,上曰:'若亡,何也?'何曰:'臣不敢亡,臣追亡者。'上曰:'若所追者谁?'何曰:'韩信也。'"

〔三〕【程注】萧相国世家:"关内侯鄂君进曰:'曹参虽有野战略地之功,此特一时之事。萧何转漕关中,给食不乏。陛下虽数亡山东,尝全关中以待陛下,此万世之功也。奈何欲以一旦之功加万世之功哉!萧何第一,曹参次之。'"【冯注】同上:"高帝曰:'夫猎,追杀兽兔者,狗也;发踪指示兽处者,人也。今诸君,功狗也;萧何,功人也。'列侯位次,萧何第一。"

笺 评

【葛立方曰】李义山云:"本为留侯慕赤松,汉廷方识紫芝翁。萧何只解追韩信,岂得虚当第一功?"是以萧何功在张良下也。王元之诗云:"纪信生降为沛公,草荒孤垒想英风。汉家青史缘何事,却道萧何第一功?"是以萧何功在纪信下也。

余谓炎汉创业，何为宗臣，高祖设指纵之喻尽之矣。他人岂容议耶？（韵语阳秋）

【何曰】丁丑十月初十日，承篋塾中灯下诵义山诗，是日有自京师来，传北征大帅恩礼之盛者，循讽三叹。（辑评）

【徐德泓曰】本赞四皓，而反说萧何，避直写也。解此，可得远致虚神之法。

【姚曰】此美留侯定储之功最大也。

【屈曰】留侯能荐四皓以安刘，其功虽大，岂能胜创业之勋乎？作者意有所指，非定论也。

【程曰】此诗非为萧、张定高下也。意谓安太子一事，萧何自无法不得不让留侯此着耳。是极赞留侯之辞。

【徐曰】此诗为李卫公发。卫公举石雄，破乌介，平泽潞，君臣相得，始终不替，而卒不能早定国储，使武宗一子不得立，有愧紫芝翁多矣。故假萧相以讥之。（冯笺引）

【冯曰】徐笺甚精。旧、新书武宗五子，并逸其薨年。然通鉴云：诸宦官密于禁中定策，下诏称皇子冲幼，须选贤德，则其时武宗之子未尽也。留侯之使吕泽迎四皓，已在多病道引不食谷，杜门不出之后岁馀矣。卫公始终秉钧，而竟不能建国本、扶冲人，何哉？萧何为相，至惠帝二年薨。诗故确据汉事而婉转出之。会昌一品集赐石雄诏云："得飞将于无双。"此拟韩信正合。集又有天性论，为庄恪太子事，而叹无人以一言悟主也。比类而观，其能解于此章之冷刺欤？

【纪曰】全不成语。（诗说）酷似胡曾咏史诗，义山何以有此？（辑评）

【张曰】非讥卫公，盖惜其能为萧何而不能为留侯也。留侯身退，荐贤以扶社稷；卫公恃功自固，所赏拔者武人而已。卒为佥壬旅进，身亦不保，欲求一紫芝翁而不可得矣，岂徒为建储一事致慨哉？（会笺）又曰：此有寓意，不得作咏史诗呆看，岂胡曾派所可比耶？（辨正）

【按】诗谓张良荐四皓而安储位，功莫大焉；萧何唯知重将才而追韩信，不与安储定国之大事，岂得虚当首功乎？萧、张各有建树，本无须强分高下，作者为极赞张良而谓“萧何唯解追韩信”，则明显违反史实之论，其为另有托寓皦然。晚唐诸帝多宦官所立，在位时由于各种原因未能立皇太子，或立而又废。故旧君去世之时，每有宫廷变乱。其时大臣宰执，于立嗣事亦多未能有所建言，故四皓定储之事每为时人议论之题目。杜牧题商山四皓庙一绝云：“吕氏强梁嗣子柔，我于天性岂恩雠！南军不袒左边袖，四老安刘是灭刘。”其意虽与义山此诗之极赞四皓安刘相反，然可见定储一事确为当时士大夫心之所系。徐、冯二氏，联系李德裕虽拔石雄，破回鹘，平泽潞而卒未能定储之事，以为为德裕发，不为无见。兹更补充一证。会昌一品集序：“（帝）曰：‘我将俾尔（指德裕）以大手笔，居第一功。’”此言与高祖称萧何功第一颇相似，其时必在士大夫中广为流传，故诗中以萧相国拟德裕。张氏复因诗有“留侯慕赤松”之语，而谓作者惜德裕能为萧何而不能为留侯，似之。义山同时虽无若张良者，然前此历事肃、代、德三朝之李泌则颇有张良之风。新唐书李泌传：“（泌）善治易，常游嵩、华、终南间，慕神仙不死术。……肃宗即位灵武，……拜元帅广平王行军司马。……始，军中谋帅，皆属建宁王，泌密白帝曰：‘建宁王诚贤，然广平冢嗣，有君人量，岂使为吴太伯乎？’帝曰：‘广平为太子，何假元帅？'泌曰：'使元帅有功，陛下不以为储副，得耶？太子从曰抚军，守曰监国，今元帅乃抚军也。'帝从之。"事颇类张良安储。传赞谓"其谋事近忠，其轻去近高，其自全近智"，胡三省注通鉴更谓其"子房欲从赤松游之故智"，是唐代即有此类人物，义山之论亦可谓不虚发矣。冯、张均系会昌六年，虽无显证，然诗如为德裕发，则作于宣宗即位之初似可大体肯定。

代秘书赠弘文馆诸校书①〔一〕

清切曹司近玉除〔二〕，比来秋兴复何如？崇文馆里丹霜后②〔三〕，无限红梨忆校书。

校　记

①万绝题作"忆洪文馆诸校书"。

②"丹"，朱本、季抄一作"飞"。

集　注

〔一〕【朱注】唐六典："秘书省，监一人，少监二人，丞一人，秘书郎四人。武德初置修文馆，武德末改为弘文馆，校书郎二人。"【冯注】按通典、旧新书志：中书省下秘书省，秘书郎四员，后减一员；校书郎八人，新书作"十人"；正字四人。门下省下弘文馆，校书郎二人，有学生三十人，新书作"三十八人"。其学生教授考试如国子学之制。○此云弘文诸校书，岂不专指二人欤？【按】作于会昌六年重官秘省正字时。

〔二〕【冯注】长安志："门下省在西内太极殿东廊左延明门东

南，弘文馆在门下省东，聚天下书籍。”又：“皇城内承天门街之西第五横街之北有秘书省。”按：故以近玉除羡弘文。【程注】曹植赠丁仪诗：“凝霜依玉除。”

〔三〕【朱注】杜氏通典：“唐置崇贤馆，属左春坊，后避皇太子讳，改为崇文馆，其学士例与弘文馆同。”【冯注】按：旧书志：“汉有东观，魏有崇文馆，至唐武德初置修文馆，后改弘文。”太宗秦府有十八学士，后弘文、崇文二馆皆有学士，盖即后翰林之职。崇文，贞观中置，太子学馆也。自明皇置翰林供奉，后改供奉为学士，而弘文、崇文渐以轻矣。题曰“弘文”，而诗曰“崇文”，似通称耳，非指太子学馆也。或别有意，未详。【按】此崇文馆即指秘书省。

笺 评

【姚曰】秘书必从弘文馆迁转者，故有是赠。

【屈曰】崇文即秘书，霜后梨红，对此而忆校书也。

【程曰】此虽代作，亦自道其失郎之恨。

【纪曰】风韵绝人。末句“校书”二字指其事，非题中所署之官名也。问此一首莫嫌于爱好否？曰诗以爱好为病，此充类至义之尽也。若论神韵，须先从爱好中来，妙悟渐生，然后舍筏登岸耳，且爱好亦自不同，桓伊弄笛、叔夜弹琴皆爱好也。裁锦绣以为华，傅脂粉以为丽，似乎爱好而非也。海阳李玉典曰：秋谷以渔洋为爱好，信然。然是晋人装非时世装也。此可谓之知言矣。（诗说）

【张曰】秘书省属中书省，弘文馆属门下省。秘书省有秘书郎、校书郎等官，弘文馆亦有校书郎。义山曾两为秘省房中官，服阕后又有重官秘阁一事，见补编。然开成四年释褐校

书郎，旋出尉弘农；会昌二年正书秘邱，又旋丁母忧，皆非久居。此诗必服阕后重官秘阁时作也。（会笺）

【按】此代秘书省之秘书郎寄赠弘文馆诸校书郎。校书郎中应有自秘书省迁转者。前二句谓其曹司接近丹陛，问其近来秋兴何如，有称羡之意。后二句转忆当日秘省丹霜红梨相对校书之情景。纪评“风韵绝人”，甚是。

喜舍弟羲叟及第上礼部魏公〔一〕

国以斯文重〔二〕，公仍内署来①〔三〕。风标森太华〔四〕，星象逼中台〔五〕。朝满迁莺侣〔六〕，门多吐凤才〔七〕。宁同鲁司寇〔八〕，唯铸一颜回②〔九〕！

校记

①“署”原一作“相”，朱本、季抄同。

②“唯”，纪事作“只”。

集注

〔一〕【朱注】旧唐书：“大中元年二月，礼部侍郎魏扶奏：臣所放进士三十三人，其封彦卿等三人以父兄见居重位，不令中选，诏翰林学士韦琮重考覆。”唐诗纪事：“大中初，扶知礼闱，入贡院题诗云：‘梧桐叶落满庭阴，锁闭朱门试院深。曾是当年辛苦地，不将今日负前心。’榜出，无名子削为五言诗以讥之。”李羲叟，义山弟也。是岁登第，义山因上魏公诗云云。【冯注】本传：“弟羲叟进士擢第，累为宾佐。”按：甲集序曰：“仲弟圣仆特善古文，居会昌中进士为第一二。”此追言于举人中杰出也。又献钜鹿公启云五言四首，今止一首，何耶？【按】据册府元龟卷六四一、唐会要卷七六，大中元年进士放榜在正月二十五日。旧书纪作"三月"，误。唐诗纪事："扶登太和四年进士第。""五言四首"或为"五言四韵"之误，即所上此诗也。

〔二〕【补】论语子罕："天之将丧斯文也，后死者不得与于斯文也。"斯，此；文，指礼乐制度。魏扶为礼部侍郎，故颂称"国以斯文重"。

〔三〕【冯注】汉书孔光传："光为帝太傅，行内署门户。"班固两都赋序："内设金马、石渠之署。"新书志："开元时，改翰林供奉为学士，别置院，号为内相，又以为天子私人。"扶盖兼翰林之职。【补】仍，更。

〔四〕【朱注】山海经："太华之山，削成而四方，高五千仞。"【补】风标，犹风度、品格。森，森严。

〔五〕【朱注】汉书："上台司命为太尉，中台司中为司徒，下台司禄为司空。"【冯注】汉书东方朔传："愿陈泰阶六符以观天变。"注曰："泰阶，三台也，每台二星。"后汉郎颛传："三公上应台阶。"【补】晋书天文志："三台六星，两两而居。起文昌列抵太微。一曰天柱，三公之位也。在人曰三公，在天曰三台。……西近文昌二星曰上台，……次二星曰中台，……东二星曰下台。"周代六卿中有地官大司徒，执掌邦教。魏扶为礼部侍郎，故云"逼中台。"

〔六〕【朱注】刘宾客嘉话录："今谓登第为迁莺，盖本毛诗'伐木丁丁，鸟鸣嘤嘤，出自幽谷，迁于乔木'。然并无莺字。顷试早莺求友及莺出谷诗，别无证据，岂非误欤？"愚按唐人阳桢诗"轩树已迁莺"，苏味道诗"迁莺远听闻"，后来遂承袭用之。【冯注】叶大庆考古质疑："诗'嘤嘤'，虽非指莺，然汉张衡归田赋：'王雎鼓翼，仓庚哀鸣；交颈颉颃，关关嘤嘤。'又东都赋：'雎鸠鹂黄，关关嘤嘤。'仓庚、鹂黄，皆莺也，皆以'嘤嘤'言之，唐人未必不本于此。"按：诗传、笺、疏并不指莺。本草释名曰："禽经云莺鸣嘤嘤，故云。"或云：莺项有文，故从賏，賏，项饰也。或作"鸎"，鸟羽有文也。窃以为相承之由当以此。【按】句意谓在朝者多扶之同年。

〔七〕【朱注】西京杂记："扬雄著太玄经，梦吐白凤凰，集于玄上，顷而灭。"

〔八〕【程注】史记孔子世家："定公十四年，孔子由大司寇行摄相事。"

〔九〕【朱注】扬子："或曰：'人可铸欤？'曰：'孔子铸颜回矣。'"【补】商隐上座主李相公状亦云："孔子铸颜，未是陶钧之力。"

笺　评

【何曰】绝好应酬诗。（辑评）

【姚曰】上半首，颂主司门墙之峻；下半首，美其得士之盛。

【屈曰】以大圣人为比且不可，况过圣人乎？唐士无识如此。

【纪曰】前六句太俗，后二句公然不通。（诗说）末二句陋甚，不应无忌至此。即以诗论，亦拙极。（辑评）

【张曰】孔子典故，古人常用。如少陵"孔丘盗跖"等语，当时不以为忌讳，宋以后始悬为厉禁耳。前六句典切，绝非肤陋一流也。（辨正）

【按】末联谓魏扶主持文柄，为朝廷选拔人材，与孔子仅能从事教育，铸一颜回相比，远胜之矣。此应酬之作，末联亦寻常颂赞语。

文集有献侍郎钜鹿公启,云:"今月某日舍弟新及第进士羲叟处,伏见侍郎所制春闱于榜后寄呈在朝同年兼简新及第诸先辈五言四韵诗一首。……辄罄鄙词,上攀清唱……,其诗五言四首(韵)谨封如右。"则此诗系和魏之作。

海客

海客乘槎上紫氛〔一〕,星娥罢织一相闻〔二〕。只应不惮牵牛妒①〔三〕,聊用支机石赠君〔四〕。

校　记

①"应",悟抄作"因",义同。

集　注

〔一〕【朱注】刘桢诗:"(凤凰集南岳,)奋翅凌紫氛。"【程注】李白诗:"谑浪棹海客,喧呼傲阳侯。"【冯注】说文:"氛,祥气也。"【补】紫氛,犹紫霄,指天空。槎,木筏。海客乘槎事见下注。

〔二〕【补】星娥,指织女星。相闻,犹相见。闻、见义可通。张若虚春江花月夜:"此时相望不相闻。"或解为相知,亦通。

〔三〕【补】只应,只因。

〔四〕【冯注】荆楚岁时记:"汉武帝令张骞使大夏,寻河源,乘槎经月而至一处,见城郭如州府,室内有一女织,又见一丈夫牵牛饮河。骞问曰:'此是何处?'答曰:'可问严君平。'织女取搘机石与骞俱还。后至蜀问君平,君平曰:'某年某月客星犯牛、女。’搘机石为东方朔所识。”按：博物志止言“天河与海通，近人居海渚者，年年八月见浮槎，去来不失期。人有奇志，立飞阁于查上，多赍粮而去，芒芒忽忽，不觉昼夜，奄至一处云云。”不言张骞。本出傅会，不足辨也。此则兼用之。

笺　评

【朱彝尊曰】（三四句）亦有所指。

【何曰】此一以（疑作“似”）赠畏之辈，犹存故意，不承执政指，若反眼不相识者。然去漠然无情止一间耳。（辑评）

【姚曰】海客乘槎，至诚相感，星娥那有不答之理。岂赴郑亚聘时作耶？

【屈曰】一比登第也。二不以事辞也。不惮其夫而以石赠，不止罢织相闻也。人生世上，势位富厚，盖可忽乎哉！

【程曰】此当为相从郑亚而作。亚廉察桂州，地近南海，故托之以海客。言亚如海客乘槎，我如织女相见。亚非杨、李之党，令狐未免恶之。然昔从茂元，已为所恶，亦不自今日矣。只应不惮其恶，是以又复从亚耳。自反无愧，横逆何计哉！

【冯曰】海客比郑，星娥自比，支机石喻己之文采，牵牛比令狐也，孰知其遥妒之深哉！〇三句谓不惮他人之妒也。时令狐绹在吴兴，未几亚贬而绹登用，遂重叠陈情而不省矣。

【纪曰】此怨令狐之作也。比附显然，苦乏神韵。（诗说）

【张曰】午桥谓从郑亚作，以桂管近海也。冯氏从之。余细玩诗意，当是徐幕作。若大中元年子直方远刺湖州，尚未内召，“星娥罢织”，亦寻常事，何妒之可言。今定为徐幕，则情事恰合矣。徐亦近海，固不独桂管也。此必初闻子直入

相时作。（会笺）

【按】此诗比附痕迹明显。星槎典固常用于称颂官位迁升，亦用于比喻奉命出使，如杜甫“奉使虚随八月槎”（秋兴八首）。起句即以张骞出使喻郑亚之廉察桂管。桂州近海，故曰“海客”。自桂林奉使江陵途中感怀寄献尚书云：“水势初知海”，文集亦言“桂海”，皆可证。“星娥罢织”，谓己罢秘省之职而就亚之辟也。三四谓己惟其不惮旧好之妒，故以文采为亚效力，以酬知遇之意。奉使江陵诗亦言“前席惊虚辱”矣。“牵牛”自可理解为令狐绹，但不必专指一人，解为牛党亦可。义山始受知于令狐楚，楚卒后入王茂元幕，娶其女，即遭令狐绹疑忌，以为“忘家恩”。此次又随李德裕之主要助手郑亚赴桂幕，则自包括令狐绹在内之牛党视之，义山自为不贞之“星娥”矣。张氏谓徐府作，恐非。卢弘止虽亦会昌旧臣，德裕所倚重者，然与德裕之关系远不若郑亚亲密。大中初贬谪李党，弘止即未受牵累，可见牛党亦不以卢为李党主要成员；而郑亚则首当其冲，既出桂州，后又贬循州。新传云：“亚亦德裕所善，绹以为忘家恩，放利偷合，谢不通。”则义山从亚之为牛党所深疾亦明矣。

谢往桂林至彤庭窃咏〔一〕

辰象森罗正〔二〕，钩陈翊卫宽①〔三〕。鱼龙排百戏〔四〕，剑珮俨千官〔五〕。城禁将开晚〔六〕，宫深欲曙难。月轮移枍诣②〔七〕，仙路下阑干③〔八〕。共贺高禖应〔九〕，将陈寿酒欢〔一〇〕。金星压芒角〔一一〕，银汉转波澜④〔一二〕。王母来空阔〔一三〕，羲和上屈盘〔一四〕。凤凰传诏旨〔一五〕，獬豸冠朝端〔一六〕。造化中台座，威风大将坛⑤〔一七〕。甘泉犹望幸，早晚冠呼韩〔一八〕。

校　记

①"钩"，朱本、季抄作"勾"，字通。

②"枍诣"，姜本、戊签作"几席"，悟抄作"睥睨"。

③"阑"，蒋本、朱本作"栏"。冯引一本"阑干"作"栏杆"。均同。

④"转"，冯引一本作"展"。

⑤"大"，朱本、季抄作"上"。

集　注

〔一〕【冯注】原编集外诗。旧书志："岭南西道桂管经略观察使治桂州，管桂、昭、蒙、富、梧、浔、龚、郁林、平、琴、宾、澄、绣、象、柳、融等州。"旧书郑畋传："父亚，字子佐，大中初为桂管都防御经略使。"新书选举志："凡官已受成，皆廷谢。"此从郑亚赴桂朝谢也。【朱注】西都赋："玉阶彤庭。"注："帝居也。"【按】汉皇宫以朱色漆中庭，称彤庭。后泛指皇宫。此指朝廷。

〔二〕【程注】张正见山赋："森罗辰象，吐吸云雾。"【补】辰象，星象。森罗，森然罗列。

〔三〕【程注】星经："羽林军星四十五星，垒辟十二星，并在室南，主翊卫天子之军。"【按】钩陈已见陈后宫（玄武开新苑）诗注。

〔四〕【朱注】汉武帝为鱼龙曼延之戏。【冯注】汉书武帝纪："元封三年，作角抵戏。"西域传："作巴俞都卢、海中砀极、漫衍鱼龙、角抵之戏以观视之。”师古曰：“鱼龙者，为舍利之兽，先戏于庭极，毕，乃入殿前激水，化成比目鱼，跳跃漱水，作雾障日，毕，化成黄龙八丈，出水散戏于庭，炫耀日光。”西京赋云：“海鳞变而成龙”，即为此色也。百戏，详西京赋。“漫衍”，亦作“曼延”。“抵”亦作“觝”，亦作“氐”。【程注】后汉书安帝纪：“罢鱼龙曼延百戏。”刘孝绰诗：“九成变丝竹，百戏起龙鱼。”【补】百戏，古代乐舞杂技表演之总称。汉代称角抵戏。包括各种杂技幻术（如扛鼎、寻橦、吞刀、吐火等），装扮人物之乐舞，装扮动物之鱼龙曼延等。唐代百戏甚为流行。如新唐书敬宗纪：“宝历二年九月甲戌，观百戏于宣和殿，三日而罢。”

〔五〕【程注】文中子：“衣裳襜如，剑珮锵如，皆所以防其躁也。”贾至早朝诗：“剑珮身随玉墀步，衣冠身惹御炉香。”王维诗：“芙蓉阙下会千官。”【冯注】古者诸臣皆有剑珮，上殿则解剑。故功高者，特赐带剑履上殿，如萧何是也。

〔六〕【程注】南史：“孝武欲重城禁，故复置卫尉卿。”

〔七〕【朱注】枍，乌诣切。关中记：“建章宫中有駊娑、骀荡、枍诣、承光四殿。”三辅黄图：“枍诣，木名，宫中美木茂盛也。”【程注】广韵：“汉有枍诣宫。”西都赋：“洞枍诣以与天梁。”杜甫诗：“翩然紫塞翮，下拂明月轮。”

〔八〕【冯注】古乐府善哉行：“月没参横，北斗阑干。”此只言栏槛。【程注】张说诗：“仙路迎三岛，云衢驻两龙。”

〔九〕【朱注】月令：“仲春玄鸟至日，天子以太牢祠于高禖。”注：“求子之祭。”【冯注】汉书武五子传：“上年二十九，乃得太子，甚喜，为立禖，使东方朔、枚皋作禖祝。”诗生民之篇，传曰：“去无子，求有子，古者必立郊禖焉。”【补】高禖，古代帝王为求子所祀之禖神。礼记月令郑玄注："高辛氏之世，玄鸟遗卵，娀简吞之而生契，后王以为媒官嘉祥而立其祠焉。变媒言禖者，神之也。"王引之经义述闻以为"高"是"郊"之借字。按：求子所祭神祠在郊外，故称"郊禖"。

〔一〇〕【冯注】称觥上寿，本诗豳风。汉书兒宽传："臣宽奉觞再拜上千万岁寿。"桂管之命在二月，时或生皇子，或宣宗母郑太后寿日在是月，故以姜嫄比之，皆无可征。【程注】王维诗："斗回迎寿酒。"

〔一一〕【朱注】天官占："太白者，西方金之精，白帝之子，径一百里，角摇则兵起。"史记注："角，芒角也。"【冯注】尔雅："明星谓之启明。"史记天官书："太白曰西方，秋，司兵，小以角动，兵起。"【补】芒角，指星之光芒。

〔一二〕【冯注】诗："倬彼云汉。"尔雅："析木谓之津，箕斗之间汉津也。"此谓启明之光已隐，银汉之形渐退，则将晓矣。但语似秋令。

〔一三〕【朱注】王母降汉宫，详汉宫词。

〔一四〕【冯注】山海经："东南海外、甘水之间，有羲和之国，有女子名曰羲和，方日浴于甘渊。羲和者，帝俊之妻，生十日。"注曰："羲和，盖天地始生，主日月者也。尧因此而立羲和之官。"广雅："日御曰羲和。"上句似指太后，此句谓天子升殿。或谓亦指太后，非也。以上用意，皆未可晓。【补】屈盘，枝干屈绕。

〔一五〕【朱注】用木凤衔书事。【姚注】邺中记："石虎诏书，以五色纸衔木凤凰口中，飞下端门。"

〔一六〕【程注】后汉书舆服志："法冠，执法者服之，或谓之獬廌冠。獬廌，神羊，能辨曲直，楚王尝获之，故以为冠。"述异记:“獬廌,一角之羊也,性知人有罪。皋陶治狱,其罪疑者,令羊触之。”宋书王弘传:“忝承人乏,位副朝端。”【朱注】唐书:“法冠者,御史大夫、中丞、御史之服也。一名獬廌冠。”廌,俗作豸。【冯注】新书仪卫志:“朝日,御史大夫领属官至殿西庑,监察御史二人立东西朝堂砖道,以莅百官。内门开,监察御史领百官入宣政门。”

〔一七〕【冯注】后汉书冯衍传:“威风远畅。”晋书阮孚传:“今王莅镇,威风赫然。”魏志杜畿传注:“古之刺史奉宣六条,以清静为名,威风著称。”二联写朝仪。【程注】王维诗:“久践中台座,终登上将坛。”

〔一八〕【朱注】汉书宣帝纪:“行幸甘泉,郊泰畤。匈奴呼韩邪单于稽侯狦来朝,赞谒称藩臣而不名。”匈奴传:“单于朝天子于甘泉宫,汉宠以殊礼,(赐以冠带衣裳),位在诸侯王上。”【程注】汉书食货志:“公卿白议封禅事,而郡国皆豫治道,修缮故宫及驰道。县县治宫储、设共具而望幸。”【冯注】此以柔远为颂。“冠”字复。

笺　评

【何曰】“城禁将开晚”句,诗眼。(义门读书记)又曰:诗当宣宗初政之时,不知其谓。(辑评)

【姚曰】“辰象”四句,言大势。“城禁”四句,言晓景。“共贺”四句,太平景色。“王母”四句,早朝仪注。“造化”四句,以服远为祝也。

【屈曰】一段彤庭森严,宫禁深闭。二段夜晏。三段官府之众。结望致太平也。通篇只咏彤庭,并不及谢往桂林一字,题必有错误。

【程曰】谢往桂林至彤庭窃咏者，乃大中元年义山应郑亚桂管之辟，谢恩于朝堂也。自起至“羲和上屈盘”十四句皆写朝中气象。“凤凰传诏旨”四句谓上以郑亚为桂州刺史、御史中丞、桂管防御观察等使也。结末“甘泉犹望幸，早晚冠呼韩”二句，谓会昌中党项侵盗不已，宰相请使宣慰，武宗决意讨之，不克而崩。宣宗即位，故以汉宣帝之待呼韩邪，比之期党项之来归也。

【冯曰】此必郑亚赴桂时，但用字有不类，义山何若此欤？原编集外，固可疑耳。

【纪曰】宏敞称题，结寓伤时之意，亦不露骨。（辑评）廉衣以为：“鱼龙”句欠庄，“王母”句无谓，“羲和”句欠浑成也。（诗说）

【张曰】“鱼龙”句必当时实事，故义山藉以写景，何以见其欠庄？岂以妄作粉饰语为庄耶？“王母”“羲和”，用典未详，不宜强解也。“无谓”“未浑”评语，均不甚切。（辨正）又曰：此将随郑亚赴桂管时作，时或值宣宗母郑太后寿日，或时生皇子，故有“高禖”“寿酒”“王母”“羲和”诸句。朝贺大典，丹禁森严，外臣不得预，所以谓之窃咏也。冯氏乃疑其用字不类，何欤？（会笺）

【按】此赴桂林前随郑亚入朝辞谢，见彤庭早朝景象而赋。视“鱼龙排百戏”及“共贺高禖应，将陈寿酒欢”等句，宫中当有庆典，而非常朝。据新唐书后妃传：“宪宗孝明皇后郑氏。……元和初，李锜反，有相者言后当生天子。锜闻，纳为侍人。锜诛，没入掖庭，侍懿安后。宪宗幸之，生宣宗。宣宗为光王，后为王太妃。及即位，尊为皇太后。太后不肯别处，故帝奉养大明宫，朝夕躬省候焉。”合之诗中“高禖应”“寿酒欢”之语,似是郑太后寿日。如宣宗生皇子,似不必有“寿酒欢”之事。屈以诗中不及谢往桂林而疑题必有误,程以“凤凰”四句为帝授亚官职,均非。郑亚桂管前已任命,此特行前廷谢耳。

离席〔一〕

出宿金尊掩,从公玉帐新〔二〕。依依向馀照〔三〕,远远隔芳尘〔四〕。细草翻惊雁,残花伴醉人。杨朱不用劝,只是更沾巾〔五〕。

集 注

〔一〕【冯注】义山所历诸幕,惟桂管春时从郑亚出都。

〔二〕【姚注】抱朴子:“兵在太乙玉帐之中,不可攻也。”唐艺文志:“兵家有玉帐经一卷。”【冯注】诗:“从公于迈。”【按】玉帐,军帐,详见重有感注。此谓军幕。

〔三〕【补】离京赴桂,取道东行,回望长安,故“依依向馀照”。

〔四〕【朱注】拾遗记:“石虎太极殿,楼高四十丈,春杂宝异香为屑,使数百人于楼上吹散之,名曰芳尘台。”庾阐扬都赋:“结芳尘于绮疏。”【冯注】渐离京师。【补】本集蝶三首:“远恐芳尘断。”

〔五〕【冯注】列子:“杨朱见歧路而泣之,为其可以南可以北。”

笺 评

【何曰】清丽。生动。(辑评)

【姚曰】金樽帐饮,饯席也。依依向晚,远别之况,方从此始。雁已惊飞,花犹伴醉,歧路之泣,乌能已已。

【纪曰】格力殊健，末二句太竭情耳。（诗说）

【张曰】此篇语兼失意，与春游诗豪兴迥殊，疑是大中元年桂游时作矣。宜从冯说也。（辨正）又曰：诗意牢骚。此为赴桂管幕作，无前春游诗傲岸情态矣。冯氏比而编之，甚谬。（会笺）

【按】此赴桂管时作无疑。途中诗荆门西下云："洞庭湖阔蛟龙恶，却羡杨朱泣路歧。"可与本篇末联参证。赴职梓潼留别畏之同年云："京华庸蜀三千里，送到咸阳见夕阳。"此则云："依依向馀照，远远隔芳尘。"一西去，一东去，固极明显。

五松驿〔一〕

独下长亭念过秦〔二〕，五松不见见舆薪〔三〕。只应既斩斯高后〔四〕，寻被樵人用斧斤〔五〕。

集　注

〔一〕【朱注】按白氏长庆集有望秦赴五松驿诗。此驿在长安东。

〔二〕【朱注】贾谊有过秦论。【冯注】史记注："秦法十里一亭。"庾信赋："十里五里，长亭短亭。"史记秦始皇本纪："太史公曰：善乎贾生推言之也。"又陈涉世家："褚先生曰：吾闻贾生之称曰。"注："裴骃案：班固奏事云'太史迁取贾谊过秦上下篇以为秦始皇本纪、陈涉世家下赞文'，然则言'褚先生'者，非也。"按：本纪全述贾谊之言，世家节取其中一篇，若皆出司马笔，则复矣。故索隐据"地形险阻"数句，定为褚先生所改题也。【按】过秦论全文见史记秦始皇本纪。念，诵读。

〔三〕【补】五松，指五大夫松，参见李肱所遗画松诗"或以大夫封"句注。此泛指松树。舆薪，负薪。句意谓五松驿无松，但见樵人负薪而已。

〔四〕【冯注】史记："胡亥、斯、高大喜。"又："二世使赵高案丞相李斯狱，责斯与子繇谋反状，诬服，具斯五刑，论腰斩。二世拜赵高为中丞相，高劫二世于望夷之宫，二世自杀。子婴即位，谋令宦者韩谈刺杀之。"【程注】秦二世纪："赵高更立公子婴，令子婴庙见，受王玺。子婴曰：'我闻赵高与楚约，灭秦宗而王关中。此欲因庙中杀我。我托病不行，丞相必自来，来则杀之。'高果自来。子婴遂刺杀高于斋宫。"

〔五〕【冯注】斤在欣韵，唐贤律诗多通用。本集如东冬、萧肴之类，通用颇多。

笺评

【钱谦益曰】以五松比斯、高之见斩也，奇甚。（唐诗合选笺注）

【吴乔曰】义山卒时，绹正贵显，意者遥诅之词，并及其用事者乎？"只应"句，似有刺。（西昆发微）

【朱彝尊曰】以五松比斯、高之见斩，似淡实奇。（钱良择评末句作"奇甚"。）

【何曰】斯、高既斩，秦祚亦尽，此叹其（露）谋国者不知务也。（辑评）

【徐德泓曰】亦为宦寺而发，全从大夫松上落想。下二句，从"舆薪"两字引出，恶恶之词，不嫌其直，然较之豺虎有昊之界，尚觉浑融。

【姚曰】斯、高之祸，乃波及五松耶？奇绝快绝。

【屈曰】“斯高”句言秦之亡也。召伯甘棠，勿剪勿伐，秦亡而五松见薪，人恶其暴虐如此，所以念贾生之过秦也。深妙。

【冯曰】此必训、注诛后，其私人亦削斥也，非仅朋党之迭为进退者。

【纪曰】无一句是诗。（诗说）又曰：粗鄙。（辑评）

【张曰】驿在长安东。……义山东还过此所赋也。（会笺）又曰：此亦晚唐诗常调，何至粗鄙？（辨正）

【岑仲勉曰】考通典一七五商州：“上洛，汉旧县，有秦岭山。”史记封禅书正义引括地志：“灞水，古滋水也，亦名蓝谷水，即秦岭水之下流，在雍州蓝田县。”是望秦岭及五松驿在赴襄邓路中，居长安东南，张顾采朱说以为东还所经，里地、考史，两俱失之。（平质）

【按】岑氏驳张东还过此而赋之说，甚是。然冯说亦大有可疑者。开成元年，义山并无南行之迹，此其一。斯、高之间，势若水火，互不相容，与训、注之结党擅权，排斥异己，情况迥异，以斯、高拟训、注，殆为不伦，此其二。且诗意言秦之亡始于斯、高被斩，二人既斩，五松为薪，秦祚亦终；而训、注之斩，作者视为“诛倏忽”“戮城狐”，恐不致以为危及唐祚也。此其三。细推诗意，似是有感于封建统治集团内部党同伐异，相互倾轧，火并之后，统治力量大为削弱，亡国灭族之祸旋亦随之而发。秦之末世，用事大臣如斯、高者相互倾轧，先后被诛，秦亦随之而亡；唐之季世，朋党纷争，南北司势若水火，政局动荡变化不已，长此以往，则距“被樵人用斧斤”之期亦不远矣。故托秦事以寄忧国之慨，且深著警诫之意。曰“念过秦”，其意则固在唐也。“寻被”二字，颇见作者用意。大中元年三月，义山赴桂，途中当经五松驿。此诗与四皓庙、岳阳楼等或均途中借凭吊古迹而托讽现实之作。其时党局反覆，李党失势被贬，宜作者有此慨。

四皓庙①〔一〕

羽翼殊勋弃若遗〔二〕，皇天有运我无时。庙前便接山门路，不长青松长紫芝〔三〕。

校　记

①“皓”，万首唐人绝句作“老”，系避家讳改。

集　注

〔一〕【道源注】庙在商县商雒山。【冯注】高士传：“四皓者，皆河内轵人也。秦始皇时，见秦政虐，共入商雒，隐地肺山。”按：终南山、商雒山皆有庙，诗不重“庙”字。【岑仲勉曰】集有两首，皆七绝；其一“羽翼殊勋弃若遗”，冯编开成三年，其二“本为留侯慕赤松”，冯编会昌六年，张皆从之，前者谓为庄恪太子发，后者谓为李德裕发。但今集已编次无序，纵使分咏两人，独不许事后同时追感乎？长安志一三：“四皓庙在（咸阳）县东二十五里。”此种诗无宁同入不编年一类，勿强作解人也。【按】岑氏谓冯、张编年无的证，固是，然二诗均非泛泛咏古之作则甚为明显，论世知人试为之解，自亦无妨。说详笺。

〔二〕【朱注】“羽翼”语见汉书。【冯注】史记留侯世家：“高帝欲废太子。留侯曰:'此难以口舌争也。上有不能致者四人,太子卑辞安车固请,宜来。来,以为客,从入朝,则一助也。'于是使人奉太子书,迎此四人。及燕,置酒,太子侍。四人从,年皆八十有馀,须眉皓白,衣冠甚伟。上怪之,四人前对,各言名姓,曰:东园公、角里先生、绮里季、夏黄公。上乃大惊曰:'烦公卒调护太子。'四人趋去,上目送之,召戚夫人,指示四人者,曰:'我欲易之,彼四人辅之,羽翼已成,难动矣。'竟不易太子者,留侯招此四人之力也。"晋书:"阎缵上书曰:'汉高欲废太子,四皓为师,子房为傅,竟复成就。'"诗:"弃予如(若)遗。"【按】句意谓四皓虽有羽翼殊勋,亦弃之若遗,不加任用。

〔三〕【冯注】高士传:"四皓作紫芝之歌。"紫芝,隐居之物;青松,栋梁之器,故云。【姚注】歌曰:"晔晔紫芝,可以疗饥。"

笺评

【何曰】松犹见封,羽翼者顾见遗邪?皆身贱自伤,无聊感愤之词。(辑评)

【姚曰】言商山一路,青松紫芝,无在不有,可惜不能为四皓耳。

【屈曰】松可为栋梁而芝惟可隐,盖出此山门,便可直至京师,故云"我无时"。

【程曰】史,惠帝既立,不纪于四皓有何恩泽,颇疑为失载耳。如义山此诗,则是如介之推不言禄,禄亦不及,听之还山矣。义山多见僻书,必有所本,故言外有讥其轻出商山之意。

【冯曰】旧书文宗子传:"长子永,母曰王德妃,太和四年封鲁王。六年以庾敬休兼鲁王傅,郑肃兼王府长史,李践方兼王府司马。其年十月册为皇太子,以王起、陈夷行为侍读。开成三年,上以太子不循法度,不可教导,将议废黜,宰臣及众官论谏,意稍解,官属及宦官宫人等数十人连坐死窜。其年十月暴薨,敕王起撰哀册,谥庄恪。王德妃晚年宠衰,贤妃杨氏惧太子他日不利于己,日加诬谮,太子终不能自明也。既薨,上意追悔。”此为辅导庄恪太子者叹也。王德妃已为杨贤妃谮死,太子危疑之际,竟无人能建羽翼之勋者。哀册中云“忧兢损寿”,盖文宗已即悔之,有“富有天下,不能全一子”之痛。诗借古致慨,甚为警切。余初以敬宗为皇太子,文宗得迎立,皆由于裴晋公,乃以此章为午桥、绿野高歌放言借慨,舍近而求远,是为误矣。

【纪曰】全不成语。(诗说)拙鄙。青松暗指五大夫松。(辑评)

【张曰】通体皆从四皓着想。四皓逢汉高而建羽翼之勋,而庄恪为杨贤妃诬谮,竟无紫芝翁其人,何运会之不相值哉?迂谬其词,味在言外,所以为诗人之笔也。(会笺)又曰:唐自敬宗以后,多以旁支入继大统。文宗庄恪太子又以谗废,此诗之所以借古发慨也,语最深婉。纪氏不能详其用意,故以为拙鄙耳,与玉溪何涉哉?(辨正)

【按】此盖借四皓之建立羽翼殊勋而见弃于时,以托讽时君之斥弃功臣也。首句一篇主意,以下三句均发挥“弃若遗”之意。“皇天有运”,指惠帝终于践阼;“我无时”,托为四皓口吻,谓有功而见弃。四皓见弃即因史籍失载而推度之,不必另有所本。“庙前”二句,正借庙之荒寂与不长青松唯长紫芝,暗示君主之冷遇,不以之为栋梁而使其同于隐沦也。冯、张泥于四皓为太子羽翼事,谓为辅导庄恪太子者叹。然首句“羽翼殊勋”用笔极重,殊非辅导庄恪太子并无显著功绩者所能当。且“官属及宦官宫人等数十人连坐死窜”,亦不得仅言“弃若遗”。细推诗意,联系时事,此诗与“本为留侯慕赤松”盖同为李德裕而发。第“本为留侯”篇慨其能为萧何而不能为留侯,此则慨其虽建殊勋而终遭斥弃耳。“羽翼殊勋”,指其辅佐武宗,建烜赫之功业(亦即太尉卫公会昌一品集序所谓“淮海伯父,汝来辅予”“其功伐也既如彼”“成万古之良相”之意)。“弃若遗”,则指宣宗即位,即出德裕为荆南节度使,继又调东都留守。大中元年二月,复因白敏中使其党讼,德裕又自东都留守以太子少保分司东都。诗即作于此时。其时德裕虽已遭斥弃,然尚未如日后之贬潮贬崖,万里投荒,故以“弃若遗”形其投闲置散。与旧将军“云台高议正纷纷,谁定当时荡寇勋”,及过伊仆射旧宅“朱邸方酬力战功,华筵俄叹逝波穷”(亦借慨德裕)等句对照,益见“羽翼殊勋弃若遗”之所指。

四皓庙固不止商山一处有之,然唐人诗中之四皓庙多指在商山者则为事实。许浑四皓庙云:“紫芝翳翳多青草,白石苍苍半绿苔。山下驿尘南窜路,不知冠盖几人回。”显为商山四皓庙。义山此诗写景与其相类,当指同地。大中元年春随郑亚赴桂林,正经此庙,故有感于德裕之有功见弃而借四皓致慨也。

商隐之取名,即寄寓其父李嗣望其异日为商山四皓一类人物,建立羽翼殊勋之意。故诗中“皇天有运我无时”之叹或亦寓有生不逢时之慨焉。

商於新开路〔一〕

六百商於路〔二〕，崎岖古共闻〔三〕。蜂房春欲暮〔四〕，虎阱日初曛〔五〕。路向泉间辨，人从树杪分〔六〕。更谁开捷径〔七〕，速拟上青云〔八〕。

集 注

〔一〕【朱注】唐书：“商州上洛郡。贞元七年，刺史李西华自蓝田至内乡，开新道七百馀里，回山取涂，人不病涉，行旅便之。”【冯注】通典：“商州上洛郡商洛县，古商县。检地志云：商，於中。”盖今商於，亦汉商县地，邓州南阳郡内乡县即於中地，张仪所言商於地也。按：商州至京师几三百里，旧书志属山南西道，新书志属关内道。

〔二〕【冯注】战国策：“张仪说楚，能闭关绝齐，愿献商於之地六百里。楚果绝齐求地，仪与六里。”

〔三〕【冯注】汉书王莽传：“绕霤之固，南当荆楚。”师古曰：“四面塞厄，其道屈曲，溪谷之水回绕而霤，今商州界七盘十二綪是也。”按：綪，音争，萦也。或作“绕”，非。【何曰】反映新路。（读书记）

〔四〕【冯注】淮南子：“蜂房不容鹄卵，小形不足苞大体也。”【纪曰】“蜂房”二字如实咏其物，与上“崎岖”意不贯，若以比乱石之密，与“春欲暮”三字不联，且涉于晦也。（诗说）【按】蜂房实写。山间崖壁上每有蜂房，与“崎岖”正相应。此句“春欲暮”与下句“日初曛”均点时令。

〔五〕【何曰】蜂犹懒飞，虎犹畏出，次联如入鬼窟中也。正与结句反对。（辑评）【按】次联不过形容山路崎岖，唯见蜂房附于崖壁，虎阱设于道旁。而时令则暮春将至，日色初曛也。何解非。

〔六〕【何曰】是新路。（读书记）【冯曰】正写新开。【按】二句极形山路之陡险。路向泉间蜿蜒，微细而几不可辨；距离稍远，人即如悬于木末，须分辨始可见之。二句似从杜诗"我行已水滨，我仆犹木末"化出。

〔七〕【程注】后汉书张衡传："捷径邪至，我不忍以投步；干进苟容，我不忍以歙肩。"唐书卢藏用传："司马承祯尝召至阙下，将还山，藏用指终南曰：'此中大有佳处。'承祯徐曰：'以仆视之，仕宦之捷径耳。'"【冯注】离骚："夫惟捷径以窘步。"此则义取仕宦之捷径。【何曰】是新路。（读书记）

〔八〕【徐曰】青云，驿名，属商州。（冯注引）【冯曰】杜牧、周吉皆有诗。此言云路，语意双关。

笺评

【杨守智曰】结意求援令狐。

【姚曰】此慨冒险躁进之徒也。自古未开之路，今人开之。捷径既开，更有捷径，虽蜂房虎阱，架险梯危，岂复顾哉！

【屈曰】结句用意。

【冯曰】及第后往来所经之作，结寓速仕之望。又曰：宝刻类编有商於驿路记，韦琮撰，柳公权书，李商隐篆额，大中元年正月立。余因疑此章亦为其年赴桂时作。但此碑亦作商於新驿记，乃修治驿路而新道早开矣。且玩诗句，与所云"湘妃庙下已春尽"者必不符，故定编此。（按冯谱系此诗开成

二年登第后）

【王鸣盛曰】小小处皆用比兴，从无直叙者。（指末联）

【纪曰】结入小家数。（诗说）又曰：结亦径露。（辑评）

【张曰】余考旧书后妃传，有“崔湜尝充使开商山新路。婉儿草制，曲叙其功”语，则商山新路，历朝均有开凿，颇难定指何时，冯说甚是。大要集中往来商於之作甚多，或皆未第及游江东时所作，惜无可编年耳。（会笺）

【岑仲勉曰】商於新开路诗，蜂房春欲暮，冯注一疑（大中）元年赴桂时作，设想甚合，惜又泥于新道早开，不能坚其信。（张）笺四疑游江东时作，殊未知往江东者径出洛阳，循淮域，无需假途至商於也。

【按】此诗当作于大中元年。冯谓“及第后往来所经之作”，按义山无论往来京洛或往来长安、济源，均必取函潼大道，绝无可能枉道数百里，取商州一线。后者向为自长安赴襄汉及湘南交广桂管地区之大道，义山大中元年赴桂林，正取此道。冯又谓“玩诗句与所云湘妃庙下已春尽者必不符”，按是年闰三月，抵潭州时为闰三月二十八日，抵湘阴时约闰三月二十日前后，正“已春尽”之时。义山此次随郑亚南行，三月七日启程，“春欲暮”（指三月下旬）时正经商於一带，与“湘妃庙下已春尽”毫无矛盾。末联略有寓慨，然非希冀语，乃讽慨语，其意与“人皆向燕路，无乃费黄金”（自桂林奉使江陵）及“浩荡天池路，翱翔欲化鹏”（洞庭鱼）等语相近。盖是时宣宗继立，党局反覆，仕途险恶。屡遭颠踬之诗人，独随郑亚失势南行，而干禄者仍向此险恶之仕途中，寻进身之捷径，故诗人面对“崎岖古共闻”之商於山路，于写景纪行中略寓感讽之意耳。姚氏谓"此慨冒险躁进之徒",虽不免以偏概全(全篇仍以写景纪行为主),然末联寓意则大体近是。

送崔珏往西川〔一〕

年少因何有旅愁?欲为东下更西游。一条雪浪吼巫峡〔二〕,千里火云烧益州〔三〕。卜肆至今多寂寞〔四〕,酒垆从古擅风流〔五〕。浣花笺纸桃花色〔六〕,好好题诗咏玉钩〔七〕。

集　注

〔一〕【朱注】唐书艺文志:"崔珏字梦之,大中进士,有诗一卷。"【冯注】宰相世系表:'崔氏清河小房珏。"北梦琐言:"珏尝寄家荆州。"按:崔八早梅有赠兼示诗自注之崔落句,唐音戊签采入崔珏逸句,未知其更有别据否也?余检李频有汉上逢同年崔八诗,李为大中八年进士。其诗意谓已方作客,羡崔还家,与珏之寓荆州、第进士颇相似。李群玉集在长沙裴幕时亦有崔八,约在会昌、大中间,然皆不书其名也。检新书表所列珏与邠、鄯、郾、郸同房,而分支七八世。邠、鄯辈子孙极盛,子名皆从玉旁,而珏兄弟行绝少。若无他据,而仅以义山集注合之,则本集固分标崔八、崔珏,似明是两人,何可妄合哉?俟再详考。【张曰】案诗集早梅有赠之崔八,当即同诣药山之崔八,余疑为桂管补巡官之崔兵曹,与崔珏或非一人。冯说甚通。【岑仲勉曰】樊南详注四云:"程午桥笺诗以福(戎子)为崔八,其何据哉?"余按商隐为东川崔从事福谢辟启,冯云:"谢东川节度柳仲郢之辟。"仲郢迁东川约大中五年,在李频诗崔八登第之前，则与福无可牵合，况启又云“某早辱梯媒，获沾科第”乎？惟商隐既代福为文，友情尽非落漠，以拟早梅有赠之崔八，亦非毫无理由者。总之，两李诗中之崔八与商隐诗之崔珏，究竟各别为三人，抑为二人，或甚至同为一人，均有待乎更翔实之凭证也。（唐人行第录）【杨柳曰】大约就在（大中二年）诗人淹留荆州时，崔珏又有四川之行。【按】崔珏寄家荆州，大中年间进士，与李频诗中之同年崔八似是一人。然与早梅有赠之崔八、同访药山之崔八则未必一人。盖同访药山之崔八与义山同居郑幕，受其厚遇；早梅有赠之崔八与义山同在惠祥上人讲下听法，似均为义山同辈。而此诗之崔珏则尚少年，似为义山后辈，且诗中丝毫不及二人同在桂幕迹象，故可揣知其非同访药山之崔八。作年或在大中元年。

〔二〕【冯注】水经注：“广溪峡乃三峡之首，江水东径而历巫县、巫溪，又东径巫峡，杜宇所凿通也，其间首尾一百六十里，谓之巫峡。自三峡七百里中，重岩叠嶂，隐天蔽日。春冬时，素湍绿潭，回清倒影；夏水襄陵，虽乘奔御风不以疾也。”【朱注】徐凝瀑布诗：“一条界破青山色。”【程注】元稹诗：“坐见千峰雪浪堆。”杜甫诗：“云门吼瀑泉。”

〔三〕【朱注】卢思道纳凉赋：“火云赫而四举。”【何注】白公（居易）书通州事云：“四野千重火云合。”【姚注】地理志：“蜀都有火井，在临邛县西南。欲出其火，先以家火投之，须臾许，隆隆如雷声，焰出通天，光辉十里。”【冯注】益州，成都府。【按】益州泛指西川，故云“千里火云”。火云即夏云。姚注引系今所谓天然气，与“火云”无涉。

〔四〕【冯注】汉书传：“蜀有严君平卜筮于成都市，以为卜筮贱业而可以惠众人，因执导之以善。裁日阅数人，得百钱足自养，则闭肆下帘而授老子。年九十馀终。蜀人爱敬，至今称焉。”

〔五〕【冯注】史记：“司马相如，蜀郡成都人，字长卿，与文君俱之临邛，尽卖车骑买酒舍酤酒，而令文君当垆，相如自著犊鼻裈，涤器于市中。”

〔六〕【朱注】寰宇记：“浣花溪在成都西郭外，属犀浦县，地名百花潭。大历中，崔宁镇蜀，其夫人任氏本浣花溪人；后薛涛家其旁，以潭水造纸为十色笺。”资暇录：“元和初，薛涛尚松花笺而好制小诗，惜其幅大，乃命匠狭小为之，蜀中才子以为便。后减诸笺亦如是，特名曰薛涛笺。”【冯注】旧书杜甫传：“成都浣花里，结庐枕江。”国史补：“纸有蜀之麻面、屑末、滑石、金花、长麻、鱼子、十色笺。”元人蜀笺谱云：“浣花潭水造纸佳，薛涛侨止百花潭，躬撰深红小彩笺，时谓之薛涛笺。”涛为名妓，历事幕府，以诗受知。句似用此也。若桓玄伪事诏平准作青赤缥绿桃花纸，必非所用。

〔七〕【朱注】招魂：“砥室翠翘，挂曲琼些。”王逸注：“挂，悬也；曲琼，玉钩也，雕饰玉钩，以悬衣服。”【姚注】鲍照玩月诗：“始见西南楼，纤纤如玉钩。”【冯注】蜀于地势为西南，而崔年少，乍入使府，故以取义。鲍诗中有“仕子”“休浣”“宴慰”诸句。【程注】汉武故事：“钩弋夫人手拳。帝披其手，得一玉钩，手得展，故因以为藏钩之戏。”后人效之，别有酒钩，当饮者以钩引杯。咏玉钩即酒钩也。律诗结句多从第六句生出。集中即日诗又有“更醉谁家白玉钩”之句可证。又章孝标上蜀中王尚书诗云：“丁香风里飞笺草，邛竹烟中动酒钩。”尤为蜀中事实。朱注引招魂

"挂曲琼些",又陈帆引鲍照新月诗"纤纤如玉钩",皆未合。【按】程谓玉钩即酒钩,然酒钩为饮酒时之藏钩之戏,似不得谓"咏玉钩"。"题诗咏玉钩",当以解为题诗咏月为宜。二句盖谓浣花笺纸甚美,正堪宴饮吟咏题诗也。

笺 评

【张戒曰】此诗送入蜀人,虽似夸文君酒垆,而其意乃是讥蜀人粗鄙少贤才耳。(岁寒堂诗话)

【朱曰】此必不得已而西游,诗以慰之也。不过说蜀耳,词意雄壮,色飞眉舞。此是义山学老杜处。(李义山诗集补注)【何曰】("年少"句)跌宕。("卜肆"句)年少无愁。("好好"句)加"好好"二字者,正见其年少无旅愁也,不然首句无着落矣。(读书记) 又曰:("一条"句)欲东。双拗。("千里"句)更西。(次联)对仗诚佳,但第四则成都无时不火灾矣。"火云"只是行路艰阻,非用栾巴故事。言水既如彼,陆又如此,旅愁所以盛也。详诗意,当是夏初送别之语。(辑评)

【赵臣瑗曰】"欲为东下"者,求免于旅也;而"更西游",不自觉其愁之至矣。此诗提出"年少"二字,言正宜从事四方,胡可怏怏不乐。三四承之,特发"因何"二字之义。除非巫峡波涛之可畏乎?然可以荡涤少年之心胸者正此;除非益州毒热之难犯乎?然可以磨炼少年之筋骸者正此。然则旅愁果因何而有耶?五六进一步慰之,五是宾六是主,勿作平看,借君平之老成以形出相如之跌宕,言君今此去未必不有奇逢,堪壮少年之行色也。七八一气接下,即以今日锦囊之佳句作当年绣户之琴心也可。(山满楼笺注唐诗七言律)

【陆曰】全诗主意,定于起处两言,下便承此一笔扫去,更无窒碍也。“欲为东下更西游”，言崔往西川，本崔之好游，与惘惘可怜者迥别，又何知有羁旅之愁乎？夫世所夸胜游，不过览其山川，稽其人物，闻见所及，记之篇章而已。今所历之地，有巫峡焉，有益州焉；所传之人，有君平焉，有卓女焉。凭吊其间，足供吟咏，斯亦尽游之乐事矣，收拾中四句作结，此诗家大开大阖法也。○昌黎云：“穷愁之言易工，欢愉之词难好。”惟义山写欢愉处亦能异样出色。○巫峡一联，不过写景，著“吼”字“烧”字，便不平庸，然又极稳妥。

【陆鸣皋曰】三四句，写道中景。五六句，写川中景。结从“酒垆”句生出，暗用薛涛以寓妓楼风月之意，年少之情易荡，故以“好好”二字微讽之。古人赠行，亦自不苟也。

【姜本无名氏批】此作刻意摹杜，刚欲得其朗健。

【姚曰】崔之西游，必不得已，故诗以慰之。欲东下而更西上，所谓不如意事也。况雪浪一条，火云千里，正川江水涨，炎暑方盛时乎？然既到彼中，卜肆之异人可访，当垆之佳丽可怀，浣花笺纸，题咏优游，正少年得意事也，何愁之有？

【屈曰】一不应有旅愁。二飘泊无定，旅愁之故。三路险，四炎暑。五六言君平、相如皆可尚友。桃花笺纸，诗咏玉钩，吊古寻游，足销旅愁也。○飘流旅愁，时无知己也。尚友古人，不必求知己于当世，慨寄甚深。

【冯曰】首称年少，似为崔未第时，而义山年长于崔也。三四是荆江赴蜀之程，则是江乡相送，非京师也。随常情景，一无感触，当在义山未游巴蜀之前。但无可定编。

【纪曰】问“年少因何有旅愁”如何解？曰此言己之流离老大，有愁固宜，年少乃亦旅愁从何处有耶？此紧呼下句之词。“欲为”三句正是旅愁之故，是一问一答句法，非真言其无旅愁也。起二句跌宕，入手须有此矫拔之意。然第三句不甚雅，廉衣以为宜删也。“玉钩”应从午桥作酒钩解。

【姜炳璋曰】前四是旅愁，后四是解其愁也，五六是交互对法：卜肆今虽寂寞，而从古风流；酒垆当日风流，而今为古迹也，皆言胜地可以览古感兴。

【张曰】“一条”“火云”等字，皆唐人习用语，雅俗本无一定，但视用之何如耳。杜工部集中此类极多，不闻后人以不雅病之，况义山邪？（辨正）

【按】年少作快意之游，本不应有旅愁，而崔竟有旅愁矣，故首句云“因何有旅愁”。次句即补足首句之意，暗透崔之身不由己，虽欲为东下而不得不西游；行非所愿，故有旅愁。以下六句均就其所经所至之地景物之奇丽、人情风俗之淳美，慰其不必有旅愁。何、陆笺非。崔之往西川，是否属幕游性质，不易定。

据首句义山年当长于珏，而开成、会昌年间，义山无南游江乡之迹（辨已详赠、哭刘蕡诸诗笺）；若大和时，则义山亦方年少，更不得称珏为“年少”矣。何氏谓是初夏送别之语，若然，则大中元年赴桂道经江陵时正当闰三月，荆门西下亦有“荆门回望夏云时”之语，与此时令正合，颇似南行经江陵时送别崔珏入川也。南行途中所作为荥阳公上门下李相公状一云：“南郡旬时，方集水潦。”似亦与“一条雪浪吼巫峡”之想像相合。

荆门西下〔一〕

一夕南风一叶危〔二〕，荆门回望夏云时①〔三〕。人生岂得轻离别,天意何尝忌崄巇②〔四〕? 骨肉书题安绝徼③〔五〕,蕙兰蹊径失佳期〔六〕。洞庭湖阔蛟龙恶,却羡杨朱泣路歧〔七〕。

校 记

①"门",各本均作"云"。【朱曰】疑作"门。"【冯曰】今据佩文韵府所引改。【按】朱、冯校是,兹据改。

②"尝",朱本作"曾"。

③"安绝徼",蒋本作"安纪复",姜本、戊签作"忘纪复",季抄一作"忘绝复",均非。【纪曰】"安"字疑"空"字之讹。

集 注

〔一〕【朱注】盛弘之荆州记:"郡西溯江六十里,南岸有山曰荆门。"水经注:"荆门在南,上合下开,状似门。"【朱彝尊曰】观注及首句,则题疑当作"北下"。【冯注】后汉书郡国志:"南郡夷陵有荆门虎牙山。"袁山松宜都山川记:"南岸有山名荆门,北岸有山名虎牙。"按:宜都即夷陵,唐时峡州也。荆门之下为荆江,西通巴峡,南会重湖。【岑仲勉曰】荆门即荆州用典,犹云舟发荆州向东而下。以东向为西下,古人自有此种语法。……此诗乃随亚赴桂途次作。【按】岑说是。详笺。

〔二〕【补】一叶,指舟。

〔三〕【何曰】自荆门回望夏口乃西下也,两"云"字俱活用,不误。(辑评)【朱彝尊曰】夏云,夏口之云也,味此似由荆门西下入蜀。【冯曰】荆门志地,夏云纪时。或谓从荆门之云,回望夏口之云,地势诗意皆不可通。【岑曰】郑亚除桂管在二月,抵任在五月,过荆时约当四月,故云"回望夏云”。【冯班曰】不破之破。(何焯引)【按】诗意谓回望荆门于夏云之中。盖既自荆门沿江东下,故回望之,荆门已在夏云之中矣,意境与“朝辞白帝彩云间”相似。

〔四〕【程注】楚辞:“何周道之平易兮,然芜秽而崄巇。”王逸注:“崄巇犹颠危也。”鹦鹉赋:“奚遭时之崄巇。”【按】“天意”句意略似“人间路有潼江险”(写意),应首句“一夕南风一叶危”,谓世路维艰。曰“天意”,则崄巇必不能免也。

〔五〕【袁曰】“安”者不能致之意。【冯曰】(袁解)亦可疑。【补】绝徼(音叫),犹绝塞,极远之边塞,此指桂林。句意谓家人寄书嘱己安于远方异域。

〔六〕【补】谓己远离家乡,蕙兰蹊径,会合无期。

〔七〕【钱曰】路歧在平陆,无风波之恶。【何曰】下“却羡”二字,正见洞庭之险恶也。(读书记)【岑仲勉曰】洞庭蛟龙则预计来途之崄巇,并非回望。【按】谓遥瞻前路,洞庭浪阔,蛟龙出没,险艰犹胜于昨,翻不如杨朱之泣于歧路,犹得免此险艰耳。可参看姚培谦笺语。

笺　评

【朱彝尊曰】(颔联)情深意远,玉溪所独。【按】复图本无后四字。

【陆曰】此因江湖之险,而叹世路风波不可屡触,见人生只合杜门耳。一夕之间,乘风西下,是已过荆门矣。回望而觉其危,乃痛定思痛也。因不禁内自讼曰:天地崄巇,何处不有,往而就之者我也,然则人生岂得轻离别哉?骨肉书题,道远莫致,蕙兰蹊径,有约不归。其萦我怀者已是百端交集。况涉江渡湖,蛟龙作恶,较之杨朱歧路,更多身命之忧乎?下半首全从三四生出。

【陆鸣皋曰】此言舟下荆门风波之险。人自不可轻出,而天岂知有危境乎?第五句,谓书写平安以慰远地。六句,谓沅湘佳景不得流览矣。反不如悲歧路者犹在陆地而无恐也。

【姚曰】此已渡险而叹险路之不能避也。一夕南风,危舟已度,正老杜所谓"死地脱斯须"者,纵少年轻别,岂知天险之不可狎耶?五六承"离别"来,在客里,则书题断绝;在家中,则眄望无期。而波浪蛟龙,前途性命之虞,方未艾也。夫杨朱之泣歧路,谓其可以南可以北,今此行则绝无他路可避,畏途之泣,岂彼所可同日而语乎?此承"崄巇"作结。

【屈曰】一点时,二荆门回首。三四顺承一二,崄巇指荆门,天意不忌崄巇,人间岂得轻视别离。今日骨肉绝徼,兰径失期,别离如此。湖阔龙恶,其险如此,羡者歧路犹在平地也。

【程曰】此似为桂林从事奉使南郡过往之作,与自喜五律、岳阳楼七绝意旨略同。首二句喻己从事远方,以为差安,今至此地,乃知不免绹之怨怒,是亦一危机也。三四言轻离家室,宜避崄巇,而故自投之,但只任天,天亦不怜也。五六言骨肉关心,乡园可念。末喻绹之怒既有明征,而己安得不为危惧,于此方觉彼拘谨者初必择地而蹈为可羡耳。

【冯曰】此篇移易数过而终难定也。偶成转韵篇"顷之失职辞南风,破帆坏桨荆江中",与此"荆门""南风"相合,则西下者自西而下也。"回望"二字,一章之主。洞庭蛟龙,亦从回望及之。此解近似,惟中四句不兼桂管罢贬之嗟,转类初经别离之态,此则可疑也。或谓诗中仅一"危"字,无破帆坏桨之奇险,从前湖湘之游,安知不亦遭风危惧?通典:"硖州西至巴陵郡一百九十里。"巴陵郡则南至潭州矣,故曰

"西下",而预愁洞庭之阔也。此似于中四句情事较合,亦可备一说。愚交惑于胸,因念千载之后,欲追溯千载以前江湖行役之确程,固必不可得矣。两存之俟后人审定耳。又曰:与风五律之"来鸿""别燕",时令迥异,彼则大似入蜀之程,与此必宜分编,但亦无能细定也。又曰:此篇久未能定,今揣其必为遇险后至荆门之作。盖水程由洞庭而经荆江,故回望兼及洞庭。今则将自荆门西下而至荆州,荆州江陵在荆门之西南,以从陆路,故云"却羡路歧"也。其后陆发荆南,始至商洛,乃可一串相通耳。又曰:偶检通鉴梁纪:"湘东王绎以王僧辩为大都督,击侯景,闻景已入江夏,绎与僧辩书曰:'贼乘胜必将西下。'又曰:'贼若水步两道直指江陵。'"通鉴注曰:"自江夏指江陵,当作西上。"愚疑"西下"字或当时非误,与此题"西下"似可相证。此似由陆路至江陵,后又陆路至商洛,一时行迹,其如此欤?又曰:风五律之情景又不可合,当是别有秋时水程,无可再考。颇疑座主镇蜀,往谒不遇,归途时作。(后三条系补笺。)

【纪曰】诗亦不失风调,但末二句竭情太甚,成蹶蹙之音耳。(诗说)太尽便乏馀味。"安"字疑"空"字之误。(辑评)

【张曰】自巴阆归,故曰"西下"。"一夕南风一叶危",谓此行遇合无成,夏云点时,义山与李回相遇正在五月,归途已秋。自荆门追慨前事,故曰回望也。"骨肉"二句,言家中消息,尚疑我安于远客,而岂知蕙兰蹊径,已失佳期乎?"绝徼"泛指远方。"洞庭"二句,即蛟龙覆舟之感也。诗为李回事而发,偶成转韵"破帆坏桨"同此寓言。冯氏作实事解之,全失语妙矣。(会笺)又曰:语曲意深,馀味惘然。诗中全是失路之感,久读方领其妙。看似说破,实则未说破也(按

何焯引冯班评首联云:“不破之破。”),此善于用笔所致。(辨正)

【黄侃曰】案诗意当为自桂林奉使南郡,还路所作。(李义山诗偶评)

【岑仲勉曰】张笺三云:“案荆门诗而谓之西下,明指下蜀而言,……回望夏云,则指前此留滞荆州之迹,荆州在荆门西南。”说诗执滞,遂多误解。冯氏原注二云:“则西下者自西而下也。回望二字,一章之主。洞庭蛟龙亦从回望及之。此解近似,惟中四句不兼桂管罢贬之嗟,转类初经别离之态,此则可疑也。”已大概得此章三昧,惜后来补注反别趋歧途耳。其实荆门即荆州用典,犹云舟发荆州向东而下。以东向为西下,古人自有此种语法,洞庭蛟龙则预计来途之崄巇,并非回望。郑亚除桂管在二月,抵任在五月,过荆时约当四月(编著者按:过荆时约闰三月中旬),故云回望夏云。简言之,此诗乃随亚赴桂途次作。若入归涂,方不日相会,何须“骨肉书题安绝徼”?可证冯、张两说之穷也。(平质)

【按】此赴桂途次作无疑。“荆门西下”之“西下”,犹“南下大散岭”之“南下”也。如系溯江而上,断不得谓之“西下”。如张说自巴阆归,则其时已届仲秋,与“南风”“夏云”显有牴牾。冯氏因偶成转韵有“顷之失职辞南风,破帆坏桨荆江中”之句,遂疑此诗首句“一夕南风一叶危”亦必同指此役。然“江间波浪兼天涌”,乃四时常见之景象,何必定指此役哉?细味此诗,乃自荆门(即荆州)顺江而下,途中遇风波险恶,有感而作。首联谓一夕南风,浪恶舟危,回望荆州,已入夏云笼罩之中。此回顾来路,惊魂甫定之情。颔联即因之抒感,二句盖先果后因,特倒置以显顿挫之致，意谓天意既故设崄巇以增远行者之艰危，则人生岂得轻别离哉！言外自有世路维艰，始料未及之慨。腹联承“轻离别”，谓家人寄书，虽劝我安居绝域，勿因思家而增忧伤；然蕙兰香径，春光易逝，重会难期，抛妻别子，作此远游，实属无谓。末联又由“回望”转进一层：回望来路，艰危初历；瞻望前途，浪险蛟恶，更增怵惕，翻不如泣路歧之杨朱犹可避此险艰也。羡泣路歧，当有寓意。盖会昌末大中初，党局反覆，李党失势，牛党复炽，与牛、李二党均有瓜葛之诗人，值此党局反覆之际，确有路歧之慨。虽应郑亚之辟，远赴绝徼，且有“不惮牵牛妒”之表白，然内心深处则不能不惧此险象丛生之世路风波也。诗即景寓慨，融旅途风波之险与世路风波之感为一体，所谓“信有人间行路难”是也。

程氏谓奉使南郡过往之作。然使南郡在冬令，回途在开年之初，与诗中“夏云”“南风”，时令显然不合，亦非。

岳阳楼〔一〕

欲为平生一散愁，洞庭湖上岳阳楼〔二〕。可怜万里堪乘兴，枉是蛟龙解覆舟〔三〕！

集　注

〔一〕【朱注】方舆胜览：“岳阳楼在岳州郡治西南，西面洞庭，左顾君山。”【冯注】通典：“青草、洞庭湖，在岳州巴陵郡。”岳阳风土记：“岳阳楼，城西门楼也。”

〔二〕【补】谓欲一散平生积郁之愁闷，而登此洞庭湖上之岳阳楼。

〔三〕【补】可怜，可喜。二句盖谓可喜者此行得以乘兴纵游万里，至于长路风波、蛟龙覆舟之险又何足畏哉！曰“枉是”，则蛟龙覆舟之险固已历矣。

笺　评

【姚曰】万里远游，未尝为蛟龙阻兴。此是反说，如坡公“要观南海窥衡湘”之意。

【屈曰】登楼散愁，忽生万里之兴。奈覆舟可虑而止，愁不可散也。

【程曰】唐诗纪事云：“令狐绹恶李商隐从郑亚之辟，疏之。”又按樊南乙集序：“余为桂州从事，尝使南郡。”南郡者，江陵也。本集有奉使江陵之诗。此诗其同时也。万里乘兴，言从亚之辟无心；蛟龙覆舟，言逢绹之怒可畏也。

【冯曰】本叹长路风波，却用反托晦之。覆舟，谓所望又变更也。

【纪曰】此感遇之作，其辞太直。“枉是”即“遮莫”之义。（诗说）

【王鸣盛曰】本是愁极，却言不愁，正深于愁者也。其用笔回曲，应诗人中所罕见。

【张曰】蛟龙覆舟，显有所指。盖李回不能携赴湘幕，半出于忧谗畏讥，非疏义山也。诗必作于与回相见后，非在岳阳，观起联自明。（会笺）又曰：此因座主李回贬湖南而已不能从去致慨也。词意倍极凄痛，自伤语非自负语也，何谓太激邪？（辨正）

【按】此诗作于大中元、二年桂管往返途中（包括奉使江陵往返，亦途经岳阳）固无疑，然究属何次行程仍须细酌。程谓奉使江陵途中作，恐非。桂林、江陵间奉使往来，恐不得谓“万里乘兴”之游。张谓桂管归途作（其附会李回不能携之赴湘事，谬甚。回与义山已在潭州相见，义山且在回幕逗留，详潭州笺），参照偶成转韵“顷之失职辞南风，破帆坏桨荆江中。斩蛟破璧不无意，平生自许非匆匆”之句，似较合。然细味此诗，仍以大中元年赴桂途次作为是。盖二年桂管归途，所谓“万里”之行已近尾声，与此诗正作万里行之语气不合。堪乘兴之“堪”字，颇可玩味，连下句意谓纵有蛟龙覆舟之险，亦不减我万里乘兴之意兴也。如系归途，则其时作者方抑塞穷途，作步兵之哭，即令蔑视“蛟龙”，恐亦不至谓此行为“万里乘兴”也。元年赴桂途次所作荆门西下云：“洞庭湖阔蛟龙恶，却羡杨朱泣路歧。”此瞻望前路而畏蛟龙之覆舟也。而本篇“可怜万里堪乘兴，枉是蛟龙解覆舟。”此已历洞庭风波之险而笑蛟龙枉解覆舟也。二诗之于蛟龙覆舟，一畏惧，一嘲笑，感情似正相反，实则情随境迁，既历险境则觉其不过如此而已。盖元年赴桂时，义山虽亦有忧谗畏讥之情，然彼时令狐之怒尚未显著，故险境既历，自不妨有“枉是蛟龙解覆舟”之豪语。味前二句，亦似初登岳阳楼口吻。

商隐为荥阳公上门下李相公状系抵潭州后代郑亚上李回之状，中云：“南郡旬时，方集水潦，重湖吞吐，实亚沧溟。未济之间，临深是惧，及扬帆鼓枻，则浪静风和。”正可与荆门西下、岳阳楼二诗相印证。

梦泽〔一〕

梦泽悲风动白茅〔二〕，楚王葬尽满城娇〔三〕。未知歌舞能多少，虚减宫厨为细腰！

集　注

〔一〕【朱注】云、梦，楚二泽名。汉阳图经："云在江之北，梦在江之南。"【冯注】尚书传："云梦泽在江南。"周礼注："云瞢在华容。"左传注："云梦跨江南北。"尔雅注："今华容县东南巴邱湖是。"疏曰："杜预云：枝江县安陆县有云梦城，此泽跨江南北，每处名存。亦得单称云、单称梦。巴邱湖，江南之梦也。"按：云梦甚广，兼洞庭湖有之。通典："岳州巴陵郡，青草、洞庭湖在焉。"此荆、郢、安诸州与潭、岳接境而分疆者也。义山南游郢泽，固至此境。或云江北为云，江南为梦，潭州在江南，故标曰"梦泽"。南北分属，昔人曾辨其非，诗意倘或然欤？又曰：尔雅："十薮；楚有云梦。"注曰："今南郡华容县东南巴邱湖是也。"左传："邵子之女生子文，邵夫人使弃诸梦中。邵子田，使收之。"注曰："梦，泽名，江夏安陆县城东南有云梦城。"又："郑伯如楚，王以田江南之梦。"注曰："楚之云梦跨江南北。"又："楚子济江，入于云中。"注曰："入云梦泽中，所谓江南之梦；北亦有梦矣。"汉书地理志："南郡华容县。"注曰："云梦泽在南，荆州薮。"又："编县有云梦宫。"又："江夏郡西陵县有云梦宫。"后汉书郡国志："华容侯国。云梦泽在南。"注引左传杜注，又引尔雅郭注。杜氏通典："安州安陆县，云梦泽在焉。岳州巴陵县有洞庭湖、巴邱湖、青草湖。”元和郡县志：“安州安陆县南五十里有云梦泽。”史记司马相如传：“云梦方九百里。”左传“邧子之女弃于梦中”，无“云”字。“楚子济江，入云中”，复无“梦”字，则云、梦二泽自别矣。而禹贡、尔雅双举二泽，故后代以来通名一事，故左传曰“畋于江南之云梦”也。又曰：“云梦县西七里云梦泽。”又曰：“岳州巴陵县西三十里青草湖，中君山，县西南一里馀洞庭湖，县南七十九里巴邱湖，又名青草湖，俗云即古云梦泽也。”按：志引“畋于”句增“云”字。太平寰宇记：“安陆县东南云梦泽，阔数千里，南接荆湘。云梦县楚襄王庙在县东子城内，相传祭祀焉。”元丰九域志：“安州安陆县云梦一镇，省县为镇也。有云梦泽。岳州巴陵县有君山、洞庭湖。”按：云梦之境，古人多辨之。近人胡渭禹贡锥指博引详辨，总谓云梦方八九百里，跨江南北，南云北梦，单称合称，无所不可。传称江南之梦，对江北之梦言，非谓江北为云，江南为梦也。愚更意唐时史志云梦惟载于安陆，而洞庭、青草载于巴陵，并不通合。元和志且明以“俗云”微斥之也。然则唐、宋间皆以云梦在安州，洞庭在岳州。左传“弃梦中”“田江南之梦”，论其情事，必不得远至洞庭也。“邧”亦作“郧”，即今安陆府。柏举之败，楚子入云中，即奔郧奔随，亦近境耳。余揣义山既过安州伊仆射旧宅，似凡所云云梦，皆指安州近地言之。与潭州、岳阳楼各自有慨，不可相混，惜无从细索订定耳。【张曰】此桂管府罢后作。【按】云梦说极歧异，冯氏所引仅其中部份记载及异说。据汉书地理志等汉、魏人记载，云梦泽在南郡华容县（今潜江县西南）南，其范围本较有限。晋以后经学家方将古云梦泽范围日益扩大，包洞庭湖于其内，与汉以前记载不符。义山此诗所谓“梦泽”，当系业已扩大之云梦泽概念。且极可能本梦在江南之说，即指洞庭湖一带薮泽地区。冯氏以通典、元和郡县志之记载，遂断定当指安州安陆县南之云梦泽，恐失之拘。而“俗云”洞庭、青草即古云梦泽之说或正义山所从者。盖诗人作诗，未必对此详加考证，而多从众说。孟浩然临洞庭上张丞相已言“气蒸云梦泽”矣。作年当在大中元年春夏间，详下笺。

〔二〕【冯注】左传：“尔贡包茅不入。”【程注】本草：“白茅俗呼丝茅，可以苫盖及供祭祀苞苴之用。”【补】左传杜注：“包，裹束也；茅，菁茅也。束茅而灌之以酒，为缩酒。”周时楚国每年向周天子贡包茅，以供祭祀时滤酒之用。故诗人因眼前“悲风动白茅”之景象联想及楚国旧事。

〔三〕【朱注】墨子：“楚灵王好细腰，其臣皆三饭为节。”后汉书马廖传：“楚王好细腰，而国中多饿人。”【吴景旭曰】野客丛书据传曰：“楚王好细腰，宫中多饿死。”荀子乃曰：“楚王好细腰，故朝有饿人。”淮南子亦曰：“灵王好细腰，民有杀食而自饥也。”人君好细腰，不过宫人，岂欲朝臣与国人皆细腰乎？余观墨子载：“灵王好细腰，故其臣皆三饭为节，胁息而后带，缘墙然后起。”韩非子载：“庄王好细腰，一国皆有饥色。”当时子书不言宫中而言朝与野，率有此谬。【按】诸书所载楚王好细腰事，其影响所及，或宫中，或朝野，总见其风靡一时，不妨并存。此诗曰“葬尽满城娇”，曰“宫厨”，所指仍为宫人。

笺　评

【朱彝尊曰】题不曰“楚宫”，而曰“梦泽”，亦借用也。

【陆鸣皋曰】从饿死生情，其意为因小害大者言也。

【姚曰】普天下揣摩逢世才人，读此同声一哭矣。

【屈曰】此因梦泽宫娃之坟而兴叹当时之歌舞也。○制艺取士，何以异此！可叹。

【冯曰】与楚宫（复壁交青琐）同意。（按楚宫末联云："歌成犹未唱，秦火入夷陵。"）

【纪曰】繁华易尽，却从当日希宠者一边落笔，便不落吊古窠臼。（诗说）"满城娇"三字太鄙。（辑评）

【姜炳璋曰】此举一事以为后世讽也。"能多少"，犹云为日无多也。君好容悦，臣事揣摩，转盼间都成悲风白茅，何如泽在生民、功在社稷，君臣共垂不朽耶？千秋龟鉴，以诙谐出之，得未曾有。○一，笼罩全神。二，点明题旨。三四，则申明其义也。"虚减"，宫人自减之，亦楚王减之也，二意并到。

【张曰】首二句悲党局之反复，末二句自解。李回失意左迁，而己独依依不舍，修饰文采以慰之，可谓不知歌舞之多少矣。反言之，所以表忠于李党之微意也。（会笺）

【刘逸生曰】这种深沉的感慨，不能说只是在于惋惜当时楚国宫女的不智，而是颇像一位哲学家用一个小故事来阐述大道理那样，使人透过具体事情的表面，去探索它里面包含的理趣。比如说，通过楚国宫女的这种可怜也颇可笑的行动，不是可以联想到那些为了追求个人名利，不惜丧失生平操守，而又终于身败名裂的人来吗？不是还可以联想到那些为了邀欢争宠，而使自己作出种种愚蠢的事情的人来么？……作者写下这两句的时候，不知道是讽刺别人还是嘲笑自己，也许两种用意都有。嘲笑的事情是什么，我们也很难弄得清楚。不过，它总不能不是当时某种生活现象的

概括，而且主要不在于怀古，却可以断言。（唐诗小札）

【郝世峰曰】诗人的想象力从“楚王葬尽满城娇”而生动地深入到受害者们的灵魂深处，突出地感受到受害者的愚昧，愚昧得可怜，虽然值得同情，可是令人愤慨！……这里反映着诗人对于生活中的庸俗心理的感受，反映着他对于某种已成风气的愚昧所抱的可怜与轻蔑的态度；这种态度使他能挣脱传统认识的拘束，从古老的传说中发现了更高、更深刻、更具普遍性的现实意义。世间某种恶浊的潮流之出现，总是在一部分庸众的迎合与追逐下形成的，提倡者固不能辞其咎，迎合与追逐者的作用也十分恶劣，他们误己害人而不自知，同那些为细腰而饿死的宫女一样，可怜、可笑复可悲。（李商隐七绝臆会）

【按】此诗既非以荒淫亡国为戒，亦非徒慨繁华易尽，冯，纪说皆未中肯綮。诗中所慨所讽者，为弥漫于当时楚国宫廷上下之“细腰”风。此风固倡自“好细腰”之楚灵王，然诗人用笔之重点则不在“好细腰”者而在“为细腰”而减宫厨者。而于后者，又非仅讽其迎合邀宠，乃讽其身陷悲剧而不自知，为人戕害而不自知，自我戕害而不自知。故讽刺中有同情，然非一般地同情其处境与命运，而系同情其作为悲剧人物所不应有之无知、愚蠢与麻木。故同情中又含有悲天悯人式之冷峻。要之，作者于此竟为细腰之现象中所发掘者，乃一种自愿而盲目地走向坟墓之悲剧，而“楚王葬尽满城娇”适成此种悲剧之有力衬垫。“葬尽”与“未知”“虚减”，前后呼应，为全篇点眼，讽刺入骨，亦悲凉彻骨。

诗虽咏楚宫细腰之风，而深慨宫中美人之愚昧与麻木，然因其鞭辟入里，故能深入揭示出此种悲剧之内在本质，具有远超出此一题材范围之典型性与普遍意义。姚、屈二氏之评，实即从诗之普遍意义所引发之联想。刘、郝二家评，缘其能从大处着眼，抓住诗歌主题典型性加以发挥，所见乃特深。按白茅俗称茅草，春夏抽生有银白色丝状毛之花穗，诗称“悲风动白茅”，当系春夏间白茅开花时之景象。至“悲风”，特诗人当时之主观感受，与时令无涉。义山大中元年赴桂途经洞庭湖一带，正值春夏之交（闰三月二十八日抵潭州），诗当作于此时。其时党局反覆，现实中固不乏竞为细腰而迎合得势者之徒，诗中或亦融铸此类现实感受。

失猿

祝融南去万重云〔一〕，清啸无因更一闻〔二〕。莫遣碧江通箭道〔三〕，不教肠断忆同群〔四〕。

集　注

〔一〕【朱注】长沙记：“衡山七十二峰，最大者五：芙容、紫盖、石廪、天柱、祝融，而祝融为最高。”【冯注】初学记引南岳记：“衡山下踞离宫，摄位火乡，赤帝馆其岭，祝融托其阳。”按：衡山为南岳，祝融可为统称。荆州记曰：“山有三峰：紫盖、石囷、芙蓉，芙蓉最为竦桀。”其后每云七十二峰，最大者五峰，祝融峰乃最高者。杜诗：“祝融五峰尊，峰峰次低昂。紫盖独不朝，争长嶫相望。”是亦言五峰矣。

〔二〕【冯注】异苑：“啸有一十五章，其六曰巫峡猿。”荆州记：

“高猿长啸,属引清远。”

〔三〕【冯注】梁书:“高祖曰:‘汉口不阔一里,箭道交至。’”此只取莫为人所射耳。

〔四〕【姚注】世说:“桓温入三峡,部伍中有得猿子者,其母缘岸哀号,行百馀里不去,遂跳船上,至,便绝。破视腹中,肠皆寸断。”【冯注】搜神记:“有人得猿子杀之,猿母悲唤,自掷而死。破肠视之,寸寸断裂。”

笺　评

【何曰】后二句不解。(辑评)

【姚曰】言此猿之去,清啸时定有失群之忆,又恐其或遇意外之伤,可谓多情之至。

【屈曰】江道如通,虽失犹可寻得,玩首句自知。较李远失鹤诗深妙多少!三四得诗人忠厚之意。

【冯曰】叹所思之又远去也。在祝融之南,则非潭州矣。似亦座主镇西川时之深慨也。“失猿”似寓失援之隐。

【纪曰】诗颇曲折,然曲折而无味。○末二句平山以为恐其或遇意外之伤也,盖通箭道则人得而取之矣。

【张曰】失猿寓失援之意。首二指郑亚之贬。结谓李回。语意均极明显。(会笺)又曰:曲折而有拙致,味即在其中,此唐人独到之境,宋以后则绝响矣。纪氏只知后世诗法,妄诋义山,真门外汉之见耳。○此亦桂管府罢,感慨遇合无成而作。“祝融”二句,言桂州罢归之况。“莫遣”二句,寓巴蜀游滞失意之恨,从此去李党而就令狐,故云“不教肠断忆同群”也。“失猿”者,即转韵诗所谓“鲤鱼食钩猿失群”意耳。(辨正)

【按】此随郑亚赴桂途次作。偶成转韵七十二句叙此次南行之役,有“依稀南指阳台云,鲤鱼食钩猿失群”之句,二语可大体概括本篇背景及内容。诗题“失猿”即“猿失群”之意。诗写失群孤孑之感,诗人亦隐然以失群之猿自况。首句谓祝融南去,云山万重,点出赴桂程途。时已行近衡岳,故有此语。次句谓南去之后,猿群长啸之声即无因再闻矣,点醒题目“失猿”。失,离失。三四二句谓但愿碧江如箭之道莫再相通,则此离群之猿自可不再南去,即可免失群之悲,不致因思念同群而肠断矣。箭道,指一线水道,盖溯湘水而南行,水道愈显狭窄,故云。

张谓首二指郑亚之贬,不知亚之贬循,当循桂江而下,入今之西江,复溯东江而至贬所,与“祝融南去”了不相涉。

五月六日夜忆往岁秋与澈师同宿①〔一〕

紫阁相逢处〔二〕,丹岩议宿时②。堕蝉翻败叶,栖鸟定寒枝。万里飘流远,三年问讯迟〔三〕。炎方忆初地〔四〕,频梦碧琉璃〔五〕。

校　记

①“六日”,朱注本作“十五”。【冯曰】法苑珠林:奘法师西国传云:“三月十六日至五月十五日,盛热也。”一作“十五”,或不误。

②“议”,戊签作“记”。【冯曰】“议宿”无理,“记宿”亦非。庄子“假道于仁,托宿于义”,必因以致误耳,故竟改定。【按】“议宿”可通。

集　注

〔一〕【朱注】按彻师乃知玄法师弟子僧彻，见高僧传，非越州灵彻也。【冯注】原编集外诗。按：集中智玄非衲子，已详辨矣（参冯氏别智玄法师题注）。通鉴："懿宗咸通十二年幸安国寺，赐僧重谦、僧澈沈檀讲座。"旧书李蔚传作僧彻，未知即此诗之澈师否。李郢有长安夜访澈上人诗："关西木落夜霜凝，乌帽闲寻紫阁僧。"与此澈师合也。【按】僧澈，又作僧彻。事详宋高僧传卷六唐彭州丹景山知玄传、唐京兆大安国寺僧彻传。

〔二〕【冯注】张礼游城南记："圭峰、紫阁在终南山四皓祠之西，圭峰下有草堂寺，紫阁之阴即渼陂。"通志："紫阁峰，鄠县东南三十里，旭日射之，烂然而紫。"【按】下句"丹岩"即指紫阁。

〔三〕【朱注】法华经："诸佛皆遣侍者问讯释迦牟尼佛。"【冯注】维摩经："维摩诘稽首世尊足下，问讯起居。"此"三年"字不必拘看。【张曰】谓与澈师相别，有三年之久也，不必泥看。

〔四〕【朱注】楞严经："于大菩提，善得通达，觉通如来，尽佛境界，名欢喜地，即初地也。"【冯注】法苑珠林十地部曰："初地菩萨犹如初月，光明未显，其明性皆悉具足；二地菩萨如五日月；三地菩萨如八日月云云。"按：初地至十地，皆以初月至十五日圆满月为喻，故用之，非详笺不知其用字之精也。【程注】王维登辨觉寺诗："竹径从初地，莲峰出化城。"【按】冯注引恐非所用。此"初地"指佛教寺院，即当年相逢之地，僧彻所居之紫阁寺院。

〔五〕【朱注】观经："下有金刚七宝金幢，擎琉璃地，琉璃地上以黄金绳杂厕间错。”【道源注】临济曰：“龙生金凤子，冲破碧琉璃。”（朱注引）【冯注】魏略：“大秦国多赤、白、黑、绿、黄、青、绀、缥、红、紫十种琉璃。”按：天竺西通大秦，多珍物，故佛经多言七宝，而佛有号宝华琉璃功德光照如来也。涅槃经云：“有五色光从佛口出，时祇洹精舍变成琉璃。”又曰：“文殊师利化琉璃像，众生念文殊像，法先念琉璃像。”又有梦中得见文殊师利之语。此以言愁处炎荒，忆清凉之界也。

笺 评

【杨守智曰】“栖鸟”句：“定”字妙。

【姚曰】此恨见道之迟也。忆昔同宿之时，堕蝉败叶，悟身世之无常；栖鸟寒枝，幸皈依之有所。于斯时也，不能了彻大事，而万里飘流，回头初地，梦想其能已耶？

【屈曰】一二同宿。三四往岁秋夜。五六五月十五夜。七八忆。

【程曰】诗有“炎方”语，盖从事桂管时作。

【纪曰】一气浑圆，如题即住，所谓恰到好处也。（诗说）次联亦深有托寓。（辑评）

【张曰】诗在桂州作，故有“万里”“炎方”语。（会笺）

【按】义山大中元年三月初七离京赴桂，闰三月中途经江陵，同月底抵潭州，五月中离潭州，六月初九方抵桂林。有为荥阳公赴桂州在道进贺端午银状、为荥阳公端午谢赐物状及为荥阳公桂州谢上表等可证，谢上表云：“即以今月九日到任上讫。”今月指六月。此诗当仍作于旅途中。则作“六日”是。

首联写往岁与澈师紫阁相逢议宿。次联承“议宿”写秋夜同宿情景。姚谓“堕蝉败叶，悟身世之无常；栖鸟寒枝，幸皈依之有所”，似之。“万里飘流远”，正“栖鸟定寒枝”之反面，故有“三年问讯迟”之语。末联谓身处炎方，倍忆往昔同宿清凉之境，亦微有寓慨，言外似含远赴炎荒，不如皈依佛门清凉世界之意。

桂林〔一〕

城窄山将压〔二〕，江宽地共浮〔三〕。东南通绝域①〔四〕，西北有高楼②〔五〕。神护青枫岸〔六〕，龙移白石湫〔七〕。殊乡竟何祷〔八〕？箫鼓不曾休。

校　记

①“东”，冯引一本作“西”。

②“西”，冯引一本作“东”。

集　注

〔一〕【朱注】山海经：“桂林八树在贲隅东。”注：“八桂成林，言其大也。”旧唐书：“江源多桂，不生杂木，故秦时立为桂林郡。武德四年，置桂州总管府。后置桂管经略观察使，治桂州。”

〔二〕【朱注】柳宗元记：“桂州多灵山，发地峭竖，林立四野。”

〔三〕【冯注】通典：“桂州有离水，一名桂江，又有荔水，亦曰荔江。”【朱注】方舆胜览：“桂州有湘、漓二江，荔江、阳江。”【按】江宽，指桂江。

〔四〕【朱注】方舆胜览：“桂州东接诸溪，南浮琼崖。”【冯注】白居易授严謩桂管观察使制："东控海岭，右扼蛮荒。"

〔五〕【朱注】桂海虞衡志："灵川、兴安之间，有严关，朔雪至此辄止，大盛则度关至桂州城下，不复南矣。北城旧有楼，曰雪观，所以夸南州也。"【冯注】二句写地势，一远一近。桂之东南，广州、循州而外，皆大海矣。韩昌黎送郑尚书序："其海外杂国之属，东南际天地以万数。"故曰"绝域"，此远势也。严关正当桂州西北隅，此近形也。高楼更寓望君之思，广、桂在京师东南数千里也。他书引之有作"西南""东北"者，桂之西南为安南、交阯，似亦可通。然旧刊集本皆作"东南""西北"。徐氏以全同古诗"西北有高楼"句为嫌，则固无妨也。

〔六〕【道源注】南方草木状："五岭之间多枫木，岁久则生瘤瘿，一夕遇暴雷骤雨，其树赘暗长三五尺，谓之枫人。越巫取之作术，有通神之验，取之不以法，则能飞去。"述异记："南中有枫子鬼，枫木之老者人形，亦呼为灵枫焉。"

〔七〕【朱注】一统志："白石湫在桂林府城北七十里，俗名白石潭。"【冯注】曹学佺名胜志："白石潭水甚深，相传灵川县南二里有蛟精塘。昔藏妖蜃，伤堤害物。南齐永明四年，始安内史裴昭明梦神女七人，云冠玉珮，各执小旂圭印，自言为荆楚以南司祸福之神，此方被妖蜃所害，今当禁之于白石湫。既觉，询其故，得之。先时湫水险急，舟触必败，乃为建祠秩祀，水遂平。义山诗云云即此。"按：隋书："桂州人李光仕作乱，保白石洞，周法尚讨平之。"当即此地。白石神事，何寰宇记不之载也？【按】本集有赛白石神文，冯注引灵川县志云："白石湫在县南三十五里，亦曰白石潭、白石洞，漓江自白石而下，深潭广浸，与湘江埒。"

〔八〕【冯注】汉书郊祀志："粤人俗鬼，而其祠皆见鬼，数有效，粤巫立粤祝祠，祠天神帝百鬼，而以鸡卜。"【朱注】宋李彦弼八桂堂记："民俗笃信阴阳，多尚巫卜，病不求医药。"【程注】王勃序："辍仙驾于殊乡。"

笺　评

【杨守智曰】笔力直追少陵。（复图本）

【何曰】第四忽入思归，变化不测。（辑评）

【陆鸣皋曰】前六句俱写地，而上四句虚写，下二句实写也。末言风俗，而曰"何祷"，句便不板而活。

【姚曰】山重水阔，南则杳然绝域，北则但有高楼，孤身作客，真无可告诉之地也。彼丛祠箫鼓，聒耳不休，不知有何心事耶？

【屈曰】首句状难状之景。三四高亮雄壮。五六殊乡灵怪，即下箫鼓所祷者。结句怪异之词，自伤留滞于此，浑涵不露。

【纪曰】字字精炼，气脉完足，直逼老杜。（诗说）落句愁在言外。（辑评）

【张曰】文集有为荥阳公赛诸神庙祷雨文，诗后半指此。（会笺）

【按】此初至桂林描绘殊乡形胜、风俗之作。地则遥隔京华，邻接绝域，俗则神异灵怪，祀祷不休，描绘叙述中均暗透作客异乡之愁绪。屈谓"自伤留滞"，纪谓"愁在言外"，均得作者之意。首联范晞文对床夜语曾称之，谓其不用事而工妙。

深树见一颗樱桃尚在

高桃留晚实[①]〔一〕，寻得小庭南。矮堕绿云髻[②]〔二〕，欹危红玉篸[③]〔三〕。惜堪充凤食[④]，痛已被莺含〔四〕。越鸟夸香荔〔五〕，齐名亦未甘。

校 记

①“桃”，戊签作“枝”。

②“矮”，朱本作“倭”。

③“篸”，朱本、冯注本作“簪”。【按】“篸”“簪”字通。韩愈送桂州严大夫诗：“山如碧玉篸。”

④“食”原作“实”，涉上文而误，据席本、朱本改。

集 注

〔一〕【程注】谢朓诗：“馀荣犹未已，晚实犹见奇。”【冯注】尔雅：“楔，荆桃。”注曰：“今樱桃。”

〔二〕【朱注】古今注：“堕马髻，今无复作者。倭堕髻，一云堕马之馀形也。”古乐府：“头上倭堕髻。”【冯注】广韵：“矮，乌蟹切，短貌。堕，他果切。倭堕，鬌也，小儿剪发为鬌。倭，乌果切。”按：“矮”字与“倭”字，或可通用。此是谓深树。古辞陌上桑“头上倭堕髻”，是咏罗敷采桑时。刘禹锡诗：“鬟鬌梳头宫样妆。”【按】倭（矮）堕髻，一种发髻向额前俯偃之发式。此状樱桃树绿叶满枝。

〔三〕【冯注】谓一颗尚在。

〔四〕【冯注】月令：“仲夏，天子羞以含桃，先荐寝庙。”吕氏春秋注：“含桃，莺桃。莺鸟所含食，故言含桃。”此痛已之不得仕于朝而寄人幕下。

〔五〕【何曰】足“晚”字。（辑评）【冯注】古诗：“越鸟巢南枝。”天宝中，因南海进荔支，名新曲为荔支香，见甘泽谣。

笺　评

【何曰】似桂林幕中作，末句盖有谓也。（读书记）又曰：结句泛，不见"深树一颗"意。（辑评。前条"末句盖有谓也"，此作"落句盖自谓也"。）

【贺裳曰】佳句每难佳对，义山之才，犹抱此恨……"痛已被莺含"，事容有之，实为俊句；上云"惜堪充凤食"，又涉牵凑。（载酒园诗话）

【姚曰】摧残偶剩，此樱桃之不遇者，要未屑于香荔齐名也。士之抱才遗佚，何以异此！

【屈曰】樱桃一颗，又在隐处，非寻不可见也。三四比其色相。五六惜其不遇。（唐诗成法）又云：五六言不能事天子而官幕僚。本是凤食，即与世所贵重者齐名，亦未肯甘心，况为小鸟所食！高妙。（玉溪生诗意）

【程曰】此硕果之感也。老于名场，系而不食，故借樱桃发之。论其材，君上可供，堪食丹山之凤；惜其遇，友生求我，空随幽谷之莺。是则由校书郎而沉沦幕僚之恨事也。结句谓荔支不得齐名，岂真茗荈酪奴之评品哉！亦慨从事南方，同调者少，若妄庸人把臂入林，吾不任受也。有"越鸟"字，大都岭南作。

【冯曰】赴桂后作，与樱桃诸绝句迥不同。郑亚大有文名，结疑指之。

【纪曰】寓意之作，有比附之痕，而格亦不高。（诗说）此亦悔从王氏之作。五六分明，然不成语。（辑评）

【张曰】此与集中嘲樱桃诸诗大不相同，盖借所见以自寓也。前四句写孑然可怜之景。"惜堪"二句，言本当翱翔华省，反使沉沦记室。"越鸟香荔"，点明桂管，意谓已之文名，岂仅傲远地人才而甘心哉？如此观之，比喻分明，绝无所谓语病矣。（辨正）又曰：结“越鸟香荔”“齐名未甘”，当谓同舍中有文采者，冯氏疑指郑亚，府主尊严，措辞不得尔也。（会笺）

【按】末联张笺是。诗即物寓慨，自抒有才见弃，孑处荒远，沉沦下僚之感。樱桃向为荐寝庙、供内廷之物。唐李绰岁时记：“四月一日，内园荐樱桃，寝庙荐讫，班赐各有差。”故因晚实一颗而生沦弃不遇之慨，“晚”字见意。王维敕赐百官樱桃云：“才是寝园春荐后，非关御苑鸟衔残。”本篇似化用其词。

晚晴

深居俯夹城〔一〕，春去夏犹清〔二〕。天意怜幽草，人间重晚晴〔三〕。并添高阁迥①〔四〕，微注小窗明〔五〕。越鸟巢干后，归飞体更轻〔六〕。

校 记

①“迥”，英华作“晓”，非。

集 注

〔一〕【冯注】夹城，犹云重闉，即“宅与严城接”之意。旧注引旧书志京都东内达南内有夹城复道者，误。【按】莫休符桂林风土记：“夹城，从子城西北角二百步北上，抵伏波山，沿江南下，抵子城逍遥楼，周回六七里。光启年中，前政陈太保可环轫造。”莫道才李商隐寓桂居所遗址考（载安徽师大学报二〇〇二年一期）疑光启前已有夹城，光启年间系重建。

〔二〕【补】谢朓别王丞僧孺诗:“首夏实清和。”句意谓时当夏日,而气候尚清和宜人。

〔三〕【冯曰】深寓身世之感。【田曰】偏于闲处用大笔。(冯注引)。【锺惺曰】妙在大样。(唐诗归)【吴乔曰】次联澄妙。

〔四〕【何曰】句微晦。言晴后凭高,所见愈远也。(读书记)【谭元春曰】此句说晚晴,其妙难知。【补】并,更,益。

〔五〕【朱彝尊曰】(二句应)俯夹城、深居。

〔六〕【何曰】(“越鸟”句)切“晴”;(“归飞”句)切“晚”。(读书记)【朱彝尊曰】(二句)写其得意。【补】古诗十九首:“胡马依北风,越鸟巢南枝。”

笺　评

【贺裳曰】义山之诗,妙于纤细。如全溪作:“战蒲知雁唼,皱月觉鱼来。”晚晴:“并添高阁迥,微注小窗明。”细雨:“气凉先动竹,点细未开萍。”(载酒园诗话又编)

【金介曰】第二联(“天意怜幽草,人间重晚晴”),于没要紧事,偏用大笔。

【何曰】淫雨不止,幽隐无以滋蔓,正不晓天意何爱此草,忽焉云开日漏,虽晚犹及,有人欲天从之快,盖寓言也。○但露微明,已觉心开目舒,五六是倒装语,酷写望晴之极也。越鸟,越燕也。(辑评)

【徐德泓曰】玩“犹清”“怜”“重”字义,殊有望恩末路之意,非漫咏也。结到“越鸟”“归飞”,时在岭表可知矣。

【吴瑞荣曰】“并添高阁迥”,妙空迹象,下句便落筌蹄。第三

句亦胜对句。（唐诗笺要）

【姚曰】晚晴，比常时晴色更佳。天上人间，若另换一番光景者，在清和时节尤妙。小窗高阁，异样焕发，而归燕亦觉体轻，言外有身世之感。

【屈曰】当良时而深居索寞之况。三四自解自慰意。五六晚晴景。七八亦自喻。（玉溪生诗意）又曰：一地二时。三四出题。五六承三四，七八开笔。三四写题深厚。五六得题神。七八自喻，盖归欤之叹也。（唐诗成法）

【程曰】此为历所从事者多见憎于时，而己亦为所累，久而自明，适有天幸，故于"天意怜幽草，人间重晚晴"一联微露其旨。结言越鸟归巢，疑在桂管将入京师时作也。

【纪曰】轻秀，是钱、郎一格。五六再振起，则大历以上矣。○末句结"晚晴"，可谓细意熨贴，即无寓意亦自佳也。（诗说）

【李因培曰】玉溪咏物，妙能体贴，时有佳句，在可解不可解之间。又曰：（"天意"二句）风人比兴之意。纯自意匠经营中得来。（唐诗观澜集）

【许印芳曰】前半深厚，后半细致，老杜有此格律。（瀛奎律髓汇评引）

【顾安曰】三、四妙将"天意"突说一句。然后对出"晚晴"，"并添""微注"，"晴"字说得深细。结句有意无意，亦是少陵遗法。○此诗亦非徒咏时景者。五、六寄意殷切，千百回吟之，其妙自见。玉溪别有句云："夕阳无限好，只是近黄昏"……可合参之。（唐律消夏录）

【周咏棠曰】（三四）大家数语。结近滞。（唐贤小三昧续集）

【林昌彝曰】（三四）喻人之晚遇者。（海天琴思续录）

【张曰】诗用"越鸟"，是桂林作。（会笺）

【按】颔联历来为人所赏,妙在触景兴感,情与境偕,脱口道出,浑融无迹,寄兴在有意无意之间。既富诗情,又寓人生感受与人生哲理。诗之寄托,此为上乘。与"采菊东篱下,悠然见南山",同为可遇而不可求之境。何、程笺稍凿,盖误以寄兴在有意无意间之写景诗为刻意寓托比附之寓言诗也。

寓目〔一〕

园桂悬心碧,池莲饫眼红〔二〕。此生真远客〔三〕,几别即衰翁。小幌风烟入〔四〕,高窗雾雨通。新知他日好〔五〕,锦瑟傍朱栊。

集　注

〔一〕【冯注】左传:"得臣与寓目焉。"梁元帝答张缵文:"寓目写心,因事而作。"

〔二〕【道源注】广韵:"饫,饱也,厌也。"佛书:眼以视色为食。

〔三〕【程注】古诗:"人生天地间,忽如远行客。"

〔四〕【冯曰】碧、客、入皆入声,偶不检。

〔五〕【程注】楚词:"乐莫乐兮新相知。"【朱彝尊曰】"他"疑作"当",感旧之意也。若作"他日",不应既衰犹动妄想。【冯注】新知谓新婚。"乐莫乐兮新相知",本杞梁妻琴歌,不仅指交情也。"他日",昔日也。左传:"他日吾见蔑之面而已。"凡或前或后,皆可曰他年、他日。

笺　评

【杨守智曰】新知的是茂元,锦瑟之为悼亡无疑。

【陆鸣皋曰】“远客”，言其暂至，即藏“几别”意，接下句始顺也。“新知”，新相知也。“好”，上声。末句正形相好之象。

【徐德泓曰】首联尚属虚景。项联，写寓目之情。腰联，方正写寓目之景。末联，又从衰、别二字生情，非赘语也。

【姚曰】园桂之碧，向来悬心。池莲之红，向来饫眼。旧物不改其常，其如衰翁已不似旧人何？小幌高窗，今日之荒凉，即旧时之亲热处也。

【屈曰】一二景。三四情。五六景，七八情。新知犹方知也。以今日之衰翁，方知他日锦瑟朱栊之好也。

【冯曰】客中思家之作，解作悼亡者误。“园桂”，点桂林；“池莲”，比幕府。

【纪曰】前四句是初见感叹，后四句是细细追寻，故两层写景而不复。此中具有针缕，非后人之屋上架屋也。格调殊高。（诗说）前四句乃触目生感，后四句乃追寻旧迹，故两层写景而不复，非屋上架屋之比。○格意俱高，不以字句香倩掩之。（辑评）

【张曰】诗有“远客”“衰翁”语，的是东川晚年作。结寓悼亡，与“京华他夜梦，好好寄云波”，同一用笔。冯编桂管，谓园桂点桂林，殊不足据。

【按】此篇冯解甚精。张氏以诗有“远客”“衰翁”之语，谓为东川晚年作。然桂林较之梓州，道里更远。“几别即衰翁”并非言眼下已成衰翁，而谓人生易老，几回远别即成衰翁矣，后之怀念妻室，正由此生出。

纪氏谓前四触目生感，后四追寻旧迹，亦非。诗题“寓目”，一二与五六皆即目所见，三四与七八则触景而生情。桂碧莲红，正所以反衬己之索寞，由物之繁盛而及己之孤寂。小幌风烟，高窗雾雨，今日幕府寥落之景，更令人思念家室也。“锦瑟傍朱栊”者，必王氏喜弹瑟，故有此语。

酬令狐郎中见寄〔一〕

望郎临古郡[①]〔二〕，佳句洒丹青〔三〕。应自丘迟宅〔四〕，仍过柳恽汀〔五〕。封来江渺渺，信去雨冥冥〔六〕。句曲闻仙诀〔七〕，临川得佛经〔八〕。朝吟搘客枕，夜读漱僧瓶〔九〕。不见衔芦雁，空流腐草萤〔一〇〕。土宜悲坎井〔一一〕，天怒识雷霆〔一二〕。象卉分疆近〔一三〕，蛟涎浸岸腥〔一四〕。补羸贪紫桂〔一五〕，负气托青萍〔一六〕。万里悬离抱，危于讼阁铃[②]〔一七〕。

校　记

①“郎”原一作“郊”，误。

②“阁”，悟抄、席本、钱本、影宋抄作“阁”。字通。

集　注

〔一〕【胡震亨注】时为湖州刺史。（唐音戊签）【朱注】此必令狐绹官湖州时有诗寄义山，而以此酬之也。唐史，开成中，绹累迁库部、户部员外郎；出为湖州刺史。【程注】旧书谓绹自员外郎出为湖州刺史，与诗题不合。新书云：“累擢左补阙、右司郎中，出为湖州刺史。”以此诗证之，当从新书。【冯注】绹于大中二年自湖州入行尚书考功郎中、知制诰，义山于元年五月抵桂管。此在桂州酬寄湖州也。徐曰：“湖州天宁寺有尊胜陀罗尼石幢一十四座，今存其八，中有建于大中元年十一月者，后题令狐绹姓名，则二年入朝明矣。"按:幢款一书大中元年十一月二十八日中大夫使持节湖州诸军事守湖州刺史上柱国彭阳县开国男令狐绹。又一款大中二年八月刺史苏特,衔与前略同,惟无县爵耳,可以见当时刺史之全衔也。又一题会昌二年十月树,五年六月准敕废。然则大中元年所树,乃复兴释教事也。时绹已封彭阳男矣。中大夫与纪作"中散大夫"小异。【按】据吴兴志:"令狐绹,大中元年三月二十一日自左司郎中授。"可证绹之出守湖州非如旧唐书本传所载在会昌五年。诗有"天怒识雷霆""不见衔芦雁,空流腐草萤"语,当作于大中元年夏。

〔二〕【朱注】魏书:"孝文曰:'吏部郎必使才望兼允者。'"本集为郑亚谢上表:"极望郎于南省。"【冯注】山公启事:"旧选尚书郎,极清望也,号称大臣之副。"按:称清郎、望郎以此。【张曰】古郡,指湖州。

〔三〕【张曰】丹青,谓纸。【按】此谓令狐以诗相寄。

〔四〕【朱注】梁书:"邱迟,字希范,吴兴人,邱灵鞠之子,八岁能属文,累官中书郎,迁司徒从事中郎,卒。"【冯注】南史:"邱迟,……累宫中书侍郎,迁司空从事中郎。"

〔五〕【朱注】白居易记:"湖州城东南二百步抵雪溪,溪连汀洲,洲一名白苹,梁吴兴太守柳恽于此赋诗云:'汀洲采白苹。'因以名洲也。"【冯注】梁书:"柳恽字文畅,少工篇什,为吴兴太守。"【按】应自、仍过,谓诗写于丘迟之宅,寄经柳恽之汀。借以美其诗篇。

〔六〕【冯注】古谓使者曰"信",如史记韩世家"发信臣"之类。【补】世说新语文学:"司空郑冲驰遣信就阮籍求文。"

〔七〕【朱注】真诰:"勾曲洞天东通林屋,北通岱宗,西通峨眉,南通罗浮。”南史:“陶弘景止于句容之句曲山,此山下是第八洞宫,名金陵华阳之天,周回一百五十里。乃于山中立馆,自号华阳陶隐居,遍游名山,访求仙药。既得神符秘诀,以为神丹可成,而苦无药物,帝给黄金、硃砂、曾青、雄黄等,复合飞丹,色如霜雪,服之体轻。”

〔八〕【朱注】宋书谢灵运传:“帝不欲复使东归,以为临川内史。”庐山记:“灵运一见远公,肃然心服,乃即寺翻涅槃经,名其台曰“翻经台。”【姚曰】“封来”四句,言得绚寄诗,如仙诀佛经之珍重也。

〔九〕【冯注】寄归传:“梵云军持,此云瓶。”西域记云:“澡瓶也。”【程注】云笈七签:“俯漱灵瓶津。”【吴乔曰】述己之寂寞。【屈曰】“朝吟”二句,喜而诵,不间书夜也。【按】吴解近是,详下二句。

〔一〇〕【朱注】衡阳有回雁峰,桂林又在衡阳之外,雁所不到。流萤自寓其飘泊无依。【吴乔注】(上句)言不能如雁之衔芦避险,下句言所托非善地。【姚曰】“朝吟”四句言讽诵之馀,酬寄无便。【冯注】淮南子:“雁衔芦而飞,以避矰缴。”月令:“季夏之月,腐草为萤。”(二句)亦点时序。“土宜”以下则自叙。【按】姚解非。雁而曰“衔芦”,当非谓其可传书而系切其避矰缴。“不见衔芦雁”,固有暗示桂林地处衡阳以南之意,亦以寓己之未能如衔芦雁之全身避害,故下句以流萤喻己之天涯飘泊。“朝吟”二句与此二句一意贯串,其非指诵读令狐之诗甚明,吴解得之。“令狐见寄”之意已于前八句尽之,“朝吟”以下即转而叙己之境遇心迹。

〔一一〕【朱注】“坎井”见易。嵇康诗:“坎井蝤蛭宅,神龟安所归?”【冯注】左传:“使毋失其土宜。”易坎卦、井卦。庄子秋水篇:“埳井之龟。”埳、坎字同。晋书孙楚传:“时龙见武库井中。楚言龙蟠坎井,同于蛙虾,愿陛下赦小过,举贤才,修学官,起淹滞。”徐曰:“宋梅挚感应泉铭序:‘昭州江水不可饮,饮者辄病,日用汲井。’大抵昭、桂之间,草木蔚荟,蛇虺出没,故日用皆藉井取给。

〔一二〕【朱注】岭南多雷(冯注引)。吴武陵与孟简书:“霆砰电射,天怒也,不能终朝。”【冯注】国史补云:“雷州春夏无日不雷,秋冬则伏地中,状类彘,人取食之。”又柳文有雷山、雷水,地皆近桂林,故异俗诗亦云:“未惊雷破柱。”按:(二句)言外自悲坎壈,祈释怨怒。

〔一三〕【朱注】海录:“鸟荒象卉,寻隔于皇风。”【冯注】桂海虞衡志:“象出交阯山谷。”禹贡:“岛夷卉服。”传曰:“南海岛夷,草服葛越。”史记秦始皇本纪:“桂林、象郡、南海。”按:象郡,汉为日南郡,与交趾同属交州,皆桂州近疆。

〔一四〕【朱注】北梦琐言:“蛟形如马蟥,涎沫腥粘,掉尾缠人而噬其血。”【冯注】墨客挥犀:“蛟如蛇,其首如虎,见人先以腥涎绕之;既坠水,即于腋下吮其血。”

〔一五〕【道源注】拾遗记:“暗河之北有紫桂成林,群仙饵焉。”韩终采药诗:“暗河之桂,实大如枣,得而食之,后天而老。”(朱注引)【冯注】山海经:“桂林八树在贲隅东。”注曰:“贲隅,音番隅。”【吴乔曰】言以穷故受辟于亚。

〔一六〕【朱注】陈琳答曹植笺:“君侯秉青萍干将之器。”注:“青萍,剑名。”【冯注】徐曰:上句谓一时之为贫,此句谓报恩之本愿。绹之寄诗,必有诮其背恩者,故反覆自陈。【吴乔曰】欲终依绹以自振。

〔一七〕【朱注】铃阁风摇，离绪如之。【程注】晋书羊祜传："祜在襄阳，常轻裘缓带，身不被甲，铃阁之下，侍卫者不过十数人。"钱起诗："戍楼云外静，讼阁竹间清。"【冯注】铃，风铃也。官阁寺观多有之。【补】铃阁，将帅或州郡长官理事之处，檐角有铃。

笺　评

【朱曰】"句曲"以下皆自序。时义山羁宦桂管，故有象卉、蛟涎等句。

【吴乔曰】义山癸亥受王茂元辟（按"癸亥"误），娶其女。丁亥（当作卯）受郑亚辟，从往桂州。绹官湖州太守。大中二年，召拜考功郎中，此作题称郎中，而诗语多湖、桂事，则知绹之赠诗，犹未离湖州，而此答在内召之后也。（按：答诗在令狐内召前。诗题郎中系指出守前任左司郎中，非内召初之考功郎中。以上见西昆发微。）又曰：酬令狐郎中见寄诗，有曰"天怒识雷霆"，又曰"危于讼阁铃"，已知绹意之不释然矣。其后复为彼所感，桓司马所谓人不可无势，我乃能驾驭卿者矣。（围炉诗话）

【朱彝尊曰】此必绹有诗寄义山，询问其近况，因酬其见寄之意。故叙绹略，而自叙详，此立言之法也。（复图本）

【姚曰】绹……出为湖州刺史。首四句，叙其寄诗。邱迟宅、柳恽汀，皆湖州旧迹。"封来"四句，言得绹寄诗，如仙诀、佛经之珍重也。"朝吟"四句，言讽诵之馀，酬寄无便。"土宜"四句，言桂管地当卑洼，天多雷雨，象卉蛟涎，真穷塞之地也。唯是藉紫桂以补羸，托青萍以见志，离抱悬悬，不啻如讼阁之铃矣。

【屈曰】一段令狐见寄。二段得书喜出望外。三段追述未接所寄时情况。四段自叙久滞炎荒，兼写酬意。邱迟、柳恽方令狐。仙诀、佛经比令狐所寄。“朝吟”二句，喜而诵，不间昼夜也。“不见”四句，言未寄诗时已如腐草之萤，羁栖桂管，无异坎井，乃雷霆天怒，果不终朝，有诗来寄也。绹以义山受郑亚之辟，怒甚，故答诗如此。

【程曰】起句“望郎临古郡”，自为绹由郎中出知外郡之时。古人于官爵重内轻外，故不曰太守而曰郎中也。下文引用邱迟宅、柳恽汀，皆吴兴故事，与绹本传由左补阙、右司郎中出为湖州刺史相合。朱长孺以为必绹湖州寄诗，而义山以此酬之，良是；又以为“句曲”以下为义山羁宦桂管时自序之词，亦是。按义山为桂管防御观察使郑亚判官，亚坐李德裕党贬官，乃令狐绹所排。此诗云：“土宜悲坎井，天怒识雷霆”，当是绹所寄诗已有恶李背恩之口吻，而以此答之。下又云：“补羸贪紫桂，负气托青萍”，盖谓其相从郑亚，贫乏使然，不过贪其资给，如紫桂之补羸而已。而此心所向，终记旧恩，依然托之气节，有如青萍之负气者在也。结语叹踪迹之辽远，诉心事之危疑，益情见乎词者矣。

【纪曰】应酬之作，不见本领，只“封来”二句小有致耳。（诗说）“古郡”字无着，“丹青”句凑韵。（辑评）

【按】此诗内容及寓意，吴、姚、程三家笺已大体阐明，程笺尤详。义山陈情告哀之作，此为较显著者。前此酬别令狐补阙虽亦有“锦段知无报，青萍肯见疑”，“弹冠如不问，又到扫门时”等卑词，然其时绹未贵显，朝中亦非牛党专权，故酬别中半含剖白，祈其释疑。此则直言“天怒识雷霆”，言外大有怵惕惶恐、震慑不知所措之状。盖商隐之从亚，正值李党失势，牛党复炽之时，自令狐绹观之，此正商隐改弦易辙，转依牛党之日，乃商隐竟追随实为外贬之李党骨干郑亚，则其死心塌地依附已败之李党，且无视牛党之震怒报复亦明矣。故寄诗必暗诮其从亚为"忘家恩，放利偷合"，颇震其雷霆之怒。商隐酬诗，乃极力剖白己之从亚，仅为口腹之资，正所以掩饰其真实政治倾向，以见其不过为贫而仕之庸人。用心固良苦，然亦势必不得绹之谅解。诗极言南荒之僻远荒凉，己心之摇摇危坠，亦欲以告哀语动之，祈绹之息怒也。合此篇与奉使江陵途中感怀寄献尚书、海客二诗并读，不特可想见义山当日处境之艰困，亦可见其内心之分裂与言行之矛盾，此实义山悲剧性格之一端。

奉寄安国大师兼简子蒙①〔一〕

忆奉莲花座②〔二〕，兼闻贝叶经〔三〕。岩光分蜡屐③〔四〕，涧响入铜瓶〔五〕。日下徒推鹤〔六〕，天涯正对萤〔七〕。鱼山羡曹植④〔八〕，眷属有文星〔九〕。

校　记

①"大"原作"太"，非，据蒋本、悟抄、席本、戊签、钱本改。

②"座"，冯引一本作"坐"。

③"屐"，悟抄作"屣"，非。

④"鱼"原作"渔"，非，据蒋本、悟抄，席本、戊签、钱本改。

集　注

〔一〕【道源注】佛祖通载："安国寺赐紫大达法师端甫，为左街僧录内供奉，裴休撰碑，今玄秘塔碑是也。”（朱注引）【朱注】按安国大师即前知玄法师也。高僧传云：“知玄与弟子僧录僧彻住上都大安国寺，号安国大师。”又按元氏长庆集有寄卢评事子蒙作，疑即此子蒙。【冯注】唐会要：“长乐坊安国寺，睿宗龙潜旧宅。”续酉阳杂俎：“安国寺红楼，睿宗在藩时舞榭。”按：道源以安国大师为玄秘塔碑大达法师端甫，而序朱氏者（按：指钱谦益，曾撰李义山诗集序）驳之，以为是知玄，住上都安国寺，号安国大师者。愚考太和元年，诏白居易与安国沙门义林讲论麟德殿，见三教论衡。而旧书作僧惟澄者也。他如安国寺红楼僧广宣，见韩昌黎、白香山、刘梦得、雍陶诸人集，而新书艺文志：“令狐楚与广宣唱和诗一卷。”盖其人年颇永，义山固及与之相识矣。道源所引端甫，时亦可合，然安国京师大刹，前后僧徒颇多，难定其为何人。若知玄之说尤谬，已详前矣（按冯氏于别智玄法师题注曾详辨智玄为女道士，非衲子）。又东观奏记：“大中时僧从海住安国寺，道行高洁，兼工诗，以文章应制，多称旨。”此尤与义山同时，而可以工诗相契也，何可定指哉！按白公后集十七卷，时当会昌元年，有赠卢侍御子蒙诗，即元集中人也，似即会昌四、五年尹河南之卢贞字子蒙者，详文集为河南卢尹表。此题必非其人，不可妄指。毕沅关中金石志：“唐安国寺有二：一在西京者，为睿宗龙潜宅；一在东京者，为中宗节愍太子宅。景云元年并名为安国者，以睿宗本封故也。”【按】此安国大师即僧彻（澈），详参陶敏全唐诗人名考证。

〔二〕【朱注】文殊传：“世尊之座，高七尺，名曰七宝莲花台。”【冯注】又：“文殊师利坐千叶莲花。”此类语佛经甚多。

〔三〕贝叶经已见安平公诗注。

〔四〕【朱注】晋书："阮孚好蜡屐，叹曰：'未知一生当著几两屐！'"

〔五〕【道源注】寄归传："军持有二：若甆瓦者是净用，若铜锡者是浊用。"【冯注】梵云军持，此云瓶。西域记云："澡瓶也。"

〔六〕【朱注】晋书："陆云与荀隐素未相识，尝会张华座，云抗手曰：'云间陆士龙。'隐曰：'日下荀鸣鹤。'鸣鹤，隐字也。"【屈注】世说注："荀氏家传云：荀鸣鹤与陆士龙在张公座，语互有反伏。陆连屈鸣鹤，辞皆美丽，张公称美之。"

〔七〕【朱注】晋书："车胤家贫，不常得油。夏月则以练囊盛数十萤火，照书读，以夜继日焉。"

〔八〕【朱注】通典："济州东阿有鱼山，一名吾山。瓠子歌'吾山平兮钜野溢'是也。"异苑："陈思王植尝登鱼山，忽闻岩岫里有诵经声，清遒深亮，远谷流响，不觉敛襟祗敬，便效而则之。今梵唱皆植依拟所造。"慧皎唱导序："陈思王深爱声律，属意经音，既通般若之瑞响，又感鱼山之神制，传声则三千有馀，在契则四十有二。"【冯注】法苑珠林："梵声显世始于此焉。"魏志："植登鱼山，临东阿，喟然有终焉之志，遂营为墓。"

〔九〕【朱注】晋书天文志："文昌六星，在北斗魁前。"【道源注】子蒙必安国俗家眷属，故以曹植拟之。【冯注】史记樊哙传："诛诸吕、吕须婘属。"妙法莲华经："彼佛弟子有无量百千万亿菩萨声闻以为眷属。"按："眷"同"婘"，眷属字佛经习见，偶引此耳。又，维摩诘经："父母妻子亲戚眷属吏民知识，悉为是谁。"【程注】白居易诗："诗家眷属酒家仙。"杜甫诗："南斗避文星。"

笺　评

【姚曰】莲座听经，皈依有素。岩光涧响，喻大师宗风；蜡屐铜瓶，喻窥测有限。下言我之虚名，虽传日下，而一毡远滞天涯，岂如子蒙为大师眷属，以文星而得亲佛日耶？

【冯曰】似赴桂管后寄也。

【纪曰】只"涧响"一句佳，馀俱平平，后四句尤俗。（诗说）四句自好，后半殊俗。（辑评）

【张曰】石林以安国大师为大达法师端甫，钱牧斋序朱氏又以为即悟达国师知玄。考赞宁高僧传，知玄未尝住安国，住安国者乃僧彻也。义山严事玄，彻乃玄之弟子，此称大师，亦不细符。子蒙盖安国眷属，亦必非河南尹之卢贞，无可妄揣，冯说得之。义山晚年喜与衲子往还。诗意颇似游江东时，非桂管也。（会笺）又曰：诗格峻拔，不当以俗诋之。（辨正）

【按】首联谓昔尝于安国大师座下亲闻传道讲经。颔联承"忆"字，写当时所见安国大师超凡脱俗之高风。蜡屐度岩，铜瓶汲涧，极状其境之清静，心之悠闲。腹联转写自己，谓往昔我虽名闻京华，而今则徒然漂泊天涯。末联"兼简子蒙"，谓其为大师眷属，又兼善文，令人如羡鱼山之曹植也。诗当作于桂管。酬令狐郎中见寄云："不见衔芦雁，空流腐草萤。"朱曰："流萤，自喻漂泊无依也。"本篇"天涯正对萤"句意略同。义山桂管诗每言"天涯"、"万里"，亦可证。

城上〔一〕

有客虚投笔〔二〕，无憀独上城①。沙禽失侣远，江树著阴轻。

边遽稽天讨②〔三〕，军须竭地征〔四〕。贾生游刃极，作赋又论兵〔五〕。

校记

①"憀"，冯引一本作"聊"，义同。

②"边遽"原作"伐必"，非；一作"边遽"。据蒋本、悟抄、席本、姜本、戊签、朱本、钱本、影宋抄改。

集注

〔一〕【冯注】原编集外诗。

〔二〕【姚注】后汉书："班超为官佣书，久劳苦，投笔叹曰：'大丈夫当立功异域，安能久事笔砚乎？'"【按】谓虽投笔从军（入幕），而抱负无从实现，故曰"虚投笔"。

〔三〕【朱注】说文："遽，传也。"徐曰："传，驿车。"左传："子产乘遽而至。"【程注】国语："越王句践乃率中军溯江以袭吴。入其郛，焚其姑苏，徙其大舟。吴晋争长未成，边遽乃至，以越乱告。"书："天讨有罪，五刑五用哉！"独孤及太行苦热行："长蛇稽天讨。"【冯注】尔雅："驲、遽，传也。"注曰："皆传车驲马之名。"【补】稽，稽延，迟延。

〔四〕【程注】周礼地官："大司徒以土均之法，办五物九等，制天下之地征。"杜甫诗："巴人困军须。"

〔五〕【姚注】庄子："庖丁为文惠君解牛，曰：'臣之刀十九年矣，所解者数千牛，而刀刃若新发于硎。彼节者有间，而刀刃者无厚，以无厚入有间，恢恢乎其于游刃必有馀地矣。'"【朱注】贾谊传："屠牛坦一朝解十二牛，而芒刃不顿，所排击剥割皆中理解也。"谊作吊屈原赋、鹏赋，又欲施五饵三表以系单于，是"论兵"也。

笺　评

【姚曰】此伤远客之空羁也。才非投笔，触目心惊，边遽军须，时事蹙迫，使贾生复作，其能于此作赋又论兵耶？

【程曰】诗有“江树”句，当是从事东川时作。大中六年，蓬、果群盗寇掠三川，……故有“边遽稽天讨，军须竭地征”之句。结用贾生，自负之词耳。

【冯曰】程氏、徐氏皆因“江树”字以为东川作，然桂江自可也。代荥阳公表云：“控西原而遏寇。”状云：“海上有分屯之卒，邕南有未返之师。”五句定指此。若东川则丧失家道，意绪阔略，不复以贾生游刃自誉矣。细玩乃可别之。桂州近长沙，故屡以贾生为比。

【纪曰】五六不成语。七八尖佻。（诗说）

【张曰】未至不成句。结乃得意语，亦非佻薄也。（辨正）

【按】冯系桂幕，是。诗写失意无聊，报国无门之情。颔联于写景中渗透孤孑之感，黯淡之情，应上“独”“无憀”。腹联冯引代荥阳公表以证之，恐非。表、状中所言战事规模甚小，何至“边遽稽天讨，军须竭地征”？当另有所指。按会昌末年以来，党项屡寇掠西北地区，朝廷命将进讨而迟延无功。大中元年五月，吐蕃又诱党项及回鹘馀众侵掠河西。“稽天讨”“竭地征”当指此。是心之所存，非目之所见，有类杜甫登岳阳楼“戎马关山北，凭轩涕泗流”者。末联固以贾生自喻，然非“得意”语。国家危机深重，已则空怀“作赋论兵”之才而不为世用。忧国之情益深，报国无门之苦闷亦愈强烈。

高松

高松出众木〔一〕，伴我向天涯〔二〕。客散初晴后①，僧来不语时。有风传雅韵〔三〕，无雪试幽姿〔四〕。上药终相待，他年访伏龟〔五〕。

校记

①后，朱本、全诗作“候”。

集注

〔一〕【补】出，凌越、超越。

〔二〕【补】向，临。

〔三〕【补】雅韵，指松涛之清响。

〔四〕【补】松树霜雪严寒中更显苍翠挺拔，而岭南地暖，终年无雪，故云“无雪试幽姿”。

〔五〕【朱注】嵩高山记：“嵩高山有大松树，或百岁，或千岁，其精变为青牛、为伏龟，采食其实，得长年。”【冯注】本草注：“茯苓通神灵，上品仙药也。”博物志：“仙传曰：松脂沦地中，千年化为茯苓，千年化为琥珀。”

笺评

【何曰】落句自伤流滞也。玩“无雪”句，必在桂林所作。（读书记）又曰：落句今虽不试，要有身后之名。我文采犹当结为灵药也。（末句）反对“高”字。（辑评）

【姚曰】远客高松，相对居然老友。人但知雅韵幽姿，世不多得，孰知其终成度世之善药也？亦含自寓意。

【屈曰】三四是伴我时。五六天涯。结承五六,"终"字着意。○"有风""无雪",写天涯令人不觉。

【徐曰】曰"天涯",曰"无雪",诗必作于桂林。(冯笺引)

【纪曰】起句极佳,结句亦好,中间四句芥舟以为三四太廓,五六太黏也。(诗说)

【张曰】三四传神,五六切地,即以自寓。在桂林留滞所作。不嫌太廓太黏,纪评殊失诗意。(辨正)

【按】咏高松即以自寓。前四写高松凌越众木之身姿与幽雅不凡之神韵,而己之卓然特立、鄙弃凡近之风标气韵自见于言外。五六紧扣"天涯",于自负自赏中流露僻处荒远,才能不为世用之感慨。末联隐然以他年"上药"自期。屈谓"终"字着意,甚是。味"无雪"句,似大中元年冬令作,当在奉使江陵前。

席上作①〔一〕

淡云轻雨拂高唐,玉殿秋来夜正长〔二〕。料得也应怜宋玉,一生唯事楚襄王。

校 记

①原题下注:"一云予为桂州从事故府郑公出家妓令赋高唐诗。○淡烟微雨恣高唐,一曲清尘绕画梁。料得也应怜宋玉,只应无奈楚襄王。"姜本无"一云"二字,影宋抄、才调集无"府"字。蒋本、姜本、悟抄、影宋抄、戊签无"高唐诗"以下二十八字。又,影宋抄、钱本、席本下卷天平公座中呈令狐令公诗后有席上赠人一首,题下注:"故桂林荥

阳公席上出家妓。诗云：淡烟微雨恣高唐，一曲清声绕画梁。料得也应怜宋玉，只应无奈楚襄王。”【按】“一云”二字当从姜本删。“予为桂州从事故府郑公出家妓令赋高唐诗”十八字系题注。馀详笺。

集　注

〔一〕【原注】予为桂州从事，故府郑公出家妓，令赋高唐诗。【朱注】郑公，郑亚也。【冯曰】称故府者，诗系追录也。【按】或题注系日后所加。

〔二〕【冯注】借古事，故用玉殿。杜诗答严公垂寄有用“行宫”字，古人不避，然不可效也。

笺　评

【冯班曰】“料得”二句旁批：太露。（二冯评阅才调集）

【陆鸣皋曰】“惟”字得体。

【姚曰】张文昌节妇吟“恨不相逢未嫁时”亦此意，义山之为令狐忌也亦犹是耶？

【屈曰】“一生唯事”多少含蓄，若作“只应无奈”便浅露。

【朱彝尊曰】意狂语直，诗家恶品。（冯笺引作钱批，非。按朱氏所据本当作“只应无奈”。辑评作朱彝尊批，“狂”误为“住”。据复图本正。）

【冯曰】未至恶品，若作“只因无奈”便不佳。

【纪曰】病于浅直。首作恃恃才狂态，别本则病狂丧心矣。且主人在座，必无此理。（诗说）

【姜炳璋曰】以宋玉自谓，以襄王谓郑公，善戏谑而止于礼义，此谓性情之正。

【张曰】此表明一生不负李党之意，实义山用意之作，而托之于席上赠妓耳。注自具微旨。（会笺）又曰：藉高唐关合席上家妓，并自己感遇之意，亦寓其内，深处正未可测。此种入神之篇，当细心领会之，岂可仅据外面，妄诋为粗浅耶。（辨正）

【刘盼遂曰】“淡云轻雨”也即高唐云雨的意思。玉殿，应“席上”，因为写的是高唐，所以用玉殿。最后两句是说，料想家妓应怜宋玉之平生只奉侍襄王一人，而自己所事奉者却无定主。诗人同情家妓被驱逐的不幸遭遇，同时也流露了自己的身世之慨，慨叹自己不像宋玉之终生事一主，而是到处迁徙，那景况也不过如家妓而已。这和他的城外诗“未必明时胜蟀蛤，一生长共月亏盈”的意思相同。（李义山诗说）

【按】此席上即兴之作，别无深意，姚、张笺均失之凿。首二席上即景，暗以神女喻家妓，以楚襄喻郑亚。三四则以宋玉自比，谓彼多情之神女，料亦应怜专事楚襄之宋玉也。一生唯事，夸张其词耳，固不必泥。此因郑亚出家妓，身为亲信之幕僚，故发此雅谑；若作“只应无奈”，则堕入恶谑矣。家妓与幕僚，虽身份不同，而惟事府主则同，“料得”二语中或亦微寓同是天涯沦落人之慨焉。刘氏以“出”为“驱逐”，与“席上作”“高唐”等语均不合，殆非。

端居〔一〕

远书归梦两悠悠〔二〕，只有空床敌素秋〔三〕。阶下青苔与红树[①]，雨中寥落月中愁。

校　记

①"苔"原作"菭"。【按】"菭"系"苔"之本字。汉书:"华殿尘兮玉阶菭。"今据各本改通行字。"树",冯引一本作"叶"。

集　注

〔一〕【补】端居,平居,闲居。梁书傅昭传:"终日端居,以书记为乐。"王维登裴迪秀才小台作:"端居不出户,满目望云山。"

〔二〕【冯注】远书彼来,归梦我去,两皆久疏。

〔三〕【朱注】梁元帝纂要:"秋曰白藏,亦曰素秋。"【杨曰】"敌"字险而稳。(冯注引)【按】敌,此处有"抵挡"意。

笺　评

【杨守智曰】凄凉欲绝。

【徐德泓曰】晴雨都无是处,要见落寞人,无一而可也。

【姚曰】寥落穷愁,远书归梦,无非妄想纠缠。若斩断得时,青苔也,红树也,空床也,干他甚事?

【屈曰】书、梦俱无,正唤只有、空、敌等字。对青苔、红树皆愁,正结上空床敌素秋耳。

【程曰】此亦失偶以后作。

【冯曰】客中忆家,非悼亡也。

【纪曰】"敌"字自是险而稳,然单标此等以论诗,不知引出几许魔障矣。此诗颇佳,竟以此一字之故不以入选,渐流渐弊,诚怖其卒,吾见夫竟陵之为诗者也。(诗说)

【张曰】"敌"字练得固好,然义山好处原不在此也。(辨正)

【按】此非悼亡诗,曰"远书归梦两悠悠",言外自有寄书之人在也。首句一篇之根。远书不至,归梦难成,故益感客居秋夜之寂寥冷落。“敌”含“对”义,然“对”只表现“空床”与“素秋”默默相对之寂寥清冷之状,偏于客观描绘;“敌”则兼写出“空床”独寝者不堪忍受清冷凄寒环境之重压,偏于主观感受,虽似较硬较险,然抒情自更深刻。三四“雨中”“月中”当非一夕之景,将眼前实景与想像中曾历之景交织描写,无形中使时间内涵扩展延伸,暗示中宵不寐,思念远人已非一夕。“雨中”与“月中”,“寥落”与“愁”,均互文。

此诗当为义山中年幕游远地时作。味其意致,颇似桂幕时。可与夜意参读。

到秋

扇风淅沥簟流离①〔一〕,万里南云滞所思〔二〕。守到清秋还寂寞②,叶丹苔碧闭门时。

校 记

①“离”,蒋本、席本、钱本、万绝作“漓”,朱本、季抄一作“漓”,字通。戊签“流离”作“琉璃”。

②“到”原作“道”,据蒋本、席本、戊签、朱本改。

集 注

〔一〕【朱注】簟,竹席;流离,簟文也。鲁灵光殿赋:“流离烂漫。”济曰:“皆光色貌。”【冯注】按:琉璃,汉书志本作“流离”,然此是言簟文。【按】流离,光采焕发貌。此状簟之光洁。淅沥,此指风声。

〔二〕【朱注】陆机赋："指南云以寄钦。"【程注】陆云感逝："眷南云以兴悲。"

笺评

【何曰】(末句)正是秋来怀人,非徒纪物候也。(辑评)

【徐德泓曰】上二句,夏意也。言簟者,本江文通赋中"夏簟青兮昼不暮"语耳。南云,亦谓夏云。故第三句直接,今日望明日,来年思去年,同此一叹。

【姚曰】归心不遂,到秋则一发不堪矣。

【屈曰】当长夏相思,意到秋时必能相见;今叶丹苔碧,而闭门寂寞,何以为情乎?

【冯曰】次句所思在南云,非身在南云,解作桂管者误也。此楚游时,其人已去,而义山犹守客舍,时亦将归矣。

【纪曰】"到"字好,以前有多少话在。○不言愁而愁见,住得恰好。(辑评)

【张曰】义山(大中二年)巴楚留滞,自夏涉秋,万里南云,所思显然。盖至是而归计决矣。冯氏强附江乡之游,安得有此情景哉!(会笺)

【按】屈笺是。"到秋"者,自夏到秋也。所思者滞留南方,迟迟未归,故云"万里南云滞所思"。是抒情主人公身在北方甚明。冯氏既云"所思在南云,非身在南云"(按此解是),又谓"义山犹守客舍""楚游将归",何矛盾至此!解作义山思念、等待身处南方之情人固可,然解为义山代闺人抒写怀远之情似更切。与端居参读,当倍感后解之切。南北相隔,彼此相思,情景略似,故一则云"只有空床敌素秋",一则曰"守到清秋还寂寞";一则云"阶下青苔与红树，雨中寥落月中愁”，一则曰“叶丹苔碧闭门时”。

夜意

帘垂幕半卷，枕冷被仍香。如何为相忆，魂梦过潇湘〔一〕？

集　注

〔一〕【补】二句谓如何因相忆之故，而魂过潇湘于梦中与己相会，以暂慰寂寥也。“魂梦”非指己。

笺　评

【姚曰】众生总为业想缠缚，无一刻安歇时。魂梦过潇湘，软暖中应更有在。

【冯曰】忆内之作，殊近古风。

【纪曰】小有情致，然无深味。（诗说）

【张曰】一气浑成，耐人咀嚼，正深于味者，不但情致宛转可诵也。（辨正）

【按】诗有“魂梦过潇湘”语，当是大中元年居桂幕时忆内之作。一二写深夜梦醒，枕冷人杳，似闻馀香之况。三四系感念之辞，谓对方奈何以相思之故，梦魂竟不惮万里，远涉潇湘，与我相会于梦中也。构思颇似杜甫梦李白“三夜频梦君，情亲见君意”。

访秋

酒薄吹还醒，楼危望已穷〔一〕。江皋当落日，帆席见归风〔二〕。烟带龙潭白〔三〕，霞分鸟道红。殷勤报秋意，只是有丹枫〔四〕。

集　注

〔一〕【冯注】陆机诗："击斗宿危楼。"【按】"望已穷"，谓已可极望，隐含秋高气爽之意。下四句即写登楼远望所见。次句即所谓"独上高楼，望尽天涯路"之意。

〔二〕【冯注】海赋："维长绡，挂帆席。"谓见归帆而羡之。【补】江皋，江边高地。日将暮，故惟江皋尚值夕晖。"帆席"句谓舟帆北向而见风之自南而北。"落日""归风"，皆寓归思。

〔三〕【补】龙潭，当即桂林诗所谓"龙移白石湫"者，参桂林诗注。鸟道，险峻狭窄之山路。二句谓暮烟笼罩龙潭而晚霞映红鸟道，亦写秋晴暮景。分，有显露意。

〔四〕【冯注】结言岭南常暖，舍"丹枫"不见秋意也。

笺　评

【何曰】中四句疏上"望"字。（读书记）又曰：对起。次连流水蹉对，使不死板。集中诗律多半如是。所以望归之切者，以地暖无秋色也。只有丹枫，又伤心物色，此岂暂醉所能忘哉！（辑评）

【徐德泓曰】前六句俱是"访"意。以"秋"作结，"风"亦可见，字语奇妙。

【姚曰】此见知几者之少也。吹酒易醒，楼高可望，秋已至矣，三承二，四承一。烟白霞红，秋色正丽，不知霜信之已到丹枫也。结句正透题中"访"字意。

【冯曰】徐氏以为在桂林作，是也。盖龙潭桂州亦有之，而鸟道泛比高险。

【纪曰】意境既阔，气脉亦厚，此亦得杜之藩离者。“访”字恐“初”字之讹，形相似也。且作“初”尤与末二句意思相关。

【姜炳璋曰】一二，所以当访。中四，句句有“访”字在内。七八，访得之。

【按】岭南地暖而内地习见之萧瑟秋色殊不易睹。题曰“访秋”，正暗示时令已至清秋，而景物未见秋色，故特访寻之。危楼远望，落日归帆，烟白霞红，虽触处皆秋晴朗爽之景，然殊难发觉。所以显示秋意者，惟丹枫耳。此写桂林秋景，亦以寓异域之感，思乡之情。

海上谣

桂水寒于江〔一〕，玉兔秋冷咽〔二〕。海底觅仙人〔三〕，香桃如瘦骨〔四〕。紫鸾不肯舞〔五〕，满翅蓬山雪。借得龙堂宽〔六〕，晓出揲云发〔七〕。刘郎旧香炷〔八〕，立见茂陵树〔九〕。云孙帖帖卧秋烟〔一〇〕。上元细字如蚕眠〔一一〕。

集　注

〔一〕【冯注】通典：“桂州有离水，一名桂江。”【姚注】酉阳杂俎：“月中有桂，高五百丈。”【叶嘉莹曰】桂林远在炎方，其地之水实不当较（长）江水为寒冷。是则“桂水”二字虽为实有之地，而“寒于江”三字的形容，则可能已非实写其温度之寒暖，而当另有一份写远在异域的冷落凄寒之感的喻示了。

〔二〕【朱注】傅玄拟天问：“月中何有？玉兔捣药。”【按】海上天寒，月中玉兔亦为之寒慄噤咽。

〔三〕【朱注】汉郊祀志："自威、宣、燕昭使人入海求蓬莱、方丈、瀛洲。诸仙人及不死之药皆在焉。未至，望之如云；及到，三神山反居水下。"

〔四〕【姚注】汉武故事："王母种桃，三千年一著子。"【补】博物志："汉武帝好仙道，……七月七日夜漏七刻，王母乘紫云车而至于殿西。……王母索七桃，大如弹丸，以五枚与帝，母食二枚。帝食桃辄以核著膝前，母曰：'取此核将何为？'帝曰：'此桃甘美，欲种之。'母笑曰：'此桃三千年一生实。'"二句与昭肃皇帝挽歌辞"海迷求药使，雪隔献桃人"近似，谓海上并无仙山，故入海底而寻觅仙人；仙桃树亦瘦若枯骨，而不见结实。总言仙人之难觅、仙药之难求。

〔五〕【冯注】瑞应图："鸾鸟，赤神之精，凤凰之佐，喜则鸣舞。"

〔六〕【朱注】楚词："鱼鳞屋兮龙堂。"

〔七〕【道源注】揲，集韵作曳。说文："阅持也。"诗："鬒发如云。"【补】揲，以手抽点成批或成束物品之数目。此处含有阅数查看之意。

〔八〕【朱注】汉武内传："七月七日燔百和之香以待王母。"【冯注】汉武帝内传无刘郎之称，未检所始。宋书符瑞志："宋武帝刘寄奴饮于逆旅，逆旅妪曰：'刘郎在室内饮酒。'"此语固不可类推也。乃李贺诗亦云"茂陵刘郎秋风客"。何楫班婕妤怨："独卧销香炷。"

〔九〕【朱注】武帝葬茂陵。言其死之速。

〔一〇〕【朱注】尔雅："昆孙之子为仍孙，仍孙之子为云孙。"【冯注】皆以仙家寄意。云孙，疑即天孙，或楚词称云中君之类。或即上从汉武，指其后世，亦通。【按】云孙，自本身数起第九代孙。尔雅释亲郭璞注:“(云孙)言轻远如浮云。”

〔一一〕【冯注】汉武内传:“帝以王母所授五岳真形图、灵光经及上元夫人所授金书秘字六甲灵飞十二事,自撰集为一卷,奉以黄金之箱,封以白玉之函,珊瑚为轴,紫锦为囊,安著柏梁台上。”【朱注】海录碎事:“书断:‘鲁秋胡玩蚕作蚕书。’宋之问诗:‘宛转结蚕书。’”○言武帝云孙皆尽,此上元蚕书亦安在哉?【按】谓云孙已逝,帖卧于秋烟荒野,惟留上元蚕书于人间耳。“蚕书”不必专指,形容细字如蚕眠而已。

笺 评

【朱彝尊曰】义山学杜者也,间用长吉体作射鱼、海上、燕台、河阳等诗,则多不可解。飞卿学李者也,即用太白体作湖阴、击瓯等诗,亦多不可解。疑是唐人习尚,故为隐语,当时之人自能知之,传之既久,遂莫晓所谓耳。有明制义且有然者,何况于诗!

【徐德泓曰】此言入海求仙之虚诞也。水寒月冷,海景凄凉甚矣。所谓香桃,仙果也,已枯如瘦骨而不可食矣。紫鸾,仙驭也,亦遍身寒窘而不能飞矣。且并不见仙人,但栖止于荒凉鳞族之区,以晓沐而已。夫汉武焚香,而金母至,自谓见之矣,乃此身旋故,至于子孙亦皆物化。而所传秘笈神符,不过等于蚕书故纸已耳。见之尚无所益,况茫茫之海,更不可见耶?

【姚曰】讽求仙也。月中桂冷,海底桃枯,神仙何在?骖鸾驭龙,徒虚语耳。且刘郎既葬之后,又经几叶云孙卧秋烟,言同归陵墓中也。当日上元夫人,虽有蚕书往来,岂足信耶?

【屈曰】当水寒秋冷时,求仙海上,而仙不可得,不过于龙堂中欢娱美色而已,安得不速死乎?此刺世之好求仙者,非刺汉武也。

【程曰】此谓敬宗好仙也。按史:道士赵归真说上以神仙,上信用其言。山人杜景先请遍历江岭求访异人。有润州人周息元自言寿数百岁,使中使迎之,馆于禁中山亭。起句言桂水言江,谓遍历江岭也。次二句谓觅得周息元也。次二句谓周息元自言数百岁,妄自尊大,不肯轻处也。次二句谓馆于禁中山亭也。次二句谓敬宗崩也。末二句谓称玄宗皇帝之后,则历世至敬宗为云孙。仙李蟠根,不绵寿数,徒如汉武传受上元夫人之图经已耳。

【冯曰】非讽求仙,盖叹李卫公贬而郑亚渐危疑也。"桂水"二句,借月宫以点桂林。"海底"六句,指卫公贬潮州滨海地矣。其贬以七月,故言秋令。"刘郎"二句,谓武宗昔日倚信,而崩后遽遭远斥也。"云孙"比郑亚,君相擢用之庶僚,犹高曾之有云仍。"卧秋烟"者,失势而愁惧也。"上元"句喻卫公之相业纪在史书,且暗寓为之作一品集序。盖九月德裕书自洛至桂,命亚作序,而不意时已贬潮,势将沉沦海底矣。又曰:"满翅"句,状其心忧发白。

【纪曰】此及下李夫人三首、景阳宫井双桐总长吉体耳。(诗说)长吉派,无可取。(辑评)

【张曰】此在桂管自伤一生遇合得失而作。首二句叙孑身远客,冷落可怜景况。"海底"二句,言沈沦使府,无异海底。香桃、瘦骨,极状消瘦无聊之态。"紫鸾"四句,言从前赞皇当国,原可立致台阁,而无端遭丧,攀附不及,自此由菀而枯矣。相思诗已以“紫凤青鸾共羽仪”比李党。“满翅蓬山雪”,极言发白骨立,以形容母忧也。“借得”二句,喻重官秘阁,“龙堂”比禁近也。“晓出揲云发”,谓一无事事,即“卧枕芸香清夜阑”意。“刘郎”二句,追慨故君。盖武宗崩而时势变,乃义山一生不得志之由,故特言之。“云孙”自寓,义山系本王孙。细字、蚕眠,比己文章。言从此为人记室,以文字为生涯也。通首不涉党局,当在卫公未贬前。“玉兔秋冷”,兼点时令。一篇大意如是,阅者勿以其叙述不伦而晦之。(会笺)

【陈贻焮曰】资治通鉴卷二百四十、二百四十一:“上(按:指唐宪宗)晚节好神仙,诏天下求方士。宗正卿李道古……荐山人柳泌,云能合长生药。(元和十三年十月)甲戌;诏泌居兴唐观炼药。……柳泌言于上曰:‘天台山神仙所聚,多灵草,臣虽知之,力不能致,诚得为彼长吏,庶几可求。’上信之。(十一月)丁亥,以泌权知台州刺史,仍赐服金紫。……柳泌至台州,驱吏民采药,岁馀,无所得而惧,举家逃入山中;浙东观察使捕送京师。皇甫镈、李道古保护之,上复使待诏翰林;服其药,日加躁渴。……(十五年,正月)庚子,暴崩于中和殿。”……这首诗可能就是借汉武帝求仙无成来讽咏这件事的。……头两句写仙境寒冷情状。南海有桂,又称桂海。“桂”指桂海,隐喻台州。台州在今浙江临海一带。三、四两句意谓遣人求神仙和不死之药而不可得。……“香桃”喻不死之药。桃树尚“如瘦骨”,岂有仙桃?……五六两句和前几句一样,还是写仙境萧瑟寒冷景况,意谓仙境不过如此,足见求仙的荒诞。七、八两句写求仙采药的道士早起在龙宫披发眺望。因“海底”而联想到

"龙堂",又因"揲发"眺望而引出下段所见所感。九、十两句说汉武帝求仙时点剩的香炷还在,马上又见他陵墓上的树木长成了。足见求仙的无稽。……末后两句是说不仅汉武帝如此,就是他的子孙也全都死光了,即使上元夫人曾将那写满密密麻麻细字的金书密诀传授给他也无用。唐武宗卒于作者之前。武宗上至宪宗共五朝。其中穆宗、武宗也好神仙。廖仲安同志认为"卧秋烟"也是从李贺追和何谢铜雀妓"石马卧新烟"句化出的。(谈李商隐的咏史诗和咏物诗)

【按】题称"海上谣",固切桂林(其地近海,又称桂海,商隐文有"远从桂海,来返玉京"语),然其托意则在讽帝王求仙海上,与七绝海上寓意相类。起二句言海上凛寒。三四写入海求仙,不见仙人,唯见香桃如同瘦骨,暗示神仙与仙药均属虚幻渺茫。五六谓蓬山仙境,极为寒冷,紫鸾亦因满翅堆雪而不肯起舞。以上六句均极形所谓海上仙境之寒冷,以见其地既不能生长仙桃,亦无紫鸾翔舞之仙家景象。无论仙人之不可觅,即或觅见,彼所谓仙人者,亦终日凛寒而毫无意趣矣。七八因"海底"而转出"龙堂"(借喻宫廷),谓彼求仙之帝王虽借得此宽广之龙堂以居,然于生死寿夭亦无能为力,晓起揲如云之发,亦惟恐白发之相催矣。此即汉武秋风辞"少壮几时兮奈老何"之慨。九、十乃接言武帝待西王母之香炷犹在,而茂陵之树早已森森矣。末二并谓武帝之远代子孙亦已长眠地下,惟留毫无效用之上元秘书于人间而已。后段六句极写求仙者死亡相继,以见求仙之虚妄。唐代中晚诸帝,大都迷信神仙方术,妄求长生,覆辙相沿,而不知悟。诗言“云孙帖帖卧秋烟”，正针对此种现象而发。故此诗虽讽时主求仙，然非专指某一帝，亦非专咏某一事。首言“桂水”，以指桂海，诗或作于大中元年秋居桂幕时。叶嘉莹曾著专文李义山海上谣与桂林山水及当时政局，从诗歌意象出发，融讽刺帝王求仙、影射政局、自伤身世诸说为一体，可参。

念远

日月淹秦甸，江湖动越吟〔一〕。苍梧应露下[①]，白阁自云深〔二〕。皎皎非鸾扇〔三〕，翘翘失凤簪〔四〕。床空鄂君被〔五〕，杵冷女须砧[②]〔六〕。北思惊沙雁，南情属海禽。关山已摇落，天地共登临〔七〕。

校　记

①“梧”，朱本、季抄作“桐”。

②“须”，各本多作“媭”，字通。

集　注

〔一〕【冯注】史记：“越人庄舄仕楚执珪而病。楚王曰：‘舄今富贵矣，亦思越不？’中谢对曰：‘凡人之思故，在其病也。彼思越则越声，不思越则楚声。’使人往听之，犹尚越声也。”秦策亦有之，作“吴人吴吟”。【朱注】登楼赋：“庄舄显而越吟。”【程注】王维诗：“渭水明秦甸，黄山入汉宫。”【按】越吟，指思乡之情。

〔二〕【朱注】通志：“紫阁、白阁、黄阁三峰俱在圭峰东。紫阁旭日射之，烂然而紫。白阁阴森，积雪不融。黄阁不知所谓。

三峰相去不甚远。”杜甫诗:“错磨终南翠,颠倒白阁影。”【冯注】岑参白阁西草堂诗:“东望白阁云,半入紫阁松。”

〔三〕【冯注】按古今注:扇始于殷高宗雊雉之祥,服章多用翟羽,故有雉尾扇,后为羽扇。扇名甚多,“鸾扇”可通用矣。江淹拟班婕妤咏扇曰:“纨扇如圆月,出自机中素。画作秦王女,乘鸾向烟雾。”亦可据也。【朱注】庾信诗:“思为鸾翼扇,愿备明光宫。”

〔四〕【朱注】后汉书舆服志:“太皇太后、皇太后簪以玳瑁为擿,长一尺,端为花胜,上为凤爵,以翡翠为羽毛。”【冯注】尔雅:“翘翘。”注曰:“悬危。”【程注】杨巨源诗:“香风暗动凤凰簪。”

〔五〕见牡丹(锦帏初卷卫夫人)注。

〔六〕【朱注】离骚:“女媭之婵媛兮。”注:“女媭,屈原之姊也。楚谓姊为媭。”水经注:“秭归县北有屈原宅,宅东北六十里有女媭庙,捣衣石犹存。”

〔七〕【何曰】共登临,言彼此相望也。(辑评)【补】宋玉九辩:“悲哉秋之为气也,萧瑟兮草木摇落而变衰。”

笺评

【杨守智曰】其不忘旧馆,在在有情,何独于彭阳轻薄,乃知敏中辈不足凭也。

【何曰】“床空”二句:对仗工。(读书记)“日月”句:北。“江湖”句:南。(辑评)

【陆鸣皋曰】前四句正起念而至远也。中四句,言失意而寂寥也。后四句,写得空阔,题意始透。

【姚曰】首四句,家中客中双起。三承二,四承一。中四句合写。末四句双收南北相思之况。

【屈曰】一段两地情景。二段不得同居。三段仍写两地相思。

【程曰】此自桂岭入朝之作。起"日月淹秦甸",乃谓久在长安;"江湖动越吟",则转思桂岭从事也。以下苍梧承越,白阁承秦。至第五联北思、南情一联,曰惊沙雁,曰属海禽,盖谓长安可畏,竟如飞鸿之虑弋人;桂岭无机,转若沙鸥之狎海客。盖府罢入朝之后,令狐当国之时,是为大中四年作。

【冯曰】首句即甲集序所谓"十年京师寒且饿"也。次句谓动旅思。三四一南一北。"皎皎"两联,忆内也。结处明点南北,而言两地含愁,互相远忆,忽觉雄壮排宕,健笔固不可测。

【纪曰】格意与摇落及戏赠张书记同,末二句亦有格韵,但五六句太拙而晦。(诗说)五句未解,或"非"字是"悲"字之讹。○结二句自阔远。(辑评)

【许印芳曰】长律佳者,念远云(略)。此忆内诗也。通首排对。起四句伏脉。中四句细写。结四句点眼,总收两地相思。笔力壮健,格律亦全摹少陵。

【张曰】此亦客子思家之作。曰"苍梧应露下",曰"南情属海禽",是在桂幕也。诗雄壮排宕,健笔固不可测,殊如冯评。(会笺)

【按】此诗题为"念远",南北夹写,又有"秦甸""越吟""苍梧""白阁""鄂君""女媭"等语,一南一北,一男一女,遥隔关山而均思念远人。"床空"句即端居之"只有空床敌素秋",夜意"枕冷被仍香"之意,谓己居于桂管。"杵冷"句谓妻子独处孤寂。尾联谓彼此于此摇落之秋各自登临念远,双绾己与对方作结。故解为桂幕思家念远之作，自属顺理成章。然细推之，似亦不无疑问。按此说，己在南而妻在北，然首句“日月淹秦甸”如指对方在长安，则“淹”字殊为不切，盖妻室本居留家中，固无所谓“淹”也。冯氏似亦觉察此点，故解首句为作者自述“十年京师寒且饿”情景。然此诗南北夹写，首二如单指一方，则三四“苍梧”“白阁”之对举即属无根，上下文亦不相承接。此其一。“苍梧”指南，“白阁”指北，固无疑，然言苍梧露下，则曰“应”，显为遥想推测之辞；言白阁云深，则曰“自”，极似眼前实见之景，然则“念远”者当在北，而所念者当在南也。此其二。且“秦甸”“白阁”，固指长安，而“苍梧”则湘中之地，非必指桂管也（以“女婴”代指对方，亦似暗切湘中）。此其三。综此数端，颇疑此诗乃作者居秦地时思念湘中某一女子之作，或与燕台诗之“双珰丁丁联尺素，内记湘川相识处”，与河阳诗之“湘中寄到梦不到”有关，亦未可知。暂依冯、张系大中元年，俟再考。或解作代闺人念远，亦通。

又疑此篇系自桂归京后怀念郑亚而作。“日月”句自慨淹蹇京华，“江湖”句指郑亚羁留遐远，怅然怀归。“苍梧”、“白阁”分承南北，“露下”、“云深”，起下“摇落”。“皎皎”二句不甚可解，似以“非鸾扇”、“失凤簪”分喻己之不得近君与亚之被贬。“床空”二句，以鄂君喻亚，以女须自喻，托为男女之情以抒南北暌隔之恨。“北思”二句，明点南北思念，郑亚贬循，更近南海，故曰“南情属海禽”。末联则谓值此关山摇落之秋，天地肃清，彼此当登临而互相遥望也。玩“动越吟”及末句，似郑亚在循有诗相寄。

朱槿花二首①〔一〕

莲后红何患？梅先白莫夸〔二〕。才飞建章火〔三〕，又落赤城霞〔四〕。不卷锦步障〔五〕，未登油壁车〔六〕。日西相对罢，休浣向天涯〔七〕。

其二

勇多侵露去②〔八〕，恨有碍灯还〔九〕。嗅自微微白〔一〇〕，看成沓沓殷。坐忘疑物外③〔一一〕，归去有帘间〔一二〕。君问伤春句，千辞不可删。

校　记

①各本题均同，底本、蒋本、悟抄、影宋抄、钱本、朱本第二首为"西北朝天路"；姜本、戊签、席本第二首为"勇多侵露去"，"西北朝天路"首题作"晋昌晚归马上赠"，席本于"勇多侵露去"篇末注："原与晋昌诗交误，今正。"【程曰】原集编次第二首为"西北朝天路"，胡氏戊签考订"西北朝天路"一首乃晋昌晚归马上赠诗，而晋昌晚归之"勇多侵路去"一首为朱槿花第二首，其误甚明，今依胡本改订。【纪曰】戊签似亦有理。【按】姜本、戊签、席本及胡氏校订是，兹据改。朱槿花二首与晋昌晚归马上赠于不分体三卷本中虽均在下卷集外诗中，然二题之间相隔诗十首，似无错简之可能；而分体本（如蒋本）则朱槿花二首与晋昌晚归马上赠乃紧相连接，交错之可能性极大。今蒋、姜二本同属分体本，而蒋本交错，姜本不误，颇疑蒋本自三

卷本分体编次时将二诗误植，而后来之三卷本（如毛本）又复据误植之分体本而沿其误也。姜本不误，正可证其所据之三卷本原不误。

②“露”原作“路”，据戊签改。

③“忘疑”原作“来疑”，一作“疑忘”；影宋抄、席本亦作“疑忘”；钱本原作“来疑”，校改为“疑忘”。均误。据蒋本、姜本、戊签、悟抄改。

集 注

〔一〕【冯注】南方草木状：“朱槿花，茎叶皆如桑，高止四五尺。自二月开，至中冬歇，花深红色，大如蜀葵，有蕊一条，长于花叶，上缀金屑，日光所烁，疑若焰生。一丛数百朵，朝开暮落，插枝即活。一名赤槿，一名日及。”岭表录异：“朱槿花亦谓之佛桑花。”按：尔雅释草：“椵，木槿；榇，木槿。”别二名也。后人谓白曰椵，赤曰榇。槿有红白紫黄数色，纯白者名舜英，而朱槿花惟南方最盛。又曰：（朱槿花）即今人习称佛桑花者，非他槿花类。【按】朱槿，木槿别种，又名扶桑，枝条柔弱，叶深绿，似桑。花冠大型，盛产南方，为著名观赏植物。夏秋开花。

〔二〕【补】槿花有红、白二种，故联及莲、梅。二句谓槿花于莲花开后始红亦何害，梅花于槿花开前即开放亦不必夸。

〔三〕【朱注】汉书：“太初元年，柏梁殿灾，越巫勇之曰：‘越俗，有火灾，复起屋，必以大，用胜服之。’于是作建章宫。”西京赋：“柏梁既灾，越巫陈方。建章是经，用厌火祥。”【冯注】顾宁人日知录：“庾子山枯树赋云：‘建章三月火。’考史记：‘武帝太初元年冬十一月，柏梁台灾；春二月，起建章宫。'是灾者乃柏梁，非建章，而三月火又秦之阿房，非汉也。子山误矣。"按：此遂承用之。

〔四〕【朱注】会稽记："天台赤城山土色皆赤，岩岫连沓，状若云霞。"天台山赋："赤城霞起而建标。"【田曰】(二句)似感开落之遽。【按】兼写其红艳灿烂。

〔五〕【朱注】晋书："石崇与王恺奢靡相尚，恺作紫丝步障四十里，崇以锦步障五十里敌之。"

〔六〕【朱注】乐府苏小小歌："妾乘油壁车，郎骑青骢马。"【按】二句谓朱槿花未能蒙人赏识，以锦障掩护，以油壁车乘载。

〔七〕【冯注】唐类函："休假亦曰休沐。"汉律："吏五日得一下沐。言休息洗沐也。"问奇类林："俗以上浣、中浣、下浣为上旬、中旬、下旬，盖本唐制十日一休沐。"通鉴注："一月三旬，遇旬则下直而休沐，谓之旬休，亦曰旬假。"【程注】鲍照诗："休浣自公日，宴慰及私辰。"

〔八〕【补】句意谓勇多故常先于他人侵露而去。

〔九〕【冯注】碍灯还，如异苑有云："欲进路，碍夜不得前去。"此言夜则不得不还也。按：小说有云碍夜方至。白香山诗："东家典钱归碍夜，南家贳米出凌晨。"是唐人常语。【按】碍灯，犹碍夜，深夜也。

〔一〇〕【朱注】楞严经："观鼻中气，出入如烟，烟相渐销，鼻息成白。"殷，乌闲切。【冯注】紧接上联，言自微明之时，闻此花气，直看至盛开而暮落也。【补】沓沓，繁多，零乱。朱注引楞严经释"嗅自微微白"非是。

〔一一〕【冯注】庄子："颜回曰：'回坐忘矣。堕枝体，黜聪明，离形去知，此谓坐忘。'"【按】坐忘，指端坐而全忘一切物我、是非差别之精神境界。

〔一二〕【冯注】入则闲消永昼，出则客馆孤清，皆羁留远幕之慨。

笺　评

【朱曰】此因槿花而发身世之感也。（李义山诗集补注）

【姚曰】（“莲后”首）此因槿花而发身世之感也。……朱槿虽荣，不得与莲、梅并价。虽似火如霞，而锦障壁车，未蒙赏识，仅于天涯休浣时，日西相对。盖花中之不遇者。必在蜀幕中作。

【程曰】上卷槿花二首，愚以为女冠惜别而发。玩此二诗，亦寓惜别之意，岂即一时之作欤？前首结句云：“休浣向天涯。”盖将从事于幕府也。

【冯曰】在岭南作，身世之感凄然。唐时幕僚晨入昏归，韩昌黎上张仆射书、杜工部遣闷呈严郑公诗可见也。义山此时自有所不惬意耳。

【纪曰】第一首不成语。（诗说）前六句拙鄙之甚。（辑评）（第二首）题与诗俱不了了，然诗自是不成语。（诗说）

【张曰】前首起联感开落之速，后半叹不得通显中朝，而使府蟠迹也。次首更极状晨入昏归，远幕无聊之况。结即“年华无一事，只是自伤春”意。偶成转韵诗有“朱槿花娇晚相伴”语，此在桂府作。（会笺）又曰：（“莲后”首）前六句写景极佳，何谓拙鄙？（辨正）

【按】冯、张笺近是而未尽洽。前首一二两联言其开时及开落之速。腹联略寓不遇之感。末联点明远幕天涯之人与朝开暮萎之花寂寞相对情景。后首一二两联谓己晨出昏归，故清晨去时只见此花初开时微微之白，而晚间归时惟见萎谢之花沓沓殷红矣。腹联似写居处寂默情景。末联“伤春”，正点自伤身世之意。

寄成都高苗二从事〔一〕

红莲幕下紫梨新〔二〕，命断湘南病渴人〔三〕。今日问君能寄否？二江风水接天津〔四〕。

集　注

〔一〕【自注】时二公从事商隐座主府（“二”字原阙，据蒋本、姜本、戊签、钱本、影宋抄、席本补。“府”字，朱本作“所”）。【补】高，指高瀚。唐故朝议郎河南府寿安县令赐绯鱼袋渤海高府君墓志铭序：“故相国江州李公（按：指李回，大中年间曾任江州刺史）在相位，一见深国士之遇……相国节制庸蜀（按：大中元年八月，李回出为剑南西川节度使），时已失势，开府之日，士或不愿召。府君感知委质，慷慨请行……相国廉问湘中（按：指大中二年正月李回责贬湖南观察使），复以本官奏充观察支使。”苗，不详。此诗当作于大中元年李回已出镇西川之后，约是年九月。自注中之“商隐座主”即指李回。回为开成三年商隐参加博学宏辞科考试时之考官。

〔二〕【朱注】南史：“王俭用庾杲之为卫将军。萧劢与俭书曰：‘庾景行泛绿水，依芙蓉，何其丽也！’时人以俭府为莲花池。”蜀都赋：“紫梨津润。”杨慎曰：“紫梨，选注不言其状。按蜀有梨树，花以秋日，其花红色。唐李遵有进紫梨表可证。”【冯注】文选蜀都赋“紫梨津润”李善注曰：“西京杂记：上林有紫梨。”按：下文“二江”切蜀。紫梨，词赋屡见，非专蜀产。孙楚秋赋曰："朱橘甘美，紫梨甜脆。"此以纪秋令，故曰"新"。恒州记室李遵作进梨表，见唐末许默紫花梨记。【按】紫梨新，喻高、苗二从事。

〔三〕【朱注】义山时在桂管。【冯注】汉书地理志："长沙国湘南县。"注曰："衡山在东南。"旧书志："潭州长沙县，汉临湘县；湘潭县，汉湘南县地。"按：湘水出零陵始安县阳朔山，皆东北流，至会洞庭湖水而东北入大江；故自桂州至衡、潭，皆可曰湘南，韩昌黎送桂州严大夫诗"兹地在湘南"也。然桂州究多称岭南，而长江连郡，则皆据古称湘南。此句定指潭州，朱氏谓桂管，非矣。【按】病渴，即患消渴疾，已见送裴十四诗注。义山用相如消渴典，意每有别，此处指求仕之情之急切，与汉宫词"侍臣最有相如渴"之渴意近。湘南当依朱注，指桂管，详笺。

〔四〕【朱注】水经注："成都县有二江双流郡下。故扬子云蜀都赋'两江珥其前'也。"华阳国志："李冰为蜀守，壅江作堋，穿郫江、检江别支流双过郡下，以行舟船，溉田万顷。"寰宇记："今谓外江、内江。"尔雅注："箕、斗之间，天汉之津梁。"【程注】左思蜀都赋："带二江之双流。"按：一统志："二江一名汶江，一名流江。"又按一统志，桂州亦有湘、漓二江，未知孰是。【冯注】南史："江祏及弟祀、刘沨、刘晏俱候谢朓，朓谓祏曰：'可谓带二江之双流。'"【按】二江，指郫、检二江。检江亦称流江。屈原离骚："朝发轫于天津兮，夕余至乎西极。"注："天津，东极箕斗之间汉津也。"晋书天文志上："天津九星，横河中，一曰天汉，一曰天江，主四渎津梁，所以度神通四方也。"一般称为银河。

笺　评

【姚曰】此羡二公之得所依归也。湘南痟渴人，紫梨馀润可得一沾耶？

【屈曰】湘南病渴，正需紫梨，风水相接，果能寄否？盖托言也。

【程曰】题下原注："时二公从事商隐座主（府）。"考义山开成二年登第，座主高锴。锴由吏部侍郎出为鄂岳观察使。题云成都，或锴为鄂岳之后更官西川，史传失书耳。诗中次句"命断湘南病渴人"，似义山在桂州将去郑亚而他适，望二从事为之援引也。又按上卷亦有此题，首句"家近红蕖曲水滨"，或二从事皆成都人未可知也。（按"家近红蕖曲水滨"一首，冯氏考订为病中早访招国李十将军遇挈家游曲江之又一首，详该诗笺。）

【冯曰】商隐座主，高锴也。题之书法，必高、苗二人从事成都也。余初疑其为成都人，又据旧书纪高锴为河南尹，而以天津指东都洛水，今知皆甚误也。旧书纪："开成三年五月，以吏部侍郎高锴为鄂岳观察使"，至四年七月，又书"锴尹河南。"旧、新书传："锴于三年转吏部侍郎，五月出为鄂岳观察，卒。"皆不叙尹河南也。锴兄铢，太和九年五月，以给事中观察浙东，旧书纪、传同。纪于铢，他无所书，传则云："开成三年，入为刑部侍郎，四年七月，出为河南尹。"是四年传文之铢，即纪文锴，而有一误矣。且锴三年方至鄂岳，岂四年即内召，寻又出尹耶？纪又不书何人代领鄂岳也。与陶进士书系五年九月，称锴为夏口公，则必尚在鄂岳，而锴尹河南之纪文，洵不可据矣。至会昌元年观察鄂岳者为崔蠡，见为濮阳陈许举代状。今就诗释之，首句言秋深入幕，末句以二江比二从事，天津泛言霄汉，言从此上升也。

次句义山在湘南寄诗也。更合检旧、新书纪、传、表、通鉴；开成二年十月，李固言罢相，节度西川，会昌初入朝。会昌六年四月，西川节度使为崔郸。大中元年，李回罢相，为西川节度使，二年二月责授湖南观察，是时即杜悰节度西川。然则会昌朝数年镇西川者，史文多所阙轶，如崔郸镇蜀，见纪文，而传浑云历方镇，此必高锴于五年深秋时迁镇西川，纪、传皆阙之耳。以诗证补，必不诬矣。诗见成都文类，亦一证也。又按：旧纪言，开成政事最详于近代，然疏略已不免，故征事笺诗，甚费钩校也。又曰：题与注作者已自表明高锴西蜀矣，何疑焉！

【纪曰】诗亦风韵，但意旨不甚了了。（诗说）观诗语，似代柬索梨。观题下注，知有望援之意也。（辑评）

【姜炳璋曰】二江风水无所不通，紫梨分惠，即可从二江便附湘南也。然其意以二江在成都，喻高锴；天津为天汉，喻令狐绹。锴与绹相善，即商隐登第亦由绹与锴言之，彼此相通，犹之二江与天津相接也。义山欲锴代为释憾于绹，而冀二从事为之道达于锴。若作真欲寄梨，便是痴人说梦。

【张曰】冯注谓座主为高锴，大误。座主李回也，见文补编。回大中元年出镇西川，二年贬湖南。此当是大中元年秋间寄赠之作也。○考李回于大中元年八月罢相，出镇西川，其辟二从事当在其时，正紫梨花开时也。诗暗寓望援之意。义山正从事桂林，故以湘南病渴自比。若高锴则旧书纪书："开成三年五月，以吏部侍郎高锴为鄂岳观察使。"新书本传则云："锴于三年转吏部侍郎，五月出为鄂岳观察使，卒。"与旧纪合。是锴不久即卒，并无移镇西川事也。旧纪虽于开成四年七月又书锴尹河南，考传云："锴兄铢，太和九年五月以给事中观察浙东。开成三年入为刑部侍郎,四年七月出为河南尹。”是河南尹为铢,纪、传自相歧误耳。冯氏杜撰高锴迁西川,实属巨谬,不可不急正之也。(辨正)又曰:结望二公达意府主,为之汲引,重官京朝也。自程午桥疑座主为高锴,冯氏妄撰高锴迁镇西川事,而此诗遂不可通矣。集又有“家近红蕖曲水滨”一首,与此同题,疑是此题次章。惟义山赴桂,家仍居洛,与“红蕖曲水”似不相符,或系错简也欤?今仍分载而剖之。(会笺)

【按】樊南文集补编卷四有为荥阳公上西川李相公状,可证李回大中元年出镇西川。补编卷五有上座主李相公状,卷七有为湖南座主陇西公贺马相公登庸启,状作于会昌五年李回拜相时,启作于大中二年李回由西川责授湖南观察使后,而均称“座主”,足证此诗题注所称座主指李回,而诗中“湘南”定指桂管。张氏据补编驳正冯氏之说,诚是。诗当作于大中元年深秋。首句“紫梨新”似非仅点秋令,当兼喻高、苗之新入回幕,视“红莲幕下”字可知。次句谓己远处湘南,“病渴”殊甚,言外自含分津沾润之意。三四乃就“病渴”而盼高、苗二公惠以紫梨之馀润。“二江”点成都,亦暗喻高、苗二从事,“风水接天津”者,明言“风水相接,果能寄否”,实暗喻高、苗与李回朝夕相接,当可沾溉于己也。“天津”亦作“天汉”“天潢”,而“天潢”即皇室宗支之别称。李回系唐宗室,故以“天津”喻之,冯谓“泛言霄汉,言从此上升也”,于高、苗之身份亦未合。详诗意,似义山有望于高、苗二从事之援引。然推之情理,亦有可疑。盖是时义山居桂幕不过数月,宾主相处尚称融洽,视献寄旧府开封公诗,亚之厚遇义山显然，义山恐不至甫居郑幕即生他就之想。且李回、郑亚均属李党，郑由给事中出为桂管观察使，与李由宰相出为西川节度使，其性质均属外贬，义山即令怀求进之想，亦当知李、郑处境之类似，而不至于以为居李幕必能攀援而上也。况李回本为义山宏博试时座主，高、苗二从事与李回之关系，未必即深于义山，如其有意望回汲引，大可不必倩高、苗转达府主，而可直接上启求回引进。或此种称羡之词，分津沾润之语，亦属寻常应酬语，不必过泥欤？

怀求古翁〔一〕

何时粉署仙〔二〕，傲兀逐戎旃〔三〕。关塞由传箭①〔四〕，江湖莫系船〔五〕。欲收棋子醉，竟把钓车眠〔六〕。谢朓真堪忆，多才不忌前〔七〕。

校　记

①"由"，蒋本、姜本、悟抄、朱本均作"犹"。按："由"、"犹"字通。

集　注

〔一〕【冯注】原编集外诗。新书艺文志："李远诗集一卷，字求古，大中建州刺史。"唐诗鼓吹注："太和五年进士，蜀人也。忠、建、江三州刺史，终御史中丞。"徐曰："温岐集有寄岳州从事李员外远诗，共三首，是远尝以郎署出为幕职，故此起联云然。称之翁者，必于义山分尊年长也。"按："飞卿寄李诗，诸本题字不同，"李"一作"韦"，"远"一作"肱"，故不足据。杜牧早春寄岳州李使君李善棋爱酒诗云："分符颍川政"，似即李远，又曾守岳，然与此诗不符。许浑有寄当涂李远诗云："不须倚向青山住"，则远曾在宣州，故此用谢朓。他篇"南陵寓使"可以相证，非岳阳时也。【张曰】为荥阳公上宣州裴尚书启云："李处士艺术深博，议论纵横，敢曰贤于仲尼，且虑失之子羽。云于江沔，要有淹留。便假以节巡，托之好币。十一月初离此讫。末由披尽，勤恋增诚。其他并付使人口述。"初疑李处士即系义山，考义山由正字奏辟幕职，状中皆称李支使，断无再称处士之理。此李处士盖别一人，当是先赴江沔，后使宣歙。据甲集序，义山使南郡在十月，而处士则十一月初离桂林，必在江沔与义山相晤，故代作此启也。凉思诗："客去波平槛"，"客去"当即指处士。又云"南陵寓使迟"，时义山或有所属望于宣州，托处士转达。怀求古翁云："谢朓真堪忆，多才不忌前"，当日情事，约略可见矣。……（远）必时佐裴休幕。诗又云："关塞犹传箭，江湖莫系船"，指党项寇边事，诗为是年（按指大中元年）使南郡时作无疑。冯氏系诸会昌二、三年永乐闲居时，误矣。至温飞卿集寄岳州从事李员外远诗，张固幽闲鼓吹载宣宗朝令狐绹荐远杭州，当是远后所历官，与此诗不同也。【按】杜牧早春寄岳州李使君作年不详，然至迟在大中六年牧之卒前。温庭筠寄岳州李外郎远有句云："湖上残棋人散后"，"春水还应理钓丝"，与牧之所谓"李善棋爱酒，情地闲雅"者正合，亦与怀求古翁"欲收棋子醉，竟把钓车眠"者相符，可决三人所寄怀者必同一李远无疑。温另有春日寄岳州李员外五律二首（此据述古堂钞本，一本作春日寄岳州从事李员外二首，然其二末联云："尚平婚嫁累，无路逐双旌"，则李员外之为持节出守岳州而非幕府从事甚明，此二首亦当作于远守岳时。郁贤皓唐刺史考全编谓李远约大中初任岳州刺史。庭筠咸通元年嫁女于段成式子安节，其子温宪约生于会昌初，诗言"尚平婚嫁累"，可证其时离子女婚嫁不远，揆之情理，当亦在大中年间。义山之怀求古翁首二句"何时粉署仙，傲兀逐戎旃"，盖谓李远以郎官（司勋员外郎）出任持节之刺史。冯谓"许浑有寄当涂李远诗云'不须倚向青山住'，则远曾在宣州，故此用谢朓。"然许诗云："车前骥病驽骀逸，架上鹰闲鸟雀高。旧日乐贫能饮水，他时随俗愿餔糟"，似其时远正赋闲，与所谓"何时粉署仙，傲兀逐戎旃"者难合。不得因用谢朓事而定作本篇时远在宣州也。至张氏以凉思中之"客"为李处士，谓义山或有所属望于宣州托处士转达，并以怀求古翁诗末联证之，其误显然。凉思云："客去波平槛，蝉休露满枝"，明写夏秋间景色。而李处士十一月初离桂林，如于江沔与义山相遇，最早亦在十一月末，其时岂复有蝉鸣乎？李远守岳约在大中初。此诗似为远任岳州刺史时寄怀之作。故系于此。

〔二〕【冯注】郎官曰粉署。汉官仪："尚书郎奏事于明光殿，省中皆胡粉涂壁，画古贤人烈士。"

〔三〕【朱注】陶潜诗："兀傲差若颖。"谢朓辞隋王笺："契阔戎旃。"【程注】支遁诗："傲兀乘尸素。"【补】逐戎旃，谓任持节统军之州刺史。戎旃，军旗。

〔四〕【冯注】旧书吐蕃传："征兵用金箭。"裴行俭传："是日传其契箭。"新书吐蕃传："其举兵以七寸金箭为契，有急兵，驿人臆前加银鹘。"

〔五〕【冯曰】时方需才，未宜久淹江介。【按】二句与送从翁从东川弘农尚书幕诗之"南诏知非敌,西山亦屡骄。……少减东城饮,时看北斗杓"用意相类。

〔六〕【冯注】张固幽闲鼓吹:"宣宗朝,令狐绹荐远为杭州,帝曰:'我闻远诗云:"长日惟消一局棋",岂可以临郡哉?'对曰:'诗人之言,非有实也。'乃俞之。"然则远固素好弈,而后又曾刺杭矣。北梦琐言亦载之,作"人事三杯酒,流年一局棋"。张固他书作张同,似误。【朱注】元结诗:"醉里长歌挥钓车。"【补】钓车,一种钓具。上有轮子缠络钓丝,既可放远,亦可迅速收回。

〔七〕【冯注】南史:"谢朓好奖人才。会稽孔觊粗有才笔,未为时知。孔珪尝令草让表以示朓,朓嗟吟良久,手自折简写之,谓珪曰:'士子声名未立,应共奖成,无惜齿牙馀论。'"晋书载记:"鲁徽谓赵染忌前害胜。"北史:"李业兴务进忌前。"徐曰:"义山每代人属草,故有怀于斯事。"【何曰】此亦难望之今日。(辑评)

笺 评

【姚曰】由粉署而逐戎旃,以许身念切,故高卧情违耳。我则业以微才见忌于时,收棋把钓之馀,恨不能与同志相怜之人一罄情怀也。(按:"欲收"二句指求古翁,姚笺误。)

【屈曰】前半求古翁,后半怀。

【程曰】求古翁人不可考,玩诗,亦如义山以检校曹郎而入幕府之不得意者也。

【冯曰】与下篇(按指和韦潘前辈七月十二日夜泊池州城下先寄上李使君)参看,李远当在宣歙观察幕,而义山寓使南陵,或曾至宣州,藉其雅意,今则既归而重怀之也。"传箭"句似是会昌二、三年回鹘入犯时，故编此。

【纪曰】诗有爽气，但乏厚味耳。

【张曰】新书艺文志：“李远诗集一卷，字求古。”许浑有寄当涂李远诗，是远曾在宣州。“关塞传箭”，指大中初党项寇边事。起言李当上马杀贼，立功塞外，不宜终隐江湖。结以谢朓期之，望其无惜齿牙馀论也。徐氏云：“义山每代人属草，故有怀于斯事。”此必李处士寓使南陵时寄怀之作。冯编于会昌间，不知义山开成江乡之游，未尝至宣也。（会笺）

【按】首联谓远以郎官而出为刺史，“傲兀”字起下二联。次联言关塞未靖，边事堪忧，且莫徜徉江湖，寄情山水，盖因远之兀傲不羁、脱略世事而有所劝勉也。张氏谓“关塞传箭”指党项寇边事，似之（城上诗“边遽稽天讨”意略同，可互参），其系此诗于大中元年，或不大误。腹联想像远居官闲逸放恣之态。结以谢朓比远，美其多才而不忌前之品质，“真堪忆”正点题内“怀”字。

桂林道中作①

地暖无秋色，江晴有暮晖。空馀蝉嘒嘒〔一〕，犹向客依依。
村小犬相护，沙平僧独归。欲成西北望，又见鹧鸪飞〔二〕。

校　记

①“道”，蒋本、姜本、戊签、悟抄、席本、朱本作“路”。“中”，姜本作“上”。

集　注

〔一〕【冯注】诗：“鸣蜩嘒嘒。”【程注】秋兴赋：“蝉嘒嘒以寒吟兮。"

〔二〕【朱注】禽经:"子规啼必北向,鹧鸪飞必南翔。"【冯注】吴都赋:"鹧鸪南翥而中留。"

笺 评

【杨守智曰】神似少陵。

【何曰】第二本说无日不雨,却从"晴"时点出,对法变换。鹧鸪飞但南向,见吴都赋注。僧犹有归处,而我独南去无家,从(惟)有蝉声尚似故乡耳。曲折有味。(辑评)又曰:"村小"一联确是题位。(读书记)

【姚曰】上半首,是桂林气候如此。犬护僧归,人物各有依栖之所,而望乡远客,又见鹧鸪之恼我情绪也,真是无可奈何。

【程曰】此述从事郑亚为不得已而行之情也。前四句言桂林气候绝异京师。五六言其地之荒僻。末言回望京师,远在西北,不逢来人,但见鹧鸪南翔而已,其何以为情耶?

【冯曰】此近游,非至江陵。

【纪曰】平正之篇,前四句一气流走,颇有机致。五六句撑拄不起,便通首乏精神,并前四句亦觉庸俗矣,此等处如屋有柱,必不可顺笔写下也。(诗说)

【张曰】义山冬使南郡,而此诗有"地暖无秋色"句,故冯氏疑为近游。然考樊南甲集序作于十月舟中,其起程或不妨在九月,有此等诗未可知也。(会笺)

【按】冯谓桂林近游,张谓奉使江陵首途,虽均无的证,然细味诗意,冯说实较优。曰"地暖""江晴",曰"欲成西北望,又见鹧鸪飞",留滞炎荒之意显然。如奉使江陵,仆仆道涂间,似不得云"欲成西北望"。全诗意态容与,颈联写江村恬静闲适景象，兴起末联归思，亦非道涂间情景。

江村题壁

沙岸竹森森，维艄听越禽①〔一〕。数家同老寿〔二〕，一径自阴深②。喜客尝留橘，应官说采金〔三〕。倾壶真得地③，爱日静霜砧④〔四〕。

校　记

①“艄”，悟抄作“梢”，席本作“稍”，蒋本、戊签作“舟”。【按】“艄”“梢”字通。维梢即系船。作“稍”显因形近致误。孤立言之，似作“舟”义略胜。然如本作“舟”，似无改作“梢”字或误为“稍”字之可能；而原作“艄”者，则极可能因其不经见而改作“舟”。席本作“稍”，亦可证其原作“艄”或“梢”。

②“阴”，姜本作“幽”。

③“地”原作“也”，一作“地”，据蒋本、戊签、悟抄、席本、钱本、影宋抄、朱本改。

④“砧”字原阙，一作“砧”，据蒋本、姜本、戊签、席本、影宋抄、钱本补。

集　注

〔一〕【冯注】何逊诗：“维梢晨已积。”

〔二〕【程注】左传：“其所以蕃祉老寿者，为信君使也。”后汉书荀爽传：“阳性纯而能施，阴体顺而能化，以济礼乐，节宣其气，故能丰子孙之祥，致老寿之福。”【补】钱起题玉山村叟壁：“一径入溪色，数家连竹阴。”

〔三〕【程注】韩非子:"荆南之地,丽水之中生金。人多窃采金。采金之禁得而辄辜磔于市甚众。"【冯注】岭南郡县多贡麸金与银,见史志。【补】应官,应付官事、官差。

〔四〕【姚注】左传:"贾季曰:赵衰,冬日之日也。"注:"冬日可爱。"

笺评

【方回曰】三四好。五六亦是晚唐。义山诗体,不宜作五言律诗,不淡不为极致,而艳而组不可也。(瀛奎律髓)

【冯舒曰】诗亦浓淡随宜耳。五言律必要淡,又被黄、陈误了。"香雾""清辉",何尝淡乎?(二冯评阅瀛奎律髓)

【冯班曰】落句好。五律本于齐、梁,虚谷不解也。律体成于沈、宋,承齐、梁之排偶而加整也。若云不淡不极,失其原本矣。

【姚曰】此叹远地之无可与语也。荒村野老,客主殷勤,真朴可喜。舍此而求可以倾壶之地,岂可得耶?

【程曰】诗有"维艄"字,有"越禽"字,有"采金"字,当是从事桂幕奉使江陵时作。

【纪曰】三四如画。通首俱老。(诗说)"爱日"字俗。(辑评)又曰:义山五律佳者往往逼杜。虚谷以门户不同,未观其集耳。况律诗亦不专以淡为贵。盛唐诸公千变万化,岂能以一"淡"字尽之。此论似高而陋。"爱日"字鄙。虚谷云:"三四好,五六亦是晚唐。"此二句是。(纪氏批点方回瀛奎律髓)

【姜炳璋曰】读三四,如见桃花源人。

【许印芳曰】义山学杜,得其神骨,而变其面貌,故能自成一家。虚谷所云组织艳丽，即其外貌也。以外貌论诗，已是门外汉。而且谓义山体不宜五律，直梦呓耳。晓岚谓义山五律佳者往往逼杜，此语诚非阿好。

【张曰】此则使南郡时途次之作矣。（会笺）又曰：冬日可爱，本有出典，何以为俗？岂可以后人用滥而责古人哉！（辨正）

【按】诗云"尝留橘"、"爱日静霜砧"，时令已届冬季。与桂林道中作之"空馀蝉嘒嘒"季候有别。义山奉使江陵，途经衡山、湘江一带在十月（樊南甲集序作于十月十三日，有"削笔衡山，洗砚湘江"语），则首途当在冬初，与此诗写景正合。张谓此使江陵途次作，可从。视"维艄"语，亦似途次暂停征棹情景。

自桂林奉使江陵途中感怀寄献尚书〔一〕

下客依莲幕〔二〕，明公念竹林〔三〕。纵然膺使命〔四〕，何以奉徽音〔五〕？投刺虽伤晚〔六〕，酬恩岂在今〔七〕！迎来新琐闼〔八〕，从到碧瑶岑〔九〕。水势初知海〔一〇〕，天文始识参①〔一一〕。固惭非贾谊，唯恐后陈琳〔一二〕。前席惊虚辱〔一三〕，华尊许细斟〔一四〕。尚怜秦痔苦〔一五〕，不遣楚醪沉〔一六〕。

既载从戎笔〔一七〕，仍披选胜襟〔一八〕。泷通伏波柱〔一九〕，帘对有虞琴〔二〇〕。宅与严城接，门藏别岫深〔二一〕。阁凉松冉冉，堂静桂森森。社内容周续〔二二〕，乡中保展禽〔二三〕。白衣居士访〔二四〕，乌帽逸人寻〔二五〕。佞佛将成缚②〔二六〕，耽书或类淫〔二七〕。长怀五羖赎〔二八〕，终著九州箴〔二九〕。

良讯封鸳绮〔三〇〕，馀光借玳簪[③]〔三一〕。张衡愁浩浩〔三二〕，沈约瘦愔愔〔三三〕。芦白疑粘鬓，枫丹欲照心。归期无雁报，旅抱有猿侵。短日安能驻？低云只有阴。乱鸦冲曒网〔三四〕，寒女簇遥碪〔三五〕。东道违宁久〔三六〕？西园望不禁〔三七〕。江生魂黯黯〔三八〕，泉客泪涔涔〔三九〕。

逸翰应藏法〔四〇〕，高辞肯浪吟〔四一〕？数须传庾翼〔四二〕，莫独与卢谌〔四三〕。假寐凭书簏〔四四〕，哀吟叩剑镡〔四五〕。未尝贪偃息〔四六〕，那复议登临！彼美回清镜〔四七〕，其谁受曲针〔四八〕？人皆向燕路〔四九〕，无乃费黄金〔五〇〕！

校　记

①"识"，季抄一作"见"。

②"缚"原作"传"，非，据戊签改。

③"借"字原阙，一作"惜"，据蒋本、姜本、戊签、悟抄、席本、钱本、影宋抄补。

集　注

〔一〕【朱注】时义山为桂府观察判官。此诗乃寄郑亚者，但二史俱不云亚兼尚书，疑有误。【程注】旧书："郑亚，字子佐，元和十五年擢进士第。李德裕在翰林，亚以文干谒，深知之。出镇浙西，辟为从事。会昌初始入朝，为监察御史，累迁刑部郎中。中丞李回奏知杂事。迁谏议大夫、给事中。五年，德裕罢相，镇渚宫（按德裕罢相镇荆南在会昌六年四月），授亚正议大夫。出为桂州刺史、御史中丞、桂管都防御经略使。大中二年，吴汝讷诉冤，德裕再贬潮州，亚亦贬循州刺史，卒。"新书："郑亚，字子佐。李德裕为翰林学士，高其才。及守浙西，辟署幕府。擢监察御史。李回任中丞，荐为刑部郎中、知杂事，拜给事中。德裕罢宰相，出为桂管观察使。坐吴湘狱不能直，冤贬循州刺史，死于官。”二史皆不云兼尚书，然所纪官爵多不同，可知史亦多误。义山当必有据。【冯注】樊南甲集(序)：“大中元年冬，如南郡。”二史及文集全衔皆不言兼尚书，然当时必兼之，节镇之常例也。文集称诸使府皆曰尚书。汉书地理志：“南郡，秦置，县十八。江陵故楚郢都。”旧书志：“山南东道荆州江陵府，荆南节度使治。”【张曰】此寄献郑亚也。节镇例兼尚书，史多不具。时荆南节度使郑肃，义山奉亚命往使，见补编。【岑仲勉曰】(张)笺沿冯说，谓“节镇例兼尚书，史多不具。”“例兼”固非是，且桂管只观察，亚又是初授及外贬，无缘带尚书也。(平质)又曰：“谓节镇必兼尚书及称使府皆曰尚书，都暗于官制者之词也。即就樊南文言之，如代仆射濮阳公遗表、为大夫安平公华州进贺皇躬痊复物状、为侍郎汝南公华州谢加阶状、为韩同年上河阳李大夫启，所云仆射、大夫、侍郎，无不依朝制所授以为称谓，若为崔从事寄尚书彭城公启，则刘瑑固检校工部尚书出除宣武也。更就商隐本身之府主观之，如上尚书范阳公启二首，文称尚书矣，然弘止实以检校户部尚书出武宁节度；献河东公启及上河东公启二首，文称尚书矣，然仲郢实带检校礼部尚书外除东川，彼皆称尚书者会逢其巧耳。文饶集叙亚只兼御史中丞，与樊南文为中丞荥阳公谢借飞龙马送至府界状、为中丞荥阳公赴桂州长乐驿谢敕设状、为中丞荥阳公桂州赛城隍神诸标题合。商隐久居莲幕，岂至冒昧妄称，此题尚书字断是后来传误，不必枝节辨护也。

(唐史馀渖)【按】岑说似是,然旧本均作"尚书",姑仍其旧。为中丞荥阳公祭桂州城隍神文作于大中元年八月二十七日,仍称亚为中丞,如有加尚书之事,当在其后。

〔二〕【补】战国策齐策:"居有顷,(冯谖)倚柱弹其剑,歌曰:'长铗,归来乎! 食无鱼。'左右以告。孟尝君曰:'食之,比门下之客。'"吴师道注引列士传:"孟尝君厨有三列。上客食肉,中客食鱼,下客食菜。"

〔三〕【自注】公与江陵相国韶叙叔侄。【朱注】按唐书宰相表无名韶者,此注疑亦误。竹林七贤,阮籍、阮咸为叔侄。【程注】新书:"会昌五年,郑肃以检校尚书左仆射同中书门下平章事。宣宗即位,罢为荆南节度使。"江陵相国当是郑肃。【冯注】通鉴:"会昌六年九月,以荆南节度李德裕为东都留守,以郑肃代充节度。"当讹"肃"为"韶"也。按肃与亚皆荥阳人,皆德裕所最善,程笺良是。旧书郑肃传"罢为河中节度使,以疾辞"者,误矣。【张曰】自注:"诏叙叔侄。""韶"与"谱"形近,当是字误。【按】义山为荥阳公上荆南郑相公状云:"近者上台,出为外相。……十叔相公,师律克贞,功成允懋。……不唯宗族,实系蒸黎。""韶"或系字误。"十叔"即指郑肃。

〔四〕【程注】北史:"南北初和,李谐、卢元明首通使命,二人才器并为邻国所重。"【补】为荥阳公上荆南郑相公状:"李支使商隐,虽非上介,曾受殊恩,常愿拜叔子于荆(原作蓟,据钱振伦校改)州,更谘鲁史;谒季良于南郡,重议齐论,抒其投迹之心,遂委行人之任。其他诚款,附以谘申。"

〔五〕【程注】杨方诗:"因风吐徽音。"【补】徽音,美音,德音。亦以喻音信,犹言嘉讯。

〔六〕【冯注】后汉书童恢传："掾属皆投刺去。"魏志夏侯渊传注："人一奏刺，书其乡邑名氏，世所谓爵里刺。"按：爵里刺如今之履历也。此取初充掾属之意，诸史文中习见。【按】刺，名片。古代于竹简上刺名字，故曰刺。王充论衡骨相："通刺倪宽，结胶漆之交。"梁书诸葛璩传："未尝投刺邦宰。"

〔七〕【冯注】报恩将毕生以之也。若云旧已相识，亦通，但与下文"初知""始识"不符。【按】前解是。

〔八〕【朱注】范云诗："摄官青琐闼。"【冯注】汉旧仪："黄门郎日暮入，对青琐门拜，名曰夕郎。"汉书注："孟康曰：以青画户边镂中。师古曰：刻为连琐文，以青涂之。"亚以给事中出。【按】作"青琐闼"与下"碧瑶岑"对文，义似长。然郑亚固因宣宗即位而出官，则"新琐闼"或指新朝宫廷而言。

〔九〕【冯注】昌黎桂州诗"山如碧玉篸"之意。【按】谓己随亚至桂林。

〔一〇〕【朱注】桂林郡滨海。【冯注】兼取观海难为水之意。

〔一一〕【冯注】曹植与吴质书："面有逸景之速，别有参商之阔。"徐曰："参商二星，两不相见。'始识参'，恨相见之晚也。"【朱注】杜甫诗："天横醉后参。"【按】参、商二星，此出则彼没。杜甫赠卫八处士："人生不相见，动如参与商。"

〔一二〕【朱注】陈琳为曹操管记室。【程注】魏志："广陵陈琳，字孔璋，前为何进主簿，避难冀州，袁绍使典文章。袁氏败，归太祖，以为司空军谋祭酒，管记室。"

〔一三〕【冯注】史记贾生传："贾生征见，孝文帝方受釐，坐宣室，上因感鬼神事而问鬼神之本，贾生因具道所以然之状，至夜半，文帝前席。既罢，曰：'吾久不见贾生，自以为过之，今不及也。’”【按】谓郑亚厚遇之,优礼有加。

〔一四〕【冯注】暗用郪中公谦。【程注】傅玄诗:“华樽享清酤。”

〔一五〕【朱注】庄子:“秦王召医,破痈溃痤者得车一乘,舐痔者得车五乘。所治愈下,得车愈多。”【按】取“痔苦”义。

〔一六〕【朱注】张协七命:“箪醪投川,可使三军告捷。”注:“楚与晋战,或进王一箪酒,王欲与军士共之,则少而不遍,乃倾酒于水,令众迎流而饮之,士卒皆感惠尽力,遂大捷。”【冯注】按:古之言酒,每曰楚醪。如楚词:“吴醴白糵,和楚沥只。”曹植赋:“苍梧缥清。”荆州记:“渌水出豫章康乐县,其间乌程乡有酒官,取水为酒,与湘东酃湖酒并称。”酃、渌酒皆楚地也。“沉”谓沉醉。若七命云:“单醪投川,可使三军告捷。”李善只引黄石公记:“昔良将用兵,人有馈一箪之醪,投河,令众迎流而饮之。”而史记则以为楚庄王事,符子则以为秦穆公、蹇叔事,吴越春秋、列女传则以为句践事。既不专属楚,且并非句意。旧注引之,似是而实谬。【何曰】琐事俚语,冶化乃尔工疋。(辑评)【按】“楚醪”似用穆生典。汉书楚元王传:“初,元王敬礼申公等,穆生不耆酒,元王每置酒,常为穆生设醴。及王戊即位,常设,后忘设焉。穆生退曰:‘可以逝矣!醴酒不设,王之意怠,不去,楚人将钳我于市。’”杜甫赠李白二十韵:“楚筵辞醴日。”二句谓亚怜己有不能饮之苦疾,不令饮至沉醉。

以上为第一段。从“奉使”叙起。述己随亚赴桂及亚之厚遇。

〔一七〕【程注】张正见诗:“将军入大宛,善马出从戎。”南史任昉传:“昉尤长载笔,才思无穷,当时王公表奏,无不请焉。”谢朓诗："载笔陪旌棨。"

〔一八〕【程注】白居易诗："寻幽驻旌轩，选胜回宾御。"王僧孺序："道合神遇，投分披襟。"杜甫诗："入幕知孙楚，披襟得郑侨。"【补】选胜，寻游名胜之境。唐书："各令诸司选胜宴会。"披襟，犹披怀。二句谓虽为幕僚，然于寻幽选胜之际，仍得披怀投分。

〔一九〕【朱注】后汉书："马援为伏波将军，征交阯，立铜柱，为汉之极界。"投荒杂录："爱州九真郡有铜柱，马援以表封疆。"【姚注】泷，奔湍也，俗谓水湍峻者为泷。【冯注】桂海虞衡志："伏波岩突然而起且千丈，下有洞，可容二十榻，穿凿通透，户牖旁出，有悬石如柱，去地一线不合，俗名马伏波试剑石，前浸江滨，波浪日夜漱啮之。"按：洞前石脚插入漓江。此曰泷，江水之通称也。柱非铜柱之谓。【按】冯注是。然伏波柱不妨兼取伏波铜柱字面。

〔二〇〕【朱注】礼记："舜挥五弦之琴，以歌南风之诗。"【程注】曹植藉田说："怀有虞，抚素琴。"【冯注】寰宇记："桂州舜庙在虞山之下。"【按】"有虞琴"似非泛言，"琴"或与当地名胜古迹之名称有关。或即指虞山。义山赛舜庙文（作于桂林）有"帝其罢奏南琴，停吹西琯"语。

〔二一〕【冯注】此下言寓馆清幽，容其野逸。明张鸣凤桂故："此数句状府廨与独秀山相接，如在目中。"【按】莫道才李商隐寓桂居所遗址考据"泷通"四句及晚晴"深居俯夹城"句，谓商隐居所当在今叠彩山脚东南靠近江滨处。文载安徽师大学报二〇〇二年一期。

〔二二〕【朱注】释氏通鉴："惠远居庐山三十年，社众数千，著者十八人。"高僧传："彭城刘遗民、豫章雷次宗、雁门周续之、新蔡毕颖之、南阳宗炳、张莱民、张季硕等，并弃世遗荣，依远居止。”【程注】宋书隐逸传：“周续之字道祖，雁门广武人，居豫章建昌县。入庐山，事沙门释慧远。”莲社高贤传：“慧远居庐山，慧永，慧持、道生、昙顺、僧叡、昙恒、道昺、昙诜、道敬、佛驮邪舍、佛驮跋陀罗，名儒刘程之、张野、周续之、张诠、宗炳、雷次宗等结社念佛，世号十八贤。”【冯注】同上：“凿池植白莲。时远公诸贤同修净土之业，因号白莲社。”【姚注】续之自社主远公禅寂之后，虽隐居庐山，而州将每相招引，颇从之游，世号通隐。

〔二三〕【朱注】家语：“鲁人有独处室者，邻之嫠妇室坏，趋而托焉。鲁人闭户不纳，妇曰：‘子何不若柳下惠然？妪不逮门之女。’鲁人曰：‘柳下惠则可，我固不可。’”【冯注】家语注曰：“以体覆之曰妪。”【补】展禽，即柳下惠。二句谓己佞佛而不迷声色。

〔二四〕【朱注】佛书：“维摩诘世号白衣居士。”【冯注】礼记：“居士锦带。”楞严经：“白衣居士。”又：“爱谈名言，清净自居，现居士身。”南史：“到溉筑室岩阿，幽居积岁，时人号曰居士。”礼记郑氏注：“道蓺艺居士。”维摩诘经：“为白衣居士说法。”

〔二五〕【朱注】陈周弘正有谢敕赉乌纱帽启。唐书：“隋贵臣多服乌纱帽，后渐废，贵贱通服折上巾。”【冯注】隋书礼仪志：“帽，古野人之服也。上古衣毛帽皮，不施衣冠。宋、齐之间，天子宴私，著白高帽，士庶以乌，其制不定。”又曰：“隐居道素之士，被召入谒见者，黑介帻。”按：帻与帽制异而取义同，盖野逸之服。【程注】韩翃诗：“乌帽背斜晖。”骆宾王诗：“一谢沧浪水，安知有逸人。”【按】此“乌帽”为隐者之服。白居易池上闲吟之二:“非道非僧非俗吏,褐衣乌帽闭门居。”邵氏闻见录:“康节为隐者之服,乌帽缁褐,见卿相不易也。”二句谓交游者多隐逸之士。

〔二六〕【冯注】晋书何充传:“充与弟准,性好释典,崇修佛寺。时郄愔与弟昙奉天师道,谢万讥之曰:‘二郄媚于道,二何佞于佛。’”维摩经:“所生无缚,能为众生说法解缚,是故菩萨不应起缚。何谓缚?何谓解?贪著禅味,是菩萨缚;以方便生,是菩萨解。”

〔二七〕【朱注】南史:“刘峻苦所见不博,闻有异书,必往祈借。清河崔慰祖谓之书淫。”【冯注】晋书:“皇甫谧耽玩典籍,忘寝与食,时人谓之书淫。”

〔二八〕【冯注】史记秦本纪:“百里奚亡秦走宛,楚鄙人执之。缪公闻其贤,欲重赎之,恐楚人不与,乃请以五羖羊皮赎之,授之国政,号曰‘五羖大夫。’”【按】此谓长感郑亚辟举知遇之恩。辟幕僚时例致聘钱,故云“五羖赎”。

〔二九〕【朱注】左传:“虞人之箴曰:‘芒芒禹迹,画为九州。’”汉书扬雄传:“箴莫善于虞箴,作州箴。”【冯注】汉书注曰:“(州箴)九州之箴也。”【程注】杜甫诗:“畏人千里井,问俗九州箴。”【何曰】似幕中当日有谏猎之事。(见辑评)【徐曰】借言九州之内,惟其所使。(冯注引)【按】似借“著州箴”喻己以支使当表记身份为郑亚效力。以上为第二段。叙己居亚幕寓居之幽胜、生活之闲逸。

〔三〇〕【程注】陆机诗:“愧无杂佩赠,良讯代兼金。”【姚注】古诗:“客从远方来,遗我一端绮。文彩双鸳鸯,裁为合欢被。”

〔三一〕【朱注】史记:“赵平原君使人于楚,欲夸楚,为玳瑁簪。”王筠诗:“徒歌鹿卢剑,空贻玳瑁簪。”【冯注】汉人古绝句:“何用通音讯?莲花玳瑁簪。”【补】史记槜里子甘茂列传:“臣闻贫人女与富人女会绩,贫人女曰:‘我无人买烛,而子之烛光幸有馀,子可分我馀光。’”此以“馀光”喻亚之恩惠。二句谓赴江陵途中,叨承亚之恩惠,以书信惠寄。

〔三二〕【朱注】张衡四愁诗序:“出为河间相,时天下渐弊,郁郁不得志,为四愁诗。”

〔三三〕【冯注】南史:“沈约与徐勉书,言己老病:‘百日数旬,革带常应移孔;以手握臂,率计月小半分。’”【补】愔愔,静寂无声貌。

〔三四〕【朱注】暵,俗“晒”字。

〔三五〕【程注】李白诗:“何惜刀尺馀,不裁寒女衣。”【冯注】碶,砧同。以上四联,皆冬日客途情景。

〔三六〕【朱注】左传:“若舍郑以为东道主。”

〔三七〕【冯注】魏文帝芙蓉池作:“乘辇夜行游,逍遥步西园。”曹植公宴诗:“清夜游西园,飞盖相追随。”【按】二句谓离桂幕为时不久,然已屡忆幕中游宴,时时引领回望矣。

〔三八〕【朱注】江淹别赋:“黯然销魂者,惟别而已矣。”

〔三九〕【朱注】述异记:“鲛人即泉先也,又名泉客。”吴都赋:“泉室潜织而卷绡,渊客慷慨而泣珠。”【程注】江淹诗:“涔泪犹在目。”【冯注】吴都赋注:“鲛人临去,从主人索器,泣而出珠满盘,以与主人。”江淹杂体诗:“涔涔犹在袂。”【补】涔涔,泪流貌。

以上为第三段。述奉使赴江陵途中情景。

〔四〇〕【程注】崔融诗:“逸翰金相发,清谈玉柄挥。”【徐注】(法)当作“去”。汉书:“陈遵赡于文辞,性善书,与人尺陵，主皆臧去以为荣。”师古曰：“去亦臧也。”（冯注引）【冯注】旧皆作“法”，亦通。

〔四一〕【程注】韩愈诗：“险语破鬼胆，高辞媲皇坟。”

〔四二〕【朱注】晋书：“王羲之书初不胜庾翼、郄愔，及暮年方妙。尝以草书答庾亮，而翼深叹服，因与羲之书云：‘吾昔有伯英章草十纸，过江颠狈，遂乃亡失。忽见足下答家兄书，焕若神明，顿还旧观。’”数，音朔。【何曰】逸翰。（辑评）

〔四三〕【朱注】晋书：“刘琨为段匹磾所拘，为五言诗赠其别驾卢谌。琨诗托意非常，摅畅幽愤，远想张、陈，感鸿门、白登之事，用以激谌。谌以常词酬和，殊乖琨心。重以诗赠之。”【何曰】高辞。（辑评）【冯注】时郑亚必以书寄之，故美其诗书也。【徐曰】似亚别有寄他人诗，而义山亦见之。（冯注引）【按】冯注是。

〔四四〕【冯注】晋书刘柳传：“傅迪好广读书而不解其义，柳惟读老子而已，迪每轻之，柳云：‘卿读书虽多而无所解，可谓书簏矣。’”【程注】诗小雅：“假寐永叹。”

〔四五〕【朱注】镡，音寻。说文：“镡，剑鼻也。”汉书注：“剑口旁横出也。”【按】剑镡，即剑柄上端与剑身连接处之两旁突出部分，亦称剑口、剑首、剑环。

〔四六〕【冯注】极言奉怀之专。【程注】魏文帝济川赋：“思魏都以偃息。”

〔四七〕【冯注】诗：“彼美人兮。”

〔四八〕【冯注】吴志虞翻传注：“年十二，客有候其兄者，不过翻，翻追与书曰：‘仆闻虎魄不取腐芥，磁石不受曲针，过而不存，不亦宜乎？’”此必有人间之，郑亚疑其逗遛，故以自明。【按】二句谓蒙亚清鉴，己当忠直以报之。

〔四九〕【冯注】史记淮阴侯传:“北首燕路。”后汉书孔融传:“向使郭隗倒悬而王不解,则士莫有北首燕路者矣。”

〔五〇〕【冯注】六帖:“燕昭王置千金于台上,以延天下士,谓之黄金台。”

以上为第四段。因亚有书相寄而自抒心迹。

笺 评

【朱彝尊曰】典疋(古“雅”字)严重而无深意警语,甚矣投赠之难工也。

【姚曰】时义山为桂府观察判官,此诗乃寄郑亚者。首四句叙题。“投刺”四句,叙随郑到桂。“水势”四句,叙桂幕中情景。“前席”四句,叙郑相待之厚。“既载”四句,叙幕中清晏。“宅与”四句,叙寓居佳胜。“社内”四句,叙朋从之乐。“佞佛”四句,言幕中无事,思广所见闻。下遂言奉使事。“良讯”二句,点明江陵。此下至“泉客泪涔涔”,皆奉使在途情景。“逸翰”下八句,盖郑有词翰相寄,故客中捧诵再三,偃息登临,皆所不暇也。末四句,美郑清识不凡,宜士之望金台而首路耳。

【屈曰】一段奉使。二段受知尚书。三段自桂林。四段江陵途中。五献尚书。段段皆感怀。

【程曰】幕僚奉使聘问邻封,寻常事耳,何至有郁郁居此之叹!其词曰:“长怀五羖赎”,则有似乎欲拘留者,又曰:“终著九州箴”,则有似乎欲侵夺者。下文又有张愁沈瘦、白鬓丹心等语,当时必非无故云然,惜无从考证也。

【冯曰】大有郁塞淹留之态。盖因德裕罢斥,诸所厚者皆怀危惧,亚之遣使至江陵,同病相怜之情也。义山亦因此徘徊,可于言外领之。措辞缠绵沉挚，正以消其疑耳。吟至结联，固畏人之多言矣。

【纪曰】清而薄，末四句归于美郑，然语脉不大融洽，嫌于鹘突，结二句尤佻达不称也。问此诗述典颇丽，那得谓之清而薄？曰厚薄在气味格力之间，不在词句之浓淡也。古诗有通篇无一典故者，可得而谓之薄哉？（诗说）原注："韶叙叔侄"，当是"昭穆叙叔侄"，脱一"穆"字，又讹"昭"为"韶"。

【袁枚曰】前四叙寄诗之由。次段二十八句，叙在桂府幕中之情与景。三段二十四句，写途中所感之怀。客怀寂寞，故触景增伤。"东道"二句，回忆郑公。"逸翰"四句，望郑寄诗之意。末四句，望郑之垂顾而荐拔也。（详注圈点诗学全书）

【姜炳璋曰】按赞皇本传，以会昌六年四月充荆南节度，荆南即江陵也，至大中二年贬潮州司马。据郑亚本传，亚即于赞皇出镇之年为桂管防御观察使，即义山在其幕。岂有亚使义山至江陵存问故相国韶，而不发一书存问赞皇之理？固知义山之使江陵，注意全在赞皇，而问故相国其以为名也。盖此时赞皇无因去国，白敏中用事，僧孺、宗闵辈同日北迁，满目仇人。亚为赞皇亲厚，凛凛自危，故不敢明言奉候赞皇，而托之询问故相乎？感怀者，感其事而有怀也。故叙署中风景，微含凄凉萧瑟之意，不比他处写幕府之绚烂矣。其以周续、展禽自况，深惧为人疑谤，不能自明，则"放利偷合，诡薄无行"之谗，义山已料及之。其叙署中无事，借以消遣，微含主人失势、坐客无聊之意。其叙途中景物，短日低阴，言为时不久；江魂泉泪，言己忧深；鸦冲晒网，云罗密布也；女簇遥砧，岁时已暮也。前云良讯鸳绮，是寄故相国者；后云逸翰高辞，盖寄赞皇者，既有询问之书，复有慰赠之诗。

故幕中唯知己之庾翼可语，而不解事之卢谌不悟也。庾翼，自谓也。“叩剑镡”，意不平也；不登临，中有忧也。结出“彼美回清镜”以收全局，则此诗之旨，何尝不隐而彰欤！〇首四句，叙奉使。“投刺”以下十二句，言从亚到桂，礼遇之厚。“前席”，谓相与谋画也；“细斟”，喻相与斟酌也；“怜秦痔”，谓爱我多病之身；“不遣楚醪沉”喻不与侪众为偶也，并言相契之深。“既载”以下十四句，署中无事，风景寂静，寻僧访道，佞佛耽书，言宾主忧谗，无所展布也。“长怀”以下四句，“怀五羖”，言我之志欲如五羖大夫之建功而不能也；“著州箴”，言欲如扬雄之著州箴，江陵之使固所愿也，以蹴起奉使。“张衡”以下十四句，言在途风景，举目增悲，盖朝局初更，元老去位，不知作何结局也。“逸翰”以下八句，正言寄书与赞皇，己独会其意也。末四句，“彼美”谓赞皇，“清镜”犹云衡鉴，言己与亚同此忧者，以彼美去位耳。设清镜得回，则小人无从媒孽，士之赴亚者，如赴燕昭王之台，毋乃费黄金之多乎！（按：郑亚之出为桂管观察使及义山赴桂幕在大中元年，李德裕出为荆南节度使在会昌六年。大中元年德裕已在东都。）

【张曰】诗后半反复沈挚，剖心自陈，感知伤遇，皆在言外。必卫公贬潮后，南郡使归途次所作。义山少年依违躁进，至是更历患难，颇有始终从一之意。初心不背李党，于此可见矣。（会笺）又曰：纪氏讥末四句归美于郑为“突出无端绪”，而不知“逸翰”以下已转到郑亚，脉络分明，不得以为“突出无端绪”也。结言朝局已换，人皆改路趋附他门，而己独蒙厚爱，无乃虚费黄金乎？盖其时卫公叠贬，令狐内召，党局反复，郑亚渐危，故以此言以自明心迹耳。谓近佻

戏，诗意荒矣。此诗铺叙，波澜壮阔，属对亦精，谓其颇乏警策，岂非违心之论耶？（辨正）

【岑仲勉曰】此诗应去江陵时作。若在归途，似当题“江陵归途”。惟去时表明己之不抱衾别向，则意深言重，若如（张）笺言“南郡使归途次所作”，人既遄归，似无须多此一举矣。（平质）

【按】诗作于赴江陵途次。张笺谓使归途次，并云其时卫公叠贬，令狐内召，均非。冯笺似亦误以为逗遛江陵期间作，视“大有郁塞淹留之态”，“义山亦因此徘徊”等语可知。然题既称“奉使江陵途中”，诗又历叙“芦白”、“枫丹”、“短日”、“低云”等景象，其作于初冬赴江陵客途固无疑。诗之主旨，在感念郑亚知遇之恩、自陈酬恩知己之意。一段“投刺虽伤晚，酬恩岂在今”，二段“长怀五羖赎，终著九州箴”，三段“芦白疑粘鬓；枫丹欲照心”，四段“人皆向燕路，无乃费黄金”，均反复致意，屈谓“段段皆感怀”，诚是。幕僚寄诗，感激府主知遇之恩，固常事，然此诗之作，确与当时党局变化有关。义山本年初入桂幕时，德裕虽已出为太子少保分司东都，然官爵犹崇，以文宗朝两党迭为进退形势观之，李党非无再起可能。其后形势又变，八月李回罢相，出为剑南西川节度使，十二月而德裕贬潮。义山赴江陵时，德裕虽尚在洛，然其时牛党专权、尽逐李党之势业已明朗。值此形势仓皇之际，义山反复自陈，确有于患难艰危中自明心迹之意。末联以讽趋附得势者作结，正所以明己之不抱衾别向也。

中华国学文库

李商隐诗歌集解 中

刘学锴　余恕诚 著

中 华 书 局

洞庭鱼〔一〕

洞庭鱼可拾，不假更垂罾〔二〕。闹若雨前蚁，多于秋后蝇〔三〕。岂思鳞作簟〔四〕，仍计腹为灯〔五〕？浩荡天池路，翱翔欲化鹏〔六〕。

集　注

〔一〕【冯注】荆州记："青草湖一名洞庭湖，周回数百里，日月出没其中。"长沙志："洞庭之水潴七百里，在岳州城西。青草湖每秋夏水泛，北与洞庭为一；水涸，则此湖先干，青草生焉。"

〔二〕【补】罾，以竿支架之鱼网。

〔三〕【姚注】易林："蚁封户穴，大雨将集。"博物志："蚁知将雨。"【屈注】杜诗："况乃秋后转多蝇。"

〔四〕【朱注】杜阳杂编："咸通末，上迎佛骨入内道场，设龙鳞之席。"【冯注】鱼鳞簟也。原出处未详。

〔五〕【朱注】史记："始皇冢中，以人鱼膏为灯。"【冯注】天宝遗事："南方有鱼，多脂，照纺绩则暗，照宴乐则明，谓之馋灯。"本草："江豘鱼有曲脂，照樗博即明，照读书即暗，俗言懒妇化也。"【按】二句谓鱼但蚁聚蝇集，争腥逐臭，岂虑以鳞作簟、以腹为灯之下场。"岂"字贯两句。"腹为灯"，暗用董卓死后燃其脐膏事。

〔六〕【姚注】庄子："北冥有鱼，其名为鲲，化而为鸟，其名为鹏。……海运则将徙于南冥。南冥者，天池也。"

笺　评

【朱曰】此影朣附之徒也。蚁聚蝇屯，粉身碎骨，此等本不足

惜,但患不能为鲲鹏变化之人也。(李义山诗集补注)

【何曰】下半好。三四足"可拾"之意。(读书记)

【姚曰】此叹膻附之徒也。蚁聚蝇屯,粉身碎骨,此等本不足惜,但患不能为鲲鹏变化之人耳。

【屈曰】庸愚妄思富贵也。

【程曰】此自桂府北归过洞庭作,即洞庭之鱼刺谗夫孔多也。义山才名甚盛,当时嫉忌者众;不安郑幕,疑亦缘此。结乃自喻将去之不复返也。

【冯曰】冬令水涸时也。借讥庸人之冀非分者。

【纪曰】全不成语。(诗说)三四鄙俚,五六拙笨,七八庸俗。(辑评)

【张曰】此赞皇贬后刺牛党中倖进者。末云:"浩荡天池路,翱翔欲化鹏",即所谓"人皆向燕路"(按此句见奉使江陵诗)也。(会笺)又曰:深刺党人倖进,观结句疑指子直一流。然不觉显露者,以其托物借寓也。纪氏遽以鄙俚、拙笨、庸俗目之,何也?(辨正)

【按】张氏会笺说近是。朋党倾轧,历来一党得势,则纷纷趋附。蚁聚蝇集,争腥逐臭,得意忘形,妄思化鹏,正为此辈写照。辨正谓指子直,恐非。曰"可拾",曰"闹""多",则所指固趋附之群小耳,非牛党中重要成员如子直者也。

此诗与梦泽、宫辞、宫妓等虽均有感于现实政治生活中某种现象,有所为而发。然梦泽诸作挖掘较深,具有较大普遍性与典型性,此则较为浅露,未能由特殊中概括出共同本质,故其艺术价值亦自逊一等。

宋玉

何事荆台百万家[①][一],唯教宋玉擅才华[②]?楚辞已不饶唐勒,风赋何曾让景差[二]!落日渚宫供观阁[三],开年云梦送烟花[四]。可怜庾信寻荒径,犹得三朝托后车[五]。

校记

①"台",季抄一作"门"。

②"唯",戊签、季抄一作"独"。

集注

〔一〕【朱注】家语:"楚王将游荆台,司马子祺谏。"方舆胜览:"荆台在监利县西三十里,土洲之南。"【冯注】说苑作楚昭王。国语:"灵王为章华之台。"后汉书边让章华赋:"灵王游云梦之泽,息荆台之上。"

〔二〕【朱注】宋玉讽赋:"楚襄王时,宋玉休归,唐勒谗之于王。"又风赋:"楚襄王游于兰台之宫,宋玉、景差侍。"【道源注】荆楚故事:"襄王与唐勒、景差、宋玉游云梦之台,王令各赋大言,唐勒、景差赋不如王意。宋玉赋曰:'方地为舆,圆天为盖。弯弓挂扶桑,长剑倚天外。'王于是喜,赐以云梦之田。"【冯注】骚亦赋也,汉书艺文志列之诗赋家。志曰:"屈原离谗忧国,作赋以讽,有恻隐古诗之义。屈原赋二十五篇,唐勒赋四篇,宋玉赋十六篇,皆楚辞也。"文选登宋玉九辩、招魂,而不及唐勒。王逸注楚辞云:"大招,屈原作;或曰景差,疑不能明也。"亦未及唐勒,勒不如玉审矣。宋玉、景差并侍于王,而风赋惟玉为之,王曰:"善哉论事!"

此故云然。史记屈原列传："楚有宋玉、唐勒、景差之徒，皆好辞而以赋见称，然皆祖屈原之从容辞令，终莫敢直谏。"【何注】景差，汉书古今人表作"景瑳"，小颜音子何反。史记作"差"，索隐注曰："法言及汉书皆作'瑳'，今作'差'，是字省耳。徐、裴、邹三家皆无音，是如字读也。"此入麻韵，不知何据？（冯注引）

〔三〕【朱注】左传："王使子西为商公，沿汉溯江将入郢，王在渚宫。"注："小洲曰渚。"郡县志："渚宫，楚别宫也。"一统志："在江陵故城东南，梁元帝即位渚宫即此。"【冯注】楚渚宫故城在今江陵县东。

〔四〕【朱注】沈约与徐勉书："开年以来，病增虑切。"【何曰】言渚宫观阁、云梦，莫非助发才华，为词赋用也。（辑评）【冯注】开年，明年也。言无早晚，无年岁，皆足逞其才藻。【辑评墨批】宫供、梦送叠韵。

〔五〕【朱注】渚宫故事："庾信因侯景之乱，自建康遁归江陵，居宋玉故宅。"北史："信先事梁简文帝，后奔江陵，元帝除御史中丞；聘西魏，遂留长安，累迁仪同三司；周孝闵帝践阼，迁骠骑大将军。"三朝，谓梁、魏、周也。【冯注】诗："命彼后车，谓之载之。"庾信哀江南赋："诛茅宋玉之宅，穿径临江之府。"按：北史传："庾信先为东宫抄撰学士，是武帝时也；后事简文帝、元帝，则三朝矣。信奔江陵，元帝除御史中丞，故与"寻荒径"合。乃旧解以梁、魏、周为三朝，身既留北，安得尚寻南土哉？信虽遭乱漂流，犹得以文学侍从三朝；而义山历文、武、宣三朝，沉沦使府，故有羡于子山也。语曲情哀，味之无极。归州亦有宋玉宅，此则江陵。【补】后车，侍从者所乘之车。曹丕与朝歌令吴质书："从者鸣笳以启路，文学托乘于后车。”“三朝”冯注是。可怜，可羡也。

笺　评

【朱曰】此叹遇合之不如前人也。（李义山诗集补注）

【何曰】此题下缺一“宅”字。○此作者自谓。○落句澹澹收住，自有无穷感慨。（读书记）又曰：“楚辞”疑“微辞”。○落句以历事文、武、宣三朝皆不得志也。○宫供观阁，语近“郭冠军家”；梦送烟花，又似“此婢双声”也。（辑评）

【唐诗鼓吹评注】此言宋玉才华独擅于荆门，故唐勒、景差皆有所不及也。且玉居荆门，日落则渚宫观阁足供吟眺，新年则云梦烟花来助流连。是以当时梁之庾信，居宋玉之宅而挹其风流，历仕梁、魏、周三朝，托宋玉之后车，而近侍于君王也。则岂非才华有独擅哉！

【胡以梅曰】前四句赞美其才华。五从荆台之景言其寂寞。“供”字奇，犹惯用也。宫中观阁尤高，落日每供其照耀，但有落日则无繁华之物矣。六切玉之赐田在云梦，“送”乃流年之相送烟花过去也。同是叙景，只须供字送字，意味幽深遂不落庸套，名家用意不同。结言所遗之宅居之，犹出文物之庾开府而为三朝侍从之臣。轻轻带出，讥刺戏谑，以为馀波，精雅之妙。（唐诗贯珠串释）

【陆曰】上半言其人，下半言其宅。起意维楚有才，乃何以荆台百万家之众，而擅才华者独宋玉一人耶？楚辞、风赋，其才华也，唐勒、景差皆莫能及，其独擅也。接言其人虽往，其宅犹存，不且与渚宫观阁、云梦烟花同为楚地之胜耶？信以避乱居此，可谓千古才人，后先辉映矣。托后车，犹云“望属车之清尘”也。信仕梁、魏、周，故云三朝。

【姚曰】此叹遇合之不如前人也。自古文人，福命多薄，独天生宋玉之才，一时无两。忌者既多，必遭偃蹇，乃渚宫云梦间，侍从逍遥，主臣相得，何其幸与！至千年下如庾信者，偶居故宅，犹如丐其馀庇，而得承事三朝，文人薄命之说，吾终有所未信也。盖无聊自遣之词。

【屈曰】前半宋玉才华，乃楚一人。后半言渚宫云梦，馀风犹在，故庾信一寻荒径，永托后车。意言己之才华可追庾信，渚宫之梦亦堪托宋玉之后车，而流落终老，其视庾也远矣。

【程曰】文士失职，今古同情，以古准今，能无慨叹！宋玉之才华，不但荆台百万家之所无，即同受屈原之指授者，唐勒、景差亦皆不及，可谓荆台独步矣。然考其身世，不过从游于当时之诸侯而已。渚宫之供观阁，未尝无情；云梦之送烟花，未尝不乐。无如以此穷年，有何情绪！空留故宅，庾信重来，转不如其流离播迁之时，犹得历事梁、魏、周三朝以博贵显也。杜子美咏怀古迹亦有“可怜宋玉临江宅，异代犹教庾信居”之语（按此义山过郑广文旧居诗，程氏误记），盖托之古迹以咏怀，义山亦此意也。诗中“落日”字，乃日复一日之义，“开年”字乃年复一年之义，不可作夕阳、献岁解。若只就本字论之，落日犹可，开年无谓，岂有千载之下，推求古人之明年耶？其所以言及年月者，乃自叹历佐藩幕之久；所以言及三朝者，亦自叹不得忠于敬宗、文宗、武宗也。

【冯曰】在江陵作。时将于开春还桂，五六兼以托意。

【纪曰】四家以为失之钩剔过明，不惬人意也。（诗说）

【曾国藩曰】此诗吊宋玉，即以自伤也。系桂林奉使江陵时作。（十八家诗钞）

【张曰】此诗乃玉溪使南郡时作。江陵有宋玉宅,故以自况。托寓深婉,味之无尽。至钩勒分明,本系诗法应尔。纪氏不惬意此种,宜其妄下苛责也。纪评有引廉衣、蒙泉、四家诸说,然既为纪氏所取,则责备有归矣。(辨正)

【黄侃曰】此首自伤无宋玉之遇,末二句尤显。"开年"即楚辞所云"开春""献岁",犹言新年新春耳。程解大谬。五六二句,正自伤无宋玉之遇也。(李义山诗偶评)

【按】杜甫咏怀古迹云:"摇落深知宋玉悲","庾信生平最萧瑟"。此则似反其意。前四极赞宋玉之才华,言外即寓己之才华不让宋玉之意(偶成转韵云:"回看屈宋由年辈。")。五六谓荆台风物绝胜,渚宫观阁,云梦烟花,均足助其文思才藻,承上"何事""擅才华"而言。曰"供"曰"送",正所以见地灵人杰,天助斯文。"落日""开年",举日暮、新春以概一日一年。此亦反用杜诗"江山故宅空文藻"之意。冯谓义山将以开春还桂,五六兼以托意,恐失之牵强。盖此诗非以宋玉自喻,特借宋玉以反衬己之不遇耳。七八即转借庾信点醒此意,谓宋玉因擅才华而为文学侍从之臣,托于王之后车,其遇合固无论矣,即寻荒径、居故宅之庾信,亦得沾其馀丐,而历仕三朝。言外则己虽才比宋玉,然三朝沦落,寄迹幕府,遇合迥异,可不悲怅也哉!才同而遇异,悲己之生不逢时,此一篇之主旨。"犹得"二字,有深悲焉。

楚宫①〔一〕

复壁交青锁〔二〕,重帘挂紫绳〔三〕。如何一柱观〔四〕,不碍九枝灯〔五〕？扇薄常规月②〔六〕，钗斜只镂冰〔七〕。歌成犹未唱，秦火入夷陵〔八〕。

校　记

①蒋本无此首，当是从三卷本分体编排时漏收。

②"规"，英华作"窥"。

集　注

〔一〕【朱注】风赋："楚襄王游于兰台之宫。"【冯注】按史记楚世家，楚始封居丹阳，今枝江县故城。熊渠兴兵至于鄂，立其中子红为鄂王，今武昌。后至文王熊赀，始都郢，今南郡江陵县北纪南城是。至平王更城郢。【程注】寰宇记："楚宫在巫山县西二百步阳台古城内，即襄王所游之地。"【按】此楚宫当指江陵之楚宫，视"一柱观"可知。或即指渚宫（春秋楚成王所建，为楚之别宫，故址在今湖北江陵城内）。

〔二〕【冯注】史记张耳传："贯高等乃壁人柏人，要之置厕。"索隐曰："置人于复壁中，谓之置厕。"后汉书赵岐传："孙宾石藏岐复壁中。"【朱注】汉书注："青琐，户边刻为连琐文，以青涂之。"

〔三〕【程注】古子夜歌："重帘持自障，谁知许厚薄？"

〔四〕【朱注】渚宫故事："宋临川王义庆镇江陵，于罗公洲立观甚大，而惟一柱，（号一柱观）。"一统志："一柱观在松滋县东邱家湖中。"【冯注】按张华博物志已云南荆赋"江陵有台甚大，而唯有一柱，众木（梁）皆共此柱"也。

〔五〕【朱注】西京杂记："汉高祖入咸阳，有青玉五枝灯。"汉武内传："七月七日，王母至，帝扫除宫内，然九光之灯"。王笱灯檠诗:“石花曜九枝。”【补】九枝灯,一干九枝之花灯。艺文类聚卷三十四沈约伤美人赋:“拂螭云之高帐,陈九枝之华烛。”卢照邻十五夜观灯诗:“别有千金笑,来映九枝前。”

〔六〕【朱注】班婕妤怨歌行:“裁为合欢扇,团团似明月。”梁简文帝诗:“青山衔月规。”【冯注】魏徐幹团扇赋:“仰明月以取象,规圆体之仪度。”

〔七〕【朱注】盐铁论:“如画脂镂冰,费日损功。”【道源注】刻水玉作钗,如镂冰然。李贺诗:“寒鬓钗斜玉燕光。”【冯注】此喻玉钗。“月”“冰”皆取孤冷之义。【按】月、冰均状扇、钗之华美。

〔八〕【朱注】史记:“秦昭襄(当作楚襄王)二十一年,白起伐楚,拔郢,烧夷陵。”唐书:“峡州夷陵郡,属山南东道。”【冯注】通典:“唐峡州夷陵郡,即楚夷陵地。”

笺 评

【杨守智曰】与北齐诗同意,而此作较浅,结句自佳。(复图本)

【何曰】落句与鄠杜马上同一结法。(读书记)又曰:前六句一气念过。(辑评)

【徐德泓曰】前半总言宫室。上两句,写其丽;下两句,故作疑问之词,正见其构造之巧也。腹联,言宫中惟事裁扇镂钗而已。乃未及行乐,而即灰灭,可慨夫!

【姚曰】上半首,写其缔构之精巧。五六,写其声色之娴丽。上六句,总写其穷极骄奢,有加无已之想,而以末二语作点化。

【屈曰】此与陈后宫一首同意。

【程曰】此结警策无伦,与刘宾客蜀先主诗"凄凉蜀故伎,来舞魏宫前",皆怀古之逸响也。

【冯曰】起联言藏之密;次联言尔止一身,岂能消此多丽;三联想见美人后房冷静;末则诮其未遑行乐,忽遇惊危。似在嗣复贬潮时乎?

【纪曰】意格与陈后宫一首同,彼未说出,此说出耳。(诗说)然较彼少做作之态,稍为近雅。(辑评)

【张曰】起以几事不密为喻。"如何一柱""不碍九灯",比嗣复一贬之不足而再贬也。"扇薄"句命合奇穷,"钗斜"句徒劳空往。结即"更替林鸦恨,惊频去不休"意也。(会笺)又曰:律体全以比兴出之,义山创格,前无古人,与陈后宫一首各极其妙,皆天地间不可磨灭之文字也。纪氏强为解释,陋甚。○颇不易解。若谓指李回贬湘,亦不细切;且"如何"二句,语意与下不贯。冯氏谓指杨嗣复贬潮事,则更谬矣,燕台事与嗣复无涉也。(辨正)

【按】此寻常怀古之作,深解者非。冯、张笺均穿凿不可信,张笺尤谬。前四极状楚宫之华侈。次联谓宫室建造奇丽,灯烛辉煌,不必泥"一柱观"建于何时。腹联谓后宫佳丽之众多,服饰之华丽。末则点醒奢淫亡国旨意。全篇颇似具体而微之阿房宫赋。前四大体相当于赋之"六王毕"一段;五六相当于赋之"妃嫔媵嫱"一段。七八则正赋之"楚人一炬,可怜焦土"也。作年不易确考,如系吊江陵楚国旧宫遗迹有感而作,或作于大中元年冬奉使江陵时。

人日即事〔一〕

文王喻复今朝是①〔二〕,子晋吹笙此日同〔三〕。舜格有苗旬太远②〔四〕,周称流火月难穷〔五〕。镂金作胜传荆俗,翦彩为人起晋风〔六〕。独想道衡诗思苦,离家恨得二年中〔七〕。

校　记

①"是",悟抄作"事",非。

②"太"原作"大",非,据蒋本、戊签、钱本、朱本改。

集　注

〔一〕【冯注】北史魏收传:"晋议郎董勋答问礼俗云:"正月一日为鸡,二日为狗,三日为猪,四日为羊,五日为牛,六日为马,七日为人。"按:北史及太平御览所引,皆一日至七日止。窃意取自小至大,万物之性,人为贵,故曰七日,最灵辰也。西清诗话载刘克以东方朔占书示客,乃有八日为谷句。谷是植物,非其义也,殊不足信。

〔二〕【朱注】易:"七日来复。"【冯注】(易)王注、孔疏取六日七分之义,举成数言,故曰七日也。变月言日,乃褚氏、庄氏之说,疏中驳去之。姚氏讥义山疏于经学,反误矣。【何曰】此句是破题。(读书记)【补】易复:"七日来复,利有攸往。"坤卦六爻皆阴;复卦六爻,其第一爻为阳,二至六爻皆为阴。坤卦表示纯阴,复卦则已有一阳,表示阳气由剥尽而复,故谓"来复"。

〔三〕【程注】列仙传:"王子乔者,周灵王太子晋也。好吹笙作凤凰鸣,道士浮邱公接以上嵩高山。三十馀年后见桓良曰:告我家七月七日待我于缑氏山头。”

〔四〕【朱注】书:“七旬有苗格。”

〔五〕【朱注】诗:“七月流火。”【何曰】(二句)衬出“日”字。(读书记)

〔六〕【冯注】荆楚岁时记:“人日剪彩为人,或镂金箔为人,以贴屏风,亦戴之头鬓;又造华胜以相遗。”华胜起于晋代,见贾充李夫人典戒。云像瑞图金胜之形,又取像西王母戴胜也。【朱注】刘臻妻陈氏进见仪:“人日,上人胜于人。”【姚注】事原:“彩胜,起于晋,贾充夫人所作。”

〔七〕【朱注】薛道衡诗:“入春才七日,离家已二年。人归落雁后,思发在花前。”【冯注】御览引国朝传记:“薛道衡聘陈,为人日诗。”

笺评

【范晞文曰】前辈云:诗家病使事太多,盖皆取其与题合者类之。如此乃是编事,虽工何益!李商隐人日诗……正如前语。(对床夜语)

【朱彝尊曰】以七旬七月衬出七日,何其拙也!

【杨守智曰】此诗拙恶殊甚,与玉溪不类,恐是伪托。

【何曰】杨、刘只学此种。齐梁中本有此体,今变为七言耳。(读书记)又曰:纤俗。发端自比沦落使府,庶几此日补复,名挂朝籍,如登仙然。三四又叹杳邈难期也。五六则得过且过,随时爱景光耳。结借元卿人日诗句收出,方行役于外也。(辑评)

【陆曰】前半两引七日事,正笔也,言与人日同也。一用七旬,一用七月事,翻笔也,言与人日异也。齐梁间有此体,义山戏效之而变为七言耳。五六因叙人日之风俗,即滚下作结。言镂金剪彩,从来以此日为乐,独有思归之客,每怅然于雁后花前,盖隐以道衡自况也。

【姚曰】此因人日而恨客中之难度也。文王喻复,子晋吹笙,皆七日吉祥事。然自此以后,由七日而七旬,由七旬而七月,度日如年,正不知几时得过耳。镂金翦彩,家人妇子之乐,何处不有?而我今日离家之况,独如道衡,二年中之苦恨已如此,岂堪日复一日哉!

【屈曰】此首乃獭祭之最下者。

【冯曰】题曰"即事",通体层叠,注到离恨,是在江乡寓慨也。然自成一格,微近香山,本集若此轻俊取势者绝少,惟和韦潘七月十二日诗略似耳。玩结联,或他人见赠之作乎?类列于此,与柳诗皆可疑也。又曰:"镂金"二句,万花谷续集采之,出李商隐,不必疑也。(补笺) 又曰:(姚笺前四句)颇善为说,岂其然乎?

【纪曰】前四句一字不通,五六亦堆垛无味,七八虽成语亦无佳处。(诗说) 前四句用经悖谬,后半堆砌不成语。(辑评)

【袁枚曰】严冬友曰:凡诗文妙处,全在于空。譬如一室内,人之所游焉息焉者,皆空处也。若室而塞之,虽金玉满堂,而无安放此身处,又安见富贵之乐耶?钟不空则哑矣,耳不空则聋矣。范景文对床录云:"李义山人日诗,填砌太多,嚼蜡无味。"若其他怀古诸作,排空融化,自出精神,一可以为戒,一可以为法。(随园诗话)

【张曰】诗亦不恶,然非玉溪手笔,冯氏疑之是也。(辨正)

【按】义山诗中自有此种,不必疑。冯举和韦潘前辈及泪、闻歌等皆类此,第后二首稍富藻采耳。末联以道衡自况，点明离恨主旨，亦颇类汨之结联。五句言“传荆俗”，似是身在荆楚，因人日而兴归思。末以道衡自比，亦暗寓北人留滞南方之意。似是大中二年人日在江陵作。自大中元年离家，至此已二年，故借道衡诗以发之。

赠刘司户蕡〔一〕

江风扬浪动云根①〔二〕，重碇危樯白日昏〔三〕。已断燕鸿初起势〔四〕，更惊骚客后归魂〔五〕。汉廷急诏谁先入②〔六〕？楚路高歌自欲翻③〔七〕。万里相逢欢复泣，凤巢西隔九重门〔八〕。

校记

①“扬”，朱本作“吹”、季抄一作“吹”。

②“诏”原一作“召”，朱本、季抄同。

③“自欲”，悟抄作“欲自”，朱本作“意欲”，均非。

集注

〔一〕【冯注】旧、新书传：“刘蕡字去华，幽州昌平人。宝历二年进士。博学善属文，尤精左氏春秋，好谈王霸大略，耿介嫉恶，慨然有澄清之志。太和二年，策试贤良方正能直言极谏者，蕡切论黄门大横，将危宗社。考官不敢留蕡在籍中，物论喧然不平之。令狐楚在兴元，牛僧孺镇襄阳，皆表蕡幕府，授秘书郎。而宦人深嫉蕡，诬以罪，贬柳州司户参军，卒。”按：旧传蕡终使府御史，此从新传。【补】刘蕡次子刘珵墓志唐故梁国刘府君墓铭序云：“烈考讳蕡，皇秘书郎，贬官累迁澧州员外司户。”可证刘蕡非卒于柳州贬所。

诗作于大中二年正月，详编著者按。

〔二〕【朱注】张协诗："云根临八极。"注："云根，石也。云触石而生，故曰云根。"【冯注】唐音癸签："云根，六朝人先用之，宋孝武登乐山诗'屯烟扰风穴，积水溺云根。'"按：晋张协杂诗"云根临八极，雨足洒四溟"已在前矣。但景阳是状积雨，尚非实境，宋孝武方指石。

〔三〕【朱注】韵会："碇，镇舟石。"【程注】阴铿诗："行舟逗远树，度鸟息危樯。"【冯注】碇，同"矴"。玉篇："矴，石也。"【何曰】发端是比时局。（辑评）

〔四〕【姚注】广绝交论："轶归鸿于碣石。"碣石，燕地，故曰燕鸿。【何曰】谓下第。（读书记）【冯注】昌平，燕地。对策为进身之始，谓不留在籍。【程注】李白临江王节士歌："燕鸿始入吴云飞。"【按】燕鸿字习用，然此则特指蕡系燕人。

〔五〕【何曰】谓远贬。【冯注】时在楚地，故以骚客目之。【按】曰"归魂"，则非远贬途中可知，当是蕡自柳州内迁澧州司户后。详编著者按。

〔六〕【冯注】汉书贾谊传："谊既以谪去三年。后岁馀，文帝思谊，征之。至，入见。"【程注】姚合诗："清净黎人泰，惟忧急诏征。"【按】句谓朝廷急诏重征会昌年间被贬牛党旧相，但不知谁能先入朝辅政。

〔七〕【冯注】用接舆歌凤事。【纪曰】"翻"字是"翻曲"之"翻"，香山词所云"听取新翻杨柳枝"是此"翻"字也。【按】接舆歌凤事见论语微子、庄子人间世及晋皇甫谧高士传。然此句"楚路高歌"系承上"骚客"言，以屈原比刘蕡，非用接舆事。翻，摹写，歌唱。句意谓蕡于相遇之楚路自写歌诗以抒慨。

〔八〕【朱注】帝王世纪:“黄帝时,凤凰止帝东园,或巢于阿阁。”九辨:“君之门兮九重。”【道源曰】东坡诗“九重新扫旧巢痕”本此。【冯班曰】落句以“万里”二字衬“相逢”,欢、泣二意俱有着落。【按】道源所云,本陆游施司谏注东坡诗序,见渭南文集卷十五。

笺评

【洪迈曰】唐文宗太和二年三月,亲策制举人,贤良方正刘蕡对策,极言宦官之祸。既而裴休、李郃等二十二人中第,皆除官。考官左散骑常侍冯宿、太常少卿贾𫗧、库部郎中庞严见蕡策皆叹服,而畏宦官不敢取。诏下,物论嚣然称屈。谏官御史欲论奏,执政抑之。李郃曰:“刘蕡下第,我辈登科,能无厚颜。”乃上疏,以为“蕡所对策,汉、魏以来,无以为比。今有司以蕡指切左右,不敢以闻,恐忠良道穷,纲纪遂绝。臣所对不及蕡远甚,乞回臣所授,以旌蕡直。”不报。予按是时宰相乃裴度、韦处厚、窦易直。易直不足言,裴、韦之贤,顾独失此,至于抑言者使勿论奏,岂不有愧于心乎?蕡既由此不得仕于朝,而李郃亦不显,盖无敢用之也。令狐楚、牛僧孺乃能表蕡入幕府,待以师礼。竟为宦人所嫉,诬贬柳州司户。李商隐赠以诗曰:“汉廷急诏谁先入?楚路高歌自欲翻。万里相逢欢欲(按:当作“复”)泣,凤巢西隔九重门。”及蕡卒,复以二诗哭之曰:“一叫千回首,天高不为闻。”又曰:“已为秦逐客,复作楚冤魂。……并将添恨泪,一洒问乾坤。”其悲之至矣。甘露之事,相去才七年,未知蕡及见之否?(容斋诗话)

【钱龙惕曰】“江风扬浪动云根”者，谓奄宦势盛也；水深雪纷，以比小人也；“重碇危樯白日昏”者，蔽君之明也。蕡以忠言危论，排君门而上闻，如燕鸿之初起而遽断其势，虽骚魂可招，惊犹未定也。“汉廷急诏”，求直言也，蕡言不用，则先入者谁乎？迨柳州之贬，南过沅湘，则楚路高歌自欲翻耳。回望君门九重，凤巢新扫，所以万里相逢，既欢而复泣，悲夫！

【朱曰】此恨忠直之不见容也。（李义山诗集补注）

【朱彝尊曰】上半首兴而比也，取“白日昏”之义。又曰：“已断”四句直下，故对不甚工。（复图本）

【胡以梅曰】此是义山在途相遇而赠者。首二句比也。风浪动云根，阉人之势狂横；重碇危樯比蕡，白日昏言朝廷。三言风狂日昏使飞鸟不能奋翼，已断其初起之势，盖士子初试对策，乃仕进之初起也。……结言目前远谪相逢。欢者，难遇而得遇；泣者，悲其屈抑，而凤巢遥隔君门耳。（唐诗贯珠串释）

【陆曰】按蕡太和二年以试策切直为中人所诬，出为柳州司户，后卒贬所。义山哭之以诗曰：“去年相送地，春雪满黄陵。”然则此云“万里相逢”，当在潭州时遇蕡作也。江风吹浪，而山为之动，日为之昏，只十四字，而当日北司专恣，威柄凌夷，已一齐写出。三句是遏抑其言，使不得上闻；四句是废斥其身，使不为世用。“急诏”句承燕鸿来，言断者不可复续也；“高歌”句承骚客来，言哀者难免累欷也。结言君门万里，西顾黯然，此所以知己相逢，暂得一笑，而旋复不乐者也。

【陆鸣皋曰】此刘就贬而相遇于楚江也。前四句，俱写江天风色之惨。五句，以刘对策在前，故曰“先入”。末则幸其得见，而复伤其不遇也。

【姚曰】此恨忠直之不见容也。风浪奔腾，有滔天翳日之势，不但进用无由，而且放逐堪惊，世运可知矣。顾当此之时，埽门由窦，夫岂无人，仕路至此，已而已而，楚歌所以作也。然则今日之临歧洒泪，非痛别离，痛九重之孤立耳。

【屈曰】一二写时景，以风喻中人，以日喻朝廷。三比初对策被放，四比被贬。五贤良无出其右者，彼先登高第，果何人哉？犹言刘蕡下第，我辈登科也。六相逢柳州。七八总结上六句，言君门万里，无可诉冤也。

【程曰】按唐书，蕡之对策，在太和二年。甘露之变，在太和九年。其贬卒之年，史皆不载。长孺氏所撰诗谱，于文宗太和二年直书曰：“上亲策制举人刘蕡贬柳州司户。”即以义山赠、哭诸诗隶其下。是则对策之后即贬矣。然以蕡中间两辟幕府计之，安得二年即贬？且义山是时方为令狐楚巡官在汴，安得此诗有“楚路”之语？余谓诸诗乃随郑亚南迁以后之作也。大中元年，从郑亚桂州判官，尝自桂林奉使江陵，又使南郡（按江陵即南郡），意蕡之贬，当在此时，义山道遇，赠之以诗。别未逾年，遂卒于贬所，又继之以哭也。哭蕡诗云：“离居星岁易，失望死生分。”又云：“去年相送地，春雪满黄陵。”皆其明证。故曰“万里相逢”，又曰“楚路高歌”也。曰“燕鸿势断”，谓下第也；曰“骚客魂惊”，谓远贬也。义山于甘露之变，痛心疾首于诸宦人，而蕡之对策已先极言其祸。北司蔽主，白日黄昏，言路难通，君门万里，故相逢则欢而泣也。他日哭之，则并湓浦湘江之水添为恨泪。而不敢哭于寝门者，欲以师事之也。

【冯曰】开成五年，商隐辞尉任，南游江乡。……座主高锴观察鄂岳，而安、黄为其所管。义山既游江乡，必先赴其幕，路经安、黄。……时适杨嗣复罢相，观察湖南，因又有潭州赠刘司户蕡之迹。司户历为宣歙王质、兴元令狐楚、襄阳牛僧孺从事，皆见传文。僧孺开成四年八月出镇，会昌二年（按当作“元年”）罢，蕡在幕正当其时。蕡卒年无明文。新书传载昭宗诛韩全晦等，左拾遗罗衮讼蕡云：“身死异土，六十馀年。”帝赠蕡左谏议大夫。是年天复三年癸亥，上距会昌四年甲子，得六十年。蕡当于开成、会昌间卒于江乡，故诗云“复作楚冤魂”，又云“湓浦书来秋雨翻”也。义山于此年至潭州。会昌元年春，与蕡黄陵晤别，而蕡于二年秋卒矣。凡此皆南游之实据也。（玉溪生年谱）又曰：玉泉子云：“刘蕡，杨嗣复门生也。中官仇士良谓嗣复曰：‘奈何以国家科第放此风汉耶？’嗣复惧而答曰：‘昔与蕡及第时，犹未风耳。’”窃疑义山赴潭，司户必因谒座主来潭，故得相晤，而于春雪时黄陵送别也。

【王鸣盛曰】一结忍不住直说出来，悲凉嗟怨，因己与刘俱被摈斥，故同病相怜，如此沉痛。（冯注初刊本王氏手批）

【纪曰】起二句赋而比也。不待次联承明，已觉冤气抑塞，此神到之笔。七句合到本位，只“凤巢西隔九重门”一句竟住，不消更说，绝好收法。（诗说）

【姜炳璋曰】此甘露变后义山目击宦官之横，知唐祚必移于此，于蕡之谪而尽情发挥以赠之也。一二言阉人乱政，白日昏黑。虽有重碇危樯，无处安置，言直言不容也。北鸿初起，而已断其势，使之下第也。于是二十年来俯就两节度之辟，徘徊幕官。斯时骚客已倦游将归矣，而阉人前憾未已，摭拾小过，谪为柳州司户，是惊其后归之魂也。夫宦官稔恶如此，将来必至如东汉永平间，急召外藩，提师以除十常侍，但不知谁当先入耳。而蕡已斥逐，每以屈原高歌翻为新曲，讽切时政，而朝廷不知也，亦自欲翻耳，何益焉？七八，今日奉使江陵，万里相会，可谓极欢，而细思复泣，非为蕡泣也，盖豺狼当道，以言为讳，朝阳凤鸣，唯蕡一人，而今日远窜，是凤凰之巢已西隔九重之门矣。安望有伏阙陈书，力锄阉竖者哉？嗟乎！蕡之策在太和初，至九年而有甘露之变。义山之诗在大中初，迨昭宗时，崔胤召朱温入清君侧，遂移唐祚。与东汉之亡若合符节，则所谓"汉廷急诏谁先入"不早数计而烛照之乎！虽谓之"诗史"可也。

【张曰】赠刘司户蕡诗有"江风吹浪""楚路高歌"语，又云"万里相逢欢复泣"，是为义山与司户相逢之迹。新书蕡传："令狐楚、牛僧孺节度山南东、西道，皆表蕡幕府，授秘书郎，而宦人深嫉蕡，诬以罪，贬柳州司户参军，卒。"（旧书传云："位终使府御史。"证以诗题，未免小疏，新传是也。）新书牛僧孺传："开成四年八月为山南东道节度使，会昌元年汉水溢，坏城郭，坐不谨防，迁为太子少保。"蕡在幕，正当其时，其贬柳州及卒，不详何年。新传载昭宗诛韩全晦等，左拾遗罗衮讼蕡曰："身死异土，六十馀年。"是岁天复三年癸亥，上距会昌四年甲子，得六十年。蕡当于会昌元年春初贬柳，路经湘潭，与义山晤别（赠刘司户蕡诗："已断燕鸿初起势，更惊骚客后归魂。"以湘累比蕡，其为初贬时无疑。蕡曾佐令狐楚兴元，与义山旧识，故有"风义兼师友"句。冯氏谓："蕡，嗣复门生，必谒举主至潭。"不知是时嗣复已贬潮矣。再哭司户诗："已为秦逐客，复作楚冤魂。"又云："路有论冤谪，言皆在中兴。”合之罗衮请褒赠疏，则蕡乃卒于贬所，亦非江乡也，而二年秋卒矣。又曰：司户贬柳过潭，义山晤别，所谓“春雪满黄陵”者，正此时也。（会笺）

【岑仲勉曰】罗衮之言，实为冯氏涉想之最先出发点，因而将赠蕡、潭州、哭蕡诸诗，皆集合于此两三年中。按新书杂采说部，记年常或舛误。光化昭雪王涯，亦云六十馀年，衮等或许承文而误。冯既言新传蕡贬柳州司户卒，但当日皇纲尚振，谪人未容逗遛，何为又信其卒于江乡？且僧孺当年上眷尚优（其贬在会昌四年），如牛不能庇蕡，嗣复岂复能庇之？……蕡大中初在柳州谪任，故得于桂与商隐相见。赠蕡诗“万里相逢欢复泣”，“万里”率指岭外，施诸潭州，弗类也。越大中二年二月，郑亚责循州，商隐北返，春雪黄陵，盖是年事。又明年蕡乃卒。罗衮之“六十馀年”，殆当正作“五十”。蕡是否放还，卒于江乡，现据哭刘蕡诗四首，尚难论定。（唐史馀渖李商隐南游江乡辨正）

【按】义山开成末会昌初南游江乡之说，发自徐氏（徐逢源笺潭州诗，谓：“疑（杨）嗣复镇潭，义山曾至其幕”），成于冯氏，张氏会笺复张大其说。“南游”前后，系诗达数十首。其中赠刘司户蕡诗，冯、张均据罗衮疏语“六十馀年”上溯，定为会昌元年春作。斯诚“南游”系年诗之关键。细审赠、哭刘蕡诸诗及有关材料，所谓开成末南游江乡，实属臆说虚构。冯、张所系南游期间及前后诸诗，已分别于各篇下驳正之。此处专就刘蕡贬柳、迁澧、去世及义山赠、哭诸诗之具体写作时间等问题作一总说。

一、赠刘司户蕡诗既非作于蕡贬柳途次，亦非作于蕡贬居柳州期间，而系作于蕡已自柳州累迁澧州之后。诗明言

"江风"、"楚路",哭刘司户蕡、哭刘蕡诗亦追述二人黄陵晤别,可证二人此次相遇必在江乡而不在桂林(桂林无春雪),岑谓"蕡大中初在柳州谪任,故得于桂与商隐相见",殆误。冯、张均以为刘蕡贬柳途中与义山晤别(冯谓"疑义山赴潭,司户必因谒座主来潭,故得相晤;张谓"蕡当于会昌元年春初贬柳,路经湘潭,与义山晤别),殊不知诗明言"骚客后归魂",说明其时蕡已从柳州贬所北归。复据刘蕡次子刘珵墓铭序关于蕡"贬官累迁澧州员外司户"之记载,更可证实刘蕡并非卒于柳州贬所,而是先迁某地后,再迁澧州员外司户。澧州在澧水入洞庭湖处附近,与二人晤别之地湘阴黄陵相距不远。因此,赠刘司户蕡当是刘蕡累迁澧州员外司户赴任途中或已在澧州司户任时外出与商隐相遇,商隐赠蕡之作。结合其它有关情况,以后一种可能性较大。二、义山与刘蕡此次黄陵晤别之时间,不在会昌元年春,而在大中二年正月。冯浩断定赠诗作于会昌元年春,其主要证据即新传所载罗衮疏语。然新传所载并非罗疏原文,而系对罗疏不准确之撮述。传文云:"及昭宗诛韩全晦等,左拾遗罗衮上言:'蕡当大和时,宦官始炽,因直言策请夺爵土,复扫除之役,遂罹谴逐,身死异土,六十馀年。'"而罗疏原文则为:"刘蕡当大和年对直言策,是时宦官方炽,朝政已侵,人谁敢言?蕡独能指抑堕雨回天之势,欲使当门;夺官卿爵土之权,将令拥彗。遂遭退黜,实负冤欺。其后竟陷侵诬,终罹谴逐。沉沦绝世,六十馀年。"两相对照,即可发现二者之主要区别,一为"身死异土,六十馀年",一为"沉沦绝世,六十馀年"。按沉沦一词,意即埋没、沦落。楚辞九叹愍命："或沈沦其无所达兮，或清激其无所通。"后汉书孟尝传："而沈沦草莽，好爵莫及。"李白赠从弟南平太守之遥："彤庭左右呼万岁，拜贺明主收沉沦。"商隐献舍人彭城公启："沈沦者延颈，逃散者动心。"沉沦均沉埋不遇之义。"沉沦绝世，六十馀年"，意谓刘蕡自被谴逐而沉埋下僚，直至辞世（绝世），迄今已有六十馀年。换言之，"六十馀年"应自被谴逐贬柳之日算起，而不应自"绝世"之日算起。冯氏据新传所撮述之罗疏"身死异土，六十馀年"逆推，故谓蕡卒于会昌初。实则，刘蕡贬柳之时间与"绝世"之时间相隔有九年之久。按刘蕡之贬，罗疏谓"竟陷侵诬，遂罹谴逐"，新传谓"宦人深嫉蕡，诬以罪，贬柳州司户参军"，然均未言诬以何罪。按裴夷直在贬驩州期间有献刘蕡书情（一作献岁书情）诗云："白发添双鬓，空宫（一作"过"）又一年。音书鸿不到，梦寐兔空悬。地远星辰侧，天高雨露偏。圣期（一作朝）知有感，云海漫相连。"据新唐书裴夷直传及通鉴，裴夷直曾在文宗卒后两次上奏，触怒宦官仇士良，又未在武宗即位之册牒上署名，加以裴曾受到宰相杨嗣复之擢拔，故始则出为杭州刺史，继又于会昌元年三月，被作为文宗病危时企图拥立安王溶之杨嗣复同党远贬为驩州刺史。而刘蕡早在大和八年即与裴同在宣歙观察使王质幕，宝历二年登第时，杨嗣复为其座主。杨嗣复先于开成五年八月被贬为湖南观察使，继又于会昌元年三月贬为潮州司马。结合杨、裴、刘之贬潮、贬驩、贬柳，以及裴、刘与杨之人事关系来考察，刘蕡之贬柳，当是宦官诬以党附杨、裴之罪的结果。杨、裴之贬在会昌元年三月，蕡之贬柳当亦与此相去不远。

裴之抵达驩州贬所当已在是年秋冬，据献刘蕡书情诗“空宫又一年”之句，此诗当为会昌三年初作（元年秋冬抵驩，至二年初为一年，至三年初为又一年）。可证直至会昌三年初刘蕡仍居柳州贬所。裴、刘既因与杨之关系被远贬，则其量移、牵复（复官）之时间亦当与杨密切相关。据两唐书及通鉴，杨嗣复于会昌六年八月内迁江州刺史，大中二年二月，以吏部尚书召，道岳州卒。而裴夷直则“宣宗初内徙，复拜江、华等州刺史”。刘蕡之量移内迁，自当与杨、裴大体同时。自情理言，宦官既深嫉蕡，将其远贬，绝无可能在政局无大变化之情况下将其量移内迁。故蕡之“累迁澧州员外司户”当在会昌六年八月之后至大中元年六月商隐抵达桂林前一段时间内。再结合李商隐在大中元、二两年之行踪，及赠刘司户蕡“后归魂”、哭刘司户蕡“去年相送地，春雪满黄陵”之句，两人黄陵晤别之具体时间必在大中二年正月商隐奉使江陵归途。自会昌元年刘蕡贬柳，至此已首尾八年，“后归”之语，自非虚语。

赠刘司户蕡之写作时间既已考明，则全诗意蕴自不难理解。首联赋中含兴，描绘风浪蔽天、日昏舟危景象，透露出对时代政治氛围之感受，既为刘蕡之悲剧遭遇展现典型环境，又传出双方深沉激愤之忧国情怀。颔联分写被贬、内迁。“已断”“更惊”，蝉连而下，见宦官专恣之局面迄未改变。腹联上句指当时朝廷起用牛党旧相之情势，盖寄希望于刘蕡旧日座主、现任江州刺史杨嗣复之入朝辅政，以改变刘蕡之处境，故下句谓蕡于相遇途中自写歌诗一抒激愤情怀。尾联“欢复泣”，兼晤与别而言，亦寓悲欢交并之复杂情绪。凤巢西隔,九重路遥,重入修门尚未有期。诗淋漓郁勃,沉雄悲壮,得杜之神。

关于冯、张所考证之开成末会昌初商隐江乡之游并不存在之问题,著者已撰考辨文章多篇:一、李商隐开成末南游江乡说再辨正(载文学遗产一九八〇年第三期),二、李商隐开成末南游江乡说再辨正补正(载文史四十辑),三、李商隐开成五年九月至会昌元年正月行踪考述(载文学遗产二〇〇二年第一期)可参看。

凤

万里峰峦归路迷,未判容彩借山鸡〔一〕。新春定有将雏乐〔二〕,阿阁华池两处栖〔三〕。

集　注

〔一〕【朱注】"判"、"拚"同。南越志:"曾城县多鵕䴊。鵕䴊,山鸡也。光色鲜明,五彩炫耀。"言彩凤非山鸡之比。【冯注】文子:"楚人担山鸡,路人问曰:'何为也?'欺之曰:'凤凰也。'路人请十金,弗与;倍,乃与之。将献楚王,经宿鸟死,国人传之,咸以为真。王感其贵买,厚赐之,过于买鸟之金十倍。"按:拚、拚、拌三字皆有音潘而为捐弃之义。方言曰:"拌,弃也,凡挥弃物谓之拌也。"此"判"字意亦可。【张相曰】判,割舍之辞,亦甘愿之辞。

〔二〕【朱注】晋书乐志:"吴歌杂曲一曰凤将雏。"【冯注】陇西行:"凤凰鸣啾啾,一母将九雏。"晋书乐志:"凤将雏歌者,旧曲也。"应璩百一诗云:"言是凤将雏。"然则其来久矣。

〔三〕【朱注】帝王世纪："黄帝时，凤皇巢于阿阁。"韩诗外传："齐景公出弋昭华之池。"【程注】华池在昆仑山上。

〔四〕【冯注】崔骃诗："鸾鸟高翔时来仪，啄食竹实饮华池。"文选天台山赋："漱以华池之泉。"注曰："史记曰：'昆仑其上有华池。'"按：即大宛传所云"其上有醴泉瑶池"也。山海经："昆仑近王母之山，有鸾鸟自歌，凤鸟自舞。"

笺 评

【胡震亨曰】似寄内人诗。（唐音统签戊签）

【何曰】上连岂是寄内？疑是东川时作。下二句言可为后生领袖也。（辑评）

【姚曰】此为孤凤羁雌之词，岂寄内诗耶？

【屈曰】此思家之作。一自己。二佳人之美。乃分栖两处，安有将雏之乐乎？伤心之至也。

【程曰】此寄妇之词也。起句属己，叹未遂其归情。次句属妻，料无心于妆束。三句又属妻，言其抱子之情。四句兼属己，怨其分离之苦也。第二句用山鸡自爱其羽以比女为悦己者容。曰"未判"借其容彩者，正为下文两处栖也。观毛诗"自伯之东，首如飞蓬。岂无膏沐？谁适为容"，则第二句了了矣。首句云"万里峰峦归路迷"，则此诗当作于从事桂管时。

【冯曰】戊签谓似寄内诗，是也。首言身在炎方；次句自负才华，兼寓幕僚之慨；三四忆母子之娱乐，怅南北之分离。

【纪曰】寓意亦浅。

【张曰】首言"万里峰峦归路迷"，是由荆至洛时作，失意而归，故曰"迷"。"未判"句谓沦落之馀，犹堪以文采与人驰逐也。义山是年(按指大中二年)入京赴选,携眷同行。结言明春卜居京师,不再出游,从此当永与妻子相聚矣。冯氏谓在桂寄内诗,似小误。(会笺)又曰:此篇统签谓是寄内,冯氏因首句定为桂管所作。然寓讽未详,浅深安能臆测哉?(辨正)

【按】此桂管寄内诗。作于大中二年春自江陵返抵桂林后。篇中之"凤",兼分栖两地之雌雄双方而言。首句谓己身居岭外,遥望京华,峰峦万重,归路亦迷。次句谓己文采华然,岂甘与山鸡等价,"越鸟夸香荔,齐名亦未甘",与此意近。冯谓"自负才华,兼寓幕僚之慨",极是,屈、程以为指妻,殊误。三句遥想妻子抱雏之乐,四句乃因此而益叹两地分栖,不得享家室天伦之乐,应上"归路迷"。曰"新春",诗当作于大中二年春。

题鹅

眠沙卧水自成群,曲岸残阳极浦云[①]。那解将心怜孔翠[②]〔一〕,羁雌长共故雄分〔二〕。

校记

①"残",英华作"斜"。

②"解",英华作"得";蒋本、姜本一作"暇"。"翠"原一作"雀",朱本、季抄同。

集注

〔一〕【朱注】孔翠,孔雀、翡翠也。杜甫诗:"孔翠望赤霄,愁思雕笼养。"【程注】蜀都赋:"孔翠群翔。"【冯注】晋书张华传:“鵁鶄赋:孔翠生乎遐裔。”

〔二〕【朱注】谢灵运诗:“羁雌恋旧侣。”鲁陶婴黄鹄歌:“夜半悲鸣兮,想其故雄。”【按】此“故雄”非谓亡侣,系旧侣之意。

笺评

【朱曰】言孔翠之羁孤,不若鹅群有眠沙卧水之适也。

【何曰】自叹不如鹅之不材,反无往而不自适也。(辑评)

【姚曰】大都世间出色处,便是吃苦处。可叹!

【屈曰】伤孔翠之以文采羁孤,不及鹅群无文采反得眠沙卧水之适也。

【程曰】此乃天末羁孤之感。孔翠以有文章易为人所网罗,固不如凡鸟之守其匹也。黄山谷有“两凫相倚睡秋江”之句本于此。

【冯曰】更有意在焉:鹅喻同舍之无愁者,“羁雌”自谓,言尔等岂能知我愁心哉!必岭南作矣。

【纪曰】此深怨牛李党人之作,殊径直无馀味也。问此篇焉知非悼亡之作?曰观诗中曰“自成群”,曰“那解将心怜孔翠”,且不曰雄与雌分,而曰雌与雄分,语意皆不似也。(诗说)此深刺异己之作,其词浅露。○此恨鹅群之不怜孔翠。朱长孺谓孔翠之羁孤不及鹅群之自适,作相羡之辞,非“那解”二字之义矣。(辑评)

【张曰】诗意谓今日更不敢自矜文采,惟恨旧恩之不能重合耳。起二句远慕依人之慨。此亦陈情不省后作。颇似徐幕时,必非岭南也。(会笺)又曰:此篇意极深曲难解。长孺说固非,而桐乡冯氏笺,亦未尽诗意。余粗定之:首句盖言己本令狐门下士,而今反与李党王茂元、郑亚为群。“眠沙卧水”，极状冷落之况。次句暗指羁宦桂管远方。“残阳”，则喻赞皇已贬，党局又变也。“羁雌”自比，“故雄”比郑亚，“孔翠”则比党人。言桂州将罢，自己又与府主相别，更何暇复为党人分忧乎？其为桂府托寓遇合作无疑，非深刺异己也。以为浅露，真不知此诗之味者耳。解作客中忆家之作，似更明显。（辨正）

【钱锺书曰】谓画中鹅乐群得地，浑不管世间翡翠、孔雀嗒焉丧偶之戚。（管锥编）

【按】朱、何、姚、屈、程诸家笺就诗作解，虽取舍稍异，而大旨略同，本较通达。冯氏别出新解，以“羁雌”为义山自谓，言外以郑亚为“故雄”，则求深反凿矣。张笺尤穿凿支离不可从，其离“孔翠”与羁雌、故雄为二事，殆近乎荒唐。纪谓“深刺异己”，亦过。“那解”者，缘鹅之“眠沙卧水自成群”，故不解雌雄长离之孔翠羁孤之情，非恨之之词。审诗题，当是题画诗，画中群鹅眠沙卧水，悠然游息于曲岸残阳之境，对此遂生联想与感慨：文彩烂然之孔翠，雌雄长离，翻不如鹅之悠闲容与、雌雄相守、无忧无虑也。志士才人，固常戚戚，固多忧思，而随分自适、无志与才者反常熙熙而乐，诗中或亦寓有此类人生感受。

即日

桂林闻旧说，曾不异炎方〔一〕。山响匡床语〔二〕，花飘度腊香〔三〕。几时逢雁足〔四〕？著处断猿肠〔五〕。独抚青青桂〔六〕，临城忆雪霜〔七〕。

集　注

〔一〕【自注】宋考功有"小长安"之句也。(原无"也"字,据蒋本、影宋抄、钱本、席本补。)【冯注】宋之问景龙中为考功员外郎,后流钦州,赐死桂州,见新书传。宋集有桂州三月三日诗,颇言其繁丽,然无"小长安"之句。徐曰:"鲁人张叔卿有流桂州诗云:'莫问苍梧远,而今世路难。胡尘不到处,即是小长安。'旧、新书皆作'叔明',附李白传,竹溪六逸之一。杜子美杂述作'叔卿',皆无可考。其为考功,疑注有误。"按:全唐诗止云官侍御史,不言何地人。诗仅二首,一云"不敢绣为衣",谓官侍御也。其云"胡尘不到"者,谓禄山之乱所不及耳。玩此自注,疑宋先有"小长安"句而逸之也。

〔二〕【程注】庄子:"丽之姬,艾封人之子也。晋国之始得之也,涕泣沾襟。及其至于王所,与王同匡床,食刍豢,而后悔其泣也。"淮南子:"心有忧者,匡床衽席弗能安也。"白居易诗:"匡床闲卧落花朝。"【姚注】庄子注:"匡床,安床也。"【冯注】商君书:"明者无所不见,人君处匡床之上而天下治。"钱曰:"即空谷传声之意。"(辑评作朱彝尊评)按:言所居在山。【补】匡床,亦作筐床,方正而安适之床。淮南子主术训:"匡床蒻席,非不宁也。"高诱注:"匡,安也。"

〔三〕【冯注】度腊则交春矣。义山于正月还桂。【程注】孙逖诗:"雪梅初度腊。"

〔四〕【冯注】汉书苏武传:"汉使复至匈奴,常惠教使者谓单于,言天子射上林中,得雁,足有系帛书,言武等在某泽中。"【按】岭南雁所不至,不能藉以寄书,故云。

〔五〕【补】"断猿肠"已见失猿诗注。此处似兼寓忆幼子之意。

著处，犹到处、处处。句谓到处闻猿肠断之声，亦谓异乡风物处处令人肠断也。

〔六〕【冯注】庄子："受命于地，惟松柏独也，在冬夏青青。"

〔七〕【冯注】度腊终无雪霜。非忆雪霜，念京华也。

笺评

【姚曰】杜诗："五岭皆炎热，宜人独桂林。"此诗翻其意。中四句皆所谓不异炎方者。结句青桂，以自况也。

【屈曰】旧说桂林无雁无雪。

【程曰】此初至桂府怀乡之作。

【纪曰】亦平正无出色。（诗说）三四不对，恐有讹字。（辑评。按纪说非。详笺。）

【张曰】诗有"花飘度腊"句，是正月自南郡返桂时作。（会笺）

【按】起联谓昔闻桂林有小长安之称，与炎方迥异，今至其地，乃知其与炎方无异也。以下即承此言之。"山响"句谓其城窄山压，故山居匡床夜语亦清晰可闻。响者传也，与下"飘"字对文。"花飘"句谓其花开独早，自腊月开至春初。二句写其地僻多山，气候温暖。五六谓其地无雁而多猿，且寓思家念子之情。末联借桂青无雪再点炎方，且寓怀念京华之意。抚桂而忆雪霜，或有"无雪试幽姿"之慨。

北楼〔一〕

春物岂相干〔二〕，人生只强欢。花犹曾敛夕，酒竟不知寒〔三〕。异域东风湿〔四〕，中华上象宽〔五〕。北楼堪北望[①]，轻命倚危阑[②]。

校 记

①"北",蒋本、姜本、戊签、悟抄、钱本、朱本及英华作"此"。

②"阑",他本多作"栏",字通。

集 注

〔一〕【冯注】北楼不一处。李群玉有长沙陪裴休登北楼诗,长沙素称卑湿,五句亦合。今以三四气候,当为桂林之北楼也。

〔二〕【程注】何逊诗;"旅客长憔悴,春物自芳菲。"【按】感情苦闷,故虽面对春天景物,竟若与己不相干者。

〔三〕【冯注】暗点炎方。【叶嘉莹曰】"竟"、"犹"二字……它的口吻应是说花"犹然"如此,而酒却"竟然"如彼之意……诗人欲借看花饮酒以求强欢……然而炎方的春日既无万紫千红轮番开放的盛事,所见的唯一属于花的变化的仅有槿花之朝开暮萎而已。是故诗人才说"花犹曾敛夕",这正是诗人看花以求"强欢"所得的感受。至于就"饮酒"言,则如在北国中原,每当春来之际,往往馀寒犹厉,所以诗人们向来在赏花时也常要饮酒,这不仅因饮酒的微醺可增加赏花的意兴,同时也因春寒犹厉才更需要在赏花时饮酒以抵御身外的春寒,何况在身外的春寒中也才更能领略到饮酒的兴致。如今……远在炎方,则虽欲勉强藉饮酒以求强欢,然而却可惜竟全无身外春寒之感,如是则情味全非矣。所以才会说"酒竟不知寒"。(关于评说中国旧诗的几个问题)

〔四〕【程注】王维诗:"别离方异域。"【朱彝尊曰】"湿"字奇。

〔五〕【程注】李白赋:"内以中华为天心,外以穷发为海口。"

笺　评

【朱彝尊曰】写旅愁沉痛至此！（复图本）

【杨守智曰】（前）四句一气涌出，结句无限悲凉，不堪多读。（冯注引）复图本作：薄宦穷途，孤踪万里，浮云落日，回首茫茫。铁石心肠，亦当下泪。

【陆鸣皋曰】此在岭南作也。前四句，言无心对物。五六句，悲远地而想中华。结出思君苦情，觉"莫上望京楼"之语，为薄道矣。

【姚曰】愁人见好景亦愁，所谓强欢也。花开酒暖，正所谓春物者，其如异域荒凉，中华远隔。人生至此，真非景物之所得宽解。轻命倚危栏，其词亦迫蹙矣。

【屈曰】三承一，四承二，细绝。七八合结五六。望乡之切，至于轻命。"犹"字轻花一步，"竟"字重酒一步，言花之夕犹敛，若与人共愁者，而酒竟不知，安能强欢乎？

【程曰】此从事桂管之作，亦希望内擢也。

【纪曰】前四句一气涌出，气脉流走。五六句格力亦大，但七八句嫌于太竭情耳，此等是用意做出，然愈用意病痛愈大，大为全篇之累也。（诗说）一结太竭情，所谓蹶蹙声也。（辑评）

【张曰】三四暗点炎方，此桂林之北楼，冯说是也。（会笺）又曰：结语读之只觉凄痛，不嫌直致，非蹶蹙声也。且纪氏尝以自负语为激亢露骨，而此种则又以竭情诃之。诗人措辞，可谓穷矣。噫！岂不过甚也乎？（辨正）

【按】作于大中二年春。其时朝局变化，李党叠贬，郑亚处境岌岌可危。诗人已感难在桂幕安身，故思归之作颇多。诗中极写身处异域之苦闷与对中原之怀想，以及苦闷中强欢反增惆怅之心情，读之有强烈压抑感与逼仄感。

起联突兀而来,直抒"强欢"。颔联一气接下,"犹""竟"二字开合相应,于直致中显沉郁与悲凉。五六宕开,境阔而情悲。尾联尽情倾泄,不复含蓄。

思归

固有楼堪倚,能无酒可倾?岭云春沮洳〔一〕,江月夜晴明。鱼乱书何托?猿哀梦易惊。旧居连上苑〔二〕,时节正迁莺〔三〕。

集 注

〔一〕【程注】诗国风:"彼汾沮洳。"魏都赋:"隰壤纤漏而沮洳。"【补】诗魏风汾沮洳孔疏:"沮洳,润泽之处。"此状岭云之湿润。

〔二〕【冯注】史记始皇本纪:"渭南上林苑。"班固西都赋:"西郊则有上囿禁苑。"此谓移家关中时。【按】汉上林苑方圆三百四十里,南至御宿(即樊川)。而商隐开成五年十月移家樊南,故云"旧居连上苑"。

〔三〕【冯注】迁莺,不专言科第,凡仕途迁转皆用之,如苏味道诗"迁莺远客闻"也。【按】"迁莺"双关。

笺 评

【杨守智曰】此亦桂州所作。"江月夜晴明"五字写思归神魄。

【姚曰】有楼堪倚,有酒可倾,岭云江月,景物亦复不恶。五六承三四作转。当此之时,而不念故乡春色,岂人情耶?

【程曰】结语思及上苑,思及迁莺,则有慨于己之沉滞。上有"岭云"字,是从事桂管时也。

【冯曰】“岭云”、“江月”，必在桂府时也。

【纪曰】起得超忽，收得恰好。通首一气转折，气脉雄大。廉衣谓古法备具，苦乏生韵。（诗说）余谓只乏新意，尚不至土偶衣冠。（辑评）

【延君寿曰】谈诗者每言不可刻意求新，此防其入于纤巧，流于僻涩耳，非谓不当新也。若太仓之粟，陈陈相因，作者无意绪，阅者生厌恶矣。如义山思归云：“固有楼堪倚，能无酒可倾？”又即日云：“地宽楼已迥，人更迥于楼。”难云不佳，然再仿，则味同嚼蜡。然人之犯此病者则不少矣。（老生常谈）

【张曰】三四点景，是是年（指大中二年）春作。（会笺）

【按】前四即“虽信美而非吾土兮”之意。五六归书难托，归梦易惊，正点“思归”之意。末联“旧居”，冯谓指移家关中时，甚是。盖开成五年移家关中系从常调，故联想及“迁莺”；今亦正当迁莺时节，而抛妻别子，流滞岭外，不得赏汉苑之春色，亦不得与“迁莺”之调转，故益增惆怅。“连上苑”、“正迁莺”，言外黯然。

异俗二首〔一〕

鬼疟朝朝避〔二〕，春寒夜夜添〔三〕。未惊雷破柱〔四〕，不报水齐檐[①]〔五〕。虎箭侵肤毒〔六〕，鱼钩刺骨铦〔七〕。鸟言成谍诉[②]〔八〕，多是恨彤襜[③]〔九〕。

其二

户尽县秦网〔一〇〕，家多事越巫〔一一〕。未曾容獭祭〔一二〕，只是纵猪都〔一三〕。点对连鳌饵〔一四〕，搜求缚虎符〔一五〕。贾生兼事鬼〔一六〕，不信有洪炉〔一七〕。

校　记

①“齐”原一作“废”，非。“檷”，蒋本、姜本、影宋抄、朱本作“檐”，字同。

②“诉”原作“诈”，影宋抄作“旂”，均非，据朱本、季抄改。席本作“谋诈”，亦非。

③“襜”原作“檐”，蒋本作“襜”，均非，据姜本、钱本、席本改。朱本、季抄作“幨”。

集　注

〔一〕【自注】时从事岭南。【朱注】本传：“给事中郑亚廉察桂州，请为观察判官、检校水部员外郎。”【徐曰】此诗载平乐县志，原注下又有“偶客昭州”四字。（冯注引）

〔二〕【朱注】后汉书礼仪志注：“颛顼氏有三子，生而亡去为疫鬼。一居江水，为疟鬼。”宾退录：“高力士流巫州，李辅国授谪制，力士方逃疟功臣阁下。”则避疟之说自唐已然。【冯注】礼记：“孟秋行夏令，民多疟疾。”文选东京赋注：“汉旧仪曰：“颛顼氏有三子，已而为疫鬼；一居江水，为疟鬼；一居若水，为魍魉蜮鬼；一居人宫室区隅，善惊人，为小鬼。”按：他书引此，每有误字。幽明录：“河南杨起，少时病疟，逃于社中，得素书一卷，以谴劾百鬼。”乃晋时人已有然矣。

〔三〕【冯注】徐曰：“岭南地气恒暖，连雨即复凄然。”广西通志：“三春连暝而多寒。”

〔四〕【朱注】世说：“夏侯太初尝倚柱作书，时大雨霹雳，破柱，衣服焦然，神色无变。”【冯注】世说注曰：“臧荣绪又以为诸葛诞也。”按：“作书”御览引之作“读书”。曹嘉之晋纪：“诸葛诞以气迈称，尝倚柱读书，霹雳震其柱，诞自若。”

〔五〕【何曰】“未惊”“不报”，言有甚于此者。迅雷洪水，发作无时，不足道也。（辑评）【钱曰】“未惊”“不报”，言习以为常也。（冯注引，辑评作朱彝尊评。）

〔六〕【朱注】桂海虞衡志：“蛮箭以毒药濡箭锋，中者立死。药以蛇毒草为之。”

〔七〕【朱注】岭表异物志：“鳄鱼大如船，牙如锯齿，尾有三钩，极利，遇鹿、豕，即以尾戟之。”【冯注】题曰“异俗”，虎箭、鱼钩，当以民俗射虎捕鱼言之也。朱氏引岭表志“鳄鱼尾有三钩……”，此语余未见。而吴时外国传、广州异物志、岭表录异诸书，鳄鱼长者二三丈，状如鼍，一目，四足，修尾，喙长六七尺，举止趫疾，口森锯齿甚利。虎及鹿渡水，鳄击之，皆中断。鹿走崖岸上，群鳄嗥叫其下，鹿必怖惧落崖，多为所得。皆不言钩也。朱氏所引本沈括笔谈，而笔谈又云：“土人设钩于犬豕之身，筏而流之水中，鳄尾而食之，则为所毙。”余谓此泛言捕鱼，不专指鳄，其意则借寓虐政。【按】冯解是。句意谓捕鱼之钩极锋利，足以刺骨。然未必有刺虐政之寓意。

〔八〕【朱注】韩愈文：“小吏十馀家，皆鸟言夷面。”北山移文：“牒诉倥偬装其怀。”注：“牒，文牒也；诉，告也。”【姚注】增韵：“官府移文洎讼词，皆曰牒，通作谍。”【冯注】后汉书度尚传：“椎髻鸟语之人，置于县下。”桂海虞衡志：“牒诉券约多用土俗书。”

〔九〕【朱注】周礼：“巾车有容盖。”郑司农云：“容为幨车，山东谓之裳帏，以帏障车旁如裳为容饰，其上有盖，四旁垂而下，谓之幨。”职原：“皂盖分辉，彤幨昭彩。”【姚注】彤幨，刺史车帷。【冯注】彤幨，即传车赤帷。后汉书：“贾琮为冀州刺史。旧典：传车骖驾，垂赤帷裳。琮曰：‘刺史当远视广听，何垂帷裳以自掩塞乎？’乃命御者褰之。”又后汉书郭贺传：“敕行部去襜帷。”此似州民有讼其刺史者。

〔一〇〕【朱注】地理志：“桂林郡本秦置。”网罟之利开于秦，故曰秦网。【程注】晋书殷仲堪传：“秦网虽虐，游之而不惧。”【冯注】桂海虞衡志：“桂林城北有秦城，相传始皇发戍五岭之地。”按：地开于秦，则法网亦始于秦也。朱氏谓网罟之利开于秦，非然也。或只取“网”字，不重“秦”字。【按】只取“网”字，言民俗多事渔业，故家尽悬网，与“秦网”之典无涉。仅用其字面。

〔一一〕【朱注】汉书郊祀志：“命粤巫立粤祝祠，安台，无坛，亦祠天神帝百鬼，而以鸡卜。”【姚注】史记：“汉武帝令越巫立越祠祝。越巫者，越国之巫也。”

〔一二〕【朱注】月令：“孟春之月，獭祭鱼，然后虞人入泽梁。”【冯注】王制：“獭祭鱼，然后虞人入泽梁。”【何注】汲冢书：“獭不容鱼，国多盗贼。”

〔一三〕【朱注】酉阳杂俎：（诺皋记）“伍相奴或扰人，许于伍相庙多已。旧说，一姓姚，二姓王，三姓汪。昔值洪水，食都树皮饿死，化为鸟都，皮骨为猪都，妇女为人都。在树根居者名猪都，在树半可攀及者为人都，在树尾者名鸟都。南中多食其巢，味如木芝，窠表可为履屧，治脚气。”【冯注】桂海虞衡志：“山猪即豪猪，身有棘刺，能振发以射人。二三百为群，以害禾稼，州洞中甚苦之。”按：当即所谓“猪都”

也。又检寰宇记汀州下引牛肃纪闻，与（酉阳杂俎）诺皋记略同，而言男女自为配偶，又言闻其声不见其形，亦鬼之流也。必非所用，故附存以订其误。后汉书朱穆传：“穆著绝交论。”注引其论，略有“游豵蹂稼，而莫之禁也”句，似即此猪都之义。

〔一四〕【朱注】列子：“龙伯之国有大人，一钓而连六鳌。”【程曰】“点对”二字未详。唐人喜用方言入诗，如杜之斩新、遮莫，韩之斗觉、圣得之类皆方言也。此当亦属方言，犹检点也。

〔一五〕【朱注】抱朴子：“道士赵昞能禁虎，虎伏地低头闭目，便可执缚。”真诰：“道家有制虎豹符。”南中多虎，故求符禁之。【冯注】后汉书吕布传：“缚虎不得不急。”

〔一六〕【朱注】汉书贾谊传：“上方受釐，坐宣室，因感鬼神事，问以鬼神之本，谊具道所以然之故。”【按】首见于史记屈原贾生列传。详见贾生诗注。

〔一七〕【朱注】庄子：“今一以天地为大炉。”贾谊鹏鸟赋：“天地为炉兮造化为工。”杜甫诗：“汩没听洪炉。”【何曰】言事鬼而不信命也。（辑评）【朱彝尊曰】结意言化所不及。【冯曰】宋之问诗：“代业京华里，远投魑魅乡。”元结诗：“吾闻近南海，乃是魑魅乡。”唐人投荒之慨类然。【按】何解、朱解皆是。王化所不及，故巫风甚炽，文士亦多事鬼而不信天地造化也。

笺　评

【朱彝尊曰】（首章）句句赋异俗，纪事体如是。未惊、不报，言习以为常也。（冯笺引作钱评，“赋异俗”作“实赋”。）

【何曰】第二首似有刺贪之意。（读书记）又曰：（次章）中四

句盖言贪虐交济，末乃责以不知天道神明可畏。不敢正言，故但借异俗为廋词耳。（辑评）

【徐德泓、陆鸣皋曰】（鬼疟朝朝避）徐曰：前半总言地气瘴疠阴湿，常雷常雨，不足为异也。五六句，写其土俗。后以司牧结之，便觉庄重得体，不同泛咏，而又不显斥，诚深于杜者与？陆曰：结语惟一“恨”字，而官之非人可知。不必明言其人其事，而使闻者知警。慎选择，肃官箴，无意不含，诗中圣也。

【姚曰】（首章）一二时令之乖。三四见闻之异，未惊、不报，言皆见惯也。虎箭鱼钩，残忍性生。鸟言谍诉，反怨其上，岂堪化诲耶？（次章）既好杀，又怕鬼，未申獭祭，且纵猪都，言能加祸于人也。连鳌试饵，缚虎求符，言其乞灵于鬼也。虽有贾生，岂能以洪炉之说辟之耶？

【屈曰】朝朝、夜夜、未惊、不报、户尽、家多、未曾、只是，言习俗也。雷破柱、水齐檐，皆常有者，故未惊、不报。

【程曰】原注“从事岭南”者，从亚也。唐世岭南尚仍蛮俗，盖以教化未施，非尽民之辜也。惟举其地之患害为言，若不可一朝居者，是因官此者之意所弗安乃尔也。而实即以深责之。言虎为患，使民自防之；鳄为害，竟无法处之。而不能感虎令自渡河，不能谕鳄令自徙海。故结言鸟言牒诉，多恨彤襜，以说俗之不美，而所以致之然者何以解也。次首借贾生况之，明示刺讥。意谓为司牧者求事鬼神，无能矫时革俗，乃至从风而靡。玩其词，盖必有所指也。

【田曰】声格似杜，不必于工处求之。（冯笺引。辑评朱笔批作：“声极似杜，正不必于工处求之。”）

【纪曰】中晚唐诗不难于新巧而难于朴老，不难于情韵而难于气骨，二诗不为佳作，然于中晚之中为尚有典型也。二首骨法俱老，结句各有所刺。（诗说）此种选一家之诗则可存，选一代之诗则可删。（辑评）

【张曰】义山摄守昭平。诗叹异俗难治，是刺史语。二句“春寒夜夜添”，合之昭郡诗“桂水春犹早”，其摄守当在正月间。至二月府贬。则莅昭不过数日耳。（会笺）

【按】冯浩据渊鉴类函州郡部广西引义山诗三条中有集中所无者四句云：“假守昭平郡，当门桂水清。海遥稀蚌迹，峡近足滩声。”谓义山曾摄守昭州（详下首冯笺），张氏会笺因之。然今人陶敏查出此诗乃宋人陶弼所作，见舆地纪胜昭州。故冯氏之说难以成立。二首均实赋南中异俗。首章言其地气候反常，雷雨频繁，疟疾流行。民多射虎捕鱼为生。而方言鴃舌，殊不可通。末联微有寓意，谓吏其地者多贪残之辈，故民每恨其长官也。次章则言其地民多事网罟，巫风甚炽。故未容獭祭，即入泽梁；检点鳌饵，而钓巨鳌。豪猪为害，纵之勿射；猛虎出没，搜求虎符。三、五承一，四、六承二。末则云巫风所染，文士亦信鬼神而不信自然造化之道，盖深慨南中之荒远迷信，王化所不及。或以为贾生系自喻，恐非。

昭州①〔一〕

桂水春犹早〔二〕，昭川日正西②〔三〕。虎当官路斗③，猿上驿楼啼〔四〕。绳烂金沙井〔五〕，松干乳洞梯〔六〕。乡音吁可骇④，仍有醉如泥⑤〔七〕。

校　记

①“州”，蒋本、姜本、戊签、钱本、影宋抄、席本作“郡”。

②“川”，悟抄、英华作“州”。

③“路”，朱本、季抄作“道”。英华作“渡”。

④“吁”，朱本、季抄作“殊”。

⑤“仍”，悟抄作“自”。

集　注

〔一〕【朱注】唐书：“昭州平乐郡，属岭南道。”【冯注】旧书志：“（昭州）西至桂州二百二十里。”

〔二〕【朱注】水经注：“桂水出桂阳县北界山，北径南平县而东北流，右会钟水，故应劭曰：桂水出桂阳，东北入湘。”【冯注】通典：“桂州有漓水，一名桂江。”【按】此桂水非源出桂阳流入湘江之桂水，而系今广西之桂江，上游称漓水。昭州平乐县即滨桂江。朱注非。

〔三〕【朱注】通志：“昭潭在平乐府城东二里，下有十六滩。”【冯注】通典：“昭州取昭潭为名，潭州亦取昭潭为名，则彼此皆有昭潭。昭州有昭冈，潭只在江中，盖因冈为名。”湘中记：“或谓昭王南征，没于此潭，因名。”【按】昭川即平乐水，与漓水合流后称桂江。

〔四〕【冯注】郡国志：“昭州夷人往往化为貙。”貙，小虎也。【按】虎、猿皆实写，状其地之荒僻。冯引失当。

〔五〕【道源注】方舆胜览：“金沙井在平乐府治东。”（朱注引）【冯注】平乐县志：“（金沙井）在塘背庵内，唐李义山所咏也。近为僧填，不可复问。”

〔六〕【朱注】方舆胜览：“乳洞在兴安县西南，洞有三：上曰飞霞，中曰驻云，下曰喷雷。下洞泉流石壁间，田垄沟塍如凿。中洞有三石柱及石室石床。左盘至上洞行八十步得平地，有五色石横亘其上。”然平乐、恭城皆出钟乳，盖洞亦非一，大率昭潭多有之。【冯注】新书志：“昭州恭城县有钟乳穴十二，在银帐山。”

〔七〕【冯注】后汉书儒林传：“周泽为太常，卧病斋宫。其妻哀泽老病，窥问所苦，泽以干犯斋禁，收送诏狱谢罪。时人语曰：‘生世不谐，作太常妻，一岁三百六十日，三百五十九日斋。’”注曰：“汉官制此下云：‘一日不斋醉如泥。’”乡音殊足骇人，我惟以醉自遣。【按】醉不属己。

笺　评

【姚曰】桂水昭川，气候既自舛错，但见虎斗猿啼，松干绳烂，欲觅一人类，而侏离鴃舌，殊不可辨，惟有付之一醉而已。

【屈曰】明白之极，不用诠解。诗如此已乎？近日作者死学此一路。

【冯曰】渊鉴类函州郡部广西引义山诗三条，“城窄山将压”四句，“桂水春犹早”四句，又有集中所无者四句云：“假守昭平郡，当门桂水清。海遥稀蚌迹，峡近足滩声。”不知从何采取。似据永乐大典，且内府多古籍也。杜氏通典云：“顷年常见州县有摄官，皆是牧守所自置署，政多苟且，不议久长，始到官已营生计，迎新送故，劳弊极矣。”唐时州县阙官，幕府得自置署，史传中以幕职摄郡县者颇有之。如旧书薛戎传：“福建观察使柳冕表为从事。累月，转殿中侍御史。会泉州阙刺史，冕署戎权领州事。”可类证也。义山时盖摄守昭郡，因非朝命，故云“偶客”耳。得此一解，三篇情味乃出。"滩声"疑"猿声"之误,即"猿上驿楼啼"之意,方与"蚌迹"对。又曰:假守,史记南粤尉佗传:"佗即以法诛秦所置长吏,以其党为假守。"汉书作"守假"。

【纪曰】无佳处。后四句亦转落欠清。(诗说)三四自好。(辑评)

【张曰】中二联一近一远分写,遂不合掌。结以异乡作客为收,虚实兼到,转折极为清楚,章法全宗少陵。纪评太苛,不可从也。(辨正)

【按】此诗颇类画中之素描,盖不经意为之。虽写荒僻之状,而感情未必憎厌。末句当属之乡人,视"仍有"字可见。冯注引"假守昭平郡"四句系宋人陶弼诗,见舆地纪胜昭州。已详上篇按语。

射鱼曲〔一〕

思牢弩箭磨青石①〔二〕,绣额蛮渠三虎力〔三〕。寻潮背日伺泅鳞②〔四〕,贝阙夜移鲸失色〔五〕。纤纤粉簳馨香饵〔六〕,绿鸭回塘养龙水〔七〕。含冰汉语远于天,何繇回作金盘死〔八〕?

校记

①"青",各本均作"清",据朱注及冯注本改。

②"伺",蒋本、戊签作"俟"。"伺泅",季抄一作"俟涸"。

集注

〔一〕【朱注】始皇本纪:"徐市等入海求神仙,数岁不得,乃诈曰:'蓬莱药可得,然常为大鲛鱼所苦,故不得至,愿请善射与俱,见,则以连弩射之。'自琅琊北至荣成山,弗见;至之罘,见巨鱼,射杀一鱼,遂并海西,至平原津而病。”【程曰】此以为“射鱼”二字之本则可,若据以为求仙之诗则失之。

〔二〕【朱注】异物志:“南方思牢国产竹,可砺指甲,即今篻竻竹也。”韵会:“此竹皮利,可为刀。”岭表录异:“皮上有粗涩文,以为错子错甲,利胜于铁。若钝,以酸浆洗之。”杨慎曰:“今东广新州有此种,字又作涩勒。”老学庵笔记云:“涩勒,竹名。竹肤有芒,可剉爪是也。”魏志:“挹娄在扶馀东北千馀里,弓长四尺,如弩;括长八寸,青石为镞。”唐书:“黑水靺鞨居肃慎地,亦曰挹娄,人劲健,善步战。其矢石镞长二寸,盖楛弩遗法。”【冯注】嵇含南方草木状:“篻竻竹皮薄而空多,大者径不过二寸,皮粗涩,以镑犀象,利胜于铁,出大秦。”沈怀远南越志曰:“沙麻竹,人削以为弓,弓似弩。淮南所谓溪子弩也。”太平寰宇记曰:“贺州竻竹,有毒,人以为觚,刺虎,中之则死。”盖交、广间多竹弓矢以施其毒也。然皆无“思牢”之字。朱氏旧注引异物志云:“南方思牢国产竹,即篻竻。”余检异物志,未见此语,且宋以前志外国者无“思牢”,至杨伯岩臆乘乃有之,未足据也。他书引此句,有直作“篻竻”者。俟再考。异物志:“夷州土无铜铁,磨砺青石,以作弓矢。”此石弩楛矢之类。郡国志:“昭州俗以青石为刀剑,如铜铁法。”按:禹贡:“荆州贡砮,砮石中矢镞。”后汉书东夷传:“挹娄,古肃慎国,青石为镞,镞皆施毒。”而苏子瞻石砮记:“余自儋耳北归,江上得古箭镞,槊锋而剑脊,其廉可刿,而其质则石。此即所谓楛矢石砮。”尤与此为切证。又补注曰:“戴凯之竹谱:‘筋竹为矛,称利海表。槿仍其干,刃即其杪。生于日南，别名为䈽。”注曰：“筋竹至尖利，南土以为矛。其笋未成竹时，堪为弩弦。”又：“百叶参差，生自南垂。伤人则死，医莫能治。亦曰篣竹，厥毒若斯。彼之同异，余所未知。”注曰：“一枝百叶，因以为名。夷人以刺虎豹，中之辄死。一物二名，未详其同异。”按：(思牢)即此种而名互异耳。宋人杨伯岩臆乘：“南番思牢国产竹，质甚涩，可以砺指甲。又李商隐云：‘思牢弩箭磨青石’，是知亦可作箭。……”后视六书豪韵“篣”字注云：“簩篣，竹名，一枝百叶，有毒。”按：今广韵七之云：“簩，竹名，有毒，伤人即死。”又六豪：“篣，竹名，一枝百叶，有毒。”是分两种，不合称。文选吴都赋：“䈽篣有丛。”注曰：“篣竹有毒，夷人以为觚，刺兽，中之必死，亦单名篣也。”本集各本皆只作“思牢”，无作“簩篣”。他书引句亦作“思牢”，或作“簩篣”。余疑思牢弩箭自有其物，或后人乃以簩篣实之耳。吴僧赞宁撰笋谱，簩竹笋、篣竹笋分为二种。华阳国志蜀志：“汶山郡台登县山有砮石，火烧成铁，刚利。禹贡‘厥赋砮’是也。”【按】思牢、簩篣为一。同音通假。

〔三〕【朱注】绣额，犹云雕题。蛮渠，南蛮渠魁也。诗：“有力如虎。”【程注】北史：“魏杨大眼为荆州刺史，缚槁为人，衣以青布而射之。召诸蛮渠指示曰：‘卿等作贼，吾正如此相杀也。’”杨炎河西节度使厅记：“旄头虎力之劲，剑服穹庐之长。”【冯注】礼记：“南蛮，雕题、交趾。”

〔四〕【姚注】泅，音囚。说文：“浮行水上也。”

〔五〕【姚注】九歌河伯：“紫贝阙兮珠宫。”【朱注】夜移失色，惧为所射也。

〔六〕【姚注】广韵：“簳，古旱切，音幹，小竹也。”【冯注】句意言钓，非谓箭簳。【按】冯注是。“馨香饵”可证。

〔七〕【朱注】遁甲开山图：“绛北有神龙池，帝王历代养龙之处。”【屈注】绿鸭，俗言绿头鸭也，古诗用者甚多。回塘，池塘也。养龙水，犹言养鱼池也。

〔八〕【冯注】含冰，似用庄子“内热饮冰”。汉语，似用庄子“肩吾闻接舆之言，犹河汉而无极也”。然皆未尽符，俟再考。【屈注】唐六典：“大明宫在禁苑东南，内有麟德、凝霜、三清、含冰、水香、紫兰等殿。”后汉书荀爽传：“集汉事成败可为鉴戒者，谓之汉语。”金盘承露，汉武求仙事。【按】冯注非。屈注“含冰”似是；注“汉语”“金盘”则非。金盘，指盛脍鱼之金盘。“汉语”未详，庾信奉和法筵应诏：“佛影胡人记，经文汉语翻。”元稹缚戎人：“中有一人能汉语，自言家本长安窟。”汉语即指中国汉族语言。二句似谓鱼在养龙水中，本离宫苑中操汉语之君主极远，何竟身死于射鱼者而置金盘中为人所食乎？

笺 评

【朱曰】此诗亦讽求仙。○“纤纤”二句，言大鱼不可得见，于是悬饵箭竹以求之鸭绿养龙之水焉。“含冰”二语未详。或曰：汉武射蛟，因于礼祠。与始皇射鱼，总之求长生耳。宜乎含冰汉语远在天上，何为金盘承露，卒不免于死乎？

【何曰】自射鱼曲至景阳宫井双桐，皆仿长吉，杂长吉集中几不能辨。（读书记）

【姚曰】此叹祸机之不可测也。弩劲矢铦，蛟龙引避，不必言矣。乃至绿鸭回塘，潜藏得所，而身荐金盘，竟为粉簳馨香所误，祸机之不测如此。

【屈曰】此借射鱼而讽唐武宗之求仙也。言射大鱼大海而不得，而射小鱼于池塘，犹不为始皇求仙于海上，而如汉武之求仙于方士也。不敢明言天子，而言殿名；远于天，不以汉语之成败为鉴戒也。言若以成败为鉴戒，安得死于方士之药乎？

【程曰】此为郑注而作。注本姓鱼，冒为郑，时号“鱼郑”，又曰“水族”。唐书、通鉴皆载之。甘露之变，注在凤翔，押牙李叔和斩之以献，此所以为射鱼也。起二句言射鱼之具、射鱼之人，以比李叔和。次二句言鱼之深藏、鱼之遭射，以比郑注之拥兵凤翔，自恃兵卫，乃终为监军张仲清与押牙李叔和定计斩之。次二句言鱼之贪饵、鱼之失所，以比郑注家赀籍没，得绢百馀万匹，而为其周亲者，朝廷为之一清。末二句言鱼死不得其所，与其妄为人射，何如金盘玉箸之鲙，犹为有名，以比注先与中官陷宋申锡，及其死，则求为申锡而不可得也。含冰汉语，不得其解，故阙疑以俟考。朱注以为此诗讽刺求仙，非是。试玩结语，意重在鱼，不在射鱼之人。诗法如此，诗旨可见矣。安得泥于秦皇求仙海上射鱼故事耶？此当与韩昌黎射训狐诗一例。朱子考异论韩诗有为而作，后人有以为指王叔文者，此其类也。

【冯曰】此章……盖悲李卫国贬崖州而作，首二句谓射鱼之具甚利，而人甚猛也。“寻潮”暗点潮阳，“背日”谓远背京华，“泗鳞”喻卫公，伺者，日夜有人伺察也。“贝阙夜移”，谓移崖州而卫公失色，自知必死矣。“纤纤”以下费解。似谓自有清幽美境可娱此身，今则远不可即，何由归死于故土乎？卫公有平泉佳墅，而南荒炎热，不可得冰，故云。第未能字字豁然耳。

【纪曰】长吉涩体。（诗说）长吉派之不佳者。（辑评）

【姜炳璋曰】长孺以为讽求仙，诚未合诗旨。洴江谓郑注本姓鱼，人曰"鱼郑"，又曰"水族"；甘露之变，注在凤翔，押牙李叔和斩之以献，此所以为"射鱼"也。愚谓：按之诗意，亦自可通。但训、注奉诏诛锄宦官，虽谋之不臧，而身死家屠，宦官自是益肆横无忌，乃舍极恶之仇士良，而极诋郑注，若惟恐其不封刳者，义山素怀义愤，岂至此乎？此诗不曰"网鱼"，而曰"射鱼"，必蛟鳄之属，此指当时节度使之跋扈如刘稹者。"寻潮背日伺泅鳞"，谓郭谊虽为谋主，实阴伺其所为；"背日"，犹云暗地也。"贝阙"，海上仙宫，乃怪鱼所依倚；"夜移鲸失色"，谓邢州守将裴问请降于王元逵，洺州守将王钊、磁州守将安玉降于何弘敬，而刘稹失色退沮也。可见平日粉竿香饵，日设于鸭塘龙水中，安逸之地，实祸机所伏，稹自不悟耳；一旦失势，为郭谊所杀，而鱼置金盘所献矣。然则自以为去天甚远，而专恣以抗朝廷者，亦自速其死焉耳。

【张曰】诗本难解，冯氏谓悲李卫公贬崖州而作，尤难解矣。惟"寻潮背日"句尚可附会，其下则真谜语矣。故余笺义山集，遇此等篇，皆不敢妄下武断也。又案冯氏谓追慨卫公，余细审之，若以为指杨嗣复贬潮事，似尤通。起二句写彼谗者之势力，毒如弩，力如虎，大约指中官及李党言。盖嗣复等之贬，实发于中官，而李党又交构之也。"寻潮"二句，言彼谗者终日伺衅，竟能上回天听，所谓"贝阙夜移鲸失色"也。嗣复等已先贬，故曰"泅鳞"。"纤纤"二句，谓构造贤妃托立秘谋，其初意专为嗣复等，不过以安王为香饵耳。"绿鸭回塘养龙水"，谓贤妃抚养安王溶也。"含冰"句言贤妃传语事，本河汉无稽，纵欲辨之，而天远九重，求如盘水加剑，死于请室，又何可得哉！此为武宗初遣中使往湖南杀嗣复时作。如此细绎，不较冯说明显哉？虽然，义山与嗣复至交，果咏此事，何以更无深挚之痛，如燕台诸诗者？夫同一诗也，此解之而通，彼解之而亦通，则无为定论矣。姑附鄙见于此，亦以见解诗难，解义山诗尤不易也。（会笺）

【按】程以为刺郑注，冯以为伤李德裕，姜以为影指刘稹为郭谊所杀，张又以为指杨嗣复贬潮，说虽纷歧，穿凿则同。惟程氏谓："试玩结语，意重在鱼，不在射鱼之人。诗法如此，诗旨可见矣。安得泥于秦皇求仙海上射鱼故事耶？"则深得此诗笔意，足以破朱、屈二氏讽求仙之说。"射鱼"之与"海上"，固不必同一意旨也。此诗意旨，姚笺已得其大概。前四谓绣额蛮酋，力大胜虎，劲弩利镞，伺鱼之出而射之，而鱼已失色夜遁，并珠宫贝阙亦已夜移矣。后四则谓彼鸭头绿色回塘中所养之鱼，反为纤纤钓竿上之香饵所诱，死于刀砧，而为盘中之食。姚谓叹祸机之不可测，近之。一则有所戒惧而得免强弩利镞之祸，一则卒为利诱而丧身，两相对照，似戒香饵之不可近更切诗意。诗必有所为而作，然不必定指某人某事，虚解为佳。据诗中所写南荒情景，或作于桂幕。

木兰〔一〕

二月二十二①，木兰开坼初②。初当新病酒〔二〕，复自久离居〔三〕。愁绝更倾国，惊新闻远书③。紫丝何日障？油壁几时车〔四〕？弄粉知伤重，调红或有馀。波痕空映袜〔五〕，烟态不胜裾〔六〕。桂岭含芳远，莲塘属意疏〔七〕。瑶姬与神女〔八〕，长短定何如[④]〔九〕？

校　记

①“二十二”，【冯曰】一作“二十五”。

②“坼”，姜本、戊签、席本、钱本作“拆”，字通。

③“新闻”，【冯曰】一作“心开”。

④“何如”，姜本作“如何”，非。

集　注

〔一〕【冯注】原编集外诗。离骚：“朝搴阰之木兰。”司马相如子虚赋：“桂椒木兰。”左思蜀都赋：“木兰梫桂。”按：合楚词、汉书、文选诸注：木兰，大树也。其皮似椒，亦云似桂，辛香可食，可作面膏药。去皮不死，叶似长生，冬夏荣，常以冬华。其实如小柿，甘美，南人以为梅。本草曰：“生零陵山谷及太山。”图经曰：“今湖岭蜀川诸州皆有之。”而于韶州种云“与桂同”。是取外皮为木兰，中肉为桂心，桂中之一种耳。盖木兰是桂类而劣于桂，似即今所习用之桂皮欤？若其花则本草有云：“粉红色，二三月开。”李时珍云：“花内白外紫，亦有四季开，有红黄白数色。木肌细而心黄，大者可为舟。”花之时色，所言不同矣。李卫公平泉草木记有“海峤之木兰”，白香山题令狐家木兰花诗“腻如玉指涂朱粉，光似金刀剪紫霞。从此时时春梦里，应添一树女郎花”，则可为此篇证也。又按：白香山木莲树图序曰：“木莲树生巴峡山谷间，巴民亦呼为黄心树。大者高五丈，涉冬不凋。身如青杨，有白文。叶如桂，厚大无脊。花如莲，香色艳腻皆同,独房蕊有异,四月初始开,自开迨谢,仅二十日。忠州鸣玉溪生者,秾茂尤异。诗曰:‘如折芙蓉栽旱地,似抛芍药挂高枝。’又曰:‘红似燕支腻如粉。’又曰:‘花房腻似红莲朵,艳色鲜如紫牡丹。’”宋祁益部方物记:“木莲花生峨眉山谷,花夏开,枝条茂蔚,不为园圃所莳。”是则木莲以遐僻标奇,常与木兰相类而实异。乃本草释名:“木兰、杜兰、林兰、木莲、黄心,其香如兰,其状如莲,其木心黄。”是一物而异名也,似误混矣,故不惮详征之。又按:群芳谱列木兰于玉兰花、辛夷之间,疑即与之同类,不必过以珍奇目之也。谱又以木莲即木芙蓉,则未可信。【按】离骚所谓木兰系香草,与此诗木兰系木名者不同。木兰状似楠树,质似柏而微疏,可造船。皮辛香似桂,厚者似厚朴。叶大。晚春先叶开花。一云早春先叶开花,花外紫内白。果实似玉兰。产于我国中部,久经栽培,供观赏。诗作于大中二年二月二十二日。

〔二〕【冯注】史记:“信陵君竟病酒而卒。”

〔三〕【补】自,已,已经。

〔四〕紫丝障、油壁车,均见朱槿花注。

〔五〕【朱注】洛神赋:“凌波微步,罗袜生尘。”

〔六〕【朱注】洛神赋:“曳雾绡之轻裾。”【冯注】三辅黄图:“成帝与赵飞燕戏于大液池,以金锁缆云舟于波上,每轻风时至,飞燕殆欲随风入水,帝以翠缕结飞燕之裾。今太液池尚有避风台。”

〔七〕【冯注】江淹西洲曲:“采莲南塘秋。”【按】此“莲塘”指长安晋昌里令狐绹居所附近之南塘。宿晋昌亭闻惊禽有“过尽南塘树更深”之句。

〔八〕【朱注】山海经:“姑瑶之山,帝女死焉,化为瑶草,服者媚于人。”集仙传:“灵华夫人名瑶姬,王母第二十三女,尝游东海,过巫山,授禹上清宝文理水之策。”【冯注】水经注:“巫山者,帝女居焉。宋玉谓帝之季女,名曰瑶姬,未行而亡,封于巫山之台,精魂为草,实为灵芝。”【按】神女屡见。

〔九〕【朱注】神女赋:“秾不短,纤不长。”登徒子好色赋:“臣东家之子,增之一分则太长,减之一分则太短。”

笺　评

【冯班曰】此是木兰开时有忆,非咏木兰也。(何焯引。辑评。)

【姚曰】首四句,叙见花之日,正值病酒之初,离居之后,发动情思,全在此。“愁绝”四句,叹其容艳。“弄粉”四句,写其妆饰。“桂岭”四句,言庶几桂与莲可以并美,而惜其不相见也。

【屈曰】一段开当离别闻书时。二段木兰之色态。三段比结。

【程曰】此亦艳诗,中有桂岭之语,乃从事桂管时所遇也。但有“离居”字,有“远书”字,则别后记忆之词。其言“莲塘属意疏”者,亦文中所言“虽有涉于篇什,实不接于风流”者也。

【徐曰】据白香山题诗,此篇有托,非咏物也。(冯笺引)

【冯曰】义山寓意令狐之作极多,此章命意虽难执定(木兰何必令狐家独有),第以“桂岭”二句,似从桂管归京,而情意疏淡;起句月日,似暗记到京相见,非无谓者,故通体不尽符,而且类列之。又曰:莲塘、南塘,此后屡见,当是京城南曲江芙蓉池相近之地也,疑令狐有别馆在焉。

【纪曰】格卑而兼多累句。(诗说)语亦浮泛。(辑评)

【张曰】玉溪诗篇篇皆有本事，不解其本事，宜其以“浮泛”二字了之，吾欲为古人不平矣。〇大中二年正月，子直召拜考功员外郎，其到京必在二月。此首句“二月二十二，木兰开坼初”，盖暗记子直至都之日。令狐家木兰最盛，故借以寓意，言从此位致通显矣。观“惊新闻远书”句，则此诗乃义山在桂管闻而赋之者，故下又曰“桂岭含芳远”也。义山自婚王氏，久为李赞皇一党，从郑亚、从柳仲郢，亦皆为卫公所厚者。令狐因茂元之故，迁怒义山，诗所以云“弄粉知伤重”者，即指此。“紫丝”二句，言何时复居门馆。“波痕”二句，写远客了然情况。结则言牛李二党果何者煦我哉！“长短定何如”，问之之词。时义山尚在桂幕，故词中不兼失意之语。盖未几而府罢，屡启陈情矣。（辨正）又曰：此篇寓意令狐，尤属显明，今细笺之。首云“二月二十二，木兰开坼初”，谓初闻子直拜中书舍人也。翰苑群书重修承旨学士壁记：“令狐绹大中二年二月十日自考功郎中知制诰充翰林学士。三年二月二十一日，特恩拜中书舍人，依前充。”句正指此。“初当新病酒”，如醉；“复似久离居”，如迷。“愁绝更倾国，惊新闻远书”，言不意有此一事。“紫丝”“油壁”，喻内禁，从此分隔云泥，我所期望，不知何日能达矣。“弄粉”句谓今日始知宿憾终未能释。“调红”句谓彼或藉以调谑，亦未可知。“波痕空映袜”，谓前之陈情，俱属无益；“烟态不胜裾”，谓今之所得，无异空劳。“桂岭”指桂幕，“莲塘”令狐所居，言彼之含怒而不属意者，正以我从郑亚故也。结意则谓此后两美合并，情“长”情“短”，真使人不知如何而可耳。白香山有题令狐家木兰花诗，故假以寄意。所以不列之大中五年除博士时者，以博士之除，似在夏秋，与此诗

写景不类也。冯氏不能细参前后诸诗，知其然而不知其所以然，宜其所解之肤廓欤？（会笺）

【按】冯氏以诗有“桂岭”二句，疑其暗喻己从桂管归京，而令狐情意疏淡，似之。张氏会笺乃以木兰为托喻令狐，则与诗意相左。诗言“桂岭含芳远”，明借含芳于桂岭之木兰以自喻。“愁绝”“伤重”等语，施之令狐，亦弗类。细味全诗，盖借木兰以自寓者也。首四谓木兰开坼之日，正值己病酒之际，离居之时。“久离居”，指独处岭外，与家室远离。此段犹用赋法。义山托物寓怀诗，每有以赋体起而自然转入比兴者，如回中牡丹为雨所败二首（其一）：“下苑他年未可追，西州今日忽相期。”高松：“高松出众木，伴我向天涯。”均其例。“愁绝”句状木兰初开含愁之态、倾国之姿；“惊新”句未详，似承“久离居”，谓惊对新艳，忽值远书乍至。“紫丝”二句，非因其已障、已车而问，用意在“何日”“几时”，盖言其不知何时方能得此殊遇也，与朱槿花二首（其一）“不卷锦步障，未登油壁车”意同而语异。此段曰“愁绝”，曰“何日障”“几时车”，自寓不遇之意显然。“弄粉”二句，状木兰腻粉红艳之容颜与内含伤痛之意态。“波痕”二句，则又状其轻盈绰约之风姿与无人欣赏之遭遇（借“空”字点出）。此段仍以美好之容态与不幸遭遇两两相形。“桂岭”二句点醒全篇托寓主意，谓已含芳于桂岭荒远之地，而彼居帝里莲塘者（隐指令狐），则毫不措意而疏我也。“波痕”二句已将木兰暗比为宓妃，末联乃进而谓：如此美艳之木兰，定可与瑶姬、神女媲美也。自负自赏，正衬出自伤之意。诗当大中二年二月在桂林作，“桂岭含芳”“久离居”语可证。

据商隐樊南乙集序"二月府贬"之文及为荥阳公与前浙东杨大夫启"以今月二十三日南去"之语，郑亚当于大中二年二月二十三日启程赴循州贬所。此诗正郑亚启程前一日所作。其为借木兰自伤更属无疑。

灯

皎洁终无倦，煎熬亦自求〔一〕。花时随酒远，雨后背窗休①。冷暗黄茅驿〔二〕，暄明紫桂楼〔三〕。锦囊名画掩，玉局败棋收〔四〕。何处无佳梦，谁人不隐忧〔五〕？影随帘押转〔六〕，光信簟文流〔七〕。客自胜潘岳〔八〕，侬今定莫愁〔九〕。固应留半焰，回照下帏羞〔一〇〕。

校　记

①"后"，蒋本、戊签、席本、影宋抄及才调作"夜"。

集　注

〔一〕【冯注】庄子："膏火自煎也。"【朱注】阮籍诗："膏火自煎熬。"

〔二〕【冯注】岭南多瘴。御览于容州引郡国志曰："春为青草瘴，秋为黄茅瘴。"柳柳州诗："瘴江南去入云烟，望尽黄茅是海边。"

〔三〕【朱注】鲍照诗："凤楼十二重，桂树玉盘龙。"【冯注】山海经："桂林八树在贲隅东。"拾遗记："暗河之北有紫桂成林，实大如枣，群仙饵焉。"又御览引汉武内传云："紫桂宫，太上丈人君处之。"

〔四〕【何注】古子夜歌："明灯照空局，悠然未有期。"（辑评）

【按】二句谓灯或照已掩卷之锦囊名画，或照已收之玉局败棋。

〔五〕【朱注】诗："耿耿不寐，如有隐忧。"【何注】隐忧只断章在不寐意。（辑评）【按】二句谓灯或照眠梦者，或照不寐者。

〔六〕【朱注】汉武故事："上起神屋，以白珠为帘箔，玳瑁押之，象牙为篾。"萧贯晓寒歌："海牛押帘风不入。"【补】押，通"压"，指帘轴，所以镇帘。徐陵玉台新咏序："玉树以珊瑚作枝，珠帘以玳瑁为押。"

〔七〕【朱注】梁简文帝诗："簟文生玉腕，香汗浸红纱。"

〔八〕【冯注】晋书："潘岳总角，乘羊车入市，见者皆以为玉人，观之者倾都。"

〔九〕已见富平少侯注。

〔一〇〕【陈启源曰】梁纪少瑜（残）灯诗："惟馀一两焰，才得解罗衣。"结语从此化出。（朱注引）

笺　评

【钱曰】义山咏物诗，力厚色浓，意曲语炼，无一懈句，无一衬字，上下古今，未见其偶。（唐音审体）

【姚曰】此借言佳时之难遇也。起四句总冒。"冷暗"八句作一气读，而于最有情处作结。

【屈曰】一段灯之光华性情。二段无处不照。三段照愁不寐，睹物怀人，起下段也。四段若遇双美，当照出无限风流。

【程曰】此非咏灯，乃幕中写怀耳。中有黄茅驿、紫桂楼，或从事桂管之时也。末有"侬今定莫愁"又"回照下帏羞"二语，乃托于妇人女子，以寓其屈身事人之义。

【李因培曰】(“花时”二句)淡远得味外味。在此题尤难。(唐诗观澜集卷二十四)

【冯曰】此桂府初罢作也。首二句领起通篇,“皎洁”言不负故交,“煎熬”言屡遭失意,“自求”二字惨甚。三四溯昨春从行而背京师,五谓行近桂管,六则抵桂幕,七八不意其遽贬也。“何处”一联,言倏喜倏忧,人世皆然。“影随”二句,谓踪迹又将流转。结二韵谓两美终合,定有馀光之照。虽未见明切子直,而此外固无人矣,正应转首句。

【纪曰】与肠诗同一下派,只“冷暗黄茅驿”一句差可。(诗说)

【张曰】冯解甚精,结语乃指李回。回以节度降观察使,虽属左迁,尚有辟署之权,故以“半焰”为喻。如此方与起句不负故交意相应,不得概谓子直也。(会笺)又曰:此篇冯氏定令狐陈情所作。余细玩之,盖为属意李回而发耳。盖李回不能携赴湖南幕府,实因遭贬畏谗,此诗所以解之也。首三韵言桂管府罢,急图遇合。“锦囊”二句,言党局反复。“何处”二句,代为解释,言不必因一时之不得志,有所顾忌。“影随”二句,言已亦随党局流转,决不肯希意他就。结则望其哀怜旧情,急为援手也。必非例为子直之作矣。(辨正)

【按】冯笺谓此桂府初罢作,颇似之。盖此诗不特以“黄茅驿”“紫桂楼”字面点桂管,且起手二句便露刻意寓托之痕。中间“锦囊”二句,亦显属寓言。然冯氏句解似未安,张笺尤凿。诗盖以“灯”自喻。首二以“皎洁”喻己之品质,以“煎熬”喻己之遭遇与内心痛苦,曰“自求”,则今日之遭遇固由自取。意致与蝉首联“本以高难饱,徒劳恨费声”相近。“花时”四句,自时、地二者写灯之“无倦”

"煎熬"。"花时""雨后",即"不拣花朝与雪朝";"冷暗""暄明",即不论何所何地,均照之无倦。四句概括在桂幕情景。"锦囊"二句,以灯照名画之掩、棋局之收,隐喻桂府之罢。"何处"二句,以灯之或照好梦正浓者,或照耿耿不寐者,以喻罢幕时幕僚情况之不同。"影随"四句承"佳梦"言,谓彼等送旧迎新,欣有所托,故"莫愁"也。"固应"二句承"隐忧"言,残灯半燄,空照下帏独居之人,情何以堪!"下帏",即"罢幕"之寓言也。全诗亦不妨视为"桂州罢吟寄同舍"也。

缪钺先生曾谓:"义山之诗,已有极近于词者,如灯……取资微物,诗中所用之意象辞采,皆极细美,篇末尤为婉约幽怨。此作虽为诗体,而论其意境及作法,则极近于词。盖中国诗发展之趋势,至晚唐之时,应产生一种细美幽约之作,故李义山以诗表现之,温庭筠则以词表现之。体裁虽异,意味相同。盖有不知其然而然者。"(论李义山诗。收入著者诗词散论。)此论自宏观角度考察义山诗,所见特大,故标而出之。

寄令狐学士〔一〕

秘殿崔嵬拂彩霓〔二〕,曹司今在殿东西①〔三〕。赓歌太液翻黄鹄〔四〕,从猎陈仓获碧鸡〔五〕。晓饮岂知金掌迥〔六〕,夜吟应讶玉绳低〔七〕。钧天虽许人间听〔八〕,阊阖门多梦自迷〔九〕。

校　记

①"东",【冯曰】万花谷引之作"中"。

集 注

〔一〕【朱注】令狐绹传："大中二年，召拜考功郎中，寻知制诰，充翰林学士。"【冯曰】（湖州）郡守表书"二年四月二日，除翰林学士"。盖召拜考功，未至阙，又拜学士，与旧传合。【张曰】案翰苑群书重修承旨学士壁记："绹大中二年二月十日自考功郎中知制诰充。"又东观奏记："令狐绹自湖州刺史召来，翌日，授考功郎中知制诰；到阙，召充翰林学士。"冯说似未合，内召或当在二月前也。新书表书除学士于四月，误。

〔二〕【程注】王延寿鲁灵光殿赋："乃立灵光之秘殿，配紫薇而为辅。"【冯注】班固西都赋："正殿崔嵬层构。"又曰："虹霓回带于棼楣。"

〔三〕【程注】杜氏通典："唐尚书省有左右司郎中各一人，员外郎各一人，分管尚书六曹事。其诸曹司郎中总三十人，员外郎总三十一人，通谓之郎中。"李肇翰林志："翰林院在银台门北麟德殿西厢重廊之后，学士院在翰林之南，别户东向。"绹以考功郎中充翰林学士，故曰曹司今在殿东西也。【冯注】唐会要："德宗又置东翰林院于金銮殿之西。"按：此则言在天子左右也。

〔四〕【朱注】西京杂记："始元元年，黄鹄下太液池，帝为歌曰：黄鹄飞兮下建章。"【何注】汉书昭帝纪："始元元年春，黄鹄下建章宫太液池中，公卿上寿。"（辑评）【补】书益稷："乃赓载歌曰：元首明哉。"赓，继续。翻，谱写、摹写。

〔五〕【朱注】唐书："凤翔府宝鸡县，本陈仓，至德二载更名。"晋太康地志："秦文公时，陈仓人猎得兽如彘，不知名，牵以献之。逢二童子，童子曰：'此名为媦，常在地中食死人脑。

即欲杀之，拍捶其首。’媦亦语曰：‘二童名陈宝，得雄者王，得雌者霸。’陈仓人乃逐之，化为雌雉，上陈仓北阪为石。秦祀之。”水经注：“昔秦文公感伯王之言，游猎陈仓，遇之于北阪，得若石焉，其色如肝，归而宝祠之，故曰陈宝。”【冯注】史记封禅书：“秦文公获若石云，于陈仓北阪城祠之。其神来也常以夜，光辉若流星，从东南来集于祠城，则若雄鸡，其声殷云，野鸡夜雊。以一牢祠，命曰陈宝。”括地志云：“宝鸡神祠在岐州陈仓县。”搜神记云：“雄者飞至南阳，其后光武起于南阳。”按：史记秦本纪：“文公三年东猎，四年居汧、渭之会，十九年得陈宝。”乃宋书符瑞志云：“秦穆公发徒大猎，得其雌者，化而为石，置之汧、渭之间。至文公为之立祠，名曰陈宝祠。”夫穆公乃文公曾孙，德公之少子，何宋书之舛也！汉书郊祀志又云：“宣帝即位，或言益州有金马、碧鸡之神，可醮祭而至，于是遣大夫王褒使持节而求之。”如淳曰：“金形似马，碧形似鸡。”九州要记：“禺同山有金马、碧鸡之祠。”此别为一事，诗乃误合之，文集亦然。

〔六〕【朱注】三辅旧事：“仙人掌在甘泉宫。”长安志：“仙人掌大十围，以铜为之。”【姚注】汉书：“孝武作柏梁铜柱、承露仙人掌之属。”【冯注】三辅黄图：“建章宫有神明台，武帝造，祭仙人处。上有承露台，有铜仙人舒掌捧铜盘玉杯，以承云表之露，和玉屑服之。”按：三辅黄图：“建章宫神明台、甘泉宫通天台，皆言有承露盘。”

〔七〕【朱注】谢朓诗：“玉绳低建章。”【冯注】春秋元命苞：“玉衡北两星为玉绳，玉之为言沟刻也。”宋均注：“绳能直物，沟谓作器。”【何曰】(五六)洗发“崔嵬”二字。(读书记)

【程注】张九龄夜直简诸公诗："树摇金掌露，庭徙玉楼阴。"

〔八〕【冯注】吕氏春秋："天有九野，中央曰钧天。"史记："赵简子疾，扁鹊视之，曰：'血脉治也，而何怪！昔秦缪公尝如此，七日而寤，告公孙支曰："我之帝所甚乐。"今主君之疾与之同。'居二日半，简子寤，语大夫曰：'吾之帝所甚乐，与百神游于钧天，广乐九奏万舞，不类三代之乐，其声动人心。'"此顶上以喻绚之诗文。【按】钧天非喻绚诗文，详笺。

〔九〕【程注】说文："阊阖，天门也。"李白梁甫吟："阊阖九门不可通。"【冯注】司马相如大人赋："排阊阖而入帝宫。"左传："晋政多门，不可从也。"此兼用建章宫千门万户意。

笺 评

【朱曰】此以汲引望令狐也。（李义山诗集补注）

【朱彝尊曰】（末句）不曰无门而曰多门，微词可见也。

【吴乔曰】时义山在桂州，结有望援之意。（西昆发微）

【杨守智曰】此时义山从郑亚在桂州。

【何曰】以飞卿投萧舍人诗相较，两人真相去不啻三十里。顾瞻玉堂，如在天上；流落人间者，九阍万里，梦不得到。而君则晓饮夜吟其中，固不啻浊水污泥清路尘也。（读书记）又曰：结句本休文"梦中不识路，何以慰相思"，兼之尊卑阔绝也。（冯笺引）

【胡以梅曰】此诗起称内殿之高宏，而翰林之曹司，即在诸殿之东西，见其身履禁庭亲切也。于是侍中而赓扬君王太液之歌，随猎而得碧鸡之瑞。晓之所饮，乃天上沆瀣，金掌露盘中物，而身在天际，岂觉金掌之迥？夜吟忘其更深，但惊讶玉绳星之低。四句金璧辉煌，对工意足，皆无中生有。结言钧天之乐虽许人听，但上天门路多，总有赵简子之梦，亦迷而难至，以见天人遥隔，非其引导不得而进耳。（唐诗贯珠串释）

【陆曰】大中二年，令狐绹为翰林学士，适义山随郑亚在岭表，故有此寄。上半秘殿崔嵬，曹司密迩，言绹身依日月，而高不可攀也。且上作歌而绹赓焉，上游猎而绹从焉，其得君为何如乎？下半言己方流落桂林，天上玉堂，梦且不到，而绹得晓饮夜吟其中，真有云泥之隔也。篇中极力写出得意失意两种人来，仍无一毫乞怜之态，可谓善于立言。

【姚曰】大中二年，令狐绹拜考功郎中、寻知制诰、充翰林学士，诗故以汲引望之。首联，地居禁近。次联，亲幸日深。荣宠如此，玉堂天上，自谓分所应得，岂复忆念故交。故讽之曰：钧天广乐，未必非人世所可与闻，但阊阖门多，无人引进耳。仍不放倒自家身分。

【屈曰】一宫殿森严。二学士亲近。入则赓歌太液，出则从猎陈仓，饮则从晓至暮，吟则自夜达明。如此得君，分当荐士，奈何钧天之乐虽许人间遥听而不令人入门何也？

【程曰】令狐绹本传："绹由湖州刺史召入翰林为学士，又为翰林承旨，夜对禁中，烛尽，帝以乘舆金莲华炬送还。吏望见，以为天子来。及绹至，皆惊。"当时绹之得君恩遇盖至于此。此诗所谓赓歌从猎、晓饮夜吟，皆极写其异数。结句则自嗟未蒙汲引之意，但未至官贵行马之甚耳。

【冯曰】今玩温作"万象晓归仁寿镜，百花春隔景阳钟"，写内相之任重望高，未必逊此也。论其大势，温不如李之盘郁。

【纪曰】此与玩月戏赠同意，亦有调度，然格意殊薄。问第四

句何指？曰此无所指，只因从猎牵出陈仓碧鸡，图作对耳，然终觉凑泊，不及上句之自然。（诗说）

【方东树曰】句法雄杰。是时欲解怨于绹，不然，不全作赞美之辞。然吐属大雅名贵。……末以汲引望之，仍自留身分。（昭昧詹言）

【张曰】（大中二年入京）道中作。（会笺）又曰：盘郁雄浑，集中上驷，未见其薄也。“从猎”句亦极自然。（辨正）

【按】绹之充翰学，重修承旨学士壁记作二月，新书表在四月。如在二月，消息传至桂林，亦需相当时日。故张氏以为返京道中作，然诗无道中作之迹象。此诗前六句极写令狐之贵显得宠，颇露欣羡称美之意；末联显含希图汲引之情，而出语较婉，不似“几时绵竹颂，拟荐子虚名”之露骨。诸家多以为无乞怜之态，然“阊阖门多梦自迷”，明言宫阙天上，门多自迷，则诉哀望引之情亦已溢乎辞矣。与钧天对照，一则讽绹之庸才贵仕，梦到青冥，慨己之知音不遇，一则羡绹之显贵得君，希其汲引垂怜，直似两种人格。“钧天”即天上之乐，听钧天即喻供职朝廷，亲近君主，冯解为“绹之诗文”，殆非。

乱石

虎踞龙蹲纵复横，星光渐减雨痕生[①][一]。不须并碍东西路，哭杀厨头阮步兵[二]。

校　记

①“雨”，万绝作“水”。

集　注

〔一〕【冯注】左传:“陨石于宋五。陨星也。”【补】春秋庄公七年:“夜中星陨如雨。”注:“如,而也。”此暗示乱石系天降之陨石。

〔二〕【朱注】晋书:“阮籍闻步兵厨人善酿,有贮酒三百斛,乃求为步兵校尉。”【姚注】魏氏春秋:“籍时率意独驾,不由径路,车迹所穷,辄恸哭而返。”

笺　评

【冯班曰】比当途之人也。(何焯引)

【贺裳曰】乱石一诗,亦深妙。……“虎踞龙蹲纵复横”,即柳州所云“怒者虎斗,企者鸟厉”也。“星光渐减雨痕生”,乃用星陨地为石兼将雨则础润二意。“不须并碍东西路,哭杀厨头阮步兵”……乱石塞路,有类途穷,此义山寄托之词,而意味深远。(载酒园诗话卷一)

【朱曰】末二语途穷之悲。

【吴乔曰】诗有比刺,其为绚乎?(西昆发微)

【杨守智曰】触目生感。通体是寄托。

【何曰】既不得挂名朝籍,并使府亦不得安其身,所以发愤也。(辑评)

【姚曰】悲途穷也。

【屈曰】刺小人当路也,意太露。

【徐健庵曰】不但穷途之悲,兼有蔽贤之恨。(冯引)

【冯曰】别有深意焉。亚坐德裕事而贬,义山缘此废滞矣。上二句指李党之据在要地者,一旦光燄忽衰,渐形萧飒。下二句恐其势将累我。

【纪曰】前一句不成语,后二句亦浅直。且步兵加“厨头”为目,亦捏凑无理。(诗说)

【姜炳璋曰】一二,喻执政之排己。三,喻萋斐之小人更媒孽其间;四,则自谓也。杨文公亿云:“既填沟壑,犹下石而未休;已困蒺藜,尚弯弓而未已。”即此诗意欤?

【张曰】文人一作兀傲自负语,便以为粗鄙。此等诗法,不识纪氏受自何人?“厨头”用典,何为不佳?○此种诗皆无定解,总是穷途失意之痛。大约皆桂管、巴蜀废罢留滞时,触绪致慨者耳。必一一编年比次,未免太近穿凿矣。读者细参行踪,详味诗意,博通观之可也。(辨正)又曰:“虎踞龙蹲纵复横”,喻牛李二党,彼此倾轧。“星光”句谓一党渐衰,而一党又代起也。结言党人于我何仇,奈何跬步才蹈,荆棘已生,使人抱途穷之哭乎?故曰“不须”也。不得专指李党,冯说未洽。(会笺)

【按】此系夜行见乱石纵横,阻塞道路,有感而作。“乱石”喻抑塞仕途之黑暗政治势力。夜间乱石暗影朦胧,故觉其如“虎踞龙蹲”。四字画出其狰狞可怖,森然搏人之状。“纵复横”正点题中“乱”字,并为下“并碍东西路”伏根。次句以星光减与雨痕生暗示“乱石”盘踞要路已久。三四乃直抒穷途之恸与抑塞之愤。“不须”二字,正深疾其阻塞贤路无所不用其极,不为寒士开一线之路,愤极亦复痛极,可谓字字血泪。语虽直率,情自沉郁。

诗中以暗夜迷茫景象作为背景,正透露出政治环境之黑暗。“乱石”纵横,自非专指一党而言。义山仕途抑塞,直接原因固缘牛党恶其“背恩”,根本原因则在晚唐整个黑暗腐朽之政治环境。此诗所抒写者,实系其整体感受,不必泥于一党，亦不必拘于一事。至何氏从“并碍东西路”中味出“既不得挂名朝籍，并使府亦不得安其身”，冯、张又进而推测诗当作于大中二年罢桂幕后，则知人论世，自可参考。商隐大中二年秋桂管归途作献襄阳卢尚书启亦云：“岂谓穷途，再逢哲匠？”可见其时诗人确有穷途之恸。

潭州〔一〕

潭州官舍暮楼空，今古无端入望中〔二〕。湘泪浅深滋竹色〔三〕，楚歌重叠怨兰丛〔四〕。陶公战舰空滩雨〔五〕，贾傅承尘破庙风〔六〕。目断故园人不至，松醪一醉与谁同〔七〕！

集　注

〔一〕【朱注】唐书：“潭州长沙郡，属江南西道。”元和郡县志：“隋平陈，改湘州曰潭州，取昭潭为名。”【朱彝尊曰】今长沙府。【冯注】水经注：“临湘县北昭山，山下旋泉，深不可测，故言昭潭无底，亦谓之湘州潭。”旧书志：“秦汉为长沙郡国；晋置湘州；隋为潭州，以昭潭为名。”

〔二〕【陆曰】言之所及在古，心之所伤在今，故曰“今古无端”。【王闿运曰】起极苍莽，故中四句可实砌。

〔三〕【朱注】博物志：“舜二妃曰湘夫人。舜崩，二妃啼，以泪挥竹，竹尽斑。”【冯注】述异记：“湘水岸有相思宫、望帝台。舜殁，葬苍梧，二女追之不及，恸哭，泪下沾竹，文悉斑斑然。”水经注：“大舜陟方，二妃从之，溺于湘江，神游洞庭之渊，出入潇湘之浦。”

〔四〕【朱注】楚词九歌称"澧兰""秋兰"者不一,故曰"重叠怨兰丛。"【冯注】史记屈原列传:"楚人既咎子兰劝怀王入秦而不反也。屈原既嫉之。"又曰:"令尹子兰大怒。"【补】楚歌,指屈原离骚、九歌等。重叠,犹反复、多次。离骚中有"兰芷变而不芳兮,荃蕙化而为茅。何昔日之芳草兮,今直为此萧艾也""余既以兰为可恃兮,羌无实而容长"等句,解者相承以为"兰"系影射令尹子兰。"怨兰丛"当取此意。"兰丛"指其非一人。句意盖谓屈原之诗歌中反复致怨者,系令尹子兰之流。朱注所引非所用。

〔五〕【朱注】晋书陶侃传:"刘弘为荆州刺史,以侃为江夏太守,又加督护,使与诸军并力拒陈恢。侃乃以运船为战舰,所向必破。后讨杜弢,进克长沙,封长沙郡公。"【冯注】朱伺传:"侃以伺能水战,晓作舟舰,乃遣作大舰。"【按】句意谓陶侃昔曾于此驱战舰立奇功,今则遗迹荡然,唯见雨洒空滩而已。

〔六〕【朱注】西京杂记:"贾谊在长沙,鹏鸟集其承尘。俗以鹏鸟至人家,主人死。谊作鹏鸟赋。"释名:"承尘,施于上以承尘土也。"寰宇记:"贾谊庙在长沙县南六十里,庙即谊宅。宅中有井,上圆下方。"【冯注】史记:"贾生为长沙王太傅三年,有鸮飞入舍,止于坐隅。楚人命鸮曰服。生以长沙卑湿,寿不得长,伤悼之,乃为赋以自广。"水经注:"湘州郡廨西陶侃庙,云旧是贾谊宅。地中有一井,是谊所凿,上敛下大,状似壶,旁有一脚石床,才容一人坐形,流俗相承云谊宿所坐床。又有大柑树,亦云谊所植。"

〔七〕【冯注】本草:"松叶、松节、松胶,皆可为酒。"陆士衡诗:"瓦罍酌松醪。"【按】松醪为唐代潭州名产,屡见唐人诗文。杜牧送薛种游湖南："贾傅松醪酒。"

笺　评

【金圣叹曰】暮楼空，言既不对酒，又不摊书，只是凭高闲望，并无他事感发。此即次句所云"无端"也。然而心如秋满月，眼若青莲花，一任空楼无端，偏是万端齐起。于是而泪色浅深，怨歌重叠，心同理同，自哭自笑，由来天下绝顶大聪明人，单除二时茶饭，其馀总代古人担忧，此真不可得而自解者也。前解自写解事，此解（指后四句）写潭州人不解事也。言如此愁绝无聊，庶几破除有酒，然而巡索全州，更无可语。陶公已去，贾傅又夭，故园信断，又能奈何哉！（贯华堂选批唐才子诗）

【朱彝尊曰】颔联古，腹联今。

【杨守智曰】下四语俱从第二句生出，五六悲壮。末批：愚意当作就地怀古观，可不必照笺牵入时事为圆活。

【何曰】此随郑亚南迁而作。第三思武宗，第四刺宣宗。五六则悲会昌将相名臣之流落也。楚词以兰比令尹子兰，盖指白敏中言之。（辑评"白敏中"下有"令狐绹"三字。）○"今古无端入望中"句下笺：此登潭州官舍楼而作，所望者故园人耳。今目断乡关，而潭州已事，历历在目。"无端"二字，从空楼写出，绝妙章法。○"湘泪浅深滋竹色"二句评：入望古今。○"陶公战舰空滩雨"二句评：雨中坏舰，风中破庙，令人不堪回首。○"目断故园人不至"，收"望"字。（读书记）又曰："无端"二字有怨意。要知只是自己无聊，与古人原无与。惟其意有未得，故无端所见，皆增悲感，观首末可知。"松醪"句，浅学惯调。（辑评）

【胡以梅曰】此义山平铺直叙之作。中间四句皆用望中本地风光，是承古；结句是承今也。三四意在言外，有骚人之旨。（唐诗贯珠串释）

【陆鸣皋曰】中四句，俱从第二句写出。

【赵臣瑗曰】暮楼空，是只有我一人在也。次句指中四件事。古何所有？夫人之泪也，屈子之歌也，陶之战舰，而贾之承尘也。今何所馀？竹之色也，兰之丛也，空滩之雨，而破庙之风也。乃古之所有既与我不相值，今之所馀又与我不相干，而触物思人，抚今追昔，不觉一时俱到眼前，此所谓"无端入望中"也。然而何以遣之？意惟是呼朋把酒，庶可一消其寂寞，而今则安可得哉？玩目断故园、一醉谁同，见潭州并无一人可语。（山满楼笺注唐诗七言律）

【陆曰】从来览古凭吊之什，无不与时会相感发。义山此诗，作于大中之初。因身在潭州，遂借潭往事，以发抒胸臆耳。"湘泪"一联，言己之沉沦使府，不殊放逐，固难免于怨且泣也。而会昌以来，将相名臣，悉皆流落，凄其寂寞之况，因破庙空滩而愈增怆然矣。此景此时，计惟付之一醉，而客中孤独，谁与为欢？旅思乡愁，真有两无可遣者。

【姚曰】此伤客中无可与语也。首句点明兴感之由。大凡今人自有今人事，古人自有古人事，千年影现，真属无端。竹色兰丛，今所见也，因竹色而想到湘泪，因兰丛而想到楚歌，古人如在眼前也。空滩雨，破庙风，今所见也，因空滩而想到陶公战舰，因破庙而想到贾傅承尘，古人如在眼前也。此所谓"无端入望中"也。岂知不愿见者偏见，愿见者偏不见。夫吾所愿见者，故园知己，相逢一醉而已，若之何其竟不能到眼前也耶？

【屈曰】一潭州暮望，二望中之感。中四皆承二。湘泪、楚歌、陶、贾，古也；兰、竹、风、雨，今也。七八自伤流滞于此。

【程曰】此伤李德裕之罢相远贬也。大中元年，郑亚廉察桂州，义山为从事。七月，李德裕贬潮州司马。命题为潭州者，当是随郑亚入桂州，经过潭州，闻德裕之事而作。起句就所过之地发端也。次句言目中古事与胸中今事相类，无端入望，触绪可伤也。三四谓武宗已崩，使人有苍梧之悲；宣宗初立，遂致有屈原之放也。五六谓立功于东川回鹘者，不啻陶侃长沙之功；立言于丹扆六箴者，无异贾谊治安之策也。七八即风人"未见君子，我心忉忉"之意。盖以道途计之，德裕贬潮，亦当取道于此。语语潭州古事，却语语伤古论今，今古无端一句，固明示其意矣。

【徐曰】此作于杨嗣复出为潭州时。三指文宗，四指武宗放逐诸臣，从兰指赞皇门下也。疑嗣复镇潭，义山曾至其幕。（冯笺引）

【冯曰】徐说约略得之矣。旧书传、通鉴："嗣复于武宗即位之年五月罢相守尚书，九月出为湖南观察。明年三月，遣中使往杀嗣复、李珏，宰相李德裕、崔珙、崔郸等极言，乃再贬湖州刺史。……"此章在潭州作，中二联皆从潭境借古以喻今也。首云"暮楼空"，结云"人不见"，是义山有意中之人也。时惟赞皇得君当国，会昌一品集有论救三状，献替记曰："德裕救不得，他人固不可矣。"盖德裕虽与嗣复不协，而以公义力救，其时之诬二王与贤妃及嗣复者，固中人为多也。徐氏以从兰指李党，非然矣。又曰："湘泪"句虽故君常语，然武宗云"嗣复全是希杨妃意"，故以比杨妃，点明嗣复得罪之根。下句谓嗣复重叠被谗，尤工切也。余疑杨妃死在嗣复出镇后者，于此亦可参悟。又曰：校定年谱，嗣复贬潮之时，义山渐已还京，故此段游迹往来，终难得其细确。

【王鸣盛曰】中四句全是吊古，而伤今在其中。吊古显然，伤今则并无明文，不可知也。冯笺揣度附会，太觉穿凿。○其实不过是在潭州官舍，薄暮登楼，怀古凭吊，有乡人同客于此者，待之未至，故云“目断故园人不至，松醪一醉与谁同”，如此而已，未必有讽刺时事也。且一面痛惜嗣复之贬谪，一面又想其后房姬妾，用心殊欠光明，义山不至此。

【纪曰】五六有悲壮之气，起结皆滑调落套，而结尤甚。（诗说）五六似乎激壮，实亦浮声。一摹此种，即入嘉、隆七子门墙。（辑评）

【方东树曰】……此亦是咏怀古迹，以第二句为主，而下即潭之事景言之。诗亦平平，可不入选。七句“人不至”或指刘蕡。（昭昧詹言）

【张曰】此桂管归途，暂寓湖南，迟望李回之作。“湘泪浅深”“楚歌重叠”，喻李党叠败，身世孤危。“陶公空滩”，谓郑亚远谪。“贾傅破庙”，自谓。唐人罢职，往往喜以贾生为言，不独写景也。结则迟李回不至之恨矣。回宗室，与义山同出陇西，故曰“故园”；“松醪一醉”，取置醴意。夫君未来，楼空无主，此所以又复北上，而有汉南书事、“万里风波”诸诗也。（会笺）又曰：起结看似近滑，实倍沈著。盖沈著在骨，外面不露耳。晚唐胜于后人处全在此。后人无其用意而强学之，便滑矣。中联分写古今，迥异浮声，不得以明七子徒有空架者例之。（辨正）

【岑仲勉曰】商隐是年（指大中二年）行踪，大概得如下述：即郑亚二月贬循（史不著日，为荥阳公与前浙东杨大夫启云：

"以今月二十三日南去。"笺三谓是二月二十三日。然桂州去西京四千七百里,诏命之传,最速需十馀日,职是之故,或得为三月也),维时商隐方摄守昭平,如其须待替人,则去桂在三、四月(笺三谓莅昭不过数日,恐未必然)。由是五月至潭,节序相合。流连湘幕,当滞旬时,夫故有贺马相公登庸启之代撰。李回降湖南,以二月命,不容五月尚未抵任。笺三谓潭州诗为"桂管归途暂寓湖南迟望李回之作",……可谓无一字有来历。(平质)

【按】徐氏首创"嗣复镇潭,义山曾至其幕"之说,冯氏因之,且谓此诗系伤嗣复之叠贬。此实纯属臆想。细按义山诗文集,绝无与嗣复交往之迹,何得因嗣复镇潭而臆测义山曾至其幕(南游江乡说之误已另有辨)?且杨嗣复再贬为潮州司马,在会昌元年三月,而义山早在元年正月即已在华州周墀幕,有为华、陕所拟贺赦表可证,焉得复在潭伤嗣复之贬乎?程氏谓大中元年随郑亚赴桂经潭州闻李德裕贬潮州而作,亦非。义山赴桂途中抵潭,在闰三月末,约五月中离潭,六月九日抵桂。而德裕被贬为潮州司马在元年十二月,义山安得预知其事?然德裕大中二年仲春于贬潮途中经洞庭,仲夏抵潮(据其所作舌箴),而商隐约于是年三四月离桂北返,约四月下旬抵潭州(端午在潭有楚宫诗),故不排斥在自衡阳至潭州之途中有与南行之德裕相遇之可能。即使未相遇,德裕之南贬作为一种政治背景,在潭州诗之解读中亦应加以注意。

诗必有托寓。次句"今古无端入望中"已暗示明为吊古,实为伤今。陆氏谓"言之所及在古,心之所伤在今,故曰今古无端",颇能道出作者用意。"湘泪"典,诗家习用以寓故君之思，何、程谓思武宗，近是；"楚歌"句，则以"兰丛"影指当时之执政者，何氏谓指白敏中、令狐绹辈，可从（绹本年二月已自湖州内召，且不久即充翰学），"怨兰丛"者，怨白敏中、令狐绹辈之排斥异己、贬逐会昌有功旧臣也。腹联即承此意而言之。"陶公"句借陶侃事暗寓会昌有功将帅之遭冷遇，"贾傅"句借贾谊长沙事暗寓会昌有功文臣之遭贬斥，均不必专指一人。末联谓薄暮登楼，吊古伤今，感慨万端，目极故园，路途阻修，期待友人，而友人不至。乡思羁愁、伤时感世之情，竟无可排遣矣。

楚宫①

湘波如泪色漻漻〔一〕，楚厉迷魂逐恨遥②〔二〕。枫树夜猿愁自断〔三〕，女萝山鬼语相邀〔四〕。空归腐败犹难复〔五〕，更困腥臊岂易招〔六〕。但使故乡三户在〔七〕，彩丝谁惜惧长蛟〔八〕！

校　记

①【朱彝尊曰】通首写"楚"字，而无"宫"字意，恐题有误。【何曰】"宫"疑作"厉"。【程曰】诗语与楚宫无涉，别本一作"楚厉"，当从之。【按】旧本均作"楚宫"。何、程说虽近理，然别无佐证，故仍从旧本。程云"别本一作楚厉"，亦未见。

②"厉"原一作"禲"，蒋本、姜本、戊签、钱本、影宋抄、悟抄、席本并作"禲"，字通。

集　注

〔一〕【朱注】水经："湘水出零陵始安县阳朔山，东北过酃县西，又北至巴江山，入于江。”说文：“漻，清深也。”庄子：“漻乎其清。”【程注】道德指归论：“偆偆漻漻，消如冰释。”【冯注】战国策：“食湘波之鱼。”

〔二〕【朱注】礼祭统：“七祀曰泰厉。”疏：“泰厉，古帝王无后者。此鬼无所依，好为民作祸，故祀之。”【程注】“厉，鬼无后也。”左传：“鬼有所归，乃不为厉。”朱注但引“泰厉，古帝王无后者”，不合。【冯注】鬼无依则为厉。楚厉谓屈大夫。正字通：“厉，周礼俗本讹作‘禲’”。

〔三〕【朱注】招魂：“湛湛江水兮上有枫，目极千里兮伤春心。”【冯注】九歌山鬼：“猿啾啾兮狖夜鸣，风飒飒兮木萧萧。”

〔四〕【朱注】楚词山鬼：“若有人兮山之阿，被薜荔兮带女萝。”【冯注】水经注：“汨水又西为屈潭，即罗渊也，渊潭以屈为名。”甄烈湘中记：“屈潭之左玉笥山，屈原栖于此山而作九歌。”【按】愁自断、语相邀，楚厉迷魂虽远而当年情景宛在也。戴叔伦过三闾庙：“沅湘流不尽，屈子怨何深！日暮秋风起，萧萧枫树林。”与本篇前幅意境相类。

〔五〕【冯注】后汉书：“樊宏卒，遗敕薄葬，以为棺椁一藏，不宜复见，如有腐败，伤孝子之心。”檀弓：“复，尽爱之道也。”注曰：“复谓招魂。”

〔六〕【朱注】屈原自沈，葬于鱼腹，故曰“困腥臊”。【冯注】韩非子：“有巢氏民食果蓏蚌蛤，腥臊恶臭。”此谓死埋黄壤，犹腐败难复，况葬鱼腹乎？【补】楚辞招魂王逸注：“宋玉怜哀屈原忠而斥弃，愁懑山泽，魂魄散佚，厥命将落，故作招魂。”

〔七〕【程注】项羽传：“项羽使蒲将军夜引兵度三户。”张晏注：“三户，地名，在梁淇西南。”韦昭注：“三户，楚三大姓昭、屈、景也。”【冯注】左传：“哀公四年，以畀楚师于三户。”注曰：“今丹水县北三户亭。”史记项羽本纪：“楚南公曰：‘楚虽三户，亡秦必楚。’”索隐曰：“韦昭以为楚三大姓昭、屈、景也。”臣瓒曰：“楚人怨秦，虽三户犹足以亡秦。二说皆非，左氏云云，则是地名不疑。”正义曰：“服虔云：‘三户，漳水津也。’后项羽果渡三户津，破章邯，秦遂亡，是南公之善谶。”按：三户自以地名为正，而此诗仍用三姓之义。【按】“三户”犹三户人家，极言存留人家之少，非指三大姓，更非三户津。

〔八〕【朱注】续齐谐记：“屈原五月五日投汨罗死，楚人每至此日，竹筒贮米投水祭之。汉建武中，长沙欧回白日忽见一人，自云三闾大夫，谓回曰：‘闻君当见祭，甚善。但常年所遗，并为蛟龙所窃。今若有惠，可以楝树叶塞其上，以五色丝缚之，此二物蛟龙所惮。’回依其言。世人作粽，并带五色丝及楝叶，皆汨罗遗风也。”【冯曰】诗言楚乡人类不绝，谁惜彩丝而不以之惧蛟龙乎？

笺　评

【许学夷曰】商隐七言律既多诡僻，时亦有鄙俗者，如“空归腐败犹难复，更困腥臊岂易招”，“未容言语还分散，少得团圆足怨嗟”，“稽氏幼男犹可悯，左家娇女岂能忘”，“贾氏窥帘韩掾少，宓妃留枕魏王才”等，最为鄙俗者也。（诗源辩体）

【金圣叹曰】此为先生反招魂之作也。言湘江之波，谬乎其清，临崖窥之，底皆可见。见底，则不见灵均之魂也。所以然者，灵均实“恨”，恨则必“迷”，迷则必“遥”。既恨而迷、而遥，即又安得定在一处，而有魂之可招哉！三四凡下枫、猿、萝、鬼等字，皆写其恨其迷其遥也。上写灵均之不可招，此（指后解）写招灵均之未必是也。言他人死于牖下，然升屋呼毕，犹卒归大殓，岂有怀愤捐生，已誓葬鱼腹，乃更望还返哉！夫前人未卒之业，即后人莫卸之担；前人临终之言，即后人敬诺之心也。然则，但有一人仰体存楚之志，灵均虽为长蛟所食，乃无恨焉。不然而三户尽亡，一黍是惠，灵均日月争光之心，仅如此而已乎？亦可发一笑已。

【朱彝尊曰】通首写楚事而无宫意，恐题有误。

【杨守智曰】此诗是吊三闾大夫之作，三闾知己。（复图本）

【何曰】按开成元年三月，左仆射令狐楚从容奏："王涯等既伏辜，其家夷灭，遗骸弃捐，请官为收瘗，以顺阳和之气。"上惨然久之，命京兆收葬涯等十一人于城西。仇士良潜使人发之，弃骨于渭水。此诗盖伤其事而托言屈子沉湘困于腥臊也。渭水至清，故曰"色漻漻"；涯等被族无后，故以泰厉为比。落句所谓"人之云亡，邦国殄瘁"也。（读书记）又曰：五六承上，第言死已不可追，况葬于鱼腹乎？下更反言收之，言国若不亡，即死亦无馀恨。○"楚厉迷魂逐恨遥"，生下四句。○涯等被戮，岂惟齿马乎？事连宫禁，故题曰"楚宫"，不当作"厉"。吊三闾意极沉郁。（以上辑评。末条与"宫疑作厉"校语牴牾，疑非何氏评语。辑评与"宫疑作厉"校语相连，似是后人针对何氏校语而发，姑附此。）

【胡以梅曰】此过楚宫而吊屈原，睹湘水之深清，哀其魂迷而恨逐水之遥也。枫树夜猿声惨，其魂自断，惟女萝山鬼为之相邀耳。沉渊腐败即已难复，何况为鱼所啖，其魂岂易招乎？但使三户在而得亡秦复楚，死亦不惜也。起以"如泪"领"清"，通用离骚楚些融洽出之，若断若续，用古活法。妙

在一结道出灵均心事，归于忠蹇得体。（唐诗贯珠串释）

【陆曰】此借屈子沉湘之事，以悲涯、餗等十一人也。……礼祭统："七祀曰泰厉，祀古帝王之无后者。"当日涯等亲属皆死，孩稚无遗，故引用之。因通篇咏屈子事，故不曰泰厉而曰楚厉。三四言暴尸城西时，伤心惨目，人鬼皆愁也。涯等戮于乙卯十一月，葬于丙辰三月，故曰"空归腐败"也。收葬未几，旋遭抛弃，故曰"更困腥臊"也。结言涯等身死，不足深惜，所可惜者，人之云亡，邦国殄瘁耳。

【姚曰】此哀忠魂之不谅于世也。湘波黯淡，怨魂如存，计惟有夜猿山鬼可共语耳。要其日月争光之心，必不沉没于此水可知也。果如世俗所传，哀其身之归于腐败，虑其魂之困于腥臊，至有彩丝系粽之说，则是三户已亡，一灵犹滞，亦浅之乎言屈子矣。俚俗之缪，其可信耶？

【屈曰】湘水恨遥，只今惟有夜猿山鬼耳。寻常死者犹难复生，更投鱼腹，岂易相招？但使本国不亡，彩丝之祭非所惜也。"惜"作怜爱意解。

【程曰】"楚宫"一作"楚厉"，盖为宋申锡窜死开州而作也。当时文宗恶宦官强盛，苦不能制，尝密与申锡言之，以其沈厚忠谨，拜同平章事。申锡引吏部侍郎王璠为京兆尹，以密旨谕之。璠泄其谋，于是宦官王守澄与其党人郑注阴为之备，令神策都虞候豆卢著诬告申锡谋立上弟漳王，申锡坐贬开州司马，后竟卒于贬所。从而流死者数十百人，天下以为冤。按唐地理志："开州属山南道。固楚地也。冤死者数十百人，是为厉也。申锡之贬，在太和五年，其死在七年。史虽称有诏归葬，当时必为宦官所抑，有如史称"生杀除拜皆决于中尉，上不预知"者，故诗中有"空归腐败犹难复，更困腥臊岂易招”之语也。史称申锡失其何所人，结语有“故乡”字，岂楚人耶？楚之为地甚广，其乡里当去开州为近耳。或有谓此诗为王涯等作，以为仇士良弃涯等骸骨于渭水，故以屈子沉湘比之。是大不然。王涯、贾竦、舒元舆三相死甘露之变，事在京师，无与于楚，何由而指为楚厉耶？况王涯之死，史称百姓观者或诟詈，或投瓦砾击之，其不称人心甚矣。义山又与之略无投分，何为而哀吊之耶？若宋申锡天下以为冤者，则为诗伤之宜矣。

【冯曰】虽直咏三闾，而自有寄慨。顾侠君、何义门、陆圃玉皆以为伤王涯等弃骨渭水，固为近是。愚意题作“楚宫”，岂兼因杨贤妃弃骨水中，而触类鸣冤乎？首句暗寓湘妃啼竹之意。

【纪曰】三四自佳，五六太拙。

【姜炳璋曰】此过湘江而吊屈原也。或以仇士良沉王涯等尸于渭水，故以为喻，既与湘江不合；或谓宋申锡欲诛宦官，与王璠谋，璠泄其事，贬开州司马而卒，故云“楚厉”，愚以为皆非也。诗吊屈原，以次句“迷魂逐恨”为主。三四，是未沉汨罗之前，魂已欲逝。五六，是既沉汨罗之后，魂岂易招？“归腐败”，归其尸，“腥臊”，为谗佞小人之喻。二句用开合法，言放逐而死，即不自沉，其魂犹难复，况更为小人所困，自沉于江，魂从何处问乎？亦长为厉魂而已。然屈子之恨，在于秦仇未复，但使三大姓足以亡秦，则屈子之恨销，而厉魂慰矣。惧长蛟而爱惜彩丝，岂屈子之心哉？诗旨只如此。必谓指时事，则以之称刘去华亦甚贴切，何必宋申锡乎？

【张曰】此诗专吊三闾，似无寓意。疑五月五日荆楚记所见而赋之者。（辨正）又曰：此在荆楚感于午日屈原沈湘事，而为李党失意者慰藉也。屈原被谗子兰，今李党见厄太牢，其事正同。然而怨怼自沉，于事何裨？但使三户尚在，终当有卷土重来之望，蛟龙虽恶，又何畏哉？是此诗之寓意矣。时李回左迁，必有忧谗畏讥之意，故诗以解之。冯氏编于开成五年江乡游时（按冯编会昌元年），谓因杨贤妃弃骨水中事，触类鸣冤。夫江乡之游非五月，而杨贤妃赐死，陪葬章陵，见长安志，亦无弃骨水中事，不得以会要不载为疑。至甘露之变，王涯辈弃骨渭水，更与义山风马牛无涉，题为楚宫，复何所指？凭虚任臆，真足齿冷也。（会笺）

【按】何氏谓伤王涯被戮、弃骨渭水，程氏已驳之详矣。王涯非罪受戮，义山有感二首确有伤之之意。然拟之屈子沉湘，则迥乎不伦。末联谓三户傥存，楚乡人将永远纪念，更非贪鄙如王涯者所可比拟。然程氏谓指伤宋申锡窜死开州，亦过于穿凿，且与题"楚宫"及诗中"湘波""困腥臊"等皆了不相涉。张氏谓为李党失意者慰藉，亦觉牵强。诗言屈原沉湘而困腥臊，傥有所喻，其人必已列鬼箓，然其时（张系大中二年）李党首领及重要成员虽遭迁谪，尚皆健在，安得以楚厉拟之？尤可疑者，腹联承"楚厉迷魂逐恨遥"，止言其不易招，乌有"怨怼自沉，于事何裨"之意？尾联谓楚乡之人追思屈原，不惜以彩丝惧长蛟，更何尝有"卷土重来"之意？是张氏责人"凭虚任臆"，已亦不免于此也。

通观全诗，实寻常咏古凭吊之作，未必有所寓托。前六句由湘波起兴，引出吊古情怀，谓今历屈子沉湘故地，惟目睹江上青枫，耳闻山间猿啼，恍见女萝山鬼殷勤相邀而已，楚厉迷魂则杳不可招寻矣。末联复借彩丝惧蛟之传说，表明人民对屈原之崇敬追思。哀愤之中复含赞颂屈原精神不朽之意。进步人物遭冤贬，固作者所处时代之普遍现象（刘蕡即其例），本篇于吊屈之中或渗透此种现实政治感受。

此诗当为大中二年五月北归途经潭州逗留李回幕时，因楚乡风俗有感而作。约作于端午前后。

木兰花[①]

洞庭波冷晓侵云[②]，日日征帆送远人。几度木兰舟上望[③]〔一〕，不知元是此花身。

校　记

①各本均无此首。【冯曰】古今诗话：“义山游长安，宿旅舍，客赋木兰花诗，众皆夸示，义山后成，客尽惊，问之，始知是义山。一云陆龟蒙，误。”按：唐诗纪事与诗话同。西溪丛语则云：“唐末，馆阁诸公泛舟，以木兰为题，忽一贫士登舟作诗云云，诸公大惊，物色之，乃义山之魄，时义山下世久矣。”又李跃岚齐集云：“是陆龟蒙于苏守张抟坐中赋木兰堂诗。”故诸本附入集外诗。今细玩诗趣，必是义山，且万首绝句入义山集，并不重见鲁望集，因皮、陆有宿木兰院诗，致生歧说耳。今直采入正集。【按】诗话总龟、全唐诗话亦载此事。今据万首绝句及冯注本补入。

②“洞庭波冷晓侵云”，【冯曰】陆龟蒙集作“洞庭波浪渺无津”，西溪丛语作“洞庭春水绿于云”，今从万首绝句、全唐诗话。云韵通用，本集屡有此例。

③"几度",【冯曰】一作"曾向"。

集 注

〔一〕【冯注】述异记:"七里洲中,鲁班刻木兰为舟,至今在洲中。"

笺 评

【冯曰】诗中须有个人在,前贤论之详矣。此在令狐家假物托意之作。上二句谓桂管往来,久愿归朝也。下二句谓曾经远望,不知元是此中旧物,比己之素在门馆也。妙笔运之,情味绵远。若江湖散人,无此情事矣。后人妄生谈柄,何足据哉!

【张曰】义山自婚于茂元,从郑亚,望李回,久已去牛就李,今为京尹辟管章奏,是依然又入太牢羁绁矣,故言外有含意焉。冯解虽精,犹属皮相。(会笺)

【按】唐人诗之本事,颇有因诗而敷演成文者,故时有本事殊不足信,而诗则并非赝品者。如九日诗留题厅事之说固极可疑,而诗则可信。此诗亦然。首二写洞庭湖上目送征帆情景,当是即目所见。然则所谓游长安宿逆旅赋诗及冯、张之说皆不攻自破。三四由"送远人"而联及自身,由目送征帆而联及自身所在之舟,谓几度登舟望远,不知己身实亦如由木兰斫成而漂泊天涯之孤舟也。全篇意致、构思极似夕阳楼:"花明柳暗绕天愁,上尽重城更上楼。欲问孤鸿向何处,不知身世自悠悠。"第夕阳楼点明"身世自悠悠",此则稍曲折含蓄耳。桂棹兰枻,沅湘洞庭,向与骚人有密切联系,柳宗元诗亦有"骚人遥驻木兰舟"之语。彼征帆远去者固为不得志之骚人,而目送征帆者亦天涯漂泊之骚人也。

离思①

气尽前溪舞〔一〕,心酸子夜歌〔二〕。峡云寻不得〔三〕,沟水欲如何〔四〕?朔雁传书绝〔五〕,湘篁染泪多〔六〕。无由见颜色②,还自托微波〔七〕。

校记

①原题下注:一本无“思”字。

②“由”,蒋本、姜本、戊签一作“因”,季抄作“因”。

集注

〔一〕【朱注】寰宇记:“前溪在乌程县南,东入太湖,谓之风渚,夹溪悉生箭箬。晋车骑将军沈琉家于此。乐府有前溪曲,琉所制。”乐府解题:“前溪,舞曲也。”【按】前溪舞,参见前回中牡丹为雨所败第二首注。

〔二〕【朱注】唐书乐志:“子夜歌者,晋曲也。晋有女子名子夜,造此歌声过哀苦。”乐府解题:“后人更为四时行乐之辞,谓之子夜四时歌,又有大子夜歌、子夜警歌、子夜变歌。”【按】参见曲江诗注。

〔三〕【冯注】用巫峡朝云。

〔四〕【朱注】文君白头吟:“今日斗酒会,明日沟水头。蹀躞御沟上,沟水东西流。”

〔五〕【姚注】汉书苏武传:“常惠见汉使,教使者谓单于,言天子射上林中,得雁,足有系帛书,言武等在某泽中。”【程曰】“雁书”字面虽用苏武事,其义理则用庾子山赋“亲友离绝，妻孥流转，玉关寄书，妆台留钏”也。

〔六〕见潭州注。

〔七〕【朱注】洛神赋：“托微波而通辞。”

笺 评

【杨守智曰】句句实写离思，结意奇甚，言想象尔如见之。题下批：此为令狐作也。此与七言泪诗同法，俱从老杜寓目诸诗得来，细玩之自知。（复图本）

【何曰】通首是写离中之思，非单写“离”字。（读书记）

【徐德泓曰】此亦思君之意，故用雁书、湘竹事。淡远风神，袅袅不尽。

【姚曰】宠移爱夺：无复歌舞情怀，如峡云之既散，沟水之分流，所谓“恩情中道绝”也。然雁书虽断，湘泪常啼，犹愿托微波而通词，以庶几其不终弃，忠厚之至也。

【屈曰】一二思，三四离。五离，六思。结言无由一见，故作此诗也。

【程曰】此篇通体用女子事，近于亵媟。细绎之，乃怨望在位有力者之不加物色也。自国风、离骚、古乐府多托于妇人女子以为言，唐人往往效之。如献主司则曰：“妆罢低声问夫婿，画眉深浅入时无？”辞辟聘则曰：“还君明珠双泪垂，恨不相逢未嫁时。”此类甚多。此诗亦此义也。起二句谓己之材艺如妙舞清歌不能自达，心酸气尽，惟有悲凉。三四言己之遇合如神女、文君，分明可觅，未寻峡里，空叹沟中。五六言己之情思如玉关湘江，柔情缱绻，雁书不至，竹泪偏多。七八则言其不得望见颜色，惟有托微波以通词而已。

【冯曰】首叹气竭心酸，次谓不能追寻，已相离绝，犹“何能更涉泷江"之意也。五谓音书不至,六点明湘中。结言虽不得见,犹欲通词言情,与"命断湘南病渴人"同一意绪。徐氏谓为令狐作,非矣。

【纪曰】此诗寓交亲离合之感,托于艳词,前六句含情甚深,末二句不作绝望语,亦极得诗人忠厚之旨,但格卑耳。(诗说)

【许印芳曰】此亦八句皆对,抑扬顿挫,语语沉着。结意缠绵温厚,是真诗人之笔。

【张曰】"峡云"句指蜀游失意。"沟水"句指李回赴湖南,己不能从,彼此分流也。"朔雁传书"用苏武上林寄书事,慨不能复官禁近也。"湘篁"亦指湖南,言不能复入回幕也。起结写求援之感,言犹欲藉书通候也。用典无一泛设,真绝唱也。○补编上韦舍人状,大中二年归洛作,云:"今春亦凭令狐郎中附状。"盖子直内召,义山在桂管时已通问矣,诗中"朔雁"指此也。(按:此状岑仲勉平质考订以为当会昌六年宣宗即位后不久所作)(辨正) 又曰:党局反复,自伤所如辄阻也。"峡云""沟水",即上诸篇所笺者是(按:指所谓"蜀游不遇")。"朔雁"指令狐,谓音信全无。"湘篁"指李回,谓恩知未报。……起结寓求援之感,盖几于哀猿之啼矣,凄戾不堪卒读。(会笺)

【按】此托为闺中伤离之词以寄"旧好隔良缘"之怨思,寄托痕迹显然。首联谓空自歌舞,不蒙赏爱,但觉气尽心酸,悲苦愁思。次联谓遇合无缘,徒伤分离。出句以神女自喻,谓己如峡中之行云,寻襄王而不得,即"襄王枕上原无梦",空枉阳台一片云之意,非谓寻峡云而不得也。对句则谓今日之势,已如沟水之分流,难以复合,故曰"欲如何"。腹联谓对方杳无音书,不加置理,己则惟有含悲染泪而已。末联承上,言虽无由得近对方,犹托微波通辞,冀其能稍加哀怜也。此为向令狐绹陈情告哀之词,可决然无疑。玩诗中"朔雁""湘篁"二语,当是义山自桂林北归途经潭州时向令狐陈情之作。是年二月绹内召,适值郑亚贬循,义山罢幕,穷途阻塞,不免有寄书修好之事。而令狐宿憾甚深,不予置理,此正所谓"朔雁传书绝,湘篁染泪多"也。旧传谓"商隐屡启陈情,绹不之省",新传谓"商隐归穷自解,绹憾不置",均可与此相印证。

深宫

金殿销香闭绮栊[①],玉壶传点咽铜龙[②][一]。狂飚不惜萝阴薄,清露偏知桂叶浓。斑竹岭边无限泪,景阳宫里及时钟[二]。岂知为雨为云处[③],只有高唐十二峰[三]。

校 记

①"销香",季抄一作"香销"。

②"点",朱本、季抄一作"响"。

③"处",季抄一作"意"。

集 注

〔一〕【冯注】周礼:"挈壶氏。"注曰:"挈壶水以为漏。"初学记:"殷夔漏刻法:为器三重,圆皆径尺,差立于水舆踟蹰之上,为金龙,口吐水,转注入踟蹰经纬之中,流于衡渠之下。""李兰漏刻法:以玉壶玉管流珠奔驰行漏。"【程注】徐彦伯诗:"假寐守铜龙。"

〔二〕【朱注】南史:"齐武帝以内深隐,不闻端门鼓漏,置钟景阳楼上应五鼓。及三鼓,宫人闻声早起妆饰。”李贺诗:“今朝画眉早,不待景阳钟。”

〔三〕【姚注】天中记:“巫山十二峰,曰望霞、翠屏、朝云、松峦、集仙、聚鹤、净坛、上升、起云、飞凤、登龙、圣泉。”【冯注】按:巫山十二峰,诗家习见。放翁入蜀记曰:“巫山峰峦上入霄汉,十二峰者不可悉见,惟神女峰最为纤丽奇峭,当即十二峰中之朝云也。”

笺 评

【吴乔曰】“香销”二句,深宫寂寞之况也。“狂飚”二句,荣枯不齐之叹也。“斑竹”二句,言己之顾望于君王如此,乃云雨承恩者只在高唐而不下逮,其听已于怨思乎?此等诗全有寓意。(西昆发微)

【朱鹤龄曰】此首全是宫怨,亦寓言也。(三句)怨;(四句)妒。又曰:“香销”二句,深宫寂寞之况也。“狂飚”二句,荣枯不齐之叹也。“斑竹”二句,自言己之顾望于君王如此,乃云雨承恩者,只在高唐而不下逮,其能已于怨思乎哉!(李义山诗集补注)

【辑评朱批】怨思之偏也,含蓄之极。○首二句,深宫寂莫之况也。○起句言只守空宫,已贯注结句。○(狂飚)二句,荣枯不齐之叹。○一彼一此,腴新顿别,下文承此,跌起“只有”二字,写怨不觉。○(斑竹)二句,言己之顾望于君父如此。○结言云雨承恩者只在高唐而不下逮,其能已于怨思乎哉?(以上均眉批)○腹连自比,落句此所用非人也。(题下批。此条似出另一人。冯笺引田评曰:“一彼一此,腴枯顿别。‘只有’二字写怨,偏能含蓄。”)

【杨守智曰】中四句,得意失意,两两对勘。

【金介曰】末句下"只有"二字,使天下名士面熟。

【胡以梅曰】焚香以待临幸,香消不来,所以闭其房栊,但闻玉壶传漏,从铜龙而下,以水急有呜咽之声,盖听者心有悲咽并拟及于水声也。不即不离,下"咽"字,点缀有情。步步不肯放松才活,才有精神,宜读处留神。若必竟作水咽,顾失神矣。"闭"字亦有寂莫之意。三四虽言夜景,谓有风有露,然是言好恶之偏,恩泽不均,狂风偏加于薄萝,清露独浓于桂叶,所以有泪如湘妃之竹,然而无益,徒然一夜悲愁,早是景阳钟已鸣,催起理妆矣。而一夕云雨,尽在他处迷惑耳。暗将通宵递下,而无痕迹。总之格调不犹人,且此亦托深宫为题,意旨言己之不遇,而叹沛泽之未均也。就外象归宫怨。长门赋:"桂树交而相纷兮,芳酷烈之訚訚。"今"桂叶"本此。

【唐诗鼓吹评注】此宫人不得幸,怨君王厚薄失均也。首言金殿香销,玉壶传点,君王已至别宫矣。以君之弃己,如萝阴之疏薄,反受风吹;其厚于人,如桂叶之浓华,益加露润,其何能不怨望哉! 斯时也,念君不忘,尝下二妃之泪,彻夜不寐,长听景阳之钟。想君王之梦,只在高唐十二峰而已。盖以神女况近幸之人也。

【程湘衡曰】唐自肃、代以后,天子制于阉竖,代不立后,至易世始追称之。敬、文之间,享国日浅,先朝嫔御疑有失德,故诗言如此。结谓阳台云雨,只堪形诸梦寐,不谓人间乃有荐枕解珮事也。(殷元勋才调集补注引)

【陆曰】此拟深宫怨女作也。望幸不来,则绮栊为之闭矣。愤懑未舒,则铜龙为之咽矣。三四言风露皆天所施,而萝阴桂叶,荣枯不齐如此,所谓实命不犹也。下半言我之瞻望泣涕,曾无间于晨夕,岂知云雨承恩者只在巫峰十二而不我下逮,其能免于怨思乎哉?只五十六字,可当一篇长门赋读。

【徐德泓曰】前促漏题,的系宫词,此则虽写宫怨,而托意又在遇合间也。首言夜间景象。次联,一喻废弃者,一喻承恩者。第五句,仍根第三句意;第六句,仍根第四句意。结言恩泽之偏也。明系缺望之情,而不失和平之旨,斯为蕴藉。“景阳”句,其意虽只在“及时”二字,但上已有壶漏字样,亦觉未净。而神韵之佳,固自不可掩耳。

【姚曰】此叹恩遇之不均也。萝阴本薄,偏值狂飚;桂叶本浓,特加清露,不均甚矣。顾天下之怀贞慤、抱诚愫者何限!“斑竹”句,喻远臣;“景阳”句,喻近臣。彼为雨为云,岂有期准,而为之荡情佚志乎!通首全是比意。

【屈曰】一二深宫寂寞之情。中四比赋兼陈。三比己之失宠而更遭谗口也。四比人之得宠而分外蒙恩也。五六言今日之所以堕泪,忆当时之得宠。七八言不意其如此而竟如此也。

【程曰】朱长孺以为宫怨,浅之乎论诗也。盖从柳仲郢东川幕府,故有高唐云雨之句,即所经历峡中以为言也。起二句亦追忆夫在朝得志如绹辈者。三四一联,上谓当时排挤之党人,下谓目前辟聘之知己。五六一联,上写经历之风景可伤,下羡朝士之通籍可羡。结联以为士之就聘,如女子之适人,若使朝士有推挽者,则软红香土中未必不可以供驱策,岂知其沈沦东川耶?诗显而明,风人比体也。若从朱说,徒为郛郭之词,绝无寄托之旨,不作可也。

【冯曰】一二点题。三谓彼不我怜,四谓我犹有恋,指昔登第也。五谓从桂管湘江而来，六谓绹已及时升用。七八即所过以寄慨。与上章（指过楚宫）托意无殊，而吐词各别，真妙于言情者。又曰：下半或如"当垆仍是卓文君"之寄慨，亦通。要皆此时（指大中二年秋）作也。

【王鸣盛曰】深宫是托于宫人之废弃者以写怨。起自陈寂寞。中二联，每联以一腴一枯相形。结则羡彼之承宠。

【纪曰】钩勒清楚。然浅薄即在清楚处。

【姜炳璋曰】长孺作"宫怨"，是也。萝阴本薄，而狂风吹之；桂叶本浓，而清露浥之。犹己色衰，而君复弃之，彼少艾，而君复宠之也。于是泪若湘妃，徬徨永夜，坐听钟声，然而无庸也。为雨为云，巫峰十二，原是难得，吾侪薄命，其敢妄觊乎？怨而不怒，斯谓之性情之正。

【张曰】起二句即"阊阖门多梦自迷"意，喻令狐之尊贵。"狂飚"句怨其不哀怜薄宦。"清露"句犹欲望其沾溉也。"斑竹"指湖湘之失意。"景阳"比牛党之得君。结言当时覆雨翻云，浑无定所，岂知今日只有此门可以告哀乎？此后入京自解，屡启陈情，皆基于此矣。（会笺）又曰：只觉其沉著，不觉其浅薄，"清楚"之评，亦不切也。○首二句暗寓不能复官禁近。"狂飚"二句即无题"风波不信菱枝弱，月露谁教桂叶香"意。（辨正）

【按】此假宫怨以寓遇合，托寓显明，徐、王二笺最为简明切要，程、冯、张三家，则比附穿凿，反失诗意。首联曰"闭"曰"咽"，深宫寂寥情景显然，次句即"似将海水添宫漏，共滴长门一夜长"之意，程、张解为"追忆在朝得志如绹辈者"，"喻令狐之尊贵"，可谓适得其反。颔腹二联，均"一腴一枯相形"。析言之，则颔联言待遇之不公，着重就施遇者方面言之;腹联言苦乐之悬殊,着重就受遇者方面言之。"斑竹岭"与"景阳宫"相对,似有暗示己之漂沦湖湘与令狐之近君得宠之意。末联即承"清露""景阳"二句,谓承恩者惟高唐神女而已。神女喻指令狐。按大中二年二月,令狐绹召拜考功郎中,寻知制诰,充翰林学士,而义山则罢幕失职,郁郁北归,此正所谓"斑竹岭边无限泪,景阳宫里及时钟"也。冯氏因"高唐十二峰"之语,而定此诗为是年经巫峡时所作,殊误,曰"岂知为云为雨处,只有高唐十二峰",诗人明明不在其中。

岳阳楼

汉水方城带百蛮〔一〕,四邻谁道乱周班〔二〕?如何一梦高唐雨〔三〕,自此无心入武关①〔四〕?

校　记

①"心",悟抄作"人",非。

集　注

〔一〕【程注】左传:"楚国方城以为城,汉水以为池。"东都赋:"内抚诸夏,外绥百蛮。"【按】方城,山名,在今河南叶县南。"方城以为城"指以方城山为城。

〔二〕【程注】左传:"诸侯守在四邻。"又:"齐人饩诸侯,使鲁次之。鲁以周班后郑。"【纪曰】左传称诸侯戍齐,使鲁为班,鲁以周班后郑。"周班"字本此。言楚之强横,四邻诸侯无敢议其乱周之班者也。殊不成语。

〔三〕【朱注】高唐赋序:"昔者先王尝游高唐,梦见一妇人,曰:

妾巫山之女也，旦为朝云，暮为行雨。"【冯注】神女赋序："襄王使玉赋高唐之事，其夜王寝，果梦与神女遇，其状甚丽。"

〔四〕【朱注】武关，秦劫楚怀王处。汉书注："武关，秦南关，通咸阳。"一统志："在商县东一百八十里。"【程注】史记楚世家："楚怀王入武关，秦伏兵绝其后。"【冯注】史记索隐曰："左传云：'通于少习。'杜预以为商县武关。"此谓襄王不入关攻秦而报父仇。

笺　评

【何曰】题有误。又曰：可知古人题目只在即离之间。又曰：责襄王荒淫而忘父。（以上三条，均见辑评朱批，是否均何氏评，未可定。）

【姚曰】此诗似有为而发，以色荒忘父仇，特借题起意耳。

【屈曰】言楚有如此之江山，而荒淫亡国，可为永戒也。

【程曰】此与前一首（按指同题七绝"欲为平生"首）不同，乃论史之作，谓楚襄王忘秦劫怀王之雠也。秦昭王约怀王会武关，遂与西至咸阳。怀王子襄王立三年，而怀王卒于秦，楚人皆怜之。然则襄王之当报父雠明矣。及襄王七年迎妇于秦，秦楚复平，是则以一妇而忘其不共戴天，襄王何如人哉！义山登岳阳楼，观其地足以用武，忆其事竟以忘雠。起句"汉水方城带百蛮"者，谓巫、黔诸郡皆楚疆，其地最广也。次句"四邻谁道乱周班"者，周之封建，班列可考，今诸侯相攻，秦竟劫楚，谁复有辨其紊乱旧章者耶？三句借用高唐神女以喻迎妇之事。结句责其遂与秦平也。此诗之风旨也。按高唐神女事，为楚怀王，宋玉本赋序所谓"昔者先王"是也。古人误作襄王,承袭已久。义山他诗亦云:"料得也应怜宋玉,一生唯事楚襄王。"皆因讹而传讹也。

【冯曰】借慨一自婚于茂元,遂终身不得居京职也,岂漫责楚襄哉!

【纪曰】此是登楼见山川形势,偶然触起当日楚王以如此地利而不能报秦故云尔也,然殊无取义。四家曰:"可见古人作诗,题目只在即离之间。"此说甚是,作诗看诗皆不可不知此意。(诗说) 无所取义,其指未详。(辑评)

【张曰】此亦寓属意李回湖南幕府之慨也。结言自婚于王氏,久依李党,自此不复再入令狐门馆也。时子直内召在京,故以入武关暗喻。其后屡启陈情,真非始愿所及矣。冯注谓:恨从此沈沦关外也。说亦可通,但与"无心"二字不合。"无心"者,不愿之意,非不能也。似余说较长。亦可悟义山初心始终在李党矣。大可与"万里风波"等篇参证。(辨正。会笺改从冯说。)

【按】冯说穿凿附会不可从,张氏已辨其与"无心"不合,甚是。义山因婚于王氏而受摈,与楚襄因"梦高唐"而忘父雠,性质迥异,岂容比拟?且如冯说,首二直为毫无意义之游辞。顾张说穿凿更甚,以"入武关"为"入令狐门馆",如此比附,岂复成诗?何、姚、屈、程诸家,就诗解诗,尚称切实,程笺尤详赡(解次句微误,当依纪解)。然谓其止于论史,似未能充分发明诗意。按义山题汉祖庙云:"乘运应须宅八荒,男儿安在恋池隍?君王自起新丰后,项羽何曾在故乡!"赞"宅八荒"而贬"恋池隍",此诗则责"梦高唐"而"无心入武关",意致颇为相近,似均借咏怀古迹寓慨时君之沉湎声色而乏远图。题为"岳阳楼"者,或因登楼览眺，荆楚百蛮之地，极目千里，遂生感慨。“观其地足以用武，忆其事竟以忘雠”，二语得之。诗当作于桂管归途，味“无心入武关”语可见。

云溪友议卷上载：“故李太尉德裕镇渚宫，尝谓宾侣曰：‘余偶欲遥赋巫山神女一诗，下句云：自从一梦高唐后，可是无人胜楚王？昼梦宵征巫山，似欲降者，如何？’段记室成式曰：‘屈平流放湘沅，椒兰友而不争，卒葬江鱼之腹，为旷代之悲。宋玉则招屈之魂，明君之失，恐祸及身，遂假高唐之梦，以惑襄王，非真梦也。我公作神女之诗，思神女之会，惟虑成梦，亦恐非真。’李公退惭，其文不编集于卷也。”德裕此诗下二句与商隐诗语颇相似，作时（当在会昌六年四月至十月间）亦相去不远，似有某种联系，录此以备考。

同崔八诣药山访融禅师〔一〕

共受征南不次恩〔二〕，报恩唯是有忘言〔三〕。岩花涧草西林路〔四〕，未见高僧且见猿①。

校　记

①“且”，朱本、季抄作“只”。【按】“且”亦“只”也。

集　注

〔一〕【道源注】稽古略：“药山在澧州，惟俨禅师为初祖，太和六年入寂。”融禅师或其后也。【冯注】唐伸撰碑铭，惟俨终于文宗嗣位明年十二月，非六年也。崔八、崔珏未可合一，详送崔珏往西川。隋书志：“澧阳郡澧阳县有药山。”【张曰】补编有为荥阳公桂州补崔兵曹摄观察巡官牒云:“兵曹出于华胄,早履宦途。”必此崔八,惜其名不可考矣。

〔二〕【朱注】杜氏通典:“征南将军,汉光武建武二年置,以冯异为之。”【冯注】后汉书纪:“光武建武二年,以廷尉岑彭为征南大将军;五年,以偏将军冯异为征西大将军。”按:彭传屡称征南,异传并无此号,通典则谓征南将军,光武二年以冯异为之也。晋书:“羊祜为征南大将军。”此亦为征南之最著者。【按】“征南”指郑亚。以“征南”称亚,犹以“征东”称卢弘止(镇徐州),以“征西”称王茂元(镇泾原)。不次,不拘常次。汉书东方朔传:“待以不次之位。”注:“不拘常次,言超擢也。”商隐在郑亚幕,任支使当表记,地位仅次于观察使、副使、判官,故云“不次恩”。然句意则兼己与崔八言之。

〔三〕【程注】庾信佛龛铭序:“昔者如来追福,有报恩之经。”庄子:“言者所以在意,得意而忘言。”【冯注】高僧传:“惠可立雪断臂,求法于达摩。达摩曰:‘我法一心,不立文字。’”【按】此“忘言”谓恩重而难以语言表达,难以寻常方式图报,唯有“忘言”,祈佛法报之而已。

〔四〕【朱注】高僧传:“沙门慧永居在西林,与慧远同门游好,遂邀同止。刺史桓伊以学徒日众,更为远建东林寺。”【冯注】莲社高贤传:“西林法师慧永,太元初至寻阳,乃筑庐山舍宅为西林。”按:“慧”一作“惠”。

笺　评

【何曰】萦纡郁闷,四句中多少曲折。(读书记)

【姚曰】末句正是忘言境界。

【屈曰】己与崔八同受征南不次之恩，惟有忘言，欲以佛法报之。不意行尽山路，不见高僧，惟听猿鸣，为之肠断也。

【程曰】题为访僧，而诗则怀征南之恩，当是为柳仲郢节度东川，故称之曰“征南”。仲郢厚遇义山，甚至怜其羁孤，赐以乐人；因其写经，亲为撰记，其称不次之恩尤允。药山为澧州地，在东川部内（按程说误，澧州属江南西道）。融禅师或为仲郢所信崇者，故义山同崔八诣之。崔八当即文集中为东川崔从事福作谢启者，盖幕下同事也。诗云“共受征南不次恩”，谓己与崔福怀旧德也。“报恩惟是有忘言”，谓仲郢贬官雷州，己与崔福莫能为之申理也。下二句即韩昌黎所谓以妄塞悲者，言惟有寻觅高僧，为祈冥福，乃复不遇，空过西林，但见猿在林间，令人肠断而已。此即九歌“猿啾啾兮狖夜鸣，思公子兮徒离忧”之义也。

【冯曰】山境在澧州、朗州之间，洞庭湖之西也，其东南至长沙四百里，北至江陵三百里，故解者谓桂管归途之作。今细参前后事迹，此说定是。

【纪曰】纡纡曲曲，一步一折，语凡三转，用意最深，然深处正是其病处。末二句尤不成语。（诗说）

【张曰】前二句已说明正意，故结句以含蓄不露作收，此正布局妙处。若后路一泄无馀，则是直布袋矣。纪氏谓“词不达意”，真不知诗之言也。（辨正）

【按】玩诗意，崔八似与义山同在桂林郑亚幕，此次幕罢，与义山同舟北归。融禅师似亦旧与郑亚有交往者。首句谓己与崔同受亚之厚遇。次句“忘言”含两意：感念深恩，固在意而不在言，“忘言”正是感念至深之境界，而感恩图报，如我之身世落拓者，亦唯有求之于佛法而已。意与献寄旧府开封公末联"酬恩抚身世,未觉胜鸿毛"有相近处。三四谓访融禅师不遇。佛法无边,若得高僧开导,或此心可以稍安,而今岩花涧草之路,唯闻清猿哀鸣,不见高僧之迹,此情何堪!

药山在洞庭西,似桂管归途除潭州、江陵外,于洞庭沿岸一带亦有所逗留。本年初商隐与刘蕡在湘阴黄陵晤别。此时刘蕡或已离澧州员外司户任他往,故诗集中未见与蕡在澧州相遇之迹。

楚吟

山上离宫宫上楼,楼前宫畔暮江流。楚天长短黄昏雨,宋玉无愁亦自愁①〔一〕。

校　记

①"自",蒋本、姜本作"有"。

集　注

〔一〕【姚注】宋玉九辩:"余萎约而悲愁。"【补】长短,总之。

笺　评

【何曰】首句言深居隔绝。次句言小人复长其恶也。○长晷短景,但有梦雨,则贤者何时复近乎?此宋玉所以多愁也。

【姚曰】何况客中!

【程曰】此妓席将离之作也。开口言山言宫,盖楚之山有巫山,楚之宫有细腰宫也。此兴起之端绪也。暮江流者,日月易迈而波涛不返,言其将去也。下用楚天字、雨字,分明以朝云暮雨之事承之。宋玉则自谓也。宋玉尝言东邻之女窥臣三年而不为之动,恐当此际,未免多情,此之谓无愁亦自愁也。

【田曰】只在意兴上想见。(冯笺引)

【冯曰】吐词含珠,妙臻神境,令人知其意而不敢指其事以实之。

【纪曰】浅直。(诗说)

【张曰】此亦荆楚感遇之作。“楚天长短黄昏雨”,盖南方五月梅雨时往往有此景象也。(会笺)

【钱锺书曰】招魂:“目极千里兮伤春心。”……合之高唐赋:“长吏隳官,贤士失志,愁思无已,太息垂泪,登高远望,使人心瘁。”二节为吾国词章增辟意境,即张先一丛花令所谓“伤高怀远几时穷”是也。……别有言凭高眺远,忧从中来者,亦成窠臼,而宋玉赋语实为之先。……是以李商隐楚吟:“山上离宫宫上楼,楼前宫畔暮江流,楚天长短黄昏雨,宋玉无愁亦自愁”;温庭筠寄岳州李员外远:“天远楼高宋玉悲”;已定主名,谓此境拈自宋玉也。(管锥编八七五页)

【按】此当是大中二年夏桂管归途经江陵时作。题曰“楚吟”,地濒大江,山有离宫,必指江陵无疑。作者宋玉云:“何事荆台百万家,惟教宋玉擅才华。”此亦云“宋玉无愁亦自愁”,相互参较,其为同地之作益显。惟张氏谓“长短黄昏雨”指五月梅雨,则与归途经江陵时季节不甚符。义山五月已抵潭州,在李回幕当有较长时间逗留;至药山亦须一定时日,故不大可能五月已至江陵。文集有为湖南座主陇西公贺马相公登庸启,马植拜相在大中二年五月己未(廿一日),制书抵潭,当已六月上旬。离潭约在六月上中旬间，抵达江陵约六月下旬。据偶成转韵七十二句赠四同舍叙荆江舟行遇风情况，其时正值长江水涨，与此诗所写"楚天长短黄昏雨"之景象正合。若夔峡归途经江陵，已是"霜野物声干"之仲秋季候，与此诗所写景象不符。

诗触目兴感，黯然神伤，纯从虚处传神，义山每有此种神境（暮秋独游曲江、夕阳楼、乐游原五绝皆此类）。冯云"令人知其意而不敢指其事以实之"，此固缘作者所感本非一事。身世沉沦，仕途坎坷，东西路塞，茫茫无之，值此楚天暮雨，江流渺渺，不觉触绪纷来，悲凉无限，此所谓"宋玉无愁亦自愁"也。"愁"字虽似虚泛，包蕴则丰，知人论世，其内容自不难体会。

摇落

摇落伤年日〔一〕，羁留念远心。水亭吟断续，月幌梦飞沉〔二〕。古木含风久，疏萤怯露深。人闲始遥夜〔三〕，地迥更清砧。结爱曾伤晚〔四〕，端忧复至今〔五〕。未谙沧海路〔六〕，何处玉山岑〔七〕？滩激黄牛暮①〔八〕，云屯白帝阴〔九〕。遥知沾洒意，不减欲分襟〔一〇〕。

校　记

①"激"，席本作"急"。

集　注

〔一〕【补】宋玉九辩："悲哉秋之为气也！萧瑟兮草木摇落而变衰。"

〔二〕【冯注】文选雪赋:“月承幌而通辉。”庄子:“梦为鸟而厉乎天,梦为鱼而投于渊。”后汉书李膺传:“偃息衡门,任其飞沉。”陆云为顾彦先赠妇诗:“山海一何旷,譬彼飞与沉。”【程注】鲍照诗:“月幌垂雾罗。”陆机悲哉行:“寤寐多远念,缅然若飞沉。”

〔三〕【冯注】楚词九辩:“靓杪秋之遥夜兮,心缭悷而有哀。”应璩诗:“秋日苦短,遥夜绵绵。”

〔四〕【程注】王筠诗:“同衾远游玩,结爱久相离。”【冯注】秦嘉赠妇诗:“欢会常苦晚。”

〔五〕【冯注】谢庄月赋:“陈王初丧应、刘,端忧多暇。”

〔六〕【冯曰】以入海求仙比入朝。

〔七〕【冯注】谢朓诗:“若遗金门步,见就玉山岑。”馀见玉山。

〔八〕【朱注】水经:“江水又东径黄牛山。”注:“下有滩,名曰黄牛滩。南岸重岭叠起,最外高崖间有石如人,负刀牵牛,人黑牛黄,成就分明。行者谣曰:‘朝发黄牛,暮宿黄牛。’言水路纡深,回望如一矣。”宜都记:“自黄牛滩东入西陵界,至峡口一百馀里。”【冯曰】过下牢次黄牛庙,过诸滩,及抵秭归县界,尚见黄牛滩。详放翁入蜀记。

〔九〕【朱注】郡国志:“公孙述据蜀,自称白帝,号鱼腹为白帝城。”【冯注】郡国记:“公孙述至鱼腹,有白龙出井中,因号鱼腹为白帝城。”通典:“夔州云安郡、奉节郡汉鱼腹县地,有白帝城。”

〔一〇〕【朱注】杜甫诗:“不堪垂老鬓,还对欲分襟。”【冯注】谓尔当遥知我相思之苦不减初别也。【按】冯注非,详笺。分襟,犹分袂,离别。

笺 评

【杨守智曰】时在柳仲郢幕中。

【何曰】蕴藉之至。(辑评)

【徐德泓曰】此亦在蜀之诗。前十句,俱叙羁思离情,而其中"古木"四句,兼点入悲秋意也。"未谙"以下,言不知帝京何在,而惟觉滩激云屯,道路淹阻。其涕零处,一如伤别之苦矣。

【姚曰】首四句,因摇落而伤旧游。"古木"四句,正旧游处摇落之况。"结爱"四句,言相合甚难,相违甚易,不知相聚在何时也。末四句,叙已客游之地,而念故人应同此愁绪耳。

【屈曰】一段摇落之感,二段摇落之景,三段摇落之情,四段情景合结。

【程曰】此与梓州府罢同时之作。诗中有黄牛峡、白帝城,地近梓州;又有"欲分襟"语,自为府罢也。以"摇落"命篇者,用宋玉九辩悲秋之义,以自道其坎壈失职而志不平也。

【冯曰】此寄内诗也。"结爱伤晚"者,久为属意而成婚迟也。"端忧至今"者,数年闲居愁苦,赴桂又不久,行者居者皆含愁也。"未谙"二句,谓未得入仕中朝而家室聚也。的是此时(指大中二年秋)途次所寄。味其意态,似小有羁留之况。又曰:文集为李贻孙启以全力赴之,必故交之深者。贻孙会昌五年为夔州刺史,大中二三年或尚在夔乎?

【王鸣盛曰】(冯浩)此笺甚确,知桂府后,东川前,凿有此一段行迹。(冯注初刊本王氏手批)

【纪曰】蒙泉评曰:五六蕴藉之极。情调殊佳。格虽不高,而亦不卑。(诗说) 语极浓至,佳在不靡。(辑评)

【张曰】诗多迟暮羁孤之感,必梓府将罢时作。午桥笺良是。

结谓定知衰颓之泪，不减别离之苦，泛言之也。谓寄内者误。（会笺）

【按】此篇系年歧异。程、张均谓梓州府罢时作，然诗言"羁留念远"，羁留之地，明在白帝、黄牛之间，而梓州距白帝近千里，夔州又非东川节度辖地，幕罢之际，忽于夔峡之地羁留，殊不可解（罢幕归京，亦非取道夔峡）。

综观全诗，当是诗人羁留夔峡时悲秋怀远之作。所怀之人，视"结爱"之语，似为其妻王氏。戏赠张书记诗以"古木含风久"衬起张书记与其妻室两地相思之情，本篇亦用此语，似可视为此诗系怀内之作之一旁证。通释之，则"摇落"二句，一篇之纲，以下即念远之情与摇落之景夹写。"水亭"二句，承"念远"遥想对方因怀念远人而水亭吟诗，月幌寻梦情景。王氏居洛阳崇让宅，有东亭、西亭，或即所谓水亭也。"古木"四句，写夔峡秋夜摇落清寥之境，而己之羁留念远之情亦寓其中。"结爱"四句，谓己与王氏已伤结爱之晚，复因羁宦远别而端忧至今，帝京宫阙，如蓬莱、玉山仙境，欲寻无路，欲上无梯，"摇落""羁留"之情一齐写出。"滩激"二句，夔峡即景，点明羁留之地。末联结"念远"，谓遥想对方此际因怀远而沾襟洒泪，其哀伤当不减于分别之时也。

据"结爱曾伤晚，端忧复至今"二语，此诗当非义山与王氏结缡后不久所作。王氏未亡故前，义山出游南方惟大中初桂管之行。冯、张大中二年巴蜀之游说虽不能成立，然是年秋义山桂管归途中曾折向夔峡一带并稍作逗留，则并非毫无可能。杨柳李商隐评传亦主桂管归途滞留荆巴之说，并谓"义山此次入蜀，从地区言，没有超出长江沿岸的夔峡一带；从时间言，没有超过两个月。……他的入蜀，实际上还是在（荆南节度使）郑肃的管辖地区。”此说似大体可信。盖是年三四月间，义山因郑亚贬循离桂北归，五月已在潭州，有潭州、楚宫诸诗可证。“流连湘幕，当滞旬时”（岑仲勉平质），自潭续发，抵达江陵，亦不过六月中下旬。而自荆南续发时已是“霜野物声干”（楚泽）之仲秋景象，其间应有两月左右之间隙，在此期间，折向夔峡一带稍作游览逗留，自不无可能。江陵至夔州水程七百馀里，上水约需半月至二十天。如商隐七月初启程，七月二十左右可抵夔州。在夔州有所羁留，十馀天后即已八月，与摇落诗所写“疏萤怯露”“始遥夜”之景象正合。作摇落诗后不久，商隐即乘舟顺流东下，沿途作过楚宫、风、江上诸诗（见后），抵达江陵时已是八月中下旬。自江陵续发，有楚泽、汉南书事、归墅、陆发荆南始至商洛、九月于东逢雪、商於、梦令狐学士诸诗，到商洛一带已是“四海秋风阔”之深秋景象，由于早寒，九月间就遇到雪。抵达长安，约在九月末十月初。时间上正可衔接。

过楚宫

巫峡迢迢旧楚宫〔一〕，至今云雨暗丹枫。微生尽恋人间乐[①]，只有襄王忆梦中。

校　记

①“微生”，【何曰】“微”作“浮”。（读书记）【冯曰】“微”，一作“浮”。【按】各本均作“微”。

集　注

〔一〕【冯注】旧书志："山南东道夔州，本巴东郡属县，有巫山，以巫山峡为名。"水经注："江水又东径巫峡，杜宇所凿，以通江水。"寰宇记："楚宫在巫山县西北二百步，在阳台古城内，即襄王所游之地。"【按】杜甫咏怀古迹（其二）云："最是楚宫俱泯灭，舟人指点到今疑。"则题所谓楚宫者，特其故址耳。

笺　评

【谢枋得曰】高唐云雨本是说梦，古今皆以为实事，此诗讥襄王之愚，前人未道破。（转引自唐诗品汇）

【锺惺曰】（末句）亦笑得呆人妙。（唐诗归）

【陆时雍曰】说意之过。（唐诗镜）

【徐德泓曰】明醒出"梦"字，其为虚境可知。曰"尽恋"，曰"只有"，言但可自愚，而不足以惑世也。此与上章（按：指有感诗，诗中有"却是襄王梦觉迟"之句）命意又别。每见诵者，将两首后二语合成水乳，俱谓桑濮之音，毋乃不求甚解乎！

【姚曰】反唤妙绝。微生那一个不在梦中，却要笑襄王忆梦耶？请思"只有"二字，还是唤醒襄王，还是唤醒众生？

【屈曰】辞气似刺襄王，其实作者自有寄托，不可呆讲。

【冯曰】自伤独不得志，几于哀猿之啼矣。

【纪曰】寓感之作，亦无佳处。（诗说）此以寓悼亡之意。（辑评）

【姜炳璋曰】亦吊古也。云雨时有，而襄王归之神女；人间乐事，而襄王索之于梦中，皆可笑也。凡怪事，当以常理破之。

【俞陛云曰】唐人有咏襄王诗云："楚峡云娇宋玉愁，月明溪静隐银钩。襄王定是思前梦，又抱霞衾上翠楼。"与此诗第四句合观之，若仅言襄王之幻境留连，乐而忘返。然合此诗三、四句观之，则人生万象当前，刹那间皆成泡影，有何乐之可恋？而世人不悟，不若迷离一枕，与世相遗，作者其有出世之想，借襄王为喻也。

【张曰】此楚宫在巫峡，非他篇虚拟之比，巴阆归途作。自悲人生无味，不如梦中之乐也，哀痛极矣。（会笺）又曰：篇中含味无穷，若悼亡诗，必更帖切，不如是之泛博也。细玩自见。余亦过经人世炎凉之人，每诵此诗，辄神不怡，几若为余发者。文字感人，一至此耶？○诗意与乱石一首同，皆途穷痛哭也。深慨人世险巇，一无可以留恋，不如梦中尚得安静片刻耳。读之使人辄唤奈何！非曾经忧患，不识此味也。必非悼亡之诗，纪评强解可笑。（辨正）

【郝世峰曰】巫山神女之美丽，……是无与伦比的。她那缥缈恍惚、超尘绝俗的仙人风度，尤其令人神往。可是世人中又有几个能够认识并愿意去追求这种妙臻神境的美呢？他们只知迷恋平庸的世俗之乐，却不了解追求更高更美的境界才是人生的最大乐趣。……襄王的至情，是庸人不能理解的。在庸俗气氛的包围中，襄王没有知音，他的精神在寂寞中燃烧，在寂寞中求索，然而，也唯有他才真正懂得美。……李商隐向往超远高洁的境界，但是无人了解他，反而遭到漠视、歪曲、猜忌。……他始终珍视自己那美好的理想，与排斥他的人是两样情怀，既高洁、骄傲，又寂寞，苦闷。……诗人的人生经验同故事的情境相复合、重叠，产生了融汇着多种感情的“微生尽恋人间乐，只有襄王忆梦中”的瞬间联想。这一联想；同评价楚襄王毫无关系，只是诗人自己对人生的感叹。（李商隐七绝臆会）

【按】此大中二年秋自夔州顺江东下，过巫峡有感于襄王梦遇神女事而作。诗所表现者，系一种幻灭中之执着追求。阳台神女之梦，美好而虚缈。然“襄王”则执意以求，且长忆而不忘。此实义山一生追求、幻灭、再追求、再幻灭之心路历程及悲剧性精神之写照。“神女生涯原是梦”“顾我有怀如大梦”“一春梦雨常飘瓦”，此为义山对人生追求幻灭之经常性体验。其可贵处正在尽管屡次幻灭，仍执着追求不已。

久已泯灭之楚宫旧址，云雨笼罩丹枫之迷离景象，为“忆梦中”创造出典型氛围，使后幅所抒写之蕴含人生哲理之情思更耐咀味。

楚宫①

十二峰前落照微〔一〕，高唐宫暗坐迷归〔二〕。朝云暮雨长相接，犹自君王恨见稀②。

校 记

①原题“楚宫二首”，才调集选第二首（月姊曾逢下彩蟾），题作“水天闲话旧事”，戊签从之。他本多作“楚宫二首”，唯影宋抄题内无“二首”二字。今从才调集，将第二首改题“水天闲话旧事”，附于此首之后。

②“自”，冯引一本作“是”。

集 注

〔一〕十二峰，见前深宫注〔三〕。

〔二〕【补】高唐，战国时楚国宫观名，在云梦泽中。参前岳阳楼

（汉水方城带百蛮）注〔三〕。

笺　评

【辑评朱批】言外见独于贤才不然耳。

【姚曰】见干宠者之无已也。

【屈曰】人间之久别，恨更如何？

【程曰】红豆相思之曲也。前一首怅望其不得频见。

【冯曰】今玩七绝，托意未明，要异于七律（指“月姊曾逢下彩蟾”首）之用意。

【纪曰】前一首寓不见之感，乃从对面加一倍写出，极有思致，然总是刻意做来，乏自然深远之味。

【张曰】此与复壁交青琐篇均不得其寄托所在，未敢强解。冯氏谓皆开成五年江乡之游寓意所欢，为杨嗣复而发，不知燕台事与嗣复无涉，集未尝为嗣复别有诗也。

【按】二首宜分别观之。七绝似有寓托。深宫云：“清露偏知桂叶浓”，“景阳宫里及时钟”，“岂知为雨为云处，只有高唐十二峰”。即此诗所谓“朝云暮雨长相接”之意。得宠者既已朝暮与君相接矣，而君王犹恨相见之稀，则其顾承恩遇之隆自不待言。新书绹传载绹“为翰学承旨。夜对禁中，烛尽，帝以乘舆金莲华炬送还，院吏望见，以为天子来。及绹至，皆惊。”“朝云”二句，或即因此类现象有感而发，而己之不遇自寓其中。据首句及次句，似是亲临其境即景抒感，故编于过楚宫下。

水天闲话旧事[①]

月姊曾逢下彩蟾〔一〕，倾城消息隔重帘〔二〕。已闻珮响知腰细,更辨弦声觉指纤[②]。暮雨自归山峭峭[③][三],秋河不动夜厌厌[四]。王昌且在墙东住,未必金堂得免嫌[五]。

校　记

①原为楚宫二首之第二首,今从才调集改题"水天闲话旧事"。当是楚宫与水天闲话旧事相连,抄刻流传过程中脱去后首之题,与前首相连,后人遂改题"楚宫二首"。影宋抄于"楚宫"题下列七绝、七律各一首,题内无"二首"二字,犹可见部分原貌。今仍姑附楚宫七绝之后,二诗内容并不相干。

②"弦",律髓作"琴"。

③"峭峭"原作"悄悄",一作"峭峭",据蒋本、戊签、席本、钱本、影宋抄及才调集改。

集　注

〔一〕【何注】月姊,嫦娥也。(辑评)

〔二〕【何注】子夜歌:"重帘持自隔,谁知许厚薄?"

〔三〕【冯注】刘蜕文冢铭序:"峭峭为壁。"谢灵运诗:"威摧三山峭。"

〔四〕【冯曰】神味胜上联。【补】厌厌,同恹恹,安静貌。诗小雅湛露:"厌厌夜饮。"毛传:"厌厌,安也。"

〔五〕【朱注】乐府:"人生富贵何所望?恨不早嫁东家王。"【何注】后汉书逸民传:"平原王君公侩牛自隐,时人谓之曰:'避世墙东王君公。'"嵇康高士传曰:"君公明易,为郎。数言事不用,乃自污与官婢通,免归。"此必实有比拟之事,而不可考矣。(冯注引)唐人诗:"王昌只在此墙东。"(辑评)【道源注】后汉书:"桓帝时童谣曰:以钱为室金为堂”。【陈启源曰】东家王，为卢莫愁咏也。金堂疑指卢家郁金堂。【冯注】谓近在墙东，嫌疑难免，不我肯即，徒枉然耳。与“隔重帘”紧应。何氏引王君公，以“墙东”字相牵耳。其实墙东犹东家，何可据以强合？王昌必非其人，总不如阙疑也。又补注曰：王君公附见逢萌传，自王莽时至东汉初人，必不可合。余并疑高士传为郎之说，亦不确也。【按】高士奇天禄识馀：“王维崔颢韩偓唐彦谦等诗中皆言王昌，其人始末已无可考。”且在，只在，但在。

笺　评

【范德机曰】想像高唐格。初联言“曾逢”，又言“重帘”，盖仿佛音尘之意也。三联是才情。落联述王昌故事，其意深也。（诗学禁脔）

【朱曰】此以男女托讽君臣之际也。（李义山诗集补注）

【冯舒曰】此题集本误也。（批点才调集）

【冯班曰】（“月姊”句旁批）俱说旧事。（同前）

【朱彝尊曰】“自”旁批“是”。末批：绝无题意，岂因语言太显，故诡托之耶？

【杨曰】三四是隔帘摹拟，巧妙入神。

【何曰】此篇赋当年贵主之事而不可考矣。（读书记）○三四虚虚实实。五六起“免嫌”，言神女天孙当如此也。○愈宽愈紧，风人谲谏之妙。（瀛奎律髓汇评引）

【杨曰】（首句）逗一“逢”字，却反接“隔”。（次句）生下二句。帘是帷簿消息。（三四句）摹拟入微。（复图本作“三、四是隔帘摹拟，巧妙入神。”）（五六句）隔。（七句）一句收出。（末句）应转“逢”字。（辑评朱笔行间批，冯引“摹拟入微”

作杨评，今从之。）

【胡以梅曰】此直赋其艳情之词也。言月姊曾经下蟾相逢，今相顾消息隔在重帘之内，但闻珮响弦声，想像其腰细指纤之妙耳。从行暮雨而神女言归，山亦为之悄悄寂寥；继望秋河而知天孙不渡，只觉厌厌其夜长乎？但恐置身如王昌，在莫愁东家金堂之畔，动他人之嫌，不能永洽欢情也。通身剥皮剔骨，用事展情，出入化境，天随子所谓暴天物，抉摘刻露，天能致罚，盖此等题此等诗欤？

【唐诗鼓吹评注】此言贵家之姬，美如月姊，自彩蟾而下，重帘相隔，不可得见，但闻环珮之响，已知腰细；辨琴瑟之声，尤觉指纤耳。若其既去之后，暮雨自归，巫山悄悄，秋河不动，静夜厌厌，怅美人兮寂寞，隔东墙以相窥。虽处金堂钱室之中，而暂时下来，重帘相隔，终未必得免嫌疑也。义山为人，时称其诡薄无行，故为当涂所薄，末二句当是谑浪之词。

【赵臣瑗曰】此亦无题之类。时而秋也，故即以月姊比之。倾城也而曰"消息"，以尚隔重帘，未经觌面之故。三四极写隔帘消息，思幽致曲，一扫浮艳，可废高唐洛神诸赋。五六遂写其去后，竟未得一见，而已绝无消息矣。末稍带谑，自是义山本色。

【程湘衡曰】疑主家有安乐、太平之行，故云尔。（殷元勋才调集补注引）

【查慎行曰】若不用"暮"字，安知为巫山之行雨？不用"秋"字，安知为牛、女之渡河？作者尚恐晦，于"暮雨"衬"山"字，则巫山愈明；于秋河衬"夜"字，则银河不混。而于数虚字足消息相隔之意，可谓穷工极巧。（瀛奎律髓汇评引）

【陆曰】（次章）虽以楚宫为题，然细玩全篇，似刺当时贵主之事也。礼："妇人不下堂阶。"今曰"曾逢"，有令人见之者矣。又："内言不出。"今珮响弦声，有令人闻之者矣。虽暮雨自归，未谐欢梦；秋河不动，独处良宵，然重帘咫尺，既有见而闻之者，则墙东之嫌，恐不能为斯人免也。○高青邱"小犬隔花空吠影，夜深宫禁有谁来？"与此同一微言冷刺。

【徐德泓曰】此确是拟艳之词，非有所喻托者。其题因先有楚宫绝句，故连而及也。前半，言相隔而想像之。第五六句，写其无情，有汉广"江永"之意。结语稍失风人之体。

【陆鸣皋曰】"暮雨"二句，于无情中写得极其流丽，正诗家笔妙处。

【姚曰】此以男女托讽君臣之际也，见无媒者之自伤。月姊曾逢，倾城遥隔，细腰纤指，彷佛难睹。暮雨自归，秋河不动，正楚词所谓君可思而不可恃也。然暌隔既久，嫌隙旋生，况王昌近在墙东，金堂岂免遭谤，贞臣谊士，惟有嘿嘿自喻而已。

【屈曰】已逢月姊，只隔重帘，虽未相亲，而"已知""更觉"，亦几希矣。五六终未相亲。然相去咫尺，安能免嫌？不如相亲之为愈也。有屈于不知己而申于知己之恨。此结与"武皇内传分明在"意同。

【程曰】此皆红豆相思之曲也。……后一首筹计其终必相见。文人薄倖，不必有其事，不妨有其词。

【纪曰】直是无题之属，误列于楚宫下耳。末二句讥刺之语也，言隔帘不见，徒想像其腰细指纤，惟有失望而归，悒悒中夜耳，况彼东家自有王昌为所属意，焉有及我之理耶，分明言其及乱，而但以为不免于嫌，则诗人忠厚之词也。诗与楚宫不相应，此题(水天闲话旧事)有理。(诗说) 此寓言遇合

之作。（辑评）又曰：通首从次句生出。（瀛奎律髓刊误）

【张曰】或系艳情。（会笺）又曰：后一首当从才调集题为水天闲话旧事，盖暗比所思之人，或友人有所恋，暗指此事，与戏赠同旨，无庸穿凿。此本合为一题，不类甚矣。然二首均不详为何年所赋也。（辨正）

【按】本篇当是艳诗。首联谓其人如月中嫦娥，昔曾有幸觌面相逢，然今番则重帘相隔，倾城容色无从窥见。次联因"隔"而生痴想，于珮响弦声中得其倾城消息之彷佛。腹联暗示彼则无意，飘然自去，我则有情，永夜不寐。"山峭峭""夜厌厌"，皆形况永夜寂静无声情景。末联谓我近在墙东，虽隔绝未通，然恐郁金堂中人亦不得免嫌耳。其人似是贵家姬妾，故语带戏谑。

题称"水天闲话旧事"，或系雨天与友人话及此段充满怅惘之旧事，遂笔之于诗。诗中所写，即想望而不得相亲之"旧事"。

风

回拂来鸿急[①]，斜催别燕高〔一〕。已寒休惨淡〔二〕，更远尚呼号。楚色分西塞〔三〕，夷音接下牢〔四〕。归舟天外有，一为戒波涛。

校记

①"回"原作"迴"，据朱本、冯注本改。

集注

〔一〕【朱注】沈约咏风："送归鸿于碣石。"庾肩吾风诗："湘川燕起馀。”【冯注】礼记：“仲秋之月，盲风至，鸿雁来，玄鸟归；季秋之月，鸿雁来宾。”又曰：来鸿、别燕，深秋时令；回拂、斜催，形容风势。

〔二〕【补】董仲舒春秋繁露治水五行：“金用事，其气惨淡而白。”句意谓万物已在寒气中凋零，风勿吹之使更惨淡凄凉也。

〔三〕【朱注】荆州记：“郡西溯江六十里，南岸有山，名荆门，北面有山，名虎牙。二山楚西塞。”【冯注】水经：“江水又东过夷陵县南，历峡东径宜昌县北，又径狼尾滩、黄牛山、西陵峡，出峡东南流径故城北，又东历荆门、虎牙之间，过夷道县北，又南过江陵县南。”注曰：“荆门在南，上合下开，暗彻山南，有门象虎牙在北，石壁色红，间有白文，类牙形，并以物象受名。此二山楚之西塞也，水势峻急。”

〔四〕【朱注】元和郡国志：“下牢镇在夷陵县西二十八里，隋于此置峡州。贞观五年移于步阐垒，其旧城因置镇。”【冯注】新书志：“夷陵郡夷陵县西北二十八里有下牢镇，有黄牛山”。

笺　评

【徐德泓曰】此江风也。首二句，言势。第三句，言色；四句，言声。五六句，不说风，而中有风象，移不到雨雪境界，正诗家写神处也。结体老成，必如此，通首方有归着。

【姚曰】当鸿来燕别之时，寒色秋声，萧瑟如是，况穷边绝塞，何以能堪！但愿归舟他日勿以波涛见阻，幸矣。

【程曰】此亦寓言。前四语喻排挤之徒。后四语述风波之险过于西塞山（按此“西塞”非西塞山，程解误）与下牢镇，盖亦大中三年桂岭府罢北归道中之作也。

【田曰】(末联)仁及万物之意。(冯注引)

【冯曰】凡自东而西入蜀者,过荆门至下牢,乃入西陵峡,经黄牛山。五六正与下章(指摇落)之“滩激黄牛”相贯。其为水程上巴峡审矣。乃结云“归舟”者,又不可合,盖江波风信,行役常遭其间,细踪何由追核,只可就本诗玩味耳。又补笺曰:诗意与桂管归途情味不合。窃疑座主高锴移镇西川,义山必至其幕,遭谗摈不得留,其由水程而归欤?他诗“天外山惟玉垒深”,“天外”二字,似可互证。但核他篇所写地理,似入峡上蜀,非自蜀而下。若重为逐一改编,实难妄定耳。又曰:宋玉大言赋:“长剑耿耿倚天外。”按:唐岂谓剑南道为天外乎?

【纪曰】纯是寓意,字字沈著,却字字唱叹,绝不沾滞也。

【张曰】大中二年巴游不遇归荆门时途中所作。“归舟”二字点题。冯氏次游蜀于归洛后,此篇遂难索解矣。(辨正)又曰:诗云“天外归舟”,又有“楚色西塞”“夷音下牢”语,确系巴阆水程。“来鸿”“别燕”点时令,不必泥深秋也。冯编大误,今正之。(会笺)

【岑曰】风诗来鸿别燕,归舟天外,其续发已入秋令。“夷音接下牢”,只言境地邻接,并非巴阆水程。

【按】此江行遇风即景抒感之作。冯笺以为水程上巴峡,与“归舟”语显牴牾。张笺较合,然非自巴阆归,乃自夔峡归也(张氏巴阆寻杜悰说之谬,岑仲勉已有辨,详后有关诸诗)。首联写风势,“来鸿”“别燕”,正点仲秋时令。次与写风声寒意,暗透不堪其凄寒呼号之情。腹联江行即景,荆门以下,即属楚境(荆门为巴楚分界),故曰“楚色分西塞”;下牢以上,即夷夏杂居,故云“夷音接下牢”,是舟行于下牢荆门之间。末联“归舟”即己所乘之叶舟,望江风稍减威虐,庶几略减风涛之苦也。

江上

万里风来地,清江北望楼。云通梁苑路〔一〕,月带楚城秋〔二〕。刺字从漫灭〔三〕,归途尚阻修〔四〕。前程更烟水,吾道岂淹留〔五〕!

集注

〔一〕【冯注】梁苑,汴宋之境。【补】梁苑,一名梁园,汉梁孝王刘武所筑园囿,故址在今开封市东南。此借指当时汴州、宋州一带。

〔二〕【冯注】江乡固皆楚境。【何曰】(三四)好句。(辑评)

〔三〕【朱注】典略:“祢衡自荆州北游许都,书一刺怀之,漫灭无所适。”【冯注】后汉书:“祢衡避难荆州,来游许下。始达颍川,乃阴怀一刺,既而无所之适,至于刺字漫灭。”

〔四〕【程注】张载拟四愁诗:“我所思兮在营州,欲往从之路阻修。”

〔五〕【补】杜甫秦州杂诗:“万方声一概,吾道竟何之!”发秦州:“大哉乾坤内,吾道长悠悠。”

笺评

【朱曰】此东行在道之诗。(李义山诗集补注)

【杨守智曰】疑是从桂州幕中还朝时途中所作。

【陆鸣皋曰】此亦感怀之作。第七句,因上有“归途”句,故下一“更”字，两意一串矣。“烟水”二字，仍带江景，正法之紧密处。

【姚曰】此东行在道之词。三四承东来，五六承北望。七句言从此更前往也。

【屈曰】前景后情，杜诗多如此。一二高亮有神。

【程曰】此亦桂岭府罢北归道中时作，曰“万里”，曰“北望”可见。

【冯曰】江程寓怀之作。三四左右顾望，下言无所遇合，更向客途，而意在急归也。

【纪曰】蒙泉曰：三四佳句。

【姜炳璋曰】此亦不得志于时之作。观落句，犹有馀望。

【按】此自夔峡归江行寓感之作，当与风五律同时作，而此篇稍在后。“万里风来”，舟已出峡；“清江北望楼”，指舟行所见江南岸之楼阁。“云通”句承“北望”，谓路通梁苑；“月带”句承首句，谓地在荆楚，时值秋令。“刺字”二句暗透曾有投刺干谒之想而未有遇合，故仍向此阻修之归途（指归京之途）。末联紧承“归途”，收到眼前江上之景，谓前路尚烟水漫漫，征途中毋再淹留也。曰“更烟水”，则舟行虽已出峡，尚未抵江陵之景；曰“岂淹留”，则先时之淹留自包言内，与摇落诗“羁留”夔峡之情正合。义山自桂归京，途中于潭州、江陵、夔州均有逗留，而迄无所遇，故此篇有“刺字从漫灭”“吾道岂淹留”之慨。

听鼓

城头叠鼓声〔一〕，城下暮江清①。欲问渔阳掺，时无祢正平〔二〕。

校记

①"清",戊签作"晴"。【冯曰】晴则鼓声更震,似"晴"字佳。【按】"清"字更富远神。

集注

〔一〕【朱注】卫公兵法:"鼓三百三十三槌为一通。鼓止角动,吹十二声为一叠。"【冯注】文选谢朓诗:"叠鼓送华辀。"善曰:"小击鼓谓之叠。"【按】此叠鼓泛言鼓声连续不断,不必泥。古时客船启行,常鸣鼓催客。故有下句。

〔二〕【冯注】后汉书:"祢衡字正平。曹操欲见之,而衡称狂病不肯往。操怀忿,闻衡善击鼓,乃召为鼓史,因大会宾客,阅试音节。诸史过者,皆令脱其故衣,更着岑牟单绞之服。次至衡,衡方为渔阳参挝,蹀躞而前,容态有异,声节悲壮,听者莫不慷慨。进至操前,先解衵衣,次释馀服,裸身而立,徐取岑牟单绞着之,毕,复参挝而去。操笑曰:'本欲辱衡,衡反辱孤。'"注曰:"搥及挝,并击鼓杖也。参挝是击鼓之法。而王僧孺诗云:'散度广陵音,参写渔阳曲。'自音云:'参,音七绀反。'后诸文人多同用之。据此诗意,则'参'曲奏之名;则'挝'字入于下句,全不成文。下云'复参挝而去',足知参挝二字相连。而读参为去声,不知何所凭也。参,七甘反。"按:此用"渔阳掺",亦承僧孺句耳。字本作"参"。至"掺"字见诗经郑风、魏风,或后人于此亦加手耳。徐锴曰:"掺,音七鉴反,三挝鼓也。"亦作去声矣。【按】掺挝,击鼓之调。"渔阳掺"即"渔阳掺挝"(鼓曲名)之省。庾信夜听捣衣诗:"声烦广陵散,杵急渔阳掺。"二句谓欲学渔阳掺之鼓调，惜当世无祢衡其人。又，胡仔苕溪渔隐丛话后集卷十四引缃素杂记考渔阳掺甚详，可参看。

笺　评

【何曰】正为身似正平耳。（辑评）

【姚曰】借鼓声抒愤懑也。

【冯曰】此游江乡作。未定前后何时也。祢衡遇害于江夏，得毋于武昌感叹而作欤？

【纪曰】有清壮之音，以气格胜。次句着“城下暮江清”五字，益觉萧瑟空旷，动人远想，此渲染之法。（诗说）

【张曰】疑亦大中二年留滞荆楚时作，非开成江乡时也。（辨正）

【按】何、姚、纪评均是。义山性格，本有刚直不阿、强项不屈一面，观任弘农尉献州刺史乞假归京、自况、偶成转韵诸诗可见。然仕途偃蹇，命运多舛，又不得不屈节事人，甚至陈情告哀，希求援引。黄彻谓：“英俊陆沉，强颜低意，趋跖诺虎，扼腕不平之气，有甚于伤足者。”此论可谓深知义山之内心苦闷。此诗正其长期积郁孤愤之自然流露。平日所受之屈辱，无从发泄，今日忽闻城头鼓声，乃联想及祢衡击鼓之事，激发愤世嫉俗、蔑视权贵之情。“欲问”二句，明叹世无祢衡，实慨己空有祢衡蔑视权贵之情，而不能如祢衡之击鼓辱曹，一泄愤懑也。

作年不易确考，张说似较合理。操曾将祢衡遣送荆州刘表，诗有“暮江”字，或即作于大中二年自桂归京道经江陵时，不必定在江夏也。

楚泽

夕阳归路后，霜野物声干〔一〕。集鸟翻渔艇，残虹拂马鞍[①]〔二〕。刘桢元抱病〔三〕，虞寄数辞官〔四〕。白袷经年卷〔五〕，西来及早寒[②]〔六〕。

校记

①“虹”，朱本、季抄一作“红”。【屈曰】霜夜早寒安得有虹？“红”是。【按】诗言“夕阳归路”，所描绘者为薄暮景物，雨后晚晴或近处有雨，残虹常见。如属“残红”，如何能“拂马鞍”？“霜野”犹“秋野”。

②“及”，蒋本、姜本、戊签作“又”。

集注

〔一〕【何曰】第二句伏后早寒。（读书记）【杨曰】“霜野物声干”：五字体物精细。（复图本）

〔二〕【何曰】三四是泽中。（读书记）又曰：三四写景好。鸟见人至而飞，正见更无他人行此路也。（辑评）

〔三〕【朱注】刘桢诗：“余婴沉痼疾，窜身清漳滨。”【补】三国志魏志王粲传：“玚、桢各被太祖辟，为丞相掾属。”

〔四〕【朱注】南史：“虞寄字次安，性冲静有栖遁志。大同中，闭门称疾，惟以书籍自娱。陈宝应既擒，文帝敕章昭达，发遣还朝。衡阳王出阁，手敕用为掌书记。后除东中郎建安王谘议，加昭戎将军，寄辞以疾。王于是命长停公事，其有疑议，就以决之。”【冯注】同上：“寄前后所居官未尝至秩满，裁期月，便自求解退。”

〔五〕【朱注】说文:“袷,夹衣无絮。”亦作夹。真诰:“许长史著葛帴单衣白袷。”李贺诗;“白袷王郎寄桃叶。”【冯注】急就篇注:“衣裳施里曰袷。”潘岳秋兴赋:“御袷衣。”

〔六〕【何曰】落句与逢雪发端同意。(辑评。按九月于东逢雪前幅云:“举家忻共报,秋雪堕前峰。岭外他年忆,于东此日逢。”)【杨曰】谓在桂常暖,经年不着也。(复图本)

笺评

【姚曰】薄寒中人,客途最易生感。斜阳瘦马,清寂可知。只因抱病辞官,已历尽南中之苦,翻以早寒加衣为可喜也。

【程曰】此初辞幕府,归途写怀之作。义山之于楚中,去来踪迹颇多,最著者为桂州郑亚判官,尝使江陵,有自桂林奉使江陵途中感怀寄献尚书诗。然诗中有云:“东道违宁久?西园望不禁。”则奉使旋还,未必遽归。此当从柳仲郢为东蜀判官。仲郢左迁,遂以废罢。将归郑州,取道楚泽也。史称义山还郑州,未几病卒,诗中“刘桢元抱病”之句可证。平生所佐幕府,河阳、桂州、京兆、东蜀,□□累累,仕宦不进,则虞寄数辞官之句益可信也。(按程氏此笺谬误甚多,姑录存之)

【杨曰】从桂入朝途中作。(冯笺引)复图本无。

【冯曰】午桥以数辞官谓东川罢归,东川岂常暖哉?桂府之罢,尽可云“数辞官”矣。又曰:以上三首(按指陆发荆南始至商洛、归墅、楚泽),或同时,或异时,无可再订,且类编之。

【纪曰】无甚佳处。(诗说)

【张曰】南方常暖,北地早寒,故有末句。“夕阳”“霜野”,只是泛写景物,不得作深秋解也。(会笺)又曰:于东逢雪是桂府归后由东路赴京之作，在此篇之后，与“九日樽前”诗皆一时情事也。冯氏次游巴蜀于归东都后，而谓大中三年自蜀入京，而逢雪一篇，无从编定，其桂府罢以后之踪迹全舛矣。何氏此评得之。（辨正）

【按】题称“楚泽”，而诗有“霜野”“渔艇”“马鞍”等语，当是陆行而傍湖泽，其陆发荆南之首途乎？义山自潭、岳至荆南，系取道荆江，自无所谓“残虹拂马鞍”之景象。而荆南向北更远之地，亦不得再称“楚泽”。末联写南北气候之异，点明“西来早寒”，亦与涉江后情景相合。

汉南书事〔一〕

西师万众几时回〔二〕，哀痛天书近已裁〔三〕。文吏何曾重刀笔〔四〕，将军犹自舞轮台〔五〕。几时拓土成王道①〔六〕？从古穷兵是祸胎〔七〕。陛下好生千万寿〔八〕，玉楼长御白云杯〔九〕。

校　记

①“几时”，蒋本作“何年”。

集　注

〔一〕【朱注】通鉴：“大中三年二月，吐蕃秦、原、安乐三州及石门等七关来降，诏泾原、灵武、凤翔、邠宁、振武皆出兵应援。又募百姓垦辟三州七关土田，将吏营田者，官给牛及种粮。其山南、剑南没蕃州县亦令收复。四年秋八月，发诸道兵讨党项，连年无功，戍馈不已，上颇厌用兵。”此诗乃作于其时也。【陆曰】通鉴：“党项之反，由边帅利其羊马,数欺夺诛杀所致。"宣宗兴兵致讨,连年无功。此诗当在大中五年命白敏中充招讨时作也。【程注】长孺……订以为大中四年之作则非。四年义山在徐州,唯三年自桂管入朝乃过汉南耳。【冯注】尔雅:"汉南曰荆州。"注曰:"自汉南至衡山之阳。"按:唐时称山南东道(治所襄州)曰汉南,荆、襄地势同也。旧书纪、通鉴:"会昌五、六年,党项攻陷邠宁盐州界城堡,发诸道兵讨之,至大中四、五年,连年无功,戍馈不已。上颇知边帅欺夺其羊马,或妄诛杀,党项不胜愤怨,故反,乃以李福为夏绥节度使,面加戒励。上颇厌用兵,议遣大臣镇抚,以宰相白敏中充招讨行营都统制置等使。定远城使史元破党项九千馀帐,敏中奏平夏党项平,又奏南山党项亦请降。诏并赦,使之安业。"诗盖自桂归途经荆江时作,非书汉南之事。【张曰】冯氏征考甚详,是年党项尚未就抚,故诗著拓土穷兵之戒,而望其勿生事四夷也。【按】汉南,指襄阳。文集补编有(为濮阳公)上汉南李相公状、上汉南卢尚书状,汉南均指襄阳。考义山大中元年赴桂、二年由桂返京,均曾途经襄阳,并分别有上汉南卢尚书状及献襄阳卢尚书启。此诗当作于二年北归道襄阳时,详笺。

〔二〕【冯注】党项,西羌也。味诗意当作"几人"。【按】味下"近已裁""犹自""穷兵"等语,自应作"几时",不得因与腹联出句偶重而疑及此。

〔三〕【冯注】汉书西域传:"上乃下诏,陈既往之悔,曰:'轮台西于车师千馀里,迺者贰师败,军士死略离散,悲痛常在朕心。今请远田轮台,欲起亭隧,是扰劳天下也,朕不忍闻。'赞曰:"孝武末年,弃轮台之地,而下哀痛之诏,岂非仁圣之所悔哉!”【按】此必当时宣宗有暂罢征讨党项之诏,义山桂管归途,适于汉南见之,故题作“汉南书事”。“裁”,犹“作”。

〔四〕【朱注】汉书赞:“萧何、曹参,皆起秦刀笔吏。”【姚注】贾谊传:“俗吏之所务,在于刀笔筐箧,而不知大体。”【何注】第三责宰相也,用汲长孺刀笔吏不可为公卿语。(读书记)【冯注】史记冯唐传:“上功莫府,一言不相应,文吏以法绳之。吏奉法必用,赏太轻,罚太重。”又李广传:“大将军使长史急责广之幕府对簿,广曰:‘广年六十馀矣,终不能复对刀笔之吏。’遂自刭。”汉书胡建传:“失理不公,用文吏议,不至重法。”【纪曰】萧何主关中馈饷,故汉祖藉以有功。在内无此人,将军在外何益乎?此非轻何之辞,勿泥刀笔二字。【按】纪解是。句意谓“何曾重用如萧何之类的文吏”,故下句云然。此即“但须鸑鷟巢阿阁,岂假鸱鸮在泮林”之意,为义山之一贯观点。

〔五〕【朱注】汉书西域传:“自燉煌西至盐泽,往往起亭,而轮台、渠犁皆有田卒数百人,置使者校尉领护,以给使外国者。”轮台在车师国西北千馀里,渠犁在轮台东北。【冯注】汉书李广利传:“乌孙、轮台易苦汉使。贰师行,兵多,所至小国莫不迎,出食给军。至轮台不下,攻数日,屠之。”师古曰:“轮台亦国名。”旧书志:“陇右道北庭都护府有轮台县,有轮台州都督府。”此联谓无人案责边将之罪。又补注曰:二句谓不力战而玩寇自逸,徒令生民被害。【按】“舞”字暗谴边将玩兵。曰“犹自”,则是诏书虽裁而边兵未息。

〔六〕【程注】吴都赋:“拓土画疆,卓荦兼并。”【冯曰】味诗意,

"几时"二字误。【按】"几时"即"何时"、"何代"之意,不误。义山偶疏,致"几时"二字重出,然其意自明,用字亦惬。

〔七〕【冯注】魏志王朗传注:"车驾既还,诏三公曰:'穷兵黩武,古有成戒。'"枚乘奏吴王书:"福生有基,祸生有胎。"【程注】延笃与段颎书:"知穷兵极远,大捷而返。"【补】三国志吴志陆抗传:"而听诸将徇名,穷兵黩武,动费万计,士卒雕瘁,寇不为衰,而我已大病矣。"

〔八〕【朱注】乐府射乌辞:"陛下寿万年,臣为二千石。"【冯注】书:"好生之德,洽于民心。"称觥上寿,本诗豳风。汉书倪宽传:"臣宽奉觞再拜上千万岁寿。"

〔九〕【冯注】玉楼在昆仑,白云亦仙事,即瑶池宴饮之义。【补】玉楼,指神仙居处。白云杯,仙家所用酒杯。古称仙乡为白云乡(庄子:"乘彼白云,至于帝乡"),故云。

笺 评

【王夫之曰】大有宛折,但露锋芒,百一以来,不乏此制。(唐诗评选)

【朱曰】此在汉南感时事而作也。(李义山诗集补注)

【杨守智曰】此等诗直接少陵,晚唐人岂能道其只字。

【何曰】此指讨党项事。(读书记)又曰:"犹自"呼下"几时"。哀痛天书,徒为文具口论,王道亦碌碌随刀笔,不肯正议息兵,坐酿国家之祸。吾君老矣,奈何不亟图所以善其后乎?(辑评)

【陆曰】党项本西羌种,故曰"西师万众几时回"也。时上颇厌用兵,特选儒臣以代边帅之贪暴者,临行,复面加戒励,故曰

"哀痛天书近已裁"也。三句是责相,四句是责将,言刀笔吏既不可为公卿,而师武臣复养寇以邀赏,国是尚可问乎?时又募百姓垦辟三州七关土田,并山南、剑南没蕃州县,亦令收复,故曰"几时拓土成王道"也。大中三年,吐蕃等州来降,诏诸道出兵应援,兼以党项之役,戍馈不已,故曰"从古穷兵是祸胎"也。结言幸而天心厌乱,允崔铉之议,遣大臣镇抚,将兵端自此获息,而一念好生,可长享太平之福矣。

【陆鸣皋曰】大中初,李在岭表,时泾原等处皆出兵纳吐蕃降地,募民开种。又连年讨党项无功,上颇厌兵,故作此诗。前半言天子已有哀痛之心,而奈何文臣武将尚皆以此为事乎!"舞"字更精,言不忧而反乐也。五六句,谓无益而有损。末则颂美其君,而愿其竟罢耳。

【姚曰】此义山在汉南感时事而作也。……西师万众,连兵累岁,天子非无哀痛之辞,乃文吏之刀笔敛手,将军之骄蹇自如。师老财匮,祸胎不细,惜未有以好生之德感悟主心者也。

【屈曰】西师无功,天子将下诏息兵矣。文吏无才,将军儿戏,如何能拓土,亦徒结祸胎耳。如果有轮台之悔,国祚绵长,理当然矣。

【程曰】唐书称宣宗精于听断,而以察为明,无复仁恩之意。结句云"好生千万寿",盖望其加恩四海,以绵国祚,亦臣子忠爱之义也。

【纪曰】拓土穷兵是正面,而以对"哀痛天书"言之,则借为反衬也。结句就"哀痛天书"作收,极直极曲,可谓之婉而章矣。复两"几时",虽不害为好诗,如西子捧心,不得谓之非病。(诗说)

【方东树曰】起二句叙事,峥嵘飞动起棱。次二句议,言文武非人。五六做明。收应次句。宣宗大中四年,讨党项,连年无功,戍馈不已。上颇厌用兵。政府不言,武将贪功。先君曰:"三四言刀笔为相,不知大体。收颂美宣宗,深罪将相,言帝好生,定获天祐也。"树按:收句语意支离。(昭昧詹言)

【按】此诗作年,朱氏引通鉴大中四年八月"发诸道兵讨党项,连年无功,戍馈不已。上颇厌用兵"等语,以为当作于其时。冯、张虽改系大中二年桂管归途,然仍引大中四、五年之事以证宣宗"颇厌用兵",且以汉南为荆州,似均未洽。按通鉴大中四年于"党项为边患,发诸道兵讨之,连年无功,戍馈不已"下接书"右补阙孔温裕上疏切谏,上怒,贬柳州司马",臣下劝谏,犹怒而贬之,则其时必无"哀痛天书近已裁"之事可知。是年冬十一月,以刘瑑为京西招讨党项行营宣慰使,十二月,又以凤翔节度使李业、河东节度使李拭并兼招讨党项使,足见讨党项事尚在继续。直至大中五年春,方以李福为夏绥节度使,选儒臣以代边帅之贪暴者;且以党项久未平,颇厌用兵,从崔铉建议,遣大臣镇抚。然白敏中三月任招讨党项行营都统,四月即因定远城使史元破党项九千馀帐而奏党项平,八月,又赦南山党项。然则大中五年三月充招讨时,并无"哀痛天书"之下,而八月南山党项请降后,又无"西师万众几时回"之事。且题云"汉南书事",诗必作于襄阳。而大中四年,义山在徐州及汴州;大中五年,义山在汴、入京、赴蜀,均未涉足汉南。是以知诗之必作于大中元、二两年内。而大中元年秋所作城上诗,有"边遽稽天讨,军须竭地征"之语,所指即讨党项之事,故知此年并无"哀痛天书近已裁”之事。则可推知，此诗当作于大中二年桂管归途经襄阳时。自会昌五年讨党项以来，至此已历四年，故有“穷兵”之慨。味诗意，似当时宣宗或有罢征之议，或竟有罢征之诏，而边将邀功自利，实未认真执行，故有“西师万众几时回”、“将军犹自舞轮台”之语。将之所以犹自玩兵，不特因朝无良相，实亦因君主拓土之意未已，“哀痛天书”亦徒具文而已。故此诗虽似归美宣宗好生之德，实借徒有“哀痛天书”之举而征讨未已，暗讽其有穷兵拓土之意也。纪评其“婉而章”，殊得诗人用心。

赠田叟

荷蓧衰翁似有情〔一〕，相逢携手绕村行。烧畬晓映远山色〔二〕，伐树暝传深谷声。鸥鸟忘机翻浃洽〔三〕，交亲得路昧平生。抚躬道直诚感激〔四〕，在野无贤心自惊〔五〕。

集　注

〔一〕【补】论语微子：“子路从而后，遇丈人，以杖荷蓧（古代除草用具）。子路问曰：‘子见夫子乎？’丈人曰：‘四体不勤，五谷不分，孰为夫子？’植其杖而芸。”

〔二〕【朱注】韵会：“畬，火种田也。”杜甫诗：“烧畬度地偏。”【冯注】云谷杂记：“沅、湘间多山农家，植粟岗阜。欲布种时，则先伐其林木，纵火焚之，俟其成灰，即布种于其间，所收必倍，史所谓刀耕火种也。”农书：“荆楚多畬田，先纵火熂炉，候经雨下种，历三岁，土脉竭，复熂旁山。熂，燹火燎草；炉，火烧山界也。”

〔三〕【朱注】列子:"海上有人,每旦从鸥鸟游,鸥之从者百数,其父令取来,鸥鸟舞而不下。"本集太仓箴:"海翁忘机,鸥故不飞。"

〔四〕【钱良择曰】不觉有感,信口说出,妙在突然。(冯注引)

〔五〕【程注】书:"野无遗贤。"【何曰】落句言我以直不为时俗所容,亦拟从此叟以老。得路者竟使君子在野,恬然漠然乎?"心自惊"三字讽刺深妙。又曰:佳在落句,不当赏腹连。【冯曰】二句紧接交亲之得路者。新书奸臣传、通鉴:"明皇欲广求天下之士,命一艺以上皆诣京师。李林甫恐斥其奸恶,言草野未知禁忌,恐污圣听,乃令郡县精切试练,送省,委尚书试问,御史中丞监总,遂无一中程者。"此暗用其意。言躬怀直道,感激不平,彼妒贤嫉能,妄谓在野无贤,安得不令我惊心哉!语似晦而意甚悲,略以"野"字映带田叟耳。旧解皆谬。

笺　评

【杨守智曰】悲愤之至,不觉吐露。

【陆曰】此叟贤而隐于田间,故义山赠之以诗。言此荷蓧之衰翁,相逢在野,携我绕村而行,似非无情者。烧畬伐树,皆田家所有之事,写来却自韵致。以下赞其人品之高也。鸥鸟忘机,与为浃洽;交亲得路,如昧平生,殆所谓确乎不拔者耶?向意明盛之世,野无遗贤,乃今见叟而不觉心为之惊矣。

【姚曰】此感交亲之不如田叟也。人生相与,最可恨是无情,失路则相依,得路则相弃,所谓无情也。荷蓧衰翁,本非旧识,而携手绕村,欢然相契,但见远山映烧畬之色,不近城市趋炎之色也；深谷传伐树之声，不闻俗人强聒之声也。吾于此时，如鸥鸟之忘机，自然浃洽；念交亲之得路，顿昧平生。不谓田野之间，犹存直道，抚躬感激，诚以此耳。蚩蚩俗辈，反谓在野无贤，不亦重可怪乎？

【屈曰】相逢似有情，因而同行携手。次联同行时情景。五淡远之情，六孤高之品。有情如此，安得野无遗贤哉！鸥鸟忘机，翻能浃洽；交亲得路，竟昧平生，人不如鸟。田叟之高如此，故结言野有遗贤也。

【程曰】此诗借忘机之田叟，形排挤之故人。五六一联，划然界断。结用野无遗贤者，天宝中李林甫为相，尽斥上书献赋者，以野无遗贤为玄宗贺，其蔽贤欺君若此。然则今日之扼塞义山者，亦以为野无遗贤耶？“在野”二字是道田叟，却是隐隐自寓，故曰“抚躬”，曰“心惊”也。

【冯曰】此似桂管归途作。移汉南书事上。（按：冯原编废还郑州时）

【纪曰】太激，七八尤不成语。（诗说）

【姜炳璋曰】此感激于排挤之故人，叹其不如浃洽之田叟也。第七句，不过言直道可风耳，而语意拙涩，殊费解。末句，宰相每云在野无贤，可怪也。

【张曰】玉溪诗境，先从少陵朴实一派入手，后加色泽，故在晚唐中独有骨气，此种乃直露本色处，所以为佳。此可与识者道，难为浅见寡闻者言也。（辨正）又曰：不定何年，亦不似义山手笔，可疑也。（会笺）

【按】诗以“衰翁似有情”领起，五六即以偶逢忘机之田叟翻能浃洽，反衬得路之交亲竟昧平生，以抒写人生感慨。“交亲得路”显指令狐绹辈。末联如冯说系紧接“交亲得路昧平生”,谓抚躬自问,诚为直道之人,故中心感激不平,欲效用于世,然当轴者竟谓野无遗贤,故闻之而心惊也。似指田叟,又似自寓。

刀耕火种,唐时以荆楚湘沅一带较普遍,冯氏增刻本编于桂管归途中,似可从。温庭筠烧歌云:“邻翁能楚言,倚锸欲潸然。自言楚越俗,烧畲作旱田。”(此诗当作于襄阳徐商幕)亦可参证。或谓引火烧山以布种之俗,各地均有,初不限于江南或沅湘,义山桂府罢北旋,行旅匆匆,无此闲情逸致与田叟绕村而行,因疑此诗当作于闲居永乐期间,亦可备一说。

归墅〔一〕

行李逾南极〔二〕,旬时到旧乡〔三〕。楚芝应遍紫〔四〕,邓橘未全黄〔五〕。渠浊村春急〔六〕,旗高社酒香①〔七〕。故山归梦喜,先入读书堂。

校　记

①“社”原作“杜”,据蒋本、悟抄、席本、戊签、朱本改。

集　注

〔一〕【朱注】按诗有“逾南极”之句,时必归自桂林。【按】墅,此言旧乡之草墅。

〔二〕【程注】左传:“行李之往来,共其乏困。”【冯注】刘向七叹:“擢舟航以横濿兮,济湘流而南极。”曹植诗:“南极苍梧野,游眄穷九江。”按王制,古九州之地,南不尽衡山,故衡湘云南极也。【补】行李,本指使者,此犹言行旅之人。

南极，亦可泛指南方。王充论衡寒温："火位在南，水位在北，北边则寒，南极则热。"晋书周嵩传："割据江东，奄有南极。"此"逾南极"犹云越南方荒远之地而归，不必泥解为越衡湘。

〔三〕【冯注】书："至于旬时。"传曰："十日三月。"此似言百日。【程注】离骚："忽临睨夫旧乡。"【按】冯说迂曲。"旬时"自作十来日解。视三四句可知，详笺。

〔四〕【朱注】十道志："商洛山在商州东南九十里，亦名楚山。"高士传："四皓避秦入商洛山，作歌曰：'晔晔紫芝，可以疗饥。'"【冯注】水经注："楚水出上洛县楚山，四皓隐于楚山。"寰宇记："商山又名地肺山，亦称楚山。"按：史记索隐："商、洛之间，秦、楚之险塞。"故每称楚。

〔五〕【朱注】唐书地理志："邓州南阳郡，属山南东道。"王维诗："商山包楚邓。"张衡南都赋："穰橙邓橘。"【冯注】汉书志："南阳郡：穰县、邓县。"

〔六〕【朱注】杜甫诗："村舂雨外急。"【朱彝尊注】言水碓也。【冯注】后汉书西羌传："虞诩曰：'因渠以溉，水舂河漕。'"注曰："水舂、即水碓也。"【按】渠浊缘水涨，故曰"村舂急"。

〔七〕【朱注】广韵："青帘谓之酒旗。"张载酒赋："拟酒旗于玄象。"白居易赋："青旗沽酒趁梨花。"【冯注】韩非子外储说："宋人有沽酒者，悬帜甚高。"注曰："帜即帘也，亦谓酒旗。"春秋元命苞："酒旗主上尊酒，所以侑神也。"张衡周天大象赋："酒旗缉醮以承欢。"史记索隐："二十五家为里，里各立社。"【程注】北史杜弼传："神武自晋阳东出，尒朱氏贪政，使人入村，不敢饮社酒。"【补】荆楚岁时记："社日，四邻并结综会社，牲醪，为屋于树下，先祭神，然后飨其胙。”岁时广记二社日：“统天万年历曰：立春后五戊为春社，立秋后五戊为秋社。”孟元老东京梦华录：“八月秋社，各以社糕、社酒相赍送。”是社酒本指社日祭神所用之酒。此处言“旗高”，且与“村舂”对文，自为村酿之意，兼点时令。

笺　评

【杨守智曰】“故山”二句：是晚唐人本色。

【何曰】喜归情味极其生动。（辑评）

【陆鸣皋曰】此归自桂林，故曰“逾南极”。次联，在道之景。三联，门外之景。结到风人本色，较之童仆欢迎，更觉清洒。

【姚曰】此从南中归家在道之词。屈指旬日后便到旧乡，计到时秋物正丽，村舂社酒之乐，动魄消魂，宜我之身未到梦先到也。

【屈曰】一二归墅。三四时景。五六情事。七八归情。

【冯曰】衡在潭州南数百里，在桂州东北千里，故朱氏曰：“云逾南极，必归自桂林也。”余初疑其或前之潭州归时，今定为桂管归途矣。

【纪曰】此诗次第可观，然太浅薄。（诗说）

【姜炳璋曰】此从桂林起程，在途之作，非归墅后作也。“楚芝”“邓橘”，皆故山景物，“应”字贯两句，皆想像之辞也。故乡未到，逆客在途，家园伊迩，魂梦先驰，字字俱有喜声。

【张曰】“行李逾南极”，谓自荆南启程。朱氏以归自桂林解之，不得但言旬时矣。“旧乡”，东洛也。此将抵家时作。（会笺）

【按】此由桂返京行至邓州一带未抵商洛时作。“邓橘未全黄”，系目击；“楚芝应遍紫”，系揣想。邓州至长安九百五十里，故云“旬时到旧乡”。旧乡、故山均指长安，就此行目的地泛言之，不必泥故乡。

九月於东逢雪〔一〕

举家忻共报〔二〕，秋雪堕前峰〔三〕。岭外他年忆〔四〕，於东此日逢〔五〕。粒轻还自乱，花薄未成重。岂是惊离鬓，应来洗病容！

集　注

〔一〕【朱注】於东，商於东也。

〔二〕【冯注】忻，欣同。【按】举家忻共报，非谓举家于旅途中共闻秋雪降落之消息，乃谓旅途中所见人家均欣闻秋雪之降而奔走相告。

〔三〕【程注】白香山和刘郎中望终南秋雪：“遍览古今集，都无秋雪诗。”

〔四〕【冯注】昔在桂管不可得雪。【按】他年，此指昔年。高松云：“有风传雅韵，无雪试幽姿。”即日云：“独抚青青桂，临城忆雪霜。”皆所谓“岭外他年忆”也。

〔五〕【冯注】今乃于秋时逢之。

笺　评

【何曰】（“粒轻”二句）是秋雪。（读书记）又曰：第三句叫醒末句，收足“忻”字，题中“逢”字，亦极生动。（“岂是”句）此日逢。（“应来”句）他年忆。（辑评）

【姚曰】岭南少雪，况秋雪尤难。虽粒轻花薄，而瑞色可欣。

若论离鬓堪惊，应怕其早；不知病容一洗，又正喜其早也。

【屈曰】久客岭外，逢雪而喜，可以愈病。

【冯曰】举家在途，故不惊离鬓而可洗病容也。三四追忆桂管少雪，反托此地早逢。玩“病容”字，东川归后挈家还郑，颇为近之。然细迹总无可定。

【纪曰】清而浅。

【张曰】诗曰“岭外他年忆”，是桂管归后矣。曰“举家忻共报”，是携家赴选时矣。时义山在洛多病，故结句云“岂是惊离鬓，应来洗病容”也。惟唐时自洛入京，不必经商州，题曰“於东”，当是泛指商於以东，无庸泥其地以实之。若冯氏疑为东川归后挈家还郑时作，则去桂管之游，将十年矣，于“岭外”句情味不符，必非也。（会笺）又曰：此大中二年由洛入京赴选作也。“岭外”句指元年桂幕时携眷入都，故有首句。若后此梓州罢归，无此情景矣。（辨正）

【岑曰】风诗来鸿别燕，归舟天外，其续发已入秋令。……再北而“青辞木奴橘”（陆发荆南始至商洛），“邓橘未全黄”（归墅诗），正深秋景象，是以有九月於东逢雪之作。（张）笺三云：“举家忻共报，是携家赴选时”，夫深秋犹在商洛（今商县），由此东达洛阳，复由洛阳赴京（此殊可疑，姑依笺说），以古代陆程迟滞，时日岂敷分配？笺又云：“唐时由洛入京有两途，一经潼关、商州，为间道。题曰於东，当是由洛道武关所经。”夫函、潼迄今为陕豫往来大道，商州只用兵间道，张竟有此向壁之“参悟”，真匪夷所思矣。（平质）

【按】岑氏平质已分别就时、地及唐代交通情况力驳张笺之非（冯笺之谬亦同，盖自京返郑，必不经商於绕道而行）。夫既已返洛，且“携家赴选”，则不得更谓“离鬓”。

"病容",与前此楚泽诗所谓"刘桢元抱病"亦相合。盖作者远幕依人,岭外经年,思乡情切,遂并故乡之雪亦每所忆念。今乃忽于於东近乡之地逢之,恍见故人,亲切、喜悦之感油然而生。故目睹粒轻花薄之秋雪,觉其非惊离鬓,乃洗病容。"忻"字贯注全篇,重见故乡家人之欣喜即藉"逢雪"以发。此必大中二年秋由桂返京经於东时作。

陆发荆南始至商洛〔一〕

昔去真无素①〔二〕,今还岂自知!青辞木奴橘〔三〕,紫见地仙芝〔四〕。四海秋风阔,千岩暮景迟。向来忧际会〔五〕,犹有五湖期〔六〕。

校　记

①"素",蒋本、戊签、朱本作"奈"。

集　注

〔一〕【冯注】荆州即荆南。新书志:"关内道商州上洛郡商洛县东有武关。"○唐时荆州习称荆南。自荆南陆行至襄邓数百里,乃可前至东、西两京。

〔二〕【朱曰】作"素"非。【冯注】汉书江充传:"以教敕亡素者。"王褒四子讲德论:"非有积素累旧之欢。"按:有素无素,交游间习语也。此谓与郑亚非旧交,忽承其荐辟,今忽然罢归,皆非意料也。若作"无奈",殊浅率矣。【按】冯注是。自桂林奉使江陵途中感怀寄献尚书诗云:"投刺虽伤晚"。又云:"天文始识参"。均可证义山与亚本非旧交。

〔三〕【朱注】水经注："龙阳县氾州，长二十里，吴丹阳太守李衡植橘于其上。临死敕其子曰：'吾氾洲木奴千头，不责衣食，有绢千匹。'"【冯注】通典："朗州武陵郡龙阳县，沅水入县界，历九洲，洲长三十里，即李衡种甘所。"○是从江湘来至邓州无疑。【何曰】切荆南。（读书记）【按】李衡种橘事又见三国志吴志孙休传注引襄阳记，参故番禺侯诗注。

〔四〕【道源注】酉阳杂俎："凡学道三十年不倦，天下金翅鸟衔芝至。""罗门山生石芝，得地仙。"【冯注】地仙谓四皓。【何曰】切商洛（读书记）。【按】冯注是。颔联除点行程、节令外，似兼寓不善谋身之慨。"江陵从种橘"、"谋身绮季长"等句可参。

〔五〕【程注】晋书安平献王孚传："进用海内英贤，犹患不得，如何欲因际会自相荐举耶？"杜甫诗："君臣已与时际会。"

〔六〕【程注】周礼夏官职方氏："东南曰扬州，其山镇曰会稽，其泽薮曰具区，其川三江，其浸五湖。"史记河渠书："于吴则通渠三江五湖。"正义："韦昭曰：其实一湖，今太湖是也。"后汉书冯衍传注："太湖有五湖。滆湖、洮湖、射湖、贵湖及太湖为五湖。并太湖之小支俱连太湖，故太湖得兼五湖之名。"吴录："五湖者，太湖之别名，以其周行五百馀里，故曰五湖。"水经注："五湖谓长荡湖、太湖、射贵湖、滆湖、湖上湖也。"史记索隐："五湖者，具区、洮、滆、彭蠡、青草、洞庭。"小学绀珠："湖州太湖、楚州射阳、岳州青草、润州丹阳、洪州宫亭，谓之五湖。"李白永王东巡歌注："旧图经谓贡湖、游湖、胥湖、梅梁湖、金鼎湖为五湖。"【冯注】吴越春秋:“范蠡乘扁舟,出三江入五湖,人莫知其所适。”二句与“永忆江湖”一联同意。今则际会尚不可知,况五湖哉!

笺　评

【姚曰】利禄相驱,身非自主。三句辞荆南,四句至商洛。五句伤世乱,六句叹年衰。向忧际会无期,今则惟有五湖可托耳。

【屈曰】一二身不自主。中四并未发挥,套话可厌。结言向来虽忧际会之难,然犹为(谓)功成身退不甚难也。含蓄。

【杨曰】从郑亚幕还京途中作。(冯笺引,复图本无。)

【冯曰】颇似“破帆坏桨”于荆江,乃从陆路,由夏及秋,当至故乡与东都也。

【纪曰】芥舟曰:三四镌削而不工。○后半力足神完,居然老杜。○末二句一宕一折,以歇后作收,亦一住法。(诗说)

【张曰】三四写景切时,并无镌削之迹,何谓不工?(辨正)

【按】首联谓昔之从亚桂管,非因素交,实感知遇;今之罢幕北归,岂当初所逆料。言外有无限遭遇不偶之慨。次联点行程,微寓谋身不臧之感,承“今还”而言。腹联于写景中渗透时世衰颓、身世落拓之情,与杜诗“星垂平野阔,月涌大江流”一联神味相近,而气韵不免萧飒。末联诸家解似均未确。“五湖期”即“欲回天地入扁舟”之意,指功成而身退。身退必先功成,功成必先君臣际会。然己则向来即忧际会之难,长期落拓不遇,故所谓“五湖期”者,固遥遥而无期矣,然犹抱功成身退之夙愿。虽处穷愁之境,仍怀济世之情。二句貌似自慨自嘲,实则正所以明己执着用世之情,与少陵“老大意转拙”之句同趣,

"犹"字极见用意。

商於〔一〕

商於朝雨霁,归路有秋光。背坞猿收果,投岩麝退香〔二〕。建瓴真得势〔三〕,横戟岂能当〔四〕?割地张仪诈〔五〕,谋身绮季长①〔六〕。清渠州外月,黄叶庙前霜〔七〕。今日看云意,依依入帝乡〔八〕。

校　记

①"长",席本作"良"。

集　注

〔一〕【朱注】唐书:"商州上洛郡,属关内道,即古商於地。"【按】商於,今陕西商南县、河南淅川县、内乡县一带。秦孝公封卫鞅以商於十五邑。张仪说楚怀王,愿以商於之地六百里献楚,均指上述一带地区。今商南县秦汉为商县地,隋以后为商洛县地。此诗所称商於当指其时商洛县一带。馀参见商於新开路注。

〔二〕【胡震亨注】谈苑云:"商、汝山中多麝,绝爱其脐,每为人所逐,势且急,即自投高岩,举爪裂出其香,就絷而死,犹拱四足以保其脐。"【冯注】嵇康养生论:"麝食柏而香。"新书志:"商州土贡麝香。"【何曰】举目先见景物,后见山川,故如此说。(见辑评)

〔三〕【冯注】汉书高帝纪:"秦,形胜之国也,下兵于诸侯,譬犹居高屋之上建瓴水也。"【按】事本史记高祖本纪:"(秦中)地势便利,其以下兵于诸侯,譬犹居高屋之上建瓴水也。"裴骃集解引如淳曰："瓴，盛水瓶也。居高屋之上而翻瓴水，言其向下之势也。建音蹇。"蹇通瀽，倒水。

〔四〕【冯注】战国策："齐王建入朝于秦，雍门司马横戟当马前，曰：'王何以去社稷而入秦？'王不听，遂入秦。"史记楚世家："秦昭王遗楚怀王书，愿会武关，面结盟而去。怀王患之。昭睢曰：'秦虎狼，不可信。'怀王子子兰劝王行。秦令一将军伏兵武关，号为秦王。楚王至，则闭武关，遂与西至咸阳。怀王卒于秦。"二句专指怀王入秦也，言秦已得地势，而楚堕其术中，非横戟马前所能止之也。

〔五〕【朱注】史记："张仪说楚：'能闭关绝齐，请献商於之地六百里。'楚果绝齐求地，仪与六里。" 商於

〔六〕【朱注】三辅旧事："汉惠帝为四皓立碑，一曰东园公，二曰绮里季，三曰夏黄公，四曰角里先生。"【程注】崔湜诗："始知亭伯去，终是拙谋身。"史记留侯世家："太子侍，四人从太子，上问，各言名姓，曰东园公、角里先生、绮里季、夏黄公。"高士传："四皓者，皆河内轵人也。始皇时见秦政虐，乃共入商雒，隐地肺山以待天下定。"班固终南山赋："荣期绮季，此焉恬心。"

〔七〕【徐曰】州是商州，庙是四皓庙。（冯注引）

〔八〕【冯注】庄子："华封人谓尧曰：'千载厌世，去而上仙，乘彼白云，至于帝乡。'"陶潜归去来辞："富贵非吾愿，帝乡不可期。"帝乡者，仙境，即汉武皇求白云乡也，每以借言帝京。

笺　评

【朱曰】前四句写归路之乐。"建瓴"四句言地险人雄。"清

渠”四句言时值承平，望帝乡而切近君之慕也。（李义山诗集补注。按：此笺语全为姚氏所袭，故删去姚笺。）

【屈曰】一段时景。二段地势、古事。三段归时情景。

【钱曰】写景与怀古相间，道中诗常调。（冯笺引。辑评作朱彝尊评。）

【冯曰】次商洛望京师之作，起结明甚。中二联借古事以寓今慨，然未可揣其为何年也。

【纪曰】此诗极平正清楚，“清渠”二句亦佳。语但平叙，不见精神，牵绮季、张仪亦无十分取义，惧开敷衍一派，故去之。问前六句次第焉在？曰四家以为举目先见景物，次见山川也。后六句如何贯串？曰言古人已去，惟有州外清渠、庙前黄叶，我今日从此过耳。（诗说）“建瓴”四句，上下脉络未融。（辑评）

【张曰】“建瓴”四句，借故事以自慨，此正潜气内转也，纪评殊昧诗法。（辨正）又曰：此篇冯氏不能定为何年，余详味诗意，必巴蜀归后，由荆赴洛所赋，原编与归墅诗相连，定一时事也。首二句点时，与陆发荆南一首情景正同。“背坞”二句，暗寓沈沦憔悴之意。“建瓴”二句，比牛党日益得势。“割地”二句，自慨巴蜀遇合之无成，受诈于人，谋事之计左矣。“清渠”二句写景。结言将重拟入都也。确系是年（按指大中二年）作。冯氏泥于入蜀在归洛之后，行踪离合，宜其不能定编矣。（会笺）

【按】诗起言“商於”“归路”，结言“依依入帝乡”，必归京道中作。大中二年自桂返京，至商洛时正值深秋（四海秋风阔），与本篇写景（黄叶庙前霜）时令相合，当与陆发荆南始至商洛同时作。诗首尾写景，点时地行程，中二联似微有寓意。“建瓴”二句或稍寓当朝者之得势;“割地”二句则似渗透人情反覆与不善谋身之慨。然此种寓慨,自未融洽,宜纪氏之有所讥评。

梦令狐学士

山驿荒凉白竹扉,残灯向晓梦清晖。右银台路雪三尺〔一〕,风诏裁成当直归〔二〕。

集　注

〔一〕【冯注】旧书志:“翰林院在大明宫右银台门内。王者一日万机,军国多务,深谋密诏皆从中出。翰林学士得充选者,文士为荣。例置学士六人,择年深德重者一人为承旨,独承密命。贞元以后,为学士承旨者,多至宰相焉。”【朱注】李肇翰林志:“学士每下直,出门相谑,谓之小三昧,出银台门乘马,谓之大三昧。”【程注】元稹诗:“当年出入右银台,每怪春风例早回。”

〔二〕【朱注】邺中记:“石虎诏书以五色纸衔木凤皇口中,飞下端门。”令狐绹传:“绹为翰林承旨,夜对禁中,烛尽,帝以乘舆金莲华炬送还院。吏望见,以为天子来,及绹至,皆惊。”【按】以乘舆金莲华炬送还院,系大中三年九月以后,绹为翰林学士承旨时事。作此诗时绹尚未为翰林承旨。当直,犹值班。“直”同“值”。

笺　评

【姚曰】失意人梦得意人。山驿银台,映发得妙。

【程曰】此望绹荐引之作。先写自己身世之苍凉,后写令狐台阁之华膴，情最动人，语最微婉。托之为梦寐者，盖恐言之无益而心又有所不能已也。

【纪曰】有意作对照语，亦嫌有做作之态。

【张曰】此入京道中作，三句颇可与于东逢雪相证。（会笺）

【按】大中二年秋入京道中作。据“山驿荒凉”及“雪三尺”之语，当是途中已逢雪，故有此描绘与想像。张谓可与於东逢雪相证，甚是。“梦清晖”，梦令狐之清晖也。三四是梦境，亦梦醒后之遥想，二者融为一片。盖梦醒向晓，正宫中翰学下直之时也。对照中含身世凄凉落寞之悲，而陈情告哀之意即寓焉。题云“梦令狐学士”，实寄赠之作。

肠

有怀非惜恨，不奈寸肠何！即席回弥久，前时断固多。热因翻急烧〔一〕，冷欲彻空波①〔二〕。隔树澌澌雨，通池点点荷。倦程山向背〔三〕，望国阙嵯峨〔四〕。故念飞书及，新欢借梦过②。染筠休伴泪〔五〕，绕雪莫追歌〔六〕。拟问阳台事〔七〕，年深楚语讹〔八〕。

校　记

①“因”，蒋本作“应”。“空”，朱本作“微”。

②“借”，悟抄作“惜”。

集　注

〔一〕【朱注】烧，去声。【冯注】东方朔七谏：“心沸热其若汤。”史记龟策列传：“肠如涫汤。”涫，一作沸。按：庄子在宥篇:“廉刿雕琢,其热焦火,其寒凝冰。”形容人心也。句意本之。

〔二〕【冯注】颜氏家训:“墨翟之徒,世谓热腹;杨朱之侣,世谓冷肠。”

〔三〕【冯注】湘中记:“遥望衡山如阵云,沿湘千里,九向九背,乃不复见。”【补】水经注:“衡山东西二面,临映湘川,自长沙至此,江湘七百里中有九背,故渔者歌曰:帆随湘转,望衡九面。”

〔四〕【程注】晋书:洛中谣:“遥望鲁国郁嵯峨。”

〔五〕【朱注】用湘妃事。【程注】杜甫诗:“染泪在丛筠。”【按】湘妃啼竹事已见潭州诗注。

〔六〕【朱注】鲍照诗:“蜀琴抽白雪,郢曲绕阳春。”杜甫诗:“朱弦绕白雪。”【冯曰】见移白菊。

〔七〕【冯曰】见元城吴令。【按】神女阳台事屡见。

〔八〕【冯注】国语有楚语。【按】此楚语系楚地之语,与“楚语”无涉。

笺评

【冯班曰】只三联说肠字,馀皆借境言。(辑评何焯引)又曰:结妙。(二冯评阅才调集)

【朱彝尊曰】一字一义,百炼千锤,皆极用意,是以全力赴之者。

【钱良择曰】“隔树”四句,以写景衬出回肠断肠意况。“拟问”二句,言欲托渺茫之说以自解而又不可得也。(唐音审体)

【徐德泓曰】此类记事体,除去首末四句,中间俱每句一意。结谓年深语讹,故此衷尤疑而不释也。通体一气贯注,可抵一篇肠赋。

【姚曰】前六句着题。“隔树”下四句写景，渐起“回肠”“断肠”意。而“故念”下四句，正是回肠断肠处。又自作排遣语，究之终不能自排遣也，则真“不奈寸肠何”也。

【屈曰】一二倒起破题，下“回”“断”“热”“冷”承上。“隔树”四句开笔写时写事。“故念”四句影射本题。末二句借阳台事结本题，盖拟问者肠中事也。又曰：此首气虽小弱，却空灵绵密，全非堆垛笔墨。

【程曰】此艳诗也。所怀不见，怅怀情多，肠一日而九回，故以“肠”命题。结用阳台，意尤明豁。

【冯曰】亦为令狐作。首二句点题，谓固已恨之，无奈尚有馀望也。三句回肠，此时之馀望；四句断肠，前此之积恨也。五自言，六谓子直，一热一冷，冰炭不相入矣。七八即席所见之景。九十记远归京师之迹。十一二谓飞书虽及，好事犹虚。十三谓桂管之罢，我原不甚深惜，盖子直所增怒以此也。十四暗指昔年章奏之传。结乃谓彭阳公之厚爱，年深多谬误矣。绹不怜父之旧客，故遇义山冷落耳。曰“楚语”者，得毋暗寓楚之名欤？与前灯诗尤为托意之隐约者，非熟通全集，无由悟到。视湖湘艳情之作，语多近似，趣则悬殊。又曰：毛西河云：“义山最不足处，是半明半暗，迷闷不决。求其句之通、调之浃，使人信口了了，亦不可得。”余细读全集，诚有未能遽晓者，然毛氏本不求甚解耳。屈大夫之离骚，使前贤不早诠明，曷尝不迷闷哉？此篇三韵以前写题之貌，四韵以后传题之神，句尽通、调尽浃矣。

【纪曰】琐屑卑靡，西昆下派。（诗说）题既鄙俚，诗尤琐屑。末二句亦无着落。（辑评）

【张曰】补编有上韦舍人状云：“去冬专使家僮起居，今春亦凭令狐郎中附状。"此文为大中二年归后作(按岑仲勉平质曾驳正张氏此说,以为状当作于会昌六年宣宗继位后),与此诗同时。诗中所谓"故念飞书及"者,即指寄书事也。○此诗为玉溪桂管归途,寓意令狐重修旧好而作。"湘泪"暗指李回湖南之事。"郢歌"暗指荆门寓使之事。……言此二处属望已虚,惟有向令狐告哀而已。但恐乖天公之厚意,至此多讹失耳。义山诗用典隶事,无一泛设,于此可见。(辨正)又曰:冯说妙矣。"隔树"二句,谓迹虽隔而情则通,非写即席所见之景。下言飞书虽及,好梦难成。"染筠""绕雪",徒词费耳。岂多年故知,既贵而渐讹失耶?作问之之词,诗味乃深。"染筠休伴泪",取泪尽义;"绕雪莫追歌",取和寡义。不必如冯氏所解也。(会笺)

【按】此大中二年自桂管北归、行近京师时作所,"倦程山向背,望国阙嵯峨"二语可证。冯、张谓托意令狐,似之,然所释多凿。首二谓胸中郁积之愁恨固多而不敢尽泄,恐寸肠难以禁受耳。"即席"二句,谓今即席之际,思前虑后,回肠久已百结,况前时早已肠断心摧乎?明忧愁已非一日。"热因"二句,谓肠热时如沸汤之翻滚,肠冷时如寒波之彻透冰凉。回、断、热、冷,均状已与令狐交恶后产生之种种复杂感情,承上"不奈寸肠何"。"隔树"二句转写途中景物,写景中寓含清冷无憀意绪。"倦程"二句点行程。京师既近,则如何处理与令狐关系之事尤觉紧迫,此正肠回之现实背景。"故念飞书及",谓令狐有书相寄;"新欢借梦过",谓郑亚等新知今后惟借梦方能相访,时亚已贬循,故云。此即前"肠回"之由。"染筠"二句,谓心虽伤新知之遭遇而休下泪,盖同情新知则愈遭忌恨;心虽欲追和故交之高唱而莫徒劳,盖故交不能谅解。二句极写"新知遭薄俗,旧好隔良缘"之况。末联即九日诗"不学汉臣栽苜蓿,空教楚客咏江蓠"之意,谓己虽欲修好,如神女之自荐,然年深日久,"楚语"已讹,情愫之难通可知。此可作商隐入京前考虑与令狐关系之心理独白看。

钧天

上帝钧天会众灵〔一〕,昔人因梦到青冥〔二〕。伶伦吹裂孤生竹〔三〕,却为知音不得听〔四〕。

集　注

〔一〕【程注】洛神赋:"众灵杂遝。"杨炯少姨庙碑:"群仙毕来,众灵咸至。"【按】"钧天"见寄令狐学士注。

〔二〕【何曰】甚言其易。(辑评)

〔三〕【朱注】周礼:"孤竹之管。"注:"孤竹,竹特生者。"古诗:"冉冉孤生竹,结根太山阿。"【冯注】吕氏春秋:"黄帝令伶伦作为律。伶伦自大夏之西,乃之阮隃之阴,取竹于嶰溪之谷,以生空窍厚钧者,断两节间,其长三寸九分而吹之,以为黄钟之宫;次日舍少,次制十二筒,听凤凰之鸣,以别十二律。"

〔四〕【补】却为,反因也。谓伶伦反因知音而不得听钧天广乐。详笺。

笺　评

【朱彝尊曰】言得听者皆梦中人耳,岂知音乎?

【何曰】庸才贵仕，皆所谓因梦到青冥者也。何尝知音，偏忽梦到，是真可痛耳。（读书记）又曰：贤者不必遇，遇者不必贤，言下慨然。（辑评）

【姚曰】天上人间，知音难遇，奈何！

【屈曰】吹者本欲得知音一听，今竟不得，故吹裂孤竹。玩"却为"二字可知。

【程曰】此寓言也。上帝喻君上，钧天喻宫悬，众灵喻在庭，伶伦则知音者，指当时之老于国政者而言。按史，敬宗即位，李逢吉、牛僧孺为相，而李逢吉尤用事，所亲厚者皆一时小人。时人恶逢吉，目之为八关十六子。而勋高中夏、声播外夷之裴度黜在兴元，不得位于朝廷之上。当时学士韦处厚上疏言之。此诗当为此而发。盖谓德宗以后，藩镇之跋扈垂六十年，至宪宗时始平，乃裴度再造之功也。而竟不得与闻国政，何异伶伦造乐者转不得一听宫悬耶？

【杨曰】贤者不必遇，遇者不必贤，人世浮荣，恍同一梦。（冯笺引，复图本无）。

【徐曰】与上章（指寄令狐学士）同作，暗诮子直，兼自伤也。（冯笺引）

【纪曰】太激。（诗说）

【姜炳璋曰】此自伤不得与清华之选也。上帝钧天之乐，会聚百神。昔人如赵简子，何尝是知音者，乃因梦得闻之，而知音如伶伦，反不得听耶？以喻三馆广集英才，不无滥厕，而文章华国如义山，反不得与，是可怪也。或谓此诗为裴文忠惜，恐未必然。

【林昌彝曰】天上人间，知音难遇。故昔人谓座客三十，要求半个有心人绝少。李义山钧天诗（略）即此意也。（射鹰楼

诗话）

【张曰】“上帝钧天”，喻令狐之得君。下言“昔人因梦”，尚得与闻广乐，我本旧日门客，反遭排笮，不能与伶伦同列，岂非数奇也哉？“吹裂孤竹”，即史所称“商隐归穷自解”者也。上章（指寄令狐学士）是道中作，此章乃到京作，未必同时。（会笺）又曰：愤语却无痕迹，由于笔妙故也。此种诗境，玉溪独创，无庸故为苛论。（辨正）

【按】诗意谓不知音者因梦到青冥，得与闻钧天广乐；而知音者如伶伦，反因其为知音而不得听此天上之乐。“却为知音”四字最宜重看，盖其意不特言知音者不得听，且言其所以不得听，正缘知音之故。然则诗之寓意，亦不仅言“贤者不必遇，遇者不必贤”，且暗示贤者之所以不遇，在于“因梦到青冥”者之妒才也。或谓三四指伶伦因不得知音之欣赏，竟至吹裂孤生之竹管。此似是而实非。诗以“得听”与“不得听”相对而言。一二句谓赵简子梦至青冥，即含“得听”广乐之意；“因梦”二字，暗示其并非知音者，不过偶逢机缘耳。“吹裂孤生竹”即“知音”之谓，“不得听”者，不得与闻钧天广乐也。如前幅云赵简子得闻广乐，后幅谓伶伦不得知音之欣赏，则前后显然脱节。寄令狐学士云：“钧天虽许人间听，阊阖门多梦自迷。”即“不得听”钧天广乐之意。二诗大体同时作，亦可证所谓“不得听”自指不得听钧天广乐，非不得知音之听也。诗寓意显明，“昔人”指令狐绹，伶伦自指。盖谓庸才如令狐绹者，平步青云，忽在天上；而才能特出者如己，反因遭庸愚贵显者之忌而不得参与朝政，沉沦下僚。诗作于大中二年。是年，令狐绹自湖州刺史内召，迁考功郎中，旋知制诰，充翰林学士，一年数迁，骤居内职，此正所谓“因梦到青冥”也。裴庭裕东观奏记：“上（指宣宗）延英听政，问宰臣白敏中曰：‘宪宗迁坐景陵，龙辕行次，忽值风雨，六宫、百官尽避去，唯有一山陵使，胡而长，攀灵驾不动，其人姓氏为谁，为我言之。’敏中奏：‘景陵山陵使令狐楚。’上曰：‘有儿否？’敏中曰：‘绪小患风痺，不任大用；次子绹见任湖州刺史，有台辅之器。’上曰：‘追来。’翌日，授考功郎中、知制诰。到阙，诏充翰林学士。间岁，遂立为相。”载绹骤居显职事甚详，可资参证。

旧将军

云台高议正纷纷[①]〔一〕，谁定当时荡寇勋〔二〕？日暮灞陵原上猎，李将军是旧将军[②]〔三〕。

校　记

①“纷纷”，悟抄作“纷纭”。

②“旧”，朱本、季抄作“故”。

集　注

〔一〕【冯注】后汉书：“中兴二十八将，永平中，显宗追感前世功臣，乃图画于南宫云台，其外合三十二人。”江淹上建平王书：“高议云台之上。”

〔二〕【补】荡寇勋，指当年李广抗击匈奴之功勋，详下笺。

〔三〕【朱注】汉书：“李广屏居蓝田南山射猎，尝夜从人田间饮。还至亭，灞陵尉醉，呵止广。广骑曰：‘故李将军。’尉曰：‘今将军尚不得夜行，何“故”也！’”【按】事初见史记李将军列传。

笺 评

【朱曰】潘眉谓为李晟而作，良然。○潘眉曰：此诗追感李晟事而发也。晟有收京之功，张延赏间之。夺其兵柄，此以文墨议论，绌元勋宿德，谁为表明之者乎？旧传载贞元五年，晟与侍中马燧，见于延英殿，上嘉其勋，诏各图像于旧功臣之次。首句盖以南宫云台比延英遗像也。传又云："晟罢兵权，朝谒之外，罕所过从。"其失势避谗之状，可以想见。末曰"李将军是旧将军"，所感深矣。（李义山诗集补注）

【杨守智曰】此诗似为赞王而作，或是为西平而作。

【何曰】此似为石雄而发。（读书记）又曰：讥当时弃功不录也，词致清婉。（辑评）

【陆鸣皋曰】此为李晟作也，故以"旧将军"为题。晟收复京城，为张延赏所构，解职避谗。一"故"字，增无限感慨，用事天然巧合。

【姚曰】只一"故"字，黯然。

【屈曰】必有所指。潘眉曰："追感李晟事而发。晟有收京之功，张延赏间之，夺其兵柄。本传云：'晟罢兵权，朝谒之外，罕所过从。'其忧谗畏讥可想而知。"意或然也。

【程曰】按史，武宗崩，宣宗立，遽罢李德裕相。德裕秉政日久，位重有功，众不意其遽罢，闻之莫不惊骇。此诗谓此事也。德裕之相武宗，自御回鹘至平泽潞，当时荡寇之勋不小，于是加太尉，封卫国公，不啻汉显宗南宫云台图画功臣也。曾日月之几何，遽罢政事，出镇荆南。然则以有用之才，置无用之地，何异于汉之李广，号称飞将军，竟放闲置散，夜猎灞陵，空为无知之醉尉所呵，而忽其为故将军也。朱长孺补注引潘眉之言，以为李晟，其说亦切。但李晟往事，作诗者不妨明言之，而此乃隐约其词，必为近事发也。

【冯曰】潘眉谓此诗追感李晟而发，不知曰“纷纷”，曰“谁定”，与西平久经图像者不符；况当时虽张延赏间之，夺其兵柄，亦何至如所云也！午桥谓慨李卫公，极是。余更切证之。新书纪文：“大中二年七月，续图功臣于凌烟阁。”事详忠义李憕传。后时必纷纷论功，而李卫国之攘回纥、定泽潞，竟无一人讼之，且将置之于死地，诗所为深慨也。旧书传赞曰：“呜呼烟阁，谁上丹青？”愤叹之怀，不谋而相合矣。义门谓为石雄发，亦通；然卫国之庙算，乃功人也。

【纪曰】四家评曰：讥当时弃功不录也，词致清婉。

【按】程、冯说是。诗牵合东、西汉史事，必非咏史，而系托古讽时。大中二年七月，朝廷续画功臣三十七人图像于凌烟阁，均唐初至贞元年间文臣武将，而会昌有功将相则不与。不惟此也，当权者且一再贬斥会昌有功将相。同年九月，李德裕再贬崖州司户参军；石雄求一镇以终老，执政者以雄系德裕所荐，曰：“曏日之功，朝廷以蒲、孟、岐三镇酬之，足矣。”除左龙武统军。雄怏怏而薨（见通鉴卷二四八）。会昌有功将相之不幸遭遇，有甚于往昔之李广。诗借史抒慨，于宣宗君臣之贬斥前朝有功将相盖深有不满焉。“李将军”似不必定指德裕一人，泛指会昌有功旧臣亦可。

韩碑〔一〕

元和天子神武姿，彼何人哉轩与羲〔二〕。誓将上雪列圣耻〔三〕，坐法宫中朝四夷〔四〕。淮西有贼五十载〔五〕，封狼生貙貙生罴〔六〕。不据山河据平地，长戈利矛日可麾〔七〕。

帝得圣相相曰度〔八〕，贼斫不死神扶持〔九〕。腰悬相印作都统〔一〇〕，阴风惨澹天王旗〔一一〕。愬武古通作牙爪〔一二〕，仪曹外郎载笔随〔一三〕。行军司马智且勇〔一四〕，十四万众犹虎貔〔一五〕。入蔡缚贼献太庙①〔一六〕，功无与让恩不訾〔一七〕。

帝曰："汝度功第一〔一八〕，汝从事愈宜为辞〔一九〕。"愈拜稽首蹈且舞："金石刻画臣能为〔二〇〕。"古者世称大手笔〔二一〕，此事不系于职司〔二二〕，当仁自古有不让，言讫屡颔天子颐〔二三〕。

公退斋戒坐小阁，濡染大笔何淋漓。点窜尧典舜典字，涂改清庙生民诗〔二四〕。文成破体书在纸〔二五〕，清晨再拜铺丹墀〔二六〕。表曰："臣愈昧死上"〔二七〕，咏神圣功书之碑〔二八〕。碑高三丈字如手②，负以灵鳌蟠以螭〔二九〕。

句奇语重喻者少〔三〇〕，谗之天子言其私。长绳百尺拽碑倒，粗砂大石相磨治〔三一〕。公之斯文若元气，先时已入人肝脾〔三二〕。汤盘孔鼎有述作〔三三〕，今无其器存其辞。

呜呼圣皇及圣相，相与烜赫流淳熙。公之斯文不示后，曷与三五相攀追〔三四〕？愿书万本诵万过③〔三五〕，口角流沫右手胝〔三六〕。传之七十有三代④〔三七〕，以为封禅玉检明堂基〔三八〕。

校　记

①"缚贼"，姜本作"斩馘"。

②"三"，季抄、朱本一作"二"。"手"，季抄、朱本作"斗"。

③“过”，朱本作“遍”。

④“三”，戊签、席本、朱本作“二”。

集　注

〔一〕【按】韩碑，指韩愈所作平淮西碑。唐宪宗元和十二年十月，裴度统军讨平淮西藩镇吴元济。十二月，诏命韩愈撰平淮西碑。碑文见韩昌黎全集卷一。

〔二〕【冯注】轩、羲，轩辕、伏羲。【何曰】“彼何人哉”，自宪宗对轩、羲言之，即下所谓“相攀追”也。（辑评）【按】孟子滕文公：“舜何人也，予何人也，有为者亦若是。”二句赞宪宗英武奋发，立志追攀轩、羲。

〔三〕【冯注】唐自安史乱后，藩镇遂多擅命，故云。【补】列圣耻，指玄、肃、代、德、顺等历朝君主所蒙受之耻辱，如玄宗因安史之乱出奔成都，德宗因朱泚之乱出奔奉天及多次平叛战争之失败。

〔四〕【何曰】起颂宪宗，得大体。（冯注引）【补】史记如淳注：“法宫，路寝正殿也。”通鉴宣宗大中二年：“今陛下深拱法宫，万神拥卫。”路寝，古代君主处理政事之宫室。句意盖谓安坐于正殿，使四方来朝。平淮西碑：“既定淮蔡，四夷毕来。遂开明堂，坐以治之。”

〔五〕【朱注】按史：肃宗宝应初，以李忠臣镇蔡州，大历末，为军中所逐。历李希烈、陈仙奇、吴少诚、吴少阳、元济，据有淮西，凡五十馀年。【冯注】按新唐书藩镇传：“自吴少诚盗有蔡四十年”，而碑文云：“蔡帅之不廷授，于今五十年。”盖大历末，李希烈为其节度；建中时为乱，僭称建兴王；贞元二年，为陈仙奇药死。仙奇领镇，颇尽诚节；未几，少诚杀之。合凡五十馀年矣。【按】李忠臣镇蔡州期间未以兵叛,新唐书李忠臣传:“(大历)十四年,大将李希烈因众怒……以兵胁逐忠臣。跳奔京师。”“淮西有贼”云云,似不当包李在内,然“朱泚反,伪署司空兼侍中,泚攻奉天,以忠臣居守。泚败,系有司,与其子俱斩。”是则终为叛臣,故诗所谓“淮西有贼五十载”当自忠臣镇蔡之日计起而举其成数。

〔六〕【朱注】貙,音枢。思玄赋:“射嶓冢之封狼。”注:“封,大也。”说文:“貙似貍。能捕兽。一云:虎五指为貙。”尔雅:“罴如熊,黄白文。”柳宗元罴说:“鹿畏貙,貙畏虎,虎畏罴。”【冯注】(貙、罴)狼类。尔雅:“貙,獌,似貍。”注曰:“今山民呼貙虎之力大者为貙豻。”又“(罴)似熊而长头高脚,猛憨多力。”

〔七〕【朱注】旧唐书:“吴少诚阻兵三十馀年,王师未尝及其城下,尝走韩全义,败于颉,骄悍无所顾忌。又恃陂浸阻回。故以天下兵环攻三年,所得者一县而已。”【冯注】旧唐书吴元济传:“自少诚阻兵,王师未尝及其城下。城池重固,陂浸阻回。地少马,广蓄骡,乘之教战,谓之‘骡子军’,尤勇悍。蔡人坚为贼用,乃至搜阅天下豪锐,三年而后屈。”【补】淮南子览冥训:“鲁阳公与韩构战酣,日暮,援戈而挥之,日为之反三舍。”挥、麾通。

以上为第一段。叙宪宗平藩决心与淮西镇长期跋扈猖獗。

〔八〕【原注】晏子春秋:“仲尼,圣相也。”【何注】殷本纪:“武丁夜梦得圣人,名曰说。”一句中使两事也。晏子春秋八字乃韩集附录中孙注。(辑评)

〔九〕【冯注】孙绰天台赋:“实神明之所扶持。”新书裴度传:“王承宗、李师道谋缓蔡兵，乃伏盗京师，刺杀宰相武元衡。又击度，刃三进，断靴，刜背裂中单，又伤首，度冒毡，得不死。驺人王义持贼大呼，贼断义手。度坠沟，贼意已死，因亡去。帝曰：'度得全，天也。'疾愈，诏毋须宣政衙，即对延英，拜中书侍郎、同中书门下平章事。"时元和十年六月。

〔一〇〕【冯注】旧书裴度传："十二年七月，奏请自赴行营，诏以守平章事彰义节度仍充淮西宣慰招讨处置使。诏出，度以韩弘为都统，不欲更为招讨，请祗称宣慰处置使，从之。其实行元帅事。"新书传："然实行都统事。"【何注】当时都统是韩弘。按昌黎集有潼关上都统相公诗，注家谓是韩弘，然首句"暂辞堂印执兵权"，其为晋公无疑，则称之曰"都统"亦有据也。（辑评）【按】唐自天宝以后，用兵时常任大臣为都统，总领诸道兵马。韩弘为淮西诸军行营都统，在元和十年九月。此句"都统"自指裴度。

〔一一〕【补】天王旗，即天子之旗帜。新唐书裴度传："及行，（帝）御通化门临遣，赐通天御带，发神策骑三百为卫。"

〔一二〕【朱注】元和十一年十二月，李愬为唐邓随节度使。十年九月，韩弘为淮西都统。弘请使子公武以兵万三千会蔡下。十一年，李道古为鄂岳观察使。十年二月，李文通为寿州团练使。碑文："光颜、重胤、公武合攻其北；道古攻其东南；文通战其东；愬入其西。"【冯注】旧书李愬传："元和十一年，充随唐邓节度使。"韩弘传："宪宗授弘淮西诸军行营都统，弘惟令其子率师二千隶李光颜军。"李皋传："元和十一年，以皋子道古为鄂岳蕲安黄团练使。新书纪："元和九年，以李文通为寿州团练使。讨吴元济。"【程注】扬雄执金吾赋："牙爪菡菡，动作移时。"【补】牙爪，喻武臣。诗小雅祈父:"祈父!予王之爪牙。"汉书李广传:"将军者,国之爪牙也。"亦喻羽翼,辅佐者,后汉书窦宪传:"宪既平匈奴,威名大盛,以耿夔、任尚等为爪牙。"此似取后一义。

〔一三〕【朱注】旧唐书:"以司勋员外郎李正封、都官员外郎冯宿、礼部员外郎李宗闵,皆兼侍御(史为判官书记),从度出征。"【冯注】新书百官志:"武德三年,改仪曹郎曰礼部郎中。"句只指宗闵为书记。

〔一四〕【冯注】后汉书志:"将军有长史、司马各一人,行军有军司马一人。"后之行军司马始此。旧书纪:"以右庶子韩愈兼御史中丞,充行军司马。"新书韩愈传:"愈请乘遽先入汴,说韩弘使叶力。"【何曰】独提一句。(读书记)蔡兵聚于洄曲,公请于晋公,自提五千兵,间道入取元济,晋公不从。俄而李愬破文城入蔡,三军为公叹恨,故曰"智且勇"也。(辑评)○以论淮西事宜状观之,可见其智且勇。○提一句,分出宾主。(辑评)【冯曰】事见公行状。论淮西事宜状见文集。【程注】唐书百官志:"行军司马掌弼戎政。居则习蒐狩,有役则申战守之法,器械、粮精、军籍、赐予皆专焉。"

〔一五〕【冯注】书牧誓:"如虎如貔。"

〔一六〕【冯注】旧书裴度传:"十月十一日,李愬袭破悬瓠城,擒吴元济。"吴元济传:"元济至京,宪宗御兴安门受俘,乃献庙社,徇两市,斩之独柳。"【何曰】应"雪耻"。(辑评)

〔一七〕【程注】庾信商调曲:"功无与让,铭太帝之旌。"【冯注】王粲咏史诗:"结发事明君,受恩良不訾。"旧书裴度传:"时诸道兵皆有中使监阵,进退不由主将。度至,奏去之。军法严肃,号令画一,以是出战皆捷。十一月,度入朝,加金紫光禄大夫、弘文馆大学士,赐勋上柱国,封晋国公。"【田兰芳曰】省笔已括。(冯注引)【补】訾:量。恩不訾,恩遇不可计量。

以上为第二段。叙裴度亲自督师,讨平淮西叛镇。

〔一八〕【冯注】史记萧相国世家:"高帝曰:'夫猎,追杀兽兔者,狗也;发踪指示兽处者,人也。今诸君,功狗也;萧何,功人也。'列侯位次,萧何第一。"【何曰】提明晋公第一,以明其词之非私也。(读书记)

〔一九〕【朱注】旧书韩愈传:"淮蔡平。十二月,随度还朝,以功授刑部侍郎,仍诏撰平淮西碑。"【冯注】汉书毋将隆传:"大司马车骑将军王音内领尚书,外典兵马,踵故选置从事中郎,奏请隆为从事中郎。"后汉书志:"将军有从事中郎二人。职参谋议。"晋书志:"诸公及开府有从事中郎二人。"【何曰】二语勾清平淮西功,引起作碑,是全篇关键。(冯注引)

〔二〇〕【冯注】史记秦始皇本纪:"金石刻尽始皇帝所为。"【按】金石刻画,原指于钟鼎、碑碣上刻写文字纪述功德,此指撰写歌颂功德之文。

〔二一〕【冯注】大手笔,见晋书王珣传,而历朝文人传中习用之。【辑评墨批】唐书:"燕、许二公称大手笔。"【补】大手笔,犹言大著作,指朝廷诏令文书。晋书王珣传:"珣梦人以大笔如椽与之。既觉,语人云:'此当有大手笔事。'俄而帝崩,哀册谥议,皆珣所草。"陈书徐陵传:"世祖、高宗之世,国家有大手笔,皆陵草之。"燕、许称大手笔,系著名作家之义,与此处所用稍异。

〔二二〕【冯注】职司，指翰林以文章为职业者，隐射下改命段文昌。【按】时段文昌任翰林学士，撰碑正其职事。此谓“此事不系于职司”，盖言古之纪述朝廷大事之宏文，往往非文学侍从之臣所撰。

〔二三〕【冯注】列子汤问篇：“巧夫頷其颐则歌合律。”说文：“頷，低头也。”左传：“頷之而已。”徐锴系传：“点头以应也。”今左传作“颔”。按：此谓点头称善。【袁彪曰】此等皆波澜顿挫处，不尔便是直布口袋。（冯注引）

以上为第三段。叙韩愈受命撰碑。

〔二四〕【冯注】昌黎进碑文表引典诰、雅、颂为比例，而曰“兹事至大，不可轻以属人。”此数句同其意也。言其慎重出之，隐见不可妄改。【朱彝尊曰】“点窜”二字奇极。减去曰点。增入曰窜。【李因培曰】句奇而法，韩公亦自谓编之乎。【补】尧典、舜典，尚书篇名；清庙、生民，诗经篇名。二句谓韩愈撰碑追摹典诰雅颂之体。

〔二五〕【道源注】破体，破当时为文之体。【冯曰】徐浩论书：“锺善真书，张称草圣；右军行法，小令破体，皆一时之妙。”按：破体谓变化前人之体，戴叔伦怀素草书歌“始从破体逞风姿”也。又陈书徐陵传：“国家有大手笔，皆陵草之。其文颇变旧体，多有新意。”昌黎此文，非唐人旧体，故道源注曰：“破当时为文之体。”义亦似通。但既曰“文成”，当言书法。又曰：破体或谓破文体，或谓破书体。愚谓破书体必谬，谓破当时为文之体较是。如段文昌作即当时体矣。韩公进撰平淮西碑文表：“其碑文今已撰成，谨录封进。”愚疑碑文录在大纸，可铺丹墀，故曰“破体书在纸”，似可备一解。【补】宋之问范阳王挽词二首之一：“公才掩诸夏，文体变当时。”【钱锺书曰】此“纸”乃“铺丹墀”呈御览者，书迹必端谨，断不“破体”作行草。文“破当时之体”，故曰：“句奇语重喻者少”；韩碑拽倒而代以段文昌平淮西碑，取青配白，俪花斗叶，是“当时之体”矣。商隐樊南甲集序自言少“以古文出诸公间”，后居郓守幕府，“敕定奏记，始通今体”，又言“仲弟圣仆特善古文……以今体规我而未能休”，“破体”即破“今体”，犹苑咸酬王维曰：“为文已变当时体”。……（管锥编八九〇页）

〔二六〕【冯注】汉书注：“丹墀，赤地也，谓以丹漆地。”

〔二七〕【冯注】秦汉群臣奏事，每曰“昧死上言”，屡见史书。【按】昧死，犹冒死。古时臣下上书多用此语，以表敬畏之意。独断：“汉承秦法，群臣上书皆言‘昧死言’。王莽盗位，慕古法，去昧死曰稽首。”

〔二八〕【纪曰】“咏神圣功书之碑”，四平押脚，调终太硬，唐人如此者绝少。

〔二九〕【冯注】后汉书张衡传：“伏灵龟负坻兮。”何晏景福殿赋：“如螭之蟠。”广雅：“无角曰螭龙。”按：平蔡用简笔，作碑用繁笔，不特相题宜然，亦行文虚实之法。田、袁二评殊妙。

以上为第四段。叙撰碑、树碑经过。

〔三〇〕【朱彝尊曰】（句奇语重）四字评韩文，即自评此诗。【李因培曰】四字尽韩碑之妙。

〔三一〕【朱注】旧书韩愈传：“其辞多叙裴度事。时先入蔡州擒吴元济，李愬功第一。愬不平之。愬妻（唐安公主女也）出入禁中，因诉碑辞不实。诏令磨去愈文。命翰林学士段文昌重撰文勒石。”【冯注】广川书跋：“碑言夜半破蔡，取元济以献，岂尝泯没愬功？愈以裴度决胜庙算，请身任之，帝黜群议，决用不疑，其所取远矣。"东坡题跋："'淮西功业冠吾唐，吏部文章日月光。千载断碑人脍炙，不知世有段文昌。'又一首云云。绍圣间，临江军驿壁上得此诗，不知谁氏子作也。"王阮亭曰："侯鲭录载宋绍圣中贬东坡，毁上清宫碑，命蔡京别撰。有人过临江驿题诗。此因东坡而发。时党禁方严，故托之前代云尔。以为直言淮西事者，误。"【吴景旭注】丁用晦芝田录云："有老卒推倒淮西碑。"罗隐石烈士说云："石烈士，名孝忠，尝为李愬前驱。一日熟视裴（按当作韩）碑，作力推去。"韵语阳秋云："愬子讼于朝，宪宗使文昌别作。"李义山诗云："句奇语重喻者少，谗之天子言其私。长绳百尺拽碑倒，粗沙大石相磨治。"则是天子自使人拽倒。（历代诗话）

〔三二〕【冯注】繁钦与魏文帝笺："凄入肝脾，哀感顽艳。"【何曰】却是长吉高轩过先道过，谓"元精耿耿贯当中"也。○凡诗笔无与于此，即不足传后也。（辑评）

〔三三〕【朱注】孔鼎，卫庄公赐孔悝鼎铭。【程注】左传有正考父鼎铭。正考父，孔子之先也，故曰孔鼎。长孺引孔悝鼎铭，非汤盘之匹也。【按】程注是。汤盘传为商汤沐浴之盘，上刻铭文："苟日新，日日新，又日新。"

以上为第五段。叙推碑经过并赞韩碑之深入人心。

〔三四〕【冯注】班固东都赋："事勤乎三五。"汉书注曰："三皇五帝也。"文选注曰："史记：楚子西曰：'孔丘述三五之法，明周、召之业。'"按：今本史记皆作"三王"，据善注是误刊矣。

〔三五〕【冯注】黄庭内景经："咏之万遍生三天。"务成子注黄庭内景经叙："当清斋九十日，诵之万遍。"又："万过既毕。"又："十遍为一过。"

〔三六〕【冯注】汉书扬雄传："蔡泽颔颐折頞，涕洟流沫。"吕氏春秋："舜耒遇时，手足胼胝不居。"荀子："耕耘树艺，手足胼胝。"广韵："胝，皮厚也。"

〔三七〕【朱注】史记："古者封泰山、禅梁父者七十二家。"【何曰】谓此碑真可作唐之一经也。（宋本）作"三代"，佳，并唐数之也。"二"字是后人妄窜。本班固典引云："作者七十有四人。"（辑评。冯注引同）【冯注】宋本余未见，见前明刊本作"三"字。太平御览引河图真纪钩云："七十三君"，隋书许善心神雀颂："七十三君，信蔑如也。"则作"三"亦有据。余详味"传之"二句，谓可告功封禅，上媲古皇，传示后世，必作"三"为是。又曰：国朝圣庙时命何焯等纂分类字锦，其数目类引此句，而曰："古封禅者七十二君，以唐宪宗益之，故云七十三代也。"愚谓下句可以告功封禅，则当作"三"字为是，并"传之"亦醒豁矣。

〔三八〕【朱注】封禅仪："玉牒长一尺三寸，广、厚五寸。玉检如之，厚减三寸。其印齿如玺，缠以金绳五周。"【冯注】史记封禅书；"封泰山下东方，其下则有玉牒书。"后汉书祭祀志："牒厚五寸，长尺三寸，广五寸。有玉检，检用金缕五周，以水银和金以为泥。"礼记明堂位："周公朝诸侯于明堂之位。"赵氏孟子注："泰山下明堂，周天子东巡狩，朝诸侯之处。"韩碑铭曰："淮蔡既平，四夷毕来。遂开明堂，坐以治之。"【补】玉检，封禅所用文书所罩之封盖。明堂，古代天子宣明政教之处，凡朝会及祭祀、庆赏、选士、养老、教学等大典均于其中举行。

以上为第六段。赞颂宪宗、裴度之功绩与韩碑之不朽价值。

笺　评

【许顗曰】李义山诗,字字锻炼,用事宛约,仍多近体。惟有韩碑一首古体,有曰"涂抹尧典舜典字,点窜清庙生民诗",岂立段碑时躁辞耶?(许彦周诗话)

【黄彻曰】李义山咏淮西碑云:"言讫屡颔天子颐。"虽务奇崛,人臣言不当如此。……(䂬溪诗话)又曰:裴度平淮西,绝世之功也;韩愈平淮西碑,绝世之文也。非裴之功,不足以当韩之文;非韩之文,不足以发裴之功。碑成,李愬之子乃谓没父之功,讼之于朝。宪宗使段文昌别作。此与舍周鼎而宝康瓠何异哉!李义山诗云:"碑高三丈字如手,负以灵鳌蟠以螭。句奇语重喻者少,谗之天子言其私。长绳百尺拽碑倒,粗砂大石相磨治。公之斯文若元气,先时已入人肝脾。"愈书愬曰:"十月壬申,愬用所得贼将,自文城因天大雪疾驰百二十里,到蔡取元济以献。"文昌所谓"郊云晦冥,寒可堕指,一夕卷旆,凌晨破关"等语,岂不相万万哉!东坡先生谪官过旧驿,壁间见有人题一诗云:"淮西功业冠吾唐,吏部文章日月光。千古断碑人脍炙,世间谁数段文昌?"坡喜而录之。黄常明。(诗话总龟后集卷五十技艺门)

【曾季貍曰】李义山诗雕镌,唯咏平淮西碑一篇,诗极雄健,不类常日作。如"点窜尧典舜典字,涂改清庙生民诗",及"帝得圣相相曰度,贼斫不死神扶持"等语,甚雄健。(艇斋诗话)

【锺惺曰】"此事不系于职司"句下评:特识。"点窜尧典舜典字,涂改清庙生民诗"二句下评:二语是此诗大主意。"公之斯文若元气，先时已入人肝脾”二句下评：文章定价，说得帝王无权。篇末总评：一篇典谟雅颂大文字，出自纤丽手中，尤为不测。（唐诗归）

【谭元春曰】“汤盘孔鼎有述作，今无其器存其词”二句下评：此例甚妙。篇末总评：文章语作诗，毕竟要看来是诗不是文章。（同上）

【陆时雍曰】宏达典雅，其品不在淮西碑下。（唐诗镜）

【许学夷曰】七言惟韩碑安平公二诗稍类退之，而韩碑为工。（诗源辩体）

【吴乔曰】（贺裳）又曰：“义山绮才艳骨，作古诗乃学少陵，颇能质朴。而终有‘镜好鸾空舞，帘疏燕误飞’等语，韩碑诗亦甚肖韩，得石鼓歌气概，造语更胜之。”乔曰：少陵诗是义山根本得力处。叙甘露之变二长韵律及杜工部蜀中离席可验。此意惟王介甫知之。时有病义山骨弱者，故作韩碑诗以解之，直狡狯变化耳。（围炉诗话）

【王士祯曰】杜七言千古标准，自钱刘元白以来无能步趋者。贞元、元和间，学杜者唯韩文公一人耳……李义山韩碑一篇，直追昌黎……（古诗笺七言诗凡例）

【朱彝尊曰】题赋韩碑，诗定学韩文，神物之善变如此。○此诗学韩文，非学韩诗也。识者辨之。张云：无此一篇巨制，直谓公但擅帏房媟昵之词。

【杨守智曰】改笔学昌黎，便尔神似，乃知古人无不能也。看他叙有分寸，一语千钧，鹰犬安得与发纵指示者争功！亦是斯文一劫，斡旋得好，直欲五体投地。（复图本）

【钱良择曰】义山诗多以好句见长，此独浑然元气，绝去雕饰，集中更无第二首，神物善变如此。（按：钱氏唐音审体另一条批语与上引朱彝尊批语大体相同，不再录。）

【沈德潜曰】晚唐人古诗秾鲜柔媚，近诗馀矣，即义山七古亦以辞胜。此篇意则正正堂堂，辞则鹰扬凤刿，在尔时如景星庆云，偶而一现。（唐诗别裁）又曰：七字每平仄相间，而义山韩碑一篇中"封狼生貙貙生罴"，七字平也；"帝得圣相相曰度"，七字仄也。气盛则言之短长与声之高下皆宜。（说诗晬语）

【杜庭珠曰】义山古诗奇丽有酷似长吉处，独此篇直逼退之。荆公谓其得老杜藩篱，亦以近体言之耳。

【贺裳曰】韩碑诗亦甚肖韩，仿佛石鼓歌气概，造语更胜之。（载酒园诗话又编）

【何曰】可继石鼓歌。字字古茂，句句典雅，颂美之体，讽刺之遗也。○"古者世称"四句批：此等皆波澜顿挫处，不尔便是直头布袋。（读书记）○韩碑三百六十六字，石鼓歌四百六十二字。与韩石鼓歌气调魄力旗鼓相当。○气雄力健，足与题称。（辑评）

【王应奎曰】予观李商隐韩碑一篇，"封狼生貙貙生罴"，此七言皆平也；"帝得圣相相曰度"，此又七言皆仄也。然而声未尝不和者，则以其清浊、轻重之律仍自调协耳。（柳南随笔）

【陆鸣皋徐德泓曰】陆曰：此特赞韩碑之重，以明不可毁也。首四句，以羲、轩比宪宗，而美其兴治之心。"淮西"四句，叙吴元济相继凶逆而阻兵也。"帝得"以下十句，言相度而贼不能害，亲往督师，三李一韩为将，外郎冯、李等从征，韩愈为司马，而克逆受封。此段正叙平蔡事也。"帝曰"以下十六句，叙韩受诏撰文勒碑事。"碑高"六句，述其既立而进谗重改事。以上皆记体也。“公之”以下，始言其文不可磨灭，若不传无以彰盛事，故愿书而读之，与封禅文并垂不朽也。写得庄重得体。徐曰：其转捩佶屈生劲处，亦规仿韩体而为者，才力与之悉敌。具是气骨，作艳体始工。观此，则知其风格本自坚凝。即发为绮语，亦非裙拖湘水、鬟挽巫云之类所可同日论也。

【姚曰】此诗全是推挹昌黎平淮西文一篇，而叹其为千秋不朽之作也。起手至“功无与让恩不訾”，直叙平淮西事，都作轩天盖地语，见得淮西之寇、裴相之功，却似天要放这一篇大文字出头者。“句奇语重”下，又言此碑一出，乃天地间元气流行之文，而碑之存与不存，殊不足为此文损益。后虽改刻段文昌，至宋，州守陈珦磨去段作，仍刻韩文。义山此时，早已卜之。段作虽至今存，不啻鱼目之与夜光，其亦不幸而传欤？

【屈曰】碑文不叙李愬之首功，昌黎不得无过。今段文不大传，而韩文家弦户诵，不无议者，好而不知其恶，可叹也。○生硬中饶有古意，甚似昌黎，而清新过之。

【程曰】韩昌黎撰平淮西碑，有以其辞不实诉之于帝，其说有二：一以为李愬之武士石孝忠见其推裴度而略李愬，心大不平，遂推几仆，致闻于帝，见于罗隐石烈士传。一以为愬妻唐安公主之女出入禁中诉其不实，见唐书昌黎本传。宪宗诏令磨去，命翰林学士段文昌重撰勒石。诗中所谓“句奇语重喻者少，谗之天子言其私”，直书其事也。其云“古者世称大手笔，此事不系于职司”，乃讥段文昌。文昌官翰林学士，文词是其职业，然平淮西碑文，安能如昌黎之大手笔乎？义山不敢显言，而托诸微辞，故不以为己之论断，而属之昌黎之口吻，隐而显矣。又按：平淮西事，裴度以丞相视师，赐以节斧、通天御带、卫卒三百，韩弘以司徒为都统，而颜、胤、愬、武、古、通诸人咸统于弘，故赏功有将帅之分，原自不同。况昌黎碑文云："愬入其西。得贼将，辄释不杀，用其策，战比有功。"又云："愬用所得贼将，自文城因天大雪疾驰百二十里，用夜半到蔡，破其门，取元济以献。""战比有功"者愬也，"取元济以献"者愬也，叙愬之功又与颜、胤诸人不同，曷尝推裴度而略李愬耶？盖石孝忠武人，孟浪不暇致详，以为不平，愬妻遽诉于帝，故命段文昌重撰。段文远不及韩，有识者所共知。义山与文昌之子成式交好，不便显言，故极力褒韩，而贬段之意已在言外。当时有无名氏诗曰："淮西功业冠吾唐"云云，同一褒贬，而未免太直矣。

【李因培曰】玉溪诗以纤丽胜，此独古质，纯以气行，而字奇语重，直欲上步韩碑，乃全集中第一等作。（总批）"封狼"句：奇句。"帝得"句：重句。"行军司马"：特表韩，诗为韩作也。"帝曰汝度"句：转入韩碑，音节好。"点窜"二句：句奇而法韩公，亦自谓编之乎？"文成"二句：诗书之册而无愧高文典册，用相如瞠乎后已。"句奇语重"：四字尽韩碑之妙。"公之斯文"二句：与东坡水在地中之喻同妙。"今无其器"句：斟酌得宜。"七十有二"二句：所谓"吏部文章日月光"也。（唐诗观澜集卷五）

【冯曰】推崇韩碑不待言矣。淮西覆辙在前，河朔终于怙恶，作者其以铺张为风戒乎？按：韩昌黎年至长庆四年，段墨卿年至太和九年，此当非太和前所作。

【纪曰】蘅斋评曰：首四句叙平淮西之由，庄重得体，亦即从韩碑首段化来。"誓将上雪列圣耻"句，说得尔许关系，已为平淮西高占地步。“淮西”四句极言元济之强，便令平淮西之功益壮。入手八句两段，字字争先，不是寻常铺叙之法。○“帝得”句，遥接起四句，大书特书，提出眼目。○十四万兵如何铺叙？只“阴风”七字传神，便见出号令森严，步武整齐，此一笔作百十笔用也，盖从诗“萧萧马鸣，悠悠旆旌”化来。○层层写下，至“帝曰”二句，一笔定母，眼目分明，前路总为此二句。○四家评曰：“愈拜稽首”一段是波澜顿挫处，不尔便直头布袋。○“公之斯文”四句，真撑得起，非此坚柱，如何撍柱一段大文。凡大篇须有几处精神团聚，方不平衍散缓。收处只将圣皇圣相高占地步，而碑文之发扬壮烈、不可磨灭自见。此一篇之主峰，结处标明。有一起合有一结，必如此章法乃称。（诗说）笔笔挺拔，步步顿挫，不肯作一流易语。（辑评）

【方东树曰】此诗但句法可取而已，无复章法浮切气脉之妙，由不知古文也。欧、王皆胜之。○此诗李、杜、韩无所解悟。○此诗之病，一片板满，而雄杰之句，胜介甫作。又曰：此诗虽句法雄杰，而气窒势平。所以然者，韩深于古文，义山仅以骈俪体作用之，但加精炼琢造，句法老成已耳。（昭昧詹言）

【管世铭曰】李义山韩碑句奇语重，追步退之。转韵七十二句赠同舍，开合顿挫中，一振当时凡庸之习，三百年之后劲也。（读雪山房唐诗序例）

【姜炳璋曰】淮西之役，晋公以宰相督师，则功罪系焉。韩碑归美天子，推重晋公，“春秋法”也。况碑文于愬功原未尝略，前人论之详矣。义山此摩昌黎酷肖。或云义山与段文昌之子成式交，故不敢贬段。愚谓诗取蕴藉，极力推重韩碑，则段碑自见，义山原未尝有讳也。若侈口诋段，岂复成风雅乎？或疑"古者世称大手笔"语入昌黎口中，未免言大而夸。不知"大手笔"者，谓朝廷绝大制作也，故不拘职守。况当仁不让，已亦无可推辞，本非夸大。亦非有碍成式，暗斥文昌，为是掩耳盗铃之笔也。

【孙洙曰】咏韩碑即学韩体，才大无所不可也。（唐诗三百首）

【刘熙载曰】"点窜尧典舜典字，涂改清庙生民诗"，其论昌黎也外矣。古人所谓俳优之文，何尝不正如义山所谓。诗有借色而无真色，虽藻缋实死灰耳。李义山却是绚中有素。敖器之谓其"绮密瓌妍，要非实用"，岂尽然哉！至或因其韩碑一篇，遂疑气骨与退之无二，则又非其质矣。（艺概）

【吴闿生曰】姚姜坞云："此诗前代无推信者，至阮亭始取以配昌黎。"又云："此诗瑰丽磅礴，亦昌黎所尠。"闿生案：此诗琢句有近韩处，至其取势平衍，意亦庸常，无纵荡开阖、跌宕票姚之韵，以故无甚可观，王、姚、刘诸公，皆盛推赞，以为有过昌黎，盖非笃论也。（古诗钞吴闿生评）

【光聪谐曰】【韩碑诗失实】义山韩碑即依韩体，洵为李唐一代七古后劲。然切按之，如"点窜""涂改""元气""肝脾"等句，昌黎见之亦当变色，而通首气格且较韩似犹逊一筹。且叙承诏数语，尤为失体，并非事实。今考韩公进撰碑文表云："闻命震骇，心识颠倒，非其所任，为愧为恐，经涉旬日，不敢措手。"何尝如诗所云"愈拜稽首蹈且舞，金石刻画臣能为"耶？表又云："必得作者，然后可尽能事。今词学之英，所在森列；儒宗文师，磊落相望。外之则宰相公卿，郎官博士；内之则翰林禁密，游谈侍从之臣，不可一二遽数，召而使之，无有不可。至于臣者，自知最为浅陋，顾贪恩待，趋以就事。丛杂乖戾，律吕失次，乾坤之容，日月之光，知其不可绘尽。强颜为之，以塞诏旨。”又何尝如诗所云，“古者世称大手笔，此事不系于职司”及“当仁自古有不让”耶？表自谦抑，诗乃代为骄矜，是欲显之，转以诬之。可乎？或曰：义山殆取潮州谢表内论述功绩与诗书相表里，虽古人亦未肯多让意融会为之，以骋其笔，初不计其失实也。（有不为斋随笔）

【张曰】未定何年，虽力学韩体，变化未纯，恐是少作。（会笺）

【按】韩、段二碑高下优劣，固不在二碑之文学价值（就此而论，韩碑显优于段碑），亦不在其基本思想倾向（二碑均拥护中央集权，反对藩镇割据），而在肯定平淮西之役谁居首功。韩碑突出裴度首功，段碑则多叙李愬之功。淮西之役，就当时形势论，成败之关键主要不在是否有良将，而在是否有贤相，是否有得力之统帅。此观严绶等人之劳师无功，以及王承宗、李师道谋缓蔡兵，乃遣刺客刺武元衡、裴度事自明。新唐书裴度传：“于时，讨蔡数不利，群臣争请罢兵，钱徽、萧俛尤确苦。度奏：‘病在腹心，不时去，且为大患。不然，两河亦将视此为逆顺。’……十二年，宰相逢吉、涯建言：‘饷亿烦匮，宜休师。’唯度请身督战。”故彼时宪宗之是否能独任裴度，及度之是否坚持讨蔡并身往督战，洵为此役成败关键。唐会要卷十八配享功臣杂录载都省议曰：“伏以宪宗皇帝元德英猷，迈越千古……故司徒兼中书令赠太师裴度……开相位，专任大事，遂乃擒元济……盖宪宗有知人之明，而度尽致君之道也。”即有见于此。自大处着眼，裴度之功，属于战略决策性质；李愬之功，则属战术执行性质。韩碑突出裴度决策统帅之功，实有见于此。碑文之作，既纪功于已往，亦垂戒于将来，自含警诫其馀强藩之意。韩碑突出君相之贤明善断，对提高朝廷威望，亦有不可忽视之作用。段碑详李愬之功，于裴度亦无贬辞，似若公允，实则于上述根本问题上，有明显不足。

义山诗推崇韩碑，乃以韩碑之突出裴度首功为是。诗一则曰"帝得圣相相曰度"，再则曰"帝曰'汝度功第一'"，终则曰"呜呼圣皇及圣相，相与烜赫流淳熙"，一篇之中，三致意焉。其突出裴度决策统帅之功，手眼与韩愈全同。国家之治乱，系人而不系于天；宰相是否得人，尤为治乱成败之关键。此系义山一贯之主张。早期所作隋师东即谓："但须鸑鷟巢阿阁，岂假鸱鸮在泮林？"韩碑诗中所持之观点，实与此一脉相承。

义山绝少单纯咏史之作，本篇亦可能借端寄慨。会昌年间，武宗专任李德裕，讨平泽潞叛镇，其事与宪宗专任裴度平定淮西极为相似。义山推崇李德裕伐叛之功，会昌一品集序中誉德裕为"万古之良相"，称扬其"居第一功"；而于宣宗君臣之贬黜德裕则深表不满（见旧将军、漫成五章之五等）。诗中盛赞"圣皇与圣相"，不满于推碑之举，或亦寓慨于德裕之功高而受黜之事焉。

冯曰："韩昌黎年至长庆四年，段墨卿年至太和九年，此当非太和前作。"按：篇末有"呜呼圣皇及圣相，相与烜赫流淳熙"之句，显系宪宗、裴度均卒后追思赞叹口吻，而裴度卒于开成四年，则此诗之作当在其后。如此诗确有寄托，作年或在大中初。潭州诗云："湘泪浅深滋竹色，楚歌重叠怨兰丛。陶公战舰空滩雨，贾傅承尘破庙风。"昭肃皇帝挽歌辞三首其二云："玉塞惊宵柝，金桥罢举烽。始巢阿阁凤，旋驾鼎湖龙。"似皆可与"圣皇圣相"之语相参证。

戊辰会静中出贻同志二十韵〔一〕

大道谅无外①〔二〕，会越自登真〔三〕。丹元子何索？在己莫问邻〔四〕。蒨璨玉琳华②〔五〕，翱翔九真君〔六〕。戏掷万里火〔七〕，聊召六甲旬〔八〕。瑶简被灵诰〔九〕，持符开七门③〔一〇〕。金铃摄群魔④〔一一〕，绛节何兟兟〔一二〕！吟弄东海若〔一三〕，笑倚扶桑春⑤〔一四〕。三山诚迴视⑥〔一五〕，九州扬一尘〔一六〕。我本玄元胤⑦〔一七〕，禀华由上津〔一八〕。中迷鬼道乐〔一九〕，沉为下土民〔二〇〕。托质属太阴，炼形复为人〔二一〕。誓将覆宫泽，安此真与神〔二二〕。龟山有慰荐〔二三〕，南真为弥纶〔二四〕。玉管会玄圃〔二五〕，火枣承天姻〔二六〕。科车遏故气〔二七〕，侍香传灵芬⑧〔二八〕。飘飖被青霓，婀娜佩紫纹〔二九〕。林洞何其微？下仙不与群〔三〇〕。丹泥因未控〔三一〕，万劫犹逡巡〔三二〕。荆芜既以薙〔三三〕，舟壑永无湮〔三四〕⑨。相期保妙命〔三五〕，腾景侍帝宸〔三六〕。

校　记

①"谅"，季抄一作"自"。

②"璨"，席本作"灿"。

③"开"原作"关"，据蒋本、姜本、戊签、悟抄、席本、钱本、影宋抄、朱本改。

④“魔”，悟抄作“鬼”。

⑤“笑倚”，蒋本、姜本、影宋抄作“倚笑”。

⑥“迴”，蒋本、姜本、悟抄、席本、钱本、影宋抄作“回”。“诚”，姜本作“试”。

⑦“胔”，蒋本、姜本、戊签、席本、钱本、影宋抄、朱本作“肯”。

⑧“芬”，朱本、季抄作“氛”。

⑨“舟”原作“丹”，据姜本、朱本改。“湮”原作“因”，据戊签、季抄、朱本改。

集　注

〔一〕【朱注】云笈七签：“正月七日、七月七日、十月五日为三会日，三官考核功过，宜受符箓，斋戒上章，并须入静朝礼。若其日值戊辰、戊戌、戊寅，即不须朝真，道家忌此日辰。”又：道家有入静、出静法。此诗乃会日遇戊辰，因出静而作也。【冯注】戊辰，大中二年也。本集诗题如纪年，则辛未七夕、壬申七夕；纪月日，则正月十五夜、二月二日之类，无有以干支纪日者。是年自桂归来，后又有巴蜀游迹，中间似无暇有此；然暂归故乡及东都而又出行，亦可也。唐时崇尚道教，义山旧有“学仙玉阳东”之事，正与相合矣。朱氏谓道家忌戊辰、戊戌、戊寅之日，不须朝真。余初以入道秘言六戊日望三素云，其他有六戊日拊心祝，六戊服气法，而辨朱氏之非，皆误以纪年为纪日耳。登真隐诀有入静法：“烧香入静朝神，愿得正一三炁灌养形神，长生久视，得为飞仙。”又曰：“每入静出静，当以水漱口。”【张曰】冯氏仅据戊辰会静中出贻同志诗，定为暂归东都，谓巴蜀游踪，无暇有此。夫道家会静，本寻常事，何时不可，何地不可，岂必定在洛中乎？此不足据。【岑曰】道家会静，何地不可，诚如（张）笺三云岂必定在洛中也。张虽驳其证，不驳其说。【按】此诗是否戊辰年作，颇可疑。现暂依冯氏系于此。

〔二〕【冯注】庄子："至大无外，谓之大一。"【姚注】淮南子："无外之外，至大也。"【程注】王维诗："大道今无外。"

〔三〕【程注】唐书艺文志："陶弘景登真隐诀二十五卷。"元稹诗："丹井羡登真。"【姚注】八素真经："上真之道有七，中真之道有六，下真之道有八。"【按】登真，升仙。

〔四〕【朱注】黄庭经："心神丹元字守灵。"【冯注】黄庭经："心部之官莲含华，下有童子丹元家。"又："真人在己莫问邻，何处远索求因缘？"按："邻"字暗点同志，已醒全题。

〔五〕【朱注】黄庭经："赤珠灵裙华倩璨。"真诰："上元夫人腰垂凤文琳华之绶，执流黄挥精之剑。"

〔六〕【朱注】太上正法经："九真者，九天之阴气凝而成也。"神仙传："得仙者有九品，第一上仙，号九天真王。"【姚注】九真中经："尊神有九宫，名号曰九真君。分化上下，转形万道。"【冯曰】有修九真中道之法，道书习见。

〔七〕【朱注】神仙感遇传："玄宗与张果、叶法善棋，召罗公远齿坐。剑南有果初进，名为日熟子，张、叶以术取，每过午必至。其日继夜都不到，相顾曰：'莫是罗君否？'时天寒围炉，公远笑于火中树一筯，及此除之，遂至。叶诘，使者云：'欲到京，焰火亘天，无路可过，值火歇方得度。'"【道源注】度人经："掷火万里，流金八冲。"

〔八〕【朱注】汉武内传："上元夫人授帝六甲左右灵飞之符，可以召山灵,朝地神。”真诰:“仙道有素奏丹符,以召六甲。”西溪丛语:“古以甲子数日,故谓之旬,如今阴阳家所云甲子旬中、甲午旬中之类。”

〔九〕【朱注】瑶简,玉简也。太上八素经:“司命著籍,玉简丹书。”沈约华山馆营功德诗:“玉简黄金编。”真诰:“许长史云:‘钦愿崇荣,欣想灵诰。’”

〔一〇〕【朱注】黄庭经:“负甲持符开七门。”注:“谓七窍。”云笈七签:“五色焕耀,升入七门。”

〔一一〕【朱注】真诰:“老君佩神虎之符,带流金之铃。”云笈七签:“左佩玉瑞,右腰金铃。”【冯注】真诰:“仙道有流金之铃,以摄鬼神。”云笈七签:“九星之精化为五铃神符,威制极天之魔,召摄五方神灵。”

〔一二〕【朱注】甡,音精。说文:“甡,进也。”东鲁夫子庙堂碑:“甡甡让席。”【姚注】梁邵陵王祀鲁山神文:“绛节陈竿,满堂繁会。”【补】甡甡,同“莘莘”,众多貌。

〔一三〕【朱注】楚词:“令海若兮舞冯夷。”【姚曰】若,海神名。【冯注】庄子秋水篇:“河伯顺流东行,向若而叹,北海若曰……”

〔一四〕【冯注】见画松。

〔一五〕【姚注】史记;“蓬莱、方丈、瀛州三神山者,相传在渤海中。盖尝有至者,诸仙人及不死之药皆在焉。”

〔一六〕【姚注】史记:“邹衍曰:中国名赤县神州,内自有九州,不得为州数。中国外,若赤县神州者九,所谓九州。”神仙传:“王方平曰:圣人皆言海中行复扬尘也。”【冯注】即昌谷诗“遥望齐州九点烟”之意。以上叙行法飞神,下乃述怀。

〔一七〕【朱注】封演见闻记:“国朝以李氏出自老君,故崇道教。

高宗乾封元年,还自岱岳,过真源,诣老君庙,追尊为玄元皇帝。”【冯注】旧书纪:“高宗乾封元年行泰山封禅之礼,还次亳州,幸老君庙,追号太上玄元皇帝。”

〔一八〕【朱注】韵会:“津,气液也。”曹昆诗:“体炼五灵妙,气含云露津。”【冯注】神仙传:“老子母感大星而有娠,受气于天。”

〔一九〕【朱注】佛经:“六道中有鬼道。”【程注】后汉书刘焉传:“张鲁母有姿色,兼挟鬼道,往来焉家。”【冯注】史记武帝本纪:“开八通之鬼道。”魏书释老志:“佛法有三归五戒,奉持之,生天人胜处,亏犯则堕鬼畜诸苦恶。”按:道教亦相类。

〔二〇〕【朱注】汉武内传:“帝下席叩头曰:‘彻下土浊民。’”

〔二一〕【朱注】神仙传:“仙家有太阴炼形之法,能令日中无影。”【冯注】南岳魏夫人传:“白日尸解,自是仙矣。若非尸解之例,死经太阴,暂过三官者,肉脱脉散,血沉灰烂,而五藏自生,白骨如玉,七魄营卫,三魂守宅者,或三十年、二十年、十年、三年、血肉再生,复质成形,胜于昔日未死之容。此名炼形太阴,易貌三官之仙也。天帝云:‘太阴炼身形,胜服九转丹。’”

〔二二〕【道源注】覆,还也,还元辰本宫之泽,以安此真神也。【冯注】广韵:“复,房六切,返也。覆,芳福切,反覆。”按:复、覆义相类。黄庭经:“至道不烦决存真,泥丸百节皆有神。”又:“脑神经根字泥丸。”又:“一面之神宗泥丸,泥丸九真皆有房。”注曰:“三丹田、三洞房,合三元为九宫,中有九真神。”经又有云:“颜色生光金玉泽,存此真神勿落落。”登真隐诀:“凡头有九宫,其经皆神仙为真人之道,真官司命，经之要言。”按：脑有九宫，即还精补脑之义。

〔二三〕【朱注】集仙传：“西王母者，九灵太妙龟山金母也。天上天下，三界十方女子之登仙者咸隶焉，所居宫阙在龟山春山西那之都。”【程注】汉书赵广汉传：“以和颜接士，其尉荐待遇吏，殷勤甚备。”注：“谓安慰而荐达之。”按：尉、慰古通。

〔二四〕【朱注】南岳魏夫人传：“夫人北诣上清宫玉阙之下，诸真君授夫人玉札金文，位为紫虚元君，领上真司命南岳夫人，比秩仙公陶贞白真诰所呼南真，即夫人也。”【程注】真诰：“南真夫人司命秉权，道高妙备，实良德之宗也。”易：“易与天地准，故能弥纶天地之道。”杜甫诗：“颓纲漏网期弥纶。”

〔二五〕【朱注】大戴礼：“舜时，西王母献白玉管。”十洲记：“昆仑山三角，其一角正西，曰玄圃台。”【冯注】十洲记：“玄圃台上有积石圃，西母宴会之所。”王母会真仙作乐，命侍女吹笙击金之类，道书屡见。

〔二六〕【朱注】真诰：“紫微王夫人谓许长史曰：‘交梨火枣，腾飞之药，不比于金丹也。君心中荆棘相杂，是以二树不见。’”酉阳杂俎：“祁连山上有仙树，其实如枣，以竹刀剖则苦，以木刀剖则酸，以芦刀剖则辛，以金刀剖则甘。或曰：此即仙经所谓火枣。”【冯注】真诰：“晋兴宁三年，众真降杨羲家，紫微王夫人与一神女来，年可十三四许。紫微夫人曰：‘此太虚元君金台李夫人之少女，诣龟山学道成，署为紫清上宫九华真妃，于是赐姓安，名郁嫔，字灵箫。’真妃手握三枣，一枚见与，一枚与紫微夫人，自留一枚，各食之。真妃曰：‘君师南真夫人实良德之宗也。闻君德音甚久，不图今日得叙因缘,君不得有谦饰。'因作一纸文相赠。紫微夫人复作一纸文曰:'今我为因缘之主矣。'真妃又曰:'宿命相与,愿俦中馈,内藏真方,非有邪也。'南岳夫人授书曰:'偶灵妃以接景,聘贵真之少女,于尔亲交,亦大有益。'"九皇上经注曰:"交梨火枣在人体中,在于心室,液精内固,开花结实,胞孕佳味。"宋书后妃传:"闾阎有对,本隔天姻。"此以火枣言真妃手握之枣。

〔二七〕【道源注】王母传:"科车天马,霓旌羽幢,千乘万骑,光耀宫阙。"云笈七签:"存日如鸡子在泥丸中,毕乃吐出一气,存气为黑色,名之尸气。次吐二气,存气为白色,名之故气。次吐三气,存气为苍色,名之死气。"真诰:"人卧室宇洁盛,则受灵气,否则受故气。"注:"谓尘浊不正之气。"【冯注】遁山开甲图:"霍山南岳储君来,或驾科车,或驾龙虎。"真诰:"遏秽垢之津路。"按:舍其故气,乃可得仙,亦兼吐故纳新之义,故"气"字道书屡见。科车,俟再考。【补】宋书礼志五:"又车无盖者曰科车。"

〔二八〕【朱注】真诰:"仙宫有侍香之职。"说文:"氛,祥气也。"【冯曰】侍香之童,如玉女、玉童之类。芬,一作氛。

〔二九〕【朱注】司马彪诗:"上凌青云霓。"李贺绿章封事:"青霓扣额呼宫神。"【冯注】青霓,衣也;紫纹,绶也。楚词:"青云衣兮白霓裳。"此类之言被服者,道书中极多,皆小异大同。

〔三〇〕【朱注】道书有上仙、中仙、下仙。【冯注】登真隐诀:"上品居上清,中品处中道,下品居三元之末。"

〔三一〕【朱注】抱朴子:"李公丹法:用真丹及五石之水各一升和合如泥。"上清经:"真丹秘诀:先以黄丹三五斤渐筑令实,约厚五寸,更下丹轻筑,都大令实,取鼎为度,不计斤数,然后以六一泥泥鼎。”【冯注】丹泥，即丹元泥丸之所在也。控者，如道书之论胎息，真仙谓三魂神领脑宫元神游于上天也。盖葆气成神，方尸解而登真矣。正应上“宫泽”句，旧注误。【按】冯注是。

〔三二〕【姚注】广异记：“儒谓之世，释谓之劫，道谓之尘。”【冯注】“万劫”字屡见道书。隋书经籍志：“天地一成一败，谓之一劫。自此天地以前，则有无量劫矣。”【程注】老君开天经：“洪元一治，至于万劫，洪元即判，而有混之。混元一治，至于百成。百成八十一万年而有太初。”【补】逡巡：须臾，顷刻。

〔三三〕【冯注】荆芜即心中荆棘。周礼：“薙氏掌杀草。”

〔三四〕【朱注】庄子：“藏舟于壑，（自谓固矣），夜半有力者负之而趋。”（二句）言人心稠浊，如荆榛之芜秽能剪薙之，斯清净可守，永无壑舟之移矣。【冯注】陶贞白许长史旧馆坛碑：“三相幻惑，舟壑自移。”此谓中心清净，则此身不死而湮埋。

〔三五〕【朱注】真诰：“有保命君。”云笈七签：“太乙保命，固神定生。”

〔三六〕【道源注】真诰：“侍帝宸有八人，如世之侍中，王子乔、郭世幹皆为之。”【冯注】云林右英夫人授许长史诗：“来寻真中友，相携侍帝晨。”真诰：“桐柏真人领五岳司侍帝晨王子乔、青盖真人侍帝晨郭世幹。”按：陶隐居集：“许玉斧为东华上相青童君之侍帝晨。”而颂曰：“锡兹帝宸。”则“晨”“宸”通用也。此以仙职收到“贻同志”。

笺　评

【朱彝尊曰】既以仙自命，又以博自矜。此才人高自标置之常，不足多讶。

【姚曰】首四句提纲，“在己莫问邻”句乃一篇之骨。“蒨璨”以下十二句，言登真之乐。“我本玄元胄”以下十八句，言修真之志，正所谓“在己莫问邻”者。“丹泥”下六句，言蹉跎未遂，而欲与同志共勉之也。

【屈曰】一段大道在自修。二段仙家之灵通妙用。三段身本仙根，成道甚易。四段贻同志。

【冯曰】篇中既用王母事，而云林夫人，王母第十三女；紫微夫人，王母第二十女；九华真妃，本李夫人少女，与义山妻系出类同。余初谓在东川时心怀永悼，托以抒哀。“龟山”四句，谓作合成婚；“科车”四句，谓王氏之亡，颇似的确。今而悟笺诗之说每有近似而实不然者。若果以此寄哀，当更有深挚之情，且何以云“出贻同志”耶？其前送从翁东川幕，所用已皆女仙，盖学仙时多与女冠相习，唐时风尚如此耳。或兼比己之婚于王氏，默叙行藏，则大可也。戊辰必为纪年，必非悼亡后矣。

【纪曰】骨法不失苍劲，亦是五言一种，虽貌与古殊，而格力自在也，但诗无风旨可采耳。（诗说）杂之通明真诰中，殆不可辨。然终恨有章咒气。（辑评）

【张曰】起一段至“九州扬一尘”，暗述生平抱负，属望远大，本期立登要津。“我本玄元胄”一段，言己本令狐门馆中，为李党所累，虽遭放废，犹欲还神真宅，一雪此耻。“龟山有慰藉”一段，言无端婚于王氏。九华真妃，李夫人少女，与义山妻系出类同，诗以借况。“林洞何其微”一段，言李党叠败，遂致无所依恃。结言尚拟入京，与令狐重修旧好也。篇中皆假求仙寓意，确为大中二年作。道家有入静、出静法，义山笃信学仙，故有此类诸诗。戊辰乃纪年，非纪日，集中书干支例然，冯说不可易矣。

【按】姚笺虽简而切要，张笺则凿矣。诗题为“贻同志”，明为赠道友者。如张氏所解，则通篇均为隐语，道友岂复能解？

和孙朴韦蟾孔雀咏〔一〕

此去三梁远〔二〕，今来万里携〔三〕。西施因网得〔四〕，秦客被花迷①〔五〕。可在青鹦䴉〔六〕，非关碧野鸡〔七〕。约眉怜翠羽〔八〕，刮膜想金镵②〔九〕。瘴气笼飞远，蛮花向坐低〔一〇〕。轻于赵皇后〔一一〕，贵极楚悬黎〔一二〕。都护矜罗幕〔一三〕，佳人炫绣袿〔一四〕。屏风临烛扣〔一五〕，捍拨倚香脐〔一六〕。旧思牵云叶〔一七〕，新愁待雪泥〔一八〕。爱堪通梦寐〔一九〕，画得不端倪③〔二〇〕。地锦排苍雁〔二一〕，帘钉镂白犀〔二二〕。曙霞星斗外，凉月露盘西〔二三〕。妒好休夸舞〔二四〕，经寒且少啼〔二五〕。红楼三十级〔二六〕，稳稳上丹梯〔二七〕。

校　记

①“客”原一作“俗”。

②“膜”，朱本、季抄作“目”。“镵”，蒋本、戊签、席本、钱本、影宋抄均作“篦”，字通。

③“画”原一作“尽”，蒋本、悟抄、钱本、影宋抄作“尽”，非。【纪曰】“画得不端倪”，当作“画不得端倪”。

集　注

〔一〕【朱注】唐诗纪事：“韦蟾，字隐珪，下杜人，表微之子。大中七年进士，为徐商掌书记。咸通末，官尚书左丞。”按义山樊南乙集序云：“大中二年，自桂府归，为盩厔尉，与孙朴、韦峤同官。”诗当作于是时。【冯注】旧书儒学韦表微传：“子蟾，进士登第，咸通末为尚书左丞。”全唐诗话：“韦蟾字隐桂。”按：“隐桂”或作“隐珪”，误。（商隐）又有寄怀韦蟾诗。韦蟾、韦峤，当是两人，未必讹“蟾”为“峤”也。按赵明诚金石录：“唐崇圣寺佛牙碑，孙朴撰，大中时立。”似即此孙朴，则亦能文之士也。【按】陶敏全唐诗人名考证引苏魏公文集卷六三孙公行状：“七世祖曰朴，始徙富春，籍于长安，在唐武宣世举进士、宏词，连取甲第。大中五年，从辟剑南西川节度使杜悰为掌书记。”崇圣寺佛牙碑署唐忠武军节度判官、监察御史内供奉孙朴撰。

〔二〕【朱注】三梁在桂管。本集为郑亚桂州谢上表：“三梁路阻，九峤山遥。”【冯注】按曹学佺名胜志：“阳江源出灵川县思磨山，流至郭西汇为澄潭，历西南文昌三石梁，东出漓山，与漓江合，对岸即桂林城。”三梁必即此，地理固古今同也。

〔三〕【朱彝尊曰】起二句言孔雀来处。

〔四〕【朱注】西溪丛语：“吴越春秋云：‘吴亡，西子被杀。’杜牧之诗：‘西子下姑苏，一舸逐鸱夷。’后人遂云范蠡将西子去。尝疑之，别无所据。”杨慎曰：“修文御览引吴越春秋逸篇云：‘吴亡后，越浮西施于江，令随鸱夷以终。’浮，沉也。反言耳。随鸱夷者，子胥谮死，盛以鸱夷，西施有力焉。今沉之江，所以报子胥之忠。”按：西施沉江事，容有之。但此云“西施因网得”，他诗又云“莫将越客千丝网，网得西施别赠人”，皆言初得西施，非吴亡后事也。其故实未详，疑出小说家,今逸之耳。【朱彝尊曰】“西施”二句,比。【冯注】岭表录异:“交趾郡人多养孔雀,又养其雏为媒,旁施网罟,捕野孔雀。”【屈注】西施比孔雀羽毛华丽如美人也。

〔五〕【朱注】列仙传、水经注俱云:“箫史吹箫,能致白鹤、孔雀。”此“秦客”以对上“西施”,其用秦楼箫史事无疑。集内无题诗:“岂知一夜秦楼客,偷看吴王苑内花。”疑即此“秦客”。【朱彝尊曰】“可在”二句,比。【冯注】徐曰:“萧史事,言能致孔雀,不可以秦客代孔雀也。此与‘一夜秦楼客’皆别有出处,未详。”按:谓网得珍禽,爱玩若迷也。秦客当是萧史。他诗之“吴王苑内花”,亦正是西施。【按】冯注是。“秦客”借指孙、韦。花,借喻孔雀,因其文采灿烂,故云。

〔六〕【朱注】山海经:“黄山有鸟焉,青羽、赤喙、人舌、能言,名曰鹦鹉。”南方异物志:“鹦鹉有三种。一种青,大如乌鸎;一种白,大如鸱鸮;一种五色,大于青者。交州、巴南尽有之。”【补】在,关也,涉也。可在,岂关。

〔七〕【朱注】言孔雀如青鹦鹉之可玩,非若碧野鸡之形声恍惚也。【朱彝尊曰】二句又比。【按】碧野鸡,见寄令狐学士注。可在、非关,对举义近。二句谓孔雀不同于鹦鹉、野鸡。

〔八〕【朱注】登徒子好色赋:“眉如翠羽。”【程注】子夜歌:“约眉出前窗。”

〔九〕【朱注】涅槃经:“有盲人诣良医,医即以金錍刮其眼膜。”【冯注】事文类聚:“魏武帝病眼,令华佗以金篦刮膜。”埤雅:“孔雀尾有金翠,五年而后成,初春乃生,三四月后复凋，与花萼相荣衰。”【程注】杜甫诗：“金篦空刮眼。”【按】金锟为古代医者用以治疗眼疾之器械。北史张元传：“梦见一老翁以金锟疗其祖目。”二句谓孔雀羽毛五彩缤纷，其翠者令人想起妇女之修眉，其金色者令人想起刮膜之金锟。

〔一〇〕【朱注】续汉书：“西南夷曰滇池，出孔雀。”是从蛮瘴中来也。杜甫诗：“翠尾金花不辞辱。”【补】蛮花，喻指孔雀，因其产于南方，故云。

〔一一〕【朱注】西京杂记：“赵后体轻腰弱，善行步进退。”白帖：“飞燕体轻，能为掌上舞。”【姚注】飞燕外传：“长而纤便轻细，举止翩然，人谓之飞燕。”【何曰】此句贴舞。（辑评）

〔一二〕【朱注】战国策：“梁有悬黎，楚有和璞。”【冯注】按：注云：“皆美玉名。”此乃云楚。检阮籍荐卢播书：“邓林昆吾，翔凤所栖；悬黎和肆，垂棘所集。”似亦地名，岂近楚欤？【按】此“悬黎”自指美玉。贵极，贵比。

〔一三〕【朱注】杜氏通典：“汉置西域都护。唐永徽中，始于边方置安东、安西、安南、安北四大都护府。”【冯注】汉书：“宣帝使郑吉护鄯善以西南道，并令护车师以西北道，号曰都护。”朱曰：“有引纪闻‘孔雀其鸣曰都护’者，非也。”【程注】太平广记载纪闻云：“孔雀声若曰都护。”【按】程注是，详下句注。

〔一四〕【朱注】袿，音圭。释名：“妇人上服曰袿。”广雅：“长襦也。”沈约诗：“先表绣袿香。”【冯注】神女赋：“振绣衣，被袿裳。”晋书夏统传：“贾充使妓女之徒，服袿襡，炫金翠。”埤雅：“孔雀遇芳时好景，闻弦歌，必舒张翅尾，盼睐而舞。

性妒忌，遇妇女童子服锦彩者，必逐而啄之。"此言养在罗幕中，以美衣诱之舞。【辑评墨批】二句言都护、佳人皆爱其羽毛。【何注】宋黄休复茅亭客话云："蛇与孔雀交偶。有得其卵者，使鸡抱伏，即成，其名曰都护。初年生绿毛，二年生尾、小火眼，三年大火眼，其尾乃成。"【屈曰】赵皇后、楚悬黎、都护、佳人四句，皆比其毛羽之美。【按】罗幕、绣袿，皆喻孔雀尾羽，则"都护""佳人"自指孔雀。如云"养在罗幕中"，则"都护"与"矜"字均无着，且亦不必都护始养之于罗幕也。辑评墨批亦误。二句盖谓孔雀自炫其翠羽而开屏。

〔一五〕【朱注】说文："扣，金饰器口。"

〔一六〕【朱注】乐府杂录："琵琶以蛇皮为槽，厚二寸馀，鳞介亦具，以楸木为面，其捍拨以象牙为之。"海录碎事："金捍拨在琵琶面上当弦，或以金涂为饰，所以捍护其拨也。"说文："麝如小麋，脐有香。"【程注】乐曲有孔雀双双弹，如王建和武门下伤韦令孔雀诗"举头问旧曲"是也。二语谓其图形较射，仅入屏风；谱入弹词，徒供捍拨。【冯注】旧书志："旧琵琶皆以木拨弹之，太宗贞观始有手弹之法，今所谓搊琵琶者是也。"新书苏颋传："颋节度剑南，皇甫恂使蜀，檄取库钱市琵琶捍拨、玲珑鞭，颋不肯予。"白香山诗："珠颗泪沾金捍拨。"按：二句状雀屏。【屈曰】屏风句，夜玩也；捍拨句，停拨而玩也。【按】冯注近是。屏风，指雀屏。烛扣，似指孔雀顶部特出翘起之羽毛。"屏风临烛扣"盖状孔雀之昂首开屏。鸟喙似捍拨，孔雀形似琵琶，"捍拨倚香脐"似写孔雀以喙剔理腹部羽毛之形象。二句以闺中陈设及闺中女子拟孔雀之形状。

〔一七〕【朱注】陆机云赋："金柯分，玉叶散。"梁简文帝诗："云开玛瑙叶。"【冯注】古今注："黄帝与蚩尤战，常有五色云气金枝玉叶。"此谓不能乘云而归故山。【按】似谓回忆故山，云山迢递，惟寄归思于云叶。

〔一八〕【朱注】卢纶送张少府诗："判词花落纸，拥吏雪成泥。"【程注】"雪泥"用佛经。【冯注】古禽经："孔雀爱毛，遇雨高止。"徐曰："卢衡志：'孔雀喜卧沙中自浴。'故言恐为雪泥所污。"按：离暖就寒，故将有新愁也。

〔一九〕【朱注】太平御览："齐书云：武帝年十三，梦着孔雀羽衣裳，空中飞舞。"

〔二〇〕【朱注】旧书后妃传："高祖穆皇后，少时父母于门屏画二孔雀相对。有求昏者辄与两箭令射，潜相谓曰：'若中孔雀之目，即以妻之。'高祖后至，两发皆中其目，遂归焉。"【程注】唐名画录："贞元中，新罗国献孔雀，解舞。德宗诏边鸾于玄武门外写貌，一正一背，翠饰生动，金光遗妍，能应繁节。"庄子："反覆终始，不知端倪。"【按】二句谓或爱极而于梦中见之，或欲图其形貌而难得毕肖。

〔二一〕【朱注】郑嵎津阳门诗："锦凫绣雁相追随。"注："温泉汤中缝缀锦绣为凫雁。"【冯注】彩毯之类。【补】雁飞有序，故曰"排"。苍雁当是地毯上图案。

〔二二〕【朱注】李贺诗："玳瑁钉帘薄。"东观汉记："章帝元和元年，日南献白雉白犀。"广志："犀角之好者称鸡味白。"【冯注】徐君蒨诗："故留残粉絮，挂着箔帘钉。"馀见无题二首（昨夜星辰首"灵犀"注）。

〔二三〕【朱注】三辅故事："武帝于建章宫立铜柱，高二十丈，上有仙人掌承露盘。"【冯注】言时之早暮。

〔二四〕【何曰】自寓。(辑评)【按】"妒好"已见前冯注引埤雅。

〔二五〕【朱注】顾有孝曰:"北地多寒,戒之以少啼,即子美花鸭诗'作意莫先鸣'意也。"

〔二六〕【朱注】酉阳杂俎:"长乐坊安国寺红楼,睿宗在藩时舞榭也。"李白诗:"紫殿红楼觉春好。"王建宫词:"禁寺红楼内里通。"【冯曰】红楼泛喻宫殿。【屈曰】"地锦""曙霞"句,言如此之地,如此之时,切不可夸舞多啼,妒之者众也。

〔二七〕【冯注】文选谢灵运拟邺中集诗:"躧步陵丹梯。"注曰:"丹墀也。"又曰:"谓阶陛赤色。"【朱彝尊曰】末四语俱是寓意。

笺 评

【杨守智曰】诗虽富丽,却不切孔雀,獭祭之病也。

【姚曰】首四句,羁系他乡之叹。"可在"四句,言毛羽之不同。"瘴气"四句,言品类之矜贵。"都护"四句,言其人富贵之家。"旧思"四句,言其怀别离之感。"地锦"四句,言其所处得地。"妒好"四句,劝其不以文采自炫,庶可以善全其生也。

【屈曰】一段爱孔雀如美人如名花,非鹦鹉、碧鸡可比。二段孔雀可爱之妙。三段赏之者众。四段通夕赏玩。五段嘱其不可炫才,方得稳步上丹梯也。○"网得"者,犹言以币帛礼仪为网罗而得之,若言沉江而网得,死矣,何用固哉?○"旧思"句,往日思而未见也;"新愁"句,恐污其翠也。

【程曰】樊南乙集序云:"大中二年自桂府归,选为盩厔尉,与韦观文、孙朴、韦峤同官。"朱长孺氏以为诗当作于是时,此就题中同官以为依据也。然樊南乙集序又云:"选盩厔尉,见尹，尹即留假参军事，专管章奏。”则义山未官盩厔，即入尹幕。本传云：“京兆尹卢弘正奏署掾曹，令典章奏。”则此尹当属弘正。考新、旧唐书，弘正未为京兆尹。乙集序云：“尚书范阳公以徐戎凶悍，节度阙判官，奏入幕。”与史称弘正为武宁节度合。据此，则尹留假参军，弘正奏入幕自是两事，本传误为一事也。序中前称尹，后称尚书范阳公，其非一人可知。且泛泛以尹称之，则不以感恩知己目之明矣。此诗当作于此时。其寄兴于孔雀者，以其文采可观，徒作人耳目近玩，如翩翩书记，亦为人作嫁衣裳，故借此以自寓也。朱长孺氏谓后四句是寓意，愚谓全篇皆寓意，但当分两半看。“新”“旧”二字是眼。前半感慨桂州之辟，后半感慨京兆之留。“此去三梁远，今来万里携”，谓方自桂管，来至京兆，孔雀之踪迹，即己之踪迹。此是一篇纲领。“西施因网得，秦客被花迷”，谓孔雀因艳丽而为人得，因矜贵而致迷方。犹己之身应郑辟，如西施之入网罗；久留桂管，若秦客之迷花下。此二语承“三梁远”。“可在青鹦鹉，非关碧野鸡”，谓孔雀本属粤产，何来王畿？可比鹦鹉之生炎方，非若碧鸡之出秦地。犹之己久出京师，初离西粤。此二语承“万里携”也。以下写孔雀望恩。（“约眉”）二语生可怜惜，自善约眉；想望受恩，人谁刮目？犹之己素善文章，冀逢知己也。（“瘴气”）二语谓久遭瘴气，才得远离；或遇蛮花，回思旧事。犹之己从事于瘴雨蛮烟，不堪其风驰露宿也。以下写孔雀声价。（“轻于”）二语谓技能善舞，竟如飞燕轻盈；购求实难，亦比悬黎贵重。犹之己受人辟聘，实有倚马草檄之才；若论酬功，不愧国门千金之价也。以下写孔雀所遇之人。（“都护”）二语谓其虽处罗幕，惠养者不过都护粗官；

纵近绣袿,爱惜者无非佳人儿女。犹之己遭逢幕府,未为同调知音;名曰怀恩,不见丈夫慷慨也。以下写孔雀所供之用。("屏风")二语谓其图形较射,仅入屏风;谱入弹词,徒供捍拨。犹之己以文章为职业,不过应用戟门,出金石于诗词,或付善歌营妓也。凡此以上,旧事可知。自是而下。新情何似?故总承总领二语以为关钮,云"旧思牵云叶,新愁待雪泥"。然则孔雀之飘零,与此身之沦落,云飞叶散,旧无定踪,雪拥泥涂,今仍冷境也。以下便写孔雀怨望。("爱堪")二语谓其虚蒙爱玩,未见神交;即遇画工,无非皮相。犹之己前受恩遇,仅一判官;今日参军,又掌章奏也。以下写位置孔雀。("地锦")四语深宫大宅,地锦帘钉,苍雁白犀,都难依傍,但处曙霞星斗之外,凉月露盘之西而已。犹之己遥望天门,渺不可即,徒调外职,又在西偏也。结句四语,则深畏时人之妒,自戒不平之鸣,明知红楼之难登,或冀丹梯之可上。语语不离孔雀,语语贴切一身。羽毛丰美,故曰"妒好";初出炎荒,故曰"经寒"。善舞能啼,是其本性使然。红楼丹梯,愿其栖托得所,此己与孔雀共之者也。

【冯曰】首二联言其来自远方,为人所爱,领起全篇。次二联先状其文采。又次二联重言其远来贵重。又次二联回忆在南荒时,人皆珍玩,即所谓"旧思"也。又次二联为中间之转捩,拍到"今来"。又次二联言宜置之华丽之地,朝夕给赏。结谓宜韬文采,静待良遇。不特以勖孙、韦,时义山方从桂管还京也。采色华鲜,尤工运掉。

【纪曰】后四句略见作意,通篇夹杂凑泊,不足为法。(诗说)"轻于"二句尤鄙。(辑评)

【张曰】不晓其用意,故以为凑泊,实则句句妥贴也。"轻于"

二句是晚唐咏物法。此篇大中三年从桂管还京，选为盩厔尉，京尹初留假参军、管章奏时所作，全以孔雀自喻。（辨正）又曰：起二句谓自桂还京。“西施”句为人所得。“秦客”句受人之欺，暗指令狐也。“可在”四句：言己文采如此，属望远大。“瘴气”四句，言流落南荒，徒矜远客。“都护”四句，指京尹留管章奏。“屏风烛扣”、“捍拨香脐”，谓风韵不减畴曩也。“旧思”四句，尚未满足之恨。“地锦”四句，谓内廷相隔，无异外曹。“妒好”二句，聊自慰藉。结即“岂无云路分，相望不应迷”之意。冯氏谓“采色华鲜，尤工运掉”，信然。（会笺）

【按】诗作于大中三年在京兆府暂假参军事、典章奏时。其时京兆尹为郑涓，见郁贤皓唐刺史考全编。

此篇虽咏孔雀，亦兼以自寓，诸家说略同。义山题鹅中固尝以孔翠自喻矣。然以为必句句有托、字字比附，如程、张所笺者，则流于凿。原其大旨，不过以来自南中、文采华鲜之孔雀，比己之富于文才；以“休夸舞”“且少啼”为戒，庶几免遭世忌，稳步丹梯而已。其他细加比附之解，均未必然。句解已见注，兹更略加串释。首二言孔雀来自万里炎方。“西施”二句，谓其如美艳之西施，系网罗而致，既入长安，则秦人均为此“吴王苑内花”所迷。“可在”四句，谓孔雀之华艳，故非青鹦鹉、碧野鸡可比，见其翠羽，令人想见佳人之修眉，睹其金碧之色，恍若见刮膜之金篦。“瘴气”二句，谓笼养之孔雀，已远离南方蛮瘴之地，而置身于京华坐席之间供人赏玩，“蛮花”即指来自蛮荒之孔雀。“轻于”二句，谓其身轻善舞，珍比悬黎美玉。“都护”二句，谓其自炫翠羽而开屏，暗逗下“妒好休夸舞”句。“屏风”二句，正写开屏剔羽。“旧思”二句，谓其离万里之故山，不免情牵；就北国之新居，反忧雪泥之污，下句暗逗“经寒且少啼”句。“爱堪”二句，谓爱之而堪通梦寐，图之而难得毕肖，即上“被花迷”之意。“地锦”四句，似写其今处华丽之所，笼养而朝夕供人赏玩，所见者唯曙霞凉月。“妒好”四句，正面揭出寓意，谓处此新境，唯不炫不怨，方可稳步丹梯，入居禁近也。

寄怀韦蟾①

谢家离别正凄凉，少傅临歧赌佩囊〔一〕。却忆短亭回首处，夜来烟雨满池塘〔二〕。

校　记

①各本均无“寄怀”二字，据戊签补。

集　注

〔一〕【朱注】晋书：“谢玄少好佩紫罗香囊，叔父安患之，而不欲伤其意，因戏赌取而焚之，于此遂止。”【冯注】谢安石进拜太保，赠太傅，无少傅之阶。世说亦无此称，似小误。【按】少傅自指谢玄，以喻韦蟾。

〔二〕【冯曰】句中暗寓鸳鸯。

笺　评

【姚曰】是忆别之作，后二句是倒装法。

【冯曰】岂韦有艳情而为其长者禁绝之邪？

【纪曰】不解其题，无从论诗。而诗首二句殊不佳。末二句平

山以为倒装法也。(诗说)题有脱字,诗遂难解,然就诗论诗,自不佳。(辑评)

【张曰】大中三年,义山自桂返京,曾和韦蟾孔雀咏。此则不定何年。诗用谢幼度赌紫罗囊故实,必有本事,今亦无从臆测矣。(会笺)

【按】当是与韦别后寄怀之作。首句"谢家"即指韦蟾之家。"离别",指诗人与韦相别。次句用谢玄赌佩囊典,似暗示韦有艳情而为长者所委婉劝止,"临歧赌佩囊",盖谓其于临歧分首之际,因闲情受阻抑而情怀倍加郁郁,应上句"凄凉"。三四将当时分别之情景与别后遥想之情景融为一片,谓当日短亭分别,频频回首,今日遥想临歧分别之处,当更寂寥冷落,惟烟雨笼罩池塘而已,冯谓末句暗寓鸳鸯,似之。"寄怀"之意,即寓"却忆"之中。此诗不定何年作,姑附前篇之后。

骄儿诗①〔一〕

衮师我骄儿,美秀乃无匹〔二〕。文葆未周晬②〔三〕,固已知六七〔四〕。四岁知姓名③,眼不视梨栗④。交朋颇窥观,谓是丹穴物〔五〕。前朝尚气貌⑤,流品方第一〔六〕。不然神仙姿,不尔燕鹤骨〔七〕。安得此相谓?欲慰衰朽质〔八〕。

青春妍和月,朋戏浑甥侄〔九〕。绕堂复穿林,沸若金鼎溢⑥。门有长者来〔一〇〕,造次请先出〔一一〕。客前问所须,含意不吐实。归来学客面,闒败秉爷笏〔一二〕。或谑张飞胡〔一三〕,或笑邓艾吃〔一四〕。豪鹰毛崱屴〔一五〕,猛马气佶傈〔一六〕。截得青筼筜〔一七〕,骑走恣唐突〔一八〕。忽复学参军,按声唤苍鹘〔一九〕。又复纱灯旁,稽首礼夜佛。仰鞭罥蛛网〔二〇〕,俯首饮花蜜。欲争蛱蝶轻,未谢柳絮疾〔二一〕。阶前逢阿姊,六甲颇输失〔二二〕。凝走弄香奁〔二三〕,拔脱金屈戌〔二四〕。抱持多反倒[⑦]〔二五〕,威怒不可律。曲躬牵窗网〔二六〕,衉唾拭琴漆〔二七〕。有时看临书,挺立不动膝〔二八〕。古锦请裁衣,玉轴亦欲乞〔二九〕。请爷书春胜〔三〇〕,春胜宜春日。芭蕉斜卷笺,辛夷低过笔〔三一〕。

爷昔好读书,恳苦自著述。憔悴欲四十,无肉畏蚤虱〔三二〕。儿慎勿学爷,读书求甲乙〔三三〕。穰苴司马法〔三四〕,张良黄石术〔三五〕。便为帝王师,不假更纤悉〔三六〕。况今西与北,羌戎正狂悖〔三七〕。诛赦两未成,将养如痼疾〔三八〕。儿当速成大,探雏入虎窟[⑧]〔三九〕。当为万户侯〔四〇〕,勿守一经帙[⑨]〔四一〕。

校记

①"骄"原一作"娇",非。

②"晬"原作"晬",非,据席本、朱本改。

③"姓名",朱本、季抄作"名姓"。

④"视",冯引一本作"识",非。

⑤"气",蒋本、戊签、席本、钱本、影宋抄作"器"。【按】气貌,唐五代人常语。李华元鲁山墓碣铭:"神体和,气貌融。"李建勋赠送致仕郎中:"衣冠皆古制,气貌异常人。"气貌指人之气度风貌。

⑥"若"原作"石",非,据戊签、钱本、影宋抄、席本、朱本改。

⑦“倒”,席本、朱本作“侧”。

⑧“窟”,朱本作“穴”。

⑨“勿”,姜本作“弗”。

集　注

〔一〕【冯注】或谓宜作“娇儿”,然“骄子”固有典,杜诗有“骄儿恶卧”之句。诗正极形“骄”字。【程注】杜甫诗:“平生所骄儿,颜色白胜雪。”【按】诗作于大中三年春。

〔二〕【冯注】蔡宽夫诗话:“白乐天晚年极喜义山诗,云‘我死得为尔子足矣。’义山生子,遂以白老名之。既长,略无文性,温庭筠尝戏之曰:‘以尔为白老后身,不亦忝乎?’然义山有‘衮师我骄儿,美秀乃无匹’之句,知即此子否乎?后何其无闻也!”田曰:“此真无稽之言。”按:后人又有以薛逢子廷珪(见旧、新书传、北梦琐言者)而以为义山子,更谬甚也。【补】左传襄公三十一年:“子大叔美秀而文。”

〔三〕【朱注】晬,祖对切。史记:“公孙杵臼、程婴谋取他人婴儿负之,衣以文葆。”韵会:“晬,子生一岁也。”【冯注】广韵:“晬,周年子也。”【程注】东京梦华录:“生子百日,谓之百晬;至来岁生日,谓之周晬。”【补】文葆,犹文褓,绣花褓衣。

〔四〕【朱注】陶潜责子诗:“雍端年十三,不识六与七。通子垂九龄,但觅梨与栗。”【按】此反用陶诗。

〔五〕【姚注】山海经:“丹穴之山,有鸟焉,其状如鸡,五采,名曰凤凰。”【冯注】尔雅:“岠齐州以南,戴日为丹穴。”【按】丹穴物即凤凰。

〔六〕【程注】南史王僧绰传:“究识流品。”晋书:“谢混风流,江左第一。”【冯注】晋书卫玠传:“时中兴名士惟王承及玠,为当时第一。”南史谢晦传：“晦美风姿，博赡多通。时谢琨（混）风华为江左第一，尝与晦俱在宋武帝前，帝曰：‘一时顿有两玉人。’”【按】前朝，指魏晋南北朝。其时士族矜尚门阀，重视人物仪容风度，言谈举止，并以此品评人物等第。气貌，气度风貌。

〔七〕【朱注】燕颔鹤步，皆贵人风骨。【冯注】后汉书：“班超燕颔虎颈，飞而食肉，此万里侯相也。”按：以鹤比人，如嵇绍野鹤、南史刘歆如云中白鹤之类屡见。此谓骨相如鹤，俟再考证。

〔八〕【田曰】不自信，正是自矜。（冯注引）【按】衰朽质，义山自指。

以上为第一段。叙骄儿之聪慧及交朋之称誉。

〔九〕【补】朋戏浑甥侄，言其子衮师与甥侄辈浑杂游戏。即祭小侄女寄寄文“侄辈数人，竹马玉环，绣襜文褓，堂前阶下，日里风中，弄药争花，纷吾左右”之谓。祭文作于会昌四年，时衮师未生。而文中所描绘之情景即所谓“朋戏浑甥侄”者也。

〔一〇〕【冯注】汉书：“陈平家贫，负郭，以席为门，然门外多长者车辙。”

〔一一〕【补】造次，仓卒，匆忙。

〔一二〕【朱注】闒，羽委切。说文：“闒，辟门也。”国语：“闒门而与之言。”道源注：“闒败者，败其门而入，秉爷笏以学客面也。”【冯注】闒，韦委切。【按】闒败，犹破门而入。

〔一三〕【朱注】胡，多髯也。【冯注】南史：“刘胡本以面坳黑似胡，故名坳胡，及长，单名胡焉。”“张飞胡”义同，俗称“黑张飞”也。旧注误。【按】南史谓其面色坳黑似胡人，未谓“胡”即“黝黑”之义。“胡”即“胡”,俗谓“大胡子”。钧天笺引裴庭裕东观奏记“胡而长”之“胡”同此,可证。

〔一四〕【朱注】世说:“邓艾口吃,语称‘艾艾’”。【朱彝尊曰】描写稚子好奇之状,亦一奇。

〔一五〕【原注】崱,化(疑作叱)力反;屴,良直反。【朱注】杜甫诗:“代北有豪鹰。”鲁灵光殿赋:“崱屴嵫釐。”【何曰】崱屴,读若翕力。(辑评)【姚注】崱屴,高竦貌。【按】崱屴,山峰高耸貌,此状豪鹰羽毛耸立。

〔一六〕【原注】傈,离直反。【朱注】杜甫朝献太清宫赋:“张猛马,出腾虬。”【冯注】诗:“四马既佶。”笺曰:“佶,壮健之貌。”“傈”字,玉篇云:“庙主也,本作‘栗’。”此云“佶傈”,未检何本。【姚注】佶傈,壮健貌。【补】佶傈,耸动之状。字或作佶栗。温庭筠郭处士击瓯歌:“佶栗金虬石潭古,勺陂潋滟幽修语。”陆龟蒙奉和太湖诗二十首之一初入太湖:“耳目骇鸿濛,精神寒佶栗。”此云“猛马气佶傈”,即状猛马气势耸动之貌。

〔一七〕【原注】篔,于君反。【朱注】异物志:“篔筜竹生水边,长数丈,围一尺五六寸,一节相去六七尺或一丈,庐陵界有之。”【姚注】左思吴都赋:“其竹则篔筜箖箊。”

〔一八〕【朱注】以竹为马也。杜氏幽求子:“年五岁有鸠车之乐,七岁有竹马之乐。”【冯注】竹马,见后汉书郭伋传。后汉书桓帝纪:“及所唐突压溺物故。”【补】唐突,横冲直撞。诗小雅鱼藻渐渐之石:“有豕白蹢,烝涉波矣。”郑笺:“豕之性能水,又唐突难禁制。”

〔一九〕【朱注】乐府杂录:“开元中优人黄旛绰、张野狐弄参军,始自汉馆陶令石耽。”西溪丛语:“吴史曰:徐知训怙威骄淫调谑，常登楼狎戏，荷衣木简，自号参军。令王髽髻鹑衣为苍头以从。”五代史吴世家云：“知训为参军，隆演鹑衣髽髻为苍鹘。”前云“苍头”非也。太和正音云：“副末古谓苍鹘，故可朴靘。靘谓狐也。如鹘之可击狐，故副末执磕瓜以朴靘也。傅粉黑者谓之靘，献笑供谄者也。古为参军，书语称狐为田参军。”【冯注】御览引乐府杂录曰：“弄参军，始因后汉馆陶令石耽有赃秽，和帝惜其才，免罪，每宴乐，即令衣白夹衫，命优伶戏弄辱之，经年乃放，后为参军。误也。开元中有李仙鹤善此戏，明皇特授韶州同正参军，以食其斡，是以陆鸿渐撰词云‘韶州参军’，盖由此。”又引赵书曰：“石勒参军周延为馆陶令，断官绢数百疋，下狱，宥之。后每大会，使俳优着介帻黄绢单衣，优问：‘汝为何官，在我辈中？’曰：‘我本为馆陶令。’斗薮单衣曰：‘政坐取是，故入汝辈中。’以为笑。”按：参军固即汉时公府掾之职，然其名始于汉魏之际，至晋置官，非和帝时已有也。乐府杂录正辨明之，而其初似由以后赵事讹为后汉也。文献通考引之，以“误也”为“诚也”。而注家皆以为始后汉，故特详之。朱曰：五代史吴世家：“杨隆演幼懦不能自持，徐知训尤陵侮之。尝饮酒楼上，命优人高贵卿侍酒，知训为参军，隆演鹑衣髽髻为苍鹘。”按：朱氏引此极是。盖参军是主，苍鹘是仆也。朱氏又引狐为田参军，谓苍鹘可扑狐，则与诗意背矣。【按】参军，指参军戏（一种讽刺短剧）中角色之一参军。古代参军戏常由参军及苍鹘二角色扮演，藉滑稽对话及动作取悦观众。按声，按参军之调门。或谓压低声音（仿效大人声音），亦通。

〔二〇〕【补】罥，挂，牵取。

〔二一〕【补】谢，让。

〔二二〕【冯注】礼记："九年，教之数日。"注曰："朔望与六甲也。"南齐书："顾欢年六七岁，昼甲子有简三篇，欢析计，遂知六甲。"按："昼"字误。梁武帝答陶隐居论书曰："吾少来乃至不能，尝画甲子，无论于篇纸。"可证此"画"字。【纪曰】六甲诸本无注。按虞裕谈撰曰："双陆之戏，最盛于唐。考其制，白黑各用六子，乃今人所谓六甲是也。"乃知六甲输失乃与姊双陆不胜耳。【按】以天干地支相配计算时日，其中有甲子、甲戌、甲申、甲午、甲辰、甲寅，谓之"六甲"。汉书食货志："八岁入小学，学六甲五方书计之事。"句意谓衮师与阿姊赛诵或赛书六甲而输失。纪注非。

〔二三〕【何注】白（居易）诗："舞急红腰凝。"似"转"字意。今字书中未见此解。（辑评）【纪曰】凝走当是痴走之讹。【冯注】凝，去声。【刘盼遂曰】当时"凝"字有两个意思，读平声，作动词，是冻结；读去声，作状词，是硬。那末，……"凝走弄香奁"即"硬走弄香奁"，硬走，即今天所说的楞走，非如此不可的意思。形容骄儿的顽皮，硬要拨弄姐姐的妆奁，拔掉妆盒上的金纽环。【按】刘说是。

〔二四〕【道源注】梁简文帝诗："织成屏风金屈戌。"李贺诗："屈戌铜铺锁阿甄。"辍耕录："今人家窗户设铰，名曰环钮，即古金铺之遗意。北方谓之屈戌。"【冯注】此谓奁具之钮。索姊所输物而拔脱之。【按】屈戌，今所谓铰链、合页。玩"弄香奁"，似未必因六甲输失而为此。

〔二五〕【冯注】尚书胤征传曰："颠覆，言反倒。"正义曰："人当竖立，今乃反倒。"

〔二六〕【姚注】招魂："网户朱缀。"程大昌曰："网户，刻为连文，递相缀属，其形如网。后世遂有直织丝网，张之檐窗，以护鸟雀者，元微之诗'网索西连太液池'是也。"

〔二七〕【姚注】广韵："峈，唾声也。"【冯注】二联皆顶索输物来，自觉乏趣，乃牵网拭琴。【按】与六甲输失事不必相关。下云"有时"，明示非一时情景。

〔二八〕【冯注】宣和书谱："御府所藏李商隐书二：正书月赋，行书四六稿草。"元王恽玉堂嘉话："李阳冰篆二十八字，后有韦处厚、李商隐题，商隐字体绝类黄庭经。"

〔二九〕【补】衣，指书衣；轴，指书轴，木制，两端镶嵌玉石。二句谓衮师请以古锦裁作书衣，见玉轴亦欲乞取。状其爱书。

〔三〇〕【道源注】春胜，春旛也。书"春"帖于上迎新。【按】岁时风土记："立春之日，士大夫之家，剪彩为小幡，谓之春幡。或悬于家人之头，或缀于花枝之下。"然此曰"书春胜"，似非悬于头或缀于花枝之旛，或即于方胜形纸上书写祝春好之吉语。

〔三一〕【姚注】本草："辛夷花初发如笔，北人呼为木笔。"【冯注】以笺笔请书"宜春"也。以上见不徒好弄，实有慧心。按：旧书柳公权传："宣宗召升殿，御前书，宦官捧砚过笔。"过笔，盖古语也。【按】过，递也。二句谓斜卷之笺如未展芭蕉，低递之笔如含苞木笔。

以上为第二段，写骄儿嬉戏时天真活泼情态及对琴书学字之喜爱。

〔三二〕【冯注】南史文学传："卞彬仕不遂，著蚤虱等赋，大有指斥。序曰：蚤虱猥流，淫痒渭濩，无时恕肉。不勤于讨捕，孙孙子子，三十五岁焉。"按：隐用此事。"畏蚤虱"，喻畏人蚩谪也。义山时年约三十八。【按】义山亦有虱赋云：

"亦气而孕,亦卵而成。晨鹭露鹤,不如其生。汝职惟啮,而不善啮。回臭而多,跖香而绝。"徐笺曰:"虱赋,刺朝士也。回贤而贫,贫故臭。跖暴而富,富故香。虱惟回之啮,而不恤其贤;惟跖之避,而莫敢撄其暴,是以不善啮矣。世之虐茕独而畏高明,侮鳏寡而畏强御者,何以异此!"似可与"畏蚤虱"参证。

〔三三〕【朱注】海录:"晋武帝分秘书为甲乙丙丁四部,秘书郎四人,各掌其一。"【冯注】汉书儒林传:"岁课博士弟子甲科四十人为郎,乙科二十人为太子舍人,丙科四十人补文学掌故。"新书选举志:"经、策全通为甲第,策通四、帖过四以上为乙第。"【按】甲乙指科举试等第,朱注非。

〔三四〕【朱注】史记:"齐威王追论古司马兵法,附穰苴于其中,号曰司马穰苴兵法。"【按】穰苴,春秋时齐国大夫,田氏,官司马,深通兵法。奉齐景公命击退晋、燕军,收复失地。据汉书艺文志载,司马法共一百五十篇。今本仅存五篇。隋、唐诸志均误以司马法为司马穰苴一人之作,故义山此处亦云"穰苴司马法"。

〔三五〕【冯注】史记留侯世家:"老父出一编书,曰:'读此则为王者师矣。后见济北谷城山下黄石,即我矣。'视其书,乃太公兵法也。"【按】衮师之名,即取义于帝王之师,可见商隐对其子之期望。衮,衮衣,借指帝王。

〔三六〕【补】贾谊论积贮疏:"古之治天下,至纤至悉也。"纤悉,细致周备。此谓藉穰苴司马法与张良黄石术即可为帝王之师,不必假借其他更为细致周备之治术。

〔三七〕【冯曰】指党项及回纥遗种事,详史书。【补】据通鉴:宣宗大中元年,吐蕃论恐热乘武宗之丧,诱党项及回鹘馀众寇河西。二年,论恐热遣其将将兵二万略地西鄙。直至四年,党项羌仍为患不已,吐蕃则大掠河西、鄯、廓等八州。所谓“党项为边患,发诸道兵讨之,连年无功,戍馈不已”,正诗所云“羌戎正狂悖”也。

〔三八〕【程注】汉书贾谊传:“天下之势,方病大瘇,一胫之大几如要,一指之大几如股。失今不治,必为锢疾。”注:“坚久之疾。”亦作“痼”。【按】将养,将息调养,此指姑息养奸。句意谓养痈遗患,已成痼疾。

〔三九〕【冯注】后汉书刘陶传:“陛下不悟,而令虎豹窟于麑场。”班超传:“不入虎穴,不得虎子。”

〔四〇〕【程注】史记李广传:“文帝谓广曰:‘如令子当高帝时,万户侯岂足道哉!’”孔绍安诗:“若使三边定,当封万户侯。”

〔四一〕【冯注】汉书韦贤传:“邹、鲁谚曰:遗子黄金满籝,不如一经。”说文:“袠,书衣也。”后汉书杨厚传:“吾绨袠中有先祖所传秘记。”晋经簿曰:“盛书有刺青缣袠、布袠、绢袠。”以上为末段,抒写由骄儿引起之感慨。

笺 评

【葛立方曰】李义山作娇儿诗时,衮师方三四岁尔,其末乃云(略)。夫兵祸连结,生民涂炭,以日为岁之时,而乃望三四岁儿立功于二十年后,所谓“俟河之清,人寿几何”邪?(韵语阳秋)

【胡震亨曰】通篇俚而能雅,曲尽儿态。惜结处迂缠不已,反不如玉川寄(男)抱孙篇以一两语谑送为斩截耳。(唐音戊签)

【吴乔曰】唐人诗被宋人说坏,被明人学坏。不知比兴而说诗，开口便错。义山骄儿诗，令其莫学父，而于西北立功封侯，托兴以言己之有才而不遇也。葛常之谓其时兵祸连结，以日为岁，而望三四岁儿立功于二十年后，为俟河之清。误以为赋，故作寐语。（围炉诗话）

【俞玚曰】妙在无头绪，恰似小儿。左太冲娇女诗后独有此篇。（宋本批）

【杨守智曰】摹写琐碎，一一入神。此诗从老杜北征等篇夺胎而出。（复图本）

【何曰】若无此段（指“爷昔好读书”以下一段），诗便无谓。（读书记）

【金介曰】似孟郊语。

【姚曰】起手夸其美秀之出群。“青春妍和月”以下，正叙其恃爱作骄之态，写得纤悉如画。末以功名跨灶期之，通首以此为出路也。

【屈曰】此拟左思娇女诗而作。虽不及其曲雅，颇有新颖之句。然胸中先有末一段感慨方作也。

【程曰】诗中叙事全从左思娇女诗来，但参之杜子美北征中段，较左思更为扩而充之耳。中有“憔悴欲四十”句，有“况今西与北，羌戎正狂悖”句，考开成二年秋七月，西有党项，北有突厥，交讧剽掠，当是其时。太和七年上崔华州书义山年三十五，至此三十九，所谓欲四十也。（按程氏系年误）

【田曰】不减娇女诗。写得色色可人，不知因儿有诗，抑借发诗兴？（以上总评）“四岁知名姓”句下评：书足以知名姓而已。“知名姓”伏“勿守一经帙”。“燕鹤骨”伏“当为万户侯”。“安得此相谓”二句下评：顿挫。“慰”字为“垦苦憔悴”伏脉。“有时看临书”句下评：暗渡读书。“请爷书春胜”

句下评：暗渡。“爷昔好读书”四句下评：愤激语，中包蕴数意。“况今西与北”四句下评：此意虽波及，然亦心头夙痼，触之生痛。（以上均辑评朱笔批，何氏读书记无。冯浩引“写得色色可人”一条为田评，今暂系其他各条于此。）

【冯曰】全仿左太冲娇女诗，而后辐缀以感慨。

【纪曰】本太冲娇女而拓之。平山出路之说可味。太冲诗以竟住为高，若按谱填腔，纵神肖亦归窠臼，所以必别寻出路，方不虚此一作。且古人之言简，故可言外见意；既拓为长篇，而中无主峰，末无结穴，则游骑无归，或剌剌不休，或随处可住，其为诗也可知矣。凡长篇皆须解此意。（诗说）借“请爷书春胜”四语递入“爷昔读书”，引起结束一段，有神无迹。（辑评）

【王闿运曰】学左思，然儿不如女，诗不能佳。（手批唐诗选）

【张曰】赋骄儿诗时在大中三年，义山罢桂管，由洛赴京后。（诗曰：“青春妍和月。”又曰：“春胜宜春日。”必作于春时。考大中二年春，义山在桂管，大中四年春，义山在徐幕，惟……三年春正在京居，与此写景相合也。）诗有“况今西与北，羌戎正狂悖”语，指宣宗朝党项寇边，及回纥遗种逃附奚部事。义山时三十八岁，故自叹“憔悴欲四十”。会昌四年祭姊及侄女寄寄时，衮师未生。骄儿诗述其美秀嬉戏形状，则衮师必已四岁。（韵语阳秋云：“作骄儿诗时，衮师方三四岁尔。”不知诗中固已云“文葆未周晬，固已知六七；四岁知名姓，眼不视梨栗”矣。）其生当在会昌六年后。又曰：前半形容“骄”字，后半全是借发牢骚。（会笺）

【按】论者多以为仿左思娇女诗而拓之，然太冲之作止于描画小儿女娇憨情态，此则别有寄慨。必欲溯源求本，则仿左之形迹而得杜之神情。篇中“欲慰衰朽质”与“憔悴欲四十”二语，最宜重看。自表面视之，似末段以前均仿娇女笔意，实则笔端流露之感情已自有别。盖太冲纯以寻常父母爱怜儿女之心情观察、描写娇女，而义山则以饱经忧患、沉沦憔悴者之眼光观察、描写骄儿也。首段写衮师之美秀与朋辈之夸奖，着“欲慰衰朽质”一语，即隐隐透出沉沦之悲。己身既已无望，遂寄全部人生希望于骄儿，而骄儿之美秀无匹，又适足为饱经忧患心灵之慰安。中段描绘骄儿天真烂漫、聪明活泼情态，适与作者憔悴之状形成鲜明对照。今日之骄儿透露出父亲昔日之面影，而父亲之现状又焉知不预示骄儿之将来。故末段即因此而生出“儿慎勿学爷，读书求甲乙”，“当为万户侯，勿守一经帙”之感慨。其中既有不遇于时之牢骚，亦含徒守经帙，无补于国，无益于己之痛苦体验与反省。纯作牢骚语或纯作右武轻文语视之，均未必符合实际。李贺南园诗：“请君试上凌烟阁，若个书生万户侯?”“不见年年辽海上，文章何处哭秋风?”亦类此。

要之，知人论世，则中段于轻怜爱惜与幽默风趣中自寓有作者沉沦不遇之泪。全诗风格，或可以含泪之微笑概之。

杜司勋①〔一〕

高楼风雨感斯文〔二〕，短翼差池不及群〔三〕。刻意伤春复伤别〔四〕，人间惟有杜司勋。

校　记

①姜本、季抄题作“杜司勋牧”。

集　注

〔一〕【朱注】旧唐书:"杜牧,字牧之。太和二年擢进士第,累官膳部、比部员外郎,出牧黄、池、睦三郡,迁司勋员外郎、史馆修撰,又授湖州刺史,迁中书舍人,卒。有集二十卷行于世。"【冯注】旧、新书传:"杜牧,字牧之,宰相佑之孙,从郁之子。善属文,第进士,复举贤良方正。会昌中累迁左补阙、史馆修撰,转膳部、比部员外郎,历黄、池、睦三州刺史,入为司勋员外郎、史馆修撰,转吏部员外郎,授湖州刺史,入拜考功郎中、知制诰,迁中书舍人。"【张曰】牧之入为司勋员外郎、史馆修撰,在大中二年三月,见樊川集上周相公启及宋州宁陵县记。【按】杜牧大中二年九月自睦州启程赴京。十一月十八日在宋州,作宋州宁陵县记。抵京当已在二年岁末。据樊川文集卷七唐故江西观察使武阳公韦公遗爱碑,大中三年正月二十日,杜牧任司勋员外郎、史馆修撰。诗当作于其后。据诗中"刻意伤春"语,当三年春所作。

〔二〕【何曰】含下"伤春"。(读书记)【补】诗郑风风雨:"风雨如晦,鸡鸣不已。"抒写风雨怀人之情。此处借指怀念杜牧,并以登楼四顾,风雨迷茫之景象征政局之昏暗。斯文,此文,即三句所谓"刻意伤春复伤别"之作。王羲之兰亭集序云:"后之览者,亦将有感于斯文。"感斯文,正用此。全句意谓:值此高楼风雨,四顾茫茫,对杜牧之诗文乃有更深切感受(此采陈永正说)。

〔三〕【冯注】诗:"燕燕于飞,差池其羽。"【何曰】含下"伤别"。【按】句意谓己翅短力微,不能与同群比翼。此系自谦才短,自慨不能奋飞远举,非指杜牧。

〔四〕【朱注】杜牧惜春诗:"春半年已除,其馀强为有。即此醉残花,便同尝腊酒。怅望送春杯,殷勤扫花帚。谁为驻东流,年年常在手?"又赠别诗二首:"娉娉袅袅十三馀,荳蔻梢头二月初。春风十里扬州路,卷上珠帘总不如。""多情却似总无情,惟觉樽前笑不成。蜡烛有心还惜别,替人垂泪到天明。"【按】朱氏所引,泥于"伤春伤别"之字面与形迹,非义山所谓"伤春伤别"本意。观首句及"刻意"字可知。详笺。

笺 评

【朱彝尊曰】意以自比。

【金介曰】"刻意伤春复伤别","刻意"二字,即作者自解其诗意,亦自比。

【何曰】高楼风雨,短翼差池,玉溪方自伤春伤别,乃弥有感于司勋之文也。(读书记)

【陆鸣皋曰】首二句,自谓不如也。杜惜春诗云:"春半年已除,其馀强为有。"赠别诗云:"蜡烛有心还惜别,替人垂泪到天明。"皆其刻意处。

【姚曰】天下惟有至性人,方解伤春伤别。茫茫四海,除杜郎外,真是不晓得伤春,不晓得伤别也。

【屈曰】三即首句"斯文",言司勋之诗当世第一人也。

【程曰】义山于牧之凡两为诗,其倾倒于小杜者至矣。然"杜牧司勋字牧之"律诗,专美牧之也;此则借牧之以慨己。盖以牧之之文词,三历郡而后内迁,已可感矣,然较之于己短翼雌伏者不犹愈耶? 此等伤心,惟杜经历,差池铩羽,不及群飞,良可叹也。玩上二语,则伤己意多,而颂杜意少,味之可见。（按刘永济曰："诗人之措意，至为融圆，伤人即以伤己，体物即是抒情，咏古即是讽今，故不宜过于拘泥。"）

【杨曰】极力推重樊川，正是自作声价。（冯笺引）复图本作"晚唐诗人玉溪最赏樊川，引为同调。

【冯曰】伤春谓宦途，伤别谓远去。

【纪曰】起二句义山自道，后二句乃借司勋对面写照，诗家弄笔法耳。"杜司勋"三字摘出为题，非咏杜也。（诗说）

【按】此乃高楼风雨之时适读杜牧诗文，深有会心，别有寄慨之作。杜牧素以才略自负，喜议兵论政，指陈利病，而时值衰世，国运日颓，仕途偃蹇，抱负不遂。其忧国伤时之慨，困顿失意之感，不特发之于感怀、郡斋独酌等直接抒怀议论之作，亦每寄寓于伤春伤别、深情缠绵之作中。当时读者，或有徒赏其风流绮靡，而忽其"刻意伤春复伤别"之真旨者，故义山特借此以发明之。"伤春""伤别"，诸家均未得其本意，实则义山已于一二句中自作注解矣。"高楼风雨"，正昏暗时局之象征，因"高楼风雨"而弥有感于斯文，已明示其诗文多忧国伤时之感，此即所谓"伤春"。义山曲江诗"天荒地变心虽折，若比伤春意未多"，正可证此诗"伤春"之为忧国伤时。"伤别"，亦非单纯指寻常言别，而兼包慨叹"短翼差池"，壮志不遂。综观牧之优秀诗篇，忧国伤时，自慨不遇，实为其两大基本主题，义山"刻意伤春复伤别，人间惟有杜司勋"之赞词，洵为评杜之确论，亦为杜牧之知音。"刻意"一语，明其著意为之，用意深至，尤非泛语。

义山极力推重牧之，不特暗含惟己为牧之真知音之意，亦含惟己为牧之真同调之意。能知其"刻意伤春复伤别"

者，正“刻意伤春复伤别”之诗人也。评杜、赞杜即以自评。“惟有”二字，寓慨颇深。知音之稀少，诗坛之寂寞，均可于言外见之。

诗作于大中三年春，时义山为京兆掾曹。偶成转韵诗叙其时境况，有“归来寂寞灵台下，着破蓝衫出无马。天官补吏府中趋，玉骨瘦来无一把”之语，正极蹭蹬失意时，故自言“短翼差池不及群”。

赠司勋杜十三员外

杜牧司勋字牧之，清秋一首杜秋诗①〔一〕。前身应是梁江总②，名总还曾字总持〔二〕。心铁已从干镆利〔三〕，鬓丝休叹雪霜垂〔四〕。汉江远吊西江水，羊祜韦丹尽有碑〔五〕。

校　记

①“秋”，姜本、戊签、钱本作“陵”，冯注本从之，非，辨详注。

②“江总”，蒋本作“工总”，非。

集　注

〔一〕【朱注】杜牧杜秋诗：“杜秋，金陵女也，年十五为李锜妾。锜叛灭，入宫，有宠于景陵。穆宗即位，命秋为皇子傅姆。皇子壮，封漳王。郑注用事，诬丞相欲去己者，指王为根。王被罪废削，秋因赐归故里。予过金陵，感其穷且老，为之赋诗云云。”西溪丛语：“新书李德裕传：漳王养母杜仲阳归浙西，有诏在所存问。”南部新书云：“杜仲阳，即杜秋也。”【冯注】今细味诗情，必“杜陵”是也。牧之集新转南曹未叙朝散初秋暑退出守吴兴书此篇以见志起联云：“捧诏汀洲去，全家羽翼飞。”又将赴吴兴登乐游原一绝云：“清时有味是无能，闲爱孤云静爱僧。欲把一麾江海去，乐游原上望昭陵。”旧、新书传：“牧之善属文，尝自负经纬才略，居下位，心常不乐。”今考大中二三年，牧之仍职史馆，转历南曹，可冀内擢，而又出刺江乡，自有失意之叹。乐游原在杜陵，次句时地皆合，“一首”诗必指此也。若杜秋娘诗，既无清秋之景，又久在入为司勋之前，与通章都无贯注，其何谓哉？又曰：唐末李洞应举，献诗云：“公道此时如不得，昭陵恸哭一生休。”叶石林诗话：“牧之不满于当时，故有‘望昭陵’之句。”赵与虤娱书堂诗话：“唐制：有冤者哭昭陵下。”按：采此三条，足知所注之确。【按】冯说非。牧之出守湖州，在大中四年秋（据缪钺杜牧传），将赴吴兴登乐游原当作于其时。而赠司勋杜十三员外末句自注明言：“时杜奉诏撰韦碑。”则作本篇时杜牧仍任司勋员外郎，具体时间当在大中三年正、二月间（参末句注），与所谓“将赴吴兴登乐游原”者显然无涉。即令牧之出守湖州在三年秋，与“时奉诏撰韦碑”之语亦不合。盖奉诏撰碑事在三年正月，碑成最迟不过二月，断不可能时至秋日仍言“时杜奉诏撰韦碑”也。再就诗意究之，亦以作杜秋为是。杜秋娘诗作于大和七年，诗因杜秋遭遇抒写世事无常、升沉无定之慨，言外有不能掌握自身命运之意。义山于杜秋娘诗甚为推崇，其井泥诗自思想内容至艺术风格均明显受杜秋娘诗影响。本篇主旨即在劝勉杜牧勿因年衰位卑而慨叹，故开首即标举其杜秋诗以逗起遇合之概，前后一气贯注。冯氏泥于“清秋”及所标举小杜诗将赴吴兴登乐游原之作年，以为必是年秋间所作，殊不知义山所标举者，系杜牧著名作品，亦己所服膺之作，犹呼白居易为“长恨歌主”，初不问其诗何年作也。复自诗之句式考察，此诗首联出句与对句、第四句、第七句，均有意重第二、第六字（牧、秋、总、江），以造成特有之风调，若作“杜陵”，则风调全失矣。

〔二〕【朱注】南史：“江总，字总持，笃学有文辞。仕梁，为尚书仆射；入陈，历官尚书令。陈亡入隋，拜上开府。”【程曰】江总仕梁，又仕陈，后又仕隋，然唐诗人多属之于梁。不独此诗，杜工部亦有“远愧梁江总，还家尚黑头”之句，殊不可解。【徐曰】以总得名于梁也。（冯注引）

〔三〕【朱注】魏志注：“魏武令曰：长史王必，忠能勤事，心如铁石。”【冯注】吴越春秋：“阖闾请干将铸作名剑，三月不成。干将妻莫耶曰：‘夫神物之化，须人而成。’莫耶乃投于炉中，遂以成剑，阳曰干将，阴曰莫耶，阳作龟文，阴作漫理。”庄子：“兵莫憯于志，镆铘为下。”新序：“仁人之兵，铤则若莫邪之利刃，婴之者断；锐则若莫邪之利锋，当之者溃。”旧书传：“武宗朝，诛昆夷、鲜卑。牧上宰相书，言戎、胡入寇，在秋冬之间，盛夏无备，宜五六月中击胡为便。李德裕称之。注孙武十三篇行于代。”新书传：“牧咎长庆以来措置无术，复失山东，嫌不当位而言，故作罪言。及刘稹拒命，牧复移书于德裕：‘诸军道绛而入，必覆贼巢。昭义之食尽仰山东，节度率留食邢州，山西兵单少，可乘虚袭取。’泽潞平，略如牧策。”句所谓“心铁利”也。【按】心铁，犹胸中甲兵，指杜牧对时局、战事之筹策。朱注引魏武令“心如铁石”，非所用。从，犹共也。牧又曾作守论、战论、原十六卫，均论兵议政之文。

〔四〕【朱注】杜牧诗：“今日鬓丝禅榻畔，茶烟轻飏落花风。”○

按：牧之杜秋娘诗乃自寓天涯迟暮之感耳，故此诗有“鬓丝休叹雪霜垂”之句。【冯注】牧之诗：“前年鬓生雪，今年须带霜。”“鬓丝”字杜集中屡见。

〔五〕【原注】时杜奉诏撰韦碑。【朱注】晋书：“羊祜都督荆州，甚得江汉之心。卒时年五十八。百姓于岘山建碑，立庙其上，望其碑者莫不流涕，杜预名之曰堕泪碑。”通鉴：“大中三年正月，上与宰相论元和循吏孰为第一，周墀曰：‘臣尝守土江西，闻观察使韦丹功德被于八州，没四十年，老稚歌思，如丹尚存。’乙亥，诏史馆修撰杜牧撰丹遗爱碑以记之。”【按】杜预曾任襄阳太守，襄阳在汉江之滨，故以“汉江”指代杜预，此又借指杜牧（因姓氏相同，且又同有名碑撰碑之事）。西江，即江西，此指韦丹。丹京兆万年人。任江西观察使时，曾筑江堤，修陂塘五百八十九所，灌田一万三千顷。并计口受俸，委馀于官。罢八州冗食者，收其财。旧唐书循吏列传有传。二句谓杜牧奉诏撰韦丹碑文，此碑正如当年杜预追吊羊祜，名岘碑为堕泪碑，亦必流传不朽。

笺评

【金圣叹曰】因其名杜牧，又字牧之，于是特地借来小作狡狯，写二“牧”字，二“杜”字，二“秋”字，三“总”字，二“字”字，成诗一解，此亦沈龙池、崔黄鹤所滥觞，而今愈出愈奇无穷也。上解止因牧又字牧，故有三四之总又字总，其实一解四句，则止赞得其一首杜秋而已。故此解（指后四句）再从一首杜秋转笔，言杜为士大夫，心如铁石，何用诗中多寓迟暮之叹乎哉！夫人生立言，便是不朽，如公今日奉敕所撰韦丹一碑，已与羊祜岘山一样堕泪，然则鬓丝禅榻，风飏落花，公

正无为又作尔许言语也。看他又写二“江”字，与前戏应，妙，妙。（贯华堂选批唐才子诗）

【赵臣瑗曰】赠司勋者，因见司勋所制杜秋诗有悲伤迟暮之意，故特称其所撰韦丹碑，以为即此便是立言不朽，何故尚有不足，盖聊以广其志耳。不知何意，忽然就其名字弄出神通，遂寻一个不期而合之古人来作影子，四句中故意叠用二牧字、二秋字、三总字，二字字，拉拉杂杂，写得如团花簇锦，而句法离奇夭矫，又似游龙舞马不可搦，真近体中之大观也。五六二句自是正文。看他尾联又复叠用二江字，与前半之九个复字相照，二人名与前半之三个人名相照，使我并不知其未下笔时如何落想，既落想后如何下笔，文人狡狯一至于此，以视沈龙池、崔黄鹤，真可谓之愈出愈奇矣。（山满楼笺注唐诗七言律）

【何曰】牧之以气节自负，故有第五。落句言朝廷著述，推渠手笔，比之于己，未为不遇也。（读书记）又曰：按牧进撰碑文表，是时已不在内署。盖特以文章为宣宗记忆。义山沈沦使府，不达于帝听，又不可同年语矣。○总持号为狎客，而牧之出刺远州，因所遇以致感也（按此解谬。取江总作比，赞其文才耳）。“心铁”句，句法不佳。（辑评）

【辑评墨批】不过取其名字相类，何其纤也！

【陆曰】杜牧志在经世，尝愤河朔三镇之桀骜，而朝廷议者专事姑息，因作罪言，又伤府兵废坏，作原十六卫。惜其言不用于世，官止司勋。集中杜秋一诗，悲秋之穷且老，亦自寓其天涯迟暮之感也。义山赠诗，足尽牧之生平。首叙官爵姓氏，而以江总比之，此不过用叠字以见巧耳。“心铁已从干镆利”，言其百折不回。“鬓丝休叹雪霜垂”，言其老当益壮。……结处以羊叔子堕泪碑拟之，言牧之文章，自能行远传后也。

【徐德泓曰】前半另开生面，又一律法，引用巧合。五六句，一赞之，一慰之也。结不过美其才之可传，而语觉索然穷窘，且与第二句微杂。

【姚曰】此以必传慰杜牧也。……前借杜秋一诗，而以江总比之；后因诏撰韦碑，而以杜预比之。前从名字上比拟，后从姓上比拟，诗格绝奇。总见运命虽不酬，而文章必传世。义山之倾倒于杜，至矣。

【屈曰】三四巧思。○死生人所不免，诗追江总，文堪不朽，何叹白首哉！

【冯曰】通篇自取机势，别成一格也。牧之奇才伟抱，回翔郡守，抑郁不平，此二章深惜之而慰之也。下半言武功之奏，既与有谋画；文章之传，又与古争烈，不朽固自有在矣。晚唐之初，牧之、义山体格不同，而文采相敌，观樊南乙集序可知，故曰"人间惟有杜司勋"也。惟既转南曹，何以仍称司勋？岂以新转未叙故耶？乙集序亦称司勋也。

【纪曰】嵚崎历落，奇趣横生，笔墨恣逸之甚，所谓不可无一，不可有二。（诗说）自成别调。（辑评）

【翁方纲曰】义山诗"杜牧司勋"一首，或谓因李德裕贬死崖州而作，以韦丹有碑，致慨卫公之相业埋没，此说非也。李德裕滑州有德政碑，大和六年所立也。其人其事何尝湮没乎！此不得以韦丹有碑相形者也。作义山年谱者，又据大中三年杜牧撰韦丹碑事，因以杜牧之为司勋员外郎系于大中三年。愚按此诗义山自注云："时奉诏撰韦丹碑"，则韦碑既大中三年立，即此诗为大中三年作明矣。但汉江羊祜碑层，则未有解者。据年谱，大中三年商隐还京选为盩厔尉。其还京在是年之某月未有明文。而上年因郑亚贬死，义山自桂管历长沙、荆门北上。其途经江汉，盖在二年、三年之间，不能确指其时日矣。玩此诗云："清秋一首杜秋诗"，此所谓"清秋"者，安知非追说大中二年之秋乎？则牧之为司勋未可执为必在三年矣。详此诗意明是义山身经汉水之上，凭吊羊叔子岘山之碑，因近援时事，羡韦丹之碑为牧之所撰耳。前半远引梁之江总，故结处复引晋之羊祜，此主客顾盼一定之章法也。然此篇之归宿，初不在此。盖通首之意是因赠杜而及于韦碑，非因韦碑而怀杜也。若云因韦碑而他有所触，以讥愤时事，则更去之远矣。"杜秋"一句，是通篇之窾郤，江总乃其巧合处，韦丹特其借证处。而结二句与前六句相连唱叹，以为杜之文词不朽者是也，而必刻求于撰碑乎？江总在南朝固词客也，而"总持"二字则具有皈依妙教之义，此所以上合"杜秋"，下归"心铁"也。一"叹"字卷尽杜秋一篇矣。（复初斋文集）

【姜炳璋曰】诗意自明，首称名、称官、称字，便有不可磨灭意。江总有才无行，故又以"心铁"足之。末二，言芳名与之共不朽也。

【管世铭曰】五律解散不对，为孟（浩然）、李（太白）创格。……七言变体，始于崔司勋之黄鹤楼，太白深服之，故作鹦鹉洲诗，全仿其格。其后白乐天"早闻元九咏君诗，恨与卢君相识迟。今日逢君开旧卷，卷中多道赠微之"，李义山"杜牧司勋字牧之，清秋一首杜秋诗。前身应是梁江总，名总还曾字总持"，韩致尧"往年曾在溪桥上，见倚朱栏咏柳绵。今日独来芳径里，更无人迹有苔钱"，虽气体不同，杼轴各出，要皆黄鹤楼作为之滥觞也。

【叶炜曰】韩文公赠张曙诗云:“久钦江总文才妙,自叹虞翻骨相屯。”以忠直自比,而以奸佞待人,岂圣贤谦己恕人之意哉!考曙之为人亦无奸佞似江总者。若曰以文才论,何不以鲍照、何逊为比,而必曰江总乎?此乃韩公平生之病处,而宋人多学之,谓之占地步。心术先坏矣,何地步之有?右杨升庵外集载之如此。炜按:唐承六朝之敝,江总文名震于梁陈间,故唐人言文才每推崇之。如李义山赠司勋杜十三员外诗云……由此观之,狎客多人独钦总持者,略其生平,重其文才耳,不独韩公一人云然,宋人学之,岂韩公之初心哉!李义山九成宫诗:“风入周王八马蹄”,或谓穆王八骏刺佚游。纪文达公云:王融曲水诗序、庾信华林园马射赋率作佳事用,不以为刺。大抵唐人比拟人物,只取一节,不似后来之拘忌。纪公是说,足以折服升庵。(煮药漫钞卷下)

【黄侃曰】义山于牧之,甚相倾倒。其杜牧之绝句云(略)。与此五六句可以参阅。义山咏杜,即所以自咏也。(李义山诗偶评)

【张曰】牧之过金陵作杜秋娘诗在内召前,此特断章取义耳。杜诗专阐穷通变化之理,所谓“女子固不定,士林亦难期”者,篇中三致意焉。义山一生遇合颠倒,故独有取于此诗。若作杜陵诗,真闲言语矣。玩自注,则诗当作于二三月间,与上篇“伤春”字合。冯说非也。赠杜而诗即仿杜体,奇绝。(会笺)

【按】观杜司勋及此诗,牧之时虽入居京职,然仍多叹老嗟卑、自伤不遇之慨。故义山因赠诗而劝勉之。诗不特盛赞其诗文,且极推重其“心铁”之利。牧之素以经世济时之才略自负，力主宰相文臣须谙军事，义山不徒以诗人视之，可谓牧之真知己。“心铁”二句，全篇主意，谓其筹画既已切中时须，为国所用，则虽鬓丝雪垂，名位未达，亦自可无憾，语重心长，情深意切，颇见作者不以一己之穷达为悲喜之胸襟气度，当与贾生一绝并读。诗以姓、名作拟，又故用叠字，本极易流于文字游戏。然不觉其轻佻纤巧，反特具幽默亲切情趣与清畅格调者，正缘其内含高情远意，似谐而实庄耳。义山时屈居下僚，困厄穷愁较牧之更甚，而不作一诉苦同病之语，劝勉之中自含深挚情意，洵为可贵。注家但赞其诗格之奇，尚不免于见其小而遗其大之憾也。

李卫公〔一〕

绛纱弟子音尘绝〔二〕，鸾镜佳人旧会稀〔三〕。今日致身歌舞地〔四〕，木绵花暖鹧鸪飞①〔五〕。

校　记

①“绵”，朱本、冯本作“棉”，通。

集　注

〔一〕【朱注】唐书：“刘稹平，德裕以功兼守太尉，进封卫国公。大中初，历贬崖州司户，卒。”○按：诗有“木棉”“鹧鸪”语，盖卫公投窜南荒也。【冯注】旧书传：“会昌四年八月，德裕以平刘稹功，进封卫国公。大中初罢相，历贬潮州司马、崖州司户参军，卒。”【按】德裕贬潮，在大中元年十二月；二年九月，再贬崖州司户。大中三年十二月卒。诗当作于德裕已贬崖州时。据“木绵花暖”语,当作于大中三年春。

〔二〕【朱注】后汉书:“马融尝坐高堂,施绛纱帐,前授生徒,后列女乐。”【按】绛纱弟子,犹受业生徒,门下士。过故崔兖海宅:“绛帐恩如昨。”

〔三〕【补】鸾镜,已见前陈后宫注。鸾镜佳人,本指后房妻妾,此喻指政治上之同道者。

〔四〕【补】歌舞地,即歌舞冈,在今广州市越秀山上,南越王赵佗曾在此歌舞,因而得名。此以“歌舞地”指代岭南地区。致,置。致身,置身。

〔五〕【胡震亨注】木棉树,大可合抱,高数丈,花红似山茶,而蕊黄色,瓣极厚。春初叶未舒时,花开满树,望之烂然如锦,又如火之烧空。既结实,大似酒杯,絮茸茸如细毳,半吐于杯之口,所获与江南草木岁艺者异。唐王叡诗:“纸钱飞出木棉花。”盖其盛开之时,正与春社相值。(唐音癸签)【朱注】吴录:“交阯有木棉树,高大,实如酒杯,中有绵,如絮,可作布,名曰绁,一名毛布。”罗浮山记:“木棉正月开花,大如芙蓉,花落结子。”杨慎曰:“即今班枝花。”【冯注】禽经:“子规啼必北向,鹧鸪飞必南翥。”吴都赋:“鹧鸪南翥而中留。”

笺　评

【朱曰】诗有“木棉”“鹧鸪”,盖卫公投窜南荒时作也。(李义山诗补注)

【姚曰】伤贤者之死非其地也。

【屈曰】卫公功在社稷,当写其重大者,但写歌舞,似有不足者。结用赞皇“红槿花中越鸟啼”意。

【程曰】李德裕之为人，史称其性孤峭，又不喜饮酒，后房无声色之娱。此诗绛纱弟子、鸾镜佳人二语，事殊无征。大抵欲形容其今日之流贬，不得不借端于昔时之贵盛，倘所谓诗人之言，不必有其实耳。

【徐曰】唐摭言："李德裕颇为寒畯开路。"与首句合。新书传："德裕不喜饮酒，后房无声色娱。"与第二句不符。然乐府杂录云："望江南本名谢秋娘，李德裕镇浙西，为亡姬谢秋娘制。"则声色之娱，自不能免，特无专房之嬖耳。（冯笺引）

【冯曰】首句非指孤寒，卫公门下士固多也。续博物志云："卫公好饵雄朱。有道士李终南借以玉象子，令求勾漏莹彻者，致象鼻下，象服之，复吐出，人乃可服。卫公服之有异，乃于都下采聘名姝，至百数不止，象砂不复吐。"斯事或非无因，似次句之类矣。下二句不言身赴南荒，而反折其词，与"旧时王谢堂前燕，飞入寻常百姓家"同一笔法，伤之，非幸之也。徐氏谓义山党牛，故于卫国多贬辞，是不然。

【纪曰】格意殊高，亦有神韵，似更在赵嘏汾阳宅诗以上，但末句如指南迁，不合云"歌舞地"；如指旧第，不合云木棉、鹧鸪，此不了了。（诗说）"致身"二字亦未稳。（辑评）

【姜炳璋曰】或谓据史德裕性孤峭，又不喜饮酒，后房无声色之娱，是诗用马融前列生徒、后列女乐事，则是诬卫公也。不知此诗纯是借景，盖牛李党人满朝，而卫公尤对症鸩毒，岂容开口讼冤颂德？故义山于昭肃皇帝及旧将军诗已极力推奉，而此只作迷离惝恍之辞，令人自会。"绛纱弟子"，喻平日培植之人才。"鸾镜佳人"，喻当时识拔之贤士。"致身"犹云"去身"，言不在歌舞之地，而在崖州也，但见木棉鹧鸪而已，凄凉景况，何以堪此！而音绝会稀者，无所依托，风流云散矣。其后果尽逐卫公亲昵，而义山并坐其累。

【张曰】木棉花暖，鹧鸪乱飞，所谓歌舞者如是而已，"绛纱""鸾镜"之乐，安可复得耶？言虽似讽，意则深悲。(会笺)

【按】绛纱弟子、鸾镜佳人当有所喻。视"绛帐恩如昨"语，此"绛纱弟子"自指门下士。鸾镜，义山诗中用此典每有托喻。如破镜："秦台一照山鸡后，便是孤鸾罢舞时。"鸾凤："旧镜鸾何处？衰桐凤不栖。"此"鸾镜佳人"当指德裕政治上之同道。大中二年二月，李回责授湖南观察使，郑亚贬循州刺史。九月，德裕贬崖州司户，李回贬贺州刺史。昔日政治上亲近之人物星离雨散，音信断绝，故曰"音尘绝""旧会稀"。李德裕与姚谏议勖书(作于贬崖期间)云："天地穷人，物情所弃，无复音书，平生旧知，无复吊问。"亦即首二句之意。又云："大海之中，无人拯邮，资储荡尽，家事一空，百口嗷然，往往绝食。"可证德裕南迁，系携带家人同往，则"鸾镜佳人"之非实指妻妾可知。冯氏引续博物志等不经之书以证德裕有声色之娱，甚无谓。三四则伤其置身岭外，即目所见，惟木棉花红，鹧鸪南飞而已。二者均南中具有典型特征之景物，然自远谪者视之，则异乡风物，徒增悲感耳。屈氏谓结用赞皇"红槿花中越鸟啼"意，固过泥，然二诗意蕴相似则显见(德裕谪岭南道中作末联为"不堪肠断思乡处，红槿花中越鸟啼")。以景结情，以丽语反衬贬地之荒凉。处境之孤寂，北归之无望，均于言外见之。义山为郑亚代拟会昌一品集序，称颂德裕执政时功绩，誉为"万古之良相"，亦可证此诗系伤之，非刺之。温庭筠有题李相公敕赐御屏风诗云："丰沛曾为社稷臣，赐书名画墨犹新。几人同保山河誓，独自栖栖九陌尘。”亦致慨于卫公之功高遭贬焉。

子直晋昌李花得分字①〔一〕

吴馆何时熨〔二〕，秦台几夜熏〔三〕？绡轻谁解卷〔四〕？香异自先闻〔五〕。月里谁无姊，云中亦有君〔六〕。尊前见飘荡，愁极客襟分〔七〕。

校　记

①戊签、季抄题下有“得分字”三字，兹据补。

集　注

〔一〕【朱注】长安志：“酉阳杂俎载令狐宅在开化坊，牡丹最盛，而李商隐诗多言晋昌里第，未详。”按：令狐绹字子直，以此诗考之，晋昌乃绹之居也。长安图：“自京城启夏门北入东街第二坊曰进昌坊。进亦作晋。”朱泚传：“姚令言迎朱泚于晋昌里第。”【徐曰】当是绹又移居也。（冯注引）【冯注】长安志：“进昌坊次南安兴坊，叛臣朱泚宅；又次南通善坊：又次南通济坊，山南节度令狐楚家庙。”此坊南街抵城之南面，而绹宅未载。然诗必可据。集中横塘、莲塘、芙蓉塘外、南塘等字，必皆指绹所居者，岂又有别馆欤？无可再考。【按】谓晋昌为绹所居第，是。

〔二〕【朱注】吴越春秋：“阖闾城西砚石山上有馆娃宫。”【冯注】吴都赋注曰：扬雄方言：“吴有馆娃宫。”

〔三〕秦台事屡见前。

〔四〕【冯曰】暗为分顶。绡轻即饰西施以罗縠之义。

〔五〕【冯曰】香异似用韩寿事。上用“秦台”，亦婿事也。

〔六〕【朱彝尊曰】与咏槿花同，何也？恐是传写之误。【冯曰】此联全用槿花诗，惟改“宁”字为“谁”，又与“谁”字复，不知何以致此？

〔七〕【补】极，甚。客襟分，谓作客分离之情。

笺评

【吴乔曰】诗题但称其字，则在未授官时也。晋昌，乃绹之居。（西昆发微）

【姚曰】轻明淡素，是李花本色，故以绡为比。三承一，四承二。月里云中，自是神仙伴侣。顾相看不久，飘荡随之，宜客情之愁绝也。

【屈曰】通套语。五六比。

【程曰】玩结句似有怨子直不复收邮之意。

【纪曰】前四句格卑。五六自套亦不成语，七八“分”字亦强押。（诗说）无一字似李花。（辑评）

【姜炳璋曰】此惜别也，无干请意。末二，花殆愁远客分襟，而为此飘荡耶？惜别之意，花犹如此。义山将有远行，故云然。

【张曰】此（大中五年）初入京师往谒令狐时作，故有“愁极客襟分”语。前半则状其华贵，而陈情之意，自寓言外。（会笺）又曰：此诗以寓意为主，若呆贴李花，转成死句矣。纪氏不知也。○“月里”二句与前重复，古人集中多有之，何谓自套？且此二句，纪氏以为不佳耳，何谓本非佳句？……“分襟”常用典故，何谓押不倒？前四句鲜丽可诵，何谓支离？（辨正）

【按】姚笺切合诗意。李花自喻，非喻令狐，"飘荡""愁极客襟分"等语显见。分韵咏物，前六赋其色香，赞其仙品，看似套语，实微寓自负自赏之意，末联方正面点醒自寓身世之旨。

即日①

小鼎煎茶面曲池，白须道士竹间棋。何人书破蒲葵扇〔一〕？记着南塘移树时②〔二〕。

校　记

①"日"原作"目"，非，据蒋本、姜本、戊签、席本、钱本、影宋抄改。参姚笺。

②"记着"，冯曰："着"，一作"得"。

集　注

〔一〕【姚宽曰】蒲葵，棕榈也。（续）晋阳秋："谢太傅（安）乡人有罢中宿县，诣安，安问归资，答曰：'惟有五万蒲葵扇。'安乃取其中者执之，其价数倍。"又"王羲之见老姥持六角扇卖之，因书其扇各五字。老姥初有难色，羲之谓曰：'但云右军书，以求百金。'姥从之，人竞买之。"乃二事误用也。【何曰】温、李好并用二事。非误也。（辑评）【徐曰】二事合用。（冯注引）【冯注】说文："棕，栟榈也。"玉篇："棕榈，一名蒲葵。"【程注】本草："蒲葵，叶与棕榈相似。"南方草木状："蒲葵似栟榈而柔薄，可为扇笠。"【补】破，在、了。书破，犹云书在或写了。（参诗词曲语辞汇释卷三）。

〔二〕【冯注】南塘在京城南，杜诗游何将军山林："不识南塘路，今知第五桥。”许浑题韦曲野老村舍诗:“背岭枕南塘,数家村落长。”

笺评

【姚曰】煎茶、着棋、书扇,是南塘移树时一日事,故题曰“即日”。

【屈曰】南塘移树时,即书扇之日也。

【冯曰】曰“面曲池”,则在京之作矣。南塘移树,记一时之迹也。更取“紫云新苑移花处”证之,似暗寓令狐绹之移宅,在大中三年渐贵时也。以下每书晋昌矣。穿凿之讥,吾所不辞耳。

【纪曰】此一时记事之作,不得本事,不甚可解,而语亦不佳。(诗说)

【张曰】“蒲葵扇”喻无端捉弄,价至十倍;及再索书,反遭不答。从前助之登第,今乃陈情不省,繄何人哉?首句记即目所见也。两典合用,温、李诗例多有之。考长安志:“令狐楚宅在开化坊”,而集中多言晋昌里,盖绹既贵而移居也,故诗有“南塘移树”语。余更检唐慧立玄奘法师传载皇太子敕为文德皇后造寺令云:“有司详择胜地,遂于宫城南晋昌里,面曲池,依净觉故伽蓝而营建焉。”是晋昌里实有曲池,与首句合,大可为此诗佐证也。“南塘”亦集中屡见,亦有作“莲塘”“芙蓉塘”者,或即指晋昌里之曲池,或子直又别有馆,则无从详考矣。(会笺)

【按】此似记朋辈间一时游赏之乐,别无深义。文士雅集,面曲池,坐幽篁,小鼎煎茶,奕棋书扇,坐间有方外之士,亦有身份贵显者。末句“南塘移树”当依姚笺。冯、张谓曲池指令狐绹晋昌里第之曲池,似之。然附会绹之移居乃至“陈情不省”,则凿矣。

流莺

流莺漂荡复参差〔一〕,渡陌临流不自持〔二〕。巧啭岂能无本意,良辰未必有佳期〔三〕。风朝露夜阴晴里,万户千门开闭时〔四〕。曾苦伤春不忍听①,凤城何处有花枝〔五〕?

校　记

①“春”原作“心”,据蒋本、姜本、戊签、影宋抄、钱本、朱本改。“忍”原作“思”,据戊签、朱本改。

集　注

〔一〕【补】参差,不齐貌,形容流莺飞翔之状,兼寓“短翼差池”之意。

〔二〕【补】不自持,谓不能自主。

〔三〕【补】谓虽遇良辰亦未必有美好之期遇。

〔四〕【冯注】汉书郊祀志:“作建章宫,度为千门万户。”汉书东方朔传:“起建章宫,左凤阙,右神明,号千门万户。”此联追忆京华莺声,故下接“曾苦”。【按】此联谓流莺无论风朝露夜、阴天晴日,万户千门开闭之时,均漂荡啼啭不已。“万户千门”正点流莺在京华。

〔五〕【冯注】赵次公注杜:“弄玉吹箫,凤降其城,因号丹凤城。其后曰京师之盛曰凤城。”

笺　评

【金圣叹曰】此悲群贤不得甄录,遂致各自分散,而特托流莺以见意也。漂荡者，独言其一人之失所；参差者，合言其诸人之乖隔。“度陌临流不自持”者，又与各各人分言，其南北东西，不能自择。盖糊口维艰，则托身随便，此皆出于万无可奈，而不能以深责之者也。三四因与曲折代陈，言其学成来京，岂能无望朝廷，然而君明相贤，未审何日召见也。“风朝露夜”之为言无朝无夜也；“万户千门”之为言无开无闭也。此二句写流莺之悲鸣不已也。末又结以“曾苦伤春”之二句者，自忆昔日未遇，亦复深领此味，至今回首思之，犹自神伤不安也。

【朱曰】此伤己之飘荡无所托也。（李义山诗集补注）

【杨守智曰】自喻。

【陆曰】此作者自伤漂荡，无所依归，特托流莺以发叹耳。渡陌临流，喻己之东川岭表，身不自由也。三四言巧啭中非无本意，特恐佳期难必，负此良辰耳。风朝露夜，万户千门，言随时随地，人皆乐闻，而独不可入于伤春者之耳也。结句从“上林多少树，不借一枝栖”翻出，彼是有树不借，此是无枝可依，见会昌以来相识诸公无一在朝矣。

【姚曰】此伤己之飘荡无所托而以流莺自寓也。渡陌临流，全非自主，然听其巧啭之声，岂无迫欲自达之意，所恨者佳期之未可卜耳。试看风朝露夜，阴晴不定，万户千门，开闭随时，无日不望佳期，无日得遇佳期，凤城一枝，不知何时得借，伤春之音，宜我之不忍听也。

【屈曰】流莺之飞鸣来去，风露阴晴，无处不到。我亦伤春者，不忍听此，恐凤城中无处有花枝耳。

【程曰】此亦借端以自叹也。起句“漂荡”字，结句“伤春”字是正义。首句言一身漂荡无定。次句言去住莫能自主。三句言求其友生之意。四句言怀我好音之难。五句言天时之莫可端倪。六句言地利之无可栖托。七八句承上文万户千门,言花开时竟不知其何处也。

【钱曰】(“良辰”句)此句何以贴莺?读者思之。(此二句亦作朱彝尊批语)若以言解,则索然矣。(冯笺引)

【冯曰】颔联入神,通体凄惋,点点杜鹃血泪矣。亦客中所赋。

【纪曰】前六句将流莺说做有情,七句打合到自己身上,若合若离,是一是二,绝妙运掉,与蝉诗同一关捩,但格力不高,声响觉靡耳。

【曾国藩曰】末句亦自恨官不挂朝籍之意。(十八家诗钞)

【黄侃曰】此首借流莺以自伤漂泊。末二句言正惟己有伤春之情,所以闻此莺啼,不禁为之代忧失所也。(李商隐诗偶评)

【张曰】含思宛转,独绝古今。亦寓客中无聊,陈情不省之慨。味其词似在京所作,岂大中三年春间耶?此等诗当领其神味,不得呆看;若泥定为何人何事而发,反失诗中妙趣矣。读玉溪集者当于此消息之。(辨正)

【汪辟疆曰】此义山借流莺寓感也。起二语曰“漂荡”,曰“参差”,即隐寓身世飘蓬之感。三四喻己屡启陈情与见之诗文者,自有肺腑之言,而他人未必能共谅,此良辰佳期之所以不至也。五六“风朝”句,言朝局之万变。“万户”句,言党派之分歧。结二句则归到自身。词哀心苦,茫茫人海,无枝可栖,字字血泪矣。(玉溪诗笺举例)

【按】此蝉之姐妹篇,寓感相类,惟蝉诗于抒写梗泛飘泊、无所栖托际遇之同时,兼写其“高”与“饱”之矛盾,此则兼写飘荡无依之不幸遭遇与巧啭本意不被理解之苦闷耳。就风格论，蝉较沉郁，此则于轻倩流美之格调中寓凄惋之情思，词意亦较率露。蝉显作于沉沦使府时，此诗则颇似作于京华。六句"万户千门"已暗示地之所在，七八莺、已双绾，明点"凤城"，更可证作者其时困居京华，无所栖托。张氏谓大中三年春作，殆近理之推测。偶成转韵云："归来寂寞灵台下，著破蓝衫出无马。天官补吏府中趋，玉骨瘦来无一把。"所叙困顿之情景，与此诗亦复相类。

"巧啭"句谓莺啼虽自有本意深衷而无人理解，即蝉诗"徒劳恨费声"及"五更疏欲断，一树碧无情"之意。"良辰"句谓莺虽值三春良辰，然未必有遇合之佳期，即所谓"清时而独为不遇之人"也，曰"未必"，便倍觉含思宛转。

柳

为有桥边拂面香〔一〕，何曾自敢占流光？后庭玉树承恩泽〔二〕，不信年华有断肠。

集　注

〔一〕【朱注】李白诗："风吹柳花满店香。"

〔二〕【冯注】三辅黄图："甘泉宫北岸有槐树，今谓玉树，根干盘峙，三二百年木也。杨震关辅古语云："相传即扬雄甘泉赋所谓'玉树青葱'也。"文选甘泉赋注："汉武帝故事曰：上起神屋，前庭植玉树，珊瑚为枝，碧玉为叶。"御览引唐书"云阳县界多汉宫故地，有似槐而叶细，土人谓之玉树。"陈书："后主使诸贵人及女学士与狎客共赋新诗，被以新声，其曲有玉树后庭花、临春乐等。”【按】玉树盖即槐树之别名。宫中多植槐树，即所谓后庭玉树。槐柳相类，故用以对比，如指集众宝而为之玉树，则不伦矣。可参看唐刘餗隋唐嘉话下、宋吴曾能改斋漫录卷三。

笺　评

【吴乔曰】似以玉树比绹，柳自比。（西昆发微）

【何曰】亦为令狐而作，一荣一悴，两面对看。（辑评）

【姚曰】此叹恩宠之不均也。

【屈曰】得意之人不知失意之悲。

【程曰】此亦叹老嗟卑之词。后庭玉树，喻在朝得意如绹者；己则道旁之柳，不占春光，摧折断肠，无人见信也。

【冯曰】寓柳姓也。寄人幕下，风光皆属他人，敢妄叨耶？何故交之不相怜也！

【纪曰】寄托亦浅露。（诗说）即题鹅诗意，亦径直少味。（辑评）

【张曰】起二句言年少气盛，视功名如拾芥，不复以光阴为惜。今老矣，沉沦使府，虽蒙府主厚爱，而不觉年华迟暮，无能为矣。通体自伤投老不遇。曰柳者，寓姓也。（会笺）

【按】同一柳也，既已自寓矣，又谓寓柳姓，自喻喻他，不能两存，冯、张笺非是。起二句谓柳虽植于桥边而拂面飘香，然并不曾占有春光，喻己虽有才华而不遇于时。后二句则谓承受恩泽之后庭玉树，不信柳树之虽芳华正盛而心摧肠断也，即屈氏所谓“得意之人不知失意之悲”之意。“后庭玉树”喻得宠者，当指令狐绹。味其意致，盖在绹已任内职尚未拜相之时，酌编大中三年。

送郑大台文南觐〔一〕

黎辟滩声五月寒①，南风无处附平安〔二〕。君怀一匹胡威绢〔三〕，争拭酬恩泪得干〔四〕？

校　记

①"辟"，季抄一作"壁"。【冯曰】"辟"、"壁"字通。

集　注

〔一〕【钱龙惕笺】北梦琐言：郑文公畋，字台文，父亚，曾任桂管观察使。畋生于桂州，小字桂儿。时西门思恭为监军，有诏征赴阙，亚饯于北郊，自以衰年，因以畋托之曰："他日愿以桂儿为念，九泉之下，不敢忘之。"言讫，泫然流涕。思恭志之。及为神策军中尉，亚已卒，思恭使人召畋，馆之于第，年未及冠，甚爱之，如甥侄，因选师友教导之。畋后官至将相。黄巢之入长安，西门思恭逃难于终南山，畋以家财厚募有勇者，访而获之以归岐下，温清侍膳，有如父焉。思恭终于畋所，畋葬于凤翔西冈，松柏皆手植之。未几，畋亦卒，葬近西门之坟，百官皆造二垅以吊之，无不堕泪，咸伏其义也。【朱注】旧唐书："郑畋，字台文，年十八登进士第，以书判授渭南尉，直史馆，未行，父亚出为桂管都防御经略使，畋随侍左右。"按：北梦琐言载："畋生于桂州，小字桂儿，时监军西门思恭诏征赴阙，亚饯于北郊，以畋托之。"考旧史及义山此诗，乃知其谬。【冯曰】按旧书传："畋尉渭南，直史馆，事未行，父亚出桂州，畋随侍左右。"而其自陈表则曰"作尉畿南，两考免罢。"则畋实尉渭南，史传自相歧误矣。循在桂之东南，题曰“南觐”，不曰“随侍”，起句又用“黎壁”，必台文罢尉赴桂，亚已赴循，故急为南觐。时义山则自作归计矣。新书传云“擢渭南尉，父丧免”。亦有小疏。【张曰】全唐文载畋加知制诰自陈表云：“臣会昌二年进士及第，大中首岁，书判登科。其时替故昭义节度使沈询作渭南县尉。两考罢免，杨收以结绶替臣。”又擢官自陈表云：“臣年十八，登进士及第，二十二书判登科。此时结绶王畿，便贮青云之望。洎一沉风水，久换星霜。厌外府之樽罍，渴明庭之礼乐。咸通五年，方始登朝。”是畋实作尉渭南在大中初元，正郑亚赴桂之时。传所云“事未行”及“随侍左右”者，不可信也。惟罢尉年月未详，畋既与杨收相替，检旧书收传云：“杜悰移镇西川，管记室。宰相马植奏授渭南尉，充集贤校理，改监察御史。”杜悰镇西川在大中二年后，而三年义山正在京，则畋之罢尉，必在其时。此必罢尉后送其省父之作。若大中五年义山虽亦在京，而亚已卒矣，有故驿迎吊一诗可证。然则此诗作于大中三年，殆无疑矣。若如冯编在大中二年，则其时义山方徘徊荆楚，而畋亦正尉渭南，又安有南觐之事哉？又案新书畋传云：“擢渭南尉，父丧免。”亦误。当以此诗及自陈表为据。（会笺）【岑仲勉曰】唐制一岁为一考，两考罢免，则畋表已明言大中三年罢矣。……马植三年三月罢相，其奏杨收应在前，两合之而畋官渭南之期间益跃然矣。【按】张、岑说是。诗当作于大中三年五月。

〔二〕【朱注】宋之问下桂江县黎壁诗：“吼沫跳急浪，合流环峻滩。”【道源注】夷白堂便览：“南雄府保昌县有九滩，黎辟乃其二。”【冯注】寰宇记：“昭州平乐江中有悬藤滩、犁壁滩。”按平乐江与桂江接，台文自桂州、昭州而南至循省觐也。旧注误。【按】冯注非。循州今广东龙川县，郑畋系自京南觐，当循湘江溯流而上，度大庾岭而南，不必再绕道桂林。此云“黎辟滩声五月寒”，当是想象桂林今日情景：其人已去，惟黎辟滩声犹在，故下句云“南风无处附平安”。

〔三〕【钱龙惕注】三国志注：晋阳秋曰：胡威字伯虎，少有志尚，厉操清白。父质之为荆州也，威自京都省之，家贫无车马僮仆，威自驱驴单行拜见父，停厩中，十馀日告归，临辞，质赐其绢一疋为道路粮。威跪曰：“大人清白，不审于何得此绢？”质曰：“是我俸禄之馀，故以为汝粮耳。”威受之，辞归。每至客舍，自放驴取樵炊衅，食毕，复随旅进道，往还如是。质帐下都督，素不相识，先其将归，请假还家，阴资装，百馀里要之，因与为伴，每事佐助经营之，又少进饮食。行数百里，威疑之，密诱问，乃知其都督也。因取向所赐绢答谢而遣之。后因他信具以白质，质杖其都督一百，除吏名。其父子清慎如此。

〔四〕【补】争：怎。

笺 评

【朱彝尊曰】三四句何其雅而切！（复图本）

【陆鸣皋曰】言不能定省，深荷君恩，故得去也，末句点出。

【姚曰】用事精切可法。

【屈曰】上二句言己别后音书难寄，下二句言台文之清操。

【程曰】送郑台文南觐者，觐省其父亚于桂州也。义山大中元年从事桂幕，至三年已离之入都。是时郑亚亦贬，故台文南行省之，而义山有此作也。玩诗落句“争拭酬恩泪得干”，曰"酬恩",则自属义山从事之后;曰"拭泪",则自属郑亚贬谪之时。第二句"南风无处附平安",尤为别后相忆之情。第三句"君怀一匹胡威绢",尤为洗脱郑亚之意。节节推求,当台文之南觐,正郑亚之初贬。旧唐书谓台文侍亚之桂管者,自是亚始为经略,不得拘此以为台文未尝离其父也。

【纪曰】太应酬气,借"胡威绢"关合,亦小小家数。(诗说)

【姜炳璋曰】按大中二年贬桂管观察使郑亚为循州刺史,三年义山自桂州入朝,适畋自京师至循州省父,而义山作诗送之也。时亚已去桂,而云"黎辟滩声",自贬官之始言之。桂州地暖,而云"五月寒"者,党人满朝,使人不寒而慄。斯时方尽反会昌之政,凡赞皇亲厚,无不屏逐。风波正起,何处报"平安"二字乎?若云"无处"致书,则畋方省亲,双鲤甚便矣。三四,言其他日别归,只绢一匹,安能拭此无数眼泪也?"酬恩"指畋说,犹云欲报深恩也。将畋父子平日之清介,临别之至性,当时之受冤,无不预为道出,真胜人千百语。

【张曰】此诗盖作于郑亚贬循之时。结句关合雅切,实则语倍沉痛,并自己未能报恩亦暗寓其内,措词又蕴藉不露,真诗人之笔,不知者乃以为巧也,岂寻常应酬诗所可比哉!(辨正)

【按】张氏辨正曾云:"余初定为大中三年在京作。则彼时台文应径至循州,不得有此首句情事矣",故疑诗作于大中二年义山罢幕归途。会笺虽已据畋自陈表改为三年,然于首句情事仍未有说。按义山与郑亚之关系,仅在为桂幕从事期间。此次送台文南觐,彼虽不再经桂而枉道往循,然义山心目中不能不有桂府一段情事,故首句仍从桂府着笔。“五月”，点送别时令。“黎辟滩声五月寒”，乃遥想当地情景，“寒”字暗点郑亚已贬循，惟留险恶而带寒意之滩声，意致与“陶公战舰空滩雨”相近，惟一则遥想，一则目击而已，其中自亦含世路险艰之慨。次句承上，谓已虽怀想旧府，欲托南风而附平安，然循州较桂州更为荒远，人所罕至，故曰“无处附平安”。三四用典，蕴藉沉痛。举凡台文与己“酬恩”之情，亚之清操厉节，均藉以传出。纪评太苛。惟诗人流“酬恩”之泪，而怀“胡威绢”者属郑畋，亦不免小有夹缠。

令狐舍人说昨夜西掖玩月因戏赠①〔一〕

昨夜玉轮明〔二〕，传闻近太清②〔三〕。凉波冲碧瓦〔四〕，晓晕落金茎〔五〕。露索秦宫井〔六〕，风弦汉殿筝〔七〕。几时绵竹颂，拟荐子虚名〔八〕？

校　记

①英华无“因”字。英华题作“西掖玩月”，“令狐舍人说昨夜西掖玩月戏赠”十三字系题下双行小注。

②“近”原作“道”，一作“近”，据蒋本、姜本、戊签、悟抄、席本、钱本、影宋抄、朱本改。英华亦作“近”。

集　注

〔一〕【朱注】唐书：“令狐绹……大中三年拜中书舍人，袭封彭阳男。”【姚注】长安志：“宣政殿前西廊，曰月华门，西有中书省，即西掖也。”【冯注】汉书注：“正殿之旁，有东西掖门，如人臂掖，故名。”初学记：“汉官仪曰：左右曹受尚书事。前世文士以中书在右，因谓中书为右曹，又称西掖。”

〔二〕【朱注】李贺诗：“玉轮轧露湿团光。”【程注】骆宾王诗：“玉轮涵地开。”【朱彝尊曰】月。

〔三〕【朱注】世说：“会稽王道子斋中夜坐，于时天月明净，都无纤翳，叹以为佳。谢景重曰：‘意谓不如微云点缀。’王因戏谢曰：‘卿居心不净，乃复强欲滓秽太清耶？’”【按】太清，三清仙境之一。屡见。【朱彝尊曰】舍人说。

〔四〕【朱注】汉书礼乐志：“月穆穆以金波。”刘驹骍诗：“缥碧以为瓦。”【冯注】检后汉书文苑刘珍传：“校书刘驹骍、马融校定东观五经、诸子传记。”旧书志：“刘驹骍集二卷。”今不可考。此句未知出处，不敢引。【程注】李贺诗：“江中绿雾起凉波。”【补】杜甫越王楼歌：“孤城西北起高楼，碧瓦朱甍照城郭。”碧瓦，青绿色琉璃瓦。

〔五〕【朱注】广韵：“晕，日月旁气也。”

〔六〕【朱注】广韵：“绠，井索。”古乐府：“桃生露井上。”曹植述行赋：“濯予身于秦井。”【冯曰】朱氏引曹植述行赋“濯予身于秦井”，乃谓温泉也。此自谓宫中井耳。【何曰】第五以待人汲引暗引结句。（辑评）

〔七〕【朱注】杜甫诗：“风筝吹玉柱。”杨慎丹铅录：“古人殿阁檐棱间有风琴、风筝，皆因风动成音，自叶宫商。”【何曰】汲之使出，纵之使高，只在一举手耳。暗起结句。”（冯注引）【按】此风筝系悬挂于屋檐下之金属片，风起作响，故称风筝，亦曰“铁马”。李商隐燕台诗秋：“西楼一夜风筝急。”即指此。何氏误为俗称纸鸢之风筝，故云“一举手”。杨慎所言亦是。冯注疑杨氏之说而引何评，非。【朱彝尊曰】四句俱西掖。

〔八〕【朱注】汉书："绵竹县属广汉郡。"蔡梦弼杜注："绵竹产汉州绵竹县之紫岩山。"扬雄甘泉赋序："孝成帝时，客有荐雄文似相如者。"翰注："雄尝作绵竹颂。成帝时直宿郎杨庄诵此文，帝曰：'似相如之文。'庄曰：'非也，此臣邑人扬子云。'帝即召见，拜黄门侍郎。"按：子云答刘歆书云："先作县邸铭、王佴颂、阶闼铭及成都四隅铭。蜀人杨庄为郎，诵之于成帝，帝以为似相如。后又作绣补灵节龙骨之铭诗三章，成帝好之，遂得尽意。"不及绵竹颂。翰注云云，不知何本。五臣注极为东坡所讥，然间有可采者，如此事义山亦引用之矣。【冯注】史记司马相如传："蜀人杨得意为狗监，上读子虚赋而善之，得意曰：'臣邑人司马相如自言为此赋。'上惊，乃召问相如。"按：雄答歆书，宋洪容斋辩其反覆牴牾，必汉魏之际好事者为之也。然李善注文选，已引用之矣。善注亦不及绵竹颂，则何欤？【辑评墨批】戏赠中寓干谒意。

笺　评

【朱彝尊曰】结意是干谒，而题曰"戏赠"，讳之也。

【杨守智曰】结意修好令狐，望其汲引。

【何曰】第二句"说"字不落空。次连是西掖底月，写月即写出"玩"字意。末二句因直宿而思荐达，足"戏赠"意。（读书记）

【陆鸣皋曰】首联点题。次联，月在句中。三联，月在言表。末则望其荐，而曰"几时"，乃题中"戏"字意。

【姚曰】身居西掖，地位清高，碧瓦金茎，攀跻无路。念露索犹供井栏之角，风弦犹和殿角之筝，乃扬雄词赋，独不能邀故人一荐耶?

【屈曰】一昨夜月,二说西掖。中四玩。结望其荐。二,舍人已近天子,可以荐我矣,故末言何时可荐乎?

【程曰】令狐绹之拜中书舍人,在宣宗大中三年,时义山方选盩厔尉,为京兆尹留参军事,屡辟幕官,殊为失意,故有意于绹之荐引。然绹之见疏,义山所知,正言求之,未必援手,故因其说西掖玩月而为诗以戏赠之,盖逆睹其不然,妄言之耳。玩结句曰"几时",曰"拟荐",口吻可见。

【纪曰】此诗望令狐之汲引也。题中字字俱到,可云精细,措词亦秀整可观,但细读之了无深味耳。问四家评谓此诗为精细,其说安在?曰:首句点昨夜之月,"传闻"点"说"字,"太清"点西掖,即太清、玉清之意,以西掖比天上也。而"传闻"字、"近"字已伏人己升沉之感矣。中四句写"玩"字,"凉波"句夜景也,至"晓晕"则流连一夜可知。五六比上二句拓开一步,用烘托点缀之法。"传闻"句直贯至此。七八因值宿玩月,故以直宿即事作结,姑妄言之,所谓戏赠也。而"几时"二字,又暗结"昨夜"二字矣。一篇中脉络相生,呼吸相应,凡诗律皆当如是也。"秦宫井""汉殿筝"是借作点缀,互文言之,不必井定秦,筝定汉也,正如"秦时明月汉时关"耳。(诗说)结句直露,未免意言并尽耳。(辑评)

【张曰】结句乃作诗主意,借古人隐说,便不直致,且又切西掖与舍人,此真玉溪极用意之佳篇。纪氏反病其言意俱尽,试问干谒之意,将如何说法,方为有馀不尽邪?(辨正)

【按】中四句皆写西掖玩月。碧瓦金茎、秦宫汉殿,皆极形宫掖之高华,以见令狐地位之清贵,为末联望荐伏根。

以为五六另有托寓者近凿。此篇用意、结构均与七律寄令狐学士相似，惟七律末联微露怨望之意，此则纯乎望荐而已。

街西池馆〔一〕

白阁他年别〔二〕，朱门此夜过〔三〕。疏帘留月魄①〔四〕，珍簟接烟波〔五〕。太守三刀梦〔六〕，将军一箭歌〔七〕。国租容客旅〔八〕，香熟玉山禾〔九〕。

校记

①"留"，席本作"通"。

集注

〔一〕唐诗鼓吹注："长安领街西五十四坊及西市，多王公贵戚之家。"【朱注】杜牧有街西诗。【冯注】旧书志："京师有东西两市，南北十四街，东西十一街，街分一百八坊。皇城南大街曰朱雀之街。街东五十四坊，万年县领之；街西五十四坊，长安县领之。"韦苏州寄答秘书王丞诗："街西借宅多临水"，可与此题作证。

〔二〕"白阁"见念远注。

〔三〕【按】朱门即题之街西池馆。

〔四〕【程注】梁元帝诗："疏帘度晓光。"【冯注】尚书正义曰："魄者，形也。谓月之轮廓无光之处。"而诗中用月魄则皆作月明用，盖月之见为魄，亦由渐有明意而然。

〔五〕【程注】谢朓诗："珍簟清夏室，轻扇动凉飔。"【补】簟纹如水波，居室又紧接池水，故云"接烟波"。

〔六〕【朱注】晋书:"王濬梦悬三刀于梁上,须臾又益一刀。李毅曰:'三刀为州,又益者,明府其临益州乎?'果迁益州刺史。"

〔七〕【朱注】唐诗纪事:"杨巨源诗:'三刀梦益州,一箭取辽城。'由此知名。"此诗三刀一箭,上用巨源语,但下事未详。又补注曰:太平御览:唐书云:"王栖曜善骑,为袁傪偏将,在苏州尝游虎邱寺,平野霁日,先一箭射云中雁,再发,贯之。"【姚注】唐书薛仁贵传:"九姓羌众三万馀,骁骑数十来挑战,仁贵发三矢,杀三人,于是虏降。军中歌曰:'将军三箭定天山,壮士长歌入汉关。'"按:此句本用此事,因上有三刀梦,故不曰三箭,而曰一箭耳。【冯注】未详。按:朱氏谓同杨巨源"三刀梦益州,一箭取辽城",此白香山赠杨诗所云"早闻一箭取辽城"也。其事未详,亦似不合。或作"聊",谓用鲁仲连事,更谬也。朱又补注曰:"御览引唐书:'王栖曜……一箭射云中雁,再发,贯之。江东文士自梁肃以下歌咏焉。'"余检旧书传:"栖曜为尚衡衙前总管,一箭殪逆将邢超然,遂拔曹州。后为袁傪偏将,讨草贼袁晁。其后将兵拒李灵曜、李希烈,屡以功迁授鄜坊丹延节度。"而与御览皆无朱氏所采。此皆见南部新书与册府元龟善射门,但与所引不尽同,用此与否,殊未可定。姚氏引薛仁贵三箭定天山,谓避出句,改三为一,谬哉。凡义山用事,古今不杂,必当阙疑。册府元龟善射类:"王栖曜,贞元初浙西都知兵马使。在苏州尝与诸文士游虎邱寺,中野霁日,先一箭射空,再发贯之。江东文士自梁肃以下歌咏焉。"按:据此则"一箭"字有着,但射空与射云中雁不同,疑先一箭射空,即再发一箭贯先发者,以此夸善射,否则一雁何烦再发乎？

〔八〕【程注】梁武帝纪："以兴师费用，王公以下，各上国租及田穀以助军资。"庾信谢赵王赉米启："仰费国租，遂开尘甑。"【冯注】汉书景十三王传："入多于国租税。"后汉书志："侯国纳租于侯，以户数为限。"又来歙传："免历兄弟官，削国租。"通典："唐制，凡京诸司各有公廨田，在外诸司公廨田亦各有差。"徐曰；新书食货志："给禄之外，又有职田，国租之谓也。"晋书裴楷传："楷岁请梁、赵二王国租钱百万，以散亲族。人或讥之，楷曰：'损有馀以补不足，天之道也。'"旧书职官志："凡天下诸州有公廨田，凡诸州及都护府官又有职分田。"又："凡有功之臣赐实封者皆以课户充，凡食封皆传于子孙。"又："凡京文武职事官有职分田。"

〔九〕【朱注】文选张协七命："琼山之禾。"善曰："琼山即昆仑山。"山海经："昆仑之上有木禾，长五寻，大五围。"鲍照诗："远食玉山禾。"【冯注】文选注："（琼山之禾）即昆仑木禾。"穆天子传："黑水之阿，爰有野麦，爰有荅堇，西膜之所谓木禾，重䍃氏之所食。"【王鸣盛曰】似当时别有一种公项资粮，隶于官中以供客者。似犹有古制"郊里之委积以待宾客，野鄙之委积以待羁旅"之遗意，而今不可考矣。（蛾术编"街东街西"条）

笺评

【冯班曰】文极。

【朱彝尊曰】太守、将军，似言池馆主人，客旅则自谓也。

【姚曰】主人远宦，池馆虚闲，犹能以国租养客，故纪之。

【屈曰】中四皆朱门此夜景物，结到“过”字。

【冯曰】唐时街东街西各坊第宅园馆，大略载宋敏求长安志。本集所可征引，如昭国、开化、晋昌，皆街东也。若街西池馆，如兴化坊晋国公裴度池亭，宣义坊司徒李逢吉宅，园林甚盛，皆无相涉。此是主人为太守、将军，而池馆供其栖止者，无可妄举其人以实之也。或谓疑王茂元入为司农时暂居之所，非也。

【纪曰】了无意味，末二句尤拙。（诗说）后四句不甚可解。（辑评）

【张曰】观“太守”二句，疑此街西池馆即茂元在京之宅。当是义山未成婚之前，即蒙其厚廪，栖托于此。既而赴泾原之辟，始议娶其女也。若李十将军住招国在街东，与此不符矣。考祭外舅文，先辟后娶，情事显然，可悟。○街西池馆疑是李执方京邸所居。执方为茂元妻属，“太守”句指执方，“将军”句指茂元。结则言蒙其厚廪，栖托于此也。诗意尚不难解。案与寄招国李十将军诗文不符。（辨正）

【按】张氏会笺将此列入不编年诗，全引冯氏笺语。

【按】此自外地归京师留宿街西池馆，有感而作也。“白阁”泛指京师风物。“朱门”即指街西池馆。首二句谓他年别此京师朱门，今夜又宿此也。次联夜宿池馆所见景物。“接烟波”关合题内“池”字。“留月魄”则谓帘透月影，犹似前此宿池馆时之情景也。“太守”“将军”点池馆主人。谓其曾立战功，又有升迁之望也，以为分指者大谬。末联则谓主人之职俸足以养客，玉山之禾甚香，不必为长安居之不易愁焉。言外见己之犹需仰给于人也。曰“太守”，盖主人远宦，此由诗中写池馆之景况较虚寂，并不及主人接待之情，亦约略可见。然主人既不在，义山犹安然留宿，且径称之为“街西池馆”，则此池馆主人，与义山之关系又决非一般矣。味首联，似是桂管归京后作。酌编大中三年。王达津谓此池馆主人系官场上匆匆之过客，故池馆荒置，成为逆旅，义山此作系凭吊池馆荒置，哀伤唐王朝政治腐朽与不安定。详见其李商隐诗杂考（之二）。与过伊仆射旧宅互参，王说似可备一说。

过郑广文旧居〔一〕

宋玉平生恨有馀，远循三楚吊三闾〔二〕。可怜留著临江宅，异代应教庾信居〔三〕。

集　注

〔一〕【朱注】长安志：“韩庄在韦曲之东，退之与东野赋诗，又送其子读书处。郑庄又在其东南，郑十八虔之居也。”【冯注】新书文艺传：“郑虔，郑州荥阳人。明皇爱其才，更为置广文馆，以虔为博士。尝自写其诗并画以献，帝大署其尾曰：‘郑虔三绝’。迁著作郎。安禄山反，劫百官置东都，伪授水部郎中，因称风缓，求摄市令，潜以密章达灵武。贼平，贬台州司户参军，后数年卒。诸儒服其善著书，时号郑广文。”郑州当亦有（郑虔）故宅。义山郑州人，味诗意似从湖湘归后，触绪寓慨。若长安郑庄，不相符矣。【张曰】郑庄近曲江，疑是年（大中二年）义山携家入京，暂居于此，故结以庾信临江宅为喻。起云“远循三楚吊三闾”，是新从湘楚归也。其后曲水、曲池，屡有寄慨，寓悼亡之感，当于此寻根矣。冯氏谓故宅或在郑州，似误。【按】张说近是，详笺。

〔二〕【朱注】离骚序："屈原，与楚同姓，仕于怀王，为三闾大夫。三闾之职，掌王族三姓，曰昭、屈、景。"【冯注】文选阮嗣宗咏怀诗："三楚多秀士。"注曰："孟康汉书注：旧名江陵为南楚，吴为东楚，彭城为西楚。"李周翰曰："为楚文王都郢，昭王都鄀，考烈王都寿春。"史记屈原传："渔父曰：'子非三闾大夫欤？'"注曰："三闾之职，掌王族三姓屈、昭、景。"宋玉九辩、招魂皆为屈原作。

〔三〕【姚宽曰】唐余知古渚宫故事曰："庾信因侯景之乱，自建康遁归江陵，居宋玉故宅，宅在城北三里，故其赋曰：'诛茅宋玉之宅，穿径临江之府。'"老杜送李功曹归荆南云："曾闻宋玉宅，每欲到荆州"是也。又在夔府咏怀古迹云："摇落深知宋玉悲"，"江山故宅空文藻"。然子美移居夔州入宅诗云："宋玉归州宅，云通白帝城。"盖归州亦有宋玉宅，非止荆州也。（西溪丛语卷上）

笺　评

【何曰】言己之视郑虔，将如兰成之于宋玉，盖自伤云散亦喜自喜绝也。（辑评。末句疑有讹脱）（"可怜"二句）旧居。（辑评）

【姚曰】多才多恨，庾信之哀，岂亦玉所波及耶？

【屈曰】宋玉之吊三闾，犹己之吊广文。广文之宅，应为己今日之居。广文一生不达，异代同心之悲也。

【程曰】宋玉，比郑广文；庾信，义山自比也。盖沦落文人，古今一辙，后先相望，未免有情。诗中"恨有馀"字，"可怜"

字，语意固显然矣。

【田曰】即后人复哀后人意，那转婉曲，遂令人迷。（冯笺引）

【冯曰】结言谁克踵其风流，不愧此宅乎？虚说尤妙。自誉自叹，皆寓言外。

【纪曰】纯乎比体，后二句烘托取姿。（诗说）通首以宋玉为比，又自一格。（辑评）

【按】此诗颇婉曲。盖过郑广文旧居而联想自古才人遭际若出一辙，而有"怅望千秋一洒泪，萧条异代不同时"之慨也。诗、题合参，其意盖谓宋玉平生遭遇不偶，故远循三楚而吊屈以寄其遗恨；而异代之庾信，其身世之悲又似宋玉，宋玉故宅应教庾信居住，方为宅得其主。而今我过广文旧宅，不惟有往昔宋玉吊屈之恨，亦隐然有文采风流，相传一脉之情。冯谓"自誉自叹，皆寓言外"，极是。曰以宋玉比郑，以庾信自比，或曰宋玉之吊三闾，犹己之吊广文，皆是，亦皆泥于一端。作年当依张笺，系桂管归京后。次句有以宋玉自寓意。"远循三楚吊三闾"，即大中二年在潭州作楚宫（湘波如泪）之事也。

韩翃舍人即事〔一〕

蘐草含丹粉[①]，荷花抱绿房〔二〕。鸟应悲蜀帝〔三〕，蝉是怨齐王[②]〔四〕。通内藏珠府〔五〕，应官解玉坊〔六〕。桥南荀令过[③]，十里送衣香〔七〕。

校　记

①"蘐"，蒋本等作"萱"，字同。

②“蝉”原一作“蠋”，非。

③“桥”原一作“娇”，非。

集　注

〔一〕【朱注】唐书：“韩翃字君平，南阳人。侯希逸表佐淄青幕府。李勉在宣武，复辟之。俄以驾部郎中知制诰，终中书舍人。”【冯注】新书文艺传：“卢纶与吉中孚、韩翃、钱起等号大历十才子。”艺文志：“翃诗集五卷。”晁氏读书志：“翃，天宝十三年进士，诗兴致繁富，朝野重之。”许尧佐柳氏传：“天宝中，昌黎韩翃有诗名。其姬柳氏。翃擢上第，省家于清池。盗覆二京，士女奔骇，柳氏寄迹法灵寺。是时侯希逸节度淄青，请翃为书记。洎宣皇帝以神武返正，翃遣使间行求柳氏，以练囊盛麸金，题之曰：‘章台柳，章台柳，颜色青青今在否？纵使长条似旧垂，也应攀折他人手。’柳氏捧金呜咽，答曰：‘杨柳枝，芳菲节，可恨年年赠离别。一叶随风忽报秋，纵使君来岂堪折！’无何，有蕃将沙吒利者劫以归第，宠之专房。及希逸除左仆射，入觐，翃得从至京。偶于龙首岗见辎軿，翃偶随之。自车中问曰：‘得非韩员外乎？某乃柳氏也。’使女奴窃言失身沙吒利，请诘旦相待于道政里门。及期，以轻素结玉合，实以香膏，自车中授之，曰：‘当遂永诀，愿置诚念。’乃回车，以手挥之。翃大不胜情。会淄青诸将合乐酒楼，请翃。翃意色皆丧，音韵凄咽。有虞候许俊者，抚剑言曰：‘必有故，愿一效用。’翃具告之。俊曰：‘请足下数字，当立致之。’乃径造沙吒利之第，候其出行里馀，乃被衽执辔，犯关排闼，急趋而呼曰：‘将军中恶，使召夫人。’遂升堂，出翃札示柳氏，挟之跨鞍，倏忽乃至，四座惊叹。翃、俊惧祸，乃诣希逸，希逸大惊，遂献状言之。寻有诏，柳氏宜还韩翃。”按：“翃”，刊本或误作“翊”。

〔二〕【朱注】鲁灵光殿赋：“圜渊方井，反植荷蕖。绿房紫菂，窋咤垂珠。”铣曰：“绿房，莲子也。”

〔三〕见哭遂州萧侍郎二十四韵及锦瑟注。应，是也。

〔四〕【朱注】古今注：“牛亨问董仲舒曰：‘蝉名齐女者何？’答曰：‘昔齐王之后怨王而死，尸变为蝉，登庭树嘒唳而鸣。王悔恨之，故名齐女。’”

〔五〕【朱注】录异记：“江州南七里店有藏珠石。”梁四公记：“东海龙王第七女，掌龙王珠藏。”【程注】庄子：“藏珠于渊。”【冯注】又取龙宫之义。徐氏以“内”为大内之内。愚阅元微之诗“忆得双文通内里，玉栊深处暗闻香”，则内室之通称也。

〔六〕【朱注】通志：“解玉溪在成都华阳县大慈寺南，唐韦皋所凿，用其砂解玉则易为功。”（二句）言其通内则藏珠之府也，应官则解玉之坊也。因韩官中书舍人，故云然，未必用故实。【朱彝尊曰】盖赋而比也。【冯注】徐曰：应官犹云当官，是唐人口语。鲍照升天行：“冠霞登彩阁，解玉饮椒庭。”此句非鲍诗之意，直谓治玉耳。坊名不必泥看，旧说皆非。【按】应官，应付官事。

〔七〕【冯注】见牡丹。言荀令来过，彼美能远闻衣香否？隋人王训咏舞：“笑态千金重，衣香十里传。”【按】冯注迂曲，不可从，详笺。

笺　评

【朱彝尊曰】题亦不解。

【姚曰】此美韩之风流姿艳，冠绝一时。首联，以萱草荷花为比。三四，言无知之物，亦应见之而生妒也。五六，以珠玉作兴，言虽藏珠解玉之地，过之而益觉其美也。

【屈曰】言舍人当花开鸟鸣时通内应官，一过桥南，衣香十里，风流独绝也。

【程曰】韩翃以“轻烟散入五侯家”绝句闻于宫禁，德宗书其名，命知制诰。时有两韩翃，执政问之，帝因书其诗云：“与此韩翃。”盖君平以诗受知如此。及其后有斥之为恶诗者，韩当有故君时事之感，故义山有“鸟悲蜀帝，蝉怨齐王”之语。结句则终推其风流情致以归美之。但韩翃与义山时代颇远，不知何以有诗，题亦不解，其诗又绝似义山，必非误收，存疑俟考。

【冯曰】题与诗初不可解，今详采此事与柳枝诗序及诸篇情事大有相近者。上四句写柳之怨情；五喻美人如珠之深藏；六喻韩为舍人，同于翰林之为玉署也；七八记其道间相逢之事。柳枝属意义山，而东诸侯取去，安得有如许俊其人者哉！唐诗纪事既载此事，又录义山此诗，似已窥见其旨，特未合以相证耳。

【纪曰】此拟韩之作，不晓所云，且词亦卑下不足道。（诗说）此不得其本事，亦不能解其诗，然就诗论诗，自不佳。（辑评）

【张曰】既不解其诗意，又不得其本事，则诗之佳否，何从定之？纪氏所云“就诗论诗”岂非呓语？题曰“韩翃舍人即事”者，盖拟韩翃之作也。其原唱失考，此篇遂不得其命意。冯氏谓以韩翃柳氏事自比柳枝为人取去，细味诗意，却不见然，恐别有寄托也。（辨正）

【按】题“韩翃舍人即事”，与杜工部蜀中离席一例，均拟前代诗人之作，张氏说是也。所拟者不必某一具体篇章，泛拟其艺术风格耳。诗之可解不可解，固不在拟作有否原唱可考也。此诗题实作“即事”，然所指之事则不易晓。冯氏附会柳枝事，殊不合诗意。柳氏为沙吒利所劫及翃道遇柳氏时，翃尚未为舍人，则冯所谓“六喻韩为舍人”，“七八记其道间相逢之事”者，岂非后先倒置，叙事淆乱乎？谓“上四句写柳之怨情”，亦未有证。

此诗首联点时，萱含丹粉、荷抱绿房，时已值夏秋之间。次联鸟悲蜀帝、蝉怨齐王则于时令之外，进而点明诗中人物之“悲”“怨”。“悲蜀帝”“怨齐王”不必泥，泛言其声悲怨耳。此当与“望帝春心托杜鹃”（锦瑟）、“五更疏欲断，一树碧无情”（蝉）等句参读，其意亦相近。腹联则转写所谓达官显宦如荀令者，出入于大内藏珠之府，应官（上班）于解玉之坊，声势烜赫。末联更谓其路经桥南，十里闻香，风流绝世也。前后均诗中人物所见所闻，而一正一反，一景物一人事，均堪触绪生悲，益感己之沉沦也。味其意旨，似颇与无题（何处哀筝）相近，盖触景生情，抒己不遇之感之作。诗中“荀令”，当指如令狐绹之得君显达者。绹大中三年拜中书舍人，诗之作或在其时欤！

漫成五章

沈宋裁辞矜变律〔一〕，王杨落笔得良朋〔二〕。当时自谓宗师妙〔三〕，今日唯观对属能〔四〕。

其二

李杜操持事略齐〔五〕，三才万象共端倪〔六〕。集仙殿与金銮殿〔七〕，可是苍蝇惑曙鸡①〔八〕？

其三

生儿古有孙征虏〔九〕，嫁女今无王右军②〔一〇〕。借问琴书终一世③〔一一〕，何如旗盖仰三分〔一二〕？

其四

代北偏师衔使节〔一三〕，关东裨将建行台④〔一四〕。不妨常日饶轻薄〔一五〕，且喜临戎用草莱〔一六〕。

其五

郭令素心非黩武〔一七〕，韩公本意在和戎〔一八〕。两都耆旧偏垂泪⑤，临老中原见朔风〔一九〕。

校　记

①“惑”原一作“或”，非。“曙”，万绝作“晓”。【钱曰】讳避。

②“今”，季抄，朱本一作“全”，非。

③“借”，朱本作“但”。

④“东”，朱本作“中”，非。

⑤“偏”，朱本作“皆”。

集　注

〔一〕【冯注】新书文艺传：“建安后讫江左，诗律屡变。至沈约、庾信,以音韵相婉附,属对精密。及宋之问、沈佺期,又加靡丽,回忌声病,约句准篇,如锦绣成文,号为沈宋。”又赞曰:“陈、隋风流,浮靡相务,至沈、宋等研揣声音,浮切不差,而号律诗。”【补】裁辞,犹裁诗,指裁制词句成诗。变律,变化诗律。

〔二〕【冯注】新书传:“王勃与杨炯、卢照邻、骆宾王皆以文章齐名,天下称王、杨、卢、骆四杰。”【补】味“落笔得良朋”语,“良朋”当指诗文中“佳对”,即所谓“属对精密”,亦甲集序所谓“好对切事”。或谓指王杨与卢骆齐名,则与上句“矜变律”意不相属,恐非。

〔三〕【程注】汉书艺文志:“儒家者流,祖述尧舜,宪章文武,宗师仲尼,以重其言,于道为最高。”【冯注】庄子有大宗师篇。【按】宗师,此指文坛领袖。

〔四〕【补】对属,亦称属对,即对仗,诗文中撰成对句。

〔五〕【冯注】旧书文苑传:“天宝末,诗人杜甫与李白齐名,时人谓之李杜。”【刘盼遂曰】操持应当作操翰墨解,杜甫戏为六绝句:“纵使卢王操翰墨,劣于汉魏近风骚。”义山诗即化用此句。【按】句意谓李、杜作诗才能不相上下。

〔六〕【刘盼遂曰】三才,即天、地、人。万象,即自然万物。端倪,最早见于庄子大宗师:“反覆终始,不可端倪。”即头角的意思。……在李、杜笔下,……自然万物一切景象都能够毕现,所谓共端倪也。【补】易说卦:“是以立天之道,曰阴与阳;立地之道,曰柔与刚;立人之道,曰仁与义;兼三才而两之,故易六画而成卦。”亦作三材。易系词下:“有天道焉,有地道焉,有人道焉,兼三材而两之。”端倪,即头绪,此处用作动词,显露头绪之意。

〔七〕【朱注】唐六典："开元十三年，召学士张说等宴于集仙殿，改名集贤殿。"唐书杜甫传："天宝中，进三大礼赋。上奇之，命待制集贤院，召试文章。"李白传："贺知章言于玄宗，召见金銮殿，论当世事，奏颂一篇。帝赐食，亲为调羹。"【程注】唐书张说传："帝召说及礼官学士置酒集仙殿，曰：'朕今与贤者乐于此，当遂为集贤殿。'"

〔八〕【朱注】诗："匪鸡则鸣，苍蝇之声。"○李沮于贵妃，杜抑于时相，是皆以苍蝇惑曙鸡也。【冯注】李白传："诏供奉翰林。数宴见。白尝侍帝，醉使高力士脱靴。力士耻之，擿其诗以激杨贵妃。帝欲官白，妃辄沮止。"按：白为妃所沮，而甫为右拾遗，以上疏救房琯出外，乱离流落，非有人谗之也。诗言集仙、金銮，李、杜不得久居，而以诗鸣；彼纷纷不如李、杜者，反得以文学侍从吟咏其间，则似苍蝇之惑曙鸡矣。义取鸣声，非关谗口。【按】苍蝇似兼用诗小雅青蝇："营营青蝇，止于樊。岂弟君子，无信谗言。"以青蝇喻谗谀之徒。二句谓李、杜虽曾于集仙殿、金銮殿上蒙受君主赏识，然终因谗谀之徒淆乱视听而不能久居朝廷，岂非正似苍蝇之惑乱曙鸡乎。可是，岂是。

〔九〕【冯注】按：吴志："袁术表孙坚破虏将军，曹公表策讨逆将军，表权讨虏将军。"（吴志孙权传）注引吴历曰："曹公出濡须，见孙权舟船器仗军伍整肃，喟然叹曰：'生子当如孙仲谋，刘景升儿子若豚犬耳。'"以"讨虏"为"征虏"，岂谐声假借耶？

〔一〇〕【冯注】晋书："太尉郄鉴使门生求女婿于王导，导令就东厢遍观子弟，归谓鉴曰：'王氏诸少并佳，然咸自矜持。惟一人在东床坦腹食，独若不闻。'鉴曰：'正此佳婿耶？'访之，乃羲之也，遂妻之。后羲之为右军将军，会稽内史。”【刘盼遂注】世说新语方正：“诸葛恢大女适太尉庾亮儿，次女适徐州刺史羊忱儿，……谢尚书求其小女婚，恢乃云：‘羊邓是世婚，江家我顾伊，庾家伊顾我，不能复与谢裒儿婚。’及恢亡，遂婚。于是王右军往谢家看新妇，犹有恢之遗法，威仪端详，容服光整，王叹曰：‘我在，遣女裁得尔耳。’”这是王右军感叹自己不如诸葛恢之有威仪礼法，今天既无王右军那样嫁女的礼法，当然更不用说诸葛恢了。王右军是以书法文章名世的人，嫁女却不敢望如诸葛恢之大官僚那样威严庄重，所以为读书人悲也。【按】刘说非。一二句对文。上句谓古有生儿如孙仲谋者，下句谓今则嫁女并无如王右军之佳婿，非谓如王右军之嫁女也。且三四明以“琴书终一世”与“旗盖仰三分”对举，与嫁女有无礼法无涉。

〔一一〕【冯注】晋书：“羲之雅好服食养性，不乐在京师，初渡浙江，便有终焉之志。后称病去郡，于父母墓前自誓，朝廷亦不复征之。”所谓“琴书终一世”也。【按】羲之以书法著称于世，此处“琴书”系泛指艺文之事。“琴书终一世”，意指政治上无所建树，终生以琴书自娱。

〔一二〕【冯注】吴志孙权传注（引吴书）：“陈化使魏，对魏文帝曰：‘旧说紫盖黄旗，运在东南。’”【补】黄旗紫盖，指天空出现之黄旗紫盖状云气，古代迷信以为皇帝之兆。事又见三国志吴志孙皓传注引江表传：“丹阳刁玄使蜀，得司马徽与刘廙论运命历数事。玄诈增其文，以诳国人，曰：‘黄旗紫盖见于东南，终有天下者，荆、扬之君乎？’”旗盖仰三分，指孙权建立令人仰慕之鼎足三分帝业。何如，“比……如何”之意。二句谓：请问如王羲之之以琴书名世，与孙权之建立鼎足三分帝业相较，究属如何哉？言外有琴书名世未必即逊于旗盖三分之意。

〔一三〕【程注】左传：“彘子以偏师陷。”周礼：“凡邦国之使节，山国用虎节，土国用人节，泽国用龙节，皆金也，以英簜辅之。门关用符节，货贿用玺节，道路用旌节，皆有期以反节。”白居易诗：“连持使节历专城。”【冯注】新书志：“代州雁门郡有大同军、天安军，又有代北军。”通鉴注：“代北诸军，陉岭以北诸军也。”

〔一四〕【程注】汉书项籍传：“籍为裨将，徇下县。”魏书百官志：“刺史之任，有行台、大行台。”【姚注】通典：“行台省，魏、晋有之。后魏谓之尚书大行台，别置官属。”【冯注】关东其地甚广，古称山东者，皆可曰关东。此则指河东。新书志：“边要之地，置总管以统军，加号使持节，有行台，有大行台。”晋书温峤传：“峤乃立行台。”“行台”史文习见。凡命将统师征讨者，皆曰行台。【按】代北偏师、关东裨将有所指，详笺。

〔一五〕【补】张相诗词曲语辞汇释：“饶，犹任也；尽也。假定之辞。凡文笔作开合之势者，往往用饶字为曲笔以垫起之。”按：句意谓不妨其平日受尽人们菲薄轻视。

〔一六〕【冯注】抱朴子：“招孙、吴于草莱。”【程注】唐太宗诗：“临戎八阵张。”鲍照放歌行：“一言分珪爵，片善辞草莱。”【按】承上句谓且喜在战争时能任用出身草野之英雄。

〔一七〕【朱注】郭子仪传：“乾元元年，进中书令。”【冯注】子仪有单骑与回纥盟事；又吐蕃请和，得子仪载书而定，详史书。可为非黩武之证。【补】新唐书郭子仪传：“（永泰元年）

怀恩尽说吐蕃、回纥、党项、羌、浑、奴剌等三十万，掠泾、邠，躏凤翔，入醴泉、奉天，京师大震。……急召子仪屯泾阳，军才万人。……子仪以数十骑出，免胄见其大酋，……回纥舍兵下马拜曰：'果吾父也。'子仪即召与饮，遗锦彩结欢，誓好如初。"

〔一八〕【朱注】张仁愿传："神龙中为朔方总管，筑三受降城于河北。景龙二年，封韩国公。"【补】新唐书张仁愿传："仁愿请乘虚取漠南地，于河北筑三受降城，绝虏南寇路。唐休璟以为'两汉以来皆北守河，今筑城虏腹中，终为所有。'仁愿固请，中宗从之。……自是突厥不敢逾山牧马，朔方益无寇，岁损费亿计，减镇兵数万。"杜甫诸将五首："韩公本意筑三城，拟绝天骄拔汉旌。"即"韩公本意在和戎"意。和戎事见左传襄公四年："无终子嘉父，使孟乐如晋，因魏庄子纳虎豹之皮，以请和诸戎。"

〔一九〕【冯注】唐时京都为西都，河南为东都。然边事与河南无涉，当兼言太原北都。【补】耆旧，年高有声望者，犹父老。见朔风，重见边地民情风俗，指收复边地。两都自指东、西都。两都耆旧，犹中原父老，与"朔风"相对言。

笺　评

【胡震亨曰】"当时自谓宗师妙，今日唯观对属能。"义山自咏尔时之四子。"尔曹身与名俱灭，不废江河万古流。"杜少陵自咏万古之四子。（唐音癸签）

【杨守智曰】首章言从令狐楚，但学其骈体章奏，无他奇也。次言令狐绹信谗而疏之，故有苍蝇曙鸡之喻。三章言绹不肖其父，以仲谋刺其为豚犬。右军嫁女则谓茂元。四章谓茂元奉诏出师。末言李德裕之功在朝野。德裕为蜀帅，索还南诏所掠四千人，故云耆旧垂泪临老见中原也。

【朱彝尊曰】前二首论诗，后二首论兵，意绝不相侔，何以并作一题，是不可解。○（首章）此首贬四公。（次章）此首称二公。（三、四、五章）此三首似指当时将帅。

【何曰】第一首叹世之宗仰三十六体者，仅以对属为能事，而莫窥其比兴风刺之妙也。第二首叹己之不遇时主如李杜也。第三首身既锢废，生子又劣，所以深悲所遇之奇蹇也。第四首言反不如武夫犹得拔用于草莱也。第五首叹贫贱以终，又将并失清平之适也。（读书记）

【辑评朱笔批】此义山历叙平生而作也。第一首言令狐绹（当作"楚"）以骈体章奏，唯能属对而已，无甚深意。第二首自比李杜，而叹其遇之穷，末句疾谗也。第三首一句讥绹之不能肖父，次句直指茂元嫁女，当时盖以其委身武人为耻。下二句自为分辨也。第四首前二句专指茂元，后二句言辟为掌书记也。第五首言赞皇并非误开边衅，后二句言鲜于仲通征南败没之兵，至赞皇始得索还，有功而无过也。又曰：李入翰林，杜献蓬莱，犹为不遇，何况身不挂朝籍者耶？（见辑评。按：辑评所载朱笔评与读书记所载何氏评颇不相合，疑是另一人之评。姑附此。）

【陆鸣皋曰】（李）杜章此为忌才而发。次句，美李杜之才，足上句意。（生儿章）此为武臣虚尚文事者发。上二句，只取"征虏""右军"字样，而曰"古有""今无"，则当时将帅可知矣，故接云：粉饰琴书，岂若建功立业乎？然"琴书""旗盖"，仍根孙、王来。

【姚曰】五章乃自述其诗学渊源，而伤己之不遇太平也。

○（首章）王杨沈宋，乃唐初应运而兴者，岂料世无具眼，皮相至此，即少陵所谓“轻薄为文哂未休”也。（次章）王杨沈宋即不论，以李、杜二公之凌跨百代，犹未免苍蝇之惑曙鸡，世俗之忌才如此。（三章）文章事业两途，未易轩轾，此可为知者道。（四章）自藩镇骄恣，士多屈节于幕府，而李、杜之标格不可问矣。无气骨，焉得有文章？（五章）中原丧乱，岂料自李、杜以来，直至今日哉！士之能卓然自立者鲜矣。

【屈曰】一首言沈宋王杨尚非大才，不遇于时，犹可也。二首言李杜才大如此，而亦不遇，可叹也。三首言文不如武。四首言衔节建台，内外皆轻薄之人，焉得不败？“且喜”者，不尽之词。及临戎而方用草莱，恐其晚也。五首言有郭、韩之英雄而不用，所以两都垂泪而中原朔风也。

【杨曰】此五首乃玉溪生自叙其一生踪迹。前二首乃指令狐乔梓。中二首咏娶茂元之女。末一首结重于赞皇，正以茂元系赞皇所用也。（首章）“当时”二句，言从楚幕，学为对俪之文也。（二章）前半自标其本领，后半叹绹之见抑而不得进也。（三章）第二句盖自谦之辞。（四章）此言入河阳幕也。（五章）以韩、郭比李，推崇之至，见绹之党私谗贬，不足为定论也。

【程曰】五章不伦不次，初读殊不可解。及考义山平生出处，乃知五章各有所指，但不欲斥言其事与斥指其人，故以“漫成”二字目之，亦犹无题之意也。第一章慨己之词章，以前人自比而兼及令狐楚也。新书：“义山初为文，瑰迈奇古。楚工章奏，因授其学。义山俪偶长短，而繁缛过之。”首句言己学楚之章奏，非复昔日之体，犹沈、宋之变律也。次句言楚之与己不啻王、杨之良朋也。三句言当时得楚之学，自谓宗师之妙，将来可以展其经济。四句言今日方镇之辟，不过谓其工于笺奏，徒赏对属之能而已。第二章慨遭谗谤不得立朝也。首句言李杜操持略同，犹己之道直而穷，不求人知也。次句言李杜之才，三才万象共一端倪，犹己之博学强记，下笔不休也。三句言杜之待制集贤，李之召见金銮，犹己之释褐秘书也。四句言李遭力士之谤，杜遇林甫之忌，竟能蛊惑君心，阻其进用，是皆苍蝇惑曙鸡耳。犹己之遭谗佐幕，竟不得通籍于朝也。第三章慨己之是非起于令狐绹之恶王茂元也。首句言古人云"生子当如孙仲谋"，喻绹为楚子，继有韦平之拜，当如孙权之于孙坚，克绍其前业也。次句言东床坦腹，正是佳婿，喻己为茂元之婿，犹郄鉴之嫁女而得右军，今我非其比也。三句"琴书一世"喻己，四句"旗盖三分"喻绹，言右军名士何如征虏功名耶？犹己屡启陈情，绹不之省，不得已作此归穷自解之词也。第四章慨从事于军戎也。唐书："会昌三年，成德军节度使王元逵为北面招讨泽潞使，魏博节度使何弘敬为东面招讨泽潞使，及王茂元、刘沔讨刘稹。"首句言王元逵、何弘敬为招讨也。次句言刘沔首为振武牙将，今为河东节度使，共讨刘稹也。三四句言平时武臣不重文士，当此军书旁午，磨盾书檄，尚假手于翩翩书记为可喜也。时义山在茂元军中，尝有代茂元檄刘稹文。义山既为茂元爱婿，则"轻薄"之语断不指茂元，或当时军中有轻薄义山者，故云然耳。第五章慨回鹘之乱也。武宗时雄武军使张仲武请以本军击回鹘，即拜戎马留后、工部尚书、兰陵郡公。会回鹘特勒那颉啜拥赤心部七千帐逼渔阳，仲武使其弟仲至率锐兵三万破之，又执谍者八百馀人杀之，由是不敢犯五原塞。乌介失势，回鹘遂衰，名王贵种相继降，捕几千人。初，李德裕建言："回鹘曩有功，今饥且乱，可汗无归，不可击，宜遣使赡安之。"及黑车子杀乌介，仲武表请立石以纪圣功，德裕为铭，揭碑于幽州，又诏回鹘营功德使在二京者悉冠带之。此诗首句言仲武请击回鹘，如郭令之素心本非黩武也。次句言德裕欲赡安回鹘，如韩公之本意原在和戎也。三四句言回鹘在二京者，悉授冠带，故中原耆旧惊见朔风而皆垂泪也。考是时，义山为弘农尉，目击乱离，不便显言，故借往事而兴慨焉。五章之义，前后各不相属，义山诗编次错乱，大率类此。杜子美有戏为六绝句，论文章之正变，义山仿之，兼及身世，此即谓之义山小传可也。又按第四首"代北""关中"一联，朱本补注有笺，谓开元中代州都督王忠嗣、武德中东南道行台李靖，愚见未然。王忠嗣时佩四将印，可谓之偏师耶？李靖为行台兵部尚书，可谓之裨将耶？以愚推之，当指王、何诸人，故只言其事，而不著其人也。

【冯曰】论诗谈兵，语绝不符，杨致轩谓是历叙生平而作，午桥本之，已略得其用意，而未能全合。愚为之细参，盖实义山自叙一生沦落之叹。必先解明末二章，而前三章了然一串矣。四章"代北"二句，专为石雄发，以见李卫公之善任人也。旧、新书及通鉴曰："雄，徐州人，系寒，不知其先所来。曾为壁州刺史，以王智兴诬奏，长流白州。太和中，党项寇河西，选求武士，乃召还，隶振武军使刘沔为裨将。会昌初，回鹘乌介可汗奉太和公主犯云、朔北川，诏移沔河东节度，沔以太原之师屯云州。雄受沔之教，自选劲骑三千，月暗发马邑，直犯乌介牙，追击之，遂迎公主还。"正代北之地，故曰"代北偏师"也。河东道诸州皆"关东"也。雄起自偏裨，以功授天德防御副使，迁河中尹、晋绛行营节度，则“建行台”矣。振武军在单于东都护府，天德军在丰州中受降城西之大同川，皆关内道之边，与河东道之边犄角以御北狄。雄之立功，实在关东，旧本皆作“东”，朱氏作“中”，误也。潞之役，雄功最多。二句盖统指破回纥、平昭义之事。其后又移河阳、凤翔两镇。而王宰者，智兴之子，数沮陷之。会德裕罢相，因代归，雄自陈黑山、乌岭之功，求一镇以终老。执政以德裕所荐，仅除龙武统军，失势怏怏，闻德裕贬，发疾而卒。雄本系寒，又召自流所，党人既排摈于德裕罢相之后，必早轻薄于德裕委任之时，故曰“不妨常日饶轻薄，且喜临戎用草莱”也。其时名将，刘、石并称，然沔不可云“草莱”。且义而有勇，罕有雄之比者，故武宗、李相于诸将中最赏识者惟雄也。雄为党人排摈，义山受党人之累，故特为之鸣不平，而致慨于卫国也。朱氏引王忠嗣、李靖以疏“代北”二句，事虽相类，而语不可合。且前时战功甚多，何独举之？至或云王茂元，则尤不足辨矣。五章咏河湟收复之事，而悼卫公也。通鉴：“会昌四年，以回纥微弱，吐蕃内乱，议复河湟四镇十八州，令天德、振武、河东训卒励兵以俟其时。”会昌一品集所谓令代北诸军捴捴排比也。时刘濛为巡边使，其赐诏曰：“缘边诸镇，各宜选练师徒，多蓄军食，使器甲犀利，烽火精明，密为制置，勿显事机。”是卫公已大有收复之谋，其异议者必曰佳兵黩武，故借郭、张以白之。观会昌初，天德军使田牟请击唱没斯及赤心内附之众，德裕独谓当遣使镇抚，赐以粮食，怀柔得宜，彼必感恩，此亦足见非黩武而在和戎之大指矣。及大中三年收复河湟，未始非叨会昌之馀威，而卫公则已叠贬将死也。吐蕃传云：“河、陇耆老率长幼千馀人赴阙，莫不欢呼抃舞，争冠带于康衢。"河湟在京都西北，今既来归，则"中原见朔风"矣。曰"垂（当作"临"）老"者，喜今日而追痛前此也。时以宪宗常有志复河湟，加顺、宪二庙尊号；而武宗、李相之功，无一人言之者，此义山所为感慨出之也。又曰：义山始受知彭阳，习为章奏，自幸师承可恃，致身亨衢，岂知后为其子所弃哉！徒以章奏之学，操笔事人，故曰"惟观对属能"，非校文品之高下，深叹此外之无能得益也。义山自负才华不得内用；而绹以浅陋之胸，居文学禁密之职，岂非苍蝇之乱晨鸡耶？此首二两章为令狐父子言之也。夫义山之一生沦落，以见弃于楚之子绹也。其见弃者，以其婿于茂元也。第三首为五篇之关键。孙仲谋比茂元两世节镇，著有战功。王右军自比，下二句似内悔，又似解嘲，愁愤固无如何矣。余前所笺有误也。茂元将材，卫国所任用者，故四五两章则大白卫国任将运筹之勋，而恨谗口之无良。以卫国之相业，石雄之战功，尚遭排斥，更何有于他人哉！此五篇之线索，而义山一生吃紧之篇章也。其体格则全仿老杜。

【纪曰】较少陵诸绝仍多婉态。专取神情，绝句之正体也。参入论宗，绝句之变体也。论宗而以神情出之，则变而不失其正者也。（诗说）全入论宗，绝句变体。不善效之，便成死句。要以有唱叹神韵为佳。（辑评）

【张曰】此诗杨致轩谓历叙一生踪迹，……午桥、孟亭本之，大意已创通矣，而冯氏句下所释不符，今当详为解之。首章言当日从楚受章奏之学，今所得者不过属对之能而已，深慨己之名位不达，而为子直所排也。二章言李杜当日齐名四海，而皆不能翱翔华省，岂亦有如我之遭毁沦落耳？"苍蝇惑鸡”，比党人排笮也。三章更代妻致慨。言生男古曾有征虏之子，而嫁女今已无右军之婿。两世节钺，不取将种，竟赘穷酸。试问琴书一世，何如旗盖三分之为荣乎？斯真相攸之计左矣。四章专美赞皇。言我尝平日轻薄卫公，而岂知当国秉钧，竟能起用草莱，以成中兴之功，今岂有此人哉！代北使节，谓破乌介；关东行台，谓平泽潞，皆指石雄。雄本系寒，又为卫公所特赏，及卫公罢相，仅除龙武统军，怏怏而卒，始终不负恩知，故特表之。五章则又为卫公维州之事辨谤。旧书德裕传：“吐蕃维州守将悉怛谋请以城降。德裕疑其诈，遣人送锦袍金带与之，托云候取进止。悉怛谋乃尽率郡人归成都。德裕乃发兵镇守，因陈出攻之利害。时牛僧孺沮议，言新与吐蕃结盟，不宜败约，乃诏德裕却送悉怛谋一部之人还维州。赞普得之，皆加虐刑。”后德裕复入相，奏论之曰：“维州据高山绝顶，三面临江，在戎虏平州之冲，是汉地入兵之路。初河陇尽没，此州独存。吐蕃潜将妇人嫁与此州门子。二十年后，两男长成，窃开垒门，引兵夜入，因兹陷没。号曰无忧。因并力于西边，遂无虞于南路。贞元中，韦皋欲经略河、湟，须以此城为始，尽锐万旅，急攻累年。”又云：“悉怛谋寻率一城之兵众，并州印甲仗，塞途相继，空壁归臣。臣大出牙兵，受其降礼。南蛮在列，莫敢仰视。况西山八国，隔在此州，比带使名，都成虚语。诸羌久苦蕃中征役，愿作大国王人。自维州降后，皆云：但得臣信牒帽子，便相率内属。其蕃界合水、栖鸡等城，既失险厄，自须抽归，可减八处镇兵，坐收千里旧地。臣见莫大之利，乃为恢复之基。”又云：“况臣未尝用兵攻取，彼自感化来降。”观此则卫公之收维州，岂贪一城之利，其志固未尝须臾忘河湟也。其后会昌四年，以回纥微弱，吐蕃内乱，议复河、湟四镇十八州，……亦皆本此志行之。诗意言若早用卫公庙算，则河湟之复，岂待今日临老而方见冠带康衢之盛？此两都父老所以垂泪也。冯氏引吐蕃传……以解此句，意虽通而语脉反辽远矣。当卫公之受悉怛谋降也，论者皆以生事外夷为言。观牛僧孺奏云："吐蕃疆土，四面万里，失一维州，无损其势。闻赞普牧马茹川，俯于秦陇，若东袭垅坂，径走回中，不三日抵咸阳桥，而发兵枝梧，骇动京国，事或及此。"党人之所以谤卫公者，所见无远图如是，故首举韩、郭往事明之。和戎而非黩武，用重笔大书特书，所以表白卫公心迹。盖两党争执，实以此为一大事也。此五首者，不但义山一生吃紧之篇章，实亦为千载读史者之公论。彼谓义山终于牛党者，魂魄有知，能不饮恨于无穷也欤？（会笺）

【刘盼遂曰】"朔风"……应该是当时的习用语，用史孝山出师颂："苍生更始，朔风变楚"的话。文选李善注引："史记子贡问乐曰：'舜弹五弦之琴，歌南风之诗，而天下治。纣为朝歌北鄙之音，身死国亡，何也？'夫南风之诗者，生长之音，舜乐好之，故天下治也。夫北者，败也，鄙者，陋也，纣乐好之，故身死国亡。"可见朔风是杀伐之风，楚风即周南、召南之风，是治世之风，王化之风。（参看章太炎检论卷二诗终始论）出师颂写的是周朝战胜殷朝的事，以方邓骘之大败西羌叛军，这里又用来说明李德裕抵御外寇，以至于后来收复河湟事。"中原见朔风"者是说耆旧于垂老之年在中原得见朔风变楚风，北鄙之风变成王化之风，所以激动而流泪也。义山原是对李德裕推崇备至，赞美他运筹划策的才能，并为他的被斥而鸣不平的。（李义山诗说）

【按】经杨、程、冯、张诸家相继考证笺释，此五章大旨已明。冯氏之笺四章“专为石雄发，以见李卫公之善任人也”，张氏之笺五章“为卫公维州之事辨谤”，均考证翔实，词意两浃，能发前人之所未发。至前三章，则杨氏已大体探得其意旨矣。今略作补笺如下。

首章借评论王杨沈宋寄寓身世沉沦之慨。王杨沈宋皆自喻。“得良朋”即樊南甲集序所谓“得好对切事”，指骈文技巧之纯熟。义山早岁从令狐楚学骈文章奏，通今体，当时自以为青云可上，谢书至有“自蒙半夜传衣后，不羡王祥得佩刀”之语。殊不料与令狐楚之关系，非特未能致身通显，翻成令狐绹指斥其“忘家恩，放利偷合”，屡加沮抑之口实。而早年视为青云阶梯之骈文章奏技巧，亦徒作糊口之资，藉以于幕府中操笔事人而已。三四句以当时之踌躇满志与今日之潦倒无成相对照，正含无限隐痛。或谓三四系对令狐楚徒工章奏文字技巧之不满，殆非。盖此诗就字面言，乃批评王杨沈宋之徒工声律对偶，然其托意则固不在评文。“今日唯观对属能”，谓除“对属能”之外一无所能、一无所成也，亦即樊南甲集序“十年京师寒且饿。人或目曰：韩文、杜诗、彭阳章檄，樊南穷冻人或知之”之谓。又，偶成转韵云：“斩蛟破璧不无意，平生自许非匆匆。归来寂寞灵台下，着破蓝衫出无马。天官补吏府中趋，玉骨瘦来无一把。手封狴牢屯制囚，直厅印锁黄昏愁。平明赤帖使修表，上贺嫖姚收贼州。”写幕府穷愁寂寞生涯，正可为末句作注脚。

次章托寓明显。以李杜之才高遭毁不能为世所用，寄寓己受排斥之愤慨。“苍蝇惑曙鸡”，既言贤愚淆乱不辨，亦含小人毁贤忌才之意。“苍蝇”“曙鸡”，即钧天所谓“因梦到青冥”者与“知音不得听”者也。“苍蝇”所指显然。

三章一二句系互文对句。“古有孙征虏”，亦即“今无孙征虏”；“今无王右军”，亦即“古有王右军”。盖谓我为人子，既无孙仲谋之武略；我为人婿，亦无王右军之文才。然次句实隐以右军自比而特谦言之。二句实谓己非英雄如孙仲谋之伦，但长于艺文之事如王右军耳。而今之世，但重武事而薄文才，文人如己者，仕途蹭蹬，沉沦不遇。然试问“琴书终一世”者岂必让于“旗盖三分”者乎？此盖空有文才不遇而发为愤激之言。或引骄儿诗“儿慎勿学爷，读书求甲乙。穰苴司马法，张良黄石术。便为帝王师，不假更纤悉”之句，以证作者以为文不如武，实则骄儿诗末段亦含“若个书生万户侯”之慨。“嫁女”自指己为王茂元婿。

四章冯笺甚确。“且喜临戎用草莱”，可与唐摭言所载李德裕“颇为寒畯开路”及“八百孤寒齐下泪，一时南望李崖州”之句相印证。赞美李德裕之拔英雄于草莱，即隐含己遭当位者排斥之幽愤。惟一、二、三、五各章均借咏史寄寓，此则直叙，体例不一。疑“代北偏师”“关东裨将”亦如“郭令”“韩公”原有所指。姑阙疑以待考。

五章“非黩武”“在和戎”，须合冯、张所举德裕对待回鹘、吐蕃之正确态度与举措解之。义山之所以重笔特书，盖缘其时宣宗君臣，对德裕之处理回鹘、吐蕃问题，多所攻击毁谤之故。大中元年正月，大赦，制文称：“国家与吐蕃舅甥之好，自今后边上不得受纳投降人。”即针对德裕大和中接受维州之降及会昌间追论悉怛谋事而发（实则宣宗君臣并未遵守制文中所宣称之原则，大中三年即受三州七关之归降，可见制文所言纯出政治上攻击德裕之需要）。直至大中十年，诏书犹谓："回鹘有功于国，世为婚姻。称臣奉贡，北边无警。会昌中虏廷丧乱，可汗奔亡，属奸臣当轴，遽加殄灭。"可想见大中初德裕被贬时，对回鹘之措置亦为其"罪状"之一。义山作此五章时，德裕方远贬珠崖，足见其政治识见与正义感。

题曰"漫成"，显仿杜甫七绝连章议论之体。然漫成中亦略有线索可寻。一、二章慨己之沉沦遭斥，涉及与令狐父子之关系。三章承次章才而见忌之意，深有慨于世之重武轻文，发为琴书一世未必逊于旗盖三分之愤语，且由令狐绹之见忌联及就婚王茂元之事。四、五二章则又因茂元而联及与之关系较为密切之李德裕，而所论者已越出个人身世遭遇范围，涉及政治之是非。统观全体，不难窥见作者基于个人政治遭遇，其思想认识发展之线索。往昔与令狐父子之亲密关系，不料竟成为日后沉沦斥弃之根源；而昔日并无交往、与令狐绹等对立之李德裕，实属政治上有建树之人物。此虽始料所不及，却系实践经验之总结。谓之"一生吃紧之篇章""千载读史之公论"，洵有见地。

议论中渗透强烈感情与深切体验，又着力于虚字之开合照应，以造成唱叹神韵与抒情气氛，故虽连章议论而不流于概念化。此亦义山学杜而深得其神髓之作。

漫成三首

不妨何范尽诗家〔一〕，未解当年重物华〔二〕。远把龙山千里雪〔三〕，将来拟并洛阳花〔四〕。

其二

沈约怜何逊〔五〕，延年毁谢庄〔六〕。清新俱有得，名誉底相伤①？

其三

雾夕咏芙蕖，何郎得意初〔七〕。此时谁最赏？沈范两尚书〔八〕。

校 记

①“底”，悟抄作“衹”，书眉校语云：北宋本作“底”。

集 注

〔一〕【朱注】南史：“何逊，字仲言，八岁能赋诗，弱冠，(州)举秀才。范云见其对策，大相称赏，结为忘年友。”【冯注】南史：“范云，字彦龙，善属文，下笔辄成，时人疑其宿构。”【姚注】(范云)与梁武同事竟陵王，为八友。【屈注】不妨，言不相妨，犹妒也。妒是仄声，故易妨字耳。

〔二〕【屈曰】文人相轻，自古如此，何、范不然。今我未解当年何其珍重物华也。【按】屈解近是，然“未解”者非指己，当指时下文士袭文人相轻之习者。二句盖谓何、范同为诗家而范竟如此称赏何逊，实缘当年文士重视对方描绘物华之才能，故惺惺相惜耳。今之作者则不解当时“重物华”之风气，并亦不解何、范之同为诗家而不相妨矣。盖以何、范之相得，反衬时俗之相忌；以今人之“未解”，见时俗之相轻。

何逊诗善于描绘山水景物，故为“当年重物华”之时风所推尚。

〔三〕【朱注】鲍照诗：“胡风吹朔雪，千里度龙山。”注：“龙山在云中。”

〔四〕【朱注】何逊集范广州宅联句：“洛阳城东西，却作经年别。昔去雪如花，今来花似雪。”范广州即云也，尝迁广州刺史。【程注】梁书：“范云假节建武将军、平越中郎将、广州刺史。”【冯曰】（“洛阳”四句）亦见范集联句，共八句。此上四句，范云作也；下四句，何逊作。而选本有只取上四句作范云别诗者。【按】何逊集所载范广州宅联句为：“洛阳城东西，却作经年别。昔去雪如花，今来花似雪。云濛濛夕烟起，奄奄残辉灭。非君爱满堂，宁我安车辙。逊”范集亦以“洛阳”四句为范作。然义山此诗似误以“洛阳”四句属何逊。三四承“重物华”，谓何逊以雪拟花，诚为佳句，不负“重物华”如范云者所称赏也。义山韩冬郎即席为诗相送因成二绝寄酬云：“剑栈风樯各苦辛，别时冬雪到时春。为凭何逊休联句，瘦尽东阳姓沈人。”似亦误以“洛阳”四句属何。

〔五〕【朱注】南史：“沈约尝谓逊曰：‘吾每读卿诗，一日三复，犹不能已。’”

〔六〕【朱注】南史：“谢庄，字希逸，七岁能属文。孝武尝问颜延之曰：‘谢希逸月赋何如？’答曰：‘美则美矣，但庄始知“隔千里兮共明月”。’帝召庄，以延之语语之，庄应声曰：‘延之作秋胡诗，始知“生为久离别，没为长不归”。’帝抚掌竟日。”【程注】宋书：“颜延之，字延年，瑯琊临沂人。”

〔七〕【朱注】何逊集看伏郎新婚诗：“雾夕莲出水，霞朝日照梁。

何如花烛夜,轻扇掩红妆?"

〔八〕【朱注】沈约领中书令,迁尚书令。范云领太子中庶子,迁尚书右仆射。杜甫诗:"沈范早知何水部。"【程注】梁书:"沈约为散骑常侍、吏部尚书兼右仆射。"又,"范云迁散骑常侍、吏部尚书。"

笺 评

【钱龙惕曰】作诗以论古人之诗而题曰"漫成",必有所感而作也。三诗皆推美何水部。首言何范尽诗家,而当时之论,重范轻何,抑知花雪之句,未必胜于何也。次言沈何颜谢四子,俱清新有得,名誉无伤,而颜之毁谢,不如沈之怜何,亦所以重水部也。又言雾夕芙蕖之句,为水部得意语,而沈则三复不已,范则辄用嗟赏,其掩映一时,倾动前辈,为不可诬也。抑扬反覆于少陵之戏为六绝句也,直神似之,岂止伯仲之间乎?

【朱彝尊曰】此仿少陵戏为六绝句而作。细玩三诗,以何为主,颜、谢其客也。而首作似贬之,次作又解之,末作又褒之。岂意中暗指一人,故托言(其题曰)漫成与?

【何曰】此在桂林幕府思北还也。(读书记。按:此笺殊不可解,颇疑系上首寄令狐郎中笺语误植)又辑评有朱笔评语四条,亦附于此:(首章)离骚以水深雪飞为小人,此刺其不树桃李而好引阴类也。(次章)上二句言后生犹乐奖成,同侪何事相妒?(三章)晚岁流落,追忆知己,言不复有斯人也。极有味。又,第三章评曰:此用仲言看伏郎新婚诗,以自述崇让之时也。(按:此条似与上三条非出一手。)

【姚曰】三首俱咏知心之不易也。(首章)将雪比花,恐非热闹场中所喜，乃有激之词。（次章）此见毁不必有损，虽才如延年，原无损于谢庄耳。（三章）此言相赏别有会心。才如何郎，非沈、范不能相赏也。

【屈曰】（首章）文人相轻，自古如此，何、范不然。今我未解当年何其珍重物华也。下二句释上二句。雪如花、花似雪，何作之，沈赏之，不相轻而相重也。曲折。（次章）何、沈相重，颜、谢相轻。下二句单承颜、谢，不解其何故相轻也。（三章）总结沈、范羡慕之深，以见今日之不然也。含蓄。

【袁枚曰】首章讥何、范虚擅诗名。二章见有诗名者常遭毁谤。三章见有真才，自有真赏。（诗学全书）

【程曰】此三首借端于诗，以为当时党论而作。第一首言何、范之好，本以文交，犹己之与令狐楚也。其时为之幕官，后又从事王茂元，任情坦率，曾未解物华可恋，偏重一家，岂知水火异趣，判若冬春，楚亡而绹雠，竟如龙山之雪与洛阳之花，遂不可比而同之矣。第二首言己之见取于人者，不过以其才耳。无如怜惜者方兴，而毁谤者随至，殊不知各行其意，何至两贤之相厄哉！第三首言己之从事令狐楚与王茂元，两公皆为知己。追思旧事，交爱其才，不似后人之强立门户，沉霾文士也。三首皆以何逊自比，以沈、范二家比令狐、王氏，其义最明，其旨悉见。钱夕公之论得其皮毛而未得其精髓也。

【冯曰】此开成三年初婚王氏而应鸿博时作也。末首上二句借谓初婚，下二句谓周、李两学士举之也，详文集。次章首句指爱我者，次句指忌我者而言。皆属文人，何为争名相忌？盖时在不中选之前，虽已遭忌，尚未大甚，故语犹婉约。三首皆以何逊自比：首言范不如何，三言沈、范同赏。盖所重不在范，不妨错言之。

【王鸣盛曰】（次章三四句）刺忌者，其语显然。

【纪曰】（首章）花雪是本文，龙山洛阳借为点缀，所谓串用也。此种绝句已落论宗矣，要之高手能以神韵出之，依然正声也。（次章）风骨甚老。（三章）言下多少健羡，悠然有弦外之音。三诗皆深有寄托，故言尽而意不尽，有不说出者在也。使泛泛论古，此体不免有伧父面目处。（首章）蘅斋曰："即将联句花雪，比拟何、范交情，同心之言，亦忘年之意也。"（诗说）"未解"句直贯下二句，言花雪本非同类，不识何以相拟也？美而诧之之词。○又总评曰：此种绝句，倡自工部。（辑评）

【张曰】义山宏博不中选，当时必有毁之者。首章言何、范同属知名之士，文人相轻，奈何因以及我？虽未解物华，亦何害为诗家也！次章言怜之毁之，要无伤乎我之名誉。三章"雾夕芙蕖"，比己新婚之得意。沈、范两尚书，指周、李二学士以大德加我也。三首皆借用何逊事，而意各不同，不必泥看。（会笺）

【按】此三章作意，自钱氏以下，或伤于穿凿，或流于肤廓，似均未得其要领。冯氏据末章"雾夕芙蕖"之语，以为诗作于初婚王氏之际，而以周墀、李回二学士实诗中之"沈、范两尚书"。此说虽颇新颖，然实可疑。诗言"雾夕咏芙蕖，何郎得意初"，意谓何逊雾夕芙蕖之咏，乃其佳篇，诗成之日，正其得意之时也。此"得意"当指所咏佳篇而言。如此佳篇，不特己爱之，人亦赏之，故下接云"此时谁最赏？沈、范两尚书。"如"得意"指新婚，则沈、范所赏者殆为何逊之新婚燕尔，而非文采风流矣。诗意恐不若是。且何诗所咏系人之新婚，岂可遽解为咏己之新婚？又“沈、范两尚书”，冯以为指周墀、李回，然其时周、李皆学士，未至尚书，义山诗文中亦未见称二人为尚书者。况诗言“得意初”、言“此时”，均为事后追思已往情景，非写当前之事。凡此皆可证冯说似是而实非。统观三章，大旨言何逊少年才俊（视“何郎”语可知），既得前辈诗人范云、沈约之怜爱称赏，亦遭同侪之忌毁（如延年之毁谢庄），其以何逊自况固极明显，而所谓沈、范两尚书，以义山之生平遭遇及有关诗文求之，当指令狐楚与崔戎。樊南甲集序云：“樊南生十六能著才论、圣论，以古文出诸公间。后联为郓相国、华太守所怜，居门下时，敕定奏记，始通今体。”令狐楚、崔戎皆章奏名手，又为义山前辈，与诗中沈约、范云以前辈诗人而赏爱何逊之少年才俊正极切合。上令狐相公状一云：“某才乏出群，类非拔俗。攻文当就傅之岁，识谢奇童；献赋近加冠之年，号非才子。徒以四丈东平，方将尊隗，是许依刘。每水槛花朝，菊亭雪夜，篇什率征于继和，杯觞曲赐其尽欢，委曲款言，绸缪顾遇。”安平公诗云：“丈人博陵王名家，怜我总角称才华。华州留语晓至暮，高声喝吏放两衙。”“顾我下笔即千字，疑我读书倾五车。”所述赏爱情景，正所谓“此时谁最赏？沈、范两尚书”“沈约怜何逊”者也。令狐楚大和七年兼吏部尚书，赠赵协律晳称令狐有“南省恩深”语，崔戎卒赠礼部尚书，故诗中以“两尚书”称之。若周、李，则本不以能文称，以沈、范拟之，殆为不伦。

首章三四句标举洛阳花雪之佳句以见何逊之文采不负范之赏爱，似兼有寓意。周蘅斋谓“比拟何、范交情，同心之言,亦忘年之义也”,甚为有见,此外似尚有以联句中花、雪之喻,隐指己与令狐楚同为章奏名手之意,如龙山之雪与洛阳之花可相比并而辉映也。甲集序亦云“彭阳章檄,樊南穷冻人或知之”矣。次章“延年毁谢庄”,必有所指,然已不可考毁者为何人。“人誉公怜,人谮公骂”(奠相国令狐公文),可相印证。三四句谓与同侪俱有得于清新之一体,各有所长,于彼此之名誉有何相伤而必欲忌毁乎?末章雾夕芙蕖,泛言文采之美,不必泥新婚之咏。

三章皆追思前事之作。失意中回顾往昔之誉我毁我情景,益觉誉我者终于无补,而毁我者永无已时。末章追思得意受赏,正衬出当前之失意受抑处境。“当时自谓宗师妙,今日惟观对属能”,诗意与此相近,作年或亦相类也。姑附编于漫成五章之后。

九日[①]

曾共山翁把酒时[②][一],霜天白菊绕阶墀[③][二]。十年泉下无消息[④],九日尊前有所思。不学汉臣栽苜蓿[⑤][三],空教楚客咏江蓠[⑥][四]。郎君官贵施行马[⑦][五],东阁无因再得窥[⑧][六]。

校　记

①【钱曰】一本题下有“怀令狐府主”五字。【冯曰】果有五(原作六)字,可以息众喙,然或后人所注,必非原注,余未之见。

②“翁”,冯引一本作“公”。“时”,朱本、季抄一作“卮”。

③“绕阶墀”,冯引一本作“正离披”。

④“消息”,朱本、季抄作“人问”。

⑤“不”,冯引一本作“莫”,非。

⑥“空教”,冯引一本作“还同”,非。

⑦“官”,冯引一本作“渐”。“贵”,北梦琐言作“重”。

⑧“因”,冯引一本作“人”。“再得”,悟抄作“得再”,北梦琐言作“许再”,冯引一本作“更重”。

集　注

〔一〕【朱注】山翁,山简也,以比彭阳公。【姚注】晋书:“山简镇襄阳,诸习氏、荆土豪族有佳园池,简每出游嬉,多之池上,置酒辄醉,名之曰高阳池。”【程注】愚意当是山公,误为翁耳。山公,山涛也。晋书:“涛所甄拔人物,各为题目,时称山公启事。”以比令狐楚为宜。朱意山简有习池之醉,诗言把酒,遂谓为简。然襄阳童儿歌亦曰“山公”,惟李白诗有“笑杀山翁醉似泥”之句。【冯注】晋书:“山简镇襄阳,惟酒是耽。”简称山公,亦称山翁。后人每言嗜酒山翁,如李白诗“笑杀山翁醉似泥”也。山涛,史亦言其饮酒至八斗方醉,然初不以酒名。余以太和七年令狐楚为吏部尚书,而疑当作“山公”,非也。文集明言“将军樽旁”矣。【按】冯说是。共山翁把酒指在令狐楚幕。

〔二〕【冯注】刘宾客和令狐相公玩白菊诗:“家家菊尽黄,梁国独如霜。”又有酬庭前白菊花谢书怀见寄诗。令狐最爱白菊。

〔三〕【朱注】汉书:“大宛马嗜苜蓿,上遣使者采归,种之离宫。”【冯注】以树物比树人,叹其不承父志。【纪曰】苜蓿外国草也,汉使者乃采归种之于离宫,令狐绹以义山异己之故

而排摈不用，故曰“不学汉臣栽苜蓿”。（诗说）

〔四〕【朱注】说文：“江蓠，蘼芜。”博物志：“芎䓖苗曰江蓠，根曰蘼芜。”楚词：“览椒兰其若兹兮，又况揭车与江蓠！”【姚注】楚词注曰：“江蓠，香草也。”【按】楚客，指屈原，兼寓楚之门客意。

〔五〕【朱注】周礼：“（掌舍）设梐枑再重。”注：“梐枑，行马也。或曰：行马，绕舍交木以御众。”汉官仪：“光禄勋门外特施行马以旌别之。”后世人臣得用行马始此。【吴景旭注】名义考云：“本以禁马，曰行马者，反言之也。”魏文帝拜杨彪光禄大夫，令门施行马；晋孝武置检校御史，知行马外事；陈后主时，萧摩诃以功授侍中，诏摩诃开阁门，施行马。鲍防诗：“紫门岂断施行马。”【程注】应璩与满公琰书：“外嘉郎君谦下之德。”注：“满宠为太尉，璩尝事之，故呼其子曰郎君。”【冯注】后汉书西南夷哀牢传：“太守张翕政化清平，得夷人和。卒，天子以翕有遗爱，乃拜其子湍为太守。夷人欢喜，奉迎道路，曰：‘郎君仪貌类我府君。’”魏志：“黄初四年，杨彪为光禄大夫，门施行马。”唐摭言：“义山师令狐文公，呼小赵公为郎君。”【补】行马，拦阻人马通行之木架。程大昌演繁露卷一：“晋、魏以后，官至贵品，其门得施行马。行马者，一木横中，两木互穿以成四角，施之于门以为约禁也。周礼谓之梐枑，今官府前叉子是也。”

〔六〕【朱注】汉书：“公孙弘开东阁以延贤人。”【按】阁当作閤，小门。汉书公孙弘传颜师古注：“閤者，小门，东向开之，避当庭门，而引宾客，以别于掾吏官属也。”详参清胡鸣玉订讹杂录卷三。

笺　评

【孙光宪曰】李商隐员外依彭阳令狐公楚，以笺奏受知。……彭阳之子绹继有韦平之拜，似疏陇西，未尝展分。重阳日，义山诣宅，于厅事上留题，其略云：（按即九日诗）……相国睹之，惭怅而已，乃扃闭此厅，终身不处也。（北梦琐言卷七）按：事又见王定保唐摭言卷十一。

【计有功唐诗纪事】商隐为彭阳公从事。彭阳之子绹继有韦平之拜，恶商隐从郑亚之辟，以为忘家恩，疏之。重阳日，商隐留诗于其厅事曰：……绹乃补太学博士。寻为东川柳仲郢判官。

【葛立方曰】唐之朋党，延及缙绅四十年，而二李为之首，至绹而滋炽。绹之忘商隐，是不能念亲；商隐之望绹，是不能揆己也。（韵语阳秋）

【胡仔苕溪渔隐丛话】唐史本传云："……后从王茂元之辟，其子绹以为忘家之恩，放利偷合，谢不通。绹当国，商隐归穷，绹憾不置。"则商隐此诗必此时作也。若古今诗话以谓绹有韦平之拜，浸疏商隐，其言殊无所据。余故以本传证之。但绹父名楚，商隐又受知于楚，诗中有"楚客"之语，题于厅事，更不避其家讳，何耶？（按吴乔曰："故犯家讳，令不得削去耳。"）

【钱龙惕曰】尝考绹之黜义山也，钩党之祸也。唐自元和以后，党势浸盛。逮文宗时，李宗闵、牛僧孺、令狐楚与李德裕大相仇怨，角立门户，驱除异己。宗闵诸人为尤。李太尉相武宗五年，虽未尝忘情于太牢，然救杨嗣复、李珏之死，犹有大臣之度。大中初立，赞皇被参乘之祸。令狐绹当轴，举赞皇之客诛剪无孑遗矣。义山幼受知于彭阳。自开成登第后，相国既没，累辟王茂元、郑亚、卢弘正府。三人皆李太尉委用，故绹尤深恶之。十年辅政，抑之终于使府。史谓义山忘恩放利，而绹尤憸刻寡恩哉！

【朱曰】此讽绹不能继其先志也。（李义山诗集补注）

【杨守智曰】前四句追忆令狐楚，后四句深恨令狐绹。（复图本）

【何曰】一气鼓荡，言不为蓄骏之计。（辑评）

【张谦宜曰】"曾共山公把酒时，霜天白菊绕阶墀"，触物思人，已成隔世。"十年泉下"虽"无消息"，"九日樽前"却"有所思"，一开一阖，总说伤心。"不学汉臣栽苜蓿"，既未曾施恩；"空教楚客咏江蓠"，但责其思慕。"郎君官贵施行马"，彼先拒我；"东阁无缘得再窥"，我岂无情？通篇如诉如泣，妙不可言。（絸斋诗谈卷五）

【胡以梅曰】义山先受知于令狐楚。楚卒，子绹以义山从王茂元辟且娶其女，谢绝之。盖令狐与李德裕相雠怨，各有其党耳。是以义山于九日诣之，作是诗题于厅事，绹睹之惭怅，乃扃闭此厅终身不处。首以山简喻楚，以己比葛强为简所宠，而尝醉饮此霜菊绕阶之际。作已十年，正逢九日。"无人问"，虚领起郎君谢绝之意，"人"字包生死，言妙。若别本易以"消息"便无精神。"所"字是有着落之字，尽可对人。若"消息"对"所思"反不确当。五比也，言苜蓿异域之种，汉臣尚且栽植于中国，何不效之而必令楚客之咏江蓠乎？对工切。江蓠本乎楚骚，所以言"楚客"。但离骚云："览椒兰其若兹兮，又况揭车与江蓠！"注言观子椒、子兰变节若此，岂况众臣！而不为佞媚，则又不便斥之如是。乐府"江蓠生幽渚"，另有词，皆言始爱终弃之意，今曰"咏"则非离骚，而用乐府也。结则明言以刺之。

【陆鸣皋曰】前半言从事楚幕，抚今而思昔也。第三联，言绹不收置门下，而使同于放逐之臣。施行马，含阻客意。

【陆曰】余按本传，太学博士以文章干绹得补，非关诗也。诗中虽有“楚客”之云，然古人临文不讳，其恶义山，未必尽由乎此。大抵绹之为人，盖不肯服善，又不能下人者也。观温庭筠事出南华一言，遂成仇恨，是不服善之一证也。义山此诗，未免怨望，且以父行自居，绹能为之下乎？篇中感念旧恩处，正是激怒绹处。曰昔年把酒，同醉霜天，今日开樽，空悲泉壤。重来此地，适遇此时，能不黯然有所思乎？忆公元和以来，历镇宣武、天平、河东，以及山南西道，皆功在社稷，不徒如汉臣之偶一奉使，采取苜蓿归栽已也。又忆某为记室时，蒙公岁给资装，令随计上都，期致通显，岂知沉沦使府，碌碌终身，不殊楚客之行吟泽畔耶？今日者，郎君官贵，旧时东阁，无由再窥，不禁感慨系之矣。

【姚曰】此讽绹不能继其先志也。山翁高会，白菊绕墀，见所汲引者皆同类也。十年泉下之思，正以今日樽前之不如昔耳。且公实非私厚于我一人，苜蓿比异类，江蓠义山自托。栽培不苟，气味相投，我独何心，辄自忘其旧恩耶？东阁之迹睽疏，实以郎君官贵故也。言外见绹之疏己，必有小人谗间之。或以此触其忌讳，故益憾之欤？

【屈曰】一二昔。三结一二。四起。五指绹，六自己。七结五六，八结前四。○苜蓿以秣宛马者，喻不以禄荣才士也。汉臣比楚，楚客自比。

【程曰】旧人说此诗者以为题令狐之厅壁。驳之者以为“楚客”字不避绹之家讳，必非题壁，此论得之。况明言贵施行马，东阁难窥，又何从题壁耶？然要为怨绹而作无疑也。通篇训诂往往有不得其腹联承接之解者，皆由误看“有所思”三字，以为承上思山公把酒之时，不知其为透下思郎君官贵之日也。史家行文之法，多有伏笔，然后遥接，为诗何独不然？若以“有所思”为思山公，则腹联紧接，竟怨令狐楚矣。考其史传，受知于楚，辟为幕官，又授以笺奏之学。而义山祭令狐公文云：“将军樽旁，一人衣白。”“十年忽然，蜩宣甲化。”则深感奏辟，正与此首前四句合。岂有追思其不加栽培而敢怨于沦落失所者乎？此诗盖感其先世之旧德而叹后人之不古若也。首以山公喻楚，正谓其表奏辟，有如山公之启事荐贤。共把酒卮，又谓其门下曲宴，不啻安昌之亲厚门生也。此乃即景兴怀，姑举一时一事言之耳。无端十年，又逢九日，于是感伤泉下，消息渺然，叹息樽前，有思时事。思之者何？思郎君也。郎君之官，今已贵显，使念世旧，何惜栽培？无如屡启陈情，竟不之省，转谓无行，嗤谪排挤，是则不能如张骞之求天马，苜蓿常培，但能为上官之谮骚人，江蓠哀怨。末则直摅其情事，明点其指归，以结“有所思”三字及腹联二语。又畅言其见绝之深，不但望断于加恩，亦且礼绝于晋接。东阁者，公孙丞相见贤之地，以比楚之第宅，乃属楚，非属绹也。其时言绹但谓“官贵”，则犹属未相之先，不然，韦平继拜，则立言有不止于官贵者。诗当在绹为学士或为舍人时作。但绹为学士为大中二年，义山从郑亚在岭表；绹为舍人为大中三年，义山乃自岭表入朝，诗当作于其时。

【徐曰】楚没于开成丁巳，至大中二年戊辰，已十二年，尚可举成数言。时绹官学士，亦已贵矣。若绹当国，则不得云十

年，且岂仅施行马哉？（冯笺引）

【冯曰】义山于子直，既怨之，犹不能无望之，敢于其宅发狂犯讳哉？诸家之辨已明。余更定为此时途次（指大中二年自桂管赴巴蜀途次）所作。第六句兼志客程也。盖大中二年，绹已充内相，故异乡把盏，远有所思，恐其官已渐贵，我还京师，尚未得窥旧时之东阁，况敢望其援手哉？预为疑揣，不作实事解，弥见其佳。观一作"许再"可悟矣。及三年入京，内实睽离，外犹联络，屡曾留宿，备见诗篇，何至不得窥东阁哉？本传所云绹谢不与通，亦误也。后人妄撰一宗公案，皆不足信。又曰：韵语阳秋曰："绹之忘商隐，是不能念亲；商隐之望绹，是不能揆己也。"论颇平允。

【纪曰】蒙泉以为一气鼓荡，信然。然后四句太讦，非诗人之意。（辑评）

【方东树曰】此感旧作也。流美圆转之作。义山贪用事多不忍割，如此"苜蓿"，何所指也？又不避楚讳，皆不可之大者。（昭昧詹言）

【王寿昌曰】九日诗能寓悲凉于蕴藉，然不如韩昌黎之左迁至蓝关示侄孙湘虽不无怨意而终无怨辞，所以为有德之言也。（小清华园诗谈）

【张曰】"苜蓿"句祇取移种上苑之义，言令狐不肯援手，使之沈沦使府，不得复官禁近也。晚唐用事，往往有此种，岂以敌国寓慨哉？纪氏误会，乃以为迂曲耳。后四句当作虚料解，意味乃佳。故别本"再得窥"有作"许再窥"者。讥以太讦，缪以千里矣。（辨正）又曰：王定保、孙光宪皆五代人，于唐耳目相接，所载似可信从。于东逢雪在九月，则重阳日当已至京矣。诗意憾其子，追感其父。"山翁"指令狐楚，楚最爱菊,故云。楚殁于开成二年丁巳,至大中二年戊辰,已十二年,云"十年泉下无消息"者,举成数也。苜蓿只取移种上苑之意。"楚客""江蓠",喻从郑亚,兼属望李回事,亦以放逐自况也。结即未尝展分之恨。程氏……说亦大通,孙、王辈不免纪载小疏耳。至唐诗纪事又云:"绹乃补义山太学博士。"考博士一除,在徐幕罢后,且非九月,此则纪事者随手赘及,不足据矣。……此诗是入京道中作矣。(会笺)

【按】此诗当作于大中三年重阳。程氏据"官贵"语,推断此时绹尚未拜相,甚是。按绹大中四年十月拜相,如诗作于绹拜相后,当已至五年九月,时上距楚之卒已十五年,不得再称"十年泉下"矣。况其时义山已应柳仲郢之辟入梓幕,不复属望于令狐之援手,自亦绝再窥东阁之望。即令作于四年九月绹行将拜相时,亦与"十年"之语不甚符。故北梦琐言之记载,殆因此诗而傅会,殊不足信。徐、冯、张氏力主作于大中二年,如仅就"十年泉下"语观之,似较合。然是年九月,义山方在桂管归途,有九月于东逢雪可证。张氏谓重阳日当已至京,此想当然之辞,诗仅言"九月",不标日期,乌知其必在九月初?即令重阳日已至京,鞍马劳顿,行装甫卸,令狐尚未及谋面,又焉知其必不肯一援手,而作诗以摅怨望之情乎?自当日情势视之,义山自桂管归,虽亦可能料及令狐绹之忌恨,然中心尚存希望,冀其能念旧情而一援手,此于梦令狐学士、寄令狐学士、令狐舍人说昨夜西掖玩月因戏赠等诗均可见。迨令狐拒绝援手之态度既明,义山乃不得已应卢弘止之辟入徐幕。此诗作于三年九月,入徐幕在十月,其间消息，固不难意得也。

"九日尊前有所思"句结上逗下。"有所思"者，既缅怀追感令狐楚之厚遇栽培（白菊绕阶，固当日情景，亦微寓依其门墙，受其栽培之意，且暗逗下文"栽"字。注家或引"将军樽旁，一人衣白"之句，殆非巧合），亦怨恨令狐绹之冷遇排斥，不念旧情。两两相形，益增感慨，而统于沉思默想之"有所思"一语中发之，情味特为含蓄。程氏谓专属下，失之。"不学"句当依张笺，谓绹不学乃父之栽培文士，言外见其忌刻。"栽苜蓿"即"移根上苑"之意，与"敌国"无涉。"空教"句似非泛言己之失意怨望，如楚客之赋离骚。江蓠当有所指。椒兰尚且芜秽变质，又况等而下之之揭车江蓠！盖以"江蓠"暗指绹也。末句"东阁"自指楚而言，视"再得窥"可知。然其意则谓绹之不念旧谊、不重贤才也。

野菊〔一〕

苦竹园南椒坞边〔二〕，微香冉冉泪涓涓〔三〕。已悲节物同寒雁，忍委芳心与暮蝉〔四〕？细路独来当此夕，清尊相伴省他年〔五〕。紫云新苑移花处，不取霜栽近御筵①〔六〕。

校　记

①"云"，英华注：一作"薇"。非。"筵"，悟抄作"园"，非。

集　注

〔一〕【朱曰】此诗又见孙逖集，题作咏楼前海石榴。【程曰】格调既非盛唐，而语气又不切海石榴，孙集误收也。【朱彝尊曰】句句是野菊，无海石榴意。

〔二〕【朱注】齐民要术："竹之丑或有四，曰青苦、白苦、紫苦、黄苦。"【冯注】永嘉郡记："乐成县民张荐，隐居颐志，不应辟命。家有苦竹数十顷，在竹中为屋，恒居其中，一郡号为高士。"荐，一作廌。谢灵运山居赋："竹则四苦齐味。"竹苦、椒辛，皆喻愁恨。【陆曰】言所托根在辛苦之地也。【按】陆解是。

〔三〕【陆曰】言香微露重。涓涓者，疑花之有泪也。

〔四〕【何曰】寒雁，自比羁远。暮蝉，则不复一鸣，欲诉而咽也。（辑评）【补】与，同也。二句谓其已如寒雁之空悲节物，更何忍等同于暮蝉之委弃芳心，寂默不言乎？

〔五〕【何曰】（"清樽"句）反醒"野"字。（辑评）

〔六〕【冯注】按旧、新书志："开元元年，改中书省曰紫微省，令曰紫微令，后复旧。"故舍人皆称紫微。此作"紫微"似更明切。作"紫云"取霄路神仙之义，亦合。【姚注】西京杂记："初修上林苑，群臣远方，各献名果异卉三千馀种植其中。"【何曰】二句收"野"字。（读书记）

笺　评

【王夫之曰】有飞雪回风之度，锦瑟集中赖此以传本色。（唐诗评选）

【朱曰】此发遗佚之感也。（李义山诗集补注）

【杨曰】"曾共山公把酒时"，"霜天白菊绕阶墀"，所谓"清樽相伴"。义山拳拳不忘令狐，每于吟咏发之。落句与"不学汉臣栽苜蓿"同意。二诗参看，本意自见。（据复图本）

【何曰】湘蘅以此篇与九日诗同旨，细读之，近是。（读书记）

"忍委"句评:柔情终不远。(辑评)又曰:第二即"霜天"句意。第六即"与山翁把酒卮"也。结处即"不学汉臣栽苜蓿"意。当与九日诗参看。〇三四言弃置而心不灰。〇追思其父,深怨其子矣。(辑评。以上三条冯笺引作杨评,字句稍异。)

【胡以梅曰】此虽咏野菊,细绎通篇词意,多寓言伤感。起处用苦竹、椒坞,总使当机之境,然而独用之,即有辛苦之谓。继以泪涓,虽言花之滴露,亦非无因。三虽云此花与寒雁同其节物,而寒雁多凄凉矣。四则芳心尚在,又安许与暮蝉并其雕歇?此不甘迟暮也。细路,亦兼崎岖。他年,指昔年。紫云楼、御筵,皆指禁近。霜栽,老辈也。观六七八之意,昔年指令狐楚,即九日樽前有所思之事。结言令狐绹不与荐引御筵耶。全首有脉可寻,或作石榴诗,词意无谓,大谬矣。(唐诗贯珠串释)

【唐诗鼓吹评注】此比贤者之遗弃草野,不得进用也。首言菊生竹园坞屋之间,微香冉冉不断,而浥雨则如泪涓涓,知其意不自得矣。以彼冒霜而开,已悲节物于衔芦之雁,兼之带雨而发,忍委芳心于咽露之蝉?乃余细路独来,偏当此夕,清樽长伴,偶省他年。思以贡之玉堂,而紫云新苑,正繁花争艳之处,谁取霜根以近御筵哉!〇首句比君子之失所,二句比失意。颔联见其操。已下则同心相吊,而伤其径路之无媒耳。

【陆曰】义山才而不遇,集中多叹老嗟卑之作。野菊一篇,最为沉痛。起云"苦竹园南椒坞边",竹味苦,椒味辛,言所托根在辛苦之地也。继云"微香冉冉泪涓涓",言香微露重,涓涓者,疑花之有泪也。插此"泪"字,便生出下一联来。

言是菊也，敷荣在野，无异寒雁羁栖；不言而芳，等于暮蝉寂默，又何由见知于世乎？下半言细路独来，惟有今夕；清樽相伴，空省他年。盖傲霜之姿，本非近御之物，而冀其移栽新苑也，得乎？亦惟槁项黄馘，老死牖下而已矣。

【徐德泓曰】此自况也。首联，喻失所而悲。次联，喻已伤迟暮，那复甘心从事诸侯也。其下则云此地此时，相对孤芳，而可结为他日清樽之伴。盖因此非春艳，终不为上苑所取故耳。仍是缺望之意。

【姚曰】此因野菊而发遗佚之感也。竹园椒坞，托身虽不涉芜秽，而芳香无主，宜其泪涓涓下耳。且寒雁来时，华年已过；暮蝉喑处，晚节谁知？上半首是咏菊。细路独来，此夕偶然相值也。清樽相伴，他年不改其操也（按姚解此句显误）。其如紫云新苑，素心人无由自献何！下半首自叹。

【屈曰】按榴夏花，与题不合之甚。“紫微新苑”正对“野”字。○一地，二香，三四时，五六得赏，七八慨不遇结。竹身多节，椒性芳烈，此中菊香已非凡品。三四言花开何晚，此泪之所以涓涓也。五野菊也，六不堪重省也。紫薇新苑不取霜栽，深叹不遇之意，皆自喻也。通首不出题，亦是大病。

【程曰】此诗与九日词旨皆同，但较浑耳。中间“已悲节物”、“忍委芳心”二语，即离骚“老冉冉其将至，恐修名之不立”意。盖日月逝矣，能无慨然？五六二语与“九日樽前有所思”正同。七八二语与“不学汉臣栽苜蓿”正同。故知此诗为一情一事。野菊命题，即君子在野之叹也。

【冯曰】绝非咏石榴，有目共晓。近人毛西河唐七律选属之孙逖，而述张南士之论以证之，此欺人之谈耳。“紫云新苑移花”者，绹官中书舍人，已移居晋昌坊也。义山此日独至楚之旧居，而溯昔年“清樽相伴”之事，正在于此也。其为大中三年移居似确。

【纪曰】中四句佳。结处嫌露骨太甚。（诗说）此诗一作咏楼前海石榴，毛西河力主之，其说穿凿不足据。（辑评）

【王鸣盛曰】即一物而自写沦落不遇之感。（冯注初刊本王氏手批）

【曾国藩曰】义山以官不挂朝籍为恨，故以未尝移栽御筵，不能不致怨于令狐氏耳。（十八家诗钞）

【张曰】结句虽正面收足“野”字，而别有寓意，故不觉其浅直，与空泛闲语不同。○“紫云新苑移花处”，谓子直移居矣，亦暗喻内职尊贵之意。令狐楚居在开化坊，而集中有子直晋昌李花及白云夫旧居等诗可证。是绹已迁晋昌，不在开化矣。“清樽”句记昔年与楚觞咏于此也。楚最爱菊。补编上楚启亦有“菊亭雪夜，杯觞曲赐其尽欢”语。此篇盖亦为子直而作。何评殊妙。约在大中二、三年秋间也。（辨正。会笺全依冯说。）

【黄侃曰】此诗义山盖以自喻其身世。末二句与崇让宅紫薇意正相类，但彼措辞径直，此稍婉耳。（李义山诗偶评）

【按】与九日诗同中有异。九日诗因重阳把酒赏菊回忆当年楚之恩遇，对照今日绹之冷遇，笔笔不离令狐父子，此则因见野菊而兴身世之慨，怀楚怨绹之意仅于自伤身世中及之，主旨固不在此。前四咏菊，全是自伤。次联于感伤时序身世之中寓不甘沉沦之意。后四方因菊而联及令狐父子。“清樽相伴省他年”，所记省之内容即九日诗所谓“曾共山翁把酒时，霜天白菊绕阶墀”。彼时绕阶之白菊，今则为托身辛苦地之野菊矣，“此夕”与“他年”之对照中自含无限感慨。末联冯、张均以为寓令狐移居事，恐非。“紫云新苑移花处”，即所谓“移根上苑栽”，指绹移官内职，任中书舍人、充翰林学士承旨，“处”即“时”意。“不取霜栽近御筵”，则怨绹不加汲引。霜栽指野菊。

白云夫旧居

平生误识白云夫，再到仙檐忆酒垆〔一〕。墙外万株人绝迹①，夕阳唯照欲栖乌。

校　记

①“外”，旧本均同，冯注本作“柳”，未知所据何本。【何曰】“外”作“柳”。（读书记）“人绝迹”，万绝作“人迹绝”。

集　注

〔一〕【冯注】世说：“王濬冲经黄公酒垆，顾谓后车客：‘吾昔与嵇叔夜、阮嗣宗酣饮此垆，自嵇生夭、阮公亡以来，便为时所羁绁。今日视此虽近，邈若山河。’”

笺　评

【何曰】义山之“平生误识白云夫”，致光之“若是有情争不哭”，皆是言外巧妙。（读书记）

【姚曰】白云夫必是异人，如丹邱子之属。“误识”者，惜其当面错过也。

【屈曰】当时不识云夫，则今日之树绝人迹，残照栖乌，景虽荒凉，何至伤心，故曰“误识”。

【程曰】诗有“仙檐”字，白云夫当幽栖之道流耳。其曰“误识”

者，乃追悔于平生未传仙诀，徒增感旧之思。反言之，乃深惜之也。

【徐曰】艺文志："令狐楚表奏十卷。"注曰："自称白云孺子表奏集。"此白云夫当是楚。"夫"者，尊称也。误识，即"早知今日系人心，悔不当初不相识"之类，深感之之词也。（冯笺引）

【冯曰】徐笺妙矣，此固非道家者流也。"忆酒垆"，当与九日、野菊同看。

【纪曰】平正无出色。"误识"是错认之意，言平生相交，竟不深知，今日乃追忆之也。

【按】徐氏据新书艺文志，以为"白云夫"指令狐楚，似之。令狐楚曾为郑儋从事，儋自号"白云翁"（见韩昌黎文集郑儋神道碑文），楚自号"白云孺子"盖以媚儋也。仙檐，犹旧居（按：开化坊有令狐楚旧宅）门前，"仙"亦暗寓仙逝之意。"忆酒垆"，即"曾共山翁把酒时""清樽相伴省他年"之谓。"忆"字点醒存殁隔世之意。三四状旧居深静景象。"欲栖乌"三字颇见用意。盖隐寓己昔曾依于令狐门下，今则如乌鹊失栖也。然"误识"二字，徐氏以为"深感之之词"，似未切当。义山早岁受知于楚，后反因此被视为牛党私人，婚王氏，从郑亚，均遭嫉恨摈斥。故重访楚之旧居，固生感旧之情，亦增身世之慨。"误识"也者，确有悔不当初之意，身不由己之慨。冯、张均系桂管归后，可从。

过伊仆射旧宅〔一〕

朱邸方酬力战功〔二〕，华筵俄叹逝波穷〔三〕。回廊檐断燕飞出[①]〔四〕,小阁尘凝人语空〔五〕。幽泪欲干残菊露[②],馀香犹入败荷风〔六〕。何能更涉泷江去,独立寒流吊楚宫[③]〔七〕?

校　记

①"檐",英华作"帘"。"出",朱本、季抄作"去"。

②"泪",英华作"砌",非。

③"流",英华作"沙"。

集　注

〔一〕【朱注】唐书:"伊慎、兖州人,善骑射。大历间以军功封南充郡王,历官检校尚书右仆射,兼右卫上将军。元和六年卒,赠太子太保。"【冯注】旧书传:"伊慎,兖州人。大历以后,累讨哥舒晃、梁崇义、李希烈、吴少诚,前后多战功,封南充郡王,节度安、黄等州。安、黄置奉义军额,为奉义军节度使、检校右仆射。宪宗即位,入真拜右仆射,后兼右卫上将军。"按:安州安陆郡黄州齐安郡,安黄节度治安州。而当慎入觐时,诏其子宥领安州刺史,见权德舆所撰神道碑。"南充郡"有作"南兖"者,误。旧、新书志、表:"元和元年,罢奉义军节度使,升鄂岳观察为武昌军节度使,治鄂州,管鄂、岳、蕲、黄、安、申、光等州。五年,罢节度使,置鄂岳都团练观察使。"又按:此宅在旧治之地,义山至江乡而过之,非如长安志所载街东光福坊有伊慎宅也。【张曰】据权德舆伊慎神道碑:"复检校右仆射兼右卫上将军,元和六年十二月晦寝疾,薨于光福里。"是慎死于京邸,不在安州,此旧宅必义山在京将游江乡时过而赋之者,故写景皆系深秋。所谓泷江独立,凭吊楚宫,乃虚拟之辞,不得谓作于安黄,而以不能更涉寓座主迁镇之慨也。【按】

此旧宅显指伊慎京城光福坊旧邸，冯氏为证成其“江乡之游”说，故谓指慎在安黄旧治之宅，岑氏已驳之矣（详笺评引）。作年或在大中三年秋，详笺。

〔二〕【姚注】汉书注：“郡国朝宿之舍在京师者，率名邸。”诸侯朱户，故曰朱邸。【朱注】谢朓辞隋王笺：“朱邸方开，效蓬心于秋实。”【程注】唐书本传：“伊慎初为路嗣恭先锋，讨哥舒晃，下韶州，斩晃于泔溪，授连州长史。自后破梁崇义于襄汉，破李希烈于黄梅、蕲州，擒刘戒虚于应山，败吴少诚于义阳，积功封南充郡王，累官拜安黄节度。”盖慎之功业，初在岭南，既在湖襄也。元和间拜尚书右仆射。国家之高爵厚禄，酬德报功，亦可谓至矣。

〔三〕【补】论语子罕：“子在川上曰：‘逝者如斯夫，不舍昼夜。’”逝波穷，谓伊慎已逝世。安平公诗：“五月至止六月病，遽颓泰山惊逝波。”

〔四〕【补】回廊，曲折回环之走廊。杜甫涪城县香积寺官阁：“小院回廊春寂寂。”檐断，屋檐残断，与下“尘凝”“残菊”“败荷”均写旧宅荒废景象。陈永正曰：“燕飞去”，活用刘禹锡乌衣巷诗：“旧时王谢堂前燕，飞入寻常百姓家。”

〔五〕【冯曰】集中双声叠韵甚多，此联尤巧变者。

〔六〕【冯注】（五六）深秋之景。【按】二句状深秋凋残景象。谓露浥残菊，如幽泪欲干；风入败荷，似仍送馀香。败荷之馀香，本因风而传送，此谓馀香入于风，笔意曲折。

〔七〕【朱注】泷，闾江切。水经注：“泷水又南出峡，谓之泷口，又南径曲江县东。”一统志：“在韶州府乐昌县。”按楚宫在荆南，疑此诗乃自桂林奉使江陵时作，故有末二句。【程曰】慎之功业，初在岭南，继在湖湘。……末二句用其生平本事。泷江，岭南道；楚宫，湖湘地。【冯注】泷为江水通称，见送从翁东川。楚宫远在巫峡，入蜀乃经，何能更涉吊哉？【按】此"泷江"当从冯注泛指江水，非专指岭南韶州附近之泷水。末二句一意贯串，谓何堪更远涉泷江而抵荆楚旧地，独立寒流之畔而凭吊楚宫哉？非谓先至泷江，更至楚宫也。且岭南之泷江与荆南相隔千里，谓"涉泷江"而"吊楚宫"，亦属不可解。若谓自桂林奉使江陵，则当取道灵渠、湘江，何事迂回泷江以增跋涉乎？

笺　评

【朱曰】此叹豪华之易尽也。按：楚宫在荆南，疑此诗乃自桂林奉使江陵时作，故有末二句。（李义山诗集补注）

【朱彝尊曰】"朱邸"：宅。"战功"：仆射。"回廊"：二句旧宅。（末联）言楚宫荒凉，当更深一层，更甚于此也。

【胡以梅曰】起是直叙酬功，封爵晋阶也。华筵即指酬功荣盛事，而俄顷已同逝波尽耳。四"人语空"活泼，胜于三。五、六双夹串合佳，言泪枯如残菊之露，已属无多，惟馀香入败荷之风，犹得微闻，触景生情之妙。（唐诗贯珠串释）

【陆曰】伊慎曾以军功封南充郡王，故有首句；卒于元和六年，故有次句。义山在大中初，自桂林奉使江陵，过伊旧宅，距其死已三十馀年，荒废殆尽，故有"回廊檐断""小阁尘凝"之句。五六言残菊败荷，皆增凄怆，一勋臣之第，令人生感如是，况涉泷江而吊楚宫，复有千古兴亡之叹耶？结处点出"过"字。

【徐德泓曰】结语更进一层，又增无限感慨，诗家秘妙，无穷尽也。

【姚曰】此叹豪华之易尽也。以力战取富贵，亦非无功之享，何期转眼销灭，燕去人空，朱邸已废，惟有败荷残菊，供人凭吊耳。因想今古兴亡，不过如此，眼前近事，便是热闹场中痛针热喝，又何必过泷江、吊楚宫，然后警悟耶？楚宫在荆南，时义山自桂林奉使江陵，故有末句。

【屈曰】一二，百年瞬息也。中四句写旧宅宾客奴仆皆已星散，而荷菊犹存，人不如草木有情也。只此荒凉，伤心已极；涉泷江而吊楚宫，其伤心更当何如？

【程曰】伊慎……晚节，贿赂宦官，复求为河中帅，贬降以卒，恶谥壮缪，则仆射不得以功名终矣。故义山因过其旧宅而吊之。……伊慎乡里，则在兖州；终于右卫上将军，则在京师。义山所过之旧宅，不在京则在兖，安得指义山辟幕所过之桂林江陵，而臆度其有宅耶？

【田曰】哀音清苦，但多亮节而少微情，一结犹存风雅。（冯笺引。又见辑评朱批。又辑评朱批有"第六用笔曲折"一条，未审系何焯评抑田评，姑附此。）

【冯曰】田评不晓用意耳。高锴出镇鄂岳，义山当至其地。题以旧宅寄慨，结云更涉泷江，高已由鄂岳迁镇西川，义山不更溯江而上矣。又曰：座主高锴观察鄂岳，而安黄为其所管。义山既游江乡，必先赴其幕，路经安黄，玩过伊仆射旧宅诗，高于秋冬间已迁镇西川，故以旧宅寓慨，而怅不能更涉泷江也。

【纪曰】独结二句就"过"字生情，搀过一步渲染本题，妙有情致，前六句直是许浑一辈套子，殊不可耐也。（诗说）

【曾国藩曰】末二句朱氏以为义山时自桂林奉使江陵，故有此语。程氏以为伊慎立功，初在岭南，后在湖襄。愚意当从朱

说。(十八家诗钞)

【张曰】前六句结体森密,吐韵铿锵,设采鲜艳,是玉溪神到奇境,以为"庸俗",可乎? ○此篇甚难定其为何年。开成五年江乡之游,系九月东去。大中元年使南郡是十月,明春还桂。若大中二年蜀游,留滞荆门,乃初秋时,旋即返洛。此诗味其写景,皆系初冬,与蜀游时令不细合。颇疑开成五年所作,然结语又与情事不细合。朱氏谓大中元年使南郡作。结语似慨不欲重入记室,意或可通也。○此在荆州时作。时卫公叠贬,故假伊慎致慨,首二句明而显矣。义山不能从李回湖南,故曰"何能更涉泷江去"。"独立"句言己留滞荆门也,时正秋间。"幽泪"二句点景,"残菊"字不必泥看,盖大中二年赋矣。(辨正)又曰:此将至江乡在京所作。伊慎旧宅在街东光福坊,长安志可证,非旧治安州也,冯氏编次大误。(会笺)

【岑曰】按锴卒于鄂岳,见旧、新传,未尝迁西川(参方镇年表六)。如商隐南游江乡,分应有哭奠之作,今未之见。伊慎,兖州人,节度安黄,自有公署,何须治宅?诗之仆射旧宅,正是长安志所载街东光福坊伊慎宅。(唐史馀瀋李商隐南游江乡辨正)

【陈永正曰】李德裕在大中元年冬,贬为潮州司马,次年九月,再贬为崖州司户参军。四年冬,终于死在蛮烟瘴雨的海南。本诗借过伊慎的旧宅,以寄怀德裕,表现了对这位在政治上有建树的历史人物深切的同情。……李德裕曾拜太尉封卫国公,与伊慎身份亦类。(李商隐诗选)

【钱锺书曰】长吉好用"啼""泣"等字。……李义山学昌谷,深染此习。如"幽泪欲干残菊露""湘波如泪色漻漻""夭桃惟是笑”“蜡烛啼红怨天曙”“蔷薇泣幽素”“幽兰泣露新香死”“残花啼露莫留春”“莺啼花又笑”“莺啼如有泪”“留泪啼天眼”“微香冉冉泪涓涓”“强笑欲风天”“却拟笑春风”，皆昌谷家法也。（谈艺录）

【按】此诗内容，首二句已开宗明义，大体揭出。中二联不过就题内“旧宅”及次句加以渲染敷衍，以寓荣宠不常、豪华易尽之感。末联乃由此进而生出家国兴亡之慨，谓我今对此旧宅，已深感盛衰不常，何能更涉泷江，独立寒流之畔而吊楚宫，慨兴亡哉！“何能”，非望之之词，犹何能堪也。前“叹”后“吊”，均以“逝波穷”一语贯之。姚、屈二笺，就诗作解，较得其实。是否另有寓托，不易确定。作者潭州云：“陶公战舰空滩雨，贾傅承尘破庙风。”旧将军云：“云台高议正纷纷，谁定当时荡寇勋？”二诗均大中二年桂管归途作，其中颇寓会昌有功将相被斥弃之感慨，此诗首联“朱邸方酬力战功，华筵俄叹逝波穷”，或亦微寓此慨。张氏辨正谓：“时卫公叠贬，故假伊慎寄慨。”似亦有此可能。温庭筠有题李相公敕赐屏风云：“丰沛曾为社稷臣，赐书名画墨犹新。几人同保山河誓，独自栖栖九陌尘。”李相公即李德裕。此诗寓感，似与之类似。诗作于长安，或在大中三年秋间。

哭刘蕡①

上帝深宫闭九阍〔一〕，巫咸不下问衔冤〔二〕。黄陵别后春涛隔②〔三〕，湓浦书来秋雨翻〔四〕。只有安仁能作诔〔五〕，何曾宋玉解招魂〔六〕？平生风义兼师友，不敢同君哭寝门〔七〕。

校　记

①姜本题作“哭刘司户蕡”。

②“黄”，各本均作“广”。【何曰】“广陵”疑“黄陵”。【程曰】义山与去华未有广陵踪迹，本集诗云：“去年相送地，春雪满黄陵。”则“广”字为“黄”字传写之讹无疑。且初赠之诗有“江风”字，有“楚路”字，尤可为黄陵左证。【按】何、程说是，兹据改。

集　注

〔一〕【冯注】楚词招魂：“君无上天些，虎豹九关，啄害下人些。”离骚：“吾令帝阍开关兮，倚阊阖而望予。”【程注】刘禹锡楚望赋：“高莫高兮九阍。”【按】九阍，九天之门，犹九关。此喻帝王宫门。宋玉九辩：“君之门以九重。”

〔二〕【朱注】初学记：“世本曰：巫咸作筮。”〇按招魂：“帝告巫阳云云，乃下招曰……。”王逸注：“巫阳受天帝之命，因下招屈原之魂。”此诗巫咸恐当作巫阳。【何曰】以文义论之，当作巫阳，殆因老杜“巫咸不可问”之语而误。记六朝人亦有作巫咸者。甘泉赋：“选巫咸兮叫九阍，开天庭兮延群神。”从来用巫咸者殆因此而讹。（读书记）【冯注】离骚：“巫咸将夕降兮，怀椒糈而要之。”王逸曰：“巫咸，古神巫也，当殷中宗之世。”按：史记封禅书：“殷太戊世，巫咸之兴自此始。”注谓以巫咸为巫觋。盖巫咸是殷臣，以巫接神事，太戊使禳桑谷之灾也。山海经海外西经：“巫咸国登葆山，群巫所从上下。”而巫阳之名见海内西经诸巫中。吕氏春秋“巫咸”作“筮”。史记天官书注：“巫咸本吴人，冢在苏州常熟海隅山上。”巫咸之说不同，而其为巫一也。巫阳固同类。王逸曰：“女曰巫，阳其名也。”句意尚未遽谓其死，用巫咸正合，不可疑也。【按】何引甘泉赋解所以作“巫咸”之故，甚是。作者既另有所本而非误记，则自当作“咸”。朱氏径改非是。此但言朝廷竟不遣人问蕡之沉冤耳。

〔三〕【何曰】(春涛隔)三字指群小排笮至死也。(辑评)【按】何解殊凿。此但言黄陵别后，又隔一春耳。时义山在长安，与蕡所居之地遥隔大江，故云“春涛隔”。黄陵见哭刘司户蕡注。

〔四〕【姚注】庐山记：“江州有青盆山，故其城曰湓城，浦曰湓浦。”【冯曰】合之“江风吹雁”，蕡当卒于秋，此书即讣音。

〔五〕【朱注】晋书潘岳传：“岳词藻绝丽，尤善为哀诔之文。”集有夏侯常侍及马汧督诸诔。

〔六〕【朱注】招魂注：“宋玉怜屈原魂魄放佚，厥命将落，故作招魂。”【冯注】二句痛其竟死，不得再延。【何曰】不必将下“师友”句粘著宋玉说，其取义只在作诔、招魂四字耳。(读书记)【按】安仁、宋玉均自喻，谓己惟能作诗文以致哀悼，而不能招其魂魄使之复生。

〔七〕【朱注】檀弓：“孔子曰：‘师吾哭诸寝，朋友吾哭诸寝门之外。’”【朱彝尊曰】立言之体。同君，言不敢同蕡于哭诸寝门外之朋友也。【何曰】生平则友也，风义则师也。孔子曰……，然则终当以师友之义处之，不但为寝门之哭也。(辑评)【冯注】后汉书班彪传：“彪避地河西，大将军窦融以为从事，深敬待之，接以师友之道。”文苑傅毅传：“车骑将军马防请毅为军司马，待以师友之礼。”旧书传：“令狐楚、牛僧孺待（蕡）如师友。”新书传：“皆以师礼礼之。”按：况义山乎？礼记奔丧：“哭师于庙门外，朋友于寝门外。”【补】风义，情谊。同君，与君（指蕡）相齐相等，即处于与蕡相等之朋友地位。二句谓刘蕡平生与己兼有师友之谊（偏义于师），故不敢自居于蕡之同列而哭吊于寝门之外。

笺 评

【金圣叹曰】一解四句，便有搏胸叫天，奋颅击地，放声长号，涕泗纵横之状。言梦梦上帝，尔在何处？更不遣人略看下界，今日遂致听我刘司户且湮没而死也。三四言广（按：当作黄）陵春别，谓限衣带；湓浦秋书，遽言永诀。天乎？人耶？哀哉痛绝也！前解写刘蕡死，此解写哭也。言往往有恩义迫切之人，喜言死者容有还魂之事；殊不知人生在世，死为大都，讣既曰死，即真死矣。我为恩义迫切之人，则惟有备极哀痛，以哭其死，更不应升降招呼，以冀其生也。末句因言：古礼，朋友若死，则哭诸寝门之外，今刘于己，情虽朋友，义从师事，然则今日我直哭之于寝，不敢同于朋友之礼也。

【朱曰】此痛刘蕡之忠直不见容于世也。（李义山诗集补注）

【何曰】腹联言徒令人悲思不已，而终不能使之复生，盖反覆深惜之。雒生以末句“同君”二字，以为此和人哭去华之作。“安仁作诔”指其人言之，解得太死。然不若只就义山一人身上说，正觉曲折有深味也。（辑评）

【胡以梅曰】刘蕡之卒于贬所柳州，因直言对策伤中官致祸，所以哭之痛愤拟同屈平。起用离骚招魂之词，言上帝深居而不遣巫阳下问刘之含冤，以致于死。虽用离骚，实赋当时之事，比既切当，而上帝亦可双夹，即指天子，将忠良受屈，昏君无权，全部包举，阔大典雅，所以为妙。因两句正意已足，故三四推开，说到未死之前广陵相别，隔春涛之浩渺；而湓浦书来，正值秋雨之翻盆，何期从此遂成千古永诀耶？此二句不同寻常格调，是倒插之意，然弥见其疏宕耐味，须补足方显。五言如此忠贤，须得名人为之作诔，如潘岳云可。亦有两意：一言只可作诔以传于死后，何曾真有魂之可招；又言已如宋玉，为屈原弟子，而不能如玉之作招魂词也。下有"师友"，亦有申明此句线索。此二句总之有自谦亦自负意。结推尊心折，不敢以平常友谊哭之也。

【黄周星曰】才人衔冤之魂多矣，巫咸可胜问，宋玉可胜招乎？（唐诗快）

【沈德潜曰】上帝不遣巫咸问冤，言既厄于人，并厄于天也。

【陆曰】去华之以直言遭斥也，义山于前后赠言中，已屡致其惋惜矣，乃一旦卒于贬所，既厄于人，又夺于天，何其重不幸耶？九阍闭而巫咸不下，所谓视天梦梦也。广陵别后，已有天各一方之悲；湓浦书来，更深哲人云萎之痛。虽生平抗言直节，潘诔可详；而此时散魄离魂，宋招莫致。然则我于凶问之来也，哭诸寝乎？哭诸寝门之外乎？曰"风义兼师友"，推重之至也。

【姚曰】此痛忠直之不容于世也。刘以大和二年三月，贬柳州司户，是秋，卒于贬所。首联直书文宗之受蔽群小，使忠义不能保全。广陵别绪，湓浦讣闻，嗟嗟刘君，从此已矣。只有安仁，徒闻为友作诔；何曾宋玉，却能为师招魂？而我与刘，义兼师友，举声一哭，盖直为天下恸，而非止哀我私也。安敢以平交之例处之？读此知义山与刘肝胆相契，岂但欲以浮华自炫者?

【屈曰】上帝深居,已不可见,又闭九阍,更难通矣。巫阳下问,犹可鸣冤,今又不然,冤死宜矣。忆昔广陵相别,远隔春涛;及今湓浦书来,已翻秋雨,言已死也。身似安仁,但能作诔;才如宋玉,不解招魂,言不能使之复生也。七八终不敢改平日之交情。

【纪曰】悲壮淋漓,一气鼓荡。湓浦书来,谓讣音也。哭蕡诗四首俱佳,故诗亦须择题。二句与六句是一事,起处就朝廷说,六句就自己说,亦稍有分别,然如此等以不犯为妙,究是一病也。二句,香泉评曰:"以文义论之,当作巫阳。"甘泉赋:"选巫咸兮叫九阍",从巫咸者当因此而讹。

【管世铭曰】不知其人视其友。观义山哭刘蕡诗,知非仅工词赋者。(读雪山房唐诗序例)

【方东树曰】一起沉痛,先叙情。三四追溯。五六顿转。收亲切沉着。先将正意作棱,次融叙,而三四又每句用棱,此秘法也。

【袁枚曰】首二言刘受屈而死……三四,生前音问不通。下四,正写"哭"之情。(诗学全书)

【按】本篇及哭刘司户二首、哭刘司户蕡共四首,均大中三年秋作于长安。冯氏曰:"义山重叠致哀,细味之实一时所作,或有代人之作而并存者。如后汉书窦融待从事班彪以师友之道,陶谦接郑玄以师友之礼,若七律结联用此类意,似非义山分谊矣,是岂愚之多所惑乎?"疑四首中有代人之作并存,恐非。本篇及哭刘司户蕡均言及黄陵晤别事,自非代人之作;即哭刘司户二首亦有"离居星岁易"之语,与本篇"黄陵"句正合。至"师友"语,不过表明蕡之高风亮节堪为师表,未必用窦融、陶谦事也。

据“黄陵”一联,蕡之卒地疑即湓浦。哭蕡五律曰:“复作楚冤魂。”虽系用典,亦可见蕡卒于楚地。而“黄陵别后春涛隔”“江风吹雁急”“江阔惟回首”等语,则表明蕡卒前所居之地与义山所在之长安遥隔大江,且即在江滨;再证以“湓浦书来”之语,蕡之卒于湓浦似即可大体肯定。如蕡不卒于湓浦,而其噩耗则自湓浦传来,实际生活中固可能有此种情况,然笔之于诗则为读者所不能理解。至于蕡何以客死湓浦?前曾疑系至江州依托杨嗣复。大中二年初蕡与商隐在湘阴黄陵晤别,别后蕡所至之地疑即江州。赠刘司户蕡腹联“汉廷急诏谁先入,楚路高歌自欲翻”即透露出刘蕡对朝廷重新起用牛党旧相杨嗣复之企盼。盖自会昌六年八月,武宗朝所贬逐牛党旧相量移内地以来,正形成重新起用诸旧相之政治趋势。刘蕡虽不属于任何一党,然其与杨嗣复有门生、座主之谊,因此自然对杨之重新起用寄予希望,“汉廷”句所透露之企盼正在于此。杨自会昌六年八月量移江州刺史,至大中二年二月一直在江州任。因此刘蕡别商隐后很可能至江州拜访甚至依托杨嗣复。而大中二年二月,嗣复果以吏部尚书内召,不料道经岳州时突然因病去世,刘蕡遂失去此一有力依托。然量移官虽多为暂时性之政治安排,未必有职事需处理。然既“累迁澧州员外司户”(见蕡次子刘理墓志),亦当先赴澧报到,不致随意外出,故上述设想似难成立。继嗣复任江州刺史者,大中三年有崔黯。新唐书裴夷直传:“斥驩州司户参军。宣宗初内徙,复拜江、华等州刺史。”此记载既简略且有误。李景让撰唐故朝散大夫守左散骑常侍赠工部尚书裴公(夷直)墓铭并叙云:"文宗皇帝重文学端鲠之士,公持受宸睠,迁谏议大夫。旋兼知制诰,遽拜中书舍人……文宗升遐,奸人得志,遂以矫妄陷公。开成五年,出为杭州刺史。寻窜逐南裔(指驩州,今越南最南端),无所不及。十年之间,恬然处顺……泉大中皇帝即位,荡雪冤抑,征于崇山,且以潮、循、韶、江四授郡佐。换硖州刺史,转历阳、姑苏……大中十一年,征拜华州刺史。"十三年七月薨。据以上记载,裴夷直自宣宗即位后即开始量移(当在会昌六年八月牛党旧相同日北迁之后),所历量移之地有潮、循、韶、江四州(换硖州刺史起已为牵复,非量移),所历之官均为郡佐(即司马,唐代常用以安排贬官或量移官,有职无权),而非刺史,新唐书裴夷直传谓拜江州刺史,盖误,自开成五年由中书舍人之要职出刺杭州,寻又贬逐南荒,宣宗立,方四历潮、循、韶、江四郡司马,总共十年,则量移江州之时,正为大中三年(时江州刺史为崔黯)。是年刘蕡卒于澧州司户任时,夷直正在江州司马任上。两人大和间即同幕结识,为一代名士,澧州、江州又同在洞庭长江之滨,相距不远。故较远在长安之商隐早得知刘蕡死讯,遂以书相告,此所以"湓浦书来秋雨翻"也(蕡当卒于是年秋)。与刘蕡是否至江州并卒于江州(亦不排斥在此可能),并无必然关系。此前撰文屡疑蕡亲至江州谒杨嗣复或裴夷直,实亦不必。新传谓夷直拜江州刺史之误,得墓铭"郡佐"正文;夷直大中三年为江州司马,又因"十年"而证之。地下文物纠正历史记载之误,此又一显例。

在四首哭蕡诗中,本篇当是写作时间最早者,故感情之愤激超过其它各首。首联直斥“上帝”，笔势凌厉，感情愤郁，如急风骤雨笼罩全篇。颔联宕开，追溯去年黄陵别后，江湖阻隔，折回湓浦讣音传来秋雨飘翻之现境，融叙事、写景、抒情为一体。“春涛隔”与“秋雨翻”尤将阻隔中之思念与乍闻噩耗时之悲愤化为具体可感之画面形象，不刻意为象征而自然具有象征意味。腹联转为直接抒情，声情拗峭而沉郁。尾联“师友”承六句“宋玉”，突出对刘蕡高风亮节之钦仰，显示出与刘蕡情谊之政治基础。

哭刘司户蕡

路有论冤谪〔一〕，言皆在中兴〔二〕。空闻迁贾谊〔三〕，不待相孙弘〔四〕。江阔惟回首，天高但抚膺〔五〕。去年相送地，春雪满黄陵〔六〕。

集　注

〔一〕【何曰】起句言行道为之伤嗟也。（读书记）【按】论，平声。

〔二〕【朱注】中，张仲切。【程注】诗序：“烝民，尹吉甫美宣王也。任贤使能，周室中兴焉。”【按】中，再。

〔三〕【冯注】史记贾生传：“文帝召以为博士，说之，超迁，一岁中至太中大夫；后疏之，乃以为长沙王太傅。”【按】迁，升迁。非“迁谪”之意。

〔四〕【冯注】汉书公孙弘传：“武帝初即位，招贤良文学士。弘征为博士。使匈奴，还报，不合意，上怒，乃移病免归。元光五年，复征贤良文学，菑川国复推上弘。弘至太常，上策诏诸儒，太常奏弘第居下，策奏，天子擢为第一。至元朔中，为丞相，封平津侯。”按：“迁谊”不必拘看，犹前赠诗“汉廷急诏”之意。二句言远斥之后不复征用。【何曰】（三四）精切。公孙弘再举贤良，乃遭遇人主而至相位，而去华不及待。第四尤精切。（读书记）【按】冯注引史记贾生传“超迁”以释“迁”字，极确；然又解为“远斥之后不能复征用”，何自相矛盾至此。何解亦未中肯綮。三四盖谓蕡放还之际，虽有将其召回朝廷升迁官职之传闻，然终未实现（故曰“空闻”）；如今蕡已抱恨沉冤而殁，不待如公孙弘之再征而至相位矣，故曰“不待”。

〔五〕【程注】陆机诗：“慷慨独抚膺。”【何曰】（“江阔”二句）是哭。（读书记）【按】谓与蕡之卒地遥隔大江，惟频频回首南望，以寄哀思；天高难问，沉冤莫诉，惟抚膺长恸而已。

〔六〕【程注】水经注：“湘水又北径黄陵亭西，又合黄陵水口。其水上承太湖，湖水西流，径二妃庙南，世谓之黄陵庙。”【朱注】方舆胜览：“庙在潭州湘阴县北九十里。”【冯注】通典：“岳州湘阴县有地名黄陵，即二妃所葬之地。”韩昌黎黄陵庙碑：“自前古立以祠舜二妃者。”【何曰】长沙地暖，而方春雨雪，非君子道消，阴气盛长乎？落句深痛去华之冤也。（读书记）又曰：曰“去年相送地”，盖去华至柳州，不经岁而卒也。（辑评）【按】何解殊凿，二句谓去年黄陵分别，正春雪飘扬之时。“去年”指大中二年。时刘蕡当自量移之地北赴澧州员外司户之任，故与南归桂林之商隐相逢。末联似从古诗“前日风雪中，故人从此去”化出。

笺 评

【刘克庄曰】义山善用事，哭刘蕡云："空闻迁贾谊，不待相孙弘。"自应制科至谪死，止以十字道尽。（后村诗话续集）

【陆鸣皋曰】前半总言对策切直，而遭冤谪也。"江阔"二句，与前首意同，而此更有叫哭不出之妙。可见诗境无底，愈转愈深。

【姚曰】刘之冤谪，路人皆知，且当中兴之时，尤为可痛。盖贾谊、孙弘，皆值明时，而刘则一迁不复也。五句，言其虽谪而不忘君。六句，言其一谪而不见察。结言相信之友，亦不多得也。（按：姚笺多谬误，不烦举）

【屈曰】前四言以直谏而迁谪之速。五六哭。结忆往事，字中有泪。

【程曰】刘蕡应直言极谏，对策指斥宦官，事在太和二年。时文宗初即位，承父兄之弊，恭俭儒雅，政事修饬，当时号为清明，此所以曰"言皆在中兴"也。无如一遭远谪，遂卒贬所，竟不及待朝廷之悟而复用。考之于古，汉公孙弘初以贤良对策，亦尝罪斥，既而再征，则擢用至相，苟蕡不死，未必不然，此所以曰"不待相孙弘"也。朱注引公孙弘传，节去初罢归、再征二语，则"不待相孙弘"句竟成凑韵，其用意安在哉？

【纪曰】后四逆挽作收，绝好结法。"江阔"二句亦言相送时也。香泉评曰：公孙弘再举贤良，乃遭遇人主而至相位，而去华竟不及待，用事最亲切。（诗说）起二句拙。（辑评）

【姚鼐曰】义山此等诗殆得少陵之神，不仅形貌。

【许印芳曰】此章前半从旁面着笔。五六收前二章意。结句倒追，回应第一章起句，益觉黯然神伤，深得老杜用笔之妙。

【按】此首诸家笺多误，首联、颔联当一气读，谓道路行人均议论刘蕡之冤贬，言其当年对策所论，用意均为国家之中兴，乃多年冤贬之后，空有召回升迁之传闻，竟不待重用而身殁异乡。"论冤谪"，系闻蕡之噩耗后，道路之人追思其往日直言极谏，志在中兴，而竟遭冤谪，沦落绝世，故深为痛惜伤悼也。如解为蕡贬柳时路人之议论，则"迁贾谊"之语直不可解。"在中兴"，非谓在中兴之时，指所言皆为国之中兴。馀已见句下笺。

首联以路人议论起，见诗中所抒哀愤不单出之私谊，且出于公论。"天高"句感愤激烈，情感达于高潮。结联缓笔收转，将黯淡阴寒之环境气氛，依依惜别之情怀，与今日对故友之怀想悼念融为一体，感情从激烈转向深沉，更增含蓄不尽之致。

哭刘司户二首〔一〕

离居星岁易〔二〕，失望死生分。酒瓮凝馀桂，书签冷旧芸〔三〕。江风吹雁急，山木带蝉曛〔四〕。一叫千回首，天高不为闻。

其二

有美扶皇运，无谁荐直言〔五〕。已为秦逐客〔六〕，复作楚冤魂〔七〕。湓浦应分派〔八〕，荆江有会源〔九〕。并将添恨泪，一洒问乾坤。

集　注

〔一〕【朱曰】蕡卒于贬所。【冯曰】司户之卒，当在会昌二年，详年谱。考旧、新书传:“牛僧孺于开成四年镇襄阳,会昌二年徵为太子少保,留守东都。”则蕡在其幕当开成、会昌际也。玩诗语,虽贬柳州,而实卒于江乡,似未至贬所也。粤西文载言卒于柳州,墓在城西五里,乃后人伪托者。又曰:蕡卒年无明文,新书传载:“昭宗诛韩全诲等,左拾遗罗衮讼蕡云:‘身死异土,六十馀年。’帝赠蕡左谏议大夫。”是年天复三年癸亥,上距会昌四年甲子得六十年,蕡当于开成、会昌间卒于江乡,故诗云“复作楚冤魂”,又云“湓浦书来秋雨翻”也。(年谱)【程曰】余谓诸诗乃随郑亚南迁以后之作也。大中元年,从郑亚桂林判官,尝自桂林奉使江陵,又使南郡。意蕡之贬,当在此时。义山道遇,赠之以诗,别未逾年,遂卒于贬所,又继之以哭也。【岑曰】蕡大中初在柳州谪任,故得于桂与商隐相见。……越大中二年二月,郑亚责循州,商隐北返,春雪黄陵,盖是年事。又明年蕡乃卒。罗衮之“六十馀年”,殆当正作“五十”……蕡是否放还,卒于江乡,现据哭刘蕡四首,尚难论定。【按】刘蕡会昌元年贬柳州司户参军。约在会昌六年八月后至大中元年六月前“迁澧州员外司户”。大中二年正月与商隐晤别于湘阴黄陵。大中三年秋卒于江州。以上考证,已分见赠刘司户蕡、哭刘蕡二诗之编著者按语,及著者所撰有关“江乡之游”三篇考辨文章。

〔二〕【程注】书:“荡析离居。”楚辞:“折疏麻兮瑶华,将以遗兮离居。”【按】离居,犹分离。二句谓分别方易年岁,彼此即作生死之大别而无再见之望。蕡与义山大中二年春黄陵晤别,翌年秋蕡卒,故云“星岁易”“死生分”。

〔三〕【朱注】楚辞:“奠桂酒兮椒浆。”杜甫诗:“书签映夕曛。”鱼豢魏略:"芸香辟纸鱼蠹,故藏书台曰芸台。"【何曰】王建集中有与去华绝句,言其病酒,故有第三。(读书记)令狐楚、牛僧孺表蕡幕府,授秘书郎,故有第四(辑评。冯注引"蕡表授秘书郎"为徐逢源语)。【按】王建寄刘蕡问疾:"年少病多应为酒,谁家将息过今春。赊来半夏重熏尽,投著山中旧主人。"二句抒物在人亡之痛,谓瓮凝馀桂,签冷旧芸,而人则云亡矣。刘蕡官秘书郎,故有第四句。

〔四〕【冯曰】想其卒于江乡之景物,所谓"回首"也。【何曰】(江风句)言己哭之哀也。(读书记)【按】冯解是。此以萧瑟摇落之景寄情。

〔五〕【补】诗郑风野有蔓草:"有美一人,清扬婉兮。"后常以"有美"指理想人物,此指刘蕡。蕡对策系应贤良方正、直言极谏科,策文辞意切直,无所顾忌,故誉之为"直言"。

〔六〕【程注】史记秦始皇纪:"十年,大索,逐客,李斯上书说,乃止逐客令。"【何曰】谓下第。(读书记)【按】逐客指被贬谪者。杜甫梦李白二首之一:"江南瘴疠地,逐客无消息。"句指刘蕡被贬柳州。何解非。

〔七〕【朱曰】谓屈原。杜甫诗:"应共冤魂语,投诗赠汨罗。"【何曰】谓远贬。(读书记)【按】此喻刘蕡客死于楚地,何解非。

〔八〕【朱注】庐山记:"江州有青盆山,故其城曰湓城,浦曰湓浦。"一统志:"湓浦在今九江府城西。"江赋:"流九派乎浔阳。"【冯注】汉书志:"庐江郡寻阳县。"注曰:"江自浔阳分为九。"旧书志:"江州,隋九江郡,理浔阳县,隋时改湓城县,武德时复名。"郡国志:"有人此处洗铜盆,忽水涨失盆,投水取之,见一龙啣盆,夺之而出,故曰盆水。"又曰:

“源出青盆山，因名。”

〔九〕【朱注】禹贡：“导江，东迤北，会为汇。”【程注】岳阳风土记：“鼎、澧、沅、湘合诸蛮南黔之水，汇于洞庭，至巴陵与荆江合。”长孺补注引禹贡……非也。汇即东汇泽，为彭蠡，非荆江也。孔安国曰：“迤，溢也。”东溢分流都共北会彭蠡。【冯注】通鉴注：“大江自蜀东流，入荆州界，谓之荆江口，即洞庭水与江水会处。”二句似喻刘与己迹不同而心相合。【按】二句意颇晦涩，似谓江水或流经湓浦而分派，或流经荆江而会合诸水，友朋之有时而相遇，有时而分离，自亦常事，然己与刘蕡则一别而死生相隔，故湓浦分派与荆江汇合均只能添恨耳。湓浦、荆江，似切荆江相遇与蕡卒而已在湓浦事。

笺　评

【杨守智曰】刘司户，一落第人，姓名未登朝籍，而义山哭之，一则曰“天高不为闻”，一则曰“一洒问乾坤”。盖应制一策，切中时弊，系国安危，正言不用，宗社将倾，为唐惜之，非止哭友人也。故其言如此。（复图本）又曰：“湓浦”二句十字是一句。末批：当与赠诗参看。

【何曰】二诗格调甚高，一气写成，极似少陵。（辑评）

【陆鸣皋曰】（离居星岁易）哀中有怨，可泣可歌。

【姚曰】（首章）刘以直言得罪，终望昭雪有时，而今已矣。五六暗比时事。江风吹雁，善类之遭摈也。山木带蝉，谤议之未息也。此时唯有呼天诉冤，而天岂能闻耶？○（次章）承上章言，身自被逐，命亦随之。此恨只堪诉与湓浦、荆江耳。然将此二水都化作眼泪，亦诉冤不尽也。

【屈曰】二诗虽浅显，却大有真情血泪，不是干号。

【冯曰】容斋续笔引义山诗而曰："甘露之事，相去才七年，未知蕡及见之否？"今考之，其为及见审矣。二章结句皆倍沉痛。又曰：义山重叠致哀，细味之，实一时所作，或有代人之作而并存者。如后汉书窦融待从事班彪以师友之道；陶谦接郑玄以师友之礼。若七律结联用此类意，似非义山分谊矣。是岂余之多惑乎？

【王鸣盛曰】沉郁之句，谁能锤炼到此，惟少陵有之。

【纪曰】（第一首）先渲"江风"二句，末二句倍觉黯然。与右丞济州送祖三诗"天寒远山静"二句同一法门。（第二首）此首一气转折，沉郁震荡，神力尤大。"无谁"二字不解，大约即无人之意。二首前虚后实，前暗后明，前述相悼之情，后乃说到大关系处，不见重复，亦不容倒置，此章法也。廉衣曰：就湓浦、荆江指点有神，但结法与前章犯复。

【许印芳曰】（离居首）起句便已沉痛，后半极黯惨之情。（有美首）前四句直书其事，不嫌坦白，但觉沉痛。后四句说到彼我异迹同心，欲化江水为泪，沾洒乾坤，诉此冤恨，思路甚奇，而痛愈深矣。

【张曰】二篇结句皆重叠致哀，语无伦次，方尽哭理，岂可以犯复病之哉！（辨正）

【按】在同一时间，一而再、再而三连写三题四首哭吊刘蕡之诗篇，充分说明刘蕡之被黜、遭贬直至身死异乡之事件对商隐所造成之强烈震撼及巨大之心灵伤痛，其积郁之深之强烈，已达到喷薄欲出、欲罢不能之程度。从商隐与刘蕡之交往看，除开成二年冬在山南节度使幕两人有过短暂见面机会外，从现存诗文中，看不出在大中二年两人晤别于黄陵前尚有其它交往。因此，商隐哭吊刘蕡，重叠致哀，主要并非由于两人关系之密，而系更多出于政治义愤与精神上之契合。单纯从人事关系看，刘蕡与牛党中之重要首领人物如牛僧孺、令狐楚、杨嗣复均分别有幕主与幕宾，座主与门生之谊，而商隐在大中初年无论在政治倾向或人事关系上均更接近李德裕政治集团。但商隐与刘蕡之间，根本不存在任何党派上之分歧与矛盾，而只有在“扶皇运”、致“中兴”、反宦官等重大政治原则与目标上之一致。此固非如冯浩所说“小臣文士无与于党局”（玉溪生年谱），而系由于其对唐王朝命运之强烈政治责任感与正义感超越了党派集团之私利与狭隘眼光。此四首诗无疑具有强烈政治针对性。一则云“上帝深宫闭九阍”，再则曰“江阔惟回首，天高但抚膺”，“一叫千回首，天高不为闻”，“并将添恨泪，一洒问乾坤”，矛头直指上帝、高天、乾坤，其所寓指非常明显。然又并非具体针对某一君主、某一人或某一群人，而系泛指整个上层统治集团。刘蕡被黜落，被冤贬直至身死异乡，宦官集团固为直接祸首，然若非君主之软弱、昏暗，亦不可能持续如此长时期之政治迫害（自大和二年至大中三年，前后达二十一年）。刘蕡被黜于文宗大和二年之贤良方正能直言极谏科考试，被冤贬于武宗会昌元年，文宗武宗均不能辞其咎。宣宗既立，刘蕡随牛党旧相之量移而内迁澧州员外司户，但大中二年牛党旧相杨嗣复、李珏重新召用或复官后，刘蕡仍滞留楚地，以致客死异乡，“空闻迁贾谊，不待相孙弘”，宣宗又何能辞其咎？此时直接迫害刘蕡之宦官仇士良早已死去，按理可以对刘蕡之冤贬予以昭雪，然竟

"巫咸不下问衔冤",使刘蕡伴着司户之贬职成为"楚冤魂"。长达二十馀年之对正直敢言人士之迫害,不能不使人感到,尽管君主更换,政局屡变,但反对宦官、正直敢言之士之命运却无法改变。故此绝非某一君主、某一帮政治势力所致,而是整个上层统治集团和整个政治环境造成刘蕡二十馀年之政治悲剧遭遇。商隐对此虽未必有明晰理性认识,但从诸诗中所抒发之既十分强烈,又欲诉无门,并无定指之怨愤中不难看出,商隐已感受到这一点。此正系诗人对现实之感受趋于深刻化、整体化之表现。

与此相关,此组诗之整体风格亦表现为既有喷涌而出、一气鼓荡之倾泻,又有曲折顿宕、沉郁蕴蓄之抒情,显得既痛快又沉着。由于感情强烈愤激,不吐不快,故往往有上引"上帝"二句、"江阔"二句,"一叫"二句、"并将"二句此类呼天抢地、痛快淋漓之宣泄。然由于感情深沉、积郁深厚,诗中又往往有含蕴不尽之境界。哭刘司户蕡尾联即是典型一例。纪昀曰:"哭蕡诗四首俱佳。"纪氏对商隐诗每多不满乃至讥评,而对此组诗则极力赞扬,足见其深刻强烈之感情与纯熟之技巧保证了其艺术之高水准。系列同题政治诗如此情文并茂,实不多见。管世铭曰:"不知其人观其友。观义山哭刘蕡诗,知非仅工词赋者。"可谓深知义山者。

刘蕡大和二年对策被黜,震动朝野上下,"物论嚣然称屈",被取中除官之李郃至言"刘蕡下第,我辈登科,能无厚颜",上疏云"蕡所对策,汉、魏以来无与为比。今有司以蕡指切左右,不敢以闻。恐忠良道穷,纲纪遂绝。况臣所对不及蕡远甚,乞回臣所授以旌蕡直。"(通鉴大和二年)反映其时士人中颇有具正义感者。但此次刘蕡客死异乡,除商隐之四首哭吊诗外,在当时政坛与诗坛上竟寂无反响。大中士风之颓衰与诗坛之冷落于此可见一斑。反之亦愈显出商隐哭蕡诗之可贵。

丹丘〔一〕

青女丁宁结夜霜〔二〕,羲和辛苦送朝阳〔三〕。丹丘万里无消息[①],几对梧桐忆凤凰[②]〔四〕。

校　记

①"丘",朱注本作"邱",字通。

②"对",悟抄作"树"。

集　注

〔一〕【朱注】楚辞远游:"仍羽人于丹邱兮,留不死之旧乡。"拾遗记:"丹邱千年一烧,至圣之君,以为大瑞。"【冯注】楚辞注曰:"丹邱,昼夜常明之处。"徐曰:"此同丹山用。"【按】徐注是。山海经:"丹穴之山,有鸟状如鸡,五彩而文,名曰凤凰。"丹丘即丹穴之山。

〔二〕【补】丁宁,本为叮嘱之义,此处与下句"辛苦"对文,有"仔细"之义。"青女"见霜月、句芒神注。

〔三〕【补】羲和,日御。离骚:"吾令羲和弭节兮,望崦嵫而勿迫。"

〔四〕【补】诗大雅卷阿:"凤凰鸣矣,于彼高冈;梧桐生矣,于彼朝阳。"传凤凰非梧桐不栖(见庄子秋水),故云。

笺 评

【杨守智曰】"丹丘"二句:似指令狐拾遗。

【姚曰】此悲时命之不相值也。

【屈曰】岁月如流,梧桐犹在,而凤凰不归也。

【冯曰】上二句,夜复夜日复日也;下二句,远无消息,徒劳忆念。

【纪曰】蒙泉曰:有西方美人之慨。起二句犹嫌凑泊。

【姜炳璋曰】此为求仙者讽。青女结霜,羲和送日,丁宁辛苦,可见光阴不宜虚度。乃丹丘总不可见,所见者唯菶菶梧桐,忆当日之凤凰而已。义山当敬、文、武、宣四朝,皆坐此病,故言之甚详、甚透。"朝阳",君也;"梧桐",百职也;凤凰,贤才也。言求仙徒然,不如求贤以充百职,可保君身而绵国祚也。

【张曰】首二句即日复日夜复夜意,写得浓至,恰极自然。以为凑泊,失之矣。(辨正)

【按】日夜思念远隔万里杳无消息之丹山凤,即此诗意。丹丘与凤凰均有所喻。丹丘,当即朱崖;凤凰,指李德裕。昭肃皇帝挽歌词已称德裕为凤(始巢阿阁凤),此曰"几对梧桐忆凤凰",凤显指贤臣才士。颇疑大中三年秋作于长安,时德裕尚在崖州贬所,正所谓"丹丘万里无消息"也。

对雪二首〔一〕

寒气先侵玉女扉〔二〕,清光旋透省郎闱①〔三〕。梅华大庾岭头发〔四〕，柳絮章台街里飞〔五〕。欲舞定随曹植马②〔六〕，有情应湿谢庄衣〔七〕。龙山万里无多远〔八〕，留待行人二月归〔九〕。

其二

旋扑珠帘过粉墙〔一〇〕，轻于柳絮重于霜。已随江令夸琼树〔一一〕，又入卢家妒玉堂〔一二〕。侵夜可能争桂魄〔一三〕？忍寒应欲试梅妆〔一四〕。关河冻合东西路〔一五〕，肠断班骓送陆郎〔一六〕。

校　记

①"透"，冯曰："一作绕"。

②"定"，又玄集作"旋"。

集　注

〔一〕【自注】时欲之东。【徐曰】此将往徐州时也。偶成转韵诗曰："挺身东望心眼开。"乙集序："十月，尚书范阳公以徐戎凶悍，阙判官，奏入幕。"则正对雪时矣。【冯曰】徐笺似确。卢弘正镇徐州，辟义山为判官，时大中四年。【按】义山应卢弘止辟，为徐府判官，在大中三年十月（详张氏会笺），此诗当作于三年冬。据商隐所撰太原白公（居易）墓碑铭，大中三年冬至（是年冬至在闰十一月初四），商隐尚在长安，启程赴徐当在此后。其偶成转韵诗"腊月大雪过大梁"之句亦可证。

〔二〕【程注】宋之问诗："窗摇玉女扉。"【按】参和友人戏赠注。旋，已而，随即。

〔三〕【朱注】白帖:"诸曹郎署曰粉署。"刘孝绰对雪诗:"浮光乱粉壁,积照朗彤闱。"【按】参行次昭应县注。

〔四〕【朱注】旧唐书:"东峤县即大庾岭,属韶州,一名梅岭。"白帖:"大庾岭上梅,南枝落,北枝开。"【冯注】汉书南粤传:"令诸校屯豫章梅岭待命。"元和郡县志:"韶州始兴县大庾岭,本名塞上。汉伐南越,有监军姓庾,城于此地,众军皆受庾节度,故名大庾。五岭中此最在东,故一名东峤。"【何曰】高处。(辑评)

〔五〕章台,见回中牡丹为雨所败注。柳絮,见令狐八拾遗见招送裴十四归华州注。【何曰】低处。(辑评)

〔六〕【姚注】曹植有白马篇。【补】曹植洛神赋:"飘飖兮若流风之回雪。"

〔七〕【朱注】宋书符瑞志:"大明五年正月戊午元日,花雪降殿庭。时右卫将军谢庄下殿,雪集衣,还白,上以为瑞,于是公卿并作花雪诗。"【冯注】王阮亭曰:"二句虽非上乘语,然尚不失雅驯。墨客挥犀载罗可句云:'斜侵潘岳鬓,横上马良眉。'则晚唐五季恶道,所谓下劣诗魔者也。雅俗之间,不可不辨。"

〔八〕【冯注】山海经大荒西经有龙山。鲍照诗:"胡风吹朔雪,千里度龙山。"

〔九〕【冯注】以慰闺人,故聊订归期。【何曰】反结"之东"。(辑评)

〔一〇〕【何曰】("轻于"句)言渐积也。(读书记)【补】旋,漫也。

〔一一〕【冯注】见南朝(玄武湖中)。【何曰】宫殿。(辑评)

〔一二〕【姚注】古乐府:"黄金为君门,白玉为君堂。"【冯注】河中之水歌无"白玉堂"字,诗屡云"卢家白玉堂",当别有据。

【何曰】人间。（辑评）

〔一三〕【朱注】唐太宗望月诗："魄满桂枝圆。"【程注】王维诗："桂魄初生秋露微。"【何曰】言连宵也。（读书记）【按】桂魄，月也。

〔一四〕【冯注】杂五行书："宋武帝女寿阳公主，人日卧于含章殿檐下，梅花落额上，成五出花，拂之不去。皇后留之，看得几时，经三日，洗之乃落。宫女奇其异，竞效之，今梅花妆是也。"【何曰】言达晓也。（读书记）起"送"字。（辑评）

〔一五〕【何曰】应"寒"字。（辑评）

〔一六〕【冯注】乐府神弦歌明下童曲："走马上前阪，石子弹马蹄。不惜弹马蹄，但惜马上儿。""陈孔骄赭白，陆郎乘斑骓。徘徊射堂头，望门不欲归。"按：清商曲吴声歌有神弦歌十一曲，此为十也。时代未细详，而后人或附在晋时。陈孔、陆郎，未可确指，旧注引之，而所解则误，故特详之。（按朱注谓陈孔指陈暄、孔范，陆指陆瑜，皆陈后主狎客。）尔雅："苍白杂毛，骓。"说文："骓，苍黑杂毛。"【何曰】以"之东"收。（读书记）

笺　评

【周启琦曰】义山诗号"西昆体"，格调每嫌于板实，如对雪"欲舞""有情"二句，与昌黎"随风翻缟带，逐马散银杯"，各可谓极于摹写。若意象超脱，直到人不能处，终不及昌黎"穿细时复透，乘危忽半摧"二语远矣。（唐诗选脉笺释会通评林引。下二条同）

【周珽曰】鼓吹注：此诗前六句，大意只写雪之白，但末二句有谓，此去龙山未甚远，而雪飞集此三月尚有，当待行人归玩焉。又一说云:何不少留三月而后下,则行人已归,无复道路之苦。两存以俟高明。

【蔡载集曰】大抵唐人(咏雪)诗尚工巧,失之气格不高……其好用事,则如李义山"已随江令夸琼树,又入卢家妒玉堂","欲舞定随曹植马,有情应湿谢庄衣"。至于老杜则不然,其"霏霏向日薄,脉脉去人遥"之句,便觉超出人意也。

【朱鹤龄曰】此对雪而寄飘泊之感也。(补注)

【朱彝尊曰】咏物稳而浅,此义山率笔。

【何曰】(首章)细看其层次,集中最卑之格。(次章"侵夜"二句)此一联不过雪月交光,梅雪争春两事,却借来点化得生动如此。(读书记)

【胡以梅曰】原题自注云"时欲之东",故(首章)上六句咏雪,结归离别怀人之意……详结之意,用鲍照雪诗之情,以雪喻所别之人,言即使别去万里,苟能有心,而能有龙山之风吹来可以亲近,亦不为远,需留待我二月归时相会,不可消却。是雪天别离,所以即用雪为言,而致其情,上先以有情引出也。(次章)扑帘则帘亦成珠帘,过墙则墙为粉墙。下五句全用比拟而胜处以虚字为风致,句法变换……一结又情深,故不嫌其堆垛耳。

【唐诗鼓吹评注】(首章)此言雪之光气,清寒映彻,如梅之发于大庾,絮之飞于章台,欲舞则随曹植之马,有情则湿谢庄之衣,皆极拟其白也。尝忆鲍昭有"胡风吹朔雪,千里度龙山"之句,计龙山亦止万里之遥,留待行人既归,庶无复有道路之苦耳。(次章)此言扑珠帘而度粉墙,轻者如絮,重者如霜,故江令之琼树可比,卢家之玉堂可妒也。且月明映雪,所以与桂魄争辉;疏影凌寒,所以与梅妆并色,总以形其白耳。当是时，冻合关河，东西无路，乃有征夫戒途，悠悠远涉，则应为之断肠矣。此亦合东行意。

【陆曰】题是"对雪"，不是咏雪，前后二篇，极有次序，结处或反或正，皆照应原注"时欲之东"一语。○（首章）寒气先侵，欲雪而未雪也。清光旋透，已见雪矣。玉女扉、省郎闱，不过借以形其色之白耳。庾岭梅花，以成片者言；章台柳絮，以作团者言。曰发，曰飞，言雪之大作也。下半因时欲之东，遂预透一笔，言途中沾衣没马，自所不免，然雪中行役，景象未始不佳，正恐往返路遥，二月归时，不能留以相待耳。此是反结"之东"。○引用二事（曹植、谢庄）妙在不即不离。○首篇形容初下以至大作，此（次章）则言雪既止而积也。曰向之扑帘过墙，或轻或重，是处堆积者，几于万顷同缟矣。然分别观之，在树则为琼树，在堂则玉堂，真所谓因方成珪，遇圜成璧也。不特此也，入夜则其光如月，试妆则其白如梅，相对之下，汇状又何止万千也耶？独我有事行役，而关河冻合，不能不为之肠断耳。此是正结"之东"。二诗中四语，皆引用典故，而不嫌过实者，由用字活也。首篇梅花、柳絮一联，是实说，下联用"定随""应湿"字是虚拟。二篇琼树、玉堂一联，是实说；下联用"可能"字，"应欲"字，是虚拟。学者熟此，便知能实能虚之法，且知实处皆虚之法。

【徐德泓曰】二首一律，结俱归行意，而前结则曰"二月归"，盖用"今我来思，雨雪霏霏"语意也。自禁体之说起，觉此种熟见不鲜，然在当时，亦称稳制。

【姚曰】（首章）此对雪而寓飘泊之感也。寒气侵扉，清光透琐，喻己之皎洁不能同俗也。大庾梅花、章台柳絮，喻己之才华为世所知也。曹植马、谢庄衣，喻己之不苟所从也。北方有卢龙山，龙山万里，能待我行人之返，不即收拾归去乎？殆不啻与雪为知心也。（次章）此又喻己之所以不见容于时也。珠帘粉墙间，随时所历。轻于柳絮，言无所系恋也；重于霜，言无所迎合也。以其无所系恋，故琼树之姿，虽为江令所夸，而玉堂之艳，亦为卢家所妒。以其无所迎合，故清如桂魄，方欲与之争光；淡若梅妆，且欲与之比节。然则当此关河冻合之时，而斑骓远去，不亦与之同其黯淡也耶？

【屈曰】（首章）一二雪之气色。三四雪之花样。五六雪之性情。七八嘱其勿遽消，当留待我之东归。○七言龙山万里，风忽吹来，则雪不以此路为远，我之东行更近，故当留以待归耳。（次章）一写飞舞，二写轻盈。三四闲静。五色如月，六貌如花。末感其送我东行也。前首待归，后首送行，此亦不复之法也。

【程曰】题下原注："时欲之东。"盖将应柳仲郢东川之辟也。时为检校工部郎中，故有"清光旋透省郎闱"之句，自叹其不得真拜省郎也。（按：程说误。）

【冯曰】用意婉转，是别闺人之作。首篇起句即指闺阁，次句自比。三四咏雪习用之语。五谓又欲出游，六谓终宜还朝。下以归期不远慰之，盖未知府公相遇何如也。次作全与闺中夹写。中四句皆状其美貌，不可以"卢家"三字谓借点徐幕。结言闺人为之肠断，从对面着笔，倍觉生动。读者弗以堆垛没其旨趣焉。

【纪曰】二诗独前一首结句"龙山万里无多远，留待行人二月归"，后一首结句"关河冻合东西路，肠断班骓送陆郎"四语从"时欲之东"着笔，有情有致，馀俱夹杂堆垛，殊不足观。

（诗说）又曰：前六句皆拙而俗。（辑评）

【张曰】二首用笔轻倩而神味已不乏，集中变格也。拙俗之评，无乃有意嗤点耶？（辨正）又曰：此将赴徐州作也。首章（一二句）喻从前登第，入为秘省。“梅花”句指随郑亚桂幕，桂在岭南，故借用庾岭故事。“柳絮”句指京尹留假参军。“欲舞”句言暂时为人管记，曹植自比文章。“有情”言句终当还朝，用谢庄事，取殿廷意也。故结以归约作收。次章起句……谓去令狐而婚于茂元，别傍他家门户。“轻于”句言从此飘落，不能复起也。“已随”句借江令点桂江，“又入”句借卢家点弘正姓，言已从郑亚，今又赴徐幕也。侵夜、忍寒，状沦落失偶之态，言不能以文章复官禁近，徒藉章奏自试才华也。“关河”二句，与家人话别，仆仆道途，陆郎真堪肠断矣。二诗重在“时欲之东”四字，对雪带绾耳。（会笺）

【按】程笺显误，可勿论。姚、张二笺，以为雪系诗人自喻，亦误。二诗末句之“行人”、“陆郎”显指“欲之东”之作者，则“待行人”、“送陆郎”之雪显非自喻亦明矣。就笺释题中“雪”字而言，陆笺颇切当；然作者之意本不在泛泛咏雪，而系借雪拟人，冯氏谓别闺人之作，是也。然冯笺于喻人、喻己之际，仍未分明，故笺首章仍缠夹不清。首章前二联由赋法起，咏雪之将降、初下与大作纷飞，并未关合闺人。腹联方拟闺人之情态，谓其如飞舞之雪，随马，湿衣。末联从“有情”生出，谓如此多情远送，何不待我二月之归乎？次章前幅状雪之轻盈洁白、如琼似玉；五六则谓其如花似月，喻意均极明显。末联点醒“之东”，谓闺人将因陆郎之远去而肠断也。

东下三旬苦于风土马上戏作〔一〕

路绕函关东复东〔二〕，身骑征马逐惊蓬〔三〕。天池辽阔谁相待〔四〕，日日虚乘九万风①〔五〕。

校记

①"虚乘"原作"乘虚"，据蒋本、悟抄、戊签、影宋抄乙。万绝亦作"虚乘"。

集 注

〔一〕【冯注】尔雅："风而雨土为霾。"此盖曰苦烈风扬尘也。【补】东下，指东赴徐州。

〔二〕【朱注】水经注："潼关历北，出东峭，通谓之函谷关。邃岸天高，空谷幽深，涧道之峡，车不容轨。"【冯注】潘岳关中记："秦西以陇关为限，东以函谷为界。"按：函关本东移河南谷城县，谷城即新安。今出关而东复东，谓赴徐也。

〔三〕【程注】贾琮诗："乘流如泛梗，逐次似惊蓬。"

〔四〕【程注】庄子："穷发之北，有溟海者，天池也。"【补】庄子逍遥游："海运则将徙于南冥。南冥者，天池也。"

〔五〕【姚注】庄子："鹏之徙于南冥也，水击三千里，抟扶摇而上者九万里。"

笺 评

【朱彝尊曰】是戏语。

【何曰】自伤流落使府，长在人下也。（辑评）

【姚曰】自嘲远行之徒自苦也。

【屈曰】世无知己，空自奔驰耳。

【纪曰】偶然戏笔，亦不以诗论。（诗说）此等编集者原不必存。（辑评）

【张曰】此亦道中诗常调，非戏笔。何至不以诗论耶！（辨正）

【按】自嘲中含有不遇之苦涩，末句似直遂而实幽默，故耐寻味。

题汉祖庙〔一〕

乘运应须宅八荒〔二〕，男儿安在恋池隍〔三〕？君王自起新丰后〔四〕，项羽何曾在故乡〔五〕！

集　注

〔一〕【冯注】后汉书注："高祖庙在徐州沛县东故泗水亭中，即高祖为亭长之所。"

〔二〕【冯注】淮南子："四海之外八泽，八泽之外八埏，八埏之外八荒。"【程注】王珪诗："汉祖起丰沛，乘运以跃鳞。"甘泉赋："八荒协兮万国谐。"【补】史记秦始皇本纪引贾谊过秦论："秦孝公……有席卷天下，包举宇内，囊括四海之意，并吞八荒之心。"八荒，八方荒远之地。宅八荒，以天下为家，一统天下。

〔三〕【冯注】说文："城池也。有水曰池，无水曰隍。"【补】安在，何在。谓男儿之志岂在恋故里耶？

〔四〕【朱注】汉书："京兆新丰，秦曰骊邑，高祖七年置。"三辅旧事："太上皇不乐关中，思慕乡邑，高祖徙丰沛酤酒煮饼商人，立为新丰。"【冯注】西京杂记："高祖少时，常祭枌榆之社。及既作新丰,并移旧社,衢巷、栋宇,物色惟旧,士女老幼相携路首,各知其室;放犬羊鸡鸭于通涂,亦竞识其家。”【补】起,建造。

〔五〕【冯注】史记:“项羽,下相人也。”又曰:“项王见秦宫室残破,又心欲东归,曰:‘富贵不归故乡,如衣绣夜行。’自立为西楚霸王,都彭城。”

笺评

【朱曰】此诗疑义山居弘止幕府时作也。高祖天下既定,方过沛宫乐饮;项羽甫入关中,即汲汲有故乡之恋,其气量大小何如哉?宜羽之终无所成也。此意从前未发。(李义山诗集补注)

【朱彝尊曰】新丰建于天下大定之后,此时羽死久矣,二句似可议。

【何曰】宅八荒者可以自起新丰,恋池隍者终不能故乡昼锦,相形最妙。(读书记)又曰:言外见项王之失计,亦耐看。(见辑评)

【姚曰】巧在第三句,便不碍过沛一段情思。

【屈曰】同离故乡,成败不同。虽曰天数,不无人事,创论却是实理。

【程曰】朱长孺补注以为考之地志,沛郡有汉高祖庙,疑此诗为义山居卢弘止幕府时作。此论亦无所不可,但于汉高祖庙失考矣。沛为高祖故乡,固然有庙,岂知西汉制度,在在多有乎?汉书韦玄成传:“初,高祖时,令诸侯王都皆立太上皇庙。至惠帝,尊高祖庙为太祖庙;景帝尊文帝庙为太宗庙。行所、尝幸郡国,各立太祖、太宗庙。至宣帝,尊武帝庙为世宗庙，行所巡狩亦立焉。凡祖宗庙在郡国者六十八，合百六十七所。”然则汉高祖庙不知凡几，可独指为沛郡耶？此甚误也。又曰：此诗言汉高有帝王大度，以天下为一家，诸郡国皆立庙祀，何止丰沛？当时因太公怀乡，为起新丰，亦游戏耳，遂移故乡就我。彼项羽谓富贵不归故乡，如衣绣夜行，真匹夫之见矣。试看汉起新丰之后，无论尺土一民皆非项有，即残骸馀魄亦岂得依恋于彭城下相间乎？

【纪曰】粗浅无味，毫无取义之作。（诗说）亦粗鄙。（辑评）

【姜炳璋曰】此盖过汉祖庙，想起刘、项兴亡关头，羽之失策不在鸿门不杀沛公，而在不听韩生都关中之言，而“衣绣夜行”一语自误之也。

【张曰】旧书崔彦曾传：“贼逼徐州，庞勋先谒汉高祖庙便入。”可证。此到徐时作。（会笺）又曰：豪语便以为粗鄙，不会通篇气味，真强作解事者也。（辨正）

【按】刘、项同时崛起，而成败异趋，本篇乃专就一端而论之。首句一篇之纲，“应须”二字，用笔最重，言外即含有批评未能乘时立志者之意。故次句即从反面着笔，以“恋池隍”与“宅八荒”相形，见“恋池隍”者之胸无大志，不足成事，诚所谓“沐猴而冠”者也。三四乃进而显示“宅八荒”与“恋池隍”二者截然相反之后果，意谓彼怀“宅八荒”之大志者果一天下而起新丰矣，而“恋池隍”者则不免兵败身亡，不特生不能夸示富贵于故乡，即死后骸骨亦不得归葬故里（项羽死后，以鲁公礼葬于谷城）。“何曾在故乡”，诚如程氏所解，讽刺最毒。

晚唐君主，多庸碌而乏远略。穆、敬以来，河北藩镇割据已成定局，朝廷亦放弃恢复之意图。此诗于咏史之中，不无讽慨时君之意。偶成转韵七十二句赠四同舍开篇即云:“沛国东风吹大泽,蒲青柳碧春一色。我来不见隆准人,沥酒空馀庙中客。”相互参较,其寓意固不难意会。二诗当同时作。

偶成转韵七十二句赠四同舍〔一〕

沛国东风吹大泽〔二〕,蒲青柳碧春一色。我来不见隆准人,沥酒空馀庙中客〔三〕。征东同舍鸳与鸾〔四〕,酒酣劝我悬征鞍〔五〕。蓝山宝肆不可入,玉中仍是青琅玕①〔六〕。武威将军使中侠②〔七〕,少年箭道惊杨叶〔八〕。战功高后数文章〔九〕,怜我秋斋梦蝴蝶〔一〇〕。诘旦天门传奏章③〔一一〕,高车大马来煌煌〔一二〕。路逢邹枚不暇揖〔一三〕,腊月大雪过大梁〔一四〕。

忆昔公为会昌宰〔一五〕,我时入谒虚怀待〔一六〕。众中赏我赋高唐,回看屈宋由年辈〔一七〕。公事武皇为铁冠〔一八〕,历厅请我相所难〔一九〕。我时憔悴在书阁,卧枕芸香春夜阑〔二〇〕。明年赴辟下昭桂〔二一〕。东郊恸哭辞兄弟〔二二〕。韩公堆上跋马时〔二三〕,回望秦川树如荠〔二四〕。依稀南指阳台云〔二五〕,鲤鱼食钩猿失群④〔二六〕。湘妃庙下已春尽⑤〔二七〕,虞帝城前初日曛〔二八〕。谢游桥上澄江馆〔二九〕,下望山城如一弹〔三〇〕。鹧鸪声苦晓惊眠〔三一〕,朱槿花娇晚相伴〔三二〕。顷之失职辞南风,破帆坏桨荆江中〔三三〕。斩蛟破璧不无意⑥,平生自许非匆匆〔三四〕。归来寂寞灵台下〔三五〕,著破蓝衫出无马〔三六〕。天官补吏府中趋〔三七〕,玉骨瘦来无一把〔三八〕。手封狴牢屯制囚，直厅印鏁黄昏愁〔三九〕。平明赤帖使修表〔四〇〕，上贺嫖姚收贼州〔四一〕。旧山万仞青霞外〔四二〕，望见扶桑出东海〔四三〕。爱君忧国去未能，白道青松了然在〔四四〕。此时闻有燕昭台〔四五〕，挺身东望心眼开〔四六〕。且吟王粲从军乐，不赋渊明归去来〔四七〕。彭门十万皆雄勇，首戴公恩若山重〔四八〕。廷评日下握灵蛇⑦〔四九〕，书记眠时吞彩凤〔五〇〕。之子夫君郑与裴〔五一〕，何甥谢舅当世才〔五二〕。青袍白简风流极〔五三〕，碧沼红莲倾倒开〔五四〕。我生粗疏不足数〔五五〕，梁父哀吟鸲鹆舞〔五六〕。横行阔视倚公怜，狂来笔力如牛弩〔五七〕。借酒祝公千万年，吾徒礼分常周旋〔五八〕。收旗卧鼓相天子〔五九〕，相门出相光青史〔六〇〕。

校　记

①“中”原作“山”，非，据蒋本、戊签、席本、钱本、朱本改。

②“使”，悟抄作“人”，非。

③“天”原作“九”，一作“元”，蒋本、姜本、戊签作“元”，皆非。悟抄作“辕”，亦非。据冯校改，详注。

④“鲤”原作“红”，据蒋本、姜本、戊签、悟抄、席本、影宋抄、朱本改。

⑤“已春尽”原作“春江尽”，席本、钱本、影宋抄作“江春尽”，均非。据蒋本、姜本、戊签、悟抄改。

⑥“璧”原作“壁”，非，据蒋本、钱本、朱本改。“破”，朱本、季抄作“断”。

⑦“灵”原作“龙”，非，据蒋本、姜本、戊签、朱本改。

集 注

〔一〕【胡震亨曰】此在卢弘正徐州幕府所作。通篇四句转韵,末迭用二句转韵,以急节终之。【冯注】旧书志:"河南道徐州彭城郡,武宁军节度使治所,管徐泗濠宿四州。"旧书传:"卢弘正,字子强。"【补】同舍,犹同僚。此"四同舍"即末段所谓"之子夫君郑与裴,何甥谢舅当世才"者。樊南乙集序:"(大中三年)十月,尚书范阳公(指卢弘止)以徐戎凶悍,节度阙判官,奏入幕。"据"蒲青柳碧春一色"句,本篇作于大中四年春。

〔二〕【朱注】后汉书:"沛国,故秦泗水郡,高帝改沛郡。"【程注】一统志:"大泽在丰县北六里。"史记:"高祖,沛丰邑中阳里人。母刘媪,尝息大泽之陂,梦与神遇,已而有身,遂生高祖。高祖为人降准而龙颜。"【冯注】汉书:"高祖被酒夜径泽中,有大蛇当径。高祖拔剑斩蛇,有一老妪夜哭,曰:'吾子白帝子也,化为蛇当道,今赤帝子斩之。'"【田曰】彭门起。

〔三〕【朱注】沛郡有高祖庙。【程注】一统志:"汉高祖庙在徐州城东南六里,临泗水。"【按】史记李将军列传:"文帝曰:'惜乎!子(指李广)不遇时!如令子当高帝时,万户侯岂足道哉!'"二句谓我来不见昔时雄才大略之君,惟于庙中备酒祭奠以表仰慕之情。此发端即寓不遇于时之意。"庙中客"作者自指。沥,本指滤酒,此指徐徐斟酒祭奠。

〔四〕【冯注】通典:"四征将军皆汉魏以来置。征东将军,汉献帝初平三年,以马腾为之,或云以张辽为之。"【按】征东指武宁节度使卢弘止,徐方在京东,故云,犹以"征南"称郑亚。"征东同舍",即卢幕同僚。鸳与鸾,犹鸳侣鸾朋,形容同舍之才俊。【田曰】先点出一句。

〔五〕【田曰】悬征鞍,欲何之乎? 【冯曰】假同舍劝词,见永将依托。【按】悬征鞍,悬挂马鞍,示不复征行,冯注是。

〔六〕【朱注】蓝山,蓝田山。长安志:"蓝田山在长安县东南三十里,其山产玉,亦名玉山。"本草:"琅玕,一名青珠。蜀都赋所云'青珠黄环'也。"苏恭曰:"琅玕有数种,以青者为胜,火齐宝也,出嶲州以西乌白蛮中及于阗国。"【程注】张衡诗:"美人赠我青琅玕。"【田曰】"仍是青琅玕",所谓使工视之,则云石也。二句美四同舍。【冯注】禹贡:"球琳琅玕。"传曰:"琅玕,石而似珠。"本草经:"青琅玕一名珠圭。"广韵:"琅玕,美石次玉。"谦言己之不及同舍,不宜阑入宝肆。晋枣据为贾充从事中郎,其诗云:"余非荆山璞,谬登和氏场。"意相类也。【按】冯注是。青琅玕,指青玉。古代以青玉为上品。此喻四同舍。仍,更也。二句谓卢幕如蓝山宝肆,四同舍更属玉中之极品,己不宜掺入其中。盖美同舍,且自谦也。

〔七〕【朱注】武威将军,谓王茂元。旧唐书本传:"茂元虽读书为儒,本将家子。"【按】朱注误,此"武威将军"当依冯注指卢弘止,详下注。使中侠,节度使中有豪侠气概者。

〔八〕【朱注】战国策:"养由基去杨叶百步射之,百发百中。"【冯注】新书艺文志:"马幼昌穿杨集四卷。"注曰:"判目。"是唐人每以比文战。唐摭言:"同、华解最推利市,若首送,无不捷者。元和中,令狐文公镇三峰,时及秋赋,榜云:特加置五场。盖诗、歌、文、赋、帖经为五场。闻者皆寝去,惟卢弘正尚书独诣华请试。公命供帐酒馔,侈靡于往时,客皆纵观。卢自谓独步文场,公命日试一场,务精不务敏也。

已试两场而马植下解,既而试登山采珠赋,公大伏其精当,遂夺卢解元。"则弘正之雄于文亦可见矣。【按】句意谓卢能文而少年登第。

〔九〕【补】新唐书卢弘止传:"会昌中,诏河北三节度讨刘稹。何弘敬、王元逵先取邢、洺、磁三州,宰相李德裕畏诸帅有请地者,乃以弘止为三州团练观察留后。制未下,稹平,即诏为三州及河北两镇宣慰使。还,拜工部侍郎。""战功高"当指此。"数文章",评论文章。戏题枢言草阁三十二韵:"尚书(指卢弘止)文与武,战罢幕府开。""武威"三句意同此。

〔一〇〕【姚注】庄子:"昔者庄周梦为蝴蝶,栩栩然蝴蝶也。"【按】秋斋梦蝴蝶,谓困居秋斋,抱负成虚,当与"顾我有怀同大梦""庄生晓梦迷蝴蝶""枕寒庄蝶去"等句同参。此谓弘止怜其处境困厄,故下云招其入幕。又,商隐上华州周侍郎状:"骥疲吴坂,已逢伯乐而鸣;蝶过漆园,愿入庄周之梦。""秋斋梦蝴蝶"或寓含希冀入幕之意。

〔一一〕【程注】邱迟诗:"诘旦阊阖开。"【冯注】史记天官书:"苍帝行德,天门为之开。"按:九门以京城言,非专宸居也。此必误"天"作"元",后又讹作"九"耳。【按】诘旦,明朝。

〔一二〕【补】煌煌,光明貌,此状车马仪仗之鲜丽。二句叙卢弘止奏准辟己入幕并派车马迎己赴徐上任。

〔一三〕【姚注】汉书:"邹阳、枚乘,皆去之梁,从孝王游。"【按】邹、枚借指汴幕文士,如李郢等。参下汴上送李郢之苏州。

〔一四〕【朱注】汉书:"陈留郡浚仪县,故大梁。"【冯注】通典:"汴州陈留郡,今理浚仪、开封二县。战国时魏惠王自安邑徙居大梁,即今浚仪县。"按:此纪所经之地也。时方得侍御史，名稍高矣，故踊跃言之。自来诸笺无不以武威将军为王茂元，“穿杨”谓其善射，“战功”谓讨刘稹，“怜我”句谓妻以女，于是支离胶輵，大不可通。夫长篇起承离合皆有线索。“沛国”四句，叙到徐也。“征东”四句，同舍相留也。下文“忆昔”八句，追叙己与卢往日情款也。无缘中间夹入王茂元幕事，况未点明卢公，追叙于何伏脉？盖此八句正点卢公奏请入幕也。“武威将军”比卢，盖节镇称将军，如祭令狐相公尚曰“将军樽旁”矣。“穿杨”句美其少年登第也。旧传云：“讨刘稹时，宰臣议奏命弘正为邢、洺、磁观察留后，未行而稹诛，乃令弘正衔命宣谕河北三镇。”“战功”当指此，非指徐州有银刀都，前后屡逐主帅，弘正去其首恶，军旅无哗也。庄生梦蝶，乃变幻境，象义山赴桂管，不久即归，去住无端，浑如一梦。其奏入幕在十月，故先言秋时之冷落。下文“赴辟昭桂”十馀句，皆以此先逗消息也。“诘旦”二句指奏辟而车骑甚都。少迟出京，故腊月过梁。汴州在京东，徐州又在汴东，路乃经过。若云赴忠武幕，则在汴西，何反越其境哉？以上叙明来幕，下乃层层追叙，以作波澜。而“燕昭”四句兜转，文势腾踔，大是奇观。通首不涉茂元一字也。惟是以武威称卢，未知何谓，要不必泥看。按宰相世系表卢氏从无“武威”之称，刘氏则每称“武威”，其岂族望或有相通欤？或疑以武宁军号称，如所云“天平之年，将军樽旁”之类，则似误刊作“威”字，亦未必然。且再考。【王鸣盛曰】此段冯笺精确详明，真善于考古者，洵此集之功臣也。【按】二句谓路逢汴梁文士，亦无暇叙情话旧，于腊月大雪中驱车匆匆经过汴州。唐人每称汴州为大梁。又，冯氏考证“武威将军”为卢弘止,极精确,“武威”八句笺语亦大体妥贴,惟“怜我”句稍疏,可参阅注十。“武威”不必疑“武宁”,过故府武威公交城旧庄感事亦称弘止为“武威公”。又,赠赵协律晳:“更共刘卢族望通。”似可作卢氏称武威之一旁证。

〔一五〕【朱注】唐书:“天宝二载,分新丰、万年置会昌县;七载,省新丰,改会昌为昭应县。”据此语,卢弘正尝为会昌令,二史皆失书。【田曰】叙初见弘正。【按】文宗大和八年,卢弘止由兵部郎中出宰昭应县。详见注十九。

〔一六〕【程注】杜甫诗:“一见能倾座,虚怀只爱才。”

〔一七〕【朱注】由、犹通。【何曰】年,疑作平。(读书记)【补】高唐赋,传为宋玉作,内容系写楚襄王游高唐(楚国台馆,在云梦泽中),梦见巫山神女。后代注家多以为有所寓讽。按义山有感云:“一自高唐赋成后,楚天云雨尽堪疑。”此处所谓“赋高唐”疑亦指借男女之情以寄慨之作。二句谓卢弘止欣赏己所赋高唐一类作品,以为可与屈、宋方驾。年辈、年龄、行辈相近者。【冯曰】高唐亦是讽谏,不嫌太艳。

〔一八〕【朱注】通典:“侍御史一名柱后史,谓冠以铁为柱。”唐书:“卢弘正初佐刘悟府,累擢监察御史。沈传师表为江西团练副使,后为侍御史。”【程注】六典:“御史,大事则铁冠朱衣以弹之。”【冯注】旧、新书志:“法冠以铁为柱,上施两珠,为獬豸之形,御史大夫、中丞、御史之服也。”【补】武皇,此指武宗,义山常以汉武喻指武宗,参昭肃皇帝挽歌辞、茂陵。“为铁冠”指会昌年间卢弘止曾任御史中丞。详下注。

〔一九〕【冯注】此义山重入秘省时也。按:秘阁与柏台相对,故曰历厅以请。旧书弘正传:“沈传师表为江西团练副使。”杜牧之集有陪昭应卢郎中在宣州佐今吏部沈公幕罢府周岁公宰昭应牧在淮南之题。考旧书纪:“太和四年九月,传师由江西观察改宣歙,七年四月入为吏部侍郎,九年四月卒。”牛僧孺传:“太和六年十二月出镇淮南,凡在淮甸者六年。”则杜之在淮南与卢之宰昭应,皆在八年也。旧传云弘正入朝为侍御史,三迁兵部郎中、给事中。故解者多以铁冠为侍御史。今据牧之诗已称昭应郎中,而职官志:“会昌为京县,与御史中丞、给事中同品。”则必由郎中出宰昭应,入为中丞,方与官阶合,岂至会昌初反止为六品之侍御哉?必奉使命时例加御史中丞而遂为之也。弘正或约义山入幕同行,故曰“请相所难”。时义山重入秘省不久即罹母忧,故细迹无可详考。又曰:唐时视河北三镇如荒外,“相所难”,定指弘正宣谕河北时。【按】冯氏辨“铁冠”非侍御史甚确,谓此二句所叙系义山重入秘省时情况亦是。然谓“相所难”指弘止宣谕河北时则非。据通鉴,会昌四年八月辛卯,邢、洺、磁三州降,李德裕请以卢弘止为三州留后。丙申,以刘稹已被诛,不复置三州留后,但遣弘止宣慰三州及成德、魏博两道。是时义山以母丧闲居永乐,昭义平时有寄和水部马郎中题兴德驿、菊、和马郎中移白菊见示等诗,皆永乐作无疑,安得有所谓历厅相请之事?义山母丧期满重官秘省正字,在会昌六年,其时弘止如在京,当任户部侍郎判度支(据张氏会笺),亦非“为铁冠”,且二人官署亦不相对,不得谓“历厅请我”也。况且,既云“历厅”,则其时弘止必任御史台之实职,非外官例加宪衔,故可决其非指宣谕河北时事也。然则二句当指会昌二年春义山任秘省正字、弘止为御史中丞时事,“相所难”,谓帮助解决疑难问题。

〔二〇〕【朱注】本集樊南甲集序:“两为秘书省房中官,恣展古籍。”【姚注】魏略:“芸香辟纸鱼蠹。”【程注】祢衡鹦鹉赋:“容貌惨以憔悴。”【补】憔悴,困顿萎靡状,此犹言失意。书阁,指秘书省中收藏珍贵图书之秘阁。芸香,香草,古代藏书多用之驱除蠹虫。二句谓己时任秘省正字,困顿失意。“卧枕芸香”似是指当值秘阁。

〔二一〕【朱注】唐书:“昭州平乐郡、桂州始安郡,俱属岭南道。”郑亚观察桂管,辟义山为判官。【田曰】叙应郑亚岭南之辟。【冯曰】谓赴桂管也。“明年”字活看。【按】郑亚辟义山为观察支使,掌表记,非判官,樊南甲集序:“大中元年,被奏入岭,当表记。”为荥阳公上荆南郑相公状:“李支使商隐,虽非上介,曾受殊恩。”义山会昌六年服阕重官秘省正字,“我时”二句似已暗渡至服阕重官时,故云“憔悴”。“明年”指会昌六年之“明年”。上李舍人状七作于会昌六年冬,有“某羁官书阁,业贫京都”语,可与此互证。

〔二二〕【补】东郊,指京城长安东郊。兄弟,指义山之弟羲叟。时羲叟登进士第,在长安,故至东郊送别。

〔二三〕【道源注】长安志:“韩公堆,驿名,在蓝田县南二十五里。又有桓公堆,亦曰韩公堆也。”【冯注】白香山集:“韩公堆在蓝桥驿南商州北。”通鉴注:“跋马,勒马使回转也。”【程注】严武诗:“跋马望君非一度,冷猿秋雁不胜悲。”

〔二四〕【朱注】梁戴皓诗:“长安树如荠。”【姚注】罗浮山记:“望平地,树如荠。”【冯注】三秦记:“长安正南秦岭根水流为秦川,一名樊川。”按:此为移家关中称樊南生之证,盖赴桂辟时仍从永乐移来也。旧书韦贯之子澳传："澳上章辞疾，以松槚在秦川，求归樊川别业。"迹相类也。【按】秦川，泛指关中平原，此指长安一带，似不必实指为樊川。

〔二五〕【姚注】宋玉高唐赋序："昔先王尝游高唐，梦见一妇人，王因幸之。去而辞曰：'妾在巫山之阳，高邱之岨，旦为行云，暮为行雨，朝朝暮暮，阳台之下。'"

〔二六〕【冯曰】暗寓夫妇离别之况。【按】鲤鱼食钩，似暗喻为生计所迫而赴辟，与"补羸贪紫桂"意近。"猿失群"则寓失侣孤孑之感。二句谓南指荆楚，遥望行云，心情抑郁。韩愈诗："士生为名累，有如鱼中钩。"

〔二七〕【朱注】方舆胜览："黄陵庙在湘阴县北四十里。"【程注】湘阴黄陵庙，汉刘表建，祀舜二妃。"许浑诗："竹暗湘妃庙，枫阴楚客船。"【冯注】旧书纪是年闰三月。【张曰】补编为荥阳公赴桂州至湖南敕书慰喻表，时积庆太后崩，事在四月，云："时逢积水，行滞长沙。"【按】据商隐抵潭州后为郑亚所撰诸状，郑亚一行抵潭州之时间为闰三月二十八日，可推知其过湘妃庙之时已是闰三月下旬初，故云"已春尽"。

〔二八〕【朱注】虞舜庙在长沙。【冯注】寰宇记："桂州舜庙在虞山之下。"（二句谓）春尽至湖南，夏时至桂州也。谓长沙舜庙者，误。【张曰】为荥阳公上衡州牛相公状云："会昭潭积雨，南楚增波，尚滞旬时，若隔霄汉。"合之本集为荥阳公赴桂州在道进贺端午银状及偶成转韵诗"湘妃庙下已春尽，虞帝城前初日曛"，则抵桂当在五月初矣。【按】据为荥阳公赴桂州至湖南敕书慰谕表，敕书至湖南为"今月八日"，而据新书纪及通鉴，积庆太后崩于四月己酉（十五日)。故敕书到湖南当为五月八日,此时犹因涨水而滞留潭州。而抵桂后所上诸表状均称“今月九日”,可推知抵桂必在六月九日。其时天已炎热,故云“初日曛”。曛,热也。

〔二九〕【朱注】按谢朓集有忝役湘州与吏民别诗,谢游桥、澄江馆必亦在长沙也。【冯注】上句已至桂州矣,此桥当在其境,未详。旧注皆误。南史:“谢灵运宥徙广州。”而灵运好游山水,疑其曾至桂州,有遗迹也。【按】桥当如冯说在桂州境,然“澄江馆”明取谢朓“澄江静如练”诗意,则谢游桥自指谢朓而言。朓曾至岭南,或曾至桂林。

〔三〇〕【程注】庾信哀江南赋:“地惟黑子,城犹弹丸。”【按】山城,指桂林。桂林诗:“城窄山将压。”

〔三一〕【姚注】文选注:“鹧鸪如鸡,黑色,其鸣自呼。豫章以南诸郡处处有之。”【按】鹧鸪鸣声凄苦,古人以为其鸣声如“行不得也哥哥”,易触动异乡羁旅之愁。李群玉九子坂闻鹧鸪:“落照苍茫秋草明,鹧鸪啼处远人行……此时为尔肠千断,乞放今宵白发生。”郑谷鹧鸪诗:“游子乍闻征袖湿”,均可证。

〔三二〕【姚注】说文:“木槿也。朝华暮落。”【按】朱槿花已详见朱槿花二首题注。晚间正朱槿花旧华憔悴、新苞待放时,故曰“娇”。此句暗寓幕府寂寥之况与怀想闺人之情。

〔三三〕【朱注】义山自桂林奉使至江陵,因归朝。【冯注】通鉴注:“大江自蜀东流入荆州界,谓之荆江。”荆江口即洞庭之水与入江之水会处。按:其时当从桂管渡洞庭湖入荆江遭险。【按】朱注非。大中二年二月,郑亚责授循州刺史,义山于三、四月间离桂北归。五月抵潭州,于李回幕滞留若干时日。旋又循水程北上,过洞庭,入荆江。“破帆坏桨荆江中”或系纪舟行遇风实况,兼寓政治道路上遇到挫折。“失职辞南风”,谓罢幕职离桂北归。

〔三四〕【朱注】博物志:“澹台子羽济河,赍千金之璧。阳侯波起,两蛟夹船。子羽左操璧,右操剑,击蛟皆死。既渡,以璧投于河,河伯跃而归之。子羽毁璧而去。”【冯注】吕氏春秋:“荆有佽飞者,得宝剑于干遂,还返涉江,至于中流,有两蛟夹绕其船,佽飞攘臂祛衣,拔宝剑赴江刺蛟,杀之。荆王闻之,仕以执珪。”意取“荆江”,乃二事合用。【按】二句谓己本有不畏风浪、斩蛟破璧之豪迈气概,平生自许颇高,决非匆遽之间而有此意也。

〔三五〕【朱注】通志:“灵台在鄠县东。”(后汉书第五伦传注引)三辅决录:“第五颉,伦之少子,洛阳无故人,乡里无田宅。客止灵台中,或十日不炊。”崔峒诗,“灵台暮宿意多违。”【冯注】此谓寓居,非谓国子博士也。徐府罢归,始为博士。旧书职官志:“司天台在永宁坊东南角也,灵台郎二人。”按:似寓居司天台近侧。【按】谓自桂归京后生活困窘,暗以第五颉自比。不必指寓居司天台侧。

〔三六〕【冯注】蓝衫犹青袍。【按】唐代八九品官着青袍。义山回京后选为盩厔尉(正九品下阶),故着青袍。

〔三七〕【朱注】古乐府:“冉冉府中趋。”义山归朝,选盩厔尉。【冯注】谓归朝尉盩厔,奏署掾曹。【补】天官,指吏部。新唐书百官志:“武后光宅元年改吏部曰天官。”补吏,选补官吏。句意谓归京后先被吏部选补为盩厔尉,又为京兆府尹奏署为掾曹,趋奔于府中。樊南乙集序:“(大中二年)二月府贬,选为盩厔尉,与班县令武功(原作公,疑误)刘官人同见尹。尹即留假参军事,专章奏。”

〔三八〕【田曰】"玉骨"二字与"玉中仍是青琅玕"句相应。【按】田评非。"玉中"句称同舍,"玉骨"自指,形容不与世俗同流合污之高洁品格。句意谓以高洁品格而屈居卑职,憔悴潦倒不堪,即"高难饱"之意。

〔三九〕【冯注】新书志:"法曹掌鞫狱、丽法、督盗贼。"时所署当为法曹参军。【补】狴牢,牢狱。古代画狴犴兽形于狱门,故称牢狱为狴牢。杨慎升庵全集卷八十一:"俗传龙生九子不成龙……四曰狴犴,形似虎,有威力,故立于狱门。"制囚,君主下令扣押之囚犯。直厅,在府厅当值住宿。义山时暂代京兆府法曹参军,故须管理牢狱。"封牢""锁印"均法曹参军之例行公事。

〔四〇〕【朱注】本传:"京兆尹卢弘正奏署掾曹,令典章奏。"按:弘正传不言尝为京兆尹,必史误。【朱彝尊曰】京兆尹另是一人,若此时已为弘正所用,则下文"闻有燕昭"句不合矣。【冯注】尹称牛僧孺曰"吾太尉",当是牛氏宗党,与弘正必不合。案旧纪大中五年有京兆尹韦博罚俸事,或即其人欤? 赤帖,如今之硃标文檄。【补】赤帖,书写贺表之红色纸帖。京兆尹非卢弘止,两唐书本传误。岑仲勉玉溪生年谱会笺平质云:"余按嘉泰会稽志,李拭大中二年二月自京兆尹授浙东。又刘沔碑,关中石刻文字二著为大中二年十一月,撰人韦博,结衔曰'朝请大夫守左谏议大夫',新书一七七博传:'因行西北边商虏强弱,还奏,有旨进左大夫,为京兆尹。'旧纪一八下除前引外(指冯氏所引)尚有五年十月己亥京兆尹韦博奏京畿富户为诸军影占一条。但细阅沔碑,沔卒大中二年十一月七日,其立碑断应在后,宝刻类编作十二月。故苟会稽志年月不误,拭、博之间,尚有一人。博固许即樊南文之京尹，然仍待确证也。”按：据郁贤皓唐刺史考全编，大中三年至四年京兆尹为郑涓。

〔四一〕【朱注】旧唐书：“大中三年正月，吐蕃宰相论恐热以秦、原、安乐三州及石门等七关军民归国，诏灵武节度使朱叔明、邠宁节使张景绪等各出兵应接。十二月，以河湟收复，追册顺宗、宪宗庙号。”【冯注】乙集序：“属天子事边，康季荣首得七关。数月，李玭得秦州。月馀，朱叔明得长乐州，而益丞相亦寻取维州，联为章贺。”事详旧书纪。【补】西汉霍去病曾为嫖姚都尉，随大将军卫青出塞抗击匈奴。此代指收复三州七关诸将领。商隐在京兆府典章奏，所拟诸贺表，今均佚。

〔四二〕【冯注】云笈七签：“元始天王东游碧水豪林之境，上憩青霞九曲之房。”又：“青要帝君紫云为屋，青霞为城。”字屡见道书。【田曰】顿挫，下始不直。【按】旧山，指作者故乡怀州附近之王屋山。作者青年时代曾在王屋山支脉玉阳山求仙学道。“青霞外”，状其高，兼寓学道。

〔四三〕【冯注】谓天坛山。【补】扶桑，神话中东海神木，日所栖息。王屋山绝顶谓天坛。李肱所遗画松诗书两纸中回忆“学仙玉阳”有云：“形魄天坛上，海日高曈曈。”二句谓王屋山极高，登绝顶可见日出。

〔四四〕【补】二句谓王屋山之青松白道，虽至今而仍了然在目，对之不胜向往，然由于爱君忧国，虽欲归隐而未能。

〔四五〕【何曰】以下指卢弘止。（读书记）【田曰】以下指卢弘正。一纵一收，揽入本题。【补】战国时燕昭王筑台，置千金于其上，以招揽天下贤士。后因称黄金台，或称燕昭台。此指卢弘止镇徐州，征聘人材。

〔四六〕【补】时义山在长安,徐州在长安东,故曰"挺身东望"。

〔四七〕【程注】王粲从军诗:"从军有苦乐,但问所从谁。"陶潜归去来辞:"归去来兮,田园将芜胡不归?"【冯注】晋书陶潜传:"义熙二年,解印去县,乃赋归去来。"【按】二句谓乐于入卢幕从军,不愿归隐田园。【田曰】上下关锁。又顾"旧山"二连。

〔四八〕【朱注】旧唐书:"徐方自王智兴之后,军士骄怠,有银刀都尤甚,前后屡逐主帅。弘正在镇期年,去其首恶,喻之忠义,讫于受代,军旅无哗。"【程注】左传:"彭城之役。"唐书地理志:"徐州彭城郡,属河南道。"【冯注】时义山为判官,军职也。句中暗以自寓。以下指四同舍。【按】二句谓徐州士卒感戴卢弘止恩德,当指其整肃军纪之事。

〔四九〕【朱注】曹植与杨德祖书:"人人自谓握灵蛇之珠。(按:喻掌握写作文章之秘诀。)"傅玄灵蛇铭:"嘉兹灵蛇,断而能续,飞不须翼,行不假足,进此明珠,预身龙族。"【程注】廷评,汉书作平。宣帝纪:"地节三年,初置廷尉平四人,秩六百石。"又刑法志:"选于定国为廷尉,求明察宽恕黄霸等以为廷平。"【冯注】旧书志:"大理评事从八品下阶。"诸传中幕官每带试大理评事衔。曹植与杨德祖书注曰:"随侯见大蛇伤断,以药傅而涂之,后蛇于大江中衔珠以报之,因曰随侯之珠。"

〔五〇〕【姚注】幽明录:"桂阳罗君章,不属意学问。常昼寝,梦得一鸟,五色杂耀,不似人间物,梦中因取吞之,遂勤学,读九经,以清才称。"【冯注】晋书:"罗含字君章,尝昼卧,梦一鸟文彩异常,飞入口中,因惊起,自此后藻思日新。"按:御览于鸟卵门引幽明录与罗含传,皆作"梦得一鸟卵,五色杂耀,因取吞之”,小有不同。【按】二句赞美廷评、书记之富于才藻,擅长写作。当指幕府中之文职同僚。

〔五一〕【冯注】之子,本诗经;夫君,本楚词。【补】诗魏风汾沮洳有“彼其之子,美如英”及“彼其之子,美如玉”之句。楚辞九歌有“思夫君兮太息”(云中君)及“望夫君兮未来”(湘君)等句,“夫君”用作神之美称。唐人诗中亦有以“夫君”称朋友者。郑与裴:汉郑当时常置驿马长安诸郊,存问故人,请谢宾客,常恐不遍。晋裴楷容仪俊爽,时称见楷如近玉山照映人。此句或指同舍中裴姓者容仪俊美,郑姓者笃于友谊,或以“之子”“夫君”泛称美郑裴二同舍。

〔五二〕【冯注】南史宋武帝纪:“何无忌,刘牢之外甥,酷似其舅。”谢舅当用谢安,盖安有甥羊昙也。同舍中必有为甥舅者,故云。【王鸣盛曰】四同舍,一是以幕官带试大理评事衔,一是掌书记,一是姓郑,一是姓裴。其的系何人,则皆不可知。【按】何甥、谢舅,或取其姓及“当世才”意,以美同舍中何姓、谢姓者,或如冯氏所谓“有为甥舅者”,然不必既姓何、谢,又同时有甥舅关系。此二句赞美幕府中之武职同僚。

〔五三〕【补】青袍见前注。唐制:八九品服青,后以深青乱紫,改着碧青、碧蓝。青、蓝仅颜色深浅不同,故称青袍、蓝衫均可。白简,唐会要:“五品以上执象笏,六品以下执竹木笏。”所谓白简或竹简,均指六品以下所用之竹木手板。句意谓四同舍虽官阶不高,然均潇洒风流,富于才华。

〔五四〕【按】见南山赵行军注。此以“碧沼红莲”喻四同舍。“倾倒开”,犹“烂漫开”,形容其繁艳。

〔五五〕【程注】绝交书:“足下素知我潦倒粗疏。”【冯注】吴志鲁肃传:“张昭訾毁之云:‘年少粗疏,未可用。’”【按】谦言己粗犷疏略，不足以与四同舍比数。

〔五六〕【道源注】晋书："王导补谢尚为掾，导谓之曰：'闻君能作鸲鹆舞，一座倾想。'尚更着衣帻而舞，（导）令座下击节为应，（尚俯仰在中，）旁若无人。"【姚注】蜀注："诸葛亮好为梁父吟，自比管仲、乐毅。"【按】承上谓己亦怀雄心壮志，具有豪迈性格。旧唐书音乐志二载坐部伎中之鸟歌万岁乐云："舞三人，绯大袖，亦画鸲鹆冠作鸟像。"白居易和梦游春一百韵："颠狂舞鸲鹆。"可见其舞之豪纵。

〔五七〕【道源注】（志林）："锺繇弟子宋翼每作一戈，如千钧弩。"又汉军有八牛弩。【冯注】弩亦以筋角为之，故古曰角弩，亦曰犀弩。玉海云："唐时西蜀有八牛弩。"而江淮弩士号精兵，见唐书传中。【按】牛弩，以牛筋为弦，以牛角为弓饰之弩。此状笔力之雄健。

〔五八〕【补】礼分，礼数。周旋，追随。

〔五九〕【程注】南史："王僧辩军攻巴陵，分命众军乘城固守，偃旗卧鼓，安若无人。"【冯注】晋书王鉴传："卷甲韬旗。"后汉书隗嚣传："还师振旅，櫜弓卧鼓。"【按】谓凯旋还朝，辅佐天子为相。

〔六〇〕【冯注】史记孟尝君传："将门必有将，相门必有相。语亦屡见。"按：新书表：四房卢氏，大房、二房、三房皆有宰相，弘正系四房，未有相，故以颂之。【朱注】汉书："相门出相，将门出将。"【程注】江淹上建平王书："俱启丹青，并图青史。"

笺　评

【陆时雍曰】一往俊气，不无纤词巧句。（唐诗镜）

【钱龙惕曰】此诗武宁军节度使卢弘正镇彭门时，义山为掌书记作也。……作诗在彭门，故以“沛国东风”起兴。继乃追述生平游宦，前后受知茂元与弘正，而相得之厚，知己之深，不自今日始也。及乎从事桂管，失职还京，外则涉历风波，内则栖迟下吏，正抑郁无聊之时，忽有弘正徐州之辟，所以欣然乐王粲之从军而忘渊明之归去也。若夫芙蓉幕内，握灵蛇而吞彩凤，吟梁父而舞鸲鹆，岂非同舍之荣而从军之乐哉！终以感弘正之知遇，而祝其入相也。

【朱曰】义山生平游历，略见于此篇。

【杨守智曰】此诗作于幕中，故以沛地发端，亦兴体。“酒酣”句：劝其留此。“武威”句：会昌三年王茂元镇河阳，辟为掌书记。“卧枕”句：开成三年，义山始释褐为秘省校书郎，所谓“芸香是小惩”也。“明年”句：大中元年郑亚辟为判官。“此时”句：至此入弘正幕。“之子”句谓：四同舍。

【张谦宜曰】夭矫如龙，换韵处陡健，当学。（絸斋诗谈卷五）

【钱良择曰】卢弘正镇徐方，义山为掌书记，此诗作于幕中。（“沛国”四句）徐方沛地也，故以此发端。（“征东”二句）不欲其去，故劝使悬其鞍。（“蓝山”二句）此同舍语也，言不必他求炫售（此句亦作辑评墨批，下云：“而语特晦僻难通”），义山乃历叙平生以答之，言元无去志也（“武威”句）一受知于王茂元。（“怜我”句）茂元以女妻之。（“诘旦九门”四句）作不了语，当是献策不见收也（朱批“当是”作“暗含”）。（“忆昔”二句）追叙始识弘正（朱批作“指卢弘正”）。（“我时”二句）初为弘正从事。（“明年”句）再受知于郑亚，亚观察桂管，辟为判官。（“平生”句）自桂管还京师（朱批作“自昭桂还京”）。（“天官”二句）选为盩厔县。

（"爱君"二句）不得志欲归隐（朱彝尊批作：此下喻下僚不得志之况）。（"此时"四句）复入弘正幕中（按：朱彝尊批语与此相反，见注四十）。（"廷评"二句）廷评、书记皆幕府官。（"之子"二句）四同舍。（"我生"四句）极写得遇知己，肆志骋才之概。（"借酒"二句）题曰赠同舍，而以祝弘正终，以五人见知之感略同也。此律诗也。题曰转韵，自明其为律诗也。唐人律诗，有仄韵者，有通篇无对偶者，其声调皆今体，故皆名律诗。前人论之甚详，今杂于歌行中，盖不得已而从俗，其体则不可不辨。

【金介曰】可为年谱作证。"路逢邹枚不暇揖"句行批：俊快，似太白。转韵二字新，便知不转者方足云古风也。

【方世举曰】晚唐体裁愈广，……如义山又有七古似七律音调者，偶成转韵七十二句是也。（兰丛诗话）

【徐德泓曰】此在卢弘正（止）徐州幕中作。首四句，先写徐州光景。"征东"四句，言同舍劝留。蓝山宝肆，喻京国；琅玕，即指同舍人，谓不能在朝，而此处仍是玉山耳。以上八句，是总冒也。以下则追叙前事。"武威"四句，述就幕河阳，而茂元才全文武（按：徐氏从朱注以"武威将军"为王茂元），及以女妻之之事。秋斋蝴蝶，状清冷也。"诘旦"四句，述授御史事，而写其行道之倥偬也。"忆昔"八句，即叙入弘正事，公，谓卢也。上四韵，谓卢昔为宰时，早以文字见知，赏其才华如屈宋也。下四韵，言卢后为侍御，而已则在秘省校书也。历厅，犹言过署；相，去声，言请我商助所难也。"明年"十二句，述随郑亚至桂州事。上四韵，登程之情景；中四韵，道中之情景；下四韵，在桂之情景。"顷之"四句，述自桂归朝事，而有激昂之思。"归来"四句，述选盩厔尉事，而有贫瘠之苦。“手封”四句，述弘正为京尹，自尉而典章奏事也。尉司狱事，故有牢囚之语。“旧山”八句，半承上而半起下，言不能归隐里居，而复就徐州之辟耳。至此方收转题位上。“彭门”四句，正言在镇事，谓军士归心，而幕僚才妙，以引到同舍，故下直接“之子”四句而赞美之，郑、裴，何、谢，题中所谓四也。“我生”四句，又自言同事而疏狂之意，末则祝颂主人。

【陆鸣皋曰】俊快绝伦，不惟变尽艳体本色，且与韩碑各开生面，是足见其才之未易量矣。

【姚曰】时卢弘正镇徐，义山为掌书记，此诗作于幕中，而历叙生平游历，以见所托之不苟也。首四句，因沛郡有高祖庙，借此发兴。次四句，言已得托足于此，而幸声价之未亏。“武威”八句，叙已一受知于王茂元。“忆昔”八句，叙昔曾受知于卢公。“明年”下十六句，叙已再受知于郑亚，因言桂林之荒僻，并及奉使江陵事。“归来”下十二句，叙已还京授盩厔尉，时又为卢公奏署掾曹典章奏事，而叹归隐之未能。“此时”下四句，叙复入卢公幕。“彭门”下八句，叙卢公之深得军心，一时幕僚，皆非凡士。“我生”下八句，叙已深感卢公之嘘植，而望其入相，以垂功名于竹帛也。

【屈曰】一段生不逢时，同舍劝之出游。二段受知王公。三段应卢公招。四段赴昭桂。五段自桂林奉使江陵，因归朝选县尉。六段又为弘正典章奏。七段总收知遇，八段赠同舍。

【程曰】此诗作于徐州卢弘正幕府。前后皆言徐州，中间追及于王茂元、郑亚，自叙其生平之阅历耳。通鉴：“大中三年五月，武宁军乱，逐其节度使李廓，诏以卢弘正代之。”樊南乙集序云：“大中三年十月，尚书范阳公奏入幕府。”弘正五月出镇,义山十月应辟,则奏聘在出镇之后。盖义山偶游徐州而同舍援而止之,然后为弘正所奏请也。起四语言己游徐州之无聊。次四语言幕客之见留。“蓝山宝肆不可入,玉中仍是青琅玕”二语,乃称美同舍而自谦之辞也。次八语因弘正之见知而追忆茂元之恩遇。次八语就弘正今日之新知,追忆弘正昔日之旧好。次十二语追忆郑亚,叙昭桂赴辟之情事。次六语追忆府罢,叙失职归来之寂寞。次四语叙己谒天官得尉盩厔之时。次六语叙弘正为京兆尹署典笺奏之事。次六语叙弘正辟举之恩。次六语叙同舍幕客之才。次四语叙己为知己者用。次四语叙弘正将为国家大用也。玩诗中“此时闻有燕昭台,挺身东望心眼开”二语,则义山应辟在弘正出镇以后明矣。“之子夫君郑与裴,何甥谢舅当世才”,则诗题所赠之四同舍也。

【田曰】一篇皆为卢弘正发,纬以平生所历,傲岸激昂,儒酸一洗。(冯笺引)

【冯曰】既转韵则非律诗。此篇音节殊类高岑,其曰“偶成转韵七十二句”者,盖语多豪迈,颇觉自夸,制题亦寓得意之态,实古体也。否则燕台、河阳诸篇,独非转韵乎?何木庵不谓是律哉?顺序中变化开展,语无隐晦,词必鲜妍,神来妙境,本集中少有匹者。

【纪曰】此诗直作长庆体,而沉郁顿挫之气,时时震荡于其中。故挨叙而不板不弱,觉与盛唐诸公面目各别,精神不殊,盖玉溪骨法原高耳。起手苍苍茫茫,磊磊落落,是好笔法。“路逢邹枚”二句,“韩公堆上”二句,“斩蛟断壁”二句,俱笔意雄阔,为篇中筋节。“旧山万仞”四句,一纵一收,揽入本题,笔意起伏,尤是筋节处也。“玉骨”句大鄙,不成语。芥舟评曰：韩公堆上、湘妃庙下、虞帝城前、谢游桥下，句法连犯。又曰：之子、夫君叠用无理。（诗说）接落平钝处，未脱元白习径；中间沈郁顿起处，则元白不能为也。

【吴仰贤曰】义山古诗韩碑一首，即仿昌黎，在集中另是一副笔墨。次则偶成转韵七十二句，异曲同工，但不如韩碑之整炼耳。馀皆香草闲情，体类长吉。或疑以义山之才，如韩碑等篇何不多覯，不知古人攻诗，各就其性之所近。并力专精，不敢歧出，卒乃自成一家。今人才不逮昔贤，辄思无体不工，无格不备，徒舍一己之性情，依傍揣摩，得其糟粕而已。（小匏庵诗话）

【张曰】此在徐幕作。武威将军谓卢弘正也。惟卢氏郡望无武威之称，文集则皆称范阳。初疑武宁之误，然集中又有过故府中武威公交城旧庄诗，何至混同如此？姑从盖阙。至解者概指王茂元，冯氏已驳正之矣。诗中自叙十年来踪迹极详，可以庀谱。而音节顿挫，尤类高岑，冯氏所谓神来妙境，本集中少有匹者也。（会笺）

【按】此诗三段。第一段自入徐幕叙起，引出卢弘止辟己入幕之经过。第二段以追叙与卢之旧谊发端，着重叙述自会昌末至入徐幕期间之经历遭遇，为全诗中心部份。第三段以赞美同舍、祝颂府主作收。全诗以自叙生平遭际、抱负性格为经，以叙述与府主卢弘止之交谊为纬。叙生平遭际之困顿失意固所以见府主之知遇，然谓“一篇皆为卢弘止发”，似此诗之作仅为感激知遇，则不免错会。盖诗题“赠四同舍”，幕主又与己夙有交谊，则美同舍、颂府主实系题中应有之义。然作诗之主意则不在此，而在借此作一自叙传，不仅叙己之困顿失意，亦一抒己之抱负性情。要而言之,此实特殊形式之坎壈咏怀之作。而诗中所塑造之诗人自我形象,又实为全诗之主体。其性质与李白忆旧游寄谯郡元参军等诗极相似。第李白之作抒情方式更为直接,此则多借自叙生平发之耳。自"憔悴在书阁"至"赴辟下昭桂",自"失职辞南风"至"补吏府中趋",境遇之坎坷可谓极矣,然"爱君忧国"之志,"斩蛟破璧"之概不因之而少衰。"此时闻有燕昭台,挺身东望心眼开。且吟王粲从军乐,不赋渊明归去来",报国从军之情溢于言表;"我生粗疏不足数,梁父哀吟鸲鹆舞。横行阔视倚公怜,狂来笔力如牛弩",豪纵不羁之概如在目前。要之,诗人所塑造之自我形象,与所谓诡薄无行、放利偷合者固大异其趣,与通常印象中多愁善感、软弱消沉之诗人形象亦显有区别。"傲岸激昂,儒酸一洗",洵为的评。诗中所叙生平经历,以会昌末至大中三年末此段期间为主,它则仅于追叙与弘止交谊时稍涉及之。而自述困顿之同时,显然流露对大中政治之不满。开端即抒"我来不见隆准人"之慨,实亦针对现实,有感而发。

此诗不特构思精致,经纬密合,且能将"碧沼红莲颠倒开"式之鲜妍明丽与"狂来笔力如牛弩"式之豪放健举有机融合。于叙次分明中见波澜变化,于明丽流畅中时呈顿挫之致,挥洒自如,一气流注。较之安平公诗,艺术上显臻成熟境界。

戏题枢言草阁三十二韵〔一〕

君家在河北,我家在山西〔二〕。百岁本无业[①]〔三〕,阴阴仙李枝〔四〕。尚书文与武，战罢幕府开〔五〕。君从渭南至，我自仙游来〔六〕。平昔苦南北，动成云雨乖〔七〕。逮今两携手②，对若床下鞋〔八〕。夜归碣石馆〔九〕，朝上黄金台〔一〇〕。

我有苦寒调〔一一〕，君抱阳春才〔一二〕。年颜各少壮〔一三〕，发绿齿尚齐。我虽不能饮，君时醉如泥〔一四〕。政静筹画简〔一五〕，退食多相携〔一六〕。扫掠走马路〔一七〕，整顿射雉翳〔一八〕。春风二三月，柳密莺正啼〔一九〕。清河在门外〔二〇〕，上与浮云齐。欹冠调玉琴，弹作松风哀〔二一〕。又弹明君怨，一去怨不回〔二二〕。感激坐者泣③，起视雁行低〔二三〕。翻忧龙山雪，却杂胡沙飞〔二四〕。仲容铜琵琶，项直声凄凄〔二五〕。上贴金捍拨〔二六〕，画为承露鸡④〔二七〕。

君时卧枨触〔二八〕，劝客白玉杯。苦云年光疾，不饮将安归〔二九〕？我赏此言是，因循未能谐。君言中圣人〔三〇〕，坐卧莫我违。榆荚乱不整，杨花飞相随。上有白日照，下有东风吹。青楼有美人〔三一〕，颜色如玫瑰〔三二〕。歌声入青云，所痛无良媒〔三三〕。少年苦不久，顾慕良难哉〔三四〕！徒令真珠肶⑤〔三五〕，裛入珊瑚腮〔三六〕。君今且少安，听我苦吟诗。古诗何人作？老大犹伤悲⑥〔三七〕。

校 记

①“业”，冯引一本作“异”。【何曰】统签作“异”，朱本同。【按】统签及朱本均作“业”，未知何氏所据。

②“今”，季抄一作“及”。

③“坐”，戊签作“卧”，非。

④“承”原作“永”，冯引一本作“水”，均非，据蒋本、姜本、戊

签、悟抄、席本、钱本、影宋抄、朱本改。

⑤“肶”原一作“脞”，蒋本、姜本、戊签、悟抄作“脞”，疑“玭”字之误，详注。

⑥“犹”，悟抄、季抄、朱本作“徒”，非。

集　注

〔一〕【钱注】枢言意草阁主人之字(冯注引。亦作朱彝尊批)【程注】草阁取名“枢言”者，其义出于管子。管子有枢言一篇。唐房玄龄注云：“枢者，居中以运外；言则虑心而发口。”然则取名于此者，其以运筹帷幄自许乎？【冯曰】钱说是。按：管子列经言、外言、内言、短语、区言、杂篇等目，“区”本不作“枢”。区言似取藏也或小也之义。后人有作“枢”者，似非。虽相传房玄龄注管子：“区言，枢机之义。”然前人已云：“注浅陋，恐非玄龄。”何足据也！易系辞传“出其言善，千里之外应之”，“言行君子之枢机”，其取此乎？【王鸣盛曰】枢言姓李。其即四同舍之一乎？抑别一人乎？【按】枢言当草阁主人字，与义山同姓，卢幕同僚。

〔二〕【朱注】义山尝寄居太原。【冯注】义山先世本陇西也。汉书赵充国传：“山东出相，山西出将。”山西谓天水、陇西、安定、北地诸郡，汉时所为六郡良家子者，皆其地。虞诩传：“关东出相，关西出将。”关东、西即山东、西。宋王伯厚地理通释：“秦、汉称山东、山西、山南、山北，皆指太行，非华山。”盖秦在山西，以太行山言；而六郡之称山西，则又以秦陇诸山言。汉书注曰：“陇坻即陇山。陇西郡在陇之西，可类推矣。”二句谓各支派，否则如史文所云义山怀州人，反为河北道矣。朱氏以寓居永乐为山西，此古山东之地也，尤误。后汉书郑兴传："山西雄桀。"注曰："山西，谓陕山已西也。"【按】此山西指陇西。李唐王室源出陇西李氏，义山与李唐王室同宗，故云。

〔三〕【冯注】史记郦生传："好读书，家贫落魄，无以为衣食业。"

〔四〕【朱注】神仙传："老子生而能言，指李树为姓。"杜甫诗："仙李蟠根大。"【冯曰】二句谓无恒产，而实贵胄。【按】唐皇室奉老子李耳为祖。义山与枢言均自称唐宗室，故曰"阴阴仙李枝"。作者上尚书范阳公启云："去年远从桂海，来返玉京，无文通半顷之田，乏元亮数间之屋。"可为"无业"之证。

〔五〕【朱注】尚书谓王茂元。旧唐书："太和中，茂元检校工部尚书，镇岭南。会昌中，为河阳节度使。河北诸军讨刘稹，茂元亦以本军屯天井。"【程注】考唐书，茂元镇河阳，为会昌三年，时义山年已四十五，不得言年颜少壮，发绿齿齐也。茂元检校工部尚书是镇岭南时官，镇河阳时不闻更加尚书，况义山文集有代仆射濮阳公遗表，是茂元当称仆射，不当称尚书也。茂元屯天井，刘稹未平，已卒于军，不得云"战罢幕府开"也。此尚书当指令狐楚。旧唐书："楚以宝历元年为检校礼部尚书、宣武军节度使"，义山从为巡官，年二十七，诗当作于楚幕。其曰"战罢"者，盖指穆宗时宣武军之乱也。考通鉴，张弘靖为宣武节度使，屡赏以悦军士。李愿继之，赏劳薄于弘靖；时又以妻弟窦瑗典宿直兵，瑗骄贪，军中恶之，牙将李臣则作乱。秋七月壬辰，斩瑗，愿与一子逾城奔郑州。乱兵推都押牙李齐为留后。丙午，贬李愿随州刺史，以韩充为宣武节度使，征李齐为右金吾将军，齐不奉诏。宋州刺史高承简斩其使者，齐攻陷其南城，承简保北城，与贼十馀战。癸丑，忠武节度使李光颜将兵讨李齐，屯尉氏。兖海节度使曹华闻乱，不俟诏即发兵讨之。丙辰，华逆击破之。丁巳，光颜败宣武兵于尉氏。八月甲子，韩充入汴境，军于千塔。武宁节度使王智与与高承简共破宣武兵。壬申，韩充败宣武兵于郭桥。会李齐疽发于首，都知兵马使李质与监军姚文寿擒齐杀之。诈为齐谍，追臣则等至，皆斩之。丁丑，充入汴，此长庆二年事也。四年，韩充卒，令狐楚代之，故曰"战罢幕府开"也。【冯曰】尚书谓卢弘正，即"战功高后数文章"之意。【按】冯说是。

〔六〕【朱注】唐书："渭南县属京兆府，在华州西五十里。仙游县属清源郡。"又长安志："盩厔县有仙游泽，复有仙游宫。"图经云："隋文帝避暑处。"【冯注】新书志："京兆府渭南县。"此亦以官所言。按长安志引尹先生内传："周康王时为大夫，领散关长，得遇老君，其后，先生白日上升于此。县界有老子墓，有庙；有尹旧宅，有庙。县地多以仙名。"义山由盩厔尉出赴徐辟。【按】据此，则枢言入卢幕前在渭南任职。义山虽假京兆府掾曹典章奏，而其正式职衔则仍为盩厔尉，因欲与上句构成对偶，故曰"我自仙游来"。

〔七〕【朱注】颜延之诗："朋好云雨乖。"

〔八〕【冯注】鞋，鞵同。【何曰】虽戏，然胡可入古诗？粗莽。○风人体有此，微不类耳。○此言二李俱在泥涂也。（辑评）【按】"对若床下鞋"，戏言得朝夕和谐相处耳，与"在泥涂"意无涉。参钱锺书管锥编六七九页。

〔九〕【朱注】史记："邹衍如燕，昭王筑碣石宫，身往师之。"正义:“宫在幽州蓟县西三十里。”

〔一〇〕【朱注】言共在幕府。【姚注】图经:“黄金台,易水东南十八里。燕昭王置千金于台上,以延天下之士。”【程注】陈子昂诗:“南登碣石馆,遥望黄金台。”【按】碣石馆、黄金台均非实指,二句盖谓与枢言夜归馆舍,朝入幕府,承上“两携手”而言。“黄金台”即前诗“此时闻有燕昭台”之“燕昭台”,借指幕府。

以上为第一段,叙两人家世出身及平生离合。

〔一一〕【朱注】魏武帝乐府有苦寒行。【程注】陆机苦寒行:“剧哉行役人,慊慊恒苦寒。”【冯注】子夜警歌:“谁知苦寒调,共作白雪弦?”【补】乐府相和歌清调曲有苦寒行。乐府解题谓晋乐奏魏武帝北上篇(按:即苦寒行),备言冰雪溪谷之苦。此似借指己之诗作中多表现身世不偶之慨及对当时现实政治之不满。

〔一二〕【朱注】梁元帝纂要:“白雪、阳春,皆古歌曲名。”【补】宋玉对楚王问:“客有歌于郢中者,其始曰下里、巴人,国中属而和者数千人……其为阳春、白雪,国中属而和者不过数十人。”阳春才,指不为世俗所理解与欣赏之才能。二句文虽分举,意实互文。

〔一三〕【何曰】“少壮”与结句“老大”呼应。(辑评)【冯曰】以今所定年谱,大中五年为三十九岁,尚可称少壮;若如旧谱则渐老矣。义山先时已悲白发,而此言少壮者,所遇稍足乐也。【按】诗作于大中四年春,时义山年三十九。

〔一四〕【何曰】伏后。(辑评)【按】醉如泥,见昭州注。

〔一五〕【程注】袁宏三国名臣赞序:“筹画不以要功,故事立而后定。”【补】句意谓使府政事清静不烦扰。

〔一六〕【程注】诗国风:“退食自公。”【按】退食,本指官吏退朝后用餐,此犹言“下班”。言公务之馀常可相携出游。

〔一七〕【补】扫掠,与下“整顿”对文,意即修整、洒扫。

〔一八〕【朱注】射雉赋:“尔乃擎场拄翳。”注:“翳者,所以隐射也。”【姚注】潘岳射雉赋注:“翳上加木枝,衣之以叶。”【冯注】后汉书仇览传:“庐落整顿。”史记张耳陈馀传:“宜整顿其士卒。”西京杂记:“茂陵文固阳,本琅琊人,善驯野雉为媒,用以射雉。每以三春之月,为茅障以自翳,用觟矢射之。”按:茂陵文固阳,太平御览引之作“茂陵人周阳”。

〔一九〕【何曰】(“春风”二句)物犹如此。(“清河”句)草阁。(辑评)

〔二〇〕【冯注】徐州临水,韩昌黎诗所谓“汴泗交流郡城角”也。又有雉带箭诗,亦可与此互证。

〔二一〕【道源注】乐府河间新弄二十一章,有风入松。【冯注】乐府诗集琴集曰:“风入松,晋嵇康所作也。”【按】攲,通敧,倾侧。“攲冠”弹琴,画出不拘礼法、倜傥疏放情态。

〔二二〕【朱注】琴操:“昭君在匈奴,恨帝始不见遇,作怨思之歌,后人名为昭君怨。”【程注】石崇明君辞序:“王明君者,本是王昭君,以触文帝讳改之。”【冯注】乐府诗集琴曲有昭君怨。【何曰】沉沦使府,如明君之一去紫台也。(辑评)此上叙初相合及游宴之迹。(辑评)

〔二三〕【冯曰】从琴及雁,递生情景。【按】可与“二十五弦弹夜月,不胜清怨却飞来”同参。

〔二四〕【姚注】鲍照诗:“胡风吹朔雪,千里度龙山。”注:“龙山,在云中。”【按】二句描绘音乐意境及主观感受。暗寓对边事之忧虑。

〔二五〕【朱注】晋书:“阮咸字仲容。”国史纂异:“元行冲为太常少卿,时有于古墓中得铜物似琵琶,而身正圆,莫有识者。元视之,曰:‘阮咸所造乐也。’命匠人改以木,其声清雅,今呼为阮咸是也。”【程注】乐府杂录:“琵琶始自乌孙公主造,马上弹之,有直项者,有曲项者。”【冯注】晋书:“阮咸……妙解音律,善弹琵琶。”通典:“阮咸亦秦琵琶也,而项长过于今制,列十有三柱。武太后时,蜀人于古墓中得铜者,时莫有识之,太常少卿元行冲曰:‘此阮咸所造。’乃令匠人改以木为之,声甚清雅。”竹林七贤图阮咸所弹与此类同,因谓之“阮咸”。此亦蒙上引入,线索细妙。【何曰】二句喻同调。(辑评)【按】琵琶有直项、曲项二种。晋时,琵琶主要指直项琵琶(后称为“阮”)。至诗人所处时代,琵琶已专指自西域传入之曲项琵琶(即今琵琶)。此以阮咸所奏之直项琵琶暗喻性格梗直。

〔二六〕【姚注】海录碎事:“金捍拨,在琵琶面上,当弦,或以金涂为饰,所以捍护其拨也。”【按】拨动琵琶、筝、瑟弦索之工具曰拨。金捍拨即饰金之拨。李贺歌诗编集外诗春怀引:“蟾蜍碾玉挂明弓,捍拨装金打仙凤。”

〔二七〕【朱注】江表传:“南郡献长鸣承露鸡。”

以上为第二段。叙两人在卢幕出游宴饮情景。

〔二八〕【朱注】广韵:“枨,触也。南人以触物为枨。”【冯注】谢惠连祭冥漠君文:“以物枨拨之。”注曰:说文:“枨,杖也。宅庚切。”然南人以物触物为枨。此谓指琵琶劝客,弹以佐酒。上弹琴是实事,此琵琶是虚事。【按】枨触原为触拨之义,此处意同“感触”。“卧枨触”,谓怅卧而多所感触也。【何曰】翻转“醉如泥”。(辑评)

〔二九〕【冯曰】应上不能饮。【按】因循，怠慢、随便之意。谓虽赏君言而怠慢随便未能谐君同饮。

〔三〇〕【程注】魏略："徐邈为尚书郎，时禁酒，邈私饮沉醉，校事赵达问以曹事，邈曰：'中圣人。'达白之，太祖甚怒。鲜于辅进曰：'酒客谓清者为圣人，浊者为贤人，邈偶醉言耳。'竟坐得免刑。"

〔三一〕【姚注】（美人）喻君也。【按】美人，义山、枢言自喻，姚解非。

〔三二〕【姚注】司马相如子虚赋："其石则赤玉玫瑰。"注："玫瑰，火齐珠也。"又，西京杂记："乐游苑自生玫瑰树。"

〔三三〕【程注】诗国风："匪我愆期，子无良媒。"洛神赋："无良媒以接欢兮。"【冯注】曹植美女篇："青楼临大道，高门结重关。媒氏何所营？玉帛不时安。"【何曰】二人皆宗室，故得以子建美女为比。（辑评）

〔三四〕【程注】嵇康琴赋："徘徊顾慕。"【冯注】谓所思难合而年华易逝，极宜少愁而多饮也。

〔三五〕【朱注】肶，音皮；一作脞，皮上声。○说文："膍，牛百叶也。"韵会："一曰五脏总名。"集韵："或作肶，通作脾。"【姚曰】真珠肶，比泪。【冯注】徐曰："真珠，泪也。肶，脏也。泪出痛肠之意。"按：说文、广韵、集韵诸书："膍，房脂切，牛百叶也。"一曰："乌膍胵。胵，充脂切，鸟胃也。"一曰："五脏总名。""肶"同"膍"。又"肶脐"亦作"豼脐"，是"豼"亦同也。又据周礼醢人脾析之注，是"膍"与"脾"亦通也。脞，正韵音陛，脞胵，胃脘也，义亦相类。徐氏之解似之。余则谓真珠肶如胸有慧珠之意，下句裛为润湿之义，方谓红腮清泪耳。【按】"肶"疑是"玭"之误，玭，蚌珠。真珠

玭,犹所谓珠泪。连下句谓徒然使清泪沾湿红腮。【何曰】二句言红颜变为衰老也。(辑评)

〔三六〕【朱注】腮,俗腮字。江总诗:“盈盈扇掩珊瑚唇。”【冯注】上数句真美人香草之思。“君言”以下,皆彼所言相劝慰者。“青楼美人”,其人以比义山。【按】细绎上下文义,似“君言”之内容仅限于“中圣人,坐卧莫我违”。“榆荚”以下十二句,乃作者借青楼美人无媒不售喻彼此之怀才不遇,非枢言之语。

〔三七〕【程注】古乐府:“少壮不努力,老大徒伤悲。”【何曰】“何人作”言彼与仙李同根者不同犹云尔也。(辑评)【冯曰】四句义山答词,言老大犹将伤悲,可不及时努力耶?【按】“榆荚”十二句伤彼此之不遇,末四句则又转以及时当努力相劝勉。

以上为第三段。借彼此对答抒写不遇之感,以及时勉力作结。

笺　评

【金介曰】“苦寒调”,作者自评其诗乃尔。今人但以绮靡尚之,枉看玉溪诗矣。

【张谦宜曰】通篇叙幕府交情,少年行乐之词,章法错落,深得古法。(絸斋诗谈卷五)

【何曰】气味逼古,后幅纯乎汉魏乐府。○“君时卧枨触”,入本趣。○“榆荚乱不整”四句,以比小人之得君多援。(读书记)又曰:庄语则恐为不知者诟嫉,命曰“戏题”,正见用心之苦。又不敢直致己意,赋语断章而已。(辑评)

【徐德泓曰】枢言即诗中之人也。首四句,先言里姓。“尚书”

十句,谓同在幕府也。“我有”至“露鸡”,杂叙少年游乐饮酒调丝之事。“君时”八句,述其劝饮词意。“榆荚”十二句,总以“君言”句贯,谓年光倏忽,近君无由,何为不饮而徒悲乎?“美人”,喻君也;真珠肶者,言肝肠之泪也。以上皆追叙前情。“今君”四句,方言此日,而少者已老,仍慨不遇也。唐后古调稀弹,此首犹有晋、魏遗意。

【姚曰】首四句叙李姓。“尚书”十句叙会合。“我有”下叙在幕时宴游之乐。琴弹明君怨而琵琶和之,曲尽情致。下因李劝饮而言己不能如李之豪,又述李言,谓年光迅速,仕进无门,何必伤心堕泪,虚损红颜。末乃答言志业不遂,毋怪我之心惊不已也。

【屈曰】一段同姓,二段同幕。三段同负俊才,四段同游。五段忧时同感激。六段无媒。七段老大伤悲。

【程曰】枢言草阁,当是楚幕同僚之所。同僚之人虽不可考,据起句四语,当是义山同姓。诗中“年颜各少壮”、“老大徒伤悲”二语先后呼应,盖共伤其不得志也。叙事专言饮酒、听歌、弹丝、走马,所以曰“戏题”也。

【田曰】叙述易见散漫,以善用韵,遂使声色俱古。中有开宋人粗莽为得意者。

【冯曰】义山在徐幕,心事稍乐,故有此种之作。音节古雅,情景潇洒,神味绵渺,离合承引,极细、极自然,五古中上乘也。不得其解,何从研咀?今而后读此诗者,意何如欤?(王鸣盛曰:孟亭编次年谱精当,故能使李诗趣味尽出。)

【纪曰】铺叙是长庆体,而参以古意,意境独高。“平昔”四句,顿挫不置。“对若”句,粗俚不成语。中一段淋漓飞动,乃一篇之警策。凡平叙长诗,如无一段振起,则索然散漫。名篇

皆留意于是。其源乃自焦仲卿妻发之。“杨花”一段夹入比体,极有情致。收处却是长庆率笔,最不可效。(诗说)

【张曰】此亦徐幕作,冯解甚精。“尚书”亦谓弘正。义山由盩厔尉而承徐辟,故曰“我自仙游来”也。与茂元无涉。纪晓岚评此篇为长庆体,又谓结四句长庆劣调。不知此篇前半波澜起伏,音节错落,乃纯用古法;后结承“裛入”句说入,含蓄不尽,机杼遂别,岂元白滔滔如话者所能及哉!(会笺)又曰:古诗一笔写成,如长江大河,精粗巨细,悉入其中,要以气机为主,不在寻章摘句而论工拙也。如此诗“对若”句,李、杜、长吉往往有之,何害为粗俚哉!(辨正)

【按】此诗作年显为大中四年,时义山居徐州卢弘止幕。冯解“尚书文与武,战罢幕府开”为“战功高后数文章”,均指弘止,极确。细揣乙集序行文,义山之正式任命本为盩厔尉,见府尹时尹“留假参军事”,故任府曹系暂代性质,颇似今日之借调,其本官仍为盩厔尉,故诗称“我自仙游来”也。至“碣石馆”“黄金台”,显非实际地名,已见前注。上尚书范阳公启云:“仰燕路以长怀,望梁园以结虑”;偶成转韵云:“此时闻有燕昭台,挺身东望心眼开”,燕路、燕昭台、梁园,亦即所谓碣石馆、黄金台也。又或疑诗言“年颜各少壮,发绿齿尚齐”,系十七八岁光景,殊不知“少壮”一词,本无明确时间断限,四十岁以前称“少壮”,亦无不可。且此句下接以“发绿齿尚齐”,更明系形容仍壮未老情状。如果属十七八少年,而曰“发绿齿尚齐”,岂非远未及老而忧先衰乎?惟其已近不惑之年,而体貌尚属少壮,故有此得意之言也。且诗曰“平生苦南北”,显指其平生驱驰南北、寄迹使府之经历,其非少年时所有更不言而喻。

义山与枢言同在卢幕，身世遭际又相仿佛，诗叙二人家世出身、平生离合，在卢幕时出游宴乐情景，及彼此之落拓不遇，颇有天涯沦落、同病相怜之感。然古朴中别具俊迈朗爽之气概，顾盼神飞之情态，故虽沉沦不遇而无颓唐之致。于此可见义山诗取径之宽，尤可见其对汉魏乐府特具神会。

汴上送李郢之苏州〔一〕

人高诗苦滞夷门〔二〕，万里梁王有旧园〔三〕。烟幌自应怜白纻①〔四〕，月楼谁伴咏黄昏〔五〕？露桃涂颊依苔井〔六〕，风柳夸腰住水村〔七〕。苏小小坟今在否？紫兰香径与招魂〔八〕。

校　记

①“怜”，姜本作“歌”。

集　注

〔一〕【朱注】唐书：“李郢，字楚望，大中进士第，为侍御史。”【冯注】九国志：“郢，长安人，大中十年进士。诗调清丽。居馀杭，不务进取，终藩镇从事。唐末避乱岭表。”按：全唐诗所存多在浙东、西作，其中有淮南从事之题，盖游迹多在江乡也。【张注】唐语林：“李郢有诗名，郑尚书颢门生也。居杭州，不务进取，登第回江南，驻苏州。”郑颢大中十年知贡举，郢之登第，当在其时。此送其返家，或在郢未第时欤？（会笺）【按】诗作于大中四年夏，详笺。

〔二〕【朱注】史记：“侯嬴年七十，家贫，为大梁夷门监。”

〔三〕【朱注】西京杂记："梁孝王好宫室苑囿之乐，筑免园，园有雁池，池间有鹤洲凫渚。"【冯注】郢自汴至苏，唐人谓远道辄曰万里，此似苏州为镇汴者之旧地。【按】冯解非。梁王有旧园，即梁王之旧园，亦即指汴州，兼寓郢在汴幕。"万里"指郢家苏州离汴州甚远。

〔四〕【朱注】宋书乐志："白纻舞词有巾袍之言：纻本吴地所出，宜是吴舞也。"唐六典："江南道常、湖等州贡白纻。"

〔五〕【冯注】美其工诗。

〔六〕【朱注】北史："卢士深妻崔氏有才学，春日以桃花靧儿面，作靧面辞。"梁简文帝桃花诗："飞花入露井。"【冯注】晋傅休奕桃赋："华升御于内庭兮，饰佳人之令颜。"此句只言桃颊。

〔七〕【冯注】从苏州写艳，顶上"伴"字，引起下句。

〔八〕【朱注】乐府广题："苏小小，钱塘名倡也，南齐时人。"吴地记："嘉兴县前有晋妓苏小小墓。"唐志："嘉兴县属苏州。"此故及之。【冯注】句必有所借指，详真娘墓。【补】与，为也。

笺　评

【朱曰】此感知己之难遇也。（李义山诗集补注）

【朱彝尊曰】"涂""夸"二字渐开纤套。

【何曰】起二句是汴上，第三是之苏州，第四仍说汴上。（读书记）

【胡以梅曰】李郢长安人。按其娶邻女事及中元夜作、妻生日、寄意等诗，盖习于艳情而冶游滞梁者，故诗皆作绮丽语，相知谑浪，非送行常什也。首言先曾滞迹夷门，今到苏回视梁园，遥隔如万里。惟馀烟幌，犹怜向日歌声；剩得月楼，谁伴黄昏吟咏乎？下言吴中风月之场，多花柳涂颊夸腰之处，昔之苏小小坟今在否，可以访香径而招魂也。死者尚不欲恝置，生者可知矣。是深几层意。句皆幽秀精腻，去尽渣滓，妙。但诗中界限不大，分明费人揣摩，西昆之习套，亦其含蓄太过之病。然依井住村，已有闲花野草之微露，可以摸索也。

【赵臣瑗曰】人最难高，高而后不流于俗；诗最难苦，苦而后自成一家。滞夷门，客已久，而志犹未得也。夫人既高诗又苦，此真是饿夫骨相，岂尚能得志于时也乎？梁王旧园若作衬贴法看，便为蛇足，正谓此本是尊贤养士之地，然已成往事，不堪复问矣。再加"万里"字，写羁人流落之况如见。三四承之，三虚四实，怜白纻、咏黄昏，自是人高诗苦之本色。"自应"者想其必有是情，"谁伴"者惜其必无是事。二句似平而实侧，此皆写汴上。五六转笔，方写送。上半句四字誉之，下半句三字讽之也。露桃涂颊，颜色丰满矣；风柳夸腰，态度娉婷矣。然而佳人薄命，才子无福，自古而然，又何为是栖栖者欤？因露桃是苔井中物，风柳是水村中物，故顺便凑合，犹言不如归而自保其素修也。于是遂引一苏州薄命佳人作结，而微婉其词，令人骤然读之，初不解其何所谓也。

【陆曰】先从汴上说起。言君万里到此，虽梁园尚在，而授简无人，何能郁郁久居乎？浩然赴苏，吾知其必有合也。然人高诗苦，知我者稀，窃恐白纻词成，彼中人亦寡和耳。"苔井"句，言所寓之地；"水村"句，言所过之乡。露桃涂颊，风柳夸腰，言苏州景物之妙也。苏小小墓在嘉兴县前，唐志，县属于苏，故结处及之。

【陆鸣皋曰】首二句，言其在汴。第三句，方言游苏。而四句，乃送别之情也。下言吴地景色之佳，而以怜香吊古之意结之。

【姚曰】此感知己之难遇也。大凡人不高，诗不苦，人高诗苦，无如梁王旧园，知己不可再也。白纻只应自怜，黄昏谁与酬唱？一方如此，万里之内可知。若不能降心贬格，恐终无投时之日。露桃风柳，艳冶夭娆，此去姑苏，苏小风流宛在。"早知不入时人眼，多买胭脂画牡丹。"普天下负气人，同声欲哭矣。

【屈曰】言李久滞夷门，今万里而往苏州，彼处花月亦有如梁王之旧园者。三四言知音之难，惟露桃风柳水村苔井犹似梁园耳。如苏坟犹在，当与招魂，英雄之有才不遇，犹女子之有才沦落也。意深妙。

【纪曰】诗格不高。前四句说汴上，五六句突接苏州，尤突兀无头脑也。

【姜炳璋曰】诗谓"人高诗苦"，即万里不过如梁王之旧园而已。颔联，言其曲高和寡。后四，言即使厚自涂饰，露桃风柳，如苏小小者，流落娼家，徒令后世一招其魂而已。可见遇合有命，逢世为难，而况"人高诗苦"更不相投者哉？非欲其改弦易辙，总见此行可以不必也。

【方东树曰】前四句叙题一气，以下切苏州咏言之。（昭昧詹言）

【张曰】纪氏谓前四句方说汴上，后四句突入苏州，天下岂有如此安章宅句而可称名手哉！盖首句指汴上，次句已入苏州，由汴至苏，一南一北，故曰万里。"梁园"谓幕府作客，唐人常语。“烟幌”句言李郢之苏，必可骋其才华，白纻吴歌，故以相况。“月楼”句言已独留汴上，无人唱答，以致惜别之意。露桃涂颊，风柳夸腰，虽预写苏州景物，实则暗寓义山往日所思之人。盖其人流转江乡，殁于吴地，有河内诗及和人题真娘墓诗可证，所以结句属其代为招魂也。通首端绪分明，何尝有一点庸下语气哉？（辨正）

【按】此诗及魏侯第东北楼堂郢叔言别聊用书所见成篇、板桥晓别三首向未编年。童养年据秘殿珠林石渠宝笈续编，于其所辑全唐诗续补遗卷十二中，收李郢送李商隐侍御奉使入关及板桥重送七律二首。前诗云：“梁园相遇管弦中，君踏仙梯我转蓬。白雪咏歌人似玉，青云头角马生风。相逢几日虚怀待，宾幕连期醉蝶同。如有扁舟棹歌思，题诗时寄五湖东。”后诗云：“梁苑城西蘸水头，玉鞭公子醉风流。几多红粉低鬟恨，一部清商驻拍留。王事有程须仃仃，客身如梦正悠悠。洛阳津畔逢神女，莫坠金楼醉石榴。”将此二首郢诗与商隐上述三首对读，知此五诗实为同时之作。复考史籍有关卢弘止历官之记载，知大中四年五六月间卢弘止由武宁节度使调任宣武节度使，商隐亦自徐幕而汴幕。其时李郢罢汴幕前往苏州家居，商隐则自汴幕奉使入关。二人于汴州相遇，盘桓数日，乃相互送别。下略加考述。

旧唐书卢弘正传：“（大中）三年……检校户部尚书，出为徐州刺史，武宁军节度使、徐泗濠观察等使。徐方自智兴之后，军士骄怠，有银刀都尤劳姑息，前后屡逐主帅。弘正在镇期年，皆去其首恶，喻之忠义，讫于受代，军旅无哗。镇徐四年，迁检校兵部尚书、汴州刺史、宣武军节度、宋亳颍观察等使。卒于镇。”新唐书卢弘止传亦云：“出为武宁节度使。徐自王智兴后，吏卒骄沓，银刀军尤不法。弘止戮其尤无状者。终弘止治，不敢哗。优诏褒劳。弘止羸病，丐身还东都，不许。徙宣武。卒于镇，赠尚书右仆射。”两书均明载弘止镇徐之后尚有镇汴之事，且卒于宣武任。冯谱谓“弘正拜宣武之命，而仍卒于徐。”张氏会笺虽纠正冯谱关于卢弘正“镇徐四年”，卒于大中六年春之误，但同样认为“当是拜宣武之命未行，而仍卒于徐也。”然证以当时方镇迁代之情况，卢在镇徐之后，不但有镇汴之任命，而且当已到宣武任。全唐文卷七八八蒋伸授郑涓徐州节度使制云：“平卢军节度使、检校左常侍郑涓……今以彭门重镇……求我良翰，惟尔佥谐。”知郑涓在任徐州节度使前曾为平卢节度使。杜牧上宰相求湖州第三启云：“某去岁闰十一月十四日……乞守钱塘……出于私曲，语今青州郑常侍云：更与一官，必任东去。”缪钺杜牧年谱谓此启大中四年作，可证大中四年郑涓曾在平卢节度使任。其迁徐州之时间则可据继任平卢节度使之孙范在任之时间推知。蒋伸又有授孙范青州（即平卢）节度使制。而宝刻类编卷七引京兆金石录：“唐平卢节度孙公妻荥阳郡君郑氏墓志，唐任缮撰，大中四年。”知大中四年孙范已在平卢节度使任。据此可以推知，大中四年郑涓已迁任徐州，而卢弘止亦当于同年迁任宣武。据偶成转韵七十二句赠四同舍“蒲青柳碧春一色”及戏题枢言草阁三十二韵“春风二三月，柳密莺正啼”“杨花飞相随”等句，知大中四年三月商隐尚在徐州卢幕，弘止迁宣武，当在此之后。复据旧书卢弘正传弘正在镇期年"之文,卢当于大中四年五六月间迁宣武(弘止于大中三年五月任武宁节度使)。旧唐书"弘正在镇期年"与"镇徐四年"之文明显矛盾,"镇徐"二字当衍。

将商隐与李郢之五首诗联系起来考察,可以看出系同时同地之作。二人在汴州相遇,又在汴州分别。商隐系随卢新到汴幕,即奉使入关,李郢则方罢汴幕,南去苏州家居。故李郢有送李商隐侍御奉使入关,而商隐则有汴上送李郢之苏州。商隐诗明点郢此行系至苏州,郢诗则云"题诗时寄五湖东",完全吻合。二人系在汴州城西之板桥分别,郢有板桥重送,商隐则有板桥晓别。郢诗明点"梁苑城西"送别之地,商隐此行系因"王事",即奉使入关;商隐诗则云"水仙欲上鲤鱼去",暗示李郢系顺汴水乘舟南去。二人相遇及分别之季节,据商隐诗"露桃红颊"及"芙蓉红泪"之语,当是桃已红熟、荷花正开之六月。郢诗云"相逢几日虚怀待,宾幕连期醉蝶同","宾幕连期"正指商隐由徐幕而汴幕,二幕相连,亦可证此次奉使入关系汴幕奉使。又据商隐诗"人高诗苦滞夷门,万里梁王有旧园",知二人汴州相遇时,李郢留滞汴州已久。"梁王有旧园",既指汴州乃梁苑旧地,又暗寓郢居汴幕。郢至苏州系回苏家居。郢有五湖冬日诗云:"楚人家住五湖东,斜掩柴门水石中。"可证。

此诗首联谓郢人高诗苦,流寓汴上,托身幕府,为时已久,而家则在万里之外,暗起"之苏州"。以下三联均预想吴中情景。次联谓郢居苏州,虽可倚烟幌而赏清歌曼舞,然月楼孤寂,谁可伴其同咏黄昏乎?盖惜其无诗侣酬唱也。腹联以露桃风柳喻吴娃容颜之艳,风姿之美,亦兼咏吴中风物之佳。尾联则谓，郢至苏州，当访苏小小坟，于紫兰香径中为我代招香魂。约言之，则郢之苏自不妨赏舞吟诗访艳吊古也。

魏侯第东北楼堂郢叔言别聊用书所见成篇〔一〕

暗楼连夜阁，不拟为黄昏〔二〕。未必断别泪，何曾妨梦魂〔三〕。疑穿花逶迤〔四〕，渐近火温黁〔五〕。海底翻无水〔六〕，仙家却有村〔七〕。锁香金屈戌〔八〕，带酒玉昆仑[①]〔九〕。羽白风交扇，冰清月印盆[②]。旧欢尘自积，新岁电犹奔〔一〇〕。霞绮空留段〔一一〕，云峰不带根〔一二〕。念君千里舸，江草漏灯痕〔一三〕。

校　记

①"带"，戊签、季抄作"殢"。

②"印"，季抄、朱本作"映"。

集　注

〔一〕【补笺】魏侯第，指汴州节度使府。汴州古为大梁，魏之都城，故称汴州节度使府为魏侯第。郢叔，即李郢，其辈份长于商隐，故称。此诗当是大中四年六月李郢回苏州前在汴州使府之东北楼堂与其在汴结识之情人言别，商隐亦在席，故有是咏。

〔二〕【冯注】似言昼亦昏暗，不拟至晚始为黄昏也。【按】不拟，犹不必、不定。

〔三〕【冯曰】以上费解。

〔四〕【朱注】迤，叶上声。说文："逶迤，邪去之貌。"【程注】阮籍东平赋："透迤漫衍。"

〔五〕【朱注】馨，奴昆切。皮日休桃花赋："或温馨而可薰，或矮婧而莫持。"【姚注】广韵："馨，奴昆切，音溴，香也。"【胡震亨曰】南人方言曰温暾者，乃怀暖也。唐王建宫词："新晴草色暖温暾。"又白乐天诗："池水暖温暾"，则古已然矣。（辍耕录）又李商隐诗："疑穿花逶迤，渐近火温馨。"亦暖气之意。（唐音癸签）

〔六〕【冯注】庾信诗："蓬莱入海底，何处可追寻？"

〔七〕【冯注】用三神山反居水下之意，以状其深暗。似以避暑而为暗室，使炎曦不到也。上联花、火，如曰解语花、温柔乡。

〔八〕【道源注】李贺诗："屈膝铜铺锁阿甄。"辍耕录："今人家窗户设铰，名曰环钮，即古金铺之遗意，北方谓之屈戌。"【按】屈戌，门窗之搭扣。

〔九〕【朱注】摭异记："物之异者，有龙脑香、昆仑子。"记事珠："宇文卓方执昆仑玉盏，听左丞檀超高谈，不觉堕地。"按：唐人小说多名奴子为昆仑。玉昆仑乃玉刻人形作器玩耳。【冯注】按"带酒"未解。玉篇："殢，极困也。"以言困酒，似近之。通鉴："京兆尹韦澳欲置郑光庄吏于法，宣宗曰：'诚如此，但郑光殢我不置耳。'"或此当作"殢"，以言劝请之意，唐人口语也。殢，韵书皆音替，又音弟，元人曲音腻。檀超，南齐书文学有传。朱氏此所引者，本见冯贽云仙散录。陈直斋（振孙）谓冯贽不知何人，其所蓄异书，皆古今所不闻。则人与书皆子虚乌有也，何足据哉！奴名昆仑，多以黑色。此玉昆仑，似指酒器耳。又曰：玉昆仑必酒盏，无烦多猜。【按】玉昆仑指酒器，则"带酒玉昆仑"正言器中酒满，作"殢酒"反不可解。

〔一〇〕【冯注】淮南子："日行月动，电奔雷骇也。"

〔一一〕【朱注】谢朓诗："馀霞散成绮。"

〔一二〕【姚注】张协诗："云根临八极。"注："云根，石也。云触石而生，故曰云根。"【冯注】陶诗："夏云多奇峰。"

〔一三〕【何注】周贺送耿山人腹联云："夜涛鸣栅锁，寒苇露船灯。"似本落句。（读书记）【按】千里舸，指李郢乘舟南归苏州。

笺　评

【朱彝尊曰】起四句，言楼台之密。"海底"二句，状楼之深暗。"锁香"以下皆所见。"新岁"句，言日月之速。"念君"二句言别。

【姚曰】此因席中所见而叹别绪之难忘。首四句，叙未见时。"疑穿"四句，叙既见时。"锁香"四句，叙在席时。"旧欢"四句，叙作别时。末二句，言自此别以后，惟于草岸孤舟中相忆耳。是倒装句法。

【屈曰】一段东楼言别。二段魏府即是仙家。三段品物之佳。四段欲留不可也。

【程曰】题云"书所见"，诗语多温柔之词，乃妓席言别耳。起句"暗楼连夜阁"至中间"冰清月映盆"，书所见如此。"旧欢"以下六句，言别也。

【冯曰】岑参送魏四落第还都诗："长安柳枝春欲来，洛阳梨花在前开。魏侯池馆今尚在，犹有太师歌舞台。"似其迹在东都。此篇结句似洛下水程，疑可前后相证，而难详考也。郢叔岂李郢乎？○其人将往江乡，于此醼别，语多艳情。

【纪曰】体格不脱晚唐，只"念君千里舸，江草漏灯痕"句颇佳也。

【按】制题及内容均晦涩。详味诗意,“言别”似指郢叔与一女性于此谳别,程谓“诗语多温柔之词”,冯谓“艳语为多”,均是。起联点魏侯第东北楼堂,即言别之地;次联点“言别”,似谓此地一别,虽未必能断别泪(暗示会合难期),然未妨其梦魂相会也,系劝慰之辞。“疑穿”四句书所见东北楼堂之建筑、环境。谓入其内,似穿逶迤之花径,似近温馨之薰香,又似入蓬莱仙境之中。“锁香”四句,书所见别宴上情景,似谓室中香浓,杯中酒满,羽扇交挥,月色印盘。“旧欢”四句,正面叙别情,谓旧欢将如尘积而渐成陈迹,而未来之岁月则似电奔,曾几何时,此段情缘遂如残留之霞锦,无根之云峰矣。末联则想象郢叔途中孤寂情景。郢叔即李郢。魏侯当指汴府幕主。此诗作年及写作背景与板桥晓别一首相同。末联写水程,亦与板桥晓别相合。

板桥晓别〔一〕

回望高城落晓河〔二〕,长亭窗户压微波。水仙欲上鲤鱼去,一夜芙蓉红泪多〔三〕。

集　注

〔一〕【冯注】王阮亭陇蜀遗闻:“板桥在今中牟县东十五里。白乐天诗:‘梁苑城西三十里,一渠春水柳千条。若为此路重经过,十五年前旧板桥。’李义山亦有诗,皆此地。”按:板桥虽非一处,而唐人记板桥三娘子者,首云汴州西有板桥店,行旅多归之,即梁苑城西也。义山往来东甸,其必此板桥矣。香山集板桥路诗乃三韵小律,末云:“曾共玉颜桥上别,不知消息到今朝。”盖旅舍冶游,与此章同情矣。白诗又与刘梦得杨柳枝词中相类。刘、白唱酬,故有互杂。【按】板桥为汴州西方门户,唐大历十一年马燧讨平汴州李灵曜后,引军西屯板桥,即此。其地位相当于长安西北之渭城。此诗写李郢与其情人在汴州城西之板桥店晓别情景,作于大中四年六月。时李郢南去苏州,商隐奉使入关。

〔二〕【冯注】高城指汴州城。

〔三〕【朱注】列仙传:“琴高,赵人也,行涓、彭之术,浮游冀州、涿郡间二百馀年。后入涿水中取龙子,与诸弟子期曰:‘明日皆洁斋候于水旁。’果乘赤鲤来。留月馀,复入水去。【冯注】吴均登寿阳八公山诗:“是有琴高者,陵波去水仙。”按:水仙鲤鱼是用琴高,芙蓉以花比貌。而南徐州记:“子英于芙蓉湖捕鱼,得赤鲤,养之一年,生两翅,鱼云:‘我来迎汝。’子英骑之,即乘风雨腾而上天。每经数载,来归见妻子,鱼复来迎。”芙蓉湖即射贵湖也。又列仙传云:“子英者,舒乡人,故吴中门户作神鱼子英祠。”此事与琴高相类而易混。拾遗记:“魏文帝美人薛灵芸,常山人也。别父母,升车就路,以玉唾壶承泪,壶则红色。及至京师,壶中泪凝如血。”【按】芙蓉兼喻所别女子。

笺 评

【姚曰】第三句言去住不得自由。

【屈曰】一晓别,二板桥。三行矣,四别恨,指所别言。芙蓉从微波、水仙生出，正是题中板桥。

【程曰】此诗与香山诗合看。板桥当是唐时冶游之地。香山诗虽淡荡，其实情语也。义山晓别，尤见情致。

【纪曰】何等风韵，如此作艳体，乃佳。笑裙裾脂粉之横填也。（诗说）此狭邪留别之作，妙不伤雅。（辑评）

【陈广專曰】末二句不过云时已秋矣，何其幽艳苍凉！（唐人七言绝句批钞）

【俞陛云曰】玉溪之绝句，或运典雅切，或构思深湛者为多，而全用辞采者少。此作三四句，全用凄艳之词，寓伤离之意。行者则托诸鲤鱼，别泪则托诸芙蓉。寄情于景，且神韵悠然，集中稀见也。（诗境浅说续编）

【按】诗写板桥与所恋妓女晓别。首句回望高城之上，银河已落。既点"晓"字，亦暗示牛女期会已过，离别在即。回望高城者，盖因双方曾在此城中渡过一段难忘时日，故分袂之际，翘首回望，有"多少蓬莱旧事，空回首、烟霭纷纷"之感。次句板桥即景。此窗临微波之长亭，即昨夜双方聚会之所，亦晓来分别之所。"压"字写出窗户贴近微波情景。此句写景，颇似牛女鹊桥，夜聚晓分，故与首句自然融合。三句用琴高事，特取其乘赤鲤以渲染神奇幻想色彩。"水仙"喻行者，"鲤鱼"喻舟船，全句即"方留恋处，兰舟催发"意。末句转忆昨夜芙蓉如面之人泣血神伤情景，而晓别之际"执手相看泪眼，竟无语凝噎"之状可想。此女子即李郢于汴州使府东北楼堂言别之情人。

喜从前代小说、神话故事汲取素材，构成新奇浪漫诗境，为义山熟技。此诗所写本寻常离别，一经神话传说点染，遂成水仙乘鲤，芙蓉泣泪，色彩绚烂，极富童话情趣之境界。而此种幻境，又均从“晓河”、“微波”逐渐引出，故不觉其突兀。于此可见义山诗“多奇趣”之一斑。

读任彦升碑[①]

任昉当年有美名，可怜才调最纵横[②]〔一〕。梁台初建应惆怅[③]〔二〕，不得萧公作骑兵〔三〕。

校　记

①“升”原作“升”，据蒋本、朱本改。南史作彦升。

②调，戊签作“大”，非。

③“建”原一作“见”，非。

集　注

〔一〕【冯注】南史：“任昉字彦升，能属文，当时无辈，尤长为笔，王公表奏无不请焉。齐永元末为司徒右长史。梁武帝霸府初开，以为骠骑记室参军。武帝践阼，历官御史中丞、秘书监，出为新安太守，卒。”【按】可怜，可贵。

〔二〕【冯注】晋书成帝纪：“咸和五年造新宫，始缮苑城，七年迁于新宫。”舆地图曰：“即台城也。”容斋随笔：“晋、宋后以朝廷禁省为台，故称禁城为台城。”按：南朝每以一朝之兴为某台建。“梁台建”之字史甚多。

〔三〕【朱注】梁书：“武帝与昉遇竟陵王西邸，从容谓昉曰：‘我登三府，当以卿为记室。’昉亦戏帝曰：‘我若登三事，当以卿为骑兵。’以帝善射也。”【冯注】南史：“至是引昉符昔言焉。”【按】骑兵，即骑兵参军，为节镇僚属。

笺　评

【朱彝尊曰】(末句)写出文人豪概。

【金介曰】绝妙咏史诗。

【何曰】"中书堂里坐将军"也,奈何他不得。(读书记)又曰:言天子或有天命,故彦升屈为大司马记室。若我与诸人比肩事主,初谓异日俱我指挥之不暇,乃晚沈使府,反为粗官掌记。在彦升尚足惆怅,如我当如何也!(见辑评)

【徐德泓曰】此种声律,又超出晚唐之上者。

【姚曰】文人崛强如此,岂帝王所能夺耶?

【屈曰】三四与"未免被他褒女笑"同是揶揄之词,此便不妨。○此刺彦升之有才无耻,大言不惭,而终失节事梁武也。既有美名,又有才调,自当有耻,昔欲得萧郎作骑兵,今竟何如?

【程曰】此诗明为大中四年十月令狐绹入相而发。盖义山初为楚所知,令与诸子游,则绹与义山等耳。其时义山已有才名,绹自不可企及。岂知己则老为幕僚,绹转居然政府,才质之高下,有何定耶?故借任昉与梁武帝伤之。起二句言初谒河阳时以文见知,譬如任昉美名纵横无敌;昉意中无梁武,己意中又何尝有绹耶?末二句言绹竟为相,己且以文干之,譬如梁武欲以昉为记室,事则有之;昉欲以梁武为骑兵,不可得矣。按:绹颇不学,温飞卿尝有"中书堂里坐将军"之诮,此诗用"骑兵"事,薄绹正同。若以为实咏任彦升,则痴人说梦矣。

【冯曰】义门评云:"'中书堂里坐将军'也,奈何他不得。"此温飞卿嘲令狐绹者。绹固短于文学,所谓"燮理之馀,时宜览古"者也。程氏因以梁台初建比绹初为相。余检唐阙史路舍人友卢给事一条云:“弘正魁梧,富贵未尝言山水。”所状卢之俊迈,颇近粗豪。义山与卢旧交,卢初开幕府,被其辟命,情味乃极真切,必非例刺令狐也。

【纪曰】此寓升沉之感。前二句鄙甚,后二句浅直。

【姜炳璋曰】此读彦升碑而为彦升惜也。彦升文章、德望,足冠一时,而父忧去职,居丧不食盐味,冬月单衫庐墓;齐明帝作相,起为记室,再三固辞,帝不能夺,皆可为百世矜式。乃齐梁受禅之际,不能退隐,竟与范云、沈约共此朝班,以视颜见远何如乎?云“应惆怅”,义山持论正矣。或谓以萧公比令狐绹,可谓拟人不伦。

【张曰】……考弘正先镇义成,后除武宁。“梁台初建”,语似无根。且义山虽与卢交旧,踪迹似不如子直之昵,亦不应如此戏谑也。仍当属之令狐为是。诗中着重在“可怜”二字,以任昉自比,借古寄慨,无庸泥也。此子直初相时作。今从午桥。(会笺)又曰:通体爽俊老健。(辨正)

【刘永济曰】按商隐此诗虽有升沉之感,然以任昉、萧衍二人事为言,颇具调侃之致,非直也。(唐人绝句精华)

【董乃斌曰】诗的主旨在于义山以任昉自比而抒写现实的感愤,而并不在于讽刺别人。原来,义山和任昉一样,都是才调纵横,都是早负美名,又都有过一番豪情壮志,而到头来又都被当年平起平坐甚至不如自己的人重重地压在下面,从朋友关系变成了上下级乃至君臣关系。难怪诗人要想到人的命运何以如此没有定准,生活又何以如此捉弄人之类的问题,从而感到惆怅迷惘、大惑不解起来。只要把义山的一生颠踬同令狐绹那一帆风顺的宦历加以比较,就可以理解充满于诗人胸中的抑塞不平之气,乃是以现实政治生活

中不公平、不合理现象为其根由的。(李商隐悲剧初探)

【按】此亦借端寄慨之作。任昉与萧衍之对答,本属戏言;昉固以才自负,然当“梁台初建”之日,为武帝所用,亦未必即有“惆怅”之思,而恨“不得萧公作骑兵”也。义山自负才调,而沉沦记室,以文墨事人;回思往昔同游者,则庸才贵仕,高居己上,故深感不平,托古寄慨,所谓“夫君自有恨,聊借此中传”是也。诗之主旨,固不主于讽令狐绹,然诗人之感慨,显由绹之庸才贵仕而引起,何、程、冯、张之说,作诗之创作背景看,自无不可;谓自慨中兼寓讽绹之意,亦非比附。就诗之典型意义言,则所揭示者正“才命相妨”之普遍现象耳。令狐绹大中四年十一月初三拜相,诗或作于其后不久。

献寄旧府开封公〔一〕

幕府三年远〔二〕,春秋一字褒〔三〕。书论秦逐客〔四〕,赋续楚离骚〔五〕。地里南溟阔①〔六〕,天文北极高〔七〕。酬恩抚身世,未觉胜鸿毛〔八〕。

校　记

①“里”,蒋本、姜本、戊签、悟抄、朱本作“理”。

集　注

〔一〕【朱注】按开封公即令狐楚也。楚镇汴州,义山从为巡官。【程注】此诗……乃楚贬衡州时所作。【冯注】旧、新书志传表:唐初郑州荥阳郡,又以所属浚仪、开封置汴州陈留郡。郑氏在汉居荥阳,开封晋置荥阳郡,遂为郡人。郑善果，周时袭父諴开封县公，至唐改封荥阳郡公。唐之郑氏皆封荥阳，而此曰开封，稍晦之也。东魏曾置开封郡，后齐废，见魏、隋书志。又曰：朱长孺诸人皆误以为令狐楚，今考定楚镇宣武，义山尚在童年，嗣乃在天平幕。未久而楚徙河东，安得追称开封公哉？且亦无三年远之情事。况唐人最重犯讳，虽生时未讳，何得犯其名于献寄哉？皆必不可通也。今细审之，是寄郑亚于循州者。（按冯氏系此诗于大中二年郑亚贬循后，义山北归前）【张曰】此寄郑亚于循州者。首云："幕府三年远"，谓相别有三年之久。亚大中二年贬循，至是（指大中四年）正三年也。若桂幕只年馀，不得云"三年远"矣。【按】冯说是，开封公指郑亚。义山文称亚为荥阳公，诗则称开封公；犹文称茂元为濮阳公，诗则称太原公也。系年当从张氏会笺。

〔二〕【程注】史记："李牧常居雁门备匈奴，以便宜置吏，市租皆输入幕府，为士卒费。"索隐曰："古者出征，以幕帟为府署，故曰幕府。"庾信哀江南赋："幕府大将军之爱客，丞相平津侯之待士。"【冯注】崔骃与窦宪笺："君侯以野幕为府，前世封青故事也。"【按】谓离郑亚幕已三年之久。

〔三〕【程注】杜预春秋序："春秋虽以一字为褒贬，然皆须数句以成言。"范宁穀梁传序："一字之褒，宠逾华衮之赠。"【按】谓在幕时曾受亚之褒奖知遇。义山为某先辈献集贤相公启："蒙文宣一字之褒。"意与此略同。

〔四〕【补】论，音伦，比拟。秦逐客，指李斯谏逐客书，已见前哭遂州萧侍郎诗注。此谓亚之文可比李斯之谏逐客书。按：亚贬循州时，曾致书刑部侍郎马植、大理卿卢言等申述己之无罪受冤（均见樊南文集补编卷七，系商隐代拟），或于循州贬所仍有此类文字。

〔五〕【程注】元稹诗:"旋吟新乐府,便续古离骚。"【按】谓亚之诗赋可继屈原离骚。郑亚能文,然此处谓书比逐客,赋续离骚,则侧重于写其无端遭冤贬。

〔六〕【补】杜甫哭王彭抡:"蜀路江干窄,彭门地里遥"。地里,犹道里。南溟,南海。句意谓郑亚贬居南海荒僻之地,彼此间相距辽远,难通音问。时义山在徐州或汴州卢弘止幕。

〔七〕【冯注】尔雅:"星名,北极谓之北辰。"后汉书:"李固曰:'陛下之有尚书,犹天之有北斗;北斗为天喉舌,尚书亦为陛下喉舌。'"【按】北极,喻朝廷。此谓北极高悬,天高难问。二句与"江阔惟回首,天高但抚膺"意略似。

〔八〕【程注】史记韩安国传:"强弩之极,矢不能穿鲁缟;冲风之末,力不能漂鸿毛。"李白梁甫吟:"智者可卷愚者豪,世人见我轻鸿毛。"【冯注】汉书司马迁传:"特以为智穷罪极,不能自免,卒就死耳。何也?素所自树立使然。人固有一死,死有重于泰山,或轻于鸿毛,用之所趋异也。"言身所酬恩轻于鸿毛也。

笺　评

【朱彝尊曰】此不过投赠应酬之作,然其高浑已非后人所及。

【杨守智曰】"地里"二句:高浑。此时未入茂元幕府,或是为崔戎书记时也。

【何曰】五六逐臣读之定当雨泣。(读书记)

【徐德泓曰】前半追叙旧情,言受知时,尚未第而无聊也。后半,言恩意深重,身轻而未能报也。此即今人祝颂诗,而古

人气体，便觉高浑不同。（按：徐氏据朱鹤龄笺，误以开封公为令狐楚，故有此解）

【姚曰】三年幕府，曾叨一字之褒。身虽在远，酬恩之念，未尝忘也。所恨地位崇高，跻攀无路，岂无终始玉成之意耶？

【程曰】朱长孺年谱以此诗系于令狐楚为宣武节度使之时，愚见乃楚贬衡州时所作。起二句言河中入幕，不觉三年之远；文字相干，曾蒙一字之褒也。次二句"秦逐客"言其罢镇，"楚离骚"言其远贬也。次二句"地理南溟"，直指衡州之地；"天文北极"，无复平章之日也。结句"酬恩抚世"，不胜致慨。若作于令狐楚在镇之时，则不应称旧府；且现为巡官，何须献寄耳？

【冯曰】……是寄郑亚于循州者。首联谓远随三年，叨其知遇。三四紧承说下，唐人每以罢官为逐客，义山久不调，亚特奏充幕官，而乃得至湘南，用词精切。五谓循州。六以还朝祝之，亦暗寓天高难问之慨。结则自愧无能报恩致力也。党局猜嫌，故制题稍隐。余初妄为诠解，亦谬甚矣。此当在送台文南觐时后。

【纪曰】诗有气格，但首二句太凑，末句亦不甚成语。（诗说）次句突兀无理。末二句亦鄙。（辑评）

【张曰】此寄郑亚于循州者。首云："幕府三年远"，谓相别有三年之久。亚大中二年贬循，至是（大中四年）正三年也。若桂幕只年馀，不得云"三年远"矣。次句谓蒙其褒赏。逐客、离骚，贬黜之恨；南溟、北极，睽隔之情。结叹恩重望轻，末由酬报万一也。冯氏编诸（大中）二年，其解首句谓入幕三年，叨其知遇，仍沿史传之误，可谓明于秋毫，而失之目睫矣。（会笺）又曰：起得超拔，无所谓突兀无理，结亦倍极沉

痛。以为率笔,岂其然乎?(辨正)

【按】诗既伤亚之蒙冤远贬,又表己酬恩知遇之感,而怨愤朝廷、自伤身世即寓其中。义山与亚并非素交,大中元年应亚之辟,远赴桂管,固缘政治上当时已倾向李德裕集团,亦因其时朝局大变,牛党得势,自觉难以在朝廷安身。故自义山方面视之,亚之辟举,无异于穷厄中予以援手;加以桂幕期间,又颇得亚之信赖,故"酬恩"云云,殆非泛语。况自居桂幕后,义山与李党关系更趋密切,荣悴休戚,往往相关。故诗中所流露者,实系同命运之感,不特幕主僚属之谊而已。

越燕二首①〔一〕

上国社方见,此乡秋不归〔二〕。为矜皇后舞〔三〕,犹着羽人衣〔四〕。拂水斜文乱,衔花片影微。卢家文杏好〔五〕,试近莫愁飞〔六〕。

其二

将泥红蓼岸〔七〕,得草绿杨村。命侣添新意〔八〕,安巢复旧痕。去应逢阿母〔九〕,来莫害皇孙②〔一〇〕。记取丹山凤〔一一〕,今为百鸟尊〔一二〕。

校　记

①席本无"二首"二字。

②"皇",朱本作"王"。

集　注

〔一〕【朱注】酉阳杂俎："紫胸轻小者是越燕，胸斑黑声大者是胡燕。"（冯注引本草注同）格物总论："胡燕作巢喜长，越燕作巢如碗。"

〔二〕【朱注】文昌杂录："燕以春社来，秋社去，谓之社燕。"【冯注】左传："郯子曰：'玄鸟氏，司分者也。'"

〔三〕【冯注】用飞燕事。详后蜂。

〔四〕【冯注】拾遗记："周昭王昼而假寐，忽梦白云蓊蔚而起，有人衣服并皆毛羽，因名羽人。梦中与语，问以上仙之术。"

〔五〕【朱注】沈佺期古意："卢家少妇郁金堂，海燕双栖玳瑁梁。"长门赋："饰文杏以为梁。"【冯注】陶隐居曰："越燕多在堂室中梁上作巢，胡燕多在檐下作巢。"此句正勾清越燕。

〔六〕【冯注】梁武帝河中之水歌："河中之水向东流，洛阳女儿名莫愁。十五嫁作卢家妇，十六生儿字阿侯。卢家兰室桂为梁，中有郁金苏合香。"

〔七〕【朱注】说文："蓼，辛菜，蔷虞也。"尔雅翼："蓼有紫、赤、青等种，最大者名茏，有花。"白居易诗："水蓼冷花红簇簇。"【冯注】尔雅："蔷，虞蓼。"注曰："泽蓼。"诗周颂："以薅荼蓼。"毛传曰："蓼，水草也。"太平广记："汉燕薅泥为窠。"即越燕也。

〔八〕【程注】虞世南诗："凫归初命侣。"韩愈诗："暮鸟已归巢。"

〔九〕【原注】乐府诗："东飞伯劳西飞燕，黄姑阿母长相见。"【朱曰】按今本作"黄姑织女"。

〔一〇〕【朱注】汉书："成帝时童谣云：'燕飞来，啄王孙。'"【补】汉书五行志谓成帝微行出游，见舞者赵飞燕而幸之，立为后。飞燕与其妹昭仪性情狠毒，因己无子，故设法将后宫怀孕者均害死，致使成帝无嗣。此事与当时民谣“燕飞来，啄皇孙，皇孙死，燕啄矢”相应验。事又见汉书外戚传孝成赵皇后。

〔一一〕【朱注】山海经：“丹穴之山，有鸟名凤凰，自歌自舞。”

〔一二〕【朱注】韦应物诗：“凤凰五色百鸟尊。”【冯注】家语：“子夏曰：‘羽虫三百有六十，而凤为之长。’”【钱良择曰】疑指武宗初立，或指宣宗。

笺　评

【朱曰】二首皆寄恃才流落之感。（李义山诗集补注）

【朱彝尊曰】赋物极工贴，然不辨其是越燕而非胡燕，题中“越”字疑衍。

【杨守智曰】其一：卢家比茂元，莫愁以比其女。其二：此诗似为令狐绹而作，阿母以比楚；王孙，义山自谓。（复图本）

【何曰】必有为而作。（辑评）

【徐德泓曰】（将泥红蓼岸）末联根第六句来，言见识莫小，似借意而有所规也。

【姚曰】二诗皆寓恃才流落之感。此首（指首章）以燕自况。首句言非时不见。次句言过时未归。三四，见不同俗艳。五六，见青眼难逢。落句，言岂无知己。○此首（指次章）乃自为慰藉之词。将泥得草，命侣安巢，得意人沾沾自喜如此。五句言岂无奥援，六句言衷曲难知。结乃醒之曰：秉轴有人，不必以此夸耀一时也。

【屈曰】（首章）玩“上国”“此乡”，起意似在越中见燕而作，非咏越燕也。一二见燕，三自恃其才，四犹飞飞不去。拂水衔花，流落如此，何不觅文杏而近莫愁之为妙也。（次章）结句似劝其忠君之意。

【程曰】此亦从郑亚桂林之作。前首起二句是自慨其羁旅之岁月。次首结二句是寓意于得路之友朋，盖为绹而发。绹方当国，礼绝百寮，语意固豁然也。

【冯曰】在徐幕作，题取燕巢于幕之义。首章次联言因恃才傲物而被摈在外。七句方是借点卢氏。次首三四谓地虽易而职则同。五六言去宜至我闺中，来则莫为我害，义山本王孙也。时令狐绹已拜平章，礼绝百僚，故结句云。

【纪曰】（首章）三四句劣。前六句实咏燕，末二句将寓意轻轻一按，带动次首，此是章法。此诗本不甚佳，但二首章法相生，不容割裂。有下首则此首亦佳，去此首则次首太突，故并存之。竟陵笑选诗惜群，不知诗归之病正坐只知摘句耳。（次章）此首纯乎寓意。前半言其得志，后半戒以心在王室。虽所指之人不可考，而语意分明。字字托意，而绝不粘皮带骨最难。（诗说）

【张曰】桂林，南越地，故以越燕寄意。上国谓京师，此乡点洛，东洛本义山故乡，时因贫病，暂尔淹留（详补编上韦舍人状），故曰不归，谓尚未入都。“为矜”句，言己文章合当致身禁近。“犹着”句，叹沈沦记室，章绂未换也。“拂水”二句，身世无依之况。结只取莫愁为义。次首初归洛中景况。命侣、安巢，谓尘劳乍息。阿母比令狐，王孙自谓。“记取”二句，言子直为彼党之魁，今则日见尊贵，如朝阳之鸣凤，此后甚望其常常相见，勿以旧憾而疏我也。冯氏泥“卢家”字，系诸徐幕，虽亦可通，然不如余说之融洽矣。（会笺）。

【按】诗有“安巢”语，似以越燕喻巢幕之文士。味“来莫害皇孙”句，殆非自喻。冯氏既解此句为“（越燕）来则莫为我害”，又以越燕为作者自况，不免自相矛盾。细绎诗意，二首盖托咏幕府同僚之善于趋附经营者。首章起联点明其人由“上国”而迁徙流转“此乡”之迹。颔联似喻其自矜有才而至今犹未任官，“羽人衣”，似指其为道流。腹联写其轻盈迅疾之态，承“皇后舞”。尾联则谓彼卢家华堂文杏为梁，正堪栖托，何不飞而近之乎？承“羽人衣”。次章承上，首联言其将泥衔草，营建新巢。颔联谓其巢成呼朋命侣，似添新意，而安巢营幕，实复旧痕，盖喻其虽交新侣，实托旧主也。腹联诫其莫忌害于己，“阿母”指西王母，盖暗点其原为道流。末联则嘱其长记凤为百鸟之尊，勉其尽忠王室，勿于幕府操戈也。二首为连章体。冯编卢幕，盖以“卢家”为借点卢氏，似可从。此二首两用赵飞燕事（皇后舞及燕啄皇孙），然均系借用，非以“越燕”喻指某一具体嫔妃。故所咏非宫闱之事。

蝉

本以高难饱，徒劳恨费声〔一〕。五更疏欲断，一树碧无情〔二〕。薄宦梗犹泛〔三〕，故园芜已平〔四〕。烦君最相警，我亦举家清〔五〕。

集　注

〔一〕【冯注】吴越春秋：“秋蝉登高树，饮清露，随风抝挠，长吟悲鸣。”【按】“高”字双关。既指寒蝉栖止高树，亦隐寓其品格之高洁。二句谓蝉本因栖止高树、品格高洁而食不果腹,故虽终日哀鸣以寄恨,亦属枉然。“本以”“徒劳”意一贯。

〔二〕【沈德潜曰】(三四句)取题之神。【冯曰】所谓屡启陈情而不之省也,写得沉痛如许。【钱曰】传神空际,超超元箸。(冯笺引)【朱彝尊曰】第四句更奇,令人思路断绝。【钱锺书曰】(江淹)江上之山赋:“见红草之交花,眺碧树之四合。草自然而千花,树无情而百色。”李商隐蝉“五更疏欲断,一树碧无情。”下句本淹此赋。(管锥编)【按】二句承上“恨费声”,谓蝉彻夜哀鸣,至五更时音响稀疏欲断,而一树青碧,悄然无言,似对寒蝉之悲鸣全然无动于衷。【陈永正曰】“疏欲断”与“碧无情”成强烈对比……宋人姜夔用此意:“树若有情时,不会得青青如此!”语虽佳,而不及本诗的精炼。

〔三〕【姚注】战国策:“有土偶与桃梗相与语,土偶曰:‘子东国之桃梗也,刻削子以为人,降雨下,流子而去,则子漂漂者将如何?’”【冯注】战国策:苏子曰:“土梗与木梗斗,曰:‘汝不如我,汝逢疾风淋雨,漂入漳河,东流至海,氾滥无所止。’”【何曰】双抱。(辑评)【按】梗,树木枝条。梗泛,双关蝉、己,由蝉之寄迹树枝联想及己之漂泊不定之宦游生活。【程注】南史陶潜传:“弱年薄宦,不絜去就之迹。”

〔四〕【冯注】陶潜传:“田园将芜何不归?”卢思道听鸣蝉篇:“故乡已超忽,空庭正芜没。”又曰:“讵念漂摇嗟木梗?”

〔五〕【补】君,指蝉。警,警诫。举家清,即一贫如洗之意,亦即所谓“百岁本无业”“无文通半顷之田,乏元亮数间之屋”,与“高难饱”呼应。

笺　评

【锺惺曰】起句五字名士赞。"碧无情"三字冷极、幻极。结自处不苟。（引自唐诗选脉笺释会通评林）

【唐汝询曰】堪与骆临海、张曲江并驰。起二语意佳，"恨"下字欠妥。（同上）

【周珽曰】此借蝉自况也。前四句言蝉以高洁，空有声闻，其如疏断于碧树间何！后四句自言宦游飘薄，致家乡荒秽，亦由清高自好故耳。乃烦尔勤相警励如此。触物兴情，良可悲也。（同上）

【朱曰】此以蝉自况也。神韵悠扬。（李义山诗集补注）

【钱良择曰】客有以此诗索解者，余为之大窘。○"一树"句批：神句非复思议可通，所谓不宜释者是也。（唐音审体）

【吴乔曰】义山蝉诗，绝不描写，用古，诚为杰作。幽人不倦赏篇，情景浃洽。落花起句奇绝，通篇无实语，与蝉同，结亦奇。（围炉诗话）

【杨守智曰】三、四联，传神空际，超超元箸，咏物最上乘也。（复图本）

【金介曰】酷摹少陵促织诗。

【何曰】老杜之苗（裔）。小冯云：腹连落句直下，五六正见易作求田问舍之计，结则穷而益贤也。（辑评）

【黄周星曰】"本以高难饱"，说得有品有操，竟似虫中夷、齐。（唐诗快）

【陆次云曰】清绝。（晚唐诗善鸣集）

【徐德泓曰】此从事幕府而以蝉见意也。首联，写高洁。项联，微寓失所依栖意。是以嗟泛梗而兴故园之思也。末以人、物同情结之。前写物，而曰"高"，曰"恨"，曰"欲断""无情”,不离乎人;后写人,而曰“梗”,曰“芜”,曰“清”,不离乎物。正诗家针法精密处。

【陆鸣皋曰】规摹少陵促织作,而俊尤过之。

【姚曰】此以蝉自况也。蝉之自处既高矣,何恨之有?三承“声”字,四承“恨”字。五六言我今实无异于蝉。听此声声相唤,岂欲以警我耶?不知我举家清况已惯,豪无怨尤,不劳警得也。

【屈曰】三四流水对,言蝉声忽断忽续,树色一碧。五六说目前客况,开一笔,结方有力。(唐诗成法)通首自喻清高。三四承“恨费声”。五六又应“难饱”。七结前四,八结五六。本言其费声,而翻写不鸣,盖除却五更欲断,此外无不鸣时也。高即清也。○本以居高,终身难饱,鸣以传恨,徒劳费声。惟至五更,树碧无情,乃不鸣耳。费声如此。梗泛园芜,吾之遭逢如此,故烦君相警,而举家亦清也。(玉溪生诗意)

【冯曰】此章无可征实,味其意致,当在斯时(按冯编大中五年)。

【纪曰】起二句斗入有力,所谓意在笔先。○前半写蝉,即自喻;后半自写,仍归到蝉。隐显分合,章法可玩。李廉衣曰:“‘一树’句纤脆,此等犹易误人。”与归愚意相反,然可以对参。(诗说)

【李家瑞曰】诗有似是而实非者,如义山蝉诗:“五更疏欲断,一树碧无情”一联,戈芥舟先生以为得题之神,李廉衣先生讥其纤诡。二说均为有理。以余考之,蝉不夜鸣,况五更正吸露之辰,非鼓翼之候,则所云疏欲断者,自属臆想之误。下句专取上句神理,若上句有着,下句便有不言之妙,上句

影响，则下句亦可删矣。（停云阁诗话）

【宋宗元曰】（“五更”二句旁批）咏物而揭其神，乃非漫咏。（网师园唐诗笺）

【李因培曰】（“五更”二句批）追魂之笔，对句更可思而不可言。（唐诗观澜集）

【范大士曰】炉锤极妙，此题更无敌手。（历代诗发）

【吴瑞荣曰】诗归极赞末语，细按殊觉稚甚拙甚。品诗必欲以此为上，是入野狐禅矣。且使神笺鬼咒，得以厕身大雅，弃黄钟鸣瓦鼓，此又与于衰飒之甚者也。（唐诗笺要）

【袁枚曰】首二从闻蝉起。三句承上“声”字，四句承上“高”字。五六转，言薄宦而起故园之思，那堪更闻尔声之相警也。末句仍合到闻蝉作结。（诗学全书）

【张文荪曰】比体。末句点明正意。“一树碧无情”比孟襄阳“空翠落庭阴”更微妙，玩起结自见。（唐贤清雅集）

【顾安曰】首二句写蝉之鸣，三四写蝉之不鸣。“一树碧无情”，真是追魂取气之句。五六先作“清”字地步，然后借“烦君”二字折出结句来。法老笔高，中、晚一人也。（唐律消夏录）

【周咏棠曰】“五更疏欲断，一树碧无情”十字神妙。结意好。（唐贤小三昧续集）

【吴仰贤曰】义山实有白描胜境，如咏蝉云：“五更疏欲断，一树碧无情”……数联皆不著一字，尽得风流。（小匏庵诗话）

【施补华曰】三百篇比兴为多，唐人犹得此意。同一咏蝉，虞世南“居高声自远，端不藉秋风”，是清华人语；骆宾王“露重飞难进，风多响易沉”，是患难人语；李商隐“本以高难

饱，徒劳恨费声”，是牢骚人语，比兴不同如此。（岘佣说诗）

【李佳曰】李义山咏蝉、落花二律诗，均遗貌取神，益见其品格之高。推此意以作词，自以白描为妙手，岂徒事堆砌者所能见长。（左庵词话）

【俞陛云曰】此与骆宾王咏蝉，各有寓意。骆感锺仪之幽禁，李伤原宪之清贫，皆极工妙。起联即与蝉合写，谓调高和寡，臣朔应饥；开口向人，徒劳词费，我与蝉同一慨也。三、四言长夜孤吟，而举世无人相赏，若蝉之五更声断，而无情碧树，仍若漠漠无知。悲辛之意，托以俊逸之词，耐人吟讽。五、六专说己事，言宦游无定，而故里已荒。末句仍与蝉合写，言烦君警告，我本举室耐贫，自安义命，不让君之独鸣高洁也。○学作诗者，读宾王咏蝉，当惊为绝调。及见玉溪诗，则异曲同工。可见同此一题，尚有馀义，若以他题咏物，深思善体，不患无着手处也。（诗境浅说甲编）

【张曰】颇难征实，冯编徐幕，无据。（会笺。不编年）又曰：起四句暗托令狐屡启陈情不省，有神无迹，真绝唱也，非细心不能味之。（辨正）

【按】此诗章法，纪氏谓前四写蝉即自喻，后四自写仍归到蝉。然五句薄宦梗泛之感实缘蝉之抱枝栖梗而生，何氏谓此句“双抱”，良是。六句由薄宦梗泛而思故园，自是顺理成章，然此句如纯属自写，似与题脱节。颇疑此亦“双抱”写法，明为自写，隐亦写蝉。蝉之幼虫生长于树下洞穴中，至若虫、成虫阶段，方栖息于高树，“故园”或指此。白居易村居卧病三首之一：“昨日穴中虫，蜕为蝉上树。”可证古人已注意及此。“故园芜已平”，谓空庭中杂草丛生，芜然而平，欲归不得也。此诗前幅，写寒蝉栖高饮露，悲鸣欲绝，寄寓己之穷困潦倒处境与悲愤无告心情，“一树碧无情”，极形环境之冷酷。冯氏谓“屡启陈情不省”，作者固不妨于诗句中融铸此种感受，然不必局限于此。五六抒写寄迹幕府，沉沦漂泊，欲归未能之情。末联“君”“我”合写。曰“最相警”，盖谓蝉似有意警诫我之胡不及早归故园也，曰“我亦举家清”，则正所谓“等是有家归未得”也。

此诗作年不可确考。然视三四句及末句，似作于汴幕之可能性较大。梓幕时已“无家与寄衣”矣，固不特“举家清”也。

蜂

小苑华池烂熳通①〔一〕，后门前槛思无穷。宓妃腰细才胜露〔二〕，赵后身轻欲倚风〔三〕。红壁寂寥崖蜜尽〔四〕，碧檐迢递雾巢空②〔五〕。青陵粉蝶休离恨〔六〕，长定相逢二月中③〔七〕。

校　记

①“小”原作“少”，非，据戊签、朱本、季抄及英华改。

②“檐”原作“帘”，非，据戊签及英华改。

③“定”，英华一作“是”。

集　注

〔一〕【姚注】烂漫，见鲁灵光殿赋。后人讹作烂熳，遍查说文、玉篇等书，从无“熳”字。【冯注】庄子在宥篇：“大德不同而性命烂漫矣。”上林赋：“烂漫远迁。”师古曰：“言其杂乱移徙也。”洞箫赋：“憛悇澜漫。”注曰：“分散也。”此字皆当作“澜漫”，亦作“烂漫”。有作“熳”者，误。【按】烂漫系联绵词，作烂漫、烂熳均无不可。唐人亦二者杂用，陈子昂万州晓发诗：“空蒙岩雨霁，烂熳晓云归。”韩愈山石诗：“山红涧碧纷烂漫。”杜甫彭衙行：“众雏烂熳睡。”固不得因“熳”字后起而断其误也。此句“烂熳”系随意、任意之义。

〔二〕【朱注】洛神赋：“腰如约素。”宓妃即洛神。【冯注】洛神赋序：“黄初三年，余朝京师，还济洛川。古人有言：斯水之神名曰宓妃。感宋玉对楚王神女之事，遂作斯赋。”

〔三〕【朱注】飞燕外传：“帝临太液池，后歌归风送远之曲，帝以文犀簪击玉瓯，酒酣风起，后扬袖曰：‘仙乎，仙乎，去故而就新乎！’帝令冯无方持后裾，风止，裾为之绉。他日，宫姝或襞裾为绉，号留仙裾。”【冯注】张衡西京赋：“飞燕宠于体轻。”三辅黄图：“成帝与赵飞燕戏于太液池，以金锁缆云舟于波上，每轻风时至，飞燕殆欲随风入水，帝以翠缕结飞燕之裾。今太液池尚有避风台。”【何曰】移用不得。（读书记）

〔四〕【朱注】本草：“石密又名崖密，人以长竿刺出，多者至三四石，味醶，色绿，比他密尤胜。”【冯注】西京杂记：“南越王献高帝石蜜五斛。”按：山海经：“平逢之山，实惟蜂蜜之庐。”注曰：“蜜，赤蜂名。”盖“蜜”字从虫，本即蜂也。本草注中多以“蜜”为“密”。【程注】演繁露：“崖蜜者，蜂之酿蜜，即峻崖悬置其窠，使人不可攀取，人伺其窠蜜成熟，用长杆系木桶，度可相及，即以杆刺窠。窠破，蜜注桶中。”

〔五〕【冯注】御览引博物志：“人家养蜂者，以木为器，或十斛、五斛，开小孔，令蜂出入，安着檐前或庭下。”二句是过时之景，故下接“离恨”。

〔六〕【冯注】见青陵台。

〔七〕【朱注】古乐府蛺蝶行：“蛺蝶之遨戏东园，奈何卒逢三月养子燕，接我苜蓿间。”

笺　评

【冯班曰】咏物正体。

【贺裳曰】义山咏蜂：“宓妃腰细才胜露，赵后身轻欲倚风。”思路至此，真为幽渺。（载酒园诗话卷一）

【朱彝尊曰】亦未刻画。

【胡以梅曰】此诗寓刺当时淫乱之妇，然以蜂为喻，亦谓其不可近，以自警之词。

【陆曰】义山沉沦记室，代作嫁衣，犹蜂之终年酿蜜，徒为人役耳。小苑华池一篇，殆自况也。首言烂熳通，则劳其力；次言思无穷，则劳其心。自顾腰细身轻，谁能堪此？乃营于野者，既收其液；蓄于家者，并割其脾，于己曾何益耶？且明知如此，而息肩无时，年年二月，与粉蝶相逢，又为采撷之始矣。其勤动为何如？结语拈来便是。

【姚曰】此为逢时趋附者发。小苑华池，逢迎俱遍，且承颜献媚，使人自然怜爱，其容身之巧如是。至其事去时移，蜜尽巢空，冷落亦其常理，不知若辈固终无谢绝之时也。伫见春归以后，蝶粉蜂黄，相招相引，所谓我辈富贵自在耳。世情何日不如是。

【屈曰】一二所游之处。三四轻细之态。五六秋冬之候，崖蜜将尽，旧巢欲空。此时休生离恨，每于二月长定相逢，不似人生一别不能再见，正应上思无穷也。

【程曰】义山尝有"紫蝶黄蜂俱有情"之句，故好以蜂蝶比美人。蝶诗已屡见，此蜂诗亦寓言。盖寄慰别情之作。篇中"思"字、"离恨"字是眼。起二句思其里巷。三四思其风流。五六思其寂寞。七八则以相见不远慰之。犹之隋炀帝别宫人诗"但存颜色在，离别只今年"也。（按：冯氏未另下笺语。肯定程氏寄慰别情之说，并转引其对各句所作之解释。）

【纪曰】次句不成语，三四尤俗。后四句小有情致耳。

【张曰】首二来往空衙。三四伶仃末路。"崖蜜尽""雾巢空"，喻府主之逝。结以相见不远慰之。是徐府初罢寄内之作也。（会笺）又曰：起二句即"后阁罢朝眠，前阶思黯然"意。"宓妃"二句，言已从前根基未定，故随党局流转。"红壁"二句，言李党叠贬，无处可托。结言不须悔恨，尚有令狐一门可以告哀，屈指好期，当不远也。此篇当陈情之词、托意之作矣。○青陵在郓州，义山受知令狐始郓幕，故假以自喻己之素在令狐门下也。与青陵台一首可以互参，义山大中五年春罢徐州入京，此有二月相逢语，或其时途次所作欤？○次句未至不成语。三四切题，是晚唐诗法，非俗也。纪氏少见多怪，乃以为口实。（辨正）

【汪辟疆曰】此当为义山闻子直渐贵，而冀其援引之诗也。题为咏蜂，故托以见意。首二句喻己有托身之地，三四喻己人地寒微，非有倚托不能自致青云之路。五六则向所赖之人，今皆不在朝列，因宣宗大中三年，卫公之党，已罢斥殆尽矣。则此后不能不属望于子直。结二句言相见不远，虽子直于己初有不谅，而己则心实无他，则此后之会合不难矣。句句咏蜂,却句句写己。

【按】此借咏蜂寓幕府寂寥、怀想京华之情与远离家室之恨。起言小苑华池,后门前槛,昔曾烂熳而通,今则惟怅望而思之无穷。“小苑华池”指朝廷禁省,与蝶诗“小苑”“琐闱”同。次以“腰细”“身轻”喻己之细弱无依。腹联上言幕府寂寥,“崖蜜”已尽,新巢难寄,下言小苑华池,旧巢迢递,早已成空,是内外均无托身之所矣。末联“青陵粉蝶”喻指妻室,谓其不必离恨重重,二月春回日暖,自当“蜂”“蝶”相逢也,此慰之之语。此篇当与蝶(初来小苑中)一首参观,托寓之迹自明。末联与对雪二首“龙山万里无多远,留待行人二月归”之语亦合,酌编卢幕。

房中曲〔一〕

蔷薇泣幽素,翠带花钱小〔二〕。娇郎痴若云,抱日西帘晓〔三〕。枕是龙宫石,割得秋波色〔四〕。玉簟失柔肤,但见蒙罗碧〔五〕。忆得前年春,未语含悲辛①〔六〕。归来已不见,锦瑟长于人②〔七〕。今日涧底松,明日山头蘖〔八〕。愁到天地翻③,相看不相识〔九〕。

校　记

①“含悲辛”,底本原作“悲含辛”,据席本、朱本改。

②“长于人”,姜本作“长埃尘”。

③“地”原作“池”,据悟抄、戊签改。【冯曰】古乐府:“天地合,乃敢与君绝。”句意本此。天池,海也,于义亦通。然天地似暗承上“涧底”“山头”。【纪曰】按庄子逍遥游篇

天池是海之别名，而酉阳杂俎有海翻则塔影倒之说，知唐人有此语也，作“天地翻”则鄙而不文矣。【张曰】当作“天地”，空说方佳。

集　注

〔一〕【钱良择曰】此悼亡诗也。（唐音审体）【程注】旧唐书音乐志：“平调、清调，皆周房中曲之遗声。”【冯注】汉书礼乐志：“高祖有房中词，武帝时有房中歌，皆本周房中乐。”此则以言悼亡也。集中悼亡诗始此。【张曰】弘正死于大中五年春，是年罢职还京，秋间悼亡。此诗盖即大中五年所作。〔按〕王氏卒于春夏间，详笺。

〔二〕【朱注】刘子：“春花含日似笑，秋露泫叶如泣。”【按】二句借蔷薇泣露，翠带圆花，以兴起悼亡之意与下娇郎痴小之情状。幽素指露水，翠带谓蔷薇枝条细长柔弱，如翠叶缀成之衣带然，带上之花钱甚小。

〔三〕【朱彝尊曰】若云，言乱且昏也。悲极故痴。下四句晓卧所见。（钱良择评略同）【屈曰】娇郎相爱，如云之抱日。【冯曰】幼不知哀，日高始寤。【纪曰】“娇郎”二字，妙可意会。（辑评）【锺惺曰】妙在无谓。【按】“娇郎”究应指谁，屈氏之解孤立视之，似较有情味，通体视之则扞格难通矣。钱氏亦以“娇郎”为自指，惟屈解作忆昔，钱解作伤今。然时义山已四十，断不至以“娇郎”自称，且与上文“花钱小”不侔。盖日高帘卷，行云拥日，时娇儿仍抱枕而眠，故有“娇郎痴若云，抱日西帘晓”之联想。“痴”字以幼子不知失母之哀，反衬己悼亡之痛。或谓“痴若云”系形容悲伤失神之状，云，表示浮游无所依托，亦通。然终以形容幼子不知哀之解为优。

〔四〕【冯曰】龙宫有龙女,故泛言宝石耳。【朱注】玉堂閒话:“息壤记云:禹堙洪水,至荆州,见有海眼,汜溢无垠,禹乃镌石造龙之宫室,置于穴中,以塞其水脉。”(按:过泥,非义山所用。)李贺诗:“一双瞳人剪秋水。”【按】秋波:以秋水之明净状眼波。二句谓此龙宫宝石所作之枕,光可鉴人,仿佛割得其秋波之色。睹物思人,益增凄怆。

〔五〕【朱注】“蒙罗”是“蒙彼绉絺”之“蒙”。祖咏诗:“碧罗蒙天阁。”【钱曰】因晓卧所见,追忆其存日。【冯注】睹枕而如见明眸,见被而难寻玉体。王氏色美,而必尤艳于目,以后屡言之。【按】二句谓簟席之上不复见伊人之玉体,但见翠被蒙盖其上而已。罗碧,犹言翠被。

〔六〕【钱曰】此言将别之时。【冯注】大中七年乙集序云:“三年已来,丧失家道”,则悼亡定在五年也。他诗云“柿叶翻时”,则当在秋深矣。此云“前年”,指四年也。“春”字不必泥。【张曰】“前年春”指大中三年,义山时留假参军,正在京。【按】所谓“含悲辛”,除由于身世沦落艰虞而含悲外,可能王氏此时已有疾恙,预感将不久于人世也。

〔七〕【钱曰】锦瑟为其人平日所弹,而物在人亡矣。【姚注】周礼乐器图:“绘文如锦,曰锦瑟。”【冯注】归来谓自徐归也。回中牡丹诗已云锦瑟,意王氏女妙擅丝声,故屡以致慨。【张曰】谓今不幸徐州罢归,方期重乐室家之好,而其人已不见矣,非妻殁在义山未归前也。【钱锺书曰】“长于人”犹鲍溶秋思第三首之“我忧长于生”,谓物在人亡,如少陵玉华宫:“美人为黄土,况乃粉黛假。当时付金舆,故物犹石马。冉冉征途间,谁是长年者”,或东坡石鼓歌:

"细思物理坐叹息,人生安得如汝寿。"义山"长于人"之"长"即少陵之"长年"、东坡之"寿"。(谈艺录补订)

〔八〕【钱曰】("今日"句)孤甚。("明日"句)苦甚。【朱注】檗,黄木也。味苦。古乐府:"黄檗向春生,苦心随日长。"又曰:"高山种芙蓉,复经黄檗坞。"【朱彝尊曰】言情至此,奇辟为千古所无。【冯注】左思咏史:"郁郁涧底松。"(涧底松)比己之不得志。(山头檗)比己将衔悲行役。【按】上句谓沦贱受抑,下句谓苦辛日长(山头不必泥)。

〔九〕【冯注】庄子德充符:"虽天地覆坠,亦将不与之遗。"【钱曰】宜作"地",天地俱翻,或有相见之日,又恐相见之时已不相识,设必无之想,作必无之虑,哀悼之情,于此为极。【何曰】最古。(冯注引)【按】苏轼江城子:"纵使相逢应不识",似受末句启发。

笺 评

【锺惺曰】苦情幽艳。(唐诗归)

【谭元春曰】情寓纤冷。(唐诗归)

【杨守智曰】"龙宫"暗用柳毅事。"归来"句:观此益知锦瑟为悼亡也。

【徐德泓曰】此悼亡词。花泣幽而钱小,犹人归泉路而遗婴稚也。是以娇郎无所知识,倚父寝兴,如痴云之抱日而晓耳。帐中宝枕,乃眼波所流润者。人去床空,惟见碧罗蒙罩而已。记得别时,伤心难语,今归不见人,而仅见所遗之物,无人而物翻觉其长矣。人生有聚必散,今日在此,明日在彼,犹夫孤松苦檗,高下异处,即愁到天地翻覆,而高者下,则下者又高矣。岂能见而识乎?乃永诀意也。

【姚曰】此悼亡诗也。起四句,以蔷薇反兴。下四句言物在人亡。"忆得"二句言出门作别时。归来不见,却将锦瑟作衬。末乃致其地老天荒之恨也。

【屈曰】一段美人如花,娇郎相爱,如云之抱日。二段故物犹在,而其人已去矣。三段回思往日之情不可复见。四段言他生不能相识也。"痴若云"奇句。"今日"二句比而兴也。涧底之松可以长寿,山头蘖,生死之苦也。甚似长吉。

【程曰】此亦悼亡也。诗有归来不见之语,盖大中六年桂州府罢之时也(按程此说误,冯、张二谱已正之)。

【纪曰】亦长吉体,特略有古意,犹是长吉大堤曲之类未甚诡怪者。问此诗之意何指?曰平山以为悼亡之诗也。

【张曰】长吉体以峭艳为宗,源出楚骚,真诗家之正嗣也。绝无鬼怪之处。纪氏癖语可笑。○此诗盖即大中五年所作。"忆得前年春",指大中三年也。"归来已不见"谓自徐归京而妻即死也。罢徐归来在先,悼亡在后,此承"前年"句。言前年在京,虽病含悲辛而人尚在,今则归来而人已不能常见矣,非妻死时义山尚未归也。余谓义山大中二年冬抵京,得选尉,观"前年春"句,亦可参悟。(辨正)

【按】商隐妻王氏之卒期,冯谱订于大中五年深秋,卢幕罢归之前(冯氏谓商隐罢卢幕在大中六年);张氏会笺则谓王氏卒于大中五年夏秋间,在卢幕罢归之后。冯谓商隐罢卢幕在大中六年虽误,然据"归来已不见,锦瑟长于人"之句谓王氏卒于商隐归京前则是;张氏谓商隐罢卢幕及王氏卒均在大中五年虽是,然其谓"今不幸徐州罢归,方期重乐室家之好,而其人已不见矣,非妻殁在义山未归前也"则显系曲解诗意。王氏之卒,实在大中五年暮春,房中曲已提供最直接之物候证据。诗起首即云“蔷薇泣幽素,翠带花钱小”。蔷薇于春夏间开花。储光羲蔷薇歌:“春日迟迟将欲半,庭影离离正堪玩。枝上娇莺不畏人,叶底飞蛾自相乱……秦家儿女爱芳菲,画眉相伴采葳蕤……连袂踏歌从此去,风吹香气逐人归。”白居易蔷薇正开春酒初熟因招刘十九崔二十四同饮:“瓮头竹叶经春熟,阶底蔷薇入夏开。”吴融蔷薇:“万卉春风度,繁花夏景长。”周邦彦六丑蔷薇谢后作:“愿春暂留,春归如过翼。为问花何在?夜来风雨,葬楚宫倾国。”均言蔷薇开于晚春或初夏,其花期通常不超过一月。诗言“翠带花钱小”,系形容蔷薇初开时叶如翠带,花钱小巧,而“泣幽素”亦表明蔷薇花上有晶莹之露水,其时当值晚春或初夏,而非郁热炎蒸之盛夏。此诗作于王氏已经亡故之后,而时令犹是蔷薇初开之暮春或初夏。故可以断定,王氏之卒当在大中五年之暮春甚至更早。关于此,还可从相思一诗得到证明(详该诗编著者按)。

冯氏谓王氏“亡在秋深”,系据赴职梓潼留别畏之员外同年“柿叶翻时独悼亡”之句及属疾“许靖犹羁宦,安仁复悼亡。兹辰聊属疾,何日免殊方。秋蝶无端丽,寒花只暂香。多情真命薄,容易即回肠”推断。但“安仁复悼亡”不过泛说自己如潘岳为悼念亡妻之情所缠绕,“复”字对上句“犹”字而言,谓羁宦异乡之情本已难遣,复为悼伤之情所缠,更觉不堪,故“兹辰”姑且托疾告假,非谓“兹辰”正值妻子亡故之忌日。“柿叶翻时独悼亡”亦谓值此柿叶飘翻之深秋季节自己正独为悼亡之情所苦,非谓“柿叶翻时”正值妻子去世之时。冯注引南史刘歊传:“歊未死之春,有人为其庭中栽柿,歆谓兄子棻曰:‘吾不及见此实,尔其勿言。’及秋而亡。”其意图盖在证成“亡在秋深”之说。但此处是否用刘歆典,颇可疑。盖如用此典,当曰“柿实成时”,而不当曰“柿叶翻时”。关中平原多柿树,深秋柿叶翻飞,一片凋衰景象,触动悼伤之情,故曰“柿叶翻时独悼亡”。“柿叶翻时”是作诗时眼前景,非妻逝世之日。冯氏将“悼亡”均理解为王氏去世之日,实则上述二诗中之“悼亡”均指悼念王氏之情。且“柿叶翻时独悼亡”系相对上句“桂花香处同高第”而言,此联意即往昔与韩瞻同折桂枝共登高第,而今柿叶飘翻之时却独为悼伤之情所苦,盖对比二人之不同境遇,与妻亡之具体时间无涉。尤可作为有力反证者,蔷薇花绝不会至秋深仍在开放,秋深妻亡说与房中曲“蔷薇泣幽素,翠带花钱小”直接冲突,不足信。

此诗起四句写帘外泣露之蔷薇与帘内失母痴睡之娇儿,起悼亡之意。次四句写枕簟,寄托物在人亡之哀思。前半由室外而室内,从空间方面着笔。后半由眼前及于往昔与未来,从时间方面着笔。由昔日“未语含悲辛”之情景益增今日瑟在人亡之悲痛。末四句将身世之感与悼亡之痛融为一体,设想天地翻覆之日“相看不相识”之情景,“设必无之想,作必无之虑,哀悼之情,于此为极”。诗仿长吉体,古涩中寓情沉挚。

相思[①]

相思树上合欢枝〔一〕,紫凤青鸾并羽仪[②]。肠断秦台吹管客〔二〕，日西春尽到来迟。

校　记

①原题下小注：一本作"相思树上"。

②"并"，季抄、朱本作"共"。

集　注

〔一〕【冯注】吴都赋："相思之树。"注曰："大树也，材理坚，邪斫之，则文可作器，其实如珊瑚，历年不变。"古今注："欲蠲人之忿，则赠以青棠，一名合欢。"风土记："夜合一名合欢，亦名合昏。"句是借喻，不必核定。【按】参青陵台注。

〔二〕【按】屡见。"秦台吹管客"指萧史，此处借以自指。

笺　评

【何曰】上二句言墓木已拱，徒见婢仆也。（辑评）

【姚曰】"闾阎儿女换，歌舞岁时新。"我每诵老杜语，为之魂断。

【屈曰】鸟犹并栖，而秦客乃春尽不来，能无肠断！

【冯曰】以艳情寓慨，当与青陵台类观，但未测何年作耳。

【纪曰】平直无佳处。（诗说）感遇之作。（辑评）

【张曰】此重官秘阁时作，自叹遇合之不偶也。"相思"二句，状党人之得君，殆指茂元辈言。茂元诸公，皆一时祥灵威凤，与卫公契合无间，故能弼成中兴相业。"秦台吹管客"，自谓。"日西春尽到来迟"，即"谁料苏卿老归国，茂陵松柏雨萧萧"意。武宗崩于三月，故曰春尽也。义山服阕入京，未几，武宗晏驾，卫公外斥，文人数奇，所慨深矣。（会笺。系会昌六年。）又曰：义山自婚于王氏，久为李党。赞皇当国时，义山时正丁忧，及服阕入京，而武宗崩，卫公亦罢相矣。遇合无成，此诗之所由慨也。首二句言己初婚王氏，相思合欢,以寓夫妻恩爱。(辨正。后二句解同会笺。)

【按】张氏附会武宗逝世事,殊不足信。茂陵以苏武自况犹为近理,此以"秦台吹管客"自喻,以寓君臣之事,则殊为不伦,不得因旧本两篇相连,遂以彼例此。此诗应系悼亡之作。"秦台吹管客"用萧史吹箫作凤鸣,秦穆公以女弄玉妻之典,此以萧史自指,暗示己为茂元之婿。弄玉、萧史结为夫妇,此言"肠断秦台吹管客",其肠断当因悼亡而起。前二句以相思树上紫凤青鸾之合欢喻夫妇之相爱,谓己与王氏本如双栖于相思树上合欢枝头之紫凤青鸾,羽仪相映,伉俪情深。三四则由忆往昔之相爱而伤今日之永隔,谓我于日暮春尽之时归来,而王氏已逝,昔日之"秦台客"宁不为"到来迟"而抱恨肠断乎?此与房中曲之"归来已不见,锦瑟长于人"正可互证。诗亦当与前首作于同时。颇疑此次义山汴幕罢归途中已得知王氏病重消息,兼程赶回,仍未与王氏见最后一面,故有"到来迟"、"已不见"之叹。

青陵台〔一〕

青陵台畔日光斜,万古贞魂倚暮霞[①]。莫讶韩凭为蛱蝶[②]〔二〕,等闲飞上别枝花〔三〕。

校 记

①"贞",蒋本、影宋抄作"真",英华作"春",均非。

②"讶",蒋本、姜本、戊签、悟抄、万绝、英华作"许"。

集 注

〔一〕【朱注】彤管新编:"韩凭为宋康王舍人,妻何氏美,王欲之，捕舍人，筑青陵台，何氏作乌鹊歌以见志，遂自缢死，韩亦死。”列异传：“宋康王埋韩凭夫妻，宿昔文梓生，有鸳鸯雌雄各一，恒栖树上，音声感人。或云：化为蝴蝶。”一统志：“台在开封府封丘县界。”寰宇记云：“在郓城县，凭运土所筑，至今台迹依然。宋大夫韩凭遗迹也。”【冯注】搜神记：“宋康王舍人韩凭娶妻美，康王夺之，凭怨，王囚之，凭遂自杀。妻乃阴腐其衣，王与之登台，自投台下，左右揽之，衣不中手而死，遗书于带曰：‘愿以尸与凭合葬。’王怒，使埋之二冢相望，曰：‘尔夫妇相爱，能使冢合，则吾弗阻也。’宿昔便有文梓生于二冢之端，旬日而盈抱，屈体相就，根交于下，枝错于上。又有鸳鸯雌雄各一，恒栖树上，交颈悲鸣。宋人哀之，号其木曰相思树。”按：本书及法苑珠林、太平御览所引者，皆不云衣化为蝶。寰宇记：济州郓城县韩凭冢引搜神记云：“左右揽之，着手化为蝶。”“凭”或作“朋”。“何氏”，舆地记作“息氏”，诸书每有小异。

〔二〕【冯注】山堂肆考：“俗传大蝶必成双，乃韩凭夫妇之魂。”【何曰】（莫讶）二字贯到底。（辑评）

〔三〕【补】等闲，随便。

笺评

【朱彝尊曰】题下批：宋大夫韩凭遗迹也。“莫讶”二句：此必有夫负其妇者，故以此托兴。

【杨守智曰】义山既为茂元从事，杨李辈目为诡薄，故有自白之言。

【陆鸣皋曰】为夫有薄情者发，题只借意耳。

【姚曰】写贞魂，写得刻酷。

【屈曰】言丈夫之情亦不肯相负，而死后乃更有他意耶？

【冯曰】此诗之眼全在“莫讶”二字，言虽暂上别枝，而贞魂终古不变。盖自诉将傍他家门户，而终怀旧恩也。疑为令狐作于将游江南时矣。若作“莫许”而徒以艳情解之，与上二句意不可贯。太平御览引郡国志：“青陵台在郓州须昌县。”与寰宇记所引，皆唐时郓州属也。疑义山受知令狐，实始郓幕，故以托意欤？

【纪曰】此诗亦佳，但微乏神韵，有吃力之态耳，第二句亦趁韵写出，“倚暮霞”三字殊无着落也。……何以云无着落？曰此咏青陵台事，非咏青陵台景也。“日光斜”已是旁文，何得又因旁文而波及耶？就此三字论之，暮霞如何云“倚”？就本句七字论之，如何与万古贞魂相连？凡下字无关本意便是无着落，不必严霜夏零、明月昼起也。问后二句何以如此说？曰只一两不相负之意，因有化蝶一事，故留住韩凭另一层写，借事点染，生出波折，此化直为曲、化板为活之法，若直说便少味矣。（诗说）此亦寓意于新故去就之间。“倚暮霞”三字趁韵。（辑评）

【张曰】义山依违党局，放利偷合，此自辨之词，意谓初心本不欲如是也。以韩凭贞魄自比，其志亦可哀矣。寰宇记：“韩凭冢在济州郓城县。”当是赴徐时（指大中四年初赴徐州卢弘止幕）经过所赋。（会笺）又曰：“倚暮霞”三字练得极新极稳，神味倍觉深远，此诗家格外烘染法也。以为“趁韵”、“不妥”，岂非欲加罪古人耶？（辨正）

【按】义山伉俪情深，王氏亡后哀感不已，悼亡之痛，屡形诸篇章。观其却柳仲郢赠张懿仙事，可证其悼亡后于衽席间已无意他求。然则所谓“飞上别枝花”，当另有所托,而所托之情事又与夫妇旧情有关(义山蜂诗尝以青陵粉蝶喻指王氏,参见该诗笺语)。义山与王氏之婚姻,不幸而牵连党争。大中以来,李党叠贬,牛党复炽,义山追随郑亚,益遭令狐之忌。至卢幕罢归,穷蹙之极,不得已"复以文章干绹"。此乃义山初心最不愿为而不得不为之事,内心之充满矛盾痛苦已不待言。且结缡十馀载,己固沉沦,妻亦无端受累。乃王氏甫逝,竟因穷蹙而有此违心之举,则负疚自谴之情亦可想见。此诗前二句以斜日暮霞渲染环境气氛,衬托想像中之"贞魂",其中似隐含对王氏之追念与对其义烈品格之赞美。后二句乃以"飞上别枝花"之韩凭自况。"莫讶"、"等闲"四字,最宜玩味。己之干绹,自旁人视之,或正"放利偷合"之小人"等闲飞上别枝花"之又一"背恩"之行,然己为此违心之举,实出万不得已,内心固极痛苦而非"等闲"为之也。自谴自解,兼而有之。义山之悲剧,不特在身处末世,坎坷沉沦,且在于志存高洁而行不免有时沦于庸俗卑微,故内心之矛盾痛苦特为剧烈。此诗即可视为诗人痛苦灵魂之自剖与自白,亦可视为诗人面对亡妻贞魂之自谴与自解。此类诗之思想境界固不高,然作为封建社会不能掌握自身命运之士人痛苦心灵之记录,自有其典型意义。

本篇貌似凭吊古迹之作,实系借题托寓。所谓"青陵台",殆即亡妻王氏坟墓之别称焉。

代越公房妓嘲徐公主〔一〕

笑啼俱不敢,几欲是吞声。遽遣离琴怨,都由半镜明。应防啼与笑，微露浅深情〔二〕。

代贵公主[①]

芳条得意红，飘落忽西东。分逐春风去，风回得故丛。明朝金井露[②]〔三〕，始看忆春风。

校　记

①原无“主”字，据蒋本、姜本、悟抄、席本、影宋抄、钱本、朱本补。戊签无“贵”字，题作“代公主答”，似较“代贵公主”为优。

②“金井”，悟抄作“含新”。原一作“含新”。

集　注

〔一〕【朱注】古今诗话：“陈太子舍人徐德言尚乐昌公主。陈政衰，德言谓主曰：‘以君之才容，国亡必入豪家。傥情缘未断，犹期再见。’乃破一镜，人执其半，约他日以正月望日卖于都市。及陈亡，主果归杨素。德言访于都市，有苍头卖半镜者，高大其价。德言引至旅邸，言其故，出半镜以合之，仍题诗曰：‘镜与人俱去，镜归人未归。无复姮娥影，空留明月辉。’主得诗，悲泣不食。素知之，召德言至，还其妻；因命主赋诗，口占曰：‘今日何迁次，新官对旧官。笑啼俱不敢，方信作人难。’”

〔二〕【冯注】（末句）新浅旧深。【按】冯注非，详笺。

〔三〕【姚注】西征记：“太极殿前有金井栏。”

笺　评

【何曰】（首章次联）点出本事。（末联）啼笑则情露矣，故应防

之，使其不露。（辑评）

【姚曰】（首章）公主固是女中乡愿，能使前人后人怜惜。“微露”二字，刺得刻毒。（次章）嘲者，嘲其忘故，代意言本不曾忘也。

【屈曰】（首章）寓浅深于啼笑，是有心者旁观，亦是笑啼者必有之情。（次章）别后方忆，从何处得看？妙笔。

【程曰】（次章）“贵公主”当作“徐公主”，紧接前题为是，不必混其词称贵主也。又曰：此正为牛、李党人嗤谪无行而作。以越公妓比党人，以徐公主自比。二诗显非咏古也。

【袁彪曰】（次章）起句配徐，次句遭乱，三句归杨，四句还徐，结言又未尝不忆杨也。（冯笺引）

【冯曰】宰相世系表：“杨氏汝士、虞卿及嗣复，皆为越公房。”其借古事以咏所思欤？是愚之妄测也。

【纪曰】（代越公房妓嘲徐公主、代贵公主）弄笔之作，不关大雅。此与代魏宫私赠及代元城吴令暗为答诗皆不似泛然之作，然晚唐人亦实有弄笔作戏者，非确有本事，未可武断也。有感诗曰：“一自高唐赋成后，楚天云雨尽堪疑”，义山已料及人之附会其诗矣。（诗说）（首章）略有齐梁意味，然非齐梁之佳作。（辑评）

【张曰】唐书宰相世系表：“杨氏：汝士、虞卿、嗣复，皆越公房。”此假以寓意。嗣复牛党，义山自婚王氏，已脱党籍，故以乐昌公主自喻。前首调其入幕。次首代答。“芳条得意红”，谕子直辈助之登第；“飘落忽西东”，谓屈就县尉。“分逐”二句，言犹欲回依牛党也。时尚未知嗣复贬潮也。故聊作得意语。午桥……所解近之。（会笺）又曰：巧思拙致，齐梁名篇，多是此种。若再欲求佳，则明七子之学古，双钩

填廓而已。（辨正）

【按】冯氏谓“浅深情”系“新浅旧深”之意，恐非。乐昌公主口占诗云：“今日何迁次，新官对旧官。笑啼俱不敢，方信作人难。”其意盖谓因破镜重圆而笑，则于新官为情浅矣；因离新官而啼，则于旧官为情浅矣，此所以“笑啼俱不敢，方信作人难”也。义山诗“应防啼与笑，微露浅深情”，亦此意。非谓因啼笑而露“新浅旧深”之情。姚氏谓“嘲者，嘲其忘故”，亦非。味诗意，嘲者，嘲其于新故去就之际不敢表露真情也，嘲中有怜焉。次首袁笺得其旨，其意亦谓得返故丛，固己所愿，然于春风（指杨）亦有所忆焉。此即所以答“笑啼俱不敢”之嘲，而明己之心迹者。

二诗显有托寓，前首托寓己于新故去就之间作人之难。次则先言己之新故去就之迹，复抒己之虽回依旧好，仍思新知也。似以“故丛”指牛党，“春风”指李党，“芳条”自喻。“金井露”喻得任京职。然则，此二诗之作，其在大中五年将任太学博士之时乎？否则，与旧好重合、复回故丛之语殆不可解。“越公房”，冯谓指杨汝士等牛党中人，亦非。盖“越公”喻“新知”，而杨等则系“旧好”，岂可混淆！此似是义山重依牛党之际，有人嘲之，故义山借此以明心迹与作人难也。然仅以此二诗为解嘲、“为牛李党人嗤谪无行而作”，亦未尽惬。盖二诗虽略带调侃，实则包含血泪。诗借命不由己之乐昌公主自寓，亦可哀矣。所谓“几欲是吞声”，于另一种场合，以另一种方式表达之，正是“途穷方结舌”也。所谓“明朝金井露，始看忆春风”，亦难排斥言外有痛定思痛之意。

咏怀寄秘阁旧僚二十六韵①〔一〕

年鬓日堪悲〔二〕，衡茅益自嗤〔三〕。攻文枯若木〔四〕，处世钝如锤〔五〕。敢忘垂堂诫②〔六〕，宁将暗室欺〔七〕？悬头曾苦学〔八〕，折臂反成医〔九〕。仆御嫌夫懦〔一〇〕，孩童笑叔痴〔一一〕。小男方嗜栗〔一二〕，幼女漫忧葵〔一三〕。遇炙谁先啗③〔一四〕？逢齑即更吹④〔一五〕。官衔同画饼〔一六〕，面貌乏凝脂〔一七〕。典籍将蠡测〔一八〕，文章若管窥〔一九〕。图形翻类狗〔二〇〕，入梦肯非罴〔二一〕。自哂成书簏〔二二〕，终当咒酒卮〔二三〕。懒沾襟上血〔二四〕，羞镊镜中丝〔二五〕。橐籥言方喻〔二六〕，樗蒲齿讵知〔二七〕？事神徒惕虑〔二八〕，佞佛愧虚辞〔二九〕。曲艺垂麟角〔三〇〕，浮名状虎皮〔三一〕。乘轩宁见宠〔三二〕？巢幕更逢危〔三三〕。礼俗拘嵇喜〔三四〕，侯王欣戴逵〔三五〕。途穷方结舌〔三六〕，静胜但搘颐〔三七〕。粝食空弹剑〔三八〕，亨衢讵置锥⑤〔三九〕！柏台成口号〔四〇〕，芸阁暂肩随〔四一〕。悔逐迁莺伴〔四二〕，谁观择虱时⑥〔四三〕？瓮间眠太率〔四四〕，床下隐何卑〔四五〕！奋迹登弘阁〔四六〕，摧心对董帷⑦〔四七〕。校雠如有暇〔四八〕，松竹一相思〔四九〕。

校记

①"二十六"，冯曰：止二十四。

②"忘"原作"望"，据朱本改。

③"炙"原作"劀"，一作"炙"，据各本改。

④"更"，蒋本、戊签、悟抄、季抄、朱本作"便"。

⑤“衢”,悟抄作“途”。

⑥“择”,蒋本、姜本、悟抄作“扪”。

⑦“摧”原作“推”,一作“催”,蒋本作“催”,均误。据姜本、戊签、悟抄、席本、钱本、影宋抄、朱本改。

集 注

〔一〕【朱注】魏略:“兰台为外台,秘书为内阁。”义山释褐秘书省校书郎,故有旧僚。【程注】南史徐广传:“孝武帝以广博学,除为秘书郎,校书秘阁。”岑参诗:“粉署荣新命,霜台忆旧僚。”【冯注】旧本皆作二十六,似误。然细玩通篇,多是咏怀,而寄旧僚太略,似“床下隐何卑”下再得两韵转捩,“奋迹”句接更融和,颇疑脱二韵,故未改从实数。通典:“汉氏图籍所在,有石渠、石室、延阁、广内,又有御史掌兰台秘书及麒麟、天禄二阁。后汉桓帝始置秘书监。”文选陆士衡诗:“絜身跻秘阁。”又表云:“身登三阁。”晋官品令:“秘书郎掌中外三阁经书,覆校残阙,正定脱误。”

〔二〕【程注】南史齐宗室子范传:“为临贺王正德长史。正德迁丹阳尹,复领尹丞,历官十馀年,不出蕃府,意不能平。及是,为到府笺曰:‘上蕃首僚,于兹再忝。(老少异时,盛衰殊日。)虽佩恩宠,还羞年鬓。’”庾信诗:“自怜才智尽,空伤年鬓秋。”

〔三〕【程注】陶潜诗:“养真衡茅下,庶以善自名。”

〔四〕【朱注】郭象庄子注:“与枯木同其不华。”【姚注】陆机文赋:“兀若枯木。”

〔五〕【冯注】晋书祖纳传:“纳谓梅陶、锺雅曰:‘君汝颍之士,利如锥;我幽冀之士,钝如槌。持我钝槌,捶君利锥,皆当摧矣。'"

〔六〕【程注】史记司马相如传:"故鄙谚曰:'家累千金,坐不垂堂。'"宋之问诗:"昔闻垂堂言,将诫千金子。"【朱注】汉书:"千金之子,坐不垂堂。"【冯注】史记索隐:"垂,边也。近堂边恐其堕坠。"

〔七〕【朱注】梁简文帝纪:"不欺暗室,岂况三光?"【冯注】旧注引梁简文帝纪,又宋书阮长之传"一生不侮暗室",皆非初出处也。毛诗巷伯传:"昔者颜叔子独处于室,邻之嫠妇又独处于室。夜,暴风雨至而室坏,妇人趋而至,颜叔子纳之而使执烛,放乎旦而蒸尽,缩屋而继之。"按:古所谓颜子缩屋称贞也。而事文类聚"不欺暗室"一条引史记云云,即此事,岂古书以此为不欺暗室耶?采之以俟再考。

〔八〕【冯注】楚国先贤传:"孙敬好学,时欲寤寐,奋志悬头屋梁以自课。"崔鸿前秦录:"姜宇字子居,每夜读书,睡则悬头于屋梁,达旦而止。"【补】太平御览卷三六三引汉书:"孙敬字文宝,好学,晨夕不休,及至眠睡疲寝,以绳系头,悬屋梁。后为当世大儒。"

〔九〕【朱注】左传:"(齐高强曰):三折肱知为良医。"楚辞惜诵:"九折臂而成医兮,吾至今乃知其信然。"

〔一〇〕【朱注】懦,乳兖切。韵会:汉书:"公卿选懦",劣弱也。或作懦。【程注】史记管晏列传:"晏子为齐相,出,其御之妻从门间而窥其夫。其夫为相御,拥大盖,策驷马,气洋洋,甚自得也。既而归,其妻请去。夫问其故,妻曰:'晏子长不满六尺,身相齐国,名显诸侯。今者妾观其出,志念深矣,常有以自下者。今子长八尺,乃为人仆御,然子之意自以为足,妾以是求去也。'"【冯注】新序:"楚白公之难,有庄善者将往死之，比至公门，三废车中。其仆曰：'子惧矣！'曰：'惧。''既惧，何不返？'善曰：'惧者，吾私也；死义，吾公也。君子不以私害公。'及公门，刎颈而死。君子曰：'好义乎哉！'齐崔杼弑庄公，有陈不占者将赴之，比去，餐则失匕，上车失轼。御者曰：'怯如是，去有益乎？'不占曰：'死君，义也；无勇，私也。不以私害公。'遂往，闻战斗之声，恐骇而死。人曰：'仁者之勇也。'"二事相类。诗盖明己之好义。【按】程注引史记虽切"夫"及"仆御"，然与句中之关键字"懦"游离，恐非此句所用。与下句对照，更可见二句所谓"懦"与"痴"实为似懦而非懦，似痴而非痴。非如晏子之御者以仆御为荣也。

〔一一〕【冯注】晋书："王湛初有隐德，人莫能知，兄弟宗族皆以为痴。兄子济轻之，尝诣湛，见床头有周易，济请言之。湛因剖析玄理，微妙有奇趣。济乃叹曰：'家有名士，三十年而不知。'武帝见济，曰：'卿家痴叔死未？'曰：'臣叔殊不痴。'因称其美。"

〔一二〕【朱注】陶潜责子诗："通子垂九龄，但觅梨与栗。"

〔一三〕【朱注】列女传："鲁漆室女倚柱而啸，邻妇曰：'欲嫁乎？'曰：'我忧鲁君老，太子少也。'妇曰：'此鲁大夫之忧。'女曰：'昔晋客舍我家，系马于园，马佚，践我园葵，使我终岁不厌葵味。（吾闻河润九里，渐洳三百步。今鲁国微弱，乱将及人。）'"【冯注】后汉书卢植传："漆室有倚楹之戚。"注引琴操鲁漆室女事，曰："昔楚人得罪于其君，走逃吾东家，马逸，蹈吾园葵，使吾终年不恹菜。"按：葵，即菜也。菜是统名，葵是分类，菜犹五谷之称。【何曰】漫忧葵，并无葵之可忧也。二事借以点化无食。（辑评）【王鸣盛曰】

其时妻已卒,惟儿女在侧,对之心酸,故云。

〔一四〕【朱注】语林:“王右军年十一,周颢异之,时绝重牛心炙,座客未啖,颢先割啖右军,乃知名。”(冯注引晋书王羲之传曰羲之年十三。)

〔一五〕【朱注】楚词:“惩于羹者吹齑。”王逸注:“言人歠羹而热,中心惩之,见齑即恐而吹也。”【冯注】楚词九章“惩热羹而吹齏兮。”六帖:傅奕曰:“惩沸羹者吹冷齑。”

〔一六〕【道源注】魏志:(明帝诏曰):“(选举莫取有名,)名士如画地作饼,不可啖也。”【何曰】以名高见困。(辑评)

〔一七〕【朱注】世说:“王右军见杜弘治,叹曰:‘面如凝脂,眼如点漆,此神仙中人。’”

〔一八〕【朱注】汉书东方朔传:“(以筦窥天,)以蠡测海。”张晏曰:“瓠瓢也。”

〔一九〕【朱注】晋书王献之传:“此郎亦管中窥豹,时见一斑。”

〔二〇〕【冯注】后汉书马援传:“马援诫兄子书:‘效季良不得,陷为天下轻薄子,所谓画虎不成反类狗者也。’”

〔二一〕【朱注】六韬:“文王将田,卜曰:‘所获非龙、非彲、非虎、非罴,乃伯王之辅。’果遇太公于渭阳。”【冯注】楚词注:“或言周文王梦立令狐之津,太公在后,帝曰:‘昌,赐汝名师。’文王再拜。太公梦亦如此。文王出田,见识所梦,载与俱归,以为太师。”【何曰】罗隐诗:“时来天地皆无力,运去英雄不自由。”赠相士云:“运去英雄成画虎,时来老鲞应非熊。”从义山“图形类狗”一联点化出之,自成名句。(辑评)

〔二二〕【朱注】唐书:“李善淹贯古今,不能属辞,号为书簏。”馀见奉使江陵。

〔二三〕【冯注】晋书:“刘伶求酒于妻,妻涕泣谏曰:‘君饮酒太过,非摄生之道,宜断之。'伶曰:'善,吾不能自禁,惟当祝鬼神自誓耳,便可具酒肉。'妻从之。伶跪祝曰:'天生刘伶,以酒为名。一饮一斛,五斗解酲。妇儿之言,慎不可听。'乃引酒御肉,隗然复醉。"集韵:"祝或作咒。"【何曰】本说为霖,却用咒酒,温李语妙如此。(辑评)【按】二句似言攻书无谓,已将效刘伶之放情于酒。

〔二四〕【冯注】诗:"鼠思泣血。"【程注】刘禹锡诗:"夜泊湘川逐客心,月明猿苦沾襟血。"【按】卞和泣血,见任弘农尉。

〔二五〕【朱注】齐书:"高帝曰:'岂有为人作曾祖而镊白发者乎?'"【冯注】通俗文:"拔减发须谓之镊。"南史有齐高帝拔白发掷镜镊事。【程注】范云诗:"欲知忧能老,为视镜中丝。"

〔二六〕【朱注】老子:"天地之间,其犹橐籥乎!虚而不屈,动而愈出。"【按】橐籥:古代冶炼用以鼓风之器具。橐为鼓风器,籥为送风管。

〔二七〕【朱注】马融樗蒱赋:"排五木,散九齿。"葛洪别传:"洪少好读书,至不知棋局几道,樗蒱几齿。"【冯注】晋书葛洪传:"洪少好学,性寡欲,不知棋局几道,樗蒲齿名。"此联谓委心任运,不与人角胜负。【按】樗蒱:古代博戏。博具有子、马、五木等。

〔二八〕【程注】孟郊诗:"惬怀虽已多,惕虑未能整。"

〔二九〕【按】仿佛,见奉使江陵注。

〔三〇〕【朱注】北史文苑传:"学者如牛毛,成者如麟角。"骆宾王启:"业成麟角,引茅茹而弹冠。"【程注】礼记:"凡语于郊者,必取贤敛才焉。或以德进,或以事举,或以言扬,曲艺皆誓之。"注:"曲艺,为小技能也。"【冯注】抱朴子:"仙人积其功勤，契阔劳艺，性笃行真，心无怨贰，万夫中有一为多矣。为者如牛毛，获者如麟角。”困学纪闻：“学如牛毛，成如麟角，出蒋子万机论。”【何曰】垂谓业成。（辑评）

〔三一〕【朱注】扬子：“羊质而虎皮，见草而悦，见狼而战。”

〔三二〕【朱注】左传：“卫懿公好鹤，鹤有乘轩者。”注：“轩，大夫车也。”【程注】鲍照舞鹤赋：“入卫国而乘轩。”

〔三三〕【朱注】左传：“夫子之在此也，犹燕之巢于幕上。”西征赋：“危素卵之絫壳，甚玄燕之巢幕。”

〔三四〕【冯注】晋书阮籍传：“能为青白眼，见礼俗之士，以白眼对之。嵇喜来吊，籍作白眼，喜不怿而退。喜弟康赍酒挟琴造焉，籍大悦，乃见青眼。由是礼法之士疾之若雠。”晋书嵇康传：“兄喜有当世才，历太仆宗正。”北堂书钞：“嵇憙集云：晋武为抚军，妙选官属，以憙为功曹。”句取为幕职。喜、憙同。

〔三五〕【朱注】晋书：“戴逵，字安道，性高洁，以礼度自处，累征为散骑常侍，不至。太元二十年，太子太傅会稽王道子、少傅王雅、詹事王珣上疏曰：‘逵执操贞厉，含咏独游。年在耆老，清风弥劭。东宫虚德，式延事外。宜加旌命，以参僚侍。’会病卒。”【冯注】广韵：“忻同欣。”玉篇：“訢与欣同。”集韵：“訢，又僖上声，亦喜也。”晋书隐逸传：“戴逵……孝武帝时，以散骑常侍国子博士累征，辞不就……”北堂书钞：“王珣启戴逵为国子祭酒，云：‘前国子博士戴逵，绰有远概，堪发胄子之蒙。’”句取为博士。【何曰】“礼俗”句言不能谐俗，“侯王”句言耻为人所轻。戴逵有不官鼓琴事。（辑评）【按】冯解是。

〔三六〕【程注】汉书李寻传：“智者结舌，邪伪并进。”易林：“杜口结舌，中心怫郁。”【冯注】史记主父偃传：“吾日暮途穷。”汉书杜钦传：“皆结舌杜口。”句当用晋书“阮嗣宗口不臧否人物。锺会以时事问之，欲因其可否而致之罪，以酣醉获免”。

〔三七〕【程注】尉缭子：“兵以静胜。”【朱注】王维诗：“支颐问樵客。”搘、支通。【冯注】晋书：“王徽之字子猷，为车骑桓冲骑兵参军。冲尝谓徽之曰：‘卿在府日久，比当相料理。’徽之初不酬答，直高视，以手版拄颊云：‘西山朝来，致有爽气。’”句暗用此事。

〔三八〕【朱注】史记孟尝君传：“冯驩蒯缑弹剑而歌曰：‘长铗归来乎，食无鱼！’”【程注】袁安传：“安子彭为光禄勋，粗袍粝食。”李白诗：“弹剑徒激昂，出门悲路穷。”

〔三九〕【朱注】庄子：“尧舜有天下，子孙无置锥之地。”【冯注】易大畜卦：“何天之衢，亨。”吕氏春秋：“无立锥之地，至贫也。”此联谓徒充幕客，不得仕于天朝。【程注】李峤上高长史书：“沧洲密迩，未征嘉遁之文；阊阖洞开，不列亨衢之步。”

〔四〇〕【朱注】三辅黄图：“武帝元鼎二年春，起柏梁台。帝尝置酒于其上，诏群臣二千石能为七言诗者乃得上坐。”【冯注】六典：“御史台曰柏台。”义山得寄禄之侍御史，故曰口号。【程注】钱起诗：“欲知别后相思处，愿植琼枝向柏台。”杜甫有紫宸殿退朝口号诗。【胡鸣玉曰】李义山诗：“柏台成口号，芸阁暂肩随。”……号乃名称之义，非号吟也。（订讹杂录）【按】朱注是。此指当年在秘省时与诸文士共同赋诗。

〔四一〕【朱注】秘阁掌秘书图籍，故称芸阁。礼记：“五年以长，则肩随之。”【程注】李峤自叙表:“参名芸阁,假迹蓬山。”韦应物诗:“绣衣犹在箧,芸阁已观书。”李白诗:“小子谢麟阁,雁行忝肩随。”【冯注】追溯为校书郎时,亦因御史台与秘省对也。

〔四二〕迁莺,见喜舍弟羲叟及第上礼部魏公。

〔四三〕【冯注】晋书顾和传:“王导为扬州,辟从事。月旦当朝,未入,停车门外。周顗遇之,和方择虱,夷然不动。顗既过。顾指和心曰:‘此中何所有?’和徐应曰:‘此中最是难测地。’”句谓心事无人能察。

〔四四〕【冯注】晋书毕卓传:“为吏部郎,比舍郎酿熟,卓因醉,夜至其瓮间盗饮之,为掌酒者所缚。明旦视之,乃毕吏部也。”阮籍传:“邻家少妇有美色,当垆沽酒。籍尝诣饮,醉便卧其侧,籍不自嫌,其夫亦不疑。”“眠”字似兼用此,然不必拘。

〔四五〕【道源注】唐书:“王维私邀孟浩然入内署,俄而玄宗至,浩然匿床下。”【何曰】“床下”不必用王维事,注误。梁松谒马援,拜于床下。二字古来事实最多,其时唐书未成,义山何以用之?(辑评)【冯曰】用事未详。按唐摭言“无官受黜”条云……新书采入传文,源师引注此句,不知义山用事必不古今夹杂,意境亦不类,况本不足信乎?后汉书:“梁松候马援疾,独拜床下,援不答。”“仇览入太学,同郡符融与览比宇,宾客盈室,览常自守,不与融言,郭林宗与融就房谒之,遂请留宿,林宗叹服,下床为拜。”晋书:“夏统责诸人迎女巫章丹、陈珠,奢淫乱礼,遂隐床上,被发而卧。”诸事皆不可符,余前注亦谬。

〔四六〕【冯注】史记平津侯传:“对策擢第一,拜为博士,后为丞

相。”汉书：“公孙弘起客馆，开东阁，以延贤人。”此指旧僚。【何曰】同伴。（辑评）

〔四七〕【冯注】汉书：“董仲舒为博士，下帷讲诵，弟子传以久次相授业，或莫见其面，盖三年不窥园。”此自谓。【程注】江总诗：“户阒董生帷。”

〔四八〕【冯注】刘向别传：“雠校：一人读书，校其上下得谬误为校；一人持本，一人读书，若怨家相对曰雠。”【程注】韩愈送郑校理诗：“才子富文华，校雠天禄阁。”

〔四九〕【何曰】结句要以岁寒之意。（辑评）

笺　评

【何曰】反复曲折，述已往，矢来兹，半悔半负，且怜且悲，情思无限，语最曲畅。○终恨太多，翻入于陪。（辑评）

【姚曰】起手八句，叙生平阅历甘苦。“仆御”八句，叙家居寂寞自甘。“典籍”八句，言自顾原无实用。“櫜籥”八句，言虚名谬被世知。“礼俗”四句，言入世常忧触忤。“粝食”八句，言与旧僚飞沉地隔。“奋迹”四句，望其念及故人也。“校雠”句，承弘阁；“松竹”句，承董帷。

【屈曰】一段鲁钝不合时宜。二段宦游不达。三段无知己。以上皆述怀。四段寄秘阁旧僚。

【程曰】此自述其释褐秘书省校书郎，即以后终其身于幕府官也。第二联“攻文”“处世”四字是一篇之纲领，以下但分疏此二义。就中唯“遇炙谁先啖，逢虀即便吹”一联有所指。上句言王右军之见知于周顗，犹己之见知之于王茂元，下句言屈原之见谮于上官大夫，犹己之见谮于令狐绹也。此后总不过由此而极写其困厄郁闷之境遇耳。文集中献河东公启有云："艮背却行，冰心自处"，亦此意也。

【冯曰】此为博士时作也。乙集序云："在国子监主事讲经，申诵古道，教太学生为文章。"与诗中诸句皆符。其中于入幕情事三致意焉者，盖桂管则遭贬，徐州则府公卒，皆有忧危，故有"仆御"、"巢幕"等句。"柏台"四句，乃专指徐方也。第又以述怀诉恨之辞，前后错入其中，读者易致淆乱耳。

【纪曰】病同送刘五经诗。（诗说）而气格又薄。（辑评）

【张曰】此篇语皆朴实，不尚宏丽，气格与温飞卿相类，在本集中则为别调。然较送刘五经诗又自不同，未可病其薄弱也。（辨正）

【按】作于大中五年夏任国子博士期间。此咏怀以寄旧日僚友，故通篇以咏怀感遇为主。"寄秘阁旧僚"仅于篇末一点即止，冯氏疑"床下"句下脱二韵以言旧僚者，恐未必。然系于为国子博士期间，则极是，"奋迹登弘阁，摧心对董帷"二语已皦然矣。起四句谓年鬓渐衰，衡茅依旧，唯专攻文，钝于处世，为一篇之纲。"敢忘"四句，分承"攻文"、"处世"，谓谨守礼训，不欺暗室，悬头苦学，历挫而成。"仆御"四句，谓己拙于谋生处世，故儿女苦饥，而人常以己为懦为痴。言外则又隐然以好义隐德自负，而伤己之不为人所识。"遇炙"二句，谓世无知己荐己者，如周颢之割炙以啖右军；而惩羹吹齑、以己为党局中人致心存戒惧者则不乏其人，用事隐曲，而意则可推而得之。"官衔"十句，极言己官微体弱，空有学问文章，而遇合无时，唯欲醉酒以自遣耳。"官衔同画饼"当指六品之太博冷官，谓徒有虚衔也。"橐籥"二句，谓己历尽挫折，方悟委心任运之理。"事神"二句，谓己事神佞佛，均无补于实际。“曲艺”四句,谓己虽曲艺(指诗文)垂成,声名传世,然既不见宠于君主,又逢危于幕府,即所谓“声名佳句在,身世玉琴张”。“礼俗”四句,似如冯注以嵇喜为功曹,喻己为幕僚;以王珣启戴逵为国子祭酒,喻令狐绹荐己为太学博士。“拘”字固可见幕主与僚属间尊卑有序,即“吾徒礼分常周旋”;“忻”字似亦是皮里阳秋之词,谓彼所忻者,不过以我为“堪发胄子之蒙”而已。无论为幕职、为博士,实皆途穷无路、惟可静寂自处耳。“粝食”四句,谓今贫困不达,中朝无立锥之地,回忆当年,供职秘阁,与诸君共同赋诗,仅暂得追随于左右。“悔逐”四句,似仍与官秘阁时情事有关,今颇难索解。“奋迹”四句;谓旧僚已奋迹而登弘阁,遇合有时矣,己则摧心而对讲帷,仍为博士冷官,望旧僚公事馀暇或一思及己也。

辛未七夕〔一〕

恐是仙家好别离,故教迢递作佳期①〔二〕。由来碧落银河畔,可要金风玉露时〔三〕?清漏渐移相望久,微云未接过来迟〔四〕。岂能无意酬乌鹊,唯与蜘蛛乞巧丝〔五〕。

校 记

①“佳”原一作“春”,非。

集 注

〔一〕【冯注】辛未:大中五年辛未。

〔二〕【补】迢递:长远。佳期:男女会合之期。传牛郎、织女每年仅七夕一度相会,故云“迢递作佳期”。事见荆楚岁时记。

〔三〕【道源曰】度人经:"昔于始青天中碧落空歌。"注:"东方第一天有碧霞遍满,是名碧落。"白帖:"天河谓之银汉,亦曰银河。"【程注】子夜四时歌:"金风扇素节,玉露凝成霜。"【补】可要:岂要,岂必。二句可参看陆笺,意谓:碧落银河,如此良会之所,岂从来必待金风玉露之夕始得相会乎?此以反问回应首句,以见"迢递作佳期"盖由于仙家之"好别离"也。

〔四〕【冯注】古有伺织女度河事。崔寔四民月令:"见天汉中有奕奕正白气如地河之波,辉辉有光耀五色,以此为征应。"

〔五〕【朱注】淮南子:"乌鹊填河成桥而渡织女。"荆楚岁时记:"七夕,人家妇女结彩缕,穿七孔针,陈瓜果于庭中以乞巧。有蟢子网于瓜上者则以为得巧。"【冯曰】填桥之功最多,岂得反厚于蜘蛛耶? 【按】与,给也。二句谓:岂能无意酬乌鹊填河作合之功,而惟给予蜘蛛以巧丝哉!

笺评

【金圣叹曰】七夕诗,顺口既嫌牙后,翻新又恐无干。如此幽情细笔,顺则不顺,翻却不翻,真为帘中悄问,耳后低商,檀口无言。蕙心密印。彼篱落下物,何处容渠插口也。○七夕,从来传是合会,看他偏说恐好别离,便将仙灵眷属与下界雌雄,早已分圣分凡,即离俱失。三四一气翻跌而下,言不然则胡为而必取于七夕哉! 五,写黄姑之急;六,写织女之憨。看他漏移、云接,真是用字如画。七八一意切责迟者,犹言费尽中间周旋,自反故弄多巧,天下真有此机变女郎,使人不可奈矣!(贯华堂选批唐才子诗)

【朱彝尊曰】语轻而带谑,又是一格。

【贺裳曰】温、李俱有七夕诗，李曰“清漏渐移相望久，微云未接过来迟”，温曰“苏小横塘通桂楫，未应清浅隔牵牛”，皆妙于以荒唐事说得十分真实。（载酒园诗话又编）

【何曰】起便翻新出奇。（读书记。以下皆辑评朱批。）辛未为宣宗大中五年，此刺诗也。又曰：总是迷离惝恍不信之意。首二句疑之也。三四言理。五六言事。结更作一意。又曰：玉度云：题熟极矣，乃用翻案，一翻伤别，一翻乞巧。起得超忽。

【胡以梅曰】七夕牛女之会本属荒唐，此诗皆疑问翻案，不犯实位。手眼既高，而所用皆本地风光，又非空撑议论，故为灵妙。起言恐是仙家好别离，故一年方作一会之远耶？从来上天万古长春，岂要秋风秋露之时乎？所以一任清漏渐移，望之既久，而俗传织女过河必有微云，乃竟微云不接，欲其过来不胜其迟，是从来未见其相会矣。况且既云乌鹊填河以渡，何不思酬乌鹊，反爱蜘蛛，而下略愚凡，乞巧于蛛丝哉！

【赵臣瑗曰】诗贵翻案，翻案始能出奇。双星故事，从来只是贪于会合，此却疑其欢喜别离。夫既欢喜别离，又何故更设佳期？此真仙家情事，非凡夫之所得而与闻矣。三四一气旋折而下，犹云所以渡河之举，每年但是秋来一度也。下半换笔，一句表郎君急促，衷情如见，一句状女子娇憨，性度如见，传神写照，俱在阿堵间也。尤妙在结处，不嗤点郎君急促，偏责备女子娇憨。吾意正复尔尔。○“清漏”二句旁批：何减汉武帝李夫人一歌。

【陆曰】牛女渡河，本属会合；此言别离，乃诗家翻案法。然又硬派不得，故自首迄尾皆作疑而问之之辞。首言佳期迢递，谁实使然？恐是仙家好别离之故耳。下作反语紧接云：不然而何以会合必俟此时乎？且一年中惟此一度，则今夕何夕，而迟迟我行，不顾人相望之久耶？又人间乞巧，何与己事，而故为稽留，阻我良会，是仙家诚好别离也。

【徐德泓曰】前四句，用八虚字冠首，翻跌层折而下，是为诗家别开一生面者，结未免弩末矣。

【姚曰】此言遇合之不可苟也。恶离而好合者，人之常情，而相会必于七夕者何故？盖碧落银河之畔，而又值金风玉露之时，天清地朗，非同私期密约、朦胧苟安之时。且此一夕中，相望相接，多少徘徊，多少矜慎！纵有乌鹊填桥，原非邪径；俗下纷纷，至有蜘蛛乞巧之事，真是以虫蚁之心，度仙真之腹而已。此诗亦从老杜牵牛织女篇出。

【程曰】七夕诗多矣，不过泛咏牛女之事，义山系之以年，一辛未七夕，七（疑是"二"字）壬申七夕，则作诗必有时事。考辛未为大中五年，义山在徐州，为卢弘正书记，时令狐绹当国，传所谓"屡启陈情，绹竟不省"者，当在是时，故有"清漏渐移相望久，微云未接过来迟"之句，以为相望徒殷，引接渺然也。末句则又转而责望于卢弘正，谓己为从事，不啻乌鹊填河之劳，为府主者，岂能无意酬其辛勤而荐达于君上，遂令尘埃下士，惟乞巧于天边耶？责望弘正，正益以怨绹也。

【屈曰】人间离别，自非得已；仙家飞行如意，无乃好此一年一度而然，故必待清秋时也？今更深望久，来过何迟，不酬乌鹊之成桥，惟与蜘蛛之巧丝，不可解也。全篇皆不然之意。题有辛未字，必非无为而作。

【纪曰】首四句作问之之辞，后四句即与就事论事，又逼入一层问之。超忽跌宕，不可方物。只是命意高则下笔得势耳。

（诗说）惟其望久来迟，故幸得渡河，当酬乌鹊，此二句起下二句，非叙事也。或误以为铺叙七夕，故有末二句另化一意之说。（辑评）

【冯曰】填桥之功最多，岂得反厚于蜘蛛耶？时在徐幕，必有借慨。

【张曰】此篇盖初补太学博士喜令狐意渐转圜而作。首二句反言之，实则深喜之。“清漏”句言子直旧好将合。“微云”句言属望尚未满足。“岂能”二句则言博士一除，岂可不感激子直，而无如所得仅此，岂非仙家故教迢递，以作将来之佳期哉？用意极为深曲。然不详考其本事，固不能领其妙趣耳。（辨正。会笺略同。）

【黄侃曰】此篇纯以气势取胜。首二句作疑词；三四申言致疑之理；五六句与首句“好”字、次句“故”字相应；七八句言佳会果难，则当酬鹊桥之力，今但与蜘蛛以巧，是知佳期之稀，本缘仙意，仍与首二句相应。用意之高，制格之密，即玉溪集中，亦罕见其比也。（李义山诗偶评）

【汪辟疆曰】义山于大中五年春徐州府罢还朝，复以文章干绹，绹意稍解，为补太学博士，此乃绹之情不可恝，非美迁也。本篇题为辛未七夕，当作于是年。○此当为大中五年补太学博士后借七夕寄意之诗也。是年绹意既稍解，而博士亦非美迁，义山于感激之馀，仍难副其厚望，细玩诗意，从可知矣！张遁庵曰：首二句反言之，实则深喜之。清漏句，旧好将合。微云句，属望尚奢。岂能二句，言博士一除，我岂不感激厚恩，而无如所得仅此。或者仙家故教迢递，以作将来之佳期未可知也。用意极为深曲，然不详考本事，固难领其妙。此释得之。至本篇结构，首四句，为设问之辞。后四句，即就事论事，又逼入一层问之。超忽跌宕不可方物，命意高则下笔得势耳。惟其望久来迟，故幸得渡河，当酬乌鹊，此二句是起下二句地方，非但叙事也。或误以为铺叙七夕，故有末二句另化一意之说，失之。此河间纪氏说，可为读此诗者进一解。（玉溪诗笺举例）

【杨柳曰】就蜀辟而未成行前作，时妻固健在也。起联谓又将与妻子分手，天各一方，佳期迢递。“由来”两句以后会有期相慰藉。“清漏”两句谓蜀辟期待已久，奏署何迟！义山不甘博士闲职，不愿居朝与牛党周旋，惟求早日外调，情见乎辞。“岂能”两句言记室之位尚未副我望。义山前此桂游已任支使，且一度守昭平，徐幕亦充判官，得侍御；今为记室，反不如前，是则不慊于怀者也。（李商隐评传）

【按】通篇均写对“仙家好别离”疑问不解之意。前四句一意贯串，谓牛女一年仅一度相会，恐是仙家特好别离，而故为此迢递之佳期也。否则，碧落银河之畔，正良会之所，何必待金风玉露之七夕方始相会乎？五六乃进而描绘佳期相会之迟迟：清漏渐移，伫望应久；而微云相接，渡河尚迟。言外见即此一夕良会，仙家似亦不甚重视也。尾联更进一层，言既相会矣，理应酬谢填河之乌鹊，何以从不闻有酬乌鹊之事，而惟传织女予蜘蛛以巧丝哉？此亦正见仙家之不重相会而“好别离”也。对“仙家好别离”之疑问不解、不以为然，正缘诗人自身之“怨别离”。义山平生驱驰南北，远幕依人，与妻长离，颇似牛女之迢递佳期；今则王氏已逝，值此“辛未七夕”，欲求为牛女之一年一度亦不可复得。此种遭遇处境，正产生上述疑问、不然心理之基础。要之，透过此种心理，正可见平生与妻长别、而今永别之诗人深刻之悲哀。单纯作翻案诗读，不免有负作者之苦心。

崇让宅东亭醉后沔然有作〔一〕

曲岸风雷罢〔二〕，东亭霁日凉。新秋仍酒困①，幽兴暂江乡〔三〕。摇落真何遽，交亲或未亡②〔四〕。一帆彭蠡月，数雁塞门霜〔五〕。俗态虽多累，仙标发近狂〔六〕。声名佳句在，身世玉琴张〔七〕。万古山空碧，无人鬓免黄〔八〕。骅骝忧老大，鶗鴂妒芬芳〔九〕。密竹沉虚籁，孤莲泊晚香③〔一〇〕。如何此幽胜，淹卧剧清漳〔一一〕？

校　记

①“酒困”，季抄、朱本一作“困病”。

②“亡”，钱本、朱本作“忘”，非，详笺注。

③“泊”，蒋本、姜本、戊签作“泪”。

集　注

〔一〕戊签题下注：“韦氏述征记：洛阳崇让坊有河阳节度使王茂元宅。”

〔二〕【补】曲岸：指宅内回塘之曲岸。七月二十九日崇让宅讌作：“风过回塘万竹悲。”

〔三〕【朱彝尊曰】（新秋句）醉后。（幽兴句）自此而沔也。【纪曰】言暂似江乡也，语殊未稳。【按】仍，且。暂，忽也，便也。暂江乡，言雨后新晴，东亭曲岸，景物清幽，赏玩之间，觉其忽如江乡也。江乡，指南方多水之地，犹云江南。杜甫诗："恨别满江乡。"

〔四〕【冯注】楚词九辩："悲哉秋之为气也，萧瑟兮草木摇落而变衰。"【何曰】似指茂元。（辑评）【按】何说非。此以草木摇落喻己之身世遭遇不偶。遽：急疾、突然。交亲：犹言亲友。二句谓己之身世凋零何其急速，然亲故或尚有未亡故者。此"亡"字与上句"摇落"相对，上句言己，下句言交亲。樊南文集补编梓州道兴观碑铭："予也五郡知名，三河负气……谢文学之官之日，歧路东西：陆平原壮室（当作强仕）之年，交亲零落。"（陆机叹逝赋序："余年方四十，而懿亲戚属，亡多存寡；昵交密友，亦不半在。"）"交亲或未亡"，即陆赋所谓："懿亲戚属，亡多存寡；昵交密友，亦不半在。"骆宾王与博昌父老书："自解携襟袖，一十五年，交臂存亡，亦不半在。"同用陆赋，亦作"亡"而不作"忘"。

〔五〕【冯注】禹贡："扬州，彭蠡既潴，阳鸟攸居。"孔传曰："彭蠡，泽名。随阳之鸟，鸿雁之属，冬居此泽。"陆氏释文："张勃吴录云：今名洞庭湖。"按：今在九江郡界。正义曰："是江汉合处。"荆州记："宫庭湖即彭蠡泽也。"按：余初以义山至潭州必渡洞庭，疑其却用吴录之说。今以江路往来，或果经彭蠡，不可妄断。通典曰："彭蠡在江州浔阳郡之东南，九江在郡西北。"【按】彭蠡与下"塞门"，不过泛指南北，不必泥。"一帆彭蠡月"，犹献河东公启所谓"契阔湖岭，凄凉路歧"，指其南游湖湘桂管之经历。赠送前刘五经映三十四韵有"雁下秦云黑，蝉休陇叶黄"之句，则泾州亦可称塞门。

〔六〕【冯注】汉书："梅福，九江寿春人也，为郡文学，补南昌尉，后去官归寿春。至元始中，福一朝弃妻子，去九江，至今传以为仙。其后有人见福于会稽者,变姓名为吴市门卒云”。北史儒林王孝籍传:“谢相如之病,无官可以免;发梅福之狂,非仙所能避。”按:梅福之狂,指福上言变事辄报罢。成帝时,王氏浸盛,复上书讥切,终不见纳。【按】仙标:仙家标格。二句谓己虽未免为世俗之态所累,然仙家标格风范终在,每发狂态如昔之梅福也。

〔七〕【朱彝尊曰】改弦更张,言欲隐也。义山多有此句。【冯注】汉书:“董仲舒曰:‘譬之琴瑟,不调甚者,必取而更张之,乃可鼓也。’”【王鸣盛曰】京华无遇合,故欲改弦更张,向东南别寻道路,写出被摈不遇,故云“骅骝忧老大,鶗鴂妒芬芳。”【按】“身世玉琴张”,言身世不偶,屡经变幻,如琴瑟之不调而屡加更张,与“改弦易辙”无涉。

〔八〕【朱彝尊曰】无人酬应,庶几鬓免于黄。【按】二句即自然长在而人生易老之意,朱彝尊解非。

〔九〕【冯注】魏武诗:“老骥伏枥,志在千里。烈士暮年,壮心不已。”离骚:“恐鹈鴂之先鸣兮,使百草为之不芳。”王逸曰:“常以春分鸣也。音题决。”汉书扬雄反离骚:“作鷤䳏。”师古曰:“䳏,鴂字也,一名子规,常以立夏鸣,鸣则众芳皆歇。鷤,音大系反;䳏,音桂。鷤字或作鶗,亦音题决。”广韵:“鶗鴂春分鸣,则众芳生;秋分鸣,则众芳歇。”【按】二句谓己虽有千里之志,然骅骝老大,遭逢不偶,何况屡遭鶗鴂辈之嫉妒乎?【吴乔曰】意有所指。

〔一〇〕【朱注】按韦氏述征记:“崇让坊出大竹及桃。”故此有密竹之句。又七月二十九日崇让宅宴诗:“风过寒塘万竹悲。”【朱彝尊曰】宅东亭。【按】籁,指自孔穴中发出之声音。风起,密竹摇曳而发细声,故曰虚籁;风雷既罢,而竹不复摇曳作声，故曰“沉虚籁”。二句谓风雷既罢，竹林响沉，而孤莲香驻，故下云“幽胜”。泊，停驻。谓孤莲犹驻馀香也。作“泪”亦通。【冯曰】曰“沉”、曰“泊”，皆因风雷初罢。

〔一一〕【冯注】刘桢诗：“余婴沉痼疾，窜身清漳滨。”【何注】言比刘桢之窜身清漳尤甚也。（辑评）

笺　评

【朱彝尊曰】意曲而达，语丽而陡，独有千古。又批末联曰：此可隐之地，如何不可得而隐。（按此笺误，参注十一引何说。）

【杨守智曰】“摇落”二句：“交亲或未忘”，冀望之词。磊落之英，不免累俗。“沉”“泊”二字，体物静细，从老杜得来。

【姚曰】起四句叙题。“摇落”四句，叙驱驰南北。“俗态”四句，聊以自慰。“万古”四句，不觉自伤。末四句，言不如一花一竹之自得其趣也。

【屈曰】一段东亭醉后。二段睹摇落而怀南北之交亲。三段时无知音。四段白首无成。五段卧病崇让宅也。

【程曰】此篇亦王茂元卒后义山重过其宅也。诗中“摇落真何遽，交亲或未忘”，乃自谓。下有“一帆彭蠡月”，似将从郑亚南行之时。“数雁塞门霜”，似回忆太原家居之地。下云“俗态虽多累”，承家事而言，“仙标发近狂”，承从事而言。以下自“声名佳句在”（至）“鶗鴂妒芬芳”，乃慨己之所从，如王如郑，皆令狐氏所不喜。自“密竹”至末，则就现在东亭之景事以为结也。

【冯曰】集中江乡之游，一为开成五年辞尉任南游，一为大中二年归自桂管，途经江汉，皆详年谱。此章当属开成五年。

四句“幽兴暂江乡”，言将暂诣江乡，与“异县期回雁”同为预拟之词。“摇落”句谓罢官，慨入官未久，已遭失意。“交亲”句谓所亲或未忘我，将往依之。“一帆”二句预拟江乡之程。“俗态”四句言尉乃俗吏耳，以活狱忤上官，何其狂也！唐人每云“仙尉”矣。声名佳句，虚说亦可，或即指献州刺史之篇。去职他游，犹之不调更张，且将寄人幕中，与仕于京朝判然矣。“万古”四句，言高隐未能，徒畏迟暮。末四句应转首联，以物态之摧抑比己之志不得舒，因疾羁留也……若属大中二、三年作，则“摇落”句谓郑亚遽贬，“交亲”句及下联谓更至江乡访旧求遇也。仙标近狂，谓选尉盩厔，地多仙迹，近京师也。以下皆抚身世而感叹之，解亦可通，但细迹总属难详也，他篇少可互证，且其时意绪无聊，与此之傲兀激昂又有不同，故酌移数过而附编于此（按指开成五年）。

【纪曰】“一帆”二句最佳，“骅骝”二句亦可观，馀殊平浅。“幽兴”句、“淹卧”句俱牵强。（诗说）“仙标”句亦粗犷。“鬓免黄”三字不疋（张氏辨正引作“雅”），不得以黄发字藉口。（辑评）

【张曰】此为义山将游江乡所作。“暂江乡”言将暂诣江乡，故下以“交亲或未忘”接之，皆是虚拟之词。若如纪氏说“暂似江乡”，则下句语脉不贯矣。“仙标”句义山现任弘农尉。仙尉常用之典，自负语，无所谓粗犷也。“鬓免黄”谓黄尘点鬓，盖言仆仆道途，无人能免，聊为失意出游解嘲耳。纪氏误以黄发解之，缪以千里，诗味亦索然矣。反据以议古人，何耶？○“无人”句盖言迟暮之悲，无人能免，故即以“骅骝”二句承之。余初稿解作黄尘点鬓，似与后联不贯。

（辨正）又曰：此义山移家关中归途所赋。"新秋"点景。"暂江乡"言将暂诣江乡也。"摇落真何遽"，谓辞尉从调。"交亲或未忘"，谓令狐辈交谊未乖。"一帆彭蠡"、"数雁塞门"，虚拟江南风景。"仙标"以仙尉自比。"万古"二句言迟暮之悲，无人能免，聊为失意出游作解嘲耳。述征记："崇让坊出大竹及桃。""密竹"二句写地。结则谓如此幽胜而不能淹卧，仆仆道途，又何为哉？冯氏不知移家在是年，而此诗遂不能定编，疏矣。（会笺）

【按】此诗亦冯、张"江乡之游"立说之一据，而其全部根据不过"幽兴暂江乡"一语。"暂"训"暂诣"显系添字为解，且上文方云"霁凉"、"酒困"，何以突接以诣江乡之事？纪训为"暂似江乡"，虽未尽确，然较之"暂诣"则远胜。尤可为此诗不作于开成五年秋之力证者，为"摇落真何遽，交亲或未亡"二语。义山一生遭逢不偶，然诗中以"摇落"慨己之遭遇者，殆始于桂幕罢归前后。归途滞留夔峡时，有以摇落为题者（详摇落诗笺）。此诗一再谓"身世玉琴张"、"骅骝忧老大"、"无人鬓免黄"，显为后期口吻。"交亲或未亡"暗用陆机叹逝赋"余年方四十，而懿亲戚属，亡多存寡；昵交密友，亦不半在"。大中五年，义山正四十岁，其妻王氏于暮春去世，其他亲交，亦大都先后去世。故有"摇落真何遽，交亲或未亡"之语。故此诗绝非开成五年所作，而系大中五年初秋所作。末联"如何此幽胜，淹卧剧清漳"，与梓幕期间所作之夜饮（"谁能辞酩酊，淹卧剧清漳"）、病中闻河东公乐营置酒口占寄上（"可怜漳浦卧，愁绪乱如麻"）等诗语意多雷同，亦可为此诗作于后期一证。

诗之况味与临发崇让宅紫薇相近，当为同时期作品。义山五排，如前期之有感二首，沉郁顿挫，长于议论，纯乎学杜。后则于学杜之同时，稍加流丽彩绘，成自己面目，如大卤平后移家到永乐县居即其显例。本篇朱彝尊评为"意曲而达，语丽而陡"，亦属此种类型。

七月二十八日夜与王郑二秀才听雨后梦作①

初梦龙宫宝焰燃〔一〕，瑞霞明丽满晴天。旋成醉倚蓬莱树〔二〕，有箇仙人拍我肩〔三〕。少顷远闻吹细管②〔四〕，闻声不见隔飞烟。逡巡又过潇湘雨〔五〕，雨打湘灵五十弦。瞥见冯夷殊怅望〔六〕，鲛绡休卖海为田〔七〕。亦逢毛女无憀极〔八〕，龙伯擎将华岳莲〔九〕。恍惚无倪明又暗〔一〇〕，低迷不已断还连〔一一〕。觉来正是平阶雨，独背寒灯枕手眠③〔一二〕。

校　记

①"后梦"，姜本、朱本作"梦后"。

②"管"原作"笛"，一作"管"，据蒋本、悟抄、席本、戊签、影宋抄、朱本改。

③"独"原一作"未"。蒋本、姜本、影宋抄、钱本、席本作"未"。冯校作"未"。详笺。

集　注

〔一〕【冯注】梁四公记："震泽洞庭山南有洞穴，中有龙宫。梁武帝问杰公，公曰：'此东海龙王第七女，掌龙王珠藏。'"按：龙宫百宝所聚，不拘一处。【按】宝焰燃，谓珠宝光彩夺目，如火焰之燃烧。

〔二〕【程注】贾至诗："岂无蓬莱树，岁晏空苍苍。"

〔三〕【朱注】郭璞诗："右拍洪崖肩。"【冯注】方言："箇，枚也。"集韵："亦作'个'，俗作'箇'。"

〔四〕【程注】庾信诗："细管调歌曲。"

〔五〕【朱注】打，都领切，又都历切。楚词："使湘灵鼓瑟兮。"【补】逡巡，顷刻。与上"少顷"为对举之互文，义亦同。韩湘言志诗："解造逡巡酒，能开顷刻花。"亦以逡巡、顷刻对举互文。参张相诗词曲语辞汇释。

〔六〕【朱注】搜神记："冯夷，潼乡提首人，八月上庚日死，上帝署为河伯。"【冯注】山海经海内北经："从极之渊，冰夷都焉，人面，乘两龙。"注曰："冰夷，冯夸也，即河伯也。"按：诸书言冯夷，怪诡不一，而圣贤冢墓记曰："冯夷者，弘农华阴潼乡堤首里人，服八石得水仙而为河伯。"似为此所取义。又，竹书纪年："夏帝芬十六年，洛伯用与河伯冯夷斗。"按：竹书注有"殷上甲微假师于河伯，以伐有易，灭之。"则河伯似国号，岂后人谓之河神耶？竹书固不足信。

〔七〕【冯注】见送从翁东川与海上。此暗寓悲泣之情，更张之局。

〔八〕【朱注】列仙传："毛女，字玉姜，在华阴山中，形体生毛，自言始皇宫人。秦亡入山，道士教食松叶，遂不饥寒。"韵会："憀，悲恨也。"按唐人用无憀，皆与无聊同。通鉴注："无憀，无聊赖也，其义未详。"【按】无聊、无憀、无聊赖，均有精神空虚，无所依托之义。

〔九〕【朱注】河图玉版："昆仑以北九万里，龙伯国人长三十丈，万八千岁。"【冯注】"龙伯"顶上"冯夷"，"岳莲"顶上"毛女”。【程注】韩愈诗:“太华峰头玉井莲。”

〔一〇〕【程注】崔国辅诗:“挥手入无倪。”【冯注】老子:“惟恍惟惚。”

〔一一〕【冯注】嵇康养生论:“夜半而坐,则低迷思寝。”二句摹梦态极精。

〔一二〕【朱彝尊曰】独背寒灯,则二秀才已去矣。此亦点题衬题之法。【冯曰】通首不及二秀才,盖本与友人叙事诉怀,却讳之于言外,而托为听雨忽梦之作,时固未解衣而寝也。或谓独背寒灯,则二秀才已去,乃不点题而衬题之法,不知听雨平阶,固未尝有去者,是为误会耳。【按】冯说迂曲。题明言“听雨后梦作”,当是与王、郑二秀才共听雨而后入梦,梦觉时雨仍潇潇,积水平阶,寒灯荧荧,几不知己之曾入梦矣。梦前听雨情景,诗中未及,故通首不及二秀才;入梦时王、郑已去,故云“独背寒灯枕手眠”。

笺　评

【朱彝尊曰】律诗而无对偶,古诗而叶今调,此格仅见。

【钱良择曰】唐人律诗往往有通篇无对仗者,或以此诗为金针格,亦误信宋伪书也。“初梦”、“旋成”、“少顷”、“逡巡”、“瞥见”、“亦逢”、“恍惚”、“低迷”,皆以虚字写梦中境。“独背寒灯”,则二秀才已去矣。此不点题而衬题之法。(唐音审体。末条与朱彝尊评略同。)

【汪师韩曰】唐人五言四韵之律多不对者,七言无之,乃有七言长律而不对者,如李义山七月二十八日夜与王郑二秀才听雨后梦作(略)。此诗调谐响协,若编入古体,则凡笔力孱弱者皆得援以藉口矣,故断其为长律而无疑也。至冯钝

吟谓义山有转韵律诗,此乃指偶成转韵一篇,特古诗之调平而似律者耳。(诗学纂闻)

【何曰】述梦即所以自寓。"梦龙宫"谓校书而为尉。三四则应河阳之辟因得婚处也。以下四句谓从此沉沦使府,上下失叙。"瞥见"四句则钩党刺促、陵谷变迁也。○诗是七古而声调合律,仅见此篇。○"少顷"四句:下管当在后,乃反以吹嘘获先升歌堂上;博附琴瑟,乃飘摇风雨,常居人后。○"瞥见"句:深谷为陵。○"亦逢"句:高岸为谷。(以上均见辑评。)

【陆鸣皋曰】写得迷离恍惚,宛然梦境,一气嘘成,随手起灭,太白得意笔也。

【姚曰】六句,况人间得意事。六句,况人间失意事。末四句,况得意失意同归于尽也。托意与少陵渼陂行略同。

【屈曰】一段仙会甚明。二段云雨分明。三段又换一境。四段上二句结梦,下二句以阶雨结梦雨。不惟梦中仙人冯夷、毛女、龙伯不见,并二秀才亦去也。

【程曰】此盖追忆王茂元以归于悼亡也。起二语谓己之文章如龙宫宝藏之云蒸霞起。次二语谓时以拔萃科成名,受知于王茂元,不啻身游蓬岛而遇仙人。次二语谓茂元初卒,如仙人之鸾车凤管,邈然远去,竟隔烟雾。次二语谓己之伉俪亦亡,如湘江帝子之鼓瑟,为风雨摧折而弦断矣。次二语谓己因茂元遂遭雠怨,如冯夷之死为河伯,致有沧海之变幻。次二语谓己失偶无聊,又为执国柄者不容,如毛女之当前,无心眷顾,欲攀莲岳,而有力者又独擎之。次二语谓己之心情恍惚无倪,莫知其所凭藉;低迷不已,难忘其旧恩。结二语则极写其羁孤之情景,而致叹于悼亡矣。通篇首尾以

"梦"、"觉"二字照应,盖寓言半生如梦似幻也。本集又有七月二十九日崇让宅诗,崇让宅为王茂元居。参合两诗,则二十八、二十九两日必有一为悼亡之日无疑。

【冯曰】假梦境之变幻,喻身世之遭逢也。首二句比宫阙之美富。三四比为秘省清资,仙人指注拟之天官,必非犹谓座主也。五六比外斥为尉,尚得闻京华消息,而地已隔矣。七八指湘中之游。九似以冯夷比杨嗣复,取弘农华阴之居也。十喻又有变更,我无所依,犹海上绝句之叹瓮海也。十一二谓得见意中之人,而终不可攀("亦逢"句下笺云:此即似他诗所谓"湘川相识"也。"龙伯"句下笺云:谓所思者仍为贵人据之也。龙伯而擎岳莲,失山水之性矣)。十三十四虚写总结,其必作于湖湘归后审矣。或谓仙人指令狐绹,毛女指茂元女,细玩不符。河伯之解,余亦自嫌太凿,然义山用事隐僻,却似得之。此笺未必句句贴合,而大意不误也。诗系古体,古体原有似律者,观初唐人集便晓,毋庸故为高论。

【纪曰】通首合律,无复古诗音节,即就诗论诗,亦多不成语。且题曰王郑二秀才而结曰"独背寒灯"亦殊疏漏也。(诗说)语意尤凡猥。杜秋诗、桐叶诗亦是此格,意必当时有此别体,然究不可训,故后人罕为之。(辑评)

【张曰】"龙宫"以比禁近。"初梦"二句,言少年视禁近无难立致。"瑞霞明丽",状台阁尊贵之景。"旋成"二句,言登第无端又婚于王氏也。"蓬莱"比登第,"仙人拍肩"喻王氏之婚。"少顷"二句,谓方欲致身通显,不意令狐遽因以疏我,而茂元辈又不足恃也。"逡巡"二句言又从嗣复湖湘。"雨打湘灵",比贬窜也。"瞥见"二句,以冯夷喻嗣复。圣贤墓冢记:"冯夷,弘农华阴潼乡堤首里人。"此取其意。鲛绡、桑海，谓人事反复难料也。"亦逢"二句，又以毛女比令狐子直。"无憀极"，谓遇我冷落。龙伯、华莲，暗指居周墀幕事。"恍惚"二句，状己一生遇合颠倒，然后结以梦醒作收。此是一篇大旨，冯氏已见及此，惟句下所释未洽，今为通之。（会笺。系会昌元年。）又曰：冯夷似比李回。殊怅望，言其遭贬失意也。"鲛绡"句写党局反复。毛女，始比令狐耳。○"潇湘"句比桂管、湖南失意之事。"瞥见"下皆比令狐交谊之乖。令狐，华原人，故以华岳莲借喻。○唐人古诗，往往有似律者，观初唐集自见，但后人仿效者少耳。何至不可为训哉！○此诗本事未详，语太迷幻，故阅者不见其佳处。惟桐乡冯氏谓自叙生平，似为得之。（辨正）

【钱锺书曰】李义山自开生面，兼擅临摹；少陵、昌黎、下贤、昌谷无所不学，学无不似，近体亦往往别出心裁。七月二十八日夜听雨梦后通篇不对，始创七律散体，用汪韩门诗学纂闻说。题白石莲华寄楚公、赠司勋杜十三员外前半首亦用散体。（谈艺录）又曰：七言排律散体昉于义山此篇；牧之题桐叶惟四韵散体，馀八韵皆偶体也。继响极尠，余祇见祝止堂德邻悦亲楼集卷二十九纪梦仿义山体寄宁圃，平景孙霞外捃屑卷八下尝嗤李、祝此两篇为"绝好弹词"。止堂诗九韵，溢出义山原诗一韵；原诗有对偶一联："恍惚无倪明又暗，低迷不已断还连"，仿作步趋之："恍惚疑逢终是别，迷离欲往又仍还。"（谈艺录补订）

【按】诸家笺解，大抵不出两途：一曰借梦境寓身世，一曰借梦境寓艳情。此篇所梦见者，拍肩之仙人、冯夷、龙伯，例皆男仙（惟毛女为女仙，然"形体生毛"，毋宁不雅乎），与他诗之以女仙喻女冠者迥异，故写艳遇之说显非。自寓身世之说似较可信,然冯、张二氏先入为主,强诗就己,必将此诗系于所谓江乡之游归后,遂附会杨嗣复、湘川相识之意中人、周墀等人事以释之,转使梦境愈加扑朔迷离。持此说者,惟程氏较为合理。

"恍惚迷离明又暗,低迷不已断还连",作者已自言其梦境之断续迷离矣。欲求诗意,须先明了梦境之若干断片。自"初梦"至"龙伯"句,十二句中包含六断片。"初梦"二句,写龙宫见宝,"逡巡"二句,写蓬莱遇仙。以上四句,均极惬意称心境界。"少顷"二句,写隔飞烟而闻细管,"逡巡"二句,写听夜雨而打湘弦。以上四句,均写梦中闻乐,恍惚迷离,可闻而不可见。"瞥见"二句,写冯夷怅望,鲛绡休卖,沧海为田;"亦逢"二句,写毛女意绪无憀,华岳之莲为龙伯所取。以上四句,所梦见者皆不如意事。六断片实含三种境界:一得意惬心境界;二可闻而不可即境界;三失意怅惘境界。三种境界,或即作者生平所历三阶段之曲折反映。若以梦境看,则梦本恍惚,仅可得其大体。若从诗境产生之心理基础看,则诗中表现者,当为种种感情活动之模糊与变形,读者据其所展现之意象,可大致领受诗人所表现之思想、心境或意绪,然切不可坐实孰为龙宫、蓬莱,孰为仙人、冯夷、毛女、龙伯,致使穿凿支离,反掩盖作者所表达之情思。此三种境界,第一、三两境均不难意会,唯第二境较难捉摸。细绎之,似"少顷"二句为心向往之而不能即之境界,或即政治上有所追求而难以企及境况之反映;而"逡巡"二句,则似政治上遭受打击之象征,回中牡丹为雨所败"锦瑟惊弦破梦频"句可参证。

七月二十九日崇让宅宴作当与此诗同时同地之作。该诗作于悼亡后，诗有“悠扬归梦惟灯见，濩落生涯独酒知”之句，亦可证此诗所叙梦境，实即作者之“濩落生涯”，而其时间断限则在悼亡之后。

七月二十九日崇让宅讌作〔一〕

露如微霰下前池，风过回塘万竹悲①〔二〕。浮世本来多聚散，红蕖何事亦离披〔三〕？悠扬归梦唯灯见，濩落生涯独酒知〔四〕。岂到白头长只尔？嵩阳松雪有心期〔五〕。

校　记

①“风”，各本均作“月”。季抄一作“风”。【朱曰】西溪丛语作“风”。【何曰】二十九日安得有月耶？（读书记）【纪曰】“风”字尤与“悲”字相生。按：作“风”是。据季抄一作改。

集　注

〔一〕【朱注】宣室志：“崇让里在东都。”西溪丛语：“洛阳崇让坊有河阳节度使王茂元宅。”

〔二〕【程注】谢惠连雪赋：“俄而微霰零，密雪下。”南都赋：“于是日将逮昏，乐者未荒。收驩命驾，分背回塘。”梁简文帝诗：“回塘绕碧莎。”【何注】月赋：“凉夜自凄，风篁成韵。”【按】回塘，曲折回绕之池塘。西溪丛语引韦氏述征记：“崇让宅出大竹及桃。”二句写崇让宅初秋夜景：前池露冷，回塘风寒，万竹皆发萧瑟之悲声。

〔三〕【程注】杜甫诗：“人生在世间，聚散亦移时。”阮籍大人先生传:“逍遥浮世。”【朱彝尊曰】情深于言,义山所独。(冯注引作钱评。)【按】红蕖,红荷。离披,萎靡分散貌,此处状红蕖散落凋零。程氏谓“用‘颜如蕣华’之义”,甚是。二句谓人生飘忽不定,本多聚散离合,自然界之红蕖,何事亦离披散落哉!语似惊红蕖之散落,实深悲人世之聚散。

〔四〕【程注】庄子:“惠子谓庄子曰:‘魏王遗我大瓠之种,我树之成而实五石。以盛水浆,其坚不能自举也。剖之以为瓢,则瓠落无所容。非不呺然大也,吾为其无用而掊之。’”【按】悠扬,飘忽不定。钱起送钟评事:“世事悠扬春梦里。”濩落、瓠落,皆空廓无用、大而无当之义。杜甫赴奉先咏怀:“居然成濩落。”濩落生涯,指遇合不偶、无所成就。诗人由眼前宴席之灯、酒引发对落寞飘蓬身世之联想,故有此二句。“归梦”指异日之归梦。

〔五〕【姚注】述征记:“嵩山东曰太室,西曰少室,相去十七里,嵩其总名。”【何曰】(二句)犹言“庶几有时衰,庄缶犹可击。”(读书记)【按】嵩阳松雪,系隐逸之士高标风操之象征。二句谓己岂能白首长伤孤孑濩落,嵩阳松雪,早有心期,终当遂此初愿。

笺 评

【金圣叹曰】此七月二十九日,定是小尽,不然,则发言亦未必有如是之悲也。盖霰下池,风过塘,此已是夜色向阑之候也。回思日间开宴,群贤毕至,众使咸作,酒曾几行,烛曾几跋,而马嘶客起,鸦叫树间,遂复如是。于是自不能解,而反怪红蕖,花神有灵,不更失笑耶?唯灯见者,正作梦时,旁无一人，独有灯照也。独酒知者，愁在胸中，酒常入来，与之亲处故也。此二句，即七之所谓“只尔”也。岂到白头，妙，妙。言频年更无处分，宛有白头之势，今特地自明，我自有千丈松、三尺雪于嵩山之阳，更有成算，不至孟浪一生也。

【何曰】前半自是变体。（读书记）

【赵臣瑗曰】露下池是记夜之深也，观“如霰”可知。风过塘是记风之烈也，观“竹悲”字可知。竹有何悲？以我之悲心遇之，而如见其悲。华筵既收，嘉宾尽去，触景伤情，不胜惆怅。浮世之聚散，红蕖之离披，其理一也。今乃故作低昂之笔，以聚散为固然，离披为意外，何为者乎？此盖先生托喻以悼王夫人耳。以上四句写一夕之事。下再总写平日，归梦曰悠扬，妙，恍恍忽忽，了无住着也。生涯曰濩落，妙，栖栖皇皇，一无成就也。唯灯见、独酒知，言更无一人，焉识我此中况味矣。七一顿，八一宕，目今况味虽只尔尔，抑嵩阳松雪，别有心期，其何敢长负岁寒之盟乎？

【陆曰】此义山悼亡后，重来茂元旧宅而作也。时当秋夜，露冷月寒，睹此草木变衰，而叹人生聚散本来如此，非造物者之得私其间也。悠扬归梦，惟灯见之；濩落生涯，惟酒知之，言形单影只，而亲卿爱卿之人，不可复作也。

【陆鸣皋曰】前半言秋深而物瘁。“浮世”句虚，“红蕖”句实。后则写胸中之愁，而不自信其终于寥落也。

【姚曰】此叹浮沉从俗之无已时也。露下月明，正人世悲秋之际，独怪浮世有情，所以常悲聚散，红蕖何事，亦从此日离披？总之有情无情都在造化炉冶中耳。惟是归梦悠扬，常傍灯而明灭；生涯濩落，每遇酒而苍茫。毕竟此梦此生，作何归宿？白头转眄，竟与草木同腐耳。嵩阳松雪，岂不笑人也耶？

【屈曰】一二是日之景。三四睹红蕖之离披，感人生之聚散。五六宴时之情。结欲归隐也。

【程曰】上卷有七月二十八日夜与王郑二秀才听雨后梦作七古一首，叙见知于王茂元而归结悼亡之意。此诗仅后一日，其所言亦复凄惋情深。窃意以为七月二十八、九为义山悼亡之日，故题皆著其时日，而词气又皆因茂元以及其妻也。起二句露如霰下，月过竹边，写七月时景；前池、回塘，则点崇让宅。三句用生浮死休之义，言宅如故而茂元已不在矣。四句用"颜如蕣华"之义，言茂元去而妻亦亡矣。五句顶妻亡而言其独居于室者寤寐求之之难。六句顶茂元死而言其见弃于世，有瓠落无用之感。七句总承中四句，叹其冉冉老矣，安能郁郁久居此乎？八句言嵩山在望，松雪怡情，盖不得已将为嵩栖谷隐之流矣。

【冯曰】此在崇让宅宴别，而下半全从闺中着笔。时义山与妻京洛分处，结言终图偕隐。凡集中寄内诗，亦皆隐其题，不独此篇。又曰：题纪日月，似与上章（按指七月二十八日夜与王郑二秀才听雨后梦作）连也。会昌元年义山自江乡还京，二年始又拔萃。此必元年七月之作。

【纪曰】三四格意可观，对法尤活，后半开平庸敷衍一派。（诗说）已开宋派。（辑评）

【张曰】纪氏不喜此派诗，故以为"平衍滑调"，实则后幅宛转达情，正妙于顿挫者也。又曰：结与无题"人生岂得常无谓，怀古思乡共白头"相合。诗中有"归梦"字，岂大中二年秋自荆蜀归至洛中作耶？"浮世聚散"，聊为遇合无成自解耳。通篇皆坎壈无聊之感，此可参合游踪，详味诗意，而得之于言外也。（辨正）又曰：诗纪日月，似与上篇相连。义山湖湘失意归，妻党必有见诮者，故诗以解之。言嵩阳招隐，本我素期，何伤濩落，岂到白头而常此不偶哉？言外之意，大可与"关西狂小吏，惟喝绕床卢"句相参。（会笺）

【黄侃曰】此诗盖悼亡后失意无憀之作。五六极写凄凉之况；七八则言世涂之乐已尽，惟有空山长往，趋向无生而已。

【按】诗有感慨身世之意，诸家解同，然陆、赵、程以为悼亡，冯氏以为寄内，此则歧异之点。冯氏谓"后半全从闺中着笔"，绝不可通。"濩落生涯独酒知"、"嵩阳松雪有心期"，皆不大可能属诸封建时期之闺中女子。至"江乡还京"云云，本属臆想，笺前此有关诸篇亦已辨正。悼亡说中，程解穿凿，陆、赵解较通达，然谓五六为当时情景，亦难解说"归梦"一词。今据诗题"崇让宅宴作"与三句"浮世本来多聚散"揣之，必作于别宴之后，彼时盖丧妻未久，此宴又设于王家，自然难免触动丧妻之痛，故所谓"聚散"、所谓"离披"，于泛言一般离别同时，已隐含有亲故零落、骨肉永别之哀感。"悠扬归梦惟灯见，濩落生涯独酒知"，则承上文"聚散"、"离披"，谓前此归梦，爱妻或能见之；濩落生涯，彼我亦抱同悲。然今而后则所见者唯灯，所知者惟酒，言外见浮沉于此人世中仅我一人矣。末联"岂到白头长只尔，嵩阳松雪有心期"，心境似拓开一步，实则悲慨更深。何氏谓即潘岳悼亡诗"庄缶"二句之意，得之。诗以轻快流利之笔调，抒写身世濩落之感，寄寓悼亡之痛，"情深于言"，洵为的评。义山后期，颇多此类平平道去而情致深婉之作，王十二兄与畏之员外相访见招小饮、二月二日及本篇皆其显例。

昨夜

不辞鶗鴂妒年芳〔一〕,但惜流尘暗烛房〔二〕。昨夜西池凉露满,桂花吹断月中香。

集　注

〔一〕【程注】扬雄传:"徒恐鷤搗之将鸣兮,顾先百草为之不芳。"注:师古曰:"雄言终以自沉,何惜芳草而忧鷤搗也。搗,鴂字。鷤鴂,一名子规,常以立夏鸣,鸣则众芳皆歇。鷤,字或作鶗。"江淹诗:"一旦鶗鴂鸣,严霜被劲草。"【冯注】离骚:"恐鹈鴂之先鸣兮,使百草为之不芳。"王逸曰:"常以春分鸣也。音题决。"广韵:"鶗鴂春分鸣,则众芳生;秋分鸣,则众芳歇。"

〔二〕【朱注】刘铄诗:"堂上流尘生。"

笺　评

【何曰】此言失意之中不堪加以悼亡也。(辑评)

【姚曰】"昨夜"二字妙,一夜遂成千古。

【屈曰】年芳已晚,烛房尘暗,所以西池凉露,桂香吹断,而不忍归房中也。

【冯曰】上二句谓并不敢有迟暮之怨,但恨心迹不白耳,语愈哀矣。下二句人间天上之慨。又曰:"流尘"比流言。玩下二句,必慨谗人间之于座主四川者。

【纪曰】感逝之作,所嫌露骨。

【姜炳璋曰】此自忧无成也。一,人世之萋斐不足恤。二,一己之迟暮可忧。三四,秋风凄冷,月里桂花犹然吹断,况人间乎？“昨夜”二字，有不堪回首意。

【张曰】沈痛语不嫌露骨，纪评非也。此首冯氏谓寓意令狐，然定为悼亡亦得。（辨正）又曰：冯解入微，是从西掖玩月一章悟出。盖义山笃于情者，一不得当，则烦冤莫诉，如醉如迷；偶假颜色，则又将喜将惧，急自剖白。此类诸诗，皆当如是观也。（会笺）

【按】诗盖言年芳之将衰歇，鶗鴂之妒芬芳，皆必不可免之事，所深惜者流尘满室，伊人云逝耳。下二句即写伤逝之情，谓昨夜西池凉露盈满，桂香飘尽，触绪生悲，情何以堪！当与夜冷、西亭并读。崇让宅有东亭、西亭，颇疑此“西池”即崇让宅之西池也，夜冷诗“西亭翠被馀香薄，一夜将愁向败荷”之句可证。视夜冷、西亭、崇让宅东亭醉后沔然有作、七月二十八日崇让宅宴作、临发崇让宅紫薇及本篇，义山于大中五年秋间曾在洛阳居留。

夜冷[①]

树绕池宽月影多，村砧坞笛隔风萝〔一〕。西亭翠被馀香薄，一夜将愁向败荷〔二〕。

校　记

①“冷”，万绝作“吟”。

集　注

〔一〕【冯注】马融长笛赋序：“融独卧郿县平阳坞中，有洛客舍逆旅吹笛。”【何曰】含下“败荷”。（读书记）

〔二〕【朱注】左传：“楚子翠被豹舄。”招魂：“翡翠珠被，烂齐光些。”【冯注】何逊嘲刘孝绰诗：“稍闻玉钏远，犹怜翠被香。”

笺　评

【姚曰】馀香已薄，荷败后，并馀香亦不可得矣。

【屈曰】月中绕池而行，惟闻风吹砧竹之声，盖翠被馀香，人已久别，故终夜绕池也。

【纪曰】憔悴欲绝，而不为靡靡之声。

【按】首二夜间绕池徘徊，月影萧疏，砧笛相和，清冷孤孑之情自寓言外。三句明点“夜冷”之由。曰“翠被馀香薄”，见悼亡已有一段时日。末句正下篇“孤鹤从来不得眠”意。

西亭

此夜西亭月正圆，疏帘相伴宿风烟。梧桐莫更翻清露，孤鹤从来不得眠〔一〕。

集　注

〔一〕【冯注】鹤警露，故云。【王锳曰】从来，本来。

笺　评

【黄生曰】疏帘相伴，明无人伴也，诗人惯如此反说。好在以孤鹤托兴，便于“梧桐”字有情。若云孤客，即堕恶趣矣。（唐诗摘抄）

【何曰】亦是悼亡之作。○烟承月，正风起露翻。（辑评）

【陆鸣皋曰】于警露意，又跌入一层，便觉气味深厚。

【姚曰】“从来”二字，乞怜得妙。

【屈曰】圆月相伴，本自不眠，何用清露之惊孤哉？

【程曰】此亦伤逝之语。

【徐曰】崇让宅有东亭、西亭。此与上章（指夜冷）皆悼亡作。（冯注引）

【冯曰】皆在东都宿崇让宅作，当以谒谢仲郢而来也。仍即还京，而冬间赴梓。

【纪曰】此又病于直而浅，凡诗有恰好分际，太直太曲太深太浅弊正同耳。（诗说）

【张曰】悼亡所作，情深一往。正如初拓黄庭，恰到好处，病其浅直，真苛说耳。○此悼亡作，但不定何年。玩篇中“从来”二字，年代当已渐深。冯氏列之大中六年固误，余初定大中五年妻殁归葬过洛所赋，亦恐未合。义山大中五年秋妻殁，即承梓辟，旋即赴幕，有散关遇雪诗，当在秋冬之交。其归葬与否，虽难断定，然细阅此诗，必非五年之作无疑。其大中十年罢职梓潼，由京返洛时宿此耶？（辨正）又曰：西亭、夜冷二章，皆洛中崇让宅作。冯氏谓为谢仲郢请奏改判官而来，不知仲郢除镇在夏杪，而王氏之殁亦在秋初，留别畏之诗所云“柿叶翻时独悼亡”也。二诗皆属秋景，是时河南尹固早已易人矣。且义山七月承辟，十月改判上军，其间亦无缘往返东都也。详味诗意，当系大中十年梓府罢后回洛追悼之作。（会笺）

【按】前据房中曲、相思等诗，已证王氏卒于春末。其赴梓在深秋，京、洛往返，于时间上自不成问题。且据临发崇让宅紫薇等诗，亦显见义山赴梓前曾至洛中。冯谓义山为谢仲郢奏改判官而至洛，此固假设推想之辞。洛阳崇让宅系茂元旧居，义山承梓州辟后由京返洛返郑料理琐事而后远赴剑外，此情理中事，不必定为谢仲郢而来，是驳冯之假设并不能驳其说也。又二诗皆秋景，曰“从来”，正见距王氏之卒已有一段时日。然张欲定此诗作于梓幕罢归之后，遂谓“从来”乃因年代已深，亦非。梓幕归来，距王氏之卒，首尾已六年，悼亡之情，固所难免。然“从来不得眠”，针对丧偶数月之内情绪而言则显真切，谓数年皆如此，则又未免夸张过甚，恐义山于悼亡诗中不至矫情也。

临发崇让宅紫薇〔一〕

一树浓姿独看来，秋亭暮雨类轻埃〔二〕。不先摇落应为有[①]，已欲别离休更开[②]〔三〕。桃绥含情依露井〔四〕，柳绵相忆隔章台〔五〕。天涯地角同荣谢，岂要移根上苑栽〔六〕？

校　记

①“应为有”，戊签、英华作“应有待”。【纪曰】“应为有”三字不可解。疑本作“应有为”，而校者以平仄不协颠倒之。不知此是拗体，上句四六二仄，下句以第五字平声救之，乃定格也。集中此调凡数处，可以互勘。【冯曰】英华作“应有待”亦非。愚意谓应为有我来看，故不先摇落耳。【按】作“应有为”更不可解。“应为有”虽因省略而有语病，然自可意会。冯解近是，可从。

②“别”，姜本作“分”。

集　注

〔一〕【补】崇让宅，见崇让宅东亭醉后沔然有作注。紫薇：落叶小乔木,夏秋之间开花,紫红色或白色,供观赏。又称百日红。

〔二〕【程注】谢朓观雨诗:"散漫似轻埃。"【冯注】群芳谱:"紫微四五月始花,开谢接续可至八九月。"【朱彝尊曰】("一树"句)紫薇。("秋庭"句)崇让宅。

〔三〕【钱良择曰】为有,有所为也。【朱彝尊曰】(三四)紫薇、临发。【按】宋玉九辩:"悲哉秋之为气也,萧瑟兮草木摇落而变衰。"紫薇至秋尚"一树浓姿",故云"不先摇落";推其所以然之故,或因有(我)观赏也。紫薇既为我而开,则我今将别此而去,自亦不必再开矣。

〔四〕【朱注】应劭汉官仪:"二千石绶:青地、桃花缥三采。"张正见诗:"竹叶当炉满,桃花带绶轻。"古乐府:"桃生露井上。"【冯注】梁武帝赋:"或带桃花之绶。"桃绶泛用,不拘品秩。

〔五〕【冯注】汉书:"张敞为京兆尹,时罢朝会,过走马章台街。"

〔六〕【朱注】西京杂记:"初修上林苑,群臣远方各献名果异卉三千馀种植其中。"【何曰】落句言虽因王氏见摈时宰,非所恨也。("天涯"句)收足临发。(辑评)【朱彝尊曰】感慨更深一层。【吴乔曰】结语解嘲,疑是远就辟命之作。【钱良择曰】即使移根上苑,其为不久亦同。【王鸣盛曰】末二句愤激之言。【按】末联于聊自解嘲中寓愤激之情,何云"非所恨",非是。详笺。

笺　评

【朱曰】此随茂元赴河阳时作也。(李义山诗集补注)

【杨守智曰】桃绶以比令狐,柳绵自言其漂泊。落句自伤自

解。（复图本）

【陆鸣皋曰】亦是悼伤意。首句，言花而兼指人，故次句接以宅之荒凉也。三四句，言花为有人而开，今人去矣，何必更开乎？“应为有”三字，终属语病。“桃绥”句，自况；“柳绵”句，喻亡者。因咏花，故借桃、柳字样为关合耳。末联，当是从此入都，故云。然按程切脉，反欠紧密。

【陆曰】此乃临发时对紫薇而感赋也。紫薇盛于春夏之交，秋日间有发一两丛者。首句“浓姿独看来”，指盛时言。今当秋庭暮雨，疑非其时矣，乃不先摇落，花之多情，似因有人在耳。不知已欲别离，则去后又何用更开乎？两句是回互说。下言未发前有如露井之桃，朝夕相依；既发后便如章台之柳，彼此相隔矣。然天涯地角，同此荣谢，岂必移根上苑，始称得所耶？言外有去此何之之意。

【姚曰】此必随茂元赴河阳时作也。相依既久，一花那得无情？顾未去之时，犹为我有；已去之后，不愿更开，亦黯然销魂时也。既又为之解曰：桃花自生露井，柳色自映章台，各有托根之地，天涯地角，荣谢一同。紫薇诚非凡种，岂必以移根上苑为乐哉？义山之往河阳，实为党人排笮之由，故寓意如此。

【屈曰】到处同一开落，不必移根上苑，犹人之到处同一生死也。二正写崇让宅，七八反结崇让宅，细好。○一不忍别。二点时。三承二。当秋雨如埃，宜摇落而不先摇落者，应以此宅暂为我有遇知也。谢灵运题宅诗：“终成天地物，暂为鄙夫有。”李用此。休更开，无相赏之人也。桃含情，柳相忆，皆不忍别也。七八伤已之远去。

【程曰】会昌三年九月，王茂元卒，义山入京师，此题之所以为

"临发崇让宅"也。时紫薇盛开,当是四年秋始发。起二句是怀人,言昔日花时,茂元固在,浓姿如故,今乃独看矣。三四是咏花,言秋将摇落,幸不先凋;已欲别离,花开无益矣。五六是叙事,言幕府相依,空垂桃绶;谢庭道蕴,难忆柳绵矣。末二句是自比,言此一去,荣谢相同,上苑移根,亦所不愿矣。盖茂元未卒之先,党人业已恶之,今纵入京师,逆知其不得意也。篇中"应为有"三字恐有一误,戊签作"应有待"亦非。

【冯曰】中书省为紫薇省,而秘书省隶中书之下也。白香山诗:"紫薇花对紫薇郎",此章暗用薇省寄慨。四句深恨别离,兼忆家室,结则强作排解也。

【纪曰】此与下及第东归皆激烈尽情,少含蓄之旨,而此诗尤怨以怒。(诗说)此必茂元亡后而不协于茂元诸子而去也,其词怨以怒。(辑评)

【曾国藩曰】将自洛阳王宅赴京也。(十八家诗钞)

【张曰】义山虽卜居洛阳,与茂元诸子原不同居,补编祭外舅文可证。且集中与茂元诸子赠答极多,亦未有不协之迹也。此篇慨秘省清资,不能久居,又将失意往游江乡。结句"上苑移根"是一篇主意。"紫薇"则以寓内职之意。"桃绶"二句兼忆家室,其时义山与妻京洛分处耳。纪氏不晓诗中命意,创为臆说,反讥其怨怒,真郢书燕说者矣。义山开成五年夏间移家关中,前有沔然有作一首,是移家赴京经洛中时作,故只言深夏景况。及抵京已及秋矣,所谓"惜别夏仍半,回途秋已期"也。此首似是九月游江乡时再过洛中之作。玩其写景,可悟其前后也。沔然有作一首亦有"新秋"字,疑与此诗皆移家时经过洛中作。至九月江乡之游,恐未必再至东洛，且味此诗写景，与九月亦不符也。观“回途秋已期”可参悟矣。（以上均辨正。）又曰：“上苑移根”一篇主意。家虽卜居上国，而已又将远适使幕，所谓“天涯地角同荣谢”也。“桃绥含情”、“柳绵相忆”，代家室写怨。紫薇则以寓内职之意。（会笺）

【黄侃曰】崇让宅，王茂元所居。临发，将去东都也。是时茂元已殁，义山他适，党人倾挤，无所托身，故借咏紫薇以寄意。“应为有”，有，谓有花也。……后半以桃柳连类作喻，言处地纵殊，荣枯不异，夫何必以飘泊为恨邪！

【按】此离洛中崇让宅赴京前夕对紫薇有感而作。首联谓紫薇于秋庭暮雨中开放，“独看”二字见彼之寂寞无赏。颔联谓紫薇未即摇落，应是为我而开，然我今即将离此他往，则花开谁赏，故云“休更开”。此四句虽未即以紫薇自况，然彼此寂寞无主、惺惺相惜之情已暗寓其中，花之与己，实二而一也。颈联露井之桃、章台之柳皆逢时而得意者，今均异地相隔，不复得见矣。曰“桃绶”，必借以拟人，或即指当日同年之得意者。“柳绵”亦同，回中牡丹为雨所败（其一）以“章台街里芳菲伴”喻在京同袍可证。此正以桃柳之逢时得地以形紫薇之落寞无主也。末联则明显以紫薇自喻，谓帝京上苑之桃柳与“天涯地角”之紫薇同一荣谢，又何必以移根上苑为幸哉！聊自解嘲中正含愤激不平之意。“天涯地角”喻己离崇让而远适他方；“移根上苑”喻任京职，其意显然。

视“天涯地角”语，当是义山有远行之役。然赴桂、赴徐时令均不合。唯大中五年赴梓州约当深秋。此诗即作于将赴梓幕前。

王十二兄与畏之员外相访见招小饮时余以悼亡日近不去因寄〔一〕

谢傅门庭旧末行〔二〕，今朝歌管属檀郎〔三〕。更无人处帘垂地〔四〕，欲拂尘时簟竟床〔五〕。嵇氏幼男犹可悯〔六〕，左家娇女岂能忘〔七〕？秋霖腹疾俱难遣①，万里西风夜正长〔八〕。

校　记

①“秋”，蒋本、姜本、戊签、钱本、悟抄、席本、影宋抄均作“愁”。

集　注

〔一〕【朱注】按王十二必茂元之子。义山娶茂元女，故诗有“谢傅门庭旧末行”之句。通玩前赴职梓潼留别畏之员外诗及后韩同年新居饯西迎家室诗，盖畏之与义山为僚婿，此云“悼亡日近”，疑所悼即茂元女也。【徐曰】文集有茂元子侍御瓘，本集有王十三分司校书，王十二岂即侍御欤？【冯曰】悼亡日近，王氏之卒期近也，非初亡时。【张曰】悼亡日近者，谓悼亡后一二日未久也……冯氏谓“悼亡日近，王氏之卒期近，非初亡时”，若如此解，则次联“更无人处帘垂地，欲拂尘时簟竟床”，皆悼亡后语，为不合矣。【按】“悼亡日近”，指丧妻后不久，然亦非“悼亡后一二日未久”。据末联，诗当作于大中五年深秋，而王氏则卒于是年春末，诗之作距悼亡已近半载。若悼亡后一二日未久，则王十二与畏之必不至于招义山小饮，与“欲拂尘时簟竟床”之语亦不符。

〔二〕【朱注】晋书："谢安薨，赠太傅，谥曰文靖。"世说："谢道韫曰：'一门叔父则有阿大、中郎（群从兄弟则有封、胡、羯、末，不意天壤之中乃有王郎）。'"杜甫诗："谢庭瞻不远。"【冯注】汉书严助传注："友婿，同门之婿。"此"门庭"意同。【按】此以谢安比王茂元，以王凝之自比，谓己曾依于茂元门下，忝居诸婿行列之末。

〔三〕【朱注】李贺诗："檀郎谢女眠何处？"或曰：檀奴，潘安仁小字，后人因号曰檀郎。【冯注】臆乘："古之以郎称者，潘岳曰潘郎、檀郎；又以奴得名者，潘岳曰檀奴。"按：朱氏引李贺诗："檀郎谢女眠何处"。又赵嘏诗"谢家联句待檀郎"，唐人惯以"檀郎"称婿也。徐氏谓指畏之，其殆然乎？又曰：唐昼上人送顾处士诗："谢氏檀郎亦可俦。"郎当从谢家，再考。此似顶上谢傅，即指王十二，非指畏之。【按】又或谓檀郎系自指。然作者明言"以悼亡日近不去"，则"歌管属檀郎"显非自指；"檀郎"系顶上句"旧末行"而来，当指韩瞻，不指王十二。意谓往昔己虽忝居僚婿之末，得预王家宴饮，今日则歌管之乐惟属韩瞻一人而已。言外见己意绪不佳，无心参与宴饮。

〔四〕【补】更，绝也。谓人去房空，重帘不卷。

〔五〕【冯注】潘岳悼亡诗："展转眄枕席，长簟竟床空。床空委清尘，室虚来悲风。"【程注】庾信赋："游尘满床不用拂。"

〔六〕【朱注】晋书："嵇绍，字延祖，康之子，十岁而孤。"【冯注】晋书嵇康传：与山巨源书曰："女年十三，男年八岁，未及成人，况复多疾。"

〔七〕【朱注】左思娇女诗："左家有娇女，皎皎颇白皙。小字为纨素，口齿自清历。"【冯注】按："纨"一作"纨"……此即上河东公启所谓:“眷言息胤,不暇提携。或小于叔夜之男,或幼于伯喈之女”也。【钱良择曰】幼男、娇女疑即茂元之女所生。【程曰】“幼男娇女”一联,向来皆全作义山儿女解,愚见不然。嵇氏幼男,义山自言,指其子也。左家娇女,对王氏言,指其妻也。言当此悼亡之日,我家之子,为亡妇所遗之幼男,见之犹为可悯;君家姊妹,为先公所爱之娇女,痛之岂遽可忘?如此解,“忘”字乃有义理,且无合掌之病。至于文集中上河东公启自叙悼亡之情……是则皆言自己儿女,不可拘执此启以例此诗文也。【按】程说似是而实非,此联自指儿女尚幼,深为怜念。详笺。

〔八〕【程注】宋玉九辩:“皇天淫溢而秋霖兮。”左传:“叔展曰:‘有麦曲乎?’曰:‘无。’‘有山鞠穷乎?’曰:‘无。’‘河鱼腹疾奈何!’”【补】左传昭公元年:“雨淫腹疾。”孔疏:“雨多则腹肠泄注。”南史吴明彻传:“城中苦湿,多腹疾,手足皆肿。”腹疾,腹泻疾也。此处似泛言内心隐痛,故云“难遣”。

笺　评

【金圣叹曰】先生与畏之同为王茂元婿,此王十二兄,想即茂元之子,故得以闺房之至悲尽情相告也。一二言己昔日先忝门下,今畏之新来末席,分为僚婿,歌管必同,乃身今有故,不忍便过,遂让畏之独叨此宴也。三四承写今朝所以不忍便过之故,最是幽艳凄惋,虽在笔墨,亦有貌不瘁而神伤之叹也。前解写悼亡,此解(指后四句)悼亡中则有无数不堪之事也。言如幼男啼乳,娇女寻娘,秋霖彻宵,腹悲成疾,略举四端,俱是难遣,则有何理又来欢聚乎?夜正长者,自诉今夜决不得睡,犹言十二兄与畏之共听歌管之时,正我一人独听西风之时。加“万里”字，并西风怒号之声皆写出来也。

【朱彝尊曰】平平写去，凄断欲绝，此种风格，唐以后人不能及。

【杨守智曰】艳语之妙，莫过于三四之淡语，今人但以鸳鸯翡翠求之，谬甚。

【张谦宜曰】“更无人处帘垂地，欲拂尘时簟竟床。”乍看只似平常，深思方可伤悼。盖“帘垂地”，房门锁闭可知；“簟竟床”，衾裯收卷可想。悼亡作如此语，真乃血泪如珠。（䙰斋诗谈卷五）

【何曰】“更无”二句，指悼亡。“嵇氏”二句，儿女满前，身兼内外之事，欲片时宴饮亦复不可，然则此怀岂能遣也！“万里”句，“西风”加“万里”，“夜长”加“正”字，皆极写鳏鳏不寐之情。（读书记）

【胡以梅曰】言招饮，必有歌管，乃属于悼亡之人，非其所宜。三四正言新丧室人，帘垂而无人，堆尘于满簟。有男可怜，有女堪念，何人俯视？茫茫无绪，加以秋霖腹疾，凄其之况，有万里之长，不可限量，岂有闲情，尚赴招为乐乎！总之，指挥如意，用事措词不同，妙处在意在言外，所以松灵。而五、六正用悼亡诗内事尤妙。

【赵臣瑗曰】一二叙己与畏之忝为僚婿，谢庭歌管，昔所共闻，而今则不得不独让畏之矣。下乃明言其故。三四是悼亡，五六又悼亡中别有几端极不堪之苦况也。疏帘不卷，翠簟长空，已可痛矣。幼男觅乳，娇女牵衣，不重可悲乎。结处紧与起处对照，言当此长夜，十二兄与畏之方促膝而同听歌管，我则独抚遗孤，抱痛而挨惊风冷雨之声而已，岂不哀哉。尝读元微之遣悲怀云：“惟将终夜长开眼，报得生平未展眉”，以为镂

心刻骨之言,不啻血泪淋漓,然却不如先生此作,始终相称,凄惋之中复饶幽艳也。(山满楼笺注唐诗七言律)

【陆鸣皋曰】次句,言招饮,檀郎,自谓也。后俱悼亡意。项联,写空房景象。腹联,言遗孤。

【姚曰】首句,义山自谓。檀郎,谓韩也。韩妻必义山之姨。颔联,伉俪之永别可悲。中联,男女之遗累可悯。况又重之以秋霖腹疾时耶?

【屈曰】起二句写王兄招饮。下六句皆写悼亡日近,此做题详略之法。三四悲凄景况。五六儿女难离,兼秋霖腹疾,西风夜长,愁苦万端,岂能随人小饮哉!

【王鸣盛曰】声情哀楚,而一归于正,圣人不能删也。

【纪曰】此讥刺之作也。义山之妻,王十二之姊妹也。义山悼亡日近,而王十二公然歌管,公然小饮,此全无情理之事也,故五六直书以诘之。左家娇女正指其姊,言己岂能忘,正怪王十二之能忘耳。然事固有可愤,诗亦太直,不足尚也。三四却煞有情调。(诗说)

【张曰】首句言同为王氏姻娅。次言琴瑟之乐,独让畏之,"檀郎"指韩而言。"嵇氏"一联谓其子女,即启所谓"男小于叔夜之男,女幼于伯喈之女"也。末句"万里西风"云云,则初承梓辟,又将远行,意谓愁病相兼,度夜如岁,更何心复赴谯集耶?(会笺)又曰:起句未至鄙。通篇皆伤感语,非愤激语。"悼亡日近"者,悼亡未久也。首二句言我昔曾缀谢庭之末,凡有歌管事必与妻同乐,今则独自一人,更何心复赴宴会耶?故曰"属檀郎"也。(辨正)

【俞陛云曰】"更无人处帘垂地,欲拂尘时簟竟床",此玉溪感逝诗也。仅言帘影簟纹,而伤感之情,溢于言外。王武子见孙楚悼亡之作，所谓情生于文，文生于情也。诗人之悼亡者，以元微之七律三首、梅宛陵五律三首最为真挚。论诗之风韵，玉溪之句，尤耐微吟。潘安仁诗"望庐思其人"，即玉溪上句之意；潘诗"入室想所历"，即玉溪下句之意。诗格异而意同也。

【黄侃曰】集中有七月二十八日夜听雨及七月二十九日崇让宅二诗，悼亡之日，盖在此顷。故是诗亦有末句所云也。

【按】义山因婚于王氏及追随郑亚被视为"忘家恩，放利偷合"，而屡遭朋党势力排斥，然伉俪之情则随打击之加重而愈趋深挚，所谓涸辙之鲋，相濡以沫。此诗抒写对亡妻之深长悼念与己之凄凉寂寞情怀，其中渗透浓厚身世之感，悼亡、自伤融为一体。而万里秋风，茫茫长夜，绵绵秋霖之环境气氛，又曲折表达诗人对所处现实政治环境之感受。悼亡自伤之意，不从正面着笔，全借重帘不卷、游尘满床、长夜西风、秋霖淫雨及幼男娇女等从侧面传出，平易朴素之叙写中自蕴无限低徊伤感，诚如钱氏所谓："平平写去，凄断欲绝。"程氏谓六句指王氏，殊不知此诗悼亡之意，全见言外，若指王氏，则直致而无馀蕴矣。"忘"即怜惜之反面，不必指死者。王氏亡故不久，即对妻党声言"岂能忘"，则貌似情深而实寡情矣。又，末联与赴蜀辟无涉，张笺非。

故驿迎吊故桂府常侍有感〔一〕

饥乌翻树晚鸡啼〔二〕，泣过秋原没马泥〔三〕。二纪征南恩与旧，此时丹旐玉山西〔四〕。

集　注

〔一〕【朱注】按旧唐书:"大中元年二月,以给事中郑亚为御史中丞、桂管防御观察使。二年正月,以李德裕坐累,责授循州刺史,未几卒。"此云常侍,或后来赠官。【冯注】郑亚责授循州,卒于官,无年月,大约不久而卒也。旧书志:"左右散骑常侍,正三品。"亚必例加此,史略之耳。【张曰】新书本传:"亚谪循州,商隐从之,凡三年乃归。"考义山未尝随亚循州,当是亚贬循后三年而卒耳。献寄旧府开封公诗有"幕府三年远"句,系在徐幕作,时亚尚未卒,则卒当在是年(指大中五年)也。【按】张氏系年是。常侍是否赠官,未可定。就大中党局观之,似不大可能有此贬死后之追赠。然冯氏谓必例加而史略之,亦无据。郑亚出为桂管观察使时,加御史中丞衔,而自桂林奉使江陵途中感怀诗则又称亚为"尚书",此又云"常侍",何哉?姑阙疑以待考。

〔二〕【补】饥乌翻树,暗用曹操短歌行"月明星稀,乌鹊南飞,绕树三匝,何枝可依"语意,暗寓己之无所依托,即"乌鹊失栖常不定"意。晚鸡啼亦以鸡之失栖设喻。

〔三〕【何曰】谓自分从此辱在泥涂也。(辑评)

〔四〕【朱注】丹旐,铭旌也。王褒送葬诗:"丹旐书空位。"玉山即蓝田山。【冯注】汉书志:"蓝田县山出美玉。"寰宇记:"蓝田山一名玉山。"

笺　评

【姚曰】"此时"二字有力,非此雨况,不见凄其极致。

【屈曰】一伤心之时,二伤心之地,三伤心之事。西州之痛,当世有几人哉!

【冯曰】追数樊南生十六时，约二纪矣。郑与李本皆荥阳人，浅解固相合也。然义山与亚似非旧交，在桂幕止年馀，于"有感"字无可深长思者，余窃以为别有深感也。旧、新书传："李德裕在翰林，郑亚以文章谒，深知之，出镇浙西，辟为从事。"德裕于长庆二年观察浙西，凡在浙西者八年。亚之赴辟，未知何年，至此时，要与二纪之数相符矣。此"征南"指德裕也。亚坐德裕党贬而死，则以死报其恩旧矣，题所以云"有感"也。此解似幻而实挚，诗味倍长矣。

【纪曰】四家评曰："悲出无字。"妙不更着一字，亦不必更着一字。（辑评）

【张曰】"二纪征南恩与旧"，自指李、郑交谊而言，不必深求。冯氏谓兼感卫公，亦可备一解。要之，党局嫌猜，义山于此大有难言之隐，此则读诗者当于言外领之者也。（会笺）

【按】义山与郑亚于桂幕前似素无交谊，视奉使江陵"投刺虽伤晚"、"水势初知海，天文始识参"及陆发荆南"昔去真无素"等句可知。然则此诗所谓"二纪征南恩与旧"自非指己与亚之旧谊而言。冯氏解为德裕与郑亚之旧谊，似可从。自长庆二年至大中三年德裕贬死崖州，凡二十八年，正符"二纪"之约数。亚已因与德裕有恩与之谊而贬死异域，己则又因从亚桂林而失栖无托，党局辗转相牵，致寒士抑塞穷途，沉沦困顿，此诗人之所以"迎吊故府"而有感也。

宿晋昌亭闻惊禽〔一〕

羁绪鳏鳏夜景侵，高窗不掩见惊禽〔二〕。飞来曲渚烟方合[①],过尽南塘树更深〔三〕。胡马嘶和榆塞笛〔四〕,楚猿吟杂橘村砧[②]〔五〕。失群挂木知何限,远隔天涯共此心[③]〔六〕!

校 记

①“飞”,英华作“行”。

②“杂”,冯曰:“一作断。”

③“远”,悟抄作“应”。

集 注

〔一〕【朱注】长安图经:“自京城启夏门北,入东街第二坊,曰进昌坊。”进亦作晋。朱泚传:“姚令言迎泚于晋昌里第。”【按】参子直晋昌李花题注。

〔二〕【朱注】释名:“愁悒不能寐,目常鳏鳏然。”【冯注】(鳏)字从鱼,鱼目恒不寐。【朱彝尊曰】晋昌宿。【何曰】情之所生。(按本篇所引均辑评朱批。)

〔三〕【朱彝尊曰】二句承上“见”字来。【冯曰】曲渚、南塘,以晋昌近地言。【何曰】飞方、过更、烟合、树深,皆双声间用。○遇树不栖,与上“鳏鳏”二字相应。〔按〕曲渚,即曲江池;南塘,即慈恩寺南池,在晋昌坊。

〔四〕【朱注】汉书:“卫青西定河南地,按榆溪旧塞。”注:“长榆,塞名,或谓之榆中。”【冯注】史记:“秦却匈奴,树榆为塞。”【程注】骆宾王诗:“边烽惊榆塞”。

〔五〕【朱注】水经注:“湘水又北径南津城西,对橘洲。”又,“龙阳有泛洲,李衡植橘处。”【冯注】吴志孙休传注:“丹阳太守李衡每欲治家事,妻习氏辄不听。后密遣客十人,于武陵龙阳氾洲上作宅,种甘橘千株。”【何曰】五六客中客,不为佳。【朱彝尊曰】二句是闻。

〔六〕【朱彝尊曰】“失群”，马；“挂木”，猿。末句，人亦在其中。【何曰】末句方见本意。【冯注】苏武诗：“胡马失其群，思心常依依。”本草：“猿居多在林木。”挂、挂、絓并同。“絓”本字，见左传鞌之战。【按】失群挂木亦兼惊禽而言。

笺评

【金圣叹曰】看他将写惊禽，乃出手先写自己亦是惊禽。于是三四之“飞来曲渚”“过尽南塘”，其中所有无限怕恐，便纯是自己怕恐。后来读者，物伤其类，自不能不为之泫然流涕也。烟方合，犹言这里亦复可疑也。树更深，犹言彼中一发不好也。看他不问前此何事得惊，反说后此无处不惊，最为善写“惊”字第一好手也。五六因与普天下惊心之人悉与数之也。言马嘶，一惊也；塞笛，又一惊也。猿吟，一惊也；村砧，又一惊也。于是而命之不犹，遂致于罹，普天之下，盖往往而有之也。岂独晋昌今夜此禽此惊而已也哉！

【贺裳曰】“羁绪”……数语写景如画。……始以“羁绪”而感“惊禽”，又因“惊禽”而思及“塞马”、“楚猿”之失偶伤离者，虽则情深，径路何纡折也！（载酒园诗话卷一）

【杨守智曰】自喻。

【陆曰】羁人入夜，愁悒不眠，因见窗以外之禽，群动既息，惊而复起，因感窗以内之人。起二语，无数转折，而出之若不经意，所谓曲而有直体者也。飞来曲渚，过尽南塘，言被惊而去其渐远也。曰烟方合，曰树更深，言不见而但闻其声也。下半言胡马失群，楚猿挂木，虽天涯远隔，而同是此心，其足感人听闻者，亦复何限！五六一比，结处双承，转合极佳，香山最熟此法。

【徐德泓曰】夜飞必惊，故次联写其飞而惊意自见。五六句，状其声之哀也。榆、橘，根“树”字来。结归羁客离情，与首句应。失群挂木，总谓惊禽，非分承猿、马，盖猿、马已属借影，若再作承来解，则境魔而局亦散矣。

【赵臣瑗曰】夜色已侵，高窗不掩，其中乃有一人焉。羁绪鳏鳏，此岂堪复见惊禽也乎？而忽然见之，则其有感于心为何如者，两句中已伏得末句“此心”二字。三、四承之，状禽之惊也如此。夫“烟方合”，“树更深”，无可惊也，而在惊禽之心，则若有不敢即安焉者。此皆从羁绪鳏鳏人心头曲尽而出之。后半推开一层，言天下之不堪闻者，有不独惊禽而已也。天下之不堪闻所不堪闻者，又不独晋昌亭上一鳏夫而已也。夫所谓不堪闻何也？失群之嘶马，挂木之吟猿也。所谓不堪闻所不堪闻者何也？横吹之征人，捣衣之思妇也。此二句只因一“和”字、一“杂”字用得奇妙。人只认是举四件可惊之物，而不知其非然也。盖“和”也者，我方吹笛，而马适嘶之；谓尔“杂”也者，我方捣衣，而猿适吟之谓尔。七即收五、六二句之上三字，八即收五、六二句之下三字，而“共此心”者，以晋昌亭上一鳏夫之心，体贴天下无数鳏夫并一切征人思妇之心也。如其仁，如其仁！（山满楼笺注唐诗七言律）

【姚曰】此叹羁绪之无可诉也。因不睡而偶见惊禽，飞来曲渚，来不知其所自来也；过尽南塘，去不知其所从去也。不过瞥然一见，感心次（刺?）骨如此。乃知天下同病相怜，人反有不如物类者。彼胡马楚猿，失群挂木，同心自不必同类，相对或未必相怜，又何怪我之感叹于斯禽也耶？

【屈曰】当已失群时夜闻惊禽。三四惊禽之悲景。五六比其惨音。七八应首句，言人生如此者甚多。

【程曰】此去国怀乡之作也。起曰羁绪鳏鳏，结曰远隔天涯，其语甚明。五六“胡马”“楚猿”二句，从惊禽推广言之。盖夜静无聊，心思百出，偶因切近，忆及遐方。北则胡马悲嘶，怨起征夫之笛；南则楚猿哀啸，伤连思妇之砧。故七句紧以失群承马，挂木承猿，而八句即点出远隔天涯，以为有此心者固不独惊禽也。羁绪如此，其为鳏鳏不寐者更何如耶？

【冯曰】田曰：“一诗之情，生于首四字。三四写夜，亦见可惊之地正自无限。下半见失意者更有猿马，人世苦境只禽也耶？却放自己在外，更惨。”〇田评真解颐矣。首四字兼悼亡言之，末二句叙别深妙。

【纪曰】后四句宕开收转，以远取题，用笔自好，但格调卑靡，大似许浑一辈，不足存耳。（诗说）末句“共此心”三字顶五六句作收，实一笔贯到第一句。先著“羁绪”一句，便通首有情。（辑评）

【曾国藩曰】末四句言失群之胡马、挂木之楚猿，与此惊禽之心相同，即与义山之羁绪亦同也。（十八家诗钞）

【张曰】陈情之感，悼亡之痛，远行之恨，触绪纷集。“飞来”句喻博士才除，旧好将合。“过尽”句喻梓府承辟，良缘又阻。“失群”比丧偶；“挂木”比依人。“远隔天涯”，将赴东川也。晋昌为子直所居，南塘亦其中地名，羁绪鳏鳏，双关而起耳。又案此云“宿晋昌亭”，而写景不似相府，且亦未言谒见令狐与否，或晋昌里即子直之别馆，而义山偶而借宿欤？（会笺）

【黄侃曰】此诗以“惊禽”兴起己之离绪，以“胡马”“楚猿”陪衬惊禽，通体惟“羁绪”一句自道本怀耳。制格布局，最为可式。

【按】首联点题。身在京华而曰“羁绪”,当有远行之役。三四正写惊禽。烟笼树深,境界空寂。五六句由此而推开,设想今夜榆塞吹笛之征夫闻胡马之嘶鸣、橘村砧杵之思妇闻楚猿之哀吟将是何情味。末两句总束,将人与物俱浑成一片,谓今夜天下之失群挂木者,皆共怀此难堪之悲凉心绪,惨然极矣。田评谓“却放自己在外”,非是。张笺颇伤穿凿,然谓此诗兼包陈情之感、悼亡之痛、远行之恨,则似之;谓“失群”指丧偶,“挂木”比依人,亦有可取。诗当作于大中五年深秋赴东川前。

晋昌晚归马上赠①〔一〕

西北朝天路,登临思上才。城闲烟草遍,村暗雨云回。人岂无端别?猿应有意哀。征南予更远〔二〕,吟断望乡台〔三〕。

校记

①本篇原本、蒋本、悟抄、钱本、影宋抄、朱本均列朱槿花二首之二,非。姜本、戊签、席本题作晋昌晚归马上赠,是,兹据改。

集注

〔一〕【冯曰】原编集外诗。

〔二〕【姚注】通典:“征南将军,汉光武建武二年置。”【按】此谓南行,与征南将军无涉。

〔三〕【朱注】成都记:“望乡台,隋蜀王秀所筑。”寰宇记:“益州记云:‘升仙亭夹路有二台,一名望乡台,在成都县西北九里。'"【冯注】按水经注:"升迁桥有送客观,司马相如所题。"通鉴咸通十一年注曰:"升迁桥即升仙桥。"故他书于桥于亭多作升仙,其实当为升迁。【程注】王勃蜀中九日诗:"九月九日望乡台。"杜甫诗:"江通神女馆,地隔望乡台。"【补】吟断,犹吟煞。

笺评

【姚曰】因天涯北望而思京华得意之侣也。城闲村暗,忆别听猿,虽同作征南之客,而予之离乡更远。

【屈曰】此首是怀人之作,误刻朱槿花下。

【程曰】晋昌晚归马上赠者,于马上赠别友人也。晋昌为令狐绹所居,必自绹处而归也。起二句"西北朝天路,登临思上才",必友人时自西北入觐长安也。次二句"城闲烟草遍,村暗雨云回",写晚归之景象也。次二句"人岂无端别,猿应有意哀",必友人亦不得意(于)绹,故曰"无端",曰"有意"也。结二句"征南予更远,吟断望乡台",必友人将归西北,义山又欲南征,故曰"更远"也。考望乡台在蜀中,当是赴柳仲郢东川幕府时作。

【冯曰】程氏谓自绹处归,马上赠别友人之作,是赴东川幕府时也,似之矣。"西北朝天"者,友人自东南来也。三四写晚归,似兼言将归东南楚乡。下半相别,而言我将西南行矣。友人似亦为令狐所薄。五六澹语,却沉痛。结三字统指蜀中,不必泥台在西川也。

【纪曰】此首当是和人怀归之作,失去本题误附于后耳(按指附于朱槿花之后),诗有格意。(诗说)虽无新意,而句句老成。(辑评)

【张曰】起联不可解，下半则与人话别，言将至蜀也。（会笺）

【按】题为晋昌晚归马上赠，末联云“征南予更远”，诗确似作于赴梓幕前夕自令狐绹处晚归之时，然诗意仍有不甚可解者。首联“西北朝天路，登临思上才”，程谓友人自西北入觐固非，冯谓友人自东南来亦非，盖友人既来长安，则不必登临而思之矣。“朝天路”例指通往京都之路，则此二句竟似居外州登临北望而思长安故人者（故屈复、纪昀以为怀人之作），然果如此，则首联即与题目不符，此其一。次联固近晚归时景象，然“城闲”、“村暗”，与帝京辇毂繁华景象似不相侔，此其二。腹联对句曰：“猿应有意哀”，如为即景，则帝京岂得闻哀猿之啼乎？此其三。末联固可解为予将南征，别后异时当吟断于蜀中之望乡台，然解为实赋眼前事亦自不妨（予南行至蜀，因思故人而吟断于望乡台），而首联所“登临”者亦即此“望乡台”也，此其四。要之，如解为在蜀登高思念故人，句竟均无窒碍，惟“西北”似当作“东北”耳。然与题面则全不相涉。如按题面作解，则首联确不可解。疑而难明，姑阙疑以待考。

或解：前四写“晋昌晚归”，“朝天路”或即指正对朱雀门之朱雀大街（街在晋昌坊西北，故云“西北朝天路”），“登临思上才”，指晚归途中登临而思令狐。“城闲”二句写登临所见薄暮暗淡寂寥景象，因系登临，故可见城内空旷处或郊外“村暗雨云回”景象。五六写别情，兼伤己之身世遭遇。七八则谓己将南行，而异日当登蜀中之望乡台而吟诗，以寄去国怀乡之情也。味次句，似义山往晋昌坊访令狐未遇，晚归途中马上吟此诗以赠。姑依此解系大中五年深秋赴梓州前。

饯席重送从叔余之梓州〔一〕

莫叹万重山[①]，君还我未还。武关犹怅望，何况百牢关〔二〕。

校　记

①“重”原作“里”，非，据蒋本、姜本、席本改。

集　注

〔一〕【程注】中卷有郑州献从叔舍人褒诗，意此从叔即舍人褒也。【冯注】近似，未可定。

〔二〕【程注】水经注：“武关，秦之南关，通南阳郡。”寰宇记：“百牢关在汉中”。【按】武关，参岳阳楼（汉水方城）注。百牢关，参迎寄韩鲁州同年注。

笺　评

【姚曰】远客人，近得一程两程也好。

【程曰】文集有为褒上崔相国启云：“某本洛下诸生。”此诗盖送舍人归洛下而义山之梓州，故曰“君还我未还”也……结言武关近洛下而犹怅望，何况远历百牢而之梓州耶？诗当作于……将赴东川时。

【纪曰】一气浑成，调高意远。（诗说）

【按】从叔是否李褒，未可定。味诗意，从叔当系越武关而南行，义山则越百牢而之梓州，虽各向天涯，然从叔所之之地或稍近于梓州，故曰：“君还我未还”，曰“武关犹怅望，何况百牢关”。如从叔系归洛下旧居，则必取道函潼，岂须枉道武关，历艰险哉！且“君还我未还”，二“还”

字显指返长安,以返长安为“还”,则从叔所之者非旧居亦明矣。此从叔或亦与义山身份相类,同为幕僚一流人物,故诗有同病相怜之慨。若然,则从叔当非舍人李褒也。

李褒大中三年以礼部侍郎知贡举,旋除礼部尚书,授浙东观察使,六年八月追赴阙。大中五年深秋褒仍在浙东观察使任上。故此“从叔”当非李褒。

赴职梓潼留别畏之员外同年〔一〕

佳兆联翩遇凤凰〔二〕,雕文羽帐紫金床〔三〕。桂花香处同高第,柿叶翻时独悼亡〔四〕。乌鹊失栖常不定〔五〕,鸳鸯何事自相将〔六〕?京华庸蜀三千里,送到咸阳见夕阳〔七〕。

集　注

〔一〕【朱注】唐书:“梓州梓潼郡,属剑南道。”乾元后分东西川,梓为东川节度治所。时义山为梓州节度判官。畏之,韩瞻也。唐诗纪事:“韩偓父瞻,开成二年李义山同年。”【冯注】旧书志:“梓州梓潼郡……管梓、绵、剑、普、荣、遂、合、渝、泸等州。”本传:“柳仲郢镇东川,辟为判官。”

〔二〕【朱注】左传:“懿氏卜妻敬仲,其妻占之,曰:‘吉,是谓凤凰于飞,和鸣锵锵。’”【冯注】此曰联翩,则婚期不相远,岂迟至河阳时哉!

〔三〕【朱注】江总诗:“新人羽帐挂流苏。”洞冥记:“上起神明台,有金床象席。”【冯注】昭明太子诗:“羽帐郁金床。”【朱彝尊曰】二句言新昏之喜同,至后乃异,非独指畏之也。

〔四〕【冯注】南史刘歊传："歊未死之春，有人为其庭中栽柿，歊谓兄子弇曰：'吾不及见此实，尔其勿言。'及秋而亡。"【按】未必用刘歊典，详房中曲按语。

〔五〕【冯注】自叹又欲远行。

〔六〕【冯注】指畏之。【补】相将，相随。

〔七〕【朱注】时韩留京师。【冯注】尚书牧誓："庸、蜀。"【程注】华阳国志："巴、汉、庸、蜀，属益州。"

笺评

【朱彝尊曰】首二句谓新婚之喜，至后乃异，非独指畏之。末二句，言有尽意无穷。（复图本）

【杨守智曰】畏之乃义山姻娅，故诗中多见悼亡。

【陆曰】义山与韩畏之同为王茂元婿，而一则室家完聚，一赋悼亡；同为开成二年进士，而一则贵显京华，一驰远道。所以赴梓潼之职，与畏之刻意伤别而赋此也。"乌鹊"句，言茂元殁后，涉川度岭，未遂枝栖；"鸳鸯"句，言茂元女亡，入室望庐，惟存只影，回忆金床羽帐，与畏之先后结缡时，不禁今昔盛衰之感，况一官迢递，复又别畏之而往蜀耶？送到咸阳，客路初程也。而举头已不见长安矣。夕阳万里，能无怆然！

【姚曰】唐诗纪事：韩偓父瞻开成二年李义山同年。韩必于登第后新娶，而义山时已悼亡，故一则如乌鹊之失栖，一则如鸳鸯之相守也。时韩留京师，而义山以柳仲郢辟入东川，故结句云云。

【屈曰】一同时婚娶，二同奁具之美。三同登第，四忽而大不同。五赴梓潼，六员外夫妇如故。七八去留合结。

【纪曰】诗亦清楚，苦无佳处耳。（诗说）

【史历亭曰】末二，君在京华，我赴庸蜀，相隔三千里，君送我才到咸阳，已尽一日而见夕阳矣。路遥情隔，其能已于相念耶？咸阳即京华之邑。（姜炳璋选玉溪生诗补说附录）

【张曰】前诗（指留赠畏之）将赴梓时作，此则行期已定，畏之相送而重赠者。作诗先后，细绎自别。（会笺）

【按】此义山赴梓时韩瞻殷勤相送至咸阳而有留别之作。前三联均己与韩瞻并提对举，谓昔日二人同登高第，同为僚婿，而今韩仍鸳鸯相随，而己则独赋悼亡，乌鹊失栖，行踪不定。尾联点题，情怀黯然。冯浩据"柿叶"句谓商隐妻王氏"亡在秋深"，且引南史刘歊传以证其说，前已于房中曲按语中驳正之。考义山此次赴梓，系独自前往（幕主柳仲郢七月任命，最迟八月即已赴任），十月抵梓。长安至梓州近三千里，需时五十天至两月。故自长安出发时当在九月上旬。如秋深妻亡，商隐岂能妻甫亡即赴梓？此必不可能之事。

西南行却寄相送者

百里阴云覆雪泥，行人只在雪云西。明朝惊破还乡梦，定是陈仓碧野鸡〔一〕。

集　注

〔一〕【冯注】旧书志："凤翔府宝鸡县，隋陈仓县，至德二年改。"史记封禅书："秦文公获若石云，于陈仓北阪城祠之。其神来也常以夜，光辉若流星，从东南来集于祠城，则若雄鸡，其声殷云，野鸡夜雊。以一牢祠，命曰陈宝。”括地志云：“宝鸡神祠在岐州陈仓县。”汉书郊祀志：“宣帝即位，或言益州有金马碧鸡之神，可醮祭而至，于是遣大夫王褒使持节而求之。”如淳曰：“金形似马，碧形似鸡。”此别为一事，诗乃误合之，文集亦然。【按】因陈仓宝鸡神传说而联及碧鸡神，故用“碧野鸡”字面，非误合。

笺 评

【朱彝尊曰】此谑语耳，无甚深意。

【何曰】至散关遇雪。（辑评。按：何以“西南行”为赴东川柳仲郢幕之役。）

【姚曰】此即“西出阳关无故人”之意。

【程曰】此似入东川时作。

【冯曰】最后赴东川，亦冬令。然迟暮之悲，羁孤之痛，必无此诗情态，是为驰赴兴元作无疑。

【纪曰】以风调胜。诗固有无所取义而自佳者。（诗说）着眼在“还乡梦”三字，却借陈仓碧鸡反点之，用笔最妙。（辑评）

【姜炳璋曰】末二，言自别以后，明朝惊梦觉者，只有陈仓之鸡耳，安得有故人聚首，若今日之相送耶？题云“却寄”者，言辞众送别而寄以诗也。

【陈贻焮曰】纪昀……还只说到一方面。这诗头两句就很好。“百里”、“覆雪泥”，见阴云的广漠低迷。“雪云西”，见行人和相送者相隔的遥远。都写得很形象而富于遐想。初离亲友，梦中恍在故乡。那知为鸡声惊醒，顿悟远在陈仓，身居逆旅。这不仅“反点出”离情别绪，还由于将当地的传说和现实中的鸡声揉合在一起，就更能意味深长地烘托出他梦魂恍惚的神情和对陈仓的新奇印象。

【按】纪、陈二评殊妙，诗写行程、旅途风物与感受（一二为已历之境，三四为未历之境），实隐从"相送者"方面着笔。行者所述景物行踪，亦即送者心中所悬想。题为"却寄相送者"，诗意竟似送者遥想行人之行踪，题亦不妨改为友人西南行遥有此寄。"忽忆故人天际去，计程今日到梁州"（白居易同李十一醉忆元九），此诗是其反面。

冯系此诗于开成二年冬驰赴兴元时，颇可疑。奠相国令狐公文云："愚调京下，公病梁山。绝崖飞梁，山行一千。"此行乃奉楚急召，恐无诗中所表现之缓滞情态。而大中五年赴东蜀辟，正值悼伤之后，身世孤孑之感，去国怀乡之情方殷，故有此行迈靡靡，中心摇摇之情态。百里阴云，四望低迷，写景中已含黯淡孤孑情调。"覆雪泥"亦与"散关遇雪"相合。"还乡梦"更切长期远行，而与赴急召作短期征行者不甚合。按赴东川时韩瞻曾送至咸阳（渭城），"相送者"或正指韩也。

悼伤后赴东蜀辟至散关遇雪〔一〕

剑外从军远〔二〕，无家与寄衣〔三〕。散关三尺雪，回梦旧鸳机〔四〕。

集　注

〔一〕【朱注】本传："柳仲郢镇东川，辟为节度判官，检校工部郎中。"方舆胜览："大散关在梁泉县，为秦蜀要路。"通志：

"在凤翔府宝鸡县城南,通褒斜大路,属汉中府。"【冯曰】赴桂赴徐,闺人固在,今则失偶而出游也。非谓乍悼亡即赴辟。【张曰】冯氏年谱之谬,莫甚于以王氏之卒系诸五年,而以蜀辟系之六年也。义山悼亡,据乙集序"三年已来,丧失家道"语,其为是年(指大中五年)无疑。而集有悼伤后赴东蜀辟至散关遇雪诗,则妻殁未久,即赴辟可知。……且诸悼亡诗皆兼赴辟远行而言,必如冯说妻亡在是年,何以是年无一首诗,而必待六年始重叠致哀耶?【按】张说是。东蜀,指东川。然妻殁未久即赴辟之说则非,已见前有关诸诗笺证。

〔二〕【朱注】剑外,剑阁之外也。杜甫诗:"草木变衰行剑外。"【按】东、西川皆可云剑外,此指东川。从军,指赴节度使幕。

〔三〕【补】与(去声),给也。

〔四〕【程注】上官仪诗:"方移花影入鸳机。"【按】鸳机见前即日(小苑试春衣)注。

笺 评

【杨曰】据此则茂元女亡于大中六年。"散关"二句:妙在字句之外。

【何曰】通首不离"悼伤后"三字。(读书记)

【姚曰】悲在一"旧"字。

【屈曰】以"从军"起"无衣",以"无衣"起"三尺雪",四总结上三。

【纪曰】气格高远,犹存开、宝之遗。"回梦旧鸳机",犹作有家想也。缩退一步,正是加一倍法。(诗说)陈陶陇西行曰:

"可怜无定河边骨，犹是春闺梦里人。"是此诗对面。（辑评）

【姜炳璋曰】一呼三应，二呼四应。机上无人，故无衣可寄；积雪散关，益增梦想。凄绝！

【俞陛云曰】此玉溪生悼亡之意也。昔年砧杵西风，恐寒到君边，征衣先寄；今则客子衣单，散关立马，风雪漫天。回首鸳鸯机畔，长簟床空，当日寒闺刀尺，怀远深情，徒萦梦想耳。（诗境浅说续编）

【按】诸家评中纪评尤精。诗似单纯而含蕴丰富，处境之孤孑、远行之辛苦、身世之飘零，均自然流露于笔端。虽浑成而曲折有致，洵为盛唐馀响。

利州江潭作①〔一〕

神剑飞来不易销，碧潭珍重驻兰桡〔二〕。自携明月移灯疾〔三〕，欲就行云散锦遥〔四〕。河伯轩窗通贝阙〔五〕，水宫帷箔卷冰绡〔六〕。他时燕脯无人寄②〔七〕，雨满空城蕙叶雕〔八〕。

校　记

①戊签无"作"字。

②"他"，冯曰："一作此。"

集　注

〔一〕【自注】感孕金轮所。【胡震亨唐音戊签】九域志："武士彟为利州都督，生后墨于其地。"方舆胜览："其地皇泽寺有武后真容殿。"名胜记："古利州废城在今保宁府广元县，县之临清门川主庙即唐之皇泽寺。县之南有黑龙潭，盖后母感溉龙而孕也。"【胡震亨唐音癸签】蜀志:"则天父士彠泊舟江潭,后母感龙交娠后。"然史不载其事,虽建寺赐真容,不闻别有祠设,岂后欲讳之耶?【朱注】唐书:"利州义成郡,属山南西道。"按武后自册为金轮皇帝。父士彠,为利州都督,生后,袁天纲见之,大惊曰:"当为天下主也。"见谭宾录。【冯注】旧书纪:"武后如意二年,加金轮圣神皇帝号。"通典:"利州,盖蜀之北境。"酉阳杂俎:"则天初诞之夕,雌雉皆雊,右手中指有黑毫,左旋如黑子。"若胡氏所云,余未考证。老学庵笔记:"利州武后画像,其长七尺。"

〔二〕【姚注】豫章记:"吴未亡,恒有紫气见斗牛之间。张华闻雷孔章妙达纬象,乃要宿,屏人问曰:'惟斗牛之间有异气,是宝物之精,上彻于天耳。'孔章具言精在豫章丰城,遂以孔章为丰城令。至县,掘得玉匣。开之,得二剑,乃留其一,匣而进之。后张华遇害,此剑飞入襄城水中。孔章临亡,戒其子,恒以剑自随。后其子为建安从事,经浅濑,剑忽于腰间跃出,入水变为龙。逐视之,见二龙相随逝焉。"(按晋书张华传载双剑化龙事与豫章记少异,不具引。)【冯注】越绝书:"风胡子曰:'剑之威也,此亦铁兵之神也。'"武后盗帝位,诛唐宗室,故首以龙剑比之。旧书李淳风传:"太宗以秘记云:'唐三世之后,则女主武王代有天下。'密访淳风,淳风曰:'其兆已成,生陛下宫中,不逾三十年,当有天下。'帝曰:'疑似者尽杀之。'淳风曰:'天之所命,必无避禳之理;王者不死,多恐枉及无辜。'"即此句意。又,袁天纲,益州人,赴召至京,经利,得相后于幼小时,亦见史文。【程注】阴铿经丰城剑池诗:"清池自湛澹,神剑久迁移。”

〔三〕【何曰】明月，珠也。（辑评）【徐曰】楚词：“烛龙何照？”注曰：“言大荒西北隅山名不周，神龙衔烛照之。”【冯注】佛说海八德经：“海怀众珍，明月神珠。”法苑珠林引大志经云：“大意入海取明月宝珠，以济众生。”此言自携明珠，以代神烛。

〔四〕【胡震亨唐音癸签】言龙衔珠为灯，而散鳞锦以交合。龙性淫，义山为代写其淫，工美得未曾有。散锦，本木华海赋中语。【冯注】海赋叙水怪鲛室，有“云锦散文于沙汭之际”，句用此。按：上句喻遽移唐室也，明月阴象，以比后妃；下句言乘时御天而多丑行也。云从龙，又行云为高唐事，胡氏解未全的。【按】胡解是。

〔五〕【冯注】抱朴子：“冯夷以八月上庚日渡河溺死，天帝署为河伯。”楚词九歌河伯：“紫贝阙兮珠宫，灵何为兮水中？”

〔六〕【朱注】用鲛人织绡事。【冯注】冰绡即鲛绡。二句谓江潭祠庙。【程注】吴都赋：“泉室潜织而卷绡。”王勃赋：“引鸳杼兮割冰绡。”【补】述异记：“南海出鲛鮹纱，泉室（即鲛人）潜织，一名龙沙。其价百馀金。以为服，入水不濡。”

〔七〕【道源注】南部新书：“龙嗜烧燕肉，食燕肉人不可渡海。”【冯注】梁四公记：“瓯越罗子春兄弟，自云家代与龙为婚，能化恶龙。杰公乃令子春兄弟等赍烧燕五百枚，入震泽中洞庭山洞穴，以献龙女。龙女食之大喜，以大珠三、小珠七、杂珠一石以报帝命，子春乘龙载珠回国。”博物志：“人食燕肉，不可入水，为蛟龙所吞。”按：汉成帝时童谣：“燕燕，尾涎涎。张公子，时相见。”武后嬖张六郎兄弟。此影借汉事,用龙嗜燕肉为隐语,又以罗子春兄弟比二张。太平寰宇记:"利州理绵谷县,有龙门山石穴,高数十丈。又东山之北有燕子谷。"诗用"燕脯",或有旧事而莫考者。【按】冯解凿。

〔八〕【徐曰】从前必崇祀,至此成荒江废庙矣。【程注】陆机诗:"蕙叶凭林衰。"

笺　评

【朱曰】此感时去之不可留也。(李义山诗集补注)

【何曰】武后见骆宾王檄文,犹以为斯人沦落,宰相之过。义山为令狐绹所摈,白首使府,天子曾不知其姓名,有不与后同时之恨,故因过其所生之地,停舟赋诗。落句盖言己之漂泊西南,曾不若罗子春之献燕脯于龙女,犹得乘龙载珠而还也。(读书记)又曰:诗中必皆用龙事,次联未详出处。(辑评)

【陆曰】义山博学强记,未遇主知,故过孕金轮之地,而自叹其生不逢时也。……"神剑飞来不易销"句,正见天之所命,人不能违也。接言我今日泊舟江潭,其风景有不同者。明月、行云一联,言其宽阔,是从潭上摹写。河伯、水宫一联,言其幽深,是从潭下想像。结言己之漂泊西南,曾不如罗子春之献脯龙女,犹得乘龙载珠而还也。"雨满空城蕙叶雕",即屈子草木零落、美人迟暮意。

【陆鸣皋曰】因有神灵,故借以寓帝乡之意。首联,自况不能化去而至此。次联,喻怀希世之珍,而欲佐理天工也。明月,以珠言。五六句,写水宫景象,欲以物通诚,而无人为寄,惟萧然景色而已。

【姚曰】此感时去之不可留也。大抵神物之生,虽复轩天轾地,及其运去时移,终归寂寞。诗但咏龙,而金轮事已寓。碧潭龙窟,过者悚神。回想翊运而飞之时,明月在其掌握,行云凭其指使,何等气燄!岂知今日者,河伯轩窗、水宫帷箔间,欲求燕脯之寄而不可得,吾不知天之钟此异物,浊乱乾坤,竟何意也!

【屈曰】明月,珠也。珠光闪烁,疾于移灯,遥如散锦,不可就也。五六言潭中水气,一片空明。此时若有燕脯,可以直入龙宫,今无人相寄,惟望雨飞叶落而已。

【程曰】题下自注:"感孕金轮所。"诗乃为武后作。后在繈褓中,袁天纲已惊其龙瞳凤颈,故通篇以龙比之。"神剑飞来不易销",用延津化龙事,以为天之所生,谁能废之?……次句自写其经过江潭,珍重停桡之意。三句言龙携明月之珠,足使灯火尽废,喻其临朝称制,迁中宗于房州也。四句言龙乘行云之势,遥散锦文,有如海赋所云"鲛室云锦,散文于沙汭之际",喻其任用诸武也。五六二句,言龙去潭空,水波恬静,徒想像于河伯轩窗、水宫帷箔而已,喻武后已往,岂犹江潭感孕之时耶?七句言龙既去矣,谁复以烧燕寄之?八句用离骚湘夫人:"薜荔拍兮蕙绸","擗蕙櫋兮既张"(按二句分别出自九歌湘君、湘夫人)之意,言武后虽革唐命,自号大周,而今日之尚论吊古者,犹以为国后而不以为天子,亦如吊湘君、湘夫人耳。此义山用春秋书法,义正辞严,出之和婉,使人不觉。此其所以高出中晚名家欤?

【冯曰】颇不易解,今为细释之,其所感未晓。【按】冯解已分见句下笺。

【纪曰】自注曰"感孕金轮所",诗中皆以雌龙托意,殊莫解其风旨何取，只“雨满空城蕙叶雕”一句有神韵可玩耳。问香泉解如何？曰似是如此解。（香泉谓有不获与后同时之恨。）（诗说）起二句言精灵长在，过者留连。三句言其神光离合。四句言可望而不可即，但见云如散锦耳。五六句想其所居。末二句以怅望意结之。○首句用剑化龙事，终太鹘兀。○既自注“感孕金轮所”，明以金轮寄意矣。如此立言，无乃非体，亦太不自占地步。（辑评）

【曾国藩曰】此诗在利州咏武后也。即潭中之景寓怀古之意。五六七句均以龙比武氏。（十八家诗钞）

【张曰】颇不易解，诚如冯说。利州属山南西道，或兴元往来之作，暗伤令狐之速化耶？“自携”句似言入幕。“欲就”句似言不料其死。结叹厚爱无人，知己雕谢也。是则余之臆测矣。谓专咏则天，则太愚。（会笺）又曰：诗盖暗咏武后，然中有未详处。若谓以金轮寄意则未然。（辨正）

【按】此诗作于大中五年冬赴梓州途经利州时。诗人泊舟江潭，有感于龙人交合感孕武后之传说，驰骋想像，对传说中之情景加以描绘渲染。首联借神剑化龙之传说，用比兴手法暗喻龙与后母之遇合，犹如雌雄双剑之会合，次句点江潭泊舟。颔联正面描绘龙人交合情景，谓神龙自携明月宝珠，光耀满室，迅疾移去室内灯烛；散开身上之锦鳞，想靠近美丽之“行云”（喻后母犹如美丽之神女）。腹联想像神龙所居水下宫室之华美：轩槛瑶窗，连接华美之宫阙；帷箔帘幕，如同透明之冰绡。尾联收回眼前雨满空城，蕙叶凋衰之现境，透露出遗迹荡然之感慨。诗人之着眼点不在评价武后这一历史人物，而是对其神异之出身来历怀有浓厚兴趣，故未必有所托寓。全篇色彩绚丽，想像新奇，充满浪漫气息。

望喜驿别嘉陵江水二绝〔一〕

嘉陵江水此东流，望喜楼中忆阆州〔二〕。若到阆州还赴海，阆州应更有高楼〔三〕。

其二

千里嘉陵江水色，含烟带月碧于蓝〔四〕。今朝相送东流后，犹自驱车更向南①〔五〕。

校　记

①"犹"，蒋本、姜本、影宋抄、钱本、万绝作"由"，字通。

集　注

〔一〕【自注】此情别寄。（按现存旧本无此自注，系录冯注。是否有此自注，颇可疑。）【朱注】寰宇记："嘉陵水一名西汉水，又名阆中水。"周地图云："水源出秦州嘉陵，因名嘉陵江。"【冯注】通典："秦州上邽县嶓冢山，西汉水所出，经嘉陵，曰嘉陵江；经阆中，曰阆中江。"广元县志："南去有望喜驿，今废。"按：香山酬元九东川路诗有"嘉陵县望驿台"，即望喜驿也。羯鼓录云："出蜀至利州西界望喜驿，入汉川矣。自西南来，始临嘉陵，颇有山川景致。"

〔二〕【冯注】旧书志注："阆水迂曲，经郡三面，故曰阆中。"通典："阆州阆中郡，隋巴西郡，唐改阆州。"

〔三〕【冯注】地形志："阆中居蜀、汉之半，当东道要冲。"通典：

"今郡城即古阆中城,名曰高城,前临阆水,却据连岗。"按:嘉陵江自昭化、广元间又东南入苍溪县界,此驿旧迹,正当其地。又东南历阆中南部,皆唐阆州之境,自此历唐之果州,至渝州入大江,滔滔东下而赴海矣。

〔四〕【冯注】徐曰:"杜诗'嘉陵江色何所似?石黛碧玉相因依',义山亦云然,当是川水之最清者。"

〔五〕【冯注】梓州在阆州西南。【朱彝尊曰】阆州应在望喜驿下流,故云。

笺 评

【陈模曰】(首章)盖言方在望喜楼中相送,则忆其到阆州,到阆州则忆其赴海。然阆州应更有楼,又当望以相送也。此比兴宛转不忍别之意足以尽之矣。(怀古录)

【金介曰】(题下批)制题之妙,惟香山肖之。

【何曰】水必朝宗,人弥背阙,何地不(心)摇目断耶?(辑评)

【徐德泓曰】(首章)一曲一折,一折一深,窅然不尽,总是诗中进一层法。

【姚曰】(首章)大抵望乡之心与东流无极,贾浪仙诗"却望并州是故乡"亦此意。(次章)今朝相送后,并嘉陵不得一见矣,真销魂语。

【屈曰】一首:江水东流,高楼可望,江流到海,更有高楼,言不忍别也。二首:一二嘉陵之美,三四言别路无已也。

【程曰】此为大中末年柳仲郢贬雷州刺史之后,义山北归,经过嘉陵忆之。故前首写己高楼望远之情,后首写柳驱车向南之况也。(按柳大中末贬雷州事系旧书误载。)

【冯曰】此情别寄者,以今东川之行,追叹前此巴蜀之役也。

江水于此东流，我更驱车南向，昔行既属徒劳，今此亦非得意，言外寄慨无穷也。惜前后细踪无可殚索耳。

【纪曰】（首章）曲折有味。（次章）前首说江东去，是将别也，此首说人南行，是已别也。二首相生。（诗说）

【张曰】此假江水自慨遇合之不偶也。“今朝相送东流后，犹自驱车更向南”，言已与李回初别，乃更欲希望杜悰；梓州在阆州西南，即“更欲南行问酒垆”意。“若到阆州还赴海，阆州应更有高楼”，则言倘彼人无情于我，或左迁如李回，则此地当更增无穷之怅望矣。何人生不幸，一无特操乃尔，能不哑然失笑哉？义山此行，当是先至阆州，后至梓州，又欲南向成都，中途折回，复至阆州，故有巴西诸诗。嘉陵江跨阆、果诸境，望喜驿则在广元县，此未至阆州时作。自注云云，盖事关党局，不欲明言耳。嗟呼！义山一生为朋党所累，放利偷合，又岂得已！读此诗亦可以悲其志矣。又案李回自西川贬湘，而嘉陵水则至渝州入江，东流赴海，诗虽暗指杜悰，实则心注李回，赴海喻左迁也，措辞之妙，真未易测。（会笺）

【岑曰】望喜驿在今广元县南，梓州在阆州西南，自长安赴东川任，系从汉中来。至广元后则离嘉陵江而折向西南。望喜驿别嘉陵江水二绝，冯注列入梓幕，极其贴切，张反以为误。

【按】此赴梓途中作，岑驳正张说极是。自注：“此情别寄”，所见旧本均无，不知冯氏所本。即或有此自注，“此情别寄”，亦可理解为以别嘉陵江水之情寄托思乡念友之情，不必如冯笺牵扯本属子虚乌有之昔游。首章次句“忆阆州”之“忆”，非忆昔游之忆，乃因嘉陵江流向阆州而忆之也。“忆”有遥想之意。登驿楼而远望，江水东流，乃想像其流经阆州及远赴沧海情景。“阆州应更有高楼”者，因望喜驿别嘉陵江水时登高遥望之情景而生出此一想像，极言其依依惜别之意而已。次章首二句言千里嘉陵，含烟带月，似赞江水之源远流长，实暗寓己之披星戴月，顺嘉陵江而南下几已千里之意。三、四句言行程虽已如此之远，然别嘉陵之后，犹需南行也，则此役之令人销魂可知矣。盖自汉中以来，与嘉陵江为伴，聊慰旅途之寂寞，身世之孤孑，今则别矣。诗中“嘉陵江水”之形象，俨若一旅途中相依相伴多日而今分携之友人。温庭筠过分水岭诗云：“溪水无情似有情，入山三日得同行。岭头便是分头处，惜别潺湲一夜声。”可与此二首互参。

张恶子庙〔一〕

下马捧椒浆〔二〕，迎神白玉堂〔三〕。如何铁如意，独自与姚苌〔四〕？

集 注

〔一〕【朱注】(太平广记引)北梦琐言：“梓潼县张蝁子神，乃五丁拔蛇之所也。或云嶲州张生所养之蛇，因而立祠，时人谓为张蝁子，其神甚灵。”方舆胜览：“张恶子庙，即梓潼庙，在梓潼县北八里七曲山。”按：图志：“神姓张，讳亚子，其先越嶲人也，因报母仇，遂陷县邑，徙居是山，其墓在隆庆府梓潼县东二十里。”【程曰】广韵、集韵：“亚，衣驾切。”又，正韵：“乌落切。”正讹：“与垩同，涂饰墙也；又与恶同。”史记:“卢绾孙他之封亚谷侯。”汉书作恶谷。语林:“宋人有获玉印,文曰‘周恶夫印’。刘原父曰:‘汉条侯印。’”古亚、恶二字通用,此亦张亚子也。【冯注】尔雅:“蛈,蝁。注曰:蝮属,大眼,最有毒,今淮南人呼蝁子。蛈,音迭;蝁,乌落切”。华阳国志:“梓潼县有五妇山,故蜀五丁士拽蛇崩山处也。有善板祠,一曰恶子,民岁上雷杼十枚,岁尽不复见,云雷取去。”是其初皆因拔蛇之所,而后乃不一其说也。“蝁”与“恶”相类。“恶”,古文作“亚”。史记:“卢绾孙他之封亚谷侯”,汉书作恶谷,皆乌落切,非衣驾切。午桥引语林……而谓此亦张亚子,其说非也。梓潼之神,后益灵应。近代则附之以文昌之星,崇之以帝君之号。世所传化书虽不敢尽信,而灵奇不测,超越常理,牖民广教,功斯为大矣。朱曰:案图志:“神之墓在梓潼县东二十里。其庙先号九曲,盖梓潼水来朝,九折而去,后号七曲。”四川通志:“五妇山、七曲山皆在梓潼县北,二山相接。”太平寰宇记:“剑州梓潼县济顺王,本张恶子,晋人,战死而庙存。”唐书云:“广明二年,僖宗幸蜀,神于利州桔柏津见,封为济顺王,亲幸其庙,解剑赠神。”明一统志谓神越隽人,因报母仇,徙居是山。自秦伐蜀以后,世著灵应。曹学佺蜀郡县古今通释:“梓潼县,蜀古志云:禹于尼陈山伐梓,其神化为童子,汉所为名县也。此语出翰墨全书,方舆胜览引之。”按:其说多端,今皆详征之。

〔二〕【朱注】楚词:“奠桂酒兮椒浆。”

〔三〕【朱注】乐府:“白玉为君堂。”【徐注】“梓潼、灌口、射洪号为三神,宋井度有蜀三神祠录。”(冯注引)

〔四〕【道源注】梓潼七十五化云:“建兴末作儒士,称谢艾,为张轨主簿。张重华嗣位,石季龙使将麻秋侵寇,命艾以千人击之。秋单骑宵遁。继而往关中与姚苌为友。然厌处凡世,思归蜀峰,约苌曰:'苟富贵,无相忘。'后苌以龙骧将军使蜀,至凤山访予,予礼待之,假以铁如意,祝之曰:'麾之可致兵。'苌疑予,予为之一麾,戈盾戎马万馀列之平坡。今试兵坝是也。"后苌以苻坚死,即帝位,因号秦焉,即其地祀之。……迨至隋唐,其灵尤著,加封至八字王庙,号灵应云。

笺 评

【姚曰】此叹天道多不可问也,与"自是当时天帝醉"同意。

【屈曰】贤愚不辨,安见其神之灵乎?

【纪曰】太激太直。

【李慈铭曰】义山此等作,已开西涯小乐府诗途径。(越缦堂读书简端记唐人万首绝句)

【按】姚、屈笺是。王达津谓"诗斥责张恶子神,实际上就是斥责唐王朝听任藩镇把军权私相授受"(见李商隐诗杂考之二),可备一说。

梓潼望长卿山至巴西复怀谯秀〔一〕

梓潼不见马相如,更欲南行问酒垆①〔二〕。行到巴西觅谯秀,巴西唯是有寒芜。

校 记

①"问",季抄一作"望",非。

集　注

〔一〕【道源注】方舆胜览："长卿山在梓潼县治西南，旧名神山。唐明皇幸蜀，见山有司马相如读书之窟，因改名长卿山。"谯周巴记："刘璋分巴，以永宁为巴东郡，垫江为巴郡，阆中为巴西郡，是谓三巴。"孙盛晋阳秋："谯秀，字元彦，巴西人，谯周孙。李雄盗蜀，安车征秀，不应。桓温平蜀，返役，上表荐之。"【冯注】新书志："剑州梓潼县有神山。"蜀志："谯周，巴西西充国人。周子熙，熙子秀。"后汉书志："巴西充国县，分阆中置。"通典："阆州阆中郡，隋巴西郡，唐改阆州。果州南充郡，隋并入巴西郡，唐分置果州，属县南充、西充。"晋书隐逸传："桓温灭蜀，上疏荐之（谯秀）。朝廷以年在笃老，兼道远，故不征，敕所在四时存问。"

〔二〕【冯注】蜀记："相如宅在市桥西，即文君当垆涤器处。"

笺　评

【何曰】伤不遇也。相如有监门之荐，谯秀有元子之表，今不可得矣。（冯笺引）又曰：都会既空，岩壑亦寂，穷老失路，友朋阔绝，求一似人者以解寂寞而不可得，真欲下院（按：疑作"阮"）途之泣也。（辑评）

【姚曰】空名在世，亦复何益！

【屈曰】言今日无其人也。

【程曰】巴蜀人物与相如可并称者甚众，义山独取谯秀，专为其为桓温表荐，犹之长卿为狗监所荐，而伤今更无人荐己也。观题中"望"字、"怀"字可见。

【冯曰】阆州属县南部、新政、新井，皆汉充国县地。剑州之梓潼县与梓州之为梓潼郡境相接也。此时义山之至成都，乃从诗中意逆得之，而徘徊于阆、果、剑、梓之间，迹更可据。若谓后在东川幕，使至西川，归而致慨，则何必越境至此？且在幕尚有数年，情态岂可合哉？望长卿山不必泥看，即诗中酒垆之意。此章与后之别嘉陵江水互参，阆州必别有事在也。又曰：言至梓潼时所望已虚，何更南行访酒垆耶？及回至巴西，而意中所觅，亦惟一片寒芜，仆仆往来，诚何谓哉？语澹而神味无穷，更当于踪迹外领之也。又曰：暗诉荐拔无人，往来失意，乃此段（指大中二年秋蜀游）之关键也。（末条见年谱。）

【纪曰】但如题一气写出，自饶深致，最老境不可及。廉衣曰：字句衔叠而下，集中此调极多，在彼写来，自有拙趣，然效之则成枯窘矣。神到之作，惟夜雨寄北一章耳。（诗说）

【张曰】留滞荆门之后，又有巴蜀之游也。巴蜀之游，当是希望杜悰。北禽诗曰"杜宇"，点其姓也；梓潼诗曰"酒垆"，点其地也。其为杜悰无疑。惟此行虽意在于悰，而实未至成都，中道而回……杜悰与卫公交恶，为令狐一党，当时号为"秃角犀"，甘食窃位，未尝延接寒素，义山与之姻娅，自必素知其为人。其始也，穷途失意，急不暇择，妄冀哀怜，迨行至巴西而悔其计之左矣。故梓潼望长卿山至巴西复怀谯秀诗……言至梓潼而望已虚，至巴西而意全变，况至成都，彼其之子，固不能必其如桓温之荐谯秀也（杜悰由东川迁西川，玩诗意当是义山先至梓州，往谒而悰已离镇矣，故更欲径向成都，及巴西而始折回也。长卿为梁王上客，而已不能入蜀幕，故借以喻意）。又曰：梓潼，唐之剑州，属东川。巴西，阆州也。盖义山先赴东川谒杜悰，而梓已迁镇，故又欲南向成都，及折回巴西，而有此诗。谯秀有元子之表，今则

不可复得矣，故以寄慨也。（会笺）

【岑曰】果州由巴西分置，为河东公复相国京兆公启："今遣节度判官李商隐侍御往渝州及界首已来，备具饩牵，指挥馆递。"果州正由梓赴渝所必经，诗应此时之作。（张）笺三云："巴西，阆州也，盖义山先赴东川谒杜悰，而悰已迁镇，故又欲南向成都，及折回巴西而有此诗。"按诗题景况是由梓州向东南行，若谓商隐从湘至梓谒悰，则来时已经果州，其事势适相逆。（张）笺又云："玩诗意，当是义山先至梓州往谒，而悰已离镇矣，故更欲径向成都，及巴西而始折回也。"殊不知梓州今三台县，西南为成都，东北为阆，由梓州赴成都而向东北，正无异南辕北辙。况既至阆州，取汉中还长安，非特通途，尤属捷径，胡为北旋之日，仍道荆襄，迂路数千，无乃劳费？作此设想者，直未曾揭开舆图一阅矣……更有出乎情理外者，李回自西川责授湖南，东川杜悰徙代，（张）笺三谓与郑亚贬循同是二年二月事，说极可信（参旧纪）。若然，则悰迁镇西川，商隐在桂时早于除书见之（此种除书，性质与清之邸钞相类）何为越四、五月后犹向东川寻杜悰耶？

【按】解此诗关键，在确定题内"梓潼""巴西"具体所指。张、岑二氏均以为梓潼指梓州（冯氏亦隐有此意），实则题与诗之"梓潼"均指剑州梓潼县无疑，盖长卿山（即神山）本在梓潼县境而不在梓潼郡也。谯秀籍贯巴西，固指果州之西充，然此诗所谓巴西，则实指唐之绵州巴西郡巴西县也。巴西县在梓潼县之西南，而成都又在巴西县之西南。诗言行至梓潼县望长卿山，而不见司马相如其人，故更欲南行至成都，访其遗迹也。乃行至巴西而怀想寻觅谯秀之遗踪，而巴西亦唯一片寒芜而已。言外见“南行问酒垆”亦大可不必。此盖因行役道中访古而兴前不见古人与世无知音之慨。献河东公启云：“射江奥壤，潼水名都，俗擅繁华，地多材隽，指巴西则民皆谯秀，访临邛则客有相如。”诗意则反是，谓今并无其人矣，曰“不见”，曰“唯是有寒芜”，似慨蜀地之无才，实伤己之不遇同调知音焉。据“寒芜”字，诗当即大中五年冬赴东川幕道中作。盖作者由秦入蜀，沿嘉陵江而至利州，于望喜驿别嘉陵江水后复西南行，越剑阁而至梓潼县，再向西南，行至绵州巴西县，乃顺涪江而东南下至梓州。联系利州江潭作、望喜驿别嘉陵江水二绝、张恶子庙、梓潼望长卿山至巴西复怀谯秀诸诗，旅途路线固极分明。如此解释，“不见”、“更欲南行”、“行至巴西”之方向路线方能顺理成章。如以“巴西”为阆州，为果州西充，则“更欲南行”而竟行至阆、果，直西辕而东辙也。以绵州巴西为谯秀之巴西，犹以虢之荆山为卞和泣玉之荆山，固不必拘。

武侯庙古柏〔一〕

蜀相阶前柏，龙蛇捧閟宫〔二〕。阴成外江畔〔三〕，老向惠陵东〔四〕。大树思冯异〔五〕，甘棠忆召公①〔六〕。叶凋湘燕雨〔七〕，枝拆海鹏风②〔八〕。玉垒经纶远〔九〕，金刀历数终〔一〇〕。谁将出师表〔一一〕，一为问昭融〔一二〕？

校　记

①“召”，悟抄、影宋抄作“邵”，非。

②“拆”原作“折”，非。据蒋本、姜本、戊签改。季抄一作“拆”，同“拆”。

集 注

〔一〕【朱注】成都记：“武侯庙前有双大柏，古峭可爱，人言诸葛手植。”杜甫诗：“丞相祠堂何处寻？锦官城外柏森森。”【冯注】蜀志：“丞相诸葛亮，谥忠武侯。”

〔二〕【朱注】杜甫古柏行：“先主武侯同閟宫。”【冯注】诗：“閟宫有侐。”段文昌古柏文：“武侯祠前，柏寿千龄，盘根拥门，势如龙形。”【补】閟，深闭。閟宫，指先主与武侯庙。捧，拱卫。

〔三〕【朱注】方舆胜览：“水自渝上合州至绵州者，谓之内江；自渝上戎、泸至蜀者，谓之外江。”【冯注】寰宇记：“汶江亦曰外江。”史记河渠书：“蜀守冰穿二江成都之中。”正义引括地志云：“大江一名汶江，亦名外江，西南自温江县界流来。郫江一名成都江，亦曰内江，西北自新繁县界流来。”【按】内、外江所指不一。嘉庆一统志卷三八四：四川成都府郫江：“盖自成都（府）而言，则郫为内江，沱、湔为外江；自成都一城而言，则流江（锦江）为内江，而郫又为外江。”此处似就成都一城而言，当指郫江。或统指汶江亦可。

〔四〕【朱注】蜀志：“昭烈帝葬惠陵。”【冯注】寰宇记：“东陵即蜀先主陵也，今有祠存，号曰东陵神。”陆游跋古柏图：“予居成都七年，屡至汉昭烈惠陵，此柏在陵旁庙中，忠武侯室之南。”成都记：“先主庙西院即武侯庙。”【按】二句隐喻诸葛亮泽庇蜀人，忠于先主。

〔五〕【姚注】后汉书冯异传：“诸将并坐论功，异独屏树下，军中呼为'大树将军'"。【李因培曰】拟人于其伦。【按】冯异,汉光武帝战将,曾参与讨灭王郎及其他武装势力,数有功。此谓见古柏而追思诸葛亮功高不伐之品德。

〔六〕【程注】诗国风:"蔽芾甘棠,勿剪勿伐,召伯所茇。"【冯注】诗序:"甘棠,美召公也。"【冯舒曰】(二句)一句将,一句相。(何焯引,见辑评。)【按】甘棠,木名,即棠梨。旧说甘棠诗系赞颂周初之召公奭,实则诗经中之召公与召伯系二人。江汉、召旻二诗中之召公指召公奭,黍苗、崧高中之召伯则指宣王时之召穆公虎。甘棠诗中之召伯即指召穆公虎。厉王时,民众暴动,召穆公虎曾匿太子靖于其家,后扶立靖即位,即宣王。召伯曾巡行南国,宣扬文王之政,于甘棠树下休憩决狱。后人念其遗爱,因赋甘棠。此以召伯喻诸葛亮,谓睹古柏而缅怀其治绩与遗爱。上句指武功,此句指文治。

〔七〕【朱注】湘中记:"零陵有石燕,遇风雨则飞舞如燕,止则为石。"

〔八〕【程注】庄子逍遥游:"鹏之徙于南溟也,水击三千里,抟扶摇而上者九万里。"【冯注】拆,裂也,开也。若作"折",非劲柏矣。【何曰】二句发"古"字偏壮丽。(读书记)【按】二句以古柏受风雨摧残暗示诸葛亮所处时代环境之不利。

〔九〕【程注】蜀都赋:"包玉垒而为宇。"注:"玉垒,山名,湔水出焉,在成都西北。"【朱注】寰宇记:"在茂州汶川县北三里,汶水所经。"【冯注】华阳国志:"玉垒山出璧玉,湔水所出。"【按】玉垒山在今阿坝藏族自治州汶川县境。此赞诸葛亮治蜀有宏远规划。

〔一〇〕【冯注】汉书王莽传:"'刘'之为字,卯金刀也。正月刚卯,金刀之利,皆不得行。"【查慎行曰】(二句)即子美"运移汉祚终难复"一句意。【补】尚书大禹谟:"天之历数在汝躬,汝终陟元后。"疏:"历数谓天历运之数,帝王易姓而兴,故言历数谓天道。"历,通"历"。历数,天道,亦指朝代更替之次序。古以帝位相承之次第与天象运行之次第相应。此犹言汉朝气运已终。

〔一一〕【程注】出师表,诸葛亮作,文选撰此题。本传但云"率诸军北驻汉中,临发上疏"云云。其第二表亮集所无,出张俨默记。【冯曰】(程)说见蜀志本传注。

〔一二〕【道源注】昭融,天也。杜甫诗:"契合动昭融。"【程注】诗:"昭明有融。"组织其字为"昭融"者,杜甫始也。【李因培曰】结到武侯。

笺　评

【刘克庄曰】义山孔明庙云:"玉垒经纶远,金刀历数终。"诚斋徐孺子墓云:"旧国已禾女,荒阡犹石翁。"比山谷"司马寒如灰,礼乐卯金刀"之句尤精确。(后村诗话续集)

【方回曰】五六善用事,玉垒、金刀之偶尤工。(瀛奎律髓)

【胡应麟曰】义山用事之善者,如题柏"大树思冯异,甘棠忆召公",至"玉垒""金刀"便入昆调。一篇之内,法戒俱存。世欲束晚唐高阁,患顶门欠只眼耳,要皆吾益友也。(诗薮内编)

【何曰】意足。○湘燕、海鹏,阴、庾衬法。○后四句意极完密,重武侯耳,方抱转得第三联。若用字面关合,反成俗笔。○落句不能双关,终是未到家处。(见辑评)

【姚曰】前八句咏古柏，末以武侯事感慨收之。

【屈曰】一段完题。二段因物怀人。三段以武侯之才而天心厌汉，终于三分，恨之之词。

【冯曰】义山此时至成都，虽无明据，然后之筹笔驿云："他年锦里经祠庙，梁父吟成恨有馀。"以意追考，当在此时（指大中三年自巴蜀返京前）也。故为酌编。

【纪曰】蒙泉曰：五六句一锁，转处生慨。○五六句乃一篇眼目，不但以用事工细赏之。湘燕、海鹏字无着落，此种是昆体可厌之处。○有谓"金刀"句太纤者，不为无见，然在昆体尚不妨，但不得刻意学此种。（诗说）又曰：风格老重，五六尤警切。惟"湘燕雨""海鹏风"事外添出，毫无取义，昆体之可厌在此等。（瀛奎律髓刊误）

【张曰】因武侯而借慨赞皇也。"大树"二句，一篇主意。赞皇始终武宗一朝，后遭贬黜，故曰"阴成外江畔，老向惠陵东"也。"叶凋"句指李回湖南，"枝拆"句指郑亚桂海，二人皆义山故主，又皆受卫公恩遇，同时远窜，故特言之。"玉垒"句暗指卫公维州之事。"金刀"句言其相业烟消，亦以见天之不祚武宗也。结则搔首彼苍之意。此为义山是冬（指大中五年冬）赴西川推狱时所赋。若大中二年蜀游，仅及巴阆，未尝至成都也。（会笺）

【按】作年当依张笺系大中五年。诗因柏及人，缅怀诸葛亮治蜀之功绩与经纶规划之远略，颂扬其忠于先主、功高不伐之品德，并为其遭逢末世、志业不成深致痛惜。晚唐政治腐败，危机深重，统治集团中虽偶有富于才略之士，亦因客观环境限制而难以有所作为。义山咏史云："运去不逢青海马。"此则更进一步，谓运去即逢青海马亦无济于事。咏怀古迹之中，融有现实感慨。张氏谓借慨赞皇，虽未必然，然联系当时现实政治，不难发现怀古中确含慨今之意。德裕曾任西川节度，有治绩。新书本传云："蜀自南诏入寇，败杜元颖，而郭钊代之，病不能事，民失职，无聊生。德裕至，则完残奋怯，皆有条次。……建筹边楼，按南道山川险要与蛮相入者图之左，西道与吐蕃接者图之右。其部落众寡，馈饟远迩，曲折咸具。乃召习边事者与之指画商订，凡虏之情伪尽知之。……率户二百取一人，使习战，贷勿事，缓则农，急则战，谓之'雄边子弟'。……筑杖义城，以制大度、青溪关之阻；作御侮城，以控荣经犄角势；作柔远城，以厄西山吐蕃；复邛崃关，徙嶲州治台登，以夺蛮险。……蜀人多鬻女为人妾，德裕为著科约，……及期则归之父母。毁属下浮屠私庐数千，以地予农。……蜀风大变。于是二边寖惧，南诏请还所俘掠四千人，吐蕃维州将悉怛谋以城降。……德裕既得之，即发兵以守，且陈出师之利。僧孺居中沮其功，命返悉怛谋于虏。"凡此，与所谓"阴成外江畔""玉垒经纶远"者均极相合。玉垒山即在维茂一带，德裕追论悉怛谋之事，有"可减八处镇兵，坐收千馀里旧地，……有莫大之利，为恢复之机"等语，与"玉垒经纶远"之句若合符节。诸葛亮治蜀，行事与玉垒山似无直接牵涉，此处特标"玉垒"，颇似有意透露蛛丝马迹，以明诗之非单纯咏古。"湘燕""海鹏"二语，如纯咏武侯，直无所取义，而以借慨李回、郑亚之摧折于湘中海上解之，则又豁然贯通。故诗虽未必即以武侯喻德裕，然追慨武侯之中寓有现实政治感受则无疑。

五言述德抒情诗一首四十韵献上杜七兄仆射相公〔一〕

帝作黄金阙〔二〕，仙开白玉京〔三〕。有人扶太极〔四〕，维岳降元精[①]〔五〕。耿贾官勋大〔六〕，荀陈地望清〔七〕。旂常悬祖德〔八〕，甲令著嘉声〔九〕。经出宣尼壁〔一〇〕，书留晏子楹〔一一〕。武乡传阵法〔一二〕，践土主文盟〔一三〕。

自昔流王泽〔一四〕，由来仗国祯[②]〔一五〕。九河分合沓[③]〔一六〕，一柱忽峥嵘〔一七〕。得主劳三顾〔一八〕，惊人肯再鸣〔一九〕。碧虚天共转，黄道日同行〔二〇〕。后饮曹参酒〔二一〕，先和傅说羹〔二二〕。即时贤路辟〔二三〕，此夜太阶平〔二四〕。愿保无疆福〔二五〕，将图不朽名〔二六〕。率身期济世[④]，叩额虑兴兵〔二七〕。感念崤尸露〔二八〕，咨嗟赵卒坑〔二九〕。傥令安隐忍[⑤]〔三〇〕，何以赞贞明[⑥]〔三一〕？恶草虽当路〔三二〕，寒松实挺生。人言真可畏〔三三〕，公意本无争〔三四〕。

故事留台阁〔三五〕，前驱且旆旌〔三六〕。芙蓉王俭府〔三七〕，杨柳亚夫营〔三八〕。清啸频疏俗[⑦]〔三九〕，高谈屡析酲〔四〇〕。过庭多令子〔四一〕，乞墅有名甥〔四二〕。南诏应闻命，西山莫敢惊〔四三〕。寄辞收的博〔四四〕，端坐扫搀枪〔四五〕。雅宴初无倦〔四六〕，长歌底有情！槛危春水暖，楼迥雪峰晴〔四七〕。移席牵缃蔓[⑧]〔四八〕，回桡扑绛英。谁知杜武库〔四九〕？只见谢宣城〔五〇〕。

有客趋高义〔五一〕，于今滞下卿〔五二〕。登门惭后至〔五三〕，置驿恐虚迎〔五四〕。自是依刘表〔五五〕,安能比老彭〔五六〕? 雕龙心已切〔五七〕,画虎意何成〔五八〕! 岂省曾黔突⑨〔五九〕? 徒劳不倚衡〔六〇〕。乘时乖巧宦〔六一〕,占象合艰贞〔六二〕。废忘淹中学⑩〔六三〕,迟回谷口耕〔六四〕。悼伤潘岳重〔六五〕,树立马迁轻〔六六〕。陇首悲丹觜〔六七〕,湘兰怨紫茎〔六八〕。归期过旧岁〔六九〕,旅梦绕残更。弱植叨华族〔七〇〕,衰门倚外兄〔七一〕。欲陈劳者曲〔七二〕,未唱泪先横。

校　记

①"元"原作"玄",影宋抄作"光",皆非。据蒋本、姜本、戊签、悟抄、席本、朱本改。

②"祯",戊签、朱本作"桢"。

③"分",旧本皆同。【冯曰】必误,今以意改定。(按:冯改作"方"。)

④"期"原作"斯",非,据蒋本、姜本、戊签、悟抄、席本、钱本、影宋抄、朱本改。

⑤"令",蒋本作"今",非。

⑥"贞",钱本、影宋抄作"真",非。

⑦"啸",戊签作"瘦",非。

⑧"细"原作"湘",据蒋本、席本、朱本改。

⑨"省",季抄、朱本作"有"。

⑩"忘",戊签作"弃"。

集　注

〔一〕【朱注】旧唐书:"杜悰字永裕,式方子,尚宪宗女岐阳公主。会昌四年七月,拜中书侍郎同中书门下平章事,寻加左仆射。”【程曰】题中称“七兄”，诗中有“衰门倚外兄”句，义山与杜当为中表之戚也。【冯注】旧新书传：“杜悰……会昌中，由淮南节度入拜中书侍郎同平章事。刘稹平，进左仆射。未几，出为东川节度使，徙西川，复镇淮南，罢为东都分司。逾岁起为留守，复节度西川，召为右仆射。进同平章事。初加司空，继加司徒，后加太傅，封邠国公。”按：二书悰传，年月皆不细。考宰相表，悰由淮南入相，在会昌四年闰七月；罢相在五年五月。其移镇西川，则在大中二年二月，见通鉴考异中。三年十月，始奏取维州。又旧书纪及白敏中传，李回于大中元年八月节度西川，二年正月左迁湖南观察；敏中于五年出镇邠宁，七年移西川节度。然则悰洵于二年二月由东川移西川，而七年始移淮南。故柳仲郢六年镇东川，其子柳珪被悰辟聘也。悰之再镇西川，则在大中十一二年间，仲郢已罢梓府矣。又考薛逢有送西川杜司空赴镇诗，是大中末由东都留守复镇西川时也。又有送司徒相公赴阙诗，是懿宗咸通二年二月又从西川入相时也。悰由留守加司空，再镇成都加司徒，其加太傅，封邠国，则在咸通再相之时，故此题只称“仆射相公”也。合而订之，凡旧书传止一书镇西川，不书再镇，又不书复移镇淮南，而旧纪与通鉴书敏中于大中六年四月调西川。朱氏谱此诗于大中末再镇西川之时，徐笺文集谓柳珪之辟在仲郢咸通初镇兴元时事，一一皆误也。又按：文集献相国京兆公启，余初误为杜悰，而以诗中“早岁乖投刺”为疑，今知启乃上韦琮也。此二篇余初误为大中二年义山蜀游时作，时未悼亡，故于“悼伤”误引怀旧赋戴侯、杨君以比王茂元之卒，后从成都文类得为河东公上西川相国京兆公书，知义山有奉使西川决狱一事，而此笺乃能改定。其曰"有客"四句，是以邻封使客，驿路相迎，灼然明白矣。悰于七年移淮南，义山六年冬抵东川，当即赴西川，而来春返梓也。【张曰】(悰)由西川复镇淮南，亦不详何时。检旧纪，是年(六年)秋七月丙辰书："前淮南节度使李珏卒，赠司空。"则悰之迁镇，盖代李珏，其在是年无疑。新书宰相表是年又书："四月甲辰，白敏中检校司徒平章事西川节度使。"是敏中又代悰镇西川也。补编为河东公复相国京兆公第一启云："今月某日，已遣某职鲜于位奉启状谒贺新宠。伏承决取峡路，东指广陵。"第二启云："今月某日，潘押衙侍御至，伏承仁恩，荣赐手笔数幅，伏承凤诏已颁，鹢舟期舣。日临端午，路止半千……"敏中既于四月除西川，则悰之离镇在五月端节明矣。惟李珏之卒，纪在七月，与启不符，而旧书珏传又则谓"大中七年卒于淮南"也，岂悰之除镇淮南为七年事耶？不然，则纪文之七月必误也。且不但李珏，即白敏中节度西川，旧传亦书七年也。然考新书敏中传："宣宗立，以兵部侍郎同平章事，凡五年十三迁。会党项数寇边，敏中以司空平章事，兼邠宁节度招抚制置使，逾年检校司徒徙剑南西川。"敏中招讨党项在大中五年三月，其兼邠宁在五月，至八月平夏、南山党项悉平，见新旧两纪。玩传中"逾年"字，则节度西川，必不能迟至七年。传又云："治蜀五年有劳，加兼太子太师，徙荆南。"旧书传则云："十一年二月检校司徒平章事江陵尹、荆南节度使。"检宰相表："十一年二月，魏謩出为西川节度使，代敏中。"以敏中治蜀五年数之，是出镇正在是年，故通鉴书于大中六年，与宰相表合也。至李珏卒于淮南年月，新书珏传虽云："以吏部尚书召，俄检校尚书右仆射淮南节度使，卒于镇，赠司空，谥曰贞穆"，而不详何时。余考樊川集有册赠李珏司空制，书，"大中六年五月十六日壬午，皇帝若曰：咨尔淮南节度使李珏……"云云，则珏洵于六年春夏之交卒矣。史册歧误，得此补遗，殊为快事，今故剖其异同而载之……又案唐会要祥瑞门载："大中六年九月二日，淮南节度使杜悰奏：海陵、高邮两县百姓，于官河洒得圣米"云云，此尤为悰是年移镇之确据。冯谱误列七年，因之又取义山赴蜀及西川推狱，皆列诸六年，仍沿旧纪驳文。【按】张笺是。诗作于大中六年初春，商隐差赴成都推狱时。商隐大中五年十二月十八离梓州，约二十二、三日抵成都。二十四日有献相国京兆公启一上西川节度使杜悰。此诗系大中六年正月二日所上。

〔二〕【朱注】汉郊祀志："三神山在海中，黄金银为宫阙。"神异经："西北荒中有二金阙，高百丈；中有金阶西北入两阙中，名天门。"【程注】五星经："天上有白玉京、黄金阙。"【冯注】周礼："正月之吉，悬法于象魏。"郑司农云："象魏，阙也。"史记高祖纪："萧丞相营未央宫，立东阙、北阙。"按：宫阙习言金阙。

〔三〕【冯注】魏书释老志："道家言上处玉京，为神王之宗；下在紫微，为飞仙之主。"度人经："元始天尊在大罗天上玉京山中。"

〔四〕【程注】易系辞："易有太极，是生两仪。"

〔五〕【程注】诗大雅："维岳降神，生甫及申。"【朱注】(后)汉郎𫖮传："元精所生，王之佐臣。"【按】元精，天地之精气。

〔六〕【朱注】后汉书："耿弇封好畤侯，贾复封胶东侯，并图像南宫云台。"【程注】李白诗："萧曹安屺岏，耿贾扫搀枪。"

〔七〕【冯注】后汉书："荀淑，颍川颍阴人，当世名贤皆宗师之，出补朗陵侯相。陈寔，颍川许人，天下服其德，除太丘长，后累征命不起。"按：寰宇记："颍川郡八姓，陈、荀首之。"【朱注】世说："正始中人士比论，以五荀方五陈。"

〔八〕【冯注】书君牙："乃祖乃父，世笃忠贞，服劳王家。厥有成绩，纪于太常。"周礼："春官之属，司常掌九旗之物名，日月为常，交龙为旂。"旧书传："杜佑相德、顺、宪三宗，封岐国公，撰通典二百卷。"【补】旂，古时旗帜之一种。周礼春官司常："交龙为旂。"尔雅释天："有铃曰旂。"诗周颂载见："龙旂阳阳，和铃央央。"常，古旗帜名。周礼春官司常："王建太常。"郑玄注："王画日月，象天明也。"

〔九〕【冯注】汉书吴芮传："为长沙王，薨。高祖贤之，制诏御史：'长沙王忠，其(定)著令。'赞曰：'吴芮之起，不失正道……著于甲令，而称忠也。'"蔡邕郭有道碑文："聆嘉声而响和。"贾谊新书："天子之言曰令，令甲令乙是也。"【朱注】汉纪注："令有先后，故有令甲、令乙、令丙。"

〔一〇〕注见前送刘五经。

〔一一〕【冯注】晏子春秋："晏子将死，凿楹纳书，谓妻曰：'楹语也，子壮而视之。'及壮，发书，书之言曰：'布帛不可穷，穷不可饰；牛马不可穷，穷不可服；士不可穷，穷不可任；国不可穷，穷不可窃也。'"按："窃"字似误。旧书传："式方明练钟律，有所考定。家财钜万，别墅为城南之最。与时贤游，乐而有节。累官至桂管观察。"以上谓其承祖父家学。【按】下二句亦谓受其先人之传，而富有文才武略。

〔一二〕【朱注】蜀志："建兴三年，封诸葛亮为武乡侯，亮推演兵法，作八阵图。"【冯注】十道记："武乡谷在南郑县，孔明受封之地。”

〔一三〕【朱注】通志:“荥泽县故城西北有践土台,即晋文公盟诸侯处。”【冯注】(事)见春秋僖二十八年。

以上为第一段。赞杜悰之家世出身与家学渊源。

〔一四〕【程注】班固两都赋序:“成康没而颂声寝,王泽竭而诗不作。”

〔一五〕【冯注】诗:“王国克生,维周之桢。”【程注】任昉诗:“平生礼数绝,式瞻在国桢。”【补】江淹王俭为左仆射诏:“门下端贰枢秘,实维国祯。”用仆射典,正切合杜悰为仆射。当作“国祯”,国之祯祥也。

〔一六〕【朱注】书传:“河水分为九道,在兖州界平原以北是。”【程注】王褒赋:“薄索合沓,罔象相求。”

〔一七〕【朱注】一柱,砥柱也。【冯注】禹贡注:“底柱石在大河中流,其形如柱,今陕州三门山是也。”【程注】张祜诗:“一柱镇乾坤”。

〔一八〕【程注】蜀志诸葛亮传:“先帝不以臣卑鄙,猥自枉屈,三顾臣于草庐之中。”

〔一九〕【补】史记滑稽淳于髡传:“此鸟不鸣则已,一鸣惊人。”【何曰】会昌四年七月,杜悰自淮南节度使入为同平章事。帝以其不肯选扬州倡女,得大臣体也。一鸣惊人,盖指此事。(读书记)【冯注】新书传:“会昌初,悰节度淮南,武宗诏扬州监军取倡家女进禁中,监军请悰同选,又欲阅良家有姿相者,悰皆不从。帝以悰有大臣体,乃罢所进伎,有意倚悰为相。逾年召为平章。”

〔二〇〕【朱注】汉书天文志:“日有中道。中道者,黄道,一曰光道。”晋书志:“黄道,日之所行也,半在赤道外,半在赤道内。”【程注】杨巨源诗：“天门在碧虚。”沈佺期诗：“池开天汉分黄道。”【何曰】此二句言唯知有君，不知有所附丽也。（辑评）

〔二一〕【程注】史记曹相国世家：“参代何为相国，举事无所变更，一遵何约束，日夜饮醇酒。卿大夫以下吏及宾客见参不事事，来者皆欲有言，参辄饮以醇酒。”

〔二二〕【姚注】书说命：“若作和羹，尔惟盐梅。”【冯曰】悰自淮南入为尚书仆射，领盐铁转运使，寻为相，仍判度支事，故有“后”、“先”二语。传、表小疏，此可正之。【何曰】（二句）如此使事，西昆所未窥。即伏下争泽潞穷兵事，言不为萧曹之画一，而为盐梅之相济也。此长律中提挈，细读乃知之。（读书记）

〔二三〕【程注】董仲舒诣公孙弘记室书：“大开萧相国求贤之路，广选举之门。”

〔二四〕【冯注】汉书注：“黄帝泰阶六符经曰：‘三阶平则阴阳和，风雨时，社稷神祇咸获其宜，天下大安，是为太平。’”徐详送李千牛。【程注】庾信华林园马射赋序：“玉衡正而泰阶平。”

〔二五〕【程注】诗大雅：“受福无疆。”

〔二六〕【程注】左传：“穆叔曰：‘太上有立德，其次有立功，其次有立言，虽久不废，此之谓不朽。’”

〔二七〕【程注】易：“蹇之时用大矣哉！”疏：“能于蹇难之时立其功用以济世者，非小人之所能也。”杜甫诗：“济世宜公等，安贫亦士常。”【何曰】时方讨泽潞，刘稹将郭谊杀稹以降。李德裕以为稹阻兵拒命，皆谊为谋主；力屈，又卖稹以求赏，不诛，何以惩恶？帝然之，诏石雄将七千人入潞州诛

谊。杜悰以馈运不给，谓谊等可赦，帝熟视不应。此所谓"叩额虑兴兵"也。（读书记）

〔二八〕【程注】左传："秦伯伐晋，济河焚舟，晋人不出，遂自茅津济，封殽尸而还。"【冯注】左传："晋败秦师于殽。"

〔二九〕【冯注】史记："秦武安君白起大破赵于长平，坑降卒四十馀万。"

〔三〇〕【程注】宋书王僧达传："犹欲隐忍，法为情屈。"

〔三一〕【程注】易："日月之道，贞明者也。"沈炯劝进梁元帝表："日月贞明，太阳不可以阙照。"

〔三二〕【冯注】左传："为国家者，见恶如农夫之务去草焉。"

〔三三〕【冯注】诗："人之多言，亦可畏也。"

〔三四〕【钱龙惕笺】旧唐书："大中三年九月，西川节度使杜悰收复维州。维州，古西戎地，南界江阳，岷山连岭而西，不知其极。北望陇山，积雪如玉；东望成都，如在井底。其州在岷山之孤峰，三面临江。天宝后，河陇继陷，惟此州在焉。吐蕃利其险要。二十年间，设计得之，遂据其城，号曰无忧城。先是李德裕镇西川，吐蕃首领悉怛谋以城来降，德裕奏之。执政者与德裕不协，遽勒还其城，至是收复之，亦不因兵刃，乃人情所归也。"按维州之争，事在太和五年。会昌中，德裕复相，尝追论之，悉怛谋已赠官矣。大中继立，僧孺党白敏中、令狐绹等共排德裕，逐之，时悰有收复维州之功，当非执政所喜，故诗云"恶草虽当路，寒松实挺生。人言真可畏，公意本无争"。恶草指敏中诸人也。悉怛谋之勒归也，吐蕃戮之汉界之上，三百馀人冤叫呼天。掷其婴孩，承以枪槊，此实以僧孺钩党杀降，故诗云"感激殽尸露，咨嗟赵卒坑。倘令安隐忍，何以赞贞明"也。（朱鹤龄引。按:此处所引与钱氏玉溪生诗笺颇有出入。详笺评所录钱笺。)【何曰】(会昌)五年五月,悰遂罢相,出为剑南东川节度使,后徙西川,事详通鉴及唐书本传。“恶草”似谓赞皇门下诸人。钱龙惕误以“殽尸”、“赵卒”之语指大和中不受维州之降,戮悉怛谋于界上,以悰为西川节度使,收复维州,当非执政所喜,非也。悰本牛党,时执政为白敏中、马植、魏扶,皆与悰善。庙堂之上方以收复河湟请上尊号,何人言之可畏哉!“寄辞收的博”一联乃指悰收复维州事。(读书记)又批“恶草”二句:此是公论,非党赞皇也。(辑评)【冯注】此段暗伏罢相之由。按唐书、通鉴:“昭义叛时,破科斗寨,焚掠小寨一十七,明年正月,杨弁又乱,朝议鼎沸,言宜罢兵。七月悰为相。八月郭谊杀刘稹。李德裕言宜并诛谊等,悰以馈运不继,谊等可赦。帝专倚德裕,故不听。既斩谊等,又悉诛昭义将士之同恶者,死者甚众。卢钧疑其枉滥,奏请宽之,亦不听。王元逵杀昭义属城二十馀人,众惧,复闭城自守。”盖当时皆以杀降为非。潞之役,惟李卫公一心佐理,此外皆异议之人也。“叩额虑兴兵”,正指馈运不继,惧更激乱。“殽尸”句指官军之被焚杀者,“赵卒坑”指杀诸降人,皆实切晋地。“恶草”指李卫公。旧书毕諴传云:“武宗朝,李德裕专政,出杜悰节度东蜀。悰之故吏莫敢饯送问讯,惟諴无所顾忌,德裕怒之。”固已明书其事。可与本传互参矣。下首“慷慨资元老”数联与此同意。又曰:“恶草虽当路”乃实斥卫公者,以投赠之故,冀耸尊听,不惜违心而弄舌耳。【按】冯注是。“咨嗟赵卒坑”,指摘潞州杀降,若论德裕等当日之处置,确有枉滥处,然商隐之动机,则在于阿奉杜悰,“违心弄舌”之评，不为太过。

以上为第二段。颂扬杜悰为国之祯祥，政绩昭著，品质正直。

〔三五〕【朱注】蜀志：“陈寿与荀勖等定故蜀丞相诸葛亮故事二十四篇以进。”【冯注】后汉书左雄传：“雄多所匡肃，章表奏议，台阁以为故事。”新书艺文志故事类有杜悰事迹一卷。

〔三六〕【程注】诗国风：“伯也执殳，为王前驱。”【何曰】以下叙西川节度。（辑评）

〔三七〕屡见。

〔三八〕【冯注】汉书周亚夫传：“文帝后六年，亚夫为将军，军细柳。文帝劳军，按辔徐行，至中营，亚夫揖曰：‘介胄之士不拜，请以军礼见。’天子为动，改容式车。”

〔三九〕【冯注】异苑：“气激于喉中而浊谓之言，激于舌端而清谓之啸。啸之清可以感鬼神，致不死。出其言善，千里应之；出其啸清，万灵授职。”汉书扬雄传：“遐方疏俗。”按：此疏俗是祛俗之意。【程注】世说：“刘越石为胡骑所困，城中窘迫无计。刘始夕乘月登楼清啸，贼闻之皆凄然长叹。”

〔四〇〕【程注】后汉书冯衍传：“申眉高谈，无愧天下。”【朱注】风赋：“清清泠泠，愈病析酲。”【补】诗小雅节南山：“忧心如酲。”毛传：“病酒曰酲。”

〔四一〕【朱注】唐书：“悰子裔休、述休、孺休。”

〔四二〕【朱注】晋书：“谢安与玄围棋赌别墅，玄惧不胜，安顾甥羊昙曰：‘以乞汝。’”广韵：“乞，与人物也。”

〔四三〕南诏、西山均见前送从翁从东川弘农尚书幕注。

〔四四〕【朱注】唐书：“韦皋命将（分）出西山、灵关，破峨和、通鹤、定廉城，逾的博岭，遂围维州。”杜甫诗：“已收的博云间戍。”

〔四五〕【钱龙惕笺】李卫公奏维州事曰:“此地内附,可减八处镇兵,坐收千里旧地,臣见莫大之利,乃为恢复之基。况臣未尝用兵攻取,自感化来降。”悰之收维州,可比卫公也。【冯注】搀枪,见送千牛李将军赴阙五十韵。旧书李德裕、杜悰传:“太和五年,吐蕃维州守将悉怛谋以城降……德裕发兵镇守,因陈出攻之利害。牛僧孺与德裕不协,乃诏德裕勒还其城。悉怛谋一部之人,赞普皆加虐刑。至大中时,悰镇西川,复收之,亦不因兵刃,乃人情所归也。”按:此事大可铺张,第以既痛诋卫公,不得不轻约其词,实诗人之纰缪也。

〔四六〕【冯注】(杜悰)传云:“悰每荒湎宴适而已。”【程注】陆机诗:“有集惟髦,芳风雅宴。”

〔四七〕【冯注】时令是初春。

〔四八〕【冯注】说文:“缃,帛浅黄色也。绛,大赤也。”

〔四九〕【朱注】王隐晋书:“杜预为(度支)尚书,损益万几,不可胜数,(朝野称美),号曰杜武库,言其无所不有。”【何曰】收“南诏”、“西山”。(辑评)

〔五〇〕【朱注】齐书:“谢朓转中书郎,出为宣城太守。”【冯注】二句谓蕴抱难窥,而风流易挹,兼寓不得在朝而出为外镇也。以上述德,以下抒情。【何曰】收“雅宴”、“长歌”。(辑评)【程注】杜甫诗:“诗接谢宣城。”

以上为第三段。颂扬杜悰出镇西川,收复维州,诗酒宴乐。

〔五一〕【朱曰】以下自序。

〔五二〕【程注】礼记:“小国之上卿,位当大国之下卿。”【冯注】春秋时,列国有上卿、下卿。左传:“王以上卿之礼飨管仲,管仲辞曰:‘臣,贱有司也,陪臣敢辞。’受下卿之礼而还。”故以比己为幕僚。

〔五三〕【冯注】后汉书:“李膺独持风裁,士有被其容接者,号曰‘登龙门’。”

〔五四〕置驿,用汉郑当时置驿马请谢宾客事,屡见。

〔五五〕【姚注】魏志:“王粲,字仲宣,山阳高平人。献帝西迁,徙居长安。后之荆州,依刘表。”

〔五六〕【冯注】钱曰:“是何言欤?”按:孔子事古人习用不避。【补】论语述而:“子曰:‘述而不作,信而好古,窃比于我老彭。’”

〔五七〕【朱注】史记:“谈天衍,雕龙奭。”注:“驺奭修衍之文饰,若雕镂龙文,故曰‘雕龙’。”北史:“魏刘勰撰文心雕龙。”

〔五八〕【冯注】后汉书:“马援诫兄子书:“效季良不得,陷为天下轻薄子,所谓画虎不成反类狗者也。”

〔五九〕【朱注】韩子:“墨突不得黔。”突,灶突,窗也。黔,黑也。【冯注】文子:“墨子无黔突,孔子无暖席。”班固答宾戏:“孔席不暝,墨席不黔。”文选注引文子也。而淮南子修务篇:“孔子无黔突,墨子无暖席。”新论亦云:“仲尼栖栖,突不暇黔。”则皆可互言之也。今聚珍版文子缵义:“孔子无黔突,墨子无暖席。”

〔六〇〕【程注】汉书袁盎传:“千金之子不垂堂,百金之子不骑衡。”如淳注:“骑,倚也。衡,楼殿边栏楯也。”【冯注】师古曰:“骑,谓跨之耳,非倚也。”按:骑衡喻在幕遇忧危,“不”字活看,非用论语也。水经注引之,作“立不倚衡”。【按】曰“徒劳”,句意似谓虽谨守戒而无济于事。

〔六一〕【程注】史记汲黯传:“黯姑姊子司马安文深巧善宦,官四至九卿。”潘岳闲情赋序：“岳读汲黯传，至司马安四至九卿，良史题以巧宦之目，未尝不废书而叹也。”【冯注】汉书无“姑”字，他书引之，多止作“姊子”。御览引史记曰：“司马安是其姊长子。”安得古本史记校定之欤？

〔六二〕【朱注】占象，言占易象。【程注】易明夷：“利艰贞。”【补】易泰：“艰贞，无咎。”艰贞，谓在艰危时坚贞不移。

〔六三〕【朱注】昭明集序：“淹中、稷下之生，金马、石渠之士。”【冯注】弃，古“弃”字。尔雅：“弃，忘也。”按：以音节当作“弃”。史记正义：“七录云：‘古仪礼出鲁淹中。’”淹中，里名。【按】废忘，即废叶。

〔六四〕【冯注】汉书传：“谷口郑子真修身自保。扬雄论曰：‘郑子真不诎其志，耕于岩石之下，名震于京师，岂其卿，岂其卿！’”沟洫志注：“谷口在今云阳县。”

〔六五〕【朱注】岳有悼亡诗。

〔六六〕【朱注】汉书司马迁传：“特以为智穷罪极，不能自免，卒就死耳。何则？素所树立使然。人固有一死，或重于泰山，或轻于鸿毛。”【程注】左传：“子产如陈，归告大夫曰：‘其君弱植。’”疏：“君志弱不树立也。”

〔六七〕【朱注】祢衡鹦鹉赋：“命虞人于陇坻。”又曰：“绀趾丹觜，绿衣翠衿。”

〔六八〕【朱注】楚词：“秋兰兮青青，绿叶兮紫茎。”【冯曰】此谓怀才感遇之慨。【何曰】感叹令狐，意在言外。（辑评）

〔六九〕【冯曰】上云春水雪峰，合之此句，盖冬抵西蜀，而遂至度岁矣。

〔七〇〕【程注】晋书：“王遐少以华族，仕至光禄卿。”

〔七一〕【朱注】白帖：“舅之子为内兄弟，姑之子为外兄弟。”【程

注】南史谢瞻传:“还彭城,言于武帝曰:‘臣父祖不过二千石。弟晦,位任显密,福过灾生,特乞降黜,以保衰门。’”【冯注】仪礼:“姑之子。”注曰:“外兄弟也。”按:李翱所撰郑州李则墓志云:“府君次女婿杜式方。”外兄之称,似因是矣。旧书本传:“祖佣。”非则也,其为从祖欤?

〔七二〕【朱注】文选谢混诗:“信此劳者歌。”善曰:韩诗序:“伐木废,朋友之道缺。劳者歌其事,诗人伐木,自苦其事,故以为文。”

笺 评

【杨万里曰】褒颂功德五言长韵律诗,最要典雅重大,如……李义山云:“帝作黄金阙,天开白玉京。有人扶太极,是夕降玄精。”(魏庆之诗人玉屑卷十二引)

【钱龙惕曰】“率身”十二句笺:旧书:会昌中,杜悰拜中书侍郎、同中书门下平章事,寻加左仆射。大中初,出镇西川,降先没吐蕃维州,州即古西戎地也。其地南界江阳,岷山连岭而西,不知其极。北望陇山,积雪如玉;东望成都,如在井底。地接石纽山,夏禹生于石纽山是也。其州在岷山之孤峰,三面临江。天宝后河、陇继陷,惟此州在焉。吐蕃利其险要,二十年间,设计得之,遂据其城,因号曰“无忧城”。吐蕃由是不忧邛、蜀之兵。先是,李德裕镇西川,维州吐蕃首领悉怛谋以城来降。德裕奏之,执政者与德裕不协,遽勒还其城。至是收复之,亦不因兵刃,乃人情所归也。按维州之事,在文宗大和五年,牛僧孺当国,害德裕之功也。会昌中,德裕复相,尝追论之,悉怛谋已赠官矣。大中继立,僧孺党白敏中、令狐绹等共排德裕,逐之。此时而悰又有收复维州之功，当非执政所喜，故云“恶草虽当路，寒松实挺生。人言真可畏，公意本无争”，恶草，指敏中诸人也。悉怛谋之勒归也，吐蕃戮之汉界之上三百馀人，冤叫呼天。掷其婴孩，承以枪槊。此实僧孺以钩党杀降，故诗云“感念殽尸露，咨嗟赵卒坑。傥令安隐忍，何以赞贞明”也。○“南诏”四句笺：李卫公奏维州事曰：“此地内附，可减八处镇兵，坐收千里旧地。臣见莫大之利，乃为恢复之基。况臣未尝用兵攻取，彼自感化来降。”悰之收维州，可比卫公也。（玉溪生诗笺）

【朱曰】此诗乃杜悰再镇西川，义山居东川幕府所上，言外有觊其荐达之意。

【朱彝尊曰】杜必义山表兄，故曰七兄。○投献之作，极难新警，况所献者又系极尊贵之人，尤难下笔，勿疑其平易也。以微词写实事，立言之体，亦耸听之法。“西川”句：大中三年悰节度西川收复维州。

【杨守智曰】气体高华，词条秀拔，非温八叉一意纤丽可比。“自昔”句：跌荡。“碧虚”二句：以下叙同平章事。此是公论，非党赞皇也。“故事”：以下叙西川节度。“南诏”句：收复维州。感叹令狐，意在言表。

【田曰】清警飘宕，蕴味有馀，真堪希踪老杜。（冯笺引）

【姚曰】首四句叙其降生。“耿贾”四句，叙其门地。“经出”四句，叙其学问。“自昔”四句，叙其柄用。“得主”四句，叙其得君。“后饮”四句，叙其相业。“愿保”下八句，叙复维州事。“恶草”四句，叙朝局。“故事”四句，叙出镇。“清啸”四句，风度之佳。“南诏”四句，弹压之远。“雅宴”四句，文酒之乐。“移席”四句，以杜武库、谢宣城总束，见其文武兼资也。“有客”以下,自叙流落不偶,而望其提携。结语黯然,有言外之意。

【屈曰】一段杜之家世,二段杜之遇合,三段杜之才略功名,四段自述。

【程曰】……诗中“感念殽尸露”八句,钱笺得其情事矣。朱论为杜悰再镇西川之时,亦是。盖“故事留台阁,前驱且旆旌”二语是明验也。但以为义山居东川幕府所上则误。诗中有“陇鸟悲丹觜,湘兰怨紫茎”二语,乃自言成纪之望族,如江潭之逐客,乃为郑亚桂管幕府时作也。谓在东川,本文无证。至若“寄辞收的博,端坐扫搀枪”二语,朱以“收的博”为韦皋事,钱以“扫搀枪”为李德裕事,未免舍近求远。此二语即颂杜悰,试诵文气了然。

【冯曰】北梦琐言有杜邠公不恤亲戚一条云:“其诸院姊妹寄寓贫困者,未尝拯济,节腊一无沾遗,有乘肩舆至衙门诟骂者。”又云:“时号悰为‘秃角犀’,甘食窃位,未尝延接寒素。”今玩“登门惭后至”、“早岁乖投刺”,则义山昔未相洽;前此巴蜀间游,已成虚望;今因上遵新制,邻道宪衔,于是礼展郊迎,情联中表,岂真意相关哉!长篇叠赠,丑诋名臣,妄希汲引,可谓无聊之谬算矣。旧书采琐言而脱去“未”字,反若尝延接寒素者,误也。

【袁枚曰】首四颂其降生不凡。次段八句,叙其家世才品。“武乡”二句,才兼文武也。三段十二句,叙其入相以致太平。四段十二句,叙其罢相之由。五段二十句,叙其出镇西蜀以靖边乱,并在镇燕游诗酒之乐。六段二十句,义山自序,言前蒙顾盼,终不遇而归,奔走道途也。黔突倚衡,言奔走之苦。末四句,有觊望意,义山亦宗室。(诗学全书)

【纪曰】起四句气脉自大。“自昔”四句声华宏壮。○“碧虚”二句大颂非体。“感念”一段，沈郁顿挫，大笔淋漓，化尽排偶之迹。他人作古诗尚不能如此委曲沈着，真晚唐第一作手，得杜藩篱不虚也。“谁知”二句流丽，活对法也。○“衰门”句不佳。（诗说）

【姚鼐曰】二诗并工丽典切。“碧虚”一联：此学“日月低秦树”一联。“傥令”下六句：虽曲词谗谀，不当公论，而笔势搏捖有力。（今体诗钞）

【张曰】“碧虚”二句乃以比喻出之，不嫌过分。“衰门”句法，唐律如此者极多，何谓欠雅？长篇本以气机为主，不得摘句，余前已言之矣。○此为义山大中五年冬由梓幕赴西川推狱时所上，六年春还梓，故曰“归期过旧岁”。五年秋义山悼亡，故又云“悼伤潘岳重”。盖杜悰为义山外兄，馀哀未忘，不觉其言之亲昵耳。补编有献京兆公启，即指此上诗事。当时兼托悰向令狐转圜，后壬申七夕诗所以有“待晓霞”及“成都过卜肆”之感也。冯注不知义山赴梓是大中五年，取此诗系诸六年，不但壬申七夕二篇费解，即悼亡诸诗亦错乱无绪矣。此篇“悼伤”句遂不甚切合。虽义山伉俪情深，一二年岂必暂忘，然终不如系之悼亡之年，尤为确切不移耳。（辨正。会笺已将此诗移系大中六年初。）

【按】诗有“春水”及“归期过旧岁”语，作于大中六年春初无疑。据下一首诗题，此篇当上于正月初二。末云：“弱植叨华族，衰门倚外兄，欲陈劳者曲，未唱泪先横。”望荐之意显然。

“率身”以下十句，钱笺以为悰有收复维州之功，当非执政所喜，“恶草”指白敏中诸人；何氏、冯氏驳之，甚是。

诗中诋德裕为“恶草”，以杜悰为“寒松”，褒贬之失当显然。德裕之诛郭谊、杀降者，举措容或失宜，然较之平泽潞之功，终属次要者。诗乃大赞杜悰于处置泽潞问题上所持之反对态度，置德裕平叛之大功于不顾，冯氏斥为“丑诋名臣”，诚然。然义山于旧将军、漫成五章诸篇，颇能秉公而论德裕之功绩，与此篇“恶草”之诋判若出自两人。原其所以，盖悰本牛党，义山之投赠此诗，其意在望其汲引于白敏中、令狐绹之前。而白与令狐，则久已憾其去牛而就李，为冀牛党之见谅，乃不得不为违心之论也。“只应不惮牵牛妒”之言犹在耳，而酬令狐郎中见寄“天怒识雷霆”之言已随其后。穷途落魄，情或可原，然其诗其论诚不足道。

今月二日不自量度辄以诗一首四十韵干渎尊严伏蒙仁恩俯赐披览奖逾其实情溢于辞顾惟疏芜曷用酬戴辄复五言四十韵诗一章献上亦诗人咏叹不足之义也[①]

家擅无双誉〔一〕，朝居第一功〔二〕。四时当首夏〔三〕，八节应条风〔四〕。涤濯临清济〔五〕，巉岩倚碧嵩〔六〕。鲍壶冰皎洁〔七〕，王佩玉丁东[②]〔八〕。处剧张京兆〔九〕，通经戴侍中〔一〇〕。将星临迥夜〔一一〕，卿月丽层穹〔一二〕。

下令销秦盗〔一三〕，高谈破宋聋〔一四〕。含霜太山竹〔一五〕，拂雾峄阳桐〔一六〕。乐道乾知退〔一七〕，当官蹇匪躬〔一八〕。服箱青海马〔一九〕，入兆渭川熊〔二〇〕。固是符真宰〔二一〕，徒劳让化工〔二二〕。风池春潋滟〔二三〕，鸡树晓曈昽③〔二四〕。愿守三章约〔二五〕，尝期九译通④〔二六〕。薰琴调大舜〔二七〕，宝瑟和神农〔二八〕。慷慨资元老〔二九〕，周旋值狡童〔三〇〕。仲尼羞问阵〔三一〕，魏绛喜和戎〔三二〕。款款将除蠹〔三三〕，孜孜欲达聪〔三四〕。所求因渭浊〔三五〕，安肯与雷同〔三六〕？

物议将调鼎〔三七〕，君恩忽赐弓〔三八〕。开吴相上下〔三九〕，全蜀占西东〔四〇〕。锐卒鱼悬饵〔四一〕，豪胥鸟在笼〔四二〕。疲民呼杜母〔四三〕，邻国仰羊公〔四四〕。置驿推东道〔四五〕，安禅合北宗〔四六〕。嘉宾增重价〔四七〕，上士悟真空〔四八〕。扇举遮王导〔四九〕，樽开见孔融〔五〇〕。烟飞愁舞罢，尘定惜歌终⑤〔五一〕。岸柳兼池绿，园花映烛红。未曾周颛醉〔五二〕，转觉季心恭〔五三〕。系滞喧人望，便蕃属圣衷〔五四〕。天书何日降？庭燎几时烘〔五五〕？

早岁乖投刺〔五六〕，今晨幸发蒙〔五七〕。远涂哀跛鳖〔五八〕，薄艺奖雕虫〔五九〕。故事曾尊隗〔六〇〕，前修有荐雄〔六一〕。终须烦刻画〔六二〕，聊拟更磨砻〔六三〕。蛮岭晴留雪〔六四〕，巴江晚带枫〔六五〕。营巢怜越燕〔六六〕，裂帛待燕鸿〔六七〕。自苦诚先蘖〔六八〕，长飘不后蓬〔六九〕。容华虽少健，思绪即悲翁〔七〇〕。感激淮山馆〔七一〕，优游碣石宫〔七二〕。待公三入相〔七三〕，丕祚始无穷〔七四〕。

校记

①原题为“上杜仆射并序”，“今月二日”以下六十六字系诗序。蒋本、姜本、戊签、悟抄、席本、钱本、影宋抄、朱本均无“上杜仆射”诗题，以“今月二日”六十六字为长题，兹

据改。

②“王”,影宋抄作“玉”,误。

③“曈昽”原作“朣胧”,戊签作“曈胧”,蒋本作“曈胧”,姜本作“曈曚”,据席本、朱本改。

④“尝期”原作“还期”,季抄、朱本同。蒋本、姜本、悟抄、席本、钱本、影宋抄均作“期尝”,非。据戊签改。

⑤“定”,席本改作“起”。

集 注

〔一〕【朱注】后汉书黄香传:“天下无双,江夏黄童。”【冯注】后汉书荀爽传:“颍川为之语曰:‘荀氏八龙,慈明无双。’”

〔二〕【朱注】萧何传:“君位为相国,功第一,不可复加。”

〔三〕【朱注】谢灵运诗:“首夏犹清和。”【何曰】长养也。(辑评)

〔四〕【冯注】易通卦验:“立春,条风至,东北风也。”喻其和蔼。【何曰】发生也。(辑评)

〔五〕【程注】战国策:“齐有清济浊河,可以为固。”【冯注】韩子:“清济浊河,足以为限。”【何曰】清也。(辑评)

〔六〕【程注】陆机诗:“顿辔倚高岩。”【何曰】高也。(辑评)【冯曰】(二句)喻其清高。

〔七〕【朱注】鲍照诗:“清如玉壶冰。”

〔八〕【原注】挚虞决录要注云:“汉末丧乱,绝无玉珮。魏侍中王粲识旧珮,始复作之。今之玉珮,受法于粲也。”【冯注】魏志王粲传注引之,今补正。韵府群玉:“丁当,佩声,或谓丁东。”诗缉云:“东即当也。”

〔九〕【冯注】汉书:“张敞拜胶东相,自谓治剧郡,非赏罚无以劝善惩恶。入守京兆尹，穷治所犯，尽行法罚，枹鼓希鸣，市无偷盗。”旧书传：“大和六年，悰转京兆尹。”

〔一〇〕【朱注】后汉书：“戴凭以明经征，试博士，后拜侍中。正旦朝贺，帝令群臣能说经者更相诘难，不通，辄夺其席以益通者。凭重坐五十馀席。京师语曰：‘解经不穷戴侍中。’”【冯注】百官志：“侍中比二千石。”注曰：“汉仪曰：‘侍中常伯，选旧儒高德，博学渊懿，仰占俯视，切问近对，喻旨公卿，上殿称制，在尚书令、仆射下。’”

〔一一〕【冯注】史记天官书：“中宫斗魁戴匡六星，曰文昌宫：一曰上将，二曰次将。”又：“南宫郎位旁一大星，将位也。”又：“北宫河鼓。”详七夕偶题。【朱注】汉书：“五帝坐后聚十五星，曰哀乌郎位，旁一大星，将星也。”【程注】王维诗：“天官动将星。”

〔一二〕【朱注】书洪范：“卿士惟月。”杜甫诗：“卿月升金掌。”

以上为第一段。颂悰之家世才品。

〔一三〕【冯注】左传：“晋侯请于王，以黻冕命士会将中军，且为太傅，于是晋国之盗逃奔于秦。”

〔一四〕【朱注】左传：“申舟以孟诸之役恶宋，曰：‘郑昭宋聋。’”注：“昭，明也；聋，暗也。”○旧唐书：“大和六年，悰为京兆尹。七年，出为凤翔陇右节度使。八年，授忠武军节度使、陈许蔡观察等使。”京兆、凤翔，秦地也；陈许蔡，宋地也。

〔一五〕【朱注】竹谱：“鲁郡邹山有篠，形色不殊，质特坚润，宜为笙管，诸方莫及。”【程注】古诗：“冉冉孤生竹，结根太山阿。”

〔一六〕【冯注】禹贡：“峄阳孤桐。”传曰：“峄山之阳特生桐，中琴瑟。”旧书传：“开成初，悰入为工部尚书，属岐阳主薨，久而未谢，文宗怪之。李珏曰：‘近日驸马为公主服斩衰三年，士族之家不愿为国戚，半为此也。’乃下诏令行杖周，永为通制。”此联暗叙其事，以笙琴比夫妇，孤竹孤桐喻丧偶，故下接“知退”。太平广记引前定录云：“懿安皇后，宣宗幽崩。悰，懿安子婿也。悰在西川，忽一日内榜子索检责宰臣元载故事，赖宰相马植万端营救，事遂寝。”此大中二年事也。若果有之，则叙尚主宜隐约矣。【按】冯注是。

〔一七〕【程注】易乾卦：“知进退存亡而不失其正者，其唯圣人乎？”

〔一八〕【程注】易蹇卦：“王臣蹇蹇，匪躬之故。”【按】蹇蹇，忠诚、正直。二句颂杜悰谦退、忠直。

〔一九〕【朱注】说文：“大车两较之内，谓之箱。”【程注】诗小雅：“睆彼牵牛，不以服箱。”张衡思玄赋：“羁腰袅以服箱。”【按】青海马：见咏史（历览前贤）注。

〔二〇〕【冯注】史记：“西伯将猎，卜曰：‘所获非熊非罴，非龙非彲，伯王之辅。’果遇太公于渭之阳。”

〔二一〕【朱注】老子：“有真宰足以制万物。”【冯注】庄子：“若有真宰，而特不得其朕。”

〔二二〕【冯曰】谓深契宸衷，久宜为相。

〔二三〕【冯注】晋书：“荀勖守中书监久，专管机事。及守尚书令，或有贺之者，勖曰：‘夺我凤凰池，诸君贺我耶？’”

〔二四〕见太原同院崔侍御。【按】二句写禁省气象。暗示其入居中书。

〔二五〕【冯注】见故番禺侯。又史记曹相国世家：“百姓歌之曰：‘萧何为法，顜若画一。曹参代之，守而勿失。载其清净，民以宁一。’”【按】据上首“后饮曹参酒”，及本篇“安肯与雷同"等语，此句当非"萧规曹随"之意，而系颂杜悰居相欲使国家法令清净画一。

〔二六〕【冯注】史记大宛传："重九译，致殊俗。"【程注】东京赋："重舌之人九译，咸稽颡而来王。"

〔二七〕【冯注】礼记："舜弹五弦之琴，以歌南风。"

〔二八〕【朱注】补史记三皇本纪："神农氏作五弦之瑟。"按：五弦、十五弦，小瑟也。二十五弦，中瑟也；五十弦，大瑟也。【冯注】汉书金日磾传："莽何罗行触宝瑟。"淮南子："神农初作瑟，以归神反望及其天心也。"【何曰】"农"字出韵。（读书记）

〔二九〕【程注】诗小雅："方叔元老，克壮其犹。"

〔三〇〕【冯注】诗："彼狡童兮。"左传："左执鞭弭，右属櫜鞬，以与君周旋。"指刘稹事。

〔三一〕【程注】扬雄博士箴："仲尼不对问阵，而胡簋是遵。"【补】论语卫灵公："卫灵公问阵于孔子。孔子对曰：'俎豆之事，则尝闻之矣；军旅之事，未尝学也。'明日遂行。"

〔三二〕【冯注】左传："魏绛告晋侯曰：'和戎有五利焉。'"

〔三三〕【程注】韩非子："人主不除此五蠹之民，不养耿介之士，则海内虽有破亡之国，亦勿怪矣。"白居易诗："誓心除国蠹。"【冯注】周礼："翦氏掌除蠹物，以攻禜功之，以莽草熏之。"

〔三四〕【程注】书："辟四门，明四目，达四聪。"

〔三五〕【冯注】诗："泾以渭浊。"笺云："泾水以有渭，故见浊。"后汉书党锢传赞："渭以泾浊。"注曰："渭以泾浊，乃显其清。"按：渭水本清。水经注："渭水又东，得白渠口。渠为赵国白公奏穿，引泾水，起谷口，出郑渠南，而渐由东南以入于渭。”歌辞所谓“泾水一石,其泥数斗,衣食京师,亿万之口”者也。渭之水浊,其以是欤?因者任其自然,即川泽纳污之义。

〔三六〕【程注】礼记:“毋雷同。”杜甫诗:“欲语羞雷同。”【朱曰】“周旋值狡童”,言在朝周旋,值有刘稹之叛。悰之罢相,二史不详其故。通鉴云:“悰以馈运不继,请赦郭谊,帝俛首不言。”“仲尼羞问阵,魏绛喜和戎”,盖微言罢相之由也。时李德裕力赞用兵,此云“安肯与雷同?”意必与德裕不协。【冯曰】以上四联谓论泽潞事与德裕不协,乃罢相之由也。详上篇。

以上为第二段。叙悰之在镇归朝,颂其相业与节操。

〔三七〕【冯曰】谓将居首辅。【杨守智曰】“物议”二句,圆转入妙。

〔三八〕【冯注】诗序:“彤弓,天子以赐有功诸侯也。”书文侯之命:“彤弓一、卢弓一。”

〔三九〕【程注】庾信哀江南赋:“况背关而怀楚,冀端委而开吴。”【冯注】文选晋张悛为吴令谢询求为诸孙置守冢人表:“进为狗汉之臣,退为开吴之主。”此指昔镇淮南吴楚之地。

〔四〇〕【朱注】唐书:“刘稹平,悰进左仆射兼门下侍郎。未几,以本官罢出为剑南东川节度使,徙西川。”

〔四一〕【程注】三略:“香饵之人,必有死鱼;重赏之下,必有勇夫。”【冯注】军谶:“军无财则士不来,故香饵之下,必有悬鱼。”

〔四二〕【冯注】左思诗:“习习笼中鸟,举翮触四隅。”【朱注】杜甫诗:“直作鸟窥笼。”

〔四三〕【朱注】后汉书:“杜诗为南阳太守,时人方于召信臣,故为之语曰:‘前有召父,后有杜母。’”

〔四四〕【冯注】晋书羊祜传:“祜都督荆州诸军事,与吴人开市大信,于是吴人翕然悦服,称为羊公,不之名也。”

〔四五〕【补】置驿:用汉郑当时置驿马请谢宾客事。东道:左传:“若舍郑以为东道主。”

〔四六〕【朱注】传灯录:“神秀嗣五祖法,住荆州当阳山,号北宗,时曹溪为南宗。”【程注】张缵南征赋:“寻太傅之故宅,今筑室以安禅。”【朱彝尊曰】悰知学佛耶? 【何曰】出韵。(读书记)

〔四七〕【冯注】刘峻广绝交论:“顾盼增其重价。”【程注】岑参诗:“重价蕴琼瑶。”【补】诗小雅鹿鸣:“我有嘉宾,鼓瑟吹笙。”

〔四八〕【道源注】佛号无上士,僧称上士。人法两空曰真空,即般若智也。【冯注】老子:“上士闻道,勤而行之。”佛说海八德经:“吾道微妙,经典渊奥,上士得之。”徐曰:“悰其学佛者欤?”按:此慰其不得久居相位也,而全蜀艺文志碑目有如舜禅师碑铭,在金堂龙槐院,唐杜悰撰,似可例证。

〔四九〕【程注】晋书王导传:“庾亮以望重地逼,出镇于外,而执朝廷之权。导内不平,常遇西风尘起,举扇自蔽,曰:‘元规尘污人。’”【冯曰】此句非指德裕,时德裕已贬死矣。当别指朝贵。

〔五〇〕【程注】后汉书孔融传:“及退闲职,宾客日盈其门,常叹曰:‘坐上客常满,尊中酒不空,吾无忧矣。’”

〔五一〕【朱注】刘向别录:“善雅歌者,鲁人虞公,发声清哀,能动梁尘。”【冯注】通典:“汉有虞公善歌,能令梁上尘起。”【何曰】工致。(辑评)

〔五二〕【朱注】世说:“周伯仁过江积年,(恒)大饮酒,尝经三日醒，时人谓之‘三日仆射’。”【程注】晋书周𫖮传：“𫖮补吏部尚书，以醉酒为有司所纠，寻为护军将军，纪瞻置酒请𫖮及王导等，𫖮荒醉失仪，复为有司所奏，诏不加黜责。为仆射，略无醒日，时人号为‘三日仆射’。”

〔五三〕【朱注】汉书：“季布弟季心，气盖关中，遇人恭谨。”旧唐书：“悰无他才，常延接寒素。”【冯注】谓其不以耽饮失礼，盖回护之词。【按】冯注是。朱引旧唐书为解非，已见前。【何曰】出韵。（读书记）

〔五四〕【冯注】左传：“便蕃左右，亦是帅从。”按：诗作“平平”，传引之作“便蕃”，注曰：“数也。”【程注】张九龄诗：“流名感圣衷。”【按】上句谓众议喧喧，以其不宜久滞方镇；下句谓圣上之心，亦欲引置左右以为宰辅。“便蕃”，此处着重取“左右”义，谓在天子左右。

〔五五〕【冯注】诗小雅有庭燎篇。此祝其入朝。

以上为第三段。叙悰罢相出镇西川情事。

〔五六〕【朱曰】以下自叙。【按】投刺见奉使江陵注。

〔五七〕【程注】易：“初六发蒙。”【冯注】素问：“黄帝曰：‘发蒙解惑。’”汉书扬雄传：长杨赋：“墨客降席再拜曰：‘迺今日发矇，廓然已昭矣。’”

〔五八〕【朱注】孙卿子：“跬步不休，疲鳖千里。”

〔五九〕【朱注】扬子：“或问：‘吾子少好赋？’曰：‘然，童子雕虫篆刻。’俄而曰：‘壮夫不为也。’”

〔六〇〕【冯注】战国策：“燕昭王卑身厚币以招贤者。往见郭隗先生，隗曰：‘王诚欲致士，先从隗始；隗且见事，况贤于隗者乎？岂远千里哉！’于是为隗筑宫而师之。”

〔六一〕【程注】离骚：“謇吾法乎前修兮，非时俗之所服。”【按】荐雄:见西掖玩月注。

〔六二〕【程注】晋书周𫖮传:"庾亮谓𫖮曰:'诸人咸以君方乐广。'𫖮曰:'何乃刻画无盐,唐突西施也!'"【冯曰】刻画,雕饰之义,故以言被人赏遇。

〔六三〕【程注】汉书枚乘传:"磨砻砥砺。"

〔六四〕【冯曰】指雪岭。

〔六五〕【冯曰】江岸多枫,非指深秋霜叶也。蛮岭在西,巴江在东,略举疆域言之。

〔六六〕【冯注】谓在幕也。见咏怀寄秘阁。

〔六七〕【程注】江淹恨赋:"裂帛系书,誓还汉恩。"【冯注】汉书苏武传:"汉使复至匈奴,常惠教使者谓单于,言天子射上林中,得雁,足有系帛书,言武等在某泽中。"此若以鞫狱而论,得非申复台中,候其回牒欤?【按】冯以鞫狱候回牒解之,殊误。此因望其汲引故盼其来书也。

〔六八〕【冯注】古子夜歌:"黄蘖向春生,苦心随日长。"

〔六九〕【冯注】曹植诗:"转蓬离本根,飘飖随长风。"

〔七〇〕【程注】汉铙歌鼓吹曲有思悲翁。

〔七一〕【冯注】汉书:"淮南王安招致宾客方术之士数千人。"神仙传:"八公诣淮南王门,王迎登思仙之台,日夕朝拜。"

〔七二〕【冯注】见送刘五经。二句谓暂得淹留之迹,不可以上句谓移淮南。

〔七三〕【冯注】荀子:"楚相孙叔敖曰:"吾三相楚而心益卑,体愈恭。"职源云:"唐宰相有再入三入四入五入者。"此用典致颂,不必泥看。悰后于咸通初乃再入耳。【程注】史记萧相国世家:"萧何卒,参闻之,告舍人趣治装:'吾将入相。'"

〔七四〕【补】丕祚，犹皇统。

以上为第四段。自叙飘蓬，望其汲引。

笺　评

【朱彝尊曰】此二诗义山以全力赴之者也，其庄丽典雅，不减少陵，而变化不逮。才力之不可强如是。（冯笺引作钱良择评，"丽"作"重"，无"力之"二字。）

【姚曰】起四句总挈，见其为时所倚重。"涤濯"四句，言其品槩。"处剧"四句，言其干略。"下令"四句，言其在镇。"乐道"四句，言其归朝。"固是"下八句，言其立朝心事。"慷慨"下八句，言与朝议异同。"物议"四句，言罢相复出。"锐卒"四句，言军政肃穆。"置驿"四句，言礼贤乐道。"扇举"四句，言公馀清晏。"岸柳"四句，言礼下之周浃。"系滞"四句，望其复召。"早岁"以下，自叙。"故事"四句，以引荐望之。"蛮岭"四句，叙身在东川。"自苦"四句，自伤憔悴。末四句，言公若归朝，不但一身之私幸已也。

【屈曰】一段叙杜之家世才品。二段叙其立官名望。三段入相时事。四段罢相镇蜀。五段自叙。

【程曰】"下令"二句，朱说是也。"周旋"句云："在朝周旋，值有刘稹之叛。"是不然。此乃用左传："左执鞭弭，右属櫜鞬，以与君周旋"，言讨泽潞时事也。……"安有"句云："时李德裕力赞用兵，意必与德裕不协。"是又不然。德裕欲诛郭谊，上以为然。悰谓谊等可赦，不过以馈运不继耳。议论偶不相符，非必与德裕不协也。"开吴"句乃用晋书张华建策取孙吴事，开谓开广其地也。"全蜀"句乃用蜀志诸葛亮东防吴、西伐魏事；全，谓安全其土也。"蛮岭"二句，上句乃义山自谓在桂管,下句乃指悰在西川,盖两地分叙也。下文“营巢”二句紧接上文,又是分疏,上句言己如营巢之燕,君当怜之,下句言君有寄书之鸿,己则待之,文理甚明。……

【田曰】激圆如弄丸脱手,溅珠走荷。(冯笺引)

【冯曰】逐句细笺,方知左宜右有,才力博大。又曰:刊本有此篇在前,上篇在后者,误。

【纪曰】精力尽于前篇,此则勉强应酬矣。(诗说)唐人自程试以外,东冬钟三韵虽律诗亦通押,盖休文旧谱也,别有说在沈氏四声考。(辑评)

【张曰】左宜右有,用典如瓶泻水,笔阵纵横,才情博大,与前诗异曲同工。少陵以后,谁复堪为敌手哉?纪氏称为弩末,真不识诗律之谰言耳。(辨正)

【按】此诗虽无“恶草当路”、“寒松挺生”之语,然“慷慨”八句,极赞杜悰于会昌朝为相时反对用兵、不肯附和李德裕之行动,与前诗用意仍毫无二致。此乃义山人格与诗品之足以令人遗憾处。又,据此诗末段“尊隗”、“荐雄”、“刻画”、“磨砻”及“裂帛待燕鸿”等语,义山不惟望悰引荐,且已延颈以待好音之至。味“感激淮山馆,优游碣石宫”二句,义山或有入悰幕之意。

杜工部蜀中离席[①][一]

人生何处不离群?世路干戈惜暂分。雪岭未归天外使[二],松州犹驻殿前军[三]。座中醉客延醒客[四],江上晴云杂雨云。美酒成都堪送老〔五〕，当垆仍是卓文君〔六〕。

校　记

①【朱曰】"杜"，一作"辟"，非。

集　注

〔一〕【朱曰】此拟杜工部体也。【程曰】（朱）此说不然。大凡拟诗，必原本其旧题，如江淹杂拟诸作可证。杜子美未尝有"蜀中离席"之题，义山何从拟之？况义山与赵氏昆季宴五律，明言拟杜，何独于此无"拟"字耶？以愚考之，"杜"字误也。义山本传："柳仲郢镇东蜀，辟为判官，检校工部郎中。"与题正合。其为"离席"者，乃当时宴别送行实事也。【沈德潜曰】应是拟杜。【冯注】旧书杜甫传："黄门侍郎郑国公严武镇成都，奏为节度参谋、检校尚书工部员外郎，赐绯鱼袋。"按：杜诗年谱："代宗广德二年，严武复镇西川，表入幕参军事。永泰元年，辞幕归草堂，又离蜀至戎、渝、忠等州，有去蜀五律诗。"又按：唐诗鼓吹注谓懿宗时东川柳仲郢辟商隐为判官、检校工部员外郎时作，故有谓当作"辟工部"者，义既不可通，且时与地皆乖谬矣。又曰：只取下四字，不取杜姓。杜工部久客蜀，或借以自誉己之诗才，未可定也。【纪曰】此拟工部之作，朱长孺所注良是。程午桥力注"辟"字，非也。谢康乐邺中集、江文通杂体诗标题皆如此，集中韩翃舍人即事亦此例。【张曰】细味诗意，是西川推狱时。【按】此拟杜工部体而以"蜀中离席"为题之作。程氏谓杜甫无"蜀中离席"之题，殊不知此诗仅仿杜诗风格，非袭其旧题而亦步亦趋之作。冯氏引杜甫离蜀事及去蜀五律，以证义山拟杜有所本，殊无谓。

编年当依张笺，大中六年春西川推狱将归东川时作。疑两唐书本传言商隐在东川幕“辟检校工部郎中”、“辟检校工部员外郎”之记载即因此诗题“辟工部”之误而导致。

〔二〕【朱注】元和郡县志：“雪山在松州嘉城县东八十里，春夏常有积雪，故名。”【冯注】后汉书班超传注：“西域有白山，通岁有雪，亦名雪山。”详检史志诸书，雪山绵亘辽远，以界华、戎。而自蜀徼言之，切近松、茂、维、保诸州。唐初招抚党项羌而羁縻之，其后皆陷于吐蕃。通典曰：“吐蕃国山有积雪。”党项羌，汉西羌之别种，东界至松州，又有居雪山下，号雪山党项者，亦为吐蕃所破而臣属之。故吐蕃南路入寇，松、维诸处最要冲。杜工部诗“夷界荒山顶，蕃州积雪边”，又曰“松州雪岭东”也。互详述德抒情诗“西山的博”句下。又杜诗“已收的博云间戍，欲夺蓬婆雪外城”，解者谓大雪山，一名蓬婆山，在柘州境。此皆近松、维诸州之雪岭也。其他随地通称者不备引。

〔三〕【朱注】唐书：“松州交川郡，属剑南道，取界内甘松岭为名。”又曰：“广德元年，鱼朝恩以神策军归禁中。永泰元年，又以神策屯苑中。自是势居北军右，数出征伐有功。”【程注】旧唐书职官志：“神威军本号殿前射生左右厢，贞元二年九月改殿前左右射生军，三年四月改为左右神威军，非六军之例也。”【冯注】通典与旧书志：“松州交川郡，历代诸羌之域，唐置松州。有甘松岭，江水所发之源，西北至吐蕃界九十里。贞观初置松州都督府，督羁縻州，皆招抚党项羌渐置。永徽以后，臣叛制置不一。”新书志：“初，哥舒翰破吐蕃临洮西之磨环川，即其地置神策军。后故地沦没，诏屯陕州。及代宗避吐蕃幸陕，观军容使鱼朝恩举军迎扈,帝幸其营,朝恩遂以军归禁中。自后寖盛,为天子禁军,多以裨将将兵征伐。又自肃宗时置殿前射生左右军,元和中改天威军,八年废,以其兵分隶左右神策矣。边兵多不赡,而戍卒给最厚,诸将务为诡辞,请遥隶神策军,以赢禀赐。繇是塞上往往称神策行营。”【按】颔联承“世路干戈”,谓天外雪岭,朝廷使臣犹稽留未归;松州一带,朝廷军队尚驻守戍边。二句写蜀中与吐蕃接壤地区军事形势。

〔四〕【补】楚辞渔父:“屈原曰:‘举世皆浊我独清,众人皆醉我独醒。’”“座中”句似暗用此。

〔五〕【姚注】萧子显诗:“朝酤成都酒。”【补】国史补:“酒则有……剑南之烧春。”又义山碧瓦诗:“酒是蜀城烧。”

〔六〕【冯注】史记:“相如与文君俱之临邛,尽卖车骑,买酒舍,酤酒,而令文君当垆,相如自着犊鼻裈,涤器于市中。”【朱注】唐语林:“蜀之士子,莫不沽酒,慕相如涤器之风。陈会郎中家以当垆为业,元和元年及第。”【补】仍,更也。

笺 评

【谢榛曰】诗有简而妙者……亦有简而弗佳者,若……李义山“江上晴云杂雨云”,不如刘梦得“东边日出西边雨,道是无情还有情”。(四溟诗话)

【金圣叹曰】拟杜工部,便真是杜工部者。如先生馀诗,虽不拟杜工部,亦无不杜工部者也。盖不直声调皆是,维神髓亦皆是也。○起手七字,便是工部神髓,其突兀而起,淋漓而下,真乃有唐一代无数钜公曾未得闯其篱落者。○一言大丈夫初非麀鹿相聚,何故乃欲惜别?二言今日把袂流泪,亦只为世路干戈故耳。三四即承写世路之干戈，言如雪山之使未回，即松州之军犹驻，此不可不戒心者也。前解写不应别，此解（指后四句）写应不别也。醉客延醒客，言此地知己之多也；晴云杂雨云，言此地风景之美也。然则藉此美酒，便堪送老，带甲满地，又欲何之？"当垆仍是"之为言普天流血，而成都独乾净也。

【吴乔曰】（少陵七律）更有异体如"童稚情亲"篇，只须前半首，诗意已完，后四句以兴足之。去后四句，于义不缺，然不可以其无意而竟去之者，如画之有空纸，不可因其无树石人物而竟去之也。义山"人生何处不离群"篇，前有后无，全似此篇，故题曰"杜工部蜀中离席"，乃拟此篇而作也。（答万季埜诗问）

【杨守智曰】王荆公极赏三四一联。

【张谦宜曰】（"雪岭"二句）分明是老杜化身。回鹘之骄，吐蕃之横，至今可想，岂止徒作壮语。（絸斋诗谈卷五）

【何曰】起句尤似杜。鲍令晖诗："人生谁不别？恨君早从戎"，发端夺胎于此。一则干戈满路，一则人丽酒浓，两路夹写出惜别，如此结构，真老杜正嫡也。诗至此，一切起承转合之法，何足绳之？然"离席"起，"蜀中"结，仍是一丝不走也。此等诗须合全体观之，不可以一字一句求其工拙。荆公只赏他次连，犹是皮相。（读书记）又曰：发端从休文别范安成诗变来。（按沈诗首二句为"生平少年日，分手易前期。"）起用反喝，使曲折顿挫，杜诗笔势也。"暂"字反呼"堪送"，杜诗脉络也。"座中"句醒"席"字。末联美酒成都，仍与上醉酒云雨双关。（辑评）

【唐诗鼓吹评注】首言人生东南西北，有合有离，吾所惜者，世路干戈，又相别而去耳。如雪岭之使未归，松州之军犹驻，此所谓世路干戈也。当此相别之时，席中之客醉醒相半，江上之云晴雨相糅，胜友良辰，皆关别意。而成都有酒，既堪送老，当垆之女，仍是文君，则宜共为流连也，其忍轻于言别哉！

【陆曰】明皇入蜀时，甫走依严武。至大历中，始下江陵。是甫居蜀最久。义山拟为是诗，直如置身当日，字字从杜甫心坎中流露出来，非徒求似其声音笑貌也。起言人生斯世，何在不感离群，况乱后独行，能无黯然其际乎？"雪岭"句，是外夷之干戈；"松州"句，是内地之干戈。足上第二句意。接言我瞻四方，可栖托者惟蜀，即此离别之顷，座中延客，醉醒者皆属知心；江上看云，晴雨无非好景，亦何能舍此远去耶？结言文君美酒，可以送老，见天下扰扰而成都独宴然也。

【陆鸣皋曰】此总言聚散不常。远使未归，禁军尚驻，皆"离群"意也。五六句，正写会聚无常之态。所以境不可执，当随遇而安。风物佳处，即可娱老耳。

【杨逢春曰】此拟杜工部体也。首点"离"字，却作开势，二方是一篇主句。（唐诗绎）

【姚曰】离群何足恨，惟世路干戈，虽暂离亦可恨。颔联叙干戈实事。中联写离席。客醉则可以别矣，尚有醒者，何妨少留。云晴则又将别矣，而仍杂雨云，何妨小住，所谓"惜暂分"也。末又言当干戈抢攘之时，而得此美酒红颜之席，真乃一刻千金，那得不惜！

【屈曰】"何处"二字暗提蜀中，"干戈"二字明点时事。雪岭之天使未归，松州之禁军犹驻，承"干戈"句。座中之客忽醉忽醒，离席也；江上之景忽雨忽晴，喻干戈也。时事如此，惟有文君之酒差堪送老而已。虽无工部之深厚曲折，而声调颇似之。

【程曰】首二语言聚散无常，本不足惜，所可惜者干戈未平而分手也。三四承“干戈”实纪时事。仲郢之镇，在大中六年秋，是时蓬、果群盗寇掠三川，山南西道节度封敖奏巴南有贼，上遣京兆少尹刘潼诣果州招谕之，此所谓天外之使也。果州刺史王贽弘与中使似先义逸引兵至山下，此所谓殿前之军也。其后巴南诸贼竟以扑灭，作此诗时当犹未靖，故曰“未归”曰“犹驻”也。五六承“离群”，写宴饯席上情景。七八结“惜暂分”，言己之不离蜀中者，无可如何，惟留连于酒垆调笑已耳。长孺以为拟杜，遂并诗中事实皆推本于杜之身世，引广德、永泰事，以注“殿前军”，而于“天外使”未有论说，误矣。

【冯曰】乍看易解，细审则难会也。三四若从杜工部时征之，则旧书吐蕃传：“代宗宝应二年，遣李之芳、崔伦使吐蕃，至其境而留之。广德二年放李之芳还。”新书纪：“广德元年十二月陷松、维二州。”旧书崔宁传：“永泰元年陷西山柘、静等州。”皆可引证，而未能尽符。若就义山时言之，自太和至大中，唐与吐蕃使问不绝，而史籍缺略，无可详考矣。夫果专论时事，则下半何竟不相应？凡杜老伤时忧国之篇，有如是之安章措句者乎？此盖别有寓意也。杜老往来梓、阆，幸遇严公，参谋成都。义山斯行（按指所谓大中二至三年巴蜀之游）大有望于东、西川，而迄无遇合。故三四承“干戈”二字，略举军事，言外见旁观者不得赞画也。其曰“世路干戈”者，兼言人情之争胜也，时必有与之为难者。五六暗喻相背相轧之情，非关写景。结则借指其人，言竟思据以终老，不肯让人也。如此解，不特本章线索钩连，且与后之壬申七夕、筹笔驿之结联皆相印合也。题曰“杜工部”，北禽篇曰“朝杜宇”，或以暗寓杜悰，此则为妄测欤？又曰：何评论诗自妙，然亦皮相。

【王鸣盛曰】（冯笺）曲说太迂。又曰：成都将归，留别边将之驻雪山松州者而作。虽驻松、雪，亦得以公事留寓成都，或其人本与义山有旧，故末句慰之。成都亦堪送老，毋恨不得归朝也。（冯注初刊本王氏手批）

【纪曰】起二句大开大合，极龙跳虎卧之观。颔联顶次句，颈联正写离席。○蒙泉曰：题是离席，末二句留之也。（诗说）

【管世铭曰】善学少陵七言律者，终唐之世，惟李义山一人。胎息在神骨之间，不在形貌，蜀中离席一篇，转非其至也。义山当朋党倾危之际，独能乃心王室，便是作诗根源。其哭刘蕡、重有感、曲江等诗，不减老杜忧时之作。组织太工，或为挦撦家藉口。然意理完足，神韵悠长，异时西昆诸公，未有能学而至者也。（读雪山房唐诗钞序例）

【黄子云曰】上半酷仿少陵。颈联云：“座中醉客延醒客，江上晴云杂雨云。”此乳臭语耳，虽从“桃花细逐杨花落，黄鸟时兼白鸟飞”二句脱来，薰莸判然。若“美酒成都堪送老，当垆仍有卓文君”，又入魔鬼道矣。（野鸿诗的）

【方东树曰】先君云：“此拟杜体也。然深厚曲折处不及，声调似之。”离席起，蜀中结。（昭昧詹言）

【曾国藩曰】工部郎中，京朝之官也，非幕府之官也。检校工部则可辟，工部则不可。朱说近之。（十八家诗钞）

【黄侃曰】案此以“蜀中离席”为题而拟杜体，犹五言有韩翃舍

人即事，以“即事”为题而拟韩舍人也。朱氏释此题最当。程氏以为“杜工部”应从一本作“辟工部”，非也。（李义山诗偶评）

【张曰】此拟杜工部体。集中如韩翃舍人即事即其例。作“辟”者非。首点“离席”。“雪岭”二句以工部之时况今日，言天使仍稽雪岭，前军尚驻松州，言外见世路干戈，需人赞画，而己独不预，故曰“惜暂分”也。后联一醉一醒，或晴或雨，比喻显然。结言成都美酒可以送老，奈何使文君旧壤，而为若辈所盘踞哉？离群之恨浅，蔽才之叹深。细味诗意，是西川推狱时，追慨前游失意之作矣。（会笺）又曰：冯氏系此诗于大中二年蜀游。余考大中二年义山遇李回，大抵在涂次相见，补编有为回贺马相启可证。使果至成都，则杜悰正移西川，不应不谒见，而何以有“早岁乖投刺”之言邪？此诗疑大中五年西川推狱时所作。否则大中七（当作六）年杜悰自西川迁淮南，义山奉仲郢命至渝州迎候时所作。结语“成都美酒”，盖戏而留之之词，其为悰作无疑。题云“杜工部”，或以暗寓其姓耶？（辨正）

【按】对此诗所写内容之理解，涉及诗题与诗之性质。题首“杜工部”一作“辟工部”，程梦星引旧唐书李商隐传“柳仲郢镇东蜀，辟为判官、检校工部郎中”（新书传作“检校工部员外郎”），谓与题“辟工部”正合。但检校工部郎中或检校工部员外郎之京衔，商隐梓幕诗文中均未见（为河东公上西川相国京兆公启称自己为“节度判官李商隐侍御）。颇疑两唐书编撰者系据此诗题首“辟工部”之误文而有“检校工部郎中”或“工部员外郎”之误载（此类误载，在李商隐传文中不止一处，如误据献寄旧府开封公诗，以开封公为令狐楚，谓楚镇汴州，商隐从为巡官）。实则“辟工部蜀中离席”之诗题本不可通，且诗中亦丝毫未及“辟工部”之事。而“杜工部蜀中离席”则明谓此诗系拟杜工部体而以“蜀中离席”为题之作，朱、纪二氏释题甚确。此种制题方式完全仿效江淹杂体诗三十首，与李都尉从军、班婕妤咏扇、魏文帝曹丕游宴、陈思王曹植赠友等题完全一致。在江淹三十首杂体诗中，不但每首标明仿某人之体，诗之内容亦全为设身处地悬拟所仿诗人之情事，而非写江淹自身当前之情事。明乎此，方不致产生种种曲说误解，如程梦星以为颔联系写蓬果百姓聚众反抗及被扑灭事，冯、张附会商隐巴蜀之游，及编著者前引大中六年党项复扰边以解颔腹二联等，均其例。笺评中所引陆昆曾、陆鸣皋之解，大体切当。此诗不仅声律格调酷似杜诗，且深得杜诗忧国伤时之精神，王安石激赏“雪岭”一联，以为“虽老杜无以过”，洵为有见。

井络〔一〕

井络天彭一掌中〔二〕，漫夸天设剑为峰①〔三〕。阵图东聚燕江石②〔四〕，边柝西悬雪岭松〔五〕。堪叹故君成杜宇③〔六〕，可能先主是真龙〔七〕？将来为报奸雄辈〔八〕，莫向金牛访旧踪〔九〕。

校　记

①“天”原作“大”（一作“天”），非，据蒋本、姜本、戊签、悟抄、席本及钱本改。

②原作“燕江口”,悟抄、朱本作“燕江石”,戊签同,“燕”一作“烟”。【朱曰】燕江无考,必夔字之讹,点画相近耳。【冯曰】“夔江”字少见,亦非。鼓吹本有作“烟”者是也。盖以音讹,非以形讹,故竟改定。【按】朱校是,兹从之。

③“叹”原一作“笑”,朱本、季抄同。

集 注

〔一〕【冯注】蜀志秦宓传注:“河图括地象曰:岷山之地,上为东井络,帝以会昌,神以建福。上为天井。”左思蜀都赋曰:“远则岷山之精,上为井络。”【姚曰】言岷山之地,上为东井维络;岷山之精,上为天之井星。【按】井,井宿,又称东井或天井。络,网络。井络,即井宿所照及之范围,亦即所谓井宿之分野。本篇取首二字为题。题“井络”泛指井宿分野,即蜀地;首句“井络”则专指岷山,取义有广狭之别。

〔二〕【朱注】水经注:“李冰为蜀守,见氐道县有天彭山,两峰相对,其形如阙,谓之天彭门,亦曰天彭阙。”【冯注】华阳国志:“秦以李冰为蜀守。冰知天文地理,谓汶山为天彭门。乃至湔,及县,见两山对如阙,因号天彭阙。”【按】天彭山在今四川灌县。又四川彭县彭门山,亦称天彭阙或天彭门。

〔三〕【朱注】旧唐书:“剑州剑门县界大剑山,即梁山也。其北三十里有小剑山。”元和郡县志:“其山峭壁千丈,下瞰绝嶝,作飞阁以通行旅。”【许印芳曰】“天”字复。

〔四〕【朱注】晋书:“初,诸葛亮造八阵图于鱼腹平沙上,累石为八行,相去二丈。桓温见之,曰:‘此常山蛇势也。’”荆州图副:“永安宫南一里渚下平碛上,有孔明八阵图,聚细石为之。各高五丈，广十围，历然棋布，纵横相当，中间相去九尺，正中开南北巷悉方广五尺，凡六十四聚。或为人散乱，及为夏水所没，冬时水退，依然如故。”寰宇记：“八阵图在奉节县西南七里。”【冯注】水经：“江水又东径南乡峡东，径永安宫南，又东径诸葛亮图垒南。”注曰：“八阵图东跨故垒，皆累细石为之，自垒西去，聚石八行，行间相去二丈，皆图兵势行藏之机，自后深识者所不能了。”困学记闻引薛士龙曰：“阵图有三：一在鱼腹永安宫南江滩水上。蔡季通曰：一在鱼腹石碛，迄今如故。”此必指鱼腹阵图，故曰“东聚”。水经注：“自三峡七百里中，两岸连山，略无阙处，重岩叠嶂，隐天蔽日，自非停午夜分，不见曦月。”按：烟江之称，犹云“苦雾巴江水”也。白香山诗有“烟江澹秋色”句，又韩致光诗云“远随渔艇泊烟江”，至宋王晋卿烟江叠嶂图，则因苏文忠诗大著名矣。“烟江”字究未考始于何文也。【按】夔江，指夔州附近一段长江。

〔五〕【朱注】元和郡县志：“雪山在松州嘉城县东八十里，春夏常有积雪，故名。”【冯注】后汉书班超传注：“西域有白山，通岁有雪，亦名雪山。”详检史志诸书，雪山绵亘辽远，以界华戎，而自蜀徼言之，切近松、茂、维、保诸州，唐初招抚党项羌而羁縻之，其后皆陷于吐蕃。【按】二句分咏东、西川险要形势。

〔六〕用望帝事，屡见。句意盖谓据蜀称王之望帝终于失国身亡，魂化杜鹃。

〔七〕【朱注】吴志：“周瑜曰：‘刘备非久为人用者，恐蛟龙得云雨，终非池中物也。’”【张相曰】可能，推论之辞，其义须随文义而定。……李商隐井络诗：“堪叹故君成杜宇，可能先主是真龙？将来为报奸雄辈，莫向金牛访旧踪。”此犹云能否，言能否如刘先主也。【按】此反其意而用之。谓才略如先主者，又岂能为真龙而一统天下哉？可能，犹岂能、难道。

〔八〕【补】将来，持来。汉书司马迁传赞：“序游侠则退处士而进奸雄。”三国志魏武帝纪注引孙盛异同杂语：“操尝问许攸：‘我何如人？’攸曰：‘子治世之能臣，乱世之奸雄。’”此以奸雄指有割据野心之藩镇。

〔九〕【朱注】十三州志：“秦惠王未知蜀道，乃刻石五头，置金于尾下，言此天牛，能粪金。蜀人信之，令五丁共引牛成道，致之成都。秦因使张仪伐之。”通志：“金牛峡在汉中府沔县西一百七十里。”【冯注】华阳国志：“秦惠王作石牛五头，朝泻金其后，曰牛便金。蜀人悦之，使使请石牛，许之，乃遣五丁迎石牛。既不便金，怒遣还之，乃嘲秦人曰：‘东方牧犊儿。’秦人笑曰：‘吾虽牧犊，当得蜀也。’”【沈德潜曰】言世守及帝胄且不能成功，况奸雄割据乎？如刘辟辈是也。【按】金牛道，又称石牛道。自今陕西勉县西南行，越七盘岭入四川境，经朝天驿趋剑门关。古为由秦入蜀重要通道。

笺　评

【方回曰】五六对巧。

【金圣叹曰】此先生深忧巴蜀之国，江山险峻，或有草窃据为要害，而特深著严切之辞，以为预戒也。言此井络天彭，拔地插天，飞栈千里，界山为门，自古称为险绝之区者，以今日朝廷视之，不过在我一掌之中焉已耳。盖言圣德皇皇，宽仁无外,臣工济济,算尽无遗故也。然则虽复阵图在东,雪岭在西,天设剑关以为雄塞,据我论之,固曾不得而谩夸也。前解写全蜀之险,更不足恃,后解写起蜀之人,皆未必成也。言前如望帝,佐以鳖灵;后如昭烈,辅之诸葛,然而曾不转眼,尽成异物,又况区区草芥之子乃欲何所觊覦于其间也哉!(贯华堂选批唐才子诗)

【冯班曰】中四句万钧之力。(何焯引,见辑评。)

【朱彝尊曰】此岂感蜀地反复不常而作耶?

【杨守智曰】伤今怀古,俯仰情深。

【何曰】第一句便破尽全蜀,第二是门户。第三是东川,第四是西川。四句中包括后人数纸。三四一联若不点出东西二字,只是成都诗耳。"堪叹"一联言以世守因馀,犹归于泯灭,况么么草窃耶?喝起落句有力。○此篇若作于元和初刘辟据蜀之后,更有关系,在义山之世,止当赋杜元颖、悉怛谋两事也。○观西昆成都三篇,何其琐屑补缀!○如此工致,却非补纫。义山佳处在议论感慨,专以对仗求之,只是昆体诸公面目耳。(义门读书记。辑评"堪叹""将来"二联评笺作"世守不可保,因馀无能为,矧小丑窃据乎?落句乃孟阳勒铭之志也。深警当时藩镇不宜负固轻负本。")

【胡以梅曰】通首诫蜀人之词,故其意轻视蜀险在言外。首言井络天彭极小……。次言蜀之最险惟剑阁,亦不足恃。于是东虽阵图示武,西虽边柝侦防,方其内变,则为杜宇之失国;若来外敌,则先主之不能成王业,二传即亡。将来不逞之徒,休访金牛险道之旧踪而思割据,亦仿张孟阳剑阁铭之意也。

【唐诗鼓吹评注】此揽二山之胜而吊古也。首言井络天彭二山在蜀郡，如在一掌之中，蜀倚以为固，而剑阁不如。古谓剑阁天设之险，乃谩语耳。观夫诸葛之阵图，松维之边柝，烟江雪岭，皆形胜之地。而蜀帝云徂，杜宇之魂欲断；霸图既去，真龙之语空传。今者形胜依然，而废兴则已异矣。将来奸雄辈何事以金牛故智窥图此地也哉？此正所以折其气也。

【陆曰】在天成象，则有井络；在地成形，则有天彭。只一句而全蜀已破。第二句，其门户也。“阵图”句，……指东川；“边柝”句，……指西川。以上皆夸蜀地险要。下言险要之不足恃也。不见望帝之委国而去乎？如先主者，庶能抚有兹土耳。乃奸雄之辈，犹窥伺不已，何哉？李白蜀道难“一夫当关，万夫莫开，所守或匪人，化为狼与豺”四语，可包括此诗。

【薛雪曰】为人要事事妥当，作家要笔笔安顿，诗文要通体稳称，乃为老到。止就诗论，宁使下句衬上句，不可使上句胜下句。然上下句悉敌，才是天然工到。如“归日楼台非甲帐，去时冠剑是丁年”，“风卷蓬根屯戊巳，月移松影守庚申”，“此日六军同驻马，当时七夕笑牵牛”，“阵图东聚烟江石，边柝西悬雪岭松”之类，则又不可力争者也。（一瓢诗话）

【姚曰】此咏蜀中形胜也。井络天彭，指掌可尽；剑门重阻，恃险则亡。东则夔江阵图，古人于此御敌；西则雪岭传柝，今时于此防边。此筹时者所当审虑也。若乃奸雄窃发，叛服不常，不知亡国则有故君如杜宇，英略则非先主之真龙，则亦徒自送死而已矣。纵恃五丁之神力，欲访金牛之旧踪，何益！唐自肃、代后，蜀中屡屡叛乱，故有是诗。

【屈曰】以山川之险，武侯之才，昭烈之主，尚不能一统天下，而况其他哉！所以深戒后来也。

【程曰】杜子美诗："西蜀地形天下险，安危须仗出群材。"盖留心经济之言也。按唐末孟氏卒以窃据，义山亲履其形势，蚤已忧之，故作诗以戒警奸雄也。起句分明言其险隘，次句又言其勿恃险隘。三句言用兵如孔明者能有几人。四句言邻封如吐蕃者亦可助顺。五句言秦时之割据者亦终为其臣所窜。六句言汉时之割据者毕竟是其宗支。然则地形虽险，莫蒙异志，故七八句结之云云。先事预防，亦深远矣。

【田曰】足褫奸雄之魄，而冷其觊觎之心。（冯笺引）

【冯曰】蜀地恃险，自古多乘时窃据，宪宗时尚有刘辟之乱。诗特戒之，言先主尚不免与杜宇同悲，况么麿辈乎？

【纪曰】立论正大，诗格自高，五六唱叹指点，用事精切。三四转折太硬，意虽可通，究费疏解。七句尤率，非完美之篇。

【姜炳璋曰】首言形势，二言险不可恃。三四承首句来，言不特天险也，而古迹之奇、边戍之密，又复如此。后四句承次句来，杜其据险背叛之心也。其后蜀果为王氏、孟氏所据。义山之忧深思远如此。诸说俱不谈，而谓"八阵"句为能用兵如孔明者有几人，则"松州"句无处安顿，不然也。

【方东树曰】此与太白蜀道难、杜公剑门同意，皆杜奸雄觊觎。先君云："前半地形，合东西言之。后半人事。次句乃通首主句。五六句即承明此意，以两代兴亡大事，证明不能恃险。"

【曾国藩曰】第七句是作意，预警奸雄之辈，无恃蜀中之险而图割据也。

【俞陛云曰】巴蜀为天府之国，足以闭关自守。乘时崛起者，都窃踞称雄。故玉溪此篇，深致戒焉。首句井络天彭，言分野之广大。次句剑峰天险，言地利之难恃，皆举全蜀而言。三、四承次句而分言之：三句谓阵图石转，带白盐、赤甲之雄，纪东川之险也；四句谓雪岭秋高，扼邛笮康輶之隘，纪西川之险也。后半首承上而言，如此天险，宜可金汤永固矣，而霸图已渺，空留杜宇之魂；炎井重窥，未竟飞龙之业。自昔英豪辈出，尚且偏霸无成；则后来之公孙跃马，刘辟称戈，亦当鉴于往事，而戢其雄心，勿慕秦王之遣力士开山，再访金牛遗迹矣。（诗境浅说）

【张曰】音节高亮，如铿鲸钟。三四写景精切，结尤深警，无所谓费解也。豪语以为太粗，过矣。（辨正）

【黄侃曰】此诗与张载剑阁铭同意，皆以惩割据也。首句言其地之狭小，次句言地险之不足恃；三四承首句之意，言其疆域迫促也；五六言伯主偏隅，终殊中县之君也，词特深婉；末句正写警戒之意。（李义山诗偶评）

【按】诗作于东川幕，具体时间不易确考，或在成都推狱时。前四极形蜀中险阻，而以"一掌"形其迫蹙，"漫夸"言其虽险而不足恃，四字贯串前幅。自四海一家之眼光视之，蜀中固一隅之地，故虽险阻而实同指掌不足恃也。五六援据蜀而立者为例，谓庸劣如望帝者，失国身亡，魂化啼鹃，固不足论；即才略杰出如蜀先主者，又岂能据蜀成事，为真帝王乎？二句层递，主意在对句。先主尚不能为真龙，则天险之不足恃可知，奸雄窃据之必败亦可知。故末联以"莫向金牛访旧踪"警诫之。金牛旧踪，妄图窃据，贪婪愚蠢者覆灭之旧踪也。

迎寄韩鲁州瞻同年①〔一〕

积雨晚骚骚〔二〕，相思正郁陶〔三〕。不知人万里，时有燕双高。寇盗缠三辅②〔四〕，莓苔滑百牢〔五〕。圣朝推卫索③，归日动仙曹〔六〕。

校　记

①“鲁”，冯曰：“误，似当作果。”叶葱奇、陶敏以为“鲁”当是“普”之讹，近是。详注〔一〕。“瞻”原一作“詹”，蒋本、戊签作“詹”。非。

②“辅”，各本均同，冯注本疑“蜀”之讹，详注。

③“索”原作“霍”，一作“索”，据影宋抄、钱本、席本、悟抄改。详注。

集　注

〔一〕【冯注】按：旧新书志：“调露元年于灵夏南境以降突厥置鲁、丽、含、塞、依、契诸州，谓之六胡州。”其后分合废置不一：开元二十六年于此置宥州，宝应后废；元和时又置，为吐蕃所破；长庆四年复置。复置者止宥州。而吐蕃传长庆元年以壮骑屯鲁州者，仍其地之旧名耳。且与诗之兴元百牢绝不相涉，必误也。愚玩史、鉴，疑王贽弘由果州刺史为兴元副使、充行营兵马使，而韩瞻或代刺果州，故行程必过百牢关，“果”、“鲁”音近而讹也。臆测颇似，而难遽定。是年春卢弘正卒，义山还京，其迎寄之迹未能细核。【张曰】鲁州当从冯注作果州。义山到梓，畏之旋出刺果，故有此迎寄之作。又曰：所谓迎寄者，以果州近梓，故云。【叶葱奇曰】"普"和"鲁"音、形都相近,就地理位置而言也和果州密迩。贽弘以果州刺史充三川行营兵马使,韩瞻任普州刺史相助攻讨,这似乎反有可能。(李商隐诗集疏注)【陶敏曰】果州属山南西道,自京赴果州毋须入蜀。而大中五年李商隐在东川柳仲郢幕,不可能擅离本道迎韩瞻。"鲁"当"普"之讹,二字形、音均相近。普州亦属剑南东道,且在梓州之南,故李商隐得以迎而寄之。东观奏记卷下:"(夏侯)孜为右丞,以职方郎中裴诚、虞部郎中韩瞻俱声绩不立,诙谐取容,诚改太子中允,瞻改凤州刺史。"夏侯孜大中十年迁右丞,见旧书本传。韩瞻当于五年自员外郎守普州,入迁郎中,复出守凤州。"(全唐诗人名考证)【按】叶、陶说近是。诗当作于大中六年春,视诗中"时有燕双高"可知。韩瞻约于五年冬离京赴普州,抵达普州已是六年春,参下篇题注及编著者按。

〔二〕【程注】刘向九叹:"聊假日以须臾兮,何骚骚而自放。"【冯注】张衡赋:"寒风凄而永至兮,拂穹岫之骚骚。"【按】骚骚,风劲貌,或曰:风声。此用以状雨声。程注引非其意。

〔三〕【程注】书:"郁陶乎予心。"九辩:"岂不郁陶而思君兮。"【按】郁陶:思念貌,忧思郁积貌。九辩王逸注:"愤念蓄积盈胸臆也。"孟子万章:"郁陶思君尔。"

〔四〕【自注】时兴元贼起,三川兵出。【朱注】按兴元为山南西道治所。通鉴,"大中五年十月,蓬、果群盗,依阻鸡山,寇掠三川,果州刺史王贽弘讨平之。"胡三省注:"东、西川及山南西道谓之三川。"【程注】汉书百官表:"右扶风、左冯翊、京兆尹是为三辅。"【冯注】通典:"唐开元中,以近畿之州同、华、岐、蒲为四辅。"按:蒲州属河东道。同、华、凤翔为关内道之三辅。新书封敖传："节度兴元，蓬、果贼依鸡山寇三川，敖遣副使王贽捕平之。"通鉴："大中五年十月，蓬、果盗依阻鸡山，寇掠三川，以果州刺史王贽弘充三川行营兵马使，六年二月讨平之。时封敖奏巴南妖贼言辞悖慢，上怒甚。崔铉曰：'此皆陛下赤子，迫于饥寒，盗弄兵于溪谷间，不足烦大军，但遣一使者可平矣。'乃遣京兆少尹刘潼诣果州招谕之，贼投弓列拜请降。潼归馆，而贽引兵已至山下，竟击灭之。"胡三省注："鸡山在蓬、果二州之界。三川，东、西川及山南西道。"按：此事旧书失载，新传略甚也。鸡山之名不一。旧书温造传："造初赴镇汉中，遇大雨乃祷鸡翁山祈晴，即时开霁。文宗诏封鸡翁山为侯。"寰宇记："山在褒城县北，入斜谷一十里。"则非此山也。寰宇记云："蓬州蓬山县西南六十里石鸡翁山，有石如鸡，又果州有石如鸡母，二山相对，去五里。"蓬果群盗所依阻者，必此山也。蓬、果属兴元，故曰"兴元贼起"，与梓州、成都所管，边境连接，故寇掠三川，出兵致讨也。小贼即平，何至扰动三辅哉？或疑入扰凤翔、宝鸡之境，故曰"缠三辅"，然以注之三川证句之三辅，必不然矣。余故以为"三蜀"之讹。左思蜀都赋："三蜀之豪"。常璩蜀志："益州以蜀郡、广汉、犍为为三蜀。"又巴志："板楯蛮攻害三蜀，汉中州郡连年苦之。"旧书李晟传："三川震恐。"又曰："从晟言，三蜀可坐致也。"三蜀本非广指三川，而以三蜀称三川，史文习见，所订必不误矣。又曰：后汉书南蛮传："巴郡板楯复叛，寇掠三蜀。"按：即巴志所云也。愚谓北方口音"辅"与"蜀"亦相近，故讹为辅。【按】左思蜀都赋之"三蜀"系指蜀郡、广汉、犍为，史文中"三蜀"亦常泛指三川，冯氏以

"三辅"为"三蜀"之误,近之。然作"三辅"亦可通,以其近于畿辅之地,故曰"缠"。

〔五〕【朱注】图经:"百牢关故址在今兴元西县,两壁山相对,六十里不断,汉江水流其间,乃入金牛益昌路也。"寰宇记:"在汉中郡西县西南,隋开皇中置,以入蜀路险,号曰百牢关。一云置在百牢谷。"【冯注】元和郡县志:"百牢关,自京师趣剑南达淮左皆由此。"又曰:"百牢为秦中南境之界,果州南充郡在嘉陵江之西,必过关也。"

〔六〕【朱注】晋书:"尚书令卫瓘与尚书郎索靖俱善草书,时人号为一台二妙。"白帖:"诸曹郎称为仙郎,故曰仙曹。"【程曰】朱长孺引晋书卫瓘、索靖为注,愚意未安,仍从正文"卫霍"为是。盖承上文用兵,言将帅也。"卫索"并称,乃以书名,引用何关耶?然"卫霍"非指韩瞻,大抵瞻时颁诏命,令将出师,将如王贽弘之流,克捷成功,故推美为"卫霍",而并美瞻之复命,归而名动仙曹也。如此解,乃觉文从字顺,惜唐书无韩瞻传,又不附见于其子偓传中,无从而别考矣。【冯注】卫霍,汉书卫青、霍去病也。二句似言主将成功,佐理之人归至曹司,亦增光耀矣。卫索,晋书:"尚书令卫瓘、尚书郎索靖俱善草书,时号一台二妙。"则以美其文采,归后自有清华之境,意亦可通。玩曰"仙曹",似"卫索"较是。或如颇、牧出自禁署之意,则"卫霍"是也。【纪曰】阻于盗,故不得至,三川兵出,则已命卫霍之将,指日削平,可以相见矣。别本作"卫索",语便索然。非惟语脉不贯,亦未细看原注矣。【按】卫霍习用,卫索罕用,故后人以卫索为误而改卫霍,然此处实作卫索。题曰"迎寄",末联自必关合韩瞻,不得如程氏所云别指将帅;而瞻文人,此次刺普,亦系文职,非主帅,拟之卫霍,殊为不伦。作"卫索"方称其文人身份,且与"仙曹"相应。如"卫霍",则功成归朝,不得止云"动仙曹"矣。且原作"卫霍",亦不可能改为罕用之"卫索"。

笺　评

【何曰】次联乃老杜所云"恨别鸟惊心"也。(辑评)次联悲凉古直,羁旅中偶一吟讽,便尔即目皆惊心也。(读书记)

【姚曰】我之念韩,正积雨萧骚之际,而韩之归朝,当风云得路之时,其欣喜当何如耶? 韩时官部曹,且必善书,故有卫索之比。

【冯曰】味诗语,似朝命韩瞻往佐讨贼,故前半言正尔相思,不知有此远行,五纪时事,六想程途。结则祝其还朝,送行常法。

【纪曰】前四句一气浑成,意格高远。(诗说)四句对法活,所谓兴也。(辑评)

【张曰】大中五年义山赴梓时,畏之在京,有留别诗。盖未几即出刺鲁州矣。此义山在梓幕迎寄所作。据自注,其即五年冬所作欤?(辨正)

【按】据自注,诗必作于蓬果人民起义之后,王贽弘镇压起义之前。而大中五年深秋义山赴梓时,韩瞻在京,有诗相送,故题中"迎寄"必指义山在梓闻韩瞻刺普而以诗迎寄,冯谓韩奉命往讨,李作诗相送,非。一二对雨相思,三四谓韩有万里之行。五六纪时事,想像其来路所经,关合"迎寄"。七八遥想其异日还朝情景。

韩冬郎即席为诗相送一座尽惊他日余方追吟连宵侍坐徘徊久之句有老成之风因成二绝寄酬兼呈畏之员外①〔一〕

十岁裁诗走马成，冷灰残烛动离情。桐花万里丹山路〔二〕，雏凤清于老凤声〔三〕。

其二

剑栈风樯各苦辛〔四〕，别时冰雪到时春②〔五〕。为凭何逊休联句〔六〕，瘦尽东阳姓沈人〔七〕。

校　记

①"余"，席本、影宋抄、戊签作"徐"。

②"冰"，戊签作"冬"。

集　注

〔一〕【朱注】南部新书："冬郎，韩偓小字。父瞻，字畏之，义山同年。"【冯注】新书传："韩偓，字致光，京兆万年人。擢进士第。昭宗时为翰林学士，迁兵部侍郎，进承旨，为朱全忠贬濮州司马。天祐二年，复召为学士，偓不敢入朝，挈其族南依王审知而卒。"纪事曰："偓小字冬郎，字致尧，今曰致光，误矣。自号玉山樵人。"按：吴融集亦作韩致光，史文必不误也。【按】"连宵侍坐徘徊久"系韩偓赠诗中之句，诗今翰林集、香奁集中均无，当已佚。据题内"畏之员外"之称，此二首当是大中六年春韩瞻已出为普州刺史时，商隐自梓州寄酬。“员外”仍称其京职,唐人惯例。考详编著者按。

〔二〕【朱注】张正见诗:“丹山下威凤,来集帝梧桐。”薛道衡诗:“集凤桐花散。”【按】山海经南山经:“丹穴之山……有鸟焉,其状如鸡,五采而文,名曰凤皇。”又,传凤皇非梧桐不栖,故桐花、凤常连文。据李德裕画桐花凤扇赋序,桐花凤为成都特产,桐花开时集于花间。

〔三〕【朱彝尊曰】写谑畏之意。【冯注】晋书:“陆云幼时,闵鸿奇之,曰:‘此儿若非龙驹,当是凤雏。’”【按】此以雏凤喻偓,以老凤喻瞻,谓偓之才华诗思胜于乃父也。

〔四〕【朱注】剑栈,谓剑阁栈道。【冯注】郭璞江赋:“舳舻相属,万里连樯。”战国策:“栈道千里,通于蜀汉。”

〔五〕【冯注】秋潦冬雪,见马融长笛赋。【张曰】义山大中五年秋末赴梓,散关遇雪诗可证,有留别畏之作,故云“别时冰雪”。九年冬随仲郢还朝,十年春至京,有楼上春云诗(按即行至金牛驿寄兴元渤海尚书)可证,故曰“到时春”。畏之自义山赴梓后,亦出刺果州,有迎寄诗可证,其还朝当在大中十年,所谓“剑栈风樯各苦辛”也。“剑栈”自谓,“风樯”指畏之。【岑仲勉曰】严州重修图经刺史题名,韩大中十二年四月七日自□州刺史兼本州镇遏使拜,复据新表,(夏侯)孜于大中十三年八月方改中书侍郎(即右相)。由此观之,瞻或扬历外郡,至大中十二年四月后方入朝为虞中也(按东观奏记载夏侯孜为右相,以虞部郎中韩瞻声绩不立,改凤州刺史)。(张)笺谓大中十年春畏之必亦由果州还朝,殆不确。【按】东观奏记载夏侯孜为右丞,以虞部郎中韩瞻声绩不立,改凤州刺史,非“右相”,岑氏引误。

据通鉴，大中十一年正月，以御史中丞兼尚书右丞夏侯孜为户部侍郎、判户部事，可证孜大中十年为右丞，韩瞻由虞中出守凤州亦同年事。如此二诗作于大中十年春，题不当称“畏之员外”而当称“畏之郎中”，故可证二诗非十年所作。

〔六〕【朱注】何逊尝于范广州宅联句。【冯注】何集亦有与他人联句者。【按】范广州宅联句云：“洛阳城东西，却作经年别。昔去雪如花，今来花如雪。”意与“别时冰雪到时春”句相近，故有“休联句”之语。凭，请。句意详按语。

〔七〕【自注】沈东阳约尝谓何逊曰：“吾每读卿诗，一日三复，终未能到（按蒋本、姜本、戊签、影宋抄、钱本无“到”字）。”余虽无东阳之才，而有东阳之瘦矣。【冯注】“终未能到”与史文小异。约于隆昌元年除吏部郎，出为东阳太守。【按】南史：沈约与徐勉书：“百日数旬，革带常应移孔；以手握臂，率计月小半分。”自桂林奉使江陵诗亦自言“沈约瘦愔愔”。二句以何逊比冬郎，以沈约自比。

笺　评

【陆鸣皋曰】前首言其才之过于父，后首言难为和也。韩诗送东川之别，故前有次句，后有首句。

【姚曰】（首章）此赠冬郎，叹其才之胜父。（次章）此呈畏之员外，言其诗之难和也。

【屈曰】前首称其迈种之才，后首己之倾倒至矣。

【程曰】次首用剑门栈道字，则寄自梓州幕府。

【冯曰】笺之难定在“徐”“余”二字与“剑栈风樯”四字。若云在徐幕作，则大中四（按应为“三”）年腊月大雪过大梁，与此别时到时正合。然以剑栈指迎寄韩瞻之时,则年已不符,意亦微背,而义山赴徐非水程,则“风樯”何属也?若云在梓幕作,则“剑栈”自谓,“风樯”似谓韩有水程之役,颇通;但散关遇雪,抵梓赴蜀皆在岁前,且失偶未久,于寄韩情绪何不更含感悼?故两难细合也。无可定编,聊附于此,不知何说近之。(按:冯编大中七年梓幕献杜悰诗后。)

【纪曰】风调自佳,但无深味耳。(诗说)

【姜炳璋曰】其二,言我往梓州,陆行则剑栈,水行则风樯,辛苦极矣。“凭”,托也,言我致托冬郎,不得再联句寄我,恐使我瘦尽而病也。己无冬郎之才,故见诗则必三复;而有东阳之瘦,故不可再咏其诗也,乃喜极而翻为不欲见之辞。妙绝!夫以十岁小儿,一语惊人,辄倾倒如此,义山于交游及故人子弟,情笃乃尔。

【张曰】冬郎十岁裁诗相送,则追述大中五年赴梓时事,故留赠畏之诗有“郎君下笔惊鹦鹉”之句,至大中十年,冬郎当十五岁矣。冯说支离不足据。近人震钧编韩谱,则又列此诗于大中七年,似仍沿冯缪也。(会笺。系大中十年。)

【按】此二首作年,有大中五年(叶葱奇)、七年(冯浩)、十年(张采田)诸说。细按之,此三说均不能成立。五年说谓商隐于冬郎赋诗相送后数日寄酬。此说之主要问题在于诗中“别时冰雪到时春”一句与商隐之实际到梓时间绝不相符(因此时韩瞻尚未出刺普州,此句不可能解为韩之别时与到时,只可能解为商隐之别时与到时)。而商隐樊南乙集序明言“七月,尚书河东公守蜀东川,奏为记室。十月得见,吴郡张黯见代,改判上军”。柳仲郢七月任命,最迟八月须启程,而商隐直至深秋尚在长安(见前王十二见与畏之员外相访、赴职梓潼诸诗），故商隐赴梓，非与仲郢同行，而系单独前往，盖因王氏亡故后，料理葬事、将儿女寄养在长安等事须处理。其启程时间约在九月上旬，于十月下旬左右抵达梓州。故乙集序之"十月得见"，定指到梓之时间，而非受辟后初见仲郢之时（七月、八月，商隐居留洛阳时间不短，且为仲郢子代拟过书启，与仲郢见面机会甚多）。因商隐晚到，而书记之职不可或缺，故仲郢已使张黯暂代。商隐到梓与仲郢见面后，乃改为节度判官。十月即已到梓，即使系出发前对行期之约略估计，也绝不可能说成"到时春"。何况，商隐于大中五年十二月十八日即差赴西川推狱，更证实此前即已到梓。

十年说之不可通，关键在于诗题中"畏之员外"之称谓不符韩瞻大中十年时之官职。因韩瞻大中五年冬由员外郎出守普州，约七年冬即已还朝（八年春商隐梓幕返京，回梓前有留赠畏之诗，详后），官职当有所升迁。从东观奏记所载夏侯孜为右丞，以虞部郎中韩瞻声绩不立，改凤州刺史之事，至少在大中十年瞻已迁郎中。故此时如商隐作诗寄呈，必不称"畏之员外"而当称"畏之郎中"。此点注〔五〕按语中已提及，此处再略加申说。

七年说之误缘于冯氏年谱将商隐赴梓幕定于大中六年，故不得不将此二诗系于七年。但即使如此，冯氏仍无法解释"别时冰雪到时春"之句，谓"散关遇雪，抵梓赴蜀皆在岁前"，认为"两难细合"，只能姑且附编于七年。

实则此二诗系大中六年春商隐在梓幕时寄酬于是年春抵达普州之韩瞻父子之作。题称"畏之员外"而不称"韩普州"，乃是缘于唐人轻外郡重京职之风气。唐人诗文中，对方已出任外地官职仍以京职称之的情况极为普遍，商隐诗文集中，如天平公座中呈令狐相公、哭遂州萧侍郎二十四韵、哭虔州杨侍郎虞卿、郑州献从叔舍人褎、酬令狐郎中见寄、上令狐相公状七首、上郑州萧给事状、为濮阳公上汉南李相公状、为濮阳公上华州陈相公状、为濮阳公上淮南李相公状三首、为濮阳公与蕲州李郎中状、上华州周侍郎状、为濮阳公上宾客李相公状二首、上郑州李舍人状四首、上李舍人状二至七、上河南卢给事状……不胜遍举。因此，韩瞻其时虽已出守普州，商隐在诗题中仍称其原任之京职"员外"完全符合唐人惯例。其次，是对"别时冰雪到时春"一句之解释。无论五年、七年、十年说，均结合商隐赴梓行程或结合商隐、韩瞻两人赴梓、赴果之行程加以解释，结果均不符实情，扞格难通。实则"剑栈风樯各苦辛，别时冰雪到时春"二句完全指韩瞻赴普州之行程与启程、抵达之时间。韩瞻赴普，既有陆程，又有水程，且须经由剑阁一段栈道，故首句言"剑栈风樯各苦辛"。"别时冰雪"，系指韩瞻离京启程时，已是冰雪严寒之冬天。大中五年九月上旬商隐启程赴梓，至散关已遇雪，韩瞻出守普州，启程时更晚，故云"别时冰雪"。商隐迎寄韩普州同年有"时兴元贼起，三川兵出"自注及"时有燕双高"之句，可推断其时当在六年二月王贽弘未平鸡山之前，韩瞻抵达普州亦在此后不久，故云"到时春"。韩瞻此次赴普，其子韩偓当随侍前往，故商隐作此二诗"寄酬"并"兼呈"韩瞻。

首章追述大中五年义山赴梓时冬郎即席赋诗相送事。题内"一座尽惊"，诗中"十岁裁诗走马成"之语，与留赠畏之"郎君下笔惊鹦鹉"之句正合。"桐花"二句,从"凤雏"翻出,想象新奇,"寄酬""兼呈"双绾,笔意超妙。次章一二指韩瞻赴普州之水陆行程及启程、抵达之时间,三四仍收到称赏冬郎诗才作结,同兼"寄酬""兼呈"二意。

义山称扬冬郎之诗,特标举"清"与"老成",或系受杜甫诗论之影响(杜甫曾谓"清新庾开府",又谓"庾信文章老更成"),其诗于清丽婉曲中时露沉郁,正此种主张之实践。

三月十日流杯亭①〔一〕

身属中军少得归②〔二〕,木兰花尽失春期〔三〕。偷随柳絮到城外〔四〕,行过水西闻子规〔五〕。

校　记

①"十日",冯曰:"一作'三日',非。"

②"少",戊签一作"不",非。

集　注

〔一〕【朱注】方舆胜览:"巴州西龛寺,唐乾元间严郑公武所创,其水曲折,可以流觞。"一统志:"流觞亭在巴县西龛山上。"【程注】流杯亭在汝州,则此诗当是从令狐楚为汴州巡官时作。【冯注】旧注引巴州严武所创流觞亭,地已不合;或引他处,尤误。流杯亭是处可有,此必在东川也。徐曰:"诗有子规,且木兰蜀中尤盛",得之矣。【按】徐、冯说是。玩"身属中军"可悟。

〔二〕【冯注】乙集序云:"时公始陈兵新教作场,阅数军实,判官务检举条理，不暇笔砚。”即此句意。

〔三〕【朱注】本草：“木兰，大树，皮似桂而香，花粉红色，二三月间开。”【按】参木兰题注。

〔四〕【冯注】神农本草经：“柳花一名柳絮。”

〔五〕【冯注】本草释名：“子规其鸣若曰‘不如归去’。”【何曰】应首句意。（辑评）

笺评

【何曰】别格。（辑评）

【姚曰】“偷随”二字妙。子规却不许人一刻遣开也。

【屈曰】春尽失期，应难再见，及潜过水西，惟闻子规，言无益也，不如归去耳。

【程曰】楚与义山宾主相得，未必含怨，但自慨其不能致身富贵，未免闻子规而动不如归去之思也。末句用意最巧，晚唐始有此法。宋元以后则多袭之。至明人讽李西涯诗“鹧鸪啼罢子规啼”，则愈巧而愈纤矣。

【陆鸣皋曰】抵后人多少落花、送春诗。

【纪曰】风调自异，纯以骨韵胜也。（诗说）子规声曰“不如归去”，隐含此意，妙不说破。（辑评）

【张曰】流杯亭，未详。徐氏、冯氏皆谓梓幕作，似之。

【按】乙集序云：“明年（大中六年）记室请如京师，复摄其事。”诗当作于大中六年三月。其时商隐兼任判官、书记二职。诗言军务倥偬，无暇赏春，及至木兰花尽，柳絮纷飞，春期已失之时，而潜行城外，春物已不复见，惟闻子规“不如归去”之声矣。沉沦幕府，杂务缠身，虚捐岁月之慨，言外见之。

西溪〔一〕

怅望西溪水，潺湲奈尔何①！不惊春物少，只觉夕阳多〔二〕。色染妖韶柳②〔三〕，光含窈窕萝〔四〕。人间从到海，天上莫为河〔五〕。凤女弹瑶瑟〔六〕，龙孙撼玉珂〔七〕。京华他夜梦，好好寄云波〔八〕。

校　记

①“潺湲”，冯曰：“一作潺潺。”

②“韶”原作“娆”（一作“韶”），据蒋本、戊签、席本、影宋抄、朱本改。姜本作“娇韶”。

集　注

〔一〕【胡震亨曰】樊南集有上柳仲郢启云：“前因暇日，出次西溪，既惜残阳，聊裁短什”，指此诗也。【朱曰】集中西溪诗颇多，皆作于东川，有引放翁笔记华州郑县之西溪亭者，谬也。【冯曰】四川通志：“西溪在潼川府西门外。”

〔二〕【朱彝尊曰】（“不惊”）二句承“怅”来。

〔三〕【程注】陆机七征：“舒妍晖以妖韶。”【按】妖韶，娇美。

〔四〕【冯注】方言：“美状为窕，美心为窈。”诗：“茑与女萝。”传曰：“女萝，菟丝松萝也。”【钱锺书曰】水仗柳萝之映影而而添光色也。（管锥编八〇八页）

〔五〕【朱注】诗笺：“天河，水气也。”“从到海”以其有朝宗之义；“莫为河”，以其隔牛女之会合。【朱彝尊曰】四句溪中之水。【按】“从到海”即任其到海之意，下句谓但不可天上为河。此联流水对，二句一意相承。参下引纪昀笺语。

〔六〕【朱注】列仙传:"弄玉随凤皇飞去,故秦作凤女祠于雍宫,世有箫声。"【按】前已屡见。

〔七〕【道源注】龙孙,龙驹也。本草:"珂,贝类,皮黄黑而骨白,可为马饰,生南海。"【程注】张华诗:"文轩树羽盖,乘马鸣玉珂。"【朱彝尊曰】("凤女")二句溪中之人。(亦见钱良择唐音审体。"中"作"上"。)【按】龙孙,犹言龙种。杨本胜说于长安见小男阿衮:"寄人龙种瘦。"哭遂州萧侍郎:"我系本王孙。"

〔八〕【朱彝尊曰】结归自己。

笺评

【朱曰】义山谢河东公和诗启:"某前因假日,出次西溪。既惜斜阳,聊裁短什。盖以徘徊胜境,顾慕佳辰,为芳草以怨王孙,借美人以怨君子。思将玳瑁,为逸少装书;愿把珊瑚,与徐陵架笔。斐然而作,曾无足观。不知谁何,仰达尊重,果烦属和,弥复兢惶。"所云"和诗",即和此诗也。河东公者,柳仲郢也,义山为仲郢判官。

【陆鸣皋曰】此即景以托意也。首四句,即有感怀迟暮之悲。"人间"二句,言应得朝宗,而莫阻牛女之会也。凤女,代湘灵,二句言得所而乐,故吾亦想梦京华,而寄之于此波耳,用托波通辞语意。

【姚曰】西溪在蜀,故即景而发京华之想。首四句,自况迟暮。中四句,分承第二联:"色染"一联,承第三句,"人间"一联,承第四句。到海,慕其朝宗;为河,忧其间隔。末四句,言京华佳丽,愿借云波一寄消息耳。

【屈曰】"奈尔何",言西溪佳甚。三四正是佳处,溪色染柳,溪光含萝，水至清也。此时流去，只可到海，且莫为河飞归天上，使我不得再游也。瑶瑟，玉珂比溪水之清，他夜京华之梦欲寄云波，从此永不能忘也。此诗想成于游览之顷，不暇獭祭，遂能爽利近情，全无堆集之病，在本集中最为难得，在排律中更难得也。

【冯曰】凤女、龙孙并非泛设，谓昔年客中忆在京妻子，尚得好好一寄消息，今则妻亡子幼，梦亦多愁矣。言外含悲，隐而不露。

【纪曰】七八句深远蕴藉，可称高唱。（七八句）长孺解下句是，上句以朝宗为解，则添出支节，横隔语脉矣，盖此十字是一意，一开一合耳。（诗说）（七八句）寓意深微，言人间纵然到海，亦自不妨，但不可以天上为河，隔牛女之会耳。后四句言恋阙情深，申所以莫为河意。"凤女"二句即所谓京华梦也。（辑评）

【张曰】"龙孙"、"凤女"，即"龙种"、"凤雏"意，分忆在京之子女。结言从前作客他方，尚有"云波"之寄，今则无矣，意实悼亡，而启文云云，晦之耳。妻丧未除，馀哀犹在，故触类增凄也。今编是年（大中六年。会笺）。

【按】据启文"既惜斜阳，聊裁短什"及"为芳草以怨王孙，借美人以喻君子"等语，此诗确有寓托。然诗并非比体，而系触物兴怀一类，故赋物与兴感杂陈，如一律以比兴求之，则必致穿凿。起联谓望西溪流水潺湲而去，中心怅然，"奈尔何"即"从来系日乏长绳，水去云回恨不胜"（谒山）之慨。故次联即点破此意，谓见此西溪夕照景色，不觉触动迟暮之悲。"不惊"、"只觉"，似旷达而实惆怅。"光含"、"色染"二句，状西溪水色之美以衬"春物"之丽，而“夕阳无限好，只是近黄昏”之慨亦自寓其中。“人间”二句，承上启下，谓溪水东流，既无奈尔何，则亦惟任其到海而已，但企其莫流至天上为银河以阻隔牛女之会合耳。诗至此乃由感迟暮而转出伤离一层意思。此盖缘自身痛苦遭遇所生之悲天悯人愿望。末四句转忆寄养于京华之儿女（凤女龙孙自指子女。子女并提，义山诗文中屡见），谓异日思念京华子女之梦，祈能借西溪之水以寄也。此诗语温婉而情悲凉，西溪在诗中系兴起迟暮之感、伤离之绪之触媒。诗亦如行云流水，自然流转，清空如话，排律中化境。

夜出西溪

东府忧春尽〔一〕，西溪许日曛〔二〕。月澄新涨水，星见欲销云。柳好休伤别〔三〕，松高莫出群〔四〕。军书虽倚马〔五〕，犹未当能文〔六〕。

集　注

〔一〕【朱注】山谦之丹阳记：“东府城地，晋简文为会稽王时第也。东则丞相会稽王道子府，道子领扬州，故俗称东府。”【程注】元经：“冬十月，城东府。”薛氏传：“城东府者何？尚书府也。自道子、元显分东府、西府掌其事，至刘裕因之居东府。”【冯注】晋书：“会稽王道子开东第，筑山穿池，列树竹木，此孝武帝时也。”又曰：“道子为长夜之饮，政委世子元显，加元显录尚书事。时谓道子为东录，元显为西录。西府车骑填凑，东第门下可设雀罗，此安帝时也。”此句借谓东川使府。【锺惺曰】“忧”字又生一意。

〔二〕【补】许，期、望。幕僚晨入昏归，故期待日曛而有西溪之游。

〔三〕【冯注】寓柳姓，谓且可久留。【锺惺曰】无奈何，作翻案语。

〔四〕【冯注】自谓。

〔五〕【程注】汉书息夫躬传：“军书交驰而辐辏，羽檄重迹而狎至。”【冯注】世说：“桓宣武北征，袁虎时从，被责免官。会须露布文，唤袁倚马前令作，手不辍笔，俄成七纸。”

〔六〕【朱注】时义山在河东公幕府，故云然。【何曰】杜诗韩笔不得在台阁应用，文章复何足夸也。【冯曰】言我岂军书见才者欤？

笺　评

【朱曰】此不得已而有所赴之词。（李义山诗集补注）

【冯班曰】（三四）名句秀丽。

【徐德泓曰】时在东川幕，故云东府。首二句，一开一合，在彼处之春尽可忧，而在此之日曛可许，以其有夜来月星之好景也。“许”字特佳。第三联，即景而寓别离、嫉妒之感。结虽云自谦以收到“东府”意，而实根第六句来，言并非出群之材，不必忌也，意味深长。

【姚曰】此不得已而有所赴之词。四句叙出门景色，月澄星见，比己之得被拂拭也。顾柳好无如伤别，松高应妒出群。须知倚马千言，亦是寻常事，不必深相忌耳。

【屈曰】五六比也。末承六，兼结首句。首句云忧春尽，五六云休伤别、莫出群，结又云云，似有不能安于幕府者。

【冯曰】下半四句，或寓柳珪将至西川，我以高才代之作启，不但军书之职也。

【纪曰】诗亦有格，但末二句太露，且五六虽经比到自己，尚未落明，斗然说出，亦太鹘突无头脑，意可通而语欠清也。○问二句"许"字如何解？曰此幕府不得志之作，考昌黎上张仆射书，有"辰入酉归"之语，知幕府定制类然，此句与上句呼应，言常忧错过春光，偏于日曛才许出也，然终是晦涩之句。

【张曰】唐律承接往往用潜气内转法，语自不贯而意已暗通，故有馀味，岂突接无绪可比哉！结以豪语作收，转觉沉痛，玉溪惯法也。（辨正）

【按】首二谓居幕府而忧春之尽，故期盼有夜出西溪之游。三四即景。五六借柳、松寓感。幕主善遇，故曰"休伤别"；同僚嫉才，故曰"莫出群"。七八紧承"松高"，既以才自负，亦以才而不遇自伤。据"军书倚马"语，当大中六年复摄记室后所作。

西溪〔一〕

近郭西溪好，谁堪共酒壶？苦吟防柳恽〔二〕，多泪怯杨朱①〔三〕。野鹤随君子，寒松揖大夫〔四〕。天涯长病意②，岑寂胜欢娱。

校　记

①"怯"，悟抄作"忆"。

②"长"，季抄、朱本作"常"。

集　注

〔一〕【朱彝尊曰】时为柳仲郢东川幕府判官。【按】西溪见前注。

〔二〕【朱注】梁书:“柳恽字文畅,河东解人,少工篇什,为诗曰:‘亭皋木叶下,陇首秋云飞。’琅琊王融书之斋壁。入梁,为秘书监,终吴兴太守。”【按】防,比也,当也。

〔三〕【朱注】淮南子:“杨朱见歧路而哭之,为其可以南,可以北。”【何曰】次联写出岑寂,应“谁堪共”也。(辑评)【冯曰】苦吟多泪,皆与病夫不宜,故不与共也。柳仲郢父子皆工诗文,而杨本胜贤而文,恳索其所作四六。此其借指欤?【按】冯解柳、杨非是,详笺。

〔四〕【朱注】抱朴子:“周穆王南征,一军尽化:君子为猿为鹤,小人为虫为沙。”【何曰】随者,鹤无同寮也;揖者,松非知己也。(辑评)【按】大夫松,见李肱所遗画松。二句意即随君子所化成之野鹤,揖受封大夫之寒松。

笺　评

【贺裳曰】义山西溪诗:“野鹤随君子,寒松揖大夫。”……其意则自伤沦落荒野,所见君子惟有鹤,大夫惟有松而已。思路虽深,神韵殊不高雅。(载酒园诗话卷一)

【何曰】第二句便含岑寂意。第三句因病废诗。第四句时方丧偶也。(读书记)

【田曰】自不欲人共,非无人共也。傲情可想。“胜”字更傲。(冯笺引)

【姚曰】西溪尽堪觞咏,而独居无伴,惟恐引起情怀,转成伤感耳。野鹤长松,萧然作伴。病夫羁旅,只得以清净消之,亦不得已之词也。

【屈曰】西溪最佳，奈是独游，游人虽多，无堪共酒杯者。惟觉防柳恽之苦吟，怯杨朱之多泪耳。幸有野鹤相随，寒松堪揖，所以如此者，天涯病客，以岑寂为佳耳。

【程曰】又有西溪六韵律诗……夜出西溪四韵律诗……诗语皆不得意。合观三首，一则曰："杨朱下泪"，一则曰"怅望西溪"，一则曰"军书虽倚马，犹未当能文"，盖必有郁郁乎中者。且三首皆有柳句，此首曰"苦吟防柳恽"，明道仲郢矣；彼二首曰"色染妖韶柳"、曰"柳好休伤别"，亦借柳比之，似有不足之意。岂亦昌黎"感恩则有，知己则未"之意耶？仲郢于义山恩礼不薄，义山于仲郢情好亦深，大抵皆自慨其"因人作远游"，故不免"满目悲生事"耳。

【纪曰】兀傲太甚，嫌于露骨。三句"防"字不解，或是"妨"字。（诗说）不协于中声。（辑评）

【张曰】此诗乃自伤，聊作排遣耳。纪氏律以中声，讥其兀傲、露骨，皆不甚切。且中声不知指何等，恐纪氏亦不能举其例也。（辨正）

【按】起言西溪虽好，然竟无人可与共饮者，言外见无知己。颔联谓己苦吟可比柳恽，多泪更怯于杨朱，盖极言心情之抑郁与借诗酒以遣闷。腹联谓己漫步于西溪之畔，追随野鹤，拜揖寒松，聊为此岑寂之闲游。末联总结，言天涯多病之身，怀抑郁之情，作此种寂寥之排遣，较之强为欢娱之举，觉远胜之矣。

北禽

为恋巴江暖①〔一〕，无辞瘴雾蒸。纵能朝杜宇〔二〕，可得值苍鹰[②]〔三〕？石小虚填海〔四〕，芦铦未破矰〔五〕。知来有乾鹊〔六〕，何不向雕陵〔七〕？

校　记

①"暖"，季抄、朱本作"好"，非。

②"值"，悟抄作"阻"，非。

集　注

〔一〕【姚注】三巴记："阆、白二水南流，自汉中经始宁城下，入涪陵，曲折三回，如'巴'字，曰巴江。"【按】此泛指巴地之江。巴江犹东川。【钱良择曰】（首二句）处非其地，不得已而羁留。

〔二〕【冯曰】杜宇，蜀帝也，借谓西川府主。【按】典屡见。冯解非，杜宇指柳仲郢，详笺。

〔三〕【姚注】左传："如鹰鹯之逐鸟雀也。"【冯注】值，直吏切。如后汉书酷吏传"嗟我樊府君，安可更遭值"之"值"。战国策："要离之刺庆忌，苍鹰击于殿上。"【钱良择曰】值，去声，当也。言即能自结主知，难当猛鸷之害。【岑曰】言虽得仲郢辟置，恐仍难免牛党排击。

〔四〕【冯注】山海经北山经："发鸠之山有鸟如乌，文首、白喙、赤足，名曰精卫。其鸣自詨，是炎帝之少女，名曰女娃，游于东海，溺而不返，故为精卫。常衔西山之木石，以堙于东海。"【钱良择曰】精卫之愿难酬。

〔五〕【朱注】淮南子："雁衔芦而飞，以避矰缴。"【补】铦，锋利。【钱良择曰】鸿燕自全之具未备。【纪曰】言善防而不能自全。

〔六〕【朱注】淮南子："乾鹊知来而不知往，此修短之分也。"

【冯注】西京杂记：陆贾曰："乾鹊噪而行人至。"埤雅："鹊作巢，取木杪枝，不取堕地者。皆传枝受卵，故曰乾鹊。"尔雅："鸴，山鹊。"说文："山鹊，知来事鸟也。"按淮南子汜论训作"乾鹄"。注云："乾鹄，鹊也。乾音干。"

〔七〕【冯注】庄子："庄周游雕陵之樊，睹一异鹊自南来，翼广七尺，目大运寸，感周之颡而集于栗林。周执弹而留之，睹一蝉得美荫而忘其身，螳螂执翳而搏之，见得而忘其形，异鹊从而利之，见利而忘其真。庄周怵然曰：'物固相累，(二类相召也)。'捐弹而反走。""知来"、"雕陵"合勘，方得命意。庄子皆言见所利而忘其害也，喻己意有所慕而不知人将忌之，知来之明不全矣。故笺斯集，不可不详引事也。【钱良择曰】乾鹊能知来，欲就之决疑，即屈原卜居之旨。

笺　评

【胡震亨曰】此必东川幕府不得意寄托之作。

【朱曰】此诗作于东川。义山自北来，居幕府，故题曰"北禽"，以自况也。中二联皆忧谗畏讥之意。末语有羡于雕陵之鹊，其为周身之防至矣。此等诗意味深长，逼真老杜家法。(李义山诗集补注)

【朱彝尊曰】通首自写。

【姚曰】此以北禽自况也。雁自北而南，故曰"北禽"。三四言虽贞心自信，而猜忌何堪。五六，伤其有志而无力。虽号随阳，恨不能如乾鹊之知时也。应是东川幕府中作。

【屈曰】苍鹰喻酷吏，见史记。通篇自喻。不辞瘴雾而来巴江者，以其能朝杜宇也，然其如苍鹰何哉！空怀填海之心，而有矰缴之忧。乾鹊知来，何不向雕陵以避之乎？

【程曰】本传:“大中末,柳仲郢坐专杀左迁,商隐废罢。”考仲郢专杀事乃杖杀南郑令权奕,左迁乃贬雷州刺史也。义山时为判官,当有见于仲郢之非妄杀者,而其贬谪,出执法严刻之意,故作诗以叹之。(按旧书传误,程笺亦显非,以下删去不录。)

【田曰】意深、情苦、语厚,大异晚唐人。(冯笺引)

【冯曰】起联谓不惮远来。三四言意在西川,而叹人之排击。“纵能”句,谓徒能谒见也。五六顶上致慨。结则言其计左矣。又曰:“纵能”句,意谓仅一见耳。

【纪曰】蘅斋曰:忧谗畏讥而作。字字比附,妙不黏滞。(诗说)起二句言为依贤主而未去。三四言虽见知于主人,而无奈困于谗口。五句言谒诚而无补于事,六句言善防而不能自全。七八以知几远去结之。(辑评)

【张曰】起句与“南行问酒垆”同意。中言杜悰本非彼党钜子,如石小不能填海,铦芦未必破矰,纵使得见颜色,亦复于我何济?我本令狐门客,与其希此无益之求,何如竟向子直告哀为愈乎?又曰:观此诗,义山不见杜悰之故,已自言之,冯氏乃疑别为一人,何也?(会笺)诗中全是自悔希求之无益,非忧谗畏讥也。(辨正)

【岑曰】巴江隶东川管下,杜宇是两川典故,不专限西川,尤非影射杜悰之姓。诗起联言随仲郢来东川以求托庇,三四言虽得仲郢辟置,恐仍难免牛党排击。五六言仲郢力量不及牛党,安见为说不见杜悰之故!

【按】诗作于梓幕期间。前四纪笺甚皓。“杜宇”古蜀帝,比喻节度东川之柳仲郢甚切,“朝杜宇”,即为杜宇之僚属也。五六岑氏以为言仲郢力量不敌牛党,恐非。诗题为“北禽”，通首均以北禽自喻，“填海”、“破矰”者亦应属北禽。五句当从姚笺，谓己虽有填海之志而无其力，六句当从纪笺，谓虽善防而不能自全，末则谓己如有“知来”之智，当如乾鹊之向雕陵以远害也。

壬申七夕〔一〕

已驾七香车〔二〕，心心待晓霞〔三〕。风轻唯响珮，日薄不嫣花①〔四〕。桂嫩传香远〔五〕，榆高送影斜〔六〕。成都过卜肆〔七〕，曾妒识灵槎〔八〕。

校　记

①“日”，各本均同。【何曰】碍“夕”字，“日”疑作“月”。冯注本从之，作“月薄”。【按】月本不蔫花，何校非。“嫣”，姜本作“蔫”。【冯曰】苏诗卧病弥月垂云花开之作，施注引义山句“日薄不蔫花”。【按】嫣、蔫，字通。状花草因受强日照射等原因，而缺少水分，颜色不鲜。苏轼次韵刘景文左藏和顺阇黎：“浅紫从争发，浮红任早蔫。”

集　注

〔一〕【何曰】（壬申）大中六年。（辑评）

〔二〕【朱注】魏武帝与杨彪书：“今赐足下画轮四望通幰七香车二乘。”乐府：“青牛白马七香车。”何逊七夕诗：“仙车驻七襄，凤驾出天潢。”【姚注】与杨彪书注：“以七种香木为车。”【冯注】隋书礼仪志引此事，谓用牛驾之，盖犊车也。

〔三〕【冯注】江总诗：“心心不相照，望望何由知？”【何曰】叠字妩媚。【补】宋若宪催妆诗:“催铺百子帐,待障七香车。借问妆成未?东方欲晓霞。”一作陆畅云安公主下降奉诏作催妆诗之后四句。

〔四〕【何曰】碍“夕”字,“日”疑作“月”。(读书记)【辑评朱笔眉批】日薄,正将夕也。【按】作“日”是。因日薄,故花草犹鲜嫩而不蔫。

〔五〕【朱曰】谓月中桂树。【张曰】初七之月,魄犹未圆,故曰“桂嫩”。

〔六〕【朱注】古诗:“天上何所有?历历种白榆。”

〔七〕【冯注】见送崔珏。

〔八〕见海客注。【何曰】落句收归自己。(辑评)

笺　评

【姚曰】此羡得意者之词。两心相得,恰遇良时,风轻日薄,桂香榆影,景物清佳,何由得泛灵槎、窥绝境耶?

【屈曰】一言已渡河矣,二惟恐其晚。三四是初渡景。五六一夕之内所见,嫩桂、白榆之外,更无人知,乃成都卜肆,偏有识者,良可疑也。题以壬申二字便非泛咏七夕,必有寄托,看赠乌鹊自知。

【程曰】壬申为大中六年,是年六月,义山徐州之主人卢弘正迁宣武节度使,义山因其府罢入朝。然七月乃将去未去之时,故起有“已驾七香车”之句。本传:“入朝之后,复以文章干绹。”当此未入朝之时,必预计其干谒之事,故有“心心待晓霞”之句。风轻日薄,喻令狐与卢皆于己无大裨益。桂嫩榆高,喻己之夙负才名,有毁有誉,皆由于此。然自为王茂元婿,绹已恶之,此去干绹,恐终不遂,故结有“成都过卜肆，曾妒识灵槎”之句也。

【冯曰】时当已承东川之辟矣。首联暗寓已承辟命，只待启行。三四比虽将行役，未甚光华。结则抚今追昔，而言又将入蜀也。（末联）追慨前游之不遇也，托意微妙。

【纪曰】了无出色，既云“待晓霞”，又曰“日薄”，又用“月桂”、“星榆”等字，亦夹杂不伦。（诗说）

【姜炳璋曰】此以牛女比天阙，可望而不可即也。待至晓霞，则香车已会合而返矣。然轻风乍动，而若闻珮之响；日光初升，而不见花之嫣。月魄落矣，桂香愈远；晨星高矣，榆影俱斜。我何由至牛女之灵渚，一探其消息乎？因思惟乘槎可以至之。而成都卜肆之识灵槎者，我尝见妒于此人，未必肯指示我以乘槎之术也。“识灵槎”，盖指绹也。

【张曰】义山赴梓，在大中五年……此二首东川时作无疑。但诗意皆望荐语。惟初依仲郢，遽谋他就，揆之事理，又宁可通？然成都卜肆，所指显然，岂别有所属意于杜悰耶？悰镇西川，义山五年冬曾至成都推狱；六年移节淮南，又有渝州迎候之迹。当时或托悰向子直将意，观“两度填河”语，情事约略可见。述德抒情诗云：“营巢怜越燕，裂帛待燕鸿”，上言暂依柳幕，不过偷安；下言为我达书，重入京辇，用苏武上林寄书事。曰“待燕鸿”者，即此诗“心心待晓霞”之意，犹云静候好音也。然则此类诸诗，殆亦属意令狐，而非别图他就者比矣。（会笺）

【按】义山七夕诗共五首，内容均与丧偶有关。辛未七夕借对“仙家好别离”之疑问、不然，曲折表达自己欲为牛、女之年年一度相会而不得之悲哀，此篇则极力描写织女之珍重佳期，亟盼好合，以寄托自己对牛、女之欣羡。意似相反,实则归趋一致。此诗前三联均咏牛、女相会情景。首联写织女清晨即驾好七香车,一心待晓霞之升,见其一早即盼佳期。次联写傍晚赴会时环境气氛:风轻珮响,日淡花香,衬出如此良夜。腹联借月桂传香、星榆送影暗写牛、女会合情景。榆高影斜,暗示时间推移,即"榆荚散来星斗转"(一片)之意。末联则谓织女不欲人间知其会合之隐,忌有成都卜肆识灵槎之人,进一步表现其珍重佳期之心理。

由于丧偶,故每因悲自己之"无期别",转羡他人之有期别。此诗写牛、女佳期会合及织女珍重佳期之心情,均此种心理之自然流露。

壬申闰秋题赠乌鹊〔一〕

绕树无依月正高〔二〕,邺城新泪溅云袍〔三〕。几年始得逢秋闰,两度填河莫告劳〔四〕。

集　注

〔一〕【朱注】通鉴目录:"宣宗大中六年闰七月乙未朔,八月一日甲子秋分。"

〔二〕【朱注】魏武乐府短歌行:"月明星稀,乌鹊南飞,绕树三匝,何枝可依?"

〔三〕【朱注】魏武都邺。唐书:相州邺郡属河北道,乾元二年改为邺城。"【按】邺城新泪,指己悼亡未久。文集上河东公启有"某悼伤已来,光阴未几"之语。时义山在东川柳幕,故以邺中七子自比。且与首句用魏武诗相应。

〔四〕【程注】诗小雅："黾勉从事，不敢告劳。"【按】乌鹊填河事已见辛未七夕。闰七月，故云"两度填河"。

笺　评

【杨守智曰】以下三首皆悼亡。（按：指本篇及辛未七夕、七夕。）

【姚曰】此因闰秋而伤旧欢之不可复得也。

【屈曰】月明正高，绕树无依，岂能为织女成桥？乃值邺城新泪，方溅云袍，秋闰难逢，甚莫以两度告劳也。既云邺城，更云新泪，此时事也。新泪者，织女新别之泪，方过七夕也。○鲁连当布衣游说尚能排难解纷。毛、薛二公处卖浆日尚能令信陵返国，古来英雄贫贱厄穷，往往扶危济困，玉溪此诗必非无为而作。

【程曰】此诗以邺城言，乃去徐入朝，或道经邺下之作。起句言己之去徐，如乌鹊之无枝可依。次句言道途虽经，非邺下之风流时世。以下则预计其行将入朝，复有干绚之意。三句言久有入朝之望，及今始逢机会。四句言虽书干之不省，不得惮劳两度也。题曰赠乌鹊，犹前诗（指辛未七夕）"岂能无意酬乌鹊"之意，皆以之自寓耳。

【冯曰】乙集序："七月河东公奏为记室，十月得见，吴郡张黯见代，改判上军。"盖判官视掌书记稍高。义山于徐幕已为判官，此时必至东都恳仲郢再为奏请而改，故下二句借言机缘难遇，莫惮两次陈请也。否则奏充书记而私自移易，必不然矣。上二句则兼失偶言之，其深处真未可轻测。

【纪曰】感遇之作，微病其浅。第二句字句亦凑泊。（诗说）

【张曰】邺城用典，取切魏武，诗意无庸凿解。（会笺）又曰：此诗盖初承东川之辟，又新悼亡，故诗意隐曲，真善于埋没意绪者，不见其浅也。纪氏浑称之为感遇，知其然而不知其所以然，宜其不解诗中用意耳。二句亦非凑泊。义山大中五年冬赴西川推狱。杜悰本系牛党，疑义山曾托其向令狐子直转圜，故此诗有"两度填河"之语。○"邺城新泪"，不详所指，余初疑邺城在河北，近怀郑，似指葬妻故乡而言。然细核之亦不符。俟再考。（辨正）

【按】"邺城新泪"不必泥，盖因上句"绕树"云云，用语出自曹操短歌行，故以"邺城"点寄幕，以"新泪"指悼伤。三、四句，谓牛、女年年只得一会，而今逢秋闰得渡河重会者，机会极少，故祈乌鹊两度填河，不辞劳苦，以成全之也。诗人此时不仅沉沦飘泊，且王氏早逝，夫妇亦成永别。然思人间尚有配偶犹在而处境如牛、女者，彼一生中能得几次如壬申年之有两回七夕耶？祈乌鹊为之两度填河，正体现诗人因痛己之不幸，而以幸福期望于他人之悲悯心情。

七夕

鸾扇斜分凤幄开〔一〕，星桥横过鹊飞回①〔二〕。争将世上无期别〔三〕，换得年年一度来〔四〕。

校　记

①"过"，事文类聚作"道"。

集　注

〔一〕【朱注】庾信诗："思为鸾翼扇，愿备明光宫。"

〔二〕【程注】李巨仁诗:“翠微横鸟道,珠涧入星桥。”【按】星桥,即所谓鹊桥。韩鄂岁华纪丽卷三引风俗通:“织女七夕当渡河,使鹊为桥。”

〔三〕【程注】庾信诗:“共此无期别。”【冯注】汉费凤碑:“壹别会无期。”

〔四〕【冯注】述异记:“天河之东,有美丽女人,乃天帝之子,机杼女工,年年劳役,织成云雾绡缣之衣,辛苦殊无欢悦,容貌不暇整理。天帝怜其独处,嫁与河西牵牛之夫婿,自后竟废绩纴之功,贪欢不归。帝怒,责归河东,但使一年一度相会。”

笺评

【何曰】无期别,谓此生永沦使府也。(辑评)

【朱彝尊曰】深于怨矣。

【杨守智曰】悼亡。

【陆鸣皋曰】剥入翻新。天上之乐,又胜人间矣。

【姚曰】情种相缠,历劫只如弹指,况年年一度耶?

【屈曰】人间一别,再见无期,欲求如天上一年一度相逢不可得也。

【冯曰】此篇亦悼亡作,年已渐久,故酌编此(大中八年)。

【纪曰】亦浅亦直。(诗说)

【张曰】此亦感逝作。无期之别,年年枨触,情何以堪!读之使人增伉俪之重。(辨正)又曰:诗是悼亡,亦兼慨“两度填河”之恨。妙处无穷,任人自领。(会笺)

【钱锺书曰】“天上一日、人间一年”之说,咏赋七夕,每借作波澜,……桃源屡至,即成市集,后来如李渔笠翁一家言卷五七夕感怀……等，腾挪狡狯，不出匡格。聊举张联桂延秋吟馆诗钞卷二七夕以概其他："洞里仙人方七日，千年已过几多时；若将此意窥牛女，天上曾无片刻离。"李商隐七夕："争将世上无期别，换得年年一度来！"李郢七夕："莫嫌天上稀相见，犹胜人间去不回！"皆无此巧思，而唱叹更工，岂愁苦易好耶？抑新巧非抒情所尚也？（管锥编六七二页）

【按】"无期别"即"死别"之同义语，寄迹幕府，岂得谓"无期别"乎？屈笺是。一二正写牛女鹊桥相聚。三四则因牛女年年一度而致慨，谓己与亡妻相见无期，欲求为牛女之年年一度相会而不可得也。

二月二日〔一〕

二月二日江上行，东风日暖闻吹笙。花须柳眼各无赖〔二〕，紫蝶黄蜂俱有情。万里忆归元亮井〔三〕，三年从事亚夫营〔四〕。新滩莫悟游人意①，更作风檐夜雨声②〔五〕。

校　记

①"新滩莫悟"原作"新春莫讶"（"春"，一作"滩"；"讶"，一作"悟"），据一作及蒋本、姜本、席本、钱本、影宋抄、朱本改。

②"夜雨"，蒋本、姜本、悟抄、席本、影宋抄作"雨夜"。戊签作"雨后"。

集　注

〔一〕【冯注】按：文昌杂录："唐时节物，二月二日有迎富贵果子。"而全蜀艺文志："成都以二月二日为踏青节。"至宋张咏乃与幕僚乘彩舫数十艘，号小游江。则唐时梓州当亦为踏青节也。

〔二〕【朱注】杜甫诗："随意数花须。"【补】花须，花之雄蕊。柳眼，指早春时初生之柳叶，因其如人睡眼初展，故云。无赖，本指放刁、撒泼，此处含有有意挑逗、恼人之意。杜甫奉陪驸马韦曲诗云："韦曲花无赖，家家恼杀人。"或谓"无赖"与下"有情"对举，即"无心"之义（王锳诗词曲语辞例释一二二页），亦可通。

〔三〕【朱注】陶潜归田园居诗："井灶有遗处，桑竹残朽株。"【冯注】晋书："陶潜字元亮。"

〔四〕【朱注】汉书注："长安有细柳聚，周亚夫屯兵处。"张楫曰："在昆明池南，今柳市是也。"元和郡县志："京师万年东北三十里有细柳营。"【冯曰】此寓柳（仲郢）姓。【补】从事，指任幕职。参韩碑注。

〔五〕【冯曰】"悟"字入微。我方借此遣恨，乃新滩莫悟，而更作风雨凄其之态以动我愁，真令人驱愁无地矣。作"误"作"讶"似皆浅也。

笺评

【金圣叹曰】此二月二日，乃是偶然恰值之日。是日本是东风，却又日暖，江上闲行，忽闻吹笙，因而遽念家室，不能自裁也。花须柳眼，写尽少年冶游；紫蝶黄蜂，写尽闺房秘戏。看他"无赖""有情"上加"各"字、"俱"字，犹言物犹如此，人何以堪也。前解止写春色恼人，此解方写乘春欲归也。五言别去之远，六言别来之久。七八言趁风晴日暖，便宜及早束装，毋至风雨淋漓，又恨泥滑难行也。

【王夫之曰】何所不如杜陵？世论悠悠不足齿。（唐诗评选）

【唐诗鼓吹评注】首二云二月二日江上闻吹笙，所见者柳眼花须、紫蝶黄蜂也。乃余万里游遨，忆归元亮之宅，而三年淹久，犹滞亚夫之营，庶几乘此春明时来游此，以适乡思，不可作风檐夜雨之声，误我游乐之意，反生客愁也。

【朱彝尊曰】悟当作误。

【杨守智曰】少陵家法。

【何曰】两路相形，夹写出忆归精神。合通首反覆咀咏之，其情味自出。隋宫、筹笔驿、重有感、隋师东诸篇得老杜之髓矣。如此篇与蜀中离席，尤是庄子所云"善者机"。前半逼出忆归，如此浓至，却使人不觉，所谓"国风好色而不淫"也。其神似老杜处，在作用不在气调。"东风"句，即温诗"并起别离恨，似闻歌吹喧"之意。"新滩"二句，同一江上行也，耳目所接，万物皆爽（冯笺引及辑评皆作"春"，应从），不免引动归思；及忆归不得，则江上滩声顿有凄凄风雨之意。笔墨至此，字字化工。杜荀鹤诗云："此时情景愁于雨，是处莺声苦似蝉。"落句当以此意求之。（义门读书记）又曰：拗体。直写甚老。亦是客中思乡，说来温雅清逸。"新滩"二句批：老杜云："回身视绿野，惨淡如荒泽。"（辑评）

【贺裳曰】全篇均摹仿少陵，然在集中殊不见佳。（载酒园诗话又编）

【陆鸣皋曰】此在幕出游诗也。魄力雄灏，逼真少陵遗法。

【陆曰】身羁使府，偶然出行，而风日晴暖，游人已有吹笙为乐者。且目之所接，万物皆春，不来江上，几不知花柳蝶蜂如此浓至也。于是因闻见而归思萌焉。曰万里，则为路甚远；曰三年，则为时甚久。而寄人庑下，知有无可奈何者，故犹是滩声也，一时听之，便有凄凄风雨之意，觉与初到时迥然不同。

【姚曰】此义山在东川时怀归之作。大凡人生境界无常，只心头不乐，好境都成恶境。此诗前四句，乍读之岂不是春游佳况，细玩一“各”字，一“俱”字，始觉无赖者自无赖，有情者自有情，于我总无与也。盖万里忆归，三年从事，诚非花柳蜂蝶所能与知，乃新滩水响，更作风雨萧条之声，聒入愁人之耳，犹似妒我此游也者，然则此游真属可已也。

【屈曰】偶行江上，日暖闻笙，花柳蜂蝶，皆呈春色。独客游万里，从军数载，睹此春光，能不怀乡？故嘱令今夜新滩莫作风雨之声，令人思家不寐也。

【纪曰】香泉评曰：两路相形，夹写出忆归精神，合通首反覆咀味之，其情味自出。七句如何下“莫悟”二字，滩岂有知之物也？曰此正沧浪所云诗有别趣，非关理也。

【李重华曰】拗体律诗亦有古近之别。如老杜玉山草堂一派，黄山谷纯用此体，竟用古体音节，但式样仍是律耳。如义山二月二日等类，许丁卯最善此种，每首有一定章法，每句有一定字法，乃拗体中另自成律，不许凌乱下笔。（贞一斋诗说）

【王鸣盛曰】第三联斗接有神，一结凄惋有味，唯义山有之。（冯注初刊本王氏手批）

【薛雪曰】杨铁崖春日佳句：“游丝蜻蜓日款款，野花蛱蝶春纷纷。”似祖杜少陵：“落花游丝白日静，鸣鸠乳燕青春深。”比李玉溪“花须柳眼各无赖，紫蝶黄蜂俱有情”，其相去何如哉！（一瓢诗话）

【方东树曰】此即事即景诗也。五六阔大，收妙出场。起句

叙,下三句景,后半情。此诗似杜公。(昭昧詹言)

【按】此诗作于大中七年二月二日。踏青江行,本为游赏遣兴,但花柳蜂蝶,满眼春光,反而处处触动欲归不得之羁愁。连欢畅之新滩流水声,在怀有深重羁愁者耳中,亦化作一片风檐夜雨之凄其之声。

诗以春色衬羁愁,以乐境写哀思,以轻快跳动之笔调表现抑郁不舒之情怀,相反相成,益见凄其寂寥。前幅用拗格,而笔致流走。全篇纯用白描,清空如话,于义山七律中别具一格。

初起

想像咸池日欲光〔一〕,五更钟后更回肠。三年苦雾巴江水①〔二〕,不为离人照屋梁〔三〕。

校记

①"年"原一作"千",非。

集注

〔一〕【冯注】淮南子:"日出于旸谷,浴于咸池,拂于扶桑,是为晨明。"【补】屈原离骚:"饮余马于咸池兮。"王逸注:"日浴处也。"

〔二〕【朱彝尊注】鲍照赋:"严严苦雾。"注:"杀物曰苦。"

〔三〕【朱注】神女赋:"耀乎如白日初出照屋梁。"

笺评

【杨守智曰】玉溪为令狐所抑,无以自明,幽忧郁塞,情见乎

词。(复图本)

【何曰】因(疑当作固)是两川实事,亦自诉戴盆之怨也。○深曲。(见辑评)

【陆鸣皋曰】亦在蜀望阙之思,一有寓情,便不单寂。

【姚曰】此寓见弃于时之意。日喻君恩,苦雾喻排摈者。

【屈曰】五更即望日出,乃日出而不照屋梁三年于兹矣。

【程曰】此在东川幕中感叹流滞之作。幕官多有入为朝士者,而义山寂处三年,故借日光以比君上,而慨其沉埋苦雾不为照临也。玩起语"想像咸池"四字,则寄情遥远可知,非专为蜀中漏天之谚也。

【冯曰】此将入京谒令狐而作也。南史王融传:"融诣王僧祐,遇沈昭略,未相识,谓主人曰:'是何年少?'融殊不平,曰:'仆出于扶桑,入于旸谷,照耀天下,谁云不知?'"首句用此事。时令狐绹承恩,初为内相,故以初起比之。三年者,合元年赴桂至此时言之,不必拘在巴蜀三年也。程氏谓东川流滞之作,统观前后诸篇,必不可符。

【纪曰】浅。(诗说)

【姜炳璋曰】此义山在东川幕官之作。众口排挤,而昭雪无从,正如日光长在,偏置离人。命也夫。

【张曰】在东川回想京师之作。"咸池日光"暗指令狐。结语慨陈情不省也。"三年苦雾",其大中七年作乎?"离人"谓远客,不必泥看。冯氏系之大中二年蜀游,则"三年"字不可通矣。(辨正)又曰:远客思入京华之慨。"咸池日光",所指甚显。盖去岁曾托杜悰附状,今则消息阒然,故诗有徐叹也。(会笺)

【按】诗作于大中七年居梓幕时。"三年苦雾巴江水",明为长期留滞蜀中而发,岂得合元年赴桂及所谓二年、三年巴蜀之游言之?题为"初起",盖晨起又对浓雾而有所感触。妙处在赋实中微寓比兴象征,既见包围诗人之环境阴霾昏暗,亦透出诗人意绪之苦闷无憀,心境之压抑窒息,而企盼雾开日出,复见光明之情亦溢于言表。日、雾未必有所寓指,虚解之似更有味。按义山为崔从事福寄尚书彭城公启云:"潼水千波,巴山万嶂,接漏天之雾雨,隔嶓冢之烟霜。"(作于东川幕)可与本篇参证。

夜饮

卜夜容衰鬓[一],开筵属异方[二]。烛分歌扇泪[三],雨送酒船香[四]。江海三年客,乾坤百战场。谁能辞酩酊,淹卧剧清漳[五]?

集　注

〔一〕【程注】左传:"陈敬仲饮桓公酒,乐,公曰:'以火继之。'辞曰:'臣卜其昼,未卜其夜。'"【按】后因称昼夜相继宴饮为卜昼卜夜。"衰鬓"自指。句意谓已以衰鬓之身忝与夜饮。

〔二〕【补】属,正值。异方,此指东川。

〔三〕【补】歌扇,歌者表演时所用之扇。何逊拟轻薄篇:"倡女掩歌扇,小妇开帘织。"挥动歌扇时,烛光动摇,加速烛泪流淌,致歌扇上亦沾烛泪,故云。暗示宴饮歌舞彻夜。与"舞低杨柳楼心月,歌尽桃花扇底风"意相近。

〔四〕【朱注】大业拾遗:"有小舸子长八尺,七艘。木人长二尺许，乘船行酒。每一船一人檠酒杯，一人捧酒钵。一人撑船，二人荡桨，绕曲水池随岸而行，疾于水饰，水饰绕池一匝，酒船得三遍。每到坐客处，即停住。檠酒木人于船头伸手，酒客取酒饮讫，还杯，木人受杯，回向捧酒钵，人取杓斟酒满杯，船依式自行。"李白诗："嵇山无贺老，却放酒船回。"【程曰】此酒船不过如李白所云，不必拘大业拾遗也。【冯注】吴志注引吴书曰："郑泉性嗜酒，每曰：'愿得美酒满五百斛船，以四时甘脆置两头，反覆没饮之。'"晋书毕卓传："尝谓人曰：'得酒满数百斛船，四时甘味置两头，拍浮酒船中，便足了一生矣。'"二事相类。陆龟蒙酒中诸咏，其咏"酒船"即指此事也。若泛以酒器为酒船，亦可。又八王故事："陈思王有神思，为鸭头杓，浮于九曲酒池，王意有所劝，鸭头则回向之。"近人注庾子山诗"金船代酒卮"者引之，谓凡用酒船者本此。若朱氏引大业拾遗之酒船，必非也。【高步瀛曰】冯后说是。……海录碎事曰："金船，酒器中大者呼为船。"松窗杂录言唐玄宗为潞州别驾归京师，会春暮，豪家子数辈盛酒馔，游于昆明池，忽一少年持酒船云云，则酒船为酒器可证。

〔五〕【补】刘桢赠五官中郎将诗："余婴沉痼疾，窜身清漳滨。"剧，甚。二句连读，谓如此身世时局，谁能淹卧一室，有甚于当日卧病清漳滨之刘桢，辞此酩酊一醉，不以之遣愁怀乎？

笺　评

【范晞文曰】若"江海三年客，乾坤百战场"，则绝类老杜。（对床夜语）

【陆时雍曰】(末)四语风味。(唐诗镜)

【冯舒曰】极似少陵。(瀛奎律髓汇评引,下同。)

【冯班曰】何如老杜。义山本出于杜,西昆诸君学之而句格浑成不及也。江西派起,尽除温、李,而以粗老为杜,用事琐屑更甚于昆体。王半山云学杜者当从义山入,斯言可以救黄、陈之弊。有解于此者我请与言诗。

【朱彝尊曰】结句复崇让宅东亭诗,俱不甚连。

【杨守智曰】通体苍老。

【何曰】如此学杜,亦似不病而呻。(读书记)又曰:百战场,言党人更相倾轧也。乾坤以内,剧于战争,戎马遍地,江海无虚侧足,有逾卧病,况以忘死故,能不醉也。末句再见。又引朱少章曰:"百战场是实事,了无意味矣。"(见辑评)

【徐德泓曰】此因饮而有衰年异乡之戚也。第三句,带写悲意;四句,叙事也。五六句,感慨之情。末言此情难遣,惟醉可忘,谁能醒然而甘此淹留病卧乎? 剧,犹甚也。

【姚曰】衰鬓殊方,何心歌扇酒船之乐。顾连年江海,百战乾坤,如此身世,那能淹卧一室,不借酩酊以为消遣之地耶?

【屈曰】似杜。

【程曰】此从郑亚岭南时作,故曰"异方"。五六江海三年客,谓从亚自大中丁卯讫己巳也;乾坤百战场者,谓元年吐蕃诱党项及回鹘同寇河西,二年吐蕃又略地西鄙,三年始复河湟也。

【杨曰】(结联)神似少陵。(冯笺引)

【冯曰】(五六)指事中兼含身世之感,非强摹悲壮之钝汉也。又曰:起结言虽衰病,不辞起而一醉以散愁也。五句是桂管归后,时海上邕南兵事未息,故借时事以兼慨世途也。似巴蜀归后还京之前所作。细纵莫考,酌附于此。(冯系大中三年巴蜀之游还京前。)

【纪曰】五六高壮,使通篇气力完足。三句小样。(诗说)王荆公极推此五六句,通体亦皆老健,惟三句微纤耳。(辑评)又曰:五六沉雄。(此条见瀛奎律髓汇评。)

【潘德舆曰】"江海三年客,乾坤百战场",范晞文以此为杜,不知乃得杜之皮也。(养一斋诗话)

【张曰】义山行年四十馀,故曰"衰鬓"。在梓州,故曰"异方"。"百战场"泛指时势艰难。结谓无人能甘隐遁也。此夜饮盖寻常宴集,非离席也。冯说误。(会笺,系大中七年。)又曰:三句不过语艳耳。以艳为纤,缪以千里。冯氏系此篇于大中二年桂林府罢时。考桂林只年馀,无三年之久,所谓"江海三年客"何所指耶?细玩诗中并无离别之意,恐此夜饮,必非离席,或是东川大中七年所作也。……属疾诗在梓幕悼游(疑应作亡)作,已云"何日免殊方",与此"异方"同,不得专指桂林也。(辨正)

【按】系年当依张笺。义山在梓幕,多言衰病,亦常参与幕中游宴。病中闻河东公乐营置酒口占寄上云:"刻烛当时忝,传杯此夕赊。可怜漳浦卧,愁绪乱如麻。"因病而未赴宴游。此则虽衰病而强起与宴。其情怀之不佳,意绪之萧索则同。"江海"一联,泛言身世漂泊,时世艰难。"三年"自指梓幕,"江海"犹江湖,与朝廷京邑相对而言,不必泥"海"字。"百战场"虚解为宜,如实指战乱,则真近乎"不病而呻"矣。此诗声律格调似杜,而深厚沉郁则不如。

写意〔一〕

燕雁迢迢隔上林〔二〕,高秋望断正长吟。人间路有潼江险,天外山惟玉垒深①〔三〕。日向花间留返照,云从城上结层阴〔四〕。三年已制思乡泪,更入新年恐不禁〔五〕。

校　记

①"外"原作"上",据蒋本、姜本、戊签、钱本、朱本改。

集　注

〔一〕【朱彝尊曰】在梓州作。【陆曰】题曰写意,写思乡之意也。【按】不仅思乡之意。写意,犹抒怀也。

〔二〕【补】上林,即上林苑。汉武帝增广秦上林旧苑,周围三百里,离宫七十所。地在今陕西省西安市长安区、周至县、鄠邑区界。汉书苏武列传:"昭帝即位,数年,匈奴与汉和亲。汉求武等,匈奴诡言武死。后汉使复至匈奴,常惠……教使者谓单于,言天子射上林中,得雁,足有系帛书,言武等在某泽中。"此暗用其事,以寓思归京国而不得之情。上林借指长安。

〔三〕【朱注】元和郡县志:"梓州射洪县有梓潼水,与涪江合流。"【冯注】汉书地理志:"广汉郡梓潼县五妇山,驰水所出,南入涪。"应劭曰:"潼水所出,南入垫江。涪音浮。垫音徒浃反。"水经注:"驰水一名五妇水,亦曰潼水。"通典:"梓潼郡左带涪水,右挟中江,水陆冲要。"按:渡梓潼江,又渡涪江,乃次梓州也。玉垒山在成都。此溯昔年至巴蜀途次曾身亲此江流之险,亦暗寓人心险于山川也。西川终无属望，如山最深，不得入矣。此之谓写意。【按】冯谓暗寓人心险于山川，似之，然谓溯往年巴蜀之游则非。（人心险于山川，语出庄子列御寇："凡人心险于山川，难于知天。"）二句盖写蜀中山川之险阻，言外见滞留异乡之厌倦，亦暗寓世路之险阻。

〔四〕【冯曰】（五句）迟暮之感。（六句）羁愁之痛。

〔五〕【补】义山大中五年赴蜀，至大中七年，首尾三年，故云。

笺评

【范梈曰】两句立意格写意（略）。初联上句起第二句，第二句起颈联。盖颔联是应第一句，颈联是应第二句，结尾是总结上六句。思之切，虑之深，得乎性情之正也。（诗学禁脔）

【金圣叹曰】前解言只望一寄书人尚自不得，安望乃有归家之日耶？所谓潼江之险，玉垒之深，一堕其间，便成井底也。后解写一年又有一年，一月又有一月，只今一日又有一日，如此返照虽留，暮云已结，真为更无法处者也。设果一日又有一日，一月又有一月，因而一年又有一年，则我且欲失声竟哭也。

【王夫之曰】一结初唐。（唐诗评选）

【吴乔曰】温飞卿以玉跳脱对金步摇，宣宗有意拔擢，绹沮抑之。意者义山因此事，故第三联云然乎？绹之忌才，无往不极也。（西昆发微）

【朱彝尊曰】不言而神伤。（"日向"二句上眉批。）

【杨守智曰】此在柳仲郢幕下时所作，起句指令狐。

【何曰】"燕雁"句，伏思乡。"人间"二句，正披写其不思乡而不可得之故。"日向"句，朱晦翁云：西北边多阴，盖日到彼方午，则彼已甚晚，不久则西落，故西边不甚见日。元稹通州酬白居易诗有“州斜日易晡，未酉即桑榆”之句。“三年”二句，一路逼出此二句。（读书记）又曰：“迢迢”二字生于三四。落句即老杜所谓“丛菊两开他日泪”也。（见辑评）

【钱良择曰】此诗气韵沉雄，言有尽，而意无穷，少陵后一人而已。

【陆曰】义山在东川最久，诗亦最多。二月二日一篇云：“三年从事亚夫营”，此云“三年已制思乡泪”，二诗乃一年中先后所作也。越二年罢废寄同舍，有“五年从事霍嫖姚”之句，从此遂还郑州矣（按此说误，张氏会笺已正之）。题曰写意，写思乡之意也。上半言故乡迢递，山川间之，且蜀道之难，水陆皆成险阻，能不为之长吟远望其际乎？“日向花间留返照”，譬馀光之无几也。“云从城上结层阴”，喻愁抱之不开也。结言思乡有泪，强制已久，岂能更禁于三年后耶？

【陆鸣皋曰】此从事蜀幕而思还之作也。第五六句，犹有望思意，而仍叹不能，非泛然写景。

【姚曰】此义山自伤其流滞于东川也。忆自高秋别家至此，无往非长吟远望之时，遂觉人间天外，除潼江玉垒，再无更深更险于此境者。今来此已经三年，花间晚照，城上轻阴，又入新年景况，而归期正未卜也。一吟泪流，恐有不能自禁者矣。

【程曰】此东川佐幕，回思长安之作。

【冯曰】黯然神伤，情味独绝。又曰：甚似前游巴蜀时所作，拟编北禽五律之下；惟“三年”字更不比夜饮之“江海三年客”可通融也，故不得已编此（按指梓幕时），为抚今追昔之慨。

【纪曰】潼江玉垒，岂必独险独深，意中觉其如是耳。结恐太

直，故作态收之，此亦躲闪之法也。（诗说）此"新年"乃未来之新年。或泥此二字，欲改"高秋"为"高楼"，失其旨矣。（辑评）

【方东树曰】先君云："此思乡之诗，思上林，望乡也。"树按：此诗末句点题，章法用笔略似杜。三四句法亦似杜。但不知此诗作于何地，似是在蜀得判官时。而以燕雁上林为乡，支泛无谓，五六写思乡之景，句亦平滞。

【按】借客观景物抒怀，意在言外，情寓景中，故特题为"写意"。起结虽写思乡之情，然全篇内容则远不止此，举凡羁滞迟暮之痛、世路崎岖之慨、时世阴霾之悲，均见于言外。思乡特上述感情之结穴耳。作于大中七年秋。

杨本胜说于长安见小男阿衮①〔一〕

闻君来日下〔二〕，见我最娇儿。渐大啼应数〔三〕，长贫学恐迟。寄人龙种瘦〔四〕，失母凤雏痴〔五〕。语罢休边角，青灯两鬓丝〔六〕。

校　记

①"男"，瀛奎律髓作"儿"。

集　注

〔一〕【朱注】本集樊南乙集序："大中七年十月，弘农杨本胜始来军中，恳索所有四六。"时义山在东川。【程注】唐书宰相世系表："杨筹，字本胜，官监察御史。"【冯注】旧书杨汉公传："子筹、范皆登进士，累辟使府。"题曰"长安"，诗曰"寄人"，知仍寄家关中矣。

〔二〕【朱注】世说:“举头见日,不见长安。”杜甫诗:“愿枉长安日。”【程注】谢朓诗:“扬舲浮大川,惆怅至日下。”王勃滕王阁序:“望长安于日下。”【补】晋书陆云传:“云与荀隐素未相识,尝会华(指张华)坐。华曰:‘今日相会,可勿为常谈。’云因抗手曰:‘云间陆士龙。’隐曰:‘日下荀鸣鹤。’”荀隐系颍川人,颍川与洛阳(西晋首都)相近,故称日下。后遂以京都为日下。

〔三〕【朱彝尊曰】大则啼不应数矣,疑有误字。【杨守智曰】按此句不误。盖言其能思亲也,与老杜“遥忆小儿女,未解忆长安”反看,可得之。【冯注】陶潜诗:“娇儿索父啼。”渐大则知思父远游,伤母早背,故“啼应数”。或疑之者,非也。【按】冯说是。

〔四〕【朱注】崔珏哭义山诗云:“成纪星郎字义山”,可证义山乃陇西成纪李氏。义山诗亦云“我系本王孙”,此故称龙种,新书或云英国公世勣之后,考英公孙敬业则天时起义,事败被诛,复姓徐氏。新史所云,不足信也。【冯曰】义山本宗室。

〔五〕【程注】晋书:“陆云幼时,闵鸿见而奇之,曰:‘此儿若非龙驹,当是凤雏。’”

〔六〕【冯注】角,画角也。谓晚角将罢。

笺　评

【查慎行曰】义山集中,“衮师我骄儿”五古一章绝佳,今乃称为“龙种”、“凤雏”,夸张似乎太过。(瀛奎律髓汇评引)

【姚曰】前六句一气说下,结句是闻说时情境。

【屈曰】一二破题,中四情,七八情景合结。“应”“恐”二字,想当然耳。五六定然之词。虽皆写情，亦有浅深之别。“语罢”结上六句，“休边角”夜深也。八句更悲惨。一二破题太直率。题略者诗详之，题详者诗略之。题已详甚，复述二句有何意味？

【程曰】唐书宗室世系表：“河东太守李仲翔葬陇西狄道东川，因家焉，生伯考，为陇西、河东二郡太守，又生尚，为成纪令，因居成纪。”成纪、陇西，盖同出也。唐系陇西，义山系成纪，故有龙种凤雏之语。朱长孺氏引崔珏之诗以证义山成纪之望，是矣。但陇西成纪，支派久分，朱氏未考得其源，故详言之。

【纪曰】四家评曰：结有情致，诗须如此住，意方不尽于言中。（诗说）结得有馀不尽，异乎元白之竭情，盖元白务变新声，温李犹存古法。（瀛奎律髓刊误）

【按】作于大中七年十月。前三联连贯而下，传出对娇儿之急切系念与深情怜惜，其中寓含歉疚之情。尾联截住，宕开写景，于青灯丝鬓之剪影与画角声停之旷寂中渗透无限悲凉。纯用白描，语淡情深，意馀言外。龙种、凤雏，均指题内“阿衮”，张氏笺西溪谓“凤女”、“龙孙”即此诗龙种、凤雏，非。

寄太原卢司空三十韵〔一〕

隋舰临淮甸〔二〕，唐旗出井陉〔三〕。断鳌搘四柱〔四〕，卓马济三灵〔五〕。祖业隆盘古〔六〕，孙谋复大庭[①]〔七〕。从来师杰俊[②]，可以焕丹青〔八〕。旧族开东岳〔九〕，雄图奋北溟〔一〇〕。

邪同獬豸触〔一一〕,乐伴凤凰听〔一二〕。

酣战仍挥日〔一三〕,降妖亦斗霆〔一四〕。将军功不伐〔一五〕,叔舅德唯馨〔一六〕。鸡塞谁生事〔一七〕?狼烟不暂停〔一八〕。拟填沧海鸟〔一九〕,敢竞太阳萤[③]〔二〇〕。内草才传诏〔二一〕,前茅已勒铭〔二二〕。那劳出师表〔二三〕,尽入大荒经〔二四〕。德水萦长带〔二五〕,阴山缭画屏[④]〔二六〕。只忧非綮肯〔二七〕,未觉有膻腥〔二八〕。

保佐资冲漠〔二九〕,扶持在杳冥。乃心防暗室〔三〇〕,华发称明廷[⑤]〔三一〕。按甲神初静〔三二〕,挥戈思欲醒[⑥]〔三三〕。羲之当妙选〔三四〕,孝若近归宁[⑦]〔三五〕。月色来侵幌,诗成有转棂[⑧]〔三六〕。罗含黄菊宅〔三七〕,柳恽白苹汀〔三八〕。神物龟酬孔〔三九〕,仙才鹤姓丁〔四〇〕。西山童子药〔四一〕,南极老人星[⑨]〔四二〕。

自顷徒窥管〔四三〕,于今愧挈瓶〔四四〕。何由叨末席〔四五〕,还得叩玄扃〔四六〕。庄叟虚悲雁〔四七〕,终童漫识鼮〔四八〕。幕中虽策画,剑外且伶俜〔四九〕。俣俣行忘止〔五〇〕,鳏鳏卧不瞑。身应瘠于鲁〔五一〕,泪欲溢为荥〔五二〕。

禹贡思金鼎〔五三〕,尧图忆土铏〔五四〕。公乎来入相,王欲驾云亭[⑩]〔五五〕。

校　记

①“大”原作“太”,据蒋本、姜本、戊签、悟抄、席本、朱本改。

②“杰俊”,朱本作“俊杰”。冯曰:“一作俊杰,非。”

③“萤”原作“营”,据钱本、影宋抄、朱本及戊签改。

④“缭”,季抄、朱本作“绕”。

⑤“廷”，影宋抄、钱本、席本作“星”。

⑥“挥戈”，戊签作“鸣鼙”。【冯曰】作“挥戈”，与“挥日”复。【按】此正后人所以妄改之由。他本均作“挥戈”。“思”，季抄一作“醉”。

⑦“近”，钱本作“得”。

⑧“有”，戊签作“看”。

⑨“南”原作“太”（一作“南”），据蒋本、姜本、戊签、悟抄、席本、钱本、影宋抄、朱本改。

⑩“王”，冯注本作“皇”。【按】旧本皆作“王”。

集 注

〔一〕【朱注】唐书：“卢钧，字子和，系出范阳，徙京兆蓝田。举进士第。太和中，累迁给事中。开成元年冬，擢岭南节度使，时称廉洁。会昌初，迁山南东道节度使。四年，诛刘稹，以钧领昭义节度使，检校兵部尚书。宣宗即位，改吏部尚书，授宣武节度使，加检校司空。四年，入为太子太师。六年，充太原尹、北都留守、河东节度使。九年，召为左仆射。十一年九月，拜同平章事，充山南西道节度使。懿宗初，以太保致仕，年八十七。”【冯注】原编集外诗。旧书传：“卢钧……元和四年进士第。……（大中）四年入为太子太师，进上柱国、范阳郡开国公。六年复检校司空，尹太原，节度河东。”

〔二〕【朱注】隋书：“大业二年八月，帝幸江都，舳舻相接二百里。”【程注】隋书食货志：“炀帝造龙舟凤艒黄龙赤缆以幸江都。”鲍照诗：“登舻眺淮甸。”隋炀帝早渡淮诗：“淮甸未分色，泱漭共晨晖。”

〔三〕【朱注】唐书:"井陉县属镇州。"又:"获鹿县有故井陉关,一名土门关。"括地志:"井陉故关在并州石艾县。陉东十八里即井陉口也。"柳芳唐历:"大业十三年,高祖为太原留守,起义兵。明年四月,受隋禅。"【冯注】史记淮阴侯列传:"信欲东下井陉击赵,赵聚兵井陉口。平旦,信建大将之旗鼓,鼓行出井陉口。"【程注】王褒从军行:"西征度疏勒,东驱出井陉。"

〔四〕【朱注】列子:"(女娲氏)断鳌足以立四极。"【冯注】淮南子览冥训注曰:"鳌,大龟。天废顿,以鳌足柱之。"

〔五〕【道源注】卓马,犹云立马也。真诰:"卓灵虚之骏。"【补】文选班孟坚典引:"答三灵之蕃祉。"注:"三灵,天地人也。"按:日月星亦称三灵。

〔六〕【程注】徐整三五历议:"天地浑沌如鸡子,盘古生其中。万八千岁,天地开辟。阳清为天,阴浊为地。盘古在其中一日九变,神于天,圣于地。天日高一丈,地日深一丈,盘古日长一丈。如此万八千岁,天极高,地极深,盘古极长。"【冯注】述异记:"盘古氏死,头为四岳,目为日月,脂膏为江海,毛发为草木,天地万物之祖也。"以比高祖。【何曰】"古"疑作"石",乃借对。(辑评)

〔七〕【朱注】庄子:"昔者容成氏、大庭氏……(当是时也),民结绳而用之,(甘其食,美其服,乐其俗,安其居,邻国相望,鸡狗之音相闻,民至老死而不相往来。)若此之时,则至治已。"古史考:"大庭氏,姜姓,以火德王,号曰炎帝。"【冯曰】以比宣宗。【程注】嵇康诗:"延颈慕大庭,寝足俟皇羲。"【补】诗:"贻厥孙谋,以燕翼子。"郑笺:"孙,顺也,谓传其所以顺天下之谋。"朱熹注:"谋及其孙,则子可以无事矣。”

〔八〕【朱注】汉书苏武传:“竹帛所载,丹青所画,何以过子卿?”【程注】扬子:“圣人之言,炳若丹青。”。【冯注】盐铁论:“公卿者四海之表仪,神化之丹青也。”按:唐人多用盐铁论意。

〔九〕【朱注】唐书世系表:“卢氏出自姜姓,食采于卢,济北卢县是也,其后因以为氏。”【程注】陈琳檄吴将校文:“吴诸顾陆旧族长者。”

〔一〇〕见洞庭鱼。

〔一一〕【冯注】见谢往桂林。旧书传:“钧迁左补阙,与同职理宋申锡之枉,由是知名。”

〔一二〕【朱注】汉书律历志:“黄帝取竹嶰谷,制十二筒以听凤鸣,其雄鸣为六,雌鸣亦六。”【冯注】见钧天。此则承上句,又如凤鸣朝阳之义。

〔一三〕【朱注】淮南子:“鲁阳公与韩战酣,日暮,援戈而㧑之,日为之退三舍。”【朱彝尊曰】对刘稹事。

〔一四〕【朱注】北齐书薛孤延传:“神武尝阅马于北牧,道逢暴雨,大雷电震地。前有浮图一所,神武令薛孤延视之,孤延乃驰马按矟直前。未至三十步,震烧浮图。孤延喝杀,绕浮图走,火遂灭。孤延还,眉须及马鬃尾皆焦。神武叹其勇决,曰:‘薛孤延乃能与霹雳斗。’”【冯注】旧、新书传:“刘稹平,以钧节度昭义。钧及潞,石雄兵已入。稹将白惟信率卒三千保潞城未下。钧至高平,惟信献款,曰:‘不即降者,畏石尚书耳。’雄欲尽夷潞兵,钧不听,坐治堂上,左右皆雄亲卒,击鼓传漏,钧自居甚安,雄引去,乃送惟信至阙,馀众悉原。”按:旧书及通鉴:李德裕言:“前潞州市有男子磬折唱曰:‘雄七千人至矣。’刘从谏以为妖言,斩之。破潞州必雄也。”及刘稹诛,乃诏石雄将七千人入潞,以应谣言。“降妖”指降潞人。“亦斗霆”,又指石雄也。诏出潞军五千戍代北,钧坐城门劳遣。卒素骄,不欲去,酒酣,反攻城,钧奔潞城。大将李文矩谕叛兵,众乃悔服,迎钧还府,斩首恶乃定。诏趣戍者行,密使尽戮之于太平驿。“酣战仍挥日”则指此事也。钧曾出奔,故上句隐约。

〔一五〕【程注】书:“女惟不伐,天下莫与女争功。”【补】东汉冯异佐光武帝争天下,诸将并坐论功,异常独处树下,军中号为大树将军。此暗用其事。

〔一六〕【朱注】礼记:“(九州之长),天子同姓谓之叔父,异姓谓之叔舅。白帖:“长曰伯舅,少曰叔舅。”【程注】书:“黍稷非馨,明德惟馨。”

〔一七〕【朱注】后汉书:“窦宪将万骑出朔方鸡鹿塞。”【程注】汉书匈奴传:“汉遣长乐卫尉高昌侯董忠、车骑都尉韩昌将骑万六千,又发边郡士马以千数,出朔方鸡鹿塞。”【冯注】后汉书匈奴传注曰:“阚骃十三州志:‘窳浑县有大道,西北出鸡鹿塞。’”汉书陈汤传:“贡禹争,谷吉送单于子往,必为国取悔生事。”

〔一八〕【冯注】埤雅:“古之烽用狼粪,取其烟直而聚,风吹不斜,故曰狼堠。”

〔一九〕见北禽。

〔二〇〕【道源注】易略例:“萤燐争耀于太阳。”【冯注】晋傅咸萤火赋:“当朝阳而戢景,进不竞于天光。”二句喻虏之蠢动。

〔二一〕【冯注】内草,内制也。

〔二二〕【朱注】左传:“前茅虑无。”注:“军行前有斥堠蹹伏,备虑有无。茅,明也。或曰:时楚以茅为旌识。”【按】前茅,犹先头部队。古代行军时前哨斥候以茅为旌。如遇敌或敌情有变,举旌以警告后军。馀见行次昭应。

〔二三〕【补】三国志诸葛亮传:“建兴五年,率诸军北驻汉中,临发,上疏曰:‘臣亮言:先帝创业未半,而中道崩殂。’”云云。即出师表。

〔二四〕【程注】山海经有大荒东经、大荒南经、大荒西经、大荒北经。

〔二五〕【朱注】汉书郊祀志:“秦文公获黑龙,此水德之瑞,于是更名河曰德水。”功臣表:“黄河如带。”【冯注】文选陆士衡诗:“巨海犹萦带。”

〔二六〕【朱注】秦本纪:“西北斥逐匈奴,自榆中并河以东属之阴山。”徐广曰:“阴山在五原北。”通典:“阴山唐为安北都护府。”【冯注】西都赋:“缭以周墙。”

〔二七〕【程注】庄子:“枝经肯綮之未尝,(而况大軱乎?)”【按】肯綮,筋骨结合之处,喻要害。

〔二八〕【程注】武帝内传:“绝五谷,去膻腥。”【冯注】周礼:“内饔辨腥臊膻香之不可食者。”以上六韵,正赋镇太原。通鉴:“大中六年六月,河东节度使李业纵吏民侵掠杂虏,又妄杀降者,由是北边扰动。闰月,以太子少师卢钧节度河东,钧奏度支郎中韦宙为副使。宙遍诣塞下,悉召酋长谕以祸福,禁唐民毋入虏境侵掠,由是杂虏遂安。”“生事”指李业,“前茅”指韦宙而言,中其机要,遂不遑动也。

〔二九〕【程注】陆云诗:“收彼纷华,委之冲漠。”【按】冲漠,襟怀淡泊,语言简默。意近冲淡、冲默。

〔三〇〕【程注】书:“虽尔身在外,乃心罔不在王室。”【按】暗室,见咏怀寄秘阁旧僚。

〔三一〕【朱注】唐书:“钧宿齿,数外迁,而后来者多至宰相。”【冯注】追颂为太子少师,且言宜在朝宁。

〔三二〕【冯注】汉书韩信传:“不如按甲休兵。”

〔三三〕【冯注】礼记:“鼓鼙之声讙,君子听鼓鼙之声,则思将帅之臣。”谓在外镇,暗寓不得志。【按】冯注本此句作“鸣鼙思欲醒”。“挥戈”已见前注。

〔三四〕【自注】小弟羲叟早蒙眷以嘉姻。【冯注】晋书:“太尉郄鉴使门生求女婿于王导,导令就东厢遍观子弟,归谓鉴曰:‘王氏诸少并佳,然咸自矜持。唯一人在东床坦腹食,独若不闻。’鉴曰:‘正此佳婿耶?’访之乃羲之也,遂妻之。”潘岳怀旧赋:“名余以国士,眷余以嘉姻。”

〔三五〕【自注】三十五丈明府高科来归膝下。【朱注】晋书:“夏侯湛,字孝若,官散骑常侍,卒。潘岳称其文非徒温雅,乃别见孝弟之性。”【冯注】文选夏侯湛东方朔画赞序:“朔平原厌次人。建安中,分厌次为乐陵郡,故又为郡人。大人来守此国,仆自京师言归定省。”【程注】钱起诗:“才子欲归宁,棠花已含笑。”【按】男子归省父母亦可称归宁,赵湘南阳集有送周湜下第归宁序。

〔三六〕【朱注】棂,窗棂也。【冯注】美其才之捷也。诗成而月仅转窗棂。

〔三七〕【冯注】晋书文苑传:“罗含致仕还家,阶庭忽兰菊丛生,以为德行之感。”

〔三八〕【冯注】梁书:“柳恽字文畅,少工篇什,为吴兴太守。”柳恽江南曲:“汀洲采白苹,日暖江南春。”

〔三九〕【冯注】晋书:“孔愉字敬康,会稽山阴人。建兴中以讨华轶功，封馀不亭侯。愉尝行经馀不亭，见笼龟于路者，置而放之溪中，龟中流左顾者数四。及是，铸侯印，而印龟左顾，三铸如初。印工以告，愉乃悟，遂佩焉。"

〔四〇〕【朱注】尚书故实："卢元公钧奉道，暇日，与宾友话言，必及神仙之事。"【按】丁令威事见喜雪。

〔四一〕【朱注】魏文帝诗："西山一何高，高高殊无极。上有两仙童，不饮亦不食，与我一丸药，光耀有五色。服药四五日，身轻生羽翼"【道源注】述异记："相州栖霞谷，昔有桥、顺二子于此得仙，服飞龙一丸，十年不饥，故魏文帝诗云云。"

〔四二〕【冯注】史记天官书："狼比地有大星，曰南极老人。"晋书天文志："老人一星在弧南，一曰南极，常以秋分之旦见于丙，春分之夕没于丁。见则治平，主寿昌。"神仙感应传："唐相国卢钧射策为尚书郎，以疾求出，为均州刺史，羸瘠不耐见人。忽有王山人逾垣而入，曰：'公位极人臣，而寿不永，故相救耳。'以腰巾蘸于井中，解丹一粒，捩腰巾之水以咽丹。'约五日，疾当愈。后三年，当再相遇，在夏之初。'公自是疾愈。明年还京，夏四月，山人寻至。自此复去，云：'二十三年五月五日，可令一道士于万山顶候，此时君节制汉上，当有月华相授。'自是公便蓄贵盛。后镇汉南，及期，命道士牛知微登万山之顶，山人在焉，以金丹二使知微吞之，以十粒令授于公，曰：'当享上寿，无忘修炼；世限既毕，伫还蓬宫耳。'忽不见。"按：传云："会昌初，钧为襄州节度"，即汉南也。旧、新书传言初刺常州，拜华州防御使，无刺均州事，岂史之疏耶？恐难深信。【程注】后汉书礼仪志："仲秋之月祀老人于国都南郊老人庙。"李白诗："下看南极老人星。"【按】自"按甲"句以下均叙卢钧留守太原时情事，冯引神仙感应传，以王山人之事附会之，甚谬。详笺。

〔四三〕【朱注】晋书王献之传：“此郎亦管中窥豹，时见一斑。”【补】顷，往昔。自顷，自昔。

〔四四〕【朱注】左传：“虽有挈瓶之智，守不假器。”注：“挈瓶汲者喻小智。”

〔四五〕【冯注】晋书张凭传：“王濛就刘惔清言，有所不通，凭于末坐判之。”【程注】嵇康诗：“自惭陪末席，便与九霄通。”

〔四六〕【冯注】汉书扬雄传：“侯芭常从雄居，受太玄、法言。”盐铁论：“未遑叩扃之义，而录拘儒之论。”论林：“刘真长、桓宣武共听讲礼记，桓曰：‘时有入心处，便咫尺玄门。’”尚书故实：“卢钧好道，与宾友话言，必及神仙之事。”按：义山亦好道。

〔四七〕【朱注】庄子：“庄子舍于故人之家，故人喜，令竖子杀一雁而烹之。竖子曰：‘其一能鸣，其一不能鸣，请奚杀？’主人曰：‘杀不能鸣者。’”

〔四八〕【冯注】（二句谓）能鸣多识，正复何益！（终童识鼮事）见赠送刘五经。【程注】汉书：“终军，字子云，年十八，选为博士弟子，卒时年二十馀，世号终童。”

〔四九〕【冯注】古猛虎行：“少年惶且怖，伶俜到他乡。”玉篇：“行不正也。”本作“竛竮”。【按】伶俜，孤零。

〔五〇〕【朱注】诗：“硕人俣俣。”【补】毛传：“俣俣，容貌大也。”陈奂诗毛氏传疏：“释文引韩诗作‘扈扈’，云‘美貌’，大与美同意。”然此处作大而美解，义不可通，颇疑是“踽踽”之误。“踽踽”，孤独貌，与下“鳏鳏”对文。诗唐风杕杜：“独行踽踽。”

〔五一〕【道源注】左传：“何必瘠鲁以肥杞。”

〔五二〕【朱注】禹贡：“导沇水，东流为济，入于河，溢为荥。”

〔五三〕【朱注】左传：“夏之方有德也，贡金九牧，铸鼎象物。”

〔五四〕【程注】韩非子：“昔者尧有天下，饭于土簋，饮于土硎。”【冯注】韩诗外传：“舜甑盘无膻，饭乎土簋，啜乎土型。”形、铏、型字皆同，瓦器也。

〔五五〕【朱注】史记：“黄帝封太山，禅亭亭；颛顼封太山，禅云云。”【冯注】汉书郊祀志：“无怀氏封太山，禅云云；黄帝封太山，禅亭亭。”晋灼曰：“云云在蒙阴县故城东北，下有云云亭。”地理志：“泰山郡钜平县有亭亭山祠。”【程注】虞世基讲武赋：“望云亭而载跸，礼升中而告成。”

笺　评

【钱龙惕曰】旧书：“大中六年，卢钧为检校司空、太原尹、北都留守、河东节度使。”义山时在东川，作此诗寄之也。“隋舰临淮甸”以下，因太原为高祖兴王之地，故首述之，愿钧著丹青之功也。“旧族开东岳”以下，言其家世宦迹也。“鸡塞谁生事”以下，述其节度岭南之功也。开成元年，钧镇岭表。先是土人与蛮獠杂居，婚娶相通。吏或挠之，相诱为乱。钧至，立法，俾华蛮异处，婚娶不通。蛮人不得立田宅。由是徼外肃清而不相犯。诗曰“那劳出师表，尽入大荒经”，比于武侯之功也。“羲之当妙选”以下，叙姻娅之谊以及寄诗之情也。钧晚岁为宰相令狐绹所恶，谢病不视事，悠优别墅，故有“黄菊”“白苹”之句。及其再为司空，年逾大耋，则“西山童子药，南极老人星”，其祝颂之辞欤？自以伶俜剑外，不得亲叩玄扃，所以愿其入相，身致太平，而成封禅之礼也。

【姚曰】起手十二句,言太原兴王之地,非重臣不堪作镇。“酣战”以下十二句,历叙其镇昭义镇宣武之功。“德水”四句,叙其威德足以服远。“保佐”四句,叙其入为太子太师。“按甲”下十二句,叙其留守太原时寿考福禄之盛。“自顷”下十二句,自叙在东川流落不偶。末四句,仍以出将入相望之也。

【屈曰】一段叙太原开创之功。二段叙司空家世。三段叙司空战功。四段叙其投闲寿考。五段自叙行藏。六段祝其复相。

【程曰】卢钧宣宗大中初检校司空,六年,充太原尹、河东节度使。自“隋舰临淮甸”至“祖业隆盘古”,叙其先世佐唐开国有功。按隋大业间宇文化及之乱,卢祖尚据州称刺史,后以州归唐,高祖封弋阳郡公。讨辅公祏,为前军总管。下宣歙,进击贼帅冯惠谅、陈正通,破之,历刺史、都督,有能名,钧岂其苗裔耶?考宰相世系表不载,而卢氏四房又别无有唐初立功如此者,或表有失载也。自“孙谋复大庭”至“挥戈思欲醒”,叙其一生功业。按卢氏自北魏以来,定为四姓之一,故曰旧族。钧举进士,又以拔萃起,故曰雄图,后迁监察御史,故曰獬豸,尝为秘书正字,故曰凤凰。钧尝为昭义节度使,同平泽潞叛帅,故曰酣战、曰降妖。钧尝为岭南节度使,南方服其德,欲走阙下请立生祠,钧固辞不许,故曰功不伐、曰德惟馨。钧在潞时已受白惟信降,俄而戍卒叛,钧选牙卒至太平驿,尽斩之,故曰谁生事、曰不暂停。钧以宿齿,数外迁,而后来者多至宰相,被召之时,自谓当必辅政,既而失志,内常怨望,故曰拟填沧海、曰敢竞太阳。宣武节度刘约死，家僮五百无所依食，有乱志，上以钧为宣武，人情贴然，故曰才传诏、曰已勒铭。自是迁检校司空，节度河东，盖其出镇之日已久，所历之地已多，故曰劳出师、尽大荒。河东之地，肘腋关中，襟带塞外，故曰萦德水、曰绕阴山。其镇河东，史无治兵之事，则边境之安堵可知，故曰非綮肯，曰无膻腥，曰善保佐、能扶持。钧尝入朝，年已老矣，举朝咨叹，以为耆硕长者，而其时音吐鸿畅，升降如仪，故曰乃心、曰华发、曰神静、曰思醒。义山之弟羲叟，为钧之婿，而钧之子又适以得第觐省，故曰妙选、曰归宁。史称钧有林墅，数移病不事，累日游遨，故曰幌、曰棂、曰菊宅、曰苹汀。钧之官爵既高，而其奉道又笃，故曰龟酬孔、曰鹤姓丁。奉道则自言服食之事，其时年齿又高，故曰童子药、曰老人星。以上叙卢钧之事尽矣，自此以后则义山自叙其情。己亦能文，而小智不能大伸，故曰窥管、曰挈瓶。既为戚党，而又同有好道之情，故曰思叨末席、欲叩玄扃。卢公当怜己之不鸣，而亦无由见己之多识，故曰庄生悲雁、曰终童识鼮。己为柳仲郢之幕客而羁孤于东川，故曰虽策画、曰且伶俜。时又当其失偶之后，而张懿仙又不屑受，故曰行忘止、曰卧不瞑。如此心情，故惟有销瘦而泣下者，故曰身应瘠、泪欲盈。其时蓬果诸盗初平，方有四海乂安之望，故曰思金鼎、曰忆土硎。卢公既有耆硕之望，时论方归咎于宰相令狐绹不肯援引入相，则纶扉秉政，指顾俟之，故曰来入相，曰佐封禅也。钱夕公笺甚确，但州居部次未甚分明，不若细疏其节次，以畅一篇之曲折也。

【冯曰】旧传云："九年，召为尚书左仆射，后辈子弟多至台司，虽居端揆，心殊失望，常移病不视事，与亲旧游城南别墅，或累日一归。宰相令狐绹恶之,乃罢仆射,仍检校司空,守太子太师。物议罪绹弄权。"事在此时寄诗之后。钱夕公引此以证"黄菊"、"白苹"、"西山"、"南极"之句,非矣。题书"寄太原",结句祝其来入,盖时方在镇,略写其閒适怡神耳。"溢为荥"三字止是用典,不得以为梓州府罢居荥阳时作也。

【纪曰】起手气象自伟,但后半浅弱不称。且"羲之"二句、"禹贡"二句、转折皆不甚融洽,"罗含"六句亦凑泊不警切,大不及上杜仆射也。(诗说)"降妖"句不疋,"泪欲"句趁韵。(辑评)

【张曰】时卢钧方为北都留守,"按甲"句谓其闲适,"挥戈"句言其无意功名,故即以"羲之"二句接之,略写家庭之乐,而后以"罗含"二句祝其颐养。"禹贡"二句,曰思、曰忆,则义山自叙,望卢入相也。通篇转折极为分明,并无所谓杂凑之处矣。〇长律当看气机,不宜摘句,纪氏未免有意嗤点古人也。(辨正)

【按】程笺处处以卢钧传文印证为解,失误甚多。盖此诗题"寄太原卢司空",故诗中自当关合太原。首段十二句程氏谓叙卢钧先世佐唐开国有功,且欲以卢祖尚实之,不思"祖业隆盘古,孙谋复大庭"二句,只可施之开国帝王与嗣位后王,绝不可能用以赞颂臣下功烈。冯笺谓分指高祖、宣宗,甚是。此段盖以太原重镇衬起重臣。"从来师杰俊,可以焕丹青"二语,即谓宣宗之师事重臣也。"旧族"点卢氏望族,"雄图"谓镇太原。"邪同"句朱、冯均引争宋申锡狱事以实之,然此处似虚说更佳,连下句盖谓卢为奸佞所畏、为君主所亲,如鸣凤之朝阳,实治世之良臣。二段十六句,前四句叙潞州之功,后十二句叙镇太原安边鄙之功,已见注。详太原而略潞州,因题立意。三段谓其保佐扶持之功在于冲默杳冥,不为暗室欺心之事,故华发而见称于朝廷。先总写其功德品行,然后方叙其留守太原时吟诗赏菊、耽于仙道,既暗寓其不得志于时,亦赞其闲雅风流。四段十二句伤己不遇。末四句则祝其重入朝为相。

卢钧与义山有姻娅之亲(义山之弟羲叟娶卢钧之女),系会昌年间名臣;大中朝虽不得志,且与令狐有隙,为令狐所排抑,然义山于穷途末路之际,能寄诗望其援引者,舍卢钧外已别无他人。末四句虽祝颂套语,亦望其重入朝廷时能予以汲引也。卢钧大中六年七月至九年七月在河东节度使任。据诗中所叙情景,似非初出镇时。酌编大中七年。

夜雨寄北[①]

君问归期未有期,巴山夜雨涨秋池〔一〕。何当共剪西窗烛,却话巴山夜雨时?

校　记

①【冯曰】万首绝句作“夜雨寄内”。【按】文学古籍刊行社影印明嘉靖刊本唐人万首绝句作“夜雨寄北”。冯氏所见当是别本。姜本作“夜雨寄内”。除姜本外,义山诗集诸本均作“夜雨寄北”。

集　注

〔一〕【姚注】一统志:“四川保宁府有大巴岭,与小巴岭相接,世传九十里巴山是也。”【冯注】三巴皆可云巴山,而此则当以前后诗会其意也。【程注】严武诗:“卧向巴山月落时。”【杨柳曰】按巴山有二,一为川北之大巴山脉,世称巴山;另一则为湖北巴东县南之巴山,……诗中之巴山乃指后者(决非川北之巴山)。【按】唐人诗中巴山多泛指今四川境内之山。如杜甫伤春之二:“巴山春色静,北望转逶迤。”程注引严武诗“卧向巴山月落时”亦同。未必具体指大巴山或巴东县南之巴山。义山文中之“巴山”亦每泛指东川之山(参初起笺引为崔福寄彭城公启)。又,商隐唐梓州慧义精舍南禅院四证堂碑铭:“掩霭巴山,繁华蜀国。”巴山亦明指东川一带之山。另,刘沧宿苍溪馆:“巴山夜雨别离梦,秦塞旧山迢递心。”似用商隐诗语,苍溪在阆州,亦与东川邻接,巴山所指亦同。

笺 评

【范晞文曰】唐人绝句,有意相袭者,有句相袭者。……贾岛渡桑乾云:“客舍并州已十霜,归心日夜忆咸阳。无端更渡桑乾水,却望并州是故乡。”李商隐夜雨寄人云……此皆袭其句而意别者。若定优劣、品高下,则亦昭然矣。(对床夜语)

【陈模曰】夜雨(寄北)(略)、赠畏之(待得郎来。略)、为有(略)。此皆句意透彻,有姿态而好者也。(怀古录)

【李梦阳曰】唐诗如贵介公子,风流闲雅,观此信然。(唐诗选脉笺释会通评林引)

【唐汝询曰】题曰“寄北”,此必私昵之人。就景生意,为后人话旧长谈。(同上引)

【周珽曰】以今夜雨中愁思,冀为他日相逢话头,意调俱新。第三句应转首句,次句生下落句,有情思。盖归未有期,复为夜雨所苦,则此夕之寂寞,惟自知之耳。得与共话此苦于剪烛之下,始一腔幽衷,或可相慰也。"何当"、"却话"四字妙,犁犁云树之思可想。(同上)

【蒋一葵曰】末句又翻出一层来。(同上引)

【郭濬曰】两叠"巴山夜雨",无聊之甚。(同上引)

【朱彝尊曰】(君问归期)问。(未有期)答。(次句)今夜。(三句)他日。(四句)今夜。时在东川幕下。

【杨曰】此亦作于赴蜀时,所谓秋霖腹疾也。

【沈德潜曰】此寄闺中之诗。云间唐氏谓寄私昵之人,诗中有何私昵意耶?

【何曰】水精如意玉连环,荆公屡仿此。(辑评。按陈永正云:王安石的封舒国公:"桐乡山远复川长,紫翠连城碧满隍。今日桐乡谁爱我,当时我自爱桐乡。"即仿此。)

【吴昌祺曰】东坡"对床风雨"之诗,意亦本此。题曰"寄",则非今宵相会,当是答其书信耳。(删订唐诗解)

【范大士曰】圆转如铜丸走坂,骏马注坡。(历代诗发)

【徐德泓曰】翻从他日而话今宵,则此际羁情不写而自深矣。此种见地,高出诸家。

【姚曰】"料得闺中夜深坐,多应说着远行人",是魂飞到家里去,此诗则又预飞到归家后也。奇绝。

【屈曰】即景见情,清空微妙,玉溪集中第一流也。

【程曰】此随柳仲郢时作,自感于其久留南中也。

【冯曰】语浅情浓,是寄内也。然集中寄内诗皆不明标题,当仍作"寄北"。又曰:此时义山于巴蜀间兼有水陆之程,玩诸诗自见，但无可细分确指。

【桂馥曰】眼前景反作日后想，此意更深。（札朴）

【纪曰】探过一步作结，不言当下云何而当下意境可想。作不尽语每不免有做作态，此诗含蓄不露，却只似一气说完，故为高唱。（诗说）

【王尧衢曰】以目下之落寞，作他时之佳话。逆计其必有是境，而又不知何日始有是境也，故曰"何当"。篇末评：此诗内复用"巴山夜雨"，一实一虚。（古唐诗合解）

【马位曰】全不似玉溪手笔。（秋窗随笔）

【姜炳璋曰】只一转换间，慧舌慧心。

【李慈铭曰】（三四句）淡寂中有无限意理。（越缦堂读书简端记）

【施补华曰】李义山"君问归期"一首，贾长江"客舍并州"一首，曲折清转，风格相似；取其用意沈至，神韵尚欠一层也。（岘佣说诗）

【林昌彝曰】七绝喜深而不宜浅，喜婉曲而不宜平直。……李义山夜雨寄北……，眼前景却作后日怀想，此意更深。（射鹰楼诗话）又曰：诗从对面写法，如唐人巴山夜雨、芦荻花中皆有加倍一层境界。（海天琴思录）

【俞陛云曰】清空如话，一气循环，绝句中最为擅胜。诗本寄友，如闻娓娓清谈，深情弥见。此与"客舍并州已十霜"诗，皆首尾相应，同一机轴。（诗境浅说续编）

【张曰】此亦留滞巴阆时作。时初交秋，而义山亦将归矣。（会笺）又曰：蜀游是夏秋之交，玩楚泽等诗可见。此"秋池""夜雨"，亦系初秋景况。盖寄此诗后，义山亦即作归计矣。末二句预定归计，与首句相唤。（辨正）

【郝世峰曰】在一句中写了巴山、夜、雨、秋、池等六种物象，而用一个动词“涨”联络、贯通于其间，为它们灌注灵魂，构成一幅生动的图画；这幅图画充溢着迷濛的愁闷气氛，于表现环境特征的同时，映现着诗人淹没于愁情的心境。……这里的“巴山夜雨涨秋池”，使愁怀借景物而显现，即可视为感情的外在形态。……诗人因不耐今夜的寂寞而向往异日的快慰，而这向往中的莫大快慰就是回味今夕的寂寞。这一曲折入微的向往，感情是复杂微妙的，它虽然浸润着追求的兴奋与满足，却也融汇着对现实空虚落寞的感受；在给人以快慰的形式中，使人更深刻地感受诗人的今夕苦况，即“巴山夜雨涨秋池”的寂寞。（李商隐夜雨寄北赏析）

【按】冯、张均系大中二年巴蜀之游。岑仲勉玉溪生年谱会笺平质已力辨所谓巴蜀之游并不存在，此处仅就本篇辨之。冯、张均以万首绝句题作“夜雨寄内”为据，然现存义山诗集旧本除姜本作“寄内”外，均作“寄北”，明嘉靖刊本万首绝句亦作“北”不作“内”，故冯氏亦感孤证之不足凭而未敢遽改。按冯谱，义山系先自桂返洛，然后又出游江汉巴蜀，于深秋略顿巴巫之境。此说之谬显然。陆发荆南始至商洛、归墅已言“青辞木奴橘”“四海秋风阔”“邓橘未全黄”，则至邓州、商洛时已届深秋，返洛后再出行至江汉巴蜀，往返数千里，而云“深秋略顿巴巫之境”，则时间直若停滞不动矣。张笺谓桂管归途先至巴蜀寻杜悰，不果而中途折回，由荆南赴洛，而后归京。并谓夜雨寄北所写系初秋景况，由洛赴京则在九月初。是则客居巴蜀之时至返洛又复入京之时，前后相距亦不过两月左右，如此长途往返，时日岂敷分配？况诗明言“君问归期未有期”，则作诗时归期尚在不可知之数，又何从测其“即作归计”乎？“何当”云云，正见归期无日。且如张氏所云，义山之游巴蜀，几全部时日皆于仆仆道途中度过，并无一地有较长时日滞留之痕迹（实亦无此可能）。试问于如此变动不居之旅途中，双方书信往来竟若今日藉现代化通讯工具传递之迅便，一似预知其何日当在何地者，岂非纯属想当然？

杨柳先生为补救冯、张之明显缺失，于如何确解李商隐诗一文中提出新说，略云：“大中二年，义山北返途次淹留荆巴，其入蜀地区未超越长江沿岸夔、峡一带，时间为夏秋之交，不出两月。除夜雨寄北外，尚有风、摇落、因书、过楚宫等诗，均为此际产物。……按商隐淹留荆巴，恰值孟秋苦雨季节，长江流域涨水，与诗中情景正合。”此说固远胜冯、张巴蜀之游臆说，然“巴山”唐人诗中多为泛指，谓指巴东县南之巴山，似乏书证。且此诗情味，显系长期留滞，归期无日之况，与客途稍作羁留者有别。似不得因是年秋桂管归途有夔峡之短期滞留，遂谓此诗亦作于夔峡也。当是梓幕思归寄酬京华友人之作，确年不可考，当为在梓幕滞羁已数年之久，尚未归京探望儿女时（商隐于大中七年冬至八年春，曾有归京之行，详后赠庾十二朱版、留赠畏之七律、行至金牛驿寄兴元渤海尚书等诗按语）。约大中七年秋。

考证此诗作年，关键有以下三点。一为诗题作“夜雨寄北”抑或作“夜雨寄内”。关于此点，校记中已列举现存义山诗集诸旧本（除姜本外）均作“夜雨寄北”，连冯氏恃以为证之万首绝句现存最早刊本亦作“夜雨寄北”，证明

“寄内”之异文不足凭。二为诗中“巴山”所指。注〔一〕中已列举商隐在东川幕所撰之唐梓州慧义精舍南禅院四证堂碑铭“掩霭巴山，繁华蜀国”及为崔从事福寄尚书彭城公启“潼水千波，巴山万嶂”之文，证明“巴山”泛指东川一带之山，且为其梓幕诗文之习用语。三为诗中所抒写之羁愁究竟是长期留滞、归期无日之情绪，抑是在变动不定之旅途中产生之愁绪。关于此点，诗之首句“君问归期未有期”实已明显透露出系长期留滞、归期未有期之浓重羁愁。此点若联系其梓幕期间一系列诗句（如“万里忆归元亮井，三年从事亚夫营”、“江海三年客”、“三年苦雾巴江水”、“三年已制思乡泪，更入新年恐不禁”、“岂关无景物，自是有乡愁”、“定定住天涯”），便可看出此种羁愁乡思乃是商隐留滞梓幕数年后最强烈浓重之情绪。综上数端，此诗作于羁滞梓幕期间应属无疑。

此诗佳处，在诗心诗情，而非缘刻意构思。首句包含一问一答，仿佛深夜灯前，向远方友人遥吐归期无日之心曲，为以下各句伏根。次句推开，写想像中室外情景。巴山、夜、雨、秋、池等一系列包含寂寥、凄清、绵长、萧瑟意味之物象，以一“涨”字绾结，构成极富包蕴之氛围，写实中寓含象征，羁滞异乡之愁思似随单调之雨声逐渐涨满秋池。三句转出新境，遥想他日重逢，今宵巴山夜雨之情景均成西窗剪烛夜话之谈资。在重逢之欢愉中回首凄清之往事，不但使重逢更显珍贵而富诗意，且此遥想本身亦使眼前凄清之雨夜增添一丝温煦，给寂寞之心灵带来几许慰藉。“西窗剪烛”之典型细节加强重逢时之亲切温暖气氛，亦透出今宵遥想时悠然神往之情。从中可见义山不仅善于将生活中凄清之情事化为凄伤之诗美，且有一种化解凄伤心境、化凄伤为温煦之心灵潜能。此正义山诗心诗情之特质，亦其诗虽感伤而不绝望颓废之原因。诗语浅情深，曲折含蕴而清新流畅，回环往复中有发展变化，极富风调情致之美、自然本色之美。

李夫人三首〔一〕

一带不结心〔二〕，两股方安髻〔三〕。惭愧白茅人〔四〕，月没教星替〔五〕。

其二

剩结茱萸枝〔六〕，多擘秋莲的〔七〕。独自有波光〔八〕，彩囊盛不得〔九〕。

其三

蛮丝系条脱〔一〇〕，妍眼和香屑〔一一〕。寿宫不惜铸南人①〔一二〕，柔肠早被秋眸割②〔一三〕。清澄有馀幽素香，鳏鱼渴凤真珠房〔一四〕。不知瘦骨类冰井〔一五〕，更许夜帘通晓霜。土花漠碧云茫茫③〔一六〕，黄河欲尽天苍苍④。

校记

①"寿"，冯曰："一作守，误。"

②"眸"，乐府诗集作"波"。

③"漠碧"原作"碧碧"（一作"漠漠"），姜本、朱本、季抄作"漠

漠”,均非。据蒋本、戊签、悟抄、席本、钱本、影宋抄改。

④“苍苍”原作“苍黄”(一作“苍苍”),据蒋本、姜本、戊签、朱本改。

集注

〔一〕【冯注】汉书外戚传:“李夫人少而早卒,上思念不已,方士齐人少翁言能致其神,乃夜张灯烛,设帐帷,陈酒肉,而令上居他帐,遥望见好女如李夫人之貌,还帷坐而步。又不得就视,上愈益相思悲感,为作诗曰:‘是邪非耶?立而望之,偏何姗姗其来迟!’”潘岳悼亡诗:“独无李氏灵,仿佛睹尔容。”题取此意。【按】此三首以下至饮席代官妓赠两从事均大中六年至九年梓幕作,不定何年。

〔二〕【朱注】梁武帝诗:“腰间双绮带,梦为同心结。”

〔三〕【程注】梁简文帝诗:“顶分如两髻。”【冯注】炙毂子:“汉有同心髻。”【补】两股,指钗之两股。

〔四〕【朱注】汉书:“武帝拜栾大为五利将军,又刻玉印曰‘天道将军’,使衣羽衣,立白茅上(受印),以示弗臣也。”【程注】易林:“白茅醴酒,灵巫拜祷。”白茅以供祭祀,降神所必需。白茅人不必定指五利。【补】惭愧,多谢。白茅人,见注〔五〕。

〔五〕【朱注】按史云:李夫人卒,齐人少翁以方致夫人,天子自帷中望见焉,乃拜翁为文成将军。夫文成能致夫人之神,尚以伪书见杀,今复尊信五利,是月没而以星替之也。此语骤读不解。【程注】月没星替,谓夫人已卒,空致其神也。长孺乃谓文成见杀,复尊信五利,考五利与李夫人无涉,不必如此解。【冯注】文子:“老子曰:百星之明,不如一月之光。”读曲歌：“月没星不亮，持底明侬绪？”按：致李夫人者，为齐人少翁，拜文成将军，与五利等耳。夫人已死，月没也；刻石似之，教星替也。尚书纬曰：“天子大社以五色土为坛，将封诸侯，各取方土苴以白茅以为社。”唐时藩镇犹古封建，故又暗以白茅人比仲郢耳。五利、文成不足泥也。【按】白茅人指柳仲郢，取“封诸侯，各取方土苴以白茅以为社”之义。

〔六〕【冯注】西京杂记：“戚夫人侍儿贾佩兰出为扶风人段儒妻，说在宫内时九月九日佩茱萸。”续齐谐记：“费长房谓汝南桓景：‘九月九日汝家有灾，宜令家人各作绛囊，盛茱萸以系臂，此祸可消。’”【程注】梁简文帝诗：“茱萸生狭邪，结子复衔花。”【补】剩，多也。

〔七〕【朱注】尔雅：“荷，芙蕖，其实莲，其中的。”诗义疏：“青皮里白子为的。”【程注】尔雅注：“的，莲中子也。”

〔八〕【朱注】招魂：“娭光眇视，目曾波些。”

〔九〕【朱注】华山记：“邓绍八月旦入华山，见童子执百彩囊，盛柏叶上露，如珠满囊中，绍问之，答曰：‘赤松先生取以明目。’”又述征记：“八月一日作五明囊，盛取百草头露，洗眼眼明。”（冯注引续齐谐记，同华山记）

〔一〇〕【朱注】殷芸小说：“金条脱为臂饰，即今钏也。”真诰：“安妃有斫粟金跳脱。”又“萼绿华赠羊权金、玉跳脱各一。”【冯注】条脱即臂钏。卢氏新记：“唐文宗谓宰臣曰：“古诗‘轻衫衬条脱’，真诰言安妃有金条脱，即今之腕钏也。”

〔一一〕【朱注】香屑，百和香屑也。费昶诗：“衣薰百和屑，鬓插九枝花。”

〔一二〕【朱注】汉书郊祀志：“上起幸甘泉，病良已，大赦，置寿宫神君。”注:寿宫,奉神之宫也。李夫人传:“夫人少而早卒,上怜悯焉,图画其形于甘泉宫。”铸南人无解,或南金之讹,言不惜以金铸其像也。【程注】楚词:“蹇将憺兮寿宫,与日月兮齐光。”【冯注】史记封禅书:“上郡有巫,病而鬼神下之,上召置祠之甘泉。上幸甘泉,置酒寿宫神君,神君弗可得见,闻其言,言与人音等。时去时来,来则风肃然。居室帷中。”楚词:“蹇将澹兮寿宫。”王逸曰:“寿宫,供神之处也。”此寿宫亦言供神之处,不必定泥汉事。朱曰:“铸南人无解。或南金之讹,言不惜金铸其像也。”此解似之。

〔一三〕【朱注】白居易诗:“双眸剪秋水,十指剥春葱。”

〔一四〕【朱注】释名:“愁悒不能寐,目常鳏鳏然。字从鱼,鱼目恒不寐。”【按】鳏鱼、渴凤均自况。

〔一五〕【冯注】文选:“江淹拟曹植诗:‘从容冰井台。’善曰:‘邺中记:‘铜雀台北则冰井台。’’”【按】藏冰井室,即诗云“凌阴”也。

〔一六〕【程注】李贺金铜仙人辞汉歌:“三十六宫土花碧。”

笺 评

【杨守智曰】三首并景阳宫井双桐诗只可阙疑。

【陆鸣皋曰】(次章)首二句,言其饰也。“寿宫”二句,言图形而见其眼波,肠已断矣。“清澄”二句,状房中清冷,殊不知肌骨已瘦而寒矣,乃更欲致其神乎?夜帘晓霜,谓方士事也。究事属渺茫,而其术终虚幻耳。结得杳无边际。

【姚曰】总言李少君刻石致神事。(第一首)此章首二句应指所刻之像言。(第二首)此言貌似,总未必传神也。(第三首)拾遗记:“少君使人求得潜英之石于黑海北对都之野,色青，轻如毛羽，冬温夏清，刻为人像，神悟不异于人。帝如其言，置之幕中，宛若生时。”此诗似用其事。首四句，刻为人像也。“清澄”四句，置之幕中也。结语言天长地久，未若此恨之无穷耳。

【屈曰】（第一首）此首方士之伪。（第二首）死者不可复生。（第三首）其目之妍如和香屑，所以不惜金铸者，其柔肠已被香屑之目所割也。心如秋水之清明，如幽素之香洁，而鳏鱼渴凤究不能双，殊不自知一身已成冰井，而尚愁思不忘同归于死也。

【程曰】此三首历纪有唐之宫闱也。第一首咏玄宗朝杨贵妃。“一带不同心”，谓不能从一于寿王。“两股方安髻”，谓又受册于明皇。“惭愧白茅人”，谓洪都道士。“月没教星替”，谓身死而夜致其魂影也。第二首咏文宗朝尚宫宋若宪。“剩结茱萸枝”，谓宋庭芬五女皆有文学。“多擘秋莲的”，谓自德宗时皆入禁中。“独自有波光”，谓文宗尚学，以若宪善属文，尤礼之。“彩囊盛不得”，谓独不能如其姐妹善终，乃为李训、郑注谗言赐死也。第三首咏武宗朝王才人。“蛮丝系条脱”，“妍眼和香屑”，谓史传所称佼服光侈。“寿宫不惜铸南人，柔肠早被秋眸割”，谓武宗既不惜尊崇方士赵归真、刘玄静、周息元等，服食求仙，而又有王才人宠冠宫中。“清澄有馀幽素香，鳏鱼渴凤真珠房”，谓武宗大渐时尚恋恋不舍，以致才人许以身殉，乃不复言。“不知瘦骨类冰井，更许夜帘通晓霜”，谓才人早日忧帝枯槁，不知止其情欲，而自经幄下以殉，竟相从于夜台霜露之下。“土花漠碧云茫茫，黄河欲尽天苍苍”，谓宣宗嘉其节，竟葬之于端陵柏城。黄壤相连，彩云不散，河声呜咽，天汉长存，是则才人之遇,胜于前代之妃嫔宫人矣。唐人咏唐事,不敢质言,故借汉武之李夫人为题。作诗之意,似因王才人之近者而追及于杨妃、宋尚宫,如后详而前略也。

【冯曰】姚说是矣。盖(第三首)首四句谓状其形,而一睹妍眼,终非向日明眸,便令我肠断也。“清澄”二句,冷静之态;“鳏鱼渴凤”,明点悼亡。“不知”二句,言瘦骨业已如冰,况加以霜寒乎？结乃碧落黄泉,不可复接之意。又曰:三首为悼亡,盖借古以寓哀。义山赴蜀后,河东公赐以乐籍张懿仙,上启力辞,正此时也。首章言一带不能同心,两股方能成髻;单栖者固当求偶,其如月光已没,终非星所能替乎！次作举茱萸之可以囊盛,莲药之皆在房中,而叹独此波光断不能盛之使长留,以申明星难替月之义。三章上四句又申明波光不可复得,而深致其哀,故一曰“妍眼”,一曰“秋眸”。盖妇人之美,莫先于目。义山妻以此擅秀,于斯更信。又曰:钱曰:“樊绍述园池记,元人以分其句读为能事,其说有三,究不知樊之句读何如。而昌黎铭樊,美其文从字顺,则知元人直为樊所欺,兼为韩所欺也。此等诗亦园池记也,何可为其所愚!”愚谓钱说固快,然甘为古人所愚,正读古一法。此三首一经拈出,未为绝奥,馀诗或有当阙疑者。

【张曰】冯氏从“鳏鱼渴凤”字悟出悼亡,可从。“白茅人”比仲郢,亦巧合。惟谓“妍眼”、“秋眸”,妇人之美,莫先于目,义山妻以此擅秀,则杜撰不根矣。夫诗家用典,羌无故实,泛论以致哀思而已,安得求其事以实之,且加义山之妻以轻薄哉！如此说诗,真所谓固哉高叟也。(会笺)

【按】此三首悼亡诗无疑,冯说大体近是。首章起二句比兴,意谓男女结合,需有两心相爱为基础,单丝不能成线也。“惭愧”,犹多谢之意。“白茅人”明指致神形之方士,暗喻柳仲郢,“月没教星替”,谓空致其神而不能使之复生,以喻柳仲郢虽赠伎,然“星”(小星)岂可替月乎?次章“茱萸”取其味辛,“莲的”取其心苦。“剩结”、“多擘”,盖谓王氏逝世后,所馀者唯有无限苦辛。三四则谓王氏犹如波光莹莹之露珠,忽已消亡,虽有彩囊亦难盛而贮之也。三章冯解甚确。首二写王氏神像之形。“寿宫”句点明此系神像,四句则谓其秋眸宛若平生,令我肠断也。“清澄”二句谓独处幽室,似闻馀香,真如鳏鱼、渴凤之思念旧侣。“不知”二句,谓已形容枯槁,夜夜思念以至晓霜透帘而不觉,即长恨歌“鸳鸯瓦冷霜华重”之意,末二句即此恨绵绵之谓。“土花漠碧”、“黄河欲尽”,当非眼前景,颇疑是遥想王氏坟墓之情景。

自李夫人三首至饮席代官妓赠两从事,均为大中五至九年居梓幕期间所作,但不能确考为何年所作,统编于后,大体按题材以类相从。其中有较明显羁滞异乡、思念京华情绪者(如忆梅、无题“万里风波一叶舟”、柳“柳映江潭底有情”),有可能为大中七年末自梓还京探望儿女前所作,不再细分。至于回京期间及返梓途中所作之三首诗,则置于饮席代官妓赠两从事之后,梓州罢吟寄同舍之前。

属疾〔一〕

许靖犹羁宦〔二〕,安仁复悼亡〔三〕。兹辰聊属疾〔四〕,何日免殊方〔五〕！秋蝶无端丽，寒花更不香①〔六〕。多情真命薄，容易即回肠〔七〕。

校　记

①“更不”，朱本、季抄作“只暂”。

集　注

〔一〕【冯注】义山在东川，往往因愁致疾，屡见于诗。“属疾”者，以疾暂假也，亦曰“移疾”。先后史文中极多。汉书：“公孙弘移病免归。”师古曰：“移书言病也。”其义亦相类，然免归与暂假有殊。【按】属（zhǔ 主），托也，属疾，托病，称病。

〔二〕【冯注】蜀志：“许靖字文休，因刘璋招入蜀，为巴郡广汉太守。先主克蜀，以靖为左将军长史；及即尊号，策靖司徒。”

〔三〕【程注】潘岳集有悼亡赋，又有悼亡诗三首。【冯曰】此谓复遇妻亡之日。【按】此但言悼念亡妻，“复”对上“犹”字而言，不必泥。与妻亡之日无涉。

〔四〕【程注】南史：“王僧达少好学，善属文。为太子舍人，坐属疾而于扬列桥观斗鸭为有司所纠。”【冯曰】因妻亡日托言疾也。【按】承上谓因羁宦悼伤而属疾。

〔五〕【程注】吴越春秋：“禹周行寓内，平易相土，观地分州，殊方各进，有所贡纳。”

〔六〕【何曰】好句似桂（杜）。○五六自比脆薄，非也。秋蝶起多情，寒花起薄命。○“更不”二字，二句一串，与“无端”二字紧相呼应。（均见辑评）【冯曰】“寒花只暂香”，杜诗薄游成句。【按】二句谓秋蝶虽丽，寒花虽香，均转眼即逝，盖睹秋蝶寒花而益增悼亡羁孤之痛也。

〔七〕【程注】列子："北宫子厚于德，薄于命。"高唐赋："感心动耳，回肠伤气。"【补】容易，轻易。

笺　评

【朱曰】羁宦悼亡，何堪属疾。（李义山诗集补注）

【陆鸣皋曰】此亦滞远思还之作。李早丧偶，故有"安仁"句。属疾，托疾也。无端、只暂四字，写尽无聊情绪。

【姚曰】羁宦悼亡人，何堪属疾。五六正殊方旅馆中静对光景。蝶丽花香，黯然无色，伤同心人之不见也。因叹己之薄命多情，自合至此，虽肠一日而九回，将谁诉耶？

【程曰】此诗当与上河东公启参看，乃辞乐伎张懿仙时作也。曰"羁宦"、曰"殊方"，谓在柳仲郢幕也。曰"悼亡"、曰"属疾"，即启中所谓"悼伤以来，梧桐半死"也。秋蝶、黄花，比懿仙也；无端丽、只暂香，犹毛诗"有女如云，匪我思存"之义也。结句"多情真命薄"，乃致谢仲郢；"容易即回肠"，乃拒绝懿仙也。即回肠者，岂即回肠耶？盖反语耳。

【纪曰】前四句稳，六句亦佳，末二句太小家气象。（诗说）

【张曰】王氏忌辰，托病休沐，故曰"悼亡"。曰"殊方"，必是年（大中六年）梓幕作。（会笺）○结乃情语，正如宋周清真词偶用缠令体，好处原不相掩也，何谓太劣哉！（辨正）

【按】多情命薄，兼悼亡羁宦而言，乃自指，程笺似近穿凿。

病中闻河东公乐营置酒口占寄上〔一〕

闻驻行春旆〔二〕，中途赏物华。缘忧武昌柳〔三〕，遂忆洛阳花〔四〕。嵇鹤元无对〔五〕，荀龙不在夸〔六〕。只将沧海月，长压赤城霞〔七〕。兴欲倾燕馆〔八〕,欢于到习家[①]〔九〕。风长应侧帽〔一〇〕,路隘岂容车〔一一〕?楼迥波窥锦〔一二〕,窗虚日弄纱。锁门金了鸟,展障玉鸦叉〔一三〕。舞妙从兼楚〔一四〕,歌能莫杂巴〔一五〕。必投潘岳果〔一六〕,谁参祢衡挝[②]〔一七〕?刻烛当时忝〔一八〕,传杯此夕赊〔一九〕。可怜漳浦卧,愁绪独如麻[③]〔二〇〕。

校　记

①"于",蒋本、姜本、悟抄、季抄、朱本作"终"。

②"参",姜本、戊签、悟抄作"操",非。席本作"掺",与"参"通。

③"独",朱本作"乱"。

集　注

〔一〕原编集外诗。【补】乐营,官妓之坊署。

〔二〕【朱注】后汉书:"谢夷吾为钜鹿太守,行春,乘柴车,从两吏。"【冯注】后汉书许荆传、谢夷吾传皆有"行春"字。【补】行春,官吏春天出巡。

〔三〕【冯注】晋书:"陶侃镇武昌,尝课诸营种柳。都尉夏施盗官柳,植之于己门。侃后见,驻车问曰:'此是武昌西门前柳,何因盗来?'施惶怖谢罪。"【程注】孟浩然诗:"行看武昌柳。"

〔四〕【朱注】何逊诗范广州宅联句:"洛阳城东西,却作经年别。昔去雪如花,今来花似雪。"【冯注】群芳谱:"唐、宋时洛阳牡丹之花为天下冠,故竟名洛阳花。"又"天彭号小西京,以其好花,有京洛之遗风焉。"陆游天彭牡丹谱:"牡丹在中州,洛阳为第一;在蜀,天彭为第一。"

〔五〕【朱注】晋书："嵇绍始入洛，或谓王戎曰：'昨于稠人中见嵇绍，昂昂然如野鹤之在鸡群。'"

〔六〕【朱注】后汉书："荀淑子八人，并有才名，时谓八龙。"世说："陈太邱诣荀朗陵，既至，荀使叔慈应门，慈明行酒，馀六龙下食。"按：此以况柳仲郢诸子也。仲郢子珪、璧、玭，旧唐书皆有传。【冯注】新书艺文志：柳玭有柳氏训序一卷。【补】在，期待。

〔七〕【冯注】南史刘訏传："族祖孝标称訏'超超越俗，如半天朱霞'。"馀见送从翁东川。稽鹤、月比仲郢，荀龙、霞比诸子，谓仲郢风度高迈，时无匹者，有子皆贤，胜于荀氏，而诸子文采皆为父所压也。柳氏最修礼法，此稍及之。

〔八〕【朱曰】燕馆即碣石宫。【冯曰】谓尽携宾佐。

〔九〕【冯注】晋书山简传："简镇襄阳，惟酒是耽。诸习氏有佳园池，简每出游嬉，多之池上，置酒辄醉，名之曰高阳池。时有童儿歌曰：'山公出何许？往至高阳池。日夕倒载归，酩酊无所知。'"

〔一〇〕【原注】独孤景公信，举止风流，尝风吹帽倾，观者满路。【冯曰】按：事见周书。北史云："信在秦州，尝因猎日暮，驰马入城，其帽微侧。诘旦而吏民有戴帽者咸慕信而侧帽焉。"

〔一一〕【原注】乐府："相逢狭路间，路隘不容车。"

〔一二〕【何曰】（"楼迴"句）入病中。（辑评）【按】楼窗及下二句门障均想像乐营情景。

〔一三〕【何曰】了鸟即屈戌，北方语犹然，鸦叉则吾吴语也。二句合南北方言始可解。（辑评）【辑评墨批】亦叠韵。【朱曰】障，屏障也。玉鸦叉谓画叉。

〔一四〕【朱注】汉书:"高祖令戚夫人楚舞,自为楚歌。"【冯注】史记留侯世家:"上曰:'为我楚舞。'"

〔一五〕【何曰】自叙。(辑评)【按】"歌巴"用宋玉对楚王问,屡见前。"歌"、"舞"者似同指歌伎。

〔一六〕【冯注】晋书:"潘岳美姿仪,少时尝挟弹出洛阳道,妇人遇之者,皆连手萦绕,投之以果,满车而归。"此指柳氏诸子。【按】此恐指诸幕僚。

〔一七〕【原注】祢处士击鼓,能为渔阳参挝。【朱注】掺,七勘切。【冯注】按:"掺",戊签作"操",非只刻误,盖因天中记云:"吴淑校理古乐府有'掺'多改为'操'字。"又魏了翁云:"魏、晋间避曹操讳,改为'掺',故好奇作此耳。"详见听鼓。此句自谓。【按】参,通掺,击鼓之调。挝,击,打。此处"参"作动词,"挝"作名词,谓击祢衡之渔阳参挝鼓曲。

〔一八〕【程注】南史王僧孺传:"竟陵王子良尝夜集学士,刻烛为诗,四韵者则刻一寸。萧文琰曰:'顿烧一寸烛而成诗,何难之有?'乃与邱令楷、江洪共打铜钵立韵,响灭诗成,皆可观。"

〔一九〕【冯注】梁简文帝有咏武陵王左右伍嵩传杯诗。【张相曰】此赊字为空缺义,意言往时曾忝列刻烛吟诗之会,今夕传杯,则缺席矣。

〔二〇〕【冯注】刘桢诗:"余婴沉痼疾,窜身清漳滨。"

笺 评

【姚曰】首四句,从置酒本意起。"嵇鹤"四句,叙人物之俊妙。"兴欲"四句,想到乐营之景。"楼迥"四句,想供帐之华。

"舞妙"四句,想歌舞之酣畅。"刻烛"四句,恨己之不得与此席也。

【屈曰】一段闻置酒。二段河东公一门之盛。三段宾客之多,品物之贵。四段歌舞之盛。末寄上。

【程曰】起有"旌旆"、"中途"字,结有"当时"、"此夕"字,又有"漳浦"字,诗乃义山归郑州后仲郢出为山南西道节度使时作。诗中武昌属鄂岳,不属山南,当是借用,或路出鄂岳耳。(按程笺非,此东川作无疑。)

【纪曰】应酬之作,格意卑下。(诗说)

【按】全篇均从"闻"字着笔。除末二联外,他皆想像之词。以河东公宾主、父子游春宴饮之欢悦衬出己之衰病无聊。乐营,乐工、歌伎所居,故诗中写营妓歌舞。"武昌柳"、"洛阳花"似亦指营伎。

南潭上亭讌集以疾后至因而抒情〔一〕

马卿聊应召〔二〕,谢傅已登山〔三〕。歌发百花外,乐调深竹间。鹢舟萦远岸〔四〕,鱼钥启重关〔五〕。莺蝶如相引,烟萝不暇攀〔六〕。佳人启玉齿〔七〕,上客颔朱颜〔八〕。肯念沉痾士〔九〕,俱期倒载还〔一〇〕。

集　注

〔一〕【冯注】徐曰:"南潭即南江。文苑英华有宋之问梓潼南江泛舟序云:'舣舟于江潭。'盖梓州游宴之所。"按:今英华作王勃。又有宴梓州南亭诗序,作卢照邻,起云:"梓州城池亭者,长史张公听讼之别所也。"

〔二〕【姚注】司马相如传："相如素与临邛令王吉相善，卓王孙、程郑乃相谓曰：'令有贵客，为具召之。'相如为不得已而强往，一座尽倾。"【冯注】谢惠连雪赋："相如末至，居客之右。"【按】马卿自指，谓己姑且应召前往。

〔三〕【冯注】晋书谢安传："安于土山营墅，楼馆林竹甚盛，每携中外子侄往来游集。"【按】谢傅指柳仲郢。

〔四〕【朱注】淮南子："龙舟鹢首。"【姚注】张衡西京赋："浮鹢首。"注："船头象鹢鸟，厌水神。"

〔五〕【姚注】芝田录："门钥必以鱼，取其不瞑目守夜之意。"

〔六〕【何曰】此联松秀生动。（辑评）

〔七〕【朱注】昭明太子七契："启玉齿而安歌。"【冯注】庄子："吾君未尝启齿。"郭璞游仙诗："灵妃顾吾笑，粲然启玉齿。"

〔八〕【朱注】招魂："美人既醉，朱颜酡些。"【冯注】左传："卫侯入，逆于门者，颔之而已。"注曰："谓摇其头。"又曰：韩碑当作点头解，此当作摇头解，谓已醉辞劝饮也。【程注】庾肩吾诗："兰堂上客至，绮席清弦抚。"【按】二句谓歌女启齿讴歌，而宾客颔首称许，冯补注非。

〔九〕【程注】晋书乐广传："沈痾顿解。"【冯注】汉书五行志："痾，病貌。"

〔一〇〕【朱注】晋书山简传："儿童歌云：'日夕倒载归，酩酊无所知。'"【冯注】古人每谓醉者为倒载，如岭表录异曰："广州酒贱，晚市散，男儿女人倒载者，日有三二十辈。"

笺　评

【何曰】次第如画。（读书记）

【姚曰】前八句,写未至时景物。后四句,写未至时情事。

【屈曰】一二主人(客?)。三四歌舞。五六南潭上亭。七八景物。九十宴集之众。结后至。

【程曰】此当与病中闻河东公乐营置酒诗为先后时之作,故题不重书河东公。若他人,则题必不遗也。

【按】屈笺是。末联谓虽衰病而蒙召,期于尽醉而归也。

江亭散席循柳路吟归官舍①

春咏敢轻裁,衔辞入半杯〔一〕。已遭江映柳,更被雪藏梅〔二〕。寡和真徒尔〔三〕,殷忧动即来〔四〕。从诗得何报?唯感二毛催②〔五〕。

校 记

①蒋本"归官舍"三字系题下双行小字,题作"江亭散席循柳路吟"。钱曰:"吟下空一字。"似亦以"归官舍"三字为注。然"循柳路吟归官舍",似难分割,"归官舍"三字亦不似题注,故仍从诸本。

②"感",蒋本、姜本、悟抄、钱本、影宋抄作"看"。

集 注

〔一〕【程注】曹植洛神赋:"含辞未吐。"

〔二〕【补】柳:"柳映江潭底有情,望中频遣客心惊。"【何曰】江映柳,见摈在远;雪藏梅,被厌(压?)在下也。从诗之报乃尔,所以欲咏而辞衔也。(辑评)

〔三〕【程注】宋玉对楚王问:"其曲弥高,其和弥寡。"张说诗:"曲高弥寡和。"

〔四〕【程注】嵇康养生论："内怀隐忧，则达旦不瞑。"【补】陆机叹逝赋："在殷忧而勿违。"

〔五〕【程注】左传："不禽二毛。"潘岳秋兴赋："余春秋三十有二，始见二毛。"

笺　评

【何曰】制题不减康乐。○柳梅得春早而邀赏难，三四直贯注"二毛催"句。○小冯云："感字作□便足。"余谓"看"字胜。（辑评）

【姚曰】古人作一诗，未有不从苦心研炼中得者，恐其唐突景物，罪过不小也。开口一"敢"字便妙。胡乱下笔，罪过总在一"敢"字。"衔辞入半杯"，是何等细心静气！正为映柳藏梅，此中意味不敢唐突耳。虽然如此，深知其意，和者谁人；且牵动情思，殷忧欲老，吾不敢得罪于景物，景物何以报我，惟感得二毛即至耳。嗟乎！"吟成五个字，撚断几茎须"，盖古人作诗苦心尽如此。

【冯曰】徐氏以江亭为曲江之亭，柳路为柳衙之路。余初以结句似在壮年，遂从其说，今乃悟其谬也。义山官京师，为秘省郎、京兆掾、国子博士三者，无论秘省在皇城之内，即京掾、学博亦无可循路吟归官舍之事。此盖犹柳下暗记之作。"循柳路"者，循其意指也，故曰"藏梅"、"寡和"。结句定作"看"字。从诗何报？惟看白发催增，非乍惊斑鬓也。首联便写居人幕下之概，通篇情味酸而旨矣。

【纪曰】题极雅驯，而诗不成语，七八句尤恶，大似薛能一辈俚语也。（诗说）

【吴闿生曰】后半大气盘旋,沈郁顿挫,真大家手笔。此义山所以崛起于李杜之后也。(今古诗范)

【张曰】此首冯氏所解,迂僻殆堪发噱,不知此亦流览景光之作,无他寓托。惟江亭不知为桂江抑梓江耳。(会笺)○此诗极细帖,粗犷之评,吾所不取,岂不容诗人作自负语耶?(辨正)

【按】此因循柳路吟归而有身世之慨。柳路即道旁植柳之路。起二谓席间不敢轻裁春咏,"衔辞入半杯",极状细酌曼吟复加心绪茫茫情景。三四点"循柳路吟归",谓已遇春江映柳,更睹梅被雪藏,早春景物如此,尤难属辞矣。五六谓平生为诗和之者寡,而因多借诗抒写己之生活感受,故动辄触发内心之殷忧。结谓诗歌于我何有?徒促使人多愁善感,加速己之衰老而已。

作年无显证。张谓江亭不知为桂江抑梓江,按桂江无雪,冯系梓州较可信。

细雨成咏献尚书河东公〔一〕

洒砌听来响,卷帘看已迷。江间风暂定,云外日应西〔二〕。稍稍落蝶粉,斑斑融燕泥。飐萍初过沼,重柳更缘堤。必拟和残漏,宁无晦暝鼙。半将花漠漠,全共草萋萋。猿别方长啸〔三〕,乌惊始独栖〔四〕。府公能八咏①〔五〕,聊且续新题。

校　记

①"八",蒋本、悟抄作"入",非。详注。

集 注

〔一〕【朱彝尊曰】柳仲郢也,时为东川节度使,义山在幕下。【姚注】唐书柳公绰传:"公绰子仲郢,咸通初,以兵部尚书加金紫光禄大夫,河东男,食邑三百户。"【冯注】原编集外诗。河东,柳氏郡望也。仲郢封河东男,见旧书大中十一年纪。仲郢字谕蒙,见旧书传。又因话录:"柳仲郢,小字寿郎。"【按】题称"尚书河东公",尚书当为仲郢镇东川时所兼之京职礼部尚书,姚引咸通初为兵部尚书与此无涉。

〔二〕【冯曰】("云外"句)巧句。

〔三〕【冯曰】见失猿,谓远客也。

〔四〕【冯曰】谓失偶。

〔五〕【朱注】金华志:"齐隆昌元年,沈约出为东阳太守,作八诗题于玄畅楼,后人因更为八咏楼。"【程注】府公指柳仲郢也。考六朝王府臣僚称其主为府公,唐幕僚亦称节度观察为府公,盖沿六朝之旧耳。刘梦得有送王司马之陕州诗云:"府公既有朝中旧,司马应容酒后狂"可证也。【冯注】后汉书诸曹掾属皆曰公府掾,是以称府公非始六朝也。

笺 评

【李因培曰】"卷帘看已迷",即切"细"字。"云外日应西",五字写对雨。"稍稍落蝶粉",情景入神。"飐萍初过沼,重柳更缘堤",飐、重字炼。"必拟"二句:必拟、宁无涉套。"半将花漠漠",的是细雨。(唐诗观澜集)

【姚曰】此赋细雨以自寓其情怀也。首四句,细雨之初。"稍稍"四句,写其渐久。"必拟"四句,想其通夜。"猿别"四句，托猿鸟以自况，而幸其得亲近于主人也。

【屈曰】一段细雨。二段景物。三段细甚。四段尚书。

【冯曰】着题之作，颇近帖体。

【纪曰】小有刻画，只是试帖体。“必拟”二句尤拙。（诗说）

【张曰】“必拟”二句用意颇深，百读始知之，以为太拙，真孟浪立言矣。

【按】冯纪二笺是。张氏嗜痂，故曲为回护，姚谓自寓情怀亦不免以偏概全。此酬应之作。

即日

一岁林花即日休，江间亭下怅淹留①〔一〕。重吟细把真无奈，已落犹开未放愁〔二〕。山色正来衔小苑，春阴只欲傍高楼〔三〕。金鞍忽散银壶漏②，更醉谁家白玉钩〔四〕？

校　记

①“间”原一作“门”，朱本同。

②“漏”，蒋本、姜本、戊签、钱本、席本、影宋抄作“滴”。

集　注

〔一〕【程注】九辩：“时亹亹而过中兮，蹇淹留而无成。”【按】淹留，谓徘徊不忍去。

〔二〕【田曰】谓未全愁。【冯曰】如曰“未尽愁”。【朱彝尊曰】颔联于闲处冷处偏搜得到，宋人之工在此。

〔三〕【何曰】山色一联言并不使我稍得淹留也。（读书记）【按】谓山阴暮霭，正渐次笼罩己所在之小苑高楼。

〔四〕【程注】崔液诗：“玉漏银壶且莫催。”【朱注】丁仙芝诗：

"帘垂白玉钩。"【纪曰】长孺注非也。此玉钩即隔座送钩之钩,缘此戏起于钩弋夫人之白玉钩,故云尔耳。(诗说)【何曰】落句言风光忽过,不醉无以遣怀,然使我更醉谁家乎?无聊之甚也。(读书记)【按】更醉谁家白玉钩,犹更醉于谁家宴席之上。"白玉钩"指宴席上藏钩之戏。

笺　评

【金圣叹曰】言三春花事,是一岁大观,若此事一休,即了无馀事。盖入夏徂秋,如风疾卷,特地开春,便成往事也。江间,取长逝义;亭下,取暂住义;怅淹留者,长逝无法教停,故不觉其怅然,然暂住且如不逝,故遂漫作淹留也。三四,重吟细把,妙。已不必吟,而又重吟;已不足把,而又细把,此无奈,乃所谓真无奈也。已落犹开,又妙。亲见已落,何止万片,便报犹开,岂能数朵?此欲故将如何可放也。前解写一春已尽,后解写一日又尽也。山色衔苑,暮光自远而至也;春阴傍楼,日影只剩觚棱也。倏忽马嘶人去,漏动更停,则不知后会之在何家也。哀哉!哀哉!(纯是工部诗。)

【王夫之曰】苦写甘出,少陵初年乃得似此,入蜀后不逮矣。予为此论,亦不复知世人有恨。(唐诗评选)

【朱曰】此叹恩情之不可恃也。(李义山诗集补注)

【何曰】学(杜甫)"一片花飞减却春"。(辑评)〇一岁之花遽休,一日之光遽暮,真所谓刻意伤春者也。金鞍忽散,惆怅独归,泥醉无从,排闷不得,其强裁此诗,真有歌与泣俱者矣。〇观"江间"之文,疑亦在东川时所作。(读书记)

【胡以梅曰】因落花而怅恨留连于花间亭下,把玩重吟,真出无奈。落者落,开者尚开,愁愈难放。此联实写而曲折,故佳。五六言天色已晚,阴云暗淡,皆为落花愁绪,衔日将落,而一半在屋也。结承晚来无可遣怀之处。第八是商酌之辞。散,散于江亭。

【陆曰】此因春事将阑,对林花而怅然有作也。言江间亭下,有此已落犹开之花,得以重吟细把,则我之淹留于此,似可不恨,而无奈其即日休也。是倒装法。五六又跌进一层,言不特一岁之花易休,即一日之景亦难驻。观山衔小苑,而时将暮矣;观阴旁高楼,而时益暮矣,且顷之银壶漏尽而金鞍散矣。当斯时也,非醉无以遣怀,然使我更醉谁家乎?无聊况味,非久于客中者不知。

【徐德泓曰】此惜春残而寓行藏之感也。花落人淹,焉得不怅?落者既无可奈何矣,犹开者,亦总抒未放之愁耳,二句有去留两难意。腰联,写黯然景色,亦有人事蹉跎意。末言景残时尽,何处更寻乐地,隐然有瞻乌爰止之思焉。

【姚曰】此叹恩情之不可恃也。花开花谢,荣悴关头,顷刻分判。然不待花谢之时也,最难为是将谢未谢时淹留光景。盖就施恩者而言,重吟细把,犹觉旧情无奈;就受恩者而言,已落犹开,尚思百计取怜。当是时也,山色春阴,巴不得从容留待一日,而无如金鞍之忽散何也。恩情中道绝,岂待到别家帘幕时耶?

【屈曰】江亭花发,春光已晚,山色春阴,日亦将暮,乃金鞍忽散,银壶下漏,更醉谁家以遣此情乎?

【纪曰】纯以情致胜,笔笔唱叹,意境自深。曲池诗亦是此调,则近乎靡矣。(辑评)

【姜炳璋曰】此当为郑亚贬循州刺史,义山见落花而作。一,喻亚贬官;二,喻将至循州,犹在桂管未发。三四,言亚已落职，而犹官于循。五六，循虽小，亦正可居，而他人只欲附声势，傍高楼。七八，至夜行漏尽之时，画栋已颓，冰山安在？吾不知更映谁家月色也。盖刺当时之附党人以挤郑亚者。

【张曰】首言"一岁林花即日休"，义山在桂，首尾仅及一年，此将去时作。自叹府贬职罢，失路无依也，大有留连不忍遽别之意。"江间"指桂江。冯编甚误。（会笺）

【钱锺书曰】少陵七律兼备众妙，衍其一绪，胥足名家。……陈后山之细筋健骨，瘦硬通神，自为渊源老杜无论矣。……然世所谓"杜样"者，乃指雄阔高浑，实大声弘……一类。山谷、后山诸公仅得法于杜律之韧瘦者，于此等畅酣饱满之什，未多效仿。惟义山于杜，无所不学，七律亦能兼兹二体。如即日之"重吟细把真无奈，已落犹开未放愁"，即杜和裴迪之"幸不折来伤岁暮，若为看去乱乡愁"是也。而世所传诵，乃其学杜雄亮诸联。（谈艺录）

【按】诗写游赏触发之伤春意绪。先因林花之凋谢而伤感一年之花事已休，继又因春阴只傍高楼而伤感一日之好景难驻，加以客散独归，银壶滴漏，不知醉卧谁家，遂觉极难为怀。将春残日暮人散引起之伤春意绪表现得非常深入。笔笔唱叹，层层转进。"重吟"一联，纯用虚字控驭，将美好事物凋残引起之惋惜、惆怅与无奈表现得尤为曲折动人。

寓兴

薄宦仍多病，从知竟远游〔一〕。谈谐叨客礼〔二〕，休浣接冥搜〔三〕。树好频移榻，云奇不下楼。岂关无景物？自是有乡愁。

集 注

〔一〕【冯曰】"竟"字悲痛。【按】从知,指追随幕主柳仲郢。

〔二〕【程注】陶潜诗:"谈谐终日夕,觞至辄倾杯。"

〔三〕【朱注】休浣即休沐。鲍照诗:"休浣自公日。"天台山赋序:"远寄冥搜"。【补】冥搜,有多义。晋孙绰游天台山赋序:"非夫远寄冥搜,笃信通神者,何肯遥想而存之。"杜甫同诸公登慈恩寺塔:"方知象教力,足可追冥搜。"此冥搜指极高极远之探求。唐人于更多场合,则以冥搜指构思作诗。高适陪窦侍御灵云南亭宴诗:"连唱波澜动,冥搜物象开。"裴说寄曹松:"冥搜不易得,一句至公知。"徐夤诗:"十载公卿早言屈,何须课夏更冥搜。"皆其例。本篇"冥搜"属后一类。"休浣接冥搜",指假日赋诗。

笺 评

【姚曰】薄宦多病之人,岂堪复事远游?只因知我相招,不得已而相从耳。三四极言宾主之款洽,公事之从容,却自有一种行坐不安处。频移榻,不下楼,人只谓树好云奇之故,不知实是一段乡愁不能自解之故,非关景物也。

【屈曰】叨客礼亦有公务,故必休浣方得冥搜,此之谓薄宦。

【纪曰】有清迥之气,自为佳制,但未极深厚耳。(诗说)五六自好,四句不佳,结亦径直。(辑评)

【张曰】"休浣"句亦杜法,何以谓之不佳?结亦沉痛,何以谓之径直?皆不通之评语也。(辨正)

【按】薄宦、多病、远游,构成极深之乡愁,故对一切皆意兴阑珊。与幕主晤谈虽谐,然不觉其乐,惟觉叨其客礼相待而已；逢假日则无所事事，仅吟诗以自遣。树好云奇，景物堪赏，其奈乡愁何！五六放，七八收，即王粲所谓“虽信美而非吾土兮，曾何足以淹留”之意。

巴江柳〔一〕

巴江可惜柳，柳色绿侵江。好向金銮殿〔二〕，移阴入绮窗〔三〕。

集注

〔一〕【冯注】水经：“江水至巴郡江州县东，强水、涪水、汉水、白水、宕渠水五水合，南流注之。”注曰：“巴水出晋昌郡宣汉县巴岭山，南流历巴中，径巴郡入江。庾仲雍所谓江州县对二水口，右则涪内水，左则蜀外水也。江州县，古巴子之都。”通典：“渝州南平郡，古巴国，谓之三巴。”引三巴记曰：“阆、白二水东南流，曲折三回如‘巴’字，故谓三巴。”巴县，汉江州县。按：唐之渝州，今之重庆府，诸水合流于此。巴江以地言，又以形言，非专以巴水言也。凡江水经巴境者，固皆可称巴江。然元和郡县志云“巴江水一名涪陵江”，是唐人所习称者在此也。【按】巴江，指东川附近之涪江，犹以巴山泛称东川一带之山同例。

〔二〕【朱注】两京记：“大明宫紫宸殿北曰蓬莱殿，(其)西龙首山支陇起平地，上有殿名金銮殿，殿旁坡名金銮坡。”五代会要：“殿因金銮坡以为名，与翰林院相对。”【冯注】苏易简续翰林志：“德宗时移院于金銮坡上。”

〔三〕【冯注】古诗：“交疏结绮窗。”左思蜀都赋：“都护之堂，殿居绮窗。”暗用献蜀柳事。南史：“张绪少有清望，吐纳风流，每朝见，武帝目送之。刘悛之为益州，献蜀柳数株，枝条甚长，状若丝缕。帝植于太昌灵和殿前，常赏玩咨嗟，曰：'此柳风流可爱，似张绪当年时。'其见赏爱如此。"

笺评

【杨守智曰】此诗当是应柳仲郢时所作，托柳以自喻。冀仲郢入朝，或荐之内用也。（复图本）

【何曰】此梓州诗，亦自比也。（辑评）

【姚曰】志恋君也。

【程曰】此乃自感其不得立朝，又应柳仲郢之辟入东川，借柳以摅其慨也。

【冯曰】二汉书志、华阳国志、通典诸书：古巴子国境东至鱼复，西至僰道，北接汉中，南极黔涪，自古言巴在蜀之东偏也。唐之梓州，厥初亦巴西鄙，梓之西北绵州、东北阆州，皆巴西地。然自汉初分置广汉郡，梓潼久属广汉，至蜀汉又自置梓潼郡。故常璩汉中志列梓潼郡于梁州，而曰"东接巴西，南接广汉"；蜀志列广汉郡于益州，而曰"北接梓潼，东接巴郡"也。其梓潼江、涪江水固通巴入汉，然即称潼江为巴江，则未可矣。本集中于梓州则曰巴南也。余熟味诗情，所云巴江者，实有斯时之行役，绝非后来东川之幕，总以追慨阆中为隐据也。貌似武断，意颇洞微，否则何敢妄忖哉？

【纪曰】直而浅。（诗说）

【袁枚曰】借柳自比，有慨世不用意。（诗学全书）

【张曰】假柳以自寓，与"曾逐东风"一首前后映带，皆玉溪极经营惨淡之作，似不得讥为浅也。（辨正）又曰：首二不甘使府之慨。后二望其汲引入朝。杜悰迁淮南，义山奉仲郢

命往渝州迎侯,诗当作于此时(按指大中六年)。(会笺)

【按】冯解迂曲,巴江与巴山,皆泛指东川,不必专指。(北禽:"为恋巴江暖,无辞瘴雾蒸。"可证。)即据三巴记"阆、白二水南流……曲折三回如巴字",则巴江指嘉陵江之正源;涪江为嘉陵江之支流,亦不妨称巴江也。诗羁留异地,寄迹幕府之意显然,绝非行役偶经情味。如系偶经其地而借以寄慨,则不得谓"巴江柳",亦不必曰"移阴"矣。张系大中六年至渝州迎送杜悰时,亦无据。三四有希冀入京居清职之想,然无望人汲引之意。

柳

曾逐东风拂舞筵,乐游春苑断肠天〔一〕。如何肯到清秋日,已带斜阳又带蝉〔二〕。

集　注

〔一〕【张相曰】断肠犹云销魂。(诗词曲语辞汇释)【按】二句谓昔日乐游苑中,销魂芳春,柳曾随东风轻拂舞筵,占尽繁华。乐游苑见及第东归及乐游原诗注。

〔二〕【张相曰】如何肯,犹云如何会也。意言春日如许风流,奈何会到秋天,便斜阳暮蝉,如许萧条也。

笺　评

【陈模曰】若"带斜阳",人能言之,"带蝉",则无人能言矣。此尽言前日逐春风舞筵,如此可乐,后日乃带斜阳、蝉声之凄悲,则宜不肯到秋日,不如望秋先零也。此比兴先荣后悴难为情之意,足以尽之矣。(怀古录)

【田曰】不堪积愁,又不堪追往,肠断一物矣。(冯注引)

【何曰】雍门之蝉。落句言外更有夫何使我至于此极之意。○玉度云:至不欲生,伤心极矣。桓大司马金城之叹(按:指所谓“树犹如此,人何以堪!”)。○“往时文采动人主,此日饥寒趋路旁。”(辑评)

【陆鸣皋曰】必有清秋一日,而曰“如何肯到”,一副得时庸俗心肠如绘。

【徐德泓曰】不越盛衰之意,而写得浑脱,毫不粘煞。然此种格调,在于心领神会也。

【姚曰】得意人到失意时苦况如是。“肯到”二字妙,却由不得你不肯也。

【屈曰】春时缠绵极矣,似终身无改。如何肯到秋日乃斜阳暮蝉混乱至此耶?○玩“曾拂”、“肯到”、“既”、“又”等字,诗意甚明。晚节交疏,有托而言,非徒咏柳也。识者详之。

【程曰】杨升庵以为形容先荣后悴之意,此解固然。然所谓先荣后悴者,乃谓人,非自谓。玩“如何肯到”一语,则极形其知进而不知退者为可笑也。

【冯曰】初承东川命,假物寓姓而言哀也。意最深婉。上痛不得久官京师,下慨又欲远行。东川之辟在七月,正清秋时。斜阳喻迟暮,蝉喻高吟,言沉沦迟暮,岂肯尚为人书记耶?寻乃改判上军。若仅以先荣后悴解之,浅矣。此种入神之作,既以事征,尤以情会,妙不可穷也。

【纪曰】蘅斋评曰:四句一气,笔意灵活。只用三四虚字转折,冷呼热唤,悠然弦外之音,不必更著一语也。平山曰:“肯”字妙。芥舟评曰:平山赏“肯”字之妙,然此字亦险。(诗说)

【李慈铭曰】(已带斜阳又带蝉)七字写得萧寥万状。(越缦堂

读书简端记）

【俞陛云曰】此咏柳兼兴之体也。当其袅筵前之舞态，拂原上之游人，曾在春风得意而来，乃一入清秋，而枝抱残蝉，影低斜日，光景顿殊，作者其以柳自喻，发悲秋之叹耶？抑谓柳之无情，虽芳时已过，而带蝉映日，犹逞馀姿，不知有江潭摇落之感耶？但觉诵之凄黯耳。（诗境浅说续编）

【张曰】末句亦兼悼亡而言，凄惋入神。（会笺）又曰：含思宛转，笔力藏锋不露，故纪氏以稍弱议之。吾谓纪氏不深于唐律，观此评益信。又曰：冯氏谓：初承梓辟，假府主姓以寄慨，意兼悼亡失意言之（按冯笺未言悼亡）。迟暮之伤，沈沦之痛，触物皆悲，故措辞沈着如许。有神无迹，任人领味，真高唱也。集中蝉诗、流莺诗，均是此格，其深处洵未易测也。（辨正）

【按】陈模"先荣后悴"之解，较为通达，诸家多从之。冯氏斥为"浅"，乃别创"假物寓姓而言哀"之说。然既已假物寓姓（柳）矣，则此柳非自喻；如系自喻，则不得更寓府主之姓。冯氏欲将"假物寓姓"与"（自喻）言哀"一归之柳，而不顾明显之矛盾，实属求深反凿。诗意盖谓先荣者不堪后瘁。在寄慨自身遭际、不堪回首当年之同时，亦寓含更具普泛性之人生感慨。诗中"柳"之形象，客观上亦概括了诸如琵琶女、杜秋娘一类人物之悲剧命运及心态。

柳

柳映江潭底有情〔一〕，望中频遣客心惊〔二〕。巴雷隐隐千山外，更作章台走马声〔三〕。

集　注

〔一〕【程注】庾信枯树赋："昔年移柳，依依汉南；今看摇落，凄怆江潭。"【补】底有情，何其有情。

〔二〕【补】谓睹此江潭之柳，频使天涯羁客心惊。

〔三〕【冯注】长门赋："雷隐隐而响起兮，声象君之车音。"汉书："张敞为京兆尹，时罢朝会，过走马章台街。"唐人有章台柳诗。

笺　评

【朱彝尊曰】艳体但能驱使风月，今并及雷霆，尤奇。（复图本）

【何曰】此亦思北归而不得也。（辑评）

【陆鸣皋曰】此江岸之柳，从雷声写合，思入神奇。

【姚曰】此春去夏来之景。巴雷隐隐，非复章台走马之时，悲在"更作"二字。

【屈曰】客心思乡，望江潭柳色已自心惊，况巴雷隐隐更作章台走马之声乎？

【程曰】此东川道中偶有所见而作。章台走马，冶游之事也。今在客途，徒然怅望而已。柳枝之掩映有情，客子之惊心何极！巴山重叠，岂是章台？隐隐雷声，偏同走马，此际欲叹奈何矣。

【冯曰】走马章台，乃官于京师者也。今雷在巴山，声偏相类，益惊远客之心矣。意曲而挚。

【纪曰】深情忽触，不复在迹象之间。

【姜炳璋曰】言旅况难堪也。巴山重叠，柳映江潭，客心伤矣。

而雷声隐隐，更作从前走马章台之声，不益难堪耶？义山绝句，多用推进一层法。“章台”，游冶之地。

【张曰】首句蒙爰，次句远客。后二思入京师也，乃不直言，而借巴雷托出，意曲而挚，耐人寻味。【按】张笺首句非是。“蒙爰”云云，乃认为诗以“柳”寓柳（仲郢）姓，夫既何其有情而蒙爰，又何望之心惊欤？

【钱锺书曰】无题言“车走雷声”，此篇则言“雷转车声”；巴山羁客，怅念长安游冶，故闻雷而触类兴怀，听作章台走马。义山诗言醒时之想因结合，心能造境也。山谷诗（六月十七日昼寝）言睡时之想因结合，心能造境也。（谈艺录补订）

【按】“柳映江潭”，用枯树赋“今看摇落，凄怆江潭”语意。诗人目睹江柳，似发现自我之身影，故“频遣客心惊”也。此柳略有自寓之意。三四由“望”而“闻”，由柳而联想及于章台，遂忽觉今巴山之雷，偏类章台走马之声，而“益惊远客之心矣”。身世潦倒之感，怀念京华之想，均寓言外。

柳下暗记〔一〕

无奈巴南柳①〔二〕，千条傍吹台〔三〕。更将黄映白，拟作杏花媒〔四〕。

校　记

①“南”，姜本作“江”。

集　注

〔一〕【冯注】后汉书：“应奉少聪明，凡所经历，莫不暗记。”

〔二〕【冯注】梓州在巴南。华阳国志：“巴西郡南接梓潼。”

〔三〕【冯注】水经注："陈留风俗传：县有仓颉、师旷城，上有列仙之吹台，北有牧泽，俗谓之蒲关泽。梁王增筑以为吹台，即阮嗣宗所谓：'驾言发魏都，南向望吹台。箫管有遗音，梁王安在哉？'"元和郡县志："吹台俗号繁台。"【朱注】元和郡县志："吹台在开封东南六里。"【按】相传为春秋时师旷吹乐之台。梁孝王增筑曰明台。孝王常按歌吹于此，故亦曰吹台。

〔四〕【屈注】况其黄白相映，拟作杏媒，更觉可怜也。

笺　评

【姚曰】暗记去年也。

【程曰】此必蜀妓留寓于汴州者，偶见而惋惜之，非有所期遇，与前柳诗不同。

【冯曰】柳璧入都应举，义山代之作启（详文集），故作此暗记之。吹台为梁王之迹，暗以邹、枚自比，言其泥我挥毫也。"黄映白"即妃青俪白之意，谓四六文也。"杏花媒"谓将藉以得第。玉泉子载杨希古事有曰："今子弟之求名者，大半假手也。"可为此二章（按指本篇及江亭散席循柳路吟归官舍）的证。

【纪曰】题曰暗记，是冶游所见之作，诗中语意亦分明也，措语殊浅。

【张曰】冯氏谓在柳仲郢幕时作。末二语指柳璧应举时为代作诸启也。"黄映白"谓俪黄对白，比己骈体之文也，似为近之。首二句极状使府沉沦无聊之况，失意之馀，触物皆悲已。（辨正。会笺全依冯笺。）

【按】首二张笺近是。"巴南柳"自喻，"傍吹台"谓依人幕下。三四则冯笺得之,谓为柳璧代作妃青俪白之文也。“黄映白”,本指柳丝柳絮相映成趣。文集有为举人上翰林萧侍郎启,系为仲郢子柳璧应举而作。

忆梅

定定住天涯[①][一],依依向物华。寒梅最堪恨,长作去年花[②][二]。

校 记

①“住”原一作“任”,季抄同,非。

②“长”,朱本作“常”。

集 注

〔一〕【补】定定:唐时俗语,犹今云“牢牢”、“不动”。天涯:此指梓州。【黄叔灿曰】“定定”字新。(唐诗笺注)

〔二〕【补】寒梅:指早梅。早梅严冬即开放,“不待作年芳”,故云“去年花”。作诗时值春暖花开,早梅已过,故题为“忆梅”。恨:令人怅恨。【黄叔灿曰】“定定”意出。

笺 评

【何曰】得名最早,却不值荣进之期,此比体也。(“依依”句注)指眼前。(“寒梅”二句注)今无花。“可恨”在首句生来。(辑评)

【姚曰】自己不能去,却恨寒梅,妙绝。

【冯曰】梅寒大堪恨,忍令我定定天涯,恨之,故忆之,与下章(指天涯)意同,姚氏不解也。

【屈曰】“定定”字俚语入诗却雅。一忆之由，二忆之时，三四忆之反词。

【纪曰】末二句用意极曲折可味，但篇幅少狭耳。问何以题与诗不相应，或诗中“恨”字是“忆”字耶？曰：不然。作“堪忆”则下句不接，当是题目有讹字耳。（诗说）

【张曰】小诗只此篇幅，岂可充之令长？纪氏谓篇幅少狭，殊难索解。又曰：“梅”取盐梅之义。“天涯”指徐方。去年子直入相，在十月，正梅开时，恨之故不能不忆之也。住天涯矣，而加以“定定”，惨极。

【刘盼遂曰】诗人流落异乡，长期不能回长安，只有在自然景物中讨安慰，但见到寒梅却益生恨，因为它年年开花结蕊，意即梅尚有生机，而自己则生机都绝，不及寒梅远矣。

【钱锺书曰】“寒梅最堪恨，常作去年花。”人之非去年人，即在言外，含蓄耐味。（管锥编一四八四—四八五页）

【按】此羁留天涯，面对三春芳华，转忆“去年”开放之寒梅，有感于身世遭逢而作。寒梅先春而开，春前而谢，不与三春之百花同享春光；己亦非时而早秀，“不待作年芳”之沉沦羁泊者，故因“忆梅”而触发开不逢时之感。曰“最堪恨”，似恨寒梅之触绪伤情，实恨造物者之不平。解此诗关键，在注意题内“忆”字与诗中“去年花”之关系。

天涯

春日在天涯，天涯日又斜〔一〕。莺啼如有泪，为湿最高花〔二〕。

集　注

〔一〕【补】上句谓己值此春日，居于天涯极远之地；下句谓天际日斜，惟馀残阳晚照。"日"字"天涯"字回环重复，而意则有别。

〔二〕【姚曰】最高花，花之绝顶枝也。花开至此尽矣。【冯曰】最高花所指显然。【按】二句谓莺啼如亦有泪，请为我沾湿最高之花。

笺　评

【田曰】一气浑成，如是即佳。（冯笺引）

【朱彝尊曰】意极悲，语极艳，不可多得。（冯笺引作杨守智批语。非。"意极悲"作"言极怨"。）

【徐德泓曰】最高之花，到后始开，诵此亦不觉唾壶欲缺。

【屈曰】不必有所指，不必无所指，言外只觉有一种深情。

【张曰】春日在天涯，点时点地，日又斜，府主又卒也。最高花，所指显然。冯编梓幕，大误。（会笺。系大中五年。）又曰："天涯日又斜"暗喻卢弘正又卒也。"最高花"指子直，可谓字字血泪矣。（辨正）

【按】天涯羁泊沉沦，又值春残日暮，乃觉莺啼花阑，无往非伤心之境。三四谓啼莺之泪，请为洒向象征残春之"最高花"。此洒泪之啼莺，不妨视为刻意伤春之诗人化身或诗魂。此诗所抒写之对于美好事物凋衰之哀挽，包蕴甚广，伤时之感，迟暮之悲，沉沦漂泊之痛，及对美好情事之流连，均可于虚处领之。屈评有识。

义山诗中，"天涯"一语，或指桂州，或指梓州。此诗就诗中所抒写之感情论，似作于梓幕较为合理。

无题〔一〕

万里风波一叶舟，忆归初罢更夷犹〔二〕。碧江地没元相引①，黄鹤沙边亦少留〔三〕。益德冤魂终报主〔四〕，阿童高义镇横秋〔五〕。人生岂得长无谓，怀古思乡共白头②！

校　记

①“地没”，【程曰】当作“地脉”。【冯曰】“没”字当误，或疑作“脉”，未可定。

②“乡”，戊签一作“贤”。

集　注

〔一〕原编集外诗。

〔二〕【朱注】楚词：“君不行兮夷犹。”注：“犹豫也。”【补】忆归，思归，亦即下文思乡之意。

〔三〕【冯注】通典：“江夏县，汉以来沙羡县。”荆州图记：“夏口城西南角，因矶为高，是名黄鹤矶。”述异记：“荀瓌字叔伟，憩江夏黄鹤楼上，望西南有物飘然降自云汉，乃驾鹤之宾也。宾主欢对，辞去，跨鹤腾空。”唐阎伯里黄鹤楼记：“图经云：费祎登仙，尝驾黄鹤返憩于此，遂以名楼。”一统志：“世传仙人子安乘黄鹤过此。”【按】冯注非，详笺。

〔四〕【朱注】蜀志：“张飞字益德，先主伐吴，飞当率兵万人自阆中会江州；临发，其帐下将张达、范强杀飞，持其首顺流而奔孙权。”【冯注】蜀志：“张飞……领巴西太守。”冤魂报主事未详。寰宇记：“张飞冢在阆州刺史大厅东二十步。”

〔五〕【朱注】晋书五行志：“孙皓天纪中童谣曰：‘阿童复阿童，

衔刀游渡江。不畏岸上虎,但畏水中龙。'武帝闻之,加王濬龙骧将军。及征吴,江西众军无过者,而濬先定秣陵。濬小字阿童,故帝因谣言用之。"【程注】王濬传:"濬除巴郡太守,郡边吴境,兵士苦役,生男皆不养。濬严其科条,宽其徭课,其产育者皆与休复,所全活者数千人。及后伐吴,活者皆堪供军。其父母戒之曰:'王府君生尔,尔必勉之,无爱死也。'"【姚注】孔稚珪北山移文:"风情张日,霜气横秋。"【冯注】晋书羊祜传:"祜以伐吴必借上流之势,又时吴有童谣曰:'阿童复阿童,衔刀浮渡江。不畏岸上虎,但畏水中龙。'会益州刺史王濬征为大司农,祜知其可任,濬又小字阿童,因表留濬监益州诸军,加龙骧将军。"事亦未详。旧注引濬守巴郡,禁巴人不得弃子事,绝无当也。益德被害事在阆州,士治则久在益州,义山兹行似为益州。他诗又云:"望喜楼中忆阆州",自注:"此情别寄。"则固当有意在,或借古人以寓其姓,非用古事也。徒诠其粗迹,则一死一生皆有功义,引起长无谓之慨。【按】冯注牵扯巴蜀之游,非。详笺。

笺　评

【朱曰】按诗中益德、阿童皆用巴阆事,恐是在东川时作。又曰:此思归不得也。(李义山诗集补注)

【吴乔曰】长孺说信也。或义山别有闷事,亦名为无题耶?而无题之非艳诗,即此阿童、益德可据。冤魂报主,唐时稗史必有其说,故尔用之。张、王皆是东川事,故曰"怀古",而"岂得长无谓",思有所建立也。

【朱彝尊曰】(末联)语淡意深。

【金介曰】余向疑集外诗不真，若此一结（“人生岂得长无谓，怀古思乡共白头”），固非义山不能。

【何曰】此篇未详。（辑评）

【唐诗鼓吹评注】此诗不甚可解。细玩之，前四句是思乡，五六乃怀古也。首言万事（按：鼓吹作“万事风波一叶舟”）如风波中之一叶，思归未得，则尤如一叶之漂泊无依耳。“碧江”句未详。“亦少留”者，或即其所谓“夷犹”也。益德、阿童，一成一败，总属风波，此亦万事中之一二事。而我为留滞所触，怀此二人，所以并思乡而鬓白如丝耳。○廖（文炳）解谓忠君者不见亲而托意于宫女，不啻千里之隔矣。

【陆鸣皋曰】此在蜀之诗。前半思归而忆其道路。五六句，即引蜀事，言人死生俱当有所作为，故第七句紧接，而末句总结全文。沉郁之思，直逼老杜。

【陆曰】此义山在东川时作也。起二句，即老杜“艰难归故里，去住损春心”之意。三四承上风波说来，言万里征途，归既未能，留亦不可，此我之所以犹豫其间也。下以巴阆之事言之，言人生虽取舍万殊，要须归于有谓，如益德之率兵而死非命，阿童之先众而定秣陵，其人自足千古。而我碌碌依人，进退维谷，怀古思乡之下，焉得不速老乎？

【姚曰】此言思归不得之恨也，必在东川幕中作。万里风波，岂能傅翼飞去，忆归之心愈欲撇开，愈加萦系。观碧江之东下，既若有相引之情；羡黄鹤之自由，亦若有留待之意，所谓“夷犹”也。因思丈夫在世，亦贵自行其志耳。益德、阿童，皆巴阆中事。冤魂报主，至死不回也；高义横秋，一往莫御也。今我于思乡之际，发此怀古之情，似属无谓，不知人生驹隙，白首如期，岂能长在世间，而乃受人牵制如此耶？

【程曰】此篇第二句"忆归初罢",第八句"怀古思乡",是作者之意旨。所怀之古为益德、为阿童,皆巴中事,则所谓"初罢"者,乃大中年间梓州府罢将归郑州之时也。一生幕职,老大无成,又复归来,思之无谓,故不禁其感愤成诗。起句言万里之遥,风波之险,去来漂泊之情况,惟有一舟而已。次句言忆归固客子之心,初罢亦无聊之至,夷犹中路,未免去住两难。三四承上"夷犹",言江流既牵引其归心,沙畔复逗留其离绪。五六逗下"怀古",从今日过客之无成,思往昔蜀中之豪杰。七八则总括通首而畅明其作诗之怀抱也。此诗后半与"曾共山翁把酒卮"一首后半同一作法。彼逆揭"郎君",突写二语,然后结出"郎君";此逆揭"怀古",突写二语,然后揭出"怀古",律体中陡健之格,其法自杜子美出也。

【冯曰】似因破帆荆江,惊魂方定,故曰"万里风波"也。不得已而又就扁舟,故曰"忆归初罢更夷犹"也。三句谓沿江之境相连。四句小驻桡于武昌也。曰"亦少留"者,似追忆会昌初鄂岳之役,今又少留于此也。一结极凄惋,惜五六无可晓耳。旧解泥作东川,绝不通矣。

【纪曰】此是佚去原题而编录者署以无题,非他寓言之比。前四句低徊徐引,五六斗然振起,七八以曼声作结,绝好笔意。廉衣曰:"次句欠浑成。"(诗说)全篇从"更夷犹"三字生出。"怀古思乡",收缴第二句,完密。"地没"二字不可解。午桥曰:"当作地脉。"亦一说。(辑评)

【姜炳璋曰】令狐绹当国,剪除异己。屡次干绹,仅补太学博士。适柳仲郢镇东川,辟为幕官,而义山殆将老矣。首句"万里风波一叶舟",喻一身飘泊似叶,而不能胜众口之喧啜也。"忆归初罢",言方欲归去,而又"夷犹"不决,一似碧江之相引、沙边之少留者。何也?盖以益德之魂,终能报主,阿童之义,定可横秋,或当时用我,得有以建白也。"地没",谓"地尽"也;"镇",定也。蜀志未尝言飞冤魂报主,义山必有所据,盖见于他书耳。"无谓",犹言没世无称也。末二句言人生世上,当名标竹帛,岂得长无称谓,使我怀古之心与思乡之意两相纠缠,而不觉头之尽白也!言"冤魂",言"高义",是被"诡薄无行"之诬,深自表白意。曰"报主",曰"横秋",是自信有为,值边隅多事,可以建白意。"怀古"者,怀古人而欲与争烈也。须发苍然,进取无路,一身飘零,草木同腐,此义山所以抱恨于"交亲得路昧平生"者也。无题之诗,半托香奁以寓感愤,此更直抒己意,可知诸诗之非闺情艳体矣。

【张曰】起曰"万里风波一叶舟,忆归初罢更夷犹",言桂州府罢,尚有所待也。曰"碧江地没元相引",言李回本同党,虽由西川左迁,未尝不可援引也。曰"黄鹤沙边亦少留",言己与李回相遇荆州,为之少留也。中联引益德、阿童二典,虽无可征实,然以益德报主,比卫公之乃心武宗(案卫公之贬,虽由于党人,实则宣宗以尝不见礼于武宗,迁怒及之,恐其不利于己耳。贬崖州制曰:"李德裕当会昌之际,极公台之荣,骋谀佞而得君,遂恣横而持政。动多诡异之谋,潜怀僭越之志。计有逾于指鹿,罪实见于欺天。"则当时党人必有以卫公无君之说谗于宣宗者。不然,安得有此言?至卫公不忘故主,观会昌一品集编次之意可见),以王濬受厄王浑,功高得谤,比李回因党祸而贬官,不负卫公所知,词意均极明显(诗中数典,皆用蜀故,以李回自西川左迁也。此以见义山隶事之精）。结则言李回既不能携赴湖南，进既不可，归又不能，人生如此，徒使我怀古思乡，安能忍而与之终古乎？此所以留滞荆门之后，又有巴蜀之游也。（会笺）又曰：义山后此转向牛党，屡启陈情，皆以此篇为转关，此实集中一字一泪之篇矣，读者不可忽视也。（同上）又曰：此玉溪桂州府罢，留滞荆江，感念遇合之作。义山于大中二年郑亚贬后，即属望李回湖南幕府，以郑亚、李回皆李党也。首二句言桂府罢归，更有所图。"碧江"句言我之赴蜀，原望李回援引，回为府主，并非冒昧。"黄鹤"句言无如其畏谗疏我，致使小滞于荆门。"益德"二句，则言古人受恩图报者甚多，如益德之冤魂，犹思报主；阿童之高义，尚且横秋。我非不欲尽忠于故主，而朝局反复，李党叠败，并一穷交而不能护庇，人生如此无谓，安能常此终古乎？此所谓"怀古思乡共白头"也。"怀古"即指益德二事。义山初心依恃赞皇，于此可见。○益德、阿童皆用巴阆故事，此二句亦兼阆中遇合无成而言。诗具两意：一则慨己之不能始终报恩故主；一则假古人之高义，哀怜旧交，以见今人不然也。阆中不知属望何人，疑其人亦李党欤？（辨正）

【岑曰】商隐（大中二年）五月至潭，……流连湘幕，当滞旬时，夫故有贺马相公登庸启之代撰。李回降湖南，以二月命，不容五月尚未抵任，（张）笺三谓潭州诗为"桂管归途暂寓湖南迟望李回之作"，无题诗"黄鹤沙边亦少留"，为"与李回相遇荆州为之少留"，"而回并未携任所"，可谓无一字有来历。

【陈寅恪曰】颇疑仲郢于大中六年夏间遣商隐于渝州迎送杜悰，并同时因水程之便利，即遣商隐径由渝州往江陵，致祭德裕之归葬，实不止令其代作祭文也。但此假设非有确据，不过依时日地理及人事之关系，推测其可能而已。……尝见冯氏玉溪生年谱于大中二年创为义山巴蜀游踪之说，实则别无典据。……张采田解无题（万里风波），谓"益德冤魂"指卫公，然不悟此诗若果如张说作于大中二年之夏，则距大中元年十二月卫公南贬潮州不过数月，其时文饶尚健在，即使无生还之望，亦岂忍遽目之为"冤魂"耶……鄙见凡注家所臆测之大中二年巴蜀游踪实无其事，其所指为大中二年往返巴蜀所作之诗，大抵大中六年夏间奉柳仲郢命迎送杜悰并承命乘便至江陵路祭李德裕归柩之所作，或其它居东川幕时代之著述。……兹试依此解略释"万里风波"诗，以证成其假设。……万里二句 此诗为商隐于江陵为李烨（德裕子）所赋。……"初罢"者，非罢桂府之"初罢"。考烨贬蒙州立山尉，于大中六年以前奉诏特许归葬，其时尚未除父丧也。其奉诏北归葬亲，既在父丧未除中，必罢立山尉职。其过江陵时距罢立山尉职不久，故谓之"初罢"。盖当日宣宗止许烨北归葬父，事讫仍须返立山尉贬职，此据自撰其妻郑氏墓志推得之结论。烨虽急欲归洛阳，然于荆南却有逗留，故得邀之中途，因以设奠，此所谓"万里风波一叶舟，忆归初罢更夷犹"也。碧江二句 此二句不得其确解。大约烨自湖南至荆南，其途中少有滞留，自所不免，恐亦欲于沿途之所过官吏及亲故中有所请乞耶？卢商曾为烨幕主，然于大中三年已罢去。……益德二句 若谓此诗作于大中六年夏间德裕归葬时，且在宣宗有感于"西边兵食制置事"，特许其归葬之后，则较张氏之解，更于文理可通。德裕……生前既以武功邀奇遇，死后复因边事蒙特恩，又曾任西川节度使，建维州之勋，其以翼德为比，亦庶几适切也。不必更求实典，恐亦未必果有实典，而今人不知也。至"阿童高义"句，自指仲郢而言。若合二句并读之，即是东川节度柳仲郢遣使祭崖州司户参军李德裕之归榇也。……（人生二句）此二句极佳，不待详说。若仍欲加以解释，即诵哀江南赋"班超生而望返，温序死而思归"之句，以供参证可也。（李德裕贬死年月及归葬传说辨证。历史语言研究所集刊第五本第二分。）

【按】此篇虽有若干不易确解之词句，然全诗主旨自较显明。末二语一篇主意，谓人生岂能碌碌无为，于"怀古思乡"之郁闷心情中终老此生乎？含意与离骚"怀朕情而不发兮，余焉能忍与此终古"相类。"怀古"即腹联所云益德、阿童之事，"思乡"即次句所谓"忆归"。腹联用典，均取巴蜀故实，朱、陆、姚、程诸家以为当作于东川幕，极是。然则此诗系居东川幕时抒写怀古思乡感情之作，可大体肯定。

前幅抒"忆归"之情。首句"万里风波一叶舟"既书江上即目所见，亦隐寓己之身世飘零，有如风波一叶。意蕴与杜诗"飘飘何所似？天地一沙鸥"略似。次句"忆归"即从风波漂泊景中生出。"初罢更夷犹"，谓思归之情乍歇而更复犹豫徬徨，不能自已，所谓"翦不断，理还乱，是离愁"。三四承"更夷犹"，极写思乡情切。"碧江"句谓江水迤逦流去，本已牵引归思。"黄鹤"冯解为武昌黄鹤矶，然作者身在东川，似无缘忽及千里外之黄鹤矶，当从姚笺，实指黄鹤。此句亦目击江间景物有感而发。黄鹤健飞之鸟，得自由翱翔于云间，故沙边暂歇，旋即飞去，曰

"亦少留"者,正透露诗人目睹黄鹤少留沙边旋又健举之景象,益增留滞异乡之感。然心虽逐江水而身仍羁留异乡,故五六又转因留滞才难尽之处境而怀想蜀中之英雄豪杰。益德冤魂报主事虽不详所出。然其意在赞颂其死犹报主之忠,则固较然;阿童高义则颂其生而惠及人民之义,旧注引王濬全活巴人之德政,甚确,冯氏以为"绝无当",不知何据。一死一生,一忠一义,或报君,或惠民,均有不朽之事功而令人缅怀钦仰。"怀古"之馀,乃益增身世沉沦之悲,所谓"有客趋高义,于今滞下卿"是也。故结联深有慨于己之碌碌终生,无所作为,以"怀古""思乡"双收。"岂得"二字,写出不甘沉沦漂泊而又无法摆脱此种困境之愤郁。

然诗中所谓"怀古",似非单纯缅怀蜀中古代豪杰之忠义,而兼寓现实感慨,略近于潭州诗之"今古无端"。陈寅恪氏谓"益德"句指李德裕死后因"西边兵食制置事"而有功于朝廷,于人于事均切,似可信;实则"阿童"句亦兼指德裕任西川节度时之德政。新唐书李德裕传:"徙剑南西川。……蜀人多鬻女为人妾,德裕为著科约,凡十三而上,执三年劳;下者,五岁,及期则归之父母。毁属下浮屠私庐数千,以地予农。"其事固与濬相类,而二人又均曾长益州。武侯庙古柏诗即已借"玉垒经纶远"寄慨德裕镇蜀接纳维州之降,此以"阿童"兼寓德裕,亦复相类。然则,不论古人今人,均足以引起其"人生岂得长无谓"之慨。

纪氏谓此系佚去本题而编录者署曰无题,盖缘其不涉男女之情,主旨显明,与无题他篇迥不相侔之故,说可参。

按卢纶无题云："耻将名利托交亲，只向尊前乐此身。才大不应成滞客，时危且喜是闲人。高歌犹爱思归引，醉语唯夸漉酒巾。□□□□□□□，岂能偏遣老风尘？"直抒留滞不遇之牢骚，内容、手法均与义山"万里风波"首类似（全唐诗中，义山之前作无题者，仅卢作一首。李德裕五绝无题一首，时代当与义山无题大体相同）。然卢纶此篇，究属佚去诗题而后人署为"无题"，抑或本即题为"无题"，尚难论定。

有怀在蒙飞卿〔一〕

薄宦频移疾〔二〕，当年久索居〔三〕。哀同庾开府〔四〕，瘦极沈尚书〔五〕。城绿新阴远，江清返照虚〔六〕。所思惟翰墨〔七〕，从古待双鱼〔八〕。

集　注

〔一〕【冯注】原编集外诗。旧书传："温庭筠本名岐，大中初应进士，苦心研席，尤长于诗赋，累年不第。徐商镇襄阳，署为巡官。"按：飞卿咸通中事与义山无涉矣，故不录。北梦琐言曰："温庭云字飞卿，或云作'筠'字。""在蒙"无考。

〔二〕【补】移疾，已见前"属疾"注。移书言疾也。

〔三〕【冯注】礼记："吾离群而索居，亦已久矣。"【按】当年，犹壮年，非今年、昔年之谓。此谓久赋悼亡。

〔四〕【程注】庾信传："仕周为开府仪同三司。"杜甫诗："清新庾开府。"【何曰】顶索居。（读书记）【补】庾信哀江南赋序有云："傅燮之但悲身世，无处求生；袁安之每念王室，自然流涕……信年始二毛，即逢丧乱，藐是流离，至于暮齿。燕歌送别，悲不自胜；楚老相逢，泣将何及。……不无危苦之辞，惟以悲哀为主。”送千牛李将军赴阙亦有“庾信生多感”语。

〔五〕【冯注】见奉使江陵。二句自叙。【何曰】顶移疾。（读书记）【补】极，达于，至于。

〔六〕【冯曰】写景中喻二人新入幕而远不相照。【按】冯解太凿，此系眼前之景，即有寓意，亦不过与“一树碧无情”、“残照更空虚”之类略近，隐约透露处境之孤寂、心境之索寞。暗透“怀”字。

〔七〕【程注】扬雄答刘歆书：“言词博览，翰墨为事。”魏文帝典论：“古之作者，寄身于翰墨，见意于篇籍。”

〔八〕双鱼，见寄任秀才。

笺 评

【金介曰】当时温、李齐名，集中唱和略无一语，仅仅于集外一见，何但荀卿终身不见孟子耶？

【姚曰】索居之苦极矣，惟有古（按恐系“故”字之误）人翰墨，时刻不忘。当此绿阴返照之中，不能以双鱼慰我，何耶？

【程曰】史称飞卿苦心研席，尤长于诗赋，初至京师，人士翕然推重，然士行尘杂，不修边幅，义山与之友善，盖以其诗赋耳，故曰“所思惟翰墨”也……（按程笺非，“所思”句系推重语，岂微词乎？）

【纪曰】诗亦清适，但非有宗社邱墟之痛，哀同开府，未免非伦，七八句亦殊拙滞。（诗说）第三句太过，唐虽乱而未亡，义山亦非窜身别国也。○“从古”二字不可解。（辑评）

【姜炳璋曰】前六，叙己索居之苦；后二，则思二君之投以翰墨也。○“在蒙”无考，然与飞卿并称，则亦工诗赋者。

【张曰】“哀同”句只是用典，只取其“哀”字耳。纪评太泥。如此隶典，固哉高叟矣。（辨正）又曰：据五六写景，是在梓州作也。飞卿集有秋日旅舍寄义山李侍御诗，结云：“子虚何处堪消渴？试向文园问长卿。”盖寄义山东川者，温李酬唱始此。（会笺）

【按】题曰“有怀在蒙飞卿”，而前四唯叙己之羁宦索居，哀愁多病，五六亦唯描绘新阴晚照相形相衬之眼前景物，然怀想故人之意即隐寓其中。沉沦迟暮，益需友情之温暖，故末联一点即止。

闻著明凶问哭寄飞卿〔一〕

昔叹谗销骨，今伤泪满膺〔二〕。空馀双玉剑〔三〕，无复一壶冰〔四〕。江势翻银汉①〔五〕，天文露玉绳〔六〕。何因携庾信，同去哭徐陵〔七〕？

校　记

①“汉”原一作“砾”，蒋本、姜本、戊签、席本、钱本、影宋抄、朱本作“砾”。

集　注

〔一〕【朱注】旧唐书：“温庭筠，字飞卿，大中初应进士，累年不第。徐商镇襄阳，往依之，署为巡官。咸通初，迁隋县令，卒。”○著明为会昌进士卢献卿。著明有愍征赋，司空图注之。其后述云：“卢君以谗摈，致愤于累千百言。”故此首句云然。(据冯笺引。)【程曰】长孺引司空图一鸣集,谓著明会昌中进士。愚按本事诗:"献卿大中中进士。"与一鸣集不合,未知孰是。【冯注】按:新书艺文志卢献卿愍征赋一卷。而司空图一鸣集明言会昌中进士卢献卿著明也。注愍征赋述一篇有云:"愍去郢以抽毫,怅征秦而寓旨。"又后述一篇云:"著明幸于弃黜,而能以愍征争勍千载之下。且凡禀精英之气,智谋超出群辈,一旦愤抑,肆其笔舌,亦犹武人逞怨于锋刃也。然则据权而蔽善者,得不以此危虑哉!"盖著明不遇,亦权贵斥之,而表圣目睹白马清流之祸,故借以发慨耳。本事诗:"范阳卢献卿,大中中举进士,作愍征赋数千言,时人以为哀江南之亚。连不中第,薄游衡湘,至郴而病,梦人赠诗曰:'卜筑郊原古,青山惟四邻。扶疏绕台榭,寂寞独归人。'后旬日而殁,郴守为葬之近郊,果以夏初窆,皆符所梦。"

〔二〕【程注】史记张仪传:"众口铄金,积毁销骨。"【按】温庭筠病中书怀呈友人云:"积毁方销骨,微瑕惧掩瑜。"则此诗首句即用温诗语,当是指温昔日曾叹谗毁可以销骨,下句方指卢卒而哭吊之。

〔三〕【朱注】曹植七启:"步光之剑,错以荆山之玉。"卢思道诗:"犀渠玉剑良家子。"剑有雌雄,故言"双"也。【冯注】说苑:"襄城君始封之日,衣翠衣,带玉剑。"按:玉具剑习见之事。汉书匈奴传注曰:"摽首镡卫尽用玉为之也。"此指其遗物耳。徐氏谓暗用延陵挂剑徐君墓事,"双"者喻己与飞卿,非然也。

〔四〕【朱注】鲍照诗:"清如玉壶冰。"【按】"一壶冰"指著明,兼形其高洁。

〔五〕【冯注】一作"砾",误。释名:"小石曰砾。"何足以言江势?【朱注】梁简文帝雪诗:"晚霰飞银砾。"【按】句意谓江波汹涌,如银汉之翻转。若作"翻银砾",则波光粼粼,风平浪静矣。

〔六〕【朱注】春秋元命苞:"玉衡北两星为玉绳。"【程注】七命:"望玉绳而结极。"

〔七〕【程注】北史庾信传:"父肩吾,为梁太子中庶子掌管记。东海徐摛为右卫率,子陵及信并为抄撰学士,文并绮艳,世号徐庾体。"【冯注】南史传:"徐陵字孝穆,博涉史籍。自梁入陈,累官至左仆射、太子少傅。国家大手笔,必命草之。其文缉裁巧密,多有新意。"徐、庾自古并称。"携哭"字不必更有典。【按】庾信喻温,徐陵喻卢。

笺 评

【何曰】腹连言相隔之远也。(辑评)

【姚曰】此言其谗虽白而身已死,为可痛也。三四承"泪满膺",五六承"谗销骨"。"江势"句言谗毁洗涤已尽,"天文"句言文章光耀常存。非同调人谁知此痛?

【程曰】(著明)词藻为同流所推,故以徐陵比之,而以庾信比飞卿也。

【冯曰】新书艺文志:"段成式、温庭筠、余知古汉上题襟集十卷。"而王仁裕玉堂闲话则曰三卷。成式从事襄阳徐商幕,与温庭筠、崔皎、余知古、韦蟾、周繇等唱和诗什及往来简牍也,皆不及义山。乃他书又有谓柯古罢刺江州居襄阳,与温、李唱和之作。今考旧、新书传,徐商之镇襄阳,在大中之季,时义山在东川,故有寄飞卿诗。义山自梓还京,不经襄汉,则题襟自当无与。若段之刺江州,则为咸通初,尤不相涉矣。因温、李并称，传者误牵引耳。

【纪曰】平正无出色处。（诗说）六句上下俱不贯。（辑评）

【姜炳璋曰】此为著明表微也。“双玉剑”，指著明所作二赋。“无复壶冰”，其人已亡也，应次句。五六，言其心迹昭著，众口无伤，应首句。七八，是寄飞卿。

【张曰】（卢）不详殁于何年。味此诗腹联写景，当是梓幕所作。“江势”、“天文”泛言高远。冯氏云：“徐商镇襄阳在大中之季，时义山在东川，故有寄飞卿诗。”不知飞卿从事徐商幕，乃大中十三年事，义山已前一年卒矣。考温寄义山诗有“渭城风物”语，此或寄飞卿京邸欤？（会笺。系梓幕时，未定编何年。）又曰：五六两句即玉溪文所谓“江远惟哭，天高但呼”意，旋气内转，非不贯也。“银砾”以比江水白泡翻涌之势，若作“银汉”，便与下文犯复矣。（辨正）

【按】徐商镇襄阳，始大中十年春，十四年（即咸通元年）征召赴阙（据夏承焘唐宋词人年谱温飞卿系年）。而温飞卿之依徐商于襄阳，商署为巡官事则在大中十三年。义山大中九年即已随柳仲郢还朝，故此诗非寄飞卿于其在徐商幕时甚明。而飞卿大中九年曾试有司，不第，则此前一年或在长安，义山此诗寄飞卿于京邸之可能性较大。“江势”句谓江阔浪高，就眼前景物抒写内心之悲愤不平，见心潮之激荡，“天文”句即“天高但抚膺”、“天文北极高”之意，兼示闻凶问正值秋令。

江上忆严五广休[①]

征南幕下带长刀，梦笔深藏五色毫[②]〔一〕。逢著澄江不敢咏〔二〕,镇西留与谢功曹〔三〕。

校　记

①席本、钱本、影宋抄此首入集外诗。

②"毫",蒋本、钱本、影宋抄作"豪",字通。

集　注

〔一〕【冯注】(梦笔)见牡丹。(锦帏初卷)【补】宋书刘瑀传:至江陵与颜竣书曰:"朱修之三世叛兵,一旦居荆州青油幕下,作谢宣明面目,向使斋师以长刀引吾下席,于吾何有?政恐匈奴轻汉耳。"

〔二〕【冯注】谢朓晚登三山:"馀霞散成绮,澄江净如练。"

〔三〕【冯注】南齐书:"谢朓文章清丽,迁随王子隆镇西功曹。子隆在荆州,朓被赏爱,不舍日夕。"

笺　评

【姚曰】文士从军,偶得文章知己,岂非乐事!

【冯曰】上二句言无暇为诗,则江上者当为东川判上军不暇笔砚之时也。但以严五踪迹未详,诗意未能全会耳。

【纪曰】亦无深味。(诗说)

【姜炳璋曰】因带刀而藏笔,因藏笔而不咏,故好句留与严也。严应系幕僚,故以谢比之。

【张曰】此在桂州作。江上,桂江也。首云"征南幕下",以比郑亚。同崔八诣药山诗已云"共受征南不次恩"矣。偶成转韵诗有"谢游桥上澄江馆"句,桂林有谢朓遗迹,故结以况之。冯编入之东川,误矣。(会笺。系大中元年。)

【按】桂管幕与东川幕均在京师之南,故均可云"征南幕下",义山晋昌晚归马上赠"征南予更远"即指赴东川幕。

合之首句“征南幕下带长刀”,必指在东川幕为判官。判官“务检举条理,不暇笔砚”(樊南乙集序),故云“梦笔深藏五色毫”,冯解甚确。

下二句则谓我今日遇梓潼江上美景,而不敢吟咏,当留待诗才如谢朓之严五异日为之咏也。末句即“留与谢镇西功曹”之意,因平仄而调整次序。忆,思也。

酬崔八早梅有赠兼示之作①

知访寒梅过野塘,久留金勒为回肠②〔一〕。谢郎衣袖初翻雪〔二〕,荀令熏炉更换香〔三〕。何处拂胸资蝶粉,几时涂额藉蜂黄〔四〕? 维摩一室虽多病,亦要天花作道场③〔五〕。

校　记

①“兼示之作”,英华作“见示之什”。

②“久”,蒋本作“又”。

③“亦要”,英华作“要舞”。英华诗末自注:时余在惠祥上人讲下,故崔落句有(一作云)“梵王宫地罗含宅,赖许时时听法来。”集本除戊签、季抄外,均无,今据补,见注。

集　注

〔一〕【补】金勒,代指马。回肠,形容思念之深。【朱彝尊曰】(首句)早梅。(次句)有赠。【方回曰】起句平淡却好。(瀛奎律髓)

〔二〕【朱注】宋书符瑞志:“大明五年正月戊午元日,花雪降殿庭。时右卫将军谢庄下殿,雪集衣,还白,上以为瑞,于是公卿并作花雪诗。”谢惠连雪赋:“纨袖惭冶。”【朱彝尊曰】（谢郎二字旁批）崔八。

〔三〕【冯注】习凿齿襄阳记："刘季和曰：'荀令君至人家，坐处三日香。'按：后汉书、魏志："荀彧字文若，为汉侍中、守尚书令。曹公征伐在外，军国之事皆与彧筹，称荀令君。"梁昭明博山香炉赋曰："粤文若之留香。"【朱彝尊曰】（荀令二字旁批）崔八。【何曰】梅发则改岁矣。（辑评）

〔四〕【姚注】简文帝诗："同安鬟里拨，异作额间黄。"【冯注】按：野客丛书引草堂诗馀注："蝶粉蜂黄，唐人宫妆也。"且引此联以证之。然粉面额黄，岂始唐时哉？【吴旦生曰】野客丛书引满江红词云："蝶粉蜂黄都褪却。"注："蝶粉、蜂黄，唐人宫妆。"观义山诗，知词注为不妄也。鹤林玉露载道藏经云："蝶交则粉退，蜂交则黄退。"词云："蝶粉蜂黄浑退了"，正用此也。说者以为宫妆，且以退为褪，误矣。【方回曰】蝶粉以言梅花之片，蜂黄以言梅花之须，似乎借梅以咏妇人之胸之额矣。【纪曰】意在"何处"、"几时"四字，言白与黄皆天然姿色，非由涂饰耳。（方回）所解谬甚。（瀛奎律髓汇评引）【何曰】腹联极透"早"字，拂胸、涂额，夹写"有赠"。（辑评）【朱彝尊曰】二句所赠之人。

〔五〕【自注】时余在惠祥上人讲下，故崔落句有"梵王宫地罗含宅，赖许时时听法来。"【冯注】维摩经："长者维摩诘其以方便现身有疾，因以身疾广为说法。佛告文殊师利：'汝诣维摩诘问疾。'时维摩诘室有一天女，见诸天人闻所说法，便现其身，即以天华散诸菩萨大弟子上，华至诸菩萨，即皆堕落；至大弟子，便着不堕。结习未尽，华著身耳；结习尽者，华不著也。"法苑珠林引西域传："吠舍釐国即毗舍离国，有塔，是维摩故宅基，说法现疾处。"【朱彝尊曰】酬

示。【何曰】(尾联)恰有三层。(辑评)

笺 评

【朱翌曰】诗人论鲁直酴醾云:“露湿何郎试汤饼,日烘荀令炷炉香”,不以妇人比花,乃用美丈夫事。不知鲁直此格亦有来历。李义山早梅云:“谢郎衣袖初翻雪,荀令熏炉更换香。”亦以美丈夫比花。鲁直为工。(猗觉寮杂记)

【程大昌曰】尝有问予周美成词曰“蝶粉蜂黄都过了”用何事?予曰:记得李义山集有之。李酬崔八早梅曰:“何处拂胸资蝶粉,几时随额藉蜂黄。”又赠子直花下曰:“屏缘蝶留粉,窗油蜂印黄”,周盖用李语也。(演繁露续集)

【何焯曰】五六极透“早”字,“拂胸”、“涂额”夹写“有赠”。第三句“崔八”。尾联恰有三层。(瀛奎律髓汇评引)

【查慎行曰】此题无处着艳语,非义山所长。

【冯班曰】较宋人纷纷比拟,何异鹤鸣之于虫吟耶?读此知后村之拙矣。(瀛奎律髓汇评引)

【胡以梅曰】详诗题,是崔以早梅而有赠人之什兼示于义山也。其所赠之人,是解语花,所以通身赋梅而意皆双夹。起言“访”字,便不止梅矣。次言“回肠”,又岂为梅乎?谢郎、荀令,沾其色,染其香,崔之风流亦甚矣。上句只用一“郎”字,将故典融洽出灵气。下句只一“换”字,点得新鲜。然皆含蓄是梅,暗藏其人在内。至五六却以人事加之于花,顾似戏花者,终非言花。而粉胸黄额,是人事,却资于蝶之粉、蜂之黄,又是花矣。全以巧搭,而灵气活句,遂使不落边际,妙。何处,是不知其人之所在;几时,是不见其人之色相。然而维摩虽病,亦要一见天女散花耳,羡之之辞。

【陆鸣皋曰】首句点早梅，次句即带有赠意。三四句，总言崔。五六句，指所赠者，而俱有梅在内也。末收到"酬示"意，因在僧室，故云。天花中却藏天女，可谓精工密致。

【陆曰】此诗上六句，和早梅；结二句，答其相赠之意。首言访寒梅而久留金勒，知怀我于花间也。曰初翻雪，是乍见之雪；曰更换香，是新添之香，着眼总在一"早"字。蝶粉言花之片，蜂黄言花之须，不资于蝶粉蜂黄，见早梅自有真色，直与天花无异也。结言来诗有"赖许听法"之云，不知维摩以身疾说法时，正要此花作供养也。

【姚曰】此诗上半首，人怜梅；下半首，梅亦应怜人也。妙在俱切"早"字。雪初翻，香初换，一倍相怜。顾此早梅，正当亭亭独立之际，蝶未得资其粉，蜂未敢藉其黄，而我以维摩多病之身，一室无聊，正要天花作伴，早梅有情，那得不怜我也，正答崔落句意。

【屈曰】一见梅，二有感。三梅色，四梅香。五六有感伤之意。故结云今一室多病，亦要天女散花耳。详五六，盖玉溪断弦之后，崔八赠花与诗，故答之如此。

【程曰】此酬崔八挟妓之作。崔八者，东川同幕之崔福也。义山在东川上河东公启云："虽从幕府，常在道场，犹恨出俗情微，破邪功少。"则义山清修梵行，不染情缘，故崔诗云云，而酬之如此也。

【冯曰】当即同诣药山之崔八，但此未详何年。义山后在东川幕，大有养疾耽禅之迹。程氏乃谓酬崔八挟妓之作，崔八即东川同幕之崔福也。全由臆揣，毫无可据，更非疑为崔珏之比矣。诗之情味，必非在东川。特惠祥上人未可定指，若即归来篇之惠禅师，亦必非桂管东川归后事也。程说误甚。

【许印芳曰】方虚谷谓蝶粉以言梅花之片，蜂黄以言梅花之须，良是。盖早梅时实未尝有蜂蝶耳。又云：似乎借梅以咏妇人之胸之额矣。余谓诗意正合尔尔，以题中明言有赠也。然上句又用姑射仙人肌肤若冰雪意，下句则暗用寿阳公主梅花落额上意，虽格调未高，而镕铸之妙，千古殆无其匹，"初翻"、"更换"、"何处"、"几时"，俱影切"早"字意，结用天女散花故事，题中两层一齐照应，一齐收拾，天工人巧，吾无以名之。（瀛奎律髓汇评引）

【纪曰】诗极清楚，但太浅耳，格亦卑卑。（诗说）此种刻画，自是不称此花。（辑评）又曰：三四俗极。二冯欲以此压宋人，宋人可压，此诗不能压也。（瀛奎律髓汇评引）

【张曰】戊签采此落句（指崔诗落句）为崔珏诗，程氏又指崔福，皆无据。惟冯氏谓即同诣药山之崔八，似之。玩落句似在洛中作，不能定编何年也。（会笺）又曰：此诗着重在"有赠"二字，早梅不过借以关合映带耳，非专为刻画梅花也。篇中字字双关，极有情致，结语一齐绾住，章法尤为完密。纪氏看诗孟浪，泥定早梅，几忘却题中"有赠兼示"等字矣。（辨正）

【按】详味诗意，似崔诗所咏之对象为一美丽女性，崔诗中之"早梅"即兼喻其人。故义山酬诗首联从崔访"寒梅"叙起，即含义双关，实借访梅暗示崔之访美也。"久留金勒为回肠"，谓崔因其人而流连也。陆谓指崔之怀己，恐非。次联"初翻雪"、"更换香"咏梅之色、香，点醒"早"字，谢郎、荀令喻崔，兼谓其人因久留花间而沾色惹香。腹联以"何处（时）"、"几时"再点"早"字，谓花含苞初放，故未褪粉泛黄，即所谓"荳蔻梢头二月初"是也。

末联正面酬崔之早梅诗见示，谓我虽如维摩之一室多病，然知君有此国色天香，亦要此“天花”作供养耳。“天花”正切“天女”，暗指其人，此谑之之词。程氏云崔所访之人系歌妓之流，似之。冯氏谓崔八即同崔八诣药山融禅师诗中之崔八，亦近是，然不必因此疑其必非东川之作。义山梓幕期间，既有“养疾耽禅之迹”，则崔或即幕中同僚亦未可知。情事相合，系之东川较为近理。

题白石莲花寄楚公〔一〕

白石莲花谁所共？六时长捧佛前灯〔二〕。空庭苔藓饶霜露，时梦西山老病僧。大海龙宫无限地〔三〕，诸天雁塔几多层〔四〕。谩夸鹙子真罗汉〔五〕，不会牛车是上乘〔六〕。

集　注

〔一〕【道源注】续高僧传：“楚南，闽人也，俗姓张氏，投开元寺昙蔼师落发。后谒黄檗山禅师，问答虽多，机宜顿了。武宗废教，深窜山谷。大中间，裴公休出抚宛陵，请黄檗出山，南随侍焉。昭宗闻其道化，赐鹿皮衣五事，卒年七十，著般若经品颂偈一卷、破邪论一卷，行于世。”【程曰】楚公未必如道源所注。考古人称僧，如晋之竺法深称深公，宋之惠远称远公，唐之齐己称己公，率举下一字，不闻上一字也。楚公恐非楚南。【徐曰】武宗废教在会昌六年，去昭宗龙纪初四十五年，楚南年止七十，计义山时南年尚少，而诗云“西山老病僧”，其非楚南可知。【冯曰】二说皆精核。新书艺文志明言楚南昭宗大顺中人也。源师所注释子多误，是不可解。

〔二〕【道源注】凿白石为莲花台，捧灯佛前。【冯注】共，即供。魏书释老志："六时礼拜。"【补】佛教分一昼夜为六时：晨朝、日中、日没、初夜、中夜、后夜。

〔三〕【朱注】法华经："文殊师利坐千叶莲花，从大海娑竭罗龙宫自然涌出，住处空中，诣灵鹫山。"【冯注】按尚书考灵曜已有卯金赤符藏龙吐珠之语。郑氏注曰："秘藏也。珠，宝物，喻道也。"至佛家每谓经典为法海藏，譬如大海，是众宝藏也，亦曰龙藏。佛说法海经："大海之中，神龙所居。诸龙妙德难量，能造天宫，品物之类，无不仰之，吾僧法亦复如是。"纂灵记："华严大经，龙宫有三本，佛灭度后六百年，有龙树菩萨入龙宫，诵下本十万偈四十八品，流传天竺，即今所传华严经也。"庾信碑文："龙藏之所不尽。"

〔四〕【道源注】佛书有三界诸天，自欲界以上皆曰诸天。西域记："昔有比邱见群雁飞翔，思曰：'若得此雁，可充饮食。'忽有一雁投下自殒，佛谓比邱曰：'此雁王也，不可食之。'乃瘗而立塔。"【袁曰】言道之广远崇高。（冯注引）

〔五〕【道源注】法华经："舍利弗，此云鹙子，连母为名。以其取涅槃一日之价，故不知有上乘，亦非真阿罗汉。佛为授记，乃知真是佛子，得佛法分。"【冯注】谩，"漫"通。因果经："舍利弗者，于智慧中最为第一。世尊为舍利弗广说四谛，即得阿罗汉果。"法华经音释："舍利弗，此云鹙子，连母为名。其母名舍利，眼如鹙鹭，身形美好。弗即子也。"四十二章经："阿罗汉能飞行变化，旷劫寿命，住动天地。"修行本起经："得一心者，万邪灭矣，谓之罗汉。罗汉者，真人也。"

〔六〕【朱注】法华经："长者以牛车、羊车、鹿车立门外，引诸子出离火宅。"释迦成道记注："羊车，喻声闻乘；鹿车，喻缘觉乘；牛车，喻菩萨乘，俱以运载为义。前二乘，方便施设，惟大白牛车是实引重致远，不遗一物。"传灯录："若顿悟自心即佛，依此而修者是上乘禅。"【冯注】妙法莲华经："长者诸子于火宅中恋著戏处，无求出意。长者设方便，言羊车、鹿车、牛车在门外，可以游戏，随汝所欲，皆当与汝。诸子争出火宅，白父，愿时赐与。尔时长者各赐一大车珍奇杂宝而庄严之，驾以白牛。我财物无极，不应以下劣小车与诸子等。如是七宝大车，其数无量。佛告舍利弗，如来亦复如是，于三界火宅为说三乘；声闻乘如求羊车，辟支佛乘如求鹿车，佛乘利益天人，度脱一切，是名大乘，如求牛车。如来说三乘引导众生，然后但以大乘而度脱之。"魏书释老志："初根人为小乘，行四谛法；中根人为中乘，受十二因缘；上根人为大乘，则修六度。"【按】会，晓喻，理解。

笺　评

【金圣叹曰】将以白石莲花奉寄楚公，看他一解四句，先将白石莲花与楚公说得萧然无关，各各异住，妙，妙。言白石莲花自在佛前，老病楚公自在西山；白石莲花既不雕镌应入西山，西山老僧又不起心欲此石莲。然而忽然发心，愿移相寄，此间有第一机；若使连忙会得，早也是第二机也。妙法莲花经多宝塔品：有龙王女，年始八岁，已发道意，辨才无碍。鹙子疑其胡得有是，尔时，龙女即以手从多宝塔前疾上于佛，佛便受之。龙女因题向鹙子："一上，一受，是事疾耶？"答曰："甚疾！"龙女笑言："以汝神力，观我成佛，又疾于是。”遂往南方无垢世界，忽然之间，成等正觉。今先生前解已奉寄莲花，而此解则正引此经文，自申其义也。言大海有无限地，而龙女献佛，只须一珠；宝塔有无量层，而古佛临机，则止分半座。然则我今所寄白莲花，不会其实，一门隘小；会得，便是露地大牛。此间任君妙波秋眼，正恐急觑不着也。

【朱彝尊曰】颈联不对，亦如五律格调。○(“不会”句)似有所讽。

【何曰】此古体非律诗。(辑评)

【张谦宜曰】颈联……是侧注法。(絸斋诗谈)

【陆曰】只起二句是题白石莲花，……下皆寄怀楚公。言当此霜露既降，时以公之老病为忧，故梦寐往往见之。大海龙宫，言道之广远不可涯量，故曰无限地；诸天雁塔，言道之崇高不可瞻仰，故曰几多层，此极力赞叹楚公也。结句言公为引重致远之器，有如大白牛车，能载一切，岂如鹙子不知上乘，而犹烦我佛之授记也耶？

【姚曰】白石莲花必楚公庭中供养之物，故题此以寄求法之意。言此石莲，常得亲近佛灯，而我之梦寐皈依，不啻在空庭苔藓之间，承事几杖也。但佛灯所照，大千世界，浩浩茫茫，非寻常小智之人，可以儌倖得法，虽智慧如舍利弗，非佛亲为授记，不能得最上乘，证真罗汉果。钝根如我，不知何以得出沉冥耶？

【屈曰】石莲捧佛灯，喻不染心也。霜露之感，时梦老僧。龙宫地广，雁塔天高，楚公到此矣。古所称真罗汉者，皆不及楚公臻上乘也。

【程曰】按此诗乃两绝句，以韵同占叶，误合为一律耳。静心体会，则知章法于绝，则正闰之地位分明；于律，则首尾之抟结散涣。不敢擅分，姑识之以俟说诗解颐者焉。

【冯曰】在东川作也。西山随处可称，而自东川则尤确。下半喻职官之多，阶品之积，及我不得效用朝家，而惟寄身使府，譬之说法，徒叹小乘耳。义山斯时因病耽禅，可于言外参悟。

【纪曰】前四句有姿逸之致，而三四句尤佳，后四句嫌禅偈气。（诗说）

【张曰】诗本无深意，惟楚公未详何僧耳。西山随处可称，不必定在东川；即谓东川尤确，而诗云"时梦西山老病僧"矣，亦必东川归后情事始合，冯说进退失据。至所解言外之意，沾滞皮附，益无论矣。（会笺。不编年。）

【按】陆笺是。诗或如张氏所云，作于东川归后。然身在东川，遥梦"西山老病僧"亦可通。义山在东川耽于佛道，作此类诗之可能性较大。

题僧壁

舍生求道有前踪，乞脑剜身结愿重〔一〕。大去便应欺粟颗①〔二〕，小来兼可隐针锋②〔三〕。蚌胎未满思新桂〔四〕，琥珀初成忆旧松〔五〕。若信贝多真实语〔六〕，三生同听一楼钟〔七〕。

校　记

①"颗"，席本作"粒"。

②"可"，冯曰："一作恐。"

集　注

〔一〕【道源注】知玄三昧忏："舍头目髓脑如弃涕唾。"报恩经：

"有婆罗门往乞其头,王许之。婆罗门寻断王头,持还本国。"又:"转轮圣王为求佛法,有一婆罗门言:若能就王身上剜作千疮,灌满膏油,安施灯炷,然以供养者,我当为汝解脱佛法。"【冯注】因果经:"菩萨昔日以头目髓脑以施于人,为求无上正真之道。"又:"有来从我乞求头目脑髓。"菩萨本行经:"佛言我昔于阎浮提作国王,剜身出肉,深如大钱,以苏油灌中作千灯炷,语婆罗门,请说经法,求无上道。"

〔二〕【朱注】陈启源曰:"佛偈:一粒粟中藏世界,即此句义。"【冯注】维摩经:"若菩萨住是解脱者,以须弥之高广,内芥子中,无所增减。"佛藏经曰:"四天下中普雨大石,皆如须弥,有人以手承接此石,无有遗落,如芥子者。"按:句意类此。或引一粒粟中藏世界,乃吕洞宾见黄龙超慧禅师时语,在唐末年矣。【补】去,语助辞,来也。

〔三〕【道源注】维摩经:"(举恒河沙无量世界,)如持针锋,举一枣叶而无所挠。"涅槃经:"尖头针锋受无量众。"【冯注】大般涅槃经:"诸佛其身姝大,所坐之处如一针锋,多众围绕,不相障碍。"法苑珠林:"故经中说色界诸天下来听法,六十诸天共坐一锋之端,而不迫窄,都不相碍。"徐曰:"二句即芥子纳须弥,须弥纳芥子之义。"

〔四〕【朱注】吕氏春秋:"(月,群阴之本。)月望则蚌蛤实,群阴盈;月晦则蚌蛤虚,群阴亏(揫)。"吴都赋:"蚌蛤珠胎,与月亏全。"虞喜安天论:"俗传月中有仙人桂树,今视其初生,见仙人之足,渐已成形,桂树后生。"李贺诗:"新桂如蛾眉。"【冯注】汉书扬雄羽猎赋:"剖明月之珠胎。"注曰:"珠在蚌中,若怀妊然,故谓之胎。"【何曰】是未来。(读

书记）

〔五〕【朱注】陈藏器本草："旧说松脂入地千年，化为琥珀。今烧之亦作松气。"○按"新桂"、"旧松"即未来过去之喻。【冯注】博物志："仙传曰：松脂沦地中，千年化为茯苓，千年化为琥珀。"戊签："旧松，前生；新桂，来生。通三生才得一悟法。"【何曰】是过去。【贺裳曰】"琥珀初成忆旧松"，实胜贾岛"种子作乔松"，总言禅腊之久耳。上句"蚌胎未满思新桂"，语虽工，思之殊不甚关切。（载酒园诗话）

〔六〕【朱注】酉阳杂俎："贝多出摩伽陀国，西土用以写经。"般若经："如来是真语者，实语者。"【冯注】阿难问事经："佛言至真，而信者少。"楞严经："桦皮贝叶书写此咒。"法华经："如所说者，皆是真实。"馀详安平公诗。

〔七〕【道源注】过、未、现为三生。【冯注】魏书释老志："经旨言生生之类，皆因行业而起，有过去、未来、当今三世。"报恩经："归依一佛，即是三世诸佛，以佛无异故。"法华经："椎钟告四方，谁有大法者。"一楼钟取觉悟之义。【戊签】通三生才得一悟法，故如是。

笺评

【朱彝尊曰】中四句，合大小新旧而化之。

【杨曰】此讥佛法之妄，于结二句见之。

【钱良择曰】（"蚌胎"句）喻未来也。（"琥珀"句）喻过去也。四句言大小新旧，皆非真实。（篇末总批）过去、未来、现在三生，亦如钟声之倏作倏止而已。

【何曰】发端言信道之笃。三四反言，似非真实，闻钟则三生俱觉悟也。○只是故实，都无厚味，学义山者，不在此等。

（辑评）

【陆曰】义山事智玄法师多年，深入佛海，是篇最为了意。起言身命至重，昔人有舍其头目髓脑，如弃涕唾者，岂不爱其生哉？圣贤之舍生取义，释氏之舍生求道，其意一也。三四以道之大小言。粟颗可藏世界，是大无外也；针锋可受众生，是小无内也。五六以道之因果言。蚌胎未满，因也；而可卜未来之桂；琥珀初成，果也，而实本过去之松。然则佛法之发矇振聩，真不异清夜钟声矣。求道者，究心如来真实之言，而确能自信，于以底彻悟也何有，承腹联作结，唐人每用此法。○本集有别智玄法师一绝云："云鬓无端怨别离，十年移易住山期。东西南北皆垂泪，却是杨朱真本师。"深悔不能随师入山，以致所向多歧，反似学杨朱之道者。可知义山素通禅学，奇章秀句，皆从慧业中得来。

【姚曰】为法忘身，古人每有，乞脑剜身，不足讶也。所难者，真实信得及耳。夫佛法大无外，小无内，大中现小，则一粒粟中可藏世界；小中现大，则尖头针锋受无量众。以非世智所及，遂至学者惊疑，然即以世智论之，如蚌胎之待新桂，琥珀之忆旧松，未来已往，一一自然，此世尊所谓真实语也。浩劫茫茫，非三宝是皈而谁皈耶？

【屈曰】一二求佛法之诚。三四佛法之妙。五六佛法在妙悟。七八言果能信心，自然成道。

【程曰】此诗虽题僧壁，通篇举内典以为言，其实非谈禅也。集中有赠田叟诗，有"交亲得路昧平生"之句，此篇全是此意。起二语言求之之诚，累结乞脑剜身之愿，不啻舍生以求佛法，久已有扫门拜尘之踪迹也。三四言穷困不暇择木而栖，能致大用固佳，即小而一郡一县以自效，免为幕官依人，未尝不可。粟颗针锋之喻,言藏一世界可也,举一枣叶亦可也。五六言得路者之在天上如秋月之盈满,而穷困之在下者,有若映月之蚌蛤,月望则实,月晦则虚,不得不思其新桂之盛。及追求其根本,则彼此托地,元有结交青松枝之意,而成败利钝,时有不齐:一则为席上之珍,变化而成重宝;一则似不材之木,匠石弃而不顾,安可不忆其旧松之衰耶?结句"真实语"三字,正谓其许而不与,非无齿牙馀论,大都无是子虚。若信有其事,则过去者或不可追,现在者亦可成就,即不然,而未来者亦实有可望,不负三生之愿,同听一楼之钟矣。朱长孺氏以新松旧桂为过去未来之喻,其说亦佳,但拘于谈禅,所见犹浅。

【冯曰】义山好佛,在东川时于常平山慧义精舍经藏院创石壁五间,金字勒妙法莲华经七卷,见文集。诗为是时所作。玩结语,盖久不得志,因悟一切皆空矣。○按金石录:"唐四证台记,一作四证堂碑,李商隐撰,正书无姓名,大中七年十一月。"考其时正在东川。亦见宋王象之所考潼川府碑记中。碑记又曰:"道兴观碑、道士胡君新井碣铭,并见李义山集。更有弥勒院碑,李商隐书。"而怀安军碑记、为八戒和尚谢复三学山精舍表,李商隐撰,皆见全蜀艺文志。愚意金石录所云无姓名者,当即义山自书也。录又云:"义山又有佛颂,广明元年十月吴华篆书。"又按云笈七签:"胡尊师名宗,居梓州紫极宫。梓之连帅及幕下如周相公、李义山,毕加敬致礼。"盖义山在梓,好释、道之教,借以遣怀也。

【纪曰】填切内典,不足为佳,禅偈为诗,虽东坡妙通佛理,加以语妙天下,犹不免时有鄙俚不化之病,况下此乎?王孟清音,时含禅味,禅故不在字句也。(诗说)

【曾国藩曰】穷途以求故人，倾身纳交而弃我如遗，犹之舍生求佛而卒无所得。（十八家诗钞）

【张曰】此僧壁不详何寺，亦未定何年作。冯编东川，引慧义精舍创石壁勒法华经事，未免武断。义山东川时虽耽禅悦，然早年已在惠祥上人讲下，何处无僧壁，安可臆定为慧义精舍耶？（会笺）又曰：此诗与禅偈又别，山水清音亦用不着，无庸苛责。禅偈为诗，自是一种文字，何至便坠恶趣？真不通之语。○东坡以禅入诗，多用语录中俗语，犹谚所谓打诨也，故不免于鄙俚。此诗则引用佛典，非禅偈语也。虽亦出于内典，而雅俗则不同，迥分天壤矣，何至随入恶趣哉？此等似是而非之评，误人不浅。○此题本是题僧壁，何处用得着山水清音？不得以王、韦一派概尽天下古今之诗也。（辨正）

【钱锺书曰】李商隐题僧壁："大去便应欺粟颗，小来兼可隐针锋。"……窃疑原作"小去"、"大来"，不识何时二字始互易位，此联遂难索解。"欺"……，较量而胜越之意。"隐"即"稳"……。商隐赞释氏神通之能大能小："小去便应欺粟颗"谓苟小则能微逾粟粒，即如商隐北青萝之"世界微尘里"……；"大来兼可隐针锋"谓虽大而能稳据针锋。（管锥编七六五—七六六页）

【按】此寻常题僧壁诗，不过撮拾内典，谓佛法须弥芥子、未来过去之义而已，起结则均就笃信佛道言之。诚如何评："只是故实，都无厚味。"义山居东川幕时尤佞佛，樊南乙集序云："三年已来，丧失家道，平居忽忽不乐，始克意事佛，方愿打钟扫地，为清凉山行者。"上河东公启："兼之早岁，志在玄门；及到此都，更敦夙契。"则居梓幕时作此类诗之可能性自较大，冯编梓幕，虽无显证，然亦不为武断。程笺求深反凿,不可从。

明禅师院酬从兄见寄〔一〕

贞吝嫌兹世〔二〕,会心驰本原〔三〕。人非四禅缚〔四〕,地绝一尘喧〔五〕。霜露欹高木①,星河堕故园②〔六〕。斯游傥为胜,九折幸回轩〔七〕。

校　记

①“欹”,悟抄作“欺”,非。

②“堕”,季抄、朱本作“压”,非。

集　注

〔一〕【冯曰】未知即从兄阆之否?

〔二〕【朱注】贞吝,见易。【程注】陆机文:“援贞吝以惎悔,虽在我而不臧。”【补】易:“城复于隍,勿用师,自邑告命。贞吝。”贞吝,言卜问不吉,其事难行,或将遇艰难。

〔三〕【程注】世说:“简文帝入华林园,顾谓左右曰:‘会心处不必在远。’”庄子:“立之本原,而知通于神。”

〔四〕【朱注】大宝积经:“菩萨至于空处修习四禅。”阿毘昙经:“自初禅至四禅,立为四地。”沈约诗:“四禅隐岩曲。”维摩经:“贪著禅味,是菩萨缚。”【冯注】菩萨本起经:“太子便得一禅,复得二禅、三禅、四禅。”楞严经:“一切苦恼所不能逼,名为初禅;一切忧悬所不能逼,名为二禅;身心安隐得无量乐,名为三禅;一切诸苦乐境所不能动,有所得心,功用纯熟,名为四禅。”按:四禅尚非真解脱处,故未尽免缚。

〔五〕【冯注】南史隐逸顾欢传:“佛经云:释迦成佛,有尘劫之数。”此言隔绝尘世。

〔六〕【何曰】腹联言岁月不居也。（读书记）【冯曰】写景中寓叹老思归。

〔七〕【冯注】汉书王尊传：“王阳为益州刺史。行部至邛郲九折阪。叹曰：‘奉先人遗体，奈何数乘此险。’后以病去。”【程注】颜真卿石樽联句：“山公此回轩。”

笺　评

【姚曰】三句明禅师，一句明禅师院。中联，因院中景物而思故园。结句则愿其归心净地也。

【屈曰】前半禅院，后半讽其归也。

【程曰】东川罢幕，将归郑州，故有此作。星河、故园，谓郑州也。九折回轩，切蜀道也。

【冯曰】义山寓居禅院，从兄当有诗寄之，故述景寄酬也。结言傥以我之幽栖为胜，幸尔亦回轩而至。“九折”字不必拘地，禅院未知何处。意致颇近晚年，或东川养疾时乎？

【纪曰】语多拙□。（此条辑评缺收，据辨正引。）

【张曰】通篇全是杜法，“霜露”一联尤为阔远。此种诗而谓之拙，则杜少陵真不免村夫子之诮矣。（辨正）

【按】星河所堕之地为故园方向，则其时义山当在东川，若在长安或徐府，并不得有此句也。居桂幕时亦可谓“星河堕故园”，然联系义山处境、心情，仍以东川作为合。诗中禅味甚浓，既已“嫌兹世”而期“驰本原”，则所谓“回轩”亦当指归心净地。“九折”切蜀地，但似亦兼寓世路艰险之意。

春深脱衣〔一〕

睥睨江鸦集〔二〕，堂皇海燕过①〔三〕。减衣怜蕙若〔四〕，展障动烟波②〔五〕。日烈忧花甚，风长奈柳何！陈遵容易学，身世醉时多〔六〕。

校　记

①“皇”，蒋本、悟抄作“隍”，字通。

②“障”，蒋本、影宋抄作“鄣”，字同。戊签、季抄、朱本作“帐”。

集　注

〔一〕【冯注】原编集外诗。按：制题暗取酒酣更衣之意，见汉书窦婴传。

〔二〕【冯注】释名：“城上垣曰睥睨，言于其孔中睥睨非常也。亦曰睥，亦曰女墙。”【程注】王筠巡城口号：“罘罳分晓色，睥睨生妖雾。”

〔三〕【冯注】汉书胡建传：“列坐堂皇上。”注曰：“室无四壁曰皇。”【按】“堂皇”，官署之大堂，亦作“堂隍”。

〔四〕【程注】楚词：“自前世之嫉贤兮，谓蕙若其不可佩。”张衡南都赋：“其香草则有薜荔蕙若。”注：“蕙，香草也；若，杜若也。”【朱注】本草：“杜若一名杜衡，香草也。”

〔五〕【冯注】步障字已见前朱槿花，或取中庭障日之用，亦通。此句作“帐”作“障”皆可，而饮帐尤合，展帐如动烟波也。（按冯注本校定作“展帐”。）【补】障，屏风。

〔六〕【朱注】汉书：“陈遵字孟公，嗜酒，每大饮，宾客满堂，辄取客车辖投井中，虽有急，终不得去。”【冯注】同上：“（遵）

放纵不羁，日出醉归，曹事数废。”

笺　评

【姚曰】江鸦海燕，春深之景物也。怜蕙若，恐花艳易蔫；动烟波，恐柳长易折，是隔句相应法。脱衣时情绪如此，岂能学陈遵之长醉不顾也。

【屈曰】一二春深。三四脱衣。五六春情。七八欲醉以遣之。

【程曰】义山有语语艳词而实非艳诗者，无题诸作是也。有绝无艳词而实为艳诗者，咏花鸟诸作是也。如此作亦是艳诗。结句用陈遵，分明自道。按汉书陈遵传：“陈遵尝过寡妇左阿君，置酒歌讴，为司直陈崇劾奏免官。既免，归长安，宾客愈甚，饮酒自若。”义山盖以之自比也。前六句鸦集燕过，非谓禽鸟；忧花惜柳，非谓草木。何以知之？知之于减衣展帐也。若有以伤春痛饮为解，恐减衣展帐无谓，且于题“春深脱衣”轻倩之致不合矣。

【冯曰】是宴饮之作。一二时地，三四候暖饮酣，醒出题字。五六对景感怀，佳在尚未说明，直至结句以“醉时多”三字振起全篇。题亦不露饮席字，盖其意有所不快也。

【纪曰】后四句太累，前四句亦无佳处。（诗说）五六寓意，然五句太拙。（辑评）

【张曰】五六以写景寓比兴，故不露骨。五句沉着可诵，非拙笔也。（辨正）又曰：题又诡，诗则妓席宴集之作，惟略含愤语耳。冯编梓幕，不知何据？（会笺）

【按】张谓妓席宴集之作，是。程谓“鸦集燕过，非谓禽鸟；忧花惜柳，非谓草木”，亦是。“减衣”句谓减衣而倍增姿媚，蕙若喻歌妓。“展障”句似暗喻好合。末联即“可怜漳浦卧，愁绪独如麻”之意，谓己身世不偶，常借酒浇愁，故陈遵易学。此诗前六写妓席宴集，末则抒己之失意。盖诗人虽身预宴会而实则并无兴致也。此与其他东川诗相类，冯系梓幕可从。

妓席暗记送同年独孤云之武昌〔一〕

叠嶂千重叫恨猿，长江万里洗离魂。武昌若有山头石，为拂苍苔检泪痕〔二〕。

集　注

〔一〕【冯注】新书宰相世系表：“独孤云字公远，官至吏部侍郎。”核其世次，即此人也。又见旧书咸通十三年纪文。【补】旧唐书懿宗纪：“十三年三月，以吏部尚书萧邺、吏部侍郎独孤云、考官职方郎中赵蒙、驾部员外郎李超考试宏词选人。”又诗集有寄在朝郑曹独孤李四同年，独孤即独孤云。

〔二〕【冯注】御览引舆地记：“武昌郡奉新县北山上有望夫石，状如人立者，古今相传云：昔有贞妇，其夫远赴国难，携弱子饯送此山，既而立望其夫，乃化为石，因此为名。”（按姚注引幽明录与此略同，作武昌北山。）

笺　评

【朱彝尊曰】诗中无妓席意。（复图本作杨守智评。）

【何曰】上二句极叹其痴，欲洗其魂。下二句因送别借武昌事唤醒，但问执心不移，岂待相持狂哭痛（按此句疑有误阙）？又曰：倡优下材，安能相守？徒作儿女之态。彼有望夫化石者，岂属此辈耶？（按此条与上条意不合，疑另出一手。）

"叠嶂"句旁批:暗记。"武昌"句旁批:反对妙。席。(均见辑评。)

【姚曰】谓望夫一点清泪,虽千里不能隔也。

【屈曰】刘义庆幽明录:"武昌北山上有望夫石",言化石而泪则不干也。

【程曰】唐诗多有用望夫石者,刘宾客则反用之,其悼妓云:"从此山头似人石,丈夫形象泪痕深。"此特正用,然能曲尽其形容,穷极其要渺,较杜牧之湘竹篁诗"何忍将身卧泪痕"同一深情,而此则更幻。通此三者,可悟用事之法。

【徐曰】诗中无妓席意,"妓席暗记"四字,必义山曾往武昌,因独孤去而追感也。(冯注引)

【冯曰】词意沉痛,必非徒感闲情也。座主观察武昌,迁镇西蜀,义山不能依倚,必有隐恨,故于宴送同年,大鸣积愤,声与泪俱,所暗记者此也,聊以妓席晦其迹耳。上二句即从武昌怅望蜀中之情景,非纪客踪也。此种笺释是为以意逆志乎?又曰:寄在朝四同年,独孤与焉。此似在前也,无可定编,聊附于此。(按:冯编于会昌二年,次哭刘司户蕡之后。"座主"指高锴。)

【纪曰】借物写照,亦殊有情,但格意不高。(诗说)

【姜炳璋曰】言武昌之石人,日对长江,朝朝送别,检其泪痕,应不少也。况今日相送,皆有情人乎?因独孤之武昌,即从武昌化石之妇人设想,且以映送行之妓也。

【张曰】此暗记大中二年蜀游失意,留滞荆门之恨。不欲显言,故借"妓席"晦其意耳。不定何年所作。以武昌望夫石暗比己之系念李回、郑亚。二人皆遭李党而贬,义山亦因此不得志,故以妓席暗记不忘故主也。(辨正)又曰:起联写景，似由长江上峡水程，皆义山大中二年所经也。此诗必追感李回而作，故以“望夫”为喻。回由贺州贬抚州长史而卒，不详何年，此时殆已卒矣。妓席暗记者，制题晦其迹耳，姑编是年。（按张氏编此诗于大中五年。会笺。）

【按】此诗制题及诗意均较隐晦。“妓席暗记”者，恐是送独孤云之武昌之妓席上对男女双方伤别情景默有所感，遂笔之于诗，以送独孤东下武昌也。一二句谓独孤云沿江穿峡东下，沿途叠嶂千重，哀猿长鸣，浪高水急，当倍增伤离之情。三四谓君到武昌，往访北山望夫石，请拂石上之苍苔，检寻望夫之泪痕，定不知有多少旧迹新痕也。此当是借言独孤所系念之女子，正如望夫之贞妇日日翘首遥望而泪下不已。质言之，一二写独孤之伤别，三四则写对方之伤离。视题内“妓席”字，其人当即独孤所恋之妓。何氏谓“倡优下材，安能相守”，乃无视诗语所发之迂论。义山板桥晓别即云：“水仙欲上鲤鱼去，一夜芙蓉红泪多。”据“长江万里”、“叠嶂千重”及“之武昌”，诗当作于蜀中，姑系梓幕。

饮席戏赠同舍〔一〕

洞中屐响省分携〔二〕，不是花迷客自迷〔三〕。珠树重行怜翡翠〔四〕，玉楼双舞羡鹍鸡〔五〕。兰回旧蕊缘屏绿[①]，椒缀新香和壁泥〔六〕。唱尽阳关无限叠[②]〔七〕，半杯松叶冻颇黎〔八〕。

校　记

①“缘屏”原作“屏缘”，据姜本、悟抄、钱本、朱本改。“缘

屏”与下“和壁”对文。

②“阳关”原作“关山”，席本、朱本作“阳关”。按诗曰“无限叠”，作“阳关”是，兹据席本、朱本改。

集注

〔一〕【冯注】当是饯席。

〔二〕【朱注】长安志：“莲花洞在神禾原，郑驸马潜曜所居。子美有郑驸马宅宴洞中诗。”【按】诗当作于东川，与长安莲花洞无涉。洞谓神仙洞府，借喻歌伎所居。分携犹言分手。诗意谓洞内声音杂遝，闻屐响即可知为离席间同舍偕所欢之女子作分手前之嬉戏也。

〔三〕【冯曰】官妓岂长恋故人，人每自迷耳。

〔四〕【朱注】行，音杭。山海经：“三珠树在厌火国北，生赤水上，树如柏叶，皆为珠。”尔雅：“翠，鹬也。”说文：“翡，赤雀；翠，青雀。”【程注】左思吴都赋：“翡翠列巢于重行。”

〔五〕【程注】公孙乘月赋：“鹍鸡舞于兰渚。”谢惠连雪赋：“对庭鹍之双舞。”【冯注】汉书上林赋注：“鹍鸡似鹤，黄白色。”馀详后九成宫。【按】重行、双舞，当指筵席间官妓分行而舞。卢照邻盂兰盘赋：“舞鹍鸡与翡翠。”

〔六〕【朱注】西京杂记：“温室以椒涂壁。”世说：“石崇以椒为泥涂室。”【冯注】汉官仪：“皇后称椒房，取其实蔓延；外以椒涂，亦取其温。”蜀都赋注：“岷山特多药草，其椒尤好。”虽诗意不至此，亦可取证。

〔七〕【朱注】东坡志林：“旧传阳关三叠，然今世歌者，每句再叠而已。若通一首言之，又是四叠，皆非是。或每句三唱以应三叠之说，则丛然无复节奏。余在密州，有文勋长官以事至，自云得古本阳关，其声宛转凄断。及在黄州，偶读乐天对酒诗云：‘听唱阳关第四声。’自注云：‘劝君更尽一杯酒。’以此验之，若一句再叠，则此为第五声，馀为第四声，是首句不叠审矣。”

〔八〕【道源注】本草：“松叶六十觔，细剉；㕮咀水四石，煮取四斗九升，以酿五斗米，如常法。煮松叶汁浸米，并饙饭泥酿封头，七日发饮之，得此酒力者甚众。”韵会：“玻瓈，宝玉名。”本草作颇黎，云西国宝。【冯注】庾信诗：“方欣松叶酒。”天竺记：“大雪山中有宝山，诸七宝并生，取可得，惟颇黎宝生高峰，难得。”玄中记：“大秦国有五色颇黎，红色最贵。”此谓酒杯。

笺 评

【朱曰】此席上有美人同座，为之倾倒，诗以戏之也。（李义山诗集补注）

（红字，末尾标注：“墨笔”二字）：言洞中佳丽如此，而行人将去，别酒亦凉且尽矣。（复图本）

【何曰】程渐于补注义山诗集，引（吴都赋、雪赋）以证“珠树”二句，则“重行”“双舞”俱有着落。（读书记）

【陆曰】此必同舍于饮席间恋其所欢之人，不能别去，而义山戏赠是诗也。一闻屐响，即虑分携，犹云风声鹤唳，皆疑晋兵，此非花能迷客，乃客之自迷耳。三四言既怜此，复羡彼，应接不暇，那得不迷。下又写洞中之胜，见此人此地，皆不能舍之而去，所以听奏阳关而停杯不饮也。

【徐德泓曰】此赠同舍挟妓者。当有两人，故曰“分携”，又曰“重行”、“双舞”也，省乃记省之省，作知字解。言闻洞中屐响而知其各携所好也。次联形容情好之比昵。腹联则状房室之芬芳。末言不忍别离,故无情恋饮而酒冷也。"冻"字特妙。

【姚曰】此因席有美人,同舍为之倾倒,而诗以戏之也。分手花源,洞中屐响,迷魂颠倒,真无可奈何之时。翡翠重行,鹍鸡双舞,不知此愿何时得遂耳。于时温香暖玉,无情者俱化有情,屏上兰芳,为之吐蕊;壁间椒气,亦若增香。无奈阳关唱断之后,终归分手,半杯松叶,酒与泪俱,不觉已冻作颇黎也。所谓暖玉温香者果何在哉!盖即谚所谓"醒眼看醉人"者。

【屈曰】一二同舍与美人分携,遂迷而不舍。三四洞中佳丽重重。五六洞中佳丽种种。末言阳关唱尽,杯酒已阑,而同舍犹不忍去也。

【程曰】题曰"戏赠同舍",诗曰"花迷",乃旁观冶游惜别者而作。重行、双舞,言其合欢。椒壁、兰屏,言其栖止。结则道其对酒当歌,黯然销魂之致也。

【冯曰】陆已悟到,余更定为梓州府罢作耳。次联"怜翡翠"、"羡鹍鸡",叹人之不如物也。五六则因旧新相代,居处重葺,真欲留无计矣。结则歌残酒冷,黯然魂销也。

【纪曰】气格不脱晚唐靡靡之习。(诗说)

【曾国藩曰】同舍盖妓席惜别者。(十八家诗钞)

【张曰】以晚唐诗为靡靡之音,此乃明七子分门别户之陋习。况此诗音调流美,而笔力仍自老洁,神味仍自沉著,岂可以皮相定其优劣邪?(辨正)又曰:冯氏定为梓府罢作,似之。盖同舍恋其所欢,不忍别去,故戏赠也。(会笺)

【按】:诸家所笺大旨无异,句解则颇有出入。首联谓洞中屐响,同舍为"花"所迷而嬉戏于其中也。次联承"迷"

字，正写同舍恋其所欢，翡翠、鹍鸡，喻诸妓；“怜”、“羡”即“迷”意。颈联写洞中温暖如春，兰发旧蕊，壁散椒香，益增恋恋之情。末联则谓虽唱彻阳关，而杯酒未尽，暗示同舍仍不忍别也。冯谓府罢时作，无据，解颈联亦凿。

饮席代官妓赠两从事

新人桥上着春衫〔一〕，旧主江边侧帽檐〔二〕。愿得化为红绶带，许教双凤一时衔〔三〕。

集　注

〔一〕【冯注】春衫即青袍，言将至也。【程注】李白诗：“新人非旧人，年年桥上游。”【按】着春衫，状其年少风流。

〔二〕【原注】隋独孤信举止风流，曾风吹帽檐侧，观者塞路。

〔三〕【朱注】绶，韨维也。红绶即朱绂。白居易诗：“鹘衔红绶绕身飞。”【冯注】徐曰：“陶潜闲情赋：‘愿在裳而为带，束窈窕之纤身。’”二句从此化出。按：后汉书舆服志：“诸侯王赤绶。”新书车服志有雁衔绶带、雕衔绶带。诗固借言耳。

笺　评

【冯班曰】太亵。（二冯评阅才调集）

【杨守智曰】此亦自喻。

【何曰】太亵狎。（辑评）

【徐德泓曰】新人、旧主，各谓一人。极艳意而却写得不俗。

【姚曰】此即“笑啼俱不敢，方信作人难”之意。

【冯曰】官妓送旧迎新，故以两从事为言。玩“从事”、“江边”

之字,必与上章(按指饮席戏赠同舍)同作,正见"不是花迷"之意。

【袁枚曰】风趣殊佳。(随园诗话)

【纪曰】不雅。(诗说)猥亵太甚。(辑评)

【俞陛云曰】"化为绶带"二句,从渊明闲情赋"愿在发而为泽,在履而为丝"等句点化而出。身化双带,分系新旧从事,颇见巧思。近人孙原湘诗:"何缘身为王馀片,分属江东大小乔。"王馀乃一鱼两身之鱼,较绶带尤为切合。(诗境浅说续编)

【张曰】此种雅诗而犹以为猥亵,吾不知何等诗方为不猥不亵也。饮席代妓之作,唐人此题极多,纪氏何妨举一篇不猥亵者为例。(辨正)

【按】"新人"、"旧主"不必定指新旧幕僚,泛指新识、旧交可也。首二谓彼皆年少风流,故三四云愿身化红绶,为"双凤"同时衔之。谑而近亵,张氏极力为之辩,且目之为"雅诗",殊可不必。

赠庾十二朱版〔一〕

固漆投胶不可开〔二〕,赠君珍重抵琼瑰〔三〕。君王晓坐金銮殿〔四〕,只待相如草诏来〔五〕。

集 注

〔一〕【自注】时庾在翰林,朱书版也。("也"字蒋本、姜本、戊签、悟抄作"上")【朱注】旧唐书:"大中三年九月,以起居郎庾道蔚充翰林学士。"疑即此人也。【冯注】礼记:"造受命于君前,书笏。”周礼天官司书疏曰:“古有简策以记事,若在君前,以笏记事,后代用簿。簿,今手版。”此朱版似朱色之版,或可以朱书之版也。徐氏谓是手版,不必拘定。【张曰】考翰苑群书重修承旨学士壁记:“道蔚大中六年七月十五日自起居舍人充。七年九月十九日加司封员外郎。九年八月十三日加驾部郎中知制诰,并依前充。十年正月十四日守本官出院,寻除连州刺史。”与旧纪不合。樊川集有庾道蔚守起居舍人充翰林学士等制。杜牧于大中五年冬自湖州刺史召拜考功郎中知制诰,此制即其时所作。则道蔚充学士,自当以壁记为定。道蔚十年正月十四日始出院,此诗必义山初从东川归时作也。【按】冯氏据旧唐书宣宗纪关于庾道蔚于大中三年九月以起居郎充翰林学士之误载,将此诗系于大中三年,固误。张氏据重修承旨学士壁记将此诗系于大中十年正月十四日道蔚出院之前,谓义山其时初从东川归,亦非。柳仲郢自东川节度使内征为吏部侍郎在大中九年十一月(据会笺考证),然仲郢接奉内征之制书后,并未立即启程返京,而是等待新任命之东川节度使韦有翼到任后方离梓返京。商隐有为京兆公乞留泸州刺史洗宗礼状,即系韦有翼到任后商隐为其代撰。则仲郢与商隐自梓州启程返京,当迟至大中九年末甚至十年初。以梓州至长安二千九百里需时约五十天计算,其抵京之时间当在十年二月末甚至三月初。据自梓返京途次所作重过圣女祠“一春梦雨常飘瓦”之句,其抵京之时间极有可能在暮春,其时庾道蔚早已出院。故此诗不可能作于大中十年正月十四日之前,只可能作于大中六年七月十五日以后至十年正月十四日以前的一段时间内。据编著者考证，商隐于大中七年冬曾自梓返京探望儿女，约八年春初抵长安，仲春或暮春初启程返梓。此诗及下两首即分别为在京期间、启程返梓前及返梓途中所作。详参李商隐梓幕期间归京考（载文史第五十八辑，二〇〇二年第一期），及下两首诗之系年考证。朱版，用朱笔书写之手版（即笏）。

〔二〕【朱注】古诗："以漆投胶中，谁能别离此？"【朱彝尊曰】朱版。【补】史记鲁仲连邹阳列传："感于心，合于行，亲于胶漆，昆弟不能离。"

〔三〕【程注】诗国风："何以赠之？琼瑰玉佩。"梁简文帝诗："顾怜碱砆质，何以俪琼瑰？"【冯注】说文："琼，赤玉。"又："火齐，玫瑰也。"以比朱版。【朱彝尊曰】赠。

〔四〕【姚注】五代会要："殿因金銮坡以为名，与翰林院相对。"

〔五〕【程注】翰林志："学士于禁中草诏，虽宸翰所挥，亦资检讨，谓之视草。"【冯注】汉书淮南王安传："武帝以安辨博，善为文辞，每为报书及赐，尝召司马相如等视草乃遣。"【朱彝尊曰】庾十二。

笺　评

【姚曰】不过以诗代柬。

【纪曰】代柬率笔。

【按】此赠庾十二以朱版之同时赠之以诗也。首二谓赠朱版，兼寓己与庾关系之亲密，赠朱版情意之殷勤。后二切庾之身份，且赞庾之文才与内职之重，羡其得君主之宠信也。

留赠畏之①〔一〕

清时无事奏明光〔二〕,不遣当关报早霜〔三〕。中禁词臣寻引领〔四〕,左川归客自回肠〔五〕。郎君下笔惊鹦鹉〔六〕,侍女吹笙弄凤凰〔七〕。空记大罗天上事②〔八〕,众仙同日咏霓裳〔九〕。

其二

待得郎来月已低,寒暄不道醉如泥〔一〇〕。五更又欲向何处?骑马出门乌夜啼。

其三

户外重阴黯不开,含羞迎夜复临台。潇湘浪上有烟景〔一一〕,安得好风吹汝来〔一二〕。

校　记

①除席本外,诸本均题作“留赠畏之”,题下自注云:“时将赴职梓潼遇韩朝回三首”。席本题下注“三首”作“作”。【按】二、三首与“赴职梓潼”无涉,题下注“三首”二字当系衍文,今删。详笺及注〔一〕按语。

②“记”原作“寄”,据戊签改。

集　注

〔一〕【朱曰】第二首绝句,唐人选入才调集,注云:“遇韩朝回。”【冯曰】原注必有误。第一首、第三首并非朝回,第一首并非将赴梓潼也。第二首似遇韩朝回,而以艳情寄意,原注中为后人妄添上六字,又移于首章题下耳。安得古本校正之欤?【按】此三首诗中,第一首七律题当作“留赠畏之”,题下自注“时将赴职梓潼,遇韩朝回”十字当亦原有。二、三两首七绝内容与“赴职梓潼”及“遇韩朝回”毫无关涉,当另有题,其题佚去后,遂与七律相连。后人遂于自注“遇韩朝回”之下加“三首”二字,以示留赠畏之原有三首。此与蝶三首(初来小苑中;长眉画了绣帘开;寿阳公主嫁时妆)、楚宫二首(十二峰前落照微;月姊曾逢下彩蟾)、无题二首(八岁偷照镜;幽人不倦赏)、咏史二首(历览前贤国与家;十二楼前再拜辞)诸篇情况相似,均为前后题相连,后题佚去,遂使后诗与前题及诗误合为一,后人又从而在题内加“二首”、“三首”等字。此三首之后二首当另标“失题二首”,现姑仍其旧。笺解时则分别释之。

〔二〕【朱注】汉官仪:“尚书郎直宿建礼门,奏事明光殿。”三秦记:“未央宫渐台西有桂宫,中有明光殿,珠玑为帘箔,金陀玉阶,昼夜光明。”【冯注】汉官仪:“尚书郎主作文书起草,夜更直建礼门内。”又:“郎握兰含香奏事”。【按】据此句用典,其时韩瞻当任尚书省某部郎中,疑即大中十年所任之虞部郎中之职。据大中九年王元逵墓志铭,大中八年韩瞻已为虞部郎中。详参张忱石唐尚书省右司郎官考一一四〇、一一四一页。

〔三〕【朱注】东观汉记:“汝郁载病征诣公车,台遣两当关扶入,拜郎中。”嵇康与山巨源绝交书:“卧喜晚起,而当关呼之不置。”【按】当关,守门者。

〔四〕【冯注】蔡邕独断:“天子所居,门阁有禁,称禁中。”此以内相望之。【岑仲勉曰】颂其有词臣希望,应着眼“寻”字。

〔五〕【朱曰】左川即东川。【按】左川归客，商隐自指，大中七年末自梓回京探望儿女，八年春在京。

〔六〕【朱注】后汉书祢衡传："黄祖大会宾客。人有献鹦鹉者，衡揽笔作赋，文无加点，辞采甚丽。"按此语谓韩瞻子偓也。偓小字冬郎，尝即席为诗，一座尽惊。

〔七〕【朱注】汉武内传："王母命侍女董双成吹云和之笙。"【姚注】说文："笙有十二簧，象凤之声。"【冯注】后汉书矫慎传有骑龙弄凤之字，即谓弄玉也。又补注曰：矫慎传："足下审能骑龙弄凤，翔嬉云间者。"

〔八〕【朱注】云笈七签："最上一天名曰大罗，在玄都玉京之上，合三十六天，总是三尊所统，故经云：'三界之上，眇眇大罗。'"艺林伐山："世传大罗天放榜于蕊珠宫，故称蕊榜。"【冯注】葛洪枕中记："玄都玉京七宝山，周回九万里，在大罗之上。"三洞宗玄："最上一天名曰大罗，在玄都玉京之上。紫微金阙，七宝骞树，麒麟师子化生其中，三世天尊治在其内。"按："之上"互异，不足校。【何曰】君惊、女弄是双声。（辑评）

〔九〕【朱注】郑嵎津阳门诗注："叶法善尝引上入月宫，闻仙乐。及归，但记其半，遂于笛中写之。会西凉节度使杨敬述进婆罗门曲，声调相符，遂以月中所闻为散序，敬述所进为腔，名霓裳羽衣也。"蔡宽夫诗话："唐开成初，尉迟璋尝仿古作霓裳羽衣曲以献，诏以曲名赐贡院为题，是岁榜首李肱所试诗即此题也。此曲世无谱，好事者每惜之。"○或云义山与畏之疑皆李肱榜进士，故有末句。其年高锴权知贡举。【朱彝尊曰】大抵以登仙喻及第耳。注云是岁榜首李肱所赋诗以霓裳羽衣曲为题，殆不可解。【冯注】唐逸史：

“罗公远尝与明皇游月宫，见仙女数百，皆素练霓衣，舞于广庭间，其曲曰霓裳羽衣，帝默记其音调而还。明日，召乐工作是曲。”按：诸书所记各有小异。文献通考：“唐明皇朝有大罗天曲，茅山道士李会元作。”新书礼乐志：“文宗诏太常卿冯定采开元雅乐，制云韶法曲、霓裳羽衣舞曲。”选举志：“太和八年，复罢进士议论而试赋，文宗从内出题。”唐摭言：“开成二年，高侍郎锴主文，恩赐诗题霓裳羽衣曲；三年，复前诗题为赋题，太学石经诗。”旧书高锴传：“自太和九年十月以本官权知礼部贡举，开成元年春试毕，进呈及第人名。文宗谓所试似胜去年，乃以锴为礼部侍郎，凡掌贡部三年。”朱曰：“或疑义山、畏之皆李肱榜进士，但本集于李肱不云同年。”按：锴自太和九年至开成三年榜出，凡贡举三年也。画松诗不称同年，或在未第时。但摭言专记科第类事，何以不书李肱事也？摭言又云高侍郎锴第一榜之明年，裴思谦以仇军容一缄求得巍峨。容斋随笔亦云锴第二年知举事，似开成二年榜元是裴。而唐诗纪事、全唐诗话皆云思谦开成三年登上第，则二年榜元是李肱也。唐时，秋命主司，明春放榜。云溪友议固云元年秋复司贡籍，则榜开于二年也，且当合考存疑耳。又曰：唐阙史：“开成初，文宗好古博雅，尝欲黜郑卫之乐，复正始之音。有太常寺乐官尉迟璋，善习古乐，遂成霓裳羽衣曲以献。诏中书、门下及诸司三品以上官具常朝服班坐以听，合奏，相顾曰：‘不知天上也，瀛洲也。’因以曲名宣赐贡院，充进士赋题。”按：补唐摭言。上是实指文宗所新定赐充赋题者。

【按】曰“众仙同日咏霓裳”，显非泛言，末联指开成二年应进士试殆无疑。

〔一〇〕【朱注】后汉书朱泽传："一日不斋醉如泥。"【冯注】谓夜深醉归，五更又入朝矣。此乃留赠之作也。【按】诗无入朝、留赠意，详笺。

〔一一〕【冯注】指竹簟，犹云水纹簟也。

〔一二〕【冯注】若曰安得吹来而并宿言情乎？其非朝回显然。

笺 评

【朱曰】（首章）此叹时命之不如韩也。（李义山诗集补注）

【钱曾曰】夫时事日非，期望畏之来，有所论建，而喑无一语，竟如吃如醒者，何也？故次章云"待得郎来月已低，寒暄不道醉如泥"也。随例趋朝，转辕回去，国成谁秉？若瑱耳不闻，宫邻金虎，委之蜩螗沸羹之徒，忠于君者若是乎？故继之以"五更又欲向何处，骑马出门乌夜啼"也。首章起句，即责韩以"清时无事奏明光"，反言之，亦激言之耳。词臣引领，归客回肠，义山于君臣朋友之间，情义恺切，且又托为艳诗，以委曲讽谕，此岂笨伯所能解乎？朱鹤龄注义山诗初稿云："此题有误。"予笑语之："义山既误作于前，韦縠才调集又误选于后，无知妄作，贤者无是焉。"鹤龄面发赤，因削去。今聊引此以启其端，见义山之诗之难读如此。（读书敏求记）

【冯舒曰】（次章）是赠同年，所以意深味旨，俗本改作无题诗，误甚。（删正二冯评阅才调集）

【冯班曰】（次章、三章）此是道韩瞻见疏之意，非无题艳作也。二首当另有题。（何焯引）

【朱彝尊曰】首章（七八句）以登仙喻及第。（二、三章之末批）情深意浃，艳昵之至，故才调集于此二首注云："遇韩朝回"

也。俗本讹作无题,谬甚。

【杨守智曰】(其三)“含羞”二字不可解。潇湘非梓潼地,亦不可解。

【何曰】(首章)前四句言居禁中者际会清时,并不须早霜趣朝;沦使府者漂零万里,更加以左川涉险,所以(肠)一日九回也。后四句言通显不如,固已回肠;骨肉之间,畏之又独际其盛。(回)思(同)“咏霓裳”,岂非云泥之判乎?中禁词臣寻引领二句:引领言可望不可亲,遂以中禁词臣之态待至戚同年也。梓潼在东川,故曰左川归客。郎君下笔惊鹦鹉:郎君指瞻之子冬郎,即致光也。(次章)执政者皆其所憾,独一至戚同年在中禁而又不足恃,则何异生世不谐作太常妻耶?从第一篇“自回肠”三字咀味,则作者之微情,但畏之都不能解,或冬郎却晓耳。○难于明言而托于狎昵之词,此离骚之法也。(三章)二篇(指二、三两章)画出一得意一失意相对情味来,读之可以泣下也。(据读书记。辑评小异,其首章有云:第二句谓返命本府,欲辞去而不得即见也。○“引领”状其意气扬扬。○下五句不过深自悼叹,而以责望于韩,亦愈婉切矣。其三章有云:不说仕无中人,却自恋烟景,妙。反作畏之怪其不来,微妙。)

【唐诗鼓吹评注】言今值清平之时,无事可奏于明光之殿,亦不遣司门之人报晓霜,以速君之早起也。今此朝回,则中禁词臣寻引领而望,而左川归客,肠一日而九回。乃余所致美于君者,鹦鹉才高,郎君有惊人之句;凤凰声好,侍女亦仙子之流。以余浮沉下位,忝属同籍,空想大罗天上之事,共咏霓裳之曲而已,言外有云泥之意。

【胡以梅曰】首言时际清平,上朝无事奏对而早回,遂燕私憩息，不令司阍通报踏霜早来之客……所以引领而望。……第四道出留赠心事，言如此远道走别，乃疏薄相待，岂不令人愁肠宛转乎。……下半首略无怒张之气，反加誉颂之词，但用一"空"字，则意尽包举。……

【陆曰】（首章）此诗上下分看。畏之居中禁而闲适，义山涉左川以崎岖，此通显之各异也。畏之有子十岁能诗，而义山子无闻焉，且与畏之并娶于王，而义山早赋悼亡，是骨肉之间，畏之又独际其盛也。回忆当日同登蕊榜，今彼此悬殊乃尔，又奚翅仙凡之隔耶。

【徐德泓曰】（首章）此赴蜀而留赠也。时韩为员外郎，故首言时无奏对之事，可从容晏起，不必令司阍报晓也。次联，言其即转秩清华，而在我则不忍离别，左川归客，自谓也。"郎君"句，美其子偓之才。"侍女"句，羡其室家之乐。李每赠韩诗，必有此种语。笺注以两人为僚婿也。结意盖云此日之分途如此，回忆同登蕊榜时，有不胜感叹矣，以"空记"二字含蓄之。

【姚曰】（首章）此叹时命之不如韩也。清时无事，自无早朝晏退之烦，清要之班，平步可至。所不堪者，故人此去，情绪苍茫，不禁为子回肠耳。且韩、李本僚婿之戚，而韩则郎君有鸑鷟之才，侍女皆凤凰之侣。回想登第时，虽曾大罗天上，同咏霓裳，而一荣一悴如此，宜其感叹而不能已也。

【屈曰】（首章）一二畏之官中禁悠悠无事，以见己之奔走天涯也。三四别后彼此相思。五六畏之家庭其乐如此，我方远去京师，仅辟幕职，回思当日同第，不意今日竟至云泥之别也。（次章）旧在留赠畏之下，误。（三章）前二句昔事，后二句今景。

【程曰】此诗前一首与后二首语似不伦，或疑编次有误。然原注云"三首"，则非误矣。钱遵王读书敏求记以为奄人用事，时事日非，期望畏之有所论建，而喑无一语，如呓如醒，故托为艳诗委曲讽喻。不知北司之横，天子宰相且不能制，而有望于畏之，不已苛乎？且与前首后六句绝不类也。愚按此必将赴梓潼而往谒畏之，值其朝回，而不一见，故有慨乎言之耳。义山特于题下注明。一首云"当关不报"，盖以明示其意矣。义山与畏之同年，又同为茂元之婿，畏之独居中禁，义山赴辟东川，一则时已悼亡，一则家室无恙，此肠之所以欲回也。次首极道韩之得意，亦己之所以回肠处。己之失意，而韩视之漠然，可为慨叹。五更骑马，门外乌啼，言韩无一刻得与故人款洽。三首言重门深闭，今日之来，我自含羞，何况潇湘烟水，怅望伊人，安得好风，惠我肯顾耶？昔则蕊榜同登，今则云泥判隔，语语讽刺，与前赴职梓潼留别畏之同一情思。

【冯曰】（首章）此东川归后作也。若如旧注，则赴职时方自秦入蜀，何云"归客"，一可疑也。前已有留别之作，此又云"留赠"，二可疑也。韩果朝回，首二句措辞反背，三可疑也。前云"剑栈风樯各苦辛"，与此大异，四可疑也。前云冬郎"十岁裁诗"，与此"下笔"之句相似而不同，此时当渐长矣，五可疑也。余故以为东川府罢，义山必回京乃至郑州。东观奏记曰："夏侯孜为右相，以虞部郎中韩瞻声绩不立，改凤州刺史。"旧书纪："大中十二年五月夏侯孜同平章事，则义山东川回京，韩实为郎中，篇中事迹相符，情味斯出矣。（二章）乃留赠之作也。……默庵误矣。作无题而意有所托，乃妙，本集之例皆然也。以入朝为向何处，亦惟作无题，庶免语病。然则古本才调集作无题，而下注“遇韩朝回”以疏之，若作“留赠畏之”，则可不注矣。赵氏刊万首绝句作无题二首，可以互证。杨曰：“此二首（二、三章）当更有题。”浩曰：题既当作无题，则并非为畏之发也。同年僚婿，必不澹漠至此。上首是去而留宿以候，及入朝时，终不得见；下首是傍晚又往谒也。惟子直之家情事宜然。绹于十三年始罢相，义山自东川归时必往相见，岂怨恨之深，并其题而亦削之欤？此解深入义山心坎，当与访人不遇之作同悟，庶为得其真矣。

【纪曰】第一首平平无取……特以情致取一首耳（按指第二首）。第三首情致亦佳，然不能及前一首。此题三首，后二首了不相涉，必遗去赠韩诗二首而以他诗入之也，午桥附会穿凿，亦固而已矣。（“待得”首）绝妙闺情，声调极似竹枝。此种自是艳体，唐人多有，必以义山之故，为之深解，斯注家之陋也。同年董曲江曰：“义山之诗，寄托固多，然亦有只是艳词者。如柳枝五首，设当日不留一序，又何不可作感慨遇合解也。”此语有见，因论此诗而附著之。（诗说）改作无题固妄，然实是失去赠韩诗二首，又失去此二首之题，误连为一，默庵（冯舒）强为作解，甚谬。程午桥又祖其说，愈用穿凿。此或可因前首侍女吹笙句云代作闺情为戏。第二首“潇湘岸上”之语，与韩何涉？（删正二冯评阅才调集）（二、三两章）情调极佳。（辑评）

【方东树曰】此诗（首章）用意亦轻浮。且起二句又与“朝回”不切。时将赴职而曰“归客”亦未解，想亦预指它日言之。

【曾国藩曰】程云此必将赴梓潼往谒畏之，值其朝回而不一见，故有慨乎言之耳。朱氏云左川即东川。愚按：此必自东

川奉使入京一次，故自称曰“归客”，与前留别畏之诗非一时也。（十八家诗钞）

【张曰】（首章）自注不误。“左川归客”，犹言思归之客，虚拟之词耳。首句朝回。三句祝韩掌诰。四句写己怀思。“郎君”二句，羡其妻子之乐，言外见己则妻亡子幼也。结言当时登第，彼此皆年少新婚，今日思之，真如一梦矣。冬郎即席为诗相送正此时，此诗亦必同时作也。旧本皆合待得郎来及户外重阴二绝句作三首，才调集只选第二首，则又注曰：“遇韩朝回”，细玩实不类，必他篇失题而错简者。冯默庵评才调集云俗本一作无题，可以悟其非一题矣，今仍分之。（二、三两章，张笺作无题二首。）冯说极确，此必与凤尾香罗一首同时作（张系大中五年赴蜀前夕），非东川归后也。（会笺）

【按】三首原非一题，后二首原有题而佚去，遂与七律留赠畏之相连，故宜分别笺释。冯氏谓“原注中为后人妄添上（时将赴职梓潼）六字，又移于首章题下耳”，纯属臆测。然七律留赠畏之之自注“时将赴职梓潼”与第四句“左川归客”之间，如按通常理解，确实存在难以调和之矛盾。若诗作于大中五年赴梓幕时，则不得言“左川归客”；若诗作于大中十年自梓州回京后，则不得谓“时将赴职梓潼”。曾国藩谓“此必自东川奉使入京一次，故自称曰归客”，此说发前人之所未发，然仅从此诗本身存在之矛盾提出假设，而未提供任何证据，故一直为研究者所忽略。

细审商隐诗文并详考其作年，发现大中七年冬至八年春，商隐确曾自梓返京，其证有五：

其一，商隐有为同州张评事（潜）谢辟启及为同州张评事谢聘钱启，系为新被同州刺史聘为幕僚之张潜所代撰之谢启。前启中提及此同州刺史乃是“荣自山阳（即楚州），来临沙苑（即同州）”。据唐故范阳卢氏荥阳郑夫人墓志及唐故承奉郎大理司直沈府君墓志铭，知此同州刺史系驸马都尉郑颢之父郑祇德。其刺楚州之时间约在大中五年至七年，其自楚州移刺同州之原因，据荥阳郑夫人墓志，乃是其时“关辅亢沴，民穷为盗，不可止”，故“朝廷借公治冯翊”。而通鉴大中七年：“冬，十二月，左补阙赵璘请罢来年元会，止御宣政。上以问宰相，对曰：‘元会大礼，不可罢，况天下无事。’上曰：‘近华州奏有贼光火劫下邽，关中少雪，皆朕之忧，何谓无事！虽宣政亦不可御也。’”所谓“有贼光火劫下邽，关中少雪”，正是郑夫人墓志所谓“关辅亢沴，民穷为盗，不可止”。故郑祇德之由楚州迁同州，当在大中七年冬。接到任命后当自楚州赴京入谢，时约在大中八年春，其奏署张潜为同州从事即在其时。（据唐阙史，会昌二年郑颢以状头及第，张潜为第二人，两人系同年。故郑祇德奏署潜为从事。）同州、梓州相距三千里，张潜绝不可能驰书数千里，请远在梓州之商隐为其代撰此区区二谢启，张潜又非商隐梓幕同僚（梓幕同僚有大理评事张觌、掌书记张黯，无张潜），故唯一之可能是撰谢启时商隐正在长安。

其二，商隐有为山南薛从事（杰逊）谢辟启，系为新被山南西道节度使奏辟为节度书记之薛杰逊所撰之谢启。冯浩据启内称幕主为“尚书士林圭臬，翰苑龟龙”，定此山南西道节度使为封敖。敖之镇山南，在大中四年至八年。

据启称敖为尚书，可证此启当作于大中六年二月敖因平鸡山事加检校吏部尚书之后。启又称“伏以家室忧繁初解，山川跋涉未任，须至季秋，方离上国。”说明作此启时薛杰逊既不在梓州，亦不在兴元，而系身在长安。故此启之作同样存在商隐其时身在何处之问题。薛亦不可能驰书数千里，请远在梓州之商隐撰此谢启；反之，则此启之作正证明大中六年二月封敖加尚书之后，大中八年夏秋间敖罢山南西道节度使之前，商隐曾回过长安。联系上引为张潜所撰谢启，则此启之作当与之同时（张潜非敖初到山南时所辟，而系到任已有较长时间后所辟，详启文，此处不赘述）。

其三，即商隐赠庾十二朱版诗。此诗不可能作于大中十年春商隐返京后，而应作于大中六年七月十五日至大中十年正月十四日一段时间内，已见该诗注〔一〕之系年考证。而参以为同州张评事（潜）谢辟启之作年考证，此诗亦当为大中八年春商隐自梓归京期间所作。

其四，商隐有行至金牛驿寄兴元渤海尚书诗，此“兴元渤海尚书”即大中四年至八年任山南西道节度使之封敖。冯谱系大中十一年商隐随柳仲郢还朝途次，张笺改系十年，均误。此诗当是大中六年二月封敖加检校吏部尚书后至大中八年夏秋间敖罢山南任前之某一春天（诗写景切春令）所作。结合为张潜所撰谢启，此诗当为大中八年春商隐自京返梓途次所寄。详下首编著者按。

其五，即留赠畏之诗。此诗之自注“时将赴职梓潼”及第四句“左川归客”，说明在大中五年九月至九年十一月整个梓幕期间，商隐曾有一次自梓归京、又自京返梓之行。

联系为张潜所撰谢启之写作时地,此诗当为大中八年春自京返梓前留赠韩瞻之作。

以上三文三诗,或证明大中八年春商隐在长安,或证明大中六年二月至八年春,商隐有行经金牛驿之行,或证明梓幕期间有归京返梓之行,或证明大中六年七月至十年正月间商隐曾在京。综合以上五证,而以为同州张评事潜谢辟启之写作时地为基准,则商隐大中八年春在京一事遂可肯定。据商隐樊南乙集序,大中七年十一月十日商隐尚在梓州;又据剑州重阳亭铭序,大中八年九月一日商隐已在剑州或梓州。则其归京返梓之时间当在此段时间内。再结合上述三文三诗,可以大体考定:商隐由于思乡念子情切,曾于大中七年仲冬由梓启程返京,约八年初春抵京。在京期间,曾分别为新奏署为同州从事之张潜及山南西道节度书记之薛杰逊代撰谢启,又有赠庾十二朱版诗。约在大中八年仲春末或暮春初启程返梓,行前往访韩瞻遇韩朝回,作留赠畏之七律。暮春末过金牛道,有行至金牛驿寄兴元渤海尚书,约是年夏返抵梓州。九月一日作剑州重阳亭铭。留赠畏之七律首联称羡韩瞻清时为郎官,职清贵而事清简,无早朝早起晏退之烦,切题注"遇韩朝回"。颔联谓韩寻将擢任内职,为中禁之词臣,而己则方自东川归京,又将赴职梓潼,沉沦漂泊,本自肠回心伤。腹联专美韩瞻,称羡其既有才思敏捷之子,又有室家之乐。"下笔惊鹦鹉",即"十岁裁诗走马成";"吹笙弄凤凰",即"鸳鸯何事自相将",而己之丧妻别子之情即暗寓其中。尾联则回顾当年共登蕊榜情事,"空记"二字,无限昔荣今悴、人荣己悴之慨尽在言外。

"待得郎来"与"户外重阴"二首则与"留赠畏之"之题及"时将赴职梓潼,遇韩朝回"之题注均迥不相关,其为另有题而佚甚为明显。"待得郎来"写女子盼望情郎之来,直至夜深。至郎来时月已西斜将落。而郎则酒醉如泥,不道寒暄,甫及五更又欲出门而去,但闻栖乌夜啼。"户外重阴"则写女子于户外重阴之暗夜登台迎候情郎之来,三四句系女子之心理独白,谓室内簟纹如水,似潇湘间之美好风景,安得有好风吹送汝来乎?此二首似为模仿竹枝一类民间歌曲之情诗。钱曾等强牵"留赠畏之"之题以解,且附会朋友间委曲讽谕之大义,殊为穿凿。

行至金牛驿寄兴元渤海尚书〔一〕

楼上春云水底天,五云章色破巴笺〔二〕。诸生个个王恭柳〔三〕,从事人人庾杲莲〔四〕。六曲屏风江雨急①〔五〕,九枝灯檠夜珠圆〔六〕。深惭走马金牛路〔七〕,骤和陈王白玉篇〔八〕。

校　记

①"急"原一作"色"。

集　注

〔一〕【朱注】元和郡县志:"梁州金牛县,武德二年置,取五丁力士石牛出金为名。"唐书:"兴元元年,升汉中郡为兴元府、山南西道治焉。"渤海尚书,以义山所作状考之,乃高元裕也。元裕会昌中为京兆尹,大中初为刑部尚书,但新、旧史本传及除官制辞并云"出为山南东道节度使",非兴元也。岂元裕自山南西道改东道,而史失书乎?俟再详。【冯注】

旧书志:“山南西道梁州兴元府。”旧书纪:“大中三年正月,以太常卿封敖检校兵部尚书,为兴元尹、山南西道节度使。”封敖传:“其先渤海蓨人。武宗时翰林学士、中书舍人。宣宗即位,迁礼部侍郎。大中二年典贡部,多擢文士,转吏部侍郎、渤海男。四年,出为兴元尹、山南西道节度使,历左散骑常侍。十一年,拜太常卿。”新书传:“加检校吏部尚书,还为太常卿。”按:文集有为渤海公高元裕举代状,而旧书纪有“大中二年七月,以前山南西道节度使高元裕为吏部尚书”,余初遂以此题必亦为高元裕,但旧、新书元裕传止书山南东道,不书西道,文苑英华有杜牧撰元裕除吏部尚书制,时当大中六年,由山南东道重拜天官,而追叙官资,初无兴元之迹,则纪文前山南西道必有错误,不可据。而此篇情味于封敖特为亲切,故改定焉。元和郡县志:“金牛县东至兴元府,一百八十里。”又按:余得高元裕神道碑,漫漶已甚,其仅存者云:“于宛陵□二郡理于汉南□八郡化。”又云:“为□州之五岁,慨然有悬车之念,累章陈恳,故复有□□□□之□,即日渡江,将休于□□。”又云:“大中四年夏六月廿日,次于邓,无疾暴薨于南阳县之官舍。”盖元裕观察宣歙,节度汉南,自汉南求罢。其阙文当是“为襄州之五岁”,“故复有吏部尚书之命”。行至南阳而遽卒。其为山南东道无疑。则传文是而纪文误。英华所载杜牧撰制“六年”字亦定误也。金石录云:“唐吏部尚书高元裕碑,大中七年七月。”合之此章行迹诗情,绝无一似。然则非封敖而谁欤? 【张曰】渤海尚书,封敖也。补编有为兴元裴从事贺封尚书加官启可证。冯氏未见补编,而考证暗与之合。高元裕未尝为山南西道,旧注误矣。

此诗盖义山随柳仲郢自东川还朝途次所寄。仲郢大中九年冬内征，诗有“楼上春云”，则到京已涉十年矣。【按】冯、张谓兴元渤海尚书非高元裕，而系封敖，甚是。然冯系此诗于大中十一年商隐随柳仲郢还朝途次，张改系十年，则均误。此诗乃大中八年暮春商隐自长安返梓州途次所作，详诗后编著者按语。

〔二〕【道源注】唐书：“韦陟使侍妾掌五采笺，裁答授意，陟惟署名，自谓所书‘陟’字若五朵云。”杜甫诗：“巴笺染翰光。”【冯注】周礼春官：“保章氏以五云之物辨吉凶。”孙氏瑞应图：“五色氤氲，谓之庆云。”书史会要：“封敖属辞美赡，而字亦美丽。”

〔三〕【朱注】晋书：“王恭美姿仪，人目之曰：‘濯濯如春月柳。’”

〔四〕庾杲莲，见南山赵行军新诗盛称游宴之洽因寄一绝。

〔五〕【姚注】古诗：“山屏六曲郎归夜。”

〔六〕【朱注】檠，去声。王筠灯檠诗：“百花曜九枝。”

〔七〕【姚注】十三洲志：“秦惠王未知蜀道，乃刻石牛五头，置金尾下，言此牛能粪金。蜀令五丁共引牛成道，秦因伐之。”

〔八〕【朱注】白玉篇今子建集不载，疑逸。【冯注】徐曰：“宋本作白马篇，用曹子建诗。”按：宋本余未见。乐府诗集曹植白马篇，宋袁淑以下效之，共十一首，多言边塞征战之事。而袁淑之篇言才贤从外来，长安群公竞致书币，而一诺许人，无惭侠烈也。岂为此所托意乎？且当作“玉”，阙疑。徐武源曰：“大意总叙诗文嘉会。……末言不得与会，而草率遥和佳篇耳。‘陈王’借比也；‘白玉’美词。”按：此解甚合。陈王白玉篇，以美尚书。“白玉”字不必拘看矣。【按】徐武源说是。

笺评

【赵臣瑗曰】一二言楼如此其高，水如此其清，尚书雄据上游，挥毫落纸，真不啻五色云霞之烂熳也。三四美诸生，美从事，皆所以美尚书也。不有贤主，何以得群才之聚会乎。五六"六曲屏风"、"九枝灯檠"，乃想像兴元楼上铺陈点缀之物……七八一掉，见金牛道上走马和诗之时，正兴元楼上雨急珠圆之候也，神理自是一片。

【陆曰】玩起结处，必渤海公有诗见贻，而义山寄和于行次者也。大意言眼前好景，皆入篇章，而幕下才人，又极一时之盛，宜其话雨剪灯，此唱彼和也。顾我不获置身其侧，扬扢风雅，而匆匆走马酬答，能无以草率自愧耶？

【徐德泓曰】大意总叙诗文嘉会。首联，言江楼为吟咏之地。次联，赞人才之妙。第五六句，乃想像楼中景色，兼有词源流峡，刻烛裁诗之意。末始自言不得与会而草率遥和佳篇耳。陈王，借曹植以比也；白玉，美词。

【姚曰】此必见幕中唱酬之作而遥和之，故有末句。高(此沿朱笺之误)必工于词翰，……楼上春云，美其艳丽，水底天，美其清澄。主人如此，宾从之佳可知。遥想开筵倡和之时，六曲屏风，疑来江雨；九枝灯檠，争握夜珠。才思飞腾，光华映射。而余以风尘走马之身，骤和陈王白玉之什，得毋嫌其唐突也乎？

【冯曰】金牛为秦、蜀孔道，在兴元之西南。兴元非此时所经，故云寄也。玩首联与六句，盖春正宴饮赋诗，义山途次闻之，发兴属和也。次句美原唱。三四门生宾佐之盛，当以公宴，故列叙之。结乃自言身在官程，仅可寄和，其非义山自为行役可知，否则何难纡道修谒哉？又曰：此章殊费考核，由于是朝简籍散乱也。旧书纪、传：大中元年，王起卒于兴元镇。三年正月，封敖出镇，中间更不书何人镇兴元也。三年十一月，纪书东川节度使郑涯、凤翔节度使李玭奏修文川谷路，下诏褒美。经年为雨所坏，又令封敖修斜谷旧路。东川当为山南之误。唐会要亦载此事，而曰大中三年十一月山南西道节度使郑涯云云。至四年六月，中书门下请诏封敖修斜谷旧路。通鉴于三年之末书山南西道节度郑涯奏取扶州。是则封敖之前，郑涯实镇之，而封非于三年春初至兴元也。后至十一年八月，纪云"以守散骑常侍渤海郡开国伯封敖为太常卿，九月卢钧为山南西道节度，十月以山南西道节度蒋系权知刑部尚书。合之蒋系传，是卢钧之前，蒋实代封出镇，而封之入朝守常侍，又无细年月可考也。封在镇颇久，节使每加常侍。余以仲郢内征，义山随之入朝，故有金牛走马之迹；若当赴柳幕时，时令不符。（大中三年春初，封若已抵镇，其时义山自巴蜀入京，亦可有此作，然情事必不可合。）故定编此。

【纪曰】太应酬气，三四尤俗。（诗说）

【曾国藩曰】首二句忆渤海公所居之胜景，而写入诗笺以寄义山。（十八家诗钞）

【张曰】亦当时随笔酬应之作，读者取其典切可也。且此类诗境，晚唐常调，尚未至俗不可耐。"诸生"一联，虽非佳句，然较之少陵"起居八座太夫人"，不犹愈乎？"尤恶"之评，殊欠平允，吾不谓然。（辨正）

【按】此诗作年，关键在考定封敖任山南西道节度使之时间下限。商隐剑州重阳亭铭并序作于大中八年九月一日，序云："侯蒋氏，名侑。"铭云："伯氏南梁，重弓二矛。

古有鲁卫,唯我之曹。”据旧唐书蒋乂传:子系、伸、偕、仙、佶。又蒋系传:“转吏部侍郎,改左丞,出为兴元节度使,入为刑部尚书。”宣宗纪:大中十一年十月,“以山南西道节度使……蒋系权知刑部尚书。”以上记载相互参证,可以确知,大中八年九月一日李商隐作剑州重阳亭铭并序时,剑州刺史蒋侑之堂兄蒋系已在山南西道节度使任(唐人习惯称山南西道使府所在兴元府为南梁。重弓二矛为节镇之仪。蒋系为侑之堂兄,故称“伯氏南梁,重弓二矛”。剑州属剑南东道,与山南西道邻接,故曰“古有鲁卫,唯我之曹。”)直至大中十一年十月方罢任。故行至金牛驿寄兴元渤海尚书一诗绝不可能是大中十年春或十一年春作,彼时之山南西道节度使早已是蒋系而非封敖。诗题称敖为“尚书”,诗有“春云”语,可证诗当作于大中六年二月封敖加检校吏部尚书后至八年春此三年中之某年春。复据前三首诗中关于商隐大中八年春曾自梓回京旋又返梓之考证,便可证实此诗乃商隐自京返梓途次所作,据“春云”语,其时约当大中八年暮春。

封敖与幕下文士当是于楼上宴饮赋诗,故有首联,谓春云水天,美景尽入诗笺。三四美幕下文士,兼美封敖。五六想像封与幕僚唱和于屏前灯下之情景,“江雨急”、“夜珠圆”,兼喻其诗思之敏捷、诗语之圆润。末则谓走马金牛,不得预此盛会,草此以和佳篇。因急于赶回梓州担任幕职,故商隐返梓时可能取骆谷路由长安至兴元,再由兴元西行入蜀,故先已在兴元拜谒过封敖并拜读其诗,未及赓和,即已续发,遂于金牛道上“骤和陈王白玉篇”,寄呈此诗。

梓州罢吟寄同舍〔一〕

不拣花朝与雪朝〔二〕，五年从事霍嫖姚〔三〕。君缘接座交珠履〔四〕，我为分行近翠翘〔五〕。楚雨含情皆有托，漳滨多病竟无憀①〔六〕。长吟远下燕台去，唯有衣香染未销〔七〕。

校　记

①“多”，朱本、季抄作“卧”。

集　注

〔一〕【冯曰】大中十年，征柳仲郢入朝。【按】仲郢罢东川镇，事在大中九年，见张氏会笺。此罢幕时吟寄幕府同僚之作。

〔二〕【补】不拣，不论。花朝与雪朝。犹春、冬，举春、冬以概一年四季。

〔三〕【朱注】汉书：“霍去病为票姚校尉。”按：师古音嫖，频妙反，姚，羊召反。服虔音飘摇，后人多从之。【冯注】荀悦汉纪作“票鹞”字。去病后为票骑将军，尚取“票姚”之字。今读者音飘遥，则不当其义也。【按】霍嫖姚，借指柳仲郢。句谓在柳幕任幕僚五年。史记建元以来王子侯者年表作“嫖姚”；史记卫将军骠骑传作“剽姚”。嫖姚，劲疾貌。王楙野客丛书卷六诗句用嫖姚事指出“嫖姚作平声用，自古已然”。

〔四〕【朱注】史记：“楚春申君上客三千人，皆蹑珠履。”【冯曰】此则谓妇人珠履。【按】冯说非，详笺。接座，座席相连。

〔五〕【朱注】招魂：“砥室翠翘，挂曲琼些。”注：“翠，鸟名；翘，羽也。”炙毂子：“高髻名凤髻，上有珠翠翘。”【补】翠翘，妇女首饰，状如翠鸟尾上长羽。朱注引招魂“翠翘”系指翠鸟尾羽，非此句所用。“翠翘”借指官妓。“分行”，诸家失注。按：“分行”，指歌舞筵上的舞行。杨师道咏舞：“二八如回雪，三春类早花。分行向烛转，一种逐风斜。”崔液踏歌词：“歌响舞行分，艳色动流光。”“接座”、“分行”皆顶上“从事”而来，两句互文，谓我与君等因任幕职，既得结交上客，亦常接近歌伎。

〔六〕【何曰】无题注脚。（见辑评。）【冯曰】接上，言同舍各有所欢，我独以病无憀，观辞张懿仙事可见矣。解者乃曰自为无题注脚，非也。【补】“楚雨”用高唐赋序“旦为朝云，暮为行雨，朝朝暮暮，阳台之下”语。“漳滨多病”用刘桢赠五官中郎将“余婴沉痼疾，窜身清漳滨”句意，谓己在幕多病。无憀，同“无聊”，无所依托，与上句“有托”相对。何、冯解均非。详笺。

〔七〕【冯注】“燕台”指幕府。习凿齿襄阳记：“刘季和曰：‘荀令君（彧）至人家，坐处三日香。’”言我惟怀府公之德，别无闲情牵绕也。旧书仲郢传：“三为大镇，厩无名马，衣不薰香。”此用典固不拘耳。

笺　评

【杨守智曰】“嫖姚”谓柳仲郢也。“楚雨”二句：观此则无题诸咏不烦言而解矣。

【何曰】后半言己不得志于时，偶托意声色，以遣放废无聊之怀。五年幕府，百无一成，惟染令公之衣香而已。仲郢之于义山，盖非深知，特失路无依，不得已而相随不去耳。

（见辑评。）

【陆曰】……言我与君同事五年，花朝雪朝，总在河东公所，相依不为不久矣。君为上客，获交珠履，公所尊也；我属末行，得近翠翘，公所亲也。计五年来，何所不有，或为有托之词，情如宋玉；或作无憀之卧，病等刘桢。客中况味，知我惟君。乃今公既左迁（按此沿旧传之误），我亦废罢，而同舍相知，将自此远别矣。衣香未销，令人思荀令不置也。

【徐德泓曰】楚雨荒唐，复以是篇明其托。

【姚曰】此因罢职归去，而诉知心者之难也。前半首作一气读，言五年从事以来，无日不接席分行于珠履翠翘间也。首联，是倒装法；次联，是互文法。相聚既久，吟咏自多，虽有流连风景之作，无异离骚美人之思。自今以后，则老病侵寻，惟有归卧漳滨而已。长吟远别，衣香未销。五年间朋游曲宴，恍如一梦，竟成何事！

【屈曰】五年共事，珠履相交，翠翘相近，皆非有意。五，诗有寄托；六，病甚无聊。结言终不及乱也。详诗意，似同舍有议近翠翘者。

【冯曰】玩题中“寄”字及第六句，则府未罢时义山已因病别居矣，乐营置酒一章可互证也。此因同舍有所恋恋，故调之。

【纪曰】起手斗入有力。结语感叹不尽。（诗说）又曰：“楚雨含情皆有托”句，则借夫妇以喻君臣，固尝自道。（纪河间诗话）

【黄侃曰】细审诗意，但叙述宴游之乐、声伎之美，而自叹为病所侵，不及府主恩礼一字，则其怨望，可于言外得之。措辞深婉而不激怒，此其所以难也。

【按】何焯等谓五句为无题作注，细按之，实不可通。此诗一二句已与同舍合起；三四句互文，兼及“君”、“我”；五句承上，“皆有托”合五年双方共同境遇而言；六句“独无憀”，转入己方；七八承六，就己作结。若谓五句指己之诗多寄托，于全篇结构及上下文义均未能合。冯氏已见及此说不可通，然解为“同舍各有所欢”，则于文义仍未安。“楚雨含情”而曰“有托”，显应为传统之所谓女有所托。解为同舍多情“各有所欢”，乃属不伦。冯氏此说，殆因饮席戏赠同舍一诗连类及之，然彼明曰“饮席戏赠”，此则罢幕吟寄，岂可以彼例此？“珠履”明指“上客”，冯氏为证成其说，亦曲解为“妇人珠履”，实不足取。此诗盖罢幕之际回顾五年梓幕生活之作。姚解前半首曰：“言五年从事以来，无日不接席分行于珠履翠翘间也。首联，是倒装法；次联，是互文法。”可从。五句承上，谓数年间承幕主照拂，彼此皆欣然有托；六句谓无奈己体弱多病，常无聊帐卧，而未能多奉诸君欢游也；结谓今则惨然远别矣，惟有旧日所染之衣香，犹未能销也。纪氏以“感叹不尽”评之，洵然。

蜀桐

 玉垒高桐拂玉绳①〔一〕，上含霏雾下含冰②〔二〕。枉教紫凤无栖处，斫作秋琴弹坏陵③〔三〕。

校　记

①“桐”原一作“梧”，英华作“梧”。

②“霏”原一作“非”。蒋本、姜本、戊签、悟抄、席本、影宋

抄、朱本作“非”。

③“坏”原作“广”，一作“坏”。据蒋本、姜本、戊签、悟抄、席本、钱本、影宋抄、朱本改。

集　注

〔一〕【冯注】见武侯庙、寄令狐学士。

〔二〕【冯注】史记天官书：“若雾非雾，衣冠而不濡，见则其域被甲而趋。”

〔三〕【朱注】琴操十二曲曰坏陵，伯牙所作。【冯注】徐曰：“陆机诗：‘齐僮梁甫吟，秦娥张女弹。’”弹与馆、汉叶，作去声。按：后汉书边让传：“章华赋：‘琴瑟易调，繁手改弹。’”与半、散、幹、汉叶。英华及诸旧本皆作“坏”，考御览、玉海引琴操本皆作“坏”，而他书或作“怀”，讹也。

笺　评

【贺裳曰】蜀桐诗“枉教紫凤无栖处，斫作秋琴弹广陵”，亦即乱石意。……叔夜死而广陵散不传，言外有知音难遇意，此语亦深也。（载酒园诗话卷一）

【吴乔曰】作者此种诗，以为必刺令狐，则固；以为全不相干，又恐没作者之意。且曰：“拂玉绳”，义山不至趁韵也。今日读之，只在疑似间耳。（西昆发微）

【何曰】此亦叹早栖使府，仅以文章自见也。又曰：不平之鸣，岂人所愿耶？（辑评）

【姚曰】叹世无知音也，非惜高桐之谓。

【屈曰】一二言材之良如此，正当留以栖凤，乃斫琴而弹广陵，世无赏音，徒枉令紫凤无栖处耳。

【程曰】此为大中十一年梓州府罢之作。题曰“蜀桐”，诗用

"玉垒",情事显然。其曰"紫凤无栖",自是以后,无复辟聘矣。

【冯曰】此二章(按连寄蜀客)余早悟为间之于西川者发也。但初定为大中二三年有望于杜悰之作,今乃知其非矣。当与寄成都高苗二从事互看。唐人托兴,每以夫妇之情喻君臣师友之契合,寄蜀客篇"文君"、"故夫",喻本是师生,情更浓至。其人必离西川,故言今岂还有长卿哉,何向之工于排间也!蜀桐篇言其声名高显,蒙上凌下,昔年尔实摈我,岂知今亦遭斫坏哉!其人或废弃,或已逝也。皆未定何年所作。以会昌末镇蜀者已非高锴,故酌编此(按冯编会昌六年)。愚细味诗情,详探游迹,始能得之。旧解动指令狐,于蜀客奚取焉?"坏陵"或谓当作"广陵",以喻杜悰由蜀移淮南,不知移镇依然显贵,义必不可通也。

【纪曰】此感遇之作,言空斫秋琴亦无赏音,非惜桐正惜琴也,用笔深曲,但其词不免怨以怒耳。(诗说)

【张曰】此为李回再贬贺州刺史而致慨也。回由西川左迁,"玉垒高桐",状使相之尊贵。次句即炎凉俄顷之感。结言当日忧谗畏讥,不能携我入幕,而岂知今日又遭贬黜乎?贺州之贬,传不详年月,当与卫公贬崖同时也。冯氏妄疑高锴,锴一生未尝失意,安得有此沉痛之篇章哉?(会笺)

【按】此对琴而有感也。题曰"蜀桐",乃指桐木斫成之琴。吴乔引李贺诗"吴丝蜀桐张高秋"释题,极确。一二极写"高"字,"拂玉绳"、"上含霏雾下含冰"皆然。三四谓斫此高桐为琴,虽可弹奏伯牙坏陵之曲,然世少赏音,徒使紫凤无栖宿之所,安得不使人感慨万端也哉!仲郢内征,有似良材之斫作玉琴,然己则从此托身无所矣。题为“蜀桐”，或寓微意焉。此诗第三句乃全篇主旨所在，最宜重看。

因书

绝徼南通栈①〔一〕，孤城北枕江〔二〕。猿声连月槛，鸟影落天窗②〔三〕。海石分棋子③〔四〕。郫筒当酒缸〔五〕，生归话辛苦，别夜对凝釭〔六〕。

校　记

①“徼”原作“檄”，非，据蒋本、姜本、朱本改。

②“鸟影”，【冯曰】“影”一作“语”，误。

③“海”，朱本、季抄一作“锦”。

集　注

〔一〕【冯注】汉书注：“东北谓之塞，西南谓之徼。”战国策：“栈道千里，通于蜀汉。”按：秦栈在北，剑栈在南。此谓南通剑阁也。“绝徼”字不足异，杜诗夔府已曰“绝徼乌蛮北”矣。

〔二〕【冯曰】地势虽难确指，大略嘉陵江畔接近巴山，唐为巴州、利州地，江水经此而南趋阆中。【按】据“南通栈”、“北枕江”，孤城指利州为宜。利州，今广元县。

〔三〕【朱注】鲁灵光殿赋：“尔乃悬栋结阿，天窗绮疏。”张载注：“天窗，高窗也。”【何曰】言无人。（辑评）【冯曰】言其高。【按】天窗，即窗之设于屋面以透光或通风者。

〔四〕【道源注】杜阳杂编：“日本东三万里有集真岛，岛上有凝霞台，台上有手谈池，池中出玉棋子，不由制度，自然黑白分明，冬温夏冷，谓之冷暖玉。更产楸玉，状如楸木，琢之为棋局,光洁可鉴。”【冯注】徐曰:“杜诗:‘锦石小如钱’,则可以为棋矣。”按:川江固多锦石,然不闻可为棋。旧本皆作“海”,不可改也。万花谷续集广西路钦州题咏:“僧怜海石为棋子,客惧蛮螺作酒杯。”出陶弼诗。按:亦云海石为棋,必川广间有此物产。又唐释齐己诗“陵州棋子浣花笺,深愧携来自锦州”,陵州属剑南道,当亦类此。

〔五〕【朱注】华阳风俗录:“郫县有郫筒池,池旁有大竹。郫人刳其节,倾春酿于筒,苞以藕丝,蔽以蕉叶,信宿香闻于林外,然后断之以献,俗号郫筒酒。”

〔六〕【冯注】广韵:“釭,灯也。”

笺 评

【朱彝尊曰】诗叙蜀事,以别绪作结,则“因书”犹即事也。

【杨守智曰】“猿声”二句:奇句。

【姚曰】此必附书故旧,而述彼中之客况也。绝徼孤城,天窗月槛,荒迥如此。棋枰酒盏,聊以自遣,正不知有日生归,夜灯相对,话此辛苦否?此即“何当共剪西窗烛,却话巴山夜雨时”之意。

【屈曰】因寄书故国而作也。前六句皆绝徼景物,结言何日得生归故里,夜灯之下话此辛苦也耶?

【程曰】此亦梓州府罢北归之作。

【冯曰】亦寄内诗,与上首(按指夜雨寄北)同。次联旅宿荒凉之景。细味诗情,实有属望于巴蜀间者,而迄无遇合,欲归犹未归耳。下半言辛苦行役,仅为棋酒之资,其何益哉!只堪归而相对言愁耳。其后阆州屡有追慨,当于此寻根也。

【王鸣盛曰】如无摇落等三篇,则竟可删抹此段(按指大中二年蜀游），尽徙之东川矣，今不能也。

【纪曰】偶记之作，不以诗论。此必蜀中归来为人述其风土因而韵之，故末句云云而题曰因书也。（诗说）题上有脱字。（辑评）

【张曰】此义山桂管府罢，座主李回贬湖（当作湘），滞留巴蜀寄内之作也。"因书"者，因家书却寄也。盖义山赴蜀，大有望于李回湖南幕府，及李回赴镇，义山不能同去，必有隐恨，故诗中夜雨寄北、北禽诸作，皆一时之情事也。○亦大中二年作，暗寓巴阆遇合无成之恨。盖李回既不能携之赴湘，而阆中所图又变。结言惟有归而相对话愁耳。前六句皆叙留滞蜀中景况。"海石"、"郫筒"，则言所得仅此而已。此为寄内之作。惟阆中不详属意何人，其人必亦李党，冯氏疑为夔州刺史李贻孙，文集有为李贻孙上李相公启，所测似近之。或疑时杜悰代回移西川，何以义山不谒见，而抒情诗尚有"早岁乖投刺"句耶？不知悰系牛党，与赞皇相恶。自义山婚于王氏，令狐交谊已乖，此时子直一门，尚未转圜，义山自不敢轻投杜悰，此义山当时隐衷也。细玩万里风波、相思树上诸篇，言外微意，大可想见。甚矣，诵诗读书，不可不知其人、论其世也已！（辨正）

【按】此当梓幕罢归时作。"因书"，朱彝尊谓"即事"，甚是。南通栈而北枕江之"孤城"，似为利州。义山罢幕归京经利州，有筹笔驿，与因书或为同时同地之作。利州不属东川，义山居梓幕时虽亦可能至其地，然细味末联，解为梓幕罢归途经所作更切。盖"何当共剪西窗烛，却话巴山夜雨时"之与"生归话辛苦，别夜对凝釭"，一则归期未卜，一则归期已卜，貌似而实异。"海石"二句，借蜀中事物概述羁泊蜀中生活状况，冯解非。

筹笔驿〔一〕

猿鸟犹疑畏简书①〔二〕，风云长为护储胥〔三〕。徒令上将挥神笔〔四〕，终见降王走传车②〔五〕。管乐有才真不忝③〔六〕，关张无命欲何如④〔七〕？他年锦里经祠庙〔八〕，梁甫吟成恨有馀〔九〕。

校　记

①"猿"原作"鱼"，据朱本及季抄改。

②"传"，戊签作"副"，非。

③"真"，朱本、季抄作"终"。【按】"终"，纵也，义似较长。然与上句字复。

④"欲"原一作"复"。

集　注

〔一〕【朱注】方舆胜览："筹笔驿在绵州绵谷县北九十九里，蜀诸葛武侯出师，尝驻军筹画于此。"杜牧诗："永安宫受诏，筹笔驿沉思。画地乾坤在，濡毫胜负知。"【冯注】一统志："保宁府广元县北八十里有筹笔驿，蜀相诸葛亮出师，尝驻于此。唐李义山诗云。"全蜀艺文志：利州碑目："旧有李义山碑，在筹笔驿，因兵火不存。"按：今之广元县，唐利州益昌郡绵谷县地也。【薛雪曰】筹笔驿"笔"字，不可实作笔墨之笔用。唐人如杜樊川之"挥毫胜负知"，李玉溪之"徒令上将挥神笔"，皆实作笔墨之笔用矣。（一瓢诗话）【按】今四川广元县北有朝天岭，路径绝险，岭上有朝天驿，即古筹笔驿。见读史方舆纪要六八保宁府。筹笔，筹画（军事）。

〔二〕【程注】诗："岂不怀归？畏此简书。"【冯注】（诗）传曰："戒命也。"【按】指军中命令文书。

〔三〕【朱注】扬雄长杨赋："木雍枪累，以为储胥。"注："木拥栅其外，又以竹枪累为外储（胥）。"【冯注】韦昭曰："储胥，蕃落之类。"【按】二句谓筹笔驿一带，山势高峻，猿鸟不近，似仍惧当年诸葛亮之森严军令，风云屯聚，又似长久护卫当年之藩篱壁垒。

〔四〕【冯注】世说："晋文王固让九锡，司空郑冲就阮籍为文敦喻，宿醉扶起，书札为之，时人以为神笔。"【程注】鲍照飞白书势铭："君子品之，最是神笔。"【按】上将，犹主将，此指诸葛亮。孙子地形："料敌制胜，计险厄远近，上将之道也。"王维燕支行："教战虽令赴汤火，终知上将先伐谋。"挥神笔，指筹画军事，挥笔出令，料敌如神。

〔五〕【冯注】蜀志："邓艾至城北，后主舆榇诣军垒门，艾解缚焚榇。后主举家东迁至洛阳。"潘岳西征赋："作降王于道左。"史记田横传："高帝赦齐王田横罪，田横乃乘传诣洛阳。"游侠传："条侯乘传车将至河南。"汉书注："传若今之驿。古者以车，谓之传车；后人单置马，谓之传驿。"

〔六〕【程注】蜀志："诸葛亮自比于管仲、乐毅，时人莫之许也。惟博陵崔州平、颍川徐庶与亮友善，谓为信然。"

〔七〕【冯注】蜀志："先主与羽、飞恩若兄弟。先主定益州，羽督荆州，攻曹仁于樊，降于禁，斩庞德，威震华夏。曹公议徙许都以避其锐，乃遣人劝孙权蹑其后。羽引军还，权据江陵，遣将逆击羽，斩之。先主伐吴，飞当率兵万人自阆中会江州。临发,其部下将张达、范强杀之,持其首顺流而奔孙权。魏谋臣程昱等咸称羽、飞万人之敌。”蜀志杨戏传:“关、张赳赳,陨身匡国。”【查慎行曰】管乐关张皆实事,胜前玉玺、锦帆。

〔八〕【姚注】蜀志:“锦里,成都地名,武侯祠在焉。”【冯注】见武侯庙古柏。【补】他年,犹往年。“他”字用以指时间者,一为将来之义,如“他生未卜此生休”(马嵬),“他日扁舟有故人”(赠郑谠处士)。一为过去之义,如“细路独来当此夕,清樽相伴省他年”(野菊),“岭外他年忆,于东此日逢”(九月于东逢雪),此句“他年”系后一义,指大中五年冬至西川推狱,曾谒武侯庙一事。

〔九〕【程注】蜀志:“亮躬耕陇亩,好为梁父吟。”【冯注】见偶成转韵。白虎通:“梁甫者,泰山旁山名。”西溪丛语:“文选张衡四愁诗:‘我所思兮在泰山,欲往从之梁父艰。’注曰:‘言王者有德则封泰山。泰山以喻时君,梁父以喻小人。’诸葛好为梁父吟,恐取此意。”按:所传武侯梁父吟,专咏齐晏婴以二桃杀三士事,有云:“力能排南山,文能绝地纪。一朝被谗言,二桃杀三士。”似叹蕴文武之才,而恐为人所斥也。前游(按指所谓大中二年蜀游)不得志,当亦有谗之者。【按】梁父吟本挽歌,歌词悲凉慷慨。今传梁父吟古辞托为诸葛亮作,唐诗人如李白亦袭其说。此诗所谓梁父吟,实指作者大中五年谒武侯庙时所作之武侯庙古柏一诗。盖梁父吟古辞咏二桃杀三士事,后世或以诸葛亮借此抒写政治感慨,故此处转指有寄托感慨之诗篇。(作者在偶成转韵中亦自谓“我生粗疏不足数,梁父哀吟鸲鹆舞”。)武侯庙古柏有句云:“玉垒经纶远,金刀历数终。谁将出师表,一为问昭融?”与“恨有馀”之语正合。二句谓往年曾谒武侯庙,写成吊古伤今之诗篇,深感馀恨无穷。明说“他年”“吟成恨有馀”,实兼寓今日咏怀古迹时亦有类似感慨。【许印芳曰】“有”字复。

笺　评

【范温曰】文章贵众中杰出,如同赋一事,工拙尤易见。余行蜀道,过筹笔驿,如石曼卿诗云:“意中流水远,愁外旧山青”,脍炙天下久矣。然有山水处便可用,不必筹笔驿也(冯浩按:石曼卿诗叙蜀事毕,乃为此追怆之句,岂得谓有山水处便可用耶?)。殷潜之与小杜诗甚健丽,亦无高意。惟义山诗云:“鱼鸟犹疑畏简书,风云长为护储胥”,简书盖军中法令约束,言号令严明,虽千百年之后,鱼鸟犹畏之也。储胥盖军中藩篱,言忠谊贯神明,风云犹为护其壁垒也。诵此两句,使人凛然复见孔明风烈。至于“管乐有才真不忝,关张无命欲何如”,属对亲切,又自有议论,他人亦不及也。(引自郭绍虞辑宋诗话辑佚。)

【方回曰】起句十四字壮哉!五六痛恨至矣。(瀛奎律髓)

【范晞文曰】前辈云:诗家病使事太多,盖皆取其与题合者类之,如此乃是编事,虽工何益。李商隐人日诗(略)正如前语。若隋宫诗云:“玉玺不缘归日角,锦帆应是到天涯。”又筹笔驿云:“管乐有才真不忝,关张无命欲何如?”则融化斡旋如自己出,精粗顿异也。

【顾璘曰】此篇八句匀停,略成晚唐一体。(唐诗选脉笺释会通评林引)

【周珽曰】此追忆武侯而深致感伤之意。谓其法度忠诚,本足感天人，垂后世，然筹画虽工，而汉祚难移，盖才高而命不在也。他年而经武侯祠庙，而恨功之徒劳，与武侯赋梁父吟所以恨三良者更有馀也。联属清切而又有意，他人不能及。（唐诗选脉笺释会通评林）

【金圣叹曰】言直至今日，而鱼鸟犹畏，然则当时上将挥笔，其所号令、部署，为是何等简书，何等储胥！而彼刘禅也者，乃终不免衔璧舆榇，跪为降王，此真不能不令千载英雄父兄拊膺痛哭至于泪尽出血者也。○分明如子美先生手！后解言：然此亦无用多责刘禅也。天生武侯，虽负王霸之才，然而炎德既终，虎臣尽陨，大事之去，早有验矣。所以鞠躬尽瘁，犹未肯即弛担者，只为远答三顾之殷勤，近奉遗诏之苦切耳。至于自古有才，决是无命，此固不能与天力争者也。

【朱彝尊曰】“管乐”二句，感慨无限。（复图本）

【黄周星曰】少陵之叹武侯“诸葛大名”一首正可与此诗相表里。（唐诗快）

【杨守智曰】属对最亲切，又有议论。

【冯舒曰】荆州失，翼德死，蜀事终矣。第六句是巨眼。（临二冯阅本瀛奎律髓）

【沈德潜曰】瓣香在老杜，故能神完气足，边幅不窘。（唐诗别裁集）

【胡以梅曰】起得凌空突兀……猿鸟无知，用“疑”。风云神物直用“长为”矣，有分寸。“徒令”与“神”字皆承上文，而转出题面，下则发议论。五申明三四，六则言第四所以然之故，……结借少陵诗“可怜后主还祠庙，日暮聊为梁父吟”之语，言昔年有人经过后主之祠庙，吟成梁父而有馀恨，今我同有馀恨于后主也，……此结应降王也。

【赵臣瑗曰】鱼鸟风云,写得诸葛武侯生气奕奕。"徒令"一转,不禁使人嗒焉欲丧。郑庄公有云:"天而既厌周德矣,吾其能与许争乎?"由此言之,汉祚之衰,固非武侯之力所可得而挽回也。自古英雄有才无命,关、张虎臣,先后凋落,即大事可知矣。然武侯之志未申,武侯之心不死,后之过其地而吊之者,其能无馀恨耶? 此诗一二擒题。三四感事。五承一二,六承三四,尚论也。七八总收,以致其惓惓之意焉。

【唐诗鼓吹评注】此追忆武侯之事而伤之也。首言武侯曾驻师于此,其军法严明,至今鱼鸟犹敬畏之。且忠感天地,故风云长护其壁垒而不毁也。所惜者武侯笔画筹策,指挥若神,而终见后主璧榇诣降之事,则当日出师之举,亦属徒劳而已也。夫亮以管、乐自比,固无所忝;而关、张无命,汉祚终移,其奈之何! 今于此驿既不能无所感,若他年经成都而拜祠庙,读梁父之吟,以先生之惜三人者惜武侯,悲伤又宁有既哉!

【何曰】议论固高,尤当观其抑扬顿挫处,使人一唱三叹,转有馀味。○不离承祚旧论,却非承祚本意,读书论世真难事。○"猿鸟"二句,一扬。"简书"切"筹笔","储胥"切"驿"。○"徒令"二句,一抑。破题来势极重,妙在次联接得矫健,不觉其板。○"管乐"句,此句又扬。○"关张"句,此句又抑。○"他年"句,对"驿"字。"梁父"句,对"筹笔"。(读书记)"终见"句,起"恨"字,反醒"驿"字。又曰:起二句本意已尽下而无可措手矣,三四忽作开笔。五六收转,而两意相承,字字顿挫。七八振开作结,与少陵丞相祠堂作不可妄置优劣也。起二句即目前所见,觉武侯英灵奕奕如在。通首用意沉郁顿挫,绝似少陵。(辑评)

【陆鸣皋曰】此咏诸葛武侯也。首言此地气象，至今尚自凛然，猿鸟犹畏，而风云常护也。次言空费筹画，而蜀终亡。“管乐”二句，写得亲切，较杜“蜀相祠堂”“诸葛大名”二作，似更沉着。

【陆曰】直是一篇史论，而于“筹笔驿”三字又未尝抛荒。从来作此题者，摹写风景，多涉游移，铺叙事功，苦无生气，惟此最称杰出。首云“简书”，指筹笔也。次云“储胥”，指驿也。妙在衬贴猿鸟、风云等字，又妙在虚下犹疑、常护等字，见得当时约束严明，藩篱坚固，至今照耀耳目也。国家得将才如此，何功不成，而生前之画地濡毫，不能禁身后之衔璧舆榇，岂非有臣无君，而大厦之倾，一木莫支耶？观于关、张无命，而知蜀之不振，天实为之，非公才之有忝管、乐也。过祠庙而吟梁父，为公抱馀恨者，不独今日为然矣。以“祠庙”应“驿”字，以“梁父吟”应“筹笔”字，法律最严。

【姚曰】此因武侯志业不遂，而叹时命之不可强也。猿鸟风云，千古下犹觉神灵俨在。以此吞吴并魏，亦复何难？衔璧之辱，诚公之所不及料也。然公才诚不愧管、乐，天意且并不留关、张，徒使他年过锦城者，吟梁父而怀遗恨耳。

【屈曰】一二壮丽称题，意亦超脱。下四句是武侯论，非筹笔驿诗。七八犹有馀意。四、六二句与题无涉，律以初、盛之法，背谬极矣，而范元实称之，甚矣真知之难也！一二既言英灵至今犹存，三四法当诵忠武之神机，鬼神莫测，五六仍写驿景方是。乃作轻薄之词，将鞠躬尽瘁之纯忠，反若多事者，不惟诗法皆谬，议论如此，识见何等！

【杨曰】沉郁顿挫，绝似少陵。（冯笺引）复图本无此条。

【纪曰】起二句斗然抬起，三四句斗然抹倒，然后以五句解首联，六句解次联，此真杀活在手之本领，笔笔有龙跳虎卧之势。○他年乃当年之谓，言他时经过其祠，恨尚有馀，况今日亲见行兵之地乎。亦加一倍法，通篇无一钝置语。（瀛奎律髓刊误）起手抬得甚高，三四忽然驳倒，四句之中几于自相矛盾，盖由意中先有五六一解，故敢下此离奇之笔，见是横绝，其实稳绝。前六句夭矫奇绝，不可方物，就势直结，必为强弩之末，故提笔掉转前日之经祠庙吟梁父而恨有馀，则今日抚其故迹，恨可知矣。一篇淋漓尽致，结处犹能作掉开不尽之笔，圆满之极。蒙泉曰：起二句本意已尽，无可措手矣，三四忽作开笔。五六收转，两意相承，字字顿挫。七八拓开作结，与少陵"丞相祠堂"作不可妄置优劣也。问诗复二"终"字恐是一病。曰自是一病，然席氏百家本系翻雕宋刻，此句作"真不忝"也，或朱本讹耳。香泉曰："议论固高，尤难其抑扬顿挫处一唱三叹，转有馀味。"此最是诗家三昧语，若但取议论而无抑扬顿挫之妙，则胡曾之咏史矣，须知神韵筋节皆自抑扬顿挫中来。（诗说）

【宋宗元曰】起势突兀，通首一气呵成。（网师园唐诗笺）

【姜炳璋曰】一二，就驿中所见，是人心望驿感动，觉得如此也，已为"恨"字钩魂摄魄。岂知古驿能感动千载人心，乃不免后主传车入魏乎？有才无命，恨何如也！六句一气写出"恨"字来。末则欲代舒其恨也。

【许印芳曰】沈郁顿挫，意境宽然有馀。义山学杜，此真得其骨髓矣。笔法之妙，纪批尽之。（瀛奎律髓汇评引）

【方东树曰】先君云："此诗人不得其解，以为布置不匀。不知武侯之能尚待呆说乎！诗只咏蜀之亡，天命为之。'关张'句尤有识力。起正赋题。第四句是主，末只作衬收驿耳。"

又曰:"'恨有馀'三字收足。"树按:义山此等语,语意浩然,作用神魄,真不愧杜公。前人推为一大家,岂虚也哉!但存此等三十二首,而删其晦僻支离、轻艳流奕者,岂不洗清面目与天下相见。海峰多爱,不免滥登耳。起正赋题。三四转。五句承第三句。六句承第四句。收离题有味。

【吴闿生曰】(一二)起得有神。(五六)名隽。(七八)华严精警,义山独擅。(今古诗范)

【王文濡曰】(首句)言威灵所及,猿鸟常生惊畏也。(次句)言武侯出师之处,至今灵气如存,风云常护,猿鸟过之,犹生惊畏,况在当时乎?(三四)二句言武侯不能挽回汉运。(五句)用远衬法,(六句)用近衬法。言关张勇而无命,不能助成武侯之业,正武侯所无可奈何者。(末句)恨有馀者,恨后主不肖先主,未能展其经纶也,应上"徒令上将挥神笔"句。○运用故事,操纵自如,而意亦曲折尽达,此西昆体之最上乘者。(唐诗评注读本)

【张曰】此随仲郢还朝途次作。结指大中五年西川推狱,曾至成都也。(会笺。系大中九年。)

【按】论者多以此诗与杜甫蜀相并提,就其艺术成就言,固可比肩,然此诗内容,实更近于杜之咏怀古迹第五首。"伯仲之间见伊吕,指挥若定失萧曹",即此诗"管乐有才真不忝"之意,而"运移汉祚终难复"一语,更直可移作此诗主题。惟杜作于"运移汉祚"之前提下仍强调其"志决身歼军务劳"之主观精神品质,李作则深慨才人志士之无能为力,突出诸葛所遇之客观条件。诗中因地及人,于追思赞叹诸葛之同时,对其遭逢庸主、失去辅翼,终致志业无成深致感慨。晚唐政治腐败,危机深重,才智之士因客观环境限制，既难成大业，且往往不免遭受排挤打击。李德裕之遭遇即其显例。作者于吊古中，当融有现实感慨。蜀相已兼用抒情、写景、叙事、议论，义山此作亦融四者为一体，而议论成分更见突出，故陆氏谓“直是一篇史论”，然不落论宗者，正缘其以抒情贯穿议论耳。于抑扬顿挫中突出诸葛“才命相妨”之悲剧，尤为本篇特色。

据“他年”句，此诗或为随柳仲郢还京途次作。

重过圣女祠〔一〕

白石岩扉碧藓滋〔二〕，上清沦谪得归迟〔三〕。一春梦雨常飘瓦①〔四〕，尽日灵风不满旗〔五〕。萼绿华来无定所〔六〕，杜兰香去未移时〔七〕。玉郎会此通仙籍〔八〕，忆向天阶问紫芝〔九〕。

校记

①“梦”，蒋本、戊签作“猛”，非。

集注

〔一〕【冯注】水经注：“故道水合广香川水，又西南入秦冈山，尚婆水注之。山高入云，悬崖之侧，列壁之上，有神像若图，指状妇人之容，其形上赤下白，世名之曰圣女神，至于福应愆违，方俗是祈。故道水南入东益州之广汉郡界。”按：合水经注、通典、元和郡县志诸书，两当水源出陈仓县之大散岭，西南流入故道川，谓之故道水。其云“西南入秦冈山”者，在唐凤州之境，州西五十里，则两当县也。凤州南至兴元府几四百里，东南至褒城县几三百里。而唐时兴元至上都，或取骆谷，或取斜谷，若从驿路，则一千二百馀里，其途较纡也。此为自兴元至凤州，出扶风郡之陈仓县大散关时经之无疑也。【按】圣女崖在陈仓县、大散关之间。近人或谓圣女祠即女道士观之代称。陈贻焮谓圣女祠即指玉阳山玉真公主之灵都观。考唐代确有圣女祠，与商隐同时之许浑有圣女祠五律云："停车一卮酒，凉叶下阴风。龙气石床湿，鸟声山庙空。长眉留桂绿，丹脸寄莲红。莫学阳台伴，朝云暮雨中。"张祜有题圣女庙云："古庙无人入，苍皮涩老桐。蚁行蝉壳上，蛇窜雀巢中。浅水孤舟泊，轻尘一座蒙。晚来云雨去，荒草是残风。"稍后之储嗣宗亦有圣女祠云："石屏苔色凉，流水绕祠堂。巢鹊疑天汉，潭花似镜妆。神来云雨合，神去蕙兰香。不复闻双珮，山门空夕阳。"此三首圣女祠(庙)诗写实色彩颇浓，当系实有其祠。三首均提及祠在山间，与商隐圣女祠五排"寡鹄迷苍壑"者合，许浑诗有"停车"语，可见祠在路旁，与商隐同题五排"苍茫滞客途"、"此路向皇都"者合。张、储二诗提及"浅水孤舟泊"、"流水绕祠堂"，见祠当建于圣女崖之下，故道水之滨。许诗写到祠内供有圣女神像，亦与商隐七律圣女祠相合。故朱鹤龄、冯浩谓圣女祠在陈仓、散关间，当可信。商隐此前已作圣女祠五排、七律各一首，作年不详。此篇张氏会笺系大中十年自梓还京途次，兹从之。据"一春梦雨"句，当在暮春时。又，胡大浚曾著文谓"广香川水今人称庙河，当地百姓叫两当河；尚婆水，即今天的永宁河，在今甘肃徽县东境，南流至徽县、两当交界处入嘉陵江，便是秦冈山圣女崖所在的地方。这个地方，南距陕西略阳县界南有数十里。"文载唐代文学研究第十辑。录以备考。

〔二〕【冯注】江淹诗:“闺草含碧滋。”

〔三〕【朱注】灵宝本元经:“四人天外曰三清境:玉清、太清、上清。亦名三天。”太真经:“三清之间,各有正位:圣登玉清,真登上清,仙登太清。”释道源注:“上清蕊珠宫,大道玉宸君居之。”【冯注】登真隐诀:“上清,太上宫名,玉晨道君所居。”

〔四〕【朱注】梦雨用巫山神女事。九歌:“东风飘兮神灵雨。”【程注】庄子:“虽有忮心者,不怨飘瓦。”【补】王若虚滹南诗话引萧闲语曰:“盖雨之至细若有若无者,谓之梦。”

〔五〕【道源注】云笈七签:“灵风扬音,绿霞吐津。”【朱注】陶贞白真诰:“右英王夫人歌:阿母延轩观,朗啸蹑灵风。”【徐曰】祠中树旗,如汉书郊祀志“画旗树太乙坛上,名灵旗”之类。【程注】扶桑神王歌:“虎旗郁霞津,灵风幡然理。”【屈曰】不满旗,寂寞之意。【按】灵风,即神风。

〔六〕见无题(闻道阊门萼绿华)。

〔七〕【朱注】墉城仙录:“杜兰香者,有渔父于湘江之岸见啼声,四顾无人,惟一二岁女子,渔父怜而举之。十馀岁,天姿奇伟,灵颜姝莹,天人也。忽有青童自空下,集其家,携女去。临升天,谓渔父曰:‘我仙女也,有过谪人间,今去矣。’其后降于洞庭包山张硕家。”搜神记:“汉时有杜兰香者,自称南康人氏,以建业四年春数诣张硕,言本为君作妻,情无旷远,以年命未合,其小乖,太岁东方卯当还求君。”【冯注】晋书曹毗传:“桂阳张硕为神女杜兰香所降,毗以二诗嘲之,并续兰香歌诗十篇。”曹毗神女杜兰香传:“杜兰香自云:‘家昔在青草湖,风溺,大小尽没。香年三岁,西王母接而养之于昆仑之山,于今千岁矣。’”御览引杜兰香别传曰:

"香降张硕,既成婚,香便去,绝不来。年馀,硕忽见香乘车山际,硕不胜悲喜,香亦有悦色。言语顷时,硕欲登其车,其婢举手排硕,凝然山立。硕复于车前上车,奴攘臂排之,硕于是遂退。"按:集仙录作洞庭包山张硕。

〔八〕【朱注】真诰:"北元中玄道君,太保玉郎李灵飞之小妹。"【道源注】云笈七签:"登命九天司命侍仙玉郎开紫阳玉笈云锦之囊,出九天生神玉章。"【姚注】金根经:"青宫之内北殿上有仙格,格有学仙簿录及玄名,年月深浅,金简玉札,有十万篇,领仙玉郎所掌也。"【冯注】登真隐诀:"三清九宫并有僚属,其高总称曰道君,次真人、真公、真卿,其中有御史、玉郎诸小辈官位甚多。"太真科:"太上真人在五岳华房之内,非有仙籍不得闻见,丹简校定,名入南宫。"按:玉郎亦称侍郎,在仙官中其秩未尊,与"仙籍"字皆屡见道书。此盖借喻己之初得第也。旧注引真诰"方丈台东宫昭灵李夫人,太保玉郎李灵飞之小妹",取其与圣女相关,然非也。【按】仙籍,仙官簿籍。仙之有籍,犹之朝官有"朝籍"也。玉郎,掌学仙簿录,疑影指内征为吏部侍郎之柳仲郢。

〔九〕【朱注】茅君内传:"句曲山有神芝五种,其三色紫,形如葵叶,光明洞彻,服之拜为太清龙虎仙君。"【屈曰】天阶,犹今俗言天井,即祠中之阶前所过处。【补】文选潘尼赠侍御史王元贶诗:"游鳞萃灵沼,抚翼希天阶。"唐刘良注:"灵沼、天阶,喻左右省台阁也。"按:此"天阶"即指天宫之台阶,以喻皇宫之台阶。屈注非。忆,想望也。问,求取。

笺　评

【吕本中紫薇诗话】东莱公深爱义山"一春梦雨常飘瓦，尽日灵风不满旗"之句，以为有不尽之意。

【周珽曰】首谓祠宇间封者，由圣女被谪上清，留滞人间也。雨常飘瓦，风不满旗，正归迟虚寂之景。来无定所，去不移时，乃仙伴疏旷之象。末谓已之姓名，倘在仙籍之中，当会此相问飞升不死之药也。

【金圣叹曰】此则又托圣女以摅迁谪之怨也。言此岩扉本白，而今藓滋成碧者，自蒙放逐，久不召还，多受沉屈，则更憔悴也。雨常飘瓦者，归朝之望，一念奋飞，恨不拔宅冲举；风不满旗者，寡党之士，无有扶掖，终然颠坠而止也。前解写被谪此解写得援也。萼绿华，言定复有人怜而援手，特未卜其因缘则在何处也。杜兰香，言近已有人，唇承面许，然无奈其别去犹无多日也。末言既有相援之人，则必有得归之日，此番若至中朝，定须牢记一问，有何巧宦之方，始终得免沦谪？盖怨之甚，而遂出于戏言也。（萼绿华、杜兰香，皆圣女之同人也。玉郎，即称圣女也；忆向，即记问也。）

【朱曰】此以"沦谪"二字发自己愤懑也。（李义山诗集补注）

【朱彝尊曰】（首句）祠。（次句）圣女。（三句）幽景可想。（三四句）祠。（五六句）圣女。末二句归到自身，结出"重过"字。

【杨守智曰】三、四工练，吕东莱极爱此联，以为有不尽之味。题下批：此直指圣女祠，疑其有所寄托，则凿矣。（复图本）

【胡以梅曰】起因其形在石壁而言，……三四本言其风雨飘零，……五六以二仙女比拟之，……若使九天玉郎来会此，以通仙籍，将必思向天阶去问紫芝矣。言追随之而去也。

“忆紫芝”是代为饰词,“通籍”犹通谱,还说得蕴蓄,然以仙女而会玉郎,知非庄语……。

【赵臣瑗曰】此借题以发抒己意也……“得归迟”三字是通篇眼目。首句上四字喻己操行洁白,下三字喻被人点污,次句实之,言所以沦谪归迟者职此之由。三梦雨常飘言无时不愿奉君王之后尘也。四灵风不满言无路再沾天家之雨露也。此二句是写欲归而不得归。五六萼绿华、杜兰香妙借圣女同袍以暗指二知己。来无定所,即肯援手无奈其难于即就也。此二句是申写将得归而犹尚迟迟。结带谑意。玉郎谓圣女即自谓也。此会,此番也。通仙籍,还朝也。忆,记也。问紫芝,求其得以不沦谪之方也。此又预拟得归后事,以供天下人一笑也。怨而不怒,其犹有风之遗乎。

【贺裳曰】长吉、义山皆善作神鬼诗,神弦曲有幽阴之气,圣女祠多缥缈之思。如“无质易迷三里雾,不寒长着五铢衣”,真令人可望而不可亲,有是耶非耶之致。至“一春梦雨常飘瓦,尽日灵风不满旗”,又似可亲而不可望,如曹植所云“神光离合,乍阴乍阳”也。(载酒园诗话又编)

【张谦宜曰】“一春梦雨常飘瓦,尽日灵风不满旗。”思入微妙。夫朝云暮雨,高唐神女之精也。今经春梦中之雨历历飘瓦,意者其将来耶?来则风肃然,上林神君之迹也。乃尽日祠前之风尚未满旗,意者其不来耶?恍惚缥缈,使人可想而不可即。鬼神文字如此做,真是不可思议。(絸斋诗谈卷五)

【何曰】次连乃是圣女祠,移向别仙鬼庙不得。玉郎疑是自谓。(读书记)此自喻也。名不挂朝籍,同于圣女沦谪不字。萼华、兰香,则梦得所谓“沈舟侧畔千帆过,病树前头万木春”者耳。“无定所”则非“沦谪”,“未移时”则异“归迟”。以岩扉碧藓滋，知沦谪已久。梦雨，言事之虚幻；不满旗，言全无凭据，日见荒凉困顿，一无聊赖也。杜兰香，以比当时之得意者，来去无以，相欲相炫，以搅我心，更无可以相语耳。玉郎曾通仙籍，紫芝得仙所由，忆一周之，诚知是也（疑有误字），则自不沦谪；即沦谪亦不至得归之迟，为彼所揶揄矣。（首句）已含“迟”字。看来只借圣女以自喻，文亦飘忽。（辑评）

【黄周星曰】“梦雨”“灵风”犹可解，梦雨何以常飘瓦？灵风何以不满旗？殊觉难解也，然亦何必甚解乎？（唐诗快）

【陆次云曰】“梦雨”“灵风”，大有离骚之致。（晚唐诗善鸣集）

【徐德泓曰】此思登第之诗。开成初，李在令狐楚山南幕，当必赴试过此，借题自况，亦比体也。首联，喻沦落而未第。中二联，皆言圣女之情缘未化，以喻己之奔走名场也。梦雨常飘，则名心时动矣；灵风不满，则未得畅怀矣。去来无定，则仆仆道涂矣。故结寓言此去当策名通籍，而思向帝廷受禄也。“忆”字竟作“思”字读，则意自亮。若解作赋体，不惟五六句嚼蜡无味，而结局更散漫不收，便不成诗法。且圣女祠诗，集中凡三见，石壁颓形，何必咏歌不置，而此又曰“重过”乎？题亦不合。况此非巫山一例，而三诗语俱亵慢，尤为非体。观其他首云：“何年归碧落，此路向皇都。”意显然矣。故即彼二首，亦不可作赋体解。

【陆曰】此诗在会昌中退居太原，往来京师，过祠下而作也。通篇以圣女自况，“沦谪”二字，是一诗眼目。言我今日退居丘园，犹圣女之寄踪尘世，而一过再过，长此寂寂，虽神人道殊，不且同此沦谪耶？一春梦雨，尽日灵风，言其栖迟寂寞，疑有疑无，如人处显晦之际也。来无定所，去未移时，又以叹二三知己播迁流落，而无可倚仗之人也。嗟乎！玉溪之曾登蕊榜，犹玉郎之曾掌仙录也，而竟不得挂名朝籍，能无慨于中乎？集中有圣女祠五言一篇，曰“何年归碧落，此路向皇都”，与此意同。

【姚曰】按水经注，圣女以形似得名，非果有其神也。诗特点出“沦谪”二字，发自己愤懑。岩扉碧藓，久滞此间；梦雨灵风，凄凉无托。然既有神灵精爽往来，必非凡偶。回想未沦谪时，天阶紫芝，必曾亲摘，岂无真仙眷属如玉郎者，会此同登上界耶？义山登第后，仕路偃蹇，未免以汲引望人，故其词如此。

【屈曰】一祠，二圣女。三四顺承一二。五六开七八重过。○前过此祠，松篁蕙香，今则碧藓已滋者。沦谪未归，故神女梦雨，一春飘瓦；山鬼灵风，日不满旗，犹留此不去也。萼绿华来，杜兰香去，虽有伴侣，来去无常。惟有玉郎会此，可通仙籍，追忆日前曾向天阶问紫芝也。玉郎与崔、刘意同，皆自喻也。○此圣女祠与锦瑟、无题皆自寄托，不必认真。○起以“碧藓滋”吊动“归迟”。下“一春”“尽日”正应“归迟”。五六以萼绿华、杜兰香逼出“玉郎”，以“无定所”“未移时”逼出“通仙籍”，以“忆向”遥应首句，言所会皆女仙，且不能长也。（以上见玉溪生诗意）一春飘瓦者乃神女梦中之雨，尽日不满旗者乃仙灵来往之微风，既写寂寥景况，兼起五六。（唐诗成法）

【程曰】圣女祠集中凡三见，皆刺当时女道士者。“白石岩扉碧藓滋”，言其道院之清幽也。“上清沦谪得归迟”，言天上之谪仙也。“一春梦雨”，言其如巫山神女，暮雨朝云，得所欢也。“尽日灵风”，言其如湘江帝子，北渚秋风，离其偶也。下紧接云“无定所”“未移时”，言其暗期会合无常，比之萼绿华之降羊权，不过私过其家；杜兰香之语张硕，亦苦小乖太岁。论其情欲，有如溱洧之诗；责以伦彝，未遂咸恒之卦。然则荡闲逾检，大愧金支；考派论宗，甚污玉牒。何不明请下嫁，竟向天阶，免嘲寄豭，共通仙籍为得耳。又按：梦雨用巫山神女事，唐诗统签作“猛雨”，于“飘瓦”二字似切；然东莱深爱此联，以为有不尽之意，若作“猛雨”，则直而少味，宁得有不尽之意？

【冯曰】自巴蜀归，追忆开成二年事，全以圣女自况。“沦谪”二字，一篇之眼，义山自慨由秘省清资而久外斥也。三四谓梦想时殷，好风难得，正顶次句之意。五六不第正写重过，实借慨投托无门，徒匆匆归去也。七句望入朝仍修好于令狐。八句重忆助之登第，即赴兴元而经此庙之年也。（冯系大中三年。）

【纪曰】前四句写圣女祠，后四句写重过。盖于此有所遇而托其词于圣女。（按辑评此下尚有“集中此题凡三见，互勘自明”二句。）芥舟曰：后四句未免落窠臼。（诗说）

【翁方纲曰】昨闻冶泉说何义门校本义山重过圣女祠诗，第七句“会此”，应作“曾此”，乍闻之似乎“曾此”二字文法较顺，乃合通首体味之，而知其不然也。因忆前人论此诗第三句，谓“梦雨”与“飘瓦”不合，遂欲改为“猛雨”者，此大谬也。彼岂真以“梦雨”用阳台事，“飘瓦”用昆阳事耶？不知“梦”字非用古事，正是义山自梦耳，义山自梦则迷离幻景，即“飘”字何碍乎？“不”字与“常”字自作开合，此本联之呼吸也。“常”字、“不”字，与第二句“得”字又自作开合。此则前半篇之大呼吸也。“无定所”、“未移时”，则又“得”字之摇曳推宕也。“通仙籍”、“问紫芝”，则又“得”字之眉后三纹也。“会”字、“忆”字，则灵风梦雨倒卷出之，盖不满之风不必致憾，而常飘之雨端有可征矣。第三句“梦”字，到第七句之“会”字，而后圆耳。义门老人不知诗，无害其为校雠之学，然亦见校雠家之不应轻以私意改字矣。（跋李义山重过圣女祠诗后）

【姜炳璋曰】此义山三过圣女祠而作也。前此瑶窗龙护，珠扉风掩，何等壮丽。今则碧藓青苔，遍满岩扉矣。盖义山应王茂元聘，为党人所恶，故久作幕官，至此三过其祠，而叹其久谪与己无异也。次句为一篇之主。三四，雨仅飘瓦，不足以泽物矣；风不满旗，不足以威众矣，是写圣女神境，又是写圣女凄凉之境，以为己官卑力薄之喻。妙绝！五六，因想仙姬沦谪，不久即归，而圣女不然，以况己之久滞于外也。七八，倘掌仙籍者会得此意，忆其采药修炼之苦功，当有立时召归天府者，而何以置之不论？此则咎执政之不见省也。语语都从“重过”着笔。

【方东树曰】起句祠，次句圣女。三四合写。五六及收以古人衬贴。亦未足法，又无谓。（昭昧詹言）

【姚莹曰】世以温、李并称，特谓绮缛一种耳。无题诸作，虽温集所无，而飞卿亦或能之……至若“一春梦雨常飘瓦，尽日灵风不满旗”，则温当却步矣。（识小录）

【施补华曰】“一春梦雨常飘瓦，尽日灵风不满旗”，作飘渺幽冥之语，而气息自沉，故非鬼派。（岘佣说诗）

【俞陛云曰】作游仙诗者，多涉云思霞想。楚蜀之神女庙、小姑祠，虽皆托之遐想，尚有遗像流传；圣女以石形虚拟，初无其像。玉溪此篇，借以寓身世之感，起结皆表明其意。随园落花诗，所谓“清华曾荷东皇宠，飘泊原非上帝心”也。首句言岩扉深掩，苔绣年深，见古祠之荒寂。次句言已亦上清仙史，而华鬘堕劫，留滞未归，为圣女所笑也。三句之梦雨即微雨。言虽有梦雨，而不过飘瓦；虽有灵风，而常不满旗。则圣女之来，在若无若有之间。五、六句以祠在武都悬崖之侧，石壁有妇人像，上赤下白，人称为圣女，以形似得名，非实有其神。故以萼绿华、杜兰香相拟，谓神来无定，若洛神之徙倚旁皇，因系重过圣女祠，故六句言昔年曾到此山，薜荔披衣，女萝萦带，若人在山阿；今日重游，觉兰香仙迹，去人未远也。收笔承第二句上清沦谪之意，言曾侍玉皇香案，采芝往事，长忆天阶。全篇皆空灵缥渺之词，极才人之能事矣。（诗境浅说）

【张曰】此随仲郢还朝时作。“上清沦谪得归迟”，一篇之骨。来无定所，似指桂州罢，来京选尉，既又假京兆参军；徐州府罢，复迁太学博士也。去不移时，似指参军未几，又赴徐幕；博士未几，又赴梓幕也。结则回忆子直助之登第，正经过此庙之年。今则无复“灵风”，只有付之“梦雨”而已，尚堪复问也哉！冯编大中二年蜀游时，考当时归途，仍由水程，圣女祠在陈仓、大散关之间，非其行踪所历矣。（会笺。系大中十年春。）又曰：全以圣女自慨己之见摈于令狐也……“一春”句言梦想好合，“尽日”句则言终不满意。“萼绿”二句言已方至京相见，匆匆聚合，又将远去……。又曰：结不作希望语，盖屡启陈情不省之后，惟有回想从前而已。细味诗意，乃可别之。（辨正）

【汪辟疆曰】此义山借圣女以寄慨身世之诗也。前半写圣女祠，后半写重过。……次句沦谪得归迟即为全篇寄慨主旨，亦明说自伤身世之意。然首句言岩扉碧藓滋,则沦谪久矣。三四寄慨半生壮志,全付梦中,蹭蹬功名,终难美满,而常飘不满,即见其意。至于仆仆道涂,数更府主,则去来无定,所由致叹于仙踪之飘忽也。亦紧扣重过。结则回忆开成二年经过其地,正令狐绹助己登第之年。当时自谓平步青云,上清同证,今则全付梦中,宁堪回首乎?全篇皆以仙真语出之,空灵幽渺,寄托遥深。而结二句打开说,与上文之上清沦谪,春梦灵风,混茫承接,精细无伦。大家换笔之妙,一至于此。

【按】诸家之说,大要不出二途:一曰托圣女以咏女冠,一曰托圣女以自寓。实则圣女、女冠与作者,乃三位而一体者。明赋圣女,实咏女冠,而作者"沦谪归迟"之情即借此以传焉。首联谓圣女上清沦谪,至今犹迟迟未归天上,意与"沦谪千年别帝宸,至今犹谢蕊珠人"相仿。"得归迟",即迟迟而未归之意。次联正面描绘渲染圣女祠环境气氛,表现圣女沦谪归迟之寂寥落寞、无所依托。二句托景言情,寓意在有意无意之间,最耐寻味。腹联以萼绿华、杜兰香之"来无定所""去未移时"反衬圣女之"沦谪归迟",此盖作者面对梦雨灵风包围中寂寥之圣女祠所生之联翩浮想,而不觉已身处其境,化身为圣女矣。故尾联即自然以圣女之身份口吻抒慨,谓处此沦谪不归之寂寥境遇,时望能有职掌仙籍之玉郎与己相会于此,助之重登仙籍,以便于天阶摘取紫芝。忆,思也,系想望之意,贯上下二句。时商隐幕主柳仲郢内征为吏部侍郎,职掌官吏铨选,末联"玉郎"盖影指仲郢,望其能助己重登朝籍也。

题郑大有隐居〔一〕

结构何峰是，喧闲此地分。石梁高泻月，樵路细侵云〔二〕。偃卧蛟螭室，希夷鸟兽群〔三〕。近知西岭止①，玉管有时闻〔四〕。

校　记

①“止”，蒋本、姜本、戊签、钱本、影宋抄、朱本作“上”。【按】止，居止，指郑畋隐居之所。

集　注

〔一〕【冯注】郑大，郑畋也。旧书郑畋传：“畋字台文，年十八登进士第，二十二又以书判拔萃，授渭南尉，历官至乾符时为相。”按：畋于会昌二年登进士，大中元年拔萃作尉，即见传中自陈表。全唐诗话：“郑台文为人仁恕，姿采如峙玉。”

〔二〕【冯班曰】细丽名句。

〔三〕【冯注】老子：“视之不见名曰夷，听之不闻名曰希，搏之不得名曰微。”

〔四〕【自注】君居近子晋憩鹤台。【朱注】子晋好吹笙。玉管，玉笙也。【冯注】水经：“洛水东过偃师县南。”注曰：“昔王子晋好吹凤笙，与道士浮邱同游伊、洛之浦。子晋控鹤于缑氏山，灵王望而不得近，举手谢而去。其家得遗屣。俗亦谓之抚父堆。”刘向列仙传云：“世有箫管之声焉。”馀见送从翁东川。偃师接近荥阳。郑氏，荥阳人也。郑畋集题缑山王子晋庙五言长律，自注：“时为渭南尉作。”

笺　评

【杨守智曰】“石梁”二句:晚唐胜境。

【陆鸣皋曰】“泻”字,暗藏桥下水也。三四句写地,五六句写人,而“蛟螭”又根“石梁”句,“鸟兽”又根“樵路”句。

【姚曰】侵云泻月,结构清高。人知隐居幽阒之境,远隔尘喧,不知其灰心涤虑,别有通灵之妙。岭头笙鹤,惟静者闻之耳。

【屈曰】一二隐居。三四景。五六郑大有。七八题外结。玉溪五律,酷学少陵,此首颔、结俱有意。

【袁枚曰】首二隐居,三四言景。五六正写“隐”字,末赞其居似仙境。

【纪曰】三四高唱。

【俞陛云曰】“石梁高泻月,樵路细侵云”(题郑大有隐居),此诗与岑参之“涧水吞樵路,山花醉药阑”,皆写山景工细之句。岑诗言涧之漫浸樵路,以“吞”字状之;花之斜倚石阑,以“醉”字状之。李诗言石梁之水,高若建瓴,挟月光而直泻,仰望樵路,细如一线,上欲侵云。其着力全在字眼,不仅作山景诗宜取法之。(诗境浅说)

【张曰】郑大,郑畋也。据畋谒升仙太子庙诗题后云:“余大中八年为前渭南县尉,闲居伊洛,常好娱游。春夏之交,独登嵩、少,路由缑岭,谒升仙太子庙,云霞之志,于斯浩然。遂构诗一章,用申凝慕。今者缪尘枢务,已及四年,忽睹成庶大夫奏牒,请以玄元庙李尊师配住宾天观,则知缑岭灵宇,仪象重新,辄写旧诗,寄王公请标题于庙内。”畋已罢尉,故此称前渭南县尉,考其伊洛闲居之迹,则此诗是大中十年东川归后作矣。(会笺)

【按】据作者自注及郑畋谒升仙太子庙诗题后，题内“郑大”当即郑畋，惟题中“有”字无着，或“有隐居”连文，系畋隐居居所之名。

又据畋加知制诰自陈表，畋大中首岁书判登科，授渭南县尉，两考罢免。其罢渭南尉之时间当在大中三年（参岑仲勉平质丁九）。其时畋父亚已贬循州，四年或五年亚卒于贬所，畋当守父丧。谒升仙太子庙诗题后称：“余大中八年为前渭南县尉，闲居伊洛，常好娱游。春夏之交，独登嵩、少，路由缑岭，谒升仙太子庙，云霞之志，于斯浩然。”明言此时方萌隐逸之意。故其于子晋憩鹤台附近筑室隐居当在大中八年春夏之交以后。而彼时商隐已自京返梓。至大中十年暮春方归京。张氏会笺系此诗于大中十年，可从。畋直至咸通五年方入朝为刑部员外郎。

鄠杜马上念汉书①〔一〕

世上苍龙种〔二〕，人间武帝孙。小来惟射猎，兴罢得乾坤〔三〕。渭水天开苑〔四〕，咸阳地献原〔五〕。英灵殊未已，丁傅渐华轩〔六〕。

校　记

①题一云“五陵怀古”，各本均同。

集　注

〔一〕【朱注】汉书：“宣帝尤乐鄠、杜之间。”注：“杜属京兆，鄠属扶风。”

〔二〕【姚注】史记：“薄姬曰：‘昨暮夜，妾梦苍龙据我腹。’高帝曰:‘此贵征也,吾为女遂成之。’一幸生男,是为代王。”

〔三〕【朱注】汉书:“宣帝,武帝曾孙,戾太子孙也。高材好学,然亦喜游侠,斗鸡走马,上下诸陵,周遍三辅。(尤乐鄠、杜之间。)昌邑王废,霍光与诸大臣迎即皇帝位。”【按】宣帝幼时因戾太子犯罪,被收下狱,长期流落民间。汉昭帝无嗣,死后原已立昌邑王刘贺继位,后辅政大臣霍光因昌邑王淫乱,奏称皇后改立武帝曾孙即位为宣帝。“兴罢得乾坤”,似有言其于无意中得位之意。或谓兴罢系鼎盛时之意。

〔四〕【朱注】三辅黄图:“汉有三十六苑。”羽猎赋序:“武帝广开上林,北绕黄山,滨渭而东。”【冯注】汉书纪:“宣帝神爵三年,起乐游苑。”三辅黄图:“在杜陵西北。”

〔五〕【朱注】长安志:“长安、万年二县之外,有毕原、白鹿原、少陵原、高阳原、细柳原。”【冯注】汉书纪:“宣帝元康元年,以杜东原上为初陵,更名杜县为杜陵。元帝初元元年,孝宣皇帝葬杜陵。”【按】二句以起苑、建陵渲染宣帝在位时兴盛景象。“天开”、“地献”谓天地亦因其雄武而为之开苑献原也。

〔六〕【朱注】汉书:“哀帝时帝舅丁明封阳安侯,皇后父傅晏封孔乡侯。”说文:“轩,曲辀轓车也。”【程注】十六国春秋:“且德非管仲,不足华轩堂阜;智非孔明,岂足三顾草庐?”【冯注】汉书外戚传:“孝元傅昭仪,哀帝祖母也。产男为定陶恭王,称定陶太后。王薨,子代为王。成帝征王,立为太子,即位,尊为皇太太后。弟子喜大司马,封高武侯;晏亦大司马,封孔乡侯;商封汝昌侯。定陶丁姬,哀帝母也。尊为帝太后。两兄忠、明。明以帝舅封阳安侯,封忠子满平周侯。明为大司马票骑将军，辅政。丁、傅以一二年间暴兴尤盛。"又："高昌侯董宏希指，上书言宜立丁姬为帝太后，师丹劾奏宏怀邪误朝，不道。上初即位，谦让，从师丹言止。后乃白令王太后下诏，尊之。"又："哀帝崩，王莽秉政，使有司举奏丁、傅罪恶，皆免官爵，徙归故郡。莽奏贬傅太后号为定陶共王母，丁太后号曰丁姬，复请徙归定陶冢次，掘平其故冢。"按：宣帝末至哀帝，四十馀年矣。戾太子传曰："宣帝即位，有司议尊祖之议：'陛下为孝昭帝后，承祖宗之祀，制礼不逾闲，以为亲谥宜曰悼皇，母曰悼后，比诸侯王。故皇太子谥曰戾，史良娣曰戾夫人。'后有司复言：'悼园宜称尊号曰皇考，立庙，因园为寝，以时荐享，尊戾夫人曰戾后。'"盖追尊之事实始于此。至丁、傅而尤甚，故云然也。【按】英灵指宣帝之英灵。二句谓宣帝英灵未泯，而丁、傅等外戚已贵显烜赫矣。

笺　评

【范温曰】余旧日尝爱刘梦得先主庙诗；山谷使余读李义山汉宣帝诗，然后知梦得之浅近。（诗眼）

【杨曰】题下批：时字朱本作来字。"兴罢"句：语妙。此讥宣宗也。太后虽帝生母，实庶妾生也。郭太后匹宪生敬，乃嫡母也。宣宗仇郭太后，欲尊崇其母，郭太后恚欲坠楼，宣宗大怒，遽尔崩逝，迹同弑逆，过大罪深。南史莫恕。义山盖以诗为史耳，与汉哀帝尊丁傅事相类，然诗中竟述哀帝立二太后事，嫌于直形时事。曰"丁傅渐华轩"者，盖于舅若此，其母可知，隐约其词，不敢斥言耳。通章大意，若云帝王之正极，实同汉宣崛起中兴，臣民瞩望，皇天后土，亦保亦临。

奈何甘自菲薄，达礼逆亲，况宣帝英灵，昭昭未泯，厚于私昵，薄于正嫡，独无所畏耶？

【朱彝尊曰】此诗咏宣帝事。（末句）言乱本复作也。

【钱良择曰】言传世未几，乱本复作。

【何曰】曰"人间"，所谓"旧劳于外，爰暨小人"也。曰"兴罢"，所谓"险阻艰难，备尝之"矣，"民之情伪，尽知之"矣。如是而践天子位，以承天地之眷顾，宜有深仁厚德，贻亿万无疆之庆。乃王伯杂用，使汉家之元气日削，再世之后，冢嫡屡绝，丁、傅华轩，而王氏得以乘之，岂非宣帝之昧于贻厥哉！意思深长，非一览可尽。"渭水"一连，言祖宗所传继者，乃天开地献之乾坤也。（读书记）又：此诗注者皆云借汉宣以刺宣宗，然则帝（丁）傅华轩，盖指帝以母郑本郭后侍儿，有嚢怨于郑后，遂奉养礼薄，致后登勤政楼欲自陨，左右共持之。帝闻不喜，是夕后暴崩，葬之景陵外园主不祔宪宗室。郑后之为太后也，不肯别处，奉养于大明宫，朝夕躬省候焉，有甚于傅昭仪之侍元后者。注家顾不得其义也。案：唐人小说中载太后与杜秋皆李锜妾没入宫者。（辑评。按上二条似非何氏笺，姑附此。）

【陆鸣皋曰】此咏汉宣帝也。写游侠而得天下，妙在自然。"天开""地献"，有非人力可冀意。结有盛衰之感，外戚不直言王，而曰"丁傅"，且下一"渐"字，便饶神味。

【姚曰】盖世英灵，当其时，则天地为之转旋；时既过，即狐鼠不免潜伏。四十字中，具有排山倒海气势。

【屈曰】言宣帝自闾阎嬉游兴罢而得天下，知民间疾苦，力致太平。及未几而丁、傅复兴，以致于乱，为可惜也。

【程曰】是诗偶经鄠、杜，因忆汉宣帝之善处外戚而致慨于哀帝也。起二句谓宣帝为高祖、文、景之后，武帝之曾孙也。寻常继体继统，不必推明其先祖先宗以为言，惟宣帝自戾园史皇孙以来，出自民间，中兴正位，故郑重书之也。三四写其英姿豁达，蚤已不凡，迎立之时无意而得也。五六写其福祚弘远，天地祐之；起乐游之苑，三辅风华；作杜东之原，五陵繁盛也。结句自第六句生出，谓杜陵原上，当时徙丞相将军列侯吏二千石訾百万者居之，则外戚之为列侯将军者皆在其中。宣帝之时，不闻宠任，其英明可想见矣。乃英灵未已，仅三传而至哀帝，傅后之家，侯者六人，大司马二人，九卿、二千石六人，侍中诸曹亦十馀人。丁姬之家，侯者二人，大司马一人，将军九卿二千石六人，侍中诸曹亦十馀人。史称丁、傅一二年间暴兴尤盛，则宠禄过之，非复宣帝制度矣。汉书外戚传赞云："序自汉兴，终于孝平，外戚保位全家者，唯文、景、武帝太后及邛成后四人而已。至如史良娣、王悼后、许恭哀后之家依托旧恩，不致纵恣。"然则史氏之论外戚，专归美于宣帝，此题之所为"念汉书"也。又按三国志：魏明帝论继统，诏举汉哀帝之失，有云："非罪师丹忠直之谏，用致丁、傅焚如之祸。"亦以丁、傅为指数，可见尚论汉戚者，自古已然，益见义山史学之淹贯矣。

【冯曰】范氏只空言耳，何氏亦未尽诗旨也。盖唐宣宗入纂大统，与汉宣相类。魏志纪与晋书志曰："魏明帝太和三年，诏曰：'礼，王后无嗣，择建支子以继大宗，何得顾私亲哉！汉宣帝继昭帝后，加悼考以皇号；哀帝以外藩援立，既尊恭皇，立庙京都，又宠藩妾，使比长信，叙昭穆于前殿，并四位于东宫，僭差无度，人神弗佑，非罪师丹忠正之谏，用致丁、傅焚如之祸。其令公卿有司，深以前世为戒。后嗣万一有由诸侯入奉大统，则当明为人后之义；敢为佞邪导谀，妄建非正之号以干正统，谓考为皇，称妣为后，则诛之无赦。’”今宣宗即位，既尊母郑氏为皇太后，其年十一月享太庙，其穆宗室文曰“皇兄”。太常博士闵庆之奏：“礼有尊尊，而不叙亲亲，祝文称弟未当，请改为嗣皇帝。”从之。至三年十二月，以河湟收复，追尊顺、宪谥号，而穆、敬、文、武四宗未之及。至十年，吏部尚书李景让上言：“穆宗乃陛下兄，敬、文、武乃兄之子，陛下拜兄尚可，拜侄可乎？宜迁四主出太庙，还代宗以下入庙。”议不决而止。人以是薄景让。事见旧纪、通鉴。又大中六年，敕赐元舅右卫大将军郑光云阳、鄠县两庄，皆令免税，宰相谏税不宜免。亦见通鉴。诗意精切隐约，非详为梳剔，殊难会也。此大中末年作。

【纪曰】廉衣以为“兴罢”句不佳，结亦无理也。（诗说）此有感外戚之事而托之汉宣，寓意全在末句，然殊乏深致。“世上”、“人间”无著，作对尤不佳。（辑评）

【姜炳璋曰】此吊古之作。排奡顿挫，酷似少陵。三四，言无意而得。五六，言无疆之休，以振起末二句。末言王莽移汉之机，已伏于丁、傅华轩时；“渐”者，日进无已也。

【吴仰贤曰】此诗“兴罢得乾坤”五字，化工之笔，足傲老杜。末言宣帝贵许史，启成帝之任外戚，延及哀平，委政王莽，俨然史笔。千馀年来，惟山谷赏之，而选家鲜录此，何也？（小匏庵诗话）

【张曰】此刺宣宗也。宣宗入承大统，与汉宣同。而厚宠母氏，虐待懿安，好察细微，不务远大，唐家之业，自此衰矣。冯解甚精，参观之，当知此诗之隐也。（会笺系大中十年。）又曰：丁傅华轩自是哀帝时事，以借咏故，不嫌凑合，亦由于

笔妙也，温李往往有此种用事法。（辨正）

【按】谓末联刺宣宗宠外戚，甚是。其宠郑光，除冯所举外，尚有大中十年五月，郑光庄吏恣横，积年租税不入，京兆尹韦澳执而械之，欲置于法，宣宗竟因郑光之故挠法。所谓“丁傅渐华轩”者，当指郑光之得宠贵显。然谓以汉宣喻宣宗则非是。“丁傅渐华轩”，乃宣帝殁后之事，其过在哀帝也。诗之前六句乃咏宣帝之英武有为，后二句则慨其殁世未久，外戚势力渐盛，朝政日非。如以“丁傅渐华轩”为影射宣宗宠外戚，则前六句必非影指宣宗；反之，如前六句以宣帝喻宣宗，则“丁傅渐华轩”必非刺宣宗（义山大中十二年已卒，不及见宣宗以后之事，故实际上并不存在此种可能）。是故以为前后同指一朝皇帝而言，则正如张氏已意识到之“凑合”，而不得复以“借咏”为理由妄弥其缝也。诗中之汉宣，自必影指宣宗之前某一唐代帝王。对照诗中所描绘之汉宣风貌，殆指武宗。武宗之入奉大统，亦带偶然因素，迎立之时乃无意而得乾坤者，在唐后期以武功著称，“渭水”一联，渲染兴盛景象，正隐然有颂其武功致中兴之意，笔致与茂陵首联“汉家天马出蒲梢，苜蓿榴花遍近郊”相近。武宗喜畋猎，此诗“小来惟射猎”一语，比附之迹更属显然。故诗中宣帝合之武宗则可谓神似，而与宣宗即位前之专务韬晦，平日深沉而自以为明察者相去甚远。又，宣宗素以直承宪宗自居，李景让迁四主（穆、敬、文、武）出太庙之议，实正中彼下怀。此诗特郑重表明“苍龙种”、“武帝孙”，盖亦颇寓微意焉。

过招国李家南园二首〔一〕

潘岳无妻客为愁，新人来坐旧妆楼。春风犹自疑联句，雪絮相和飞不休〔二〕。

其二

长亭岁尽雪如波〔三〕，此去秦关路几多？惟有梦中相近分，卧来无睡欲如何！

集　注

〔一〕【朱注】招国里在京师。【冯注】见早访招国李十将军。【按】“招国”当作“昭国”。昭国李家，当即昭国李十将军之家，亦即送千牛李将军赴阙五十韵之千牛李将军，义山连襟。诗作于大中十年冬暮。

〔二〕【朱曰】用谢道韫事。【冯曰】上二追昔，下二抚今。

〔三〕【朱注】哀江南赋：“十里五里，长亭短亭。”

笺　评

【朱彝尊曰】诗与题不相合，岂义山曾挈妻居此耶？

【杨守智曰】其二：悼亡。

【姚曰】（首章）南园想是旧游之地，因感忆旧人而作。（次章）情根不断之苦，如此如此。

【屈曰】（首章）玉溪盖昔携妻寓此，今妻亡过之，新人来住矣，故因雪絮之飞而犹忆当日之联句也。（次章）岁尽乡遥，梦亦难近，深悲此生无相见之分也。

【程曰】此义山居京师悼伤后将赴东川时作。诗有“此去秦关路几多”之句，计其道里，约略可见。其李氏南园者，当是义山偕偶曾居之处。两首语意甚明。

【冯曰】先是义山成婚，必借居南园。此曰“春风”，曰“岁尽”，则非赴东川时明矣，必东川归后追悼之作。原编留赠畏之之上，是同时情事也。（按：留赠畏之作于大中八年春自京返东川时，辨已见前。）

【纪曰】浅近。第一首前二句、第二首后二句尤不成语。（诗说）二首皆卑俗。（辑评）

【史历亭曰】（首章）“新人”句，言当日我为新人来，曾同坐此妆楼，今则“新人来坐旧妆楼”矣。意必义山娶后偕偶曾寓此楼。无数情节，累辞不能达者，只以七字括之，非义山妙笔慧舌，那能炼得此句。（姜炳璋选玉溪生诗补说引）

【张曰】二首惟前首起句失之卑俗，馀皆不如纪评。○二首皆感游（疑作“逝”）而作。首二句言从前无妻，客为作合于此，故曰“新人来坐旧妆楼”也。今则潘岳悼亡矣，唱随之乐，何可得耶？只有雪絮相飞，犹似当时景况耳。后一首言岁暮又将出游，此地亦不能久过，欲托之梦中相见，而卧来无睡，虽梦亦不得矣。此为义山罢职梓州还至京师时所赋。玉溪伉俪情深，于此可见。又曰：柳仲郢大中十年代裴休领盐铁，曾奏义山充推官，此必其时将赴推官时作。明年，当至洛中一转，有正月崇让宅诗可证。（辨正）

【钱锺书曰】阮瑀止欲赋：“还伏枕以求寐，庶通梦而交神，神惚恍而难遇，思交错以缤纷，遂终夜而靡见，东方旭以既晨。”按关雎：“寤寐思服，转辗反侧”，此则于不能寐之前，平添欲通梦一层转折。后世师其意境者不少。……李商隐过招国李家南园：“唯有梦中相近分，卧来无睡欲如何。”

（管锥编一〇四一页）

【按】诗当作于罢梓幕归京后。首章前二句追忆昔日自己元配去世后，李十将军曾为己操心作合，与王氏成婚后又曾在昭国坊李家南园居住。王氏系义山续弦，故云“新人来坐旧妆楼”。后二句谓今日过此，昔之“新人”已殁，惟见雪花如絮，犹忆当日夫妇联句唱和情景。次章谓岁尽雪飞，己又将出秦关而事行役。而今惟有梦中或可与王氏一见，然鳏鳏不寐，并梦中相见亦不可得矣。杨柳李商隐评传谓昭国坊为王茂元婿千牛李十将军住宅所在地，义山妻王氏婚前曾客串居姊家。此采其说。

正月崇让宅

密锁重关掩绿苔，廊深阁迥此徘徊。先知风起月含晕〔一〕，尚自露寒花未开。蝙拂帘旌终展转〔二〕，鼠翻窗网小惊猜〔三〕。背灯独共馀香语〔四〕，不觉犹歌起夜来[①]〔五〕。

校　记

①“起夜来”原作“夜起来”，据朱本、季抄改。

集　注

〔一〕【朱注】广韵：“晕，日月旁气。月晕则多风。”王褒关山月：“风多晕欲生。”

〔二〕【道源注】南史：“柳世隆命典签李党取笔题帘箔旌。”【冯曰】帘旌，帘端施帛也。

〔三〕【朱注】招魂：“网户朱缀。”铣曰：“织网于户上，以朱缀之。”程大昌曰：“网户刻为连文，递相缀属，其形如网。后世遂有直织丝网，张之檐窗，以护鸟雀者。元微之诗‘网索西临太液池’是也。”【冯曰】心有追忆，动成疑似。

〔四〕【补】背灯，掩灯（就寝）。

〔五〕【朱注】柳恽起夜来曲：“飒飒秋桂响，悲君起夜来。”【冯注】乐府解题：“起夜来，其辞意犹念畴昔思君之来也。”【何曰】杨文公诗云：“风细传疏漏，犹歌起夜来”，正用此语。（读书记）【钱良择曰】言外有悼亡意。

笺评

【胡震亨曰】崇让宅是其妻家，而诗似私有所待，岂侍婢流欤？

【杨守智曰】末批：茂元女已亡，故兹句云尔。

【金介曰】义山妙处，只在一二字上，便使一时情景如画。少陵以之咏物，义山以之言情。

【何曰】此自悼亡之诗，情深一往。（读书记。辑评引无“情深一往”四字，有“非私有所待也”五字。）月晕含风比妻死身去，下句则曾未得富贵开眉也。（辑评。按此说殊凿。）

【陆曰】此诗与七月二十九日一篇，皆悼亡后作也。宅无人居，故重关密锁。廊深阁迥此徘徊，即潘黄门“入室想所历”之意。三四从室外写。仰以望月，月既含晕；俯而看花，花又未开，总是一派凄凉景况。五六从室内写。蝙拂帘旌是所见，鼠翻窗网是所闻。明知二虫所为，而不能不展转惊猜者，以心怀疑虑故也。至背灯自语，起卧不常，而独夜情怀有愈不可言者矣。

【陆鸣皋曰】宅系妇家，故全是悼伤之意。通首俱写夜来景色，描摹如画。蝙拂鼠翻，其佳处，仍在神韵，后人效此，便俚质无味矣。无所聊赖，香亦可语，亦是奇思。起夜来，曲名也。

【姚曰】此宿外家故宅而生感悼也。重关久锁,虚室徘徊。见月则如见其人,将风含晕,月之黯惨也;见花则如见其人;露寒未开,花之娇怯也。于是明知蝙拂帘旌,而终夜为之展转;明知鼠翻窗网,而伏枕为之惊猜。至于背灯闭目,而仿佛馀香,朦胧私语,夜起重歌,竟忘其已作过去之人也,哀哉!

【屈曰】一二崇让宅之荒凉。二联风露花月不堪愁对。三联物色亦然。七八如忘其荒凉者。“此徘徊”起结句,独自“犹歌”,先已歌也。(按“犹”字承上句“独共馀香语”,宛觉其人犹在,故不觉而歌,非谓先已歌也。)

【程曰】此失偶后重过王茂元故宅之作。感旧意少,悼亡意多,玩末二句可见。盖亦大中五年以后徐州府罢入朝时也。

【冯曰】何说是也。戊签疑私待侍婢之流,误矣。昔年自徐还京,冬即赴梓,则此正月崇让宅,必东川归后也。

【纪曰】通首境地悄然,煞有情致。然云高格则未也。首句亦趁韵,正月岂有绿苔哉?(诗说)悼亡之作,颇嫌格卑。(辑评)

【张曰】悼亡诗最佳者,情深一往,读之增伉俪之重,潘黄门后绝唱也,乃以为格卑,何耶?(辨正)

【按】视诗中所写崇让宅荒凉情景,直如多年无人居住之废宅,与七月二十九日崇让宅宴作及崇让宅东亭醉后沔然有作、临发崇让宅紫薇均不同。可见崇让宅东亭等当作于大中五年秋王氏新亡后,而此诗则必东川归后作。张系大中十一年春初,可从。陆、姚二解切合诗意。

前三联写崇让宅荒凉冷寂景象与诗人凄寒惊猜心态,在伤悼王氏同时隐约透出与崇让宅兴废密切相关之更大范围之人事变化及亲故零落之痛。尾联将极凄凉冷寂之感情与绮罗香泽之寻觅融为一体，传达出恍忽迷幻之精神状态。与"馀香"共语，尤可谓幻中之幻，痴而又痴。

过故府中武威公交城旧庄感事①〔一〕

信陵亭馆接郊畿〔二〕，幽象遥通晋水祠〔三〕。日落高门喧燕雀〔四〕，风飘大树感熊罴②〔五〕。新蒲似笔思投日〔六〕，芳草如茵忆吐时〔七〕。山下只今黄绢字〔八〕，泪痕犹堕六州儿〔九〕。

校 记

①"故府中"，【何曰】"中"字衍。（读书记）【冯曰】未可定。

②"感"，蒋本、姜本、戊签、悟抄、席本、朱本均作"撼"。【按】"撼熊罴"不可通，此后人臆改。

集 注

〔一〕【朱注】旧唐书："交城县属太原府，隋分晋阳县置，取县西北古交城为名。"武威公，王茂元也。本集偶成转韵诗："武威将军使中侠。"【冯注】旧书志："北京太原府领县十三。交城，隋分晋阳置。初治交山，后移治却波村。"又曰：自朱长孺妄以武威公为王茂元，诸家（按指陆、姚、程等）胥仍其误。王栖曜濮阳人，父子宦迹皆未一至河东，何得交城有庄，且有碑纪功哉？义山为茂元婿，何仅曰"故府"？茂元谥"威"，何加"武"字哉？太原王氏亦有封武威者，如北齐王叡之父赠武威王之类，而此必非也。【张曰】此题

"中"字不当衍,盖言有武威公交城旧庄在故府之中,玉溪经过借以感事也。不然,则似武威公是故府主矣。又曰:偶成转韵诗称卢弘正为武威将军……或有庄在交城耶?(辨正)【按】朱谓武威公指王茂元显系误解偶成转韵诗"武威将军使中侠"一句中之"武威将军"为王茂元所致。冯氏于此句已正朱解之误,定为指卢弘正(止),然于本篇之"武威公"则先疑指刘从谏,后又疑指李光颜(见笺引),均愈离愈远。张氏据偶成转韵而疑为卢弘正(止),然未敢必。实则此武威公指卢弘止殆无可疑,详注、笺。又,题内"中"字不可通,据诗意亦不应有"中"字。冯氏以"中"字属武威公,谓指刘从谏;张氏辨正初又谓故府之中有武威公交城旧庄,均割裂不成语之强解,应从何说。

〔二〕【朱注】一统志:"信陵亭在开封府城内相国寺前,本魏公子无忌胜游之地,旧有亭。"按茂元乃鄜坊节度使王栖曜子,故以信陵拟之。【冯注】御览引图经:"浚仪有信陵亭,在城内,即魏公子无忌胜概之地。"【程曰】信陵亭馆犹之孟尝门下,平原座上,养士者之泛称耳。若拘拘求魏无忌之故迹,则开封之去太原甚远,诗所谓"遥通晋水祠"者无乃太辽阔乎?至乃以无忌为魏国公子比茂元为节度公子,尤为无着。【按】程说是矣,信陵取其礼贤下士之义,此处借指曾蒙其知遇之故府(旧日府主),不必烦引信陵亭所在。然程谓信陵亭馆犹孟尝门下、平原座上则有所未洽。此亭馆即题内之"交城旧庄"。据此亦可见题内"中"字系衍文。"接郊畿"谓故府之旧庄连接太原府郊畿。

〔三〕【道源注】水经注:"晋水有唐叔虞祠,(水)侧有凉堂,杂树交荫,希见曦景。羁游宦子莫不寻梁契集,用相娱慰。晋川之中,最为胜处。”【补】晋水出太原西悬瓮山,分三渠,东流入汾河。今谓之晋渠。山麓有晋祠,祭唐叔虞。交城在晋祠西南,故云“幽象遥通晋水祠”,谓旧庄胜景遥连晋祠,可与之比美于晋川。幽象,幽深之景象。

〔四〕【姚注】淮南子:“大厦成而燕雀相贺。”【冯注】史记汲郑列传:“下邽翟公为廷尉,宾客阗门;及废,门外可设雀罗。”非用淮南子。【按】句意谓旧庄门前冷落,唯日暮燕雀相喧而已。

〔五〕【朱注】埤雅:“熊好举木引气。”尔雅注:“罴猛憨多力,能拔树木。”【冯注】后汉书冯异传:“诸将并坐论功,异独屏树下,军中号曰大树将军。”(二句谓)昔日多宾客部曲,今惟燕雀熊罴。【纪曰】熊罴以比武力之臣,用尚书语。【方东树曰】三四壮伟。【按】书康王之诰:“则亦有熊罴之士,不二心之臣,保乂王家。”“熊罴”喻部伍,“感熊罴”伏末句。

〔六〕【朱注】后汉书:“班超为官佣书久劳苦,投笔叹曰:‘大丈夫当立功异域,安能久事笔砚乎?’”【程注】谢灵运诗:“新蒲含紫茸。”【冯曰】徐氏引董泽之蒲,是乃尔雅“杨,蒲柳”可为箭者,误矣。此则以投笔谓封侯也。【何曰】句中暗藏泪。(辑评)【按】句意谓见旧庄新蒲始发如笔,而思当年已投笔从戎,居于幕下之日。

〔七〕【朱注】谢万春游赋:“草靡靡以成茵。”【冯注】汉书:“丙吉驭吏嗜酒,数逋荡。尝从吉出,醉欧丞相车上,西曹主吏白欲斥之,吉曰:‘此不过污丞相车茵耳。’遂不去也。”【按】句意谓见旧庄芳草如茵,而忆往昔在幕深受恩遇情景。【方东树曰】五六细致。

〔八〕【朱注】魏略："邯郸淳作曹娥碑，蔡邕题其后曰：'黄绢幼妇，外孙齑臼。'杨修读之即解。操行三十里乃悟曰：'黄绢，色丝，绝字也；幼妇，少女，妙字也；外孙，女子，好字也；齑臼，受辛器，辞字也。言绝妙好辞，与修合。"【冯注】后汉书孝女曹娥传："上虞县长度尚改葬娥于江南道旁，为立碑焉。"按：准之史书，蔡邕亡命远至吴会，自可题字。魏武与修何缘得过碑下？注世说者已疑之。【何曰】推开反衬。（辑评）

〔九〕【朱注】用堕泪碑事。按茂元开成中授忠武军节度，会昌中授河阳军节度。旧书地理志："忠武军管许、陈、蔡三州，河阳军管孟、怀、卫三州。"故曰"六州"。【冯注】晋书："羊祜为征南大将军，封南城侯，镇襄阳，卒。襄阳百姓于岘山祜平生游憩之所建碑立庙，岁时飨祭，望其碑者莫不流涕，杜预因名为堕泪碑。"北齐书李稚廉传："高祖行经冀州，总合河北六州文籍，商校户口增损。"【张曰】唐自季叶，徐州常为巨镇，往往思效河朔故事。旧书弘正传云："徐方自智兴之后，军士骄怠，有银刀都尤劳姑息，前后屡逐主帅。弘正在镇期年，皆去其首恶，喻之忠义，讫于受代，军旅无哗。"故结以魏博牙兵为喻，言弘正遗爱在人，而深叹继之者之无才，所谓感事也。其后庞勋之乱，即起于徐，可为远见。【按】尾联谓故府遗爱在人之意甚明，张以"六州儿"指徐方将士，系借魏博牙兵为喻，此解证之以偶成转韵甚合。冯注"六州"为河北六州，亦是。朱氏以忠武、河阳共管六州以实其武威公为王茂元之说，非是。

笺 评

【朱彝尊曰】以雄丽语写悲凉景。（复图本）

【胡以梅曰】武威公，王茂元也……三言无人而鸟雀为喧，四本言树风如熊罴之撼动，亦双夹冯异为大树将军，如熊罴将军之遗迹流风也。五六言睹新蒲如笔，思曾投笔从军；逢芳草如茵，忆得吐茵沾醉。此联感其提携爱护也。思路扭合精巧，最开作法。……结言遗爱碑读者堕泪，用杜预堕泪而变化之。山暗用岘山，妙在不正写而以黄绢代之。总之，善避正面，只用侧锋，是其妙诀。

【陆曰】……武威即王茂元也。言此交城旧庄，武威公亭馆在焉。其幽深景象，直与唐叔虞古祠同为晋川之胜。乃公殁后，惟见门喧燕雀，树撼熊罴，盖人迹之不到久矣。当日从公于此，每思立功而投班生之笔，间尝恃爱而污邴相之茵。今见芳草新蒲，有不禁触物生感者。茂元于开成中授忠武节度，管许、陈、蔡三州，会昌中，授河阳军节度，管孟、怀、卫三州，故云六州。结以羊叔子相比，言此六州之人，至今犹思公而堕泪也。

【徐德泓曰】首二句言庄。中联，即景而感旧也。末言其遗爱。王本将家（按：徐采朱笺，以武威公为王茂元），故“风飘”句用大树将军意，“新蒲”句用投笔意也。

【姚曰】信陵，比武威公之好士，且得人心也。亭馆宛然，而日落高门，惟喧燕雀；风飘大树，欲撼熊罴。燕雀，兴当时宾从；熊罴，兴当时部伍。中联承“燕雀”句。投笔，言群思效用；吐茵，言共沐深恩。结联，承“熊罴”句，言身虽殁而军心感戴，犹不啻堕泪之碑也。味诗意，似当时同舍中有忘恩者，故以此诗致感欤？

【屈曰】一二故府，三四景，五六情，结武威公。信陵比人，幽象指旧庄。门喧燕雀,言无人也;树撼熊罴,言长大也,皆写“旧”字。五六感当日知遇事。结言遗德在人也。

【程曰】次联高门、大树四字乃叙事非写景也。高门用西汉于公事,言茂元有德于民;大树用东汉冯异事,言茂元有功于国。此结句之所以“泪痕犹堕六州儿”也。若认作交城旧庄之景,于腹联之感怀私恩者得矣,于结语用羊祜事无根。朱本失注,未畅诗旨……。

【冯曰】……余初以汉有刘武威,定为追感刘从谏之作。旧、新书言失意不逞之徒皆投潞州,故以信陵好客比之。旧纪:“开成元年从谏奏开仪夷山路通太原、晋州”,故次句云。从谏加同平章事,故六句云。六州儿,指河北魏博诸州也。旧、新书罗威传:“自至德中田承嗣盗据相、魏、澶、博、卫、贝等六州,募置牙军,语曰:‘长安天子,魏府牙军’,谓其势强也。”魏博六州,唐时常语。如旧纪元和七年,魏博田兴请裴度至六州宣达朝旨;太和九年,岁饥,河北尤甚,赐魏博六州粟;及平淮西碑“魏将首义,六州降从”之类。盖河北以魏博最强,而昭义本由相卫分置,一气相依,故此云六州儿。而文集亦以六州向化指河朔之来服也。刘氏之镇昭义,从谏居其中,故隐曰“中武威公”也。稹以叛诛,而从谏颇可追惜也。今思交城自属太原,地不相涉,武威之称,亦太假借,恐又非也。再检传、表,武威李氏抱真喜招致天下贤隽,饰台沼以自娱,其所镇亦昭义非太原。范阳李氏载义封武威郡王。太和七年镇太原,其吏下请立碑纪功,诏李程为之词。开成二年卒,似相近,而实不可符。其它李氏或家太原、或封武威者皆无可征,其曰故府、曰感事,必有实事在焉。寻考未符,恶可妄断?又曰:颇以为李光颜也。旧书传纪:"李光进,父良臣。光进、光颜兄弟家于太原。光进以破贼多战功,封范阳郡公,进武威郡王。元和六年赐姓李氏,十年卒。光颜讨吴元济,功冠诸将。穆宗即位之年,由邠宁赴阙,赐开化里第,加同中书门下平章事,守司徒,兼侍中。敬宗宝历元年由忠武移太原尹、北京留守,二年卒,谥曰'忠'。"光进、光颜皆大著功勋,屡为节镇,时人以大、小大夫别之。光颜忠诚尤烈。"金石录云:"榆次县有李良臣碑。"而朱竹垞曝书亭集跋榆次三唐碑兼光进、光颜也。光进传书武威郡王,碑书安定郡王,其词令狐楚撰。光颜碑李程撰,开成五年立。传不书封爵,而纪于邠宁入朝时书武威郡开国公矣。前明统志云:"榆次县北十里,良臣与子光进、光颜,孙昌、元等五墓并列。墓有碑,今磨灭。"夫光颜家在太原,墓在榆次,则有庄在交城,似亦可也。次句似谓与太原家祠灵爽相通。六句点明曾加平章。光颜讨淮蔡时,却韩弘美妓之遗,座对三军,誓死无二。今之讨昭义者有是忠勇之帅与?题所以云"感事"也。惟"故府"字与五六句,或疑义山昔在李石幕而追感之,旧书传:"石封陇西郡开国伯,会昌五年后卒。"此云武威,相类而稍隐之,亦未细符也。又曰:究以追感刘从谏为近是。盖从谏于甘露之变后,大得时誉。观后纪程骧事称开成初相国彭城公可悟,馀说皆非。六州借言部曲之类,不必拘魏博也。

【纪曰】诗极可观,但五六句太纤不称通篇耳,所谓下劣诗魔也。问四句"感熊罴"长孺定为"撼"字,今不从之何也?曰此暗用大树将军事,熊罴以比武力之臣,用尚书语,因大树飘零而追感熊罴之臣,与上句燕雀为假对也。若真作撼树之熊罴,于文理既欠妥,于景物亦无此理。(诗说)三四有

声有情。（辑评）

【方东树曰】先君云："起二句，交城旧庄原委。晋水虞叔祠。交城旧庄，乃茂元先世故业，茂元乃鄜坊节度使王栖曜子，故以信陵拟之。茂元授忠武，管许、陈、蔡三州，又授河阳，管怀、孟、卫三州，故曰'六州'。""接郊畿"三字太凑。三四壮伟。五六细致。（昭昧詹言）

【张曰】五六一联关合虽巧，绝非纤俗所得伪托。纪氏妄诋为"下劣诗魔"，斯语只可责后人，岂可横加唐贤耶？……此故府指太原，前有喜闻太原同院崔侍御台拜诗，疑义山曾入太原幕。但考令狐楚曾为太原尹，而补编文中有数启云借楚在太原日歌诗，则义山未至其幕可知……武威公，冯氏谓李光颜，极是。非必暗指刘从谏也。集中有喜闻太原同院崔侍御台拜诗（以下略，见该诗后张氏笺语），……则义山于会昌三年必曾应李石之招。……如此考之，而后此题"故府"二字始有着落，而集中他篇，亦可贯通也。偶成转韵诗称卢弘正为武威将军，义山曾为弘正幕僚……似与"故府"二字甚切，"中"字当属衍文。"新蒲"二句谓从前橐笔从游，蒙其厚遇，不必谓其暗切封侯加平章事也。但转韵诗"武威"余疑其为"武宁"之误，若再改此文，则太近武断矣。（辨正）交城属太原，此云故府中，必故府之为太原。令狐楚留守北都，义山似有入幕之迹，然诗意却不在此，而注重旧庄。惟武威不详何人。考偶成转韵诗尝称卢弘正为武威将军矣。弘正，卢简辞弟，范阳人，后徙家于蒲，或有庄在交城也。但弘正……未尝封爵加平章事，似与腹联用典不合。或"新蒲"句以班超投笔比己入幕；"芳草"句以醉吏污茵比卢厚爱，意亦可通。……此诗当作于东川罢后，但不能定指何年也。冯氏初解谓追感刘从谏，后又以为李光颜，虽与题似符，然与义山实皆风马牛不相及，至诸家概断为王茂元，更误之误矣。（会笺）

【按】：此诗已明确提供武威公有关情事者有如下数事：一、此人系义山之已故府主，义山曾深受其知遇。二、此人非寻常文职节使，系有武略军功，且深得士卒爱戴者。三、此人有旧庄在交城，当家居太原附近。考义山所历事之幕主中，柳仲郢后义山而卒，可勿论。郑亚家居仕历均与太原无涉，崔戎亦然。王茂元之误，冯氏已辨之。令狐仕历虽与太原有关，然楚以幕府章奏进身，不习武事，显亦非所谓武威公者。上述三事均相合者，唯卢弘止一人。义山与弘止，不仅有戚谊，且早已结识（"忆昔公为会昌宰，我时入谒虚怀待"），大中三年辟商隐入幕，商隐深受其知遇。偶成转韵之"我生粗疏不足数，梁父哀吟鸲鹆舞，横行阔视倚公怜，狂来笔力如牛弩"，亦即"芳草如茵忆吐时"所包含之情事也。弘止兼有文才武略，偶成转韵云："武威将军使中侠，少年箭道惊杨叶。战功高后数文章，怜我秋斋梦蝴蝶。"戏题枢言草阁云："尚书文与武，战罢幕府开。"均明言其才兼文武。其镇徐时治军之绩已见前引张笺，而会昌四年，奉诏宣慰邢、洺、磁三州及成德、魏博两镇，亦其军功之卓著者。卢弘止之深得部伍爱戴，偶成转韵已有所谓"彭门十万皆雄勇，首戴公恩若山重"，于其逝世，自可言"泪堕六州儿"矣。据新唐书文艺传："卢纶（弘止父），河中蒲人。"河中府即今山西永济县，地与太原相近，故交城或有其旧庄。又新书卢简辞传载，李程镇太原，曾表简辞为节度判官，则卢氏极有可能于太原置别业。总此观之,武威公之为卢弘止,殆无可疑。题称"故府武威公",与"旧府开封公"同例(唯武威非郡望),"中"字当系不明"故府"之义者所妄增。此诗作年,当如张氏所言,在罢东川幕归京以后。大中十一年春,义山曾回洛阳,本篇腹联点春令,似有可能作于本年春。

江东〔一〕

惊鱼拨剌燕翩翾①〔二〕,独自江东上钓船。今日春光太漂荡,谢家轻絮沈郎钱〔三〕。

校　记

①"拨",万绝作"泼"。

集　注

〔一〕【冯注】"江东"见史记项羽本纪者,谓吴中也。秦时会稽郡治在吴,即后之苏州也。会稽郡地兼吴、越,而江淮诸郡尽吴分,故后世概称江左,即江东也。项王欲东渡乌江,乌江在牛渚,今当涂县境。唐时江南西道之池州、宣州,亦江东也。合之诸诗,义山或实有江东之游矣。又汉书志:"丹阳郡石城县分江水首受江,东至馀姚入海。"旧书志:"池州治秋浦县,汉石城县也。"集中既有宣、池、江东之迹,或诗中所用石城即借指池州亦未可知。江南东道之润州,淮南道之扬州,地皆接近。南朝、隋宫诸篇,或系因地怀古,非虚拟也。

〔二〕【朱注】拨,方割切;剌,力达切。谢灵运赋:"鱼水深而泼剌。"杜甫诗:"船尾跳鱼拨剌鸣。"鹪鹩赋:"育翩翾之陋体兮。”【程注】谢灵运山居赋:“鹍鸿翻翥而莫及,何但燕雀之翩翾。”【冯注】后汉书张衡传:“弯威弧之拨剌。”注曰:“张弓貌也。”文选作“拔剌”,音义同。后人每谓鱼跳为拨剌,盖鹖冠子曰:“水激则旱,矢激则远,精神回薄,震荡相转”,其意相同也。野客丛书谓泼剌,划然震激之声,箭鸣亦然。淮南子:“琴或拨剌枉桡,阔解漏越。”按:“拨剌”似始此。【按】拨剌,鱼尾拨水声。杜甫诗“船尾跳鱼拨剌鸣”即此义。

〔三〕【朱注】晋书食货志:“吴兴沈充铸小钱,谓之沈郎钱。”此以比榆荚也。汉有小钱名榆荚钱。李贺诗:“榆荚相催不知数,沈郎青钱夹城路。”【程注】汉书食货志:“秦钱重,难用,更令民铸荚钱。”注:“如榆荚也。”本草:“榆荚形状似钱而小。”【何曰】比世情之轻薄。(冯注引)【按】谢絮屡见前。

笺　评

【杨守智曰】后之祖西昆者,只得其皮毛耳。

【何曰】鱼遗子,燕引雏,以比后生得路。○飘零堕落,终成泥滓,下二句自比身世也。(辑评)

【徐德泓曰】止道杨花榆荚耳。钱带沈郎,比其小也;若絮带谢家,又何涉乎?李之使事,活泼灵化,概见于此,解者犹刻舟求剑,拙矣。

【姚曰】叹富贵无常也,即刘郎兔葵燕麦之感。首句是自喻。

【屈曰】当春光鱼燕飞游时,独上钓船,观谢女轻絮、沈郎之榆钱,伤己之孤贫,而致叹其太飘荡也。

【冯曰】极写客游之无聊赖也。

【纪曰】蒙泉曰：无聊之思，亦在言外。

【姜炳璋曰】此伤己之无成也。春光漂荡，百感攒膺。老将至矣，勋名未立，将若之何？感慨无聊之况，俱“独自”二字传出。

【俞陛云曰】江东为衣冠文物荟萃之区，英豪才俊，辉映简册者，固代有其人，而其中孤客羁栖，美人沦落者，不知凡几，诗中谢絮沈钱，殆为文士名媛，齐声一叹，不若扁舟江上，看燕飞鱼跃，翛然物外也。

【张曰】此充推官时游江东之作。冯氏谓极写客游之无聊赖，是也。（会笺系大中十一年。）又曰：柳仲郢大中十年为盐铁使，曾辟义山充推官。此与江东怀古诸诗皆大中十一年中赋也。“谢家轻絮沈郎钱”，亦暗喻盐铁也。冯氏编诸开成五年，大误。（辨正）

【按】视“春光太漂荡”语，诗或作于晚年穷途落魄之时，张笺系年似可从。谢絮沈钱喻盐铁，则近乎凿，仍以冯笺“极写客游之无聊赖”为是。自本篇至风雨，共十三首，均大体依张氏会笺系大中十一年至十二年任盐铁推官游江东时。商隐晚年曾任盐铁推官，见裴廷裕东观奏记卷下，谓温庭筠“谪为九品吏（按：指大中十三年谪为隋县尉）”之“前一年（按：指大中十二年），商隐以盐铁推官死”。其任盐铁推官，系出于大中十年暮春至十二年二月任盐铁转运使之柳仲郢之推荐。张采田会笺云：“考集中江东咏古诸作，前此江乡、巴蜀游踪，断不暇有此，其为充推官时所赋无疑。然则宦辙所经，多在吴、越、扬、润间欤？”张氏所谓江东咏古诸作，盖指隋宫二首、南朝二首、齐宫词、咏史（北湖南埭）等。或以为此类咏史诗并非纪游诗,不能据此谓商隐曾至扬州、金陵等地。然如咏史“北湖南埭水漫漫”之句,南朝“休夸此地分天下”之句,乃至隋宫“于今腐草无萤火,终古垂杨有暮鸦”之句,或直接描绘眼前景物,或明点“此地”、“于今”,均非想像中虚景,而系实地游历所见。故上述诸诗虽非纪游诗,却反映出商隐有扬州、金陵之行。扬州为东南盐铁、漕运中心,“唐世盐铁转运使在扬州,尽斡利权,判官多至数十,商贾如织”(洪迈容斋随笔)。柳仲郢驻节扬州,商隐以梓幕旧僚而为盐铁推官,受到仲郢关顾,很有可能即在扬州巡院任推官,故集中江都、金陵咏史之作特多。在无证据证明商隐在其他时间有江东之行的情况下,张氏会笺之考证与对有关诗歌之系年似仍可从。至于江东一诗,明说自己在暮春柳絮飞扬、榆钱夹路之时曾“独自江东上钓船”,更证明其确有江东之行。或谓商隐任盐铁推官,只是仲郢为照顾商隐而辟署之挂名支俸之职,并非实际担任推官实务,且商隐晚年衰病,已不堪担任推官繁剧之务。但挂名支俸之说并无实证。至于身体衰病,自梓幕以来已是“漳滨多病”,但仍不妨其“五年从事”。且扬州盐铁使府判官多至数十,巡院推官数量不少,仲郢以盐铁转运使身份给予关顾,安排较轻之职事,应无困难。

寄在朝郑曹独孤李四同年〔一〕

昔岁陪游旧迹多,风光今日两蹉跎。不因醉本兰亭在[①],兼忘当年旧永和〔二〕。

校　记

①"本",姜本作"草"。

集　注

〔一〕【冯注】独孤云、李定言见本集,当即其人。旧书郑馀庆传:"馀庆之孙茂休,开成二年登进士第,累官至秘书监。"曹确传:"开成二年进士第,至咸通五年同平章事。"当亦即其人。【陶敏曰】郑,郑宪。唐阙史卷下:"故尚书右丞讳宪……。"旧书宣宗纪:大中十一年四月,"以中书舍人郑宪为洪州刺史、御史中丞、江南西道都团练观察处置等使。"……曹,曹确……学士壁记:"大中五年八月十一日自起居郎充……九年闰四月六日,拜中书舍人,依前充……十一年八月二十一日,授河南尹,出院。"独孤,独孤云,李商隐有妓席暗记送同年独孤云之武昌诗。新表五下独孤氏:"云,字公远,吏部侍郎。"……李,李定言,李商隐有与同年李定言曲水闲话戏作诗,许浑有李定言自殿院衔命归阙拜员外郎迁右史因寄诗。(全唐诗人名考证)

〔二〕【冯注】晋书王羲之传:"永和九年,与同志宴集于会稽山阴之兰亭,修禊事也。"何延之兰亭记:"王右军挥豪制序,兴乐而书,用蚕茧纸、鼠须笔,遒媚劲健,绝代更无,其时乃有神助。及醒后,他日更书数百千本,终无如祓禊所书之者。右军亦自珍爱宝重此书。"按;"更书"二句,一本作"醒后连日再书数十百纸,终不能及。"唐时登第后,例于曲江游宴,故以为喻。

笺　评

【何曰】重叙旧游,正责其了无故意,吐属极婉。(辑评)

【姚曰】悲沦落之已久也。

【屈曰】写自己之几忘旧谱,反言见意。以兰亭比同年姓名谱也。

【程曰】此即杜子美"厚禄故人书断绝"之感也。玩题中"在朝"二字,则情绪可知矣。此义山诗之最浅直者,然善于用事,无灌夫骂座之态。

【冯曰】初定闲居永乐时作,不如大中末病还郑州,年深诗味更深也。

【纪曰】着意"在朝"二字,朋友相怨之诗也,后二句太激,少含蓄。(诗说)又曰:近乎诟詈。(辑评)

【张曰】此首借以自慨,非怨诗,何至近乎诟詈耶?误甚。(辨正)

【按】此诗冯、张均编大中十二年商隐病废还郑州时,然据郑宪大中十一年四月出为江西观察使、曹确同年八月出为河南尹之宦历,当作于大中十一年四月之前。另据四人同在朝任职之经历,此诗作于商隐在梓幕期间之可能性甚少。大中十年商隐归京后四人虽可能同在朝,但不必"寄"诗。故以作于大中十一年春之可能性最大。诗中"兰亭"、"永和"用王羲之兰亭集序"永和九年,岁在癸丑,暮春之初,会于会稽山阴之兰亭"之语,故可推知诗当作于大中十一年暮春。此时商隐正游江东,穷途漂泊,忆及昔日与四同年春日同游赋诗情事,对照今日穷达悬绝之处境,不禁有"风光今日两蹉跎"之慨。"醉本兰亭",当指昔日同游时所作诗文。自慨中寓有"交亲得路昧平生"之感,但极委婉而无痕。淡淡说去,意蕴自厚。作讽语怨语看,便不耐味。

赠郑谠处士

浪迹江湖白发新，浮云一片是吾身〔一〕。寒归山观随棋局，暖入汀洲逐钓轮①〔二〕。越桂留烹张翰鲙〔三〕，蜀姜供煮陆机莼〔四〕。相逢一笑怜疏放，他日扁舟有故人。

校记

①“轮”原作“纶”，据蒋本、姜本、戊签、悟抄、席本、钱本、影宋抄、朱本改。

集注

〔一〕【朱注】维摩经：“是身如浮云，须臾变灭。”【冯注】颜氏家训：“吾今羁旅，身若浮云。”

〔二〕【朱注】（郭璞）江赋：“或挥轮于悬碕。”善曰：“轮，钓轮也。”【补】钓轮，钓鱼之具。陆龟蒙钓车诗：“溪上持只轮。”

〔三〕【朱注】南越有桂林，故曰越桂。吕氏春秋：“和之美者，（蜀郡）杨朴之姜，招摇之桂，越骆之菌。”【冯注】晋书：“张翰为齐王冏大司马东曹掾，冏时执权。翰见秋风起，思吴中菰菜、莼羹、鲈鱼脍，遂命驾而归。俄而冏败。”【何曰】脍是生肉，故少仪谓牛与羊鱼之腥，聂而切之为脍。“烹”字刻矣，赖“留”字尚活。（辑评）

〔四〕【道源注】搜神记：“左慈少有神道，尝在曹公座，公曰：‘今日高会，所少者松江鲈鱼为鲙。’慈求铜盘贮水，钓于盘中，引一鲈鱼出。公曰：‘今既得鲈，恨无蜀中姜耳。’慈曰：‘亦可得也。’公恐其近路买，因曰：‘吾有使至蜀买锦，可敕使增市二端。'须臾还,得生姜。岁馀,使还,果增二端。问之,曰:'某月某日见人于肆,下以公敕,故增耳。'"世说:"陆机诣王武子,武子前置数斛羊酪,指以示陆曰:'卿江东何以敌此?'陆曰:'有千里莼羹,但未下盐豉耳。'"【冯注】舆地志:"华亭谷出佳鱼莼菜,陆机云'千里莼羹'即此。"【程注】何逊七召:"海椒鲁豉,河盐蜀姜。"

笺 评

【胡以梅曰】一、二皆言郑。吾身,代其自谓之语。三、四言其顺时自适。五、六越桂蜀姜,应"浪迹江湖",因远游而得;鲈鱼莼菜,将东归之谓,结则承归后也。此盖赠别之作。

【何曰】此身反随逐钓轮、棋局,乃真似浮云浪迹也。○"越桂"一联,伏下故人。(读书记)○落句言我绕树无依,略同处士也。(辑评)

【陆鸣皋曰】前四句,言其逍遥自在。五六句,以张、陆自谓也。言异时相访,以此辛香之物佐厨享客,故曰"留烹""供煮",即伏下"他日扁舟"意。

【陆曰】此美郑之萧然尘外,而己欲与之把臂入林也。浮云一片,是其身世;棋局钓轮,是其事业。甘心穷约,头白于莼鲈乡中,处士之所得也多矣。视夫张翰思归,陆机不返,其间相去何如?夫我亦疏放人也,他日扁舟相过,而与子偕隐,或者其许我乎?

【姚曰】此羡浪迹之乐也。浮云一片,飘泊江湖,山观随棋,汀洲逐钓,一身所至,无适而非家也。夫此身之所资于世者有限,诚使有鲙可烹,有莼可煮,虽张翰不足为高,如陆机只以取悔。相逢一笑,盖不以俗人相待乎?扁舟作伴,舍此奚适矣。

【屈曰】前六句皆写处士之疏放。八言相逢之后，他日定当扁舟来访也。

【冯曰】首二自谓，三四谓偕郑游，五六留物赠之，七八叙交情，期后会，是江乡旅次偶然之地主也。用张陆事，其游江东时欤？

【姚鼐曰】前六句皆谓郑，"吾身"亦以托郑也。末乃自指。

【纪曰】居然宋体，可以入之剑南集中，见义山无所不有。然廉衣以为起二句俗也。（诗说）诗虽清浅，而无恶状。（辑评）

【方东树曰】六句谓郑，收乃自指。起句浮情，此不如杜公因许八寄江宁旻上人。

【张曰】冯说得之，是充推官游江东时作，非开成时也。（会笺，系大中十一年。）又曰：统观全集，用典必极雅切，措辞必极深婉，绝无一句鄙俗语可摘，正不烦纪氏强为辨别也。○赠答诗，别无寓意。观首句"浪迹江湖白发新"，盖大中十一年充盐铁推官，客游江东时作矣。冯氏疑开成五年江乡作，则与首句不符，必不然也。（辨正）

【按】屈笺是。"浪迹江湖"、"浮云一片"，指郑不指己。"是吾身"，托为处士口吻。诸家笺多误会，以为义山自道；果然，则不必谓"他日扁舟有故人"矣。中二联皆状处士之疏放。山观奕棋，汀洲垂钓，皆处士闲逸之态；越桂烹鲙，蜀姜煮莼，亦处士远于名利之情。若义山则无论所谓开成末南游或大中末游江东，恐皆无此闲逸意态也。诗意兴颓唐，当非前期作品。冯曰："用张陆事，其游江东时欤？"观诗中所写景象，亦甚似之。

南朝

地险悠悠天险长〔一〕,金陵王气应瑶光①〔二〕。休夸此地分天下,只得徐妃半面妆〔三〕。

校　记

①“瑶”,姜本作“遥”。

集　注

〔一〕【冯注】易坎卦:“天险、地险。”【按】地险,指“钟阜龙盘,石城虎踞”之地理形势。天险,指长江。悠悠与长义近,前者状时间之久远,后者状空间之长远。而在句法上又与“秦时明月汉时关”相类,乃互文,谓地险与天险皆悠悠且长。

〔二〕【朱注】春秋运斗枢:“北斗七星:第一天枢,第二璇,第三机,第四权,第五(玉)衡,第六开阳,第七瑶光。”江淹诗:“瑶光正神县。”南朝为正朔所归,故曰“应瑶光”也。【冯注】吴录:“张纮言于孙权曰:‘秣陵,楚武王所置,名曰金陵。秦始皇时,望气者云金陵有王者气,故断连冈,改名秣陵。’”春秋运斗枢:“(北斗七星)第一至第四为魁,第五至第七为杓,合为斗。”汉书志:“吴地,斗分壄也。今之会稽、九江、丹阳、豫章、庐江、广陵、六安、临淮郡,尽吴分也。”【按】太平御览引金陵图云:“昔楚威王见此有王气,因埋金以镇之,故曰金陵。秦并天下,望气者言江东有天子气,凿地断连冈,因改金陵为秣陵。”二句谓南朝既有山川之险,又上应天象。

〔三〕【朱注】南史:"徐妃讳昭佩,无容质,不见礼。(梁元)帝二三年一入房。妃以帝眇一目,每知帝将至,必为半面妆以俟。帝见则大怒而出。"

笺评

【张戒曰】非夸徐妃,乃讥湘中也。义山诗佳处,大抵类此。(岁寒堂诗话)

【钱谦益曰】南朝止分天下之半,徐妃妆面亦止一半。(唐诗合选笺注)按:钱良择评与此同。

【朱彝尊曰】"休夸"二句:奇绝。

【何曰】点化中分,使事灵变。看作刺诗,便不会作者语妙。(辑评)

【徐德泓曰】以南人映南事,方近而有致。

【姚曰】以巾帼比偏安也。

【屈曰】以如此之形胜,如此之王气,而仅足以偏安,非英雄也。借一事而统论南朝,非耑指徐妃。

【程曰】唐人咏南朝者甚众,大都慨叹其兴亡耳。李山甫"总是战争收拾得,却因歌舞破除休"二语最为有识,众论推之。而义山更出其上,以为六代君臣,偏安江左,曾无混一之志,坐视神州陆沉,其兴其亡,盖皆不足道矣。愚谓此诗真可空前绝后,今人徒赏义山艳丽,而不知其识见之高,岂可轻学步哉!

【纪曰】纤而鄙。(诗说)

【张曰】借香倩语点化,是玉溪惯法,不得以纤佻目之。游江东时咏古之作,别无寄托。义山大中十一年随仲郢充盐铁推官,当至金陵、扬州诸地,……凡集中此种诗,皆其时作

也。（辨正）

【按】梁元帝建都江陵，非都建康，且题云“南朝”，则诗之所讽者固非元帝一人，乃借“半面妆”事以刺南朝诸帝之苟安江左，不图进取耳。徐妃半面妆事，仅反映帝妃之不和，缺乏社会意义，作者将其与“分天下”联系，不特使事灵变，妙语解颐，且亦于尖刻之讽刺中寓深刻思想：自夸拥有半壁江山者，不过得“半面妆”之孤家寡人耳。

晚唐君主，于藩镇割据、疆土日蹙情势下，多但求苟安，不务进取。义山此诗，盖亦有感而发。张氏系大中十一年游江东时，虽无确据，然诗明言“此地”，似是亲至其地之作。

南朝

玄武湖中玉漏催〔一〕，鸡鸣埭口绣襦回〔二〕。谁言琼树朝朝见〔三〕，不及金莲步步来〔四〕？敌国军营漂木柿①〔五〕，前朝神庙锁烟煤〔六〕。满宫学士皆莲色②，江令当年只费才〔七〕。

校　记

①“柿”，原一作“楝”，非。

②“莲”，蒋本、姜本、戊签、悟抄、席本、钱本、影宋抄、朱本均作“颜”。【按】义山律体多有偶重字而遭后人臆改者。

集　注

〔一〕【冯注】玄武湖见陈后宫。【朱注】张衡浑天制：“以玉虬吐漏水入两壶。”李兰刻漏法：“以玉壶、玉管流珠马上，奔驰行漏。”

〔二〕【朱注】南史：“齐武帝数幸琅琊城，宫人常从，早发，至湖北埭，鸡始鸣，故呼为鸡鸣埭。”一统志：“在清溪西南潮沟之上。”【冯注】通鉴注：“（埭）音代。”古乐府：“妾有绣腰襦。”【姚注】说文：“襦，短衣也。”【按】绣襦，指宫人。回，见其游宴之频，犹“重来”、“又来”。此言玉漏方催，玄武湖畔之鸡鸣埭口，绣襦宫人又纷至沓来矣。

〔三〕【朱注】陈书：“后主制新曲，有玉树后庭花、临江乐等，其略云：‘璧月夜夜满，琼树朝朝新。’大抵美张贵妃、孔贵嫔之容色。”二句乃江总词也。

〔四〕【冯注】（金莲）见隋宫守岁。【辑评墨批】言后主荒淫，未尝少逊东昏。【按】盖谓荒淫相继，后代更甚于前朝也。“金莲”见齐宫词注〔二〕。

〔五〕【冯注】南史陈后主纪：“宣帝崩，隋遣使赴吊，修敌国之礼。”又：“隋文帝命大作战船，人请密之。文帝曰：‘吾将显行天诛，何密之有？使投柿于江，若彼能改，吾又何求？’”说文：“柿，削木札朴也，从木，巿声。陈、楚谓椟为柿，芳吠切。”晋书王濬传：“造船于蜀，其木柿蔽江而下。”字亦作柹，柹即柿也。或云当改“柿”者，误。（按：【程注】柹当作柿。唐韵：“芳吠切。”说文：“削木札朴也。”又：“削下木片也。”汉书杨由传：“风吹削柿。”）

〔六〕【朱注】陈书：“后主于郭内大皇佛寺起七层塔，未毕，火从中起，飞至石头，烧死者甚众。”【程注】宋书礼志：“明帝立九州庙于鸡笼山，大聚群神。”陈书武帝纪：“十月乙亥，即皇帝位。丙子，幸钟山，祀蒋帝庙。”前朝神庙，自应本此，言淫祀之无益也。长孺引陈书……与“前朝”二字未合。又按：玉篇："煤，炱煤也。"韵会："煤炱，灰集屋者。"高诱吕氏春秋注："煤，室烟尘之煤也。"张祜诗："古墙丹雘尽，深栋墨煤生。"温庭筠诗："烟煤朝奠处，风雨夜归时。"是煤乃梁上烟煤之名明矣。【冯注】通鉴："太市令章华上书极谏，略曰：'高祖、世祖、高宗功勤亦至矣。陛下不思先帝之艰难，惑于酒色，祠七庙而不出，拜三妃而临轩。今隋军压境，如不改弦易张，麋鹿复游于姑苏矣。'帝怒，斩之。"徐曰：句用此事。前朝，陈之前朝也。不特咎其不亲祭太庙，亦言祖宗之统自此灭矣。语最警切，旧注皆误。【按】徐、冯说是。二句谓陈后主于隋兵压境之时，仍毫无戒备，不祭太庙，沉湎声色，必将亡国绝嗣。

〔七〕【冯注】陈书："张贵妃，龚、孔二贵嫔，又有王、李二美人，张、薛二淑媛，袁昭仪、何婕妤、江修容等七人，并有宠，以宫人有文学者袁大舍等为女学士。后主每引宾客，对贵妃等，游宴则使诸贵人及女学士与狎客共赋新诗，互相赠答，选宫女有容色者以千百数，令习而歌之。"又："后主之世，江总当权宰，不持政务，但日与后主游宴后庭，共陈暄、孔范、王瑗等十馀人，当时谓之狎客。"北史："薛道衡曰'陈尚书令江总惟事诗酒。'"【补】南史陈后主本纪："（后主）荒于酒色，不恤政事……江总、孔范等十人预宴，号曰狎客。先令八妇人襞采笺，制五言诗，十客一时继和，迟者则罚酒。君臣酣饮，从夕达旦，以此为常。"二句谓后主后宫妃嫔学士皆美于容色，使江总等狎客为歌咏其容色而费尽才华。

笺　评

【朱彝尊曰】言后主荒淫，未尝稍减东昏。罗列故实，无他命意。此义山独创之体。西昆祖之,遂成堆金砌玉,繁碎不堪。绣襦:短衣。(钱良择唐音审体批语曰:罗列故实,其意盖本玉台艳体作咏史诗也,义山创此格,遂为西昆诸公之祖。)

【杨曰】组织浓丽,对仗清工。

【何曰】此篇亦非杨、刘所及。南朝偏安江左,不思励精图治以保其国,乃徒事荒淫,宋不戒而为齐,齐不戒而为梁,陈因梁乱而篡取之,国势视前此尤促。乃复不戒,甘蹈东昏之覆辙如恐不及,且寇警天戒,俨然不知,安得不灭于隋乎!不特此也,前此宋齐不过主昏于上,江左犹为有人,故命虽革,而犹能南北分王。至陈则君臣荒惑,一国俱在醉梦之中,长江天堑,谁复守之?落句深叹南朝由此终,无一豪杰能代兴者,非特痛惜陈亡也。("玄武"句)指宋。("鸡鸣"句)指齐。("谁言"一连)"谁言","不及",吐属殊绞而婉,叙致亦错综善变。("敌国"一连)盖所谓天地人皆以告,而王不知戒也。此等诗须细味其高情远识。起连便是南朝国势必为北并,况又加之陈叔宝乎?二十八字中叙四代兴亡,全不费力,又其馀事也。(读书记)

【沈德潜曰】题概说南朝而主意在陈后主。玄武湖、鸡鸣埭虽前朝事,而玉漏催、绣襦回已言后主游幸无明无夜也。三四谁言后主不及东昏,见盛于东昏也。五六见不防敌患、不畏天灾,欲国之不亡,其可得乎?(唐诗别裁)

【胡以梅曰】此举南朝荒亡之事,齐、陈兼有,而陈不畏外患,不知天戒,放荡无极,所以失国。起二句谓齐武帝射雉起早,宫人皆从,先启其端,故东昏又溺于潘妃,然陈后主琼树之宠亦不减于金莲也。将齐武之绣襦,引起其后人之金莲,而以陈事插之，下半首独承第三句以尽其事，而深责辅臣之邪僻，“才”字似扬而实抑之也。然此格既拗，其意又一无稜角，俱在言外，若欲效之，而无事实相衬，恐堕入晦暗之中，则画虎不成矣。

【赵臣瑗曰】宋齐梁陈皆谓之南朝，而此诗独讥陈后主也。○一二平起，玉漏未停，绣襦已到。其耽于宴乐，真是不分昼夜。三四趁手翻跌，“谁言”“不及”，不是借金莲以形琼树，乃是言后主之荒淫未尝少让东昏也。五人心已去，六天戒昭然，宜乎稍知恐惧矣，此顿笔也。七八仍收到前半，然而宫人也则称学士，宰臣也但为狎客，……风流天子，愈出愈奇，夫如是奚而不丧？

【陆曰】此讥南朝皆以荒淫覆国，而叹陈之后主为尤甚也。起二语叙宋、齐事，随写随撇。三四用反语转出陈来，句法最为跌宕，曰“谁言”，曰“不及”，是殆有加焉之意。下半言咎不独在君也。当日江漂木柿，敌势已张，火烈石城，天灾可畏，主既不悟，而江令身为宰辅，亦毫无戒心，日与妃嫔女学士等侍宴赋诗为乐，君臣皆在醉梦中，安得不蹈宋、齐覆辙而见灭于隋乎？

【陆鸣皋曰】结语已尽荒淫而不露筋肘，可以为法。

【徐德泓曰】此专赋陈后主事。首言南朝行乐之地。次联，言后主之荒，与东昏等也。后四句，言敌漂木柿，火焚神庙，天人示警，而犹宣淫不已也。“只”字见大臣用心止此，虽欲不亡，得乎？

【姚曰】题曰“南朝”，诗实注意陈朝事。玄武湖、鸡鸣埭，皆宋、齐以来游幸之地。玉漏催、绣襦回，言其无明无夜。至琼树朝朝，视金莲步步，真不翅也。当此之时，敌国则投柿江流，神庙则烟煤空锁，天人交警，而彼昏不知。学士满宫，而狎客作相，所贵于才华者，乃只为覆亡之具也乎？读此诗知义山亦不但欲以文人自命者矣。

【屈曰】起二句写时、地。下以“谁言”、“不及”四字调笑之。五六写亡国。七八又追写未亡事，以见安得不亡意。○此写陈氏事，而题总云“南朝”者，以地言也。诗中虽用宋、齐事，却只言陈亡，不为宋、齐而发，玩结句可知。

【程曰】南朝偏安江左，历代皆事荒淫，宋、齐、梁、陈，如出一辙。起二句言宋文帝、齐武帝盛时已开游幸之端，贻谋不臧，下有甚焉者矣。三四言齐、陈之攻绮语而作色荒。五六言梁、陈之弛武备而事祠祷。结二句总论其谋国无人，以致沦丧。江总历事梁、陈，始终误人家国。然则保国之道尤在任贤也。首举宋、齐则梁、陈可知，末举梁、陈则宋、齐概见，此行文参错交互之法也。

【冯曰】南朝始于吴，终于陈。刘宾客西塞山怀古上半重叙吴亡，所谓独探骊珠也。许丁卯金陵怀古则以“玉树歌残王气终”追括六代，义山此章与许同法。元经书陈亡而具五国之义也。首二句志旧地而纪新游；三四跌重陈朝；下半纯是陈事，案而不断，荒淫败亡一一毕露，真善于措词矣。人以堆砌繁琐讥之，何哉？此为游江东怀古之作，无他寓意。

【纪曰】三四言叔宝之荒淫过于东昏也，“谁言”“不及”，弄姿以取瞥脱耳。五六提笔振起，七八冷掉作收，是义山法门。以南朝为题，实专咏陈事，六代终于陈也。四家牵于首二句，故兼宋齐言之，实无此诗法。问南朝定为咏陈，恐首二句不是陈事。曰二地名固始于宋齐，何妨至陈仍于此宴游哉。如四家所评则此诗首尾衡决矣。

【姜炳璋曰】此言陈后主亡国之由，而归罪于秉国之人也。“玉漏催”，则时光逝矣；“绣襦回”，则美人归矣。用一“催”字、“回”字，已撇过两朝矣，精细乃尔。三四以下，后主承荒淫之后而又过之，谁云陈阁之美人不及齐宫之潘妃乎？“谁言”二字直贯两句。斯时敌国未尝不明告汝，天意未尝不严警汝，而满宫颜色足蛊君心，宰相江总，只广用才华，迎合意旨，故安危利灾而不自知也。如此说，方一气贯通，按总之才，义山尝称之，而此正其误国之罪，斧钺凛如，可以知其性情之正。

【王寿昌曰】吊古之诗，须褒贬森严，具有春秋之义，使善者足以动后人之景仰，恶者足以垂千秋之炯戒。……李义山之……南朝……诸作，其凄恻既足以动人，其抑扬复足以惩劝。……至若“敌国军营”二句，令人凛然知忧来之无方，祸至之无日，而思患预防之心不可不日加惕也。（小清华园诗谈）

【方东树曰】“先君云：‘此专为陈后主而作，吐属绞而婉，叙致错综变化。前四句中，叙四代兴亡，全不费力，却又宾主跌宕变化，不可方物，咏古极则也。宋元嘉三十三年，立玄武湖。齐武帝立鸡鸣埭。宋之荒而为齐，齐之荒而为梁。第三句为主句，言后主蹈东昏覆辙。后主时，天火焚寺塔，六句指其事也。’又曰：‘五六所谓天人皆以告，而君臣俱在醉梦中，可叹也。’又曰：‘此诗略近隋宫。’”树谓隋宫又逊筹笔驿，以用事太浓，下笔太轻利，开作俗诗派。

【张曰】金陵、扬州怀古诗集中极多，大抵大中十一年充盐铁推官，客游江东所作。冯编不能断定，甚谬。（辨正）

【刘盼遂曰】前六句都是写南朝统治者……荒淫的事，并不重要,重要的是最后两句。……结句是说,像江总这样高的才华,都用在咏女学士们的姿容上,未免用非其才。其意义在于借江总以自伤,感伤自己才高不得重用,不过只作些艳体诗而已。

【按】当从艺术概括角度,理解义山齐宫词、南朝(地险悠悠)与包括本篇在内之多数咏史诗。本篇旨在讽南朝君主之荒淫失政,若平面罗列各朝荒淫史实,不仅陷于堆垛重复,且亦无法一一写尽;然如专写陈事,则又当题为"陈后宫"而与"南朝"题意相左。作者乃以南朝为一整体,着重咏陈事而兼顾前此各朝。首联点地纪游,不特兼该宋、齐,实亦包举梁、陈,即所谓"玄武开新苑,龙舟讌幸频"之意。次联自字面言之,似谓后主之荒淫甚于东昏,然其真意则在讽南朝君主荒淫相继,变本加厉,特举此一端以概其馀耳。后幅乃专言陈事,以见"南朝"之末政与必然覆亡之趋势,咏陈之亡,即所以咏南朝之亡也。纪氏等谓专咏陈事,程氏又因江令而谓后幅举梁、陈事,皆失之。

齐宫词

永寿兵来夜不扃〔一〕,金莲无复印中庭〔二〕。梁台歌管三更罢〔三〕,犹自风摇九子铃〔四〕。

集　注

〔一〕【冯注】南史纪:"齐废帝东昏侯宝卷起芳乐、芳德、仙华、含德等殿,又别为潘妃起神仙、永寿、玉寿三殿。萧衍师至,王珍国、张稷应之,夜开云龙门,勒兵入殿。是夜,帝在含德殿,吹笙歌作女儿子，卧未熟，闻兵入，趋出，直后张齐斩送萧衍。”【按】含德改永寿，切潘妃事。夜不扃，言其毫无戒备。

〔二〕【冯注】南史：“齐废帝东昏侯凿金为莲花以贴地，令潘妃行其上，曰：‘此步步生莲花也。’”

〔三〕【朱注】按晋成帝七年，作新宫。舆地图云：“即台城也。”容斋随笔：“晋、宋后谓朝廷禁省为台，故称禁城为台城。”【冯曰】齐之后为梁。【按】梁台即梁宫。

〔四〕【朱注】西京杂记：“昭阳殿上设九金龙，皆衔九子金铃。每好风日，幡旄光影，照耀一殿，铃镊之声，惊动左右。”齐书：“庄严寺有玉九子铃，外国寺佛面有光相，禅灵寺塔诸宝珥，皆剥取以施潘妃殿饰。”【田曰】此齐时故物，新主为欢，犹摇昔响。沈、范、王亮愧此多矣。【冯曰】田评可，断章取义，诗意却不深也。【按】田评非，诗意固不在刺趋事新朝者，详笺。

笺　评

【冯班曰】咏史俱妙在不议论。

【陆鸣皋曰】此与燕台诗内“玉树未怜亡国人”同意，彼浑而此显耳。

【宋宗元曰】“犹自风摇九子铃”，含蕴绝妙。（网师园唐诗笺）

【姚曰】荆棘铜驼，妙在从热闹中写出。

【屈曰】不见金莲之迹，犹闻玉铃之音；不闻于梁台歌管之时，而在既罢之后。荒淫亡国，安能一一写尽，只就微物点出，令人思而得之。

【沈德潜曰】此篇不著议论，“可怜夜半虚前席”竟著议论，异体而各极其致。（唐诗别裁）

【徐曰】伤敬宗也。借古为言,四句中事皆备具。(据冯笺引。)

【冯曰】南史言东昏侯常以五更就卧,至晡乃起。元会之日,百僚陪坐,皆僵仆菜色。每出游还宫,常至三更。被害时年十九,与敬宗诸事相合,故借伤也。徐说似矣。然何以兵来永寿,不云含德?所用金莲、九子铃,皆专咏潘妃,岂致叹于敬宗宫嫔,如所云"新得佳人"者乎?此意一无可征,疑其别有寄慨矣。

【纪曰】芥舟曰:胜北齐二首。(诗说)意只寻常,妙从小物寄慨,倍觉唱叹有情。(辑评)钝吟云:"咏史俱妙在不议论。"亦有议论而佳者,不以一例概之。大抵要抑扬唱叹,弦外有音,不得作十成死句,如周昙、胡曾一流。(诗说)

【姜炳璋曰】三四,歌管已属梁宫,而九子铃犹在,潘妃得而有之乎?盖恶齐宫之词。按:前五代惟梁不闻荒淫,武帝贵妃以下,衣不曳地;简文、孝元,救死不暇。此云"三更歌管",顺势成文,非实事矣。

【俞陛云曰】人去台空,风铃自语,不着议论,洵哀思之音也。

【张曰】游江东时咏古之作,别无寓意,深解者失之。(会笺。系大中十一年。)

【按】题为"齐宫词",实兼咏齐、梁二代。姚、屈、纪诸家评语,均有所发明,而于作者之用意,似未深省。如诗意仅在引荒淫亡国之事为鉴戒,则专咏齐事即可达此目的。而诗人用笔之重点,不在齐之亡而在梁台新主之旧戏重演,淫乐相继,无视历史教训。舞台、布景、道具依旧,惟演员不同而已。"无复"、"犹自",前后映照,正深寓覆辙犹寻之慨。杜牧阿房宫赋云:"秦人不暇自哀而后人哀之。后人哀之而不鉴之,亦使后人而复哀后人也。"义山暗寓诗中之微意,牧之似为之宣泄无馀。着力写“梁台歌管”,正为当代封建统治者画像。

“九子铃”既齐废帝荒淫昏愦之标志,亦其荒淫亡国之见证;既梁台新主荒淫相继之标志,亦其重蹈亡国覆辙之预兆。一微物而贯串两代亡国败君之丑剧,构思之巧妙,表现之含蓄,均臻极致。

景阳井〔一〕

景阳宫井剩堪悲〔二〕,不尽龙鸾誓死期〔三〕。肠断吴王宫外水,浊泥犹得葬西施〔四〕。

集　注

〔一〕【冯注】陈书:“隋军陷台城,张贵妃与后主俱入于井,隋军出之。晋王广命斩贵妃,榜于青溪中桥。”南史:“后主逃于井,军人欲下石,乃闻叫声,以绳引之,惊其太重,乃与张贵妃、孔贵人三人同乘而上,晋王广命斩贵妃于清溪中。”按:玩史文,是斩丽华,弃诸溪水也。【朱注】金陵志:“景阳井在台城内,……旧传栏有石脉,以帛拭之,作胭脂痕,名胭脂井,一名辱井,在法华寺。”

〔二〕【补】剩,又作剩,真也。岑参送张秘书:“鲈鲙剩堪忆,莼羹殊可餐。”剩堪即真堪。

〔三〕【补】龙鸾喻帝妃。句意谓后主与张丽华虽誓同生死,然共匿于井,本求苟活,既被俘获,又一生一死,竟未能践同生死之誓约也。语含讥讽。

〔四〕【杨慎曰】皮日休馆娃宫怀古:“响屧廊中金玉步,采香径里绮罗身。不知水葬归何处,溪月弯弯欲效颦。”杜牧之诗:“西子下姑苏,一舸逐鸱夷。”后人遂谓范蠡载西施以去,然不见其所据。余按墨子云:“西施之沉,其美也。”盖勾践平吴后,沉之于江也。又兼此诗可证。李义山景阳井一首,亦叶此意。又曰:观此(按指景阳井诗),西施之沉信矣。杜牧所云“逐鸱夷”者,安知不谓沉江而殉子胥乎?鸱革浮胥骸,亦子胥事也。(以上升庵诗话)又曰:世传西施随范蠡去,不见所出,只因杜牧“一舸随鸱夷”之句而附会也。墨子曰:“西施之沉,其美也。”墨子去吴越之世甚近,所书得其真。修文御览引吴越春秋逸篇云:“吴亡后,越浮西施于江,令随鸱夷以终。”此正与墨子合。盖吴既灭,越沉西施于江。浮,沉也,反言耳。随鸱夷者,子胥之谮死,西施有力焉。胥死,盛以鸱夷。今沉西施,所以报子胥之忠,故云随鸱夷以终。范蠡去越,亦曰鸱夷子皮,杜牧遂以子胥鸱夷为范蠡之鸱夷,乃影撰此事以堕后人于疑网也。(杨升庵全集)【冯注】困学纪闻:“墨子谓西施之沉,其美也。岂亦如隋之于张丽华乎?‘一舸逐鸱夷’,特见于杜牧诗,未必然也。”杨慎曰……(按已见前)按:牧之云一舸,则必非子胥,必谓随范少伯也。万花谷引吴越春秋:“越王用范蠡计,献之吴王。其后灭吴,蠡复取西施,乘扁舟游五湖而不返。”与升庵所引异。墨子以比干之殪、孟贲之杀、西施之沉、吴起之裂并言,是实沉于水也。升庵云所引与墨子合。浮,沉也。反言耳。【按】水葬西施之事,自是春秋末期即有之传说,与“一舸逐鸱夷”之传说不同,不必强为捏合。宋曾慥乐府雅词董颖薄媚西子词(下片):“降令曰:吴亡赦汝,越与吴何异。吴正怨,越方疑,从公论,合去妖类。蛾眉宛转，竟殒鲛绡，弃骨委尘泥。渺渺姑苏，荒芜鹿戏。”则谓先缢杀，再弃骨尘泥。当另有所据。

笺 评

【张戒曰】此诗非痛恨张丽华，乃讥陈后主也。其为世鉴戒，岂不至深至切。（岁寒堂诗话）

【杨守智曰】西施水葬，固无确证，以比丽华，亦无意味。（复图本）

【何曰】言要不如吴王肯死，却只说西施，故能不直致。（辑评）

【陆鸣皋曰】次句，言丽华不得同死于井也。下言被杀，反意生情，乃诗人避实用虚之法。

【姚曰】用意在“浊泥”二字，盖浊泥犹得遮丑也。

【屈曰】言丽华不死于井而斩于青溪也。

【冯曰】此章只用水葬以痛杨贤妃，不必辨水葬之可信否也。旧本皆与上首（按指曲江，冯氏以为此诗系“伤文宗崩后杨贤妃赐死而作”，参曲江冯笺）接编，犹可悟其一时一事之作，所笺确矣。长安志云：“文宗章陵陪葬杨封妃。”封字既有误，详观史文，必无仍令陪葬之事，此讹传也。又按：毕中丞新校长安志：“陪葬杨贤妃。”沅案：“会要云：‘章陵无陪葬。’非。”愚谓会要实足相证，并非臆断。

【纪曰】微有情致，但西施之沉与丽华之死事正相同，不知何以借为反衬耳。问莫是以西施之沉比丽华之死，言虽不得共死于清溪之上，幸不为杨广所有否？曰是亦一解。（诗说）又曰：惜丽华不死于宫井而死于青溪也。（辑评）

【姜炳璋曰】此吊古也。“剩”字妙，匿井之人去，而空馀井在也。“龙鸾”，谓后主与张丽华、孔贵嫔。誓死于此，求一井水而不可得，故以为不如西施之犹得水葬也。

【张曰】此只是江东咏古诗，别无寓意，不必穿凿。冯注杜撰杨贤妃弃骨水中事，非也。纪评得之。（辨正）又曰：此篇冯氏列之开成末，谓伤杨贤妃之死，弃骨水中。考旧、新书安王溶、杨嗣复等传：安王溶，穆宗第八子。杨贤妃有宠于文宗，晚稍多疾，阴请以安王为嗣。帝谋于宰相李珏，珏非之，乃立陈王成美。妃与杨嗣复宗家，及仇士良立武宗，遂擿此事，谮而杀之。未尝有弃骨水葬事，安可妄撰史文，自圆己说？余详绎再三，始悟其为懿安太后发也。东观奏记云："宪宗皇帝晏驾之夕，上虽幼，颇记其事，追恨先陵商臣之酷，即位后，诛锄恶党，无漏网者。时郭太后无恙，以上英察孝果，且怀惭惧。时居兴庆宫，一日，与二侍儿同升勤政楼，倚衡而望，便欲殒于楼下，欲成上过，左右急持之，即闻于上。上大怒。其夕，后暴崩，上志也。"新书后妃传亦云："宣宗立，于后诸子也，而母郑故侍儿，有曩怨，帝奉养礼稍薄。后郁郁不聊，与一二侍人登勤政楼，将自殒，左右共持之。帝闻不喜。是夕，后暴崩。"传又云："有司上尊谥，葬景陵外园。太常官王皞请后合葬景陵，以主祔宪宗室，帝不悦，白敏中让之，皞曰：'后乃宪宗东宫元妃，事顺宗为妇，历五朝母天下，不容有异论。'敏中亦怒，周墀又责谓皞，终不挠。墀曰：'皞信孤直。'俄贬句容令。懿宗咸通中，皞还为礼官，申抗前论，乃诏后主祔于庙。"是懿安之崩，实由孝明，当时丧不祔庙，葬又有阙也。奏记所谓"先陵商臣之酷"者，则以暗昧加之罪耳。诗以丽华坠井，借喻后之暴崩。结言尊为母后，乃被迫受终，死葬外园，尚不如西施湛身浊泥，得与鸱夷相逐也。龙鸾誓死，沈恨岂有终极耶？此事极难

着笔,故假古事寄慨也。(会笺)

【按】张氏辨正谓此诗咏古,别无寓意,说极通达。会笺谓冯氏"妄撰史文,自圆己说",亦一语中的。然张别撰"为懿安太后发"之新解,其穿凿之弊,又远胜于冯氏。且不论义山一介微官,能否知宫闱秘事,即令知之,以张丽华之入井以求苟活,比拟懿安之暴崩,毋乃太不伦乎?

诗意盖谓:陈后主与张、孔二妃于国破之日不赴井而就死,反欲借之以苟活,此事实为可悲可叹。求苟活者终不免斩于青溪,反不如当年吴破之日西施犹得水葬之结局也。此寓讽于慨之作,曰"堪悲"、曰"肠断",均应作如是观。

咏史

北湖南埭水漫漫〔一〕,一片降旗百尺竿〔二〕。三百年间同晓梦〔三〕,钟山何处有龙盘〔四〕?

集　注

〔一〕【朱注】北湖,即玄武湖。道源注:金陵志:"南埭,上水闸也。"王荆公赠段约之诗:"闻君更欲通南埭。"非鸡鸣埭也。【冯注】舆地志及建康志:吴大帝凿东渠,名青溪,通潮沟以泄玄武湖水,南入秦淮。溪口有埭,当即后称青溪闸口也。潮沟在青溪西南,沟上为鸡鸣埭。诗云"南埭",固皆可称矣。李雁湖注王荆公诗引建康志:"南埭,今上水闸也,正对青溪闸。"源师据此而谓非鸡鸣埭,则拘矣。【按】冯说是。北湖南埭,统指玄武湖。玄武湖为南朝练习水军之所,亦帝王游宴之地,曰"水漫漫",则战舰、龙舟皆不复存，昔日之繁华，均成历史陈迹矣。

〔二〕【朱注】刘禹锡金陵怀古诗（按应为西塞山怀古）："一片降旗（旛）出石头。"【冯注】吴志嗣主孙皓传："晋龙骧将军王濬先到，受皓之降，解缚焚榇。"【按】南朝三百年间，东晋、宋、齐、梁、陈五朝政权更迭递嬗如纷扰之戏剧，即偏安南方之小朝廷彻底覆亡之事亦屡见：初为东吴降晋，后为陈降隋，是则"一片降旗百尺竿"，乃统指六代兴废而言。

〔三〕【冯注】隋书：薛道衡曰："郭璞有言：'江东分王三百年，复与中国合。'今数将满矣。"庾信哀江南赋："将非江表王气终于三百年乎？"【按】"三百年间"当指东吴、东晋、宋、齐、梁、陈六朝得年之约数，或谓指东晋至陈亡（共二百七十三年），亦通。

〔四〕【朱注】徐爰释问："建康东北十里，有钟山，旧名金山，后更号蒋山。诸葛亮以为钟山龙盘，即蒋山也。"【冯注】张勃吴录："刘备曾使诸葛亮至京，因睹秣陵山阜，乃叹曰：'钟山龙盘，石头虎踞，帝王之宅也。'"金陵图曰："吴大帝为蒋子文立庙钟山，封蒋侯，名曰蒋山。"丹阳记："蒋山岧峣嶷异，其形象龙，实作扬都之镇。"

笺　评

【何曰】四句中气脉何等阔远。今人都不了首句为风刺。盘游不戒，则形胜难凭，空令败亡洊至，写得曲折蕴藉。（读书记）

【姚曰】此与刘梦得"一片降旛出石头"同感。

【屈曰】国之存亡，在人杰，不在地灵，足破堪舆之惑。

【程曰】此诗似为河朔诸镇而发。是时诸镇跋扈，皆恃地险，负固不服，阴有异志，故作此以警之。

【冯曰】首句隐言王气消沉，次句专指孙皓降晋，三句统言五代。音节高壮，如铿鲸钟。

【纪曰】廉衣评曰："'一片'句鹘兀。"又曰："此诗渐近粗响。"极是。香泉评曰：北湖南埭，皆盘游之地，言以佚乐致亡也，写来不觉。（诗说）

【俞陛云曰】金陵虽踞江山之胜，而王业不偏安。六朝之爝火兴亡，无论矣；即明祖开基、而燕师旋起。玉溪谓三百年间，降旗屡举，知虎踞龙盘，未可恃金汤之固，其后五代匆匆起灭，仅甲子一周。玉溪有灵，当谓晓梦之言验矣。（诗境浅说续编）

【张曰】此种沉郁悲壮之作而曰"粗响"、曰"鹘兀"，真不解纪氏用心何等矣！（辨正）

【按】首句即景，中寓无限兴亡之感，"水漫漫"三字，一笔扫去六代繁华，意境略似"潮打空城寂寞回"。次句过渡至想像中之历史画面，"一片降旗百尺竿"乃统指六代兴废，以之为六朝政权腐朽精神面貌之象征。有此两句作铺垫，"三百年间同晓梦"方字字有根，而"钟山何处有龙盘"之反问亦方力重千钧。此诗主旨盖谓山川险阻之不足恃，政权腐朽，则所谓虎踞龙盘者不过虚语耳。与刘禹锡金陵怀古"兴废由人事，山川空地形"同感。

诗层层作势，逼出末句，道破而不说尽，雄直之中自含顿挫之致。

览古

莫恃金汤忽太平，草间霜露古今情〔一〕。空糊赪壤真何益[①]〔二〕，欲举黄旗竟不成[②]〔三〕。长乐瓦飞随水逝〔四〕，景阳钟堕失天明〔五〕。回头一吊箕山客，始信逃尧不为名〔六〕。

校　记

①“糊”原作“存”，据蒋本、姜本、戊签、席本、钱本、影宋抄及朱本改。钱本校语：鲍照芜城赋：“糊赪壤以飞文。”悟抄校语：“存”，北宋本作“糊”。

②“不”，朱本作“未”。

集　注

〔一〕【程注】汉书蒯通传：“边城之地，必将婴城固守，皆为金城汤池，不可攻也。”后汉书光武纪赞：“金汤失险，车书共道。”【按】二句意在告诫统治者金汤本不足恃，太平正未可忽，古今王朝兴废，如草间霜露，瞬息即变。

〔二〕【朱注】芜城赋：“糊赪壤以飞文。”注：“糊，粘也。赪壤，赤土也。以粘和之饰壁，故曰飞文。”【何批】隋。（辑评）【按】芜城赋此段原文为：“制磁石以御冲，糊赪壤以飞文。观基扃之固护，将万祀而一君。出入三代，五百馀载，竟瓜剖而豆分。”谓广陵全盛时（吴王濞时）城池极为坚固壮丽，以为可以万代一君，永存不隳，岂意仅三代五百馀年，即已崩裂毁坏。“空糊赪壤真何益”一语即此段文字之概括，亦首联之进一步发挥。

〔三〕【朱注】吴志孙权传：“陈纪曰：‘旧说黄旗紫盖，运在东南。’”哀江南赋：“昔之虎踞龙蟠，加以黄旗紫气，莫不随狐兔而窟穴，与风尘而殄瘁。”【何批】吴。（辑评）【按】黄旗紫盖，古代迷信之所谓天子气。晋武帝泰始七年，吴王孙皓因“黄旗紫盖见于东南”之说，曾率数千人由牛渚陆道西上，妄图入洛阳为帝以顺应所谓天命。句意谓欲成上应天象之君主，而竟不能实现。

〔四〕【道源注】南史："宋废帝景和元年，以东府城为未央宫，以石头城为长乐宫。"【冯注】三辅黄图："长乐宫本秦兴乐宫，高帝七年修饰徙居。"史记乐书："师旷鼓琴，再奏，大风雨飞廊瓦，左右皆奔走。"汉书平帝纪："大风吹长安东门，屋瓦且尽。"后汉书光武纪："莽兵大溃，会大雷风，屋瓦皆飞。"

〔五〕【冯注】南史："齐武帝数游幸，载宫人后车。宫内深隐，不闻端门鼓漏。置钟景阳楼上，应五鼓及三鼓，宫人闻声，早起妆饰。"【何批】（二句）宋、齐。（辑评）【按】"长乐瓦飞"、"景阳钟堕"，象征荒淫享乐君主统治之崩溃。"随水逝"、"失天明"应上"草间霜露"。

〔六〕【冯注】庄子："尧让天下于许由，许由曰：'天下既已治也，而我犹代子，吾将为名乎？'"又："啮缺遇许由曰：'子将奚之？'曰：'将逃尧。'"史记："余登箕山，其上盖有许由冢云。"箕山许由庙，见旧书隐逸田游岩传。【程注】严维诗："圣代耻逃尧。"【按】二句盖谓思古鉴今，方信许由逃尧非务高名，而系逃乱世。

笺　评

【朱彝尊曰】（末句）言其深识兴亡递禅，乃必至之势也。

【胡以梅曰】此谓古来兴废易见，令人可感。皆就南朝事言之而概其馀耳。方太平之时以为金汤可恃，每事慢忽；殊不知一朝有变，竟不可恃，如草间霜露，日出易晞。古今情事大都如此也。建芜城者，空糊赪壤，归于屠灭；霸江东者，徒论黄旗，终被吞并。长乐宫倾，飞瓦逐江流而逝；景阳钟圮，堕钟无晓起之声，相去曾几何时乎？所以回顾吊许由之让天下原不为邀名，其实觑破名位，如草间霜露之易晞也。

【何曰】未详。○“空糊”一连，言金汤不可恃。（读书记）又曰：汉书五行志：“诛不行则霜不杀草。由臣下则杀不以时，故有草妖。”甘露之事，李训等合将相之力，奉命诛宦竖，而反为所屠，可谓不行矣。王涯等十族骈首就戮，文宗受制家奴，为之画诺，可谓由下矣。言草间霜露，以慨古之篇寓伤今之情也。○魏文帝问周宣：“我梦殿屋两瓦堕地，化为双鸳鸯。”宣对：“后宫有暴死者。”言未毕，而黄门奏室人相杀。“瓦”飞句以状喋血殿庭也。赤壤，曲江兴作也。黄旗，金吾左仗之兵也。钟堕，文宗由此悒郁以死也。○旧书文宗纪：“开成元年二月乙亥夜，京师地震，屋瓦皆堕。”○庄子徐无鬼篇：“啮缺遇许由，曰：‘子将奚之？’曰：‘将逃尧……夫尧畜畜然仁，吾恐其为天下笑。’”蓄（？）句言四方无虞，而变起近习，岂不贻笑千载乎？深伤太平之有此也。○结甚别。（辑评）

【陆曰】此言汉室以后，国步日蹙，皆由世主恃金汤而忽太平也。抑知在德不在险，金汤固不足恃；居安思危，太平正未可忽。若隋若吴若宋若齐，岂非明验耶？其间赪壤飞文，徒博芜城一赋；黄旗应运，仅成鼎足三分。且长乐瓦飞，有如水逝；景阳钟堕，无异天昏。草间霜露，古今有同感者矣。彼许由逃尧，岂高此能让之名哉？亦以自来无不亡之天下，故宁长往不返耳。岵岚曰：满目兴亡，凄然生感。（陆解引）

【徐德泓曰】此言难成易败，当警惕于未形也。次联，言空有图大之志，迄于无成。五六句，言不意卒然消灭，正缴醒首句意。所以见机之士，非图高隐之名，而惟远害以全身耳。箕客与尧，乃借用字样，其意止一逃字。

【姚曰】此叹世运倾颓之难挽也。首二句已尽一篇之意：我于草间霜露之荣枯验之，苟无守成令主，虽赪壤飞文，亦复何益！苟非创业英君，虽黄旗紫盖，终至无成。徒使瓦飞长乐，钟堕景阳，天荒地老，供人凭吊。乃知非有挽回世界手段，不如老死空山。彼巢由笑傲，虽盛世尚不肯出，况乱世乎？以为名测之，陋矣。

【屈曰】古今恃险忽治，其成败至速且易。三四未成事者，五六其已成者不过如此，始信箕山不为名之故矣。

【冯曰】此深痛敬宗也。帝以狎昵群小，深夜酒酣，猝被弑逆，详旧书纪文矣。次联之所云者，唐自明皇以前，东、西京固频往来，且迭行封禅之礼。自安史倡乱而后，东都久不行幸。敬宗欲幸东都，以裴度言而止。其时王播领盐铁，在淮南，或闻东幸之意而并请至江淮，故引芜城、江左，此可详玩史文而通其旨也。五六痛其遽崩。末二句事取对照，语抱奇悲。

【纪云】首二句浅率，中四句庸下。且既以警戒意入，又以旷语收，首尾衡决，全无诗法。（诗说）结句是晚唐粗犷语，切忌效之。（辑评）

【姜炳璋曰】此金陵怀古之作也。佚欲之君尝曰，长江天堑，虏岂能飞渡，盖恃金汤而以太平为玩忽也。不知今日凭吊古今，六朝兴废，一草间霜露耳。即如赪壤糊壁，欲其坚美也，而他人入室；欲举黄旗，妄志一统也，而竟未渡江。迨至瓦飞钟堕，尽付寒烟，为想当时，真草间之霜露，曾有几时乎？始信箕山隐士，自知非济世安民之才，徒为半晌富贵，殊觉可耻，其逃尧不顾也，岂徒博隐士之名哉！

【张曰】伤敬宗也。前句以泛论入，结以反言作收，中联用典精切。浅俗、庸下、粗犷，皆强加之罪。纪氏之法律，岂可责备古人哉！○冯氏谓伤敬宗遇弑，然解作甘露之变，似更深警，盖文宗崩后作也。“空糊”句比事出无名。“欲举”句比举事不成。“长乐”二句，言其受制而崩。首句戒之，结句伤之，语皆沉痛。若敬宗狎昵群小者，不足责矣。（辨正）又曰：冯氏谓痛敬宗，精矣。次联赪壤文飞，慨土木之无艺；黄旗运去，悲天命之无常，方与下瓦飞、钟堕相应，不必泥芜城、江左言也。结则事取对照，语抱奇悲。何义门谓指文宗，然则甘露之变，事异荒淫，帝之崩御，非有他故，参诸隶典，沉痛之中，别有含意，殆不然也。（会笺）

【按】诸家之解，实一则以为“以古鉴今”，一则以为“借古喻今”。胡、陆、姚、屈、姜属前说，何、冯、张属后说。主“借古喻今”说者，何以为喻文宗甘露之变，冯以为讽敬宗荒淫被弑，张则始从何而终从冯。何说极支离穿凿，可勿论。冯说亦存在明显缺陷。颔联冯氏以为影指敬宗欲幸东都而未果，然“空糊赪壤”者，表明“糊赪壤”已成事实，不过“无益”而已。如系讽敬宗幸东都，则此事本未实行，“空糊”之讽即无着落，此其一。“欲举黄旗竟不成”者，谓其欲成上应天象之君主而未成，然敬宗既已为帝，“竟不成”者亦无着落，此其二。且欲幸东都而未果，实因裴度之谏方免此虚耗无益之举，而诗言“竟不成”，竟若嘲其未果者，此不可者三。较之何、冯等人循“借古喻今”途径解此诗而扞格难通，胡、陆、姚、屈、姜诸家视此诗为“以古鉴今”之作，则通达多矣。如笺曰：“方太平之时，以为金汤可恃，每事慢忽。殊不知一朝有变，竟不可恃，如草间霜露，日出易晞，古今情事大都如此也。建芜城者，空糊赪壤，归于屠灭；霸江东者，徒论黄旗，终被吞并。”“且长乐瓦飞，有如水逝；景阳钟堕，无异天昏……彼许由逃尧，岂高此能让之名哉?”所言皆极为切实。总观全诗，首句乃一篇之纲，中二联皆借古今兴废之情事以证实之。末联乃因睹上述兴亡之事，凄然生感，谓今方悟彼许由逃尧之不为名，实乃其早已参透世间治乱之理而有是举也。故全诗用意终在警告“恃金汤忽太平”之荒淫君主，其主旨与作者多数以南朝为题材之咏史诗略同，均借历史上之兴废，抒发现实政治感慨，然并非针对现实中某一具体君主而发，不必以当时具体政治事件附会之。而诗中渗透浓重之世运倾颓难挽情绪，则具有时代特征。

吴宫

龙槛沉沉水殿清〔一〕，禁门深掩断人声。吴王宴罢满宫醉，日暮水漂花出城。

集　注

〔一〕【补】龙槛，此指宫中水边有栏杆之亭轩类建筑。沉沉，深沉寂静貌。

笺　评

【朱彝尊曰】言禁门不能掩也，必有所刺。

【何曰】亦刺禁籞不严，第二反言之也。（辑评）

【姚曰】花开花落，便是兴亡气象。二十八字，总从“梧宫秋，吴王愁”六字脱出。

【屈曰】写其醉生梦死，荒淫亡国，借古慨今也。

【纪曰】末七字含多少荒淫在内，而浑然不觉，此之谓蕴藉。（诗说）

【张曰】结与无题“偷看吴王苑内花”相合，岂亦刺茂元家妓之放荡耶？是则愚之臆测矣，俟再核。（辨正。会笺不编年，无解。）

【按】屈、纪说是。平常日暮时节，正宫中灯烛辉煌、歌管相逐之时，而吴宫则禁门深掩，惟流水漂花、悄然出城。反常之沉寂中正透露出此前之狂欢极乐。“宴罢满宫醉”五字点醒，馀皆侧面着笔。“流水漂花”固反衬狂欢后之寂静，亦微寓“流水落花春去也”之慨讽。是则言外不特见“荒淫之状”，亦见醉生梦死者之好景难长也。

隋宫[①]〔一〕

乘兴南游不戒严[②]〔二〕，九重谁省谏书函[③]〔三〕？春风举国裁宫锦，半作障泥半作帆〔四〕。

校　记

①各本题均一作“隋堤”。

②“游”，席本作“来”。

③“省”，戊签作“削”。

集　注

〔一〕【冯注】隋书炀帝纪、食货志：“大业元年开通济渠，引谷、洛水达于河；又自板渚引河达于淮海，谓之御河。河畔筑御道，树以柳。”通鉴：“自板渚引河入汴，又引汴入泗，达于淮；又淮南开邗沟，自山阳至扬子入江。”按：隋书纪：“上御龙舟幸江都，始于大业元年八月，后至义宁二年三月，宇文化及等弑帝于江都宫。”题作“宫”字是。

〔二〕【冯注】晋书舆服志：“凡车驾亲戎，中外戒严。”【按】不戒严，谓其自恃天下太平，不加警戒。炀帝凡三游江都（大业元年八月、六年三月、十二年七月。末次游江都未北返，至十四年三月被杀），又曾多次至各地淫游，在位十四年中，总计居京时日不足一年。

〔三〕【冯注】隋书：“大业十二年七月幸江都宫。奉信郎崔民象以盗贼充斥，上表谏不宜巡幸；王爱仁以盗贼日盛，谏请还西京，皆斩之。”其时臣工皆不敢谏，史臣所谓“上下相蒙，莫肯念乱”也。【补】楚辞九辩：“君之门兮九重。”省，省察、省视。此谓炀帝刚愎昏愦，不听臣下劝阻。

〔四〕【道源注】障泥，以披马鞍旁者。西京杂记：“武帝时，贰师得天马，以绿地五色锦为蔽泥。”【冯注】晋书王济传：“济善解马性，尝乘一马，着连乾鄣泥，前有水，终不肯渡。济云：‘此必是惜鄣泥。’使人解去，便渡。”隋书食货志：“大业元年造龙舟、凤艒、黄龙、赤舰、楼船、篾船幸江都，舳舻相接二百馀里。”

笺　评

【何曰】“春风”二句，借锦帆事点化，得水陆绎骚，民不堪命之状如在目前。（读书记）又曰：极状其奢淫盘游之无度。（辑评）

【徐德泓曰】前律伤其衰废，言中着慨。此则形其侈乐，句外传神，并臻妙境。

【姚曰】用意在“举国”二字，半作障泥半作帆，寸丝不挂者可胜道耶？

【屈曰】写举国皆狂，炀帝不说自见。

【纪曰】后二句微有风调，前二句词直意尽。（诗说）

【姜炳璋曰】后二不下断语，而中边俱到。或曰：亦刺敬宗也。

【陈衍曰】仁先论诗，极有独到处……云：“春风举国裁宫锦，半作障泥半作帆”，何等恢丽。首句以不戒严三字起之，严重之至；又承以“谁省谏书函”五字，朴质之至。（石遗室诗话）

【张曰】纪氏尝以陈后宫一首不说出为非，此首句则明说出矣，何以又谓词直意尽耶？此等矛盾评语，真使人无所适从。（辨正）

【按】首二大处落墨，“乘兴南游”四字振一篇之纲，既揭示南游之纯出享乐欲望，又画出炀帝之肆意妄行，无所顾忌，以下所叙情事均于此伏根。三四进而具体写“南游”。诗人选取“裁宫锦”一事作集中描写，“锦帆”事见诸史籍，“障泥”事则出之想像，一实一虚，概括反映南游所耗费之巨大人力物力。“举隅见烦费”，正缘所举之隅具有典型性。二句运笔亦跌宕多姿，对比鲜明，于风华流美之格调中寓深沉思想。杜牧阿房宫赋末段之痛切淋漓表述，正此诗所蕴言外之意，所谓“引古惜兴亡”者也。

隋宫

紫泉宫殿锁烟霞〔一〕，欲取芜城作帝家〔二〕。玉玺不缘归日角〔三〕，锦帆应是到天涯〔四〕。于今腐草无萤火〔五〕，终古垂杨有暮鸦〔六〕。地下若逢陈后主，岂宜重问后庭花〔七〕？

集　注

〔一〕【朱注】上林赋："左苍梧，右西极，丹水更其南，紫渊径其北。"文颖曰："西河谷罗县有紫泽，长安为在北。"按唐人避高祖讳，故"渊"作"泉"。

〔二〕【朱注】鲍照芜城赋注："宋孝武时，照为临海王子顼参军，随至广陵。子顼叛逆。照见广陵故城荒芜，乃汉吴王濞所都，照以子顼事同于濞，遂为赋以讽之。"隋书："大业元年，发民十万，开邗沟入江。自长安至江都，置离宫四十馀所。"【按】芜城，即隋之江都。

〔三〕【朱注】东观汉记："光武隆准日角。"郑玄尚书中候注："日角谓庭中骨起状如日。"【程注】朱建平相书："额有龙犀入发，左角日，右角月，王天下。"刘孝标辨命论："龙犀日角，帝王之表。"按：唐书唐俭传："俭见隋政寖乱，阴说秦王建大计。高祖尝召访之，俭曰：'公日角龙庭，姓协图谶，系天下望矣。'"此日角是指高祖。【冯注】玉玺言传国。旧书纪："隋恭帝二年，奉皇帝玺绶于高祖。"史记周本纪注：雒书灵准听云："苍帝姬昌，日角鸟鼻。"【补】独断："秦以前，民皆以金玉为印，龙虎纽，唯其所好。然则秦以来，天子独以印称玺，又独以玉，群臣莫敢用也。"

〔四〕【朱注】开河记："炀帝御龙舟幸江都，舳舻相继，自大堤至淮口，联绵不绝，锦帆过处，香闻十里。"○言神器若不归太宗（按：当作"高祖"），则帝之佚游应不止江都而已。【宋宗元曰】（玉玺二句）雄健。【按】炀帝已开江南河，欲游会稽山。

〔五〕【朱注】隋书："大业末，天下已盗起，帝于景华宫征求萤火数斛，夜出游山放之，光照山谷。"【冯曰】按：景华宫在东都，而杜牧扬州诗"秋风放萤苑，春草斗鸡台"，则咏扬州事也。【周珽曰】腐草无萤火，盖讥其当时征求之尽，疑无遗种矣。【补】礼记月令："腐草为萤。"

〔六〕【朱注】隋书："炀帝自板渚引河作御道，植以杨柳，名曰隋堤，一千三百里。"【高步瀛注】开河记曰："诏民间有柳一株赏一缣，百姓争献之。又令亲种，帝自种一株，群臣次第种，栽毕，帝御笔写赐垂杨柳姓杨，曰杨柳也。"【按】终古，久远。二句于"无""有"之对照中，深寓荒淫亡国之历史感慨。隋宫荒废，惟馀腐草，无复闪熠之萤火；隋堤冷落，垂杨之上，惟暮鸦聒噪，无复锦帆相接之气象。【查慎行曰】四句中转折尽意。

〔七〕【朱注】隋遗录："炀帝在江都，昏愐滋深，尝游吴公宅鸡台，恍惚与陈后主相遇，尚唤帝为殿下。后主舞女数十，中一人迥美，帝屡目之，后主曰：'即丽华也。'乃以海蠡酌红粱新酝劝帝，帝饮之甚欢，因请丽华舞玉树后庭花。丽华徐起，终一曲。后主问帝：'萧妃何如此人？'帝曰：'春兰秋菊，各一时之秀也。'"【冯注】隋遗录："后主问帝曰：'龙舟之游乐乎？始谓殿下致治在尧、舜之上，今日复此逸游，曩时何见罪之深耶？'帝忽寤，叱之，恍然不见。"【许印芳曰】"后"字复。

笺　评

【方回曰】"天涯""日角"巧。

【吴师道曰】隋宫中四句……日角、锦帆、萤火、垂杨是实事，却以他字面交蹉对之，融化自称，亦其用意深处，真佳句也。（吴礼部诗话）

【陆时雍曰】隋炀荒于酒色，故末有此二语。（唐诗镜）

【周珽曰】此讥炀帝逸游忘返、穷欲败国也。言关中为自古帝王之居，弃之南游，反欲家于江都。假天不生太宗宰此神器，推其所幸，必不止于江都，将尽天下矣。……"腐草无萤火"，盖讥其当时征求之尽，疑无遗种矣。垂杨为暮鸦所栖，凄凉之象也。结刺其曾以荒淫责后主，今复蹈之，隋亡即陈之续耳，宁不愧见后主于地下哉！

【顾璘曰】此篇句句用故实，风格何在？况又俗，且用小说语，非古作者法律。初联、结语亦俗。大抵晚唐起结少有好语。

【周秉伦曰】通篇以虚意挑剔讥意，即结语不曰难面阴灵于文帝，而曰岂宜问淫曲于后主，见殷鉴不远，致覆成业于前车，可笑可哭之甚，殊有深思。评者病其风格不雅则可，如谓其用小说语，彼稗官野史，何者非古今人文赋中料耶？（以上三条见唐诗选脉笺释会通评林）

【金圣叹曰】言隋有如此宫殿，乃皆空锁不住，而更别下扬州，再建宫殿，当时亦民生犹幸而太原龙起也。设如稍迟，而琼花一谢之后，乌知其不又锁扬州而又去别处耶？写淫暴之夫，流连荒亡，无有底极，最为条畅尽事也。"于今"二字，妙。只二字，便是冷水兜头蓦浇！"终古"，妙。只二字，便是傀儡通身线断，真更不须"腐草""垂杨"十字也。结以重问后主者，从来遍是大聪明人看得透，说得出，偏又犯得快，特抢白之，以为后之人著戒也。

【冯班曰】腹连慷慨，专以巧句为义山，非知义山者也。（何焯

评引）

【杨守智曰】镂金错彩，五色灿然，而不见其雕饰之迹，抑扬顿挫中讽刺寓焉，却有含蓄无穷，人工天巧，至此极矣，千古绝唱，岂獭祭之所能办耶？（复图本）

【胡以梅曰】按诗情乃凭吊凄凉之事，而用事取物却一片华润，本来西昆出笔不宜淡薄，加以炀帝始终以风流淫荡灭亡，非关时危运尽之故，故作者犹带脂粉，即以诮之耳，最为称题。

【陆次云曰】五六是他人结语，用在诗腹，别以新奇之意作结，机杼另出，义山当日所以独步于开成、会昌之间。（晚唐诗善鸣集）

【贺裳曰】温不如李，亦时有彼此互胜者。如义山隋宫诗"玉玺不缘归日角，锦帆应是到天涯"，飞卿春江花月夜曰"十幅锦帆风力满，连天展尽金芙蓉"，虽竭力描写豪奢，不及李语更能状其无涯之慾，至结句"地下若逢陈后主，岂宜重问后庭花"，较温"后主荒宫有晓莺，飞来只隔西江水"，则温语含蓄多矣。（载酒园诗话又编）

【范大士曰】风华典雅，真可谓百宝流苏，千丝铁网。（历代诗发）

【查慎行曰】前四句中转折如意。三四有议论，但"锦帆"事实，"玉玺"字凑。

【钱湘灵曰】此首以工巧为能，非玉溪妙处。（上二条均见律髓汇评）

【赵臣瑗曰】紫泉宫殿，从来帝王之家也。今乃锁之而取芜城。夫芜城曷足为帝家哉？推炀帝之意不过为一树琼花，遂不恤殚我万方民力，倘太原之龙迟迟而起，则安知琼花谢后，又不锁芜城而取他处邪？写淫暴之主，纵心败度，至于无有穷极，真不费半点笔墨。“不缘”“应是”，当句呼应，起伏自然，迥非恒调。“日角”“天涯”，对法尤奇。五六节举二事，言繁华过去，单剩凄凉，为古今炀帝一辈人痛下针砭。末运实于虚，一半讥弹，一半嘲笑。阿麽真何以自解于叔宝耶？

【何曰】无句不佳，三四尤得杜家骨髓。前半展拓得开，后半发挥得足，真大手笔。发端先言其虚关中以授他人，便已呼起第三句。着“玉玺”一联，直说出狂王抵死不悟，方见江都之祸非出于偶然不幸，后半讽刺更觉有力。（读书记）“日角”“天涯”，佳处固不在此，然不必抹也，多看齐梁四六，便知杜诗中不用，乃其极老成处。元次山闵荒诗云：“欢娱未央极，始到沧海头。”次连从之出也。（次连）激昂浏亮。“于今”二句，兴在象外。（辑评）

【唐诗鼓吹评注】此咏炀帝弃国南游，而关中之紫泉宫殿，闭锁烟霞，乃欲取芜城别作帝宫也。由此观之，若非天命归于太宗，则炀帝之锦缆牙樯即至天涯未已，岂止江都而已哉！至于今日，腐草青青，久无萤火；垂杨郁郁，剩有鸣鸦。转瞬繁华，都归乌有耳。昔尝罪后主之贪淫，乃复荒淫逸游，蹈危亡之迹，九泉之下，若逢后主，岂宜如生前之时仿佛相见，重问玉树后庭之曲乎？

【沈德潜曰】言天命若不归唐，游幸岂止江都而已，用笔灵活，后人只铺叙故实，所以板滞也。末言亡国之祸甚于后主，他时魂魄相遇，岂宜重以后庭花为问乎？（唐诗别裁）

【陆鸣皋曰】首联，言舍长安而至江都也。次联，言神器不归太宗，则帝当游遍天下矣。后是感慨语，曾见后主，故曰“重问”。其神韵之妙，须于虚字中得之。

【陆曰】与南朝一篇，同刺荒淫覆国。彼用谐语，读者或易忽略；此则庄以出之，自能令人惊心动魄，怵然知戒也。言旧京宫殿，王业所基，乃弃之而数幸江都，以致民劳财竭，国步日蹙，谓非一念之欲开之乎？自非天监在下，神器有归，将锦帆所到，岂止芜城已耶？迄今景华腐草，萤火无光，板渚垂杨，暮鸦空噪，凭吊其间，有不堪回首者。乃当日彼昏不悟，醉梦之中，犹倾心于玉树后庭也。是亦一叔宝而已矣。

【姚曰】此为以有涯之生徇无涯之欲者警也。……夫人生有尽者声色，而无穷者古今。即今腐草之间，岂无萤火，而垂杨之上，只有暮鸦，昔之放萤苑、锦帆舟，斯须变灭耳。独怪其吴公台遇鬼之时，犹以后庭花为问，是不惟欲到天涯，且欲穷地下矣。痴人无心肝至是哉！

【屈曰】一破题，二幸江都。三四承二。五六承一。七八总结……（玉溪生诗意）又曰：七八言炀帝以暴易暴也。（唐诗成法）

【纪曰】纯用衬贴活变之笔，一气流走，无复排偶之迹。首二句一起一落，上句顿，下句转，紧呼三四句。“不缘”“应是”四字，跌宕生动之极。无限逸游，如何铺叙，三四句只作推算语，便连未有之事一并托出，不但包括十三年中事也，此非常敏妙之笔。结句是晚唐别于盛唐处，若李杜为之，当别有道理，此升降大关，不可不知。学义山者切戒此种笔墨。结虽不佳，然缘炀帝实有吴公台见陈后主一事，借为点缀，尚不大碍，若凭空作此语，则恶道矣。（诗说）中四句步步逆挽，句句跳脱。（律髓刊误）结即飞卿“后主荒宫有晓莺，飞来只隔西江水”意，然彼佳此不佳，其故可思。（律髓汇

评引）

【姜炳璋曰】此过隋宫而兴感也。首从隋宫说起，言如此宫阙，而犹欲取数千里外之芜城，极力修饰，为帝王之家，谬矣。此以下，常手必极力铺张江都游幸之盛，而此用旁渲背托之法，言玉玺归唐，故锦帆自止，不然将何所穷极耶？今日景华已无萤火，而隋堤徒有暮鸦，则犹是当日荒凉之芜城矣。末二，言从前全盛，梦中一问，犹遭后主责让，今或地下相逢，岂宜重问耶？八句跌宕顿挫，一气卷舒，似怜似谑，无限深情。吴礼部别集但赏其融化匀称，犹未尽其妙也。

【杨逢春曰】此诗全以议论驱驾事实，而复出以嵌空玲珑之笔，运以纵横排宕之气。无一笔呆写，无一句实砌，斯为咏史怀古之极。（唐诗绎）

【李瑛曰】言外有无限感慨，无限警醒。（诗法易简录）

【许印芳曰】结言炀帝亡国之祸，甚于后主，特借后庭花为词耳。以此为佻甚（按：此纪评），亦苛论也。（律髓汇评引）

【黄子云曰】日角非太宗然也，前代之君亦有之。况二字究未能稳贴，明知先有下句，不得已借以强对。然只此一联，语虽工而作意何在？（野鸿诗的）

【方南堂曰】所谓“语不惊人死不休”者，非奇险怪诞之谓也，或至理名言，或真情实景，应手称心，得未曾有，便可震惊一世。……李商隐之“于今腐草无萤火，终古垂杨有暮鸦”，不过写景句耳，而生前侈纵，死后荒凉，一一托出，又复光彩动人，非惊人语乎？（方南堂先生辍锻录）

【冒春荣曰】元和律体屡变，其间卓然成家者，皆自鸣所长，若李商隐之长于咏史，许浑、刘沧之长于怀古，此其著也。今观义山之隋宫、马嵬、筹笔驿诸篇，其造意幽深，律法精密，有出常情之外者。(葚原诗说)(按:此袭高棅评。)

【方东树曰】先君云:"(隋宫)寓议论于叙事,无使事之迹,无论断之迹,妙极妙极。"又曰:"纯以虚字作用,五六句兴在象外,活极妙极,可谓绝作。"树按:江都离宫四十馀所,只用紫渊,取紫薇意,且选字媲色也。(按:紫渊宫殿乃在长安,非江都离宫。)

【俞陛云曰】凡作咏古诗,专咏一事。通篇固宜用本事,而须活泼出之,结句更须有意,乃为佳构。玉溪之马嵬、隋宫二诗,皆运古入化,最宜取法。首句总写隋宫之景。次句言芜城之地,何足控制宇内,而欲取作帝家,言外若讥其无识也。三、四言天心所眷,若不归日角龙颜之唐王,则锦帆游荡,当不知其所止。五、六言于今腐草江山,更谁取流萤十斛;怅望长堤,惟有流水栖鸦,带垂杨萧瑟耳。萤火垂杨,即用隋宫往事,而以感叹出之,句法复摇曳多姿。末句言亡国之悲,陈、隋一例,与后主九原相见,当同伤宗稷之沦亡;玉树荒嬉,岂宜重问耶?(诗境浅说)

【光聪谐曰】李义山"玉玺不缘归日角,锦帆应是到天涯。于今腐草无萤火,终古垂杨有暮鸦"四句,亦虚实回环作对,他人集中罕见。惟"日角""腐草"四字尚未凑泊,不如"天涯""暮鸦"四字浑成。(有不为斋随笔)

【吴闿生曰】(上半)隽爽。(五六)运用生新。凡以典故入诗,当知此法。(今古诗范)

【王闿运曰】"日角""天涯"对滞。(手批唐诗选)

【张曰】结以冷刺作收,含蓄不尽,佥觉味美于回,律诗寓比兴之意,玉溪惯法也。(辨正)

【黄侃曰】平陈之役,炀帝为晋王,实总戎重。末路荒淫,过于叔宝，讥刺之意甚显，不必以稗官所记觌鬼事实之也。

【按】已有紫泉宫殿，乃弃置而更欲以芜城为帝都，正见炀帝贪欲之无穷；江都之游，纵欲已极，而推其本性，则必至天涯乃后已；生前荒淫而覆国，死后有知，对此垂杨暮鸦之荒凉景象，宜幡然悔悟矣，乃欲重问后庭花；是其贪欲淫昏真所谓“江山易改，本性难移”者矣。诗着力于刻画讽刺对象之性格，深入揭示其灵魂，而不徒以描绘荒淫之现象为能事。诗人不拘于现成史实，而能据讽刺对象性格发展逻辑，进行推想假设，事属虚拟，情出必然。此种手法，已近于小说中之艺术虚构，而为诗家所罕用。诗虽讽刺辛辣尖刻，然不流于轻佻，仍显寓慨深广、苍凉沉郁，此正学杜而得其神髓者。至用典之工巧，语言之流丽圆转，犹其次者。

风雨

凄凉宝剑篇〔一〕，羁泊欲穷年〔二〕。黄叶仍风雨，青楼自管弦〔三〕。新知遭薄俗，旧好隔良缘〔四〕。心断新丰酒，消愁斗几千〔五〕？

集　注

〔一〕【冯注】张说郭代公行状：“公少倜傥，廓落有大志，十八擢进士第，判入高等，授梓州通泉尉。则天闻其名，驿征引见，令录旧文，上古剑篇，览而喜之。”汗简，郭元振文集序：“昔于故鄴城下得异剑，上有古文四字云‘请竢薛烛’，因作古剑歌。”【按】古剑篇托物寓慨，借古剑尘埋喻人才之遭弃，有句云："何言中路遭弃捐，零落飘沦古狱边。虽复尘埋无所用，犹能夜夜气冲天。"杜甫过郭代公故宅云："高咏宝剑篇，神交付冥漠。"此以高咏宝剑，寄寓怀才不遇之郭元振自喻。

〔二〕【程注】卢思道书："羁泊水乡，无乃穷悴。"【冯注】庾信哀江南赋："下亭飘泊，高桥羁旅。"【补】穷年，终生。

〔三〕【杨曰】一喧一寂，对勘自见。【何曰】相形更觉难堪。【程注】曹植美女篇："青楼临大路，高门结重关。"【孙洙曰】仍字自字诗眼。【按】"黄叶"句触物兴感，自慨身世飘零，遭遇不幸，如黄叶之更遭风雨摧残。仍，更兼。"青楼"借指豪贵之家。

〔四〕【何曰】"新知"，指茂元；"旧好"，指令狐。【冯曰】"新知"谓婚于王氏，见寓目。（按：寓目有句云："新知他日好，锦瑟傍朱栊。"）"旧好"指令狐。"遭薄俗"者，世风浇薄，乃有朋党之分，而怒及于我矣。【程注】汉书元帝纪："壬人在位，而吉士雍蔽，重以周秦之弊，民渐薄俗。"【张曰】"新知遭薄俗"，谓郑亚、李回辈；"旧好隔良缘"，谓子直。【按】"旧好"指令狐绹无疑；"新知"则较难过于指实（寓目诗中之"新知"系指其妻王氏，与此诗中之"新知"义略异，不得以彼例此）。以"遭薄俗"之语推之，似指大中以后与义山有交谊之诸失势者。诗意谓新知已遭浇薄世俗之诋毁，旧好又良缘阻隔，关系疏远。

〔五〕【朱注】王维诗："新丰美酒斗十千。"【姚注】曹植诗："美酒斗几千？"【冯注】旧书马周传："西游长安，宿于新丰逆旅，主人惟供诸商贩而不顾待周，遂命酒一斗八升，悠然独酌，主人深异之。至京师，舍于中郎将常何家，为何陈便宜二十馀事，皆合旨。太宗即日召与语，寻授监察御史。”汉书东方朔传：“销忧者莫若酒。”【按】二句谓盼以新丰美酒销愁而不可得，兼寓己之不能如马周终得君主赏识。心断，念念不忘，念极。

笺　评

【朱彝尊曰】借“风雨”作题，与自喜同。（复图本）

【陆时雍曰】三四语极自在。□诗以不做为佳。中、晚刻核之极，有翻入自然者，然未易多摘耳。（唐诗镜）

【杨守智曰】“新知”指王茂元、郑亚之流，“旧好”则谓令狐氏也。（复图本）

【何曰】义山为弘农尉，故以元振通泉自比。○因令狐责其薄，不之礼，故有是篇。（见辑评）

【姚曰】凄凉羁泊，以得意人相形，愈益难堪。风雨自风雨，管弦自管弦，宜愁人之肠断也。夫新知既日薄，而旧好且终暌，此时虽十千买酒，也消此愁不得，遑论新丰价值哉！

【屈曰】当凄凉羁泊时，风雨之夕，听青楼管弦，因感新知旧好，而思斗酒销愁，情甚难堪。

【冯曰】引国初二公为映证，义山援古引今皆不夹杂也。不得官京师，故首尾皆用内召事焉。曰“羁泊”，是江乡客中作矣。

【纪曰】神力完足。“仍”字“自”字多少悲凉。芥舟谓“旧好”句疵。（诗说）余谓“新知”句亦露骨。此诗累于此二句。（辑评）

【薛雪曰】老杜善用“自”字，……李义山“青楼自管弦”，“秋池不自冷”，“不识寒郊自转蓬”之类，未始非无穷感慨之情，所以直登老杜之堂，亦有由矣。

【姜炳璋曰】此叹才华之无由自达也。“新知遭薄俗”，谓王、郑诸公，一与相合，则“诡薄”之谤兴也。“旧好隔良缘”，谓令狐弃旧知于不顾也。落句，汲引无人，终于飘泊，安得至长安斗酒销悲乎？

【张佩纶曰】“新知遭薄俗”，即杜陵“晚将末契托年少，当面输心背面笑”。此必义山自桂府还都后之作。“新知”指轻薄少年。“旧好”则回思往事，感慨系之。其起句“凄凉宝剑篇，羁泊欲穷年”，意旨甚明。茂元乃玉溪密姻，不应以为薄俗也。（涧于日记）

【张曰】不能久居京师，翻使穷年羁泊。自断此生已无郭震、马周之奇遇，诗之所以叹也。味其意致，似在游江东时矣。（会笺。系大中十一年。）又曰：“新知”、“旧好”句法，老杜及名家集中多有之，此乃一篇之主意，而谓之疵累露骨，诚非末学所晓。（辨正）

【按】诗曰“羁泊欲穷年”，曰“心断新丰酒”，则显作于旅滞外州期间。“羁泊”虽泛言羁旅漂泊，然亦暗点水乡，参之“欲穷年”之语，则作于晚岁游江东时或大体近是。徒有匡世之志，而屡受摧抑，新知遭毁，旧好隔绝，孑然一身，惟借酒以销忧矣。虽自伤身世，而字里行间，仍见勃郁不平之气。首尾用事，贴切自然，画出才士书剑飘零、英俊沉沦风貌，末联尤不露痕迹。环境之冷与内心之热构成尖锐矛盾。

井泥四十韵

皇都依仁里〔一〕，西北有高斋〔二〕。昨日主人氏，治井堂西陲。工人三五辈，辇出土与泥〔三〕。到水不数尺，积共庭树齐。他日井甃毕〔四〕，用土益作堤〔五〕。曲随林掩映，缭以池周回〔六〕。下去冥寞穴①〔七〕，上承雨露滋。寄辞别地脉〔八〕，因言谢泉扉〔九〕。升腾不自意，畴昔忽已乖②〔一〇〕。伊余掉行鞅〔一一〕，行行来自西。一日下马到，此时芳草萋〔一二〕。四面多好树，旦暮云霞姿〔一三〕。晚落花满池③，幽鸟鸣何枝④〔一四〕？萝幄既已荐〔一五〕，山尊亦可开〔一六〕。待得孤月上，如与佳人来〔一七〕。因之感物理⑤，恻怆平生怀〔一八〕。

茫茫此群品〔一九〕，不定轮与蹄。喜得舜可禅⑥，不以瞽瞍疑〔二〇〕。禹竟代舜立，其父吁咈哉〔二一〕。嬴氏并六合，所来因不韦〔二二〕。汉祖把左契〔二三〕，自言一布衣〔二四〕。当途佩国玺〔二五〕，本乃黄门携〔二六〕。长戟乱中原，何妨起戎氐〔二七〕。不独帝王尔，臣下亦如斯。伊尹佐兴王，不借汉父资〔二八〕。磻溪老钓叟，坐为周之师〔二九〕。屠狗与贩缯〔三〇〕，突起定倾危。长沙启封土，岂是出程姬〔三一〕？帝问主人翁，有自卖珠儿⑦〔三二〕。武昌昔男子，老苦为人妻〔三三〕。蜀王有遗魄，今在林中啼〔三四〕。淮南鸡舐药，翻向云中飞〔三五〕。

大钧运群有〔三六〕，难以一理推。顾于冥冥内⑧，为问秉者谁〔三七〕？我恐更万世，此事愈云为〔三八〕。猛虎与双翅，更以角副之〔三九〕。凤凰不五色，联翼上鸡栖〔四〇〕。我欲秉钧者，朅来与我偕〔四一〕。浮云不相顾〔四二〕，寥泬谁为梯〔四三〕？悒怏夜参半⑨〔四四〕，但歌井中泥〔四五〕。

校记

①“冥”原作“寂”，一作“冥”，据蒋本、姜本、戊签、钱本、影

宋抄、悟抄、席本改。

②“乖”原作“垂”，非，一作“乖”，据蒋本、姜本、戊签、钱本、影宋抄、悟抄、席本改。

③“池”，蒋本、朱本作“地”。

④“何”，姜本作“柯”。

⑤“之”，朱本作“兹”。

⑥“喜”，各本均同。【程曰】(喜)应作尧。

⑦“卖”原作“夓”，钱本作“复”，均非，据蒋本、姜本、戊签、悟抄、季抄改。

⑧“顾”，蒋本、戊签作“愿”。

⑨“参”，朱本、季抄作“将”。

集　注

〔一〕【朱注】(依仁里)在东都。白氏长庆集有宿崔十八依仁新亭诗。

〔二〕【何注】古诗西北有高楼篇文选注云：“此篇明高才之人仕宦未达，知之者稀也。”西北乾位，君之居也，发端本此。此老杜所传文选理也。举仁者君之事，故假里名寓意耳。【冯曰】何说足见读书之细。

〔三〕【朱注】干曰土，湿曰泥。

〔四〕【朱注】甃，修井也。【程注】易：“井甃无咎。修井也。”

〔五〕【何曰】以比沙堤。(辑评)

〔六〕【田曰】句法古老，文在其中。(冯注引)【按】二句谓井泥所积之堤沿池之周围缭绕伸展，掩映于池周之树林间。

〔七〕【补】谓下离幽深之地穴。

〔八〕【程注】史记蒙恬传：“此其中不能无绝地脉。”鲍照诗：“洞涧窥地脉。”【按】水流行地中，似人身血脉，故称地脉。寄辞，寄语。

〔九〕【补】谢，辞别。泉扉，犹泉眼。

〔一〇〕【田曰】用意见此。（冯注引）【按】乖，异也。

〔一一〕【程注】左传：“楚乐伯曰：‘吾闻致师者，左射以菆，代御执辔，御下两马，掉鞅而还。’”注：“掉，正也，示闲暇也。”【按】掉鞅，谓驾御从容。掉，整理；鞅，套马颈上用以驾轭之皮带。刘文淇春秋左氏传旧注疏证引李贻德云：“掉为正者，正即整。”

〔一二〕【何曰】（“一日”二句）暗写迟暮之感。（辑评）

〔一三〕【何曰】（“四面”二句）顿挫风韵。（辑评）

〔一四〕【何曰】“何”字精妙，使“幽”字精神转出。（辑评）

〔一五〕【朱注】杜甫诗：“高萝成帷幄。”

〔一六〕【程注】王勃序：“山樽野酌。”

〔一七〕【何曰】“天际碧云合，佳人殊未来。”翻用妙。又暗写骚人求女之意。（辑评）【冯曰】状井泥升腾，许多生态妄想。义门谓用骚人求女之意，非也。【补】曹丕诗：“朝与佳人期，日久殊未来”。谢灵运诗：“圆景早已满，佳人犹未适。”江淹诗：“日暮碧云合，佳人殊未来。”二句似从上述诗句脱化。

〔一八〕【冯曰】（“因之”）二句一篇之主。以下杂拉繁乱，集中至颓唐之作。

〔一九〕【程注】易序：“象天地而育群品。”

〔二〇〕【冯曰】“喜得”亦通，然发端不宜隐“尧”字，当以形近而讹。【补】书大禹谟：“祗载见瞽瞍。”又尧典“瞽子”孔安国传：“舜父有目不能分辨好恶，故时人谓之瞽，配字曰瞍。"瞍，无目之称。二句谓尧喜得舜而禅位于舜，不因其父不贤而致疑。

〔二一〕【程曰】书："佥曰：'于，鲧哉！'帝曰：'吁，咈哉！'"【按】"吁，咈哉！"叹声，有不同意、不以为然、疑怪之意。二句谓禹终于代舜而立，然其父鲧则为舜所不喜。【何曰】此四句是若有定者。（辑评）

〔二二〕【冯曰】史记吕不韦传："不韦娶邯郸诸姬绝好善舞者与居，知有身。子楚从不韦饮，见而请之，不韦遂献其姬。姬自匿有身，至大期时，生子政。子政立，是为始皇。"

〔二三〕【朱注】老子："圣人执左契而不责于人。"注："契，券也。"【冯注】老子："圣人执左契而不责于人。有德司契，无德司彻。天道无亲，常与善人。"王弼注曰："左契防怨之所由生也。有德之人，念思其契，不令怨生，而后责于人也。彻，司人之过也。"按：辅嗣之说如此，而本文殊近皇天无亲，惟德是辅，故后人以言王者受命，用之熟矣。然礼记"献粟者执右契"，疏曰："右为尊，以先书为尊故也。"战国策有"掺右契而责德于秦、魏"之语，是责人者操右契也。汉时铜虎符，右留京师，左与郡守，亦右尊于左也。老子本让而不争之意，有德则天心归之，自然司契，何事早争召怨哉？后世则以左为重。旧书志"符宝郎凡出纳符节，辨其左右之异，藏其左而班其右，以合中外之契焉。"与老子本义自异，今偶为晰之。【按】冯说是。史记平原君虞卿列传："且虞卿操其两权，事成，操右券以责；事不成，以虚名德君，君必勿听也。"亦以"右券"为索偿之凭证。然史记田敬仲完世家："公常执左券以责于秦、韩"，则又以"左券"为索偿之凭证。义山此处自以"左券"为索偿者所持，把左券，即有把握之意。

〔二四〕【程注】史记："高祖曰：'吾以布衣提三尺剑取天下。'"【何曰】此四句是若无定者。又曰：此等亦是陈言。（辑评）

〔二五〕【朱注】魏志："白马令李云上言：'许昌气见于当涂高。当涂高者当昌于许。'当涂高，魏也；象魏两观阙是也。"又曰："文帝受禅，汉献帝遣使送玺绶。"【冯注】汉书元后传："初，高祖至霸上，秦王子婴降轵道，奉上始皇玺。高祖御服其玺，世世传受，号曰'汉传国玺'。"后汉书徐璆传注："玉山蓝田山，题是李斯书，其文曰：'受命于天，既寿永昌。'"

〔二六〕【程注】陈琳为袁绍檄豫州文："司空曹操，祖父中常侍腾，与左悺、徐璜并作妖孽，饕餮放横，伤化虐民。父嵩乞匄携养，因赃假位。"司马彪续汉书："腾字季兴，少除黄门从官。顺帝即位，为小黄门，迁至中常侍。"【朱注】魏志注："曹瞒传及郭颁世语并云：'嵩，夏侯氏之子。'"

〔二七〕【朱注】五胡之乱，前秦为氐。【程注】晋载记："前秦苻洪，略阳临渭氐人，其先世为西戎酋长。"【冯注】史记樗里子传："长戟居前，强弩在后。"汉书晁错传："平地浅屮，可前可后，此长戟之地也。"句举一以该五兵。戎、氐统言诸胡，如前赵刘氏之为匈奴，后赵石氏之为羯，前燕慕容氏之为鲜卑，前秦苻氏之为氐，后秦姚氏之为羌，皆其类也。详晋书载记。【何曰】此四句是无定中之尤幻者。（辑评）

〔二八〕【何曰】"汉父"注家未详，似谓生于空桑也。（辑评）【冯注】列子："伊尹生乎空桑。"吕氏春秋："有侁氏女子采桑，得婴儿于空桑之中，献之其君。察其所以然，曰：其母居伊水之上，孕，梦有神告之曰：'臼出水而东走毋顾。'明日，视臼出水，东走十里而顾，其邑尽为水，身因化为空桑，故命之曰伊尹。”独异志：“伊尹无父。”按：古来称人曰汉，如北史斛律金传：“尔所使多汉。”邢邵传：“此汉不可亲近”，及“好汉”、“醉汉”之类。此言无丈夫为父也。易乾卦：“万物资始。”【按】伊尹曾辅佐汤攻灭夏桀，建立商朝。后又辅汤之子太甲，故云“佐兴王”。汉，男子之通称。陆游老学庵笔记卷三：“今人谓贱丈夫曰汉子。”资，赋予。二句盖谓伊尹虽佐兴王为开国元勋，然出身微贱，不知其父。

〔二九〕【冯注】尚书大传：“文王至磻溪，见吕望钓，拜之，尚父曰：望钓得鱼，腹中有玉璜，刻曰：‘周受命，吕佐检，德合于今昌来提。’”水经：“渭水又东过陈仓县西。”注曰：“渭水之右，磻溪水注之，水出南山兹谷。溪中有泉，谓之兹泉。即吕氏春秋所谓太公钓兹泉也。今人谓之几谷。东南隅有石室，盖太公所居也。水流次平石钓处，其投竿跽饵，两膝遗迹犹存。”【何曰】此四句若有定者。（辑评）【补】水经注引司马迁曰：“吕望，东海上人也，老而无遇，以钓干周文王。”又云：“吕望行年五十，卖食棘津，七十则屠牛朝歌，行年九十，身为帝师。”坐，无故，亦即上文“不借”，下文“突”之意。

〔三〇〕【朱注】屠狗，樊哙；贩缯，灌婴。【程注】史记樊哙传：“舞阳侯樊哙者，沛人也，以屠狗为事。”灌婴传：“灌婴者，睢阳贩缯者也。”

〔三一〕【冯注】汉书：“长沙定王发母唐姬，故程姬侍者。景帝召程姬，程姬有所避，饰侍者唐儿，使夜进。上醉不知，以为程姬而幸之，遂有身，已乃觉非程姬也。及生子，因名曰发。”张晏曰：“发误己之缪幸。”【补】启封土，开疆封土，

指立刘发为王。【何曰】此四句是若无定者。(辑评)

〔三二〕【冯注】汉书东方朔传:"窦太主寡居,年五十馀矣,近幸董偃。始,偃与母以卖珠为事。偃年十三,随母出入主家,左右言其姣好,主召见,曰:'吾为母养之。'年十八而冠,出则执辔,入则侍内,名称城中,号曰董君。上从主饮,临山林,坐未定,上曰:'愿谒主人翁。'"主自引董君伏殿下,主迺赞:'馆陶公主胞人臣偃昧死再拜谒。'因叩头谢。时董君见尊,不名,称为主人翁,饮大驩乐,于是董君贵宠,天下莫不闻。"【何曰】至阴为阳,下人为上,皆喻贤者之不得志也。(辑评)

〔三三〕【道源注】搜神记:"哀帝时豫章有男子化为女子,嫁为人妇,生一子。"武昌则未详。【冯曰】豫章事见汉书五行志,武昌或南昌之讹,豫章郡首南昌县也。未定是否。徐氏引武都丈夫化女子为蜀王妃,亦非。【屈注】云笈七签:"元气论云:游魂为变,如武都耆男化为女,江氏祖母化为鼋"云云。武昌当作武都。【按】此传闻异辞,不必泥。

〔三四〕见哭遂州萧侍郎二十四韵。

〔三五〕【朱注】神仙传:"八公与(淮南王)安,白日升天。馀药器置在中庭,鸡犬舐啄之,尽得升天,故鸡鸣天上,犬吠云中也。"【何曰】此八句是无定中尤幻者。(辑评)

〔三六〕【程注】贾谊鹏鸟赋:"大钧播物兮,坱圠无垠。"注:"阴阳造化,如钧之造器也。"李白诗:"一风鼓群有,万籁各自鸣。"【补】群有,犹万物。

〔三七〕【补】冥冥,原为幽深渺远之意,此指茫茫宇宙。秉者,主宰万物变化者,即下文"秉钧者"。【何曰】天问体。(辑评)

〔三八〕【程注】易系辞:"变化云为。"【补】易系辞疏曰:"或口之所云，或身之所为也。”又：“乾坤变化，有云有为。云者，言也；为者，动也。”文选班固东都赋：“子实秦人……乌睹大汉之云为乎?”云为，犹言行。然此处实指变化。二句盖谓：我恐万世之后，下述一类变化将更甚于今也。

〔三九〕【朱注】虎翅犹云虎翼。扬子：“或问酷吏。扬子曰：‘虎哉虎哉！角而翼也。’”【冯注】韩非子：“故周书曰：‘毋为虎傅翼，将飞入邑，择人而食。夫乘不肖人于势，是为虎傅翼也。’”神异经：“西北有兽，状似虎，有翼，能飞，便勦食人。闻人斗，辄食直者；闻人忠信，辄食其鼻；闻人恶逆不善，辄杀兽往馈之。”

〔四〇〕【朱注】诗：“鸡栖于埘。”【朱彝尊曰】此下四句言小人乘权，君子失位。【何曰】此四句方是本位。伤时不尚文，而已沈沦使府，反不如井泥尚有时升腾也。○“不五色”者，人见为非五色，而与家鸡同贱也。（辑评）

〔四一〕【杨慎曰】今文语辞朅来、聿来，不知所始。按楚辞：“车既驾兮朅而归，不得去兮心伤悲。”旧注：“朅，去也。”又按吕氏春秋：“胶鬲见武王于鲔水，曰：‘西伯朅来?’武王曰：‘将伐殷也。’胶鬲曰：‘朅至?’武王曰：‘将以甲子日至。’”注：“朅，何也。”若然则朅之为言盍也。【冯注】曾子归耕操：“朅来归耕，历山盘兮。”汉书司马相如大人赋：“回车朅来兮。”说文解字：“朅，去也。”【按】朅来有去来、盍来、尔来数义，此处系盍来之义，犹言何不来也。二句希主宰万物变化者来与我偕游，以穷究“物理”。

〔四二〕【何曰】浮云蔽日，斥时宰也。（辑评）【冯曰】陆贾新语：“邪臣之蔽贤，犹浮云之鄣日月也。”按：九辩云：“何氾滥之浮云兮，猋痈蔽此明月。愿皓日之显行兮，云蒙蒙而蔽之。”在陆之先矣。文子:“日月欲明,浮云蔽之。”

〔四三〕【朱注】广韵:“寥泬,空貌。”【冯注】楚辞九辩:“泬寥兮天高而气清。”注曰:“泬寥,旷荡而虚静也。”【程注】何逊七召:“既临下以寥泬,复凭高而泱漭。”【按】寥泬,指空旷寂静之天宇。

〔四四〕【程注】袁嘏联句:“君行步飘飖,我滞心悒怏。”【何曰】“夜参半”,暗用“长夜漫漫何时旦”意。(辑评)

〔四五〕【程注】刘孝威箜篌谣:“岂甘井中泥,上出作埃尘。”(【按】一作“时至出作尘”。)

笺　评

【许学夷曰】李商隐……五言古多用古韵,井泥一篇,援引议论又似杜牧,但更冗漫耳。(诗源辩体)

【胡震亨曰】尝读元微之古讽各篇,怪其讲道理着魔,不谓此趣士亦复尔尔。(戊签评语)

【朱曰】易云:“井泥不食。”故此诗以井泥起兴,深刺世之沉洿下才而幸居高位者。舜禹以下,杂言古今升沉变态,难以理断。猛虎角翼,小人乘权,凤凰鸡栖,君子失位,所以三叹于浮云之不可梯也。此诗与前诗(按指行次西郊)“使典作尚书,厮养为将军”同意,必有所指。

【俞玚曰】“喜得舜可禅”,“喜”字诸本皆同,然予终疑是“尧”字之误。(宋本批)

【朱彝尊曰】此诗以井泥兴,深刺世之沉污下才而倖居高位者。用韵与枢言草阁同。其为讽刺不待言,然取义亦僻无味。“猛虎”以下四句:言小人秉权,君子失位。

【何曰】后半与牧之杜秋诗极相似。(读书记)又曰:天问之遗。

【贺裳曰】义山绮才艳骨，作古诗乃学少陵，如井泥、骄儿、行次西郊、戏题枢言草阁、李肱所遗画松，颇能质朴。（载酒园诗话）

【陆昆曾曰】义山古诗，自汉魏至六朝，无体不有，如井泥、骄儿、行次西郊等篇，意在规橅老杜，然但得其质朴，而气格韵致终逊之。

【姚曰】起首至“畴昔忽已乖”，叙明井泥来历。“伊余”下至“恻怆平生怀”，叙兴感之由。“茫茫”下至“为问秉者谁”，从井泥推到世间万事。“我恐”下，又进一层意，言天运翻覆，目前如此，焉知将来不更有甚于此者？盖颠倒无常，殊非世智所能料及也。本旨在此数语。

【屈曰】一段井泥所出如此。二段身至其地，因之生感。三段人君。四段人臣。五段自叹总结。

【程曰】（朱谓）此深刺世之沉洿下才而幸居高位者，如此则不当引许多圣贤豪杰起于侧微者为之比论矣。愚谓此诗取题于易，乃自寓之辞也。易于井卦皆取其有养人之意。初六象曰：“井泥不食，下也。旧井无禽时舍也，谓为时所弃也。”九一上六则极言其功用足以及物矣。义山熟于经，盖本此以为言，而自伤其如九一与元应在上，以为之汲引也。先叙井泥为堤，上承雨露，而有生长草木、养成花鸟之功，所以感兹物理而恻怆平生。尔时仕宦，皆由门第，己虽宗族，陵替已久，等于寒门，以故在上之人不肯汲引。次述古来圣贤豪杰，率由崛起。虽至不类如卖珠儿，然帝贵之则竟贵矣。此与男化为女，人变为禽，鸡犬舐药，飞向云中，皆事所有，而不可以一理推者。况用人以家世，岂无方之义乎？惟是己怀隐忧而欲为秉钧告者，则群小肆虐，如虎而翅角，主上孤危，如凤止鸡栖，诚存亡安危之所系。而秉钧者高自位置，不肯下交，如浮云之不可梯而近也。虽有嘉谟，其道无由，而得不悒快终夜，而自叹为井泥不能成及物之功乎？此疑太和九年义山未释褐之前作。诗中猛虎翅角，盖喻宦官之骄横；凤止鸡栖，盖喻文宗之卑弱也。又按刘孝威箜篌谣云：“从风暂靡草，富贵上升天。不见山巅树，摧扤下为薪。岂甘井中泥，上出作埃尘。”诗意殆本此。

【冯曰】“行行来自西”，自长安至东都也。溯其游踪，玩其引古，盖当文宗崩，武宗立，杨嗣复辈远斥江湘，李德裕由淮南入相之时。语虽杂拉，尚有线索可寻。又曰：杜秋娘诗后幅亦然。但彼叙秋娘事已居大半，此则借题取兴，用意却在中后。

【王鸣盛曰】李德裕似不当在幸进小人之列，此语亦是诬之。先生辨集中只有伤惜卫公语，无贬词，惟上杜悰以恶草比之，出于不得已。“恶草”句，先生误会也。而于此又以井泥所刺小人指卫公，自相矛盾矣。（冯注初刊本王氏手批）

【纪曰】元白体也，意浅而味薄，学之易至于率俚。问元白体竟不佳耶？曰亦是诗中正派，其佳在真朴，其病在好铺张，好尽，好为欲言不言尖薄语，好为随笔潦倒语，在二公自有佳处，学之者利其便易，其弊有不可胜言者也，惟小诗却时时有佳者，渔洋山人尝论之矣。（诗说）

【陈沆曰】观篇末致慨于秉钧之人，且有虎而翼、凤而鸡之虑，则知为牛李之党而言之也。扬之升天，抑之入地；所好生毛羽，所恶成疮疣，用舍不平若斯，君子值此，惟有安命而已。前半杂陈古今升沉变态，皆为篇末张本。纯乎汉魏乐府之遗，于义山诗中亦为变格。（诗比兴笺）

【张佩纶曰】以余意断之,(井泥)殆与樊川杜秋诗同旨,皆为大中初年作。郑太后本李锜妾。杜云:"光武绍高祖,本系由唐儿",即此所云"长沙启封土,岂是出程姬"也。而"嬴氏并六合,所来由不韦",则语更咄咄。蜀魄淮鸡,明武帝上宾,皇子被废,与"黄门携"相□,足以见废立之策均由宦官耳。宣宗以令狐楚用绹,绹由父资得进,则反之曰:如伊尹者,岂如汉法以父任得官耶?又曰:唐儿本程姬侍儿,郑亦郭太后侍儿,尤为精切。又曰:李卫公伐国论苻坚纳慕容娣弟,秦宫有"凤兮"之谣,大意亦为郑、杜而发,此诗"何妨起戎氏",亦即暗指此事也。(涧于日记)

【张曰】此篇感念一生得丧而作。赞皇辈无端遭废,令狐辈无端秉钧,武宗无端而殂落,宣宗无端而得位,皆天时人事,难以理推者。意有所触,不觉累累满纸,怨愤深矣。观"行行来自西"语,盖推官罢后自京还洛时也。即以诗格论,意境颓唐,亦近晚年。冯氏谓卫公当国时,为牛党致慨,真臆说矣。(会笺。系大中十二年。)

【按】诗分五节。第一节写深埋地底之泥因治井而得升腾地面,上承雨露。第二节写井泥筑为池堤后,池上林间所呈现之幽美景色。"因之"二句,由井泥地位之变化联想及己之生平遭际,引起对"物理"之议论,为一、二两段转关。第三节以"茫茫此群品,不定轮与蹄"二语总起,列举舜、禹、秦皇、汉祖、魏武、五胡等大有作为之帝王均起于微贱,以证贱者可变为贵,与上段井泥地位之变化紧相呼应。然后以"不独帝王尔,臣下亦如斯"二语转入第四节。伊尹、吕望、樊哙、灌婴等,均出身微贱而佐兴王成大业者。长沙定王、董偃虽无功业可言,然亦因微贱而升居尊贵者。男变为女、君化为禽、鸡犬升天，则与上述变化不伦，作者或迷惘、或感慨、或讥讽，感情亦随之而异。要之，三四两节为一大段，其间所叙社会人事变化，大半为作者所企望并赞美之变化，然亦有作者所惶惑或否定之变化。二者杂陈。作者遂深感自然社会之变化难以把握。故第五节（亦即第三段）即就“大钧运群有，难以一理推”抒慨。作者所希求者，乃圣贤之起于微贱，成就大业；而所恐者，则为猛虎翼角、凤凰鸡栖。乃今之世，所企望之变化则迥乎不闻，所忧恐之变化则日甚一日。中心愤懑不平，故欲求秉钧者而问之。然浮云蔽日、天高难梯，物理难明，升腾难期，惟于此漫漫长夜中空歌井泥、抒此怨愤而已。

通观全篇，诗盖因井泥之升腾而深慨己之沦谪不遇也。圣主贤臣起于侧微之事已成历史陈迹，耳目所接者则无非邪恶者得势猖獗、贤能者失位不遇、趋时者得道升天之现象。天理人事，如此悖谬，安得不责问秉钧者乎？明言“大钧运群有，难以一理推”，实于不可知之中寓深沉怨愤。何焯谓此诗“天问之遗”，极有见地。其与天问相似处，不在形而在神。

杜牧杜秋娘诗，亦因杜秋娘之遭遇而发“自古皆一贯，变化安能推”之慨叹，寓士林不能掌握命运之感。义山极称杜秋诗，此篇显受其影响。杜秋诗富于情韵；井泥则偏重议论，怨愤更深。

此诗作年不可确考。张氏就其内容、风格定为晚年之作，虽无确据，然大体可信。

哀筝〔一〕

延颈全同鹤〔二〕，柔肠素怯猿〔三〕。湘波无限泪，蜀魄有馀冤〔四〕。轻幰长无道〔五〕，哀筝不出门。何繇问香灶？翠幕自黄昏〔六〕。

集　注

〔一〕【朱彝尊曰】借二字为题，非咏筝也。【按】朱说非，详笺。杜甫秋日夔府咏怀百韵："哀筝伤老大。"义山诗当取义于此。

〔二〕【程注】史记乐书："师旷援琴而鼓之，一奏之，有玄鹤二八集乎廊门。再奏之，延颈而鸣，舒翼而舞。"【冯注】庄子："鹤颈虽长，断之则悲。"阮瑀筝赋曰："筝长六尺。"

〔三〕【朱注】格物论："猿性急而肠狭，哀鸣则肠俱断而死。"【姚注】世说："桓温入三峡，部伍中有得猿子者，其母缘岸哀号，行百馀里不去，遂跳船上，至便绝，破视腹中，肠皆寸断。"【冯注】左思吴都赋："猿父哀吟。"搜神记："有人得猿子杀之，猿母悲唤，自掷而死，破肠视之，寸寸断裂。"释名："筝，施弦高急筝筝然也。"此状筝形与弦，又以自喻。

〔四〕【冯注】比所弹之曲，又自喻昔游。

〔五〕【朱注】潘岳藉田赋："微风生于轻幰兮。"

〔六〕【冯注】藉田赋："翠幕默以云布。""香灶"见海上谣。

笺　评

【朱曰】此客中有忆之词，乃摘诗中"哀筝"二字为题。（李义山诗集补注）

【冯班曰】著题体。（辑评何焯引）

【杨守智曰】哀怨之音，不可多读。

【姚曰】此客中有忆之词，乃摘诗中哀筝二字为题，非赋哀筝也。鹤瘦猿啼，泪痕冤魄，客中愁闷极矣。此时归驾无由，哀筝自遣，遥思翠幕薰香，黄昏独坐之侣，可得近耶？

【屈曰】哀筝为题与“锦瑟”同。锦瑟便有许多乱道，不知此首又作何解？○一，望之切也。二，恨之深也。三四，哀之甚也。五，无路可寻。六，独居深闭。哀筝之声门外不闻，又安得问当时盟誓之香炷，惟有坐度黄昏而已。

【程曰】此寓言耳，然与前即目诗（按：指地宽楼已迥一首）不同，彼浅而此深也。盖叙其望恩不至，空欲断肠，有泪如二妃之洒湘江，化魂同子规之在蜀道。乘轩者君门万里，写哀者不出户庭。荀令之衣香难问，青油之幕下终年。盖亦怨朝中故旧之作也。

【冯曰】即“何处哀筝”（无题四首之四）之意也。首句望之深，次句愁之切。三四自桂管蜀中来也。五六言舍此更无他路，故惟在尔门告哀。七八言瓣香何在，徒又独宿而已。如此悟透，诗之微妙乃出。余初定为东川悼亡，则情味大减矣。

【纪曰】五句不成语，恐有讹错，通首亦无甚佳处，不为高格。此摘“哀筝”二字为题，非咏筝也，盖亦无题之类，详其语意，确有寄托。（诗说）

【张曰】诗有不甚可解而自佳者，“轻幰”二句是也。不当以晦涩病之。○“延颈”句痴望好合。“柔肠”句肠断同群。“湘波”句指湖南失意之恨。“蜀魄”句指巴阆留滞之慨。“轻幰”句即万方一概，吾道何之之感。“哀筝”句即“何处哀筝随急管”之意，言遇合无路，只有令狐旧日门下，可以告哀也。"何由"二句,言虽知令狐一门可以告哀,但何由重结旧好,如烧香之能歆感乎?惟翠幕黄昏,独自无聊而已,所谓"回头问残照,残照更空虚"也。集中寓意陈情之作,大致多相类,阅者宜合参之。冯氏亦见及于此,但句下所解,有未通者,今详加笺释,今而后深情妙绪,可以无馀蕴矣。(辨正)又曰:"湘波"句,兼指李回湖南幕事。此屡启陈情时作也。(会笺)

【按】此诗当与锦瑟参读,颇似有意制作之姊妹篇。诗虽非专咏哀筝,然亦非仅摘篇中二字为题者。前四借筝喻人,亦赋亦比。首句写筝"延颈而鸣",兼喻己之消瘦鹤立之状。次句写筝声之哀,正面点题。与锦瑟起联借"五十弦"而兴起华年之追忆类似。"湘波"二句,冯谓"比所弹之曲,又自喻昔游",甚是。盖既写哀筝弹奏时所构成之音乐意境,又以"湘"、"蜀"暗寓己之所历,与锦瑟颔腹二联以瑟声之种种意境曲传华年身世之悲相仿。后四进而写弹奏者之处境与心情,全用赋法。"轻幰"二句,谓深闭不出,寂处弹筝。"长无道",谓有车而无路,即车驾不出之意。"不出门",谓筝声哀凄而不传于户外。末联乃进而写其幽居寂寥之状。谓往事如烟,不可复问,今惟翠幕垂掩,独自消度寂寞之黄昏而已。此与锦瑟末联极写此情不堪追忆之怅惘亦复类似。曰"柔肠",曰"轻幰",曰"翠幕",诗中主人公显为女性,而此女性形象亦即诗人形象之化身。

自颔联"湘"、"蜀"二字观之,此诗或作于东川归后病废时。诗中所写独居孤寂情怀,亦与病废境遇相合。

锦瑟

锦瑟无端五十弦〔一〕,一弦一柱思华年〔二〕。庄生晓梦迷蝴蝶〔三〕,望帝春心托杜鹃〔四〕。沧海月明珠有泪〔五〕,蓝田日暖玉生烟〔六〕。此情可待成追忆〔七〕,只是当时已惘然。

集　注

〔一〕【朱注】周礼乐器图:“雅瑟二十三弦,颂瑟二十五弦。饰以宝玉者曰宝瑟,绘文如锦者曰锦瑟。”汉书郊祀志:“泰帝使素女鼓五十弦瑟,悲,帝禁不止,故破其瑟为二十五弦。”或曰:吕氏春秋云:“朱襄氏作五弦瑟以采阴气,以定群生,瞽叟乃拌五弦为十五弦之瑟,命之曰大章。舜立,乃益八弦,以为二十三弦之瑟。”此诗“五十弦”,当倒其文为“十五弦”,与下“思华年”相应。一云“五十”疑作“廿五”,正用素女事。廿,人汁切,音入。古人书二十,字多并省为廿。颜之推稽圣赋:“中山何夥?有子百廿。”但诗家罕用。【程注】世本:“伏羲作瑟。瑟者,洁也。使人精洁于心,淳一于行。”广雅:“瑟长三尺六寸六分。”【冯注】素女所鼓,本五十弦。本集又云“雨打湘灵五十弦”,则是言瑟之泛例耳。余初疑合两瑟言之者,尚误也。或谓以二十五弦为五十,取断弦之义者,亦误。按:史记封禅书(当作孝武本纪)、汉书郊祀志:“泰帝使素女鼓瑟。”师古曰:“泰帝亦谓泰昊也。”而司马贞补三皇本纪“太皞庖牺作三十五弦之瑟”,又小异。【吴景旭曰】隋志:“十五弦,小瑟也;二十五弦,中瑟也;五十弦,大瑟也。”【按】古瑟有五十弦之制，义山诗亦习用五十弦。无端，犹无缘无故，没来由。或谓即“无心”之意（参王锳诗词曲语辞例释）。

〔二〕【程注】缃素杂记：“东坡引古今乐志云：锦瑟之为器也，其弦五十，其柱如之。”

〔三〕【朱注】庄子：“昔者庄周梦为蝴蝶，栩栩然蝶也。”

〔四〕【朱注】水经注：来敏本蜀论：“望帝者，杜宇也。从天下女子朱利自江源出，为宇妻，遂王于蜀，号曰望帝。”蜀王本纪：“望帝使鳖灵治水，与其妻通，惭愧，且以德薄不及鳖灵，乃委国授之。望帝去时，子规方鸣，故蜀人悲子规鸣而思望帝。”成都记：“望帝死，其魂化为鸟，名曰杜鹃，亦曰子规。”【按】望帝事见华阳国志蜀志及文选蜀都赋注引蜀记，参哭萧侍郎注。崔涂春夕：“胡蝶梦中家万里，子规枝上月三更。”

〔五〕【朱注】文选注：“月满则珠全，月亏则珠阙。”郭宪别国洞冥记：“味勒国在日南，其人乘象入海底取宝，宿于鲛人之宫，得泪珠，则鲛人所泣之珠也，亦曰泣珠。”博物志：“南海外有鲛人，水居如鱼，不废绩织，其眼泣则能出珠。”【冯注】礼斗威仪：“德至渊泉，则江海出明珠。”大戴礼记：“蜯蛤龟珠，与月盛虚。”【按】参回中牡丹及题僧壁注。

〔六〕【朱注】长安志：“蓝田山在长安县东南三十里，其山产玉，亦名玉山。”【程注】吴女紫玉传：“王梳妆，忽见玉，惊愕悲喜，问曰：‘尔缘何生？’玉跪而言曰：‘昔诸生韩重来求玉，大王不许。玉名毁义绝，自致身亡。重以远还，闻玉已死，故赍牲币诣冢吊唁。感其笃终，辄与相见，因以珠遗之。不为发冢，愿勿推治。’夫人闻之，出而抱之，玉如烟然。”【冯注】困学纪闻：“司空表圣云：‘戴容州叔伦谓诗家之景,如蓝田日暖,良玉生烟,可望而不可置于眉睫之前也。'义山句本此。"【按】冯氏引困学纪闻而否定王氏"义山句本此"之说,另见冯笺。又,温庭筠上学士舍人启之二:"常叹美玉在山,但扬异彩,……徒自沉埋。"义山此句,意可互参。

〔七〕【补】可待,岂待,何待。只是,犹直使,即便之意。

笺 评

【刘攽曰】李商隐有锦瑟诗,人莫晓其意,或谓是令狐楚家青衣也。(贡父诗话)

【黄朝英曰】义山锦瑟诗云……山谷道人读此诗,殊不晓其意,后以问东坡,东坡云:"此出古今乐志,云:'锦瑟之为器也,其弦五十,其柱如之,其声也适、怨、清、和。'"案李诗,"庄生晓梦迷蝴蝶",适也;"望帝春心托杜鹃",怨也;"沧海月明珠有泪",清也;"蓝田日暖玉生烟",和也。一篇之中,曲尽其意。史称其瑰迈奇古,信然。刘贡父诗话以为锦瑟乃当时贵人爱姬之名,义山因以寓意,非也。(靖康缃素杂记)

【许颉曰】古今乐志云:"锦瑟之为器也,其柱如其弦数,其声有适、怨、清、和。"又云:"感怨清和,昔令狐楚侍人能弹此四曲。诗中四句,状此四曲也。"章子厚曾疑此诗,而赵推官深为说如此。(许彦周诗话)

【胡仔曰】古今听琴、阮、琵琶、筝、瑟诸诗,皆欲写其音声节奏,类以景物故实状之,大率一律,初无中的句,互可移用,是岂真知音者,但其造语藻丽,为可喜耳。……如玉溪生锦瑟诗……亦是以景物故实状之,若移作听琴、阮等诗,谁谓

不可乎？（苕溪渔隐丛话前集卷十六）

【邵博曰】庄生、望帝，皆瑟中古曲名。（邵氏闻见后录）

【张邦基曰】瑟谱有适、怨、清、和四曲名，四句盖形容四曲耳。（墨庄漫录）

【张侃曰】孙仲益为锡山费茂和说苏文忠公水龙吟，曲尽咏笛之妙。其词曰："楚山修竹如云，异材秀出千林表"，笛之地也；"龙须半剪，凤膺微涨，绿肌匀绕"，笛之材也；"木落淮南，雨晴云、梦，月明风袅"，笛之时也；"自中郎不见，桓伊去后，知辜负、秋多少"，笛之怨也；"闻道岭南太守，后堂深，绿珠娇小"，笛之人也；"绮窗学弄，梁州初遍，霓裳未老"，笛之曲也；"嚼徵含宫，泛商流羽，一声云杪"，笛之声也；"为使君洗尽，蛮烟瘴雨，作霜天晓"，笛之功也。予恐仲益用苏文忠读锦瑟诗，以释水龙吟耳。刘贡父云："锦瑟是令狐楚家青衣名。"许彦周云："令狐楚侍儿能弹此曲，诗中四句，状此景也。"（张氏拙轩集）

【熊朋来曰】或谓唐时犹言瑟五十弦。以史传及他诗征之，唐亦未必有五十弦之瑟。有以柱前后解之者，不知此诗本非言瑟为"适怨清和"之说，学者滋惑，不复深思。唯洪文敏公以为不然。近代有庐陵王大初为此诗解说益明，惜其言未必传尔。（瑟谱卷六）

【方回曰】缃素杂记谓东坡云："中四句适怨清和也。"凡前辈琴、阮、筝、琵琶等等，少有律体而多古句，大率譬喻亦不过如此耳。备见渔隐丛话。（瀛奎律髓）

【元好问曰】望帝春心托杜鹃，佳人锦瑟怨华年。诗家总爱西昆好，独恨无人作郑笺。（论诗绝句）

【王世贞曰】李义山锦瑟中二联是丽语，作适、怨、清、和解甚

通。然不解则涉无谓，既解则意味都尽，以此知诗之难也。（艺苑卮言）

【胡应麟曰】锦瑟是青衣名，见唐人小说，谓义山有感作者。观此诗结句及晓梦、春心、蓝田、珠泪等，大概无题中语，但首句略用锦瑟引起耳。宋人认作咏物，以适、怨、清、和字面附会穿凿，遂令本意懵然。且至"此情可待成追忆"处，更说不通。学者试尽屏此等议论，只将题面作青衣，诗意作追忆，读之自当踊跃。（诗薮）

【胡震亨曰】元释圆至注云：前辈谓商隐情有所属，托之锦瑟。近胡元瑞亦云：大概无题中语，首句略用锦瑟引起耳。宋人如缃素杂记谓其直咏锦瑟，以适怨清和为解，托苏、黄问答之说以实之，固非；即纪事以为咏令狐楚青衣名锦瑟者，又有谓商隐庄事楚，必楚子绹之青衣者，皆未得肯綮而妄为之说者也。（唐音戊签李商隐诗集）以锦瑟为真瑟者痴。以为令狐楚青衣，以为商隐庄事楚、狎绹，必绹青衣亦痴。商隐情诗，借诗中两字为题者尽多，不独锦瑟。（唐音癸签）

【周珽曰】此诗自是闺情，不泥在锦瑟耳。……屠长卿注云：义山尝通令狐楚之妾，名锦而善弹，故作以寄思。言瑟声甚悲，而情思在妙年女子所弹者乃有适怨清和之妙，令人思之不能释也。末谓此日宜及时尽情抚弄，岂可待他年空成追忆，致悔当时惘然不曲转其怀抱而自失也。（唐诗选脉笺释会通评林）

【陆时雍曰】总属影借。（唐诗镜）

【钱龙惕曰】按义山房中曲有"归来已不见，锦瑟长于人"之句，此诗落句云："此情可待成追忆，只是当时已惘然。"或有所指，未可知也。惟彭阳公青衣，则无所据。

【朱曰】按义山房中曲："归来已不见，锦瑟长于人。"此诗寓意略同。是以锦瑟起兴，非专赋锦瑟也。缃素杂记引东坡适怨清和之说，吾不谓然，恐是伪托耳。刘贡父诗话云："锦瑟，当时贵人爱姬之名。"或遂实以令狐楚青衣，说尤诬妄，当亟正之。（李义山诗集笺注）又曰：此悼亡之作也。（补注眉批）

【吴乔曰】唐诗纪事以锦瑟为令狐丞相青衣，愚谓丞相指楚言。（首句）旧事年深，托怨于瑟柱之多。（次句）追思前事。（三句）"迷"言仕途速化之无术。（四句）义山王孙，故用望帝。（五句）述己思楚之意。（六句）言绹通显之乐。（七八句）言楚之厚德，不待绹今日见疏而后追思之，虽在其存日，已自惘然出于望外也。○此诗或病其猥亵，或为之掩讳，而苏、黄犹以为适、怨、清、和。义山去今不远，其诗犹不易解，苟非纪事有令狐丞相青衣之语，乔亦没齿以无题为艳情。三百篇之不可舍古序，于此可断矣。（西昆发微）

【冯舒曰】义山又有句云："锦瑟长于人。"则锦瑟必是妇人。或云令狐楚妾也，则中四句了然可辨，不过云此有泪明珠、生烟宝玉是活宝耳。宋人梦说何足道！（二冯评阅瀛奎律髓）

【冯班曰】令狐，玉溪之师，若盗其妾，岂堪入咏？此是李集第一首，决如东坡解方是。（同前）

【朱彝尊曰】此悼亡诗也。意亡者善弹此，故睹物思人，因而托物起兴也。瑟本二十五弦，一断而为五十弦矣，故曰"无端"也，取断弦之意也。"一弦一柱"而接"思华年"三字，意其人年二十五而殁也。胡蝶、杜鹃，言已化去也；珠有泪，哭之也；玉生烟，葬之也，犹言埋香瘗玉也。此情岂待今日追忆乎？只是当时生存之日，已常忧其至此而预为之惘然，意其人必婉弱多病，故云然也。

【杨曰】题下批：锦瑟者，文而有声，义山盖以自况。"望帝"句：蜀王本纪：望帝去时，子规方鸣，故蜀人悲子规鸣而思望帝。此悼亡之作。"琴瑟"，以喻夫妇。"五十弦"、"一弦一柱"，其数百。"思华年"，犹言百岁光阴也。下意自明，结句更悲怆，解者纷纷附会穿凿，可发一笑。岁月刹那，奄忽将老，身世坎壈，循省堪悲，境遇屡踬于多歧，篇什聊抒其凄怅。照夜委荒，徒有向隅之泣；连城蕴美，谁识在璞之珍。不第今日始方叹寂寂无成，即在当时预知落落难合矣。（复图本）

【钱澄之曰】若唐李义山好为艳体，吾无取焉。其诗使事摛词，秾厚滞重，徒取工丽耳。本为情语，读之无一语足动人情。如锦瑟，悼亡诗也，而为故实所掩，至令解者不知题意所在。（田间文集）

【施闰章曰】刘贡父诗话一卷，语多杂碎，称李义山锦瑟诗，是令狐楚家青衣名，似可破从前之疑。（蠖斋诗话）

【田同之曰】义山锦瑟诗，拈首二字为题，即无题义，最是。盖此诗之佳，在一弦一柱中思其华年，心思紊乱，故中联不伦不次，没首没尾，正所谓"无端"也。而以"清和适怨"傅之，不亦拘乎！（西圃诗说）

【钱良择曰】义山诗独有千古，以其力之厚，思之深，气之雄，神之远，情之挚；若其句之炼，色之艳，乃馀事也。西昆以堆金砌玉傚义山，是画花绣花，岂复有真花香色，梨园挦撦之诮，未足以尽之也。（以上眉批）○此悼亡诗也。房中曲云："归来已不见，锦瑟长于人。"即以义山诗注义山诗，岂非明证？锦瑟当是亡者平日所御，故睹物思人，因而托物起兴也。集中悼亡诗甚多，所悼者疑即王茂元之女。旧解纷纷，殊无意义。（以上题下批。句下笺与朱彝尊笺语略同，不录。）

【何曰】此悼亡之诗也。首特借素女鼓五十弦之瑟而悲，泰帝禁不可止发端，言悲思之情有不可得而止者。次连则悲其遽化为异物。腹连又悲其不能复起之九原也。曰"思华年"，曰"追忆"，指趣晓然，何事纷纷附会乎？钱饮光亦以为悼亡之诗，与吾意合。"庄生"句，取义于鼓盆也。但云"生平不喜义山诗，意为词掩"，却所未喻。亡友程湘衡谓此义山自题其诗以开集首者，次联言作诗之旨趣，中联又自明其匠巧也。余初亦颇喜其说之新，然义山诗三卷出于后人掇拾，非自定，则程说固无据也。（义门读书记。按王应奎柳南随笔云："玉溪锦瑟诗，从来解者纷纷，迄无定说，而何太史义门（焯）以为此义山自题其诗以开集首者。首联……言平时述作，遽以成集，而一言一咏，俱足追忆生平也。次联……言集中诸诗，或自伤其出处，或托讽于君亲，盖作诗之旨趣尽在于此也。中联……言清词丽句，珠辉玉润，而语多激映，又有根柢，则又自明其匠巧也。末联……言诗之所陈，虽不堪追忆，庶几后之读者知其人而论其世，犹可得其大凡耳。"与何氏读书记谓为程说不同。然何氏读书记既已明确表示"程说固无据"，则此非何说甚明。王氏又云：诗意大抵出侧面……义山忆往事而怨锦瑟，亦然。）

【叶矫然曰】细味此诗，起句说"无端"，结句说"惘然"，分明是义山自悔其少年场中，风流摇荡，到今始知其有情皆幻，有色皆空也。次句说"思华年"，懊悔之意毕露矣。此与香山和微之梦游诗同意。“晓梦”、“春心”、“月明”、“日暖”，俱是形容其风流摇荡处，着解不得。义山用事写意，皆此类也。袁中郎谓锦瑟诗直谜而已，岂知义山者哉！（龙性堂诗话）

【辑评朱笔批曰】此篇乃自伤之词，骚人所谓美人迟暮也。“庄生”句言付之梦寐；“望帝”句言待之来世；“沧海”、“蓝田”，言埋而不得自见；“月明”、“日暖”，则清时而独为不遇之人，尤可悲也。○义山集三卷，犹是宋本相传旧次，始之以锦瑟，终之以井泥。合二诗观之，则吾谓自伤者更无可疑矣。○感年华之易迈，借锦瑟以发端。“思华年”三字，一篇之骨。三四赋“思”也。五六赋“华年”也。末仍结归“思”字。○诸家皆以为悼亡之作。○“庄生”句，言其情历乱；“望帝”句，诉其情哀苦；“珠泪”、“玉烟”，以自喻其文采。（以上各条与何氏读书记说不同，疑非何氏评。）

【查慎行曰】是章解者纷纷，愚独谓此义山丧偶诗也。观起两语，其原配亡时年二十五。瑟本二十五弦，断则成五十弦矣。此特借题寓感，解者必从锦瑟着题，苦苦牵合，读到结处，如何通得去？有识者试以鄙言思之，全首打成一片矣。（瀛奎律髓汇评引）

【胡以梅曰】兴言锦瑟，必当年所善之人能此乐者，故触绪兴思。……今专用五十弦，言悲来无端耳。……思华年，从弦柱配合言；若谓五十弦论年，则非矣。……第二句既脱卸于华年，中四句尽承之……三当年之迷恋，四五彼此离思凄惋，六即绿树成阴子满枝也。此情即四句之情，当年已是不堪，而况今日成追忆哉！

【唐诗鼓吹评注】此义山有托而咏也。首言锦瑟之制，其弦五十，其柱如之，以人之年华而移于其数。乐随时去，事与境迁，故于是乎可思耳。乃若华年所历，适如庄生之晓梦，怨如望帝之春心，清而为沧海之珠泪，和而为蓝田之玉烟。不特锦瑟之音有此四者之情已，夫以如此情绪，事往悲生，不堪回首，固不可待之他日而成追忆也。然而流光荏苒，韶华不再，遥溯当时，则已惘然矣。此情终何极哉！○此诗说者纷纷，……自东坡谓咏锦瑟之声，则有适怨清和之解说，诗家多奉为指南。然以分配中两联固自相合，如“无端”“五十弦柱”“思年”，则又何解以处此？详玩“无端”二字，锦瑟弦柱当属借语，其大旨则取五十之义。“无端”者，犹言岁月忽已晚也，玩下句自见。顾其意言所指，或忆少年之艳冶，而伤美人之迟暮；或感身世之阅历，而悼壮夫之晼晚，则未可以一辞定也。

【徐夔曰】此义山自伤迟暮，借锦瑟起兴，“无端”是惊讶之词，孔融所谓五十之年忽焉已至也。五十以前，如庄生之梦不可追；五十以后，如望帝之心托之来世。珠玉席上之珍，无如沉而在下，韬光匿彩，只自韫椟而已。“此情可待”谓始原不薄，自今追忆，不觉惘然，能不痛念而自伤哉！“当时”，言非一日也。细寻脉缕，原自可解，纷纷妄谈，何啻梦中呓语？（李义山诗集笺注，引自王欣夫唐集书录十四种。）

【杜诏曰】诗以锦瑟起兴。“无端”二字，便有自讶自怜之意，此瑟之弦遂五十耶？瑟之柱如其弦，而人之年已历历如其柱矣，即孔北海所谓五十之年忽焉已至也。庄生梦醒，化蝶无踪；望帝不归，啼鹃长托，以比华年之难再也。感激而明珠欲泪，绸缪而暖玉生烟，华年之情尔尔。不但今日追忆无

从，而在当日已成虚负，故曰“惘然”。（唐诗叩弹集）

【杜庭珠曰】“梦蝶”，谓当时牛、李之纷纭；“望帝”，谓宪、敬二宗被弑，五十年世事也。“珠有泪”，谓悼亡之感；“蓝田玉”，即龙种凤雏意，五十年身事也。（同上）

【陆曰】悼亡之作无疑。盖颂瑟本二十五弦，今曰五十弦，是一齐断却，一弦变为两弦故也。曰“无端”者，出自不意也。一弦一柱思华年，从比意说到人身上来。庄生蝴蝶，望帝杜鹃，同是物化，引以悼其妻之亡。五六指所遗之子女言。古人爱女，以掌上珠譬之。孙权见诸葛恪，谓其父瑾曰：“蓝田生玉。”又戴容州有“蓝田日暖，良玉生烟，可望而不可置于眉睫之间”之语。义山悼伤后，即赴东蜀辟，诗曰“珠有泪”，悲女之失母也；曰“玉生烟”，叹己之远子也。结言夫妇儿女之情，每一追忆，辄为惘然，此锦瑟所由寄慨也。

【陆鸣皋曰】“无端”二字，即含兴感意，而以“思华年”接之。物象人情，两意交注，首尾拍合，情境始佳。若仅谓写瑟之工，便成死煞。

【徐德泓曰】此就瑟而写情也。弦多则哀乐杂出矣。中二联，分状其声，或迷离，或哀怨，或凄凉，或和畅，而俱有华年之思在内也。故结联以“此情”二字紧接。追维往昔，不禁百端交感，又不知从何而起，故曰“可待”，曰“惘然”，与“无端”两字合照，惝恍之情，流连不尽。

【姚曰】此悼亡之作，托锦瑟起兴。瑟本五十弦，古人破之为二十五弦，是瑟已破矣。今曰“无端五十弦”，犹已破之镜，而想未破时之团圆。一弦一柱，历历都在心头，正七句所谓“追忆”也。次联蝴蝶杜鹃，乃已破后之幻想。中联明珠暖玉，乃未破时之精神。而已愁到已破之后，盖人生奇福，常恐消受不得也。

【屈曰】此诗解者纷纷，有言悼亡者，有言忧国者，有言自比文才者，有言思侍儿锦瑟者，不可悉数。凡诗无自序，后之读者，就诗论诗而已，其寄托或在君臣朋友夫妇昆弟间，或实有其事，俱不可知。自三百篇、汉魏三唐，男女慕悦之词，皆寄托也。若必强牵其人其事以解之，作者固未尝语人，解者其谁曾起九原而问之哉！○以"无端"吊动"思华年"。中四紧承。七"此情"紧收，"可待"字，"只是"字遥应"无端"字。○一，兴也。二，一篇主句。中四皆承"思华年"。七八总结。○此即锦瑟以起兴也。弦五十，柱亦五十，盖言无端而忽已行年五十，因年五十而思华年之事。三四言情厚也。庄生即蝴蝶，蝴蝶即庄生，望帝即杜鹃，杜鹃即望帝，犹夫与君双栖共一身，犹司马温公云"我与景仁但异姓耳"，其情之厚如此。五别离之泪。六可望而不可亲，别离之情。七"此情"即指中四，言当时已是惘然，今日可待追忆乎？其惘然更何如耶？○诗面与无题同，其意或在君臣朋友间，不可知也。……月明而珠有泪，则月亏珠阙可知矣，故曰别离之泪。

【程曰】夫妇琴瑟之喻，经史历有陈言，以此发端，元非假借。诗之词旨，盖以锦瑟之弦柱实繁且多，夫妇之伉俪历有年所，怀人睹物，触绪兴思。"无端"者，致怨之词也。三四谓生者辗转结想，惟有迷晓梦于蝴蝶，死者魂魄能归，不过托春心于杜鹃。五六谓其容仪端妍，如沧海之珠，今深沉泉路，空作鲛人之泪矣；性情温润，如蓝田之玉，今销亡冥漠，不啻紫玉之烟矣。其祭外舅王茂元文云："植玉求归，已轻于旧日；泣珠报惠，宁尽于兹辰？"用事同而义则异也。"此情”二字，紧承上二句，谓不堪追忆其人亡事在。“当时”二字，缴回“华年”，谓不堪悲悼其年远日湮。起“思”字，结“忆”字，一篇之呼应也。又按：本集杨本胜说于长安见小男阿衮诗有“失母凤雏痴”句，考樊南乙集序云：“大中七年十月，杨本胜始来军中。”而序内又云：“三年（已）来，丧失家道。”则是义山悼亡，当在大中三、四年间。（按：据“三年已来”句，悼亡当在大中五年，参张氏会笺。）

【冯曰】杨说似精而实非也。言瑟而曰锦瑟、宝瑟，犹言琴而曰玉琴、瑶琴，亦泛例耳。有弦必有柱，今者抚其弦柱而叹年华之倏过，思旧而神伤也，便是下文“追忆”二字，前人每以求深失之。（“庄生”句）取物化之义，兼用庄子妻死，惠子吊之，庄子则方箕踞鼓盆而歌。义山用古，颇有旁射者。（“望帝”句）谓身在蜀中，托物寓哀。下半重致其抚今追昔之痛。五句美其明眸，六句美其容色，乃所谓“追忆”也。木庵谓是哭之葬之，则接第七句必不融洽矣。（七八句）“惘然”紧应“无端”二字。“无端”者，不意得此佳耦也。当时睹此美色，已觉如梦如迷，早知好物必不坚牢耳。○此悼亡诗定论也。以首二字为题，集中甚多；何足泥也！余为逐句笺定，情味弥出矣。许彦周诗话“适怨清和”一作“感怨清和”，云令狐楚侍人能弹此四曲，皆妄说耳。近人著柳南随笔，云义门谓是玉溪自题其集以开卷，此又非义门之说而讹承者。

【纪曰】前六句托为隐语猝不可解，然末二句道明本旨，意亦止是，非真有深味可寻也。集中“一片非烟隔九枝”一篇亦同此体格，缘此诗偶列卷首，故昔人皆拈为论端耳。此自用素女鼓瑟事耳，非以弦断为义也。“雨打湘灵五十弦”岂亦悼亡耶？问长孺解锦瑟如何？曰详诗末二句，是感旧怀人之作，此说是也。但不得坐实悼亡，涉于武断耳。问香泉解锦瑟如何？曰惟坐实悼亡未敢遽以为是，亦未敢遽以为非，馀解皆直捷切当与鄙意暗合也。（诗说）以"思华年"领起，以"此情"二字总承。盖始有所欢，中有所限，故追忆之而作。中四句迷离惝恍，所谓"惘然"也。韩致光五更诗云："光景旋消惆怅在，一生赢得是凄凉。"即是此意，别无深解。因偶列卷首，故宋人纷纷穿凿。遗山论诗绝句独拈此首为论端，皆风旛不动，贤者心自动也。（辑评）

【汪师韩曰】锦瑟乃是以古瑟自况。……世所用者，二十五弦之瑟，而此乃五十弦之古制，不为时尚。成此才学，有此文章，即已亦不解其故，故曰"无端"，犹言无谓也。自顾头颅老大，一弦一柱，盖已半百之年矣。"晓梦"喻少年时事，义山早负才名，登第入仕，都如一梦。"春心"者，壮心也。壮志消歇，如望帝之化杜鹃，已成隔世。"珠""玉"皆宝货。珠在沧海，则有遗珠之叹，惟见月照而泪。生烟者，玉之精气，玉虽不为人采，而日中之精气，自在蓝田。"追忆"谓后世之人追忆也。"可待"者，犹云必传于后无疑也。"当时"指现在言。"惘然"，无所适从也。言后世之传，虽可自信，而即今沦落为可叹耳。诗中虽虚文无一泛设，众解纷纭，似皆无当。即世传东坡四字分解，应亦假托也。（诗学纂闻）

【许昂霄曰】题名"锦瑟"，义取断弦无可疑者。或因古瑟本五十弦，故于首句次句尚多别解。不知既曰"无端"，则是变出意外，断言已断之后，非犹未破之时矣。三四庄生、望帝，皆谓生者也。往事难寻，竟同蝶梦；哀心莫寄，唯学鹃啼耳。五六珠玉，以喻亡者也。月明、日暖，岂非昔人所谓美景良辰，今则泉路深沉，徒有鲛人之泪；形容缥缈，已如吴女之烟矣，盖即珠沉玉碎之意也。结意又进一层，义山惯用此法。（张载华、张佩兼辑初白庵诗评附识引许昂霄笺注玉溪生诗锦瑟诗解）

【黄子云曰】诗固有引类以自喻者，物与我自有相通之义。若"锦瑟无端五十弦，一弦一柱思华年"，物与我均无是理。"庄生晓梦"四语，更又不知何所指。必当日獭祭之时，偶因属对工丽，遂强题之曰"锦瑟无端"，原其意亦不自解，而反弁之卷首者，欲以欺后世之人，知我之篇章兴寄，未易度量也。子瞻亦堕其术中，犹斤斤解之以适怨清和，惑矣！（野鸿诗的）

【薛雪曰】此诗全在起句"无端"二字，通体妙处，俱从此出。意云：锦瑟一弦一柱，已足令人怅望年华，不知何故有此许多弦柱，令人怅望不尽；全似埋怨锦瑟无端有此弦柱，遂致无端有此怅望。即达若庄生，亦迷晓梦；魂为杜宇，犹托春心。沧海珠光，无非是泪；蓝田玉气，恍若生烟。触此情怀，垂垂追溯，当时种种，尽付惘然。对锦瑟而兴悲，叹无端而感切。如此体会，则诗神诗旨，跃然纸上。（一瓢诗话）

【翁方纲曰】（元遗山论诗绝句："望帝春心托杜鹃，佳人锦瑟怨华年。诗家总爱西昆好，独恨无人作郑笺。"）拈此二句，非第趁其韵也。正以先提唱杜鹃句于上，却押华年于下，乃是此篇回复幽咽之旨也。遗山当日必有神会，惜未见其所述也。又曰：锦瑟本是五十弦，其弦五十，其柱如是，故曰"一弦一柱"也。此义山回复幽咽之旨，在既破作二十五弦之后，而追说未破之初。"无端"二字，从空顿挫而出，言此瑟若本是二十五弦，则此恨无须追诉耳。无奈其本是五十弦，谁令其未破之先本自完全哉！“无端”者，若诉若怪，此善言幽怨者，正以其未破之时，不应当初完全，致令破作二十五弦而懊惜也。所谓欢聚者，乃正是结此悲怨之根耳。五六句珠以月明，而已先含泪；玉以日暖，而已自含烟。所以末二句……不待今已破而后感伤也。其情种全在当初未破时耳。以此回抱三四句之晓梦蝴蝶、春心杜鹃，乃得通体神理一片。所以遗山叙此二句，以杜鹃之托说在前，而以华年之怨收在后，大旨了然矣，何庸复觅郑笺乎？（石洲诗话）

【姜炳璋曰】此义山行年五十，而以锦瑟自况也。和雅中存，文章外著，故取锦瑟。瑟五十弦，一弦一柱而思华年，盖无端已五十岁矣。此五十年中，其乐也，如庄生之梦为蝴蝶，而极其乐也；其哀也，如望帝之化为杜鹃，而极其哀也。哀乐之情，发之于诗，往往以艳冶之辞，寓凄绝之意，正如珠生沧海，一珠一泪，暗投于世，谁见之者？然而光气腾上，自不可掩。又如蓝田产玉，必有发越之气，记所谓精神见于山川是也，则望气者亦或相赏于形声之外矣。四句一气旋折，莫可端倪。末二，言诗之所见，皆吾情之所钟，不历历堪忆乎？然在当时，用情而不知情之何以如此深，作诗而不知思之何以如此苦，有惘然相忘于语言文字之外者，又岂能追忆耶？盖心华结撰，工巧天成，不假一毫凑泊。此义山之自评其诗，故以为全集之冠也。

【宋翔凤曰】锦瑟一篇，盖义山五十后自序之作也。五十弦瑟最悲，而己之身世已似之矣。首二句点明年纪。“庄生”句是悼王氏妇，即转韵诗“怜我秋斋梦胡蝶”，以庄子有鼓盆之事，故以自比。悼伤后，乃应柳仲郢东蜀之辟，正义山五十岁后事，故有悼伤后赴东蜀遇雪诗。又赴职梓潼留别畏之诗，有“柿叶翻时独悼亡”之句，“望帝”云云，正指东蜀也。“沧海”句追记随郑亚在岭表也。“蓝田”句追叙在河阳以前妇子之乐也。通首皆追忆，故先近事，以及远事，即末云“此情可待成追忆，只是当时已惘然”也。义山晚年编定生平之诗，而以此篇冠首。说者层层傅会，愈理愈乱。记从前有一家以为自叙，故为顺其意如此。（过庭录卷十六）

【梁章钜曰】李义山诗开卷锦瑟一篇，言人人殊。东坡“清和适怨”云云，亦未见的确。本朝朱长孺注以为令狐青衣，更无所据。惟朱竹垞谓是悼亡之作者，近之。方文辀则以为伤玄宗而作。玄宗之移入南内也，高力士令李辅国控马，谓此“五十年太平天子”。杜樊川亦有“五十年天子”之句。故发首曰“锦瑟无端五十弦，一弦一柱思华年”也。“晓梦蝴蝶”，所谓一场春梦。“望帝杜鹃”，明指幸蜀。“蓝田玉生”，则反以讽肃宗也。其旨甚明，味之可见。亦可谓善说诗者矣。然犹不若汪韩门所释为得神理（按：汪师韩说已见前）……如此读法，诗中虽虚字亦无一泛设。玉溪压卷之作，似非如此读法，亦不相称也。（退庵随笔）

【吴汝纶曰】此诗疑为感国祚兴衰而作。五十弦，一弦一柱，则百年矣。盖自安史之乱至义山作诗时凡百年也。梦迷蝴蝶，谓天宝政治昏乱也；望帝春心，谓上皇失势之怨也；沧海明珠，谓利尽南海；蓝玉生烟，谓贤人憔悴也。结言不但后人感吊，即当时失者已有颠覆之忧也。（桐城先生评点唐诗鼓吹）

【梁启超曰】义山的锦瑟、碧城、圣女祠等诗，讲的什么事，我理会不着。……但我觉得他美，读起来令我精神上得一种新鲜的愉快。须知美是多方面的，美是含有神秘性的；我们

若还承认美的价值，对于此种文字，便不容轻轻抹煞。（中国韵文内所表现的情感）

【孟森曰】义山婚王氏时年二十五，意其妇年正同，夫妇各二十五，适合古瑟弦之数。（李义山锦瑟诗考证）

【张曰】此为全集压卷之作。解者纷纷……迄不得真象。惟何义门云："此篇乃自伤之词，骚人所谓美人迟暮也。"其说近似。盖首句谓行年无端将近五十。"庄生晓梦"，状时局之变迁；"望帝春心"，叹文章之空托。而悼亡斥外之痛，皆于言外包之。"沧海""蓝田"二句，则谓卫公毅魄久已与珠海同枯，令狐相业方且如玉田不老。卫公贬珠崖而卒，而令狐秉钧赫赫，用"蓝田"喻之，即"节彼南山"意也。结言此种遭际，思之真为可痛，而当日则为人颠倒，实惘然若堕五里雾中耳。所谓"一弦一柱思华年"也，隐然为一部诗集作解。疑义山题此以冠卷首，后人因之，故诸本皆首此篇也。……又案困学纪闻引司空表圣云："戴容州谓诗家之景，如蓝田日暖，良玉生烟，可望而不可置于眉睫之前也。李义山'玉生烟'之句，盖本于此。"此说是也。可望而不可即，非令狐不足当之，借喻显然。（会笺）

【汪辟疆曰】此义山自道生平之诗也。第二句"思华年"三字，即一篇眼目。庄生句，喻己功名蹭蹬，以彼其才，又似非终身郁郁下僚者，天为之抑人为之也。故用庄生梦蝶事以见迷离恍惚，而迷字已透露之。望帝句，喻己抱一腔忠愤，既不得信，而又不甘抑郁，只可以掩饰之词出之，即楚天云雨尽堪疑之意也。沧海月明喻清时，然珠藏海中，不能自见，以见自伤之意。蓝田日暖喻抱负，然玉韫土中，不为人知，而光彩终不可掩，则文章之事也。二语又从陆士衡"石韫玉而山辉，水怀珠而川媚”变化而来。然……此句又全本戴氏。详戴之言，则此句指其诗文又无可疑。末二句总结此情，即上四句之情。“成追忆”三字，正与思华年相应。第八句仍不肯直说，以当时已惘然五字逆挽，为上文作不即不离之咏叹，益增怊怅矣。又曰：用锦瑟二字起兴，亦非无意。锦者，有文采可见者也。瑟者，有声音可闻者也。用此二字，不惟可括全篇，且与华年相应。其曰五十弦者，以瑟古为五十弦，而五十正合大衍之数。人生五十之年，又为由壮盛而衰老之界，借以追忆已往之华年，皆不可易。按义山生平，据冯浩定为宪宗元和八年生，宣宗大中十二年卒，则义山得年只四十六岁。然冯氏定义山生年又云：“或有先后。”是虽定犹未定也。又旧唐书本传言大中末商隐还郑州，未几病卒。则义山卒年亦不限于大中十二年，或至大中十三年，或再迟一二年，义山方卒亦未可知。余尝疑义山当生于元和四年卒于大中十三年，得年五十有一，然则此诗即姑定为五十初度之作，亦无不可。其以锦瑟标题而不云五十初度者，盖以诗意甚明，不如取首二字为笼括一切也。

【岑仲勉曰】余颇疑此诗是伤唐室之残破，与恋爱无关。好问金之遗民，宜其特取此诗以立说。（隋唐史）

【钱锺书曰】李商隐锦瑟一篇，古来笺释纷如。……多以为影射身世。何焯因宋本义山集旧次，锦瑟冠首，解为：“此义山自题其诗以开集首者”（见柳南随笔卷三，何义门读书记李义山诗集卷上记此为程湘衡说）；视他说之瓜蔓牵引、风影比附者，最为省净。窃采其旨而疏通之。自题其诗，开宗明义，略同编集之自序。拈锦瑟发兴，犹杜甫西阁第一首：“朱绂犹纱帽，新诗近玉琴”；锦瑟玉琴，殊堪连类。首二句言华年已逝,篇什犹留,毕世心力,平生欢戚,清和适怨,开卷历历。“庄生晓梦迷蝴蝶,望帝春心托杜鹃”;此一联言作诗之法也。心之所思,情之所感,寓言假物,譬喻拟象,如飞蝶征庄生之逸兴,啼鹃见望帝之沉哀,均义归比兴,无取直白。举事宣心,故“托”;旨隐词婉,故易“迷”。此即十八世纪以还,法国德国心理学常语所谓“形象思维”;以“蝶”与“鹃”等外物形象体示“梦”与“心”之衷曲情思。“沧海月明珠有泪,蓝田日暖玉生烟”;此一联言诗成之风格或境界,如司空图所形容之诗品。博物志卷九艺文类聚卷八四引搜神记载鲛人能泣珠,今不曰“珠是泪”,而曰“珠有泪”,以见虽化珠圆,仍含泪热,已成珍玩,尚带酸辛,具宝质而不失人气;“暖玉生烟”,此物此志,言不同常玉之坚冷。盖喻己诗虽琢炼精莹,而真情流露,生气蓬勃,异于雕绘夺情、工巧伤气之作。若后世所谓“昆体”,非不珠光玉色,而泪枯烟灭矣!珠泪玉烟亦正以“形象”体示抽象之诗品也。(冯注玉溪生诗集诠评未刊稿,周振甫诗词例话引。周氏复据钱说加以阐述发挥,见诗词例话二十四至二十六页又,钱氏谈艺录补订(全书四三三至四三八页)有长文专论锦瑟,读者可自行参阅。)又曰:李商隐锦瑟则作者自道,颈联象“神思”,腹联象“体性”,两备一贯。(管锥编一一八四页)

【按】解者纷纷,而大要不出“悼亡”与“自伤”两说(张氏谓腹联分寓卫公令狐之枯荣,然仍紧扣诗人生平遭际而为解;钱氏谓通篇自寓创作,然亦谓“华年已逝,篇什犹留,毕世心力,平生欢戚,清和适怨,开卷历历”。故二说或为自伤说之一体,或与自伤说相互交融)。悼亡说之最初出发点与主要依据,实即房中曲“归来已不见,锦瑟长于人”二语。然此语不过抒写物在人亡之情,移之解锦瑟一诗,未必切合。盖锦瑟首联既明言因“五十弦”而“思华年”,锦瑟若为亡妻之象征,则“五十弦”当指王氏亡故时之约略年岁。然大中五年义山年方四十(依张说),王氏其时必不可能年近五旬(王氏系义山续娶,年当小于义山),孟心史谓义山与王氏结缡时年各二十五,朱彝尊谓王氏二十五岁而殁,均非(依朱说,则王氏结婚时年方十二)。此悼亡说之必不可通者一。又,如属悼亡,则“思华年”自指追忆亡妻之华年往事,然颔腹二联几无一字一句敷演此意。庄生、望帝,以之作譬,只可施之男性。“梦为蝴蝶”与“鼓盆”显无关涉,冯氏以旁射为辞,实属逞臆牵合;且“鼓盆”系喻悼亡,与“思华年”亦不相关。朱彝尊以“化去”“哭之”“葬之”释颔腹二联,亦均不及“华年”事。如此脱榫,岂复可解?此其二。末联谓上述情事岂待今日追忆之时为然,即在当时已惘然若失,意极明白,而持悼亡说者多以预为之忧解之,实属牵强。此其三。综此数端,以为赋悼亡者,实难以自圆。

谓自序其诗歌创作者,说颇新颖。以锦瑟喻诗歌创作,犹西人之以竖琴设喻,足以沟通互证。其解首联,亦甚融洽。然次句既云“一弦一柱思华年”,则颔腹二联当承此而抒写其诗歌创作中所反映之华年身世,似不得撇开诗歌之内容而专言作诗之法与诗歌境界风格。且专言诗法诗境,与“此情可待成追忆”之“情”字“忆”字亦嫌脱节。

自伤身世之说,较为切实合理。律诗之警句,虽多见于颔腹二联,而其主意,则往往于首尾二联点明。本篇以“思华年”总领,以“可待成追忆”与“惘然”作结,实已明示诗系追忆华年往事,不胜惘然之作。颔腹二联则概写"华年"情事,而"惘然"之情即寓其中。兹综合主自伤说诸家之笺解,旁采他说之合理成份,证以义山有关诗作,诠解如次:

首联谓见此五十弦之锦瑟,闻其弦弦所发之悲声,不禁怅然而忆己之华年往事。因锦瑟而"思华年",固因其有"五十弦"而触发华年已逝之悲("五十"当是作诗时大致年岁),亦缘作者之身世即似此锦瑟也。崇让宅东亭醉后沔然有作云:"声名佳句在,身世玉琴张。"以不调而更张之玉琴喻坎坷困顿之身世,犹此处以锦瑟喻己之身世。"无端"或有解作"无心"者,义虽可通,然较之作"平白无故"、"没来由"解者,情味大减。盖诗人触物兴悲,本缘情之郁积,而反觉物之有意逗恨,故不禁怨之,而曰"无端"。若径曰"无心",则直遂无味。

颔腹二联,即承"思华年"而写回忆中之华年往事,然此二联仍当与题面"锦瑟"有关。所谓"一弦一柱思华年",实与"弦弦掩抑声声思,似诉平生不得志"之意相近。即因瑟声而触动身世之感,而身世之感亦蕴含于瑟声也。故"适怨清和"四境虽未必完全切合实际,然四句所写皆瑟声所传之乐境与华年之处境遭际则无疑。"庄生"句系状瑟声之如梦似幻,令人迷惘,用意处在"梦"字"迷"字。而此种境界亦即以象征诗人身世之如梦似幻,惘然若迷。庄生梦蝶之典,所取义者为其变幻迷乱,而非所谓栩栩然安适。征之以作者有关诗句,则"顾我有怀同大梦"(十字水期韦潘侍御)、"怜我秋斋梦蝴蝶"(偶成转韵)、"枕寒庄蝶去"(秋日晚思)及"神女生涯元是梦"

（无题二首）等句，皆可证此句系象征其抱负成虚、变幻如梦之不幸身世。曰“晓梦”者，极言其幻灭之迅速；曰“迷”者，谓其变幻不居令人迷惘也。杜牧寄浙东韩乂评事云：“梦寐几回迷蛱蝶，文章应广畔牢愁。”上句与“庄生”句意略同。惟其追求幻灭，抱负成虚，故文章自多咏牢愁也。“望帝”句系写瑟声之凄迷哀怨，如啼鹃泣血，着意处在“春心”字、“托”字。“春心”本指爱情之向往追求，常用以喻指对理想之追求。然语即本楚辞招魂“目极千里兮伤春心”，故又兼有“伤春”之意。义山诗中“伤春”一词，多指伤时忧国、感伤身世，所谓“天荒地变心虽折，若比伤春意未多”（曲江）、“刻意伤春复伤别”（杜司勋）、“地下伤春亦白头”（与同年李定言曲水闲话戏作）、“君问伤春句，千辞不可删”（朱槿花）、“年华无一事，只是自伤春”（清河）皆可参证。“托”，即寄托、托寓。然则“望帝”句殆谓己之壮心雄图及伤时忧国、感伤身世之情均托之哀怨凄断之诗歌，如望帝之化鹃以自摅哀怨也。杜鹃，即作者之诗魂。此句亦即小杜“文章应广畔牢愁”之意，第有比赋之别耳。

“沧海”句写瑟声之清寥悲苦。与“望帝”句虽同属哀怨悲苦之境，然一则近乎凄厉，一则近乎寂寥，自有区别。新唐书狄仁杰传：“黜陟使阎立本召讯，异其才，谢曰：‘仲尼称观过知仁，君可谓沧海遗珠矣。’”此句正含沧海遗珠之意。沧海之珠，本为希世珍宝，而为人所求觅，今则独在明月映照之下，成盈盈之“珠泪”，言外见其独遗于沧海，不为世所珍。“珠有泪”，仿佛无理，而正所以见此人格化之珍珠内心之悲苦寂寞。此句托寓才能不为世用之意较为明显，无庸烦征。“蓝田”句似写瑟声之缥缈朦胧，如蓝田日暖，良玉生烟，可望而不可置于眉睫之前。或以喻己所向往追求者，皆望之若有，近之则无，属虚无缥缈之域，如无题所云“如何雪月交光夜，更在瑶台十二层”者是也。或解为喻己如美玉沉埋而辉光终难掩抑，亦可通，然与瑟声所表现之缥缈朦胧意境及“可望而不可即”之意象似隔一层，且与末联“惘然”之情不甚切合。要之，颔腹二联并非具体叙述其华年往事，而系借瑟声之迷幻、哀怨、清寥、缥缈以概括抒写其华年所历之种种人生遭际、人生境界、人生感受。其寓意当就全句所展现之完整境界而求之，不得但执一字一词而索解。

末联含意明白。“此情”统指颔腹二联所抒写之情事，二句谓上述失意哀伤情事岂待今日追忆方不胜怅恨，即在当时亦惘然若失矣。“惘然”二字总括“思华年”之全部感受。

此诗底蕴，遗山论诗绝句实首发之。“望帝春心托杜鹃，佳人锦瑟怨华年”二语，人但以转述义山诗语视之，不知其实借以发明诗旨也。“望帝”“佳人”均指义山。二语盖谓：义山一生心事均托之于如杜鹃啼血之哀惋悲凄诗作，而此锦瑟一首，又正抒写其美人迟暮之情者也。遗山实已揭橥“郑笺”之纲要矣。